中共铜仁市委宣传部 策划
铜仁日报社
铜仁日报传媒集团有限公司 编

铜仁决战贫困

铜仁做法

打好四场硬仗

强基固本 打好基础设施巩固战

四安家园 打好易地扶贫搬迁持久战

用活“八要素” 打好农村产业革命突破战

以人为本 打好基本民生保卫战

古吴轩出版社

图书在版编目（CIP）数据

铜仁决战贫困. 铜仁做法. 打好四场硬仗 / 铜仁日报社，铜仁日报传媒集团有限公司编. -- 苏州 : 古吴轩出版社，2021.12
ISBN 978-7-5546-1843-1

Ⅰ. ①铜… Ⅱ. ①铜… ②铜… Ⅲ. ①报告文学一中国一当代 Ⅳ. ①I25

中国版本图书馆CIP数据核字(2021)第243695号

策　　划：中共铜仁市委宣传部
责任编辑：俞　都　李爱华　黄菲菲
见习编辑：窦志霞
装帧设计：闵友才
责任照排：冯　阳

书　　名：铜仁决战贫困·铜仁做法·打好四场硬仗
编　　者：铜仁日报社　铜仁日报传媒集团有限公司
出版发行：古吴轩出版社
地址：苏州市八达街 118 号苏州新闻大厦 30F　邮编：215123
电话：0512-65233679　传真：0512-65220750
出 版 人：尹剑峰
印　　刷：铜仁日报传媒集团有限公司印刷分公司
开　　本：787 × 1092　1/16
印　　张：142.25
字　　数：2172 千字
版　　次：2021 年 12 月第 1 版　第 1 次印刷
书　　号：ISBN 978-7-5546-1843-1
定　　价：468.00 元（全 6 册）

总　序

党的十八大以来，以习近平同志为核心的党中央把扶贫开发摆在治国理政的突出位置，推动中国减贫事业取得巨大成就，对世界减贫进程做出了重大贡献。

铜仁市地处黔湘渝三省市结合部，是贵州脱贫攻坚的主战场。2014 年，全市下辖 10 个区县均为贫困县，共有 1565 个贫困村，其中有 1 个深度贫困县、2 个极贫乡、319 个深度贫困村，建档立卡贫困户 92.7 万人，贫困发生率为 24.78%。

近年来，铜仁市深入贯彻落实习近平总书记关于扶贫开发的系列重要论述，充分发挥“上下同心、尽锐出战、精准务实、开拓创新、攻坚克难、不负人民”脱贫攻坚精神，坚持以脱贫攻坚统揽经济社会发展全局，严格落实精准脱贫基本方略，用好用活贵州省委“五步工作法”，探索总结“七个极”工作要求、“三真三因三定”工作原则和“76554”工作方法，聚全市之心、汇全市之智、举全市之力，打赢了一场又一场脱贫硬仗，攻克了一个又一个贫困堡垒，脱贫攻坚战取得了全面胜利。

截至 2020 年末，全市农村贫困人口全部脱贫、10 个区县全部摘帽，经济社会发展大踏步前进，区域整体面貌发生历史性巨变，脱贫群众

精神风貌焕然一新，党群干群关系明显改善，交出了减贫治理的铜仁答卷。脱贫攻坚成效考核连续4年名列全省前茅，“76554”工作方法、防贫预警机制、一线干部关怀激励机制、易地扶贫搬迁模式等多项脱贫攻坚创新举措在全省乃至全国得到推广。省委书记谌贻琴赞誉铜仁脱贫成效实。

时代造就英雄，伟大来自平凡。在这场输不起的脱贫攻坚战中，铜仁打响了一场场意义深远的战斗，涌现了一个个感人至深的先进人物，发生了一段段可歌可泣的动人故事，值得我们铭记。

为记录这段特殊的历史，我们组织编辑了《铜仁决战贫困》这套书，记录铜仁的奋斗史和扶贫史：《铜仁做法》展现“铜仁经验”，贡献“铜仁智慧”，见证“铜仁战果”；《我的扶贫故事——一线干部说扶贫》《我的脱贫故事——脱贫群众话脱贫》和《武陵战贫》，多视角描绘铜仁儿女感恩奋进的精彩画卷和昂扬向上的精神风貌。

这是一套历史性、系统性、收藏性、传承性兼具的图书，是我们感恩的宣言，是灵魂的启迪，是幸福的源泉，是让战贫精神薪火相传的种子。

征途漫漫，精神永恒。站在新的历史起点，黔东儿女豪情满怀，必将脱贫攻坚精神发扬光大，不断赋予其新的时代内涵，化为乡村振兴的不竭动力，再创新辉煌。

编　者

2021 年 12 月

目 录

四安家园 打好易地扶贫搬迁持久战

用活"八要素" 打好农村产业革命突破战

以人为本　打好基本民生保卫战

强基固本
打好基础设施巩固战

基础设施和公共服务落后，是城乡差距最直观的一个表现，也是农民群众反映最强烈的民生痛点。因此，对于脱贫攻坚的任务，基础设施建设要先行。

铜仁市大力推进基础设施建设，建成县乡道路提级改造、通村沥青路灯农村公路通畅项目 4545 公里，完成“组组通”公路 12103 公里，受益人口 400 余万人。农村公路养护管理工作已成功入选国家改革试点项目。农村饮水安全工程全面完成，有效解决了农村人口的饮水安全问题。农村供电可靠率已达 99.82%，所有行政村基本实现光纤宽带、4G 网络、广电网络的覆盖。此外，兼具田园风光与现代文明的新农村、新社区建设，也大大提升了农民群众的获得感、幸福感和安全感。

完善的农村基础设施是农村各项事业发展的基础，是农村经济系统的重要组成部分。铜仁农村基础设施发生的根本性改变，有效增强了群众自我“造血”机能，为实施乡村振兴战略奠定了坚实的基础。

城乡面貌日新月异
——铜仁城乡建设纪事

◇黄海迪

新中国成立以来，铜仁城乡建设事业在广大建设者一以贯之，久久为功的努力奋斗下，实现了城乡面貌根本性向好发展；特别是自2011年铜仁地区撤地设市以后，铜仁市住建系统在市委、市政府的坚强领导下，住建人悟初心、守初心、践初心，勇担使命展作为，一步一个脚印，苦干实干，在建设规模、建设速度、建设质量等方面都取得了巨大成绩，城乡建设各条战线连战连捷，推动了铜仁城乡建设事业实现跨越式发展，城乡面貌日新月异，城乡人居环境持续改善，人民群众的幸福感、获得感和满意度不断增强。

近年来，铜仁市始终围绕脱贫攻坚目标精准发力，农村住房保障基础越扎越实。始终紧紧围绕脱贫攻坚“两不愁三保障”总要求，全力抓好“危改”“三改”和农村老旧住房透风漏雨整治三大工程，全面落实贫困户退出时住房安全性评定、挂牌、现场核实和整县验收四项举措，全力确保农村住房安全有保障，助力脱贫摘帽。一是着力实施三大工程，强基础。全面“危改”，消除住房安全隐患。按照“应纳尽纳、应改尽改、不漏一户、不重一户”要求，以《铜仁市农村危房改造和住房保障三年行动方案（2017—2019年）》统领工作部署，强化工程推进。2017年以来，全市完成80936户（超计划任务7982户）“危改”，争取上级补助资金10.42亿元。目前，已全部改造完毕。同步“三改”，保障基本使用功能。按照“缺什么、补什么”的原则，2017年以来，对全市80936户“危改”同步改厨、改厕、改圈（即“三改”），补短板保障基本使用功能，改善居住环境，提升农村危房改造满意度。开展透风漏雨专项整治，进一步提升住房保障水平。按照“顶不漏雨、壁不透风、门窗完好”的整治要求，对按现行政策规定不能纳入农村危房改造对象，但存在透风漏雨的农村老旧住房开展专项整治。二是全面落实四项举措，补短板。全面开展脱贫户住房安全性评定，提升退出精准度。按照建档立卡贫困户退出时住房安全保障 100% 的要求，对 2014 年以来已脱贫退出贫困户住房进行安全性评定。目前，全市已完成 318880 户脱贫户住房安全性评定，并出具报告，归入脱贫户档案。悬挂危房改造责任牌和闲置房标识牌。按照“住人的房子要安全，不安全的房子不住人”的底线要求，对危房改造悬挂责任牌、对一时不能拆除的未住人危旧房悬挂提示标识牌。目前，全市完成危房改造责任牌悬挂 162330 户、完成闲置房标识牌悬挂 27759 户。全面开展贫困户住房现场核实。根据扶贫系统反馈名单，完成对全市 235499 户建档立卡贫困户住房现场核实，并将住房图片及相关信息全部录入贵州省数字乡村 App，进一步加强了贫困户住房安全保障情况。全面开展整县验收，按照“4 个 100%”（即 100% 完成区域内农村危房“危改”“三改”任务、100% 完成区域内住房安全性评定结果全覆盖、100% 完成区域内农村老旧住房透风漏雨整治任务、100% 完成区域内农村住房安全有保障现场核实）的要求，全面检验脱贫攻坚农村住房安全保障成效。

自 2008 年启动农村危房改造以来，铜仁市共实施农村危房改造 41.1 万户，改造危房总面积 2463 万平方米；各级财政累计投入补助资金 39.64 亿元，其中，中央和省级补助资金 31.59 亿元，市级配套 2.78 亿元，县级匹配 5.27 亿元；带动社会投资达 163 亿元，惠及农村人口约 143 万人。

近年来，铜仁市始终围绕住房保障民生事业持续发力，城镇住房保障体系初步建立。始终把城镇保障性安居工程作为最大的民生工程、民心工程和政治工程来抓，大胆创新，打破常规，积极探索把保障房与园区建设、教育资源配置和小城镇建设相结合，率先在全省实施城镇保障性安居工程从城市向园区、学校、乡镇延伸，成功探索出保障房“三进”的新路子。自 2007 年以来，全市共实施保障性安居工程 382740 套，其中棚户区改造 214611 户，新建各类保障房 168129 套。分配入住新建保障房 155309 户，分配入住率为

92.37%。共争取获得上级补助资金 169 亿元，累计完成投资 485 亿元，解决了 55 万人的住房难题，为全市社会经济健康发展起到了重大助推作用。并且我市通过大力实施城镇保障性安居工程，健全完善了城镇住房保障制度，逐步建立了公共租赁住房、经济适用住房、限价商品房和棚户区改造等多元化的住房保障体系，有力地提升了住房保障水平和住房保障能力。

近年来，铜仁市始终围绕着城市建设，提质增效，持续发力，市政基础设施得到不断完善。市政基础设施建设是城市发展的“先手棋”，起到基础性作用，我市始终牢牢牵住市政基础设施建设这个“牛鼻子”，持续发力，攻坚克难，成效显著。一是市政基础设施投资持续增长。截至 2018 年底，市政设施建设投资由 2011 年的 71.14 亿元增长到 489.01 亿元，投资年均增长 31.7%，累计完成投资 1688.27 亿元。二是城镇化水平明显提高。截至 2018 年底，全市城镇建成区面积 162.61 平方公里，比 2011 年扩大 1.55 倍；城镇化率达到 49.34%，年均提高 2.55%；中心城区面积达到 51.53 平方公里，比 2011 年扩大 1.95 倍，人口达 43.2 万人。三是城市道路桥梁建设加快。截至 2018 年底，全市累计完成新建（含改造）城市道路 1193.19 公里，区路网密度达到 6.05 公里每平方公里，形成了“一城、两区、八县、两开发区”的整体布局。铜仁市中心城区主次干道已达 220 公里，其中已建成城市主次干道 179 公里，在建 41 公里，建成道路面积达 507 万平方米，人均道路面积达 13.2 平方米。四是城市便民利民设施不断增多。公园、场馆、广场、人行天桥等基础设施建设不断完善，奥体中心、五馆三中心等一批市政民生项目加快推进实施。截至 2018 年底，铜仁市建成区绿地率达到 32.28%，比 2011 年的 20.44%，扩大了 1.58 倍。

近年来，铜仁市始终围绕美丽乡村建设精准发力，小城镇建设成效斐然。紧紧围绕着省委对铜仁“念好山字经、做好水文章、打好生态牌，奋力创建绿色发展先行示范区”的定位要求，按照“旅游景观型、绿色产业型、商贸集散型、工矿园区型、交通枢纽型、移民安置型”的发展布局和“小而精、小而美、小而富、小而特”的发展思路，大力建设贵州山地特色城镇。截至

2018年底，铜仁示范小城镇由2013年的10个增加到44个，其中省级示范小城镇由3个增加到5个，市级示范小城镇由7个增加到9个，另外我市自行培育了13个示范小城镇和整县推进乡镇17个。示范小城镇建成城镇道路达342.24公里，供水普及率在95%以上，实现城镇扩容158.13平方公里，人居住宅环境持续改善。全市15个小城镇入选全国重点镇，2012年印江自治县木黄镇成为首批全省省级绿色小城镇，2013年铜仁被列入全国首批智慧城市试点，2014年铜仁在全国率先设立乡镇规划管理委员会，2015年玉屏自治县被列入国家新型城镇化综合试点县，2016年江口县成为全国第三、全省首个“碳汇城市”，2017年万山区万山镇入选全国第二批特色小镇。铜仁市先后有5批共110个具有重要保护价值的村落列入中国传统村落名录。

近年来，铜仁市始终围绕完善市场监管机制主动发力，房地产市场得到有序发展。铜仁房地产市场发展晚、起步低，由一片空白逐步发展壮大，形成了以外地大型房开企业为主，本土中小型房开企业补充的发展格局，为全市住房保障体系建设形成了重要补充。通过制定出台了《关于化解商品房库存促进房地产市场平稳健康发展的实施意见》《铜仁市物业管理办法》《铜仁市主城区住宅小区物业管理实施方案》《铜仁市住宅物业管理服务导则》《铜仁市住宅物业管理星级小区考评办法及评分细则》等一系列规章制度，全力维护房地产市场秩序的和谐稳定，切实保障市民群众的切身利益。截至2018年底，全市共有房地产开发企业417家，碧桂园、恒大、国瑞、阳光城等大型开发企业均已进驻铜仁投资兴业；目前在建在售房开项目139个，存量商品房766.05万平方米，存量商品住宅去化周期约为11个月，全市商品房销售均价4457.71元每平方米，其中商品住宅销售均价4203.97元每平方米，房地产市场总体运行平稳。

近年来，铜仁市始终围绕“大数据+部门”创新融合发力，智慧住建初见成效。始终坚持以大数据创新应用为抓手，推进治理能力和治理体系现代化，突出改革创新、试点先行、分步实施，深入推进“智慧住建”大数据平台建设，有效提升住建领域监管水平。一是采取试点先行。结合铜仁市建筑项目实际，确定奥体中心、五馆三中心、桐达山韵、健康学院、玉铜松3个标段等作为试点，采集数据接入市住建局指挥中心，实时监控。自试点运行以来，较好地解决了项目大、人员少、监督方式单一等问题。并且通过后台分析远程传感器环境扬尘指标和塔基黑匣子数据，如操作超出安全标准，系统将自动报警，自动终止起重机械的危险动作，这样就有效避免和减少安全事故的发生。二是采取分步实施。铜仁“智慧住建”大数据平台，完成了市住建局指挥中心机房及12个区县分指挥中心机房的建设，完成了9个子业务系统上线试运营，其结果有效地解决了五方责任主体报监审批流程，真正实现了“让数据多跑路、让群众少跑腿，服务零距离”。截至目前，完成投资1500万元左右，完成了52个工地的92套设备安装及接入工作，并将相关数据接入市住建局指挥中心，进行实时监控监测分析。

建设通江达海的高速平原

◇陈　林

连日来，印江至秀山高速印江香树坪段公路项目，正有序开展各项施工作业，工人们在加紧施工。

印江至秀山段高速公路，是我省东北部又一条重要出省道路，是我省“十三五”高速公路规划网地方高速公路项目。线路全长53公里，双向4车道，设计时速80公里。建成后，将极大拉近铜仁与成渝经济圈的距离，为铜仁市构筑内陆开放要地再添一条“大动脉”。

经济发展必须交通先行。近年来，铜仁市把交通建设放在全市优先发展的重要战略位置来抓，持续推动并加快交通建设，高速公路里程已达654公里，高速铁路通到了主城区，铜仁凤凰机场旅客吞吐量为百万级，农村“组组通”硬化路已圆满收官，水运、通航能力显著增强，初步构建起了“水、陆、空”一体的立体化交通大格局，为铜仁全市社会经济的高质量发展，夯实了最重要的基础性支撑。

交通的改变，让行路难的切肤之痛成为历史的记忆。黔东门户沉睡的“名片”得到唤醒、发展的优势得到逐步释放，铜仁市从边缘地带变为开放的前沿，成为贵州省名副其实的向东开放桥头堡，成为西南地区连接东部地区的交通枢纽。

搭建“大动脉”、畅通“微循环”，大交通格局初步形成

2019年，铜怀高速（铜仁段）建成通车，铜仁市全市新增高速公路通车里程34公里，高速公路通车总里程达654公里。全线贯通后，是铜仁与

怀化间最便捷的进出口通道。

打开铜仁市地图，位于武陵山腹地的铜仁等高线多而密集，说明铜仁山多落差大。

要致富、先修路，是最简单朴素的道理。对于山区的铜仁，交通更是要打破的瓶颈。

在经济下行压力加大、融资困难和全省交通投资大幅下滑的背景下，铜仁市毅然把交通建设摆在重要的战略位置来抓，就是要以交通优势巩固区位优势，带来发展优势。

2019 年，通过铜仁市政府多方发力，解决了市交通建设融资问题，交通固定资产投资达 310 亿元，占比铜仁市全市固定资产投资的 1/5，投资总额在全省交通运输系统中排名第一，实现了交通投资连续两年保持在 300 亿元以上，打通“大动脉”，让流通速度快起来。铜仁市持续从铁路、公路、机场、水路等方面来搭建交通“大动脉”。

铜玉城际铁路成为全省以地方投资为主建成的第一条城际高铁，渝怀复线正如火如荼地开展建设。

截至目前，已建成铜大、松铜、安江、沿德等 8 条高速公路，出省通道占 4 个。秀印高速印江至木黄段主体工程基本完工，德务高速总体进度达 99.5%，全线预计今年上半年建成通车。2019 年，388 公里的 14 个普通国省干线项目已顺利实施。

铜仁凤凰机场跻身国际机场阵营，去年 7 月底已完成国际航班起降 160 架次，吞吐量累计 25414 人次，提前完成国际航班运输目标。黔北（德江）民用机场也已正式获批。

乌江航道等级由六级提高到四级，航道全长 247 公里。思南、沿河、德江等多个 500 吨位级船舶泊位码头顺利建成。

“大动脉”联通外面，“微循环”畅通内部。去年，铜仁市全市新（含改）建农村公路 1113 公里，铜仁市全市 12103 公里农村“组组通”硬化路全面完成。铜仁市全市县道好路率、乡道好路率均达 100%。国家级、省级“四好农村路”

示范县总数达9个，排全省第一。

截至2019年底，铜仁市全市国、省、县、乡、村、组公路通车里程达37998公里，是新中国成立时的142.6倍，公路密度达211公里每百平方公里。

从纵向看和横向比，铜仁市交通四通八达的“大动脉”，畅通无阻的“微循环”网络已初步搭建。可以说“大动脉”真正能通天达海，“毛细血管”已经连村到寨，“外部迅速联通、内部快捷畅通”的交通格局已经形成。

聚集要素资源、形成投资洼地，为经济高质量发展注入活力

交通交通，一通百通。交通作为经济的命脉，一定程度上是使物流、人流、信息流、资金流能够聚集的基础。

铜仁市交通的大改观，也带来高质量的经济发展。据2019年数据显示，铜仁市全市预计完成地区生产总值1175亿元、增长8.5%；三次产业分别增长6.5%、5.3%、10.6%左右；城镇、农村居民人均可支配收入分别增长9.1%、10.5%。

第一产业的快速发展，从侧面说明“梵净山珍”能够走出深山、卖得出去、卖出好价钱。其中，运输扮演着关键作用。

交通的便捷，拉动着铜仁市全市旅游的发展。全年接待游客数和旅游综合收入分别增长30%、35%以上，接待入境过夜游客数增长117.56%，排全省第一。旅游业又带动第三产业快速发展。

交通也助推工业发展提速前进。铜仁市全市12个产园区实现总产值710亿元，新增入规企业60户，民营经济占地区生产总值比重68%以上。

人口的聚集更能说明交通引发的变化。2018年底，铜仁市全市城镇化率达到49.34%；2019年上半年，铜仁市城镇化提升幅度位列全省第一。

交通支撑着铜仁市打造内陆开放要地。去年，中华人民共和国铜仁海关正式挂牌成立，作为一个地区对外开放的重要标志和服务窗口，铜仁海关标志着铜仁市外向型经济发展迈向一个新的台阶，对于进一步增强铜仁市外向型经济服务能力，降低铜仁市外向型企业的物流和时间成本，提升整体对外开放水平和形象具有十分重要的意义。

黔东无水港、大龙保税仓让海铁联运畅通无阻。2019 年黔东无水港实现货运量 100.3 万吨，完成运输产值 13208.04 万元左右，并成功将非洲铬铁矿和泰国锰矿等“一带一路”沿线国家的产品，通过“海铁联运”送达铜仁市及我省内部，大大降低了企业物流成本。

交通活则经济活。“请进来”“走出去”日益频繁。2019 年，铜仁市全市产业大招商引进项目 830 个，到位资金 1225 亿元。全年新增外资企业 7 户，新增备案外贸进出口企业 39 户，总计达 407 户。全年完成进出口贸易 5035.8 万美元。

交通便捷最直观的体现是运输成本降低和人们往来容易。铜仁市正在形成大交通带来大物流、吸引大产业、推动产业大发展格局，人流、物流、资金流、信息流和大产业、新业态将在黔东集结，推动地方经济社会高质量的发展。

立足新起点、开启新征程，向着建设高速平原再出发

交通的“畅”基本达到，但交通的“快”，还要不断突破。

前不久，梵净云天平台发布的一则有关铜吉高铁列入今年国家储备开工项目的新闻报道，被大家纷纷转载，足见广大群众对这条铁路的期盼。

铜吉铁路联结铜仁市和湖南湘西吉首市，西起铜玉城际铁路铜仁站，铜仁站线路东起，向东经铜仁市大兴区、凤凰县至张吉怀铁路凤凰站，设计时速 250 公里。

铜吉铁路建成后，将成为西南片区北上的最短通道，为铜仁市的未来发展带来无限前景。

未雨绸缪规划交通，铜仁市全面启动“十四五”期交通运输规划编制工作，超前做好“十四五”期项目储备。统筹谋划好普通国省道建设项目规划和储备工作，提前开展2021年拟开工的普通国省干线项目前期工作。目前已上报了2021年第一批普通国省干线建设计划项目共21个，总投资151亿元。

目前，印江至秀山、沿河经印江至思南、石阡至大龙、石阡到湄潭、江口到大龙等多条高速公路正有序推进。

高速公路的“加密”行动，让高速公路联成网。待全部建成后，铜仁市全市高速公路总里程将突破1100公里，路网密度达6.2公里/百平方公里，相当于东部发达地区水平，形成高速公路县县间互联互通。这是什么概念，届时将会在2个小时以内可从铜仁中心城区到达辖区最边远的县，让85%以上的乡镇在半小时以内驶入高速，高速公路会覆盖所有3A级以上景区。

2020年，铜仁市还将全面加快国省干线、农村公路、站场码头等基础设施建设，重点加快推进铜仁西互通及14个国省干线等建设项目。大力实施县乡公路路面提升工程800公里以上，实施县乡道路提级改造89公里，实施危桥改造60座，进一步疏通公路路网“毛细血管”，打通“最后一公里”。

随着交通的发展，铜仁市正从“山区”变“丘陵”再变“平原”，穿行在黔东大地上。高速驰骋，乡乡通达，村村畅通，昔日的“地无三尺平”正在被“高速平原”有力地改写。

追梦乌江

◇孙 蕙

“断壁千寻而削列，迅湍一线以长穿……下石阡，过湄潭，经思南，标水德而入武彭，会岷江而趋赭龛；走三省以绵亘，纳众谷而流谦。”

两百多年前，清代举人李凤翧写下名篇《乌江赋》，文字气势雄浑，声色俱美，对乌江沿岸的风光、物产做了全面的描绘。

乌江，亦名黔江、涪陵水，是长江上游南岸最大的支流，也是贵州最大的河流和“北入长江”的水运主通道，素有“黄金水道”之称。走水路，曾是陆路不畅的贵州最便捷、最经济的交通方式。依水而生，因水而兴。早在先秦时期，勤劳智慧的贵州人民就开始利用水道，以自强不息的精神，战胜各种艰难险阻，大力发展水运，用舟楫之利，创山区奇迹，促内外交流，推动政治、经济、文化、社会的进步，谱写了贵州多彩厚重的航运史、发展史。

一条江记录一段航运史

8 月 6 日上午 8 点，在乌江中下游的思南县，随着一声汽笛长鸣，一艘载满货物的船缓缓从思林电站升船机驶出。看着船驶过漾开的一道道波纹，已跑船 34 年的思南县洪达船队队长王守刚感慨不已。

“乌江曾是重要的航道，川盐、布匹等沿乌江入黔，桐油、生漆、茶油等山货又顺江而下进入中原。”这个年近半百的土家汉子是个“老船家”，13 岁开始跑船，祖祖辈辈生活在乌江上，断航 10 余年的乌江得以复航，让王守刚又找回了记忆中那条热闹的乌江。

“以前年轻力壮的思南人大多都在码头上装卸货物、拉纤等谋生计，那时的卢家码头一天往来的货船有几十甚至上百艘，热闹得很。”王守刚回忆道。

乌江发源于贵州省威宁县乌蒙山东麓，流经毕节、贵阳、遵义、黔南、铜仁等5个市州30余个县，在重庆市酉阳县龚滩镇与贵州分界管理，至涪陵汇入长江。沿线的思南、德江、沿河等县曾舟楫往来，商贾云集，甚是繁华。在陆路交通欠发达的漫长历史中，以乌江航道为主的内河航运作为贵州早期对外开放的通道，为贵州政治、经济、文化、社会的发展作出了极其重要的贡献。

然而，随着乌江构皮滩、思林、沙沱、彭水等梯级水电站开发，自21世纪初开始，因受闸坝碍航和通航设施未同步建设的影响，航道被电站闸坝截断，导致乌江黄金水道断航，加之随着陆路交通的兴起，乌江水运日渐没落，乌江航道的货运船舶也不乐观。以思南为例，全县客运船只从20世纪90年代的数百艘锐减到2015年的38艘，货运船仅12艘。

直至2010年，乌江被列入国家“两横一纵两网十八线”高等级航道，成为长江黄金水道的一部分。贵州从2014年初开始，在全省范围内开展水运建设三年大会战。2016年，随着乌江500吨级标船“空载入渝、荷载返黔”实船试航的成功，标志着断航13年的乌江贵州段实现复航目标。

曾经的黄金水道能否再现辉煌?

一条江就是一条经济带

近日，贵州华联商贸有限公司负责人田书华忙于跟沿河乌江轮船公司对接，希望能增加货运船只。“今年有30多万吨的水泥运输需求，我们公司的运力不够。”田书华说，贵州没有专门的货运铁路，汽车运输成本高。而水运对公司来说价格特别合适，所以货运量特别大。

“沿河是乌江流经贵州的最后一个县，从重庆的彭水县到沿河，走水路一吨的价格在20至30元之间，而公路运输则要90多元。”田书华跟笔者算了一笔运输账。

贵州沿河乌江轮船公司副总经理崔永刚说，在乌江复航前，公司曾走访了沿线的开阳磷矿、瓮福磷矿、遵义铝业等多家大型企业，了解到每年需要通过乌江进入长江中下游的货运量可达600万吨左右。

“乌江航道复航至今，每年有很多企业跟我们对接租借货船，运量都是几十万吨的大宗货物。”崔永刚说。

乌江梯级电站建设虽然使乌江断航10余年，但梯级电站建成后，乌江航线在原有基础上得以延伸，载航能力大大提升，给乌江航运的发展带来了新机遇。贵州把“突破闸坝碍航，全面打通乌江”作为“水运三年会战”的重要成果，列为省政府重点工作目标来抓。按照通航500吨级船舶的四级航道标准建设乌江渡至龚滩航运工程，建设开阳港、乌江渡、江界河等8个重点码头，共15个500吨级泊位，配套建设航运安全支持保障系统设施，思林、沙沱水电站升船机相继建成。乌江通航建设被明确为“标志性重大基础设施工程”，写进贵州省第十二届人代会第五次会议和省委第十二次党代会工作报告。

一条江就是一条经济带，也是一条产业带、致富带。乌江航道上连贵阳、遵义等中心城市，下接长江，直达重庆、武汉、上海等经济发达地区。水运具有运量大、运价低和节能环保等独特优势，在给企业带来利益的同时，对沿线经济社会发展也具有重要的意义。如瓮安沿江依水而建江界河工业园区、磷化工等企业专用码头；沿河建设乌江航运码头，着力布局大能源、大健康、大旅游、大物流四大产业；乌江千里画廊、麻阳河国家级自然保护区、梵净山、石阡泉都等形成的精品旅游线路，旅游效应凸显……

千里乌江重现舟楫往来的如鲫之景，黄金水道再现繁华。

构建一条生态新走廊

构皮滩水电站翻坝运输系统工程自2015年投入使用以后，其三级升船机也正加紧建设。目前，构皮滩升船机已经完成了土建部分施工，正在加紧开展设备安装和调试。

乌江航道管理局党委书记、副局长王启乔介绍，复航后的乌江航道等级为四级，仍不能满足沿江经济社会发展需求，按照《贵州省水运发展规划（2012—2030年）》，明确将乌江高等级航道规划提升为三级，由现在的500吨级提升到1000吨级通航能力，建设构皮滩、思林、沙沱二线1000吨级过船设施，以有效解决乌江通航能力不足的问题。

“乌江航道升级工程完工后，重庆的大宗货物可通过乌江直达黔中经济区，而贵阳的货物走水路运输出口，每吨运输成本将比目前的铁路运输方式节省近30元。通过‘公水联运’‘铁水联运’等方式，可有效降低企业的物流成本。”王启乔说。

推动长江经济带的发展，对于地处长江上游的贵州来说是一个重要的发展机遇。乌江是贵州主动融入长江经济带的有效载体，随着乌江复航，贵州抢抓融入长江经济带契机，借力打造生态新走廊。自2014年国务院发布《关于依托黄金水道推动长江经济带发展的指导意见》以来，贵州主动加强与长江经济带各省市的战略对接和规划衔接，深度融入长江经济带发展。作为长江上游重要的生态屏障地区，贵州坚持走生态优先、绿色发展之路，坚守发展和生态两条底线，优先实施重大生态修复工程和环保项目，扎实推进生态文明建设，建成长江经济带的生态文明建设先行区，筑牢长江上游生态安全屏障，并积极争取中央的支持，开展赤水河流域生态经济示范区建设试点。

“下一步贵州将围绕‘一带一路’‘长江经济带’，借势发展、借力突围。到2020年，全省通航里程达4100公里，水运能力达5000万吨，港口吞吐能力突破4000万吨，初步形成贵州通江达海的水路运输体系，水运交通服务能力显著增强。水运发展将实现投资总量、通道建设、融资方式、水路运输、创新发展‘五个突破’。”王启乔说。

碧江乡村道路变形记

◇罗 旭 李桃红

"天晴一身土，下雨一身泥。村内道路晴天尘土飞扬，雨天泥泞不堪。"这是 2018 年以前碧江区坝黄镇泥哨村村民的描述。

泥哨村是碧江区比较偏远的村寨，共有 10 个村民组。多年来，处在深山之中的贵龙、白竹、枫桶、寨云 4 个村民组因地理环境的阻碍，一直没有通上公路。"以前靠村里人一锄一锄地挖，最终挖出了两条毛路，但毛路'天晴是灰、下雨是泥'，只有摩托车能走，机动车几乎'爬'不上去。"村民侯胜深有感触地说。

2017 年，在全省农村"组组通"公路三年大决战中，泥哨村拟建了总长达 11.3 公里的"组组通"公路，5.5 米宽的公路成了泥哨村群众走出大山的致富路。通过多方帮扶，发展长效产业，该村贫困发生率已由 22.92% 降到 1.57%。

宽阔的农村公路加速了农村由资源优势向经济优势，由生态优势向发展优势的转变。随着基础设施建设不断推进，碧江区紧紧围绕脱贫攻坚、特色产业发展及生态旅游资源开发等，以切实可行的方式助推当地农业经济发展与乡村振兴。

选好旅游路，点爆乡村旅游

近年来，随着交通的不断完善，碧江区紧紧围绕乡村振兴战略，按照"念好山字经、做好水文章、打好生态牌，奋力创建绿色发展先行示范区"的思路，始终以绿色生产、消费为导向，坚守发展和生态两条底线，坚持"绿水青山就是金山银山”的理念，依托生态优势，高位推进现代绿色农业发展，大力发展乡村旅游。

“要想富，先修路”这句话在云场坪镇路腊村也得以验证。村支书杨光清见证了该村的发展变化。“以前村里自然资源丰富，但人进不来，资源卖不出去。”杨光清说，路很窄，还有不少高低不平、坑坑洼洼的地方。

现今一条宽 6.5 米、长 20 多公里的旅游环线路通村串组，形成村组互通的交通网络。这条旅游路，不仅是村民脱贫致富路，也是带动路腊乡村旅游发展的希望路，成为全市乡村旅游的一个热点。

交通基础设施的改善，使得到路腊游玩的游客逐年增加。曾是村里低保户的村民杨胜勋，如今脱了贫，在家门口吃起了“旅游饭”。“我家的农家乐已开了近 4 年，这条旅游环线通了以后，来路腊的游客会更多，生意会越来越好。尤其是每年荷花旺季的时候，每天忙得很！”老板娘刘银凤笑呵呵地说。

近年来，路腊村以大力发展乡村旅游为目标，依托村里的万亩野樱花、百亩荷花塘、千亩紫薇林，实现春赏樱花、夏观荷莲、秋看紫薇、冬观火棘的“四季花园”乡村旅游景区，并出售莲子、莲藕、荷香鱼等产品，为集体经济增收 10 余万元，利益链接覆盖全村贫困户，农家乐、农户等增收 30 余万元，村民已步入村美民富的新时代。

如今，碧江已推出 19 个乡村旅游景点，形式已从过去单一的农家乐逐步衍生，有食宿接待、观光采摘、特色餐饮、休闲度假、民俗风情、长寿养生等多种类型，丰富的民俗文化成为碧江乡村旅游的一大看点。去年，该区乡村旅游共接待游客 721.78 万人次，实现旅游收入 21.67 亿元。

修好致富路，让乡村更有活力

打开碧江区的电子交通地图，一条条白线纵横交错，犹如一张紧密的网覆盖着碧江区的土地。这些白线，就是一条条通村道路，连通了每一个美丽乡村。

“要想富，先修路”，碧江区着力抓好道路畅通“最后一公里”。2017年，碧江首批“组组通”公路建设任务是121条，总长452公里，涉及150多个村民组。道路建设的完成，极大地方便了农村群众的生产与生活，改善了农村人居环境，为乡村调整产业、发展经济、脱贫致富奠定了交通基础。

2019年7月，碧江区桐木坪乡不少村民因种植空心李赚了个盆满钵满。“市民自驾过来采摘，村民摆摊售卖小吃，李子都还没有来得及运出去就销售一空，多亏了这条路嘞，既是产业路、民心路也是旅游路啊！”提起村里种植的空心李，村支书高兴地说。

“以前只有一条路到村里，从市区过来要将近40分钟，而且到李子园的路没有通，现在三个方向都有车可以到，通组路也修到了家门口，10多分钟就可以到了，李子不愁卖啦！”村民们乐呵呵地说。

桐木坪乡地处高山，气候优越，降水充足，将其作为农业园区来打造，着力培育“一村一品”，大力发展农旅一体化产业。并引进戈腾农业科技有限公司以合作社的方式进行开发，流转荒废土地达1000余亩，发展空心李、脆红李、奈李等10余个品种，公司每年支付土地流转费20余万元、劳务费30余万元，村民人均年收入可达6000余元。

道路通了，村村寨寨活力足了。2018年，该区投入资金5.9亿元，实施“组组通”公路建设847公里；投入资金1500万元，实施683个村民组寨内道路硬化，着力补齐乡村发展短板，完善乡村基础设施，将农村资源变为农民资本。

打通产业路，让产业更兴旺

作为铜仁市经济社会发展的核心地带，碧江区在人们眼中便是“都市”所在，关系经济发展的交通建设，该区也始终走在全市前列。随着铜大城市快速干道、灯塔大道等主要交通干道的修建，灯塔一夜之间成为铜仁新老城区的交会处，区位及交通优势凸显。

近日，在碧江经开区农夫山泉公司门口，记者看见一辆辆满载农夫山泉矿泉水的卡车缓缓驶出。公司的工作人员说，这一车车矿泉水将从杭瑞高速铜仁北站发往贵阳。

2012 年，农夫山泉入驻碧江经开区，投资 10 亿元建起了铜仁农夫山泉生产基地，将碧江区六龙山七股水景点的天然泉水搬出深山。从此，铜仁水走向了广西、湖南、四川、云南、重庆等省区市的市场，农夫山泉基地得以落户碧江，得益于交通带来的优势。

灯塔街道马岩村百花渡景区，将花卉主题文化与现代农业相结合，集循环农业、休闲观光、农事体验于一体，结合周围村舍农家乐的形式，形成产销供一条龙的经营模式，将园区打造成为主题婚庆区、休闲度假区、现代观光农业园。百花渡景区使昔日千亩荒山变成年接待游客 100 余万人次、旅游收入上亿元的千亩花海，带动当地农民脱贫致富。

“碧江区是铜仁主城区所在地，辖 5 街道、4 镇、5 乡，可以说一半已经步入现代城镇化，而另一半经济发展相对滞后的乡村，交通发展必须始终把成效联通放在首位，坚持城乡并进，以交通引领经济社会发展。”碧江区交通运输局局长孙友富说。

如今，一条条穿越崇山峻岭的交通大动脉和开发道路，带动沿线经济社会发展驶上了“快车道”，使碧江这片土地生机盎然，活力迸发，果园、菜园、茶园等如雨后春笋般纷纷涌现，碧江人民正昂首阔步行走在建设全面小康社会的康庄大道上。

十八弯山路到下坪

◇张 勇 王安宏

在乌江边的新滩乡场肩扛一包水泥，沿羊肠山路发力爬山……脚尖打颤，身体发抖，即便是冬天也累得气喘吁吁，水泥灰夹杂汗水流淌到皮肤上，让人特别难受！如是夏天，水泥会“咬”伤皮肤，需要十天半个月才能恢复。

一个青壮年，每天起早贪黑只能扛 3 包水泥进村，累得腰酸背痛。时光已经过去了 20 多年，68 岁的下坪村村委会副主任简子栋聊起搬运水泥修建学校的往事，依然记忆犹新，曾经的艰难困苦历历在目。

这条链接下坪村到新滩乡场的羊肠山路，村民们形象地称之为：石梭子。

下坪村地处乌江右岸的山坳上，是德江县桶井乡最边远、最偏僻的村子，距离乡镇政府驻地 30 多里山路，先是需徒步翻山越岭赶到新滩码头，坐船渡过曾经波涛汹涌的乌江，再徒步到乡政府，可谓跋山涉水。

每年，乡亲们的生产生活资料，需要从新滩乡场、长堡乡场扛进家里。而各家生产的水稻、玉米、红苕等，也需要沿陡峭的山路经肩挑背驮到新滩乡场，或在本县长堡乡场出售。大山，养育了祖祖辈辈，也阻碍了乡亲们前行的脚步。

“这里是典型山旮旯。出门赶场办事，常是‘两头黑’，累得不得了。”下坪村村支部书记姚财富接过简子栋的话茬，“过去没特别需要办的事情，我们通常不会出村下山，村民们到了 60 岁以后就很少出村，一辈子在村里生存终老。”

回溯到 1998 年冬天，“草鞋书记”、时任桶井乡党委书记的黄欣渡过乌江，手脚并用爬到下坪山窝窝里进村入户调研，发现交通是下坪发展的“拦路虎”。当年，他就组织乡亲们从本县长堡乡集镇，新修进村公路大力发展烤烟等，初步改变了下坪“交通死角”的历史。

从 1998 年秋收完毕开始，奋战到次年春耕季节，由政府无偿提供爆破物资，全村男女老少齐上阵投入公路建设，开挖、搬运、填坑……历时两个寒暑，从长堡乡集镇到下坪的毛坯公路拉进了村里，乡亲们杀猪喝酒庆贺“出山”通道顿开。当年，汽车鸣笛拉运燃煤进村，村民们烤烟获得了大丰收。

这是一条“连心路”“致富路”“小康路”……

一头连着山外，一头连着山里。一头连着乡亲，一头连着希望……这条穿行在崇山峻岭间的路，从此为下坪的发展打开了“山门”，乡亲们沿着充满梦想的公路纷纷外出寻找发家致富的“法宝”。

“公路通，百业兴。”下坪村第一书记冯江南直言，“在原公路基础上拓宽硬化后，来去比过去更方便了，外出的村民回乡大力发展肉牛养殖、生态花椒等产业，村民新修的房子像雨后春笋一样多起来。”

大山深处有人家，十八弯山路成风景。最近几年，贵州交通大会战的利好在下坪落地生根、开花结果，6.5 米宽的水泥路从长堡乡集镇纵贯下坪村，直通新滩新集镇和乌江新滩码头。同时，与“组组通”公路连接全村 14 个村民小组，还有产业路布局其间。而今，汽车可通达或绕行村村寨寨，出入县城等地便捷多了。

最让乡亲们高兴的是，正在修建的乌江夹石大桥，与贯通下坪的公路同属乌江沿江公路“民生工程”“富民工程”。该桥通行后，下坪与毗邻的沿河土家族自治县夹石头镇沿乌江一带的交通环境将大为改变，迎来更好更多的发展机遇，村民们眼巴巴盼着这座大桥早日建好投入使用。

因山而美，因水而媚，乌江沙坨电站下闸蓄水发电，乌江沿岸“高峡出平湖”的盛景更加娇媚，真山、真水和美景、美食吸引人们眼球，养在深闺人未识的下坪逐渐被外界熟知。

下坪，不再遥远；下坪，不再沉寂……

石阡：练好交通“四字诀”　打通“最后一公里”

◇佚　名

近年来，石阡县坚持把交通基础设施建设作为县域经济发展的助推器，按照设计、监理、建设三合一总承包方式，高规格、高标准、高质量推进“四好农村路”建设，全力打通乡村道路交通“最后一公里”，农村公路路网不断优化，直接助推了脱贫攻坚，提升了群众的满意度和获得感。2018 年 9 月，经交通运输部、农业农村部和国务院扶贫办实地考察审核，石阡县被评定为国家级“四好农村路”示范县。得到了中央、省、市各级领导部门的充分认可，总结起来，主要有以下四个方面。

念好“建”字诀。在道路建设中，坚持“高起点、一次过”贯穿立项、采路到建设完工全过程。一是坚持保护生态底线，打造特色公路网络。根据《贵州省农村公路建设条例》，结合我县地理环境，工程建设按照“宜宽则宽、宜窄则窄、生态保护”，路旁绿化按照“三季有花、四季常绿”，文化打造按照“文化传承、政策宣传、崇尚科学、法理教育”的理念，坚持“建设一条路，打造一片景，振兴一村寨，带动一产业、教育一代人”的工作思路，强化“人、财、物”三大保障，全面畅通“毛细血管”，全面解决老百姓出行难、行路难、运输难等问题。二是坚持责任包保制度，打造质量过硬公路。通过招投标程序，选好项目承建方。县委、县政府主要负责路网总体规划、项目统筹调度，做好成本控制、资金拨付、质量和进度监管；承建方全权负责工程项目设计、监理、建设，全面推进项目建设，夯实交通基础，将群众期盼多年的道路建设成一条条生态路、产业路、致富路、文化路、廉洁路。三是坚持助推脱贫攻坚，为群众打造致富路。通村通组公路按照“四好农村路”标准硬化实施推进，积极引导老百姓主动自愿积极参与“四好农村路”建设，切实支撑了景区旅游、农业农村现代化、乡村振兴的快速发展，全力助推全县人民奔小康。

仅2018年，全县累计投资9.2亿元，实施通组公路项目646个，建设通组公路1416.95公里，解决了10.9万人的出山难问题；投资3亿元，实施串寨路、连户路448.8万平方米，解决全县所有农户出行“最后一米”的问题，老百姓的获得感和满意度大幅度提升。

念好“管”字诀。县委、县政府为破解点多面广的管理难题，对全县县乡公路、村组道路实行“路长制”管理，从组织领导、规范体系和检查考核机制入手，健全农村公路管理机制。一是主要领导亲自抓。出台《石阡县“路长制”工作实施方案》，创新管理方式，实行由县委书记和县长担任全县“总路长”，对全县所有公路管理负总责。同时，县四家班子领导任联系乡镇的总路长，按照“属地管理、一包到底”原则，督促辖区内道路管理负责人落实好道路的管理工作职责。二是等级公路部门管。县乡公路由县级领导担任一级路长，乡镇（街道）主要负责人担任二级路长，乡镇人民政府和具体包保部门协助县公路管理部门管理县道，具体承担乡道管理工作职责，县公路管理部门进行业务指导。三是村组公路村民理。村组道路由所在乡镇（街道）党政主要领导担任一级路长，沿线村“三委”成员、村民小组长担任二级路长，负责对各自辖区内的村组道路进行管理，组建了条条道路有人管的路产路权保护队伍，实现了全县道路管理职能部门管理单一化向多层级、全领域联动监督协管转变，形成“县道县管、乡道乡管、村道村管”的新格局。

自“路长制”实施以来，全县农村公路交通安全事故发生率同比下降5%，可绿化率达100%，强化社会监督，所有农村公路起点设立“路长制”信息公示牌。

念好“养”字诀。始终按照“建设二条，优良一条，受益一片”的要求，结合实际，不断探索道路养护模式。一是不断建立完善养护体系。成立养护公司，不断提高农村公路养护补助标准，不断完善农村公路养护管理体系。县脱贫攻坚指挥部于2018年3月19日出台了《石阡县养护链接贫困户2018年助推脱贫攻坚工作实施方案》，并将县、乡、村组道路按照县乡公路养护每年每公里20000元、村组公路每年每公里1500元纳入财政预算。二是切实抓好县乡道路养护工作。在省、市交通主管部门的支持下，配套县级财政资金，2014年共投入1200余万元，建设沥青养护站，明确县、乡沥青公路由养护站负责日常养护，聘用了8名专业人员进行日常管理，购置轮式挖机、装载机、钻孔机和摊铺机等必要养护设备，为县、乡公路及时养护提供了有力保障。三是建立健全利益链接机制。村、组公路由乡镇委托村级合作社组织建档立卡贫困户进行日常养护，共聘请义务监督员183名，3000余户精准扶贫户参与养护与建设，每3至5公里聘请1名建档立卡贫困户参与养护工作，每年平均直接为每户贫困户增收4500元以上，真正实现"路通了，养好了，老百姓的钱袋子涨了"。长期困扰乡村的"出行难"问题，得到了根本性的解决。

念好"运"字诀。按照"实用化、现代化"标准，创新运行体制机制，不断推动运营模式朝现代化方向转型升级。一是强化运营保障思维，加快构建运输网络。以"四好农村路"建设为契机，深入基层群体，想群众之所想，急群众之所急，在建好、管好和养好农村公路的同时，大力发展农村公交客运和农村物流网络，统筹城镇化总体布局、整合城乡客运资源、优化客运网络衔接、促进运输服务规范化，逐步建立起村相通、镇相连、城乡一体、便利安全的客运交通和物流网络。二是强化资金投入力度，加快提升服务质量。按照"县有总站、乡有分站、途有招呼站"的要求，全力推进各点建设。目前，我县已建成全省最大的县级一级综合客运站1个，乡镇客运站18个，招呼站58个，营运客车244辆，实现"县有总站、乡有分站、村有招呼站"。县级国有企业投资平台，投资828万元，购置了12辆新能源公交车，开通了城内公交。三是强化科技结合，加快推进城乡一体化。坚持"全面建成安全便捷、优质高效、绿色智能的运输服务体系"这一标准，以建立健全公交智能化调度管理系统为契机，着力提高智能化水平。当前，我县已完成"通村村”App 建设，实现了农村客运与公交的无缝连接，为公共客运与乘客节约了时间，提高了服务效率。

“路漫漫其修远兮，吾将上下而求索。”现在的石阡，已然成了黔东地区重要交通立体枢纽，内通外畅。商旅游客来往石阡更加便捷，群众日常出行更加高效。但“四好农村路”不是完成时，而是切实做好“建管养运”的进行时，特别是中央一号文件已连续三年将“四好农村路”写入其中，石阡县必将在巩固提升国家级“四好农村路”示范县的进程中再创新功，踏浪前行！

印江创新做好农村“组组通”公路“后半篇文章”

◇田 林

2019年以来，印江土家族苗族自治县实施创新农村公路养护机制，有效解决“有人管事”“如何管事”“依法治路”等问题，实现了“摘穷帽”与“振乡村”的双赢。

管养体制改革，解决“有人管事”问题。积极整合脱贫攻坚力量，推行了以乡镇（街道）脱贫攻坚作战部为主导，各村攻坚队、尖刀班和帮扶干部为主力，充分发动护林员、低保户以及热心公益事业的群众参与养护管理，扎实抓好“组组通”公路管养工作。及时制定《印江自治县通组公路管理养护实施办法（试行）》，明确了乡镇（街道）、村通组公路管养主体责任，初步建立起“政府主导、部门参与、镇村联动、村组主力、群众参与、群管群养”的养护管理机制。并优化完善管养机制。进一步健全“五员联动”“四级管养”和“七定一包”责任制，把列养的“组组通”公路推行村组“路长负责制”、聘请“两代表一委员”和热心群众为义务监督员，落实“组组通”公路管养主体和监管责任。理顺“组组通”公路养护管理责任，以乡镇交通管理人员为责任主体向村组转化，采取以村组护路员为基本养管队伍，群众积极参与和配合，乡镇交通管理人员为指导的“组组通”公路养管体系，做到“有路必养、养必良好”，推动实现“组组通”公路养护工作的正常化、规范化和制度化。

体制机制创新，解决“如何管事”问题。“组组通”公路在质量控制、技术标准、排水渠沟、路容路貌、路肩边坡、防护设施等方面参照通村公路管养规范，及时制订养护管理考核办法，实行月检查、季考核、年奖惩措施，确保管养质量。层层分解养护责任，落实岗位职责，组织养护人员进行定期管养和路况巡察，全面落实以组为单元每周对公路进行 1 次清扫和边沟清理并做好保洁，保持组组通公路路况良好。各村、组制定“村规民约”，将超限超载、擅自占用公路、倾倒垃圾、堆放物料、摆酒办席的行为纳入整治范围，加强“组组通”公路路政巡查力度，充分发挥义务监督员及群众的作用，实现村民自觉、自管、自罚的良好生态，进一步巩固“组组通”公路建设成果，切实维护路产路权。建立县、乡、村、组四级客运安全监督管理一体化机制，完善各村进村的公路路口“客运车辆行驶告示牌”和车辆安全行驶提示标志，客运班线车辆严格遵守农村客运车辆运行管理相关规定，严禁窜线运行和在未开通的农村客运班线公路行驶，严禁客车和其他车辆非法营运，防范安全责任事故的发生。发挥村支两委的主导作用，积极探索“村规民约”自治管养模式，把村、组公路养护管理纳入“村规民约”，采取群管群养、定期养护、网格管理等措施，抓好公路的日常责任管理。

管养有法可依，解决“依法治路”的问题。根据《中华人民共和国公路法》《贵州省公路条例》《贵州省通组公路建管养实施细则（试行）》等法规及文件要求，起草了《印江自治县通组公路管理养护实施办法（草案）（试行）》，在征求各乡镇（街道）、司法部门及法律顾问意见的基础上，经多次集中讨论修改完善后，提交县人民政府常务会议审定通过，进一步明确了农村公路养管责任主体和养管标准，为创新农村通组公路养护管理工作提供了制度上的支持和政策上的保障。

小小一滴水 窥见大民生

◇罗 旭

地处林石区，常年无固定水源的思南县瓮溪镇余林村，如今家家户户都接入了自来水管，从此结束了世世代代被缺水所困的日子。

“有了水便有了脱贫的希望，对于我们村发展来说这是一次重大跨越。”余林村村支书张羽光说。

“听水响、看水流、用水愁”是铜仁市部分山区群众早些年用水的写照。2004年底，铜仁市农村饮水安全和基本安全人口仅为162万人，还不到当时全区农村总人口的一半，自来水受益人口为100余万人，农村自来水的普及率仅为30%。

地处武陵山腹地，因山高水低、河谷幽深，水资源分布不均，高山区群众喝水更是要“望天用水”，遇到大旱，往往需要到处找水源，缺水一直成为难以言说的痛。

年近80岁的周林胜是思南县瓮溪镇余林村的村民，在村里生活了一辈子，在他的记忆中，缺水是第一难事。

“以前随时随地都在为水发愁，一大早就必须挑着水桶去附近几个水井排队，下雨天稍好点，遇到大旱天井水也不够用，洗衣、做饭、喂猪都要用水，至少需要5担水才够用。”周林胜说道，“以前像这段时间，中午就做农活，到了晚上还要出去‘望水’，我家的田地属于‘尾水’，流到我家就没多少了，得守着水才行。”

为破解群众用水难问题，铜仁市按照“人人喝上安全水”的总体要求，将全面解决农村饮水安全问题作为打赢脱贫攻坚基础设施硬仗的硬任务、硬要求、硬标准，全力以赴打好农村饮水安全攻坚战，让农村群众喝上“放心水”。

像余林村这样缺水的村寨，因地制宜是解决缺水的最好办法。自2016年起，思南县创新探索了覆盖城乡一体化的“骨干水网”，把水从水源点引到数十公里外的千家万户，有效解决了群众安全饮水问题，让“远水”解了“近渴”。

“我们依托‘骨干’水源工程为稳定水源，以26个乡镇集镇供水水厂为节点，根据不同高程，采取蓄、引、提等措施，实行分区联通供水，打破常规乡村界限区域供水格局，形成‘十库八厂七支一环两连接’、覆盖全县28个乡（镇、街道）526个村的大型‘骨干’供水水网。”思南县水务局副局长杨昌世介绍说。

紧贴陡峭的山壁，驶过蜿蜒崎岖的山道，气势雄伟的思南县瓮溪镇三星水库展现在眼前，这也是该县“骨干”水源工程其中之一，水流顺着管道在山间蜿蜒穿行后，到达它的第一站——思南县瓮溪镇富家寨水厂。在这里，经过沉淀、过滤、杀菌等程序，通过四通八达的管网送往千家万户。优质、安全的饮水，彻底解决了该县瓮溪镇、文家店镇、三道水乡等6个乡镇20余万人“靠天吃水”的历史。

“虽然三星水库建成历史较早，但因历史原因，水库主要用于良田灌溉。而我们集镇供水在2014年前主要由红岩水库供水，但只能保证集镇用水，其他村组用水都是靠‘望天水’和挑水。”瓮溪镇副镇长陈毅回忆说，自大水网工程将三星水库的用途改变后，现在全镇家家户户都将用上自来水。

截至2019年底，铜仁市全面完成农村饮水安全工程，建成农村饮水安全工程798处，累计解决155.2万人的饮水安全问题，其中建档立卡贫困人口53.95万人。当前全市农村集中供水率达96%、自来水普及率达95%、供水保证率达95%，各项指标均超过“十三五”农村饮水安全规划目标，确保群众喝上放心水。

为了保护来之不易的自来水，维护管道、水库正常运行，铜仁市积极探索多元化管理模式。成立乡镇供水公司对规模较大的集中供水工程进行管理，确保运行良好规范，并由乡镇水利站对辖区内较大规模的集中供水工程进行管理，保障工程正常运行。同时，成立农民用水户协会对村或村组一级规模相对较小的工程进行管理，而分散式供水工程由受益户自行管理，产权和责任到户。

注重水质，建立健全水源保护机制。铜仁市划定了饮用水保护区或保护范围，强化了水源保护工作，还将“水源保护”纳入农村饮水工程运行管理规范化建设指标体系，作为工程验收的重要内容。同时，为加强农村饮水安全工程水质检测管理，该市争取中央资金在 10 个区县分别建设了县级农村饮水安全工程水质检测中心，并要求各县在县域范围内开展水质检测工作，以促进农村饮水安全工程水质达标率的提升。

为更好地保护广大农村居民饮用水的健康福祉，2019 年 6 月 27 日，由铜仁市第二届人民代表大会常务委员会第十九次会议通过，8 月 1 日经贵州省第十三届人民代表大会常务委员会第十一次会议批准，铜仁市首部针对农村饮用水管理的综合性地方法规《铜仁市农村饮用水管理条例》（以下简称《条例》）正式出台。

本《条例》分五章共三十三条，以切实解决突出问题为导向，明确以保障农村居民饮用水安全为目标，理顺现有管理体制，强化水源地保护，规范运行管理，明确监（检）测主体，从严设定法律责任，《条例》立足本市实际，诸多条款体现铜仁特色。《条例》在 2020 年 1 月 1 日已正式施行，体现了铜仁市在农村饮用水措施上的高标准和严要求，使得农村饮用水更加放心，质量将得到充分保障。

破解水困迎新局

——江口加快水利基础设施建设

◇ 刘仕华

贫困与水困，曾是江口面临的两大困局。据数据显示，5 年前，在这个典型的农业山区县，绝对贫困人口超过 7 万人，接近全县人口的三分之一；全县水利用系数仅为 0.39 左右，13 万户存在饮水不安全问题。

如何破解水困，攻克制约江口经济社会发展的基础性短板，成为江口县委、县政府列入发展清单的首要议题。争项目、建机制、抓产业、助增收，一系列的水利精准扶贫行动拉开序幕。

善谋水利固根基

欲除困局，先利其器。江口县找准精准扶贫目标，抓好项目争取，加强对国家投资政策方向的研究，吃透上级文件和政策精神，按照“一个项目、一笔经费、一个班子、一套措施”的办法，对重点项目实行了“项目申报任务分解、部门负责、共同协调推进”的工作机制，实行了争取项目类型全覆盖，争取资金一年比一年多的良好格局。

据统计，2011 年至今全县已落实各类水利建设资金 12.3 亿元，是“十一五”末水利建设投资的 6.7 倍，全县水利工程由“十一五”末的 1282 处增至 1640 处，其中蓄水工程 152 处，引水工程 858 处，提水工程 45 处，人畜饮水工程 321 处，其他工程 264 处。

工程性缺水是制约当地水利发展的主要因素。江口县充分利用本地丰富的水资源条件，为实行一个乡镇有一个小型以上的骨干水源工程支撑，积极谋划争取骨干水源项目和项目实施。如今，投资4亿余元的重点水源鱼粮水库已顺利通过下闸蓄水验收，石宝岩水库、麻冲水库、军屯水库、车坝河水库等各项新建项目陆续开工。截至目前，全县人均供水量达到21.9立方米，水利工程供水总量增至4925.14万立方米，工程性缺水问题正在逐步得到解决。

畅通官网保安全

过去的江口，村民因争水纠纷不断，甚至伤人的事件经常发生。

渥垱土村的村民和老四村的村民就一度因为枯水期抢水而大打出手，乡、村干部多次调解均无果。县水务局专门安排技术人员与村民一起寻找水源、踏勘、测量高程，并召开大会集体讨论。进行水源对比论证后，投入项目资金120多万元建提水灌溉站一座，新建容积100立方米的蓄水池，彻底解决几个村民组及一所小学1800人的饮水安全问题。从此，饮水纠纷没有了。

江口县优先解决扶贫地区的饮水安全，因地制宜，加快工程建设。对地处城镇周围的村组，采取城乡官网供水模式，充分依托城镇现有的供水官网和稳定的水源，对蓄水池进行改扩建，抓好官网向村组的延伸，实现城乡供水一体化。同时，充分利用一些水库水质好、地势高的特点，兴建集中连片饮水项目，采取水库集中连片供水模式，向库区周围村组延伸，供水到户。利用县内的“一江四河”，建设适度规模的联村或乡镇饮水项目，实现联村集中供水模式。针对人口居住分散，配套建设地下机井工程，解决供水。

产业互补显效益

在实施水利精准扶贫中，该县加强部门联动、群众参与和产业调整相结合，确保水利工程项目发挥最大效益。

江口注重项目优势互补，在太平镇勤芒村实施水土流失防治项目配套时，与县烟草部门实施的烟水项目配套，建成4万立方米蓄水山塘和8口小水窖，既保证了耕地灌溉，又满足了烤烟面积的用水需要，烤烟种植每年实现人均增收1000元以上。此外，当地还对农业综合开发项目、土地开发项目、农村扶贫开发项目、烟水配套项目和水利建设项目均进行统筹规划，项目互补，确保了工程效益的最大限度发挥。

闵孝镇鱼粮溪村自水利基础设施完善以来，农户积极参与农业产业结构调整，大力投身于农业产业化发展，自筹资金1086万元，争取帮扶资金546万元，组建农业合作社，建设高标准果蔬基地，基地种植各类果蔬2550余亩，农民年人均纯收入达7000余元，成为远近闻名的富裕村。

农民群众踊跃参与水利精准扶贫，特别是"一事一议"项目。各施工队大量吸纳返乡农民工、当地群众参与建设，有效解决了农村劳动力就业，开辟就业渠道，促进农村产业结构调整，使工程在实施过程中较好地发挥了社会效益。

大梁河上筑起铜仁水利建设史中又一座里程碑

◇蒲 智 熊志凌

2018年12月1日，这个对于铜仁水利事业来讲是一个值得铭记的日子，工程审定概算总投资为14亿多元，设计工期36个月的铜仁市大兴水利枢纽工程正式下闸蓄水。

从2015年12月26日开工以来，经过工程项目的参建人员1000多个日夜的奋战，这一惠及30多万人的全省重点骨干水源工程基本按计划的节点工期完成工程建设任务，所有参建人员用辛勤汗水和不懈努力在大梁河上筑起了铜仁水利建设史中又一座里程碑。

该工程是贵州省“三位一体”规划中的重点骨干水源工程，也是我市目前库容量、投资规模最大的在建中型水利工程。水库总库容4672万立方米，年供水量8736万立方米，可确保铜仁高新区片区（含大兴集镇和周边）、松桃自治县正大农产品加工园区生产生活用水，以及正大镇集镇及周边农村33.2万人畜饮水安全。电站装机容量为5兆瓦，多年平均发电量1668万千瓦时。

这个总投资14多亿元，总工期36个月的水利项目是如何实现进度与质量，安全与效率双赢的?

严把质量关口，科学把控进度

2018年12月1日，下闸仪式现场，一根直径219毫米、长度20.15米的常态混凝土优质长芯横呈在大坝交通桥面上。长芯位于2#坝段，高程515.55—495.4米，芯样表面光滑细密，层间结合良好，骨料分布均匀，充分显示出大坝混凝土的良好胶结性，这便是作为工程项目质量上乘标志物的“大兴之芯”，在全国的评比中获得了第六名的好成绩，直观地展现出大坝混凝土内部整体质量良好。截至目前，工程质量完成单元工程评定 1815 个，全部合格，优良率 95.3%；完成分部工程验收 26 个，全部合格，优良率 96%，单位工程 2 个，优良率 100%，这些成绩的取得是项目建设指挥部、监理、PMC 项目管理单位秉持“严控工程质量，打造精品工程”理念进行管理的结果，更是施工单位“规范化、标准化、精细化”施工的结果，为后期质量评定验收提供基础性资料，并为下一步项目参与“大禹奖”申报评定，奠定又一坚实基础。

从开工的第一天起，项目指挥部就对工程质量“高标准、严要求”，将工程质量目标确定为“争创优质工程、精品工程”。通过坚持制度化、动态化、精细化、标准化管理，不断细化、不断完善各项规章制度、体系，不断加强“事前事中”管控，以“防”为重点，以“治”为抓手。各参建单位步调一致，共同努力，从基础处理到立模、钢筋绑扎，从混凝土拌和、入仓到温度控制、养护，从金属结构安装到调试、试运行、评定验收等各个环节严格把关，采用视频监控系统 24 小时对安全、质量、进度，甚至对每一个施工部位、每一道工序、每一个细节、每一道流程进行全方位、全过程、全时段地精确监控，确保大坝混凝土浇筑质量始终处于“可控”状态。

项目建设如何在保质保量和进度上找到平衡点？项目指挥部充分利用好项目资金的调控作用，管好用好项目资金，制定了一系列资金使用和管理的规章制度，严格按合同约定进行进度款支付，保证项目资金及时到位，工程建设资金控制在初步设计概算范围内，未出现超概，确保整个工程按照设计的时间节点顺利推进。为保证工程施工进度，项目指挥部要求 PMC 项目管理部和监理单位将施工计划精细到以“天”为验收时限，制订日施工进度计划，并安排专人对每日施工情况进行检查，发现问题及时纠偏；同时每周召开一次监理周例会、每半月召开一次工程进度推进会、每月召开一次工程月例会，会上对工程进度方面存在的问题进行全面梳理，对出现滞后的施工项目进行详细分析，并制定了切实可行的纠偏措施，保证工程施工进度满足合同要求。

工程上各种费用的支付，严格实行支出审批制度。工程价款结算是以建设单位与设计、PMC 项目管理、监理等有关单位签订的合同协议为基础，根据实际完成的工程量，经监理部核准后，上报指挥部，指挥部工程技术部和工程质监部按照工程施工进度及所掌握的情况进行复核，复核结果报给跟踪审计单位审核，然后上报单位负责人审查签字，计划财务部按合同要求支付工程进度款。制度执行无违反政策的情况发生。工程审定概算总投资为 140885 万元，目前工程实际到位资金 143095.0683 万元（其中省级及以上资金 74600 万元，市级资金 68495.0683 万元）。实际支付工程款和移民资金总计 140445.8556 万元，所有工程及费用已全部按合同支付完毕，未拖欠工程款。初步测算，工程建设资金招标节约和基本预备费节约 9515 万元，扣除帷幕灌浆重大设计变更费 2600 万元还节约 6900 万元。

夯实安全基础，实现“双零”目标

大兴水利枢纽工程自开工建设以来，安全生产积极推行安全标准化管理，截至目前，未发生一起责任安全事故，实现“零事故，零伤亡”。

2018 年 3 月，铜仁市水务投资有限责任公司（大兴水利枢纽工程）通过水利部“水利安全生产标准化一级单位”达标，成为我市首个水利部认可的水利安全生产标准化一级单位。这项荣誉全省仅有两家单位获得，铜仁市水务投资有限责任公司（大兴水利枢纽工程）是铜仁唯一得主。

自 2016 年初开展安全生产标准化建设以来，该公司和项目部通过建立健全安全组织机构，完善安全管理制度，按照“制度化管理是基础、动态化管理是保障、精细化管理是要求、标准化管理是方向”的原则要求开展安全生产标准化建设。

铜仁市水务投资有限责任公司高度重视安全生产管理工作，大兴水利枢纽工程开工建设初期，公司对工程定位、长远目标和职责分工作出了系统部署。成立大兴水利枢纽工程安全生产管理组织机构，同时对各参建单位安全生产管理组织机构人员实行动态化管理。大兴水利枢纽工程建管部安全质监部作为项目建设安全管理机构，配备 2 名专职安全员，负责建立健全各项规章制度和管理办法，形成考核管理机制，制订工作计划，有序组织开展各项应急演练和教育培训工作。并于日常工作中对各参建单位的安全生产管理体系建设、责任制落实、安全行为和安全操作等方面进行全过程、全覆盖实时监督检查，每月 18 日组织开展安全生产联合大检查，同时召开安全生产专题会议，建立安全管理台账，以问题为导向实行再检查再督促。

大兴水利枢纽工程建管部每年年初与所属部门和各参建单位签订安全生产目标责任书，并分别于每年年中和年末对安全生产目标实现情况进行考核，确保各阶段安全生产目标的实现。

该公司建立了安全生产费用保障制度，明确费用提取、使用和管理等内容。每月由 PMC 项目管理单位编制“安全生产费用付款申请单”和“安全生产费用使用明细表”，经监理单位审核后，建管部及时足额支付安全措施费用。

2016 年 10 月 17 日，针对检查中发现安全生产费用投入不足等一系列问题，建管部下发《关于加大安全生产措施费投入有关问题的通知》（铜水投大兴〔2016〕14 号）文件，督促各施工单位加大安全生产费用投入。2017 年 3 月 28 日，建管部以正式文件转发了《贵州省水利工程建设项目安全生产费用管理暂行办法》（铜水投大兴建管〔2017〕11 号）文件，进一步规范安全生产费用投入使用，确保安全生产费用落到实处。

建立健全安全规章制度体系。该公司自 2016 年年初开始安全生产标准化以来，公司和大兴水利枢纽工程建管部共出台各种规章制度 40 多项，为安全标准化管理提供管理依据。

建管部建立了费用使用台账，定期对各参建单位安全生产费用使用情况进行详细的监督检查。截至目前，实际投入使用 924.76 万元（含机电设备及球墨铸铁管材料的安全生产费用）。安全生产费用实际投入达到建安工程费用的 2%，保障了安全生产费用需求。

引建管新模式，破工程四难题

大兴水利枢纽工程项目采取项目管理总价承包管理模式（PMC），并于 2015 年 12 月完成招投标工作。

中水北方勘测设计研究有限责任公司作为项目 PMC 总承包单位，充分利用其丰富的项目管理经验和多年从事 PMC 背景的管理团队，与业主充分合作，代业主进行招标，承担项目建设过程中的监督和管理，规避了业主资金、人员风险。

从整体谋划工程建设，从招投标到设备选择，从资料档案到工程实体，从协调设计、参建单位到征地，体现了更专业的工程建设管理。帮助业主节约项目投资。在确保项目质量、工期等目标的完成下，PMC 从工程设计和移民设计开始，全面介入进行项目管理，本着节约的方针进行控制，从而降低项目采购、施工等阶段的投资，达到节约费用的目的。比如弃碴场优化、临时用地优化等减少几百亩地的征用。

PMC 利用丰富的财务管理经验，并结合工程实际情况，对整个项目的资金流进行优化，合理使用工程资金，保证资金使用效率最大化，好钢用到刀刃上，为业主节约了大额贷款利息。

凭借中水北方勘测设计研究有限责任公司在建设管理方面的人才和管理优势，大兴水利枢纽工程建设，较好地解决了我省长期在水源工程建设中存在的进度、质量安全、投资控制、工程验收四大问题。工程建设是全省同类项目中最快的，各节点目标任务均按计划完成；工程质量从已完成的质量检测成果及外观质量评定情况看，达到优良；安全生产推行安全标准化管理，未发生安全事故，实现“零事故，零伤亡”，2018 年 3 月通过水利部“水利安全生产标准化一级单位”达标；工程建设资金控制在初步设计概算范围内，未出现超概；工程档案以优质档案为导向，以竣工档案验收为目标，制定文件模板、管理制度及管理实施细则，对档案实行标准化管理，各阶段验收稳步推进。大兴水利枢纽工程建设，在水利部、省水利厅组织的质量考核中得到考核组的充分肯定，在 2017 年度贵州省中型骨干水源工程建设项目法人考核中获全省第一名。

大兴水利枢纽工程正是在业主单位，以及在各参建单位的精心组织与通力配合下，于 2018 年 12 月 1 日迎来了下闸蓄水这一里程碑的时刻。下一步各方将在 12 月底，实现主输水管道试通水，并开展工程完工验收，做好收尾工作。同时，按照市政府的要求，开展好大兴水利枢纽工程信息化提升（智慧水利）建设相关前期工作，为这座大梁河的丰碑上再添精彩之笔。

清泉穿山来 思源感党恩

——德江县桶井乡长丰引水工程让群众喝上幸福水

◇杨 旭 张著昶

“水来啦！水来啦！……”2019 年 6 月 19 日上午 10 时，乌江岸边和尚岩上大水池边，锣鼓喧天，百余名群众载歌载舞，激情欢呼：“我们有水喝了！”

在党中央的亲切关怀下，在省、市、县各级各部门的大力支持下，2019 年一条长达 38 千米的管渠犹如巨龙，从德江县长丰水库穿山越岭，向桶井飞奔而来！

在新中国成立 70 周年之际，全省极贫乡德江县桶井资源性缺水问题终于得到了根本性解决，2 万余名群众亲切称赞这水是幸福水、安全水、便宜水、圆梦水！

困境：常年干旱缺水，望着乌江无水喝

“乌江水呀波连波，乌江两岸石窝窝，贫穷日子真难过，守着乌江缺水喝。”这是桶井乡曾经缺水的民谣。

乌江流经桶井 27 千米，2.7 万余群众错落分布在乌江两岸的石坡坡上。受乌江切割太深的影响，长期以来桶井乡资源性缺水现象特别严重，人畜饮水难于上青天。

“干三道，湿三道，稀泥搅拌再三道。”农民遇天下雨，赶着牛儿急急忙忙赶到田里，趁着望天水犁了八九次，可太阳出来不到三天，稻田就全部开裂，一年的辛苦打水漂。

同心社区曹永红说，以前每天天还没亮，就得扛着水桶，急匆匆赶到全社区唯一的桶井塘水井排队挑水，每天为争水闹得不可开交，不时还为发生抢水打架斗殴事件。许多人家无奈地到近乎垂直1000米以下的乌江河挑水，每天至少得花一个棒劳力，费时费力，严重影响了劳动生产。

桶井乡卫生院原院长熊启江告诉记者，在他任院长期间，每月接待的患者中，超过一半的人都是因为饮水不卫生导致严重腹泻，不得不入院治疗。

“过去，桶井人把牛脚窝里的水，板上的天花水盛装起来，稍微沉淀后，便用来洗菜，洗菜后又用来洗脸，洗脸后又用来洗脚，洗脚后又用来洗衣服，洗衣服后又用来喂牲口……多次重复利用，真是水比黄金还贵啊！”玉竹村老人安正碧非常痛心地说，连人喝水都难保障，哪有水洗澡？群众卫生状况可想而知。

新中国成立后，随着历史的进步，机械的发达，桶井人用上了水泵提灌，从乌江边上安装水泵和管道，把乌江水提起来，输送到各家各户，可是大部分住在山顶或半山的桶井人，需要二级甚至三级提灌，才能把水送到村里，成本太高。

“电费加维修管理费，一吨水得需要4元至5元的水费，本身贫穷的桶井人，用着如此昂贵的水，生活负担雪上加霜。”同心社区张年荣老人回忆当初用水的艰难，心情还是那样沉重。

早日喝上自来水，成了每一个桶井人千百年来梦寐以求的期盼！

破题：抢抓机遇，奋力确保群众饮水安全

2016年8月，桶井乡被定为贵州省20个极贫乡镇之一。紧接着，省、市、县各级领导亲临桶井，各部门组建脱贫攻坚工作队，投身到这场输不起的脱贫攻坚大潮中来！

经过无数次的实地调研，大家找准了羁绊桶井发展的桎梏——资源性缺水是导致桶井贫困的主要原因之一。

水是生命之源，水利是发展地方经济的命脉！

无论如何要都要解决饮水安全问题！

确保人畜饮水安全，成了桶井决战极贫首要的任务！

然而，由于受乌江切割太深，桶井历史上曾引用过乌江水，但由于扬程太高，投入巨资历经多级提灌，但最后都以失败告终，广大群众长期望着乌江无水喝。

而桶井周边的稳坪、荆角、长堡等乡镇，因为地理位置低，均没有合适的水源点，德江县决策者们虽然运筹帷幄，但是一度举步维艰。

德江县桶井极贫乡脱贫攻坚定点包干指挥部与德江县水务局、桶井乡党委、政府再次把解决桶井乡群众安全饮水作为重中之重，多次召开用水保障专题研讨会，多方征求群众意见，多渠道争取各方资源，大手笔策划，决定投入 8500 万余元资金，从距离 38 千米以外的长丰乡水库引水入桶井。

路线测量，征地拆迁，管道放线，前期准备工作紧锣密鼓，一项承载 2 万多名群众的重大民生工程于 2017 年 7 月正式开工。

“脱贫攻坚是大事，虽然是引水到桶井，但是想到桶井人用水的艰难，我们一定要积极支持，引水管道线路上的圈棚，我马上拆除。”居住在荆角乡角口村小尖山组的村民罗贤军回忆起当时的情景，对自己当初的决定倍感自豪。

“为了让桶井人民早日用上安全水，确保全乡如期脱贫出列，我们不管遇上什么困难，大家都千方百计想法克服，硬是没有耽误一天的进度。”德江县水务局负责人张羽初回忆起施工时候的艰难，看到哗哗流动的清泉，满心的自豪挂在脸上。确实，在饮水管道施工的过程中，由于德江到桶井二级公路同时进行施工，公路线、水管网多处交叉重叠，为管道安装造成了诸多影响，但是双方多次妥善协调，做到了“两不误”。

引水管道途经长丰乡、荆角乡、稳坪镇、桶井乡四个乡镇 18 个村，全长 38 千米，翻越崇山峻岭，进入桶井，犹如一条在山间游走的巨蟒。在荆角乡陡峭的鹰嘴岩，管道需要穿越 2000 多米长的隧道，为了缩短工期，施工队采取了两端凿进的办法，把隧道工期缩短了一半。出了隧道，就到了毛花顶山，管道从山顶直线下垂 300 米，由于悬崖峭壁，安装管道非常吃力。

“我们系上安全绳，从山顶吊下来，机械、人力并用，克服重重困难，终于攻克了这个堡垒。”施工人员何力回忆起施工时候的情景，至今还是那样的胆战心惊。

就这样，沿途群众积极配合，县水利、交通等部门及施工方紧密协作，克服多重困难，加班加点快速推进工程建设，终于于日前竣工。自此，长期制约桶井乡的资源性缺水问题得到根本性解决。

据介绍，这项工程的完工，有效解决了千百年来桶井乡 2.7 万余人缺水问题，将极大提升群众生存质量。同时，还保障了 4000 余亩耕地和 3800 余亩精品水果灌溉用水，为打赢脱贫攻坚战、乡村振兴奠定了坚实的基础。

感恩：砥砺前行，奋斗新时代

“翻山越岭清泉来，饮水思源感党恩。”走进同心社区官坟组曹永红家，一副鲜红的对联引人注目。原来，听说今天要通自来水，60 多岁的他昨夜兴奋得无法入眠，连夜书写了一副对联贴在自家大门上。

轻轻扭开水龙头开关，一股清泉哗哗流了出来。曹永红看着墙上崭新的热水器兴奋地说：“以后终于可以天天洗热水澡了！”幸福之情溢于言表，心中充满感激。

“党的惠民政策千般好，今后的幸福生活要自己努力创造！”正在玉竹山桃园整理灌溉管道的刘继权夫妇表示，将抓住脱贫攻坚机遇，认真管护好 2000 多亩果园，带动更多的群众快步奔小康。

民生工程暖民心。德江县委常委、桶井党委书记吴飞对未来信心满满。他说，水利命脉的打通，彻底解决了全乡人畜饮水难题，为生产发展、产业结构调整、实施乡村振兴战略等创造了有利条件，对确保桶井如期打赢脱贫攻坚战具有极其重要的历史性意义。

思南“大水网”改革
探索农村饮水安全巩固提升新模式

◇ 李丹枫

群众要脱贫，解决饮水安全是刚性指标。据悉，思南县到2019年底，要解决279个贫困村、129个非贫困村43.58万贫困群众饮水安全问题。“要解决这些供水问题，还得依靠‘大水网’。”思南县饮水安全办工作人员说。

“大水网”，是指思南县通过改革创新，于2016年8月规划的依托骨干水源工程，覆盖全县“互联互通”的骨干水网。该项目的实施，将实现从源头到“龙头”的水安全保障，也是思南县结合自身县情实际，探索出的山区农村饮水安全巩固提升新模式。

改革创新发力

改革不停，创新不止。近年来，思南县率先在铜仁市完成了水务体制改革，在全省率先探索总结了“以水养水”水利管理模式。该模式曾得到时任国务院副总理回良玉、水利部陈雷部长等领导的批示和关注，被评为“全国十大基层治水经验”之一，思南县水务局更是于2015年荣获水利部和国家人社部表彰的“全国水利系统先进集体”。

如今，思南县再次创新发力，新建规模水厂，架设骨干水网，在贵州山区农业县构建了覆盖全县且能实现“互联互通”的骨干水网，真正实现“大水源、大水厂、大覆盖”的城乡供水一体化的农村饮水安全巩固提升新模式。

“十八大后，全省的交通水利都得到了飞速发展，但两者不同的是：交通运输部门是把高速公路先建起来，再完善干支公路。水务部门是先建供水系统（毛细血管），再完善骨干水网（动脉血管），把千家万户供水管道连接起来，实现互联互通。随着规模化大水厂（心脏）建成后，城乡供水体系就‘复活’了。”2016 年 8 月，新上任的思南县水务局局长在全县饮水安全巩固提升工程规划会议上如是说。

规划思路确定后，思南县结合农村饮水安全巩固提升工程下达资金，整合统筹使用。同时创新发展思路，打破传统区域化供水瓶颈，着力构建“水网”；新建大水厂，突出“规模”供水；依托骨干水源工程，强调“水量”保障；充分利用原有水利设施，统筹“节约”使用；积极融资 7.3 亿元用于水厂和管网建设，破解“融资”难题；安装流量计和智能水表，普及营收系统管理，在“智慧”上做文章……思南县紧扣脱贫攻坚和乡村振兴战略，以改革为抓手，强基础，惠民生，抓管理，增效益，着力解决 70 万人的饮水安全保障问题。

问题倒逼发展

思南县位于黔东北铜仁市西部，地处武陵山腹地，乌江流域中心地带，辖区面积 2230.5 平方千米，全县 28 个乡（镇、办事处）526 个村（社区），总人口 70 万，总耕地面积 43.23 万亩，其中田 28 万亩，是一个以农业为主导产业的山区大县。

由于特殊的地理条件和喀斯特地形地貌，乌江贯穿全境，把思南县切割为河东、河西两个片区，水资源利用难度大，多年平均降雨量 1134 毫米，年均气温 17.2 摄氏度，降雨时空分布不均，雨水利用率不高，且水利工程大部分是高扬程提水，造价高，制水成本高，用水户尤其是贫困户承受能力低；由于开发、气候等各种因素影响，地表水、地下水资源逐年枯竭；许多原有水利工程保障率较低，水质问题没有根本性得到解决；脱贫攻坚工作，解决饮水安全问题是刚性指标；实施乡村振兴战略，供水安全是基础保障。

发展需要创新

发展中的问题，需要在发展中来解决。为此，思南县积极改革创新，依托骨干水源工程作为稳定供水水源，河东片区以三星水库、双河口水库、烂田沟水库等为水源，河西片区以中型水库过水湾水库、龙洞水库等为水源，构建覆盖全县的“骨干水网”。并充分发挥原有水利工程作用，以建成的26个集镇供水水厂为供水节点，根据不同高程，采取引、提、蓄、输等措施，打破常规乡村界限区域供水格局，形成覆盖全县互联互通的“大水网”，实现农村安全饮水全覆盖，有效提高供水保证率。

以“骨干管网”建设为标识，思南县城乡供水也正式进入“大水源、大水厂、大水网、大覆盖”的新时代，进一步深化了“以水养水”管理模式，探索总结了农村饮水安全工程巩固提升新模式。

“党的十九大把水利基础设施网络建设摆在九大基础设施网络建设首位，思南县新建规模化水厂，坚持‘水厂能大则大、管网能延则延、原有水利设施能用则用’等原则，基本形成了具有思南特色的贵州山区饮水安全供水管理模式。”思南县委书记刘云成在2018年1月的县委常委会上说。

规划引领发展

有了好思路，规划是关键。

思南县把“大水网”分为五期实施：一期工程是在瓮溪镇富家寨建水厂一座，日供水能力2万吨，总投资2.51亿元。二期工程水源为过水湾水库，从水库取水，通过管道输水至许家坝镇椏上，新建水处理厂1座，日处理水4万吨，安装供水主管，解决河西片区青杠坡镇等13个乡镇，估算投资6.32亿元。三期工程涉及河东片区兴隆乡等8个乡镇及街道办事处，主要建设“互连互通”长距离输供水管网，估算投资3.8亿元。四期工程涉及河西片区胡家湾乡、亭子坝镇、宽坪乡等3个乡镇，新建水处理厂2座，日处理水1.4万吨，估算总投资为2.55亿元。五期工程主要是实行智能化控制系统，估算投资5.6亿元。

水网初具雏形

通过一年多探索和实践，如今，思南县“大水网”已基本形成。

“思南县要彻底解决饮水安全问题，首先要把自己的‘大水缸’先建起来。”2017年1月，省水利厅党组成员、副厅长鲁红卫在思南县检查过水湾水库时说。

2017年11月，铜仁市委、市人民政府在思南县召开了全市冬春农田水利基本建设现场会，安排部署“大水网”推广工作。“思南水利一直是出经验的地方。”农村饮水安全由集镇向周边村寨延伸和实行集镇双水源保障等都是由思南县开始创新的，铜仁市副市长胡洪成如是说。

思南县委、县政府高度重视“大水网”规划的落实，思南县县长席龙海强调：“规划完成后，落实是关键。”思南县水务局组建两个工作组，一组抓前期工作，一组抓工程建设。还抽调职工成立了管网调度中心，充实管网调度管理人员，“我们只负责调度管理到集镇高位水池，高位水池以下仍然由县供水公司和清泉供水公司负责运行管理。”第一任管网调度中心主任介绍说。

据清泉公司总经理介绍，目前思南县“大水网”已经初具雏形，进展顺利。一期工程主体部分基本完成，2018年2月中旬瓮溪镇、文家店镇可通水，形象进度已经达到75%，完成工程投资1.88亿元；二期工程项目，采取PPP模式（即公私合营模式）建设，已经完成项目PPP入库和社会资本方招投标工作，融资5亿元已经到位。2017年12月开工建设，目前管槽开挖等进展顺利；其他项目前期工作也比较顺利。

经验弥足珍贵

思南县“大水网”，已成为脱贫攻坚和乡村振兴战略的“助推器”。思南县人民政府副县长赵丽娟谈起“大水网”的巩固提升就如数家珍。

据赵丽娟介绍，思南县的“大水网”有措施有数据实现了水资源跨区域调配；互连互通后，提高了供水保障率；改善供水水质，提高了水质达标率；智能化管理成了城乡供水管理的有力武器；水质检测、监测更加规范，管护和运营更专业；整合项目后，形成的可经营性资产更有吸引力；统筹规划饮水安全，比区域性供水和分散解决饮水更能节约建设投资；实现规模化供水后效益明显，仅仅清泉供水有限公司年供水收入就由 2016 年底的 570 万元增加到了 2017 年的 1200 万元，相当于县城供水一年的水费收入；“大水网”覆盖后，有利于促进区域性生态修复。

随着思南县“大水网”初具雏形，“骨干水网”从设计图纸变为现实，相信在不久的将来，位于贵州山区的思南群众，一定都能够获得饮水安全巩固提升带来的幸福感和获得感。

好电相伴小康路　照亮乡村新生活

◇罗　旭

“现在这个电压非常稳，也不愁家电是摆设了。”村民刘代昌正在度过一个相当闷热却又“凉爽”的伏天。

入夏的碧江区坝黄镇宋家坝，气温总是居高不下。中午时分，走进农家小院总会看到三三两两的村民在一起，吹着电风扇，摆起龙门阵。“以前我们这里一到夏天，电风扇转得太慢，吹出来的都是热风。”“现在电压稳，不停电，电扇转得快，凉快了很多。”

在刘代昌家的客厅，可以感受到电风扇强风带来的凉爽，室内冰箱、彩电、饮水机等家用电器一应俱全。厨房里，电磁炉、电饭锅，生活进入了“电气化”。“前几年，电压不稳，经常断电，用电高峰期饭都煮不熟，非常麻烦。”刘代昌至今回忆说。

这种情况以前在铜仁农村并不罕见。山高沟深，道路崎岖，居住分散，电力设施陈旧，电压不稳。用电高峰期，一些家电成摆设，部分产业项目也面临电力保障制约问题，大功率电器无法平稳运行，这些问题困扰当地群众多年。

“让农村居民不仅能用上电，更要用好电。”这是我国“十三五”期间新一轮农村电网改造升级工程的根本宗旨。为了切实解决好全市电力保障问题，十三五期间，我市投入20亿元用于农村电网改造，按照“一镇（所）一册、一村一方案”的思路，制定《新一轮农村电网改造升级实施方案》，优化农村动力电规划建设，重点解决农村用电质量不高、卡脖子等问题，全面建成安全可靠、结构合理的农村配电网，让乡村用电告别了生活“温饱电”，用上了生产“小康电”。

仅2019年，碧江区就斥资5376万元实施农网电力扶贫攻坚战项目，在碧江区3个街道办、8个乡镇新建改造项目43个，新建改造10kV线路48.3千米，新增配变123台，新增配变容量1.189万千伏安，新建改造低压线路225.3千米。该工程项目的实施惠及24665户71540人。通过对农村电网的升级改造，解决配电网电压低、负荷重过载等问题，进一步提升供电可靠性与电压质量，有力支持乡村居民生产生活用电、农特产品加工、乡村旅游等产业的全面发展。

随着电力设施建设步伐加快，如今的宋家坝村发生了翻天覆地的变化，原本分散居住的村寨经过集中搬迁、重点打造，一栋栋小洋楼拔地而起，一条条标准整齐的线路串联到每家每户，用电“卡脖子”、电压质量偏低、线路老化等问题得到了有效改善。

为加快推动农村用电基础设施和服务水平向纵深推进，铜仁市加大资金争取力度，加快建设便民电费代收网点，全面取消农村电网中低压线路木杆架设，增加农村变压器布点，努力解决农村电网供电质量不高、低压用电“卡脖子”等问题。同时，按照建设标准和要求，采取增加变电站布点、新建及更换输配电线路和新增输配电设备等措施，对供电能力不足的农村电网实施改造升级，解决现有变电容量不足、布点不够、线径过小等问题，提高电网供电能力和服务水平。

在石阡县五德镇李家园村李家园组胡定远家，不到三分钟，一壶水就烧开了。“要是在五年前，进屋两三分钟烧水泡杯热茶，那是想都不敢想的事。”胡定远说，以前电压不稳，电饭锅煮出的都是夹生饭。

石阡农村电网普遍改造之前，像胡定远这样正常生产生活用电得不到保障并非个例，特别是在用电高峰时段，灯如萤火、忽明忽暗。

为此，石阡县牢牢把握“十三五”规划建设和脱贫攻坚政策机遇，采取积极有效的服务举措，相继开展了低电压整治、中心村改造、深度贫困村电网改造、极贫乡专项改造等农村电网升级改造项目，稳步推进电网工程实施，逐步完善配电网络结构，解决了农村电网电能供给不足、供电半径过长、行政村不通三相电等问题，打通了用电服务“最后一公里”，群众用电发生了质和量的转变。

目前，石阡县新建成35千伏、110千伏变电站各1座，扩建变电站2座；新建35千伏线路83.62千米，新建110千伏线路51千米，新建或改造10千伏线路396.29千米，新建或改造400伏及以下低压线路1083.07千米；新增配变930台、总容量86655千伏安，确保了全县人民生活用电无忧、生产用电不愁。

电力是当今社会不可或缺的能源之一，可靠的电力供应是广大人民群众实现美好生活的重要基础保障，更是助力打赢脱贫攻坚战的底线标准。

“改造之前白天打米都不得行，晚上灯泡照起也看不清楚，现在改造过后所有家电全部用上都得行。”思南县许家坝镇兴隆场村村民胡国欢深切地感受到了这种变化。电网改造升级以后，兴隆场村的变压器容量是原来的6倍多，供电质量大幅提升。

思南县是全国扶贫开发重点县之一，贫困山区电力不足成为严重制约脱贫的短板，农网改造升级迫在眉睫。近年来，思南县积极争取7亿多元资金，用于农村电网改造升级项目建设，打破了制约群众发展生产的电力“瓶颈”。

根据兴隆场村的实际情况，该村被列为2018年下半年电网改造升级项目村之一，并于同年10月份完成改造。“我们在进行农网改造升级的时候，把该村2台变压器增加到现在的5台，容量从80千伏安增加到现在的650千伏安，现在的容量完全能够满足该村的用电需求。”思南供电局许家坝镇供电所职工彭光彬说。

目前思南县共新建、改造10千伏线路410多公里，新建、改造400伏线路1310多公里，配电变压器1096台，容量8.8万千伏安，农网升级改造已实现526个村（社区）全覆盖，动力电通到了各村寨，为全县脱贫攻坚提供了坚强的电力保障。

2019年，铜仁市聚焦全市319个深度贫困村等贫困地区的电网改造，共计投资11.47亿元，争取新建和改建配网线路1800公里，实施台区改造项目 3500 个，基本解决农村电网“卡脖子”“低电压”等突出问题，农网供电能力、供电质量得到较大提升。

电压稳了，电力充足了，铜仁群众不仅富裕了，偏远地区的群众也改变了砍柴的习惯，电锅饭代替了以前“柴火饭”，绿水青山留住了，生态产业活了，群众渐渐地也不外出务工，乡村经济发展得更好更快了。

创一流点亮万家灯火　聚能量助力黔东崛起

◇ 陈厦华

30 年风雨兼程，披荆斩棘！

30 年矢志不渝，砥砺前行！

30 年里，铜仁供电局乘着改革开放的东风，一路深耕细作，实现电网发展大跨越、供电能力大飞跃、服务水平大提升；30 年里，铜仁供电人几经拼搏奋斗，一路壮志豪情，让铁塔飞架崇山峻岭、用电线连接乡镇村落、把服务送进千家万户；30 年里，铜仁电网让黔东大地从星星点灯到万家灯火，用责任书写了南网情怀、推动了黔东崛起。

30 年电网发展大跨越　支撑铜仁经济腾飞

2018 年，是改革开放 40 周年，也是铜仁供电局建局 30 周年。30 年来，铜仁电网由小变大、由弱变强，电网从单站发供电、各县孤立电网供电到全区并入省网供电，电力主网架从 110 千伏迈上 220 千伏，再迈上 500 千伏。

铜仁供电局作为贵州电网公司直管的供电企业，2007 年纳入分公司管理。现有供电营业区域 8 县 2 区，供电面积 1.8 万平方公里，服务人口 443 万人，用电户数 144.3962 万户。针对供电区域地形复杂，用电负荷极不平衡等特点，勇于变革的铜仁供电人始终把打造安全、可靠、绿色、高效的智能电网作为自身发展的不懈追求，攻坚克难、锐意进取。

1984 年 1 月，建成铜仁漾头—云长坪第一条 35 千伏输电线路。1987 年，凯里—玉屏 220 千伏输变电工程竣工，铜仁电网与贵州省网正式联网运行。1988 年，经贵州省人民政府批准，将铜仁市电力公司划归贵州省电力公司代管，“代管”模式创下了全国电力体制改革的先河。1998年，贵州省人民政府同意铜仁市电力公司划转由贵州省电力公司直管。

2007年完成了40个无电村村村通电任务，为无电地区老百姓盼望以久的光明之梦画上圆满的句号。2008年至2009年，用两年的时间完成8889户无电户通电工程，通电率达到100%，至此全市彻底告别无电的历史。

“十三五”以来，铜仁供电局累计电网投资27.96亿元，目前铜仁供电局已拥有500千伏变电站3座，220千伏变电站15座，110千伏变电站45座，10千伏及以上线路长度21679.7公里，变电容量240.18万千伏安。如今的铜仁电网，已经建成了以500千伏电网为支撑、220千伏双环网为骨干、110千伏电网全覆盖的现代化电网行列。

2019年，还将提前一年完成新一轮农网改造升级目标，建成结构合理、技术先进、安全可靠、智能高效的现代农村电网，实现贫困户生活用电不愁、农村动力用电不愁、保障电能质量。

30载奋斗征程，铜仁供电人勠力同心，真抓实干，为全市经济社会的跨越式发展作出了突出贡献。

30年电网保供电能力大飞跃　让抗险能力显著增强

建局30年来，铜仁电网科技管理水平不断提升，对灾害从被动“抗灾”到主动“防灾”的华丽转身。

2008年，铜仁遭遇50年一遇的低温凝冻天气，导致供电线路设备受损严重、大面积停电。抢修中、艰难处，只见坚忍不懈、排除万难。面对凝冻突袭，铜仁供电人临危不惧，挺起不屈的脊梁，全力抢修受损供电设施。

磨难之后是新生！永不服输的铜仁电网人用智慧和汗水向大灾大害发起挑战，一项项技术创新和突破随之问世，铜仁电网人自行研发的“便携式移动强力热风融冰装置”获南方电网公司创新成果金奖；“变电站融冰装置”被选送参展国际创新创业博览会，并获得优秀创新成果奖。

2018 年，铜仁再次遭遇低温凝冻天气。这一次，铜仁电网人有条不紊、从容应对。

目前铜仁供电局已拥有直流融冰装置、车载融冰系统、无人机、电网巡视机器人等融冰设备，360 度无死角检测电网运行，技术的不断革新让铜仁电网人在大灾大害面前更加自信。

30 年供电服务大提升助力　人民生活更美好

建局 30 年来，供电服务水平由低到高、由细到精，服务手段、内部管理不断优化升级，使老百姓实现了从“用上电”到“用好电”的大改变。

从走收、坐收电费到代收代扣、微信支付宝、自助缴费终端等多种缴费方式，从逐级审批到“一口对外”“内转外不转”再到运用现代信息技术远程办理业务，从人工抄表收费到 2018 年实现智能电表和低压集抄全覆盖，供电服务已经真正实现了质的提升。

目前，铜仁供电局正在着力丰富服务手段，优化营商环境，零散居民用电实现“一日通”，低压非居民接电平均时间压缩到 11 天内，高压单电源客户压缩到 80 天内。低压客户用电办理推行一证受理、一次告知、一次现场服务模式，流程环节由 4 个压减为 2 个，针对高压用电办理，报装流程由 8 个压减为 3 个。2018 年 1 至 11 月铜仁供电局办理高压新装业务 1022 宗，其中高压单电源平均用时 28.23 天，比国家标准缩短 25.71%；低压居民用户平均用时 4.48 天，比国家标准缩短 35.94%；低压非居民用户平均用时 7.57 天，比国家标准缩短 57.93%。

正是有了不断创新、丰富的服务手段，满足人民群众日益多样化、个性化的电力需要，全市人民拥有了更多的幸福感和获得感。

“十三五”以来，铜仁供电人紧紧围绕贵州省委、省政府对铜仁“念好山字经、做好水文章、打好生态牌”的发展定位要求，秉承“人民电业为人民”的企业宗旨，全面开展“电力快车”系列活动，组建党员服务队，将服务送进了乡村、送进了企业、送进了学校，打通了服务客户的“最后一公里”。

在脱贫攻坚战役中，铜仁电网主动承担社会责任，2016 年以来累计投资 18.03 亿元进行农网改造升级，提前 1 个月完成德江桶井极贫乡的农网升级改造。圆满完成 127 个安置点电力设施配套建设任务，助推碧江、玉屏、万山、江口等 4 个区县顺利脱贫出列，先后 6 次受到地方政府通报表扬和表彰。

铜仁供电人的务实作风和大爱精神，得到了政府和群众的普遍赞誉，先后荣获“全国文明单位”“全国精神文明建设先进单位”“中国金牌最美供电所”“省级红旗文明单位”“全省四五普法先进单位”“省国资委五好基层党组织”“贵州省劳动和谐企业”“铜仁市 10 强企业”等称号，同时，供电局还培育了“全国劳动模范”“全国青年岗位能手标兵”等一批优秀员工。

截至 2017 年，铜仁供电局售电量已达到 108.81 亿千瓦时，综合电压合格率 98.72%，非现金缴费比例达到了 76.65% 以上。

铜仁万家灯火处，南网情深幸福来！

30 年铜仁供电局的辉煌成就，是认真落实铜仁市委、市政府和贵州电网公司安排部署的具体实践！

30 年贵州电网的辉煌成就，是一代又一代铜仁供电人不懈奋斗铸就的光辉历程！

“浩渺行无极，扬帆但信风”，步入新时代，在习近平新时代中国特色社会主义思想的指引下，铜仁供电人将继续前行，为铜仁人民提供更加可靠、更加完善的供电服务，全力满足人民追求美好生活的电力需要，源源不竭地为黔东大地注入强劲发展动力。

苗乡“蝶变”舞翩跹

◇田 杰

松桃，这个古有“地接川楚，位遏三湘”的苗族自治县，有74万人口，其中以苗族为主的少数民族占全县总人口的68.1%，是1956年经国务院批准贵州省成立最早的少数民族自治县和全国五个苗族自治县之一。走进美丽而惊艳的苗乡，那鳞次栉比的高楼、车水马龙的街头、华灯闪烁的村镇，处处都在向世人展示着一个苗乡70年来的灯火变迁和繁荣昌盛。

70年风雨兼程，70年春华秋实。新中国成立以来，松桃电力也在中国共产党的坚强领导下，经历了沧桑巨变。从第一盏电灯亮起到电网互通连接千家万户，从小水电孤网到连接纵横交错的大电网运行，从一穷二白的缺电窘境到黔电外送的凌空跨越……每一步都见证着松桃电力的从无到有、从弱到强、从强到优的华丽蜕变。

从煤油灯到电灯 苗乡第一次迎来新曙光

时间是记录历史的坐标，也是见证电力发展的尺度。

新中国成立初，松桃是个不折不扣的无电县。那时百姓家里的煤油灯、松香油和蜡烛是主要的照明工具，人们过着日出而作，日落而息的单调生活。1949年11月12日，松桃县解放。1956年9月11日，撤销松桃县，设立松桃苗族自治县。当年，铜仁市公安处调运了一台75匹马力的柴油发电机在普觉筹建汞矿生产用电，发电仅供厂区小范围开采使用。那时的松桃，还称不上有了电。

从无到有，对于电网而言，一台柴油发电机犹如一颗希望的种子，在苗乡这块土地上扎下了根，由此茁壮成长，开花结果。

新中国成立后，松桃电力建设翻开全新的一页，电力事业开始进入初步发展阶段。1958年1月，装机容量20千瓦的第一座乜道水力发电站建成投运，结束了松桃无电的历史。

1959年5月，响水洞河流梯级电站开工，至1974年10月建成盘闷、响水洞、红旗三级电站。20世纪六七十年代的松桃虽然有了电，但由于供电能力所限，除了一些机关单位和重点企业可以保障用电，其他用户很少用上电。那个时代，电器是群众心目中的稀罕物和奢侈品。

20世纪70年代末，松桃自治县还相对封闭、落后，经济社会发展迟缓，电力建设和工业经济犹如蜗牛前行，全县没有大的电力建设项目，没有大型工矿企业支撑，因而用电负荷也没多大增幅，1978年供电量仅为2721千瓦时，人均用电量不到0.0054度。数据显示，改革开放前，人均年收入只有50元，人均生产总值只有88.9元，到2018年全县人均生产总值达24619元，是1978年前的369.1倍，城镇居民可支配年收入人均达27223元，农村人均可支配年收入达8823元，分别是1978年前的275.23、169.81倍。

从小水电到大电网　输供配体系逐步形成

回溯到20世纪80年代，松桃电力发展始于水电。

党的十一届三中全会吹响了改革开放的号角，1981年3月，修建历时8年、时属全省县级最大、设计装机2×3000千瓦的虎渡口水电站1#机组调试成功投运，1条长33公里的35千伏线路开始向县城供电。4月1日，县政府决定将其与红旗电站合并成立松桃电厂，属县办地方国营小型企业，对电网实行统一调度与管理。至此，松桃电网发展也迎来了崭新的发展机遇。

1984年12月，虎渡口二期工程续建，增装3200千瓦2#发电机组。1988年6月除送电到县城外，同时还向沿途的长兴、巴坳、九江、世昌4个公社部分村寨供电。由于是孤立的小水电站，仍然受水的制约，虽然总装机容量已达 8200 千瓦，但夏天水丰无负荷，冬季枯期无电供，每年发电量不足 1000 万千瓦时。电仍然制约当时蓬勃兴起的乡镇企业的发展，广大农村盼望用上电更是一种奢望。

1987 年，时任贵州省委书记胡锦涛同志到松桃调研，提出采用 110 千伏连接黔东电网，解决用电短缺问题。1990 年，破土动工修建首个 110 千伏铜松输变电工程，变电装机 1 台 10000 千伏安，新建 110 千伏输电线 57.6 公里，使松桃孤立小水电正式并入国家电网联网运行，县域长期缺电的现状得以改观。

乌江灯火

◇佚 名

沿乌江逆行而上进入贵州，首站便是沿河土家族自治县。如今的沿河县正以青壮年的身姿跨越赶超，从边穷落后的边沿昂首阔步地走向新时代发展的前沿。

秋高气爽的夜晚，笔者行走在乌江两岸，宽敞的滨江大道车水马龙，繁华的乌江画廊天街人来人往，大街小巷霓灯璀璨，把这个山水小城装扮得分外美丽。

城市变废地为绿地，乱搭乱接的蜘蛛网似的电线改造后规范有序，河东的电缆入地，城市焕发新颜使市民们欣喜不已。“以前随处可见垃圾，如今合理规划后，垃圾堆变成了绿化地；昔日黑漆漆的小巷，如今灯火照亮，现在多好。”沿河县市民张连刚说。

近五年来，南方电网贵州公司铜仁沿河供电局电网总投资 28162.3692 万元，新建投运 110 千伏变电站 2 座、35 千伏变电站 2 座，新建及改造台区 896 台，新增 35 千伏线路 98.6 千米、10 千伏线路 446.588 千米、低压配电线路 1526.059 千米，强化了沿河县电网结构，保障了老百姓用电，为助力沿河脱贫奔小康提供了可靠的电力保障。

最后一个通电村寨的亮堂生活

电，改变了百姓的生活，成为居民生活中不可缺少的能源。电脑、电磁炉、微波炉、电饭锅、打米机、磨面机等一些新兴家用电器进入百姓家中。“楼上楼下，电灯电话；生活娱乐，电器当家”，农民过上了城里人一样的新生活。

8 月 24 日，沿河自治县思渠镇高山村方家组，村民陈霞正用家里的磨面机磨玉米面，100 多斤玉米籽 10 余分钟就磨完。收好玉米面，陈霞喝上一杯用电磁炉刚热好的茶，生活过得有滋有味。

“要不是家用电器帮忙，我一个人根本就忙不过来。”陈霞说，丈夫外出打工挣钱，孩子在外读大学，她一个人在家，喂了 2 头肥猪、2 头牛、8 只羊，家庭收入还不错。

高山村位于思渠镇对岸，与镇政府隔河相望，是该镇唯一与重庆市接壤的村。因特殊的地理位置和环境，没有一亩水田，玉米种植和家畜养殖是该村的主要经济来源，通而不畅的交通严重制约着该村的发展，用电也受到影响。

10 年前，高山村村民用石磨磨玉米面，一个人推不动沉重的石磨，两个人一起推要花上两三个小时才能磨完 100 斤。如今，农家用的全是电器化，城里人有的电器，高山村农家已基本都有。

谈起电力对乡村的变化，陈霞更是感慨万千。她清楚地记得，她们村里第一次通电是在 2007 年，是全省最后一个通电的行政村。从那时起，她们用上了电，从此告别了煤油灯。随着高山村经济条件逐步好转，农家增添了家用电器，减少了养殖劳动力投入，多出的劳力外出挣钱，增加了家庭经济收入，农家环境卫生也得到极大改善。全村 165 户 736 人，贫困人口已减至 63 户 151 人。

近几年来，沿河供电局加大对该村电网的优化和改造，投入了大量的资金，对变压器进行增容和增加，更换了低压线路和电能表，使当地村民用上了稳定电和安全电。高山村的电力发展，只是沿河县农村电力发展的一个缩影。

移民搬迁群众的“幸福生活”

乌江两岸，群峰叠翠。随着上下游的梯级水电开发，沿江两岸的洪渡、毛渡、思渠、黑獭等集镇成为淹没区或施工区……这条静静流淌的美丽河流即将改变容颜，渐渐拂去岁月的尘埃，向世人展现其绝世风采。

2003 年，乌江重庆彭水电站开工建设，该库区淹没区 60% 在沿河，涉及该县 11 个乡镇 69 个村 15990 人。洪渡、毛渡、思渠、黑獭 4 个集镇需整体搬迁；2006 年，位于该县县城上游 7 公里处的乌江沙沱水电站开工建设，涉及 7 个乡镇 51 个行政村 4956 人，该县淇滩古镇需整体搬迁。

“自电站开工建设以来，我们就开始了安置区电网建设准备工作，加大农村电网改造升级工程和易地扶贫搬迁安置点的电力安装等基础设施投入，保障搬迁群众和困难群众的生活、生产用电，让贫困群众早脱贫、早致富！”沿河供电局局长陈泉说。

10 年来，沿河县进行大规模的移民搬迁，数万干部群众为国家重点工程建设做出了牺牲和贡献，迎来了沿河前所未有的发展机遇。一座座新城崛起在乌江河畔，新修的土家民居古色古香，10 多座大桥如长虹卧波横跨江面，气势宏伟的大小码头排列岸边……走进电站沿河库区，乌江沿岸城乡面貌今非昔比，如今当地人民群众的生活发生了翻天覆地的变化。

“自从搬迁后，用电方面是没问题的，有了稳定的电可用，家里还增加了几样电器，平时供电所师傅还会经常到家里帮助检查电线，很感谢！”思渠镇搬迁移民户冉光明对搬迁后的用电表示很满意。

为做好全县移民搬迁工程的电力保障工作，沿河供电局提出“移民搬迁到哪里，电就通到哪里！”的服务承诺，全力保障搬迁工程建设用电需要和电力配套设施同步建设。同时该局与当地政府部门做好对接，依据搬迁规划电力实施方案，将移民安置点电网建设作为特殊的用电户来开展工作，予以优先解决，开辟专门的服务通道，让广大移民户感受到新的生活。

一系列的举措掷地有声，一项项决策铿锵有力，展示了沿河县委、县政府敢于担当、敢于向前、敢于尝试的发展气魄、政治胸襟和敢闯敢干的精神，同时也展现了南方电网公司主动承担社会责任的担当。一场易地扶贫搬迁正式掀起，一大批贫困户搬出深山，挪了穷窝窝，圆了幸福梦。

截至目前，沿河县易地扶贫搬迁有和平街道联桥、黄土镇打闹丫、中寨镇垭口场等 10 个县内安置点和碧江区灯塔、响塘龙 2 个跨区安置点，目前县内易地扶贫搬迁安置点共安置群众 1740 户 8519 人，其中建档立卡贫困户 1718 户 8400 人；跨区域搬迁安置群众 249 户 1226 人。

“如今国家政策好，政府为我们搞移民搬迁，我的鱼庄也扩大了规模，家里经济收入不仅得到了增加，还解决了本村几户困难户的就业问题。”沿河县洪渡镇曾子村移民侯荣清说，自从移民搬迁到这里后，用电问题得到大大的改善，加装了新变压器，家里的十多台空调和几台冰箱冰柜都用上了，供电所师傅随叫随到，服务非常周到。

“小康电”托起致富小康梦

沿河县作为贵州省 14 个深度贫困县之一，经济欠发达、电网网架结构薄弱。要脱贫，电力需先行。2018 年，沿河县作为南方电网贵州电网公司电网建设的重点县，为其投资 27435.22 万元，主要聚焦沿河县 50 个深度贫困村农网改造升级，着力解决电力发展不平衡的问题，让人民群众“用电上”，更要“用好电”。

8 月 25 日，在沿河县甘溪镇桂林村显万养殖场，养殖户兰显万推着装满猪食的小车忙个不停，并向前来开展用电服务的供电所副所长肖登贵介绍了养殖场的用电情况。

显万养殖场分布在两个地方，养殖有 100 余头成品猪和几十头仔猪。兰显万说，他的养殖是自产自养自销，十年来一直是这样做的。

谈起十年来的养殖经历，兰显万说最让他头痛的就是用电不稳定的问题，特别是以前加工饲料用不上机器，全靠人工来加工，不仅要花大量的时间，还花了不少的人工费用。现在加工饲料不仅节约了人力，更节省了钱。

如今，兰显万的养殖场已进行了农村电网改造升级，专门架设了 400 伏绝缘化线路，安装了动力电，养殖场用上了饲料加工机器，同时让他一直忧愁的抽水用电也得到了可靠保障。

兰显万说，如今电压稳了，一直担心的事也得到解决，计划在明年扩大养殖规模，把身边的群众带动起来，让大家的生活都过得殷殷实实、幸幸福福的。

沿河县板场镇东红标砖厂是当地一家比较规范的小型砖厂，年产值 30 余万元。谈到电力问题，该厂老板冉军回忆说，两年前，他的砖厂基本无法正常生产。有时接了群众订砖的单，但又无法按时生产出来，常常因此与群众争执。因为那时电力太弱，只有等晚上 10 点以后加工。晚上加工不仅工人不好找，而且还随时担心安全问题，所以那段时间很烦闷和纠结。电力改造后，电力不仅足了，而且有保障，想什么时候生产就什么时候生产。

如今，冉军的砖厂在订单多的情况下，每天可生产标砖 3 万块左右，每块砖售价 0.35 元，收入上万元左右。

冉军说，今年生意不错，他请了 5 个长期固定工，其中有东红村建档立卡贫困户，平均每月收入 4000 多元，可解决一家人的基本生活。短期工请了20多名，专门应对订单多、要货及时的情况，每人每天至少有150元的收入。

“电网连接千家万户，与老百姓的日常生活紧密相关。农村电网改造升级，保证了人民群众生产生活用电，是助力脱贫攻坚最基础的保障。”沿河县委副书记、县长何支刚在全县电网建设工作会上对电网建设工作给予肯定。

脱贫攻坚，电力先行。南方电网贵州电网公司将着力实施小康电、连片特困地区扶贫攻坚工程、扶贫生态移民工程、深度贫困县乡的电网建设。围绕提升供电服务能力，全面解决电网供电可靠性低、电压质量差及用电“卡脖子”问题，全力助推贵州经济社会发展，为贵州决胜脱贫提供坚强的电力保障。

石阡县大屯村
电“炒”黄金茶 环保节能经济实惠

◇陈 举 梁祖胤

“大屯村茶叶的发展离不开坚强的电力供应，没有可靠的电力支持就没有我们兆豊合作社的发展。”2019年3月7日，全国人大代表、贵州省铜仁市石阡县龙塘镇大屯村党支部书记周绍军在会间谈到家乡发展时，表达了对供电企业助力茶产业发展的感谢！

石阡县龙塘镇大屯村，世世代代都有饮茶的习惯，茶作为大屯村村民生活的必需品，早已融入每一个村民的血液中。饮茶、种茶，长年累积，龙塘镇大屯村形成了400余亩的茶山。

20世纪90年代，受“重粮轻茶”思想影响，村民大多不再种茶管茶，400余亩茶叶除村民自采自用作为生活用品外，仅少量茶叶经粗加工后，拿到市场售卖。因茶园管理粗放，粗加工的茶叶质量不好，收益甚微。茶园渐渐成了全村的“累赘”，毁茶造土的现象时有发生。

眼看着全村财富逐渐被摒弃，周绍军看在眼里，痛在心里。1998年，周绍军毅然放弃在城市的发展，从外地回到老家，管理起老家400亩老茶园。周绍军暗暗立誓“一定要将茶园发展成现代化茶园，形成茶产业，带领村民致富”。

1999年春天，一场村村通电的农网建设正在石阡大地如火如荼地推进。“在听闻周绍军的故事后，我们颇为感动，积极争取将供电线路延伸到大屯茶园。”当时的建设者，南方电网贵州铜仁石阡供电局员工唐廷荣在回忆与周绍军的初识时，仍然记忆犹新。

“解决了电的问题，为茶园走现代化管理路线奠定了能源基础，帮了我们一个大忙。”周绍军在后来的回忆中说道。

自此，开启了石阡供电局与大屯茶园20年供电陪伴。

经过几年的精心照顾，2003年，400余亩大屯茶园慢慢恢复了生机，并扩展到600余亩，执着的周绍军不顾家人的反对，将自家所有责任地都种上了茶叶，将茶叶作为自己的一切。

得到认可的周绍军也在这一年当选为了大屯村村委会主任，这更加坚定了他发展茶产业的决心。此后几年，抓住2005年小村并大村，全村土地面积扩大7倍。2007年，石阡县委、县政府把大屯等9个村规划为万亩茶园的机会，周绍军家家户户去做思想工作，带领全村村民种茶、管茶，到2011年茶园面积扩大到1500余亩。

此时，已是大屯村党支部书记的周绍军面对1500余亩的茶园一点也高兴不起来。由于村里没有加工厂，村里真正懂茶园管护的人才又少，导致茶园效益不高，不少村民渐渐失去了当初的激情，开始出现厌茶、骂茶。眼见漫山遍野的茶树，却不能给村民增收，周绍军如热锅里的蚂蚁，每日都惶恐不安。

2016年，经过全面调研，多方学习。周绍军自筹资金260万，组建了石阡县龙塘镇大屯兆豊茶叶专业合作社。村民以土地或茶园入股，合作社实行统一管理。同年3月初，合作社成立，新建了育种基地、加工厂等，周绍军开始计划赶在清明前赶制一批“明前茶”。正当周绍军开始组织采摘茶叶的时候，却发现一个难题摆在他面前，由于新建工厂投入了新的生产线，用电量大幅增加，原配变容量已经无法满足生产需求。由于之前忽略了“电”这个问题，一时间新生产线无法投入使用，采摘的茶叶也无法完成加工。

“明前茶作为第一波春茶，是清明前采制的茶叶，由于此段时间极短，制茶量有限，有‘明前茶 贵如金’的说法，错过了这段时间的茶叶制作，对于新成立的大屯兆豊茶叶专业合作社来说无疑是灭顶之灾。”周绍军回忆当时的心情说道。

怀着忐忑的心情，周绍军找到了供电所。

出乎周绍军意料的是，辖区龙塘供电所了解到情况后，主动为合作社变压器增容出谋划策，仅用了5天时间就为合作社增容了一台200千伏安的变压器，保证合作社采制了一批高质量的“明前茶”。“对于这种为村民谋福利的集体经济，我们肯定是全力帮助的”辖区龙塘供电所所长龚大权说道。

在石阡供电局的全力助力下，大屯兆豊茶叶专业合作社得到了迅速发展，带动了村民稳定增收。此后石阡供电局积极联系，为包括大屯兆豊茶叶专业合作社在内的诸多合作社私人订制了一整套供电保障计划。主要包括售前服务，提前了解客户需求，提出合理建议，避免像大屯兆豊茶叶专业合作社一样因为忽略“电”的问题而出现意外。

开展“义诊”。鉴于茶的生产季节性较强的特点，每年惊蛰前后，各供电所针对此类茶产业用户免费提供上门“诊断”，对闲置了近半年的茶叶制作设备，涉及线路进行检查，确保客户设备安全；同时，开辟绿色通道，积极主动与客户建立联系，对客户在茶叶制作过程中出现的难题主动对接，全面协助，确保客户用电。

如今，为让全村产业健康发展，周绍军又有了新的计划。“石阡供电局将积极结合国家乡村振兴战略，全面助力脱贫攻坚，举全局之力，为包括大屯兆豊茶叶专业合作社在内的所有农村集体经济提供坚强的电力供应，保障广大村民稳定增收，持续致富，为脱贫攻坚贡献央企力量，体现南网担当。”石阡供电局执行董事、党委书记杨明勇说道。

玉屏自治县：开启乡村振兴路

◇ 葛永智

烽火岁月，1949 年，玉屏成为铜仁首个解放县。

脱贫战场，2018 年，玉屏又是铜仁首批脱贫县。

新中国成立 70 年来，玉屏苦干实干、攻坚克难，经济社会发生翻天覆地的变化。

水悠悠，箫声声。站在新时代的起点，玉屏倾情“三农”，奏响乡村振兴新曲。2020 年，将全面巩固脱贫攻坚成果，建档立卡贫困人口全部脱贫。

时下，玉屏正举全县之力，聚各方之智，奋力推动农业全面升级、农村全面进步、农民全面发展，谱写新时代玉屏乡村振兴新篇章。

城乡共进绘新景

玉屏侗族自治县新店镇老寨村，道路干净宽敞，侗家民居独具特色，清澈丙溪河穿过村庄，生态宜居的新农村画卷徐徐铺开。

老寨村离县城约 8 公里，不仅村美，还是全市“四在农家·美丽乡村”建设示范村。村民肖碧桃说：“村庄美，全靠党和政府的好政策。”

70 年前，老寨山路崎岖，出行不便，木房依山而建。肖碧桃家住半山腰，住房条件差。新中国成立 70 年来，特别是党的十八大以来，党的惠民政策在老寨村落地，政府扶植农村产业，完善乡村基础设施，村子脱贫，村民生活品质稳步提升。

老寨村通过招商引资，引进返乡创业人修建“北侗庄园”“云轩温泉山庄”；同时，大力发展种植养殖业、完善花圃观光等设施、举办美食节吸引城市旅客，乡村越来越美。

乡村振兴，关键是振兴产业。近年来，玉屏依托油茶、食用菌、精品水果（黄桃）、生猪养殖四大主导产业，创新“10113”产业全覆盖模式、按照“精扶贷”“小康贷”协议，建档立卡户参与就业务工、保底分红、自主认领创业的方式，不断提高全县农业园区带动和覆盖建档立卡人口的比例，大力推进乡村振兴。

2018 年，全县油茶投产 15.4 万亩，实现产值 1.664 亿元；黄桃总产量 300 万斤，产值近 4000 万元；年出栏生猪 32 万头，产值近 10 亿元。食用菌产业快速推进，目前，可实现年生产菌棒 1 亿棒，年产值超过 2.14 亿元。为实现全县贫困群众持续稳定增收和乡村振兴提供坚实的产业支撑。

城乡建设齐头并进。全县实施乡村人居环境改善工程，加强村寨硬化、绿化、亮化、美化、净化工作，继续完善交通、水利、电力、通信等公共设施建设和管护，统筹解决住房安全问题，极大改善农村生活条件。目前，率先在铜仁市实现农村卫生室、公交或客运班车、文化广场、通组连户路等“12 个全覆盖”。通过城乡融合发展，农村居民人均可支配收入达 11598 元，实现累计减贫 6253 户 22421 人，贫困发生率下降到 1.43%。

2018 年，玉屏被列为省级乡村振兴示范县，踏上乡村振兴快车道。

文明侗乡树新风

道路宽、舞台大，还有文化小广场；赏美景、下棋忙，长廊里面好歇凉……在玉屏农村，处处涌现出文明新风尚。

“爷爷，您到长廊这边来坐。”9 月 13 日，玉屏侗族自治县枹木垅村文化广场，村民热情地招呼 73 岁的易尚营老人。“不急不急，我先把烟头放到垃圾箱里。”易尚营说完，把烟头掐灭，放到广场边的垃圾桶。夜幕降临，枹木垅村文化广场格外热闹，村民们和着节拍翩翩起舞，文化长廊里，三三两两的村民坐着闲聊。

物质变精神、精神变物质，改善农民精神风貌，提高乡村社会文明程度。枹木垅村村民龙为柱老人见证了这一变化。

“新中国成立前，村民为了温饱，日出而作，日落而息。改革开放以来，农村生活水平提高，村民不再局限于物质追求，农村精神文明建设逐渐成形。”龙为柱说，乡村文化设施完善，村民业余生活也丰富了。

为推动物质文明与精神文明协调发展，玉屏出台《精神文明建设管理办法》《玉屏侗族自治县先进典型管理办法》等规范性文件，对精神文明创建单位进行动态管理，礼遇先进典型引领文明，通过村规民约、家风家训，推进农村乡风文明建设。

让农村精神文明激发乡村振兴动力。近年来，全县深化农村精神文明建设，扎实推进“乡风文明四项行动”，大力实施文化惠民工程，开展树立先进典型等活动，提升农村文明程度及村民素质；把文化惠民项目与群众文化需求相结合，大力推进村综合文化服务中心建设，整合宣传文化、党员教育、科学普及、体育健身等功能，让群众共享文化成果，增强村民凝聚力，提升农村发展的精气神。

修建文化主题广场、乡村大舞台、欢乐书屋等文化惠民工程，实现村村有综合文化服务中心，组组建有文化广场，使其成为村民文体活动的精神家园。逢年过节，以村民组为单位，开展文艺表演及民族节日庆祝等活动，丰富村民精神文化生活，树文明村风。

同时，玉屏以基层群众为主体，利用道德讲堂、新时代农民讲习所，开展技能培训、道德评议、典型事迹宣讲等活动，引导群众培养文明新风，“志”“智”双扶。

为引导村民有模范可敬、有模范可学，全县大力开展身边好人、“最美玉屏人”“四星家庭”评选、“最美老人”“好公婆”“好媳妇”等先进评比表彰活动。2018 年，评选表彰农村“四星”3040 户，积德榜 1700 余个。目前，玉屏共有国家级文明村 1 个、省级文明村 5 个、市级文明村 22 个，文明村创建率达 68%。

“五员”共治促和谐

“昨晚狂风吹了一宿，龙大爷清早六点就开始打扫广场上的落叶。”9 月 17 日，玉屏枹木垅村茶山组，在水井边洗菜的几个村民谈论村里环境变化。村民易大姐说，现在村庄变得干净整洁，大家都会自觉把烂菜叶丢进垃圾箱。

“人居环境美了，村民的生活习惯发生改变，村里很少看到塑料瓶、纸盒包装袋等垃圾。”枹木垅村保洁员龙为权感慨地说，以前每到饭点，村庄飘着缕缕青烟，家家户户就地取柴生火做饭，改革开放以后，煤炭走入寻常百姓家。后来，塑料袋、食品袋、快餐盒等垃圾，都不同程度产生污染。

现在，伴随着“五员”管理与维护，玉屏人居环境得到改善，每个村形成“人人讲卫生、事事讲卫生”的良好风气。

自 2017 年以来，全县 84 个村通过设立护林员、护路员、河道员、保洁员、调解辅助员“五员”就业岗位，增加贫困户经济收入，调动其积极性，助力脱贫攻坚工作，助推人居环境全面升级。

“五员”共治，按区域“定人定岗定责”原则，保持责任区域内日常卫生整洁干净。玉屏侗族自治县扶贫开发领导小组相关负责人介绍，目前，全县已安置“五员”岗位 1645 个。

“每天送学生去上学就会看见保洁员在路上清扫，有时遭遇大风天气，傍晚时，他们还要进行二次清扫。”易家组村民杨秀珍感激地说。以前，进村路面洒落稻草，途经的货车掉落泥沙，现在有了他们的付出，道路变得很干净！

过去的亚鱼乡沙子坳村牛山坪组，家家户户养耕牛，村道上随处可见牛粪，牛山坪也一度被称作“牛粪坪”。如今，在“五员”治理下，村卫生环境得到极大改善，变成了“宜居村”。

人居环境改善了，村民的环保意识也提高了。皂角坪街道枹木垅村驻村第一书记杨维说，通过“五员”的维护与监管，群众的自觉性提高了，不仅没有发生乱扔现象，而且主动参与改造人居环境。

山清水秀处处景

站在田坪镇彰寨村共青林场山顶眺望，微风过处，吹起层层绿浪。然而，30年前，这里砂石遍地，是座荒山。“开荒7个山头，经过20多年培育，这片土地上种植的柏树、马尾松以及香樟树等已超过1500亩。”林场主罗康松说，植树造林的初衷，是为了让荒山变绿洲，现在看着山上郁郁葱葱的树林，令人神清气爽。

新中国成立初期，玉屏林地面积55.15万亩（含万山），森林覆盖率59.4%。1985年，森林覆盖率下滑至23.7%。1986年至1990年，全县高度重视生态恢复，封山育林25000亩、育苗105亩、幼林抚育3530亩、成林抚育5150亩，林场增长到22个。

绿水青山就是金山银山。玉屏践行绿色发展理念，围绕生态富民战略，全面推进“绿道、绿城、绿水、绿园、绿景、绿村”全域绿化攻坚工程，大力发展生态产业。

2014年底，该县提出“四大产业”概念，大力扶持油茶、黄桃、食用菌等产业，美化环境助农增收。2017年以来，投入绿化资金近3亿元，完成全域绿化任务68556.8亩，完成绿化示范点建设23个。城区绿地面积252.92公顷，公园绿地面积70.26公顷，人均公园绿地面积12.34平方米；建有乡镇公园6处，乡镇街道建成区绿化覆盖率均达36.4%，建立村庄休闲广场63处，村庄林木覆盖率达40.63%。2018年，全县森林覆盖率达55.34%，全面夯实县域经济社会发展的生态屏障，人民群众对生态文明建设的参与感和获得感迅速提升。

为解决城区公园绿地不足、公共休闲场所较少的问题，玉屏将县内南门坡地区、屏山地区划定为森林公园。

“重新栽种香樟、栾树、桂花、百香果等植物，增加植被覆盖率。”在南门坡森林公园打太极的平溪街道康华社区姚大爷说，以前，这里杂草丛生，几乎没人来，现在好了，每天都有人跑步、打拳，锻炼身体，空气清新，心情好。

青山要有绿水绕。玉屏大力实施水利治理工程，新建阳河皂角坪段防洪堤工程，先后完成混寨河流域综合治理以及田坪镇长岭河重点山洪沟治理工程。如今，阳河和各乡镇集中式饮用水源地水质达标率 100%，环境空气质量合格率 95.19%。

喜看玉屏满眼绿，一片绿色一片情。如今，一幅“两岸苍翠守护一江绿色，一江清水滋养侗乡大地”的文明画卷在黔东大地上徐徐展开。

大龙开发区：夯实基础设施 加快发展步伐

◇ 姚双容

“我们的居住环境越来越好！”大龙开发区发展日益向好，生活在这里的人们是最直接的参与者，也是最切实的见证者。“街道整洁干净，路更畅、树更绿、环境更美，生活更舒心。”

为全面提升城市功能与人居环境，开发区大力梳理摸排，着力破解群众最关心关切问题，扎实办好民生实事，城市面貌焕然一新，人民群众的生活获得感、幸福感进一步增强。

织密“毛细血管”构建便捷交通体系

素有“黔东门户、荆楚咽喉”之称的大龙开发区，区位交通优势明显。湘黔铁路、株六复线、沪昆高铁客运专线、沪昆高速公路、铜大高速公路、320 国道及玉铜高等级公路均贯穿全境，1 小时内可到达铜仁凤凰机场、怀化芷江机场，形成了东进西接、北上南下的大交通网。

经济要发展，交通须先行。近年来，开发区不断加大城市路网建设，打通发展动脉，切实提升辖区综合管理水平和城市品位，创造良好社会环境。

为让市民出行更加便利，缓解群众“出行难”问题，城区龙凤大道、金龙大道、腾飞大道及多条城区主干道等全面建成通车；2 号、3 号主干道基本建设完成，园区“五纵五横”路网基本成型。城区交通路网完善，助力开发区园区提速发展。

这些道路的建成投用，进一步打通园区“毛细血管”。提高道路通行能力，使区域路网更加畅通，夯实园区发展平台和综合承载力，为推动开发区经济社会整体发展提供坚实基础。

此外，路通了，群众出行也随之便利。以开发区城区为中心，连接玉屏县城、工业园区、各行政村等多条路线公交车定时定点往返，为群众外出辖区就业、上学等日常生活，提供着极大便利。

力推“民生工程”提升群众幸福感

民生服务是城市的“里子”。开发区在紧抓经济建设的同时，高度重视教育、基础配套设施等民生重点项目建设，以打造高质量高品质的社会公共服务体系为根本，让生活在这座城市的人们幸福感剧增。

建设面积4.37万平方米，投资3200万元的德龙公园，于今年初建成投用。园内有多功能球场、广场及公共厕所等设备实施，有效提升小区环境，添增群众休闲场所的在已有的滨江公园、龙井坪公园等休闲娱乐场所的基础上，再次为辖区群众提供良好的休闲活动、运动健身娱乐场所，对打造宜居宜业城市的建设，有着重要意义。

为提升群众生活幸福指数，提速打造和谐幸福新大龙，开发区大力整合资源，建设公园、广场、学校、医疗卫生等公共功能场所，持续改善城市环境，丰富生态工业新城内涵。

随着车辆剧增，停车位出现了供不应求的局面。为破解“停车难”问题，大龙开发区着力分析停车资源，进行违规停车整治，并加大公共停车场建设力度，充分利用空间，开辟场所建设停车场，满足民生需求。

守护“绿水青山”共筑生态工业新城

大龙开发区区位优越，交通便利。作为贵州向东开放的前沿阵地、国家级循环化改造示范试点园区、四海客商云集的投资热土、国家级新型工业化产业示范基地，对实现产业化和城市化要素体系成龙配套，推动产城一体互动发展，打造宜业、宜居、宜游的现代文明生态工业新城有着强大推动作用。

夏季来临，公园里、休闲广场等散步、玩耍的市民逐渐多了起来，绿树成荫，空气清新的美好城市环境，让人甚感惬意。

多年来，开发区突出产业规划，实现“多规合一”。始终坚守“生态、发展”两条底线，按照“项目园区化、园区产业化、产城一体化”发展理念，改革创新，将产业规划和其他专项规划与总规有机融合，实现“多规融合”和“多规合一”的规划布局。不断提升优化生态宜居环境，将经济发展与生态建设同步推进，让城市越来越凸显“品质”。

当前，开发区正以“千方百计聚产业，一心一意聚人气，竭尽全力强基础，构建平安、和谐幸福大龙”的思路，全力打造“产业集聚之城、绿色宜居之城、物流活跃之城、文化交融之城”。下一步，将积极顺应高铁经济、打造高铁新城，坚持以高标准高起点规划，引领产城转型升级、创新发展，为成功实现“申创国家级开发区、打造千亿级产业园区、建设生态工业新城”战略目标奠定坚实基础。

大交通引领铜仁发展新征程

◇杨 红

铜仁位于武陵山区腹地，依山傍水，是连接中南地区与西南边陲的纽带，享有“黔东门户”美誉。

近年来，铜仁坚持以交通引领发展、投资拉动经济、项目引活资金为交通建设发展导向，牢牢把握“大交通带来大区位、大产业、大开放、大旅游，助推大扶贫”发展理念，紧抓发展机遇，实施交通建设大会战，打造武陵山区域性交通枢纽，形成了以公路、铁路、民用航空、便捷水运等为基础的多元化大交通格局，助力城市不断高速发展。

多元发展构建大交通格局

“山高鬼见愁，悬崖伴激流，行人攀石壁，走路栽跟头”的民谣就是对铜仁解放前交通窘态的形象总结。新中国成立以来，铜仁将交通运输建设摆在重要位置，逐步建立起四通八达的立体交通大格局，实现群众便捷出行，不断为城市的发展注入活力。

公路建设成效显著。铜仁解放前可以通车的公路仅有 193 公里，其中，晴通雨阻的公路有 79 公里，公路桥梁 330.56 米。新中国成立后，铜仁把公路建设作为助推地方经济发展的大事、要事来抓。进入 21 世纪以来，铜仁按照“交通引领发展”的新理念，开启了现代化公路建设快速发展模式，高速公路、高等级公路、农村公路建设全面开花，掀起了新的一轮公路建设热潮。截至去年底，全市国、省、县、乡、村、组公路通车里程达

37998 公里，是新中国成立时的 142.6 倍，公路密度达 211 公里 / 百平方公里。建成杭瑞（铜仁段）、铜大、松铜、思剑、安江、沿德、铜怀（铜仁段）等高速公路 8 条（段），通车里程从 28 公里飙升到 652 公里。累计建成国道 1315 公里、省道 2255 公里、县乡道 6725 公里、通村公路 10735 公里、通组公路 12103 公里，实现了县县通高速、乡乡通沥青路、村村通硬化路、30 户以上村民组“组组通”硬化路。

水运航道便捷通畅。铜仁水利资源丰富，有乌江、锦江、舞阳河和松桃河等多条具备通航能力的河流。近年来，通过进一步整治，乌江航道等级由六级提高到四级，航道长 247 公里。在不断加大乌江航道整治的基础上，新建了通信、导航、助航和航道管理等配套设施，助推思南、沿河、德江等多个 500 吨级船舶泊位码头的顺利建成。如今，100 吨级至 500 吨级的规范货运船舶、方便快捷的“水上中巴”新型客运船舶等汇聚乌江水域，呈现出百舸争流的繁荣景象。与此同时，还完成了铜仁锦江、玉屏舞阳河等 6 个主要运输码头建设改造，新建成渡口码头 271 个，进一步助推水上航运发展。

铁路网络逐步构建。1972 年，建成通车的湘黔铁路成为铜仁的第一条铁路，2007 年渝怀铁路建成全线通车，两条铁路途经铜仁的里程为 120 公里，为铜仁现代交通运输网络的构建做了必要的补充。2015 年，沪昆高铁铜仁南站建成通车，铜仁由此正式迈入高铁时代。去年 12 月，铜玉铁路建成通车，打通了主城区地面对外快速交通战略通道。当前，渝怀铁路增建二线工程将于年底建成，铜吉铁路列入国家“十三五”规划，建成后将成为铜仁北上的快速大通道。铜仁铁路实现了从无到有、从单一到多元的华丽蜕变，一个属于铜仁的铁路大网络正逐步形成。

民航空运快速发展。2001 年铜仁机场首航、2017 年获批临时航空口岸、2018 年开通国际航班。铜仁凤凰机场从建立开通到现在，可通达北、上、广、深等 30 多个重点城市，实现“跨越式”发展，航班量和旅客量逐渐增长，2017 年、2018 年连续两年旅客吞吐量超过 120 万人次，成为全省第三个、武陵山区第二个开通航空口岸的“百万级”支线机场。今年7月，黔北（德江）机场项目立项已获国务院、中央军委批复，铜仁“一市两机场”的民航空运格局正在加速形成。

大交通助力大扶贫

交通基础设施建设是脱贫攻坚取得突破成果的重要因素，是群众追求美好生活的道路保障，脱贫有坦途，群众生活才有盼头。近年来，铜仁把解决农村困难人口的出行问题放在重要位置，为全市脱贫攻坚持续发力。

交通建设促进互联互通。全市坚持优先安排拟脱贫摘帽县、深度贫困县、极贫乡镇、深度贫困村的通组公路建设，有力助推了碧江、万山、玉屏、江口4个区县脱贫出列。目前，连接德江桶井乡和沿河夹石镇的夹石特大桥项目、沿河沙沱特大桥等助推贫困地区实现“内联外通”的交通建设工作正在有序推进。以深度贫困县沿河及极贫乡德江桶井乡、石阡国荣乡为代表的贫困乡镇正逐步互联互通。

旅游公路助推旅游发展。“梵天净土・桃源铜仁”，交通基础设施建设为铜仁旅游发展提供坚实保障。高速公路已覆盖全市所有3A级景区，主要景区通达性得到极大提高，助推旅游发展实现井喷式增长。去年，全市累计实施旅游公路249公里，“一带双核”铜仁至梵净山工程、乌江生态旅游廊道规划、佛顶山旅游公路建设等正有序推进。今年上半年共接待游客110.93万人，实现旅游收入3.5946亿元，有效带动群众增收。

“四好农村路”铺就群众致富路。近年来，围绕改善群众出行条件、增强群众幸福感，铜仁扎实推进农村公路建设。累计建成农村“组组通”硬化路12103公里，提前完成三年决战任务，实现了全市6060个30户及以上具备条件的村民组“组组通”硬化路目标。成功创建出“四好农村路”全国示范县1个，“四好农村路”省级示范县6个，累计示范项目累计达2705公里。

日益便捷的农村公路交通，让广大农村群众告别了出行“晴天一身灰、雨天两脚泥”的历史，依靠便捷的农村公路发展起果蔬种植、文化旅游业等，实现了就近就业、家门口增收。

大交通推动铜仁跨越发展

交通建设是城市发展的重要支撑，便捷、畅通、高效的交通基础设施网络为铜仁“一区五地”建设提供强有力的保障。

绿色交通助力建设生态铜仁。铜仁深入践行生态文明建设思想，强力推进“六绿”攻坚行动“绿道”工程建设，对跨越境内已建的杭瑞、安江、铜大、铜松、思剑、沿德等高速公路，境内重点国省道、重点景区公路等两侧裸露山体以及宜林地、坡耕地、疏林地、低质低效林地等进行修复治理，全市累计建成 20 条总里程 538.5 公里，总设计面积 34236.62 亩的层次多样、结构合理、功能完备、生态效益显著的高标准绿化示范带。2018 年 6 月，铜仁成功申报国家级绿色货运配送示范工程创建城市，成为全省唯一的、全国 22 个绿色货运配送示范工程创建城市之一，进一步促进生态铜仁建设。

道运基建优化城市发展格局。铜仁客运北站、万山谢桥南站 2 个一级客运站已全面建成使用，思南双塘客车站主体工程全面竣工，建成乡镇客运站 4 个、便民码头 4 个、渡改桥 10 座。自 2013 年公交体制改革以来，全市公交汽车由原来的 87 辆增至 200 辆，出租汽车由 496 辆增至 1006 辆，主城区城市公交、出租运力增加，城市交通运营率逐年提升，市民出行日益便捷。近年来，铜仁全力打造完备的道运基建设施，承接大交通网络，不断提升交通基础设施质量和水平，优化城市发展格局。

智慧交通提升城市化水平。农村“通村村”App 出行平台基础建设完成，基本实现在全市农村推广应用，其中玉屏、万山被交通运输厅评为全省示范县。城区智能公交站台实现公共出行电子报站、智能调度。智慧交通“六朵云”

平台建设有序推进，GIS–T 交通综合大数据平台已在全市推广应用，并通过了省大数据专项资金支撑项目验收。近年来，铜仁积极搭建智能交通设施，完善交通运行模式，实现群众便捷出行，全面提升交通服务水平。

路通百业兴。经历了 70 年沧桑巨变的铜仁交通，正以飞速前进的态势稳步发展，成为助推脱贫攻坚战取得胜利的重要动力、提升城市建设水平的基础保障，助力铜仁向着更美好的明天大步迈进。

四安家园
打好易地扶贫搬迁持久战

房前流水潺潺，屋后绿树成荫，门前灯笼高挂，室内窗明几净……在地处武陵山腹地的铜仁，易地扶贫搬迁正改善着山区贫困群众的生活环境，并引导着贫困农民开启脱贫致富新生活。

“十三五”时期，铜仁市对居住在自然条件恶劣、基础设施落后的深山区和地质灾害频发区，且就地脱贫难度大、成本高的29.33万群众实施了易地扶贫搬迁，其中12.55万人跨区域搬迁到铜仁主城区，跨区域搬迁规模位居全国第一。

铜仁市紧紧围绕“五个体系”建设，全面实施“新市民·追梦桥”工程，积极创建居安、业安、身安、心安“四安家园”，促进搬迁群众“搬得出”向“稳得住、快融入、能致富”的转变。

铜仁市易地扶贫搬迁从根本改善了“一方水土养不起一方人”区域贫困群众的生存和发展环境，搬迁群众一步住上好房子、快步过上好日子，大家的思想观念发生了深刻变化，自我奋斗、自我脱贫的意识牢固树立，创造幸福生活的信心和决心极大增强。

34 户轮耕 1.5 亩田
永远也不可能摆脱贫困

◇新华网

推开一扇破旧的木门，记者让眼睛适应一会儿，才逐渐看清了屋内情形：屋子分成两半，左侧是牛圈，杂草上散落着牛粪，空气中弥漫着一股刺鼻的味道。右侧是人住的地方，借着手机光亮才能看到床铺——用一块木板搭在 4 摞砖头上。屋中央，地面摆了 3 块砖，上头架锅，底下烧柴，这就是炉灶。没有一张桌子，连个板凳都没见到。土墙被多年的炊烟熏得一片漆黑。

贵州武陵山区沿河县思渠镇有个村子叫“一口刀”，就是“建在刀背上”的意思。全村 34 户，只有 1.5 亩水田。各家只好轮流耕种，轮不上的就在贫瘠的旱地种点玉米。就是说，一碗饭全村轮着吃，轮一圈要几十年。即使 1.5 亩水田是非常肥沃的，栽种的是超级稻，亩产上千公斤，1.5 亩水田要解决 34 户群众的吃饭问题那也是不可能的，更不用说要让群众脱贫致富了。

这样看来，类似于“一口刀”34 户这样的群众，要在当地靠他们的土地摆脱贫困，过上富裕美好的生活，比登天还难。即使政府每年给予救济，解决他们的口粮问题，也只不过是暂时的，要让他们脱贫，发家致富，那还是不可能的。

俗话说，救急不救穷。贫困群众不可能让政府一辈子救济下去，更不可能世世代代都靠政府的救济而生活，要彻底摆脱贫困，必须靠群众自身的努力，让群众最终能够靠自己的双手养活自己，慢慢走向发家致富的道路。而像“一口刀”这样的地区，既没有矿产资源，又没有特色的物产，加之自然条件恶劣，环境闭塞，饮水难、行路难，要发展经济是举步维艰。要让这些地区的群众真正摆脱贫困，让他们搬离贫瘠土地，再建家园，可能是唯一的出路。极贫困地区的群众到了条件相对较好的地区生产生活，不但拥有了较好的自然资源，也让他们在新的环境中加快更新观念，尽快找到摆脱贫困的“金钥匙”，这对极贫困地区的群众发家致富是很有帮助的。

因此，政府与其投入大量的物力人力到极贫困地区，效率低下、收效甚微地开展扶贫，还不如为极贫困地区的群众另建家园，让他们到条件较好的地方去安居乐业，这样才真正地一劳永逸地解决好极贫困地区群众的脱贫致富问题。

铜仁市探索“五合”模式
推动跨区易地扶贫搬迁

◇ 刘怡珉

近年来，铜仁市跨区易地扶贫搬迁以“搬得出、稳得住、能致富、快融入”为目标，按照“区域协作合力、住房安置合意、完善服务合心、产业扶贫合利、文化认同合群”的“五合”模式，把该市“西部五县”及松桃县部分农村贫困群众跨区县搬迁安置到铜仁主城区的碧江区、万山区和铜仁高新区、大龙开发区。“十三五”期间，共搬迁 12.55 万人。

区域协作合力

一是统筹调度聚推力。成立市、县两级易地扶贫搬迁指挥部，由党政一把手领导任双指挥长，党委副书记、政府分管领导、人大常委会及政协联系领导任副指挥长，相关单位主要负责人为成员，统筹易地扶贫搬迁工作；建立搬出地、迁入地跨区县搬迁联席领导小组，定期召开联席会议，及时研究解决并安排部署跨区县搬迁事宜。优化区县移民管理部门机构设置，实行部门主要负责人“高配”制，区县水库和生态移民局局长由区（县）党委常委或副区（县）长担任，切实增强其统筹协调能力。建立派驻干部制度，迁出地明确一名副县级干部带队，按 10000 人 ： 20 人的比例抽调干部到安置地蹲点服务，协助衔接就学、医保、养老保险等事宜，配合迁入地加强过渡期管理。二是合理安置聚引力。按照“因地制宜、科学规划、精准施策”原则，坚持城镇化集中安置方式，全力实施以自然村寨整体搬迁为主，彻底摒弃村组搬到乡镇的“小打小闹”，实行跨区县行政区域的“大破大立”。把经济要素集聚功能强、创业就业机会多、人口承载容量大的碧江区、万山区及周边大龙开发区、铜仁高新区作为安置地，以优质的就学、就医、就业等公共服务、精品安置小区和优越的区位条件吸引移民群众，实现了移民群众快步脱贫、搬出地减负前进和迁入地加速发展三方共赢。三是社区自治聚定力。设立移民安置区基层组织，按村级架构设置社区基层组织，由1名社区支部书记（从安置地居民党员中选举产生）、1名社区居委会主任（从迁入移民中选举产生）、1名会计、若干名楼长组成，办公场所设置在安置小区内，实现服务移民群众“零距离”，促进移民社区和谐稳定。

住房安置合意

一是增强搬迁意愿。迁出地、迁入地共同组织符合搬迁条件的群众多批次到安置地看房，和已搬迁群众交心谈心，感受其搬迁前后居住环境、生活环境等各方面的变化。通过参观安置区完善的教育、医疗、交通、就业等社会公共服务设施，树立“为自己谋幸福，为子孙谋未来”的理念，做到搬迁群众心中有底、心中有数、心中有望，增强群众搬迁积极性和搬迁意愿。二是统一住房标准。坚持安置房配置标准适用原则，严格落实住房面积政策，既改善群众居住条件，又避免“屋大成本高”。按照人均不超过20平方米住房面积标准进行住房规划，设计出60平方米（3人户）、80平方米（4人户）、100平方米（5人户）、120平方米（6人户）等几种适用户型，7人户可以用60平方米、80平方米户型住房各1套来安置，8人以上依次类推执行。三是降低入住成本。严控建房成本、统一住房简装修和购置家具，不让搬迁群众因搬迁负债。将住房成本控制在1500元每平方米以内，降低建房成本，确保建档立卡贫困人口人均自筹资金不超过2000元；建档立卡贫困户人均住房补助2万元，非贫困户人均住房补助1.2万元；签订旧房拆除协议并按期拆除的，每人奖励1.5万元用于建房成本。移民安置房由政府统一按不超过300元每平方米标准进行简装修，按每户不超过5000元标准购置基本家具、家电，让搬迁群众拎包入住。

完善服务合心

一是建设服务设施。在就学上，全市计划投资51.34亿元，在碧江区、万山区、铜仁高新区和大龙开发区规划新建学校35所，满足搬迁移民和周边群众子女就近入学需求基础“硬件”条件。目前，全市跨区县搬迁中需转移就学的3146人已全部就近入学。在就医上，全市计划投资7198.54万元，在安置区规划新建社区卫生服务中心2个、社区卫生服务站17个，改建社区卫生服务站11个，满足移民群众就近便捷就医。二是配强服务队伍。探索易地扶贫搬迁跨区县安置地编制分配改革，2018年为碧江区、万山区、大龙开发区、铜仁高新区核增基础医疗服务编制126名，下达调增安置地教师编制121名，为万山区、大龙开发区、铜仁高新区调增基层政府所属事业编制61名。推行跨区县易地扶贫搬迁教职工调配工作，目前已从迁出地调入安置地教师121名，医疗服务人员调配到位50名，基层政府所属事业人员调配正筹备中。三是完善服务保障。设立“一站式”服务窗口，安置地教育、卫计、民政、人社、公安等职能部门派驻干部进驻移民安置小区快捷办理搬迁群众民生事务。

产业扶贫合利

一是入企就业。通过补贴企业职业培训经费等方式，大力开展职业技能培训，为安置地周边企业输送产业工人；通过成立社区劳务合作社，承接产业园区内企业外包的低难度手工活，让未能入企务工人员和残疾人群体在家就业；通过政府购买公共服务，为年龄偏大、文化偏低、技能偏弱的移民群体提供公益性岗位。目前，全市跨区县搬迁群众通过就近就业、自主创业、外出务工、公益性岗位兜底等方式，实现户均1人以上就业。二是抱团发展。成立搬迁后续发展公司，下设物业管理子公司对安置点物业实行市场化管理；下设劳务输出子公司，对安置点劳动力进行劳动技能培训并进行劳务派遣；下设产业发展子公司，通过商业门面租赁、经营政府性资产、兴办移民经济实体等形式创收，并将部分收益用于补助移民群众。深化农村“三变”改革，将整村整寨迁出的承包地、林地、宅基地进行集中收储，并规模化流转给农业经营主体发展扶贫产业和乡村旅游业，增加移民群众“三块地”财产性收入。建立利益联结机制，探索了玉屏县温氏养殖“411”模式、大龙开发区“产金互促 541”产业扶贫模式、万山区中华山村“622”利益分配模式，带动群众共促产业发展、共享发展红利。三是自主创业。充分发挥创业专家团免费提供培训指导、项目推介以及“特惠贷”等政策的综合作用，鼓励和扶持移民群众从事加工业、商贸运输、装修、农村电商等产业脱贫致富。

文化认同合群

一是弘扬先进文化。弘扬社会主义先进文化，开展“牢记嘱托·感恩奋进”教育，用好新时代农民讲习所、道德讲堂等阵地，培育和弘扬新时代贵州精神，教育引导群众发扬自力更生、艰苦奋斗精神，通过勤劳双手实现脱贫致富。推进“文军扶贫”，实施文化惠民、文化励民、文化育民、文化富民“四项工程”和文化产业千村扶贫计划，加快文化振兴进程。二是提倡春晖文化。开展春晖行动，充分发挥搬出地和迁入地春晖使者人熟、地熟、事熟的优势，通过春晖社广泛开展多形式志愿服务行动，协助社区开展文明创建、法律咨询、结对帮扶、邻里互助、健康理疗等 10 余个服务项目，让移民群众尽快融入安置区社会，构建和谐的邻里关系。三是传承乡愁文化。在安置区建设“乡愁馆”，陈列农村传统生产生活用品、手工艺品、民俗活动用具等，展现农耕文化和民族特色文化，让移民群众记得住乡愁。推行“乡愁安置法”，尽量把同乡、同村、同组迁出地群众安置在同一安置点、同一栋楼、同一单元，重建熟人“圈子”；在新房客厅悬挂新、旧住房对比照片，引导群众忆苦思甜感党恩。

牢牢抓住机遇期　大步“跨”进新天地

——跨区域易地扶贫搬迁的“铜仁经验”

◇杨　聪　张著昶

“跨区域易地扶贫搬迁，让我们一步跨进了好日子。”2018年7月29日，铜仁市碧江区响塘龙安置小区，朱琼站在新家的阳台上，看着城市斑斓的夜色，浓浓的幸福感油然而生。

去年初，朱琼一家人通过跨区域易地扶贫搬迁，从武陵山区的深度贫困村沿河一口刀村，越过千山万岭，搬到300多公里远的响塘龙小区。在城市有了新家。他说：“过去几十年，总是低着头在地里干活，如今终于可以抬起头来享受生活了。”

挪穷窝、换穷业。去年初以来，铜仁数万农村贫困群众通过跨区域易地搬迁，跨出大山搬进城市，从农民一跃变为城市居民，自信地抬起了头。

地处武陵山区腹地的铜仁市，2015年底尚有58.32万贫困人口。该市决定“十三五”期间易地扶贫搬迁29.3万人，加快脱贫攻坚步伐。

“易地扶贫搬迁是从源头斩断穷根的百年大计，千难万难都必须牢牢抓住这个窗口机遇期。”铜仁市委书记陈昌旭说。

2016年，铜仁市决定结合东西部发展实际，把西部的沿河、德江、思南、石阡、印江等5县，及松桃自治县，共12.5万贫困人口，跨区县搬迁至东部发展条件相对较好的碧江、万山、大龙、铜仁高新区等城区。

这一跨，跨出了铜仁市委、市政府的战略机遇眼光，跨出了基层干部的创新担当，跨出了贫困群众的快速稳定脱贫新路，跨出了东部城区繁荣和西部乡村生态改善，跨出了易地扶贫搬迁的“铜仁经验”。

“跨”出担当作为：从西部跨东部，铜仁打破区域壁垒，东西部协同作战，谋定跨区域易地扶贫搬迁的新路径

2016年冬天，德江县星秀岩村民组，寒风刮过周琴家斑驳的墙壁，呼呼作响。火炉旁，沉默已久的周琴问前来动员搬迁的乡干部：“大龙开发区在哪里？”

“在300多公里外的铜仁最东边，与湖南接壤，与德江隔着千百个山头。”乡干部指着远方告诉她。

几十年来，周琴一头埋在大山里仅有的两亩地里“刨食”，没出过远门，也不知道大龙在什么地方，是个什么样子。丈夫身有残疾干不了重活，还有两个正上学的孩子，一家人只有两间低矮简陋的小平房。

“能带我先去看看吗？”不搬就难有出路，周琴心里明白，但搬去陌生的远方，还是觉得不可思议。

从山村搬迁到几百公里外的城市，不只周琴这样的贫困户难以置信，起初就连许多基层干部也觉得不切实际。

过去的扶贫搬迁，要么从山上搬到山下，要么搬到集镇，最远也不过搬到几十公里外的县城。现在从西部搬到两三百公里外的东部，这一步是不是跨得太大了？

“从山上搬到山脚，往往只能解决贫困群众的住房问题，不能真正实现‘一达标、两不愁、三保障’。”陈昌旭说，从山上搬到山下，群众的生产方式并没实质性改变，教育、医疗等难题也没有得到根本解决。

脱贫攻坚要跨大步，需要转变思想走新路。铜仁采取超常规的方法，跳出从山上到山下的旧观念，打破区域壁垒，东西部协同作战，谋定跨区域易地扶贫搬迁的新路径。

2016年，在编制“十三五”规划易地扶贫搬迁时，省下达给铜仁的搬迁指标是 21.1 万人，而铜仁自加压力增加至 29.3 万人。

扶贫搬迁本身已是一项涉及千家万户的浩大工程，而铜仁又计划将其中 12.5 万人实施跨区县易地扶贫搬迁，更是难上加难。

这不单单是工作量大，投入的资金也不是一笔小数。对于财力本身并不雄厚的铜仁来说，尤其需要坚定的决心和勇气。

“易地搬迁是打赢脱贫攻坚战的一个重要手段，更是加快发展的机遇。”陈昌旭说，把西部“一方水土养不活一方人”的深山区、石山区群众，搬到产业基础及服务设施较好的东部，既能让贫困户快速稳步脱贫，也能进一步推进东西部协调发展，是事半功倍之举。

要搬离家乡数百里，周琴难以抉择。当地政府用大巴车载着“周琴们”到大龙等地看新房子，看了一次，又看第二次。

看一看，比一比，周琴终于动心了。次年初，随德江迁往大龙的数百名贫困乡亲一起，周琴一家乘车前往大龙开发区大德新区，开始了新的生活。

一年多来，铜仁一批又一批的西部地区贫困群众入住碧江、万山、大龙等地的安置小区，在城市安居乐业，彻底告别过去的生产生活方式，一刀斩断了穷根。

“跨”出变革创新：从“压力”跨“动力”，铜仁迁出地与迁入地的干部解放思想，“两头挑担”共谋棋局

7 月 28 日，万山区河坪易地扶贫搬迁安置点，搬迁户赵红琼下楼走进附近的农贸市场买菜。她说：“楼下有超市和农贸市场，买东西很方便。”

赵红琼的老家在思南县邵家桥镇的凤鸣村，交通十分不便，买东西去集镇要走一两个小时的山路。

去年初，在当地政府动员下，她带着两个孩子从老家搬进了万山城区的新家，一步从农村跨入城市。

这一跨，跨出了全然不同的生活。她说：“过去在老家，苦日子就像那些狭窄的山路一样漫长，看不到尽头。”

为了这一跨，铜仁迁出地与迁入地的干部解放思想变革创新，“两头挑担”共谋棋局。

迁出地印江、思南、石阡、沿河、德江、松桃等县基层干部走村串寨，把“六个坚持”贯穿搬迁工作始终，不断创新方法，精准确定对象，完善后续保障，打开贫困户心结，保障他们的农村产权，让他们高高兴兴搬迁，没有后顾之忧。

迁入地碧江、万山、大龙等地干部迅速行动，加班加点盖新房，布置新居，完善设施，“盛妆迎娶”搬迁老乡。

东部城区千方百计拿出交通便利、区位优势明显的地块规划建设易地扶贫搬迁安置点，以优越的条件“争抢”西部迁来的贫困户到城镇安家落户、就业发展。

万山区以“最好的位置、最好的就业、最好的服务、最好的保障”，承接4万跨区域搬迁移民。承诺以环境优美、服务优质、政策优厚、管理优化的“四优”品质迎接西部老乡。

万山区河坪易地搬迁安置点位于万山城区中心，交通便捷，环境优美。对此赵红琼感触颇深，她说：“两个孩子在附近的学校上学，我在小区附近找到了工作，再也不用爬坡下坎走山路。”

铜仁的每一个安置点，均“六通八有”，通路、水、电、电话、电视网络、无线网络，还配套文体广场、农贸市场、停车场、卫生室、学校、金融服务网点、公共厕所、污水或垃圾处理设施，移民生产生活很便利。

为了确保应搬尽搬，该市针对无房特困户，实施政府兜底的“交钥匙工程”，额外为他们添置沙发、电视等家具家电，让这部分群众“拎包入住”。

确保搬迁户在新家能稳得住、有发展，各迁入地积极完善小区配套设施，大力推进创业就业、技能培训、产业发展等帮扶措施，保障移民有业可就、子女就近入学、病有所医和最低生活水平。

大山深处的贫困户一步跨进城市，生活水平、生活环境发生了天翻地覆的变化。

大龙开发区德龙新区跨区安置点是一个花园式小区，住进新楼房，让德江搬迁户田维勇心情格外舒畅。以前在老家，田维勇住的是破旧狭窄的木房，喝水要走几里路去挑，出行经常在坑坑洼洼的山路上“栽跟斗”。如今住楼房、走新路，心头有说不完的喜悦。

“跨”出内生动力：从农民跨市民，让贫困户找到了施展拳脚的大舞台，极大激发了创业就业内生动力

大龙开发区箱包产业园，黄朝兴夫妻二人都在这里上班。他说：“搬到大龙开发区，感觉自己的生活更有意义、人生更有价值。”

去年1月，黄朝兴从德江搬到大龙。过去，他与妻子常年在外打工，因没有文化和技术，找不到像样的工作，日子过得紧巴巴。因长期与父母、孩子分离，妻子常常在夜里偷偷地哭。

搬进新家，黄朝兴的生活迎来转机。在大龙开发区管委会的帮助下，夫妻二人同时进入箱包产业园上班，两人月收入合计超过6000元。父母负责家务，孩子就近入学，一家其乐融融。

铜仁西部农村耕地稀少、土地贫瘠，传统种植收益低，外出打工是大多数家庭保障经济收入主要来源的选择。但往往因为缺乏技术与知识，打工收入微薄，不能从根本上摆脱贫困，反而带来农村留守儿童、留守老人等诸多社会问题，制约着乡村发展的步伐，阻碍脱贫攻坚进程。

跨区域易地扶贫搬迁，让贫困户搬出大山扎根城市，找到了施展拳脚的大舞台，极大激发了群众创业就业内生动力。

“大龙工厂很多，就业机会很多，只要肯努力，日子一定越过越好。”黄朝兴说，家从农村搬进城，工作从广州换到家门口的工厂，他每天都干劲十足，充满希望。

从西到东，跨过的不仅是关山重重，还需要跨过民族、文化、情感的阻隔，新的移民怎么快速适应城市生活、快速融入新的群体?

铜仁各迁入地积极应对，让公共服务、教育就业、基层党建及文化活动等进入安置点，给予搬迁户生活照顾、情感关怀。

迁出区县随时当好“娘家人”，与迁入地建立互动联系机制，千方百计将搬迁户扶上马后，还想方设法送上一程，极大地激发了搬迁户的内生动力，帮助他们快速融入新的城市生活。

“跨区域易地扶贫搬迁，绝不能一搬了之！”德江县委书记商友江说，该县结合搬迁户长期从事农业的实际，与玉屏自治县、大龙开发区合作，在大龙建一个“飞地”农业园区，让移民在新家发挥特长致富。

在迁出地与迁入地多方合力下，移民户已实现“一户一技能、一户一就业”。万山区已接纳的1865户7709人，2787人获就近安置就业，家庭收入均较以前增加3倍以上。

“跨”出发展红利：从农村跨城市，移民的迁入，促进了城市提质扩容，也为迁出地缓解了战贫和生态建设的压力

“我老家的地已租给企业种果树了。”7月28日下午6时，是碧江区灯塔工业园美洁餐具消毒有限公司下班时间，工人张红梅、侯再花一坐上公司的接送车，便聊起家乡的新事，她俩都是从沿河自治县思渠镇搬迁到碧江区的跨区县易地扶贫搬迁移民。

亲自驾车送工人下班的公司经理肖永华说，公司自2006年成立以来，从最初的每天出租几百套消毒餐具，到如今每天的20000套，业务越做越大，工人的需求量也越来越多，但与当地多数企业一样面临招工难。

去年初，碧江区迎来第一批移民，肖永华赶紧将公司的招聘广告贴进了响塘龙移民安置小区，张红梅、侯再花等6名移民成了公司的工人。

“她们踏实肯干，从不叫苦喊累，能招到这样的好工人可是福气嘞！”肖永华说，张红梅工作踏实负责，已当上了车间组长。

近年来，铜仁城区工业园区日渐成熟，用工需求激增。移民的迁入，不仅为企业带来了新工人，也增加了消费市场。肖永华说，移民投身城市建设、产业发展，促进了城市提质扩容。

作为铜仁跨区县易地扶贫搬迁迁入地的大龙开发区，正全力打造国家级经济开发区和千亿级园区，力争在 2030 年建成一座 30 万人口的工业新城。

然而，拥有 400 多家企业、年财政收入超 5 亿元的大龙开发区，两年前人口不足 3 万人，这不仅让其工业新城的目标遥远难及，也给开发区企业常年带来 5000 人的用工缺口。

随着跨区县易地扶贫搬迁工程的实施，大龙将迎来德江、石阡 2 万多移民，城市人气、企业用工难题将逐步得到缓解。

跨区县易地移民搬迁，给迁入地送来了人口红利，也为迁出地缓解了战贫和生态建设的压力。

“家乡田土少，条件恶劣，要是大伙都靠着那穷山恶水，都得受穷！”说起家乡德江县潮砥镇，已搬迁到大龙大德新区、在箱包产业园就业的移民董泽银直摇头。

处于乌江沿岸的潮砥镇，土地贫瘠，生态脆弱，零散的农事活动不仅难见效益，对于脆弱的生态环境也成了负担。在铜仁西部，像潮砥镇一样有生态压力的乡镇、山村不在少数。

目前，德江县已完成跨区县易地扶贫搬迁 1360 户 6620 人，涉及复垦的宅基地 245 亩、承包地 3315 亩。这些土地正被陆续盘活、统一经营，生态压力正得到有效缓解，生态红利逐步释放。

搬出大山幸福来

——铜仁市开展“新市民·追梦桥”综述

◇ 刘怡珉

大鹏之动，非一羽之轻也；骐骥之速，非一足之力也。

铜仁作为贵州脱贫攻坚的主战场之一，铢积寸累、聚沙成塔，一场规模空前的易地扶贫搬迁工作让 29 万人搬出深山，占全省跨区县搬迁规模的 54.3%，书写了波澜壮阔的易地扶贫搬迁“前半篇文章”。搬出大山后的新市民如何稳得住、快融入、能致富？在续写易地扶贫搬迁“后半篇文章”中，“铜仁奇迹”“铜仁经验”远不止于此。

2020 年 3 月 1 日，中共铜仁市委办公室印发《〈铜仁市工青妇组织实施“新市民·追梦桥”工程细化方案〉的通知》，正式启动铜仁市“新市民·追梦桥”工程，开启书写“搭五桥”“建五家”易地扶贫搬迁的“后半篇文章”。

全市上下紧紧围绕易地扶贫搬迁后续扶持“五个体系”建设，搭好“五桥”、建好“五家”，相继形成了“1+3+X”领导机制、“1357”工作模式工作经验，全力服务安置点群众，让搬迁家庭由听天靠水而知天命的深山生活向以双手之技、勤劳致富的新时代生活逐步转变，“新市民·追梦桥”不断扎根沃土、喜结硕果。

全市 144 个安置点通过联合建、单独建的方式，建立 124 个“新市民·追梦桥”服务中心，建立就业创业服务中心 124 个，探索建立社区少工委 57 个，开办扶贫车间 135 个，建设脱贫攻坚夜校 67 个，建设“追梦”书屋 108 个，开办锦绣作坊 92 个，组建社区治理职工、青年、妇女志愿者队伍 267 支。搬迁群众归属感、获得感、幸福感、安全感、认同感不断增强。

搭建群众思想引领“感恩桥”，创建奋进之家

市妇联开展政策理论宣讲、感恩教育等活动500余场次。并在全市144个易地搬迁安置点整合资源成立妇联工作站124个，妇联组织建设实现了全覆盖。

团市委依托易地扶贫搬迁安置点的青年之家、春晖社、“四点半课堂”等团属综合阵地，围绕党的创新理论、脱贫攻坚成就、青年榜样故事等，在安置点集中开展宣讲活动70余场次。

市总工会积极开展“劳模上讲堂”等各项宣讲、讲座活动60场次，同时加大先进典型宣传力度，用身边事教育身边人。

搭建群众创业就业“致富桥”，创建幸福之家

全市各级妇联通过“三女培训”“锦绣计划”和家政服务等让搬迁妇女实现就近就业，解决妇女就近就业1万余人。同时，建成“巾帼扶贫车间”37个，开展培训2000余人次。

市总工会联合人社等部门举办招聘会把就业岗位送到安置点，抢抓东西部扶贫协作机遇，组织安置点铜仁籍农民工到苏州市就业，同步纳入苏州市总工会“就业圆梦”计划，享受苏州市工会生活困难和医疗救助保障。

团市委大力实施“青扶贷”项目，引导200余名青年致富带头人和小微企业平稳渡过疫情。同时还常态化开展“三送”活动，帮助1000余名安置点青年就业创业。

目前，全市共组织输送搬迁劳动力外出返岗2.3万余人，公益性岗位安置就业1491人，举办招聘会169场次、提供岗位9.64万个，开展就业培训700余场次13.5万人次，建立扶贫示范基地8个、劳务协作站（点）12个，55家劳务服务公司对搬迁劳动力就业服务实现全覆盖。

搭建群众排忧解难“连心桥”，创建温暖之家

结合“最美五月天”联合行动，市总工会开展生活救助、助学救助和医

疗救助，联系商家在安置点建立工会爱心店等。目前结合“四季送”开展走访慰问、困难帮扶共发放资金380万元，帮扶人数达7600人次。还依托“四点半课堂”，在符合条件的安置点建设“工会爱心托管班”“工会爱心之家”，招募责任心强的专业人员为搬迁子女提供爱心辅导。

疫情期间，市妇联联合民政部门对监护缺失儿童进行了摸底调查，关心关爱留守、贫困、困境儿童52个。对搬迁儿童进行走访慰问，招募“爱心妈妈”开展志愿服务活动。

目前，全市实施临时救助7005人次、发放救助金913.9万元，为200名贫困家庭青少年争取奖学金20万元，建成老年人日间照料中心2所、互助幸福院1所，建立工会爱心之家9个，配备专业志愿者122人，聘请授课教师72名，开展爱心陪伴18场次、“希望小课堂”活动20余场次。

搭建群众权益维护“平安桥”，创建和谐之家

为强化搬迁群众的社会责任意识、规矩意识、集体意识，全市把建强党组织作为社区治理的关键环节，在144个安置点采取单独建或联合建的方式成立党组织124个，下派干部担任党组织书记44名、安置点选任党组织书记80名、党组织班子成员461人。让易地搬迁党员有“新家”，搬迁群众有“主心骨”和“领路人”。

市总工会依托安置点基层党组织，推荐选举基层党组织领导班子成员任工会主席，同时加强配合引导。目前已开展法治宣传24场次，发放资料1.4万多份。

团市委建立“高校团组织＋社区团组织＋志愿者”结对模式，组织全市5所高校集中力量结对15个市级示范点，开展心理辅导等活动；在全市124个服务中心优先配备至少1名西部计划志愿者，实现西部计划志愿者在安置点全覆盖。在安置点探索组织成立青年突击队，参与社区治理，推动社区群众实现自我教育、自我管理、自我服务。

全市推行“1+3+X”机制，以工青妇为主体，有机整合司法、教育、残联、

关工委等部门资源和职能，经常性组织开展法律咨询、矛盾化解等活动，努力提升搬迁安置点群众学法、用法、守法意识，以家庭的和谐促进社会和谐。

搭建市民意识培养“融合桥”，创建文明之家

搬迁群众如何更好“融入”新生活，铜仁有自己的解题方式。

开展联合行动。以“最美五月天”“六月别样红”等联合行动为载体，开展形式多样的技能竞赛等活动，带动更多家庭向善向美。大力推进社区文化队伍建设，协调书协、美协、摄协等协会进社区，积极引导安置点居民创作以“新市民·追梦桥”为题材的诗歌、绘画、刺绣、小视频等作品，讲好“新市民·追梦桥”实践故事。

推动移风易俗。整合工青妇资源，围绕“八个一”，依托“新市民·追梦桥”服务中心阵地平台，开展培训活动。探索成立道德评议会、村民议事会等自治组织，引导老党员等成立文明倡导队，针对大操大办酒席等问题开展专项治理，推动形成良好风尚。深入开展“讲巾帼脱贫好故事”“讲巾帼创业好故事”活动，不断提升社区居民精神风貌。

弘扬文明新风。强化志愿服务队伍建设，结合新时代文明实践活动的开展，组织搬迁群众开展广场舞、健身舞、球类、拔河等文体活动，在活动中树立文明新风。整合总工会、妇联、文联、文旅等部门资源优势，编排“土家摆手舞”等舞蹈，让安置点群众找到了乡愁依托，加速新市民融入城市新生活，不断实现干群精神面貌大提升，群众满意度、幸福感及获得感大提升。

据了解，目前全市落实治丧服务点 51 个、落实安葬点 28 个，建立“职工书屋”35 个、“小桔灯”亲子阅读书屋 5 个、“追梦书屋”25 所，组建电影放映团队 94 支，开展家庭教育讲座 170 场以上、安置点文艺活动 126 场次，寻找最美家庭 208 户，评选市级以上文明家庭 77 户。

劳模们“鼓劲” 新市民“加劲”

——铜仁市劳模志愿服务队为安置点新市民授课解困

◇郑 婕

为教育引导安置点新市民培育家国情怀、转变思想观念、增强信心决心，铜仁市工会以“新市民·追梦桥”工程“六月别样红”行动为载体，充分发挥劳模工匠示范引领作用，积极开展“劳模上讲堂”“一对一”结对帮扶等活动，用劳模精神、工匠精神，激发新市民的劳动热情和创造活力，带动促进安置点新市民勤劳致富，更快更好融入新生活。

结对帮扶 解决新市民实际困难

“搬来新家习惯吗？”“你们生活上还有什么困难吗？”江口县劳模志愿服务队在易地扶贫搬迁安置点凯德街道梵瑞社区走访帮扶的困难家庭时，详细询问新市民在就业、就医、就学等方面的情况后，将其遇到的困难记入台账。

江口县劳模志愿服务队22名志愿者对建档立卡的32户困难家庭进行了“一对一”“一对二”结对帮扶，每月定期入户走访，向其宣传国家政策、就业知识、维权法规等相关内容，了解其生活工作等方面遇到的困难后，本着“整合资源、群策群力”的原则，与相关单位召开联席会议商量对策，为每户帮扶对象制定持续可行的帮扶方案，做到因户施策，解决困难群众在思想、生活、就学、就医、就业等方面的实际困难和具体问题，帮助困难群众走出困境。

“李叔叔是我的家人，很感谢他在学业上对我的帮助和在生活上对我的关心，我一定继续努力学习，奋发向上，以优异的成绩回报李叔叔、回报家人、回报社会。”从杨兵坚定的眼神中，我们看到了感恩。

杨兵一家2018年从江口县闵孝镇沙坝河村搬迁至凯德街道梵瑞社区，双亲患有精神障碍疾病，弟弟是在校高中生，家境十分贫困。杨兵高中三年的学费和生活费均由铜仁市劳模李勇资助。2019年，经过十多年寒窗苦读，杨兵考上了天津城建大学，在李勇的帮助指导下，杨兵通过各部门相关政策的帮扶，解决了学费和生活费的问题。每逢假期，李勇便到杨兵家中与其谈心，了解其思想、生活状况，鼓励其克服困难、好好学习，并送去生活所需物资。

感恩分享 引导新市民奋进努力

“始终坚持做一个有心人。虚心学习业务，用心锻炼技能，精心完成任务，时刻按照职业规范去要求自己……”

“不管在任何时候都不要忘了充实自己，遇到困难不要低头，要学会通过自身努力去改变现状，把每一份工作当成自己的事业来做，这样不管是在精神上、还是物质上都是一种收获……”

“所谓感恩，心中常存感激，心路才能越走越宽，常怀一颗感恩的心，这个世界在我们眼中就会变得愈加美好……”

铜仁市劳模工匠们带着一句句朴实的话语、一个个真实的感人故事走上讲堂，他们没有发言稿，没有华丽的辞藻，用平实生动的语言和自己的成长经历，从不同的角度讲述着他们对工作的感悟和体会，讲述着他们爱岗敬业，不畏困难，甘于奉献，以自身行动实现人生价值的经历和感受，感染了现场的每位安置点新市民。

自“新市民·追梦桥”工程工作实施以来，铜仁市工会积极组织劳模、工匠代表等先进典型人物组建志愿服务队到全市易地扶贫搬迁集中安置点，通过座谈交流、入户走访等方式，开展面对面、分众化、互动化“劳模上讲堂”活动，多形式、多渠道宣传党的政策，引导搬迁群众自觉拥护党的领导，感党恩、听党话、跟党走。今年以来，铜仁市工会在安置点组织开展劳模上讲堂活动 98 场次，6000 余名新市民参与。

技能培训 带动新市民勤劳致富

“竹编工艺大体可分起底、编织、锁口三道工序，老人们还可以带回家去编织……”贵州省“五一劳动奖章”、石阡县龙塘镇慧萍竹韵编织厂负责人张仕慧向石阡县龙塘镇易地扶贫搬迁安置点新市民介绍竹编技巧。

“从一名农村家庭妇女、鞋厂工人、药品销售员、工厂工人到公司车间主任，要的是一颗不甘贫穷的心，通过自己的双手克服困难、勤劳致富……”铜仁市劳动模范、贵州富鼎橡塑有限公司成品车间主任王敏向印江县兴民社区安置点新市民讲述了自身经历，并根据公司的需求进行了现场招聘，希望搬迁新市民一起加入她的致富小团队。

“务工时务必要求用工方签订‘劳动合同’，遇到务工问题和困难时，可通过拨打司法免费维权咨询热线电话 12348 寻求援助……”碧江区劳模、司法局法制办主任尹国华结合自己的工作经验，为碧江区正光社区新市民讲解劳务用工法律法规和农民工维权常识。

铜仁市工会联合人社局等有关部门组织劳模、工匠、专家在安置点开展制茶、厨师、电焊等各类就业技能培训，使新市民掌握更多的生产生活技能，创造更多的就业机会。截至目前，全市工会在安置点开展技能培训 45 场次，参与 2761 人次，实现就业 654 人，开展劳动技能竞赛 15 场次，参赛选手达 539 人次，参与群众近 3000 人。

“通过劳模志愿服务队充分发挥劳模的示范引领作用，发挥劳模的专业优势和职业优势，带动来自各行各业的劳模们把自己的突出成绩突出贡献，应用到‘新市民·追梦桥’工程工作中，开展‘劳模上讲堂’‘一对一’结对帮扶、劳模志愿服务等活动，帮助新市民走上致富脱贫小康路。”市总工会党组书记、常务副主席杨恩说。

积分兑换让“德”者更有“得”

◇ 戴祥润

见过低价折扣的超市，但只用积分兑换不花钱就能“买”东西的超市你见过吗？

2020 年来，贵州铜仁市各级团组织创造性地将“春晖行动”与“新市民·追梦桥”工程有效融合，通过在安置点创办“春晖爱心超市”“春晖公益银行”“新市民积分兑换超市”“道德文明储蓄所”“新市民春晖励志超市”等春晖爱心兑换场所，有效满足和服务搬迁群众的生活基本需要，让搬迁居民主动参与社区治理，激发群众“比着干、争着干”的内生动力，让“扶志 + 扶智”真正落到实处。

积分兑换促文明

石阡县汤山街道平阳社区里有一个“春晖爱心超市”，虽说是“超市”，但与传统超市不同的是，这里的商品不需要钱来购买，每一件商品标注的都是积分数字，来这里的顾客只能用积分兑换。居民可通过积极、主动参与遵守社会公德、传承家庭美德、参加夜校课堂、参与环境卫生整治等积极向上的活动，获得相应的积分，并以积分来兑换相应商品。

“这是我第二次在小区参加志愿活动，很高兴得到了这本积分‘存折’，我一定更加努力，带动自己的家人和同学参与进来。”德江县楠木园社区业康小区 4 号楼红领巾志愿者张雪语激动地说。

在松桃苗族自治县团山社区，新市民们想要的东西再也不用花钱买了，参加社区活动获取积分就可以直接换购，激发了社区居民参与社区活动的积极性，营造了治理有效、社区文明、生活富裕的小康新社区。

“我有 240 分，我学的是设计专业，今天刚好用参加活动的积分兑换到一盒油画笔，很开心。”大龙开发区德龙新区志愿者余亚琴今年上大一，春节回家便参加了社区的活动，用闲暇的时间帮助更多需要帮助的人。“成立‘春晖公益银行’、爱心超市，用志愿服务积分兑换生活用品，是对志愿服务的认可，能帮助到别人是件开心的事儿。”

不论是春晖爱心超市、春晖公益银行还是文明储蓄所，所有商品均来自春晖使者、爱心企业捐赠。爱心兑换场所借助“春晖行动”平台，发动春晖使者、社会热心人士、爱心企业等加入“爱心联盟”，并定期向各爱心兑换场所捐赠搬迁群众所需生活生产物资或爱心款项，彰显了“弘扬中华文明，反哺故土亲人”的春晖行动宗旨。

在石阡，苏州市相城区建设银行、石阡县扶贫投资开发有限公司、贵州大地消防服务中心和铜仁华联玛客超市等 6 家企业（单位）成为“爱心联盟会员单位”，基本保证了安置点上 5 家“春晖爱心超市”的商品需求。

“作为春晖使者，我总想着为家乡的老百姓做些什么，正好听说要建一个用参与活动兑换商品的‘春晖爱心超市’，需要提供物资，我就加入进来了。”春晖使者、贵州大地消防服务中心法人涂栩说道。

在德江，楠木园社区“道德文明储蓄所”的物资由楠木园社区集体经济和春晖使者、爱心企业出资捐赠，保障了物资的持续供应。

制度运营树新风

全市所有爱心兑换场所均无聘请人员，全部由“党总支书记”“志愿者”“社区工作人员”组成，形成了“党建带团建”的模式。各安置点上的爱心兑换场所，不仅建立了详细的积分兑换管理办法、兑换明细表，还制作了精美的积分兑换卡片，并定期将兑换情况张贴在信息公开栏上，为搬迁点居民公开兑换、科学兑换、制度化兑换创造了条件。

“利用个人技能、资源，积极与集体合作，带动群众致富 10 分；主动履行公民应尽义务，积极参与社区志愿服务 1 次 5 分……”德江县楠木园“道德文明储蓄所”对积分兑换管理办法逐项作了详细规定。

石阡县平阳社区制作了“春晖爱心超市积分明细表”，围绕社会公德、家庭美德、内生动力、配合工作等 4 个方面，建立了 19 项评分细则，内容涵盖了拥护党的领导、践行社会主义核心价值观、爱护公共卫生、尊老爱幼、积极参加技能培训、主动务工就业等。

在松桃苗族自治县团山社区，不仅有“积分”，对违反社区居委会管理，或是家庭成员有不良行动被“黑榜”批评的，或是不履行赡养义务的，还将被“扣分”。

在印江土家族苗族自治县，文明储蓄所以积分管理为核心，落实志愿服务“群众点单、中心派单、志愿接单”的“三单”工作制，实行“定时间、定标准、定价值、定内容”的“四定”工作法，紧扣“诚实守信、孝老爱亲、环境卫生、教育希望、遵纪守法”的“五星”标准，开展五星新市民评选，通过积分奖励不断促进新市民文明习惯的养成。

春晖爱心兑换场所是一个桥梁——联通了“春晖行动”与“智力扶贫”，是缔造新风尚的一个杠杆，撬起了崇尚新思想、新理念、新道德、新观念，撑起了文明新风，加快了群众追求新生活的步伐。

目前，铜仁市在安置点上共建“春晖爱心超市”“春晖公益银行”“新市民积分兑换超市”“道德文明储蓄所”“新市民春晖励志超市”等爱心兑换场所 10 个，实现了“智力扶贫、文化扶贫”与“春晖行动”的双促进、双提升，让搬迁群众“搬得出、稳得住、逐步能致富”，更好融合城市，真正成为新市民。

贴心娘家人 温润移民家

——铜仁市妇联纵深推进“新市民·追梦桥”工程

◇李 艳

铜仁市共有29.3万名搬迁群众，其中跨区县搬迁12.55万人，占全省54.3%。2020年以来，铜仁市妇联深入贯彻落实省委、市委“新市民·追梦桥”工程总体部署，在积极做好新冠肺炎疫情防控的同时，大力实施“贴心娘家人·温润移民家”行动，以“五个三”举措奋力搭建“五桥”创建“五家”，在易地扶贫搬迁后续扶持工作中彰显力量，书写了具有妇联优势和妇女特色的精彩篇章。

“三转”增自尊搭建“感恩桥”创建奋进之家

2020年初，市妇联下发了《关于坚持党建带妇建着力创建“六型组织”的通知》文件，引领基层妇联组织深入创建政治型、先进型、群众型、服务型、创新型、公益型“六型组织”，促进妇联组织服务能力实现“三转”（转观念、转思路、转作风），多形式加强安置点妇联组织建设，调整选优妇联干部，把真正热心、综合素质好的搬迁妇女吸纳到妇联组织中，把想干事、能干事、干成事的妇联干部推荐到社区班子，新建妇联工作站126个，安置点妇联组织实现全覆盖。采取“整合资源＋社会力量”，在安置点灵活多样加强妇联阵地建设，建好“妇女之家”90个、“儿童之家”56个，以楼栋为单位成立妇女小组等，激活妇联一线“神经末梢”。

深化“巾帼心向党·建功新时代”“争做最美巾帼奋斗者”等主题宣讲，在安置点开展“感恩励志”主题教育，用老百姓听得懂的语言、喜闻乐见的方式把党的政策宣讲到安置点的千家万户，强化对群众特别是搬迁妇女的思想政治引领，引导搬迁妇女感党恩、听党话、跟党走，大力宣传“三八红旗手”“巾帼建功标兵”等典型事迹，展示巾帼风貌，传播巾帼精神，以“榜样的力量”激发搬迁妇女内生动力，坚定搬迁妇女脱贫信心和决心，鼓励她们用勤劳的双手创造幸福生活，书写精彩人生，赢得自尊。截至目前，在安置点开展感恩励志教育宣讲182场次，专家讲座36场次，参加妇女7.8万余人。

“三增”增自立，搭建“致富桥”创建幸福之家

搬迁安置点的男人大多外出务工，留下来的基本上是妇女、儿童、老人，妇女在家门口实现就业是搬得出、稳得住、能致富的关键。铜仁市妇联多措并举，深入实施感恩励志教育、岗位信息宣传、就业技能培训、扶持巾帼企业、解决家庭难题“五项行动”，助力搬迁妇女实现三增（锦绣女增收、家政女增富、持家女增能）。

市妇联利用“铜仁妹妹仔”官方微信和各级妇联组织微信平台、网站等新媒体，大力宣传安置点就业岗位信息，发布信息28期。深入开展“暖心送岗位·搭建致富桥”宣传活动，联合人社部门、女企业家协会和其他用工企业，在安置点广泛开展“留雁行动”招聘会36场次，提高搬迁妇女对企业招聘信息的知晓率。在安置点开展巾帼家政“进社区”活动，组织妇女参加网上家政技能培训，引导搬迁妇女通过从事家政行业创收致富。

2020年以来，市妇联联合扶贫、人社等部门大力开展锦绣女、家政女、持家女“三女”培训2000余人次，并整合资源、争取项目对搬迁妇女开展乡村旅游、餐饮服务等培训，进一步提高搬迁妇女综合素质和就业技能，促进搬迁妇女学会家务料理、勤俭持家、当家理财，增强城市生活本领，拓宽就业渠道，撑起家庭脱贫致富“半边天”。目前，在安置点建设“巾帼锦绣坊”8个，其中采取“妇联+公司+搬迁户”模式开展订单式培训“锦绣女”2000余人次，带动搬迁妇女居家就业300余人。

加大与人社部门对接，帮助有创业意愿、有项目方案、有推进措施的搬迁妇女实现创业“致富梦”，让符合条件的应贷尽贷，2020年第一季度共发放妇女小额贷款470万元。

大力实施“巾帼企业帮带计划”，引进万山区AI豆计划项目、沿河县恒泰源服装有限公司、石阡县宏信服饰有限公司、碧江区孟溪藤编厂等劳动密集型企业在安置点落户，引导市女企业家到安置点创办产业基地、服装加工、民族手工、来料加工等产业，建立“巾帼扶贫车间”37个，扩大搬迁妇女就业岗位，并主动对接扶贫、人社等部门，对搬迁妇女进行就业培训、上岗指导、合作用工等服务，积极入户走访，了解搬迁妇女在就业和返岗中的难题，实施分类指导，制定服务措施，促进6000余名搬迁妇女就近就业。“现在工作很满意，一个月以前工资是2000多元，现在工资有3000元出头了，还能照顾家庭，挺好的。”2018年，何玉菊从印江自治县峨岭镇搬迁到了铜仁市万山区旺家花园易地扶贫搬迁安置点，为了在城里真正扎下根，她成了铜仁市景航服装厂的第一批员工，凭借着自己的勤奋好学，一步步从员工做到组长再到车间主任，现在的工作和生活愈发向好。

“三助”增自信，搭建“连心桥”创建温暖之家

市妇联在易地搬迁点实施了贫困母亲关爱救助、“国奶扶贫”奶粉资助、“花蜜行动”爱心扶助“三助”行动，聚焦搬迁贫困家庭生活难题，搭建搬迁群众排忧解难“连心桥”，提高搬迁群众获得感、幸福感。

深入易地搬迁安置点开展35岁—64岁妇女“两癌”筛查和贫困母亲“两癌”救助项目宣传，做好安置点“两癌”妇女调查摸底、登记建档、组织申报等工作，安慰并鼓励患病妇女放下思想包袱，积极治疗，用良好的心态战胜病魔。争取到“母亲健康快车”3台用于德江、松桃、沿河县医院，提升基层妇女疾病医疗服务水平。深入安置点宣传“国奶扶贫工程”公益项目资助政策，帮助符合条件的搬迁家庭申报项目。截至目前，“国奶扶贫工程”

项目资助搬迁家庭1600余户，资助金额达1237万元，解决贫困家庭婴幼儿“奶粮”问题，切实减轻了搬迁家庭经济负担。

聚集爱心企业、爱心人士力量，发放“花蜜行动”公益资金15万元，用于国家扶贫工作重点县沿河县300名贫困儿童救助。利用春节、“三八”妇女节、“六一”儿童节等重要节日，走访慰问搬迁家庭，关爱搬迁儿童成长，帮助他们解决实际困难，为他们送去党和政府的温暖。

“三和”增自爱，搭建“平安桥”创建和谐之家

家庭是社会的细胞，家庭和谐是促进社会和谐的基础。搬迁群众从农村走向城市，面对新生活、新环境，家庭矛盾纷繁复杂。市妇联充分发挥妇女“独特优势”，以法治宣传促和谐、调解纠纷促和睦、纾解情绪促和美的“三和”举措，大力倡导和培育社会主义核心价值观，引导搬迁群众弘扬好家风、传承好家教，以家庭和谐促进安置点社区和谐。

在安置点开展普法教育，广泛宣传《妇女权益保障法》《未成年人保护法》《婚姻法》《贵州省反家庭暴力条例》等法律法规，制作发放妇女儿童权益保障相关法律法规宣传折页10000本、宣传手册5000册，提升搬迁群众的法治意识、规矩意识、集体意识。联合公安、司法等部门到安置点开展法治讲座23场，以案释法、以案说法，用群众语言、通俗故事教育引导搬迁群众。

利用“新市民·追梦桥”妇联工作站，擦亮“暖心大姐”妇女维权服务品牌，发挥巾帼志愿者作用，为搬迁群众提供情绪疏导、感情引导、心理辅导等服务，帮助搬迁群众释疑解惑、理顺情绪、减轻压力。注重把和谐家庭建设与创建“平安家庭”结合起来，联合市平安办开展“平安家庭”创建活动。举办丰富多彩的文化活动，以身边人宣讲身边事，向搬迁群众大力宣传和倡导关爱社会、关爱他人、睦邻友善等传统美德，为搬迁群众搭建沟通交流良好平台，把一个个小家庭串连成社区和睦大家庭。

“三新”增自强，搭建“融合桥”创建文明之家

“来，一二三四，二二三四，跟着我的节拍，一起动起来！……”音乐响起，人声鼎沸。走进万山区旺家社区安置点，广场上聚集起了很多搬迁居民。伴着美妙的音乐，众多搬迁妇女尽情热舞、一起畅聊，好不闹热。

市妇联采取强化培训速变新市民、培育典型引领新风尚、良好家风展示新面貌的“三新”举措，帮助搬迁妇女早日融入城市、自强奋斗。各地妇联扎实推进“巾帼在行动、温润移民家”志愿服务活动，纷纷招募巾帼志愿者，开展“八个一”培训，心连心、手把手地教搬迁妇女学会使用家电、电梯、银行卡和乘坐公交车等城市生活“本领”。用好“妇女之家”阵地，邀请广场舞老师到安置点帮助组建成立文艺队，教授广场舞，丰富妇女姐妹精神文化生活，实现由村民向新市民转变，更快融入现代城市生活。

深入开展“好婆婆”“好媳妇”“好女婿”评选表彰活动，开展形式多样的互评会、推选会、文艺汇演等先进典型宣传活动，带动更多家庭见贤思齐、向善向美。

广泛开展“巾帼爱家·共享美丽家园”活动，引导搬迁妇女操持家务、清洁卫生，养成文明卫生习惯，遵守交通规则和公共秩序，爱护公共财物和公共环境等，以家庭文明促进安置点的社区文明。深入开展“最美巾帼奋斗者·同心共圆小康梦”主题宣讲，以身边人讲身边事，引领搬迁群众弘扬文明新风尚。

家庭是妇联重要工作阵地，也是妇联工作的主战场。制定下发了《铜仁市关于加强家庭教育指导工作实施方案》，扎实开展家庭教育“七进”活动、“一封家书传寄深情·优良家风助成长”家书传家风家书征集活动、“幸福家”家庭家教家风宣传教育活动，在全市寻找“最美家庭”208户，评选市级“文明家庭”77户。通过这些活动开展，引导搬迁群众建设好家庭、涵养好家教、弘扬好家风，以家庭和睦促进社会和谐。

今年五月，积极响应市委“新市民·追梦桥”工程“最美五月天”活动号召，

在安置点开展了缤纷多彩的主题活动，用爱书写搬迁家庭美好生活新诗篇。在安置点新建“小桔灯”亲子阅读书屋5个，组织开展“小桔灯”亲子阅读活动120余场次；5月15日，在碧江区白岩溪安置点举办了“新市民·追梦桥”“幸福家”家庭教育、“七进”大讲堂系列活动启动仪式，拉开了“幸福家”家庭教育“七进”活动序幕。据悉，市妇联今年将联合市教育局、市计生协会在全市举办“新市民·追梦桥”“幸福家”家庭教育、“七进”大讲堂系列讲座200场，其中，全市144个易地扶贫搬迁点将实现全覆盖，提高家长家庭教育水平，为搬迁孩子健康成长提供良好环境。

在“六一”儿童节期间，印发了《市妇联关于开展“新市民·追梦桥”——花蜜关爱行动的通知》。5月29日，市妇联会同市委组织部、碧江区妇联、万山区妇联在碧江区正光安置点、万山区旺家社区安置点分别举办了欢庆“六一”温润移民家活动，招募了91名爱心妈妈（爸爸）与两个安置点91名搬迁儿童建立了“一对一”帮扶关爱机制，让安置点监护缺失儿童和特困儿童实现有人爱、有人护、有人帮。各区县妇联随即纷纷响应号召，向社会各界招募爱心妈妈（爸爸），通过“搞一次爱心慰问、做一次上门家访、吃一回连心饭、过一次感恩生日、来一次亲子阅读”的“五个一”关爱行动，弥补儿童感情缺失，帮扶儿童健康成长。

随着易地扶贫搬迁后续扶持工作的深入推进，搬迁妇女创业就业、搬迁群众暖心关爱、搬迁家庭家风建设等工作取得一定成效，让搬迁群众找到了归属感、获得感、幸福感。市妇联党组书记、主席罗秀红表示：“下一步，我们将进一步建好基层组织，完善工作机制，用好‘妇女之家’‘儿童之家’阵地，充分发挥‘娘家人’作用，多做扶贫帮困、雪中送炭、化解矛盾、凝聚人心的工作，切实解决‘新市民’的后顾之忧，为建设‘一区五地’、决胜全面小康，贡献巾帼力量。”

完善公共服务体系　加快推动移民融入新生活

——碧江区做好易地扶贫搬迁“后半篇文章”综述

◇肖　东

近年来，碧江区把易地搬迁当脱贫攻坚“头号工程”抓落实，加快完善移民安置点教育医疗、社会保障、社区综合服务等资源配备，加强和完善易地扶贫搬迁安置点基本公共服务体系建设，保障搬迁群众全面发展的基本社会条件，让搬迁群众公平享受公共资源和社会福利，推动实现幼有所育、学有所教、病有所医、老有所养，解决搬迁带来的后顾之忧，顺利融入城市生活。

抓实教育医疗服务　解移民“忧心事”

安民之道，在于察其疾苦。要让移民稳得住，就要解决让移民忧心的难事，孩子上学、家人看病等等，只要是移民会遇到的困难，方方面面都得予以解决、保障到位。

在规划移民安置区域时，碧江区统筹规划安置点教育教学资源，建成铜仁市第十二中学、铜仁市第三十三小学、铜仁市第二十五小学、铜仁市第二十三幼儿园、正光小学、正光幼儿园等学校。采取引进、招考、“特岗计划”专项招聘、政府购买服务、推行员额制管理等方式，统筹调配安置点学校教师。2019 年已完成 50 名易地扶贫安置学校教师招聘配备。加快完善学校运动场地、校园绿化美化等附属工程设施，按标准同步配齐配足课桌椅、图书、计算机、音体美器材、教学仪器等教学设施设备和学生食堂及宿舍设备配置及建设。确保投入一所、建设一所、达标一所。

“我们组织干部上门认真核查移民子女就学信息，精准掌握搬迁群众子女就学需求和安置点教育供给情况，就近将搬迁子女安排入学，对搬迁学生来一个接收一个，确保搬迁学生全部入学。”矮屯社区党支部书记黄昌举说。该区成立了“一对一”帮扶领导小组，深入搬迁户家中开展“千师进万家”家访活动，掌握搬迁户家庭情况、学生心理及学习状况，有针对性制订帮扶计划，从学习、心理等方面给予关爱和帮扶。

在医疗方面，同步规划建设移民安置区医疗卫生机构，建成并完善矮屯、打角冲、响塘龙、白岩溪、地理、龙田和谐家园社区卫生服务站，将江宗门社区卫生服务站搬迁至市中枇杷湾安置点。按国家标准筹划医疗卫生机构人员编制，调配医务人员入驻各安置点社区卫生服务站。定期组织东西部扶贫协作帮扶医务人员和区级医疗服务机构骨干到安置点卫生服务站开展业务指导和人员培训，提高医务人员技术水平。

同时，把搬迁贫困人口纳入家庭医生签约服务范围，将慢病患者纳入慢病管理，对搬迁群众中罹患大病的贫困人口建立台账，实行动态管理和监测；搬迁贫困人口在辖区内定点医院住院实行先诊疗后付费制度；加强移民安置点计划生育工作，对移民生育进行跟踪和提供生育关怀服务，着力保障移民群众就医需求。

完善社会保障服务　解移民“烦心事”

贫困户搬到城里后，从农民变市民，生活环境也变了。在农村享有的社会保障等权益能否继续享有，老人能不能赡养好，住上新房子是否就能过上好日子，变成“新市民”、开启新生活。一个个问题都亟待回答，一个个“痛点”都亟待解决。

瞄准群众的“搬迁痛点”，该区加强与迁出地对接，按照群众自愿原则，做好贫困群众医疗保障政策转移接续，做到应保尽保，确保不因搬迁出现漏保断保；搬迁群众迁入城镇居住后，可自愿参加安置地城乡居民基本医疗保险；已灵活就业人员和有稳定劳动关系的，可参加城镇职工基本医疗保险；已在碧江参加城乡基本医疗保险的搬迁贫困群众，经转诊住院就医的，保证其报销补偿比例达90%

左右。

针对已落户或办理居住证、易地扶贫搬迁市民证的搬迁群众，符合城市低保政策条件的纳入城市低保；搬迁群众脱贫后收入水平仍低于低保标准的，继续享受低保政策。脱贫攻坚期内纳入低保的易地扶贫搬迁建档立卡贫困户就业创业后，人均收入超过当地低保标准的，视其工作稳定情况给予 1—6 个月缓退期，最大限度地保障搬迁群众利益。

推行“一户一卡”，对搬迁群众每户发放一张幸福卡，搬迁群众持幸福卡到社区平价超市、平价副食店享受 10% 优惠，生活用电、用水享受 10% 优惠，给予搬迁群众物业管理费用一定优惠补贴，搬迁户自签订搬迁协议后 3 年内可享受全额补贴，3 至 5 年部分补贴，惠及全区 1.2 万名搬迁群众。

完善户籍管理服务，衔接好搬迁群众农民和市民“两种身份”、迁出地和安置地“两种利益”。在保持搬迁农户土地承包权、林地承包权、集体收益分配权和其他惠农政策权益不变的前提下，积极引导搬迁群众转移户籍。对暂时未迁移户籍的跨区县搬迁群众办理居住证、区内搬迁群众办理易地扶贫搬迁市民证，纳入当地居民管理，享有同等基本公共服务，推动搬迁群众尽快融入城市新生活。

完善社区综合服务　解移民“扎心事”

搬迁群众能不能尽快融入城市，社区服务很关键。如何适应城市文化，如何养成城市生活习惯，如何丰富业余活动，如何就业发展……这些貌似不起眼的生活“小事”却样样“扎心”。

思群众所思，想群众所想。该区着力完善社区综合服务，在移民安置点建立“一站式”公共服务大厅，开设户籍管理、就医、社保、法律咨询等服务窗口，大力推进综治中心实体化建设，配齐完善社区居家养老、儿童活动中心等社区综合服务设施，选齐配强安置点所属社区工作人员，提供细致、体贴、温馨的服务，帮助搬迁群众快速融入新环境、适应新生活。

在移民安置点推进“社区 10 分钟服务圈”项目建设，完善图书室、文体室、就业培训室、老年活动场所、户外运动场所设施，引进社区超市，合理配置农贸市场、红白喜事场所，规范布局社区公共场所，留足群众休闲娱乐空间。

“刚到城里生活，很多生活习惯不一样，有时候会发生一些‘尴尬’的事情。”矮屯社区搬迁群众谭熊说，“社区经常开展城市生活常识宣传，宣讲政策、科普、安全知识、交通规则、法律法规等，帮助我们更好融入城市生活。”

依托社区服务中心，该区充分发挥社会工作和志愿互助服务的作用，组织开展“创文明城市・做文明市民”主体宣传活动，开展感恩教育、文娱活动、矛盾调解、关系调适、心理疏导、防火防盗等宣传。现在喝酒的人少了、等靠要思想的人少了、讲卫生的人多了、遵守交通规则的人多了……一切都在改变，搬迁群众正快速融入城市新生活。

据了解，该区在移民安置点打造综治服务中心，设置群众接待窗口、监控研判室、纠纷调处室、心理解忧室、法律服务室、扫黑除恶办公室等办公场所，配齐配强综治中心队伍，推动网格化管理向小区、楼栋、家庭延伸。积极开展背街小巷亮化、天网地网延伸、吸毒人员收戒管控、零发案网格小区创建、平安建设大宣传等平安碧江“五项行动”，实现移民安置小区治安巡防覆盖率100%，人民群众安全感保持在全市第一。

万山："五联五化"保障搬迁群众安居乐业

◇黄 烈

"我们从农村搬到城市，生活越来越好，日子越过越有盼头。"家住万山区旺家花园的杨东明这样说道。杨东明从思南县大河坝镇一个偏远的山村搬到万山区，目睹了一起搬迁来的乡亲们到城市后的转变。整齐的楼房、宽敞的步道、便捷的交通、完备的设施，旺家花园俨然一副现代化城市小区的模样，让他不禁感叹如梦一般地一步迈向康庄道。

目前，在万山区易地扶贫搬迁安置地旺家花园落户的有来自思南、石阡、印江 3 个县的群众 2529 户 11007 人，为稳步推动易地扶贫搬迁工作，万山区围绕搬得出、愿意搬、住得好的目标，把城市最好的地段让位于搬迁户，高标准做好安置地规划设计，按照附近有学校、有医院、有车站、有农贸市场、有龙头企业"五有"的标准科学选址。旺家花园紧邻行政中心和产业园区，5 分钟内可达万山区人民医院、小学初中高中、园区企业、铜仁客运南站、农贸市场，极大地方便搬迁群众生产生活。

万山区坚持多方治理原则，构建了"五联五化"社会治理体制，以党建引领、多方共治模式，积极鼓励、支持和引导工、青、妇等群团组织参与社会治理。多次开展感恩教育，宣传党的声音，增强搬迁群众感恩意识、主人翁意识和归属感，让群众感党恩、听党话、跟党走，确保搬迁群众"搬得出、稳得住、快融入、能致富"。

组织联结，推进社区管理体系化

万山区采取"搭建社区组织架构、加强干部队伍建设、增强社区工作力量"的形式，从组织队伍入手，提升搬迁点的整体服务质量。在今年 9 月成立了旺家花园党支部，支部书记由旺家花园所属的街道选派。同时，从万山区委组织部选派科级干部担任第一书记，并同步从民政局、司法局、印江县、仁山街道等机关单位抽调精锐力量组成驻区工作组，深入开展帮扶工作。

“易地扶贫搬迁安置点建到哪里，党的组织和工作就要覆盖到哪里。党支部既能引领搬迁移民党员扎根安家，又能调动他们更好地为搬迁群众服务。”旺家花园党支部书记罗焕楠说道。

在党支部的引领下，驻区工作队伍、楼栋长相互配合，坚持每周带领党员们入户走访，主动参与解决搬迁群众的困难，为群众提供近距离的服务。

前不久，驻区工作组通过走访了解到吕昌福老人的儿子在工厂里跑运输，他希望找个离家近点的工作方便照顾老人。通过工作组的努力，已为其顺利地落实了工作，老人心里面充满了感激。

异地联动，推进责任落实清单化

通过明确责任、细分职责、强化联动的形式，万山区积极协调各迁入地同步做好搬迁群众的后续服务工作。石阡、印江、思南均在旺家花园派有工作队，目的就是持续了解搬迁群众的后续生活情况，做好与迁出地、迁入地的对接。目前在旺家花园的工作组中，思南 13 人、石阡 11 人、印江 9 人。

每周一、周四，党支部、驻区工作组和便民服务窗口工作人员召开例会，重点探讨群众在搬迁和入住过程中遇到的问题，多部门共同协商解决办法，捋清工作思路。通过例会制度，让各搬迁县工作组、各部门、所属街道都能有效参与到群众服务工作当中来，形成了强大的工作合力。

万山区高度重视跨区县搬迁工作，抽调 20 余名工作人员现场办公，围绕就医、就业、就学等方面实行全方位保姆式服务。与思南、石阡、印江驻万山工作组干部一起包楼、包户，并建立移民群众“一户一档”，精准对接群众需求，为群众提供优质服务。

部门联合，推进便民服务精细化

通过加强部门协作、细化服务事项等形式，旺家安置地将便民服务大厅设在了群众家门口，设有社保、就业、教育、卫计、民政、残联、移民岗位需求 7 个专门服务窗口，同时增设了石阡、印江、思南 3 个区县服务窗口，开展一站式办公。把原本分散在各个办公室的审核审批事项集中在一个大厅办理，打通服务群众的“最后一公里”，解决“水土不服”问题，让群众能尽快地适应和融入城市生活。

“我们医院为搬迁群众建立了专门的信息档案，他们在医院可以享受先看病后付费政策。”万山区人民医院儿科副主任王斌说。万山区人民医院开设有专门为易地搬迁群众服务的门诊窗口，前来看病就医的搬迁群众只需做好审核和登记，便可通过绿色通道“一路绿灯”。

据悉，截至目前便民服务中心已处理搬迁群众困难 360 余个，对接搬迁子女入学 158 人，配合党支部开展走访慰问 80 余次。在党支部的带领下，为移民群众提供贴心服务，形成了以党组织为中心、驻区工作组为基础、便民服务中心为平台、群团组织共同参与的安置地管理服务新格局。

区域联袂，推进居民融入快速化

万山区通过建强党组织，持续优化志愿服务，带动群团组织开展助老、助幼、助残、助孤、助病、助独、助特的“七助”志愿服务活动，建立党员结对帮扶制度，及时了解搬迁群众生活情况，扎实推进安置地群众后续帮扶工作。

为了加强群众的归属感和凝聚力，已经建立了“乡愁馆”，并通过组建龙灯、广场舞、合唱等兴趣队伍的形式进一步拉近距离。对积极参与开展安置地工作，配合支部提升群众服务质量的搬迁户，通过参加招聘，成为便民服务大厅里的咨询台干部，壮大了帮扶队伍。

“国家的政策好哇，真的感谢政府，我本来打算搬来住几天就回去的，但是这一住下来根本就不想走了。”已经82岁高龄的老党员邹孔木激动地说。现在他在旺家花园过得非常开心，生活也十分便利，在小区里就能买到新鲜的肉类和蔬菜，出门就是木杉河公园。

“前几天呐，还有志愿者给我们送来了油和米。现在，我有地方住，有低保拿，还能有什么不满意呢？”张彦娥老人是思南瓮溪镇大寨村的贫困户，多年来一直生活在大山深处，家里的土房子已补修了好几次，仅靠着采茶的微薄收入度日，每天上坡下坡，累了大半辈子，如今喜迁新居，她逢人就说党的政策好，脸上总是带着喜悦的笑容。

胡仕婵随家人搬入旺家花园不久，就收到了来自志愿者赠送的文具、玩具和日常生活用品，这让家里的三个孩子喜出望外。生活中有什么困难，只要找到便民服务中心的工作人员都会给她提供帮助，这让胡仕婵切实感受到了万山区委、区政府的关怀。

资源联享，推进就业发展多元化

旺家花园安置地党员积极协助开展各项工作，鼓励群众自主择业、创业、就业，对有就业意向的搬迁群众进行分类登记，建立搬迁群众就业信息库，就业局免费开展技能培训，带领现场观摩，推荐就业岗位。同时，通过“送岗入户”、就业培训班培训、增设公益性岗位和出台创业扶持政策等措施，解决搬迁贫困群众的就业问题。目前，结合移民就业需求，举办了防水工、电焊工，家政等工种培训班。

“以前在老家，父母都在外地务工，一家人聚在一起不容易。搬到这里后父母就近在建筑工地找到了工作，每人每月能有3000元。我也即将有稳定的工作，这套房将成为我的婚房，这一切都是以前不敢想的。”来自思南的搬迁群众陈永黎今年刚满20岁，随父母于今年10月搬入旺家花园。通过申报公益性岗位，申请人每天需在便民服务中心接受“一对一”培训，学习基本的电脑操作知识，考试合格后，便能实现就业。据悉，旺家花园今年计划提供 80 余个公益岗位，目前已成功为 10 余名群众解决了公益岗位问题。

“我们会根据群众的能力和意向开展就业服务工作，比如提供就业讯息、举办招聘会、带领群众到企业参观、开展技能培训等方式，让群众对所从事的职业有更多的知情权和选择权。”便民服务中心的工作人员向笔者介绍，搬迁群众可以通过到服务中心窗口进行登记来自主择业，人社局会根据登记者的具体情况进行推荐和组织培训，从 9 月到现在，已有 3700 余名群众成功就职。

“旺家花园共有 42 处门面，目前已经全部出租，其中有 12 处门面由搬迁群众租赁。”罗焕楠介绍道。这 12 户搬迁群众为自主创业开了先河，也成了搬迁群众成功扎根迁入地的典型。据了解，为了鼓励自主创业，万山区对搬迁群众采取前三个月免门面租金、前 3 年每月给予 300 元的创业补助、前 3 年财政全额贴息的模式，让群众在家门口就能拥有自己的事业。同时，通过典型示范，带动更多的群众扭转“等、靠、要”思想，靠自己的双手创造美好生活。

松桃团山：圆“安居梦”筑“幸福家”暖“百姓心”

◇罗 骐 百春霞

自“新市民·追梦桥”工程实施以来，松桃苗族自治县团山社区安置点充分发挥工青妇组织在党委和政府联系群众中的桥梁和纽带作用，整合力量创建服务品牌，切实做好易地扶贫搬迁“后半篇文章”，促搬迁群众既能“搬得出”又能“稳得住、能致富”，真正让群众过上幸福美好生活。

搭建群众思想引领“感恩桥”，建奋进之家。团山社区安置点在县委、县政府的坚强领导下，设立综合服务办公室、“三地”服务中心、“三就”服务中心、文化服务中心、社会服务中心、社会治安综合治理办公室“两办四中心”。选派工作业务能力强、综合素质高的 1 名优秀党组织书记、5 名社区党支部委员、8 名社区干部到易地扶贫搬迁安置点社区开展工作，保障社区干部工作待遇，实现安置点党建工作全覆盖，打造一支“永不走的工作队”。社区党支部依托安置点“工青妇”职工之家、新时代工人讲习所、社区微信群等各种阵地，积极组织社区干部及群众召开新时代爱国主义教育座谈会，运用通俗易懂的群众语言，大力弘扬社会主义核心价值观，宣传习近平总书记系列重要讲话精神和党的方针政策，教育引导搬迁群众培育家国情怀，引领搬迁群众感党恩、听党话、跟党走，推动习近平新时代中国特色社会主义思想深入人心，把党的路线方针政策送到搬迁群众中。目前，社区党支部会同工青妇等群团组织开展了工会维权、“巾帼人宣讲”“希望工程·伴读活动”、中秋大手拉小手等活动 10 余次，1200 余人参加。社区党支部积极组织工会开展“工青妇”文化宣传，引导有劳动力群众积极入会，在工会的家庭里，大家拧成一股绳，切实维护自身利益。目前，在社区党组织的带领下，通过工会文化宣传，团山工会共计入会会员 360 人，有效提升搬迁群众的权益保障意识。采取“党建带工建、团建、妇建，促党建”的形式，通过社区党支部把关，工青妇积极把搬迁群众中有较高思想觉悟、有代表性的能人、优秀人才积极推荐入党，鼓励优秀人才加入安置点志愿服务队伍，推动群众工作群众做。目前，团山社区工青妇服务中心向社区党支部推荐了2名优秀人才加入中国共产党。

搭建群众创业就业“致富桥”，建幸福之家。聚焦安置点的就业需求，深入实施“民心党建+‘三社’融合促‘三变’+春晖社”农村综合改革人才培训三年行动计划，发挥劳务协作站（点）作用，通过工青妇“新市民·追梦桥”工程，积极整合资源，积极引导成功人士返乡创业，对安置点搬迁群众实行职业技能培训，扎实开展“留雁行动”“春风行动”，积极帮助易地扶贫搬迁安置点群众就业创业。目前，该社区开展“三女培训”“汽修班”“育婴班”等培训22期达2470余人。开展“春风行动”就业援助招聘会做好外省就业劳动力输送工作，解决群众就业200余人次。社区党支部立足“居家发展”，积极开发弹性岗位，探索设立易地扶贫安置点脱贫车间，打造工青妇脱贫示范基地，努力帮助搬迁群众实现在家门口就业。目前，团山社区安置点建立了工青妇脱贫示范基地，成立扶贫车间2家，引导80余人参与开荒，打造300亩“微型农田”，采取“社区+农户+产业”模式，发展微产业，帮助安置点就业群众解决后顾之忧。

搭建群众排忧解难“连心桥”，创建温暖之家。社区党组织积极整合各类力量组织开展困难帮扶行动、助学圆梦行动、健康助力行动，及时解决群众生活难题，在安置点开展各种爱心捐赠、走访慰问、亲情陪伴等志愿服务活动。目前，团山工青妇关爱留守儿童和孤儿，其中孤儿50余人。疫情防控期间，社区党支部组织动员干部、志愿者及群众70余名参与疫情防控工作，同时提供疫情物资保障，为抗疫工作捐款捐物约2700余元。整合“工会金秋助学”“中国茅台·国之栋梁”“习酒我的大学”等助学项目帮助易地扶贫搬迁贫困学生62人，资助金额31万元。推进“社区两委—楼栋长—搬迁户”的三级网格管理体系建设，实现全过程、全领域、全链条闭合式服务。健全社区安置点基层党组织体系和优化服务功能，团山安置点充分发挥“工青妇”桥梁纽带作用，挂牌成立了团山社区工青妇“新市民·追梦桥”服务中心和“新市民·追梦桥”工会、共青团、妇联工作站，建立新市民“职工之家”“青年之家”“妇女之家”“追梦书屋”“劳动者服务驿站”“希望工程·陪伴行动”希望小课堂、青年志愿者脱贫攻坚夜校、“婚姻家庭矛盾纠纷调处工作室”，打造了“四点半课堂”，成立了工青妇脱贫示范基地，建立了楼下“巧工坊”（锦绣坊），加盟“黔灵女”家政服务公司，建立产业扶贫车间，完成打造300亩“微型田园”。通过“四点半课堂”，关爱留守困境儿童的学习、生活和身心健康。目前，开展留守儿童摸底排查工作，为38名留守儿童建立管理档案，开展“四点半课堂”“希望工程·陪伴行动”累计59期，为留守儿童提供学习辅导，坚持每天护送社区小学生上学。积极开展“童伴妈妈”“儿童快乐家园”等项目申报工作。

搭建群众权益维护“平安桥”，创建和谐之家。构建易地扶贫搬迁党建工作清单，从强化政治功能、建强党员队伍、加强社会治理、强化工作保障四个方面，发挥党组织领导核心和政治引领作用，着力打造“一站式服务、五分钟到位、十分抓落实、百分百满意”的易地扶贫搬迁模式。团山社区安置点党组织不断加强领导社区治理体系和治理能力现代化建设，充分利用“三八”妇女节维权周、“4·15”全民国家安全教育日、“5·15”国际家庭日等节假日，由社区党支部统筹，从家庭入手，在安置点开展维权宣传活动，通过发放宣传物品、开展维权知识讲座、播放法制宣传片等形式，增强群众法治观念。目前，开展婚姻法律讲座2期150余人参加，通过以案释法、以案说法，向妇女群众传播维权知识，有效提高了安置点妇女法律知识和群众维权意识。整合工青妇和社会力量，成立“家庭矛盾纠纷调处工作室”，进一步畅通安置点群众权益侵害诉求渠道，依法做好维权工作，累计化解家庭矛盾纠纷6起。积极推进劳动争议、邻里纠纷、小额债务等矛盾多元化解模式，把问题化解在萌芽状态。加强对外出务工人员跟踪服务工作，帮助其维护自身合法权益。以“新市民·追梦桥”服务中心为载体，广泛走访职工家庭，充分利用心理疏导室，积极引导社会组织、志愿者等为搬迁群众提供情绪疏导、感情引导、心理辅导等服务，帮助群众释疑解惑、理顺情绪、减轻压力。组建了巾帼文艺宣传队，坚持每天组织安置点妇女群众开展跳舞等群众喜闻乐见活动，进一步凝聚人心，丰富生活。

搭建群众意识培养"融合桥"，创建文明之家。整合项目资源，设立新市民"追梦"书屋，通过志愿服务等形式，组织安置点少年儿童开展读书、研学、科普等活动，不断提高安置点群众文化素质。围绕"八个一"，开展系列活动，积极引导搬迁群众带头破除陈规陋习、树立文明新风，使搬迁户尽快融入城市生活。目前，在团山社区设立新市民"追梦"书屋，常态化组织志愿者开展志愿服务。开展"卫生之家"示范户评选，为 10 户示范户发放生活卫生物品奖励。建立"青年志愿者脱贫攻坚夜校"，聘请具有一定专业特长的老师 7 人，每周开课 2 次，采取"苗汉"双语模式开课。优秀的家教家风是家庭教育的核心。为帮助安置点群众转变育儿观念，提高家教水平，工青妇开展家庭教育讲座1期80余人参加。建立安置点评先评优常态化机制，以家风建设为抓手，积极开展寻找"最美家庭""文明家庭""五好家庭"等先进典型评选宣传活动。目前，开展"五好家庭"评选活动 1 次，对 57 户家庭进行了公开表彰。

印江“新市民”拥有新生活

◇ 杨飞强 杨秀明

自“新市民·追梦桥”工程工作开展以来，印江土家族苗族自治县紧紧围绕易地扶贫搬迁后续扶持“五个体系”建设，采取党建服务、就业服务、文化服务的形式，抓实抓细易地扶贫搬迁后续等工作，有效提升了易地扶贫搬迁安置点群众的获得感、归属感和幸福感。

党建服务，增强群众获得感

“现在疫情防控形势还严峻，不要往外跑，不要扎堆聚集，要勤洗手……”疫情防控期间，在印江坪兴寨移民搬迁点，党员干部挨家挨户向群众宣传防疫知识。

疫情发生以来，兴民社区始终关注着易地扶贫搬迁户这一特殊群体。除了在保障易地搬迁安置点疫情防控工作的同时，还积极协调相关职能部门推进安置点附近企业有序复工，吸纳安置点贫困人口就业。

该县积极探索“党支部＋社区管委会＋楼栋长＋物业公司＋服务中心”服务模式，建立健全社区服务中心、医疗服务中心、社区警务室、便民服务超市、移民书屋、职工之家、青年之家、妇女之家等机构，党务、综合、民政、就业、物业等便民利民窗口应设尽设，保障群众事务在小区解决，小区综合服务能力得到有效增强。

同时，通过设置党员先锋岗、党员示范岗、楼栋党员责任岗，充分发挥党员在移风易俗、就业创业、政策宣传等方面的示范带动作用，搬迁群众的市民意识不断增强，小区治理能力不断提升。

就业服务，增强群众归属感

“我在这里上班，一个月有 2000 多元工资。家就在旁边 29 栋 2 单元，孩子也可以兼顾了。”说起就业，张丽群脸上满是喜悦。

张丽群是该县朗溪镇坪阳村贫困户，2018 年一家三口搬迁到坪兴寨安置小区。入住不久，巨泰鞋业就把生产车间建到了坪兴安置小区，张丽群也在巨泰鞋业有了工作，过上了城里人的日子。

为切实满足企业招工需要和群众务工需求，该县充分运用网络新媒体，采取线上线下相结合的方式，多渠道推介企业招聘信息，定向组织劳动力输出，畅通就业信息通道，扩大搬迁户就业渠道，让搬迁群众楼上住人楼下就业，实现挣钱顾家两不误。

该县人社、工会、团县委等部门结合职能职责，积极开发就业岗位，把支部副书记、管委会主任和副主任、网格长和楼栋长全部纳入公益性岗位，解决了 37 名搬迁群众就业问题。该县妇联联合县女企业家协会根据社区群众就业需要，开发了保安、家政服务员、餐馆服务人员、巨泰鞋业工人、茶场长工短工等岗位 300 多个。

文化服务，增强群众幸福感

每当夜幕降临，华灯初上，印江兴民社区的广场上音乐奏响，群众伴随着欢快的节拍，跳起曼妙的土家摆手舞。

在该县文旅局舞蹈队的协助下，社区成立了广场舞短期速成班，聘请了该县民间文艺队的舞蹈老师到兴民社区易地移民搬迁点，手把手地教搬迁群众跳广场舞，提升搬迁点群众茶余饭后的精神文化生活。

为丰富搬迁群众的业余生活，提升搬迁群众文化素养和生活质量，该县结合中华传统节日、民族特色节日等，联合相关部门在安置点适时组织开展丰富多彩、形式多样、群众参与度较高的文体活动，如举办职工篮球赛、举办职工文艺晚会、邀请老师指导群众跳广场舞等，拉近搬迁群众之间的感情，丰富精神文化生活。

同时，组织引导妇女参与社区治理，教育引导安置点妇女居家整洁、言行文明、睦邻友善。积极在社区推进移风易俗工作，协助社区对婚葬陋习、滥办酒席、老无所养等不良社会风气进行治理，以身边的人影响人、以身边的事感染人，推动社会主义核心价值观内化于心、外化于行，营造见贤思齐、崇德向善的社会氛围，促进搬迁群众更好地融入“新生活”，成为“新市民”。

感党恩　话发展　奔小康

——玉屏易地扶贫搬迁安置点见闻

◇付加娣　李竹梅　徐远强

让搬进新区的群众“稳得住、可发展、能致富”，是玉屏自治县推进乡村振兴的关键。玉屏突出易地扶贫搬迁群众党建服务，围绕发展第一要务，加强移民新区环境建设，积极开展组织建设、就业保障、公共服务等工作，切实提高党组织的服务水平。

建中心　抓实服务群众工作

2017 年 12 月的一个凌晨，正在熟睡的田坪移民新区搬迁群众服务中心主任姚元堂，突然接到搬迁群众姚沅华的一通电话：“姚主任，家里的水管坏了，水一直流，快来呀！”

不到 10 分钟，姚元堂到达姚沅华家。“哪里坏了？清楚是什么原因没有？”姚元堂问道。直到凌晨 1 点半，姚元堂关好水闸。“你这是水管破了，只有等到明天早上修。”姚元堂说。

“吃了早餐再走吧。”“不吃了，还要去上班。”次日早晨 8 点，姚元堂带着工人修好了姚沅华家的水管后，婉拒了姚沅华的邀请。

修水管、修电视、修房屋……面对群众的诉求，田坪移民新区搬迁群众服务中心的工作人员总是第一时间解决。“群众的事就是我们的事，在能力范围之内，尽量帮，帮不了的，向上报。”搬迁群众服务中心的工作人员想法很简单。

“微笑、亲和、便民、协作、务实、高效”是田坪移民新区搬迁群众服务中心为民服务的宗旨，短短 12 个字，饱含着田坪移民新区搬迁群众服务中心 11 名党员干部对搬迁群众的真心。

情为民所系，心为民所想。2017 年 8 月，玉屏成立新区搬迁群众服务中心，积极协调、帮助搬迁群众解决生产生活困难。

如今，玉屏贫困帽虽摘，但易地扶贫搬迁依然是玉屏脱贫攻坚的重要内容。

除此之外，田坪移民新区按照“一核多元”社区管理模式，建立了田坪移民新区联合党支部，设立了社区服务站和活动中心，采取支部联建、村务联议、产业联合、设施联用、生活联谊的“五联工作法”，实行“一站式”办公，让搬迁群众办事“少跑路”，更好地解决群众生活难题，满足群众生活需求，充分发挥基层党组织在新区发展建设中的作用。

联产业 搬迁群众家门口就业

田坪移民新区“微工厂”里，移民群众干得热火朝天。众多工人中，舒秀芬的动作最为娴熟，2018 年 5 月她就来到“微工厂”上班。

“一家人不用再挤着睡了，下楼就可以上班，同时还可以照顾孩子。”舒秀芬从田坪镇岩屋口村搬到移民新区以来最大的感受就是能兼顾工作与家庭，她很享受现在的生活。

田坪移民新区的“微工厂”是贵州必登高鞋业有限公司开设的。工厂能为新区 40 名赋闲搬迁群众解决就业难题，让他们在家门口就业的同时又照顾了家庭，平均月收入约 2000 元。

为解决搬迁群众就业的烦恼，提高搬迁群众的幸福感，玉屏县委、县政府通过不断优化易地扶贫搬迁点产业布局以及商业布局，按照“楼上居住、楼下就业”的形式引进企业在移民新区内开办“微工厂”，为搬迁群众提供创业机会，帮助搬迁群众增收致富。

田坪移民新区只是玉屏易地扶贫搬迁点的缩影。截至 11 月，玉屏共建成易地搬迁安置点 9 个，搬迁 1387 户 5726 人。为了更好地实现搬迁户就近就业，玉屏县委、县政府根据群众发展需求，同步完善公共设施，将“扶贫车间”“微工厂”开办到安置点，引进和培育工业企业75家，提供就业岗位近3万个，带动9000余人就业。

同时，玉屏运用“民心党建+金融”“精扶贷”扶贫贷款资金入股、“产金互促541”精准扶贫等模式，实现建档立卡户每年户均增收4000元，实施“10113”贫困户全覆盖工程，实现户均增收3000元以上。

做配套　提升群众幸福指数

来自田坪镇迷路村的搬迁群众龙茶花坐在从田坪开往玉屏县城的公交车上很高兴。“6块钱的车费，直接在家门口坐，方便多了。”龙茶花说，现在坐公交车不仅方便，还很安全。

2018年7月2日，玉屏—亚鱼路线新能源公交车正式投入使用。新能源公交车的运营，既方便了群众出行，又缓解了城市交通压力。

打通服务基层“最后一公里”，助力乡村振兴，田坪党委一直在发力。统筹规划，配套建设便民服务中心、玉屏第二人民医院、田坪第二幼儿园、九阳广场、乡愁馆、便民超市等基础设施，提升搬迁群众生活质量。同时简化学校、幼儿园转学办理手续，解决了搬迁群众子女的就学问题。

“搬迁群众与搬迁地周边群众的矛盾是维护新区的一大难题。”田坪移民新区党支部书记罗康松说，针对这一难题，田坪移民新区联建支部积极发挥移民新区党组织作用，搭建各种联谊平台，开展“六月六赶坳节”“农民运动会”、篮球赛、广场舞等活动，组织搬迁群众与周边群众跳广场舞、参加玉屏老年人运动会，构建和睦邻寨关系。

近年来，玉屏以“围绕发展抓党建、转好党建促发展”为目标，立足实际，求真务实，创新思维，寻求突破，认真抓好非公有制经济支柱和社会组织党建工作“两个覆盖”。截至今年11月，已建立党支部58个，覆盖102家企业、27家社会组织，非公企业和社会组织党的工作覆盖率达100%。

幸福生活“迁”中来

——思南县推动易地扶贫搬迁群众安居乐业

◇王 青 文叶飞

“五星红旗迎风飘扬，胜利歌声多么响亮，歌唱我们亲爱的祖国，从今走向繁荣富强……”初冬的思南寒意袭人，傍晚时分搬迁群众成群结伴来到文化休闲广场跳起广场舞，唱起感恩歌。

这是双塘易地扶贫搬迁安置地安定和谐的景象，也是思南县帮助贫困群众脱贫奔小康、过上新生活的一个缩影。

得益于乌江舟楫之利，思南自古农耕发达、经贸繁荣，是乌江中下游地区的商品集散地和经济文化中心。同时也因山而困，沟壑纵横，贫困频发，有建档立卡贫困户 15.4 万人，贫困发生率高达 24.88%。

2014 年以来，思南县坚持以脱贫攻坚统揽全局，把党的建设贯穿于易地扶贫搬迁各方面全过程，围绕“搬得出、稳得住、能发展、可致富、可融入”的目标，采取“入户动员搬得快、联合治理融入快、搭建平台致富快”，以易地扶贫搬迁统筹城乡发展、加快脱贫步伐，让搬迁群众住得安心、过得放心、充满信心。

解开恋乡情结 迁出大山深沟

“要是能在这里住，以后写作业我妈妈就不用给我点蜡烛了。”11 岁的雷双牵着弟弟参观完易地扶贫搬迁安置地新房后不由发出感叹。

板桥镇贫困户杨胜平患有先天性语言障碍，多年前丈夫不幸离世，留有两个小孩均在上小学。

通过走访排查，驻村干部发现杨胜平户住房存在极大安全隐患，多次上门动员搬迁，甚至发动亲戚朋友进行劝解，但因故土难离，均未成功。

正在束手无策之时，驻村干部黄进华提出“先撤小再撤老、先上学后搬迁”的思路，利用周五放学，接杨胜平的两个小孩参观易地扶贫搬迁安置地新房，便有了之前的一幕。

“孩子回来说新房很漂亮，都想去住，我现在签协议可以吗？”第二天一大早，杨胜平便带着两个孩子来到村委会，主动要求搬迁。

“搬家了！”一声高亢的吆喝声响彻山谷。2019 年 2 月，杨胜平一家扶老携幼，在驻村帮扶干部的帮助下，将家什搬上政府安排的货车，把大山和贫困远远甩在背后。

为做好贫困户思想工作，思南坚持尽锐出战，聚焦“四场硬仗”，选派 283 名第一书记、1677 名驻村干部进村帮扶，5475 名机关干部结对帮扶 39093 户贫困户，主动上门宣传搬迁政策，帮助群众算经济账、算健康账、算致富账，逐步打破群困户“故土难离”的坚冰，消除后顾之忧。

一步住上好房子，快步过上好日子。和杨胜平一样，原本生活在“一方水土养不活一方人”的深山区、石山区的 13890 名贫困群众，相继如愿搬迁至铜仁市万山区和 15 个思南县内安置地，住进了新房子，准备迎接全新的生活。

构建五共社区　迁出安定团结

“政府送给我们一套房子，比老家的住宿条件好太多了。党的政策好啊，不然我家哪里能住上这样的房子。”说起易地扶贫搬迁，双塘易地扶贫搬迁安置地搬迁群众方勇喜笑颜开。

把最好的资源留给搬迁群众。思南县统筹考虑医院、学校等布局，重点在县城、中心集镇、产业园区集中兴建易地扶贫搬迁安置地 15 个，配套完善路、水、电、讯、娱、购、医、学等基础设施。

为让搬迁群众稳得住，思南县成立由县委书记和县长任双组长的易地扶贫搬迁安置地基层治理领导小组，出台《强化党建引领推动易地扶贫搬迁安置地基层治理实施方案》，统筹抓好搬迁群众低保、医保和养老保险社会保障衔接，以及“一站式”便民服务体系建设。

同时，政府出资补贴搬迁群众学前教育费用每人每学期 2200 元，安排专车每天接送在校学生，组织志愿者开办“四点半学校”，帮助辅导学业，让搬迁群众更放心地就地创业就业。

由于方勇热心公益事业，积极参与社会治理，自今年 12 月开始，他担任了社区党支部委员，专职为搬迁乡亲们服务。

群众搬到哪，组织建到哪。思南县按照“一构架三清单”要求，在双塘街道和塘头镇易地扶贫搬迁安置地先后成立党支部，由乡镇（街道）党委班子成员担任党支部书记；其他安置地采取挂靠的方式，将党员纳入就近党组织进行管理。同步实施“网格化”管理，选优配强小区党小组组长和楼长，构建起“社区——小区——楼栋”的三级“五强五共”社区治理体系。

同时，坚持以党建带群建，推动安置地政权组织、经济组织、自治组织、群团组织、社会组织互融式共建。同步高标准推进党员群众创业就业中心、老年人活动中心、文体娱乐中心等阵地建设，相继组建 24 支文艺队伍，先后举办“感党恩、跟党走”文化活动 40 余场次，帮扶搬迁群众快速融入城市生活，大幅提升归属感和认同感。

扩宽增收渠道 迁出安居乐业

“每天工作 8 小时，月工资在 4000 元以上。既能赚钱养家，又能陪伴家人。”在塘头镇旗山社区易地扶贫搬迁安置地国盛鞋厂上班的搬迁群众田进方，热情地向笔者算起了经济账、家庭账。

“社区人气越来越旺，大家都是贫苦人家出身，现在有了好的就业环境，都显得干劲十足。”三道水乡晖使者杨飞投资 50 万元，在集镇易地扶贫搬迁安置地兴办飞杰玩具厂，带动 41 名搬迁群众实现就地就业。

稳得住，还要能致富。搬迁群众要创业就业，没有过硬技术怎么办？没有起步资金怎么办？思南县相继拿出了实在的措施回答这些疑虑。

以培训强能力。在统计搬迁群众发展意愿的基础上，先后举办各类技术培训班 24 期，覆盖群众 3000 余人。

以产业带就业。坚持“以稳促搬、以产带迁、先产后迁”三大原则，通过招商引进 64 个企业相继落地易地扶贫搬迁安置地产业园区，优先推荐搬迁群众进园务工，引导参与物业管理机构，推动就近就地就业，共享改革成果。

以资金促创业。结合“民心党建 + 信合 + 金融扶贫”，政府贴息为有创业意向的搬迁群众贷款 5 万元至 20 万元；将安置地门面优先面向搬迁群众出租，3 年租金只需缴纳 1 年租金，帮助搬迁群众创业起步资金不足的难题。

措施环环相扣，帮扶步步实效。思南累计举办各类招聘会 50 余场次，解决搬迁群众就业 2424 人次，帮助创业 79 人，人均年增收达到 3500 余元。

“树挪死，人挪活。”这是很多思南搬迁群众经常挂在嘴边的“口头禅”。从深山到城市，从农民到市民，他们怀揣大山脱贫的梦想，保持大山坚毅的干劲，积极参与这场历史性集中攻坚，增收渠道越来越宽，幸福日子越过越好。

大龙开发区：“五个三”打造“新市民·追梦桥”品牌

◇ 龙启武

大龙开发区作为铜仁市跨区县易地扶贫搬迁安置点之一，现已顺利承接来自德江县、石阡县 5583 户 26481 名新市民入住。为切实加强安置点新市民的服务管理工作，开发区认真贯彻落实省委、省政府“1+7”总体部署和“五个体系”建设要求，以“五搭五桥连五心”工作法，打造“新市民·追梦桥”一流品牌，切实把“新市民·追梦桥”工程抓细抓实，全力做好易地扶贫搬迁“后半篇”文章。

突出“三建”，基层党建体系持续夯实

突出基层党组织队伍建设。为更好地服务跨区县易地扶贫搬迁，积极推动撤镇设街道工作。2018 年 11 月，在全省率先完成跨区县易地扶贫搬迁撤镇设街道工作，分别以德龙新区、龙江新区为中心，设立大龙街道、麻音塘街道。成立 2 个易地扶贫搬迁安置地党工委、2 个党总支、8 个社区党支部。开展安置点党支部标准化规范化建设工作，建立示范点 4 个。强化考核评价，把易地扶贫搬迁社区党的建设纳入党的建设总体规划，成效纳入党组织书记抓党建述职评议内容。突出社区群众服务队伍建设。在社区党组织引领下，推行网格化管理，组建社区群众自治组织，设社区居委会 8 个，选好居委会班子、居民小组长，设立楼栋居民小组长，打通服务最后一公里。推行社区干部、党员一对一服务搬迁群众工作制度，帮助搬迁群众克服生活方式、生活习惯、语言表达差异等困难，尽快融入新环境、适应新生活。建立社区干部关怀激励机制，提高社区干部待遇。突出群团组织队伍建设。在安置点成立群团社团组织 6 个，各类经济组织 7 个，自治组

织和社会组织 5 个，充分发挥各类组织在社区治理中的作用。

落实“三业”，就业服务体系初步搭建

多措并举增就业。强化工业化精准扶贫，坚持以产定搬、以岗定搬，依托园区企业优势，针对性发展配套产业，有效解决搬迁群众就业难题，在就业培训过程中实现搬迁群众从农耕文化向工商文化转变，从小农个体经济向现代产业经济转变，实现从农民身份向市民身份转变的认知。大力培育发展劳动密集型轻工产业，劳动密集型产业实现全产业链，以东亿电气为龙头的打火机产业链全面形成，以箱包生产及相关配套为体系的箱包产业链已经形成规模，共带动就业 3000 多人。目前已培育“工业化精准扶贫示范企业”3 家、跨区县易地扶贫搬迁就业示范基地 2 个。深入推进农村产业革命，充分利用现有闲置土地因地制宜发展农业产业，推广“龙头企业 + 专业合作社 + 搬迁户”模式，建立贫困户利益联结机制。建成产业扶贫基地 5 个。搭建平台帮创业。利用大数据智能化服务平台，建立“岗位数据库”和“就业数据库”，提供精准的就业服务。落实“雁归工程”、小额创业贷款、“3 个 15 万”等创业就业政策，引导搬迁群众租赁安置点门面，经营超市、饮食店、食品加工等发展自主创业。以合作社为主导，贫困户为主体，发挥产业孵化园区创业带动作用，扶持搬迁群众自主创业。拓宽渠道助择业。探索实施跨区县易地扶贫搬迁“1211”就业保障服务机制，通过创建就业扶贫车间，开展搬迁劳动力全员培训，全力做好搬迁群众就业服务工作。目前，搬迁劳动力 9892 人，就业率达 94.12%，一户一人以上稳定就业达到 100%。

建好“三家”，社区治理体系初步建立

强化配套幸福安家。在省文旅厅安置点文化服务设施“十个一”标准建设的基础上，增加了脱贫攻坚夜校、老年活动中心、新时代文明活动中心、综合性文化服务中心、科普阅览室、绣娘工作室、春晖公益银行等文化设施，进一步完善文化服务设施体系，满足群众文化活动需求，为群众开展文体活动创造有利的条件。便捷服务温暖小家。在安置地中心地段同步规划建设为民服务中心和党群服务中心，为民服务中心内设就业、就医、就学、户籍、养老、合医、水电等便民服务窗口，与跨区县搬迁工作组共驻共建，为搬迁群众提供“一站式”优质服务。党群服务中心内设工、青、妇、残联等群团办公室，规范设置党员活动室、老年活动中心、职工之家、青年之家、妇女儿童之家、春晖扶苗室、乡愁馆、书吧等活动场所，提供管理服务、政策宣传、思想引导、心理疏导、休闲娱乐、学习培训等服务。多元治理和谐大家。积极构建“街道主导—部门主抓—社区主体 + 群团参与—物管协助—楼栋管理”的多元社区治理体系，结合“雪亮工程”“天网工程”，推进智能平安小区建设，完善社区治理体系。积极组建群众自治组织，进一步织密安置点及周边地区的治安防控网。

上好“三堂课”，公共服务体系逐步完善

上好党的政策宣讲课。开展“两走进・两感恩”活动，把党的政策好、人居环境好、社会风气好、干群关系好“四个好”作为重要内容，走进搬迁群众家里开展感恩、文明礼仪、家庭美德等教育，引导搬迁群众自力更生、艰苦奋斗，促进从“要我脱贫”到“我要脱贫”转变，实现扶贫先扶志的转变。将搬迁群众新、旧住房对比相框悬挂于客厅醒目位置，让搬迁群众从今昔对比中增强获得感，促进搬迁群众从内心深处知恩感恩。目前，走访慰问搬迁群众 22.34 万余人次，入户开展“两走进・两感恩”宣讲 5.8 万余人次。上好精神文明提升课。开展城镇出行走人行道、看红绿灯和居家消防、生活等常识体验学习，帮助搬迁群众适应新的生活环境、生活方式，促进从村民到居民的转变。建设乡愁馆，布展以土家族傩戏文化、侗族箫笛文化为代表的元素，既展示搬出地的乡愁文化，也展示搬入地的乡愁文化，促进文化融合，进一步拉近了搬迁群众的认同感、幸福感、归属感。三是上好就业创业引导课。开展企业务工、法律法规和就业观念、创业政策等培训，让搬迁群众适应新的就业方式，促进从传统农民到产业工人的转变。

针对性地开展“班组式”“订单式”培训，累计组织开展刺绣、挖掘机、电工、焊工、缝纫、种植养殖等实用技能培训66期，培训未就业搬迁劳动力5823人次。

开展“三活动”，文化服务体系逐步深化

支部联建活动。建立开发区机关支部、街道机关支部、安置点周边村党支部和安置点支部联建，规模以上企业、工作组与安置点新区联建的“3+2”三级组织和企业、工作组联建新模式。组织机关、街道、搬入地原村居的支部与安置点支部开展联建活动，通过联建活动促进融入。民族传承活动。大力弘扬社会主义核心价值观，积极加强社区公共文化建设，利用节庆开展贴近生活的群众喜闻乐见的文体活动。增强群众的文化认同感和归属感。文明创建活动。定期组织开展工会“手拉手”、春晖扶苗行动、志愿服务1+N、妇联“1+1”等帮扶联谊活动，开展“文明楼栋”“文明家庭”“勤劳家庭”“好邻里”“好媳妇”等评选创建活动，营造勤劳致富、勤俭持家、和睦相处、与人为善的良好氛围。加强文化建设，讲好脱贫故事，营造积极向上、奋发进取的文化氛围，为移民搬迁安置点居民提供丰富的文化大餐，为做好易地扶贫搬迁后续扶持工作提供有力的精神支撑。

大德新区周年！新生活的可喜变化

◇ 姚双容 任恩多

2017 年 1 月 15 日、16 日，对于德江县的 210 户搬迁群众来说，是充满回忆的日子。他们在这个节点，搬出祖辈父辈们生活已久的老家，迁入位于大龙开发区的新家园——大德新区。

离开故土，来到新家乡。刚入住时，部分搬迁群众对未来的生活也会有迷茫彷徨，甚至是担忧，但是随着时间的推移，通过劳动力就业创业、适龄子女入学就学以及医疗卫生服务的提供与报销等等生产生活的开展，一年后，他们已在新家乡立足、站稳。

这一年里，新迁的大龙人上演着太多平凡又温暖励志的故事。他们自己也在潜移默化中，连带着家庭都发生了很多改变。现在的他们不再迷茫，不再彷徨，而是对生活有了清晰规划，对未来充满向往并满怀为之努力的决心。

“搬迁过来的这一年中，我认为最大的变化出现在思想认识上。”从德江桶井乡高井村迁入大德新区后，安勇就在大德新区居委会工作。“以往在老家，就是守着一亩三分地一年到头的循环劳作，以土地产出维持着一家人的口粮，基本没有创业或者做其他事的想法，一方面是自然环境制约、小农思想限制，另一方面，也是偏远农村生活带来的局限性。”

2017 年 1 月 14 日，安勇从外地匆匆赶回家来。

2017 年 1 月 15 日，安勇一家四代 6 口人，在德江干部的护送下，跟着搬迁的乡亲们一起正式迁入大德新区。那时的他，对这个新家乡一无所知，所有的搬迁事宜都是在家照顾老小的爱人陈霞在对接，对于在外务工支撑一家子开销的他而言，既陌生又充满了希望。一切都要重新开始！年迈的奶奶、身体有残疾的父母、年幼的孩子以及因照顾老小而离不开家的爱人，经济担子，都压在了安勇一个人肩上。

这一年里，安勇家又添了一个孩子。这一年里，安勇在居委会工作轮班的空暇，在周边做泥工又增加一份收入。“在居委会，我以自己年轻一代的思维，更好地为搬迁群众服务。帮助他们在新家乡的新起点上少走弯路，引导转变思想观念，看清楚大龙未来的发展前景，更好地适应这里的生活。而在努力工作的同时，我也实现着自我价值。生活要靠自己的努力拼搏才会更好。能保障一家人的生活，我累，也是累并快乐着。”安勇笑着说。

大德新区的第一年里，这样类似的故事还有很多。

安洪河、杨小英夫妻俩的孝顺名声，在大德新区广为人知。早在搬迁前，夫妻俩为更好地照顾瘫痪多年的老母亲，一直在德江县城租房住。老母亲生活不能自理离不开人照顾，杨小英留在家中照顾老小，安洪河则在外打零工赚钱养家，日子过得紧巴巴。自去年初搬到大龙后，一家人的生活虽然没有一下子富裕起来，但日常生活中却发生着可喜变化。

“这边交通优越，出行更方便了，现在家里两个小孩都在上幼儿园，有车接送。我平日里除了在家照顾婆婆外，空余时间到楼下劳务合作社做点零活，一个月也能挣几百块钱，补贴家用，为家里减轻点负担。”杨小英开心地说着新生活的变化，“婆婆在生病就医方面也比之前方便多了。家庭医生签约后，形成一对一帮扶，有需要时一个电话，就能得到上门服务。”

目前，大德新区正在开展后续装修工作，安洪河与杨小英这里做着零工，也有一笔可观的收入。

看着在小区内玩耍的孩子们，大德新区居委会主任杨绪峰感慨地说：“比起在农村生活，来这里的孩子们，在这一年里因为眼界更宽广、接触的东西更丰富，整个精气神都有了明显提升。这样的变化，让许多搬迁家庭都庆幸选择了过来。”

搬迁一年后的新生活已出现了许多可喜的变化，那两年后、五年后、十年后呢？现在，大德新区的部分家庭或许还没有让生活显著变好，但在良好势头上慢慢积累，未来会越来越好已成为一种共识。与这种共识相依存的，是一种朴素却自古不变的认知——勤劳创造生活。

德江：“四优四促”让搬迁群众安居乐业

◇陈 松

“十三五”期间，德江易地扶贫搬迁35186人，其中，建档立卡贫困人口32939人，非贫困人口2247人；县内搬迁安置12718人，跨区域搬迁至大龙22468人。玉水街道楠木园社区作为德江县实施县内搬迁安置的主阵地，现有搬迁群众2964户12886人，其中易地扶贫搬迁群众1914户8370人、生态移民818户3552人、水库移民232户964人。

为统筹抓好安置点搬迁群众后续服务工作，德江县坚持党建引领不放松，把搬迁安置地党的建设与各项中心工作同安排、同部署、同推进，以“四优四促”稳步实现搬迁群众安居乐业、共建新业。

优建班子队伍 促党的组织延伸至移民新区

为如期实现搬迁目标任务，让山区贫困群众搬出山旮旯，融入城市新生活，德江县充分发挥党组织领导核心作用，把党的领导贯穿搬迁安置服务全过程。

建好临时党支部，抓住工作重心。从19个乡镇2个街道选派共21名干部到楠木园社区蹲点工作，组建移民工作组和9名党员组成的临时党支部，按照属地原则纳入玉水街道党工委管理，定期开展组织生活，增强凝聚力、战斗力，保障移民服务工作有序开展。从全县各单位选派54名干部入大龙驻点工作，组建大龙服务站临时党支部，覆盖党员19名，开展文化宣传、医疗健康、教育教学等志愿服务，有针对性地开展关心关爱活动。如今，从德江易地扶贫搬迁到铜仁大龙开发区大德新区的210户贫困户，每户在家门口可享受20平方米土地种植蔬菜，在城市中感受到“乡愁”。

建强安置地党组织，建强移民核心。县委组织部、玉水街道和各乡镇联动发力，及时转接党组织关系，在楠木园社区组建党总支，下设安康、居康、乐康、业康4个小区党支部，覆盖党员64名，选优配齐各支部书记、副书记和委员。

健全各类组织，服务移民中心。打破原行政区域规划，增设楠木园社区3名副主任和19名楼长，实行楼长任期制，实现居委会楠木园社区4个小区三类搬迁群众管理全覆盖。同步建立楠木园社区工青妇等群团组织，定期开展志愿服务活动。县总工会利用职能优势，广泛开展就业困难补助，到楠木园走访慰问563人28万余元，促进外出就业228人、自主创业16人；团县委组织200余名大学生志愿者到社区开展“大学生结对春晖社助推脱贫攻坚”行动，创办脱贫攻坚夜校、青年志愿者夜校，广泛开展金融、法律、安全、防火等法规宣传，帮助孤寡老人、留守儿童、残疾人等特殊人群解决实际困难300余件，覆盖搬迁人口5000余人次，县妇联组织开展禁毒知识下基层宣传活动，发放妇女权益、妇女健康等宣传手册1200余册。

优先便民服务 促党的方针政策落地移民社区

德江县统筹谋划，建立领导干部联系服务移民工作机制，明确1名副县长专职抓移民工作，明确玉水街道1名班子成员具体抓楠木园社区服务，倾力打造社区服务平台，促进党的各项政策在移民社区落地生根。

集中便民服务，共享惠民政策。在楠木园社区中心地段、核心区域规划建设2000平方米便民服务大厅，按照日间照料中心、文体活动中心、综治服务中心、老年活动中心、人力资源服务中心、宣教活动中心、青少年活动中心、家庭服务中心、安全调度中心和移民党建服务站、志愿者服务站、社区卫生服务站的“九中心三服务站”的布局，打造便民服务平台，面向移民群众提供劳动就业、社会保障。

共享医疗服务，共护全民健康。整合城区医疗卫生资源，县级医疗服务机构与社区卫生院组建医疗服务共同体，健全医疗卫生服务体系，推行专家坐诊、转诊和远程诊疗服务，深入开展免检两癌、家庭医生签约服务活动，强化搬迁群众的健康管理，让群众在家门口就能看上病、看好病。

包保网格服务，共建幸福新区。整合乡镇工作组人员、社区两委人员和楼长等，推行网格包保管理，明确每 2 人包保联系 1 栋单元楼，集中开展“大走访、大排查”活动，分类建立群众需求台账，定向解决实际困难。深入开展“带帮”活动，通过安康、居康 2 个老区移民群众带领乐康业康 2 个小区新区移民、党员带领贫困群众、县直机关干部帮扶移民贫困户的方式，定期上门走访、帮扶慰问，帮助解决生产生活困难。

优化服务格局 促党的先进文化植根移民内心

整合城区教育、文化资源，深化移民感恩教育，教育引导移民群众感党恩、听党话、跟党走。推动移民互动互助。深入推进红色文化、先进文化、农耕文化进社区，通过组建一个“乡愁馆”、放映一场红色电影、召开一场群众会、走访一次亲戚“四个一”形式，让移民群众感受浓浓乡愁，增强归属感。加强社区文化建设，广泛组织广场舞、大手牵小手、有奖问答等文化娱乐活动，建设文化家庭，促进移民和谐。

抓实移民感恩教育。整合县级宣讲骨干和社区精英人才，组建社区宣讲团，以社区教育、市民讲习所、夜校为载体，定期开展党的政策好、人居环境好、社会风气好、干群关系好的“四个好”宣讲活动，全力开展移民“感恩、守法、勤奋、和睦”主题教育，全力落实移民“五个三”后续配套服务工作。

推进义务教育配置均衡。聚焦移民群众上学难等问题，在楠木园社区开设 2 家幼儿园，可容纳学生 1000 余人，新建七小、八小等公立学校，引进余月小学私立学校，从全县各级学校遴选骨干教师，让 3000 余名适龄儿童就近入学。

优选发展路子 促移民群众增收致富奔小康

围绕“一人就业、全家脱贫”“一户创业、带动一片”的目标任务，发展壮大集体经济，支持群众创新创业，促进移民群众致富有出路。

发展壮大集体经济。盘活公共资源，整合社区广告位、公示牌、显示屏、劳务公司等资源，聘请专业公司经营管理，村集体入股20%分红，将村集体经济积累资金用于社区公益服务、物业管理、设施维护等，确保有钱办事，促进居民自治。

开展劳务输出。引进2家劳务公司，组建长堡镇等就业党小组，与社区干部共同开展劳务输出，定期开展岗位技能培训。今年来向社会提供家政服务1200余人次，劳务输出6000余人次。

推动创业就业。整合德江经开区企业、城区就业岗位，优先满足移民安置地贫困户创业就业，新引进1家服装加工厂进驻社区，可容纳50人就业。建成楠木园农贸市场并投入使用，按照鲜活、干湿、生熟等功能划行规市，设置无偿供给群众自卖区摊位，供群众自产自销交易。通过开发就业岗位、政府贴息免息，发展集体经济等方式，确保移民群众减轻就业压力、减少创业成本、拓宽就业渠道、增加就业路径，让移民群众有出路。

石阡："跑小青"跑出服务"加速度"

◇佚　名

"太感谢你们了，没有你们的帮忙，我都不知道到哪里去取这个快递包裹。"近日，在石阡县平阳社区易地扶贫搬迁安置点，63 岁的残疾老人梁友贵握着"跑小青"青年志愿服务队员唐辉勇的手感激道。

梁友贵家是平阳社区易地扶贫搬迁点的搬迁户，一家五口人中有三人患有残疾。2018 年 12 月份，得益于易地扶贫搬迁政策，全家从石阡县国荣乡葛旧村搬迁到该安置点，住上了新房子。但是来到新环境中后，他们遇到了许多如取快递这类不便利的生活琐事问题。石阡"跑小青"工作服务站的副站长唐辉勇了解到这一情况后，主动联系到梁友贵老人家，帮助他家解决了快递服务的最后一公里问题。

像唐辉勇这样为民代跑办事，帮送快递到家，还只是石阡县平阳社区易地扶贫搬迁安置点"跑小青"工作站代跑帮办的一个缩影。

2020 年 6 月以来，为打通服务群众的最后一公里，针对平阳社区留守老人、儿童、妇女办事不便等问题，在石阡县委宣传部新时代文明实践中心的指引和共青团石阡县委的指导下，平阳社区探索成立了"跑小青"工作站，以"青春助跑不打烊，为民办事我打样"为宗旨，吸纳广大团员青年志愿者加入"跑小青"志愿服务队，为平阳社区群众提供便民服务。

同时，为了让志愿服务走深走实，该"跑小青"工作站还设立了"飞毛腿""店小二""小喇叭""百事通"四支志愿小分队，专门为社区老人、残障人士等生活不便需要帮助的新市民提供更灵活、细致、贴心的便民服务，如快递代取、药物代买代送、生活用品代买代送等业务。

"我们这四支志愿服务小分队，都有专门的分工。"共青团石阡县委书记蔡菲好向记者介绍，“飞毛腿”就专门为社区老人、残障人士等生活不便的新市民提供快递代取、药物代买代送、生活品代买代送等服务。

“店小二”驻扎爱心超市，调研走访当地居民所需，及时补充超市货源，同时负责爱心积分卡的管理、发放、登记、日常记分和商品兑换工作。

“小喇叭”则负责为居民宣传党的政策方针、法律法规、社区文明公约等。

“百事通”就由站长对接教育、医疗、金融、司法等部门，结合新市民需求，组织专业队伍进行解答，为新市民解决生活中的疑难问题。

“我在他们志愿服务的引导下，参加了脱贫攻坚夜校，有时也参加一些公益活动嘞，不仅学了知识，还能用获取的学习积分来兑换商品呢！”今年70岁的谭老人家在爱心超市兑换的商品，满脸喜悦。

据介绍，该“跑小青”工作站还设立相应的奖励机制。每月对“跑小青”志愿者进行工作评估，根据检查情况为各“跑小青”评分、记分，每月公示评分结果，以鼓励更多的爱心人士加入志愿服务中来，同时“飞毛腿”“小喇叭”志愿分队采用积分管理制度。

“目前，‘跑小青’工作站才刚刚起步，通过服务情况来看，效果还比较好。我们希望通过此形式来引导和鼓励搬迁群众加入安置点志愿服务队伍，参与到社区公共事务管理、公益事业发展中来，解决困难搬迁群众服务最后一公里。”蔡菲好说。

搬新家 换新颜 逐新梦

——铜仁高新区“新市民·追梦桥”工程见闻

◇冯 俊 刘泽进

苗乡大地，生机盎然。凤凰展翅，奔向小康。1886户贫困群众走出深山，搬到铜仁高新区大兴街道兴园社区，实现了安居乐业。

搬新家换新颜

清晨，漫步在社区道路上，远远都能听到孩子们琅琅读书声，配套建设的小学、幼儿园让搬迁孩子在家门口享受优质的教育资源。走进扶贫车间，勤劳的苗乡人民正在缝制箱包、加工食品，忙得不亦乐乎。

小区的图书阅览室、棋牌室、健身室、篮球场等文娱场所，人来人往。夕阳西下，祖孙三代或三五成群，在休闲广场回忆乡愁，展望未来。搬迁群众在这里过上了城里的生活，他们脸上绽放着幸福的笑容。

党恩温暖人心

搬迁群众的幸福生活，得益于党的好政策。铜仁高新区党工委、管委会认真贯彻落实党中央的决策部署，在脱贫攻坚方面，既注重“扶上马”，更注重“送一程”。

铜仁高新区通过深入实施“新市民·追梦桥”工程，建立“三项机制”，聚焦“三个维度”，狠抓“三个一批”，将易地扶贫搬迁后续扶持“五个体系”建设向纵深推进，快速推进党心连接民心、农民变成市民、贫穷走向富裕，持续增加群众就业、提高收入、提升素质、提振气神，切实增强群众获得感、安全感和幸福感，全面推动农民向市民转变。

主推就业扶贫

自“新市民·追梦桥”工程实施以来，铜仁高新区依托新兴产业园便民服务中心和活动广场宣传栏宣传党的路线、方针、政策，展示脱贫攻坚成效，开展感恩教育 5 次、技能培训 2 次。鼓励支持搬迁群众自主创业。利用“春风行动”“留雁行动”等帮助兴园社区搬迁群众在园区企业就业。积极引进园区企业入驻扶贫车间，建成了电子组装扶贫车间和制鞋加工扶贫车间，实现了搬迁群众就近就业全覆盖。

铜仁高新区“新市民·追梦桥”工程专班对搬迁群众进行逐户走访，精准掌握搬迁群众劳动力情况，结合园区企业用工需求，为搬迁群众提供适岗信息；通过开展水电、刺绣等技能培训，提升搬迁群众劳动技能，从体力型劳动向技能型劳动转变，实现从农民向新时代工人的转变。

强化阵地建设

百姓富不富，关键看支部。为加强“新市民·追梦桥”工程的阵地建设，铜仁高新区修建了铜仁高新区“新市民·追梦桥”服务中心，将社区党组织、群团组织、相关服务站等场所集中到一起，整合力量服务搬迁群众。社区成立了党支部，同时，加强群团组织体系建设，建立工会爱心超市、春晖爱心超市，为搬迁群众提供普惠服务。

目前兴园社区安置点工会有会员 279 人，成立兴园社区青年红领巾工作队 1 支，爱心妈妈志愿者工作队 1 支。人社、民政、移民、教育等部门已入驻便民服务大厅办公，并在安置点配套建成社区卫生服务中心、社区老年服务中心、兴园社区卫生服务中心心理康疗室、新时代文明实践站等配套服务设施。

住新家扬新风

通过开展“花蜜行动”“希望工程·陪伴行动”“四点半课堂”，关爱帮助留守困境儿童的学习、生活、身心健康等。通过“四点半课堂”“青年之家”“儿童之家”等阵地，让搬迁群众中的不同群体能够找到对应组织，感受组织的温暖，引导和帮助搬迁群众共创温暖之家。

通过道德讲堂、德治课堂、脱贫攻坚夜校等阵地，开展社区普法教育，以案说法，用身边的故事引导群众树立法律意识，逐步实现搬迁群众知法、懂法、守法、用法。依托兴园社区调解会议室切实化解邻里纠纷，引导居民和谐相处，共建和谐社区。

兴园社区志愿者和西部志愿者利用“儿童之家”为留守儿童辅导作业和培养兴趣爱好，依托免费爱心书屋，开展亲子阅读、绘画比赛、诗歌朗诵等趣味活动，丰富搬迁儿童精神文化生活。依托安置点春晖社开展“好家风我来讲”“好家教我来说”等活动，引导搬迁群众“尽孝、感恩、反哺、回报”的向善理念，感党恩、听党话、跟党走，发扬吃苦耐劳的奋斗精神，快速融入新生活、过上好日子。

你好，新生活！

——探访江口县德旺乡福旺小区新变化

◇ 朱泗蓉

在福旺小区的妇女儿童之家，陈玉芬正开心地与老姐妹们一起练习跳金钱杆。尽管伤残的腿有些疼痛，但她努力让自己的动作跟上大家的节奏。

陈玉芬是三年前搬到福旺小区的，还在山上老家时，她只能“大门不出二门不迈”，有时还得靠家人照顾，脸上很少看到笑容。如今走下高山，已开启新生活的陈玉芬不再闷闷不乐，在小区党支部的帮助下，和家人一起开了一家粉馆，生意还算红火，闲暇时可以跟邻居们一起唱歌跳舞，对于这样的变化，她说：“生活终于有了一道亮光。”

福旺小区是江口县德旺乡的易地扶贫搬迁安置点，来自德旺乡的 191 户 768 名搬迁群众住在这里。

从山上到山下，周围的一切都是新的，新的生活习惯、新的生产方式都需要他们去适应，去改变。近日，记者实地走访了福旺小区，目睹这里的搬迁群众挪穷窝、换穷业，生活正在发生新变化。

从木房到楼房，这是一个“大翻身”

“做梦都想不到！这是一个大翻身！”活了半辈子的吕廷昌没有想到自己还能走下大山住进新房。

吕廷昌的老家耕地少而贫瘠，加上灌溉难等问题，一年只能种一季稻谷，还得看天吃饭。“再勤劳也没有用。”吕廷昌叹息着说，“在大山里太困难了，生病了更是不得了，缺医少药。”

他不是没有想过搬离大山，也深知大山里的日子不好过：烧柴火做饭做菜，生活用水则是用一根塑料管引回山泉水；出行就更困难了，山路崎岖难行，赶场得一早出发，每次赶场购买生活用品像办年货一样，一次性买好备齐，足够用上半个月。

想搬出大山，但搬到哪里去？祖祖辈辈靠山吃山的谭智殷不敢去想这个问题。在他看来，这是痴人说梦。

针对“一方水土养不起一方人”的实际，铜仁全面打响了易地扶贫搬迁攻坚战，各级各部门心往一处想、劲往一处使，咬定目标，铆足干劲，全力、快速、稳妥推进。

吕廷昌的梦想很快就变成了现实。2017 年，吕廷昌一家告别破木房，满怀着期待和希望，兴高采烈地奔向新家。

新家没有让他失望，是一个真正的现代化小区。德旺乡将公共服务配套设施建设与安置房同步规划、同步实施，最大限度满足安置点公共服务功能，让搬迁群众直接感受到变化、便利。福旺小区的基础设施和公共服务和生活设施都是标准配置，还设置户籍管理、就业、教育、医疗等一站式服务窗口。

新房子、新环境、新生活，吕廷昌打心眼儿里高兴。一排排新居错落有致，五分钟路程可到乡政府，周边配套派出所、卫生院、幼儿园、中小学、菜市场、小商店、理发店……这些老家没有的便利和景象，给他以后的生活增添了无限的色彩。

从农民到工人，政策“赋能”就近就业创业

帮助 40 户搬迁群众实现创业增收；实现有劳动力家庭至少 1 人稳定就业目标；精心组织搬迁群众开展培训 6 期，帮助 100 余人实现再就业……这是福旺小区的就业形势。

据德旺乡党委书记万勇介绍，福旺小区的就业形势稳定向好得益于该乡始终坚持的“六个优先”：就业招聘优先输送、劳务协作优先推荐、就业培

训优先满足、创业帮扶优先支持、扶贫车间优先吸纳、公益岗位优先保障。

值得一提的，为了让安置点与集镇融合发展，德旺乡党委、政府将原来集镇赶集有序引导到搬迁点，同时将安置点农贸市场摊位、商业门面等经营性场所，以限期免费租赁给搬迁户，共帮助40户搬迁群众实现创业增收。

为尽快让从搬迁群众从农民变成工人，德旺乡党、委政府拼尽全力，搬迁群众也积极作为。

谈及小区里的能人，福旺小区的多数群众都对杨逵竖起大拇指：当然是杨逵，他这两年“发达了”。

大家口中的杨逵原本也不发达。2016年，一场洪水把他并不富裕的家庭席卷一空，德旺乡党委、政府结合易地扶贫搬迁项目政策，把杨逵一家安置到了福旺小区，解决了他们住房的困扰。

搬到新家后，在小区干部的动员与帮助下，杨逵利用自己掌握的酿酒技术创办了一家酒厂。“旺季的时候每天出酒量200斤左右。这两年销量越来越好，就雇了2个建档立卡户人员到酒厂务工，带动他们一起就业致富。”算起致富账，杨逵头头是道。

政策赋能，福旺小区的群众正在从农民变成工人，大家都亲身感受到了易地扶贫搬迁给自己带来的丰厚实惠。在福旺小区采访时，记者听到搬迁群众说得最多的一句话是：“该给的政府都给了，未来的美好生活，还要靠我们自己创造。”

从陋习到新风，社区生活对标“四好”看齐

福旺小区的群众从搬进新家起，就一直有一个心病：老房子都拆了，新家园不好办酒席，谁家有个红事白事真不方便办。

“这两件事没个稳当的解决办法，大家心里每天都是‘毛尖火辣’的。”一位性格直爽的老人一句话道出自己和邻居们想法。

乡亲们的忧虑，被小区干部们看在眼里，也急在心里，但群众‘上楼’

后，传统的操办形式已与周边环境格格不入。大家一合计，干脆建个“红白事务办理场所”，供村民操办红白事务时使用。

“在‘红白事务办理场所’办宴席，不仅价格适中，而且不失体面。”福旺小区党支部书记赵再义说，“红白事务场所”既让搬迁群众摆脱了面子的束缚，又契合了大家“里子”的心理需求，无疑起到了改变传统习俗、引领小区文明新风的积极作用。

据介绍，现在村民办红白喜事，只要符合“红白事务办理场所”的章程，小区就免费提供场地，由小区居民组成的厨师团队帮着操办。这下，小区群众安心了，有谁家过“事务”都主动去帮忙端盘洗碗。

“红白事务办理场所”是福旺小区突出人文关怀促搬迁群众心安的一个妙招之一。

在日常治理过程中，福旺小区坚持乡、社区、网格三级联动管理，定期到安置点和搬迁户家中开展用火用电、食品安全和矛盾纠纷等风险隐患专项排查，及时排查防范化解各类风险隐患，并综合运用行政调解、人民调解、司法调解等方式调解劳动争议和邻里纠纷。

当前，福旺小区坚持推动群团工作与党的中心工作有效融合，不断增强党群组织的工作活力和服务能力，逐步形成党组织引领、党员干部带头、群团组织跟进、各类人才响应、群众积极参与的良好格局。

同时，积极弘扬“以邻为伴、与邻为善”的互助精神，组建志愿服务队开展“大手牵小手”“四点半课堂”等生活互助、公益互助、文明互助活动，有效增进了邻里关系，促进了社区和谐。“我们小区的居民正在养成好习惯，形成好风气。”赵再义自豪地介绍说。

福旺小区的生活正向着“好房子、好日子、好习惯、好风气”看齐。

春临一口刀

◇张 勇 谭 霜 王安宏

乌江河中，江水蜿蜒流淌。

大山深处，山峦绵延陡峭。

一口道？一口刀？

暮春，越野车沿七弯八拐的水泥路盘旋，从山脚爬至山腰，乘车人牢牢抓住扶手，心都被揪了起来……这是沿河土家族自治县思渠镇一口刀村，陡峭的山坡上乱石林立，稀疏的树木伸出了新枝嫩芽。

“悬崖村”是外界对一口刀的认知。

此时，刚修不久的水泥路弯来拐去，犹如悬挂大山的飘带。来访者心里发怵：“这地方山大、坡陡、弯急、谷深，车行其中危险系数大，略有闪失后果不堪设想哟。”村人相告，先辈们大多溯乌江而来，落脚于山旮旯。早前，只有一条崎岖山路穿过村寨，伸向莽莽群山间，故名一口道。后来，因村寨的地形像把横立的刀刃，就取名一口刀，沿用至今。

贵州多山，武陵山腹地的铜仁更是山连山。其中，一口刀是武陵山脉与娄山山脉相交之处，属于典型喀斯特地质地貌，是“一方水土养不起一方人”的石山区。乡亲们长期挣扎在贫困线上，洋芋、苞谷、红苕曾是多数农户的主粮。

伫立大山，遥望碧波荡漾的乌江，没有指点河山的诗情画意，有的只是一腔无奈与心酸。高毛村民组仅有一块 1.5 亩稻田，20 世纪 80 年代土地承包到户时，全组食不果腹的 30 多户村民均想获得这块稻田的承包权，户户都不肯让步。最终，村民商定每户轮流耕种稻田一年，抓阄排序才解决了争端。

一口刀是“挂”在乌江边的大山上，土地金贵。轮种不上的农户就在贫瘠的旱地种点苞谷，直到现在还没轮完这块稻田。

这块地就在村民田桂花家门前，她家轮种一回。“从来没有出现轮空的情况，所有农户都不会放弃，都要耕种。”田桂花说。

山下乌江滚滚流，山上雨水贵如油。“夜晚打雷涨水，村民深更半夜就下田，雨水来了要赶紧犁田，搅拌泥浆浑水沉淀，只有这样才能保住水土。”朱永学脑海深处的记忆挥之不去。

朱永学直言，除了这块轮流耕种的稻田在山上外，全村 880 多亩耕地只有 44 亩贫瘠“望天田”散落在山脚，每年只得靠天气看收成，有时辛苦耕种也是颗粒无收，白白忙碌大半年。

后来，靠不住的“望天田”撂荒了，任凭野草疯长。

交通闭塞、水源欠缺、土地贫瘠等等，成为一口刀脱贫致富路上的“拦路虎”。于是，村民不得不辞别亲人，纷纷奔走异地他乡打工，长期靠微薄收入养家糊口。目前，这个一类贫困村有 360 户 1483 人，散居在上下落差达 830 米的山坡间，耕地坡度超过 60 度，其中，贫困人口 148 户 470 人。

“腰里别着一口刀，日起斗子上高毛，转过坳口到龙湾，日落万丈下凉桥。”斗子、高毛、龙湾、凉桥等都是一口刀的村民组，这首打油诗是说走了一天还在村里打转转。64 岁的朱启志念这首打油诗的时候没停下手里的活计，挖一斤玄参 4 毛钱，他一天能赚百八十块钱。“苞谷去年不种了，4 亩坡地流转给合作社种玄参和丹参，工钱赚了 3000 多。”山，还是那座山。曾经因山而贫的一口刀通过各级党委政府和驻村工作队的帮扶，村里流转土地成立了种养合作社，山顶退耕还林保水土，山腰栽经果林、种中药材抓票子。

“单玄参、丹参两项便有 400 多亩，去年实现利润近 30 万元。”朱永学扳着指头算了一笔账。

小康路不让一个人掉队！一口刀村是市委书记陈昌旭定点包干脱贫攻坚联系点，他对贫困群众的生产生活和村里的精准扶贫工作一直牵挂于心。他到铜仁工作后先后多次轻车简从沿崎岖山路走进一口刀，逐一走访了坨里、唐家、坳口、高毛、盖上等全村 11 个村民组，逐一深入建档立卡贫困户家中，逐一与当地党员干部、致富带头人和贫困户话桑麻、谋发展、出点子，重点与乡亲们算经济账、收入账、长远账，动员村民向园区、景区和城区靠拢聚集，搬离祖祖辈辈磨骨头养肠子的山旮旯，尽快融入城镇，开启幸福生活。

“绝不能搞数字脱贫，也绝不是只单单帮助贫困户，一定要因地制宜、因势利导、因户施策，让老百姓真正有获得感。”陈昌旭说，一口刀是“一方水土养不起一方人”的深山区、石山区，要以跨区域易地扶贫搬迁为重点。同时，对留下来的村民要实现从山上搬到山下，从破旧房子搬入条件好的房子，集中居住；要根据需求加快完善村教学点、卫生室等人居环境。

从此，针对一口刀因地制宜的系列脱贫攻坚“组合拳”“作战图”和“作战令”，从红头文件变成具体行动，如和煦春风劲吹这片贫瘠的土地，乡亲们的欢声笑语取代了往昔的愁眉苦脸，聚力开始改变过去的一切。“有市委书记把脉问诊，有各级各部门的关心支持，有驻村工作队的真帮实干，我们要苦干实干脱贫致富！”朱永学道出了全体村民的心声。

2017 年 1 月 20 日，一口刀村首批 9 户 42 人，跨区域迁往碧江区易地扶贫搬迁安置点，开启了新的生活。

同时，村里的环形道路实现了水泥硬化，危房被修缮一新。同时，全村发展丹参、玄参 600 亩，软籽石榴 300 亩，核桃 700 亩，珍珠花生 200 亩，丝黄菊 150 亩等，正在积极探索多元化脱贫出路。

“进厂一月赶得上种地一年，一口刀人多地少向山要地，越穷越垦、越垦越穷，搬出来就跳出了这个怪圈。”村民田应河一家易地搬迁至碧江区响塘龙安置点，圆了自己的住房梦和城市梦。

2017 年，该村计划易地搬迁 200 户（含非贫困户）至碧江区城区。同时，对于不愿搬迁或无法搬迁的村民动员其从山上迁至山下局部集中、统筹规划，符合政策兜底的全部实现政策保障，实现挪穷窝、斩穷根、奔富路。

一枝一叶总关情，市委办行政科科长、一口刀第一书记肖涵肩负组织的重托深入村里，手挽手把党委政府的温暖送到乡亲们心坎上，肩并肩与乡亲们奋战于脱贫攻坚第一线，心同心绘制一口刀明天的美好蓝图。他说，村民易地搬迁后，土地权属不变，不适宜耕种的直接退耕，适合耕种的流转进合作社发展山地特色产业。原享有的政策福利保留。拆除旧房，国家还有补助。而且，搬入地提供就业、就医、就学等方便。因此，跨区域搬迁是一口刀脱贫攻坚的重中之重。

沟壑纵横的一口刀毗邻麻阳河国家级自然保护区和沿河乌江山峡国家级风景名胜区。麻阳河的树林覆盖率高达 75%，在这片奇山异水间生存着国家一级保护动物黑叶猴，与乌江边上的古老集镇、掩映在丛林中的特色民居，组合成一部原生态的风景大片。眼下，深圳一家企业看中这里的旅游资源，彼此已达成开放协议，即将布局实施一批项目设施。该村凉桥村民组是进入麻阳河的必经之地，发展乡村旅游的条件得天独厚。同期，全村建档立卡户利用“精扶贷”入股贵州画廊乌江旅游发展有限公司，每户每月可分红 300 元。

山，还是那座山，一口刀的乡亲们期待绿色永存，不再为关山阻碍仰天叹息。

水，还是那江水，一口刀的乡亲们憧憬碧波常在，不再为饥渴折磨低头流泪。

改变，现在已从每一位村民开始；变迁，从一件件事情开始。“领导重视，政策又好，帮扶扎实，这是战贫困、走富路、奔小康关键时机，我们自己更不能拖后腿！”60 岁的高毛组村民杨绪才曾为生计多年漂泊异乡，他希望借助跨区域搬迁到碧江区安度晚年，实现从“大山人”到“城市人”的梦想。

4 月 23 日，明媚的阳光洒满一口刀凉桥村民组。市委书记陈昌旭翻山越岭来此宣讲省第十二次党代会精神，与乡亲们共商“百姓富、生态美”大计，再次细化脱贫攻坚“第一民生工程”。备受鼓舞的村民纷纷表示，借此东风实干苦干打碎贫穷的枷锁，最终实现脱贫致富奔小康。

沿河土家族自治县县委宣传部干部杜尚会相告，该县新建从麻阳河经思渠集镇在官舟链接沿（河）德（江）高速公路二级公路开工指日可待。同时，思渠作为乌江生态经济走廊重要节点集镇发展机遇多多。“重庆主城区距离此地走高速公路，不足 3 个小时车程。”杜尚会说。

大山，不再遥远。一口刀，也不再沉寂！有梦想，乡亲们就有奋进的力量，他们正在用真情、实干和行动写就春天的故事。

新家园　新梦想

◇ 罗结冰

尊敬的各位领导、各位嘉宾：

大家上午好！

我叫罗结冰，出生在武陵山区的一个极贫小山村——贵州省铜仁市石阡县龙井仡佬族侗族乡猫寨村。今年高考，我被北京大学医学部录取，成为一名光荣的北大学子。今天，我怀着无比激动和感恩的心情和大家一起分享我的故事，讲述易地扶贫搬迁给我带来的巨大变化和影响。我汇报的题目是《新家园　新梦想》。

在我儿时的老家，家，对于我来说却是另一番感受：一家 5 口挤在低矮破旧的木房子里，饭桌是我学习的地方。晚上，客厅又变成了我和爷爷、姐姐的卧室。四周的木板墙潮气袭人，昏暗的角落里，漆黑的土灶更显凉意，那时的家，是一个没有温度的房子。

记得在我和姐姐跟着父母一起四处打工的日子里，我们就像浮萍漂浮不定。我小学期间，搬了 7 次家，那时的家，就是移动的客栈。2014 年，我跟姐姐从广州回到老家县城上学，周末住在满娘家，终于不像以前那样四处漂泊，但她家有 3 个小孩，一家人住在两室一厅的出租屋里，那时的家，就是一个拥挤的大杂院。当时我刚上初中，是我人生学习最重要的时期，也是我感觉最艰难的时光。整整 4 年多的时间，拥挤、吵闹，这便是我对“家”的全部记忆和印象。没有书桌，我只能趴在床上做作业，客厅外不时传来的讲话声，扰乱我做题的思绪，让我十分苦恼却又不敢像在自己家里面一样可以申诉。印象最深的一次是一个冬天，我回去取申请国家助学金的相关资料，我没有亲戚家钥匙，他们当时又在外面忙，我在寒风中站着等了一个多小时才得进门。

那一刻我终于体会到了卖火柴的小女孩那种对家的渴望，对温暖的渴求。我也像卖火柴的小女孩一样出现了幻想，幻想我能有一把属于自己家的钥匙，幻想能像城里孩子一样在漂亮的小区里奔跑，幻想能在台灯下安静地学习。居无定所的那些年，拥有一个稳定温暖的家，就成了我们一家人最大的奢望。

谁无暴风劲雨时，守得云开见月明。党的政策终于眷顾了我们这一家人。作为易地扶贫搬迁对象，2018 年 8 月，爷爷、爸爸、妈妈、姐姐和我一家 5 口搬进了石阡县城的泉都安置点。当我走进政府为我们修建的新房子时，我知道，这就是真正意义的家了。100 平方米的房子，虽然不是很大，但已经足够宽敞明亮，做饭、吃饭、睡觉、学习的地方终于分开了。小小的书房虽然不是很宽敞，但我和我的书籍们终于有了属于自己的空间。在书房里，我可以安静地沉浸在知识的海洋里。站在新家的阳台上，放眼望去，几十栋整洁的安置楼房鳞次栉比，道路宽敞干净，小区丹桂飘香。小区旁配套建起的幼儿园和小学不时传来琅琅书声。休闲广场上，人们即兴扭起了广场舞，老人在一旁的棋盘上安静地下着棋。篮球场上，孩子们喧闹着组队打球。社区门口，保安人员认真地登记着每一个来访者信息，存放着快递包裹。眼前的画面是多么和睦、温馨，幸福来得太突然，一切就像在梦里。

那一夜，我失眠了。我发自内心地感恩自己生在了中国，我是如此幸运赶上了党的易地扶贫搬迁好政策，在我人生最重要的成长阶段，收到了祖国母亲送来的一份厚礼，实现了我的新家园、新梦想。在我的家乡贵州，那里的 188 万群众和我一样，沐浴着党恩，搬出了大山，住进了新房，当上了新市民。贫困落后已不再是贵州的代名词，贵州即将撕下千百年来贫困的标签。“安得广厦千万间，大庇天下寒士俱欢颜”，环顾世界，只有伟人的中国共产党始终将人民的利益高高举过头顶，让千千万万老百姓通过易地扶贫搬迁住进了新房，一步跨千年。也只有身为一个中国人，才能真真切切感受到来自祖国母亲无私的大爱。我为伟大的党、伟大的祖国倍感骄傲和自豪！作为莘莘学子，穷且益坚，不坠青云志。从那一夜起，我暗下决心，一定要刻苦学习，学好本领，将来用自己的能力回报祖国、回报社会。自从迁入新家以后，我的学习目标更加明确，学习动力倍加充足，对比以前的生活和学习条件，我没有任何理由不好好学习，没有任何借口半途而废，我必须比其他人更努力。功夫不负有心人，在高二这一关键时期，我的学习成绩有了明显提升。

今年年初，新冠肺炎疫情肆虐中国大地。父母暂时没有外出务工，我和姐姐也不能回校，我们一家 5 口就生活在新家里，享受着难得的天伦之乐。在跟父母相处的 3 个多月里，我才发现父母这些年为了我跟姐姐明显变得苍老了，父亲的腰也因为常年在外劳作而越发佝偻。记忆里，在我很小的时候，父亲就有腰痛的毛病，因为家里穷，只能经常让我在他腰上踩踩，缓解一下疼痛。当时我就在想，如果我是医生，就可以治好爸爸的腰痛，让他不再难受。当我在电视上看到全国各地医护人员支援湖北，他们大无畏的牺牲精神和无私奉献的家国情怀，瞬间点燃了我对医生这个职业的崇敬之情，使我立志学医的人生目标逐渐清晰起来。今年高考，我如愿以偿被北京大学医学部录取，拿到通知书的那一刻，我知道离自己的梦想又近了一步。在前不久的大学新生军训期间，我坚定地向党组织递交了入党申请书，在自己的人生坐标上深深地刻上了党的印迹。作为贵州 38 万搬迁学生中的一员，能踏进北京大学这个神圣的殿堂是多么不容易，我深深知道，这一切都来自党，没有中国共产党的领导，没有这么好的易地扶贫搬迁政策，命运也不会眷顾我们这些偏远山区的穷孩子。

我的故事讲完了，但我的梦想才刚刚开始，中华民族伟大复兴的中国梦正在新的征程里。生活在这个伟大的时代，我是何其有幸！对于我们这一代青年来说，青春是用来奋斗的，而不是用来虚度的，只有常怀感恩之心、砥砺家国情怀，才能自觉地把个人的前途命运与国家、民族、社会紧密地融合在一起。在今后的人生中，我一定心怀理想，不负韶华，把自己的青春之花绽放在祖国最需要的地方，在奋斗中激扬前行，无愧于家乡、祖国和时代的期望！

谢谢大家！

用活“八要素”
打好农村产业革命突破战

决战贫困，产业是根本。铜仁通过农村产业革命，让千年沉寂的土地正焕发勃勃生机，农民千年渴盼的幸福照进了现实。

铜仁牢牢把握好农村产业革命“八要素”（产业选择、培训农民、技术服务、资金筹措、组织方式、产销对接、利益联结、基层党建），探索创新“民心党建+‘三社’融合促‘三变’+春晖社”农村综合改革，农村产业结构调整取得重大突破，重点培育生态茶、中药材、蔬果、油茶、食用菌和生态畜牧等六大主导产业，形成万山中华山“622”利益联结模式，“九丰农业+”等产业扶贫模式，农村贫困人口稳定脱贫长效增收机制初步形成。

幸福是奋斗出来的。铜仁人想干事、肯干事、敢干事和能干事、会干事、干成事的艰苦创业精神，在农村产业革命中得以尽情发挥和施展。“团结奋进、拼搏创新、苦干实干、后发赶超”的新时代贵州精神，在铜仁农村产业革命中得以生动诠释和体现。

梵山净水起华章

——铜仁市农业产业高质量发展观察

◇ 王安宏

春暖武陵，风起黔东。

铜仁的田间地头又多了许多乡亲忙碌的身影，在田畴上辛勤耕作，在沃野间播种希望。

仓廪实而民心安，农业强则百业兴。这些年，铜仁市深入推进农村产业革命，充分释放农村土地活力，持续增加农民收入，推动农业工作阔步前行，绘制了一幅绿色田野尽丰收的动人画卷。

2020 年是全面小康社会建成之年，是“十三五”规划收官之年，借快速发展之势，铜仁农业产业再次乘势而上，在全面问诊把脉的基础上，找准发力点，以高效率赢得高速度，奋力实现高质量发展。

主攻点：高质量发展

今年伊始，我市关于脱贫攻坚的各种工作会议上，“保持增长速度”与“高质量发展”是被提及最多的两个词。

不难理解，“增速”即是给自身加码，意味着铜仁必须在农村产业革命中“马不卸鞍鞭不挂”，不能掉队。“高质量”则是一剂清醒剂，追求规模的同时，更加注重质量与效益。

推进农村产业高质量发展，没有规模化，就没有规模效应、规模经济。我市科学规划特色产业基地，实行生产规模化、产业特色化，并鼓励农产品加工龙头企业向前端和后端延伸，推动农业产业“接二连三”发展。

根据规划，今年我市将以500亩以上坝区为抓手，聚焦“六大主导产业”和特色优势产业，实现投产茶园128万亩，中药材64万亩，油茶110万亩，果园100万亩，蔬菜播种面积稳定在230万亩，食用菌种植规模4.5亿棒。

农业产业规模化发展快马加鞭的同时，我市通过科技杠杆撬动现代农业升级，把现代农业技术作为保障农业产业高质量发展的重要力量。

玉屏侗族自治县蔬菜育苗基地，工人们正在进行机械化育苗。近年来，该县不断加大蔬菜科技育苗力度，采用日本蔬菜育苗生产技术，工厂化生产等优质种苗，改变传统蔬菜育苗模式，节约育苗成本、提高蔬菜成活率。

据了解，玉屏农业农村局还开展了“百名农技人员进农户、进坝区、进合作社”的服务活动，为农户提供量身定制的对接服务，宣讲相关政策法规、技术知识，帮助农户解决春耕生产方面的难题。

玉屏充分利用科技，助力农户增产增收是我市大力推动农业产业向现代化转变的一个鲜活切片。在铜仁一个个田成方、路成行现代化设施完备的产业基地内，越来越多的农作物开始推行机械化育苗、穴盘育苗，播栽推行大棚种植等现代技术。

近年来，我市以轻简化、机械化、集约化为重点，实行标准化生产，全市推广适宜500亩以上坝区规模的区域性、标准化、优质高效、可持续、可复制的技术模式，农业产业实现从传统农业向现代农业的转变。

突破点：产业结构调整

割草、翻犁、挖坑……连日来，松桃苗族自治县平头镇田间地头，“土专家”“田秀才”们正忙碌耕作在生机盎然的春光里。

“划算，这块地荒几年了，还是现在种油茶好，产量高，分红有保障，还可以赚取劳务费！”正在地里劳动的村民迎着春风打开了话匣子。

春日暖阳好，耕种正当时。平头镇聚焦农村产业革命“八要素”，紧抓春耕生产有利时机，因地制宜调整农业产业结构，持续推动经济健康平稳发展。

时下的铜仁大地，像平头镇这样让荒地生金的例子比比皆是。

得益于农业产业结构调整，在这片贫瘠的土地上，曾经为吃饱肚子发愁的铜仁，如今农业产业的发展可谓风生水起。

近年来，我市以农业供给侧结构性改革为主线，以增加农民收入为主要目标，以500亩以上坝区为主攻方向，坚持“优势产业优先发展，优势品种优先突破”原则，聚焦“八要素”，落实“五步工作法”，全市农业产业结构调整步伐明显加快，极大带动了农民增收，全市农业综合实力逐年提升。

刚刚过去的2019年，全市产业结构调整150.5万亩，创建样板坝区12个、达标坝区62个，带动11.59万贫困人口脱贫增收，玉屏、松桃、石阡、思南4个县成为“中国好粮油”示范县试点。

2020年，我市将继续聚焦“八要素”，围绕“突出点、连好线、扩大面、全覆盖”和“强基地、全配套、深加工、大招商、创品牌、拓市场、促融合、抓入统”的思路，聚焦“六大主导产业”和特色优势产业，全力以赴推进农业产业结构调整。

同时，将以主导产业发展为主线，以改革创新为动力，以“提质增效”为工作重点，努力在“要素集中、产业集聚、企业集团、生产集约”上下功夫，推动园区一二三产业融合发展。

农业产业结构调整，园区建设作用很大。我市按照“农业园区化、园区景区化、景区产业化、农旅一体化”的发展思路，积极构建以国家级农业园区为引领，省级农业园区为骨干，市级农业园区为重点，县级农业园区为支撑的园区发展格局。

切入点：全力接轨市场

去年7月25日，铜仁市“黔货入苏”产销对接活动上，铜仁的多种产品得到了广大苏州市民的青睐。

近年来，铜仁与苏州通过两地企业开展直供直配合作，逐步实现苏铜两地产销直供、质量可溯、食用放心的目标，加快铜货出山步伐，“梵净山珍”不断走进苏州市民家庭。

不只是苏州市场。铜仁线上线下齐发力，创新产销对接机制，补齐农产品流通基础设施短板，着力建设长期稳定的销售渠道，促进绿色农产品塑形象、闯市场、强产业，远销北京、苏州、广州等地及出口东南亚国家。

“梵净山珍”能有如此好的市场与口碑，除了铜仁本身丰富的农业资源，还与铜仁不遗余力提升产品“内在”息息相关。

随着生活水平的日益提高，绿色天然成为时下最受推崇的生活理念。以前被嫌弃的山货，如今成为人们争相排队购买的抢手货。

铜仁深居武陵山腹地，得天独厚的自然环境使铜仁的花生、猕猴桃、贡米、竹笋、辣椒、畜产品等品质好、产量高。

作为贵州省向东开放融合的窗口，铜仁具有突出的区位优势，加之近几年交通基础设施的不断完善，为“铜货出山”提供了强有力的保障。

为让“铜货”充实内在，让“出山”更有实力。铜仁着力推进农业产业“接二连三”发展，重点围绕农产品精深加工，大力推进农产品加工提升行动，加快引进农产品加工企业，建设农产品深加工基地，不断加快农业产业融合发展。

产业链延伸带来最直观的效益是农产品价值链的提升。全市成功培育出梵净山茶、沿河空心李、德江天麻、玉屏黄桃、梵净“仙菇”等农特产品，全面打响“梵净山珍·健康养生”“梵净抹茶·香溢天下”等特色品牌，一批绿色优质农产品走出大山。

如今，越来越多的“梵净山珍”正依托自身原生态的特质，搭乘上农业产业高质量发展的快车，逐步实现“风行天下”目标。

一日春耕十日粮，十日春耕谷满仓。勤劳的铜仁人民，饱含着对丰收的希望，在抓好疫情防控的同时，积极推进农业生产，在希望的田野上播种着新希望。

激发“梵净山珍·健康养生”品牌活力 打造脱贫攻坚核心引擎

◇ 杨阳萌

近年来，铜仁按照“来一场振兴农村经济的深刻的产业革命”的要求，以农业供给侧结构性改革为主线，以增加农民收入为主要目标，坚持“优势产业优先发展，优势品种优先突破”原则，紧扣农业产业发展“八要素”，聚焦生态茶、中药材、生态畜牧业、蔬果、食用菌、油茶六大主导产业发展，着力培育“梵净山珍·健康养生”绿色农产品公共品牌，推动铜仁产业发展从传统农业向现代农业转变、粗放生产向依靠科技创新转变、分散经营向多元经营转变。铜仁农业产业结构调整步伐明显加快，助力脱贫攻坚成效显著。

土地里长出了“金叶子”

铜仁茶叶种植历史悠久，在“政策引导、资金扶持、技术支撑”的强力推动下，现今的铜仁茶产业蓬勃兴起，产业规模、产业效益持续攀升，逐渐呈现出了“产业升级、企业增效、茶农增收”的良好态势。此外，多次开展以“黔茶出山·风行天下”为主题的推介会，促进铜仁茶品牌提质升级。

2019 年，全市完成了春季新建茶园 6.7 万亩，新增茶叶种植大户 152 户；推广“白叶一号”等优良茶树品种 1.8 万亩；投产茶园面积达 125 万亩。截至 7 月，全市实现茶叶总产量 7.9 万吨，总产值达 92.2 亿元。

脱贫攻坚有了“药方子”

中药材种植作为增强贫困户造血功能的“六大产业”之一，是传统产业也是新兴产业，是优势产业也是朝阳产业。当前，铜仁正努力走出一条政策推动、合作社拉动、典型能人带动的中药材产业发展新路子。

2019年，全市完成中药材总面积达61.83万亩，实现产量6.19万吨，产值6.66亿元，覆盖10个区县168个乡镇1450个行政村。为发展中药材种植产业，我市先后培育了一批中药材产业重点乡镇和重点经营主体，新建了一批规模化中药材基地。

德江的天麻、印江的黄精、江口的缬草、沿河的白芨、松桃的铁皮石斛、石阡的杜仲、沿河的太子参等，铜仁正全力发展中药材优势品种。在大力发展中药材种植的基础上，铜仁坚持把科技研发作为中药材产业持续发展的有效支撑，铜仁中药材专业技术队伍、铜仁市中药材产业发展技术委员会也因此成立。

目前，铜仁市共建成中药材育苗基地28个，面积1.25万亩，供苗能力1.7亿株，市值1.7亿元。

圈窝里下起“金崽子”

铜仁贫困地区大多交通不便，信息闭塞，资源开发利用不足。正是因为这些地区经济发展缓慢、污染较少，保有较好的生态环境，是发展生态畜牧业的理想区域。松桃苗族自治县盘石生态畜牧业示范园区“黔东草海”点、玉屏侗族自治县“温氏养猪”点，近几年在省内已小有名气。

铜仁立足畜牧业资源优势，实施品牌突破战略，鼓励畜牧企业和合作社开展无公害、绿色、有机、农产品地理标志认证和创建名优品牌，着力提升畜产品品牌效应和市场竞争力，完成无公害畜产品一体化认证120个，畜产品品牌建设得到进一步增强。

2019年上半年，铜仁市共出栏生猪209.24万头、肉牛13.62万头、肉羊65.42万只、家禽1454.69万羽，实现肉类总产量20.2万吨、禽蛋产量2.93万吨，发展畜禽家庭农场658个，带领群众脱贫成效明显。

"菜篮子"鼓起了村民"钱袋子"

眼下正是蔬菜成熟上市的季节，在万山区黄道乡丹阳村标准化蔬菜大棚内，丝瓜、黄瓜、西红柿等有机蔬菜长势喜人。我市正着力构建以"梵净山珍·健康养生"公共品牌为引领，以特色产品品牌和企业产品品牌为主体的农产品品牌体系，蔬菜产业得到蓬勃发展。

当前，铜仁市播种蔬菜面积达158.67万亩，产量达218.38万吨，产值达62.71亿元。不久前，石阡县千亩蔬菜高效示范基地开工建设，江口县千亩蔬菜高效示范基地建设进度也稳步推进，全市正以狠抓经营主体培育，狠抓人才培训，纵深推进蔬菜产业品牌发展。

初秋时节的铜仁果实飘香，色彩斑斓，绿的西瓜、紫的葡萄、金的黄桃。

为发展好铜仁水果产业，铜仁一是抓示范带动，二是推广生态栽培技术，三是建立科技服务体系。依托"万名农业专家服务'三农'行动"科技特派员和"产学研推"科研院所技术力量，建立水果科学技术专家组服务团队。目前，铜仁市共开展技术指导、培训200余期13200余人次。今年果园种植总面积104.05万亩，投产园面积达55.66万亩，产量12.71万吨，产值12.04亿元。

菌棚里冒出了"金锞了"

走进玉屏贵福菌业发展有限公司，可以看到这里又发生了新变化。从菌种研发、拌料、装袋、制作菌包、种植，到食用菌产品加工出售，一条食用菌全产业链已完整落地。近年来，铜仁将食用菌产业与精准扶贫、精准脱贫深度融合，完善机制，创新模式，打造食用菌扶贫支柱产业。

2019 年上半年，铜仁已发展食用菌每万亩 2.98 亿棒、产量 12.81 万吨、产值 11.3 亿元。铜仁以抓好菌种保供、抓好菌材供应、抓好基地建设、抓好人才培养与技术培训、做好招商引资和经营主体培育来大力促进全市发展。截至目前，我市招引培育食用菌各类市场主体 251 家，其中公司 22 家、合作社 54 家，村集体经济 68 家、家庭农场和大户等有 106 家。

山坡上结出了“金果子”

铜仁推进“山茶花扶贫模式”，力争将油茶产业打造成为“产业强、山乡美、百姓富”的地方特色产业。今年上半年全市新植面积 8.66 万亩，油茶总面积达 101.3 万亩。当前铜仁油茶种植总规模达 200.64 万亩，总投资 75.01 亿元，通过全市绿色产业扶贫投资基金评审，申报基金 9 亿元。万山、玉屏、江口、石阡、思南、沿河等区县全面开展了油茶特色农业保险助推脱贫攻坚工作。建基地、扶龙头、创品牌、增效益，铜仁正以“梵净山珍·健康养生”为目标，打造月月有果，季季有花的独特景象，铆足全力向农业强市进发。

铜仁走出产业融合生态富民路

◇ 王安宏

种一亩红薯要花多少钱？能赚多少钱？对这两个问题，思南县三道水乡的群众来说门儿清。当地一位村民算了笔账：一亩红薯需要劳动力480元，苗、耕地、肥料等成本需要500元，每亩总投入980元，一亩红薯最低产7000斤，0.5元一斤卖出，收入3500元，利润约2500元，种一季红薯的收入比种四季玉米还要多。

但这位村民算的账却不是一亩红薯的最终产值。在三道水乡，红薯产业化发展，带动了村民脱贫，形成了品牌效应。2019年，以三道水乡为核心，周边13个乡镇集中连片种植红薯1.4万余亩。

种植如此大规模的红薯，三道水乡将目光放在了红薯的精深加工上。2019年该乡陈薯加工厂加工鲜红薯4万吨，生产红薯淀粉4400吨，再将淀粉加工成苕粉、火锅粉等各类红薯粉丝，产值达1.2亿元。

如今，该乡陈薯加工厂已建成1.5万平方米规模的GMP（药品生产质量管理规范）标准化生产加工房，推出红薯粉丝等9个品种，日产各类红薯粉丝17吨，方便酸辣粉丝1.8万桶，已形成了从红薯选育、种植、淀粉加工、生产粉丝到销售等全产业链。

从三道水乡产业发展的轨迹不难发现，农产品加工对于促进农业生产发展和提高农业生产效益具有重要意义。它一头连着农业、农村和农民，一头连着工业、城市和市民，沟通城乡，亦工亦农，是为耕者谋利、为食者造福的产业。

透视三道水乡的红薯产业发展，正是铜仁在发展农业产业过程中，逐渐深耕农产品加工业，拉长农业产业链条，提高农业附加值，让农业真正成为一个强市富民产业的鲜活切片。

仓廪实而民心安，农业强则百业兴。这些年，铜仁深入推进农村产业革命，聚焦生态茶、中药材、生态畜牧业、蔬果、食用菌、油茶六大主导产业，抓好“一县一业、一乡一特、一村一品”，推动产业发展从传统农业向现代农业转变，加快构建现代农业产业体系、生产体系、经营体系，经济作物占种植业的比重显著提高。

2019年，铜仁市产业结构调整150.5万亩，创建样板坝区12个、达标坝区62个，发展经济作物17.22万亩，实现13.45亿元产值，全市新增省级农业园区11个，新增数量排列全省第一。江口抹茶产业园成为国家农村一二三产业融合示范园，玉屏、松桃、石阡、思南4个县成为“中国好粮油”示范县试点，已初步实现了部分农特产人无我有、人有我优。

然而，在高质量跨越发展的征程中，该如何立足自身优势，真正将农业做大做强，推动产业融合发展？

认真研究铜仁具备的条件，会发现铜仁完全有潜力将农业产业推上一个新的台阶：庞大的市场能为农业高质量发展提供最强动力；水陆空立体式综合交通体系能让农业高质量发展尽情释放动能；丰富的人力资源则是农业高质量发展持久“续航”的内核。

铜仁市委、市政府认真谋划后，决定用工业思维谋划农业发展，提出把农产品作为最大资源，抓好深加工转化，依托一产、做大二产、催生三产，实现一二三产业融合发展，做大经济总量，探索出一条将资源优势转化为经济优势的农业产业化发展道路。

铜仁通过内联外引的方式，围绕农产品生产加工的上下游配套，培育壮大一批骨干龙头企业，做大龙头企业总量，扩大规模，提升层次，增强实力，提高效益。并支持农民合作社、家庭农场、农村集体经济组织兴办或创办龙头企业，鼓励和引导各类社会资本、民间资本、工商资本投向适合农村发展企业化经营的现代种养业。

截至目前，铜仁市累计发展市级以上农业龙头企业400多家、农民专业合作社1万多家、市级家庭农场近2000家，实现100%的贫困村建立农民专业合作社、100%的贫困人口参加农民专业合作社。

农业要做大做强，冷链物流是必不可少的环节。铜仁积极适应农产品流通和消费新趋势，以肉类、水产、果蔬等为重点，着力构建农产品全程冷链物流体系，保障品质安全、减少流通损耗、均衡农产品供应、稳定市场价格、提高物流效率，全面提升铜仁农产品冷链物流保障水平。

为最大限度发挥经济效益，铜仁围绕主导产业和重点产品，着力培育"梵净山珍·健康养生"绿色农产品公共品牌，成功打造了梵净山茶、沙子空心李等一批地理标志产品，并创办特色品牌。

从单打独斗到组团发展，从传统农业到现代农业产业园区，从一枝独秀到满园春光……在加速推进农业高质量发展、为乡村振兴聚力赋能的使命前，铜仁正以自己的行动把美好的蓝图转变为触手可及的现实。

展望未来，铜仁将继续聚焦产业发展"八要素"，围绕"突出点、连好线、扩大面、全覆盖"和"强基地、全配套、深加工、大招商、创品牌、拓市场、促融合、抓入统"的思路，聚焦"六大主导产业"和特色优势产业，全力以赴推进农业产业发展。同时，将以主导产业发展为主线，以改革创新为动力，以"提质增效"为工作重点，努力在要素集中、产业集聚、企业集团、生产集约上下功夫，推动一二三产业融合发展。

我们能感受到，"农产品"这个充满泥土气息的词汇，正在铜仁华丽转身，促进全市产业提档升级。我们有幸见证，铜仁正锐意勃发地向着农村一二三产业融合发展的新时代进军。

梵净山抹茶之魅

◇张 勇 陈 林 王安宏

倘若打开中国地图细细打量，那么位于武陵山腹地的铜仁，地形犹如一片挂着露珠的绿叶，镶嵌在大西南的崇山峻岭中……或许，一切注定是缘分。

好香一片叶子！深秋时节，行进在铜仁的青山绿水间，九岭十八弯翠绿迎人，阵阵茶香沁人心脾，丛丛茶树如曲谱般蜿蜒在山地间，好比一幅绝美画卷徐徐展现在面前……

峰连天际处，茶香绕山间。

因山而兴、因水而盛、因物而名，铜仁素有“武陵明珠”的美誉，梵净山被誉为“武陵正源”，处处呈现着小桥流水人家的景象，人们赞誉铜仁是文人墨客笔下的桃花源。

这是一片神奇的家园，这是一片孕育希望的热土。据气象调查资料表明，铜仁属中亚热带季风湿润气候，年均气温16.2摄氏度，无霜期290天，温暖湿润，云雾缭绕，空气质量优良率达97%。其中，世界自然遗产地梵净山更是“武陵明珠”上的“皇冠”，集“动植物基因库”“生态王国”“中国天然氧吧”“空气罐头”等多个盛名于一身，声名远播、誉满中国。

好大一片叶子！地处武陵山黄金茶产区的铜仁，是中国茶叶原产地之一，自古是贵州主要产茶区、全国优质茶叶产区。现在，全市有2个全国重点产茶县、5个省级重点产茶县，其中，印江、江口等4个县获“中国名茶之乡”称号；石阡获“中国苔茶之乡”、沿河获“中国古茶树之乡”称号；印江、石阡分别获“中国长寿之乡”称号。在贵州五大名茶中，梵净翠峰、石阡苔茶占了两席。截至2018年底，全市茶园面积达189万亩，位居贵州省第二位，约占全省茶园面积的四分之一。

近年来，我市坚持生态优先、绿色发展，秉承绿水青山就是金山银山的理念，紧扣省委常委会对铜仁“念好山字经、做好水文章、打好生态牌，奋力创建绿色发展先行示范区”的战略定位，持续加快推动生态茶产业提质增效、转型升级，提升“梵净山珍·健康养生”“梵净抹茶·香溢天下”等品牌知名度、美誉度和影响力，走出一条不同于东部，有别于西部及贵州茶产业发展的差异化之路，改变了茶叶生产大省贵州的“生态茶版图”，不断为中国茶产业标注精彩。

聚力打造“中国抹茶之都”，是铜仁生态茶产业发展的特色化、差异化、高端化之路的不二选择，开启了“后发赶超”传奇

好大一片叶子！自2015年以来，我市把加快抹茶产业发展作为生态茶产业转型升级的重中之重来大力推动，如同黑马跃出跑出了加速度，开启了“后发赶超”传奇。

2018年10月18日，首届贵州梵净山国际抹茶文化节在“武陵正源”梵净山麓的江口太平镇举行，这是在国内第一次举办关于抹茶产业方面的国际性盛会，各地嘉宾以“复兴抹茶产业·重塑抹茶文化”为主题来论道。自此，地处武陵山、作为沅水源头的“中国抹茶小镇太平”闪亮登场，不断吸引人们的视线，多次刷新茶界的记忆。

此次盛会上，中国国际茶文化研究会、中国茶叶流通协会分别授予铜仁市“中国抹茶之都”“中国国际茶文化研究会铜仁抹茶文化研究中心”“中国高品质抹茶基地”三块国字号牌匾。这为铜仁抢占了抹茶产业的发展先机，更加坚定了铜仁发展抹茶产业的信心和决心，更为铜仁生态茶冲出贵州、风行天下打开一扇幸运之门。

抹茶源于中国，兴起于唐朝，鼎盛于宋朝，后传入日本，流行至今。抹茶内含人体所需的营养成分和微量元素30余种，除了直饮外，还被广泛用于食品、保健品、化妆品等诸多行业，附加值较高、市场需求大、发展前景好，成为推动茶产业提质增效、转型升级的一个重要方向与路径。

市场是产业发展的风向标。省委书记孙志刚提出的农村产业发展“八要素”，第一项就是产业选择。选择发展什么产业，必须以市场为导向。铜仁借助全省农村产业革命的东风，把生态茶产业作为六大主导农业产业加以推进，剑指 100 亿元目标。据统计，目前全球抹茶需求量 1.2 万吨，全球抹茶生产总量在 5000 吨左右，市场供给缺口很大，广阔市场空间是铜仁发展抹茶产业的重要机遇。

据统计数据显示，目前，铜仁茶园基地面积 189 万亩，排名全省第二位，约占贵州茶园面积的四分之一；投产茶园面积 125 万亩，2018 年全市茶叶产量达 9.23 万吨，产值 91.17 亿元；有各类茶叶注册企业 608 家，茶叶专业合作社 639 家。其中，国家级龙头企业 2 家，省级重点龙头企业 38 家，市级重点龙头企业 100 家，规模以上企业 99 家，通过 CS 认证的有 118 家，这为加快发展抹茶产业奠定了坚实的基础。

早在 2015 年，铜仁市就成功引进了国家级农业产业化重点龙头企业贵州贵茶有限公司落户江口，这是一家集茶叶种植、研发、生产、营销及茶区旅游为一体的全产业链现代茶企。该公司已投资 6 亿元第一期建设年产 2000 吨抹茶的生产规模。目前，50 条碾茶生产线，2 条抹茶生产线已建成投产，抹茶原料基地 10.29 万亩，实现抹茶产量 1600 吨，抹茶产值 3.2 亿元。同时，吸引了来自日本、韩国以及国内外有关机构、企业前来考察投资，合作发展抹茶产业。

“狭路相逢勇者胜，勇者相逢智者胜，智者相逢快者胜。”铜仁之所以选择大力发展抹茶产业，是市委、市政府基于铜仁茶产业实际和对茶产业未来发展趋势的理性研判，是加快推动茶产业转型升级、提质增效，走出一条不同于东部、有别于西部及省内其他市州茶产业发展的特色化、差异化、高端化之路的不二选择。

全力打造“中国抹茶之都”，铜仁抢占了抹茶产业发展先机，占领了抹茶产业发展制高点，崛起武陵山、添彩大美中国

茶以山名，山以茶显，好山好水育好茶。

铜仁是典型的亚热带高原季风气候区，位于北纬 27° 07’—29° 05’之间，而北纬 25°—30°之间是世界公认的黄金气候带。铜仁处于神奇的黄金产茶纬度带。

据中国地质科学院勘测，铜仁全境 10 个区县全部是最适宜种茶的区域。“高海拔、低纬度、多云雾、寡日照”的自然条件，有利于茶叶物质和营养成分积累，赋予了铜仁发展抹茶得天独厚的资源优势和生态优势。

好大一片叶子！目前，铜仁有生态茶叶基地 189 万亩，其中，抹茶专属基地 10.29 万亩，各类规模以上企业 100 余家，还有省内外专门推广销售梵净山茶的企业团队 1500 余家等等，这些基础优势为铜仁大力发展抹茶产业打下了坚实基础。

铜仁市各级党委高度重视抹茶产业的发展，仅从铜仁市级层面，就先后出台了《关于加快铜仁生态茶产业发展的意见》《铜仁市生态茶产业发展助推脱贫攻坚三年行动方案》《铜仁市抹茶产业发展实施方案》等系列政策文件，为铜仁茶产业提质增效和抹茶产业发展提供顶层设计和政策保障。

发展抹茶产业，品种选择是解决原料品质的第一步，而铜仁种植的茶树品种主要有福鼎大白、石阡苔茶、龙井 43 等国家级和省级地方茶树良种，其中，适宜制作抹茶的茶树品种福鼎大白、龙井 43 等茶树良种种植面积约占全市茶园总面积的 60% 以上，因其品种叶片叶绿素、氨基酸、蛋白质含量较高，咖啡因含量低，加之采取配方施肥、覆盖遮阳等辅助的农艺措施，制作的抹茶产品颜色、香气和滋味俱佳，是制作高档抹茶原料的理想品种，这是其他地方难以复制发展抹茶产业的品种优势。

同时，铜仁还具备发展抹茶所需的品质。铜仁区域所产梵净山茶水浸出物含量达 38%—47.8%，茶多酚含量达 16.7%—31.5%，氨基酸含量达 3.1%—

10.6%，赋予了梵净山茶色、香、味“三鲜”的独特魅力，即“色纯鲜亮、香高鲜郁、味醇鲜美”，各项理化指标和卫生指标均优于国家标准和贵州省地方标准，是制作抹茶的最佳原料。

好大一片叶子！据统计，梵净山茶系列产品在国际国内各类茶叶评比活动中获奖 160 多项，“梵净山茶”品牌在 2018 年中国 100 强茶叶区域公用品牌价值评估中，品牌排名全国第 31 位，品牌价值 19.86 亿元，成为全省规模最大的茶叶区域公共品牌。

加快打造“中国抹茶之都”，已成为铜仁生态茶产业发展的主攻方向和经济新增长点，书写百姓富生态美的新时代画卷

好香一片叶子！以“让天下人喝干净茶”为使命，立志于打造中国茶叶行业领军品牌的贵茶集团落户江口后，成功打造了全国最大的抹茶单体车间，唤醒从日本回归铜仁的抹茶基因，撞击时代抹茶火花，焕发时代芳华。

抹茶属于新兴产业，作为茶产业未来发展的一个重要方向，附加值高、市场需求大，发展前景好，是促进茶产业提质增效、转型升级的新型产业，是绿色富民的好项目、大产业。

2019 年，铜仁市出台抹茶产业发展实施方案，提出把铜仁打造成为国际抹茶文化中心、交易中心和“世界抹茶之都”，计划 2 年内发展抹茶基地 10 万亩，5 年内建设碾茶生产线 200 条，抹茶生产线 10 条，2020 年实现抹茶总产量达 4000 吨以上，力争早日将铜仁打造成为中国最大抹茶生产基地和最受欢迎的抹茶文化体验中心。

心中有目标，脚下有力量。按照计划，铜仁市紧扣打造“中国抹茶之都”的战略定位和工作目标，加强高品质抹茶基地建设，紧紧围绕抹茶特色产品，加快抹茶园区建设，建设抹茶观光园、抹茶马拉松基地及文化创意产业园等，并结合抹茶产业、文化、旅游等要素，打造集博览、创意、研究于一体的抹茶文化，借助世界自然遗产地梵净山这块金字招牌做大做强做精铜仁抹茶。

同时，还将通过“抹茶 + 旅游”“抹茶 + 康养”“抹茶 + 文化”等模式，不断延伸和丰富“抹茶 +N”的产业链条，充分挖掘抹茶产业发展潜力，把抹茶产业发展作为铜仁茶产业发展的主攻方向和经济新增长点，全力以赴打造铜仁高质量发展的“新动能”“新引擎”。

我市决策层表示，铜仁加快抹茶发展是坚持五大发展理念，认真贯彻落实省委、省政府绿色发展的重要决策，是助推贵州茶叶产品走出国门、融入世界、风行天下的重要平台；是传承弘扬中华传统文化、复兴抹茶产业的重要举措；同时也是增强文化自信，提高文化软实力的具体实践。

不负青山，方得“金山”。如今，贵州梵净山国际抹茶文化节已成铜仁把“绿水青山”转换为“金山银山”的重要平台之一。当前，铜仁市正在紧扣“一区五地”奋斗目标，加快把生态优势转化为经济优势，进一步提升“梵净山珍·健康养生”“梵净抹茶·香溢天下”等品牌的知名度、美誉度和影响力，提升生态茶产业综合效益，更好发挥扶贫带动作用，从而推动铜仁茶叶产品走出国门、融入世界、风行天下，为决战脱贫攻坚、决胜全面小康，实施乡村振兴战略奠定坚实基础。

时空轮转、沧海桑田，茶马古道依旧林茂山青，梵净山依旧茶香四溢……而今，历史深处的马蹄声声变成了车轮滚滚，搭上“一带一路”快车，英国大古集团、日本餐饮巨头泉盛集团、美国中国餐饮联合总会等知名企业循梵净山茶香而来！大踏步走出山门，铜仁抹茶产品现已漂洋过海，远销美国、澳大利亚、加拿大、西班牙、瑞典、德国、法国、新加坡等 12 个国家和地区，成为贵州又一张新名片。

铜仁有什么底气，把食用菌产业做成全省第一？

◇陈 林

2020年，是攻克贫困最后堡垒、全面建成小康社会收官之年。

自2014年以来，铜仁市累计减少贫困人口76.71万人，贫困发生率从24.74%下降到4.4%。目前，6个区县顺利实现脱贫摘帽，松桃、思南、德江3个县已通过省级第三方评估验收，只剩下沿河深度贫困县，22个贫困村4.38万贫困人口未脱贫出列。今年，既要完成剩余农村贫困人口全部脱贫，又要不断巩固和提升脱贫成果。重点是什么、出路在哪里、如何才能确保群众稳定脱贫，是铜仁面临的一个大考。

农村产业革命是农村脱贫的根本之策，是确保群众持续增收的重要支撑。市委、市政府抢抓全省农村产业革命机遇，聚焦“八要素”，因地制宜发展特色优势产业，全力推动农村产业实现“裂变式”发展，为全面建成小康社会打下坚实基石。其中，六大主导产业之一的食用菌产业，是全市下决心做成全省最大的单品产业。

为何选择食用菌

近年来，随着我国国民经济的快速发展，居民收入水平越来越高，对食品的质量和要求也日益提高。而食用菌由于具高蛋白质、低糖、低脂、低热、富含药用物质、维生素、微量元素等生物学特性，符合现代人们的消费观念和消费结构升级需要。

据资料显示，目前，我国食用菌年产量占世界总产量的75%以上。2016年全国食用菌总产量为3596.66万吨，产值为2741.78亿元。2014年，食用菌出口量仅占当期全国总产量的 1.57%，可见我国的食用菌供应仅能满足国内需求，市场前景大。

由于我市生态环境没有受到大的污染，我市生产木耳、香菇等同类产品较湖南、湖北产品肉质更厚、品质更好。

铜仁市菌种资源十分丰富，据调查，梵净山区域大型真菌种类共计 365 种 124 属 41 科，可供食用的种类达 105 种，约占已知贵州食用菌总种数的 43%。去年，中国工程院李玉院士在印江木黄成立我省食用菌产业第一个院士工作站，对食用菌新产品开发具有极大助推作用。

政策优势，在国家实施乡村振兴战略中，产业兴旺是第一位。省里专门出台《贵州省食用菌产业发展规划（2020—2022 年）》。铜仁市根据铜仁实际，及时编撰了《铜仁市食用菌产业发展规划（2020—2022 年）》《铜仁市 2020 年食用菌产业发展重点任务推进方案》，选择食用菌有充足政策支撑。

交通优势，伴随铜仁市县县通高速、高铁通到主城区、铜仁凤凰机场航班航线加密、县乡干道提级改造、组组通硬化路，再加上中国铜仁海关的设立，以前农产品受交通运输掣肘运不出去已不复存在，“梵净仙菇”不再是酒香也怕巷子深的过去时代。

综观铜仁市食用菌产业发展占据天时、地利因素，只要我们咬定目标，保持战略定力，发展前景大有可为。

食用菌发展有什么基础

近年来，铜仁市把食用菌作为六大主导产业之一来抓，聚焦“八要素”，通过抓基地建设、抓技术服务、抓主体培育、抓创新示范、抓资金筹措、抓利益联结、抓品牌创建等举措，大力发展食用菌产业，形成印江、玉屏、万山、碧江等区县多点开花局面。

印江食用菌产业以“木黄食用菌高效农业园区”为核心，建设了东部、南部、北部产业带。截至去年，该县先后引进16家企业，培育食用菌专业合作社42家，发展食用菌专业村64个，种植规模达1.5亿棒，产量10.8万吨，产值8.7亿元，成为全省发展食用菌重点县之一。

碧江以解决易地扶贫搬迁群众就业为出发点，引进裕国菇业项目落户滑石乡，项目总投资3.5亿元，建设期为2年，建成后年产菌棒3000万棒以上，年加工食用菌2万吨以上，年产值达2亿元以上，是裕国菇业西南片区优质食用菌精深加工高效生产基地。目前，有2条生产线同时生产，每天可制成食用菌棒4万棒左右，以保证种植基地大棚建成后能及时上菌架生产。

功夫不负有心人。铜仁市积极推进铜仁市食用菌产业供给侧结构性改革，坚持“强龙头、扩规模、创品牌、带农户”发展思路，初步形成了环梵净山食用菌产业圈，326国道、304省道和305省道食用菌产业带，杭瑞高速、铜松高速食用菌产业带的“一圈两带”格局，食用菌产业发展基础不断夯实。

2019年，全市食用菌产业种植规模达到4.52亿棒（万亩），产量20.5万吨，综合产值21亿元，带动贫困人口脱贫2.95万人。目前全市已经建成标准化食用菌基地26个，形成50万棒以上基本生产单元1100多个，新建食用菌基地3000亩。梵天菌业、裕国菇业、贵福菌业也全面向食用菌深加工产业链延伸。

“梵净仙菇”风行天下。铜仁市在“梵净仙菇”特色品牌营造上下功夫，将食用菌品牌建设与梵净山生态文化、长寿文化有机结合，“梵净仙菇”干品优质食用菌获得了国家商标局注册认证，享有“梵净仙菇·世界珍品”等美誉。已在深圳、上海等5个大中城市签订了“梵净仙菇”品牌区域代理合同，产品远销全国各地，出口日韩等国。

同时，铜仁市积极探索菌渣综合循环利用模式，充分利用茶树、经果林修剪枝条、农作物秸秆、酒糟、畜禽粪便等农业废弃物，按照“农业废弃物—食用菌—菌渣利用—种养业”的循环模式，促进资源的循环利用，推动食用菌绿色可持续发展。

食用菌未来为何可期

日前，铜仁市召开《沿河自治县食用菌产业脱贫项目可行性暨实施方案》论证会，初步计划通过一年打基础，两年大发展，2020 年在沿河实现种植木耳 1 亿棒（万亩）以上，种植户户均年纯收入 2 万元以上，带动外出务工人员回乡就近就业创业 780 人以上；2021 年实现种植木耳 2 亿棒（万亩）以上，带动种植户 2 万户（其中贫困户 12200 户 51240 人），种植户户均年纯收入 2.5 万元以上，带动外出务工人员回乡就近就业 1250 人以上。

这一消息，振奋人心。届时，铜仁市食用菌产业发展将成为全省最大的单品产业，有望成为西南最大食用菌生产基地。

中国工程院院士、贵州大学校长宋宝安评价，沿河自治县大规模发展食用菌（黑木耳）产业，对带动群众持续增收、攻克深度贫困堡垒有着重要意义。

从全市来看，根据我市食用菌产业规划，2020 年全市发展食用菌 5 亿棒，以后每年食用菌发展按照 5000 万棒以上规模递增（10% 以上），2020 年发展食用菌 5 亿棒，实现鲜菇产量 20.5 万吨，综合产值 21 亿元；2021 年发展食用菌 5.5 亿棒，实现鲜菇产量 23 万吨，产值 28 亿元；到 2022 年全市食用菌规模达 6 亿棒以上、产量 26 万吨，综合产值 36 亿元；到 2022 年全市营造菌材林 12 万亩。

根据有关人士分析，食用菌的发展至少带来三个方面的效益。

一是带来可观的扶贫效益。食用菌基地建设项目属于劳动和技术密集型产业，可为项目区农户提供了较多打工就业机会。以 5 亿棒为例，便可带动农户 1.8 万户 6.5 万人，极大扩宽农民增收渠道。

二是带来很好的社会效益。通过培训食用菌工人，可有效提高项目区农民科学技术水平。多种类的食用菌生产，可极大丰富市民“菜篮子”。同时，可利用梵净山生物多样性、菌种种类丰富优势，可以人工驯化，开拓食用菌新的栽培品种，进而促进食用菌产业持续健康发展。

三是带来良好的生态效益。项目实施废旧菌棒可加工有机肥还田，增加土壤有机质含量和土壤肥力，加快农业生态环境向良性化方向发展，为实现农业可持续发展奠定良好基础。

穷理以致其知，反躬以践其实。我们以踏石留印、抓铁有痕的作风，大力抓好食用菌产业发展，一定能闯出铜仁市农业发展新局面。

铜仁市生态畜牧业发展风生水起

◇罗 旭

“猪儿壮、鸡满架……畜牧园区富农家”。这是如今铜仁市大力发展生态畜牧养殖带来“畜”势待发的真实写照，同样也是“以农载牧、以牧富民”促进农牧业结构调整，提升畜牧业效益和农民收益的真实写照。

近年来，铜仁市生态畜牧业坚持以脱贫攻坚统揽经济社会发展全局，深入推进农村产业革命，聚焦“八要素”，以做大畜牧总量、做强畜牧产业为目标，全市生态畜牧业得到迅猛发展，去年，年出栏生猪 224.68 万头、肉牛 21.9 万头、肉羊 56.45 万只、家禽 1263.35 万羽，畜牧业总产值达 102.78 亿元。

铜仁一直是贵州传统农业大市，一产占比高于 20%，是全省一产占比最高的市州。立足良好的农业资源禀赋，我市把现代农业放在最重要的战略位置，提出了“依托一产、壮大二产、催生三产，一二三产联动融合，做大经济总量”的发展思路，全力做好农产品加工转化这篇大文章，推动现代农业高质量发展。

干净卫生的猪舍、监控设备、降温取暖设备……在玉屏侗族自治县朱家场镇桐木村生猪一体化示范养殖小区，一栋栋蓝色屋顶的圈舍错落有致排列在山坳间。在位于玉屏飞凤工业园的玉屏温氏畜牧有限公司总部大楼，还可以通过监控大屏幕，实时查看养殖小区情况。

2014 年 3 月，玉屏与广东温氏集团签署温氏养殖项目合作协议，注册成立玉屏温氏畜牧有限公司，按照“公司 + 产业扶贫养殖小区 + 农户”等方式，加大投资力度，扩大生猪养殖规模，带动群众持续增收、稳定脱贫，温氏集团在玉屏为当地经济发展、脱贫攻坚注入了强劲动能，创造了“玉屏速度”。

在温氏集团董事长温志芬看来，铜仁不仅生态良好，交通便捷，区位优势突出，而且各级干部求真务实，这才是打动她的真正原因，让她对在铜仁发展生猪养殖很有信心，看好前景。

为了更好推动生态畜牧业发展，铜仁市印发了《关于进一步充实生态畜牧业发展工作专班的通知》，分别组建了生猪、牛羊、家禽等十一个产业发展工作专班，出台了《市领导领衔推进农村产业革命任务分工》以及生猪、牛羊、家禽发展工作方案和加工转化方案，对引进的大型畜牧龙头企业，在项目落地建设上，实行“一个项目、一名领导、一个团队、一抓到底”的工作机制，对项目实行“并联审批”、全程代办的“一站式、保姆式”服务。并承诺：周边省区市能做到的我们都能做到，周边省区市做不到的我们将通过“一事一议、一企一策”力争做到。

“温氏养猪三百头，娶媳盖房不用愁。”现在这句话流传于玉屏，成为老百姓茶余饭后的热门话题。如今，在温氏集团的带领下，玉屏的生猪养殖项目越做越大，去年养殖户获利达 2 亿元。

以“水”为媒 铜仁水产业风生水起

◇罗 旭

近日，在碧江经开区的农夫山泉（贵州）武陵山饮料有限公司矿泉水生产基地，一瓶瓶矿泉水在生产线上不停流动；企业门口一辆辆满载的货车缓缓驶出，把铜仁水运往贵阳、湖南、重庆等地。

“在铜仁投资，我们看中的就是铜仁优质的天然饮用水资源，‘梵山净水·泡茶好水’体现的既是铜仁市对自身优质天然饮用水资源的自信，也是我们业界对铜仁市水资源的中肯评价！”这是农夫山泉西南区总厂长严天旗对铜仁水资源的肯定。

农夫山泉于 2012 年底落户铜仁。目前，已在碧江经济开发区建成生产基地，并建设了一条具世界领先水平、自动化程度极高的天然水生产线，现年产已达 85 万吨天然水及饮料的生产能力，正助推铜仁经济发展。

以绿作底，让青山养绿水，绿水变“金水”。近年来，我市着力念好山字经、做好水文章、打好生态牌，奋力创建新时代绿色发展先行示范区，“水文章”越做越精彩，水产业也呈现出泉涌式发展。

好山出好水

山是铜仁的根，水是铜仁的魂。

地处铜仁的梵净山，素有“武陵第一峰”之称，是贵州最独特的一个地理坐标，原始森林覆盖面积达 95%，负氧离子每立方厘米高达 18 万个，是一个返璞归真、颐养身心、令人神往的人间仙境和天然氧吧，同时也是乌江与沅江的分水岭，这座神奇的山汇集了秀丽的水。

铜仁市境内共有河流229条，年可开发利用淡水资源总量达132.21亿立方米，山泉等浅层地下水资源量达31亿立方米，水资源十分丰富，温泉更是水中之精品，是“全国独有，世界少有”，具有良好的医疗和保健作用。大量的温泉资源，为大健康产业发展提供了良好的载体，如何在“水”字上下功夫，做深做透“武陵仙境流”这篇大文章？

智者顺时而谋，市委、市政府高端定位，着力念好山字经、做好水文章、打好生态牌，提出打造“健康水都”的发展思路。2017年以来，我市编制完成《铜仁市特色水产业五年发展规划（2018—2022）》，明确重点实施水源保护、开发利用、品牌建设、衍生及关联产业发展、产业融合等八大工程，为水产业发展提供科学引领，陆续制定促进水产业发展实施意见，编制招商引资项目，开展大招商，随着农夫山泉的落户，屈臣氏、好彩头等一大批知名水企业“闻水而来”，纷纷落户投产，把铜仁的好水搬出大山，同时培育了石阡泉都、梵净山泉、德江清心露等一批本土企业，全市水产业链条逐步形成、日益壮大。

2016年，铜仁市举办了首届水博会，品质优异的铜仁高原生态水揭开了神秘的面纱，获得了各级领导高度重视，业界大咖热情追捧，客商特别青睐，进一步提升了铜仁生态水的美誉度与影响力，推向了全国市场。

2019年6月，屈臣氏的第一款深层矿泉水产品——梵净灵水TM正式面市，这已经是我市多次被知名饮料公司认可并设置水源地，水质已经成为我市生态建设的骄傲。早在2017年，市国土部门对我市水资源开展调查，调查显示，与国内外知名品牌法国依云天然矿泉水、意大利圣安娜天然矿泉水、丹麦艾可多天然矿泉水、百岁山饮用天然矿泉水等水质进行对比，我市有6个水源地可以与这些世界级、国家级品牌水相媲美。

截至今年9月，铜仁市天然饮用水规模以上企业共17家，累计产值9.77亿元。目前我市已申报注册“梵山净水·健康水都”“梵山净水·泡茶好水”等商标品牌，到2022年将形成百亿级产业。

好水修身心

冬风冷，温泉热。冬天石阡温泉成为许多人的“温暖天堂”。周末闲暇，带上家人，或者约上三五个朋友，自驾到石阡温泉泡澡去，这已成了人们对更高生活的一种向往。据了解，石阡各宾馆的客房天天爆满，大都是为石阡温泉而来。

石阡温泉又名城南温泉，是中国最古老的温泉之一，其设施始建于明万历年间，至今已有 600 多年的历史，有着传统而独特的洗浴文化，是全国仅有、世界少有的既可洗浴又能直接饮用的天然温泉。

不仅仅是在石阡有温泉，印江、沿河、思南、江口等县均有天然地热水出露点，据不完全统计，目前已发现天然出露地热点 28 处，水温在 21 到 51 摄氏度。凭借丰富的地热资源，思南县也跻身为“全国温泉开发利用示范区”“中国温泉之乡”，总投资 3.5 亿元的思南九天温泉不惜花重金从 22 公里以外的鹦鹉溪镇架管道引入优质的温泉水到温泉城景区，水的价值得以完美体现，地下水资源和现代城市发展也得到完美融合。

“我们九天温泉是贵州省首家融入土家文化元素的大型半露天温泉公园，设有近 60 个温泉露天泡池，数十种特色功效，水疗 SPA、儿童戏水池、室内外恒温泳池等，将温泉洗浴与民族文化完美结合。”思南九天温泉景区执行董事江平说，每到周末，来自周边县市乃至贵阳、湖南、重庆、长三角等地区的游客纷纷闻讯而来。

如今，铜仁市初具规模的有石阡城南温泉、思南九天温泉、九龙洞温泉、中坝温泉小镇等形成产业集聚效应，在建开发温泉产业项目 12 个。

除此之外，铜仁市开辟“温泉 +”特色产业融合发展之路，着力推进温泉资源与大生态、大健康、大旅游深度融合，丰富产业发展业态，延长温泉产业链，与商务、健康、保健、休闲和度假等功能融合，形成一种时尚的旅游业态。今年上半年，我市温泉产业共接待游客 110.93 万人次，实现旅游收入 3.5946 亿元。

温泉产业遍地开花，产业的集聚效应日益凸显。预计到2020年，全市打造省级温泉疗养示范基地15个左右，建设温泉健康养生产业园10个以上，将建设成为全国温泉疗养胜地和全国地热能开发利用示范城市。

好水养好鱼

“这样的水，最适合养冷水鱼。”贵州东亿农业发展有限公司总经理王章说，冷水鱼对水质、水温有着严格的要求，水温不能超过20摄氏度，梵净山的山泉水，岩洞的地下水温天然较低，十分适合冷水鱼的生长。

贵州东亿农业发展有限公司是目前江口县规模最大的水产养殖企业。从2016年开始，贵州东亿农业发展有限公司先后在江口县德旺乡净河村和凯德乡小龙塘建立了冷水鱼养殖基地。目前该基地共有鱼池60个，养殖面积80亩，年产商品鱼100多万斤，年产值1400万元。

王章能养出高品质的冷水鱼，主要得益于江口良好生态，位于世界自然遗产地——梵净山东南面的江口县，依托其得天独厚的生态环境、丰富的冷水资源和良好的水质，可以大力发展冷水鱼生态养殖技术。全县共发展冷水鱼养殖场12个，养殖面积10多万平方米流水养殖池，年产鲟鱼3200吨，综合产值1.3亿元，已成为江口县的农业三大支柱产业之一。

这是铜仁市大力利用水资源发展的一个缩影，铜仁市坚持把特种水产养殖作为特色产业、高效产业，倡导生态、健康养殖模式，水产业发展势头良好,养殖面积稳步扩大，产量持续增长，渔业综合实力不断增强。数据显示，我市宜渔水面约60万亩，占全省的20%以上；地下冷水资源年流量达到15.7亿立方米，若全部开发利用可养殖冷水鱼3万吨以上，发展现代渔业优势俱佳。

铜仁市大力推广渔业新品种、新技术和养殖新模式，打造高效渔业区域，加快水产种苗繁育体系建设，突出主导产业和优势品种，兼顾特色品种的原则，突出水产品“扩量和提质”两个重点，总体布局上形成“两带一网”的水产养殖区域布局，抓好“大宗鱼、冷水鱼、特种鱼和休闲鱼”四条鱼，完善水产运销体系、加工体系、水产苗种繁育体系、渔业技术服务体系和渔业发展保障体系五大支撑体系，大力推进优势水产区域化布局和渔业产业化发展。

目前全市养殖面积达 19.5 万亩；水产品总产量达 4.2 万吨，其中冷水鱼养殖产量达 1800 吨，渔业经济总产值达到 8 亿元，占市农业总产值的比重为 3.29%。

不负铜仁好山好水。如今，依托水资源，铜仁健康饮用水、温泉旅游、水产养殖等正气势豪迈地涌入产业发展大潮，“生态水”变“财富水”正成为事实，以“水”为媒，借“水”捞金，写就铜仁高原生态水发展的新篇章，开创同步小康的新路径。

碧江：产业花开 乡村蝶变

◇ 杨通顺

“对瓦屋坝区的油菜品种进行了选优，并经过了标准化、规范化栽种和精细化管理之后，坝区的油菜大丰收，产量比往年增长了15%左右。”时下，碧江区瓦屋乡司前村4000亩油菜已进入收割期，机器轰鸣，人声鼎沸，一派繁忙景象。

瓦屋乡产业的蝶变只是碧江区打赢脱贫攻坚战、实施乡村振兴战略的一个缩影。

近年来，碧江区坚持把全面脱贫与乡村振兴有效结合起来，以“民心党建+‘三社’融合促‘三变’+春晖社”农村综合改革为抓手，通过发展“坝区经济”、打造“香菇小镇”、开办“扶贫车间”等方式，扎实做好生产方式和产业结构调整，多措并举保障就业、鼓励创业，确保贫困群众有稳定增收渠道。现如今，全区所有剩余贫困人口全部清零的阶段性目标已达成，正朝着实现“产业兴旺、生态宜居、乡风文明、治理有效、生活富裕”乡村振兴战略目标阔步前行。

“坝区经济”拓宽群众“致富路”

“自从种植时令果蔬后，我们家家户户盖上新房，腰包渐渐鼓起来了，做了大半辈子的农活，终于能靠农活致富了。”正在蔬菜地劳作的碧江区和平乡村民王爱香说。

和平乡距铜仁城区17公里，乡内地势平坦、水源充足、土地肥沃。近年来，全乡围绕铜仁主城区50万人口农产品消费市场的供应，大力发展蔬菜种植。截至目前，从早春到晚冬，莴笋、黄瓜、茄子、丝瓜、豇豆、辣椒、花菜、南瓜、冬瓜……各种时令蔬菜四季栽培，应有尽有，2019 年坝区亩产值达 13100 元。

“过去，做农活养活不了一家人，必须外出打工。现在每月收入就有 3000 多元，相比在外，生活各方面还节省一笔支出。”以前常年在外打工的村民王爱香很感慨。和王爱香一样，坝区还有 300 多户村民将土地流转给公司，又在田间务工，日子一天天的好了起来。

产业兴则百姓富。近年来，碧江区认真落实贵州省“来一场振兴农村经济的深刻产业革命”的安排部署，紧扣产业革命“八要素”，按照“龙头企业 + 合作社 + 农户”组织方式，引进铜仁市锦江绿色蔬菜公司等龙头企业，成立绿怡生态专业种植、铜仁兴发葡萄种植等合作社带动当地群众重点发展果蔬产业，让农户通过土地流转、进园务工和入股分红等方式增收致富。

截至目前，碧江区 15 个 500 亩以上坝区初步形成了以蔬菜种植、精品水果、花卉苗木、渔业养殖为主的农业发展格局，21 个经营主体带动农户务工 1322 人，坝区人均年收入 8900 元以上。

为做好技术指导工作，全区成立了 8 个坝区工作专班和 6 个重点农业产业发展工作专班，推行“一坝一专家”蹲点服务机制，全力做好服务保障，加强技术指导，强化农资储备、调剂和配送，搞好产销衔接，让生产物资进得来、农产品卖得出。

“香菇小镇”撑起群众“创业伞”

走进碧江区滑石乡裕国香菇生产加工基地，一排排现代化标准黑色香菇大棚鳞次栉比，格外引人注目。

“昨天分了棚，今天我们就去把菌棒拉来了。一车有 3960 棒，这是我家的第一车菌棒，今天我家下棒，他们都是来帮忙的。”在生产基地的一个黑色的大棚前，村民田仁秀和几名同乡正忙得热火朝天。有的负责把菌棒从车里搬下来，有的负责用斗斗车把菌棒移送到大棚里，还有的负责把菌棒整齐摆放在架子上。

裕国菇业项目是碧江区委、区政府2019年招商引资的重点项目之一，项目总投资3.5亿元，建设期为2年，建成后年产菌棒3000万棒以上，年加工食用菌2万吨以上，年产值达2亿元以上，可提供就业岗位3000个，带动贫困群众3000户近万人就业。

“我们以每棒3.5元的价格买了两车菌棒，等出菌后，裕国菇业来回收香菇，届时菌棒的成本价直接在回收价里扣除，我们一分钱没出。”田仁秀一家近期与裕国菇业签订了大棚租赁协议，承包了一个大棚。

一个标准大棚占地300多平方米，能放9000棒菌棒。裕国菇业项目通过“1124”（1户贫困户承包1个菌棚保底年均增收2.4万元）模式，鼓励易地搬迁群众承包菌棚种植香菇，并为承包户提供技术服务和市场兜底保障，还成立了技术、生产、建设等专班进驻项目基地，统筹和协调项目建设及香菇生产，全程保姆式服务。截至目前，与裕国菇业签订合同的搬迁群众已累计达830户。

“扶贫车间”架起群众“就业桥”

碧江区孟溪村曾是一个贫困发生率高达32.89%的省级一类贫困村，为摆脱贫困，2017年，孟溪村“两委”班子成员通过党员带头入股的方式办起了“村社合一”的华恒藤制品村办企业，从江浙一带购买原材料，到村里请人编制成品，再销售出去。

藤制品厂建成以来，村委会还采取“集体经济＋贫困户”利益联结模式，400多人从农民转变为工人。2019年先后与浙江上虞科扬金属、杭州迈维金属制品等公司签订吊篮、沙发等藤制品外贸生产订单4批次，产品远销法国等地，实现产值340万元，户均分红1215元。

“这个是计件工资，一天做五六个吧。”万建云是孟溪村马冲组的贫困户，自藤制品厂投产后，他就近务工，家庭收益逐渐改善，2017 年底实现稳定脱贫。

同样是扶贫车间，碧江区和平乡矮龙村也办得风风火火，据碧江区矮龙村党支部副书记万国兴介绍，制衣厂开办以来，效益一直很不错，长期工人近 30 人，高峰期达到 80 余人，平均每人每月工资可拿到 4000 元左右。此外，该厂利益联结了 68 户贫困户，每年他们可以领到 1500 元的分红。另外，为解决 5.5 万余名易地扶贫搬迁群众就业问题，2017 年以来，碧江区引进藤制品厂、制鞋厂等企业，在 9 个安置区建立了 10 个扶贫车间，实现有劳动能力的搬迁户家庭一户一人或多人就业。

“武陵菜都”茁壮成长

◇张 勇 陈 林 任恩多

从“中国汞都”华丽转身为“千年丹都”，万山创造了辉煌。如今，借助贵州掀起农村产业革命的东风，与“贵州农产品风行天下”“梵净山珍·健康养生”利好等机遇，万山聚焦新目标再出发！

夏日阳光洒照田畴，碧绿的庄稼更是青翠欲滴。2019 年 7 月 26 日上午 8 时许，在万山区黄道乡丹阳村标准化蔬菜大棚里，杨元桃一边忙着指挥工友生产，一边忙着在“微信群”联系客户出货事宜。

“这边的黄瓜还要等两天采收，注意保湿保温哟。”

“黄道有菜了，要用拉得多的车来拉丝瓜。”

杨元桃种植的丝瓜、黄瓜、西红柿等每斤的价格要高出市价几毛钱，可她的蔬菜品相好、口感佳，总是供不应求，有时需排队等出货。

每逢新鲜蔬菜上市，只要杨元桃在“微信群”吆喝，长沙、贵阳、铜仁、怀化、吉首、芷江等地的菜贩，就直接赶到“夹皮沟”中的蔬菜基地进货。今年春节前夕，各地赶来的菜贩因抢购蔬菜闹得不愉快，惊动了乡党委书记才调和了纠纷。

“我用的是有机肥，从湖南常德拉来过的鸡粪便花销了 27 万多元。”杨元桃娓娓道来，“蔬菜基地挂的‘书记示范棚乡长示范棚’也是金字招牌啊！万山卖菜的朋友圈越来越大，广州、南宁、重庆、成都的客商也来了。”

1974 年出生的杨元桃卖过粮食、打过工、办过砖厂……从 2015 年的“小打小闹”到今年新建成蔬菜标准化大棚200亩，她的目标是今年底建好680亩。

曾经十里八村小有名气的种菜大户杨元桃，已经成为万山区百汇源蔬菜种植有限公司负责人，她从“九丰农业＋”模式发展大棚蔬菜看到新希望，并一心一意付诸实践。如今，她更是吃下了做大做强做精蔬菜产业的定心丸。

在前几天召开的中共万山区委二届七次全会上，杨元桃作为全区唯一的产业大户走上主席台做经验交流发言。“那时候，我紧张又激动，实在没想到我一个种菜的农民能到这么重要的大会上说种菜的事情。”

更让她没想到的是，中共万山区委二届七次全会通过的《关于落实“八要素”深入推进农村产业革命坚决夺取脱贫攻坚战全面胜利的意见》和市人大常委会副主任、万山区委书记田玉军的讲话，明确指出举全区之力打一场深刻的蔬菜产业革命，明确要求要把蔬菜大棚发展作为脱贫攻坚的主抓手，集中资源要素、集中资金财力、集中干部力量，全力打好蔬菜产业革命攻坚战。强调乡镇党政主要领导必须要带起头来，建立示范棚，抓出示范效应，加快推进“武陵菜都”生根发芽、开花结果。

杨元桃所经历的只是万山区加快打造“武陵菜都”的一个生动缩影和注脚。最近几年，该区大力推广“九丰农业＋”模式加快发展蔬菜产业，特别是中共省委十二届五次全会、中共市委二届七次全会召开后，该区进一步整合要素推出了系列“组合拳”，在深入推进农村产业革命中加快打造“武陵菜都”，旨在破解“三农”发展遇到的瓶颈，提升实施乡村振兴战略速度。

三级书记挂帅 “保姆式”服务全覆盖

地处黔湘边区的黄道乡是个“夹皮沟”，成为万山打造“武陵菜都”新征程中的亮点，它越来越被外界熟知，这里种植的各类蔬菜走出“山门”在城市颇受市民青睐。

最近几年，该乡在推进农村产业革命中深度聚焦产业发展“八要素”，“书记示范棚”“乡长示范棚”“人大主席示范棚”等示范性蔬菜大棚应运而生，乡里干部保姆式服务大力发展蔬菜产业，把“夹皮沟”建设成有机蔬菜之乡和市民的“菜园子”。

“自从全区实行‘示范棚’以后，我跑蔬菜大棚已是习惯，不仅要强化学习种菜技能，还要为种植户排忧解难！”黄道乡党委书记舒德直言抓蔬菜产业已从“蜻蜓点水”变为保姆式服务，从区里的决策层到乡里、再到村里的干部尤其是一把手无缝衔接，各自的担当意识和创先争优意识更炽烈，齐心协力目标剑指“武陵菜都”。万山区的“三级书记”对此地感同身受。眼下，该区正在抓实抓细严格落实党政一把手是第一责任人和区、乡、村三级书记抓农村产业革命的要求，全面执行区领导领衔推进农村产业革命工作制度，一个产业一个专班，牵头领导、牵头部门要加强统筹调度，专责推进产业发展。

与此同时，该区正在围绕产业发展需要，在龙头企业、合作社、产业链、生产基地等建立党组织，优化党组织设置，扩大党的组织和党的工作在农村各类经济组织、市场主体的覆盖，把党的组织优势转化为产业发展优势。鼓励地域相邻、资源互补、产业集聚的行政村之间探索设立片区联村党委或党总支，加大在农民专业合作社、农业企业、农业社会化服务组织等建立党组织力度。按照有利于组织发动群众、推动产业发展的原则，采取在产业发展任务较重、位置偏远、人口较多、社会矛盾突出的村民组建立党支部、党小组，选派干部驻点帮扶等措施，推动产业发展到组到户，实现党的组织和工作有效覆盖，全力以赴形成推进农村产业革命的磅礴力量。

市人大常委会副主任、万山区委书记田玉军要求，要在全区形成“人人支持大棚蔬菜产业、人人参与大棚蔬菜品牌代言”氛围，全力打好“武陵菜都”品牌。

政策“组合拳”给力 “菜园子”四季常青

满头大汗，满脚泥泞，满手老茧……一个皮肤黑里透红的人正在杨元桃的蔬菜大棚指挥工友生产，他的外地口音格外引人注目。

一打听，他是黄道乡科技副乡长李云渠，来自大名鼎鼎的“中国蔬菜之乡”山东寿光市。2012 年 11 月，他与团队前来铜仁参与推广万山“九

丰农业 +”模式。2017 年 11 月，来到黄道乡挂职。“我从 1983 年就开始种植蔬菜，这里山清水秀，空气好、水好、土地好，种植的蔬菜市民很喜欢，还有较大空间可提升。”李云渠简短的话语表达了对万山蔬菜产业前景的看好。

每天在万山区各个标准化蔬菜大棚里除了忙碌的工友和当地干部，还有穿着统一蓝色工装的科技副乡长。大规模种植商品蔬菜并不简单，需要打破蔬菜种植遇到的技术瓶颈。因此，该区每年政府出资 200 万元，从九丰农业公司聘请 10 名种菜能手，派遣到各乡镇（街道）担任科技副乡镇长（副主任），专门负责传授标准化大棚蔬菜种植技术，他们长期扎根田间、大棚，农民需要什么就培训什么，手把手带出 200 多名技术骨干。

此外，万山区积极构建蔬菜产前技术引进、培训，产中技术指导、服务，产后推广的一条龙服务。2018 年以来，创新零距离技术服务组建了一支近 100 人农业技术专家的服务“三农”工作团队，沉到第一线开展技术指导服务。

“合作社均由村两委牵头，组织本村能人成立，彼此知根知底，农户很放心！”万山区农业农村局负责人说，目前全区已培育现代农业经营主体 606 家、农民专业合作社 435 家、家庭农场 95 家，形成了“乡乡有大棚园区、村村有蔬菜产业、贫困户户户有利益联结”的蔬菜产业格局。

前不久，万山翠丰农业有限公司已投入运营，作为政府平台，公司为“武陵菜都”搭建蔬菜类农产品销售主渠道，负责全区 10 个乡镇（街道）30 余个蔬菜基地蔬菜收购，按照“统一品牌、统一规格、统一包装、统一标准、统一销售”的原则，对全区大棚蔬菜产品实行“订单化生产、品牌化销售”，全力打造“万山有机生态蔬菜”品牌，助力“梵净山珍 · 健康养生”品牌旗下的“万货出山”。

“我们将全力推动蔬菜产业品牌化建设，加快推进绿色商标申报认证，力争 3 到 5 年在全区建成 5 万亩标准化大棚蔬菜基地，做优蔬菜产业遍地开花，做响‘武陵菜都’品牌，为乡村振兴添砖加瓦。”万山翠丰农业有限责任公司董事长蒲召好如是说。

眼下，万山翠丰农业有限责任公司依托电商平台，向贵阳、上海、重庆、湖南等地方蔬菜批发市场派驻销售员，收集信息、签订销售合同等，正在积极构建从“蔬菜基地——公司平台——经销商——市民餐桌”的产业链条。

基于此，该区农业产业革命的时间表和目标是：计划到2020年，建成一批规模化、标准化、集约化生产示范基地，初步建立具有万山特色的现代山地高效农业产业体系、生产体系和经营体系。力争省级农业园区达6个以上，省级以上龙头企业和合作示范社分别达到10家、6家以上，市级以上龙头企业和农民专业合作社分别达28家、10家，100%的建档立卡贫困户加入合作社，100%的合作社有企业带动；经济作物种植面积占70%以上，一产年均增长6%以上，达到11.38亿元，为确保贫困人口持续增收、稳定脱贫，实现新时代乡村产业振兴良好开局。

“菜龙头”坐镇　撂荒地“秒变”风景线

4年多前，万山区委、区政府从山东寿光引进九丰农业公司，从无到有打造九丰农业博览园，建成了全国最大、科技含量最高的单体智能观光大棚、花卉大世界、候鸟小木屋养老中心。同时，奋力引入了贵州首个俄罗斯美人鱼海洋馆，配套了游客服务中心、生态休闲度假酒店、观光走廊，成为全省和周边省市休闲观光农业的龙头品牌。每天，前往园区观光的游客络绎不绝，带动了周边农家乐爆发式增长，被列为全省主题农业景区、引领型园区，成功创建为国家4A级景区。九丰农业博览园的建成，彻底打破了万山群众“手工劳作”的农耕思维，打破了“万山发展农业天方夜谭”的预言，为万山乡村振兴播下了农业科技可以星火燎原的“革命火种”。

“我们种植品种可达220种，品质全部达国家无公害标准，年生产优质蔬菜6.6万吨，实现年产值3亿元以上。”聊起九丰农业博览园带来的效应，该园总经理冯资源如数家珍。

4年多时间，万山九丰农业博览园已成为西部地区辐射最广、规模最大、档次最高的农旅融合示范园区，直接解决当地就业 300 多人，带动 3600 多人脱贫致富。

据统计，全区依托九丰农业的资源、技术、管理等优势，全面推广“九丰农业 +”模式，现已在全区建成标准化大棚蔬菜基地 64 个，面积达 1.5 万多亩，覆盖 45 个村，为 5160 户贫困户 1.82 万人建立了利益联结。该公司负责人表示，下一步将继续深化蔬菜种植合作社与翠丰农业有限公司的合作，让老百姓真正实现在参与中共享、共享中共建、共建中共富。

当前，万山九丰农业公司生产的优质农产品已经走进了北京、贵阳、长沙、昆明、厦门、南京等大城市，成为市民餐桌上的健康菜、放心菜，并逐渐改善当地农产品种植结构，优化产业布局，带动传统农业向现代农业转型升级。

“让农业惠民、让农业富民！”基于九丰农业成功的技术、管理和市场优势。2017 年，在乡村振兴战略行动下，万山区在全区积极推广“九丰农业 +”大棚蔬菜技术培训和产业发展模式，全力打造“武陵菜都”，吹响这场绿色产业革命的号角。

九丰农业博览园所在的万山区高楼坪乡大树林村，曾经土地撂荒、杂草丛生，村民不得不远走异地他乡打工养家糊口，而今如雨后春笋一般新建的小洋楼取代了低矮的农房，乡亲们纷纷返乡就近开办“农家乐”近 100 家。

大树林村的变迁，正是万山区聚力打造“武陵菜都”催生的硕果之一。传统农业不再是简单“四季歌”，而是优美“四重奏”，按照“园区景区化、农旅一体化、景区科普化”的思路，建成 13.8 万平方米的蔬菜生产大棚，致力打造集蔬菜种植、智能观光、生态养老为一体的山地生态农业示范综合体，可种植瓜类、茄果类、豆类、叶菜类等 200 余个蔬菜品种，年产优质蔬菜 6.6 万吨，正引领万山建成西南片区最大的蔬菜集散中心，人们期待中的“武陵菜都”呼之欲出。

帆扬风劲！如今，万山区正在加快蔬菜产业（含辣椒产业），其中，大力推广“九丰农业 +”模式，突出发展黄瓜、丝瓜、西红柿等优势单品，合理安排周年茬口，建成稳定适销对路蔬菜基地，有效满足市场需求；在有条件的区域，鼓励发展露天夏秋反季节蔬菜，在低效作物调减区域，因地制宜发展应季蔬菜；辣椒以干鲜型品种为主，重点在大坪、鱼塘、茶店等乡镇（街道）集中连片发展辣椒基地，依托九丰农业技术支撑，逐步实现“本地育苗、就近供应”，不断夯实产业基础，努力推进蔬菜绿色标准化生产。到2020年，全区蔬菜播种面积稳定在16.5万亩，其中大棚蔬菜种植面积达2万亩，总产量达26万吨，总产值达7亿元。

“我们要全力建设一批专业化大型农产品基地，按照标准化生产要求，统一供种、统一耕播、统一管护、统一病虫防治，重点在500亩以上坝区推行标准化生产，实行‘一坝一策’‘一田多用’‘一季多收’。到2020年，全区创建认定1个样板坝区、4个达标坝区和2个基础坝区。加快建设一批直供苏州等东部对口帮扶城市和成渝经济圈等地区的菜篮子基地，引进帮扶城市中实力雄厚的企业在万山共建农产品直供基地。”万山区委副书记、区长张吉刚对打造“武陵菜都”信心满满。

据了解，万山区今年蔬菜种植面积的目标是16万亩，其中，大棚蔬菜种植面积1.5万亩，总产量达24万吨，总产值达6.5亿元。到2020年，全区蔬菜播种面积稳定在16.5万亩，其中大棚蔬菜种植面积达2万亩，总产量达26万吨，总产值达7亿元。

优化流通体系“万货出山”正当时

“产业就地转型，城市异地转型。”作为全国首批资源枯竭转型发展城市，6年时间弹指而过，万山区克难攻坚、众志成城交出了绚丽的答卷，被誉为“万山速度”“万山现象”“万山效应”。

曾经面对山高谷深、沟壑纵横、人多地少的生存环境，直面“七山二水一分田”的生产环境，如何打好农村产业革命，夺取脱贫攻坚战的全面胜利？万山区以打造“武陵菜都”为目标，举全区之力打一场深刻的蔬菜产业革命，大力发展大棚蔬菜，让有限的土地资源产生多重效应。

目前，万山翠丰农业有限责任公司拥有占地500平方米的蔬菜分拣中心和1200平方米的仓储中心，能有效保障全区蔬菜及农副产品上市后的储存。同时，该公司正在借助“贵州农产品风行天下”“梵净山珍·健康养生”品牌的利好，努力优化流通体系，拓宽农产品销售渠道，千方百计助推“万货出山”，为乡村振兴注入正能量。

构建现代农产品流通体系。区级以翠丰农业有限责任公司运营模式为主要载体，乡镇（街道）以组建蔬菜实体公司为主要载体，哪里有销路就往哪里跑，哪里能挣钱就到哪里销，突出公司化、市场化运营，拓宽农产品销售渠道。迅速补齐农产品流通供应链条，着力孵化、培育和引进一批带动能力强、市场潜力大、联结产销两端的农产品供应链企业。加快推动冷链物流体系建设，确保产地型预冷库和区域冷库实现全覆盖。以区域物流网络为重点，盘活区域供销资源，今年已全面启动农副产品流通体系建设，加快构造区、乡、村三级农产品物流配送服务网络，提供支撑保障，拓宽销售渠道，着力构建信息化、标准化、规范化、可追溯的农产品物流体系。到2020年，中心城区建成5个以上生鲜超市。

加强农产品产销对接。以电子商务整区推进、农商互联示范区建设以及翠丰公司龙头带动为抓手，在500亩以上坝区生产基地推行“以销定产”，推动订单农业快速发展，打通产业基地与区内、区外以及线上农产品对接渠道，助推“万货出山”。以农产品进学校、进机关、进军营、进医院、进超市、进对口帮扶城市为主要手段，打通农产品流通渠道，建立稳定的销售渠道。研究全区中小学校对农产品品种、数量、质量、价格、配送等需求底数，以区内生产基地尤其是贫困村为对象，精准建立“一对一”“一对多”的产销定向关系，实现贫困村生产农产品签约定向销售全覆盖。

加快发展农产品电子商务。运用互联网+农产品产销模式，大力发展农产品电子商务。以整区推进国家级电子商务进农村综合示范区为契机，以持续增加农户特别是贫困农户收入为核心，更加注重农产品线上销售。加强与阿里巴巴、京东、网库等知名电商企业的对接力度，开展线上交易业务，线上线下协同，开发适宜网络销售的优质产品。到2020年，建成农村电商服务站（点）50个，网商发展到80家，全区农产品通过电商销售达1000万元。

大力培育和推介农产品品牌。着力构建以“梵净山珍·健康养生”公共品牌为引领，以特色产品品牌和企业产品品牌为主体的农产品品牌体系。加大农业与大数据的融合，推广农产品质量安全追溯管理信息平台和电子追溯码技术，逐步实现从农田到餐桌全程质量可追溯。大力开展农产品“三品一标”认证，扩大绿色优质农产品的认证规模和数量，加快建设无公害绿色有机农产品强区，到2020年，全区无公害农产品、绿色食品、良好农业规范（GAP）产品、有机农产品、地理标志保护产品比重达80%以上。

心中有梦想，脚下有力量。如今，万山“村村建大棚、户户当菜农、千村万寨瓜菜绿”的愿景，正在从规划图纸上落实到万山大地上变为现实！“武陵菜都”茁壮成长，为“梵净山珍·健康养生”品牌矩阵增添了一抹亮色。

万山：
做活文化旅游大文章　打好精准脱贫攻坚战

◇ 邓明鹏　文叶飞

万山区地处武陵山区集中连片贫困地区的腹地，是典型的“老、少、边、山、穷”地区，同时也是全国第二批资源枯竭型城市。整县脱贫出列，资源枯竭型城市怎么办？打赢脱贫攻坚，西部丘陵地区农田少怎么办？

近年来，贵州万山把目光定格到文化旅游产业上，做足做好旅游扶贫这篇大文章，让旅游成为产业扶贫中的“战斗机”，在“决胜脱贫攻坚，同步全面小康”战场上建功立业，拉动相关产业一同发展，带动更多群众一同致富，让老百姓实实在在地享受到“美丽万山”的红利。

变废为宝挖掘旅游潜力，推动“卖资源”向“卖风景”转变。万山区引进江西吉阳集团，投资20亿元对原废弃的汞矿遗址进行整体连片开发，打造成为中国第一个以山地工业文明为主题的4A级矿山休闲怀旧小镇——朱砂古镇。带动贫困户200多户创业，帮助2000多贫困人口脱贫致富。2017年国庆期间，游客量突破40万人次，仅门票收入就达3822万元，排全省95个重点监测旅游景区的第三位，中央电视台《新闻联播》头条以“智慧生态旅游，引领假日经济”为题，时长1分14秒，专门播报了万山朱砂古镇旅游盛况，极大地提升了朱砂古镇的知名度和美誉度。

从无到有拓展旅游链条，推动“观光游”向“休闲游”转变。引进山东九丰农业集团，投资5亿元建设九丰农业博览园，创建为4A级旅游景区，仅开园一年时间，游客量就突破50万人次。现万山正在各个乡镇（街道）全面推广“九丰农业+”休闲农业旅游模式，由九丰公司免费提供种苗、种植管理技术，兜底回收，新建成标准化蔬菜大棚基地1万亩，与6000多贫困户形成利益联结，人均增收3000元以上，休闲农业+乡村旅游助推脱贫攻坚成效显著。

错位发展抢占旅游蓝海，推动“看山水”向“重体验”转变。引进了北京中行世融投资集团，投资20亿元建设万山彩虹海主题游乐场，年可吸纳游客300多万人次。创新龙头企业结对帮扶边远贫困村机制，让彩虹海与贫困户建立利益联结，企业拿出10%的商业门面，免费提供给贫困户创业，让200多户贫困家庭在家门口做起了“小老板”。

打破常规塑造旅游品牌，推动“办节会”向“办产业”转变。与山东潍坊合作，经国际风筝联合会批准，现已建立了永久性的国际风联万山放飞基地，成功举办全国首届盘鹰风筝锦标赛和两届世界风筝锦标赛。2017年，来自美国、澳大利亚等50多个国家和地区的100多支队伍参赛，中央电视台《新闻联播》节目专门进行了宣传推介，吸引了大量游客来万山旅游。依托风筝放飞基地，建成精品民宿、休闲娱乐、风筝文化展示等为主的高端商务休闲区，带动了酒店、商贸、餐饮、工艺品销售等产业发展，形成了旅游节会经济产业链。同时，以风筝为媒，完成旅游等产业招商引资50亿元，与加拿大列治文市建立了友好合作关系，推动了万山从内陆山区向开放要地的跨越。

全域推进打造绿色旅游，推动“生态美”向“生活美”转变。将旅游和生态相结合，投资3.46亿元，将朱砂古镇到九丰农业博览园沿途全长7公里进行景观改造，建成以“江南·水乡·烟雨”为主题的滨河公园，形成“四季常青，步步有景”的多层次绿化景观长廊，同时，把绿水青山引进城区，新建绿地绿景31万平方米，人均绿化面积达10平方米，纳入铜仁市“一带双核”发展布局，形成了“人在绿中、绿在城中”的山水园林旅游城市景象，打造“山地公园省、多彩贵州风”万山样板。

松桃："点面网链"激活农村产业

◇佚 名

松桃自治县牢牢把握农村产业发展"八要素""五步工作法"，坚持"点面网链"同时并举，创新农村产业革命的系统方法，激活农村产业接二连三进四，成功创建国家绿色农业先行示范区。2019年，全县完成500亩以上坝区产业结构调整7.99万亩，完成玉米调减8.24万亩、产业结构调整19.83万亩，实现一产增加值35.24亿元，同比增长5.8%，农村居民人均可支配收入达9847元，同比增长10.8%。

特色落在点上。做好顶层设计，突出特色主题。一是产业布点。以支撑引领农业绿色发展为主线，以绿色投入品、节本增效技术、生态循环模式、绿色标准规范为主攻方向，构建以生态畜牧业为主导的"1+N"高效生态循环农业发展体系，按照"循环过程工艺化、工艺流程标准化、标准应用规模化、规模生产绿色化"的发展思路，探索现代化山地高效农业绿色发展机制，着力推动农业科技创新，形成"两区六带一线一城一基地"总体布局，引领了农业发展新高地。二是政策支点。围绕组建生态畜牧、生态茶、果蔬、油茶等6个产业技术指导专班，出台了《松桃苗族自治县中药材产业"十三五"规划》《松桃苗族自治县现代高效农业示范园区扶持办法（试行）》等一系列文件，充分利用政治、经济、服务等政策，对中药材产业龙头企业、合作社、种植农户给予大力扶持，形成了以生态畜牧业为引领、6个省级园区为龙头、10个市级园区为重点、12个县级园区为支撑的现代农业产业发展格局。三是坝区战点。出台了《松桃苗族自治县500亩以上坝区产业结构调整实施方案》及58个500亩以上坝区产业结构调整子方案，进一步完善"一坝一策"方案，明确以全县58个500亩以上坝区作为产业革命主战场，重点发展猕猴桃、百香果、"优质稻+"等优势产业，有效提升坝区产值，大力发展基础好、效益高的草本中药材、蔬菜、藤本水果等优势产业。

安全控在面上。推进农业面源污染防治，强化农产品质量，保障农产品安全。一是抓试点。实施了松桃县农业废弃物资源化利用试点项目，对畜禽粪污、病死畜禽、农作物秸秆、废弃农药包装物等主要农业废弃物进行资源化利用，完成了有机肥加工厂、病死畜禽收集点及无害化处理中心、规模养殖场青贮池、沼液生化处理设施等建设。2019 年，全县畜禽粪污资源化利用率达到 72.2%、秸秆综合利用率 83.8% 以上，高于贵州省及全国平均水平。二是建机制。以无公害产品为生产底线，加大绿色、有机、地理标志农产品申报认证力度，强化农产品质量安全源头管控，落实企业主体责任，建立了农产品质量安全抽检常态机制，在农产品清洁化加工方面也有了明显改进，未发生农产品质量安全事件。近三年，农产品质量安全例行监测总体抽查合格率达到 98%，其中茶叶产品抽检合格率均达到 100%，产品全部达到欧盟检测标准要求。目前，全县“三品”认证 81 个，种植业产地认证面积达 75% 以上。三是打品牌。坚持“强龙头、创品牌、带农户”，重点打造梵净苗茶、贵猪、嘟嘟、苗乡野鸭、苗乡野鸭蛋，圣迪乐村蛋、同仁望乡等绿色优质产品品牌，注册畜产品及茶叶、食用菌等商标 40 余个，其中“苗王湖牌”野鸭和野鸭蛋获得双有机认证。茶产业借助“贵州绿茶”“梵净山茶”公共品牌，融入松桃元素，打造了“梵净苗岭·健康苗茶”区域特色品牌，“梵净山·松桃翠芽”“苗王红”“一天一叶”等产品知名度、影响力大大提升。“梵净山牌苗王顶芽”在第二届中国国际茶叶博览会上参展，荣获金奖。

产业强在网上。全面编织产业要素、发展方案、责任主体三张网，切实做强农业产业。一是培育产业要素。广泛推行“公司 + 合作社 + 基地 + 农户”的产业发展模式，全县农业产业化龙头企业达到 103 家，家庭农场 330 家，农民专业合作社 1815 家，专业合作社实现了贫困村全覆盖。着力培育新型职业农民，将村干部培育成职业经理人，全县共吸纳 468 名村干部参与专业合作社管理。二是编制发展方案。编制启动了《松桃自治县农业可持续发展试验示范区（农业绿色发展先行区）创建规划》《松桃苗族自治县国家农业可持续发展试验示范区（农业绿色发展先行区）建设实施方案》，启动了国家农业可持续发展试验示范区（农业绿色发展先行区）的创建工作。三是明确责任主体。在原有规划的基础上，组织专家团队制定了《松桃自治县创建国家农业绿色发展先行区建设行动计划（2019—2025）》和《松桃自治县创建国家农业绿色发展先行区建设方案（2019—2021）》，进一步调整完善了建设目标，根据建设内容，结合机构改革，进一步明确了牵头部门、牵头人和责任单位、责任人，持续推进创建工作。

百姓富在“链”上。以百姓增收为目标，优化利益链接，让百姓致富在“链”上。一是电商服务链。依托“苗家购”电商平台与阿里巴巴、京东等著名电商平台开展战略合作建立起一批农产品网上旗舰店、直营店等，助力“松货出山”。在乡镇（街道）、村（社区）建立电商精准扶贫服务站点，全力为村民代理、代办各项事务，指导农民专业合作社生产、采集农特产品信息等，着力打造县、乡、村三级电商服务链，建成电商综合服务站 236 个，发展产业联盟成员 120 家，通过“农校、农企、农超、农医”定向直销。2019 年实现农业销售量 2043.3 吨，占全县农产品产量比重 55.75%，累计销售额 8 亿元。二是三产衔接链。依托农村一二三产业融合发展试点项目，突出推进农村一二三产业融合发展，构建了农业产业带动农户、联结贫困户的现代农业与小农户衔接新机制，形成了吸纳就业型、辐射带动型、合作发展型、入股分红型四种模式，农户更多地分享乡村产业发展政策红利。主攻生态畜牧业，重点推行“公司 + 基地 + 代养户”生猪代养模式及“政府 + 银行 + 公司 + 合作社 + 农户”家禽融资合作模式，通过成立松桃养殖经济技术协会，采取组建投资公司，推行“村集体经济、入股分红、联合经营”等加盟合作模式，生猪产业成为全县精准扶贫的民生产业、全省乃至全国精准扶贫的典型产业。三是订单销售链。以发展坝区百香果、猕猴桃等产业为重点，引导 58 家专业合社与龙头企业签订产销合同，大力发展订单农业，打通产销对接关键环节，降低产业发展风险。该县铜仁望乡生态农业开发有限公司与上海徐鸿飞公司签订年销售 5 亿枚鸡蛋订单，苗乡鸡蛋销往上海大市场；苗王湖高科的野鸭和鸭蛋通过上海启龙（超市供货、高校配餐平台）销售。

好山好水养好鱼

——“龙头企业＋合作社＋农户”助江口生态渔业裂变式发展

◇ 张著昶

2019 年 6 月 10 日，世界自然遗产地梵净山麓，山涧处处清泉涌。贵州江口绿源水产有限公司养殖基地，一条条中华鲟在水中怡然畅游，不时蹦出水面。公司副总经理温显军说：“一条大中华鲟重百多斤，收入超过一头肥猪！”

生态渔业已成为江口县群众脱贫致富的主要产业。

曾经，江口群众守着绿水青山过着穷日子。

如何把生态优势转化为经济优势？贵州省对江口等生态环境良好的县不纳入地区生产总值考核，全力支持江口等县依托良好生态资源，大力发展生态产业。近年来，江口采取“龙头企业＋合作社＋农户”组织模式，走出了一条生态渔业裂变式发展之路。

打工妹致富不忘家乡情

闵孝镇平寨村主任陈章回忆以前全村经济发展时十分尴尬：“人多地少，没有产业支撑，全村 1300 多人，近 800 人外出打工，多数乡亲过着穷苦日子。”

杨秀萍家兄弟姐妹 6 人，生活甚是艰辛。为减轻家里负担，让弟弟妹妹安心读书，当年 13 岁的杨秀萍离开家乡南下打工。

生长在大山的杨秀萍虽然年纪小，但懂事早，肯吃苦，经过十多年的进厂打工、摆地摊、进商场、开店做生意等摸爬滚打，终于在深圳购置了房屋，办起了自己的公司。

“在城市喝一瓶水要几块钱，但家乡的好水却白白流淌，好痛心。”闯出名堂的杨秀萍心系家乡，每年拿出约20万元资助乡亲。但她发现，仅靠“输血”不能改变家乡的贫困，必须为乡亲们找到一条致富道路。

经过多方考察，杨秀萍获悉，江口县已探明地下冷水资源53处，32处适宜开发利用，是贵州省冷水资源最为丰富的地区。发源于梵净山的太平河、闵孝河、桃映河、车坝河等数十条河流等冷水资源水质优良，水温多保持在15摄氏度～23摄氏度。她请教专家得知这些冷水资源是家乡的宝贝——非常适宜冷水鱼生长，养殖开发潜力巨大。

2012年春节，杨秀萍忍痛卖掉深圳的房产、公司，带着2000万元回到家乡，决定依托得天独厚的冷水资源，带领乡亲闯出一条冷水鱼养殖的致富道路。

其时，江口县正在开发丰富优质的水资源发展冷水鱼产业，力争走出一条生态美、百姓富的和谐共生之路。当年3月，杨秀萍投资的绿源水产发展有限公司，在生态好、水质优的闵孝镇平寨村挂牌成立，开启“公司＋农户”规模养殖冷水鱼之路。

合作社联企联农搭金桥

并不是每个人都理解杨秀萍回乡创业的好心。当平寨村民听说有企业要占用田地养鱼，有村民便暗中作梗，甚至阻挠公司流转土地：“那点土地流转费能吃几天？凭啥把自家的土地给别人发财？”

村民的质疑让杨秀萍也有些担忧：万一养殖失败怎么面对乡亲？而且公司还面临缺人力、缺土地、缺资金等难题。

“农村产业涉及千家万户，企业有事业追求，农户有利益需求，最好有个中间组织来协调两者的矛盾和利益。”县相关领导建议平寨村成立合作社，专门处理好土地流转、村民入股、技术培训、基地用工等“内事”，让企业专心致力于产业选择、市场销售等“外事”。

于是，公司与平寨村支“两委”决定成立江口梵源水产发展专业合作社，引导村民以土地、工资、技术、现金等入股合作社，实现资源变资金、资金变股金、农民变股东，抱团养殖冷水鱼。

合作社参与产业发展，土地矛盾迎刃而解，农户入股公司的积极性高涨。

郑传武家有 7 口人，人多地少，是建档立卡贫困户。他家没有土地入股，但他通过公司的前期培训，掌握了鱼苗管理技术，便以鱼苗管理技术占0.5股、以“精扶贷”5 万元入股合作社。

加入合作社后，郑传武有了主人翁意识，干活非常积极，每天天刚亮，他就第一个来到公司，精心管理鱼苗。“月工资 4000 元，年底技术入股分红得 6000 元，‘精扶贷’入股分得 1.2 万元，全年收入 6.6 万元，是过去在外打工的 3 倍多。”郑传武开心地掰起手指给记者算去年收入。

几年来，入股公司的农户全部脱贫致富。平寨村村民编起顺口溜：要想富，户联户；联起户，小康路上迈大步。

翻开合作社的一份报表，一组组数据引人注目：28 人工资入股折合股金 50.4 万元，年底分红 12.09 万元；5 人技术入股折合股金 5 万元，年底分红 1.2 万元；67 人现金入股 275 万元，年底分红 66 万元；30 户土地入股折合股金 4.5 万元，年底分红 1.08 万元……

生态水养致富鱼。在绿源公司和专业合作社的带动下，昔日闲置的人力、土地、资金等要素被激活的平寨村，短短几年间发生着天翻地覆变化，由以前的三类贫困村实现华丽转身，成为江口县脱贫致富的标杆。

模式好生态渔业富乡亲

“这里的水温常年 18 摄氏度，水质非常好，养出的中华鲟等冷水鱼口感好、卖得俏。”温显军说，公司产品已获得无公害农产品产地认证书，畅销重庆、广西、云南等地，供不应求，预计今年可实现产值 1700 万元以上。

在决战决胜脱贫攻坚的关键时刻，江口县把冷水鱼与生态茶、猕猴桃等作为全县主导产业来抓，每年坚持安排专项资金，大力推广“公司＋合作社＋农户”发展模式，纵深推进冷水鱼一二三产业融合发展。

早在2014年，省特色水产产业体系首席科学家、省农科院水产研究所副所长周路等专家把新型专利装置技术，成功应用于江口冷水鱼繁育企业，助江口成为我省唯一鲟鱼养殖产业裂变式重点发展县，实现年培育鲟鱼苗500万尾以上。

借鉴绿源水产发展有限公司发展模式，德旺乡引进贵州东亿农业公司发展冷水鱼产业。净河村组建扶贫专业合作社，将220万元扶贫资金投入东亿公司，抱团发展。

截至去年底，净河冷水鱼养殖基地建成占地180亩的68个鱼池，年产鱼100万斤、产值1400万元，带动2000余村民人均增收2000元以上。

生态资源变成致富资源，江口县生态渔业正大放异彩。在生态渔业龙头企业的带动下，江口已组建专业合作社50余个，在30个村发展鲟鱼、大鲵等特色水产养殖5900余亩，生态渔业年总产值已突破1.6亿元，实现裂变式发展。

去年3月，东亿公司再投资1.1亿元，在凯德街道小龙塘村建设冷水鱼养殖基地，预计今年实现产值5800万元，利润1700万元。

生态资源好，组织模式好，后来居上的东亿公司雄心勃勃：到2021年建成5个基地，新建鱼子酱加工厂，实现产值2.2亿元以上，把江口县建成为全省最大的冷水鱼繁育基地、全国最大的鱼子酱生产基地。

玉屏：油茶飘香农家乐

◇ 王婷婷

近日，在玉屏侗族自治县朱家场镇油茶示范基地，漫山遍野的油茶已陆续结果，大大小小的果实铺在碧绿的叶片间，有的油茶树被累累茶果压弯了腰，而油茶树下套种的花朵竞相开放……当地村民告诉记者，再有两三个月，玉屏油茶将迎来采摘期。

油茶是玉屏四大农业主导产业之一。近年来，该县县委、县政府高度重视油茶产业发展，把油茶产业发展作为全县重要工作来抓。目前，全县油茶基地面积 20.7 万亩。其中，新造油茶基地面积 8.7 万亩，原有老油茶林面积 12 万亩，涉及全县农业人口 7.8 万人，其中贫困户 3425 户 11268 人，农民人均拥有油茶林面积 2.3 亩。2018 年，全县油茶投产面积 15.4 万亩，年油茶产鲜果 16650 吨，产油茶籽 4160 吨，产茶油 1040 吨，油茶产值 1.66 亿元。

如今，油茶已成为当地农户增收的“致富果”。

传统产业新升级

据《玉屏县志》记载，玉屏是贵州油茶重点产区之一。其油茶资源丰富，栽培历史悠久，早年间，种植面积一度达到 25 万亩，油茶成为当时发展林业生产的支柱产业，是该县农村经济收入的主要来源，农民视油茶为摇钱树。1958 年，玉屏油茶产量创历史新高，达到 195 万公斤，为国家提供了 40 万公斤茶油，产量位居全国 1100 个油茶生产县第二位，为此获得了周恩来总理提名，国务院授予的“油茶之乡”美誉。

随后，玉屏油茶榨取的植物油成为走亲访友的馈赠佳品，并畅销省内外。

同时，2001 年被国家林业和草原局授予“中国油茶之乡”称号，2007 年获国家林业和草原局“全国经济林产业示范县”荣誉称号，2012 年被省林业厅评为“经济林建设示范县”，2014 年“玉屏茶油”被国家质检总局列为地理保护标志产品，2017 年成功申报西南油茶创新利用研究中心，目前正在申报“西南国际茶花园”和“茶花泉国家林业和草原局林业科技示范园”。

近年来，玉屏侗族自治县县委、县政府为打响“中国油茶之乡”这张名片，先后编制出台了《玉屏侗族自治县特色经济林基地建设规划》《玉屏侗族自治县油茶基地建设和管理办法》《关于加快油茶产业发展的意见》《玉屏侗族自治县油茶林（新造）抚育管护实施办法》《玉屏侗族自治县油茶产业发展助推脱贫攻坚三年行动实施方案》等。县财政设立专项资金，每年拿出专项资金对油茶产业发展种植、抚育管护等进行奖励。

同时，该县还成立了以县长为组长，分管副县长为副组长，相关部门负责人为成员的油茶产业发展领导小组，专门成立了油茶产业发展办公室，负责全县油茶产业发展。成立了以县长为班长，各乡镇（街道）、相关部门主要负责人为成员的油茶产业发展专业班，专门研究油茶产业发展，协调处理相关工作，同时县林业局也相应成立以局长为班长，分管领导为副班长，各相关业务技术骨干为成员的油茶产业发展班，专门负责全县油茶产业发展的具体工作。

通过多年的发展，全县从事油茶加工的作坊已 25 家，规模加工企业 4 家，分别是大龙健康植物油厂、贵州祥驰、贵州益寿、玉屏洪涛米业有限公司。主要品牌有金箫、祥骞、益寿茶油等。油茶的经济价值得到体现，产品附加值大幅度提高，进一步增加了广大林农的经济收入，并解决了当地富余劳动力阶段性就业困难问题，提高了务工收入。

科技引领促增效

6 月 5 日，全省扶贫资金管理使用不规范专项治理安排部署培训会暨全省扶贫小额信贷工作培训会在玉屏侗族自治县召开。来自全省各市（州）扶贫办、银保监系统等340余名干部职工深入玉屏油茶育苗、黄桃、食用菌等扶贫产业基地，实地了解该县产业发展、扶贫资金使用及管理收益等情况。在该县油茶育苗基地，参会人员对其运用科学、科技手段培养育苗，称赞不已。

记者在玉屏茶花泉油茶种植基地、油茶育苗大棚内看到，郁郁葱葱的油茶幼苗高约20厘米，其油茶幼苗旁边立有提示牌，分别标明了油茶的种类、生长年限等情况。工作人员正在查看以胚芽为砧木的嫁接育苗。他们告诉记者，这种嫁接育苗最大优点是存活率高，且一年四季都可以栽种，而传统的裸根油茶苗培育的存活率只有50%。

以科技为引领，玉屏油茶产业赢来了新转机。该县为加大油茶的科研步伐，先后与国内有关院校进行合作，使油茶产业进一步提质增效，带动群众增收致富。

该县从源头抓起，先后对油茶苗木生产单位的申报进行评估。目前全县共有贵州黔玉油茶开发有限公司、贵州千林林业投资有限公司、玉屏继多苗木有限公司3家油茶苗木资质生产单位。其中，贵州黔玉油茶开发有限公司、贵州千林林业投资有限公司为国有企业。通过有生产资质的单位进行科学培育，2018年全县油茶苗木培育基地400余亩，年生产各类油茶优良品种2500万株，其中贵州黔玉公司育苗面积300亩、年育苗2000万株，贵州千林公司育苗面积50亩、年育苗300万株，继多苗木公司育苗面积50余亩、年育苗200万株。

近年来，玉屏油茶区先后与大连民族大学、中国林科院亚林所、贵州省林科院合作。在大连民族大学成立了玉屏油茶产业技术研发实验室，大连民族大学在该县成立了大连民族大学油茶研发中心、油茶试验基地、博士工作站和铜仁市油茶工程技术研究中心，专职开展油茶研究工作。同时大连民族大学、中国林科院亚林所组建专家团队选派了技术专家赴玉屏挂职。通过专家团队的有效合作，不断促进了玉屏油茶产业从育苗、种植、加工、产品开发、管理等一系列问题的改善，确保了玉屏油茶全产业链项目发展，带动企业增效、农民增收。

油茶飘香助脱贫

日前，走进玉屏侗族自治县朱家场镇油茶示范基地，工人姚茂金为记者介绍该地油茶发展历程及油茶功效。

2013 年，姚茂金到油茶基地做园区管护工，他的妻子到园区做除草工，夫妻俩每月有 5000 元收入。姚茂金说："我是个孤儿，因病致贫，每年治病要花两三万元，除了家庭日常开销，还要送小孩上学，日子过得紧巴巴。"在没有进入园区务工之前，姚茂金也曾外出务工。他做过挖煤工，也进过工厂，还干过建筑小工。尽管姚茂金拼命挣钱，每月到手工资仍旧只有两三千元，还不够一家人糊口。"贫穷"始终与姚家如影相随。

"一直以为只有在外打工，才能改善生活条件。没想到返乡后，在家门口也能找到称心如意的工作，我们夫妻二人前两年就脱了贫，而且还攒了些钱。"姚茂金说，现在他们除了有固定收入外，每年还有土地流转金和基地分红金，一年至少有 6 万元收入。姚茂金谈起如今的生活，喜悦之情溢于言表。姚茂金的故事不是个例。近年来，玉屏通过大力发展油茶产业，让油茶果成了群众的致富果，实现了贫困户、农户家门口的就业梦。

为强化油茶产业与贫困户利益联结，该县还出台了扶贫产业"10113"发展模式，通过省市级扶贫产业基金、财政涉农资金、其他油茶发展资金，投入油茶产业发展，建立项目利益联结机制，实现贫困户 3034 户 10250 人每年每亩油茶分红 380 元，最终实现贫困户产业收益达 3000 元以上。另外，通过项目建设加大对贫困户利益机制的联结，采取"公司 + 集体经济 + 贫困户"的发展模式，油茶基地按照"631"模式发展，60% 用于公司产业发展，30% 用于农户分红，10% 用于发展村集体经济。

下一步，该县将进一步盘活现有油茶资源，对全县油茶基地保存率较高，有培育前景的基地进行全部盘活，再通过贵州黔玉油茶开发有限公司采取

"公司＋集体经济＋农户"的发展模式进行统筹管理，确保油茶基地尽快见效。同时，打造油茶品牌，规范油茶标准。依托贵州黔玉油茶公司打造玉屏特色茶油品牌，进一步统一技术，统一管理，统一品牌，统一销售，以招商引资采取"公司＋"的发展模式，采用先进的生产加工技术提高茶油品质，开发油茶系列产品，对茶油产品精深加工，把玉屏茶油产品推向更广阔的市场。

石阡苔茶开枝散叶
——“牵手”30万乡亲书写百姓富生态美的生动画卷

◇杨 聪

2019年9月8日清晨，石阡县五德镇新华村，秋阳杲杲，遍野芳华。

步入村子，笔者首先注意到的是村口长廊悬挂的对联：“总理题词茶歌唱响群英会，新华焕彩汗水浇开幸福花。”

村支书王飞手指对联介绍，1958年8月，新华村出产的苔茶赴京参加“群英大会”，被赞为“茶中味精”，还得到周恩来总理亲笔书写的奖旗，上写：茶叶生产，前途无量。

60多年来，新华村始终坚信茶叶生产是致富良方，努力把产业做大做强。如今，这个仅有1300多人口的偏远山村，茶园面积达3000亩，几乎家家有茶园。

周总理题词也激励着石阡茶产业快速发展。特别是近年来，在党的政策扶持下，石阡把苔茶作为富民强县的支柱产业来发展，种植规模跃居全省第二、铜仁市第一，达到36.47万亩。

去年，该县茶叶总产量2.4万吨，实现综合产值23.76亿元，成功带动全县8万农户30余万茶农增收，其中16996户67144人通过发展茶产业实现“减贫摘帽”。

千年古茶发新枝

五德镇长兴村的田边地角，至今依旧还保留着几株年逾五六百岁的古茶树。它们仿若茶叶中的“活化石”，见证着沧海桑田，千秋岁月。

“很多被砍掉的古茶树，如今又发出新的枝叶，成为全村 76 户人家的‘致富宝’。”长兴村支书李洪佳介绍。

21 世纪初，当地政府考虑到古茶产量不高、采摘不便，主张砍掉老树让其发新枝。虽然这成为石阡茶产业发展历程中的一大憾事，但如今新枝再发的茶树，仍旧带动着一方发展。

馥郁茶香在石阡大地浮动千年。石阡人口口相传保留的《夜郎古歌》，生动描绘了在距今千年前石阡人种茶、采茶、制茶等生活生产场景：“夜郎山来夜郎林，夜郎山上好茶林。夜郎山上好茶树，夜郎种茶卖京城……”

而石阡苔茶，在汉代扬雄著《方言》、唐代陆羽著《茶经》、北宋乐史《太平寰宇记·江南道》、明代《黔记》、清代《续黔书》《贵州通志》等史书、方志中都有记载。

据《贵州通志》记载，石阡茶“始于唐代，种茶、饮茶遍及于明朝，岁约出 10 万斤”。石阡苔茶在宋代即为贡品，一百多年前便经由商人之手销往欧洲。

新中国成立后，每年石阡有数十万斤茶叶出口苏联及东欧国家。据介绍，20 世纪五六十年代，苔茶遍及全县各乡镇，总面积约有五六万亩。

五德镇被誉为“苔茶发源地”，在该镇新华村的苔茶博物馆里，透过一件件古老的制茶工具，依稀可见当年茶叶生产之盛：白天村民搭楼梯攀上高大的古茶树采摘茶青，夜晚家家户户响起制茶声……

石阡苔茶制作技艺省级代表性传承人的王飞，出生在茶叶世家，一家六代都用传统工艺制茶。他回忆，直到改革开放初，当地茶叶生产交易都维持着繁荣局面。

改革开放初到 90 年代末，农村全面推行土地承包制，茶园“化整为零”，石阡苔茶的规模受到一定的冲击。为维护产业稳定，提升产量，大量古茶也因此被砍伐。

21 世纪初，党中央国务院提出了以生态建设为重点的西部大开发战略，作为生态效益经济效益双显著的茶叶，被石阡确定为一项重要的支柱产业，开启了“复兴苔茶”征程。

该县以“用建设生态理念发展产业，用发展产业方式建设生态”理念，采取退耕还茶、林下种茶、荒山造茶等方式，为山川增绿，让百姓增收。

在此期间，石阡茶产业发展得到中国茶叶研究所等单位鼎力支持，不仅协助石阡更新茶叶生产加工装备，还开发新产品，培育茶叶生产人才。

王飞便是中国茶叶研究所专家权启爱的“关门弟子”。2002 年，学有所成的王飞回村承包老茶园，开办加工厂，带动全村种茶。

“现在全村户户有茶园，10 亩以上的就有 30 多户。2017 年我们村还成立集体经济合作社，新植茶园 200 多亩。”王飞说。

据介绍，从 2003 年至 2018 年，石阡茶园面积年均递增 3 万亩，年均茶产业投资 5000 万余元，茶叶产量产值由 2003 年的 500 吨 1500 万元增长到 2018 年的 2 万多吨 20 多亿元。

“茶叶生产，前途无量。”如今，石阡茶产业正以厚积薄发之势，走出一条绿色发展新路子，呈现出生态美、产业兴、百姓富的新景象。

“苔茶之乡”天下闻

上月底，石阡县县长田运栋率队到新疆维吾尔自治区开展招商考察活动，并与新疆丝路明珠炉院茶城举行石阡苔茶推广及产销战略合作签约仪式。

根据协议，石阡将组织县内企业按标准进行生茶加工，利用“一带一路”口岸在新疆建立精加工和出口基地，确保每年销售石阡苔茶达 500 吨以上。

“我们的目的不仅是抢占新疆市场，而是通过‘借船出海’，让石阡苔茶真正跳出国门，走向世界。”石阡县政协副主席王宏鹏说。

经历 10 余年常抓不懈，石阡苔茶知名度和影响力不断提升，已在省外城市建立专卖店及营销中心 68 个，省内县级以上专卖店 35 个，网上销售点 43 家，在茶叶市场上的占有率显著提升。

多年来，石阡苔茶按照“公共品牌特色化，企业品牌个性化”要求，努力铸造品牌，拓展市场。早在2009年，石阡县被中国茶叶流通协会授予“中国苔茶之乡”称号。

石阡苔茶还先后荣获“中国驰名商标”“地理证明商标”“地理标志产品保护”“农产品地理证明商标”“贵州三大名茶”“贵州十大名茶”等称号，多次荣获“中茶杯”评比第一名。

此外，在石阡苔茶的品牌下，茶叶经营企业注册企业商标35个，培育著名商标3个。市场覆盖以伦敦为中心的欧美市场，以香港为中心的东南亚市场，以广州、北京、上海等城市为中心的国内市场。

石阡苔茶香飘海内外，背后折射出的是当地政府坚持绿色发展、复兴苔茶产业的决心和信心。

21世纪初，石阡便把茶叶生产提升到重要位置，在铜仁市率先成立茶叶生产办公室。2010年，该县组建茶产业管理委员会，常设“管茶”机构茶叶管理局。

2003年至2013年，石阡确立“以户为主、大户带动、社会参与、全面推进”的发展思路，出台一系列的优惠扶持政策，引导全县宜茶区域农户种茶，并引进龙头企业带动发展。

“我们立志要做最干净的茶，把好茶叶品质关，守护好‘中国苔茶之乡’这块金字招牌。”石阡县茶叶管理局局长童祖明说。

“宁愿要草，也不用草甘膦。”这已是石阡广大茶农心中的共识。在大屯村的茶园里，贵州大学宋宝安院士团队通过实施“以草治草”的绿色防控试验，成功达到无农药除草的目的。

发展茶产业，石阡将质量视为生命。近年来，该县不断加强科技创新、提升管理水平，引导茶农和企业实行标准化、规范化生产，筑牢苔茶品质。

据介绍，石阡苔茶香高、味醇、耐冲泡、七泡茶味不减尚有余香，富含钾、锰、锌、硒、锄等人体有益的微量元素，因此石阡人也习惯把苔茶叫作“长寿茶”。

在五德镇长兴村，李洪佳向笔者展示了两份农业农村部茶叶质量监督检验测试中心的检测报告。在去年 7 月和今年 6 月的两次检测中，石阡苔茶的 EGCG 含量分别为 11.21%、10.98%。

EGCG 是茶多酚中的一种儿茶素，是绿茶主要的功能活性成分，是茶叶具有抗癌等功效的核心成分。而当其含量超过 7%，即可视为高 EGCG 茶树资源。

目前，全国各地茶叶中，EGCG 含量超过 11% 的仅有 3 个地方，且都是单株表现。而石阡此项成果取得是采用大面积不同区域不同时期的石阡苔茶茶样检测，表现均稳定，极其稀少，极具开发潜力。

为守护好苔茶品质，该县着力推进绿色、生态茶园建设。不久前，该县邀请安徽农业大学在龙塘省级苔茶示范园区开展茶园建设绿色防控培训，已建立绿色防控示范基地 5 万余亩。

同时，石阡还重视质量安全体系建设。成功创建全国有机产品示范县、省级出口茶叶质量安全示范区，正在创建国家级出口茶叶质量安全示范区。茶叶局与各乡镇（街道）茶管站签订茶叶质量安全责任状，加强对茶园投入、生产加工、产品包装等全过程监督管理，确保石阡苔茶从茶园到茶杯干净、安全、放心。

该县还全面提升产品加工能力，目前石阡茶叶注册加工企业达 140 余家，拥有茶厂动力设备、制茶机械 2000 余台，加工从业人员达 3000 余人。

目前，石阡拥有通过 QS 认证茶厂 8 家，拥有清洁化茶叶加工厂 23 间，安装茶叶加工自动化流水线 11 条，建设茶厂检测、审评室 8 个，完成了贵州祥华生态农业发展公司茶厂，夷州贡茶有限责任公司等加工厂可追溯监控设备安装和运行 6 个。

石阡还不断加大培训力度，整合扶贫、农业、妇联、工会等单位的项目培训资金，依托党校职中场地，对从业人员和抓茶队伍、全县干部职工，持续进行茶叶知识和技能培训，提升抓茶队伍业务技能和指导水平，提高从业人员业务水平，以确保茶产业高质量发展。

如今，实现形成以苔茶特色品种为主体，传统良种为辅助，新育成品种为补充的多元茶树品种布局，全县通过茶叶无公害产地认证面积 22.4 万亩，占茶园面积的 61.4%，申报有机茶园认证和绿色食品茶园认证各 2 万亩。

一枝一叶润民生

每日早上八点，五德镇大公鸡村大喇叭准时响起，号召村民到以短养长套种的幼龄茶园采摘辣椒。68 岁的胡继珍最为积极，每天能采 400 斤辣椒，经常在务工村民中排第一名。

2017 年，大公鸡村集体经济合作社发展了 1000 多亩茶园。由于前期茶园未见效益，该村在茶园套种中药材、辣椒等短期作为，既解决群众当前增收问题，又促进茶园管护。

今年，该村在茶园套种 500 亩辣椒，预计总产值可达 15 万元。“过去种植玉米、红薯等勉强能维持生活，现在在茶园务工，每年收入超过了 1.5 万元。”胡继珍说。

大公鸡村支书李茂平介绍，该村通过统一流转土地、统一建设、管理、统一务工和统一上班时间，成功让农民变产业工人，增加了群众收入，也壮大了集体经济。

大公鸡村采取“龙头企业 + 合作社 + 农户”模式，在石阡苔茶产业投资有限公司带动下，按照“村社合一”模式组建专业合作社，联结全村群众。今年以来，合作社支付村民的务工工资就达到 50 多万元。

作为“苔茶发源地”的五德镇，全镇茶叶面积 3.3 万亩，达到人均 2 亩茶，实现总产值 1.5 亿元。全镇 5200 多贫困人口，其中有 4000 多人靠茶叶带动摆脱贫困。

石阡始终把茶叶作为产业扶贫的重要支撑，2017 年该县专门出台了《石阡县生态茶产业助推脱贫攻坚行动方案》，采取公司＋村级经济组织（专业合作社）＋农户的模式，并推行“622”利益联结机制，把六成利润让给群众。

2018 年，石阡苔茶综合产值近 24 亿元。实际上，这 20 多亿元中，除 0.89

亿元的税收，其余全部为茶农、企业及经销商所获。

“初步统计，每年支付给群众的土地租金、务工薪金及分红等，就占了10多亿元，成为名副其实的第一扶贫产业。”童祖明说。

望着遍野茶园，大屯村支书周绍军自信地说，通过茶产业全村人都有了持续稳定的收入，去年村民人均纯收入达9300多元，建档立卡贫困户人均纯收入达6180元。

过去，大屯村民世代种植稻谷、玉米、红薯等传统农作物，由于土地贫瘠，耕地稀少，产量低，收益薄，“望天吃饭”的村民吃尽了苦头。

大屯村蝶变，正是得益于产业革命的深入推进，茶叶产业的迅速发展。周绍军介绍，该村目前大部分耕地均种上了茶叶，种植面积达到2000亩，还带动周边5个村种植。

青山变金山，金山成乐山。近年来，该县按照“茶旅一体”的思路，结合优美的茶园风光，精心绘制一幅幅“茶在林中、村在茶中”的美丽画卷，吸引游客，增加效益。

据介绍，目前石阡茶产业已带动全县8万农户、30万茶农增收，约占全县农村家庭总户数的60%，其中有16996户67144名贫困人口通过发展茶产业实现“减贫摘帽”。

茶歌唱响新时代，枝枝叶叶富万民。60多年前，周恩来总理亲笔题词寄语的石阡苔茶，正迸发出强劲动力，深刻印证着“茶叶生产，前途无量”的论断，推动着石阡赶超跨越，绿色崛起。

小花椒　大产业

——德江政银携手打磨脱贫利器

◇ 安慧芳

一粒花椒，能走多远？

是跋山涉水辗转于尖端工厂，再进入医院、化工企业？还是通过包装后，进入千家万户的厨房？无论通往何处，当一粒花椒完成了使命，其所产生的价值是不可估量的。

脱贫攻坚，产业先行。将一粒小小的花椒，做成庞大的产业，势必会推动脱贫攻坚战的胜利，更早地到来。

有了这样默契的共识，贵阳银行德江支行与德江县政府倾力携手，在这小小一粒花椒上，做足了文章，重新定义了德江农业，掀起了脱贫攻坚新浪潮。

萌生——政府播种　金融灌溉

种植花椒，德江群众热情高涨、大力支持，乡镇在积极争取、迅速落实，县里更是全力推进。

该县制定了《德江县花椒产业助推脱贫攻坚三年行动方案》（以下简称《方案》），按三步细化了花椒产业在全县推开的每个节点。

到 2019 年，要在全县发展花椒基地 20 万亩，将建成 1 个省级花椒批发市场（产业园区），并培育或引进 1 至 2 个大规模、带动性强的花椒种植加工龙头企业，培育花椒专业合作社 80 家。让花椒产业链总体产值达到 30 亿元，其中，新鲜花椒销售总收入 12 亿元，花椒加工总产值达 18 亿元。

为了推动《方案》的落实，该县还成立了花椒专班专办，建立花椒产业数据库，实行全县花椒“一张图”管理，从易到难，按图作战，逐年逐块消化。

全县自上而下全力推动产业，所需的数亿元资金从哪里来?

产业背后的主力军、资金后盾——贵阳银行更是没有闲着。

“到重庆江津实地考察花椒产业，让我们对国内整个花椒市场都有了了解，而在县内各区域的多次走访，则让我们看到了德江县发展花椒产业的潜力。”贵阳银行德江支行副行长尹睿说。

从确定支持该项目发展开始,贵阳银行德江支行就主动进行了详细谋划，从项目实地考察、市场调查、项目评估到资金申报，每一项工作都倾力而为，迅速推进。

“短短两个多月时间，我们就完成了整个项目从前期考察到申报、放款的所有流程，就是为了让项目早日落地，早惠于民。”尹睿介绍，德江花椒产业的融资项目于今年 9 月启动，到目前已经完成放款 2.4 亿元。

而随着产业的逐步推进，为了更好地做大产业蛋糕，贵阳银行做出新的决策，将原来该项目核批的 4.8 亿元融资，追加到 8.5 亿元。并且创新性地针对个体产业推出“爽农助力贷”业务，助力扶贫产业遍地开花。

布局——群众期盼　政府引导

“别看这花椒大冬天的还绿油油，这可都是费了好多功夫和精力才管护出来的。”望着眼前成片枝繁叶茂的花椒树，张月利感叹道。有了 3 年多的花椒种植和管护经验的张月利，对于发展产业的艰辛深有体会。

“这花椒产业是三分种七分管，对人工的消耗极大。”张月利说，花椒对于生长环境的适应能力虽然很强，当地的土壤也很适合花椒的生长，但要想花椒高质高产，精细的人工管护必不可少。

为了保证花椒的绿色品质，从施肥、除草等工序，都需要格外注意，化肥不能随意使用，除草不能用除草剂，得靠人工锄。张月利解释说：“用除草剂来得方便，但是对土壤有严重的污染，一旦泛滥，就会导致花椒农残超标，那可就得不偿失了。”而眼下，经过了8月的丰收期，新枝又茂密地长出了数尺长，又该压枝了。

产业管护粗中有细，不是易事。然而当初产业的起步更是不容易，是基层干部的用心用力，让一道道难关顺利迈过。

2000年以来，在政府的引导下，金庄村尝试过种植甜竹笋、麻等不少产业，但都未能给村庄带来财富。一次次的产业失败让群众没了信心，谈产业色变。

“当初，决定发展花椒产业，确实是顶着不小的压力。”张月利说，群众对产业不看好，流转土地得不到群众的支持，更重要的是，资金是最大的难题。

为了克服困难，村干部出资出力领头干，学习种植技术、走访市场，自己明白了，再走家串户一一做群众的思想工作。

“现在好了，不仅有政府的大力支持，还有了贵阳银行的金融支持，产业要再做大做强，不是难事。”张月利说。

“我家最肥的就是那两块田，今年不种粮食了，我要都拿出来种上花椒。”金庄村村民张玉彩在村里的动员下，前期入股了3亩土地到村合作社发展花椒，今年他准备将自家的肥田也种上花椒。他说：“既能给村里的集体经济作贡献，又能自己鼓腰包，当然要大力支持！”

“产业的落地、壮大，离不开干部的实干，更离不开群众的支持，有了干群的共同努力，这花椒专业村、专业镇的打造指日可待。”稳坪镇党委副书记杨维平对花椒产业的发展壮大底气十足。

今年，稳坪镇又向县里争取了8000亩种植份额，眼下各村各寨、山顶沟底，到处可见栽种花椒苗的忙碌场景，待这轮种植结束，该镇的花椒产业将大大超过人均1亩。

扎根——脱贫利器 致富宏图

初冬的桶井乡，飘着霏霏细雨，更添了几分寒意。这样的天气里，最舒服的莫过于泡杯热茶围坐炉前了，但安奎却穿着单薄的毛衣奔忙在毛岭村后的山坡上。

“这阴雨天里种苗子是最好的，培好土、覆好膜，就不用另外浇水了，省事。”安奎一边忙着把自己刚运来的花椒苗卸下车，一边笑盈盈地说着。

别看安奎今年才 27 岁，却是桶井乡最大的花椒种植合作社的负责人。

今年 9 月，看准了项目后，安奎找到乡里，提出了流转 1 万亩土地种植花椒的申请，得到乡里大力支持。10 月，安奎的花椒就陆续开始了下苗。产业覆盖全乡 11 个村，毛岭村将种植 1000 亩，眼下每天都有三四十名村民在地里忙活。

“这花椒可是好东西，好种，经济效益好，听说人家稳坪前两年发展的花椒，今年见了收成，老百姓分红不少哩！”正在地里忙着挖坑种苗的张苏梅说道，她对花椒产业很是看好。

张苏梅是该乡场坝村村民，前些年，响应政府的号召，家里种了不少柏树，如今，柏树虽长起来了，但却不能带来经济效益。张苏梅说：“这花椒就不同了，不仅能固土，还有高收益，这不，光是我们在花椒产业上打工的收入就不少。”

张苏梅今年 50 多岁，虽不能像年轻人一样外出打工，但却因为有花椒产业，在家门前挣起了工资。她算了算，每天 70 元的工钱，还管吃，光这一个冬天的花椒种下来，她就能攒好几千块钱。

地里在热火朝天地干着，毛岭村村委会小楼里，也是热闹非凡。村里请来重庆的技术员，为数十名村民讲授花椒种植、管护技术。

“科学种植就是不一样，这花椒的好收成，可都在这种植管护中。”参加培训的村民安全英说，学好了技术，花椒管护得好，家里土地入的股分红才不会少。

桶井乡人大副主任冯波介绍："虽然花椒产业由大户成立合作社种植，但群众都以土地入股，还与集体经济挂钩，就连种植，也是下包到村集体，群众受益不少。"

该乡今年计划完成3万亩花椒种植，花椒产业以“5311”模式发展，大户占产业收益的50%，精扶户和村集体经济各占10%，而30%则作为群众土地入股分红。

除了极贫乡镇桶井乡外，该县荆角乡、共和镇、泉口镇等14个乡镇，都在火热地开展着花椒种植，今年全县9万亩的花椒种植已全面铺开。

“我们匹配的8.5亿元资金，不仅直接作用于产业本身，还涵盖了整个产业链和产业配套基础设施的打造。”尹睿介绍，眼下全县不仅土地流转和花椒种植在火热进行，产业交通、水利等配套设施也在紧锣密鼓的建设中。

在毛岭村黄石阡组的山坡上，记者看到，产业路一直延伸到了山顶，山上的蓄水池也建了起来。“要不是这花椒产业的带动，这漂亮的水泥路哪能修到这没人烟的山顶来。”毛岭村村民张树霞高兴地说："以后，再也不用爬坡上坎、满腿是泥地上坡干活了。"

在稳坪镇，笔者也同样看到了由产业发展所带来基础设施的完善，13条39公里的产业路，加上正在施工的11条30公里，实现了全镇产业路基本覆盖。

花椒产业，正于德江全域扎根，如一把脱贫利器，深扎贫瘠的要害之地，为德江县脱贫攻坚注入新动力，为群众带去幸福新生活。

思南：小红薯吃干榨净 产业链助农增收

◇孙 磊 张庆慧

“一早上就挖了三车，一共1700多块钱。”在贵州佳里佳农业发展有限公司红薯收购场，三道水乡周寨村村民杨胜芝摊开他的收货计量单向笔者介绍着。630、592、533，他的三张单据上分别写着这三个金额，是他从早上6点多到10点多的劳动成果。

由于采用了公司统一提供的红薯种苗，杨胜芝种出的红薯产量比以前翻了一番。“不要看我这块地没多大，红薯卖给公司的钱够我家7口人吃一年。”指着眼前不到两亩的一块地，杨胜芝自豪地说道。他口中的公司是贵州佳里佳农业发展有限公司，负责思南及周边县乡的红薯收购及产品加工。红薯在思南县种植历史悠久，以前以农户自用和小作坊加工为主，没有形成产业规模和经济效益。近年来，思南县把红薯作为重要的扶贫产业来抓，通过引进龙头公司、完善产销对接、改良种植技术、延伸产业链条等方式把红薯价值充分挖掘，形成了一条从育苗、种植、收购、生产、销售以及废渣处理于一体的红薯产业链，思南打造的“红薯经济”如今已成为带动群众增收致富的支柱产业。

“以前我们村的农户种植红薯主要是用来喂猪，最近这两年由于我们引进了红薯粉加工厂，销售渠道有了，再加上红薯产量比较高，每亩产量可达到3000公斤以上，按照公司1元一公斤收购，亩收入至少在3000元以上。”周寨村第一书记李康告诉笔者，红薯现在已成为该村群众增收的主打产业，村里红薯种植户越来越多。从10月初到年底，是佳里佳公司最忙碌的几个月，红薯开秤，每天有10多个乡镇的红薯运过来过磅称重，大大小小100多辆车络绎不绝。淀粉加工生产车间、产品包装车间灯火通明，全线满负荷生产。

“现在我们车间生产桶装包装，每天要生产20000桶以上，忙的时候还会达到 30000 桶，礼盒每天基本上在 1500 盒左右，粉丝条生产我们每天包装送货都要达到 5000 斤以上。”公司生产部副主任罗梅一边忙碌一边介绍。

红薯加工后产生的红薯渣是公司比较头疼的一个问题，以前除少数被当地群众拿去喂猪以外，大多数都成了废物。今年公司投资 1000 万元建立了一条红薯渣烘干生产线，红薯渣烘干以后全部转销给外地的饲料加工企业，废物成功回收利用，还给当地群众创造了 30 余个就业岗位。

“我们每小时能够处理 3 吨的红薯渣成品，全天 24 小时不停地在加工，一天可以处理 70 多吨，处理出来的成品由杭州海存生物科技有限公司给我们承包了，以每吨 1500 元帮我们全部收购，有多少收多少。”贵州佳里佳农业发展有限公司红薯渣产业链负责人李天雄向笔者介绍道。

在红薯渣得到有效利用的同时，公司还开发了红薯酒等产品，把红薯渣的剩余价值充分利用。“我们这个酒酿出来以后剩下的酒渣我们通过晾干以后再次又送到烘干厂烘干，烘干以后又可以拿来再次做饲料原料，这样一来我们就把红薯渣整个价值都把它榨干净了。”站在储酒大厅，李天雄告诉笔者。

截至到目前，佳里佳公司共研发出红薯、红薯渣系列产品 20 多个，主要销往各大型超市、副食批发市场、饲料加工企业。在产品不断完善的同时，还在继续研发新品，力争让红薯产生更大的经济效益。“这红薯收购来之后我们会给他加工成淀粉，这淀粉再来加工各类产品。我们现在有 20 多个产品，分别是红薯粉丝、粉条、酸辣粉系列以及红薯干、红薯条之类的一些产品；至于红薯加工淀粉之后的红薯渣，我们又可以把它送到我们的烘干厂进行烘干，然后用来酿酒、做饲料，所以说我们现在的红薯的所有的价值都已经被榨干取尽，在这种情况下，我们已经形成了从育苗、下种、加工、销售、薯渣利用这样一条全产业链，通过这样一条全产业链我们就可以带动更多的农户增收致富。”贵州佳里佳农业发展有限公司经理张羽琴介绍道。

据了解，思南的红薯产业链共辐射带动近 10 万农民。接下来，该县还将继续加大投入力度，提高红薯产业技术含量，在全县扩大“双高”红薯种植面积，依托龙头公司，打造红薯全产业链，让更多的群众持续增收致富。

印江：梵净仙菇飘香万里

◇谭 霜 杨 红

八月的黔东大地，天高气爽，充满生机。位于梵净山西麓的印江土家族苗族自治县木黄镇，目之所及尽是葱茏绿色，群山环抱下的几十个食用菌大棚，格外惹眼。

近年来，该县充分利用梵净山良好的资源优势，将食用菌与生态茶一起作为县域经济大力发展的主导产业，科学规划“一园三带多点”产业布局，牢牢抓住省、市大力发展食用菌的历史机遇，食用菌产业得到飞速发展，并充分发挥产业优势助力群众实现致富梦。

政府扶持 产业壮大有方向

因地制宜，找准发展方向。印江结合自身优势区位条件，找准产业发展突破口，将食用菌作为重要发展产业，集中财力、物力、技术抓牢抓实。

助推产业发展绝非易事，需持续多方发力。为此，该县着力培育食用菌产业发展条件。

——大力推广“龙头企业＋合作社＋农户”发展模式。在木黄镇，采取以贵州省梵天菌业有限公司为龙头、凤仪高效农业示范园区为核心、合作社为基础的发展路径，有效带领农户脱贫增收致富。

——坚持技术革新，积极推动建立院士科研工作站。组建了由食用菌专家李玉教授、农技干部吴勇信、乡土人才王友明、外聘驻厂技术员田善昌等10人构成的食用菌专班技术服务团队，为食用菌产业发展提供强有力的技术支持。

——组织专业技能培训，增加群众致富技能。通过集中授课、现场会、院坝会、田间指导等培训方式，把技术送到群众手上，让群众牢牢掌握致富技能。

如今，印江食用菌产业以“木黄食用菌高效农业园区”为核心，建设了东部、南部、北部产业带。截至去年，全县先后引进 16 家企业，培育食用菌专业合作社 42 家，发展食用菌专业村 64 个，种植规模达 1.5 亿棒，产量 10.8 万吨，产值 8.7 亿元，成为全省发展食用菌重点县之一。

龙头带动 产业发展添活力

“梵净仙菇从印江走向世界”。驱车驶入木黄镇文昌村印江同发双孢菇科技产业园，印在公司厂房外墙的这几个大字格外引人注目。

“菌”行天下，印江底气十足。2017 年，印江引进国内大型食用菌生产出口公司、位列中国罐头工业（出口）十强的同发集团，在印江成立同发生态农业科技有限公司。

走进同发双孢菇科技产业园展示馆，双孢菇罐头等精加工食用菌产品整齐摆列在各类宣传展板里展示其亮点。

“我们将印江当地丰富的秸秆、鸡粪、牛粪等资源通过加工发酵转变为双孢菇的培原料，达到变废为宝的效果。”同发生态农业科技有限公司经理何其祥介绍。

该公司通过建立双孢菇农业循环经济产业链，将双孢蘑菇工厂化生产、有机肥车间、果园观光等三大产业高效有机结合，打造出循环特色农业园区，助力食用菌产业持续向好发展。

除此之外，位于木黄镇凤仪村的木黄镇现代高效农业示范园区，拥有完善的食用菌生产加工基地、菌棒加工厂房、贮藏冷库、冷链配送中心、菌种厂、产品检测中心、展销中心等，已被列为国家级高标准农旅一体化示范园区。

目前，该园区年生产能力已达 1000 万棒，并与凤仪村相邻的盘龙、燕子岩三个村的数百亩食用菌基地，构成了木黄食用菌现代高效农业示范园的核心区，辐射到木盆等周边临近村食用菌场，食用菌产业发展日益壮大。

利益联结 群众致富不是梦

“我在公司主要从事生产管理工作，每个月都能拿到4500元的工资，工作轻松还离家近，比在外面打工好多了。”谈起这份新工作，孟光华脸上满是笑容。印江天堂镇曹家村村民孟光华，从农民变身工人，是因发展产业带来的利好。而他，仅是其中之一。

近年来，印江坚定不移走产业脱贫路子，着力发展壮大区域优势产业，引导群众通过参与发展区域特色产业实现脱贫目标。

木黄镇充分利用贵州梵天菌业有限公司龙头企业的优势，组织贫困农户通过土地入股、园区就业、入园发展、异地发展、“特惠贷”资金入股等方式参与产业发展，参与利润分红，利益联结贫困户907户3422人。通过龙头企业、食用菌专业合作社和集体经济合作社交叉重叠利益联结，能够有效实现群众户均年增收2000元以上。

当前，印江正举全县之力打造独具优势特色的产业链，助推食用菌产业持续健康发展，积极打造“中国名菇之乡”，助力群众实现致富梦。

沿河：增产增收在乡野

◇ 王安宏

山地占 69.9%，丘陵占 27%，坝区占 3.1%，典型的岩溶山区是沿河土家族自治县的土地现状。长期以来，由于交通闭塞、土地贫瘠，村里既无资产、又无资源，村民大多过着广种薄收的原始农耕生活。

作为铜仁脱贫攻坚的主战场，全省挂牌督战的 9 个深度贫困县之一，沿河目前还有 22 个贫困村、6612 户贫困户、20239 名贫困人口未脱贫。攻克贫困最后“堡垒”，让群众持续增收致富，该如何破题?

大力发展农业产业是路径之一。

沿河按照“村村有主导产业、户户有增收门路”的要求，因地制宜选择投资少、周期短、见效快、带动能力强的优势特色产业，重点实施辣椒、食用菌、生态鸡、生猪产业等短平快的产业项目，努力让农业强起来、农民富起来、农村美起来。

阳春时节，草木争荣，黔东大地焕发出勃勃生机：田间地头忙碌耕种，养殖基地牛羊欢叫……乌江两岸吹响了奔向全面小康的号角。

让农村资源“活”起来

新景镇是沿河第一个出“万元户”的地方。这个位于乌江西岸的镇子，40 年前就开始种植柑橘。其间，新景镇的柑橘产业有过辉煌，有力促进了当地群众增收。

当地群众相告，新景柑橘价格最高曾达到每斤 0.9 元，当时的猪肉价格每斤才 0.61 元。但没过几年，由于品种老化等原因，没落的新景柑橘价格从每斤 0.9 元跌至 0.2 元也无人问津。

没有销路，村民只能眼巴巴看着承载着增收希望的柑橘烂在树上，大家逐渐失去管理柑橘的信心，导致柑橘园逐渐荒芜。

三年前，在省、市、县相关部门的指导下，村里的种植大户试水改种新品种，逐渐有了起色，新景镇党委、政府趁热打铁发动群众进行老树换栽品种改良和低效柑橘园高位换接，三年时间里先后发展柑橘产业 7000 亩左右，其中投产柑橘约 4500 亩，总产值 900 万元左右，走上了精品水果发展之路，经济效益已初步显现。

新景柑橘老树发新芽，是沿河因地制宜发展农业产业的一个剪影。

耕地 117.2 万亩，适宜发展产业 95.313 万亩，500 亩以上坝区 12 个，这是沿河发展农业产业的家底。作为自然条件艰苦地区，如何利用现有的条件和资源，更好地调整和优化农业产业结构，实现农业增效、农民增收，是沿河产业结构调整直面的课题。

在推进农村产业革命过程中，沿河加大农村土地流转力度，盘活撂荒土地，结合人口、区位、自然环境等优势，积极引进大企业、大项目，大力发展和壮大高效农业产业，形成规模化和品牌化，推动全县农业产业朝着高效发展路子迈进。

特别是今年以来，沿河大力推进 500 亩坝区农业产业结构调整，重点发展种草养牛、蔬菜、精品水果、中药材等高效经济作物，建成农村产业革命的“大棚田、科技田、效益田”，实现坝区产业增效，村民增收。

通过优化产业结构、发展特色农业，沿河引导农民以土地为资本纽带，通过向合作社入股土地、流转土地获得分红和租金。同时积极引导农村群众充分利用房前屋后的闲置土地资源，种植果树、中药材等，在增加经济收入的同时，既绿化美化村庄环境，又提升经济效益，实现农民生活环境改善、家庭经济增收双赢。

土地活起来，改变了农民传统的种植观念和思维，极大地激发了农民发展生产、增收致富的内生动力。

让增收门路“宽”起来

黑水镇朝阳村精品水果基地里，农户正在进行果树苗的管护，忙得不亦乐乎。已建成的基地里，刚刚长出的果树新叶沐浴在阳光里，在微风中轻轻摇曳。

除了在基地务工收入，全村 590 亩精品水果基地全部采用农家肥作生态底肥，农户每年此项可以额外收入 10 多万元。

而邻近的凉村村采取“党支部 + 合作社 + 基地 + 农户”的模式，扎实推进产业扶贫工作，村民们不仅获得土地流转租金，在基地务工还能增加收入，加上合作社的分红，村民们纷纷实现家门口就业，大大提高了生活水平。

依托区位优势和资源禀赋，黑水镇不断加大产业结构调整力度，积极推进农旅一体化建设，因地制宜、互相拉动，积极发展桃子、梨等产业，让产业扶贫助力脱贫攻坚。

目前，黑水镇已发展精品水果 1100 多亩，蔬菜 1000 多亩，中药材 500 多亩，烤烟 500 多亩，建成年出栏 50 万只的白山羊养殖基地。土地流转率达到 95%，“一村一业”成为现实，实现了村村有产业，户户有收入。

发展产业，就是要让群众吃上“产业饭”，只有产业兴旺，百姓的增收渠道才能多起来，腰包才能鼓起来。大力实施产业扶贫的黑水镇，正通过政府牵头，党建引领，助推村民们脱贫致富，成为沿河产业结构调整的冰山一角。

目前，沿河已完成产业结构调整 18.0522 万亩，形成了生态茶（含油茶）、食用菌、蔬菜（含辣椒）、水果（含空心李）、中药材（含石斛）、生态畜牧、生态渔业等特色优势产业。

为发动群众投身农村产业革命，沿河通过入户宣讲、召开院坝会、媒体报道等方式，广泛宣传产业政策、发展成果、脱贫致富典型，引导广大群众从土地中解放出来，转变传统的生产生活方式，在就近到农业企业、合作社实现就业增收的基础上，发展灵活多样、更高收益的产业，多渠道实现就业增收。而对走出去创业就业的贫困群众，则提供劳务技能和实用技术培训，同步加大金融支持力度，鼓励自主创业脱贫。

土地、资金、劳务、技术“无物不股”，村民领分红、挣工资，增收渠道在逐步拓宽。

让农业产业“强”起来

目前正是春耕的黄金时节，为了把耽搁的时间抢回来，把遭受的损失补回来。连日来，官舟镇各产业基地到处都是群众劳作的身影，抢抓时令忙生产。

在官舟镇马脑村黑木耳示范基地，挖掘机正在挖沟排涝，运棒车来回穿梭，周边务工群众、该镇辖区内部分老师和镇干部职工300多人，有的运棒、有的起箱、有的排棒，忙而有序地进行着。

马脑村黑木耳示范基地核心区一期工程占地107亩，可实现地栽51万棒，已经完成排棒12万棒，道路、沟渠、晾晒大棚、苗床起箱等工作正在紧张有序进行，将于本月完成。二期工程240亩吊袋棚将于8月建成，可排放480万棒，农民增收有望。

时下的沿河大地，像马脑村这样让荒地生金的例子比比皆是。得益于农业产业结构调整，在这片贫瘠的土地上，曾经为填饱肚子发愁的沿河，如今农业产业可谓风生水起。

引进印江劲强生态农业有限公司和沿河四季果蔬农民专业合作社对全县辣椒产业采取“统一规划、统一品种、统一供苗、统一技术、统一品牌、统一销售”，实行订单生产，保底收购。

引进龙头企业贵州众恒黔农业科技有限公司在12个乡镇（街道）21个村建设生态鸡养殖圈舍71栋（1000平方米每栋），2020年预计出栏2批140万羽，可带动贫困户1034户3621人。

引进四川铁骑力士有限公司落地沿河发展生猪代养场（户），按照“公司+村集体(专业合作社)+贫困户”的代养发展模式，预计1头猪盈利200元，计划新建43个生猪代养场，建设圈舍65000平方米，实现2020年末出栏肉猪6万头。

同时，我市上下一盘棋、一条心，以非常之举，举全市之力，齐心协力支持沿河，推动脱贫攻坚不断攻城拔寨。全市9个区县和铜仁高新区、大龙开发区帮扶沿河产业发展，助力沿河按时打赢深度贫困歼灭战，坚决夺取脱贫攻坚战全面胜利。

农村资源活了起来，增收门路宽了起来，农业产业强了起来，农业产业结构调整正在让沿河蝶变。

如今，放眼沿河广袤大地，一个个带动农民增收致富的农业项目正在落地生根，一幅充满生机与希望的绿色画卷正在徐徐展开，一个关于全面小康的梦想正在照进现实。

大龙开发区：乡村产业蓬勃发展

◇ 姚双容　郭秋月

自进入脱贫巩固期以来，大龙开发区迅速推动乡村振兴，大力发展乡村产业，不断推动产业种类创新、发展模式创新，为乡村产业发展丰富了内容，为村民增收创收拓宽了渠道，广大乡村群众生活幸福感、获得感和满意度进一步增强。

“长短”搭配，用工加量

寒冬腊月，开发区双龙村油茶产业种植基地，油茶树上白色的花朵在枝头随风摇曳，结出的小果子预示着新一年的好收成。

该油茶基地占地 2000 余亩，共涉及 81 户村民。短期的村民流转土地可获得收益；长期的土地入股，则按照相应比例进行分红；还有管护、采摘等用工环节上村民的劳务收入。项目有效壮大村级集体经济，又能稳步增加群众收入。

2012 年，玉屏侗族自治县被评为省内以油茶为主的“经济林建设示范县”，该村村民抓住发展机遇，于次年在原本已撂荒的坡地上种植油茶树。但传统的经营模式，加上缺乏技术支撑、管理粗放、市场对接不力等因素，这片土地未能产生预期效益。直到 2018 年，为高效利用资源，提升土地价值，街道办事处、村两委以实际出发，引入大龙益寿植物油有限公司承接油茶基地建设，以“公司 + 集体 + 基地 + 农户”运营模式，全面提升改造和扩建。

油茶产业 3 年初见成效，该公司在基地经营管理上形成“以耕代抚、以短养长”管理模式，探索林下套种发展，流转土地给外来公司在油茶林下种植太子参既提高土地使用效率，降低油茶抚育成本，又增加群众务工机会。

产业发展的带动效果，已初步得到体现。据统计，该油茶基地目前已种植太子参 800 亩，整个基地每年劳务用工可达 1.8 万人次，能有效保障群众稳定增收。

“高低”套种，循环增效

早年，开发区胜利村交通闭塞、人多地少，村民普遍收入不高。以家庭为单位的传统耕作形式只能勉强自给，要想增收致富难之又难。

利用有限土地实现集中式产业高效发展，是村集体和村民谋求更好发展的现实道路。在此理念指导下，胜利村成为开发区全辖探索乡村产业发展的“第一人”。

2014 年，胜利村充分结合村情民意，找准促农增收有效路子，成立胜利村欣盛农业专业合作社，以 800 元每亩的流转费流转土地 100 亩建成葡萄园。

胜利村葡萄产业取得初步成效后，该村又以“种植大户 + 精准扶贫户 + 土地流转”经营模式，成立占地 40 亩培植 60 万棒茶树菇的永昌农民专业合作社。

菌棒在完成年度产出后，菌渣里仍具较好养分，可用作葡萄园有机肥，实现资源循环利用，增值产生高效益。“葡萄产业进入修整期后，为高效利用土地资源，我们投入 3 万元探索种植了 15 亩的小葱，为下一步村级产业壮大发展拓宽渠道。”村支书罗家权说，“提高资源综合利用率，能降低运营成本、扩大利润空间。”

经过几年的不断发展，该村葡萄和食用菌两个主导产业均取得良好的市场回应，步上盈利正轨，正一步步壮大规模。

如今，该村村级产业小有名气，村民实现家门口就业增收创收。目前，胜利村产业发展支付的劳务费用已达 100 万元以上，年均就业约 15000 人次。

该村产业发展在充实村集体经济，促进群众获利增收的同时，也为开发区其他行政村产业发展做出了积极示范。

产业调整，坝区促收

自启动500亩坝区农业产业结构调整以来，开发区麻音塘街道结合实际情况，根据市场需求，因地制宜推广产业发展，深入推进农村产业革命。

一直以来，祥查、九龙、路良、双龙等村村民都以稻谷、油菜等为主要经济农作物。但零散的自主经营，不可避免地出现产业化程度低、产出量不稳定、经济效益不高等状况。

为有效改善现状，实现高效发展，麻音塘街道围绕各地特点，在各村成立劳务合作社、农产品公司等经营主体。立足“发展周期短、见效快、带动性强”，跟进蔬菜、油菜、花卉苗木等产业发展，有效盘活村土地资源，增加劳务岗位和收入，更好促进村民增收致富。

九龙村交通便利，有500多亩土质肥沃的连片土地，具有良好的高效经济作物规模经营基础条件。2019年10月，引进贵州景盛有机农业发展有限公司，以每亩每年550元的价格从农户手中流转土地，按照“公司+合作社+农户”模式发展农产业，实现收益后，将利润的10%作为困难群众分红，并吸纳该村农户就近就业、创收增收，覆盖全村465户人家。

“探索发展蔬菜种植，不仅可高效利用村里土地资源，还能更好地促进群众就近务工，增加家庭收入。”景盛农业坝区负责人杨轩说：“蔬菜种植投入较低、见效快，蔬菜市场需求大、收益可观，未来发展前景好。”

九龙村只是开发区推进农村产业结构调整的一个缩影。辖区路良、祥查等村坝区产业正在紧抓投入，上千亩曾经“产量低、闲置撂荒”的土地正在乡村振兴的号角下，呈现新活力。现阶段，开发区着力推进乡村产业多形式、多渠道综合发展，向规模要成效、向劳务要收入，奋力书写新时代下更美好的乡村故事。

农业深变革 沃野唱欢歌

◇陈 林

时下，印江土家族苗族自治县龙津街道贵江村村民田仁政在“闲冬”里却格外忙碌，正抢抓农时为自家果园里的红心柚剪枝、除草、施肥，期盼今年有个好收成。

铜仁，“八山一水一分田”的地貌，让农业一直是地方发展的重要支撑。

近年来，一场振兴农村经济的深刻的产业革命在我市持续推进。

“依托一产、壮大二产、催生三产、一二三产融合联动”的发展思路更加明晰。

“高端化、集约化、规模化、绿色化、智能化、全球化”的发展理念深入人心。

“重研培、再优化、增规模、深加工、创品牌、强配套、拓市场、抓入统”的发展举措落地见效。

2019 年前三季度，铜仁市农林牧渔业总产值 349.7 亿元，增速 6.1%，排全省第三。预计全年农林牧渔业总产值增速达 6.5%；农村常住居民人均可支配收入增幅达 10%。

做特色强规模，解决有的问题

曾有人调侃：“铜仁农产品，要什么、有什么，要什么、没有什么。”一旦成批成量采购，农产品往往因数量不足而搁浅。根本原因在于，过去一段时间我市农业散、小、弱，不成规模，没有批量。

铜仁市坚持问题导向，结合产业基础、市场空间、资源禀赋，因地制宜减调低效农作物，聚力发展生态茶、中药材、生猪、食用菌、蔬菜、水果、生态渔业、特色林业、蜂蜜等 13 个特色优势产业。

铜仁市在全省率先建立《市领导领衔推进农村产业革命工作制度》，通过市领导领衔推进，农业产业迅速提质增效。

农业成规模，重点在坝区。铜仁市独辟蹊径，在农业发展中采取“突出点、连好线、扩大面、全覆盖”的战术，迅速做大一个产业。

观察铜仁食用菌产业发展路径，以前主要是印江部分乡镇发展，逐步形成木黄、板溪两大食用菌产业带，现在沿河、碧江、万山等县区蓬勃发展，是我市力推农业产业特色化、规模化的生动事例。全市食用菌去年种植规模达 7.1 亿棒（万亩）。

铜仁市全力打造“样板田、科技田、效益田”，提升坝区农业规模化、标准化、集约化水平。全市 199 个坝区全部实现“一个坝子、一个产业、一套班子、一套措施、一个方案”。坝区平均亩产 7961.92 元，坝区农民人均可支配收入 10243.65 元。

农业要发展，还得要有舞龙头的。铜仁市高位推进精准招商，把知名农业企业聚集到铜仁来。去年，铜仁市农业产业项目招商签约项目 210 个、签约资金 172.59 亿元、到位资金 102.84 亿元。

铜仁市政府分别与铁骑力士、德康农牧、温氏集团签订《深化项目合作框架协议》，打造区域总部生猪基地；引进贵茶集团，打造“世界抹茶之都”；引进成都大农科技公司，打造为“中国蜜都”；引进九丰农业，实现万山农业产业“无中生有”的裂变……

全市大力推广“龙头企业—合作社—农户”组织方式，形成“1+1 +1>3”的聚合增益效应，真正在农业领域形成大企业顶天立地、中小企业铺天盖地的格局。截至目前，共有市级以上龙头企业 446 家，有规模以上农产品加工企业 134 家。

农业现代化，关键还靠人才支撑。铜仁市建立市、县、乡三级技术推广体系作用，全力培养一批爱农业、懂技术、善经营的新型职业农民。与李玉院士建立“食用菌院士工作站”，与宋宝安院士开展“有机农产品病虫草害绿色防控研究与应用”合作。

铜仁农业正在规模化发展中闯开新局面。

抓品牌拓销路，解决卖的问题

碧江“白水贡米”有一段时间“身贵价却不高”。滑石乡老麻塘村陈绍乐，过去因为种植大米，成为贫困户。近几年来，当地深做地方特色牌，“白水贡米”金字招牌闪亮归来，价格每斤从 1 块多到如今高达 20 多元。陈绍乐大为受益，种了 20 亩水稻，收入近 5 万元，脱掉了贫困帽。

铜仁市把标准化、品牌化作为提升农业产品质量的有效抓手，全面推行产品产地退出和质量可追溯制度，制定地方特色优势产品技术标准。全市去年认证绿色食品 23 个，有机农产品 109 个、农产品地理标志保护产品 12 个。贵茶集团获省长质量提名奖。

有品牌，才能掌握行业的主动权和制胜权。铜仁市依托梵净山这一世界级品牌，顺势推出“梵净山珍 · 健康养生”公共品牌，出台了《铜仁市“梵净山珍 · 健康养生”绿色农产品品牌创建三年行动方案》。

有品牌，更要做响品牌。去年，铜仁市先后组织 200 余家企业参加“铜货入京”、贵阳国际特色农产品交易会、苏州年货节等活动，助力“梵净山珍、风行天下”。

全市冷链运输、仓储物流等配套设施逐步完善。目前，全市冷链物流企业 155 家，建成冷库 385 座，松桃、德江、思南等一批冷链物流园正加快实施。

好产品，更要广市场。铜仁市深入推进农业产销对接，开展农产品进超市、校园、机关等，巩固本地市场，同时紧盯省内、东部市场，积极拓展国际市场，全力推动“黔货出山”。

2019 年 8—11 月，省内市场上，销售额 17.06 亿元；东部市场上，铜仁市力推“东部市场贵州产品”，紧盯大湾区、长三角等东部市场，省外市场销售额达27.75亿元；国际市场上，全市新增备案外贸进出口企业41户，总计达453户，其中贵茶集团已向美国、德国、法国等12个国家出口抹茶产品。

农产品线下叫好，线上卖得也俏。铜仁市探索建立“1 10 N 3”农商互联产销对接模式，深化与阿里、京东、苏宁等电商平台合作，积极利用新媒体平台直播带货。目前，全市建成网商网店7896家，104家商家142款农产品入驻贵州省农产品交易平台。

农业融合发展为农业插上腾飞的翅膀，铜仁市推动农业与文化、旅游等深度融合，提升农业附加值。目前已有全国休闲农业与乡村旅游示范点1个、省级示范点7个、市级示范点45个。

联利益富农民，解决为了谁的问题

农业发展最终还是让农民增收、农村发展。

眼下，沿河官舟镇马脑村黑木耳种植示范基地里，几十个村民忙碌着采摘成熟的“冬耳”，再添一份节前收入。

该基地是铜仁市“9 2”区县帮扶沿河产业发展项目之一，涉及官舟镇马脑、黄龙、白马等村，基地核心区一期工程占地107亩，二期工程240亩吊袋棚，可排放480万棒。

发展了产业、盘活了资源、壮大了经济，官舟镇马脑村食用菌（黑木耳）种植基地让农村沉睡的资源真正活了起来。

如今，附近村民除了在基地务工每天80—100元的收入，土地流转费用也是一笔可观的收入，基地按照每亩每年700元的价格流转村民的土地，每年300亩的流转费用为21万元。

产业的兴旺使村民致富有了依靠。铜仁市在发展农业产业中，高度重视利益联结机制的建立，积极搭建连接产业发展与农户增收的桥梁，合理设计农民、合作社、企业等各方面在产业发展中各环节所占份额，将更多的产业发展红利惠及群众。

大力推广“三变”改革经验，实现了就业挣薪金、土地流转收租金、入股企业分股金，让群众从传统农民转为“职业工人、土地经营者、产业股东”。农民股东参与“三变”改革增加收益2亿元。

去年全市500亩以上坝区发展经济作物17.22万亩，园区预计带动贫困人口就业数13万人，坝区农民人均可支配收入达5182元，比全市农民人均可支配收入4399元多783元。休闲农业基地接待游客494.6万人次，营业收入10.13亿元，带动农户14553户。

全市以行政村（含社区）为单位，稳步推广“村社合一”经验，提升了合作社整体实力和活力，发展壮大村集体经济。全市共2851个村均不同程度地实现了“村社合一”，大部分合作社负责人由村主任担任。

农业产业发展让农村治理有了坚实基础，铜仁市积极探索乡村治理铜仁模式，深入推进“民心党建+‘三社’融合促‘三变’+春晖社”农村综合改革。经过近年来的探索与实践，在汇聚组织力量、市场力量和社会力量方面，取得一定成效。

铜仁市抓实抓好农村人居环境整治专项行动，深入推进“四改一化”和“厕所革命”，一幅村村优美、家家整洁、处处和谐的美丽乡村新画卷铺展在黔东大地，人民群众幸福感、获得感不断提升。

春华秋实又一年，风劲扬帆正当时。铜仁将全方位发力，加快推进农业实现“六个转变”，不断谱写农业农村现代化新篇章。

以人为本
打好基本民生保卫战

“治国有常，而利民为本”。铜仁坚持把解决“两不愁三保障”突出问题作为工作的着力点，深度聚焦特殊贫困人口精准发力，因村因户因人靶向施策，有的放矢，精准滴灌、加快织密筑牢民生保障网增进人民福祉。一项又一项民生新政接连出台，一件又一件民生实事落地生根，民生工作真正做到了老百姓的“心坎”上，实现了“学有所教、劳有所得、病有所医、老有所养、住有所居”，群众的幸福指数不断提升。

面对“十四五”新蓝图，面对全面建设社会主义现代化国家新征程，铜仁始终坚持把实现好、维护好、发展好最广大人民根本利益作为出发点和落脚点，尽力而为、量力而行，脚踏实地、久久为功，坚定不移提升改善民生水平，努力建设人民群众安居乐业的幸福铜仁。

民生福祉暖人心

——铜仁市推进教育医疗住房三保障工作成效显著

◇ 王安宏

“娃娃读书有补助，公路从门口过，还帮我家改造了危房和厕所，自来水管铺到家里面，现在国家政策真是好啊，我们非常满意！”近日，沿河自治县黄土镇平原村的村民杨连香对村里脱贫攻坚队自报家底时，收获感十足。

“这就是看得见、摸得着的脱贫攻坚成果啊！”对杨连香的话，平原村脱贫攻坚队的队员们感慨道。

行路之难，在于末端。义务教育、基本医疗、住房安全有保障，是群众最基本、最迫切的需求，也是贫困人口脱贫的基本要求和核心指标，直接关系攻坚战质量。截至2019年底，铜仁市紧盯“三保障”，对标对表补短板、强弱项，持续改善贫困村、贫困户发展条件，不断提高公共服务保障水平，取得了显著成效。

教育保障，阻断贫困代际传递

1987年，为让山里的孩子有书读，杜典娥从德江县稳坪中学毕业后回到桶井乡下坪村办了慧萃小学，办学之初，没有教室，只能腾出自家的堂屋和厢房；没有课桌，她又拆掉自家的楼板做桌椅……

“想当年，校园里只有几间破旧的危房，书桌椅十分破旧；现在，教学楼里教学设施一应俱全，农村娃享受到的和城里孩子一样的教育资源，真是幸福得很啊！”站在校门口看着学生跑进教室的背影，杜典娥感慨说，托党的好政策的福，学校的办学条件今非昔比，孩子们读书都有了保障，村里再也没有辍学的孩子了。

下坪村是铜仁市实现教育有保障的一个缩影。

治贫先治愚，扶贫先扶智。教育是阻断贫困代际传递的治本之策。铜仁市委、市政府高度重视家庭经济困难学生上学问题，建立了覆盖学前教育、义务教育、高中教育、高等教育的立体式、全方位教育扶贫体系，资助范围实现了“各学段、公民办学校、家庭经济困难学生”三个全覆盖。

近年来，该市共资助贫困学生 221.9 万人，发放资助金 29.6 亿元，做到了应助尽助、精准资助，政府兑现了“不让一个孩子因家庭经济困难而失学”的庄严承诺。

为了增加农村学生营养，促进其健康成长，从 2012 年开始，铜仁市在农村义务教育阶段学生中实施营养改善计划，从 2016 年 11 月 1 日起全面实行农村学前教育营养餐“3+1”供餐标准和农村义务教育营养餐“4+1”供餐标准，解决了农村学生“吃得好”的问题。

医疗保障，为群众撑起健康保护伞

前不久，沿河自治县开展了“健康扶贫·送医下乡”残疾鉴定及慢病筛查工作，由该县卫生健康局牵头，负责组织医生专家到全县 22 个乡镇（街道）对疑似残疾、慢病人群开展筛查鉴定工作和大病救治随访。

“真好！有这样好的政策，让我们这些行动不方便的人在家门口就能看病。”得益于“健康扶贫·送医下乡”活动，洪渡镇王坨村大山组村民彭寿祥老人在家里就享受到了优质的医疗服务。

“病有所医”，是民生之要、脱贫之基。近年来，铜仁市着力推进健康扶贫工程，千方百计减轻群众的看病难、看病贵等负担，筑牢了群众健康之基，为因病致贫家庭撑起了一把坚实的“保护伞”。

铜仁市把群众最关心的看病难、看病贵问题作为深化医药卫生体制改革的突破口，建立了30分钟医疗服务网络，投入15亿元实施基层医疗卫生服务能力三年提升计划，每个乡镇办好1所卫生院，每个街道设置1所社区卫生服务中心，每个行政村设置1个卫生室，全市公立医院达19家，其中三级医院有5家，群众真正在家门口就能就医看病。

“先诊疗、后付费”一站式即时结算……铜仁市已将建档立卡的贫困人口全部纳入城乡居民基本医保、大病保险和医疗救助制度保障范围，实行倾斜照顾。通过构建多层次托底的医疗保障体系，贫困群众医疗费用负担进一步降低。

如今，铜仁的群众“看得起病、看得好病、看得上病”，“人人不再因病致贫、因病返贫”的愿景逐步显现，百姓获得感和满意度不断提高，改变看得见。

住房保障，全力做到民有所居

两年前，印江自治县沙子坡镇冷草村耄耋老人邓杨萍住在一栋年久失修的破旧木屋里，逢下雨天，在屋里都要撑着雨伞。住上安全的房子，成了她多年的愿望。

“脱贫路上，住房保障不落下一户一人！”2018年春，冷草村全面对村里住房安全进行摸排，邓杨萍老人的住房保障工作纳入脱贫攻坚的重要日程，迅速启动危房改造项目。

搬家那天，是邓杨萍老人最高兴的日子。住进了新房子，邓杨萍老人告别了破旧木房，她激动地说：“现在安逸了！”

住房安全保障是脱贫攻坚的核心任务，是实现“两不愁三保障”的硬指标。近年来，我市始终围绕脱贫攻坚目标精准发力，全力抓好“危改”“三改”和农村老旧住房透风漏雨整治三大工程，全力确保农村住房安全有保障。

全面“危改”，消除住房安全隐患。按照“应纳尽纳、应改尽改、不漏一户、不重一户”要求，2017年至2019年底，全市完成80936户“危改”，争取上级补助资金 10.42 亿元。目前，已全部改造完毕。

同步“三改”，保障基本使用功能。按照“缺什么、补什么”原则，2017 年以来，对全市 80936 户“危改”同步改厨、改厕、改圈，补短板保障基本使用功能，改善居住环境，提升农村危房改造满意度。

开展透风漏雨专项整治，进一步提升住房保障水平。按照“顶不漏雨、壁不透风、门窗完好”整治要求，对按现行政策规定不能纳入农村危房改造对象，但存在透风漏雨的农村老旧住房开展专项整治。

2008 年至 2019 年底，全市共实施农村危房改造 41.1 万户，改造危房总面积 2463 万平方米；各级财政累计投入补助资金 39.64 亿元，带动社会投资达 163 亿元，惠及农村人口约 143 万人。

桃源铜仁桃李芬芳

——铜仁市优先发展教育纪实

◇ 文叶飞 张 勇

这是一片蕴含文明的土地，梵净山叠翠，乌江水蜿蜒，香飘万里的铜仁生态茶，味道纯正的“梵净仙菇”，似乎在静静诉说着她过去的历史……这是一片充满希望的沃土，尊师重教蔚然成风，铜仁市上下栉风沐雨，砥砺前行，薪火相传，弦歌不辍，聚力托起明天的太阳。这里就是厚重历史与现代气息高度融合、自然之美与人文之美交相辉映的桃源铜仁。

百年大计，教育为本；千秋大业，人才为本。近年来，铜仁市委、市政府高度重视教育事业发展，坚持以人民为中心，紧扣人民群众日益增长的教育需求，坚持“小财政办大教育、穷财政办美教育”的理念，将教育放在优先发展的位置，书记、市长多次亲自调研、督查、现场解决教育上的困难和问题，多次专题研究教育工作，市、区县分别压缩行政经费 6% 用于教育，确保教育经费“三个增长”，积极打造尊师重教的教育发展高地。

潮平两岸阔，风正一帆悬。当前，铜仁市正在全力以赴推进教育现代化建设，倾力办好让人民更加满意的教育。“立德树人”“教育现代化”“改革创新”“高质量发展”……一个个关键词，绘就一幅砥砺前行的教育画卷，助力铜仁“一区五地”建设。

补“短板” 山村孩子家门口可上幼儿园

教育是一座城市持续发展的基石，也是民生幸福的重要指数。2014 年，针对农村学前教育“短板”的现状，市委、市政府作出重大决策，在全省率先启动山村幼儿园建设工程，研究出台《铜仁市山村幼儿园建设两年行动计划》，按照“一村一园、分散设点、就近入园”的原则，2014 至 2015 年投入 3.8 亿元，新建、改建 2005 所山村幼儿园，此项工作得到时任国务院副总理刘延东的肯定性批示。入选 2014 年中国全面小康十大民生决策，荣获第四届全国教育改革创新特别奖，《铜仁市“山村幼儿园”破解农村幼儿入园难题》被《中共中央政策研究室简报》（2018 年第 371 期）采用。农村学前教育资源覆盖率从 10% 提高到 100%，解决近 5 万名农村幼儿无园上问题。目前，全市学前三年毛入园率达 95.63%，高于全省、全国平均水平。

2016 年，铜仁市被列为国家级学前教育改革发展实验区，建立了财政投入为主的公办学前教育经费投入保障机制，将学前教育经费纳入财政预算，明确学前教育投入占教育财政投入比例不低于 5%。制定并落实了农村幼儿园生均公用经费政策，乡镇及以下地区公办、普惠性民办园按照每生每年 300 元标准拨付，政府还对以上幼儿园非在编教师、保育员进行购买服务。将学前教育纳入教育兜底资助体系和营养改善计划。对全市所有农村公办幼儿园(含山村幼儿园)和农村普惠性民办幼儿园儿童实施营养膳食补助。

抓“均衡” 确保适龄学生享有义务教育权益

铜仁市以站高望远的精神，锐意创新，奋力追赶超越，通过推进教育“新两基”工作（即义务教育均衡发展工作和基本普及十五年教育工作）和城乡义务教育一体化改革发展，全市教育办学条件得到显著改善，教育管理得到加强，教育质量稳步提升。

——推进义务教育基本均衡工作。2015 年，全省启动县域内义务教育基本均衡工作，玉屏侗族自治县率先通过国家义务教育基本均衡评估验收，随着松桃苗族自治县、思南县、德江县、沿河土家族自治县于 2018 年 12 月顺利通过国家评估验收，至此，全市 10 区县实现了县域内义务教育基本均衡。

——大力推进基本普及十五年教育工作。2014 年，市委、市政府印发了《关于全面深化教育改革基本普及十五年教育的意见》，该市立足实际，采取“以县为主，分年度推进”的方式，认真抓好学校标准化建设、薄弱学校改造工程和城区“大班额”化解工作，形成了“修得最漂亮的房子是学校，环境最优美的地方是校园”的喜人局面。建立健全义务教育“控辍保学”工作长效机制，实行“双线”目标责任制和“七长”责任制。义务教育更加巩固，九年义务教育巩固率达93.28%，“三残儿童”毛入学率达93.3%，均高于全省平均水平。

——推进城乡义务教育一体化改革发展。2018年，出台了《铜仁市统筹推进城乡义务教育一体化改革发展的实施意见》《铜仁市主城区公办资源扩容提质三年行动计划（2018—2020年）》《铜仁市新建小区配套建设中小学幼儿园的实施方案》等文件，强力推进城乡义务教育一体化改革发展。加快学校布局调整，大力推进城镇学校扩容，解决主城区学校资源不足的问题。以县为单位推行集团化办学和学区制管理，组建城乡中小学集团学校115个，在人力、物力、教学资源等方面建立起共享交流机制。

强“突破” 快速提升普通高中办学水平

实施教育突破工程。“十二五”以来，市、区县党委、政府高度重视高中教育发展，按照“退高进初”的布局调整原则，加快高中学校建设，先后搬迁和新建了铜仁一中等14所高中学校，改扩建了铜仁市民族中学等9所高中学校，极大地改善了各高中学校办学条件，提升了学校办学能力，高中阶段毛入学率达到93.16%，高于全省平均水平。

抓高中教育质量提升。以示范性高中创建为抓手，全面提升办学水平。目前，全市有省级示范性高中14所，其中，铜仁一中为一类省级示范性高中，示范性高中所数在全省排中上位次。2018年，以铜仁一中和思南中学为龙头，组建了东西部片区教育联盟，按照“龙头带动、抱团发展、优势互补、资源共享”的原则，打破壁垒，强化了教学教研活动跨校交流，充分发挥强校带弱校的作用。通过“抓备考，建联盟”，全市高考成绩稳步提升。2017年和2018年，全市本科上线率均超过50%，特别是2018年，一本上线率16.81%，全省排第二。600分以上人数排名，在2017年和2018年，我市均排名第三。

改“面貌” 全力丰富职业教育发展内涵

职校办学条件得到改善。2013年，实施中职学校“百校大战”项目建设工程，在全省选择100所左右中职学校，加大基础设施建设，改善办学条件，提升职业教育基础能力。铜仁市7所中职学校列入全省“百校大战”工程，碧江区中职学校、铜仁市交通学校、松桃苗族自治县中职学校、石阡县中职学校、德江县中职学校、沿河土家族自治县中职学校实现整体搬迁，思南县职校新校区全面建成。“百校大战”让职业学校面貌焕然一新，办学条件全面改善，办学规模迅速扩大。在扩大规模的同时，以申创示范学校为引领，全面推进职业学校内涵发展。先后形成了思南县中等职业学校、铜仁市中职学校、碧江区中职校等一批国家级、省级示范中职校。铜仁职院创建入围全国优质高职院校，铜仁幼专创建入围贵州省优质高职院校。

职业教育内涵发展取得新突破，2018年铜仁市高职学校获得省级内涵发展项目10个，中职学校申报省级内涵发展项目20个。在2018年贵州省职业院校技能大赛中，我市获得9个一等奖、26个二等奖、45个三等奖的好成绩。铜仁职院承办了贵州省职业院校农林牧渔技能大赛暨全国职业院校技能大赛选拔赛。铜仁职院、铜仁幼儿师专、碧江区中职学校、德江县中职学校代表贵州省参加全国职业院校技能大赛，铜仁职院荣获三等奖2个，铜仁幼专荣获三等奖2个。碧江区中职学校曾佳银、张涵2名学生荣获轻纺类服装设计与工艺团体项目二等奖，德江县中职学校熊小美、陈勇丽2名学生荣获三等奖，实现了铜仁市中职学校“国赛”获奖历史零突破。

建“园区” 持续推动高等教育服务经济社会高质量发展

育才造士，为国之本。2009 年，市委、市政府做出重大决定，计划投入 26 个亿，在碧江区川硐建设教育园区，将铜仁学院、铜仁职院、铜仁幼专、铜仁一中整体搬迁到川硐教育园区，将原来铜仁学院、铜仁职院用来举办义务教育阶段学校。2015 年，川硐教育园区建成，所有学校全部搬迁入驻教育园区。铜仁学院、铜仁职院、铜仁幼专三所高校办学条件全面改善，其办学条件达到现代大学要求。2016 年，市委、市政府又决定投入 14 个亿在教育园区新建贵州健康职业学院，该院已于 2017 年招生，形成了“百花争艳”的发展格局。

铜仁市各高校结合自身实际，发挥人才、科研优势，将服务从铜仁各区县延伸拓展至武陵山区，甚至西南地区。铜仁学院创建梵净民族文化研究院、梵净生态研究院、梵净教育研究院等科研创新平台 28 个，深入研究地方经济社会文化。铜仁职院充分发挥国家第 35 职业技能鉴定所、293 职业技能鉴定站优势，在铜仁市各行业开展 1000 余期 600 多个批次的烹饪、电工、医疗救护员、保健按摩师、评茶师、动物疫病防治员等工种的职业技能鉴定，鉴定人数达 7.6 万余人，为该市旅游业、卫生保健业、茶叶、畜牧养殖行业的快速发展做出了积极贡献。铜仁幼专实施“125 学前教育发展协同创新计划”，创编了《山村幼儿园混龄班主题活动课程教师指导用书》，助力全市学前教育发展。贵州健康职业学院顺应“健康变革”的时代需求，将大健康与大扶贫、大数据、大生态、大旅游有机结合、深度融合，提出打造“健康铜仁”的战略目标，较好地履行了高校服务地方经济社会发展的职能。铜仁广播电视大学不断优化办学功能，积极拓展办学渠道，着力在非学历培训上下功夫，年均培训高达 4000 人次等等，为助力地方经济社会高质量发展注入强劲动力。

链“体系” 保障贫困学生“一个也不能少”

教育是百业之基。人民更加满意的教育，来自对公平的持续坚守。

市委、市政府高度重视家庭经济困难学生上学问题，建立了覆盖学前教育、义务教育、高中教育、高等教育的立体式、全方位教育扶贫体系，资助范围实现了“各学段、公民办学校、家庭经济困难学生” 3 个全覆盖。近 5 年来共资助贫困学生 221.9 万人，发放资助金 29.6 亿元，做到了应助尽助、精准资助，政府兑现了“不让一个孩子因家庭经济困难而失学”的庄严承诺。为了增加农村学生营养，促进其健康成长，从 2012 年开始，在全市农村义务教育阶段学生中实施营养改善计划，从 2016 年 11 月 1 日起全面实行农村学前教育营养餐“3+1”供餐标准和农村义务教育营养餐“4+1”供餐标准，解决了农村学生“吃得好”的问题。探索形成了“食堂建设标准化、配餐食谱科学化、营养餐监管信息化、食堂食材采购‘四统’化、食材供应产业化、食堂劳务社会化、学校‘食育’常态化、强化政府保障”的“七化一保障”铜仁营养餐管理新模式，全市农村中小学（幼儿园）食堂均自办自管、公益性、零利润运行，实现了“校校有食堂，人人吃午餐”的目标。

2017 年 8 月 1 日，《中国教育报》头版头条在题为《贵州：教育精准扶贫“拔穷根”》的报道中，对铜仁教育精准扶贫工作进行了宣传报道，充分肯定了铜仁市学生兜底资助、营养改善计划等工作。

2018 年 2 月 24 日，铜仁市教育局被教育部推荐成为全国学生资助管理中心“优秀学习单位”。

2018 年 6 月 27 日，全国营养餐现场会在贵阳召开，铜仁市教育局作为唯一参加教育部营养餐新闻发布会的市州单位，铜仁市营养改善计划工作经验在全国得到推广。

“教育是最基本的民生、最基础的要素、最崇高的事业。”“以高度的站位谋划教育工作，推进教育优先发展、加快发展。”铜仁市决策层高屋建瓴、真抓实干，着力解决“城市挤，农村弱”等突出问题。

“十三五”以来，铜仁市仅工程项目建设就累计投入资金 185 亿元，实施北师大铜仁附属学校新建、铜仁民族中学改扩建、铜仁学院附中改扩建、主城区提质扩容三年攻坚行动计划、易地扶贫搬迁教育保障工程等，各学段教育取得较快发展，同时，该市着力构建四大保障体系，建立 18 个工作机制，切实写好易地扶贫搬迁学校建设管理“后半篇文章”，确保全市近 30 万易地移民搬迁户子女读书求学“一个也不能少”，铜仁教育事业实现了历史新跨越。

教育兴则百业兴。如今，铜仁从当年的“学有所教”飞跃到今天的“学有优教”，教育的强劲起飞，奏响了人民安居乐业的新旋律，开启了铜仁“一区五地”建设的新篇章。

让群众看病就医更满意

◇佚 名

近年来，铜仁市坚持优化资源配置，完善服务体系，夯实基层网底，使全市基层医疗卫生服务能力得到了全面提升，让城乡居民都能就近享受到安全、有效、经济、便捷的医疗卫生服务。

强化基础 改善基层医疗卫生环境

2016年以来，铜仁市投入12亿余元用于基层卫生服务能力提升，共实施医疗卫生项目56个。其中，启动实施县级医疗机构搬迁项目8个，市县疾控中心项目5个，推进乡镇卫生院标准化建设项目39个，并在乡镇卫生院开展“三优三化”（环境优美、服务优质、管理优良，标准化、规范化、数字化）建设和社区卫生服务中心标准化建设，49家乡镇卫生院获得全国“群众满意乡镇卫生院”称号，62家中心乡镇卫生院通过甲等评审。在乡村两级大力推广中医适宜技术，2017年以来，建设完成中医馆108个。同时，全面整合村卫生、计生室，319个深度贫困村卫生室建设、102个易地搬迁安置区卫生室配置设备、1567所农村中小学校医务室标准化建设设备配备实现全覆盖。

2016年，为了给医疗条件较差的偏远地区提供更优质高效的医疗技术服务，铜仁市结合国家建立的分级诊疗制度，推进分级分类远程医疗，在全市18个县级以上公立医院开展远程医疗会诊中心建设，并实现了乡镇卫生院远程医疗全覆盖。6个县完成了区域性检查检验、病理诊断中心建设。乡镇卫生院（社区卫生服务中心）全部配置DR、全自动生化分析仪等辅助诊疗设备，DR影像可上传到市医学影像诊断中心，由市人民医院的专家阅片诊断，并远程传到乡镇卫生院供医生参考，还可以将DR影像保存到患者手机上，患者到其他医院就诊也可做参考，让群众在家门口就能享受到上级医院医生的准确诊断和治疗方案。

构建体系 提高基层医疗管理能力

2017年，铜仁市针对市、县级医院人满为患，乡镇医院门可罗雀、医疗资源闲置的现状，积极探索“医共体”建设。通过在县域建立医共体，整合县、乡、村医疗卫生资源，以新农合基金为杠杆，改变原医疗服务模式，提升医疗服务质量。

结合开展二级以上医院对口支援乡镇卫生院工作，为每个乡镇卫生院派出3名及以上医务人员，并通过开展临床教学和技术培训及组织查房、手术示教、疑难病例讨论等形式，提升基层常见病和多发病的治疗能力。去年以来，县级各牵头医院共完成成员单位技术骨干培训1000余人次，累计下派有关医技专家1329人次，累计上转病人12747人次，县级医疗机构下转病人15006人次，基层服务能力逐步提升，县乡村三级功能定位更加合理。“近年来我市大力提升农村医疗硬件设施，开展‘医共体’增强乡镇卫生院医务人员专业能力，既让基层群众能安心就近就医，又缓解了市、县医院的人流量。”铜仁市人民医院创伤骨科主治医师陈万前说。

同时，在全市8个县15所县级公立医院全面取消药品加成，实行药品零差率销售。将医院门诊费用、住院费用、药品费用、检验检查费用等19项指标列入重点监控内容和公立医院综合改革效果评价内容，严控医疗费用不合理增长。提高医疗报销比例，出台《进一步加强新型农村合作医疗工作意见》，提高一般疾病住院政策范围内补偿比例。取消门诊家庭账户，统一实现门诊统筹，调整一般诊疗费补偿为门诊诊查费和医药费二合一补偿。

创新形式 提升公共服务能力

近年来，铜仁市通过实施基本公共卫生服务项目和重大公共卫生服务项目，开展健康教育活动和爱国卫生运动等，强化传染病监测和防控，有效预防和控制主要传染病及慢性病，大力提高传染病疫情的早期发现和处置能力。2016 年以来，全市累计录入居民电子健康档案 240.26 万人份，电子健康档案建档率达 90%。各类传染病发病率特别是重点传染病发病率降到历史最低水平。2018 年疫情及时报告率 100%，调查处置率 100%。全市高血压患者、糖尿病患者规范管理率达到 60% 以上，控制率达 40% 左右。

同时，积极推进医保支付方式改革，实施以按病种付费为主，按总额付费、按人头付费等复合型支付方式改革，探索门诊统筹按人头付费和住院、门诊大病保障按病种付费的支付方式改革。在全市推行 149 种疾病按病种付费。同时在松桃、江口、思南开展总额预付制改革试点，大力推进支付方式改革。

让贫困群众“住有所居、居有所安”

◇罗 灿 吴 丹

2008 年到 2020 年，12 年的光阴岁月，铜仁大力实施农村危房改造，让数以万计的农村贫困群众实现了住房安居梦，成就了铜仁脱贫攻坚一幅波澜壮阔的恢宏画卷。

农村危房改造是“一达标两不愁三保障”的重要保障，是打赢脱贫攻坚战的底线指标。自 2008 年实施农村危房改造以来，铜仁市住建系统高度重视，将危房改造作为全市住建系统重点任务，履职尽责、担当作为。12 年来，全市累计实施农村危房改造 416765 户，改造危房面积达 2463 平方米，惠及农村人口约 143 万人，极大地改善了农村建档立卡贫困户、低保户、分散供养特困人员及贫困残疾人等重点人员的安居条件。

2020 年是脱贫攻坚收官之年，铜仁市住建局将农村危房改造作为打赢脱贫攻坚战的着力点和突破口之一，创新思路求突破，真抓实干强落实，切实解决了农村贫困群众的住房安全问题，真正实现让贫困群众“住有所居、居有所安”。

高站位 细部署 强责任

为扎实开展农村危房改造工作，按照铜仁市委、市政府的部署，成立了全市农村危房改造工程领导小组，各区县政府形成了一把手亲自抓农村危房改造清零行动的工作格局，以上率下强力推进全市危房改造。

在人员保障方面，全市各区县政府设立工作领导机构，由政府主要领导或分管领导担任组长，发改、财政、住建、民政、扶贫、残联等相关部门为成员，通过设立专班，明确专人办公，形成了一级抓一级、层层压责任、层层抓落实的工作机制。

在行动部署方面，铜仁市以制定《铜仁市农村危房改造和住房保障三年行动方案（2017—2019 年）》为统领，每年以春风行动、夏秋决战为契机，大力实施“危改”，确保农村贫困户住房安全有保障。2017 年以来，按照“应纳尽纳、应改尽改、不漏一户、不错一户”要求，全市投入资金达 12.69 亿元，对 80936 户贫困户农村危房进行了安全改造，同时，按照“缺什么、补什么”原则，对危房改造农户房屋同步实施改厨、改厕、改圈（“三改”）工程，保障基本使用功能和基本卫生健康条件，提高群众满意度。

为公正、公平、公开推进农村危房改造工程，保障群众知晓率，提高群众参与度，铜仁市住建局制定了规范流程，严格“户申请—村初核申报—乡镇复核审批—县住建局（危改办）备案公示”制度，根据危房等级和农户贫困属性，兑现建档立卡贫困户等四类重点对象一级危房 3.5 万元、二级危房 1.5 万元、三级危房 1 万元补助资金，鼓励有经济能力的农户改善住房条件，对鉴定已成危房的非贫困户实施安全改造，也相应给予一级危房 5000 元、二级危房 3000 元、三级危房 2000 元的补助资金。

重宣传　勤巡查　保民生

“毛遂若不自荐，则只能锥处囊中”，政策若不着重宣传，人民群众也不了解。铜仁市住建局十分重视危房改造政策宣传，2017 年以来，共计开展各种规模类型培训会议 22 次。2019 年政策培训巡回宣讲（视频到乡到村）覆盖干部群众 202210 人次，四年来开展现场观摩及业务骨干培训等 6 场 1200 人次。同时，发放农房施工与技术操作图书 2000 本、各种政策汇编资料 2 万余份、政策明白卡 8 万余份，2019 年录制专家访谈 H5 视频宣传，阅读量达 21 万人次。

每年以春风行动、夏秋攻势行动为契机，以拟出列区县住房安全保障问题全覆盖排查整改工作为抓手，对区县脱贫攻坚农村危房改造政策落实情况和农村危房改造完成成效开展督促检查和巡查指导。三年来，共投入人力开展巡查督导近 40 轮 1000 余人次。2019 年以来，开展巡查指导达 24 轮 600 人次，实地进村入户走访群众 7088 户，印发各类专报、通知 60 余期。今年以来，铜仁市住建局重点围绕挂牌督战开展各项工作，通过党组会研究，铜仁市住建局成立了以局党组书记、局长为组长的脱贫攻坚挂牌督战工作领导小组，下设 9 个挂牌督战队，对全市各区县开展督战工作，实施全系统总动员。

为扎实抓好挂牌督战各项工作，铜仁市住建局对沿河自治县脱贫攻坚 22 个乡镇 432 个挂牌督战村完成 12 轮巡回督战，入户走访群众达 41932 户，召开乡镇督战问题反馈会 36 次。为积极开展技术服务支援工作，市住建局从各区县住建局抽调 8 名业务骨干支援沿河，与市住建局 8 名同志组成了 4 个技术指导小组对沿河 22 个乡镇提供全覆盖技术服务，确保高质量打赢脱贫攻坚战。

有步骤 有重点 有成效

市住建局在危房改造工作中，探索出“一二三四五”工作方法，切实有效解决了全市脱贫攻坚农村住房安全有保障目标，为铜仁与全国、全省同步全面小康打下了坚实基础。

为确保与全国同步进入全面小康社会，铜仁市住建局坚持围绕脱贫攻坚“一达标两不愁三保障”，重点聚焦农村住房安全保障目标，建立了农村危房改造工程领导小组和铜仁市农村危房改造与农村住房保障工作制度。据统计，截至 2020 年 8 月，全市完成三年行动计划 80936 户贫困户农村危房改造工程，实施 59276 户危改同步“三改”工程，完成 28110 户农村老旧住房透风漏雨整治和 398 户人畜混居整治工程。

为确保农村危房改造取得实效，全市住建系统完成精准识别危改对象，数据库建立，对全市 318880 户住房进行了安全性评定，实现了全市农村困难群众住房安全有保障目标，百姓告别了世代居住茅草房和土坯房的历史。

从 2008 年到 2020 年，12 年光阴岁月，全市累计实施农村危房改造 416765 户，改造危房面积达 2463 平方米，财政投入补助资金 43.12 亿元，惠及农村人口约 143 万人。

农村危房改造十余载，放在历史长河中看并不算长，但聚焦于铜仁的发展来看，却影响深远——事关实现“一达标两不愁三保障”目标，事关脱贫攻坚大局，事关百万群众福祉。农村危房改造，不仅是脱贫攻坚奋斗史的缩影和凝练，更是实施乡村振兴战略的标志性工程。

铜仁“五跨五确保”“搬”来群众幸福日子

◇佚 名

2019年5月29日，来自思南县27个乡镇（街道）的573户2524名易地扶贫搬迁群众，入住万山区旺家花园易地扶贫搬迁安置点，开启了崭新的城市生活。

6月30日，碧江区正光、新老矮屯、白岩溪、打角冲等6个易地扶贫搬迁安置点，迎来松桃苗族自治县、沿河土家族自治县、印江土家族苗族自治县等地的1.1万余名跨区县搬迁群众入住。

11月13日，碧江区正光安置点服务大厅，来自沿河的搬迁群众，在工作人员的引导下，填写搬迁入住确认书、领取入户钥匙，完善相关入住手续……

“十三五”时期，铜仁市易地扶贫搬迁总规模为29.33万人，占全省188万人搬迁安置规模的六分之一，居全省第三位，其中跨区县搬迁12.55万人，占全省跨区县搬迁规模的53.83%，居全省第一位。

近年来，铜仁市把易地扶贫搬迁作为打赢脱贫攻坚战的“一号工程”来抓，按照“六个坚持”的要求，强化“五个体系”建设，探索“五跨五确保”跨区县易地扶贫搬迁工作机制，让搬迁群众“搬得出、稳得住、有保障、能脱贫”。

跨区县布局 确保一搬“五赢”

铜仁市出台《铜仁市跨区县行政区域易地扶贫搬迁指导意见》，制定《铜仁市跨区县行政区域易地扶贫搬迁工作实施方案》，跨越中心村、乡镇集镇、县城搬迁安置模式，规划实施跨区县易地扶贫搬迁，将铜仁西部沿河、德江、印江、思南、石阡 5 个县和东部松桃的 12.55 万名贫困群众，搬迁到铜仁市中心城区的碧江区、万山区和大龙开发区、铜仁高新区安置。

跨区县易地扶贫搬迁布局，进一步提升了搬迁安置质量，确保搬迁群众能够享有安置地就业、就学、就医、交通等社会公共服务优质资源，彻底改善搬迁群众生计保障和后续发展环境，全面提升搬迁群众长远福祉。有效减轻落后西部区县社会资源承载压力，合理开发利用迁出地土地资源和进行生态修复，同时增加碧江区、万山区城市人口，带来“人口红利”，为大龙开发区、铜仁高新区增加劳动力约 1.4 万人，解决安置地企业大量劳动力需求，推动两个省级开发区经济发展。此外，有效促进东西部区县文化融合、取长补短，推进全市各民族紧密团结、共同进步，助推我市“一区五地”建设。

跨区县协作 确保搬迁后续服务工作无缝衔接

为帮助跨区县搬迁群众生产生活实现无缝衔接，铜仁市积极促进迁出与迁入两地紧密合作，形成长效协作机制，确保各项搬迁后续服务有序开展。

建立跨区县联席领导小组制度。成立迁出、迁入地跨区县易地扶贫搬迁联席领导小组，由迁出、迁入地各明确 1 名副县级领导任组长，两地相关单位主要负责人为成员，统筹协调、协同推进跨区县搬迁各项工作，形成迁出地、迁入地政府共商、共建跨区县易地扶贫搬迁的体制机制。

建立搬迁群众个人基本信息衔接制度。在跨区县搬迁群众抽签分房后、搬迁入住前，由安置地政府统筹迁入地县级民政、卫计、教育、人社、公安等部门与迁出地对应部门衔接移民家庭相关基本个人信息，完善搬迁群众“一户一档”资料，为搬迁入住衔接就学、就医、就业、低保、养老保险等方面工作做好充分准备。

建立派驻干部制度。为帮助搬迁群众克服入住初期东西部口音、生活习惯差异等困难，协助衔接就学、低保、医保、养老保险等方面工作，迁出地原则按每 1 万名搬迁群众派驻 20 名干部的比例到安置地蹲点工作，配合迁入地加强搬迁群众过渡期管理。目前，全市迁出地派驻到安置地干部 150 余名。

建立看房制度。根据安置地提供安置情况，迁出地多批次组织搬迁群众到安置地查看安置点具体位置、小区规划、户型设施、样板房装修等住房情况，以及就业、就学、就医、出行等区位优势，充分尊重搬迁群众知情权、参与权、监督权，增强搬迁群众积极性。

建立支教制度。大量搬迁群众陆续搬迁入住，教育需求急速增加，教师正式调动工作跟不上搬迁节奏，为解决安置地教师短时间紧缺问题，经市教育局统筹、迁出迁入区县协调，2018 年德江县、石阡县共有 65 名教师赴大龙开发区支教。

跨部门联动 确保合力攻坚补位

群众跨区县搬迁，涉及户口变迁、教育、医疗、就业等多领域全方位的变迁，要实现群众的顺利搬迁，需要各相关部门之间的紧密沟通，协作配合。为此铜仁市积极出台各项工作要求，促进各职能部门之间实现有效协作，形成合力，确保跨区县搬迁工作有序推进。

压实责任主体，实现良性沟通。市教育局统筹解决搬迁群众子女就近入学问题、市卫健委规划搬迁群众医疗保障服务、市公安局负责户籍转移衔接工作……为有序高效推进跨区县搬迁工作，铜仁市进一步明确各职能部门工作职责，压实责任主体，促进各职能部门之间实现良性沟通。

建立月报表制度。为便于及时掌握跨区县搬迁后续工作推进情况，加强宏观统筹，铜仁市建立月报表制度，要求市教育、民政、人社、公安、卫生、农业、林业、国土等相关责任部门按月向市易地扶贫搬迁工程建设指挥部报送工作推进情况。

设立一站式服务窗口。万山区旺家花园易地扶贫安置点便民服务中心大厅，有序设置着就业、社保、教育等多个便民服务窗口，群众不出社区便能享受到一站式服务。为快捷办理搬迁群众就学、就医、低保、养老保险等民生事务，市教育、卫计、民政、人社、公安等职能部门派驻干部进驻移民安置小区，设置一站式便民服务窗口。

跨思想阻碍 确保身安心安融入

为引导搬迁群众跨越思想阻碍，积极响应搬迁号召，融入新生活，我市从硬件基础设施、心理需求等各方面入手，解决搬迁群众的后顾之忧，帮助搬迁群众一步住上好房子快步过上好日子。

住上好房子，群众身安。“我们老家自然条件恶劣，严重缺水，生活用水都需要人工挑，一趟来回至少需要40分钟，特别是逢年过节的时候，回村里的人多了，连水都挑不到。”梁国平说。梁国平家共有7口人，搬到万山区旺家花园易地扶贫安置区后，安置房内燃气灶、沙发、电炉等家用设施配备齐全，能够随时使用的自来水，让梁国平告别了过去的用水窘境。为方便搬迁群众，铜仁市按照“因地制宜、科学规划、精准施策”原则，坚持城镇化集中安置方式，以自然村寨整体搬迁为主，把经济要素集聚功能强、创业就业机会多、人口承载容量大的区域作为安置地，同时坚持安置房配置标准适用原则，让搬迁群众一步住上好房子。

满足搬迁需求，群众心安。加强社区公共阵地建设，满足搬迁群众文化需求；开展就业技能培训，解决群众就业增收难题；严守保障底线，满足群众就学就医需求……为满足搬迁群众就业、就学、就医等各项生产生活需求，铜仁市编制出台《铜仁市中心城区易地扶贫搬迁学生安置方案》《铜仁市跨区县易地扶贫搬迁医疗卫生配套工作方案》《关于进一步做好易地扶贫搬迁工程涉及民政配套措施的通知》等一系列惠民政策，为搬迁群众注入强心剂。

积极引导，群众融入快。要实现搬迁群众“融得入”，加强思想引导是关键。铜仁市各安置地积极组织派驻干部、社区干部、楼长、物管、自愿服务队等分工包户，帮助搬迁群众尽快熟悉、适应城市生活，同时开展丰富多彩的联谊活动，通过组织开展春节玩灯、六月龙舟赛、中秋晚会等联谊活动，拉近搬迁群众之间、搬迁群众与当地群众之间情感距离，帮助搬迁群众快步融入新生活。

跨服务半径 确保补齐短板

搬入新住地，转变新生活。为解决搬迁群众搬迁初期的各项生产生活需求，我市积极筹措工作方案，因地制宜为搬迁群众量身定制各项惠民利民政策，进一步补齐短板，为群众提供优质高效的搬迁服务。

增设管理服务机构。万山区在移民安置区增设仁山街道办事处、丹都街道办事处。碧江区在矮屯、龙田和谐家园、响塘龙等易地扶贫搬迁安置点设立社区。大龙开发区撤销大龙镇设立大龙街道办事处、麻音塘街道办事处，设立大德新区支委、居委会，德龙新区一支委、二支委及居委会。为规范搬迁群众服务路径，我市根据安置点规划和实际管理需要，按照民政部门相关政策，增设街道办事处、社区。

巩固群众主体地位。为拉近党委、政府与搬迁群众距离，提高管理效率，增强搬迁群众主人翁责任感、归属感。铜仁市规定在新设街道办事处领导班子成员中要有一定数量的迁出地调入干部，新设社区党支部、居委会班子成员主要由搬迁群众担任，下设若干楼长（居民小组长）。目前，万山区河坪安置点社区支部副支书、支部委员由搬迁群众担任，大龙开发区大德新区、德龙新区的支部、居委会主要负责人都由搬迁群众选举担任。

补齐社会服务短板。为补齐过渡期社会服务短板，铜仁市在各移民安置区设立移民服务中心，由迁出地、迁入地干部共同参与管理，代行社会管理服务职能，同时指定临时楼长协助管理，并同步成立移民安置区后续服务团队，为搬迁群众提供便利服务。

铜仁：乘上“安全云” 做好营养餐

◇景应忠

“自从接入并启用了学生营养餐智慧云平台，学校的食品安全、营养合理和资金安全这3个问题都解决了。营养餐智慧云平台为学生营养餐撑起了一朵‘安全云’。”近日，贵州省铜仁市教育局副局长叶通贤对记者说。

2018年，铜仁市教育局印发通知，要求辖区各县（区）教育局以购买服务方式，全面使用营养餐智慧云综合服务管理平台管理学生营养餐。经过3年试点，该平台已在铜仁市全面铺开。

层层把关、人人负责，确保食品安全

在思南县邵家桥镇沙沟村成丰种养殖农民专业合作社蔬菜基地，合作社法人秦礼强说，基地生产的豇豆、黄瓜、南瓜、冬瓜、西红柿、莲花白和辣椒等，全部销往附近的学生营养餐食材配送公司。为确保基地生产的各种菜品绝对安全，在蔬菜还未栽种之前以及栽种过程中，先后由农业农村局、市场监督管理局和农牧科技局对基地土壤、种子、化肥、农药及农作物生长过程进行监督、检查。每一季蔬菜成熟时，合作社会对即将采摘并送往配送公司的每种蔬菜，用食品安全检测仪进行农药残留、甲醛检测，同时将检测时自动生成的数据上传至学生营养餐智慧云平台和营养餐食材配送公司。

在学生营养餐食材配送公司——思南县绿源餐饮管理有限公司的毛菜配送现场，专门负责毛菜安全检测的工作人员黄焕琳告诉记者，基地送菜时，公司不但将每个品种都用县农业农村局推荐的食品安全检测仪检测，还将自动生成的检验批次、检测结果和拍摄的照片、视频等上传云平台。

印江精耕细作农业开发有限公司运用称重分拣配送程序，确保食材配送种类齐全、重量达标。当配送工人把菜搬到电子称重器上时，电子称重器则会显示该校本次所需蔬菜品种及其重量，人工与系统里的信息核对无误，系统即自动生成一张带有条形码的信息清单。

随后，学校食堂管理员、入库员以及食堂工人，点开手机上的数据平台，逐件验收入库拍照、拍视频上传后，整个过程才算结束。

食材配送公司将食材送到学校后，学校还要检查、拍照并上传云平台，加工时也要拍照、拍视频上传，最后的成品更需要拍照、拍视频上传并留样保存 48 个小时。上传云平台的所有信息，当地教育局随时随地可调取、查证。

制定带量食谱，确保学生营养合理

既然是营养餐，那就得营养搭配合理。铜仁市根据学生身体营养摄入量需求，参照国家卫生健康委发布的《学生营养餐指南》指导标准，建立学生所需的营养摄入标准，解决了粗放式营养分析数据不达标问题。同时，对入驻云平台的合作社、加工企业的 1058 种食材（品），每百克的热量、蛋白质、脂肪、碳水化合物等 36 种营养含量进行测定；组织营养师制定 1042 套菜谱和每年度春季、秋季学期带量食谱各 11 套，供各地教育局和学校选用。

“自从有了带量食谱，我们工作轻松多了，学生、教师下周想吃什么菜，手机一点，一切都搞定了。”铜仁市第十一小学食堂负责人邹丽说。

铜仁市教育局还要求各县（区）利用智能体测仪每学期对学生进行 3 次体质监测，对学生营养健康数据进行实时采集和分析。家长通过客户端即可了解学校开餐质量及孩子餐食情况和营养健康状况，学校则根据监测结果调整学生在校食谱，形成营养科学体系餐食链条，保障学生身体健康。

确保每一笔账目经得起查证

每到月底，印江精耕细作农业开发有限公司都会向其配送食材的73所学校（幼儿园）发起一次对账。该公司经理徐佳佳说，在云平台上对账很简单，只要将当月订单汇总，系统就会自动生成一张报表，公司财务人员依据报表到税务部门开具发票后，即可去学校办理费用。

学校则要经过食堂管理人员和报账人员审核、校（园）长审核签字，再将发票附报表送所属地教育办公室，审核汇总后统一送县教育局资金管理中心处理。所有账目经县教育局资金管理中心审核后，直接拨付到配送公司账户上。

印江县教育局营养办主任席佐文说，每所学校在云平台上都有一个虚拟账户，学校只见账不见钱。学校食堂管理员、县教育局营养办工作人员、云平台后台工作人员以及其他持有云平台移动终端的人，都可以在云平台上把已发生的每一笔账目调出来，或多笔账目汇总查看鉴别，任何人做假都不可能。

铜仁市教育局营养办负责人吴松文说，正是有了包括“统一食材、统一价格、统一配送和统一带量食谱”的“四个统一”，确保了每一笔账目都经得起查证。

铜仁市碧江区从今年9月起全面推行在云平台上开展对账和结账。营养餐配送公司按月通过线上支付系统向学校发起采购电子对账单，再由相应学校食堂管理员用收货单与商家发起的电子账单中食材的品种、数量、价格进行核对，学校报账员审核电子对账单的金额与电子发票金额是否相符，学校领导在线上支付系统中审核并签字。区教育局经费管理中心会计在线上支付系统中对电子附件、发票、签字情况进行全面审核，审核通过后通过线上支付系统将经费拨付给配送公司。

食以安全为先。为确保学生营养餐安全、营养和资金安全，仅今年，铜仁市教育局就印发了10个相关文件。“下一步，我们将进一步引导各地用好学生营养餐智慧云平台，努力把工作做得更好。”叶通贤说。

碧江：让易地扶贫搬迁群众子女“上好学”

◇ 任琴超

“高高一座山、平平一座山、矮矮一座山，三山靠一起，大山连小山，头上戴朵花，添上小嘴巴，小朋友，你们看是什么呢……”2019 年 4 月 4 日，在碧江区矮屯安置小区内的三十二幼儿园里，小朋友们在老师的带领下开始了绘画课程。

“我女儿学得好认真，看来搬对了。”正在看女儿上课的田练高兴不已。田练是矮屯安置区的沿河搬迁户，女儿 5 岁了，目前在小区幼儿园读中班，每天接送孩子是她最高兴的事儿。“在我们老家只有一所公立幼儿园一个班，由于家离学校远，孩子一直没入园，在家里养成了很多不好的习惯。今年搬迁到这里就送到小区幼儿园，每天接送方便，才几个月时间，孩子学了很多知识，爱唱歌跳舞，也懂礼貌了。”田练开心地说。

田练的孩子享受到的优质教育是碧江区做好易地扶贫搬迁后续工作的一个生动缩影。

截至目前，碧江区已搬入沿河、松桃、印江等地跨区县易地扶贫搬迁群众 26754 人，迁入学生 1061 人，其中幼儿园 110 人，小学 609 人，初中 273 人，高中 69 人。

为了让搬迁群众安下心来，碧江区全力做好易地扶贫搬迁“后半篇文章”，针对搬迁群众最关心的子女入学问题，扎实抓好校园建设、教师配置、简化程序、学生资助等方面工作，实打实改善搬迁群众子女受教育条件，确保易地扶贫搬迁群众子女能上学、上好学。

“最开心的是现在每天都不用早早起床了，课间活动玩的东西很多，可以打羽毛球、打篮球、下棋、看课外书，每天很开心。”三十二小学学生刘超高兴地说。今年，他刚从松桃正大搬迁到碧江区，目前在小区旁边的小学就读，对于新学校的生活他十分满意。

为解决搬迁群众子女的入学问题，碧江区先后出台实施了《碧江区中心城区中小学幼儿园专项布局规划（2016—2030）》《碧江区易地移民搬迁教育安置方案（2017—2018）》《碧江区中心城区基础教育发展两年攻坚行动计划（2017—2018）》和《铜仁市中心城区提质扩容三年行动计划（2018—2020）》等规划方案，投入建设资金 7.7 亿元，改造薄弱学校 35 所，配备设施设备学校 23 所，并在易地扶贫搬迁安置点新建配套学校（园）11 所，改扩建中小学 4 所，增加中小学、幼儿园学位 13302 个，其中小学 7560 个、初中 2592 个、幼儿园 3150 个。在易地扶贫搬迁群众子女入学时，开通“绿色通道”，简化报名程序，让搬迁户子女先入学后办理转学手续，保障学生及时入学。同时在安置点制作就学工作宣传展板，公告就读名单、就读安排学校并上门家访等，确保搬迁人员子女应读尽读，实现移民群众子女适龄学生入学率 100%。

同时，扩大优质教育覆盖面，以老城区 6 所中小学优质学校为龙头，把易地扶贫搬迁安置点学校办成优质学校分校，通过实施“六个统一”（教师统一调配、班子统一配备、教学统一管理、财务统一核算、设施设备统一配备、质量统一检测、绩效目标统一考核），让搬迁学生享受到优质教育资源。

开学后，学校及时召开易地扶贫搬迁人员家长会和开展家访，详细了解搬迁户家庭情况、学生心理及学习状况。同时，学校成立“一对一”帮扶领导小组，从学习、心理等方面开展关爱和帮扶，确保易地扶贫搬迁人员就学子女能够安心学习。

加强贫困学生资助力度，学校根据实际情况给予全免或减免一定费用。在铜仁市第四中学七年级设立思源移民计划班，面向建档立卡贫困家庭招收学生 50 人，每人每年资助 2000 元（其中生活补助 1440 元、交通费补助 200 元、学习资料费补助 360 元），并对 50 名学生的吃、住等所有费用全免。第七小学成立了“助力易地移民 · 携手为爱黔行”助学金，把昆山结对帮扶学校捐助的助学金每学期捐助给贫困移民学生。并按照“不漏一户，不漏一人，应享尽享，应助尽助”工作思路，强化教育资助政策宣传，认真落实国家教育资助项目，实施教育兜底资助，确保贫困学生不因贫失学。

为了帮助搬迁户孩子适应城市生活环境，每天下午 4 点，碧江区学校每天安排两名教师到生态移民小区开展“四点半”课堂，对这些孩子进行课后辅导，帮助学生解决学习中的难题。此外，还对孩子开展弘扬中国传统文化教育，开设“书法课堂”“经典诵读”，定期开展美术绘画、舞蹈、唱歌等文娱活动，还开设交通常识、安全常识、卫生习惯等课堂，极大提高了孩子的成绩和素养。

万山：绿色崛起展新颜

◇陈 阳

“山清水秀，美不胜收，令人流连忘返。”第一次来朱砂古镇旅游的贵阳游客袁先生，如此评价眼前的万山景象。

他却不知道，10年前的万山，汞竭城衰，街道上尘土飞扬，废弃矿渣填满沟壑。山上不见绿色，林中难闻鸟鸣。

万山经历长期的汞矿开采与冶炼，资源枯竭与环境恶化也伴随而至。面对发展滞后与生态恶化双重压力，万山干部群众一筹莫展。作为一座“因汞而兴”的城市，在贵州汞矿关闭后，万山干部群众面对拉动经济发展的“独轮车”轰然倒塌的现实，常抱怨没有资源支撑，产业转型艰难。

党的十八大报告明确提出大力推进生态文明建设，努力建设美丽中国，实现中华民族永续发展。万山牢记嘱托，转变观念，深入践行绿水青山就是金山银山理论，奋力推动绿色转型。绿色已成为万山最鲜亮的底色，成为万山重塑辉煌的新引擎。

万山把旅游作为资源枯竭型城市绿色转型的突破口。2015年，万山从江西引入吉阳公司，投入20亿元打造朱砂古镇，依山傍水建成了玻璃栈道、玻璃桥、时空隧道、悬崖泳池、放下山庄、朱砂大观园等景点。

慕名而来的旅客络绎不绝，自2016年开园以来，朱砂古镇至今共接待游客600多万人次，综合收益累计达20亿元，带动当地上千人就业。昔日废弃的老矿区变成了山水与文化融合发展的旅游新区，成为贵州最具活力的旅游热点之一。

用活山水资源，打造全域旅游。万山还跳出“看山望水”思维，通过变废为宝、无中生有，投资20亿元建设了万山彩虹海，打造陆地公园、水上乐园，填补了方圆300公里没有大型游乐场的空白。彩虹海项目被列为全国优选旅游项目名录。

该区还投资3.5亿元，对朱砂古镇到九丰农业博览园沿途进行景观改造，以“江南·水乡·烟雨”为主题，把土墙变成壁画、住宅变成旅馆，形成了“四季花开、步步有景”的滨河公园景观长廊。

此外，万山还启动黄腊溶洞景区建设，投资5亿元打造地下大峡谷、中国第一个情景漂流、西南地区最大的冰洞项目、温泉乐园和贵州最大的蝴蝶谷等溶洞主题旅游风景区。

“从矿工到经理，我最开心的是能一直留在这片土地上，实现自我价值。”47岁的吴长平是“贵州汞矿”最后一批矿工，如今担任朱砂古镇景区安保部经理。

汞矿关闭后，吴长平失去了工作，没有了收入来源，不得不外出务工谋求新生计。2016年，朱砂古镇开园迎客，在外漂泊多年的他返回家乡，进入景区，重新实现在家门口就业。

除吴长平之外，还有100余位矿工及矿工子女，进入朱砂古镇景区，重新回归矿山工作，成为万山绿色转型最直接的受益者。

随着万山绿色崛起，生态惠民效应逐渐凸显。生态农业崛起，使万山人收获更多的绿色红利。

2015年，万山从山东寿光引进九丰公司，打造九丰农业博览园，建成了全国最大、科技含量最高的单体智能观光大棚、花卉大世界、候鸟小木屋养老中心。

依托九丰农业的资源、技术、管理等优势，万山全面推广“九丰农业+”模式，助推“千年丹都”变“武陵菜都”。仅3年时间，全区建成标准化大棚蔬菜基地64个，面积达1.5万多亩，覆盖45个村，为5160户贫困户1.82万人建立了利益联结。

坚持绿色引领，万山走出了一条融合共生的绿色发展新路：用好绿色资源，培育绿色产业，打造绿色家园，推动绿色崛起。

如今的万山，一批批“香柚村”“黄桃村”“莲藕村”“葡萄村”等，如雨后春笋般快速发展。绿色发展，成功带动万山农村贫困群众脱贫增收。2018 年，万山已实现“整区摘帽”。

松桃：盯紧五大抓手赋予“四在农家”新内涵

◇ 刘振斌

松桃苗族自治县立足富美农村富裕农民，盯紧五大抓手，着力打造山川秀美好家园，赋予“四在农家”新内涵。

盯紧产业抓手，打造富裕山川秀美好家园

按照“1+N”产业发展模式，即生态畜牧业 + 茶叶、中药材、蔬果等种植业，大力深化农业供给侧结构性改革，推进种养循环，实现畜禽养殖粪污资源化利用和产业绿色发展。已建成投产年产 5 万吨有机肥加工厂 1 个，在建年产 5 万吨有机肥加工厂 1 个。配套种植茶叶、果蔬、特色粮油、中药材、牧草、烤烟等 50 余万亩，畜禽粪污得到综合利用。梵净高科生产“顺天收”有机肥获欧盟引进认证，畜禽粪污资源化利用得到质的提升。2017 年 8 月，中央电视七套《科技苑》栏目，专题采访报道《多种方式使猪场零污染》。2018 年 5 月 17 日，又以“会回家的野鸭”为题报道生态环保养鸭。2018 年 7 月 21 日，贵州新闻联播以“松桃：养猪废料种黄桃 绿色种植效益好”为题，对猪粪资源化利用和种养循环取得成效进行报道，畜禽养殖污染治理水平不断提升。2018 年 7 月 24 日，该县畜禽粪污资源化利用经验全省畜禽粪污资源化利用工作现场会进行公开交流，其经验被列为全省畜禽粪污资源化利用典范，并在全省推广。

盯紧“六绿”攻坚抓手，打造环境山川秀美好家园

深入推进“六绿”攻坚行动，切实强化林业发展。完成全域绿化任务

14.13 万亩，其中一般区域绿化面积 11.94 万亩，重点区域绿化面积 2.19 万亩（任务 2.06 万亩），完成率达 106%。以花鼓大道、梵净山大道、文体公园绿化为重点的“绿城”项目完成 1150 亩，以松铜高速、G352、S304 公路、冷孟连线绿化为重点的“绿道”项目完成 1442 亩，以松江河综合治理为重点的“绿水”项目完成 2200 亩，以普觉农业园区、大坪农业园区为重点的“绿园”项目完成 5979 亩，以天龙湖景区、苗王湖度假村、潜龙洞景区、苗王城景区、腊尔山红石林景区为重点的“绿景”项目完成 4087 亩，以盘石镇响水洞村、黄板镇卡落村、大路镇生态茶园等 3 个示范点及正大镇康养基地为重点的“绿村”项目完成 5700 亩，完成松桃永红森林公园征地 231 亩，拨付征地款 1300 万元，已栽植桂花、樱桃、樟树等 20 亩，修建 40 亩蓄水池和 5 亩蓄水池各一个，正在修建管理房 320 平方米。

盯紧脏乱整治抓手，打造村寨山川秀美好家园

把提升“文明在行动·满意在贵州”活动、确保复审国家卫生县城、扎实开展“六心行动”为主要工作目标，认真开展环境整治，全覆盖掀起环境保护行动激情，为建成百姓富、生态美的全面小康社会提供了强大的推力。截至目前，完成金阳农贸市场建设运营；新投入使用新能源公交车、的士车 36 台；投入经费 30 余万元制作正能量宣传标语 1000 余条（幅），联合部门开展“文明在行动·满意在松桃”暨整脏治乱督查 10 余次；组织开展明察暗访 100 余次；参加大型会议、大型接待环境整治 20 余次。

盯紧旅游服务抓手，打造靓丽村寨山川秀美好家园

完善旅游服务配套功能，启动旅游公厕 9 座的建设任务，不断构建“快旅慢游”服务体系，完成苗王城景区保 4A，潜龙洞景区创 4A；大力培育打造响水洞、马鞍、矮红等 5 个乡村旅游精品，建成正大长征、迓驾马安、孟溪安山、盘石草海、盘石红石林、长兴九龙、普觉棉花山、世昌下堡等微景

观16个。加快九龙湖景区建设，打响“天下苗都”品牌，盘活全域旅游资源，打造生态旅游胜地。

盯紧文化活动抓手，打造人气集聚山川秀美好家园

组织协调好中国东方演艺集团代表中宣部、文化和旅游部到松桃开展“文化迎春、艺术为民”服务基层慰问活动，演出团先后到黄板镇、盘信镇、蓼皋街道、乌罗镇结合脱贫攻坚内容开展演出活动。精心组织和筹备结合脱贫攻坚的“新春七天乐系列文化活动、苗族二月二、四月八、六月六”等为代表的民俗文化活动10余场次。创新乡镇文化品牌活动，协助盘石、孟溪、寨英等乡镇包装打造苗族“二月二”鼓社节、“茶灯艺术节”“寨英滚龙艺术节”等乡镇文化品牌活动。丰富群众精神文化的同时发展有历史记忆、地域特色、民族特点的美丽乡镇。县文联组织音乐家协会、舞蹈家协会联合赴甘龙开展“春晖聚合力·同心战小康”2018年甘龙浑泉春节联欢晚会；赴大路乡开展“团结奋进　拼搏创新　苦干实干　后发赶超”新春文艺汇演活动。

玉屏：医疗扶贫创奇迹

——爬行30年，她终于站起来了

◇胡攀学 王瑞馨 覃嵩松 朱 邪

“感谢党的扶贫好政策，让爬了30年的我站起来了。”2018年6月26日，玉屏侗族自治县委办公楼大厅，33岁的皂角坪街道茅坪村村民张琼第一次穿上蓝色的新裙子，与丈夫杨万江把黄边红底的锦旗送到县委、县政府。

张琼，1983年出生在岑巩县大有镇腊恰畈村一个贫苦农家，3岁时，一次意外让她从此无法站起，只能靠两手撑地、双膝跪地艰难爬行。

30年来，她从未穿过裙子、凉鞋，绝望伴随着她30年的挣扎人生，娘家、夫家均因她而倍受煎熬。

张琼是不幸的，但同时也是幸运的。回望30年来的血泪人生路，终于抬头挺胸站起来的张琼异常激动：“是党的医疗扶贫好政策和家庭签约医生的精准帮扶，让我重新站起来！”

一次意外，让她从此站不起来

“这辈子没想到我家姑娘还有站起来的一天。”7月1日，岑巩县大有镇腊恰畈村，60岁的周二妹谈起二女儿张琼受过的苦，眼眶通红，泪水涟涟。

20世纪80年代，张琼娘家的日子过得异常艰难。奶奶年事已高，父亲行动不便，三姐弟尚在幼年，全家人的生计全靠母亲周二妹一人操持。张琼一直记得：“母亲每天凌晨四点就要起床干农活，晚上九点才能回到家中。”

由于养家负担重，周二妹无暇照顾孩子，一次意外就酿出后悔一生的大事故。1988 年， 3 岁的小张琼与伙伴玩耍时，不慎被纳鞋底的锥子戳进脑门中央。

其时，张琼的父亲刚动完手术卧病在床，周二妹又刚生下小儿子张华尚在月子中，根本不知道女儿张琼已遭遇大祸。闻讯赶来的村民强行拔出小张琼脑门中央的锥子，致小张琼当即昏迷不醒，高烧达 42 摄氏度。

为了替女儿治病，周二妹将全家唯一值钱的两头小猪仔卖了换来 70 元，又向亲邻借款送重伤的小张琼到岑巩县人民医院治疗。经过一个多月的救治，病势总算稳定下来，然而厄运从此紧紧掐住了张琼的喉咙——右眼失明，左半边身体无力，腿部僵硬难行。

从此，小张琼仅能以细嫩的两条胳膊撑地，缓慢地向前爬行。意识到右眼看不见光明的小张琼成天抽泣，一声声唤着：“妈，妈！救我！”无能为力的周二妹只能跟着哭，一家人心情跌落谷底。

穷人的孩子早当家，哪怕双膝跪地，张琼也一只手撑地，另一只手拿着扫帚清扫屋里屋外，双膝磨出的鲜血洒满一地。

可是，命运并未眷顾张家，而是让张琼的病情更加严重了，由于长期的肢体扭曲，导致肌张力障碍。11 岁的一天，正在扫地的张琼忽然感到一种前所未有的剧痛迅速遍布全身，身体不受控制地痉挛，浑身冷汗，疼痛入骨。

自这天起，每天午后，张琼都会遭受长达数小时的病痛折磨，这让她身心俱疲，煎熬难忍。张琼对过去的痛苦记忆犹新：“痛一天，感觉比一辈子还长，真恨不得立刻死去。”

万般无奈，姑娘从此醉酒抗痛

张琼病痛的加重，让这个本就风雨飘摇的农家雪上加霜。周二妹每天做完农活回来已是晚上八九点，顾不上休息就为张琼按摩身体疼痛的部位，以减轻女儿的痛苦。轻揉慢按，一捏一推，常常要到凌晨鸡叫时分，等到张琼疼痛减轻睡去后，周二妹才得以小憩片刻，躺下不久又得起身下地忙农活。

“妈妈那时候太累了，一人苦撑一个家。”张琼的弟弟张华说，为了供大姐张能梅和他读书、为二姐张琼买药，周二妹经常要挑着一百斤的木柴去玉屏县城贩卖，来回两天只能赚回5元钱。遇上青黄不接、年景艰难，全家只能以红苕、南瓜果腹充饥，一斤菜油全家要吃半个月。

张琼体谅母亲，疼痛难忍时，只敢低声哭泣。疲乏劳累的周二妹焦灼至极却又无能为力，不由说道：“二妹，你去喝点烧酒吧，喝醉了就不痛了。”

从此，11岁的张琼每天三杯烧酒，只为病痛缠身之际求得一醉。虽然每斤酒值不了几块钱，但对贫困的张家还是一笔不小的开销。

张能梅不愿看到母亲太辛苦，初中毕业便奔赴广东打工，拼命节约把工资寄回家，为张琼买药，支持张华读书，为操劳的母亲分担一份生活的不易。从此，养家的重担，张能梅为母亲分担一半。

嫁人生子，贫苦“传递”到新家

女大当嫁。谁会娶一个站不起来的姑娘？看着姑娘一天天长大，周二妹又在为张琼的婚事操心。

2006年，经亲朋撮合，张琼嫁给了距娘家10多公里的茅坪村村民杨万江。其时，杨万江前妻病逝8年，杨万江一个人好不容易刚建起一栋毛坯砖房，还是家徒四壁。娘家人都担心张琼嫁人后的日子会更艰苦，迎亲的队伍一出门，一家人哭得稀里哗啦。

好在杨万江是个知冷知热的汉子，家里家外的活儿他一人撑下来，还无微不至地照顾妻子。婚后6年间，张琼先后生下女儿运灵、儿子玉龙。

家里添了两张嗷嗷待哺的嘴，杨万江只能拼命地干活。张琼也力所能及地做些家务事。每天上午，张琼以一只手扶墙，一只手撑地，跪着缓缓挪向厨房。在厨房的灶台前，杨万江特意放置一张凳子，让张琼坐在凳子上，切菜、做饭。因为肌张力障碍，张琼的左手根本就张不开，只能靠大拇指勉强码菜，导致手时常被菜刀误伤。

“虽然我是个残疾人，但遇到的都是良心人。”张琼说，嫁到茅坪 12 年来，不论是娘家人，还是丈夫的大哥杨万国一家，都一直不遗余力地帮助她。杨万江为张琼随时准备一大壶烧酒，帮她抵抗痉挛时钻心入骨的疼。

母亲周二妹时常送来菜油、时蔬、猪肉，几年间，仅周二妹送的菜油就达 700 斤。已定居广东的大姐张能梅，每个月定期汇款给张琼，给两个孩子买奶粉以及家庭生活支出。

杨万江平日出门干活早出晚归，病痛缠身的张琼无力看护一双年幼的儿女，大哥杨万国与大嫂刘月菊义务照顾两孩子。张琼坐月子，冲奶粉、换洗尿片、给孩子洗澡，刘月菊放下手上的农活，像照顾女儿一样照顾张琼和两个孩子。孩子体弱多病，杨万国经常背去医院，还要垫付医药费……

在这样的家庭环境中成长，两个儿女除稍显自卑外，很懂事，从不在外惹是生非，还时常帮助妈妈干些家务活。这个贫苦的农家爱心满满，欢声常在。

家庭医生，医疗扶贫创造奇迹

除了家人的关爱，党和政府也从未忘记过张琼这样的农家。2014 年，杨万江家被纳入精准扶贫对象，一家人享受农村低保确保生活无忧。

家庭的欢乐和生活的保障永远赶不走张琼身体的病痛。2017 年 5 月，结对帮扶杨家的驻村干部吴斌亲眼见到张琼痉挛时的痛苦后，苦劝她到县医院住院治疗。但张琼怕花钱，生怕来之不易的“一达标两不愁三保障”又因她而昙花一现。

“你不要担心花钱，现在国家的医疗扶贫政策好得很！”吴斌耐心向张琼解释国家医疗扶贫政策，精准扶贫户可以“先看病，后付费”，报销比例很高，还可以享受来往车费、家属护理补助等。

吴斌的扶贫政策宣传，让张琼第一次住进了玉屏自治县人民医院，但医院并未能彻底查出张琼的病因，只能缓解她短期痛苦，进出医院几次也未治好她的病根。

当张琼彻底绝望时，玉屏推出了家庭医生签约服务，以县人民医院、县中医院为核心，与乡镇医院、村卫生室组建医共体，组织县、乡、村三级医疗机构医护人员 801 名，组建 84 个医疗服务团队，创新开展“一人一卡、一户一档、一病一方”家庭签约医生服务，让所有贫困户、慢性病患者家庭享受到精准医疗扶贫。

去年 10 月，县人民医院副院长、内科专家冉茂志，与平溪镇社区卫生服务中心的医师代福志、护师李兰兰、茅坪村卫生室村医张林等 4 人组成的医疗队，成为全村 54 户 150 个村民的家庭签约医生。也成为张琼家的签约家庭医生。冉茂志说：“第一次看见张琼的样子，我非常震惊。”

冉茂志带张琼到医院做了全面体检，还是找不出病根。张琼很感激医生的细心、耐心，她说：“治不好就算了吧，我家里底子薄，不能因为我的病再拖累两个孩子。”

“我们是你的家庭签约医生，保证你的健康是我们的责任。”冉茂志一边鼓励张琼克服一时困难，说农村超过 30% 的家庭因病致贫，病不断根家庭就永远好不起来。一边从结对帮扶玉屏侗族自治县人民医院的贵阳市一院，请来神经外科副主任医生杨栩、神经内科副主任医生张艳，到玉屏为张琼治病。

经多次会诊，张琼的病因被查出——脑部感染导致肌张力障碍扭曲性痉挛。确定了病因之后，冉茂志会同专家组为张琼制定治疗方案，特意从贵阳调进专用药物。由于张琼的腿长期僵硬，腿部肌张力高，经络不通，输进身体的药却不随血液流动，反而让她起了包块。医生并未放弃，经过 4 次临床调整药剂用量，张琼的病情逐步稳定下来。随着治疗的深入，张琼渐渐发现，左腿脚肌肉开始变得松软。

2017 年 11 月 6 日，是张琼永远记得的日子。坐在病床上的她感觉身体格外轻松，一直紧攥的左手也舒展开来，双膝可以伸展。她小心翼翼地下床，尝试着迈脚走了几步，竟然可以站起来走动了！

这一站，张琼苦盼了30年！

从天而降的喜悦让她觉得自己是在梦中。张琼慢慢走到卫生间，扭开水龙头，将冰凉的水使劲拍打在自己的脸颊上，在镜子前来回不断地走动……

"妈！我可以站起来走路了！"张琼掏出手机首先拨通了母亲的电话。报喜声传来，周二妹怀疑自己听错了，一家人立即赶到医院，亲见张琼站立行走的身影。

亲见爬行30年的闺女真的站起来，周二妹喜极而泣，紧紧抱住张琼："妈妈没能照顾好你，是党的好政策让你站了起来，世世代代都要铭记党恩啊！"

感恩奋进，自立自强无愧时代

7月1日下午3点，似火骄阳把茅坪村的稻田烤开了裂口。

"你长期服用多巴丝会影响肠胃功能，特给你带来两盒奥美拉唑备用。"张琼家堂屋，冉茂志与护师李兰兰正为张琼检测血糖、测量血压、听诊内体。

张琼的体检指数登记册上清晰记录着第9次体检指标。冉茂志时常带领团队定期上门走访茅坪村的54户，针对村民的健康状况制定个性化医疗服务，指导村民合理用药、自我健康管理。

"抬腿，下蹲。"每次来走访，冉茂志都要检查张琼的身体恢复情况。他说，肌张力障碍扭曲性痉挛是一种罕见的进行性综合征，多由颅脑外伤、感染、一氧化碳中毒、药物中毒等引起，睡眠时症状消失。张琼是因为幼年脑部受到感染，导致神经系统受损，导致尾壳核小神经元及小脑齿状核细胞变性减少，肌肉自觉遵循的收缩与放松的程序被打乱，必须长期服用药物控制。

冉茂志还给两个孩子带来防治腹泻的药物，再三叮嘱张琼严防感冒、少出汗、少劳累，"多巴丝要坚持服，剩药不多时提前打电话给我。"

如今，张琼不仅能够自如地做家务，还能跟着丈夫步行去赶集。在张琼家旁边的地里，绿油油蔬菜正茁壮生长，张琼每天都要去侍弄菜园子。她的生活，就像这一地水灵的蔬菜鲜活、旺盛。杨万江说："妻子已能承担起全部家务、照顾孩子，我除了安心护林，还到附近打零工，一定会让全家的日子好起来。"

作为铜仁市拟率先出列的区县之一，2017年，张琼一家与全县广大贫困户迎来了前所未有的政策帮扶。杨万江被聘为村里的护林员，每月工资800元；全家每月领取1000多元的农村低保金；还与全县的贫困户一样，每年获产业分红3000余元，"精扶贷"入股分红4000元，一家四口年收入首次接近3万元。

在吴斌的帮助下，杨家还享受到教育扶贫、农村危房改造、"四改一维一化"等惠民政策，房屋粉刷了，房前屋后硬化了，自来水直接接入水缸，电视、冰箱、沙发等家具电器一应俱全……居家环境美了，日子更有盼头了。张琼说："我们一家一定会珍惜新时代的好日子，我现在病好了，一定靠自己的双手勤劳致富！"

家庭签约医生让爬行30年的张琼重新站起来的医疗奇迹，是玉屏医疗扶贫成果的一个缩影。目前，全县6886户2.4万余人享受到签约医生服务，均得到及时有效治疗、享受到国家医疗惠民政策，有效遏制因病致贫、因病返贫。

石阡：岩顶寨村取水记

◇陈 林 罗 旭

仲夏时节，群山叠翠，车子行走在从石阡县城去坪地场乡岩顶寨村的崎岖公路上，一半以上时间在山腰山顶之间盘旋，着实令人惊险、背脊发凉。岩顶寨村名副其实，俨然是一个坐落在石山顶上的村寨。

“岩顶寨，田大丘，三年两不收，如有哪年得收了，狗都不吃麦溜溜。”全村很久便流传这样的话。村里田土较多，如遇年成好，收成是可观的，前提是风调雨顺，否则三年两不收。

岩顶寨是该乡最为偏远的村，平均海拔 800 米，有耕地 5392 亩，辖 8 个村民组，共 319 户 1126 人，人均耕地排全县前列，但因村子位置太高，水直接从喀斯特地质岩缝中溜走了，祖祖辈辈过着严重缺水的日子，生活过得十分艰难，时至 2017 年初，全村贫困发生率依然为 34.9%，属于一类贫困村。

因为缺水，村民们走亲戚、务农活都要顺带一个水罐，回来时带一点水；因为缺水，家家户户都是洗脸水拿来洗脚，洗完脚再拿来喂牛喂猪，一点滴都舍不得浪费；因为缺水，一位村民在结婚当日凌晨还要担着水桶去挑水……

缺水！成为横亘在村民脱贫致富道路上的一座大山。

五年凿洞取水艰辛路

为彻底摆脱缺水困境，20 世纪 70 年代，村民们决定寻找新的水源。可翻来覆去地想，数遍全村和周边地区，都是筷子一股大的水，最大的水源就是寨底下的凯峡河，可300多米的落差，想要取来，在当时是不可能的。

在大家绝望之时，一位村民说，村后有个消坑，上山砍柴常能听见水流声，只要凿出一个隧洞，就可引来甘甜水，这让大家眼前一亮，兴奋了好久。

可后山是一座硬山，除了一层薄土，全是石灰岩，要凿出一个隧洞来，绝不是轻轻松松的事，可这又是唯一的希望。最后全村开会商议，一致同意凿洞取水。由每个小组每月派1到2人，组成8人凿洞取水组，轮流选派作业。

1971年正月，大家凑齐钢钎、八磅锤、炸药、铁锹、箩筐等工具，决定开干。邱仙才、谭文志、蔡上吉、夏克军、谭克河、周忠智、涂当贤、夏和能8位村民成为打隧洞的第一批村民。

72岁的邱仙才老人回忆凿洞场景，至今记忆犹新。一开始，可以放大炮，凿洞进程比较快，一天可打1米多远，但越到后面越艰难，只能放小炮，为了安全，到最后只能一锤一钎的凿，进度微乎其微。

邱仙才告诉记者，他们8人组，又分为两个小组，用长钢钎打前面、短钢钎打后面，不间断作业，中午饭由村民送到工地。打到近10米深，里面是漆黑一片，就用墨水瓶做成煤油灯，日复一日、年复一年的挖凿，凿出的石方就用箩筐挑出隧洞。

“打1米远的隧洞就需要换一根钢钎，平均一根钢钎一天要磨5次左右，才能打破石头。所用大多数物资全靠村民走50多公里路去县城买，火药就靠政府出资。”邱仙才老人说，“那个时候，大家为了凿洞取水，往往手脚起泡、腿脚发麻、肩膀破皮、满面尘灰，休息一晚，第二天又热火朝天继续凿洞。”

“虽然最后仍以水量小而宣告失败，但我们从不言悔，永远视为人生最铭记的经历，成为全村最宝贵的精神财富。”邱仙才老人激昂地说。

如今，走进洞口，阵阵凉风，让人精神陡增，前面沟壑早被石料填坪，生长的树木见证着村民战天斗地的精神。

梦想破灭再回靠天吃水

采访中，邱仙才老人给我们讲了他最刻骨铭心的挑水经历。他结婚那年冬天，有两三个月没下一场雨，全村所有水塘、水井全有人在守水。结婚前一天，他晚上 8 点过去守水，晚上近 12 点才弄来一担水，快到家门口时，因当晚下了雪，自己踩滑，整挑水给打泼了。没办法，他只好又去守水，结婚当天凌晨 4 点多才弄来两挑水，挑完水才去接亲。

“全村三天不下雨，水就跑没了踪影，家家户户靠天吃水，下大雨时候就用大盆子接，小雨就用碗接，家里的桶、碗、罐全上阵。”村支书杨通煜略带悲情地回忆。

村里两个水量较大的水井分别在下腊岩沟、小河沟，距离村里 3 公里多远，挑水来回需两三个小时，劳动力较强的家庭一上午最多也只能挑上两个来回。

改革开放后，“打工潮”兴起，村里的年轻人大多外出打工。挣了一点钱，离水源点近的几家村民修建了水池，较远的村民也陆续在自己房屋后修建了水窖，遇上下雨时候，就储满水，总算能够抵上一阵子。

岩顶寨村虽然通过小水窖、小水池，用水得到较大改善。但到了干旱季节，用水还得用肩挑。

最干旱时候，乡镇就用农用车垫上胶布，为村民送水。算下来，一车 800 元，成本也比较高，不可持续。

精准扶贫终圆“用水梦”

走进岩顶寨村口，广场旁一棵需三个成年人才能合抱的银杏树郁郁葱葱，成为村里纳凉的好地方。邱仙才老人正和村民闲聊，生活好不惬意。

邱仙才说，要是以前，早就挑水去了，哪有时间坐下来闲聊。

为了帮助岩顶寨村村民用上自来水，从 2013 年开始，坪地场乡几届党委、政府极力向上争取水利设施项目，谋划从3.4公里外、扬程300多米的凯峡河二级提灌到岩顶寨村，以彻底解决该村和周边几个村寨的缺水问题。由于工程难度大，一直没落地。

2018年，全省实施饮水安全工程，全面解决农村人口饮水安全问题。当年，石阡县脱贫攻坚进入决胜阶段，该县举全县之力，全力攻克饮水安全、基础设施等难题。

岩顶寨村脱贫攻坚队抓住这次历史机遇，多次跑部门、跑县里，多次召开村民会，为施工排除一切困难。最终项目在9月份落地动工，2018年年底，总投资954.46万元的二级提灌工程建成投用，凯峡河的水抽到岩顶寨，之后输送到坪地场乡汪河片区8个村，覆盖8000多人。

岩顶寨等村寨乘新时代春风，家家户户喝上“小康水”。

去年，村里还干了几件大事，实施通组路硬化30多公里，危房改造56户，房前屋后硬化18600平方米。

“村寨变靓变美了，关键是曹书记他们做了很多事。”村民熊时茂说，“特别是去年因全县工程多，施工队伍难找，曹书记就自己带着村民硬化通组路。”说话间，熊时茂拧开自家水龙头，白花花的水汩汩流。

村民眼中的曹书记，正是坪地场乡党委副书记、政法委书记、岩顶寨村包村干部曹家才。曹家才告诉记者，因为提水成本高，为保障村里饮水工程能长远有效，他们正和一家公司商量，征求村民意见，出台用水管理办法。

2019年4月，石阡全县通过省政府批准退出贫困县序列，岩顶寨村也一同摘掉贫困帽子。如今，该村水、路全面解决后，产业发展迎来新天地，村里发展了2000多亩苔茶产业，1000多头肉牛养殖，将带动村民持续增收致富奔小康。

德江："三访四问"工作法
撑起老有所依一片蓝天

◇杨 旭

德江县把关爱老人工作摆在脱贫攻坚工作前沿阵地的先遣任务位置，采取"三访四问"工作法调动贫困户积极参与脱贫攻坚，确保脱贫路上一个子女不能少。

找准孝老爱亲"推甩赖"玩疾，对症下药，开展"三访"教育

2016年10月，德江县桶井乡被确定为极贫乡镇，其贫困原因除了交通设施欠账较大、水利设施不健全、信息网络闭塞、贫困农户文化素质低、产业发展起步较晚、发展资金严重不足这些方面外，一部分不求上进的群众将父母户口分离，将失去劳力的老人贫困责任推给政府，将无法进入贫困系统怨言和矛盾赖给村"两委"，将赡养老人的义务推给干部，让其争低保，当贫困户，甚至有一部分人，将小孩甩在家中，让其父母照看，两口子长期外出，不但不赡养老人，还给本身就无法料理生活的老人增加生活负担。这种"推甩赖"不良现象滋生了不孝子女的"等、靠、要"思想，严重束缚了脱贫攻坚的进程。针对这一情况，桶井乡采取"三访"工作方法，把关爱老年人的工作同时作为脱贫攻坚的一个重要课题。

桶井乡成立老年人关爱工作调查工作队，对全乡子女不是贫困户而父母独居进入贫困系统的老年贫困户对象进行走访排查，对这一类老年贫困户独居和贫困情况进行访问调查。一访"你平时生活主要靠什么来源？最需要解决的问题是什么？"，二访"国家对老年人的优惠政策你是否得到了享受？”，三访“你的子女是否对你履行了赡养义务，是怎样对你进行孝敬的？”。这三访，访出了老年人生活的现状，同时也访出了当前广大农村的一个严峻的社会问题：部分没有固定职业的群众，认为在家务农已经满足不了自己生活的需要，于是将孩子甩给年逾古稀的父母照顾而外出务工，给本身就生活困难的父母施加生存的压力；一部分在父母精心哺育下读书考取了学校，外出参加工作，父母独居留守在家，由于工作繁忙而没有“常回家看看”，导致老人生活举步维艰；一部分由于家庭子女较多，子女成家另行居住，父母分居，而子女赡养责任不明，把赡养老人的责任推三阻四，导致老人生活无人过问。子女居住大房大屋，大多老人居住在年久失修的危房里。目前，桶井乡共排查出因子女不管不问导致老年人成为贫困户的独居户老人 83 户，其中子女有赡养能力而不承担赡养责任和义务的有 35 户。

摸清孝老爱亲“推甩赖”底数，严格问责，探索“四问”思路

《中华人民共和国老年人权益保障法》规定：“家庭成员应当关心老年人的精神需求，不得忽视、冷落老年人。与老年人分开居住的家庭成员，应当经常看望或者问候老年人。”桶井乡根据摸排出来的“不孝之子”具体情况，启动了“四问”约谈，对这一部分“不孝之子”进行法制教育。对子女有赡养能力而将老年人赡养责任推给政府和社会的对象进行约谈，其约谈方式主要遵循“四问”内容：一问你是怎样孝敬自己的父母的？二问你在外面工作或务工是不是常回家看看？三问你把父母户口拆分让其分开居住，让其享受低保，进入贫困户是否合理？四问你住在大房大屋，父母居住在年久失修的破房子里，你是否放心？同时宣传《中华人民共和国老年人权益保障法》和《中华人民共和国民法典》相关规定，教育引导弘扬孝老爱亲的中华传统，对赡养老人不负责任的错误做法予以提醒谈话。目前接受约谈和教育的“不孝之子”达 25 户 80 余人次。

针对孝老爱亲“推甩赖”现象，群策群力，启动“11111”措施

面对赡养老人“推甩赖”怪相，桶井乡党委、政府多次召开会议，认真研究破题路径，大力宣传《中华人民共和国老年人权益保障法》，最终以“11111”工作法打开了不孝致贫的瓶颈，即是：一张协议理家事。组织社综司法等相关部门，对全乡60岁以上与非贫困户儿媳分离户口进入贫困系统的老人，进行摸底排查和调查取证，召集家庭成员召开会议明确老人赡养责任，与其子女签订“赡养协议书”。一次教育顺人心。由社综部门对排查出来的不孝子女进行教育和约谈，大势宣扬孝老爱亲的传统美德。一纸民约正民风。在各村组织有威望的老人和贤达能人参与起草方案，将孝老敬老写进“村规民约硬九条”之中，由村民讨论通过后遵照执行。一场宣传树正气。以培育和践行社会主义核心价值观为统领，采取小品、相声、舞蹈等文化活动和通过标语、网络媒体等平台，深入开展孝老敬老的宣传教育，在群众中树立孝老爱亲的文明正气。一例打击警世人。对长期不担负赡养老人责任且屡教不改的不孝子女按照司法程序依法进行拘留，进行严厉打击，在全乡范围通报批评，以此达到警示作用。

桶井乡在脱贫攻坚中创新的“三访四问”工作法和“11111”破解措施，让一个个不赡养老人的子女无地自容，孝敬老人的思想认识得到了升华，关爱老人的工作从根本上取得了明显的效果。大多数表示以后将认真承担其赡养老人的责任，履行赡养老人的义务，并在“桶井乡赡养老人承诺协议书”上签名，按上手印。目前，在5户子女向政府脱贫攻坚领导小组递交了“贫困户退出申请书”的影响带动下，全乡488户786人自愿申请退出贫困系统。

穷县富教育 寒门多贵子
——探秘思南教育传奇

◇肖 坤 郭 进

5115 人上本科线，占高考人数 68.10%，比去年增长 15.28%，农村学生达 80%；9 人考上清华和北大，其中 8 人来自农村。

丰收八月，乌江明珠思南续写高考辉煌，喜人数据、傲人成绩，在街头巷尾、乡野田间成为热门谈资。

连续19年高考成绩稳居铜仁市前茅。高考“思南现象”又一次聚焦世人目光。

思南凭什么？

问渠哪得清如许？为有源头活水来。自古，思南崇文重教，唐代开学塾、元明建私塾、设儒学书院……经儒学洗礼，耕读传家在思南薪火相传，诗书继世世代传承。思南文韵醇厚悠长，穿越千年。

1978 年，改革开放春雷响，时代大潮为教育发展推波助澜，思南将最优资的资源、最大的财力投给教育。

穷，学生不坠青云之志。

苦，家长誓让孩子读书。

40 年，思南起承转合书写教育传奇篇章，万千农家学子走出大山，改变人生命运，改变家庭命运，成为祖国栋梁。

千年积淀，文化底蕴深厚

“给我和先贤田秋塑像留影。”

“洗墨池这里给我拍张照。”

“开学后要把儿子送到思南读书，接受先贤文化熏陶，从小立德行，至诚善、担当。”

……

2018年8月5日，乌江河畔思南田秋小学，绿树葱郁，学校尚未开学，已有孩子家长慕名来访。校园古韵今风引发家长赞叹，拍照留念。

漫步校园，继贤楼、春华楼、秋实楼等布局合理，惜味厅、敬贤居干净整洁，西麓书院、牧鹭亭、听涛亭尽显书香古韵。

拾级而上，古典诗词文化长廊与田秋诗墙，让学生熟背唐诗宋词、笃学明理；《厚德载物》《黔中砥柱》等主题壁画赋予楼道走廊丰富内涵；校内谏亭、墨池更与田秋塑像相得益彰。

据介绍，该校占地98.7亩、建筑面积13600平方米，学生人数1600人。建校4年来，该学校以打牢文化基础、培养兴趣特长、养成良好习惯为主线，着力构建领跑素质教育的阵地，办好特色教学的园地。先后获全国足球教育示范学校、全省篮球教育示范学校等荣誉。

田秋小学校长王再学说，校名源于贵州科举教育之父田秋，用先贤冠名，旨在弘扬田秋精神，传承思南厚重文韵。

追本溯源，思南凝聚千百年岁月。汉置县，元设宣慰司，明清建府，民国设专员公署，建制史达1800多年。

乌江澎湃，通衢南北。思南，居于乌江航道黄金段，自古水道舟楫往来，货物俱集。行走思南安化街，雕梁画栋的周家盐号、刘家统子还诉说着过往兴盛。

乌江悠悠，连接东西。兴盛商贸引四面商贾、八方文人墨客逆流而上、顺水而歌，将儒家文化带人思南，孕育厚重的教育文化底组。

从隋唐开学塾，到元明建私塾、设儒学书院；从100年前思南创办思南中学，再到思南县立师范讲习所。凝集千年光阴的思南教育在文明长空划过一道又一道炫目光芒：

古有“伏阙上疏”开科贵州乡试的教育先贤田秋、以讲学传道为乐事的理学家李渭，近有旷继勋、肖次瞻等革命先烈等。名贤辈出的思南仅在明清两代就考中进士 38 人，举人 321 人。

岁月沧桑，思南教育穿过漫长的历史。1978 年，改革开放春雷响起，乌江春潮拍岸急，在时代大潮推波助澜下，思南续写波澜壮阔的教育华章。

重教兴学，筑牢教育根基

“学校好漂亮，我们那个年代和现在没法比！”百年名校思南中学新校区，宏伟建筑设施让新生家长感慨，并叮嘱孩子：“不能辜负青春和如此好的教育条件。”

“思南现在的教学条件与往昔相比，可谓天壤之别。”思南县教育局副局长朱万惠感叹。从学生到老师，从老师走到教育管理岗位，朱万惠是改革开放 40 年来，思南教育的亲历者、见证者和参与者。

1978 年，改革开放春雷声响，朱万惠在塘头上中学。彼时，教室透风，课桌缺胳膊少腿，晚自习用油灯，木棒当教鞭，试卷靠人刻钢板和油印机……

再穷不能穷教育，百废待兴的思南不吝教育投入。该县优先发展教育，优先保证对教育发展的投入，全面恢复公办小学，财政预算教育支出逐年增长。

1981 年，全县公办小学恢复 67 所；1985 年，全县普及小学教育；1999 年，思南通过“两基”检查验收；2003 年顺利通过复查……

斗转星移，时光交替，倾情教育，思南初心未改。仅 2014 年来，采购义务教育设备资金达 2.5 亿元。所有学校的油印机换成激光复印机，木棒教鞭被激光笔代替，多媒体教学走入教室。

行走武陵山腹地，曾经简陋的塘头中学，已是闻名遐迩、教学功能齐全的思南八中，是贵州省首批唯一设在乡镇的省级示范性高中。

徜徉乌江河畔，培育数以万计精英的名校思南中学新校区是县城最美建筑：占地 425 亩、投资达 5 亿元，教学楼气派、教学功能完善。

穷县富教育，思南始终如一，把最美建筑留给孩子。2013 年来，思南累计投入15.6亿元，完善全县教育基础设施。目前，全县各级各类学校达338所，高级中学达到7所，学生人均校园占地面积达到28.5平方米。

教育要发展，教师是核心。近年来，思南不断优化教育系统编制资源、完善教师编制长效管理机制，出台措施引教育人才。仅2015年以来，该县新招教师732人，小学师生比达1:15.35，初中师生比达1:12.39。全县在编在岗教职工达8597人。

全面贯彻党的教育方针，思南大力实施“科教兴思，人才强县”战略。不断深化教育改革，注重统筹各级各类教育规模、质量、结构、效益协调发展，努力促进教育公平。

统筹推进学校资源合理配置，把优质的资源投给教育。思南优化学校布局结构、提高办学质量，精心编制《思南县教育事业发展“十三五”规划》《思南县推进县域义务教育均衡发展规划》等顶层设计，为全县教育发展提供坚实保障。

尊师重教，民间汇聚大爱

“妹娃，好好学习，学成回报社会。”日前，304省道思南县青杠坡镇袁家坝村睦邻加油站，负责人朱远将2000元奖学金送给陈莲。今年，18岁的陈莲被北京大学医学部录取。

“谢谢叔叔，我一定不负期望，好好学习，学好医术治病救人。”陈莲略显羞涩。

上善若水，大爱无疆。近3年来，睦邻加油站都要奖励品学兼优的寒门学子，仅去年，该加油站联合凤冈县新民采石场资助了64名考上一本的贫困大学生。

经儒学文化洗礼，知行合一、止于至善早已融入思南文化基因，捐资助学施扎根山野乡间，尊师重教之风弥漫乌江河畔。

1999年，凉水井镇磨石溪村，村支书记张景明发动群众在村里修学校，占地 10 亩由全村分头承担，张景明将自家的 8 亩好地供被占地村民调换。

许家坝镇修建第二小学，镇上两个村子捐资 16 万元，机关干部集资 2 万元；板桥乡杏坪村、郝家湾村改善村小环境，村民分别捐资 7 万元和 5 万元。

仅去年，思南县就有 50 多家企业、3 个商会共举办 65 次捐资助学活动，资助金额达 200 多万元；春晖行动助学捐赠近 200 万元。

名校思南中学八成学生来自农村，三成学生是贫困学生。思南中学承诺：不让一个学生因贫困而失学。

为让每个贫困孩子完成学业，该校于 1997 年启动寒窗工程，2002 年完善寒窗工程系统，构建学校“奖减免”助、社会团体和个人捐助、高考奖励资助三大板块。

滴水成海，捐资助学汇聚大爱。近年来，在 200 多家行政事业单位、近 100 家爱心企业、1000 多爱心人士等参与下，寒窗工程照亮寒门学生前程，惠及贫困学人近 4 万人次，金额达 3700 多万元。

春种一粒粟，秋收万颗子。思南中学校长张翔刚自豪地说：“受助学生全部考上理想的大学，80% 的受助学生考上 211、重点大学、一本院校，其中 67 名贫困学子考上清华大学、北京大学。”

寒窗工程惠及寒门学子，更要让寒门学子心怀感恩。思南中学以资助为平台，培养学生知恩、感恩、报恩意识，弘扬德育正能量。通过学校联系受助学生家长和受助学生、学生联系爱心人士，突出对贫困学生的感恩教育，让学生月月有体会、年年有感恩信，常怀感恩之心，常思感恩之责，常有感恩之为。

家长苦供，孩子发奋苦读

“老二陈莲已收到北京大学录取通知书，我得赶快回去，送孩子去北京上大学，多年的苦没有白吃啊！”8 月 5 日，广东江门市某木厂，陈莲的父亲陈文说，大女儿才考上贵州大学，老二陈莲又被北大录取，接下来就看老三了。

“老二陈莲才满一岁，我和妻子就外出打工了，老三出生没多久，又被送回老家。”陈文说，这些年可苦了妻子，也苦了孩子。幸好孩子都争气，学习上大带小，先后从青杠坡中学考上思南中学。

“待三个孩子都跨过岩头河，我和妻子就可以回家养老了。”陈文说，老三也是大学的苗子，还要苦几年喔。

青杠坡离县城63公里，山高沟壑多，幽深岩头河穿境而过。多年前，层叠大山与岩头河阻碍了青杠坡，当地人把学生考上大学比喻成跨过岩头河。

经过儒家文化洗礼，读书融入思南人的血脉、浸入思南人的灵魂。耕读传家在思南薪火相传，诗书继世世代传承。让孩子读书是思南人执着追求。

“自1999年来，从青杠坡中学走出去的重点大学生超过500人，其中5人考上北大、清华。”校长安令自豪地说，该校中考连续19年列全县乡镇初级中学前茅，考上省级示范性高中的学生逐年增加。而青杠坡只是全县最为偏远的一个镇，全镇人口只有28300人。

苦，家长要让孩子读书。穷，学生不坠青云之志。

在思南校园，学生不拼爹不比富，只比学习拼成绩。“同学多来自农村，不少人家庭贫困。大家学习都蛮拼，清晨6点起床，晚上学习到凌晨。”思南中学毕业生张顺杰说。

18岁的张顺杰家住县城，父亲有残疾，母亲在服装店打工，家庭贫困。今年高考，张顺杰以692分的高分被清华大学录取。

学生苦读，老师则以执教为荣。近年来，思南弘扬“工匠精神”，打造了一支“德高”“博学”“仁爱”的“德教双馨”教师队伍，确保教育质量逐年攀升。

薪火相传，学子乐于反哺

“己所不欲，勿施于人”“梦想是一分笃定加九分执着”……走进青杠坡中学，教学校文化墙上的200多幅书法、绘画作品格外醒目。

该校副校长张雄都说，作品是众多学业有成或事业有成的青杠坡中学毕业学生返校鼓励学弟、学妹，留下的励志字画。

雏既壮而能飞兮，乃衔食而反哺。返年来，走出大山的学子爱心接力，薪火相传，反哺家乡，反哺母校，反哺社会。

去年，贵州省政府驻北京办事处牵头主办“拥抱大数据时代——2017全国百名博士贵州行”。毕业于青杠坡中学的清华大学博士后联谊会理事长杨令，促成30名清华博士后参与该活动。

赵明婵是一名孤儿，在思南县社会福利院长大，受热心人士帮助，2015年考上了青岛理工大学。去年假期，她与同学赴贵州山区支教，用自己的经历告诉山区孩子——用知识来改变命运。

道不完的感动场面，数不尽的心灵激情。大爱无形，挚爱无声，捐资助学薪火相传，爱心接力在思南中学蔚然成风。

从2004年至今，由该校毕业生设置“寒门助学金”“金色年华奖助金”等奖学金达14项，惠及贫困学生达8000人。

十年树木，百年树人。党的十九大报告提出，建设教育强国是中华民族伟大复兴的基础工程，必须把教育事业放在优先发展的位置，加快教育现代化，办好人民满意的教育，努力让每个孩子都能享有公平而有质量的教育。

时代风劲，鏖战贫困的思南发出强音：绝不让一个贫困学子辍学，更不能让一个贫困学子家庭在同步小康路上掉队。

“寒门多秀才，振兴有希望。”思南县委书记刘云成说，思南将统筹全社会的力量，利用一切资源，为贫困学子圆梦大学保驾护航。

站在新时代的起点，思南坚持教育优先发展战略，不断完善保障机制，加大改善学校办学条件，稳步推进布局结构调整，全县各级各类学校协调发展，义务教育均衡化水平不断提高。

新起点，新程征。思南正深化教育综合改革，促进教育质量均衡，落实国家资助资金，落实国家补助政策，实施营养改善计划，全力改善贫困农村义务教育薄弱学校办学条件，加强农村教师培训力度，让教育扶贫之花绽放乌江。

脱贫摘帽不停步 巩固提升再出发

——印江持续发力巩固提升脱贫成果

◇肖 勇

2018年退出贫困县序列后，印江土家族苗族自治县继续坚持以脱贫攻坚统揽经济社会发展全局，坚持靶心不变、焦点不散、频道不换，落实贫困县摘帽后“四个不摘”要求，持续打好产业扶贫、就业扶贫、教育医疗住房保障、易地扶贫搬迁后续扶持、深化扶贫协作、精准管理等脱贫巩固提升战，确保高质量打赢脱贫攻坚战。

坚持“四个不摘”，保持攻坚态势

自成功摘掉“贫困帽”后，印江县按照已脱贫摘帽县“四个不摘”要求，继续保持攻坚态势补短板弱项，坚决夺取脱贫攻坚全面胜利。坚持摘帽不摘责任，保持脱贫攻坚“四级作战指挥体系”不变，继续实行指挥长包片、攻坚队长包村、尖刀班长包组、结对帮扶干部包户的“四包工作机制”，持续强化攻坚力度，压实攻坚责任；坚持摘帽不摘政策，紧扣“两不愁三保障”核心指标，继续保持扶贫资金投入力度不减，狠抓产业就业扶贫和深入落实义务教育、基本医疗、住房和饮水安全保障政策，做到扶贫政策连续稳定；坚持摘帽不摘帮扶，保持第一书记和驻村工作队、帮扶干部与贫困群众结对全覆盖稳定不变；坚持摘帽不摘监管，继续保持现有督导督查体系不变，充分发挥督导利剑作用，持续强化责任落实、政策落实和工作落实。

全面解决突出问题，巩固脱贫成果

按照“双线”“七长”目标责任制要求，切实抓好控辍保学工作，开展早婚早孕专项治理，全面落实贫困学生教育资助政策，建立健全“四类”学生信息档案，确保贫困家庭孩子上学“一个都不能少”。严格落实三重医疗保障制度，完善巩固健康扶贫“三个三”、易地扶贫搬迁安置点医疗配套建设，全力推进大病专项救治、家庭医生签约服务、县域内定点医疗机构“先诊疗后付费”、医疗对口帮扶等工作，进一步巩固提升健康扶贫成果。全面开展农村住房安全保障动态监测排查工作，全面摸清底数不留死角，对发现的疑似住房无保障情况进行研判，强化政策措施补齐短板弱项。进一步完善饮用水水源设施和输水管网，加强水源地保护，强化建后管护，确保供水水质，让群众喝上“稳定水”“放心水”。6月底前，全面解决义务教育、基本医疗、住房和饮水安全保障短板问题。

深入开展信息筛查，查缺补漏

各乡镇（街道）组织驻村干部、结对帮扶干部，重点围绕“两不愁三保障”、易地扶贫搬迁、就业扶贫、产业扶贫等逐户全面开展信息筛查，认真查找存在的短板和弱项，对发现问题要一项一项整改清零，一户一户对账销号，真正做到底数清、情况明、信息准。要把全面筛查工作与建档立卡动态管理、脱贫攻坚“回头看”等工作结合起来，查缺补漏，确保应纳尽纳、应扶尽扶；与考核评估、巡视巡察审计等结合起来，一体推进发现问题整改，确保精准滴灌、靶向治疗。充分依托贵州扶贫云大数据平台进行数据交换共享，打通部门数据壁垒，确保各项扶贫政策落实到位。

纵深推进农村产业革命，促稳定脱贫

围绕全县产业发展“2+N”总体规划，进一步调整产业结构，持续做大做强茶叶、食用菌主导产业，做优做特生态畜牧、果蔬、中药材等产业，把坝区建成高产高效农业示范区。大力实施订单农业。依托梵天菌业公司，大力发展订单木耳，打造东部木耳产业示范带；与劲强农业等公司合作，发展3万亩订单辣椒；依托温氏集团、铁骑力士集团和傲农集团，代养生猪10万头以上；以宏源农业公司、银辉茶叶公司、新安茶叶公司为龙头，发展订单茶叶项目。大力推广“龙头企业＋合作社＋农户”组织方式，所有贫困农户加入合作社，不断完善利益联结机制，采取“保底分红＋利润分红”等模式，让群众特别是贫困户在产业发展中获得更多的利益，实现稳定增收稳定脱贫。

全力做好易地扶贫搬迁“后半篇文章”

进一步完善易地扶贫搬迁“五个体系”建设，扎实做好安置点日常管理服务，持续做好移民群众就学、就医和社会保障工作。强化培训和产业就业服务，大力推进“扶贫微工厂”建设和产业扶贫覆盖，确保有劳动能力的家庭至少有一人稳定就业。推动感恩教育、文明创建、公共文化、民族传承“四进社区”，加强对搬迁群众的感恩教育和思想引导。不断完善社区治理体系，合理设置管理单元和管理机构，提升易地扶贫搬迁点党的组织建设。实施“断奶”计划，推行物业管理从政府兜底逐步转向市场化。全力推进旧房拆除复垦复绿，按照省级要求，确保应拆尽拆及已拆除旧房复垦复绿达100%。

大力推进就业扶贫，促稳定增收

大力开展“留雁”“送雁”行动，有序组织引导群众外出务工，同时组织群众特别是易地搬迁安置点群众和建档立卡贫困户就地就近就业创业。继续坚持贫困劳动力就业技能培训与产业发展相结合，与市场需求接轨，紧紧围绕全县脱贫攻坚主导产业开展好贫困劳动力培训，主要围绕食用菌、茶叶产业开展实用技术人才培训等，促进贫困家庭通过务工或创业稳定增收。2020年贫困户创业致富带头人计划培训339人，建档立卡贫困劳动力全员培训计划（含易地搬迁贫困劳动力技能培训）培训4000人。截至3月15日，全县累计“送雁”促进返乡农民工市外务工39382人。有序组织劳务输出到广东、福建、苏州等地共计3898人。

建立长效机制，筑牢致贫返贫防线

坚持未贫先助、未贫先防工作原则，全面加强对脱贫不稳定贫困人口和建档立卡之外的边缘人口的摸底监测、动态预警管理，重点监测人均纯收入、义务教育、基本医疗、安全住房、安全饮水等“一达标两不愁三保障”核心要素。对有致贫返贫风险的人口，采取低保与救助、三重医疗保障、教育资助等政策，夯实政策“保障网”；落实“顶梁柱”健康扶贫、“宝护计划”公益、中国社会扶贫网“爱心需求”等社会组织扶助政策，拓宽社会“扶助网”；利用“扶贫日”公募资金落实防贫保险项目，筑牢保险“救助网”。通过这“三张网”，及时因户施策、补齐短板，切实有效防止返贫和新增致贫。目前，该县已开展2次防贫保险项目救助工作，累计救助防贫预警监测对象32户129人，兑现救助资金45.84万元。

持续深化扶贫协作，提升脱贫质量

抢抓“吴江·印江”东西部扶贫协作机遇，确保2020年各项帮扶力度不低于上年度，大力争取各类东西部扶贫协作资金，巩固提升脱贫质量。推动吴江、印江双方干部人才交流50人次；转移110名贫困人口到江苏省就业、帮助1100名贫困人口就近就地就业；引导东西部帮扶资金向易地扶贫搬迁安置点教育医疗配套设施建设、残疾人帮扶和“印货出山”等方面倾斜，发挥帮扶资源扶贫效益，实现精准滴灌。进一步深化和拓展结对帮扶内涵，不断提升园区合作共建、农业产业合作、文化旅游协作、人才智力支持、消费扶贫等工作实效。目前，已争取到东西部扶贫协作各类帮扶资金4000万元，安排项目24个。

沿河：铺好山区健康路　幸福指数节节高

◇ 安慧芳

“那时候交通不便，村和镇里又没有医院，要是有人生病，就得请几个棒劳力，将病人抬到百多公里的沿河县城，或过河到重庆那边医院去，许多时候，还没有到医院，病人就‘走了’……”

“只要去一趟医院，一头猪就白养了……”

谈起以前的医疗情况，位于贵州边界、与乌江隔河相望的重庆交界的沿河自治县洪渡镇皂角村古稀之年的陈文潮老人不停摇头叹息。然而，话说改革开放以后，特别是党的十八大以来城乡医疗的变化，陈文潮老人则连连竖起大拇指赞叹。

“现在政策对咱农民好得很啊，生病医疗可报销！”

“小病不出村，一般病到镇上就能治好了。”

“通村公路都到家门口了，坐车乘船到县城也很方便，生病再不会硬扛了，咱们生活质量是越来越高了……”

40年沧桑巨变，黔渝交界的沿河自治县山区群众，有了更多实实在在的健康获得感。

从“看病难”到就医近

初秋，驾车向沿河洪渡镇方向驶去，穿过王坨大桥，只见由大桥连接的沿河洪渡镇和彭水善感乡江两岸房子错落有序。雾蒙蒙的天，犹如海市蜃楼般。

驶出大桥，进入洪渡区域，最显眼的建筑是沿河第三医院，这家医院是沿河县政府招商引资建成的一所具有医疗、护理、预防与康复疗养一体的二级乙等综合性医院。

2016年建院以来，医院覆盖贵州、重庆近10余个乡镇近20万人。每天都有近百人前来就诊，合作医疗报销75%，精准贫困户报销85%。在乡镇医院有如此好的医疗条件实属难得，第三医院成了当地的“明星”医院。

“过去我们许多人都是去重庆看病治病，现在反过来了，不少重庆人跑到我们这里看病治病来了！”9月18日，沿河第三医院的院长冯国忠感慨地说。冯国忠是重庆人，原本是在彭水县从医，在从医期间，发现很多的病人都来自沿河洪渡镇，于是就萌生了来此地建立医院的想法，以方便沿河洪渡镇及周边乡镇的百姓。

“有了这家医院，我们可以就近求医了。”后坪乡贫困户田茂忠说。

43岁的田茂忠忙农活时发现自己的身体很不舒服，经乡镇卫生院检查，诊断为疑似白血病。由于乡镇卫生院诊疗条件有限，就联系了沿河第三医院，医院派救护车来转接病患，在第三医院确诊糖尿病晚期，要是再晚来将会危及生命。

“我是亲戚介绍来的，这里不仅医术高，服务态度也好，现在我们那里的人都来这看病。”52岁的重庆龚滩镇人冉茂平，近两年一直被妇科病缠身，四处求医，都未能治好，原本来位于洪渡的沿河第三医院也是抱着试试的心态，没想到居然把病给治好了，这让她喜出望外。

“王坨大桥通车之后，从我们镇过来只要二十几分钟，非常近。”冉茂平说，现在来贵州看病方便得很。

家家有了“健康守护神”

2018年9月12日一早，张加顺的电话响个不停，祝福短信接连而至。其中，有老朋友的祝福，也有新单位新同事的诚挚欢迎，然而更多的是乡亲们的不舍。

原来，这一天省卫健委公布了首批 85 名特岗全科医生的通知文件，张加顺就是其中一员。到今年，步入知天命之年的张加顺，在家乡沿河自治县黑水镇龙堡村从事村医已整整 20 年。此次考上全省特岗全科医生，他将前往塘坝镇卫生院上班。

从赤脚医生到村医整整 20 年，张加顺自始至终守候在乡亲们身边，守护乡亲们的健康。

在沿河自治县，张加顺的从医路，只是 489 名村医中的一个缩影，在医疗资源匮乏的年代，他们就是贫困山区群众的健康守护神。

现如今，每个行政村都已配齐一名村医，不出寨门就能看上病，户户都有签约家庭医生，无病预防、有病早发现的健康理念深入人心。

“以前乡亲们穷，看不起病，一拖二扛，慢慢人就没了；如今大伙不愁了，有病能看、敢医。”龙堡村支部书记田旭斌说，以往乡亲们大小病靠张医生，现在遇小毛病、进行健康预防有家庭医生，大病直接到县医院诊治。

小病不出乡　大病不出县

2017 年 9 月，沿河自治县人民医院与官舟镇中心卫生院结成医共体，挂牌沿河自治县人民医院官舟分院，实现同质化管理，县医院人才、设备、技术等医疗资源下沉，让官舟镇周边群众不用进城，就能享受到县级二甲医院专家服务。结成医共体一年时间，官舟分院从一个大科室发展科室功能齐全的医院，门诊人数、收治病人均实现了翻翻。

在沿河自治县，不只是官舟分院，该县把医疗资源向乡镇、农村卫生室下沉，让群众在家门口就能看病就医。

2018 年，沿河县人民医院实现了“二甲”升级，医疗技术、服务水平大幅提升。

土生土长的黎培松，毕业后就回家乡工作，从一名普通医生、科室主任到副院长，见证医院的发展。

“1983年我到县医院报到，当时只有内、外、妇、儿科，外加一个传染科，院里人数不到100人，‘老三样’只有一台显微镜。”沿河自治县人民医院副院长黎培松说，几代人的努力，如今有职工634人，共设科室（部门）46余个，病区15个，临床专业学科25个，已经成为全县唯一的集医疗、教学、科研、预防康复、保健、急救为一体非营利性县级综合医院。

近年来，沿河县委、县政府把医疗卫生事业的发展放在优先位置，投入资金近20亿元，用于基础设施建设、人才引进培训和购置设备等，基本形成了县乡村三级医疗卫生服务网络。目前，全县有各级各类医疗卫生机构457家，医务人员2021人，拥有床位2024张，切切实实方便了群众看病。

自改革开放以来，为了让群众有病能医、敢医，沿河自治县不断加大政策红利，进一步完善农村医疗保障体系，构筑“新农合 大病保险医疗救助扶贫兜底”四重医疗保障体系，无数个家庭得以享受建档立卡贫困人口医疗费用兜底及非医疗费用专项救助政策，保障他们在脱贫致富小康路上健康前行。

大龙开发区：危房改造有力度　构建温暖新家园

◇ 罗丽平

自脱贫攻坚工作深入开展以来，随着大龙开发区 19 个行政村组组通、危房改造及“四改一化一维”等项目有力推进，各村村容村貌明显改变。

日前，记者来到位于 320 国道旁，紧挨铜仁南站，环境优美、民风淳朴的大龙镇南宁村。记者见到一位老者提着白色塑料袋用火钳清理着垃圾。“卫生是靠大家共同维护的。我每天都会从家里走到紧邻马面村的发电站去，捡捡路边的垃圾，将它们及时清理掉。”经过环境大扫除后，村民的环卫意识有所提高，老人手里的袋子里也只装着些许饮料空瓶。

村组环境改善不仅仅体现在卫生上，还有人居条件的改善。紧紧围绕“一达标两不愁三保障”的要求，南宁村危房改造、房前屋后硬化、完善通组入户路等项目迅速得以实施。借着政策福利，罗陈组的杨国当终于有了自己的新家，同组的杨菊青家也完成了危房改造并顺利入住。

杨国当家房前硬化即将完成，整体还略有点乱。但是已经全面完工的杨菊青家，硬化的院坝干净整洁，透过玻璃窗，可看到打好的组合灶收拾得干干净净，上面摆放着一应俱全的厨房用具。

“我们村的危房改造今年共有 5 户，现已悉数完工并顺利通过验收。”南宁村支书洪再祥介绍说。

南宁村的可喜状态是开发区危房改造的一个缩影。家住蔡溪村白猫冲的黄贵发今年 69 岁了，依然是家里的顶梁柱。“我家房子是刚刚危房改造好的，一点雨都飘不进来啦！”满面笑容的他很是满足，也不禁回忆起老房子的那些事。之前的老房子修建于 1985 年，因为家庭经济紧张，常年失修，大梁早已被雨水腐蚀得不结实了，一家三口常年提心吊胆地居住在危房中。现在赶上了国家危房改造、“四改一化一维”等好政策，破旧的危房得到了维修，还配建了厨房和卫生间。“现在确实安全、方便和舒服了，住得比以前暖和多啦！”

跟黄贵发一样，祥查村尖坡一组胡念财家的老房子也是漏雨危房。在得到相关政策帮扶后，49 年来他终于有了一栋属于自己的安全住房。望着铺好的床和摆好的沙发，胡念财很满足。“我现在已经在新房子里住了，这里生活用品、厨房用具都一应俱全，再过两天等大门装上就全弄好了。”胡念财家的厨房里，摆放着的全新的实木桌椅，配有饮水机，煮饭的家什也基本配齐，“住进新房了，我很高兴！”

大龙开发区 2017 年新增农村危房改造任务 9 户，与之前的农村危房改造内容合计 86 户。目前已改造完成 82 户，剩余正在紧张施工，已发放农村危房改造补助资金 128.4 万元。危房改造项目的推进实施，解决了众多家庭“居无所”的难题，为群众提供了安全、舒适的居住环境，提升了群众获得感和幸福感。

铜仁：脱贫路上不落一人

◇ 胡丽平

聚千钧于一击，毕其功于一役。2020年2月，铜仁市调集9个已脱贫区县和铜仁高新区、大龙开发区的人才和产业优势资源，集中力量向深度贫困的沿河发起最后的总攻。

在9+2帮扶模式下，短短2个月的时间，全市已脱贫区县向沿河投注产业资金5300多万元，建立34个帮扶产业，用实际行动回应了“脱贫路上一个也不能少”的庄严承诺。

建档立卡贫困人口92.7万人，贫困发生率24.74%，全市下辖10个区县均为贫困县，这是2013年底铜仁市的沉痛现实。

六年过去，至2019年底，除深度贫困县沿河之外的9个区县顺利实现脱贫摘帽，全市贫困人口减少至4.38万人，贫困发生率下降至1.16%，2017、2018连续两年全省考核第一。

这样的成效，是铜仁市委、市政府带领全市人民深入学习贯彻习近平总书记关于扶贫开发系列重要论述，坚持以脱贫攻坚统揽经济社会发展全局，认真践行省委“五步工作法”的结果；是铜仁市委、市政府按照“七个极”工作要求、遵循“三真三因三定”工作原则、创新探索“76554”工作方法，不断探索创新，强化关键举措，突出脱贫特色，确保取得实效的有力印证。

完善基础设施，建设富美农村

“我们盼望这条路已经有几十年了啊！”万山区茶店街道老屋场村村民

张新妹感慨道。“以前每逢赶场天，村民们背着、挑着粮食蔬菜去街上卖，凌晨四五点就得摸黑出门。那时最大的祈求就是老天别下雨，路能好走些。”张新妹话刚说完，旁边的村民都附和了起来。

现在家门口就能坐车，20分钟就能进城，卖完菜回来还能干半天活。张新妹和村里的所有人，生活都发生了巨大的变化。

“这些都是‘组组通’公路这一好政策为老百姓带来的便捷，日子越过越好啊！”张新妹笑道。

近年来，铜仁市通过大力实施基础设施项目建设，农村基础设施不断完善。在实现县县通高速、所有行政村通公路基础上，实施农村“组组通”公路三年大决战，累计完成农村“组组通”硬化路1.2万多公里，受益人口122.7万人。其中建档立卡贫困户25.9万人，实现30户以上自然村寨100%通硬化路，彻底解决全市农村交通不便的问题。

全面完成农村饮水安全工程。累计解决155.2万人的饮水安全问题，其中建档立卡贫困人口53.95万人，目前全市农村集中供水率达96%、自来水普及率达95%、供水保证率达95%，各项指标均超过“十三五”农村饮水安全规划目标，确保群众喝上放心水。

实现农村电网综合电压合格率99.3%、农村供电可靠率99.75%，所有行政村基本实现光纤宽带、4G网络、广电网络全覆盖，93.85%的30户以上自然村实现4G网络覆盖。

石阡县五德镇铺沟村白果树组村民黄顺国过去经常“悬”着的心，现在终于踏实了，逢人就夸党的政策好、党的干部带劲，是党的政策让他家重新团圆了。

原来，囿于山川纵横、坡陡谷深的原因，铺沟村以前基础设施落后了一大截，道路七弯八绕泥泞不堪不说，用水也是靠肩挑，人居环境更是出了名的脏乱差。贫困户黄顺国一家条件更是困难，破旧老屋十分简陋。儿媳妇嫌弃家里条件太差，生完小孩才三个月就独自跑出去打工了，三年时间都不愿回来，这成了他最“梗心”的一件事。

“十三五”期间，石阡县集中力量攻坚“四场硬仗”，帮扶干部到村入户，采用“76554”工作方法的“五看法”“四个好”，研判出黄顺国一家重点在于住房条件太差、院坝没硬化。问题分析准确后，迅速补齐短板。如今，铺沟村村容村貌焕然一新，黄顺国家里条件彻底变好了。

看到家乡的巨大变化后，去年春节儿媳妇回家过年了，并表示如今家乡不比外面差，以后就留在家里就业，还可以照顾孩子。

培育壮大产业，保障群众增收

近年来，印江土家族苗族自治县木黄镇凤仪坝区采取“龙头企业＋合作社＋农户”发展模式，发展食用菌种植产业，建立起1200亩的标准化食用菌基地，涉及木黄镇凤仪、盘龙、燕子岩、乌溪4个村，带动凤仪、盘龙等村141人长期务工，用工高峰期人数可达300多人，直接带动群众增收。像凤仪村这样的500亩坝区共有13个，是该县农业产业结构调整的支撑和依托，也是带动群众增收的重要渠道。

近年来，铜仁市围绕产业发展“八要素”，深入推进农村产业革命。由13位市级领导领衔推动发展“六大”主导产业，全面推进坝区产业调整，大力发展生态畜牧业、蔬菜、食用菌、生态茶园、中药材、油茶等现代高效农业，完成农业产业结构调整150.5万亩，累计投产生态茶园125万亩、中药材63.89万亩、油茶117.64万亩，累计成立农民专业合作社10716家，带动11.59万名贫困群众稳固增收。

农村发展方式正从自给自足向参与现代市场经济转变、从主要种植低效玉米向种植高效经济作物转变、从粗放量小向集约规模转变、从“提篮小卖”向现代商贸物流转变、从村民“户自为战”向形成紧密相连的产业发展共同体转变、从单一种植养殖向一二三产业融合发展转变。

其中万山区中华山村产业发展“622”分红模式入选国家博物馆，参与庆祝改革开放40周年大型展览。

易地扶贫搬迁，巩固脱贫成效

“我老公外出广东打工去了，我在家照顾老人和孩子，每天还能在这里做工，一天有几十块收入，家照顾好了，还能挣点零用钱。”从松桃苗族自治县瓦溪乡岩桑坝村搬迁来的杨红英介绍自己目前的情况。自从搬到蓼皋街道团山社区易地扶贫搬迁安置点后，小孩也从村小转入县城读书，接送学生之余，她到社区内的扶贫车间打工，在家门口轻松就业，实现顾家挣钱两不误。这样的生活，是她以前想都不敢想的。

杨红英一家如今的幸福生活，得益于我市大力实施易地扶贫搬迁政策。

近年来，铜仁市坚持把易地扶贫搬迁作为解决“一方水土养不起一方人”的根本途径。紧扣省委、省政府“六个坚持”要求，以全市125个贫困乡镇、1565个贫困村为主战场，做到以岗定搬、以产定搬。全市共规划建设安置点144个，搬迁规模6.6万户29.36万人，其中跨区域搬迁至铜仁主城区12.55万人、占全省跨区域搬迁人口的54%，涉及整体搬迁自然村寨1853个。

通过实施易地扶贫搬迁，群众居住条件不断改善。目前，铜仁市全面完成“十三五”时期易地扶贫搬迁任务，正在开展搬迁后续保障工作，扎实抓好基本公共服务体系、培训和就业服务体系、文化服务体系、社区治理体系、基层党建体系“五个体系”建设，持续写好易地扶贫搬迁“后半篇文章”，真正让搬迁群众“一步住上新房子，快步过上好日子”。

落实保障政策，回应民生关切

“以前在老家孩子入学困难，现在，不仅孩子入学由政府出面解决，而且出门就是学校，还免除了不少学杂费。”家住碧江区响塘龙安置区的田茂河高兴地说。据小区负责人介绍，田茂河家4口人，只有他一个劳动力，一度生活很困难。现在在政府帮扶下，3个孩子分别到十五中、十中、七完小入学，孩子入学后，学校免除了很多学杂费，负担一下子减轻了许多。

家住碧江区响塘龙安置区的居民欧忠学是贫困户。因腰部骨折，治病花费了近7万元，加上两个孩子入学的压力，使得本就不宽裕的家庭雪上加霜。“现在有农村医疗保险，生病住院报销了75%，省了好大一笔费用。”欧忠学说道。

“现在党和国家政策好，出钱出力帮助贫困群众修建新房，改建旧房，把农村环境进行了大整治，我们的生活也越过越好了。”碧江区滑石乡老麻塘村贫困户李良友笑着说。

近年来，铜仁市坚持把解决“两不愁三保障”突出问题作为工作着力点，切实提升贫困群众的获得感、幸福感。在义务教育上，持续压缩党政机关6%的行政经费用于支持教育扶贫，精准落实教育扶贫资助政策，确保应助尽助，全市小学、初中辍学率均控制在省定标准以内，无因贫辍学情况。

基本医疗上，认真落实“五个全覆盖”和“五个全面建成”要求，全市175个乡镇（街道）卫生服务机构均完成标准化建设，2616个行政村卫生室实现全覆盖，群众看病难、看病贵问题和因病致贫、因病返贫问题得到有效缓解。

住房保障上，大力实施农村危房改造和住房保障三年行动计划，推进建档立卡贫困户住房安全评定全覆盖，全面完成14.26万户农村危房改造任务。针对农村木结构住房较多的实际状况，专项整治透风漏雨老旧住房2.26万户，切实提高农村人居环境。

兜底保障上，精准推出提高低保标准、完善医疗救助、健全临时救助制度等兜底脱贫攻坚“十招”。对无法依靠产业就业帮扶脱贫的特殊贫困人口，实现应保尽保，保障基本生活。已累计发放农村低保金、临时救助金、特困供养金、医疗救助金80亿余元。

通过全面落实保障政策，全市贫困群众实现学有所助、病有所医、住有所居、困有所济，群众幸福指数不断提升。

凝聚各方力量，合力开展攻坚

2019年，思南县鹦鹉溪镇翟家坝村1000多亩白茶开采时，拿到了江苏省常熟市古里镇的一笔大订单。

这片白茶基地，是在常熟市 400 万元扶贫资金帮扶下建起来的。

为解决管理难题，驻地帮扶思南的常熟市干部，还帮助引进了贵州品界农业公司，解决了基地建设技术难题。

“有了这片茶园，我们村群众脱贫致富就不愁了。”村党支部书记李奎介绍说。

自白茶基地开建以来，已支付村民工资 90 余万元，182 户村民户均土地流转收益 1098 元，两年后全村人均收入将突破 2 万元。

这样的发展方式，既解决发展底金又提供技术支持，全方位助推当地发展绿色产业，铺就群众致富新路子。这是对口帮扶思南的常熟市参与当地打好打赢脱贫攻坚“四场硬仗”的生动实践之一。

2017 年以来，常熟 · 思南东西部扶贫协作一直在不断深化。仅去年，双方各类人才培训交流就达 148 批次 2026 人次，常熟市共向思南提供帮扶资金 6431 万元，实施帮扶项目 55 个，此外还结对帮扶 14 个乡镇（街道）、28 个贫困村。

近年来，铜仁市积极抢抓东西部扶贫协作和中央、省定点帮扶等重大机遇，坚持发挥政府和社会两方面力量作用，着力构建专项扶贫、行业扶贫、社会扶贫“三位一体”大扶贫格局。

自 2013 年苏州帮扶铜仁以来，我市共获得江苏省及苏州市财政援助资金 16.6 亿元，实施帮扶项目 10422 个，有效带动 20 多万建档立卡贫困人口增收脱贫。探索形成的苏州 · 铜仁结对帮扶“五探索”被《人民日报》头条刊登；碧江 · 昆山“七结对”模式被评为东西协作与定点帮扶第二届中国优秀扶贫案例；张家港善港与沿河高峰“整村帮扶”模式在 2019 年扶贫日乡村发展与脱贫攻坚论坛上做经验交流发言。

通过新一轮的扶贫工作，全市贫困群众的思想观念不断改变、内生动力不断增强、致富能力不断提升。

“让贫困人口和贫困地区同全国一道进入全面小康社会是我们党的庄严

承诺。”也是铜仁的奋斗目标。脱贫路上一个也不能少！

六年多来，在市委、市政府的坚强领导下，全市6万余名扶贫干部不忘初心、牢记使命，牢记嘱托，感恩奋进，舍生忘死，决胜脱贫攻坚、巩固脱贫成果、同步全面小康，坚决夺取脱贫攻坚决胜之年的全面胜利，确保按时高质量打赢脱贫攻坚战，奋力开创百姓富、生态美的多彩贵州新未来铜仁篇章！

中共铜仁市委宣传部 策划
铜仁日报社
铜仁日报传媒集团有限公司 编

铜仁决战贫困

我的脱贫故事

脱贫群众话脱贫

脱贫攻坚的壮阔历程
凝聚着无数人的智慧和汗水
一个个感人至深、催人奋进的故事
展现了“奋斗改变命运”的众生图景

古吴轩出版社

图书在版编目（CIP）数据

铜仁决战贫困. 我的脱贫故事. 脱贫群众话脱贫 / 铜仁日报社，铜仁日报传媒集团有限公司编. -- 苏州 : 古吴轩出版社，2021.12
ISBN 978-7-5546-1843-1

Ⅰ. ①铜… Ⅱ. ①铜… ②铜… Ⅲ. ①报告文学—中国—当代 Ⅳ. ①I25

中国版本图书馆CIP数据核字(2021)第243690号

策　　划：中共铜仁市委宣传部
责任编辑：俞　都　李爱华　黄菲菲
见习编辑：沈　玥
装帧设计：闵友才
责任照排：陈德明

书　　名：铜仁决战贫困·我的脱贫故事·脱贫群众话脱贫
编　　者：铜仁日报社　铜仁日报传媒集团有限公司
出版发行：古吴轩出版社
地址：苏州市八达街 118 号苏州新闻大厦 30F　邮编：215123
电话：0512-65233679　传真：0512-65220750
出 版 人：尹剑峰
印　　刷：铜仁日报传媒集团有限公司印刷分公司
开　　本：787×1092　1/16
印　　张：142.25
字　　数：2172 千字
版　　次：2021 年 12 月第 1 版　第 1 次印刷
书　　号：ISBN 978-7-5546-1843-1
定　　价：468.00 元（全 6 册）

《我的脱贫故事·脱贫群众话脱贫》编委会

总　序

党的十八大以来，以习近平同志为核心的党中央把扶贫开发摆在治国理政的突出位置，推动中国减贫事业取得巨大成就，对世界减贫进程做出了重大贡献。

铜仁市地处黔湘渝三省市结合部，是贵州脱贫攻坚的主战场。2014 年，全市下辖 10 个区县均为贫困县，共有 1565 个贫困村，其中有 1 个深度贫困县、2 个极贫乡、319 个深度贫困村，建档立卡贫困户 92.7 万人，贫困发生率为 24.78%。

近年来，铜仁市深入贯彻落实习近平总书记关于扶贫开发的系列重要论述，充分发挥“上下同心、尽锐出战、精准务实、开拓创新、攻坚克难、不负人民”脱贫攻坚精神，坚持以脱贫攻坚统揽经济社会发展全局，严格落实精准脱贫基本方略，用好用活贵州省委“五步工作法”，探索总结“七个极”工作要求、“三真三因三定”工作原则和“76554”工作方法，聚全市之心、汇全市之智、举全市之力，打赢了一场又一场脱贫硬仗，攻克了一个又一个贫困堡垒，脱贫攻坚战取得了全面胜利。

截至 2020 年末，全市农村贫困人口全部脱贫、10 个区县全部摘帽，经济社会发展大踏步前进，区域整体面貌发生历史性巨变，脱贫群众

精神风貌焕然一新，党群干群关系明显改善，交出了减贫治理的铜仁答卷。脱贫攻坚成效考核连续4年名列全省前茅，“76554”工作方法、防贫预警机制、一线干部关怀激励机制、易地扶贫搬迁模式等多项脱贫攻坚创新举措在全省乃至全国得到推广。省委书记谌贻琴赞誉铜仁脱贫成效实。

时代造就英雄，伟大来自平凡。在这场输不起的脱贫攻坚战中，铜仁打响了一场场意义深远的战斗，涌现了一个个感人至深的先进人物，发生了一段段可歌可泣的动人故事，值得我们铭记。

为记录这段特殊的历史，我们组织编辑了《铜仁决战贫困》这套书，记录铜仁的奋斗史和扶贫史：《铜仁做法》展现“铜仁经验”，贡献“铜仁智慧”，见证“铜仁战果”；《我的扶贫故事——一线干部说扶贫》《我的脱贫故事——脱贫群众话脱贫》和《武陵战贫》，多视角描绘铜仁儿女感恩奋进的精彩画卷和昂扬向上的精神风貌。

这是一套历史性、系统性、收藏性、传承性兼具的图书，是我们感恩的宣言，是灵魂的启迪，是幸福的源泉，是让战贫精神薪火相传的种子。

征途漫漫，精神永恒。站在新的历史起点，黔东儿女豪情满怀，必将脱贫攻坚精神发扬光大，不断赋予其新的时代内涵，化为乡村振兴的不竭动力，再创新辉煌。

编　者

2021年12月

分 序

中华民族历来就是一个勤劳的民族。

古时，因为我们的勤劳，我们创造了庞大的文明古国；新中国成立之后，因为我们的勤劳，我们将一个百废待兴的国家建设成了世界第二大经济体。而今，因为我们的勤劳，我们创造了减贫奇迹。

这奇迹的背后，是数代人付出了坚苦卓绝的努力，使一个个具体的家庭摆脱贫穷，过上了富裕的、有奔头的生活。国家繁荣昌盛，国民生活亦愈发丰裕充实。这是改革释放的红利，也是脱贫攻坚迸发出的惊人力量。

这些在党和政府的帮助下脱贫摘帽、自立自强的家庭与个人，正展现出更加美好、更加蓬勃向上的铜仁新图景。这图景中，展现着不同家庭的脱贫密码，潜藏着千万种不同的奋斗故事与人生姿态，更蕴含着勤劳勇敢、艰苦奋斗的民族精神，蕴含着一股生龙活虎的力量。

它们应该被感知，被看见，被彰显，被弘扬。

因此，我们热烈关切着这些鲜活的奋斗故事，同样收集并记录了许多通过努力脱贫摘帽的家庭与个人的故事，编辑了这本《我的脱贫故事——脱贫群众话脱贫》。本书中所记录的故事其实只是广大贫困群众在党和政府的帮助下脱贫摘帽故事的冰山一角。我们在惊叹每一种焕然一新的生活的同时，更可窥见铜仁脱贫事业的进程，更可感受那种时不我待、坚决打赢脱贫攻坚战的决心。

这一个个殊途同归的脱贫模板、一个个蒸蒸日上的美好生活的背后，是他们脱贫路上的搏击与求索、奋斗与欢欣、艰难与无畏……我们记录下这些奋斗者的人生，为后世留存一份珍贵的历史底本，也描摹出铜仁更为远大的前程与美好未来。

编　者

目　录

不忘党恩

苦干实干

圆梦今朝

感恩奋进

我的脱贫故事（视频版）

光荣榜

不忘党恩

三春晖

◇ 讲述：北京大学2020级新生、石阡县龙井乡猫寨村村民罗结冰
整理：张著昶 任恩多 罗 旭

“环顾世界，只有伟大的中国共产党始终将人民的利益高高举过头顶，让千千万万老百姓通过易地扶贫搬迁住上了新房子，一步跨千年……在今后的人生中，我一定心怀理想，不负韶华，把自己的青春之花绽放在祖国最需要的地方！”这是摘自北京大学新生罗结冰在2020年10月14日全国易地扶贫搬迁论坛上的发言。他以亲身经历，动情讲述了贵州铜仁大山深处的一户人家，享受易地扶贫搬迁政策后发生巨大变化的动人故事。往日漂泊无依，今朝安居县城；往日颠沛求学，今朝跨入名校；往日前景灰暗，今朝海阔天空……会场所有人被罗结冰的故事深深吸引，听到压抑处，感同身受，寂静无声；听到释放时，掌声雷动，共鸣共欢！换言之，罗结冰是贵州188万名受益易地扶贫搬迁群众的代表，是沐浴党恩、奋发上进的先锋，是我国成功阻断贫困代际传递的缩影！

编 者

“儿时的家，对于我来说真是不堪回首：一家5口挤在低矮破旧的木房子里，饭桌是我学习的地方，晚上休息时再把餐厅分隔整理成我和爷爷、姐姐的卧室。四周的木板墙潮气袭人，昏暗的角落里，漆黑的土灶更显凉意……那时的家，是一个没有温度的房子。”

2020年10月14日，罗结冰在全国易地扶贫搬迁论坛上一开口，会场瞬间寂静下来。

7次搬“家”梦未央

石阡县龙井乡猫寨村，是典型的“天无三日晴，地无三里平”的贫瘠之地，村里一辈辈人面朝黄土背朝天地四季耕作，始终不曾种出“金果果”；20世纪90年代，村里一批批壮劳力只得相继远离故土，外出务工挣钱。

刚初中毕业的罗成江也加入了涌向东南沿海一带的打工潮。“全家十多口人挤在破旧的三四间屋子里，别说继续上学，连住都是大问题。”

罗成江在广州风里雨里奔波打拼了20多年，却因文化水平低，没有技术，一直没能让拮据的经济状况获得改善。看着慢慢长大的两个孩子，遥不可及的“家园梦”成为罗成江心里最大的伤痛。

“知识改变命运，读书是通往成功的最好途径。”2011年、2013年，罗成江先后把女儿罗雪、儿子罗结冰送回老家石阡县城上学，让他们周末借住满娘家。

在此之前，罗结冰跟着外出务工的父母一起四处漂泊，换房子住、换学校读，就像浮云一样飘忽不定，仅在他小学期间就搬家7次。那时的家，对他来说就是“移动的客栈”。

满娘家有3个孩子，都能善待罗雪、罗结冰姐弟，但因人多，这个家变得更加拥挤、吵闹，俨然成了一处大杂院。

罗雪是个懂事的乖女儿，也是个细心的好姐姐。她从小就体会到家庭的困难，也就很体谅满娘家的不易，想尽法子照顾好弟弟，不让父母在外担忧。

寒冬的一天，罗结冰回满娘家取申请国家助学金的相关资料，却因家里没人偏又没带钥匙在身，就在刺骨寒风中等了一个多小时，直到满娘回家。

“那一刻我终于体会到了卖火柴的小女孩那种对家的渴望，对温暖的渴求。我也像卖火柴的小女孩一样出现了幻想，幻想我能有一把属于自己家的钥匙，幻想能像城里孩子一样在漂亮的小区里奔跑，幻想能在台灯下安静地学习。”

拥有一个稳定温暖的家，成了罗结冰那时最大的奢望。

圆梦新家

2017年，罗雪考入贵州大学，不甘落后的罗结冰也考入石阡县普通高中“精准扶贫班”：免收学费、补助生活。罗结冰得以继续学业。

没有姐姐陪伴，独自寄读，罗结冰一时又有了对家的执念，不禁思想波动起来，学习表现不稳定，步入了一段“危险期”。

看着儿子不得不承受“无家可归”的痛苦，罗成江着急、自责，却无能为力。

谁无暴风劲雨时，守得云开见月明——2018年8月，罗成江家享受到易地扶贫搬迁政策，罗结冰跟着家人一起搬进了石阡县城泉都安置点，三辈人的梦，一夕成真。

第八次搬家，罗结冰终于住进了属于自己的家，第一次真正感受到了家的温暖。

站在新家的阳台上放眼望去，几十栋整洁的安置楼房鳞次栉比，道路宽敞干净，小区里丹桂飘香。

小区旁配套建起的幼儿园和小学不时传来朗朗书声。休闲广场上，大妈们即兴扭着广场舞，老头们则在一旁安静地下着棋。篮球场上，孩子们喧闹着组队打球。社区门口，保安认真地登记着每一个来访者的名字，快递柜里存放着快递小哥送来的包裹……

幸福来得太突然，罗结冰感觉，一切就像在梦里。

“那一夜，我失眠了，我发自内心地感恩自己生在了中国，我是如此幸运地赶上了党的易地扶贫搬迁好政策。在我人生最重要的成长时期，享受到了祖国母亲送来的一份厚礼，实现了我的新家园之梦。”

罗结冰的发言再次引起众人的共鸣，会场响起雷鸣般的热烈掌声。

穷且益坚，不坠青云之志。从那一夜起，罗结冰暗下决心，一定要更刻苦地学习，学好本事，将来用自己的能力回报祖国，回报社会。

逐梦前行

有了安稳的“家”，罗结冰迸发出强大的学习动力。在高二关键期，他的学习成绩有了明显提升。

对比以前的生活和学习条件，罗结冰心里清楚，自己没有任何理由不好好学习，没有任何借口半途而废，而且，还必须比其他人更加努力。

2020年春，新冠肺炎疫情肆虐，父母、姐姐都暂时不能外出务工和返校上学，罗结冰一边享受着难得的天伦之乐，一边更认真地复习，准备高考。三个多月的时间里，他发现父母奔波多年，已明显苍老，特别是父亲的腰，越发佝偻。

“他很早就有腰痛的毛病，但家里穷，无力医治，只能经常让我在他腰上‘踩踩’，缓解一下疼痛。”

罗结冰由此萌发了学医的念头。

此时，全国各地医护人员支援湖北的画面通过电视和网络传遍神州大地，他被大无畏的牺牲精神和无私奉献的家国情怀深深感染，燃起了对医护职业的崇敬之情。高考分数一出，他就填报了北京大学医学部的申读志愿。如愿拿到通知书的那一刻，他喜极而泣。

大学新生军训期间，罗结冰又坚定地向党组织递交了入党申请，在自己的人生坐标上深深地刻上了党的印迹。

2020年12月9日，记者连线采访罗结冰，深知幸福来之不易的他说：“作为贵州38万搬迁学生中的一员，能踏进北京大学这个神圣的殿堂学习是多么不容易，这一切都来自于党的关怀。没有中国共产党的领导，就没有这么好的易地扶贫搬迁政策，命运也不会眷顾我这生长在偏远山区的穷孩子。”

“我的梦想才刚刚开始，中华民族伟大复兴的中国梦正在新的征程里。生活在这个伟大的时代，我何其有幸！”

“青春是用来奋斗的，而不是用来虚度的。必须常怀感恩之心，砥砺家国情怀，自觉地把个人的前途命运与国家、民族、社会紧密地融合在一起，在奋斗中激扬无愧于时代的风采。”

罗结冰神态坚定，语言铿锵有力。

愿得此身长报国！

编者语：

罗结冰生长在武陵山脉腹部的铜仁市石阡县大山深处，一家四处漂泊的经历，道尽了“一方水土养不好一方人”的辛酸与无奈。

党的十八大以来，铜仁市将长期深居大山区、石山区的29.36万人搬进县城或集镇，或跨区县搬迁到铜仁主城区，以实施“新市民·追梦桥”工程为契机，扎扎实实抓好后续扶持工作，让搬迁群众“一步住上新房子”后还能“快步过上好日子”。

再穷不能穷教育，再苦不能苦孩子。这些年，铜仁市坚持勒紧“裤腰带”，全面开展教育扶贫工作，累计发放资助金58.25亿余元，惠及学生480余万人次。教育投入，必将收获无限可能，正如沐浴甘霖的罗结冰所说：“立志走出大山不是为了逃离大山，而是为了到广阔天地学成归来，更好地建设大山！”

党的恩情永不忘

◇ 印江土家族苗族自治县刀坝镇勤俭村村民夏天志

我叫夏天志，是印江土家族苗族自治县刀坝镇勤俭村的村民。

在新冠肺炎疫情期间，不能外出务工，我左思右想，今年靠什么来稳定脱贫？

这时，帮扶干部田庄来到我家，和我谈起了我们家发展的困惑。

田庄说：“我们村根据党委、政府安排准备种植中药材青蒿。”

种植青蒿，时间短，见效快，我毫不犹豫地答应了100亩青蒿的种植任务。

发展种植基地，对于我来说无疑是一个巨大的挑战。没有启动资金，也没有技术，如何让想法付诸行动？

幸运的是，在镇政府和村支两委的帮助下，我家获得了5万元的贷款，政府还帮助解决了犁地费和肥料，这才有了今天100亩青蒿的种植规模。

在收购公司提供技术支持和自己的不断摸索下，青蒿于2019年4月23日开始移栽，转眼间阳光倾洒而下，青蒿长势喜人，让我看到了丰收的景象，我多次与收购公司技术人员交流每个时段该干什么。没多久，青蒿开始收割了，我累并快乐着，终于收获了第一桶金。

靠着自己的努力和政府的支持，我家于2019年实现稳定脱贫，还为左邻右舍带来了就业机会，年带动就业50人次。

感谢党和政府给予我们的关心。如今，我家已成了远近闻名的致富能手，收入增多了，住房条件改善了。在时刻感党恩、跟党走、听党话的同时，我更要不断努力，把日子过得更红火。

14 次搬家记

◇ 讲述：万山区丹都街道旺家花园安置点群众安景绪
整理：谭晓红

“十三五”时期，国家致力精准扶贫，开启了一项前无古人、史无前例的伟大工程——易地扶贫搬迁。

这是开时代先河的伟大创举！

贵州易地扶贫搬迁一百八十八万人，成为全国搬迁规模最大、人数最多的省。

而位于世界自然遗产地梵净山脚下的铜仁市，搬迁群众就高达二十九余万人，其中，跨区域搬迁十二余万人，建设安置点一百四十四个，占全省跨区县搬迁规模的百分之五十三，成为全省之最。

久居深山老林的贫困群众一下子结束了世世代代的农耕生活，拎包入住，一步搬进城市，成为新市民。

为了做好后续工作，市委坚持安居与乐业并重、搬迁与脱贫并重，启动实施了“新市民·追梦桥”工程，通过设立党支部、群团之家，建立便民服务中心、学校、卫生服务中心、扶贫微工厂、乡愁馆、综合超市等便捷高效的配套设施，可以说是千方百计，百计千方，想方设法让这十二万人搬得进，稳得住，能致富，圆上小康梦。

我其实一直有个疑问，这十二万名群众，他们真的融入城市了吗，他们的心灵真的安定下来了吗？会不会故土难离，会不会思乡心切？

带着这个疑问，我走进了铜仁市万山区丹都街道的旺家花园安置点，在“参战军人自主创业五金百货店”认识了对越自卫反击战参战老兵安景绪。

令我惊诧不已的是，大我十岁的老兵安景绪，已经历了他人生中的第十四次搬家。

安景绪家，位于思南县天桥乡南山村老屋基组，按他的话讲，天桥乡是思南县最差的乡，南山村是思南所有乡（镇）最差的村，老屋基组是思南所有村中最差的组。老屋基组的土地都在陡坡上，挑桶水上坡淋菜，要先挖个坑，桶才有处放，生存环境极其恶劣。而安景绪家是村里最穷的一家。

第一次搬家

1982 年，十九岁的安景绪选择了入伍当兵，在者阴山参加了对越自卫反击战，他把家就安在了部队。他与火力连队的战友们住在高地上的猫耳洞“家”里，由于地质潮湿，洞顶长期浸水，睡觉时得先用军用毛毯包裹身体，然后外面再包上雨衣。

第二次搬家

四年后，安景绪退伍回到家徒四壁、残破不堪的半草木房，后经人介绍，安景绪去了云南的冰川县一家煤矿里背煤，他又把家安在了矿山上的山洞里，以谷草为床。背了两年煤的安景旭，又苦又累，感觉体力不支，更看不到一点希望。

第三次搬家

这期间，安景绪认识了一位开啤酒厂的老板，听说他是老兵，就对他很关心，让他进了啤酒厂做销售。由于安景旭工作能力强，销售业绩突出，老板让他负责八名销售人员的管理工作，晚上住在用木板搭建的帐篷里，“家”里的床是用砖头和木板搭的。一年后，老板因为偷税漏税被抓去坐牢，走投无路的安景绪再次回到了思南老家。

第四次搬家

在老家，安景旭受已牺牲的同乡战友委托，与已故战友的女友结了婚。看到安景绪家一贫如洗、一穷二白，女方家人坚决反对。可姑娘为了不辜负烈士的遗愿，毅然决然地嫁给了安景绪。生怕委屈了妻子的安景绪，决心干出些事业，于是贷款五百多元、向亲戚借款三百元，包了一片地，请了员工，种了两年的烤烟。由于土质问题，烤烟烤不出颜色，一夜之间，全部亏损。债主天天上门讨债。

第五次搬家

白天不敢露面的安景绪，在一个月黑风高的深夜，他翻山越岭，跑到了广东虎门镇，在一家餐馆里端菜、扫地，由于语言不通，餐馆老板只得让他到厨房里切菜，给厨师打下手。白天，安景绪一边干活一边悄悄地学炒菜手艺。晚上，和餐馆的六名员工住在餐厅楼上的砖房“家”里。没有床，员工自己买床垫子铺地上睡。虽然没有任何家具，但比煤洞舒服多了，至少蚊虫少了，也不会淋雨了。安景绪在这个“家”里一住就是两年。

第六次搬家

一次，安景绪得知隔壁一家餐馆急需厨师，他自荐去帮人家炒菜，炒了一个星期，果然味道不凡，于是成为一名厨师，领起了每月六百元的厨师工资，还有了“新家”（独立的房间），睡上了木板钉的床。两年下来，老家所有债务全部还清，安景绪把老婆孩子全部接到了一起，一家人终于光明正大地团聚了。安景绪还经常给岳父母寄钱。曾经坚决反对这门婚事的老人逢人就夸，说没想到这个最穷的女婿对他们最孝顺。两年后，由于交通改道而变偏僻的餐馆生意日益清淡。拿着餐馆工资，却几乎没有活可做的安景绪觉得对不起老板，就自己主动离开了餐馆。

第七次搬家

对当地已经比较熟悉的安景绪来到了附近的一家砖厂,签了制砖工程合同,包了一个生产车间,把他和妻子老家的寨子里那些光着脚板、鞋都穿不起的四十个弟兄接到了砖厂“家”里。这四十个弟兄每个月都有两三千元工资领,家家生活条件迅速改善。安景绪则是有了独立房间,睡起了木板床,当起了包工头。这一干,就是八年。直到现在,老家的族人都把他当作家里人看待,对他特别好,特别亲。因为在那些苦难的日子里,是这位老兵为他们点燃了希望。

第八次搬家

八年后,所有砖厂一下子没了生意,生产的砖一块也卖不出去,也没人愿意再来买一块砖,工人们各奔东西,全都走人。已经尝到做生意的甜头的安景绪买来河粉(米粉)机,以租的房子为家,开起了河粉店,每晚睡在用板凳搭的木板床上。虽然安景绪加工的河粉质量好,但销路始终打不开,每个月只能保本。他不愿意偷工减料降成本,用他的话说,再穷、再困难也不做违背良心的事,不丢当兵的脸。在勉强维持了两年后,安景绪选择关门走人。

第九次搬家

这一次,安景绪走到另一个乡镇的村子里,发现这个村居然没有菜市场,于是他到虎门批发市场把蔬菜拉到村里,搞蔬菜零售,每天净收入有两百。村里借此修起了菜市场,安景绪趁热打铁,租了四个摊位,请了两个工人,同时做起了粮油等杂货生意,每天有了四五百元的收入。他又在菜市场楼上的杂货间租了两间以铁皮封顶的砖房,算是固定的“家”。因为两个孩子要读书,借读费是笔大开销,一个学期的学费就要上万元。安景绪没有买床,而是买来床垫,一家人睡地上。由于安景绪为人厚道,卖的东西货真价实,很受当地人喜欢。然而这样的和谐生活只持续了六年。六年后,村里把菜市场给第三方管理,安景绪的两间住房、四个摊位租金高涨。每年十余万元的租金、孩子的高昂学费，让安景绪入不敷出，只好拎包走人，去往别处求生。

第十次搬家

安景绪到了黄埔军校附近，租房安了“家”，进了一家沙砖厂。干到第二十天时，安景绪已是身无分文，包里连一块钱都没有了，眼看就要断顿，无奈之下只得向老板申请预支两百元工资作为生活费，老板坚决不干，安景绪只好请当地人事局帮忙做老板工作，也无果。人事局非常同情安景绪的遭遇，由劳动监察执法大队出面，要求砖厂老板要么预支两百元工资，要么支付二十天工资。老板从没见过这么大阵势，更没想到竟然还有被手下民工告翻的道理，惊吓之余，也没想再留他，就当着劳动监察执法大队一次性支付了二十天劳动工资两千元。安景绪激动地说，从那以后，广州的民工有了人事局这个依靠，再也不用担心拿不到工资了。

第十一次搬家

离开了沙砖厂，安景绪到黄埔船厂干了两年的起重机指挥工，每月有近四千元工资，妻子也到一家餐馆打工，并从洗碗工干到了台面部长。一家人租了一套三室一厅，每月租金一千二百元，家具一应俱全，睡起了席梦思。后由于船厂管理上的调整，不再需要劳务工人，安景绪又一次拎包走人。

第十二次搬家

安景绪到黄浦区下沙街道的百川水业送起了桶装水，每月有六千元收入，一家人租了一套每月八百元租金的套房为家。树欲静，而风不止。四年后，居无定所、劳累过度的安景绪因患严重痛风，卧床不起，所有积蓄全部用于治病，妻子也因为腰椎病无法工作，全家仅靠大儿子打零工糊口。

第十三次搬家

一病不起的安景绪从手机上关注到贵州铜仁正实施扶贫惠民系列政策，这无异于是一束阳光，带给安景绪生的希望。抱着试一试的心态，2016年，他和妻子到思南县人民医院住了十四天。安景绪的病不仅得到有效治疗，他还享受到国家关于参战军人看病费用的减免政策，六千元的医疗费，安景绪只需支付一百元。已能下地走路的安景绪迎来了伟大的脱贫攻坚战，这场战役，这位老兵没能参战，而是被列为精准扶贫户，享受到每月低保金、临时一次性救助金、孩子读书教育扶贫资金的待遇，生活有了基本保障。安景绪终于结束了浮萍一样四处漂泊的状态，回到了老家。

第十四次搬家

回到老家享受到扶贫政策的安景绪，像一个流浪的孩子感受到来自祖国母亲的温暖，他一头扎进了母亲的怀抱。

2017年9月，铜仁举全市之力，全面实施易地扶贫搬迁工程，被列为搬迁户的安景绪告别“一方水土养不活一方人”的老家，带头拎包入住，全家搬进了铜仁市万山区“旺家花园”。

新房子里电视、沙发、木床、窗帘、餐桌、碗筷都备好了。看着眼前的一切，五十四岁的安景绪感觉就像做梦一样。真是连做梦都没想到啊！

安景绪感慨万千，感激涕零，他流着泪给社区党组织写了一封感谢信。

更没想到的是，铜仁市深入实施“新市民·追梦桥”工程，成为新市民的他享受到了新的惠民政策。旺家花园社区的所有门面房免租金三个月，三个月后每平方米只收租金三十元。

安景绪通过银行贷款，第一个报名租了一间一百四十平方米的门面房，随着货滚货、钱滚钱，他逐渐办成了一家小超市。在搬迁户中，安景绪第一个开超市，又是生意最好的一家超市。他的超市可以讲价，他说，都是搬迁来的群众，谁没有个困难的时候，只要不亏本，少收点钱没关系。

感恩于心，回报于行。满怀感激之情的安景绪为了回报社会，在社区注册了第一家家政服务公司，国家没收一分注册资金，他只交了几元钱的工本费。

安景绪当起了义务中介，无偿为无岗位、无收入、熟悉家务的家庭妇女提供灵活的就业岗位。如今，已有二十余位家庭妇女通过家政服务增加了收入。他还每月免费为社区四十名保安、环卫工人提供一桶矿泉水，被社区党支部授予“爱心使者”的称号。

漂泊不定的安景绪终于安定下来了。

“我这一家全靠党和政府的救助。没有党的好政策，我不可能有今天。”安景绪的眼眶已经湿润。

当被问到接下来的打算时，安景绪说：“国家也不宽裕，不可能把几代人的问题都给解决了，这个家已经是最大的礼物了。我不能安于现状，要不断地刻苦，不断地努力。你看现在的旺家花园条件多好，饮食、娱乐一条街，有小学、中学、幼儿园，相当于学区房，好比铜仁市最繁华的大十字、小十字。国家政策这么好，我们要紧跟着时代发展。人最过不了的坎是自己，我对自己有信心。其实我们搬迁来的群众是最有优势和发展机会的，因为我们能吃苦，我们啥都肯干，今后赚钱的机会多着呢……”安景绪对未来充满了希望。

据旺家花园社区介绍，安景绪作为最老的学员报考了驾照，现在还开小货车为搬迁群众、社区微工厂跑运输，他的妻子专门负责经营超市，他的儿子在超市隔出小间开起了理发店。一家人忙忙碌碌，生活欣欣向荣，日子过得有滋有味。

站在“参战军人自主创业五金百货店”外，我的心里五味杂陈。我知道，颠沛流离的安景绪一家再也不用搬家。这里，才是他们永远的真正的家。

风雨过后见彩虹

◇ 江口县凯德街道黑岩村村民罗有才

感谢党的好政策，我一定继续努力，把生活过得更好……

我叫罗有才，今年 44 岁，家住铜仁市江口县凯德街道黑岩村，家里只有我和 84 岁的老母亲。

早年，母亲因患慢性病，常年行动不便。2013 年，母亲病情突然加重，瘫痪在床，无法独立生活。同年，我家被纳入精准贫困系统。

2014 年，我回乡，就一直在家周边一边务农，或打零工，一边便照顾母亲。

期间，我被村委会和街道办事处林业站聘为护林员，每年我可领到工资 1 万元。再加上我和母亲的农村低保、养老保险金、高龄补贴及良种补贴等，又可享受政策补贴 10154 元，每年仅护林工资和政策补贴就达 2 万多元。

与大多数贫困户一样，我家还享受到了政府“五改一维一化”政策。之前，我家房屋破败不堪，冬天寒冷难忍；夏天，房屋周围坑坑洼洼，臭气熏天。得益于“五改一维一化”政策，我不仅住上了新房子，房前房后、屋内屋外也得到了重修，现在出门鞋都沾不到泥了。

收入增加，生活环境也得到较大的改善。2017 年，我家顺利脱贫，终于摘掉贫困帽子。

贫困不是宿命。虽然咱们因为党的好政策和扶贫干部的帮助，过上了幸福生活。但是，要想长久过上幸福的新生活，还得要靠自己不断努力、不断奋斗。也只有不断进取，才不会辜负党的恩情和帮扶干部的艰辛付出。

这年，我在驻村干部和村委会的动员下，入股村里猕猴种植合作社。2019 年，猕猴桃迎来丰收，我和母亲每人又享受到 327 元的产业分红，按照这样算，年底，我和母亲人均年纯收入可达 12142 元。

风雨过后见彩虹。如今，我对生活充满了信心，也充满了激情。我相信，只要自己继续努力，脚踏实地地苦干、实干，我和母亲的生活一定会过得更好。

深山养“金猪”，养户喜开颜

◇ 讲述：沿河自治县中寨镇清塘村村民田闯

整理：施　平　江佳佳　田　勇

“今年第一批生猪净利润 150 万元，全镇 1006 名贫困人口将获分红，户均保底分红 400 元以上。真没想到回家创业还能带动乡亲们一起增收致富。”2020 年 9 月 8 日，沿河自治县中寨镇清塘村生猪代养大户田闯对笔者说，他以前在外打工就一直帮别人养猪，很想回家自己养，但因资金缺乏等问题，一直没有机会回乡养殖。

2019 年 3 月，沿河通过招商引资，把四川铁骑力士集团引进来，采取代养模式养殖生猪，并签订了合约。截至目前，铁骑力士生猪代养在沿河 22 个乡镇（街道）已全覆盖，通过财政扶贫资金撬动，建设圈舍，公司投入活动资产，确保代养户增收致富。

对田闯来说，这次利用“金猪”进山的机遇，必须大干一场。去年，为了在村里顺利建生猪代养场，他卖掉了在德江县的 3 层楼房，凑集 100 万元，还申请财政扶贫资金 510 万元，花了两个月的时间，便迅速把一片荒山开辟建成自动化、标准化的生猪代养场，成立协力生态生猪代养农业种养专业合作社，终于在 2020 年 3 月进了 3500 头猪苗。

“金猪”进山后，清塘村以及周边村的村民们得知养猪的技术、猪苗、饲料等均是公司统一免费提供，还有每斤 8 元的保底收购，养殖户无需承担市场行情风险，只需配合公司管理，便可获得稳定的养殖效益，大家都乐开了花。

中寨镇杨坪村建档立卡贫困户田国香，从自动化猪场投苗以来，就一直在这里上班。

“以前在外辛苦打工，一年下来最多三万元收入。现在在猪场干活儿，一年算下来就有10万元以上的收入。”田国香掰起手指头一边算着收入账，一边笑着说道，“以前我们没啥技术，一直在浙江温州打零工，居无定所，加上两个孩子读高中，家里生活比较困难，现在好多了，既能照顾家庭，又有收入，非常满意。”

如今，田国香和她丈夫代仕强一起在这里帮忙养猪，每人每月就有四千元左右的工资。

这批“金猪”进来后，田国香夫妇和其他在猪场务工的8位建档立卡贫困户，吃住在生猪代养场，半年来只出过猪场2次，每周田闯会给大家送一次生活物资。同时，他们每天都要对猪场内外严格消毒3次，猪舍里实行自动化养殖，如自动喂料、掏粪等，田国香他们最需要注意的是“金猪”们的身体状态是否良好。目前最大的肥猪就有200多公斤。

据沿河中寨镇党委书记谭鹏飞介绍，由于四川铁骑力士集团看好中寨的生态资源好、通风好，当地政府以及合作社的信心足，2020年在中寨镇扩大了生猪养殖规模，目前已建成7个生猪代养项目基地。该项目覆盖中寨杨坪、红色、大宅等村的2019年未脱贫的231户贫困户，这3个村每年可增加集体经济共15万元以上，切实解决当地群众增收难的问题。

与此同时，沿河自治县生猪产业发展以实施生猪代养场建设项目为主要抓手，采取“龙头企业＋合作社＋农户”组织方式，按照龙头企业要求推行生猪代养，在全县发展生猪代养场43个，项目建成投产后，可辐射带动项目区群众3852户1.54万人增收。另外，四川铁骑力士集团还计划这两年里，在沿河发展生猪30万头，以助推和巩固脱贫攻坚成果。

小小“菇仙子”，致富“大作为”

◇ 讲述：沿河自治县洋睿种养殖农民专业合作社负责人周其芳
整理：彭玲娅

清晨，笔者来到沿河土家族自治县甘溪镇毛田500亩坝区的竹荪基地，还没走近大棚，就闻到一股股沁人心脾的清香。一排排用遮阳网覆盖着的大棚内，一朵朵竹荪正含苞待放，“良辰吉时”一到便破壳而出。

不一会，只见它们猛地冲破浅红“足靴”，身穿“蕾丝小白裙”，好似“菇仙子”在田间翩翩起舞，场面十分壮观。

竹荪因生长条件苛刻，很少见到，历代被认为是珍奇稀罕之物。竹荪营养丰富，滋味鲜美，自古就名列“四珍”之首，它能够保护肝脏，减少腹壁脂肪的积存，有俗称“刮油”的作用，更有“雪裙仙子、山珍之花、菌中皇后”之美称。

“我家小孩还在读初中，父母年龄又大，老幼都需要人照顾，从基地建成以来，我们两口子就在基地务工。我一天收入80元，孩子他爸是技术工，一天收入200元，去年在基地里的务工费、土地流转费和产业分红收入就有近2万元。能在家门口就业，下班后还能照顾老幼，工作家庭两不误，我们感到非常知足。”雄水村贫困户田茂琴一边向笔者算着收入账，一边小心翼翼地呵护着手中刚采摘的“菇仙子”。

自2020年6月23日以来，该基地平均每天有50多名村民务工。

菇农们一边采摘竹荪，一边说着今年的好收成。不远处的产业路上，菇农们正在有序地将采摘好的竹荪装入货车，准备送去烘干房。

“我们村率先发动村里的知名人士周其芳成立沿河自治县洋睿种养殖农民专业合作社，通过‘党支部＋合作社＋贫困户’的发展模式，成功种植了150亩竹荪，不仅让群众获得了劳务费、土地流转费和产业分红，还能带动邻村困难群众就近务工，进一步增强了贫困群众的脱贫信心。”该镇雄水村脱贫攻坚指挥部指挥长崔鹏说。

“非常感谢各级党委、政府的大力支持，积极帮助我们解决在资金、人力、物力等方面的实际困难，让我们能鼓足信心，大胆发展。我们从2016年发展的10亩，扩建到了现在的150亩。”沿河自治县洋睿种养殖农民专业合作社负责人周其芳说。

据悉，竹荪亩产干品80—100斤，单价220元/斤，亩产值18000元，远销北京、广东、江苏等地。

2020年以来，该镇紧紧围绕“一乡一特”“一村一品”思路，重点发展“短、平、快”扶贫产业，争取到中央财政扶贫资金和东西部扶贫协作资金实施项目22个，完成3045.7亩辣椒、2389亩双高红薯、江口县对口协作甘溪镇350亩罗汉果中药材等扶贫产业，建设了养殖规模2200头的生猪代养场2个和养殖规模8万羽的生态鸡养殖场3个，实现贫困户利益联结全覆盖。

2020年，在空心李“李子王”评比大赛上，专家组从果形大小均匀度、外观、色泽等方面评比测定，郭兰花家获“李子王”农户荣誉称号，这也是她第二次获得该奖。

甘溪沟村，只是该县通过栽种空心李脱贫致富的一个缩影。

截至目前，沿河自治县共有9万多亩空心李，覆盖11个乡镇189个村，组建了46家专业合作社，带动19万多群众增收致富。石山变绿山、绿山变金山，这枚小小空心李，变身“致富果”，成为“幸福李”。

同时，沿河还先后投入6.7亿元，按照国家4A级旅游景区标准，打造“天赐仙李·悠然南庄”，并以沙子、中界为核心，辐射带动晓景、和平、团结等5个乡镇街道发展空心李农旅一体产业。脱贫路上，有了这颗小果子，当地致富增收路已越走越畅通。

廖来友爱笑了

◇ 讲述：沿河土家族自治县中寨镇志强村村民廖来友
整理：王安宏

天刚蒙蒙亮，52 岁的廖来友就戴上草帽，拿着锄头，赶到村里 500 多亩茶园里上班，他的工作是把茶园里的杂草除掉。

铲土、拔草……两个简单的动作，廖来友做起来极为认真。每天上午工作 4 个多小时，然后吃饭，休息一会儿，下午再上班 4 个小时，就完成了一天的工作，能领到 80 元的报酬。

廖来友是沿河自治县中寨镇志强村村民，从小就患有听力和语言障碍，见人就伸手比划着，每次跟他讲话，他总是激动的伸出大拇指，而这是他表达感激的方法。

以前，廖来友跟邻居外出打工，找不到工作，只能跟着哥嫂在村里的土地里刨食，以种植水稻、玉米、红薯等传统农作物为主，靠“锄挖手抠”的耕作方式维持生活。

偏远落后、地势高寒的中寨镇志强村，缺乏主导产业支撑，村里缺水，种的粮食产量并不高。长期以来，廖来友和乡亲们磨骨头、养肠子，夜半醒来肚儿空，日子大多过得不爽快，每天都是愁眉苦脸的。

传统的经济作物收效甚微，如何提高村民经济收入，增强贫困群众的“造血功能”？这个问题犹如村里的石旮旯，是当地政府和群众一直需要直面和绞尽脑汁破解的。

曙光出现在两年前。2018 年，浙江省安吉县黄杜村领导经过实地考察，发现中寨镇的海拔、土壤十分适合种植“白叶一号”茶叶。随后，黄杜村捐赠中寨镇“白叶一号”茶树苗360万株，建成茶园1200亩，其中大宅村300亩、三会溪村400亩、志强村500亩。

为确保“白叶一号”产业可持续发展，中寨镇推行股份合作制，强化利益联结，将茶苗折资量化到建档立卡贫困户，入股专业合作社，每户贫困户受捐茶苗1076株，折资3013元持股；农户每亩撂荒地入股，折股3000元，每亩熟土折股6000元，共有265户以1426亩折资入股茶业合作社。

“荒地每年每亩100元、熟土每年每亩200元、田每年每亩300元。村民还可到合作社务工挣钱，每天80元收入。”志强村第一书记石捍南告诉记者，志强村和周边村民都投身到‘白叶一号’的发展中来，群众的干劲非常足，甚至有的贫困户主动退出评低保。

“白叶一号”扶贫茶落户志强村，廖来友享受到了以受捐茶苗入股分红、土地流转收取租金、贫困户优先管护茶园等扶贫红利，这样一来，他的收入持续稳定增长，真正实现了在家门口能打工，放下锄头就拿钱的愿望。

如今，村里有产业，乡亲有活干，有钱赚，石旮旯成为“金山银山”，廖来友和乡亲们的心捂热了，手也动起来了，脱贫致富的梦也更近了。

“我们现在天天有活儿干，你看廖来友都越来越爱笑了，经常开心得嘴巴都咧到耳朵那里去了哦！”廖来友的邻居杨友花说。从开始种茶苗起，只要有活儿干，廖来友都跟他们一起上坡，从未缺席。

“此时此刻，对志强村的干部群众来说，最美的风景莫过于廖来友那一张从内心绽开的笑脸。”志强村第一书记石捍南由衷说道。话音刚落，廖来友正回过头，满脸的笑容，如山间之清风，如晨起之薄雾，点缀得山岭更加动人。

致富路越走越宽

◇ 沿河土家族自治县黄土镇勇敢村村民田茂飞

我叫田茂飞，今年 33 岁，家住沿河土家族自治县黄土镇勇敢村木草坪村民组，因肢体残疾，2014 年列入建档立卡贫困户。

2013 年 5 月 11 日，我在上海一家塑料厂车间突然晕倒在地，醒来时躺在医院，我的右手被电机搅碎了，血流不止。好好的一只手突然间就没了，当时我真的无法接受这突如其来的打击，但想到年幼的三个孩子和陪我走南闯北的妻子，我暗暗地立下了誓言：尽管没有了右手，我也要撑起这个家，让家人过上好日子。

出院后，身体一直很虚弱，半年时间里，家庭里里外外的事全由妻子一个人承担，多年务工的积蓄也所剩无几了。于是我就跟妻子商量，她外出务工挣钱，我在家做点农活，养几头牲口，带 3 个小孩，这样一家的生活也就勉强过得去了。

妻子外出务工后，我的身体还未完全康复，就在家喂了 3 头猪、6 头牛，种些庄稼。刚开始我妻子偶尔打一个电话、寄一点生活费给我们，慢慢地电话也不打，钱也不寄了，我们打电话她也不接。从那次外出务工后，她就一直未回来。无奈之下，我到处托人联系她，原以为她是没挣到钱不好意思回来见我们，结果让我很失望，她另有新欢了。

我一个残疾人，在家又当爹又当妈，忽然觉得生活找不到精神支点，做任何事都是无意义，整个人颓废起来，整个家也毫无生气。我干活没劲，无脸见人，不愿意出门，不想与任何人交流。

2015 年，我的人生方向发生了转变，我的帮扶责任人方路老师经常到我家做我的思想工作，找我谈心，跟我讲现在的扶贫政策，讲一些脱贫致富的典型事例，帮我出谋划策。他说的话我都还记忆犹新："田茂飞，你现在虽然没右手，你还有左手。你看你，你应重新找回生活的支点，不为你自己，也为你的3个孩子考虑，你的孩子这么懂事，成绩又好……"方老师的话语让我重新振作起来，慢慢地，我找到了生活的信心。残疾人怎么了？残疾人也能养家糊口，也能发财致富。

成为养殖大户的念头一直在我心里，没有断过。2016年5月，在没有通过考察的情况下，我用塑料厂赔偿给我的后期治疗费用买了25头黄牛、3头猪、5头羊，开始了我的养殖之路。没有牛圈，我自己上山砍树，不到几天就在自家房屋后面搭了两间，不懂技术就抽时间在网上学一些养殖方面的知识。有一次，大儿子看见我在网上学习养牛知识，笑着对我说："爸爸，养牛也还需要技术？"我回答说："做什么都需要技术，干一行就要爱一行。三百六十行，行行出状元。你老爸我马上就成养殖大户了，我还要给你们建新房子，送你们到大城市去读书，你们的日子就会好起来。"

由于自己没有多少文化，虽然在网上学了一些养牛知识，但是在养殖过程中还是有很多技术问题无法处理。由于不懂养殖技术，养的方法不当，这一年下来，不但没赚钱，反而亏了1万多元。这对我们家来说真是雪上加霜。两个孩子上学的费用从哪来呢？我伤心、迷茫，这么苦、这么累，不但没赚钱，反而还亏。这一次我禁不住掉下了眼泪。

天无绝人之路，在我伤心流泪的时候，村支书田书友和我的帮扶责任人方老师又到我家来了，我向他们诉说了我的苦。支书说："现在精准扶贫政策这么好，特别是对你们建档立卡贫困户，如果要发展养殖可免费参加技能培训，培训期间每天还有40元补贴，没有本金也可以贷款，你养牛亏是因为还缺乏经验。"我想：哪里摔倒了就从哪里爬起来，现在精准扶贫政策这么好，就算失败了还有政府。于是我又买了5只羊、3头牛、3头猪、2匹马，再次开始发展养殖。

我不分白天黑夜，不畏严寒酷暑，日复一日，年复一年，以山为家，以牲口为友，有时候自己一天只有一餐吃。有一次，我赶着羊群上山时，发现有两只羊走起来慢嗦嗦的，总是跟不上队伍，到了地头也不肯吃，我也找不出原因，就咨询畜牧站的技术员。他给我讲了很多关于羊生病的一些症状及处理办法，还建议我去参加一些技能培训。两天后，生病的两只羊就恢复了正常。

我想：养什么都还是要懂技术，等孩子们放假了我还是要抽时间去参加养殖培训，不然每次遇到问题总是要去找别人。目前，我养殖山羊 30 只、黄牛 3 头、生猪 3 头，年底出栏，收入 9 万—10 万元没有问题。我计划明年继续扩大养殖规模。

2020 年 6 月，我用这几年发展养殖和省吃俭用攒下来的钱动工建房。村里的劳动力都外出打工了，留守在家的只有老人和小孩，购钢材、买水泥、运砂石全是自己一个人，累了就看看孩子们与我共同劳动的照片，困了就想想大儿子这次考试得了前几名。不到半年主体已完工，但还有材料费没付清，附属房没有动工、室内外未硬化，这些资金从哪里来呢？这时候，政府给了我 35000 元以安装门窗、硬化地面和修建卫生厕所，一栋 120 多平方米砖混结构的新居建成了。搬进新房的那一天，我们一家 4 口开心极了，女儿笑着对我说：“爸爸，我要像大哥哥那样认真读书，将来工作了就在城里买新房子，等你老了我就把你接到那里住。”

在党和政府精准扶贫政策推动下，贫困户脱贫致富的路子会越走越宽广，我对于未来的幸福生活信心满满。2020 年 9 月，我向勇敢村委会递交了贫困户退出申请书。

咱们赶上了好时代

◇ 印江县板溪镇高坪村村民任光成

我叫任光成，祖祖辈辈都生活在印江土家族苗族自治县板溪镇高坪村，一家 5 口人挤在破旧的老屋里。2014 年，被列为建档立卡贫困户。

虽说被列为贫困户，享受了国家的政策，日子过得是比以前好了很多，但是我还是想通过自己的双手摘下这顶贫困帽子，给后代做个榜样。

高坪村自然条件差，祖辈们一直以来都靠天吃饭，日子过得十分清苦。怀着对大城市的向往和闯劲，2005 年，我和妻子选择外出务工，到大城市寻求发展机会，虽然收入要多一点，但这并不是我想要的生活。

为了让一家人的生活过得好一点，我啥苦活累活都干过。苦我不怕，但因工作不稳定、居无定所，自己始终没有归宿感。

外出务工不是长久之计，2010 年我们一家老少回了家。回家后生活还得继续，怎样能养家糊口是必须面对的现实问题。

在家青壮年劳动力逐年减少，丢荒的土地年年增多。看着曾经的田地被撂荒，我陷入了沉思。

高坪村耕地面积 2000 多亩，林地资源丰富，不出去打工了还得在土地上谋求出路才行。结合村里的资源条件，我们夫妻俩一致决定养牛。

2013 年，我们东挪西借凑了几万块钱，第一批 8 头牛犊上圈了。喂牛、放牛成了我们日常生活中最重要的事。看到牛犊一天天地长大，我心里暗自窃喜：养牛也不难嘛！

只凭借一股蛮劲养牛，忽略了必要的养殖技术，终究是要回到原点补课。我们养的牛虽肉质好，但却个小头、周期长，一年下来，人辛苦了，钱却没挣到，这样的结果让我陷入了深思。

“牛病少，市场好，不可能挣不到钱！”在这个问题上我和妻子的认识是一致的。认准了这个理，我们开始四处向养殖大户、畜牧专家请教学习养牛知识。通过学习积累，我对养牛有了更多的认识，次年又买了几头牛，边实践边学习。

按季杀虫，饲料粗细搭配，营养合理，我们逐渐掌握了养牛技术要领。这一年，除去成本，我们还小赚一笔。我们慢慢摸到了养牛的门道。

2018 年，精准扶贫惠及千家万户，扶贫的春风吹到了我家。我利用养牛经验，在驻村干部的动员下，用扶贫贴息贷款扩大养殖规模，养牛达到 20 头。

在扩大养殖规模的同时，我更注重牛的品质。不仅把家里的地全部种上牧草，还到附近的山坡割草喂牛，采取放养圈养相结合的方式，最大限度保证牛肉品质。

2018 年，我出栏了 6 头牛，产值 6 万多元。同时，国家给了 2 万元的圈舍建设补助，让我的养牛场更加规范。同年，我利用危房改造资金盖起了一层 90 平方米的新房，并添置了电视、冰箱、洗衣机等家电，我们一家人告别了老屋，搬进了新家。

我们家日子好了，村里也在发生着翻天覆地的变化。通村路、联户路、村卫生室、农家书屋、文化广场……一应俱全，深度贫困村的标签也被撕下。

希望之光

◇ 印江土家族苗族自治县龙津街道红光村村民苏海江

我叫苏海江，是印江土家族苗族自治县龙津街道红光村村民。2013年底，而立之年的我，正处在创业的黄金期，却被确诊为尿毒症，这让本来就不富裕的家庭陷入了深深的贫困泥潭。面对突如其来的大病和高达30多万的医疗费用，一家人手足无措，只能硬着头皮到处借钱治病。望着嗷嗷待哺的孩子和妻子焦急的眼神，我的内心无比煎熬，多次放弃治疗。红光村支监三委知情后，按照程序，将我评为建档立卡贫困户。

“苏海江，你好。我是你的帮扶责任人杨晓敏。以后有什么困难你都可以告诉我，我们一起来面对和解决。你放心，党和国家一定不会放弃你。”

杨晓敏的话语让我燃起了重生的希望。

“海江，之前你和我说吕艳不在超市上班了，攻坚队长田锐考虑到吕艳晚上要辅导孩子功课，便在一家房开公司给她找了一份上行政班的工作，你记得让她去报到啊！”

“海江，村支两委考虑到你家当前确实困难，将你和两个无劳动力的小孩纳入应保尽保、应纳尽纳范畴，为三人提供了最低的生活保障。”

“海江，把你的住院资料给我，我去给你办理医疗救助和申请临时救助。”

“海江，你去查下你孩子熠焯2020年秋季学期的困难学生生活补助和‘活水计划’资助是否到账。”

……

幸福的家庭大多相似，不幸的家庭各有各的不幸。在美好的青春年华被病魔缠身，不能与妻子并肩拼搏，我是不幸的；但我又是幸运的，因为国家的好政策给了我重生的机会，让我鼓足勇气与病魔抗争，让家庭走出困境。

感谢党和国家！感谢帮扶干部杨晓敏和村攻坚队为我家所做的一切！现在，妻子工作稳定了，家庭收入也增多了，落实的医疗政策、低保兜底政策和教育资助政策等帮助我们度过难关，日子越过越好。点滴爱心汇聚在一起，化成浓浓情意，让我对生活充满了希望，让我绝处逢生！

新生活越过越红火

◇ 碧江区易地扶贫搬迁矮屯安置点搬迁群众蔡世平

我叫蔡世平，今年 67 岁。今年 4 月，我跟老伴吴忠全带着儿子儿媳和孙子，一家五口从印江土家族苗族自治县沙子坡镇冷水捱村搬到了碧江区易地扶贫搬迁矮屯安置点，住进了宽敞明亮的小楼房，开始了新生活。

搬到了城里，不用再每天下地种田，孙子已经 12 岁了，也用不着我们带孩子。习惯了在老家时朝出夕归地耕作，忙碌操劳了大半辈子，突然间闲下来，反倒不适应了。6 月份的时候，为了解决留守老人的问题，碧江区妇联牵头引进了帮扶村办企业孟溪华恒藤制品厂。工厂就设在小区里，过来上班也方便，走几步就到了。最重要的是，这个活对技术要求低，招工不限制年龄，只要“眼能见，手能做”就可以。我跟老伴虽然年纪大，但身子骨还算硬朗，手工活还是能做的，听到这个消息，我们第一时间就报名了。

6 月 12 日，藤编厂建成第一天，我跟老伴就来到工厂务工。刚来藤编厂，我们什么也不会，车间的老师手把手教我们怎么编织，怎么使用气枪钉藤筐，仔细地纠正我们弄错的地方，耐心地教导我们要如何操作。藤编厂研发和生产的产品多种多样，大多都是休闲家具，有茶几、会议桌、沙发、吊篮，还有彩虹椅等。根据不同种类产品难度的不同，价格也不一样，工资按照自己完成的个数来计费，有的 14 元一个，有的 18 元一个。第一天我和老伴就编了五个藤桌，现在干的时间长了，越来越上手，干活越来越熟练，一个月下来，我们能挣 2000 多元。

儿子儿媳双双外出工作，家里就我跟老伴两个人，与其闷在家里无聊，还不如来这里干活。在藤编厂一边做工，一边跟人唠嗑，生活过得更充实，还能挣点钱补贴家用，给儿子儿媳减轻点负担。

现在的日子，安稳又舒适，我们更不能辜负党和国家的关心，要把新生活过得更加红火。

重燃希望

◇ 思南县枫芸乡高原村村民赵正江

我叫赵正江，今年 48 岁，是思南县枫芸乡高原村大水井组人。我妻子今年 42 岁，年纪不算大，可是已经被病魔折磨了 4 年多了。尽管病痛缠身，但她仍然没有放弃，我们都相信未来的生活一定会慢慢好起来的。

我妻子得的是脑梗。为了给妻子治病，家里已经把仅有的十几万全部都花出去了，即使耗尽了所有积蓄，她的病也仍然没有痊愈。家里只能靠我在村子周边做一些临时工维持生计。

除了我和妻子,家里还有一个刚进大学的儿子和一个正在读初二的女儿。每当孩子们要交学费的时候，就是我最头疼的时候。孩子要上学，我不能因为家里困难就断送了孩子的未来。

早些年，我和妻子都在外地打工，虽说挣得不多，但孩子的学费不愁。2017 年，妻子患病治疗花光了家里所有的钱。虽说病情有所好转，但却留下了后遗症。到 2018 年，我拿不出钱再给妻子治病了。政府知道我家的情况后，为我们申请了国家医疗补助，妻子住院不用再预交住院费，住院期间不用交一分钱，只须在办理出院手续的时候补交很少的一部分钱，不仅减轻了妻子身体上的病痛，也减轻了家里的经济压力。如今，妻子生活已经能够自理，我可以腾出手去外面做一些临时工作和种植一些粮食。

我们不仅得到了国家的医疗补助，读书的儿子也能在学校拿到国家补助金。家里每个月还能领到 1200 元左右的低保补助，一年下来有 1.5 万元左右，加上我平时帮别人做一些临时工赚的钱，在农村，有这样的收入我已经很满意了，每年存下来的钱还可以让孩子继续走求学之路。

我相信每个人在生活中都不是顺心顺意的，在前行的道路上总要遇到这样那样的困难。但不管是什么困难，我们都应该以不放弃的心态去面对生活。国家都没有放弃我们，我们自己又怎么能够放弃？幸福的路是靠自己走出来的，而不是愁出来的。

多亏了党的好政策，我和我的家人才不至于过得那么艰难。非常感谢党和政府，还有那些曾经帮助过我们的人，是他们让我看到了生活的希望，是他们让我的日子越过越好！

永不放弃

◇ 沿河土家族自治县黄土镇平原村村民杨绪花

一场突如其来的变故降临在我身上，我并没有被生活所击垮，而是直面困难越挫越勇，通过自己的努力摆脱了困境。

我是沿河土家族自治县黄土镇平原村一名普通的农民，叫杨绪花。17 年前，我的丈夫因为一场车祸离世，我也在那场车祸中受伤，留下二级伤残后遗症。从此，我再也做不了体力活，还需长期服药。每每想到家里有四个孩子需要养活，我自己又变成这般模样，几近崩溃。但肩上的重任迫使我坚强。

从车祸的恶梦中走出来之后，我又组建了新的家庭。随着脱贫攻坚的开展，我家被精准识别为贫困户，纳入低保兜底。自此，我家的状况开始改变。

2013 年，在县畜牧局的引导下，我向别人借了 6000 元钱，和邻居搭伙买了 20 只羊，搞起了养殖。

由于不懂技术，也没有足够的经验，刚开始，我们养的羊时常生病死亡。面对困难，我的邻居选择了退出，但我没有放弃，因为这就是我唯一的生活来源，无论怎样我也得坚持下去。后来我利用各种机会，向其他养殖户和镇畜牧站工作人员请教学习，逐渐掌握了养殖肉羊的技巧。特别是畜牧站的陈必高同志，有一次培训会之后，我将他的联系方式留下，每每遇到困难，就联系他，他总是耐心细致地为我讲解。

那时候，最让我感到难办的是给生病的羊打针，我还记得，刚开始学着打针的时候，手是颤抖的，特别是羊又奋力挣扎，我根本不敢打。渐渐地，像驱虫、感冒这些一般的治疗方法，我都熟练掌握了。

后来，在村支两委和脱贫攻坚驻村工作队的支持下，我还申请了“精扶贷”，得以进一步扩大养殖规模。现在，我养的羊发展到 120 余只，并建起了一个小规模养殖场，“精扶贷”的几万元也于去年还清。我养的肉羊不愁销路，都是刚刚出栏就有人上门收购。今年我成功卖出 30 只羊，获得了近 5 万元收入。现在除去养肉羊外，我还养了 12 头牛。我渐渐地摆脱了贫困，我的孩子中，年龄大的三个分别考上了贵州财经大学、贵州商学院、兴义师范学院，其余几个也在上学读书。现在回想起来，如果不是我的坚持和国家脱贫攻坚的好政策，我也不会真正摆脱苦恼，摆脱困境，摆脱贫困。

告别睡木柜的日子

◇ 德江县桶井乡郑家村算子台组村民安正权

我是德江县桶井乡郑家村算子台组群众安正权。精准扶贫开始前，由于家庭贫困，我们一家七口人居住在一间旧土坯瓦房内，五个子女，都睡在装有稻谷的大柜子和小柜子上，我和妻子睡在用高凳子铺的木板上。

大女儿在广东深圳务工，过年才回家一次，以前家里住不下，她就在女同学家借宿。二姑娘是个聋哑人，大儿子文化低、没有技术，没有正式工作。因为我爱喝酒，妻子与我关系不太好。

2017 年 8 月，在攻坚队与帮扶干部的帮助下，我申报得了危房补助资金 3.5 万元，开始建造属于自己的新房。房子建好后，从拆除旧厨房、撤模型板到地面硬化、通水通电及建造卫生间和灶头等所有工序，都是在攻坚队和帮扶干部凤鸣同志的帮助下完成的。

除了住房，凤鸣同志还积极帮助我协调猪圈喂猪，发展养殖业，增加收入。在凤鸣同志的帮助下，我成为本组的环境卫生保洁员，利用早、晚等空闲时间给本组的连户路清扫垃圾，使本组的环境卫生得以改善，我还按月领取 500 元的工资。

我不识字，以前不信任任何人。然而看到干部们竭尽全力地帮助我们，我内心对他们产生了好感。2019 年冬季，我们一家搬进了水、电、讯等各样设施完备的新家。

干部们给我带来这么大的改变，还经常给我家送来月饼、衣服、棉被、米、油等各种生活物资，让我的家庭吃、穿、住不愁，过上了和乡亲们一样的生活。

2019 年 11 月 25 日，在我的强烈要求下，帮扶干部与攻坚队员和我们一起吃了个便饭，豆腐、糍粑、麻糖水代表了我们全家的心意，既是对帮扶户干部、攻坚队员的感谢，更是对党和政府的感谢。

现在，我的二女儿安东琴已经到深圳服装厂上班，小儿子上了职中，大女儿打工挣钱，利用空闲时间学习驾驶并准备购买私家车。家里养羊和养牛，种植水稻 4 亩和玉米 5 亩，我们不愁吃、不愁穿，生活有保障，一家人过着幸福快乐的日子。

要“苦”才有“得”

◇ 松桃苗族自治县迓驾镇柳桐村村民石绍和

我叫石绍和，今年 48 岁，家住松桃苗族自治县迓驾镇柳桐村，全家共有七人，2014 年被纳入贫困户，贫困原因是缺技术。

自从我家进入贫困户名单以后，“贫困”的帽子直压得我脸上红扑扑的，心里羞愧难当。说句实在话，我看到不少家庭以自己是贫困户而享受国家很多的政策扶持。但我的想法不同，我觉得我是贫困户，拖了国家发展的后腿，内心觉得很对不起政府：同样是健康的人，别人不是贫困户，我为什么还是贫困户呢？

从 2014 年开始，我家作为贫困家庭受到了党委、政府的关心，县委办公室派出了干部帮扶我家，帮扶干部嘘寒问暖，积极帮我出点子、想办法。为了我家的发展，帮扶干部绞尽了脑汁，用尽了心思，经常晚上都还加班加点地来我家做工作、讲政策、出点子、想办法，他们的辛苦付出是没得说的。

我家缺技术，帮扶干部让我儿子石勇刚去参加技术培训，取得合格证；我家收入少，帮扶干部想方设法让我成为村里的护林员，每月工资 800 元；我家房前屋后道路没硬化，帮扶干部联系指挥部弄来水泥沙子，对我家四周进行了全面硬化；我家房屋缺少大门，帮扶干部联系帮我家安装了大门……从内心上来说，我很感谢帮扶干部，他们比我的亲人更亲。

帮扶干部的苦，得到了我的心。说句实在话，过去我对干部是不理不睬的，因为我认为人家干部和你非亲非故的，凭什么要真心实意帮你一把呢？但在脱贫攻坚中干部的所作所为，让我从中真正地尝到了甜头，人心都是肉长的，如果我的心没有被打动的话，那就是真正的铁石心肠。

我吃了苦，才得到了幸福的日子。贫困是自己主观不努力造成的，本来就与帮扶干部无关，但我如果摘不掉“贫困”帽子，帮扶干部就脱不了干系，这让我哪能安心？于是，我除了加倍干好家里的农活之外，积极动员在家里闲着的子女，叫他们出去打工赚钱，以解决家中收入不达标的问题。

2020年，我在家种了五亩良田，收稻谷3000多斤，吃饭不成问题，五个子女打工每个月收入8000元以上，由于受到疫情影响，出去得晚，总的收入达4万元，加上良种补贴、产业分红等，人均达到8000多元。一家人虽然苦点累点，收入不算多，但日子也还是比较幸福的。

习近平总书记说：“幸福是奋斗出来的。”通过“苦”，我已经有了摘掉“贫困”帽子的“得”。我坚信，通过我持续不断坚持奋斗的“苦”，一定能够得到更加甜蜜的幸福日子。回报党的恩情，我唯有用“苦”去换取“得”，不断改善自己的条件，少给党和政府添麻烦，这是我的一片真心。

帮扶之恩铭记于心

◇ 沿河土家族自治县黑水镇杨寨社区脱贫户田世友

我已经80多岁了，身患多种慢性病，因家庭缺乏劳动力，2014年被评为贫困户。在多个帮扶责任人的先后努力下，于2020年脱离贫困。

这几年，驻村干部和帮扶我的干部为了能使我脱贫，磨破了嘴，跑断了腿，流干了汗水。如果没有党的好政策、好干部，我可能早就不在人世了，是党让我享受到了晚年的幸福。

我年轻的时候因一次意外伤到了腿，由于没有进行及时有效的医治，落下残疾，走路不灵便，不能干重活。在农村，没有力气就意味着没有收入，尽管我很努力，但家庭经济还是十分困难。

几年来，驻村干部、帮扶干部、村干部时常把我放在心上，担心我吃不好、穿不暖，每隔几天都会来看望我，还帮我打扫卫生。

在他们的影响下，我变得爱干净了，每天起床就要把院坝中的落叶彻底清扫一遍，家中经常擦洗，衣服堆放整齐，房前屋后的杂草也会及时清除。

他们还给我送来硬化院坝的水泥和沙子。只要我家有什么事情，他们立刻就会到来，并想办法解决。他们到县城帮我买药，带我到镇卫生院办理慢性病证、更换残疾证，帮我申请高龄补贴……

我家的房子透风漏雨，他们请师傅来帮忙修缮，还为我申请了政策补贴。干部们都把我家的事当成自家的事，对每件事情都很上心。

去年，帮扶干部帮我争取到了衣柜、鞋柜、被条、被套等物资，还争取到了新建厨房等政策，让我吃住无忧。

现在，我有养老保险、高龄补贴、低保、分红，加上子女给的赡养费，终于不再是贫困户。

我成为贫困户的这几年，给国家和干部们都增添了不少麻烦，脱贫后我将继续努力做好自家的事，把日子过得更好，不辜负党和国家对我的帮扶之恩。

难忘“老兵哥”

◇ 石阡县白沙镇均坪村村民杨正江

“老兵哥”，帮扶干部小谭总是这样亲切地称呼我。

2018 年冬季，小谭到我们白沙镇均坪村驻村帮扶，这一驻就是两年多。

那时候，我家住的是破旧木房，喝的还是山泉水，生活虽然过得去，但是很艰难。

一天中午，路边山坡上的野花，歪着脑袋躲避阳光的照射。我从地里干活回来，看见房前屋后都铺上了黑色塑胶水管，院坝边还安装了一个水龙头。放下锄头和背篼，我就迫不及待地问小谭：“要收多少钱？”他笑着说：“这个不收钱，老兵哥，只要你们的饮水有保障我就放心了。”

当时，我的心很乱，还想说点别的，但话到嘴边又咽了下去，实在说不出来。只见小谭和村里的几位干部，一边捆好水管，一边收拾材料，骑着摩托车，车屁股一冒烟，吹起落叶，消失在路的尽头。

过了一周，小谭打来电话，询问我家里的自来水是否够用，我高兴道：“完全够！”电话的另一头不断地重复着“那就好”这三个字，我想这也许就是我对小谭的最好回报吧！

隔三岔五，小谭都会打电话问问我，在不在家，身体好不好。要是在家，那他是一定要来我家坐坐的。

9 月的一个晚上，简陋的屋里，被烟熏得泛黄的白炽灯下，靠墙的桌子上，摆放着一碟酱油泡蒜、一碗凉拌烧辣椒，旁边还有一个装着米饭的木甑子。我和小谭坐在四方木桌前，看着他吃得津津有味的样子，我心里原本的顾虑打消了，顺便问起了家长里短的事来。

那一夜，我们说了很多话，说了很多以前没有说过的话。

我就这样招待了一位来自县里的干部。这一次，让我彻底改变了对小谭的印象。

更让我感到意外的是，第二天，我的屋里居然多了一个新的电饭锅和电磁炉。我四处打电话询问，仍然没有结果。正当我纳闷时，电话响了，那头传来小谭熟悉的声音："老兵哥，你年纪大了，用柴火煮饭很麻烦，我给你添置了电饭锅和电磁炉，生活起来方便些。"

我的鼻子一酸，原来这些是他自掏腰包给我买的。其实，我心里清楚，解释、劝说、推辞、拒绝，都不能改变像小谭这样固执的人的初衷。

我想，如果没有小谭到我们这里走这一遭，山还是均坪的山，水还是均坪的水，我也还是原来的我。

现在，我脱贫了，与小谭见面的机会少了，但是他打电话给我的次数却多了。

看到新希望

◇ 德江县长堡社区李家坳组村民张著香

我是德江县长堡社区李家坳组村民张著香，我家于2018年进入建档立卡贫困户系统，2020年实现脱贫。

我的脱贫故事要从2018年的一场灾难说起。那年，我丈夫突患重病去世，家庭的变故如晴天霹雳，加之5个小孩在上学，整个家庭的重担落在我一个人肩上。自己没文化，又不懂技术，靠什么维持生计？肩上的重担如何挑起？

当时，我对生活失去了信心，看不到希望。村支两委知道我的情况后，到家里安慰我："有什么困难，党和政府就是你坚强的后盾，你要鼓足信心和勇气，坚强走下去。"

2018年9月，我参加了农艺工技能培训，获得了职业技能培训合格证书，学到了种植、养殖方面的技术。

2019年3月，在实施"五改一化一维"项目时，我家实施了改厨、改厕项目。厨房打了灶台，煮饭方便了；厕所安了热水器，洗澡方便了；生产生活设施条件变好了。

帮扶干部时常到我家嘘寒问暖，帮助我一起制订脱贫计划。动员我利用学到的农艺技术，发展短平快产业，养殖猪、牛，种植薯类、豆类、油菜等高效产业。

2019年至2020年期间，我得到短平快补助12200元，养殖和种植收入达3.5万元。

2020年，受疫情影响，为了增加家庭收入，帮扶干部和攻坚队又动员我到合作社打零工。每天天刚亮，我就起床把猪食煮好并喂好猪，再去合作社，农忙时节，就到坡上打理庄稼。

日复一日地起早贪黑，每天清晨扛起锄头，走到田间，夏天炎热，汗水湿透衣服，身心疲惫，虽然艰辛，却多了1万多元的零工收入。想着靠自己的勤劳双手摆脱贫困，我就感到高兴。

白天忙于农活，没时间督促孩子们的学习。帮扶干部一到家里，就帮我督促孩子学习，和孩子交心谈心，给孩子们讲我的艰辛和不易。孩子们也没让我失望，很懂事，没发生厌学、辍学情况，我感到很欣慰。

老大、老二读高中，获得国家助学金和精准扶贫资助，老三、老四读初中，老五读小学，都获得了困难生活补助。想着5个小孩能健康地成长和上学，酸楚和泪水变成了心里的棉花糖，再多的苦也是甜的，我看到了生活的希望。

如今家里生活一天天好起来，家庭年纯收入也超过了4.5万元，住房有了保障，孩子上学教育有了保障，医疗有了保障，饮水安全有了保障，环境卫生也得到了改善，生活质量较以前大有提高。

国家的这些扶贫政策真正帮助了我，感恩党和政府、驻村工作队以及我的帮扶干部，我会靠着自己勤劳的双手，砥砺前行，努力奋斗。

喜迎小康生活

◇ 思南县思林乡坝竹村村民杨光海

我叫杨光海，是思南县思林乡坝竹村人。我家共有七口人，我的妻子患有精神疾病。两年前，在小孩误食了妻子的精神病药物住院后，我便下定决心，再不出远门打工了。可当时摆在我面前的有两大难题：一是我的房屋破旧，家里就我一个劳动力，我不出门打工无法改善居住条件。二是妻子有精神病，带着孩子非常危险，我也无力为她医治。

就在我无路可走的时候，村里来找我，说让我搬迁到万山区，小孩读书近，又在主城区，妻子的病可以得到治疗，找工作也比较方便。我一想，这下好了，两大难题都解决了！

2018 年，我从思南县思林乡坝竹村搬迁至万山区，五个孩子顺利在万山区上了学，妻子王凤也送至铜仁西南医院治疗，且不用我家负担医疗费，这着实让我松了一口气。

村里的干部对我很好，给我家评了低保，每个月能领到 2000 多块钱，我搬迁后，村里的分红资金也没有落下我的，前不久我就领到了 560 元的温氏生猪养殖分红资金，据说年底还要再分一次。我真的很高兴！但是我知道，人穷不能穷志，我有能力找工作，我就应该为国家减轻一点负担。现在我已经找到了工作，在一家超市打工，每个月 3200 元，工作时间是固定的，每天不耽误接送孩子上下学。

我家在政府的帮助下，拥有了吃穿住不愁的生活，我会继续打工养活这个家。我的年纪越来越大了，我将希望寄托在我的孩子们身上，我时常跟我的孩子说，要记住国家的恩惠，好好学习，长大了以后好报效国家。我相信，在政府的帮助和我自己的努力下，小康生活离我也不远了！

好政策让我过上好日子

◇ 德江县稳坪镇铁坑社区毛坝头组居民张月杰

这几年，随着国家扶贫政策的落实，我家发生了翻天覆地的变化——收入稳定了，教育、医疗都有了保障，日子过得红红火火。

我叫张月杰，今年 56 岁，德江县稳坪镇铁坑社区毛坝头组居民，家庭人口 9 人。多年来，由于妻子安六翠和二儿子张前砚均长期患有间歇性精神病，四处寻医，全家被沉重的外债压得喘不过气来，全靠大儿子、儿媳外出务工和国家低保维持生活。2014 年，精准扶贫政策送来了党的温暖，通过本人申请、村民代表大会评议，我家被纳入建档立卡贫困户。

从此，驻村干部、社区干部经常上门了解我家家庭情况，宣传精准扶贫相关政策，引导我家发展产业，寻求致富门路。这让我认识到，成为贫困户并非是光荣的事，我们必须依靠勤劳的双手，自谋出路。

2018 年，我开始试着买了 1 头母牛喂养，没有技术，我就到镇畜牧部门咨询，政府还选派技术人员上门指导；没有资金，通过特惠贷政策，向银行贷款。次年，母牛就开始产牛犊，每头都有政府的 1000 元短平快项目补助资金。如今，我拥有肉牛存栏 4 头，春节前将新添牛犊 1 头。那一年，我还喂养了 1 头母猪，2020 年两次产仔猪 14 头，销售纯收入达 2 万余元。同时，先后共获得政府 6000 余元的短平快项目补助资金。发展养殖业，为我家稳定脱贫铺了底。

多年来，我孩子张前砚的精神病是我心头的一块石头，时时担心孩子有什么意外。2019 年 4 月，孩子精神病复发，无法控制自己，让一家人不得安宁，让邻居都担惊受怕。在社区干部和驻村干部的帮扶下，我把孩子送到了德江县精神病医院免费治疗，通过近一年的隔离治疗，他于2020年1月康复出院，近一年来病从未复发过。

2019年，面对与全国同步实现小康的时间越来越近，脱贫攻坚进入关键期。省、市、县进一步加大驻村工作力量，对驻村工作队人员进行了调整，我家由镇政府的金传炳接对帮扶。他对我的关心无微不致，处处为我们着想。他对我家漏水的板房进行了维修，把我家的住房门窗全部安装上了玻璃，对两个破损的木门进行了更换，对房前屋后、室内室外进行了硬化，让我的家变得更加温暖。当年秋收季节，我妻子精神病复发后被送到医院，我本人小腿骨折。望着无法归仓的金灿灿的稻谷，我心急如焚。最终是社区攻坚队组织人员为我抢收，做到了每颗稻谷都归仓。

为防止我们因病返贫，驻村干部、社区干部积极争取，替我争取了护林员的公益性岗位，每年有1万元的稳定收入。为此，我免费承担了老木丫通组公路的保洁任务，定期清扫垃圾。

2020年，我的家庭在国家扶贫政策的扶持下，摘掉了“贫困帽”。在这里，我要感恩党的好政策，感谢驻村工作队的鼓励，帮扶干部的真帮实做。今后，我将自力更生，不等、不靠、不要，巩固好脱贫成果，确保不返贫，过上幸福美好的小康生活。

党的光辉暖我心

◇ 沿河土家族自治县中界镇中界社区村民杨会

我叫杨会，是沿河土家族自治县中界镇中界社区的一名村民。前几年，我连续生了好几场病，丧失了劳动能力。而我又是家中的顶梁柱，上有80多岁的老母，下有两岁的小孩需要我来养活。病魔毁了我，使本就不富裕的家庭雪上加霜，那段时间，痛苦、无奈和绝望伴随我度过一日又一日，煎熬和挣扎让我看不到生活的希望。

就在我绝望的时候，党和政府实施的脱贫攻坚政策就像救命稻草，让我对生活充满了希望。我家被纳入了建档立卡贫困户。由于多年生病治疗，我的家庭经济困难，全家都居住在低矮的旧房子里。脱贫政策让我享受到了危房改造的福利，2018年获得改造资金3.5万元，还享受了同步三改。我家有了冰箱、衣柜、电视机、沙发，厨房和卫生间的条件得到了改善，房前屋后也硬化了，我家的居住条件得到了极大改善。同时，我的孩子也得到了教育资助。这些惠民政策，让我家拨开云雾，见到了久违的阳光，这阳光是那么明亮和温暖。

党和政府的惠民政策能够及时帮助到我家，也离不开攻坚队队员们的关心。在我们村随处可见穿着迷彩服的攻坚队队员。他们有的是妇联干部，有的是人民教师，有的是医生，有的是镇政府干部。为了我们老百姓能过上好日子，他们宁愿舍弃自己温暖的家来到我们这里，改善人居环境，帮助老百姓想办法摆脱贫困，奔向小康生活。

帮扶我家的驻村干部是县卫生健康局来的，她叫高腾丽，也是中界社区脱贫攻坚指挥部的副指挥长。她看上去柔柔弱弱、文文静静的，说起话来和蔼可亲。她工作认真积极负责，不怕苦，不怕累，每次到我家都询问各方面的情况，不辞辛劳、不遗余力地帮我解决困难。她还鼓励我参加劳动技能培训，增加务工收入。

现在，我家已顺利脱贫，生活质量大大提高，我的身体通过治疗、调养也逐渐康复，我还经常到村委会与驻村干部交流学习。

我相信，在党委、政府的关心和带动下，我家的日子会越来越好。

靠双手致富才能持久

◇ 德江县稳坪镇铁坑社区瓦房组居民张金辉

我叫张金辉，54 岁，是德江县稳坪镇铁坑社区瓦房组居民。以前，我家都是依靠发展传统农业和外出务工维持生活，一家 5 口艰难度日。如今，在国家扶贫政策的扶持下，靠着自己辛勤劳作，走上了脱贫致富之路。

我家所在的铁坑社区，全社区 3500 余人，仅有耕地 1764.57 亩，是一个典型的人多地少的贫困社区。因为缺乏技术和资金，一家人依靠半亩三分地，四季轮作也是入不敷出，日子过得十分拮据。2014 年，脱贫攻坚战打响，党的光辉照进千家万户，通过我本人申请，在群众代表大会的评议下，我家被纳为建档立卡贫困户。

前些年，我一直在广东、浙江等省的沿海城市务工，从事过烧石灰、翻砂等苦力活，虽说每月有近 3000 元收入，但每年有去去来来的车费等花销，几年下来赚的钱所剩无几。在此期间，驻村干部、社区干部经常通过电话与我联系，宣传党的扶贫政策，共同探讨发展路子，鼓励我勤劳致富奔小康。

2019 年春节，我回乡过节，看到家乡发生了翻天覆地的变化，看到社区干部、帮扶干部经常走村入户，与大家谈发展、话未来，认真倾听我们的呼声和诉求。当得知国家扶贫政策的实惠，我决定不再外出务工，回乡大干一场，争取干出点名堂。

通过市场调查，与驻村干部何旭涛多次分析，结合我的家庭情况及我掌握传统酿酒技术的实际，我最终决定通过小作坊酿造玉米酒，发展生猪、肉牛养殖。

当年 3 月，我开始筹备建设加工作坊，但苦于没有资金投入，酿酒作坊迟迟不能点火。得知这一情况，我的帮扶干部、镇党委书记黄朝强主动上门帮助我出主意、想办法，最终通过“特惠贷”，我得到了 5 万元启动资金，解决了我的燃眉之急。

在我的酿酒作坊，以传统工艺酿制的白酒鲜香可口、香气扑鼻、回味悠长，喝了还不上头，成为周边群众的抢手货，月生产白酒 1000 斤左右，还是供不应求。仅此项年收入在 8 万元以上。

同时，我充分利用好酿酒后的酒糟发展养殖业，没有技术我就跑到镇畜牧部门去咨询，经常有防疫人员上门指导。当年我出售肥猪 10 头，纯收入达 2 万多元，还得到了政府短平快项目补助 9000 余元。目前，我存栏生猪 10 多头、牛 9 头，预计春节前销售收入在 10 万元以上。

通过辛勤付出，今年我已还清了 5 万元的“特惠贷”贷款。目前，我正在修建圈舍，计划进一步扩大养殖规模，做优白酒产业，做大肉牛、肉猪产业。

如今，我与其他贫困户一样，摘掉了“贫困帽”，实现了如期脱贫。今后，我将在乡村振兴中，依托党和国家的好政策，用心去抓好产业，不等不靠，坚定信心，辛勤付出，相信一定能巩固好脱贫攻坚成果，稳步迈入社会主义现代化建设新征程！

扶贫春风暖人心

◇ 德江县枫香溪镇先联社区村民张金会

我是德江县枫香溪镇先联社区火石林组的村民张金会。我自幼腿脚不便，妻子患病常年服药，不能从事重体力劳动，家里两个女儿在校读书，家境贫困，我家入不敷出。

2020年，村里来了脱贫攻坚队。自从他们来以后，村里就不再“宁静”，到处都有他们的身影，帮助农户搞卫生、拆烂房、发展产业，甚至帮忙盖房打板。

我家也不例外。他们看到我家仅有50平方米的低矮陈旧房屋，房屋还有点倾斜，于是动员我实施危房改造。

其实我早就想新建房屋了，但担心欠账，一直不敢实施。没想到他们帮我家提出危改申请，还给我算经济账，给我加油鼓劲，让我增添建房勇气。

考虑到我家的经济条件和劳动力状况，攻坚队给我申请了公益性岗位，还让爱人在村食堂做饭，增加我家的收入。有了这些政策扶持和干部帮扶，我家新房得以顺利建设并完工入住。

记得在建房的过程中，新房地址离老房子较远，没有通电，影响了施工。驻村工作队的吴同志和帮扶干部李老师便及时为我家向供电部门提交了用电申请，不到一个星期，用电问题就解决了。

搬进新房的前两天，建房时临时引来的山泉水水量较小，吴同志和李老师又联系了水务站和管水员，不到一天时间，我家就通了自来水。

我要感谢党和政府，感谢攻坚队和帮扶干部们，他们全心全意为我们着想，办事效率高，民生情怀深。

为了增加我的就业技能,攻坚队动员我参加人社部门开设的电工培训班。一个月的时间，我掌握了电工技能，周边群众隔三岔五叫我给他们安装电灯、更换老化线路。这门技术很管用，今后出去务工多了一条就业渠道。

吃水不忘挖井人。为了感谢党和政府的关怀，从我担任护林员以来，我尽心尽责上山巡查，逐家逐户宣传防火常识，严防森林火灾发生，严防滥砍滥伐、毁林开荒现象发生。

除此之外，我还主动认领了本组通组路、连路户、村寨公共区域的环境卫生。同时，我尽力克服了残疾障碍，拿起砖刀，在周边打起建筑零工，为家庭赚了丰厚收入。

扶贫的春风让我深刻地感受到党和国家的温暖，随着教育医疗、危房改造、道路硬化、电网改造、人饮工程、产业扶持等一系列政策的落实落地，我们农村发生了翻天覆地的变化，这些政策帮助我们顺利摆脱了贫困。

中风之后

◇ 思南县合朋溪镇鱼塘村居民刘福才

天有不测风云，人有旦夕祸福。

长期漂泊在外的我， 在2016年底突发中风，经过一年多的辗转治疗，积蓄花光了，病却没有全好。五十多岁、一瘸一拐的我不得不回到思南县合朋溪镇鱼塘村，独居在原本破旧、冷清的家里。

我叫刘福才，由于中风，基本丧失了劳动力，没有了生活来源，也失去了生活信心。有时甚至在想：是不是该安静地离开？

幸好，有鱼塘村脱贫攻坚驻村工作队，在我孤独、无助和绝望之际，队长陈敏第一时间率队来到我家。他们帮我清理了杂乱的房间，打扫了满地的灰尘，仔细查看柴米油盐等生活必需品，详细询问、记录了我的情况，向我宣传了脱贫攻坚政策，给我今后的生活做出了初步安排。

在接下来的日子里，驻村工作队成员经常来看我，跟我聊天，给我讲政策，为我送东西，帮我打扫卫生。

村支书罗来彪把我带到县城，帮助我办理了慢性病就诊卡、二级残疾证；帮扶干部杨栗每月到县城给我义务带药；2018年，驻村工作队把我纳入建档立卡贫困户；村支两委帮我申请了长期最低生活保障。

一来二去，驻村工作队成了我的朋友和亲人，是最可信赖的人。他们运来材料，亲自动手帮我维修了住房，让我能够安心居住。生活有了保障，我对未来又充满了希望，重拾起生活的信心。于是我把家里收拾得整整齐齐、干干净净，把自己打理得清清爽爽，好让驻村工作队放心。同时我心里总想为村里、为驻村工作队做些什么，来表达我的感谢。

2019 年，驻村工作队根据实际，把我安排到公益性岗位上班，负责环境保洁和森林管护，一是为了满足我想做点事的心愿，二来还可以让我增加收入。如此一来我的生活情况进一步好转。年底，我向驻村工作队提出了脱贫申请，退出了贫困户队伍。

我的遭遇是不幸的，幸运的是我遇到了脱贫攻坚驻村工作队这群人，是他们让我这个不幸的人心里感到温暖。我庆幸赶上了国家脱贫攻坚政策，是国家政策让我这个不幸的人仍然能够无忧无虑地生活。

脱贫不忘感党恩

◇ 石阡县大沙坝乡任家寨村村民任廷军

我叫任廷军，今年 49 岁，是石阡县大沙坝乡任家寨村的村民。2014 年，我家被纳入建档立卡贫困户，当时靠种地和农闲时打零工维持家里的生活，家庭经济收入较低，经常入不敷出。我也想致富，只是苦于没有门路。

国家“扶”我，但我必须自己努力。为改变这种贫困现状，我深思熟虑，痛定思痛，决定承包荒置土地来种植精品水果。2014 年，国家鼓励农民自主创业，发展农村产业，于是，我萌生了种植精品水果的念头，承包了高山荒置土地种植红肉蜜柚、椪柑、无籽石榴等精品水果。从此，我和爱人日复一日地顶着烈日，冒着风雨为我们种植的精品水果除草、施农家肥等，实在忙不过来的时候，我们也会请我们村的贫困户到基地就近务工，100 多亩的精品水果，是我和爱人用汗水一滴一滴浇灌出来的。

从以前的入不敷出到现在的种植精品水果，我感到无比兴奋，耕种、经营、收获，我始终相信“一分耕耘，一分收获”。如今，我的精品水果产业发展前景很好，也不愁销路等相关问题。从此我告别了肩挑背驮的时代，更加坚定了脱贫的信心。

没有党的好政策，没有村干部和驻村工作队干部的支持，就没有我今天的幸福生活。今后我将继续扩大我的精品水果种植规模，带动身边的父老乡亲一起参与到种植增收的行列中来，在自己富起来的同时也要让身边的人跟着富起来。

“喝水不忘挖井人，滴水之恩当涌泉相报。”这是以前老人经常用来教育我的话。虽然我逐渐富裕起来了，但我没有忘记帮助过我的人，时常在乡、村两级的组织下，给更多的种植户传授我的种植经验。在国家政策和有心人的帮助支持下，只要积极肯干，就能脱贫致富。像我这样曾经入不敷出的人，都能通过发展种植业增收致富，我相信农村贫困问题早晚都能够解决。

曾经我靠山吃山，填饱了肚子，如今，我靠国家帮扶、自己勤劳，过上了幸福生活。

饮水思源

◇ 思南县大坝场镇桂花村村民杨再学

我叫杨再学，家住思南县大坝场镇桂花村竹林湾组，家庭人口 1 人。

曾经的我，身体健康，长期在外务工，家庭生活美满幸福。由于当时工作条件艰苦，卫生条件极差，我不幸感染上了乙肝病毒。为了治病，我花光了所有积蓄且债台高筑。妻子不堪重负，于 2015 年与我办理了离婚手续，留下我一人继续一边打工，一边还债，一边治病。

2016 年 10 月，我因病情恶化，食管静脉曲张大出血而被送进了手术室，通过抢救，保住了命，我却从此不能从事重体力劳动。回到老家后，由于长期在外，老家房子年久失修，已不能住人，同时我因为无法从事劳动而没有了生活来源，生活极度困难。当时的我只能到村委会寻求帮助，村委会了解了我的情况后，立即帮我申请民政救助，为我送来了米、油、衣服、棉被等生活物品，并通过民主评议将我纳入了建档立卡贫困户。

2017 年，我被评为低保户，驻村工作队和村支两委为我申请了 3.5 万元的危房改造资金，协助我修建了 60 平方米的新房。此外，我的后续医疗费用也得到了“三重医疗保障”，病情得到进一步控制，身体也一天天好起来了，我对生活也重新有了信心。

身体慢慢恢复，我慢慢也能从事简单的工作，驻村工作队与村支两委推荐我做了村里的生态护林员和保洁员，一年有一万多元的收入。收入有了保障，我在 2020 年顺利脱了贫。为了感谢党的扶贫政策和各级干部的关心，我也积极参与协助村里面的工作，帮助他们宣传政策，化解纠纷，动员群众发展产业等。

在 2020 年的低保评议中，我又一次获得了大多数代表的认可，得到了享受低保的资格。我在知道消息后，主动向村委会递交了放弃低保待遇申请书。因为我觉得，我享受党的政策够多了，我已经能够通过自己的劳动获得足够的生活费用，没有必要再享受低保，应该把这个名额让给那些更困难的群众。

饮水思源感党恩，脱贫致富靠自己。政府在我最困难的时候用政策帮助我渡过了难关，但我不能始终躺在政策的“温床”上“等靠要”。除了干好我的护林员和保洁员工作，最近我还准备向村里的老艺人学一门民间手艺，一方面增加收入，一方面做好传承。我相信，我的生活会越来越好。

脱贫路上不掉队

◇ 玉屏侗族自治县皂角坪街道翁阳村村民周国发

我叫周国发，是玉屏侗族自治县皂角坪街道翁阳村人，今年 74 岁。现在我的家庭幸福美满，比起以前艰苦的日子，别提有多好了。

我老伴的身体一直都不好，经常生病，时常得吃药。儿子和儿媳妇都是普通的打工人，家里还有三个孙子、孙女，家里吃饭的人多，孩子们的学费负担又重，日子过得紧巴巴的。2014 年，我家被识别为贫困户。

以前，村里还没有发展产业时，我就种自家的地，儿媳妇要照顾三个孩子，儿子在建筑工地打工，维持家庭开支，始终是入不敷出。2016 年，大孙女大学毕业了，顺利找到工作，在银行上班。有她帮衬着家里，经济情况着实好了不少。那一年，我主动申请脱贫。

2017 年，村里开始大规模种植黄桃，村里人都可以以土地入股参与分红。我将家里的 4 亩多地都流转出去，每年可获得 3000 多元。此外，我还在村里的黄桃、樱桃、草莓基地务工，一天可挣 80 元，一年下来能挣 8000 多元。今年，村里修建了跑山猪养殖场，我参与基地建设，每月工资近 5000 元。比起以前只能靠卖几十挑谷子作为全部经济来源的生活，那好得可不是一星半点。

我对现在的生活很满意，虽然已经七十多岁了，但我身体健康，只要我还能做，我都会为家庭贡献自己的力量。依托绿水青山的天然优势，现在村里的各个产业发展得都很好，每一年都在增收。产业发展好了，我们的收入也就好了。

幸福的生活是靠勤劳换来的，要想稳得住，就必须脚踏实地地干。国家有好政策，我们就应该有干劲，未来自己更好，村子更好，国家也会更好！

生活越来越好

◇ 玉屏侗族自治县皂角坪街道翁阳村村民姚茂国

我叫姚茂国，今年54岁，是玉屏侗族自治县皂角坪街道翁阳村的村民。2014年，我因眼睛残疾和腰椎断裂被识别为贫困户，通过国家的帮扶政策，2016年，我实现了脱贫。

我的眼睛是先天性疾病，从小视力都比较弱。读高中的时候，我的眼疾越发严重，不带眼镜根本无法正常行动。现在我的近视度数已经达到500度，如果不带眼镜，连近在咫尺的人我都看不清楚，生活实在是有说不出的苦楚。

因为眼睛的缘故，再加上以前做工把腰椎摔断了，我走路走得不太利索，现在能做的工作少之又少，儿子在读高中，家庭经济负担重。

自从被识别为贫困户后，国家的帮扶政策接踵而来。以前，只能靠在仅有的3亩多地里种点庄稼卖钱维持生活，那种靠天吃饭的日子，别提有多艰难。

后来，村里开始种植黄桃，鼓励村民以土地入股参与分红，我毅然决然地把土地都流转出去，只留下两小块菜园子。现在，我每年能拿到将近3000元的土地流转费。每年11月到来年4月是黄桃基地里最忙的时候，给黄桃下肥料、打药等管护工作我都能做，工资一天100元。断断续续地做这些零活，一年下来，单从黄桃基地就能拿到4000余元的务工费。

自从村里开始发展产业后，大部分人都参与了务工，从以前的黄桃、樱桃产业，到今年刚投入生产的草莓园和养殖场基地建设，每一种产业都带动了不少村民就业。是国家的好政策带领大家增收致富，让我们不再像以前那样生活困难。

如今，儿子正读高三，在学校寄宿，妻子选择外出打工，每年年底回来一次。我除了在村里的种植园里务工，在村里不忙的情况下，也会外出做些零工，因为做的都是些体力活，收入相对在村里要稍高些，一年能有 6000 块左右。

国家的精准扶贫政策惠及家里的每一个人，儿子在学校每年有国家补助金，着实让我的负担轻了不少。现在，我每年的务工费加上妻子在外面打工挣的钱，已经足够保障家里的正常开支，存下来的钱可以留给儿子上大学用。

感谢党和国家的政策，感谢村里的扶贫干部，感谢每一个帮助过我的人，他们尽职尽责，让我感到无比安心和欣慰，我对现在的生活很满足，我也相信以后的生活会更好。

对未来充满信心

◇ 德江县稳坪镇铁坑社区居民张君

我叫张君，是德江县稳坪镇铁坑社区居民，现年45岁。多年来，因患有先天性心脏病，我一直未婚，独自一人居住，没有固定的收入来源，生活极为困难。

2014年，遇上了国家精准扶贫政策，在村民代表大会的评议下，我被评为建档立卡贫困户，生活逐渐有所改善。

最初，帮扶干部、社区干部到我家中走访，宣传党的惠民政策，让我深知国家政策很好。但我心想：上门的干部怎么都是不拿不送，没给过我半毛钱的东西？于是对他们的工作很不配合，遇上干部上门我会主动躲开或找理由回避。

2017年，尽管我对攻坚队、居委会很反感，极不配合他们的工作，但驻村干部、帮扶干部没有放弃我。他们主动上门帮我打扫卫生、拆除老旧危房、硬化连户路，动员群众发展产业。很快，村寨的环境卫生也发生了改观，人居环境变清洁了，房子变漂亮了，也让我对他们有了新的认识，觉得帮扶干部是真的为百姓做实事、做好事的。

针对住房无保障的问题，驻村干部王顺进、社区支书张月清多次上门做我的思想工作，动员我进行危房改造，由政府出资3.5万元，我投入劳动力，修建了80平方米的板房。他们还为我送来了电烤炉、洗衣机等家庭必备物资，让我有了一个温暖的家。

2019年，从稳坪卫生院来的驻村干部李艳医生和帮扶干部铁坑完小选派来的田园中老师对我更是无微不至地关心和照顾，经常上门给我讲政策、找出路，拉家常、算收入，还隔三岔五地上门与我一起吃饭，加我微信，和我交朋友，帮我做家务，给了我更多脱贫致富的勇气和信心。引导我养殖山羊，还给予了我东西部协作短平快项目补助。我不仅在实物上得到了很多帮扶，比如油、米、棉被等，在资金上也得了很多帮扶，比如国家帮我减免合作医疗、养老保险等。

2019 年，我的收入达到了 1 万多元，我也像其他贫困户一样如期摘掉贫困帽。但因身体原因，攻坚队考虑我治病硬性支出较大，为巩固脱贫攻坚成果，消除返贫风险，通过再核算我的家庭收入，还给我争得了村级护林员公益岗位。我负责社区部分公益林看管任务和负责组里的硬化路清扫，每年可领取 1 万元的工资。

如今，党的脱贫攻坚政策如同春雨沐浴着我们每一个家庭，让我们享受着国家政策红利，感受到春风般的温暖，我对我的未来充满信心。

好政策暖人心

◇ 松桃苗族自治县盘信镇楼台村村民石自国

我叫石自国，是松桃苗族自治县盘信镇楼台村村民。由于家中有三个孩子在上学，经济负担重，生活极为困难，2014 年，在脱贫攻坚政策的帮助下，我被纳入建档立卡贫困户。要不是国家的政策好，给予了我们家教育、住房等方面的精准帮扶，我做梦都想不到，能过上现在的好日子。

我和妻子文化程度不高，只能靠在家务农为生。随着孩子的相继出生，家里生活很是窘迫。为了改善这种困境，我和妻子背上行囊，远离家乡，到福建一个染布厂务工。由于我俩只是小学文化，且我的左手手指因在家割猪草受伤留下病根而不灵活，只能干一些零碎的杂活，每月只能领到一千多块的工资，生活很是艰辛。为了能让孩子有一个好的生活和未来，我们咬牙坚持，在外一干就是二十年。

随着家中三个子女逐渐长大，他们上初高中、大学的花费也让生活变得越来越艰难，在外务工的绵薄工资难以支撑三个孩子上学的支出。学费、住宿费、生活费……一笔笔费用让我们很是发愁。

2014 年，借着脱贫攻坚政策的东风，我们家的生活迎来了新的转折。在我为孩子们学费发愁，生活倍感压力之际，一项项教育扶贫的温暖政策由扶贫干部们送进我家，解了我的燃眉之急。在被纳入建档立卡贫困户后，驻村干部及村委会经常的走访关心，让我感动。如今，还在上大学的大女儿每年有 4830 元的学费补助，上中专的小儿子，每年也有 1900 元的学费补贴，再加上助学贷款，孩子们上学得到了很大的保障。教育扶贫的政策，托起了我们贫困家庭的希望。

2015 年，我们家脱贫出列。但脱贫不脱政策，在国家政策的帮助下，我们家的住房条件也得到了很大改善。当时由于孩子上学，家里没有多余的钱修新房，一家人还是住在以前盖的木房里，空间很是狭窄简陋，长年在外务工的我们也只有过春节才能和家里的孩子、老人相聚。2016 年，在危房改造政策的扶持下，再加上自己的一些积蓄，盖新房子的计划被提上了日程。花了近 4 年的时间，我们终于在老家盖起了一栋三层小洋楼。

以后再也不用担心下雨天房屋漏水了。今年年底新房装修好，我们就要搬进去过个热闹年呢！

日子一天比一天好

◇贵州大龙经济开发区搬迁群众罗序国

我是大龙开发区的新市民罗序国，搬迁之前我家住在德江县荆角乡柏杨村庄元组。能赶上这样的好时代，享受党和国家的关怀和照顾，我很高兴、很满足。感谢党和政府培育的扶贫精英好干部，他们对我们的关怀和付出，让人感动。

回想过去，我们村条件差，大家过得很艰辛。那时候的人们为了生计，满山遍岭地开荒，起早贪黑、面朝黄土背朝天地干活，山上到处光秃秃的，根本看不到今天这样的青山绿水。

尽管年年月月地辛劳，到头来人们连温饱问题都解决不了，多数人连吃穿都无法满足，过着很穷苦的日子。

那时，农村基本上都是木房子，而且大多数的房子都不像个样子，到处破破烂烂，有的用胶布这里补一块，那里补一块，遇到下雨的时候，屋子里满地摆的都是用来接水的盆盆罐罐，满处脏兮兮的，特别是厕所。

现在好了，国家和政府投入专项资金，驻村干部和我们的帮扶干部天天往农民家里跑，还帮助我们想办法、出点子，有时候还自掏腰包，帮乡亲们买一些生活用品。

现在我们村家家户户都重新修建了新房，厕所已改成了像大城市那样有水的卫生厕所，厨房改造了，用上了自来水，方便又实用，院坝里安上了太阳能路灯，屋里屋外到处亮堂堂的、整整齐齐的。每家每户通上了硬化路，到处都是一片繁荣昌盛的新气象。

村里的日子现在一天比一天好，特别是我们这些贫困户。现在务工的务工，务农的务农，搞养殖的政府还有补助，年老的有养老保险金、高年补贴等。

家庭收入稳定了，社会治安好了。党的政策无微不至地关心着老百姓，易地扶贫搬迁政策让我们住上了新房，房子里还配有家具、电视机、电烤炉等，帮扶干部还帮助我们介绍和联系工厂打工，让我们就近就业，还经常来看望我们。

这么好的政策哪里去找呀？我要感谢我们党和政府，投入大量的资金、人力和物力，为我们造福，使我们拔掉穷根，脱贫致富。

孩子未来有希望

◇ 德江县高山镇梨子水社区村民张会

我是德江县高山镇梨子水社区村民张会。2017 年，因送孩子上学导致家庭困难，我家被评为贫困户。

2016 年的一天，正在上班的我接到老三打来电话："爸，我跟大哥、二哥马上要缴学费了。"听到这话，我沉默了许久。

接着电话那头又传来老二的声音："爸，我不想读大学了，我要出去进厂，挣的钱给大哥和老三读书。"我顿时火冒三丈："说什么胡话！钱的事不用你们操心，好好读书才是你们应该考虑的事。"

我有三个正在上学的儿子，其中大儿子已在四川大学读一年级了，二儿子今年参加高考，老三也即将读高中。三个孩子每学期上学的费用对我来说都是一笔巨大的开销，往年都是靠为数不多的积蓄和亲戚朋友东拼西凑才勉强交得起学费，一家人全靠我跟年迈的父亲务工维持生计。

孩子打来的电话困扰了我很久，正在我为孩子上学困难的事发愁时，高山镇中心完小的陈芳老师走进我家，她在详细了解了我家的实际困难后，向攻坚队和村支两委做了汇报。

在政府和村支两委以及帮扶干部的支持和关怀下，三个孩子上学困难的问题得到了解决。他们在校期间都享受了大学生生源地助学贷款、贵州教育精准扶贫资助、高中寄宿生生活补助等一系列实惠政策。我在帮扶干部的帮助下也找到了一份稳定的工作，孩子们的学习终于没了后顾之忧。2019 年，我家顺利脱了贫。

暑期的时候，孩子们在家办了一个补习班，为附近的学生免费补习，这件事得到了帮扶我们家的陈芳老师的大力支持，她给参加补习的孩子赠送了很多学习用品。

孩子们说在国家的帮助下，他们的未来有了希望，他们也要努力让家乡的孩子们有一个美好的未来。

如今，孩子们都已长大，老大和老二马上就要步入社会了。我常常教育他们“吃水不忘挖井人”，让他们一定不能忘记是因为受到政府的帮助才能顺利上学，以后一定要感党恩、听党话、跟党走。

幸福晚年

◇ 碧江区坝黄镇太坪村村民卢继羽

我叫卢继羽，是碧江区坝黄镇太坪村村民，今年 74 岁，2014 年被评为建档立卡贫困户，2018 年脱贫。

在纳入贫困户以前，我的女儿已外嫁，而因年事已高，腿脚不便，我和老伴儿只能依靠做点农活勉强维持生计，生活过得艰辛。

2014 年，通过精准识别，我家被纳入建档立卡贫困户。自从被评为贫困户，驻村干部、帮扶干部的关心，让我们感受到晚年生活有人照顾。与此同时，我家享受改厕、改厨政策，通过村里发展的冷水鱼养殖，我们每年还有 1000 元分红收入，生活越过越有盼头。

但在 2018 年，一场疾病差点夺走了我的生命，要不是有国家的好政策，我早已不在人世了。当时，我突发脑梗，老伴儿随即联系驻村第一书记艾水明，在艾书记的帮助下，我被送往医院救治。

要不是国家政策好，已无劳动能力的我，哪有钱治病?

经过一个多月的治疗，我的身体逐渐好转，为了后续的治疗，艾书记还为我们争取到了医疗补短板 3500 元。

为了快速增加我家的经济收入，通过评议，我家被纳入最低生活保障，每年有低保金 7000 余元。

不仅如此，在驻村干部和帮扶干部的帮助下，我家还添置了一系列的家用电器，如电视、饮水机等。

如今，我们一家人的吃、穿、住、行均得到改善，日子也过得顺心了。这些年的改变，都要感谢国家的扶贫政策，也感谢帮助我们的扶贫干部，我才能安享晚年。

好人，谢谢你

◇ 德江县稳坪镇铁坑社区老木丫组居民冯修福

我叫冯修福，是德江县稳坪镇铁坑社区老木丫组居民，现年 58 岁。多年前，老婆因病去世，之后仅有的闺女又夭折了，从此我与母亲相依为命。多年来，我一直靠种植传统农作物和政府低保来维持生计，生活极为困难。2014 年，精准扶贫政策送来了党的温暖，在村民代表大会的评议下，我家被评为建档立卡贫困户。

自此，帮扶干部便经常上门与我谈心交心，宣传扶贫政策，帮我寻找致富路径。最初，我对他们的工作不理解，经常不配合，干部上门我就躲开。2017 年，帮扶干部、社区干部多次上门做我的思想工作，解决实际困难，并出资对我的老旧木房进行加固，修建了卫生厕所，让我感到了帮扶干部是真帮实做，不是“领导面前抢任务，欺骗群众争政绩”。

2019 年初，我母亲因病辞世，帮扶干部对我更是无微不至的关心，视我为亲人，经常上门安慰我，与我拉家常，让我这个遭受寒风摧残的家庭沐浴了丝丝暖意，让我看到了希望。2019 年 3 月，稳坪中学的杜永贵老师成了我的帮扶干部，他把我当成了亲人，处处为我着想，经常给我争取政策帮扶，为我带来大米、衣被等生活物资，还对我的房屋周边进行硬化。当我们相互熟悉、彼此了解后，因组织安排，杜老师调往其他村负责脱贫攻坚工作，又调整稳坪中学的张琴亚老师负责帮扶我。

张琴亚老师是一位年轻的女老师，对我关心得更加细致，被套、油盐样样送上门来。同时，她再次对我房屋的跑风漏雨进行了维修，争取政策支持，动员我发展产业，拓展发展路子。

在张琴亚老师的指导下，我花了 6000 多元买了一头牛尝试喂养。如今，我的牛一天天膘肥体壮，年底销售可净赚 2000 元以上。同时，我还领到了政府补贴 3000 元。下一步，我将逐渐做大产业，把肉牛养殖作为增收的门路。

因我身体原因，通过张琴亚老师的争取，社区攻坚队、居委会考虑我的实际情况，又给了我安排了地质灾害巡逻员这一公益性岗位，我主要负责全村的地质灾害巡逻和关林洞通组公路的保洁，每月有 400 元的稳定收入，消除了我返贫的风险。

2019 年，我终于实现了脱贫。这得益于国家脱贫攻坚政策的落实，驻村攻坚队的鼓励，帮扶干部的真帮实做。今后，我将自力更生，不等不靠不要，巩固好脱贫成果，确保不返贫，过上幸福美好的小康生活。

感恩有你

◇ 江口县德旺乡漆树村村民黎应东

我叫黎应东，是江口县德旺乡漆树村人，2014 年成为一名建档立卡的贫困户，2017 年实现脱贫摘帽。

1995 年，我来到漆树村，这里田肥土沃，加上人又勤快，我和家人凭借自己的双手，很快过上了丰衣足食的日子。但好景不长，不久我便发现年幼可爱的儿子生病了，多方寻医，得知儿子是先天性脑瘫。

屋漏偏逢连夜雨，脑瘫尚未治好，儿子又害上了癫痫病。为给儿子治病，我家的日子从此一落千丈，成了村里名副其实、数一数二的贫困户。

2015 年，村里把林下养鸡作为一个重要产业来发展。驻村干部将农业技术人员及行家里手请到村里来，为我们开办培训班。我积极报名参加培训，同时向村里申请发展养鸡和养猪产业。

这一年，政府无偿提供了 550 羽雏鸡。干一行，爱一行，钻一行，我把这 550 羽雏鸡当作自己的宝贝来精心喂养、潜心管理。半年后，鸡下蛋，蛋孵鸡。我尝到了养鸡的甜头，获得了不少效益。好事成双，那一年，我养的五头肥猪也顺利出栏上市。

日子一天比一天好，2017 年，我成功脱贫摘帽。此后，我一边饲养鸡和猪，一边将周边散养的土鸡、鸡蛋收购起来，为城里的客商提供货源。养鸡喂猪有收入，卖鸡卖蛋有差价，我走在了脱贫后奔小康的道路上。

2020 年新冠肺炎疫情期间，响应政府号召，减少不必要的外出，我每天都坐在家里看电视。大年三十，我们一边吃着年夜饭，一边看着电视，电视机里一队队解放军战士、白衣使者“忘小家，顾大家”，逆行武汉驰援。

一个个热血沸腾的场景和画面让曾是一名军人的我感慨良多……

如今，日子逐渐好了起来。党和政府的惠民政策多，我的收入也多了好几项，家庭条件也越来越好。良种补帖、长江中上游森林保护生态林补贴款、退伍军人补贴、农村 60 岁以上老人养老金……我都领到了。

作为一个老兵，我该有所表示。于是，我掏出手机，拨通村支书的电话号码，请他帮我办一件事。我将家中存放的 5000 块钱交给他，请他帮我把款汇到武汉疫区，以表达我一个退伍老兵的心意……

用奋斗改变人生

◇ 讲述：碧江区瓦屋乡司前村村民刘伟
整理：张萃莉　刘芳媛

在碧江区瓦屋乡司前村，有一位51岁的养牛大户——刘伟。这位昔日的贫穷汉子，如今靠养牛成为致富能手。

说起刘伟的养牛史，还得从2012年说起。当年，在外打工的刘伟接到了母亲病重的电话，便急匆匆赶回家。由于担心年迈的母亲无人照料，他决定留在老人身边。2013年初，刘伟家养的母牛产下三只小牛犊，邻居因缺牛犁田，便向他买了一只。这一举动，促使刘伟萌生了养牛挣钱的想法。起初，刘伟与弟弟刘胜决定先试养10来头牛。他拿出打工攒下来的全部积蓄，再向亲戚朋友借了些钱，开启了创业之路。“我们从周边的村里收购幼牛，运气好的时候还能遇到较好的牛品种，但有时也会遇到身上钱不够支付而遗憾离开的情况。”刘伟说道。

因为此前和牛打交道较多，刘伟与弟弟照料起牛来得心应手。随着牛的个头逐渐增大，重建牛棚的计划不得不提上议程。为了环境考虑，在建牛棚的选址上，刘伟反复结合村子周围的地理位置、草料充足与否等综合因素进行考量，最后他把养牛场定在了离家两公里以外的半山坡上。场地落实下来了，兄弟俩又为建牛棚的资金发起了愁，无奈之下，刘伟决定再出去打一年工。弟弟则留在家负责把牛养好和建牛棚等事宜。

2014年，牛棚如期建成，20多头水牛住进了宽敞的新家。他俩心里的一块大石头也落地了。建牛棚前前后后花了49万，村里了解到刘伟家的特殊情况，为他们申请到政府补贴资金12万元。

有了政策的扶持，刘伟发展的底气更足了。他准备购买一批幼牛来扩大规模。于是，他跑遍了本地牛市场，了解品种，还先后多次到湖南牲畜交易市场了解行情。经过反复的对比和慎重的考虑，他从中挑选了品质优、性价比高的 20 余头幼牛。果不其然，这批幼牛在成熟进行售卖后，为他带来了 20 余万元的经济效益。

自此以后，刘伟对那家幼牛供货商很是信任，在这批幼牛卖出之后，又从他家复购了一批。这一次他不仅购进公牛，而且还买了繁殖牛。预计这批牛今年可出栏 15 头，收入达 20 余万元。

致富后的刘伟，时刻想着为村民们做些什么。在养牛中，刘伟发现气温太冷或太热对牛的饮食影响很大，一到冬天气温低下，加之冬天草料不充足，很多牛不怎么吃食。于是，刘伟在自家的 30 亩土地和向周边村民租的 10 多亩闲置土地上种草，以供牛过冬。盛夏初秋是收割草食的季节，刘伟忙不过来，就请村里的留守老人、贫困群众帮忙。每人一天能挣到 150 元左右的工资，大家干得很起劲。

“给牛喂食很讲究，你别看它吃的是普通的红薯藤，但切法上有讲究。如果切得太细，牛吃了容易反胃。切得太粗，又容易造成食物浪费。所以不仅要注意粗细饲料的搭配，而且要根据牛的长势科学养殖才行。”谈起养牛的心得，刘伟很是熟稔。

等到清扫牛粪的时候，粪便又成了村民眼里的好肥料。刘伟有空的时候，会顺道把这些牛粪送到附近农户们的庄稼地里去，忙不过来的时候，就由农户自己来拉。这样一来既解决了牛粪污染生态环境的问题，二来又为农户节约了种植成本。尤其是在油葵生长季节，当地政府还会帮忙组织购买牛粪为油葵施肥，这为刘伟的养殖免去了很多烦恼。

2019 年，刘伟用挣来的钱修缮了两楼一底的房屋。同年，弟弟刘胜一家在哥哥的帮助下实现了脱贫。刘伟说，希望以后能在养牛路上积极摸索致富新路子，带动更多的村民一起实现致富。

脱贫路上唱起致富歌

◇ 讲述：印江土家族苗族自治县天堂镇百户村村民罗永跃
整理：任敬伟

罗永跃是印江县天堂镇百户村村民，出生于1969年。婚后，罗永跃有一儿一女相继出生。为了维持一家人的生计，他农忙时在家养猪、种地，农闲时在县内打临时工，一年下来也有万余元的收入，一家人过着温饱的生活。但是，2010年12月，一场突如其来的火灾，把他家的住所、粮食、积蓄全部烧完了。衣、食、住严重紧缺，一家人的生活陷入了困境。

正当罗永跃一家人为生活焦头烂额的时候，党伸出了温暖的手，并对他进行重点帮扶。从此，罗永跃带领一家人，在党的关怀下自强不息，在脱贫的路上唱起了致富歌。2016年，罗永跃丢掉了贫困帽。

当谈到2010年的那场火灾，罗永跃心有余悸。大火中，妻子任达芹拼命抢救财物，可是没抢到什么，反而手和脸受到严重的烧伤，被送到医院救治。这场火灾，烧光了他的家产，让他们一家人吃饭、穿衣都成了问题。罗永跃一家的不幸遭遇，引起了天堂镇党委、政府领导的关注，他们带领民政办干部先行送来1.8万元救助金，村党支部也迅速带领群众捐粮、捐钱、捐衣，并安排临时住房，让他们一家人度过了一个寒冷的冬天。同时，在镇、村两级干部的关怀下，被确立为低保户，一家人的基本生活有了保障。罗永跃说："那年冬天很冷，但心是热的，因为有那么多领导、群众帮忙。"

接下来，两个儿女渐渐长大，家里的开支也在增加，日子过得有些紧巴巴的，而修建新房也迫在眉睫。妻子因烧伤一时不能恢复劳动力，夫妻俩为此经常犯愁。这回又是党送来了温暖。在镇、村两级干部的帮助下，他申请了10万元贷款，新建了120平方米的一层平房。而背负了10万元的债务，作为家庭的顶梁柱，罗永跃不得不于2011年到广州打工挣钱还债。

罗永跃说："身在这个时代真好，要是没有'两免一补'和营养改善计划，我的两个孩子要读书恐怕很难，你看读书不交钱，还在学校'白吃'，多好的事！"两个小孩的事不用他过分操心，这是他放心地到广州打工的原因。

让罗永跃惊喜的是，党的惠民政策接踵而至。2014年，罗永跃被登记为建档立卡贫困户，被集中力量予以扶持。翻开罗永跃的信合惠农一卡通专用存折，一家人享有种粮直补、综合直补、农村低保、经济林补、稻玉棉补、入股分红等。罗永跃动情地说："没想到现在种粮食还有补贴金。几千年来，哪个朝代会对农民这么好？叫我们怎么不感谢党恩呢？我要感谢共产党！"

日子一天天好起来了。负担轻了，罗永跃也成了一名返乡农民工了。2014年，他的大儿子罗明高中毕业后学了技术，当上了铲车师傅，一个月收入三四千元。经帮扶干部介绍，罗永跃在县内打临时工，每月收入1000余元，闲时在家发展养殖、种植，增加了家庭收入。到2015年，他们彻底还清了债务。2016年，罗永跃先后添置了新的冰箱、液晶彩电、洗衣机。通过扶贫工作组的帮助，加上一家四口的努力，罗永跃一家子终于在2016年甩掉了贫困帽。

现在，罗永跃大儿子仍然当铲车师傅，工资在逐年上升。女儿完成高中阶段的学业，在重庆学到了技术，开始创业。而他自己也熟练掌握了焊压技术，与人合伙承包了板房修建，足不出县，一个月就能赚到2000余元。妻子任达芹2017年在家发展种植、养殖，玉米收获300斤、洋芋600斤、红苕1000斤、茶叶10余斤，出栏大肥猪2头，折合收入8180元。经计算，罗永跃家人均年收入突破了1.5万元，真是个大喜事！

脱贫后的罗永跃，一家人衣食无忧，想吃肉就买肉吃。"现在有了一些积蓄，2021年再盖一层瓦房，为大儿子罗明结婚做准备呢……"罗永跃乐滋滋地说，"是党和政府的帮扶政策让我摆脱了生活的困境，帮助我过上了好日子。"

生活大变样了

◇ 杨柳镇杨柳村羊角佬组村民李茂齐

我叫李茂齐，是杨柳镇杨柳村羊角佬组村民，今年 52 岁了，我是 2014 年建档立卡的贫困户，2018 年脱的贫。我一个人生活。现在回想起我 2014 年之前的生活，再看看现在的生活，真的是发生了很大的变化，我个人在思想方面也改变了许多。

2014 年以前，我的生活只能用“糟糕”两个字来形容。在吃的方面，仅能够满足吃得饱的需求；在住的方面，虽然说有房子住，但是无法为我遮风挡雨，房子有很大的安全隐患，始终不能让我住得安心、睡得安宁；在挣钱方面，也没有好的路子，只能通过每个月做几天临时工勉勉强强维持一下生活，甚至有时一个月做了一天临时工后，就不太好找活了，生活过得紧紧巴巴的……为此，我时常不知道该怎么办，有时甚至觉得我的生活没有了希望，我的思想因此也变得有些消极，我也变得有些懒散。

2014 年，自从开展精准扶贫以来，有了党和国家一系列的好政策，我的生活发生了很大的变化。

2017 年，我享受了低保政策资金 2520 元；2018 年，我对住房进行了“跑风漏雨”整治，还享受了 2.5 万元的补助资金；这些都是国家政策给我带来的实实在在的好处。同时，镇党委、政府和我的帮扶干部时常到家里来对我嘘寒问暖。在开展精准扶贫之前，我觉得我和他们有很深的隔阂，但自从开展精准扶贫之后，他们时常到家与我交心、谈心，竭尽全力为我解决生活中的一些实际困难，融入到我的生活中来。现在我从内心真正地觉得他们就像我的亲人一样，我知道，这对我是一种关怀，是一种鼓舞，我也越来越向往美好的生活了。

从 2019 年开始，我就开始在茶园担任“春管”和“冬管”。茶园一年大概管护 3 个月，每个月管护 25 天左右。其余时间，我就到处找临时工，有时村里面、镇里面也会给我推荐就业，比如，帮人拣瓦、水利安装之类的。今年 4 月份，我又被聘为村护路员，每个月有 500 元的工资。

在镇党委、政府的悉心关怀和耐心引导下，在辛勤劳动和用心用情体验生活的过程中，我对生活多了一些新的理解和感悟。我意识到，要真正实现脱贫致富，就必须要放弃“等靠要”的思想。全镇有这么多的贫困户，都想着依靠国家的扶持去过上让自己满意的生活是不现实的。我也更加意识到，当一个人真正想通过劳动和勤劳的双手去改变生活的时候，生活真的会变得不一样，而且，自己也变得有底气了，人也活得更舒服了，走到哪里都感到很光荣。

我的生活大变样了。我现在想吃什么随时都能吃，不愁穿，住得也很安全，每天都有事情干，我感到很充实，也很快乐。思想也变得积极乐观了。现在的生活和以前对比起来，真的是天壤之别。现在的生活让我很满意，我相信通过自己踏实地劳动，以后的生活将会变得更好。

苦干实干

“牛人”王昭权

◇ 讲述：印江土家族苗族自治县部分干部群众
整理：左禹华

王昭权，男，苗族，印江土家族苗族自治县沙子坡镇四坳村村民。6 岁时因患小儿麻痹症，导致无法正常站立和行走，只能靠手脚并用爬行。面对不幸的命运，王昭权凭着坚韧的毅力和勤劳的双手，通过养牛摆脱贫困，走上致富路。王昭权身残志坚、自力更生、苦干实干的脱贫励志故事，启迪着乡邻，凝聚了决战决胜脱贫攻坚榜样力量。2020 年，王昭权获得“全国脱贫攻坚奖奋进奖”“2020 年度中国残疾人事业新闻人物特别提名奖”等奖项。其感人事迹先后被中央电视台、贵州日报等中央、省、市主流媒体持续报道，受到社会各界广泛关注和点赞。

一身牛劲练就生存本领

6 岁时，王昭权患上了小儿麻痹症，致使左腿残疾，不能正常站立和行走，只能用双手和右脚在地上支撑爬行。

7 岁那年，王昭权看到周围小伙伴都背上书包走进学校，让他既羡慕又嫉妒，暗下决心：一定要读书。

一天，王昭权向父母表达上学的愿望，一开始父母是极度反对的。因为那时农务繁重、生活艰难，家里还有 4 个哥哥和 1 个弟弟需要父母做农活来维持生计，父母没有时间专程接送他上学。

这一切的阻碍并没有让王昭权放弃对上学的渴望，最终，在他软磨硬泡之下，父母终于同意了他的请求，并提出了一个条件：要求王昭权每天自己上学和回家。

为了能上学，王昭权狠练爬行，长时间将手杵在地上辅助行走，手经常被磨得血肉模糊，但他从不掉一滴泪。从最初的缓慢前行到后来的与正常人无异，王昭权用行动证明了自己能“走”着上学。

8 岁那年，王昭权如愿地走进了村里的学堂。他深知求学不易，便倍加刻苦学习。不管是刮风下雨，还是落雪打霜，王昭权从不迟到早退，成绩始终名列前茅，并以优异的成绩考上中学。由于家庭人多、经济困难，王昭权不得不放弃了学业，留在家里帮助父母干农活儿。

为了让自己“走”得快、方便干农活，王昭权琢磨出了用弯拐木和橡胶垫子来保护双手的方法，同时他苦练“驮功”，搬运东西都用背“驮”，行进中不管什么东西放在背上都不会掉下来。

“我虽然只能趴着走，但一定要站着活！”日复一日，年复一年，王昭权在贫瘠的土地上摸爬滚打，练就了一身过硬的生存本领，从不向命运低头。

一股牛气决战决胜贫困

每一个贫困户都有一个自己的战场，沟壑纵横、草茂林丰的六井溪，就是王昭权决战贫困的战场。

多年来，王昭权过着“养牛为耕田，喂猪为过年”的自给自足的农耕生活，深知传统的种养是难以把苦日子过出头的。

一向喜欢读书看报的王昭权，农闲时节就扎进村里的农家书屋，学习国家政策、种养殖技术等方面的知识。看多了，王昭权就对肉牛养殖产生了浓厚的兴趣。

2012 年，经过反复思考，王昭权把养牛的想法抛出，随即遭到家人的反对，唯有弟弟王华一个人站出来支持。最后，还是弟弟说服了一大家子人，养牛才得以顺利进行。

当年，王昭权在弟弟的支持下，筹集资金买了 10 头小牛开始喂养。通过精心管理，王昭权的牛也长得格外壮实。一年后，出栏了 6 头牛，还清了欠债，还略有盈余，这让王昭权第一次尝到了养牛能赚到钱的甜头。

2014 年，王昭权因身体重度残疾被列入兜底贫困户，享受精准扶贫各项优惠政策。王昭权不但没有闲下来，还抢抓精准扶贫的优惠政策，在肉牛养殖方面干劲十足。

村里人调侃王昭权："你一人吃饱，全家不饿，还有国家养着你，你就不用那么拼命嘛。"

王昭权说："只要我还能做，我就要做。少给国家和亲人添麻烦。"

在乡亲们看来，王昭权有了政策保障，吃穿不愁，就不用那么卖力地去养牛。但王昭权仍然不松劲，忙碌的身影活跃在山间。几年下来，王昭权的肉牛养殖技术日趋成熟，收益也稳固提升。

2017 年，王昭权抢抓脱贫攻坚政策扶持机会，向当地信用社申报了 5 万元的精扶贷，从外地买进 3 头牛，扩大养殖规模。这年，王昭权获得了 5000 元的养殖补助，靠养牛狠赚了一笔。

收入远远超过了贫困线，吃穿也不愁，医疗、住房均有保障……盘算着家底。2018 年 1 月，王昭权向村委会递交一份脱贫申请书，主动申请脱贫，是全县第一个主动申请脱贫的贫困户，一时间，这个消息在全县广为流传起来。

经济宽裕了，王昭权一脸喜悦，计划着进一步改善自己的居住环境。2018 年 7 月，王昭权卖了圈里的 6 头牛，拿出积蓄，与弟弟王华共同修建新房。

割草、切草喂牛，搬砖、和浆修房……每天，王昭权起早贪黑，像一头永不疲倦的牛，不辞辛苦地忙里忙外。看着新房拔地而起，王昭权喜笑颜开……

经过一年多的努力，一栋 3 层楼的砖房矗立在进村路口边。望着王昭权的漂亮新居，乡邻们惊讶的眼神里流露出深深的叹服。

一种牛魂启迪干群奋进

"我一个人好不算好，大家好才是真的好！"这是王昭权经常挂在嘴边的话。

经过几年的实践，王昭权意识到单打独斗地养殖肉牛不是长久之计。为了做大肉牛养殖，2018年5月，王昭权注册成立了“昭权养殖专业合作社”，该合作社成为村里第一个养殖专业合作社。

平时，王昭权专心负责牛群喂养和草地管理，弟弟王华负责跑市场和技术服务，兄弟俩精诚合作，让肉牛养殖稳步推进，每年养殖不下10头，多时有20多头。

从个人单打独斗到合伙发展，从为生存而养牛到养牛过上好日子，王昭权成为远近闻名的脱贫之星和自强模范，养牛致富的真实故事逐渐演变成一种催人奋进的精神力量。

“只要不偷奸耍滑，老老实实地干，就没有办不好的事。”2018年5月11日，一场别开生面的召回干部培训在王昭权家院坝举行，24名因脱贫工作不务实被召回的青年干部，津津有味地聆听王昭权讲述养牛脱贫的心路历程。

随后，召回干部沿着山间羊肠小道，徒步1个多小时与王昭权上山放牛，生动的现场教学让召回的干部接受了一次思想和精神上的洗礼。

“王昭权虽身体残疾，但精神健康。他不怨天地，自强不息。我年富力强，没有理由不把脱贫工作做好。”看了王昭权的养牛场景，驻村干部严某深受震撼，回村后加快推进产业发展、基础建设，确保了杉木岭村顺利摘帽。

驻村干部邓某说：“王昭权本是个一无所有的残疾人，却克服千难万险，成了精神和物质都富有的领头人。我拿着国家的工资，更应该为群众服务！”

一时间，王昭权多次受邀为党员干部群众上课，养牛脱贫事迹短片在印江县365个村（居）轮回展播，深深地震撼着广大干部群众心灵，激励着广大干部群众争先赶超奋进。

四坳村谢家组杨常青被王昭权的事迹深深感动，投资规划建起了养殖场。杨常青说：“王昭权一个残疾人都把牛都养得那么好，我作为一个四肢健全的人，应该有能力把牛产业做起来。”

四坳村谢家组村民杨通伯嫌自己8头牛的规模小，正忙着扩建牛场、协商土地种草。杨通伯说："我们这地方适合养殖肉牛，王昭权都能养 10 头牛，我作为正常人，要把规模发展到 30 头。"

韩家村包丰组邓万强听了王昭权到村里上的课，深受启迪。他说："我很佩服王昭权，我的养殖和他一比就是小打小闹。我不服输！我要扩大养殖规模，把牛养好！"如今，邓万强通过组建专业合作社、注册微型企业，将自己的肉牛养殖规模逐步扩大。

风拂六井溪，青青草地上，膘肥体壮的牛群静静地啃草……如今，在沙子坡镇，以四坳村、韩家村为代表的养殖专业村逐渐兴起，全镇养牛户达 776 户，其中贫困户 306 户，户均年增收 6000 元左右，目前已全部脱贫。

榜样的力量是无穷的，精神的力量是伟大的。王昭权身残志坚、养牛脱贫的感人事迹散发出的精神力量，成为激励全县广大干部投身脱贫攻坚战的催化剂，汇聚起脱贫攻坚"整县摘帽"的强大力量。2019 年底，印江自治县 203 个贫困村 25877 户 101159 人建档立卡贫困人口全部脱贫出列。

王昭权身残志坚、自力更生、苦干实干的脱贫励志故事，真牛！

他，不服输——不向命运低头，不甘于认命。与同龄人相比，一场大病让幼小的王昭权输在了人生的起跑线上。但现实并不是这样。"我的身体是残疾的，是不能改变的，但只要我努力，就会改变我的生活！"面对不幸的命运，王昭权从不低头，从不服输，总是以坚韧的毅力和乐观的心态对待现实。从练习"走"路、读完小学到苦练"驮功"、搬运柴草，王昭权用行动证明了刻在骨子里的信念："不能让别人看不起！"

他，不服穷——不向贫困低头，不甘于贫穷落后。王昭权出生在地地道道的农村家庭，祖祖辈辈靠着勤劳的双手苦苦挣扎，却依然过着贫穷的日子。"我虽然人穷，但志气一定不穷！"王昭权清晰地认识到自己的贫困，却从不向贫困示弱。为了摆脱贫困，王昭权不管昔日发展传统种养为生计，还是今朝选择喂养肉牛为脱贫，勤劳的双手从没有停过，始终坚持不懈地把选择的事情做下来，最终告别贫困，走进致富新天地。

他，不服软——不向陋习低头，不甘于等靠要赖。与很多身体健康而思想落后、等着政府扶持、靠着政策生活、争要扶贫资金、赖着干部帮助的贫困群众相比，王昭权相信政府而不依赖政府，依靠政策而不等待政策，信任干部而不依赖干部，不做软骨头，不等不靠不要不赖，抓住脱贫攻坚的政策机遇，立志发家，克难发展，体现了健康人也难得的硬气傲骨。

他，不服气——不向环境低头，不甘于独自前行。四坳村沟壑纵横，交通闭塞，土地贫瘠，王昭权不畏于环境之恶劣，不惧于条件之艰苦，以残疾之躯，勇敢克服恶劣环境，在不利于发展、不适于发展的山旮旯里，立下发家志，走稳养牛路，实现了自身的脱贫致富。在此基础上，王昭权被恶劣环境影响，树立了“个人富不算富，大家好才是真的好”的集体观念，以残疾之身、不辍之志牵头成立养殖专业合作社，带动和带领乡邻共立脱贫志，共走发展路。

邱家村的王莲琴

◇ 讲述：印江土家族苗族自治县邱家村村民王莲琴
整理：田发军

2018 年的冬天，似乎比往年更冷一些。邱家村村委会新装修的墙面散发出阵阵寒气。王莲琴一个人坐在资料室里，不停地敲击着电脑键盘，她的手指正在一点一点地失去控制。她有一种错觉：自己苦学两年的电脑技能正在被某种神秘的力量盗走。但她不信那个邪。她把手伸进衣服最里层，放在肚子上取暖。

她想起村攻坚队张毅队长的安排：明天早上八点之前，必须把资料上报到镇作战部，否则将会影响到全镇数据的汇总。她的手指刚恢复一点儿温度，就重新披挂上阵，在键盘的白山黑水之间穿梭、拼杀。

与此同时，一辆轿车正在沙子坡镇的崇山峻岭之间穿行，车灯奋力撕破黑暗，为主人照亮前路。经过一个多小时的努力，车终于到达了邱家村地界。但车并没有直达它的最终目的地——村委会，而是在张家岭的脚下停了下来。车上下来一个人，他就是王莲琴的爱人袁圣勇。

妻子和两个娃儿已经两个月没有回印江县城了，袁圣勇老早就想来老家邱家村探望他们，但投递员的工作让他在城区来回奔走，占用了他几乎所有的时间。妻子在老家带着两个娃儿，又担着村会计的职责，听说她还加入了邱家村脱贫攻坚尖刀班。作为一个外来媳妇，她真是不容易啊！今晚，袁圣勇无论如何也要冒着寒冷走这一趟，给她一个惊喜。

资料室的门被轻轻地叩响。一开始，王莲琴并没注意到，她的全部思绪都在屏幕上的资料数据中来回游走，况且，冬天夜里的风很大。当叩门声再次响起的时候，王莲琴确信，这绝不是风力所为。她心头一紧，恐惧在她瘦弱的身体里蔓延开来。她大着胆子喊了一声："是哪个？"

"是我。"门外答道。

王莲琴听出了那个声音。她打开门迎接他："这么晚了，你怎么大老远上这儿来了？"

一束玫突然送至眼前："今天是咱们结婚十一周年的纪念日啊！老婆，祝你永远快乐幸福！"

她有些自责，竟然把这么重要的日子都忘了。她的时间概念完全被"离省检还剩多少天"所占据，她看到的是整个攻坚队都在围绕"暖冬行动"紧锣密鼓地开展各项工作。由于新一轮农网改造还未改到邱家村，邱家村电力较弱。白天电脑根本打不开。只有等到晚上多数人家都关灯休息之后，她才能利用电脑办公。一开始，攻坚队的其他成员每天晚上都轮班协助她，但王莲琴是个年轻的女同志，大家都意识到这样有些不妥。为了避免大家尴尬，王莲琴主动找张毅队长说："张队长，以后这些资料我一个人来做就可以了。"于是，王莲琴当起了邱家村脱贫攻坚的资料员。沙子坡镇指挥长萧子静听闻后说："王莲琴同志是我镇唯一由村干部担任的女资料员，其主动担当的精神值得我们大家学习啊！"

丈夫在一旁陪着，王莲琴觉得手指好使唤多了。资料也很快做完，发到了镇作战部公共邮箱。

午夜两点，二人沿着通组路向老家堰刀组盘旋而上。这条回家的夜路，王莲琴也记不清自己到底走过多少遍，她只记得这条路是那么孤独，那么寒冷，那么漫长。但今晚的回家之路却是那么温暖，那么浪漫。

两个孩子都已安然入睡，但年迈的父母还是被惊动了。看到儿子和媳妇一同归来，二老披衣起床，嘘寒问暖。母亲赶着去煮宵夜，父亲拄着拐杖来到堂前陪着儿子、媳妇聊天。

袁圣勇拉过妻子的手，一瞬间，他的目光被妻子手上刺眼的伤疤刺痛了。袁圣勇问："你手怎么受伤了？"王莲琴答道："小伤。"袁圣勇又问伤是怎么来的。王莲琴说是发展村集体经济，搞羊肚菌种植时留下的。

那时，为了增加群众收入，邱家村引进了羊肚菌产业。村里从25户村民手中流转20多亩土地用于种植羊肚菌。这样，既提升了土地的使用价值，又增加了劳动就业机会，村民到年终还可以参加集体分红。邱家村攻坚队作为发展集体经济的主力军，在队长的带领下，个个奋勇当先。王莲琴虽然是女同志，但作为村会计的她肩上的担子更重，工作也更加烦琐。从去湖南进购材料，到砍草、翻土、搭菌棚、种植、管理，王莲琴一样也没落下。

搭建大棚那天，王莲琴一早赶到菌场，她感到右眼皮连续跳动了好几下，俗话说："左眼跳财，右眼跳灾。"难道今天要出什么幺蛾子？但王莲琴哪顾得了这许多，况且，作为一名共产党员，她也不信那个邪。

但悲剧还是发生了。王莲琴在套两根钢管的时候，一开始怎么用力也套不进去，当她使尽全身的力气，终于把钢管套上去时，左手食指根部的皮和肉却被刮下了一大块。顿时，一阵钻心的疼痛直抵她的心房，手上血流如注。同事们赶紧用帕子帮她进行紧急包扎，但一条白帕子很快变成了红帕子……

王莲琴对丈夫说："这种小伤在脱贫攻坚的路上太平常不过了。咱们村支书袁海林为了脱贫攻坚，还摔断了腿哩！但为了不耽误工作，他刚刚能下地就拄着拐杖，回村来工作了。"

袁圣勇紧紧握着妻子的手，他多么希望把自己的力量传递给妻子，让她在脱贫攻坚的战场上更加有力量啊！

2019年，脱贫攻坚第三方评估验收抽到了邱家村。上面反馈下来的信息是：邱家村零问题通过验收。听到这个消息的时候，王莲琴正坐在自己熟悉的电脑面前。她笑了，笑着笑着，眼泪却不由自主地流了出来。

洪加元：与猪同睡的猪倌

◇ 讲述：玉屏侗族自治县平溪街道杨柳村村民洪加元
整理：覃嵩松等

2017 年 2 月 23 日，对于玉屏侗族自治县平溪街道杨柳村的洪加元来说，是一个永生难忘的日子。

那一天，是洪加元饲养的第一批 388 头生猪出栏上市的日子。只见他忙里忙外，来回穿行于圈舍与运载车辆之间。然而，从装载完毕的那一刻开始，他一直望着装载车里那些肥头大耳的生猪，视线从未远离。

388 头猪，超过 14 万元的收入。这笔钱，对洪加元而言，绝对是个天文数字。然而，从贫困到致富，并不只有一步之遥。

建圈舍

2015 年 2 月底，大龙锰业有限责任公司因效益不好，停运停产。在这之前的 12 年时间里，洪加元都在这里打工，最高月收入不过 2000 元。家里有白发苍苍的母亲需要赡养，还有两个子女需要抚养。妻子患有慢性精神病，至今都还在铜仁医治。一家人的生计，都压在了这个身材瘦弱的男人身上。

从公司离岗回家，洪加元在本村韩成国的养殖场找了一份养猪的工作，月工资 2300 元。2015 年 8 月的一天，洪加元正在圈舍打扫卫生，听到韩成国正在圈舍外边打电话："最多 5 个月就可以出栏一批猪，至少都可以卖个 10 万多块钱，太划算了……"一个念头在洪加元脑海里闪现——他要自己养猪。

第二天，洪加元就找到了平溪街道畜牧办主任李银海："李主任，人家请我帮忙养猪都开那么高的工资，那就说明人家赚得多。既然如此，我干吗不自己搞养殖呢？”李银海是洪加元家的帮扶责任人，见洪加元态度诚恳坚决，他打心底里高兴。早在洪加元还在大龙矿业有限责任公司打工的时候，李银海便到他家，做了发展养殖的动员工作。

2015 年 10 月，圈舍选址完毕。修建圈舍的时候，洪加元好不容易跟一熟识的吴姓师傅谈妥，但人家担心洪加元给不了工钱，便告吹了。最后，是本村一位热心肠的洪师傅答应帮忙修建圈舍。约定建好圈舍，货款下来之后，再慢慢给付工钱。

2016 年春节前，圈舍主体结构总算是建好了。

一波三折的养殖路

就在洪加元暗自高兴的时候，变故再一次发生了。

当李银海领着信用社工作人员来到洪加元家核实基本情况的时候，被告知夫妻双方若有患有精神病的，不能办理信用贷款。消息不胫而走，顿时，要建材费用的，要砖瓦费用的，要工钱的……上门来讨债的一个接着一个。巨大的压力险些压垮了洪加元，他开始迷茫了，开始退缩了，打算放弃了。尽管心中万分不舍，但是他不得不将圈舍转手变卖以偿还债务。

此情此景，李银海看在眼里，急在心上。他知道，对于没有一技之长的洪加元来说，如果变卖圈舍，错过了养猪的机会，脱贫将会变得遥遥无期。李银海一边想方设法稳住洪加元，让他坚定信心，一边跟平溪街道相关领导汇报，请求援助。

皇天不负有心人。在多方努力下，信用贷款的事情总算是解决了。2016 年 9 月 3 日，距离洪加元萌生养猪的想法差不多过了一年的时间，第一批 400 头生猪正式投栏了。看着一头又一头粉嘟嘟的仔猪耷拉着耳朵，在圈舍里欢快地打闹，洪加元长出了一口气。

吃苦耐劳学养殖

“今年，玉屏温氏畜牧有限公司共覆盖260余户近1000余人，带动他们脱贫致富。”公司负责人杨志刚说，“洪加元是我见过的，脱贫决心最大、干劲最足的。”自从投栏的第一天开始，洪加元便不辞辛劳地悉心照料仔猪。别人喂养饲料一天五六次，他要喂上八九次；别人的一个圈舍至少需要两个人，他一个人便把自家的圈舍打理得井井有条。不懂养殖技术，他就虚心地跟着玉屏温氏畜牧有限公司的技术指导员学习。记忆力不好，他就拿着本子认真记录：仔猪，要注意保温，少食多餐；中猪，温度要控制在23℃—24℃；大猪，怕热，要注意降温……

洪加元能吃苦耐劳，对于这一点，技术指导员杨志勇是有发言权的。

2016年，国庆节过后的一个清晨，像往常一样，杨志勇来到洪加元的圈舍，查看生猪生长情况。推开圈舍大门的一瞬间，他被眼前的一幕惊呆了：洪加元正在温棚外的一张硬板床上睡熟，盖在身上的被子凌乱地散落在地上。当他还没有回过神来的时候，洪加元已翻身而起，站在他面前：“杨指导员，你来这么早啊！”“为什么不去屋里睡？”“去屋里睡觉我睡不踏实，从投栏的第一天开始，它们就是我的全部希望，我得随时查看情况。”杨志勇被洪加元质朴的话语深深地打动了。

“杨指导员，以后你不用来这么早，也不用来得这么勤。你放心吧。你教给我的养殖技术我都记着呢！”跟在身后的洪加元一字一句地念道，“如果成堆睡在一起，就需要加温；如果睡在粪上，就需要把窗户打开；如果睡在温棚外，就需要加温。”转眼就到了冬天，天气急剧降温。杨志勇告诉洪加元，让他准备煤炭为圈舍供暖。可是，家徒四壁、一穷二白的洪加元实在无力购买煤炭。万般无奈之际，洪加元再次找到了李银海。一时没有扶贫项目资金，也没有类似的先例，李银海顿时犯起了难。

当李银海再次找到街道领导，将洪加元的情况详细地汇报说明之后，领导高兴地说：“洪加元一个人打理一个圈舍，饲养400头猪，连睡觉都是在圈舍里睡。这样一个能吃苦、想脱贫的人，我们必须帮扶。”如今，洪加元的第二批生猪早已投栏。当被问及今后的打算时，他用坚定的语气说：“如果没有党的好政策和好心人的帮扶，就不会有今天的我。再养一批猪，我就完全可以脱贫了，到那时，我也会大力帮助身边有困难的人，一起脱贫致富。”

罗康松：昔日贫困户，如今700多万身家

◇ 讲述：玉屏侗族自治县干部群众

整理：覃嵩松

秋高气爽的日子，踩在沙石小径上，拨开盖过人头的野草藤蔓，穿行在田坪镇彰寨村新沟边组郁郁葱葱的柏树林间。刚被雨水冲刷过的小径路面到处都是沙石，从沙石缝里长出的柏树苗在阳光的照耀下更显青翠，微风吹过，柏树苗像挣脱束缚的野兔，撒欢舒展。

站在山顶眺望，一片片青翠欲滴的树林将重峦叠嶂的山层层裹住，连绵起伏的山峦间，一道道绿痕格外显眼，像极了正在翻山越岭的一辆辆绿皮火车。山脚下横亘着一条通村公路，一排排洁白明亮的小洋房矗立两旁。其中，有一间简陋破旧的毛坯房，引起了笔者的注意。

笔者在村里打听得知，毛坯房的主人叫罗康松，是迷路村人。说起罗康松这个“外来人”时，彰寨村老老少少都对他赞誉有加。“那片林子原来是一片荒山，二十多年来，他和爱人一直住在毛坯房里，垦荒、种苗、植树、护林、守山，实在让人佩服！”村民舒德清指着毛坯房后的林子告诉笔者。

带着疑问，笔者敲开了毛坯房的门。

走进房间一看，屋里陈设简单，一个土灶，一台钢制火炉，两张竹制凉床，几把靠椅，便是屋里的全部家当。“这间房子修建于1990年，9000多个日日夜夜，我俩一直住在这里，护林守山，从没离开过。”罗康松的爱人姚仙桃告诉笔者。

“我们一家应该是玉屏最贫穷的，周围的街坊邻居有出去务工的、在外创业的，或者学一门手艺的，如今都住上了漂亮的楼房，生活很幸福。但是，

我们从来没有感觉到比别人家差，每天巡山的时候，看见小树苗从岩缝里蹿出来，就特别开心……”姚仙桃淡淡地说，“二十多年来，我们俩口子过得清贫一些倒是没什么大不了的，只是苦了两个孩子。非常感谢如今的好政策，让我们一家人可以搬去镇上的移民新区。”

时光流转，1988 年，20 岁的罗康松原本是县交警队的一名协警，勤奋踏实，深得领导同事的喜爱，过着衣食无忧的日子。一次机缘巧合，罗康松结识了万山籍在北京物资学院就读林业专业的大学生肖啸。从此，他的人生轨迹发生了改变。

“我还年轻，不想一辈子都干这份工作，想去闯荡一番，又不知道能做什么。”

“你家可有荒山荒地？”

“有。”

“那我建议你回去开垦荒山荒地，植树造林，将来一定大有作为！”

罗康松至今还记得当时他俩的聊天内容。

罗康松口中的荒山荒地，地处迷路村与彰寨村交界，正是如今这片青翠欲滴的、广袤的柏树林。

1989 年，从县交警队辞职回来，意气风发的罗康松找到村里与自己年纪相仿的 7 个乡友，商量着一起垦荒种树。

“从迷路村老家到彰寨村的小路有 9 里长，当年种树造林时，早上天还未亮就起床吃早餐，然后背着一壶水，带上饭菜就去刨树根、除野草、挖坑，天黑才回家哩！”村民舒德炳回忆。

“到处都是沙石，到处都是荒山，遍地都是板结的土壤，有些地方甚至寸草不生，挖坑的时候，一锄挖下去，咣当一声，火花四溅，锄头还缺了一块……”迷路村肖家组姚茂忠用手比划着说，“有时候，挖上一锄，就挖出巴掌这么大个土块，可费劲了！”

那时候，村里有个不成文的规矩，干活的人是不准戴手套的，谁要是戴着手套干活，会被人笑话看不起。年幼一点的舒德土至今都记忆犹新：“干完一天的活回到家，手上全是老茧和血泡，一个坑有一立方米大，挖一个给5毛钱，食宿自理，每个人平均每天可挖4—5个坑。”

为了坚定植树造林的决心，1990年，罗康松从老家迷路村搬到了彰寨村，并在山脚下搭建了有三间房屋的毛坯房。然而，正当罗康松准备与7个乡亲放手大干一场的时候，意外发生了。

一天夜里，罗康松正在房间里睡觉，半夜时分，忽然隐约听见有人爬进屋里的声音，惊醒过来之后，发现有一小偷正拿着自己刚买的衣服往窗外爬。“衣服里装着4000块钱，那可是我这么多年所有的积蓄！”罗康松一个箭步冲向前，死死地拽住小偷，并大声呼喊求救。

不一会，警察闻讯赶来。就在警察准备将小偷拷住的时候，被其挣脱了。眼看着小偷就要逃跑，罗康松连忙飞扑过去，紧紧地把小偷摁倒在地。小偷虽被抓住，但罗康松在抓小偷的过程中，腿不慎受伤。“我在贵阳住院治疗的那两个月，几个说好一起打拼的乡亲都纷纷外出打工了，那段时间，心情真的是跌落到冰点……”

当时，每天有50多个人干活，罗康松很快便花光了积蓄。为了将植树造林这份事业坚持下去，1991年，他向县信用社贷款5000元，用来支付乡亲们的工钱。

这么多年以来，罗康松把家里所有的积蓄都用在了屋后这片森林上，育苗、除虫、浇水、施肥、养护，每一个环节都需要花钱，实在撑不住了的时候，哥哥和姐姐也会及时地伸出援手，接济他们一家。“要不是家人的支持，特别是哥哥姐姐的接济，真的是不敢想象！”说这句话时，罗康松带着歉意的两眼微微发着亮光。

住院回来以后，罗康松独自一人挑起了植树造林的重担，他先后从县林业局协调到柑橘树、蜜桃树、板栗树、柏树、马尾松和香樟树，悉数栽种了下去。罗康松本想着发展经果林，既可以绿化美化家乡，又可以增加收益，缓解经济压力。但上天再一次跟他开起了玩笑，树苗长成以后，因为是生态林，不能私自转让出售，没有一点收益，着实让罗康松一家的光景变得惨淡。

发展经果林失败以后，罗康松索性只栽种柏树、马尾松和香樟树等常青树。“我植树造林的初衷，只是为了让这片荒山变成绿洲，给子孙后代留下点什么，不让自己这辈子浑浑噩噩、碌碌无为罢了。就算是没有收益，我也要坚持下去！”

皇天不负苦心人。1991年，罗康松荣获全国青少年绿化祖国突击手称号。“表彰大会在首都人民大会堂举行。我一个愣头青，走进会场的那一刻，心潮澎湃。当时我就在想，国家给了我莫大的荣誉，我决不能让大家失望！”罗康松回忆道。

同年，彰寨村一个大家闺秀走进了罗康松的视线，她叫姚仙桃，罗康松一直称呼她为桃桃。经过两年的交往相处，1993年，罗康松与姚仙桃喜结连理，在迷路村罗康松老家举行了一场简单的婚礼。“结婚的时候，除了在北京受表彰时奖励的北京牌黑白电视机以外，家里没有一件像样的家具和电器。”罗康松说着，无奈地摇了摇头。

“敢闯敢拼的男人最有魅力，老罗就是这样一种男人。嫁给他，我感觉心里很踏实。”姚仙桃在一旁补充说道。

婚后的夫妻俩省吃俭用，勤劳质朴，一心只想把身后的荒山变成绿洲，哪怕没有收益，哪怕穷困潦倒。那时候没有通自来水，每逢干旱的年份，夫妻俩就挑着水巡山，哪片山的树苗更需要水，就挑到哪里。实在忙不过来，就自掏腰包花工钱请乡亲们帮着挑水灌溉树苗。

“当年贷的那5000块钱，直到2014年才还清，一共还了好几万块钱呢。”姚仙桃淡淡地告诉笔者。

实在难以想象，27年时间，为了那片1500余亩的森林，罗康松夫妻俩投注了多少汗水和心血。有一组数据为证：开荒11个山头，面积超过1500亩，累计栽种树苗近20万棵，走过的山路超过200万公里，足足可以绕地球50圈。据初步估算，罗康松家的这片山林，经济价值高达700万元之上。

如今，身为田坪新区党支部书记的罗康松，还在利用生态惠民政策，协调各种花卉树木栽种到彰寨村的田土里面。他说：“干了半辈子的林业工作，守了半辈子的山，只要空闲下来，就想着去种树。这已经成了一种习惯！”

“二十多年来，我们一直守着这片山林，从来没有离开过，虽然日子过得清贫、简单，但是，心里总感觉很踏实。”说这话时，夫妻俩脸上露出了一丝久违的笑容。

一切皆有可能

◇ 沿河土家族自治县夹石镇河坝村村民杜明高

我是沿河土家族自治县夹石镇河坝村村民杜明高，今年已经57岁了。15岁读初二的时候，我的左手臂因为玩爆竹受伤而截肢，不久后母亲病逝，家庭顿时陷入了困境……虽然在这样的环境中长大，我也至始至终没有放弃对生活的美好期望。

那个时候，我作为家里最大的孩子，看着弟弟妹妹，我只想着为父亲分担家里的生活压力。因为年纪尚小，又失去一只手，我无法从事较重的体力劳动，外出打工又不行，我只能试着学养蜜蜂。这一干，就干到了现在。

但养蜂并不是一件容易的事。我还记得刚开始养蜜蜂，由于身体原因，加上技术问题，那时候家里的养殖规模小而且产量低……

但是我并没有放弃，因为我只是失去了一只手，并不是傻子，别人都能成功，我为什么不能？养殖蜜蜂获得蜂蜜对我来说也是一个最为简单的工作。于是，我一有机会，就主动通过电视、书本以及技术带头人学习养蜂知识。渐渐的，我的努力收到了回报，我家的蜂蜜产量越来越高，到了现在，我的养蜂事业已从当初的几箱发展到了50余箱。

生活上的改善，让我逐渐摆脱了贫困。在我们村主任杜显权的牵线搭桥下，我认识了现在的妻子倪奉权。虽然她比我大几岁，而且是一名聋哑人，但是我并不介意，相反，我们情投意合。婚后，我们共同养育了两个孩子，现在他们一个正在夹石中学读初中，另一个正在夹石小学读小学。

今年的生意其实并不好，因为今年天气不好，影响了蜜蜂的工作。但如果天气好，花好，蜂养得好的话，一年一桶可产40多斤蜂蜜。而且我的蜂蜜基本不愁销路，由于我做得早，我的蜂蜜早已名声在外，现在很多人都会上门来购买我的蜂蜜。

2012 年，我还开始了养牛。我记得刚开始我找亲戚借了些钱来买牛，因为我觉得要解决我的贫困问题，我必须在养蜜蜂之后再做一个工作，因为我还要养活两个孩子。对于养牛，我也像养蜜蜂一样，也从最开始的不懂，到现在掌握技术。别人都感叹我厉害，但我自己知道，我们只有始终相信自己，做什么事情才能成功。我必须靠自己，我只是失去了一只手，并不比其他人笨。随着脱贫攻坚的开始，驻村工作队根据我的特殊情况给我安排了公益性岗位生态护林员的工作，我的职责就是定期上山巡山护林，每个月有 800 元的固定工资。同时，我积极参加了村里、镇里举办的各种产业发展培训班，不断学习，不断进步。到现在，我的养牛事业已经基本走上了正轨。现在存栏 8 头牛，今年卖了一些牛，赚了 8 万多，日子越过越好。

种菇撑起致富梦

◇ 德江县钱家乡沙坝社区居民冯德义

深秋时节，走进素有“果蔬之乡”美誉的德江县钱家乡，洋塘桥旁的食用菌大棚内菌棒鳞次栉比，空气中弥漫着清新的菇香。这便是冯德义的小型家庭食用菌农场。

谈到冯德义，在钱家乡沙坝社区可以说无人不知、无人不晓，他是当地小有名气的“菌老板”“土专家”。

“平菇是一种喜欢湿润、温暖的菌种，在生产过程中，要适时浇水，并保持通风。”在县食用菌产业发展工作专班同志面前，冯德义夫妻俩打开话匣子，滔滔不绝地说起了自己种平菇的发家史。

20多年前，初中毕业的冯德义吃过苦、受过累、喊过穷，一直苦于没门路、没资金、没项目，日子过得紧巴巴的。2000年初，一个偶然的机会，在江西打工的他购买到了一本食用菌种植的手写册，让他充满了信心，便边学边干，开始了自己的创业之路。近20年来，他经历过失败，尝试过种植茶树菇、黑木耳、平菇……探索过木甑子高温消毒、石灰水灭菌等多种方法，最终将重点放在了发展平菇产业上，通过自学成才，成为村里的食用菌种植大户。目前，冯德义已基本掌握了平菇的栽培技术，形成研发、培育、管理、销售和推广为一体的生产模式，实现了从小到大、从小角房养到大棚栽培、从提篮小卖到定点批发的蜕变，靠着平菇发了家、致了富。

“与以前不一样了，现在政策越来越好，我的种植规模也逐渐扩大，收入提高了许多。从基本成型到现在，平均每年我们发展平菇10万多棒，现在年收入30万元至40万元。”冯德义说道。

“菌棒是我们自己做的，种出的平菇品质和品相相对更好，很受欢迎，有稳定的批发销售市场。”冯德义一脸自豪地说。据他介绍，他大棚内的平菇批发价在 2 至 6 元每斤不等，平均每天批发量在 200 斤以上，最多的时候可达到400多斤。平日里有五六人在大棚内就近务工，每人每天能挣100多元。忙完清晨的采收和装运，还能打理家里的其他农活，实现务工、生产两不误。

岁月一年又一年，采菇一茬又一茬。凡是附近来请教种植技术的，他都热情讲解，并到现场进行指导，带动大家一起增收致富。

近年来，德江县将食用菌作为农村产业革命重点产业纵深推进，专门成立食用菌产业发展工作专班和研究制定《德江县食用菌产业发展三年行动计划（2020—2022）》，不断强化培训指导、技术服务和政策保障，着力培育、壮大经营主体，有力推动食用菌生产基地及家庭农场建设，持续促进群众稳定增收。冯德义的经历，就是一个很好的缩影。

看到大棚内正在茁壮成长的平菇，冯德义对未来充满信心。他表示，美好的生活都是奋斗出来的，将撸起袖子加油干，进一步发挥自己的栽培技术优势，扩大产业规模，积极互通有无，乘着脱贫攻坚的东风，带动更多家乡群众走上富裕路。

拥抱“致富农场”

◇ 万山区黄道乡锁溪村村民杨冬秀

我叫杨冬秀，是万山区黄道乡锁溪村的建档立卡贫困户。我和丈夫姚元东以前一直在外面打工。当我们了解到了政府对种植养殖这方面有很多优惠政策的时候，决定回家创业。

在黄道乡锁溪村猴栏组，我们办了东望种植专业合作社，位于半山腰上的 80 亩土地就是我们夫妻俩的致富农场。放眼望去，满山遍野的山地生态刺葡萄和精品黄桃树长势喜人。再加上便捷的地理位置，每年山上的水果成熟时都会迎来不少游客采摘水果，所以我们都不用愁销路问题。

去年，我们的黄桃每亩产量在 1000 斤左右，每亩产值大概在 5000 元，葡萄每亩产量有 3000 斤，每亩产值大约 4000 元，经济效益蛮好。看着自家的农场日渐稳定，为了能更好地利用土地资源，我和丈夫决定在果林实行“以短养长，长短结合”的发展模式，在果林下养起了跑山鸡。这些鸡每天都在果林里自由觅食，肉质非常鲜美，很多客人都慕名前来购买，价格可以卖到每斤 28 元左右，供不应求。这也让我们夫妇对下一步的发展充满了信心。

我们想扩大养殖规模，于是我和丈夫商量之后，轮流到外面学习技术。回来以后我们就买了几台孵化机，准备孵小鸡。既要把鸡养好，又要把果林管护好，这其实是很不轻松的，但一看到这农场每天都生机勃勃的，我们又有了加油干的动力。

经过这几年的发展，腰包渐渐鼓起来了，现在我家不仅摘了贫困帽，农场繁忙时节还时常聘请周边村民参与务工，带动了当地群众一起增收。前不久，省农业农村厅组织评选认定了 361 个家庭农场为省级示范家庭农场，我和丈夫经营的东望种植专业合作社便是其中之一。能获得省级示范家庭农场称号，对我们来说不仅是一份荣誉，更是对我们夫妻俩的鼓励和肯定，让我们能有底气继续做大做强我们的家庭农场，与全国一道迈入小康。

返乡创业的“鸭司令”

◇ 讲述：万山区敖寨乡杨家寨村村民杨林军
整理：龙 艳

在敖寨乡杨家寨村有一位能人，他主动放弃高薪，毅然返乡创业，走出了办公室，干起了养殖活，不怕苦、不言累，只盼着一人带领众人富。他就是杨林军。

今年 48 岁的杨林军是土生土长的杨家寨村人，20 岁的时候，他便开始外出打拼，进工厂、做销售，辗转于国内外各大城市。

20 多年来，杨林军尝试过各行各业，一步步从基层做起，慢慢闯出了自己的一方天地，却始终惦记着家乡父老。2018 年，在了解到家乡的创业政策后，小有所成的杨林军，毅然踏上了回家的路。

“我在外面打拼 10 多年了，现在父母渐渐老了，就想着要回来照顾老人家，再加上现在国家政策也比较扶持农村养殖行业，所以我就选择了返乡创业，做起了养殖。”杨林军笑着回顾道。

资金贷款增底气，技术培训添动力。敲定养殖计划后，杨林军根据万山区创业信贷政策，低息贷款了 60 万元，修建起两栋鸭舍，开启了创业之路。同时，他多次参与当地免费开展的技能培训，并将培训会上学到的养殖知识应用到实际中去，采用粮食喂养和“放养＋圈养”的方式进行养鸭。

在不断的实践中，杨林军逐渐发现，每天用玉米喂养鸭子至半饱，再将鸭子放养进池塘，让它们自行捕食池塘中的鱼虾等作为补充，这样“放＋养”结合的方式养出来的鸭子肉质更加鲜美，味道更为纯正，常常供不应求。杨林军开心地告诉记者：“我现在养的是麻鸭，口感好、肉质香，很受顾客的青睐，去年到现在已经卖出 7000 多只，总体收益大概有 40 万。”

目前，杨林军养殖的近 4000 只麻鸭即将上市，预计收益可达 30 余万元。护好了钱袋子，杨林军心里又敲起了小算盘。按他的计划，每年养殖 10 批次麻鸭，每批进购 4000 只左右，一年下来可盈利 300 万元。这笔资金恰好可以作为发展龙虾养殖、水产养殖、生猪养殖等产业的启动资金，实现多渠道创业、全方位发展。

“我下一步的计划就是在养鸭子的同时，发展水产业和生猪养殖，扩大产业，走出一条致富道路。”杨林军信心满满地规划着。“钱生钱，利滚利，一人带头众人富。”他相信，只要潜心发展，做大自家产业，迟早能够带动家乡的父老一起增收致富奔小康。

怀抱理想、勇于担当，借力时代、引领向前。在新时代脱贫攻坚的关键之年，杨林军身怀蓬勃力量，从城镇回流乡间，充分利用各类政策利好，在创业之路上踏实肯干、大步向前，激荡出改变乡村、脱贫致富的阵阵涟漪。

贫瘠的土地再现生机

◇ 讲述：万山区敖寨乡中华山村村民杨秀华
整理：夏颖辉

近年来，万山区着力优化农业产业结构，大力挖掘农业优势产业资源，培育发展了一批种养大户、农民专业合作组织、家庭农场和农业致富能手，杨秀华所经营的家庭农场便是其中的佼佼者。日前，该家庭农场被贵州省评选认定为“省级示范家庭农场”。

在敖寨乡中华山村杨秀华的油茶基地里，工人们正拿着手头的工具有条不紊地劳作着，杨秀华则在一旁查看指导，现场一派繁忙景象。

2011年，杨秀华了解到中华山村有不少的闲置土地，便自凑资金80万元，通过土地流转承包了300余亩土地进行油茶种植。到2019年，油茶基地开始有了收益，贫瘠的土地显现生机，杨秀华的家庭农场也越做越大。“去年，我的油茶产值有5吨左右，收入有11万—12万块钱，预计今年鲜果产量可以达到50吨左右，产值有20多万元。”杨秀华笑呵呵地说道。

杨秀华家庭农场的兴旺，不仅盘活了闲置土地，也带动了当地群众就业。繁忙时节，油茶基地一天有20多个工人同时作业。敖寨乡的村民谢群珍也因此实现了家门口就业的美好愿景：“我们到茶山做工是70块钱一天，既可以补贴家用，又可以照顾家里老小，真的是太感谢了。”

随着家庭农场发展的渐入正轨，杨秀华对未来的规划也越加明晰。为更好发展产业，带动更多群众增收，杨秀华将逐步探索“以短养长，长短结合”的农业发展模式，在林下养殖跑山鸡。同时，依托油茶基地，积极探索新技术、新品种，了解市场需求、抢抓发展机遇，变传统坐销方式为市场营销方式，延长产业链，做大做强家庭农场。“农场目前带动了当地十多户村民就近就业，他们每天的工资现在是70元。下一步，我打算利用场地来发展养殖土鸡，让更多的老百姓加入到农场来就业，从而实现共同致富。”杨秀华坚定地说道。

因地制宜发展产业，盘活资源提高效益，农场兴旺助推就业。通过杨秀华的悉心规划和精心呵护，家庭农村不仅让自己富了起来，也带动了当地群众共同致富。而“省级示范家庭农场”的殊荣，也进一步坚定了他继续做大做强家庭农场的信心和决心。

巧手“装点”小家未来

◇ 讲述：万山区黄道乡白屋场村村民张发群
整理：杨雪东

张发群从万山区黄道乡白屋场村搬迁到仁山街道观山雅居后，不等不靠，用自己的巧手缝制出许多精美的居家装饰品，装点了百姓人家的美好生活，同时，也编织了一个小家的未来。今天就一起去听听她的创业故事。

张发群的手机经常响个不停，而其中大部分都是客户咨询手工艺产品的消息，这是刚创业不久的张发群未曾预料的场景。今年38岁的她是黄道乡白屋场村的一名建档立卡贫困户，几年前丈夫去世后，张发群便咬牙承担起独自照顾一对儿女和年迈老人的重担。自从去年搬迁至观山雅居的新家后，生活环境的改变，让她创业的想法愈发强烈。

“现在政策越来越好了，我们都从农村搬到了城里来。我们要珍惜现在的生活，不能在原地踏步。所以我想把在外面打工学来的经验，用来养家糊口。”尽管读书不多，但张发群的眼界并不窄，她深知拥有技术才是长久发展的根本。

几年前在外务工时，张发群便将目光投向手工家居装饰品。搬进城里居住后，张发群才将本领转换成本钱，其创业之路也变得越来越顺畅。

“现在客户资源越来越多，一天能有两三个客户。虽然有点辛苦，但还是挺满意现状的。我相信我能做得更好，让他们更加满意。”从曾经的背井离乡到回乡创业做老板，张发群不仅上班时间自由了，更重要的是实现了自身的理想，用勤劳的双手撑起了一个家庭的未来。但她并不满足于现有的成就，她认为，只有紧跟社会潮流，才能不被市场淘汰。

“现在的收入可以解决一家人的基本生活，还算理想。现在的生活水平越来越高，客户要求也比较高，下一步我想出去学习，不断提升自己，满足更多客户的需求。”张发群说道。

一张张朴素简单的布料到了张发群的手中似乎都变得灵动起来，测量、打板、缝制、送货等一系列流程全都落到了她一个人身上。尽管工作量大、做工繁杂，她却一点也不马虎，宁愿花长时间做精品也不愿粗制滥造。这样的理念也让消费者们对她的产品十分满意。

“挺好，我挺满意的。外观、质量、做工上我都满意。”仁山街道观山雅居居民袁桂英很满意张发群的手艺，还想介绍更多的朋友来支持。

“张发群老板做的这个货挺好的，价格也不贵，我家里每个人都喜欢。”仁山街道观山雅居居民张应梅笑着说道。

俗话说：“妇女能顶半边天。”对于儿子罗意详来说，父亲去世后，母亲就成了家里的顶梁柱，张发群不断用自己的实际行动向孩子传输着积极向上、苦干实干的正能量。

罗意祥表示：“我从小到大最敬佩的人就是我的妈妈，从她身上散发出来的那种不服输、顽强拼搏的精神，一直激励着我。我长大以后，出入社会的时候也要像她一样做一个工作积极、乐观向上的人。”

一份责任转换成了张发群干事的动力，一腔热爱铺就了张发群的创业之路，一双巧手装点了小家的美好未来。相信在张发群的努力下，一家人的生活将会愈发向好。

筑梦“家庭农场”

◇ 万山区黄道乡马黄村村民吴冬秀

日前，黄道乡马黄村致富能手吴冬秀所经营的家庭农场获得了“省级示范家庭农场”的殊荣。今天，我们就一起去听听她的致富故事。

这段时间，吴冬秀所养殖的母猪刚生下小猪崽，她变得更加忙碌了。而喂食、打扫圈舍已经成了吴冬秀十多年来的工作常态，看着一头头长得白白胖胖的生猪，吴冬秀的心里满是欢喜。小小的圈舍承载着一家人的收成和希望，目前养殖场生猪存栏量达一百多头。“最开始养猪的时候，猪圈被水淹了几次，慢慢地把它修复，又继续养。生病的时候、有困难的时候，我们就会去请教技术人员，时间久了自己也懂了一些。一边养殖一边发展，现在资金也不像当初那么困难，慢慢地开始扩大规模了。”回忆起创业之初的坎坷，吴冬秀十分感慨。

十多年的生猪养殖历程让吴冬秀的猪场渐渐有了名气。肉质鲜美、品质优良的猪肉吸引了不少生意人上门选购，销路不愁。这不仅省去了运输的麻烦，也给吴冬秀带来了可观的收益，一家人的生活越过越红火。“去年的生猪行情还可以，收入也不错，我卖了差不多四百多头肥猪，大概毛收入在一百多万左右。”谈及去年的收成，吴冬秀十分满意。

从一个门外汉到现在大伙眼中专业的“养猪小能手”，吴冬秀一路走来收获良多，但她并没有只着眼当前的丰收，而是更加认真总结养殖的经验，只为帮助到身边有需要的村民，“养猪有问题就找冬秀”成了附近许多养殖户的口头禅。“因为我养猪 10 多年，收入比以前种田要高一些，周围人也开始慢慢学着养猪，在这方面遇到什么问题或者困难，他们都可以问我，我也能给他们讲解一些技术方面的问题。大家一起挣钱，一起红火。”吴冬秀笑呵呵地说道。

村民吴爱玉就是在吴冬秀的帮助下，发展起生猪养殖的。原本常年在外务工的她，现在的养殖产业发展得风生水起。“开始养的时候没有什么技术，就是全靠吴冬秀给我们讲解技巧，喂养、管护等方法都是她告诉我的。最开始我养的时候只有 20 多头，第二年就有五六十头了，去年的毛收入有 10 多万元，生活越来越好了。”因为有了吴冬秀毫不藏私的指导，黄道乡马黄村村民吴爱玉的养殖之路十分顺遂。

“一个人富不算富，大家富才是真的富。”为了带动周边更多的群众实现户户有增收，吴冬秀时常利用空闲时间动员周边群众发展养猪产业。同时，还把自己长期学习得来的养殖技术都免费教给有想法的群众，让他们吃下了“定心丸”。经过吴冬秀的不懈努力，周边已有十多户村民开始养猪。对于下一步的发展，吴冬秀也有着清晰的规划。“我今年打算扩建母猪栏，再有一个月母猪栏就修好了，修好了以后可以养 30—40 头母猪。每头猪一年可以产 20 多个小猪，40 多头母猪产下来，一年可以发展到七八百头肥猪。”吴冬秀信心满满地说。

脱贫攻坚是场硬仗，更是场必胜的仗。新的时代，大家都是追梦人。在脱贫攻坚决战决胜之年，吴冬秀用自己勤劳的双手带领着周边群众一同踏实肯干、艰苦奋斗，共同增收致富奔小康。她坚信，属于她的家庭农场一定会越来越富饶。

深山里幸福的牧羊人

◇ 沿河土家族自治县柳池村党支部副书记邹江华

我每天早上起来的第一件事就是查看羊群，打扫圈舍卫生，然后到山上放羊。这样的日子已经持续了6年多，但是我却乐在其中，比起在外打工，这都算轻松的了。

早些年，为了维持生计，我南下广东惠州，做过很多苦活、累活，也只能勉强度日，整天都感觉生活少了点味道，内心总是感觉空空的，时常挂念家中父母孩子，不知他们过得如何。每每想着，回家的念头就越来越强烈。

2014年，政府鼓励外出返乡人员回乡创业助力脱贫攻坚，同年2月，我踏上回家的列车。回家后我买了几只羊，搞起了养殖，还成立了沿河自治县华芳农民专业合作社。当年村里路不通，买卖都靠人力运输，那段艰苦的岁月让我深刻体会到一条路是多么重要。

2015年，我们村寨集资修路，集资的那点钱只是杯水车薪，正举步维艰时，政府积极支持我们修通了路，一条宽敞的水泥公路修到各家各户。全寨人祖祖辈辈都渴盼的路在党和政府的关心下终于通了，我们含泪欢呼："共产党真好！"

通了路，我扩大养殖规模，现存栏150多只白山羊。购买我家白山羊的顾客省内外都有，新老顾客都说，养在这些山清水秀的地方的白山羊，肉非常好吃。现在我家的白山羊供不应求。

我们这里山高坡陡，夏天总缺水。政府知道了，下拨资金在2020年春季修两个三十立方米的蓄水池，打开水龙头就是白花花的自来水，全寨从此告别缺水的日子。

脱贫攻坚的号角全面吹响后，驻村干部从各个单位抽调到我们村，他们白天到农户家中，亲切询问贫困户的衣食住行，晚上整理资料，再根据具体问题上报，争取财政扶贫资金。驻村干部还帮乡亲们拆旧房，修新房，硬化房前屋后和入户路，我也常常加入他们的行列。2018 年 8 月 29 日，经镇党委会研究决定，委任我为柳池村村党支部副书记。深感荣幸的同时，我感觉肩上的责任更大了。

去年，因合作社新修生产用房得到县政府项目支持，要求合作社带动本村两户贫困户脱贫，我毫不犹豫地与他们签了用工协议，今年他们脱贫了，我很欣慰！

合作社自成立以来，优先满足本村贫困户就业问题。截至今年 10 月份，我们合作社先后用工 2300 多人次，累计发放工人工资 30 余万元。

一场声势浩大的脱贫攻坚战，有驻村干部、返乡人员、村致富带头人、知名人士的合力攻克。从此，柳池村告别了贫困的日子，正朝着小康生活迈进。

今后，我还要帮助更多的村民改变观念，创业兴村，产业兴村，在乡村振兴中与村民一起共同致富。

自主创业浇灌致富之花

◇ 讲述：万山区敖寨乡两河口村村民杨昌龙
整理：艾昌春 张家琳

“赶着羊吃草，追着钱袋跑，待到羊满坡，遍地金元宝。”在敖寨乡，有一位出了名的多面手，一边养羊，一边种药，凭借自己的勤学好问、扎实苦干，浇灌出了致富之花。他，就是敖寨乡的致富能人杨昌龙。

在敖寨乡两河口村，小河边上建造的一排羊圈引人注目，不时从里面传来阵阵“咩咩”声，这正是杨昌龙自主建设的养殖基地。

2017 年底，在了解到国家关于自主创业的一系列优惠政策后，杨昌龙结合两河口村群山环绕、自然资源丰富等区位优势，打起了养羊的算盘，并成功创建起养殖基地。但由于缺乏养殖管护的相关经验，一开始杨昌龙的养羊之路并不顺利。

为了突破发展困境，勤劳好学的杨昌龙开始四处取经。他一边在网上自学相关知识，一边向其他养殖户请教经验，一步一个脚印地摸清了养殖门路。

掌握技巧的同时，杨昌龙勤勤恳恳、埋头苦干，几乎每天都和羊群泡在一起，从羊群的饮食搭配到日常管护，他都精心钻研、用心照料。他深信，幸福是奋斗出来的，努力迟早能见收获。

“现在国家的政策对我们来讲是相当好的，有了这样的好政策，更应该好好努力，创造出自己真正的财富，才算不浪费政策，不辜负自己。”杨昌龙坚信，有了政策的扶持和个人的奋斗，以后的日子只会越来越好。

经过 3 年的努力，杨昌龙的养殖基地不断壮大，羊群数量逐年增加，一家人的日子也变得日渐红火。“从最低 35 只买起的，到现在已经 80 多只了，总体的收益 10000 多元。” 杨昌龙笑着回忆道。

奋斗不停步，未来不止步。养羊之余，杨昌龙发现村里的水土很适合种植黄精，又开始向村里的老种植户请教，种起了黄精药材。为了种好黄精，他勤学苦读、边学边干，不久便从一个药材种植的门外汉变成了肚里有货的内行人，用自己的汗水浇灌出了大片的黄精药材，逐渐实现了产业的多元发展。

在万山，像杨昌龙这样默默耕耘、靠双手勤劳致富的人还有很多。他们不等不靠、自力更生，借着各项惠民政策的东风，积极探索、努力奋斗，用自己的辛苦和汗水浇灌出了致富花，踏上了小康路。

用心酿造甜蜜生活

◇ 讲述：沿河土家族自治县黑水镇大山村村民田世明
整理：吴 靖

养蜂人一生辛勤，为了酿造出甜蜜的蜂蜜，他们用勤劳的双手创造着自己的幸福生活。

——题记

6月13日清晨，记者从沿河土家族自治县县城出发，驱车沿着326国道翻越一座又一座山，绕过一道又一道弯，来到了位于大山深处的大山村。

大山村位于黑水镇西北部，村如其名，周围群山环绕、层层阻隔，辖区面积8平方千米，其中耕地2090亩，林地1.2万亩，森林覆盖率63%。全村共11个村民组387户1274人，属三类贫困村。2019年底，有建档立卡贫困户101户，2020年动态调整为建档立卡贫困96户294人，已脱贫86户268人，还有10户26人未脱贫，贫困发生率2.04%。

来到大山村村委会，帮扶干部邹琴印便向记者介绍起了其帮扶户，也是该村养蜂大户田世明一家的基本情况。尽管今年3月才进驻大山村开展帮扶工作，但邹琴印对田世明的家庭情况如数家珍。

在得知因为下雨，田世明夫妻俩没有进山放养蜜蜂后，记者决定前往其家中，一探这位乡村土专家的养蜂经。

走进田世明家，从入户过道到院坝再到楼顶、房前屋后，所见之处，无不是大大小小的养蜂桶。

“这几天一直在下雨，雨天进山放养蜜蜂，蜜蜂容易着病害，所以在家休息。”见到记者到来，田世明一边介绍着情况，一边招呼着大家到屋里坐。

田世明是该村的建档立卡贫困户，全家6个人，上有老，下有小，家里有两位老人长期需要人照顾，还有一个孩子正在上学，其家庭收入主要靠夫妻俩养蜂及平时打零工，经济基础薄弱。面对拮据的生活，他没有放弃，而是积极面对，通过自己的勤劳双手，努力创造着一家人的幸福生活。

2018年，养蜂20桶；2019年，发展至40桶；2020年，扩展到50桶。一组组看似细微的数据背后，折射出了田世明三年来的艰辛养蜂历程。

谈起为何选择养蜂时，田世明告诉记者，自爷爷那一辈开始，家里就已经开始养蜂了，因为自己喜欢，加之村里的地理环境也比较适合发展养蜂，所以就摸索着把养蜂人的职业继承了下来。

三年来，田世明从“一无所知”到养蜂大户。田世明采用土办法边摸索，边总结，并通过购买专业书籍自学、利用互联网看直播、虚心向别人请教等方式不断加强理论知识学习。通过三年的实践，逐步总结摸索出了一套适合自己的养蜂办法，如在深山放置蜂桶自然招蜂、两桶重叠赶蜂收割蜂蜜法，运用食盐、酒精等治疗一般病害等，成了村里有名的养蜂专家。

“地方太小，密度太大，影响了产量。”谈到养蜂目前存在的难题时，田世明如是说。

俗话说：“心正寿自高，蜜熟酿正浓。”在田世明看来，要想养好蜂、酿好蜜，首先要学会做好人。

“养蜂酿蜜，除了环境好、蜜源好，关键还是质量要有保证，要对得起自己的良心。”田世明坚信“诚信第一，信用为先”的原则，靠的就是“香花自有蜂蜜采，好蜜不怕树林深”。

“在我这里买蜂蜜的，都是回头客。目前，我酿造出来的蜂蜜已远销湖北、江西、惠州、上海等地。每年收割的蜂蜜根本不够销售。”田世明高兴地说。

供不应求的市场商机，更加坚定了田世明养蜂的信心与决心。

在田世明的带动下，该村4户村民陆续发展起了养蜂产业。截至目前，大山村具有一定养殖规模的养蜂农户已达10户，养蜂之风，已在该村悄然兴起。

“平时他们遇到养蜂难题时，只要打个电话，我都会前去了解情况，尽力帮助解决问题。”田世明说。

“我打算把这片地扩建出来，至少可以增加 30 桶蜜蜂呢！”田世明微笑着告诉记者，下一步，计划进一步扩大养殖规模，把养蜂产业做好。同时，针对养蜂存在的技术问题，希望村里能够帮助协调，举办专业技术培训班，提升养蜂技能并为扩建养蜂场地提供物料支持。

“今年 5 月初，我协助他解决了养蜂场地扩建问题，同时，还帮助他们家申请了低保。”帮扶干部邹琴印告诉记者。

谈起村里的脱贫攻坚驻村干部、攻坚队员的帮扶工作，田世明连连点赞说：“村里的帮扶干部平时的工作还是做得很到位的。”

“一生辛勤，以四海为家，与天地为营，你不忘初心酿造甜蜜，碾转南北把繁花追寻，流淌的蜂蜜绽开你紧绷的笑脸，辛勤的双手推开你幸福的大门。”这就是养蜂人。

离开大山村时，天空仍下着细雨，云雾映衬下的乡村显得格外美丽。阳光总在风雨后，我们坚信，有党和国家的精准帮扶政策，有攻坚队员们用心用情的帮扶，像田世明一样的大山村村民，定能通过自己勤劳的双手，酿造出甜蜜的幸福生活。

幸福生活是拼出来的

◇ 碧江区滑石乡老麻塘村村民龙大得

我叫龙大得，家住老麻塘村杨柳平组，今年 44 岁。2014 年，我家还是本村的建档立卡贫困户，如今，我家已经顺利实现脱贫。

2014 年以前，我靠着自家的一亩三分地艰难地维持着一家 6 口人的生活，父亲身体又不好，一家的重担只能自己一个人扛。2014 年，我家被评为建档立卡贫困户，虽然能享受不少优惠政策，但说心里话，这让我脸上无光。自打那年起，我便发誓，一定要通过自己的努力，尽快摘掉头上这顶贫困帽子。

在我一筹莫展的时候，2015 年，村里建议我发展生猪代养，说实话，当时的我心里有些忐忑：如果养殖失败，生活岂不是更苦？村干部也看出了我的顾虑，便鼓励我说："生猪代养不仅风险小、成本低，收益还很可观。"最终，那一年，我从养殖场引入 30 头生猪进行养殖，一年下来，纯收入就有 3 万多元。也就是在这一年，我家顺利实现脱贫摘帽。

2018 年底，因为非洲猪瘟疫情的影响，我停止了生猪代养。但几年的生猪代养经历，让我有了自己人生的第一桶金。对于下一步的发展，我信心十足。

去年，我又在村干部、驻村干部的帮助下，流转了 50 亩土地种植豌豆、白水大米。当时，村里不仅为我提供了免费的种子、肥料与农药，还为我解决了种植技术上的不少难题，更让我有底气的是，还有公司负责保底收购。为此，我必须更加努力，珍惜眼前的大好机会，撸起袖子加油干！

皇天不负有心人。今年，我家种植的 50 亩水稻产量有 2 万多斤，加上种植豌豆的收入，今年我家差不多有 10 多万元进账。

下一步，我准备将水稻种植面积扩大到 70 多亩。我深信，只要自己踏实肯干，美好的新生活一定不会遥远。

用老手艺创造新生活

◇ 万山区龙生社区搬迁户池恒

我叫池恒。2019年，我们一家六口从思南县搬迁到万山区龙生社区，为了方便照顾家人，我决定在家门口开一家思南手工米粉作坊。我想用自己的双手创造出属于自己的幸福生活。如今，生意越来越好，一家人的生活也越来越好。

目前，我们米粉加工坊的产量一天可以达到500斤，跟我们合作的米粉店有5家，他们每天的需求量都达到了200斤，所以我们每天的总营业额都有上千元。而且我们这个米粉主打的是传统的做法和口感，和其他店里的都不一样，所以我相信我们家的思南纯手工米粉在这边肯定会越做越好。

思南米粉绵软独特的口感，不仅让搬迁而来的乡亲们在新家园里吃到了正宗的家乡味道，也让不少慕名而来的食客赞不绝口。

你别看现在米粉店生意火爆，不久前这里还是一片冷清。由于龙生社区离市区较远，客流量较少，仅靠社区居民消费取得的营业额远远不够支付米粉加工坊所需的房租、水电费用的，日益亏损像一块大石头压在了我的肩上。社区干部在上门走访知晓情况后，便帮助我一起解决问题，为我找客源，才让我打消了顾虑。就这样，我一家店一家店地跑，一家店一家店地送，终于打开了销路。

以前我们在外面打工，一年到头都回不了两次家，工作又忙，收入也不稳定。搬进城后，我们就回来开了个粉馆，既方便照顾老人和小孩，又可以一家人在一起安安稳稳地过日子，终于不用再外出务工、奔波了。对比往昔，妻子时常跟我说现在很幸福。

幸福生活都是奋斗出来的，我坚信只要一步一个脚印，靠自己的努力就一定能在城市扎下根，将美丽愿景变成美好新生活。

种出幸福瓜

◇ 江口县桃映镇小屯村村民黄前江

我叫黄前江，江口县桃映镇小屯村人，也是江口县前江水果种植专业合作社负责人。八月瓜产业发展不错，销路也很稳定。瞄准这一商机，我回乡创业，尝到了种瓜带来的甜头。

种植八月瓜之前我一直在外地打工，工作累还赚不到多少钱。父母年纪大了，妻儿也没人照顾，经过长时间的考虑，我决定回到家乡发展，方便照顾家人。

回来后做什么？这个问题困扰了我很久。这些年，江口县紧扣农村产业革命“八要素”，立足生态优势，大力发展产业。在朋友的介绍和相关政策的宣传下，我了解到八月瓜的发展前景，这让我很兴奋。于是，我决定去湖南古丈县考察并学习八月瓜的栽培技术，回来大干一场。

2017 年，我在村里流转了 20 多亩地，种起了八月瓜，并成立了江口县前江水果种植专业合作社。

创业之路道阻且长，八月瓜种植计划的起步阶段就遇到了挫折。首先就是资金短缺问题。这些年虽一直在外打工，但我存储的钱不多，八月瓜项目的启动资金过多，超出了我的能力范围，这让我十分焦虑。就在我走投无路的时候，政府和村委会伸出援助之手，帮我申请了 4.5 万元的微型企业补助，并帮我担保贷款了 30 万元的低息资金。在政府的帮助下，前期的资金短缺问题得到了解决，我的信心又回来了。

好运不长，瓜熟之际又遇到了新的麻烦。第一次创业，缺乏相关经验及销路。为了防止八月瓜烂透在地里，我去怀化、贵阳、铜仁等地实地考察、调研。通过实地考察，解决了销路问题并制订了具体的销售计划。同时，我还利用网络，通过抖音、淘宝、拼多多等平台进行售卖。

在解决了销路后我赚到了八月瓜的第一桶金，这给了我很大的信心去扩大种植规模。第二年，村委会出面协调了 10 多亩土地到合作社，至此，我的八月瓜种植面积由原来的 20 多亩扩大至 30 多亩。

目前，八月瓜年产量达 7 万斤左右。从 2018 年开始挂果后，除去劳务费、土地流转租金，第一年纯产值 10 万元，第二年 20 万元，原本今年能有很好的收成，但受雨水影响较大，纯产值也是 20 万元左右。

随着种植规模的扩大，收入越来越多，日子也越来越好。最让我高兴的是，在脱贫致富的同时，我还能帮助村民就业增收。目前，在我的种植基地长期务工的村民有 4 名，其中有 1 名是精准扶贫户。接下来，我想继续做大八月瓜产业，对其做深加工处理，如八月茶、八月油等。同时，积极引导八月瓜产业健康发展，加强宣传力度，让更多村民了解八月瓜的发展前景，积极引领贫困群众发展八月瓜产业，带动村民就业增收，实现脱贫致富。

回乡创业收获幸福

◇ 石阡县龙井乡枫香坪村村民游万桥

我叫游万桥，今年 24 岁，是石阡县龙井乡枫香坪村村民、贵州德怀纸业有限公司负责人。2019 年底，大学毕业后的我放弃了国企的稳定高薪工作，辞职回乡创业，这一决定得到全家人的支持。

之所以作出这个决定，不仅因为石阡是一方生机勃勃的创业天地，可以实现个人理想，更因为我与父母分别 22 年（在我两岁时，父母就外出务工，寻求生计，把我和哥哥送到外婆家，这一分别就是 22 年），回乡能实现家人团聚的愿望，从此一家人不用再外出奔波。

回到家乡后，我白天走访调查，晚上挑灯总结，花了大半个月的时间，走遍石阡的各大超市、食堂和 19 个乡镇（街道），发现目前石阡没有大型纸巾生产线，一些家庭作坊无法满足市场需求。这让我喜出望外，并暗下决心：我要在石阡开一家纸巾生产厂。

今年 4 月，随着复工复产的进程加快，在“雁归工程”政策支持下，石阡县就业局为我解决了近 5 万元的车间场地补贴和带动就业人员补贴，我拿出多年积蓄，加上银行贷款，总计投资 90 余万元，在石阡县汤山街道平阳社区搬迁点，租赁 550 平方米的场地，开了一家纸巾生产厂，命名为“贵州德怀纸业有限公司”。

公司成立之初，我招聘了 13 名搬迁群众，每人每月工资 2500 元上下不等。

万事开头难，6 月初，第一批“黔行 1857”抽纸、卷纸正式出产。看着堆满仓库的货物，我充满豪情壮志、意气风发，满怀信心地开始走市场搞推销。可让我没想到的是，经过大半个月的东奔西跑，只卖出去 2 吨纸巾，依然有 5 吨囤积在库，货卖不出去，没有资金周转，车间就无法正常运转。

在我一筹莫展的时候，平阳社区居委会向我伸出援助之手。他们联系相关单位走销量，在近两个月的时间里，我囤积在库和其后加工生产的近 30 吨纸巾，先后销往政府食堂、社区办公场所、超市等地，产值达 25 万元，除去工人工资，我获得了 3 万元的纯收入，虽然获利不多，但让我对未来充满了信心，也收获了家乡给予我满满的幸福感。

清秋又是一年新，满眼木犀映初晨。如今，我又引进了新的原材料，父母也不再外出，我准备申请大学生创业无息贷款，进一步扩大厂区，相信要不了多久，我会带动更多人增收。

自立自强才有新生活

◇ 松桃苗族自治县妙隘乡大土村村民徐明金

我叫徐明金，是松桃苗族自治县易地扶贫搬迁安置点团山社区搬迁户，我的老家在妙隘乡大土村陈家组。

结婚后，一边要照顾生病的公公和有些残障的小叔，一边和丈夫努力务农。靠着我们俩的勤劳踏实，我很有信心把日子过好。但令人难过的是，2011 年，公公永远离开了我们。不久，我家迎来了爱的结晶，原想着一家 4 口能平安生活，不料一个更大的不幸降落在我身上。

2013 年冬天，我突然脑梗塞，整个人说不了话，瘫痪在床。本就清贫的家，没有积蓄治病，在亲友的帮助下，我来到县医院治疗仍未治愈，在医生的推荐下，我来到医疗条件较好的吉首进行治疗，随后回家调养。

整整一年多，全靠丈夫不离不弃照顾着一家人。在那段时期，除了一身债务，我家连下锅的米都没有，这一点都不夸张。2014 年，我家成了建档立卡贫困户。在党和国家政策的帮扶下，不用为吃穿担忧，看病买药也有很大优惠。若不是国家帮我们渡过难关，我真不知道后果会怎么样。虽然日子清苦，但得到好政策的帮扶和丈夫的悉心照顾，我一心只想快点好起来，减轻家里负担。

因心态良好，积极调养，很快我的病痊愈了。如获新生的我，更加感恩和珍惜生活。在后续保养过程中，我还主动将自己的病历和治疗过程与县医院交流，希望能对我们当地医疗事业提供些许经验和帮助。

身体治愈后，我干活也更勤快了。丈夫外出务工，我则承担了家里全部的农活，还养了 8 头大肥猪，日子渐渐有了好转，我和丈夫主动申请脱了贫。

随着全村脱贫攻坚工作的开展，我怀着感恩的心，想帮着大家多做一点事。平日里，不仅将自家卫生搞好，还自愿承担起全村公共卫生工作。同时，当起护林员，主动守护家乡的一草一木，将津贴让与更需要帮助的老乡。我父亲是抗美援朝的老兵，也曾参加乡村工作，从小他便教育我们兄妹要懂得付出奉献，要感恩自强。经历过贫苦，也得到过帮扶，我逐渐领悟到父亲常说的“全心全意为人民服务”的意义。

2018 年，得益于易地扶贫搬迁好政策，我家搬进了团山社区。崭新的楼房，齐全的生活配套设施，我们从未想过还能搬进城里，过上更加舒适的生活。过去在村里，年幼的孩子上学需要走一个小时，骑车也要半个小时，山路崎岖，也有安全隐患。上学问题成了我们家的大难题。搬迁后，我和丈夫最开心的是孩子的上学问题得到了解决。

新社区为我们搬迁群众的孩子们修建了幼儿园和小学，社区设置“四点半课堂”以及民族特色文化课程，配备良好的教育资源，实现了在家门口就学的梦想。

来到新社区，因勤劳肯学和懂得付出，经过选举推荐，我成了社区的一名工作人员，同时担任社区妇联主席。从山村到城头，我的工作也从种地变成全心全意服务社区群众。

2019 年 11 月份，我们社区搬迁户 51 岁的雷文斌不幸患病瘫在床上，因妻子去世得早，留下两个七八岁的孩子无人照料。我主动承担起每日义务照顾雷文斌一家生活起居的工作。同时，积极组织募捐，希望最大限度地帮助这一家老小渡过难关。

只有每天主动学习政策，吃透工作指示，才能脚踏实地落实下去。在新社区，我逐渐熟悉了更多的服务工作，也结交了一帮同样搬迁转业的好同事。2019 年 9 月 28 日，我顺利成为正式党员，带着父亲的叮嘱，以党员的身份，担起更大的责任。面对新的起点，我希望能有更多学习机会，提升自己的能力，做好服务工作。我也始终坚信“懂感恩，敢奋进，自立自强才有新生活”。

幸福是干出来的

◇ 玉屏侗族自治县平溪街道杨柳村村民刘小梅

我叫刘小梅，今年37岁，是玉屏侗族自治县平溪街道杨柳村村民，2014年被纳入建档立卡贫困户后，在国家扶贫政策的支持下，于2017年实现了脱贫摘帽。我们一家靠着自己的双手发展起了养殖业，不仅摘掉了贫困的帽子，还走上了致富奔小康的路子。

2016年，经过危房改造后，我家的破旧老木屋变成了如今的二层小洋楼。楼上楼下、用水用电，不仅让我家告别了当年的贫困，更让我们对生活充满了期待。刚被纳入贫困户的时候，我和丈夫也是整天着急，认为自己不仅没能过好日子，还拖了国家的后腿。为了维持家中的生活，我们也想了很多办法，但是迫于没有技术和资金的支持，想发展产业的愿望变成了泡影。

通过政府的三年帮扶，我们不仅享受了危房改造、产业技术服务以及技术培训的待遇，还有贴息贷款等政策。同时，我家还于2019年修建了肉牛养殖场、肉羊养殖场，在2020年购买了小车，生活越来越好了。

我和家人一起商量是不是要做什么产业，把家里面的经济提高上来，经过一家人的合计还是决定养羊。因为我们家以前有养羊的经验，多少有一点把握。如今，家中养殖的山羊规模也从最初的两只扩大到了如今的十余只。

养殖业的规模越做越大，怎么拓展自己的销路成了摆在我面前的难题。2016年8月，村里组织电商培训，我看到了希望。我参加了电商的培训，接触电商后，我觉得这是个商机。

我们村的农特产品是有很好的发展商机的，经过各个平台销售农特产品，感觉还是蛮好的。我的电商生意现在已经慢慢上了正轨，我也用自己的实际行动在帮助着村民们。

“天气没有大问题，你多做点没问题，销路问题你不要愁，过段时间就有很多人要了。”今年 54 岁的向老珍家中制作手工米粉多年，往年都是自己挑到街上售卖，今年由于家中遇到了困难，给手工粉的销售带来了阻碍。我了解到向老珍家的情况后，义务将她家的手工米粉挂到自己的电商平台上出售，帮助向老珍解决了不少销售困难。

坚强善良是贫穷中的财富，克服种种困难，依靠双手，我收获了满满的希望。我坚信，家庭生活会更加幸福，我所热爱的乡村也会愈加美丽。

种天麻让我过上了好生活

◇ 德江县沙溪镇舒家村村民张金雄

今年又要忙活到过完年了，还有一大半的天麻在土里。过完年还挖不完就要烂在土里了。

2014 年，那时我父母还健在，却由于常年生病没有劳作能力。家里人口多却没有稳定收入，因而被识别为村里的贫困户。2019 年到 2020 年，我的父母亲相继离世，我与妻子也已离异多年，现在家里只剩我和两个孩子。

2011 年，我从外地打工返乡种植天麻，由于没有种植经验和技术支撑，那一年，几乎亏得血本无归。接下来的四年里，我不再种植天麻，只是种了一些其他农作物维持生计。

2015 年，在政府的支持下，镇上成立了合作社，带动贫困户就业，我成为合作社的一名社员。加入合作社不仅有相应的收入，还能学到种植技术，积累更多的经验。

天麻不像其他作物一样容易种植，需要适宜的生长条件和较高的种植技术。自成立合作社以来，在天麻种植方面，合作社为种植户提供了种子和密环菌，让种植者不再因为技术难题而放弃。

我一共种有天麻 2000 平方米，且天麻收益较好，一年有十多万元。每到播种和丰收的季节，要雇 10 到 15 名村民帮忙劳作，工资一天一结，女工 100 元一天，男工 150 元一天。我不仅自己脱了贫，还带动周围村民就业，实现产业脱贫。

接下来我打算再扩大 1000 到 2000 平方米的种植面积，把产业做大，让更多的人能就近就业，与乡亲们一起走向更好的明天。

卤出美味生活

◇ 石阡县甘溪乡扶堰村村民张菲菲

我叫张菲菲，今年 25 岁，是从石阡县甘溪乡扶堰村搬到泉都街道香树园安置点的一名搬迁户。

2018 年 12 月，扶贫干部打听到平阳社区有一些摊位对外承租，便把这个消息告诉了我们，并鼓励我们去试试。这对刚从农村搬来城市的我来说，既是机会，也是挑战，因为我没有任何餐饮行业的经验。期待中夹杂着一丝忐忑，我开始谋划自己的创业之路。

多次考察市场后，我有了开一家卤肉店的想法。没想到这个想法遭到了亲戚的强烈反对，同学们听到后也很吃惊，好在父母还是支持我。在得到父母的鼓励后，我全身心投入到卤肉店的筹备中，困难也接踵而至，资金、技术等问题，都考验着第一次创业的我。

我向父母借钱解决了资金问题后，又跟着师傅学习制作卤肉的技术。

刚开始学的时候，正值盛夏，一锅肉卤下来，我热得全身湿透，一天至少要换三次衣物。我自己也没想到，看似不起眼的卤肉，里面的技术要求竟然那么高：肉卤煮过了，太烂，年轻人不喜欢；太硬了，老年人又不爱吃；调料多了，原味出不来，少了又不香。师傅告诉我，卤肉既要味道好，也要色相好，想保证这两点，给卤肉上色时不能用酱油，而要用糖。我跟着师傅一次次比较，一次次实验，反复琢磨，终于初步掌握了做卤肉的技术。开始正式经营自己的卤肉店。

第一次卖卤肉，心里五味杂陈。守了 4 个小时，才赚了 60 多元，多少有点沮丧。父亲鼓励我说，顾客还不认识我和我的产品，第一次就赚了 60

多元，已经很不错了。

父亲的鼓励给了我勇气，增强了我的信心。接下来，我开始请人品尝，增加品种，调整价格，又多次光顾别人的卤肉店，反复研究卤肉的味道，并通过网络发广告。经过这些努力，我的营业额一天天地上升，开始实现了小有盈利的目标。现在，吃过我卤肉的老顾客都夸味道好，这让我更加坚定了自己创业的决心。

卤肉店虽然看着不起眼，但养活一家人不成问题。我们用自己的双手创造财富，努力让家人过上更美好的生活。

绝不让老乡受苦受穷

◇ 德江县长堡镇大宅头村村民蔡福荣

我是德江县长堡镇大宅头村小溪组群众蔡福荣。长堡镇多砂页岩，地质结构特殊，境内山多地少，且土地贫瘠。这样的地理环境导致我家生活更加艰难，所以我初中毕业就辍学务农。17 岁的我就担起了家庭的重担，通过做生意养家糊口。

成家后，迫于沉重的家庭负担，我不得已外出务工。三个小孩一天天长大，我担心耽误了他们上学，便决定回乡发展。一个偶然的机会，我在云南认识了一个 72 岁的创业老人，他的不服输精神坚定了我创业的决心和信心。

土地贫瘠的小溪组，农民种地赚不到钱，纷纷外出务工而撂荒土地。回乡后，我以土地流转方式承接了这些土地。把捡回的 350 亩土地，全部种上三红柚。用我的话说："我做梦也没想到能有机会种这么多的地，这些地将来能让我年收入近万元呀！"

地流转到手了，种植了三红柚，前几年只有投入没有收益，每年还付给农户 150 元 / 亩的租金。我为求发展不断努力探索。开始两年不断探索套种花生、辣椒、黄豆等，均未成功。2016 年，通过外出学习考察，开始套种"塞上江南"西瓜，三年来收益逐年上升，果园面积也因为政策扶持有了扩展，我逐渐成为新型职业农民。

作为新型职业农民，我认为单打独斗肯定不行。2015 年，我组织了 5 户喜欢种植的农民，投资 100 万元注册成立了福权果蔬专业合作社，走上了专业合作的规模化发展之路。社员有以现金和土地入股，有土地转包的，大家按股分红。

经营土地难，带动农民致富更难。乡亲们不是听你说得多好，而是看你做得怎样，实惠在哪儿。合作社通过套种西瓜实现了每亩创收 1000 元。“不见到真东西，你说朵花出来我也不信。”有群众说，“亲眼看见了一块地能增收这么多，咱跟你干了。”这样，我靠我的技术、理念、人格，带动了合作社的发展。2018 年，合作社创收 200 多万元，其中三红柚收入 150 多万元，西瓜收入 50 万元。

我是农村人，从小和泥巴打交道，熟悉农业生产的每一个环节。我把农民引导到规模化生产上来，引导到科学种植上来，从而走向致富之路。

对于基地周边没有纳入合作社经营管理的土地，我通过免费为农民提供种苗、地膜、肥料、农药和技术服务等，带动 10 余户种植西瓜，并承诺待西瓜成熟后，不收一分钱优先销售农户自种的西瓜。

就这样改变了农民的传统观念，改变了传统的种植方式，改变了农民的经营生产模式。靠种植创新、管理创新、细化经营，既经营土地，又经营农民，把土地和农民进行科学的整合，使有限的资源变为无限的可能。

我的底气来自对党的三农政策的坚信不疑；来自对自己种植方法的自信；来自要带领老乡致富的雄心壮志。我经常说：“咱不能自己吃肉，让老乡喝汤。”这就是我们新时代农民的真实写照。

致富就靠“牛医生”

◇ 德江县稳坪镇鲊鱼村村民张权飞

我叫张权飞，今年41岁，是德江县稳坪镇鲊鱼村人。寒冬时节，我每天都要在圈舍内为肉牛添加饲料，扎草、和料、添水……

这几年，得益于党的扶贫政策，我们的日子过得一天比一天更好……

我是村里依靠肉牛产业脱贫致富的建档立卡贫困户之一，也是村里小有名气的“牛医生”。只要哪家牛生病了都会找我去帮忙，我也从未推托过。

2014年，与妻子常年在浙江务工的我患上了红斑狼疮，四处求医问药都不见好转，不得不放弃在外务工的稳定工作，携妻回到家乡。当年，国家脱贫攻坚的惠民政策如同春风送暖，沐浴着每一个贫困家庭。通过本人申请、村民代表大会评议，我家被纳入建档立卡贫困户。从此，村里驻村干部、村干部经常上门与我谈心交心，共谋发展路子，共商脱贫大计。最终，我决定依靠肉牛养殖增收脱贫。

当年，我通过向亲戚朋友借的一笔资金，购进了6头瘦牛喂养，想通过短期育肥赚一笔。由于没有技术，不懂圈养，只能是沿用传统的放养方法，6头牛都只会吃、不长膘，延迟了出栏期，当年仅获得了不足万元的收入，还险些赔了本。

我不但没有因此而放弃，返而增加了对短期育肥的好奇心。在镇政府的安排下，我先后到复兴、平原等乡镇学习育肥技术，多次上门找当地的“牛经纪人”张月周取经学习。从此，我改放养为圈养。2016年，我喂养了10养瘦牛，经过短期育肥后，卖向市场，净赚了近5万元。

肉牛养殖成功了，群众对我的认识也变了。他们都说：“张权飞真‘牛’，肉牛养殖脱贫致富是条好路子。”当年12月，我被群众推选为村委会副主任，同时被党组织接收为预备党员。

赚钱了，不等于就有了成熟的技术，很多不懂的地方全靠镇畜牧站的同志帮忙。

2017年3月，我发现圈上的牛出现了流鼻滴的症状，并且不吃草、不喝水。我慌了，拿起电话拨通了镇畜牧站杨素飞站长的电话，向其讲清了牛的病情。经现场会诊，确诊为流行性感冒。通过现场对症下药，很快牛的病情减轻，我心里也踏实了，要不是杨站长上门“把脉”，倒下一头牛，就要亏损上万元呀！

从此，我有事无事就找镇畜牧站的技术人员“淘金”，很快也成了“牛医生”，一般的病症自己都能解决。目前，我成了村里养殖户的家庭“土专家”，谁家牛生病，谁家牛不吃草，我都会第一时间上门帮忙解决。

2020年10月，村里的养殖户张贵学家的牛出现了不吃草、肚子饱胀的现象。面对这复杂症状，张贵学不知如何是好，只好找我出主意。得知这一情况后，我很快来到现场，通过会诊，对症下药，现场处理，很快解决了张贵学遇到的难题。

在我的带动下，村里的张贵学等6户贫困户通过发展肉牛养殖，摘掉了贫困帽，过上了好日子。村里的智残青年张德波在养殖场找到了一份工作，帮忙割点草、加点料，每月也能从中挣得不少的工资。

如今，我找准了一条养殖肉牛致富的门道，日子过得红红火火，但我没有忘记自己是一位共产党员。自己富，不算富，我一定要进一步做大规模，吸纳更多的人到我的养殖场打工挣钱，带领乡亲共同“牛”起来。

我家有了脱贫法宝

◇ 讲述：玉屏侗族自治县田坪镇黄母冲村村民罗发香
整理：李 平 徐 雪

“依靠党的好政策和家人的努力，我们家才顺利脱贫。如今不仅住上了小洋房，家里还买了车，现在的生活是越来越好了。”说这句话的是家住玉屏侗族自治县田坪镇黄母冲村坡凸上组的55岁脱贫户罗发香。

一

初次见到罗发香是在桃林里，彼时的罗发香正在精心地修剪桃树，一棵棵桃树在她的巧手下变得“亭亭玉立”。

罗发香笑着介绍说：“这些树已经栽种10年了。冬季是桃树的休眠期，正是给桃树修整枝条的好时机，把不结桃的、向上生长和交叉的枝条都剪掉，这样利于来年桃子的挂果。你别小看了这片桃林，这可是我家的‘发财树’，是我家脱贫的法宝。”

二

在这之前，罗发香和丈夫杨和平一直在外打工。2011年，夫妻俩决定回家创业，做这个决定绝不是偶然的。家里老人年纪大了，留守在家不放心；孩子在外读书也始终不现实，高昂的学费让家中几乎是入不敷出……一系列的原因促使罗发香夫妻俩回家创业。

“回家把后面的山坡开挖出来，全部种上水蜜桃。”对于回家做什么，夫妻俩早就有了主意。原来，在前些年回家时，罗发香发现村里有人通过栽种桃树发财了，而 2011 年玉屏正鼓励外出务工的人回乡创业，对栽种经济林的给予一定补助。趁着这一时机，罗发香和丈夫杨和平结束了 17 年的打工生活。

三

回来后的罗发香一边在家里照顾老人、孩子，一边开荒挖山种树，丈夫杨和平便在周边做零工补贴家用。

“这片林可是挖了 3 个冬天才挖完的。”指着眼前的桃林，罗发香笑着说，“为了不影响平常的劳作，开挖山的时间都集中在冬季。每天 6 点上山开荒，是我保持了 3 个冬季不变的习惯。”

每年挖一片，便种一片桃树。3 年的时间，罗发香开挖了近 70 亩的荒山，全部种上了水蜜桃。

“以为种上了桃树便离致富不远了，但现实远没有想象中那么简单。每年往桃林中投入的时间、资金不少，但收益却是个未知数。”罗发香说，她自己要照顾老人和孩子不能外出务工，而一家人的经济来源全靠丈夫杨和平一个人支撑。

四

2015 年，因为缺乏资金，罗发香一家被评为了村里的贫困户，享受到了教育、医疗和产业扶贫等政策。这一项项政策就如一道道阳光，照亮了罗发香一家的生活。

“不能光靠政策帮扶，再好的帮扶政策都只能帮扶到一时，却帮扶不到一世。想要真正脱贫，还得靠自己努力。”自家里被评为贫困户后，罗发香便更加努力了。种桃缺技术，那就积极地跟本村的种植大户请教，此外，罗发香还积极地参与县里组织的技术培训。

五

2014 年，桃林第一次挂果了，但效益并没有预期的那么好：近 70 亩的桃林采摘了不到 1 万斤的桃子，而且桃的品质也没有那么好。经过多方了解，才知道是平时的管护出了问题，剪枝和施肥等原因直接影响挂果率和桃的品质。2015 年，通过精心管护，桃林有近 3 万斤的收成。经过近 4 年的努力，桃林终于有了收入。罗发香以为至此桃林便步入正轨了，但随后桃林的突发病又让罗发香一家陷入了困境。

2015 年，罗发香像平常一样来到桃林察看，走入桃林时发现有几棵桃树的枝条上铺了一层层白灰。因为当时一直在下雨，罗发香以为是天气不好引起的，也就没怎么在意。几天后，罗发香再次来到桃林时才发现大部分桃树都被感染了。

六

“去请本村的种植大户来帮忙瞧，说是白灰病。通过种植大户的指点，采用药物对桃树进行针对性的治疗，才控制住了桃树的病情恶化，但已经严重影响了桃树的生长和挂果率。”罗发香说，好在第二年，桃树全部又恢复了以往的生机，挂果率也提升了，每年桃林都有 5 万至 6 万斤的收成，近 10 万的毛利润，加上丈夫杨和平在周边做零工，一年下来，家里也有几万元的结余，脱贫稳稳的。

七

2017 年，罗发香主动向村里申请了脱贫，一直笼罩在罗发香头顶的乌云也终于散去了。自玉屏开展脱贫攻坚以来，越来越多的人靠着勤劳苦干摘掉了贫困帽，过上了幸福美满的新生活，而罗发香只是其中一个。

田坪镇黄母冲村村支书姚建华说：“在我们村像罗发香一样，通过勤劳致富主动申请脱贫的人还有很多。为了助力贫困户脱贫，我们除了通过政策宣讲让群众们了解和享受到相应的扶贫政策外，还积极鼓励他们要勤劳肯干、自主创业。如今，通过政策帮扶和大家的自身努力，我们村从 2014 年 124 户贫困户到现在全部清零。”

靠山致富大有希望

◇ 石阡县坪地场乡大寨村村民孙诗权

我叫孙诗权，是石阡县坪地场乡大寨村的村民。2014 年，我家被识别为建档立卡贫困户，2018 年脱贫。

2014 年以前，我家的居住条件和生活特别困难，没有任何收入，两个小孩均在校读书，我不幸患上了风湿，导致不能干重活，妻子是一位聋哑残疾人，因而被识别为贫困户。随后，国家给我们一家评上了低保。

国家扶我，但我必须自己努力。为改变这种贫困现状，我深思熟虑，痛定思痛，决定去距离家 1.5 公里、海拔 1300 米的山顶上发展种养殖业，因为我的林地、田地基本上都在那里。2015 年初，我拆掉老木房，国家也给了我 1.5 万元危房改造补助金，在山顶建起了木房，总算有了自己的新家。

在那里，我依托大片的土地、草场、森林，养起了猪、牛、鸡、鸭，每年都有一定收入，同时，我还经常把一些野生的中草药拿到市场上变卖。前几年，由于市场前景不太好，收入不多，只能勉强维持一家人的生活。2016 年 9 月，我女儿考上了大学，家庭开支陡然增大，压力也无形增加。我加大了养殖投入，来赚取女儿的学费。但交通不便又阻碍了我的发展，物资运送太难。2018 年底，通过帮扶干部的争取，政府帮我家修了一条长约 3 公里、宽约 3 米的硬化路，汽车可直接开到家门口，让我无比兴奋。我从此告别了肩挑背裣的时代，这让我更加坚定了脱贫的信心。

2019 年 3 月，政府还帮我拉通了自来水，实施了“三改一维一化”，居住环境发生了巨大变化。今年 9 月，我女儿考入了广东省一家公立特殊教育学校任教，日子一天天好了起来。

曾经我靠山吃山，填饱了肚子；现今，我靠国家帮扶、自己勤劳，过上了幸福生活。

幸福的库管员

◇ 沿河土家族自治县官舟镇马脑村村民向东

每天清晨，当妻儿还在熟睡中时，我便离开舒适干净的搬迁房，迎着清晨的第一缕阳光，放着音乐，骑着我心爱的摩托车奔向菌包厂的库房。

我叫向东，初中学历，今年 33 岁，是沿河自治县官舟镇马脑村村民，同时还是马脑村智能农场的一名库管员。

“小安，物资到了，请安排工人出入库。”走进菌包厂，森梵生物科技有限公司总经理陈华便走过来安排工作。

我坐在办公室电脑前，一边梳理当天的工作安排，一边等工人来领生产菌棒所需要的木屑、石膏、药品、石灰、麦麸等物资。中午回家吃了热腾腾的饭菜后，我回厂里继续准备要用的物资……

以前，由于村里没有产业支撑，每年过完春节，我和当地许多青壮年一样，都会选择外出打工。而像我父亲一样年龄大了的剩余劳动力，只能留在村里靠种地勉强维生。

勒紧裤腰带过日子的岁月里，我们一家 6 口人一直挤在透风漏雨的老木屋里。

2018 年，搭乘易地扶贫搬迁的快车，我们一家搬迁至官舟集镇安置点，一步住进了好房子。

2020 年，沿河把食用菌列入脱贫攻坚产业扶贫的四大重点产业之一，马脑村也建起了黑木耳基地智能农场。我们商量后，把家里 2.8 亩土地也流转进来发展黑木耳产业，我和父亲还成为村里智能农场里的固定工人。

此前，我在广东打工有库管方面的工作经验，今年年初，我便顺利应聘上村里菌包厂的库管员岗位，每月有 4000 多元工资，加上每年 1960 元的土地租金和父亲每月收入 2700 元，我们父子俩在黑木耳基地务工每月的纯收入就有近 7000 元。就业增收后，幸福生活也有了保障。

“种玉米、红薯，都不如发展黑木耳有搞头。在家门口上班，能照顾老人妻儿，比在外面强多了。”现在，菌包厂百分之九十的工人都是村里的年轻人，我们每天都笑呵呵的，老父亲说，过了大半辈子的苦日子，如今总算熬出头了。

8 月份，我们村的黑木耳就有几十吨销往欧洲；9 月份，已与海底捞、百盛等大型餐饮企业及商场超市形成初步合作意向……自智能菌棒加工厂建成以来，加工厂带动了周边村 104 名群众务工，像我这样的年轻人就占了 70%。

如今，我们一家人住上了搬迁新房，收入稳定，生了二孩……件件喜事令我倍感幸福。

永不言败

◇ 玉屏侗族自治县朱家场镇甘龙村村民杨泽岩

我叫杨泽岩，是玉屏侗族自治县朱家场镇甘龙村赵家溪组的村民。2014年成立了玉屏永强牲畜养殖农民专业合作社，先后养过鸡和牛，现在主要种植太子参。目前太子参收成好、产量高、销路畅，日子越过越有盼头。

2020年是我种植太子参的第七年，从2013年开始，间歇地种着，主要精力都放在了养牛跟养鸡上，从2019年开始才大面积规模化种植太子参。2019年10月，我栽种了十余亩太子参，纯收入在十万元以上，这样的收益让我尝到太子参带给我的甜头，今年我又将太子参的种植面积扩大到三十多亩地，预计明年收益在十七万以上。

我的创业之路，还要从2013年的养牛开始说起。当时父亲瘫痪在床，我只能在家照顾父亲，正巧又需用钱，父亲的医药费、女儿的学费、家里生活开支加起来又是一笔不小的数字，家里没有了经济收入，我寻思着干点什么。正巧有个朋友推荐养牛，我就开始筹备起了养牛。当时养牛劲头十足，修好牛圈后，就拿着几十年收废铁攒的十几万元钱去买了十几头牛回来，由于自己没有提前规划，将全部资金投入到买牛种当中，导致没有多余的资金购买牛粮，粮食不够吃，牛一天比一天瘦，我急得如热锅上的蚂蚁，心想要是当时少买两头，留点资金，也不至于如此。后来我四处找人借钱，但是没有人愿意借给我，大家都觉得借出去的钱会有去无回。最后我实在熬不住了，无奈之下就把牛卖了，那一年亏了一半多的本钱。

养牛亏本后，我就开始养殖跑山鸡。第一年鸡圈环境卫生好，喂得也好，鸡的长势良好，赚了几万块钱。从第二年开始我的收益开始下滑，大批大批的跑山鸡开始死亡，看着死掉的鸡，我的眼泪也在眼里打转。我尝试过各种补救办法，专业技术员来看了，也无计可施。那一年不仅没赚钱，还赔了不少。养鸡的成本虽然较养牛低一些，但是养牛的亏损还没有缓过来，近几年养鸡又亏损，今年我就决定不再养鸡了。

连续两次的亏损，让我决定种植收益更加平稳的太子参。栽种太子参的想法源于外市来村的种植大户，看着外面的种植户来村里承包土地栽种太子参，我的心里就开始打起了算盘。外面的种植户来我们村里种植，要土地租金、路费、生活费等，成本比较大，但是他们仍旧收益满满。而我作为土生土长的本地人，他们能在我们村里种出金果果，我也一定可以！

后来我就自己去市区买种子进行栽种，因为经验不足，每次栽种得不多，只能从中慢慢学习，不懂的地方向别人请教，政府也派技术员来指导过，如今我也有了不少栽种经验。而且很幸运作为本地人，我有比他们更独特的种植优势。玉屏作为油茶之乡，有成片的油茶基地。恰逢政府因地制宜发展林下经济，我就跟政府相关负责人商议，将太子参套种在油茶基地里，不仅能提高土地的利用率，同时还能为村民提供岗位增加收入。我为他们管护茶苗的同时，他们也不收取土地租金，这是多方获益的好事。栽种太子参是一个精细活儿，劳动强度不大，就是从栽种到除草会耗费大量的劳动力。我种植的太子参一亩地用工十多个人，来务工的大多都是村子里的村民，工资每日一结，八十元一天，出了家门就可以上班，自己致富的同时还能带动村里的村民增加收入。

现在，我的太子参越种越多，产业越做越大。如果明年太子参收成不错，我的下一步计划是扩大种植规模到六十多亩地。成功不是一蹴而就的，正如我的脱贫致富路也是一波三折，但是没关系，再爬起来，站起来，只要认认真真做好每一件事，踏踏实实走好每一步路，总会收获成功的。现在地里长出的这个金果果，让我越看越欢喜。

观念一变天地宽

◇ 讲述：思南县张家寨长江村村民付廷保
整理：冯光鸿

“这两头牛，有人已经出15000元了，我还不想卖。那牛崽才两个月大，到明年开春它就有半岁了，还可卖个好价钱。”付廷保显得很自信。今年4月，他刚卖了一头牛，获利8480元，这才半年时间，家里又添牛犊1头。不仅如此，就在8月，他78岁的老父亲付朝忠也卖了他那头黄骚牯，获利15000元。付廷保一家6口人就凭这几头牛的收入就步入了小康家庭，两爷子在自家屋阶上摆起牛经，乐开了花。

在思南县张家寨长江村付家坝，付廷保曾是出了名的搞不上路的那种家庭，付家坝人大大小小出来都喊他“花脸猫”，他真实的奶名“细毛”却没有几个人记得了。

2016年，我随驻村工作队去他家走访，他给我留下了“扶不起的刘阿斗”的印象。刚到他家院坝边，一大股难闻的粪尿味扑鼻而来，在他房屋右侧的两间猪圈歪歪斜斜地搭建在一个不足2立方米的土坑上，最里侧还用几根横木捆成一间牛圈，一头牛、一头猪除了满身是粪，早已看不出原来模样，略略只能看见一对牛角和听得见猪叫声，那粪尿溢流了半块院坝。再往他家正门扫一眼，屋阶上一根3米长的竹杆上搭了10多件满是泥灰的衣服，大门口横七竖八地摆满了各式各样的鞋。付廷保看见我们到他家来了，从屋内出来，听我们跟他说话，蹲缩在阶沿口，没招呼我们进屋，只是耷拉着他的脑袋，不管我们说什么，他也只是偶尔回应一两句。在那次将近一个小时的交谈中，直到我们离开，他始终都没有抬过头，我们只好无奈离开。

如何改变这家人的贫穷面貌？我们人人都感到无比纠结。走访，再走访，工作队轮番上阵做思想工作，与他交流，开导他，甚至还用上了“火药味浓烈的逼迫式帮扶”。终于，功夫不负有心人，帮扶工作有了进展。工作队帮他家重新翻修了猪圈、牛圈，加固了住房，硬化了院坝，改善房屋周围环境，督促指导他家经常搞好室内外环境卫生。

室内外环境面貌变了，他的思想也随之改变。2019 年，他家搞起了农业生产，种上了水稻、玉米、红薯，养上了 3 头猪、2 头牛，妻子进思南县城打工，有了稳定工资，年收入将近 4 万元。大女儿考上了思南民族中学，二女儿和小儿子也进入了张家寨中学读书。一家人日子渐渐过得红火起来。不知不觉中，他那“花脸猫”绰号也没有人喊了，“细毛”的名声却开始在付家坝响亮起来。

一分耕耘一分收获

◇ 印江土家族苗族自治县杨柳镇新屯村村民杨遐武

我叫杨遐武，印江土家族苗族自治县杨柳镇新屯村易家坝组村民，出生于1964年11月，今年56岁，家有两个小孩。我的女儿已毕业于四川大学，现正在备考研究生，我的儿子现在南京工业大学读大二，我的爱人在家务农，我本人正在经营一家微型茶叶加工企业。

1980年，也就是我16岁那年，一场意外的摔跤让我失去了右臂，从此，我成了人们口中的残疾人，生活所面临的困难也不言而喻。我常常自我激励，只要辛勤付出，努力坚持，勇于与贫困做斗争，我总会推开一扇门，也终将会摆脱贫困的命运。因此，在越来越多的困难面前，我始终不想放弃。

2012年，国家鼓励农民自主创业，发展农村产业，于是，我开始动了种植茶叶的念头。我承包了高山荒地，从此，我和我的爱人还有我的两个孩子，日复一日地顶着炎炎烈日用手把那些贴地而生的杂草一把一把扯掉。大概有35亩土地，都是我和家人用汗水一滴一滴浇灌出来的。

我们耕种，我们经营，我们收获。现在大多数人都只关注结果，但是我始终相信：一分耕耘一分收获。

2015年，我的女儿即将参加高考，我的小儿子也要中考了，他们都在为自己的前途苦学，我也想成为他们最坚实的依靠。

同年，在政府的帮助和自己的努力下，我注册并经营起了一家微型茶叶加工企业。没有人脉，没有技术，没有资金，一切都是从零开始，建厂房、贷款、买设备、学技术，每天都有一些杂七杂八的问题等着我去一一解决，每晚睡觉我都在思考我将如何在这条道路上走下去，就像我失去右臂时我在想如何学会用一只左臂担负起我以后的人生和整个家庭的生活一样。

茶厂运营后，在最忙的季节里，我的孩子在外读书，我和我的爱人通宵加班加点是家常便饭，每天没有时间吃一口饭更是习以为常。一开始，因为不熟练而导致的损失不计其数，但我从没想过放弃，因为我知道只要还有流汗、辛苦的机会，那就说明还有希望。

在国家扶贫政策的帮扶下，我的孩子可以享受好政策，在校园放心学习，我也得以放宽一些心力以扩展自己的经营。现在茶厂年纯利润平均在 7 万元左右。

自 2014 年建档立卡以来，我，一个人们口中的残疾人，一个初中毕业的农民，一个家庭的支柱，终于在用心耕耘生活的过程中改变了家庭面貌，改善了生活，摆脱了贫困。虽然我失去了一只手臂，但是我从来不把自己当成是一个残疾人，只是单纯地追寻内心所想。我始终相信：天道酬勤，一分耕耘一分收获。

小项目也有大收入

◇ 大龙开发区前龙村村民杨林

以前吃穿都是凑合，现在好了，有跑山鸡的稳定收入，黄桃也首次上市，挣的钱够维持家用，真是蛮幸福的。

我叫杨林，是大龙开发区前龙村脱贫出列贫困户。前些年，家里条件比较差，为早日脱贫摘帽，以更好的经济能力照顾老人幼子，我与丈夫罗泽武只得外出海南一带务工。

在外打工多年，虽然收入比较可观，但是开销也大，存不了多少钱寄回家不说，还照顾不到家里。

3 年前，父亲患脑梗无人照顾，又考虑到两个孩子也到了上学年龄，我与丈夫商量后，决定带着孩子返乡，并与父母一起生活。我负责在家照看老人小孩，丈夫外出继续务工。

那段日子，每天忙前忙后，腾不出精力挣钱。为了方便照看父亲，也为了能做点事帮助家里减轻压力，2017 年初，我动了做点产业、挣钱顾家两不误的念头。

说干就干，经过综合考虑及市场考察后，我们从亲友手里流转了一片坡地发展果林，投入 8000 多元，栽种下 700 多株黄桃树苗。还在边上建起了管护平房，我们一家三代六口人从交通便利的家里搬过来生活，一来便于管理黄桃，二来也便于照顾家庭。

黄桃种下后，第一年得套种其他农作物，以助生长。看着土壤好，我又种了 1000 余株西瓜，经过辛勤管护，西瓜得了丰收，赚了一笔钱，桃树也长势良好。去年，是黄桃成长的关键期，不再适合套种作物，我请教行内技术人员，听取意见后，在桃林边辟了块地，养了1000多只跑山鸡，因饲料用得好、养殖环境不错，鸡肉口感好，回头客多。秋季开始饲养，春季便全部卖完。

经过前两年的悉心照料，黄桃上市后得到顾客点赞。仅10天左右，约2000斤黄桃销售一空，收入1万余元。林下的800多只跑山鸡也陆续上市，按每斤25元销售，这个项目收入将超过5万元。

这几年得到父母大力支持，他们帮助我打理林园。我有信心、有底气谋发展，与家人商量后买了5头猪来饲养，其中3头现在已可出栏，预计也能挣个3万多元。明年，我打算再多养几头猪。

如今，黄桃产业初见成效；通过自主销售及顾客口口相传，我家的跑山鸡畅销。发展种养殖让我家有了稳定收入，家里经济情况越来越好。家庭好气象，也激发了父亲的身体机能，他现在看着很健康。

原来自力更生、创收奔小康是这么幸福的事。

我要向着更美好的明天继续努力。

程尚权：一条腿撑起一个家

◇ 讲述：思南县邵家桥镇陈家村村民程尚权
整理：梁祖江

在思南县邵家桥镇陈家湾村高席子组，有这样一个家庭：一家 5 口人，3 人残疾，没有一个正常劳动力。而他们却身残志坚，不叫苦、不争穷，感恩党和政府的帮助，决心通过自己的勤劳，走出贫困的处境，过上幸福的生活。

这个特殊家庭的一家之主便是程尚权。去年，经层层筛选，程尚权成为思南县首批 10 个“脱贫攻坚奋斗标兵”之一。

程尚权今年 48 岁，肢体残疾，只能依靠拐杖一瘸一拐地走动。其妻双目失明，也随时一手拄着拐杖；母亲又聋又哑，只能靠比划动作与人交流；女儿刚进入思南县中等职业学校读书；就读于邵家桥镇毛坝小学的儿子，近来又不幸患上小儿风湿性心脏病，只得被迫休学在家。

屡遭不幸的程尚权，说起来却是幸运的，他有一个有志气、能吃苦的母亲。这位老人今年已经 73 岁了，依然顾不上年迈体衰、身心疲惫，日复一日地四处奔走，捡拾破旧生活用品，换取微薄的收入。而且，尽管自己家里一直困难，吃不好、穿不好，但她从不愿接受别人的施舍。有邻居在邵家桥镇街上开起餐饮店后，见其舍不得乱花一分钱，有时甚至不得不忍饥挨饿，便数次邀请她进店免费用餐，而她总是比划着“不饿”的手势，一次次谢绝了对方的好意。

出身贫困的程尚权，正是在母亲无声的教育和影响下，自小就懂得了幸福生活必须依靠自己的劳动去创造这个简单而朴素的道理。在他能劳动后，便开始到附近的煤矿拖煤，让瘦削的身子爬行在暗无天日的洞子里，换取一家人的口粮和基本生活开支。

煤矿停产后，程尚权又跟随打工的潮流，背井离乡，远到广东务工挣钱。

然而，比贫困的出身更加不幸的厄运在逐渐向他靠近。1999 年，年仅 28 岁的他，因长期痛风，左脚不能再正常行走，不得不支起拐杖。

多了一条“腿”，程尚权也曾数度哀叹命运的不公，泪水默默在心里流。但当他想到自己上有老、下有小的家庭处境，最终选择了坚强。他总是在心里告诉自己：“命运让我残了一条腿，我一定要用拐杖挑战命运！”

至今近 20 年的时间里，程尚权始终像一个四肢健全的人，坚持拄着拐杖下地劳作，日出而作，日落而息。其妻和母亲也各尽其能，整日为养家糊口忙碌不停，从不闲着。

从不以一家 3 个劳力全部残疾为由向党和政府伸手求助的程尚权一家，贫困的生活很快迎来惠民阳光的普照。特别是最近几年，全家 3 个残疾人均被纳入低保对象。去年以来，经当地群众评议，陈尚权进职校读书的女儿和患病休学的儿子也同时被纳入低保。

赶上新时代的程尚权一家，终于有了稳定的收入，生活得到基本保障。从此，程尚权本可以放下拐杖，“修整”自己残疾的腿，但他始终不愿输给命运，始终不愿得过且过，只过一份简单的“兜底”生活。他要将国家的惠民政策当作另一根拐杖，向他想要的幸福生活奔去。

首先是改变人居环境。2010 年，程尚权争取到国家政策项目资金 1.5 万元的补助，对破烂的旧房进行了重修，并配套新建了圈舍。

建新居时，为了不突破国家危改限定的标准，程尚权不仅通过节衣缩食，从有限的低保补助金中节约出 900 多元用于购买建材，还拄着拐杖参与施工，一块砖一块砖地砌，一块瓦一块瓦地铺，以节省开支。

住进新居后，程尚权连年喂养两头猪，一头用于自家人吃，一头用于换钱补贴家用。

这看似平静而正常的日子中，无数的痛楚其实已被程尚权用特有的坚韧与顽强严严实实地遮掩。由于妻子看不见、摸不着，为了养猪，为筹集饲料，程尚权不得不拄着拐杖下地劳作，种苞谷、种红薯、种蔬菜。又因为他有一条残腿，翻土时借不上任何外力，只能将锄头当拐杖，一锄一锄地挖，几乎是从一开始就弄得汗流浃背、腰酸背疼。

尤为不堪的是，有时，他还没走到土里，却已在路上重重地摔跤。程尚权说，自拄上拐杖后近20年来，他已记不清摔了多少次。他只记得有一次，等他清醒后慢慢爬起来时，才发现身上到处是血。

这万分艰辛的日子，让程尚权不时感叹自己命苦。而在当地，也有个别群众却只看到程尚权一家表面上平常的日子。有人甚至背地里不服气地嘲笑说："他程尚权，得了国家好多便宜，全靠低保养活。"

见有人不服气，程尚权更加不服输。除了继续喂好猪，程尚权还想大规模养牛。他的这一想法，同时得到了驻村帮扶队的支持。2015年，他在原有一头母牛的基础上，通过帮扶项目免费得到了另一头母牛。

近两年，两头母牛分别陆续产子。到去年，程尚权饲养的牛总数达到5头。从这时起，让人刮目相看的程尚权，肩上的生产生活负担显然也更加沉重了。

但毕竟看到了其中蕴藏的巨大希望，程尚权一家人人信心满满，围绕养好猪和牛，总是互帮互助，各自忙得团团转。这时的程尚权，由于妻子主要上山忙活，自己不仅要拄着拐杖下地干活，同时还要拄着拐杖操持家中闲杂事务。

眼看家境就要得益于养殖业彻底好转时，程尚权不料又遇上了新的麻烦，再次陷入困境：一天，他的儿子突然被蛇咬了。为救儿子，他不得不忍痛割爱卖掉了两头牛。

雪上加霜的是，在自费600多元，加上医疗补助一共花费近2000元终于救活儿子的同时，程尚权自己也因积劳成疾，更加腰酸背疼，不得不每日不间断服用活血止痛胶囊等药品。

越发艰难的处境，不但没有让程尚权倒下，反而让他更加清醒地认识到自家有才是真正有，特别是急需用钱的时候，必须自己有才行。

因此，尽管程尚权的身体三天两头地疼痛，但他仍然不希望只依靠低保补助勉强度日。目前，他家仍喂养着两头牛、两头猪，依然种着苞谷、红薯、蔬菜等农作物。与以往不同的是，当他拄着拐杖一瘸一拐地到圈里喂猪、到地里干农活时，比往常显得更加艰难。

特别是眼下，酷暑难当，虽然土地就在家的附近，但当程尚权拄着拐杖走进地里时，全身就已经湿透了。但为了猪能吃上食，他还得顶着烈日，正午就出发，并一次次弯下腰，一手拄拐杖，一手从地里摘取苕藤。等到他一点一点将背篓装满时，日头往往已经偏西。

上山放牛的妻子显然也不易。由于双目失明，而山上杂草丛生、灌木成林，随地都是坡坎，仅仅为了将牛赶回家，她摔的跤也不少。

正是挣钱不易、养家糊口不易，让程尚权学会了勤俭节约。若是孩子们上学读书去了，只是几个大人在家时，他家就很少开灯。程尚权总是说，不论任何时候，哪一方面都不能浪费。把钱节约下来，可以送孩子读书。只有吃得苦中苦，才能成为人上人。

在帮扶中，干部们发现程尚权家里没有电视机，并决定为其买一台。但是程尚权却婉言谢绝说："我怕小孩迷在里面，影响学习，害了他们。"

近来，村里实施"四改一维一化"。当干部们向程尚权说明了优惠政策时，他仍回应说："我全家人得到了低保补助，娃娃读书享有教育资助，房子也是得到政府补助才建好的，总不能什么都靠政府。"

程尚权就是一个特殊家庭的拐杖，支撑着整个飘摇的家。正是他身残志坚的意志、脱贫致富的决心和不拖全村后腿的信心，铸就了他踏实勤奋、吃苦耐劳的精神，铸就了他敢为人先、不惧困难的信念，成就了如今脱贫攻坚一线的标兵。

茶花香飘“幸福路”

◇ 思南县亭子坝镇盆丰村村民何开才

秋叶红遍，层林浸染，又到了红薯收获的季节。我是思南县亭子坝镇盆丰村村民何开才。以前我们收红薯全靠肩挑背驮，交通条件改善后，硬化路四通八达，现在我用二轮摩托车一边驮一袋，很快就能从地里运到了家中。

我们盆丰村是一个依山而居的小村庄。山高坡陡，民房从山顶到山脚垂直分布。虽然离集镇不到 8 公里，但以往受地理条件限制，交通不便，大家生产生活非常艰难。

出山就医全靠抬。路不通的时候，到镇上要走两个小时，村里人最怕生病。24 年前的一个傍晚，寨上一位村民突发急病，当时不通车，只好用竹竿绑上凉椅将他抬到集镇就医。10 来个大汉翻山越岭，摸黑抬了近 3 个小时才到镇上，险些发生生命危险。

为改变这样的窘境，我们村的人以前也努力过。为方便出行，我们一家每天至少出一个劳力，背的背，抬的抬，终于在 2000 年集资投工投劳修通了毛路。但仅靠一条坑坑洼洼的乡村道路，多年来村里人“赶场两头黑”“出门看天色”的命运还是没能改写。

像我们村这种依山而居的村庄在亭子坝镇不在少数，后来脱贫攻坚战打响后，镇政府把基础设施建设放在首位，干部们下到各村，积聚力量大兴交通，一时间集镇到各村子的“大动脉”相继疏通，各村的“毛细血管”也不断完善。

就在这几年，政府投入大量资金，建成了村村通公路、组组通硬化路、户户通入户路的新面貌。我们村出行难的命运也在 2017 年得以改写。

曾经颠簸的黄泥路，摇身成为宽阔整洁的幸福路后，从村里到集镇的时间缩短到了骑车只要二十分钟。现在，村里10多户人家买了小汽车，大部分人还新建了小洋楼，我也能用自己的摩托车驮运货物，不再像以前那样辛苦。

交通便利不仅方便出行，还带活了产业。前不久油茶花开，站在通村路上，放眼四周满是洁白的茶花，漂亮极了。

油茶是三年前村里面以村集体经济为主体发展的产业，共有1100亩，今年已实现初挂果。每到管护的季节，我们就会去油茶山上务工，以获得一笔可观的收入。

除了油茶，村里还有小麦、辣椒、肉牛等产业，这些都是交通条件改善后带来的“连锁反应”。有这些产业支撑，我们脱贫致富的路子也正越走越宽。

盛开在木良村里的铿锵玫瑰

◇ 讲述：印江县土家族苗族自治县木黄镇村民徐柳会
整理：任敬伟

谈及徐柳会，认识她的堂公伯叔无不为她勇挑生活重担而竖起大拇指，为她战胜贫困的顽强精神和永不退缩的坚强意志而点赞。在印江县木黄镇木良村，她是一朵盛开在山村里的铿锵玫瑰。

心力交瘁，独木难支

“她是女强人，比一般的男人还能干。”无论是木良村村民，还是脱贫攻坚驻村干部，都亲切地称呼徐柳会为“小徐妹子”。

今天走进木良村，崭新的楼房如雨后春笋般地拔地而起，在脱贫攻坚的助推下，木良村呈现出欣欣向荣的景象。当笔者来到徐柳会家，徐柳会正在给新房顶部刮仿瓷。她站在高高的脚手架上给房顶抹仿瓷。我们惊愕地发现，需要两人才能干的活，就她一个人在劳作。

当看到我们后，她斜了一下身子，从手脚架下来，将另一桶灰浆放了上去。为了节省时间，她一边和我们说话，一边继续刮仿瓷。

徐柳会生于 1983 年，初中毕业成婚后，做梦也不会想到丈夫魏颖竟然会患上癫痫病，而且必须天天吃药控制，否则会神志不清，有时乱打人，有时突然倒地口吐白沫，十分吓人、令人害怕。后来丈夫肢体逐渐不灵便，成了残疾人。对于一个“80 后”的女孩来说，家庭遭遇变故是多么地令人难过、可怕。今后的生活该怎么办？她有些措手不及、六神无主。当她几次想选择逃离的时候，是亲人们的劝说让她不情愿地留了下来。

徐柳会说，就当做好事吧！面对一个天天吃药的残疾丈夫，又有两个小孩，一家人住在一栋漏水的破木房，日子越熬越难。雪上加霜的是丈夫的病越来越严重，发病时脑子十分糊涂，总要往门外跑。无奈的情况下，徐柳会使劲将丈夫拖住按在床上，任他又咬又打，有时巴掌打在脸上，痛在心里。当闹得无力时，丈夫就呼呼大睡了。这时的徐柳会抚摸着肿胀的脸，站在屋外偷偷流泪。这种生活有什么意义呢？“泣尽继以血，心摧两无声”，难道当一个好人也这么地难？她对生活开始绝望。正好读小学的大女儿放学回来，看见徐柳会肿胀的泪脸，问道：“妈妈生病了吗？我给你买药去。”看到孝顺的女儿，想起电视里没有母爱的娃仔们的悲苦生活，徐柳会放弃了轻生的念头。日子必须拼命熬下去。

咬紧牙关，勇往直前

到了 2011 年，在村委的关心下，丈夫办理了残疾人证，得到政策优惠，解决了医药费，给徐柳会减轻了一些负担。而到了 2013 年，房子就要变成危房了，必须找挣钱盖新房，她开始在周边乡镇打零工，和砂浆、抬水泥、扛石头、挑砖，像一个男人一样干着。白天干重活，很疲倦，晚上该休息了，但是如果仅凭打零工的一两万元，只能贴补家用，根本攒不下钱。有月亮的夜晚，她打着哈欠，咬着牙关悄悄起了床，在门后拿起锄头，趁着月光赶到地里栽起了油菜。临近的一家人感觉不对劲，发现半夜土里有声音，一个胆大的嫂子照着电筒一看，心痛得掉下了眼泪：“小徐妹子，你还要命不？”徐柳会一边用手摸索着栽油菜，一边喘着粗气说：“对不起，吵醒你们了。”那个嫂子立即帮忙给她照电筒，一直忙到 11 点才收工。这样，天没亮她就出门打零工，晚上栽油菜，连续 3 天，读学前班的小儿子几天见不到妈妈，早上自己穿衣服，把衣服穿反了，到校园闹了笑话。第四天，小孩终于晚上逮着了徐柳会，哭着抱着妈妈大腿，请求她不要嫁到别处去，不要丢下他们。

“日子就是这样死熬着。下雨不能做小工，我就回来铧田种水稻，旱地少栽洋芋，用来栽油菜、种辣椒，如果家里要用钱，就卖米、卖红辣椒，坚决不用打零工的工资。”徐柳会说。

风雨彩虹，筑梦小康

2014 年，就在徐柳会一家快要熬不下去的时候，恰好精准扶贫工作开始，进行村支两委通过召开村民委员会，将徐柳会一家纳入建档立卡贫困户，随着党的一系列惠民政策及时兑现，加上徐柳会在附近村寨奋力打零工，一天、一天，他们家的日子渐渐好起来，家人吃得饱了，鸡、鱼、蛋、肉逐渐吃得起了，家人丢掉了满是补丁的衣服，穿上了新衣服，一家人心里越活越有阳光了。2016 年，徐柳会光荣地申请了脱贫。脱了贫的徐柳会更加努力，终于积攒了一点钱，2016 年，令她更为欣喜的是，在村支两委、脱贫攻坚驻村干部的关心下，徐柳会评上了危房改造对象户，补助金和她一年打零工的工资一样多。于是她决定抓住这个机遇，到亲戚家借点钱，开始建新房。为了节约建房费用，她打零工“偷学”了“秘密”经验，除了浇灌必须请人，其余的打屋基、扎钢筋、贴瓷砖、刮仿瓷、砌墙，她都可以一个人亲自动手。一开始，贴瓷砖的缝隙有点大，但她边摸索，边进步，最后就能熟练贴好了。由于白天干活，晚上购买建筑材料，和老板“熬”价格，导致了严重的睡眠不足，到一楼一底的框架结构完成时，“铁人”徐柳会的体重由 113 斤降至了 90 斤。

而今，新房算是基本竣工了，只剩一间还没有刮仿瓷。从徐柳会的口中，我们还了解到，她家每月获得基本保障金 909 元，增发 195.5 元，共计 1089 元。建房获得了危改金 2.23 万元。小孩读书享受营养餐，免了学杂费。她家享受了党和政府的许多优惠政策，她说，没有党和政府，就没有如今的她家。

对于极个别 “等靠要”的贫困户，她鄙视地说：“党的政策好，自己也要努力。船上人不努力，‘等靠要’，岸上人白费劲，这些人是永远‘扶’

不起来的。”这是徐柳会说的贴心话。她感动之余，悄悄说出修房时为修联户路，她自觉地让出了不少土地，让原来窄窄的路变得宽敞了。这事虽小，但也是感恩社会的举动吧！

由于徐柳会十分勤劳、踏实肯干，在帮扶干部的推荐下，村里的公办小学——木黄镇第二完全小学请她做厨房工人。有了固定工资，又能照料家庭，她的路越走越平坦了。

谈及将来，徐柳会——木良村这一朵耀眼的铿锵玫瑰笑了，从开心的笑中，折射出她家的小康梦在党的呵护下将会多么地美好。

“鸭倌”的脱贫之路

◇ 万山区茶店街道白岩村村民杨胜汉

我叫杨胜汉，是万山区茶店街道白岩村的建档立卡户。最近筹了十几万新建了一个鸭棚，让700多只蛋鸭有了自己的家。别小看这群鸭子，它们可都是我的脱贫小帮手。

20多年前，我在外务工时受伤，回到老家养起了蛋鸭，但因资金短缺，发展始终不见起色。我还独自养育了4个子女，2017年因学致贫，被识别为建档立卡贫困户。在国家政策的帮助下，我从银行贷了款，养殖规模从最开始的几十只逐渐扩大到了如今的700只。

2020年伊始，一场突如其来的新冠肺炎疫情蔓延开来。疫情期间，我主动向万山一线医护人员、警务人员和各卡点工作者送去爱心鸭蛋共计3800个，用自己的实际行动感恩党，凝聚温暖的抗“疫”力量。

国家给了我很大的帮助，在疫情期间，我也想回报国家一点。吃水不忘挖井人，对于我来说，没有国，哪有家，党和国家的这份恩情，我一直铭记心间。

这些年，我都是在户外喂养鸭子的，所以鸭蛋质量好，口感佳，蛋白质含量高达17.2%，销路也不愁，每个月最少能卖出1万个鸭蛋，按市场价每个1.2元计算，每月光是卖鸭蛋就有12000元的收入，我也因此成了远近闻名的“鸭倌”。

不仅如此，我还有自己的副业：下雨天在家看鸭子、捡鸭蛋，或者到街上卖鸭蛋；天气晴好就会去周边的工地打工，每天至少能赚300块钱，一个月下来少说也有3000块钱。

那时候很困难，但只要做了都有回报，只要勤快就有收获。有政府的支持、干部的帮扶，再加上自己的勤劳肯干，2019年，我顺利摘下了贫困帽，一家人的生活过得愈发有声色。

我不但要脱贫，更要致富，我的目标很大，打算等明年开了年，在蛋鸭养殖的基础上再喂一两百头猪，现在棚子已经搭好了……我对未来充满了希望。

黄光全：致富路上不服输

◇ 讲述：石阡县石固乡蒲草塘村村民黄光全
整理：孙 伟　吴 剑

在决战贫困中，他杜绝“等靠要”，自强不息，勤劳肯干，依托党的好政策支持，靠自己积极乐观的思想和勤劳的双手，成为村里脱贫致富的典范。他就是石阡县石固乡蒲草塘村脱贫户——黄光全。

在石阡园子坳养殖场里，身材瘦弱的黄光全和往常一样，忙碌地切砍草料、搭配饲料，对圈养在家的黄牛进行细心喂养，让人置信的是，他就是牛场老板，更让人难以想象的是，在年出栏 80 余头商品牛的背后，他将付出多少辛劳，挥洒多少汗水。

黄光全有视力三级残疾，全家有 6 口人，家中父母都年逾七十，两个小孩正在读书，只有妻子是唯一的正常劳动力，家庭经济状况捉襟见肘。2014 年，黄光全家被确认为建档立卡贫困户。作为一家之主，积极乐观的黄光全从未被困境打败，坚信幸福生活可以靠奋斗赢得。

“那个时候种了几年烤烟。种烤烟除去本钱，一年能挣两万块钱，无法支撑我家 6 口人的开支。我又选择做砖瓦匠，砖瓦匠做了五六年，那个时候本身眼睛就是先天性的残疾，以前还能够做一些细致活，烧几年瓦过后，视力越来越弱，我就想到要找别的工作做。”石阡园子坳养殖场负责人黄光全向笔者讲述。

困境中不绝希望，寻出路才是正道。虽然黄光全文化程度不高，视力不好，却明事理，勤思好学，敢想敢做。种植烤烟、做砖瓦匠没能让他摆脱困境，但他始终相信一定还会有适合自己的奋斗路。就在他正为寻求新的出路发愁时，恰逢石阡县残联举办农村实用技术培训班，培训内容涉及生猪养殖、肉牛养殖，牧草种植等项目，黄光全毫不犹豫地报名参加了培训，认真听完了所有课程。正是此次学习，让他深受启发，开阔了眼界，顿时有了发展的新目标。黄光全说：“我学习了回来，又加上政策对残疾人的鼓励，我就对养牛非常感兴趣，我下定决心要办养牛场。”

说干就干，2015 年，黄光全夫妇通过自筹和向亲朋借款、申请政府扶持创业贷款等方式，筹得资金 13 万元，在自家的 2 亩地上修建了一个牛圈，并按照肉牛养殖要求建起了防疫室和消毒室，由此走上创业之路。

“借了经扶贷，就有点启动资金，开始小规模地养。第一年养了 13 头，又从 13 头就变成了 20 多头。我那年就赚了五万元，我就更有信心了，就继续扩大规模。”黄光全告诉笔者。

付出有了收获，2016 年获利 5 万元的第一桶金也让他更加坚定了发展养牛的信心，因此他也主动申请脱贫出列。通过不断钻研养牛技术、邀请农业技术人员上门指导、虚心请教，他逐渐掌握了牛场管理、防病、饲料搭配、草场种植等技术，对养牛更是得心应手。2017 年，他投入资金 30 余万元继续扩大养牛场规模，建起了标准化牛舍、青贮饲料房、粪便发酵池，购买饲料加工设备。现如今，年存栏商品牛及能繁母牛达 60 余头，年出栏商品牛达 80 余头，种植皇竹草、高粱、青贮玉米等牧草 50 多亩。在黄光全看来，今天的成绩仍不是他的终极目标，他还会为自己的目标继续拼搏、奋斗。

“现在我的存栏量已经达到 60 余头，每年出栏 80 余头，毛收入 132 万，这点毛收入不是我的目标，我的目标要达到 200 万至 300 万。虽然这个目标还很远，但是我会努力拼搏，我有信心去完成我的愿望。”黄光全满怀信心地说。

采访中，我们见到了村里的部分残疾人正在养殖场尽心尽责地从事牧草收割、加工和肉牛饲喂工作。黄光全认为，几年来，通过政策的扶持、乡亲们的支持、夫妻的勤劳付出，现在自己的日子越过越好，但作为村里的致富带头人，他有责任和义务带动更多的残疾人一起致富。

黄光全介绍:“2017年,我请了3名残疾人在我这里务工,2018年的时候,我又发展了3名残疾人在我这里长期务工,还有14人就是临时务工,因为这个场地和住房还不够宽大。以后慢慢地把它扩大,我还想要带动我们所有浦草塘村的残疾人,做到人人有养殖做,人人都要有创业精神。要让大家富,只是个人富了对不起村里给我致富带头人这份荣誉,也对不住党、政府以及残联的关心。”

一分耕耘,一分收获,黄光全一家通过自身的努力,从刚开始的生活拮据到现在的吃穿不愁,实现了生活上质的飞跃。黄光全坚信以后的日子会越来越好。他那勤劳、热心、奉献的精神也无时不在激励着大家,为群众树立了很好的榜样。说到黄光全,村里人都竖起了大拇指。

张明生：养蜂达人的甜蜜脱贫故事

◇ 讲述：印江土家族苗族自治县缠溪镇周家坳村村民张明生
整理：蔡 茜

周家坳村位于印江县缠溪镇，距集镇7公里。这里四面环山，木竹清幽，漫山遍野绿意盎然，处处散发着黔东小村落的婉约和秀美。

张明生是该村岩科林组人，是一个养蜂人。他养殖的中华蜂，隐藏于群山之中，采百花的蜜，甜而不腻。

近日，记者走进位于该村的中华蜂养殖基地，一个个黄色蜂箱整齐排列，坐落山间。养蜂达人张明生正在基地里查看蜜蜂生长情况，他小心翼翼地打开盖在蜂箱上的蜂布，提起来仔细查看，关注着蜜蜂的动态。

“每天都要到基地来看一看，有时候太晚了，就在基地的木屋里休息。”张明生视蜜蜂如珍宝，悉心照料着。

2016年以前，张明生一直在外务工，可父母年老，孩子尚小，让本就贫困的家庭雪上加霜。2014年，张明生一家被列入贫困户，但他始终坚信勤劳致富。“我们不能凡事靠国家，更不能抱有‘等靠要’的思想。只有靠自己的双手去创造，哪怕日子过得苦一点，心里却是安定的。”

2016年下半年，经过该村党支部书记谢应权的努力，在缠溪镇党委政府帮助下，免费分给张明生4桶蜜蜂进行养殖。正是这一举动，让张明生走上了养蜂之路。

“2016年的蜜蜂只养了20多天就开始收割蜂蜜了，而且蜂蜜质量很好，很甜。”这大大增加了张明生养蜂的信心，他决定扩大规模，以养蜂为生，并要让全家过上甜蜜日子。

2017年，张明生彻底放弃了外出打工的念头，并从福建购买了中蜂50桶。

这一年，是张明生最艰难的一年。

“由于缺乏养蜂知识和技术，多数蜜蜂得了烂子病。”村里的养蜂人只有几个，且大家都不懂技术。张明生心想：如果不治好这个病，投入的钱就都打水漂了。

由于家庭贫困，张明生读书时只念到初中。然而天生爱琢磨、爱学习的他，脑筋很灵活，学会在网络上寻求帮助。

“那时候每天在网上查资料，还通过网络咨询一些养蜂专家。”张明生说，原来这个病并不难治，用对药方就能治好。

2018 年，张明生继续扩大规模，蜂蜜产量达 700 余斤，年收入达 10 余万元，一家人顺利脱贫。“感谢好政策，我才能有养蜂的机会，才能书写自己的脱贫故事。”张明生激动地说。

蜜蜂养殖，让张明生一家成功摘掉了贫困户的帽子。

同年，张明生还带动嫁到邻村的姐姐张明婵养殖中华蜂。“姐姐一家也过得很艰辛，多年来在外务工。如今我靠养蜂脱了贫，也懂了一些养蜂技术，希望能帮助姐姐一家过上甜蜜日子。”在张明生带动下，张明婵养殖了中华蜂 80 桶，收割蜂蜜 600 余斤。

经过不断摸索，张明生成为周家坳村有名的养蜂达人。可如今，养蜂达人遇到了新难题。

2019 年，张明生共养殖中华蜂 155 桶，目前收割蜂蜜 1300 余斤。看着眼前的蜂箱，他无奈地摇着头：“目前仅销售了两三百斤，滞销的蜂蜜真不知道怎么办呢。”

甜蜜的脱贫故事再次遇到瓶颈，张明生并未退缩：“只要资金充足，明年我还会继续扩大规模，定要养最好的蜜蜂，卖最好的蜂蜜。”

多年来，贫困犹如一团灰色的云，笼罩在张明生一家的头上、心中。如今，张明生激发了自身的内生动力，积极创业，靠勤劳致富，靠双手摘掉贫困帽。他好思爱学，不怕吃苦，用实际行动谱写了自己的脱贫篇章。他身上爆发出的能量，正是“扶贫先扶志”的典范，是社会所需要的正能量。

圆梦今朝

张琼戒酒

◇ 讲述：玉屏侗族自治县皂角坪街道茅坪村村民张琼
整理：任恩多　罗　旭　张著昶

2020年11月22日，晌午时分。玉屏侗族自治县皂角坪街道茅坪村，暖意融融。宽敞干净的宅院里，一群小鸡、小猫、小狗在阳光下追逐嬉戏，浓浓的乡土气息扑面而来。

张琼端着刚炒好的一盘猪头肉，摆放在火炉盘上。看着满桌香喷喷的饭菜，丈夫杨万江笑着说道："老婆，我们喝杯酒吧！"

"你想喝就喝，我真的戒酒了！"

说起喝酒，有20多年酒龄的张琼面部表情有些许复杂，心中有很多话想说。

不幸的童年

3岁时，出生在黔东南自治州岑巩县大有镇的张琼，在与小伙伴玩耍时不慎摔倒，一支手工锥深深扎入脑门。经过简单治疗后，张琼的命算是保住了，可却出现了左半边身子无力、腿部僵硬等症状。她的双脚无法站立，平日只得用双手当脚，艰难爬行度日。

母亲周二妹为了全家生计，整天早出晚归。回到家中，总会紧紧抱着张琼，说些贴心话鼓励孩子："要坚强，一切都会好起来！"

可不幸的是，命运再次捉弄了小张琼。8岁那年，她的病情恶化，一时间击溃了家人的幻想：一天午后，她突发痉挛，痛感深入骨髓。

从此以后，痉挛天天发作。原本应该高高兴兴上学的小张琼，只好成天在家以泪洗面，甚至产生过轻生的念头。一次趁家人不注意，难以忍受痛苦的她找来农药要服毒自尽，所幸被母亲发现并制止。

醉酒抗痛

每天看着抽搐翻滚、号啕大哭的可怜孩子，周二妹心如刀绞。无意间，她想到了一个方法——让张琼喝白酒：醉了就会沉睡过去，这样或许会好受些。

自此，张琼成天与酒为伴，以酒抗痛。

“开始时，一天喝一杯白酒，几个月后，每天要喝上三大杯（约 1.2 斤）才能醉过去。”

回忆过去，张琼的心仿佛被揪扯般地疼。

“孩子每天都要喝一斤多白酒，那些年，本来家里就穷，这笔开支可不小。”父亲张以成对那时的家庭状况记忆犹新。为节省开支，他慢慢学会了酿酒，以满足女儿所需。

就这样，白酒成了张琼的日常必备品，是她的安眠药、镇痛剂。

转眼，张琼长到 23 岁，到了谈婚论嫁的年纪。

经亲朋撮合，她嫁给了玉屏侗族自治县皂角坪街道茅坪村村民杨万江。其时，杨万江前妻病逝 8 年，好不容易建起的一栋毛坯砖房还是家徒四壁的。娘家人都担心张琼嫁人后的日子会更艰苦，迎亲的队伍一出门，悲喜交加的一家人哭得稀里哗啦。

好在杨万江是个知冷知热的汉子，家里家外的活儿他一人撑下来，将妻子照顾得无微不至。

自强不息

每天早上，张琼都利用状态较好的 4 个小时做家务，尽可能多地做点事。

有一次，杨万江看着她在放置于地的砧板上切菜，因为肌张力障碍，左手根本张不开，只能靠大拇指勉强码菜，大拇指不慎被菜刀切伤，他既心疼又感动。

“她一直不想做个废人，凭着坚韧自强的品格，每天都抢着操持家务。她看电视，听主持人发音，比对着字幕，一个字一个词地学，现在一般书信都认识，还能辅导孩子作业了。”

识字不多的杨万江为自己有这样一个聪慧的妻子感到很幸福。

“除了做家务、辅导我们写作业外，妈妈以前白天时间几乎都是醉酒睡觉。”就读玉屏一中七年级的杨远灵对酒的感情是既爱又恨，“酒虽然能减轻妈妈的痛苦，但我随时都希望得到妈妈陪伴。每天看着醉酒中仍在抽搐的妈妈，我真的于心不忍，希望她能安然入睡。”

小学时，写人物作文，杨远灵写《我的妈妈》，一边写一边哭，一边哭一边写，泪水浸透了本子。“那时，我最大的愿望就是妈妈好起来，把酒戒了。”杨远灵说。

命运转折

机遇降临。

自全国脱贫攻坚战打响以来，铜仁市全面提升医疗卫生服务能力，实行家庭医生“应签尽签，应管尽管”服务群众，实现大病专项救治“应治尽治，应助尽助”，普遍推行“先诊疗后付费”制度。

2017 年，玉屏侗族自治县人民医院副院长冉茂志，成了张琼的县级签约服务医生。

“我看见张琼用疲乏的双手艰难地支撑着身体，吃力地在地上爬行，起初，我还以为是身体的关节受到损伤。”

冉茂志回忆，当他把张琼带回医院检查后，发现关节完好无损，身体体征和各项检查数据都无明显异常。

凭借多年的临床医学经验，冉茂志判断张琼一定是患了某种极为罕见的病。当他将此情况向帮扶医院贵阳市第一人民医院汇报后，该院组织专家团队前来对张琼进行全面会诊，最终确诊为脑部感染导致肌张力障碍扭曲性痉挛。经过治疗，张琼的病情逐步稳定下来，左腿肌肉逐渐变得松软。

2017 年 11 月 6 日，是张琼永远记得的日子。

坐在病床上的她，感觉身体格外轻松，一直紧攥的左手也舒展开来，双膝也能够伸展了——她小心翼翼地下床，尝试着迈脚走了几步，竟然可以站起来走动了！

“30 年的痛苦，瞬间就没啦！”“我再不用喝酒麻醉自己了！”……

每当有人聊起这件事，张琼总会动情地说：“祖国繁荣富强好，我享受到了共产党给我们带来的福气。”

编者语：

在铜仁广大农村，乡亲们一般要遇上喜事才喝酒以示庆祝，能喝上酒的人家一般都是幸福人家。但张琼说，她从 11 岁开始喝酒，到手术前，累计喝下了 5 公斤装的白酒 1200 多桶，足足有 6 吨多。与其说她喝下的是酒，倒不如说她喝下的是痛苦，是千百年来贫困的无情折磨。

在乡亲们看来，张琼是痛苦的，但同时她也是幸运的，因为她赶上了党的好政策，没花一分钱，身体便康复了。正如她本人所说，这是祖国繁荣富强带来的红利，是共产党为民谋的幸福。

张琼戒酒，戒掉的是痛苦，告别的是贫困，迎来的是幸福。

感恩奋进，再启新征程。在张琼家旁边的地里，绿油油的蔬菜正茁壮生长，张琼每天都要去侍弄菜园子。她的生活，就像这一地水灵的蔬菜，鲜活、旺盛。丈夫杨万江成了村里的护林员，还利用闲时到附近打零工，加上村里的产业分红和农村低保金等，一家四口年收入超过 3 万元。

爬了 30 年的张琼重新站起来，可以说是我国医疗扶贫的成果的缩影之一。这些年，铜仁市有近 90 万建档立卡贫困人口像张琼一样享受到国家医疗惠民政策，过上了幸福美满的新生活。

张英搬家记

◇ 讲述：江口县梵瑞社区搬迁群众张英
整理：王 玥

走进张英在江口县梵瑞社区的新家，沙发、茶几、电视等家居用品齐全而整洁。“以前的日子太苦了，感谢党和国家让我过上了如今的好日子。”

故事的主人公名叫张英，今年32岁，三级肢体残疾，丈夫常年在外打工，家里有三个老人、两个小孩，都得靠她照顾，搬迁前家住桃映社区张家湾组，通往集镇的只有一条很窄的乡村路，中途还要翻越一座大山，蹚过一条河流。“那时大女儿在集镇上幼儿园，担心孩子一个人爬山涉水遇到危险，我只能每天接送。”说起以往，张英满是无奈。

2011年是张英最为痛苦的一年。她被确诊为骨菌细胞瘤，器官内损诱发炎症，导致右腿基本无力，病痛演变为残疾，让这个本不富裕的家庭雪上加霜。搬来梵瑞社区两年不到的时间，一切都发生了变化。

“考虑到张英家庭的实际情况，她们一家被纳入城市低保，每个月有1930元的生活补贴，吃穿不发愁了。”梵瑞社区干部杨群介绍着张英搬迁后收入上的增加，“我们推荐张英到社区旁边江口县第三幼儿园做保育员，每月工资收入1800元。她的第二个小孩也在幼儿园上学，来回接送也方便。”

生活基本保障有了，张英自己也在社区干部的帮助下能挣到额外的收入，弟弟不用像姐姐以前那样走那么远、那么危险的路去幼儿园了，张英的身体也渐渐有了好转。

“以前生病了也不敢去医院，花费太多，家里没钱。上次去医院总费用为2万多元，国家给报销了80%，民政另外给我补贴了3000元，算下来都没怎么花钱了。”张英说起生病的事也不再避讳了。

“现在日子眼看越来越好，过段日子爱人要从外省回来了。社区干部给他推荐了一家县城企业，收入比他现在高些，回来还能帮忙照顾家里。”张英说起日后的日子，信心十足。

手中有粮，心中不慌。“快看上面的数字，最后那行。”张英将一本存折拿给笔者，催促我们赶紧看，“以前一个月还没结束，存折上就没钱了，只能靠借钱维持生活。现在还清了欠款，上面还点小存款了。”这本存折上的数字变化记录了张英一家摆脱贫困的经历。

说话间，已经到了晚饭时间，张英带我们往楼下走去，走到一座儿童滑梯旁边，右边的房子门头上写着“四点半学校”，左边的屋子门头上写有“老年活动中心”。

“石晨媛，收拾书包回家吃饭。”张英走进右边的房子，拍了拍一个正在专心做作业的小女孩的肩膀，女孩就收拾起书包和张英一起出来了。

石晨媛是张英的大女儿，是一年前还得跋山涉水出门上幼儿园的小姑娘，现在就在社区对面的四完小上一年级，“四点半学校”是石晨媛放学后最爱来的地方。

“大姑娘放学就和同学在这里写写作业，不会做的还有志愿者老师帮他们讲讲题，周末也爱来这里看看课外书。有时候还会把书借回家里，给她爷爷奶奶念念里面的好玩故事。”正说着，石晨媛从老年活动中心搀扶着一位老人走了出来。

“这是孩子她外公。老人经常与社区其他老人到老年活动中心看看电视、打打棋牌，认识了很多老人朋友，家里的老人也不用我担心了。”张英介绍着。

老人拉着小孩的手，有说有笑地往家里的方向走去。

吃完饭，张英一家人出门散步，走到一片田里，田里农作物品类繁多，茄子、黄瓜、豆角、玉米等长势喜人。

“张英，我看你地里的辣椒都快熟透了，你准备啥时来打（采摘）呀？”说话的是张英的邻居王香香，她是来自怒溪镇麻阳溪村的搬迁户，一边和张英打着招呼，一边继续在田里松土、除草、施肥，干得不亦乐乎。

“今年 4 月份，我分到一块约 15 平方米‘微田园’，种上菜，蔬菜已经够全家吃，有时吃不完还送给领居、朋友。”

“离开老家啥都好，就是惦记着村里那点地。政府分的土地就像及时雨，不仅满足了我们庄稼人对土地的依恋，更满足了我们对新鲜蔬菜的需求。”张英说她从心里感激今天的好日子。

像张英、王香香一样，社区享受“微田园”政策红利的群众还有 1642 户，总共划分土地 50 余亩，确保有需求的搬迁户每户至少分配到 15 平方米以上。

江口县有搬迁户 3513 户 14873 人，其中贫困户 2834 户 11922 人，张英是其中的一员，她的故事是搬迁群众摆脱贫困迈向新生活的缩影。

自“新市民·追梦桥”工程实施以来，江口县紧紧围绕健全易地扶贫搬迁“五个体系”，做实“六个优先”，坚持“县委一盘棋，干群一条心”，促进搬迁群众更快从农民转变成市民，从“稳得住”向“有就业、能致富”转变。如今，搬迁群众过上了好日子、住上了好房子、养成了好习惯、形成了好风气，江口易地扶贫搬迁锦绣画卷正在徐徐展开。

“雨”过天晴入新居

◇ 万山区仁山街道观山雅居安置点搬迁群众腾树云

我叫腾树云，是万山区下溪乡兴隆村村民，2016年7月3日至7月4日，一场特大暴雨袭击铜仁东部，其中下溪乡受灾严重，道路、供水、供电、通信、网络全部中断，集镇大面积被淹。这场百年难遇的洪灾，猝不及防地袭来，让下溪乡瞬间沦为孤岛。我们一家人在这孤岛之中也被无情地拉入贫困的境地。

那天，洪灾来临之前，天空阴沉得让人压抑，如往日一般，我和婆婆在家照顾着两个孩子和八十岁的曾外祖父。晚饭过后，雨才淅淅沥沥地下起来，8点、9点、10点，滴滴答答，下个不停。在这夏日里，人们对山间的惊雷与降雨早已习以为常。晚上12点，睡梦中，雨量猛地加大，敲打着屋顶瓦砾的声音越来越大。

凌晨2点，村里人叫着“发大水了”。我从梦中惊醒起来，眼前的场景是我这辈子都没见过：楼下的积水已有半人高，排洪渠道里浑浊的洪水奔流而下。雨还在下，容不得分神，我拉着婆婆和孩子，带着曾外祖父直直地往屋顶上爬。庆幸的是，房子靠着高坎，村里人找来梯子把坎边和屋顶连接起来，我们就撬开瓦和板，从顶上钻出，终于获救。此时，快到凌晨3点了，暴雨持续下着，水位越涨越高，全村人都在往高处爬，一步也不敢走错，直至雨停，才敢稍微歇息。此时，万山区下溪乡重大暴雨洪涝灾害受灾率达91%。

次日，在群众和政府的共同努力下，下溪通往万山道路中断的“生命之道”得以打通，救援队伍和救援物资纷纷入村。在社会各界的帮助下，我们逐步重建家园。

再后来，家里渐渐恢复原先的模样，但洪水的浸泡已经让老房处处受损。

我丈夫吴成伍就近务工的微薄收入仅够糊口，一家老小想修房子却无从下手，想搬家，又没钱。2016 年 8 月，因灾致贫的我们成为建档立卡贫困户。

直到 2017 年的一天，我的帮扶干部姚丹杷格外开心地跑来我家，她说我们家可以搬去城里了，政府帮我们盖了新房。这一年，我们通过搬迁、务工、产业分红等方式战胜了灾后贫困，实现了新生。

2018 年 4 月，我们入住新家仁山街道观山雅居安置点，小区里高楼林立，出门就是街道，就医、上学别提多方便了。此外，在工作组与就业局的双方协调帮助下，我还找到了适合自己的公益性岗位，楼上居家，楼下就业。丈夫在万山城区务工，收入比以前好太多，生活更是没话说，你看我们家孩子满墙的奖状，我打内心里觉得现在的生活太幸福了。“阳光总在风雨后”这句话一点不假，洪灾过后，政府帮我们驱散灾后的阴霾，让我们融入繁华的都市，找到幸福的阳光，安居乐业的新生活就在眼前。

我当上了聘用制员工

◇ 石阡县坪地场乡坪地场村村民杨茂勇

在一个山区小镇，农民还能拿稳定工资，这放在几年前谁都不敢想！我叫杨茂勇，今年47岁，石阡县坪地场乡坪地场村人。一年前，我签约了村集体经济专业合作社，成为一名小镇聘用制员工。

时间转瞬即逝，回想十六年前，考虑到两个孩子的成长和年迈的母亲，在外打工近十年的我只能背着行囊回到家中。包谷玉米加杂粮，一家四口靠着三亩田地维持生计，家中老的老，小的小，十来年的日子过得苦不堪言。

我们一家居住在集镇上，“家贫”一词在大部分人看来，是不合乎常理的——街上的人怎么可能没有钱呢？到了2014年，我的邻居大都翻新了好几次房子，我家大马路边的木房成了集镇的另类。

顶着贫困户的帽子，我决定在工地闯出名堂。然而似乎跟预想的不一样，在工地也得靠天、靠运气吃饭，收入非常不稳定。越来越多的生活磨难，让我的话变少了！

2018年初，驻村工作队组织全村群众开会，说村里成立了集体经济专业合作社，已在县政协和乡党委政府的组织下，去往湖南考察，要结合乡村振兴战略的内在要求和省、市、县坝区产业结构调整工作安排，因地制宜，因势利导，因业施策，在村里搞一场产业革命热潮。我不懂什么是“产业结构调整”，只知道要拿出土地种植黄花菜。

我们村200多年前就以黄花菜作为夏秋的主要蔬菜，栽培、管护、采摘、晾晒等工艺也传承至今，所以邻居们大都同意种植黄花菜，流转出去一亩地还能有400多块钱。除了之前出租给他人的1亩地外，我把另外的2亩地全部流转给了合作社。我们乡第一批280亩黄花菜正式下土。

我时常觉得，人不可能一辈子倒霉，2019年刚过完春节，村里又新种植黄花菜350亩，还承包了乡政府的黄花菜加工厂。支书找到我说，考虑到我家庭的特殊性，决定让我到合作社上班，而且不是临时工，而是签订合同的正式工，从此，我成为合作社的聘用制员工，每个月有3300元的固定工资。

在签订合同的那一刻，我还有些不敢相信，我也能按月拿工资了！后来我得知，考虑到贫困家庭的就业问题，在乡政府的部署下，好几个贫困群众都成了合作社的聘用员工。

在一年多的工作中，我了解到单位还发展苗圃30亩、茶叶400亩，带动本地群众务工3000余人次，利益联结全村贫困群众155户547人。2020年，我们贫困户户均分红514元。

人逢喜事精神爽，干起事来劲头足。这两年，黄花菜迎来小小的初产，除草、管护、运输、加工……我在忙碌中感受充实，我也是一名上班族了！

从大寨村经甘家寨村、毛家营村、覃家营村、唐家营村、坪地场村至老鸹林村坝区规划区内，今年我们乡连片种植黄花菜面积已达到3800余亩，3年后达到丰产期。当村里黄花菜到达盈利阶段，将实行“4222”模式（40%用于分红所有农户，20%用于产业滚动发展，20%用于合作社成员福利，20%用于贫困户分红），到那时，我的收入将会更高。

如今，在老房子的地基上，我新建了两层砖房。来年，新房子周围，那成片的黄花菜又该熟了！

给儿子一个安稳温馨的家

◇ 印江土家族苗族自治县搬迁群众田琼

我叫田琼，家住印江博爱医院对面的居民楼里。今年32岁的我身患重病，在党和政府帮扶以及自身努力下，直面困难，融入新家园，过上了美好新生活。

窗外和煦的阳光普照。在我家中，客厅打扫得干净整洁，几株绿植显得生机盎然，厨房里各类厨具摆放有序，台面擦得纤尘不染，卧室布置得温馨雅致。这就是我的家，一个经过重病女人仔细收拾打理而显得舒适的家。

我原来是朗溪镇昔蒲村的村民。离异以后，我一直带着儿子住在昔蒲村。为了孩子能在城里读书以及方便自己在城里看病，我们不久前搬到现在的居民楼，开始了新的生活。

时间追溯到2015年，一张病危诊断通知书改变了我的人生轨迹，我得了重型再生障碍性贫血。丈夫不堪重负，选择离开。我只身带着还在读小学的儿子踏上了寻医之路。

医院的诊断证书显示我的血小板数量远远不及常人。我平时全身无力，哪怕微小的伤口都有可能流血不止，从而有生命危险。从2015年到现在，5年的时间里，我辗转于广州、天津、重庆、贵阳、铜仁、遵义的各大医院求医，然而都只能靠输血维持生命。

因为身患重病，且独自抚养年幼的孩子，村里把我列为建档立卡贫困户。我家享受到了精准扶贫和低保政策。从十几岁开始就外出打拼的我，天生有一股不服输的劲头，不愿意从此就靠政府救济生活。为了维持生计，我将儿子托付给他的外公，自己开始寻找工作，希望能有一定收入，在这个城市扎根，给儿子一个安稳温馨的家。

我生病后，因为行动不便没法找固定工作，最后决定摆摊，批发一些小东西到街上卖。刚开始那会儿，卖卖水果蔬菜。一天也就赚几十块钱，最多赚100多块，我从来不说累。有人问起，我就说我要自己赚钱治病。

慢慢的，生意越来越好。艰难的生活也绽放出幸福的花朵。虽然身体不舒服，但是我对生活充满了热爱。我平时辅导孩子学习，看看书，养养花，听听广播，和病友们聊天，感觉生活不那么枯燥。

我的病如果需要根治，只能做移植手术，这就需要至少20多万的手术费。这个手术的手术费，终于在今年有了着落了。先是我的亲戚朋友帮我凑了一些钱，然后一位病友借给我5万的看病费用。然后，我在爱心人士和帮扶干部的帮助下，于2020年1月申请到了顶梁柱健康扶贫公益保险项目。经过该项目工作人员鉴定后，我于2020年4月获得12651元的赔付。是国家和好心人圆了我“重获新生”的梦。

国家给我们好政策，帮助我们看病。现在我的移植手术费用也有着落了，还有一份不错的收入。长期漂泊、四处寻医的我，每次想到这些就激动得眼眶湿润。我的病有了明显好转，我家的经济条件也改善了很多。如今，我家顺利实现了脱贫。

我对待人生的态度深深地影响着儿子。在一次聊天中，我心虚地问儿子:“妈妈患有重病，行动不便，给你丢人不？”其实我早就成了儿子最好的榜样。“妈妈不仅不丢人，反而是我的骄傲。”每学期儿子都用班级前5名的好成绩回馈我。

把自己的家经营好，自己吃苦耐劳，乐观生活，让儿子好好读书，早日成才……未来可期，生活如此幸福，我要大踏步向前。

刘远林“变身记”

◇ 讲述：玉屏侗族自治县亚鱼乡瓮袍村村民刘远林
整理：李 平

“按照一头牛 5000 元的利润来算，今年这 20 头牛全部出栏就有 10 万元的收入了。”这两年，一到年底，刘远林总会盘算收入，黝黑的脸上满是笑容。

刘远林，今年 48 岁，家住玉屏侗族自治县亚鱼乡瓮袍村陈忠堰上组，是建档立卡贫困户。这两年，得益于政策的帮扶，加上全家一起努力养牛，刘远林家的生活越过越滋润。

成为贫困户不光荣，无奈却成了贫困户

时间回到 2016 年，刘远林整天愁眉苦脸。那年，刘远林的妻子张秀珍被诊断出尿毒症。上有 80 岁的老母亲要照顾，下有正在读书的孩子要供养，加之爱人每个月的治疗费用，生活的负担压得他喘不过气。

“自爱人确诊是尿毒症后，我每晚都睡不着。眼看孩子读完书就出头了，哪知家里会遇到这事，但不管怎样都得给爱人治疗，哪怕是砸锅卖铁。”刘远林是这样说的，也是这样做的。

为了不让妻子担心，安心养病，刘远林把妻子安置在身在铜仁的女儿家后，便回来把家里仅有的积蓄取了出来，又约了买牛的行家把牛卖了，然后赶往铜仁陪妻子治疗。

站在牛棚里，刘远林迷茫了，圈舍的牛一头头减少，而爱人的治疗还在

继续。仅一年的时间，不仅家里的积蓄全部花光了，牛也所剩无几了。

“人们都说‘男儿有泪不轻弹’，那是因为再苦再累，没有人分担，所有的委屈和无助都只能往肚子里咽。”回想起那段黑暗的日子，刘远林看着远方，似乎在思索着什么。

2017 年，刘远林家因病致贫，被村里纳入了贫困户。

“被评为贫困户不是件光荣的事，但却无可奈何。”刘远林无奈地说，“村里知道我家的情况后，给妻子办了慢性病卡。以前妻子每周都会做三次透析，加上药物每个月都要花 7000 至 8000 元钱。自从有了慢性病卡和贫困户相关的医疗政策，一个月的治疗费和医药费也就 600 元左右。”

不能只靠国家扶持，自己得努力

有了政策的扶持，刘远林得以喘一口气，一边陪妻子治疗，一边抓紧养牛，只有扩大养殖规模才有更多的利润。

“不能只依靠国家，自己努力才能摘掉贫困户这顶帽子。”刘远林笑着说。从最初养殖的几头牛到如今的几十头，加之这两年牛的价格好。2019 年，单靠养牛，刘远林就获得了近 8 万元的利润，加上酿酒和种菜等收入，刘远林稳稳地脱贫了。

“感谢你们一直以来对我家的帮扶，如今我家经济好转了，我要申请脱贫。”瓮袍村驻村第一书记刘榜兵，至今还清晰地记得去年刘远林来活动室找自己主动脱贫的情景。

每天只睡 5 个小时，只为脱贫那一天

刘远林每天 5 点就起床，给牛煮熟食的同时打扫牛圈，天不见亮又得往地里赶，种菜、种粮食一样也不落下。晚上回到家，刘远林依旧在牛圈里打转。

去年，刘远林家里共挖了近 1 万斤的苕，本想留着给牛做熟食减少喂养

成本，哪知苕根本不耐储存。后来想着家里以前也酿过酒，便想着不如酿成酒，不仅可以卖，酒糟还能用来喂牛。

多谋了一份收入，就意味着得多付出。晴天下地干活，雨天在家酿酒，赶集天还得上街卖菜，每天，刘远林的时间都安排得满满当当的。

“不是不想休息，而是休息不起。作为家里唯一的顶梁柱，自己身上的担子有多重只有自己知道，每天晚上睡 5 个小时够了，因为想着荷包空空的也睡不着。”刘远林笑着说，如今好了，自己脱贫了，心里的大石头也就落下了，也能睡个好觉了。“目前，我正在扩修牛棚，准备扩大牛的养殖规模，希望明年的收入能超过 10 万元。”

和我们作别后，刘远林像往常一样开着三轮车前往牧草地里忙碌。午后的暖阳拉长了他割草的身影，也拉长了他的幸福之路……

外来媳妇看德江变化

◇ 讲述：德江县楠木园安置点搬迁群众丁欠欠等
整理：向秋樾

安徽宿州姑娘丁欠欠说话轻言细语，待人礼貌，高高的个子，扎着马尾，看上去清爽干练。

嫁到贵州 14 年，丁欠欠讲着一口流利的“八分像”的德江话：“我说话比较直，口音有点重，怕你介意呢。”

丁欠欠今年 32 岁，2006 年与潮砥镇阡门村村民张文峰结婚，如今已是两个孩子的母亲。一家人住在楠木园社区，丈夫在外务工赚钱，她就负责照顾家庭。丁欠欠在社区谋得一份工作，孩子在学校努力上进，夫妻俩分工协作，共同经营着自己的小日子。如此看来，丁欠欠的生活虽平凡却也幸福，但对丁欠欠而言，这样的生活是来之不易、难能可贵的。

嫁到贵州来，是丁欠欠从小到大做过的最叛逆的一件事。

丁欠欠出生在安徽宿州，家里有 20 多亩地，虽说是在农村，但从自己记事起，家里耕作都是机械化的，年收入在十五六万元以上，家境殷实。因家里管教严格，丁欠欠是父母老师眼里的乖孩子，凡事按照父母说的做，不会惹得家里人不开心。

和丈夫张文峰认识时，丁欠欠还未脱离青春期，她与父母到广州务工，机缘巧合之下与张文峰相识，之后相爱。丈夫掏心窝子地对她好，是丁欠欠毅然决然不顾父母反对跟着丈夫来到贵州的动力。

“爱情的力量有时候会变成利剑斩断一切阻碍。”丁欠欠想起当初的勇敢和果断，不禁笑了起来，在她看来，过去的一切都是青涩美好的。

当初父母反对她嫁到贵州，丁欠欠认为原因有三，一是当时的贵州离安徽太远，二是自己年纪尚小，三是自己从小在呵护下长大，父母怕她远嫁会受委屈。

尽管父母再三反对，丁欠欠还是决定和张文峰一起回到贵州。“没有的东西我们可以创造，家庭是经营起来的。”离开父母的庇护，她靠这个想法坚持到现在。

尽管丈夫已经提前给她说过家乡的景象，但丁欠欠刚到德江县时，还是感到惊讶：“当时的德江县非常小，交通极其不便。”丁欠欠认为，最差不过如此了，没想到阡门村条件远比县城还“老火”。

“回阡门村的路很曲折，我们只能坐车到镇上，然后从镇上走路回来。一路上，山坡一个比一个高，路一条比一条弯，我在车上吐了好几次，也摔了好几次，走了两个多小时才到。”回想起第一次去婆家的情形，丁欠欠记忆犹新，“没有什么景象比那更让我震惊的了。”

回到德江后，丁欠欠便和张文峰在村里结了婚。看着婆家摇摇欲坠的房子、望不到头的山坡和坑坑洼洼的泥巴路，她心里五味杂陈。丈夫安慰道：“现在条件差一点不代表以后不会好，我会努力赚钱养家，带着你们走出大山的。”

看着丈夫真诚的眼睛，又想起当初自己下的决心，她相信未来可期。

婚后，丈夫一直为自己许下的诺言努力，一边顾家里农活，一边去城里找活干，想法子赚钱。

村里人念着丁欠欠是“外来媳妇儿”，怕她在贵州不习惯，对她十分友好热情。那段日子，丁欠欠在家可以做任何自己喜欢做的事，慢慢地，她发现大山里也是乐趣横生的。

遗憾的是，这样的宁静时光并没有持续多久。

一次，丈夫像往常一样去县城务工，在工地上工作时意外摔伤，手臂粉碎性骨折。医生告知丁欠欠，张文峰手术之后修复时间长，以后就算恢复好了，都不能干重活了。

听到这个消息，她既庆幸又无奈。庆幸的是，丈夫没有生命危险；无奈的是，靠做体力活挣钱的他，恐怕再难扛起家庭重担了。丁欠欠鼻头一酸，却欲哭无泪。

当时，两人已有第一个孩子，家里开销大，丈夫又不能工作，家庭重担自然而然落在丁欠欠身上。孩子才一岁不到，自己外出工作便无法兼顾家庭，她想了一夜，第二天还是拨通了那通许久没有打出的电话。父母听闻小夫妻俩的遭遇，心疼不已，答应帮女儿带孩子，让女儿安心工作。

把孩子送回安徽后，丁欠欠赴江苏昆山打工，这是她人生中第一次独立出来工作。过去，她在父母的庇佑下工作，赚取自己的生活费足矣，如今从孩子变成母亲和妻子，丁欠欠心中的感受难以言喻。

丈夫张文峰休养半年后，手臂渐渐恢复，但仍是使不上力气，只能在家种种蔬菜。可种地赚不了几个钱，于是他决定和几个亲朋好友创业，搞养殖。

张文峰把这一想法和丁欠欠商量，阡门村水源丰富，可以因地制宜发展养鱼。夫妻俩了解市场情况后，一致认为可以一试，于是便贷款入股，与亲朋好友一起搞起了养殖。

起先，几人养的鱼在市场上的确很受欢迎，也因此赚了点钱。但是缺乏管理经验，对集装箱养鱼技术不熟悉，大批鱼苗最终无法存活，加上市场价格波动，刚刚燃气的创业火苗便被浇灭了，张文峰几人在银行贷的款也因此赔在这条坎坷的创业路上。

丁欠欠得知丈夫创业失败，并没有责怪和怨言，反而安慰丈夫："生意不好做，亏了就亏了。"

在妻子的鼓励下，张文峰决定去妻子所在的工厂干活。尽管两人都出来上班，但是家里开支依然很紧张，一边要给家里老小生活费，一边要还银行贷款，还要在异乡解决两人的温饱。为了让生活好过一点，丁欠欠更加节俭，在外打工几年从未给自己买一件新衣服。有好几次，丁欠欠问自己："以后都要四处漂泊了吗？"

答案当然是"不"！

2018 年，丁欠欠一家接到村委会通知：“你家是贫困户，可通过国家易地扶贫搬迁政策搬到县城去住，你们愿不愿意去？”

“去，当然要去！”她还没来得及和丈夫商量就一口答应了下来。搬家，更多是为了孩子：“城里教育条件好得多，一定要让他们在教育上站到起跑线上。”

2018 年 10 月，丁欠欠一家通过易地扶贫搬迁政策，从乌江岸搬到德江县城的安置点上，住上了新房子。

与老家的旧房相比，新家宽敞舒适，出门再也不用爬坡上坎，也不用再花 4 个小时徒步赶集。来到德江县楠木园易地扶贫搬迁安置点，丁欠欠十几年前那股“未来可期”的勇气和热情又被找了回来。

最让她感到满意的是，小区宽敞，设施齐全，邻居友好，来到新家不久，她便交了很多朋友。两个孩子每天在家门口乘坐公交车上下学，十分方便。

丁欠欠一家的生活节奏终于缓了下来，当心闲下来时，眼睛就会看到很多被生活忽略的东西。

很多时候，丁欠欠感叹于县城变化之大、“短短几年时间，你说这变化咋就这么大呢？”

丁欠欠发现，县城每一条街道都干净整洁，过去一排排矮房子全变成商业住宅区，路变宽了，街道两旁商店鳞次栉比，越来越多的公园和广场给人们的生活增添了许多乐趣。“我们德江越来越好了，有了城市的味道。”

新生活给了丁欠欠“新生”的勇气和决心，过去，因害怕父母担忧自己生活不如意，自己结婚、生孩子都没邀请娘家亲人来贵州看一看。嫁到贵州 14 年，贵州的模样都是靠自己的电话传达给父母亲的。搬新家后，丁欠欠想：“是该请他们来看看我了。”

那天，丁欠欠和娘家姐姐聊了很久，她们计划要去黄果树、梵净山看一看，欣赏只有贵州才能看见的独特美景。

如今，丁欠欠的生活稳定平静。今年初，丈夫张文峰通过“送雁行动”到省外务工，每月按时给丁欠欠和两个孩子寄来生活费，而丁欠欠也在安置点引进的扶贫车间就业。此外，安置点还结合丁欠欠的家庭实际，给她了一个公益性岗位，为她增加了一份额外收入。

丁欠欠评价自己不是一个目光长远的人，她打趣称自己就是一名实实在在的“家庭煮妇”，活在当下、不得过且过是她最想要的生活状态。

丁欠欠因炙热的爱情，跨越千里来到贵州德江，生活坎坷，但在丁欠欠看来，那并不是“飞蛾扑火”。

“每个人追求的生活不一样，在我心里，有张文峰的地方才能算个家啊！”

告别山坡坡

◇ 讲述：思南县双塘街道丽景社区搬迁群众赵正寿
整理：孙 磊

今年 71 岁的赵正寿是思南县双塘街道丽景社区的一名搬迁群众，2019 年 6 月份从鹦鹉溪镇踏溪村搬迁到丽景社区，告别了山沟沟，住进了宽敞、明亮的新房子，开启了市民新生活。

“交通靠走，通讯靠吼，生产靠牛，治安靠狗。”这是思南县鹦鹉溪镇踏溪村开展脱贫攻坚工作之前的真实写照，这也是一个省级深度贫困村的真实写照。

赵正寿的老家赵家岩是踏溪村的一个村民组。这里一面是陡坡，一面是悬崖峭壁，赵正寿一家就住在陡坡这面。“出门不是上就是下，买一包肥料，从公路口背到屋头最少要半个小时。下雨天地滑溜了，还不敢走，一不注意就着一匍趴（当时方言“摔一跤”的意思）。”一提起赵家岩，老赵就来了精神，他说那时候日子太穷了，太难忘了。

走进赵正寿在丽景社区的新家，一进门，只见鞋架上整齐地摆放着拖鞋，在客厅的墙上贴着老家房子和现在房子的照片，传统的木房和现在的楼房形成鲜明对比。

“木房子都只有一半是我家的，另外还有两个小偏偏（偏房，比厢房要小），我们家 7 口人之前就住这里。没放假还好点，一放假 3 个孙姑娘回家，就挤得老火（厉害）。”说到此处，老赵眼里闪过一丝酸楚和歉意。

早些年，为了一家人的生计，赵正寿老两口累出一身病，现在每天都是药不离身，女儿、女婿也都患有疾病，丧失了劳动能力。一家 7 口人，4 个病人、3 个学生，因此，2018 年赵正寿家被纳入村里的贫困户。

“他们家情况比较特殊，因为没有劳动力，靠在家务农是永远都脱不了贫的，而且赵家岩又偏又远，看病、买药都不方便，所以只有搬迁才是最好的出路。”踏溪村脱贫攻坚队队长、赵正寿对口帮扶干部李登刚根据实际情况，给赵正寿家制定了住房、就医、就学以及产业分红等一系列的精准帮扶措施。

解决住房完成了赵正寿家脱贫的第一步，可是，搬迁了以后一家人的生活怎么办？在制定帮扶措施的时候，李登刚和工作队没少花心思。

“通过易地扶贫搬迁，房子的问题解决了，医疗、教育等有关帮扶政策同时跟进，他们家的‘三保障’就没得问题了。我们村还有养殖产业，特别是我们的蛋鸡养殖场，规模大，自动化程度高，对工人的体力要求不是很高，所以我们就把赵正寿的女儿安排在养殖场上班。”

“她现在工资涨到2500元了，吃住都在养殖场，抽空就回家来看看，不费力，也不用担心她的身体了。”聊到女儿的工作，老赵十分满意，这份工作既有稳定的工资收入，对她患病的身体又没多大影响。

赵正寿在社区菜市场维护秩序

“姑娘在养鸡场上班，我们有女婿照顾，大孙女毕业在汽贸城也找到了工作，另外两个在上学的还有补助，我现在没什么好担心的了，所以我就加入了社区老年义务监督队，每天做一些力所能及的事情，多少发挥点作用，感念党的恩情。”赵正寿现在是丽景社区老年义务监督队的副队长，每当社区群众需要帮助，总能看到他忙碌的身影。他说现在还有精力，跑得动。当初在老家的时候，还要操心一家人的生活，为了生计根本没心思想别的，现在条件好了，就要发挥余热。

熟练地操作厨房电器

在他家的厨房，油烟机、冰箱、电磁炉等厨房用具一应俱全。在老家烧了快70年的柴火，刚搬来的时候赵正寿还不太适应，老是忘记开抽油烟机。

“以前老家有烟囱，没有用过抽油烟机，一做饭就忘记打开，结果把大家呛得不行。”说到当初的窘况，赵正寿忍不住笑了起来，然而现在，他却能根据需要把油烟机调到合适的档位，早就适应了市民的新生活。

拉开赵正寿家客厅的窗帘，外边宽阔的双塘大道尽收眼底，社区绿化带里一排排的树木正迎风招展，老赵说他做梦也没想到自己有一天能搬到城里，在阳台晒晒太阳、看看风景，过上曾经羡慕的“城里人”的生活。

“以前在老家，开门是山坡坡，房子背靠山坡坡，村子也在山坡坡上，一天就围绕山坡坡转，转了快一辈子，该说再见咯。”老赵偶尔还是会回老家看看，他说不是舍不得，而是要记住当初的苦日子，珍惜现在的好日子。

“他们家现在已经脱贫了，每个月有低保金，每年还有村里的产业分红，再加上母女俩的工资，生活只会越来越好。作为一名帮扶干部，看到这些我就心满意足了。”李登刚说群众脱贫了，他们的努力和付出都值得。

搬进新生活

◇ 碧江区白岩溪安置点搬迁群众任廷武

我叫任廷武，家住印江土家族苗族自治县板溪镇岩底村下柏果组。2018年，享受易地扶贫搬迁政策搬迁到碧江区白岩溪安置点，一家5口从“乡里人”摇身变成了“新市民”。

记得在2018年7月5日，我与妻子在广东务工，接到易地扶贫搬迁抽签的电话，我欣喜万分地从广东赶到抽签现场，抽签后不到一周，我带着母亲和两个孩子，整理了生活用品拎包入住到碧江区易地扶贫搬迁白岩溪安置点。社区服务中心的工作人员带着我取得钥匙，来到属于我的那套房子。打开房门，里面家电基本齐全，母亲拉着我在每一间屋里东看看、西瞧瞧，开心得合不拢嘴。

一周后，两个孩子也顺利地转到附近学校读书。每天母亲负责在家里煮饭、洗衣、照看孩子，妻子在一家美容院上班。

住房问题得到了解决，我们一家人深深地感受到了政策带来的恩惠，感激党的好政策和各级干部的关爱，我也想做点什么事回报党和社会。

2019年，社区选举干部时，我主动交了申请书，通过投票、考核、公示等程序后，我当选为白岩溪社区居委会副主任。自上岗以来，我不负群众所盼，不负组织所望，每天早出晚归地做好社区工作，一心一意为民服务。

“党如此关心我们老百姓，让我们住进了这么漂亮的房子，衣食无忧，我们要尽最大努力回报社会，为社会做出应有的贡献……”我在会上坚定地许下诺言。

铮铮誓言不是挂在嘴上的，而是要付诸于实际行动中的。疫情期间，我与同事们每天准时上班，白天开展疫情防控、城市低保评议回访、四有人员摸排、宣传政策等相关工作。晚上，我们一起蹲守卡口、巡逻、为社区老弱病群众送生活用品，为社区市民筑牢安全防线。

2020年，我交了入党申请书，我要积极向党员看齐，希望早日成为一名正式党员。我要与社区干部、市民们一起战贫困、胜疫情。

感谢党和政府给予我们的关心。如今我住房保障了，工作稳定了，收入增多了。我们要时刻感党恩、跟党走、听党话，不断努力，把日子过得一天比一天更红火。

一家人在一起才是家

◇ 沿河土家族自治县思州安置点搬迁群众黄云

我叫黄云，今年46岁，沿河土家族自治县板场乡人，属于精准扶贫户。之前，我跟妻子在外打工，去年，我们一家人搬迁到了思州安置点A区。

之前在外打工的收入不高，在外面开销大，存不了多少钱，学校一放假就没地方去，这些年很对不起孩子，我心里清楚，一直这样下去，肯定不是办法，但也无能为力。

刚搬到这里时，我就当上了楼栋长，一个月有1000多块钱工资。我看到社区楼下的门面很多都是空着的，我想，要不就不出去打工了，在楼下租个门面做点生意算了。于是，我跟妻子商量，决定租个门面开个粮油店。

说干就干。我立即找社区领导商量，租下了一个门面，租下门面后，当时手里的钱已经所剩无几，拿得出手的不到1万元。这时已经接近年关，正准备大干一场的时候，一场突如其来的疫情打乱了我们的计划。

我当时就觉得这下子难了，又不能出去打工，也开不了店，手里就这么点钱，租下这么大个门面该怎么办。

过年期间，我天天都盼望着疫情早点结束，不然钱都快不够用了。就这样，我们一家人省吃俭用，挺过了艰难的几个月，直到今年4月份，疫情减缓，各项防控措施相继落地落实，复工复产加速推进，我又看到了希望。

不仅如此，社区领导还主动为我免了半年房租，我手里还剩下五六千元，我想，这么大个门面，五六千块钱的货拿来铺都铺不满，那些油和米又贵，一定要多进点便宜和能尽快回本的货，所以我一开始进的蔬菜水果比较多。

每天天不亮，我就出去进货，就是为了保证蔬菜的新鲜，尽量不让它们隔夜。

日复一日，店铺的口碑也一点一点积累起来了。经常听到来我这里买菜的人说：“黄老板，你家卖的菜便宜又新鲜。”在大家的光顾下，我的生意越来越好，货品也越来越多。虽然每天很累，但是我很满足。

我盘算了一下，现在店铺一个月能挣五六千元，我们基本上不花什么钱，有吃的，又有住的，我每个月还有楼栋长的工资拿，比以前好多了，能存更多钱了。最主要的是，以前孩子放假回来都不知道家在哪里，现在好了，自己做点小生意，一家人在一起才有家的温暖！

我觉得，做生意就要能吃苦，现在党的政策好，让我们有房住、有活干。我们搬迁来到这里，不能像以前那样等着国家来扶持，自己也要打拼。只要跟着党的政策走，只要能吃苦、肯打拼，好日子一定会到来的！

我是“卖炭翁”

◇ 沿河土家族自治县泉坝镇大泉村村民侯春富

我叫侯春富，一把锄头、一把镰刀是我出门干活时的标配。每天下地干活之前，都要到林地里巡视一遍，看看树的长势如何，有没有被盗采盗伐，有没有生病枯死，发现有影响树木生长的荆棘就用锄头和镰刀除掉。

这些树都参与了2018年贵州省开始实施的单株碳汇精准扶贫试点，对贫困户拥有的符合条件的林地资源，以每一棵树吸收的二氧化碳作为产品，通过单株碳汇精准扶贫平台，面向全社会进行销售，以帮助深度贫困村的贫困户增加收入。

以前，我们大泉村的日子很难过，山高坡陡，满山石旮旯。村子距镇子30多公里，距离县城20多公里，是沿河50个深度贫困村之一。

因地理条件限制，我们曾经种植传统的红薯、土豆、玉米，却难以改善生活。针对大部分贫困群众的耕地都处在环境恶劣、粮食产量长期低而不稳的山梁山坡，党委、政府在大泉村大面积开展退耕还林工程，每年给予我们村民相应的补贴经费。经过多年发展，我们村退耕还林面积已有近7000亩，森林覆盖率近90%，我还被聘为村里的生态护林员，每个月工资有800元。

我家林地里的树是前几年退耕还林种的，有的直径差不多20厘米，笔直朝天长，绿油油一片，全都编了号参与单株碳汇项目，每一棵树每年都能让我赚3块钱。像这种能赚钱的树，我种有2亩地，去年已收到1300多元。这样的好事不只我一个人，村里的100多户贫困户都享受到了这个政策，大家都笑称我们为“卖炭翁”。

其实不止是“卖炭”挣钱，这几年村里的变化可谓是翻天覆地。村里的干部们带领我们大力培育产业，带动贫困户增加收入，发展蜂糖李种植 400 亩、辣椒和蔬菜种植 350 亩、种草 100 亩、大棚种植西瓜 50 亩、白山羊养殖 294 只、黄牛养殖 50 头，100 万元白山羊养殖等产业。有了这些产业，我们都能够持续增收了。

对于未来，我早就盘算好了，要在党委政府的带领下，把树林保护得更好，把日子过得更美，把腰杆挺得更直!

勤劳致富幸福来

◇ 思南县文家店镇屯山村村民杨鹏燕

我叫杨鹏燕，曾是思南县文家店镇屯山村建档立卡贫困户，肢体重度残疾。

2008 年，我通过自学参加成人高考，考进南昌的一所大学，和丈夫也是在那个时候认识的。俗话说，老乡见老乡，两眼泪汪汪。在外面没有亲人，碰见老乡感觉像是见到亲人一般，格外亲切。慢慢地，我们走到了一起。

由于丈夫家里的原因，他大学没读完就回到老家打工了，我顺利念完了大学。

2015 年，我们结婚了。刚结婚的时候，我们住在一个山坡坡上的老旧木房子里，家里用一块大木板子隔出来一间偏房给我们做婚房。只要一到下雨的晚上，我们一家都不敢睡觉，怕房子突然垮塌。然而，房子还是在一个雨夜坍塌了。

那时候，一家人愁坏了，以前房子虽然破旧，但一家人有个居所。

当我们一家人愁眉不展的时候，村里的帮扶工作队考虑到我们家的实际情况，把我们纳入了建档立卡贫困户，并为我家争取了 3.5 万元的危房改造资金。

工作队雪中送炭，让我们夫妻俩高兴了几天几夜，同时我们也燃起了对新生活的希望。

希望的火苗在我们心里越烧越旺，驱散了房子垮塌带来的阴霾。在大家的共同帮助下，我们说干就干，自己动手，加上省吃俭用存下来的两万多块钱积蓄，花了将近一年的时间，我们的新房子建成了。看着 120 多平方米的新房子，我和丈夫别提有多高兴。

新房子的墙雪白雪白的，还有独立的卫生间，可以洗澡。搬进新房的那一天，我和丈夫真的是高兴得哭了，那种重获新生的感觉我一辈子也忘不了。

党和政府的惠民政策给我们带来了新的生活，我和丈夫下定决心，一定要靠着双手勤劳致富。

同年，我们的第一个孩子降生了，一件件、一桩桩好事接踵而来。我们相信只要努力，日子就会越过越好。

这几年，村寨的变化太大了。宽敞的大马路通到村组，入户便道通到了家门口。很多村民都盖上了新房子或者通过易地扶贫搬迁搬到城里去了，党的好政策让家家户户的房前屋后都变得干干净净，有些人家门前还种上了花。孩子们上学，我们出门去干活，脚上都不粘泥巴。“晴天一身灰，雨天一身泥”的日子已经离我们远去。

另外，村里还建起了广场，一到闲下来的时候，大家就聚到广场上去搞点活动，摆摆龙门阵，像城里的生活一样。

2018 年 6 月，扶贫工作队来到我家里，让我来担任村里的计生专干。起初我还在犹豫，怕自己做不好。在村里扶贫工作队的帮助下，我慢慢地开始熟悉工作，现在我每天都到村里坐坐，想多做点事情。

2019 年，我们迎来了第二个孩子，由于怀孕了需要人照顾，家里离不开人，丈夫就没有外出打工，一直在家照顾我，脱贫工作队的同志们考虑到我家的实际情况，就让他担任村里的护林员，一个月有 800 块钱的收入。我出月子后，生活能够自理，丈夫也就在附近干活。靠党的优惠政策，丈夫去年免费学车拿到了驾照，我们两口子打算买一辆二手车，闲暇时候也像城里人一样开着车在附近旅游。

我是一个有肢体残疾的人，刚结婚的时候，感觉生活压力很大，不知道如何去维持这个家。现在我觉得生活很充实，农村就是我们发展的广阔大地，有国家的好政策，只要不懒惰，日子就一定会好的。这几年，我还有一个最深的感受，那就是党和国家就像父母，扶你学走路，教你学文化，但你长大了，就要自强自立，不断成长。种下一株花，只要勤加管理，花期一到她就会盛开，鸟语花香，赏心悦目。跟我们的生活一样，不等不靠不要，只要用心经营，幸福花儿就会开遍山野，开遍家乡。

易地搬迁圆了小康梦

◇ 碧江区白岩溪安置搬迁点群众任勇兵

我叫任勇兵，是印江土家族苗族自治县龙津街道丰良村坪上组人，今年39岁，家里4口人，两个孩子都在上学，妻子忙于照顾家庭，全家的重担全部落到我肩上。2016年，我因为意外坠楼骨折而丧失劳动力，导致家庭生活困难。2017年，经过民主评议，我家成为建档立卡贫困户。

“喂，任勇兵，吃饭没有？”2018年的一天晚上，我接到帮扶干部田小波局长的电话，田局长说今年易地扶贫搬迁政策下来了，我可以向村里申请，村委会入户核实后按程序评定。我高兴地问：“田局长，你说的是不是真的？”我心里想：这不是在做梦吧，难道几辈人的城里人梦就要实现了吗？

我家祖辈都是农民，我从小就是生长在山沟里的穷孩子，在我记忆中，小时候就没有过上一天真正的好日子。我9岁那年就失去了母亲，父亲长年患病，还要拉扯我们兄弟姐妹3人。我小学毕业后就在家务农，到18岁就跟到同村人到广东务工，在外认识了妻子龙泽芬，我们二人结婚生子。多年来一家四口过着简单朴素的日子，本想通过辛勤劳动跟别人一样在城里买房，住进高楼大厦，变成城里人，过上好日子。可是天有不测风云，2016年，因外出务工从事建筑工作，我自己不小心从三楼摔下，造成胸部骨折，身上多处受伤，丧失了劳动能力，家里断了经济来源。2017年6月，我向村里递交了贫困户申请，经村支两委和驻村工作队入户核实后，通过程序审核，我们一家四口被纳入了建档立卡贫困人口。

纳入贫困户后，田小波局长三天两头往我家跑，了解我们的生活情况和难处，逢年过节也总是带着油、米、肉和生活用品到我家慰问。在田小波局长的关心和帮助下，村支两委按程序给我们一家四口评定了农村低保，从此生活有了一定的保障，孩子上学有教育补助，生病就医医疗费用可报销90%，平时还有各种政策性补贴，日子也一天天好了起来。

2018年8月28日，我们一家人拿着易地扶贫搬迁新房子钥匙，怀着复杂激动的心情来到了铜仁市碧江区白岩溪安置点，问了一路，终于找到了C1栋1单元3–6号房。进入房子，我们一家四口看着80平方米的新居，激动的心情难以言表。房屋都是装修好的，更没想到的是，连电视、沙发、床等一系列基本用品和油、米等食物全部都有，全家人高兴得合不拢嘴。两个小孩高兴地说："我们家也住上新房子，住上电梯楼了！"当晚，我久久不能入眠。

现在，我腰好了，也能干活了，搬迁到铜仁后，我也在当地找到了就业岗位，在铜仁市内做装修工，每月能有5000元左右的收入，按照"一达标、两不愁、三保障"指标，我们家全部都达标了。2018年底，我主动申请了脱贫。现在田小波局长还隔三岔五打电话问我们的生活情况、就业情况。

曾经的梦想变成了现实，我经常和老婆讲，今天能住上高楼大厦，变成城里人，过上幸福的日子，要感恩党中央。我们要把我们的这段脱贫故事讲给儿孙听，让他们学会感恩，让他们永远听党话、永远跟党走，只有共产党是真心实意为人民群众着想的，不然哪有我们今天搬出山村、搬进城市、安居乐业的幸福生活。

我永远不会忘记那个日子，2018年的8月28日，这一天，是我们家小康梦想成真的日子。

晚年生活其乐融融

◇ 石阡县甘溪乡扶堰村安置点搬迁群众易春发

当年“家无半壁长，身无一分识，天公不作美，房屋皆有损”，而今“院居两楼层，屋围菜园走，产业遍地兴，老来有所依”。

我叫易春发，今年69岁，是石阡县甘溪乡扶堰村大良田安置点群众，也是一名退伍25年的老兵，退伍后回到寥家湾组老家。以前家里穷，老伴身体又不好，本来想修缮一下住房，但是每年的收入就靠卖包谷（玉米）、红薯，没啥闲钱周转，日子只能勒紧点过。渐渐地，随着我们老两口年龄的增加，两个女儿也各自成家，竹墙茅屋、烂桩裂瓦……我和妻子的养老问题一直困扰着整个家庭！

我们村地形复杂，山高坡陡，一到雨季，会造成大范围的滑坡，周边10个村民组都会受到不同程度的破坏。2016年4月，大良田那一片地里大兴土木，说是开工建设易地扶贫搬迁安置点，计划对高峰、麻湾、半坡等6个组实施整组搬迁，寥家湾、岩寨等4个组按实际受灾情况进行零星搬迁，而我们家刚好符合搬迁条件，等完工后就可以入住。

一年的时间，上百栋楼房就建设完工了。2017年5月，我们一家搬到了安置点两室一厅的新家中。巧妇难为无米之炊，住是住下来了，但这么多人，吃菜都是一个问题。和我有着一样顾虑的，还有住进新房的147户人家。

后来我得知，在知晓我们的这一情况后，驻村工作队和村委会召开了会议，决定把修建安置点房屋时留下的边角地带划分成小块，给在安置点安家的群众种菜。

搬进新家没多久，我分到了自家18平方米的“微菜园”，种了茄子、四季豆、辣椒、黄瓜等时蔬，一家人平常的吃菜问题终于得到了解决。在新家操持菜园的大半年里，我了解到这样的“微菜园”一共有160多块，其中的147块分给安置点的住户，剩下的分给早前搬过来的住户。

也是在这一年，我们村成立村级集体经济专业合作社，流转土地1100余亩，发展种植茶叶、黄桃、红香蜜柚等的长效产业，八月瓜、头花蓼等短效产业，我和安置点的新邻居没事就去合作社务工。听帮扶干部说，我们村还采取“合作社+基地+农户+贫困户”的模式，通过村集体经济的发展，安置点群众可以通过土地流转获得土地租金。

开春八月瓜栽种，三、四月除草施肥，五、六月头花蓼栽种，七、八、九月还有产业管护，十月八月瓜采摘……天天有活干，月月有钱收，我和安置点的其他邻居，铆足了劲，日子过得是越来越红火。

我算了一笔账：在产业基地里务工，每天有70元的收入，一个月有1500元左右收入，一年就有1.5万元左右；低保金每月524元，一年就是6000元左右；退役军人抚恤金每月是320元，一年也是3000多元；一年下来也有2万多嘞！

现在的我有房住、有菜吃、有钱收、有家人陪着，这样的晚年生活，能不惬意吗！

好政策让我有了新家

◇ 贵州大龙经济开发区德龙新区安置点搬迁群众冉光立

我叫冉光立，家有5口人，于2018年1月搬迁到大龙安置点德龙新区，搬迁前家住德江县枫香溪镇双坝村上院子组。

那里曾经是一个人口密度大、人均耕地少、贫困程度较深的村落，我家就是众多贫困群体中的一例。

曾经，我们起早贪黑，忙里忙外地劳作，但始终在贫困线上挣扎，结婚后从父母那里分到的仅有一间破旧的木房，无法满足家人的正常居住需求，一家人就四处务工租房居住，逢年过节就住在亲戚家里。

虽然务工有一定的收入，但是家人的吃住就花费了大部分，无钱修建住房，家人甚是苦恼，妻子多次为这事儿和我闹别扭。我们渴望有一处稳定的住所。

党的好政策给了我一个安稳的家。2017年，我家被识别为建档立卡贫困户，享受到了党和政府的系列惠民政策。

特别是2017年底，攻坚队和帮扶干部打电话向我宣传搬迁政策，说政府给我们免费送一套房子，我刚开始还不敢相信，哪有免费送房子的好事儿，持着怀疑的态度，不敢相信。

不久，攻坚队包组干部和帮扶干部再次动员我们到搬迁安置点大龙新区参观。在大龙搬迁安置点，我看到了漂亮的小区，一栋栋别致的洋房，而且安置点的配套功能齐全，附近有工厂、学校、医院，就业、就医、就学都方便，距离高速公路和高铁站都很近，出行便捷。我心想：要是真的能够免费得到一套房子就好。

参观结束后，我就抱着试一试的心态向攻坚队递交了大龙易地扶贫搬迁安置点的申请书。

2018 年 1 月，我家就在枫香溪镇政府的组织下搬迁到了大龙安置点，随后就拆除了老家的破旧木房，告别了贫困落后的山村，成了城里人。一家人终于有了一套属于自己的新房，有了一个安稳的家。

搬迁后生活得到了极大的改善，一步过上了小康生活。三个孩子都在大龙读书，妻子在附近工厂领点工艺品回家加工，既照顾了孩子就学，又可以利用空余时间加工工艺品赚钱，一家人的生活支出妻子的工资就能够解决。我在外面赚的钱就存起来，打算攒够钱后在安置点开个店做生意，不再外出务工。

对未来的美好生活，还有很多向往。我们将继续勤劳苦干，乘着新时代的春风，创造更加美好的未来，不负党和政府对我们的关心。

养黑山羊圆了脱贫梦

◇ 沿河土家族自治县联桥社区安置点搬迁群众罗庭顺

我叫罗庭顺，今年 67 岁，是沿河土家族自治县淇滩镇和平村村民。6 只黑山羊改变了我的后半生，让我摘掉了贫困帽，过上了幸福生活。

贫困家庭，各有各的不幸。我出生农村贫困家庭，小时候，我就对“贫困”一词体会非常深刻。从小我就很懂事，记得在上小学的时候，只要一放学我就会去帮助父母干活。成家立业后，我更是想方设法去努力赚钱。我去经商，家里的日子可以说是一天比一天好。

“天有不测风云，人有旦夕祸福”，大儿子在读小学四年级那年，患了一种怪病，多年来我带他四处求医无果，最后他瘫痪在床，医治无效去世。为救治大儿子，我花掉了所有积蓄，还欠了一屁股债。这件事对我打击非常大，然而祸不单行，我又患腰椎、胸椎结核疾病，导致不能动弹，只有四处求医。等我勉强能站立行走时，家里已是债台高筑，当时我什么活也干不了，只得将建在公路边的新房卖掉还账，一家人回到了父母留下的祖屋里。

幸福家庭，都是很相似的。好在有国家的扶贫好政策，2014 年，经过和平村评选和公示，我被评为了建档立卡贫困户，从那时起就经常有领导来和我交心谈心，给我讲政策、指明路，逢年过节还来我家嘘寒问暖，我的生活也就一点一点好起来了。2016 年，在淇滩党委、政府的关怀下，贵州省东翔有限公司送给我 6 只黑山羊。从此，我对生活充满了信心。

在我的精心照料下，目前这支队伍已经有了 30 多个成员，我还卖过几只，获利近 2 万元，幸福的日子已经来临了，这 6 只黑山羊圆了我的脱贫梦。我们村的贫困户都和我一样，因为享受了党的好政策，都摘掉了贫困帽，过上了幸福日子。

在淇滩镇党委政府的关怀下，2018 年，我们一家 5 口人搬迁到了沿河自治县联桥社区安置点，终于离开了我的老旧祖屋。这里离我的羊场也近，不妨碍我继续养羊。从此，我们一家住上了宽敞明亮的新房子，整洁平坦的柏油路就在门口，社区里便民服务齐全，这里完全就是一个小城镇。我有信心再奋斗十年，到那时，我一定会过上更加美好的生活。

上学就业不再愁

◇ 碧江区灯塔街道马岩村村民黄烈财

感谢国家的好政策，不仅圆了我的就学梦，还让我找到了一份喜欢的工作。

我叫黄烈财，现年 24 岁，家住碧江区灯塔街道马岩村落鹅组。

2008 年，年仅 11 岁的我失去了双亲，父母因病去世，年事已高的爷爷成为我的监护人，为了维持生计，爷爷靠着务农支撑家庭。

看着爷爷辛苦，腿部带有残疾的我又帮不上忙，内心很自责，我与爷爷说我要辍学外出务工，减轻爷爷的负担，遭到爷爷的极力反对。

虽然每月有低保，但生活依旧捉襟见肘，那时常常想着，为什么命运待我如此不公，身有残疾、父母离世，所有的不幸都降临在我身上。

好在有国家的好政策，给予我教育资助，我 17 岁中专毕业后，就在当地的鞋厂上班，虽然辛苦，每月也能挣钱贴补家用，但这并不是长久之计。

帮扶干部在日常走访中，了解到我对医学有着浓厚的兴趣，建议我继续学习，我听从帮扶干部的建议，放弃了在鞋厂的工作，积极备考。通过考试，我顺利进入铜仁职业技术学院的临床医学专业学习。

为了使我安心学习，帮扶干部还为我争取了教育资助，与此同时，家乡也发展起羊肚菌产业，通过入股，每年有分红收入 3000 余元，生活越过越好。

2019 年，我顺利毕业，在碧江区和平乡卫生院上班，每月收入 2500 元。考虑到家中的爷爷无人照料，在帮扶干部的协调下，我回到了灯塔街道卫生院上班，不仅离家近，还能照料年迈的爷爷。

昔日的苦日子总算熬过去了。感谢国家的好政策，不仅助我上学，还帮组我就业。而我作为一名医生，也要尽好责任，回馈社会。

产业收入节节高

◇ 江口县闵孝镇双屯村村民陶孝吉

我是江口县闵孝镇双屯村脱贫户陶孝吉。要到年底了，这几天我在算着自己的“工资”：一部分给父母买几件衣服，一部分补贴家用，一部分过年买点年货……

种了一辈子地，哪里来的“工资”？以前泥巴裹一年，都难见一回现钱，如今按月进钱，在家门口就业的我也成了上班族。

几十年来，家里的一亩三分地从未放过荒，但我心里明白，再怎么勤奋种植传统的农作物，如果打不开销路，还是用老办法，那么一年到头也只能糊口。70 多岁的父母经常生病，让本来就不富裕的家庭难上加难。2016 年，我家成为贫困户，我心里很不是滋味。

改变来自好政策

双屯村，三山夹一坝，属典型的山地盆地，大部分年轻人外出务工，留在家里的多数是老人和小孩，坡上坡下零星的土地除了种植土豆、红薯，其余大块的地都被玉米或水稻所包围。人们一年到头起早贪黑，顶多也就解决个温饱。

摘穷帽得靠好产业，改变传统种植模式迫在眉睫。为带动我们就业脱贫致富，在驻村工作队的协调下，我们村按照县委、县政府提出的“3+2”产业规划，采取“村社合一”，引导村民进行土地流转，统一发展坝区蔬菜、中药材等产业。最初，许多村民观望不前：“能有这好事？土地都没了自己还能干啥？”

脑袋一转，我很积极地签订了土地流转协议。知晓的村民都开玩笑：“你不怕土地要不回来？”“失败了你就什么都没有了！”面对村民的玩笑，我只是笑了笑。我清楚，这是自己翻身的最好机会。

我把自家两亩多地流转给合作社，每亩700元，每年就有近2000元，自己在基地打工，每月2000元，一年算下来就有2万多元，这账一算不就很清楚了？关键是一年四季都有活干，工资也都是现结。

2017年，我靠着村里的产业甩掉了贫困户的帽子。

奔小康注定成真

现在的双屯村，硬化路铺到了村民自己家门口，自来水拉到了自家厨房，道路两旁都是太阳能路灯。

12月，又到了大棚轮种蔬菜的时候。这段时间，我每天都在大棚忙碌着。什么时候播种、洒水、查看温度，都有技术人员手把手地教，不需要我们担心，只要按照技术人员的方法做就行。

家离自己上班的地方也就几百米，这样的日子对以前的我来说，是想都不敢想的。收入有了保障，我开始逐步实现一个个“小目标”，比如给自己买了一辆电动车，方便去上班或亲戚家串门。

除了在基地的工作，我还是村里的生态护林员，每年有1万元的固定收入，父母看病享受三重医疗保障，每年都有养老金，加上自己的工资，全家人均收入达7000多元，相信不久我们就会实现小康生活。

好日子未来可期

看到我在村里发展产业尝到甜头后，以前观望的村民们都纷纷主动到村委会签订土地流转协议。

前段时间我们村刚完成500亩订单辣椒栽种，现正抢抓时间把200亩的蔬菜秧苗栽下去。村里将村民流转出来的土地统一规划，实现连片发展，除了蔬菜、中药材之外，其中流转了70户农户100余亩土地用于龙虾基地建设，现已投资120余万元，实现年繁育虾苗150万尾，年产商品虾10万斤，年产值达200余万元。

如今，靠产业带动过上好日子的不只是我。我们村种植中药材1780亩，种植茶叶1000亩，带动全村900余人务工，利益联结农户178户643人。我们依托本地资源发展特色产业扶贫项目，增强产业扶贫“造血”功能，生活越过越好。

采访后记：

从陶孝吉的身上，我们不难看出他的勤奋、上进、肯干，但种植传统的农作物始终不能让他翻身，只有产业革命才能让他迎来新生机。

产业结构调整意味着什么？农民增收、农业发展和农村繁荣。农业产业结构调整，离不开农民的土地。

在“振兴农村经济的深刻的产业革命”中，玉米、红薯不再是陶孝吉唯一生存的指望，也不再是双屯村农业的主角，取而代之的是经济价值更高、长远效益更好的中药材、大棚蔬菜等。

12月的双屯早已笼罩上一层薄薄的冰霜，才忙完收获小龙虾，基地里的中药材和蔬菜又即将给村民们带来新的惊喜。

同样的土地，却有着不一样的经济效益，产业账一算，清晰而有说服力——每亩土地700元的流转费，基本相当于过去种玉米的全部收入。在合作社基地务工按每天70元，每个月劳动20天计算，务工收入就是1400元，无论怎么算，放弃传统地，改种经济田的都会让土地长出致富的“新滋味”。

今年，我市持续加强农业基础设施建设力度，大力推广适宜500亩以上坝区规模的区域性、标准化、优质高效、可持续、可复制的技术模式，围绕蔬菜、食用菌、生态茶、生猪、中药材、生态渔业、家禽等11个重点产业，种植作物40.63万亩，实现500亩以上坝区低效玉米“零种植”，平均亩产值8000元左右。

日子越过越有奔头

◇ 石阡县国荣乡周家寨村村民李应兰

谁曾想到，我靠着种茶叶不仅学到了技术，鼓了腰包，还脱了贫；谁曾想到，如今的茶商老板们会到我们茶园里来收购茶青；谁曾想到，我的茶园从 2 亩扩种到了 12 亩，年收入从 3000 元增加到了 1 万多元……

我叫李应兰，是石阡县国荣乡周家寨村二组村民，今年 67 岁，与土地打了一辈子交道的我以为，只要一家人在一起，日子过得平平淡淡又如何呢？然而，前些年，由于家境贫寒，儿媳选择与儿子离婚，儿子迫于生计不得不外出谋生。天有不测风云，厄运接踵而至，2017 年上半年，老伴也因病离世，留下我和孙女相依为命。

家里无劳动力，无固定收入来源，还带着年幼的孙女……得知情况后，驻村干部、村支两委开始到我家走访核实，通过召开会议，认为我家符合精准扶贫户条件。于是在 2017 年，我家被纳入建档立卡贫困户。

早在 2014 年，村里发展茶叶产业，我家就拿出了 2 亩土地用于种植，但由于缺乏专业的茶叶种植与管护技能，茶叶长势不好，加上当地的茶叶收购商且收且停，我索性就没在茶叶管理上花心思了。

和我一样，当时村里的好些人因为没有管护技术，大片的茶叶地荒废了。2017 年，乡里了解我们这一情况后，便协调茶叶种植技术人员来村里进行现场指导，帮扶干部动员我参加茶叶技能培训，还免费发放茶叶管护肥料。通过大半月的培训，我掌握了种茶、施肥、剪枝、防病虫害等技能。

到了 2018 年，由于有了管护技术，当年我采摘的茶叶卖了 3000 块钱，虽然钱不多，但却增强了我种茶叶的信心，让我看到了脱贫的曙光。

由于家庭的特殊性，驻村帮扶干部到我家走访的次数也变得多起来，每次走访都详细询问我的身体状况和生活情况，关注孙女学习情况，让我感到十分温暖。

2018 年底，靠着国家的扶贫政策和自己勤劳的双手，我家顺利脱了贫。那一年，在驻村工作队的帮助下，我又申请种植了近 10 亩的茶叶。

和村干部们说的一样，种植的茶叶不用担心销路问题，我只要把茶青采摘好，自然有茶商老板上门收购。

"早上出去，天黑了就有钱进，空手出门，抱财归家。"脱贫后，我愈发勤奋，忙完家务，就往茶叶地里跑。在我精心的管护下，茶叶长势很喜人。2019 年，靠种植茶叶，我收入 8000 多块钱。今年，尽管受到疫情影响，但种植茶叶的收入仍有 1 万多块钱。

渐渐的，村里种植茶叶的人越来越多，茶叶种植面积达到了 1300 亩。由于管理较好，我们村的茶园还被评为"生态茶叶示范园区"，茶叶的价格也在不断提高。

好事一桩接着一桩，得益于易地扶贫搬迁好政策，我们一家从周家寨村搬迁到了石阡县城罗家寨安置点，住上了新房子，当上了新市民。

如今，天气好的时候，我就回老家去管理茶园，闲时就到县城新家给孙女做做饭、洗洗衣……日子是越过越有奔头了！

大步迈向新生活

◇ 沿河土家族自治县思州安置点搬迁群众胡金玉

结婚20余年居无定所、到处飘零的日子终于结束了！2019年年底，通过易地扶贫搬迁好政策，我们一家终于拥有了自己的房子。

我叫胡金玉，四川人，嫁来沿河已有20余年。丈夫家在沿河土家族自治县甘溪镇塘边村，老家有一处两个房间的小房子，仅够父母居住，再加上年久失修，房屋早已破旧不堪。老家没有田地，结婚后我们夫妻就常年在广东省打工，只有过年才会回家。

丈夫腿有残疾，能做的工作不多，收入微薄，再加上要负担三个女儿的学费、生活费，生活非常窘迫，20余年也没能改善穷困潦倒的境况。尤其每次回家过年都很尴尬，自己家没地方住，一家五口只能借宿在邻居、亲戚家。这么多年我们都是租房住，搬家的次数数都数不过来。每次搬家都很累，唯独最近一次，我们是满心欢喜地搬家。

为了孩子高考，2019年，我们回来在县城租房子，正好得知有易地扶贫搬迁这个好政策。在驻村干部的帮助下，今年年初，我们搬到思州A区，一步住上了好房子，开启了新生活。100平方米的三室一厅，窗明几净、家具齐全，小区设施完善、环境优美，这是我二十几年来想都不敢想的生活。

更不敢想的生活还在后头。为做好易地扶贫搬迁后半篇文章，积极探索让搬迁群众稳得住、能致富的方法措施，沿河在易地搬迁安置点设立了楼栋长公益性岗位。一名楼栋长负责40户家庭，主要工作是向群众提供就业政策宣传、培训需求登记、岗位信息推荐等精准服务，每月有1570元工资。了解到这一消息后，我主动报名，并成功成为楼栋长。

在向群众宣传就业信息时，我得知小区里的扶贫车间正缺人手，且楼栋长工作时间自由、与车间工作不冲突，我又成为扶贫车间的一名工人。9月，我收到扶贫车间工资、楼栋长工资、稳就业补贴、低保金等共计4000余元，这比过去在外打工挣得还要多。

不仅就业有保障，孩子上学更是不用操心。我有三个女儿，大女儿今年已外嫁，二女儿考上大学，还剩小女儿在读初三。搬到小区来之后，社区工作人员了解到我家情况，登记后与县教育局对接，将小女儿安排到离小区最近的思源中学上学，实现了就近入学。

感谢党的好政策，我们有了宽敞明亮的家，有了稳定的收入，孩子上学不用费心还有补贴，这真的是我们梦寐以求的生活。国家和党都这么关心帮助我们，以后的日子，我们也会尽最大努力过得红红火火，让帮助过我们的人看到，我们也在用心过好日子。

感受稳稳的幸福

◇ 思南县文家店镇屯山村村民廖兴美

“廖大爷，冬天来了，出门干活、上街卖菜多穿点，别感冒了。我过几天再来看你。”

挂了帮扶干部的电话，我心里暖暖的，跟他们相处两年多了，我们已经像一家人了。

我叫廖兴美，今年69岁，曾是思南县文家店镇屯山村的建档立卡贫困户。因为家庭条件不好，2014年，村里的干部和帮扶工作队考虑到我家的实际情况，把我家纳入村里的建档立卡贫困户。2017年，我家顺利脱贫出列。

我们家有一幢木房子，我从20来岁成了家就一直住在这里。家有四个女儿，三女儿一家跟我和老伴生活在一起，其他女儿、女婿常年在外务工，我和老伴留守在家。虽然一家人苦点、累点，但生活也算是过得平安喜乐。

本以为我们家的日子会越过越好，可是天不遂人愿。2019年12月27日，这一天我一辈子都不会忘记。当天，恰逢文家店赶场，我和老伴像往常一样起得很早，在家里面匆匆吃了点东西就赶紧背着昨天准备好的菜、鸡、鸡蛋，早早地在街上摆起了摊。天气冷，加上还早，街上人不是很多。就在这时，村里面有人打电话给我，说我家房子着火了，刚开始的时候我还不相信，直到工作队的人打电话给我。当时我就差点昏了过去，心想：这下完了，一辈子的心血全都没有。

不一会儿，工作队的同志开车接我到家里，大家正在拼命地帮我们灭火抢物资。看到熊熊燃烧的大火，我当时几度想冲上去，心里想着干脆死了算了，真的是觉得活着没什么希望了。在现场我昏过去了几次，我的帮扶干部小刘一直搀扶着我，后来她累得手都抬不起来了。经过工作队们的努力，为我家抢救了一头母猪和一头肥猪，还有一头牛，虽然房子烧没了，但是多少挽回了一些损失。

就在当天，我住进了医院。帮扶干部忙前跑后，为我买早餐，给我们买来了棉衣、拖鞋等。镇党委董道萍书记也来鼓励我，安慰我，让我放宽心，一切都会好起来的。

由于女儿、女婿都在云南，当天很晚才赶回来，要不是帮扶干部替我和老伴安排后续事务，我们都不晓得怎么办，我打心底里感谢他们。第二天，县里面也来了领导看望和慰问我们，后来才听说是县里的纪委刘书记。他和董书记给我们送来了应急的被褥、衣服、米、油等生活必需品，还给了我一笔慰问金。我心里想着，有领导来关心慰问，有帮扶干部替我们忙前跑后，我有什么理由不重新站起来呢?

没几天，工作队就帮我们争取到了3.5万元的危房改造资金，加上女儿和女婿打工的积蓄，我们的新房子就开始动工了，我们一家人再加上请的几个工人，才半年时间，新家就建好了。看着眼前的新房子，那把大火带来的阴影总算散去了。

新房子很漂亮，雪白雪白的墙，还有独立的卫生间，装了热水器，可以直接洗澡，我们终于不用干一天活回来后还要烧水洗澡了。搬进新房的那天，我和老伴真是高兴坏了，我们这辈子都没有想过会住到这么宽敞、明亮、好看的“小洋房”里。

我马上就70岁了，根本没想到这个年纪了还能住上楼房。想当初房子刚被烧那会儿，我整夜整夜睡不着，老泪横流。但是现在，党的好政策和好干部又给我们带来了新的曙光。我一直教导我的孩子们，党和政府的恩情我们要一直记着，更要通过自己的双手勤劳致富。

搬进新家喜洋洋

◇ 江口县民和镇民和社区搬迁群众陈东和

我叫陈东和，今年 67 岁，是江口县民和镇民和社区的新居民。

我的老家在民和镇凯里新村大水溪组，那里有个“锅锣句”：大水溪，坐得雀，正正坐在岩山脚。喂个猪喂不大，杀来有一大钵，三十夜吃一顿，还剩四只猪脚脚……全组 40 来户，建档立卡贫困户就有 20 多户。

我家可能是寨子上最穷的人家了。我身体有残疾，妻子一直坐着轮椅，生活完全不能自理。老父亲在世时向信用社贷款了 300 块钱买耕牛和肥料，几十年都还不上，最后信用社把我家这笔贷款给免除了。

儿子陈勇外出务工，结识了一个龙里县的姑娘，生了一双乖巧可爱的孙子孙女。

2016 年，帮扶干部来到我家，要我家搬迁出大水溪，和我家一起整户搬迁的寨上人一共有 15 户。他们选择搬迁到离县城更近的凯德街道梵瑞社区，而我决定搬迁到民和集镇上。选择到民和集镇上居住，是因为我的家庭情况特殊。

梵瑞社区的房子我也去看过，房屋高，居住的人也多，但不适宜我家居住。民和这里的易地搬迁安置房是一家一栋，共两层，120 平方米。我妻子可以推着轮椅上厕所，这多多少少减轻了儿子、儿媳妇的一些负担。孙子、孙女就在镇上小学读书，离家很近，接送也很方便。

帮扶干部李福斌又给我家里添置了电视机、电冰箱等家电设施。晚饭过后，我们一家人围在一起看电视，我们都感到很满足。

我干活很有激情，也不会偷懒，附近的老板有活计都愿意找我，每次都提前预约我去他们的工地务工，每天收入 90 元到 170 元不等。

儿子也勤奋，每天在工地上干活，每个月也有 4000 来块钱的收入。儿媳现在在学习开挖机，管吃，每天还给 40 元的报酬。

可以这样说，我家的好日子是党和国家给的，搬出来了，我家的幸福生活就来了。

现在的日子很舒心

◇ 德江县龙泉乡文新社区敖家河安置点搬迁群众申小燕

河南有山，但不高；贵州有平地，但很少。我从河南到德江，跨越1200公里，在一个山区小镇住上了小洋房，还在家门口当上了协理员，一家人的日子过得很舒心。

我叫申小燕，是河南姑娘、贵州媳妇，今年39岁。2016年从德江县龙泉乡闹水村搬迁至龙泉乡文新社区敖家河安置点，成了小镇的新市民。

时间转瞬即逝，回想10多年前，初次来到闹水村，上坡下坎，眼前的大山把“地无三寸平”体现得淋漓尽致。没来之前，我丈夫就讲过他家乡的基本状况，算是让我心里面有个底。闹水村不像它名字那般闹腾，这里的青壮年大都和我们一样，一直在外边谋求生计，留下的都是老人和小孩，那条唯一的泥巴路连接着寨子外的世界，确实有种世外桃源的意思。

房漏瓦稀无遮处，红苕包谷就碎米……在家的日子总是“敷不住”，无奈只能和丈夫继续外出打工，以便重新修建家中的房屋。

2016年，驻村干部说我们家符合易地扶贫搬迁政策的条件，便动员我们一家搬迁到镇上的敖家河安置点，我家6口人，可以得到120平方米的新房。

老家的木房年久失修，已快达到危房级别，我和丈夫本来想靠外出务工存点积蓄，过两年回家盖新房，没想到积蓄还没攒够，就遇到易地扶贫搬迁这么好的政策，心里面说不出有多高兴。但老人念旧，公公婆婆不愿搬离生活了几十年的地方，更不愿拆掉祖辈留下的老屋。我和丈夫就做公婆的思想工作，做通思想工作后，我们一家6口搬进了镇上的新家。

“孩子的教育要紧，不能少了父母的陪伴。”搬进新家两年后，为了孩子能回家读书，在外打工十多年的我只能背起行囊回到家中，每天接送小儿子上学放学，周末去县城接大儿子回家，已然完全是“全职妈妈”了。一家6口人只能靠丈夫在外打工维持生计，家庭收入来源实属单一。

考虑到我家庭的特殊性，龙泉乡党委、政府根据我的个人能力及家庭具体状况，推荐我到安置点当协理员，成为县人事局的聘用制人员，每月有1500多元的工资，我们一家的口粮问题就算解决了。

在做协理员的一年时间里，我了解到安置点搬迁入住100户480人中，像我这样的全职太太也有很多，大家做完家务都闲着也不是个事啊。我开始四处打听“顾家赚钱两不误”的门路，后在德江县楠木园安置点找到一家做发夹的厂家。我和几位妈妈把原材料带回家加工，加工好后厂家按件回收。

渐渐有了效益后，有10多个全职太太加入到我们的行业，按照多劳多得的原则，大家的月收入都在1000—2000元不等。货不多的情况下，我们还会去附近的产业基地务工增加收入。

我在这里生活久了，也习惯了有大山的日子，现在贵州话也能讲，河南话也没有忘。我算了一下，今年我们家的人均纯收入已达到1万元，日子是越过越安稳了！

三喜临门

◇ 江口县德旺乡清溪村村民马友祥

我叫马友祥，是江口县德旺乡清溪村村民。2014 年初，我家在山羊和肉牛养殖过程中，因缺乏资金、技术、管理不善等问题，欠了许多外债，被列入建档立卡贫困户。

1992 年，我高中毕业后，由于家庭负担很重，就回家帮助父亲、母亲分担家务和农活。尽管早出晚归，但是家里除了种植水稻外，其他经济作物种植几乎为零，经济收入主要靠卖粮食。

1994 年，我背起行囊南下打工。我节衣缩食、省吃俭用，几年下来，我积累了一笔资金。

2011 年初，我辞职回乡，投入近 3 万元，买了 40 只山羊，发展养殖山羊产业，当起了“羊老板”，到 2014 年发展到了 100 多只。

虽然规模不断扩大，但是因为缺乏技术，管理不善，养殖场的利润不仅没有得到提升，反而出现亏损。

当年，我得到国家扶贫政策的照顾，帮扶干部和驻村工作队帮我争取了无息贷款。在扩大规模的同时，还帮我请来县农业部门的畜牧专家上门服务，提供各类技术指导，他们又帮助我联系了市场。仅两三年的工夫，我的肉牛养殖就发展到 30 多头。

2017 年，我把山羊和耕牛仔全卖了，赚了 3 万元。那时，父亲与我两人人均年纯收入 1 万元以上。

这一年，按照国家脱贫标准，我家顺利脱贫摘帽。

这一年，我如愿以偿地结了婚，结束了单身汉生活。

这一年，我向村党支部递交了入党申请书，党组织把我列入了党员发展培养对象。

这一年，我们家是三喜临门，好事连连。我高兴，我们全家都高兴。

2019 年，我又购买了 200 只旱鸭子，帮扶人和技术员上门指导，旱鸭子成长顺利，饲养了七八个月就出栏了。年底一算，赚了 8000 多元。

2020 年初，我的旱鸭养殖扩大到 1200 只，估计到年底，全家 4 口人人均纯收入将达 1 万元以上。

意想不到的生活巨变

◇ 讲述：德江县楠木园社区安置点搬迁群众覃应旺
整理：佚　名

“妈妈，把剪刀递给我一下。”

“妈妈，我这么做对吗？”

“嗯，做得比爸爸好！”

……

坐在客厅新买的烤火茶几旁，覃应旺和两个小孩正帮着妻子赶制手工艺品，一家人有说有笑，其乐融融。

覃应旺一家原居住在德江县枫香溪镇龙坝村，一家五口人，妻子长期在家照顾生病的母亲和两个小孩，全家的经济来源全靠覃应旺一人外出务工。

“过去，一家五口人挤在一间小木房里，全家的开支就靠我在外面做木工。”覃应旺告诉笔者，在外面打工，虽然工资不低，但是开支也不少，入不敷出，“想让家人过上好点的生活，却总是有心无力。”

2017 年，得益于易地扶贫搬迁政策，覃应旺一家搬进了楠木园社区，而他们的生活也迎来了意想不到的改变。

“这个意想不到，不仅是居住环境的改变，还有多了一份经济来源。”覃应旺的妻子伍福迪接过话茬说道，“就是桌子上的这些手工艺品，我现在可以利用空闲时间，每个月为家里增加 3000 多元的收入。”

原来，为了促进搬迁群众就业，德江县积极发展了一批扶贫车间、社区工厂，为贫困劳动力在家门口和家中提供了大量的就业机会。伍福迪现在所做的工作就来自于楼下的一家扶贫车间。

“最关键的是，这个工作不需要去工厂上班，在家里就可以做。既增加了收入，又让我有时间照顾老人和小孩，而且很容易上手，连我的两个小孩都会。”伍福迪说道。

搬进了宽敞的新房，母亲治病的费用有医保可以报销，妻子又给家里增添了一份不错的收入。看着家庭经济情况逐渐好转，覃应旺就和妻子商量着提升一下生活质量。“我自己会木工，材料由妻子在网上购买。靠我们自己的努力一件一件慢慢地添置家具。”

吊顶、玄关、电视墙、儿童双人床……如今，这些易地扶贫搬迁安置房没有的配置，覃应旺一家通过几年的努力已经全部配齐了。

“原本只想着能有一间砖房遮风挡雨就好，哪能想到有一天可以搬进环境这么好的小区，还住上了精装房。”覃应旺言语间对未来充满了期待。

点亮美好未来

◇ 德江县枫香溪镇长征村村民覃浩然

一场大雨过后，山里一片寂静，清晨的太阳还没完全出来，山坳间弥漫着水汽。随着太阳一点点露出它红彤彤的身子，天色愈来愈亮，周围渐渐热闹起来。

驻村干部、帮扶干部、村干部陆续攀上我家的老房子，用力吆喝着，老房子在一阵阵吆喝声中慢慢倒下，尘土飞扬，汗水打湿了他们的衣襟。我从小居住的老房子带着我们的艰苦记忆从此消失不见。

我是德江县枫香溪镇长征村一贫困家庭的孩子，2014 年，我家被识别为建档立卡贫困户。自此，家里经常会有一些村里的或者驻村工作队的干部来帮助、关心我们，嘘寒问暖，看看家里有什么困难。

这些年来，帮扶干部们隔三岔五都会来我们家，有时给我带些学习用品，有时给家里带些生活用品，经常跟爸爸妈妈聊天、宣传政策，询问我的学习情况。

自从他们帮扶我家之后，爸爸妈妈对于我们的教育和期望都有所改变。原来妈妈总爱说：“等你们长大能打工挣钱了，我就放心了。”现在妈妈都和我们说：“你们要好好学习。”我把他们的话都牢记心中，想象我们以后的生活一定是美好的。心想，他们与我们无亲无故，都如此为我们着想，我一定要发奋图强，努力读书，通过读书改变家庭命运。

星光不问赶路人，时光不负有心人。最终，在他们的帮助下，我家新建了住房，生活环境发生了翻天覆地的变化，入户路和院坝硬化了，厕所也卫生了，厨房也变了个样。爸爸妈妈在本地就能务工挣钱，不用像以前一样外出务工了。我们生病住院先诊疗后付费，再也不用担心看不起病了。

2018 年，我顺利考上了浙江财经大学，崭新的学校、明亮的教室，遨游在知识海洋里的梦想如今变成了现实，我的内心是多么高兴。我一定要学有所成，将来毕业后找一份好的工作，给父母减轻负担。

我用笔写下的只是我所记得的大事，他们的帮助很多是点点滴滴的。我相信通过政府的帮助和我们一家人的努力，我们的日子一定会过得更好。

我想，要让一个家庭摆脱贫困，不仅要和物质贫困告别，更要帮助他们点亮通向美好未来的灯塔。这其中，教育扶贫无疑是阻断贫困代际传递的根本措施。得到更好的教育，我们贫困家庭的孩子就有了更多施展才华的机会，就能打开更广阔的天地，从而托起家庭脱贫和发展的希望。

搬新家圆新梦

◇ 贵州大龙经济开发区德龙新区安置点搬迁群众杨再山

我叫杨再山，现居贵州大龙经济开发区德龙社区。能搬到城市过上幸福生活，我至今仍不敢相信。

两年前，我家还住在德江县楠杆土家族乡兴隆社区下天坪组，全家4口人拥挤在破烂不堪的砖木房子里。由于房屋年久失修，每逢下大雨，家里都会非常狼狈。

那时，家里的收入全靠种地，就算年成好，也只能勉强够生活。由于娃娃上学读书要用钱，我和妻子不得不出门打工，但是我们没什么专长和技能，只能到处打点零工，收入很不稳定。

2018年，得益于国家的好政策，我家从大山搬到了大龙开发区。全家4口人分得了一个很宽敞的大房子，直接拎包入住，世代为农的我们开始了城市生活。

重新出发，从零开始。城里的新生活新鲜且陌生，融入进来也不是那么容易。搬进城后面临的最大问题就是就业。和很多搬迁户一样，为了照顾老人孩子，我选择留在家里，妻子一人出门打工。

我所在的德龙第三社区，全部都是易地扶贫搬迁过来的。刚搬进来时，年轻有文化的老乡很快就找到了工作，剩下一些"老弱病残"一筹莫展，大家都很迷茫。

2019年初，我们社区引进了一家企业的生产加工基地，建设了一个扶贫车间，专为没有一技之长的搬迁群众解决就业，加工厂接纳了50多位乡亲在这里上班，我就是其中一个。

在加工车间，我们的工作很简单。我做的是组装打火机，简单易学，门槛不高，工资也稳定。我每天上班 8 小时，可以加工 10 余盒，每盒加工费 8 元，每天至少收入 80 元，每个月能挣 2000 多元。

经过社区的努力，一年多时间，安置点的扶贫车间从 1 个增加到 5 个，就业岗位从 50 个增加到 500 个，扶贫车间已成为我们这些搬迁群众脱贫致富的圆梦车间。

我已逐渐适应城市生活，社区不仅有服务中心、商店、医院、菜市场等，家门口还有通往县城各地的公共交通，以及开放式的“幸福书院”、娱乐健身设施等。

现在，我的两个孩子都就读于大龙中学且享受教育资助和寄宿生生活补助，大大减轻了家庭的负担。我和妻子的年收入加起来有 4 万元以上，去年还花几千元买了一套沙发，生活越来越有奔头。

“一步住上新房子，快步过上好日子。”有了舒适的环境，过上了好日子，靠的就是党和国家的惠民政策和自己的勤劳双手。最近，社区形成了一股良好的风气，所有的搬迁户都会互相帮助，为搬迁致富添砖加瓦。

如今的生活不愁吃、不愁穿；子女教育、医疗卫生、住房安全都有保障。乡亲们紧锁的眉头终于舒展开来，感恩党和国家的惠民政策，让我们彻底摆脱了贫困。

搬出幸福新生活

◇ 贵州大龙经济开发区德龙社区安置搬迁群众简江东

我是德江县钱家乡树坝村的搬迁户简江东。在新家——大龙开发区安置点，我每天都会骑着三轮车，走街串巷地卖包子，靠勤劳双手带着一家人迈进新生活。

我家 10 口人，但仅有 2 个劳动力。搬迁以前，我曾养殖过山羊，种植过烤烟，因劳力不足，均以失败告终。迫不得已，我与妻子带着小孩外出务工，留下 5 位老人在家。

最开始帮扶干部们宣传易地扶贫搬迁政策的时候，由于家庭老人太多，加上根深蒂固的家乡情结，我家未能达成搬迁。

2018 年，由于有两位老人身体状况越来越差，小孩也太小，我和妻子只得回到树坝村，而家里已无固定收入来源，全家顿陷困境。

树坝村攻坚队得知这一情况后，再次来我家动员搬迁。

“金窝银窝不如自家狗窝，外面再好也舍不得离开。”这是老人家的意见，当时我也这么认为。我从小在树坝长大，对每一寸土地都有着深厚的情谊。

攻坚队向我家仔细列举了搬迁的好处：一是可以一边就近务工一边照顾老人；二是小孩可以就近上学，享受优质城市教育；三是一个家庭在一起可减少很多开支。

攻坚队第五次上门劝说时，我想着家中身体每况愈下的老人和幼小的孩子，便答应与家里老人再商量商量。

2018 年底，我决定搬出去换个活法。我们一家 10 口带着生活必需品，坐上了挂着钱家至大龙标语的车辆，搬到了大龙安置点，共分到两套 5 人户型共计 200 平方米的新房。

刚搬到大龙时，在安置地管理人员的介绍下，我和妻子一起到打火机厂上班，每人每月工资 2200 元。三个小孩也都在搬迁小区旁的学校就近上学。因家庭人口太多，劳动力又不够，在居委会的帮助下，我申请了城市最低生活保障。

熟悉环境后，我觉得在厂里务工虽然工作稳定，但一家人生活开销大，想生活得更宽裕，得重新找出路。

我发现厂区每天人流量大，大家上班都是一边走一边买点小东西当早餐吃，像包子这类方便快捷的小吃很受欢迎。于是，我决定做包子卖，而新家正好可以腾出一个厨房和一间客厅来作为生产用房。我做的包子味美馅多，很受欢迎，生意格外好，一月下来纯收入有 4000 多元。

“感谢党的好政策，感谢干部们！如果不是易地扶贫搬迁，可能我这辈子都进不了城！”自从搬迁到大龙开发区后，我家完全实现了一达标两不愁三保障指标，全家人都沉浸在幸福之中。

收获满满幸福感

◇ 石阡县国荣乡新阳村村民 周廷群

以前，园区按天结算工钱，大家想着能做多少做多少，难免有些偷奸耍滑；如今，成了公司的固定员工，大家都争先恐后的到基地上班。每天天微微亮，村里的小摩托就嗡嗡响了……

我叫周廷群，今年42岁，是石阡县国荣乡新阳村一个地地道道的农村妇女。

“女生读什么书嘛，以后找个好婆家就行了！”在20世纪90年代，16岁的我和大多数农村女孩一样，为减轻家庭负担，只能走出学校，南下“杀广”，成了别人口中的“打工妹妹仔”。

十多年的打工生涯，我去过广东、浙江、福建，进过电子厂、服装厂、玩具厂……日子在飘飘荡荡中一晃而过，也没混出个名堂。2013年，我和丈夫结束了打工生涯，回家陪伴两个孩子，过上了男耕女织的生活。我们乡历来缺水，水稻、包谷和红苕也是靠天靠地生长，几年来也只能是维持温饱。

到了2017年11月，隔壁葛宋村在热热闹闹地搞土地流转，说是要种金丝楠木。后来在驻村工作队的告知下，得知是石阡县政府通过招商引资，引进湖南长浏园林建设公司与国荣乡扶贫投资公司共同出资，成立石阡县长荣联合投资建设发展有限公司。园区以花卉苗木产业发展为基础产业，在我们新阳村、葛宋村、代山村等七个村要流转土地1800余亩，种植金丝楠木、桂花、香樟、樱花、七星茶花等68个品种。

产业兴起来了，我似乎看到了不用外出打工就能挣钱的苗头。刚开始，园区大量招收零工，我没事也和大家一起去除草、施肥，有哪样干哪样，每天 80 块钱，零零散散，一个月也能拿到 1500 元左右。

那时候，园区的产业路还没修通，去最远的地方要走路一个多小时，大家都是不急不忙的，反正天黑就能拿 80 块钱了，索性慢点也好。

“无规矩不成方圆”，这是自古的道理。2019 年，园区开始实行员工制，周边农户以公司员工身份加入园区务工，分为施肥组、修剪组、技术指导组……务工的还是那些人，但是每个月有 3000 元的固定工资，大家伙的干劲就足了。

同年 11 月，我也成了公司修剪组的员工。这一年，园区扩大了，产业路也是四通八达，为了争着赶着去上班，好多人都买了小摩托。每天天还没亮，大家都电话相约着，骑上自己心爱的小摩托，热热闹闹地去到自己的岗位上，开始一天的忙活。

2020 年，园区流转土地到了我们新阳村，我把自家的 8 亩地流转给了公司，成了国荣乡扶贫投资公司的股东，而国荣扶贫投资公司又是长荣公司股东，占股 48%，流转土地的大伙均可间接从公司得到盈利分红。

三年前，园区里基本看不到一辆摩托车，而现在，园区里有了 20 多辆小摩托，我想，是因为路好了，大家腰包也有钱了吧。

过上了城市生活

◇贵州大龙经济开发区龙江新区安置点搬迁群众张月进

我叫张月进，德江县稳坪镇铁坑社区老木丫组居民。得益于跨区域易地扶贫搬迁政策，现已搬迁到大龙开发区龙江新区居住。

8年前,因儿子张林一时糊涂,犯案被判刑入狱,儿媳留下一双年幼的儿女,改嫁他乡。从此，我们祖孙4人相依为命，生活极为困难。2014年，得益于国家脱贫攻坚政策，通过村民代表大会的评议，孙女张芳、孙子张阿东被纳入建档立卡贫困户。

自此，帮扶干部视孩子为亲人，经常上门嘘寒问暖，了解孩子的学习、生活情况，积极向上争取政策，两个孩子享受低保，在学校享受了“两免一补”、营养餐补助，领到了教育资助。帮扶干部还引导我们加入村级集体经济，享受产业分红。不仅减轻了我们的负担，还让两个孩子看到了希望。

2019年2月，我儿子张林刑满释放回家后，被纳入建档立卡贫困户，享受了最低生活保障。帮扶干部经常上门做思想工作，激励他振奋精神，重新做人，依靠就近就业务工挣钱。当年3月，县里派驻县人大干部张运典为张林户的帮扶干部，他对我们无微不致的关心，改变了我们的生活环境。通过对我家庭实际情况的再核实，他上报社区，和镇里研判，确定我与老伴为张林的共同生活人员，决定将我们一并纳入建档立卡贫困户。

2019年6月，国家跨区域易地扶贫搬迁政策给我们全家带来了机遇，驻村干部、帮扶干部多次上门做动员工作，引导我们搬离大山。随后，镇里又组织我们到大龙安置点参观考察。通过现场参观，一栋栋漂亮洋房、绿色靓丽的街道、舒适的人居环境让我吃下了搬迁的定心丸。从此，我们一家五口搬离了大山，住进了在大龙开发区龙江新区的新房，家里电视机、热水器、洗衣机等家用电器一应俱全，样样由政策免费送上门。这样，我们全家感受到了新家的温暖，享受了在大山中想都不敢想的生活环境。

为巩固我家的脱贫攻坚成果，消除返贫风险，政府又将我家纳入了城市低保，现除张林以外，我们祖孙四人都享受着城镇最低生活保障。

为保证我们搬得进、住得下、能致富，政府出台了户均致少一人就业的政策。儿子张林进了一家服装厂，月收入在3500元左右，后因其他原因，现外出务工。我和老伴在一家沙发厂找到了工作，从事藤椅编织工作，月收入都在1500元以上。孙女张芳因成绩优异，被留在德江一中就读，孙子张阿东在大龙二中顺利入学，享受到了在德江就读时一样的补助。

如今，我们全家过上了城市生活，我与老伴每天按时上下班，月月有稳定的收入，最重要的是改善了孩子的读书环境。张林在外也能放心挣钱，我们的日子一天比一天好。

开启安居乐业新生活

◇ 万山区旺家社区搬迁群众向碧芬

我叫向碧芬，今年30岁，2018年9月，我和丈夫、公公带着儿子女儿，一家五口从印江土家族苗族自治县木黄镇搬到了万山旺家社区，住进了新楼房，开启了我们的幸福新生活。

搬进城里，城里人流量多，消费水平也高，有人就有市场，不用再务农，我便琢磨着做点小生意。我们木黄的特色米豆腐好吃又口味独特，把这项特产带进城里来一定会很受欢迎。于是我在大十字盘了个门面，做起了米豆腐生意。可是事情没有我想得那么顺利，大十字是城中心的黄金地段，人流量虽然大，但竞争也无比激烈，门面租金也因为地段的关系水涨船高。最重要的是，大十字离我们居住的小区距离太远，食材运输非常不方便，每天供应量十分有限，运营了一段时间，营业额并不理想，我们只好把店面转让出去了。

生意失败后，我便将目光转了回来，8岁的女儿和5岁的儿子分别就读于万山区仁山小学和万山区第三幼儿园，为了方便照顾他们，我决定就近找个工作。

我应聘上了旺家社区的就业协管员，每个月1800元工资，主要负责就业窗口的接待，与搬迁户进行对接，为他们做一些政策宣传，掌握他们的求职意愿和能力水平，为他们介绍合适的岗位，为企业精准推送就业人员。这份工作难度并不大，待遇也不错，空闲时我还能照顾孩子和老人，倒也轻松自在。

适逢其会，今年4月，铜仁金街开始筹备，说是要打造一条集文化、休闲、饮食、娱乐、旅游、购物于一体的高端品质商业街，而且小木屋优先提供给旺家社区的搬迁户使用，租金才3万元不到。得知这个消息，我再次打起了米豆腐生意的算盘。

这一次，我叫上妹妹一家一起，合伙开店，我通过精准扶贫政策零息贷款 5 万元，还拿到了创业补贴，决心把生意做起来。除了特色的米豆腐，我们还把宽苕粉、金豆腐也带了过来，打造木黄特色小吃店。金街开业后，人流量剧增，许多游客前来游玩，金街热闹非凡，我家小吃店门口也排起长龙。为了保证口味的正宗，做好我们木黄米豆腐的招牌，我们的材料都是专门从木黄采购了再运输过来的，来金街尝过我家米豆腐的游客，都连声称好评。甚至还有人意犹未尽，事后专程开车过来打包几十份带走。生意好的时候，我们得做到晚上 12 点多才能收摊，一天能挣 3000 多元。这样的收入是我们以前在老家的时候想都不敢想的。

新门店不仅客流量大，还离家近，平时我就做就业协管员的工作，妹妹妹夫和我老公一起打理这个门面，我下了班就赶过去帮忙，两边都不耽误。自从搬进新社区，居住条件改善了，孩子读书也方便了，多亏了好政策，现在家里生意也越来越好。易地扶贫搬迁开启了我们“楼上安居，楼下就业”的幸福新生活。

幸福的新市民

◇ 沿河土家族自治县思州安置点搬迁群众田秀华

我叫田秀华，今年50岁，是沿河土家族自治县思渠镇民主村村民。现在，我家已搬迁到易地扶贫搬迁安置点思州A区。

前几年，我的两个儿子和两个女儿都在上学，而我没什么文化，只能靠种田来养活他们。可是，不管我怎么努力挣钱，还是无力支付孩子的学费。后来，我选择外出打工挣钱来供孩子读书。

我为孩子们的学费操碎了心，经常无法入眠。家庭太穷，怕供不起他们读书，让他们后悔一辈子。看着村上里家家户户都建起了新房子，个个都富起来了，我更是为我的孩子担心，怕他们以后像我们老一辈这样被嘲笑。

但生活的压力始终让我有些喘不过气来。看着孩子们一个一个长大，我心里既是欢喜又是悲哀。后来，大女儿有了自己的家庭，可我还是担心她过得不好。大儿子上了大学，小女儿考上了她满意的高中，小儿子在读初中，每个月，3个孩子都需要生活费。有时候我实在拿不出来，只能向亲戚家借。我可以低头，但不能让我的小孩饿着。

好在，这一切在2013年底有了转变。党的脱贫政策来了，我家通过精准识别成了建档立卡贫困户。在各级党委、政府和驻村帮扶干部的关心和倾力帮助下，我家的生活发生了翻天覆地的变化。我从心底里感谢党的好政策，感谢党委、政府领导及帮扶干部的真情付出。

以前，我家的老房子还是木房。要走过一段狭长陡峭的小路才到我家，下雨天路面更是泥泞不堪，赶集背东西都不方便。不熟悉村情的人，都不知道那里有人居住，因为只有我家住在那里。

2019 年，镇政府领导和驻村干部给我们耐心讲解了脱贫攻坚的有关政策，热心帮助我家解决实际困难，逐渐增强了我们的脱贫信心。他们积极为我们出主意、想办法。乘着脱贫攻坚“易地扶贫搬迁一批”的政策春风，我家搬到了易地扶贫搬迁安置点思州 A 区。

搬迁后，我被聘为社区保洁员，每个月都有稳定收入。而且这份工作挺轻松的，我会认真把社区打扫干净，尽到我的责任。

帮扶干部经常来走访，有符合条件的政策都积极向我们宣传，也会开导一下我的孩子们。孩子们在学习上有什么不懂的地方都会向帮扶干部请教。平时，我家的帮扶干部还会送来大米、食用油等一些生活用品。

因为他们的帮助和付出，我们的生活才在一天天地变好。我很喜欢现在的新家。社区里，每个人都很热情，我已经完全融入了城市生活，成了新市民。晚上，我还会出去散散步、跳跳舞。

2020 年，我儿子即将大学毕业，现在在德江中医院实习，他是贵州中医药大学定向生，以后出来工作不用愁。大女儿的生活越来越好。小女儿也考上了大学，在铜仁学院土木工程专业学习。通过社区工作人员与帮扶干部的宣传，我的小女儿申请了“泛海计划”助学金和大学生无息贷款，而且她们学校还给她发放助学金，加上我家是低保户，每个月会有点补贴。她的学费和生活费，我都不用担心了。

但是我也不能放松，要更努力地工作，让生活更美好。同时，我非常感谢党的好政策，感谢帮扶干部的帮助。如果不是他们的帮助，我想我的孩子们可能不会这么顺利地在大学里学习。

这几年来，不仅我家生活变好了，我们村的路也变宽了，环境变美了。这使我更加坚信，脱贫路上要相信党和政府，但不能“等靠要”，要靠自己勤劳的双手，发扬自强不息、艰苦奋斗的精神，实现脱贫致富的美好愿望。

父亲笑容多了

◇ 玉屏自治县朱家场镇渔塘村村民姚艳玲

“爸爸，我家得贫困户名额了没？”2014年，我刚入大学，老师在询问哪些同学家是贫困户，说是有几千块钱的补助金，我赶紧打电话回家询问，电话那头，是无尽的沉默。

父亲是勤勤恳恳的农民，大半辈子在田间劳作，母亲因身体原因，几乎不干农活，一家人的重担全部压在了父亲身上，相比同龄人，父亲显得格外苍老。

很小的时候，我为了一根2角钱的冰棍，跟在挑着粪的父亲身后哼哭，父亲没有停下来，也没有说话，继续干着活，一整天下来我还是没能吃上一根冰棍。一天，收废品的来到我们村，我赶紧跑回家，在家里搜索可以卖的东西，走了好几圈，在堂屋后面的墙角发现了一块铁，我把它卖了，换了一根冰棍，也换了一顿打。那是父亲用来犁田的阀口，新的。

再大一点的时候，异常炎热的一天，我听到父亲要去赶集的消息，就硬要跟着去。父亲背着一袋玉米，身后跟着我，一路上，我想象着父亲卖完玉米会给我买油粑粑、西瓜、糖果、凉鞋……忘记了炎热，忘记了赤脚的摩擦，也忘记了父亲的汗水。集市上的东西太多了，我眼花缭乱，看见一块一块的红西瓜，感觉口渴至极；看见漂亮的花凉鞋，感觉地面异常硌脚。父亲卖完玉米，就直接去买了化肥，要不是亲眼看见，我绝对不相信卖了玉米的钱竟刚好够买一袋化肥。回去的路上我哭了一路。我想那时父亲的肚子里一定也装了很多“水”。

我的童年是“丰富多彩”“妙趣横生”的，原因之一就是因为我家真的很穷。

漏风漏雨的房子、竹条编制的门，叫花子都不去我家要饭。我家是村民玩笑里“最穷的人家”。

我知道什么都不会是永远的，贫穷也不是。家里的生活条件逐渐改善，我不用晚一年上学，偶尔也能吃上冰棍，有堂姐、表姐的旧衣服穿，捡废品、挖药材卖能换些零花钱。我就这样一天天长大，上了高中，也上了大学。自认为家里摘掉了贫困的帽子。

直到父亲给我寄了建档立卡贫困户的单子，看见单子的那一刻，“我家是贫困户，我可以领补助金……”后来我陆续知道了国家对建档立卡贫困户有各种各样的政策帮扶，如安排专门的帮扶责任人、“10113”分红、教育扶贫、健康扶贫、医疗保障、危房改造等，父亲还成为村里的护林员，每月有工资，看着这一切福利政策，母亲乐开了花，父亲却始终不见笑容。后来我才知道父亲的心结——我家还是村里的贫困户。

2017年，在帮扶责任人的帮助下、国家政策的扶持下、父亲的不懈努力下，我家终于脱贫摘帽了。2019年8月的一天，父亲郑重地宣布，他想养牛。后来，父亲就成了有十多头牛的小型养殖户。现在父亲整日围着他的牛转，黑了、瘦了，可是笑容多了，肚子里的“水”应该也没了。

幸福生活靠自家

◇ 讲述：万山区旺家社区搬迁群众杨昌平夫妇
整理：罗　旭

“以前，我们在外面打工，家里的老人小孩都没人照顾，但是不出去又没有钱生活，怎么办吗！以前的日子是相当难熬的……”回忆起曾经生活的窘境，杨昌平、刘妹连夫妇感慨万千。说起现在的生活，两人说做梦都没有想到有一天会住进城市小区，还能在家门口有稳定的收入。

2018 年，易地扶贫搬迁政策利好消息传到了广东，居无定所的杨昌平、刘妹连夫妇看到了希望，辞掉工作返乡，将家从思南县迁到了万山区旺家社区。

住进了城里，夫妇俩想的第一件事就是要尽快安定下来，稳就业是当务之急。

“当时来了之后，看到这的环境和条件各方面都好，我们就想着还是要有稳定的工作才能过上好日子，‘等靠要’的思想是不能有的。”就这样，在社区干部的帮助下，两人迅速找到了合适自己的工作，终于在新家园里稳定了下来。

“我的工作是负责 13 栋和 6 栋的卫生，一天工作五六个小时，感觉工作也不是很累，一个月工资有 1500 元，这份工作很适合我。”刘妹连是社区保洁员，每日清扫楼道、街面垃圾，成为社区的“美容师”。

“我以前有过脑梗，现在这个工作不是很累，我能够做。同时，这边上班离家也近，每个月还有 2000 元工资。”杨昌平是社区保安，负责轮岗巡查、视频监控，成为社区的安全员。

两人工作离家近、收入稳定，还有多余的时间丰富自己的文化生活，提升生活品质。

“有时候我自己缝一下鞋垫，跳跳广场舞，生活过得有滋有味的。”说起现在的生活，刘妹连笑得合不拢嘴。

“现在在城市里面有了新房子，也有稳定的工作，相信以后的日子会越来越好，我们生活会更加幸福。”对于未来的生活，杨昌平充满了期待。

杨昌平、刘妹连夫妇的搬迁幸福生活只是万山区 5 万余名搬迁群众的一个缩影。如今，越来越多的新市民正沐浴着党和政府的光辉雨露，实现了搬得出、稳得住、能致富，过上了充满阳光的理想生活。

奔向新家园

◇ 江口县怒溪镇麻阳溪村村民李小鹏

我叫李小鹏，搬迁前，居住在江口县怒溪镇麻阳溪村，距镇里28公里，距县城86公里。这样一个偏僻的小山村，孕育着一群靠山吃山、靠水吃水的传统耕作农民，一条蜿蜒曲折的进村路就像一条盘龙沉卧山间。农民赶场需要走4个多小时，学生上学需要走两个多小时，回家时已是满头大汗。小时候的我们放牛、砍柴、割草、抓蛐蛐、玩篙笆，看到父母面朝黄土背朝天，每天早出晚归，在那个地方种地，勤劳的双手晒得黝黑，历经几代人依然如故。是故乡的情与连着故乡的根让学子归来，每每归来时风景依旧，却见父辈脸上的皱纹深了，头发白了，脊背弯曲了，我不禁潸然泪下，立志要搬出大山。

往事多处是悲伤。走出大山又岂是件容易的事情。一年年过去了，从小学到初中没有见过电脑，没有见过大型的汽车、没有见过高楼大厦。对城市的未知充满许多好奇。勤俭节约，不与人攀比，就单一地学习。我的初中生活是一罐辣椒吃一星期，一罐酸菜吃一星期。一星期10块钱，周五回家能剩九毛五分。也是初中的时候，父亲的腿受伤残疾了，家庭的压力骤增。

时间过得很快，假期到来了，父亲的腿依旧没有痊愈，脚会不时地化脓，家里开始搞起养殖。但是投入进去的钱没见出来，家里很困难。家里开了会，以抓阄的形式决定谁去上学，结果两个姐姐辍学了。抓阄的时候我的心里很难过，何时能改变自己的家庭面貌?

转眼间来到了高中，家中依旧困难。考上了大学拿到录取通知书，但是我藏了起来，父亲问起，我就一直说没有收到。最后瞒不住了，在父亲的再三追问下我才说道："满满！满娘！我不想你们这么累，你们为了我们付出了太多！青春、精力、甚至生命，我不想你们这么辛苦，这个大学我能不去读吗？我想假期去工地上打工，为家里减轻经济压力。满满、满娘我能够挣钱了。”在父母的逼迫下，我后来还是去上了大学。

在大学里，我开始用课余时间帮饭堂打饭，下午放学后在超市当收银员，代理卖特产、卖车票。暑假做人才代理，兼职卖车、卖房、卖保险，大学创业带团队开公司，我们家庭的每个成员都在努力着，日日夜夜为家庭奋斗着，心想着走出农村走向城市，过上美好的生活。然而不幸却再次降临，母亲患重病住医院，父亲遭遇车祸，家庭再次陷入困境。这时候我在上大学，弟弟也在上大学。这是我人生最无助的时候。我心想，无论我们怎样努力，依旧不能离开大山。

然而搬迁带来了好运。2017 年，驻村干部、村干部组织召开了一次群众大会，这个会使麻阳溪村的老一辈人有了实现夙愿的希望，驻村干部宣传易地扶贫搬迁政策。听着这些政策，群众一双双深邃的眼睛里已填满了泪水。中年男人、妇女们有的激动、有的沉默，而小娃子们依然打打闹闹、活泼可爱。就这样，2017 年底，我们搬迁进了新家，新家什么都有，社区干部说这叫“拎包入住”。父亲说，这所有的一切都要感谢党，感谢习近平总书记。我们一家人达成一致意见，把习总书记的海报贴到我们客厅的墙上，时刻铭记党让我们过上好日子的这份恩情，努力将这份恩情转化为奋斗的动力，在完成脱贫的基础上，自力更生，创造小康生活，让总书记不再为我们担心。

搬了新家，好事一桩接一桩，这一年，媳妇也娶进屋了。一家人的新生活在这里有了新的起点。城里好找事做，即使做零工的报酬，也能够负担一家人平日的开销，加上父亲的治疗费用基本都得到了报销，我就主动申请脱贫了。

转眼 3 年过去了，这里的基础设施越来越完善，对面就是小学、中学，楼下还有“四点半学校”，紧挨着的就是老年活动中心。老年活动中心是父亲最爱去的地方，那里弥漫的草烟味道寄托着他离开老家后浓浓的乡愁，很多像父亲一样的老人聚在那里，让父亲找到了知音。志愿者和我说，“四点半学校”是为已经放学，但爸妈还在上班的学生服务的。放学后，小孩可以直接过来，这里有志愿者辅导孩子作业，还有几万册图书可以阅读。我想着，等以后小孩大一点了，放学后到“四点半学校”做完作业，然后搀着爷爷回家，正好我也下班了，一家人围坐一桌，吃我爱人做的香喷喷的晚饭。

最让我惊喜的是，社区的人文关怀无处不在。社区干部提供保姆式的24小时服务，参加群众会让我们感受到社区宣传政策的有力、社区治安的有序、邻居的和睦相处、交通的便利、医疗的方便、上学的方便，感受到党的恩惠。我立志为百姓贡献自己的力量，向第三党支部递交了入党申请书，通过选举，我成了社区居委会副主任。

这就是我家搬出大山的故事，这也是我过上幸福生活的开始。

搬出大山 收入翻番

◇ 江口县凯德街道梵瑞社区搬迁群众刘廷高

我叫刘廷高，是铜仁市江口县凯德街道梵瑞社区的搬迁群众，也是一名中共党员。自从搬到社区后，我家的日子就发生了天翻地覆的变化。

我家原住在江口县闵孝镇平寨村，2014 年因缺技术，因学致贫，被确定为贫困户，通过申请国家“精扶贷”，养殖了牛、羊，在 2016 年实现了脱贫。同年，驻村工作队来到了平寨，便在平寨这个偏远的小山村种下了希望的种子。当年驻村工作队做易地移民搬迁宣传动员，我第一个说要搬迁，于是我成了五十多户搬迁户之一。这果断想搬迁的原因，就得从很多方面说起了。

从生活条件来说，平寨属于高坡，雨水不足，庄稼收成不好，辛苦耕作一年，收入还很低。现在，搬到梵瑞社区后成了新市民，生活条件和以前有了天壤之别。米没了，楼下超市马上就可以买。在老家要想洗个澡，只能烧热水用盆洗。现在，家里安上了热水器，水龙头一打开，热水自然了，冷热随时调，水想要多大就有多大。

从医疗方面来说，我感受更为深刻。有一次，我因肾结石疼痛剧烈，而救护车无法开到村里来，只好在寨上找几个人抬着我走 10 里山路才到大马路上，我差点因疼痛而休克。我还是算幸运的，家乡的另一个人就没有那么幸运了。他犯病后，家人马上联系了救护车，可还没赶到医院他就撑不住了。医生说如果抢救及时，他也许就不会死。而现在，小区里就有大药房，医院就在家门口，我和城里人一样享受到了便捷的医疗服务。

从收入上来说，在这里的收入比在老家翻了几番。刚确定为易地扶贫搬迁户的时候，政府就为我们的就业做了考虑。驻村工作队了解到我是一名优秀的共产党员，在我入住后就把我安排到了党支部上班。虽然就业有了着落，但因为女儿要上学，我家在经济方面还是有些困难。社区了解到我的家庭实际情况后，又将我安排到物管办公室去整理资料，现在的月收入是 2000 多一点，一日三餐都在食堂。因为有就业扶持政策，我的爱人应聘上了学校的保洁员，工资是 1600 元，也包三餐。现在，我家在收入上得到了很大的提高，真正实现了吃穿不愁。

教育方面的变化，我感触最深。平寨老家唯一的小学撤了，而我母亲瘫痪无人监护，我只能送我的女儿读封闭式学校，学费、生活费开支很大，读小学的费用就相当于供一个大学生，所以那时候家里有点积蓄就会被花光。现在，因为教育扶贫政策的实施，孩子读书有了保障，学费也不愁了。孩子学习很刻苦，成绩也还可以，我感到非常欣慰。

交通方面的变化也是很明显的。以前，从平寨来县城，车费要一二十块，还不是随时有车。后来脱贫攻坚的时候，老家修了路，有些人就不想搬迁了，于是驻村工作队带着我们到这里来看了房子，可看了之后有些人还是不想搬，驻村工作队又召开了搬迁动员会。在会上，我主动跳出来做思想动员，因为我认为我们应该搬迁，想要实现城市生活的梦想、想要稳定脱贫，就该抓住易地扶贫搬迁这个好机遇。只要发挥好农村人吃苦耐劳的精神，在哪里我们都有用武之地。

搬迁之后，国家继续加大对我们的帮扶力度。首先设立了优惠政策，什么都以搬迁户优先，安排就业岗位也首先考虑我们。搬迁户都实现了家门口就业。

另外，社区通过“搭五桥，建五家”，使所有搬迁户凝聚成了一个大家庭，紧紧地抱在一起。搬迁户有了一个“身安、业安、居安、心安”的幸福生活。

现在，回想起在老家平寨的时候，由于教育资源匮乏，很多人吃了没有文化的亏。所以，我下定决心送我兄弟去读书，而父亲却认为“只有鼎罐煮米粮，没得鼎罐做文章”，坚决不允许我变卖粮食送他读书，于是我只能偷偷向亲戚借钱，一直坚持到我兄弟初中毕业考上了铜中。他是整个平寨村第一个铜中生，也是因为我的决心才能坚持走到这一步。我的父亲一直不明白铜中是什么概念，于是其他人就跟他说，进了铜中，99% 能上大学，大学生就是老一辈人说的状元郎，到那个时候他才没有反对我。

但是好景不长，那一年父亲患了癌症，母亲也瘫痪了，由于家里实在贫困，只为父亲治疗了一个月零九天，他就去世了。我的母亲因脑梗而瘫痪，坚持给她治疗了一年后，她已经恢复到能够扶着我的肩膀走路了，可后来因为感冒，病情复发，我们无法再负担昂贵的医疗费用。如果是放到现在，我们还可以继续为她治疗。

我非常注重对小孩的教育，有时间就会去铜仁学校里陪我的女儿散散步、聊聊天，跟她是无话不谈的好朋友。

现在有了教育扶贫，我的小孩能接受到更好的教育；有了医疗扶贫，就不用担心生了病没钱治；有了就业扶贫，我就有了稳定的收入来源。所以我说，脱贫攻坚是百年难遇的好政策。搬到这里来后，我们一家人的生活越过越好，对未来的新生活也充满了信心。

梦中的美好生活成真了

◇ 德江县潮砥镇营盘村村民黄仕珍

我叫黄仕珍，原来住在德江县潮砥镇营盘村小沟组，那里是绵延的黄土沟壑深处。土地贫瘠，能耕种土地都是山地，而且能种的作物少之又少，只能种一些玉米和小杂粮，就算有一点点收获，想变卖成钱，陡窄崎岖的山路又挡住了村民们想要外出销售的脚步……以前山高路陡，与外界沟通困难，有时候想出去买点东西都不方便，遇到刮风下雨就更危险了，只要是下雨天想要出门，都需要拿个铁锹，一边填土一边铲水才能通行。想起曾经居住的环境，我还是心有余悸。以前出一趟门可太不方便了，天还没亮就要起床，走 1 小时的山路到镇子上，坐上大巴车还要 1 个多小时才能到县城。你看看现在多好，我直接就住在了县城最繁华的地段。你看这套 100 平方米的房子，你说党的政策好不好?

通过精准识别，按照“五个一批”搬迁脱贫一批的脱贫措施，结合我家交通条件不便的致贫原和无安全住房的特殊情况，村攻坚队和村支两委共同上门宣传扶贫政策，动员易地扶贫搬迁。为了让我认可搬迁工作，镇里面又组织我们去安置点进行实地观看。我只要愿意搬迁，就直接可以得一套 100 平方米的住房，且房子设施齐全，拎包就可以入住。我看到安置点一栋栋漂亮的房了、实施齐全的小区，宽广平直马路、明亮的路灯、宽阔的广场，学校、医院、超市等公共服务设施都在小区周边，感受到这里生活极为便利。我从来没想过能搬出山沟沟，拿到钥匙时就像做梦一样。

住房有保障了，交通条件便利了，但后续的生活问题又摆在了我的面前，再回老家做农活是不可能了，一家的生活开支从何而来？我突然想到，小区里 6000 多户居民都要吃饭，儿子又有厨师的手艺，何不开个小餐馆？儿子张海说干就干，马上与小区管委会对接，在小区内租赁了一个门面。很快小餐馆就开业了，这里早餐、家常小炒、特色小吃样样都有。

经过大半年的时间，小餐馆发展得红红火火，从早到晚都忙得不亦乐乎。为了提供更好的服务，加之小区人口集中，电梯也方便，我们还提供送餐上门服务。现在我家 1 个月的收入在 10000 元左右，完全能满足一家的开销。这些是以前不敢想的，没有易地扶贫搬迁，我可能一辈子都住在山沟沟里。感谢党和政府帮我们老百姓搬新家，让我们过上了幸福美满的新生活。

感激之情说不尽

◇ 万山区仁山街道观山雅居安置点搬迁群众吴先君

我叫吴先君，今年45岁，是万山区下溪乡瓦田村湾里组人。2017年，我带着一家老小搬入万山区仁山街道的观山雅居易地扶贫搬迁安置点，这里交通便利、高楼四起、小区环境更不用说。我的两个小孩都进入了当地第四小学就读，政府把最好的地段和最好的教育机会给了我们精准扶贫户。

我的家乡下溪乡瓦田村湾里组，是一个山多地少的地方，常年被雾气笼罩，一天见不到两小时的太阳。我们家四兄弟，两姊妹，大哥住在祖辈那座倾斜的老木房里，我和另外的两个兄弟同爹妈住在1980年新建的木房里，100多平方米，前后四间。为了保障不漏风漏雨，每年我们都得请瓦匠来回翻盖几次。

在村里，人们都是以务农为生，我们这一大家子，靠着东拼西凑的5亩旱地水田过活，说实话，根本吃不饱饭。为了生存，我和我的兄弟们都选择了外出务工。1996年，我来到上海，初中毕业的文凭只能干些好上手的粗活，在黄浦江的码头做过挑夫，一天挑30吨砂石赚30块；在建筑工地做过工人，顶着烈日那是常态。但意外总是让人措手不及，当我以为进入上海的箱包厂里做工可以结束风吹日晒的苦日子时，机器失控，瞬间压断了我的手指……

手变残疾后，我多次找工作都吃了闭门羹。1999年，来到福建，我成了家，家庭的责任和担子就压在我肩上了。

当时我听说煤矿赚钱，便带着家人来到郊区的煤山当矿工寻求出路，一做就是八年，八年来，我和两个孩子、母亲、老婆一家五口租住在当地40平方米的民房里，平日就在门前的马路用煤渣烧水做饭，日子过得紧巴巴的，但为了能多攒钱，以后回乡修一栋自己的新房，我又咬牙坚持下来了。

直到一次采煤过程中，我刚走过巷道两分钟，身后的石块就塌落下来，我惊出了一身冷汗，这一回，我想着怎么也不能把命搭上。

2012年，我回到村里，只见老屋破败不堪。逃离了矿洞，但却不是衣锦还乡，手里的钱还不足以修新房，于是我去外地进羊来搞养殖，还自己修了羊圈，做饲料，结果市场给了我当头一棒，当时毛羊一斤才卖7块，回本都不够，把我八年赚的老本都搭进去了。我拼了半辈子，别说房子，连贫困都没有摆脱。

2015年，当地政府了解到我的困难，将我评为精准扶贫户。2017年，我作为贫困户搬迁至观山雅居易地扶贫搬迁安置点的新家，这里是主城区万山区的中心地段，设有便民服务中心、配套幼儿园，旁边就是超市，距市客运南站500余米，距离木杉河公园500米，是一个交通便利、配套完善的花园小区，是我再也不用检瓦的新家。

他们还帮我在小区安排了保安的工作，下楼就上班，一个月能赚两千块。现在，我已经脱贫了，为了过上更好的生活，我的老婆在外务工补贴家用，我带着小孩和母亲生活在新家，最让我欣慰的就是我的孩子得到了优质的教育。对国家的感激之情说不尽。国家、政府帮了我们太多太多，彻彻底底改变了我的一生。

新家生活“蒸蒸”日上

◇ 讲述：石阡县泉都街道香树园安置小区搬迁群众彭永胜
整理：孙 伟 张 婷

石阡县泉都街道香树园安置小区的搬迁户彭永胜，搭乘扶贫搬迁好政策搬离了穷窝，住进县城新房后，从小家境贫寒、生长大山深处的他凭借吃苦耐劳、勤奋好学的精神，通过到安置点积极参与培训学习，夫妻俩在新家门口开起了包子铺。他们正一步一步向着好日子迈进。

在石阡县香树园客车站旁的永盛包子店里，老板彭永胜和妻子正在忙着招呼前来购买早餐的客人。30平方米的店面里，热气腾腾的包子、馒头吸引着过往的老少。络绎不绝的客人让夫妻俩忙个不停，虽然已是初冬，清晨的寒冷丝毫没有让他们感到冬天的冷意，他们仍干得热火朝天。

回想起以前，一家6口人生活在石阡县本庄镇水口村，由于地处深山，居住环境恶劣，交通闭塞，家庭收入基本靠种植传统农作物和外出务工，一直以来生活过得比较拮据。加上就医、上学非常不便，要想破除贫困闯出新路更是难上加难。

“当时住的地方在山区，交通不方便，自己做点东西、做点活都需要人工抬、挑，读书也不方便，老人老了，身体不太好，看病特别不便，国家有了这个扶贫政策，我们就想到了搬出大山才有一条出路。在山里想做什么都做不了，自己想闯一条路、想创业，很难。”彭永胜向笔者讲述。

一直梦想飞出大山的彭永胜做梦也没有想到，党的脱贫攻坚好政策帮助自己实现了梦想。2018年，一家6口搭上扶贫搬迁快车，告别大山，拎包入住石阡县城香树园安置点新家，从此开启了新生活，让这个满怀抱负的中年男子找到了生活的新希望。彭永胜说：“搬迁到这个香树园来，就在这个客车站附近，我当时就在这里考察了一下，看了人流量也还可以，所以我就想到开一个包子铺。刚开始开包子铺的时候，生意还不怎么样，经过我们夫妻的经营，生意渐渐就好了。”

一分耕耘，一分收获。一直以来，夫妻俩始终坚持诚信经营，顺应市场需求，推出的包子、馒头、煎包、蒸饺、稀饭、豆浆等食品由于味道好、分量足、价格公道，得到了消费者的认可。七八千元的月收入及每天能陪伴老人孩子让他们感到非常知足。

“现在包子铺一天生意还是可以，平均每个月有七八千块钱的收入，感觉做这个包子生意比在外面打工还稍微强一些，又能照看家里，又能照顾老人和小孩。”彭永胜笑嘻嘻地说。

在采访彭永胜一家中我们看到，“贫穷不是宿命，苦熬不如苦干”，只要自强而不息，自立而不馁，摒弃“等靠要”的思想，就一定能依靠自己的双手创造美好的生活，改变自己的命运。

感恩奋进

“牛”之精神

◇ 讲述：印江土家族自治县合水镇白腊村村民任春明
整理：谭恩婵

白腊村。黄昏。

山上的野花放肆地在微风中绽开笑颜，远方的天空，淡淡的乌云衬托着美丽的晚霞。当我们沉浸在这一壮观景色之中时，满山的浓雾如浪潮席卷般，眨眼工夫就吞没了整个大山。任春明挺着个大肚子，有气无力地坐在自家的院子里，目睹着眼前壮观的景象，感叹着自己所剩不多的时光。医生告诉他，他的生命最多还能坚持三个月。可是，他却调侃着说：“我有祖传秘方，只要我不停药，即使是在三个月后，也是不会倒下的。”

就是这样一个乐观的村民，曾经是一名木匠，在家乡做木工，靠着自己一个人的工资，足以让一家五口人过上幸福的生活，平时还有点结余。这样的生活一直维持了二十四年。

可是，天有不测风云。2014 年 3 月，任春明感觉身体不适，就去遵义医学院检查，结果是白血病。此时的他，头脑一阵晕眩。但片刻过后，他恢复了往日的平静，作为一个男人，一个家庭的顶梁柱，他必须挺住。他在遵义住院三十三天，以乐观的心态，配合医生治疗。但钱花了，病情并不见好转，他申请回家调养。后来，又经人介绍，到温州私人专科医院住院四十五天，病情终有好转。

出院回家后，任春明考虑到自己的身体状况，不能再从事木工了，就想到了养牛。他先在亲戚家借了五千元买了一头牛，让牛生牛，到第二年年底已发展到十二头。这些牛被放养在后山，他每天都会上山去，看看这头，摸摸那头，每天望着那一群不断长大的牛犊，他的心眼里别提有多高兴。后来，他的病情不断加重，手脚无力，无法上山，但他仍然会坚持骑着摩托车到公路边，去看看牛吃得饱不饱，那几头经常调皮的牛犊是否回到牛群中。等到自己的身体无法承受时，他便要卖掉养大的牛来输血，钱不够时也向亲戚借一点。

在养牛的过程中，他结识了一群志同道合的朋友，他们很讲义气，经常给他提供一些买牛的线索。任春明说："得了这个病，我也没办法。如果我不去做点事，就只能躺在床上，这样病情反而会加重。老天有眼，当我躺在床上时，就会有人打电话给我，让我去买牛。我很会做牛生意，每次买了牛来卖，总能赚个两三千，我为什么不能躺下呢？我还有一个儿子未成家，我还要为他撑起这个家呀！再说，'牛人'王昭权是一个残疾人，他都能够勤劳致富，我有手有脚，为什么就不能像他那样呢！"

"牛人"王昭权的故事对任春明的影响极深，他也想用自己勤劳的双手创造幸福。两年以前，他听说政府有一批精扶贷扶持养殖产业，就借了五万元，新建了养殖场，养牛最多时达四十二头。今年是第三年，任春明通过卖牛和向妹妹借一点钱，已把贷款还清。有人劝他说："像你这个情况，贷款就不忙还了嘛，到时还不起，政府自然会想办法免的。"他说："这是政府借给我发展经济的，是为了让我致富，我赚了钱，当然要还啦！国家的政策那么好，我还要继续养牛，赚点钱来把治病呢。"

其实，在2014年以前任春明就发现了自己的病，只是他不敢住进医院，他想到了正在上大一的女儿，她要是知道父亲得了不治之症，一定不会继续上学了。到女儿上大二时，他实在无法支撑，才开始接受治疗。也是从这时开始，他的女儿开始在周末和假期打零工，家里就不再负担其生活费。这期间，任春明经常翻看医药方面的书籍，不断为自己配药。医院的药不齐，自己就到大药房去买中药来配。现在每个月都要支付六千多元的药费，而这些药又都是无法报销的。其妹妹在遵义卖药，就负责他每月两千多元的西药。而每月四千多元的中药则由自己养牛来负担。现在的家庭经济来源就是养牛、低保和其母的养老金，实在不够就向亲戚借点，却从来不向政府张口叫苦要钱。

天无绝人之路，党的好政策来了。第一书记付昌林接受组织委托，走进了任春明家。在了解了他家的状况后，付昌林帮助他家评上了低保，并对破烂的老屋进行了维修，新建了厕所，硬化了院坝，还带领任春明到民政局去开证明。从此，任春明病情严重时，去医院输血也能按最高标准报销。近一年来，单是输血就为其节约了近两万元。

任春明如同一头老黄牛，默默地在这片贫瘠的土地上耕耘着。付昌林书记的默默付出，任春明看在眼里，心里涌动着许多的感动。他从来不拒绝我们的采访，直挺挺地坐在凳子上，显得有些虚弱。他的手不时地摸着坚硬如顽石的大肚子，又滔滔不绝地说起来："这些干部非常重视我的事情，每次从家门前经过，都要进来看看，问长问短，每逢过节，都要带上礼物来慰问，还会给钱。党的政策那么好，这些干部那么照顾我，我无以为报，只能用自己的实际行动来支持他们的工作。村里要发展辣椒产业，我是组长，当然要带头种辣椒。活干不完，就请人帮忙做。村里人知道我的情况，都愿意积极支持和帮助我。我现在也没有别的需求，就是希望我的病不再严重，要是能好起来，就更好了！我还要在这些干部的带领下，发展我的牛场，带领村里的人勤劳致富。我还要看着我的儿子成家立业，过上幸福的日子。"

“聋哥”变了

◇ 讲述：印江自治县板溪镇青山村驻村第一书记任国俊
整理：任明勤

在印江自治县板溪镇青山村干田组有一个聋哑残疾人，他的名字叫任国俊，但这名字在村中很少被人提起，村民们都习惯叫他“聋哥”。

“聋哥”今年62岁，至今未结婚，是村里的“五保户”。他有兄弟四人，还有一个妹妹。他在家排行老二，平时自己独立生活，有时候也到镇上的妹妹家过一段时日，在家有兄弟亲人们照看，生活起居被安顿得较好。

在村里，人们认为他无法交流，很少有人理他。有不懂事的小孩常常逗他，看到他急得、吱吱呜呜说不出话来，小孩们就会很兴奋。由于他内心比较封闭，村民们很少与他接触，他自己也不愿意与人交流，总是活在自己的世界里。也许他有很多想法，却从未有人知道。

“聋哥”的变化，要从我们驻村那天说起。我们驻村工作队来到村里的那天，刚好“聋哥”也在。不知为何，“聋哥”竟然无比激动，车子刚停，他就跑到车旁，打着他自己熟悉而别人看不懂的手势，在那又叫又跳，着实把刚下车的队员们，特别是一个女队员吓得不轻。没人知道他想要做什么、说什么，驻村工作队的队员们也完全没有反应过来。村主任见状后，三下两下便将他打发走了。

“聋哥”走后，住在村委会附近的群众这才告诉我们，“聋哥”喝酒了会打人，年轻的时候会用石头砸人，所以，他们是惹不起躲得起，很少和他交流。有不懂事的孩子逗他，大人看到了都会吼孩子，让孩子不要刺激“聋哥”。我初步了解到聋哥具有暴力行为，我心里始终不踏实。作为驻村第一书记，接下来我该怎么应对呢?

当天晚上，我们驻村干部与村干部就村里的扶贫工作开会，这时“聋哥”也来村委会，打着手势，嘴里说着只有他自己能理解的话语。我问村主任：“怎么‘聋哥’白天也来，晚上也来？”村主任告诉我们：“‘聋哥’就住在村委会附近，离村委会 40 米远，估计他会经常来村委会。”我们村唯一的驻村女干部田琴给他倒了一杯水，他两只手捧着杯子，无比激动，嘴里咿咿呜呜的，好像是在感谢。我作为驻村第一书记，“聋哥”又是咱村里的建档立卡贫困户，不得不面对他。

由于驻村工作的关系，我们对每家每户都要进行走访，早上我们都泡方便面当早饭吃。每天早上，“聋哥”来村委会依旧打他的手势，说着别人不知道的话语。有他在，我们都会给他一碗方便面作为早餐，刚开始他是拒绝的，挥手示意不要，我们泡好后再给他，这时他笑了，接着就吃得十分开心。当我们有面包和其他零食时，都分给他一份。就这样一来二去，我们熟悉了不少，也许是我们对他的热情，也许是他认为我们是朋友，“聋哥”便成了村委会的常客。因为驻村队员的善良对待，“聋哥”变得开朗了，他开始越来越频繁地用肢体语言跟队员们进行交谈，仿佛要把 62 年没说的话全都补上，恨不得把他知道的一切、受到的委屈毫无保留地倾诉给我们。

同时，我们也尝试着用手势同他比画，进行简单的交流，与他做朋友，帮助他打开心扉，战胜自卑。其实他的内心深处是非常希望与人交流、接触的，也非常希望得到其他人的关心。

“聋哥”是懂得感恩的，我们给他一些简单的关心和照顾，用实际行动来理解和支持他，他早已把我们当成了亲人、朋友，把村委会当成了自己的家。“聋哥”常常到这个“家”来，主动帮着工作队一起打扫卫生，看到有群众来村委会，也会主动让座，还会倒水给群众喝，说着别人听不懂的话。接触过他的群众都说以前怕他，现在没有这感觉了，反而感到他很热情、善良。

白天，我们有时下组工作，他也会跟随我们，坐车、走路他都乐意，只要他看到我们的身影，彼此都会会意地一笑。

当驻村队员晚上离开村委会组开展工作时，他就在村委会看家，把未关的门都关上，未关的灯都关了，只留一间房间亮着灯，他就坐在那里等待着我们，哪怕再晚，都要等我们到村后，他才回家去睡觉。第二天他又会到村委会……

现在的“聋哥”脸上时常洋溢着笑容，见到喜欢的人还会手舞足蹈地打招呼，用肢体语言与人交谈，虽然有时还是让人难以理解，但是他已经开始有了变化，活得越来越开心。他已经不再孤单。

记得我和帮扶干部去他家里，他赶紧打开自己的箱子，拿出自己舍不得吃的罐头，要求我们分吃，当时我以打不开为由而拒绝，他阴沉着脸，很不开心的样子。后来他大嫂说：“你们不吃他的东西，他才会这样，脸难看的。”在大嫂的劝说下，我们打开每人吃了一块，这时他才笑了，而且笑得非常灿烂。现在，只要有人去他的家，如果他有好吃的零食，他都会拿出来，很热情地招呼客人。

现如今的“聋哥”像是脱胎换骨一样，容光焕发。在村里，不再有小孩以激怒他为乐，村民不再把他当作笑话。最奇怪的是，我们驻村这两年多来，没有见过他喝醉酒，也没有见他打人，更没有发生群众说的暴力行为。他还会自己上山砍柴，自己做饭吃。

青山村，辖 8 个村民组，总人口 270 户 847 人 。有 2014 年建档立卡贫困人口 60 户 250 人，现在已经全部脱贫。虽然驻村工作很累、任务多。但我们始终相信那句话：积跬步才能行千里，积小流才能成江海。驻村也是这样，每一件小事都是一块让人成长进步的砖，堆积多了就成了坚固的墙。因为是一件件小事，所以简单；因为简单，才更应该去做好。

王文珍：我要退低保

◇ 讲述：万山区丹都街道龙生社区安置点搬迁群众王文珍
整理：罗 旭 张著昶 任恩多

住进新家、孩子争气、收入稳定、家庭圆满……从万山区深山搬迁到丹都街道龙生社区的王文珍家的日子越过越舒坦。

“都脱贫了，咋能老是依靠政府？”前不久，王文珍向社区办公室递交了一份退出低保的申请。

家住万山区茶店街道的王文珍，自幼家贫，没读过几天书，但聪明勤奋。婚后开过小卖部，做过小生意，家中略有积蓄，小日子过得红红火火。但天有不测风云，她 28 岁那年，一场大病降临，不仅花光了她的所有积蓄，还使她欠下了不少债务。

丈夫刘庭全外出打工还债，在风里雨里奔波，终究被压得喘不过气来。不只是信心，他连耐心都被困境磨灭，家庭即将分崩离析。

接下来的日子，王文珍不顾医嘱，哪里有活儿就到哪里干，长期过度劳累，钱没挣几个，身体却越来越糟，一时陷入绝境。

沐浴党恩

百般无奈之际，王文珍向村委会递交了一纸贫困申请。2016 年，她家被纳入建档立卡贫困户，得到系列惠民政策照顾，全家生活、看病吃药、孩子读书都有了保障，一度风雨飘摇的家，日渐安稳下来。

好事接踵而至。2019 年，符合易地扶贫搬迁政策的王文珍家，又从茶店街道尤鱼铺村深山区搬到了主城区的万山丹都街道，一下子成了城里人。

夜深人静时，王文珍一想起夫妻同甘共苦的日子正越来越好，就顿生幸福感；为这个家多年在外奔波的刘庭全，眼见着家庭状况的改变，也揣着满满的亲情赶了回来。

干出幸福

政策兜了底，脱贫靠自己。

尽管身体没有完全康复，但不服输的王文珍一有空，就跑到小区的扶贫微工厂产业园学技术。学会手工编织技术后，她制作的毛线鞋，让她一个月就能轻轻松松赚 600 多元。

“不让贫困传递下一代。”王文珍时常鼓励孩子好好读书学技能，长大报效祖国。两个孩子也特别争气：大儿子刘锐品学兼优，于 2018 年考入西安交通大学，年年获得国家励志奖学金，本学期还喜获保研资格，并成为一名光荣的中共党员；小儿子刘琪暗中与哥哥较劲，成绩在丹都二十八小学一直拔尖。

王文珍把家里打理得井井有条。刘庭全在外打工特卖劲，现在每月固定收入 6000 多元，大部分存入家庭账户，全家生活日渐好起来了。

主动退“低保”

“幸福来得太突然，我真是做梦也没想到！”王文珍的笑容里洋溢着满满的幸福。她白天接送小儿子上下学，晚上和丈夫、大儿子开视频聊天，乐在其中。

“国家那么大，需要用钱的地方多。我们现在衣食无忧，确实应该替国家减轻点负担了。”今年上半年的一天，王文珍萌生了退出低保的念头。

“我们最困难的时候，得到党和政府帮助，我们应该懂得感恩。现在生活变好了，应该退出低保，把机会留给更需要的人。”刘庭全特别理解妻子的想法。

大儿子刘锐坚定支持父母的决定：“有能力还当低保户，不是什么光彩的事。要想过上更好日子，必须靠我们自己去努力干！”

说干就干！读书不多的王文珍找来孩子用的笔和纸，歪歪斜斜地写下了一封脱贫申请书：

尊敬的各位领导：

你们好！

我是王文珍，女，现年 48 岁，苗族。现居住铜仁市万山区谢桥办是（事）处丹都街道龙升（生）安置小区 32 栋一单元 304 号。因搬迁条件好，生活家庭幸福，日子变得越来越好、美满，不困难。

我大儿子刘锐目前是西安交通大学研究生（获得保研资格），是国家（中共）党员，将来要做个国家栋梁之才。小儿子刘琪在丹都二十八小学读二年级。最近几年得国家扶平（贫），解决了很多难处，生活好，不忘国家，要自立自强，不拖后腿，争做有用之才，申请退出困难户，不当困难认（人）。

申请人：王文珍

2020 年 10 月 20 日

申请书字数不多，还有不少错字别字，却是感恩奋进的王文珍一家人的真情流露。

“这封申请书见证易地扶贫搬迁政策彻底改变了长期深居石山区、深山区贫困群众的世代命运，彻底阻断了贫困的代际传递。”“幸福都是奋斗出来的！”万山区扶贫办副主任、帮扶干部杨芷若坚信，全区主动退出低保的群众会越来越多，对今后做好预防返贫致贫精准帮扶工作具有重要的现实意义。

编者语

“只有奋斗的人生才称得上幸福的人生。”王文珍把家庭战贫的志气写成了退出低保的豪气，折射出她家不仅物质脱了贫，而且精神也脱了贫，其做法值得肯定。

贫穷并不可怕，怕的是没有战胜贫穷的志气。王文珍家的故事告诉我们，人不能躺在政策温床上过一辈子，而是要感恩奋进，用自己的双手创造更美好的明天。

小康看得见，幸福来敲门。当前，铜仁市的贫困县均脱贫摘帽，农民群众感受着越来越多的获得感、幸福感，从内心深处发出了“感党恩、听党话、跟党走”的肺腑之言。我们欣喜地看到，广大群众干劲十足，朝气蓬勃地在小康路上奋勇向前。

乘风破浪的掌柜

◇ 讲述：印江土家族苗族自治县和达幸福家园移民安置点搬迁群众周文婕
整理：冯芳芳

罗曼·罗兰说："世上只有一种英雄主义，就是在认清生活真相之后依然热爱生活。"我想，周文婕就是这样的英雄。

一个女人，身陷贫困、背叛、病痛的重重折磨，同时遭遇儿子身患重病、生活不能自理的残酷现实。在命运的重压之下，她选择乘风破浪，对生活"报之以歌"。

周文婕的店铺位于印江和达幸福花园移民安置点1楼，电商驿站的标志格外显目。百余平方米的店铺里，水果、副食品应有尽有，收银台处还张贴着微信、支付宝收款码。

听说我们找周文婕，看店的男孩朝里面连叫了几声"妈妈"。正在里侧帮顾客拿货的周文婕走了出来，听我们说明来意后，便忙着给我们倒水、切西瓜。

在接下来的聊天中，我们了解到周文婕今年48岁，贵州惠水人，她的腿疾是一次车祸的后遗症，但她的不幸远不止于此，身患重病的儿子让这个本就贫困的家雪上加霜。

周文婕的儿子名叫李海浪，今年20岁，正值青春年华，却因2014年突患脊柱血栓，下半身瘫痪，生活无法自理，永远地坐在了轮椅上。

儿子李海浪生病前，丈夫因身体原因无法干重活，周文婕一个人在外打拼养家。虽然很辛苦，但夫妻感情和睦，三个孩子乖巧听话，生活倒也安稳而幸福。

而儿子生病后，高额的医疗费用、令人窒息的生活压力，以及儿子终身瘫痪的绝望事实，都让周文婕的丈夫与这个家渐行渐远。

周文婕说，在此之前，她虽是远嫁的外地媳妇，但夫妻之间从没红过脸。可儿子生病后，丈夫整日借酒消愁，吵吵嚷嚷，最后演变成离开这个家庭和外面的女人在一起了，已有两年不曾回家，并一直在逼迫她离婚。说到这里时，她红了眼眶，声音哽咽着。

而两年前，她遭遇车祸，身无分文时，向丈夫求助，对方也是置之不理。这让她绝望到一度想要轻生，面对需要自己照顾的儿子，周文婕决定活下去。

“不过，现在我不会再那样想啦，最难熬的时候已经过去。”在我愣神的瞬间，周文婕擦干眼泪，话锋一转。

周文婕介绍，2014 年，她家因病致贫被评为精准贫困户后，于 2016 年 6 月 5 日从沙子坡镇石坪村搬迁到了印江和达幸福花园小区。

周文婕介绍，搬进城后，她家的日子也真正迎来了转机。第一是在城里，儿子上厕所、坐轮椅进出比在老家方便太多；第二到了城里，她一边照顾儿子一边就近在民兴制衣厂务工，多了工资收入，再加上每个月儿子的残疾补助和低保金，生活开支就不愁了。

而且，他们一家还很幸运地得到了时任印江土家族苗族自治县委常委、副县长、沙子坡镇脱贫攻坚指挥长萧子静的倾力帮扶。2019 年，周文婕一家顺利脱贫。

周文婕的儿子李海浪自生病后就没有继续上学，轮椅把他年轻的身体困在了家里的四方墙壁中，也把他鲜活滚烫的灵魂困在了深深的自卑里。

“从来不出门，就在家里打游戏，吃饭都是端到他房间，有人来立刻就把门给反锁了，拒绝接触人。萧县长刚来我家的时候孩子也是这样。”看着这样的儿子，周文婕满心的无奈与悲伤。

但是，在萧子静长期以心交心、春风化雨的关怀下，李海浪变了，从拒绝见人到盼着“萧叔叔”来，萧子静成了他最信赖的朋友。

考虑到李海浪的实际情况，经过深思熟虑，萧子静还给他们家出了发展电商的主意。有了想法还得落到实处才行，萧子静帮忙协调选门店，还通过找爱心人士募捐的方式为其解决了3年的房租；县工业和商务局负责业务培训指导；县生态和移民局帮忙解决门店的水电安装等基本简装；中煤集团帮扶了一台办公电脑……

2019年5月18日，他家位于印江和达幸福花园安置点的电商驿站终于正式开业。坐在轮椅上的李海浪负责线上和收钱，母亲周文婕负责线下和搬运货物。

有了活干，看着坐在柜台前越来越开朗的儿子，周文婕看到了生活的希望。

2020年初，挂职期满的萧子静调离了印江，但他对周文婕一家的关心却没有中断，相关职能部门对她家的帮助也没有停止。

如今，周文婕的手机里还保留着萧子静来她家看望的音视频，以及其演唱印江脱贫攻坚战歌的视频。耳濡目染下，这也成了周文婕为之不多会唱的歌曲。

“我大女儿下个月就要结婚了，请柬写好后我还请萧县长帮我们修改。《搬迁谣》这首歌出来后，萧县长也发给我了。”

周文婕说，她一有空就反复听，连续听了两个多星期，有时还边听边流泪。

“有个亲戚说我一直听这首歌，是不是火入魔了。我说你不懂这首歌对我们家的意义。”颇有点他人笑我太疯癫，我笑他人看不穿的感觉。

为增加收入，头脑灵活的她又随后开通了现在小卖部业务。线上线下结合，兼顾老年人和年轻的人购物习惯。

“这么宽的店铺，不想浪费了，能多赚一点是一点。”

然而，周文婕的店铺生意却并不是那么理想，她说第一个月除去成本之后利润只有一千多块钱。为增加收入，她在有关部门的协调帮助下，申请办理了烟草营业许可证，增加卖烟这块业务。天气热了，她又卖起了冰西瓜。

“萧县长走了之后，遇到困难有去找现在的帮扶干部吗？”贵州电视台音乐广播的记者这样问。

“不能总是去找政府、找干部，因为像我们这样的家庭，社会上还有很多，也还有很多比我们还困难的。而且国家已经给了我们很多帮助，我们更应该要自力更生，才能报答党和政府的恩情。”说这话时，周文婕的表情格外严肃认真。

自力更生，她是这样想的，也是这样做的。

对于自己和儿子的将来，这个理性的女人也有着自己的打算。

“我就守着儿子过一辈子，他不能没有妈妈照顾。我给自己买了保险的，55 岁就可以每月领钱了，加上儿子的低保金和残疾补助，够基本生活。以后我干不动了，照顾不了儿子了，女儿愿意、有能力照顾我们就更好，不愿意、没能力就送我们去养老院，里面也挺好的。”

受母亲的影响，20 岁的李海浪亦有着远超同龄人的成熟。“我不想去找什么对象。我就想看好这个店，利用互联网学点东西，如果有机会就回到老家去搞养殖，带动村里的留守老人一起致富，这是我一直以来的梦想。”

看着 90 多斤的周文婕弯着腰吃力地将 70 多斤的儿子抱进抱出，那一刻，她小小的身躯仿佛爆发出了巨大能力，每一步都走得小心翼翼而又坚定。

同行的老师说，这让他想起了史铁生的《我和地坛》，而我又何尝不是呢?

养殖生态鸡，“啄”开致富门

◇ 碧江区滑石乡老麻塘村村民龙启才

我叫龙启才，家住碧江区滑石乡老麻塘村杨柳坪组，现在是老麻塘村跑山鸡养殖专业合作社负责人。

十多年前，我常年四处打零工养家，妻子则在家务农，照顾两个上学的孩子，家庭虽谈不上富裕，但也衣食无忧。

2013 年，我被查出患有肿瘤，先后辗转四川、重庆等地医治，由此踏上了漫长艰难的求医之路。后来虽然手术很顺利，身体也恢复得很好，但为了治病，不仅花光了家里多年的积蓄，还因此欠下了几万元的债务，一家人的生活没了着落。

2014 年，村支两委及驻村干部通过走访了解到我的实际情况后，将我们家列为了精准扶贫户，对我们进行帮扶。

为治病欠了一屁股债，只能靠吃低保维持生计，我们家当初的生活十分艰难。

后来，在朋友的帮助下，我做起了水管生意，随着身体一天天康复，日子也一天天变好起来。

作为家里的“顶梁柱”，我不想一辈子都靠政府养活，我要靠自己的努力养活家人。自力更生、勤劳致富一直是我最大的梦想。

2016 年 3 月，我多次找组织反映，主动申请退出低保户，并决定通过自主创业来实现我的脱贫致富梦想。我当年年底，我退出了低保和贫困户。

结合村里实际情况，我多次考察市场，最终选定了生态土鸡养殖项目。在知道情况后，村支两委、驻村干部等多次入户与我面对面沟通交流，给予我支持和鼓励，帮助我拟写养殖方案，并积极协调对接碧江区扶贫办、农牧科技局等部门，为我争项目、争资金。

2016 年 6 月，在村支两委及驻村干部等倾情帮扶下，我的养鸡场建成并投用。后来，驻村干部又帮助协调了 20 万元扶贫款作为村中 10 户贫困户的扶贫资金，以每户 2 万元标准入股到合作社中，并按照每年不低于 5% 的比例进行分红。

2017 年 7 月，养殖场成功销售了第一批幼鸡 1000 羽。

第一批土鸡出栏后，我立即给 10 户贫困户分了红。虽然资金紧张，但也不能让大家对我失去信心。目前，养殖场存栏有生态鸡 2000 多羽。

现在，孩子们上学有教育资助，妻子在铜仁职院上班，每月有 2000 多元收入，养殖场年纯收入也有 2 万至 3 万余元。多亏了党和国家的好政策。在党和政府的惠民政策下，在驻村干部的用心用情帮扶下，我抓住“鸡”遇，乘“鸡”而上，不仅盖起了小洋房、买了小汽车，还成了村里的致富带头人，带动了村里 10 户贫困户一起脱贫致富，过上了好日子。

好日子都是脚踏实地奋斗出来的。未来，在经营管理好跑山鸡养殖场的同时，我将发展多元项目，让家人的生活越过越好。

从贫困生到万元户

◇ 思南县合朋溪镇塘池村村民李旭

我叫李旭，是思南县合朋溪镇塘池村下天井组村民，25 岁，现就职于平安普惠投资咨询有限公司贵阳第五分公司，每月税前收入 1 万多元。从贫困学生到月入过万，我度过了人生中最困难，也最宝贵的几年时光。除了母亲外，我最应该感谢的是国家的精准扶贫政策、驻村工作队。

正当我全力冲刺为迎接高考做准备的时候，父亲因病去世的消息如晴天霹雳，让我眼前一阵天旋地转。柔弱的母亲如何能够担负起繁重的农业生产，又如何能够承担我与妹妹的学费呢？

作为家中的长子，我私自决定：辍学吧！为母亲减轻点负担，让妹妹继续学习。其实我很想读书，但面对现实，辍学是我唯一的选择。知道我的想法后，母亲第一个不同意，但是她也很无奈，见劝说无效，也只有含泪默许我的决定。

幸好，脱贫攻坚工作队、帮扶干部多次上门，讲解脱贫攻坚教育资助政策、为我们分析家庭情况，并第一时间按照程序将我家纳入建档立卡贫困户。他们让母亲与舅舅商量，请他帮忙带一带还小的妹妹，又积极帮助母亲联系争取外出务工机会，好让我能够安心去上学。听了他们的安排、建议和分析，我为又有机会继续学习而高兴万分。

在接下来的时间里，我倍加勤奋地学习。在高考填志愿时，我选择了最近的铜仁学院，想以最小的经济代价完成学业，减轻母亲的负担。

在此期间，合朋溪镇塘池村驻村工作队利用政策想方设法地帮助了我们，除了让我们享受到教育资助政策外，还为我们申请了低保、临时救助等。在

2016 年的易地扶贫搬迁项目中，又将我家纳入搬迁对象，搬迁到合朋溪镇大水井易地扶贫搬迁安置点。让我们从四面透风、经常漏雨的老木房里搬了出来，住上了宽敞明亮的新房子。

2019 年，我从铜仁学院顺利毕业，第一时间找到了工作。在工作中，我非常努力，没有忘记自己的目标——要多挣钱减轻母亲的负担，帮助妹妹完成学业。我的工资也从原来的四五千元逐渐提升，现在每月税前收入超过一万元。

目前，妹妹正在读高三。等妹妹高考结束上大学后，我想让母亲结束飘泊的打工生涯，回到家里安心生活。以后，由我来接替她照顾妹妹，照顾好这个家。

在脱贫攻坚工作中，像我这样因为家庭困难而被纳入建档立卡贫困户，享受国家精准扶贫政策，得到脱贫攻坚驻村工作队、帮扶干部帮助的人还有很多。我相信伟大祖国的明天一定更加幸福、美好。

富贵还乡守初心

◇ 讲述：万山区大平乡地慢村村民姚茂龙
整理：付 楠等

这几天，阴雨连绵。眼看着天气越来越冷，乡亲们最近过得怎么样？姚茂龙想回村里去看看。

一大早，姚茂龙便前往菜市场，挑上好肉、好米、好油等生活物资，把轿车的后备箱塞得满满的，从铜仁城区驱车前往大坪乡地慢村。

近三个小时后，姚茂龙回到了村里，阴沉了好几日的天空突然放晴。看见姚茂龙的到来，乡亲们赶紧围过去，迎着冬日的暖阳接过了暖心的礼物。

“我们作为乡里面走出去的年轻人，能回来做点有意义的事情也是非常高兴的。现在国家政策好了，你们的日子也会越来越好的。”一到村里，姚茂龙就和大家话起了家常，大伙也都兴致勃勃地围拢在一起，听着姚茂龙分享自己的创业故事。

地慢村是万山区最为偏远的村，以前，为了谋生，许多年轻人都选择外出务工，姚茂龙也赶上了趟儿。作为建档立卡贫困户，如何让全家过上好日子，摘掉贫困帽，一直是姚茂龙在努力的方向。

这几年，姚茂龙从基层做起，凭借着自己一步步的艰苦付出、辛勤努力，现在成了铜仁山鹰广告传媒有限公司的总经理，全家也跟着他彻底摘掉了贫困帽，生活蒸蒸日上。

乡亲们一边听，也一边在谋划着自己的未来。“我学历不高，出去打工也找不到好工作，我也很想学一门技术，靠双手致富。”今年 20 岁的小伙向胡军感慨道。

“你的想法很好，得靠自己致富。我们公司现在缺人手，我教授你一门手艺，每月工资不低于 3000 元，你有兴趣加入我们吗？”姚茂龙话语一出，在场的老乡就响起了热烈掌声。

因为姚茂龙的到来不仅送来了帮扶物资，还为有就业意向的乡亲提供了就业岗位，大家心里都十分感激。“非常感谢姚哥的到来，给我提供就业机会。我非常感兴趣，我会好好向你学习，学好一门技术，希望自己以后的生活也越来越好。”向胡军高兴地说道。

饮水思源不忘情，富贵还乡守初心。在助力脱贫攻坚的道路上，姚茂龙怀着一颗不忘本的初心，为寒冬中的乡亲们送去了最温暖的礼物。

扶贫要先扶志扶智。姚茂龙的故事分享，让乡亲们明白了“幸福都是奋斗出来的”的真理。临走时，村民杨政平一把拉住姚茂龙的手激动地说道：“谢谢你关心我们，给我们拿这么多东西来，现在国家政策好了，你们也这么帮助我们，我们一定会努力把日子过好的。”

奋力摘掉贫困帽

◇ 石阡县甘溪乡扶堰村村民刘绍忠

有亲戚朋友说，现在的我见人就笑呵呵的。搬进了新家，做起了生意，当起了护林员，日子过得越来越好，能不乐吗？

我叫刘绍忠，石阡县甘溪乡扶堰村长堰组人，“三分两亩地，缺水路不通；历来庄稼汉，年底无钱收”，这是我对自个儿的总结。我家只有三口人，尽管自己和妻子勤劳，年轻时为在家抚育孩子，也只能跟老天抢饭吃，几十年来生活还是过得凄凄惨惨。等到孩子成年，57 岁的我再想外出，却已错过最佳劳动时间。

2017 年 3 月，得益于易地扶贫搬迁政策，我们一家三口搬进了我们村大良田安置点两层楼的新家中。我时常在想，国家已经解决了我的住房问题，如果再让国家养着，那真是枉活了大半辈子。我就思考着如何摘掉贫困帽子。

早些年在老家时，我就卖过豆腐。每天天没亮我就骑着摩托车出去，然而交通不便，人们居住分散，我要花大半天时间才能卖完一筐豆腐，加上很多泥路坑坑洼洼，少许豆腐还“抖散”了，一年的时间也没挣到什么钱，索性就没卖了。

现在，新家的条件不一样了，这里聚居着原住民、搬迁户 200 多户人家，暂时也没人卖豆腐，我何不再干老本行呢？

说干就干。我在新家后面搭建了一个小加工坊，开始了在新家的第一次磨豆子。和以前一样，我骑着摩托车，在后座摆上了一筐刚出炉的新鲜豆腐，绑上一个小喇叭，清了清嗓子，录上“豆腐，卖豆腐”的喊话，油门一轰，我再次踏上卖豆腐之旅。

那一次，我仅花了三个小时，就把 100 斤豆腐卖了出去，除去成本，能净赚 120 元左右。这可乐坏了我，决定把这个小产业做下去。

由于我的豆腐品质好、口感好，在短短两个月时间里，我就打响了自己的名号。还记得搬到新家后的第一个端午节前一天，很多人家打电话向我预定豆腐，我和妻子凌晨 3 点就开始忙活，磨了 200 多斤豆子，做成豆腐后有 500 多斤。在端午节那一天，我就净赚了 600 多元。

除了卖豆腐，我还是佛顶山的护林员。平时，早上卖点豆腐，下午去管理自家的 3 亩茶园，抽出 2 小时去山里逛逛，偶尔打理打理自家的 18 平方米的“微菜园”，日子过得是相当充实。

2018 年底，我给自己算了一笔账：卖豆腐全年差不多收入 4 万元，护林员一年有 1 万多元，土地入股村集体经济发展中药材的年底分红，“精扶贷”5 万元入股石阡温泉公司年底纯分红 5000 元，加上在合作社务工，这一年我的收入达到 6 万多元，顺利摘掉了贫困户的帽子。

农家乐、小卖部、绿豆粉加工坊……三年来，村里的很多人也搞起了小产业，我的生活也步上了正轨。闲暇时间，我就约上几个新邻居，去河边长廊、风雨桥上走走……

从莽汉到致富带头人

◇ 讲述：沿河土家族自治县建权村村民田冬

整理：吴 靖

他曾两度入狱，一度对生活失去信心。如今，他创办了自己的公司，积极响应党和国家精准扶贫号召，成为一名致富带头人，用实际行动，带领着群众通过发展产业脱贫致富奔小康——他，就是沿河土家族自治县芳园种养业有限公司总经理田冬。

一本好书点燃梦想

2012 年，年轻气盛的田冬因为聚众斗殴，被判处有期徒刑 5 年零 8 个月。

刚入狱时，田冬看不到前途，悲观消沉，面对自己漫长的刑期，他彷徨、痛苦、迷茫，整天心乱如麻，无精打采。

“那段时间，我心里落差很大，觉得生活已没有了意义，甚至产生了轻生的念头。”田冬说道。

田冬的这些状态被狱警看在眼里。狱警常对田冬进行说服开导，从人生际遇到克服困难，告诫他要树立坚强的信念，鼓起生活的勇气，不要放弃理想，要学会在逆境中前行，战胜挫折。其间，还送给他一本名为《为人三件事》的书籍。

“这本书，我前前后后看了数十遍，内心触动很大。”田冬告诉记者。

知识改变命运。自此，迷途中的田冬开始振作起来，积极主动参加监狱的劳动改造，整天挥汗如雨，埋头苦干。在劳动改造之余，他利用休息时间努力学习蔬菜种植技术理论知识，并通过劳动改造的机会付诸实践，为出狱后的自主创业做准备。

田冬把改造作为磨砺人生意志的宝贵财富，把服刑作为人生经历中弥足珍贵的一段插曲。他边改造边学习种植技术，一个自主创业的规划蓝图就此产生。

在实际服刑的4年半时间里，田冬不仅从未违过规，相反，因为其表现积极，获得了减刑的机会，提前出狱。

一次创业迎来希望

知耻而后勇，出狱后，田冬回到家乡黑水镇建权村。看到身边的朋友都发展得不错，他心里产生了强大的落差感，自主创业的愿望越发强烈。

俗话说："树活一张皮，人活一口气。"田冬告诫自己，为了自己的生活，为了家庭，一定要活出个"样"。

通过走访调查，田冬发现家乡没有大型工厂，村民大都是选择外出打工挣钱养家。思前想后，田冬决定运用自己所学的专业知识，结合家乡的自然条件优势，发展高山冷凉蔬菜产业。

建权村海拔高度840米，得天独厚的自然条件和地理优势造就了高山冷凉蔬菜独有的口感和清甜，使其成为无法复制的优等蔬菜。早在2003年，该村的高山果蔬就非常出名，曾吸引着沿河县城及周边区县的客商前来采购。

田冬心想，发展蔬菜产业，前景一定很好。

然而，万事开头难。田冬的想法，立刻遭到了家人的反对。面对家人的不理解、不支持，田冬没有放弃，而是坚持自己的想法。

打定主意后，田冬说干就干。

于是，他尝试着走访村民，动员他们将土地流转给自己发展蔬菜产业，并承诺支付土地租金，聘请农户到基地务工，按80元一天支付工资，每月20号准时结算。最终，部分村民被他的诚心所打动，把土地租给了他。

2018 年 4 月，田冬拿着从亲戚朋友们手中借来的 5000 元启动资金，开启了自己的创业梦。

没有蔬菜种子、肥料等农资，田冬就跑到沿河县城与种子供应商、农资公司协商，采取赊销的方式先将种子赊给他，等蔬菜丰收后，再及时把货款打给供应商们。几经周折，终于种植了 60 余亩蔬菜，并招聘了五六个工人从事菜园管护工作。

因为为人诚信，他获得了群众的认可与支持，并逐步探索出了“双资金入股”模式，通过农户采取土地租金、部分工资入股的形式，带领全村群众一起发展高山冷凉蔬菜产业，带动大家增收致富。

“蔬菜成熟上市的那段时间，我每天晚上都骑着三轮车跑沿河县城销售蔬菜，来回三四趟，特别忙，基本不休息。”田冬告诉记者，蔬菜季节性强，每个细节都得做好，稍有不慎，损失都会很大。

2018 年，田冬种植蔬菜收入 60 多万元，仅工人工资就支付了 28 万余元，收获了自主创业的“第一桶金”。

“创业初期非常艰辛，虽然面临着重重压力，但充满了干劲，现在回味起来，满满的感动，庆幸当初自己的坚持，总算扛过来了。”田冬微笑着说。

一个目标脱贫致富

目前，田冬已成了建权村小有名气的致富带头人，并成功注册了芳园种养业有限公司。

沿河芳园种植农民专业合作社成立于 2018 年，同年开始种植运营，合作社本着“发展种植，服务社会，助力脱贫攻坚”的宗旨，两年来，产出蔬菜 300 余吨，水果 150 余吨，带动就业 3000 余人次。

中午时分，记者走进芳园种养业有限公司，只见数十名工人正集中在此，等待公司负责人带领他们前往各蔬菜基地干活。

“安排 7 名女工在建权 8 号基地盖膜栽西瓜、白菜，1 名男工负责铧土、起垄；安排6名女工、1名男工负责在大山11号基地搭黄瓜架子；公司团队成员全力配合运输苗盘及指导栽种技术细节问题……”公司仓库墙壁的小黑板上，详细记录着公司当日的工作分工安排。

“今年，政府的扶持力度很大，不仅给我们公司提供种子、肥料等农资，还帮助我们的蔬菜产业购买了保险，并积极协调资源帮助我们建立了销售渠道。”田冬告诉记者。

据田冬介绍，2020年，该合作社种植有蔬菜、水果600亩，其中蔬菜300亩，西瓜300亩，最大日用工量达50人次，带动建档立卡贫困户81户、非建档立卡贫困户120户就业增收。

2019年11月，该公司荣获“沿河县首届创业扶贫大赛”三等奖，并被评为“省级蔬菜产业发展标准化蔬菜基地”“沿河县城郊蔬菜保供基地”。

“下一步，我打算在发展壮大蔬菜产业的同时，进一步打通销售渠道，做大做强蔬菜品牌，让高山冷凉蔬菜走出深山、走出沿河、走向全国。同时，拓展产业链，带动更多群众脱贫致富。”田冬说。

一分努力，一分收获！心系家乡群众，助力脱贫攻坚，建权村致富带头人田冬的故事，犹如炎炎夏日吹来的一股清风……

脱贫路上有“李”更畅

◇ 讲述：沿河土家族自治县沙子街道甘溪沟村村民郭兰花
整理：施 平

7月的武陵山腹地沿河自治县，雨天虽多，却仍然没影响郭兰花家如期采摘空心李。在该县沙子街道甘溪沟村，各家各户房前屋后空心李果实累累。记者看到，村民郭兰花正架好木梯，帮驾车前来的老顾客摘李子。不到两天时间，老树上成熟的李子便被订购一空。

曾是贫困户的郭兰花从未想到，有一天，她会靠房前屋后那毫不起眼的500多棵李子树摘掉穷帽。“早些年不相信它能挣钱，平时不怎么管理，基本没卖什么钱，只能靠外出务工维持一家人的生计，日子过得很艰难。”郭兰花说。

确实如此，这个石漠化较严重的山区村寨，土地贫瘠，水资源匮乏，基础设施较差。虽然家家户户房前屋后都种有空心李，但当时大家都放任不管，纷纷选择外出务工。大家觉得通过务工来维持生计更便捷。

2001年，一次偶然机会，该县民政局主任张银周和建设局主任张永忠到村里第一次品尝到空心李，觉得口感很不错，随即鼓励村里建成空心李农民专业合作社。当时38岁的付玉胜，受到两位领导的鼓舞，大胆尝试，马上租了140亩土地，栽种空心李。

经过经精心管护，第五年，140亩空心李迎来丰产，一亩产3000到5000斤，后来付玉胜连续几年的丰产，给村民们吃了定心丸。

从此甘溪沟村的困境出现转机。家家户户热火朝天地栽种起空心李，修建通村通组路，实施危旧房改造，全村实现移动、电信信号和4G网络无盲区全覆盖……基础设施的改善，让甘溪沟村面貌发生了巨大变化，村民的视野也逐渐开阔起来。

为了促产增销，从2016年起，该县每年都会举办一届空心李“李子王”评比大赛，甘溪沟村每年都能评出五六户“优质李”农户。农户栽种空心李的热情高涨了，村里仅有的600多亩耕地，全部栽种上空心李，从此村里家家户户吃上了空心李的产业饭。

种植空心李相比种植传统作物，每亩地收益增了4倍多，全体村民纷纷加入空心李种植队伍。截至2019年，甘溪沟村农民人均纯收入达5600元。

受空心李丰厚利润的吸引，就连常年在外打工，人称“打工佬”的黎志强，也回到村里管护起自家房前的空心李。“种了一辈子空心李，现在才真正认识了空心李的价值，年收入增加了，建了两层漂亮洋房，再不用在外漂泊。”黎志强说，祖祖辈辈都在种空心李，做梦也没想到有一天，能靠它吃饭增收。

2010年，付玉胜在甘溪沟村做了村党支部书记，他一直认为只有发展长效产业、持续性强的产业，老百姓才能有幸福长久的日子。

近年来，该县还有专门配有空心李的技术专家，随时对农户进行指导。通过自己勤学好问、精心管护及技术专家的耐心指导，郭兰花家空心李收入每年超10万元。

勤劳致富圆梦新居

◇ 讲述：沿河土家族自治县中界镇高峰村村民罗贤国
整理：施　平等

秋意绵绵，一场秋雨后，铜仁市沿河自治县中界镇高峰村显得更加清新。

“哇！你家装修风格和城里商品房一样漂亮。”9月9日，高峰村村民罗贤国见到记者时，热情招呼。当走进这栋160多平方米的两层新房里时，记者们赞叹不已，这在深度贫困村还从未有过。

“已经装修好了，等着儿子婚期到了，再买家具。”今年52岁的罗贤国有两个孩子，女儿已出嫁，儿子在外打工，以前因缺技术而致贫，2009年前东拼西凑了4万元，才修建了一层平房。去年，他“狠心”把这两年务工攒的10万元积蓄拿出来，用来增建第二层楼房。现在二楼里有电视墙、装饰线、酒柜等，一切按照现代风格进行装修，既洋气，又舒适。

“现在我家条件变好了，再当贫困户就真不好意思了，快帮我申请脱贫吧！”去年9月的一天，罗贤国到村委会对驻村干部坚定地说。

9月9日中午，罗贤国和妻子赵素钗吃过午饭，关上不锈钢铁门，便像往常一样去鹌鹑养殖场上班。

“养鹌鹑跟养鸡差不多，以预防疾病为主，尤其是卫生消毒，一点也不能马虎。”罗贤国说。这位地地道道的土家农夫，此前一直靠种传统农作物，农闲时到外省做点杂工生活，一家人艰难度日。去年为了照顾84岁老母亲，又选择留在村里。

罗贤国所在的高峰村以前属于国家级一类贫困村，是贵州省2760个深度贫困村之一，全村146户561人过着“望天吃饭”的日子。2018年，张家港市善港村与沿河高峰村建立了整村推进帮扶关系，派出扶贫工作队进驻高峰村，与当地干部群众“拔穷根”，由此高峰村迎来改变命运的机遇，贫困发生率由 2014 年建档立卡之初的 34.56% 下降到 2019 年末的 0%。

扶贫先扶志，扶贫必扶智。去年 4 月，张家港市善港村驻高峰村工作队动员在家的几位青壮年到张家港市参加实地养殖技术培训，路费、生活费全免，贫困户罗贤国也积极报名。取得“真经”后，回来手把手教给妻子，夫妻俩一起管理高峰村的半自动化鹌鹑养殖场。

据了解，善港村驻高峰村扶贫工作队在高峰村开展扶贫工作以来，以善港农村干部学院为载体，实施“党建+”项目，增强贫困群众“造血功能”。还动员有意愿、有劳动能力的贫困户到张家港市培训，切实提高贫困人口劳动技能和就业率。截至目前，已成功培育高峰村致富带头人 12 名，通过培训输出劳动力 120 余人次，其中贫困劳动力 70 余人次。

当第一批 1.5 万只鹌鹑苗进村时，张家港市派来专门技术员每天进行鹌鹑养殖指导，打消了罗贤国夫妻俩的疑虑。第二批陆续进苗时，罗贤国已能独自管理 3 万只鹌鹑。现在，夫妻俩管理养殖的鹌鹑，主要销往贵阳、遵义、铜仁等地。两人每月共有 6000 多元保底工资加效益分成，一家人把日子过得越来越红火。

脱贫路上不忘乡亲

◇江口县德旺乡坝梅村村民张勇

我叫张勇，今年35岁，是江口县德旺乡坝梅村的贫困户，因小时候患小儿麻痹症导致说不清话，腿脚行动不便，2015年被识别为贫困户。身体的残疾让我心生愧疚，不能像其他人一样赚钱补贴家里，总觉得拖累了家人。

这些年，政府给了我很大的帮助，低保、医保、房屋改造等。我看到国家政策那么好，别人那么辛劳地帮我，我便告诉自己："我不能一直'啃老'，我要努力生活，靠自己的双手养活自己。"

那一刻，创业的念头开始在我心里萌发。我知道，自己一个人是很难实现这个想法的，所以我就开始咨询周围的亲戚朋友，寻求合作伙伴。不久后，就找到了一个志趣相投的合作伙伴——我的堂叔。在多次商量后，我们决定开办一个百货超市。

2018年9月，在政府和亲戚朋友的帮助下，我和堂叔合伙在江口县凯德街道开了一个两百平方米的百货超市，造福周边的居民朋友。同时，政府还给我们免了一年的店面租金，村里的驻村干部也是多次关心、询问我创业情况。现在，超市一年也能盈利4万左右了，我打心底里高兴——终于靠自己的双手养活自己了。我坚信，只要肯干，日子就会越过越好。

工作之余，我时刻关注着坝梅村的发展，想为大家尽一份力。坝梅村春晖社筹集资金用于建设坝梅村、关爱贫困老人、资助大学生，在详细了解情况后，我马上捐赠了2000块钱，希望通过公益把爱与希望不断传递下去。同时，村里只要有公益活动，我都会捐款，且时常捐赠自家超市的矿泉水等物资支持村里的文化活动。捐赠金额不多，物资也是自家超市的，但我觉得很有意义。

我深知，我的发展离不开大家的帮助，在我脱贫的道路上，我也希望能为大家做点事。接下来，我还想开一家连锁超市，赚更多的钱去帮助更多需要帮助的人。

淡看世事去如烟，铭记恩情存如血。今年3月份，我提交了入党申请书，经过党组织的考察，目前已是入党积极分子。我会牢记自己的使命和大家对我帮助，在脱贫的道路上力所能及地帮助他人。

“矮哥”不矮

◇印江土家族苗族自治县峨岭街道上槽村村民杨正平

“‘矮哥’来一个！‘矮哥’来一个！”在峨岭街道上槽村村委会的院坝里，送戏下乡活动还在准备中，为活跃气氛，乡亲们嚷嚷着让“矮哥”上台高歌一曲。而他们嘴里的“矮哥”，就是我，杨正平。

我家住在印江土家族苗族自治县峨岭街道上槽村。三四岁时，我还不太会走路，要扶着墙壁、桌子边才能勉强走几步，总感觉腿痛，没有力气。当时父母忙于干农活，以为是营养跟不上，没有太过重视。

上初中时，我的身高就没有再长过，至今只有 1.04 米。谈起我的病情，父亲总是悄悄落泪，兄弟四人唯独我身体有残疾，他总觉得亏欠了我。

个子虽小，但我从不感到自卑。上学的时候在班上成绩名列前茅，小学到初中我都是班长，高中时，我担任数学课代表，高考以 400 分的成绩考上遵义医学院预科。由于身体残疾、家境贫寒，家中还有兄弟在读书，我不愿给父母增添压力与负担，主动提出放弃上大学的机会。从那时开始，我在村里的沙场务工，做着登记、发票据这类不需要重体力的工作，后来沙场搬迁，我便失业了。

失业后的我在家放牛。但心里不想在农村放一辈子的牛，父母也不可能照顾我一辈子，我还是要想个办法找份工作，哪怕是只够维持生计，也能给我父母减轻负担。

2013 年 4 月 12 日，为了不让爸爸妈妈担心，也怕他们阻止我，我便悄悄托人买好去北京的车票，带着 1400 元搭上北上的列车，离家千里，成为一名“北漂”。

初到北京时，我去了好多家企业，但因身体残疾，都被婉拒，只能干一些发传单、卖地图的活儿维持生计。后来在天桥上认识一位编织手工艺品的师傅，在我的诚心请教下，他终于肯教我编东西。我边学边卖，生意好时一天能挣一两百块钱，在北京的生活才逐渐稳定下来。

2017 年 3 月 16 日，经朋友介绍，我去了四川，加入残疾人艺术团，一起走南闯北。成都、重庆、浙江、陕西等地我们都去演出过。由于收入不稳定又长期在外演出，无法按时作息，身体出现了问题，于是我决定回乡找一份相对安稳的工作。

2014年，我被村里评为建档立卡贫困户，享受国家脱贫攻坚系列补助政策。2018 年，在帮扶干部冉睿东和村攻坚队的帮助下，享受危房改造政策，修建了一套属于自己的房子。后来通过村民评议会评议，我享受到了低保，基本生活得到了保障。但是我是受过教育的人，不能衣来张口，饭来伸手，不能事事依靠父母，更不能事事依靠国家。

2019 年 6 月，我到县城第二幼儿园对面开了一家手机维修店。通过维修手机电脑、回收旧手机，我赚的钱已经能够维持我的生活了，并有些结余。让我高兴的是，2019 年年底我也顺利脱贫了。

身体状况是我不能改变的，但是我依然要选择去奋斗、去努力。国家政策虽然很好，归根结底还是要通过自己的双手努力生活，才能把日子越过越好，一步一步走向美好的明天。

苦日子变甜蜜蜜

◇ 松桃苗族自治县长兴堡镇里屋村村民李佳佳

我叫李佳佳，松桃苗族自治县长兴堡镇里屋村村民。2016 年，在我懵懂的年纪，因为脱贫攻坚，我才知道，就算出生在长兴堡镇里屋村这个落后的小村庄，也可以得到国家的帮助，也可以实现自己的梦想，做一个对国家有用的人。我才知道，脱贫攻坚战是一场没有硝烟的战争，没有枪炮和厮杀，没有流血与伤痛，但它比真正的战争更惊天动地，比真正的战争更惊心动魄。这场战争，每一寸贫瘠都是敌人，每一个公民都是战士，这场战争，史无前例、规模巨大、轰轰烈烈！

16 岁那年，父亲失联多年、母亲改嫁、外公残疾、外婆生病，我的家境十分贫寒。我孤身在松桃四中读初三，和外公外婆打电话最多的就是哭诉自己的委屈。因为适应不了城市环境，学习跟不上，我的心理遭受了很大的打击，开始变得沉默寡言，成绩也不理想。直到 3 月里春风和煦的一个下午，我见到了年轻又有活力的李姨（我家的帮扶负责人——松桃自治县水务局高级工程师李昭贞）。开始，我的心里很慌乱，不知道该怎么做。李姨似乎感觉到了我的无措，亲切地询问我的情况，她的热情和亲切让我慢慢愿意依赖她，我相信她说的话，努力调整自己的状态迎接中考，争取考个好成绩。除了家里给的生活费，每学期我还有了国家精准扶贫资助的生活费、奖学金，不仅如此，每个月我还有 384 元的低保金，李姨还经常给我好几百的零用钱，这些都让原本很苦的生活开始变甜，让正在走向碌碌无为的我，开始想奋斗，开始觉得知识真的可以改变命运。

2016 年 6 月，中考结束了，我顺利考到县里的松桃民族中学（高中）就读，原本最大的困难——学费，因为我是精准扶贫户而减免了大部分，而且每年还有3000元的补助，让我可以过着和城里同学们一样的生活。我可以在学校里努力攻克难懂的知识点，做习题集，过充实又无忧的生活。但是随着枯燥繁重的高中生活一天一天地过去，我的热情被谜一样的题目浇灭，好不容易建立的自信也被一次次不理想的成绩击垮。终于，面对一次次考试，一次次不如意的成绩，我哭了……开始怀疑自己真的可以考上一本吗。我开始徘徊、迷茫、失望、无助。

李姨安慰道："相信自己，坦然面对。要坚信这么一个真理：天道酬勤，有付出必有回报。现在努力过就好了，不给自己留遗憾嘛！为什么要对自己失望？努力过，拼搏过，付出了，一切都会有回报的呀！"

刚到高三，什么冲刺的方法我都试过了，但是我离学校的"提高班"就差一名。这无疑是高考前的一次大打击，我的压力更大了，身体也出现了问题，急性肠炎伴随着食欲不振，这对一个需要高强度学习的高三学子来说是一个很严重的问题。李姨知道后急忙带我去医院检查，又带我出去散心。那时，正值阳春三月，桃红柳绿。为释放压力，李姨帮我请了假，她带着我外出兜风，放飞心情，看桃花、穿古装、拍照片、吃美食……尽情玩了一天。果然，出了压抑的学校，我的心情也慢慢好起来了，我还是一个可以开心奔跑的女孩，还是那个乐观开朗的李佳佳。那一天是我高三那年最开心的一天。回到学校，我又是那个努力刷题的高三学子，只是没了之前的压抑，多了几分憧憬，想象着高考结束后的放松。

高三那年，我印象最深刻的是一个晚上，虽然和李姨在一起很多个晚上，但是那个晚上很特别，因为我第一次看见平时特别爱美的李姨，穿着睡衣、拖鞋，素颜开着车，急急忙忙来学校接我去医院。那时已经快晚上12点了，我检查出了肾结石。那次也是我第一次看到时间在李姨脸上走过的痕迹，我和她快认识四年了，我长大了，该懂得去照顾好自己，不让她担心了。我想起我每次生病都是李姨陪着的。李姨是一个很有担当的人，有点女强人的样子，很坚强，有时候也很少女。

2019年的夏天，我终于结束了这场长达三年的长跑，我高中毕业了，被遵义医科大学珠海校区录取了，且不用担心学费的问题，因为我每年有国家民政低保和村里面产业入股分红、本科教育资助4830元，还有李姨在“中国社会扶贫”网站为我募得的捐款3万元，习酒“圆梦大学”助学金5000元，苏州映山红助学联合会程阿姨每月捐赠的500元。这些都让我没有了后顾之忧。我就这样开始了精彩的大学生活。

我的高中生涯结束了，但我和李姨之间的联系不会断，因为那是亲情！我和关心我、帮助我的人们的故事也还没有结束。现在的我在大学里，相信未来是可期的，我也可以前程似锦，以梦为马，不负韶华。

心怀感恩追梦想

◇ 印江土家族苗族自治县杨柳镇茶山村村民罗丽

我叫罗丽，是一名在校大三学生，家住印江土家族苗族自治县杨柳镇茶山村。2014 年，因我家三姊妹要读书和我的父亲患有慢性病，家庭经济十分困难。因此，我家被纳入建档立卡贫困户。

精准扶贫“不落一户，不落一人”，是党和政府派出了满怀热情的驻村帮扶干部给我们带来了新的希望，不仅给我们指引方向，还带我们走出了贫困的迷林。正是他们带着这份责任感走进我们的村子，与所有人并肩作战，共同努力，摘掉我们头上贫困的帽子。

我家享受到了政府的教育扶贫、医疗扶贫、困难生活补助、“精扶贷”等政策，这在很大程度上减轻了我家的经济压力。这不仅要感谢党和政府，还要感谢村里的攻坚队所有干部，正是他们在村、镇和县里忙前忙后，才使得我家能顺利地享受到这些扶贫政策，他们为我们家解决了很多后顾之忧。

2018 年 9 月，我爸爸出了车祸，家里重要的劳动力受伤，经济方面遭到重创。在那期间，干部杨书记隔三岔五就打电话慰问，并且主动为我家申请生活补助。我爸爸出院之后，不能干活，他又给我爸爸申请公益性岗位——护林员。干部的付出已经远远超过了“帮扶干部”这个称号所包含的意义，他们的行动也足以诠释“全心全意为人民服务”的深刻内涵。

2020 年 10 月，我们学校在申请国家助学金的时候需要我家的低保证明，而家里没有人，干部杨书记连夜为我打证明，第二天一早就发给了我，效率特别高。当我跟他说“谢谢”“麻烦了”的时候，他只简单地回了一句“不存在”，正是这一句简单的话语便体现了他无时无刻不在为人民服务的可贵精神。

此外，我家还享受到了如路灯修建、院坝硬化等基础设施建设政策，门前不黑了，路面也不泥泞了。现在，我家的经济情况已经改善了很多，一切都在往好的方面发展。为此，我非常感谢党的政策和好干部，是你们帮助我家度过那一段最艰难的时光，我必定铭记于心。我会心怀感恩，努力学习，追逐梦想。

只要精神不跨就能击败贫困

◇ 万山区茶店街道红岩村村民张昌军

我叫张昌军，是万山区茶店街道红岩村人。我患有眼疾，右眼接近失明，妻子因坐骨神经痛而不能长时间站立，家中还有 3 个子女需要抚养，所以我和妻子一直在外打拼。

2014 年，我家被识别为精准扶贫户，享受到了不少扶贫政策，生活条件逐步得到改善。但是脱贫不能“等靠要”，致富还得有真功夫。为了更好地照顾子女，我和妻子决定回乡发展，凭借自己在外打工学到的酿酒技术，尝试着用自家种的粮食酿酒销售。但仅靠屋后搭建的简易烤酒炉和有限的粮食产量，想要给孩子创造更好的生活环境是远远不够的。

就在这时，驻村工作队的同志帮我找了一条脱贫的新路子——养蜂。他们跟我说，发展养蜂产业投资小、见效快、市场好，有奔头。我动心了，通过精扶贷购买了 25 箱中华蜂，开始试养。在区科协的技术指导下，逐渐产生了收益。为了拓宽增收门路，我还决定在屋后的果树林下发展生态养鸡。2016 年，在帮扶干部的协调帮助下，我修建了鸡舍和围网，购买了 300 羽鸡，当年收入 2 万元。2017 年初，帮扶干部送我到外地考察学习蜂糖李的种植技术，回来后我又承包了 10 亩山地，购买了蜂糖李苗木，并加种了枇杷，干起了经果林种植。

在帮助我自主发展产业的同时，茶店街道还把我妻子聘请为护林员，每个月有 800 元工资，并推荐我们入股到村级集体经济产业项目，享受分红。有了政策的扶持和个人的努力，我们一家人一年的收入有差不多 8 万元，日子越过越好，成功摘掉了贫困的帽子。

收入稳定是我最大的幸福

◇思南县亭子坝镇冉司都村村民车传龙

我叫车传龙，今年47岁，是思南县亭子坝镇冉司都村柏杨元组的村民，家中有4个孩子，最大的孩子前两年已经参加工作，第二个刚大学毕业，还有两个孩子正在读高中。2014年，家里因孩子多，学费负担重而被识别为贫困户。

2005年，我开始种植烤烟，种植规模说大不大，说小不小，每年有五万块的纯收入，基本能维持家里收支平衡。但天不遂人愿，后来因为气候和自然灾害等原因，当时的土壤状况已经不再适合种烤烟了，接下来的那几年，每年都有亏损情况，没赚到什么钱。

2015年，我开始寻找投入成本较低的产业，经过一段时间的思虑，决定种植南瓜。因为有以前种植烤烟的经历，我知道该怎么管理大面积的种植，所以刚开始种南瓜，种植面积就达到20亩，且成本投入只需一千多块，想着即使有亏损，也不会像烤烟那样亏得太多。到现在，已经是第五个年头了。

南瓜作为传统农作物之一，农村家家户户基本都种，根本无须购买，所以刚开始，销售情况很不乐观，南瓜卖到烂都还卖不完。慢慢地，南瓜种得越来越少，一年到头也赚不到几个钱。后来，政府工作人员帮忙联系外商来我们这里收购南瓜，销售很快，我又开始增加种植面积。种得多，赚到的钱也比以前多了，生活越来越有盼头。

政府每年会召集购买商将我的南瓜全部收购，自此，在销售这方面，几乎不用发愁。随着南瓜销量越来越大，到每年播种和收南瓜的时候，我都会请村里的村民参与务工，带动村里人就近就业。每次雇用员工三到五人，工资按日结算，除去本金和雇用工人的工资，每年能赚将近两万块。外地老板除了每年来收购南瓜，还会派专人对种南瓜进行指导，让南瓜长得好，卖出更好的价钱。

如今，我的南瓜销路通畅，每年收益稳定，日子过得越来越舒心。往后，我也会扩大种植面积，将南瓜产业做大做强，在自己增收致富的同时，也能带动更多的村民就业增收。除了感谢，我最想说的是感动，在我家里最困难的时候，是国家和政府给予我帮助；在我焦头烂额为卖南瓜发愁的时候，也是政府为我穿针引线，让我的南瓜能够全部卖出去。感恩他们为我做的每一件事，感恩他们让我现在的生活稳定，感恩他们帮助人民群众的每一个举动。

要让国家少操心

◇ 石阡县大沙坝乡埃山村村民 赵培建

曾经，靠山吃山总是“敷不住”；而今，靠着国家扶持和自己的勤奋过上了好生活。我一直坚信，只要怀着不向贫困低头的信念，有着再战的绝对耐心和恒心，就没有过不去的坎。

我叫赵培建，今年47岁，是石阡县大沙坝乡埃山村周朗坡组村民，与土地打了一辈子的交道。

屋漏墙歪、横梁裂缝……一到下雨天，家里的锅碗瓢盆只能用来接雨水，活脱脱的“早起可看雨，晚睡可见月”啊！2015年，由于居住条件差和经济收入低，加上孩子读书，我们一家的生活总是“随波逐流”，还被评为了低保户。

我虽然没读过几天书，但我知道“低保”二字刻在脸上不好看，更会让孩子在外边没有面子。国家虽然在扶持我家，但我却不想一辈子依靠国家。我想自己努力去改变贫困现状，扛起作为一个男子汉应该承担的责任。

那一年，我开始着手谋划家庭脱贫之策。水源较丰富、人流量大……在离家1公里处，一处绝佳之地进入我的眼帘，这里的海拔在1000米左右，非常适合发展养殖及水果产业。

有了目标就得紧盯目标干。2016年初，我在半山腰修建了两栋小木房，在那里，我依托大片的草地、土地，发展起了养鸡和种植水果产业。

现实总是残酷的，正当我准备轰轰烈烈地干一番大事业时，由于缺乏技术，水果苗坏死了，鸡也死掉了大部分，给本就困难的家庭蒙上了冰霜。产业败不能人也废，那之后，我开始四处“求医问道”，在驻村干部的帮助下，我去学习了养殖技术和种植技术。慢慢地，我改变了传统的“客人上门买”的销售模式，而是将成熟的水果和鸡拿到集市上变卖，让更多人知晓我的产业。同时我还经常邀请左邻右舍来品尝水果，顺便帮我宣传。渐渐地，我的名声越来越响，前来光顾的客人也多了起来。

随着孩子学龄的增长，一家人的开销也在不断增加，各方的压力也在无形增大，于是我便加大了养殖投入，来赚取更多维持家庭开销的钱财。

然而当时基地交通不便严重阻碍了物资运送，我只能肩挑背驮，把产品拿去集市卖，往往是早出晚归，效率大大降低。修一条通往山外的路，成了我的另一个目标。

2016 年底，在帮扶干部的争取下，政府为我修通了通往养殖基地的公路，车可以直接到达基地中心。这让我无比兴奋，自己再也不用肩挑背驮了！

好事一桩接着一桩，到了 2017 年初，政府又帮我接通了自来水，对我家和基地房屋实施了“三改一维一化”，居住环境得到了很大改善，让我更加坚定了自我脱贫的信念。

两年的养殖经历让我清楚了“不断学习”的重要性。皇天不负有心人，2018 年，我家的经济情况开始好转，我的养殖规模越来越大，再也不会因为经济收入而发愁了。

这一年，我顺利脱了贫，摘掉了头上低保户、贫困户的两顶帽子！

我的成长离不开国家和帮扶干部的支持，有了经验后，我也开始发动左邻右舍自己创业发家致富，遇到真心愿意学的人，我更会毫无保留地将我所有经验以及知识分享给他们。因为我知道，大家富了，国家就少操心了！

吃水不忘挖井人

◇ 沿河土家族自治县和平街道枫香社区村民冉凤飞

我叫冉凤飞，今年 31 岁，是沿河土家族自治县和平街道枫香社区大树一组的村民。我家 5 口人，有公公、丈夫和两个女儿。我家的条件一直不太好，家庭主要收入就靠丈夫打点零工和我种点蔬菜水果卖。

2017 年，公公因为冠心病做了心脏搭桥手术，医疗费花了几万元，家庭积蓄所剩无几。同时丈夫患有高血压，务工时间更少了，这让本就不富裕的家庭雪上加霜。

正在被生活重担压得喘不过气时，村里的扶贫干部来了，我如实向他们反映了家里的情况。

几天后，在村里召开的村民代表评议大会上，我家被评为了建档立卡贫困户。随之而来的一系列优惠政策，尤其是医疗方面的政策，让我肩上的重担减轻了不少。

平时，驻村干部们经常来开院坝会，宣传讲解党的优惠政策，还帮我们拆破牛栏、编竹篱笆、打扫卫生，并引导我们养成讲卫生的好习惯。

2020 年，政府发展辣椒产业，先是组织专家来村里给我们培训辣椒种植技术，鼓励我们在辣椒基地务工增收。

2020 年 4 月底，我的帮扶干部覃一凡来家宣传，说政府通过发展辣椒产业设立了公益性岗位，每月有 800 元工资，她鼓励并帮助我申请公益性岗位。同时，村里考虑到我们家情况，通过村民大会评议将我们一家五口人纳入了低保范围，每月有 1000 多元的低保金。

但我深知，依靠政府永远不能真正脱贫，还得自己努力想办法勤劳致富。

2020 年以来，我的丈夫努力工作，预计一年收入有两三万块钱，我也成了有近 7 万粉丝的主播，每次直播下来也有 1000 多块钱呢！在干部的帮助和自身的努力下，今年，我们家终于摘掉了贫困户的帽子。

多亏党和政府的好政策，我家的日子越来越好，我们村也发生了翻天覆地的变化。村里的泥巴路变成了水泥路，入户路通到了家门口，道路上安装了路灯，下雨天出门不怕泥巴把鞋子、裤脚弄脏，夜晚出门再也不担惊受怕了。

吃水不忘挖井人，脱贫离不开党和政府的好政策，更离不开驻村干部的无私奉献。我会牢牢记住这份恩情，把这种良好的发展势头保持下去，将日子越过越红火。

要感恩更要奋进

◇ 玉屏侗族自治县朱家场镇大兴村村民张文发

我叫张文发，是玉屏侗族自治县朱家场镇大兴村村民，家中有 2 口人，2013 年被评为贫困户。

被评为贫困户，我享受到的政策红利多。有个别非贫困户，因为没有贫困户享受的政策多，会说点不好听的话。我心里很不是滋味，便下定决心，在国家政策的扶持下，依靠自己的双手自力更生，摆脱贫困，过上好日子。

被列为建档立卡贫困户之初，我家徒四壁，后来随着国家政策的倾斜和各方力量汇聚攻坚，我的生活看到了曙光。

2017 年，在驻村工作队的帮扶下，我申请了危房改造。我身患残疾，不能做重活，没钱先垫付给施工方，故找不到施工队伍。后在驻村干部的努力下，终于有施工队伍肯给我施工。危房改造很快完工了，可危房改造资金迟迟未见拨款，驻村干部被施工方天天催债。后来由驻村干部小陈先将钱垫付给了施工方，待危改资金下来后，我才把钱还给小陈，当时自己既是感激又是心有惭愧。

俗话说：“流自己的汗，吃自己的饭，自己的事自己干，靠天靠地靠祖先，不算是好汉。”既然干不了重活，那我可以做一些轻活。

我跟村里说了自己的想法后，考虑到我的实际情况，村委会帮我申请了护林员的公益性岗位，每个月有 800 元的收入。

2019 年，我种植了 10 亩油茶，养了几十只鸡和鸭，偶尔还可以在大兴村附近打点零工补贴家用。今年，得益于政府对油茶的扶持政策，我在家的周围又种植了 3 亩油茶。现在的日子是越过越有盼头，我很知足了。

人穷志不穷，当贫困户并不是一件光荣的事。党和政府给予我们的只是暂时性的输血，我们不能坐享其成。要真正摆脱贫困，还得靠我们自己造血。只有我们自力更生、脚踏实地做事，日子才会越过越甜。

心怀感恩，不断奋进

◇ 沿河土家族自治县黄土镇双龙村村民陈玉珍

我叫陈玉珍，今年22岁，家住沿河土家族自治县黄土镇双龙村大木岭组，是河南大学的一名大四学生。

回想起家乡这几年的变化，是翻天覆地的。之前一条条泥巴路变成了宽阔的水泥路，老旧破损的木房子焕然一新，家家户户房前屋后都实施了硬化，环境卫生得到了很大改善……而这一切都归功于脱贫攻坚的好政策和一群可爱的脱贫攻坚战士。

我家是个很普通的家庭，父母努力工作，抚养我们姐弟三人，虽然生活平平淡淡，但一家人很幸福。天有不测风云，人有旦夕祸福。谁料想前几年，母亲突然身患重病。为了治病，家里开始四处欠债，生活也变得困难。那时，家里正在修建的房子，因没有财力去装修，只能修成毛坯房。也因为贫困，父母整天焦虑，家庭氛围压抑，让人喘不过气来。

好在当地党委、政府及时了解了我家的情况，给予了帮扶，使得我家渡过难关。

在脱贫攻坚政策的帮扶下，我们房屋修缮了，厨房卫生间都修好了。因为母亲生病后，不宜外出工作，村里又为我母亲提供了保洁员工作，每个月有800元。对于消费不高的农村，已经算不错了，既解决了我们的日常开销，又为我家减轻了一定的经济负担。

年初，村里免费给我家发放了200只鸡苗，喂养后还有人负责回收。今年我家的鸡就出栏了124只，增收了5180元。同时，村里还让我们入股了专业合作社，年年都有分红。我和弟弟陈聪上学每年都有教育资助，不用为学费发愁，可以安心读书。

现在，母亲的病控制住了，家里的负担也开始慢慢减轻，全家对生活充满了希望。在国家的好政策下，干部的倾情帮扶下，我家今年得以顺利脱贫，生活也开始慢慢变好。

冯文华是我家的帮扶责任人，他经常上门来讲政策、出点子。我们的肉鸡养殖、辣椒种植等，都是在他的鼓励和帮助下发展起来的。平时节日里，他还会给我家送来节日礼品，像我们的家人一样。

此外，村里的驻村干部们也很辛苦，常常是我们都睡了，他们还在开会研讨。平时他们还去村民家里帮忙打扫卫生。在我的印象中，他们就像一个杂工，什么都做，泥水工、清洁工、油漆工、搬运工……他们任劳任怨，无私奉献，所做的一切也只是想要努力改变村民落后的思想观念，建设和谐美好的家园。他们的所作所为我们心里都很清楚，谢谢你们，父老乡亲们会记住你们做的一切！

在今后的日子里，我会更加努力，让我家的生活更好，也会像驻村干部一样，去帮助更多需要帮助的人。我会尽自己的努力，为建设美丽家乡贡献绵薄之力。

生在寒门福亦多

◇ 石阡县坪山乡坪贯村村民沈文秀

我叫沈文秀，家住石阡县坪山乡坪贯村街上组，全家四口人，2020 年 7 月毕业于贵州医科大学生物技术专业，现就职于贵州某生物科技有限公司，是研发部门的技术人员。

2017 年 1 月，我刚进入大学不久，我的父亲在广东务工时不幸身受重伤。当他住进 ICU 病房的那一刻，我瞬间感觉我的天塌了。父亲是家里的顶梁柱，他在外务工的收入是家里最主要的经济来源。他住院的那段时间是我最为迷茫、最为无助的时期，尝遍了辛酸苦辣，感受到了生活的不易。在诸多压力下，我甚至有过休学的念头。

就在家庭陷入窘境，我最无助的时候，村脱贫攻坚队的包组干部给我带来了党和政府的关心和厚爱。在 2017 年的贫困人口动态管理工作中，包组干部将我家的实际情况向乡党委、政府和村脱贫攻坚队进行了汇报，通过村级的民主评议和乡级审核，把我家识别为精准扶贫建档立卡贫困户。2017 年秋季学期，我就享受到了省级的教育资助，极大地缓减了我家的经济压力。在家里没钱给我生活费时，结对帮扶我家的干部兰修华又帮助我向乡政府申请了民政临时救助，让我能够安心在大学学习。

2018 年，在脱贫攻坚的好政策和帮扶干部的倾心帮扶下，我家发生了巨大的变化——房前屋后的环境变好了，厨房的功能更加完善了，父亲看病买药的费用通过合医能报销 90% 以上，教育资助解决了我的学费难题。

这一年，我们村也发生了翻天覆地的变化。“五改一维一化”改变了全村的人居环境，“组组通”建设让全村每一个村民组都通了硬化路，“串户路”

更是通到了每家每户，彻底改变了以前“下雨一身泥，天晴一身灰”的历史。没有党和政府的好政策，没有干部真情实意的帮扶，这些都是我不敢想象的。

2019 年 1 月份，我参加了“青年乡村行・春晖促脱贫”社会实践活动，这是一次重要的社会实践。活动中，我紧密围绕“青春励志・感恩家乡”“青春关爱・情暖家乡”“青春志愿・服务家乡”“青春记录・歌颂家乡”四个主题，与队员一道关心关爱空巢老人、留守儿童、困难群众、残疾人，入户宣讲脱贫攻坚政策、开展环境卫生整治等。通过此次活动，我找到了服务社会的重要渠道和载体，提高了自身素质，培养了我适应社会发展的综合能力、竞争意识和创新精神，增强了我的社会责任感和历史使命感，培养了我科学的世界观、正确的人生观和价值观。

现在，母亲和弟弟在外务工，我也有了工作，收入相对稳定，家庭经济一改以往“只支不进”的颓势。更令我们全家高兴的是，父亲的身体也在日益恢复，逐渐能够自理。

我的家是最温馨的港湾，如果没有党和政府精准扶贫的好政策，没有医疗保障、教育资助、低保兜底等一系列的有力举措和干部的倾心帮扶，我爸的病、我的学业、我家的经济条件……都会变得不敢想象。我特别珍惜毕业后的第一份工作，它给了我一个初入社会踏实的依靠。但我时刻谨记，走得再远都不能忘记来时的路。过去，我从爱中汲取了力量；未来，我也会毫不犹豫地向同样困难的人伸出友爱之手。我将以百倍的信心、千倍的努力、万倍的感恩，回报党委、政府，回报家乡，回报亲人。

好政策带来新曙光

◇ 碧江区云场坪镇枫木坪村村民张青安

我叫张青安，今年 58 岁，是碧江区云场坪镇枫木坪村村民。

多年来，我都从事养殖业，生活虽谈不上富裕，但还能维持一家生计。但前几年，一场变故让我身背 30 万元的债务，沦为贫困户。

2013 年，我花了 20 多万元，从山东购买了一批山羊，养了不久，山羊生病了。通过畜牧局检测，山羊得了羊瘟，我落得血本无归。

次年，我通过银行贷款 30 万元，又购买了一批山羊，可最后山羊还是出现了同样的症状，无其他经济来源的我，背负了 30 万元的债务，由此被评为贫困户。

被评为贫困户，让一家人也感到羞愧，妻子时常责备我。本就不富裕的家庭，又背上了 30 万元的贷款，无疑是雪上加霜。

但我不想就此认命，帮扶干部也鼓励我从头再来，并承诺协助我解决资金、饲料与养殖技术的问题。但创业要做好功课，在帮扶干部的建议下，我前往四川考察。

抵达四川，我发现当地养殖的山羊是波尔多山羊，不仅与我养的品种不同，个头也比较大，并且与我们的传统养殖方式不同，采取圈养方式，因而经济效益也更高。

经过一段时间的学习，回乡后的我决定试试养殖波尔多山羊。可妻子却劝我："不要再折腾了，一起外出务工稳妥一些，毕竟还欠了那么多钱。"我承诺妻子说："再试一次，要是还亏，就出去务工。"

妻子拗不过我，在帮扶干部的引导下，通过贴息贷款，我贷了 5 万元，在碧江区民宗局的帮扶下，我还获得了 5 万元的发展资金。

随即，我买了 38 只波尔多山羊，修了圈舍，还利用学来的技术，一改往日的养殖方式，采取圈养的方式养殖。

汲取前面的教训，我还联系畜牧局的干部，为我的山羊做检测，检测合格以后，再观察一个月，确定山羊无任何异常后再将其送进不同的圈舍。

曾经喂养山羊以草为主，养殖波尔多山羊则用豆渣、黄豆粉、酒渣喂养，不仅节省了人力，而且山羊长得也更快。

经过一年多的精心照料，第一批山羊均可上市，久违的喜悦也终于到来。

经过五年的发展，我养殖的羊从 38 只到 200 只，村民不时前来学习养殖技术。我依托山羊养殖还带动村里 9 名村民务工。

幸亏有国家的好政策，我才打了一场漂亮的翻身仗，不仅摘掉了贫困户的帽子，每年还能挣上 20 万元左右，生活迎来了新的曙光。

从被帮扶到帮扶他人

◇ 德江县楠杆乡六一村村民杨通军

我是德江县楠杆乡六一村村民杨通军。今年以来，我的养殖场出栏了100多头猪。虽然不算多，但是和前几年比起来，收入翻了好几番。

2016年之前，我都是在外务工，尽管过得忙忙碌碌，但家庭生活却没有很大改善。

我们家是贫困户，当时父母亲身体不太好，仅靠我外出务工维持一家人的生计。

父母年纪大了需要多陪伴，孩子还小也需要人照看，思前想后，我决定回乡发展。

经过仔细考虑，我尝试回家发展养猪产业。但这对我来说无疑是一个巨大的挑战——没有启动资金，也没有技术，如何让想法付诸行动？

幸运的是，在乡政府和村支两委的帮助下，我家获得了5万元的扶贫小额信贷。政府还帮助修建了到我家的连户路等基础设施，这更增加了我发展产业的信心。

经过乡政府提供技术支持和自己的不断摸索，同时帮扶干部也会给我送来一些养猪技术资料，我的养猪场终于办起来了。

第一年的时候，虽然收益不大，但也足够证明我的养猪产业是成功的，让我一直悬着的心落了下来。在我的精心经营之下，养殖场的规模逐步扩大，由最开始的10头猪，到后来的20头，到现在的50头。养猪的收入比在外面打工更高，同时又能照顾家庭，我从内心里感到高兴。

2018年，一次偶然的机会，听到村里要发展党员的消息，我决定向村党支部申请加入中国共产党，同时开始自主学习党章，让自己的思想进步。后来，经过党支部的考察，我成了一名光荣的入党积极分子，经过不断地学习进步，我成了一名预备党员。

2020 年初，村委会缺人手，我决定去村委会任职。当时，亲人朋友都劝我不要去，说那边工作工资不高不说，还吃力不讨好，容易得罪人。但是我觉得，作为一名预备党员，如果连这点苦都吃不了，那还有什么资格说自己想成为一名党员呢?

最终，我加入了村委会，从一个被别人帮扶的贫困户，变成了一名参加脱贫攻坚工作的、去帮助更困难群众的人。

靠着自己的努力和政府的支持，我家不仅实现了脱贫摘帽，还带动了周边群众发展。到目前为止，已带动 7 户群众养猪，每户 2 到 10 头不等，开始慢慢形成规模。

如今，我爱人在家发展养猪产业，我在村里帮助更需要帮助的人，生活水平有了明显的提高。我常和家人说，正是得到了党和政府的帮助，我们的生活才能蒸蒸日上，我也才能不在外奔波，能够照顾家里。所以，要感党恩、听党话、跟党走，做更多有意义的事。

愿用双手传递温暖

◇ 碧江区正光街道打角冲安置点搬迁群众张玉世

我做梦都没想到能从山旮旯搬到城区，不仅出行方便，教育、医疗条件也得到极大改善，生活一天比一天好了，我要感谢党和国家的好政策。

我叫张玉世，今年38岁，老家在沿河自治县夹石镇华龙村。我从17岁就外出务工，在外漂泊的20年里，也曾想过回家务农，但老家石漠化严重，土壤贫瘠，依靠务农根本无法维持生计。

2005年，我不幸发生意外事故，导致听力、肢体残疾，家中没有了劳动力，生活极度贫困。2014年，我家被列为建档立卡贫困户。

2019年，通过易地扶贫搬迁惠民政策，我们一家跨区域搬迁到了碧江区正光街道打角冲安置点，住进了80平方米的新房，孩子们也能就近上学。

有了好房子，更要快步过上好日子。我主动提出自主创业申请，在帮扶干部的协助下，得到了补贴等政策扶持，在碧江区城投公司租下一间门面，做起家具、家电生意，取名为“致富家具家电城”，与妻子共同打理。

为了不辜负党和政府的关心和帮助，为了让一家人能早日摆脱贫困，过上幸福的小康生活，我和妻子起早贪黑。困了，在门面里躺一躺；饿了，矿泉水加冷馒头垫一垫，虽然苦但却值得。

通过不懈努力，我们的家具家电城从最初的几件家具、几台家电，发展到几十件家具、上百台家电的规模，预计今年收入将突破20万元。

2020年8月，我和妻子还积极申报门面，希望扩大经营规模，提供更多的就业岗位，带动周边更多的群众就业。党和政府给了我们一家温暖，我们也想将温暖回馈给社会，想把这份温暖，通过勤劳的双手源源不断地传递下去。

唯有努力才能脱贫

◇ 贵州大龙经济开发区祥查村村民张秋林

我叫张秋林，今年 58 岁，是贵州大龙经济开发区祥查村中心组人，一个地地道道的农民。2016 年被纳入建档立卡贫困户，通过国家政策帮助和自身努力，2017 年实现了脱贫。作为昔日的贫困户，我想告诉大家，“等靠要”不能解决实际问题，只有通过自身努力才能彻底改变生活困境。

家庭陷入困境

我从小就过惯了苦日子，知道家庭人口多的压力。有了孩子后，为了让孩子有较好的生活、学习环境，我和爱人达成共识，成为十里八乡少有的“独生女”家庭。作为家里的主要劳动力，我选择外出务工，保障家里的日常开销，爱人则留守家中料理家务并照顾女儿上学，日子过得还不错。

然而，随着年龄增长，爱人的支气管炎、冠心病等慢性病越发严重，逐渐失去劳动能力。不仅要为她治病，还要供女儿上大学，各种困难叠加，生活压力剧增。留她一个人在家我不放心，只能不再外出，在周围找点事做。

年纪大、没学历、没技术，我找不到合适的工作，只能就近干点小工，入不敷出，直至成为贫困户。

在享受到相关政策帮扶后，家庭经济压力顿减。我也被村里聘为公益性岗位保洁员，收入有了保障。随后，我开始静下心思考，如何改变自家的生活状况。

经过深思熟虑，结合掌握有传统养殖技能的条件，我打算干养殖业。

我把想法告诉了帮扶干部杨仕亮，请他帮忙咨询相关政策，寻求帮助。

年过半百创业

经过前期的咨询和准备，2017年6月，我拿出仅有的1万多元启动养殖基地建设，后期又向亲戚朋友借了些。

为了节省工钱，从设计建筑方案到搬运砖块、水泥、沙石，所有工序我都亲力亲为，很少请人，每天劳动时长都在10个小时以上。几个月下来，整个人瘦了一圈。

爱人无力帮忙，心里很着急。但是我告诉她，把家里日常生活操持好，就算是帮了大忙了。

一年后，整个养殖基地建设终于完工，我立即引进了猪和牛，正式开启养殖。

从此，我每天5点钟起床，打猪草、煮猪食、喂猪，打扫圈舍、放牛、割草，一直要忙到晚上11点前后。为了保障猪、牛饲草供应，我还在养殖基地附近租了4亩地，利用空闲时间种饲草和应季蔬菜。农耕时节实在忙活不过来时，就在村里聘个零工帮忙。

2018年，由于非洲猪瘟的影响，猪肉价格上涨。当年底，我收获创业后的第一桶金，获利近10万元，成功脱贫摘帽。

杨干部每次来走访我，都看到我在忙活。在过问遇到什么困难、需要什么帮助后，他常常提醒我年纪大了要注意劳逸结合。

今年，结合市场行情，我养殖了8头猪、12头牛，预计能有15万元左右收入。

不忘种种帮携

得到电力改造政策支持，我的养殖基地自建设以来，一直享受着电价优惠，省下的这笔开销保障了我的事业顺利起步。

突然开始创业，起初我心里也有些打退堂鼓，但得到大家的支持与鼓励后，我的信心受到了极大鼓舞。村支书在院坝会上时常会用我的创业事迹引导处于困境中的村民，我也用我的乡土话鼓励大家克服困难。

如今，村里谁家需要买年猪，大多都会找我，今年猪崽刚出生就被预定完了，这几年养的猪都是出栏不出村。

2020 年疫情防控期间，开发区、街道、村里的干部入组进户摸排情况，在村口建起了 24 小时执勤点，还来养殖场叮嘱我做好防控。我从电视上看到新冠肺炎疫情相关的新闻，也看到了全国人民的战疫决心与信心，内心感触很大，想着自己应该为村里做点什么。于是我找到了村干部，捐了 500 块钱，支援村里的防控物资的采购。

祥查村不大，乡亲们了解我家情况，地里有吃不完的蔬菜都会叫我去收来喂猪，我总念着他们的好。除了雇个零工、捐点物资，我能为村里做的事也会随着事业的发展越来越多。

大家富才算富

◇ 讲述：思南县邵家桥镇坪原村村民李强
整理：邓 婕等

思南县邵家桥镇坪原村李家林组，思南县寿益鼎种养殖农民专业合作社花椒基地里，主动递交脱贫申请书的李强，和大家认知里的农民形象一样但也不一样。一样的是都是皮肤黝黑，精气神很足，很干练，不一样的是他右手的袖子是空的。

“李强啊，太造孽了！”

“以前那么苦，能活下来都是万幸，现在居然主动脱贫？怎么想的只有他自己心里清楚。”

“是啊，没爹没妈，还是残疾，正该吃低保，别个争都争不赢，他倒好，不光把低保让出来了，还主动申请脱贫。”

6月18日，思南县邵家桥镇坪原村村委会收到了一张特别的脱贫申请书，字数不多，字迹有些潦草。但就是这样一张简单的申请书却在坪原村快速传开，群众赞声一片。递交申请书的李强也成了坪原村的名人。

问及主动申请脱贫的原因，李强只是简单的一句：“我觉得我现在算不上成功，但也说得过去了。党和政府帮了我这么多，不好意思再去要这样要那样了。”和在群众会让出低保的理由如出一辙。“以前全靠党的政策才能活下来，所有的政策我都是享受了的，现在又是党带我走上路了，没有理由再去争那些东西。钱虽然不多，但是对有的人是真的需要。”

三岁丧父，五岁母亲改嫁远方，留下李强和小两岁的妹妹，他是真正的孤儿。五岁投靠大伯生活，九岁上山砍柴摔断右手，因为没钱及时医治，最终导致截肢，成为残疾人。十一岁时，本就贫困的大伯无力承担他的生活费，不再接济他。十二岁靠给别人家放牛，在山上捉蛇卖才能讨碗饭吃。十四岁开始独立生活，捡过废品，收过破烂，卖过背篼。十九岁结婚，酒席都没办，都是村里面你一碗米我一斗谷凑起来才结了婚。

这些不幸单是一个就已经足够击垮一个正常人了，何况所有的不幸发生在一个人身上。但就是这样一个单是活着就已经很艰难的人，却勤劳务实，依靠党的扶贫政策，用自己的汗水和不服输的干劲，走上了脱贫致富路。用老人的话说就是穷怕了，拼了命都想跳出“穷圈”。

2008 年，李强在卖背篼时机缘巧合认识了搞养殖的杨师傅。“人家都做得，我也能做得。”李强用自己的所有积蓄买了几头猪，开始了自己的养殖路。但是养猪风险太高，利润微薄，李强就把眼光落在了养牛的产业上。想法有了，却没有钱付诸行动——没有人愿意借这么一大笔钱给一个可能还不起的人。在想着扩大自己的养殖规模时却遇到了资金难题，李强的事业陷入了僵局。

坪原村村委在了解情况后，迅速召开会议。根据相关政策为李强争取了 50000 元的免息特惠贷。因为这笔启动资金，李强抓住了这个机会，事业慢慢步入正轨。再后来，李强的生意越做越大，成立了思南县寿益鼎种养殖农民专业合作社，自己当起了老板。

2019 年，思南县脱贫攻坚战号角吹响，李强积极响应政府发展产业的口号，种植了 180 亩花椒。目前，合作社共养殖了 33 头牛，6 头猪，种植花椒 180 亩，长势良好。同年，县残联投入 7.2 万元入股合作社，带着 36 名残疾人共同致富。李强说，光是去年养殖收入就有 10 万多，他想用这笔钱在思南县城开一家牛肉馆。

不忘党恩报社会，落其实者思其树，饮其流者怀其源。

自己做了老板，吃百家饭长大的李强就想带着邻里增收。每天来给合作社花椒除草施肥的人数固定在 20 人左右，每天 60 元的工资，最高能拿到 80 元，养牛的拿固定工资，也是 60 元一天。这些人多半都是贫困户。

贫有百种，困有千样。如何帮扶贫困户脱贫，说到底，是一个扶“志”的过程。正如邵家桥镇党委书记吴光友所说：“李强是第一个主动申请脱贫的，但绝对不是最后一个。在李强这样的人的影响下，坪原村齐心协力，真抓实干，将坪原村打造成乡村振兴的样板村。”

用“初心”反哺家乡

◇思南县丽景社区搬迁群众安全超

“鸦有反哺之义，羊有跪乳之恩。”在脱贫致富的路上，党和国家的精准扶贫政策帮助我们过上了小康的日子。现如今，作为一名身在他乡求学的大三学子，我将继续努力学习，待学成后再返乡，为家乡的建设贡献一份属于自己的力量！

回顾过往，贫困已成当年记忆

那是2016年的秋季，依稀记得父亲因为意外事故而小腿骨折，待在家中休养了近两年多。回想当时我们家的情况，不仅父亲受伤休养无法工作，家中还有一位年近七旬的奶奶，家庭经济十分困难，入不敷出。生活的压力自然就落在了母亲的身上，仅凭母亲一人实属不易，而当时的我已进入高中，每月更是需要生活费五百多元。当看到生活的重担压得母亲喘不过气的时候，我就暗自在心里决定，要在生活上省吃俭用，力求帮助母亲减轻一点家庭负担。还记得当时班上评选助学金，身为班长的我毅然决然地将自己的那份助学金让给了班上经济最困难的一位同学。班主任找我谈话时说道：“其实你自己更需要这笔钱。”而我自始至终只有一句：“其他同学的家庭更困难，比我更需要这份助学金。”

当我感到家庭最为窘迫的时候，党和国家精准扶贫的春风悄然地吹向了黔中首郡，吹向了我的家乡青杠坡。在青杠坡镇党委和政府的帮助下，按照政策条件，我们家被评为精准扶贫户，在享受一系列的优待政策后，我能够继续安心读书，家庭经济状况也慢慢得到改变。从那时起，我的内心便开始萌生了一颗扎根基层为家乡做贡献的念头！

沐浴党恩，不忘初心继续前行

沐浴着党和国家的春风，我顺利完成了自己的高中三年学业，并在2018年9月顺利迈进大学的校门，成为一名大学生。就在一家人为我的学费一筹莫展的时候，我申请了国家助学贷款，同时利用勤工俭学赚取了自己每个月的生活费，这在一定程度上为家里减轻了经济负担。在国家脱贫攻坚工作大力推进的这几年，我们家的结对帮扶干部张际朝老师就像亲人一样，经常上门嘘寒问暖，帮助我们解决一些实际困难，时刻不忘关心我和弟弟的学习和生活情况。

2019年，在青杠坡镇党委和政府的帮助下，我们家顺利搬迁到思南县丽景社区。从此，身份从乡下人变成了城市居民。不仅是身份上的变化，生活上也发生了巨大的变化。近几年，在一系列惠民政策的帮扶下，在父母的努力奋斗下，我们家生活条件变得越来越好，并于2019年顺利脱贫。在感叹党和国家的政策之时，我默默回想，如果没有千千万奋战在脱贫攻坚一线的扶贫干部负重前行，为我们操劳，我们哪会有今天的幸福生活。嘴上说来简简单单的，实际生活冷暖自己清清楚楚，纵有千言万语，都不能言谢每一个为我们家庭奔波的扶贫干部。我想，最好的报答，唯有自己努力学习，日后学成归来之时建设家乡！

刻苦钻研，为盼归来报答家乡

正如家乡的父老乡亲所言："党和国家的政策好。"现在我的老家青杠坡镇陇水村，旧貌已换新颜，水泥路已经实现组组通，路灯照亮了千家万户。现在，就算天黑出门也不担心路面泥泞，更不会有以前那种坑坑洼洼的……

正值寒假，我回老家探亲，傍晚，与发小走在村里干净敞亮的小道上，畅谈家乡的未来。远处，孩子们嬉笑着、打闹着，好一片富庶繁荣之景。发小说：“以前，老师总是说只有读书才能走出大山，才能去见识外面的世界。以前我们也憧憬着到外面发展，但现在我觉得在家乡也能创出一片天地，所以毕业后我选择回来发展。”我的选择也和他一样。

不忘初心，方得始终。我现在读大三，本科毕业后，如果有机会我会选择继续考取研究生，一方面是为了进一步提升自己学识，另一方面是为了以后回乡发展做好铺垫。虽然仅凭自己一人之力不能改变什么，但千千万万个和我有着一样想法的年轻伙伴终将归来，为家乡的建设献计出力，家乡也会变得越来越好，人民的生活也会越来越幸福美满！

做一个有益社会的人

◇ 思南县板桥镇后屯社区安置点搬迁群众谭仁玉

我叫谭仁玉，女，今年 30 岁，原来是板桥镇毛坝村一个平凡、勤劳的农村妇女。

2015 年，全家 6 口人居住在 80 平方米的两间旧木房里，住房破烂，父母没有技能，只能在家经营 2.5 亩的耕地，收益极其微薄。我要照顾两个小孩，家中就只有我爱人在外务工，一家生活极其艰苦。2015 年，我家被纳入精准扶贫建档立卡贫困户。板桥镇干部张玉武是我们家的帮扶干部。在帮扶干部的宣传动员之下，我们一家明白了党对我们贫困户的关心，当帮扶干部向我们家宣传易地扶贫搬迁政策时，我们一家心怀感动，意见一致：要搬迁，要彻底摆脱“一方水土养不活一方人”的困境，要搬进新房子，快步过上好日子。2018 年 5 月，我们一家搬到位于板桥镇后屯社区易地扶贫搬迁安置点，住进了宽敞的新家。

虽然住进了新房子，但是我仍然顾虑重重——到安置点后怎样才有收入？真的就能过上好日子吗？如果拆掉老家的旧房子，将来适应不了这里的生活，是不是就没退路了？拆了旧房，老家的耕地和山林还属于我吗？

到了安置点，参加了易地搬迁贫困人口技能培训，明白了国家对易地搬迁实施的“搬得出、稳得住、能致富”一系列配套政策，我们一家安心了。通过技能培训就近在社区专业合作社务工的收入远远高于我们一家的土地耕种收入，还有拆除旧房补助、复垦复绿奖励，搬迁后“三地”政策不变。有了一项一项的政策，我们一家再无后顾之忧了。

为了解决部分搬迁户就业和服务问题，板桥镇人民政府从后屯社区安置点 141 户搬迁户中公开招聘了两名公益性岗位人员，经考核，我成为其中一员，从事公益性工作，重点服务板桥安置点人口，有了就业保障。2020 年成立后屯社区，我又被推选为社区副主任。我已由一名被帮扶的贫困人口变为帮扶他人的脱贫攻坚队员。

现在，我家的老房子已拆，并在复垦出来的土地上种上了红肉蜜柚树苗。老家的土地全部种了红肉蜜柚，今年都已陆陆续续挂果了，预计可收入 3000 多元。经过一个春天的孕育，如今柚子树开出致富花，已结出了希望的果实。

看到眼前的这一切，想到我们家的变化，感觉像做梦一样，打心底里感谢党和政府，感谢帮扶干部用心用情的帮扶。“滴水之恩当涌泉相报”，何况这么多年来，党和政府给予我家的远不止“滴水之恩”，不仅让我家焕然一新，还解决了我的就业问题。

今后，我也会更加努力生活，做一个对社会有贡献的人。

脱贫攻坚路上的热心人

◇ 讲述：沿河土家族自治县黄木镇竹园村村民秦信进

整理：崔宗文

在脱贫攻坚路上，有这样一位热心人，他不计个人得失，放弃在外发展的大好机遇，主动申请参加村脱贫攻坚工作，自己出资帮助村里发展，他就是沿河自治县黄土镇竹园村丁家沟组村民秦信进。

由于父母亲年老、体弱多病，家庭贫困且负担过重，20 多年前，秦信进小学毕业后，就外出打拼，通过多年的奋斗，最终闯出了一条属于自己的致富路，即从事房屋建筑架子工、室内外装饰等整体承包业务。作为一个地地道道的农村孩子，他深知农民工的辛苦，更知道工资对每个农民工家庭的重要性，因此从不拖欠农民工工资 ，并一直扮演着致富带头人和公益事业热心人的角色。

2020 年 2 月，秦信进回家探亲时，恰遇村脱贫攻坚指挥部指挥长何勇一行到丁家沟组宣传脱贫攻坚政策，他便主动要求参加脱贫攻坚队工作。一番交谈后，村脱贫攻坚指挥部同意了他的想法。于是，他把自己在苏浙的工地建筑业务委托给侄儿管理，决定暂不外出，和村攻坚队一起打脱贫攻坚战。

秦信进是个言出必行的人，第二天他便投入战斗，夜以继日地与脱贫攻坚队一道，起早摸黑，忙忙碌碌，全面开启“脱贫攻坚”模式。

工作中，他充分发挥人地两熟的优势，扮演好“宣传员”的角色，号召弟兄叔子积极参加脱贫攻坚工作。他看到很多农户还在肮脏的环境里生活，便动员大家珍惜政府修路的政策机遇，村民自己出工出劳，一起硬化通组路、入户路和庭院，彻底改善了村里的人居环境。

为了改变村容村貌，按时完成破旧房屋拆除任务，在没有一分报酬的情况下，他又自愿和攻坚队队员一道，自始至终，不分晴天雨天，费尽心血，参加拆除烤烟房 20 余幢，烂牛栏、烂猪圈近 100 间，大小陈旧闲置房 30 多栋。在他和攻坚队的共同努力下，整个村庄曾经的“脏乱差”已“不翼而飞”。

在拆房过程中，他总是不顾个人生命安危，冲在第一个去执行任务。酷热的夏天，常常是汗流浃背，但他却从不停息，直至当天工作任务完成。一次旧房拆除时，他由于高空作业时间太长，加之用力过度，致使腰间大面积劳损，队员们都叫他休息，可他只是说没事，愣是咬牙忍着剧疼继续操作，直到拆完整栋旧房才罢休。

在改善人居环境工作中，秦信进还私人出资金 7500 元购买水枪和油漆，为 17 家农户 12 栋木房洗刷上漆，让村民陈旧的木房子焕然一新，得到了村民的一致认可和好评。

为了帮助村民养成良好的卫生习惯，他主动到年老体弱多病的村民家中，帮助他们收拾整理室内外农种工具、物品等。同时，坚持每天走访每家每户，苦口婆心地向大家讲解卫生的重要性，并与攻坚队一道集体入户到每家，打扫卫生，收拾屋子。40 多天的时间，他共帮助清理杂物、垃圾 30 余吨。他的行动感动了群众，大家甚觉惭愧，纷纷表示将自觉弄好自家卫生和村里环境卫生。

为了不让老人居住不安全住房，他首先劝自己的老母亲搬出老旧木房，住进安全的房屋。在他的引领和动员下，村里的其他老人也纷纷撤离危房，被接到儿女家中赡养，极大地提升了老年人的幸福指数。

为了村民饮水有保障，他在得知村委会申报到饮水工程项目后，先后多次主动与指挥长一起跋山涉水，前往实地考察各地的水源出处，勘查安装水管道的走向，并多次上门拜访，协调村民归还占用的土地、林地，以便安装饮水工程管道设备，解决了该村部分自然寨的饮水困难问题。他还全力支持村级产业发展工作，为了节约人工开支，每天清晨天还没亮，他就直奔村产业基地开展工作，为村产业发展付出了诸多精力。

秦信进，在自己脱贫致富的同时，时刻不忘感恩奉献，他用实际行动为竹园村村民做了大量实事好事，托起群众幸福梦，赢得了群众的点赞，被大家亲切称为“脱贫攻坚路上的热心人”。

从残困户到脱贫致富领头人

◇ 讲述：松桃棉花山利民心种养专业合作社负责人刘华俊
整理：石乔清

2020 年 11 月 14 日，笔者走进松桃棉花山利民心种养专业合作社的养猪场圈舍里，见到一头头膘肥体壮的大肥猪，有的慵懒地躺在圈舍里睡大觉，有的步履蹒跚地走到饭槽前喝水、吃食。

“现在党和政府对我们残困户这么好，结对帮扶人鼓励大家，政府免费送技术、贷款给贴息。只要抓住勤劳这个法宝，自己努力奋斗，自强不息、艰苦创业，不脱贫都难啊！”刘华俊指着成群的肥猪高兴地对笔者说。

在脱贫致富的路上，有这样一位身残志坚、百折不挠的人。昔日身为贫困户的他虽身有残疾，却闯出了一条创办猪场、发展白茶的脱贫致富之路，不仅自己拔穷根、脱穷帽，还带着 20 余位残疾村民抱团闯出了一条脱贫致富之路，成为远近闻名的种养殖大户。他就是松桃棉花山利民心种养专业合作社负责人——刘华俊。

1978 年，刘华俊出生在一个贫困家庭，在家中排行老六。15 岁时的一次意外受伤，导致他左手截肢，从此落下了残疾。

为了生活，他曾外出打过零工。由于无法适应高强度工作，加上工资低、离家远，刘华俊有了自己创业的想法。但是，启动资金和养殖技术成了他最大的难题。

2016 年，省食药监局选派到该村的第一书记朱远纲到任后，走村入户，了解村民致贫原因，掌握村民创业意愿，及时向村民宣传党的扶贫政策，帮助老百姓理清发展思路，鼓励村民充分利用精准扶贫政策，发展创收、增收产业。

刘华俊把带动本村重度残疾人养猪的想法和朱远纲说了后，得到了大力支持。

在县残联和驻村第一书记的鼓励下，刘华俊联合村里的其他20户残困户，每户贷款“精扶贷”5万元，加上县残联资金帮扶8万元，共筹资108万元，成立了以生猪养殖为主的棉花山利民兴种养专业合作社，刘华俊为主要负责人。合作社采取“党支部＋集体经济＋专业合作社＋农户(残困户)”的模式发展产业，同时，县残联把刘华俊送到铜仁玉昆中专学习种植养殖技术。

2017年5月，占地11亩的生猪养殖场建成，经过科学的饲养和管理，2017年底，养殖场已出栏第一批生猪900头，获得纯利润19余万元，并实现首次分红10万元。这也让刘华俊一家在2017年底脱了贫。自己脱贫后，刘华俊又安置了5名残疾人在养殖场里务工，并正在筹备扩大养殖规模，为更多的残疾人提供就业岗位。

刘华俊向笔者透露：“养殖场里的几名工人都是残疾人，马上要增加到10名。”入股的残疾人家庭既能就业又能分红。2018年、2019年底第二、三次分红，每户残困户各获得5000元的红利，该村20户残困户在2019年底全部摘掉贫困帽。

肢体残疾的饲养员刘宗继告诉笔者：“多年前，我在外务工时右手不慎被石头砸伤，造成关节严重错位，留下了后遗症，在家打零工每月只能挣几百元。2017年，我不仅入股了合作社，还来到养殖场做饲养员，每个月有了1700多元的固定工资，一年差不多是20000块钱，年底还分得5000块钱红利，新房子也修起来了；2018年底第二次分红又获得5000元；2019年底第三次分红又获得5000元。我对脱贫充满信心”

省药监局下派棉花山村第一书记谢明军告诉笔者：“在发展生猪养殖的同时，刘华俊不忘发展生态茶叶种植。2018年，他带领残困户种植的白茶叶有80.5亩。他的产业正朝着多元化发展，不仅向村民流转土地，还为村民提供了就业机会，带动村民脱贫致富。”

在专业合作社的带动下，残疾贫困户的收入节节高升，生活品质得到极大改善，也在松桃范围内成为带动残疾人创业就业的典范。因此，2017年度，合作社被评为铜仁市残疾人创业就业示范点，松桃形成了鼓励残疾人创业就业的良好风气。

富了的刘华俊没有安于现状，他有更大的事业抱负：让周围像自己一样的残疾人过上好日子。看到周围很多人尤其是残疾人找不到致富门路，他决定进一步扩大生猪养殖、茶叶种植等的规模，让更多建档立卡贫困户尤其是残疾人就业，努力实现生产效益持续稳定增长，助力脱贫攻坚。

刘华俊的松桃利民心种养专业合作社的发展，是该县在养殖产业化发展道路上积极探索的一个缩影。近年来，该县鼓励残疾人创业主体走产业化发展道路，通过抱团发展、以强带弱，实现信息共享、技术共享、人才共享、市场共享，从而实现优势互补、共赢发展。

“下一步，我准备把基地扩宽到100亩以上，带动村民，带动所有的贫困户一起来搞这个产业。”刘华俊用行动证明幸福不是等得来、喊得来的，而是拼出来、干出来的。现在，刘华俊除了生猪养殖外，种植的80亩白茶年产值已达80多万元，增产后的白茶预计产值能到达100余万，将带动残困户20户100余人增收致富。

带领乡亲一起过好日子

◇ 德江县稳坪镇铁坑社区水井坎居民张玉志

我叫张玉志，今年49岁，是德江县稳坪镇铁坑社区水井坎居民。多年前，我放弃在外务工的高薪收入，回到家乡创业，发展生猪养殖，因无技术和经验，创业失败。从此，我们一家被沉重的债务压得喘不过气来。

2014年，国家扶贫政策的东风吹进每个贫困家庭，经社区、驻村干部现场研判，我家被列为缺技术致贫家庭，通过村民代表大会评议，我家被纳入建档立卡贫困户。从此，驻村干部、社区干部经常上门与我谈心、交心，共谋发展路子，共商致富大计，真心实意地帮助我解决生产中的困难和问题。

2015年，在社区干部和驻村干部的鼓舞下，我成立了德江县南山养殖场，重点发展鸡、鸭、鹅及牛、羊等的养殖。通过因户施策，落实脱贫攻坚技术扶贫政策，由镇畜牧站选派技术人员具体对接、指导我的养殖产业。他们按期上门为我服务，现场讲解疾病预防、饲料配方等相关知识，让我从一个门外汉逐渐成了养殖好手。现在，养殖场发生的一些简单的疾病，我都会自己处理。如今，我的养殖规模逐步扩大，现牛存栏8头，山羊存栏80多只，鸭、鹅存栏400余羽，所产鸭蛋供不应求，每天都有客上门抢购。通过发展养殖业，我逐步还清了负债，摆脱了贫困，日子一天比一天过得更好。

我心想，在短暂的几年内，我能从贫困线下翻身致富，过上好日子，都是因为国家脱贫攻坚政策带来的机遇。我富了还不算富，要带领更多群众一起走向小康。

2017年，我抓住镇里大力发展花椒产业的机遇，成立了德江县南山果蔬种植专业合作社，带动群众发展花椒产业。当年，通过土地流转，我种植花椒 148 亩，带动邻居张玉稳发展花椒种植产业 30 余亩。同时，社区的建档立卡贫困户张玉开、黎克英，低保户杨先婵、张怀轩等长期在我的基地打工，月收入都在 1500 元以上，他们的就业问题解决了。

2020 年，我种植的花椒开始挂果，收获干花椒 1600 余斤，全部由政府统一一次性收购。政府的市场服务让我信心更足，产业发展更有希望。

今天，我与其他建档立卡贫困户一样，在国家脱贫攻坚政策的支持下，摘下了贫困帽，稳步进入了小康。我要感恩党的惠民政策，用真心去抓好产业，带动更多群众同步迈向社会主义现代化新征程。

我的脱贫故事（视频版）

张金雄：
幸福是奋斗出来的

袁海峰：
一人富不算富
红薯铺就致富路

万建华、万一富：
从合伙人到村干部
带领群众稳步脱贫

童　维：
群众利益无小事
一点一滴见初心

任军华：
甘做群众致富领头雁

彭永胜：
勤劳致富开创美
好新生活

李　芝：
“90后”驻村干部
谱写青春答卷

黄光全：
致富路上
不服输的“牛”人

陈德刚：
木姜油香中酝
酿的新生活

视频制作：
铜仁广播电视台

二维码制作：
铜仁日报传媒集团

光荣榜

（贵州省，铜仁市）

贵州省 2020 年脱贫攻坚“七一”表彰大会于2020年7月1日在贵阳举行。贵州省委时任副书记、省长谌贻琴宣读了中共贵州省委关于表彰全省脱贫攻坚优秀共产党员、优秀基层党组织书记、优秀村第一书记和先进党组织的决定。以下为决定全文：

近年来，全省各级党组织和广大共产党员坚持以习近平新时代中国特色社会主义思想为指引，全面贯彻党的十九大精神和习近平总书记对贵州工作重要指示精神，不忘初心、牢记使命，坚决扛起打赢脱贫攻坚战的重大政治责任和光荣历史使命。在以习近平同志为核心的党中央坚强领导下，全省上下团结奋进、拼搏创新、苦干实干、后发赶超，坚持以脱贫攻坚统揽经济社会发展全局，坚决守好两条底线，打好三大攻坚战，推进三大战略行动，抓好三大国家级试验区建设，奋力撕掉贫困落后的标签，贴上新的靓丽“名片”。党的十八大以来，全省贫困人口从 923 万人减少到 30.83 万人，每年减少 100 万人以上，贫困发生率从 26.8% 下降到 0.85%，66 个国家级贫困县已有 57 个摘帽退出，完成 188 万人的易地扶贫搬迁任务，由全国贫困人口最多的省份变为减贫人数最多的省份，脱贫攻坚取得决定性成就。

初心呼唤担当，使命催人奋进，时代造就英雄。在全省上下全力以赴向贫困发起最后总攻之际，又遭遇新冠肺炎疫情袭击，各级党组织和广大共产党员把人民生命安全和身体健康放在第一位，冲锋在前、英勇奋战，坚持一手抓疫情防控，一手抓脱贫攻坚，同时间赛跑，与贫困较量，全力推进“

冲刺 90 天打赢歼灭战”，挂牌督战集中力量攻克深度贫困堡垒，较真碰硬“督”、凝心聚力“战”，牢牢掌握了打赢脱贫攻坚战的主动权、制胜权。疫情防控人民战争、总体战、阻击战取得重大战略成果，脱贫攻坚战场英雄辈出，特别是在打赢脱贫攻坚总攻战、歼灭战、收官战中，涌现出一大批优秀共产党员、优秀基层党组织书记、优秀村第一书记和先进党组织。为表彰先进、弘扬正气，进一步凝聚起两场战役都要打赢、两个胜利都要必得的强大合力，省委决定授予杨桦等 597 名同志“全省脱贫攻坚优秀共产党员”称号，授予罗珍玉等 299 名同志“全省脱贫攻坚优秀基层党组织书记”称号，授予袁博等 201 名同志“全省脱贫攻坚优秀村第一书记”称号，授予长顺县委等 498 个党组织“全省脱贫攻坚先进党组织”称号，追授王小权等 6 名同志“全省脱贫攻坚优秀共产党员”称号。

这次表彰的党组织和共产党员，是在脱贫攻坚主战场上践行初心使命、无私奋斗奉献的优秀代表。他们的实干实绩和崇高精神，鲜明昭示了党的性质和宗旨，充分展示了党的先进性和纯洁性，生动彰显了新时代共产党人“理想信念大于天”的政治品格和先锋形象。全省各级党组织和广大共产党员要向受表彰的党组织和共产党员学习，学习他们对党忠诚、信念坚定的政治本色，学习他们牢记使命、一心为民的崇高情怀，学习他们知重负重、攻坚克难的担当作为，学习他们埋头苦干、真抓实干的务实作风，学习他们清正廉洁、严于律己的优良品质。希望受表彰的党组织和共产党员要珍惜荣誉、坚守战场、得胜凯旋，持续巩固拓展脱贫攻坚成果，坚决啃下“贫中之贫”“坚中之坚”的硬骨头，确保赢得大考、交出优异答卷，确保得到人民认可、经得起历史检验，让我们千百年来的绝对贫困问题历史性地划上句号！

当前，新时代推进西部大开发形成新格局，又给我省发展带来了新的历史性机遇。全省各级党组织和广大共产党员要紧密团结在以习近平同志为核心的党中央周围，增强“四个意识”，坚定“四个自信”，做到“两个维护”，坚持以习近平新时代中国特色社会主义思想为指引，全面贯彻党的十九大精神和习近平总书记对贵州工作重要指示精神，全面总结好中国脱贫方案的贵州实践，讲好贵州撕掉千百年来绝对贫困标签的精彩故事，牢记嘱托、感恩奋进，大力弘扬新时代贵州精神，团结带领群众坚持稳中求进工作总基调，坚持新发展理念，扎实做好“六稳”“六保”工作，推动脱贫攻坚与乡村振兴紧密衔接，用高质量打赢脱贫攻坚战、推动经济社会高质量发展的过硬成绩，践行相约2020的庄严承诺，向党中央和全省人民交出优异答卷，为奋力开创百姓富、生态美的多彩贵州新未来作出新的更大贡献！

全省脱贫攻坚优秀共产党员
（铜仁市75名）

安　超　碧江区人大常委会党组书记、主任

杨昌贵　万山区下溪侗族乡党委书记、计生协会会长，一级主任科员

李俊宏　松桃县委书记

徐　震　苏州市太仓市机要局副局长
玉屏侗族自治县扶贫开发办公室副主任（挂职）

杨　平　省国安厅，印江土家族苗族自治县委副书记（挂职）

邹　飞　思南县政府金融办工作员、思南县鹦鹉溪镇大水溪村第一书记

蔡　祥　省文旅厅老干处处长，德江县委常委、副县长（挂职）
德江县桶井土家族乡前线工作队副队长（兼联络员）

赵中华　张家港市政府办党组成员、副主任，沿河土家族自治县政府办党组成员、副主任（挂职），沿河土家族自治县扶贫办党组成员、副主任（挂职）

游德明　铜仁高新区党工委委员、生态移民局局长

张 波 玉屏侗族自治县麻音塘街道党工委书记
邓保顺 铜仁市政府办工作员
松桃苗族自治县盘石镇当造村第一书记
石玉华 铜仁市梵投农业综合开发有限公司总经理
松桃苗族自治县黄板镇散水村第一书记
黄冲冲 铜仁第一中学教师
黄 伟 碧江区委办公室工作员
徐一帆 万山区财政局工作员
万山区大坪侗族土家族苗族乡大冲村第一书记
吴廷友 松桃县委副书记
松桃苗族自治县乌罗镇脱贫攻坚指挥部指挥长
李 贺 大连民族大学副教授、玉屏侗族自治县科技局副局长（挂职）
杨 兰 省扶贫办宣传教育处四级调研员、江口县双江街道
党工委副书记（挂职）、江口县双江街道齐心村驻村干部
徐再高 石阡县委常委、常务副县长
石阡县青阳乡脱贫攻坚指挥部县级前线指挥长
田仁贵 印江土家族苗族自治县中兴街道党工委书记
陈 剑 常熟市政府办公室副主任科员，思南县政府党组成员
办公室副主任（挂职）
陈 彪 德江县泉口镇党委书记
冷绪中 宁波二十冶建设有限公司党委书记、纪委书记
沿河土家族自治县副县长（挂职）
姚 腾 铜仁高新区大兴街道党工委委员、组织宣传统战委员
黄选勇 铜仁市自然资源局大龙经济开发区分局工作员
薛 琳 铜仁市人大立法研究中心主任
冯爱军 中国电信沿河分公司网络服务部主任
沿河土家族自治县官舟镇黄龙村第一书记

罗亨超　贵州健康职业学院监察室工作员
田鹏飞　碧江区河西街道党工委书记
胡志敏　贵州万仁汽车集团有限公司党总支书记、副总经理
吴家永　松桃苗族自治县委常委、县政协党组副书记、县委办公室主任、统战部长，松桃苗族自治县盘石镇脱贫攻坚指挥部指挥长，沿河土家族自治县官舟镇党委第一书记
杨芬南　玉屏侗族自治县亚鱼乡党委副书记、乡长
邹祖进　江口县公安局桃映派出所副所长、四级警长
江口县桃映镇溪口村第一书记
何建文　省农科院蚕业（辣椒）研究所科研管理科科长兼品种资源室主任
石阡县花桥镇周家湾村第一书记
刘　刚　印江土家族苗族自治县峨岭街道党工委书记
何燕妮　思南县扶贫办社会扶贫股工作员
思南县关中坝街道红石梁村工作队队长
杨　松　德江县委办公室保密技术检查中心主任
德江县脱贫攻坚指挥中心综合协调组执行组长
宋选文　省委宣传部文化改革发展办文化产业发展处处长
沿河土家族自治县委副书记（挂职）
黎滨江　铜仁市直机关工委常务副书记
市派驻碧江区脱贫攻坚督导组组长
石理金　铜仁市委办公室法规科科长
沿河土家族自治县思渠镇一口刀村第一书记
彭劲松　铜仁职业技术学院实验实训中心副主任
王　鹏　万山区公路养护中心主任
聂衡杰　中国电子信息产业集团有限公司军工事业部（系统装备部）信息系统处专项经理，松桃苗族自治县委常委、副县长（挂职），松桃苗族自治县冷水溪镇脱贫攻坚指挥部指挥长

黄鹏举　共青团玉屏侗族自治县委员会大学生西部计划志愿者、玉屏侗族自治县朱家场镇茅坡村脱产结对帮扶干部

陈先冬　苏州市姑苏区委组织部办公室主任，江口县扶贫办党组成员、副主任江口县德旺乡党委副书记（挂职）

吴小波　省农科院成果转化处副处长、原石阡县委常委（挂职）

杨南芳　思南县板桥镇党委副书记、镇长

杨光超　德江县长堡镇党委委员、副镇长，德江县长堡镇马家溪村党支部书记、攻坚队队长

韩　飞　省能源局煤矿工会三级调研员
沿河土家族自治县委常委、副县长（挂职）

谷易华　苏州市委组织部副调研员、铜仁市政府副秘书长（挂职）

李建平　江苏省昆山市周市镇党委委员、纪委书记，碧江区扶贫办党组成员、副主任（挂职）

金　烨　苏州大学附属中学副校长、松桃苗族自治县民族寄宿制中学副校长（挂职）

梁　杰　石阡县枫香乡党委副书记、乡长

田　陶　印江土家族苗族自治县扶贫办党组成员、副主任

唐　金　德江县水务局党组成员、副局长

张洪安　沿河土家族自治县生态移民局干部，沿河土家族自治县淇滩镇钟岭村第一书记、村脱贫攻坚指挥部指挥长

张　皋　苏州市相城区政府办副主任
铜仁市扶贫办综合科副科长（挂职）

杨政武　农发行松桃苗族自治县支行行长

万文敏　苏州市相城区黄埭镇武装部部长
石阡县扶贫办党组成员、副主任（挂职）

庄荣金　苏州市吴江文化旅游发展集团有限公司党委委员、副总经理
印江土家族苗族自治县扶贫开发办公室党组成员、副主任（挂职）

杨　松　铜仁市委组织部研究室科员、德江县潮砥镇陈袁村驻村干部

崔　飞　沿河土家族自治县人民医院副院长、沿河土家族自治县黑水镇新群村脱贫攻坚指挥部副指挥长

刘天华　思南县财政局三道水分局局长
思南县三道水乡双河村工作队队长

崔永军　沿河土家族自治县和平街道党工委书记
沿河土家族自治县和平街道虎头社区脱贫攻坚指挥部指挥长

王福荣　松桃苗族自治县扶贫开发办公室党组书记、主任

胡万里　思南县关中坝街道党工委书记

陈旭芳　德江县合兴镇农业服务中心主任、德江县合兴镇长线村党支部书记

李巡溢　沿河土家族自治县农业农村局干部
沿河土家族自治县中寨镇志强村驻村干部

顾利青　苏州市吴中区人社局副局长
德江县扶贫开发办公室副主任(挂职)

杨佐军　沿河土家族自治县直属机关工委干部，沿河土家族自治县中界镇庄严村第一书记、村脱贫攻坚指挥部常务副指挥长

顾　坚　苏州工业园区娄葑街道副主任科员，松桃苗族自治县政府办副主任、松桃苗族自治县扶贫办副主任(挂职)

曾　佳　北京有研科技集团有限公司子公司副总经理、思南县凉水井镇茶山村第一书记

冉旭东　沿河土家族自治县疾控中心艾防科科长
沿河土家族自治县淇滩镇新型村驻村第一书记、副指挥长

杨　云　沿河土家族自治县思源实验学校副校长、沿河土家族自治县谯家镇瓦厂坝村脱贫攻坚指挥部指挥长

杨秀军　碧江区滑石乡老麻塘村党支部书记

全省脱贫攻坚优秀基层党组织书记
（铜仁市 40 名）

杨旭东　碧江区漾头镇党委书记
罗焕楠　万山区丹都街道移民办工作员
　　　　万山区丹都街道旺家社区党总支书记
黎　晖　松桃苗族自治县盘石镇党委书记
吴华文　江口县太平镇党委书记
汪　明　印江土家族苗族自治县紫薇镇党委书记
但思飞　思南县双塘街道农村服务部部长、丽景社区党支部书记
何秀刚　德江县平原镇党委书记
罗　勇　沿河土家族自治县远程教育中心主任
　　　　沿河土家族自治县中寨镇杨坪村党支部书记、驻村第一书记
刘富松　铜仁高新区大兴街道大兴社区党支部书记
周　文　玉屏侗族自治县麻音塘街道祥查村党支部书记
金方云　铜仁市公路处副处长、党支部书记
邱继江　中国电信思南分公司党支部书记、副总经理
杨光清　碧江区云场坪镇路腊村党支部书记
刘　云　万山区谢桥街道龙门坳村党支部书记
李　艳　松桃苗族自治县木树镇党委书记
杨召英　玉屏侗族自治县亚鱼乡瓮袍村党支部书记
汪学权　江口县德旺乡坝梅村党支部书记
史　超　石阡县人民医院党委书记
张羽桥　印江土家族苗族自治县朗溪镇党委书记
王美江　思南县凉水井镇党委书记
唐敌枭　德江县合兴镇党委委员、副镇长、武装部部长
　　　　德江县长丰土家族乡农晨村党支部书记

晏　彪　沿河土家族自治县沙子街道党工委委员、办事处副主任，
　　鱼塘村党支部书记
赵泰然　铜仁市农业农村局发展规划科科长、第三党支部书记
安元明　铜仁交旅集团交通工程试验检测有限公司党支部书记、总经理
刘泽东　万山区高楼坪侗族乡黄家寨产业协会党支部书记
李长军　松桃苗族自治县蓼皋街道众归集团党委书记
甘　霖　共青团石阡县委副书记、石阡县甘溪乡坪望村党支部书记
田　磊　印江土家族苗族自治县龙津街道红光村党支部书记
陈开洪　思南县卫生健康局党组成员、副局长
　　思南县文家店镇大坪村党支部书记
安　俊　德江县桶井土家族乡同心社区党支部书记
谭万军　沿河土家族自治县后坪乡斯毛坝村党支部书记
龙周城　松桃苗族自治县牛郎镇松江村党支部书记
李　奎　思南县鹦鹉溪镇翟家坝村党支部书记
梁家应　思南县长坝镇党委委员、人民武装部部长、副镇长
　　思南县长坝镇三合场村党支部书记、工作队队长
周昌能　思南县大河坝镇党委委员、人大主席
　　思南县大河坝镇孙岩村党支部书记、工作队队长
杨启雄　印江土家族苗族自治县缠溪镇驷马村党支部书记
张中华　松桃苗族自治县黄板镇大寨村党支部书记
刘庆军　沿河土家族自治县黑水镇党委书记
张金财　沿河土家族自治县塘坝镇元布村党支部书记
陈勇刚　沿河土家族自治县官舟镇院子村党支部书记

全省脱贫攻坚优秀村第一书记
（铜仁市 30 名）

宋国平　碧江区统计局副科级干部、碧江区和平乡孟溪村第一书记

罗国玉　万山区老年大学副校长、万山区敖寨侗族乡两河口村第一书记

周代红　省药监局投诉举报中心投诉举报科科长
松桃苗族自治县盘石镇响水洞村第一书记

张　进　省气象局六级职员、玉屏侗族自治县新店镇丙溪村第一书记

高泽生　浦东干部学院办公厅二级主任科员、江口县太平镇党委副书记（挂职）、江口县太平镇岑忙村第一书记

李本源　新华社新华每日电讯事业发展部编辑
石阡县坪山乡大坪村第一书记

干正洋　贵州师范学院正处级组织员
印江土家族苗族自治县峨岭街道黔溪村第一书记

尚　军　德江县工业和商务局工业经济运行科工作员
德江县潮砥镇联盟村第一书记

周　茂　省司法厅一级主任科员
沿河土家族自治县夹石镇踩经村第一书记

龙　娜　铜仁高新区团工委副书记
铜仁高新区大兴街道中茶村第一书记

舒小灵　大龙经济开发区党政办公室副主任科员
玉屏侗族自治县麻音塘街道前龙村第一书记

麻宇炜　铜仁市自然资源局土地开发整理中心综合科科长
松桃苗族自治县普觉镇园埂脚村第一书记

蔡　宣　铜仁市烟草专卖局（公司）烟叶站党支部书记、站长
德江县沙溪乡石龙村第一书记

杨秀军　铜仁学院后勤处膳食科科长

石阡县龙井乡炕家岩村第一书记

唐　铸　碧江区民政局工作员、碧江区坝黄镇长坪村第一书记

熊先文　万山区农业农村局科学技术服务中心工作员

万山区大坪侗族土家族苗族乡地慢村第一书记

石林辉　松桃苗族自治县交通运输局公路管理所工作员

松桃苗族自治县寨英镇茶子湾村第一书记

张仁银　贵州师范大学机关党委副书记

石阡县龙塘镇马槽溪村第一书记

涂显强　印江土家族苗族自治县农业农村局综合行政执法大队副大队长、

印江土家族苗族自治县沙子坡镇竹元村第一书记

詹志芳　思南县委政法委见义勇为工作中心工作员

思南县兴隆乡飞跃村第一书记

罗天亮　德江县融媒体中心干部

德江县楠杆土家族乡中坝村第一书记

肖　华　沿河土家族自治县公共资源交易中心督查科科长

沿河土家族自治县甘溪镇芭蕉村第一书记

胡祖亮　松桃苗族自治县卫生健康局工作员

松桃苗族自治县乌罗镇中利村第一书记

孙明秀　思南县人民检察院副主任科员

思南县思林乡合联村第一书记

申　卓　贵州省公路开发有限责任公司铜仁营运管理中心应急大队

大队长、德江县荆角土家族乡角口村第一书记

付明义　铜仁市招生考试院干部

沿河土家族自治县黑水镇爱群村第一书记

吴四国　松桃苗族自治县行政执法大队教导员

松桃苗族自治县大路镇田坝村第一书记

陈　澍　思南县工业和商务局工作员、思南县邵家桥镇乌石村第一书记
冉　波　德江县发展和改革局干部
德江县长丰土家族乡堕坪村第一书记
肖玉叶　沿河土家族自治县委宣传部宣教室工作员
沿河土家族自治县黄土镇沙坪村驻村第一书记

全省脱贫攻坚先进党组织
（铜仁市 66 个）

碧江区农业农村局机关党委
松桃苗族自治县长兴堡镇党委
玉屏侗族自治县扶贫办党支部
江口县扶贫办党支部
石阡县龙塘镇大屯村党支部
印江土家族苗族自治县扶贫办党支部
思南县鹦鹉溪镇党委
德江县委
江苏省张家港市对口帮扶贵州省沿河土家族自治县工作组党支部
铜仁高新技术产业开发区组织人事部党支部
玉屏侗族自治县大龙街道德龙新区党总支
铜仁市纪律检查委员会机关党委
贵州省铜仁市城市开发投资集团有限公司党委
铜仁学院机关党委
碧江区卫生健康局党支部
苏州高新区对口帮扶铜仁市万山区工作组行动党支部
松桃苗族自治县蓼皋街道文山村党支部

玉屏侗族自治县亚鱼乡党委

江口县凯德街道黑岩村党支部

石阡县中医医院医技系统党支部

印江土家族苗族自治县委办公室党支部

思南县孙家坝镇罗家坝村党支部

德江县稳坪镇党委

沿河土家族自治县供电局党委

松桃苗族自治县大兴街道河界营村党支部

玉屏侗族自治县麻音塘街道蔡溪村党支部

铜仁市农业农村局机关第五党支部

贵州银行铜仁分行党委

铜仁幼儿师范高等专科学校学前教育学院党总支

碧江区坝黄镇白果村党支部

万山区扶贫办党支部

松桃苗族自治县孟溪镇木耳村党支部

江口县闵孝镇双屯村党支部

石阡县大沙坝乡任家寨村党支部

印江土家族苗族自治县杉树镇党委

思南县大河坝镇党委

德江县扶贫办党支部

沿河土家族自治县人大常委会机关党支部

铜仁市气象局机关党委

碧江区桐木坪侗族乡党委

万山区大坪侗族土家族苗族乡清塘村党支部

松桃苗族自治县沙坝河乡红沙村党支部

玉屏侗族自治县田坪镇迷路村党支部

江口县江口中学党委

石阡县甘溪乡铺溪村党支部

印江土家族苗族自治县新寨镇党委

德江县枫香溪镇枫铺村党支部

沿河土家族自治县中界镇孙家村党支部

铜仁市委统战部机关党支部

贵州银行松桃支行党支部

石阡县五德镇桃子园村党支部

印江土家族苗族自治县板溪镇党委

思南县凉水井镇冉家坳村党支部

德江县公安局桶井派出所党支部

沿河土家族自治县人民武装部党委

铜仁市卫生健康局机关党委

思南县邵家桥镇珠池坝村党支部

德江县钱家土家族乡观音滩社区党支部

沿河土家族自治县公安局第十七党支部

松桃苗族自治县石梁乡革善村党支部

德江县泉口镇教育办公室党总支

沿河土家族自治县委组织部党支部

松桃苗族自治县妙隘乡矮塞村党支部

贵州强德实业投资有限责任公司党支部

沿河土家族自治县思渠镇红岩村党支部

沿河土家族自治县晓景乡暗塘村党支部

光荣榜

（全国，贵州省，铜仁市）

在庆祝中国共产党成立99周年之际，2020年7月1日，铜仁市召开脱贫攻坚“七一”表彰大会，进一步表彰先进、树立典型、弘扬正气，凝聚决胜脱贫攻坚的磅礴力量。市委决定，授予杨伟等300名同志“全市脱贫攻坚优秀共产党员”荣誉称号，授予碧江区滑石乡白水村党支部等200个基层党组织“全市脱贫攻坚先进党组织”荣誉称号。

全市脱贫攻坚优秀共产党员
(300 名)

碧江区 (20 名)

杨　伟　碧江区生态移民局党组书记、局长

刘　伟　碧江区铜兴街道党工委书记

杨　阳　碧江区滑石乡党委书记

杨水平　碧江区财政局党组书记、局长

吴　頔　碧江区灯塔街道党工委书记

万　昊　碧江区坝黄镇党委书记

沈军华　碧江区扶贫开发办公室党组成员、副主任

杨丽荣　碧江区卫生健康局党组成员
　　　　碧江区卫生健康综合行政执法大队副队长

冯秀春　碧江区漾头镇林业环保站工作员

杨鲁景　铜仁市科学技术局工作员、碧江区云场坪镇路腊村第一书记

李荣文　碧江区环北街道党工委书记

杨　宇　碧江区桐木坪乡党委副书记、乡长

罗小青　碧江区税务局机关党委副主任

焦　杨　碧江区水务局党组成员、副局长

姚易路　碧江区灯塔街道办事处扶贫站负责人

李清宾　碧江区和平乡党委副书记、政法委书记

宋　宇　碧江区人大常委会党组成员、副主任

钱　远　碧江区瓦屋乡党委书记

高　猛　碧江区桐木坪乡党委副书记、政法委书记

龙昌敏　碧江区总工会党组书记、副主席

万山区（16名）

杨　会　万山区敖寨侗族乡党委副书记、乡长，一级主任科员
王　涛　万山区扶贫办党组成员、副主任
彭茂根　万山区仁山街道农业服务中心工作人员
杨　青　万山区谢桥街道党工委委员、办事处副主任
杨堂光　万山区茶店街道横山村党支部书记
黄　慧　万山区万山镇党委委员、组织宣传统战委员
邱　胜　万山区市场监督管理局党组成员、副局长，二级主任科员
张合心　万山区水务局党组成员、副局长
陈延安　万山区督察督办局绩效考评中心工作人员
　　　　万山区茶店街道横山村脱产结对帮扶干部
钟　丽　万山区大坪侗族土家族苗族乡党委委员、副乡长
左　艳　万山区高楼坪侗族乡政府副乡长
　　　　万山区高楼坪侗族乡赶场坝村驻村干部
吴　暝　万山经开区企业服务中心副主任
潘文贵　万山区丹都街道综合办公室工作人员
杨　浩　万山区鱼塘侗族苗族乡政府安监站工作人员
杨　杰　万山区供电局工作人员、
　　　　万山区丹都街道楚溪社区脱产结对帮扶干部
杨昌喜　万山区敖寨侗族乡瓮背村党支部副书记

松桃苗族自治县（33名）

毕尖坚　松桃苗族自治县孟溪镇寨阳村党支部书记
李昭贞　松桃苗族自治县水务局党组成员、副局长

松桃苗族自治县长兴堡镇里屋村帮扶干部

田　旭　松桃苗族自治县瓦溪乡党委书记

任海燕　松桃苗族自治县妙隘乡党委书记

刘　烺　松桃苗族自治县委办公室副主任

龙　鑫　松桃苗族自治县委党校副校长

杨长雄　松桃苗族自治县石梁乡党委副书记、政法委书记

石晋勋　松桃苗族自治县太平营街道党工委副书记、政法委书记

杨　帆　松桃苗族自治县平头镇社会工作服务中心主任

麻建松　松桃苗族自治县平头镇党委副书记、政法委书记

龙昌华　松桃苗族自治县木树镇底易村党支部书记

宋景飞　贵州电网有限责任公司铜仁松桃供电局普觉供电所副所长

杨昌绘　松桃苗族自治县蓼皋街道党工委委员、办事处副主任

谢　伟　政协松桃苗族自治县委员会办公室副主任

麻　军　松桃苗族自治县盘信镇党委委员、副镇长、武装部长

侯彦双　铜仁职业技术学院教师、松桃苗族自治县正大镇副镇长（挂职）

吴伶俐　松桃苗族自治盘石镇食品药品监督管理站站长

杨通臻　松桃苗族自治县寨英镇寨转村党支部书记

刘　磊　中国建设银行铜仁西外环支行行长

吴　望　松桃苗族自治县投资促进局项目股股长

吴兴隆　松桃苗族自治县长兴堡镇白果村党支部书记

田国梁　松桃县苗族自治县委宣传部工作员

熊　峰　松桃苗族自治县瓦溪乡炉坪村党支部书记

杨雪峰　铜仁市妇联妇女儿童活动中心主任

戴　勇　松桃苗族自治县发改局固定资产投资管理股股长

徐安现　松桃苗族自治县大坪场镇扶贫工作站站长

杨跃峰　松桃苗族自治县长坪乡村规站负责人

吴露玉　铜仁学院附属中学教师
杨再和　松桃苗族自治县大路镇大溪村党支部书记
吴　勰　松桃苗族自治县扶贫开发办公室规划统计股副股长
王和平　松桃苗族自治县信访局工作员
杨　帆　松桃苗族自治县黄板镇瓦厂村党支部书记
冯　云　贵州振华风光半导体有限公司综合保障部副部长

玉屏侗族自治县（19 名）

严卫中　太仓市第二中学副校长、玉屏侗族自治县第一中学副校长
方志文　太仓市实验中学德育办主任
玉屏侗族自治县第一中学副校长兼政教主任（挂职）
杨星星　贵州省气象局观测与网络处一级主任科员
玉屏侗族自治县新店镇大湾村第一书记
祝代香　玉屏侗族自治县新店镇河口村党支部书记
李婷婷　玉屏侗族自治县扶贫开发办公室规划统计股股长
姚本洲　玉屏侗族自治县平溪街道办事处村镇建设管理站工作人员
龙　阳　玉屏侗族自治县皂角坪街道枹木垅村主任
黄　鹏　玉屏侗族自治县田坪镇人民政府农服中心主任
龙　超　玉屏侗族自治县人民政府办公室工作人员
玉屏侗族自治县朱家场镇甘龙村第一书记
田碧华　玉屏侗族自治县亚鱼乡社会事业服务中心主任
杨　迪　玉屏侗族自治县扶贫开发办公室副主任
吴　浩　玉屏侗族自治县平溪街道办事处水务站工作人员
唐　婧　玉屏侗族自治县田坪镇人民政府扶贫站工作人员
黄　辉　玉屏侗族自治县朱家场镇民生事业服务中心主任
夏文权　玉屏侗族自治县平溪街道杨柳村村主任

黄明舒　玉屏侗族自治县朱家场镇恒农兴农业开发有限公司董事长

姚　勇　玉屏侗族自治县教育局工作人员

向峻成　玉屏侗族自治县县委办公室工作人员

　　　　玉屏侗族自治县皂角坪街道瓮阳村第一书记

刘朝乾　玉屏侗族自治县皂角坪街道办事处副主任

江口县（18 名）

全显军　贵州省扶贫办综合处副处长，江口县委常委、副县长（挂职）

　　　　江口县桃映镇匀都村驻村工作队队长

孟海珑　江口县凯德街道党工委委员、人大工委主任

　　　　凯德街道大冲村党支部书记

李　芝　江口县妇计中心工作员、江口县闵孝镇双屯村第一书记

姚翰宇　江口县产权交易中心工作员、江口县桃映镇龙虎村第一书记

陈紫月　江口县太平镇党委副书记、政法委书记

严　飞　江口县坝盘镇社会服务中心主任

刘　浪　江口县官和乡扶贫工作站工作员

陈　俊　江口县教育局办公室主任

张　黎　江口县德旺乡党委委员、组织（宣传、统战）委员

周敏华　江口县委组织部工作员、江口县坝盘镇挂扣村第一书记

杨雪松　江口县民和镇党委委员、副镇长

冉孟江　江口县桃映镇人民政府村管站工作员

滕　雄　江口县怒溪镇党委委员、副镇长、人武部部长

唐振深　江口县委办公室文书科工作员、江口县民和镇凯里村第一书记

向　勇　江口县第四中学教师、江口县凯德街道梵瑞社区驻村干部

吴有国　江口县人武部保障科工作员、会计、民兵武器仓库保管员

陈　进　江口县闵孝镇人民政府工作员

邹　键　江口县民和镇党委委员、武装部长、副镇长

石阡县(28名)

任永洪　石阡县农业农村局党组书记、局长
吴　政　石阡县财政局党组副书记、副局长
邵　伟　阡县中坝街道党工委委员、办事处副主任
罗　琳　石阡县石固乡党委副书记、乡长
刘　杰　石阡县委组织部部务委员、石阡县甘溪乡党委副书记(挂职)、石阡县甘溪乡扶堰村攻坚队长
潘　峰　石阡县政府办秘书股股长
代世儒　石阡县委办秘书一股股长
宋　勇　石阡县扶贫办党组成员、副主任
龚文彪　石阡县住建局城镇基础设施建设管理办公室主任
彭盈斌　石阡县汤山街道党工委副书记、办事处主任
滕建军　石阡县青阳乡党委书记
唐友斌　石阡县龙井乡党委副书记、乡长
游　良　石阡县脱贫攻坚指挥部项目组组长
向俊乾　铜仁市宗教事务执法支队工作人员
石阡县坪地场乡岩项寨村第一书记
邹胜江　石阡县聚凤乡党委委员、副乡长
吴正来　石阡县人武部民兵武器装备仓库管理员
石阡县国荣乡代山村第一书记
王廷俊　石阡县坪地场乡坪地场村党支部书记
王忠强　石阡县中医医院党委委员、副院长
李怀刚　石阡县大沙坝仡佬族侗族乡党委委员、副乡长

林　雪　石阡县五德镇党委副书记、镇长

赵立兴　石阡县委宣传部新闻宣传股负责人

石阡县五德镇地印村第一书记

骆启峰　石阡县农业资源区划中心主任

市派驻沿河县沙子街道督导组组员

刘　恋　石阡县龙塘镇党委副书记、镇长

薛风超　贵州师范大学国有资产管理处综合科副科长

石阡县本庄镇水口村第一书记

吴　迅　贵州省农业科学院旱粮研究所副所长

石阡县青阳乡大坝村第一书记

侯　刚　石阡县人民检察院检察官助理

毛承军　石阡县人民法院办公室主任

石阡县枫香乡地古屯村驻村工作队队长

简万明　贵州省佛顶山水泥有限公司总经理、党支部书记

印江土家族苗族自治县(28 名)

杨秀军　印江土家族苗族自治县刀坝镇罗南溪村党支部书记

王　亮　贵州省国家安全厅

温晓刚　铜仁市计划生育协会群众工作部部长

印江土家族苗族自治县朗溪镇党委副书记（挂职）

尹剑波　印江土家族苗族自治县交通运输局党组成员、副局长

李永建　印江土家族苗族自治县第二中学党委书记、校长

龚兴忠　印江土家族苗族自治县公安局党委委员、副局长

陈生成　印江土家族苗族自治县罗场乡寨口村党支部书记

杨旭东　印江土家族苗族自治县教育局教师培训中心主任

黄继生　印江土家族苗族自治县委党校副校长、党支部书记

卢念念　印江土家族苗族自治县农业农村局办公室工作员
田宏飞　印江土家族苗族自治县委办公室工作员
田　平　印江土家族苗族自治县刀坝镇党委书记
刘晓强　印江土家族苗族自治县纪委监委派驻第六纪检监察组组长
纪委监委机关党委副书记
刘佐魁　印江土家族苗族自治县人力资源和社会保障局
党组成员、副局长
李春林　印江土家族苗族自治县中兴街道大坑村党支部书记
戴传磊　印江土家族苗族自治县党员干部现代远程教育中心主任
张荣乾　印江土家族苗族自治县龙津街道党工委委员、办事处副主任
皮朝鑫　印江土家族苗族自治县人民法院四级法官助理
周仕能　印江土家族苗族自治县新寨镇计生办工作人员
龙施翼　印江土家族苗族自治县沙子坡镇扶贫工作站站长
安益志　印江土家族苗族自治县木黄镇党委副书记、镇长
向晟材　印江土家族苗族自治县杨柳镇党建办工作员
张　雄　印江土家族苗族自治县合水镇党委委员、人大主席
张永亮　印江土家族苗族自治县消费者协会专职副会长
印江土家族苗族自治县洋溪镇党委副书记(挂职)
李世军　印江土家族苗族自治县洋溪镇党委委员、副镇长、武装部长
田仁秀　印江土家族苗族自治县紫薇镇河坎村党支部书记
袁　军　印江土家族苗族自治县朗溪镇安监站工作员
任航海　印江土家族苗族自治县板溪镇板溪管理区党总支书记

思南县(33名)

龙明江　思南县公安局副科级侦查员、思南县瓮溪镇黄坪村第一书记

姜　华　思南县凉水井镇茶山村党支部书记

余文昌　思南县鹦鹉溪镇党委副书记、镇长

张　波　思南县大河坝镇党委副书记、镇长

田茂贵　思南县胡家湾乡沙子坎村党支部副书记

石　彪　思南县许家坝镇党委副书记、政法委书记

思南县许家坝镇水车坝村工作队队长

田永逸　思南县兴隆乡党委书记

勾武强　思南县亭子坝镇党委副书记、镇长

王登国　思南县教育局招生考试院院长

思南县青杠坡镇陇水村第一书记

梁正庄　思南县枫芸乡安监站负责人

思南县枫芸乡环岩村工作队队长

张文贵　思南县地方海事（航务管理）局副局长

思南县三道水乡川坪村下派支部书记、工作队队长

王贵兰　思南县天桥乡党委委员、组织委员

思南县天桥乡甘溪村工作队队长

唐华锋　思南县香坝镇党委书记

陈国婵　思南县胡家湾乡党委委员、人大主席

张　军　思南县政府办工作员、思南县孙家坝镇双山村工作队长

冯子龙　思南县纪委监委副科级纪检监察员

思南县大坝场镇尧上村工作队队长

陈太义　思南县教育局学生安全监督管理站站长

思南县长坝镇刘场坪村工作队队长

陈小龙　思南县文家店镇党委委员、组织委员

思南县文家店镇沿沙村工作队队长

宋　军　思南县民政局党组成员、副局长（保留正科级）

思南县长坝镇张家湾村第一书记

田　海　思南县板桥镇党委委员、武装部长、副镇长

思南县板桥镇增沙村工作队队长

李　康　思南县委组织部干部监督科科长

思南县三道水乡周寨村第一书记

孙　砚　铜仁市公共资源交易中心思南分中心产权交易股股长

思南县瓮溪镇安塘村第一书记

蒋文放　思南县委党校办公室工作员

思南县关中坝街道苏家沟村第一书记

李　飞　思南县融媒体中心党组成员、副主任

思南县文家店镇大坪村第一书记

干正友　思南县杨家坳乡坪上村党支部副书记

李俊卓　思南县瓮溪镇扶贫站负责人

欧阳敏　思南县财政局工作员，思南县许家坝镇坝竹村第一书记

杨　祎　铜仁市农业农村局信息科副科长

思南县青杠坡镇袁家坝村驻村干部

吴万江　思南县白鹭湖国家湿地公园管理局副局长

思南县思林乡杨家坳村第一书记

邓　超　思南县邵家桥镇党委委员、副镇长

陈金红　思南县双塘街道党工委委员、组织委员

何明强　思南县兴隆乡综治办专职副主任、人大专职副主席

罗时祥　思南县教育局党建办主任

思南县青杠坡镇关田村工作队队员

德江县(32名)

袁发圆　德江县钱家土家族乡副乡长

德江县钱家土家族乡钱家岩村攻坚队队长
冉 操 德江县委办工作员、德江县长堡镇马家溪村驻村干部
杨兴超 德江县纪委常委、监委委员
黄 春 德江县楠杆土家族乡党委委员、武装部长、副乡长
德江县楠杆土家族乡金盆村攻坚队队长
黄 凯 德江县人民政府办公室秘书五股股长
德江县泉口镇猪场村帮扶干部
张怀稳 德江县委宣传部办公室主任
德江县楠杆土家族乡长远村帮扶干部
王 勇 德江县委组织部信息中心副主任
德江县枫香溪镇龙泉村第一书记
彭成江 德江县农业农村局党组成员、科技服务中心主任
德江县高山镇铁汞坝社区攻坚队队长
曹 兵 德江县人民医院党委委员
德江县复兴镇稳子溪村攻坚队队长
文 波 德江县稳坪镇党委委员、组织委员、宣传委员、统战委员
德江县稳坪镇鲊鱼村下派支书
王 荣 德江县堰塘土家族乡团委书记、武装干事
德江县堰塘土家族乡新春村攻坚队员
张月娟 德江县玉水街道社区卫生服务中心主任
罗 旭 德江县交通运输局工作员、德江县共和镇新黔村第一书记
牟 强 德江县公安局泉口派出所所长
张金俊 德江县林业局工作员、德江县平原镇东风村驻村干部
杨 彪 德江县玉水街道扶贫工作站负责人
陈 虎 德江县煎茶镇武装干事、德江县煎茶社区攻坚队副队长
张玉和 德江县桶井土家族乡人大主席

德江县桶井土家族乡场坝村攻坚队长

甘元发　德江县泉口镇党委委员、副镇长

德江县泉口镇先联村攻坚队队长

王明标　德江县中等职业学校副校长

德江县沙溪土家族乡空山村第一书记

张　清　德江县农业农村局工作员

德江县桶井土家族乡毛岭村第一书记

徐成舟　德江县教育局工作员、德江县泉口镇先洋村驻村干部

王安初　德江县长堡镇移民站站长、德江县长堡镇杨河村帮扶干部

田景山　德江县龙泉土家族乡退役军人事务站站长

德江县龙泉土家族乡塘坝村攻坚队副队长

罗　靖　德江县高山镇水务站站长、德江县高山镇中和村帮扶干部

杨绪超　德江县长丰土家族乡党委副书记、政法委书记

德江县长丰土家族乡长丰社区攻坚队队长

祝建勇　德江县青龙街道群众工作部党支部书记

德江县青龙街道光辉社区攻坚队副队长

王　涛　德江县合兴镇党委委员、人大主席

德江县合兴镇白果村攻坚队队长

吴聪智　德江县沙溪土家族乡党委副书记、政法委书记

德江县沙溪土家族乡覃坝村攻坚队长

何国林　德江县教育局工作员、德江县泉口镇天池社区第一书记

杨殿忠　德江县人民医院党委委员、副院长

德江县稳坪镇深溪村包村领导、长兴村帮扶干部

陈勇吉　德江县民族中医院路径办主任

德江县稳坪镇长兴村攻坚队副队长

沿河土家族自治县(36 名)

田志军　沿河土家族自治县和平街道扶贫站负责人

任达峰　沿河土家族自治县官舟镇党委委员、副镇长

官舟镇青山庙村脱贫攻坚指挥部指挥长

李方阳　沿河土家族自治县塘坝镇马鞍山村委会主任

范　理　沿河土家族自治县住建局党组成员、规划监察大队大队长

中寨镇金山村书记、村脱贫攻坚指挥部常务副指挥长

罗跃军　沿河土家族自治县洪渡镇人民政府干部

洪渡镇龙泉村驻村干部

肖　云　沿河土家族自治县中界镇自然资源所科员

河坎村脱贫攻坚指挥部常务副指挥长

张永恒　沿河土家族自治县教育局干部、黄土镇双龙村帮扶干部

田井强　沿河土家族自治县委统战部副部长、县工商联党组书记

甘溪镇共甘村脱贫攻坚指挥部指挥长

方旭东　沿河土家族自治县黄土镇干部、雪花村驻村干部

符云峰　沿河土家族自治县泉坝镇党委委员、人大主席

大泉村第一书记

王　万　沿河土家族自治县谯家镇畜牧兽医站站长、印山村攻坚队员

赵金海　沿河土家族自治县思渠镇农业服务中心主任

红岩村第一书记、村脱贫攻坚指挥部指挥长

杜　杰　沿河土家族自治县农业农村局主任科员

夹石镇野毛水村第一书记、脱贫攻坚指挥部常务副指挥长

冉丹晖　沿河土家族自治县板场镇干部、河沟村驻村干部

周应学　沿河土家族自治县中寨镇党委副书记、政法委书记

大宅村脱贫攻坚指挥部指挥长

冯秋波　沿河土家族自治县晓景乡农业服务中心主任
侯家村脱贫攻坚指挥部指挥长

田晓华　沿河土家族自治县公安局党委委员、政工室主任

陈　勇　沿河土家族自治县甘溪镇党委委员、组织（宣传、统战）委员
严家村常务副指挥长

滕　毅　贵州乌江水电开发有限责任公司洪家渡纪检监察部主任
沿河土家族自治县淇滩镇坛村驻村第一书记
脱贫攻坚指挥部副指挥长

符仕安　沿河土家族自治县土地坳镇党委委员、副镇长、武装部部长

肖　勇　沿河土家族自治县淇滩镇竹园村党支部书记、第一书记

冯亚军　沿河土家族自治县洪渡镇政协联络组主任
皂角村常务副指挥长

鲁　明　沿河土家族自治县中界党委委员、副镇长、武装部长

何　庆　沿河土家族自治县甘溪镇沙坝村党支部书记

李　军　铜仁市委机要保密局副局长、夹石镇三孔村第一书记

赵　江　沿河土家族自治县职校教师，官舟镇杨柳村第一书记
脱贫攻坚指挥部副指挥长

杨秀清　沿河土家族自治县应急管理局办公室主任
塘坝镇石花村第一书记、脱贫攻坚指挥部指挥长

冉　文　首钢贵阳特殊钢有限责任公司钎钢事业部综合办公室主任
沿河土家族自治县土地坳镇关怀村第一书记
脱贫攻坚指挥部副指挥长

刘鹏飞　铜仁市住房公积中心工作员
沿河土家族自治县客田镇黄家村第一书记

安高明　沿河土家族自治县妇幼保健院工作员
谯家镇白沙村第一书记、常务副指挥长

敖勇政　沿河土家族自治县统计局乡统办副主任

　　　　中寨镇大宅村第一书记、常务副指挥长

卢星名　沿河土家族自治县扶贫办干部

肖培进　铜仁市税务局干部

　　　　沿河土家族自治县板场镇徐家村第一书记、副指挥长

杨伟伟　沿河土家族自治县和平街道劳联村党支部书记

方　力　沿河土家族自治县团结街道办事处社会事务部部长

　　　　复兴村脱贫攻坚指挥部常务副指挥长

任晓军　贵州省信用联社铜仁审计中心经理

　　　　沿河土家族自治县思渠镇上庄村副指挥长

铜仁高新区（4 名）

郭其鑫　铜仁高新区大兴街道办事处政协联络组组长

龙长顺　铜仁高新区大兴街道办事处副主任武装部长

　　　　铜仁高新区大兴街道岩拉村脱贫攻坚指挥部指挥长

龚廷栋　铜仁高新区农经局（扶贫办）工作员

　　　　铜仁高新区大兴街道高岩村第一书记

潘　杰　铜仁高新区党政办工作员

　　　　铜仁高新区大兴街道岩拉村第一书记

大龙开发区（4 名）

蔡文顺　大龙街道办事处党政综合办公室负责人

孙　磊　麻音塘街道办事处蔡溪村第一书记

张胜原　大龙社管局副科级干部

田仁义　铜仁市公安局大龙公安分局四级警长

市直机关工委（12 名）

张绪柳　铜仁市市场监管局化妆品监督管理科科长
张仕兵　铜仁市公安局督查支队一大队大队长
刘永富　铜仁市房屋征收补偿管理处处长
张宗诚　铜仁市直机关工委机关党校副校长
田　甜　铜仁市扶贫办外资项目管理中心副科长
田鲜艳　铜仁市纪委检查机关服务管理处机关事务科副科长
刘　剑　铜仁市委宣传部文化体制改革和产业发展科科长
杨继平　铜仁市商务局二级主任科员
杜　进　铜仁市人民医院科技科副科长
杨开达　铜仁市公安交管局四级警长
梅　波　铜仁市司法局人民促进科二级主任科员
项　旭　贵州泽贵律师事务所主任

市委国企工委（10 名）

吴安卫　松桃县烟草专卖局（分公司）甘龙烟叶站副站长，质量主检
岩桑坝村第一书记
田洪华　沿河县烟草专卖局（分公司）新景烟叶站副站长
刘　华　思南县烟草专卖局技术推广站管理员
徐卯林　石阡县烟草专卖局（分公司）本庄烟叶工作站
杜　海　中国石化贵州铜仁印江分公司西环加油站站站长
李树春　江口县烟草专卖局（分公司）办事员
熊承飞　德江县烟草专卖局（分公司）党组书记、局长（经理）
张亚军　中国石化销售股份有限公司贵州铜仁石油分公司
德江县公司副经理
罗　锐　贵州中烟工业有限责任公司铜仁卷烟厂

张　军　铜仁市城市开发投资集团有限公司、矿产收储专员

市委教育工委（7 名）

高健强　铜仁学院教师

马系文　贵州省铜仁第一中学教师

梁正其　铜仁学院教师

何家东　贵州健康职业学院科技处工作员

张景发　铜仁职业技术学院医学院办公室副主任

余　强　铜仁幼儿师专组织人事部工作人员

张　莉　铜仁幼儿师范高等专科学校教师

全市脱贫攻坚先进党组织（200 个）

碧江区（14 个）

碧江区滑石乡白水村党支部

碧江区人大常委会机关党支部

碧江区纪委监委第一党支部

碧江区委组织部第二党支部

碧江区扶贫开发办公室党支部

碧江区交通运输局机关党支部

碧江区生态移民局党支部

碧江区教育局第二党支部

碧江区文体广电旅游局机关党委

碧江区瓦屋乡司前村党支部
碧江区河西街道新庄村党支部
碧江区和平乡孟溪村党支部
铜仁市公安局碧江分局北门派出所党支部
贵州好彩头食品有限公司党支部

万山区（11 个）
万山区丹都街道挞扒洞社区党支部
万山区大坪侗族土家族苗族乡瓮岩村党支部
万山区高楼坪侗族乡青年湖村党总支
万山区鱼塘侗族苗族乡金盆村党支部
万山区黄道侗族乡马黄村党支部
万山区人民医院党委
万山区下溪侗族乡报溪村党支部
万山区教育局党支部
万山区下溪侗族乡兴隆村党支部
万山区敖寨侗族乡瓮背村党支部
万山区农业农村局机关党委

松桃苗族自治县（20 个）
松桃苗族自治县委办党总支
松桃苗族自治县政府办机关党支部
松桃苗族自治县人大机关第一党支部
松桃苗族自治县委组织部机关党支部
松桃苗族自治县特巡警大队党支部
松桃苗族自治县木树镇党委

松桃苗族自治县九江街道前进村党支部
松桃苗族自治县大坪场镇后山村党支部
松桃苗族自治县太平营街道上堡社区党支部
松桃苗族自治县永安乡永安村党支部
松桃苗族自治县长坪乡干沙坪村党支部
松桃苗族自治县世昌街道龙亭村党支部
松桃苗族自治县瓦溪乡小沟村党支部
松桃苗族自治县正大镇地容村党支部
松桃苗族自治县大路镇瓦厂村党支部
松桃苗族自治县盘信镇楼台村党支部
松桃苗族自治县妙隘乡岩门村党支部
松桃苗族自治县寨英镇王家坪村党支部
松桃苗族自治县甘龙镇寨地村党支部
松桃苗族自治县高平实验学校党支部

玉屏侗族自治县（11 个）

玉屏侗族自治县平溪街道康华社区党支部
玉屏侗族自治县皂角坪街道野鸡坪村党支部
玉屏侗族自治县田坪镇岩屋口村党支部
玉屏侗族自治县朱家场镇长华村党支部
玉屏侗族自治县新店镇狸狮坪村党支部
玉屏侗族自治县亚鱼乡郭家湾村党支部
玉屏侗族自治县平溪街道安坪村党支部
玉屏侗族自治县朱家场镇茅坡村党支部
玉屏侗族自治县皂角坪街道茅坪村党支部
玉屏侗族自治县田坪镇彰寨村党支部

玉屏侗族自治县新店镇新店村党支部

江口县（11个）

江口县江口中学党委

江口县双江街道槐枫社区党支部

江口县闵孝镇峰坝村党支部

江口县太平镇岑忙村党支部

江口县坝盘镇合寨村党支部

江口县怒溪镇骆象村党支部

江口县官和乡江溪屯村党支部

江口县民和镇明地村党支部

江口县怒溪镇骆家屯村党支部

江口县坝盘镇合心村党支部

江口县太平镇太平社区党支部

石阡县（17个）

石阡县白沙镇谷米寨村党支部

石阡县本庄镇界牌村党支部

石阡县第一小学党支部

石阡县花桥镇凯镇村党支部

石阡县佛顶山交通开发建设投资有限公司党支部

石阡县石固乡石场村党支部

石阡县和记绿色食品有限公司党支部

石阡县纪委监察委机关党委

石阡县委组织部第一党支部

石阡县枫香乡地古屯村党支部

石阡县大沙坝乡龙硐村党支部

石阡县国荣乡寨根村党支部

石阡县龙井仡佬族侗族乡晏家湾村党支部

石阡县泉都街道雷屯村党支部

石阡县坪山乡佛顶山村党支部

石阡县坪地场乡大水井村党支部

石阡县汤山街道洋溪村党支部

印江土家族苗族自治县（17 个）

印江土家族苗族自治县公安局第八党支部

印江土家族苗族自治县人民法院第一党支部

印江土家族苗族自治县纪委监委第三党支部

贵州电网有限责任公司铜仁印江党委

印江土家族苗族自治县梵净山医院党支部

中国移动通信集团贵州有限公司印江分公司党支部

贵州银行印江支行党支部

印江土家族苗族自治县委组织部机关党支部

印江土家族苗族自治县人民医院党委

印江中学党委

印江土家族苗族自治县民政局机关党委

印江土家族苗族自治县朗溪镇卫生计生党支部

印江土家族苗族自治县洋溪镇蒋家坝村党支部

印江土家族苗族自治县木黄镇中河村党支部

印江土家族苗族自治县中兴街道大田村党支部

印江土家族苗族自治县缠溪镇塘房岭村党支部

印江土家族苗族自治县杨柳镇大路村党支部

思南县（20 个）

思南县板桥镇水洞村党支部

思南县思林土家族苗族乡合联村党支部

思南县香坝镇党委

思南县凉水井镇党委

思南县青杠坡镇茶园村党支部

思南县胡家湾乡沙子坎村党支部

思南县文家店镇五星村党支部

思南县兴隆土家族苗族乡飞跃村党支部

思南县杨家坳乡邵家渡村党支部

思南县合朋溪镇鱼塘村党支部

思南县大河坝镇马家山村党支部

思南县邵家桥镇乌石村党支部

思南县孙家坝镇庙坝村党支部

思南县张家寨镇李家寨村党支部

思南县宽坪苗族土家族乡前进村党支部

思南县三道水乡周寨村党支部

思南县瓮溪镇山峰村党支部

思南县亭子坝镇龙门椏村党支部

思南县天桥乡三溪村党支部

思南县长坝镇太平村党支部

德江县（21 个）

德江县高山镇党委

德江县长堡镇长堡社区党支部

德江县政协机关党支部

德江县财政局党支部

德江县青龙街道方林社区党支部

德江县稳坪镇金庄村党支部

德江县复兴镇敖家村党支部

德江县民政局机关党支部

德江县潮砥镇陈袁村党支部

德江县农业农村局种植业党支部

德江供电局党委

德江县玉水街道建设坡村党支部

德江县共和镇塘坝村党支部

德江县泉口镇先洋村党支部

德江县楠杆土家族乡金盆村党支部

德江县堰塘土家族乡茶窝坨村党支部

德江县荆角土家族乡官林村党支部

德江县安化街道四季岩村党支部

德江县沙溪土家族乡覃坝村党支部

德江县民族中医院党委

德江德星高级中学党支部

沿河土家族自治县(34个)

沿河土家族自治县和平街道枫香村党支部

沿河土家族自治县沙子街道南庄村党支部

沿河土家族自治县黑水镇爱群村党支部

沿河土家族自治县夹石镇大茶坪村党支部

沿河土家族自治县官舟镇石家山村党支部

沿河土家族自治县思渠镇上庄村党支部
沿河土家族自治县新景镇毛家村党支部
沿河土家族自治县塘坝镇党委
沿河土家族自治县塘坝镇榨子村党支部
沿河土家族自治县医疗保障局党支部
沿河土家族自治县人民医院第三党支部
沿河土家族自治县淇滩镇新型村党支部
沿河土家族自治县泉坝镇大泉村党支部
沿河土家族自治县中界镇高峰村党支部
沿河土家族自治县后坪乡水井村党支部
沿河土家族自治县黄土镇丰收村党支部
沿河土家族自治县客田镇客田社区党支部
沿河土家族自治县谯家镇耳当村党支部
沿河土家族自治县甘溪镇芭蕉村党支部
沿河土家族自治县委政法委党支部
沿河土家族自治县发展和改革局党支部
沿河土家族自治县市场监督管理局机关党支部
沿河土家族自治县税务局机关党委
沿河土家族自治县团结街道黄板社区党支部
贵州乌江投资发展有限责任公司党支部
沿河土家族自治县机关工作委员会党支部
沿河土家族自治县纪委县监委第二党支部
沿河土家族自治县泉坝镇水田村党支部
沿河土家族自治县黄土镇勇敢村党支部
沿河土家族自治县中寨镇大宅村党支部
沿河土家族自治县洪渡镇王坨村党支部

沿河土家族自治县土地坳镇沙湾村党支部

沿河土家族自治县新景镇龙山村党支部

沿河土家族自治县晓景乡高寨村党支部

铜仁高新区（3 个）

松桃苗族自治县大兴街道大兴社区党支部

松桃苗族自治县大兴街道星光社区党支部

铜仁高新技术产业开发区孵化器党支部

大龙开发区（3 个）

玉屏侗族自治县麻音塘街道党工委

玉屏侗族自治县大龙街道医院党支部

贵州乌江水电开发有限责任公司大龙分公司党委

市直机关工委（10 个）

铜仁市农业生产资料总公司党支部

铜仁市民政局机关党支部

铜仁市住房和城乡建设局机关党委

铜仁市财政局机关第一党支部

铜仁市人民检察院第一党支部

铜仁市交通运输综合行政执法支队党总支

铜仁市林业局机关党委

铜仁市政协机关党委

铜仁市教育局机关党委

铜仁市人社局机关党委

市委国企工委（5 个）

贵州省梵净山控股集团有限公司党委

铜仁市烟草专卖局党委

铜仁市供水总公司党支部

铜仁市公路勘察设计院党支部

贵州省梵投集团工程项目管理有限公司党支部

市委教育工委（3 个）

铜仁幼儿师范高等专科学校学前教育学院党总支

铜仁职院机关二总支第二党支部

铜仁学院大健康学院教工党支部

2021年2月25日，全国脱贫攻坚总结表彰大会在北京人民大会堂隆重举行。铜仁市9个集体12个先进个人获全国脱贫攻坚先进集体、先进个人表彰。

全国脱贫攻坚总结表彰先进集体（铜仁市）（9个）

中共铜仁市委员会

铜仁市扶贫开发办公室

江苏省对口帮扶贵州省铜仁市工作队

江口县凯德街道黑岩村党支部

中共印江土家族苗族自治县委员会

铜仁市万山区扶贫开发办公室

铜仁市纪委监委机关党委

玉屏侗族自治县皂角坪街道党工委

中共铜仁市委组织部机关委员会

全国脱贫攻坚总结表彰先进个人（铜仁市）（12名）

查颖冬　铜仁市委常委、副市长（挂职），苏州市政府党组成员

王明礼　思南县东升森林种养家庭农场场长

文伟红　生前为沿河土家族自治县中寨镇大坪村第一书记，沿河土家族自治县经济开发区管委会企业服务中心工作人员

杨华祥　江口县委书记

王昭权	沿河土家族自治县印江土家族苗族自治县沙子坡镇四坳村村民
张鲁黔	沿河土家族自治县中界镇高峰村第一书记， 铜仁市生态移民局督查专员
冷朝刚	思南县塘头镇青杠坝村党支部书记
石丽平	贵州省松桃梵净山苗族文化旅游产品开发有限公司总经理
陈根毅	铜仁市碧江区和平乡党委书记
甘馨方	铜仁市就业局副局长
何秀刚	德江县平原镇党委书记
罗焕楠	铜仁市万山区丹都街道旺家社区党总支书记

全市因脱贫攻坚献出生命人员
（38名）

廖安华（中共党员、苗族） 江口县官和乡江溪屯村监委会委员、村民组长
陈春辉（中共党员、土家族） 思南县塘头镇扶贫站站长
周月刚（中共党员、汉族） 思南县邵家桥镇乌石村村主任
张太飞（中共党员、土家族） 思南县关中坝街道长江村会计
戴红蓉（土家族） 铜仁市碧江区交通局航务管理所工作人员
胡庆坤（中共预备党员、侗族） 铜仁市大龙经济开发区大龙镇祥查村主任
杨秀国（中共党员、土家族） 江口县闵孝镇老街村党支部书记
文伟红（中共党员、土家族） 沿河自治县经济开发区企业中心干部
刘仕建（中共党员、苗族） 江口县民和镇党委书记
旷书和（中共党员、苗族） 思南县合朋溪镇市场监督管理站站长
安永恩（中共党员、土家族） 德江县桶井乡沿江村党支部书记
黄东志（中共党员、苗族） 松桃自治县盘信镇财政分局工作员
田吉昌（中共党员、苗族） 松桃自治县世昌中学教师
张曙光（中共党员、土家族） 印江自治县峨岭街道川岩村党支部书记
张 伟（中共党员、汉族） 铜仁市碧江区河西街道办事处工作人员
袁大新（中共党员、汉族） 中国联通贵州省分公司物资采购管理部副总经理
韩景树（中共党员、土家族） 铜仁市碧江区漾头镇茶园山村党支部副书记
鲁先晓（汉族） 松桃自治县平头镇平土村小学教师
张 平（中共党员、土家族） 德江县稳坪镇科技宣教文化信息服务中心主任、长兴村支部书记（兼）
卢应周（中共党员、土家族） 德江县人民政府办公室正科级干部
安天宇（土家族） 石阡县信访局工作人员

杨昌辉（群众、土家族）	德江县枫香溪镇财政分局工作员
张胜超（中共党员、土家族）	沿河自治县土地坳镇安坡村支书
崔林权（中共党员、土家族）	沿河自治县司法局副局长、沙子街道井坝村脱贫攻坚指挥部指挥长
周旭飞（中共党员、土家族）	思南县天桥乡人社中心工作人员
尹忠良（中共党员、苗族）	思南县胡家湾乡先丰村监督委主任、计生专干
刘万强（中共党员、汉族）	思南县塘头镇江口村党支部书记
代　峰（中共党员、土家族）	江口县人大常委会副主任
何　杰（中共党员、土家族）	沿河自治县谯家镇社会救助站站长
袁宗明（中共党员、土家族）	思南县人大教育工委主任，黄家山村驻村工作队队长
黄光厚（中共党员、土家族）	印江自治县司法局副主任科员
张启厚（中共党员、汉族）	思南县许家坝镇水车坝村
刘金林（土家族）	德江县合兴镇初级中学
文　权（中共党员、土家族）	德江县钱家乡人民政府
冉经纬（中共党员、土家族）	德江县沙溪乡农业服务中心主任、德江县沙溪乡庞家村下派支书
李桂阳（中共党员、土家族）	德江县长丰乡场湾村党支部副书记兼综治站长
陈旭东（中共党员、土家族）	德江县农业农村局市场信息站站长
李振华（苗族）	江口县坝盘镇政府干部

后　记

脱贫攻坚，是送给全世界人类的礼物。

2020 年全面建成小康社会，是中国向世界做出的庄严承诺，必定是一部感天动地的奋斗史诗。

从 2015 年 11 月，中共中央、国务院印发《关于打赢脱贫攻坚战的决定》以来，铜仁市创造性提出“七个极”工作要求，“三真三因三定”工作原则，探索践行“76554”工作法，全面打响脱贫攻坚十二战，向贫困发起全面总攻。

而今，正是这场轰轰烈烈、浩浩荡荡的脱贫攻坚战取得决定性胜利的时刻。回首那段尽锐出战的日子，党与政府的英明领导、铜仁市独创性的战法战术、各地扶贫干将“不破楼兰终不还”的决心，与铜仁市全市人民汗水与智慧的结晶一起，共同绘就了在以习近平同志为核心的党中央带领下，贵州省铜仁市各族人民精准扶贫、精准脱贫，全面建成小康社会的恢弘历史画卷。

在中共铜仁市委、市人民政府的领导下，在铜仁市委宣传部的组织统筹下，铜仁日报社、铜仁日报传媒集团高质量编辑出版了这套丛书，其目的正如习近平总书记所说：“一切向前走，都不能忘记走过的路；走得再远、走到再光辉的未来，也不能忘记走过的过去，不能忘记为什么出发。”

编辑出版这套书，得到了铜仁市乡村振兴局、铜仁市文学艺术界联合会的大力支持，他们第一时间向我们提供了大量宝贵、高质量的素材。各区县（开发区、高新区）宣传部门对本书的出版高度重视，对丰富丛书内容做出了积极贡献，提出了许多宝贵的建设性意见，在此我们一并表示感谢。

值得一提的是，编辑委员会在人手少、时间紧、质量要求高的情况下，统筹兼顾各方面工作，克服各种困难，竭尽所能，广泛收集并认真审核每篇素材，力求全面、生动记录铜仁脱贫攻坚历程中涌现出来的好经验、好做法，为下步乡村振兴提供可以复制借鉴的经验模式；展示铜仁全市各级各部门及广大干部群众决战决胜脱贫攻坚的感人场面，记住东西部协作帮扶及社会各界人士的鼎力支持，记住这场没有硝烟的战争里的全部英雄。但编辑们却十分为难，因为这些年出现的优秀脱贫事例和那些或暖人心田，或振奋人心的历史瞬间如同漫天繁星，将其尽数采撷无疑十分困难，只得忍痛割爱，扼腕叹息。有一些素材，由于无法与作者取得联系，编辑“斗胆”做了删减，尽量保持与收录内容协调一致。在编辑过程中，编辑特别注意素材来源，尊重每一位作者的署名权，但有的区县和单位转来的文字、图片等素材没有署名，我们虽经多方联系核实，但仍有部分无法找到作者，希望作者看到时主动联系我们，编委会将寄送稿酬以表感谢。

感谢你阅读本书，期待你的宝贵意见！

编　者

中共铜仁市委宣传部 策划
铜仁日报社
铜仁日报传媒集团有限公司 编

铜仁决战贫困

铜仁做法

解码76554

76554　打好精准脱贫大会战

文军扶贫　打好群众内生动力战

众志成城　打好脱贫攻坚协同战

监督执纪　打好脱贫攻坚护航战

古吴轩出版社

图书在版编目（CIP）数据

铜仁决战贫困. 铜仁做法. 解码76554 / 铜仁日报社，铜仁日报传媒集团有限公司编. -- 苏州 : 古吴轩出版社，2021.12
ISBN 978-7-5546-1843-1

Ⅰ. ①铜… Ⅱ. ①铜… ②铜… Ⅲ. ①报告文学一中国一当代 Ⅳ. ①I25

中国版本图书馆CIP数据核字(2021)第243688号

策　　划：中共铜仁市委宣传部
责任编辑：俞　都　李爱华　黄菲菲
见习编辑：窦志霞
装帧设计：闵友才
责任照排：冯　阳

书　　名：铜仁决战贫困·铜仁做法·解码 76554
编　　者：铜仁日报社　铜仁日报传媒集团有限公司
出版发行：古吴轩出版社
地址：苏州市八达街 118 号苏州新闻大厦 30F　邮编：215123
电话：0512-65233679　传真：0512-65220750
出 版 人：尹剑峰
印　　刷：铜仁日报传媒集团有限公司印刷分公司
开　　本：787 × 1092　1/16
印　　张：142.25
字　　数：2172 千字
版　　次：2021 年 12 月第 1 版　第 1 次印刷
书　　号：ISBN 978-7-5546-1843-1
定　　价：468.00 元（全 6 册）

《铜仁做法·解码76554》编委会

总　序

党的十八大以来，以习近平同志为核心的党中央把扶贫开发摆在治国理政的突出位置，推动中国减贫事业取得巨大成就，对世界减贫进程做出了重大贡献。

铜仁市地处黔湘渝三省市结合部，是贵州脱贫攻坚的主战场。2014 年，全市下辖 10 个区县均为贫困县，共有 1565 个贫困村，其中有 1 个深度贫困县、2 个极贫乡、319 个深度贫困村，建档立卡贫困户 92.7 万人，贫困发生率为 24.78%。

近年来，铜仁市深入贯彻落实习近平总书记关于扶贫开发的系列重要论述，充分发挥“上下同心、尽锐出战、精准务实、开拓创新、攻坚克难、不负人民”脱贫攻坚精神，坚持以脱贫攻坚统揽经济社会发展全局，严格落实精准脱贫基本方略，用好用活贵州省委“五步工作法”，探索总结“七个极”工作要求、“三真三因三定”工作原则和“76554”工作方法，聚全市之心、汇全市之智、举全市之力，打赢了一场又一场脱贫硬仗，攻克了一个又一个贫困堡垒，脱贫攻坚战取得了全面胜利。

截至 2020 年末，全市农村贫困人口全部脱贫、10 个区县全部摘帽，经济社会发展大踏步前进，区域整体面貌发生历史性巨变，脱贫群众

精神风貌焕然一新，党群干群关系明显改善，交出了减贫治理的铜仁答卷。脱贫攻坚成效考核连续4年名列全省前茅，“76554”工作方法、防贫预警机制、一线干部关怀激励机制、易地扶贫搬迁模式等多项脱贫攻坚创新举措在全省乃至全国得到推广。省委书记谌贻琴赞誉铜仁脱贫成效实。

时代造就英雄，伟大来自平凡。在这场输不起的脱贫攻坚战中，铜仁打响了一场场意义深远的战斗，涌现了一个个感人至深的先进人物，发生了一段段可歌可泣的动人故事，值得我们铭记。

为记录这段特殊的历史，我们组织编辑了《铜仁决战贫困》这套书，记录铜仁的奋斗史和扶贫史：《铜仁做法》展现“铜仁经验”，贡献“铜仁智慧”，见证“铜仁战果”；《我的扶贫故事——一线干部说扶贫》《我的脱贫故事——脱贫群众话脱贫》和《武陵战贫》，多视角描绘铜仁儿女感恩奋进的精彩画卷和昂扬向上的精神风貌。

这是一套历史性、系统性、收藏性、传承性兼具的图书，是我们感恩的宣言，是灵魂的启迪，是幸福的源泉，是让战贫精神薪火相传的种子。

征途漫漫，精神永恒。站在新的历史起点，黔东儿女豪情满怀，必将脱贫攻坚精神发扬光大，不断赋予其新的时代内涵，化为乡村振兴的不竭动力，再创新辉煌。

编　者

2021年12月

目　录

文军扶贫 打好群众内生动力战

众志成城 打好脱贫攻坚协同战

监督执纪　打好脱贫攻坚护航战

76554
打好精准脱贫大会战

铜仁市严格落实中央决策，围绕贵州大扶贫战略行动，通过极强的全局统筹，全面把握脱贫攻坚的总体要求，以脱贫攻坚统揽经济社会发展全局，充分运用“五步工作法”，创新探索“76554”铜仁做法，尽锐出战，认真落实“五个一批”，全力打好打赢脱贫攻坚硬仗，奋力谱写铜仁新时代“一区五地”建设的新篇章。

探索创新"76554"工作法 决战决胜脱贫攻坚

◇铜仁市委办公室

近年来，铜仁市坚持以脱贫攻坚统揽经济社会发展全局，创新探索"76554"工作法，坚持以"七个补"作为提升脱贫成效的重要抓手，以"六个不"作为增强群众内生动力的重要措施，以"五个看"作为判断贫困群众是否实现"两不愁"的重要方法，以"五个一致"作为检验群众脱贫过程的重要标尺，以"四个好"作为检验脱贫成效的重要手段，务求精准打法，全面提升脱贫成效，巩固脱贫成果，为连片特困地区决战脱贫攻坚、决胜全面同步小康提供了"铜仁模式"。

以"七个补"为主要抓手，提升脱贫攻坚成效

一是查漏补缺。坚持问题导向，严格按照"五个一批""六个精准""四个不摘"要求，对标对表"一达标两不愁三保障""三率一度"等核心指标和"四场硬仗""五个专项治理"等重点任务，全面开展自查自纠，举一反三，强化工作举措，全力整改落实，全面提升脱贫成效。二是亡羊补牢。建立督导推进机制，通过组建市级督导组到区县及乡镇蹲点督导，采取交叉检查、暗访督查等方式，全方位、立体式扫描问题。针对查找出来的问题，坚定信心决心，坚持集中研判、列出清单、整改问题。立行立改、即知即改，同时举一反三，以点带面、以显知隐、由表及里、由此及彼、推己及人，聚焦痛点难点，全力"补牢"短板。三是取长补短。扎实开展"大比武"活动，通过区县之间、乡镇之间、村与村之间、部门之间互学互看、互学互鉴、互学互比，同时学习借鉴其他地方的好经验、好做法，以彼之长，补己之短。四是合力补位。强化"一盘棋"意识和大局观念，整合市、县脱贫攻坚力量，

建立科学高效的作战指挥机制，加强上下级、系统内、部门间、干部间的相互配合、相互补台、相互补位，积极发动社会力量参与，形成脱贫攻坚的强大合力。同时，实行“四个划转”，将市县两级下派的第一书记和驻村干部的组织、工资、管理和考核关系全部划转到乡镇，压实驻村帮扶责任，切实配强基层脱贫攻坚力量。五是勤能补拙。鼓励各级干部拿出“敢教日月换新天”的气概，鼓足“不破楼兰终不还”的劲头，保持昂扬斗志，甘于在脱贫攻坚中当技术员、泥水工、装修工等多面角色，团结带领群众脱贫致富。六是将功补过。辩证看待工作过失和组织处理，建立完善干部容错、纠错机制，客观公正处理非主观因素导致的失误偏差，引导党员干部珍惜机会，将功补过，做到知耻而后勇、知不足而后进。七是激励补偿。树立奖惩分明、奖优罚劣、奖勤罚懒的鲜明导向，建立脱贫攻坚一线干部关怀激励机制，强化“培养使用、表彰奖励、待遇保障、人文关怀、抚恤救助、能力提升、创新创业、容错纠错”八个方面的正向激励，促进广大干部群众在脱贫攻坚一线建功立业、成长成才，这些都得到了国务院扶贫办和贵州省委、省政府的肯定。

以“六个不”为重要路径，增强群众内生动力

一是自强不自卑，期待不等待，提振锐气志气。瞄准“等靠要”思想严重的贫困群众，坚持扶贫与扶志相结合，扎实开展“牢记嘱托·感恩奋进”教育，弘扬新时代贵州精神，变“要我脱贫”为“我要脱贫”。大力推进“文军扶贫”，实施文化惠民、文化励民、文化育民、文化富民“四项工程”和文化产业千村扶贫计划，让贫困群众消除自卑心理，实现“口袋”“脑袋”双富。2017 年以来，全市建档立卡贫困户主动申请脱贫达 1 万余户。二是依靠不依赖，包干不包办，增强技术技能。深入开展“技能扶贫”行动，组建三农专家服务团，大力开展贫困劳动力技能培训，推广农业技术，激励贫困群众干事创业。大力实施“职教扶贫”计划，实现贫困户职教 1 人、就业 1 个、带动 1 家，增强贫困群众脱贫致富能力，做到依靠不依赖、包干不包办。如万山区建立“扶贫微工厂”，2017 年以来共培训搬迁群众 1200 余人，基本实现培训一批就业一批，使农民变“工人”。三是苦干不苦熬，借力不省力，落实苦干实干。以“民心党建+‘三社’融合促‘三变’+春晖社”农村综合改革推动农村产业革命，充分激发组织、市场、社会“三种力量”，带动群众苦干、实干、加油干，大力发展生态茶、生态畜牧、中药材、蔬果、食用菌、油茶等主导产业，增加贫困群众收入。探索形成了万山中华山“622”、石阡“四个100%”等利益联结模式。同时，积极抢抓苏州市、大连民族大学、新华社、上海浦东干部学院、五矿集团以及省直有关部门对口帮扶铜仁机遇，扎实开展“同心战贫困·聚力大帮扶”“同心战贫困·千企帮千村”“同心战贫困·赤子报春晖”等行动，借助金融部门、对口帮扶城市和社会各界力量，助推脱贫攻坚。

以“五个看”为客观标准，切实提高脱贫质量

重点围绕“两不愁三保障”，聚焦贫困发生率高、贫困人口多、农民人均收入低的边远村组等重点区域和农村低保户、五保户、危房户、重病户、残疾人户、无劳动能力户、独居老人户、义务教育辍学户、边缘户等重点群众。通过“五个看”精准识别脱贫质量，防止漏评、错评、错退现象。一是看屋里摆的。重点查看群众居住房屋是否安全，厨房、卧室是否区分开，家里有无安全饮用的自来水或小水窖（集中取水点），家庭用电是否稳定可持续，家具、农具、厨具摆放是否整齐，空间布局是否合理，杂物堆放是否有序，室内环境卫生是否干净、舒适。二是看身上穿的。重点查看家庭成员精神状态、身体状况、教育医疗等，如有无重病、慢性病成员，有无适龄义务教育孩子辍学情况，衣着是否干净整洁，是否符合四季特点，是否有防寒保暖衣物，是否保持积极向上的精神面貌。三是看柜里放的。重点查看家里衣柜、橱柜、储粮柜是否齐备并归类使用，柜里摆放的衣物、棉被、洗漱用品等生活必备品是否干净、整齐，是否能满足日常生活需要。四是看床上铺的。重点查看卧室床具能否满足家人居住的基本需求，是否存在睡“地铺”、睡“柜子”、睡“门板”等现象，床上被褥、被套、床单等是否齐备完好。五是看锅里煮的。重点查看群众家里“五谷杂粮”是否储备充足、保存完好，“锅碗瓢盆”是否齐备完好，厨房里的油、肉、菜、调料品等食材是否完备充足。同时，通过“五看法”筛查出未实现“三保障”的疑似错退户，对标对表、精准核查退出是否符合程序、标准，对错退户因户施策开展“回头帮”，杜绝“被脱贫”。

以“五个一致”为真实标尺，注重脱贫过程扎实

确保“墙上挂的、袋里装的、嘴上说的、系统录的、客观有的”“五个一致”，通过实地结合“五个看”、实地查阅“四卡合一”公示牌和“一户一袋”、实地开展访谈、实地比对检验，切实做到扶真贫、真扶贫，脱真贫、真脱贫。一是“墙上挂的”符合帮扶情况。将惠民政策明白卡、贫困户基本信息卡、干部结对帮扶公示卡、贫困群众收益明示卡“四卡合一”挂到贫困户墙上，确保“四卡合一”与贫困实际、帮扶措施及成效一致，让人直观清晰了解干部帮扶工作和贫困户家庭实际情况。二是“袋里装的”印证主体指标。做实做全“一户一袋”贫困户的“一达标两不愁三保障”佐证资料。包括房屋安全、户籍信息、残疾证、医疗报销凭据和收入证明等内容能够佐证系统里的数据，可以真实再现客观实际，实现以“证据”服人。三是“嘴上说的”验证脱贫过程。引导和教育群众做到“四个说得清”：说得清评定贫困户时间、脱贫时间、收入构成、所享受政策和干部帮扶等基本情况；说得清脱贫前后农村变化，过去旧房危房变现在“安全住房”，过去水、电、路、讯“四不通”变现在“组组通”；说得清农村脱贫攻坚受益状况；说得清“一达标两不愁三保障”等核心指标完成情况，确保嘴上说的和脱贫摘帽实际情况一致。四是“系统录的”体现贫困实际。国办系统录入贫困户的家庭成员组成、致贫原因、帮扶措施、产业发展、收入状况等基本信息，要与贫困村、贫困户的客观实际一致，采取实地查验、实地比对、多方求证等方式，确保扶贫数据真实可靠，杜绝“数字脱贫”“虚假脱贫”。五是“客观有的”符合村情民情。充分了解群众居住地的地理环境、气候等生产生活条件，根据“水、电、路、讯”通达情况、产业发展情况、群众家庭“一达标两不愁三保障”情况，真实感受农村发展现状和群众贫困程度，助力各级各部门和脱贫一线干部紧扣实际开展脱贫攻坚。

以“四个好”为最后成果，提高群众认可度和满意度

一是依托基层组织扩大宣传，让群众感受党的政策好。坚持把群众“满意不满意”作为评价党的政策落实好不好的“晴雨表”，通过召开以村民组为单元的群众会、院坝会及开展文艺演出等活动，广泛宣传党的教育资助、医疗保障、危房改造、易地扶贫搬迁等惠民政策，宣讲脱贫前后对比变化，让群众真正感受到政策带来的红利，从内心深处感党恩、听党话、跟党走。二是依托美丽乡村创建活动，让群众感受人居环境好。积极开展“美丽乡村・文明家园”创建活动，推进农村环境卫生整治行动，探索“农村垃圾兑换超市”等方式，做到农村“垃圾不乱丢、污水不乱排、杂物不乱摆、牲畜不乱放”，确保村容整洁。通过开展生态环境保护行动，探索林业生态补偿脱贫，做到生态效益和经济效益兼得，实现“处处绿水青山、户户同步小康”。三是开展乡风文明建设，让群众感受社会风气好。大力宣传脱贫攻坚模范、身边好人、道德模范、见义勇为等先进典型，纵深推进扫黑除恶专项斗争，着力构建德治、法治、自治“三位一体”的治理体系，引导群众团结奋进、尊老爱幼、勤劳致富。四是深化“民心党建”工程，让群众感受干群关系好。通过打造“民心党建”工程升级版，做到村村有领导干部联系、驻村工作队帮扶和贫困家庭户户有干部结对帮；开展“干群一家亲”系列活动，设立“结对帮扶日”，实施帮工助农、送医帮教、法律服务等惠民利民行动，进一步增强群众感恩意识、提高群众满意度。

解码铜仁“76554”

◇张 勇 陈 林

贫有百样，困有千种。脱贫攻坚，贵在精准、靶向施策。

黄顺国过去经常“悬”着的心，如今终于踏实了，喜悦溢于言表，逢人就夸党的政策好、党的干部负责，是党的政策让他家重新团圆了。

这位石阡县五德镇铺沟村白果树组村民的口碑是怎么回事情？原来，囿于山川纵横、坡陡谷深的原因，以前的铺沟村基础设施落后了一大截，公路“十八弯”且泥泞遍地，用水常靠肩挑，人居环境脏乱差，等等。贫困户黄顺国一家生活条件更为贫困，房屋十分简陋，家中儿媳嫌弃家里条件太差，结婚生完小孩才三个月就独自跑出去打工了，三年时间都不愿回来，这成了他最“堵心”的事情。

2017 年，石阡县集中力量攻坚“四场硬仗”，帮扶干部到村入户，采用“五看法”“四个好”，研判出黄顺国一家主要问题在于住房条件太差、院坝没硬化，随后迅速助其补齐短板。该村村容村貌也焕然一新，去年春节儿媳妇回家过年了。现在一家人和和美美，黄顺国终于绽放了久违的笑容。

最近几年，铜仁以脱贫攻坚统揽经济社会发展全局，坚持精准扶贫、精准脱贫基本方略，充分运用好“五步工作法”，坚持“七个极”工作总要求、“三真三因三定”工作原则和“76554”工作方法，尽锐出战，真抓实干，脱贫攻坚得以连战连捷。2018 年，碧江、万山、玉屏、江口四个区县顺利实现脱贫摘帽，全市减少贫困人口 16.5 万人，553 个贫困村出列，贫困发生率下降至 4.4%。“76554”工作方法被新华社、《人民日报》《领导决策信息》《中国扶贫》等媒体聚焦关注。

攻克贫困堡垒 创造性提出“铜仁打法”

贵州是全国脱贫攻坚主战场、主阵地，铜仁则是贵州脱贫攻坚主战场、主阵地。因地处武陵山腹地，铜仁长期欠发达、欠开发，脱贫攻坚任务艰巨。

攻克贫困堡垒，摆脱贫困标签，实现同步小康，是铜仁最大的政治任务和第一民生工程。如何做出成效？市委、市政府立足铜仁实际提出坚持真情实意、真金白银、真抓实干，全心聚焦脱贫攻坚战；坚持因地制宜、因势利导、因户施策，全力推进脱贫攻坚工作；坚持定点包干、定责问效、定期脱贫，全面打赢脱贫攻坚战。“三真三因三定”成为指导全市打好打赢脱贫攻坚战的基本原则，在全市全面推行。

2018年，全省14个县区要迎接国家第三方评估验收检查，铜仁市有碧江、万山、玉屏、江口四个区县被列在其中，是全省最多的市，任务重、时间紧，如何进一步查漏补缺、补齐短板，把工作做细做实，达到脱贫标准、让群众满意，是一场事关人民群众福祉、党委政府威信的考验。

首战必须告捷，市委、市政府勇于担当。2018年5月3日，市四家班子领导组成观摩组随机抽查、观摩督导四个区县脱贫攻坚工作，并在玉屏侗族自治县召开四个拟脱贫摘帽区县脱贫攻坚督导会。市委书记陈昌旭首次提出“七个补”，即取长补短、查漏补缺、勤能补拙、合力补位、将功补过、激励补偿、亡羊补牢。

会后，很多领导干部认为那次会议是对如何推进脱贫攻坚的精准指导，是针对四个区县实际开出的“七服补药”，被称为脱贫攻坚的“玉屏会议”。

随后，市委、市政府主要领导带头践诺暗访督查，靠前指挥，聚焦“一达标两不愁三保障”脱贫目标和实施“三率一度”评估标准，率四套班子领导多次到区县开展交叉检查，通过找问题、查短板、看弱点，进行会诊，寻找破解方法。

在交叉检查中，因发现很多帮扶干部对于如何找问题的标准不统一，市委主要领导针对性地提出了“五看法”，即看贫困户屋里摆的、身上穿的、床上铺的、柜里放的、锅里煮的，把“五看法”作为判断贫困群众是否实现“两不愁”的重要方法。

铜仁市还不断提出“六个不”，即强化自强不自卑、期待不等待、依赖不依靠、包干不包办、苦干不苦熬、借力不省力，增强群众脱贫增收内生动力，将“要我脱贫”变为“我要脱贫”；“五个一致”，探索“客观有的、系统录的、袋里装的、墙上挂的、嘴上说的”“五个一致”痕迹管理法，检验真实脱贫成效；通过实地结合“五个看”、实地查阅“四卡合一”公示牌和“一户一袋”、实地开展访谈、实地比对检验，切实做到扶真贫、真扶贫，脱真贫、真脱贫；“四个好”，即党的政策好、环境卫生好、社会风气好、干群关系好，作为检验群众满意与否的标准，正确评估脱贫攻坚成果。

经验源于实践，通过实地督导调研，不断总结提炼方法，最后形成系统的“76554”工作方法，成为指导铜仁市脱贫攻坚连战连胜的重要“法宝”，也得到充分验证。从去年脱贫结果看，四个区县“漏评率”均不显著，“错退率”仅玉屏自治县为0.04%，其余均不显著。江口、碧江评估考核结果在全省排在前两位。

猛攻重点难点　用活用好“76554”工作法

泥哨村是碧江区最偏远的村寨，深山之中的贵龙、白竹、枫桶、寨云4个村民组，因地理环境的阻碍，一直没有通畅的公路通行，修路致富成了当地人最迫切的期盼。

2018年，一条5.5米宽、3.4公里长的水泥公路让泥哨村到集镇的距离缩短了近6公里，成了泥哨村民走出大山最快的公路。

碧江区着力抓好道路建设畅通最后一公里。全区投入5.7亿元，高标准推进814公里“组组通”道路建设，实施683个村民组556公里联户路硬化，实现区、乡、村、组硬化路全覆盖。

这是铜仁市聚焦贫困重点，补齐基础设施短板的一个缩影。

铜仁市坚持尽锐出战、真抓实干、苦干实干，以“四场硬仗”为着力点，自去年以来开展了“春季攻势”、脱贫攻坚“大比武”“夏秋攻势”“产业革命”，按照“76554”工作法一个环节一个环节抓，逐一攻克贫困道路上的堡垒。

打赢脱贫攻坚战，建立科学高效的作战指挥机制最为关键。按照“合力补位”，成立市级督导组，选派科级干部挂任深度贫困村，成立“尖刀班”，专攻弱村、差村，同时充分整合参战部门、企业、协会、商会等力量，形成“专项扶贫、行业扶贫、社会扶贫”互为补充的大扶贫格局。铜仁市选配 319 名副科级以上干部担任深度贫困村党支部书记，抽调 80 人组建 10 个市级脱贫督导组，不定期深入基层开展督促检查。

聚焦要素保障，资金是第一位。铜仁市在克服融资形势严峻条件下，千方百计筹措资金，去年争取产业子基金项目 57 个，同时成立武陵山扶贫投资发展基金，最大限度发挥财政引导资金与社会资本协同效应。

深入推进产业革命，铜仁市把生态茶、中药材、生态畜牧、蔬果、食用菌、油茶六大产业作为全市的主导产业，深耕产业“八要素”，农业产业结构调整深入推进。去年，全市调减玉米地累计种植替代经济作物 79.61 万亩。

聚焦人居环境好。全面完成农村危房改造任务，同步实施“四改一化”54584 户。各地广泛开展房前屋后环境卫生好、爱护公共卫生好、环保习惯好、室内卫生整洁好“四好”创卫活动，农村环境卫生大为改观。

聚焦群众内生动力，通过宣讲会、现身说法、文艺演出等多种方式，大力推进“文军扶贫”。巡回开展宣传宣讲 1.2 万余场次，覆盖 1000 余个村组。

聚焦易地扶贫搬迁搬得出、稳得住、能致富，铜仁市深入落实“五个三”、建立“五个体系”，特别是就业上，“有劳动力的搬迁户 1 人以上稳定就业”成为铜仁市硬性要求。

武陵山中党旗红，梵山净水间战鼓急。当前，铜仁市正用活用好脱贫攻坚“76554”工作法，全力打好“四场硬仗”、深入推进“五个专项治理”、着力强化“四个聚焦”、全力实施“六项行动”，举全市之力，向贫困发起总攻，确保夺取脱贫攻坚战决战之年的根本性胜利。

力求脱贫成效 用苦干实干做出“铜仁贡献”

万山区高楼坪乡夜郎村杨木桥组村民罗发香早上7点起床，吃好早餐后前往离家10多分钟路程的九丰农业园区上班。“按时上下班，工资按70元每天算，做多得多，上班拿工资，下班照顾老小，日子比以前不知道好了多少。”罗发香非常高兴。

万山区在全区各乡镇（街道）推广“农业+”模式，组建标准化大棚蔬菜推广专班，从公司精选9名技术骨干分别到9个乡镇（街道）担任科技副乡长（主任），主抓蔬菜产业工作。

万山敖寨乡中华山村实行“622”分配模式，即将纯利润的60%用于贫困户，20%用于村集体经济积累，20%用于合作社管理人员奖励。该模式入选“伟大的变革——庆祝改革开放40周年大型展览”，成为铜仁产业革命的一张靓丽名片。

产业结构调整取得革命性突破。铜仁市培育专业合作社1068家，市级以上龙头企业403家，产业扶贫带动贫困人口24.44万人，基本形成了六大主导产业、“一县一业、一乡一特、一村一品”竞相发展的格局，扶贫成效愈加明显。

基础设施建设不断完善，开展农村“组组通”公路三年大决战和人饮等工程，有效改善和解决了农村出行环境和饮水安全问题，实现贫困村动力电、有线电视网络、固定宽带、无线通信全覆盖。完成“组组通”公路8457.8公里，建设进度和建成规模均位于全省第三，受益人口32万户124.3万人，其中，建档立卡贫困户26.3万人；全面完成农村饮水安全工程，有效解决47.37万农村人口饮水安全问题，其中建档立卡贫困人口18.16万人；实现农村供电可靠率99.82%，所有行政村基本实现光纤宽带、4G网络、广电网络全覆盖。

易地扶贫搬迁搬出了“铜仁经验”，创造了“铜仁奇迹”。三年多来，铜仁市计划搬迁29.33万人（其中建档立卡贫困人口23.02万人），已搬迁20.22万人（建档立卡贫困人口18.75万人）。铜仁市把深山区、石山区的贫困群众跨区县集中安置到中心城区和产业园区，计划搬迁 12.6 万人，已搬迁 7.71 万人。数据显示，铜仁市跨区县搬迁在全省搬迁工作中人数最多、规模最大，占全省的 57.3%。群众搬迁后安居乐业，日子过得越来越幸福。

扶贫政策保障更加有力。资助学生 82.41 万人次 5.52 亿元。建档立卡贫困人口参合率 100%，兑现各类医疗救助补偿 7.41 亿元，实际报销比例 91.66%，惠及 93.25 万人次。36550 户农村危房改造开工率 100%，“三改”工程同步推进。

对口帮扶工作成效明显。苏州·铜仁产业园升级为江苏贵州省级战略合作层面被推进，探索形成了在国内有重要影响力的结对帮扶“善港模式”。320 家民营企业和商（协）会结对帮扶 381 个贫困村，累计投入资金 13.5 亿元，帮扶贫困人口实现就业 5.54 万人；驻铜中央、省直单位定点帮扶铜仁 65 个村，投入资金 700 余万元。

铜仁市始终坚持对于深度贫困地区的“四个聚焦”（扶贫资金、东西部扶贫协作、基础设施建设、帮扶力量），使其深度贫困状况得到有效改善。沿河自治县、德江县桶井乡、石阡县国荣乡贫困发生率分别下降到 7.35%、6.43%、2.26%，319 个深度贫困村贫困人口减少到 3 万余人。

鞍马犹未歇，战鼓又催征。在夺取决战之年的根本性胜利征途中，全市各级干部特别是领导干部率先垂范、勇当重任，齐心协力、求真务实，认真落实精准扶贫、精准脱贫基本方略，充分运用“五步工作法”，坚持“七个极”工作总要求、“三真三因三定”工作原则、“76554”工作方法，精准聚焦主攻点，全力以赴打好总攻仗，确保脱贫过程扎实、脱贫结果真实，聚精会神决战脱贫攻坚、决胜同步小康。

铜仁创新探索“76554”工作法 决战脱贫攻坚

◇ 杨 聪

“党的政策好，让我们摆脱了苦日子，过上了好生活！”近日，沿河自治县沙子街道鱼塘村，85 岁的村民侯再华指着自家房子动情地说。

侯再华的女儿已远嫁他乡，家中只剩他与老伴居住，是村里重点帮扶对象。该村通过“四改一维一化”等惠民工程，让他家房屋焕然一新。

走进侯再华家，厨房里挂着腊肉等食材，客厅里电视、冰箱等家电一应俱全。老人打开储物柜，指着一袋大米乐呵呵地说：“这是驻村干部前几天送来的，够我和老伴吃好几个月了。”

“看贫困群众生活好不好，不能只看房屋外表，还要看他们家里摆的、身上穿的、锅里煮的、柜里放的、床上铺的。”鱼塘村驻村干部晏彪说。

晏彪说的“五个看”，是铜仁市“76554”扶贫工作法中的一个重要内容。近年来，该市创新探索“七个补、六个不、五个看、五个一致、四个好”工作法，全方位推进、评估、巩固脱贫成效，为特困地区决战脱贫攻坚提供了良好示范。

七剂“补药”强筋骨 靶向施策扶真贫

“‘七个补’不仅让我们一线干部干有方法，更让我们干有底气。”印江自治县龙津街道杉木岭村脱贫攻坚队长邓波自信地说。

杉木岭村山高坡陡，发展滞后，是龙津街道脱贫攻坚工作最难啃的一块硬骨头。近年来，该村聚焦问题，不断补短板强弱项，大力发展种植养殖业，成功摘掉了穷帽。

“刚进村时，日夜忙碌却不得要领，而‘七个补’中提出的勤能补拙、将功补过等，使我们打开了思路，坚定了信心。”邓波坦言。

地处武陵山腹地的铜仁，各地贫困面貌相似，但致贫原因却各不相同。如何根据村情实际，谋划一条长久的脱贫之路，是摆在广大脱贫攻坚一线干部面前的一道难题。

去年 5 月，铜仁市根据实际提出“七个补”，即取长补短、查漏补缺、勤能补拙、合力补位、将功补过、激励补偿、亡羊补牢。这“七个补”，被铜仁干部群众称为“七服补药”。

通过亡羊补牢查找问题，解决问题。取长补短即通过互比互学补不足，并补齐脱贫攻坚一线保障不足短板。而查漏补缺则是完善精准识别和退出管理机制，杜绝漏评、错评、错退。

该市还制定干部激励关怀机制、干部担当作为苦干实干实施办法、干部容错纠错机制等，允许干部将功补过、激励干部担当作为、鼓励干部勤能补拙，不断调动广大一线干部积极性。

同时，建立科学高效的作战指挥机制，充分整合参战部门、企业、协会、商会等力量，形成“专项扶贫、行业扶贫、社会扶贫”互为补充的大扶贫格局。

铜仁市相关负责人表示，该市把“七个补”作为脱贫摘帽的重要抓手，突出问题意识、标准意识和责任意识，全面补齐脱贫摘帽短板，高质量做好脱贫摘帽各项工作。

紧扣“六不”出实招　激发动力真扶贫

见到李强时，他正在基地里忙碌，带领着 10 多名村民管护花椒。他说：“我目前一共养了 33 头牛、6 头猪，今年还新植花椒 180 亩，去年单是养殖收入就有 10 多万元。”

李强自幼家贫，9 岁时上山砍柴摔断右臂，因没钱及时治疗而导致截肢。但他身残志坚，在政策扶持下发展种养业，不仅当上了老板，还带动同村30多名残疾人共同致富。2019年6月，李强主动递交了“退贫申请书”。

扶贫先扶志。打赢脱贫攻坚战，必须依靠群众、组织群众、发动群众，充分发挥群众的主体作用。然而，还有少数贫困户却抱着“扶着墙根晒太阳”的思想，缺乏主动脱贫内生动力。

对此，铜仁提出自强不自卑、期待不等待、依靠不依赖、包干不包办、苦干不苦熬、借力不省力的“六个不”，将之作为增强群众内生动力的重要手段，引导群众依靠勤劳双手和顽强的奋斗实现脱贫摘帽。

该市通过推进“文军扶贫”，用好新时代农民讲习所、道德讲堂等阵地，开展技能培训等方式，让贫困群众“口袋”“脑袋”双富，提升就业增收能力，实现从“要我脱贫”变为“我要脱贫”。

同时，采取包干不包办的方式，注重发动群众参与脱贫攻坚，不让贫困群众当“看客”。抓住产业革命机遇，大力发展精品蔬果、茶叶、食用菌等经济作物，切实增加贫困群众收入。

此外，该市还提出“借力不省力”，通过成立铜仁武陵山扶贫投资发展基金、共建铜仁苏州产业园和开展“同心战贫困千企帮千村”等活动，向金融部门、对口帮扶城市和社会各界“借力”，以扎实成效，引导各方聚力脱贫攻坚。

创新战术促实效　确保群众真脱贫

每天傍晚，石阡县大沙坝乡任家寨村83岁的老人李国秀，都会赶往村里的广场去跳舞。她说：“活了一辈子，现在我是越活越开心。”

过去，由于条件艰苦、经济落后，村里人从早到晚为生计发愁，业余生活十分枯燥，精神文化欠缺，导致矛盾多、内生动力弱。

近年来，任家寨村通过创办桶装水厂及发展精品水果产业，2018年人均年收入超过了万元。同时该村还制定“村规民约”和“计分制办法”等，有力促进乡风文明建设。

为确保群众真脱贫，扎实巩固脱贫成效，铜仁以“五个看”来评判精准脱贫质量，即看家里摆的、看身上穿的、看锅里煮的、看柜里放的、看床上铺的。

通过实地结合“五个看”、实地查阅“四卡合一”公示牌和“一户一袋”、实地开展访谈、实地比对检验，铜仁创新提出了“客观有的、系统录的、袋里装的、墙上挂的、嘴上说的”“五个一致”管理法。

“五个看”是判断贫困群众是否实现“两不愁三保障”的重要方法，“五个一致”是对脱贫攻坚情况客观、全面地反映。

而“党的政策好、人居环境好、社会风气好、干群关系好”，这“四个好”则是检验脱贫成效的重要标准。

这一系列创新“打法”，为铜仁打赢脱贫攻坚战提供了强大动力。该市紧扣“一达标两不愁三保障”要求，灵活运用“76554”工作法，集中火力向脱贫攻坚发起总攻，正在全力撕下绝对贫困标签，向着乡村振兴目标奋进。

据统计，党的十八大以来，铜仁贫困发生率从 30.45% 降至 2018 年的 4.4%，减贫 102.91 万人，目前 10 个区县中已有 4 个脱贫退出，2 个通过省级评估验收，全市脱贫攻坚工作连续 8 年在考核中排在全省前列。

铜仁探索建立防贫预警监测机制巩固脱贫攻坚成果

◇李 云

近年来，铜仁市坚持以脱贫攻坚统揽经济社会发展全局，创新探索防贫预警监测机制，切实摸清对象底数、强化动态管理、阻断贫困根源、提升造血功能，全面巩固脱贫成效，为集中连片特困地区决战脱贫攻坚、决胜同步小康作出了“铜仁探索”，得到了国家、省有关领导的充分肯定，并在全省进行推广。

铜仁市地处贵州省东部、全国14个集中连片特困地区之一的武陵山片区，是贵州省脱贫攻坚的主战场之一。全市下辖10个区县均为贫困县，其中有1个深度贫困县、2个极贫乡、1565个贫困村（有319个深度贫困村）。2013年底建档立卡贫困人口92.7万人，贫困发生率为24.74%。近年来通过全市上下的不懈奋斗，2020年11月23日，省政府发布公告，沿河土家族自治县退出贫困县序列。至此，铜仁全市10个贫困区县全部实现脱贫摘帽。为深入贯彻落实2017年3月8日习近平总书记在四川代表团参加审议时的讲话精神，防止返贫和继续攻坚同样重要，已经摘帽的贫困县、贫困村、贫困户要继续巩固脱贫成果，增强“造血”功能，建立健全稳定脱贫长效机制，坚决制止扶贫工作中的形式主义。铜仁市按照“四个不摘”要求，围绕“已脱贫人口稳定脱贫、未脱贫人口按期脱贫、坚决阻止源头致贫”目标任务，探索建立防贫监测预警机制，切实巩固脱贫成果。

建立监测机制，摸清对象底数

出台《关于建立防贫预警监测机制的意见》，按照“贫困即入、脱贫即出”的原则，把脱贫不稳定户、重点户（低保户、移民户、残疾人户、大病重病户、重灾户）、年收入未超过当年贫困线标准 10% 以上的“边缘户”列为预警监测户，率先在全市 6 个脱贫摘帽区县所有行政村全面启动了防贫监测工作，分别建立示范村。建立动态防贫预警监测数据库，截至 11 月 20 日，全市防贫监测对象 11573 户 44341 人，占建档立卡贫困人口的 4.69%。其中，脱贫监测户 4393 户 17486 人，边缘户 7180 户 26855 人。累计消除风险户 11566 户 44314 人，占总的监测对象的 99.94%（未消除风险户 7 户 27 人是 10 月份新增对象）。

建立预警机制，强化动态管理

动态预警，按照“统一管理、动态调整”原则，对监测对象落实网格员、驻村工作队、帮扶责任人“三支队伍”。每月进行走访对比，定期了解收入支出、产业就业、就医就学、住房饮水等情况，常态掌握监测对象生产生活状况。对有致贫、返贫风险的，及时制定帮扶方案，落实扶助救助措施，开展实时监测，确保不致贫不返贫；对收入远大于支出、年人均纯收入超过 4000 元无返贫风险的，及时退出监测对象管理。对录入系统的预警监测对象，根据家庭收支、生产生活、因病、因学、因灾等方面情况，将脱贫不稳定户标注为红色、重点户标注为绿色、边缘户标注为橙色进行三类标识分类管理，逐户制定防贫方案、提出保障评估报告，形成“一户一报告”，录入管理台账，实现标识清、底数明、措施实。责任包保，及时调整充实驻村工作队，实现所有建档立卡贫困户建立结对帮扶机制，对非建档立卡贫困户监测对象由驻村工作队和网格员负责，实时监测家庭状况，及时协调解决困难问题，形成了村村有工作队、组组有网格员、户户有帮扶责任人的良好运行机制。

江口县德旺乡净河村和平组杨某，全家 5 口人，是 2017 年的脱贫户。2019 年杨某的女儿因患鼻咽癌，女婿要照顾经常住院的妻子，无法正常就业，存在返贫风险。发现这一情况并经过及时核实后，按程序将其纳入监测对象，制定帮扶方案：一是将其家庭纳入民政重点保障对象，保障其家庭每月 1581 元的政策性收入；二是申请社会公益资金——“水滴筹”，解决后续治疗自付费用；三是待病人病情稳定后，为其申请公益性岗位（护林员）；四是扶贫产业“差异化分红”扶持。如今，一家人申领了低保，接受了社会救助，开起了小卖部，还享受产业分红倾斜，返贫风险被消除。

建立保障机制，阻断贫困根源

把现有政策作为第一重保障，整合产业扶贫、就业培训、创业支持、医疗救助、教育资助等政策资源，实行“一增一降一保障”扶持，即通过产业就业、低保保障等增加困难群众家庭收入，通过应急救助、医疗救助和教育资助等降低医疗教育刚性支出，保障住房饮水，将扶持政策落实到每一户监测对象。把公益资源作为第二重保障，充分利用对口帮扶、定点帮扶、社会帮扶资源，根据扶持对象因病、因学、因灾所需，有针对性补足政策空白点和破解财政资金投向非贫对象的诸多障碍。把防贫救助作为第三重保障，建立县、乡、村三级防贫救助资金池，重点针对大病、大灾等对象监测，通过政策和公益扶持后，依然存在看不起病、上不起学的家庭，按照“既不降低扶持标准，也不吊高群众胃口，防止陷入福利陷阱”的要求，及时启动“防贫救助”项目，由县级扶贫部门负责统筹协调和审核把关，按照核查、认定、公示的要求实施救助。

江口县闵孝镇提红村上寨组非贫困户刘承华，家庭人口 4 人。刘承华，49 岁，2014 年 3 月患尿毒症，年透析自付费用和交通费在 2 万元左右。妻子侯慧琴，46 岁，2019 年 2 月确诊患皮下腺癌，手术及后期治疗自付费用预计 15 万元左右。长女刘爽，20 岁，从小患重症肌无力，每年的自付药费在 5000 元左右，现为在贵阳护理职业学院一年级学生。次女刘淳，13 岁，闵孝中学一年级学生。该户拥有农村小水电站股份，年分红收入在 3 万元左右，妻子未患病之前在上寨组经营小卖部，同时照顾患病的刘承华，年收入在 2 万元左右，能够支撑家庭负担和保证家庭基本生活、医疗和教育。但侯慧琴患病后，不仅再无力负担家庭重任，更加重了家庭困难。经驻村工作队研判，通过民主评议将该户纳入防贫对象，并制定了防贫措施：一是将该户四人全部纳入民政重点保障，年政策收入在17000元左右；二是通过纳入民政低保，确保医疗费用报销比例提高5个百分点，降低医疗自付费用；三是争取社会公益资金，筹集社会捐赠，减轻该户家庭医疗负担并资助其子女就学。

铜仁市构建“1+5”关怀激励体系 为激励干部决战决胜脱贫攻坚提供制度保障

◇ 铜仁市委办公室

打赢脱贫攻坚战，关键在党，关键在人，关键在干部。为最大程度激励干部尽锐出战脱贫攻坚，2017年，铜仁市委制定出台《脱贫攻坚一线干部关怀激励工作意见》，从选拔任用、激励表彰、创新创业等8个方面对脱贫攻坚一线干部进行关怀激励。该经验做法被国务院扶贫办收录为国家脱贫攻坚成效考核唯一市级典型案例，并以国开办司函〔2019〕16号全国全文转发推广，得到时任贵州省委书记孙志刚等领导的肯定批示。

进入2019年决战之年，铜仁市委又紧密结合中央、省委关于激励干部担当作为的最新要求，对《脱贫攻坚一线干部关怀激励工作意见》进行丰富完善，并围绕干部工作五个体系，从政治教育引领担当、选拔任用引导担当、容错纠错推动担当、激励褒奖促进担当、“关键少数”带动担当等5方面制定并出台五个实施细则，构成“1+5”关怀激励制度体系，形成关怀激励的制度闭环，进一步落实落细中央、省委关怀激励措施，更加有效激励干部担当作为。

主要做法

政治教育引领担当作为。围绕《2018—2022年贵州省干部教育培训规划》，结合《全省脱贫攻坚专题培训工作实施方案》和《铜仁市干部能力提升三年行动方案（2017年—2019年）》，把政治教育纳入全市干部教育培训工作计划，以市县党校为主阵地，利用新时代学习大讲堂视频会议系统和铜仁智慧党建云平台，结合开展“不忘初心、牢记使命”主题教育，有力地加强了脱贫攻坚一线干部的政治教育，帮助他们提升党性修养，坚定理想信念，使脱贫攻坚一线干部“四个意识”进一步树牢，“四个自信”更加坚定，践行“两个维护”更加自觉。2017年以来，举办各类培训班352期、培训干部22800人次，组织参加全省新时代学习大讲堂知识讲座277期、培训各级各类干部200万余人次。

选拔任用引导担当作为。坚持在脱贫攻坚一线锻造干部、识别干部、使用干部，结合职务与职级并行制度，在干部选拔任用、职级晋升及调任招录等方面进一步向脱贫攻坚一线倾斜，拓宽了脱贫攻坚一线干部的培养路径和渠道，树起了注重基层、崇尚实干的选人用人导向，有效提振一线干部决战决胜脱贫攻坚的信心和决心，使干部在脱贫攻坚一线安心奋战、有为有位。2017年以来，从脱贫攻坚一线提拔使用干部2682人，调任公务员352人，职级晋升1323人，从脱贫攻坚中表现优秀的村干部、大学生村官、第一书记和驻村干部中定向招录乡镇公务员135人。

容错纠错推动担当作为。严格按照“三个区分开来”要求，坚持从严管理与宽容保护相统一，客观看待和正确处理脱贫攻坚一线干部在干事创业中的过失和错误，对适用容错纠错的干部进行减责免责处理。同时，对于犯错受到问责处理的干部，不贴“标签”，不进行“冷藏”，鼓励继续担当作为，针对表现突出的干部，经过综合研判后，进行提拔任用或进一步使用，有效破解了脱贫攻坚一线干部所面临的“想为而不敢为”的困境，让他们放下了思想包袱，轻装上阵，竭尽全力克难攻坚。近年来，全市53名受到组织处理的干部因工作努力、表现优秀，在影响期满后被重新提拔使用。10名乡镇党政正职在脱贫攻坚中履职不力被“悬帽攻坚”，又因及时改正主动担当作为被重新任用。

激励褒奖促进担当作为。坚持把表彰激励作为激发活力、增强动力的重要一招，对在脱贫攻坚一线表现突出、成绩显著的个人和集体予以奖励，并提高脱贫攻坚一线干部在全市“优秀共产党员”“五一劳动奖章”“三八红旗手”等各类表彰奖励中的名额比例在30%以上，树立起了先进获激励、优秀得表扬的鲜明导向。2017年以来，859名脱贫一线干部受到省市表彰，24名在脱贫一线因公受伤、牺牲或病故的干部或家属抚恤救助金1870.52万元得以解决，58名实绩突出的村干部任期内享受副科级干部经济待遇。并发放给第一书记和驻村干部食宿、交通费用6825.57万元，开展健康体检19483人次，落实带薪年休假27846天次。各区县均为第一书记、驻村干部购买了100万元保额的人身意外伤害保险。同时，还建立组织部部长交心谈心制度，区县两级组织部部务会成员经常深入脱贫一线，与干部交心谈心，及时掌握思想动态，帮助解决困难问题，并走访慰问脱贫攻坚一线干部家属，解除了后顾之忧，促进了安心安业。

“关键少数”带动担当作为。市级领导按照深度贫困地区“1+2”定点包干联系村制度，主动联系贫困程度深、攻坚难度大的深度贫困村，市委、市政府主要领导带头担当，各自主动联系两个贫困发生率在30%以上的村，并经常深入脱贫攻坚一线蹲点调研，查找存在问题，补齐短板弱项，集中力量攻克最后深度贫困堡垒。县乡党政正职聚焦脱贫攻坚一线，把主要精力放在脱贫攻坚上，竭尽全力向最后贫困堡垒发起总攻，有效推动了脱贫攻坚工作。驻县驻乡督导组长期驻扎脱贫攻坚一线，既督导又指导，有效推动各地脱贫攻坚工作进程，起到了良好的示范带动作用。

取得成效

具有较大的公认性。2019年1月，国务院扶贫办以《关于转发有关地方关心激励脱贫攻坚一线干部政策文件的通知》（国开办司函〔2019〕16号）全国全文转发我市制度文件，得到省委书记孙志刚等领导的肯定性批示。《人民日报》《光明日报》《经济日报》、中央组织部部刊《组工通讯》《中国组织人事报》《中国扶贫杂志》《贵州改革情况交流》等媒体平台进行原创性宣传报道，被人民日报民生周刊评为“2019民生示范工程”，被贵州省委改革办评为“2019 年度贵州省全面深化改革优秀案例”。

具有较强的创新性。该制度从政治教育引领担当、选拔任用引导担当、容错纠错推动担当、激励褒奖促进担当、“关键少数”带动担当等五个方面对干部进行全方位关怀激励，形成了一个从提高政治觉悟、深化思想认识到指导实际行动的制度体系和制度闭环，具有较强的创新性，被市委改革办评为“2019 年度改革创新一等奖”。

具有较好的实用性。正是得益于强有力的组织保障和制度保障，铜仁全市干部勠力同心、尽锐出战，脱贫攻坚连战连捷，2017、2018 两年连续获得脱贫攻坚成效考核贵州全省第一，2019 年度获得东西部扶贫协作国家成效考核“好”的等次。截至 2020 年底，10 个区县已全部实现脱贫摘帽。

贵州铜仁倡导实干担当：扶贫一线干部获得提拔重用

◇ 汪志球

最近，贵州省铜仁市德江县公布了一批干部任免信息，在提拔和调任的26人中有18人来自脱贫攻坚一线，占比近70%。

铜仁市是武陵山集中连片贫困地区，所辖10个区县都是贫困县，脱贫攻坚任务十分繁重。2017年，该市制定出台脱贫攻坚一线干部关怀激励工作的意见。今年，该市又结合中央最新要求，从政治教育引领担当、选拔任用引导担当、容错纠错推动担当、激励褒奖促进担当、“关键少数”带动担当等5方面制定实施细则。近年来，该市共提拔重用脱贫攻坚一线干部1521人，办理公务员调任156人，省、市表彰奖励859人。

铜仁市委书记陈昌旭表示，建立关怀激励体系，有效激发了全市各级干部干事创业激情和活力。据了解，2014年以来，铜仁市累计减少贫困人口76.71万人，贫困发生率从24.74%下降到4.4%，目前已有6个区县实现脱贫摘帽。

铜仁市“五大体系”激励一线干部担当作为

◇ 王婷婷

脱贫是一场攻坚战，更是一项重要的历史任务。扶贫干部在这场战役中作为“排头兵”，他们干事创业，冲锋在前，不言辛苦。

2019 年以来，为激励各级干部在打赢脱贫攻坚战中守初心、担使命，铜仁市从政治教育引领担当、选拔任用引导担当、容错纠错推动担当、激励褒奖促进担当、“关键少数”带动担当五个方面制定出台关怀激励制度体系，进一步激励脱贫攻坚一线干部担当作为。

强化政治引领。铜仁市结合开展“不忘初心、牢记使命”主题教育，加强脱贫攻坚一线干部政治教育，积极提升党性修养，坚定理想信念，提振必胜信心；充分利用铜仁智慧党建云平台，采取线上 + 线下、组织评价 + 党员评价 + 督导评价的“双线三评”方式，围绕“三会一课”、党员领导干部民主生活会等五个方面，严肃党内政治生活，营造良好的党内生态。

通过抓实政治教育、强化政治考察和严肃党内政治生活等方式，引领党员干部以极高的政治站位投身脱贫攻坚。今年以来，全市 8000 多个基层党组织 14.8 万名党员通过智慧党建平台开展“三会一课”50150 次、“党员活动日”21227 次、组织生活会 6549 次。

注重选拔任用。坚持在干部选拔任用中向脱贫攻坚一线倾斜，通过拓宽选人途径、打通晋升通道、打破身份壁垒，进一步树立突出脱贫实效的选人用人导向。对在脱贫攻坚工作考核中表现优秀的、实绩突出的、在评估验收中零问题的、获得省市表彰的脱贫攻坚一线干部和连续两年考核居本区县前三名的乡镇（街道）党政主要领导，按照组织程序优先提拔重用；对获得省部级以上脱贫攻坚表彰的一线工作人员，建立跟踪管理台账，在工作中予以重点培养；对在脱贫攻坚工作中表现特别优秀的村两委主要负责人，经过组织程序，可直接提拔进入乡镇党政班子任职；对在脱贫攻坚一线表现优秀的国有企事业单位科级以上干部，优先考虑调任同职级公务员领导职务。近年来，共提拔重用脱贫攻坚一线干部 1521 人。

健全容错纠错机制。严格按照“三个区别开来”要求，明确容错情形、主体程序和结果运用，让干部卸下思想包袱，轻装上阵，实干担当，积极作为。通过健全完善甄别研判方式和容错认定机制，分类细化符合容错纠错情形和不予容错纠错情形，做到可操作能落地；探索推行问责机关在启动问责程序时同步启动容错认定机制；加强廉政档案建设，及时将容错纠错认定结果归入干部人事档案和廉政档案。近年来，共有 50 余名被组织处理的干部后因适用容错情形且表现优秀被重新提拔重用。

落实褒奖激励。坚持把表彰激励作为激发活力、增强动力的重要一招，以提升待遇保障、健全褒奖制度、完善救助抚恤等方式，全方位落实待遇保障。对选派到艰苦边远区县的村第一书记和驻村干部，驻村帮扶满 6 个月以上的，按派驻区县的标准发放艰苦边远地区津贴；提高脱贫攻坚一线集体和个人在评选先进党组织、优秀共产党员等各类表彰中的占比，并按规定给予相应奖励；建立完善意外伤害和特殊疾病医疗风险保障基金、抚恤救助金和带薪休假制度，着力解决脱贫攻坚一线干部后顾之忧。

发挥“关键少数”。充分发挥区县、乡镇(街道)党政主要负责人和贫困村第一书记、村党组织书记、村主任等“关键少数”在脱贫攻坚中的关键作用；根据“关键少数”身处脱贫攻坚重要岗位，充分运用远程教育平台和“送学上门”等方式，加强对“关键少数”的教育培训，强化“关键少数”在脱贫攻坚战场打硬仗、打胜仗的能力水平；注重发挥“关键少数”的表率带动作用，建立脱贫攻坚工作定期汇报制度和不定期暗访制度。

2019 年来，调整轮换第一书记 453 人、驻村干部 539 人。共通过全省新时代学习大讲堂、铜仁智慧党建一体化平台开展培训 52 期，培训干部 20 万余人次。

多举措解决干部不敢为不会为不愿为等问题

——贵州铜仁：既奖勤罚懒也容错纠错

◇ 王新伟

贵州省铜仁市位于武陵山集中连片贫困地区，脱贫攻坚任务较重。为此，该市从容错纠错、干部培训、追责问责、激励关怀 4 个方面出台制度文件，激励干部干事创业、担当作为，让全市广大干部职工把心思和精力聚焦到决战脱贫攻坚、同步全面小康上来。

建立容错纠错机制，解决干部不敢为。为充分调动全市干部干事创业的激情和活力，激励广大干部在新时代担当新使命、展现新作为、创造新业绩，着力营造敢于担当、勇于创新、锐意改革的良好氛围，铜仁市制定出台《铜仁市干事创业容错纠错暂行办法》，释放了合理容错纠错、鼓励干事担当的强烈信号，有效解决基层干部存在的少干避错、不愿担当、为官不为问题。

实施干部能力提升三年行动计划，解决干部不会为。铜仁市把干部教育培训作为工作的重中之重，出台《铜仁市干部能力提升三年行动方案》，计划用 3 年时间，选派 1 万名党政干部、企事业单位人员、村干部和驻村干部、专业技术人才、市场主体负责人等外出培训，其中省外培训 9000 人次、境外培训 1000 人次。截至目前，共举办各类培训班 125 期，培训各级领导干部 8142 人次。

加强执行力建设，解决干部不愿为。围绕如何抓好“五位一体”总体布局、“四个全面”战略布局和新发展理念及党的十九大确定的一系列重大战略决策部署在基层的落实落地落细，铜仁市制定出台《中共铜仁市委关于加强执行力建设的决定》，并配套出台《干部执行力问责办法（试行）》，对慢作为、不作为、乱作为 3 类情形 23 种具体行为进行问责，达到正向激励与负向惩戒有机统一，切实解决干部不愿为的问题。

强化激励关怀保障，鼓励干部安心为。该市出台《关于做好脱贫攻坚一线干部关怀激励工作意见的通知》。从优先培养使用、强化表彰奖励、提高待遇保障、注重人文关怀、提升工作能力等8个方面强化保障，为打赢脱贫攻坚战增添动力、凝聚人心。

近年来，铜仁市公开招聘极贫乡镇和深度贫困村所在乡镇事业单位工作人员290人，拿出150个乡镇公务员岗位面向脱贫攻坚中表现优秀的村干部、大学生村官、第一书记和驻村干部进行专项招录。提拔使用联系帮扶干部570人、驻村第一书记39人、驻村工作组成员132人，为干部在基层一线主动担当作为提供了坚实保障。

铜仁市委常委、市委组织部部长陈代军表示，系列制度文件的出台，既营造鼓励干事、宽容失误的社会氛围，又惩戒惰政懒政、为官不为行为，还褒奖脚踏实地、安心安业的干部，形成了闭合式、链条式管理体系，为激励干部担当作为起到了积极作用。

抓实“留雁行动”推动返乡人员就业创业

◇ 铜仁市就业局

新冠肺炎疫情暴发以来，为认真贯彻落实中央、省关于解决农民工就业难、疫情影响生活难和企业用工难问题，在市委、市政府领导下，由市人社局牵头，创新实施“留雁行动”，探索建立全覆盖寻雁、全服务育雁、全方位助雁、全要素孵雁、全天候护雁、全链条送雁“六全”机制，推动外出务工返乡人员就地转化、就近就业、就地创业，助力企业复工复产，保持就业大局稳定，为确保全市疫情防控和脱贫攻坚两场战役全面胜利注入了动力活力。截至目前，全市外出务工返乡人员 471529 人，创业 541 人，就业 469008 人，其中，外出务工返乡劳动力中建档立卡贫困劳动力已实现就业 136720 人，已实现上岗 124673 人；外出务工返乡劳动力中易地扶贫搬迁劳动力已实现就业 29406 人，已实现上岗 28991 人。

摸排动员全覆盖“寻雁”

排查岗位需求。一是出台《铜仁市开展“留雁行动”促进外出务工返乡人员就业创业的实施意见》，及时组织对市内企业用工需求进行摸底，对疫情防控期间市内重点行业企业进行全面摸排，建立企业岗位用工信息数据库，制定企业用工信息台账表，做到不漏一企一岗、不落一业一位。目前，全市用工缺口数 41061 个，已解决用工数 37305 个，解决率达 90% 以上。二是摸准就业意愿。印发《铜仁市疫情防控领导小组“留雁行动”鼓励外出务工返乡人员就近就地就业创业行动方案》，开展外出务工返乡人员底数、就业需求调查，摸清外出务工返乡人员的基本情况、就业意愿、专业特长等信息，建立外出务工返乡的建档立卡贫困劳动力、易地扶贫搬迁劳动力和生活困难人员的信息台账。如建档立卡贫困劳动力138609人，就业124673人；易地搬迁劳动力29547人，就业29428人。三是对接供需信息。充分利用“AI平台”，创新开发“大数据精准就业服务平台1.0版”，将用工企业数据库、服务机构数据库、外出务工返乡求职者数据库进行关联，对应求职者的劳动技能，以电话、短信的方式推送3—10个岗位，并提供远程视频面试，有效连接招工企业和留雁人员。同时通过“铜仁就业”微信公众号、铜仁微报等多渠道发布企业用工信息3074条，岗位需求人数92204，并组织开展供需见面会176场次，提供岗位98997个，达成就业意向12573人。

岗前培训全服务“育雁”

专项资金保培。一是按照“突出重点、分类施策”的思路，紧密结合企业就业岗位需求，落实培训专项资金，由市县两级财政整合6000万元资金用于“留雁人员”就业创业培训，大力开展订单式培训和定向式转移培训，确保培训内容与岗位技能无缝对接，为就业培训提供了资金保障。二是线上线下施培。实行线下以岗施培，根据市内复工复产的重大项目企业的培训需求，严格保障疫情防控安全的同时，鼓励支持企业组织职工参加岗前培训、以工代训、技能提升和转岗转业培训等项目；实行线上分类施培，鼓励有培训意愿的企业职工和群众参加人社部提供的免费线上培训项目。目前，全市完成职业技能培训9878人次，其中企业职工培训2079人次，建档立卡贫困劳动力培训6619人次，易地扶贫搬迁劳动力培训2913人次，免费线上培训557人次。三是奖补扶持助培。优化政策扶持补助，印发《致企业和求职人员的倡议书》，开展“不见面”公共就业服务，鼓励引导务工人员通过线上申请各类就业创业扶持补贴。对企业组织新录用职工参加岗前培训的，给予每人不高于500元的培训补贴；对企业组织职工参加技能提升和转岗转业培训的，给予每人不高于2000元培训补贴；对企业组织职工参加以工代训的，给予每人每月不高于500元培训补贴；对企业开展新型学徒制培训的，给予每人每年 4000 元以上培训补贴。

搭建平台全方位“助雁”

搭建劳务合作平台。一是坚持“市级统筹、属地实施、就地就近”的原则，采取“县级成立公司 + 乡级搭建合作社”的方式，在每个区（县）、乡（镇）搭建劳务合作平台，为务工人员提供就业咨询服务。同时，充分发动外出务工返乡人员参与脱贫攻坚建设，让群众与劳务合作社形成逐渐稳定的关系。目前安排 55 家劳务公司进行服务。二是完善劳务帮扶机制。对返乡人员明确帮扶责任人，推行“1+N”帮扶机制，由帮扶责任人对外出务工返乡人员开展信息摸底和岗位推荐服务，目前已落实责任帮扶干部 35324 人。引导人力资源服务机构参与“留雁行动”，实行“1 名干部联系 1 家公司、1 家公司负责 1 个或多个村（社区）”的“1+1+N”劳务帮扶机制，对所有外出务工返乡人员开展劳动力信息采集、岗位推荐和就业创业政策宣传等服务工作。

项目扶持全要素“孵雁”

开发创业项目。一是选择开发“短、平、快”产业，推广“龙头企业 + 合作社 + 农户”组织方式，鼓励支持“留雁人员”创建合作社，实现外出务工返乡人员就近就地开展多领域、多形式的创新创业。目前，收集工信、农业农村、商务、生态移民等部门创业项目 433 个，创业人数 474 人。二是推动创业入园。依托全市各区县工业园区，成立留雁行动创业孵化园，建立创业基金，引导“留雁人员”入园创业。鼓励本地企业、“留雁人员”通过投资参股等方式组建新企业，吸纳本地劳动力就业。如，引进一批适合搬迁群众就地就近就业的劳动密集型企业，创建一批扶贫车间以及农产品加工企业。目前，建有创业孵化园 11 个，入驻企业 533 家，促进就业 7162 人；创业园 14 个，入驻企业 683 家，促进就业 1.01 万人。三是破解创业瓶颈。采取“创业培训＋创业贷款＋创业补贴”方式，按规定落实创业担保贷款、自主创业补贴等扶持政策，引导“留雁人员”进园区创业，明确创业技术顾问，提供全程“保姆式”孵化创业指导，确保新企业平稳渡过初创期。如，2020年通过创业担保贷款新增扶持94名返乡创业农民工创业，新增贷款金额1267万元。

政策保障全天候“护雁”

政府财政补贴。一是出台《关于印发扶持企业复工复产促进就业创业补助措施的通知》，降低社会保险费率，全市城镇职工基本养老保险单位缴费比例降至16%，目前已为2290个企业减负养老保险约3358万元，减负失业保险约1455万元，减负工伤保险约89万元。印发《贵州省阶段性减免企业社会保险费政策解读十五条》，编发疫情期间社会保险政策汇编，为2099家企业减免10349万元。实行返还失业保险稳岗补贴，社保经办机构主动服务，开展稳岗返还，维护就业局势稳定。目前，全市4家企业进行稳岗返还申报，涉及职工6543人，申报金额27万余元。二是就业援助补贴。按照“精准扶贫、精准脱贫”的思路，在全市范围内为有劳动能力但通过市场难以实现就业的易地扶贫搬迁劳动力和建档立卡贫困劳动力提供就业扶贫援助补贴，帮助其通过从事以工代赈相关工作获得补贴，实现脱贫增收。春节以来，发放就业援助补贴涉及10092人，金额达426.72万元。三是交通费用补贴。创新交通费用补贴机制，对铜仁籍劳动力新入职市内企业就业的，实行一次性交通费用补贴政策，职工所产生的交通费用由当地输入地政府实行一次性据实补贴，切实缓解“留雁人员”的经济压力。

留送兼顾全链条“送雁”

“点对点”送。一是坚持“留雁”与“送雁”兼顾的原则，印发《关于做好疫情防控期间外出务工人员有组织劳务输出工作的通知》，充分尊重务工人员自主择业愿望，开展“点对点”式“送雁”服务，对有意愿外出务工人员和收到复工通知的返岗人员进行调查登记，引导务工人员错峰出行，有序组织务工人员外出就业。二是“公对公”派。搭建市外主要务工地沟通桥梁，积极发挥劳务公司作用，提供长三角、珠三角等市外企业用工信息，掌握企业复工复产、交通出行、疫情防控等情况，通过电话招聘、视频招聘等方式帮助务工人员应聘岗位，科学推进农民工返岗就业。目前，对接江苏、浙江、福建、广东135次，收集市外岗位34万个。出台《东西部劳务协作促进铜仁籍建档立卡贫困劳动力稳定就业补贴实施方案》，给予外出务工人员补贴。三是“三个专”运。对外出务工人员按照地域进行分类统计，积极协调劳务输出地，按要求制作“新冠肺炎疫情防控期间农民工返岗包车通行证”，开辟交通出行、健康检查绿色通道，加开劳务输出车辆专班，严控包车50%座客率，通过“铜仁务工求职乘车系统”小程序，集中统一安排“专车、专机、专列”输送务工人员到外地用工企业就业。截至2020年4月，全市共组织集中乘车返岗3809批78881人，其中组织5581名务工人员到江苏就业。

铜仁市全面推行驻村管理“四个划转”确保帮扶力量下沉一线

——中共铜仁市委组织部脱贫攻坚典型经验智慧总结

◇ 铜仁市委组织部

为切实解决全市驻村帮扶工作中存在的突出问题，全面管好用活驻村帮扶力量，确保其作用发挥最大化。2019年以来，铜仁市创新推行驻村管理“四个划转”，进一步压实了派出单位、区县和乡镇监管责任，解决了驻村干部多头管、管不住、管不好的问题，靶向治疗驻村帮扶不扎实“顽疾”。截至目前，由市、县直部门选派的1474名第一书记、1024名驻村干部和5216名脱产结对帮扶干部已全部落实“四个划转”工作。

创新做法

组织关系全划转，党性锤炼在一线。明确将第一书记、驻村干部和脱产结对帮扶干部中的党员组织关系全员划转至所驻村党组织，由村党组织统一管理，让他们在基层实践接受党性教育，淬炼成金。一是定期开展组织生活。将第一书记、驻村干部和脱产结对帮扶干部中的党员纳入乡镇（街道）党员教育、党员培训、党费收缴、党内表彰等计划。定期参与“三会一课”、村党支部组织生活会、民主评议党员等活动，按月向村党组织缴纳党费。同时，依托“铜仁智慧党建云平台”，组织设计脱贫政策解读、走访慰问特殊贫困户、驻村干部讲党课等12个党支部“主题党日”活动主题，切实提升驻村帮扶干部政治素养和党支部组织活力。二是常态走访帮扶群众。依托“两走进·两感恩”“七进”等系列活动，组织第一书记、驻村干部和脱产结对帮扶干部与贫困群众一对一结对认亲，常态化走入结对亲戚和联系户的家中，与他们共同生活、劳动、学习，在田地中、在饭桌旁于无声中宣传“党的政策好、人居环境好、社会风气好、干群关系好”，使贫困群众心热起来、行动起来，增强脱贫的信心决心。三是发挥先锋模范作用。在抓党建促决战决胜脱贫攻坚中，教育引导第一书记、驻村干部和脱产结对帮扶干部主动把个人的理想同正在经历的基层锻炼有机结合起来，对照“第一书记履职要点”和“一宣六帮”工作职责，在带领群众发展致富产业、帮助村里建基础设施和为民全程代办等为群众办实事的过程中，增强才干、砥砺作风。2019 年以来，第一书记和驻村干部帮助引进企业 44 个，帮助协调项目 929 个，帮助争取资金 3581 万元，遍访群众 35.47 万户 120.32 万余人次，召开群众会 2.46 万余场次，帮助群众解决实际困难 4.17 万余个。

工资关系全划转，待遇保障在一线。将第一书记、驻村干部和脱产结对帮扶干部的工资全额划转至乡镇，统一纳入乡镇干部职工工资预算审核、就地发放，确保后勤有力，“弹药充足”。一是落实生活待遇。明确第一书记、驻村干部和脱产结对帮扶干部在村工作期间，参照差旅费中伙食补助标准给予生活补助，每月可报销 2 次从单位驻地到所驻村的往返公共交通费，因工作原因产生的其他公共交通费用，由派出单位根据有关规定核实报销。二是保障工作经费。市、县两级财政按照一、二、三类贫困村建档立卡贫困人口分别人均 5 万元、4 万元、3 万元和非贫困村贫困人口人均 3 万元的标准安排资金，用于建设基础设施与发展致富项目。各派出单位按照每名第一书记、驻村干部不少于 1 万元安排补助资金，主要用于办公房屋租赁、办公用品购置、报刊订阅、水电费等办公所需各项支出，让脱贫帮扶干部安心本职、放手干事。三是解除后顾之忧。督促派出单位严格落实项目、资金、责任“三个捆绑”，为驻村干部购买不低于 100 万元保额的人身意外伤害保险和工伤保险。同时，大力加强村级“五小”（即：小食堂、小澡堂、小卫生间、小阅览室、小文体活动室）工程建设，切实为第一书记、驻村干部和脱产结对帮扶干部的日常食宿创造必要的工作、生活条件。

日常管理全划转，真抓实干在一线。明确由乡镇（街道）党（工）委负责第一书记、驻村干部和脱产结对帮扶干部的日常管理，为他们干事创业在思想上划出红线、在行动上明确界限，确保既干成事又不出事。一是完善制度体系。完善第一书记管理办法、《“两委一队三个人”补充管理办法》《铜仁市脱贫攻坚结对帮扶干部管理办法（试行）》等制度，明确第一书记、驻村干部和脱产结对帮扶干部每月驻村不少于22天，并在各村建立考勤台账，要求驻村帮扶工作队员每天上班前履行签到手续，有事外出履行请销假审批备案手续，“两委一队三个人”第一责任人负责具体考勤工作，按月公开公示出勤情况，严格按照市县党委书记“双签字”程序调整第一书记和驻村干部，确保队伍稳定性。二是创新智慧管理。开发“智慧党建云平台”，建立第一书记电子签到、驻村工作走访报告制度，以每天8点半和18点平台自动接收位置确定是否真蹲实驻，以上传驻村走访的日志、图片、影像等资料确定是否真帮实扶，平台根据上传数量及频率、完成任务进度等主要指标自动生成排名，排名情况作为衡量工作质效的重要依据。三是严格追责问责。坚持动态管理，由乡镇(街道)党(工)委采取定期检查、随机抽查等方式，经常了解第一书记、驻村干部和脱产结对帮扶干部到位到岗情况和各阶段工作任务完成情况，对部分工作畏难、厌战驻村、敷衍了事、弄虚作假、履职不力、不担当不作为、群众意见大的干部，采取通报、提醒谈话、组织处理、纪律处分等方式严肃问责处理。自2018年8月以来，因落实脱贫攻坚工作不力谈话提醒70人，谈话诫勉13人。

绩效考核全划转，激励选拔在一线。将第一书记、驻村干部和脱产结对帮扶干部的绩效考核划转至乡镇，以实绩检验干部帮扶成效，引导干部在摸实情、出实招、办实事中“蹲苗”历练，“壮骨强筋”。一是严格评议考核。按照日常考核占20%，半年考核占30%，年底考核占50%综合评定第一书记、驻村干部和脱产结对帮扶干部年度考核结果。对综合评定为“称职”或“合格”以上等次的视为基层工作经历；对综合评定为“优秀”等次的，同等条件下年终绩效上浮10%；对综合评定为“不称职”或“不合格”等次的，年度考核评为“不称职”或“不合格”等次，扣发年度目标绩效奖励，按照干部管理权限由有关部门进行诫勉谈话。二是增强帮扶实效。围绕习近平新时代中国特色社会主义思想、基层党建、乡村振兴、脱贫攻坚等学习主题，在各乡镇(街道)开设“两委一队三个人”主题学习班。通过开展现场学习会、交流会，邀请专家和镇村干部“进农家”“进田间”现场教学等方式，将理论与实践充分结合，不断促进第一书记、驻村干部和脱产结对帮扶干部熟悉农业农村工作，提升与群众打交道、解决群众实际困难和问题的能力，进一步增强帮扶实效。三是强化结果运用。把脱贫攻坚实绩作为选拔任用干部的重要依据，驻村前或期间已被列入派出单位后备干部名单的，由派出单位党组(党委)按照后备干部管理规定跟踪考察培养。驻村期间，对表现优秀者，在提拔任用、交流重用、职级晋升(岗位晋聘)时，同等条件下应优先考虑，符合有关政策的选拔为乡镇领导班子成员，真正让“实干者有名、有为者有位”。2019 年以来，全市共提拔重用脱贫攻坚一线干部 1899 人，调任公务员 99 人。

取得成效

启示性：解决了管理难题。通过全面落实“四个划转”，将市县直部门选派 7714 名第一书记、驻村干部和脱产结对帮扶干部党组织关系、工资关系、日常管理、绩效考核划转至所驻村或驻村所在乡镇进行统筹管理，切实解决市县选派干部多头管理，乡镇管不住、管不好、管不出成效的问题，倒逼驻村干部真蹲实驻。

复制性：激发了内生动力。通过全面落实“四个划转”，坚持严管与厚爱结合、激励与约束并重，结合“关联考核”办法，有利于集中统一管理，壮大了基层脱贫攻坚干部队伍，切实增强了决战脱贫攻坚的力量，更有利于后备干部队伍的培养管理和优秀干部的发现，能够有效激发干部工作动力。

推广性：获得了社会认可。通过全面落实“四个划转”，得到了社会各界的广泛认可。《经济日报》头版刊载了《贵州铜仁尽锐出战，全力以赴推动脱贫力量“沉下去”》。省委常委、组织部原部长李邑飞先后 2 次对铜仁市“四个划转”工作给予充分肯定。

铜仁市探索“四个三”工作机制破解扶贫扶志扶智难题

◇佚 名

在脱贫攻坚进入决战决胜的关键阶段，铜仁市坚持扶贫扶志扶智并举，探索“四个三”工作机制强化宣传引导，实施“文军扶贫十项行动”，落细落实“宣传促消费扶贫”十项行动计划，全力补齐贫困群众“精神短板”，鼓舞干劲斗志，激发贫困群众脱贫致富内生动力。

制定“三张清单” 从扶任务上破解

一是制定部门任务清单。市直宣传系统各单位把实施新闻舆论宣传、广告宣传助销、网络营销助农、文军队伍提质这“四项行动”作为重点任务。对深度贫困县沿河县的22个未出列贫困村实行点对点帮扶，每个单位联系1—2个村，从重大主题宣传、重大先进典型选树、重大文化产业项目实施等方面细化目标任务。并要求每个单位为群众办理实事不少于3件，每名宣传干部每月开展蹲点调研不少于1次。二是制定区县任务清单。区县把实施文化进村扶志、志愿服务聚心、专家下乡扶智“三项行动”作为重点任务。除市级层面已覆盖的22个村外，重点抓其他贫困村扶贫扶志扶智工作，通过区县发力推动面上覆盖。结合“两个中心”建设，新时代文明实践中心重点围绕关心关爱、文化文艺、医疗卫生开展志愿服务，每月至少发动“春晖使者”开展1次募捐活动。融媒体中心重点聚焦产业发展，每月至少选择2个产业开展直播带货。三是制定镇村任务清单。镇、村把实施扶贫政策宣讲、先进典型聚力、乡村环境提升“三项行动”作为重点任务。以“文明村镇”

创建为主要抓手，组织开展环境卫生集中整治活动和爱国卫生运动，对农村集市、道路两旁、河道沟渠、房前屋后脏乱差现象进行专项整治，每月每村组织开展乡村环境卫生集中整治大比武 1 次以上。推行文明单位“文明结对共建”活动，实行 1 个文明单位结对 1 个贫困村创文明村，并力争达到命名标准。目前共有 65 个文明单位与贫困村结成对子，23 个村成功创建文明村。

立足“三个瞄准” 从扶路径上破解

一是瞄准短板弱项。针对农产品销售难问题，充分利用“互联网 +”拓宽销售渠道，联合中国经济改革研究基金会、华夏微电影微视频研究院共同打造“易视致富”平台，实施“短视频 + 大数据 + 电商扶贫”为一体的扶贫平台项目。出台《推进“铜货出山”助推脱贫攻坚奖励办法》，鼓励电商企业抓农特产品销售，对电商企业销售农特产品，快递按每单 3 元进行物流补贴。今年 1 至 4 月，全市 6114 家网商网店总销售额 1.38 亿元，增长 25.4%。二是瞄准文化阵地。探索“党建引领 + 组织、宣传、统战、政法、农业农村 5 部门联抓 + 群团、社团、新经济组织 N 种资源整合”的“1+5+N”模式，加强精神文化阵地建设。目前，全市整合资金 1000 余万元，在全市建设 9 个新时代文明实践中心、53 个实践所、275 个实践站，在易地扶贫搬迁安置管理单元建设 124 个“新市民 · 追梦桥”服务中心，依托服务中心开展感恩宣讲教育 600 余场次。三是瞄准产业前沿。聚焦全市 11 大扶贫主导产业，发挥高校科技和人才优势，推动市内 4 所高校在重点扶贫产业点设立科研基地、实训基地，采取“科技特派团”“特派员制度”等形式，针对贫困村不同产业需求，每个项目落实 1—2 名科技特派员，破解产业技术瓶颈。目前，采取“现场操作示范 + 专题讲座”等方式，开展专题技术培训 850 多场次，培训 4000 余人次。实施“文化 +”产业行动，争取资金 300 余万元，在 5 个贫困村实施文化产业扶贫“千村计划”项目，10 个贫困村打造乡村文化旅游融合示范点，大力发展文化产业助力脱贫攻坚。

围绕“三面促动” 从扶措施上破解

一是先进典型带动。在贫困村采取“四议两公开”形式，选树表彰5000余名致富之星、脱贫之星、自立之星、环境之星等群众身边脱贫攻坚模范人物，设置光荣榜进行公布，让村民学有榜样、赶有目标。对在脱贫攻坚中涌现出的先进典型人物，组织新闻媒体进行集中挖掘宣传。2020年以来，共挖掘宣传脱贫攻坚先进典型200余名，其中21人入选“贵州脱贫攻坚群英谱”“贵州好人”。二是新闻舆论推动。坚持全媒体互动，内外宣联动，在市、县新闻媒体统一开设“决胜小康·奋斗有我”等专题专栏，由新闻单位领导班子成员带队深入脱贫攻坚一线开展蹲点调研采访，综合运用报纸、电视和新媒体等传播媒介，真实记录脱贫攻坚一线鲜活画面和生动场景，多角度展示脱贫攻坚取得成果。2019年以来，累计采写刊播脱贫攻坚一线新闻报道2.6万余篇（条），中央、省主流媒体采用2000余篇（条）。三是文艺力量推动。聚焦脱贫攻坚未出列县深度贫困村，组织开展文艺巡演、文重点化培训、公益电影、感恩教育、爱国主义教育、流动图书车进贫困村和易地扶贫安置点“六进”活动，用群众喜闻乐见的形式教育引导群众。创作36个脱贫攻坚文艺节目，组织文艺队伍深入贫困村开展脱贫攻坚文艺巡演620场次，放映脱贫攻坚主题公益电影760场次，观众5.8万余人次。

紧扣“三销并进” 从扶成效上破解

一是免费广告助销。实行报、台、网、微、端互联互动，统筹市、区县新闻媒体实施免费广告项目助推脱贫攻坚，拿出不少于1/3的总体广告资源，密集宣传推介扶贫农特产品，让广告流量转化为市场份额。今年4月以来，市级新闻媒体刊播免费广告67期，播出974次实施营销推广，涵盖35种特色农产品，投入广告资源500多万元。在新闻媒体搭建爱心互助平台，发出扶贫济困倡议，动员社会力量广泛参与到脱贫攻坚工作中。二是提升品质畅销。深挖铜仁扶贫农特产品的故事、历史，突出产品特色、品质、生态环境等内涵，推动文化创意企业与农产品生产加工企业联动，加强产品外包装文化创意设计，将铜仁地域文化嫁接到产品上，提升产品附加值。启动“梵净山珍·健康养生”绿色农产品区域公用品牌打造，深挖地方特色文化、消费者习惯等元素，创新产品包装设计。目前，已筛选 6 个类别农特产品进行创意包装设计，设计成果免费提供给农产品生产加工企业使用。三是培育网红热销。运用抖音、快手等高流量社交平台，策划党政领导、本土歌手、网络大 V 到直播平台推介扶贫产品。在各区县融媒体中心分别重点培育 2—3 名网红开展直播带货，推动扶贫农特产品销售。先后邀请 70 余人次党政领导、带货主播、本土歌手，为铜仁农特产品直播带货 268 次，销售额 3000 余万元。

铜仁市人大常委会：开展“五项行动” 助推脱贫攻坚

◇杨 华

在决战决胜脱贫攻坚的关键阶段，铜仁市人大常委会把推动脱贫攻坚放在各项工作的重中之重来抓，充分发挥人大常委会职能作用、机关带头作用和代表主体作用，从2016年起，组织动员全市各级人大常委会干部、人大代表，深入开展“监督问效、联组共推、结对帮扶、集言献计、带头引领”五项行动，合力助推脱贫攻坚和民生改善，成效显著。

监督问效 “监”民生民事

人大常委会是监督机关。加强对脱贫攻坚工作的监督，是铜仁市人大常委会开展“五项行动”的重点。按照“脱贫工作推进到哪里、人大常委会监督就跟进到哪里”的思路，市、区县两级人大常委会认真贯彻以人民为中心的发展思想，坚持每年分别听取和审议同级人民政府脱贫攻坚工作专项报告，并采取执法检查、调研视察、工作评议、专题询问等方式，对脱贫攻坚重点工作进行监督，重点加强对工作执行情况、人员到位情况、政策兑现情况等的监督，督促各级各部门不断改进工作作风，提升工作效能。一年来，市人大常委会围绕农村因病致贫返贫、农村集中建房、现代农业园区建设、农村电网升级改造、农村教育扶贫政策兑现情况等11项脱贫重点工作开展监督，安排100余名人大代表参加全市民生监督和行风监督活动，有力督促了一批扶贫和民生项目快速推进。各区县人大常委会共听取和审议与脱贫攻坚相关专项工作报告26个，组织开展代表集中视察15次、专题调研31项、执法检查9次、专题询问6次，其中石阡县人大常委会还试点开展民生监督工作并取得突出成效，为决战决胜脱贫攻坚作出了积极贡献。

联组共推 “联”民情民利

铜仁市、县、乡三级共有人大代表活动小组 3000 余个，市人常委会大将其按照“地域相近、功能相通”的原则，探索建立代表小组联组活动机制，围绕人民群众关心关注的热点难点问题，开展联合履职，共同为人民谋利、为脱贫助力，在联组中联出了感情、联出了合力、联出了效率。市人大常委会组织联合代表小组，围绕推动精准脱贫，深入全市 34 个贫困村开展专题调研，精准摸清情况、精准透析问题、精准提出建议，为党政决策行政提供了参考；松桃自治县人大常委会 58 个代表小组联组助推产业发展，通过示范引领、协调项目等方式，推动普觉、长兴、甘龙等乡镇发展生态茶、中药材、经果林等万余亩；江口县代表联组深入贫困村寨和田间地头领办产业和项目 93 个，帮建卫生设施和山村幼儿园等社会事业 21 项；沿河自治县人大常委会与邻近的重庆市酉阳自治县人大常委会，就城镇建设和重大项目建设联组开展代表视察调研活动，共同为区域经济社会发展把脉问诊；德江县桶井乡人大主席团组建 5 个代表小组，分别联系一个选区的民生实事工程，开展持续跟踪监督直至工程完工。一年来，全市人大常委会共组织开展联组活动 257 次，8321 名人大代表积极参与，创建和扶持产业项目 1770 个，帮助办理民生实事 1735 项，解决实际问题 6294 个。

结对帮扶 “结”民亲民戚

按照“定点包干、定责问效、定期脱贫”要求，铜仁市人大常委会组织机关干部和人大代表到村寨、进农家、结“穷亲”，开展“市级领导包乡、县级领导包村、科级干部和人大代表包户”的结对帮扶行动，包干带领贫困农民脱贫致富。8 名市人大常委会领导率先垂范，共定点帮扶 24 个贫困乡镇，重点帮助乡镇解决实际问题、争取政策和项目支持、推进农村基础设施建设、扶持特色产业和社会事业发展，仅一年时间就深入实地调研27次，帮助落实项目33个，协调资金近1000万元。全市人大常委会163名县处级领导干部积极主动，每人定点联系帮扶1个贫困村，帮助理清发展思路、解决实际问题、推动减贫摘帽，累计协调帮扶资金1600万元，推动了43个贫困村在2016年底的考核中成功出列。全市601名人大常委会干部、9414名人大代表热情参与，每人至少结对帮扶1户贫困户，其中市人大机关干部结对帮扶45户，通过日常联系和实地走访，积极帮助“穷亲戚”掌握致富信息、解读扶贫政策、坚定脱贫信心，帮助发展各类产业基地1288个，带动9177名贫困农户参与，促进人均增收1135.7元。

集言献计 “集”民言民智

市人大常委会组织全市各级人大代表特别是基层代表，经常性深入各自的选区和联系的选民，了解人民群众的生产生活情况，广开言路、广集民智、广听民声，收集各方意见建议，努力汇聚脱贫攻坚的智慧和力量。在“集言献计”行动中，市人大常委会将之前开展的“人大代表进驻干群连心室”“四个一·五带头”等活动统筹起来，进一步健全了人大代表列席、普通公民旁听人大常委会会议制度，进一步建好市县两级人大代表热线电话和微信公众平台，进一步建立人大代表信息沟通反馈机制，多措并举畅通人大代表和人民群众意见建议及利益诉求的反映渠道。经初步统计，全市县级以上人大常委会共组织6672名人大代表进驻干群连心室、参与“三访”及其他联系群众活动，积极做民情民意的信息员和倾听民声的联络员，收集到群众意见4414条，汇总提出建设性意见2146条，一些来自偏远山区贫困群众的声音被带到了市级层面。在走访和联系群众中，碧江、万山、玉屏、印江、德江等区县人大常委会还组织干部和代表进村入户开展脱贫攻坚宣传活动，做政策法规的宣传员，把中央、省委、市委的惠农政策和重大决策部署宣传到群众中去，为脱贫攻坚凝聚起强大合力。

带头引领 “带”民风民富

在助推脱贫攻坚“五项行动”中，铜仁市人大常委会充分发挥人大代表的主体作用，依托代表密切联系群众的优势，支持和鼓励代表以身示范、率先垂范，努力推动经济社会发展，化解社会矛盾纠纷，引领良好社风民风，带领群众脱贫致富。在实践中，市和各区县人大紧扣“带民风、促民富”要求，按照党委部署深入开展“两学一做”主题教育，着力打造了“人大学堂”“道德讲堂”“党员讲坛”等学习载体，鼓励支持人大代表持证视察、蹲点调研，引导激励人大代表兴办产业、带民致富。一年来，全市人大代表带头领办农业企业或农民专业合作社 601 个，带头建设特色农业产业基地 279 个，参与推动社会事业发展 657 项。其中，思南县 5 名人大代表联合组建锦绣茗春生态种植合作社，带动 94 名贫困农民参与产业发展；沿河自治县全国人大代表张国英为村民发展产业当“红娘”，推介 100 吨开磷化肥“嫁”入该村发展经果林（2000 余亩）等典型事例不断涌现，人大代表与人民群众距离越来越近、关系越来越亲。

铜仁市政协：
聚焦脱贫攻坚主战场　彰显政协履职新作为

◇ 唐　刚

众人拾柴火焰高。自2018年7月脱贫攻坚“百千万行动”工作启动以来，全市各级政协组织和广大政协委员按照省政协关于开展脱贫攻坚“百千万行动”的统一部署和具体要求，结合实际，精心组织、精准发力，扎实推进百名政协主席挂帮百个贫困乡镇、千家政协委员企业帮扶千个贫困村、万名政协委员结对万户贫困家庭帮扶活动。截至目前，累计协调帮扶资金8.2亿元，力助贫困村脱贫出列，力助困难群众走上致富路，为全市打赢脱贫攻坚战贡献政协力量与智慧。

安排部署迅速行动。2018年7月以来，市政协先后召开四次会议安排脱贫攻坚“百千万行动”工作，成立以主席任组长、副主席和秘书长任副组长的领导小组率先垂范，各区县政协均成立相应工作领导小组，深入田间地头，了解村民所急、所盼，为贫困村发展“号脉开方”。

为了理清龙王山村的脱贫思路，市政协进村入户实地调研，摸实情、明家底、找症结、选路子，因地制宜地制定了《龙王山村帮扶三年规划》。投资110余万元建设1828平方米的天蓬帅府生猪养殖项目，预计年出栏生猪2000余头，项目产生的经济效益与24户精准脱贫户、105人搭建了利益分红机制。投入资金55万元建成桃园基地200亩、脆红李基地200亩，投入30万元建成蜂糖李基地60亩，落实“大户＋农户”的利益联结机制，村集体经济组织按投入总资金的6%比例分红，其中贫困户占60%、村集体经济占40%。

多年拼搏在杭州，如今又把主要精力倾注于铜仁的省政协委员、铜仁市浙江商会会长、贵州桃李春风食品有限公司董事长胡晓风，投资3200多万元建设59亩的花生食品产业园项目，采取“公司+基地+农户（合作社）+冷链物流+销售”的模式，辐射带动铜仁及周边珍珠花生等特色产业种植约5万亩，发展种植业农户5000多户，增加就业人口3700余人。

一花独放不是春。在“百千万行动”中，碧江区政协常委、铜仁华联玛客超市董事长唐新华自2003年到铜仁发展以来，累计组织和参与公益活动100余次，捐款捐物近200万元。公司还组建农特产品采购团队，以“黔货出山、妈妈的味道”等营销策略，帮助贫困户打开销路，2017年累计为本地农户销售农特产品近千万元。2018年又与铜仁30余家合作社达成销售协议，为本地农特产品销售提供支持。

据不完成统计，活动开展以来，铜仁183位政协委员中的企业家及其企业参与帮扶贫困村，为207个贫困村协调资金2746.4万元。全市1386名市、县政协委员深入贫困户家中倾听群众呼声、反映社情民意、帮助解决困难，帮扶贫困户8973户，协调帮扶资金共9522.2万元，贫困村群众生产生活环境得到了显著改善，发展后劲进一步增强。

在结合实际上凸显特色，市政协把2016年以来持续开展的脱贫攻坚“三抓三包三联”活动主动融入“百千万行动”中，精准开展“一对一”“一对N”帮扶，发挥政协干部、政协委员的作用。

“精准扶贫工作就是要摸透村情、搞懂民情、深挖潜力。”思南县政协干部李飞在帮扶思南县大河坝镇马河坝村时谈到自己的体会。李飞说，刚到马河坝村，他就挨家挨户走访群众。每到一家，都仔细询问当前生产生活有什么困难，有什么发展打算，对村里的发展有什么好的建议等。离别时留下自己的电话号码，让村民有事随时联系。

都说德江县政协派驻中和村第一书记何兰高有“三把刷子”。原来，驻村以来，他先后协调资金128万元新修村小学，解决学生上学难；协调资金25万元新修村卫生室，解决群众就医难；协调资金6.8万元硬化进村路，解决群众出行难；号召30余户村民种植蔬菜40余亩，并成立合作社带动贫困户增收。

政协干部、政协委员虽处行业不同，但目标都是相同的——走进群众，履职为民。全市各级政协干部、政协委员定期深入联系贫困村、贫困户家中走访，积极宣传党的惠民政策，认真收集社情民意，得到群众的普遍认可。在 2018 年全省脱贫攻坚“七一”表彰大会上，思南县政协干部李飞、万山区政协干部吴承元被表彰为全省优秀驻村第一书记。

铜仁“民心党建 +‘三社’融合促‘三变’+ 春晖社”助力脱贫攻坚

◇佚 名

“民心党建”工程筑牢组织基础，“三社”融合促“三变”激发市场活力，“春晖社”整合社会力量……2017年以来，铜仁市因地制宜挖掘资源优势，因势利导聚集多方力量，深入推进“民心党建 +‘三社’融合促‘三变’+ 春晖社”农村综合试点改革，大力增强产业扶贫带动性，扩大覆盖面，有力推进决战脱贫攻坚、决胜同步小康。

筑牢筑实“民心党建”，增强改革定力。多年来，铜仁市以党组织建设提升工程为抓手，深化拓展“民心党建”工程内涵，把党的组织优势转化为扶贫优势，党建活力转化为攻坚动力，全面激发农村发展活力。

铜仁市按照从严管理脱贫攻坚工作队干部和帮扶干部十条规定，严格执行村第一书记和驻村干部、帮扶干部的驻村帮扶要求，组建驻村工作组1587支，精准选派驻村干部7770名，扎实履行“一宣六帮”工作责任，带领贫困群众增收致富。

各区县积极推行“一核为主·多元共治”社区治理模式，探索建立以社区党组织为“核心”的“多元”治理主体和以“共有、共商、共建、共治、共享”为载体的“多样”治理模式，加强村务决策、村务公开、村级“三资”管理、工程项目建设、惠农政策措施落实等方面监督，健全规范村规民约，凝聚维护农村改革发展稳定的正能量。

在激励机制方面，市委、市政府出台《关于做好脱贫攻坚一线干部关怀激励工作意见的通知》，培养锤炼扶贫一线干部。今年以来，我市对脱贫攻坚一线表现突出的46名干部优先提拔使用。将村（社区）干部月平均报酬从900元提高到1800元，探索建立村干部报酬与村集体经济收入挂钩的收入增长机制，落实村干部养老保险、离任补贴政策。

全市积极创新推进非公经济和社会组织“存量分类建、增量有效接、变量科学管”的“三量”管理模式，加大在企业、合作社等内部建立党组织的力度，引导各类企业和社会组织主动参与农村综合改革，实现组织共建、资源共用、平台共搭、活动共办、成果共享。

“有了组织保障，发展更有底气。”碧江区坝黄镇木弄村、宋家坝村片区联村党委书记蔡翔说。设立片区联村党委后，组织生活、产业发展、社会稳定等方面都得到切实加强，有利于整合邻村优势共同发展。这是碧江区探索贫困村相对集中的地方设立片区联村党委的一个典型例子。该区还在和平、瓦屋等乡镇贫困村相对集中的地方明确一名镇党委班子成员任联村党委书记，不断强化党建扶贫、“三资”管理、产业项目建设等。

做精做优“三社融合”，提升改革动力。各区县紧扣精准脱贫这条主线，瞄准贫困群众这个主体，以农村综合改革为突破口，变资源为股权、变资金为股金、变农民为股东，全面推动农业农村工作全面提升、提速、提质，为农村经济持续健康发展注入了新的活力。

针对产业发展实际和市场需求，着重扶持和壮大特色鲜明、优势突出、潜力较大的种养专业合作社，供销社优先提供服务，股金社优先提供融资，有效解决村级合作社发展资金难题，推进农民专业合作社规范化建设、实体化运作，增强抵御市场风险能力。各地鼓励农民专业合作社参与土地经营权流转，促进农业适度规模化经营。

“我们现在抱团发展，更加规模化、市场化、专业化。”石阡县国荣扶贫开发投资有限公司总经理甘霖说。该公司将15个村级集体经济组织整合成立一个公司，增强了市场竞争力，提升了抗风险能力，加强了上级扶贫资金监管力度，这有利于用好用活资金，统一规划、统一实施扶贫开发。据了解，石阡县采取“专业合作社+”发展模式，探索运行“1+15”发展体系，有效整合壮大农民专业合作社能力。

目前，铜仁市共有农民专业合作社5457家，其中国家级示范社17家、省级32家、市级84家、县级2219家。吸纳社员18.7万人，解决当地就业14.5万人，带动18.7万人每年人均增收1871元，2016年村级集体经济创收1.05亿元。

铜仁市利用供销社网点广、渠道多的优势，强化其农资供应和产品销售的功能，同时赋予其监管、指导和协调股金社及合作社的职能。按照县级设供销总社、乡镇设供销联社、村级设供销社站点的框架，完善供销服务体系。支持供销社为城乡社区开展服务，参与日用消费品、文体娱乐、就业培训等供给，围绕农业产前、产中、产后各个环节开展流通、加工、储运、技术指导等社会化服务。支持供销社发展生态养生、休闲观光、乡村旅游等新型服务业，并积极承担政府向社会购买的公共服务。目前全市共有供销社服务站点623个，供销系统职工1505人，2016年农业产品总销售收入15.4亿元。

各地发挥银行、保险、担保、小额贷款公司等各类金融机构服务功能，构建多层次产品并存、功能互补的金融市场体系。实施“特惠贷”政策，推进“民心党建+信合+精准脱贫”模式，做实“三农”金融，更加方便、灵活、快捷地让广大农户、专业大户、电商创客和农村经济组织获得信贷支持，充分发挥信贷资金在脱贫攻坚中的重要作用。目前，全市建立农村精准脱贫服务站2170个，发放“特惠贷”“精扶贷”39.6亿元，政府兑现贷款贴息2.2亿元，惠及贫困户6.9万人。

建强建优“春晖社”，凝聚改革合力。全市积极搭建平台，吸引更多的社会力量参与脱贫攻坚，增强农村综合改革合力。

搭建信息沟通平台。以微信、电话、倡议书、邀请函、慰问信等形式，搭建家乡与在外游子的信息沟通平台，以互联网“大数据+”为支撑，与“雁归工程”数据库有机结合，建立“春晖”人才信息库，目前已有11050条春晖人才信息，为形成“民心党建+‘三社’融合促‘三变’+春晖社”推进脱贫攻坚提供坚实人才支撑。

搭建产业数据平台。因地制宜搭建产业发展平台，从改善和提高群众增收门路入手，引导和鼓励外出乡友回乡创业，加入农村青年致富带头人协会。同时吸纳在外乡友闲置资金，作为股东入股到家乡的脱贫产业中来，建厂建舍，让“春晖社”成为“三社”融合发展的有益补充，领建一批春晖脱贫产业，培育一批创业致富带头人。目前，全市共计成立春晖社 127 个，吸纳社员 3784 名，发动在外乡友募集“春晖励志金”857.5 万元。

搭建人才技术平台。注重人才培养和技术培训，利用节假日省亲之机，召开“春晖行动——我与家乡共发展”座谈会，为家乡父老乡亲传授科学技术、信息、管理、美丽乡村建设等方面的知识，推动形成脱贫攻坚强大合力。目前，全市召开座谈会 500 余场次，组织开展乡村活动 600 余次，通过乡友建言献策解决实际问题 1100 余件。

搭建文化传承平台。依托特色民族村寨、古建筑等，建立“春晖书院”“乡愁馆”，邀请优秀春晖使者进书院授课，讲解良好的民风民俗、家风家训等，宣讲“感恩、尽孝、反哺、回报”理念，展示村寨良好的家风家规史实和贤达人士、农耕文明特色风物，体现原汁原味的乡愁特色，让优良的乡土文化基因得到更好的传承，为推动和睦家庭建设和构建和谐社会打下坚实基础。

抓细抓常“三大机制”，激发改革活力。铜仁市在实践中不断完善，在传承中不断革新，用好“三社”资源，用活“三变”手段，着力打造最为直接、最为实用的为民、富民、安民“铜仁党建品牌”。

市委、市政府出台《确权颁证（登记）办法》《确权变更登记办法》等文件，开展村集体“三资”（资源、资产、资金）清产核资，激活村集体资源内生动力，实现资源变资产。目前，全市已完成确权颁证 24 万余户。出台《产权交易指导意见》《产权抵押贷款实施细则》等文件，建立农村产权交易服务站 143 个，土地流转服务站 332 个，共流转土地 98 万余亩，林地 30 万余亩，发展特色产业面积 57 万余亩。全市办理产权抵押贷款 2.5 亿元，撬动社会资金 10 亿元。

各区县发挥财政资金杠杆作用，构建资金多元整合机制，形成“政府主导、市场运作、社会参与”的投融资新格局。建立健全农业信贷、扶贫贷款担保体系，实行“政府+企业+银行+保险”的融资担保模式，做好银政合作和民企联姻，向有意发展的贫困户贷款5万元—10万元，使企业与贫困户形成利益共享、合作共赢的利益联结机制。如碧江区每年安排407.31万元财政资金用于贷款贴息，整合734户贫困户每户5万元“精扶贷”入股农民专业合作社或农业龙头企业，贫困户每年享受股金分红3600元，真正实现资金变股金。同时，创新涉农资金投入机制，加强财政涉农资金统筹整合，将新增投入“三农”资金量化给村集体，作为集体股权入股农民专业合作社、农业企业等新型市场主体，重点用于产业扶贫、基础设施建设等。

各地搭建权益保障管理平台，成立农民权益保障工作中心，制定农民参与“三变”改革进退管理办法，实行收益分配保底，健全村集体和农民有效履行股东职责、行使股东权力、参与重大决策的管理制度。建立风险防控机制。每年筹集农村综合改革风险基金4.2亿元，并按每年财政收入新增部分的10%比例递增，实行“保险+银行+政府”多方信贷风险分担补偿机制，真正把“三变”改革金融风险降到了最低。

铜仁市委宣传部：开展“四大行动” 助力脱贫攻坚

◇ 刘道学

在脱贫攻坚、全面小康的征程中，铜仁市委宣传部结合工作实际主动融入、积极作为，切实开展思想扶贫、舆论扶贫、精神扶贫、文化扶贫“四大行动”，充分发挥宣传思想文化工作的思想激励、舆论推动、智力支持、文化支撑作用，为全市脱贫攻坚工作加油助力。

开展“思想扶贫”行动，为全市脱贫攻坚、全面小康打牢思想基础

一是在鼓舞志气上着力。结合党的十八届五中全会、省委十一届六次全会等的宣讲精神，组织市委宣讲团层层开展宣讲活动，宣讲好国家扶贫方针政策，阐释好省委、省政府和市委、市政府的扶贫战略和决心，鼓舞群众脱贫奔小康的志气。二是在转变观念上着力。拟定了“扶贫扶志，救穷不救懒”“政策好、人勤劳，小康生活早来到”等脱贫攻坚标语，转发给各区县党委宣传部宣传张贴，教育和引导全市各族群众切实解决内在思想观念上的贫困，消除因循守旧、不思进取、懒惰依赖、安于现状等落后思想。三是在激励信心上着力。市委常委、市委宣传部部长刘婕和部机关班子成员认真落实市委常委联系区县、市级领导包乡、县级领导包村的工作责任制，深入到各自的联系点开展遍访、回访、支部联建、集中帮扶等活动，为当地争项目、争资金，帮助贫困大学生争取助学金。坚持深入村组、深入群众与他们面对面交谈，有针对性地与当地困难群众商议脱贫对策，激励大家增强信心、不怕困难、攻坚克难。

开展“舆论扶贫”行动，为全市脱贫攻坚、全面小康营造舆论氛围

一是加大政策宣传。充分利用铜仁日报、铜仁广播电视台、铜仁网站、微铜仁等主流媒体和新兴媒体加大对十八届五中全会、中央扶贫开发工作会议、习近平总书记系列重要讲话特别是视察贵州时的重要讲话精神的宣传，全面、系统、及时地宣传报道好党和国家有关扶贫开发工作的一系列方针、政策；加大省委十一届六次全会精神特别是大扶贫战略的宣传，让基层群众知晓我省大扶贫的目标、任务和措施，切实增强脱贫的信心和决心。二是加强主题宣传。组织媒体深入基层、深入群众，挖掘反映脱贫攻坚的鲜活典型和生动事例，在市属各新闻媒体统一开设“脱贫攻坚·我在实干”专栏（专题），集中推出了《铜仁市检察机关：为“脱贫攻坚”保驾护航》《铜仁产业扶贫：拔掉穷根 脱掉穷帽》《从“六个精准”看铜仁脱贫攻坚》《看铜仁脱贫攻坚：干部驻村帮扶 同步小康传佳音》等重点新闻报道320余篇（条）。三是抓好社会宣传。充分利用户外高炮广告、农村文化墙、宣传橱窗等宣传载体，采取群众喜闻乐见的形式营造脱贫攻坚的浓厚氛围。截至目前，全市各地共制作脱贫攻坚户外宣传广告1000余幅（块），农村文化墙300余幅（块）。四是做好对外宣传。积极策划推送外宣选题，主动对接协调中央驻黔媒体、省主要新闻媒体对全市脱贫攻坚工作进行宣传报道。先后在人民网、新华网、《贵州日报》等主流媒体集中刊发《铜仁：聚焦精准 探索新路 坚决打赢脱贫攻坚战》《看铜仁脱贫攻坚：细查穷因识真贫 对症下药真扶贫》《铜仁脱贫攻坚：精准施策拔穷根 同步小康走新路》等报道50余篇（条）。

开展“精神扶贫”行动，为全市脱贫攻坚、全面小康增添精神动力

一是加强精神激励。组织文艺工作者创作一批山歌、快板、花灯调等群众喜闻乐见的作品，通过文艺下乡、文化进村等形式进行宣传引领，激发群众的内生动力。二是加强典型示范。组织党员干部现场聆听和集中收看全省

“脱贫攻坚·党员先锋”先进事迹巡回报告会，并组织开展讨论。注重挖掘群众身边的先进典型，积极开展“铜城仁者”“身边好人”等评选活动。组建了由冷朝刚、杨再练等先进典型和基层工作者组成的“农村宣讲团”，通过“身边人讲身边事、身边人讲自己事、身边事教育身边人”的形式，让群众看得见、摸得着、学得到，引导和启发广大群众克服安于现状、消极无为等心理，消除“等靠要”思想和“慵懒散”陋习。三是加强价值引领。积极开展“道德讲堂”“积德榜”进农村活动，组织开展“文明家庭”“文明户” 等评选活动，积极倡导社会公德、家庭美德、个人品德，坚决制止聚众赌博、封建迷信等现象，在广大农村营造“勤劳光荣、懒惰可耻”的浓厚氛围，引导广大群众自力更生、艰苦奋斗，依靠党的好政策和个人的辛勤劳动脱贫致富。

开展“文化扶贫”行动，为全市脱贫攻坚、全面小康提供文化条件

一是推动基层公共文化全覆盖。出台了《关于全面实施“六个有”建设深入推进创新基层公共文化服务机制的实施意见》，召开全市创新基层公共文化服务机制现场推进会，组织实施农村数字电影放映进村、广播电视户户通、互联网进村入户等工程，加大农家书屋、“乡村舞台”“欢乐院坝”、村级文化广场、电子阅览室建设力度，不断夯实基层文化阵地。二是大力弘扬本土文化。加强对传统文化传承和保护，加强对非遗传承人、民间艺人的挖掘和培训力度，组织开展“非遗”文化周展演活动，创作一批有特色、接地气的文艺节目，充分激发文化自信、丰富群众精神文化生活。三是积极开展系列文化活动。依托“三下乡”“六进村”等活动平台积极开展政策咨询、科技培训、文艺展演、电影放映、送图书等文化惠民服务活动；组织广大文艺工作者送戏下乡、送知识下乡，指导基层农村组建文艺队伍开展文艺活动，不断激发各族群众致富奔小康的激情，形成合力攻坚、精准脱贫的生动局面。

铜仁市纪委监委：切实履行扶贫领域监督执纪问责职责

◇ 铜仁市纪委监委

当前，脱贫攻坚已经到了啃硬骨头、攻坚拔寨的冲刺阶段，更加需要强化监督执纪问责严明纪律、提供保障。强化扶贫领域监督执纪问责，是推动全面从严治党向基层延伸的重要抓手。

落实“两个责任”层层传导压力。深入开展“两个责任”分级约谈，督促各级党委(党组)强化主责意识、履行主体责任，把扶贫政策落实、扶贫项目资金监管作为头等大事来抓；明确扶贫领域职能部门“谁管项目、谁用资金、谁负主责”，部门主要负责人对本部门主管扶贫资金使用安全负主体责任，督促各级纪委履行监督责任，着力发现和查处扶贫领域违规违纪问题。健全扶贫领域责任追究常态化机制，对履行“两个责任”不力，导致扶贫领域发生区域性、系统性腐败问题的，坚决追究主体责任、领导责任和监督责任，以严肃问责倒逼“两个责任”落实。

坚决查纠扶贫领域不正之风。把扶贫领域存在的侵害群众利益不正之风作为监督执纪问责的重点，高度关注脱贫攻坚中形式主义、官僚主义、不实不准不公等问题。对贯彻上级脱贫攻坚决策部署不坚决不到位，搞自行其是、阳奉阴违；群众反映、督查发现的不作为、慢作为、执行力低下；搞“形象工程”“政绩工程”，做表面文章；弄虚作假、虚报浮夸，搞“数字脱贫”等行为，都要坚决查处。

严肃查处扶贫领域腐败问题。坚持每月定期研判，畅通信访举报渠道，对扶贫领域的线索优先处置、案件优先查办、结果优先反馈，对反映集中、性质恶劣的重点问题实行领导督办、限期办结。保持惩治腐败高压态势，严肃查处贪污挪用、截留私分，优亲厚友、虚报冒领，雁过拔毛、抢占掠夺问题，对胆敢打扶贫项目主意、向扶贫资金伸手、动困难群众“奶酪”的，严惩不贷、决不姑息。加大扶贫领域典型案例通报曝光力度，发挥查处案件的警示、震慑、教育作用，强化“不敢腐”的氛围营造。

持续深化民生监督工作。以“护民生、促脱贫”为主题，围绕打好基础设施建设、产业扶贫、易地扶贫搬迁、教育医疗住房“三保障”“四场硬仗”，突出深度贫困县、极贫乡、深度贫困村三大重点，盯紧关键环节，按照“4+N”工作思路，精准开展民生监督专项监察。常态化开展“访村寨、重监督、助攻坚”专项行动，把专项行动与委局班子成员联系县（乡）工作相结合、与县级干部包村脱贫攻坚工作相结合，组织纪检监察干部实地走访贫困户，查实情、找问题，确保到2019年底实现深度贫困村走访全覆盖。

抓好以扶贫领域为重点的市县巡察。贯彻落实十二届省委巡视工作动员部署电视电话会议精神，探索建立巡察监督与民生监督、派驻监督、审计监督等协作机制，推进市县巡察一体化。启动以扶贫领域为重点的市、县新一轮巡察，市级巡察以脱贫攻坚“大比武”排名靠后的乡镇和扶贫领域市直单位为重点，县级巡察以脱贫攻坚问题较多的乡镇、2个极贫乡和319个深度贫困村为重点。强化巡察结果运用，对扶贫政策落实、扶贫资金使用、扶贫项目实施等方面存在的问题，既督促被巡察党组织抓好问题整改，又督促扶贫领域相关职能部门履行监督职责，加强监管和指导。

铜仁市委统战部：发挥统战优势助力脱贫攻坚

◇ 铜仁市委统战部

2019 年，铜仁市委统战部把助力脱贫攻坚作为服务中心大局的最重要着力点，充分发挥统一战线五大优势，凝聚智慧力量，主动作为，合力攻坚，积极探索统一战线精准扶贫特色之路。

发挥党建引领优势，助力基层组织作用发挥。坚持把基层党的建设作为推动脱贫攻坚工作的基础工程。统筹安排市委统战部班子成员结对帮扶 3 个贫困村，派驻贫困村驻村第一书记扎实开展驻村帮扶工作，市委统战部班子成员组成督查组、暗访组不定期到帮扶村开展脱贫攻坚暗访、“两不愁三保障”专项普查及习近平新时代中国特色社会主义思想、“五步工作法”、省委十二届五次全会精神、脱贫攻坚政策等主题宣讲活动，进一步帮助联系村找短板、查不足、解难题、办实事。市委统战部机关党支部与联系村组成联建支部，积极到联建支部开展主题党日活动、支部联建、志愿者服务活动，部班子成员分别到联系村讲党课，组织参加学习实践活动，激发脱贫攻坚强大力量。目前，市委统战部到联系村开展各类宣讲活动 54 次，走访慰问贫困群众、贫困党员 30 户，帮助群众解决各类资金 17 万元。

发挥智力密集优势，助推党派帮扶有效开展。以民主党派开展“深化‘六个参与’、聚焦脱贫攻坚”行动为契机，组织各民主党派积极争取中央、省统一战线成员单位、东部发达地区统一战线到我市开展智力帮扶、项目帮扶、捐赠帮扶、专项帮扶。明确各民主党派市委（工委）至少争取党派中央 1 个以上帮扶项目，争取党派省委和东部发达地区来铜开展 2 次以上帮扶活动。各民主党派市委（工委）重点帮扶 1 个贫困乡镇，至少为贫困乡镇做 3 件以上实事。各民主党派省直属支部重点帮扶 1 个贫困村，至少为贫困村做 2 件以上实事。通过全市各民主党派加大对接力度，加强沟通协调，2019 年争取到泛海助学行动 500 万元帮扶铜仁市考入大学的建档立卡贫困新生。3 月，全国政协常委、江苏省政协副主席、致公党江苏省委主委麻建国一行来铜仁调研帮扶，组织医疗卫生专家在松桃开展“致福送诊”帮扶活动。4 月，民革中央第六调研组赴思开展脱贫攻坚民主监督工作。5 月，民进苏州市吴中区到德江县开展“东西协作”暨投资考察工作。7 月，省政协常委、经济委员会副主任、民建贵州省委主委李瑶到铜仁开展定点帮扶工作。

发挥凝聚人心优势，助力民企帮村全覆盖。深入学习贯彻习近平总书记在民营企业座谈会上的重要讲话精神和中央关于支持民营经济发展的各项决策部署，围绕全省民营经济发展大会提出的“六大专项行动”，开展了民营企业降低成本、缓解融资难题、优化营商环境等方面专项调研。积极采取座谈、走访、培训等形式，在民营企业中广泛宣传中央、省、市支持民营经济发展的政策措施，提升民营企业信心。对全市民营企业进行全面摸底排查，择优梳理出发展能力强、社会责任心强、工作推动实的企业组织，并根据各村发展实际情况，形成结对帮扶关系，有针对性地开展“千企帮千村”工作。

截至目前，全市有 395 家民营企业和商（协）会结对帮扶 594 个村（其中贫困村 479 个），帮扶贫困群众 86623 人。实施产业帮扶 148 家，实施帮扶项目 273 个，项目帮扶总额 12.06 亿元，在 248 个贫困村建立脱贫产业基地，帮扶贫困群众 4.02 万人；实施就业帮扶 181 家，企业投入资金 1.3 亿元，提供长期就业岗位 1000 余个，解决贫困群众临时就业 10 余万人次；实施公益帮扶 267 家，累计捐款捐物 2076.5 万元；其他帮扶 78 家。

铜仁团市委：搭建春晖行动“五个平台” 聚力脱贫攻坚

◇ 铜仁共青团市委

2017年以来，铜仁市稳步推进“民心党建+‘三社’融合促‘三变’+春晖社”农村综合改革，按照《市委统战部关于铜仁市统筹社会力量聚力脱贫攻坚三年行动计划实施方案（2017—2019年）》总体部署，深入实施以“同心战贫困·赤子报春晖”为主题的春晖行动，切实发挥“亲情、乡情、友情”情感纽带作用，充分发挥共青团组织化和社会化动员优势，建立健全团组织内部力量和外部资源协同参与的社会化扶贫工作机制，以“五个看得见”（看得见标准阵地、看得见人物故事、看得见春晖产业园、看得见活动氛围、看得见经验成效）为工作方法，用活用好“五个平台”（产业发展和资金互助平台、人才技术和智力支撑平台、公益行动平台、参与乡村社会治安综合治理平台、乡土文化传承平台），重点实施“五大工程”（春晖社建设、春晖家园计划、春晖产业扶贫、春晖招商活动、春晖暖心活动），引导广大在外游子积极参与的春晖行动，为最大化整合社会资源聚力脱贫攻坚助推乡村振兴作出了积极贡献。截至目前，全市共建立春晖社1499个，礼聘春晖使者13992人，凝聚春晖社社员35418人，实施春晖家园计划项目218个，募集春晖产业发展资金20214.22（含市级38.98）万元，募集春晖公益资金4020.051万元，建立春晖产业扶贫基地（园区）223个，建立春晖黔归人才创业示范基地103个，开展春晖暖心活动2854场次，开展“春晖行动——我与家乡共发展”座谈会2198场次，开展春晖亲缘招商活动302场次，建设春晖文化阵地322个，协助党委政府、村两委化解矛盾纠纷3896件，帮扶贫困群众25438户，帮扶贫困青少年26559人次。

实施春晖扶贫，搭建产业发展和资金互助平台

加强各级党委政府对春晖社建立的支持和指导，以村为单位，单独或联合建立春晖社1499个，凝聚春晖社社员35418人，礼聘13992名在外大学生、离退休老干部、企业家、成功人士担任春晖使者，吸纳在外乡友闲置资金及各类资金20214.22万元，在资金投入、技术投入、项目扶持、投资入股、产销链构建等方面给予支持。动员组织春晖使者参与和领建一批春晖扶贫产业，建立春晖产业扶贫基地（园区）223个，春晖黔归人才创业示范基地103个。如碧江区坝黄镇木弄村春晖社发挥核心作用，成立了贵州铜仁友方农旅发展有限公司，公司下设合作社开设农家乐、电商服务站，发展种植业等，规划打造850余亩春晖产业园。每年创意发起“共青林”“春晖林”等植树造林活动。2019年3月12日，铜仁市2019年“3·12我为家乡捐棵树·同心共建春晖林”活动在碧江区坝黄镇启动，市直和碧江区各机关企事业单位、高校、共青团员、少先队员、社会公益组织、春晖使者及社会爱心人士共800余人种植冠玉枇杷苗7000余株，建设春晖林200余亩。同时，各区（县）分会场同步开展植树活动，当日共植树近4万株，新增春晖林面积850多亩，参与现场植树活动1万余人。截至目前，“3·12”期间，市县两级团组织以及各机关企事业单位、中小学校、社会组织、春晖社等组织开展植树活动共100余场次，参与募捐、植树活动10万人次。重点培育51个市级春晖社示范点，通过示范带动形成合力，牢固树立“抓春晖就是抓扶贫、抓扶贫就要抓春晖”的理念，在全社会营造了春晖社建设的良好氛围。市级启动“党团社”一体化建设工作，重点围绕“选人用人”“阵地平台”“组织活动”一体化等方面建设，全市共建设不少于30个市级“党团社”一体化示范点，各区县建设不少于5个县级“党团社”一体化示范点，县级“党团社”一体化示范点与市级“党团社”一体化示范点的建设工作同步进行。同时，各区县按照易地扶贫搬迁点团建要求，在有条件的地方探索成立易地扶贫搬迁点春晖社和春晖社团支部，动员本地春晖社社员和春晖使者关心关

注搬迁点群众。

聚焦扶志扶智，搭建人才技术和智力支撑平台

春晖社广泛汇聚智慧和力量，通过亲缘、地缘、业缘延伸人力资源的脉络，对在外游子进行统计造册，以QQ、微信、电话、倡议书、慰问信、座谈会等形式，搭建家乡与在外游子的信息沟通平台，建立春晖人力资源网。组织在外大学生、离退休老干部、老同志、企业家、成功人士为家乡做奉献，在技术投入、教育医疗、产销链构建、美丽乡村建设等方面发挥积极作用。各级团组织、春晖社以“春晖行动——我与家乡共发展”座谈会为重要载体，紧扣“同心战贫困·赤子报春晖”主题，围绕乡村振兴战略相关要求，利用中秋、国庆、春节等节假日，多形式多载体开展各类活动，动员广大铜仁籍在外优秀人才，争取铜仁人在外的一切优势资源，为家乡经济社会发展和脱贫攻坚工作建言献策、献计出力，召开座谈会、院坝会2198场次，引导春晖使者积极为家乡建言献策2500余条，开展春晖亲缘招商活动302场次，助推地方经济社会发展。如将13名硕士研究生、博士研究生聘请为思南县“春晖扶贫使者”，为5个乡镇提供扶贫产业发展技术支持。

反哺故土亲人，搭建公益行动平台

围绕“尽孝、感恩、反哺、回报”的理念，春晖社积极引导鼓励在外乡友参与家乡公益事业发展，募集春晖公益资金4020.051万元，开展“春晖行动·扶苗行动”“春晖助学”“春晖映晚晴”等暖心活动，为留守儿童、留守妇女、留守老人和残疾人等特殊困难群体提供关爱服务。实施了一批当地群众期盼的“春晖家园计划”项目，改善贫困村道路交通、人畜饮水、环境治理、文化广场等基础设施建设。截至目前，全市共实施“春晖家园计划”项目218个，以县为单位成立铜仁籍在外大学生公益服务组织9个，开展春晖暖心活动2854余场次，帮扶贫困群众25438户、贫困青少年26559人次。

促进乡风文明，搭建参与乡村社会治安综合治理平台

建立健全春晖使者服务机制，动员春晖使者返乡宣传法律法规、环境保护、美丽乡村建设、脱贫攻坚、乡村振兴战略等知识，主动参与村级综合环境治理。建立春晖使者决策建议“智囊团”、乡风文明“督导组”等特色队伍，广泛开展好媳妇、好儿女、好公婆等评选表彰活动，促进村民自治延伸和拓展。各地春晖社积极参与制定村规民约，开展乡村卫生整治志愿服务活动，引导村民摒弃落后的乡风习俗，倡导文明新风，积极协助乡镇党委政府、村支两委化解矛盾纠纷3896件。

弘扬中华文明，搭建乡土文化传承平台

创新传承载体，弘扬春晖理念，传承中华民族优秀传统文化，引导群众向上向善、孝老爱亲、重义守信、勤俭持家，进一步凝聚民心、净化民心、弘扬社会新风。通过建立道德激励约束机制，引导群众自我管理、自我教育、自我服务、自我提高，实现家庭和睦、邻里和谐、干群融洽。春晖社依托烈士故居、古村古寨、特色民居、祠堂等，收集历史、文化、政治和农村实用技术等方面的书籍，建设春晖书院等春晖文化阵地，积极策划、组织开展丰富多彩的群众性文化活动，打造精神文化高地。以村级文化建设为阵地，布置春晖文化墙、春晖文化长廊，采取图文并茂的形式宣传弘扬社会主义核心价值观、中华传统优秀文化。把春晖感恩文化、乡愁文化和旅游产业融合发展，让家风家规家训等文化得到更好的传承，凝聚净化了民心。目前，全市共建设春晖书院、春晖文化长廊、春晖感恩教育基地等春晖文化阵地322个，开展春晖感恩宣讲活动1200余场次。

铜仁市依托春晖社为工作载体和手段，打好春晖社平台功能的组合拳，激活农村发展内生动力，汇聚社会力量聚力脱贫攻坚助推乡村振兴，形成了同心战贫困的强大合力，多次得到团省委书记涂妍，市委书记陈昌旭，市委副书记、市长陈少荣，市委副书记、市委政法委书记张涛的肯定性批示。《“春晖行动”助推乡村振兴的“铜仁探索”》被《铜仁改革交流》2018 年第 69 期采用，《铜仁市“三股力量”推动农村产业革命落地见效》中的“春晖组织”聚社会力量被《贵州改革情况交流》2018 年第 164 期采用。《印江县深化春晖行动助力脱贫攻坚》被《贵州改革交流》2018 年第 49 期采用并专报中央改革办。《思南县“春晖行动”四举措助力乡村振兴》被《贵州改革交流》2018 年第 22 期采用并专报中央改革办。《思南县建好春晖“四支队伍”助力乡村振兴》在《贵州改革动态》2018 年第 15 期刊载，市级以上新闻媒体聚焦报道铜仁春晖行动工作 220 余次。

铜仁市妇女联合会："铿锵玫瑰"给力脱贫攻坚

◇ 申逸恺

当前，脱贫攻坚已经进入攻坚拔寨、啃硬骨头的关键冲刺阶段。目前，我市尚有建档立卡贫困人口 50879 户 165582 人，其中贫困妇女 56149 人，占 33.9 %，贫困儿童 26728 人，农村留守儿童 65061 人。妇女既是脱贫攻坚的重点对象，更是脱贫攻坚的重要力量，帮助贫困妇女脱贫，不仅关系妇女自身生存与发展，而且关系阻断贫困的代际传递，关系家庭的和谐幸福，关系贫困人口整体脱贫进程。如何标本兼治加快贫困妇女脱贫致富的步伐，一直备受社会关注。铜仁市妇联以问题为导向，以改革为抓手，针对全市存在的妇联组织覆盖不广、活力不强，广大妇女参与脱贫攻坚力量薄弱、造血功能差，巾帼产业基地示范带动作用不大、贫困妇女创业就业难，困难妇女儿童关爱机制不够健全、举措不够有力等问题，下功夫织好"一张网"、下好"榜样棋"、谱好"脱贫曲"、打好"关爱牌"，凝聚起巾帼助力脱贫攻坚的磅礴力量，走出了一条"巾帼扶贫"的新路子。

织好"一张网"，凸显组织力量

扎实推进各级妇联组织改革，印发了《铜仁市妇联改革方案》，针对一些区县多年未进行换届，妇联组织力量薄弱等问题进行深化改革，各区县相继出台了《妇联改革方案》，先后全面完成了市级妇联组织、10 个区县妇联组织改革和换届选举工作，完成了乡镇区域化建设和村级妇代会改建妇联工作。市县乡村四级妇联组织选举产生主席 3073 名、专兼挂职副主席 7262 名、常委 1774 名、执委 50363 名，扩大组织覆盖，延伸了妇联工作手臂，形成了"上面千条线、下面一张网、身边一个家"的工作格局。为切实发挥各级妇联执委作用，积极创新，建立了妇联执委“1+1”联系制度（即：明确1名市级、县级、乡镇妇联执委分别联系1个村或社区）助力脱贫攻坚，推动乡村振兴，全市2955个村（社区）实现了村村有妇联执委联系帮扶。各级妇联执委聚力下沉，形成妇联组织工作“网络”，到所联系村贫困家庭甘当创业就业“引路人”、关心关爱“贴心人”、权益保障“代言人”、产业扶持“娘家人”，催生扶贫新动能，奏响“巾帼扶贫”最强音。市妇联执委帮扶联系的松桃县九江街道莫子叫社区（深度贫困社区），执委积极帮助该村协调项目资金，为该村争取协调项目资金达300余万元，新建了妇女之家、儿童之家，完善了村级活动场所阵地功能，及时帮助解决修桥修路、通自来水以及产业发展方面难题12个，对该社区74户贫困户进行慰问并帮助解决实际困难。

下好“榜样棋”，激发干事激情

做好宣传教育文章，深化妇女思想认识，先后邀请党的十九大代表邓迎香、全国人大代表石丽平和全国人大代表华茜，进机关、进社区、进村寨开展巡回宣讲，讲述她们带领群众及妇女脱贫致富的精彩故事20余场，近2000余名妇女聆听了宣讲，用榜样的力量有力激发了广大妇女干事创业热情。组织开展“巾帼心向党·建功新时代”主题宣讲，全市1224名第一女支部书记和驻村女干部、3000余名妇联干部先后进村入户宣讲8000余场次，引领贫困妇女坚定脱贫信心、立志脱贫拔“穷根”。2018年积极挖掘宣传了30多名脱贫攻坚巾帼风采人物，评选表彰了14名“三八红旗手”、12个“三八红旗集体”、11个巾帼脱贫先进集体和11个先进个人，挖掘6名优秀女性事迹参加铜仁电视台《蓉耀访谈录》，用榜样的力量真情感召妇女积极发挥“半边天”作用投入脱贫攻坚中，创造出彩人生。做好家庭教育文章，树立良好家风家德，挖掘表彰了50户“最美家庭”、50户“五好家庭”、118户平安家庭示范户。其中，石阡县河坝镇28岁农村妇女肖飞用瘦弱的肩膀撑起7老2小贫困家庭的感人故事广为流传，其和睦的家庭、诚实的家教、善良的家风，成了阐释家庭美德的好模范，先后获第一届“全国文明家庭”、第五届贵州省“明礼知耻·崇德向善”道德模范、“贵州好人”2015

年度人物、贵州省“三八”红旗手等荣誉称号，通过在全市上下广泛宣传肖飞等典型事迹，用榜样的力量温情感召更多妇女传承优秀家风家训、发扬传统美德、共建美好家庭。

谱好“脱贫曲”，强化创业就业

聚焦脱贫攻坚，服务妇女创业创新，先后创建国家级、省级、市级巾帼脱贫示范基地，锦绣计划巧手脱贫示范基地 82 个。扎实推进“桃源铜仁 · 锦绣计划”，组织参加全省“圆梦锦绣 · 巧手脱贫”比赛，我市绣娘、创新产品分别获得一、二、三等奖。组织全市手工业者参加“第七届中国 · 苏州文化创意设计产业交易博览会”，现场交易 150 万余元，并签订了 1500 余万元的意向性订单。举办了全市“两赛一会”民族服装展演大力推介宣传我市妇女手工业产品，获得广泛关注和一致好评。目前，全市有妇女特色手工企业 120 余家，产值 4 亿多元，松桃县被列为全省“锦绣计划”示范县，形成了苗绣创作、朱砂雕刻两大产业群。2018 年开展锦绣女、家政女、持家女“三女”培训 4200 人次，发放妇女小额信贷资金 7600 余万元，有力带动妇女创业就业，拓宽增收致富渠道。大力实施“乡村振兴 · 巾帼行动”，发挥优秀女企业家“领头雁”作用，带动贫困妇女就近就业。针对易地扶贫搬迁点妇女创业就业问题，与市生态移民局联合出台《关于在易地扶贫搬迁安置点开展“强妇建 · 助发展”工作的通知》，围绕“三女”培训、创业就业、妇女之家、儿童之家，切实加大扶持力度。全国人大代表、市女企业家协会会员、松桃苗绣第七代非遗传承人、梵净山文化开发有限公司负责人石丽平，长期致力于苗族文化的深度研究与手工艺术品的开发生产，培训绣娘 6000 余名，带动当地 3800 余名妇女就近就业，并在碧江、万山等易地扶贫搬迁安置地开展妇女手工技能培训，采取“妇联 + 公司 + 搬迁户”的模式，销售搬迁妇女制作的手工产品，让搬迁户搬得出、稳得住、能致富，让贫困妇女既能照顾家庭、又能就近就业。企业先后获得了全国妇女手工编织就业创业示范基地、贵州省“乡村振兴 · 巾帼行动”示范企业、贵州省级巧手脱贫基地等称号，已成为“桃源铜仁 · 锦绣计划”的龙头老大，极大地推动了全市民族文化传承和妇女特色手工业的发展。

打好“关爱牌”，提升幸福指数

2018 年，市妇联先后争取到贫困母亲“两癌”救助金、“母亲水窖”“母亲健康快车”“儿童快乐家园”等公益项目资金 507 万元，新建“妇女之家”62 个、“儿童之家”30 个，切实做到了为贫困妇女儿童解难事、办好事、做实事。为解决好农村贫困婴幼儿的哺奶问题，促进儿童健康成长，市妇联积极向北京联慈基金会争取了“国奶扶贫和儿童福利主任”项目，目前是全国首个地级市、全省唯一实施该项目的地区，三年资助金额可达到 5 亿多元。2018 年全市通过差额或全额方式资助困难家庭奶粉 154047 桶，资助金额达 3300 余万元，惠及 7645 个家庭，发放儿童福利主任工作补贴 80 余万元，带给老百姓看得见、摸得着的扶贫“干货”。我市的经验在首届儿童发展与乡村振兴论坛暨第三届健康扶贫工作会上作了现场交流发言，市妇联被评为“健康扶贫先进单位”。针对全市妇联系统没有建立关爱贫困儿童长效机制的问题，引用现代诗人葛显庭“终日酿蜜身心劳，甜蜜人间世人效”（《咏蜂》）的诗句，发起“播撒爱心阳光·让困境儿童共享甜蜜生活”的“花蜜行动”公益活动，2018 年募集了爱心资金 600 余万元，设立了“花蜜孩童扶助金”“花蜜孩童成长金”等，拨付了 100 余万元帮助 380 个困境儿童解决学习生活困难，汇聚社会大爱关心困难儿童。在全省率先实施“苗圃工程”（0—3 岁儿童早期综合发展）试点项目，积极创新、强化措施，深入探索早教发展模式，建立的宣传、规划、师资“三方”服务管理规范，工作推动、经费保障、项目依托“三项”工作机制和分期发展、分期教育、分期服务的“三期”服务体系均初具雏形，得到省市领导的高度肯定。全省“苗圃工程”项目现场推进会在我市召开，我市关于 0—3 岁儿童早期综合发展的工作经验在会上得到交流推广。全市共创设试点 14 个，惠及家庭 3000 余户，推动了各界重视，唤醒了家长意识，促进了儿童综合发展，为“幼有所育”创造了更多、更好的条件，有力促进了婴幼儿成长。

铜仁市文广新局：“3233”文化扶贫新模式助力脱贫攻坚

◇ 铜仁市文广新局

近年来，铜仁市文广新局以大文化助推大扶贫，以“文化育民、文化励民、文化惠民、文化富民”四大工程为抓手，积极探索“3233”文化扶贫新模式，强精神、补短板、加长板，在助力脱贫攻坚中取得实效。

实施文化育民“三项计划”

一是创新实施非遗传承人千人培训计划。建立省级非遗生产性保护示范基地6个，非遗传承基地23个，培训非遗传承人1500人次。二是创新实施农村文化能人万人培训计划。选派100多名优秀文化工作者、1000多名文化辅导员深入开展文化下乡服务，指导建立农村业余文艺队伍1246支，开展各类文化培训辅导活动320场次，培训基层文艺骨干、农村文化能人1.47万人次。三是创新实施“走出去、请进来”文化专业人才培训计划。以“走出去”的方式，联合浙江大学、北京大学、北京文化干部管理学院，举办文化产业、非物质文化遗产保护传承、文化创意等培训班5期；以“请进来”的方式，抢抓苏州对口帮扶机遇，在铜举办高层次文化人才业务培训4期。2017年，全市累计参加培训人员达600人次。

打造文化励民“两大品牌”

一是打造社会主义核心价值观主题教育品牌。向全市农家书屋赠送、配送反映社会主义核心价值观的书籍10多万册；拓展农村公益电影放映及“八进”延伸活动，全年放映优秀电影3.64万场，观影人数达194.7万人次；成功举办华语微电影暨首届“我的乡愁”主题微电影展映活动，面向全国征集到微电影1600多部。二是打造助推脱贫攻坚文艺演出品牌。组织开展了“学习贯彻十九大、助推脱贫攻坚”千场文艺演出进基层活动，将脱贫致富带头人、好人好事等先进典型编成歌舞、小品等节目128个，深入乡村进行巡演。创作了大型音乐舞蹈诗“梵山净水”并成功演出，将中央、省、市关于脱贫攻坚的决策部署用音乐舞蹈诗呈现给广大市民，反响强烈。

推进文化惠民“三大工程”

一是夯实农村文化基础设施工程。完成“百县万村”综合文化服务中心建设示范工程160个；建成农家书屋2735个。二是提升农村广电“数字化”工程。组织实施了“广电云”户户用工程，新增2004个行政村通数字传输信号，新增“广电云”用户21.6万户，超额完成省下达19万户的目标任务。三是创新农村文化种子工程。争取到第三批创建国家公共文化服务体系示范项目——农村文化“种子工程”，全市累计建设乡村大舞台、欢乐院坝1400多个，开展文化志愿服务3万多人次。

突破文化富民“三项重点”

一是在特色非遗产业扶贫上取得突破。以贵州梵净山苗族文化产品开发公司为龙头，研发了苗族刺绣、苗族银饰、苗族服饰等民族文化产品，在8个乡镇建立了苗族刺绣生产基地，带动4500名妇女群众就近就业，实现人均月收入3500元。在玉屏县建立箫笛人才培训基地、原材料生产基地，建设箫笛文化产业园，整合30余家文化企业，带动1500多名贫困群众就业，实现人均年收入3万元。二是在文旅深度融合上取得突破。依托文化资源，将万山汞矿遗址打造成旅游景区，产生了良好的社会效应，助推九丰农业和彩虹海等大型招商引资项目落户万山，带动当地2万余人就业创业。在石阡尧上和楼上，依托生态资源和民族文化资源，大力发展乡村旅游，每年吸引10万余名省内外游客，带动当地1000多名贫困群众增收致富。三是“广电云+”助推铜货出山取得突破。积极发展“广电云+”电商业务，在玉屏县建立了以农特安为代表的电商平台60家，采用“公司+基地+农户”的模式，为当地黄桃、山茶油、板栗、柿饼等拓展销路，助推了铜货出山，真正实现了从传统的“看电视”到“用电视”的转变。玉屏黄桃通过农特安电商平台销售，单价从当初的10多元每斤提高到25元每斤，仅2017年全县150万斤就增收1500万元。

铜仁市财政局：以财政投入强度保障精准脱贫力度

◇ 瞿应明

铜仁市加强涉农资金统筹，2017 年实际整合资金 44.68 亿元，完成支出 42.56 亿元，集中用于农业生产发展和农村基础设施建设。对连续结转两年及以上仍未使用完的项目资金一律收归财政预算统筹安排，收回可统筹使用存量资金的 50% 重点用于急需的扶贫领域和其他困难地区，确保全市脱贫攻坚重大项目建设顺利推进。

铜仁市撬动社会资本参与扶贫，全市已落地 PPP 项目 33 个，投资规模 1222.46 亿元，引入社会资金达 914.58 亿元，有效缓解了扶贫项目财政资金的压力。

各区县申报省级扶贫产业子基金，119 个子基金项目已通过金融机构评审，审批金额 95.66 亿元，基金完成率排全省第一位。实际投放项目 59 个，投放资金 39 亿元，有力地推动了全市六大主导产业发展。全市极贫乡镇子基金已拨付到位 10.6 亿元，使用金额 5 亿元。

铜仁市率先在贵州省成立 200 亿元市级脱贫攻坚专项资金。按照一、二、三类贫困村建档立卡，贫困人口分别的人均 5 万元、4 万元、3 万元和非贫困村贫困人口人均 3 万元的标准划分，55% 用于产业扶贫项目，25% 用于人居环境改善和基础设施建设，15% 用于医疗救助和教育资助，5% 用于其他项目。55% 产业扶贫项目与省脱贫产业子基金并轨运行，省级扶贫产业子基金到位 39 亿元，市级基金到位 40.66 亿元，推进了农村基础设施建设和扶贫产业发展。

铜仁市强化政策支持和资金扶持，推进金融扶贫。用活“特惠贷”优惠政策，以财政扶贫资金为杠杆，全市注入风险补偿资金 2.45 亿元。对贫困户发放 5 万元以下、3 年期内、免抵押、免担保小额信用贷款，财政贴息 9833 万元，累计为建档立卡贫困户发放“特惠贷”23.1 亿元，惠及 4.77 万户，有效破解贫困群众发展产业缺乏资金的难题。

建立健全农业信贷担保体系，市县财政首批出资 5750 万元入股省级农业担保公司，注册成立了铜仁市农业信贷担保有限责任公司，区县成立分公司或办事处，全市农业信贷担保体系基本建立，可撬动金融资本 10 亿元，支持农业产业发展。

推行农业政策性保险政策，近年来市级财政对此配套 1117.99 万元，实现保费总额 1.3 亿元，增强了农民抗风险能力。

强化与金融机构战略合作，拓宽扶贫资金融资渠道，实现金融精准扶贫贷款余额 275.78 亿元。市扶贫办、财政局与农发行铜仁分行进行战略合作，开发了贫困村提升工程专项贷款产品，为推进贫困村提升工程提供贷款 12.37 亿元。

铜仁市“四围绕”全力打赢健康扶贫攻坚战

◇ 铜仁市卫生健康局

近年来，铜仁市卫健系统认真贯彻落实习近平总书记指示精神和中央、省健康扶贫部署，推动卫生健康事业发展不断提质增效，实现了贫困群众有地方看病、有医生看病、有制度保障看病、看得好病。

主要做法及成效

围绕群众看病有地方，着力优化卫生服务体系。一是加强医院等级创建。全市 17 家县级公立医院中有 5 家县级综合医院达到二甲综合医院标准，成功创建三乙综合医院 2 家、三级综合医院 2 家，成功创建三乙中医医院 2 家、二甲中医医院 6 家，实现每个区（县）建好 1 家县级公立医院目标。其中县级医院三级以上占全省总数 38%，在全省市州占比排第一。二是加强乡镇卫生院建设。48 个乡镇卫生院获国家命名“群众满意的乡镇卫生院”，61 个乡镇卫生院达到甲等乡镇卫生院标准，实现中心乡镇卫生院 100% 达到一级甲等标准。全市建成政府办乡镇卫生院（社区卫生服务中心）176 个，实现每个乡镇（街道）建成 1 个乡镇卫生院（社区卫生服务中心）目标。三是加强村卫室建设。通过新建、改扩建、调剂公房、村卫生室与计生室整合等方式，建成村卫生室 2558 个，实现行政村医疗卫生服务全覆盖。四是推进县域医共体建设。全市共建成 17 个县域医共体，10 个区（县）全部纳入国家级试点县。2019 年，全市医保基金使用率较上年同比下降 3.51%，医共体内基层门诊和住院人次同比分别增长 4.39%、2.78%，下转病人增长 16.9%。

围绕群众看病有医生，着力加强人才队伍建设。一是强化基层人才增量。在2016年、2017年我市连续获得全省乡村两级医疗卫生引才一等奖。二是强化卫生人才培养。积极组织开展各类卫生技术技能竞赛、新技术新项目申报，为卫生人才提技能晋职称创造良好条件。2019年，全市卫生专业正高级、副高级职称评晋通过人数分别达46人、228人，是2017年的3.83倍、2.96倍。切实加强村医培训，分别完成村医遴选、中医适宜技术、村医岗位培训119人次、1236人次、16458人次。三是建立完善绩效分配制度。在基层医疗卫生机构实行收支结余按5∶4∶1用于奖励绩效、事业发展（含人才发展经费）、风险基金，各区（县）基层医疗卫生机构医务人员平均收入提高了15%—20%。四是全面实现“三合格”目标。达到每个县级医院每个专业科室至少有1名执业医师、每个乡镇卫生院至少有1名执业助理医师、每个村卫生室至少有1名合格乡村医生的配置要求。

围绕群众看病有制度保障，着力建立长效服务机制。一是加强家庭医生签约服务。按照应签尽签、签服并重原则，实现全市农村建档立卡贫困户签约服务全覆盖和四类慢病在家人群应管尽管。二是扎实推进大病专项救治。及时调整大病救治病种，对全市罹患30种大病内的农村患者实施大病专项救治，应治尽治。三是严格落实“先诊疗、后付费”政策。四是提升中医药服务能力。成功创建全国基层中医药工作先进单位3个、全国综合医院中医药示范单位4个、全国基层名老中医工作室建设项目13个、省级中医名医传承工作室建设项目13个、省级中医重点专科6个、省级中医建设重点专科32个，被列为全国40个社会办中医试点地区之一。五是提升公共卫生服务水平。实现乡镇卫生院（社区卫生服务中心）规范化数字化预防接种门诊全覆盖。全市0—6岁儿童眼保健和视力检查覆盖率、农村妇女宫颈癌和乳腺癌筛查完成率、6—24月龄儿童营养包发放率、有效服用率均达到省级考核标准。

围绕群众看得好病，着力提升医疗服务内涵。一是加强临床重点专科建设。坚持“重点突破、错位发展、优势互补、一体推进”原则，坚持人才围绕重点专科引培、质量围绕重点专科提升、科研围绕重点专科倾斜、帮扶围绕重点专科推进、培训围绕重点专科开展、设备围绕重点专科保障、品牌围绕重点专科打造、形象围绕重点专科展现的建设理念，从全市遴选发病率和外出就诊率较高病种的临床专科，全力打造3个国家级、15个省级、80个市级临床重点专科。目前，全市已建成市级临床重点专科89个，15个省级临床重点专科达到中期建设标准。二是大力开展东西部协作扶贫。10个区（县）全部与苏州市对口帮扶单位开展组团式帮扶并实现基层医疗卫生机构全覆盖。铜仁市人民医院等7家医疗机构与支援单位建立了远程服务关系，极大惠及了铜仁市看病群众。如，江口县曾某孕期间产检发现胎儿异常，今年6月婴儿出生后借助铜仁市妇保院与苏州大学儿童医院的远程医疗系统确诊为“完全型静脉异位引流（心上型）”，6月9日转运到苏州大学儿童医院就诊并实施了心脏畸形矫正手术。6月21日央视《新闻30分》做了报道。患儿已于6月29日治愈出院，产生的住院费12万元全部由苏州大学儿童医院争取到的公益慈善基金帮助解决。三是大力实施“互联网+医疗健康”建设。实现所有市级医疗机构、15家县级公立医院、8个县级妇保机构、168个乡镇卫生院（社区卫生服务中心）及2017个村卫生室接入市医疗健康大数据平台。加强与杭州华卓科技信息有限公司合作，采用混合云架构铜仁市医疗大数据平台，为铜仁信息化联防联控新冠肺炎疫情提供了很好支撑。在6月24日召开的第二季度贵州省委理论学习中心组专题报告会上，李兰娟院士对铜仁市医疗大数据产业发展和服务疫情防控工作给予了充分肯定。

经验启示

一是做强做优基层是基础。以推进县域医共体建设为契机，以强化基层人才培养为主线，不断提高基层服务能力，是保障广大贫困群众有地方看病、有医生看病的基础。二是建立长效机制是保障。以开展家庭医生签约服务为主要手段，前移基层服务关口，提早阻断贫困群众因病致贫返贫因素，是降低贫困群众患病概率的制度性保障。三是借力东西部协作扶贫是关键。我市在得到苏州市对口帮扶后，医疗服务能力加速提升，群众看病更方便、受益更多。四是扎实提升医疗服务内涵是根本。推进临床重点专科建设是塑造医疗服务品牌的有效手段，如 2017 年我们将铜仁市人民医院肿瘤科列为国家级重点专科建设后，在 2019 年市内外出诊疗患者占比从 2017 年的 26% 下降到 9%，市外前来就诊出院患者占比从 2017 年的 2% 提升到 15%。同时，大力推进“互联网 +”医疗健康系统建设，不仅能优化看病流程、提高工作效率，更是让贫困患者少跑腿、少排队，切实有效减轻了看病就医贫困患者的经济负担。

铜仁市“五创五升”走出铜仁山地高效农业新路

◇ 杜毅智

铜仁市位于贵州省东北部武陵山区腹地，是唯一10个区县全部纳入武陵山片区的地区。近年来，按照省委提出的“来一场振兴农村经济的深刻的产业革命”要求，遵循山地经济规律，聚焦产业发展“八要素”，狠抓“五创五升”，实现“六个转变”，走出铜仁山地高效农业新路。

创新发展模式，由“传统型”向“特色型”升级

精选特色产业。过去，我市农业发展长期面临着无技术、无市场、无组织、无品牌、无品质等困境。近些年，我市紧扣“重研培、再优化、增规模、深加工、创品牌、强配套、拓市场、抓入统”的思路，聚焦蔬菜、牛羊、特色林业、食用菌、生态茶、辣椒、水果、生猪、中药材、生态渔业、生态家禽11大特色优势产业发力，在全省率先建立《市领导领衔推进农村产业革命工作制度》，通过市领导领衔推进，在扩大产业规模、优化产业布局、拓展销售渠道、加强科技攻关、强化利益联结等方面取得明显成效。今年全市投产茶园、投产果园面积分别达128万亩、62.8万亩，中药材、蔬菜累计种植面积分别达64.9万亩、163万亩，食用菌种植规模达3.94亿棒，出栏生猪132.8万头、肉牛12.2万头、肉羊31.83万只、家禽817万羽，产业带动贫困群众3万余人。

精准产业帮扶。发展产业，是实现脱贫的根本之策。创新探索由各区县、铜仁高新区、大龙开发区“9+2”共同支持沿河县产业发展的帮扶协作模式。明确沿河县今年重点发展辣椒、食用菌（黑木耳）、红薯、生猪代养、生态

鸡等特色优势农业产业。组建基础设施建设工作专班和9个产业专班，推动落实每一个产业项目清单化、项目化，全力解决“两不愁三保障”等问题，一场助力沿河打赢深度贫困的歼灭战正火热进行。产业专班成立以来，先后前往22个乡镇产业种（养）殖点开展了育苗技术、栽培技术、病虫害的防治技术等指导服务。截至目前，指导培训农户1.3万余人次。

创新生产方式，由“粗放型”向“集约型”升级

坝区成为“聚宝盆”。按照“突出点、连好线、扩大面、全覆盖”的要求，以创建绿色发展先行示范区为契机，聚焦特色优势产业，加快资源要素整合，全面推进坝区农业产业结构调整，提升坝区农业规模化、标准化、集约化水平，将坝区打造成“样板田、科技田、效益田”。2019年，全市坝区完成产业结构调整31.97万亩，实现产值16.65亿元，带动贫困人口4.67万人。完成样板坝区创建12个，达标坝区创建62个。2020年，全市坝区计划种植作物40.63万亩，新增引进和培育参与坝区生产经营的优强新型经营主体30家以上，所有坝区建成达标以上坝区，坝区平均亩产值8500元以上。截至目前，全市坝区累计种植作物27.96万亩，并对7万多亩在田多年生经济作物进行了管护。

园区成为“助推器”。以主导产业发展为主线，以改革创新为动力，以“提质增效”为工作重点，努力在“要素集中、产业集聚、企业集团、生产集约”上下功夫，推动园区一、二、三产业融合发展。积极构建以省级农业园区为骨干、市级农业园区为重点、县级农业园区为支撑的园区发展格局。2019年，全市68个省级农业园区完成投资104.07亿元，实现产值258.83亿元。市级农业园区达81个，县级达120个。新增省级农业园区11个，增长数排名全省第一。2020年，计划完成园区总投资110亿元以上，实现总产值250亿元以上。今年第一季度，68个省级农业园区总投资达26.4亿元、总产值达45.2亿元，实现销售收入40.6亿元。

创新主体培育，由“小微型”向“龙头型”升级

做好培育主体“加法”。创新提出新型农业经营主体“十大体系”建设工程和农产品品牌创建“十大重点”建设工程，大力推广“龙头企业 + 合作社 + 农户”组织方式，形成“1+1+1>3”的聚合增益效应，真正在农业领域形成大企业顶天立地、中小企业铺天盖地的格局。截至目前，我市共有市级以上农业产业化龙头企业 444 家（其中国家级龙头企业 4 家、省级龙头企业 126 家、市级龙头企业 314 家），农民专业合作社 10716 家、市级家庭农场 1667 家。今年以来，我市将农产品加工转化作为主体培育的重中之重来抓，统筹处理“六个关系”，全面提升农产品加工转化率。成立由市委、市政府主要领导为双组长的农产品加工转化领导小组，从相关部门抽出专人组建实施工作。1—5 月，全市共有规模以上农产品加工企业 123 家，实现产值 42.1 亿元，同比增长 1.78%。其中，纳入各专班的企业 68 家，实现产值 20.1 亿元，同比增长 4.6%。

做好农业招商“乘法”。“筑巢引凤栖，花开蝶自来。”近年来，我市持续优化营商环境，不断释放招商引资“乘法效应”，引进了一大批引领性强、带动性大、成长性好的项目落地，极大地推动了我市山地高效农业发展进程。2019 年，成功举办农业招商引资集中推介签约活动 2 次，签约项目 79 个、资金 73.9 亿元，引进裕国菇业、傲龙生物、湘佳牧业等上市公司落户铜仁。其中，湖北裕国菇业股份有限公司将在碧江区建成全省规模最大的易地搬迁食用菌产业扶贫基地。今年以来，落地重点农业项目 4 个。引进成都大农科技有限公司，将把我市打造为“中国窨都”。市政府分别与铁骑力士、德康农牧、温氏集团签订《深化项目合作框架协议》，三大重点龙头企业将分别在我市发展 200 万头生猪繁育、养殖、加工、销售全产业链项目，建立区域总部。

创新产品营销，由“低端型”向“高端型”升级

推进品牌战略。紧紧围绕市场变化，大力实施品牌战略，不断夯实规范认证、试点示范、展示展销、品牌传播等方面工作，加大农业品牌培育、整合、塑造、营销推介和宣传保护，农产品品牌初具规模，知名度显著提升。一大批优质农产品品牌让人耳熟能详，一块块金字招牌直接带动了农业增效和农民增收。有被誉为“世界茶中珍品”的梵净山茶、“东方橄榄油”的油茶，有沿河白山羊、思南黄牛、江口萝卜猪、梵净仙菇、高原红薯、德江天麻、玉屏黄桃等地方特色品牌，形成了以茶、油茶、食用菌、蔬果、生猪、禽蛋和中药材为主的绿色产业体系。“梵净山珍·健康养生”公共品牌商标成功获得国家知识产权局注册，梵净山抹茶大会连续成功举办两届，铜仁农产品品牌不断做强做大。

推进产销对接。“铜货出山”是拉动产业发展的途径，我市始终坚持以市场为导向，加强产销对接工作，健全市场流通体系，加快发展农村电子商务，推动农业结构优化升级，有力推动农业增效、农民增收、农村发展。借力打力用好对口帮扶市场，在苏设立梵净山珍展示中心，对在苏“梵净山珍·健康养生”农特产品销售窗口进行授牌，目前已设立展示中心、专柜、销售窗口达 31 个。电商发力做好线上市场，深化与阿里、京东、苏宁等电商平台合作，培育农村电商扶贫市场主体，目前全市有网商网店 6114 家。此外，积极探索发展“1+10+N+3”农商互联产销对接模式，目前市级集配企业梵投农业产业公司已与碧江、万山、松桃、江口等区县的 16 个坝区达成辣椒产业合作。

创新措施保障，由“分散型”向“聚合型”升级

在政策保障上。切实加强顶层设计，出台完善有关配套政策，积极引导和激励社会各界力量参与山地高效生态农业，先后出台《关于抓好“三农”

领域重点工作确保如期实现全面小康的实施意见》《铜仁市坝区农业产业结构调整推进方案》《关于深入推进农村产业革命促进农产品加工转化的实施方案》及 11 个特色优势产业发展实施方案等政策文件。

在资金保障上。不断健全投入保障制度，形成向上争项目、向外引龙头、向内注活力、向下促投入“四位一体”投融资机制，确保投入力度不断增强、总量持续增加。今年以来，全市开展了“三农”补短板项目储备入库工作，项目储备申报资金达 106.89 亿元。成功举办铜仁市农银企座谈会，搭建起金融保险行业与农业企业面对面沟通与交流平台。今年一季度，全市涉农贷款余额 1076.83 亿元，同比增长 18.94%，发放担保贷款余额 11.27 亿元，累计惠及农业企业 3401 家。

在人才技术上。加强基层干部培训，充分发挥市、县、乡三级技术推广体系作用，更加注重农业专业人才选拔任用，着力培养一支爱农业、懂技术、善经营的新型职业农民队伍。2019 年以来，开展多种形式技术培训 1600 余次（期），累计培育农村实用人才 10 万余人。与李玉院士建立“食用菌院士工作站”，与贵州大学校长宋宝安院士开展“有机农产品病虫草害绿色防控研究与应用”合作。

铜仁市“三补一转一带一迁”落实林业生态补偿脱贫措施

◇佚　名

2016年以来，铜仁市深入贯彻落实中央、省关于脱贫攻坚的决策部署，坚持生态优先、绿色发展，大力实施大生态、大扶贫战略行动，进一步加大生态保护和修复力度，通过实行“三补一转一带一迁”措施，有效促进贫困人口在生态建设保护修复中稳定脱贫和增收致富，在摆脱贫困中不断增强保护生态、爱护环境的自觉性和主动性，实现了百姓富、产业兴和生态美的有机统一，为全省乃至全国生态扶贫提供了铜仁的实践蓝本。

生态效益补偿，九成地区受益。铜仁全域均属于天然林保护工程区，所辖区县均纳入了天然保护工程范围。全市国家公益林森林生态效益补偿面积613.67万亩，其中国有2.68万亩、集体及个人610.99万亩，获得国家级公益林森林生态效益补偿资金9796.27万元，涉及166个乡镇2030个村组，乡镇覆盖率达到94.86%，受益农户人数达44.5万户181.44万人。全市省级地方公益林森林生态效益补偿面积269.2万亩，获得省级地方公益林森林生态效益补偿资金1292.16万元，落实市级地方公益林森林生态效益补偿资金969.12万元，涉及167个乡镇1824个村组，乡镇覆盖率达到95.43%，受益农户人数达18.99万户74.09万人。

退耕资金补助，两成农户受益。铜仁市将退耕还林工程实施与改善生态环境、调整产业结构、促进农民增收有机结合，与扶贫开发、移民搬迁、特色产业建设融合发展，取得了阶段性成果。截至目前，全市累计争取新一轮退耕还林任务面积129.849万亩，涉及173个乡镇2070个村组，乡镇覆盖率达到92.00%，受益人数达35.3万户130.8万人次。

造林劳务补贴，数亿劳务投入。铜仁市着力推进国土绿化，加强重点林业工程建设。全市实施各类营造林工程项目近242万亩，其中提供整地、植苗等短期劳务用工量近 800 万余人次，累计发放劳务费 9.59 亿元，基本实现造林 50 亩带动 1 名贫困户脱贫，营林 100 亩带动 1 名贫困户脱贫。

转为生态护林，数万家庭脱贫。开展生态护林员选聘工作，是林业系统落实科学治贫、精准扶贫、有效脱贫工作的一项创新举措，实现了林业生态保护和脱贫攻坚工作的双赢。全市深入贯彻落实中央提出的“利用生态补偿和生态保护工程资金使当地有劳动能力的部分贫困人口转为护林员等生态保护人员”要求，综合考量贫困人口脱贫需求和森林资源管护需要，共争取生态护林员指标 18836 名，护林员工资每人 10000 元 / 年，直接带动 18836 个家庭脱贫。

生态产业带动，实现稳定增收。发展产业脱贫是全市脱贫攻坚战场的“重头戏”。产业扶贫须对症下药，找准“病根”，用对“药方”，才能“药到病除”，拔掉穷根。全市累计发展油茶产业基地 110 万亩、发展木竹产业基地 50 万亩、发展花卉苗木产业基地 10 万亩、发展林下经济产业基地 252 万亩。全市林业产业基地总面积超 500 万亩，辐射带动近 4.2 万户 13.44 万人。

易地搬迁扶贫，实现异地发展。目前，全市 5 个省级以上自然保护区共涉及 3446 户 15629 人，其中梵净山国家级自然保护区涉及搬迁任务有江口、松桃、印江 3 个县的 7 个乡镇 24 个村，纳入搬迁计划 597 户 2468 人（含扶贫生态移民、易地扶贫搬迁、水库移民），现已全部搬迁。其中属于保护区核心区内计划搬迁 77 户 300 人（贫困人口 41 户 161 人），已全部搬迁；属于保护区实验区内计划搬迁 520 户 2168 人（贫困人口 327 户 1365 人），已全部搬迁。麻阳河国家级自然保护区涉及沿河县 5 个乡镇 28 个村，纳入““十三五””易地扶贫搬迁 976 户 4798 人，核心区搬迁 119 户 557 人，缓冲区 653 户 3217 人，实验区 204 户 1024 人，已全部搬迁。佛顶山国家级自然保护区涉及石阡县 3 个乡镇 9 个村，共计搬迁（含生态移民）379 户 1600 人。其中核心区 7 户 25 人，缓冲区 110 户 472 人，实验区 262 户 1103 人，均已全部搬迁。洋溪省级自然保护区涉及印江县 5 个乡镇 29 个村，““十三五””时期共计易地扶贫搬迁 413 户 1797 人。其中核心区 123 户 510 人，缓冲区 114 户 507 人，实验区 176 户 780 人。四野屯省级自然保护区涉及印江 7 个乡镇 58 个村，共计搬迁（含水库移民、扶贫生态移民、易地扶贫搬迁）1081 户 4966 人。

铜仁创新“非遗 +”扶贫模式
巧搭创业就业“致富桥”

◇ 陈 波

近年来，铜仁市充分挖掘非遗文化资源，创新“非遗 +”扶贫模式，为贫困群众搭建创业就业“致富桥”，带动贫困群众就业增收，助力全市脱贫攻坚。

“非遗 + 大数据”健全名录

通过人工智能大数据等现代信息手段，对全市非遗资源进行普查，建立健全档案和数据库。全市共摸排普查非遗线索 5600 多条，正式确认普查项目 16 个门类 875 项。建立了国家、省、市、县代表性传承人四级名录体系。其中国家级代表性传承人 10 人、省级代表性传承人 36 人、市级代表性传承人 152 人。建立了四级非遗代表性项目名录体系。其中联合国教科文组织人类非遗代表性项目名录 1 项、国家级非遗代表性项目名录 8 项、 省级非遗代表性项目名录 77 项、市级非遗代表性项目名录 56 项。

“非遗 + 项目”连接利益

重点培育有市场潜力的传统技艺、传统美术等项目，通过“公司 + 贫困户”等形式，把创意设计、生产加工、产品销售等利益连接起来。石阡县楼上古寨传统文化开发和旅游融合发展项目争取全省“千村计划”文化产业扶贫资金 60 万元，带动楼上村 117 户贫困就业增收。创建松桃苗绣“苗族花鼓舞”“鸽子花旋极图”等一批有地方特色、有较大影响的非遗文化品牌，带动松桃花鼓、鸽子花、百苗图等六大系列 220 个种苗绣产品畅销北京、上海等地，出口美国、日本、马来西亚等 67 个国家。争取松桃苗绣列为联合国教科文组织（UNESCO）世界遗产地非遗可持续生计项目，纳入国家文化和旅游部“非遗 + 扶贫”重点支持范围，发挥了示范效应。

“非遗 + 培训”提升素质

依托省级培训基地铜仁学院艺术学院和贵州松桃梵净山苗族文化旅游产品开发公司，通过举办苗绣、傩面具制作培训班带动农村劳动力创业就业。松桃梵净山苗族文化旅游产品开发公司，在松桃、碧江、万山、江口、德江等移民搬迁安置点开展苗绣技能培训，将“指尖力量”转化为“脱贫力量”。依托非遗传承人群研培计划，重点对易地扶贫搬迁人员进行培训，学习非遗传承技艺，提升技术水平，并从非遗传承人、研培学员中遴选培育创业致富带头人，带动其他贫困人口增收致富。近年来，全市共举办培训班 70 余期，培训传统工艺传承人群、易地扶贫搬迁群众 2000 余人，并带动 4000 余人就业。同时，邀请高校专家教授到非遗工坊开展讲习、交流、研讨活动，指导产品设计改造，提升产品工艺，推出了一批有市场竞争力的产品。

“非遗 + 工坊”带动就业

结合我市易地扶贫搬迁实际，积极争取国家文化和旅游部、省文化和旅游厅在“非遗 + 扶贫”方面的政策支持，重点在碧江、万山、松桃、大龙等集中安置点建设非遗扶贫工坊，培训易地扶贫搬迁安置人员，引导贫困群众就地就业。全市共建立非遗扶贫工坊 17 个，开展技能培训 53 期，培训贫困人口 1839 人次，实现产值 5000 余万元，帮助 1718 名建档立卡贫困人口脱贫。同时，组织文旅企业和相关传承人参加省内外举办的各类非遗博览会、文化产业博览会及展销会，展示铜仁非遗文化产品。

“非遗 + 旅游”带动增收

积极探索将非遗文化融入景区景点、旅游体验之中，带动周边贫困群众就业增收。石阡县借助“敬雀节”成功申报省级非遗项目并被评为国家4A级旅游景区的契机，开展丰富多彩的文化活动，带动350贫困人口就业；通过经营农家乐、乡村旅社、电瓶车等解决108名贫困人口就业，免费提供10个商铺给贫困户使用，带动贫困户10户46人增收。松桃苗王城景区植入非遗元素， 开设非遗商品专铺，销售苗绣、银饰等非遗旅游商品。松桃县城河滨街打造苗疆工艺坊，建设商铺3200平方米，专门经营苗族服装、苗族银饰、苗族刺绣、传统剪纸、根雕石雕等非遗旅游商品。江口云舍村打造乡村旅游示范点，植入土家哭嫁、瓦寨锣鼓、金钱杆等非遗元素，让非遗文化与美丽景色融为一体，提升景区文化内涵，增强游客吸引力。

碧江区探索“五人大走访”机制精准识贫治贫防贫

◇ 陈代文

近年来，碧江区坚持以脱贫攻坚统揽经济社会发展全局，把脱贫攻坚作为头等大事和第一民生工程来抓，深入贯彻落实党的群众路线，探索创新“五人大走访”工作机制，把“现场办公会”开到乡村基层千家万户，有效破解脱贫攻坚“信息掌握不精准、政策执行不统一、问题排查不全面、难题解决不及时”等问题，助推乡村治理体系和治理能力现代化，为精准识贫治贫防贫打下坚实基础。

在脱贫摘帽过程中，充分发挥县级领导历经多岗位，能协调资源、拍板决策，乡镇干部身处基层、熟悉乡情，驻村第一书记（驻村干部）熟悉政策，村、组干部熟悉民情的优势，在工作开展中由贫困村县级联系领导带队，连同乡镇包村领导、驻村第一书记（驻村干部）、村党支部书记、村主任组建“五人大走访”工作组。在大走访时，会同所在村民组包组干部、村民组长、帮扶干部逐村逐组逐户开展、大排查、大宣传、大整治工作。针对走访发现的问题，由区、乡、村“三级”根据问题难易和轻重情况，能现场处理的现场拍板落实，不能现场解决的逐级研判处理，确保问题及时发现、政策有效宣传、矛盾及时调解、工作稳步推进。

问题在一线发现，针对性解决民生问题。一是发现基础信息不精准问题。在实行帮扶责任人、包组干部、包村干部、驻村干部、脱贫攻坚工作团团长（村级指挥长）“五级审核”管理的基础上，通过开展“五人大走访”，对贫困户人口信息、致贫原因、健康状况、帮扶措施、就业就学、家庭收入等情况进行现场核对研判。针对发生的人口信息存疑、政策执行跑偏等问题，实行一般问题现场解决、复杂问题研判解决、疑难问题上报解决。对“一户一档”数据存在逻辑错误、“四卡合一”公示牌填写不规范、档案资料佐证不力的情况，责令结对帮扶干部限期整改，实现“客观有的、系统录的、墙上挂的、袋里装的、群众说的”五个一致，确保脱贫轨迹清晰、脱贫成效真实。二是发现政策落实有差距问题。紧紧围绕“一达标两不愁三保障”要求，对建档立卡贫困户和十二类重点人群全覆盖走访，结合贫困户档案和重点人群二级档案，深入了解群众经营性收入、工资性收入、财产性收入、转移性收入等各类收入，现场测算收入能否稳定达到国家标准，查看有无足够口粮，能否吃上肉类和蔬菜，是否有换洗衣服，对出现短暂性困难的，及时通过民政救济、社会捐助等办法有效解决。了解住房面积和结构、医疗费用报销和子女入学开支情况，研判住房是否安全达标，教育医疗是否得到保障，对发现的问题，由脱贫攻坚驻村工作组建立问题台账，逐一销号解决。三是发现群众宣传不到位问题。按照党的政策好、人居环境好、社会风气好、干群关系好“四个好”要求，结对帮扶干部进村入户，与群众面对面沟通、心连心交流，用心用情做好“讲清一个道理、算清一本账目、增强一份荣誉感”“三个一”宣传引导工作。逐项梳理“组组通”、联户路、危房改造、污水垃圾处理、太阳能路灯等基础设施建设和产业发展方面的投入，通过召开党员大会、群众会、院坝会等形式，向群众讲清楚国家扶贫政策的目标背景、讲清楚基础设施改善前后对比、讲清楚人居环境优化的现实感受，让群众知道惠从哪来、惠在何处，提升群众获得感和满意度。

发展在一线共商，组合式推动乡村振兴。一是共商产业发展规划。有针对性的组织群众代表召开产业发展座谈会，深入了解产业发展滞后原因，商议产业发展方向和措施。聚焦农村产业发展“八要素”，推广“龙头企业+合作社+农户”的组织方式，结合500亩以上坝区建设，推进“村社合一”全覆盖，大力发展果蔬、中药材、油茶、食用菌、生态畜牧业五大主导扶贫产业和“白水大米、珍珠花生”两大特色产业，不断发展壮大村级集体经济。坚持“强龙头、创品牌、带农户”，深化农业经营制度改革，引进以铁骑力士集团、御诺乳业、裕国菇业等农业龙头企业，在贫困村建立原材料生产基地，带动贫困村产业发展，动员贫困户到园区务工增收。引导群众大力发展小庭院、小养殖、小作坊、小买卖“四小经济”，作为长效产业有效补充，稳步实现群众增收致富。二是共商优化环境方案。广泛发动群众实施“五改三化一维”工程，按照“户为单位、整组推进、村有亮点”原则，坚持应改尽改，区财政投入专项资金，实施改厨、改厕、改圈、改水、改电、房前屋后地面硬化、亮化、美化及房屋维修工程。采取“户分类、村收集、乡转运、区处理”模式，建设 1056 个智能垃圾收集清理点，设置 65000 余个分类式塑料垃圾桶、4135 个果皮箱，统一清运至日处理量达 650 吨的海创垃圾焚烧发电厂用作发电原料。新建 5 个乡镇污水处理厂、413 个村寨污水处理站，大力提升农村人居环境，推动实现产业兴旺、生态宜居、乡风文明、治理有效、生活富裕。三是共商乡村治理良策。积极探索“民心党建 +X”模式，建立健全村规民约，以村为单位成立农家书屋，搭建道德讲堂、新时代农民讲习所，加大文体设施建设力度，满足群众精神文化需求。建立健全社会矛盾纠纷多元化解决机制，充分发挥人民调解组织和基层司法所作用，开展“百名律师进驻贫困村参与脱贫攻坚”活动，举办法律明白人培训班，加快推进民主法治示范村建设，探索推行以基层党建为引领，自治、法治、德治“三治融合”的乡村治理路子。开设“主动脱贫光荣榜”，通过典型示范，引导贫困户充分用好扶贫政策，通过勤劳奋斗主动脱贫。深入开展农村扫黑除恶专项斗争，坚决打击脱贫攻坚中无理取闹、寻衅滋事等违法行为，营造“争贫可耻、脱贫光荣”“整区出列、人人有责”浓厚氛围。

干部在一线历练，多渠道提升能力本领。一是压实干部工作责任。聚焦脱贫攻坚现实需求，在 34 个贫困村组建脱贫攻坚驻村工作组，从全区各级各部门选派 300 余名优秀干部到贫困村驻村，选派 8 名科级领导干部到深度贫困村担任支部书记，投身脱贫攻坚、乡村振兴、扫黑除恶、基层组织建设等工作。严格实行脱贫攻坚定点包干联系帮扶机制，组织全区 2900 余名机关党员干部全覆盖结对帮扶贫困户，帮助群众厘清发展思路、发展扶贫产业、宣传扶贫政策、推动项目实施。制定脱贫攻坚工作团团长、贫困村脱贫攻坚指挥长、驻村干部村支两委、包组干部、帮扶责任人工作责任清单，实行以组为单元落实包组责任制、以村为单元完善包村责任制、以乡（镇、街道）为单元明确包保责任制，各级帮扶主体职责明确、干有目标、做有参照。34个贫困村脱贫攻坚指挥长与区委签订“脱贫攻坚责任状”，立下“军令状”。二是锤炼干部工作作风。坚持以脱贫攻坚作风建设年为抓手，紧扣“不忘初心、牢记使命”主题教育，扎实开展扶贫领域警示教育进村活动，全区43名县级领导干部带头到脱贫攻坚联系乡（镇、街道）、村（社区）上廉政党课，时刻绷紧一线干部纪律之弦。建立暗访督查机制，对县级干部帮扶走访情况进行暗访督查，实行“一周一督查、一周一通报”制度。制定脱贫攻坚干部召回管理办法，整合纪委、组织、督查等部门力量，成立脱贫攻坚督导组，全方位督查驻村干部到岗履职、集体经济发展、“五人大走访”为民解难等情况，召回群众认可度不高、履职不到位、作风浮夸敷衍的干部，进行5天封闭式扶贫业务知识培训，情节严重者严格依规依法处理，以最严督查锻造一线干部过硬作风。三是提升干部工作本领。依托“五人大走访”，各级干部积极参与和打好产业扶贫、基础设施建设、易地扶贫搬迁、教育医疗住房三保障“四场硬仗”，深入实施“新农合医疗保险、贫困生教育扶贫、贫困户保险参保、贫困户产业项目、贫困村集体经济、通组路连户路、农村垃圾处理、农村住房安全、农村安全饮水、太阳能亮化灯”等“十大全覆盖”工程，集中火力推进“组组通”公路、农村污水垃圾无害化处理、安全饮水及人居环境改善等工程项目建设，抓好“短平快”产业和长效产业发展，加快补齐农村经济发展短板。在服务基层、服务民生、推动发展中不断历练提升一线干部各领域工作能力，增强为民情怀，丰富基层经验。

关系在一线融洽，聚合式增强内生动力。一是常态走访促互融。聚焦“一达标两不愁三保障”核心指标，制定干部下基层抓脱贫攻坚、抓专项整治、抓信息核查等工作制度，通过常态化开展“五人大走访”，针对性解决问题，全面巩固提升脱贫攻坚成效。联系贫困村（社区）县级领导到村常态化带队开展“五人大走访”，在群众家中现场办公，摸透农户情况、倾听村民诉求、化解群众心结、进行感恩教育、掌握易地扶贫搬迁情况、查看项目工程进度、共谋产业发展等，对走访中发现的问题进行现场研判或会议研判，确定措施，商议解决。脱贫攻坚开展以来，通过“五人大走访”帮助群众解决问题 5000 余个、化解矛盾纠纷 300 余起，群众满意度进一步提高，干群鱼水情进一步筑牢。二是宣传引导扶志气。坚持扶贫与扶志相结合，通过群众会、院坝会、文艺演出、文化墙等多种方式，广泛宣传好教育资助、医疗保障、危房改造、易地扶贫搬迁等党和政府的惠民利民政策，激活贫困户脱贫内生动力，让群众了解、认可、支持、参与脱贫攻坚工作。同时，在提高贫困户自身脱贫技能上下功夫，采取“政府培训 + 企业签约”的合作方式，组织用工企业积极参与农民技能培训，培训结束后择优录用到企业上班。依托东西部扶贫协作，积极推动昆山用工企业与铜仁职业技术学院开办“精准脱贫订单班”“昆山班”，定向招收碧江区内“建档立卡”贫困家庭子女，由学校和企业联合培养，学生毕业后由企业 100% 安排就业，切断贫困代际传递。三是强化服务解民忧。紧扣“脱贫攻坚”总目标，把服务群众作为首要任务，通过代办业务、科技帮扶、送教上门、送医进户等多种方式，组织教育医疗团队进村入户开展义务帮教和健康体检等工作，让群众享受实实在在的惠利。为群众免费提供证件办理、缴费报销、医保征收、保险缴纳等代办服务，架起干群“连心桥”，提高村级便民服务水平，以干部辛苦指数换取群众幸福指数。深入推进农村产业革命，整合中药材、水果、蔬菜等 10 个领域 70 名三农专家组建“三农行动专家服务团”，到产业坝区指导农业产业发展，培养产业革命能手，解决好农民种什么、怎么种的问题，从生产生活等方面满足群众发展需求。

万山区：用好用活“四字诀”精准浇灌“致富花”

◇ 唐 婧

近几年来，万山牢记嘱托，坚持生态优先、绿色发展的理念，成功探索出一条资源枯竭型城市转型发展新路子，用好用活“准、技、销、带”四字诀，发展农业产业，帮助农户稳定脱贫致富。

首念“准”字诀——选准产业 布局产业 实现农业产业化发展

万山紧扣农业产业革命“八要素”，落实“五步工作法”，聚焦大棚蔬菜、精品水果、食用菌、生态畜牧养殖、中药材等五大农业主导产业，深入推进农村产业革命。从山东寿光引进九丰农业博览园项目，探索“九丰农业+”扶贫新模式，依托九丰农业技术、资源、管理和市场优势，在全区各乡镇（街道）全面推广标准化蔬菜大棚。目前万山区已通过“九丰农业+”模式建成大棚蔬菜基地79个，覆盖45个村，累计建设规模达到2万余亩，年产量3.15万吨，与5408户2.02万人建立利益联结。培育发展山地刺葡萄、香柚、百香果、黄桃、枣子等精品水果，重点打造以下溪为主的山地生态刺葡萄之乡、黄道为主的万山香柚之乡。建设了高楼坪乡—敖寨乡—黄道乡—谢桥街道食用菌产业带，以敖寨乡为核心，不断壮大食用菌种植规模，扩大辐射带动面，把敖寨乡建设成为食用菌之乡。同时，积极发展以生猪、肉牛、肉羊、家禽等为主的生态畜牧业和铁皮石斛、花椒、竹荪等为主的中药材产业，积极带动周边农户增收致富。

注重“技”字诀——主动引进 着力推广 着力化解技术瓶颈

农业产业的持续发展需要技术支撑。一是抓人才引进。围绕蔬菜产业，从山东寿光聘请 9 名专业技术骨干到各乡镇（街道）担任科技副乡长（副主任），专门负责标准化大棚蔬菜的推广，为各乡镇（街道）解决了技术瓶颈难题。二是抓技术推广。按照“需要什么、培训什么”原则，创新推行“1+2+N”培育机制，即：“一个基地、2 名技术专干、N 个技术员”模式，在 79 个大棚蔬菜基地选配了 200 多名技术员，开展技术培训和推广，确保大棚蔬菜基地建成一个、带动一片。三是抓干部示范。开展现场观摩、基地实训，全面提升乡镇（街道）党政主要领导、农业分管领导、驻村第一书记（驻村干部）、村支两委、农技干部、蔬菜专班干部农业技术水平，全员学技术、学管理，把技术掌握到位，让每一个干部都成为大棚蔬菜产业的行家里手。

用好“销”字诀——拓宽思维 抢抓机遇 全力打通销路

产品产出需要市场，为解决菜农销售后顾之忧。一是全力抓好市场拓展。依托九丰农业的全国营销渠道，组建区级蔬菜营销公司，即翠丰农业公司，统筹全区标准化大棚蔬菜管理，按照蔬菜的品种、品质和市场价格进行兜底回收，统一销售，解决菜农销售后顾之忧。蔬菜直接销往上海、成都、重庆、怀化等城市。二是全力抓好城区市场。建立“区内直供、区外铺网和公司兜底”的大棚蔬菜销售网络，统筹全区学校、机关食堂、医院食堂、超市、农贸市场以及铜仁职院，开展农校对接、农超对接、农市对接，建立定向流通，实行采购直供，建立长期稳定的供销体系。三是全力抓好电商平台。探索“电商平台 + 产业村”电商产业发展机制，与乡镇（街道）、村（社区）与电商企业开展农产品产销合作，由电商平台提供包装、销售、物流等网销支持，由村承担绿色农产品规模化生产，打造一批电子商务产业乡、产业村，实现“农户足不出山、产品行销全国”。截至 6 月底，完成产销对接 1.44 亿元，农超对接农产品销售 94 万元，东西部扶贫协作农产品销售 6744.5 万元。

用活“带”字诀——利益联结 创新模式 持续带动农户增收致富

为实现贫困户稳定脱贫，我区积极探索创新，为贫困户建立了稳定脱贫机制。一是采取“保底分红 + 效益分红”的方式进行利益分配。保底分红资金必须占量化到户资金的 5% 以上，并逐年递增。入股资金产生效益大于保底分红资金时，超过部分实行效益分红，分红比例按照量化到户投入的资产占企业或合作社总资产比例进行分配。保底分红和效益分红取得的分红资金，70% 以上分配给贫困户，让建档立卡户在农村产业发展中真正得到实惠，保障了农户的收益。二是采取产业扶贫项目差异化分红管理模式。制定《铜仁市万山区财政专项扶贫发展资金、东西部扶贫协作资金产业项目差异化分红指导意见（试行）》，该模式坚持充分带动建档立卡户增收为主，同时维护弱势群体利益的原则，鼓励劳动致富。在保底分红的基础上，扶贫项目产生效益部分实行差异化分红，具体采取计算系数的方法进行量化分红，系数越高得到的分红就越多，反之分红就越少。系数的划分类别有，是否参与产业项目务工、是否脱贫监测户、是否残疾，人及利益联结对象的信誉是否良好等。这一分红模式将充分激发建档立卡户的内生发展动力，避免出现“一股了之、一分了之”的现象。三是建立“公司＋专业合作社＋农户”经营模式。采取订单生产、保护价收购、土地入股等方式，建立企业、合作社与农户稳固的利益联结机制，投入财政扶贫资金，保障贫困户收益。四是建立“村集体经济 + 合作社 + 贫困户”带动模式。由村集体经济、专业合作社和农户三方合作投资建立标准化大棚蔬菜基地，组建生产销售公司，带动建档立卡户以精准扶贫专项资金、土地等入股变股东，实现市场化运作、合作化经营、专业化管理、科技化支撑的“四化融合”。目前，我区已实现全区建档立卡户扶贫分红利益联结机制全覆盖。

松桃村民理事会“微自治”实现脱贫攻坚“破三升四”

◇ 刘振斌 余 珍

为打通基层治理最后一尺，增强农村自治活力，松桃自治县因地制宜，探索创新以村民小组或自然寨为基本单元成立村组理事会 3058 个，选出 15197 名理事会成员，实现具备条件的自然村（村民小组）村民理事会全覆盖，建立村民“微自治”组织体系，实现民事民办、民事民治，唤醒了村民主人翁意识，激活了脱贫攻坚“原动力”，融洽了干群关系，凝聚了磅礴力量，实现脱贫攻坚“破三升四”。

破解政府不能管的“盲点”。住房透风漏雨整治、房前屋后硬化、人居环境改善等，该县把政府不能直接插手管的事项纳入村民理事会的工作范围，通过政府投入、村民理事会发力和规范程序变为政府管理，有效解决了政府不能管的“盲点”和“空档”。村民理事会通过会议“理事”，规范了程序，激发了“群众事群众管、群众事群众干”热情，使全县透风漏雨房屋整治率达 100%，并完成人居环境整治 45983 户，硬化连户路 1295.34 公里。

破解村民不去管的“漏点”。关于低保评议的问题，村民一直以来都认为是干部说了算，对低保评谁、谁领低保无所谓。通过村民理事会，在低保评议中把村民聚集起来，坚持“民事民办、民事民定”，充分尊重群众意愿，充分体现群众当家作主，有效破解了村民不去管的“漏点”。2020 年，全县有 15851 名低保错评被取消，11282 漏评重新补评。

破解政府管不好的“痛点”。产业选择的好坏，直接关系脱贫攻坚成效，但产业选择又是政府不得不管、难以管好的问题。通过村民理事会组织群众，找到想发展的产业、适合发展的产业，结合产业革命，上下联动选产业，切实破解政府管不好的“痛点”。构建以生猪养殖为支柱、百香果及油茶为主导，多种特色产业齐头并进的“1+N”高效生态循环农业发展体系，推动了“一乡一特”“一村一品”和“种养循环、种养结合”发展，成功打造“跑山牛、美好、贵猪、嘟嘟、苗王湖、圣迪乐蛋”等绿色优质产品品牌，完成畜产品商标注册近20个。

提升了脱贫成效。通过村民理事会“微自治”，脱贫攻坚的投入成本大大降低，在同等投入的情况下脱贫攻坚收到了事半功倍的效果。在补短板方面，全县由政府解决水泥、砂石等物资，广大群众投工投劳硬化连户路和房前屋后、改善人居环境等，节约了劳务成本3亿多元；在扶贫产业发展方面，针对本县财力紧缺的问题，群众自筹资金近1亿元发展生猪养殖、水果种植并通过电商营销等方式，极大降低了攻坚成本，缓解了财政压力。

提升了自治力度。村民理事会成立后，各村认真落实《村民自治条例》，村民理事的热情高涨，村民自治力度明显加大，全县民事共商、共议、共治和共享的村民自治制度得到较好落实，村民自治氛围空前活跃，乡村治理水平得到明显提高。据不完全统计，该县各村民理事会召开理事会议达10万余场次，解决脱贫攻坚问题2万余个，协调矛盾纠纷600余个。

提升了精神面貌。据不完全统计，在村民理事会的推动下，该县503个村至少有450个村(社区)建立和完善了村规民约，并将革除不讲卫生和“等、靠、要”等陈规陋习作为其中一条重要规定坚决落实。同时，在村民理事会的督促下，全县大部分村寨的一些“落后”群众都自觉改变了过去的一些邋遢、酗酒等不诚信、不卫生和不文明行为，自觉增强了感恩意识和奋进意识；全县通过村民理事会开展先进评比活动，评比出“卫生光荣户”14081户，“思想先进户”9056户等先进。现在家家户户干净整洁，村民精神面貌发生巨变。

提升了认可程度。“小康不小康，关键看老乡”，“脱贫不脱贫，群众说了算”，通过村民理事会“微自治”，全县群众对脱贫攻坚的认可度达98%。通过村民理事会统筹引导，群众广泛参与了村级脱贫攻坚事务的研究、决策、部署和实施，增强了群众的知情权和参与度，提高了群众在村级事务决策的主人翁地位；通过村民理事会公开脱贫攻坚进程，增强了脱贫攻坚透明度，赢得了群众对脱贫攻坚工作的理解和支持；通过村民理事会“四个好”宣传，纠治了部分群众好逸恶劳、争戴穷帽、不赡养老人、“等、靠、要”等陋习恶习，增强了群众感党恩、听党话、跟党走的行动自觉。

玉屏县探索扶贫资金资产循环使用 破解运营持续持续发展“三大难题”

◇ 覃嵩松

近年来，玉屏自治县认真贯彻落实中央、省、市关于脱贫攻坚系列决策部署，以脱贫攻坚统揽经济社会发展全局，探索创新“资金投入形成项目、项目落地形成资产、资产收益变现资金”的扶贫资金资产循环使用新路，实现扶贫方式由“输血”向“造血”转变，扶贫效果由“分散式个体增收”向“区域性整体脱贫”转变。

资金变项目，破解资金投入运营难题

一是全方位筹措资金。构建“以扶贫专项资金为主、政府自筹资金为辅”的资金筹措体系，积极向上争取专项扶贫资金，强力拓宽政府自筹资金渠道；建立县、乡资金整合协调机制，盘活财政沉淀资金，做大扶贫资金存量，2014年以来，累计争取上级专项扶贫资金6.5亿元；突出抓好社会资金帮扶，创新“村村结对”“村企结对”等模式，深入推进太仓·玉屏扶贫协作，开展“扶贫日”募捐活动，争取市场、企业和社会帮扶资金投入，2017年以来，累计争取东西部扶贫协作资金1.29亿元；通过扩大担保基金规模、设立扶贫贷款风险补偿金、财政贴息担保等途径，吸引银行信贷资金投入，推进金融扶贫，2017年以来，累计争取金融扶贫投入资金3.35亿元。二是全方位管理资金。出台《玉屏侗族自治县统筹使用财政涉农资金管理办法》，对全县涉农资金进行整合，由县脱贫攻坚指挥部办公室统筹安排，归口管理，统一调度，提高资金管理使用效率，2017年以来统筹整合涉农资金3.5亿元；

落实“三重一大”决策，推行竞争立项机制，完善资金分配制度，突出投入重点难点，合理配置项目资金，强化资金专款专用，严格落实资金使用备案和公示制度，提高资金使用透明度。2017至2019年，项目资金备案率、竣工率、报账率均达100%。三是全方位培育项目。深入实施“龙头企业+合作社+农户”组织模式，大力培育和引进优质经营主体，借助龙头企业优势，把市场机制和资本运作模式引入贫困村，有效投入扶贫资金，整合土地、资金、劳动力等生产要素，把项目资金或土地资源入股到有意愿合作、有社会责任、讲诚信和有实力的农业企业或农民合作社，提升资金使用效益；建立贫困户与经营主体利益联结机制，创新“10113”产业收益模式，使扶贫资金项目有效与贫困户利益、村集体经济和产业发展挂钩，实现村集体增实力、贫困户增收入、产业增效益的良好局面。2014年以来，该县用于产业扶贫的财政资金15.78亿元，培育和引进省、市级龙头企业达25家，省、市级农业园区达9个，省、市级合作示范社达3家。

项目变资产，破解项目落地发展难题

一是突出项目落地。以市场为导向，立足本地特色资源优势，因地制宜谋划扶贫项目；坚持以目标导向、群众参与、公开透明的原则，采取召开院坝会、村民小组会、群众代表会等方式与贫困群众面对面交流征集意见，形成初步项目意向；按照“村级申报、乡级审核、部门论证、领导小组审定、省市级备案”的流程，层层审核把关，确保项目落地生根；建立“县领导包保、部门联建、乡村主推”的项目推进机制，广泛凝集社会力量，全力推进扶贫项目建设。二是突出项目监管。按照“项目跟着规划走、资金跟着项目走”的原则，坚持未定绩效目标的项目不入库、不在库中的项目不安排资金、未评审的项目不批复、已批复实施的项目不予调项，严把项目“前端”审核关；按照“谁主管、谁负责”的原则，实行一个项目一套班子，一个方案一抓到底，强化部门监管作用，及时跟进项目建设和资金支出进度，定期开展监督检查，落实公告公示制度，严把项目“中端”监督关；2014 年以来，累计开展脱贫攻坚项目专项督查 700 余次。三是突出项目增效。出台《玉屏侗族自治县扶贫资产管理及收益管理办法》，对扶贫项目的资产经营、资产管护、人员培训及效益评估等进行跟踪服务，确保项目投资见效、变成资产。如我县 2019 年投入财政扶贫资金项目 2.324 亿元，完成固定投资 8068.539 万元，形成固定资产经济效益 600 万元。2019 年，实现“玉货出山”销售总额 1.59 亿元，居全市第一，惠及贫困人口 1976 余人。玉屏消费扶贫典型入选全国案例。

资产变资金，破解资产收益持续难题

一是创新“五权分置”机制。规范扶贫资产底数、金额、收益、使用等环节，按照属地原则，明确所有权；委托县扶投公司统一管理，落实管理权；围绕县四大主导产业及其他特色产业中的经营性资产，通过合作经营、委托管理、公开发包、入股分红等方式，放活经营权；创新“721”扶贫资产收益分配模式（资产收益 70% 用于贫困户分红，20% 作为村集体经济收入，10% 作为村级管理和发展基金），保障收益权；对龙头企业经营的扶贫资产由县直部门进行监管，对乡镇实施项目形成的扶贫资产纳入乡级三资管理平台进行监管，落实监管权。如该县田坪镇 2019 年实施的彰寨村温氏保育型养殖场建设，总投资 398 万元，形成的扶贫资产按照“五权分置”进行管理，田坪镇富民强农业开发有限公司整体租赁给玉屏温氏公司（肉猪每头每批不低于 90 元），每年出栏肉猪 4000 头，增加村集体经济收入 40 余万元，解决贫困户劳务用工 5 人。二是创新保值增值机制。通过把扶贫资金投入到合作社，以“出资或出劳”等方式，引导贫困户入股并参与到项目建设、管理、务工等工作中，在保障贫困户创业就业的同时，还使其享受合作社收益分红，以促进扶贫资产增值；鼓励引导社会力量采取“新型经营主体 + 基地 + 贫困户”等多种合作发展模式，由新型经营主体流转土地，提供种苗、技术、销售渠道，将产业实行分户承包，由贫困户承包一定的规模进行管理，再由新型经营主体统一回收、加工和销售，形成“互利多赢”的局面。如该县朱家场镇前光村蔬菜种植加工基地，由玉屏春苗种植农民专业合作社作为经营主体，将蔬菜基地实行分户承包，带动全村及周边村寨120余户村民种植蔬菜，最后由合作社统一回收，有效破解产销难题，同时，每年提取纯利润的5%纳入村集体经济，实现村集体经济年收入增加5万元以上。三是创新循环使用机制。以“资金投入形成项目、项目落地形成资产、资产收益变现资金”的扶贫资金、资产循环模式，将扶贫资产收益与贫困户、村集体紧密结合，使形成的收益资金再投入项目，确保扶贫资金不流失、扶贫项目有实效、扶贫资产日益壮大。如该县朱家场镇新寨农业产业基地，带动新寨组21户109人（其中9户贫困户）入股，将最初的蛋鸡养殖收益再投入，相继发展了淡水龙虾养殖、农家体验娱乐园、经果林种植、林下特色养殖、有机蔬菜种植等产业，成为集种养结合为一体的现代化农业产业基地，实现年产值达850余万元，带动周边贫困群众就业100余人，月人均增收3000元以上。

江口：创新防止返贫机制 巩固脱贫攻坚成果

◇ 杨 聪

近年来，江口全县上下深入学习贯彻习近平总书记关于扶贫开发的重要论述，坚持以脱贫攻坚统揽经济社会发展全局，在省委、省政府和铜仁市委、市政府的坚强领导下，在省市扶贫部门的精心指导下，通过全力攻坚，2017年实现整县脱贫摘帽，今年底已实现全部贫困人口脱贫。在脱贫攻坚中，我县按照习近平总书记关于“防止返贫和继续攻坚同样重要”的指示要求，围绕“已脱贫人口稳定脱贫、未脱贫人口按期脱贫、坚决阻止源头致贫”三大目标任务，探索建立了防贫长效机制，巩固脱贫成果。

建立监测机制，摸清对象底数

一是锁定监测对象。围绕三大目标（已脱贫人口稳定脱贫、未脱贫人口全部脱贫、坚决阻止源头致贫），针对未脱贫的建档立卡贫困人口、有返贫风险的已脱贫户、有致贫风险的非贫边缘人口，把家庭年人均纯收入低于4000元以下，因病因学刚性支出远大于收入，突发事故等导致基本生活陷入困境的重点人群纳入监测对象，实现对全县监测对象精准掌握。二是明确监测程序。对家庭年人均纯收入低于4000元以下、因病因学刚性支出远大于收入等监测对象，采取“群众申请、入户调查、部门比对、村民小组评议、村民代表审议、村级公示、乡镇复核、县级备案”程序进行识别；对因灾、突发大病、突发事故等监测对象，采取简易程序及时纳入予以扶助救助。同时，以村民小组、易地搬迁点楼房为基本网格单元，明确网格员逐户开展走访摸排，定期了解监测对象家庭生活及就医就学情况。三是建立监测台账。

通过村、乡、县三级自下而上逐级、逐户进行研判，全面摸清监测对象底数，建立监测对象台账。目前，全县纳入监测对象 815 户 2176 人。

建立预警机制，强化动态管理

一是动态预警。按照“统一管理、动态调整”的原则，对监测对象落实网格员、驻村工作队、帮扶责任人，通过“三支队伍”每月对其进行走访，定期了解其收入支出、产业就业、就医就学、住房饮水等情况，常态掌握监测对象生产、生活状况。对有致贫、返贫风险的，及时制定帮扶方案，落实扶助救助措施，开展实时监测，确保不致贫不返贫；对收入远大于支出、年人均纯收入超过 4000 元、无返贫风险的，及时退出监测对象管理。二是分类标识。对录入系统的重点监测对象，根据家庭收支、生产生活、因病、因学、因灾等方面情况，按照“返贫致贫临界户”“返贫致贫边缘户”“返贫致贫监测户”进行分类管理，实行红、橙、黄“三类标识”管理，逐户制定防贫方案、提出保障评估报告，形成“一户一报告”。同时，将评估报告录入管理台账，实现标识清、底数明、措施实，进行常态化监管。三是责任包保。县委、县政府坚持常态化研究推进脱贫工作，每月至少召开扶贫开发领导小组会议 1 次以上，专题研究脱贫攻坚各项工作。同时，及时调整充实脱贫攻坚驻村工作队。目前全县选派第一书记、驻村干部 470 人，实现贫困村驻村干部 5 人以上、非贫困村驻村干部 3 人以上。集中全县人力、精力、财力全力攻坚，确保建档立卡贫困群众户户都有帮扶责任人，帮扶干部每周开展帮扶工作 1 天以上。在建档立卡贫困户原有帮扶责任人的基础上，对非建档立卡贫困户监测对象由驻村工作队和网格员负责，实时监测家庭状况，及时协调解决困难问题。

建立保障机制，阻断贫困根源

一是把现有政策作为第一重保障。整合产业扶贫、就业培训、创业支持、医疗救助、教育资助等政策资源，实行“一增一降一保障”扶持。即：通过产业就业、低保保障等增加困难群众家庭收入，通过应急救助、医疗救助和教育资助等降低医疗教育刚性支出，保障住房饮水，将扶持政策落实到每一户监测对象。二是把公益资源作为第二重保障。充分利用东西部协作、江口籍成功人士等资源，积极争取慈善基金、公益团体、爱心人士和中国扶贫网等公益力量支持，根据扶持对象因病、因学、因灾所需，有针对性补足政策空白点和破解财政资金投向非贫对象的诸多障碍。三是把防贫救助作为第三重保障。建立县级防贫救助资金池和10个乡镇（街道）防贫救助资金池，重点对大病、大灾等监测对象，通过政策和公益扶持后，依然存在看不起病、上不起学的，按照“既不降低扶持标准，也不吊高群众胃口，防止陷入福利陷阱”的要求，及时启动“防贫救助”项目，由县扶贫办负责统筹协调和审核把关，按照核查、认定、公示的要求实施救助。2019年来，全县扶贫资金池共争取到社会资金315.3万元，通过“三重保障”消除了971户2417人的返贫致贫风险，通过评估已全部退出防贫监测平台管理。

建立长效机制，提升造血功能

一是产业发展长效机制。县委、县政府践行生态发展思想，印制了《江口县关于建立健全产业扶贫利益联结机制的实施方案》，大力推广“龙头企业+合作社+农户”的组织方式，围绕生态茶、冷水鱼、猕猴桃三大主导产业和中药材、蔬菜两大增收项目深入推进农村产业革命。目前，全县已建成茶园15.7万亩，全省最大的茶叶企业贵茶集团已在江口建成投产；建成特色水产养殖6650亩，成为贵州省冷水鱼养殖产量最高、面积最大的县；建成猕猴桃基地1.4万亩，种植蔬菜15万亩、中药材3.4万亩，实现全县贫困家庭在家劳动力通过经营、务工等方式参与到扶贫产业中。二是就业扶持长效机制。全面施行“培训资源、新增公益性岗位、新增城镇就业岗位优先安排搬迁群众、搬迁安置门面、城市服务产业、创业政策优先支持搬迁群众”

六个优先政策。2019 年开展易地扶贫搬迁培训 19 期 1300 人次，为搬迁群众解决公益性岗位和就业援助岗位 145 个，发放创业贷款贴息和创业补贴资金 2000 余万元，实现易地扶贫搬迁群众有劳动力家庭至少 1 人创业就业，48% 的有劳动力家庭实现多人创业就业。三是社会保障长效机制。对需要民政兜底保障的 1106 名贫困人口，采取民政兜底、爱心捐助等措施予以保障，并整合农村闲置学校、村委会等资源，建成敬老院 10 所、农村互助幸福院 34 所，对 352 名残疾、智障等生活无法自理的农村特殊困难群体进行集中供养，确保这部分人群生病不愁、生活无忧。

下一步，我县将坚持以习近平新时代中国特色社会主义思想为指导，进一步学习领会习近平总书记关于脱贫攻坚的重要论述和系列重要指示精神，深入贯彻十九届四中全会精神和省委十二届六次全会精神，认真落实此次会议和李建主任的讲话要求，学习借鉴兄弟区县的好经验好做法，全面开展脱贫攻坚“回头看”工作，集中全县人力、财力和精力，深入推进农村产业革命，着力补齐义务教育、基本医疗、住房和饮水安全短板，确保农村贫困人口全部稳定脱贫，确保按时高质量打赢脱贫攻坚战。

石阡：做好山水文章　奏响富民乐曲

◇ 杨　聪

石阡是山城，也是“泉都”。雄俊秀美的佛顶山下，清溪潺潺，温泉水暖。这一方灵秀山水，赋予石阡良好的生态和后发赶超的底气。

“石阡最大的优势是生态，最响亮的底牌是绿色。”铜仁市委常委、石阡县委书记皮贵怀说。石阡始终把生态文明建设摆在突出地位，把良好的生态环境作为最普惠的民生福祉，作为人民美好生活的重要组成部分，不断推动发展和生态环境保护协同共进。

近年来，该县始终坚持生态优先、绿色发展理念，着力念好山字经、做好水文章、打好生态牌，走城景园融合、农旅文一体的产业发展新路，做活山水文章，奏响富民强县新乐曲。

6月27日，石阡县龙井乡老君山村，张玉金种植的本地红心李成熟了，火红的果实压满枝头，引得许多水果商贩前来采购。

几年前，张玉金流转千亩荒山荒地带头发展水果产业，今年已有200多亩挂果丰收，预计产量5万斤。

据统计，石阡果林种植面积已达11.14万亩，其中投产的水果有8.5万亩。

万亩果园万亩林，十多万亩水果让石阡大量的荒山、裸山、石山穿上“绿衣裳”，也让群众鼓起了“钱袋子”。

近年来，石阡县牢牢守住发展和生态两条底线，坚持绿水青山就是金山银山的理念，以生态优先、绿色发展助推脱贫攻坚。

护好生态资源

雨后，石阡鸳鸯湖湖面笼上一层薄雾，显得格外秀美。鸳鸯湖湿地管理员张世林驾着小船，游于湖中，带记者去拍摄美丽的鸳鸯。

张世林是鸳鸯湖上的“卫士”，他每天的主要工作就是照顾鸳鸯。他告诉记者，鸳鸯本是候鸟，但来到石阡就不肯走了。

“不仅鸳鸯不肯走，还有很多珍稀动物不请自来呢！”张世林兴奋地说。这几年他在鸳鸯湖上看到过国家一级保护鸟类的中华秋沙鸭，还见到过珍稀鱼类多鳞四须鲃等。

为了保护好这些珍贵动物，近年来石阡也下了真功夫。该县一方面护林植绿提升森林覆盖率，一方面采取标本兼治的方法防治污染，同时还对鸳鸯核心区进行封闭式管理，保护鸳鸯栖息的空间。

这几年，随着鸳鸯湖湿地公园生态环境越来越好，鸳鸯数量增加到1500余只，其中700多只成了留鸟。2015年，石阡被中国野生动物保护协会授予“中国鸳鸯之乡”的称号。

实际上，石阡的“国字号”生态名片，并不止这一张。该县还有“中国温泉之乡”“中国苔茶之乡”“中国长寿之乡”“中国矿泉水之乡”等多个称号。

要做活山水文章，首先要护好生态环境。近年来，石阡大力实施绿水青山工程、筑牢生态安全屏障、创建绿色发展模式，实现发展和生态环境保护协同共进。

该县扎实推进“青山、碧水、蓝天、净土”四大工程和“六绿”攻坚行动，大力实施天然林资源保护、石漠化综合治理、退耕还林、植被恢复等。

深入实施大气、水、土壤污染防治行动计划，完善县、乡（镇、街道）、村（居、社区）三级“河长”“路长”组织体系，建立健全河库公路管理保护监督考核和责任追究制度，推进环保督查制度化、常态化。

同时该县还完善生态保护补偿机制，实行生态环保党政同责、一岗双责、终身追责制，并按照生态化理念优化产业模式，提出建设人水和谐、绿色共享的温泉生态经济区，建设山水相济、人文共美的佛顶山生态经济示范带。

据了解，2017年石阡完成营造林19.9万亩，实施全域绿化“六绿”工程384.6亩，石漠化综合治理78平方公里、水土流失治理149平方公里、生态修复治理砂石矿山 6 个，森林覆盖率提高到 62.43%。

做活山水文章

一到周末，佛顶山下的尧上仡佬族村寨游客如云，农家乐生意火爆。而山下的石阡温泉度假酒店往往“一房难求”，温泉也客满。

山上乡村旅游渐入佳境，山下温泉度假热度不减，这是石阡围绕“念好山字经、做好水文章、打好生态牌”不断做活山水文章的一个缩影。

良好的生态环境是石阡最大的资源，而如何把这一资源用好用活，石阡的做法是“把生态做成产业，把产业做成生态”，实现“两条底线一起守，两个成果一起收”。

“我们通过种植花椒，收获了两座‘大山’。”在石阡县本庄镇雷洞村花椒基地，正组织村民采摘花椒的村支书胡熙自信地说。

胡熙说的两座“大山”，一座叫绿山，一座叫金山。

近两年，该村结合退耕还林政策，把 6800 亩石山、荒地全部种上花椒。荒山变绿山，绿山变金山，也让曾饱受贫困折磨的村民走上了致富路。

守好两条底线，收获绿山和金山，越念越响亮的“山字经”也成为石阡最亮丽的一道风景。

翠绿的茶园沿着石阡县白沙镇羊角山连绵起伏 10 余公里，蔚为壮观。茶园美景也吸引不少观光的游客，他们畅游茶海，流连忘返。

10 多年前，石阡发展茶叶之初便提出“万亩森林万亩茶”的理念。时至今日，石阡苔茶种植面积已达到 40 万亩，跃居全省前列，也让石阡的山更绿、景更美。

该县坚持城景园融合、农旅文一体的产业发展新路，推动“旅游 +”多业态融合发展，一个个农业园区变成旅游景区，一个个古村寨成为旅游景点，旅游业呈井喷式发展。

与此同时，“水文章”也越写越精彩。记者在中坝街道佛顶山温泉小镇看到，古朴精美的建筑依山而建，傍水而居，错落有致，与绿水青山融为一体。

据介绍，佛顶山温泉小镇集观光旅游、度假养生、医疗保健、休闲娱乐、文化体验、运动健康、养老服务等功能为一体，目前已基本完工，即将开门营业。

石阡城南温泉的水上乐园，每天也有上千游客到此感受夏日清凉。依托“中国温泉之乡”品牌，石阡把温泉水打造成名副其实的“财富水”。

石阡的水产业不只是温泉，该县还深度挖掘水资源的价值，着力打造以绿色、营养、健康、稀有为特点的天然饮用水产业。

“山字经”越念越响亮，“水文章”越写越精彩，石阡正在把生态优势变为强劲的发展动力，迈出后发赶超的坚实步伐。

共享绿色红利

记者在石阡县国荣乡葛宋村看到，白墙青瓦人家，满庭花草果树。村民王家德说：“村里发展绿色产业，我们也享受到了绿色红利。”

今年，石阡县大力推进“六绿”攻坚工程，县林业局选取葛宋等10余个村寨打造“绿村”样板，通过结合“五改一维一化”惠民工程，为老百姓美化绿化庭院。

葛宋村的村民住在花园里，劳动也在园林中。村前是新建成的长荣花卉苗木产业园区。“今年1月开始，我就一直在园区上班，每天工资有100元。”王家德说。

长荣花卉苗木产业园区覆盖国荣乡的新阳、葛宋、代山等村，占地1200余亩，是集苗木苗圃产业与乡村旅游观光为一体的林旅综合体。

荒山变园林，当地群众不仅可以直接通过就业获取劳务收入，还能获得因土地流转而得的租金收入，以及按照土地流转比例得到的分红等收入。

“发展苗木苗圃产业，既能把石阡的生态长板做优，也能从根本上解决群众脱贫问题。”石阡县林业局局长孙传良介绍，今年以来该县新植苗木苗圃 1.2 万余亩。

据了解，石阡结合实际，布局茶叶 + 果蔬、生态养殖、苗木苗圃的“1+3”农业产业发展体系，大力推进产业结构调整，实现生态效益与经济效益的双丰收。

石阡还倾力建设绿色家园，释放更多绿色红利。该县立足“温泉之城·长寿石阡”城市定位，坚持“产城互动、教城一体、景城融合”的发展模式，推动城乡联动发展。

去年该县投入城镇基础设施建设资金 23.62 亿元，城镇功能得以逐步提升。同时通过乡村振兴战略的实施及“五改一维一化”，乡村环境得到有效改善。

该县自然村寨规划中充分考虑农村经济发展、社会结构变迁、城镇体系演化对未来的影响等因素，把每个村庄规划成精品，同时防止今天的规划成为明天发展的障碍。

“良好的生态环境是最普惠的民生福祉，是人民美好生活的重要组成部分。”皮贵怀说，石阡将一如既往地坚持生态优先绿色发展理念，让生态美起来、产业强起来、百姓富起来，使“绿水青山”与“金山银山”相得益彰。

印江：春晖扶贫“五步工作法”助力脱贫攻坚“整县摘帽”

◇佚 名

近年来，印江自治县积极贯彻落实市委《铜仁市“民心党建+‘三社’融合促‘三变’+春晖社”农村综合改革和统筹社会力量聚力脱贫攻坚三年行动计划实施方案（2017—2019）》，学习践行“五步工作法”，以铜仁市“民心党建+‘三社’融合促‘三变’+春晖社”农村综合改革为载体，强化政策设计、工作部署、业务培训、监督检查、聚力问效的工作路径，创新推进以“聚人才、聚功能、聚民心”为核心的春晖扶贫工作，抓实春晖社建设、春晖产业扶贫、春晖招商、春晖家园计划、春晖暖心活动五大工程，有效凝聚春晖使者，服务家乡发展，助力脱贫攻坚“整县摘帽”。

做好政策设计，夯实工作基础。探索建立春晖扶贫组织体系、工作体系、制度体系，强化政策设计功能，广纳春晖人才，构建“内外联通、上下互动”的春晖扶贫工作格局，夯实工作基础。一是建强组织体系。以《铜仁市村级春晖社建设管理暂行办法》为指导，结合印江自治县春晖社建设的独有模式，以“血脉亲情、故土乡情、扶贫友情”为纽带，实体化运行春晖总社，不断扩大春晖扶贫朋友圈，集聚更多在外春晖扶贫资源；紧扣“联系、联合、联动”职能，发挥春晖联社作用，推进春晖联社规范化建设，扎实开展春晖暖心、春晖扶贫等工作；印发了《印江自治县“春晖社”规范化建设工作手册》，按照村级春晖社的5种类别对92个已建成的春晖社进行分类指导，推进110个村级春晖社建设，实现了“春晖社”覆盖全县50%以上的村、乡镇。始终坚持春晖使者礼聘标准，不断拓宽春晖使者礼聘路径，新礼聘春晖使者500余人，春晖人才数据库达2000多人，壮大了春晖力量。二是畅通工作体系。坚持“党政领导、团委主导”工作原则，调整充实县乡两级春晖扶贫工作领导小组，统筹、指导、协调本级春晖扶贫工作，实体化运行县春晖扶贫工作中心，负责指导“春晖社”建设，春晖使者礼聘、春晖项目精准对接和服务等工作。三是健全制度体系。坚持制度管社、制度成事，制定了《印江县春晖使者联系贫困户制度》《印江县春晖社社员服务制度》《印江县春晖基金使用管理办法》等制度，确立了春晖使者礼聘标准和管理服务制度，形成了县春晖扶贫工作领导小组（春晖行动发展中心）—乡镇（街道）春晖扶贫工作领导小组（基层与团委）—村党支部（村团支部）的工作调度机制和落实制度，确定了“两会三必须”工作原则，落实了表彰激励的具体措施，确保春晖扶贫规范化、制度化、精细化。

强化工作部署，突出问题导向。围绕“周密细致、可操作性强”的目标，聚焦工作重点进行清单式、项目化、标准化管理，扎实推进“春晖扶贫”工作。一是定向定量确定清单。县委、县政府2017年下发了《印江自治县“春晖社”助力脱贫攻坚工作方案》，按照“一年见成效，两年上台阶，三年大变样”的要求，建成11个“民心党建+‘三社’融合促‘三变’+春晖社”示范点（示范镇、示范村）。2018年下发了《印江自治县“同心战贫困·赤子报春晖”行动工作方案》，围绕看得见标准阵地、看得见人物故事、看得见春晖产业园、看得见活动氛围、看得见经验成效，到2018年12月底前建成202个春晖社，到2019年12月底前实现365个行政村春晖社建设全覆盖，到2020年底实现建成春晖社市级示范点20个、县级示范点20个，推进春晖扶贫在新时代取得新成效。在此基础上，团县委根据工作任务和推进情况，按月下发工作清单，将目标任务细化，确保一个目标一个目标分解，一件任务一件任务落实，一个时间节点一个时间节点推进。二是抓好抓实项目运作。在工作推进中，在坚持“整合资源、志愿参与、形式多样”原则的基础上，围绕脱贫攻坚工作需要，编制符合实际、操作性强的公益项目，产业发展项目，春晖家园项目，以运作项目的形式让春晖行动工作有载体、春晖力量凝聚有平台、春晖使者作用发挥有抓手。紧扣春晖产业扶贫、春晖家园计划、春晖暖心活动三大项目，编制了“一对一资助”“圆梦微心愿”“春晖励志班”等项目，搭建功能集聚平台，让春晖人士各尽其能。在春晖产业扶贫上，广泛动员春晖使者在资金支持、技术投入、项目扶持、投资入股、产销链构建等方面给予家乡发展支持，用“春晖理念”引导、鼓励、感召一批外出乡友回乡创业，支持、参与、领建一批春晖脱贫产业，培育一批创业致富带头人，助推产业升级发展。在春晖家园计划上，采取春晖基金、春晖使者、社会各界人士、地方党政相关部门、受益群众“五位一体”联动机制，整合乡村振兴核心要素，撬动社会资源，打造美丽乡村样板。建成朗溪镇河西村、三村村、坪柳村、缠溪镇驷马村、板溪镇柿坪村等春晖文化长廊 7 个，建成春晖文化广场 1 个。在杨柳镇杨家寨村，群众筹资 11.06 万元，众筹木料价值 20 多万元，义务投工 400 余个，集体投劳建设杨家寨村乡愁馆，成为春晖家园计划的新标杆。在春晖暖心活动上，“一对一”资助项目，按照小学 1200 元 / 年、初中 1500 元 / 年、高中 3000 元 / 年、大学 6000 元 / 年的标准共资助 696 人，每年资助金额超过 140 万元。“圆梦微心愿”筹措资金 22.7 万元，实现圆梦微心愿 1900 多个。开展“授渔计划”4 期，惠及学生 200 余人。成功争取红旗自强班、新未来自强班项目，争取社会资金 300 万元。争取中国扶贫基金会“顶梁柱”公益保险计划，2018 年投入资金 182.34 万元，并将持续到 2020 年 12 月 31 日，累计投入将超过 600 万元。积极募集社会物资，开展“春晖暖冬行动”，累计发放爱心衣物 7000 多件（套）、书籍 3000 余册，让春晖爱心落地生根、开花结果。三是多措并举管控标准。采取建强一支队伍、建好一个阵地、健全一套制度“三个一”措施，确保“春晖扶贫”工作标准化、制度化、规范化。确立春晖使者礼聘标准，将春晖人才数据库中道德品行为乡邻敬重之人、能力特长得到乡邻认可之人、率先致富有带动作用之人、外出创业就业有回报桑梓愿望之人作为春晖使者礼聘。确立春晖社建设标准，形成“春晖联社”标准化建设、村级春晖社示范化建设，除统一标准将春晖社制度上墙，合理设置宣传画、宣传标语外，还推进“村榜、镇廊”建设，积极营造“感恩、尽孝、反哺、回报”的春晖行动氛围。健全配套制度，完善春晖行动沟通机制，创新春晖使者作用发挥机制，健全春晖行动激励机制，推动春晖扶贫工作向纵深发展。

注重业务培训，增强发展内劲。通过弘扬春晖文化凝聚共识、突出业务培训提升效率、选树工作典型示范带动三措并举，切实解决“不熟悉”“不会干”等问题。一是弘扬春晖文化凝聚共识。以青年志愿者脱贫攻坚夜校为载体，创新组建“春晖讲习团”，深入贫困村、贫困户召开“堂屋会”“院坝会”“田坎会”等进行宣讲，引导群众摒弃“等、靠、要”思想。采取“兼职＋专职”方式，全县遴选春晖讲习员125名，开展“感恩、爱国、励志”主题宣讲，让“感恩、尽孝、反哺、回报”春晖理念深入人心，实现扶贫与扶智、扶志相统一。去年以来，各级春晖社开展主题座谈73场次，举行春晖使者讲春晖故事32次，宣传春晖典型人物和事迹79次。二是突出业务培训，提升效率。承办了2018年铜仁市春晖行动骨干培训班，扎实开展“春晖议事·共话脱贫——我与家乡共发展”座谈会，强化团委机关业务技能培训，形成“抓业务必抓春晖、抓春晖就是抓业务”的浓厚氛围。在全县各级团干部中，以青年干部成长座谈会、春晖扶贫工作调度会、春晖扶贫督查督导等形式进行专题培训，提升工作效率。三是选树工作典型示范带动。以全国第一个乡镇春晖联社——朗溪镇春晖联社为示范，总结形成了“三联四带五有”工作法，成为春晖联社建设的标准。在村一级春晖社，以6个市级示范点为着力点，以峨岭街道杨柳塘村、朗溪镇昔蒲村、三村村、坪柳村4个村级春晖社为切入点，延伸打造合水镇大昔村春晖社、鱼泉村春晖社、紫薇镇幕龙村春晖社、木黄镇坪洞口村春晖社、凤仪村春晖社，形成东部乡镇的春晖社建设示范带；在北线，以板溪凯塘村、柿坪村，杉树镇对马村春晖社、新宅村春晖社，沙子坡镇韩家村春晖社为切入点，打造北部乡镇的春晖社建设示范带，不断推进春晖扶贫工作。

抓实监督检查，推进工作落地。从2017年起，在年度绩效目标考核中增加春晖社建设考核内容，按月进行调度，按月进行通报，强化贯彻执行。形成县乡两级春晖扶贫工作领导小组统筹、指导、协调，县春晖行动发展中心、乡镇团委具体落实的工作体系，通过比产业发展成效、比公益事业成果、比矛盾纠纷调解、比先进典型选树对乡镇（街道）春晖扶贫工作进行“赛马”，用考核的“指挥棒”推进工作。2018 年 6 月，由县委改革办牵头，组织了春晖扶贫专项督查工作组，对全县市级、县级春晖社示范点进行实地督查，并下发了督查通报，推进工作。2018 年 12 月，由县扶贫工作领导小组牵头，组织了全县“民心党建 +‘三社’融合促‘三变’+ 春晖社”农村综合改革督查考核组，对全县该项工作进行专项督查。对工作成效不理想、任务落实不到位的乡镇（街道），以考核通报、实地调研、党团协作等形式抓实工作整改，从严从实抓好春晖扶贫工作，成为全县申请市级改革创新奖的重点项目。

坚持聚力问效，助推“整县摘帽”。坚持在公益事业上补位、在乡村治理中发力、在脱贫攻坚中作为，广泛凝聚社会力量，为全县脱贫攻坚“整县摘帽”贡献春晖力量。一是在公益事业上补位。结合团县委工作职责，以春晖助学和春晖暖心为突破口，竭尽所能解决青少年最关心的事情。2017 年以来，募集社会资金 372.5 万元，实施希望工程 7 个，极大改善杨柳镇曹门小学、沙子坡韩家坪小学、凯望幼儿园等地的办学条件。实施希望童园 7 所，争取资金 28 万元，提升紫薇镇田家湾村、杨柳镇杨家寨村等山村幼儿园校园环境。争取“国酒茅台 · 国之栋梁”名额 255 个，“习酒 · 我的大学”9 个，争取资金 132 万元，助力 264 名贫困学子的“大学梦”。募集社会资金 161.4 万元，解决 733 名贫困学子的学习生活费用。实施春晖励志班 2 个、阿里自强班 6 个，争取资金 360 万元，解决 1100 名高中学子“读书难”问题。积极争取社会救助，争取中国扶贫基金会“顶梁柱”公益保险计划，2018 年投入资金 182.34 万元，累计投入近 600 万元。募集衣服、书籍、书包等物资折价 70 多万元，惠及贫困群众 7000 多人。募集“我为印江送祝福 · 春晖情深贺新春”活动资金 17.5 万元。成功开展“新时代好少年素质拓展营”“浓情密码 · 青年交友”和大学生“结对春晖社 · 青年乡村行”等主题活动，凝聚春晖力量助力公益事业。二是在乡村治理中作为。积极开展“春晖行动——我与家乡共发展”“春晖行动四节（春节、端午、重阳、中秋）议事”“春晖议事·共话脱贫”“小手拉大手·整县摘帽一起走”“青春建功新时代·整县摘帽有我在”等主题活动，组织“春晖讲习团”，开展“青年大学习”，用好脱贫攻坚青年志愿者夜校、新时代讲习所等阵地，围绕破解脱贫攻坚中争当低保户、贫困户等不良风气，制定脱贫攻坚专项村规民约，促进贫困群众自立自强，勤奋脱贫，为脱贫攻坚营造良好的氛围。深入实施“春晖扶贫日”，将每月第二周的星期六、星期日明确为“春晖扶贫日”，分类别向春晖人士派发“任务邀请单”“任务派遣单”，整合春晖力量解决矛盾纠纷、提升群众认可度。各级春晖使者建言献策 5000 余条，协助化解矛盾纠纷 7000 多件。目前，正在有序推进“党团社一体化”工作，从本村春晖社中招聘应往届大中专生，回村担任村团支部书记，挂任村支部副书记或村主任助理，作为村级后备干部培养，每月解决报酬 1500 元，具体负责村团支部、春晖社工作，努力实现村级基层组织的持续向好。三是在脱贫攻坚中作为。围绕县域“2+N”产业发展规划，聚集春晖人士智力、财力、信息等资源，发展春晖产业，建设 7 个春晖产业园，借力华联玛客超市积极为朗溪镇等精品水果、食用菌搭建销售渠道，通过省农村青年致富带头人协会积极争取免费大球盖菇菌种。建立春晖扶贫招商机制，开展“天下印江人·一生印江情”主题招商，探索春晖扶贫产业“飞地模式”“众筹模式”，着力打造春晖人才创业示范基地。共有 256 名春晖使者回乡发展，通过领办、入股等形式发展春晖产业，带动贫困户 3514 户共同发展。

在春晖扶贫成效上，《贵州改革交流》刊发了《印江县深化春晖行动助力脱贫攻坚》，并得到了市委、市政府主要领导的肯定性批示，《印江县深化春晖行动助力脱贫攻坚》荣获全省 2018 年优秀改革案例，倡议发起的“我为家乡捐棵树 同心共建春晖林”活动获得了很好的社会反响。新华社、中新社、《当代贵州》《贵州日报》《铜仁日报》等主流媒体 30 余次聚焦印江春晖扶贫，省委驻村工作微信公众号作为基层经验进行了推广。

在下一步的工作中，一是全面推进“春晖社”建设，实体化运行春晖总社、标准化建设春晖联社、规范化建设村级春晖社，并按照全市春晖社助力脱贫攻坚调研座谈会的精神探索“村团社一体化”建设工作。二是以点带面做好春晖产业扶贫工作，动员和号召更多春晖使者回乡创业，参与家乡发展，并积极联合市场监督管理局落实“青年创业小微企业补助”等优惠政策，抓实全县农村青年致富带头人协会，建成全县创业协会等组织。三是按照“巩固存量资源，务实工作、深化合作；寻求增量资源，坚守情怀、实现合作；积累变量资源，量体裁衣、谋求合作”的思路，不断拓宽春晖资源路径，争取更多春晖资源投入春晖暖心活动。四是进一步抓实春晖讲习团，扎实开展“春晖扶贫日”等主题活动，积极开展感恩宣讲活动，引导群众、强化宣传、凝聚共识，提升群众认可度，推进春晖家园项目。五是尽力而为推进春晖招商工作，凝聚春晖力量助力印江发展。

思南县探索人才和科技特派员助农服务助力脱贫攻坚长效机制

◇佚 名

思南县始终坚持党管人才原则，认真贯彻落实习近平总书记关于扶贫工作重要论述和中央、省、市系列决策部署，立足“三农”发展，着力高起点服务园区产业、高标准服务经营主体、高效率带动贫困户发展，探索科技特派员长效服务机制，提升支农水平，有效解决了农业生产中的技术难题，加速了农业科技成果转化，促进了农业增效、农民增收，促进科技扶贫工作成效，为全县“脱贫摘帽”提供了有力的人才保障和科技支撑。

主要做法

聚焦脱贫攻坚，着力强化科技扶贫保障功能。一是组建工作建构。根据省人才领导小组《关于第三批“万名农业专家服务‘三农’行动”专家选派和团队组建的通知》（黔人领发〔2017〕1 号）要求，明确了县委常委、组织部部长为“万名农业专家服务‘三农’行动”行政团长，省科技特派员赵继献为技术团长，确保科技扶贫工作有人抓、有人管，“三农行动”能够得到落地落实；选派科技副职下沉基层一线，实现农技专家 100% 覆盖农业产业及坝区。二是加强统筹调度。成立县委人才工作领导小组，由县委组织部牵头，县人社局、县农业农村局、县扶贫办、县科技发展中心、县畜牧发展中心等为成员单位的思南县农业专家精准服务脱贫攻坚联络协调办公室，明确专职人员具体负责统筹调度全县科技力量、人才资源，抓好农村产业发展技术服务工作。

聚焦技术需求，着力强化农技专家平台建设。一是搭建科技服务平台。牢牢把握农村产业革命“八要素”要求，结合省委、省政府“万名农业专家服务‘三农’行动”，搭建“人才＋基地＋经营主体＋”产业发展精准服务平台，将303名省市县级农技专家纳入人才库管理，紧扣产业发展技术需求，通过将农技专家进行统筹管理、精准匹配，及时跟进，着力破解产业发展难题，实现技术指导服务能力提升。二是注重平台作用发挥。聚焦产业扶贫，实施“人才＋基地＋经营主体＋”产业发展精准服务，注重发挥各级农技人才技术、资源优势，采取“订单服务”“集中会诊”和“送教上门”等方式，着力解决产业发展技术难题，实现产业增收，助力脱贫攻坚。2014年以来，累计选派各级农技人员360余人次，开展形式多样的技术指导6000余次；积极帮助经营主体申报省、市科技项目，争取资金。三是深化拓展平台功能。出台《思南县培育农村实用人才工作方案》，明确农技人员职责，注重发挥“传帮带”作用，通过开展一线技术服务指导，着力培育一批农村实用人才，实现产业技术服务、农村实用人才培育和农技专家实践能力提升三赢。2014年以来，开展农村实用技术培训180期，培训农民1.6万人次，开展新型职业农民培训30期，培育农村实用人才4000余人次。通过农技专家领办创办产业，引进“科研单位＋合作社＋农户”等现代农业模式，辐射带动产业发展，助力贫困人口增收。通过产业发展带动17087户52726人贫困人口增收，有力推动脱贫进程。

聚焦作用发挥，着力强化科技人才考核管理。为更好统筹选派的各级农技专家开展技术服务，做好农技专家服务跟踪管理，确保责任压紧压实，更好推动农技专家服务农业、服务脱贫攻坚，制定出台了《思南县“人才＋基地＋经营主体＋”产业发展精准服务工作考核评估办法（试行）》。一是明确考核方式。采取平时考核与年终测评相结合方式，增加平时考核权重。考核按照“日常考核占60%、年终测评占40%的比例折算后，加单项加分”，综合评估农技专家服务工作业绩，挤出水分，亮出干货。二是突出考核重点。重点考核选派的农技专家落实服务计划进度、帮助联系的经营主体解决技术难题和服务经营主体的满意度等情况。同时，制定农业产业技术服务公示牌，张贴在办公地点显目位置，有利于满足农户的需要和更好接受大家的监督。三是深化结果运用。将考核评估结果运用到评先选优、个人年度考核和职称评聘中，对工作业绩突出、成效显著的，纳入县管专家进行管理，符合事业单位专业技术人员任职资格条件的，可优先评定相应职称或提拔使用。截至目前，5名科技人员被省级评为优秀等次，3名科技人员被评为“县管专家”，18名科技人员晋升为中高级职称，8名科技人员被县级评为优秀等次，37名科技人员获得省或市或县脱贫攻坚先进表彰。

聚焦民生扶贫，着力强化紧缺人才引进激励。坚持以服务全县脱贫攻坚大局为立足点，紧扣教育医疗等民生类人才需求，着力抓好紧缺型人才引进激励。一是紧扣民生需求抓人才引进。明确县委人才办牵头，负责统筹制定人才引进工作方案，县人社局、县卫健局、县教育局具体实施。通过校园招聘和组团参加人博会的方式，深入开展事业单位高层次及急需紧缺人才引进工作。自2014年以来，全县共引进人才813名，其中综合类104人，教育类409人，卫生类300人，引进人才均投身于脱贫攻坚工作。二是围绕一线导向强激励关怀。落实脱贫攻坚一线干部关怀激励机制，抓好公务员招录工作。在公务员考试录用中，划出一定数量编制面向脱贫攻坚中表现优秀的村干部、大学生村官、第一书记和驻村干部定向招录乡镇公务员，不仅提振了一线干部的工作信心和决心，还为全县扶贫战线同志上下一心打好打赢脱贫攻坚战增添了动力，树立人才向一线聚集的导向。2014年以来，全县面向第一书记、驻村干部和村干部定向招录公务员18名。

聚焦利益联结，着力强化科技特派员能发展。一是建立利益链接机制。鼓励科技特派员以资金或技术入股企业、专业大户和专业合作社，结成经济利益共同体，真正实现“做给农民看、带着农民干、领着农民赚”。鼓励科技特派员通过租赁经营的形式，实现自主创业，带动农户就业增收。同时，支持各单位的产业项目向科技特派员服务的园区和经营主体倾斜。二是建立引导资助机制。出台《科技特派员引导资助实施细则》，设立“科技创新专项发展基金”，按全县人均1元的标准用于科技创新引导资助，对实施一项科技成果引进或转化，完成任务后补助2万元工作经费；获得省、市科技进步奖的团队或个人，补助2万元工作经费；获得省级著名商标的企业补助5000元工作经费，获得国家级驰名商标的企业补助2万元工作经费。受理发明专利资助2000元，授权资助2000元；受理实用新型专利资助1000元，授权资助1000元；受理外观设计专利资助500元，授权资助500元。截至目前，转化和引进科技成果6项；完成专利申请43件，其中发明专利24件；专利授权44件，其中发明专利授权3件，发放各类资助金82万元。

德江奏响脱贫攻坚挂牌督战“四部曲”

◇ 张漓铌

2020年以来，德江县聚焦脱贫目标任务，以强组织、夯力量、优打法、重激励为抓手，奏响决战决胜党建促脱贫攻坚挂牌督战“四部曲”，唱响同步小康胜利之歌。

强组织，奏响挂牌督战“前奏曲”

德江县坚持把脱贫攻坚挂牌督战作为当前最重要的工作来抓，迅速制定脱贫攻坚挂牌督战方案，及时发现问题、建立台账、倒排工期、强力推进，建立健全稳定脱贫长效机制，对脱贫攻坚重点乡、村督战帮扶工作再聚焦、再深入、再精准，确保未脱贫户全部脱贫。一是压紧压实责任。县委常委会多次对挂牌督战工作进行研究部署，定期召开脱贫攻坚视频调度会议，推动工作落实。制定《德江县脱贫攻坚挂牌督战实施方案》，县委、县政府主要负责同志带头挂牌督战剩余贫困人口500人以上的长堡镇和煎茶镇，其余20个乡镇的县级联系领导担任所在乡镇的督战组组长和易地扶贫搬迁安置点督战组组长，乡镇和部门副科级以上领导干部分别挂牌督战有剩余贫困人口的335个行政村。印发《贵州省脱贫攻坚挂牌督战应知应会手册》1万册，让领导干部精准掌握挂牌督战内容及方式方法。二是组织开展排查。为精准掌握“两不愁三保障”中存在的问题，及时组织开展脱贫攻坚大排查大筛查，围绕“人口信息、产业发展、产业扶贫利益联结、务工就业”等7个方面情况，对全县344个村（社区）所有贫困户和非贫困户开展排查工作，排查发现的问题由对应的责任部门和乡镇负责，及时建立台账、倒排工期、强力推进，按时完成整改销号。三是确保督战成效。组建 7 个巡回督战队，对全县 22 个乡镇（街道）开展巡回督战，再聚焦、再深入、再精准，对发现问题限期整改到位，确保贫困户全部脱贫。3 月 25 日至 28 日，市县乡督导组抽派 120 人组成 10 个检查组，对除煎茶镇、长堡镇以外的 20 个乡镇第一季度挂牌督战内容进行为期 4 天的检查，并根据好、中、差检查结果，分别对督战对象悬挂蓝、黄、红牌，确保挂牌督战成效。截至目前，发现问题 59 个，已整改到位 38 个。

聚合力，奏响挂牌督战“协奏曲”

德江县注重发挥领导干部、驻村干部、群团组织、各类人才等骨干队伍的作用，按照“四个不摘”要求，持续保持指挥体系不变、驻村帮扶不变、督导问责不变，深入攻坚一线，凝聚攻坚力量，为决战决胜脱贫攻坚保驾护航。一是加强攻坚力量。德江县继续推行驻村干部“四个划转”制度，按照省市对驻村第一书记和驻村干部的调整选派和“四个不摘”有关要求，全县 2550 名驻村干部继续驻村、8079 名帮扶干部持续开展帮扶，75 个县直帮扶部门 234 名班子成员继续实行包村负责制，确保攻坚力量不变、责任不减。组建巡回督战工作组，围绕中央、省、市反馈的问题和按照乡镇（街道）、村（社区）、户挂牌督战任务清单，开展定期、不定期巡回督导。二是开展实战培训。按照“缺什么补什么”的原则，围绕今年德江县脱贫攻坚工作的标准“三个百分之百和一个百分之十”，依托新时代学习大讲堂视频系统、新时代文明实践中心等平台，组织对脱贫攻坚一线干部进行培训。同时，4 月底前分级分类对新任乡镇领导班子成员、村“两委一队三个人”进行全员轮训。整合人社、农业、科技、扶贫等部门资源，围绕产业革命、劳务输出，组织农技专家、业务能手送学上门、送技上门，全力抓好脱贫攻坚巩固提升各项工作。三是整顿软弱涣散。4 月底前对 335 个有剩余贫困人口的行政村和 14 个易地扶贫搬迁安置点进行摸底排查，对发现存在不能确保按时高质量打赢脱贫攻坚战的基层党组织，按照“一村一方案”要求，制定整顿方案，明确责任人、整改措施和整改时限，采取台账式销号管理，整治一个、销号一个，销号一个、巩固一个，确保软弱涣散基层党组织得到全面彻底整顿，并提升到位。

激活力，奏响挂牌督战“进行曲”

德江县把组织优势转化为产业优势，按照“五个一批”的要求，坚持扶贫先扶志，治贫先治愚，不断改善机能、激发活力的“造血”式扶贫。一是打造“造血”式扶贫。充分发挥基层党组织和党员干部先锋模范作用和示范带头作用，走进群众家里，走进群众心里，持续巩固“不忘初心、牢记使命”主题教育成效，按照“守初心、担使命、找差距、抓落实”总要求，坚持扶贫先扶志，治贫先治愚，把“两走进”活动贯穿脱贫攻坚全过程，打造不断改善机能、激发活力的“造血”式扶贫。二是产业革命持续推进。围绕“2+N”产业发展布局，健全完善县级领导领衔推进农村产业革命工作制度，调整充实 13 个县级产业专班，重组乡镇（街道）产业发展专班综合办公室，制定产业发展工作方案，明确驻村干部必须 100% 参与农村产业革命，帮扶干部以单位为单元必须 60% 以上参与农村产业革命，全力以赴推进农村产业发展。在今年春耕生产期间，新增肉牛出栏 1.07 万头、生猪出栏 7.52 万头，新植花椒 3700 亩、茶叶 1940 亩、中药材 4000 亩、水果 1800 亩、食用菌 500 万棒、蔬菜播种 6.38 万亩。三是复工复产有力有效。成立了复工复产工作领导小组，抽调专人实行集中办公，先后召开县委常委会会议 3 次、县政府常务会会议 2 次、专题会 7 次，研究全县复工复产工作，制定出台了相关文件，对县内 39 家规上企业、18 个重大项目全面实行县级领导干部包保负责制，按照“一企一策”“一项目一策”原则，制定复工复产方案。目前，规上企业复产率 100%、重点项目复工率 100%。

重激励，奏响挂牌督战“加速曲”

注重在落实挂牌督战、党建促脱贫攻坚等工作中严肃工作纪律、加强激励关怀制度，寻找优秀扶贫干部，使用工作台账加强跟踪培养，让脱贫攻坚一线干部扎得下根、干得舒心、善作善成。一是落实保障政策。依照一线干部管理实施办法，对县直单位选派的驻村干部和乡镇选派的驻村干部按照标准给予工作经费补助，落实心理关怀、政治关怀、健康体检等政策。借助政务微信公众号、新时代学习大讲堂等平台，加强宣传森林防火、饮食安全、人身财产安全、交通安全知识，提升安全防范意识。对因公殉职人员家属给予抚恤、长期帮扶慰问，建立就业、就学、就医、绿色通道，帮助解决实际困难。二是强化人文关怀。通过在督战中遍访到村、组、户，及时掌握攻坚一线干部思想动态，及时帮助解决难题。在保持攻坚力量不变的前提下，对确因身患重病和家庭发生重大病故等特殊原因需要调整的，由派出单位和乡镇党委提出调整轮换意见，由县委组织部综合分析研判替换人选后按程序逐级上报审批。目前，全县“两委一队三个人”共4947人，其中村“两委”干部2397人，驻村工作队队员2550人，按照“退一进一”原则，调整轮换42人。三是大力培养干部。按照“大抓产业、巩固成果、全面小康”的工作主线和“大炼干部、大胆创新、大力招商”的工作着力点，深入推行“村社合一”，鼓励干部参与产业革命，寻找表现突出、成绩显著的干部，通过培养、选任、保障、关爱、激励等强化正向激励，让脱贫攻坚一线干部扎得下根、干得舒心、善作善成，使“村社合一”成为加强党对经济工作的领导在村级的实现方式，成为增强农村基层组织战斗堡垒作用的经济支撑，成为干部队伍成长和党凝聚民心的实践平台，不断推动基层组织做大实体、提升实力、巩固实权。

沿河向深度贫困堡垒发起最后总攻

◇ 沿河县委改革办

2020 年以来，在省委、省政府和市委、市政府的坚强领导下，在社会各界的大力关心支持下，作为挂牌督战县的沿河，以一刻不能停、一步不能错、一天不能耽误的精神状态，采取扎实有效措施，明确主体、盯紧短板、聚焦产业、压实督导，向深度贫困堡垒发起强力总攻，坚决打赢最后歼灭战。

明确主体总攻

一是省领导挂帅。省委常委、省委秘书长挂牌督战沿河县，先后多次深入沿河督战。整合省、市、县三级督战工作力量，组成 22 个督战工作组，对沿河县 22 个乡镇（街道）432 个有贫困人口的村（居、社区）和 13 个易地扶贫搬迁安置点开展全面督战。对贫困面较广、贫困度较深的 22 个未出列村和有剩余贫困人口的深度贫困村，由省级、市级领导挂牌督战。同时，铜仁市从已出列区县选派 13 名脱贫攻坚工作经验丰富的干部，到沿河 13 个脱贫攻坚任务相对较重的乡镇任党委书记或第一书记。二是市专班指导。市直“两不愁三保障”、产业就业扶贫部门和各区县抽调专业技术人才，成立“两不愁三保障”及基础设施建设、易地扶贫搬迁就业、农村产业革命等业务指导专班，采取现场培训、视频培训、蹲点培训等形式，对县乡村三级领导干部进行全方位培训指导。截至目前，市级培训扶贫干部、农技干部、乡镇（街道）主要领导、分管领导等共 3 期 450 余人次，组织力量下沉乡镇（街道）及项目点开展现场指导培训 60 余次、接受技术咨询 8183 人次；沿河县整合农技专家培训农民 145 期 5901 人次。三是县一级主战。严格实行指挥长负责制，各乡镇（街道）脱贫攻坚指挥部指挥长由副县级及以上领导担任，乡镇（街道）党（工）委第一书记及党政主要负责同志任常务副指挥长或副指挥长，同时分别任辖区内 1 个贫困村或深度贫困村脱贫攻坚指挥部指挥长。对全县 435 个驻村工作组，5129 名村第一书记及驻村干部实行统一“指挥调度、工作标准、督查考核、政策口径、业务培训”的“五个统一”管理制度；动员全市沿河籍公职人员每月至少到户籍所在地参与脱贫攻坚工作一次。

盯紧短板总攻

一是摸清底数。铜仁市抽调各区县和市直部门人员，组成脱贫攻坚专项检查组，对沿河县 22 个乡镇（街道）432 个有贫困人口的村（居、社区）存在问题进行交叉检查，实现问题摸底排查全覆盖；实行“三级遍访制度”，由沿河县委、县政府主要领导完成对所有贫困村（居、社区）的遍访，由乡镇（街道）指挥长、常务副指挥长、副指挥长完成辖区所有村（居、社区）组的遍访，由村（居、社区）指挥长、副指挥长及驻村工作队成员完成对驻地村（居、社区）所有农户的遍访，对遍访中发现的问题建立问题台账，并纳入挂牌督战。二是梳理问题。将易地扶贫搬迁、住房安全保障、教育保障、医疗保障、饮水安全、产业扶贫等十大类问题梳理汇总，明确攻坚措施、责任单位、责任人，限期在 5 月 20 日前全面完成问题整改。同时，将其他暗访督查到的问题作为挂牌督战工作的重要内容，采取“一日一研判”“一周一调度”“半月一通报”，坚决做到发现一批问题、督办一批问题、解决一批问题。严格按照挂牌督战结果运用工作方案和“蓝、黄、红”牌评分细则，每月对挂牌督战情况进行综合评定，确保攻坚责任、政策、工作落实到位。三是分类整改。义务教育方面，严格落实控辍保学“双线”目标和教育资助政策，做到应助尽助。医疗保障方面，卫生室全部达标，配齐村医 489 名，开展健康扶贫慢性病筛查和残疾鉴定及大病专项救治，实行县内定点医疗机构住院“先诊疗后付费”和“一站式、一单清”服务。住房保障方面，深入实施农村老旧住房透风漏雨和人居环境整治，确保“十二类”重点人群和建档立卡户，非贫困户中的低保户、五保户、贫困残疾人家庭等住房有保障。

饮水安全方面，严格落实农村饮水安全管理“三个责任”，强化运行管护一体化制度落实，实现农村供水工程以水养水目标，农村饮水均达到“11235”标准。就业扶贫方面，通过“线上”“线下”“劳务驿站”与外省、本省市企业对接，“点对点”组织沿河籍务工人员外出返岗复工，同时建立“扶贫车间”，开发就业扶贫援助岗位。截至目前，共帮助贫困劳动力79484人实现就业。

聚焦产业总攻

一是多项资金向产业倾斜。积极争取中央、省、市财政扶贫资金，农业产业发展资金，东西部协作财政扶贫资金投入产业发展。铜仁市引导不低于50%的东部帮扶资金向沿河县倾斜，统筹整合财政涉农资金支持沿河脱贫攻坚，举全市之力向深度贫困发起最后总攻。截至目前，东西部扶贫协作项目5个，实施财政扶贫资金项目238个，其中基础设施类项目25个、产业类项目183个，生活条件改善项目30个，累计获各类帮扶资金7.72亿元。二是兄弟县帮扶向产业倾斜。铜仁市探索由9个兄弟区县和铜仁高新区、大龙开发区共同支持沿河产业发展的“9+2”帮扶模式，聚焦沿河产业发展薄弱环节，实施辣椒、食用菌、生猪和生态鸡养殖等“短平快”扶贫产业。截至目前，“9+2”责任单位在沿河县实施帮扶项目34个，累计到位资金5043万元。如，石阡县投入资金1000万元援建蛋鸡养殖项目；印江县捐赠1000万元对口帮扶资金建立1亿棒食用菌和2万亩辣椒生产基地；松桃县投入1100万元建设林下肉鸡项目和标准化规模蛋鸡项目。三是先进村结对向产业倾斜。实行“先进村帮扶贫困村”，铜仁市30个先进党组织所在村与沿河县30个未出列贫困村结成帮扶对子，重点帮助建强基层组织、推动产业发展、完善组织方式、做好产销对接。如，思南县青杠坝村冷朝刚到沿河县中界镇天坪村开展结对帮扶，从建强基层组织、推动产业发展、健全利益联结等方面开展现场指导，起到很好的帮扶效果。实行易地扶贫搬迁安置点结对帮扶，将全市4个条件成熟的安置区与沿河县的4个易地扶贫搬迁安置区结成帮扶对子，实现资源互享、信息互通、经验互鉴。

压实督导总攻

一是定点督办。采取“1 名市级领导 +1 个市级督导组”的模式，铜仁市选派 95 人组建市级督导组，定点督战沿河县 22 个乡镇（街道）；市直 62 家单位选派 200 名干部全面参与 22 个乡镇（街道）、432 个有剩余贫困人口的村（居、社区）和 13 个易地扶贫搬迁安置点的定点督导和脱贫攻坚工作，形成到乡镇、到村、到组、到户、到产业的督战体系。今年以来，已开展督查 650 次，检查农户 6.2 万户 25.96 万人，其中建档立卡 4.1 万户 17.33 万人，实现全县所有村排查全覆盖。二是巡回督战。由市直部门副县级领导干部任队长，成立面上巡回督战队、易地搬迁巡回督战队和乡镇巡回督战队，在市级定点督战的基础上，通过巡回督战实现县、乡镇、村、组、户、人实地督战全覆盖。同时，坚持市县工作联动，强化市纪委监委、市级督导组、县纪委监委等力量，围绕脱贫攻坚重大决策部署，结合省督查组历次督查暗访、调研核查反馈的问题进行巡回督导，坚持失责必问、问责必严、追责必快，达到问责一个、教育一片，处理一个、警醒一片的效果。三是严格督导。理顺县指挥督导和帮扶体系，明确各乡镇（街道）指挥部指挥长、副指挥长必须驻乡镇（街道）指导、调度工作；县直帮扶单位由班子成员挂牌联系定点帮扶村，在项目、资金、选派干部等方面向帮扶村倾斜；各村级指挥部承担所在村脱贫攻坚主体责任，排查问题并整改；各村指挥部指挥长、副指挥长，负责落实本村脱贫攻坚各项任务；所有第一书记、驻村干部、村“四职”干部、帮扶责任人必须脱产吃住在村。截至目前，对脱贫攻坚工作作风不实问责 639 人，其中，党纪政务处分 55 人、诫勉谈话 38 人、批评教育 64 人、全县通报 405 人、谈话提醒 77 人。调整乡镇党政主要领导 5 人（其中党委书记 2 人、镇长 3 人）、部门主要负责同志 4 人。

文军扶贫
打好群众内生动力战

为切实发挥脱贫攻坚农民主体作用，铜仁市积极开展文军扶贫，组织“五支队伍”下基层，传递好党的声音，振兴乡村文化，汇聚正能量，激发群众内生动力，积极投身脱贫攻坚战。

铜仁“志智双扶”齐发力 奏响脱贫攻坚最强音

◇ 中国日报

近年来，铜仁始终坚持“志智双扶”，变“输血式扶贫”为“造血式扶贫”，持续开展党的政策好、人居环境好、社会风气好、干群关系好“四个好”宣传，选树好先进典型，引导群众形成自强不自卑、期待不等待、依靠不依赖、包办不包干、苦干不苦熬、借力不省力“六个不”观念，树立脱贫主体意识，靠自己努力改变命运。

讲习宣传立志气

仲夏时节，在沿河土家族自治县甘溪镇罗汉果种植基地里，张碧春正在技术人员的指导下，对罗汉果进行移栽。

在基地务工，她不仅能一天挣到70元的收入，还学到了罗汉果管护的技术，掌握了一技之长。

几年前，张碧春家因病致贫，按程序被纳入了建档立卡贫困户。

受干部宣讲影响，张碧春主动找到帮扶干部，表示不想只是依靠精准扶贫政策，而是想要通过自己的努力摆脱贫困。在村镇干部的帮扶指导下，她将土地流转到合作社，自己在合作社基地打工。通过辛勤劳动，成功摘掉了贫困帽，光荣脱贫。

张碧春的脱贫经历是铜仁开展扶贫与扶志扶智相结合，激发群众内生动力，助力贫困群众脱贫致富的一个缩影。

“我今年71岁了，现在党和国家的政策那么好，产业也发展得热火朝天，乡里面的干部非常关心我们，我们自己也要努力加油，日子才会越过越好。”

在万山区敖寨乡中华山村的讲习所现场，建档立卡户杨光艳说道。

“在决战脱贫攻坚关键时刻，党给我们送来了文化大餐，体现了党的关怀，我们一定要听党话、感党恩、跟党走，在接下来的工作当中，我们将带领全村干部群众齐心协力，干出幸福的生活，过上红红火火的日子。”在铜仁市文化文艺队伍下沉一线“聚力深度贫困，践行初心使命”文艺巡演走进沿河土家族自治县板场镇爱华村现场，爱华村党支部书记冉启财如此感叹。

自 2017 年以来，全市共开展宣讲和讲习活动 7.3 万余场次，其中开展乡风文明助推脱贫攻坚先进典型巡讲、文艺巡演活动 1.2 万余场次，覆盖 1000 余个贫困村，受众达 405.8 万余人次。

政策落实强底气

铜仁市始终坚持在政策落实上着力，让贫困群众增强脱贫信心。针对“四场硬仗”、全员培训、金融扶贫、社会扶贫等 24 个方面的扶贫政策措施，一一对应成立工作专班，切实构建起可执行、可监督、可问责的脱贫攻坚作战体系，确保各项扶贫政策得到快速有效落实，最大限度地惠及农村群众，切实增强群众的获得感。

江口县群众向永红曾经因病致贫，被评为精准扶贫户。在帮扶干部的鼓励下，他决心靠自己的双手实现脱贫。获得“精扶贷”10 万元贷款后，发展起烤烟规模种植，年收入近 20 万元。发展产业创收的第一年，他就找到驻村工作队，主动要求脱贫，摘掉贫困户帽子。

碧江区和平乡龙鱼村肢体残疾人刘宗强，在当地残联的帮助下，获得省、市、区扶持资金 27 万元，目前养殖场存栏蛋鸡 2.5 万只，带动周边贫困群众就业 11 人。

铜仁市严格按照“脱贫不脱帮扶、脱贫不脱政策、脱贫不脱项目”的要求，在脱贫攻坚期内，对已脱贫的贫困户和退出的贫困村建立“回头看”“回头帮”工作机制，给予适当支持并在每个村组建一支永不撤退的工作队，切实保持政策的延续性，增强了贫困群众脱贫致富的底气。

技能培训添勇气

一技在身不怕贫困压顶。铜仁坚持在扶智上突围，结合贫困群众实际，通过不同渠道因材施教，打出一系列扶技组合拳，提升群众技能拔穷根。

松桃是一个苗族聚集地方，该县以集中开班、流动课堂、田间授课等方式，把党和国家政策、产业发展技能翻译成苗语，编制成苗歌、苗语故事等群众喜乐见闻的方式，把各项政策和农技知识带到存在汉语言障碍的少数民族群众中。

“大家注意啦！给牲畜注射时，进针成 45 度往其耳朵下方 2 至 3 厘米处注射，针头进入体内占三分之二，动作一定要快、要准。”近日，松桃苗族自治县太平营街道防疫员唐云青在芭蕉社区的青年志愿者脱贫攻坚夜校班为村民授课时，一边比动作，一边讲解，30 余名学员听得津津有味。

贫困群众龙跃洲是学员之一。在当地政府的帮助下，他参加了芭蕉社区种养殖专业合作社，养殖 20 头牛和 40 只羊。“去年养两头猪，临近出售时却病死了，现在村里有了夜校班，我每期都来参加培训，有了养殖技术，以后靠养殖增收脱贫不成问题。”龙跃洲深有感触地说。

雷凤英是铜仁市碧江区矮屯社区易地扶贫搬迁安置点的一名群众，搬迁后一直在家带孩子。2019 年，社区组织刺绣培训，聪明好学的她很快就掌握了刺绣技巧，现在靠接订单她一个月能挣 3000 多元。

今年，培训班新增 40 名学员，培训公司聘请雷凤英担任管理员，对学员进行考勤打卡和技术培训指导，每月工资补贴 2000 元。

“技能扶贫改变了我的人生，现在我一个月挣 5000 多元，对未来的生活充满了信心。”雷凤英说。

龙跃洲、雷凤英是近年来铜仁市开展“因人施培、因产施培、因岗定培”技能扶贫的直接受益者。

目前，全市已投入培训资金 2.55 亿元，开展建档立卡贫困劳动力和易地扶贫搬迁劳动力全员培训 2465 期 3697 班 188545 人次，培训后实现就业创业及脱贫 119506 人。易地扶贫搬迁户已实现户均 1 人以上就业。

典型宣传聚动能

用群众身边的人和事去教育引导群众，是最有效的方法。

铜仁市重点选树了好干部文伟红、冷朝刚、张曙光、安永恩，致富愚公周绍军、反哺桑梓黄立、守信归雁杨秀萍、博士村干部熊劲松等脱贫攻坚典型，大力宣传他们因地制宜发展致富产业和依靠产业基地带领一方群众脱贫的故事，引导广大群众树立“幸福是奋斗出来的”意识，激发了贫困村群众依靠农业产业发展脱贫致富的热情。

靠养牛脱贫的王昭权就是最好的印证。

靠手走路的王昭权是铜仁市印江土家族苗族自治县沙子坡镇四坳村人，6 岁时因小儿麻痹症导致身体残疾，只能靠手行走。在铜仁，说起王昭权，不少人会竖起大拇指，称赞他是“牛人”。因为他有低保，有精准扶贫等政策保障本可以“衣食无忧”，但勤劳本分的他却坚持自力更生养牛，年收入数万元，成功摘掉了贫困户的帽子。

寒来暑往，在四坳村的九岭十八弯总是可以见到王昭权勤劳脱贫的身影。他的事迹，也激励着更多群众依靠自己勤劳的双手过上更好的生活。

近年来，铜仁市评选“铜仁脱贫攻坚群英谱”人物 157 名，获得“贵州脱贫攻坚群英谱”人物 23 名。全市有 35 人荣登“中国好人榜”、193 人荣登“贵州好人榜”，评选表彰年度人物及提名人物 100 余名，表彰市级道德模范 104 人，推出全国道德模范及提名奖获得者 5 人，全省道德模范及提名奖获得者 39 人。

榜样的力量是无穷的。2017 年以来，铜仁已有 5 万余名贫困群众申请主动脱贫。铜仁建档立卡贫困人口已从 2013 年底的 92.7 万人减少至 4.38 万人，贫困发生率从 24.74% 下降至 1.16%，正彻底撕掉千百年来的贫困标签，与全国全省同步全面建成小康社会。

智随志走、志以智强，铜仁创新实施“志智双扶”，激发了贫困群众活力，全市上下脱贫攻坚形成强大合力。

“文军扶贫”奏响一区五地奋进乐章

◇ 王安宏

回望铜仁脱贫攻坚历程，啃下的每一块硬骨头，推进的每一个重大事项，都离不开铜仁人磅礴的精神力量。

激发前行动力，点燃奋斗激情，把思想的伟力激荡在每一个奋斗者心间。这是时代赋予铜仁宣传思想工作者的特殊使命。

2019 年，铜仁市宣传思想文化战线坚持以习近平新时代中国特色社会主义思想为指导，聚焦脱贫攻坚全面小康，切实在基础性、战略性上下功夫，在关键处、要害处下功夫，在工作质量和工作水平上下功夫，办好一系列大事喜事，办成一系列要事实事，办妥一系列急事难事，各项工作在蹄疾步稳中实现新突破、取得新进展。

放眼铜仁大地，宣传思想的力量，如静水深流浸润人心，似惊蛰春雷万里回响……

高举旗帜主旋律更加昂扬

攻坚的时刻，呼唤思想引领；奋进的征程，更需步调协同。站在“两个一百年”奋斗目标的历史交汇点，宣传思想工作如何更好服务大局。

德江县桶井乡场坝村新时代农民讲习所，一处文化墙格外引人注目。文化墙设有《群众心语》《群众点题》等栏目，栏目下方则贴满了群众在便利纸上书写的“心语”。

据介绍，群众有什么不懂的、想学的技术或技能，只要通过小纸条递到讲习所，村委就会第一时间联系政府对接专家点对点开展培训。

如今，场坝村的讲习模式已在德江全县推广，德江县组织各级讲习员不定期不定时在各农户家中、村头街边、田间地头等进行宣讲，用农民喜闻乐见的形式，把党的方针政策传达到每一个干部群众的心坎里，坚定了干部群众决战脱贫攻坚、决胜同步小康的信心和决心。

在德江县创新宣讲模式的同时，“邻居”思南县的老百姓也舞起花扇，唱起花灯，走村进寨进行表演。在花灯说唱中，不少花灯队都特地把党的政策内容编了进去，让大家在潜移默化中了解党的政策内涵，知晓党的惠民政策和给予老百姓的实惠。

用接地气的形式宣讲党的最新政策，用生动的群众语言把党的理论播撒到百姓心间。全市各级各地宣讲团，进农村、进企业、进校园、进社区，让党的创新理论家喻户晓，把党的“好声音”唱响到基层每个角落。

“线下”宣讲忙，“线上”的学习同样热闹。“我每天醒来第一件事就是打开‘学习强国’，里面的知识太丰富了，无论是浏览资讯还是挑战答题，都很有意思。2019 年我的学习积分达到 5000 多分了！”万山区鱼塘乡的一位干部激动地说。

“今天你学习了吗？”在铜仁大地，从机关到社区，每天登录道“学习强国”平台进行学习和答题，已经融入党员干部的日常。据统计，铜仁市有 10.54 万名党员群众下载使用“学习强国”。

同时，认真守好舆论阵地。将意识形态工作纳入党建工作体系、举办意识形态专题讲座、定期分析研判意识形态领域新情况新形势、深入开展“扫黄打非”五大专项行动……铜仁市持续巩固壮大主流舆论，不断增强社会主义意识形态凝聚力、引领力。

2019 年，铜仁市 10 个区县融媒体中心正式运行，完成基层最后一公里的政治触达。并在全省率先建成铜仁市宣传文化云平台，接入省级云平台数据总量排全省各市州第一，切实提高了新闻舆论传播力、引导力、影响力、公信力。

围绕习近平新时代中国特色社会主义思想和中央、省、市全会精神等，我市全年组建宣讲团开展党的政策理论宣讲 72 场次，深入新时代农民（市民）

讲习所开展讲习 37830 多场次，让党的思想、路线、理论“飞入寻常百姓家”，让党的旗帜在铜仁高高飘扬。

凝心聚力精气神更加强劲

2019 年，大事多要事多，铜仁市坚持宣传思想文化战线充分发挥优势，传递正能量，为经济社会高质量发展凝聚奋进力量。

榜样之花，灼灼其华。

文伟红，沿河土家族自治县中寨镇大坪村驻村第一书记，2019 年 7 月 22 日，不幸在驻村住地意外触电离世，牺牲在脱贫攻坚第一线。

文伟红同志牺牲后，《人民日报》、新华社、《贵州日报》、贵州广播电视台等媒体对其先进事迹持续关注、广泛宣传、深入报道，引发强烈反响。一时间，乌江两岸，有一股巨大的能量在接力传播，“英雄文伟红”的名字，在广大干部群众心中熠熠发光，“英雄文伟红”的事迹，在广大干部群众当中广为传诵。

在宣传战线的努力下，文伟红、安永恩等一批无名英雄、身边榜样被推到台前，带动人们见贤思齐、争当先进。2019 年，我市全年有 10 人荣登“中国好人榜”、35 人荣登“贵州好人榜”、35 人入选“贵州脱贫攻坚群英谱”。

一个个闪光的名字背后是一个个充满正能量的身边典型，一个个诠释真善美的动人故事。

一个人感染一群人，一群人带动一代人。在铜仁这片热土上，还有更多动人的故事等待书写和传扬。

文明之树，其叶蓁蓁。

在石阡县甘溪乡坪望村的宣传栏、房屋墙壁上，展示着名人家训、族训，无不传递着家风家训的深刻内涵。

自己再困难，绝不等靠要，凭着自己的勤劳，坪望村村民陈德刚，通过父辈留下来的加工木姜油手艺，过上了幸福的生活。

“祖辈教育我们，自己要勤劳、勤俭、勤奋，做木姜油是属于祖传，这门木姜油手艺现在解决了我一家的开支。”陈德刚的话语掷地有声。近年来，坪望村因地制宜、合理规划，把该村建成了村容整洁、民富村强、乡风文明的新农村。

不只是坪望村，石阡县围绕培育和践行社会主义核心价值观主线，从家庭入手，积极挖掘传统文化，在农村广泛开展“好家风好家训”活动，努力推动农村精神文明建设上台阶、上水平。

为让文明新风吹遍每个角落，我市通过在机关开展经典诵读、在企业开展诚信演讲、在学校开展社会主义核心价值观“组歌”进校园、在社区开展广场舞大赛及“三赛一讲”活动，出台《铜仁市关于加强不文明行为管理办法》等举措，使文明阳光普照黔东，全社会不断向上向善、向美向暖。

礼赞祖国，激荡共鸣。

铜仁市紧紧围绕新中国成立 70 周年这条主线，以“我和我的祖国”为主题，统筹谋划开展梵净山合唱大赛、庆祝新中国成立 70 周年成就展等系列群众性文化活动，覆盖 300 万人次参与，在铜仁市上下唱响了礼赞新中国、开启新时代的昂扬旋律。

礼赞新中国的昂扬旋律，不仅唱响在黔东山水间。铜仁努力在对外形象展示上有新思路，在外宣精品制作上有新突破，在外宣渠道上有新拓展，在外宣队伍素质上有新提高。全年中央、省主要媒体发稿 1021 条次。

文明花开香满园，同心掬得满庭芳。这一年，黔东大地同心共筑中国梦的思想道德基础更加夯实，奋进新时代的精神力量得到有力激发。

文军扶贫软实力更加深厚

“我们荞子溪村人，要自力更生，活出志气和骨气，我们不能拖党委、政府的后腿。”在思南县合朋溪镇荞子溪村的“五支队伍”下沉一线活动上，村民王修桥用他那带着浓重乡音的普通话，声情并茂地表达着心声。

当天，合朋溪镇组织宣传宣讲、文化文艺、新闻记者、文明创建、志愿服务五支队伍下沉深度贫困村，开展了以“牢记嘱托践初心·感恩奋进担使命”为主题的干群连心活动，进一步凝聚脱贫攻坚磅礴力量。

扶贫先扶志，扶贫必扶智。在铜仁市上下决战脱贫攻坚、决胜全面小康的关键期，铜仁宣传思想文化战线因地制宜，创新举措，紧扣脱贫攻坚大局，强化使命担当，以“文军扶贫”助推全面小康，让贫困群众真正挺起精神脊梁，乐享“文化小康”。

这一年，铜仁动员和组织全市宣传战线宣传宣讲、文化文艺、新闻记者、文明创建、志愿服务“五支队伍”下沉一线聚力深度贫困践行初心使命，铜仁市“五支队伍”深入全市贫困发生率20%以上的深度贫困村宣传宣讲脱贫攻坚政策232场次，开展文艺演出186场次，推出脱贫攻坚新闻报道2300余篇（条），开展义诊活动120场（次），组织过集体生日35场，对于推动宣传思想文化系统“不忘初心、牢记使命”主题教育和增强“四力”教育实践的深入开展，助推乡风文明助力脱贫攻坚、乡村振兴等方面都起到了积极的作用。

这一年，铜仁深入实施“文化+”行动，让文化在群众脱贫致富的道路上发挥重要作用，将文化资源优势转化为文化产业优势，形成文化品牌优势，让贫困群众彻底甩掉穷帽，挖掉穷根。

铜仁市2家文化企业获评省文化产业“十佳企业”，1个文化品牌获评省文化产业“十佳品牌”。全年组织20多家文化企业1000余件文化产品参加香港文化庙会、第八届中国苏州创博会、第十五届深圳文博会等进行展示展销。评选命名5个市级文化产业示范基地（园区），其中1个基地入选第七批省文化产业示范基地。

这一年，铜仁以脱贫攻坚为主题，以精品文化力作献礼祖国70华诞，涌现出大批讴歌党、讴歌祖国、讴歌人民、讴歌英雄的优秀作品，记录时代进程，反映人民心声。

铜仁市创作推出组诗《菜园小记》、电影《对决》、广播剧《影子爸爸》《李子花开》、散文《目击》等一批优秀文艺作品。创作拍摄和加快推进影视剧《看万山红遍》、舞台剧《田秋》《红色追忆》。举办“我心中的梵净山”全国诗词楹联大赛、第二届贵州梵净山“我的乡愁”微电影展等文化活动。

这一年，铜仁着力推进文化惠民，加速完善全市公共文化服务体系，强力推进公共文化服务向基层延伸，不断提升公共文化服务能力和满足基层人民群众精神文化需求。

铜仁市围绕标准化、均等化加强基层公共文化建设，新建乡村大舞台、欢乐院坝各 9 个，建成基层综合文化服务中心 2460 个。在移民安置点新建文化服务中心 46 个、文化广场 106 个、书屋 50 个，万山区冲广坪社区青微书屋入选第八届全国服务农民、服务基层文化建设先进集体候选单位。放映农村公益电影 32930 场、爱国主义电影 100 场。

2019 年，铜仁形势稳中向好，铜仁故事气象万千，铜仁声音乘势远扬。2020 年是全面建成小康社会和““十三五””规划收官之年，是脱贫攻坚决胜之年，形势催人奋进，发展任重道远。

站在新的起点，铜仁市宣传思想文化战线自觉肩负起宣传思想工作的使命，锐意改革创新，勇于担当作为，与全市人民一道奋力拼搏，为决战脱贫攻坚、决胜同步小康和““十三五””规划圆满收官、谱写百姓富生态美的多彩贵州新未来铜仁篇章而努力奋斗。

更精彩的铜仁故事、更动听的铜仁声音值得期待！

铜仁：“文军扶贫”助力打赢脱贫攻坚收官战

◇田 波

近年来，铜仁市坚持“扶贫、扶智、扶志”相结合，实施“文军扶贫”十项行动，探索“文军队伍”常态化下沉脱贫攻坚一线机制，通过组织力量引领、市场力量主导、社会力量参与，把宣传思想文化系统资源力量向脱贫攻坚主战场聚集，全力补齐贫困群众“精神短板”，激发脱贫致富内生动力，助力打赢脱贫攻坚收官战。

组织力量引领“文化扶贫”

强化责任落实。制定市直宣传文化部门、区（县）、镇村“三张任务清单”，将实施“文军扶贫”十项行动进行责任分解，把实施新闻舆论宣传、广告宣传助销、网络营销助农、文军队伍提质“四项行动”作为市直宣传文化部门重点任务，把文化进村扶志、志愿服务聚心、专家下乡扶智“三项行动”作为区（县）重点任务，把扶贫政策宣讲、先进典型聚力、乡村环境提升“三项行动”作为镇村重点任务，加强纵向、横向和内部联动，形成“市县两级协同联动、镇村两级主体推动”的责任体系。

强化教育引导。探索以文明有“礼”为载体的贫困户专属“爱心超市”积分行动，制定《实施“爱心超市”积分行动激发贫困户内生动力工作方案》《爱心超市实施细则》，通过家庭美德、遵纪守法、环境卫生等方式获取积分，累计一定分数免费到爱心超市兑换相应商品。目前，打造“文明储蓄所”“道德银行”“春晖积分超市”82个，4.6万余名群众获得积分奖励。在贫困村采取“四议两公开”形式，选树表彰5000余名致富之星、脱贫之星、自立之星、环境之星等群众身边先进典型，组织开展脱贫攻坚先进事迹巡回宣讲，以先进典型引领教育群众。

强化阵地建设。加强农村精神文化阵地建设，探索“党建引领 + 组织、宣传、统战、政法、农业农村 5 部门联抓 + 群团、社团、新经济组织 N 种资源整合”的“1+5+N”模式，累计整合资金 2000 万余元，建设 10 个新时代文明实践中心、53 个实践所、275 个实践站。建设乡村公共文化服务平台，出台《铜仁市创新基层公共文化服务机制实施方案》《关于全面实施“六个有”建设深入推进创新基层公共文化服务机制的实施意见》，采取“文旅部门 + 乡镇 + 联建部门 + 村支两委 + 群众投劳”模式，在全市建成 1572 个农民文化家园，2779 个综合性文化服务中心，1943 个村级文化信息资源共享工程服务点。目前，全市村级综合性文化服务活动中心实现村村全覆盖、多彩贵州“广电云”实现村村通。

市场力量主导“文化扶贫”

技术培训。聚焦全市 11 大扶贫主导产业，发挥高校科技和人才优势，推动市内 4 所高校在重点扶贫产业点设立科研基地、实训基地，针对贫困村不同产业需求，采取“科技特派团”“特派员制度”等形式，每个项目落实 1—2 名科技特派员，破解产业技术瓶颈。采取“现场操作示范 + 专题讲座”等方式，开展专题技术培训 850 多场次，为贫困村解决技术问题 597 个，培训 6673 人次。

产业带动。出台《铜仁市促进旅游业发展奖励扶持办法》，依托乡村优势特色文化资源，按照“园区景区化、农旅一体化”发展模式，打造 1 个国家级、6 个省级、40 个市级乡村“文旅农融合”示范点，推动乡村“文旅农”融合发展。实施“文化 +”产业行动，争取资金 320 万元，在 5 个贫困村实施文化产业扶贫“千村计划”项目试点，通过整合各类文化资源，搭建文化产业发展平台，开发独具特色的文创产品，以项目扶持方式开展产业扶贫。

目前，实施“千村计划”5个试点村实现人均纯收入增长速度高于所在县平均速度的5.9个百分点、参与农户人均纯收入增长速度高于所在村平均速度的5.7个百分点“两个快于”目标。

公益就业。整合文化旅游行业资源，围绕文化旅游服务、景区运营管理等方面，多形式、多渠道为贫困群众精准开发就业岗位。目前，已在43家重点文化旅游企业为贫困群众精准开发就业岗位203个，促进就业人数225人，其中建档立卡贫困户57人。孵化、培育和支持发展文化社团组织为群众提供就业岗位，对文化社团注册成立，相关部门给予降低门槛并简化手续。引导注册成立了文化产业促进会等100多个文化社团组织，创造就业岗位1500多个。通过政府购买服务方式，向社会招募乡村文化志愿者，组建262支文艺小分队、1164支文艺演出队伍到贫困村开展文艺巡演，按演出场次给予补贴，为文艺爱好者量身定制就业岗位。

社会力量参与“消费扶贫”

免费广告助销。在新闻媒体搭建爱心互助平台，官方网站开设《铜仁社区》《45号社区》网络互动栏目，以“公益宣传+商业合作”模式，形成“宣传—下单—配送”的商业闭环。统筹新闻媒体实施免费广告项目助推脱贫攻坚，拿出不少于总体广告1/3的资源，密集宣传推介扶贫农特产品，让广告流量转化为市场份额。今年以来，市级3家新闻媒体刊播免费广告67期，播出974次实施营销推广，涵盖35个种类特色农产品，累计投入广告资源900多万元。

品牌引领畅销。深挖铜仁农特产品故事，突出产品特色、品质、生态环境等内涵，把“梵净山珍·健康养生”作为绿色农产品区域公用品牌进行打造，并打造“梵净山茶”“梵净山翠峰茶”等旗下明星品牌。目前，旗下明星品牌“梵净山茶”品牌价值达26.2亿元，“梵净山翠峰茶”品牌价值达11.71亿元。建立文创企业与农产品生产加工企业“一对一”工作机制，推动文化创意企业与农产品生产加工企业联动。目前，已筛选 6 个类别农特产品进行文化创意包装设计，设计成果免费提供给农产品生产加工企业使用，提升产品附加值。

培育网红热销。围绕农业主导产业，打造“易视致富”平台，实施“短视频 + 大数据 + 电商扶贫”为一体的扶贫平台项目，在市、县各新闻媒体分别培养 1 至 2 名“网红”，运用抖音、快手等高流量社交平台传播优势开展直播“带货”。策划党政领导、本土歌手和网络大 V 为本地农产品代言，到直播平台宣传推介本地农特产品。邀请 70 余人次党政领导、带货主播、本土歌手，为铜仁农特产品直播带货 268 次，销售额 3000 余万元。鼓励电商企业抓农特产品销售，对电商企业销售农特产品的快递按每单 3 元进行物流补贴。2020 年 1 至 4 月，全市 6114 家网商网店总销售额 1.38 亿元，增速 25.4%。

铜仁“文军”变身脱贫攻坚“生力军”

◇ 应 腾

“以我为媒，传你美名。”在这场前所未有的脱贫攻坚战中，铜仁各条战线以不同的方式、发挥最大优势、尽最大努力参与其中，决战决胜脱贫攻坚。

“补齐贫困群众‘精神短板’，激发脱贫致富内生动力。”2017 年以来，铜仁市“文军队伍”出主意、想办法、做规划，通过组织力量引领、市场力量主导、社会力量参与，让“文军”成为脱贫攻坚战场上的一支“生力军”。

是“鼓手”更是“智囊团”

脱贫攻坚不是盲目蛮干，不能不顾实际地照搬照抄；也不能一哄而上，一哄而散。市、区（县）作为基层，脱贫攻坚任务艰巨、条件复杂、工作繁重。

“帮扶，就是要力所能及地帮助百姓办实事，我们将‘文军扶贫’十项行动进行责任分解、细化。”铜仁市委宣传部外宣办专职副主任陈洁说。在责任落实上，铜仁把实施新闻舆论宣传、广告宣传助销、网络营销助农、“文军队伍”提质“四项行动”作为市直宣传文化部门重点任务；把文化进村扶志、志愿服务聚心、专家下乡扶智“三项行动”作为区县重点任务；把扶贫政策宣讲、先进典型聚力、乡村环境提升“三项行动”作为镇村重点任务。

细分责任是为了更好地强化责任，帮扶就是“对症下药”。在细化责任落实，加强纵向、横向和内部联动的工作中，铜仁形成“市县两级协同联动、镇村两级主体推动”的责任体系。同时，为了让贫困群众主动转变思想，铜仁通过 82 个“文明储蓄所”“道德银行”“春晖积分超市”，让 4.6 万余名群众通过家庭美德、遵纪守法、环境卫生等方式获取积分，并免费兑换商品。“实践证明，这样的方式有效引导村民思想从‘坐等帮’向‘比着干’转变。”陈洁说。

从实际出发，因地制宜、因势利导，铜仁“文军”既是催人奋进的“鼓手”，更担当着“智囊团”的作用。

在就业扶贫上，铜仁“文军”聚焦11大扶贫主导产业，发挥高校科技和人才优势，推动市内4所高校在重点扶贫产业点设立科研基地、实训基地，针对贫困村不同产业需求，采取“科技特派团”“特派员制度”等形式，每个项目落实1至2名科技特派员，开展专题技术培训850多场次，为贫困村解决技术问题597个，培训6673人次，破解产业技术瓶颈。

在产业带动上，按照“园区景区化、农旅一体化”发展模式，打造1个国家级、6个省级、40个市级乡村“文旅农融合”示范点，推动乡村“文旅农”融合发展。

目前，铜仁已经争取到资金320万元，在5个贫困村实施文化产业扶贫“千村计划”项目试点。5个试点村实现人均纯收入增长速度高于所在县平均速度的5.9个百分点、参与农户人均纯收入增长速度高于所在村平均速度的5.7个百分点“两个快于”目标。

与此同时，铜仁43家重点文化旅游企业助力就业，为贫困群众精准开发就业岗位203个，促进就业人数225人，其中建档立卡贫困户57人。

同时，铜仁引导注册成立如“文化产业促进会”等100多个文化社团组织，创造就业岗位1500多个。通过政府购买服务方式，向社会招募乡村文化志愿者，目前，铜仁已组建262支文艺小分队、1164支文艺演出队伍到贫困村开展文艺巡演，按演出场次给予补贴，为文艺爱好者量身定制就业岗位。

使巧劲用好“文军资源”

2020年，突如其来的新冠肺炎疫情给各行各业带来冲击。疫情之下，打赢脱贫攻坚战的目标能否如期完成?

把耽误的时间抢回来，把遭受的损失补回来。号令如山，铜仁党员干部闻令而动，拿出硬核作风，实施超常举措，谋划创新战法。在两场战役下，“文军”队伍不仅是脱贫攻坚战场上的“轻骑兵”，更是“突击队”。

“抢时间、补损失，就是要火力全开，用好‘文军资源’，真正发挥‘文军’独有的魅力。”陈洁说。今年上半年，铜仁融合舆论扶贫、免费广告精准扶贫、文化扶贫、社科扶贫、挂帮扶贫和网络扶贫等为“文军资源”，助力市场运转“不停步”、增长动力“不断档”。

“宝宝们赶紧下单，把铜仁梵净山茶、思南剪纸、松桃苗绣带回家……”今年以来，铜仁先后组织70余名领导干部、本土歌手、网络大V走进直播间为农产品代言、带货，拓宽农产品线上线下销售渠道。

数据显示，截至2020年底，铜仁农特产品上网络直播平台268次，销售达3000余万元；今年1至4月，铜仁6114家网商网店总销售额1.38亿元，增速25.4%。

此外，在新闻媒体上搭建爱心互助平台，官网开设网络互动栏目，以“公益宣传＋商业合作”模式，形成“宣传—下单—配送”的商业闭环；拿出广告资源，在新闻媒体刊播免费广告67期，播出974次营销推广，涵盖35个种类特色农产品，累计投入广告资源900多万元，帮助贫困地区解决农副产品应急销售等问题。

“广告扶贫让红利流向扶贫末端，帮到点子上，扶到关键处。”在不少基层干部看来，广告流量转化为市场份额，品牌价值得到提升的同时，扶贫红利也日益提升。做新闻、做直播、做广告，用好“文军资源”助力扶贫，舆论也是生产力。

如今，铜仁不仅有了“梵净山珍·健康养生”绿色农产品区域公用品牌，打造的“梵净山茶”“梵净山翠峰茶”等旗下明星品牌，品牌价值分别达26.2亿元、11.71亿元，取得了显著的经济效益和社会效益，为贫困地区打赢脱贫攻坚战提供了有力支持。

“文军扶贫”大有可为

◇张 勇

2018 年 10 月 25 日，多彩贵州·网络名人沙龙——网络扶贫·千“沿”万语共“黔”行在沿河自治县举行。现场，互联网京黔会、粤黔会、长黔会代表，省、市（州）互联网企业及新媒体、网络大 V 代表等 60 余人齐聚一堂，共话“文军扶贫助力脱贫攻坚”，探讨发挥互联网力量在脱贫攻坚中的重要作用，通过互联网唱响铜仁好声音，讲述铜仁好故事。

近年来，铜仁市按照省、市安排部署，在脱贫攻坚工作中大力开展“文军扶贫”行动，全市新闻宣传战线及其新闻宣传工作者想在前、冲在前、干在前，既做波澜壮阔扶贫开发工作的忠实记录者、守望者，又自觉投身脱贫攻坚第一线，做脱贫攻坚的积极推动者、参与者，用笔尖和镜头讲述脱贫攻坚中涌现的先进典型。

“铜仁是贵州脱贫攻坚战场的主阵地，为此，全市宣传系统及网信部门按照全省‘文军扶贫’行动要求，以强化舆论扶贫、信息扶贫、电商扶贫等方式，深入推进‘走转改’，积极投身脱贫攻坚工作，充分挖掘扶贫工作中的典型事迹，为脱贫工作‘扶智扶志’助力。”市委宣传部常务副部长、市委网信办主任李亚介绍。我市宣传思想文化系统“文军”作为脱贫攻坚战役中的一支重要力量，特别是在网络扶贫工作上，积极策划推出铜仁特色农产品网上专题宣传，为全市脱贫攻坚做出了重要贡献。

沿河自治县是我市唯一的一个深度贫困县。在这场输不起的脱贫攻坚战中，该县大力实施“文军扶贫”，通过舆论引导，切实助推了贫困群众的思想转变。并借助“互联网 +”积极开展“网络扶贫”，进一步打通了沿货出山和山货进城的便捷通道，在改变农民脱贫思想、创业增收、扶贫开发等方面发挥着重要作用。活动现场，来自不同网络信息平台的代表对此也发表了相关看法。

“信息扶贫、信息服务以及就业帮扶，沿河借助网络资源，大力宣传扶贫工作，能让信息第一时间得到扩散，即邀请媒体宣传脱贫攻坚中的先进事迹，或者拍摄成宣传片，或是用网络直播进行推介，这都属于‘文军扶贫’。”上海能诚商务咨询有限公司董事长邵阳说。沿河可以大力实施“文军扶贫”，以绿水青山为资源优势，重点发展本地优质农特产品、旅游产业，再利用网络资源进行信息整合，最终实现资源优势转化为经济优势，助力群众脱贫致富。

扶贫先扶智，培育内生动力，是决战决胜脱贫攻坚的关键之举，而“文军扶贫”作为全省及我市脱贫攻坚中的文化力量，先后探索出舆论扶贫、免费广告精准扶贫、文化扶贫、社科扶贫、挂帮扶贫和网络扶贫等多种扶贫模式，既坚持“扶志”又坚持“扶智”，帮助贫困地区的贫困群众在思想上、心理上、现实中实现真正脱贫。

对此，今日头条贵州总裁助理湛开令说：“今日头条与贵州省及铜仁市委网信办的共同探索是对电商扶贫、消费扶贫、社会扶贫的有益尝试和积极促进，利用人工智能实现扶贫需求与市场的精湛匹配，解决电商流量入口问题，充分发挥粉丝经济优势，探索电商扶贫流量瓶颈解决之路，倡导人人参与、全民扶贫。”湛开令补充道，“接下来，‘山货上头条’项目将会推出部分沿河的本土资讯，助力脱贫攻坚。”

58集团总裁办公益中心副主任卢楚函则表示：“来到沿河，我们发现沿河不仅风景优美而且农副产品绿色健康。在沿河的农特产馆内看到很多在外面没有售卖出去的本地特产，58愿意利用自身优势全力帮助沿河搭建网络扶贫平台，让更多人通过这个平台了解沿河，更好地帮助沿河‘农货出山’。”卢楚函说。下一步，公司会与沿河进行多元产业合作，通过信息发布帮助沿河实现就业扶贫、产业扶贫等，将沿河名片推向互联网平台中，实现资源共享，增加当地贫困户收入，为沿河脱贫攻坚工作贡献力量。

活动期间，参会的企业代表、网络名人还围绕市（州）“网络扶贫”在行动、牵手结对“精准扶贫”“网络扶贫”+贵州力量以及新媒体助力“网络扶贫”等版块各抒已见，为我市及为沿河“网络扶贫”工作建言献策。

“一路走来，沿河的高山江河景色宜人，农特产品丰富，但它在马蜂窝平台上的攻略信息却十分‘贫瘠’。未来，我们希望通过网络力量大力推介本地特色。”马蜂窝旅游网贵州公司总经理曾云表示。下一步他们将会加强对沿河风土人情、秀美风景、特色美食等内容进行宣传推广，以吸引更多游客前来，为脱贫攻坚贡献一份力量。

沿河自治县委书记任廷浬表示：“在脱贫攻坚工作中，‘互联网+’打通了沿货出山和山货进城的便捷通道，在改变农民买难卖难、扶贫就业等方面发挥了重要作用。我们希望借助‘文军扶贫’的力量和‘网络扶贫’的传播载体，及时传递沿河的脱贫好故事。”

据悉，沿河自开展“文军扶贫”及“网络扶贫”以来，全县现建有电商产业园、阿里巴巴农村淘宝沿河营运中心、仓储物流中心、电商孵化基地、电商线下体验馆等一系列电商软硬件设施，电商产业覆盖了全县22个乡镇（街道）231个行政村。其中，通过互联网平台和媒体的宣传推介，沿河空心李、千年古茶、沿河白山羊、珍珠花生、牛羊肉干、土家蜂蜜等地标农产品上线，通过淘宝、天猫、微信等网络平台实现农产品网络零售额达2000万余元，电商交易额4亿余元，贡献了强大的脱贫攻坚电商扶贫力量。

贵州铜仁："志智双扶"促脱贫

◇ 王新伟

在决战决胜脱贫攻坚战中，贵州省铜仁市始终坚持"志智双扶"，变"输血式扶贫"为"造血式扶贫"，持续开展党的政策好、人居环境好、社会风气好、干群关系好"四个好"宣传，选好群众身边的脱贫致富典型，引导群众树立脱贫主体意识，努力靠自己的勤劳与智慧来实现脱贫致富。铜仁的建档立卡贫困人口已从2013年底的92.7万人减少至目前的4.38万人，贫困发生率从24.74%下降至1.16%。

在沿河土家族自治县甘溪镇罗汉果种植基地，张碧春正在技术人员的指导下移植罗汉果。在这里务工，张碧春不仅每天有70元的收入，还学会了罗汉果管护技术。

几年前，张碧春家因病致贫，按程序被纳入了建档立卡贫困户。张碧春找到帮扶干部，表达了要通过自己努力摆脱贫困的强烈意愿。在村镇干部的帮扶指导下，她将土地流转到合作社，自己在合作社基地打工。通过多方努力，她成功摘掉了贫困帽。

近年来，铜仁市紧扣"志智双扶"主题，充分运用"新时代农民讲习所"和"新时代文明实践中心"载体，组织县乡村三级讲习员、"三支队伍"、结对帮扶干部等力量，通过走访和召开以村民组为单元的群众会、院坝会、堂屋会、田坎会形式，积极宣讲扶贫政策。自2017年以来，全市共开展宣讲和讲习活动7.3万余场次，覆盖1000余个贫困村，受众达405.8万人次。

一技在身不怕贫困压顶。铜仁坚持在扶智上突围，结合贫困群众实际，提升群众技能。

松桃苗族自治县以集中开班、流动课堂、田间授课等方式，把党和国家政策、产业发展技能翻译成苗语、编制成苗歌、苗语故事等群众喜闻乐见的方式，把各项政策和农技知识带到少数民族群众中去。

“大家注意，给牲畜肌肉注射时，进针成 45 度往耳朵下方 2 至 3 厘米处注射，动作一定要快、要准。”近日，松桃苗族自治县太平营街道防疫员唐云青在芭蕉社区青年志愿者脱贫攻坚夜校班为村民授课，30 余名学员听得十分认真。

贫困户龙跃洲是学员之一，在当地政府帮扶下，他加入了种植养殖专业合作社。“去年养的两头猪，临近出售时却生了病，造成的损失不小。如今村里有了夜校班，我每期都来参加，有了养殖技术，以后增收就有保障了。”龙跃洲告诉记者。

龙跃洲等学员是近年来铜仁市开展“因人施培、因产施培、因岗定培”技能扶贫的直接受益者。目前，铜仁市已投入培训资金 2.55 亿元，开展建档立卡贫困劳动力和易地扶贫搬迁劳动力全员培训 2465 期 3697 班 18.9 万人次，培训后实现就业创业及脱贫 11.95 万人。

智随志走、志以智强，铜仁创新实施“志智双扶”，激发了贫困群众活力，全市上下脱贫攻坚形成强大合力，从根本上铲除滋生贫穷的土壤，拔除穷根。

文明乡风滋润桃源铜仁

◇ 张著昶

七月盛夏，黔东大地天蓝地绿，激情似火。

前不久，印江自治县板溪镇坪底村村民吃过午饭兴致勃勃地前往文化广场看演出。由市委宣传部和市文明办主办的文艺巡演活动正为村民送来精神大餐。

台上的节目很接地气，一个个话党恩、颂家风、传美德、激斗志的歌舞和小品，让干部群众在欢笑中深受启迪和鼓舞，燃起感恩奋进、苦干实干的斗志。

文艺巡演进村是我市开展“乡风文明助力脱贫攻坚、乡村振兴”系列活动之一。2018 年以来，铜仁市着力创新农村精神文明建设，开展巡讲巡演、移风易俗、清洁家园行动，助力脱贫攻坚，推进乡村振兴，努力让乡风民风美起来、人居环境美起来、文化生活美起来。

“巡回宣讲”讲出干群精气神

“党的政策再好，自己不勤奋，永远都受苦受穷。”在板溪镇板溪村，听完“乡风文明助推脱贫攻坚乡村振兴”巡回宣讲报告会，村民肖朝海激动地说。

“幸福生活要靠自己奋斗！”现场的另一名村民用响亮的声音说，“有手有脚不劳动，争戴‘贫困帽’坐等国家救济很可耻。”

你一言，他一语，现场展开了热烈讨论。一场宣讲报告会让村民心潮澎湃，振奋不已。

2019 年 5 月起，铜仁市组织“致富愚公”周绍军、“春晖使者”黄立、“守信归雁”杨秀萍、“博士村干部”熊劲松等脱贫攻坚领头雁、助人为乐活雷锋等先进典型，进村入寨开展巡回宣讲报告会。

身边人讲身边事，身边事激励身边人。典型人物用朴素的语言，真挚的感情，分享脱贫致富的历程，向基层干部和广大群众传递着“幸福是奋斗出来的”的至深体会。

6 月以来，铜仁市围绕党的政策好、人居环境好、社会风气好、干群关系好“四个好”，在全省率先启动“乡风文明助推脱贫攻坚乡村振兴”宣讲活动，两轮 36 场次宣讲让 3 万余名群众受教，为打赢脱贫攻坚战凝聚思想共识和奋进力量。

“移风易俗”唤起农村新风尚

“子女都有赡养能力，自己却还带着‘贫困帽’，争当贫困户，有失颜面。”听完宣讲，德江县桶井乡 70 多岁的付永高主动申请退出贫困。

作为全省 20 个极贫乡镇之一的桶井乡，过去部分群众“钻扶贫政策空子”争当贫困户。而如今这样的陋习正在改变。

然而，铜仁市一些乡村仍然存在争戴“贫困帽”、争当“低保户”等现象，有的地方违规操办酒席严重，陈风陋俗成为脱贫攻坚路上的“拦路虎”。

“陈风陋俗不除，贫困穷根难拔，乡村振兴无望。”市文明办负责人说。大力推进农村精神文明建设，弘扬农村时代新风尚，补齐群众“精神短板”，增强群众内生动力是打赢脱贫攻坚战的关键。

为弘扬文明新风，我市从 6 月初开始，“乡风文明助推脱贫攻坚乡村振兴”文艺巡演活动以歌舞、小品、小剧、器乐独奏等群众喜闻乐见的形式，走进乡村大舞台传递新风尚。

从念文件到演小品，从说普通话到讲方言，既丰富群众的精神文化生活又在寓教于乐中积极宣传党的政策好、人居环境好、社会风气好、干群关系好。

“倡导乡风文明就是要让群众在增收入、富口袋的同时，也实现‘脑袋富’‘精神健’。”江口县委常委、宣传部部长田仁军说。乡风文明激发了群众的内生动力，2018 年以来全县先后收到 1920 封退贫信，广大群众纷纷表达对党和国家的感恩之心和奋进之情。

“美丽乡村”展出农村新风貌

走进碧江区坝黄镇苗哨溪村，新风扑面而来。精致的房屋墙面上装饰精美的脱贫攻坚漫画、干净的道路、整洁的村寨，新村如画，徐徐展开。

2018 年以来，该村全面推行“户收集、村管运、镇处理”垃圾处理机制，并倡导村民说文明话、做文明人、办文明事，彻底改变人居环境，已形成文明向善的新风尚。

“村里好人好事不断涌现，群众主动脱贫的士气高昂。”苗哨溪村驻村干部杨俊说。今年该村油茶林增至 2000 多亩，还建起规模养猪场、养鸡场等，如今村庄环境美、群众日子甜。

乡风文明是乡村振兴的灵魂。我市推进农村精神文明建设，旨在让“乡风民风美起来、人居环境美起来、文化生活美起来”。

“通过观看节目，学习榜样，内心颇受震撼，受到了一次深刻的精神洗礼。”沿河自治县板场镇东红村支书冉归坚定地说。支部将带领乡亲苦干实干，发展壮大集体经济，打破贫困“枷锁”。

巡回宣讲让文明乡风劲吹黔东大地，一股源源不断的精神动力正汇聚到决胜脱贫攻坚、乡村振兴的大潮中来。

碧江："三个抓"激发贫困群众内生动力

◇ 杨通顺

近年来，碧江区坚持扶贫同扶志、扶智相结合，通过抓党建核心引领、抓思想发动先行、抓群众主体作用，不断激发广大贫困群众脱贫奔小康的内生动力，有力促进产业推进、群众增收、村庄美化，实现了物质精神"双脱贫"。

抓党建引领夯"基础"，变"软弱涣散"为"战斗堡垒"

一是建强基层组织。以"基层党建提升年"为契机，扎实推进支部标准化规范化建设。截至目前，已完成31个党支部标准化规范化建设，12个软弱涣散村实现了整顿转化。同时，进一步优化组织设置，创新在产业链、龙头企业、合作社、生产小组上建立党组织，扩大基层党组织覆盖和工作覆盖。截至目前，全区在产业链、龙头企业、合作经济组织等建立146个党支部和党小组。二是派强攻坚队伍。以驻村干部为主体，按每村5人的标准选派脱贫攻坚驻村工作组，吃住在村、工作在村，专抓脱贫攻坚工作。严格落实领导干部脱贫攻坚定点包干和"54321"联系帮扶机制，12名县级领导担任脱贫攻坚工作团团长，42名县级领导联系帮扶43个贫困村或非贫困村，84个部门包保94个村（社区），2700余名机关干部结对帮扶7017户建档立卡贫困户。严格落实关心关爱要求，及时兑现脱贫攻坚一线干部生活补助、购买保险、报销往返车费、落实工作经费等，提拔153名表现优秀的帮扶干部，激发脱贫攻坚一线干事创业激情。三是强化作风建设。坚持提醒、函询、诫勉经常化，对干部的苗头性倾向性问题要早发现、早处理，使"红脸出汗"成为常态。全面落实"四个划转"，将组织关系、工资、管理、考核下划统一管理，制定《碧江区脱贫攻坚驻村工作队管理暂行办法》《碧江区脱贫攻坚干部召回管理办法（试行）》，对驻村工作划出红线。抓实村级便民利民服务责任清单，切实为村级减负松绑。从严开展扫黑除恶专项斗争，动态评估研判“两委一队三个人”履职尽责情况，对 19 名干部进行调整。

抓思想发动增“志气”，变“要我脱贫”为“我要脱贫”

一是强化思想发动。建立“不忘初心、牢记使命”制度，在区直机关和各乡镇、街道、各村、社区建设道德讲堂 100 余个。组建区、乡（镇、街道）、村三级宣讲团，通过广泛开展“感党恩·争脱贫”道德讲堂、“乡风文明助推脱贫攻坚乡村振兴”巡回宣讲等，树立群众脱贫致富的信心决心。二是培育致富意识。因地制宜发展果蔬、中药材、油茶、食用菌、生态畜牧业五大主导扶贫产业，引导贫困群众自主选择申报发展项目，参与项目实施、监督、验收，让贫困群众在参与中有更多的获得感。依托铁骑力士、五新农业等龙头企业，创新企业与贫困户利益联结机制，推行“1211”（1 栋圈、2 夫妻、年出栏 1000 头、年收入 10 万元）生猪代养、“公司 + 集体经济 + 贫困户”等模式带动贫困群众创业就业，让扶贫产业和项目效益惠及贫困群众。同时，鼓励和支持贫困户积极发展小买卖、小庭院、小养殖、小作坊“四小经济”实现稳定增收。三是创新乡村治理。严格落实“民心党建＋X”乡村治理实施方案，将思想扶贫与乡村振兴、文明村寨创建结合，严刹农村滥办酒席、攀比建大房大屋等不良风气，积极表彰一批思想扶贫示范村寨、脱贫致富示范户。同时推出“评懒机制”，把“扶贫不扶懒”“破除等靠要”等内容写入村（组）规民约，对经村民公开评议出来的“懒汉”，进行张榜公布并明确党员结对帮扶整改。在村寨显眼处设置“红黑榜”进行动态管理晾晒，形成了“红榜”引导新兴风尚，“黑榜”约束不良行为的良好氛围。

抓群众主体强“智力”，变“授人以鱼”为“授人以渔”

一是提升就业技能。详细摸底具备劳动能力贫困群众的就业意愿、培训需求等情况，围绕“一户至少 1 人就业”“户户有增收目标”，出台《碧江区 2019 年度新型职业农民培育工作和农村实用技术培训工作计划》，扎实开展建筑、保安、家政、制鞋、烹饪等技能培训，推进“雨露计划‘三女’（持家女、家政女、锦绣女）培育”农技培训等。同时，按照“政府主导、多方参与、产业引领、精准培养”的原则，紧扣“能力培训、孵化创业、带动增收”三大环节，在政策、金融等方面大力支持，培养了一大批成功创业、帮贫带贫的领头人。二是拓宽致富渠道。充分发挥统战、共青团、妇联、残联等组织的桥梁纽带作用，积极统筹动员社会力量实施“同心战贫困—千企帮千村·聚力大帮扶·赤子报春晖”三大行动聚力助推脱贫攻坚。联引 47 家企业结对帮扶 34 个贫困村，实施帮扶项目 30 个，投入帮扶资金 1.8 亿元，惠及贫困人口 9000 余人。广泛动员社会爱心组织、爱心人士支持参与脱贫攻坚，开展捐赠、义诊、义剪等活动，把温暖送到群众家中。募集春晖资金 120 万元，建立春晖产业扶贫基地 3 个，开展春晖暖心活动 240 场次，惠及群众 12000 余人次。三是强化风险预警。围绕“一达标两不愁三保障”核心指标，通过“五人大走访”筛查所有农户，将人均纯收入低于 5000 元的困难家庭、因病因学刚性支出大于收入家庭、突发灾害意外导致生活困难家庭“三类人群”259 户群众列为防贫预警监测重点对象，采用“监测预警→入户核查→村三支队伍评议→部门比对→乡级复核→区级备案”的程序进行风险预警，并按照既不降低标准也不吊高胃口的要求，投入 96.22 万元开展 2 轮补短板工作，保障监测对象基本的生产生活和必要的医疗教育，惠及“两类户”44 户。

万山：幸福生活摸得着　百姓点赞“四个好”

◇ 张著昶

新时代，新农民，新气象。受益党和国家的惠民政策，铜仁市万山区干群携手并肩苦干实干，高效农业蓬勃发展，村民钱包越来越鼓，人民生活安居乐业，农村面貌焕然一新，一幅幸福美丽画卷在黔东大地徐徐展开。

“党的政策好，人居环境好，社会风气好，干群关系好。”万山广大群众纷纷感恩点赞，一定继续努力奋斗创造幸福新生活。

党的政策好　百姓获得实惠多

“父母不用再为我的生活费发愁了，每天在学校开心得很！”日前，铜仁八中学生唐宇开开心心地背着书包去上学。

唐宇的父亲因为视力严重受损无法外出务工，只能靠做点农活来维持生计，生活捉襟见肘，每年的学费无疑是巨大的负担。万山区相关部门获悉后，按照相关政策规定将她家列为建档立卡精准贫困户，唐宇因此获得3000元的教育资助，让她上学有了保障。

惠民政策暖民心。近年来，万山区还积极向贫困群众推广教育费用全免、医疗救助全报、居住设施全改的“三全”式扶贫，夯实贫困群众教育医疗住房根基。

“截至目前，万山区2017至2018学年，教育兜底资助共申请审核通过5857人，发放资金730万余元。”万山区教育局资助办主任侯锡清说。该区把建档立卡贫困学生兜底资助工作作为脱贫攻坚的重要抓手，切实加大教育扶贫力度，解决好建档立卡贫困学生就读期间的费用负担，确保教育扶贫

“精准资助，应助尽助”，确保每一个贫困家庭学生，不因学返贫，不因贫失学。

同时，将2014年至2017年建档立卡人员全部纳入资助参合和医疗救助范围，全面构建新农合基本医疗、大病医疗保险、民政计生救助和扶助、医疗兜底和非医疗费用救助“四重保障”。开启“先看病，后付费”“一站式结算”“大病专项救治工作”等绿色通道，医疗保障补偿9816人次，共计4372.35万元，保障比达90%以上。建档立卡贫困户家庭医生签约服务率达100%，确保贫困人口看得好病、看得起病。

“这里环境优美，比老家舒适多了。”4月21日上午，从大坪乡大坪村搬至万山区谢桥新区观山雅居安置点的杨红桥激动地说，“政府帮我安了家，今后新的幸福生活要靠自家。”

与杨红桥同时搬迁来的还有大坪乡、茶店街道等地577户2721名贫困群众住进新居，他们实现了“一步住上好房子，快步过上好日子”的美好生活。

据了解，为搬迁群众打造高质量生产生活环境，该区累计投资100多亿元用于教育、医疗、城市美化、绿化、亮化等基础配套建设，确保搬迁群众搬得出、稳得住、能致富。

万山区副区长、区水库和生态移民局局长刘祖辉介绍，“十三五”期间，万山区将完成5万人的搬迁任务，其中涉及跨区域搬迁安置4万人。万山区贫困户一户不落。累计投入资金2亿余元，为24737家农户实施改厨、改厕、改圈、改水、改电、室内和房前屋后地面硬化。完成农村危房改造4019户，发放补助资金4989万元。

“自一期开园以来，实现年接待游客80万人次以上。项目全面建成后年产值可达6亿元，解决当地3000多名村民就业。”万山九丰农业博览园旅游部经理冯树珍介绍。

近年，万山区以产业规划、红利分配、实用技术及销售市场“四个全覆盖”为抓手，积极探索产业扶贫到村到户到人模式，有效帮助农民增收，助力脱贫攻坚。

一系列惠民政策极大激发了万山群众内生动力。自全省脱贫攻坚“春风行动”以来，全区农业结构调整低效作物 7.2 万余亩，新增蔬菜 1.23 万亩、经果林 4.1 万亩、食用菌 1100 亩、中药材 5025 亩、精品水果 8040 亩等高效作物……“一乡一业，一村一品”正成为乡村振兴的引擎。

人居环境好　新村新貌新作为

城乡旧貌换新颜，万山百姓看得清清楚楚，住得舒舒服服。在她们暖暖的心里，一股内生动力被激发出来汇聚到决战脱贫攻坚、决胜同步小康的大潮中来。

“以前运输全靠人背，农用物资运输不进来，生产的农副产品又运输不出去，大量土豆只能看着烂在地里。”日前，鱼塘乡金盆村上坪村民组村民罗运木对党和政府充满了无限感激之情。他说：“今后必是路通、财通、人兴旺。”

村里的环境好，住房条件好了，农民的思路也变了。上坪村民组队长罗建发说，近年村民在享受惠民政策的同时，思想意识不断提高，从过去“要我脱贫”向“我要脱贫”转变，从过去的“等、靠、要”向“我要干、我能干、我干好”转变，内生动力空前增强。

2017 年，万山区投资 4.5 亿元，广大村民每天自带干粮，义务投工投劳，实现全部村民组通硬化路目标，彻底解决了村民出行难、产品运输难等问题。

走进高楼坪赶场坝村，干净整洁的村级文化活动服务中心让人眼前一亮。村里的培训室、多功能活动室、图书室、棋牌室、戏台、宣传栏等应有尽有，让人耳目一新。

“我们不忙时就到这儿来下棋、看书，学习一些种植养殖技术，这个场所对我们有很大的帮助，给我们带来了太多好处。”赶场坝村村民姚利说。

智志双扶，万山别有用心。万山区把村级综合文化服务中心建设作为落实文化扶贫政策的重要抓手，在每个村都建设了综合文化服务中心，充分发挥“阵地”的扶贫扶志作用，有效增强了群众脱贫致富的决心和信心，极大提升了群众的获得感和满意度。

“改造之前，家里的厕所和羊圈都是用茅草盖的，每逢下雨天，圈里的山羊就会被雨淋，人上厕所也非常不方便。但‘五改一化一维’工程落实之后，家里的条件和环境不比城里人差。”万山鱼塘乡旗屯村村民陈小毛说，“现在每天心情特别舒畅，干起活来，总感觉有使不完的劲。”

随着 2.4 万余农户“五改一化一维”工程的实施完成，万山区各乡村基础配套设施全面改善，昔日旧村庄换上了“新衣裳”，呈现出一派村美民悦的崭新景象。

万山还将农村饮水安全工程建设作为一项政治任务、民生实事来抓，多措并举，全面完成农村安全饮水工程，让群众喝上了干净水、放心水，为实现乡村振兴奠定了坚实的基础。

“这几年随着朱砂古镇、滨河公园和九丰农业的开发，这里的游客越来越多。预计明年我们村户均收入有 15 万元左右。”万山区高楼坪乡青年湖村驻村干部杨光清对未来发展信心满满。他坚信，绿水青山必将引来很多的游客，未来的收入一定越来越高，日子越来越好。

社会风气好　安居乐业精神爽

新时代新农民新气象。如今过上幸福生活的万山区人民，感恩奋进、尊老爱幼、扶贫济困、讲文明树新风已蔚然成风。“勤劳致富、我要小康……”成为每一个村民的心声！

今年 62 岁的姜菊兰，说起党的扶贫政策，难掩感恩之情。

23 年前，丈夫的离世让家庭失去了顶梁柱，她用瘦弱的肩膀撑起了整个家，含辛茹苦把一对儿女抚养长大。然而天有不测风云，儿子 21 岁那年摔伤腿，落下残疾。加上 2016 年“7・4”洪灾，让这个本就不堪一击的家庭陷入了困境。

面对乡村干部的真情帮扶，姜菊兰感激地说："我不要钱物，我要用自己的双手勤劳致富。"

村里结合敖寨乡的产业扶贫项目，介绍姜菊兰到食用菌基地务工，一天70元，一个月就有2000多元，不仅解决了姜菊兰的生活难题，也让她有了稳定的收入。儿子也通过人介绍找到了一份合适的工作，一家人靠着勤劳的双手，加上土地流转和入股分红收入，姜菊兰在2017年成功脱了贫。

"感谢党和政府，在最困难的时候帮我们渡过难关，感谢帮扶干部对我们家庭无微不至的关怀，让我感到无比温暖。"姜菊兰说，"只要人勤快，日子就会越来越好！"

父母双双80岁高龄，有的人看来是一种负担，可鱼塘乡高峰村村民张厚余却认为是福气。他说，孝敬老人是中华民族的传统美德，是儿女应尽的责任。父母辛劳一辈子，更应该共享新时代新生活。

"他家获得尊老爱幼户奖牌，乡亲们都服气。"邻居王连弟点赞说。张厚余不但孝敬自家老人，村里谁家老人、小孩有困难，他都会力所能及地帮一把。

"物质生活脱了贫，精神生活可不能掉队。"鱼塘乡党委书记张曲说。今年初，鱼塘乡决定开展"最美农户"评选活动，营造"村民比勤劳、家庭比卫生、农户比孝道"的文明乡风，弘扬社会主义核心价值观。全乡共有1260户报名参评"最美农户"，经群众代表推荐、村支两委评议公示、乡党委政府审核，最终有645户获奖。评选活动大大提振了群众的精气神。

如今，万山区村民争先恐后比勤劳、比卫生、比孝道，赛出了精气神，赛出了乡村文明新气象。

干群关系好　携手共迎新生活

"喊破嗓子，不如做出样子，一定要带领群众致富。"高楼坪乡青年湖村杨再林主任把带领群众脱贫致富作为最重要的事情，无论再累再忙都从不抱怨，无论遇到多大的困难都从不言弃。

2017年以来，万山区明确要求所有帮扶干部每周至少到联系点和帮扶对象家中帮扶3次以上，每名科级干部至少要为贫困户实施一个产业项目。

为帮助青年湖村77户贫困户脱贫，杨再林与村支“两委”领办众诚绿色农民专业合作社。筹集资金发展生猪代养、黄桃种植、一户一亩菜园3项村级集体经济产业。在他苦口婆心的劝说下，开始不愿意流转土地的村民们积极流转土地，加入合作社抱团发展。今年春节前夕，青年湖村举行产业分红大会，村里77户贫困户每户都拿到500元至1000元的分红。

“老百姓都是讲感情的，只有融入群众，他们才能真正接受你，你工作起来才顺心顺手！”看着参股贫困户手拿“分红”时满脸的笑容，杨再林心里比吃了蜂蜜还要甜。

“我家65只羊刚喂起来，国家就补助3万元修补羊圈。现在扶贫干部下来，又承诺奖励补助1.3万元，支持扩大养殖规模。”这对于急需资金周转的黄道乡力坳村邓忠芬来说，真是雪中送炭。邓忠芬说，政府这么给力，不养好羊都不行。

“村里的贫困户，他们都很勤快，我们就应该通过扶贫政策拉他们一把，把产业发展起来，让他们有一个稳定的收入来源，实现增收脱贫，生活越过越好。”黄道乡力坳村驻村第一书记杨永说，产业“造血式”扶贫才是稳定脱贫的长久之计。

干部真心付出，群众暖心回报。如今，万山区百姓纷纷点赞幸福新生活，歌颂党的政策好，家乡人居环境好，社会风气好，干群关系好，齐心协力喜迎幸福新生活。

“真心感谢你一直以来对我家的帮扶，尤其是调解了我家长期以来的家庭矛盾。现在，丈夫和我父母的关系也搞好了，真心谢谢你。”刘大忙的女儿刘亚一边向联系村帮扶干部欧家顺道谢，一边将印有“热心服务，为民解忧”8个大字的锦旗递给他。

刘亚是谢桥街道龙门坳村满房组村民刘大忙的女儿，因种种误会，她丈夫与岳父岳母的关系长期不好，刘大忙夫妻常常为此事愁眉苦脸、唉声叹气。

了解到这一情况后，欧家顺主动与刘亚的丈夫沟通，调解他与两位老人之间的矛盾，在他的耐心劝说下，刘亚的丈夫终于认识到自己的错误，主动陪妻子看望老人。为感谢帮扶干部对自家一直以来的帮助，刘大忙家主动制作锦旗道谢，并说："党恩浩荡记心头，饮水思源不忘本！"

松桃：文军扶贫显担当　凝神聚气奔小康

◇郭　进　黄前生　李平茂

脱贫攻坚，时不我待。

时下，在苗乡松桃 3409 平方公里的土地上，各族干部群众正与贫困展开史无前例的鏖战。

扶贫要扶志，更要“志智”双扶。在扶贫路上，松桃宣传文化部门尽显责任担当，高扬思想精神旗帜，传承优秀文化，凝聚磅礴正能量，奏响新时代强音，在苗乡大地谱写波澜壮阔的思想扶贫壮歌，成效初现：

截至 2017 年底，全县贫困人口从 2014 年初的 15.78 万人减少到 5.81 万人，贫困发生率由 24.01% 下降至 8.84%。

不摘穷帽，誓不收兵。松桃“文军”尽已所长，凝神聚气，快马加鞭，尽锐出战，奋战扶贫一线，不胜不休。

搭平台丰富文化内涵　文明乡风劲吹乡野

霏霏细雨过后，青山薄雾弥漫，碧水绕村畅流，几只飞鸟临水掠过，水面荡起涟漪……深秋时节，松桃自治县冷水溪镇，散落在青山绿水间的恬静村落，点染出一幅幅优美田园风光画卷。

行至冷水溪镇罗袍社区，社区文化广场传来悦耳小调，举目望去，几位村民正在打金钱杆，飞扬的舞姿和着节拍，别具趣味。

“去年来，社区已发展 1100 亩花椒、320 亩精品水果，养殖 2000 多只兔子……”社区党支部书记任达卫说。政策好、产业兴，乡村脱贫、乡村振兴指日可期。

乡村振兴，需要文化载体聚民心。去年，在党与政府的支持下，罗袍社区文化广场与文化长廊建成投用。

文化广场让浓郁乡土文化在乡村漫延。“有了文化广场，传统文化艺术又被捡起，村民在广场打起金钱杆，舞起花灯，还跳起了广场舞，提振精气神。”任达卫说。文化长廊的“仁义礼智信”也慢慢融入村民生活。

峰回路转又一村。笔者在冷水溪镇红星村看到，该村文化广场、群众舞台、图书室等新建文化设施一应俱全。

“文化设施提升村子脱贫攻坚软实力，潜移默化影响民风，村里的一些不良习气也在慢慢改变。”红星村负责人说，文化广场已成为丰富村民文体活动的精神家园。

提升基层公共文化服务水平，增强群众幸福感。松桃按照“十个一”基本标准，抓好乡镇街道文化服务活动中心示范点与少数民族自治县村文化服务活动中心覆盖工程。

“十个一”，即一个文化活动广场、一个文化活动室、一个简易戏台、一个宣传(栏)文化长廊、一套文化器材、一套广播器材、一套体育健身器材、一个道德讲堂、一支文艺队伍、一个积德榜。

忽如一夜春风来，中心示范点与中心覆盖工程在苗乡广袤土地上生长起来。时下，28个示范点工程全面建成，覆盖工程基本完成，预计在年底全面完成。

乡村文化平台搭就，接下来登台“唱戏”。仅2017年，松桃利用百姓舞台和文化广场，深入蓼皋、迓驾、盘石、牛郎等乡镇(街道)、村(社区)，开展送政策、送文化、送电影下乡2000余场次，乡村群众幸福指数倍增。

文化服务活动中心成为乡村文化的地标，乡土技艺得以传承与创新。“文化服务活动中心实施后，乡村文化队伍如雨后春笋，村民通过自唱自演，不但丰富乡村业余文化生活、提升乡村文化内涵，更提升文明乡风。”松桃自治县文明办主任杨文志说。

让文明乡风劲吹乡野，松桃以乡村文化平台为载体，传承乡土优秀文化，打响乡村文化品牌——

寨英镇寨英村，滚龙文化艺术气势磅礴；大路镇后硐村，茶灯文化穿越千年时空；长兴堡镇九龙社区，“苗族六月六情人节”情怀浪漫……

苗乡的特色乡土文化延续乡村文脉，唤起浓浓乡愁，绘就一道又一道风景，激发乡村无限活力。

让科普文化振奋苗乡精气神，提升乡村群众素质。松桃结合农村“一村一品、一村多品”发展现状，健全完善农村书屋，选配农村科普读物，成为乡村文化建设新高地，引领农民智慧新生活。

创新文化模式　引领文化产业融合发展

行走在苗乡大地，在不经意间便与苗乡醇厚的人文情怀发生碰撞：

在木树镇虎渡口，遥想先民碰击新石器的哐当声，在蓼皋街道云落屯悬棺遗址，感悟古人悬崖凿壁的惊心动魄与智慧；在大路乡，领略风雨古桥的风雨沧桑……

苗乡，穿越万年。

在漫长的历史长河中，勤劳智慧的苗乡人在这片热土世代生息，创造博大精深、精彩绝伦的文化技艺——苗族巴狄熊口传经典、苗绣、茶灯居列省级非遗名录；上刀梯下刀山下火等苗家技艺蜚声海外、“中国戏剧活化石”苗族傩戏神秘古朴……

悠久醇厚的苗乡文化让松桃先后获中国绝技文化艺术之乡、中国滚龙文化艺术之乡、中国民间文化艺术之乡等殊荣。

让璀璨文化温润苗乡的　砖　瓦。松桃完善顶层设计，出台《松桃苗族自治县文化大发展大繁荣的实施意见》《松桃苗族自治县全面深化文化体制改革的意见与建议》《松桃苗族自治县文化传承与发展的实施方案》等。

松桃围绕“政府引导、市场运作、群众参与、加快发展”的思路，以民族文化为切入点，不断培育文化载体，打造文化业态，创新实施文化 融合发展模式，推进文化产业发展，助推乡村脱贫攻坚，乡村振兴。

“文化·旅游”融合发展。传承创新优秀文化，将非遗文化创意与旅游开发完美融合，实现经济与文化双丰收。在正大镇薅菜村，非遗文化遗产苗王城被打造为民族文化产业示范村，成功申报国家4A级旅游景区，列入全省100个景区旅游重点建设之一。近三年，年接待游客60多万人次，实现文化旅游综合收入2.25亿元。

“文化·商业”融合发展。在县城河滨街，松桃打造苗疆工艺坊，沿街商铺面积达3200平方米，入驻经营业主44户，产业区初具特色，产品涉及苗族服装、苗族银饰、苗族刺绣等。

“文化·扶贫”融合发展。贵州梵净山苗族文化产品开发公司采取“公司 农户”的模式，研发苗族刺绣、苗族银饰、苗族服饰等民族文化产品，在8个乡镇发展苗族刺绣生产基地，解决妇女群众3800人就业，每年营业额达4700多万元。

“文化·企业”融合发展。通过引导与扶持，近年培育了30多家民族文化演艺公司，从业人员达620多人，常年驻北京、广东等地演出，每年创收3000多万元。

“文化·互联网”融合发展。充分运用电商平台，建设站点236个，将文化产品和文化商品实行线上交易，截至目前，完成电商文化产业交易额3.85亿元。

传承与发展，松桃文化产业累累硕果。2017年，全县共有文化产个体124家、企业117家、社团8家、行政事业35家等共计284家。根据铜仁市2018年文化产业统计，2017年，松桃文化产业增加值占地区生产总值总量3.5%。

建阵地武装头脑　苗乡增添脱贫动力

晚秋，在暖阳照耀下，苗寨长坪乡兴隆村的30多个蔬菜大棚熠熠生辉，

3448亩猕猴桃漫山遍野，为乡村振兴衍生新供给……

兴隆村新时代农民讲习所内，40多名党员群众端坐一堂，聆听该村党支部书记彭秀平宣讲中央1号文件精神。不久前，彭秀平刚从北京农工委党校培训归来。

“兴隆村是苗族村寨，在党与政府的关怀下，兴隆村早就脱了贫，但思想上的穷却没‘脱’掉。”彭秀平说。

党的十九大胜利召开后，村里创办新时代农民讲习所，通过讲新思想、讲感恩、讲技术传授致富经等方式，激发村民内生动力。

“家有病人致贫，思想意识落后，村里发展产业也不配合。”50岁村民彭某说，在讲习所聆听宣讲后，才知党恩深。比如，看病有兜底，在产业基地就业收入不菲，每年还有精扶贷分红呢。

“经过多次听宣讲，脱贫信心倍增，有了党和政府的惠民政策，我的脱贫日子不远了。”彭某说。

讲道德，干有精神；讲政策，干有思路……松桃文军穿行在城镇村庄、田间地头，凝聚磅礴力量，激发干群脱贫信心，让贫困的苗乡松桃焕发蓬勃生机。

“党的十九大以来，松桃宣传思想工作以习近平新时代中国特色社会主义思想为指导，牢记嘱托、感恩奋进，用先进的理论武装头脑，用共同的信念凝聚共识，为苗乡增添脱贫动力。”松桃自治县委常委、宣传部部长刘俊说。

不断创新宣传手段，推进新思想落地生根，让党的创新理论“飞入寻常百姓家”。松桃结合“两学一做”主题教育，制订党委中心组学习计划，将习近平新时代中国特色社会主义思想和党的十九大精神纳入中心组学习的重要内容。松桃还成立以县委书记为团长、县级干部为成员的县委宣讲团，深入联系帮扶村，带头开展宣讲。

“仅今年来，松桃抽调行业部门骨干力量，开展进企业、进农村、进机关、进校园、进社区、进军营、进网站等‘七进’活动，推动宣讲全覆盖，累计开展宣讲1200余场次。”松桃自治县委宣传部有关负责人说。

构筑基层思想阵地，提振苗乡干群脱贫致富信心。松桃规范建设新时代农民讲习所536个，组建“三级联动”讲习员队伍，深入宣传党的方针政策和脱贫攻坚政策，提高扶贫政策知晓率，提振脱贫致富的信心。去年，松桃在全县开展各类宣讲4000余次。

扎实开展典型宣传教育，加大先进经验和典型事迹的宣传报道，充分激发贫困群众脱贫致富内生动力，增强感恩意识和脱贫光荣意识，为打赢脱贫攻坚战提供强有力的精神动力和舆论支持。

通过组织开展社会主义核心价值观“七进”活动、社会主义核心价值观“组歌”传唱、“劳动美”社会实践等活动，大力弘扬社会主义核心价值观、新时代贵州精神，让社会主义核心价值观、新时代贵州精神遍布苗乡大地，引领社会风气，为苗乡脱贫攻坚聚集向上力量。

打造“文艺全域旅游脱贫攻坚”新模式

“肩膀上驮起被褥，行囊上挂着水壶，怀里头装满赤诚，踏上了不悔征途……”不久前，松桃原创歌曲《驻村干部》在第六届全国高校廉政文化作品征集暨廉洁教育系列活动中获表演艺术类精品，唱响松桃好声音。

脱贫攻坚，需要文艺精品鼓与呼。在脱贫攻坚路上，松桃文艺创作工作者着力文艺创新服务，凝聚力量，以文化人，文以载道，创作文艺精品，推出“文艺 全域旅游 脱贫攻坚”模式，为苗乡脱贫攻坚注入源动力。

文艺巡演颂党恩。党的十九大胜利召开后，为深入宣传贯彻新思想，放歌新时代，全力以赴打赢脱贫攻坚战，该县文体广电新旅局组织开展“贯彻落实党的十九大精神暨助推脱贫攻坚文化宣传在行动”文艺巡演活动，以歌曲、舞蹈、快板等群众喜闻乐见的文艺形式，通过进乡（街道）、进企业、进农村、进机关、进校园、进军营，将精心编排的15个文艺节目送到千家万户，为苗乡群众送上文化盛宴及精神大餐。

展示苗乡秀美风光，歌颂时代扶贫先锋人物。松桃文联组织音乐骨干深入生活、扎根农村，为扶贫鼓与呼，创作系列文军扶贫歌曲《苗家唱响中国梦》《驻村干部》《小康路上》《天街矮红来赶歌》等。

在扶贫路上，松桃创新推出“文军 企业 扶贫促小康”模式，组织文艺工作者深入企业，为企业出谋划策，打造精品企业文化。松桃自治县文联主席龙瀑说，文艺工作者多次走访迓驾镇晚森村，为松桃边城山泉公司提供文化创意，创作歌曲《晚森山泉之恋》，唱响企业文化品牌。

“在文军推动下，边城山泉公司发展态势良好，月产值达 10 万元，直接或间接带动贫困群众 30 人。”龙瀑说。

百舸争流千帆竞，文艺扶贫百花开。

文学创作硕果累。松桃文联结合该县大力发展文化旅游产业的实际，组织文艺名家为景区规划建设建言献策，出版文学作品《梦幻桃花源》《筑梦——松桃脱贫攻坚纪实》等；促成全国首家“苗王宴”奇石馆在天龙湖景区落地。文艺事业推动文化旅游产业发展的作用凸显。

舞台艺术领风骚。松桃文联组织县舞蹈家协会创作了《踏春击鼓》《红旗飘飘》《醉年酒》《苗鼓声声》等精品舞蹈，远赴重庆、南京参加旅游招商推荐或展演比赛，参加香港文艺交流和深圳国际文化博览会。多彩舞姿舞出松桃精彩。

书法影像作品闪亮登场。策划举办系列“影像松桃”展览活动，举行“党的十九大图片宣传”和“2017 文军扶贫”摄影巡回展览，展出作品 300 余幅……

文化作品内外兼修。近年，该县摄影家协会在《人民日报》、人民网等各级媒体发表宣传地方旅游资源、展示脱贫攻坚摄影作品多达 1500 余件；为贫困户义务书写春联 10 万余幅，把党和政府的关怀、问候、温暖与祝福传递给人民群众，为脱贫攻坚团结鼓劲凝心聚力。

找项目，促发展，帮助贫困群众转变观念、树立信心。松桃文艺工作者以文励人、以文惠人、以文富人，用行动帮助企业、乡村、景区挖掘整理文化旅游资源，打造文化旅游品牌，致力文企联动、文村带动和文旅驱动，努力推进该县全域旅游大发展，同步小康大扶贫。

玉屏文军扶贫输入软力量

◇佚 名

狠抓政策阐释。大力宣传医疗、教育、卫生、扶贫等领域惠民政策。精心策划开展“76554”工作法、“两不愁三保障”、易地扶贫搬迁“五个体系”“四个好”等主题宣传宣讲。文军队伍要冲到脱贫攻坚一线，践行“四力”，推出有泥土味、有亲和力、有温度的新闻作品。

深化免费广告扶贫。充分运用融媒体平台，持续开展新闻媒体免费广告扶贫，助力玉屏“食用菌”“生猪养殖”“油茶”产业畅通销售渠道，带动更多的贫困户增收、脱贫、奔小康。充分运用互联网平台，力推“玉货出山”，助力产业发展。

做强网上舆论导控。依托“网眼看玉屏”网络主题宣传活动，做大做强网上主题宣传，全方位展示玉屏大力实施大扶贫战略，大力推进农村产业革命等工作取得的新成就、新亮点，为“冲刺 90 天打赢歼灭战”提供网络舆论支撑。

强化媒体宣传。依托媒体平台开设《冲刺 90 天打赢歼灭战》专栏，围绕教育、医疗、就业、住房安全、兜底保障等刊发扶贫政策知识，及时传递党的扶贫方针政策，持续开展脱贫攻坚政策宣传。组织各媒体平台召开新闻策划会，选派骨干记者开展走基层、访民情、看变化等系列主题采访活动，围绕领导调研、挂牌督战、产业革命、易地扶贫搬迁、典型事迹等开展采访报道，不断推出系列动态报道和深度报道。

抓好典型选树。加大对脱贫攻坚先进典型选树力度，充分发挥榜样示范引领作用，不断激励贫困群众见贤思齐、崇德向善。以激发群众的内生动力为目标，重点选树推出一批“自强脱贫模范”“脱贫光荣户”。适时开展先进典型巡回宣讲，用身边人和事教育身边人，为决战脱贫攻坚提供精神动力，夯实道德基础。

常态开展志愿服务。以新时代文明实践中心试点建设为契机，整合全县各类志愿力量，组织广大志愿者和志愿服务队伍深入一线开展扶贫扶志扶智、免费健康体检等志愿服务活动。同时，推行文明单位结对共建活动，以实际行动践行初心使命，助力脱贫攻坚。

推进环境卫生大整治。以全国文明城市创建为统领，以“文明在行动·满意在玉屏”环境卫生专项整治工作为抓手，统筹谋划城乡环境卫生大整治行动。以乡为主、联建帮扶部门为辅，组织发动各类志愿力量，精心设置志愿服务项目，充分发挥帮扶干部和乡村“五员”作用，积极开展乡村环境卫生大整治志愿服务行动，彻底改善乡村环境面貌。

江口文军扶贫彰显担当

◇ 胡亮平

自全县“文军扶贫冲刺90天打赢歼灭战”工作启动以来，江口县文军队伍按照“一刻不能停、一步不能错、一天不能耽误”的“三个一”要求，坚定在脱贫攻坚主战场当好主力军的决心，大力开展免费广告助销、网络带货助农等十大行动，深入基层一线开展新闻采写、扶贫农特产品宣传等工作，为全县宣传促消费扶贫工作做出了积极贡献。

搭好台子，唱好文戏

“吃蓝莓，要一把一把地吃。一颗一颗地吃，没什么感觉。”2020年6月22日，走进江口县德旺乡杨柳村苗王谷生态水果观光体验园，一颗颗蓝紫色的蓝莓果缀满了蓝莓树枝头，负责人万江云一边带着游客参观他的果园，一边帮着大伙采摘蓝莓果。

江口县德旺乡党委副书记、乡长李黔南主动为当地农特扶贫产品点赞、宣传，她介绍道：“德旺山清水秀、人勤物丰、天蓝水清，非常适合发展高效农业，杨柳村苗王谷生态水果观光体验园就是我们的代表。欢迎各位前来采摘购买！”

据介绍，该县拿出1/3以上的广告资源免费宣传扶贫农产品，扎实实施好免费广告助销行动，一场轰轰烈烈地宣传促销扶贫行动正在江口大地开展！

俯下身子，用情用力

在江口县梵净山山脚下三沛塘村1200多亩辣椒基地，村民们三个一队、两个一组忙着，给辣椒追肥、除草、松土。

为采写到最真实的素材，宣传推介好太平镇三沛塘优质辣椒、小龙虾等扶贫产品，县融媒体中心笔者向县农业农村局技术员肖慧玲了解如何指导当地群众追肥、除草，到附近的龙虾养殖基地去体验养殖员的日常生活。

当《铜仁江口：山沟沟里兴起了产业革命》在人民网、新华网、学习强国等媒体平台刊发后，三沛塘村支书刘元发接到了一笔又一笔的订单。

据统计，自该县实施免费广告助销行动以来，全县文军队伍深入基层一线加强信息摸底排查，强化农产品对外宣传力度，积极协调，多方争取，及时帮助农民专业合作社、种养大户、贫困户解决好因疫情导致的农产品“卖难”“买难”“运输难”等问题，市级以上媒体平台持续刊发该县《贵州江口：梅花鹿养殖助农增收》《贵州江口：山窝窝里收获金蛋蛋》《江口：织好“菜篮子”鼓起“钱袋子”》《江口县：火红樱桃压枝头 观光品尝正当时》《坝盘易地搬迁点变身龙虾美食小镇》等免费广告助销信息60余条。

压实担子，主动作为

“文军扶贫怎么扶，实施免费广告助销、网络带货助农行动，融媒体中心该怎么做？”在该县融媒体中心会议室大家你一言，我一语，讨论异常激烈。

“深入实施好文军扶贫十大行动，我中心全体干部职工必须要深入基层一线，压实工作责任，主动作为，利用好县内新闻媒体资源，做好各项免费广告助销和直播带货工作。”该县融媒体中心主要负责同志强调道。

据统计，截至2020年6月23日，该县充分运用广播电视、门户网、微视江口（微信公众号）等七大平台，发布文字、图片、视频等脱贫攻坚宣传报道559篇，涉及宣传促消费扶贫的245篇；播出脱贫攻坚公益广告7条，共播出1596条次，播出时长1260分钟，营造了浓厚的“宣传促消费扶贫”工作氛围。

巧念“实、真、广”三字经 搭建服务群众新模式
——石阡县“话惠民·感党恩六进村”活动有声有色

◇严克燕 赵娅娅 伍岱禧

从附近学校搬来的课桌，在广大的乡村背景前，拼成一个方正的舞台，上面铺一块淡红色毯子，舞台中央拉起一条醒目的标语。从远处望去，舞台、标语和背景构成一幅动人的画面。

时下，随着“话惠民·感党恩六进村”活动开展以来，在石阡的一些村里，随处可以见到这样的舞台。尽管没有华丽的舞台灯光，也没有明星的参与，但当舞台的音响响起，周边的群众就不约而同地聚拢到舞台的周围，一边看着小品小戏，一边拉着家常。相关的政策服务、法律服务、科技服务、文艺服务也通过这个载体得到形象生动地宣传和推广。这是石阡县开展“话惠民·感党恩六进村”主题活动的一个生动情景。

2011年，石阡县提出拟用3至5年时间在全县广大农村广泛开展思想政治建设“话惠民·感党恩六进村”主题活动。以集中开展惠民政策宣传进村、电影服务进村、小戏小品表演进村、法律服务进村、科技服务进村、卫生计生服务进村等六项活动为载体，倡导文明新风尚，凝心聚力，推进新农村建设和农村产业发展。

自“六进村”活动开展以来，各乡镇、各工作组密切配合，积极探索，巧念“三字经”实、真、广。

实就是点面结合，宣讲突出一个“实”。为了让“六进村”活动落到实处，石阡根据农村群众居住分散、白天要生产劳动、人员不易集中的实际情况，直接把法律法规服务、科学技术服务、计生卫生服务送到农户家中、送到田间地头。2018年以来，科技人员先后深入推广新技术30多项，帮助乡镇建

立了 23 个农业产业基地，培训了 235 名技术能人，有力地助推了农村产业发展。计生卫生服务工作组深入到交通不便的村开展计生卫生服务工作，为孤寡老人、留守儿童、残疾人上门看病，有效解决边远山区群众看病难的问题。今年以来，计生卫生服务工作组共到 18 乡镇为近 1000 名病人开展上门服务，免费发放价值 9000 多元的药品。

真就是为民服务感情要“真”。文艺电影进村工作组精心编排了一系列舞蹈、小品、快板等节目，同时，各乡镇、村的文艺宣传队也结合村情民意编排颂党恩、感党恩的文艺节目，极大地丰富了农民群众的精神文化生活，寓教于乐。

广就是示范创建，以点带面辐射“广”。抓典型、树典范是石阡“六进村”活动的一大亮点。先进典型创建组按照新农村建设“二十字”方针要求，运用县、乡（镇）典型进村宣讲，积极引导农民群众构建和谐家园。

思南“三个坚持”发挥文军扶贫力量

◇ 雷 雪

坚持高位推动。把文军扶贫作为部长工程来抓，纳入全年宣传思想文化工作和精神文明建设重要内容，扎实抓好“五支队伍”下沉一线和新时代文明实践中心试点建设，实现全员动员、全员行动，推动文军扶贫取得实实在在的成效。截至目前，我县已实现文军队伍下沉一线。

坚持讲好故事。以“脱贫攻坚群英谱”选树为抓手，大力挖掘脱贫攻坚先进典型人物和事迹。围绕“日日有推荐、周周有策划、月月有主题”目标，抓实脱贫攻坚“九个一”工作。截至目前，已挖掘先进典型 200 余人、先进事件 300 余件，策划出人均环境整治、移风易俗等 50 余个题材。

坚持凝心聚力。围绕政策落实和群众认可度，充分用好新时代农民讲习所、道德讲堂等平台，创作一批花灯歌舞、快板小品等文艺作品。截至目前，已开展各类宣传讲习 18000 余场，编排文艺节目 50 多个，组织开展干群连心活动 3500 余次，开展义诊医疗服务、人居环境卫生集中整治等志愿服务 5000 多次，采写编发一线报道 700 多篇。

“文军扶贫”的印江实践

◇ 左禹华

2018 年是全面贯彻落实党的十九大精神的开局之年，是决战决胜脱贫攻坚的关键之年，是印江土家族苗族自治县实现脱贫攻坚“整县摘帽”的攻坚之年。

号角声起、尽锐尽出。印江县委书记田艳说：“贫困群众是脱贫攻坚的主体力量，‘志智双扶’是打赢脱贫攻坚关键之策，越是在攻坚阶段，我们越是要用好‘志智双扶’这关键一招。”

2018 年以来，该县按照“扶贫同扶志扶智”相结合的要求，坚持以问题为导向、以整合为手段、以活动为载体，通过营造一个氛围、建好两个阵地、抓好三支队伍、开展五大教育、评选五类典型“12355”文化志智双扶模式，助推 100 个以上贫困村、1000 户以上贫困户、10000 名以上贫困群众改变落后思想，激发内生动力，增强致富本领，提高认可程度，形成“村整洁、户干净、人精神、身勤劳、心感恩”的农村新风尚，为全县脱贫攻坚提供有力的思想保证、精神动力和文化支撑。

“一个氛围”增气势

“脱贫攻坚聚力量，消除贫困上战场，不见硝烟见炊烟，村村寨寨齐奔忙……一路艰辛一路唱，我自行军来打仗，脱贫攻坚逞英雄，幸福百姓奔小康！”

走进印江土家族苗族自治县，一首旋律欢快、节奏明快的《脱贫攻坚战歌》歌唱了印江干部群众同心协力助力攻坚脱贫的动人故事，表现了印江人民对打赢脱贫攻坚这场没有硝烟的战争的坚定信心。歌曲从村委会里应急广播放出，久久回响在山间，让宁静的山村热闹起来，让人浑身充满了力量。

歌曲提神、鼓劲，墙画更养眼、润心。走进印江沙子坡镇韩家村，形象的墙画、醒目的标语，让人感受到浓浓的脱贫攻坚氛围。村支书李海松说：“墙画涉及社会主义核心价值观、精准扶贫、法制教育等内容，既美化了村寨，又时时激励着人们不等不靠、勤劳致富。”

该县坚持社会宣传与新闻宣传共同发力、内宣与外宣齐头并举，各乡镇（街道）重点围绕脱贫攻坚和产业结构调整内容，分别在主要交通干道沿线设计制作大型户外广告，在各行政村醒目位置和产业基地刷写墙体宣传标语，同时统一安排专业队伍在各村组制作文化墙，使它成为点缀在乡间的一道亮丽风景。

与此同时，该县按月精心策划新闻选题，内外发力发声，通过文字、图片、视频、音频形式，切实讲好印江故事、传播好印江声音、展示好印江形象，营造脱贫攻坚良好氛围。

目前，该县共制作高炮及大型户外广告 63 块，刷写制作各类墙体宣传、喷绘标语 3000 余条，绘制文化墙 2 万多面，推出“聚焦深度贫困村”“聚焦八要素”“我脱贫·我光荣”“驻村一线”等脱贫攻坚专栏稿件 300 余篇、“榜样的力量”专题片 12 部，为脱贫攻坚造氛围、增气势、添信心。

杨柳镇杨家寨村、凯坪村农民讲习所成立。

“两个阵地”除盲点

“没有共产党就没有新中国，没有共产党就没有新中国……”走进印江土家族苗族自治县刀坝镇下大坪村，远远地就听见村里大喇叭里放出的革命歌曲。

老党员田仁敞每当听到革命歌曲，他就会双眼湿润、心情激动。他说：“听到这样的歌曲让我想起当年生活的艰苦，而现在多幸福呀，喇叭里也经常给群众宣传党的政策，我们要依靠双手过好日子。”

喇叭村村响，政策处处讲。随着该县村级文化阵地建设加快推进，文化广场、大喇叭、农民讲习所、网络电视、微信媒介等宣传载体已遍及村村寨寨，大大提高政策知晓率。

如今，该县通过线上线下“双线”渠道向群众传输精神食粮，达到了美眼、养心、提神、励志，有效激发群众积极主动投身到脱贫攻坚硬仗中，形成思想自觉、行动自觉，为打赢脱贫攻坚战凝聚力量。

在线上，以县委党校讲习所为阵地，整合县级主流媒体、乡镇（街道）党校远程教育系统和行政村应急广播系统资源，建立统一资讯中转站，链接到全县 17 个乡镇（街道）、365 个行政村讲习所网络媒体。同时注重阵地管理，根据各平台的特点制定时间表、节目单，定期通过应急广播系统、“两微一端”、电视台、网站等平台宣讲党的十九大精神、宣传脱贫攻坚政策、播放优秀宣讲视频、优秀主题歌曲，提升宣传宣讲时效性和政策知晓率。

在线下，充分发挥农民讲习所、道德讲堂、农民夜校等阵地作用，多形式开展“感恩教育、法纪教育、习惯教育、风气教育、自强教育”五大主题教育，增强群众内生动力。同时进一步规范、优化、简化 365 个村委会场地布置，减少制度上墙、牌匾上墙和专栏上墙，投入 992.64 万元完成行政村小食堂、小厕所、小图书室、小文体室、小澡堂“五小工程”建设，为村级组织服务群众、打赢脱贫攻坚战提供阵地保障。

目前，该县通过“线上”“线下”两大阵地宣讲党的十九大精神、宣传脱贫攻坚政策、播放优秀主题歌曲等 2000 余次，开展新时代学习大讲堂业务知识专题讲座 76 期和时代前沿知识专题讲座 5 期。

“三支队伍”扶智力

印江县委书记田艳说：“授之以鱼不如授之以渔，给钱给物能解一时之困，志智双扶才能治懒治愚，不仅要扶思想、扶观念、扶信心，还要扶知识、扶技术、扶思路。”

事业成败，关键在人。为了抓好贫困群众志智双扶，该县着力加强宣讲队伍、农技队伍和文艺队伍“三支队伍”建设，做到精选、精管、精准发力，切实帮助贫困群众树立起摆脱困境的斗志，增强勇气，指导贫困群众着力提升脱贫致富的综合素质，真正授人以“渔”。

在宣讲队伍建设上，抽调理论骨干组建县级宣讲团，在全县乡镇（街道）、部门开展党的十九大、省委十二届三次全会和市委二届五次全会精神和党的政策好、人居环境好、社会风气好、干群关系好以及先进典型“四好一先·五大主题”等示范性巡回宣讲活动。同时指导各乡镇（街道）成立了乡级宣讲分团和依托村级攻坚队成立村级宣讲队，充分利用教育系统等资源，在全县开展“四好一先·五大主题”教育宣讲活动，及时将党的好声音传递到千家万户。

在农技队伍建设上，围绕全县 2 N 主打产业组建了 5 支农技队伍，选派 120 名农业专家，以驻村工作队和结队帮扶的形式奔赴全县 17 个乡镇（街道）开展形式多样的农业技术服务，形成全域覆盖的农业技术网，让发展产业的贫困户掌握脱贫致富的本领和技术，实现关联产业培训全覆盖和新建基地全覆盖。

在文艺队伍建设上，组织县乡文艺骨干、青年学生、村居文艺爱好者组建文艺宣传队伍，深入各乡镇（街道）、贫困村开展“三下乡”、送欢乐下基层、文化进万家活动，以及送电影、送书刊、送春联等活动，组织文艺演出小分队到贫困村演出。组织县作家协会、书法协会、摄影协会、诗词楹联协会等编创优秀的文艺作品到贫困村巡展巡演，通过文艺方式宣讲党的好政策，激发脱贫攻坚强大精神力量。

目前，该县开展教育宣讲活动 2000 余场，农技人员培训达 3 万人以上，解决技术难题和产业项目 103 个，文化“三下乡”演出 200 余场次，惠及上万群众。

“五大教育”提志气

印江县委副书记、县长张浩然说：“在脱贫攻坚中，我们要加大对贫困群众的法纪教育，增强其法律意识。对争要扶贫政策、阻碍扶贫项目实施、辱骂扶贫干部等问题，要用好法律武器，坚决依法依规处理。”

2018 年 4 月，印江朗溪镇孟关村脱贫攻坚队向建档立卡贫困户发放鸡苗，作为非贫困户的田某权现场强行搬抬鸡苗，被制止后反而怒砸鸡苗，造成部分鸡苗死伤。当地派出所依法对田某权实施拘留 10 日的处罚。

而在田某权拘留期间，该县根据实际情况，为其家人送去大米等生活用品，还聘请邻居代为照顾 3 个孩子，并结合当前的国家惠民政策，为其协调宅基地，争取危房改造资金修建新房。

田某权回家后，该县紧紧依托县、镇、村三级帮扶力量，入户走访，交心谈心。帮扶干部动之以情、晓之以理，用鲜活事例、真实数据、今昔对比等方式方法激励其感恩奋进。

“我为自己过去的鲁莽感到羞愧，以后一定会依法依规反映合理诉求。”镇村干部的暖心作为让田某权深受感动。他下决心要知恩图报，用勤劳的双手创造幸福生活。

把怨气化为动力是该县加强法纪教育与感恩教育相结合的结果。除此之外，该县还开展习惯教育、风气教育、自强教育，着力解决贫困群众“等靠要”思想问题。

在习惯教育中，引导各村制定完善村规民约，以村规规范处理公共事务，以民约约束村民行为，引导群众养成勤劳致富、诚实守信、依法办事的良好行为习惯。

在风气教育中，引导建立良好的家风家训，用家风家训引导村民移风易俗。同时对脱贫攻坚中不诚实守信、隐瞒事实和争当贫困户等反面典型，制成视频短片在镇村级公开、在全县曝光。

在自强教育中，推进演好一场戏、放好一场影、编好一首战歌、比好一场演讲的“四个一”活动，通过编排文艺节目、播放励志电影、征集歌词等，坚定广大农村“只为脱贫小康想办法、不为贫困落后找理由”信念，为脱贫攻坚凝聚强大合力。

“五类典型”树标杆

“获得 2018 年脱贫攻坚‘率先小康之星’的有石灰溪村吴世贵、贵江村龙海明、黔江村胡孝成……”印江龙津街道2018年脱贫攻坚“率先小康之星”表彰现场，掌声此起彼伏。

“为先进鼓掌，为典型鼓掌，也为自己鼓掌。”获奖代表龙海明是建档立卡贫困户，2015年来通过集中流转300亩土地发展了红心柚，带动村里14户贫困户就近务工、流转土地增加收入。龙海明说：“得到这份荣誉，我心里很激动，今后将采取林下种养模式，促进基地管理，带动更多人增收。”

颁奖现场，一颠一颠走上颁奖台的胡孝成格外引人注目，大家向他投去敬佩的目光，响起掌声为他鼓劲。56岁的胡孝成患有先天性小儿麻痹症，手和脚较正常人都要小。妻子也是残疾人，家中现在还有近90岁老母和3个孩子。面对贫困，胡孝成不等不靠，养猪100余头，脱贫致富指日可待。

拿着奖金和奖牌，胡孝成由衷地说：“我相信，我和妻子就算是残疾人，也还是可以通过自身劳动来脱贫奔小康。虽然苦点累点，有时晚上十二点才吃饭，但通过自己的劳动所得，觉得特别踏实。”

先进是旗帜，典型是标尺。今年以来，该县以脱贫攻坚为主题，层层开展“四好村”“五好家庭”“脱贫致富之星”“十佳干部”“扶贫济困优秀企业（个人）”五类先进典型选树活动，为脱贫攻坚营造奋勇争先的良好氛围。

通过媒体挖掘和层层推送，涌现出“好支书”张曙光、身残志坚“养牛倌”王昭权、“药罐子”第一书记张敏、致富不忘众乡邻杨正敏、“闺女”结对帮扶干部代曦……他们身上所体现的求实作风、奋斗精神和道德情操能够唤起人们的情感共鸣，激发见贤思齐的正能量。

截至目前，该县4人入选“铜城仁者”2017年度人物候选人，向上推荐“脱贫攻坚群英谱”46个、身边好人31人、好人线索2256条，其中1人荣登中国好人榜，2人荣登贵州好人榜，10人入选我市“脱贫攻坚群英谱”。

“通过‘12355文化双扶’百千万改革工程系列活动，进一步改变了群众落后思想、激发了内生动力、增强了致富本领、提高了认可程度，汇聚起脱贫攻坚‘整县摘帽’的强大力量。”印江县委常委、宣传部部长田芳说，下一步将不断完善措施，巩固和扩大成果，形成常态化推进机制，深入推进“12355文化双扶”百千万改革工程，为全县经济社会发展汇聚磅礴力量。

卸下“人情包袱” 新风加速攻坚

——德江乡风文明助推脱贫攻坚

◇ 张著昶

“万民乡风，旦暮利之。”乡风是维系中华民族文化基因的重要纽带。但在一些地方，却存在大操大办酒席借机敛财、修建豪华墓、活人墓等陈规陋习，在一定程度上制约了脱贫攻坚进程。

近年来，德江县在加快推进黔东北区域性中心城市进程中，坚持以作风建设为切入点，下猛药治理沉疴，以文明涵养乡风，助推脱贫攻坚，取得较好成效。

编 者

“看来德江整治违规办酒成效显著，连人情都送不出去了！”5月30日，在铜仁市某机关工作的张先生回德江老家，从同学黎某处领回两年前存放的1000多元“酒钱”，心情激动。

张先生虽在铜仁工作，过去却经常接到德江老家亲戚朋友和同学的“吃酒”电话。考虑到找人垫钱不方便，每年张先生都存放一笔钱在同学黎某处，请其随时帮忙“吃酒”。

“以前每个月都接到几个吃酒电话，每次都要送两百元以上，一年随便上万元。”张某说。但这两年多来，他却很少接到“吃酒”电话，感觉轻松不少。

这是近年的德江亮剑陈规陋习所取得成效的一个缩影。

“吃酒”加重负担

德江历史悠久，国家级非物质文化遗产——德江傩戏享誉中外；被誉为“东方狂欢节”的土家“炸龙”活动，更是独具特色。

民淳俗厚、热情好客，是德江人的传统美德。

遇上哪家办红白喜事，亲戚朋友、左邻右舍主动前往祝贺或吊唁，奉上薄礼以表心意，主人家备置酒席答谢，礼尚往来约定成俗。

然而，不知从何时开始，有些人却在礼尚往来中动起了“歪脑筋”，除红白喜事操办酒席外，还大操大办满月酒、升学酒、离婚酒、复婚酒、庖汤酒、立碑酒……目的就是“敛财”。

有些酒席让人哭笑不得：母猪下猪仔要办酒；虚构买房要办“房子酒”；家有高龄老人过生日，膝下几个子女分设“收银台”，让吃酒人尴尬不已……

“最多一年吃酒席就花了13万元。”德江城区一名中学教师说，遇上节假日，学校操场上少则两三家、多则十多家同时操办酒席，败坏了学校风气。

滥办酒席不仅在城区，在德江偏远的农村亦丝毫不逊色。

“每年从农历9月份开始，到正月结束，天天在外当‘总管’，根本没时间搞生产。”高山镇方家社区唐正海在当地是个“大名人”。因为能说会道，村民办酒都要请他当“总管”，统筹办酒事务。

“办一次酒差不多有两万元左右收入，除去办酒成本外，表面纯收入万余元，但收到的‘人情’好比一笔笔高利贷，都是要加息偿还的。”唐正海说。其实办酒人压力也不小。

一年办一次酒保本，两年办一次酒亏本……于是乎，承受不住经济压力的德江百姓每年都要想法办一两次酒。当地百姓陷入恶性循环怪圈——“越吃越穷，越穷越办”。

乡风受落后习俗掣肘。高价彩礼、重金厚丧、建豪华墓等陈规陋习，在德江城乡比比皆是。

在全省极贫乡桶井乡公路旁，大房大屋、大碑大墓随处可见，村民攀比成风。哪怕银行存有少许“低保钱”的村民，也要节省下来用作购买棺材、修墓碑，日常生活质量堪忧。

“陈规陋习不除，乡村振兴无望。”多名县乡领导说。“陈规陋习”已成为脱贫攻坚路上的“拦路虎”，加重了干部群众负担，再不刹住这股肆意泛滥的歪风，势必影响同步小康。

卸下“人情包袱”

德江是贵州 50 个扶贫开发工作重点县之一。决战脱贫攻坚，决胜同步小康，德江必须加速奋力追赶。

“绝不能再把有限的民力、财力，消耗在滥办酒、乱请客上；绝不能再让违规办酒败坏党风、民风、社风，影响群众生产生活，扰乱市场经济秩序，拖慢德江与全国同步小康进程！”县委书记商友江多次在大会上和调研时表示，一定要刹住违规办酒这股歪风，让全县人民卸下“人情包袱”。

2015 年 12 月，德江出台《规范操办酒席管理办法》，规定除婚丧嫁娶外，其他酒席一律禁办。

其实，早在十前年前德江就开始查处违规办酒，制止铺张浪费等行为。但一些干部却钻政策“空子”，常以乡下亲戚朋友名义偷偷摸摸办酒，或在“禁酒令”生效前突击办酒。

这一次，德江汲取教训，《规范操办酒席管理办法》一经发布，立即执行。地方媒体“轰炸”式宣传，做到家喻户晓。县、乡、村一竿子插到底，层层签订责任状，村民签订承诺书，责任落实到人。

以往办酒最繁华、最突出的县城所在地青龙、玉水两个街道办事处抓住关键环节，与辖区餐饮企业签协议，拒绝承办违规酒席，不给违规酒席留市场、让空间。

村民（居民）办酒，需先向村委（社区）申报，乡镇（办事处）审批。

党员干部办酒要报县纪委批准。时间有限制、场地要固定、桌数要明确，绝不能大操大办，铺张浪费。

违规办酒要重罚，违规吃酒也要重罚，德江说到做到。某局干部给女儿设升学宴、某乡干部亲属办房子酒、某村党员吃违规酒，被党内警告、没收礼金、清退礼金，涉及单位的绩效考评受牵连。

在重拳整治下，德江违规办酒、吃酒者成了“过街老鼠，人人喊打”。两年多来，德江劝阻滥办酒席2500多起，整治452起，查处党员干部违规办酒5起5人。多家餐饮企业因承办违规酒席被责令整改。全县违规办酒、吃酒现象得以遏制。

新风加速攻坚

刹住违规办酒、吃酒风，德江广大干部群众拍手称快，被罚者心服口服。

2016年，该县按照抓党风促政风带民风思路，出台“四严五不准”办法，即严抓党风、严改政风、严治社风、严督家风，不准干部搞走读、不准搞相互宴请、不准搞小圈子、不准搞赌博、不准说假话。同时，组织党员干部开展“走进群众家里·走进群众心里”的“两走进”活动，深入群众家中面对面谈心，从思想内因查找贫困根源，倡导全民树新风。

前不久，桶井乡有人反映小风口墓碑加工点，正给农户加工超标墓碑。乡政府整治工作组立即对加工点和农户开展思想教育，及时制止兴建豪华墓行为。

“我们的子女都有赡养能力，为啥老人还要吃‘低保’？”2017年10月9日，德江县桶井乡开展评选表彰脱贫攻坚100户“最美家庭”活动，来自高井村付家组的70岁老人付永高面带愧色，当着台下上千名干部群众说，再戴“贫困帽”有失儿孙颜面，并号召青年尊老爱幼，勤劳致富奔小康。

2018年，德江通过农民讲习所不断深入学习新思想，广泛发动和依靠群众，层层联动，人人参与，让整治歪风习气的成果惠及群众，让文明乡风真正成为一股激发脱贫致富热情的强大力量。

长丰乡胜坝村不仅在增收入、富口袋上想办法，还重点在富脑袋、健精神方面下功夫，激发群众脱贫致富的内生动力。截至目前，该村有 52 户贫困户主动申请退出贫困系统，纷纷感恩党和政府，表示要苦干实干奔小康，文明新风蔚然成风。

“行是知之始，知是行之成，文明乡风重在实践，重在养成。”德江县委常委、宣传部部长唐永湖说。狠刹滥办酒席歪风，树立文明和谐新风，是顺民意得民心的民生工程，它将德江人民的思想和力量真正凝聚到了决战脱贫攻坚、同步全面小康的征途上。

沿河：推进文化扶贫 增添内生动力

◇ 田维令

近年来，沿河县在精准脱贫同步小康进程中，围绕做优“中国山歌之乡”“中国民间文化艺术之乡”品牌，结合打造“山水生态之城”“文化记忆之城”，深入推进文化扶贫，千方百计增添脱贫内生动力，全力提升广大人民群众的幸福指数。

文化设施构建幸福新空间

沿河县在推进文化扶贫中，以文化设施建设为主抓手，着力构建设施完善、功能齐全的文化设施网络体系，努力使文化场所成为传播先进文化的主阵地，成为老百姓享受文化权益的幸福空间。

城区文化设施建设高端化。沿河县采取权属置换的方式，将原宣传活动中心置换给县图书馆、文化馆，投入100多万元进行改扩建，使“两馆”达到国家三级馆。以提升城市品位、软实力为载体，始终把文化设施建设放在优先位置，先后建成民族文化广场、政府广场、红军渡广场等文化活动场地，建成沙洲城市公园、乌江湿地公园等城市休闲场地，融资13亿元，启动集文化馆、图书馆、体育馆于一体的黄家山文化产业园，启动了占地300多亩的黄家山生态体育公园建设，初步形成了“三场四园”城区文化设施体系，为开展群众性文化活动创造良好的环境。

乡镇文化设施建设实用化。沿河县先后投资2800多万元，建成了思渠、沙子、新景等21个乡镇综合文化站，建设面积7000多平方米，其中4个乡镇达450平方米，其余都在300平方米左右，设有图书阅览室、科技培训室、文体娱乐室、多功能活动厅，配备了免费开放设施。还实施了9个乡镇农民体育工程，为更多群众的文化生活提供更为便捷高效的服务。

村级文化设施建设便民化。整合闲置的校舍、卫生室，大多数村建有文化活动中心和文化活动广场，先后建成农家书屋429个、数字图书进农家工程12个、村级农民体育工程132个、全民健身路径工程35个。2016年启动村级文化设施规范化建设工程，按照建设一个文化活动室、一个文化广场、一个简易戏台、一个文化长廊，配套实施一套文化器材、广播器材、体育器材的“七个一”标准，投入100万元新建思渠镇塘堡村、夹石镇踩金村、晓景乡晓景村、板场镇板场村、黑水镇龙堡村、土地坳镇竹花村、新景镇新仲村和淇滩镇淇滩村8个村文化活动中心，进一步完善村级公共文化服务设施。

文艺活动构建幸福新动力

沿河县围绕构建“大文化”格局，充分考虑群众文化需求多元化、多样性，采取政府购买、社会赞助等形式，组织群众开展文化活动，把文化活动作为参与社会管理活动的突破口，让群众真正享受到文化建设红利、发展红利，基本做到群众文艺活动月月演、文艺下乡活动季季送、节庆会演年年上，每年累计参与群众超过10万人次，完成送戏下乡252场次，广场文艺演出246场次，放映农村数字电影5960多场次，公共文化设施免费开放服务群众21万人次。

群众文艺活动月月演。把群众文艺汇演作为培育“一乡一品”的主抓手，以乡镇为单元的群众文艺汇演成为展示发展成果、共享文化盛宴的平台。据统计，每年举办群众文艺汇演达500多场次，省文化厅先后授予板场镇“山歌之乡”、塘坝镇“民间文化之乡”的称号。土地坳镇举办了“美丽沿河·魅力西部·生态土地坳”西部片区乡镇群众文艺汇演，来自官舟、黑水、思渠、泉坝、中寨等乡镇选送的歌曲《土家汉子》、舞蹈《七月火把节》、歌伴舞《欢天喜地》等17个优秀文艺节目同台亮相，尽显了土家儿女积极向上、乐观进取的精神风貌，该片区干部、群众和学生 8000 余人观看了演出。

文艺下乡活动季季送。2017 年 1 月 15 日，从四面八方汇聚而来的土家儿女齐聚晓景镇文化广场，唱着欢快的土家山歌，翩翩起舞，整个广场成了歌的海洋、舞的海洋。激情豪迈、惊心动魄的省级非物质文化遗产《高台舞狮》，本土青年歌手张琼珍独唱的《芦花》和县文化馆精心编排的歌伴舞《只有你》等多个精彩纷呈的文艺节目，让 8000 多名群众享受了一场精美的文化盛宴。近年来，沿河县以文以“一函两表三渠道”的形式，即由文化部门定期向基层单位去函告知开展文艺活动的时间、地点，再由基层单位发放文艺需求征求表，汇总后填写好群众文化需求汇总表，交文化部门，然后采取政府购买、社会赞助、部门自编三种渠道满足群众文化需求，每季度到乡镇、村开展一次“文艺三下乡”活动，以此带动乡镇、村开展文化活动的积极性。

节庆文艺活动年年上。每年一届的“乌江百里画廊旅游文化节”和“沙子南庄李花文化节”，让全县人民共享文化盛宴，成为处界了解沿河、认知沿河的一个重要平台。“画廊乌江・激情广场”舞蹈赛、土家歌王争霸赛、端午龙舟节、城区万人万米长跑等大型文体节庆活动蓬勃开展，形成品牌；土家高台舞狮、土家花灯、土家打镏子、土家摆手舞等民间民俗文化活动接二连三，广受欢迎。

文化遗产构建幸福新家园

沿河建县有 500 多年的历史，在漫长的岁月里，积淀了乌江文化、土家文化、红色文化等深厚文化遗产。黔东特区革命委员会旧址是国家级文物保护单位，是红三军在长征时期在云贵高原上建立的第一个红色革命政权，在中国共产党发展史上具有重要地位。乌江古阡道、乌江石壁字画“惊涛拍岸”等成为沿河乌江文化的缩影。据统计现存国家级文物保护单位 1 处，省级文物保护单位 9 处，市级文保单位 35 处。一批极具历史价值、科学价值、艺术价值和旅游观赏价值的土家吊脚楼、土家风雨桥得到有效保护。

土家族素有“无节不歌”“不唱山歌不快活”的习俗，无论在田间地头，还是闲暇之余，都要吼上两声，土家山歌成为沿河文化的标签，沿河因此荣获“中国土家山歌之乡”。2016年沿河土家民歌入选第四批国家级非物质文化遗产代表作名录，土家高台舞狮、土家摆手舞、龙舟赛等多个项目列入省级“非遗”名录，建立县级保护名录达50余项。2014年，土家歌手黄旭带着《这山没得那山高》走进新加坡，将土家山歌唱出了国门，推上了国际舞台。

2016年，沿河县率先在全省出台《沿河自治县非物质文化遗产保护条例》，使非物质文化遗产保护工作正式步入法制轨道。同时，多次组织专家、学者深入村寨开展非物质文化遗产普查工作，分门别类建立非遗名录体系，编制传承保护规划。采取设立非遗传承基地和传承教学基地、编辑非遗丛书，建设民族博物馆、举办研讨会和文化交流活动等系列措施，切实加强传承人队伍建设，多人荣获省级非物质文化遗产传承人，使各类非遗项目得以较好的保存、保护、传承、弘扬和发展。

文化队伍构建幸福新保障

沿河县把农村文化人才的培育和管理列入年度培训计划，建立农村文化人才档案，编制了《沿河自治县文艺人才培养规划》，提出文化扶贫4个100工程：着力培育100个优秀文艺团队，培养100名文艺骨干，创作100个优秀文艺节目，开展100场次精品文艺汇演。同时将农村文化人才培养作为乡镇目标责任考核的一项重要内容，有效激活了广大文艺人才的积极性。

自去年开展公共文化服务体系建设试点工作以来，结合事业机构改革，协调县编办、县人事劳动局为乡镇文化站配备3—5名事业人员编制。同时，采取政府购买公益性岗位的形式，为429个行政村配备农村文化管理员，形成一支业务熟练、安心稳定的乡、村文化管理队伍，为农村文化建设提供强有力的人才保证。在此基础上，县文化馆组织干部多次深入镇、村开展文艺人才普查工作，分门别类建立文化人才信息库，从而真正实现基层文艺有人抓、有人管的工作格局。

以县文化馆组建文艺演出中心为依托，注重整合民间文艺资源，积极培育有特色的文艺团体、协会，先后组建了夕阳红老年艺术团、啄杯艺术团等县级业余文艺团体10余个，乡镇、村组建舞狮队、舞龙队、花灯队、民乐队、龙舟队等业余文艺队伍312支；以县文联为依托，组建文学、舞蹈、美术、书法、摄影、诗词楹联等文艺协会10多个，人数近2000人。

沿河县结合文化扶贫工作，建立县校合作平台，选送50多名县级文艺骨干人才、200多名乡土人才到铜仁职业学院、省文化厅文艺人才培训中心开展培训。同时，建立县文化馆、图书馆等单位驻村帮扶文化工作制度，派驻专业文化人才到村开展“一对一”指导，负责做好村级业余文艺团队的辅导和培训工作，积极参与群众性文化活动的组织、编排编导和演出。将文艺人才纳入“乌江先锋”、劳动模范人物评选范围，不断提高文化管理员、业余文艺骨干、文化志愿者的积极性。

“文军扶贫”扮靓乡村风景线

——铜仁学院赴沿河开展乡村文化建设帮扶活动纪实

◇安 通

为积极响应中央、省、市脱贫攻坚安排部署，支持沿河自治县“冲刺90天打赢歼灭战”，2020年6月16日至20日，铜仁学院艺术学院美术与设计系50余名师生赴沿河开展了为期5天的“文军扶贫”志愿帮扶活动。

6月16日，志愿队一行到达沿河自治县后，便立即分成5个小分队，分别到黄土镇雪花村、竹园村、双龙村以及县城区和平街道大溪社区、劳联村开展墙画绘制活动。

在绘制墙画的过程中，同学们满怀热情，除了画一些关于漫画宣传类的墙画，还根据当地的环境、民情风俗等进行创作。

“墙画绘制的过程同时也是一个学习的过程，通过此次活动的开展，学生们不仅可以提升绘画水平，还能加深对山村乡亲的血肉情感。”教师田波说。

在黄土镇雪花村进行绘制时，下起了大雨，为了不影响绘画工作进度，学院师生和农户一道，在墙面顶上盖起了遮雨帐篷，争分夺秒绘制墙画。

一支画笔，一面墙，一幅幅传承历史、传递文明的墙绘在道路旁精彩呈现，村庄里顿时生机勃勃，充满了温馨的生活气息。

“不仅如此，我们的墙绘还能够提升人民群众对脱贫攻坚工作的知晓率和认可度，不断激发村民的内驱力。”教师田茂荣说。

在墙画绘制过程中，学生们走访农户，听取群众意见建议，并结合村子产业和土家民族服饰特色等精心创作墙画，得到当地村民的一致好评。

“非常漂亮，很安逸，和我们村的特色融合得很好，看到这些画就想起很多美好的回忆。”竹园村村民黎仕福笑着说。

“以前这些墙上什么都没有，现在画上了墙画，吃了饭休息的时候到处走一下，看一下，还是很有看头，这些学生确实画得好。”竹园村村民许登文说。

“绘制一天下来虽然很疲惫，但能为扶贫工作出一份力，心里很满足，也充满了自豪感。”学生肖荀霜说。

据悉，在此次铜仁学院艺术学院组织开展的“文军扶贫”志愿帮扶行动中，志愿者一行共绘制墙画 80 余幅，为沿河自治县决战决胜脱贫攻坚营造了良好的社会氛围。

“我们以百姓喜闻乐见的墙画描绘了脱贫致富奔小康的美好愿景，以通俗易懂的百姓话语宣传脱贫攻坚方针政策，以图文并茂的方式开展扶志教育、传播积极向上的精神文化。通过开展此次志愿活动，既加强了对学生的思想引领，更展现了新时代大学生的精神风貌和责任担当。”铜仁学院艺术学院副院长谢云中表示。

让教育扶贫之光洒遍贫困山村

——铜仁职业技术学院“文军扶贫”沿河纪实

◇ 文叶飞 施 平

清晨，阳光洒照在沿河土家族自治县谯家镇小河村，勤劳的村民们已走进田间地头。来自铜仁职业技术学院的专家们也已投入到各自地工作岗位中，一幅共奔小康、助民致富的耕耘图画正在这个风景秀丽、民俗浓郁的土家山寨被生动地描绘着。

这是 2020 年 6 月 3 日，铜仁职业技术学院党委委员、宣传部部长田银萍教授率领辣椒专家邹序安教授、养牛专家张华琦教授、中医康复专家肖文冲教授以及中医与康复专业教师简燕进、杨飞等一行奔赴大山深处开展“文军扶贫冲刺 90 天打赢歼灭战”系列服务活动，送社科宣讲、技术指导与技术帮扶进山村的一个缩影。

自 2018 年 7 月 27 日贵州省深入实施“文军扶贫”脱贫攻坚三年行动以来，铜仁职业技术学院认真贯彻落实省委书记、省人大常委会主任孙志刚，省委副书记、省长谌贻琴的批示精神，全院上下牢记嘱托、感恩奋进，大力开展“文军扶贫”行动，尽锐出战、务求精准，协同联动、务求实效，往深里推往实里做，全面提升教育、科技扶贫质量，成为铜仁市发起总攻、夺取全胜的一支生力军。

“我们始终要求全院‘文军’队伍要提高政治站位、增强政治自觉，以有力有效的扎实帮扶推动习近平新时代中国特色社会主义思想和省委全会、市委全会精神深入人心、落地生根，发掘高等职业教育潜力，全面推广‘校农结合’，让职业教育扶贫之光洒遍贫困山村，为确保按时打赢脱贫攻坚战做出新的更大贡献。” 铜仁职业技术学院党委书记杨春光说。

“文军扶贫”着力回答好“为了谁、依靠谁、我是谁”命题

为落实贵州省脱贫攻坚“冲刺90天打赢歼灭战”和铜仁市“文军扶贫冲刺90天打赢歼灭战”工作部署，发挥雄厚的“文军”队伍优势，铜仁职业技术学院深学笃用习近平同志扶贫思想，着力回答好“为了谁、依靠谁、我是谁”这个根本问题，以高度的政治责任感推进“文军扶贫”行动。

加强政治学习，切实转变作风。完善工作思路，健全工作机制。整合并科学配置资源力量，形成齐心协力助力脱贫攻坚工作的良好局面。推动领导班子成员蹲点调研制度化、常态化、长效化，指导和督促全院各级各部门负责人蹲点调研，与驻村干部、贫困群众同吃同住同劳动，对贫困村寨，贫困家庭、贫困群众进行深度跟踪遍访，从教育、科技、医疗卫生等各领域开展精准帮扶活动。

强引领、增信心，扶志扶智结合转观念。以全面宣讲培训，增加群众技能。依托“新时代农民（市民）讲习所”，通过“群众点单、干部上课”的方式，充分结合脱贫攻坚、实用技术、政策法规等主题开展宣讲培训，切实提升困难群众致富能力。用身边人身边事激发贫困群众的致富愿望，摒弃“等、靠、要”思想，变“要我脱贫”为“我要脱贫”。

强服务、求时效，以文化教育惠民活动为抓手，丰富群众精神文化生活。持续举办“深入基层、扎根人民”主题实践活动、“三下乡”集中示范活动等工作，推进农村精神文明建设上台阶。积极协同有关部门深入推进文明村镇创建，深化拓展“文明在行动·满意在贵州”“明礼知耻·崇德向善”“我们的节日”等系列活动。结合乡村振兴战略，协同推进“四在农家·美丽乡村”创建，开展好移风易俗、弘扬时代新风行动。

积极开展扶贫济困活动，壮大扶贫攻坚动力源。强带动、增收入，助推文化教育慧民生。推广落实“千村计划”，通过广泛开展职业教育和传统工

艺培训，定向吸收或招募贫困劳动力进入产业园区及产业链其他环节入职就业，提高贫困地区的自我造血功能。因地制宜发展传统文化、生态农业、乡村旅游、民间工艺项目等特色项目，引导贫困村走一二三产业融合发展的脱贫致富路。

“文军扶贫”求真务实让脱贫致富之花开遍深山村庄

“职业教育扶贫让红利流向扶贫末端，‘帮到了点子上，扶到了关键处’。”这是不少基层干部的共识。职业教育扶贫红利日益凸显，贫困农户不仅脸上露出喜悦，村村寨寨更是忙了起来，富了起来。“文军”力量的教育浸润，让干部群众思想观念、精神面貌发生了喜人变化。

自 2018 年脱贫攻坚“文军扶贫”三年行动深入开展以来，铜仁职业技术学院积极展现为民担当的情怀，发挥最大的优势、尽最大的努力参与其中，“文军扶贫”专家服务团成员更是走进谯家镇小河村和夹石镇芶家、冷后、旧屋基村，多渠道开展社科宣讲、技术指导与技术帮扶活动。

通过开展遍访、调研座谈，积极为各村在辣椒种植、牛羊养殖等产业发展和民生改善等把脉问诊，科学研判，出谋划策。同时，服务团专家分头行动、分工合作、齐心协力，举行院坝会、田埂会、夜话会，与农户交心谈心，宣讲党的政策好，激发干部群众勤劳致富同心同向奔小康的信心与决心；健康专家则现场接诊、专心治疗、竭诚义诊，深村入户开展健康医疗服务；农技专家走进田间地头，走进养殖场、种植园区解决疑难问题，等等。每到一村，服务团专家都忙得不可开交。

6 月 4 日上午，在从夹石镇芶家村赶往冷后村途中，张华琦教授接到一个陌生来电：“喂，您是铜仁职业技术学院张华琦教授吗？我是桃源村养殖户，现有疑问咨询您！”原来是夹石镇桃源村一养殖户因养牛出现难题，从市委组织部专家库找到张华琦博士的联系方式，张华琦教授如同“天降神兵”，现场帮助养殖户解决了一个急切的难题。

应夹石镇卫生院超声检查、中医馆专业技术人员请求，6 月 4 日晚，从冷后村服务回到夹石镇后，简燕进、肖文冲分别为他们现场培训心脏超声检查和颈肩腰部疼痛的传统康复治疗方法。三位健康专家开展健康咨询、推拿、拔罐、艾灸、中医处方等健康服务共计 370 人次，服务时长均在 4—6 小时。

一次次活动的开展，推进了贫困乡村产业发展和民生改善，展示了铜仁职院文军力量的社会担当和时代作为，为推动贫困乡村优势产业发展和农产品走出去，打开了新窗口。

“围绕脱贫攻坚教育扶贫主题，铜仁职院文军扶贫专家团冲在一线、攻坚克难，为山村群众办实一件件实事好事，为干部群众鼓足劲。同时，送文化、送科技、送卫生等下乡进村举措，还打通了贫困山村职业教育短缺最后一关，满足了贫困山区群众求知、求富、求乐的需求。走进社区送教育、种教育，真正实现了教育惠民、利民、润民。”铜仁职业技术学院院长张景春认为。

“求木之长者，必固其根本；欲流之远者，必浚其源泉。”“文军扶贫”带去的是荡涤传统愚昧的文明清风，斩断的是顽固保守的思想穷根。让大山里的百姓充上电、精神上补足钙，引导贫困群众用辛勤劳动实现脱贫致富，让沿河这片革命老区红色大地上，一幕幕“攻坚拔寨抓脱贫，众志成城奔小康”的大剧不断上演。

锤炼优良工作作风助推“文军扶贫”精准施策富有成效

在“文军扶贫”行动中，铜仁职业技术学院聚焦山村贫困家庭，大力推进职业教育，发掘高等教育潜力，全面推广“校农结合”等，以“文军扶贫”作为实现精准脱贫的重要抓手，充分发挥好“文军扶贫”这个“领航者”“定盘星”的作用。

该院专家服务团以立下愚公志、啃下硬骨头决心，找准补齐山村教育扶贫攻坚这块“短板”，用好“扶志”与“扶智”，让新的教育扶贫形态真正成为直抵人心的力量，让教育扶贫驱动山村文化振兴轮转起来。

铜仁职业技术学院作出多层级的顶层设计，提出方案、明确目标，并要求“文军扶贫”专家服务团成员必须以优良的作风开展富有成效的扶贫工作，“不获全胜决不收兵”，为“坚持大扶贫格局”提供必要的理论支持和鲜活的社会实践，为脱贫攻坚贡献智慧和力量。

“不忘初心，方得始终；初心易得，始终难守。”这是铜仁职业技术学院“文军扶贫”专家服务团一位成员写在工作日志扉页上的座右铭，也是他们3年来开展帮扶工作的真实写照。

三年间在一个个村寨与村民的朝夕相处，铜仁职业技术学院“文军扶贫”专家服务团成员扑下身子、带着感情工作的拼劲让当地干部群众折服，他们发挥专长，竭诚为民，所办的件件实事都办在了群众的心坎上，成为百姓眼中的“贴心人”。

自驻村以来，他们对群众有难必帮、有求必应，坚决在脱贫攻坚一线贡献自己最大的力量。始终坚持吃农家饭，住农家屋，与农民交朋友。三年来，他们不但走访遍访贫困户，把义诊医疗室建在社区，还把课堂搬进田间院落、产业园区，一次次召开党员、村民代表座谈会，倾听民众心声，了解民情民意。通过走访遍访，“文军扶贫”服务团每一位专家对每一个村的热点、难点问题了如指掌，根据问题制定工作方案，把群众最急盼的实事办成，办到群众的心坎上。

“办好了一件件实事以后，这里的群众不管是生产事务还是家庭私事，都爱找我们说。”辣椒专家邹序安教授、养牛专家张华琦教授说。

为拓宽村庄的富民之路，增强发展后劲，专家团依托当地资源优势，以“企业带贫”模式，延长生产链，提升价值链，拓宽富民之路。为使该村群众家家有项目，人人有收入，全面提高群众的获得感和幸福感，专家团还按照沿河自治县“养殖、种植、果蔬、中药材”等12大产业布局，充分发挥技术优势，协助当地创建农业产业示范园。同时，专家服务团逢年过节开展慰问活动，为村民开展专家课堂、义诊活动……

3年来，铜仁职业技术学院“文军扶贫”专家服务团每一位成员和驻村工作队队员与当地村两委，以“人民至上”的初心使命，为群众讲政策、明思路，解难题、办实事，促发展、帮民富，拉近了与群众之间的距离，密切了干群之间的关系，赢得了百姓的信任，在一个个充满生机的山村，留下了闪光的足迹。同时，还收获了村民们的认可，赢得了一张张亲切的笑脸和一声声亲切的问候。

爬行的人也能顶天立地

——记“全国脱贫攻坚奖奋进奖”获得者、贵州印江牛倌王昭权

◇朱 邪

2020年10月17日，首都北京，铜仁市印江自治县沙子坡镇四坳村残疾村民王昭权坐着轮椅穿过天安门广场，伴着高高飘扬的五星红旗，走进人民大会堂。

这个自小身患小儿麻痹症，不能直立行走的乡村牛倌，一路热泪盈眶。因为他从未想过自己会被邀请坐飞机到北京领取“全国脱贫攻坚奖奋进奖”。

他说：“我只是靠双手养活了自己，没给别人添负担，国家却给了我这么高的荣誉。”

想起印江自治县委书记田艳进村看望他时，说他是“爬行谋生的牛倌，顶天立地的汉子”，他无比自豪。

农家“累赘”不服输

10月12日，记者初握王昭权的手就被深深震撼。几十年爬行，厚厚的老茧已让他的手变成了“脚”。

6岁时，他不幸患小儿麻痹症，致左腿残疾犹如无腿，从此不能正常站立、行走，只能靠双手和右脚支撑爬行，多数时间不能抬头挺胸。

他成了有着6兄弟的贫苦农家的“累赘”，父母、弟兄常常为他的不幸叹息，担心他“活不下来”。

但是，他并没有的不幸击垮，从小就树立了永不服输、自立自强的决心。

“我也要读书。”8岁那年，看到村寨的小伙伴都背上书包走进学校，他向父母提出了第一个愿望。

“哪个能天天背你去上学？”农活繁重、生活艰难的父母实在不想满足他的愿望，5个兄弟上学已让家庭负担太重。

几个哥哥却都很支持同胞兄弟：“我们轮流背他。”

“不，我自己爬着去，爬着回。”小昭权不想成为全家的累赘。

长时间用手在崎岖的山路上，在家和学校间来回爬行，细嫩的小手被磨得浸血，但他从不喊痛掉泪。他怕父母心痛，中断自己的求学路。

幼时他也曾遭同学嘲笑、欺负，但他不理会，专心刻苦求学。不论刮风下雨，还是下雪冰冻，他从不迟到和早退，成绩始终在班级名列前茅，小学毕业以优异的成绩考上了中学。

“活下来”的王昭权一直想像同龄人一样获得继续升学读书的机会，但由于家庭困难等原因，他只好忍痛放弃学业，自愿留在家中帮助父母干农活，把求学的机会让给兄弟们。

残疾人的生存充满艰辛。为了让自己“走”得快、干好活，王昭权用弯拐木和橡胶垫保护双手在地上爬，用背像牛马一样驮肥料、粮食。

生活上“站起来”的他不但能自食其力，还帮助父母逐步改善家庭经济状况，让兄弟们安心求学、外出闯荡。

虽然只有小学文化，但他不甘心做一个没有见识的农民。

他闲时读书看报，了解社会变迁，增长见识。曾到贵阳学艺，回村后做过裁缝；曾在村里摆过理发摊，坐在高高的木凳上为村民理发……

深山养牛闯富路

10月13日清晨，秋雨后的山路又窄又滑。王昭权双手抓紧橡胶垫，背上驮着上百斤饲料，快速爬向村后的养牛山六井溪。那里的土地大部分已退耕还林，人迹罕至，只有他和他放养的牛群。

两公里山路让记者气喘吁吁，满身浸透汗水，鞋上沾满黄泥，憋着一股劲紧紧跟在他身后。

一路上，王昭权介绍，过去曾从事过制作新衣、理发等职业，加上每月领取的残疾补助、农村低保，已让他衣食无忧。但有的人却嫌他的手常在地上爬不干净，脚不利索理发速度慢，以致他常常“自惭形秽”。

做兽医的弟弟王华深知五哥王昭权不想被人瞧不起，决定通过自己的技术，帮助五哥养牛致富。2012年，在弟弟的担保下，王昭权借资买来10头小牛，每天把牛赶到寨后的山头。牛在山头吃草，他就割草驮回家为牛备“夜餐”。为了养好牛，一有空闲，他就扎进村里的农家书屋，学习国家政策、种养技术，向弟弟学习疫病防治。

苦心人，天不负。一年后，出栏6头肉牛，还了借款，还有盈余。初尝甜头坚定了王昭权养牛致富的信心。

为了扩大养殖规模，2017年，王昭权瞅准机遇，在政府的帮助下，向信用社申请到5万元贴息“精扶贷”，并获得5000元养殖补助，让存栏牛保持在10头以上。

前年，王昭权用卖牛的积蓄，与王华共建新房，让村里人刮目相看。

王华说：“父母在世时，一直叮嘱我和四个哥哥一定要照顾好五哥。其实，这些年五哥不仅能自食其力，他的精神更鼓励着我们。”

主动退贫鼓士气

“我不想再当贫困户了。”2018年初，王昭权主动向村委会递交了退贫出列申请书。

接过申请书，村支书吴松反复问王昭权“不要看到现在情况好就骄傲哦，和兄弟们商量过没有？这可不能反悔哟！”

“我上过学，自己的事做得了主，绝不反悔！”王昭权说，感恩党和国家对他多年的关心和帮助，他的收入已远远超过贫困线，吃穿不愁，医疗住房均有保障，不想再为国家添负担。

在决胜脱贫攻坚的关键之年，重度残疾的王昭权在印江自治县主动申请退贫出列。他自强自立的实际行动，成了乡亲们学习的榜样。

同村贫困户杨胜坤也主动申请退贫出列：“王昭权都退贫了，我好手好脚的，脸皮再厚也不能向国家伸手要补助。”

“王昭权都能养牛致富，我也行。”受王昭权自立自强的精神鼓舞，村民杨常青建起了更大的养牛场；村民杨通伯也正忙着扩建牛场、草场，要把规模扩大到30头。

快速兴起的养牛产业加速了四坳村的脱贫进程，2018年，该村成为全县第一批脱贫村。

榜样的力量进一步“发酵”成乡亲们的脱贫行动。相邻的韩家村请王昭权讲述自己的故事，鼓舞全村战贫士气，还聘请他为村集体养牛合作社顾问。村民邓万强已建成专业合作社，肉牛养殖规模逐步扩大。

如今的沙子坡镇，涌现出四坳、韩家等养殖专业村，全镇存栏肉牛近2200头。

为充分发挥榜样的示范作用，打赢脱贫攻坚战，印江自治县组织干部群众向王昭权学习。20余名因驻村工作不扎实被召回学习且重新驻村的县乡干部，跟着王昭权进山放牛，接受了一次次思想洗礼。曾被召回的驻村干部严斗说：“与王昭权相比，我们的确没有不干好工作的理由。”

“只要不偷奸耍滑，不等不靠，尽己所能，没有跨不过去的坎。”至今严斗还记得王昭权说过的话。回到所驻的龙津街道杉木林村后，严斗带领村民加快改善基础设施，发展富民产业，带领全村脱贫出列。

两年来，王昭权多次为全县干群上战贫励志课，全县365个村（居）巡回展播其养牛脱贫的事迹，激励干部群众拼搏奋进。2019年，印江自治县脱贫出列。

进京参加脱贫攻坚表彰大会回来，王昭权手捧荣誉证书，激动地说：“国家表彰我，是希望每个残疾人都能自立自强，活得顶天立地。”

众志成城
打好脱贫攻坚协同战

东西部扶贫协作和对口支援，是实现先富帮后富、最终实现共同富裕目标的大举措。

山海携手 东西协作战贫

◇田　甜

青岛帮扶（1996年—2012年底）

1996年，中央发出“东西合作、对口帮扶、以东带西、共同发展”号召，国务院扶贫开发领导小组确定青岛市帮扶铜仁市。16年间，青岛市累计组团互访112批1157人次；帮扶资金12.189亿元，实施帮扶项目716个；培训干部和技术人员2500余人（次），派遣青年志愿者5批63名和骨干教师7批124名赴铜支教；铜仁市先后组织20名副县级和10名科级干部赴青岛挂职学习；引进企业1个（青岛红星化工集团），投资5亿元，实现产值近20亿元，创利税3亿多元，带动就业1100多人；先后援建121个开发式扶贫村；投入400万元援建17所希望小学和1所民族中学；投入280万元扶持12个卫生项目；帮助建立28个乡（镇）、村的图书文化站（室）。

苏州对口帮扶（2013年—2020年底）

2013年，国务院办公厅印发《关于开展对口帮扶贵州工作的指导意见》，确定苏州市对口帮扶铜仁市。8年来，苏黔两省、苏铜两市相距千里，却跨越千山万水，聚焦组织领导、资金支持、人才交流、产业合作、劳务协作、携手奔小康方面等方面，发挥各自优势，有力有序推进全方位、多层次、宽领域的扶贫协作工作，取得了丰硕成果，为铜仁市经济社会发展和决战决胜脱贫攻坚做出了重要贡献，共同谱写了东西部扶贫协作的华美乐章。

组织领导有强度。苏黔两省、苏铜两市党政主要领导多次亲自带队互访，先后开展调研对接27批（次）900人次，召开高层联席会议和座谈会16次，铜仁市召开党委常委会、政府常务会、领导小组会议及其他专题会议研究推进东西部协作重点工作 80 次。

资金支持有力度。累计到位财政帮扶资金 18.89 亿元，社会各界捐款捐物 2.98 亿余元，完成城乡建设用地增减挂钩结余指标 0.5128 亩，获益 11.1 亿元。

产业合作有广度。累计引进 250 家企业，完成实际投资 263.92 亿元，带贫人口 19651 人；共建产业园区 19 个；共建农产品直供基地 4.9 万亩；在苏州设立展销中心、旗舰店、专柜 52 个，帮助销售农特产品 27.35 亿元，惠及贫困人口 7 万余人；合作打造 10 个乡镇综合文化站和乡村旅游融合示范点，吸引 37 万余人次江苏游客来铜旅游消费。

人才交流有热度。先后互派党政干部挂职 578 人，开展培训 614 期 44726 人；先后互派 5682 名教师、医生等专业技术人才交流学习；建立“组团式”教育医疗帮扶试点 26 个，全市 579 所学校、208 家县级医院、妇保院、妇计中心、乡镇卫生院等卫生医疗机构与苏州 468 所学校、136 家卫生医疗机构结对帮扶，实现乡镇中心校以上学校、乡镇卫生院结对全覆盖。推荐表彰了各级扶贫协作帮扶干部 40 人、先进党组织 3 个、先进集体 13 个。

劳务协作有精度。举办贫困劳动力培训 506 期 17572 人次，帮助 40956 名贫困人口实现就业，其中转移至江苏省就业 4344 人，在贵州省内就地就近就业 31198 人，在其他地区就业 5414 人。

携手奔小康有深度。铜仁市 10 个区（县）与苏州市 10 个市（区）全面结对，119 个乡镇、434 个贫困村与苏州 102 个乡镇、189 个经济强村（社区）、151 家企业、56 个社会组织全面结对，全市 319 个深度贫困村结对全覆盖；实施了《贫困村创业致富带头人“千人培训”计划》，共培训贫困村创业致富带头人 3384 人次，创业成功 1368 人，带动贫困人口 10941 人；开展了“助力脱贫幸福工程”，累计投入帮扶资金 2083.8 万元，全市 8971 名贫困残疾人通过股金分红、务工就业增收脱贫。

定点帮扶 助力脱贫攻坚

◇田 甜

中央定点帮扶

新华社、上海浦东干部学院、中国电子信息产业集团有限公司、中国中煤能源集团公司、中国冶金科工集团有限公司、北京有色金属研究总院 6 家单位与铜仁市石阡、江口、松桃、印江、沿河、德江、思南 7 个县结成定点帮扶关系。

选派到铜仁各区县挂职干部 86 人，赴定点县考察 798 人次；投入帮扶资金 19150.59 万元，实施帮扶项目 179 个；协助争取中央相关部门资金 62285 万元，引进项目 46 个，帮助建档立卡贫困人口脱贫 130502 人；帮助购买农产品 1236.94 万元，帮助销售农产品 4675.821 万元；举办各类培训班 179 期，培训 25952 人次；帮助劳务就业 2066 人次，增加劳务收入 5945.75 万元。

省级定点帮扶

全省共计 28 个单位和企业与铜仁市 10 个区县开展了定点帮扶。选派到铜仁各区县挂职（驻村）干部 215 人，赴定点县考察 2178 人次；投入帮扶资金 28019.96 万元，实施帮扶项目 363 个，帮助建档立卡贫困人口脱贫 110074 人；协助争取省级相关部门资金 24228 万元，引进项目 21 个；帮助购买农产品 785.22 万元，帮助销售农产品 2291.45 万元；举办各类培训班 84 期次，培训 4827 人次；帮助劳务就业 5728 人次。

市级定点帮扶

铜仁市共计安排 88 个市直单位与 8 个区县 598 贫困村开展定点帮扶，选派市直部门干部 598 人到各区县开展定点帮扶。

种好感恩茶 铺实小康路

◇ 郭 进 张著昶 左国辉

2018年4月，浙江安吉县黄杜村20名党员联名给习近平总书记写信，汇报黄杜村种植白茶致富情况，提出捐赠1500万株“白叶一号”茶苗帮助贫困地区群众脱贫。

习近平总书记收到来信后做出重要批示：“‘吃水不忘挖井人，致富不忘党的恩’，这句话讲得很好。增强饮水思源、不忘党恩的意识，弘扬为党分忧、先富帮后富的精神，对于打赢脱贫攻坚战很有意义。”

为贯彻落实好习近平总书记的重要指示精神，全国政协主席汪洋、国务院副总理胡春华均做出重要批示，提出明确要求。国务院扶贫办、浙江省、安吉县各级党组织和政府都参与其中，深入全国贫困山区调研，寻找适合“白叶一号”的种植地，几经实地走访调研、科学比对土壤、气候和光照等自然条件，最后确定湖南省古丈县、四川省青川县和贵州省普安县、沿河自治县等3省4县的34个建档立卡贫困村作为受捐对象。

2018年7月15日，浙江省安吉县黄杜村与沿河自治县中寨镇大宅村、志强村、三会溪村正式签订捐赠“安吉白叶一号”茶苗360万株1200亩的协议。当知道“白叶一号”落户在村里时，三个村的干部群众激动不已，面对这份浓浓的恩情，他们心中笃定一个信念：栽好扶贫茶、感恩茶，决不辜负习近平总书记的深切关怀和黄杜村党员的深情厚谊。

沿河自治县委、县政府和中寨镇成立工作专班，统筹协调好人力、财力等资源，积极推进基础设施配套项目，高起点、高标准、高要求建好、管护好“白叶一号”扶贫茶、感恩茶。如今，茶园初见成效，带动当地5000余脱贫致富。

一颗小行星被命名“梵净山星”

◇ 杨 聪

2019 年 11 月 23 日，记者从苏州市科协获悉，近日，国际天文学联合会小行星命名委员会正式向国际社会发布公告，将中科院南京紫金山天文台发现的一颗国际编号为“215210”号的小行星，永久命名为“梵净山星”。

梵净山为武陵山脉的主峰，素有“贵州第一名山”美誉，被列为国家级自然保护区、国家 5A 级旅游景区、中国十大避暑名山，还是国际“人与生物圈保护网”（MAB）成员。2018 年在第 42 届世界自然遗产大会上被列入世界自然遗产名录。

2016 年，响应东西部扶贫协作号令，苏州与铜仁结成帮扶对子，携手开展全方位的帮扶。为进一步提高梵净山的知名度和影响力，苏州市科协联合铜仁市文体广电旅游局及江口县共同探索旅游扶贫新模式，向中科院南京紫金山天文台发出申请将该台发现的一颗新小行星命名为“梵净山星”。

通过开展相关申报工作，经过严格审核程序，最终于 11 月 8 日荣获国际小行星命名委员会批准，国际编号为“215210”号的小行星永久命名为“梵净山星”，贵州的梵净山正式成为该天体的永久星名。

“梵净山永久留名太空，这不仅对丰富梵净山旅游品牌的科学内涵，推动铜仁市旅游产业发展和科普事业发展有深远的影响，同时还是苏州、铜仁两地帮扶情的永久见证，对推进东西部扶贫协作工作具有十分重要的意义。”铜仁市相关负责人表示。

“长江”牵手“乌江”共奔小康

◇高　岩　陆晓华　高　戬　张　帅　范　群　陈　林　王安宏

2020 年 7 月 31 日上午 9 时，第九届苏州创博会开幕。

贵州省铜仁市展馆的东西部扶贫协作展位上，茶香四溢。这些茶叶来自沿河土家族自治县，品牌叫“洲州茶”——“洲”和“州”，分别取自张家港市的前身沙洲县和沿河县的古称思州——它们是张沿两地携手脱贫攻坚的硕果之一。

15 个小时后，2020 年 8 月 1 日零点的钟声敲响。1500 公里之外，沿河县政府广场的倒计时电子大屏上，显示距离脱贫奔小康最后收官还有“152 天 24 小时 00 分 00 秒”。

倒计时的每一次刷新都仿佛一记战鼓，激励着苏州驻黔帮扶工作者和铜仁市广大干部群众向胜利的终点奋力冲刺。

目光聚焦沿河，一个个振奋人心的故事，见证了乌江黔山之间的一幕幕巨变及其背后的磅礴力量。

一片“叶子”的故事

注入“造血干细胞”，夯实可持续发展基础

沿河土家族自治县塘坝镇榨子村 7000 多亩茶园之间，坐落着一座现代化的茶厂。眼下，工人们正在赶制夏茶。

在苏州创博会上展销的“洲州茶”，就产自这座茶厂。

沿河种茶、制茶历史悠久，《茶经》中记载：“茶出黔中，生思州、播州……”目前，全县共有 21 万亩茶园，其中 14 万亩已经投产。

多年来，受交通、资金、工艺等因素制约，沿河茶在贵州省外默默无闻，“特

别是品牌问题，各茶企都有自己的牌子，但都叫不响。”贵州沿河洲州茶业有限责任公司副总经理席芬芳说，沿河茶要想走出大山，必须要打造类似“洞庭碧螺春”“安吉白茶”的地域公共品牌。

2017 年 10 月，由张家港市承担组建的江苏省对口帮扶贵州省铜仁市工作队沿河县工作组（简称“沿河县工作组”）入黔开展工作。

沿河茶的命运就此迎来转机。2018 年 8 月，在沿河县工作组和张家港市相关单位的大力支持下，贵州沿河洲州茶业有限责任公司成立，沿河首批茶叶地域公共品牌“洲州茶”“洲州红”“洲州绿”注册成功，同时安排东西部协作资金 300 万元新建一座茶厂。

在“洲州茶”的引领下，沿河各茶叶合作社、茶企统一旗号、统一标准，抱团出山。9 月 21 日，“洲州茶”在张家港首发，此后陆续进军苏州、南京、北京、上海、广州、深圳、成都、杭州、济南、武汉、重庆……

如今，“洲州茶”系列产品已覆盖全国 30 多个大中城市，销售额突破千万，带动沿河全县 183 个村 4.5 万人致富增收。

“洲州茶”的故事，只是张家港帮助沿河发展产业工作的一个缩影。

据统计，2017—2019 年，共安排对口帮扶财政资金共 6286 万元，实施了 87 个产业项目，覆盖沿河生态茶、生态果蔬、生态畜牧业、生态中药材四大主导产业；今年更是加大力度，投入 1.49 亿元发展食用菌、辣椒、生态鸡、生态猪等 24 个产业项目。

“发展产业项目是帮扶工作的关键，这些项目，将成为推动沿河可持续发展的‘造血干细胞’。”沿河县工作组组长、县委常委、副县长陈世海说。

一把“手术刀”的故事

扶贫先扶智，激发脱贫内生动力

7 月 31 日下午，沿河县人民医院实施了一台胸外科微创手术。

患者是一名 17 岁男孩，因肺部破裂导致“自发性气胸”。主刀医生王君来自张家港一院，他在患者胸部开了个 2 厘米的口子，放进胸腔镜，然后用专用器械修补了肺部的破损。整个手术用时 20 分钟，干脆利落。

“其实这是一个简单手术,但以前沿河医生没人敢拿起手术刀。”王君说。

在医疗界，胸外科号称“凶险的外科”。直到今年 7 月王君前来挂职，沿河县人民医院才开设了胸外科。

2017 年以来，张家港 11 家医疗卫生单位结对帮扶沿河 24 家医疗卫生单位，在全国县域卫健系统率先实现县级医院、乡镇卫生院、公共卫生单位结对帮扶“三个全覆盖”。在王君之前，已经有 40 多名张家港医生走进沿河，带来了永久性心脏起搏器置入、腹腔镜大子宫肌瘤剥除、腹腔镜全子宫切除、全髋关节置换术、胃大部分切除、无痛肠镜、冠状动脉支架植入等技术，填补了当地多项空白。他们不仅帮沿河人民解除病痛，还在当地培养了一批各医疗专科的“种子”。

扶贫先扶智。张家港持续推动支农、支医、支教等专技人才交流，帮助提升沿河贫困群众教育、文化、健康水平和综合素质，激发脱贫内生动力。

2017 年以来，张家港累计向沿河选派“三支”人才 93 人次，举办专技人才培训班 28 期培训 250 人次，为沿河培训创业致富带头人 356 人次，向沿河输出医疗、农业等先进技术 35 项。两地党政干部、“三支”人才互动交流频次和力度在全国县域东西部扶贫协作对口帮扶中始终居于领先地位。

一条“生产线”的故事

打造“产业军校”，为沿河的明天储能

学校放暑假了，学生都离校了，张家港支教老师们也回去了，沿河职校校长何高却更忙了。

这几天，他张罗着把实训中心新添的教学设备都安装和调试完毕。这些设备能完成电气技术基础平台课程实训及设备电气综合实训，侧重于培养学生机床电气控制线路以及 PLC 程序分析、设计的能力。

教室里，一台台新设备整齐有序，就像企业的生产线。“开学后，机电专业的师生们将告别‘纸上谈兵’。”何高说。

张沿两地协作所带来的变化让何高感觉恍然如梦。2017 年以来，张家港各职业学校组团入黔，用真心真意和真金白银帮助沿河发展职业教育，努力实现“职教一人脱贫一家”。

工业电气实训教室隔壁是服装生产实训教室，设计、裁剪、缝纫、整烫，也是一条完整的生产线。该教室由张家港东渡集团投资建设，沿河职校为该企业培养“订单式”人才，学生毕业后可直接去东渡集团就业。

张沿两地还依托沙洲职业工学院，打造“1+1+1”就学就业脱贫项目（招收 1 名贫困学生到沙工就读、推荐 1 名家长在张家港就业、带动 1 户家庭脱贫），累计招录沿河学子 511 人（其中贫困生 240 人），学生毕业后张家港企业优先录用。今年继续招生 400 名，安排对口帮扶资金 550 万元资助在读沿河籍学生。

陈世海说：“张家港从一穷二白发展到全国百强县前三，职业教育功不可没。所以，我们着眼长远全力打造‘产业军校’，为沿河未来的发展储能。”

一间“玻璃屋”的故事

以文明共建助力贫困歼灭战

8 月 1 日晚上 8 时，乌江畔的沿河县政府广场上霓虹闪烁，音乐飞扬，舞姿翩翩。

广场上有一间明亮的玻璃小屋，隔音玻璃幕墙将这个小小的空间与外面的喧闹隔开，屋内图书满架，10 多个中小学生围坐在书桌旁，有的在做暑假作业，有的在看课外书。

这间玻璃小屋是当地的一道特别风景——兼具自助图书馆、志愿服务工作站、宣传习近平新时代中国特色社会主义思想等功能的智能化 24 小时新时代文明实践驿站。

管理员李蓉介绍，每天至少有100多个孩子来这里读书，节假日时有两三百个，寒暑假则基本天天客满。

沿河的24小时新时代文明实践驿站，源自张家港的“图书馆驿站—志愿者驿站”。项目负责人、张家港市图书馆学会理事长缪建新说，张家港始终坚持发挥首个县级全国文明城市的带动作用，坚持物质文明扶贫协作和精神文明扶贫协作“两手抓、两手硬”，以新时代文明实践扶贫协作助力沿河决战决胜脱贫攻坚。

2018年，张家港向沿河捐建了首座“24小时土家书房”；2019年，又捐建了两座“24小时新时代文明实践驿站”。今年5月21日，沿河两个易地扶贫搬迁安置点24小时新时代文明实践驿站和一个新时代文明实践志愿服务指导中心启用，“志愿沿河”网站和微信小程序上线。

新时代文明实践志愿服务指导中心工作人员杨佳桔说，沿河在公共阅读服务和“互联网+”志愿者工作方面，已经实现与东部沿海地区齐头并进。

至2019年底，沿河累计减少贫困人口17818户60248人，出列贫困村208个（其中深度贫困村40个），贫困发生率从对口帮扶前的13.13%下降到3.3%。到2020年6月底，沿河整县和未出列贫困村均达到摘帽退出条件，未脱贫人口已达到脱贫标准。

昆山·碧江“七结对”助力两地携手奔小康

◇佚　名

自昆山市和碧江区建立东西部扶贫协作结对帮扶关系以来，两地领导高度重视、频繁互访，在产业协作、教育医疗、劳务合作、人才交流、旅游农业等方面建立全面帮扶合作关系，通过部门结对、乡镇结对、村村结对、家庭结对、村企结对、社会力量结对等形式，建立起“点对点、点对面、一对多、多对一、点对线、线对面”的结对关系，形成了多元化、多层次、多领域的精准帮扶格局。2019 年争取各类帮扶资金 8780 万元，占全市的 1/3。其中，苏州财政帮扶资金 6412 万元，昆山财政帮扶资金 1500 万元，乡镇财政帮扶资金 310 万元，社会帮扶资金 558 余万元，重点用于易地扶贫安置点的学校、医院建设及农村产业发展等 27 个项目。该工作经验入选第二届中国优秀扶贫案例中的东西部扶贫协作与定点扶贫优秀案例。

部门“对口”结对。昆碧双方东西部扶贫协作工作领导小组各成员单位对口建立结对帮扶关系，昆山教育、农业、医疗、民政、旅游等近 20 个部门，相继带着资金、项目来到碧江开展民生扶贫、产业扶贫、消费扶贫等工作。昆山与碧江 55 所学校、16 所医院（卫生院）建立点对点共建关系。两地劳动部门共建劳务合作站，昆山每年提供就业岗位 13000 余个。旅游部门开通昆山碧江旅游年卡，打开两地旅游市场。农口部门大力推进“碧货出山”，在昆山建立碧江农产品展销点 4 个，推销碧江中药饮片、白水大米、羊肚菌等销售额达 1 亿余元。组织部门大力推进人才交流，选派 50 名科级干部赴昆山学习“昆山之路”等先进经验，选派 3 名党政干部到昆山挂职，选派教师 12 名、医务人员 10 名到昆山进行专业技术交流，组织 5 期 344 人到昆山市委党校分别就产业招商、基层农技人员提升、党务工作、乡村中小学管理、科级干部培训等进行交流学习。昆山实施人才交流六个10计划，累计援助教育、医疗、农技等人才75人次。

园区“产业”结对。围绕“园区共建、产业合作、产城融合、就业脱贫”的思路，在两省签署《铜仁·苏州产业园共建园区框架协议》的背景下，成立铜仁·苏州产业园开发投资有限公司进行开发建设，启动6.18平方公里核心区建设，大力发展“一心三品一基地”。目前，核心区中期规划已经通过论证，共建园区于2018年8月举办铜仁·苏州产业园核心区启动暨重大项目开工活动，介绍和引进香菇产业园、春申堂药业、同曾氏动力等东部产业转移项目14个，苏州国开行提供20亿元额度的贷款用于园区开发建设。建成运营铜仁市智慧企服大厅和铜仁·苏州产业园一站式服务大厅，正在推动“二号章”审批和封闭管理运行模式，进一步优化营商环境。铜仁·苏州产业园先后获批国家级“双创”示范基地和产城融合示范区、省级清洁生产示范园区，园区已成为大众创业万众创新的平台，向以产兴城、以城带产、产城融合发展迈出了新步伐。

乡镇“项目”结对。昆山所辖镇和旅游度假区全部与碧江13个乡（镇、街道）实现双向结对全覆盖，其中巴城镇、淀山湖镇、千灯镇和周庄镇与碧江漾头镇、六龙山乡、滑石乡和桐木坪乡建立结对关系，昆山4个街道与碧江4个街道实现结对全覆盖。同时，突出碧江区“四大主导”产业及坝区产业，以增加贫困户收益、助力脱贫为出发点和落脚点，以项目形式进行帮扶，提升被帮扶乡镇的造血功能。如，陆家镇与和平乡共建油茶加工厂，千灯镇与桐木坪乡共建奶山羊项目基地，周市镇与瓦屋乡共建中药材种植项目，巴城镇与漾头镇共建茶园山古村保护项目等，结对资金700多万元。据统计，两地乡（镇、街道）累计实施产业项目11个。

贫困村“全面”结对。为推进东西扶贫协作纵深发展，昆山市立足昆山各村的发展优势，结合碧江农村的实际，推动昆山8个经济强村与碧江8个深度贫困村建立结对帮扶关系，实现深度贫困村结对全覆盖。引进各类社会资源支持贫困村发展，将社会捐赠、公益资金、民间资源向贫困村倾斜，形成“多对一”的帮扶关系，重点发展经济作物、农产品深加工、“村头工厂”、田头“基地”，帮助贫困村增强“造血”功能。如，在坝黄镇高坝田村实施蓝莓试种基地项目，实行“公司＋合作社＋农户”经营模式，完成1.8万株蓝莓树苗栽种100亩，成活率99.6%。群众通过收获土地流转租金、基地务工薪金、参与分红股金等方式增收，43户168人获得土地流转费5.52万元，户均增收1300元；121人获得劳务费17.3万元，人均增收1400余元。

家庭“广泛”结对。借助民政、群团等力量，鼓励商会、协会、社会组织等社会力量参与碧江脱贫攻坚。借助“昆碧山水情”微信公众号，开展网络宣传和社会宣传，让更多人关注碧江贫困人口和弱势群体，推动家庭间的“户户”结对。2019年7月，昆山市委、市政府举行“脱贫攻坚日、党员冲锋时”活动，号召全市党员干部开展“一对一”结对帮扶或“点对点”慈善捐赠。两地共同发起成立“昆·碧爱基金”，以“1+5”母子基金形式，下设助学、助医、助残、助困、助业5个子基金，针对碧江贫困户所需，开展各类专项救助。目前筹措善款102万余元，1024名昆山市党员与碧江区787户贫困户实现家庭结对全覆盖，实施昆山·碧江“六个一”冬日送温暖助力脱贫攻坚清零行动(一笔爱心资金、一套床上用品、一条棉被、一件棉衣、一桶油、一袋米)，将爱心传递到每一个贫困群众手中，2019年787户2023人全部脱贫，实现贫困人口动态清零。

村企“柔性”结对。积极推进昆山企业与碧江村（社区）开展结对帮扶，采取定向招工、项目扶持、资金支持、弱势群体关爱的形式开展帮扶。目前，已有13家企业结对帮扶茶园山、陈家寨、卜口、小冬云等13个村。通过昆山工商联联合商会优势，整合企业捐助资金建立扶贫资金池，定向扶持10个产业项目，与贫困村建档立卡贫困户建立利益链接机制。如，支持瓦屋乡梅花鹿养殖、和平乡油茶种植等8个项目，惠及贫困户937户2088人。昆山鲜活果汁有限公司与高坝田村推动村企“柔性”结对实施蓝莓项目，依托“公司＋合作社＋农户”经营模式，公司出树苗、出技术和蓝莓包销。完成1.8万株蓝莓树苗栽种100亩，群众收获土地流转租金、基地务工薪金、参与分红股金保障增收致富，联结建档立卡贫困户 188 户 734 人。

社会力量“参与”结对。架起昆山社会各界与碧江联系桥梁，推动社会力量和爱心人事参与碧江扶贫事业。探索“精准扶贫 + 政府支持 + 社会力量”模式，累计投资达 97 万元，建成碧江区首个综合关爱中心“昆碧幸福里”，覆盖坪茶村“三留守人员”144 人。2017 年以来，争取社会帮扶资金 1300 余万元，实施“亚香”夏令营、“鹿丽同行”帮扶计划、“四点半”课堂等项目 10 余个，重点用于贫困学生资助、孤寡老人关爱、冬衣捐赠。昆山市五金机电商会与坝黄镇宋家坝村结对，捐助帮扶资金 7 万元；昆山女企业家协会与坝黄镇坪茶村结对，打造碧江区妇女创业就业秀坊和妇女之家各 2 个；昆山商会与和平乡陈家寨村结对，建立农产品产销对接机制；张浦商会与坝黄高坝田村结对，围绕劳务输出开展合作，推进“产业项目 + 残疾人”模式，通过项目带动贫困残疾人增收，2019 年 13 个产业项目利益联结贫困残疾人 278 人。昆山亚香香料有限公司出资 100 万元成立“亚香奖助学金”，对品学兼优的学生进行重点资助和奖励，连续两年组织碧江贫困学生到昆山开展夏令营。

千里携手共逐梦

——昆山·碧江东西部扶贫协作工作综述

◇廖 凯

昆山与碧江，一个是位于长江中下游的全国经济百强县龙头，也是百戏之祖——昆曲的发源地和改革开放与高质量发展的前沿阵地。一个是铜仁市政治、经济、文化中心，享有“山水经典，一城神仙”之美誉，两个在地理上遥遥相望的城市，因“使命、责任、帮扶”而紧紧地交融在一起。

贵州碧江却因为地域和区位劣势，与江苏昆山存在着较大的发展差距。为全面贯彻落实《中共中央、国务院关于打赢脱贫攻坚战的决定》和中央扶贫开发工作会议、东西部扶贫协作座谈会精神，时代赋予了昆山责任使命，也给予了碧江发展机遇。

苏州昆山与铜仁碧江自 2017 年 12 月签订《东西部帮扶协作脱贫攻坚合作协议》以来，两地紧扣组织领导、人才交流、产业合作、园区共建、劳务协作、携手奔小康等方面深入推进各项工作。三年来，累计投入帮扶资金 1.6 亿元，实施项目 72 个，覆盖贫困群众 1.2 万人。在昆山的倾心倾力帮扶下，碧江集中力量攻克坚中之坚、解决难中之难，取得了显著的脱贫成效。2018 年碧江区通过国家第三方脱贫攻坚评估检查，摘掉了贫困帽子，2019 年贫困发生率“清零”。2019 年，《昆山碧江“七结对”助力两地携手奔小康》入选第二届中国优秀扶贫案例，《昆山·碧江着力打好“三张牌”深入推进东西扶贫协作》入选在四川召开的全国携手奔小康培训班案例。2020 年，《深化协作共建·携手共奔小康全力打造东西部扶贫协作典范》入选在云南召开的全国东西部扶贫协作培训班案例，《昆山·碧江探索消费扶贫“四个 +”模式助力决战决胜脱贫攻坚》入选 2020 年全国消费扶贫优秀典型案例。江苏省对口帮扶贵州省铜仁市工作队碧江工作组，2019 年被贵州省委、省政府评为“脱贫攻坚先进集体”、2020 年被江苏省扶贫工作领导小组授予“组织创新奖”。

三年来，两地协作共建日益紧密。形成了多元化、多层次、多领域、多路径的结对帮扶新格局，通过专题研究、统筹部署、将东西协作工作纳入年度绩效考核内容，系统构建市区、镇级、村级及家庭四级结对关系。昆山的部门、镇、村及结对家庭，相继带着资金、项目来到碧江开展民生扶贫、产业扶贫、消费扶贫等工作，两地人民相互协作，前呼后应，里应外合，形成了强大的东西部扶贫协作合力。

三年来，两地人才交流日趋频繁。将扶贫、扶智和扶志三结合，深入开展互动。昆山组建支医、支教、支农援碧三支队伍，帮助碧江打造“永久牌”的技术队伍。挂职有期限、帮扶无止境，昆山农业农村局植保专家汤留弟，作为第一批援碧支农干部，从最开始的1个月，延期到3个月，再到1年，现在已经是第三个年头了。多年来，碧江的手术室、讲台、田间地头等各行各业都留下了昆山朋友忙碌的身影。同时，碧江的基层农技人员、党务工作者、乡村中小学管理层等相继到昆山交流学习，通过“手拉手、传帮带”的方式，为全区决胜脱贫攻坚培育专业人才队伍。

三年来，产业帮扶成效日渐显现。以市场化为导向共建蓝莓基地。确立“公司+合作社+农户”“试种+跟种”“零售+企业包销”的合作模式和“622”分配模式，在高坝田深度贫困村发展蓝莓产业。以民生为导向共筑幸福小院。探索“政府支持+社会参与”相结合的模式，在坪茶村建设“昆碧幸福里”，打造东部日间照料中心的“碧江升级版”。以生态化为导向共谋精品民宿。引进乡伴“树蛙”集团在生态良好的川硐板栗园建设和运营范木溪精品民宿，范木溪村民实现了住房条件改善、土地租金收益、营运分红收益、就业岗位增加等综合效益。以品牌化为导向共推白水大米。运用昆山现代生态循环农业科技成果，提升白水大米品牌效应。2020年5月，“白水贡米”获国家地理标志农产品认证。

三年来，四个组团帮扶深入推进。积极探索教育组团式帮扶。累计派出教育骨干36人整体帮扶铜仁八小，树立了“昆碧教育论坛”“亚香”夏令营等特色品牌。2019年，铜仁八小综合评估从全区倒数第二跃升至第四名。深化探索医疗组团式帮扶。累计派出医生43名，两地中医院签订十年共建协议，围绕重点科室打造。2020年5月，碧江中医院成功创建为三级乙等医院。

率先探索农业组团式帮扶。累计派出农业专家 18 人，重点实施标准化种植和“三品一标”认证，并在昆山开设“昆碧 · 乐比邻”线下农产品体验店，与左邻右舍、昆味道等建立线上合作关系，打开昆山农产品销售市场。创新探索社区组团式帮扶。整合昆山民政、就业、文体广旅及亭林街道等帮扶力量，在矮屯易地移民搬迁安置点创新建成劳务协作就业信息同步发布平台和远程面试系统、昆碧 · 梦工厂——矮屯新市民扶贫车间、24 小时自助图书室和五彩益家——昆碧社会组织共建站，提升社区管理、教育及医疗服务水平。

三年来，四项帮扶路径有效拓展。深化产业扶贫带动效应。以铜仁 · 苏州产业园为载体，完善 46 平方公里的控规和 6.18 平方公里的核心区规划，推进 206 亩高端装备产业园建设，并引进锦峰发展、鸿典包装、同仁之光等项目，以园区产业带动就业。深化就业扶贫民生效应。开展校企合作和定向输送，开办“淳华班”“百家惠班”等多个定制班。尤其疫情期间，通过专机、专列定向输送四批次的碧江籍务工人员到昆山就业。深化消费扶贫社会效应。连续三年发行“昆山 · 碧江旅游年卡”，引导江苏籍来铜游客超 10 万人。加大农产品产销力度，积极申报扶贫产品认定。坚持每年到东部地区参加农产品展会至少 3 次，推进农产品“黔货出山”。深化社会扶贫参与效应。本着“化散为聚、精准帮扶”的原则，成立“昆碧 · 爱基金”，下设助残、助学、助困、助医和助业子基金实施精准帮扶。今年 8 月，昆山市钱七虎院士瑾辉基金捐赠 44 万元注入“昆碧 · 爱基金”，专项用于碧江贫困家庭品学兼优高中生、大学生的助学奖励。同时，昆山市新联会、昆山市文明办等单位接连到碧江开展捐资助学工作。

海内存知己，天涯若比邻。党中央的关怀，昆山人民的帮扶，碧江干部群众的拼搏，都在铸造着全面建成小康社会的千秋愿景。当“精准扶贫”的巨笔豪迈挥洒时，昆山人民的东西扶贫协作已经在碧江大地见证了一场新的巨变，两地人民同呼吸、共命运、心连心，共同谱写了新时代合力攻坚、聚力发展的华彩篇章。

太仓·玉屏
率先打造教育“组团式”帮扶“全国示范县”

◇ 太仓市对口帮扶玉屏县前方工作组

2019年6月，国家发改委将玉屏侗族自治县教育“组团式”帮扶作为第二批新型城镇化试点经验在全国推广。这虽只是太仓·玉屏东西部扶贫协作这棵参天大树上一枚脉络清晰的叶子，但一叶知秋，遍地金黄迷人眼，满树火红耀人心。

玉屏侗族自治县是武陵山区集中连片特殊困难片区县之一，全县共有贫困村44个，建档立卡贫困人口7042户20709人，贫困发生率17%。按照党中央国务院东西部扶贫协作系列决策部署，江苏省太仓市对口帮扶贵州省玉屏侗族自治县。自2017年10月，太仓市派驻玉屏县前方工作组成立以来，两地全面贯彻习近平总书记关于精准扶贫、精准脱贫重要论述，紧紧围绕玉屏贫困人口脱贫这一中心任务，突出重点领域，深化协作内涵，全面推进东西部对口帮扶各项工作，取得了喜人成果。特别是2018年以来，两地创新教育协作模式，率先打造教育“组团式”支教帮扶，在全国起到了很好的示范带动作用。

忧心促变革——“组团式”支教帮扶应运而生

俗话说，能用众力，则无敌于天下；能用众智，则无畏于圣人。太仓·玉屏教育帮扶从最初的7所学校一对一结对，到2017年20所学校一对一结对，太仓增派优秀教师赴玉屏或讲座、或培训、或支教，但收效却并不尽如人意。两地党委政府、教育部门心急如焚。如何打造一支带不走的优质师资队伍？

2018年，玉屏侗族自治县对教育布局进行了重大调整。整体搬迁玉屏民族中学高中部，整合朱家场中学、新店中学、兴隆中学及原玉屏民族中学初中部，新成立玉屏侗族自治县第一中学。由此，“打造一支带不走的优质师资队伍”全面破题，太仓·玉屏教育“组团式”帮扶应运而生。由太仓精心选派校级领导班子，直接把太仓的优质教育管理理念复制到玉屏，着力培养一支内生动力强、扎根玉屏本土的教师队伍，全面提升玉屏县域学校管理水平和教育质量及职业教育服务功能。

理念促创新——“组团式”支教帮扶高效实施

组团介入，高端构架。太仓·玉屏教育组团的重点是由太仓市选派优秀管理团队到玉屏第一中学支教，自2018年8月启动，以两年为一个周期。首期团队成员为校长陆振东（太仓市实验中学校长、党支部书记）、副校长严卫中（太仓市第二中学副校长，现分管教学工作）、校长助理兼政教处主任方志文（原太仓市实验中学德育办主任，现分管德育工作）。根据玉屏县委政府要求，县教育局统筹玉屏第一中学管理团队，从县域内当年合并的初级中学教师中招录选聘中层班子和教师团队，不足部分在全县教师队伍中招录选聘，其中校党支部书记和一名副校长，由县委组织部选派。该校领导班子的组建成为县域内首个东西部“联姻”的全新团队。同时，玉屏职校作为全县职业教育培训中心，积极与太仓共同搭建劳务合作平台，建立了太仓企业用工与玉屏劳务输出即时联系机制，企业用工信息实时传送，群众外出务工精准组织。

理念引领，重点攻坚。针对玉屏教育管理、教师面貌和育人方式上存在的不足与短板。玉屏第一中学管理团队通过前期调研、科学论证，决定以“教师成长”为突破口，以“做有温度的教育”为主线，确定了帮扶攻坚的重点为德育、教学两个领域。其中德育方面以力求精细化，做到全天管理无缝隙；依托资源共享，建立德育发展共同体；培养志愿者，打造学生自主管理平台等为主要内容。教学方面以良性竞争，构建和谐校园；注重细节，加强过程管理；善假于物，推广家校合作教学软件为主要内容。根据两地政府制定的《太仓·玉屏教育对口帮扶协作方案（2018—2020）》要求，玉屏县教育局、县财政局等相关涉教部门在政策、财力方面给予大力支持、优先考虑，有力保障了玉屏第一中学创新工作和常规工作的正常开展。两地不断深化职业教育协作，旨在提升教学内涵、拓展协作领域。玉屏职校多次派教师对太仓凡甲电子、雅鹿集团、红壹佰等 20 余家企业进行调研合作，搜集整理企业用工需求，积极深化双方劳务协作机制。

全面发展，成效凸显。一年后的今天，玉屏第一中学业已成为玉屏教育的一颗璀璨明珠：整个教育管理和教学团队面貌焕然一新，全体师生焕发出澎湃的内生动力。在这个过程中，他们实现了四个改变：一是改变了课堂，小组合作显成效；二是改变了教师，能力提升有底气；三是改变了家长，家校协作一股绳；四是改变了校貌，掀起一中择校热。

学生成长方面，学校实行全封闭式管理，即学生从早上 7：00 进校，到晚上 9：00 离校，除有特殊情况必须请假外，中途一律不得离开校园。每天的任何一个点，包括午休、课外辅导、食堂就餐、宿舍就寝等，都有对应的老师陪护和监管；组建“紫风”志愿者服务大队，共有学生志愿者 120 人，参与 6 个项目的志愿服务，年累计服务时间 1780 个小时，营造了浓厚的志愿服务氛围，切实为学校管理提供了难得的帮助；组建社团，共开设社团 20 个，参与学生人数占学生总数的 90%，为提升学生的综合素质提供平台。同时，玉屏职教中心专门安排工作人员对务工人员进行跟踪服务，关注就业务工人员的工作稳定情况及后续技能提升需求，及时与企业进行沟通，有针对性地进行后续培训。

教师提升方面，太仓市教育局精心组织资深骨干教师和外教送培到校，每月至少有两次外来资源共享活动，其中德育活动占了二分之一，如苏州市家庭教育指导专家肖广艳先后来校三次，启动了家庭教育指导项目；苏州市招生考试院副主任孙进鹏来校两次，开展学生生涯规划指导；意大利足球教练达柳马科里尼来校两次，与学生分享足球与合作的课程等。截至目前，学校组织的“资源共享，聆听窗外的声音”优质资源共享活动 18 期，讲座 24

场，交流课44节；每次活动，玉屏县教育局均组织全县中小学相关教师参与，参与人数近8000人次，促进了外来优质资源惠及面的最大化。2018年至今，职业教育共派出教师40人次到太仓企业进行交流走访，到企业一线学习提升。

家校合作方面，通过开设家长开放日、开展家庭教育培训讲座，进一步加强家校联系，提升家长的教育理念，形成教育合力；创设家校合作软件“晓黑板”，让教师家长在网络上面对面交流；组建家长委员会，家长零距离参与学校管理、学生管理，监督各项制度的执行。截至目前，越来越多的家长主动参与到学校管理，为学校的发展建言献策。玉屏、太仓针对企业用工需求和贫困劳动力特点及行业用工需求为重点开展培训。玉屏依托对口帮扶城市对外出务工农村劳动力开展技能培训，采取“3+15”模式，即开班培训3天，企业培训15天，课堂授课、实地操作演示、培训考核相结合，按照“先培训，后上岗，边培训，边上岗”的原则，“课堂开在企业，企业就是课堂”。除了专门的劳动力培训外，玉屏职校还针对太仓企业需求，与企业合作开设了“凡甲订单班”“红壹佰订单班”等人才培养绿色通道，保障建档立卡户子女毕业即就业，满足太仓企业用工需求。

教学成果方面，在2018—2019学年第一学期，在县教育局组织的可比性期末检测中，玉屏第一中学三个年级所有学科的平均分、优秀学生比例均列全县第一，其中三个年级的平均分均超过全县排名第二名学校50分以上；在2018—2019学年第二学期的期末检测中，七年级平均分超县第二名学校69.94分，八年级平均分超县第二名学校56.96分，九年级中考平均分超县第二名学校39分，参考率、高中上线率均大幅提升。在上级部门组织的各项活动中，玉屏第一中学也取得了很好的成绩，男子、女子足球队均代表玉屏参加铜仁市的比赛；学校编排的情景剧《好家风》登上了市人民政府的舞台。2018年以来，玉屏职校培训务工人员1100人次，成功就业务工人员653人，带动458户家庭脱贫，真正实现“培训一人、就业一人、脱贫一家”。

公众影响方面，2018年8月，玉屏第一中学的首次开学典礼，县电视台全程摄像，微玉屏公众号第一时间给予了报道，把该校成立的信息告知了玉屏人民；2019年2月，贵州教育报以图文结合的形式，在头版发布了该校以“梦想佩奇，未来可期”为主题的暖心励志的开学典礼，把该校的信息传给了贵州人民。一年中，以东西部协作为切入点，中央广播电视台、央广网、光明网、人民网、贵州频道、贵州民族报、铜仁电视台、苏州日报、太仓报、玉屏报、玉屏电视台等国内多家媒体分别对该校创新工作进行了广泛宣传报道。该校的公众号一年推文 71 篇，点击量逾 40000 人次，处于全县相同性质单位公众号之首。

联盟促辐射——“组团式”支教帮扶加速延伸

太仓·玉屏教育“组团式”支教帮扶在玉屏第一中学实施以来，管理团队通过调整工作思路、加强顶层设计、建立工作机制、明确帮扶重点等做法，以实现区域一体化为目标，以创新发展为动力，充分发挥太仓优质教育资源的辐射带动能力和玉屏的空间、资源优势，突破行政区划界限，两地在教育领域的交流与合作，增强了区域整体实力和综合竞争力，推动了两地教育的协调发展。一枝独秀不是春，百花齐放春满园。为扩大“组团式”支教帮扶的经验推广，2019 年 4 月，玉屏县教育局将义务教育一体化改革载体中的初中教育联盟的牵头学校变更为玉屏第一中学，联盟理事长也变更为陆振东同志。至此，这一经验正在快速、全面地向县域内的黔东民族寄宿制中学、大龙中学、田坪中学和大部分小学辐射，县域内中小学的教育管理模式、教师成长、学生行为发生了质的改变，东部优秀的管理理念已在玉屏大地上生根并茁壮成长。目前，正在稳步实施“2019 年太仓·玉屏技能提升培训及劳务输出项目”，计划培训 600 人、实现 500 人就业，以持续巩固提升脱贫成效。

太仓·玉屏教育“组团式”支教帮扶一年来，硕果累累。两地率先探索的教育“组团式”帮扶，必将成为全省乃至全国的示范。展望未来，太仓和玉屏两地的教育交流协作依然任重道远。在以后的实践中，太仓·玉屏将协力同心、兼容并包、不忘初心、牢记使命，共同开创一个多彩、多元的教育新天地，实现一个教育事业发展的新未来。

苏州高新区对口帮扶铜仁万山区：构建“黔货出山”闭环　以消费带脱贫

◇高　文

近日，农业银行苏州分行直播平台单日销售茶树菇500份；农业银行铜仁分行直播单日销售珍珠花生1万份……在贵州省铜仁市万山区亿创电子商务经营管理有限责任公司的销售成绩单上，越来越多的农产品通过线上销售渠道走出大山。

“‘黔货出山’还是要靠市场发力。”江苏省对口帮扶贵州省铜仁市工作队扶贫干部、万山区委常委、副区长杨亮说，“我们通过支持万山亿创公司，由其负责采购销售农产品，我们来协助他们打通销售渠道。”

同时，苏州高新区通过引入电商销售平台“苏州食行生鲜”，顺利把西部的农产品卖上了东部的餐桌；依托苏州银行网上银行兑换系统等线上平台，结合苏浙沪地区开设运营的直营店、商超专柜，万山区及周边的优质农特产品成功打入东部市场。

随着贵州产品在东部市场的打开，苏州高新区的帮扶工作也开始向生产加工环节延伸，在万山区投资1.5亿元，建了农产品供应链示范基地。“我们引入这个项目，定位是‘黔菜’的初加工、深加工和物流运输的平台。”江苏帮扶干部、万山区扶贫开发办公室副主任、生态移民局副局长吴鹏程说，“通过加工，提升农产品附加值，让这些农产品走向全国市场。”

在上游生产端，苏州高新区也通过对口协作，对种植户、合作社等进行精准扶持。2019年，苏州高新区投入1340万元，支持万山区蔬菜大棚、生猪养殖、食用菌产业等扶贫项目，直接或间接带动6750名贫困人口受益；2020年，苏州高新区再次投入1915万元，支持肉牛养殖、葡萄酒加工等产业扶贫项目，带动 9177 名贫困人口受益。

杨亮说："通过东西部扶贫协作，用政府的手和市场的手，苏州高新区在万山区构建了一个'黔货出山'的闭环场景。"

2020 年以来，万山区已实现"黔货进苏"销售额突破 1 亿元大关，直接或间接带动万山及周边地区近 5000 名贫困群众增收。

姑苏江口打造东西部扶贫协作党建样本

◇ 陈 曦 张羽洪

苏铜携手情谊浓，海棠花红黑岩村。几年前，千里之外的江苏省苏州市姑苏区积极贯彻落实东西部扶贫协作部署，对口帮扶我市江口县，两地紧扣协作共建，以凯德街道黑岩村为试点，以苏州党建品牌“海棠花红”为蓝本，全力探索“先锋党建＋红色振兴”发展模式，为黑岩村吹来了散发着海棠花香的发展东风。

筑牢基层一线的红色堡垒

近日，记者走进黑岩村，正在给村两委干部上党课的“花红黑岩”临时党支部书记史剑桥介绍：“我们 4 位战友来自姑苏区国资集团，大家并肩作战，在这里开始新征程，决心给黑岩村换个面貌……”

为打造姑苏、江口支部联建试点，姑苏区选派了 4 名年轻优秀党员组成派驻临时党支部，将姑苏“行动支部工作法”带到黑岩村，以强带弱、互联共建，系统推进“花红黑岩三四五”工程，让红色基因融入黑岩村发展的血脉，让党建“海棠花”盛开在黑岩坪的田间地头。

支部联建以来，姑苏、黑岩组织了 5 人互访团，每年分批开展姑苏、黑岩访问交流活动，加强双向学习交流。系统实施东部党员“基层锻炼”与黑岩村党员“先锋带头”双向人才培养机制，奋力打造一支“带不走的人才队伍”。同时培养一批致富带头人、知识青年、退伍军人，为后续发展注入新活力。“现在，我深切感受到红色基因真正地融入了我们生产生活的方方面面。”黑岩村支书罗鹏说。

串联农村建设的红色涟漪

如何帮助建强黑岩党支部？围绕这一问题，“花红黑岩”临时党支部和黑岩村第一书记、村支书深入调研后，提出了“红色涟漪”计划。

首先，结合苏州“行动支部”工作法与江口县标准化规范化党支部建设标准，除了不折不扣完成“三会一课”、谈心谈话、组织生活会等党建必修课，还开展“花红黑岩”课堂、“红色先锋”评优评比两项活动，并首创开放式主题党日活动。

“苏州干部来了以后，专门对我们集中进行了 OFFICE 等办公软件操作培训，现在我也会用电脑了。”该村妇女主任卢学芬说。

其次，建立完善组织、议事“红色双涟漪”机制，切实将党组织的示范引领传导给每一个群众。在这一机制生效过程中，“红色网格”发挥了至关重要的作用。

“我所负责的网格片区，老年人较多，工作难度较大，我按照‘礼、细、诚、信’四字工作法，专门采集日常信息，进行网格化管理，现在工作变得轻松了起来。”黑岩村“红色网格”网格员罗铁刚说。

打造宜学宜居的红色阵地

走在黑岩村的初心大道上，“黑岩村党群服务中心”标识牌、“花红黑岩”LOGO 精致而醒目。在党群服务中心提档升级中，黑岩村充分借鉴苏州“海棠花红”党建先锋阵地建设标准，并融合该村在脱贫攻坚中的先进经验，形成了“1+2+X”先锋党建阵地群规划，即建设一个党群服务中心，一条党建文化展示带和党建文化体验带，3 个村小组村民活动广场。“我们准备等‘信仰空间’打造完毕后召开一次党员大会，重温入党誓词，开展初心教育。”史剑桥说。

同时集中开展“红岩”系列行动，将垃圾兑换积分纳入“红色微积分”，以“红色微田园”活动制定庭院标准，鼓励村民发展庭院经济，将阵地标准提升与村容环境提升有机结合，让村寨整体形象发生了蜕变。

增亮乡土文化的红色基底

挖掘当地特色文化资源潜力，将文创、文旅工作做优做强，既是姑苏与江口两地东西部协作的一大亮点，也是黑岩“文化自信”的重要一环。

黑岩村突出“党建＋脱贫”红色文化，总结提炼江口脱贫攻坚“黑岩精神”。打造“一带一馆”，设立“全国精准扶贫建档立卡发源地”“江口县精彩出列示范村”等脱贫攻坚牌，将黑岩打造成为东西协作、党性教育、脱贫攻坚的实践基地。树立“破陋＋立新”乡风文化，借鉴张家港市李巷村《村规民约六十条》，推进治陋习树新风、文明家庭评比等多项文明乡风活动，制定农村陋习负面清单，以村规民约带民风、以民风带家风、以家风促乡风。同时，邀请专业文创团队，将本地侗族村寨文化、金丝楠木群、燕尔山溶洞等要素与姑苏江南特色文化有机融合，编制《黑岩村文旅发展详规》，探索发展有红色基底的文旅产业。

激活产业发展的红色动能

该村以脱贫攻坚、党建引领、生态乡村“三位一体”为主题，以现代农业发展为基础，注入苏州农业产业的先进理念经验，统筹资金、技术、市场、人才等各类资源，结合黑岩村自然资源，邀请苏州农业职业技术学院专家团队，高位谋划黑岩产业发展格局。重点打造“一带一区一园”，先后修建了梅花鹿观赏区、农耕体验区、拓展训练营、康养休闲中心、楠木林景观区等农旅一体化项目，大力发展采摘体验型精品水果示范园。并聚集姑苏援江农技专家与本土专家，成立苏州驻江口农业技术站，探索建立村级农技专家库。

如今，由姑苏区对口帮扶黑岩村的 300 亩红心猕猴桃种植园，连片发展的“天堂—岩湾”蜂糖李、甜柿、葡萄等精品水果示范园郁郁葱葱，围绕中心寨组小环线打造的农旅体验带正在火热建设中，黑岩群众逐步吃上“旅游饭”。

今后，姑苏、江口还将以黑岩为试点，引入苏州先进的农业品种、种植技术、管理模式，打造产业联建实验区，并创建东西部扶贫协作黑岩样本。

贵州印江——江苏吴江
深化东西部扶贫协作 巩固提升脱贫成果

◇肖 勇

2020 年是决战决胜脱贫攻坚收官之年。贵州省印江土家族苗族自治县围绕脱贫攻坚总攻目标，紧扣组织领导、人才交流、资金使用、产业合作、消费扶贫、劳务协作等重点工作，推动东部帮扶资源和力量向深度贫困地区聚焦，向建档立卡贫困户和特殊困难群众精准发力，有效巩固提升脱贫成果，助力高质量打赢脱贫攻坚战。

强化组织领导——把准扶贫协作“方向舵”

深化互访交流。县委和县政府主要领导、分管领导年内赴苏州吴江开展 1—2 次交流对接活动，并召开 1 次以上扶贫协作联席会议，议要事、抓大事、解难事。县直相关部门、各结对乡镇（街道）和村（社区）持续到吴江区结对单位对接交流，进一步加强沟通协作，细化目标任务，落实帮扶措施。

强化合力攻坚。把东西部扶贫协作纳入党委、政府经济社会发展规划，坚持工作项目化、项目目标化、目标节点化、节点责任化。年内分别召开县委常委会、县政府常务会和东西部扶贫协作领导小组会议，定期召开推进会和专题会议，及时研究部署和协调推进东西部扶贫协作工作。把发挥好政府的作用与充分激发社会各方力量参与结合起来，形成有力、有序、有效推进扶贫协作的强大合力。

优化协作空间。加强统筹协调，打破区域限制，促进教育、医疗、人才、招商等资源共享，扩大协作效应。鼓励支持易地搬迁、异地产业、异地就业融合发展。

强化人才交流——铸就扶贫协作“永动机”

加强干部互派挂职工作。增强印江县在吴江区挂职干部的工作能动性，充分发挥其在产业协作、消费扶贫、劳务协作、重大活动举办等方面的信息员、联络员、服务员作用。继续选派优秀年轻干部参加“集中培训＋跟班锻炼＋调研总结”的跟岗锻炼，切实拓宽干部人才开放眼界和全局思维，提高业务能力和综合水平。

加速人才互动交融。根据印江发展所需，配合吴江区落实好专业技术人才来印开展帮扶工作。积极选派教育、医疗、农业、文化、旅游、金融等领域专业技术人才到苏州吴江交流学习。充分利用苏州吴江培训资源，通过“走出去”和“引进来”相结合方式，加大党政干部和专业技术人才培训力度，不断提高全县干部人才队伍综合素质。重点围绕乡村治理、基层党组织建设等方面，全年组织党政干部在苏州吴江区举办培训班 3 期 150 人。

加大教育医疗“组团式”帮扶力度。深入总结教育医疗“组团式”帮扶试点经验，进一步扩大实施领域，推动吴江区骨干教师、医生，先进设施、设备、技术等帮扶资源下沉到基层教育、医疗机构，提升其综合水平。同时整合吴江区在印支医支教专家资源，面向全县提供人才支持和智力服务。

加快提升职业教育水平。完善职业院校结对帮扶工作机制，与苏州吴江人社部门、人力资源服务机构、中职院校在联合办学、专业设置、师资培训、毕业生就业等方面加强协作。继续实施“东西协作职业教育千人培养计划”，大力推进校校、校企合作，开设“1+2”“2+1”等技能人才订单班，帮助职校的贫困毕业生实现高质量就业。

强化资金项目管理——做好扶贫协作“答卷”

加大资金争取力度。加强沟通对接，争取落实江苏省、苏州市和吴江区各级财政帮扶资金总额逾3700万元。严把资金投向关。按照精准扶贫、精准脱贫要求，优化项目库建设，规范项目入库程序，实现入库动态管理。引导帮扶资金向深度贫困地区倾斜，更加聚焦“两不愁三保障”，抓产业就业重点，支持易地扶贫搬迁安置点教育医疗配套设施建设。

规范资金使用和项目实施管理。完善东西部扶贫协作资金使用管理办法，帮扶资金实行专账管理、专项核算。健全资金项目管理台账，按月调度。加快帮扶资金拨付进度，避免截留滞留。定期开展扶贫协作资金专项检查，对违法违规行为依法依规严肃处理。加强对帮扶项目实施的业务指导，实行全过程跟踪监管。着力改进帮扶项目合同管理和执行力度，梳理规范合同条款，加强变更管理和投资控制，强化责任落实，提升帮扶项目绩效。

强化产业协作——抓住脱贫致富“牛鼻子”

大力推进园区共建。针对东部转移产业特点，研究制定富有特色和吸引力的招商引资优惠政策。引导帮扶地区资金、人才、技术、管理等产业要素向共建园区集聚，不断提升共建园区项目承载能力，推动苏州吴江等东部产业向印江梯度转移。年内到苏州吴江等东部地区开展2次招商引资座谈会或招商活动，力争实现招商引资实际投资额年均增长10%，落地项目数、带动贫困人口数较上年明显增长。

着力拓展农业产业合作。围绕印江县农业主导产业和区域特色农业产业标准化规模化产业化发展，与苏州吴江的农业生产、物流、电商等企业共建农特产品直供基地。重点引进农产品加工企业，提高印江县产品加工转化率。针对茶叶、食用菌等领域，积极争取苏州吴江帮助整体发展1—2个特色优势产业，力争引进一家农产品加工龙头企业，鼓励跨区域联动发展，形成规模效应。

努力提高产业项目带动效益。对通过东西部扶贫协作平台招商落户项目，在人力资源培训、用工补贴等方面给予政策支持，鼓励吸纳更多建档立卡贫困户就业。对农特产品深加工项目，根据其采购农特产品带动合作社、贫困户增收情况予以奖补。对用财政资金实施的帮扶项目，加强对项目申报、分红兑现、本金保障等过程监管，促进产业扶贫与贫困群众之间建立紧密、稳定、可靠的利益联结机制，确保贫困群众获得稳定收入。

强化消费扶贫——打通增收脱贫“快车道”

提高“印货入吴”组织化程度。坚持东西部双向发力，政府社会并举，线上线下并行，供应需求并联，硬件软件并进。扶贫部门按照公开、公平、公正和自愿申请的原则，组织开展扶贫产品认定工作，纳入《全国扶贫产品目录》，列入东西部扶贫协作、定点扶贫统计范围，并向苏州吴江等东部地区和单位推介。确保年内至少在吴举办3次农产品展销推广活动。充分发挥印江在吴江设立的农产品旗舰店或展示中心作用，着力提升印江“梵净山珍·健康养生”等公共品牌在苏州吴江的知名度、美誉度。

发挥市场主体连通产销链。加大“印货出山”奖励扶持办法落实兑现力度，积极动员社会各界力量参与东西部消费扶贫协作。以苏州食行生鲜供应链中心为龙头，配套建设完善供应链体系，形成整体联动效应。依托食行生鲜、三港农业大数据等大型跨省域流通平台，加强与苏州和吴江电商企业的市场化合作，加快完善从特色农产品产地到消费终端的稳定产销渠道，不断提升产销衔接的组织化、规模化、标准化水平。

强化劳务协作——筑牢就业扶贫“压舱石”

建成劳务协作人力资源市场。以县人社局就业大厅为中心基地，建设人力资源市场线下招聘场地，覆盖全县17个乡镇（街道）。赴苏州吴江学习先进理念，搭建硬件与软件相结合的系统信息化平台，线上线下联动，为印江劳动力提供优质服务。整合县内人力资源服务机构，建立以公共人力资源市场服务机构为主导、社会力量共同参与的社会化人力资源服务体系。

加强贫困劳动力培训。整合帮扶双方培训资源，加强与苏州吴江职业培训学校和培训机构深度对接，根据劳务市场用工需求和贫困劳动力特点，围绕家政、护工、电工、焊工、工业机器人系统运维员等重点领域，开展有针对性的实用技能培训，帮助其取得全国范围内认可度高的培训证书，提高就业成功率。联合举办针对贫困劳动力的职业技能、就业技能培训班10期，培训贫困劳动力400人以上，有效提升贫困劳动力的综合职业技能和就业水平，促进贫困劳动力充分就业。

精心组织劳务输出。进一步完善劳务输出扶持政策，加大对优惠政策兑现落实力度，加强与苏州吴江人力资源协会交流协作，持续深化“劳务协作站+劳务公司”“劳务协作直通车”等劳务协作新机制，加大对劳务经纪人的培训培育力度，引进苏州吴江人力资源公司来印江开展业务，大力引导推介建档立卡贫困劳动力赴江苏省务工就业。充分发挥驻苏州吴江劳务协作工作站的桥梁纽带作用，做好信息统计、组织对接、服务保障、权益维护等工作。

思南：借“常熟马力”驱动“四场硬仗”

◇ 梁祖江

这些天，思南县鹦鹉溪镇翟家坝村洞口山一下子“火”了——1000多亩白茶被正式开采，同时还拿到了江苏省常熟市古里镇的一大笔订单。

这片白茶基地正是在常熟市的400万元资金帮扶下建起来的。为解决管理难题，驻地帮扶思南的常熟市干部还帮助引进贵州品界农业公司，解决了基地建设技术难题。

“有了这片茶园，我们村群众脱贫致富就不愁了。”村党支部书记李奎介绍，自白茶基地开建以来，已支付村民工资90余万元，182户村民户均土地流转收益1098元，两年后全村人均收入将突破2万元。

既解决发展底金又提供技术支持，全方位助推当地发展绿色产业铺就群众致富新路子，仅是对口帮扶思南的常熟市参与当地打好打赢脱贫攻坚“四场硬仗”的生动实践之一。2017年以来，常熟·思南东西部扶贫协作一直在不断深化，仅去年，双方各类人才培训交流就达148批次2026人次，常熟市共向思南提供帮扶资金6431万元，实施帮扶项目55个，此外还结对帮扶14个乡镇（街道）、28个贫困村。

同时，另一件“常熟好事”也在乌江两岸的思南大地被广泛热传。由江苏省、苏州市、常熟市三级慈善总会联合江苏波司登集团共同捐赠1100万元援建的思南县长坝波司登中心小学正式投入使用。

据介绍，该校占地面积40亩，新建教学楼、综合楼、食堂、操场以及常思园校园小亭子各1座，改扩建学生宿舍楼2座、教师宿舍楼1座。投用后，极大改善了长坝镇包括5个深度贫困村在内的15个行政村中1119户贫困家庭适龄儿童的上学条件。

助力思南教育医疗住房三保障，常熟市在医疗对口帮扶上同样不遗余力。短短几年时间，常熟市已先后陆续派出六批医疗卫生专家团队对口帮扶思南。此外，常熟市第一人民医院与思南县民族中医院签订重症医学科共建协议；常熟市第二人民医院与思南县人民医院签订消化内科、泌尿外科共建协议；常熟市第五人民医院与思南县塘头镇卫生院，常熟市梅李人民医院、支塘人民医院与思南县许家坝镇卫生院签订基层医疗机构结对共建协议。

在解决“看病贵”“看病难”的同时，常熟还倾力帮助思南解决“吃水难”和“吃水贵”问题。第二批挂职干部进驻思南后，经过多方努力，成功牵引苏州立升净水科技有限公司主动承担助力脱贫的社会责任，捐赠价值 35 万元的净水设备用于提升鹦鹉溪镇石阶水村的饮用水安全水平，每小时 20 立方米的净水能力使 3000 余村民的饮水难题迎刃而解。

面上有新气象，点上有大文章。思南县杨家坳乡坪上村和安家沟村均属省级深度贫困村，目前贫困发生率分别为 22.7%、12.8%。今年，常熟市支塘镇党委、政府筛选组织了振泰无纺机械有限公司结对帮扶杨家坳乡坪上村、支塘镇何北村结对帮扶杨家坳乡安家沟村。

结对有真心实意，帮扶见真金白银。日前，振泰无纺机械有限公司、支塘镇何北村分别向杨家坳乡坪上村、安家沟村现场捐赠脱贫攻坚基金 3 万元，并分别签订了帮扶协议。根据协议，常熟市振泰无纺机械有限公司、支塘镇何北村将在产业发展、基础设施建设、劳务合作等方面分别向杨家坳乡坪上村、安家沟村长期提供对口援助。

外借巧力，内生动力，思南脱贫攻坚“四场硬仗”均取得辉煌战果。2018 年，全县调整种植结构面积达 25.1 万亩，调减玉米等低效作物 14.95 万亩；完成 2017 年度县内搬迁入住 1622 户 6960 人，跨区域搬迁至万山安置点 1555 户 6938 人；实现 30 户以上村民组 100% 通硬化路，解决 25.5 万农村人口饮水安全问题；全县义务教育阶段在校生实现“零辍学”，医疗保障补偿建档立卡贫困人口 2.37 万人次 9193.12 万元，补偿比例达 91.8%。全县减少贫困人口 27837 人，出列 126 个贫困村，贫困发生率降至 6.06%，完成脱贫摘帽 80% 以上的工作目标。

江苏吴中结对帮扶德江县确保高质量打好收官战

◇ 张宏扬

近年来，苏州市吴中区与德江县结对帮扶，开展了一系列富有成效的工作，为德江县脱贫摘帽提供了有力支持。德江县把东西部扶贫协作看做是该县高质量打赢脱贫攻坚战、促进经济转型升级、加快社会事业发展、推动改革创新、扩大对外开放的重大机遇。

德江县牢固树立责任之心，紧扣扶贫协作各项目标任务，在人才交流、资金使用、产业协作、劳务协作和携手奔小康等方面扎实工作，取得显著实效。

在人才交流方面，德江县选派 4 名干部到吴中区挂职锻炼，互派专业技术人才交流 64 人次，其中吴中派遣到德江 29 人次，德江派遣到吴中 35 人次，干部人才交流较往年进一步增长。开展专业技术人才培训 14 期 413 人次，开展党政培训班 2 期 177 人次。特别是开展教育医疗组团式帮扶成效明显，打造医疗教育“组团式”帮扶试点 2 个，县妇幼保健院获得国家级“无痛分娩”试点，县人民医院、县中医院“5+2”“2+3+N”重点专科全面建设完成，县人民医院心血管内科被列入国家级重点专科，打造了一支带不走的人才队伍。

在资金使用方面，德江县争取江苏省、市、县、乡各级财政援助资金 7686.05 万元，比 2018 年的 3072 万元增长了 150%，实施项目 67 个，带动近 1.7 万贫困人口，制定《德江县东西部扶贫协作资金项目管理办法》，建立东西部扶贫协作项目建设督查通报制度，强化了资金督促监管，东西部扶贫协作项目进展顺利，资金按照时限要求完成 100% 下拨，资金投向县级以下使用比例和资金使用率均达 90% 以上，投资建设的易地扶贫安置点教育学校已投入使用。

在产业协作方面，德江县选派副科级干部到吴中区驻点招商，新增引进企业6家，实际投资额9.22亿元，引进企业数和投资额较上年均有增长，同步做好落地企业服务。2019年，在吴中区举办农产品展销1次、文化旅游推介1次，设立农特产品展示专柜1个；在德江共建园区4个、农产品直供基地2个。通过定点采购、线上及线下销往江苏省农特产品1245万元，比2018年的358万元，增长247%。

在劳务协作方面，德江县加强与吴中区劳务协作站建设，强化务工人员服务保障。2019年，该县举办东西协作专题招聘会2场，收集提供就业岗位4210余个，达成意向性就业协议186人。实施中职教育“2+1”“1+2”办学模式，引导贫困学生20人到苏州就读职校。开展贫困人口技能培训4期241人次，建立扶贫车间5个，完善劳务输出和就近就业政策激励保障，有组织地帮助贫困人口在江苏稳定就业121人，省内就近就业1206人，较2018年明显增长。

在携手奔小康方面，德江县深化“党政携手扩大社会各界交流”活动，在完成吴中区13个乡镇与该县12个乡镇和1个经开区结对帮扶的基础上，进一步推动吴中区有关村居、企事业单位和该县77个深度贫困村、66所学校、3所医院、21个乡镇卫生院结对帮扶全覆盖，并积极开展帮扶工作。完成致富带头人培训1期、95人，促进33人成功创业、带动贫困人口145人，社会各界爱心企业家、行业协会、地方商会、公益组织、慈善机构等捐赠扶贫资金536万元，扶贫协作从党委、政府的二重奏变成了全社会的大合唱。下一步，德江县将聚焦“巩固脱贫成果、携手同步小康”主题，深入开展东西部扶贫协作，不断提升东西部扶贫协作水平和质量，实现贫困人口稳定脱贫，为乡村振兴打下坚实基础。

东西部帮扶的贵州样本：为这片土地播种希望

◇江 山 宁 迪

江苏善港村与贵州高峰村之间跨越12个经度，直线距离1200公里。2018年3月，善港村驻村工作队队长朱洪伟第一次到高峰村，他乘坐了3个多小时飞机，又在大巴车上颠簸4个小时后，终于看到坐落在半山腰的那些木板房。

如今这些木板房已变成双层小洋楼，山脚下是新建的有机农业园区。

脱贫攻坚，决战决胜。在东西部扶贫协作中，江苏张家港市善港村结对帮扶贵州沿河县高峰村，广州天河区援建毕节市纳雍县，青岛即墨对口帮扶安顺市紫云县。

一支支东西部帮扶人才队伍，不远千里、跨越山海，来到陌生的土地播撒产业、教育、医疗的帮扶种子，打造一支“带不走的队伍”，为这片土地留下希望的火种。

说破嘴皮不如甩开膀子

善港村驻村工作队队长朱洪伟没想到，他到达之后的两个春节都要在这里度过。

善港村属江苏张家港市，是一个中等富裕村，人口8100人，村集体资产总额2.07亿元。而贵州铜仁市沿河县高峰村有人口561人，耕地面积仅220亩，村集体经济收入在开展“整村帮扶”以前一直为零。2018年3月，善港村与高峰村建立了整村推进帮扶协议，派出精准脱贫驻村工作队，每批

15人，最短服务期限是1年。

回想当时的情景，朱洪伟眉头皱了起来：产业发展十分紧迫。2018年高峰村人均年收入不超过5000元，村里基础设施比较差，发展思路滞后。

他去村里走访，发现当地村民以种水稻、玉米为生，种的都是一家一块围起来的“地格子”。村里多是留守老人，体弱多病，种地也是“十年九不收”。

当时，带领善港村驻村工作队前来的善港村党委书记葛剑锋提出，要创新扶贫模式，必须党建与脱贫攻坚双轮驱动、融合发展。他们综合考量村情，规划了“一水两园三业”：利用高峰村的优质山泉水建饮用水厂、有机产业园和茶园；种植、养殖、旅游三业并进。

如今，在高峰村下方不远处的山谷里，建起了善港村帮扶建成的60亩有机农业园区。十几个大棚整齐排列，里面挂着从日本引进的葡萄、盖着黑色“被子”的灵芝菌包，还有等待结果的草莓。

语言不通是朱洪伟刚开始推进工作时遇到的最大困难，即使配了翻译，要把发展规划、优惠政策掰开揉碎讲给当地人听，也不是件容易事。他每天和农民一起劳动，“只有干出来让老百姓看到实效才行，不然说破了嘴皮子也没用”。

第一年春节，朱洪伟听说村子里外出打工的年轻人要回来，决定不回老家过年，他要和这些在外面见过世面的村里人“搞好关系、交交心”，更要动员几名有经验、有能力的村民回来做致富带头人，打造两支“带不走的队伍”——致富带头人队伍和产业工人队伍。

罗贤国和妻子常年在外地打工，落下病根，驻村工作队动员他养鹌鹑，鹌鹑蛋是川渝火锅的重要食材，销量不愁。2019年，罗贤国和妻子报名去善港村学习鹌鹑养殖技术。如今他和妻子住上了新盖的小洋楼，白天上山去养殖场工作，每月收入6000多元。截至目前，高峰村通过培训输出劳动力120余人次，其中贫困劳动力70余人次。

今年春节，鹌鹑养殖到了关键时期，朱洪伟又放弃了和家人团圆的机会，因为“都是脆弱的小动物，不敢走”。有一次加温器断电，温度骤然下降，鹌鹑冻死了 200 多只，朱洪伟很心疼。他下决心要进一步严格技术规范，拿出为深度贫困村脱贫示范的“高峰样板”。

变化悄然发生。朱洪伟发现，两年来，高峰村村民有了产业和技术支撑，脱贫致富的信心更强了。他深知，前路面临着更多挑战，山区条件还是很艰苦，动员回乡的人群中年轻人比例偏低，他希望“今后更多的年轻人愿意回来”。

让患者重见光明是最幸福的事儿

一年帮扶的期限到了，张友岩选择继续留在贵州省安顺市紫云县，延期帮扶工作 1 年，让更多的白内障患者重见光明。

2019 年 6 月，作为青岛市即墨区人民医院的一名眼科医生，张友岩被派来贵州省安顺市紫云自治县人民医院，挂职门诊部业务主任。

紫云县是我国尚未脱贫的 52 个县之一。这里紫外线强，当地白内障和翼状胬肉病症患者高发，县城里的医院没有能做手术的医生。在东西部扶贫协作的背景下，青岛市即墨区在产业、教育和医疗领域对紫云县进行深入帮扶。

刚来到这里，张友岩发现医院没有专门的眼科，只有五官科，耳鼻喉眼患者都挤在一个房间里看病，这可愁坏了他。他向医院申请将眼科独立出来，协助医院招标了一台眼底彩色照相机和一台光学相关断层 OCT 扫描机，“这些设备可以指导年轻医生更直观地了解患者的病情”。

如今，紫云县的老百姓患了白内障不用再担心家门口没有医生，更不用跑到市级省级医院去手术。来帮扶一年多，张友岩做了 400 多台白内障手术，看到患者重见光明是他最幸福的事。

2020 年 6 月，他选择留在这里继续带科室的年轻医生。

中国人民银行铜仁市中心支行
“三链”同构引导法人金融机构创新“产品链”支持乡村振兴

◇ 袁伟倩

近年来，中国人民银行铜仁市中心支行（以下简称“人行铜仁市中支”）不断提高工作精准度，围绕涉农产业优势、带动农村人口增收、促进县域产业发展，通过“政策链”“资金链”“风控链”三链同构，指导地方法人金融机构运用再贷款资金创设“一行（社）一品”，推动脱贫攻坚与乡村振兴有机衔接，扶持特色农业产业发展，打造一条金融“产品链”。

筑牢“政策链”。人行铜仁市中支围绕人总行及地方政府相关工作要求，相继印发了《关于扶贫再贷款创新支持产业扶贫信贷产品的通知》等政策文件，引导地方法人金融机构把更多低成本金融资源向“三农”和扶贫领域倾斜。同时，助推区县政府围绕乡村振兴战略，出台了《沿河土家族自治县运用扶贫再贷款实施“深扶贷”“惠农贷”支持“一县一业”发展实施方案》《江口县金融“4+X”支持农村产业革命实施方案》等措施方案，逐步建立起乡村振兴的金融支撑机制。

落实“资金链”。人行铜仁市中支充分发挥货币政策工具结构化调整和传导作用，积极向上级行申请调增再贷款限额，不断优化再贷款资金管理，打通“央行资金—地方法人金融机构—农户（实体企业）”的绿色通道。2020 年，人行铜仁市中支已四次获上级行调增 19 亿元再贷款限额，铜仁市再贷款限额达 60 余亿元，全市 17 家法人金融机构在再贷款资金的撬动下向“三农”和扶贫领域发放优惠利率贷款 60 余亿元。

抓牢“风控链”。人行铜仁市中支坚持引导发展与防范风险并重，会同地方政府部门，强化与担保机构、保险公司合作，巩固风险补偿和贷款贴息机制，形成政府、银行和市场主体共同承担风险的格局，提高地方法人金融机构加快落实优惠金融政策的积极性和主动性。2020 年 9 月末，“再贷款 +”特色农村金融产品和专项信贷产品到位风险补偿基金近 3 亿元，贷款实际贴息近 5 亿元，担保机构在保余额超 11 亿元。

打造“产品链”。在人行铜仁市中支“政策”“资金”“风控”三链的引导下，地方法人金融机构围绕“一县一业”产业布局和坝区产业结构调整，对照特色农业差异化诉求，运用人民银行再贷款资金创新了“兴农贷”“产业贷”“茶园贷”等 18 项信贷产品，推广全省实施的“特惠贷”“深扶贷”等专项信贷产品。2020 年 9 月末，已通过特色农村金融产品和专项信贷产品发放贷款 30余亿元，支持了 394 户茶叶、食用菌、油茶等特色农产品生产企业（合作社）增产，经营主体通过吸纳就业、土地流转等途径带动周边约 6.6 万农户增收致富，建立起乡村振兴“造血”机制。

2020 年 3 月以来，铜仁农商银行在人行铜仁市中支的指导下，以“贵州省农村集体经济组织综合服务平台”为基础，运用人民银行再贷款资金创设了“兴农贷”特色农村金融产品，为我市金融服务乡村振兴增添了新动力。目前，该行已通过“兴农贷”向碧江、万山两区 21 户农村集体经济组织（合作社）发放贷款近 6000 万元，贷款平均利率 5.8%。在低成本普惠性资金支持下，两区合作社大力发展食用菌、蓝莓、蔬菜、生猪等特色农业产业，带动了 1500 余户农户就业，人均年收入达 1.2 万元。

中国农业发展银行铜仁市分行
为铜仁决胜脱贫攻坚提供“源头活水”

◇ 罗 灿

脱贫攻坚是全面建成小康社会最艰难的战役，也是需要全社会共同努力的庞大工程。

近年来，中国农业发展银行铜仁市分行作为地方农业政策性银行，该行充分发挥政策性金融职能，深入我市各区县大力开展扶贫合作项目，通过支持贫困区县易地扶贫搬迁、产业扶贫、中长期项目等，推动扶贫贷款投放工作，为我市决胜脱贫攻坚提供了强大的“源头活水”。

做好教育发展“基础桩”

近日，记者从沿河土家族自治县县城出发，经沿榕高速不到半个小时就到沿河第三高级中学。

“以前从沿河县城出发到官舟要坐1个多小时车程，现在走高速不到半小时就到了。”与记者一同前往官舟镇采访的驾驶员说道。

沿河土家族自治县作为334个国家级深度贫困县之一，教育基础设施一直落后，难以满足全面建成小康社会的基本要求，让脱贫人口“站起来”，还要扶他们“走得更远”，教育发挥了重要作用。

“为了让更多孩子在家门口‘上好学’，缓解大班额教学等问题，2016年8月，官舟镇新成立了县第三高级中学。”县第三高级中学办公室主任王荣义说，学校建成后有效缓解大班额问题，教学条件得到了很大改善，让更多孩子实现了就近入学的愿望。目前，学校有在校师生3100多名，今年学校还提高人才引进标准，通过组织招考成功引进省级师范生 17 名，进一步壮大了学校的师资力量。

该校占地面积 80013 平方米，建筑面积 63344.9 平方米。该项目总投资为 46341 万元，项目资本金 9341 万元，占比 20.16%；向农发行沿河支行申请贷款 37000 万元，占比 79.84%。

据了解，2015 年以来，农发行沿河支行已累计投放扶贫贷款项目 8 个，金额 17.46 亿元；正在办理扶贫贷款项目 2 个，金额 3.5 亿元，已批复项目 1 个，金额 0.85 万元，待审批项目 1 个，金额 2.65 亿元；近期，该行围绕县域产业扶贫、健康扶贫和教育扶贫，对接的中长期扶贫项目 3 个，拟申报贷款金额 12.1 亿元……一串串数字背后，体现了农发行沿河支行深刻认识服务脱贫攻坚的重大历史使命，秉承家国情怀，谋篇布局，砥砺履职的坚定信心、决心和行动。

打好扶贫搬迁“关键仗”

“住上新房后，交通便利、吃水方便，心情也舒畅了。”这是沿河官舟镇改造后，老百姓最直观的感受。

在官舟镇和舟社区搬迁户冉光红家，沙发、厨卫、家电一应俱全，100 多平方米的房子既干净又敞亮。

冉光红今年 56 岁，原来住在离县城 60 多公里的泉坝乡三坝村芭蕉沟组，如今老家三间简陋的木房已经无法入住。在了解易地扶贫搬迁相关政策后，2018 年 8 月初，一家人从芭蕉沟搬到官舟镇和舟社区的新房里。

“没想到能住上宽敞明亮的大房子。我一家 9 口人分到了两套房子，小儿子在铜仁也分到了一套易地扶贫搬迁房，官舟镇和舟社区这一套是我和大儿子他们一起住。”冉光红说，现在政府还给他在社区安排了自来水管理工作，一天只上 3 个小时班，一个月有 1000 多工资，下班后还能到附近找点零活干，这样一个月平均能有 3000 多元的收入。

冉光红的儿子说："原来在老家生活买个肉都要跑很远才能买到。现在好了，新房子宽敞、暖和、舒服，离车站、医院和超市特别近，生活很方便。"

"官舟集镇安置点属2017年度易地扶贫搬迁项目，于2016年底开工建设，规划安置1230户5963人，新建住房1230套，项目概算总投资31548万元。"农发行沿河自治县支行行长马骥说，易地扶贫搬迁项目是为民、利民、惠民的安居工程、民心工程。近年来，省、市、县农发行对该县22个乡镇15个易地扶贫搬迁点，提供了2亿元的贷款，让全县偏远山区2.4万余人搬出了"一方水土养不起一方人"的穷山窝。截至9月中旬，该行在易地扶贫、教育、水利、林业、土地整治等领域累计投入资金22.58亿元，其中扶贫贷款16.27亿元，现有余额18.2亿元，有力支持了该县13个民生项目建设。

当好金融扶贫"主力军"

"全力服务好脱贫攻坚是一项政治任务，也是我们农发行的职责所在。"马骥说，"为了克服扶贫工作组人员少、任务重的困难，我们统筹各类资源，成立党员先锋队、项目攻坚队对项目开展评估、调查等工作。坚持利率优惠政策，执行金融业最优惠利率，切实降低融资成本。金融扶贫是新时期脱贫攻坚政策的'重头戏'，是打赢脱贫攻坚战的重要措施。今后我们将围绕县域产业扶贫、健康扶贫、教育扶贫和中长期扶贫项目开展工作，以更实的作风、更足的干劲、更有效的举措，走出一条可持续发展的'造血'式扶贫路。"

近年来，农发行铜仁市分行先后获"全省脱贫攻坚先进党组织""省五一劳动奖章""全市脱贫攻坚先进集体"等一系列荣誉称号；农发行沿河自治县支行党支部书记在2019年全省脱贫攻坚七一表彰大会上被评为"全省脱贫攻坚优秀基层党组织书记"。多年来，农发行铜仁市分行深耕"三农"，把服务脱贫攻坚和乡村振兴作为工作的出发点和落脚点。2017年以来，农发行铜仁市分行累计申报并获批中长期贷款项目60个、金额227亿元，累计投放扶贫贷款 116 亿元，截至今年 8 月底，各项贷款余额 164 亿元，扶贫贷款投放量及净增量位居全市银行系统第一位，充分发挥了金融扶贫主力军的作用，为全市打赢脱贫攻坚战做出积极贡献。

中国工商银行铜仁分行：强化金融服务保障 助力企业复工复产

◇ 罗 灿

自新冠肺炎疫情发生后，中国工商银行铜仁分行（以下简称“工行铜仁分行”）高度重视，在积极做好自身防护的基础上，密切跟踪我市企业复工，进一步加大对疫情防控领域、企业复工复产以及小微企业的信贷支持力度。截至 3 月 25 日，已为全市大中型企业、小微企业累计融资 5.629 亿元。其中，为抗疫相关客户融资 34 笔、金额达 3.129 亿元，有效推进了监管部门和上级行有关支持疫情防控和复工复产的各项措施在铜仁落地，为打赢疫情防控阻击战贡献了金融力量。

提高政治站位筑牢金融服务屏障

自新冠肺炎疫情发生以来，工行铜仁分行认真贯彻落实中央、省、市对新冠肺炎疫情防控等有关工作要求，第一时间召开专题线上会议研判疫情防控工作，根据《营业网点疫情防控工作提示》及《关于做好节后疫情防控期间零售条线及各营业网点工作安排的通知》等，对分行疫情防控工作进行了安排部署，引导干部职工提高政治站位，坚持人民立场，发挥组织优势，认真做好服务工作和疫情防控期间的各项工作。

时间就是生命。新冠肺炎疫情发生后，医疗防护和辅助用药以及人民群众对相关防护物资的需求量巨大，该行立即学习上级行关于抗疫的信贷政策，联合市政府和人民银行了解企业需求，主动摸排政府指定的防疫定点医疗机构和重点防控疫情物资采购企业，并开通绿色通道。召集部分重点岗位人员轮岗，通过电话、微信等多种方式迅速与企业沟通对接，及时梳理了12户疫情防控相关的企业及7家县医院，制定白名单，按时推进金融支持工作。

为减少人员接触，防范交叉感染风险，该行大力宣传手机银行、网上银行，95588客服电话等渠道，引导客户使用该行自助渠道进行业务办理，减少柜面服务，阻断病毒传染，为打赢疫情防控阻击战贡献工行力量。

开辟绿色通道加大企业融资力度

贵州铜仁净康医疗器械有限责任公司是铜仁集口罩、消毒液及酒精灯等医用物资为一体的生产企业。疫情发生后，按照市委、市政府要求，经调查核实，工行铜仁分行成功为该公司授信300万元防疫专项贷款，缓解了企业资金需求。

贵州鸿鑫医疗器械科技有限公司是铜仁市唯一专业从事集医疗器械及消毒制剂的研发、生产及销售为一体的生产企业，疫情发生后，市面医用物资匮乏，导致该企业医用口罩库存告急。为此，该公司组织工人加班加点生产，最大力度保障医疗用品的供应，但由于流动资金紧缺，无法实现扩大化生产。工行万山支行主动与其进行对接，在了解该企业当前困境后，立即上报二级分行，在第一时间开展系列行动。二级分行获悉后高度重视，立即组织相关部门进行项目预审，同意该企业200万“经营快贷”项目申报，铜仁分行按照特事特办、急事急办的原则，通过开设信贷审批绿色通道、简化审批流程等方式上下联动，高效地完成了该企业账户开立、网银开立、贷款审批等一系列工作，实现了信贷项目“即批即报”。

据统计，自新冠肺炎疫情发生以来，截至3月18日，工行铜仁分行共累计完成疫情防控大中型企业业务审批13笔，全部为流动资金贷款，审批金额合计1.69亿元，并全部实现投放。

开展“春润行动”支持企业复工复产

为给疫情防控企业提供优质高效便捷的金融服务，工行铜仁分行成立疫情防控重点企业信贷支持工作专项小组，对当地受困企业逐一排查，主动做好对接，建立专项精准支持方案。同时，对影响较大的企业类型如住宿餐饮、文化旅游等，通过展期、续贷等方式做好融资对接的安排，减轻受困企业负担，满足企业复工复产持续经营的需求，目前已上报 2 笔支持企业复工复产流动资金的贷款流程。

按照“特事特办、急事急办”的原则，工行铜仁分行为积极协助支持受困企业持续经营，通过开辟绿色审批通道、优先保障贷款限额、执行优惠贷款利率等措施支持企业复工复产。据统计，截至 3 月 25 日，工行铜仁分行合计为 30 户复工复产企业发放贷款超过 3 亿元。

此外，该行积极做好在建工程、新建项目、重点项目客户的对接工作，对已签订合同未放款的，确保贷款储备金额不低于一年贷款储备量，为项目顺利推进实施做好信贷支持准备。

危难时刻见真情，关键时刻显担当。工行铜仁分行相关负责人表示，将继续践行“以客户为中心”的金融服务理念，与企业并肩战“疫”，以高效、优质的金融服务和工行温度，全力以赴为疫情防控和企业复工复产保驾护航，为全市统筹推进疫情防控和经济社会发展贡献工行力量。

中国农业银行铜仁分行：蓄势蓄力奏响服务“三农”最强音

◇ 罗　灿

近年来，中国农业银行铜仁分行（以下简称“农行铜仁分行”）以服务“三农”为己任，认真贯彻落实党中央、国务院关于扶贫开发重大战略决策部署，打好精准扶贫“组合拳”，助推农村群众脱贫，支持铜仁经济社会稳定发展。

农行铜仁分行始终坚持“细节决定成败、合规创造价值、责任成就事业”的管理理念，全身心融入铜仁经济社会发展的热潮中，把“客户至上、始终如一”的服务承诺落实到金融工作的方方面面，切实发挥国有大型商业银行的主力军作用，在支持地方经济发展中贡献力量。

推动党建落地生根

近年来，农行铜仁分行坚持以习近平新时代中国特色社会主义思想为指导，全面贯彻新时代党的建设总要求和新时代党的组织路线，聚焦“一抓三促七提升”，即抓党建促业务发展、促合规建设、促家园文化；政治站位、业务发展、市场形象、基础管理、案防风控、队伍建设、队伍士气得到全面提升，围绕业务发展和案防风控“两大攻坚”，进一步激励全行员工守初心、担使命、找差距、抓落实，开创了农行铜仁分行党的建设新局面，为全面推进改革转型发展提供了坚强的政治保障和组织保障。

为推进全面从严治党向基层延伸，为党支部建设提供基本指导和依据，加强党的组织体系建设，农行铜仁分行党委先后审议制定了《中国农业银行铜仁分行抓基层党建工作“三化三提升”实施方案》《年度党建工作考核评价方案》《中国农业银行铜仁分行基层党组织量化考核评价实施方案》等，扎实推进党建各项工作。及时制订党委中心组学习计划，召开党委中心组专题会议，传达学习中央、上级党组织关于加强党的建设有关讲话和文件精神，切实增强党员领导干部的政治意识、大局意识、核心意识和看齐意识。坚持党员“三会一课”制度，以由市分行班子成员带头分别到党建联系点讲党课、参加民主生活会等形式，教育和引领广大党员自觉增强党性观念、党纪意识和领导干部廉政意识、自律意识。

为扎实推进“不忘初心、牢记使命”主题教育，激励全体党员继承和发扬党的优良传统和作风，强化党员干部的党性观念，农行铜仁分行注重把主题教育开展与铜仁市情、分行行情相结合，把主题教育开展与解决制约全行发展的瓶颈问题相结合，组织各党支部多形式开展“不忘初心、牢记使命”主题教育，相继开展了知识竞赛、银企合作交流、到红色基地接受思想洗礼、参观铜仁市警示教育基地等活动，不断增强党组织的凝聚力、战斗力和创造力。

争做金融支持主力军

近年来，农行铜仁分行紧紧围绕市委、市政府“念好山字经、做好水文章、打好生态牌”及“三大区块、九大产业”的经济社会发展思路，坚持突出重点项目、研究信贷政策、细化工作措施，积极加大对地方重点建设项目的信贷支持力度，积极做好县域金融服务，持续提升农行社会形象。2019年，该行全年获批各类贷款150多亿元，累计投放贷款88.83亿元，贷款审批、投放金额均创历史新纪录，各项贷款增量排名“四行”第1位。

为全力支持我市实体经济尤其是民营和小微企业发展，该行根据国家、省、市各级政府及监管部门关于支持小微企业发展的相关要求，准确把握国家政策导向，努力消除信贷支持小微企业发展的瓶颈，积极探索小微企业金融业务差异化管理办法，大力推广线下微易贷和短期流动资金贷款产品和线上微捷贷、纳税 e 贷、抵押 e 贷等产品，切实解决中小企业融资难、融资贵问题。三年来，累计向小微企业发放贷款 15.91 亿元，有力扶持了铜仁小微企业发展壮大。

为切实保障金融消费者权益，履行社会责任，该行凝心聚力，通过进校园、进商场、进农村、进社区开展各类金融知识普及志愿活动，满足了社会不同群体对金融知识的迫切需求，提升了公民金融风险防范及金融维权意识，取得了显著成果，获得了监管部门和广大客户的认可和信任。

奏响精准脱贫最强音

思路决定出路。农行铜仁分行作为党领导下的国有控股银行，它因农而生、因农而长、因农而强。它肩负发展助推区域经济的使命，踏着服务“三农”的主旋律，积极探索发展新思路，切实履行好金融扶贫和服务“三农”的政治责任，努力实现“三农”和县域业务高质量发展，走出一条特征鲜明的助力脱贫攻坚之路。

近年来，该行按照深化供给侧结构性改革、实施乡村振兴战略、打赢脱贫攻坚战要求，坚持精准施策、创新服务、高效运作，全力推进服务“三农”和精准扶贫工作，切实履行服务“三农”的责任和义务，确保把金融扶贫工作抓实、抓细、抓出成效。市分行及各县域支行分别成立了金融扶贫工作领导小组，制定出台了金融支持脱贫攻坚相关工作方案，组织市县两级开展金融扶贫工作专项培训，并多次组织中心组学习和专题会议，传达中央、省、市关于脱贫攻坚以及乡村振兴会议精神，要求全行员工充分认识做好乡村振兴金融服务的重大意义和总体要求，认真领会上级行的文件精神和要求，切实抓好金融扶贫和乡村振兴带来的新机遇，做好支持农村产业发展、基础设施建设、一县一业等农业产业。截至 2019 年底，该行金融精准扶贫贷款余额 29.22 亿元，带动贫困人口 51172 人。其中，2019 年累计发放额 9.79 亿元，带动贫困人口 25676 人。2019 年投放普惠小微企业产业精准扶贫贷款 22 笔，贷款金额 1.18 亿元，带动或服务建档立卡贫困人口 3735 人。

在金融助力脱贫攻坚工作中，该行以网络、网点、产品等为优势，加快“三农”转型升级，加强农村支付渠道建设，真正把“助农、惠农、利农”金融服务措施落到实处。截至 2019 年底，该行在全市 2667 个行政村中，累计开通金穗惠农通服务点 2671 个，新农代办点 181 个，新农保代发客户 54.06 万户，发放惠农卡 80.59 万张。

积极推进非信贷扶贫。该行线下帮助贫困县销售农产品收入 217.23 万元，组织发起各类捐款活动 10 余次，捐赠金额达 7.1 万元，同时选派 3 名干部开展驻村工作，全年资助贫困村开展基础设施建设和驻村工作经费 5 万余元。期间，该行派驻德江县桶井乡木朗村的王江华荣获“全省脱贫攻坚优秀村第一书记”称号。

加大农户贷款业务转型力度，该行以乡村振兴为契机，加强对铜仁市特色产业领域重点龙头企业、乡村旅游、农村基础设施建设及其产业链的信贷支持，依托农总行“惠农 e 贷”产品模式，立足“一县一业”特色产业需求，创新推出“农家乐 e 贷”“茶农 e 贷”“梵茶 e 贷”“李子 e 贷”等区域性地方特色金融产品，助力脱贫攻坚，带动了农民增收致富。2019 年累计发放农户贷款 6742 笔，投放金额 6.83 亿元，累计服务贫困人口 2917 人，以实际行动支持铜仁经济社会稳步高效发展，当好金融服务脱贫攻坚的“国家队”和“主力军”。

中国建设银行铜仁市分行：用心深耕金融服务　助力地方经济发展

◇ 张晨曦

在探索新金融的道路上，中国建设银行铜仁市分行（以下简称“建设银行铜仁市分行”）认真践行创新、协调、绿色、开放、共享的新发展理念，以“新金融 + 高科技”为发展动力，扎实推进“三大战略”，竭尽所能支持脱贫攻坚，持续深化经营管理，以新金融回应新时代人民对美好生活的期盼，积极助力地方经济发展。

多措并举战“疫”情 扶危解困助复工

一手抓防疫，一手抓生产。建设银行铜仁市分行认真贯彻落实市委、市政府及上级行党委关于疫情防控工作的决策部署，统筹协调、综合推进，全力以赴助力打赢疫情防控阻击战，并在符合监管政策及上级行相关要求的前提下，全力支持受疫情影响企业复工复产。

2 月 17 日，建设银行铜仁市分行成功向铜仁市唯一的口罩生产加工企业投放首笔“云疫贷”产品，并根据该公司近期生产扩张需求，以最优利率、最快速度追加授信 300 万元信用类流动资金贷款……疫情当前，使命在肩。为全面支持疫情防控、助力小微企业复工复产，建设银行铜仁市分行启动应急服务机制，开设信贷绿色通道，提高申报、审批、投放工作效率，做到尽快、尽早办理，全力以赴做好疫情防控重点医疗机构、企业信贷资金支持保障工作；用好、用足总行支持民营企业、中型客户等方面的各项优惠政策，降低企业融资利率，全力支持企业在疫情防控特殊时期的复工复产各项金融需求；通过开设对公授信审批“绿色通道”，加大对疫情防控所需防护用品、药品、医疗器械及相关物资的生产、购销企业及定点医疗卫生机构的信贷支持力度。

对于疫情防控重点企业及受疫情影响出现临时还款困难的重点行业企业，在符合监管规定的前提下，采取调整贷款期限、变更还款方式、调整结息频率、减免利息、再融资等方式，帮助企业渡过难关。

同时，对疫情时代经济的痛点、难点进行重点研究，积极与地方政府部门对接，掌握相关振兴经济政策导向，对于可能催生的新企业、新行业、新业务进行提前布局，做好战略性新兴产业、先进制造业的医药与医疗器械产业、医药批发零售、现代物流、大数据互联网等行业领域项目储备。

截至目前，建设银行铜仁市分行已成功投放应急贷款 10 笔，共计 1.527 亿元，主要用于解决医疗机构、防疫物资生产及销售企业资金需求。下一步，将继续为在疫情防控重点医疗机构、企业提供融资支持，为疫情防控期间遭遇经营困境的企业减轻负担，为企业复工复产提供有力支持。

新金融赋能促发展 纵深推进“三大战略”

为积极贯彻落实党的十九大精神，建设银行结合实际，提出了住房租赁、普惠金融、金融科技“三大战略”，通过科技与金融的深度融合，借助物联网、大数据、云计算等技术手段，不断创新产品和服务，为客户、为政府提供一揽子综合服务方案，解决社会痛点、难点。

为有效化解地方政府债务风险，建设银行铜仁市分行积极研究中央以及各部委的相关政策，创新金融产品“新租贷”，用于政府债务风险的防范，化解政府债务风险。盘活铜仁十多万套公租房，用公租房的租金收入作为还款来源进行融资，专项用于缓解隐性债务到期压力。2019 年，建设银行铜仁市分行已投放“新租贷”7.5 亿元。2020 年，建设银行铜仁市分行将按照上级行政策导向，继续加大新租贷业务发展。

为解决小微企业融资难融资贵问题，建设银行铜仁市分行以“三大战略”为发展指引，大力发展普惠金融战略，用心用情解决中小企业融资难、融资贵的问题。2019 年，建设银行铜仁市分行普惠金融贷款投放较年初新增近 3

亿元，惠及小微企业近2000户。建设银行铜仁市分行普惠金融的有力政策加上“惠懂你”产品的便捷性，及时地为企业提供金融支持，充分地为小微企业减负，最大限度地为企业发展贡献力量。

建设银行铜仁市分行牢固树立金融科技是未来获客、活客发展的关键这一趋势意识，大力推进金融科技业务，建设银行铜仁市分行在“新租贷”“民工惠”项目上成功完成总行试点任务。同时，为更好地解决农村地区金融服务痛点和难点，提升农村普惠金融服务能力，助力乡村振兴，建设银行积极运用互联网技术，创新研发“裕农通”普惠金融服务平台。通过“建行裕农通”APP可为农户提供助农取款、转账汇款、代缴费等服务，将“村口银行”融于掌上。2019年，建设银行铜仁市分行实现行政村“裕农通”全覆盖，打通农村金融服务最后1公里。

精准滴灌深耕实体 为民生答卷增厚添温

围绕传统项目发力，竭尽全力支持地方经济发展。建设银行铜仁市分行积极支持省、市重点优质项目，助力政府加快新旧动能转换，发挥建行在基建项目上的传统优势。2019年，建设银行铜仁市分行在交通运输业、城市基础建设、水利、建筑业、制造业等行业对公客户投放贷款近25亿元，较好地支持地方经济发展。

为切实解决农民工工资拖欠问题，建设银行铜仁市分行在碧江区全力推进建行民工惠产品，实现投放近1.5亿元贷款专项用于解决政府投资类项目农民工工资，惠及近3000名农民工，有效缓解关键时点农民工工资集中支付压力。

同时为进一步增强网点服务社会的能力，建设银行铜仁市分行积极完善“劳动者港湾”建设，做群众身边有温度的银行。2019年，辖区13个机构的劳动者港湾均进行了重新布置，配置了饮水机、充电器、医药箱、婴儿车等便民设施。同时加大了劳动者港湾的公益宣传，开展了母亲节献礼、“五一国际劳动节”、夏季送清凉、助力中、高考等活动，为新时代的社区治理现代化和社区金融生根落地搭建新平台。

铜仁农信社战疫战贫两不误

◇ 张晨曦

为了切实在金融支农支小中挑起大梁，铜仁农信社立足于地方法人银行体制优势，立足“支农支小”的定位，充分发挥机构全、服务广、从业人员多、业务延伸长的经营优势，不断增强金融服务能力，支持全市脱贫攻坚、复工复产和春耕备耕，为打赢“两场战”、夺取“双胜利”提供强有力的金融支撑。目前，已累放贷款 115.78 亿元，其中累放企业复工复产贷款 28.12 元；使用人行支农支小再贷款投放低成本贷款 46.12 亿元。

打通绿色通道，为疫情防控重点企业保驾护航

“有了这 500 万元的资金支持，更增加我们应对疫情的信心和底气，感谢松桃联社在关键时刻为我们解了燃眉之急。”2 月 9 日，在大兴高新区产业园区竞泽医药有限公司法定代表人拿到 500 万元流动资金贷款激动地说道。

竞泽医药有限公司是通过省药监局 GSP 认证的药品企业，主要致力于药品、医疗器械、消毒用品等的销售。为积极应对疫情防控，急需资金用于采购防护面罩、医用护眼镜、隔离服、75% 医用酒精等防疫物资。了解到这一情况后，松桃联社党委书记、理事长田官鑫带领联社授信审批委员会相关人员，第一时间上门到大兴高新区产业园区了解铜仁市竞泽医药防疫企业情况，开辟绿色通道，安排专人审查审批，本着“特事特办、急事急办”的原则，简化流程，高效办理，在 24 小时内满足该企业 500 万元的融资需求。

在玉屏侗族自治县，当地农商行也在积极作为，助力疫情防控。安排专

人上门收集整理资料、加班加点完成贷款调查、审查审批、放款……从收到该公司 800 万元贷款申请至贷款发放成功，玉屏农商行在 48 小时内帮助贵州大龙健康油脂有限公司完成 3800 吨省级储备油入库任务，第一时间驰援抗疫战场。

玉屏农商行向玉屏人民医院、玉屏中医院、玉屏妇幼保健院各发放贷款 500 万元，用于采购防疫药品及耗材，并向大龙舞阳粮油物流有限公司发放 2500 万元用于采购油脂。

思南农商银行为 20 多个防疫指挥点送去抗疫物资。印江联社向当地政府捐赠口罩 12000 个。铜仁农信社向社会免费放送口罩 32000 个……

疫情防控期间，铜仁农信社全面落实市委、市政府关于金融支持疫情防控安排部署，优先做好疫情防控相关领域的信贷支持，结合政府部门疫情防控重点保障融资企业目录和民生领域企业，有针对性加大资金投放力度。目前，铜仁农信社已投放疫情防控重点企业贷款 12.23 亿元。

创新金融产品战疫，保障举措落地凸显硬核力量

“鸡蛋卖不出去，鸡每天又要饲料喂，资金周转不过来，饲料钱都差，真的是发愁。”2 月底，印江朗溪镇三村村蛋鸡养殖场迎来了产蛋高峰期，日产蛋量达 2.4 万余枚。这本该是享受丰收喜悦的时候，养殖场的负责人田宏进却愁眉不展。原来受疫情影响，鸡蛋大量滞销，2.6 万余只的蛋鸡每天仍需要源源不断的饲料供应喂养，养殖场陷了资金周转困难。

三村村的蛋鸡养殖场采取“公司 + 集体经济 + 贫困户”模式，覆盖了三村村、甘龙村、白沙村等 6 个村 421 户 1752 名贫困户。了解到这一情况后，当地信用社主动上门服务，为其简化流程办理了 50 万元的抗疫贷款，解了燃眉之急。

在疫情期间，跟三村村处境相同的还有江口县境内的从事冷水鱼养殖、销售的贵州东亿农业发展有限公司和德江县煎茶镇石板塘村的龙虾养殖场。

在了解到因冷水鱼和龙虾滞销导致资金周转困难后，两地的信用社本着“急事急办、特事特办”的原则，以最快速度为他们分别完成了“专项支农再贷款”审批及发放工作，不仅帮助他们把损失降到了最低，还减费让利为他们减轻了利息负担。

“有信用社的支持，再大的困难也不怕。”德江县煎茶镇石板塘村的龙虾养殖场负责人冉启军这番肺腑之言不无道理。当地信用社不仅只用两天的时间便向其发放专项支农再贷款50万元（低利率，额度大）帮助其复工复产，切实做到减费让利，同时帮助他做好个人及池塘防疫措施，一起寻找销售市场，把遭受的损失降到最低。

小微企业抗风险能力弱，只有资金快速到位，从快从简才能帮其最大程度挽回损失。据省联社铜仁审计中心工作人员介绍，针对受疫情影响的小微企业、个体工商户和农户，特地推出了“抗疫贷”等新产品。这类新产品一般贷款额度比较高但贷款利率优惠力度比较大，同时，贷款审批程序走得快，都是绿色通道，最快一天就能放款成功。

为把耽误的时间抢回来，把遭受的损失补回来，铜仁农信社按照“立足三农、服务小微”的定位，充分进行调研摸排，出台系列金融扶持政策，制订贷款投放计划，帮助受疫情影响的小微企业、个体工商户等渡过难关，助推农户春耕生产、企业复工复产。除“抗疫贷”等新产品外，还针对在疫情期间还款到期的信贷客户，推出了延期还款的政策。

“针对受疫情影响较大的批发零售、住宿餐饮、物流运输、文化旅游等行业，以及有发展前景但受疫情影响暂时受困的企业和个体工商户，我们大家以微信为载体搭建了‘农信微喇叭’平台，客户在线上自主登记需求信息，我们的工作人员会通过网络、电话等方式逐一进行对接，全力提供便捷高效的信贷服务。”据松桃联社党委委员、副主任包强介绍，为了在做好疫情防控的同时全力保障金融服务工作，松桃联社已发放贷款1.21亿元，支持11户企业复工复产。近期，924户受疫情影响的企业和个人经营性主体获得信贷支持，涉及贷款金额3.81亿元，其中推迟还款3户、金额0.49亿元，续贷59户、金额1.9亿元，新增贷款859户、金额3.14亿元，下调利息319户、金额1.42亿元，变更还款结息3户、金额0.39亿元。

发放给冉启军和三村村养殖场的50万元、支持贵州东亿农业发展有限公司的300万元以及发放给华联玛客超市4000万元“支农再贷款”专项资金都是铜仁农信社争取人行支持，创新金融产品支持企业复工复产的缩影。本着提供全方位配套的信贷优惠政策，为了让养殖户和企业信贷资金贷得到、用得好和用到位，铜仁农信社主动上门提供金融服务，创新推出“青扶贷”等专项支农类信贷产品，用实际行动和惠农政策解决企业、农户在发展中遇到的困难，“贷”动企业复工复产。按照市委打赢“两场硬仗”的要求，简化业务流程，实行快审快贷，提高办贷效率；根据企业生产经营状况，及时办理无还本续贷、展期等，做到不抽贷、不断贷、不压贷；积极争取支农支小再贷款46.12亿元，不断降低融资成本。

“德江联社今年给我们公司批了400万元贷款，利息还很低。”拿到这笔从“老朋友”那贷的春茶采摘启动资金，德江县合兴镇永志生态茶业有限公司负责人何永兵满怀信心。从2008年上茶山做企业，何永兵的茶山带动了当地近10万人次就业增收，每年从施肥除草到采茶加工，仅劳务支出就800多万元。

每年春茶下树的黄金期，何永兵总是“忧喜交加”，大兴社区和朝阳村两个基地同时开采的话，每天至少需要600个工人，多的时候一天的劳务支出就需要6万多元，大量的务工费和茶青收购费，常常让他犯难。但当地信用社就像是他发展道路上的及时雨，从2010年刚接手茶山的80万元贷款再到今年春茶采摘初期的400万元贷款，一场又一场的及时雨总能解了他的燃眉之急。

疫情防控期间，铜仁农信社将春耕备耕作为服务“三农”的首要任务。针对春耕备耕信贷需求广、金额小、时间急等特点，聚集资源，全力满足春耕备耕金融需求；主动赴涉农部门协调，据实掌握春耕备耕需求，提高涉农金融支持效率；各网点优化服务，确保支农不误农时，集中人力、优先受理春耕备耕生产贷款。

汇聚精准扶贫强大合力，打响支持三农希望战疫

一栋老朽得有些歪歪斜斜的木房子挨着一栋宽敞明亮的两层小楼，这是松桃苗族自治县迓驾镇青山村村民姚海军一家房子的“前世今生”。

姚海军是青山村有机肥厂厂长，也是最早参与创建青山富民蛋鸡养殖专业合作社的农户之一。2012年，在外务工多年的姚海军被查出双腿股骨头坏死，不得不回乡养病，这让他从家里的顶梁柱变成处处需要照顾的残疾人，姚海军对生活一度失去了信心。2014年，村支部书记莫长江发起组建蛋鸡养殖合作社，姚海军有了入股的想法，但是，没有资金成为了他创业的最大障碍。

与姚海军一样，有创收增收项目没有“第一桶金”的贫困户不在少数。“精扶贷”政策推出后，松桃联社积极与该村村支两委对接，让“精扶贷”这项惠民政策落到了实处。2017年，姚海军贷了5万元的精扶贷入股合作社，夫妻二人一个在养殖场上班，一个在化肥厂上班，工资虽不是很高，但加上其他大大小小的分红，一家人的收入也算可观。“土地流转分红3160元，精扶贷分红5000元，蛋鸡养殖分红3000元，人均年收入超过2万元。”在他家门口的墙上，建档立卡信息卡详细记录了他们一家的脱贫之路。

“信用社的人一听我想贷款从事蛋鸡养殖，二话不说就贷款给我了。”家住姚海军家不远处的姚文华也是最早入股合作社的残疾人。一家六口，姚文华属于弱劳动力人群，妻子田兴勇因儿子、儿媳长年外出务工，留下一双年幼的儿女，只能在家照顾孙子、孙女。2017年，姚文华贷了5万元精扶贷入股青山村蛋鸡养殖合作社，同时，他还在养殖场上班，一个月有2000多元的收入。“尽管贷了5万元，但我每年大大小小的分红加起来有1.5万元，我贷得高兴！”提起这个精扶贷，姚文华高兴得合不拢嘴。

为了带动整村脱贫，2014年6月，青山村村支两委牵头，吸纳了返乡创业人员 4 人以及 5 名残疾人入股，共同投资建立合作社，发展蛋鸡养殖 2 万羽。“2016 年，我们的蛋鸡养殖技术成熟了，合作社也取得一定成效后，村里的集体经济加入了进来。”莫长江说。考虑到残疾人这一群体脱贫困难，在合作社成立之初，当地信用社就积极配合村支两委为有入股需求但缺乏资金的残疾人贷款入股，参与到村集体经济的发展中来。2016 年村集体经济加入后，为了扩大蛋鸡养殖规模，实现贫困户全覆盖，合作社以个人名义贷了 130 多万元，加上为 18 户贫困户每户办理 5 万元的精扶贷。去年，松桃自治县脱贫摘帽，青山村也实现了整村脱贫。“当时 67 户贫困户，现在只剩下 5 户还未脱贫。”当地信用社的工作人员告诉笔者。近些年，青山村的产业越来越好，群众的日子好了起来，村集体经济也富了起来，在信用社的贷款也逐渐减少，但只要他们需要资金支持，都会给予支持。

近年来，铜仁农信社以信贷为“媒”，持续服务脱贫攻坚，认真落实市委推进农村产业革命要求，围绕全市生态茶、中药材、生态畜牧、果蔬、食用菌、油茶特色优势产业，对标产业发展“八要素”，做好绿色产业扶贫投资基金、“4321”政银担业务、“一县一业”农担产业贷、“深扶贷”等。深入摸排疫情对扶贫小额信贷归还的影响，做好还贷预警，建立分类处置机制，化解扶贫小额信贷风险；全面落实征信修复，切实保障贫困群众的利益。

作为服务三农的主力军，铜仁农信社立足“支农支小”的定位，强化担当、主动作为，及时安排部署、打通绿色通道、强化资源配置，不断在操作流程、利率优惠、服务效率等方面提升“精准度”，为支持全市复工复产、春耕备耕、脱贫攻坚提供了高效有力的金融支持，切实做到了快速响应“有速度”，信贷投放“有力度”，差异化政策“有温度”，助力脱贫“有精度”。

中国邮政储蓄银行铜仁市分行为脱贫攻坚增活力

◇孙 菁

中国邮政储蓄银行铜仁市分行（以下简称“邮储银行铜仁市分行”）自成立以来，认真贯彻市委市政府、总行、省行金融部署工作，牢牢把握金融服务实体经济的根本宗旨，把防范化解金融风险和服务实体经济结合起来，充分发挥资金、网络优势，结合各类民营企业特点，优化服务流程，不断提升我市民营企业金融服务水平。同时，在我市打赢脱贫攻坚、决胜小康社会的关键时期，该行主动承担国有企业的社会责任，创新金融扶贫机制，聚焦全市“三农”，结合自身优势，加大产业扶贫支持力度，为我市贫困地区和贫困群众的自我发展能力和脱贫致富注入了强大的内生动力，积极助力我市打赢这场脱贫攻坚战。

2019 年以来，邮储银行铜仁市分行共发放金融扶贫贷款 1.96 亿元，余额 2.76 亿元，新增贷款 1.23 亿元，完成省分行下达计划的 351%，增幅达 79.87%，超过市分行各项贷款增速 20.37 个百分点。其中个人精准扶贫贷款余额 2.22 亿元，本年新增 0.88 亿元，增幅 65.73%；产业精准扶贫贷款余额 0.55 亿元，本年净增 0.35 亿元，增幅 175.62%。其中带动型精准扶贫贷款本年放款 10325 万元，带动建档立卡贫困户近 200 人。

2019 年，为支持沿河土家族自治县企业的大力发展，沿河邮政支行支持当地贵州梓瑜生态农业有限公司 200 万元的融资，让该公司经营了 6 年的养牛产业重回生机，在沿河自治县有了谯家、淇滩、和平 3 个养牛场，养殖肉牛 500 余头，并带动建档立卡贫困户 4 人发展养牛。2019 年，位于思南县张家寨镇的欣浩绿色产业有限责任公司在思南邮政支行的帮助下成功融资

200 万元，让其经营的绿茶种植产业得到不断发展壮大。目前，该公司的茶园基地已经发展至 5000 亩，茶叶加工厂房及其相关配套设施 1 万平方米，带动当地 200 余贫困户就近就业。

近年来，邮储银行铜仁市分行紧紧围绕市委、市政府主导的 6 大重点扶贫产业，结合总行提出的“五大扶贫模式”，按照省行“精准、做实、求新、从严、刚性”工作总要求，对铜仁市各区县、各级扶贫龙头企业、专业合作社及建档立卡贫困户不断加大扶贫投入，让我市金融扶贫工作取得了积极进展。

为让我市建档立卡贫困户喝到这口“金融活水”，脱贫致富，邮储银行铜仁市分行充分发挥自身优势，结合我市实际情况，推出了一款专属扶贫贷款产品“惠农易贷”。该产品针对全市贫困农户，向有生产能力、发展愿望和还款意愿的贫困户提供 5 万元以下，3 年内“免担保、免抵押”基准利率放贷，且办理手续简单快捷。截至 2019 年 12 月底，邮储银行铜仁市分行办理个人精准扶贫贷款共 14276 万元。

此外，邮储银行铜仁市分行还通过邮政“邮乐网”支持铜仁市电商企业发展，极大地扩宽了“铜货出山”的渠道和平台，让我市电商企业也驶入快车道。2019 年以来，邮储银行铜仁市分行向邮乐网电商客户投放线上贷款 348 万元，惠及邮乐网电商企业 80 余户。凝聚金融力量为民营企业注入“活水”

“融资难”“融资贵”是一直横亘在民营企业发展道路上的两大难题，为降低我市民营企业融资成本，邮储银行铜仁市分行及时制定方案措施，积极推出创新产品，不断为民营企业减费让利，有效缓解了我市民营企业“融资难”“融资贵”的问题。

2019 年 9 月，位于大龙经济开发区的贵州东亿电气实业有限公司向邮储银行铜仁市分行申请 1000 万元的流动资金用于进购原材料，经审核，该公司自建成投产以来，积极参与大龙经济开发区大扶贫战略行动。企业现有员工 1500 人，其中 474 人为贫困户，该公司通过创造和带动劳动就业，大力推进了大龙开发区的“人的产业化、城市化”并被授予“工业化精准扶贫示范企业”，仅 7 个工作日就批准了该公司的贷款申请。

为进一步缓解民营企业融资难问题，邮储银行铜仁市分行主动作为，积极探索与税务部门创新合作方式，推出小微企业“税贷通”纯信用产品，无需提供抵押，且单户最高授信 200 万元。自开展“银税互动”以来，邮储银行铜仁市分行累计发放微小企业税贷通 121 笔，金额 13324 万元，其中 2019 年发放 71 笔，金额 6819 万元。2019 年 10 月与铜仁市供销社、农担公司联合推出“农担供销贷”产品，在沿河土家族自治县试点投入贷款 1000 万元，有效缓解当地的电商平台、合作社融资“难”“贵”的问题。“农担供销贷”产品推出以来，共发放担保贷款 7 笔，金额达 1860 万元，预计今年在我市全面推行该产品。

贵州银行铜仁分行
用心用情助推地方经济发展

◇夏 春 田艳琴

作为贵州人民自己的银行，贵州银行铜仁分行始终践行地方银行初心使命，积极履行社会责任，提高金融服务水平，惠民生、促复工、助脱贫、抗疫情，用心用情助推地方经济发展。

践行普惠金融助力美好生活

“您学车、我买单”“工会卡 19.9 元观影”“使用工会卡享百家商户优惠”……在铜仁，工会卡俨然已成为一张铜城打折卡，持工会卡在餐饮、超市、药店、母婴、酒店、服装、家装等店铺均能享受折扣，满足群众日常所需，让群众省钱又省心。

2019 年以来，贵州银行铜仁分行以全市 17 万工会卡会员为依托，在当地总工会的全力支持下，聚集了一批“衣、食、住、行、游、娱、购”龙头商家，用异业联盟合作方式用心编织特惠商户网络，形成具备贵州银行特色的工会卡特惠商圈，让工会会员得到优惠，让特惠商户得到实惠。

1 月 10 日至 12 日，该行投入资源，联合市总工会、商务局、扶贫办在新春到来之际举办了主题为“玩转工会卡 · 消费助扶贫”年货活动。230 余家工会卡特惠商户参加，让市民持工会卡就可以优惠价格一站式购齐年货。

通过引导全市广大工会会员购买本地农特产品，不仅最大程度满足了市民就近实惠购买年货的愿望，而且调动了社会各界力量助推贫困地区农特产品销售，从而带动了产业发展，促进贫困群众增收脱贫和贫困地区产业持续发展，助力了脱贫攻坚。

4 月 10 日，印江总工会联合贵州银行印江支行在兴民社区易地扶贫搬迁安置点为搬迁群众免费办理工会卡，将原本是干部职工的工会卡福利延伸到搬迁群众身上，让搬迁群众享受和干部职工同等的签约商家打折优惠销售服务，为搬迁群众带来看得见、摸得着的实惠。

“现在县里面很多面向工会会员的商家优惠都比较给力，上次我去金麦部落买蛋糕，用工会卡给我打了 8.5 折呢！”在兴民社区一位搬迁群众兴奋地告诉工作人员。

为给易地扶贫搬迁安置点群众送福利，印江总工会与贵州银行印江支行积极与各行各业商家洽谈消费折扣，先后与 40 多家商户达成协议，在安置点建立工会爱心超市、爱心理发店、爱心药店、爱心蛋糕店等，搬迁群众持贵州银行工会会员卡即可享受购物优惠，切实增强搬迁群众的幸福感、获得感。

从最开始的让机关干部职工享受特惠商户福利，再到如今为搬迁群众通过工会卡享受线下专属折扣购物，贵州银行铜仁分行普惠金融服务越来越贴近群众需求，工会卡走进千家万户，助力百姓美好生活。

强化金融支持　助力复工复产

“非常感谢贵州银行的支持，首笔发放的 2000 万元贷款犹如及时雨，解决了我们复工复产的资金难题。”贵州铜仁净康医疗器械有限责任公司总经理感激地道。

该公司是铜仁市为防控新冠疫情而成立的集口罩、消毒液及酒精灯等医用物资为一体的生产企业。受疫情影响，该公司面临资金压力、复工复产的困难。

为统筹做好金融服务，支持重点疫情防控保障企业生产工作，贵州银行铜仁分行由分行领导牵头成立了工作专班。工作专班在摸查企业需求过程当中，了解到该公司资金短缺，立即与该企业对接，主动上门测算企业需求。

为帮助该企业尽快复工复产，贵州银行铜仁分行按照“特事特办、急事急办”原则，开辟“绿色通道”，简化流程、加快审查审批。仅用一周时间，迅速完成了从收集资料、客户评级到公司准入、授信审批、发放贷款等一系列流程，成功在2月21日为该公司授信4500万元，并发放了首笔贷款2000万元。

获得贷款后，该公司口罩日产量从之前的10万个提升到60万个，为铜仁市疫情防控医用物资的及时供给提供了保障。

自新冠肺炎疫情暴发以来，贵州银行铜仁分行积极践行地方银行社会责任，多措并举切实抓好疫情防控和保障金融服务供给，全力保障疫情防控期间各项金融服务支持政策的落地落实，为打赢疫情防控阻击战和助力企业复工复产贡献金融力量。

快速响应应急机制。疫情暴发后，贵州银行铜仁分行迅速开启项目审批绿色通道，特事特办、急事急办，对疫情防控相关业务随到随办，放宽准入门槛，对疫情保障重点企业、复工复产企业优先受理、优先审批。最快时仅用24小时便完成了贷款调查、资料收集、审批、发放等流程，跑出了“贵银速度”。

加大信贷投放力度。贵州银行铜仁分行始终秉承“用心的银行”服务理念，切实强化责任担当，加强信贷有效供给，不断加大贷款投放力度，尽最大努力为小微企业复工复产注入金融活水。

降低企业融资成本。疫情期间，贵州银行铜仁分行通过贷款市场报价利率、内部资金转移定价优惠、减免手续费、降低担保费用、减少反担保措施等方式，有效降低了企业融资成本。对辖内受疫情影响较大的小微企业，适当减免贷款利息，全力帮助企业恢复生产经营、渡过难关。其中最低利率为3.15%。

稳定受困企业授信。对从事批发零售、住宿餐饮、物流运输、文化旅游等受疫情影响较大的行业，以及有发展前景但受疫情影响暂遇困难的企业特别是小微企业，贵州银行铜仁分行不盲目抽贷、断贷、压贷，需要延期还款、续贷的，主动给予一年以内的续贷安排。

春节以来，贵州银行铜仁分行新增办理授信业务 31 笔共计金额 44320 万元，发放贷款 42 笔共计金额 47280 万元，全力助推企业复工复产。

发挥金融力量　助力脱贫攻坚

“罗同志，又要去忙了？”“是呀，大爷您吃饭了吗？”在松桃苗族自治县大坪场镇坳田村，罗利锋一边穿梭在田间地头，一边笑着和村民打招呼。

罗利锋是贵州银行铜仁分行营业部副总经理，为贯彻落实贵州省解决“两不愁三保障”突出问题电视电话会议和市委常委会解决“两不愁三保障”突出问题专题会议精神，于 2019 年 6 月被派驻到松桃苗族自治县大坪场镇坳田村，成为一名驻村干部。

该村大多是留守老人和学生，罗利锋经常会去和老人们拉拉家常，给他们宣传扶贫政策，为他们送生活必需品，帮忙打扫卫生、打理庄稼、洗衣做饭……自开展驻村工作以来，罗利锋吃住在村，始终和贫困户在一起。

“扶贫工作任重而道远，作为一名战斗在扶贫前线的党员，我将始终不忘初心、牢记使命，用心用情服务群众，努力提升群众幸福感和满意度，为决胜脱贫攻坚贡献自己的力量。”罗利锋和她的扶贫战友们始终坚信，努力一定会有收获，未来大家的日子一定会越过越好。

和罗利锋一样在努力的，还有她背后的贵州银行铜仁分行。作为贵州人民自己的银行，贵州银行铜仁分行始终践行地方银行初心使命，紧盯“脱贫攻坚”目标不放松，找准精准扶贫的着力点和切入点，加大扶贫融资力度，聚金融之力打赢脱贫攻坚这场硬仗。

发挥金融力量，助力脱贫攻坚。武陵山扶贫基金 60 亿元投向全市各区县““十三五””扶贫项目，沿河党建扶贫基金 8 亿元投向沿河黎芝峡旅游扶贫项目，扶贫产业子基金 13.33 亿元投向农村支柱产业和特色产业，农村“组组通”项目21.77亿元投向贫困地区基础设施建设……为铜仁市脱贫攻坚打下坚实基础。

截至2019年底，贵州银行铜仁分行累计为地方经济发展融资近300亿元，助力全市旅游、交通、城市建设、医疗教育、水利能源建设，为地方经济社会发展贡献金融力量。

积极捐款捐物 助力疫情防控

2月10日，贵州银行铜仁分行全行干部职工积极响应总行募捐倡议，踊跃参与捐款活动，全行200余人共计捐款8.1万元。募集到的资金全部用于贵州及相关省份新冠肺炎疫情的救助和防治。

2月11日，贵州银行江口支行党支部书记带队前往江口县人民医院，为一线医护人员送去KF4口罩、N95口罩、泡面、矿泉水等急需物资，充分发挥了基层党支部战斗堡垒作用和党员先锋模范作用。

2月12日，贵州银行铜仁分行通过各种渠道购得N95口罩310个，并购买了大量泡面、矿泉水等生活物资送去铜仁市人民医院。极大缓解了铜仁市人民医院医用物资短缺的状况，有力地支持了该院抗击新冠肺炎的防疫工作。

2月13日，贵州银行石阡支行来到石阡县人民医院和石阡县中医医院，为医护人员送去方便面、“老干妈”、矿泉水等生活物资，表达对坚守疫情防控一线的医务工作者的崇高敬意，助力医护人员早日打赢疫情阻击战。

……

3月25日，贵州银行铜仁大十字支行收到一封来自客户李先生的亲笔感谢信，感谢该行在疫情期间施以援手，为他们送去防疫物资。

今年春节，新冠肺炎疫情暴发，防疫物资紧缺，口罩和消毒水等防疫必需品几乎全城售罄。大十字支行通过电话联系，在得知李先生一家急缺防疫物资后，为他们送去了口罩和消毒液，解了燃眉之急。

其实，不只李先生一家收到了来自贵州银行捐赠的口罩和消毒水。为助力打赢疫情防控阻击战，疫情初期，贵州银行铜仁分行在得知部分客户出现“口罩荒”后，克服重重困难，通过各种渠道成功采购到口罩和消毒水，并配发到下辖支行，通过送货上门、联系客户自取和邮寄等方式，将防疫物资送到客户手中，获客户点赞！

自新冠肺炎疫情暴发以来，疫情防控工作牵动着每一个中华儿女的心，为助力打赢疫情防控阻击战，贵州银行铜仁分行在做好自身疫情防控工作和保障应急金融服务供给的同时，捐款捐物助力疫情防控，与全国人民共克时艰、共渡难关。

贵阳银行铜仁分行：金融聚力脱贫攻坚

◇ 朱立轩 徐 莺 李 雪

铜仁市地处渝、鄂、湘、黔四省市交界的武陵山脉，贫困发生率一度达到30.45%。面对“等不了、慢不得、输不起”的脱贫攻坚形势，贵阳银行铜仁分行“输血”“造血”并举，“精准扶贫、产业扶贫、教育扶贫”三大体系协同发力，持续加大对铜仁市的金融供给和人、财、物等方面的扶贫支持力度。

“产”出脱贫新希望

贵阳银行铜仁分行持续在贫困地区特色产业扶持上下功夫，重点支持“中药材、精品水果、铁皮石斛、茶”产业等支柱产业，利用产业的发展壮大带动本地经济发展，通过“金融＋产业扶贫”，将“输血”转变为“造血”，带动贫困户脱贫致富奔小康。截至目前，累计发放贷款1亿元。

同时，该行还充分利用现代金融工具，设立扶贫产业子基金，全面落实金融助推产业扶贫战略，围绕全市六大主导产业，累计完成基金投放20余亿元，带动7000多户贫困户增收脱贫；发起设立10只脱贫攻坚基建私募投资基金，投放25余亿元。

为有效改善农村人口的金融服务环境，将信贷资源用于培育产业上，该行成功探索出“农业企业＋合作社＋农户”的银企合作模式，受理发放“烟草e贷”“爽农诚意贷”等助农贷款1000余笔，着力产业扶贫，建成817个农村金融服务站，有效地改善了农村金融服务环境，打通农村金融服务最后一公里。

“育”出致富新愿景

再苦不能苦孩子，再穷不能穷教育。贵阳银行铜仁分行积极发挥教育在精准扶贫中的作用，通过发展教育，阻断贫困代际传递，构建扶贫长效机制。

走进德江伟才中学，干净的校舍、琅琅的书声是第一印象，谁能想象这里几年前还是一片荒坡。在当地县委、县政府决定启动该校建设后，贵阳银行主动介入，快速行动，第一时间为学校助力融资 2 亿元。“贵阳银行的工作人员细心又专业，天天和我们筹建组一起跑工地、跟进度，比我们还积极。”伟才中学校长何祖如是说。

一直以来，贵阳银行铜仁分行紧扣发展主基调和主战略，聚焦百姓安居、教育事业、医疗卫生、基础设施等重点民生工程领域，立足实际不断加大信贷投放力度，有力填补了地方发展的系列空白和“短板”，成长为地方金融扶贫主力军。数据显示，该行先后对全市 66 个民生重点项目进行了信贷支持，累计投放超 370 亿元。

现在的铜仁市，30 户以上村民组 100% 通硬化路，建制村 100% 通客运，农村人口饮水安全问题全面解决……

“驻”通百姓富裕路

“党的政策好，贵阳银行好，让我过上了好日子！”近日，德江县小坪村村民严天海指着自家的房屋说。

严天海是贵阳银行铜仁德江支行驻村干部张毓飞结对帮扶的 5 户贫困户之一，妻子是三级残障人士，两个小孩处于义务教育阶段。2017 年，他家的房屋透风漏雨，张毓飞了解情况后立即联系村支两委，协调危房改造资金帮助维修房屋，让他家房屋焕然一新。而今，严天海一家住上了两层楼的安全住房，家中宽敞明亮、干净整洁，生活用品一应俱全，生活条件得到了巨大提升，一家人脸上洋溢着幸福的笑容，逢人便讲共产党好、村支两委好、贵阳银行好。

“作为严天海家的一分子，带领家人脱贫致富是我的责任。”张毓飞说。

严天海为方便照顾家人无法外出务工，家里几乎没有经济收入。为解决就业问题，张毓飞多次跑乡、跑县争取公益性工作岗位，帮助严天海乡内务工，并引导其通过土地流转、入股分红等形式，实现增收脱贫。

严天海一家并非个例。据了解，贵阳银行铜仁分行先后派出多名业务骨干到松桃县干坝沟村、德江县小坪村等地担任第一书记进行驻村帮扶，为包挂村创业致富献计献策，引领群众打开脱贫之门，致富奔小康。

目前，贵阳银行铜仁分行已累计投入无偿捐款资金 34 万元，为江区木弄村、沿河县陈家村等地村支两委建设办公场地，并支持贫困学子园“大学梦”，为高质量打赢脱贫攻坚战提供坚强保障。

多年来，贵阳银行铜仁分行扎根地方、融入地方、深耕地方，累计提供融资额度超过 600 亿元，已成为金融机构中对铜仁支持力度最大、放贷资金最多的银行。

铜仁农商银行：以“贷”为媒 “5+”模式助力脱贫攻坚

◇ 周昌艳 李 文

2017 年 4 月 16 日，中央电视台《新闻联播》以《庄严的承诺——贵州和平乡八村脱贫记》为题，时长 4 分钟单条播出铜仁市碧江区和平乡八村脱贫攻坚经验做法及成效，向全国人民展示了碧江党员干部群众在脱贫攻坚战中的务实作风和火热干劲，也反映出铜仁农商银行作为本土金融机构助推精准脱贫的实效实绩。

近年来，在精准扶贫浪潮中，铜仁农商银行作为碧江、万山两区金融精准扶贫的主力军，积极投身脱贫攻坚主战场，将金融服务与精准扶贫深度融合，不断创新金融扶贫模式，实现改革发展与扶贫开发的有效结合，为两区脱贫攻坚注入了强劲动力。截至 2017 年 3 月末，铜仁农商银行已对两区 14561 户建档立卡贫困户评级授信 4490 户，授信金额达 1.79 亿元，累计发放“特惠贷”1.48 亿元。2017 年，铜仁农商银行以更加强烈的政治担当和责任意识大力推进金融精准扶贫工作，把“特惠贷”作为积极响应贵州省委、省政府脱贫攻坚春季攻势行动令的工作措施之一，新发放贫困户贷款 998 户，贷款余额 4642.7 万元。

位于武陵山集中连片特困地区腹地的铜仁市碧江区和平乡八村便是铜仁农商银行助力这场扶贫攻坚战的主战场之一。八村位于和平乡西部，属于一类贫困村，距城区 23.5 公里，总面积 9 平方公里，耕地面积 1537 亩，全村辖 9 个村民组，668 户 2531 人，2016 年末全村共有贫困户 167 户 474 人，贫困发生率为 16.52%。2017 年拟减少贫困人口 117 户 410 人，拟整村出列。如何使八村的贫困农户思想解放，激发其内生动力，用自己的辛勤劳动脱贫致富，实现从扶贫“输血”到自主“造血”的转变，真正从贫困村变为小康村？作为活跃农业最前沿、扎根农村最深处、服务农民最贴近的支农主力军，铜仁农商银行积极践行金融扶贫政策，充分发挥本土金融优势，灵活运用政策和制度，在风险可控的前提下，以信贷为“媒”，创新开展“5+”精准扶贫工作模式，将金融精准扶贫向纵深推进。

银政合作 发挥“5”的扶贫效应

“5”，即向服务区域建档立卡贫困户发放特惠贷贷款 5 万元。铜仁农商银行积极与碧江区委政府合作，制定了《特惠贷贫困户小额信用贷款评级授信管理办法》，采取“评级授信、审批放贷、扶贫贴息、风险补偿”方式，由铜仁农商银行优先向建档立卡贫困户发放 5 万元（含）以下、3 年期内免抵押担保，财政扶贫资金贴息支持的低利率、低成本特惠贷信用贷款，通过对符合授信建档立卡的贫困户以及能带动贫困户脱贫致富的专业大户等经营主体发放贷款，给予了贫困户更多的金融产品服务和利率优惠。截至 2017 年 3 月末，铜仁农商银行共对和平乡八村发放特惠贷贷款 145 笔，发放率达 86.82%，金额 645.90 万元。

“5+ 抱团发展” 分享扶贫红利

铜仁农商银行以特惠贷等优惠政策为载体，加强与地方政府部门联系，强化与扶贫龙头企业的联系合作，建立完善了“政府 + 农商行 + 扶贫龙头企业 + 村集体 + 贫困户”为主体的互助脱贫模式，实现了银政企及贫困村、贫困户的抱团发展。截至 2017 年 4 月 17 日，铜仁农商银行共向和平乡八村 103 户贫困户发放特惠贷 505 万元。与此同时，碧江区坝黄镇、六龙山乡等多个乡镇都与该公司签订“抱团”发展协议。

“5+产业发展” 拓展致富空间

为有效解决专业大户、龙头企业、家庭农场、专业合作社的融资难问题，铜仁农商银行立足区域特色优势产业，重点加大对新型经营主体的信贷支持力度，发挥“企业+专业合作社+贫困农户”“企业+家庭农场”“家庭农场+专业合作社”“政府+企业+贫困农户”等农业产业链金融服务模式的优势，推行农户联保、积极引入产业扶持担保基金等，合理满足龙头企业和种养大户的融资需求，努力培植贫困农户增收的新亮点，提高“三农”金融服务集约化水平。

“5+扶贫再贷款” 提供脱困动力

铜仁农商银行在金融扶贫中充分利用好人民银行扶贫再贷款和自有资金，以农户小额信用贷款、“特惠贷”为载体，采取优惠贷款利率、优化贷款流程方式，加大对和平乡八村中华峰、肉鸽养殖、黄精药材、楠竹种植及刺绣工艺等具有地方特色和具有较高经济效益产业的信贷支持力度。与此同时，还认真建立扶贫再贷款台账，确保涉农信贷投放在数量、用途、利率等方面符合扶贫再贷款管理要求，充分发挥了扶贫再贷款作用。截至2017年4月17日，铜仁农商银行和平支行对八村累计发放贷款273笔，金额1260.43万元。

“5+绿色通道” 完善金融服务

为简化贫困户办理各类贷款手续流程，铜仁农商银行与当地党委政府和村支两委搭建了联动机制，采取“集中批量评级、集中批量授信、集中批量发放”的模式，让更多有合理需求的贫困户在最短时间内获得信贷支持，为“造血扶贫”提供资金保障。与此同时，铜仁农商银行以新一代核心系统为契机，以建立“民心党建+信合+”精准脱贫服务站、助农流动脱贫服务站为载体，以铺设 ATM、“信合村村通”等电子支付设备为依托，全面创新和完善农村金融服务体系，扩大自助设备机具覆盖范围，完善服务机制，实现贫困户足不出户领补助，有效满足农村居民对金融服务的需求。

“十三五”期间，国家扶贫事业进入攻坚“深水区”，和平乡八村由年前的 227 户精准贫困户减少至 167 户，通过“特惠贷”带动和帮助，已脱贫 60 户。作为铜仁市第一家改制成立的农村商业银行，铜仁农商银行深入贯彻中央精准扶贫精神和省、市、区扶贫攻坚战部署，按照省联社党委和人民银行、银监部门的金融扶贫推进要求，积极整合扶贫资源，充分发挥金融优势，立足一城两区，定位“支农支小”，精准帮扶，实施“输血”与“造血”双管齐下，把金融扶贫摆在扶贫攻坚战最前沿，坚决打赢这场输不起的战役。

铜仁丰源村镇银行
提升金融服务质效　“贷”动复工加速度

◇ 张晨曦

作为一家立足铜仁市本土的地方农村金融机构，铜仁丰源村镇银行始终秉承“服务三农”“服务小微企业”“服务社区居民”的经营方针，积极践行村镇银行使命，按照科学发展和稳健经营的原则，创新产品服务，持续提高金融服务水平，努力打造有特色、有活力、有情怀的农村金融机构，为助力地方经济社会发展贡献更大的金融力量。

凝聚金融力量　筑牢“防疫墙”

2月10日下午，碧江区的桃源雅居、迪亚豪斯、天阳小区、金滩中国银行检测点、蓝波湾、锦江广场、第一商业大道、市电视台、碧水龙庭小区、仁山公园、花果山桥头和世特豪斯小区，12个疫情防控检查点收到了来自铜仁丰源村镇银行的“抗疫爱心包”。除了为疫情防控点送去爱心物资，铜仁丰源村镇银行党支部迅速反应，第一时间成立疫情防控领导小组，制定疫情防控实施方案，在全行范围扎实开展全面排查、消毒、测温等工作，并按要求及时上报相关疫情防控信息；同时合理安排全行工作，对部分网点实行暂停营业，最大限度减少人员聚集。

自疫情发生以来，铜仁丰源村镇银行把疫情防控作为当前工作的重中之重，切实采取有效措施，做到保障金融服务顺畅。一是严格落实日报制度，每日对全行职工疫情状况进行详细摸排，确保工作顺利开展和职工人身健康安全；二是按日监测总行部门和营业网点的口罩、84消毒水、酒精、测温枪等防护物资情况，按日对营业场所、电梯、走道、厕所、办公室及走道进行消毒，并设置一次性电梯按钮专用纸，阻断病毒传播；三是建立人员进出体温测量登记台账，每日严格对内部员工及外来人员进行体温测量，并详细登记；四是积极通过公告提醒广大客户使用手机银行、网上银行等自助渠道办理日常金融业务，为客户提供便捷高效的金融服务。

防疫不松劲，服务不打烊。为在做好疫情防控工作的同时做好金融服务工作，2 月 28 日，铜仁丰源村镇银行发布关于开展疫情期间线上金融服务的公告，公布了疫情期间线上金融服务人员联系方式，为疫情期间存在资金短缺困难的客户提供线上金融服务。

畅金融“活水”“贷”动复工加速度

“去年 4 月，我们公司因资金短缺、周转困难，便向铜仁丰源村镇银行申请资金贷款，缓解经营压力。”李先生是一家建筑业小微企业主，2019 年 4 月 11 日，铜仁丰源村镇银行授信发放了他 300 万元个人经营性贷款，期限为一年。疫情强制按下了许多小微企业经营的“暂停键”，李先生的公司也不例外。因受疫情影响，公司施工进展受到严重影响，导致资金回笼滞后，无法按时偿还贷款本金。了解到这一情况后，2020 年 4 月 11 日，铜仁丰源村镇银行为该公司办理了展期贷款，展期 1 年，有效缓解了该公司的发展困境。

为进一步纾解小微企业经营困难，从 2020 年 1 月 21 日起，铜仁丰源村镇银行已为受疫情影响的 15 家小微企业下调执行利率，涉及药品销售、超市经营、婴幼儿用品销售、家电批发行业、幼儿教育、物流配送、民营医院、副食品批发等多个行业，降息涉及本金规模达 3410 万元，贷款期内共计为这部分小微企业减少利息 30.37 万元，缓解了企业的资金压力。

同时，针对疫情期间不能正常还款的客户，铜仁丰源村镇银行将其还款时间延长至 2020 年 6 月 30 日。客户出现账户金额不足以归还本息情况，不计当期罚息、复利，不影响征信记录。

随着当前疫情防控形势向好，铜仁丰源村镇银行结合实际及客户需求，持续加大对周边的小微企业、个体工商户开展走访调研工作力度，充分了解其困难及需求，积极帮助其渡过难关，为促进地方经济贡献应有的力量。截至目前，铜仁丰源村镇银行累计发放支持小微企业、个体工商户复工复产贷款 1040 万元。

提升金融服务　释放“三农”活力

9 年的砥砺奋进，铜仁丰源村镇银行始终坚持以“服务地方经济、服务城镇居民、服务中小企业”的经营方针，为助推地方“三农”的快速发展提供金融服务，积极支持地方中小企业、民营经济、个体工商户的发展，为发展地方经济提供有力的信贷支持。今年铜仁市银行业协会授予铜仁丰源村镇银行 2019 年度铜仁市银行业文明规范服务“十佳示范单位”称号，并荣获铜仁市总工会授予的 2019 年度铜仁市“工人先锋号”称号。

科技引领发展，大力推进金融与科技的深度融合，势在必行。近年来铜仁丰源村镇银行将科技金融放到了战略定位的高度，加速金融科技的赋能转型。2019 年，铜仁丰源村镇银行投资上千万元，建成具有较强资源配置的数据中心机房将其并投入使用。该机房是全国村镇银行第一家也是贵州省金融行业第一家经中国质量认证中心（CQC）认证的 A 级数据中心机房，有力保障了客户信息数据的安全与稳定。此外，该行的双市政市电、300 千瓦发电机、主备 UPS 保障了动力的不间断，IBM 小型机、HP 刀片式服务器、交换机群组、防火墙群组、天融信安全防护产品等安全设备保障了银行业务的安全稳定运行……加大科技投入，逐渐完善网络查控系统、反洗钱系统、征信系统等各类监管系统以及网上银行、手机银行、电票系统等业务系统，满足了不同客户的个性化需求，助推各项业务稳健发展。

2019年，该行为高校毕业生、返乡农民工、失业人员、退伍军人、建档立卡贫困户发放创业惠民贷款共计184笔，发放金额规模达2544万元。同年，铜仁丰源村镇银行向“农村金融工作服务”试点的寨桂村种养大户、致富带头人、村支两委人员发放贷款近百万元。

作为服务三农、小微企业的农村中小银行机构，铜仁丰源村镇银行将坚定不移地持续推进普惠金融服务工作，继续优化三农、小微企业服务体系，服务实体经济，积极助推三农以及小微企业的持续健康发展。

监督执纪
打好脱贫攻坚护航战

铜仁市紧紧围绕“护民生、促脱贫”主题，创造性提出“五步工作法”，深入开展专项治理扶贫领域腐败和不正之风，为打赢脱贫攻坚战提供坚强有力的纪律保障。同时，坚持“六防六化”工作方法，着力防范、化解重大风险，加快推进市域社会治理现代化，为打赢脱贫攻坚战营造了和谐稳定的社会环境。

铜仁："五步工作法" 护航脱贫攻坚

◇ 铜纪宣

近年来，铜仁市各级纪检监察机关围绕"护民生、促脱贫"的主题，灵活运用政策设计、工作部署、干部培训、督促检查、追责问责"五步工作法"，深入开展扶贫领域腐败和不正之风专项治理，为打赢脱贫攻坚战提供坚强有力的纪律保障。其做法《贵州铜仁运用"五步工作法"加强脱贫攻坚纪律保障》被中央改革办《改革情况交流》（2019 年第 10 期）单篇采用。

聚焦政策设计，绘好"施工图"。市纪委监委主要领导以上率下，带头大力开展调查研究，通过走区县、访村寨等形式，全面了解当前脱贫攻坚工作开展情况，不断提升政策设计的精准度和实效性。凡涉及护航脱贫攻坚方面的政策性文件，都必须经过市纪委常委会讨论通过后才印发，确保不折不扣贯彻落实党中央及省委、市委的决策部署，紧扣贵州省情，符合铜仁实际，因地制宜、因地施策。

聚焦工作部署，下好"开工令"。出台《铜仁市开展扶贫领域作风问题专项治理工作实施方案》，围绕扶贫领域的"人、财、物、权、责、事"，深入推进民生监督系统建设。结合扶贫领域整治"蝇贪"三年行动，着力打造扶贫政策、扶贫项目、扶贫资金的民生监督升级版，实现扶贫领域纪律审查和国家监察全覆盖。以创建执行"六小长"微权力清单制度为重点，大力整治群众身边的"微腐败"和不正之风，打通脱贫攻坚最后一公里。

聚焦干部培训，练好"施工队"。市纪委监委以干部需求为导向，邀请市扶贫办有关同志开展脱贫攻坚业务培训。结合市县乡开展扶贫领域形式主义、官僚主义突出问题专项警示教育展的案例，针对性开展培训。以在全市各区县巡回开展《监察法》宣讲为契机，采取集中学习、网络培训和个人自学等方式，确保干部教育培训实现全覆盖。

聚焦监督检查，当好“监工方”。结合纪检监察干部“访村寨、重监督、助攻坚”专项行动，突出问题导向，明察暗访找问题、反复突访察实情、公开接访聚民心、包案走访接地气、回访督查促落实。市纪委监委组建督导组对全市各级各部门扎实开展党风廉政建设“两个责任”督导。从市直相关部门抽人组建叉检查组，对单位开展重点检查，严纠“四风”，重点查处扶贫领域形式主义、官僚主义典型问题。

聚焦追责问责，做好“护工团”。联合市委组织部下发《铜仁市干事创业容错纠错暂行办法》，明确容错纠错原则，界定容错条件情形，严格规范容错程序。出台《铜仁市脱贫攻坚一线干部关怀激励实施细则》，对一线干部从培养使用、待遇保障、容错纠错等方面强化正向激励，给干事创业干部吃下定心丸，最大限度调动一线干部的积极性、主动性和创造性。

铜仁市运用“五步工作法”加强脱贫攻坚纪律保障被评为全省优秀改革案例

◇ 铜纪研

2020 年 2 月 25 日，2019 年度贵州省全面深化改革优秀案例评选活动结果揭晓。铜仁市运用“五步工作法”加强脱贫攻坚纪律保障被评为专家特别推荐典型案例。

2019 年以来，铜仁市各级纪检监察机关围绕“护民生、促脱贫”主题，灵活运用政策设计、工作部署、干部培训、督促检查、追责问责“五步工作法”，紧盯“两不愁三保障”，深入开展“五个专项治理”监督执纪问责专项行动和“典型案例进乡镇”活动，重点查处扶贫项目资金决策、落地、实施等环节产生的形式主义、官僚主义问题，全市扶贫领域腐败和不正之风得到有效治理，为打赢脱贫攻坚战提供坚强有力的纪律保障。全年共扶贫领域立案 894 件、党纪政务处分 828 人、问责 270 人。铜仁市运用“五步工作法”加强脱贫攻坚纪律保障的经验先后被《贵州改革情况交流》《中央改革情况交流》刊载，也成为 2019 年全市唯一被《中央改革情况交流》刊载的经验典型。同时，该做法还入编《第四届中国基层廉政研究论坛论文暨务实管用案例汇编》。

据悉，本次评选活动自 2019 年 12 月 2 日正式启动，经过案例初选、媒体展示、社会投票、专家评审、综合评审、评选公示等环节，从 115 个候选案例中评选出 30 个优秀改革案例和 10 个专家特别推荐典型案例。

贵州铜仁《以“六小长”权力清单规范乡村两级小微权力》被评为全国“十佳案例”。

铜仁市创新乡村“六小长”微权力清单制度打通基层监督最后一公里

◇ 铜仁市委改革办

2018年以来，铜仁市针对基层和群众身边的不正之风及腐败问题，创新建立“六小长”微权力清单制度，规范乡村两级站长、所长、校长、院长、村长（村委会主任）、社长（合作社）“微权力”运行，从源头上防治“微腐败”，推动全面从严治党向基层延伸，有效打通基层监督最后一公里。2020年9月，“铜仁市乡村‘六小长’微权力清单制度”在由《中国纪检监察》杂志社、浙江日报报业集团等联合主办的新时代清廉乡村建设与乡村治理现代化研讨会征文活动中，被评为全国“十佳案例”。

界定“六小长”微权力范围

一是全面清权。制定印发《关于创建乡村微权力清单制度的指导意见》，由纪检监察机关会同组织、财政、民政、扶贫和农业农村等涉农部门组建调研组，围绕贯彻执行党的路线方针政策、重大决策部署、实施项目及资金使用、“三资”管理、社会救助、党员发展等内容，全面清理乡村“六小长”微权力，精准掌握乡（镇、街道）站、股、室、所和村（居）权责底数、职责范围和履职事项。对照国家法规和村规民约，全面审核清理出的“六小长”微权力，对无法律法规和政策依据、无党委政府委托、未经村民会议或村民代表大会通过的事项，予以取消。对保留的，分类梳理形成集体民主管理事项（包括重大事项决策、招投标管理、资产资源处置等）和集体便民服务事项（包括宅基地审批、土地征收登记和保障救助等）两个类别的权力清单。

截至目前，累计梳理“六小长”微权力4511项。二是精准赋权。围绕“谁来办”“怎么办”的问题，按照岗责相适、权责一致、分工明确、风险可控、相互监督原则，从法规依据、管理权限、运作流程、执行标准等方面，找准每个类别的权力清单所列事项的权力框架和运行轨道，精准设定岗位权力，编制权力目录，并对权力名称、权力依据、范围界定、办理主体、办理方式、办理路径、办理时限和廉政风险等关键环节作出具体界定。三是规范确权。对梳理形成的两类“微权力”清单，采取“自上而下、自下而上”方式广泛征求意见，并不断修改完善，确保清单内容既与上级政策规定相符，又能有效促进工作开展。修订完善后的微权力清单，按照程序提交村民大会、村民代表大会、干部职工会议和乡镇党委会议等形式讨论通过，以规章制度、村规民约等形式予以明确和固化，确保微权力清单制度化、规范化、标准化。

规范“六小长”微权力运行

一是查找权力风险点。针对每项微权力，围绕事项名称、实施主体、权力事项来由依据、权力运行轨迹、违反规定责任追究等内容，采取自己找、别人提、组织帮、集体定等方式，全面查找权力运行的廉政风险点，并按照高、中、低划定相应风险等级。针对每个等级的各个风险点，科学设置流程运行要素，制定相应监督防控措施，最大限度降低“六小长”自由裁量权，减少权力运行的随意性和失范性，做到“该办的不办不行，不该办的想办也办不成”，使权力始终处于监督制约之下。经统计，共查找“六小长”廉政风险点262个，制定防控措施277条。二是设计权力路线图。针对基层干部特别是部分村干部和群众文化水平普遍不高的实际，将每一项微权力行使需要的构成要素，按照简便管用原则和标准化理念串联组合起来，设计、绘制出一目了然的“微权力运行操作路线图”。以“路线图”形式将微权力操作固定下来，使每一项微权力运行操作闭合运行，确保干部群众一看就懂的同时，让“六小长”看图做事、照单操作，保证微权力运行规范有序。截至目前，全市共制作“微权力运行路线图”4588张。三是公开权力运行图。建立“六小长”微权力会上、墙上、网上“三公开”制度。将“六小长”微权力事项和运行流程图表编印成册，在党务、村务、校务、院务等会议上公开，让基层干部群众了解掌握微权力清单内容、运行规范。将“六小长”微权力事项清单和运行路线图规范上墙，通过公示栏和电子显示屏公开，让基层干部“按图操作”、群众“按图办事”。同时，也将“六小长”微权力事项和运行路线图录入数据系统，并在显目位置安装查询平台，以“线上线下”同公开的方式，实现微权力及运行路线随时随地可查询。

强化“六小长”微权力监督

一是强化上级监督。在175个乡镇设立监察办公室，与乡镇纪委合署办公。整合基层监督力量成立民生监督组，将“六小长”用权情况作为监督重点，构建“乡镇纪检监察＋民生监督组”监督机制。推进巡察向村级延伸，将微权力运行作为巡察重点，在全市纪检监察系统开展“访村寨、重监督、助攻坚”和“做‘杨荣式’好干部大走访”活动，全面收集“六小长”用权问题，构建“巡察＋走访”问题发现机制。建立“4+N”专项监察模式，聚焦微权力运行，深入开展“三个开刀”和“扫黑除恶”等专项整治行动，严肃查处“微腐败”行为，提出监察建议、强化问责追究、推动问题整改，构建“专项整治＋专项监察”查处机制。2019年以来，全市查处“六小长”788人。二是强化村务监督。创新村务监督方式，建立村务监督委员会“五小”监督模式，实现对基层微权力常态化监督。开展“小监督”，即村务监督委员会对“六小长”微权力使用、村委会议召开、村委班子及成员作风等进行监督，确保正常运行。发现“小苗头”，即将监督发现问题梳理汇总，每月向民生监督组汇报。提出“小建议”，即根据监督情况及时向村委会提出改进建议；对涉及村委班子及成员作风和腐败问题，直接向民生监督组提出建议。督改“小问题”，即对村委班子及成员在方式方法、工作态度、办事效率等方面存在的问题进行督促整改；协助民生监督组对查处的村委班子及成员作风和腐败问题进行督改。回应“小诉求”，即将群众反映、监督发现问题办理情况和上级机关对作风和腐败问题查处情况进行回复和公告。2019年来，村务监督委员会共开展小监督25692次、发现小苗头3890个、提出小建议4394个、督改小问题4181个、解决小诉求4402个。三是强化群众监督。建立民生资金监督查询系统，将18项63类民生资金项目录入系统，在公开栏全面公示村干部本人和配偶以及直系亲属享受非普惠制惠民政策情况，群众可随时随地对微权力进行线上线下动态监督，实现监督“零距离”。全面推行评议制度，由乡镇纪委监察室和村务监督委员会牵头，每年组织干部群众对“六小长”工作情况进行1轮评议，“六小长”的述职情况现场接受干部群众质询，村民委员会成员连续两次被评议不称职的，终止其职务；国家公职人员连续两次被评议不称职的，进行岗位调整，实现评议“零距离”。在基层全面设立民生接待站，将12388举报平台延伸到最基层，开设举报窗口，公布举报电话，群众在家门口就能反映“六小长”用权不当、履职失范等问题，实现举报“零距离”。

碧江区纪委监委：强化民生监督助力脱贫攻坚

◇ 杨代华

“碧江区桐木坪乡卜口村村委会原副主任兼恒希生态农民专业合作社社长伍某某，编造虚假项目报账资料，套取国家扶贫项目资金 9.66 万元用于个人消费，受到开除党籍处分。”“区住建局干部孙某作为徐某某的帮扶责任人，因工作责任心不强，帮扶走访流于形式，受到党内警告处分。”这是碧江区纪委监委通报的扶贫领域腐败和作风问题典型案例。

2019 年以来，碧江区各级纪检监察机关强化政治担当，将监督执纪问责贯穿脱贫攻坚全过程，围绕“护民生、促脱贫”主题，创新民生监督工作方法、整合监督力量，紧盯群众身边的腐败和作风问题持续发力，为决战决胜脱贫攻坚架起纪律“高压线”。截至目前，全区扶贫民生领域立案 129 件 129 人，结案 131 件 131 人，党纪政务处分 128 人，问责 47 人，移送司法机关 7 人，涉案金额 824 万余元。

运用“贵州省扶贫民生领域监督系统”，在全区 13 个乡镇（街道）和民政局、人社局等 16 个部门建立系统信息员队伍，构建扶贫民生大数据监督网络，建立民生数据共享、问题数据互送、快速核实反馈机制，发挥大数据“云平台”分析、比对、研判功能，快速发现民生问题线索。截至目前，共采集城乡居民低保等民生资金类数据 90.8 万余条，涉及金额 3.81 亿余元，发现问题 71 个。

围绕“整治蝇贪三年行动”，重点整治乡村站长、所长、校长、院长、村委会主任、社长“六小长”“微腐败”问题。充分发挥村(居)务监督“探头”和“触角”作用，督促乡镇（街道）纪委（纪工委）制定《村（居）民生监督员管理办法》，利用村级民生监督员贴近群众的优势，听实话，摸实情，聚焦群众反映的热点、难点、焦点发现线索。2019年以来，全区开展各种形式村监会业务培训92场次；开展“小监督”1589次，发现“小苗头”162个，提出“小建议”274个，督改“小问题”189个，回应“小诉求”374个。

建立“民生监督组+巡察组+派驻纪检监察组+乡镇（街道）纪委（纪工委）+村务监督委员会”的五级联动监督模式，采取地毯式、拉网式、交叉式检查，做到村不漏组、组不漏户、户不漏项，确保专项监察有序有力有效，对监督部门民生项目实现一次性全覆盖。同时，对巡察组巡察发现的问题线索及时核查办理，形成民生监督、派驻监督、日常监督、巡察监督、群众监督“五位一体”的监督格局。

与此同时，碧江区纪委监委还出台领导班子分片督导、纪检监察室和派驻纪检监察组分片指导的制度，围绕巡视巡察反馈的涉及民生方面问题整改、脱贫攻坚“五个专项治理”“两不愁三保障”“四场硬仗”等工作，深入项目、深入群众、深入实际开展督导，通过察民情、访民意、听民愿，常态化约谈干部、指导办案，推动民生监督工作落地落实，高效运转。

动员千遍不如问责一次。该区不仅不断完善各项民生监督机制，同时也快速查办扶贫领域作风和腐败问题，严格执行《贵州省脱贫攻坚问责暂行办法》《铜仁市脱贫攻坚问责六种情形》，出台了《关于进一步从严脱贫攻坚追责问责的通知》，坚持“一案双查和一案双问责”，严查问题背后的主体责任、监督责任和领导责任，着力强化作风攻坚。

去年底，碧江区委组织开展脱贫攻坚村级交叉督查时，发现该区住建局一名帮扶责任人孙某在脱贫攻坚工作中履职不力的问题，督查组立即将问题线索移交给区纪委处理，区纪委于12月15日对孙某进行全区通报并立案调查。

一手抓监督检查，一手抓惩治预防。据碧江区纪委监委相关负责人介绍，为了达到警醒党员干部的目的，该区多措并举开展警示教育活动，既从区级层面开展，也要求全区各级各部门常规开展，还开展扶贫领域典型案例展进乡镇活动，同时充分发挥民生监督警示教育中心展示典型案例，警示教育干部。去年底，警示教育中心被授牌为“贵州省基层扶贫民生领域腐败问题治理改革现场培训教学基地”。

为充分发挥扶贫与民生领域案件的警示治本作用，该区扎实开展“一案一整改”工作，坚持以案促教、促责、促管，在案件查办中及时向对应监管部门发出审查监察建议，在案件查办后逐项检查验收相关整改问题，构筑扶贫领域不能腐的笼子。截至目前，碧江区已将87个案件纳入“一案一整改”，召开专题警示教育大会49场次，督促案发单位建立制度22项。

除此之外，碧江区各级党组织始终把对党员干部教育管理抓在手上、落在经常，制定了《碧江区脱贫攻坚一线干部关怀激励工作实施细则（试行）》，对脱贫攻坚一线干部进行正向激励，有效激发了干部的积极性，做到了既严管又厚爱。

“2020年是打赢脱贫攻坚战、全面建成小康社会的收官之年，碧江区纪检监察机关将立足监督职能，持续强化对扶贫项目、扶贫资金、扶贫干部的监督，坚决克服脱贫攻坚中存在的形式主义、官僚主义问题，查处扶贫领域腐败问题，为全区脱贫攻坚‘冲刺90天、打赢歼灭战’保驾护航。”该区纪委监委负责人表示。

万山纪委监委：以严实作风护航脱贫攻坚

◇ 吴承攀

2020 年是全面建成小康社会目标实现之年，也是全面打赢脱贫攻坚战收官之年。万山区纪委监委坚持问题导向，充分发挥职能作用，将扶贫领域腐败和作风问题专项治理作为重点任务，抓紧、抓实、抓细，聚焦突出问题，精准靶向发力，不折不扣抓好整治，以优良作风保障脱贫攻坚。

“你的帮扶干部是谁，你对她的帮扶满意吗？”“我的帮扶干部是小段，她工作做得特别到位，周末有空都会来村里看我们……”在黄道乡锁溪村上黄茶组，万山区纪委监委派驻第一纪检监察组正在对建档立卡户罗世同一家进行例行走访。

为集中力量打好脱贫收官战，今年以来，万山区纪委监委持续发挥职能作用，组织了 6 个督查组到基层一线，进村子、访农舍，走访了解 5321 干部帮扶、扶贫政策落实、物资管理发放、干部作风纪律等方面情况，深入挖掘扶贫领域腐败和作风问题产生的深层次原因，着力发现形式主义、官僚主义问题线索，以有力监督推动责任落实。

万山区纪委监委派驻第一纪检监察组组长付其芹介绍：“我们采取实地查看、入户走访和了解受理群众举报等方式，开展督查工作，重点督查驻村第一书记、下派干部到岗到位及工作履职情况，5321 帮扶干部走访帮扶情况，督促他们持续做好一户一袋、四卡更新、贫困户的政策知晓及环境卫生工作。”

脱贫摘帽不是终点，而是新生活、新奋斗的起点。万山区纪委监委始终坚守为民情怀，靶向发力、精准施治，做实做细日常监督，持续深化整治扶贫领域腐败和作风问题，推进全面脱贫与乡村振兴有效衔接的监督，督促 5321 帮扶干部加大帮扶力度，旨在为决战决胜脱贫攻坚提供坚强纪律保障，确保高质量打赢脱贫攻坚收官战。

“下一步，我们将进一步加大督查力度，对在督查中发现的问题进行现场反馈，并督促立即整改。对督查反馈的问题，拒不整改或整改效果达不到要求的，将严肃追责、问责，确保全区脱贫攻坚成效考核质量高为脱贫攻坚提供坚强的纪律保障。”付其芹如是说。

松桃：铁纪护航脱贫攻坚歼灭战

◇ 唐义长

“现在，纪检监察机关对项目落实实施专项监察，我们在实施产业项目过程中容不得半点马虎，一定要严格按照要求，让国家扶贫政策落地生根，群众得实惠。”2020 年 4 月 6 日，对于脱贫攻坚产业发展中的纪律这根“弦”，松桃苗族自治县石梁乡深度贫困村简家沟村村主任黄秀明发出阵阵感叹。

松桃作为脱贫攻坚的主战场、主阵地，承担着决战脱贫攻坚的艰巨任务。2020 年 3 月，松桃退出贫困县行列。为了巩固脱贫攻坚战果，该县制定《松桃苗族自治县脱贫攻坚挂牌督战工作方案》，明确目标任务，按照“时间表、路线图、责任人”模式，层层压实责任，确保按时高质量打赢脱贫攻坚战。

县纪检监察机关聚焦主业主责，围绕扶贫领域整治蝇贪三年行动，紧扣“两不愁三保障”和产业就业扶贫，按照“全覆盖、无死角、查问题、抓整改”的要求，建立“三级督查 + 专项监察 + 巡回督查”机制，坚守以人民为中心，结合“访村寨、重监督、助攻坚”专项行动、“百名纪检监察干部访百村进千家”大走访行动，扑下身子，进村入户，通过明察暗访、查阅资料等形式，找准厘清问题，边查边改，做到见人、见资金、见项目、见成效，深化扶贫领域腐败和作风问题专项治理，推动松桃在巩固脱贫攻坚成果，防止返贫，彻底实现脱贫攻坚目标任务。

据介绍，该县纪委监委强化跟踪问效、过程监督，动真碰硬，真督实查，注重分析研究当下的前沿问题，着力加强对脱贫工作绩效、脱贫政策连续性、稳定性，以及脱贫摘帽后“不摘责任、不摘政策、不摘帮扶、不摘监管”情况的监督检查，紧盯“两不愁三保障”政策落细落实情况，着力发现和查处扶贫领域腐败和作风问题；紧盯扶贫项目落实、资金分配发放等环节不作为、慢作为、乱作为等形式主义、官僚主义问题，坚决查处扶贫领域侵害群众利益问题；紧盯虚扶贫领域虚报冒领、优亲厚友、雁过拔毛、吃拿卡要等问题，坚决对脱贫攻坚中对弄虚作假、欺上瞒下、数字脱贫、虚假脱贫等问题从严查处、严惩不贷做；对2019年扶贫成效考核、大排查等发现问题短板整改、扶贫资金使用管理、扶贫项目实施管理、建档立卡动态管理、不稳定脱贫户和边缘户的动态监测和帮扶等情况，建立台账，逐一对账销号，做到发现一起，查处问责一起，通报曝光一起，持续巩固脱贫攻坚成果，坚决打赢脱贫攻坚歼灭战，切实增强人民群众的获得感、幸福感和满意度。加强和改进挂牌督战工作，严格执行“双问责”工作机制。

“我们将坚守为民初心，强化日常监督，找准厘清问题，深化扶贫领域腐败和作风问题专项治理，巩固脱贫攻坚成果，为决战脱贫攻坚决胜同步小康提供坚强保障。”该县纪委监委有关负责人表示。

玉屏纪委监委分片包干护航脱贫攻坚

◇ 蒋金迪

“你好，是姚元朝吗？我们是县纪委监委监督检查组，现在在你的帮扶户姚本连家中，上次督查反馈他家厨房漏水问题你整改过吗？”

2020年4月22日，玉屏侗族自治县纪委监委监督检查组在亚鱼乡开展脱贫攻坚“冲刺90天”监督检查时，发现该乡亚鱼村白阳湾村民组贫困户姚本连厨房瓦片3处地方破损，立即打电话向帮扶干部姚元朝了解情况。

“接到上次问题反馈后，我立即进行了整改，应该没有问题呀！”电话那头姚元朝说。

“你最近去过姚本连家中没有，他本人视力不好，目前厨房瓦片破损3处，请你这两天务必整改到位。我们到时候还要进行回访，如果回访时还是原样，将根据有关程序严肃追责问责。”监督检查组负责同志说道。

这是该县纪委监委开展脱贫攻坚监督检查工作的真实写照，也是该县纪检监察干部的认真履责的一个剪影。

自“冲刺90天打赢歼灭战”的号角吹响以来，为护航全面打赢脱贫攻坚歼灭战，该县纪委监委领导班子成员采取分片包干的工作机制，以学习杨荣先进事迹为契机，紧盯脱贫攻坚中责任落实不到位、“两不愁三保障”工作推进不扎实、扶贫对象核定不精准、验收扶贫项目把关不严、向扶贫资金伸黑手以及脱贫攻坚中的形式主义、官僚主义等突出问题，深挖严查群众身边的腐败问题和不正之风，坚决做到发现一起、查处一起、通报曝光一起，绝不姑息。

同时，聚焦“监督的再监督、检查的再检查”职责定位，以强监督促强监管，强化政治监督、做实日常监督，压实各方责任，抓紧、抓实、抓细、常态化监督工作，坚持问题导向、目标导向和结果导向，结合各级考核、督战反馈存在问题的整改情况，督促各责任单位责任落实、政策落实、工作落实。

“打赢脱贫攻坚战，主责是党委、政府，重点在职能部门，落实在基层一线，纪律保障在纪检监察机关。”该县纪委监委相关负责人表示，要通过明责、强责、督责、考责、问责层层传导压力，用铁纪护航脱贫攻坚。

江口激活监督末梢助力脱贫攻坚

◇肖 智

自省市县发出脱贫攻坚“冲刺90天打赢歼灭战”动员以来，江口县怒溪镇骆象村的张群保一直非常忙碌，街头巷尾、村部院落都有他的身影。

“杨书记，村里面的抹茶基地租地款快下来了，村里面要尽快按照租地补偿协议，及时把钱发放到位，不能让群众利益受影响……”前不久的一天，张群保一大早就来到村委会，对村党支部书记杨茂华提醒道。

张群保是怒溪镇骆象村的村监会主任，同时也是村委委员。拥有双重身份的他，并不是简单挂个名，而是对村党支部、村委会实行同步监督。

“刚当选村监会主任时，总担心面对乡里乡亲和低头不见抬头见的熟人，自己拉不下面子监督。”张群保说。但现在让张群保感到振奋的是，上级和乡镇纪委制定了详细的制度规定，“我们开展监督的底气更足了”。

近年来，江口县为整合运用监督力量，发挥好基层“监督末梢”作用，积极构建“县乡村”三级联动监督机制。江口县纪委县监委制定实施《江口县村务监督守则》《村务监督委员会工作制度》《江口县农村基层党风廉政建设“三定三查三公开”工作方案》等规定，进一步细化村务监督委员会的工作职责和权限，针对村党支部和村委会的所有工作，全程参与、无缝监督，压实监督责任。

为压实村监会监督职责，出台了《江口县村（居）监督委员会考核办法（试行）》，由乡镇（街道）每年对村监会主任履职情况进行考核、评优和奖励。同时，健全退出机制，对不认真履职、工作业绩差的村监会主任，将给予警示性约谈；对情节严重、影响恶劣的，通过村民会议或村民代表会议讨论决定，可免去其职务。

“刚开始，总担心自己身边多了双‘眼睛’，干工作会放不开手脚，怕管得太严。现在明白有了村监会的监督、提醒，我们村干部才会更安全、更清白。”骆象村党支部书记杨茂华感慨道。

“监委会的重点职责是对该村农村党务、村务等工作以及全体党员、基层群众性自治组织中从事管理人员等，开展‘五小监督’，即开展‘小监督’、发现‘小苗头’、提出‘小建议’、督改‘小问题’、回应‘小诉求’。”江口县纪委监委有关负责人介绍，通过向全县10个乡镇（街道）派出监察室、巡察向村级延伸、开展“大走访、大调研”活动等形式，打通村级监督最后一公里，织密基层“微腐败”监督网。

全县104个村（居）全部成立了村（居）监会，共有312名成员监督发现基层一线涉及扶贫领域群众身边的不正之风和腐败问题。同时，所有村寨设立了脱贫攻坚精准监督公开栏，脱贫攻坚政策资金落地更加阳光透明。今年以来，全县村监会共开展各类村级监督100余次，提出工作建议90余条，纠正解决苗头性问题60个，移送乡镇纪委问题线索3条。

思南县纪委监委：用铁纪护航脱贫攻坚

◇ 华 姝

思南县茶桑局塘头茶桑站工作人员刘某仙在任张家寨镇竹园村驻村干部期间，多次违反脱贫攻坚工作纪律。2019 年 5 月，刘某仙受到党内警告处分。

“思南县孙家坝镇半坡村党支部书记张某诗对该村 3 户危改未完工户作虚假“销号”处理。2019 年 10 月 16 日，张某诗受到党内警告处分。

……

这些发生在扶贫领域的腐败和作风问题，损害的是人民群众的切身利益，啃噬的是人民群众的获得感和幸福感。今年以来，思南县各级纪检监察机构不断强化扶贫领域监督执纪问责，严查快处扶贫领域腐败和作风问题，为打赢脱贫攻坚战提供坚强纪律保障。

尽锐出战　全面出击强震慑

“你们村有多少贫困户？贫困发生率是多少？”

“‘三改’改得如何了？驻村干部是不是长期驻在村里？”

2020 年 3 月来，思南县各级纪检监察干部组成脱贫攻坚作风督查组，深入村寨开展入户访查，截至目前，已实现访查贫困户全覆盖。

思南县纪委县监委在开展“不忘初心、牢记使命”主题教育中，聚焦“一达标两不愁三保障”硬性指标，紧盯脱贫攻坚中干部作风不严不实、不作为、慢作为等问题，以“8+28+8”模式成立了 8 个作风督查组、28 个作风督查小组和 8 个作风督查暗访组，深入 28 个乡（镇、街道）、15 个县直部门、

523个村（社区），围绕扶贫干部到岗到位情况、扶贫工作任务推进完成情况、扶贫项目资金落地落实情况、存在问题整改情况、扶贫领域腐败和作风问题等开展督查，以点带面，紧抓不放，一抓到底。

县纪委县监委班子成员率先垂范，全县各级纪检监察机构竞相发力，积极探索创新监督方式，强化扶贫领域腐败和作风问题监督执纪问责，为打赢脱贫攻坚战提供了坚强有力的纪律保障。

提升站位　完善制度实责任

“要持续深化扶贫领域不正之风和腐败问题专项治理，确保每分国家惠民资金真正用到贫困群众身上，对动扶贫‘奶酪’者绝不手软。”该县纪委主要负责人在脱贫攻坚监督执纪问责工作部署会上掷地有声地说。

扶贫问题无小事，一枝一叶总关情。思南县各级纪检监察机关扎实开展扶贫领域腐败和作风问题专项治理，强化监督检查，严肃执纪问责，围绕扶贫领域突出问题，出台了《思南县扶贫领域整治蝇贪三年行动2018—2020年工作方案》《思南县脱贫攻坚督查方案》《关于在扶贫领域开展“护民生、促脱贫”监督执纪问责专项行动的工作方案》等一系列文件，进一步明确工作目标、工作重点和具体措施。

问题就是导向，民心就是政治。围绕中心、服务大局、责任在肩、部署有力，思南县纪委县监委聚焦问题关键，以铁面执纪护航脱贫攻坚，努力书写“民心答卷”，不负党和人民的重托。

严肃执纪　铁腕重拳筑防线

思南县纪委县监委坚持对扶贫领域腐败和作风问题“零容忍”，对扶贫领域中虚报冒领、截留私分、贪污挪用、挥霍浪费、优亲厚友等违纪违规问题线索抓住不放，深挖细查，从严惩处，不断释放扶贫领域监督执纪越来越严的强烈信号。

“在脱贫攻坚进入滚石上山、决战冲刺的关键时期，仍存在帮扶走过场、流于形式、到岗到位差等问题，这些已经不是简单的业务问题，而是深层次的作风问题，暴露出我们部分干部思想认识不到位，纪律松散，必须坚决整治。”作风督查在督查中指出。

动员千遍，不如问责一次。

按照《关于在扶贫领域开展“护民生、促脱贫”监督执纪问责专项行动的工作方案》，盯紧重点环节、重点事项、重点领域、重点人物，强化监督执纪问责。各级纪检监察机关对摸底排查出来的重点问题线索建立专门台账，实行“挂账销号”，确保件件有着落。今年以来，脱贫攻坚作风建设追责问责 813 人。

标本兼治　以案释纪净生态

“看完这 17 块展板，17 个不同版本的人生轨迹，让我的心灵受到强烈震撼，今后一定引以为戒，严守党纪法规，筑牢拒腐防变的思想防线。”思南县纪委县监委在全县 28 个乡（镇、街道）开展扶贫领域典型案例警示教育巡展时，扶贫干部有感而发。

据了解，思南县纪委县监委充分运用清风思南网、“思南县纪委监委”微信公众号等平台，选取身边典型案例开展“一案一整改”工作，以身边事警醒身边人；通过“三会两书两公开”形式，到违纪人员所在单位、基层党组织、村（居）宣布处分决定，同时督促有关单位查摆剖析、建章立制，筑牢基层党员干部的不敢腐不能腐的防线，营造“不敢腐”的氛围。

截至目前，思南县纪委县监委已在全县范围开展扶贫领域警示教育巡展活动 93 批次，受教育 16651 余人次，组织庭审旁听 3 次 210 人，组织各单位参观警示教育基地 4500 余人次，通报扶贫民生领域典型案例 45 起 45 人。

印江密织民生监督“保障网”打通脱贫攻坚最后一公里

◇ 杨秀明

“我的医疗救助费已经到账了，谢谢你们为我解决了大问题……”近日，印江土家族苗族自治县刀坝镇罗南溪村村民杨胜和的医疗救助一分不少地打到了他的账号上。

之前，杨胜和的5838.36元医疗救助款一直未能报销，在该县纪委监委的督促下，不到一个月的时间就打到了他的“一折通”账号上，这笔钱对于长期患病的他来说，无疑是雪中送炭。

2020年以来，印江纪委监委紧盯基本民生保障，围绕义务教育保障、基本医疗保障、住房安全保障、饮水安全、低保兜底政策、“四不摘”民生领域六大方面开展监督检查，确保各项强农惠民政策落到实处。

该县充分发挥监督职能，督导民政系统织密织牢农村低保兜底保障网、农村特困人员救助供养保障网、集中托养保障网，落实落细农村低保、特困人员救助供养等保障措施，全面兜底救助贫中之贫，打通脱贫攻坚最后一公里。

同时，该县加强对脱贫攻坚的监督检查，成立8个脱贫攻坚作风暗访组，班子成员分工、分片，坚持以问题为导向，奔着问题去，以不打招呼的方式暗访督查脱贫攻坚工作作风问题。通过暗访、再暗访，督查、再督查，以责问效，督促相关职能部门切实履职尽责，推动解决民生领域群众反映强烈的突出问题，为脱贫提供坚强的纪律保障。

“我们坚持问题导向，围绕重点、紧盯难点、聚焦热点，扎实整治妨碍惠民政策落实的‘绊脚石’，从严查处扶贫领域民生领域违纪违法问题，确保脱贫质量全面过硬。”印江纪委监委相关负责人说。

目前，该县共收集发现民生（扶贫）领域问题线索157个，党纪政务立案140件，党纪政务处分77人，涉案资金1045.06万元，开展扶贫领域作风监督执纪，共计问责39人，其中立案2人，诫勉谈话1人，通报16人，提醒谈话20人。

德江：锻造脱贫攻坚一线“纪律部队”

◇ 德江县纪委监委

2019年来，德江县纪委监委在精准培训、选派专才、生活保障方面下功夫，坚持脱贫攻坚部署到哪里，监督执纪问责就跟进到哪里，为打赢整县脱贫攻坚战提供坚强纪律保障。

“精准培训”擦亮监督“探头”。邀请市驻德江督导组的业务骨干、县扶贫办的业务骨干，开展点对点、面对面的督导培训。以实际案例深入浅出讲解脱贫攻坚业务知识和督导问责方法技巧，进一步夯实督导人员的知识底气，明确督导重点和方向。同时建立边督导边培训的模式，白天开展督导，夜间研究督导战略，既分析总结督导经验，又探索推行新督导方法，真正做到能督、能研、能判、能促，不断擦亮发现问题的“眼力”，提升解决问题的“能力”。截至目前，先后开展了7场次业务培训会。

“选派专才”练就监督“尖兵”。成立以纪委监委主要负责人担任组长，县纪委副书记、县监委副主任为副组长，其他抽调干部为成员的领导小组，并明确专人负责办公，增强该项工作的内生力。按照市驻德督导组及县委的工作要求和当前全县脱贫攻坚的总攻目标，在县纪委监委抽调了27名政治过硬、业务熟悉、工作敬业、经验丰富的纪检监察干部，在相关县直部门抽调责任心强、业务精干的37名干部，及时组建了7个督导组和1个问责整改组，构建“横向到边，纵向到底”的督导问责大作战体系。

“备足弹药”激发监督“动力”。为确保督导问责组的工作有效推进，县纪委监委及时向有关单位协调调配16辆车及16位驾驶员，办理好各辆车的加油卡，确保车辆保障到位，做好所有督导问责人员的生活保障，让督导人员无后顾之忧。明确专人负责协调8个组每天的督导问责工作，并做好每个督导组的资料收集汇总，及时上报给相关领导，确保督导问责工作有序有力有效的开展。截至目前，提醒谈话575人，诫勉谈话242人，通报2440人次，立案118件，党纪政务处分112人。

铁腕执纪战贫困　既督又战护脱贫

——沿河自治县纪检监察干部参与和护航脱贫攻坚纪实

◇ 文叶飞　梁瀚泽

尽管时令才是 2020 年 11 月中旬，但位于武陵山脉腹地、地处海拔 1000 多米之上的沿河土家族自治县中寨镇却已经冷雨霏霏，寒风凛冽。11 月 12 日上午 8 时许，沿河自治县中寨镇脱贫攻坚指挥部指挥长冯小红便在工作群里调度工作，提醒中寨镇全体扶贫干部“务必进村入户开展工作，走进群众家中宣讲政策、了解民情、解决实际困难，提升群众满意度”，提醒全体纪检监察干部“务必按照前期工作安排开展好监督检查，以严监督促严落实，护航各项工作顺利推进”。

为了让困扰沿河千百年的贫困问题得到历史性解决，今年沿河各级各部门、各级干部职工的工作节奏比任何一年都要快速、要紧迫。而一直战斗在脱贫攻坚一线的沿河纪检监察干部忙碌的身影更是活跃在每一个角落，在田间地头、企业车间、群众家中、产业基地、易地搬迁安置点……他们情满山乡、心系百姓，尽锐出战、务求精准，既督又战，无处不在！

坚决打赢脱贫攻坚战是我们党向人民、向历史作出的庄严承诺。2014 年来，贵州省纪委省监委多名领导班子成员多次赴沿河调研指导、督战助力脱贫攻坚，第一监督检查室和派驻第十六纪检监察组深入沿河具体负责常态监督检查、督战督查工作。铜仁市纪委市监委主要领导亲自担任市驻沿脱贫攻坚督导组组长，班子成员多次带队到沿河分片开展明察暗访，督促脱贫攻坚问题整改。

沿河纪检监察系统借助省、市纪委监委保驾护航脱贫攻坚把关定向、把脉问诊之战力，180 余名纪检监察干部全员参与护航脱贫攻坚工作，他们有的曾是驻村干部或第一书记、脱贫攻坚指挥长，有的在一线开展监督检查，有的既“督”又“战”……他们扎根在各自的岗位上，以赤子之心和铁面无私诠释使命与担当，践行党的庄严承诺。此外，为响应市驻沿督导组号召，沿河选派了22名纪检监察干部，在市级驻沿督导组的统筹调度下，对全县脱贫攻坚开展督导工作。

一切的奋战，只为同一个目标——高质量打赢脱贫攻坚战，斩断贫困代际传递，实现物质精神“双脱贫”，让各族群众过上好日子。

为了数据更精准　开展目标标准监督检查

沿河纪检监察干部对辣椒产业开展监督检查。

“精准扶贫是惠及民生的大好事，有助于保基本、保底线、保民生，其前提是务必做到精准识别。”

“在监督检查中，我要查看相关资料，看是否严格按照‘一达标两不愁三保障’识别标准和‘一申请两评议一比对两公示一公告’识别程序。”

贫困户精准识别是一项极其重要但复杂性较高的工作，如何做到相对公平公正，避免会“哭”的“孩子”有“奶”喝这一现象，沿河自治县纪委县监委成立专项督查组，通过明察暗访、随机抽查的方式，对村、户、人、项开展入户调查、走访排查和分析研判，督促做到识别精准、程序规范。

精准管理同样重要。县纪委监委通过常态化开展信息监督检查，通过比对“四卡合一”公示牌、“3+1”政策明白栏、“一户一档”资料等，及时发现逻辑问题和客观存在问题，督促做到客观有的、墙上挂的、袋里装的、嘴上说的、系统录的“五个一致”，确保信息精准。

此外，为确保信息精准，该县纪委县监委贯穿识别、管理和退出全过程开展监督检查。在精准退出监督检查中，通过查看资料和实地调研的方式进行，严格对照“一达标两不愁三保障”脱贫标准和“七个不能退”负面清单，按照小组提名、入户核实、群众认可、村级评议并公示、乡级审核、县级审定并公告的程序，逐年落实贫困退出。

“开展监督检查的目的就是为了以监督保障执行，做到脱贫工作务实、脱贫过程扎实、脱贫结果真实。”该县纪委副书记、县监委副主任杨海表示。

截至目前，全县纪检监察机关共围绕目标标准开展监督检查2360余次，发现并反馈问题3400余个。

为了根基更牢靠　开展基础设施监督检查

“孙孙，家里现在网络好得很呢，爷爷奶奶想看你们的时候，就可以给你们打视频过来咯……”今年4月底，一个阳光明媚的下午，沿河自治县委巡察办第一巡察组的同志来到晓景乡大土村开展基础设施监督检查回访时，看到村里的吴大爷和老伴儿正在和远在广州的孙子接视频电话，你一言我一语地聊着近来的生活境况，其乐融融。

看到巡察组的同志走了过来，吴大爷和老伴儿急忙起身招呼：“同志，你们快进来坐，我记得你们哦，你们第一次来的时候，我给你们反映了村里信号差的事情，没想到短短一个月的时间，就把这个问题解决了，现在手机信号好得很，接视频都不卡……”

今年3月12日，该县纪委第一巡察组组长刘晓东带队来到大土村。“手机网络也差，连微信都收不到，视频就更刷不出来了。”迎面上来的村民，你一言我一语地抱怨着大土村信号差的现状。

巡察干部现场实地检验后，发现确实只有2G网络，打电话也不容易打通。

随后，巡察组立即与晓景乡党委政府了解有关情况，原来大土村信号差是因为信号基站覆盖不足，尤其是关塘、青杠坡两个组几乎没有通信讯号，与外界的联系十分不便。

巡察组随即将问题形成反馈清单向县委巡察领导小组报告，及时与晓景乡、县工业商务局等有关部门反馈了相关问题，并督促限期将问题完成整改。

几天后，该县工业商务局便组织专业技术人员到大土村进行信号测试，并向省通管局拟报建站需求。不到一个月的时间，电信网络配套工程勘察、选址、施工等工作就顺利完成了，村民们终于告别了没有信号的时代。

此外，该县还督促县工业商务局等部门开展举一反三工作，在全县范围内开展排查，确保完成网络基站全覆盖。截至目前，全县 442 个村（居）均已网络全覆盖。

这是沿河开展基础设施监督检查的一个缩影。近年来，沿河纪检监察机关整合“四种监督”力量，紧紧围绕交通建设、安全饮水、电力通信、人居环境等基础设施建设工程开展监督检查，以严监督促严落实，确保交通建设“路路通”、安全饮水“全覆盖”、电力通信“家家有”、人居环境“村村靓”，护航脱贫攻坚成果实，群众获得感强、满意度高。

为了民生更殷实 开展“三保障”监督检查

“同志，我现在已经住进了安全住房，谢谢你们这么关心我……”近日，沿河自治县中寨镇大堡村 87 岁的老人符某花对前来开展工作的纪检监察干部连连道谢。

原来，符某花育有三个儿子，大儿子已去世，二儿子因残疾无赡养能力。因此，符某花一直居住在三儿子秦某果两层砖房旁边的偏房内，偏房透风漏雨，属于不安全住房。

了解到具体情况后，县纪检监察干部向秦某果夫妇俩动之以情、晓之以理，从思想上扭转了秦某果夫妇的认识偏差。

考虑到秦某果一家的具体情况，县纪检监察干部还帮忙协调建筑材料，动员秦某果与村攻坚队员齐心协力将母亲的房子修缮好，让老人有一个安全的养老之所。目前，符某花已搬进秦某果的砖房中，透风漏雨的房子已被修缮完毕。

这是沿河自治县纪检监察干部在脱贫攻坚一线靶向监督，为独居老人户解决住房安全问题的工作缩影。

该县针对类似问题举一反三，抽调6名纪检监察干部和检察院帮扶干部联合组建专项监督组，深入脱贫攻坚一线全力解决独居老人户居住老旧危房、易地移民搬迁户不愿拆除旧房等村脱贫攻坚指挥部难以解决的突出问题，用好、用活法治扶贫手段，教育引导群众遵纪守法，持续为脱贫攻坚保驾护航。

不仅如此，该县还聚焦“两不愁三保障”中的短板弱项，深入开展农村安全饮水专项监察等，不断发现问题，督促整改落实，全力护航民生，助力脱贫。

“上牟山组26户农户的饮水问题终于被解决了，我们再也不用为缺水而发愁了。”土地坳镇马场村村务监督主任文纯跃笑着说。

同时，沿河在铜仁全市率先启动饮水安全工程专项监察，查找问题，限时整改。久旱的马场村上牟山组，清甜甘泉终于流入家家户户，幸福笑容洋溢在全组每一位村民的脸上。而这都仅仅是沿河纪检监察干部护航“三保障”的缩影。近年来，该县纪委县监委紧紧围绕教育、医疗、住房“三保障”持续开展系列监督检查，建立正面清单和问题清单，不断查缺补漏和巩固提升，全面补齐民生短板，全力提升群众获得感幸福感。

督战护民生，愁容变笑容。冯小红说：“群众的利益就是督战的切入点，只有围绕群众关心的事开展监督检查，才能用强有力的‘督’和‘战’提升群众满意度。”

为了搬迁更稳定　开展易地扶贫搬迁监督检查

“易地扶贫搬迁是群众实现脱贫的一项重要举措，更是一场攻坚战，党员干部要找准动员方式、方法，纪检监察机关要加强监督检查，确保群众真搬实住，快步过上幸福新生活。”沿河自治县委书记任廷浬在黄土镇勇敢村调研易地搬迁工作时说。

沿河土地石漠化严重，不少村组存在“一方水土养不起一方人”的窘况。

为助力群众更好更快脱贫致富奔小康，结合群众需求，该县已建成易地移民搬迁安置点 13 个，安置 24774 人，其中建档立卡贫困户 19837 人。

“感谢党和政府，不仅让我们搬进了新家，还为我们在家门口安排了工作，真是做梦也没有想到会过上这样的好日子！”谯家镇铅厂坝村民何文帅通过易地搬迁到该县思州 A 区安置点后感慨地说。

群众是否真搬实住，是否稳得住能致富，成了该县纪检监察机关督战易地搬迁的切入点。于是，该县纪委县监委组建了 13 个挂牌督战组，分别下沉到全县各个易地搬迁安置点，围绕“五个体系”建设推进情况和群众关心的事开展督战，发现并协调解决困难。

挂牌督战组在发现思州 A、B 区易地扶贫搬迁安置点就业培训体系不够完善时，迅速督促相关责任单位切实履行起主体责任，并督办相关部门迅速开展招商引资活动，将工厂引进安置点，将就业岗位带进搬迁群众家门口。据该县投促局相关负责人介绍，目前思州 A、B 区易地扶贫搬迁安置点就已吸引 8 家企业落户，可解决就业岗位 1000 余个。

同样，该县纪委县监委在开展挂牌督战时，接到来自官舟镇易地扶贫搬迁安置点搬迁群众的实名举报，反映社区经常停水停电，给社区管理员反映多次却没有得到妥善处理。随后，督战组及时协调官舟镇党委政府、供电局和供水公司等单位召开碰头会，协商解决办法对症下药，将存在问题逐一销号，并签订了相关保障协议，确保安置点水电长期得到保障。

易地搬迁领域容不得丝毫腐败和作风问题。2017 年来，全县因易地扶贫搬迁工作落实不力、作风不实而受到党政纪处分的就有 12 人。针对易地搬迁领域案件暴露出来的问题，该县纪委县监委督促相关单位深入开展“一案一整改”进行举一反三、对照反思，警示他人防微杜渐。

“下一步，我们要将易地扶贫搬迁‘后半篇文章’作为挂牌督战的重头戏，尽快督促完善各个易地搬迁安置点的‘五个体系’建设，让搬迁群众能更好地就业、就学、就医、办事更方便快捷、生活更顺畅舒心。”县纪委县监委相关负责人表示。

为了群众更增收　开展产业扶贫监督检查

“纪检监察机关要加大对全县‘四大产业’的督导力度，紧盯产业发展进度、成效和利益联结机制，护航各项产业发展有序推进。”沿河自治县委副书记、县长何支刚在一次工作提示中对纪检监察干部提出明确要求。

随后，该县纪检监察机关闻令而动、遵令而行，13 个挂牌督战组迅速扑到一线，抢抓产业发展有利时机，深入田间地头、企业车间、塑料大棚，围绕“三落实”、上级反馈问题整改以及全县产业发展等情况，采取明察暗访、查阅资料、实地走访等方式开展监督检查，以严监督促严落实，倒逼脱贫攻坚产业发展各项责任落实见效。

“上次你们来之后，镇村帮我协调到了建筑材料，圈舍很快就被修好了，3500 头猪崽也全部到位了，现在我们忙都忙不过来。”近日，沿河自治县纪委监委挂牌督战组来到中寨镇清塘村生猪代养点进行回访时，养殖户田创边搅拌猪饲料边和工作人员笑着说。

这是该县纪委监委挂牌督战组开展“四大产业”专项监督检查发现问题整改情况开展“回头看”的一个缩影。

2020 年来，该县纪委县监委挂牌督战组已对“四大产业”开展专项监督检查 378 次，涉及全县 22 个乡镇（街道），帮助协调解决问题 72 个。

“我们通过集中开展脱贫攻坚工作专项督战，主动发现问题，督促责任单位帮助协调解决问题，为全县决战决胜脱贫攻坚提供坚强纪律保障。”该县纪委监委相关负责同志表示，下一步将聚焦监督保障执行、促进完善发展，深入一线扎实开展督战，助推“四大产业”顺利推进、带民致富。

近年来，该县纪检监察机关在正确处理“督”与“战”的关系上下大力气，始终以群众的利益为首，围绕“三落实”、上级反馈问题整改以及全县产业发展等情况，采取明察暗访、查阅资料等方式开展监督检查，以严监督促严落实，倒逼脱贫攻坚各项责任落实见效。

为了就业更保障 开展稳岗就业监督检查

“各校长和教管中心主任要切实履行好主体责任，加强对中职招生工作的督促指导，推动辖区中职招生工作顺利开展……”近日，沿河自治县纪委县监委派驻第七纪检监察组将监督关口前移，对全县部分中学校长、教管中心主任进行了集中约谈。

就读中职学校是保障贫困学生稳定就业的有效途径之一。近年来，该县积极向沿河中等职业学校输送生源，同时，加大对毕业生就业的扶持力度，确保实现“职教一人、就业一人、脱贫一家”。

此外，该县纪委县监委多次派出监督检查组深入企业实地走访，倾听企业家心声，发现问题并协调有关部门解决问题，对落实不力的职能部门进行集中或单独约谈，助推优化全县营商环境，为全县“稳就业”夯实基础。

党中央决策部署到哪里，监督保障就跟进到哪里。今年来，该县纪委县监委紧紧围绕做好“六稳”工作、落实“六保”任务，立足监督专责，充分发挥监督保障执行、促进完善发展作用，为维护经济社会发展和社会稳定大局、完成决战决胜脱贫攻坚目标任务、全面建成小康社会提供坚强纪律保障。

该县纪委县监委印发了《关于围绕做好“六稳”工作落实“六保”任务开展监督检查的实施方案》，重点围绕打好三大攻坚战，加大“六稳”工作力度，做好“六保”任务落实，以及复学复课、减税降费、支持实体经济、帮扶中小企业等政策措施加强监督检查，推动在疫情防控中全面复工复产达产。

该县纪委县监委按照“谁联系，谁负责”的原则，将监督检查关口前移，由各派驻纪检监察组采取听取汇报、查阅资料、实地检查、走访调研等方式，对涉及“六稳”“六保”工作任务的联系职能部门及下属单位直接开展监督检查，在一线发现问题、帮助协调督促解决问题。

“发现问题是为了整改问题，助推‘六稳’‘六保’工作有序有效推进。”该县纪委县监委相关负责人表示，下一步将常态化开展监督检查工作，建好用好问题发现、问题线索处置、问题整改三个台账，做细做实日常监督，推进做好“六稳”工作，落实“六保”任务，持续维护群众就业稳定。

为了成果更巩固 开展“四不摘”监督检查

“大哥您好，您家今年有几口人务工？”

“收入来源都有哪些？”

“您的包户干部最近来过您家里吗？”

“包户干部每次来您家都做些什么事啊？”

“您家通自来水吗？”

“村里的产业分红拿到了吗？”

……

近日，沿河自治县纪委县监委干部正在进村入户走访群众，了解脱贫攻坚“四个不摘”落实情况。

今年来，该县纪委县监委深入贯彻党中央关于打赢脱贫攻坚战的决策部署，聚焦主责主业，紧紧围绕脱贫攻坚“四个不摘”落实情况，持续加强扶贫领域监督执纪问责工作，为决战决胜脱贫攻坚、巩固提升脱贫成效提供坚强纪律保障。

据了解，该县纪委县监委成立了 13 个挂牌督查组和 6 个暗访督查组，结合各级巡视、巡察反馈的问题意见及各级脱贫攻坚成效考核中反馈的问题整改等工作，围绕“四个不摘”是否落实，扶贫资金是否跑冒滴漏，产业项目是否发挥效益，是否存在虚假脱贫、数字脱贫等问题开展明察暗访，对发现的面上问题，督促立行立改；对违纪违规问题，从严从快查处问责。

此外，该县还建立县纪委县监委班子成员 “包片督战”机制，不定期进村入户开展明察暗访，并通过“发函督办、限期整改、末位约谈”等方式传导压力，督促各单位履职尽责。

今年以来，已开展 7 轮明察暗访，发现问题 230 余个，印发监督检查专报7份，下发督办函8份。

“今年是脱贫攻坚收官之年，越往后越不能松劲懈怠。下一步，我们将坚持节奏不变、力度不减、尺度不降，持续加强对脱贫攻坚‘四个不摘’落实情况的监督，强力惩治扶贫领域腐败和作风问题，为打赢脱贫攻坚战、巩固提升脱贫成效保驾护航。”沿河自治县纪委县监委主要负责人表示。

为了乡村更振兴 开展“过渡衔接”监督检查

“要坚持问题导向，紧盯关键少数，精准抓好政治监督、日常监督，为‘确保高质量、打好收官战’，深入推进脱贫攻坚与乡村振兴有效衔接提供坚强保障。”9月21日至22日，省委常委、省纪委书记、省监委主任夏红民到沿河自治县调研时强调。

随后，沿河自治县纪委县监委迅速召开会议传达学习贯彻夏红民到沿河调研时的指示精神，谋划开展好脱贫攻坚和乡村振兴有效衔接系列监督检查，护航衔接顺利、过渡无缝。

“全体干部要充分认识到脱贫摘帽不是终点，而是新生活、新奋斗的起点。必须铆足干劲，不懈奋斗，坚决做好脱贫攻坚成果与乡村振兴有效衔接，不断加强人民群众幸福感、获得感。”冯小红多次在工作安排部署会上表示。

乡村振兴发展，重头戏在乡村。沿河纪检监察机关把侧重点放在了对基层干部权力运行的监督上，持续督促各级党组织重点抓好乡村振兴第一书记队伍、包村镇干部队伍和村干部队伍建设，引导广大基层干部履职尽责、担当作为。

同时，该县还聚焦民生资金管理使用等薄弱环节，对民生资金的申请、发放、使用等环节进行全程监督，精准运用监督执纪“四种形态”处理雁过拔毛、截留挪用、虚报冒领、优亲厚友等违纪、违法问题，推动乡村党务、政务、村务公开，确保阳光透明、规范运作，维护好人民群众切身利益，为乡村振兴战略高质量发展凝心聚力。

“站在脱贫攻坚与乡村振兴的历史交汇期，我们将以‘功成不必在我’的精神境界和‘功成必定有我’的历史担当，主动投身到乡村振兴伟大事业中，为中华民族伟大复兴贡献更多智慧和力量。”沿河自治县纪委县监委第四纪检监察室负责人表示。

奋力的耕耘终于迎来收获！日前，贵州省政府宣布：全省最后9个未摘帽的县全部退出贫困县序列。至此，沿河自治县终于脱贫摘帽。

“雄关漫道真如铁，而今迈步从头越。”回首脱贫攻坚的历历往事，沿河纪检监察干部为这一大好消息振奋、激动、拍手叫好、热泪盈眶。但他们不会止步，将继续肩负使命，为着新的更大目标再出发、再奋进、再拼搏，只争朝夕、不负韶华，筑梦成真！

铜仁市创新机制破解行政应诉三大难题

◇ 铜仁市委改革办

近年来，铜仁市深入贯彻落实习近平法治思想，探索人大监督机制、审判应诉机制、行政化解机制共同发力，有效破解行政机关负责人应诉“告官不见官、出庭不出声、出声不出效”难题。行政机关负责人应诉出庭率从2017年的72.1%上升至2019年的88.32%，连续三年位居全省第一。

创新人大监督机制，破解“告官不见官”难题

一是优化制度设计。市人大常委会深入推动市域治理体系和治理能力现代化，扎实推进地方立法，做优法规制度设计，全力保障制度供给，先后制定《铜仁市锦江流域保护条例》《铜仁市梵净山保护条例》等6件地方性法规，构建了较为完备的地方法规体系，为推动行政负责人出庭应诉提供了制度支撑和法治保障。强化统筹设计，积极争取市委支持，把行政机关负责人出庭应诉纳入依法行政工作内容，督促政府制定《铜仁市行政机关主要负责人出庭应诉制度》，各区县相继出台相关配套措施，实现负责人出庭应诉制度化推进。二是强化监督问效。市人大常委会把行政应诉工作纳入人大监督议题作为促进依法治市的重要抓手。开展跟踪监督，按照“年初定方案、年中有动作、年末有总结”的要求，通过查阅卷宗、庭审观摩、听取汇报等多种形式开展监督，适时听取市中级人民法院关于行政机关负责人出庭应诉工作情况报告，研究解决改革过程中出现的新情况新问题，推动行政应诉工作有效运行。开展联动监督，要求市中级人民法院每月初就本月全市两级法院行政案件开庭排期表及开庭传票复印件报送市人大监察司法委，对区县人民政府为被告的行政案件，分发至被告所在区县人大，对应诉工作提出监督意见，提升监督实效，确保“告官见官”。三是量化考核考评。市人大常委会坚持以量化考核正向助推与通报批评反向倒逼方式相结合，努力提升行政机关负责人出庭应诉率。建立考核制度，每年初牵头组织市中级人民法院、依法治市办等相关负责人召开座谈会，确定年度目标，制定考核指标、设定考核分值，要求区县将行政机关负责人出庭应诉工作纳入绩效考核范畴，实行分级考核，不断提升出庭应诉率。建立通报制度，采取会议、半年、年终通报等形式，对行政机关负责人出庭应诉情况进行统计分析并在全市范围内通报，对长期不重视、执行不到位的行政机关，将其通报给纪委监委部门依法予以问责，作为行政机关负责人提拔任用的依据，倒逼行政机关负责人从“要我出庭”转变为“我要出庭”，推动行政机关负责人出庭应诉常态化。

创新审判应诉机制，破解“出庭不出声”难题

一是强化应诉互动。市法院建立完善诉求表达、矛盾化解机制，强化应诉引导，及时向行政机关送达《行政机关负责人出庭应诉须知》，实行预约开庭制度，明确庭审重点，做到应出尽出。深化行政司法良性互动，与政府联合制定《行政复议与行政审判联系制度》《关于行政争议诉前沟通协商办法》，探索建立常态化联系、多方位沟通、共同化发展的互动新模式，合力推动出庭应诉工作。建立完善行政争议解决制度，积极探索诉源治理，不断规范行政诉讼撤诉，引导行政相对人自愿化解行政争议，切实缓解官民矛盾。截至目前，审结的行政诉讼案件中，达成和解 85 件，协调撤诉 251 件，协调撤诉率 11.3%。二是规范应诉流程。建立应诉通告制度，制定并送达“出庭建议书”，告知负责人出庭应诉的要求、时间、地点、权利义务及不利后果，确保出庭应诉效果。建立庭审发言制度，增设行政机关负责人发言环节，要求出庭负责人应当就案件情况进行陈述、答辩、发表最后意见，对当事人陈述的主张与理由，行政机关负责人予以回应，对存在争议的地方，行政机关负责人必须做出相应的解释，促进行政争议化解。建立庭审表现评价机制，针对“出庭是否出声、应诉是否应答”情况，承办法官对负责人庭审表现情况量化评价，同时组织行政机关负责人、人大代表等旁听庭审并进行客观评价，定期将评价结果报送市人大常委会、被诉行政机关。2017 年以来，先后邀请行政干部旁听行政案件庭审 500 余人次，其中行政机关班子成员旁听 90 余人次；发出庭建议书 123 份，此类案件出庭应诉率 100%。三是营造应诉氛围。坚持以司法体制改革为引领，以行政案件管辖制度改革为契机，探索行政审判“跨域诉讼服务 + 智慧诉讼服务”新模式，先后确定碧江区、思南县、印江自治县法院相对集中管辖 10 个区县行政诉讼案件，有效防范行政干预，不断优化行政应诉环境。加强宣传激励，运用网站、官方微信、抖音等媒介，不定期公布行政机关负责人出庭应诉情况，加强行政机关负责人出庭应诉典型案例宣传，让先进典型发挥引领示范作用，先后宣传行政机关负责人出庭应诉案件 200 余件，不定期公布行政机关负责人出庭情况 30 余次。

创新行政化解机制，破解“出声不出效”难题

一是压实责任限期化解。引入行政机关负责人参与行政争议纠纷化解机制，严格落实行政机关负责人出庭应诉年度报告和败诉行政案件报告制度。对败诉案件实行销号管理，涉诉行政机关自觉执行法院判决和裁定，逐一制定整改措施、明确整改时限等，并分别将整改化解清单和整改化解情况报市人大常委会备案和销号。2017 以来，全市行政机关败诉案件累计 1421 件，已销号 1278 件。二是因案施策分类化解。分类推动行政诉讼案件有效化解，针对涉及食品药品安全、生态环境和资源保护、公共卫生安全等领域的重大公共利益，以及社会高度关注或者可能引发群体性事件等案件，按照“专人专责、专题研究、分类整改”要求，建立“一案一策”档案，成立专项工作领导小组，定期邀请人大、法院和相关部门召开联办会议，因案施策采取依法撤销、变更、赔偿和停止执行原行政行为等措施，分类别解决行政相对人诉求。2017 年以来，全市行政机关涉诉案件确认违法 1026 件，依法撤销 753 件，变更 594 件，赔偿 204 件，停止执行原行政行为 69 件。三是回访跟踪实质化解。加大对行政败诉案件化解的定期回访和持续跟踪力度，全力推动行政争议化解出实效。建立备案制度，要求涉诉行政机关将负责人出庭应诉案件的基本案情、法院判决结果、整改落实措施等情况向本级政府应诉复议部门备案，以便行政复议部门动态掌握行政争议化解进度和成效。实施跟踪回访，按照法院印发《行政审判白皮书》、对行政机关败诉案件“一案一司法建议”要求，由政府牵头、部门配合，围绕涉及的诉讼案件及群众开展跟踪回访，建立行政诉讼案件回访台账，逐案督导、跟踪回访。2019 年以来，全市共建立行政诉讼案件回访台账 55 个，累计开展跟踪回访 76 次，有效促进行政争议化解，实现法律效果、政治效果、社会效果的有机统一。

“法治扶贫”遍岭开花！贵州铜仁“政法铁军”护航脱贫攻坚

◇ 李孝成

不忘初心、牢记使命。

近年来，在贵州省铜仁市委的坚强领导下，铜仁市各级政法机关在助推铜仁脱贫攻坚战役中，因地制宜、因情施策、因村兴业，帮助村集体和农户选准富民产业载体和路子，谋项目、兴产业、筑平安、促发展，推动扶贫开发向“造血式”“精准式”转变，为打赢脱贫攻坚战保驾护航，吹响一曲曲铿锵嘹亮的政法扶贫凯歌。

他们用法治之光，照亮铜仁脱贫之路。用思想引领，让“定点扶贫”落地见效。

久困于穷，冀以小康。

铜仁地处武陵山腹地，是全国14个集中连片贫困区之一武陵山脱贫攻坚主战场、主阵地。因千山耸峙、沟壑纵横、八山一水一分田的历史原因，铜仁久困于穷，常常一方水土养不起一方人。

“如何走出层层叠叠的大山，一直困扰着一代又一代山里人，如何帮助大山里的老百姓摆脱恶劣环境和贫困。”铜仁市一直在思考、在努力。

智者顺时而谋，愚者逆时而动。为此，铜仁市委迎难而上，谋定而动。

“扶贫没有捷径，脱贫只是起点。”铜仁市委政法委闻令而动，成立政法委扶贫工作领导小组，明确目标任务，提出工作要求，建立相关机制。

千里之行始于足下，长远的目标要靠脚踏实地一步一步地实现。铜仁市委政法委主要领导亲自挂帅，主动认领脱贫攻坚任务，定点帮扶松桃苗族自治县盘石镇水源村，牛郎镇红卫村、黄腊溪村；挂牌督战沿河土家族自治县黄土镇（重点联系平原村和大元村），共调研 20 余次，走访群众 500 余人，政策宣讲 28 场次，协调帮扶各类扶贫资金 800 余万元。

“面朝黄土背朝天，一年四季不得闲，种田种地都很难，过了一年又一年……”这是千百年来流传在黄土镇群众口中的歌谣。黄土镇位于沿河土家族自治县西北部，辖 14 个行政村，149 个村民组，总人口 23223 人。该镇属二类贫困乡镇，现有建档立卡贫困人口 347 户 1411 人，贫困发生率为 6.08%。

与其临渊羡鱼，不如退而结网。苦干实干是实现脱贫攻坚的唯一路径。

欲让政策落地见效，必须要主动作为，打好“组合拳”。2020 年 4 月 11 日，春寒料峭，清明节假期刚刚结束，铜仁市委政法委书记、市公安局局长黄爱民带队到黄土镇 14 个行政村开展脱贫攻坚大检查，查找出产业发展、人居环境整治、“一达标两不愁三保障”、攻坚氛围不浓、基础设施建设等 5 个方面 23 个具体问题，针对这些问题，黄爱民对症下药，一一开出解决问题的“良方”。

“晴天一身灰，雨天一身泥。”黄土镇简家村招兵营组至简家小学道路坑坑洼洼，原本 3 里多的路程要走 2 个多小时，给当地百姓尤其是孩子上学带来极大不便。“今年初，黄爱民积极对接协调省民宗委，争取到贵州益佰制药股份有限公司的捐赠资金 50 万元，用于该段通组路硬化，有效解决 600 多名村民的出行难问题。”谈到这次的帮扶，村民个个都竖起大拇指。

“脚下沾满多少泥土，心中就倾注对脱贫攻坚多少感情。”2020 年以来，黄爱民先后 7 次带队到黄土镇挂牌督战脱贫攻坚工作，协调各类帮扶资金 325 万元，为该镇产业发展、产销对接、人居环境改善以及贫困群众就业注入一剂“强心剂”。

千里莺啼绿映红，水村山郭酒旗风。如今，漫步在铜仁市委政法委重点帮扶的平原村和大元村的乡间大路上，一寨一景，移步换景，风光无限好，一幅生产美、生态美、生活美的崭新画卷正在两个村的山山岭岭徐徐铺展。

“悠悠万事，脱贫为大。”铜仁市委政法委先后还定点帮扶了江口县桃映镇妙石村，石阡县花桥镇周家湾村、白沙镇岩上村、枫香乡金风村等11个贫困村，派3名政法干部担任第一书记，积极开展支部联建活动，及时传递的党的好声音，宣讲脱贫攻坚各项惠民政策，脱贫攻坚有的放矢、有条不紊，迅疾展开。

“妙石村山旮旮，天干雨旱地光光，有儿不去挑担担，有女不去磨背背。”这句流传千百年的顺口溜曾是昔日江口桃映镇妙石村的真实写照。几年前，妙石村没有一条水泥路，经济发展水平落后，属于一类贫困村。为此，铜仁市委政法委机关主动作为，协调资金30万元改善基础设施、扶持茶油产业和稻田养鱼项目，带动贫困户300余人，2018年该村顺利出列。

红日西沉，眉月挂天际。如今，走进妙石村，一排排红瓦白墙绿树相映成趣，一道道盘山水泥硬化路仿佛一条条巨龙交错萦绕，青山碧水蓝天相得益彰，给宁静的山村注入了新的活力。“自从市政法委帮扶了我们村，水泥路通了，太阳能灯亮了，产业发展起来了，老百姓的腰包也鼓起来了。”谈到村里的变化，该村党支部书记刘秧侫感慨万千。

“咬定青山不放松，任尔东西南北风。”实践证明，在这场全党全国总动员的伟大扶贫战役中，铜仁各级政法机关既不是过客，也不是看客，而是大有作为的实干者。

漫漫扶贫路，浓浓政法情。铜仁市政法干警乘着脱贫攻坚这股东风，浩荡前行、砥砺前进，描写了一副百姓富、生态美、人民和的美好铜仁政法画卷。

依法严惩，“法治扶贫”遍岭开花

跃迁之时，当有勇智之策；攻坚之际，最需法治助力。

金秋十月，兰桂飘香。走进印江土家族苗族自治县人民法院诉讼服务大厅，“脱贫攻坚司法保障平台——涉贫诉讼绿色通道”的标示牌特别醒目。

“法官，求求你们教育下我儿子，他不管我们全家死活啊……”印江土家族苗族自治县杉树镇村民马祥泽，2015 年 9 月独自外出务工，留下患有腿疾的父亲、患有因癫痫致精神障碍的妻子，还有年幼的儿子，家里一贫如洗，几年来从不过问家人生活。2018 年 10 月，其父将他告上法庭。

“上不赡养父母，中不照顾妻子，下不呵护小孩，岂有此理？”听到老人的诉求后，印江土家族苗族自治县人民法院立案庭当即立案调查。同年 11 月，该院对此案进行公开审判，依法判处被告人马祥泽有期徒刑 1 年，缓刑 2 年。

据印江土家族苗族自治县人民法院立案庭庭长张飞介绍，该平台输入了全县贫困人口 3.45 万的名字和身份证，只要他们来立案，系统马上就会显示出来，对于这类案件的受理，他们会贴上绿色标签，一路绿灯。

扶贫有了“法”，脱贫才有办法。四年来，该院共审结涉及贫困户案件近 400 件，涉及贫困对象 2970 人，减免诉讼费、执行费以及发放司法救助金共 123.1 万元，切切实实让贫困当事人感受到司法的温暖，同时为 2018 年全县成功撕掉千百年来的“贫困标签”做出法治贡献。

打击犯罪是公安机关的第一法定职责，尤其对阻碍破坏脱贫攻坚方面的违法行为，公安机关必须采取“零容忍”，全力为脱贫攻坚保驾护航。

2019 年 3 月至 5 月，犯罪嫌疑人吴奎将德江县吴奎肉牛养殖专业合作社的肉牛销售后，未将 70 万元资金转存到合作社的对公账户上，另作他用涉嫌挪用资金罪。接到报案后，德江县公安局经侦大队当即立案侦查，并于 11 月 14 日以挪用资金罪对吴奎实施逮捕，2020 年 1 月 9 日该案移送至德江县人民检察院。

“脱贫攻坚无小事，一枝一叶总关情。”2018 年 6 月 20 日 9 时许，万山区公安局谢桥派出所接报警电话称：“在万山区仁山办事处挞扒洞村塔寨组，蒋建国故意损毁‘四改一维’提示牌，请出警。”接警后，该所民警立即赶到现场，经核实情况属实。根据《中华人民共和国治安管理处罚法》相关规定，依法对蒋建国处以行政拘留 5 日的处罚。这仅是公安机关打击破坏脱贫攻坚违法犯罪一个缩影。

平安，是和谐之基、小康之需、人民之盼、公安之责。2016 年以来，铜仁市公安局机关刑事立案 48210 起，同比（“十二五”期间 62341 起）下降 22.67%。受理行政案件 64207 起，办结 43728 起，行政处罚 51900 人。其中受理脱贫攻坚领域行政案件 785 起，办结 657 起，行政处罚 600 余人。排查脱贫攻坚各类矛盾纠纷 2123 起，化解 1403 起……

一串串数字、一个个业绩，彰显了铜仁市公安机关为构建和谐稳定的社会环境栉风沐雨、任劳任怨的铮铮铁骨，同时也留下保驾护航脱贫攻坚战的闪光足迹。

扶贫资金承载着保民生、兜底线的制度善意，是社会公平正义的重要保障。同时，扶贫资金也是“高压线”，谁碰谁触电。

时光追溯到 2016 年 8 月，沿河土家族自治县夹石镇实施贫困户房屋改造工程，工程由监督员敖某林负责，工程竣工后，敖某林伪造村干部签名编造虚假验收报告，骗取房屋改造工程款 87909 元后外逃。

“法网恢恢，疏而不漏。”2019 年 11 月，沿河土家族自治县人民检察院以涉嫌诈骗罪对敖某某批捕、起诉。

“扶贫资金是贫困群众的‘保命钱’和减贫脱贫的‘助推剂’。作为一名基层干部，敖某林不但没有履行好自己的监督职责，反而对扶贫资金动起了歪脑筋，最终身陷囹圄。”谈到敖某林的涉嫌诈骗行为，该县检察院第一检察部副主任敖晓云做出这样的评判。

精准扶贫必须确保各项资金真正惠及群众。然而一些扶贫资金被一些干部利用手中权力“雁过拔毛”。检察机关作为反腐败重要职能部门，促进惠农资金足额落实到位，有力惩治和预防惠农扶贫领域职务犯罪，义不容辞，责无旁贷。

“决胜脱贫攻坚，彰显检察担当。”2018 年 5 月 17 日，杨军（系碧江区农业农村局渔业技术推广站站长）以其女朋友朱某某的名义注册一家公司。2019 年 6 月 28 日，杨军以公司的名义与碧江区滑石乡政府签订“豹子营淡水养鱼产业扶贫项目”委托建设协议，之后滑石乡政府向杨军公司预拨工程款 25 万元，而杨军将该笔款项取出用于个人私用，企图用虚假的 26 万元发票冲抵之前预支的 25 万元时，被工作人员发现，遂案发。

“天理昭昭，难逃法网。”2020 年 1 月 21 日，碧江区人民检察院批准逮捕杨军，并依法提起公诉。6 月 1 日，杨军因犯诈骗罪被判处有期徒刑 1 年，追回 25 万元资金，并处罚金 1 万元。

“一公则万事通，一私则万事衰。”德江县刘某某诈骗案，印江陈某某故意伤害案，玉屏姚某某等 15 人故意毁坏财物案，沿河股金社非法吸收公众存款案等涉及脱贫攻坚的案件，检察机关充分发挥职能，依法提起公诉。据统计，开展脱贫攻坚以来，全市各级检察机关依法提起公诉涉脱贫攻坚案件 155 件 248 人，涉贫困群众 1.8 万人。

法者，天下之公器；法律是维护社会公平正义的最后一道防线。

2020 年 6 月 19 日清晨，德江县人民法院第一调解室人头攒动，11 位农民工面戴口罩，神色严峻，他们焦急地等待法官调解拖欠工资纠纷结果。在调解员的调解下，贵州建工梵净山建筑公司当场向覃某芬、陈某贵等 11 位农民工发放了劳动工资报酬 19880 元。至此，历经一年的劳资纠纷画上圆满句号。

无独有偶。“松桃苗族自治县人民法院把诉讼服务窗口前移，在太平营街道设立‘诉调对接中心’，仅用 1 天时间就把老板欠我们 3 年的工资送到手里，太感谢了！”现年 48 岁的牛郎镇务工人员吴文钊一边数钱，一边激动地说。

“人民法官为人民，法官为民解烦事。”据了解，2018 年 2 月，江某带领 39 位农民工帮杨某承揽贵州某农业发展公司建设食用菌基地办公用房。经结算共欠工资人民币 138484 元。因杨某被公安机关羁押在看守所一直未以贵州某农业发展公司结算。3 年来，39 名农民工多次讨薪未果。2020 年 6 月 12 日，他们抱着试一试态度到松桃县法院太平营街道“诉调对接中心”，没想到一天后他们就拿到了血汗钱。

“挥法律之利剑，持正义之天平，除人间之黑恶。”2017 年 9 月以来，碧江区川硐办事处万某韦、杨某军为首的涉恶团伙，采取组建车队抱团的方式强迫交易，多次以暴力、威胁等手段强行索要“五改一维一化”、“防洪堤”等脱贫攻坚项目的运输，严重扰乱当地经济和社会秩序，造成恶劣的社会影响。

“砰！”随着清脆的法槌敲响声，2018 年 12 月，万某韦、杨某军等涉恶团伙犯罪一案尘埃落定，涉案人员分别判处有期徒刑 7 年 6 个月至 7 年 8 个月不等，并处予罚金，彰显了法律权威，弘扬了社会正气。

毒瘤不除，民心难安。脱贫攻坚事关全面小康，依法惩处涉脱贫攻坚违法犯罪分子正是民心所向、众望所归。

“为脱贫攻坚保驾护航，一追到底，绝不姑息。”据统计，开展脱贫攻坚以来，铜仁市各级法院依法审结涉脱贫攻坚案件 975 件，涉贫困人数 2 万余人，涉案金额 11272.45 万元，用法治之光护航脱贫攻坚，惩治了违法犯罪行为，维护了社会公平正义。

易地扶贫搬迁是解决一方水土养不好一方人的问题，是实现贫困群众跨越式发展的重大举措，也是打赢脱贫攻坚战的重要途径。但随之而来的是社区人口激剧增长、治安形势日趋严峻、各种矛盾相互交织等社会问题。

“从忧居到安居，从山沟到城镇，从下田到上班……”位于碧江区灯塔街道的矮屯社区，是铜仁最大的易地扶贫搬迁安置点，主要承接碧江区、印江土家族苗族自治县、松桃苗族自治县、沿河土家族自治县的搬迁群众，该社区占地面积 104641 平方米，共计安置 3119 户 12296 人。2018 年是实施易地扶贫搬迁的第一年，当年碧江区灯塔派出所共受理该社区各类报警 638 起，同比上升了 51%；立盗窃案件 44 起，其中盗窃嫌疑人该社区就占 73.5%。

治安繁杂，维稳压力大，成为不可回避的现实。创新社区治理联动新模式势在必行！

“矛盾不深化、风险不外溢。”铜仁出台《关于进一步推进易地扶贫搬迁安置点社区治理体系建设工作实施方案》，制定“社区综治中心 + 法律服务中心 + 警务室 +N 联动”调解机制，各级政法委机关充分运用“一分析三报告”工作机制，围绕刑事案件、治安隐患、矛盾纠纷、交通秩序管理、进京赴省非防等开展联动排查化解，及时发现和消除易地搬迁安置区的各类风险隐患，有效维护社区和谐稳定。

“通过 3 年的综合治理，如今矮屯社区矛盾减少了，居民和谐了，治安环境越来越好了！”谈到社区前后的治安变化，矮屯安置点支部书记黄昌举如是说道。

求木之长者，必固其本；欲流之远者，必浚其源。截至目前，铜仁市易地扶贫搬迁安置区建立综治中心 64 个，设置警务室 54 个，配备警务人员（含辅警）174 人；投入各项技防设施 2195 台。共组建群防群治组织 106 个，法律服务站点 81 个，矛盾纠纷调解组织 146 个，共排查矛盾纠纷 1292 件，调解率为 100%。

一手扬利剑，一手抓普法。贫困地区法治建设基础薄弱，群众法律意识相对比较淡薄。为此，铜仁市各级司法行政机关组织开展法治扶贫“小手拉大手”行动、“普法一名学生带动一个家庭”法治宣传教育活动。司法行政系统驻村干部定期到联系村开展脱贫攻坚政策集中宣讲，利用村民会、院坝会等形式等大力宣传精准扶贫、土地承包转让、外出务工劳动保障、法律援助等与群众生活密切相关的涉农法律法规，积极引导贫困地区干部群众自觉学法用法、遵法守法、遇到问题找法的法律意识。

“规矩者，方圆之器也。”积极推动法律服务“重心”下沉，切实打通法律服务群众最后一公里。有效推动公证、司法鉴定、仲裁法律服务力量下沉，各区县法律援助中心还在辖区乡镇（街道）建立法律援助工作站，所有贫困村建立法律援助联络点，深入贫困县、乡镇、村开展相关法律服务。对建档立卡困难群众的申请法律援助，实行优先受理、优先指派，对情况特殊的人员采取“先援助，后审批”，切实解决了基层贫困群众最关心、最现实、最迫切的法律问题。

“情系于民，植根于民，服务于民。”目前，铜仁共建市县乡村级公共法律服务中心 2784 个，共有法律服务人员 3703 人，全市“城市半小时，农村一小时”公共法律服务圈基本形成，2018 年以来，铜仁市共为建档立卡贫困户提供法律援助 1531 件，服务贫困人员 13.2 万人。

奉法者，强者国强；奉法者，弱者国弱。

铜仁在脱贫攻坚的路上以良法促善治，以良法脱真贫。全市政法机关的“法治扶贫”号角，早已在黔东大地猎猎吹响，吹出清风正气，吹出朗朗乾坤。

多管齐下，“产业扶贫”硕果累累

十月的铜仁大地，秋雨连绵，青山如黛，硕果飘香。

雨后初晴，清晨的一缕阳光洒在石阡白沙镇羊角山万亩茶场，秋风吹拂，茶香阵阵，这是秋茶采摘的最佳时节。一群采茶女提着花篮，边哼山歌边采茶，一片片的嫩叶落入篮中，散发出甘醇清香，沁人心脾。

“2019 年该茶园销售额达 80 余万元，带动贫困户 2000 余户。受雨季影响，今年的茶叶产量有所下降，但由于生长环境好，茶叶品质优，销售额应该不会低于去年。”谈到单位对该镇的脱贫攻坚帮扶项目，市委政法委驻白沙镇大堰村第一书记谢广沐喜上眉梢，信心满满。

“春种一粒粟，秋收万颗子。”这仅是铜仁市委政法委机关定点帮扶扶贫项目的一个缩影。

和衷共济，天道酬勤。白沙镇袁家坡、大堰、谷米寨、岩上、葛坪村 5 个村，是铜仁市委政法委机关的定点帮扶贫困村。5 年来，他们把产业扶贫造血作为精准脱贫核心工作，构建“龙头企业＋产业园区＋合作社＋致富能人＋贫困户”五方联动产业发展机制，打造了1个烤烟种植区、6个茶叶和优质水果产业园，成立4个专业合作社，培育9名创业致富带头人，带动群众通过土地流转、入股分红、转移就业、种养带动等方式入社入园，使特色产业全面覆盖贫困户。2017年，5个村全部脱贫摘帽。

一项项扶贫政策落地生根，一件件民生实事开花结果，一张张“百姓账单”共享发展。在脱贫攻坚战役中，铜仁市各级政法机关驻村第一书记和驻村干警下足“绣花功夫”，坚持扶贫与扶志、扶智相结合，持续激发群众内生动力。

“十里种着金疙瘩，脱贫致富全靠它。”这是流传在松桃苗族自治县牛郎镇黄腊溪村群众口中的一串谚语。深秋时节，正是花生收获的季节。在该村珍珠花生种植基地里，数十名贫困群众正趁天气晴好，忙着抢收珍珠花生，有的群众或采摘，或挑选，或搬运，或过称、装车，订单企业如期前来收购，一派繁忙丰收景象。

“今年雨水充足，珍珠花生喜获丰收，每亩达210公斤，比常规品种增产近50斤，按市场价8元/公斤收购，每亩收入1600元以上，是传统玉米种植收入的3至4倍。”该村龙贫困户杨胜林一边采摘花生，一边掰指头算这笔经济账。

“吃水不忘挖井人，致富不忘带头人。”以上项目得益于铜仁市公安局驻该村工作队员张仕兵。据了解，以前的黄腊溪村没有任何产业，村集体经济收入为零，2018年张仕兵被派驻到该村后，因地制宜积极协调资金30余万元发展珍珠花生项目，目前该村共种植300亩珍珠花生，年产量20000余斤，产值达20万元，有效带动80户贫困户脱贫，集体经济也有了起色。

“产业扶贫，贵在精准。”如果说项目建设是撬动经济发展的“总开关”，那么产业扶贫就是增强贫困地区造血功能、帮助贫困群众就地就业的“好法宝”。

“唖唖唖……”2020 年 8 月 18 日，秋高气爽，伴随着声声换猪声，300 头小猪按户头分给江口县桃映社区 26 户生猪代养户。“感谢江口县司法机关投入扶贫资金 50 万元，协助我们发展良善溪生猪代养项目，实现社区 83 人顺利脱贫。”该社区主任姜启果激动地说道。

中国式脱贫，贵州在攻坚，铜仁在决战。

铜仁政法机关的法治脉搏与实现全面小康一齐跳动，这是使命，更是担当。

寒露刚过，秋雨连绵。松桃苗族自治县大路镇大湾村，崇山密林间，依旧绿意盎然，只见一只只毛色鲜亮的土鸡，或在树梢上休憩，或在草地上追逐，一派生机勃勃的景象。

“咯咯咯！吃饭喽！”村民杨昌发双手捧着玉米向地面抛去，四面八方的土鸡群蜂拥而来，活力十足。

杨昌发是这个林下生态肉鸡养殖基地的管理员，像这样的养鸡棚，全村有 18 个，共养殖 17000 羽生态肉鸡。曾是贫困户的他，在这片山林每月管理费 2900 元，年初成功甩掉了贫困帽。

大湾村作为松桃苗族自治县 42 个深度贫困村之一，2019 年全村建档立卡贫困户 65 户 359 人，产业基础薄弱、基础设施滞后、群众内生动力不足等原因导致贫困程度较深。

“万众一心加油干，越是困难越向前。”2018 年，铜仁市人民检察院确定帮扶该村，为发展和壮大土鸡产业，该院结合“民心党建 + 合作社 + 农户”模式，自筹资金 12 万元，协调争取帮扶资金 62 万元，帮助该村协调项目和发展集体经济 3 个，打造农特优产品 8 个，带动 245 人就近务工，实现贫困户人均增收 2000 元。

“土鸡肉质结实，味道独特鲜美，汤汁香醇可口，最近每天都有顾客上门来购买。”谈到土鸡的销路，铜仁市检察院驻该村干部石宇信心满满。

“用脚步丈量民情，用真金回馈民众。”脱贫攻坚战打响以来，铜仁市各级政法机关参与脱贫攻坚政法干警 3294 人，筹集协调各类扶贫资金 4149.47 万元，735 名驻村第一书记和帮扶干部深入一线，帮扶项目 628 个，实现如期脱贫群众 18.3 万人……

一个个鲜活的数字，一串串鲜明的对比，凝结着铜仁市政法干警的扶贫心血，无不跳动着令人心动的音符，他们用实际行动向铜仁脱贫攻坚工作交出了一份沉甸甸的答卷。

巍巍梵净山作证，放眼未来，铜仁跨越发展之舟风帆正举；

悠悠锦江水作证，拥抱未来，武陵全面小康蓝图锦绣万千！

牢记嘱托，感恩奋进。这支铜仁“政法铁军”将一如既往凝聚全市政法干警的磅礴力量，持续增强内驱动力，全力以赴护航决战脱贫攻坚、决胜同步小康，为铜仁加快建成“一区五地”奋斗目标贡献智慧与力量。

碧江区“六聚焦六提升”助力法治扶贫

◇ 碧江区司法局

碧江区司法局在“不忘初心、牢记使命”主题教育中，自觉担负起政治责任，把脱贫攻坚工作与司法行政工作紧密结合，通过普及法律知识、排查化解矛盾纠纷、构建农村法律服务体系等方式，为贫困人群提供精准、优质、高效、便捷的法律服务，提升司法行政机关法律服务助力脱贫攻坚工作实效，提升贫困群众对脱贫攻坚工作的认可度和满意度，为促进贫困地区社会安全稳定提供了法治保障。

聚焦体系建设，提升公共服务覆盖率

着力构建覆盖城乡惠及全民的公共法律服务体系，有效整合全区法律服务资源，优先为贫困村配备法律顾问、为困难群众提供便捷高效的法律服务，开展“律师进驻贫困村”法律服务助推脱贫攻坚专项行动，实现贫困乡镇和贫困村法律顾问全覆盖、贫困乡镇和贫困村（贫困户）法律服务零距离。

针对碧江区7个易地扶贫搬迁安置点法律服务盲区问题，及时设立公共法律服务工作站（室），合理配置具有法律工作经验的工作人员负责，方便快捷受理易地扶贫搬迁群众各类法律咨询案件，满足安置点群众日益增长的公共法律服务需求。整合优化“12348”公共法律服务专线电话，实现专线服务平台一线通。将“12348”法律援助专线优化为公共法律服务专线，打破交通不便、行动不便障碍，实现法律援助热线服务零障碍、无死角。

聚焦法律援助，提升群众法治获得感

深入调研贫困村（社区）、优先保障贫困人口的法律需求，努力做到应援尽援，将贫困村义务兵、供给制学员、军属、烈士、遗属等对象纳入法律援助对象范围，对农村五保户，领取最低生活保障金或生活困难补助金的人群，养老院、孤儿院等社会福利机构供养的人群，重度残疾或者重大疾病且无固定生活来源等五类人群直接受理申请。

开通法律援助绿色通道，对精准扶贫户一律免于经济困难证明审查，简化受理审查程序，使其享受“优先接待、优先受理、优先指派、一站到底”的优质服务，实现精准扶贫户群众法律援助全覆盖。主题教育活动以来，共为经济困难的贫困人群办理法律援助案件56件，其中精准扶贫人员13人，解答法律咨询1500余人次。

聚焦优质服务，提升公证工作满意度

实施公证“三个一律”便民服务措施：凡符合申办小额遗产继承的，一律免收公证费用；凡申请人是75岁以上老人或行动不便的，一律适用预约上门服务；凡申请人属于失独家庭，一律免收公证费用。实行电话预约、上门办理等服务，为老弱病残、农民工、残疾人、困难家庭等弱势群体开辟公证绿色通道，并适当减免公证费。

自主题教育活动开展以来，公证处工作人员积极承担扶贫助弱的社会责任，克服各种困难，深入边远偏僻村寨，主动上门为贫困户、残疾户、行动不便老人等办理公证业务，由“让群众少跑路”转变为“让群众不跑路”。共办理贫困户小额遗产继承公证25余件，减免公证费共计5万余元。

聚焦宣传力度，提升干部帮扶认可度

结合“七五”普法要求，深入推进“法律进农村”法治宣传，在各乡、镇（街道）村、社区打造法治文化长廊、法治文化墙、法治文化社区等，发放宣传资料 11 万余份、举办法律明白人培训班 2 期，培训法律明白人 100 余人。引导群众办事依法、遇事找法，解决问题靠法，全面提高贫困群众的自我保护意识和依法维权意识。

积极向贫困户宣传扶贫政策，让贫困群众明白自脱贫攻坚行动开展以来，投入的大量人力、物力、财力和精力，为他们解决了哪些困难，都享受到了哪些优惠政策，引导群众肯定党和政府的政策、帮扶干部的工作，激发感恩意识，提高对脱贫攻坚工作的认可度。

聚焦人民调解，提升基层群众安全感

坚持“预防为主、调防结合”的工作方针，建立健全社会矛盾纠纷多元化解决机制，充分发挥各级人民调解组织在维护社会稳定、构建和谐社会中的“第一道防线”作用。各基层司法所深入开展矛盾纠纷预防、排查、调处工作，对涉及脱贫攻坚工作相关的矛盾纠纷，及时调处化解，防止矛盾纠纷激化。

自主题教育活动开展以来，组织召开院坝会 86 人次，召开家庭会 39 人次，调解各类矛盾纠纷 143 件，成功调解 137 件，调解成功率达 96%。为建设“法治碧江、平安碧江、和谐碧江”，打赢脱贫攻坚战贡献了力量。

聚焦履职担当，提升扶贫帮困精准度

讲政治、重担当，班子成员分别带头在环北街道、瓦屋乡、和平乡开展脱贫攻坚工作。局机关 24 名干部对口帮扶 52 户贫困户。驻村工作队、帮扶干部将贫困户当亲人，起早摸黑，夜以继日，呕心沥血，帮助贫困户找准致贫原因，因户精准施策，整治人居环境，宣传扶贫政策，赢得了广大贫困户的高度赞许和一致好评。

同时，组织辖区内律师党员分别进驻碧江区川硐街道板栗园村、小江口村、坝黄镇泥哨村、漾头镇茶园山村、六龙山乡牛场村等贫困村，助推村民“法治脱贫”。用法治方式解决扶贫纠纷，当好党委政府依法决策、完善制度、科学管理的参谋、助手，用辛勤的付出和汗水，赢得了群众的高度赞誉和充分认可。此外，积极引导民营企业、爱心人士等社会力量，对贫困户因户施策进行帮扶，积极奉献爱心。志愿理发师深入和平乡八村为贫困户义务理发 13 次；协调民营企业及个体工商户为贫困户解决就业 20 个；动员企业为贫困户捐赠大米、食用油、水果、猪肉各 200 份；组织社区矫正人员为贫困户打扫卫生，整理人居环境 56 人次。形成了多点发力、各方出力、共同给力的扶贫攻坚新格局，为打赢脱贫攻坚战奠定了坚实基础。

万山区：易地扶贫搬迁安置点人民调解组织实现全覆盖

◇ 张文杰

为进一步做好易地扶贫搬迁后续工作，书写好服务易地扶贫搬迁“后半篇文章”，万山区坚持以“抓阵地建设、抓法治宣传、抓矛盾化解”为重点，搭建群众权益维护“平安桥”，不断促进易地扶贫搬迁安置点法律服务水平提升、学法用法氛围形成、社会和谐稳定发展。

抓阵地建设，促进法律服务水平提升。万山区建成了全市首个易地扶贫搬迁安置点公共法律服务中心——旺家公共法律服务中心，将谢桥司法所、丹都司法所、仁山司法所整合到公共法律服务中心，开展人民调解、社区矫正等相关工作，设有调解室 1 个、人民调解组织 3 个，进行苗头隐患排查，矛盾纠纷化解和法律服务援助，并为搬迁群众提供法律咨询及委托代为起草、修改有关法律文书等服务，引导搬迁群众运用 12348 和中国法律服务网寻求法律救济，用法律的武器保护合法的权益。该中心建设以来，共接待（含电话）解答法律咨询 350 余人次，接待来访群众 400 余人次，办理公证 233 件，受理法律援助案件 135 件，代书 35 人次，排查化解矛盾纠纷 60 余起。目前，区易地扶贫搬迁安置点公共法律服务工作室（站）已建设并投入使用。

抓普法宣传，促进学法用法氛围形成。万山区坚持以“法律六进”为抓手，继续深入推进“七五”普法，结合疫情防控和脱贫攻坚，联合相关职能部门，《将宪法》、“两条例”、《未成年人保护法》、“早婚早育”“扫黑除恶”等为主题内容作为法治宣传内容，扎实开展系列法治宣传活动，实现法治宣传全覆盖，形成良好的法治氛围。2020 年，开展法治宣传活动共计 8 场次，线上法治宣传 20 余次，悬挂宣传横幅 20 余幅、发放相关宣传资料 2000 余份、宣传小礼品600余份、为300余人次提供法律咨询服务、现场解答相关法律问题500余次。其中，专门开展了法律宣传进搬迁安置点活动6次，宣传了《新冠肺炎疫情防控工作法律知识二十三问》《贵州省法律援助条例》《劳动合同法》《未成年人保护法》、“早婚早育”等法律知识，引导搬迁群众运用法律维护合法权益。

抓矛盾纠纷化解，促进社会和谐稳定发展。深入推进“新市民·追梦桥”工程，继续深化易地扶贫搬迁安置点的调解组织队伍建设，优化调解组织人员结构，夯实调解队伍根基，推动调解组织机构的层层覆盖，积极指导调委会及时排查化解涉及易地扶贫搬迁安置地安置点的婚姻家庭、劳动争议、损害赔偿等方面的矛盾纠纷。

截至目前，万山区易地扶贫搬迁安置点人民调解组织已实现全覆盖，其中人民调解委员会5个，调解室3个，现有人民调解员30余人，排查调处矛盾纠纷94件，人民调解组织在维护社会和谐稳定发挥的作用日益凸显。

松桃“法治+6”护航脱贫攻坚

◇ 胡小林 孙 振

近年来，松桃自治县认真贯彻落实中央和省、市关于“推进扶贫开发法治建设”决策部署，在打好打赢脱贫攻坚硬仗中，充分运用法治思维、法律手段，不断夯实扶贫开发工作的法治根基，努力打造“法治+6”扶贫模式，为全县脱贫攻坚保驾护航。

“法治+建制”，构建法治扶贫“骨架”

松桃自治县按照国务院《中国农村扶贫开发纲要（2011—2020年）》中明确的“加快扶贫立法，使扶贫工作尽快走上法制化轨道”的目标要求，全县各级各部门结合扶贫工作需要及经济社会发展实际，以立法规划项目建议书的形式书面提出涉及扶贫方面立法规划项目建议，按程序呈报。同时，通过完善法治化的扶贫规范性文件制度体系，将财政扶贫专项资金管理、扶贫项目建设、土地征用、危房改造等方面的制度织细织密。加强扶贫规范性文件清理，确保扶贫领域的规范性文件中与上位法和上级部门政策不一致的有关规定应改尽改、应废尽废。

“法治+监管”，用好行政执法“重器”

松桃自治县法制办、县司法局等有关职能部门加大对涉及扶贫领域的行政执法工作中存在的有法不依、执法不严、违法不究等问题和行政执法不作为、慢作为、乱作为等现象的监督力度，坚决纠治在产业扶贫、易地搬迁、生态补偿、教育扶持、兜底扶贫等重点任务中的侵权行为；对扶贫项目竣工验收“放水”，不履行监督检查职责的，加大追责力度。对在落实扶贫法律法规和政策中恣意妄为、吃拿卡要、雁过拔毛等损害政府形象和伤害贫困户合法权益的行为，对在扶贫统计工作中弄虚作假、虚报浮夸的行为，严格按照《统计法》《贵州省行政执法过错责任追究办法》等法律法规依法追究相关人员责任。

“法治＋宣传”，植入法治扶贫“基因”

松桃自治县各单位部门充分利用网页、微博、微信、QQ、短信等载体宣传法治资讯，组建法律服务小分队，利用农闲、集会等时间节点，采取文艺汇演、法治宣讲会、院坝会、以案说法等形式，进村入户广泛宣传法治扶贫的重大意义、总体思路、目标任务、相关政策措施等内容，营造法治扶贫的良好氛围。同时，对《宪法》修正案、《村民委员会组织法》《农业法》《义务教育法》《社会救助暂行办法》、《贵州省大扶贫条例》等内容进行深入学习宣传。落实“谁执法谁普法”的普法责任制，压实县扶贫、教育、农牧科技、民政、林业、司法等部门承担教育、就业、社会保障、扶贫、社会救助等内容的宣传责任。

“法治＋参谋”，提供依法扶贫“智库”

松桃自治县加强重大扶贫决策法制审核，在规划编制、项目安排、资金使用、监督管理等方面，提高规范化、制度化、法治化水平。认真落实大扶贫、大招商的部署要求，保证决策行为的合法性，保持扶贫政策的灵活性和招商引资政策的吸引力。同时，建立行政机关内部重大决策合法性审查机制，未经合法性审查或经审查不合法的，不得提交讨论，切实防止“新官不理旧账”。此外，对社会关注度高或与扶贫对象直接相关的决策事项，认真听取利害关系人、特别注意听取乡镇、村和贫困群众的意见，对他们提出的意见认真组织研究，及时反馈意见采纳情况和理由，必要时组织召开论证会或举行听证，切实提高决策的科学性、民主性；加强对农村土地、自然资源、基础设施、创新扶贫、“三变”改革等方面的法治理论研究，为脱贫攻坚重大决策、重大事项、重大活动、重大项目提供智力支持。

“法治＋调解”，化解扶贫纠纷“症结”

松桃自治县建立健全矛盾纠纷多元化解机制，组织各有关部门依据各自职责权限，依法及时调处化解农村耕地、林地、水事等自然资源流转纠纷、承包权经营权纠纷、农村房屋纠纷、就业就医纠纷、农村赡养纠纷、婚丧嫁娶纠纷。同时，拓展人民调解工作领域，加强人民调解员队伍的规范化、法制化建设，将有较高文化及法律素养的人吸纳到人民调解员队伍中来，发挥人民调解员在化解矛盾纠纷方面优势，健全纠纷受理、调解、履行、回访等内部工作制度，主动排查和依法调解各类纠纷，引导村民积极参与村级公共事务管理，提高贫困地区基层治理法治化水平。

“法治＋援助”，温暖法治服务“人心”

松桃自治县加快贫困村配备法律顾问的工作步伐，着力夯实制度基础，完善工作措施，逐步实现乡镇、村普遍配备专职或者兼职法律顾问。同时，整合律师、基层法律服务、法律援助等法律服务资源，完善法律服务便民利民的方式和举措，深入开展“法律顾问进乡村”活动，采取“上门式、预约式、一站式”等形式，积极为贫困乡村经济社会发展和贫困群众提供全方位、多层次的法律服务；着力维护贫困户合法权益，对贫困群众申请法律服务和援助，免于审查经济状况，实现“能援则援、能援尽援、能援优援”；组织有关部门和法律顾问依据法律法规和政策规定，起草涉农权益的规范化、格式化合同文本，无偿提供给贫困户和专业合作社、村委会、村集体经济组织，防止因合同协议不公平导致损害其合法权益的情况发生。

玉屏“三工程”探索法治扶贫到村到户

◇ 玉屏县委改革办

近年来，玉屏自治县聚焦脱贫攻坚领域，创新实施法治扶贫“维权、警务、联动”三大工程，为打赢脱贫攻坚战奠定坚实的法治基础。

维权工程到村到户

针对贫困群众权利意识淡薄，不懂维权或维权成本高等问题，将法律维权服务实现全覆盖，切实维护贫困户权益。

设维权服务网络。玉屏自治县在加强和完善县法律服务中心建设基础上，整合乡镇综治办、司法所、法庭的力量，在玉屏县 7 个乡镇挂牌成立法律服务中心；整合村调委会、综治站、法援工作站力量，利用村活动阵地，设立法律服务室 90 个；在玉屏县所有村民组设置法律服务联络点，健全县、乡、村、组四级法律服务机构网络，成功打造“城区半小时、农村一小时”法律服务圈，确保贫困群众遇事“找得到法律”、维权“找得到机构”。

建维权服务队伍。玉屏自治县建成一支由专职律师、公职律师、法律援助人员、司法助理员等构成的法律服务队伍。创新培养全县驻村干部、村干部、村民代表成为“农村法律明白人”，落实每村 1 名法律顾问，每村民组 1—2 名“农村法律明白人”，为贫困群众及时就近提供法律咨询和指引服务。

通维权服务渠道。玉屏自治县开通“玉屏掌上 12348”微信公众号，畅通维权渠道，将服务送到贫困群众手中。针对行动不便的老人、残疾人等特殊贫困受援助对象，提供“上门式、预约式、一站式服务”。对所有建档立卡户的案件当事人，免交诉讼费、公证费，优先立案、优先办理、优先执行，最大限度让贫困群众享受到法律服务红利。截至目前，玉屏县共受理法律援助案件159件，其中涉及建档贫困户23户，帮助贫困群众维权挽回损失280余万元，为贫困群众提供免费法律咨询、援助1800余人次。

警务工程到村到户

玉屏自治县着力加强农村扶贫警务建设，维护农村社会稳定，为脱贫攻坚创造良好条件。

建组织。玉屏自治县出台《公安机关集中整治社会治安助推脱贫攻坚工作方案》，成立以公安部门负责人为组长、班子成员为副组长、局机关各部门及各派出所为成员的法治扶贫警务工程领导小组，下设协调调度组、信访维稳组、案件侦破组、教育训诫组、宣传报道组，明确公安部门每个班子成员挂帮1—2个乡镇，每周至少1次到挂帮乡镇指导开展法治扶贫警务工作；选派91名民警驻村，建立“微信群防”治安防控体系，驻村民警人人都是“移动警务工作站”，随时随地开展矛盾纠纷排查化解、情报线索收集核查、重点人口管控等工作。

强队伍。玉屏自治县按照“有人员、有标识、有电脑、有电话、有档案”标准，在村活动室挂牌成立法治扶贫警务室11个，规范悬挂警务流程图、警务宣传栏等，每个警务室配备民警1人、警务助理2名，开展日常走访、巡逻防控、调查研究等工作，确保群众身边“情报有人收、事情有人处、件件有落实”。截至目前，玉屏“法治扶贫”警务室共收集群众意见建议268条，转办198条，现场处理70条，疏导群众思想245人次，开展法治宣传80场次，发放资料2万余册，覆盖7000余人次。

重协作。玉屏自治县公安部门主动与检察院、法院、司法局等部门对接，建立法治扶贫警务侦查权、检察权、审判权、执行权“四权”协作联动的运行机制，民警、巡警、特警和法警多警种配合，针对阻碍、影响扶贫进度，破坏扶贫工程的各类违法犯罪行为，高效反应、严厉打击。2018 年 4 月，办理涉及 12 人故意损毁“组组通”案件，在田坪镇巡回审理，600 余人现场旁听、4.5 万人观看直播，国家、省级主流媒体进行了报道，达到“办理一案、教育一片”的效果，为脱贫攻坚创造了良好的社会治安秩序。截至目前， 破获涉及扶贫的刑事案件 2 起，刑事拘留 3 人，查处各类破坏、阻碍扶贫工程、阻碍扶贫工作的案件 31 起。

联动工程到村到户

针对“分户保老”“等靠要”等不良风气冒头现象，玉屏自治县创新探索法治联动工程提升乡风文明助力脱贫攻坚。

“法治联动综治”。对脱贫攻坚过程中出现的山林土地多权确权、邻里边界、劳动争议等矛盾纠纷，玉屏自治县建立矛盾纠纷一线监测、源头管控、动态管理、多元化解机制，组建城乡建设矛盾纠纷调解委员会、行政执法矛盾纠纷调解委员会、拆迁纠纷调解委员会等 17 个行业性专业性调解组织，联合包组包户干部，实行人民调解、行政调解、司法调解“三调”联动。2018 年上半年，共解决各类矛盾纠纷 1972 起，调解成功率达 99%。通过依法成功调处各类矛盾纠纷，逐步实现农村群众办事依法、遇事找法、解决问题用法、化解矛盾靠法。

“法治联动德治”。玉屏自治县以法治手段倡导孝义之风，引导村民弘扬传统美德。针对子女不尽赡养义务、“分户保老”等不良风气，公、检、法、司四部门联合发出《关于从严治理不赡养、不抚养、不扶养等虐待、遗弃家庭成员的通告》，加大宣传，主动打击。情节轻微的，采取“着装亮证”方式，进村入户开展法律教育、传唤警示；情节严重的，就地公开审理，以法治的威严达到教育目的。同时，建立道德模范、“脱贫攻坚群英谱”“最美玉屏人”评选机制，选树 3400 余个脱贫攻坚先进人物和家庭，通过示范引领，全县457户贫困户主动申请脱贫。

“法治联动自治”。玉屏自治县实施政法部门法治帮扶行动，与全县各村签订法治帮扶协议，开展“扶法、扶志、扶安”工作。通过院坝会、村民代表大会等方式，指导联系村制定简明实用的村规民约，以治安联防、环境卫生、邻里家庭关系等内容为重点，将遵从村规民约纳入道德模范户、文明户、遵纪守法户、五好家庭户评选标准。在村民会议、村务公开栏上定期通报村规民约履行情况，对不履行公民义务、抚养责任，不支持政府公共事业的村民，纳入村级黑名单管理，不享受或暂缓享受相关政策。

江口“三部曲”唱响法治扶贫主旋律

◇杨 燕

在第二批“不忘初心、牢记使命”主题教育中，江口县司法局结合主责主业，聚焦脱贫攻坚巩固提升工作法治短板、弱项，通过谱写法治惠民“交响曲”、引奏基层治理“和谐曲”、唱响美丽乡村“进行曲”，狠抓法治扶贫，为全面巩固脱贫攻坚成效做出了重要贡献。

大力实施“法治+”惠民工程，谱写法治惠民“交响曲”

“法治宣传+扶贫”。坚持普法先行，深入开展“法律进乡村(社区)”“走向城市之路暨易地移民搬迁法治宣传”等法治宣传活动60余场次，发放法律宣传书籍、资料30000余份，受教育群众达40000余人，在105个村(社区)和各景区景点定制法制宣传栏180余块，引导群众自觉学法、懂法、用法、守法，通过法律途径维护自身合法权益。

“法律援助+扶贫”。注重加强法律援助便民窗口和阵地建设，在县直相关部门和乡镇设立法律援助工作站，编印发放《江口县法律援助手册》10000余册，在105个村（社区）设立法律援助联系点或联络员，实行法律援助工作台账式管理，为群众提供及时、便利、高效、快捷的法律援助服务。截至目前，共为精准扶贫户群众办理法律援助案件50余件，为老年人赡养纠纷提供法律援助3件，免收法律服务费用5万余元。

“法律服务+扶贫”。继续深入推进“百名律师进驻贫困村参与脱贫攻坚行动”，通过建立“一村一法律顾问”机制、开通公证“绿色通道”等方式，将法律服务与精准扶贫有机结合，引导帮助信访人员合理表达诉求，为化解各类矛盾纠纷提供法律服务，维护社会和谐稳定。截至目前，进驻律师帮助调解贫困村矛盾纠纷30余件，为脱贫攻坚项目提供法律服务10次，为精准扶贫户免费办理公证案件30余件，开展普法宣讲活动20场次，为群众提供法律咨询服务2000余人次。

推进治理体系和治理能力建设，引奏基层治理“和谐曲”

做实社区矫正人员管理。一方面强化科技强矫，实现精准化监管。通过手环定位、手机定位系统等信息化设备，加强对请假外出人员、严管对象等重点人员的管控，确保社区服刑人员24小时在管在控，弥补了社区矫正警力不足的短板。另一方面坚持分类疏导，实现精准化教育。建立县、乡、村（社区）三级联动关怀机制，针对社区服刑人员实际情况开展个性化集中教育引导，累计开展分类心理疏导32次，接受教育人数达119人，构建了科学矫正体系，提高了矫正监管质量。同时，加强创新监管，实现现实化教育。通过将社区服刑人员培养为普法宣传员，组建社区服刑人员志愿服务队参与到脱贫攻坚巩固提升重点工作中，用实际行动当好普法先锋，引导群众积极学法、用法、守法，增强社会责任感。

做细刑满释放人员安置帮教。通过对困难刑满释放人员开展走访慰问、技能培训、帮助落实低保等有针对性的精准帮扶，防止和减少因刑满释放人员帮教管理缺失导致的各类突发事件、重大事件的发生，有力地促进了社会和谐稳定。2019年，江口县刑满释放人员安置率为98%，帮教率为100%，开展走访慰问特殊人群12人次，送去慰问金3000元，慰问物资折合人民币2000余元。

做优矛盾纠纷化解。统筹基层社会治理多方资源，在基层加大信访、司法所、法庭、派出所等部门之间的配合协调力度，充分利用人民调解委员会、公共法律服务站（点）、村网格组织等现有阵地优势，发挥村法律顾问、调解人才库、普法宣讲团等作用，形成化解信访矛盾的合力，实现来访、调处无缝对接，信访矛盾纠纷就地化解。截至目前，各级调解组织共受理各类民事纠纷 229 件，调处纠纷 229 件，调处率 100%，调处成功 178 件。

抓牢抓实“三治融合”建设，唱响美丽乡村“进行曲”

以法治文化创建为抓手，注重“自治”引领。大力加强法治文化公园和法治文化广场建设，营造浓厚法治文化氛围。在易地扶贫搬迁点（梵瑞社区）高质量打造了 1 个法治文化广场。加强村“五民主三公开”，制度上墙，结合本村特色，依法制定和修订村规民约，积极和深入探索“党建 + 社会治理”融合。今年来，村居法律顾问协助村委会订立、修改、完善村规民约和管理规定 60 余次。积极发挥村民的自治作用，以民主法治示范村创建为抓手，推动社会治理和美丽乡村建设。充分运用村党建工作、村级调解室等社会治理模式，抱团解决重大问题，化解疑难纠纷。今年来，江口县创建省级民主法治示范村 3 个，市级民主法治示范村 10 个。

以农民讲习所为载体，强化“德治”教育。坚持德治为基，以培育和践行社会主义核心价值观为根本，扎实推进乡风文明建设。深入开展“三下乡六进村”法治宣传、“万册图书送基层”活动、法治类文艺巡回演出等，提高全民学法、守法意识。实施乡贤文化建设工程，引导乡贤参与乡村治理，发挥正面典型的示范带动作用，让广大群众在潜移默化中接受法治教育熏陶。

以公共法律服务建设为总揽，打牢“法治”基础。建立“公共法律服务工作站、法治文化场所、人民调解室、基层法律服务微信群”等基层民主法治阵地，为基层干部群众遵法、学法、守法、用法提供场所。不定期开展村干部和村民小组长法治培训，培养“农村法律明白人”，充分发挥法律明白人与困难群众“离得近”和“叫得应”的优势，为群众答疑解惑，为建设工作打造一支良好的人才队伍。 2019 年来，培养农村法律明白人 300 余人，建立基层法律服务微信群 105 个，解答各类法律咨询共计 2000 余人次。

法治扶贫润山乡
——思南县坚持实施“法治扶贫”工程助推脱贫攻坚

◇ 陈时安

秋阳灿烂，桂香扑鼻。走进思南县思唐街道江星村，一道道水渠清澈透亮，一片片菜地生机盎然，一条条硬化好的村组道路宛若彩练点缀山间，一幢幢土家传统民居错落有致，校园里书声琅琅，村文化活动广场上洋溢着欢声笑语……处处呈现出一派村兴民乐、安宁祥和的喜人景象。

“这几年村子由乱到治、由差变好、由穷变富，得益于‘法治扶贫’惠民工程的深入实施。”江星村党支部书记吴迎强紧紧握住司法所工作人员的手不停致谢。

2016 年以来，思南县不断加大法治扶贫工作力度，建立了县、乡、村三级公共法律服务网络，完善了线上线下法律服务功能，着力打通公共法律服务最后一公里，使偏远乡村的群众也能享受到精准、高效、便捷的法律服务。

“法治扶贫是促进基层社会治理、脱贫攻坚不可或缺的重要一环。近年来，思南县组织引导各类法治资源高效整合、优化配置，逐步构建法治扶贫工作长效机制，为打赢打好脱贫攻坚战提供坚强保障和优质服务。”思南县委书记刘云成说。

法治教育解民惑　服务产业促发展

思南县司法局积极创新法治宣传模式，以思南司法行政微信公众号为载体，同时充分利用村（居）务公开微信群、贫困群众法律服务微信群，推送各类普法内容，解答群众法律咨询，有力推动乡村法治宣传工作。

县司法行政干部、律师和法律服务工作者深入基层一线，采取发放宣传手册、赠送法律书籍、巡回宣讲等方式，大力开展法律咨询宣传活动，推进农村“法律明白人”培养工程，实现一村一名法律顾问、一组（村民小组）一名法律骨干、一户一名“法律明白人”，以此提升基层源头的法治水平。

目前，全县共培养农村“法律明白人”57890多人，他们活跃在农村基层法治创建一线，发挥着积极作用，促进了农村的和谐稳定。

县司法局派出18名干部进驻7个乡镇，分别担任驻村工作队队长、副队长、第一书记和驻村干部，全县司法干部帮扶贫困户1000余户，律师和法治工作者走进526个村（居）干群连心室提供法律服务，代理民、刑案件223件，代写法律文书398份，解答法律咨询2500余人次。仅2018年，全县就办理了法律援助案件254件，兑现法律援助补贴18余万元，接待法律咨询1100余人次，农民工、老年人、残疾人、妇女、未成年受援人数共计229人。

“感谢法律顾问指导村委会签订产业发展的系列合同书，帮助我们规避了产业发展过程中的法律风险和市场风险。”关中坝街道红石梁村党支部书记袁子玖说。

红石梁村2017年开始发展柚子产业后，县司法局委派律师袁子顺指导村委会与福建客商签订购苗合同，村农民专业合作社与村民签订土地流转合同、产业分红合同等系列法律文书，合同协议责权分明，产业各攸关方按照合同约定职责从事产业发展。

思南县司法局党组书记、局长唐泽峰介绍，自开展“律师进村（居）”活动以来，全县526个村（居）委会各配备了一名法律顾问，零距离解决群众对法律的需求，贴心指导村党支部、村委会书写产业发展合同文书1120份，促进村农民专业合作社依法经营，推进扶贫产业有序发展。

法律援助解民忧　服务民生显赤诚

“感谢县司法局干部的贴心帮助，让我得到女儿赡养。感谢党的好政策，让我享受了老年保险和农村低保。”思南县宽坪乡长沙村贫困户曾广朝感激地说。

曾广朝的两个女儿都嫁到外乡，他在妻子离世后一直和儿子一起过，但儿子曾昭林从1991年11月外出务工至今未归，老人无人赡养。担任长沙村驻村第一书记的县司法局干部袁子顺了解到这一情况后，根据曾广朝的要求，为其代写向县人民法院申请曾昭林失踪的“宣告失踪申请书”。2019年6月27日，县人民法院依法下达民事判决书，宣告曾昭林失踪，指定曾广朝为失踪人的财产代管人。袁子顺又做通曾广朝二女儿的工作，让其承担赡养义务，使曾广朝老有所依、老有所养。

2016年以来，县司法局大力支持县法律援助中心办理涉及5类困难群体的法律援助案件，向全县所有建档立卡贫困户印发了法律服务联系卡，并在乡、村设立受理站、点，方便困难群众免费申请法援服务、公证事项等。县法律援助中心及司法所共接待贫困群众各种形式的咨询14700余人次，办理法援案件300多件，为贫困群众挽回经济损失1700多万元。

“感谢县司法局的同志指导我们依法治村，为村里决胜脱贫攻坚营造了和谐奋进的浓厚氛围，村民都把心思集中在脱贫攻坚上，奋力实现整村脱贫目标。”在香坝镇场坪村茶园基地，村党支部书记左成国高兴地说。

近年来，思南县司法局把优质的公共法律服务的重心前移到脱贫攻坚第一线，实施“法治扶贫”工程“三服务”，为全县2019年整县脱贫提供坚强的法治保障。

人民调解解民愁　服务社会促和谐

为坚持和发展新时代“枫桥经验”，思南在全县乡（镇）、村（居）委会成立人民调解委员会，还专门建立了以德高望重的社会乡贤和春晖人士为主要成员的调解工作室。

选优配强人民调解员队伍，建立法律服务工作者参与化解矛盾纠纷调处工作机制。2016年以来，全县受理各类矛盾纠纷10826起，调解10826起，调解率为100%，调解成功10556起，调解成功率达97.5%，为经济发展和社会和谐稳定创造了良好的环境。

“感谢司法局的干部帮助我们化解了通组公路占地纠纷，让我们组通了公路，告别了肩挑背驮的历史。”宽坪乡良田坝村谢家组村民谢云强感激道。

原来长沙村老黄头组、良田坝村谢家组通组公路因为占地纠纷一直未通。驻良田坝村、长沙村的县司法局干部知道后，多次开展调解工作，当事双方村民最终自愿达成调解协议，推掉藩篱，修通公路。

“司法局的干部来了，什么疑难事都好解决！”这是思南群众对县司法局帮扶干部的由衷称赞。

思南县始终把普法服务、不断提升人民群众的法律素质作为实施“法治扶贫”工程的主要内容，实施分类普法，提高普法实效。以培养农村“法律明白人”为抓手，推进普法工作延伸到农村每一个角落。创新普法机制，开设“法治思南”栏目，编写了领导干部、农民工、青少年、企业等6套常用法律法规知识读本，为群众提供法治文化食粮。创建省级民主法治示范村4个，市级民主法治示范村20个，强势推进民主法治村建设，把普法融入每个党员干部学习工作中，融入人民群众的生产生活里，使公民法律素质得到不断提升。

“思南县把维护社会稳定、为脱贫攻坚营造和谐的社会环境、凝聚决战脱贫攻坚的强大正能量作为实施‘法治扶贫’工程最大的责任担当，加强贫困地区社会治安综合治理，深入推进自治、法治、德治融合发展，完善基层公共法律服务，为贫困山乡贫困群众脱贫致富提供了有力的法治保障。”思南县委副书记、县长席龙海说。

印江：狠抓法治扶贫 护航脱贫攻坚

◇田 林

2018年来，印江自治县整合各类法治资源，综合运用宣传、自治、德治、法治等措施，实现法治扶贫到村、到户、到人，树立良好的社会风气，为脱贫攻坚“整县摘帽”提供坚强法治保障。

法治宣传入脑入心，做法律明白人。我县通过开展精准扶贫政策、惠农政策培训会，编印扶贫政策、法律知识小册子，争做法律法规及政策明白人。通过召开院坝会、开设法治小喇叭、宣传单等形式，做好三农、扶贫帮扶等政策和农村生产生活中常用法律知识的宣讲，使贫困村群众知晓自己的权利、义务。开展巡回审判、“以案说法”“法治电影放映”“法治文艺演出”等形式多样、群众性强的普法宣传教育活动。积极宣讲《农村土地承包法》《婚姻法》等与农村群众生产生活密切相关的法律法规，逐步培养贫困村干部群众办事依法、遇事找法、解决问题靠法的法治意识。每个乡镇（街道）选派一名法律顾问，为农村产业发展中涉及的土地流转、权属确定、资源入股公证、合同签署等问题提供法律服务。以乡镇（街道）为单位，不断深化“法律六进”活动，以打造文化广场为主，最大限度发挥阵地的法治教育熏陶作用，利用生活中喜闻乐见之事传播法律知识，着力提高群众尊法学法守法用法意识，为扶贫工作营造办事依法、遇事找法、解决问题用法、化解矛盾靠法的法治环境。

德治、自治兼施，树良好社风。我县围绕脱贫攻坚目标任务，深入挖掘脱贫攻坚中爱岗敬业、助人为乐、尊老爱幼、勤劳致富、诚实守信、见义勇为的先进典型和道德模范，积极推广宣传，以扶德促脱贫，为扶贫工作注入强大正能量。对贫困户和非贫困户，在各级各部门的检查中不如实回答、不诚实守信、隐瞒事实和争当贫困户等，作为反面典型制成视频短片在镇村级公开、在全县曝光。对以分户形式，争当贫困户的群众，要广泛教育子女切实履行赡养义务，让子女与父母签订赡养承诺书，并在村级公开栏公开，由村干部负责监督赡养履行情况，把孝文化用承诺方式予以传承，转变社会扶贫为家庭助贫。结合村民的价值观，各村制定完善修订村规民约。通过村民自律，引导村民加强自我教育、勤劳致富、诚实守信、依法办事的良好行为规范，将德治与法治、自治县“自治”与村民自治相结合，引导贫困村民依法脱贫致富，全力自主参与脱贫攻坚。

法治护航，保脱贫攻坚推进。我县坚持日常排查与重点排查相结合，重要节点滚动排查与重点排查相结合的方式，加大对脱贫攻坚期间贫困村矛盾纠纷的排查。充分发挥乡镇（街道）综治中心、一村一警务助理的作用，将精准扶贫政策和扶贫项目在贫困村落地推进过程中发生的矛盾纠纷化解在萌芽状态。遏制打击村霸、寨霸，维护基层安定，增强群众幸福感和满意度。政法干部帮扶已教育转化邪教人员、吸毒人员、精神病人、不良行为青少年、刑释解戒人员家庭的贫困户，发挥政法干部作用，实现管控和脱贫同步。脱贫攻坚工作中，贫困群众和非贫困群众有“两隐”“两争”、不履行赡养义务、遗弃子女等行为的，视情节轻重分别给予教育、训诫、治安处罚、刑事处罚，坚决转变贫困户“等靠要”的思想，彻底扭转“争当贫困户、以贫困户为荣”的思想观念，引导和鼓励贫困户主动脱贫、定期脱贫。

德江：法治扶贫“五项行动”护航脱贫攻坚

◇何　稳

德江县从2019年6月1日开始开展法治扶贫“五项行动”，充分发挥法治保障和法治服务对脱贫攻坚工作的保驾护航作用，坚决打好、打赢整县脱贫摘帽攻坚战。

开展法治扶贫宣传行动。各战区立即组建法治扶贫宣传小分队，利用农闲、赶场或晚上等时间节点，采取文艺汇演、放法治电影等形式，到村、到组、到户重点宣传《中华人民共和国老年人权益保障法》《贵州省大扶贫条例》等法律法规，营造浓厚的法治扶贫宣传氛围。

开展矛盾纠纷排查化解行动。各战区立即对辖区内的民间纠纷进行排查登记，对一般性民间纠纷明确由村级脱贫攻坚队负责化解，战区指挥部跟踪督促；重大疑难民间纠纷由战区指挥部领导包案化解，县法治扶贫工作调度专班跟踪督促。对涉及扶贫领域的群众诉求，引导群众依法维权，合理表达诉求，并加大调解、和解的力度，有效化解矛盾纠纷，做到案结事了。

开展法律服务助推扶贫行动，从全县法律服务队伍中选派法律工作者到各战区担任法律顾问，并签订一战区一法律顾问帮扶协议书。法律顾问依据法律法规和政策规定，通过举办讲座、走访座谈、以案说法、院坝讲法等形式开展法治宣传；协助战区依法调处矛盾纠纷，引导群众依法理性反映诉求，组织法律工作者定期或不定期开展“法律服务进乡村”活动，采取“上门式、预约式、一站式”等多元化形式，积极为乡村经济社会发展和群众提供全方位、多层次的法律服务，增强基层干部运用法治思维推动经济发展和维护社会稳定的能力。

开展法治扶贫与德治扶贫相结合行动。各战区要结合各地实际情况，引导村民自行制定完善村规民约。通过村民制定村规民约，引导村民加强自我教育、自我约束、诚实守信、依法办事的良好行为规范；引导贫困村民勤劳致富，全力自主参与脱贫攻坚工作。对争当贫困户、争要扶贫政策，不履行赡养扶养义务等行为，作为反面典型进行曝光。

开展脱贫攻坚领域专项治理行动。对在脱贫攻坚工作中有不配合有关部门、村脱贫攻坚队和检查组调查，隐瞒自己的收入、隐瞒住房的“两隐”行为，不符合贫困户建档立卡条件，争当贫困户、争要扶贫政策的“两争”行为，不履行赡养义务和遗弃子女的行为，在脱贫攻坚过程中，拒不执行战区指挥部命令，造成严重影响的行为，以及其他违反国家法律法规、妨碍脱贫攻坚进程的行为等，视其情节轻重分别给予教育、训诫、治安处罚、刑事处罚。

沿河："法治进村"引领普法新风尚

◇安 应

"广大村民朋友们，请注意了，今天我们的乡村喇叭会播送的是法治新闻……"

在沿河自治县，乡村大喇叭已成为农村宣传政策、传送法律、播撒文明的重要载体。

沿河自治县在主题教育中，针对农村法律意识淡薄，一些村民在学法、懂法、用法上还存在较大的盲点，通过开展多种形式的送法、普法活动，让"法治新风"在土家山山岭岭里传播推广、成风化人、润泽人心。

乡村大喇叭成为法治"传声筒"

"尊敬的全县干部群众,你们好！现在宣读12类黑恶势力犯罪,若有发现,请及时举报……"近日，沿河自治县黑水镇杨寨村乡村大喇叭开始播音了。

黑水镇大多村寨山高坡陡、点多面广，加上部分群众文化程度低，不会上网、看不了报，无法将发放张贴的扫黑除恶宣传资料读懂、弄通、看明白，全镇的17个村173个村民小组，采取播放大喇叭的形式，把法治宣传常态化开展。便利快捷的大喇叭宣传改变了传统宣传的辐射小、耗时长、死角多的宣传方式，让党的政策、法律法规、文明引领传遍千家万户，使群众的法治意识在潜移默化中大大提高。

"我们每天都利用大喇叭宣传扫黑除恶应知、应会知识，让扫黑除恶专项斗争深入到各家各户，真正做到宣传发动全覆盖、无死角。"杨寨村党支部书记田代凡如是说。如今，黑水镇"法治大喇叭"已成为各村宣传法治知识的传声筒，村民们成了忠实听众。

“法治扶贫站”成为普法“加油站”

“乡亲们，大伙有什么困难或者不满意的，就提出来……”沿河自治县检察院检察官深入贫困村、贫困群众家中，围绕存在的突出问题和群众关心的热点、焦点，收集群众的意见和建议。

自2019年10月来，沿河自治县人民检察院紧紧围绕“聚焦脱贫攻坚、聚焦特殊群体、聚焦群众关切”工作目标，在全县22个乡镇（街道）成立法治扶贫工作站，选派检察官及其检察官助理蹲点，围绕群众关心的涉农税收优惠政策、“三农”服务等当前的农村热点问题，从宪法、扫黑除恶、法律援助、非法集资等方面开展“送法下乡”普法宣传活动，向群众进行了耐心细致的解答，鼓励群众利用好国家政策，学习好法律知识，树立好遇事找法的法治思维。

“政策摸不透、发展产业需要支持，给我们讲讲法……”12条意见建议，被该院干部记在了心头，有的当场解决，有的集体研究解决，让群众得到了满意答复，切实增强了群众的获得感，该院把“对接群众关切、开门抓教育”贯穿主题教育全过程，广大干部进村入户、下园区进企业，围绕问题，听取群众意见建议，以群众获得感检验主题教育成果。

自沿河自治县检察院组件“法治扶贫站”以来，22个站点共接受法律咨询568人次，接访群众120人次，参与化解矛盾纠纷21起，开展释法说理15次，利用乡镇开会、赶集、新时代农民讲习所、院坝会等开展法治和扶贫政策宣传55场次。

新时代文明实践站成为学法“大课堂”

“我们村子建立新时代文明实践站后，就围绕群众需求，把宣传政策理论、开展文化活动、推进移风易俗等作为我们志愿服务的主要内容来抓，平时针对群众法治意识淡薄，开展了一系列普法宣传。”中寨镇志强村新时代文明实践站站长石捍南如是说。

沿河自治县抓住深化拓展新时代文明实践所（站）试点的时机，在全县22各乡镇（街道）、易地扶贫搬迁安置点和33个示范村建设新时代文明实践阵地，通过开展志愿服务的形式，大力开展政策宣讲、文化活动、科技服务、文明引领等活动，让文明实践成为新时尚。甘溪镇沙坝村开展了一场移风易俗的“自我革命”，上演“用法新风尚”。

数月来，驻村干部、乡村两级干部纷纷深入群众家中、田间地头发放村规民约意见征求书和红白喜事倡议书，通过宣传车、小喇叭等各类媒介开展地毯式宣传。直到目前，该村烟花爆竹禁燃禁放、红白喜事简化简办的“两禁两简”彻底“刷爆”村民们的朋友圈。

全县各村进一步修订完善村规民约，开展文明户、好媳妇、好公婆、最美家庭、最美庭院等评选活动，表彰各类先进典型1千余人，创建国家级“民主法治示范村”2个、省级“村规民约示范村”18个、省级“民主法治示范村”6个、市级“民主法治示范村”22个。

中共铜仁市委宣传部 策划
铜仁日报社
铜仁日报传媒集团有限公司 编

铜仁决战贫困

武陵战贫

这是一个检验初心和使命的考场

这是一个没有战火和硝烟的战场

这是一份写满坚守和奋斗的答卷

古吴轩出版社

图书在版编目（CIP）数据

铜仁决战贫困. 武陵战贫 / 铜仁日报社, 铜仁日报传媒集团有限公司编. -- 苏州 : 古吴轩出版社, 2021.12
ISBN 978-7-5546-1843-1

Ⅰ. ①铜… Ⅱ. ①铜… ②铜… Ⅲ. ①报告文学—中国—当代 Ⅳ. ①I25

中国版本图书馆CIP数据核字(2021)第243693号

策　　划：中共铜仁市委宣传部
责任编辑：俞　都　李爱华　黄菲菲
装帧设计：闵友才
责任照排：田　冲

书　　名：铜仁决战贫困·武陵战贫
编　　者：铜仁日报社　铜仁日报传媒集团有限公司
出版发行：古吴轩出版社
地址：苏州市八达街 118 号苏州新闻大厦 30F　邮编：215123
电话：0512-65233679　传真：0512-65220750
出 版 人：尹剑峰
印　　刷：铜仁日报传媒集团有限公司印刷分公司
开　　本：787 × 1092　1/16
印　　张：142.25
字　　数：2172 千字
版　　次：2021 年 12 月第 1 版　第 1 次印刷
书　　号：ISBN 978-7-5546-1843-1
定　　价：468.00 元（全 6 册）

《武陵战贫》编委会

总 序

党的十八大以来，以习近平同志为核心的党中央把扶贫开发摆在治国理政的突出位置，推动中国减贫事业取得巨大成就，对世界减贫进程做出了重大贡献。

铜仁市地处黔湘渝三省市结合部，是贵州脱贫攻坚的主战场。2014 年，全市下辖 10 个区县均为贫困县，共有 1565 个贫困村，其中有 1 个深度贫困县、2 个极贫乡、319 个深度贫困村，建档立卡贫困户 92.7 万人，贫困发生率为 24.78%。

近年来，铜仁市深入贯彻落实习近平总书记关于扶贫开发的系列重要论述，充分发挥“上下同心、尽锐出战、精准务实、开拓创新、攻坚克难、不负人民”脱贫攻坚精神，坚持以脱贫攻坚统揽经济社会发展全局，严格落实精准脱贫基本方略，用好用活贵州省委“五步工作法”，探索总结“七个极”工作要求、“三真三因三定”工作原则和“76554”工作方法，聚全市之心、汇全市之智、举全市之力，打赢了一场又一场脱贫硬仗，攻克了一个又一个贫困堡垒，脱贫攻坚战取得了全面胜利。

截至 2020 年末，全市农村贫困人口全部脱贫、10 个区县全部摘帽，经济社会发展大踏步前进，区域整体面貌发生历史性巨变，脱贫群众

精神风貌焕然一新，党群干群关系明显改善，交出了减贫治理的铜仁答卷。脱贫攻坚成效考核连续4年名列全省前茅，“76554”工作方法、防贫预警机制、一线干部关怀激励机制、易地扶贫搬迁模式等多项脱贫攻坚创新举措在全省乃至全国得到推广。省委书记谌贻琴赞誉铜仁脱贫成效实。

时代造就英雄，伟大来自平凡。在这场输不起的脱贫攻坚战中，铜仁打响了一场场意义深远的战斗，涌现了一个个感人至深的先进人物，发生了一段段可歌可泣的动人故事，值得我们铭记。

为记录这段特殊的历史，我们组织编辑了《铜仁决战贫困》这套书，记录铜仁的奋斗史和扶贫史：《铜仁做法》展现“铜仁经验”，贡献“铜仁智慧”，见证“铜仁战果”；《我的扶贫故事——一线干部说扶贫》《我的脱贫故事——脱贫群众话脱贫》和《武陵战贫》，多视角描绘铜仁儿女感恩奋进的精彩画卷和昂扬向上的精神风貌。

这是一套历史性、系统性、收藏性、传承性兼具的图书，是我们感恩的宣言，是灵魂的启迪，是幸福的源泉，是让战贫精神薪火相传的种子。

征途漫漫，精神永恒。站在新的历史起点，黔东儿女豪情满怀，必将脱贫攻坚精神发扬光大，不断赋予其新的时代内涵，化为乡村振兴的不竭动力，再创新辉煌。

编　者

2021年12月

分　序

全面建成小康社会，一个不能少；共同富裕路上，一个不能掉队——这是中央决战决胜的攻坚号令，这是全党掷地有声的庄严承诺。经过多年艰苦卓绝的奋斗，位于武陵山集中连片特困地区的铜仁实现了从绝对贫困到全面小康的历史跨越，与全国人民一道奏响了牢记嘱托、感恩奋进的最强音。

脱贫攻坚，这是一个检验初心和使命的考场。我们看到，各级党员干部活跃在贫困山乡的身影，以“贫困不除，愧对历史；群众不富，寝食难安；小康不达，誓不罢休”的决心，深入基层、深入群众。对标“两不愁三保障”标准，紧扣“六个一批”脱贫路径，精准对接落实政策，因户施策解决问题，啃下了脱贫攻坚一块块硬骨头。我们看到，各级党员干部通过找差距、补短板、强弱项，切实解决好生产生活、项目发展、基层治理难题。与时间赛跑、与贫困较量，以一刻不停、一步不错、一天不误的拼劲，主动把自己置身于“脱贫大考”的考场中。在大考中锻造自己、丰富自己，把脱贫攻坚当成追逐人生梦想、实现人生价值的大舞台，用苦干实干的“辛苦指数”换来了贫困群众的“幸福指数”，在脱贫攻坚的进程中展现新担当、激发新作为。

脱贫攻坚，这是一个没有战火和硝烟的战场。无数驻村队员、党员干部、志愿者，舍小家为大家，舍小我为大我，以大无畏的革命英雄主义精神，向贫困发起决战。他们以梦想为引领，用精神做路标，用青春、热血和生命为百姓开辟幸福新天地。为了啃下一块块脱贫硬骨头，灭掉一个个脱贫拦路虎，攻克一个个脱贫难险关，铜仁干部群众勠力同心，以“不破楼兰终不还”的闯劲，万众一心，用实干和奋斗，用汗水、心血乃至生命铸就了一座座精神丰碑。在这个战场上，没有硝烟，没有隆隆的枪炮声，但同样有流血和牺牲，同样气壮山河、感天动地。

脱贫攻坚，这是一份写满坚守和奋斗的答卷。美好生活不是天上掉下来的。昔日村民眼中的穷山恶水，如今处处风光美。脱贫致富的康庄之路铺到贫困户家门口，从户到组、从组到村、从村到乡、从乡到县；29 万贫困人口搬出大山，告别“穷窝窝”，住进新房子，过上好日子，老百姓把新旧房屋的对比照片挂在墙上，把对好政策的拥护写在心坎里。一个个笑颜绽放的鲜活故事，就是一份份答卷。这一点，桶井乡今日欣欣向荣的景象可以作证，六池河今天的幸福生活可以作证，路腊旧貌换新颜的巨变可以作证，黑岩越过越红火的日子可以作证；绿水青山、碧草蓝天可以作证，琳琅满目的商品可以作证，快捷的高铁、便利的网络支付可以作证，无处不在的“我和我的祖国，一刻也不能分割”的动人旋律可以作证……

脱贫攻坚终将成为历史，而这些生而平凡的普通“战士”，留存在山野乡间的战贫之歌，注定会在时间的坐标上镌刻下熠熠生辉的印记。

编　者

目　录

满园春

初心志

锻　造

◇ 晏武芳

一

小个头，精瘦，一头细软的头发下，一张粉白的脸，见人先是嘻嘻一笑，清澈的眼里，不失几分好奇。

在惯常的认知里，村支书大多数都是一块老辣的姜。然而，这个叫冉浪的年轻人，却是松桃苗族自治县永安乡白果村的村支书。

冉浪原本是永安乡安监站的一名职工。一天，乡长蒋滐通知他到白果村任村党支部书记兼脱贫攻坚指挥部指挥长。他一脸惊愕，瞪着眼说："蒋乡长，莫拿我开玩笑哟！"

"哪个与你开玩笑！昨晚乡党委开会决定的。"蒋滐认真地说。

这时的冉浪刚满二十五岁，大学毕业不到两年。

他去村里报到那天，是 2017 年 10 月 18 日。来到村委会，大门紧闭。打电话一问，才知道全村党员和村组干部，正在村会计喻振华家收看十九大开幕式。他来到喻家，见堂屋里黑压压一屋子人，有些不知所措。一位相熟的村干部见了，向在场的人介绍说："这是乡里派来的村支书。"他急忙调整表情，堆出一脸笑来。一屋子人瞪着眼看着他，接着交头接耳议论起来。有的还斜睨着他，掩嘴窃笑。他呆呆地站着，感到手足无措。

整个开幕式，他没听进去一句。结束时，作为村支书，他本该做一番观感发言，可他红着脸，嗫嚅了半天，才前言不搭后语做了自我介绍。大家就匆匆散了。

接下来，他每天像一个跟班，跟着村干部在村里转，看着大家忙前忙后，他呆呆地站在一旁，不知该干什么。有时，他心里有些疑问，询问在场的人，却没有人回答他，好似他不存在一般。每次村里班子开会，讨论村里的事务，他发言时，也没有一人回应，有时甚至被不耐烦地打断。他感到很窝火。

那段时间，他最怕乡里打电话要他报送数据表册。面对一张张表册，他一片茫然。安排村干部填报，村干部找出一大堆理由推脱。他一赌气，决定自己进村走访了解。可群众也对他不熟，根本不理会。

每次乡里开会，白果村都是作为反面典型，被乡领导在大会上通报批评。作为村支书，他颜面扫地。

一次村委会会议上，冉浪的话又被人无端打断。他终于发火了，点名批评了那人。对方却挖苦道："你一个乳臭未干的娃娃，懂哪样？少在我面前装腔作势、指手画脚，我过的桥比你走的路还多。"班子成员见了，一个个若无其事。

这之后，村支两委中，有几人公开与他唱反调，使他的工作寸步难行；还有人到乡里反映，要求改选村支书。他想，改选更好，大不了，我回乡安监站。

从此，他得过且过，隔三差五才到村里转转。大多数时候，他不是回甘龙老家，就是到盘信看望妻儿。

村委会办公室里灰尘越积越厚，最后变成了村民堆放杂物的场所。

二

时间到了 2018 年 3 月 18 日。冉浪等来的不是村支书改选通知，而是要他到县委党校青干班学习的通知。

冉浪心喜，只要能离开这个地方，到哪里都行。他打算借此机会，好好放松一下。

万万没有想到，这一个月的学习，他不仅没有放松身心，反而深受震撼，自责不已。特别是到延安学习那一周，他身临其境领会到了延安精神，再联想到自己在村里的工作态度，他十分羞愧。作为一名党员，他愧对组织的培养，愧对领导的信任。

从延安回来时，他坐在高铁上，看着窗外飞驰而过的城镇、村庄和农舍，思绪万千。他决心回村后，尽快转变角色，以全新姿态投入工作，率领全村脱贫致富奔小康。

他火急火燎赶到村里时，没想到，一个人正在等他。

这人叫滕树勇，是新来的第一书记。滕树勇是县文化馆副研究员，还是中国摄影家协会会员，摄影作品多次在全国大赛获奖，知名度非常高。

他见五十出头的滕树勇气质儒雅，崇敬之情油然而生。他随后就把被子搬来，与滕树勇同吃同住。

经过两天的接触与观察，滕树勇认为眼前这个青年，并非像村民们议论的那么轻率无知，而是思维活跃，行动敏捷，对村里的工作怀有满腔热忱，只是思想不够成熟，基层工作经验不足。

每天晚上，他们躺在床上，滕树勇就耐心地给他讲自己的经历，以自己切身的体会，教他如何与群众打交道，如何与村干部配合。渐渐地，冉浪明白，要融入一个集体，先要把自己看成集体的一员，并设身处地地想他们之想，急他们之急，与他们同呼吸，共患难。

一天，冉浪接到一个电话，说大坡组与相邻的永安村因水源引发纠纷。他赶到时，双方聚集了数十人对峙，随时可能发生冲突，甚至出现群体性事件。冉浪束手无策，连忙打电话给滕树勇。滕树勇赶到后，问清事情缘由，并不评判谁是谁非，而是征询双方意见，了解双方需求，找双方代表反复劝说，耐心调解。最后双方都做出让步，认可了他提出的解决方案。看到双方代表握手言和，冉浪才放下心来。

从此，他再遇难事，就会想到滕树勇处理问题的方法，一再提醒自己冷静，考虑周全，妥善处理。

村里开会时，冉浪不再抢先发言，而是先倾听别人的意见，肯定别人的看法，再以商量的口气谈出自己的想法。他这一转变得到了村支两委成员的认可。渐渐地，村里的干部接受他了；他安排工作时，也不再有人抵触。这让他增长了信心，找到了存在感。随后，群众也对他产生了信任，有事也愿意找他商量。

冉浪暗自高兴。

三

白果村是松桃一类贫困村，全村水、电、路等，都是十多年前由老村主任李顺强带领群众投工投劳，通过肩挑背驮修建的。而今，路，通而不畅；水，时断时续；电，弱得连饭都煮不熟。

看到到处都是热火朝天的建设景象，而白果村一切依旧，冉浪心急，坐卧不安。

“饭要一口一口吃，事要一件一件做。”滕树勇安慰他说，“当务之急是改变村民的观念，让他们认识自己，认清形势，激发他们脱贫致富的内在动力。”

一句话点醒了冉浪。可如何才能激发群众干事创业的激情呢？

他想到 1915 年，村里曾遭遇过一次特大泥石流灾难，村庄和良田被毁，但经过一代代人的努力，不仅重建了家园，还恢复了原有的良田；还想到当年贺龙率领中国工农红军在这一带打土豪分田地的可歌可泣的英雄事迹，至今村民们讲起时，仍感到无上的光荣和自豪；想到十多年前，李顺强带领群众自力更生通水通电，修通村路，建学校，不计个人得失，不畏艰难……

他从床上坐起，对滕树勇说：“如何利用这些优良传统与光荣历史，唤醒人们建设家园的激情？”

于是，村委决定，用村民身边的人和事，举办一次以“幸福是奋斗出来的！”为主题的宣讲活动。

一时间，帮扶单位领导行动起来了，包村干部行动起来了，脱贫攻坚队的队员也行动起来了。退休教师李建国自告奋勇站出来，讲述白果村的历史，讲当年贺龙率领红军驻扎在村里，带领群众打土豪分田地的事迹；原村干部李顺强每到一处，就讲述起十多年前带领大家建校、修路、通电通水，自力更生，艰苦创业的日子；产业大户李杰、致富带头人李进也把自己鲜为人知的创业故事讲了出来。

为打开村民眼界，滕树勇还利用自己在摄影界的影响，邀请省、市、县及相邻的重庆、湖南等地的摄影艺术家，带着作品走进村里，举办以“聚焦脱贫攻坚，建设美好家园”为主题的摄影展和采风活动，让群众看看全县、全市、全省乃至全国脱贫攻坚战况及新农村建设情况。

这一系列活动引起了外界广泛关注，省、市、县媒体纷纷前来采访报道，新华网、人民网分别刊发了图文并茂的新闻，点击率达四十多万人次。

一时间，白果村沸腾了！村民们兴奋地说，图片中那些房屋建得多么漂亮呀，原以为那样的好日子只有电视里才有，谁知这些如画的村子，也建在我们这样大山深处的旮旯角落里……

脱贫攻坚队员再次进村走访，反馈回来的信息是，群众不再抱怨了，而是争相询问脱贫攻坚怎么搞，新农村怎么建；还说大家愿极力配合，只村里一声召唤，出钱出力都行。

看着村民们日渐高涨的激情，冉浪坐立不安。他知道，如果不及时拟出发展蓝图，寻找工作的突破口，引导群众行动起来，一旦让群众失望，激情消退，今后的工作就会举步维艰。

四

2019 年 3 月 5 日，松桃苗族自治县召开决战决胜脱贫攻坚誓师大会，全县两千多名干部职工，如雷鸣般喊出了“竭尽所能、背水一战，坚决打赢脱贫摘帽攻坚战！”的誓言。全县“决战贫困，决胜小康”正式进入倒计时！

那天，冉浪也在誓师大会现场。他跟着大家在高声呼喊，可心里在打鼓。白果村能不能与全县一道脱贫出列？他心里没有底。

当时，全村挤进全县建设项目盘子的只有村委会至化稿坪组七公里的通组路硬化工程。通往刘家、荀家、张家、大坡、中茶岭等村民组的十多公里通组路，因年久失修，路况极差，通而不畅；人畜饮水只有化稿坪一个组有保障，其余十个村民组全靠村民四处找水，自行解决，稍遇天旱，就无法自足；还有电网、通信等问题，都迫在眉睫。

如何争取项目与资金成了摆在村支两委班子面前的首要难题。

冉浪决定以人畜饮水工程为突破口。永安乡的人畜饮水问题属于甘龙片区水务服务中心管辖。他匆匆赶到甘龙，直接来到甘龙片区水务服务中心。

“你来迟了，今年没有指标了。”甘龙片区水务服务中心负责人冉茂凡听了冉浪的介绍，无奈地说。

冉浪不急，耐心地与冉茂凡聊天，从人畜饮水工程聊到当前的脱贫攻坚，再说到永安乡，再说到白果村，最后说到白果村的工作难度。

“如果白果村拖了全县的后腿，恐怕大家都不好交差。”冉浪说。

“我们任务重，顾不了这些。哪里群众配合，我们就先实施哪里。”

“说话算数？”

“当然。”

冉浪回村后，先开班子会，再开组长会，最后又到相关的组上开群众会。群众都表示支持。

冉浪打电话给冉茂凡，说准备工作做好了。冉茂凡以为冉浪在骗他，当天就来到白果村，与村干部交谈，到村民组走访，见干部群众积极性很高，盼望通水心切，决定重新调配项目和资金，把白果村的人畜饮水工程纳入当年的规划。

工程如期完成，冉浪长舒一口气。

首战告捷，干部群众信心倍增。

冉浪还得到一个消息：为配合脱贫攻坚工作，国家将农网低压改造工程列入“十三五”规划。因为村主任刘国豪曾在甘龙片区农网改造施工队干过，冉浪就找到刘国豪，请他到甘龙找找片区负责人。第二天，刘国豪就打来电话说，可把白果村作为农网低压改造的试点村。

冉浪十分高兴，当天就召开村组会议，要求各村民组迅速行动起来，主动配合农网改造施工队。

由于村委准备充分，在整个电网的升级改造过程中，施工队伍没有遇见一件难事，这确保了施工进度和质量，真正达到了试点的目的。

水通了，电网升级改造了，长期受困于水、电问题的村民，喜上眉梢。

看到白果村的变化，永安乡党委、乡政府决定，将白果村作为全乡的新农村建设示范村来打造。

为保证示范工作有序推进，乡党委书记李福周兼任脱贫攻坚指挥部指挥长。也就是说，白果村有两个脱贫攻坚指挥长。这在全乡独一无二。

显然，永安乡党委对冉浪的工作，还是不太放心。

这一点，冉浪也清楚。他知道，自己要成长为一个合格的村支书，还需要经受更多的磨炼。

被定为示范村后，第一件事就是全村人居环境整治。冉浪知道，人居环境整治牵涉到每家每户，稍有不慎就会引发矛盾纠纷，影响施工质量和进度。他白日夜晚奔忙在各村寨的工地上，监督工程质量，解释有关政策，化解群众疑难，一刻也不敢马虎。

那段时间，白果村的脱贫攻坚队队员像打了鸡血一样兴奋，一个个白日夜晚都守在工地，常常一天只睡一两个小时，有时饭都顾不上吃。

一天下午两点钟，老村主任李顺强到村委会办事，见攻坚队队员每人都端着一个脸盆大小的锑盆，正埋头大口大口地吃，盆里是满满的面条。李顺强傻了。他说："这么大的饭量，还是二十世纪五六十年代兴修水利工程时，在水库工地上见过。"

"这饱一餐饿一餐的，我年轻，倒无所谓，可苦了滕树勇书记。"冉浪说，"五十多岁的人，身体哪里招架得住，不到半年，就瘦了二十多斤。"

眼看全县脱贫出列期限一天天逼近，冉浪如热锅上的蚂蚁。他寻思，村里那十多公里的通组路工程还没着落，怎么办？村委开了几次班子会，都没有想到解决办法。最后，他决定求助乡党委书记李福周。

李福周认真想了好一会才说："这事别管，你们把其他工作做好就行。"

几天后，县交通局派人来了；随后，公路测量队也进村了；施工队接着也开进，通组路扩宽硬化工程动工了。

工程施工到哪里，村里的服务就跟到哪里。折房占地，群众无一句怨言。

一时间，整个村子像一个建设工地。这繁忙情景，刺激着冉浪的脑子飞速运转。他又思考着通信网络的解决方案，希望趁热打铁，把通信网络问题一起解决。

白果村四周山高沟深，境内又无基站。借着相邻的印江自治县的刀坝乡的网络打一个电话，要拿着手机满山跑，一句话要反复说许多遍，对方才能听清。

他多次向乡领导汇报。乡领导专程到中国铁塔股份有限公司铜仁市分公司松桃办事处争取，终因工程难度大而搁浅。他抓破了头皮，也没能想出解决的办法。

走投无路之际，冉浪想到了村里的挂帮领导——时任铜仁市市直机关工委书记的郑敏。之前，郑敏也为村里做了大量工作。不知这通信网络建设，她能否帮得上忙？冉浪抱着试试的心态打去电话。第二天，郑敏就派铜仁市市直机关工委研究室主任勾永康来到村里。勾永康体验手机信号后，又马上与铜仁市大数据发展管理局联系。管理局随后就与中国铁塔股份有限公司铜仁市分公司进行了协调。不到三个月，该公司就完成了踩点、建设、安装和调试工作。

“共建了三个基站，都是 4G 网络。”冉浪兴奋地说。

截至 2019 年 10 月，白果村水、电、路等基础设施建设提级改造完成，通信网络实现全覆盖；危房改造、人居环境整治工程全面完工，累计投资达 1400 多万元。

环境改变了，村民们的发展思路也活了，一个个跃跃欲试，准备甩开膀子大干一场。

——因伤致贫的喻朝德，利用自己的兽医特长，不等不靠，发展肉牛养殖，实现脱贫致富。

——半沟村民组组长李进，采取风险自担、利润共享方式，让村民以资金、土地入股，利用良好的生态，养殖野生石蛙，种植中药材黄精。

——喻家寨组村民喻忠乾自幼在外打工，得知家乡变了样，返乡创业，在挂帮领导帮助下发展林下养鸡，以集体合作社＋能人＋群众的模式，无偿为群众提供鸡苗、饲料、技术，计划回收，每年还将利润的 10% 给村里分红，以壮大村集体经济。

——养殖大户李杰在村里的帮助下，扩大肉牛养殖规模，年存栏肉牛 120 多头，每年拿出一定的利润，给全村 97 户贫困户分红。

——村主任刘国豪承包村集体的 56 箱蜜蜂，扭转了村集体经济长期以来的亏损局面，仅 2019 年 3 月就给村里分红 4500 元。为配合这一养蜂产业，村里还发动喻家寨组村民，充分利用自身优势，集中连片种植500亩油菜，仅油菜籽销售，可实现群众增收150余万元。

村里还在筹划种植油茶，准备引进大户，种植油茶200亩。引进外资开发境内的逍遥洞和当年红三方面军在白果村留下的遗址遗迹，结合500亩油菜、200亩油茶，打造观洞、赏花、体验红色文化为一体的立体旅游产业。

产业的做强做大，对村支两委的管理提出了新的要求。村支两委先在半沟组试成立村民理事会，由村民选出有想法、有思路，德高望重的知名人士成为理事会成员，群众的大小事务，交由理事会讨论通过，方可实施，充分体现村民自治原则，实现管理的科学化、民主化。

而今的白果村，终于以崭新的面貌出现在人们的眼前，成为永安乡的新农村建设典范。

五

回顾这两年走过的历程，冉浪感慨万千。

“这两年的摸爬滚打，至少让我早熟了十年。”冉浪自信地说。虽还是那么瘦小，但他脸黑了，皮肤糙了，眼里透出的不再是稚气与好奇，而是坚毅。

2019年7月，冉浪被中共铜仁市委评为全市脱贫攻坚先进共产党员。这一殊荣，永安乡仅他一人获得。2019年9月，白果村脱贫攻坚指挥部被评为全县先进村级脱贫攻坚指挥部，白果村半沟理事会被评为全县先进村级理事会。

当家人

◇ 张春阳

一

2004年冬天，一个消息像长了翅膀似的，在江口县闵孝河两岸传得沸沸扬扬——边江村、阴溪村、广寨村，这三个从未在一口锅里搅过勺的村子，将要合成一抱，并为一个大村。那些日子，寨头路尾，屋檐槛下，村民们谈论的话题，自然与此相关：有的惊讶，说从来八竿子打不着的，现在却要生拉活扯捏成一堆，咋个舞得转；有的愤愤不平，说小锅里的稀饭都吹不冷，还要去喝大锅里的滚汤；有的成心看笑话，虽不说三道四，但嘴角咧出的笑却颇耐人寻味……

日子，就在村民们的议论中一页页翻了过去。小村并大村的脚步，并没有因此而停歇，且毫无悬念地尘埃落定。

这年的年底，杨再炼被推选为村支书。

小村并大村后，改名鱼良溪村，全村有1082户，4500余人，耕地近3000亩。

这原先的三个村，共有边江、龙井、火烧桥、茅坪、上广寨、下广寨、阴溪、竹寨、扫帚、新寨等自然村寨，它们分别坐落于闵孝河两岸。村寨背后连绵起伏的山峰，皆被森林和灌木覆盖。寨前便是一片片宽阔而平展的坝子，阡陌纵横。省道就从坝子上穿过。像如此峡谷夹着这么大的一片坝子，还十分少见。因而，这里历来是江口县的“粮仓”，以产水稻、油菜、小麦为主。

鱼良溪村紧挨着闵孝镇的集镇。村民们吃罢夜饭，要是没事想出门走走，几步就可以上公路，再沿西行，一杆烟的时间，就可以到集镇上。这里的人们，相比其他村寨的人来说，显得精明些。人，一旦精明了，眼里就容不得沙子，但有时候对事情的看法就有着令人遗憾的局限性。合并之前的三个小村，除了吃饭不愁外，村民兜里仍掏不出几张票子，相互之间为点鸡毛蒜皮的事，可以三天三夜骂个不休；言行举止稍不注意，就将人得罪了，对方说翻脸就翻脸；上面来的政策，多半会被推来阻去……这样的结果，当然是即便守着金山银山，也比那些穷山恶水的地方好不到哪里去。

一些有远见的党员和村民心里明白：这么好的自然条件，却还如此贫穷，再这样下去，头都抬不起来啦，村里必须有个好的当家人！他们对村里这些年冒出来的能人，一个一个地揣摩、掂量。

村支部选举那天，党员们就纷纷将那一票投给了杨再炼。

二

而这些年，应该说差不多二十年，杨再炼看准时机，就像翻筋斗，几年一变——成为当地的致富能手。

1983 年初，他花 3000 元购了一台拖拉机，拉运砖瓦。当时，农村土地承包到户还不到五年，农民种粮积极性高涨。同样一块地，经过精耕细作，产量竟然翻倍。农民卖粮成为万元户的，比比皆是。手中有粮，包里有钱，不少村民就将目光投到修房造屋上。杨再炼开着拖拉机，从砖瓦窑把砖瓦拉到集镇周围的各个山寨。整整两年，他不知拉了多少砖瓦。1985 年，杨再炼卖掉拖拉机，去镇上一家公私合营单位开货车；开了八九年，就自己买一辆货车跑运输；不到两年，又换了一辆中巴车载客，线路从集镇到地区首府所在地。

这个商机，被杨再炼准确地捕捉到了。那时，人们都不愿意困在自己脚下的那一方土地上，青壮年纷纷外出打工，在家的倒腾生意——将自家生产的农产品卖出去，再把外面的产品拉回来转手，因而人们每天在乡镇和城市之间来来往往，客车就成为人们出行的最佳交通工具。

这也是杨再炼真正掘到的一桶金。这时他很清醒，并没有吊在一棵树上，而是拿出赚到的一部分利润，办了一个预制板厂。照如今专家学者告诫人们投资的说法是：不能把所有鸡蛋放在一个篮子里。

当初，杨再炼投资的交通、建筑行业，都属于回报较高的行业，也是一般人家心向往之而无力为之的行业。这种高回报，持续了若干年，并尚未衰减。

杨再炼当选村支书后，就说服家人，卖掉了客运车，把预制板厂交给他人打理，安下心来做村里的事。

一些与他有往来的熟人，碰到他，半真半假地问："当真要去领那每月450元的报酬？"他答道："人不能只盯着钱，也不能仅为自己。"

合并后的鱼良溪村，人们虽然相互认识，但未有过多的往来。每家每户的情况究竟怎样，村民们有哪些想法，杨再炼心里并没有数。为此，他用了一个月时间，挨家挨户走访，听意见，谈打算，说家常，摸清了全村的情况。

之前，村民们都是种植水稻、油菜、小麦等传统作物。在人们解决吃饭问题后，种植传统作物就没有优势可言，而且越种越不划算，农药、化肥、种子、劳力等成本逐年增加，有的年份，种粮还要亏本。这里与其他村寨还有一个不同之处，那就是外出务工的青壮年不多。也许是自然条件较好，空气清新宜人，随便种点庄稼便可吃饱饭。

杨再炼将这些年搞运输听到的、看见的，在脑子里过了一遍又一遍。村里大田大地的种什么呢？猛然间，他想到有次去一个村子送砖瓦时，看见大片大片叶子翠绿的生姜，很是喜人。生姜肯定比粮食价格高，何不先种生姜试一试呢？他把想法告诉村干部和村民们。村干部们认为：一没技术，二没资金。扯了半天，仍然落实不下来。而村民们从未种过，均摇头拒绝。

怎么办呢？第一次出拳，竟打在了棉花上——一声不响。

2005年农历正月十五过罢，杨再炼召开党员大会，再次动员人们种生姜，但与会的党员们仍然下不了决心。最后，杨再炼说："我是党员，带头种生姜。亏了，我个人承担；成功了，大家就跟着我做！”

离正月过完还差几天，杨再炼就开干了——在闵孝农信社贷到15万元，承包村里54亩地。购种、挖土、下种，他起早贪黑，请了十几个村民，忙活了差不多半个月，才将生姜种下去。当年农历十月，54亩地产出13万多斤生姜。可惜的是，这年生姜价格猛跌，似乎有意与他作对。杨再炼便请人打了十七口地窖，把这些生姜存放进去，一旦价格上扬，就出手。

2006年3月的一个夜晚，倾盆的暴雨突袭而至，持续到清晨。十七口地窖全部积满水，所有生姜烂坏，可谓血本无归。看完地窖，杨再炼抹了一把脸上的雨水，硬撑着走回家。他不能让乡亲们看见自己受了打击后的沮丧样子，仍旧该干什么干什么，只是脸上的笑容消失了。是啊，15万元贷款竟打了水漂，放在任何人身上，不可能没有一点想法。

这个损失，对杨再炼来说，不仅是经济损失，还有形象和威信的损失。上任后的第一件事就干砸了，以后谁还会相信呢？中国的农民不爱听大道理，他们只相信亲眼见过的事实。因为某些疏忽，可能毁了一季庄稼，也可能就得饿一阵肚子——他们输不起，也就没有胆量和土地硬斗！

整整半年，杨再炼没有睡过好觉，常是半睡半醒。但路还得走下去，不能因为偶然的一次失败，就一蹶不振。那段时间，他咬着牙，早出晚归，多方打听：到底种什么能让村民们致富呢？

一天，他听说浙江台州有人在这边种大棚西瓜，效果不错。几经周折，杨再炼找到在铜仁种大棚西瓜的台州人冯常平，邀请他去村里租地种西瓜。经过交谈，冯常平见杨再炼确是一番真心实意，也动了去鱼良溪实地看看的心思。

一到鱼良溪，杨再炼便陪着冯常平在坝子上转了一圈。这里的土质、气候、光照等自然条件，种大棚西瓜是再合适不过了；还有便利的交通，这几样加起来，是其他地方不能比的。冯常平走在田间的小埂上，越看心里越高兴。

冯常平当场答应，租100亩地种大棚西瓜。杨再炼一时没反应过来——他没想到冯常平答应得这么爽快。隔了一会儿，他说：“我能不能买你一个大棚，你教我种西瓜？”冯常平笑了笑说：“当然可以。”

只半个月，整地，搭棚，下种，就完成了。杨再炼花1000元买了一个大棚，约3分地；农药、种子由冯常平免费提供。

三个月后，西瓜陆续上市，供不应求。鱼良溪的西瓜，一面世就打出了名气。杨再炼买的那个大棚，产出4000多斤西瓜。

这些，村民们眼见为实。他们中一半羡慕，区区3分地，两三个月就收入几千块钱；另一半仍带着怀疑，持观望态度，觉得缺牙巴咬炒豆，碰着了也是常有的事，看看再动手也不迟。

次年，杨再炼租30亩地种大棚西瓜，并说服村里七户人家种植120多亩。冯常平看到村民们一下子牵起150多亩大棚西瓜，心头隐隐不安，担心村干部们给他出难题——至少得交管理费给村里吧，这是当时不成文的规定。过了几天，冯常平吃过晚饭，就去找杨再炼。两人摆谈了半天，冯常平便从身上掏出一块崭新的高档手表，送给杨再炼，并请他在管理费的事上关照一下。杨再炼轻轻推开递过来的手表，说："村里不收你任何管理费，也不收礼。但你要答应一个条件，那就是要帮我们做技术指导，我们为你服务。"

就这样，杨再炼和村里七户人家，在冯常平的指导下，所种150多亩西瓜获得丰产。最让杨再炼高兴的是，他和乡亲们学到了种植大棚西瓜的技术。

第二年，一些抱观望态度的村民找到杨再炼说也要跟着种大棚西瓜。杨再炼满口应承，把技术毫不保留地传给他们。这年，村里种西瓜的就有30多户，而杨再炼又种植25亩。

大棚西瓜在鱼良溪大面积种植，也就是两三年的工夫。之后，每年种植面积稳定在400亩。

这是杨再炼在村里带领人们种植的第一种经济作物。

三

时间跨到了2008年的门槛。

只要天上不落大雨，杨再炼吃过晚饭，总要去坝子上转一趟。他沿着田埂走一段，又驻足望望周围：那些田地，或种着庄稼，或空无一物，但大部分荒着。

如何让这些田地不再荒芜呢？杨再炼边走边想，转了几趟，仍没想出个好办法来。

一次，在村里的党员会上，党员们说起村里近来发生的一些事，有人无意间谈起那些空置的田地，你一言我一语的，大家的话题都集中到了田地上。突然间，杨再炼脑子里闪了一下，好像一团乱麻忽然被扯开：村里何不把这些土地按一定价格租过来，再返给村民种呢？他将这一想法抛出来，大家先是愣了一会儿，继而热烈地讨论起来。当时，农村土地还没有“流转”这种说法。党员们最终讨论的结果是，村里将所有田地租过来，1 亩每年按现金 500 元至 700 元付给农户，时间为 20 年，根据市场行情，上调租金。这样一来，村民有了土地租金，村集体可用流转过来的土地，成规模种植经济作物。同时，村民也可以再从集体包地出来种经济作物。

杨再炼将消息公布后，村民们三个一伙五个一群聚在一起，扳着指头算账，都认为这种方式好，愿意把自家的责任地流转出来。当年，村集体流转土地 2750 亩。几年后，杨再炼考虑到市场因素，提议 1 亩地每年按 600 斤干稻谷折价给农户，如果稻谷的价格上涨一倍，也按 600 斤折算。总之一点，那就是让村民们放心，不让他们吃亏。

土地流转过来后，杨再炼动员村支部成员每人必须种 5 亩果蔬。由于种果蔬没有经验，杨再炼组织 45 名村民去贵阳市乌当区、湖南省芷江侗族自治县参观学习果蔬种植。第一次外出学习，村支部成员和村民们开了眼界，积极性被慢慢调动起来。

鱼良溪村大面积种植蔬菜，始于 2009 年。这年，村民们以种南瓜和白菜为主。出乎人们的预料，南瓜和白菜长势喜人。杨再炼和村民们一早在土地里拨弄，累了，直起腰，望着那些带着露水的蔬菜在晨风的吹拂下微微摇曳，心头像喝了蜜一样甜。但他们没有看到这喜人背后潜伏着的“陷阱”——这么多蔬菜，收了后怎么保存，又销往何处呢？

蔬菜疯长，而季节又不等人。采摘下的蔬菜囤积了一堆又一堆。杨再炼心里似猫抓，急得很，痒得慌。村民们刚刚被点燃的希望，难道就这样眼睁睁看着被浇灭吗？情急之下，他向镇里报告。镇领导跑来一看，马上组织村干部们将蔬菜往铜仁城区销售。连着五六天时间，村干部们每天凌晨四点装车，到铜仁城区，天还未亮。

因为蔬菜多，想急于出手，价格就相对便宜。杨再炼和村干部们好歹将村民们种的蔬菜卖得差不多了，既没亏，也没赚。而他自己种的南瓜、白菜还没来得及采摘，仍在地里一天天长老。一天早上，杨再炼正去自家地里收白菜，一位老党员走过来说，种的蔬菜虽然卖了，但还差别人 400 元务工费。杨再炼从身上掏出 400 元递给他，说："难为你啦！这么大年纪，还带头。是我对事情考虑不周。"这位老党员说："村里需要你这样敢闯敢干的带头人，哪知老天不睁眼！"

杨再炼收了 1000 多斤白菜，这些白菜堆成了一座小山。他将白菜一一装上货车，不由自主地开往县城方向。一路上，他都在想，是把白菜卖了，还是倒进河里？卖，卖给谁呢？倒进河里，把水又污染了。快到县城时，他忽然想起县看守所有位朋友，说不定能帮上忙。他掏出手机打电话，又不好意思开口说卖菜，只说送看守所一车白菜。那位朋友喜不自禁，连声说"欢迎"。卸完白菜，朋友热情邀请他去食堂吃中饭。杨再炼心想，朋友肯定要付他一笔白菜钱。吃完饭，朋友送他上车，没提一句费用的事。那一瞬间，杨再炼十分沮丧，趴在方向盘上，觉得没有一点力气。

另一块地里的 5000 多斤南瓜，杨再炼送给了县拘留所。

种南瓜和白菜虽说失算了，可反过来看却是一件好事——村民们更加相信村干部们是为了大家；再就是村干部们头脑更加清醒：搞种植，品种不能单一。

之后，杨再炼带着村民们分批去外地，参观学习草莓、葡萄、蔬菜等种植技术。

种草莓、葡萄、西瓜，杨再炼要求村干部们带头，有了成效，再发动村民们种植，不搞强迫命令，凭事实服人。这种方式，村干部们乐意接受，村民们更是欢迎。

到了2010年，村里种植的经济作物有蔬菜、西瓜、草莓、葡萄、红心猕猴桃等，基本形成了规模和品牌。村集体经济也有了收入和积累。

从2005年至2010年，六年时间，既不短也不长，可对一个正在摸索发展的山村来说，还是短了一些。农业产业发展的周期相对较长，稍有闪失，就会伤筋动骨，甚至丧失元气。

鱼良溪村的产业发展，能走到如今这个程度，全村的人不得不承认他们村里有个好的带头人。

四

2010年，对鱼良溪村和杨再炼来说，是个重要的年份。这年，村里的产业，从种植传统农作物转为种植经济作物，来了一个从未有过的转变。也在这年，杨再炼被评为全国劳动模范。

从北京开会回来，杨再炼想到，自己作为共产党员和村干部，事事带头做榜样理所应当，但组织上却给了自己很高的荣誉。一连几天，他在心里不停地掂量自己，也把这些年来做过的事细细地捋了一遍，觉得离乡亲们的期盼还有距离。想清楚之后，他决定将组织上每年给自己的2万元劳模补贴拿出来，给全村近百位80岁以上的老人每人每年发放50元慰问费，另外再赡养一位残疾老人。

还在几年前，杨再炼见阴溪村民组的孤寡老人陈长富生活不能自理，便个人每月出300元请附近的一个村民照顾老人的饮食起居。同时，隔五六天，他就要登门看望，陪老人说说话。陈长富满百岁那天，杨再炼和村干部们给他理发、洗澡，换了一身崭新的衣裤，并为他办了一场寿酒——全村19个村民组组长和阴溪村民组80岁以上的老人参加，同时邀请了镇里相关部门的干部，一共13桌。这场不收任何礼的寿酒，让陈长富高兴得合不拢嘴，也让他热泪盈眶。老人颤巍巍端着酒杯，哽咽着说：“我老汉有福气。我万没想到有这么一天。”

热热闹闹的场景，感染了在场的每个人。阴溪村民组一位 80 岁的老太太开着陈长富的玩笑说：“我们有崽有媳妇，还比不过你一个五保户老头！”

2007 年，102 岁的陈长富去世，杨再炼又为老人送终。

随着村里大多数人的生活逐渐改善，这时，一些孤残村民的贫穷便显露出来。全村持证残疾人 116 名，其中 30 多人不能增收，另有 6 人生活不能自理。

这群人怎么办呢？这几年，杨再炼自掏腰包为这个残疾人垫付医疗费，帮那个残疾人送生活费。他想，如此长期下去，也不是办法，解决不了根本问题。幸亏自己的预制板厂一年有 10 多万元的收入，不然还真顶不住。当这个村支书，朋友不理解，每次碰到总打趣他当得太亏啦；家人也埋怨他一年倒补进去几万块钱。

就拿 2007 年来说吧，那年杨再炼种西瓜盈利 10 多万元，可正在修建的 500 多平方米的村级活动场所，上级仅拨款 6 万多元，尚差 8 万元，他就垫付 8 万元，村级活动场所才得以如期竣工。这 8 万元，现在还没着落。

不管怎么说，村里的产业发展不能止步，孤残群体不能撂下不管。2011 年初，杨再炼和村干部们商量，先安排 6 个重度残疾人集中就业，打扫卫生，照看村里的产业基地，每人每月 400 元工资。当年冬天的一个晚上，杨再炼在家中看电视，刚好看到一位中央领导发表电视讲话，说全社会都要来关心残疾人。他支起耳朵听完后，觉得村里支持帮助残疾人符合上面的政策，坚定了把这件事情做下去的决心。

几天后，杨再炼召开了一次党员会，专门讨论残疾人就业的问题。这次会议，大家形成了一个共识：凡村集体的公益岗位，优先安排残疾人上岗。

这时，县委主要领导到鱼良溪村调研，当听说了杨再炼一些鲜为人知的情况后，当场拍板将村级活动场所的 8 万元债务问题解决，另外解决杨再炼种生姜损失的贷款利息 4 万元。在不久后的一次全县干部大会上，这位县委主要领导公开表扬杨再炼舍小家顾大家的胸怀和精神，掷地有声地说：“我们不能让改革者流汗又流泪！”

杨再炼心里很明白，做公益事业，特别是让残疾人有尊严地生活，光靠个人是成不了事的，必须依靠集体的力量。而这力量，又得有厚实底子来支撑。他便和村干部们量力而行，逐步建立残疾人就业基地。第一步，村里拿出一部分收入修了一口带休闲观光功能的35亩的钓鱼池，开了两个免费理发店，配了几名园区保洁员。这些岗位，全部用来安排残疾人就业，其工资由村里统一支付。特别是两个理发店，既让4名残疾人学到了一门技术，又方便了村民们。村里将理发店、钓鱼池、园区保洁称为残疾人就业岗位第一基地。

当然，杨再炼还有一些设想。他想让村里30多名仅靠自身根本不能致富的残疾人，不仅吃穿不愁，还有房子和稳定收入。而所有这些设想的实现，必须依赖集体经济的发展。针对他们的情况，再安排相应的岗位，让其通过简单的劳动，实现自食其力，使他们在心理上感到自己吃的那碗饭、穿的那件衣，是靠劳动得来的。

2013年11月3日，习近平总书记在湘西土家族苗族自治州花垣县十八洞村考察扶贫工作时，首倡精准扶贫。杨再炼组织村干部们学习时，大家针对村里的精准扶贫工作进行讨论。杨再炼说："村里的这些残疾人，就是我们的精准扶贫户，也是我们村支两委必须啃掉的硬骨头。"有人提出啃硬骨头的难度大，杨再炼说："难度再大也得啃掉，不然，哪能叫全面小康呢！"

杨再炼还是一心想搞产业发展，一来增加集体经济收入，二来可以安排残疾人就业。他想了一两年而一直未实施的一个产业——种植红心猕猴桃，就在这时定了下来。他将想法说给村干部们听，得到大家的一致认可。80多亩红心猕猴桃，村民们齐心合力种了下去。

80多亩的红心猕猴桃园，成为残疾人就业岗位第二基地。

鱼良溪村关心残疾人就业，让周围村寨的村民们羡慕，同时也得到了村民们的称赞。这事传开后，引起了有关部门的重视和支持。省残联将其列为残疾人创业就业示范村，并给予20万元的扶持。

这 20 万元用来干什么呢？杨再炼苦苦思索：搞种植吧，常见的经济作物都已种了；搞养殖吧，又没有优势。最终，还是没想出好的办法。

过了几天，杨再炼又去中国人民大学参加全国村支书培训。从 2012 年 7 月鱼良溪村党支部被中央组织部表彰为“创先争优基层党组织”后，中组部自当年 12 月始至 2014 年 12 月止，对受表彰的村支书进行培训，每两个月上一次课。

在培训会上，杨再炼结识了山西大同市杨家窑村村支书郭占君，两人相谈甚欢，仿佛多年的老朋友。郭占君认为杨再炼是个用心用情干实事的人，经过几次接触，决定帮扶鱼良溪村——从 2014 年起，杨家窑村每年支持鱼良溪村 20 万元，用于发展集体经济。

这次，杨再炼又见到了郭占君，他迫不及待地将自己最近遇到的难题向老朋友倾诉。郭占君听他说完后，沉默了一会儿，说：“你那边生态好，没污染，用这笔钱搞点生态的产品，我来买。”郭占君一语点醒了他。杨再炼想了想说：“现在人们很难吃到纯熟饲料喂的猪肉。我们想搞一个传统养殖的生态猪场，饲料不加任何添加剂，如何？”郭占君一听，不由自主猛拍大腿：“我们一年买两批，中秋、春节各一批，每批 5000 斤猪肉。价格按 35 元一斤，怎么样？”两人达成共识。

杨再炼回到村里，与村干部们商量这事，得到大家的拥护和支持。

于是，一个规模为 400 头的萝卜猪生态养殖基地，在边江村民组半山腰的山坡上动工。这个生态养殖场，便成了残疾人就业岗位的第三个基地。

2016 年，村支两委借村级集体经济发展之机，为 16 户残疾人贫困户争取“特惠贷”47 万元，让他们入股生态养殖基地，创建黔馨家园。市残联在黔馨家园进行专题调研，对鱼良溪村的做法给予肯定，并拨款 15 万元作为残疾人就业创业资金。如今，村里 23 位重度残疾人，不但在黔馨家园免费吃住，还被分配到村集体开办的农家乐、钓鱼池、免费理发店、红心猕猴桃基地、农村干部短期培训基地等岗位工作，每月最高工资 1500 元，最低也有 800 元。

精准扶贫中的这块硬骨头，在杨再炼和村干部们的齐心合力之下，终于啃掉啦！他觉得2016年是他这些年最累的一年。在一次村支两委讨论精准扶贫的会上，他说起村里残疾人的贫困状况，眼眶里泪花打旋："作为共产党员和村支书，要富就要带领大家一起富，不能眼睁睁地看着他们这样贫穷下去！"

杨再炼为村里的困难群体所办的一系列好事，人们都看在眼里，组织上也没忘记这个在脱贫攻坚主战场敢闯敢干的带头人。2016年，杨再炼获得了"全国优秀党务工作者""全国扶残助残先进个人"荣誉称号。

五

历史往往重复，而且来得非常之快。

2014年，原先小村合并的大村，又要恢复到过去的小村。合与分，当时都有政策。村支两委召开党员和村民代表会，听取意见。十年前，小村合大村时，不少村民有不同的声音；而此次大村还原小村，与会的党员和村民代表则异口同声——不分啦！就按现在的村。而许多村，又纷纷地回到了过去小村的规模。

因此，鱼良溪村的规模相对较大，仅党员就有115人。村里根据有关政策，成立了村党总支，下设第一支部、第二支部、水果产业支部、蔬菜产业支部、民营企业支部共5个支部。

由于村支两委这些年把工作的重心放在了抓产业上，对党员干部的教育力度相对小些，一些党员起了私心，出现了争低保、争荣誉的不好现象。村民们在背后议论，说有的党员比老百姓还不如。

对这些情况，杨再炼也在思考：如何约束党员，如何让党员发挥带头作用，如何把党员素质提高，等等。

这时，党的群众路线教育活动开展。

杨再炼认为这是自己认真反省和思考的机会。恰在这时候，村里评低保户。他的岳母特意找来，让他把岳母一家评上去。杨再炼说：“评得上评不上，不是我个人说了算数，要村民组群众评了，名单才报到村里来，还要集体讨论。”过了几天，组里将名单报到村里，他拿起名单细看，其中有他岳父岳母的名字，便掏出笔果断将其删掉。

一天，杨再炼去闵孝镇办事，遇到了岳母。他还没有看见不远处的岳母，岳母一连串的话语就向他甩了过来，似一块块石子砸在他身上：“是条狗嘛都喂熟啦……睁起一对牛眼睛，硬是假装认不到人……你走你的阳关道，我过我的独木桥，从今往后，不准再跨我家的门！”这种骂人的方式，当地俗称“骂花鸡公”——不指名道姓，但彼此明白是为何事。被骂的一方如果反击，自然有道理也输了三分，通常只能忍气吞声。“骂花鸡公”是当地惯用的一种发泄怨恨的形式。

第二天，妻子也知道了这事。杨再炼从村里回家吃晚饭，却发现冰锅冷灶的，妻子则坐在院坝里冷着脸，一句话不说。

杨再炼心里清楚，必须硬扛着，不能认输。村干部和村民们都瞪大眼睛盯着他，他若手一软，不仅评低保户这事，还有其他惠民政策，就有可能被别人钻空子。

三年间，岳母不准杨再炼上门，街前市口偶然相遇，她也装着不认识女婿，有时甚至狠狠地瞪他一眼。直到2016年底的一天，杨再炼去闵孝镇赶场，在街上与岳母碰面，就主动走上前打招呼，并给她解释原因，说了自己的一些难处。岳母终于理解他的良苦用心。

在群众路线活动中，杨再炼结合自身的一些经历，思考采取哪些方式来约束并管理党员，让群众打心底地信服。那段时间，他不停地琢磨，今天想一条出来，第二天一想又否定了。他反复想，仔细斟酌，最后提出了党员“十个一”工作法。

这“十个一”工作法，即“党员身份亮一亮、党的精神学一学、惠民政策讲一讲、产业发展带一带、群众困难帮一帮、矛盾纠纷劝一劝、群众意见听一听、个人不足找一找、履职践诺评一评、名利好处让一让”，内容涉及农村党员的方方面面，通俗易懂，能记。在全村党员会上，杨再炼把“十个一”工作法抛出来，得到党员们的认可。一些党员深有感触，说：“这是一个党员应该做的，可是这些年我们却没做到。”

中央政治局委员、中央书记处书记、中央组织部部长赵乐际看到“十个一”工作法后，做了批示，给予充分肯定，并要求在农村基层推广“杨再炼工作法”。

从此，杨再炼将“十个一”工作法作为自己做好群众工作的“法宝”，并不时地反省还有哪些差距。对照“惠民政策讲一讲”这条，村级集体经济比过去有所壮大，应该拿出一部分资金落实惠民政策。因此，鱼良溪村率先在江口县为60岁以上的756位老人和10岁以下的634名儿童全额缴纳了新农合费用资金；同时，每年为90岁以上高龄老人发放1000元生日慰问金。对照“群众困难帮一帮”这一条，村里用集体经济解决了残疾人生活、工资、保险问题。这几项加起来，村集体经济一年要拿出近50万元。

村里每年开展两次“履职践诺评一评”会议，党员和村民代表参加，党员评议支部，村民代表评议党员。杨再炼在会上说：“当好村干部，无外乎四点，一是奉献，二是公正，三是不谋私利，四是平易近人。”全村115名党员，没有一名党员吃低保。

六

内生动力是解决一切问题的关键因素，而外力的援助只能救急。持续发展离不开内生动力。

今年6月初，山西大同市杨家窑村村支书郭占君一行4人，第三次来到鱼良溪村。杨再炼陪同郭占君他们去了半山坡的黔馨家园生态养殖基地。之前，郭占君来村里时，生态养殖基地还没有建起来，但去年杨家窑的村民们已经两次吃到了生态养殖基地喂养的萝卜猪肉。当时郭占君打电话给杨再炼，对江口萝卜猪肉鲜美的味道赞不绝口。

这次，郭占君亲眼看到了黔馨家园生态养殖基地，看到了这群残疾人洋溢在脸上的笑容，特别是看见几个残疾青年将一间圈舍的十多头五六十斤的小猪赶出来，要为郭占君他们表演“小猪跳水”节目时，心里颤动了一下。那几个残疾青年，有的拿竹竿，有的用手，还有的吆喝，把十多头小猪往一个两边用板子夹起来的木槽上赶。小猪们沿着木槽从一口小山塘边上，奔上一个小山坡，上了一个土台。而木槽伸出土台三五米，下面则是那口小山塘。小猪们左冲右突，然而两边都有木板挡着，最后，只好一一往小山塘里跳，又急慌慌地向塘边游去。

当小山塘溅起一束束水柱时，那几个残疾青年，以及站在塘边观看的另外一些残疾人，欢快地跳着。郭占君他们被这场景感染，也开怀地大笑。

离开黔馨家园生态养殖基地前，郭占君仔细地参观了食堂、球场、圈舍，对这个被四周绿树掩映的基地大加赞赏。

他来到宣传墙前，观看一幅幅图片，其中一幅是杨再炼在推轮椅。他问站在旁边的杨再炼是哪回事。杨再炼说，这位老人叫阳国喜，从小双眼不幸被刺瞎，父母双亡后，就与兄弟一起生活；2012 年，兄弟和弟媳相继病逝，他就无依无靠了；之后又患脑出血，丧失了生活自理能力，只能坐轮椅。他几次流着泪对杨再炼说：“以后咋个办啊？”杨再炼每次都安慰他：“不要担心，我有空就来陪你吃饭，吃了饭就推着玩，陪你说话。”村里 6 个村干部，每人每月五个晚上轮流去黔馨家园值班。杨再炼只要不外出，每天晚上都要在那里住宿，看护残疾人；同时，在坝子里边推轮椅，边和阳国喜摆龙门阵。

郭占君听了杨再炼这一通介绍，被他所做的这些看似平凡却伟大的事打动，忍不住说：“这次我们来的目的，就是签订帮扶协议，不是帮一两年敷衍，而是要实打实地一帮四年！”

从山上下来，回到村里，郭占君就叫杨再炼带着他去看望两户贫困户。杨再炼领着郭占君去了新寨村民组杨建和、杨建发兄弟俩家里。兄弟俩都属残疾人，住在一幢三柱二瓜的破烂木房里。郭占君看了这个寒酸、简陋的家，止不住地摇头叹息，当即决定由杨家窑村出资帮兄弟俩修一栋 200 多平方米的楼房，修好以后，兄弟俩各住一头。

双方座谈时，杨再炼说了村里下步的发展方向——利用得天独厚的山水自然优势和便利的交通条件，走乡村旅游的路子。郭占君经过三次实地考察和感受，认为这是个既富集体又富村民的好路子。

“需要我们什么支持？”郭占君开门见山问杨再炼。

“村里建的农村干部短期培训基地，可供60人食宿，今年4月下旬开业，但满足不了需要。村里打算再修建一个能住宿 80 人的宾馆，目前集体经济实力跟不上。”杨再炼说了打算。

“我们同意支持鱼良溪村发展经济。怎么建，今后如何经营，主要还得靠你们自身。”

“肯定。看准的事情，咬着牙也要坚持下去，不能办砸锅。”

通过交谈，双方基本上达成了帮扶协议。

杨再炼有个习惯，那就是不管 F 是自己还是别人，所做的事是失败还是成功，他都要琢磨一番，总结一下，从而避免今后的失误。在北京的几次培训学习期间，他曾六次去大同市杨家窑村，每次都有新的收获和感受。同时，他每次去考察，总要将鱼良溪村与杨家窑村做比较。鱼良溪的优势在哪里，不足在何处，两相一对比，优劣就出来了。因而，他对鱼良溪今后的发展就看得更清楚。

他始终相信那句老话：自力更生，奋发图强。当然，必要的扶持不可少，但要走得稳、走得远，还得靠自身的实力。

地图上的标记

——记石阡县周家寨村脱贫攻坚第一书记章峰

◇ 王剑平

章峰——这个名字很容易记住，他是贵州师范大学马克思主义学院组织委员，苗族，“80后”。2018年3月，学校再次派他到石阡县国荣乡周家寨村任脱贫攻坚第一书记。我感慨：“你都第二次驻村扶贫了！”

章峰说：“第一次是在乡里。”

言外之意，他觉得住在乡里扶贫不过瘾。

山里的小村落

石阡县城至周家寨村有二十余公里，沿途坡陡路窄，会车得有一方在稍宽处停下。有的地段坡度倾斜超过三十五度，回头弯道一个接着一个，时而急转时而俯冲，让人有坐过山车的惊慌与恐惧。许多路段的滑坡尚未清理干净，随时都有再次垮塌的可能。有些路基损毁严重，一些水泥路面成了空壳。

到达目的地，在村委会的小木楼后，我遇到一条蛇。它有锄头把粗细，通体灰褐，与行人争抢长满杂草的土路。山里的蚊虫细若小米，却威力无比。隔着袜子，我的踝关节被叮咬，密密麻麻一片小疙瘩肿成一块，直到抓破皮肤，痛痒钻心。

和章峰来时一样，周家寨村以其野性的方式给了我难忘的“见面礼”。

贵州是大山的王国，山高坡陡，道路不畅，喀斯特地貌面积占土地总面积的60%以上。喀斯特地貌，通俗点说，就是岩石风化后形成的沙泡土。这种土壤，水大了会把地里的泥冲走，一旦有水又会很快被渗透。因山多山大，耕地不但连不成片，且土层很浅。除玉米、小麦，这种土质长不出其他庄稼。

章峰曾指着路边耕地对我说：“这里，贫困的原因就是土质差！农人勤勉耕种，一生的时间都耗在这样的土地上，结果仍旧食不果腹。”

周家寨村隶属石阡县国荣乡，国荣乡是贵州20个极贫乡之一。此前我知道有贫困乡，“极贫”一词则是入村后首次听说。周家寨村为侗族仡佬族村，是一类贫困村，汉族人口比例不到10%，土地总面积7.6平方公里，耕地面积3580亩，人口总数1009人，人均耕地不到3.6亩。

近两年，贵州“县县通高速，村村通公路”，有的村寨又实现了“组组通公路”，周家寨村即属此列，并有诸多夹杂其间的产业路。

路未修通前，村民进城赶场，凌晨三四点钟就要起床，走到石阡县城已过午饭时间。如遇下雨，路滑坡陡，背的东西多，还得脱掉鞋子光脚走，动作慢，过了下午三点，带去卖的农产品卖不出好价钱。一节木头，两三只鸡，一挑菜……到了城里要饿着肚子，把携带的东西卖掉才可以有吃的。买了农具、种子、盐，就得急急忙忙往回赶，回到家天已黑尽。

那些年，每户农家的床前，都挖有一口很深很大的地窖，用于存放番薯。番薯是猪吃的，也是人吃的。

去年，随着最后一户易地村民迁出老屋，人猪共用的地窖最终得以退出周家寨村的历史。

2018年，章峰驻村后，带领周家寨村村民整合饮水资源，兴建人畜饮水池2个，水窖1个；完成4条产业路的建设，总计8.6公里；硬化进寨串户路10.2公里。吃水，修路，这都不是小事。

我见过章峰在修路现场的照片，问及情况，他只说：“我们学校出了一些钱，当地也筹了一些。”然后，他粲然一笑，问我：“这么多第一书记，怎么就采访我呢？”

我说：“你不是今年全省表彰的300个第一书记之一吗？”

“是 300 个之一，但我觉得自己没做什么，也没什么典型事迹。”

再问村里情况，章峰报了一连串数据：“我们村 7 个村民组 252 户人家，1009 人，其中建档立卡户 80 户 335 人，建档立卡户中已脱贫 73 户 312 人；2014 年脱贫 11 户 48 人……2018 年脱贫 42 户 174 人；低保户 87 户 177 人，特困供养人 5 户 5 人，残疾人 28 户 32 人……这些数字都是变化的，随时都在变化。”

“要这么细吗？”

“12 类人群，不细不行，要不怎么叫‘精准’呢？你怎么知道谁脱了贫，谁没有脱贫？”

“县财政、教育、社保、民政、银行等好多单位都有相关信息，要从这些数据中筛选分析，还要跟踪。不仅要把贫困的原因找出来，脱贫后，还要有所预判，防止返贫。有的村民自己收入多少，他自己也不清楚，但我们必须清楚。”

这时候，坐在一旁的村干部笑了，说：“我们章书记对这些了如指掌，村里的每家每户、每个人什么情况，他都了然于心；但他儿子学校打电话向他要儿子的身份证号码，他却抓破脑袋也想不起。”

章峰一下就笑了，说：“那时我爱人出差，父母又不在家，儿子的学校要给他们买保险，需要提供身份证号码。这个我真记不住。”

刚才笑他的村干部拿出几张用 A4 纸打印的卫星实景图，图上周家寨村道路纵横交错、弯弯曲曲，每一条路都连接着一户或几户村民，产业路则直接通往田间地头、加工作坊。地图上，每户村民的家庭方位、房屋，都标上了姓名；红、白、黄、绿，户主名字还用了不同颜色。

我问：“这个颜色是什么意思？”

村干部说：“这是章书记的独创做法，颜色分别代表正常、贫困、特困、孤寡……”

第一书记把居委会的工作都做了，甚至做得更细。

这份地图还有个故事：村里有户人家，孩子常年在外打工，两个留守老人都七十多岁了，身体不好。老妇人还有糖尿病，一条腿是跛的。那时章峰驻村不久，到他家家访，无意间撞见老人家躺在床上下不了地，家里又没人。章峰问他怎么了。老人说："章书记，我可能要死了，全身无力，动不了。"

老人越说越无力。章峰感觉情况不对，立即给村里的医生打电话，又背着他上了自己的车。章峰计划先去村医处急救，再送县医院。在村医处吊了半瓶药水，老人渐有好转，自己从床上坐了起来，一个劲闹着回家。

农村人有个三病两痛，怕花钱，都不上医院。一旦有病便硬撑，撑得过也就算了，撑不过一条命就这么完了。他看破了老人的想法：如果送他去县医院，没人守护也是个问题，说不定还把有糖尿病的老伴折腾垮了。章峰把老人送回家，但心里却放不下地图上的标记，他又去找了中医，自己掏钱给老人开药，还买了一些营养品送过去。

他说，有的家庭虽不在扶贫之列，但老人都需要关心。为便于紧急情况下及时找到救助人，他"发明"了这份地图。

责任与担当

章峰和妻子都是"80后"，同为独生子女。他们要赡养四个老人，养育两个孩子。

我问："两个孩子、四个老人，儿子有儿童哮喘，父亲有糖尿病且又刚做了心脏搭桥手术，岳父有慢性肾病，你爱人一个人照顾得过来吗？"

"肯定照顾不过来！她还要上班呢。"

"那怎么办？"

"大儿子读书，由我爱人、外公外婆带，住大营坡；小儿子不到读书年龄，由爷爷奶奶带着，住新添寨。"

"一家人就这么分开了？两个孩子一周见一面吗？"

"一个星期见不了一面，有时一个多月才见上一次。"

"妻子不责怪你？"

“印象中只有一次，可能急慌了！”

“她怎么责怪你？”

“她打电话说，怎么回事？孩子病了，人也联系不到！后来她知道我在开会，很快就挂了电话！”

“后来呢？”

章峰一笑，说：“后来不了了之了！没办法，我也回不去呀，几百公里；再说我也脱不了身。”

“长期不回家，回去后你们闹矛盾吗？”

“不闹！一回家我就拼命弥补自己不在家给他们造成的麻烦。我不在家，她遇到麻烦想发火，电话打过来，我总在开会。当着大家打电话她也不好意思发火，她就没机会发脾气。”说完，章峰又哈哈大笑。

“想儿子吗？”

“想！儿子也想我。四岁的小儿子把自己最喜欢的玩具收了一大包，装在袋子里。我回家时，他对我说：‘爸爸，这些我喜欢的玩具都不要了，送给村里的小朋友吧！’我问：‘送给他们干什么？’他说：‘他们玩我的玩具，你就回家吧！’”

就是这个四岁的儿子，有个晚上突发高烧，全身抽搐。当时天气很冷，时近凌晨三点。出村的路大雾弥漫，能见度几乎为零。章峰很急，又没法回去。家里的车被他开来村里扶贫，已经跑报废了；父亲的车又被他开来私车公用，他没想过给家里留条路。当时公交车已停开，出租车又打不到。情急之下，他给邻居打了个电话。还好，这个邻居深更半夜从床上爬起来，开车把儿子送去了医院。因病情严重，又拖了很长时间，儿子入院时，医院开了危重病人绿色通道。

“你真不担心家里吗？”

“她没钱我不担心，我驻村花销虽比以前大，但这毕竟是暂时的，家里没钱也是暂时的。她可以借，也可找父母凑。现在，我最怕深更半夜家里打来的电话。说真的，我很感激家里人，他们都那么支持我。儿子、父亲、岳父虽然有病，但关键时候都不拖我后腿。有时我回家，见孩子行为不好，还冲父母发脾气，怪他们没教育好。现在想来很后悔。我走后，儿子成绩下降。我们夫妻有过分工，大儿子的学习由我辅导。好在他读小学，今后我回去再给他补上。是我亏欠他们的，包括父母的，我回去都一起补上。”

话说至此，章峰的声音突然小了。我抬头看，坐在我侧面的章峰，眼圈是红的。

后来我听说，去年他给村里的老年人每人买了一双棉鞋。我不知道他买鞋，是否用了家里的钱。

他们说得最多的是亏欠

次日一早，没遇着章峰。冯主任和我聊了起来。

冯主任说：“章书记在我们村搞‘一长两短、以短养长’产业。‘一长’就是以茶叶、黄桃为主导。这是长期产业，是县里统一做的项目。‘两短’，一是在茶叶行间套种长条南瓜，二是投入产业基金种植食用菌，收益与全村贫困户挂钩；这是为了弥补长期产业间歇的短板，是村里自己搞的。章书记就是去南瓜采摘现场了。”

冯主任三四十岁，是本村人。他母亲才过世不久，走路不小心摔了一跤，老人就这么走了。他也有两个儿子，大儿子十八九岁，上初中时他刚好开始驻村扶贫，关键时候没管好，逆反心理很强。小儿子还小，放不得手，平时由母亲帮着照看。自己忙村里的事，又担心大儿子惹祸，家里父母也照顾不了。现在母亲走了，小儿子无人照看。冯主任尚处在丧母的悲痛中。

他说：“现在我才意识到，平时陪她的时间太少，我要是抽点时间多陪陪父母，现在可能会好过一点。哎！参加脱贫攻坚的干部，没有不亏欠家人的。这个工作太具体，大大小小的事都要管，每天忙得手脚不停。我当了这么久的村干部，一个月工资才一千七八百块，家里也不够用。好几次，我都想不干了，随随便便打工也不止这点钱。谁不想生活过得好点呢？”

我说：“那你为什么还要坚持？”

“你看嘛！我们章书记，人家一个外地人，离家两三百公里，同样有家有儿。上面安排了专门的住处，他也不去，一定要坚持住村里。人家就是想为我们做点事情。他都能这样帮我们，我哪好意思拍拍屁股就走了。”

他不说话了，大概又想起了母亲，眼眶也是红红的……这也是个真正的男子汉，好男儿心中都装着大义。

“你们怕不怕检查？”

“参加脱贫攻坚，没有不怕的。特别是暗访组来检查，他们悄悄进村，认为哪点有问题，从来不和村里沟通，直接就向上反馈。通报很快就下来，一整改，工作就翻倍，连解释的机会都没有。但我们不怕。”

“为什么不怕？”

“我们都很尽心，做事也扎实，还没被通报过。给你说个事。我们村也有省里的领导包村，有一次，省里的包村领导进村突击检查。他要到农户家里看看，我们都陪着，他想去哪就去哪。一大群人走到山后一户人家，有个小男孩，两岁多还不到三岁吧，正蹲在地上玩耍。见一大群人进寨，小男孩摇摇晃晃从地上站起来，路都走得不太稳，大老远就向我们章书记挥手大叫——‘章书记！’我们都忍不住笑了。省领导笑得更开心，说：‘这个章峰驻村扎实，连两三岁的娃娃都认识章书记，还跟他打招呼。这个人我放心！’”

我们说着话，章峰抱着一个又大又长的南瓜，高高兴兴回来了。今年南瓜丰收，加上劳务收入，分红到户该是笔不少的收入。周家寨村的壮劳力都外出打工了，缺乏劳动力也成了制约村级经济发展的大问题，种100亩南瓜，当然不容易。

贫困村的产业项目，由县里统一规划经营，更大的则由市里规划管理。对第一书记来说，只需听从指令，抓好生产环节即可。

但章峰认为，发展“以短养长”村级经济，增加村民收入很有必要，也很重要。只是一旦亏了，村民兜不起这个底。所以一定要考虑风险，绝不能亏欠了村民。

在村级经济产业上，我看出了章峰的态度：项目不能靠等，也不能安于现状，对村级经济的规划，既要积极又要稳妥。

不可以冷大家的心

趁着章峰组织开党员大会，我到村里转了转。

在一个村民组，有个六十岁左右的村民请我到家里坐坐。房子是纯木结构的，一楼一底，宽敞明亮；院坝前后打扫得干干净净。

“你家房子真漂亮。新修的吧？”

他说：“修了好几年，每年都要修整上漆。村干部们说得对，打扫干净住着舒服，人也精神。打工我累不起了，家里还有个八十多岁的老人，不去打工，现在村里也过得。”

见我们聊天，一个七十多岁的过路村民也加入进来。

“家里有几口人吃饭？吃得饱吗？”

他说：“我家就两个老人吃饭，娃娃都在外打工。我和老伴都有养老金，一个人每天三块钱。我们自己种的粮食、蔬菜已经够吃了，一天六块钱绰绰有余。”

这个老人有两个孙子，大的一个去年考取了江西的大学，每年的学杂费一万多元；小的一个今年高三了，即将高考。他说：“我不要儿子的钱，他们在外面打工过得好就行。我们有事，村干部们都会管，日子还是好过。”

我以为驻村扶贫最难的是找项目、跑资金。章峰说，最难的不是这个。

“那是什么？”

“是群众对你的信任！”他说，“初来，村民们根本就不理我，有的村民远远见了我就把门关上，装作不在家。”

群众工作不好做，一方面是有的干部做得不好，另一方面是有些工作群众不理解，特别是贫困户，心里憋着很多的委屈。

冯主任对我说过，修路到户时，要硬化道路和院坝，砂子和水泥拖到村民家门口，他们死活不要，觉得硬化无用，也不考虑卫生环境。改电、改圈也一样，有的村民不愿意，觉得你多管闲事。最后，好不容易说动了，又要一件件做给他们看，让他们照着做。章书记就给村民修过房子。

有凝冻时，章峰带着村干部们在鞋子上套袜子、捆草绳，一家一家去看，油盐柴米，样样都要过问。他和村民拉家常、谈庄稼，了解大家的需要。为了解决村里人畜饮水问题，他跑遍了周家寨村周边的所有大山。村民们也发现，这个书记不是来“打”一趟就走的，他是诚心给大家做事的。

他感动了村民，村民也感动了他。

一天，他一个人在村委会吃饭，有个上了年纪的村妇怕他没菜吃，给他送了一把自己种的白菜。还有一次，他去一个村民家家访，刚坐下来，主人就给他做了一碗热气腾腾的鸡蛋汤。他感动了，迫不及待把这些都记录下来，又发到微信朋友圈里。现在，逢年过节吃刨汤，村民们都排着队请他；他不去，村民会生气。

和村干部们相处，他不摆架子，主动要求住村里，和其他村干部同吃同住，特别是迎检的时候，还和大家一起熬通宵。劝他回家看看，他也不去。村干部们也觉得这个第一书记很实在。

更让大家想不到的是，村里有个寡妇带着两个孩子，上初中的女儿学习成绩好，她破烂的家里，灰暗的墙上贴满了奖状。但因单亲家庭带来的心理压力，小女孩精神失常，曾自杀过。他可怜这个无人过问的小女孩，带着她多次上贵阳，精神专科医院、三甲大医院、学校医院，一处一处去求医生。那段时间，他自己父亲刚做了心脏手术需要多次复诊，他却把时间全花在了小女孩身上。

村民们信任他，婆媳关系不好、儿子不孝、夫妻闹离婚……大事小事都找他。

村里有个大姐，孩子们长年在外打工，她留守在家。有一天，这个大姐找到他，开口就说：“章书记，我倒霉呢，我养的猪死了，家里又被偷了，脚也崴了……”说着说着，竟伤心地哭了起来。

查看脚伤，尽快报案，把死猪埋掉……最后章峰安慰她：“大姐，别哭！生活都有不如意的时候，有我陪着。大姐，不哭！”

我真没做什么

下到组里，村民们一见章峰就围了上来，也不顾及我这个陌生人的存在，大大咧咧，开口就说：“拐喽！可惜！”

“章书记喽，好几天不见，都以为你调走喽。”

章书记没调走，村民们都乐呵呵的。

一个村民说：“章书记，我家鸡下了八个蛋，我家鸡下了八个蛋哎。”

向章峰哭诉家里被盗的大姐也在，她的话最多，但脸上已然没有了悲伤。她说：“派出所给我打过电话，反复核实了情况。是不是要交办案费？”

章峰回答她：“你不要听人家乱讲，派出所办案不收钱。派出所办案要讲程序的，他们办完案就会通知你领钱的。你要吸取教训，有钱就存到银行里去，别放家里。”

他又对一个笑眯眯的老太太说：“你家儿媳妇回来没有？你要说说你儿子，不要耍大男子主义，有话要好好说。”

回头，他又问蹲在地上的老头：“你家河沟边的房子搞完没有嘛？上次受伤的脚趾头好没有？干活时要小心哦，这个年纪了，整到哪点都麻烦。”

……

去另一个村民组，在路口碰到一户人家，男主人是残疾人，跛着一条腿。他和妻子一个劲邀章峰去家里坐坐。章峰也不客气，走到院子里。坐在家门口的老人立即站了起来。章峰又把他摁回去，让他卷起裤腿，看他小腿上的癣好了没有。

老人说：“我一直擦你从贵阳买来的药，好多了，都不痒了。”

章峰又问：“头还晕不晕？你要按时吃我给你买的那个药，其他药先停一停，我老爸就是吃这个药吃好的。”

我问章峰：“都是你给他买药？”

他回答：“我看我父亲用着挺好，就给他买了。”

“你掏的钱？”

“这又要不了几个钱！”

进到家里，主人烧水，找杯子倒茶。章峰顺手拿起桌上的透明胶，就像在自己家里，把墙上掉了一半的招贴画扶正，又用透明胶粘上。

……

手机响了，村委会通知他回去开会……

急匆匆，我们从村民家里出来，刚泡好的茶也没喝。主人一直追着送我们，直到我们上了车，那个村民还在挽留。

回去的路上，章峰又问我：“我觉得自己真的没做什么，我甚至说不出自己做了什么，怎么就选我采访呢？”

我笑了笑，没有回答他，但心里却有一股暖流。

62号界桩

◇ 田儒军

一

雨是交秋雨，是台风“山竹”送的“见面礼”。雨下到周家椏，不大也不算小，很均匀，起了势子，鱼头湾、龙洞的崖壁上挂起了一道道小瀑布，响声很大！

雨水打在简易钢棚上，如擂鼓。钢棚在老鹰岩半坡，原先是牛羊圈、鸡棚，占了整个台地，1亩多，曾经关过100头牛、206只羊、3000多只鸡。

这座简易钢棚是老鹰岩下近千亩山坡上唯一的人类建筑物，像荒坡野岭上的一座哨卡。老鹰岩对面是思南胡家湾的周家椏村、南盆村，中间隔着七里塘电站库区，岩脚直抵河面，斜斜的坡地呈三角形，是属于周家椏村的耕地。

田茂明是这钢棚的主人，也是唯一的居住者，陪伴他的只有蛇、松鼠、耗子、黄鼠狼等，它们经常在他的棚子里转悠、奔跑。见着人来，它们各自发挥本领，或上棚顶，或钻草丛。田茂明讨厌它们，却没有办法。他可以对付的不速之客，只有蚂蚁和蚊虫。

那天的雨一直下到晚上，有些土坎坎被泡得没了立场，滑了垮了，流着长长的黄水。老鹰岩笔直陡峭，每年都会垮岩，尤其是在雨季。这一点，田茂明很清楚。他的钢棚在岩脚半山，他只能求上苍保佑，不要垮岩落石。他望了望河对面村寨的方向，那里很安全、很温暖。蚊子围着他嗡嗡叫，似乎在催他出门、回家。

田茂明找遍棚子的旮旮角角，没有找到蚊香，被迫出棚外。蚊子们取得暂时的胜利。

天乌黑，手电扫出去，全是雨柱。浓雾遮挡了前面的树木，也遮挡了对面村寨的太阳能路灯灯光，更看不到河面。雨柱打在钢棚上，噪声令人抓狂。

河对面一公里就是他的家，爸妈在家里。河里有他专用的机动船，码头上有他的车。回家不远，也很方便。钢棚里只有他的铺笼帐盖，稍微值钱的就是一台应急发电机，其实也没有必要值守。那地方前不着村后不着店，又不当道，晚上即便是路过，都会提心吊胆。

他翻出爸爸的电话号码，停顿一阵，又翻出老婆的电话号码，停顿一阵，又翻出女儿的电话号码，停顿一阵，也没拨号。他有很强的隐忍能力，吹牛或诉苦都不是他的选项。当然，他的手机也不见熟悉的或不熟悉的号码打进来。

河对面寨子上有冲天炮响起，那是过大寿的人家放的。根据规定，鞭炮只能在夜晚燃放。鞭炮声在峡谷回荡，最后沉入河中。

田茂明咬咬牙，扯把湿漉漉的青草，转身进屋，再抓几把干柴，点燃，将湿草放上去，顿时浓烟滚滚，他从蚊虫手中夺回阵地。

他唯一能做的就是躺在床上，搜索果树栽培技术，直到困顿，和衣而睡。风雨交加的黑夜就这样被吊在门外，甩进河中！

二

雨很大，田儒亮不敢睡觉，他担心儿子田茂明，怕垮岩。

“我打个电话问问，喊长发回来睡，行不？”田儒亮拿着手机，小心翼翼试探老婆。长发是田茂明的乳名。

“我和他已经断绝母子关系了，你是不是想气死我？”

田儒亮不再坚持打电话，但睡觉时不像以往那样将门反锁，他怕儿子万一回来了进不了屋。这个动作是悄悄的。“门反锁没有？”老婆问。“睡嘛，话多。锁了的！”

三

雨打钢棚声很响，山洪声也大，松鼠、黄鼠狼溜进钢棚躲雨，叽叽咕咕地嘶吼，宣示主权。猫头鹰被淋哭了，在树丫上诅咒似的叫：“个个剐，一个一个剐！剐！剐！剐！”河风掠过树叶，发出阵阵啸叫。老鹰岩至河面，整个夜晚都黑森森的。那些声音和雾气搅拌在一起，使得夜色特别浓稠。

田茂明伸手捏捏太阳穴，甩甩手蹬蹬脚，感觉有些搅不动。像用铲子搅稀饭一样，搅不动夜色，只剩手机的信号灯闪着微光。

他终究还是睡着了。

他又奔向了62号界桩，武装巡逻！那是2016年4月11日他最后一次带领战士巡逻的场景。《新闻联播》里，田茂明穿着迷彩保温服，戴着头盔和墨镜，领着10多名战士在西藏边境巡逻。

前往62号界桩，要沿着南巴拉冰川，从卓奥友峰脚下走过。陡峭险峻的山路，严重的高原反应，官兵一路上都要随时应对可能发生的险情。

白雪皑皑的山峰，形状各异的冰川，虽说通往62号界桩的路上景色很美，但官兵们根本顾不上欣赏。从海拔5300米上升到6500米，强烈的高原反应让人头疼欲裂，寒风吹在脸上如刀割一般。

走了不到一小时，前方一处30米的冰川挡住了去路。

“现在嘛，我走前面吧！”团干事田茂明说，“我将绳子带上，这样，这边将绳子固定在这个铁丝网上。”

三连长普珠说：“田干事，小心哦！”田茂明发着指令：“在这个头上固定，从这个绕到后面那个。”然后拉着绳子试探性前进，一边猛力将匕首插进冰雪，一边向前移动脚步，每一步都小心翼翼，因为随时都有可能掉入山下的冰窟窿。穿过冰川后，他将绳子另一端固定，然后发出口令：“右手抓住绳子，一点都不能松哈！”“加油！加油！还有几米！”“坚持！坚持！”

由于冰面溜滑，官兵们只能拽着绳子慢慢挪动。田茂明参加过大小巡逻上百次，多次与死神擦肩而过，一路上只要有时间，他说得最多的就是巡逻路上的安全知识。“为了防止雪崩，在进入冰川之前，大家集体大吼几声，看有没有雪崩的可能。穿越冰川的时候，大家一定要注意，要往实的地方踩，不要掉进缝隙中，这里的缝隙相当深，也许我们下去后，就会起不来！”

边防巡逻突发情况随时可能发生，四十年前一次巡逻途中遭遇雪崩，部队 17 名官兵不幸遇难。

卫生员周廉刚在巡逻途中掉到冰窟窿里的险情让他至今难忘：“当时走着走着吧，突然间脚下就踩空了，差点掉进那个冰窟窿去。还好当时背着枪，刚好那个枪卡到那个冰窟窿的洞口上，我才没掉下去。”

随着海拔上升，高原反应也越来越严重，两腿就像灌了铅似的走不动步。在艰难行走了十多公里后，官兵们到达海拔 6500 米的南巴拉山口附近。只要翻过南巴拉冰川，官兵们就可以到达 62 号界桩。然而厚厚的积雪覆盖了整个冰川，官兵们无法翻越，只能原地观察，这也让田茂明有些遗憾！

“62 号界桩，我来了！以前每次巡逻我都会跟你合影，这次由于道路原因，不能合影了；但只要祖国需要，我随时会来陪伴你！”

虽已转业 2 年，田茂明却经常梦见这样的场景。这次他梦见自己和 62 号界桩合影，然后与它拥抱，感觉冰冷刺骨，冷醒来时躺在钢棚里的床上，浑身发抖。

四

事情陷入僵局起源于田茂明立志创业，繁荣地方经济。母亲认为他眼高，将钱撒在荒坡野岭，前期投入 100 多万元养牛养羊养鸡，如同丢进河里，泡泡都没冒几个，还不收手；又投入 100 多万元栽果树 500 多亩，扶持了乡亲，却苦累了家人，不划算，对他恨铁不成钢。家庭内外发生过太多争执，母亲说：“苦了累了又赔钱了，丢了一百几十万呀！”一气之下和他断绝往来。

田茂明像高原雄鹰一样看得高远，在部队养成的家国情怀远远超过一般人的理解范围，他说不清楚，也没有时间辩驳。就这样，他卷起铺盖，独自驻守在老鹰岩。他的果园与家之间隔着的不是六池河，而是“冰川”，是“南巴拉冰川”；他的事业就像那个“62号界桩”，路途坎坷，险象环生。

田茂明是新中国成立以来周家榧第一个军校毕业生。从郑州高炮学院毕业后，他自愿申请进藏驻守边疆，在西藏一待就是20年，2017年转业回到家乡。

父母亲希望他用转业安置费在城里买个商铺过衣食无忧的生活，若退一步，就在老家修栋气派的楼房，作为衣锦还乡荣归故里的标志，当个乡村“贵族”。

田茂明未转业时就有自己的想法。他看到了家乡的贫困，感觉农村大有可为，尤其是老鹰岩下千亩坡地渐渐荒芜，年轻人背井离乡，弃农务工，让人心痛！决战脱贫攻坚，他深感责无旁贷，于是下定决心转业后回乡创业，带领父老乡亲致富。

愿望有多强烈，行动就有多果敢。2014年，他邀约田仁信、田泽等6人入股，融资百多万元，让爱人回村，牵头成立了春梅养殖有限责任公司，租下老鹰岩500多亩土地发展养殖业，从山东引进80头牛、206只羊，购本地牛20头。

好事多磨。对于摸着石头过河搞养殖的人来说，事业并不一帆风顺，挫折接二连三。具体负责养牛的田泽说，山东牛不适应走山路，对陡坎没有安全意识，当天从运牛车上下来，步行转移到牛场的路程中，就有2头跌下近20米高的悬崖丧命。后来在散养过程中，又摔死几头牛。山东种公羊8000元一只，共有6只，接二连三莫名死亡，他只得买本地公羊来配种。由于缺乏管理经验，防疫跟不上，这100头牛、200多只羊隔三差五死亡，到 2015 年底时所剩无几。公司入不敷出，只得亏本处理，用于支付土地租金。

为应对牛场亏损，2016 年，田茂明在大坨筹建孵化场，孵化 11000 只鸡，出售 8000 只，在牛场散养 3000 只。

牛场位于七里塘电站库区，在国家政策大形势下，他的养殖场也被迫停业。2017 年，他果断转向，再次投资百万元，发展水果业，栽李子。

五

“兄弟伙，承蒙大家看得起我，入股了我的牛场，如果不出意外，今天的会议本该是个分红的会议，但由于多种原因，养殖失败了。责任在我，我向大家道歉！我现在的想法是这样的：我计划转向发展种植业，栽李子树，由我负责全部投资。信得过我的，你们投在牛场的股份就转移到种植场；如果觉得风险大，我退还你们的股份。”2017 年春节，田茂明在家召集股东开会，正式提出进军水果业。有三位股东不同意发展种植业，田茂明当即退还了他们的股金。

丢荒多年的土地上，茅花、杂草比人还高，杂木已长到菜盘粗，从散养牛羊转成种植果树，需要重新砍伐整地。田茂明买来砍草机、油锯，雇工 100 多人，以每亩 200 元的工资清场整地，一周时间开出工资 10 余万元。用火烧荒坡，用油锯锯倒杂木，用砍草机砍掉没有烧尽的杂草，再清理干净。田茂明每天跟工人同吃同劳动，尽挑重活干，比工人扛得多、做得多，更吃苦、更持久。工人们个个叹道，田茂明退伍不褪色，“老西藏精神”在他身上得到继承和发扬。

整地结束，田茂明马上赶到安顺，购苗 12000 株，花费购苗款 12 万元。他按每株 1.5 元承包给乡亲们栽种，普通劳动力每人每天能栽 100 多株，全部栽种完毕仅用 3 天时间，付出工资 1.8 万元。田茂明严格按种植要求，全年施肥 3 次，每次用肥 2 吨；砍草 4 次，每次用工 20 多人，每天 100

元点工开。股东们要求他将这些开支记录入账，他说："不用计，算我的。如果发展不成功，看到这些账本，会伤感！"

2018年3月，田茂明再次赴安顺，拉苗1.3万株。至此老鹰岩下500余亩土地全部栽上了李子树。

9月16日，笔者在河边的苗圃里遇见田茂明。他正领着工人嫁接李子，满面黝黑，全无一点老板形象，一言一行已是一个果树专家。

"一般情况，第二天要干什么活，我前一天晚上就会从网上搜索相关技术资料，反复研究，弄懂学透，再示范给他们看。你看，我现在嫁接的这批李子,砧木是找人从西藏寄来的毛桃子,自己育苗。西藏毛桃耐旱耐寒，在毛桃苗上嫁接李子，今年如此天旱，都没有死苗，成活率100%。"田茂明手拿剪刀，指着面前的李子树说，"这是首批李树，现在已经2米多高了，今年必须组织剪去朝天枝，剪强枝留弱枝，然后压枝，不能让它们长得太高，不然不好采摘；还要让它们充分照到阳光。这些李子明年会少量挂果，后年每株产量即可达百把斤。"

七里塘库区的水清汪汪的，像文曲星从老鹰岩写下的一撇，墨迹未干，泛着绿光。河坎上三三两两的垂钓者，等着鱼儿上钩。老鹰岩撑着天，要仰头才能看见顶天的白岩。下游左岸是猴盘岩、吼狮岩，它们倒映在宽阔的库区里，形成天上和地下两个世界，走在河滨公路上，像行走在如来佛巨大的掌心里。田茂明每次行走在河滨公路上，都在思考果园建设问题，让果园与库区风光相匹配，相得益彰。

苗圃在新修的河滨公路坎上，出土的毛桃苗有一尺多高，铅笔粗细。大多数苗木被剪去茎杆，离地二寸多。田茂明将李子枝条剪成寸长一小段，削成刀片状，再用刀将毛桃苗桩正中划破，插入李树枝，用胶布缠紧接口处，一株李树就算完成了嫁接。

田茂明说："果树的世界，嫁了李子树，接在桃子树上，挂果的却是李子树。这种李子口味不错，有桃的甜、李的脆，个子也比一般李子大，抗病虫害能力强。今年少量挂果，帮我干活的亲朋吃了，都说比本地李子味道好！”

看着长势喜人的李树，田茂明喜忧参半：喜的是李子品种好、味道好、产量高，这是相邻三个乡镇最大的果园，远近皆知；忧的是缺劳动力，进入丰产期后，平均每株产量至少有 50 公斤，2 万多株果树，至少产 100 万公斤李子，必须在 10 天内采摘完成，每天采 10 多万公斤，每人一天采 150 公斤，每天需要劳动力近 700 人，仅靠本村在家劳动力是无法完成的。另外是事关产业成败的冷库，需要大笔资金，计划贷款 200 万元修建。但是目前，他除了一坡李树，并无其他资产可抵押，银行敢贷给他吗？会贷给他吗？

问及付出，他说：“和养牛投入一并计算，早已超出 200 万元了，其中一半多是支付工人工资的。仅以砍草来说，我哥田茂阳一年半的砍草工钱就近 3 万元。我不亏待大家，大家也没有亏待我，给我干活也像给自己干活一样，很卖力，感谢父老乡亲了。”

当然，他也有遗憾：“眼下的产业还没有收入，是用我的转业安置费和退役金在支撑，这也是父母亲不理解我的地方，他们想修房造屋，我没有支持，确实亏欠父母亲。转业回来，自从搞起这个产业，和妻儿也聚少离多。每次进城看望儿子，他都藏我的车钥匙，生怕我转眼又离开。唉，愧对妻儿了！当然在回报家乡的问题上不能计较个人得失。田茂来投资 100 多万元修建金鸡岩景区，也没有一分回报嘛。但他开好了头，我们就得要跟上去，大家都为家乡贡献自己的智慧和力量，我们周家桠就会越来越美丽。”

六

田茂明的干劲引起了胡家湾乡党委、乡政府的关注。2017 年拍摄了关于他的专题微电影《山路弯弯》。田茂明自己演自己，乡里一干人都扮演电影中的相应角色。电影人真事真情真，相当感人。县里有领导看了，对他带领乡亲脱贫致富予以肯定，鼓励他再接再厉，做大做强，成为六池河畔的蛟龙，转业军人的榜样，思南的标兵。

乡党委、乡政府持续发力，一方面将他的事迹向县武装部做专题汇报，一方面向他订购8100羽鸡苗发放给贫困户养殖，将500多亩果园全部纳入退耕还林项目。平时，每次有上级领导来胡家湾指导工作，书记、乡长都将他们带到田茂明的果木场传经送宝，在途中介绍周家桠的风土人情。

周家桠的好事越来越多。清澈的河流、秀气的金鸡岩、青瓦红墙的民居、神秘的五公洞、庄严的古营盘，还有野性的山歌、雅致的花灯、激情的广场舞、惊险刺激的傩戏、狮子灯、驴子灯引起了有关专家学者的注意。2016年，该村被国务院命名为“中国传统古村落”。2017年，县委、县政府将周家桠列为“乡村旅游扶贫村”；乡党委、乡政府将周家桠列为油茶基地村。三年间，相应的项目投资近亿元，面貌日新月异。其中交通方面，新建河滨旅游公路及其连接线10公里，硬化通组公路5公里。修建了码头综合体和休闲广场，新建了村委会办公楼和文化广场。每天晚上，村民都在广场上唱花灯，跳广场舞。300万元传统古村落保护项目即将实施。投资达3000万元的通向水果基地的桥梁项目已经进入招标环节。

周家桠旅游项目完工时，也正是田茂明的果树基地丰收时，两者可谓相得益彰。

无志者只感千难万难，有志者自有千方万法。周家桠的变化激励着田茂明，他永不放弃，绝不认输。

田茂明的实干引来县科技局的高度关注，他们主动找到田茂明，要和他合作，指导他将果树栽成“干”字形，在全县第一个扛起“干”字旗。

在思南，在周家桠，这就是田茂明的“62号界桩”！

战旗猎猎！

一条奔腾不息的河

◇ 杨 旭

沿江村背后，一条大河奔腾不息，向东蜿蜒而来，向西逶迤而去，气势磅礴，永远不知疲倦！

51 岁，一个岁月轮回刚刚起步的日子，无情的病魔却给桶井乡沿江村党支部书记安永恩多彩的人生，画上了并不圆满的句号。

2019 年 9 月 8 日凌晨 2 点，安永恩在与病魔，同时也与贫魔抗争了 600 多个日日夜夜之后，实在太累了，留下永恒的牵挂，走了！

和尚岩下，木鱼堡旁，青山不语，大地肃穆，苍天泪下。村头巷尾，老老幼幼三五成群，除了叹息，就是满眼泪花。

安永恩是 2017 年 10 月患上直肠癌的，600 多个日日夜夜，他没有呻吟过一声，没有叫过一声苦，更没有向组织提过一丁点要求，靠着当初的誓言，靠着镌刻在信念深处的初心，与病魔斗，与贫困斗，团结带领沿江村群众脱贫致富奔小康，一直坚持到生命的尽头……

他，就像流经桶井乡的那条亘古不变汹涌澎湃的乌江河，勇往直前，永远不知疲倦，永远流淌在沿江村群众的心中！

一

2017 年 4 月的一天，沿江村党支部副书记安永恩来到村委会办公楼，整理着前一天的会议记录。兜里的电话突然响起，是支书打来的。支书说因为一些原因，自己就不再是村里的支部书记了，村里的大小事务大家得多费点心。

“喂！喂！喂！怎么会这样？在这脱贫攻坚的关键时刻，怎么会这样？”安永恩急得在电话里大喊，对面却传来“嘟嘟”电话挂断的忙音。

接下来的日子，沿江村党支部书记空缺，村支两委班子不健全，陷入了“群龙无首”的瘫痪状态，党支部缺乏战斗力和凝聚力，村民之间猜忌不断，上访、扯皮打架是家常便饭。沿江村党支部被桶井乡党委定为软弱涣散党支部。

村里的党员，年轻的外出务工，在家的党员看到脱贫攻坚激烈的“战火”，心里很着急，也不敢轻易接下支部书记这副沉甸甸的担子。

沿江村位于桶井乡东北部，下辖 6 个村民小组 203 户 767 人，人均耕地面积仅有 0.67 亩，交通、人畜饮水、农田水利等基础设施建设严重滞后，主要种植土豆、红薯、玉米等传统作物，贫困面大，贫困程度深。2016 年初全村有贫困人口 97 户 427 人，贫困发生率达 45.5%，被定为“深度贫困村”。

“沿江不沿江，出门看山冈。山有十八岭，岭岭草木荒。”

一直以来，沿江村群众每天守着家门口耸入云端的和尚岩，看着满山荒芜，眼睛里满含期待。看着张贴在墙上的村情简介，想起村民立志脱贫和同步小康的向往，安永恩反背双手，急得像热锅上的蚂蚁，在办公室里走过来又走过去……他在笔记本上罗列再三：

“427 人需要脱贫，237 人需要搬迁，产业发展得走出新路，人居环境得大力改善……”

村里每一件事都是一块硬骨头，没有领头人，怎么啃？谁来带着大家干？安永恩心里掠过几个在家老党员的处境，再次心急如焚。

晚上，安永恩家里，一颗白炽灯泡悬挂在中央，一家三口围着一张一面靠墙的餐桌。安永恩清了嗓门，把想当支书的事说了出来。

“永恩呵，你不能去当那个支书。你是个上门女婿，在这里孤门独姓的，一片篱笆三个桩，一个好汉三个帮，你一个帮撑都没有，那碗饭你吃不了哦。”岳母说。

安永恩点着头，说：“妈，你说的，也正是我的顾虑。”

“他爸，我劝你最好不去接那个摊子。我们这个村复杂得很，你就当副支书，做副手可以；去当支书，我坚决反对。”安永恩的妻子曹永婵显得很着急。

正在这时候，村里的曹三碧风风火火跑进来，劈头盖脸就说：“安永恩，听说乡里来人找你当支书了，目前当支书不讨好。你看，办公楼说要修还没有修，长丰架来的水不晓得猴年马月才能通，通组路都是些毛路，有些还没开挖，年初就说全村要栽好多亩花椒，至今土地流转的事情都没有处理好。全村人 2019 年就要出列，到时候工作干不好，怕又要回到 25 年前那样，满寨人骂你。”

“是呀，人家说得对。我说孩子他爸，你还是别去做这个支书了。”曹永婵积极附和。

安永恩心急如焚，站起来，心情很激动：“你们想，人家周万玲书记那一伙人，舍家别子，为沿江村脱贫攻坚工作，不分白天黑夜地干；寨上的亲人对我从不待见到信任，现在大家都把我视为自己人，我作为一名共产党员还在这里畏首畏尾，怕这怕那，我们村如何出列？”

“反正我是觉得村里工作难搞。按说起来，现在村里党支部那些党员，算来算去也只有你合适，至于当与不当，你自己看着办吧。”

安永恩沉思良久，在心里做了一个重大的决定……

安永恩的焦虑，也是桶井乡党委正在考虑的一件大事。乡党委权衡再三，征求村民意见，决定任命安永恩为沿江村党支部书记。

德江县委常委、党委书记吴飞找安永恩谈话的时候，安永恩斩钉截铁地说：“共产党员的基本要求是服从命令。书记，你就放心吧，不管有多难，这副担子我也把它挑起来！”

在脱贫攻坚的关键时刻，这副担子到底有多重，大家心里清楚，安永恩更清楚。

安永恩当上支部书记以后，在乡党委的领导下，切实抓好基层组织建设，让基层组织发挥堡垒作用，全村党员能以不同方式正常参加支部活动。

安永恩还按照基层党组织标准化建设要求，争取上级资金，新修了村委会办公大楼，新建了村级活动场所，布置了党员活动室，还组建集体经济合作联社，集中流转村里空余的土地，准备大力发展花椒产业。

二

天有不测风云，人有旦夕祸福。安永恩当上支部书记才五个月，村里的工作刚刚理顺，脱贫攻坚各项工作走上正轨，就在这个时候，他却患上了直肠癌。这，成了安永恩坚守近两年的秘密。

安永恩发现自己身体不太舒服是在 2017 年下半年的时候，那时候，他一门心思扑在村里的大小工作上，几次到县城医院检查都没查出是什么病。他一直以为是一般小毛病，应该无大碍。

“就是大便不太舒服，可能是痔疮吧，没有哪样大不了的。”家人一再催促他去医院治疗，他总是这样说。

直到 2017 年 10 月，安永恩自我感觉病情越来越严重了，在家人的再三劝说下，到重庆西南医院去进行了认真检查。检查结果如晴空霹雳炸响在家人头上——直肠癌晚期。

“人总是要死的嘛！癌症有什么可怕？只要在有限的生命时间里，干好还能干的事，就应该感到满足了！”一家人痛哭流涕，安永恩却反而安慰着家人。

2017 年 10 月 16 日，安永恩一家东凑西凑凑了一大笔钱。他在重庆西南医院做了直肠靶向手术，让粪便排泄肠道“改道”小肚，并在小肚旁接入一条管子。以后的日子，安永恩小肚左侧的衣服内，经常挎着一个小口袋，小口袋连接着从小肚接出来的管子，里面装着排泄出来的大小便。

安支书做完了手术，本应该向组织申请，在家好好静养。让人无法理解，同时也让人肃然起敬的是，安永恩出了院，回到家，想到如果大家知道了这件事，村里的攻坚队队员们一定不会让他再干村里的工作，他们的担子将会更重，同时也会影响同志们的工作激情，于是，他给自己家人再三交代，一定要帮助他对自己身患绝症的事绝对保密。

“知道父亲患绝症的消息后，一家人非常悲痛，我们都劝他不要干了，安安心心保养一下身体。他却说，自己的病自己清楚，在这脱贫攻坚的关键时刻，哪能甩下这个摊子不管呢？”安支书的二儿子安卓敏谈起这个事，埋藏了很久的眼泪夺眶而出。他说：“父亲知道自己患了绝症，却告诫我们要帮助他守住这个秘密，不要让别人知道，其目的就是在脱贫攻坚关键时刻，绝对不能当逃兵。”

就这样，安永恩一直把这个惊天的秘密藏在心里，一边按照医院的要求按期到重庆化疗，一边带领村两委成员与脱贫攻坚队一起，对全村实行分片包干“党员责任岗”，与村里干部们一起，经常到群众家走访，帮助群众解决生产生活中遇到的实际困难。

2018年新年伊始，省委掀起了轰轰烈烈的“一场深刻的农村产业革命”，紧接着乡里产业发展“春季攻势”全面启动。安永恩积极配合县里安排的下派支书和第一书记，带领攻坚队员和沿江群众，掀起了种植花椒的热潮。

在下队做群众土地流转工作回村的路上，安永恩总是走不赢第一书记张雪芳。

“支书，看你身体好像不太好，村里的事，你就不要过多操心了，你放心，我们会干得好的。”张雪芳看到安支书身体好像有些异常，但是也不知道他的病到底有多严重，不断提醒安永恩要注意身体。

“没事，我自己的病自己清楚，能干的事我一定会竭尽全力干好！”

“喂喂……安支书，快点，这里有人阻工。”两人正说着话，安永恩接到了三组组长杨先恩打来的电话。

安永恩骑着摩托车，急急忙忙赶到地头。村民杨承猛挥舞着镰刀堵在挖机前，大声吼：“这块地就是不准挖，天王老子都不行，谁挖砍死谁。”

“杨承猛你又不听话了？有哪样事你和我讲，我会帮你解决！”安永恩急忙把杨承猛喊到旁边，语重心长说了起来，“你说你就是耍横，你这块地是人家杨五的，你租人家的地，人家杨五都同意流转，还签了协议，你有哪样权利不准挖？”

“反正这几年是我在耕种，我说不准就是不准。”

“我给你说，地是人家杨五的，人家要流转，就是不租给你了，人家也不要租金了，你就不能无理取闹。这是村里脱贫攻坚的大事，如果硬是不听，阻碍脱贫攻坚，你将要接受法律制裁。”

“哪怕要拉我去坐牢，我今年没得地耕种了，我就是不同意。”

“喊你开会你不去，政策不领会。你没得地了，可以到合作社务工，一天70块钱的收入，比你种这个地收入还多。”

杨承猛慢慢有些醒悟，语气缓和了好多：“你说得好听，怕人家合作社不要我去做，我抓石头打天啊？”

旁边看热闹的人笑了起来。

“你想去做就对了，是一个好同志，说明很勤劳。只要你愿意，我给你承诺，天天喊你去做，大家作证好不好？”

“好！”旁边的人附和起来。

杨承猛自知理亏，也心服口服，不好意思地离开了现场。挖机又开始作业了。

就这样，安永恩隐藏着惊天的秘密，悄悄挎着小肚左侧那个袋子，一如既往参加村里的工作，强势推进脱贫攻坚各项工作。仅仅一年多的时间，沿江村大大变了样——

贫困人口从345人下降到219人，贫困发生率从两年前的45.51%下降到2018年底的28.89%，新修通村路2条2.5公里、通组路3条9.8公里、产业路2条3公里、连户路3.6公里，易地搬迁58户237人……成立种植专业合作社3个，流转土地1239亩，种植花椒835亩、红心柚235亩、蜂糖李169亩，覆盖农户205户758人，村民年人均收入6800元。

纸终究包不住火。攻坚队队员们发现安永恩的秘密时，已经是2019年的3月份。

“一次内急，我突然推开厕所的门，发现安支书大便非常异常，粪便是从小肚旁边的管子里排出来的。”德江县农业农村局下派到沿江村的攻坚队员冉启军谈起安支书的秘密，心情很沉痛。他说：“发现秘密以后，我再三追问，他终于向我说了实情，并且请求我帮助保密。当时我嘴上答应着，心里却很不是滋味，眼泪在眼眶里打转。”

冉启军和安支书是初中时候的同学，由于缘分，大家分别二十多年后又并肩战斗在脱贫攻坚的前线，两人关系很不错。安支书的秘密被冉启军知道后，他们俩就更加无话不说了。

“其实，安支书坚守秘密的原因很简单，那就是沿江村是深度贫困村，特别是今年，全村要脱贫出列，在这种关键时刻，他要坚持战斗到最后！”冉启军说。

三

家与村委会，绝症与脱贫攻坚，在安永恩心中，后者永远大于前者。

每次化疗回来，安永恩不是到家里静养，而是继续到村里和攻坚队队员们一起，处理村里的事务。攻坚队队员们多次劝他休息，他却说：“只要还在一天，我就要力所能及干好每一件事！”

6 月 9 日，攻坚队队员在村里拆除老旧危房。安永恩想到刚刚下过雨，老旧危房的残垣断壁破烂不堪，人上去很不安全，他在微信群里还不忘嘱咐大家注意安全：“你是谁，为了谁，风雨中见真情。队友们好样的，请注意安全！”

6 月 12 日，桶井下了一场暴雨，到处出现洪水灾害。安永恩艰难地躺在病床上，翻看着微信朋友圈中各种关于洪水灾害的内容。

五组、六组是沿江村地质灾害隐患点，前期在安永恩的提议下，村里几次想将两个组列入整组搬迁的范畴，可是群众思想不统一，故土难离情结较重。村里开了多次群众会，都没有达到预期效果。

五组杨贵成和六组杨先成房屋后面存在严重的安全隐患，这成了安永恩的心病。

“队友们辛苦了，大雨中沿江平安吗？”

“五组杨贵成和六组杨先成家的房屋后面有安全隐患，请大家注意。”

安永恩不断在微信群里发出问候，不断提醒着大家。

8 月 17 日，安永恩再次去化疗，躺在病床上，翻看着村攻坚队微信群里队友们辛苦工作的照片。他想到自己可能再也不能为脱贫攻坚贡献自己的力量了，心里很是愧疚，在群里向大家道歉：“各位队友们，我只能向你们道声辛苦了。这几天连续下雨，道路湿滑，行人和车辆要注意安全，特别是夜间更加要注意，在此拜托了！”

9 月 8 日凌晨 2 点，夜静得可怕！安永恩支书留下太多的遗憾，走了！

村寨上的人沉痛哀号，守在安支书的遗体前。

往事，犹如散落满地的珠子，被一条悲悯无形的粗线一一串起。安永恩的妻子曹永婵哭成了泪人——

“你就这样走了，你终于把你的担子卸下了，你一辈子没一天好日子过，你从同心社区大坨组入赘到我们曹家当上门女婿，前些年，由于老思想，你受了好多冷眼，受了好多磨难……

“你就是这样好强，为了养家糊口，你哪样活路都做。你教过书，你当保安，你做村干部，你当村支书……

“二十多年来，你与寨上的堂公伯叔哥子兄弟和睦相处，从没有与人红过脸黑过色，时常把村里群众的事当成自己的事。你的为人，你的处世，终于得到全村人的认可，得到领导们的信任……”

“安支书，你就这样撇下我们走了。你得的这个绝症要是几百斤的担子，我们每人能帮你担一点，减少你的痛苦让你不走的话，我们都愿意帮你担着……”二组 68 岁的村民杨先翠，老泪纵横。

……

当天下午，笔者怀着悲痛的心情赶到沿江村，村里男男女女老老幼幼围过来，都争着要把安支书的事讲出来——

“知道我得了臂膀习惯性脱臼的毛病，我家打谷子的福斗经常都是他帮我扛。他就这样走了，老天不睁眼啊！”杨先翠的丈夫曹永涛更是念念不忘。

“每次在路上看到我们上了点年纪的背着苞谷啊什么的，安支书总是主动帮我们背……”一组的杨宗婵说，安支书到沿江村二十多年来，尊老爱幼，从不与邻里乡亲闹一句不和谐的话，即使遇到有些无理取闹的同辈兄嫂，他也总是开着玩笑，让一些不愉快的事就像风一样，过去了。

一组村民杨海艳却回忆了安支书当年教书的事。2012 年到 2013 年那两年，村里缺老师。安永恩看到孩子们每天要到文化完小去读书，起早摸黑，来回 20 多里，大部分时间浪费在了路上。这个时候，安永恩到学校当了老师，把年纪小点的孩子都弄到学校来读书。那年，学校配起了营养餐，可是村里不通路，县里配送的营养餐只能送到文化完小。安老师每天除了上好课，还得翻过对面的大山，到文化完小把孩子们的营养餐背到学校里来。那几年，作为“孩子王”的安老师，把寨子对面那条弯弯曲曲的山路，不知用良苦用心丈量了多少次。

文化完小的杨先地校长说：“安支书在文化完小当保安的时候，常常遇到学校有一些杂活儿，比如新书来了要卸货，比如食堂要劈柴，都要请人来做。他总是说：‘校长，就不浪费国家的钱了，这些事我能干！’”

四

时间又回流到安永恩病情恶化的日子，一种信念，让他心里不安。

今年 3 月，安永恩的病更加严重，每月需要到重庆化疗 2 次。每次化疗，算上家人陪护往返车费、生活费等，花费都很大，安永恩的家庭负担也越来越重。

之后，安永恩就没有继续到重庆化疗了，转到了德江县人民医院。其实大家都清楚，安支书已经在和病魔做最后的抗争！

8 月 31 日，德江人民医院肿瘤科 4 号病房里，空气有些沉闷。

县委书记商友江，县委常委、桶井乡党委书记吴飞到医院看望他，为他送来慰问金，希望他坚强，好好养病，要放心，相信沿江一定会精彩出列。商友江书记还为他寻觅药方，攻坚队员们上山采药给他送到医院，大家都希望奇迹能够出现。

“我是一个逃兵，脱贫攻坚还没有结束，我却倒下了，我是一个不合格的攻坚队员。书记，你们的心意我领了。请组织同意我，把你们给我的慰问金，加上我这个月的工资，作为‘特殊党费’全额上交组织，就算我愧对组织、愧对群众的深刻检讨……”吴飞书记再次去看望安永恩的时候，安永恩提出了这样一个让人无法理解的请求。

9 月 8 日凌晨 2 点，安永恩已经不能好好说话了。二儿子安卓敏守在床前，问他还有什么放心不下的事。安支书嘴角喃喃蠕动，声音断断续续：

“……不忘初心……牢记使命，你们……一定要……完成我的遗愿……遗愿……组织上已经知道……”

就这样，安支书静静地走了，留下的，是牵挂，是愧疚。

其实，不仅安永恩自己患病，他的妻子曹永婵 2006 年患病至今一直处于保持药物治疗状态；岳母 86 岁，患有严重的白内障，饮食起居极为困难。当时，三个孩子都还在读书，两个上大学，一个读初中……由于家中多人长期治病和孩子读书，亲戚朋友也无力长期支持，家庭生活十分困难。

可是，安永恩直到最后，也没有将这一艰难情况向组织反映。

是的，这两年，沿江村变了。

光秃秃的和尚岩披上了绿装，崎岖的羊肠小道变得宽阔平坦，更重要的是村民干瘪的钱包逐渐鼓了起来。

这时候，安支书却走了！

唯有流经桶井的那条乌江河，还是老样子，永远奔腾不息，永远流淌在沿江人民心中……

大山脊梁

◇ 张春阳 李孝成

一

2016 年新年的第一天。

清晨，山寨还处于静谧中，远山近岭朦朦胧胧。田边地角，房前屋后，一人高的柑橘树，零零星星的，如一团一团的黑影；几片枞树和柏树林，散布在人家当门或屋后山坡上，似一块块凸起的黑布。山风拂来，那黑影和黑布不停地抖动，且发出“呜呜”的响声。山寨背后那片高高的山梁，似乎也还未醒来。

张曙光睁开眼睛，透过玻璃窗户，看见天空似亮未亮，灰蒙蒙的。他估摸着天该亮啦，于是，起床，穿衣，然后去灶房给妻子热洗脸水。

这是他每天早上必做的事。

自从 2002 年 9 月，妻子田发群因车祸身负重伤，并发展为脑瘤之后，村里如果没有十分当紧的事情，张曙光起床的第一件事，就是帮妻子打洗脸水。冬天气温低，洗脸水就得热一热。而一天的两顿饭，也是他动手做，那都是在办完村里的事后，再回家洗菜、煮饭。有时事情办不完，他便掐着时间骑着摩托车往家里赶，急忙淘米下锅；照料妻子吃完饭，又骑着摩托车出门。

经过两次手术，妻子的病情尽管得到了控制，但完全丧失了自理能力。

张曙光给妻子洗毕脸，天已经亮了。

他坐在窗前的桌旁，拉开抽屉，拣出一本崭新的工作笔记本，望着院坝坎下一排叶片暗绿的柑橘树，默想了一会，便在工作笔记本的扉页写下这样一句话：“活着不一定要鲜艳，但一定要有自己的颜色！”

是啊，这些年，应该说是二十年了，自己在村里对人处事，虽不乏遗憾，但总的来说，对得起自己的良心。

1992 年夏天，张曙光从印江自治县二中高中毕业，回到川岩村务农。两年后，他随打工潮去广州务工。在广州务工的两年间，他学会了一手泥工活。1996 年的年底，他领到工资后买了辆摩托车，从广州载着妻子高高兴兴地回乡过年，本打算过了农历正月初五，再和老乡们去广州。一天晚上，村支书田儒祖走进院坝，高声大气地打招呼。张曙光连忙将田儒祖迎进门。两人坐在火炉旁，边喝茶边摆谈。

张曙光以为田儒祖是来摆闲谈的。其实，田儒祖是装着上门来看望，本意是来试探他这两年的见识。东聊西扯一阵后，田儒祖转移话题，说：“村里这么穷，想起就难过。你是高中生，有知识，村里需要你这样的年轻人来为群众办事。”

川岩村坐落在山坳里，原属朗溪镇，后划归峨岭街道，距县城只 7 公里。如果不是那条晴天黄白雨天泥泞的小路从山洼底部曲里拐弯地延至省道，外乡人尚不知那里还会卧着 5 个自然村寨。山里不仅交通不便，还散落着不少大小不一的岩石，岩石间不长庄稼，只生一些灌木杂草。村里的大人小孩都知道此地有六个大的溶洞，但溶洞究竟有多深，还没人进去过。据村里一代一代传下来的说法，川岩村的地名，皆因溶洞而来。

如此的自然环境，村民们只能以种植苞谷、红苕等传统作物为主，仅有的稻田屈指可数，想以种粮来解决温饱问题，难度很大。因而，村里青壮劳力纷纷外出打工。田儒祖的一席话，让张曙光沉默了。田儒祖拿捏准火候已到，拍了拍张曙光的肩膀，装着若无其事的样子，打了几声哈哈，便告辞了。

在田儒祖走了之后，张曙光内心如煮沸的开水般不平静。自己和妻子在广州务工刚有起色，一年打工的收入，抵得上在家里种五六年的庄稼。况且，学会的一手泥工活还未派上大用场。他原想凭着一手泥工活，再打几年工，修建一栋楼房，从狭窄的老木屋里搬出来。不出去，这楼房不知何年何月才能修建；出去了，固然比在家当跑腿的村干部、费劲巴力种地强，但人不能仅仅为了自己而活着，还得为乡亲们办一点事。

就这样，张曙光在出去与不出去的思虑中熬过农历正月初三。

初四那天一早，村里的年轻人背着行李相邀外出，经过他家木屋后面那条小路，有人高声呼喊，邀他同行。张曙光站在院坝里也高声回应，叫他们先走一步。当天晚上，与张曙光一块儿在广州打工的王正红上门来，约他次日一同出门。这时，张曙光已决定留下来帮村里做事。他对王正红说："我不走了，在村里帮帮老支书。"两人聊了一会儿，王正红说还要去准备出门的东西，就若有所失地离开了。

那些天，田儒祖在几个寨子里这里走走那里看看，笑着和人们打招呼，可心里还是隐隐有些不安，他生怕张曙光同村里的年轻人们一同走了。他之所以不转到张曙光家附近，是为了便于暗中观察，再就是不给他增加压力。当他听说张曙光不走了，嘴角露出了微笑。

过罢农历正月十五，田儒祖跨进张曙光家的大门，高声朗笑着，说："年轻人有远见！"接着，田儒祖和他谈心，叫他担任村里的会计。

让张曙光没有想到的是，这一干就是二十年，从村会计、村委会主任，再到村支部书记。一晃，他担任村支部书记已近十六年。

二

2016 年，张曙光感觉应该是自己最忙碌的一年！

4.7 公里环村硬化路，必须在上半年动工。眼前，最急的是要迁 45 座坟、7 间猪圈和 1 间木房，其中张家的祖坟要迁走 2 座。这些，都不能成为修环村硬化路的绊脚石！这条路，来得非常之艰辛！

担任村会计不久，张曙光就和老支书田儒祖商量，将村里的路修通。他每天骑着摩托车去县城跑部门，碰到熟人就缠，遇到不熟的就磨，先后跑来了爆破物资。两年多时间，村民们集资投工，总算挖通了近5公里的通村公路。

2004年春天，已是村委会主任的张曙光，争取到以工代赈项目，先后花了三年多的工夫，将通村路进行了修建和延伸。过去，生猪出栏、水果上市靠人拉肩扛的困境，被货车和农用三轮车所解决。

这条4.7公里环村硬化路，总投资442.8万元。完工后，几个自然村寨可连起来，出行不便的问题将彻底解决。

从2012年开始，张曙光有空就骑着摩托车去县城，无数遍地去有关部门争取。县直机关的干部们都知道他，有人还给他送了个“厚得脸”的绰号。历经三年的苦争，终于在2015年冬天落板！

邻近的张家村的干部群众，得知川岩村要修环村硬化路，羡慕地啧啧称赞。有的在路头路尾碰到张曙光，首先就竖起大拇指夸奖，然后再向他讨经。他一阵哈哈大笑，说：“我的经验，就是脸皮厚，比城墙转角的砖还厚。”逗起大家一片欢笑。

说起脸皮厚的话题，人们不禁想起了十多年前的一桩事。那时，川岩村小的教室是集体的木房，因年久失修倒塌，村小又搬至另一木房；几年后木房又倒塌，村小最终搬到三间老木房里。这老木房，每到雨天就漏雨，一到寒冬就透风。刚当上村干部的张曙光受村委会的委托，骑上摩托车，找到县教育局反映村小的情况。县教育局的领导听后说：“你过两三天再来吧，这事我们要开会讨论。”

张曙光发动摩托车，离开了县教育局。快出县城时，他想到，不能就这样回去！没有结果，怎么向乡亲们交代呢？于是，他掉头，找到县城一个熟人家里，待了三天。第四天早上，张曙光早早来到县教育局，得到局领导的明确答复，他才又骑着摩托车赶往村里。

1999年，川岩村小开始新建，政府投入16万元。次年建成后，工程结算资金达18.6万元，但到位资金只有12万元，尚差6.6万元的缺口。张曙光愁得睡不好觉。村里肯定是拿不出这笔钱，只有向上面争取。这之后，他只要一进城，就先往县教育局、财政局去求助，一直到2004年，缺口资金才补上。

来自附近3个村的60多名孩子，坐在宽敞的新教室，再也不被风吹和雨淋。课间休息或放了学，他们不时看见一位骑着摩托车的人风里来雨里去。也许，他们还不明白这位骑摩托车的人为什么总是在这条路上跑来跑去呢……

这条环村硬化路原定于2016年6月开始修建。

当这条路的项目敲定后，张曙光几次对村民们说："把路修好就可以喘口气啦。"

这些年，他这个当家人当得太累了。家里的事，村里的事，杂七杂八一大堆，都要他拿总，他甚至还要带头理麻。

全村266户935人，仅贫困人口就有94户315人；常年在家的只有300多人，其中60岁以上的老人占了一半以上。

1998年，村民们还在为吃饭的问题发愁。这年，张曙光刚当选村委会主任，他努力想办法，利用县农业局定点帮扶的机会，带领村民们调整产业结构，把种粮食的耕地腾出来，种上5万株南方苹果苗。苹果成林挂果后，产量高，但因土质不宜，苹果品质不好，卖不出去。村民们垂头丧气，在背后说一些风凉话，有的甚至当面数落他："你不是要教我们致富，而是要让我们吊着锅儿敲当当！"

种苹果失败，张曙光心里比谁都难受。他默默地承受着舆论的压力，但他心有不甘。他几次去县农业局请来技术员，对村里的土壤、气候、水源等进行实地勘查，寻找适合种植的果树。

2003年，他和村干部们商量，打算又在村里种植果树。有位村干部提醒他："还是稳重点，上次吃的亏还小吗？"张曙光说："这些地种粮食不出产，种一亩粮食耗费人工、肥料不说，还填不饱肚子。种一亩水果的产值，要抵十多亩的粮食。这账一算，就是三岁细娃都晓得，种水果比种粮食强。"

他说服村干部们后，又去动员村民们。他带头在自家的地里种上柚子、柑橘。一些村民半信半疑地跟着他种了果苗。柚子、柑橘挂果后，销路很好，有的村民一下子收入几千元。这下，村民们眼见为实，没种果树的后悔不迭。张曙光见村民们态度一百八十度大转弯，便趁势发动大家种植核桃。村民们争着报名，生怕落后了就种不上核桃啦！种完核桃苗的第三年，张曙光又发动群众种植柿子，还动员他们在果树间栽种玉米、花生、蔬菜等作物。几年下来，全村经果林达 800 亩。现在川岩村的水果年产量 30 公斤，产值 14 万元。

在 2015 年底的一次党员大会上，张曙光立下脱贫军令状："村里的公路必须硬化，产业必须发展起来，自来水必须通，危房必须改造，让群众过上好日子！"

三

时间过得真快，一转眼，就到了 2016 年 2 月。这年的 2 月 8 日，便是农历正月初一。

张曙光在这天的工作笔记上写了如下一段话："幸福没有明天，也没有昨天。它不怀念过去，也不向往未来，它只有现在。"

对张曙光来说，能踏踏实实做点事，就是幸福。这种幸福不是以金钱的多寡来决定的。

当村干部每月只有几百元的补贴，如要用它来养家糊口，显然是不现实的。张曙光当了村干部后，最初靠养猪来维持一家人的生计。养了几年，他就在附近的村寨做农村沼气工程，另外搞一点修修补补的建筑活。这些收入，用于解决温饱略有积余，但要发家致富，犹如在沙漠上建高楼。

可是，张曙光觉得心里十分踏实。除了能帮乡亲们做点事外，70 多岁的老父亲生活尚能自理，两个儿子在外打工，虽说妻子丧失了劳动能力，但这个家是完整的。他认为自己是个幸运的人，幸福的人。

还有，当村干部以来，他被市委、县委表彰为“优秀村干部”“优秀共产党员”“优秀党务工作者”“先进个人”，一共 18 次。这些荣誉，是金钱根本不能衡量的。

老木房一角堆放着三辆破旧的摩托车，那都是张曙光当村干部这些年骑坏的。他没扔掉，也没当废品处理，就是为了让这三辆摩托车见证自己的幸福。没有这些摩托车，办事不知要耽误多少时间。

自妻子受伤做手术后，张曙光在外面再忙，一到饭点，就向和他一起的人告假：“我耽误半个钟头，一会儿就回来。”然后，骑上摩托车回家去给妻子做饭。人们知道他家里的境况，笑着打招呼说：“别急，办好了再回来。”

一次，县里组织全县村支部书记在党校集中培训。培训共 4 天时间。张曙光为妻子没人照料发愁，有人劝他请假别去了。他说：“党组织的学习培训，怎么能不去呢。去学点东西，开阔眼界，对工作是大有好处的。”到了培训那天，他骑上摩托车带着妻子一起去县委党校。上课时，他将妻子安排在宿舍里；下了课，就背着妻子下楼到处走走转转。

连续四天，他都这样。同他一起参加培训的村支书们，没有像以往那样开他的玩笑，拿他打趣，而是对他点头微笑。他背着妻子在校园里走来走去时，妻子还有些难为情，怕别人笑话丈夫，说：“别背了。丢人！”张曙光说：“这有哪样丢人的。谁不生病呢，谁没有过三磨两难呢。”

王正红至今仍清晰地记得，当初，他回家屁股还未坐热，张曙光就匆匆找上门来，几句话就把他的心撩动了。

那是 2001 年的年底，王正红从广州回家过年。当时，他打工每月工资有 2000 多元。

张曙光简单地问了王正红在外的情况，就切入正题：“正红啊，我们来干件大事。”

“什么大事？”

“就是请你来协助我帮村里发展，让乡亲们过上好日子。”

接着，张曙光详谈了如何发展的打算。王正红越听兴致越高，不时发问。听完后，王正红高兴地答应留下来，任了川岩村第三组的村民组长。一年虽只有 120 元补贴，但他十分乐意。这一年 120 元的补贴，他一拿就是八年。

王正红一边帮村里工作，一边养猪。另外，他租地种红苕和苞谷。红苕一年要挖 100 多挑，苞谷要收 1 万多斤，几乎都用作生猪的饲料。

2011 年 1 月，王正红当选村委会主任。他与张曙光配合默契：张曙光负责对外，协调，跑项目；王正红就蹲在村里，做群众的动员工作，处理矛盾纠纷。

四

山乡的春节，年味甚浓。一直要等过完农历正月十五，年味才渐渐地淡去。

过完年，张曙光坐不住了。他和王正红商量召开全村修路动员大会。因资金问题，修环村硬化路迁走的坟墓，每座按 800 元补偿；房屋按每平方米 200 元补贴；而占用的耕地和林地，则为无偿使用。

在动员大会上，田应春第一个站出来反对。工程测量时，川岩村第一村民组的田应春家的耕地要被占用一部分。当然，还有其他村民家的耕地也要被占用。

田应春昂着头，说："占用的土地不补偿，我就把床搬到挖机轮子下面去住！"

动员会因这个插曲，效果并不好。少数村民，心理还是不平衡。他们认为，就是说破天，占地哪有不赔偿的道理？

接下来，张曙光三番五次挨家挨户做思想工作。一些村民想通了，主动让出耕地。后来，田应春见其他村民让出的耕地都没有补偿，他便去找张曙光，说："你是诚心实意为了村里，我把地让出来，没得二话。"

迁坟倒不是难事。张曙光心里十分清楚，村民们都在瞪大眼睛看着他。

协调完被占用的耕地，张曙光就请人将自家的 2 座祖坟首先迁走。不几天，村民们把 43 座坟也迁走了。

拆迁的一间住房，是贫困户田儒芬的。房子早已不能住人了——屋顶的瓦片、椽子朽烂，四壁糟烂。田儒芬早年丧夫，独自一人抚育儿子。其子三十多岁未结婚，主要原因是房屋破烂。村里曾多次帮助她申请农危房改造项目，皆因补助的资金不足以修房，她自己又没有积蓄，这事就一直搁下了。

前些年，房子不能住人后，田儒芬进县城租房暂住，靠打点零工和低保金支付房租及维持生计。农忙时，她回村种庄稼，借住在侄儿家里；种完庄稼，她就返回了县城。

张曙光骑着摩托车，特意去县城找田儒芬商量。张曙光说："先把房子拆了，一来可以扩宽公路，二来可以利用危改资金修建新房。现在的补助比前些年高了。"田儒芬听了，当场答应。

张曙光立即返回村里，再次帮田儒芬写危改申请。

村里向上面写的申请、报告，都是张曙光自己起草，从未请过别人代写。

不久，田儒芬家的危改项目批下来，资金共 3.5 万元。张曙光估算了一下，这笔钱够买建筑材料了；至于人工，到时组织村民们义务帮忙。这样一来，母子俩就有了一个像模像样的房子。

把耕地、迁坟、拆房等头痛的事办毕，就到了 2016 年 6 月初。盼望多年的环村硬化路，终于可以动工了！

一天夜里，张曙光骑着摩托车从外面回家。他将摩托车摆好，站在院坝里，望着对门人家朦胧的灯光，长长地呼出一口气。

五

农历五月初的川岩村，因地势低洼，气温高，加之少风，闷热得如同蒸笼。

忙碌了一天的张曙光，坐在灯下整理白天的工作笔记。他在笔记中写道："不让公务在我这里延误，不让差错在我这里发生，不让工作在我这里中断，不让办事的群众在我这里受到冷落，不让各种政策在我这里受到影响。”

他想起了当年老支书田儒祖介绍自己入党时宣誓的场景，那些画面，至今历历在目，恍如昨天。1998 年，他向党组织递交入党申请书；2000 年，他正式加入中国共产党。

在入党宣誓仪式上，张曙光郑重承诺；一定把群众的事当自己的事！

贫困户任明俊一家多灾多难：老伴体弱多病，三儿子张其林患有语言障碍，儿媳唐江萍身体亦差，76 岁的任明俊还在为一家人操心。前两个月，老伴去世后，张曙光帮忙办理后事。从山上回家，张曙光刚喝下一口水，手机就急促地响起。原来是唐江萍突发疾病，一家人没了主意，就只好打电话给张曙光。接完电话，张曙光将唐江萍送到医院抢救。现在，唐江萍还在住院治疗。

从 2007 年起，张曙光在附近村寨做沼气工程和房屋维修时，就带着张其林做工，每天两顿饭在房主人家吃。另外，按工程量给张其林开工钱。张其林一直跟张曙光干到 2015 年。这可解决了任明俊一家的大事。

任明俊没把张曙光当外人，凡家中出现自家办不了的事，首先想到的是找张曙光。前些年，她的二儿子张金权患肺结核在县医院住院数月，最后病情恶化，她就拨通了时任村委会主任的张曙光的电话。张曙光立即骑上摩托车赶到医院，租车将张金权运回家中。几分钟后，张金权微笑着闭上了双眼。接着，张曙光又操持丧葬事宜。

有时，夜深人静，张曙光睡不着觉，就想村里的事：村里太穷啦，留不住人，青壮劳力大多外出务工，留在家里的差不多是老人和小孩。他们有了难事急事，一时去找谁呢？村干部不为群众办事，还叫共产党的干部吗？

年近八旬的田茂珍，两个儿子都带着家人在外打工，家里仅剩下她一人。灯不亮了，水管坏了，都是张曙光上门去修理。隔三岔五，张曙光还绕道去她家一趟，看看有什么事要做的。

在长期的摸索中，张曙光和村干部学会了干电工活、水工活，村民们的电表、电线，几乎都是张曙光他们几个村干部义务安装的。

2015 年 7 月 19 日，印江自治县突降暴雨。傍晚，雨还一直未停。川岩村在朗溪小学读书的孩子们被困在镇上，家人非常担心他们的安全。村民田仙梅坐立不安，她的 3 个孙子在那里读书，而 2 个儿子却在千里之外的浙江温州做工。慌乱中，她打了张曙光的电话：“曙光，我 3 个孙孙在朗溪，这个雨太吓人啦，我担心他们！”

张曙光马上和村主任王正红联系，叫他开自家的车去朗溪镇接孩子们，他则驾着摩托车冲进雨雾中。

王正红将村里其他的孩子一一送回家中。张曙光分两次把田仙梅的 3 个孙子接回来。田仙梅看着被雨淋得周身透湿，且不停地淌着水滴的张曙光，忍不住放声大哭。

六

2016 年 6 月，川岩村环村硬化路如期动工。同时，田儒芬家的农危房改造工程也一并开工。

张曙光站在村委会前的坝子上，听着挖机的“轰隆”声，长出了一口气，顿感一阵轻松。

他为何坚持修建环村硬化路？其实，他心里早有主意。早在 2002 年的时候，他就钻遍了村里的六个溶洞，并手绘了一份溶洞分布图。为此，他写了一份溶洞开发调研报告，想利用修建环村硬化路，串联自然寨和溶洞，把乡村旅游搞起来。

也许，这是川岩村脱贫致富的主要路径。

川岩村蹒跚行走了很多年，走到了如今这一步，怎不令张曙光感到暂时的轻松呢。这好比一个挑重担之人，使出吃奶的力气，从山谷一路挑到山顶，暂时放下担子，歇一口气，有一种说不出来的畅快和轻松。

张曙光组织劳力，把田儒芬家的木房和猪圈拆了，并开挖新房的地基。因劳力较少，又是义务帮工，另外各自家里还有些杂七杂八的事，所以，建房进度缓慢。

田儒芬家的老屋，在规划的环村硬化路坎下，有点落凼。左边坎上十多米的地方，是张曙光家和另外一家的房子。新房的地基，就开挖在老屋旁边。

8 月 31 日，环村硬化路初具雏形。张曙光一早爬起来，主动给在邻村村小教书的弟弟张亮打电话，叫他回村来看看硬化路。兄弟俩很长时间没见面了，张亮爽快答应。张曙光去工地转了一阵，就回家做午饭。吃午饭时，张亮见哥哥接了三次电话。接完最后一次电话，哥哥放下碗筷，边走边说，“工地上有急事”，而碗里还有半碗饭菜没吃完。

这是张亮最后一次见到哥哥的场景。

9 月 4 日中午，田儒芬家新挖的地基沁水，冒出来的积水有半人高。施工人员来喊张曙光去给抽水机接电线，将积水抽干。他刚端起碗吃饭，只吃了半碗饭，就和施工人员去了工地。他原想接上电后，再回家继续吃饭。

张曙光带着电工工具爬上梯子，找就近的一户人家搭电，不慎从梯子上跌落，经抢救无效，因公殉职。生命，永远定格在 48 岁。

噩耗传出，全村大人小孩纷纷往张家赶，他们边走边哭。

一些留守的老人当即打电话告知在外的子女，要他们无论如何赶回来，见张曙光最后一面。当天下午，川岩村在广州、贵阳、温州、厦门等地务工的 10 余人，心情沉重地踏上了回乡的路。最晚的，也于次日深夜赶回。

田仙梅的两个儿子张学军、张玉红，从温州坐飞机到贵阳，马上又包车回家，到村里时，天还未黑。兄弟俩打工的收入并不高，他们担心的是回去晚了见不到张曙光。兄弟俩就商量买机票飞贵阳。

办完了张曙光的后事，田仙梅两个儿子又延假两天，帮张曙光家收割稻谷。

张玉红说：“他对我们家一直照顾，我们不管身在何处，只求看他最后一眼，送他最后一程。”

张学军眼圈发红，低声说道：“以前我们不在家，总是张支书帮我家收谷子。今年他走了，我们再忙也得帮他家收了谷子才出去。”

张其林也赶到稻田里割稻谷。虽然他说话口齿不清，但人们还是听懂了他的意思：“我家全靠张支书。”

田儒芬的儿子在广州打工，也于次日赶回村里。面对张曙光的遗体，他脸上写满了内疚与自责。他知道张曙光是为他家办事而早早离去的。他先朝张曙光的遗体三鞠躬，再向周围的父老乡亲鞠躬，并哽咽着说道：“张支书的恩情我永生难忘！在我的能力范围内，川岩村需要我的时候，我一定会站出来！”

任明俊想表达对张曙光的敬意，却心有余而力不足。在张曙光离开后，她每天晚上去张曙光家，陪田发群摆谈，开导她，转移她的悲伤。这一陪就是一个多月。

王正红已两天两夜未合眼，接待来人，安排后事，忙得不可开交。他与张曙光在村里共事十六个年头。他记起十六年间的点点滴滴，张曙光就像自家的兄长那样待他。开初做村里的工作，王正红还理不上路，张曙光就一手一手地教；当他受了委屈，情绪不高时，张曙光就耐心地开导。

夜深了，他坐在张曙光的灵堂里守灵。望着遗像，他简直不敢相信老朋友就这样离他而去了。

他望一阵张曙光的遗像，又低头想一阵。他最知道张曙光背负的压力有多大，可从未听到张曙光叫一声苦喊一声累。

眼看两个儿子已到了婚娶的年龄，但张曙光全家住的一幢三间老木屋，成了两个儿子结婚的障碍。王正红清楚张曙光没多少积蓄，曾侧面劝过他想想办法另修一幢砖房。2013 年，张曙光咬牙将老木屋旁边的厢房拆掉，东借西凑，修了一栋 90 多平方米的楼房，欠下 10 万元贷款。

即使再困难，张曙光也从不向组织伸手；即使组织上施以援助，他也不接受。去年，张曙光的妻子生病，峨岭街道从民政上给他解决 1000 元救助资金，张曙光硬是不收。他说：“还有比我家更困难的，我收了心里不安。”

……

王正红一桩桩、一件件地回忆与张曙光相处的往事，泪水流了又干，干了又流。

出殡那天，王正红拖着疲惫的身体，和村民们一道，将张曙光安葬在环村硬化路的一侧。

萋萋芳草间平添的这座新坟，与村庄遥遥相对。它似乎在凝望着那成片的果林，那弯曲的环村硬化路，还有那些朝夕相处的乡亲们……

待送行的人慢慢散去，王正红便坐在张曙光的坟前，想再陪陪他。然后，王正红对着坟头，轻轻地诉说，就像两人从前在村委会里摆谈一样。他说："曙光大哥啊，只有完成你未竟的事，才能让你安息。你就安心地在那里看吧，川岩村的底子在你的手上打牢了，不久就会有一个大的变样！"王正红说着说着，一串泪水，就从瘦削的脸颊上滚下来……

在张曙光因公殉职八个月后，中共铜仁市委召开大会，追授张曙光"全市脱贫攻坚优秀共产党员"光荣称号。

回　答

◇ 杨正治

一

玉武在印江自治县紫薇镇幕龙村任第一书记，我早就知道的。

紫薇镇就是原来的永义乡，地处梵净山西麓。而幕龙村则是西上梵净山的必经之路，当年因解决印江县城饮水问题而名震一时、堪称壮举的“幕龙饮水工程”便发源于此。

玉武，姓梁，1982 年 10 月出生，中共党员。2017 年 9 月，受组织选派，从印江自治县关心下一代工作委员会办公室到紫薇镇挂职党委副书记兼幕龙村第一书记。2017 年和 2018 年，连续两年驻村工作年度考核被县评定为“优秀”等次。2018 年 2 月，被评为“2017 年全市脱贫攻坚先进个人”。2019 年 7 月，在全省脱贫攻坚“七一”表彰大会上，荣获“全省脱贫攻坚优秀村第一书记”称号。

我跟玉武曾有半年同事经历。那是十多年前，县里开展“党的基层组织建设年活动”，我和玉武都被抽到县委党建办工作。玉武性格谦和，为人实在，做事踏实，这在当时就是大家公认的。

二

知道玉武忙，为了不耽误他的工作，我决定先做足功课，再去实地采访。玉武发了几份资料给我。我顿时如获至宝，随即打开看起来。看着看着，我竟有些感动，脑海里满是他在村里忙忙碌碌的身影和风风火火的工作场景，像电影一样，一幕一幕的。

……有效制订结对帮扶计划，帮助贫困户脱贫……组建幕龙村农业开发专业合作社，动员群众入社，并对社员中贫困户进行分类统计，临时性务工、利益分红等优先考虑贫困户……针对产业发展实际和市场需求，邀请春晖使者、党员、群众召开座谈会，共商幕龙村产业发展方案，为壮大村集体经济、带动贫困户产业脱贫献计献策……动员群众发展无花果 500 亩、大蒜 110 亩、辣椒 236 亩，解决临时性务工 1700 人次，实现蔬菜示范基地年收益 60 万元，实现贫困户短期户均增收 1830 元……争取老旧房改造、美丽乡村立面改造资金 452 万元，对沿公路房屋进行整体包装打造，实施人居环境改造提升工程，为下步实施旅游扶贫夯实基础……争取 19.8 万元完成 23 户因户施策工作，对贫困户人居环境进行改造，确保房前屋后更加整洁亮丽……争取扶贫资金完成了坝朝坡和竹坡 4.5 公里产业路硬化，进一步夯实了产业脱贫基础……积极发动老党员、老村干部、致富带头人以及德高望重的老人共同参与环境卫生宣传和监督，引导教育群众爱护环境卫生……以梵净山申遗环境整治为契机，组织发动群众对垃圾实行日产日清……

三

星期六，下午。晴。印江自治县紫薇镇幕龙村村委会办公室。

我和玉武的交谈在一杯绿茶中徐徐展开。资料显示：幕龙村距离梵净山 10 公里、印江县城 21 公里，全村有 5 个村民组，278 户，总人口 861 人，面积 4.5 平方公里，现有耕地面积 1500 亩。属一类贫困村。

我问：“目前幕龙村的贫困情况如何？”

“2018 年脱贫 5 户 14 人后，目前还有 8 户 8 人未脱贫。”玉武说，“不过，2019 年全都可以脱贫。”

“2017 年你刚来的时候，幕龙村是个什么样的状况？”

“当时全村有 22 户 41 人未脱贫，贫困发生率将近 5%。”

“这样前后一对比，幕龙村这两年来的变化显而易见。”

“是的。”

“这个变化，很大程度上是因为村里来了你这个第一书记。”

玉武笑起来，连忙摆手：“不能这样讲。这是全体党员、干部、群众共同努力的结果。”

玉武向我讲起 2017 年他刚来幕龙村时，做的第一件事就是，与村民拉家常、交朋友，听他们说真话、实话，甚至是气话、恼话，摸清村情。“只有摸清家底、熟悉情况，才能找出贫困的症结所在，才能对症下药。”

就在摸村情时，他发现了一个重要情况：幕龙村有党员 34 人。于是，长期的党建工作经验告诉他，只要这 30 多名党员充分发挥先锋模范作用，让他们带领全村群众积极主动投入到脱贫攻坚中去，幕龙村脱贫就不是难事。

“任何一项工作，只要充分发挥党员的先锋模范作用，困难就不再是困难；同样，如果我们的党员同志都不发挥先锋模范作用，那么党支部的战斗堡垒作用就是空谈。”

的确，火车跑得快，全靠车头带。“火车头”的问题解决好了，工作起来必定得心应手，势如破竹，所有困难和问题自然迎刃而解。

四

我意外地遇见了彭显斌。他是幕龙村的“包村局长”。“包村局长”这一称谓，是玉武向我介绍时说的，也就是帮扶幕龙村的县直部门“一把手”。彭显斌原是县委组织部副部长、离退局局长。2019 年 3 月，因机构改革，组织上将他调整到县委巡察组，任第一巡察组组长。虽然工作已经调整，但他“包村”的担子却还一直挑着，每个周五周六，他都会来幕龙村。

我们聊起了玉武。他给我讲述了这样一件小事——

有一次，下寨组群众代某国和代某栋因土地边界问题发生纠纷，代某国砸破了代某栋的一只水桶，导致矛盾激化，如不及时制止，后果不堪设想。得知情况的玉武立即赶到纠纷现场，把两人带到村委会办公室进行调解。双方最终各让一步，签订了矛盾纠纷调解协议书。晚上，他还请双方到镇上餐馆吃了一顿饭。在送代某栋回家的路上，玉武从身上掏出 200 元钱，让他去买一只新水桶。代某栋推辞不要，说："我怎么能要梁书记的钱呢？"玉武说："你那只水桶破了，回去怎么向家属交代？"代某栋尴尬地笑了笑，勉强收下。

"一个干部，只有时刻把群众装在心中，才能成功化解群众之间的矛盾纠纷，也才能最终赢得民心。"彭显斌最后说。

不过，在彭显斌看来，玉武来幕龙这两年，尤其令人称道的是他亲手建起的"假期学校"。

因村民忙于生计，幕龙村很多家长都疏于对孩子的管教，对孩子的学习和成长，往往听之任之。特别是到了假期，孩子们更是无拘无束，不仅把学习抛之脑后，个别孩子还染上了玩手机、进网吧的不良习惯。

扶贫必先扶智。百年大计，教育为本。十年树木，百年树人。作为县关心下一代工作委员会办公室主任，玉武当然懂得这些道理。经过仔细酝酿，最后玉武决定，以大学生志愿者到村支教为契机，充分利用自身优势资源，争取项目资金，在村里建立"假期学校"，让孩子们真正假有所学、心有所归。

说办就办。经过汇报申请，玉武向市关工委争取到关爱资金 11000 元，购买了所需文体设施和教学用具。2018 年 7 月 18 日，幕龙村"假期学校"正式挂牌成立。与此同时，学校还迎来了上海海事大学锦绣黔程支教队的 12 名大学生志愿者。

我问彭显斌："当时来'假期学校'的孩子有多少人？"

"中学生、小学生都有，一共 70 多人。"

"全是幕龙村的？"

“多数是幕龙村的，也有部分附近村寨的。当时大家都没想到‘假期学校’居然有这么大的吸引力。”

“这个‘假期学校’都有些什么学习项目？”

“有体育运动、作业辅导、艺术教学等。总的来说，都是为了让孩子们在轻松、愉快的氛围中增长知识、陶冶情操、取得进步。”

十几天的学习眨眼就结束，支教老师要走了，孩子们一个个恋恋不舍。欢送他们时，好多孩子都哭了。之后，为了让孩子们能够继续学习，玉武就去动员村里的在读大学生和刚考上大学的学生来辅导，直到新学期开学。

“‘假期学校’的建立，解决了一些家长的后顾之忧，让他们能够安心务工、踏实做活，所以得到了广大群众特别是家长的一致认可和赞扬，极大地提升了广大群众的认可度。”

五

在幕龙村村委会，我顺便采访了驻村干部贾伟。

说起玉武，贾伟按捺不住内心的激动——

“在我心目中，梁书记非常亲和，对群众、同事一点架子都没有……梁书记为人很真诚，工作很务实……梁书记做事，是能够自己动手的尽量自己动手，尽量不给别人添麻烦。”

问起最让他感动的地方，贾伟和我说起了他们的食堂。

2018 年是印江自治县整县脱贫出列之年，时间紧、任务重、压力大。为便于统筹开展工作，村攻坚队全体干部每天都吃住在村，村食堂常常有 10 人左右吃饭。所以，大家就商议，县、乡、村三级干部，每人每月分别交生活费 500 元、300 元、200 元。然而，最初所交常常入不敷出。村会计把食堂开支情况如实告诉玉武后，他一脸不在意地说：“超支部分由我私人来承担！”见会计有疑问，他笑了起来：“谁叫我是攻坚队长，又是第一书记呢？”

那段时间，玉武几乎每个月都把自己的驻村补贴全垫在了食堂开支上。

“因经费紧张，我们请村会计煮饭，都只是象征性地付她500元工资。”贾伟说，“而她本人开始是不收的，但见大家执意要付，才收下。”

“这个村食堂，最大作用是把大家都团结了起来。”彭显斌感慨地说，“而玉武同志的无私奉献，无形中更是感染了大家，教育了大家，维护了集体形象，使得幕龙村攻坚队在工作中形成了一股强大的合力，使得幕龙村的脱贫攻坚工作扎实推进，还顺利迎接了各级检查。”

2018年7月，幕龙村党支部荣获“全省脱贫攻坚先进党组织”称号；2019年10月，幕龙村驻村工作队荣获“全县脱贫攻坚先进集体”称号。

“这些荣誉来之不易。可以说，是玉武同志带领大家一点一滴努力工作的结果。”

六

我接着采访的是村主任代方举，他既是干部，又是群众，很具代表性。代方举先向我讲述了玉武和村里三个五保老人的故事。

70多岁的代犬生，身体残疾，走路不便，生活自理能力较差，家里是典型的“脏乱差”。干部们去帮他打扫卫生，都得捂着嘴进屋。2018年11月，玉武和村里商议，决定把代犬生送到敬老院去。就在一切手续都办妥时，代犬生却不想去了。最后问出的原因是，敬老院里管理太严，一点都不自由，他怕生活不习惯。

玉武就对代犬生说：“耳听为虚、眼见为实，我们今天就带你去敬老院看看，在那里体验一下；住得习惯就长期住在里面，住不习惯就把你接回来。”

下午，玉武开车把代犬生送到合水镇敬老院。晚饭的时候，工作人员不仅给他盛饭，还给他夹菜、舀汤，服务非常周到。代犬生体验到了从没有过的待遇。在敬老院宿舍，他摸着崭新的棉被，笑眯眯地说：“太安逸了！”

代犬生对那天的体验非常满意，刚吃过晚饭就通知玉武带他回家收拾行李，第二天一大早就正式住进了敬老院。

与代犬生同一天住进敬老院的，还有村里的代泽贤老人。一路上，代泽贤乐呵呵地和代犬生交流说："我们都这把年纪了，下半身都埋在土里了，居然还遇上了这么好的政策、这么好的干部。"

然而，他们认为好，村里的另一位五保老人张井雄最初却不这么认为。

张井雄，70 多岁，之前一直住在缠溪镇敬老院，2018 年 3 月因与人发生口角，负气回村，在原住房处搭建了一个临时帐篷居住。受人怂恿，他还要求村攻坚队帮他修建新房。村攻坚队多次做他思想工作，他都不同意，大家也就只好暂时作罢。

2019 年 3 月的一天，张井雄感冒了，住进了紫薇镇卫生院。因年纪较大，身体较差，他病得有些严重。然而，却没有一人去看望。玉武得知情况后，赶紧用饭盒给他送了饭去。看着玉武出现在面前，张井雄十分意外。端着玉武给他送去的热腾腾、香喷喷的饭菜，张井雄感动得老泪纵横。

之后，玉武又给张井雄送了几次饭。

张井雄康复出院那天，玉武又和他商量拆除帐篷、搬去敬老院的事。没想到，这一次，张井雄居然二话没说，一下就同意了，当天就搬进了合水镇敬老院。

三位老人搬进敬老院后，玉武曾多次去看望他们，问他们生活习不习惯。他们都说很习惯。

见他们身体不错，精神状态良好，玉武完全放心下来。

如今，代犬生和张井雄偶尔有事也会回村里来一趟。"每次回来，他们都要去村委会看望一下梁书记。"代方举说。

七

我和代方举正聊着，突然发生了一个小插曲，门外走进来一个人。

见她咿咿呀呀、手舞足蹈的样子，我心里一惊，还以为是来找代方举反映什么事情的。

见我一脸疑惑，代方举赶紧笑着解释说："她叫黄光珍，50多岁，不会说话，是梁书记的帮扶对象，和我家对门对户。"

这时，玉武也走了进来。

黄光珍笑着指着玉武，一边咿咿呀呀地说话，一边比划着照相、开车之类的动作。

代方举看着黄光珍，给我"翻译"说："她说梁书记给她照过相，开车带她去印江县医院做过体检，办过残疾证，现在她每月能领40元的残疾扶助金。梁书记对她很好。"

代方举招呼黄光珍坐到沙发上。黄光珍却指着门外又咿咿呀呀地说了一通。我听得一头雾水，代方举就又给我"翻译"说："她说她有事，不坐了。她来也没什么事，就是看见梁书记了，来和他打个招呼。"

八

我是在下午五点多的时候结束采访的。按照最初的计划，我本想多走访几户群众的，无奈天色不早了。

刚回到村委会，我碰巧遇上了中寨组的代泽然老人，便顺便对他做了一次采访。

一谈起玉武，代泽然满脸笑容地和我聊开来——

"梁书记是一个很负责任的领导。梁书记经常到群众家中走访，还经常带领我们打扫卫生。有一次，梁书记请我家属打扫村里的卫生后，还私人支付了我家属工钱。梁书记还自己掏钱买了10多把火钳，用来打扫村里的卫生。我们群众对梁书记的工作很满意，都觉得他做事踏实。我们大家都很尊敬梁书记。"

代泽然还给我讲了一件小事，说他之前没有用过智能手机，一直用老人机。4 月份的时候，孙女从贵阳给他买来一部智能手机，他不会使用，就去找玉武教他。

“现在我已经基本会用了，照相、发图片、视频聊天我也学会了。”代泽然乐呵呵地说。

在即将离开幕龙村的时候，贾伟无意中对我说了一句话，他说：“在幕龙村，不论是老年人还是年轻人，大家都很喜欢梁书记，都很信赖他，对他的评价都很高。”

我说：“可不可以举几个例子？”

贾伟说：“例子很多。不说别人，就说我的帮扶户田仁艳，她小孩患有慢性病，经常去重庆看病，梁书记就给她申请了临时救助，帮她解了燃眉之急。所以一直以来，她对梁书记都很感激，每次见到我，都要说起梁书记的好。”

“还有，岩底下组的张命兴老人，80 多岁，平时有什么知心话，他都喜欢和梁书记讲。因年事较高，他双眼失明了，但梁书记每次到他家走访，他一听声响就知道是梁书记来了。”贾伟接着说。

在采访玉武前，我一直在思考“一个共产党员的初心和使命”问题。在这次采访中，我本来想问玉武，作为一名共产党员，他是如何理解“初心”和“使命”的。后来仔细一想，这个问题已没有必要再问，再问已是多余，因为幕龙村干部群众的良好口碑，已是最好的回答。

帮扶经

候鸟的春天

◇ 刘照进

响塘龙与一口刀，这是两个不同属地的地理名词。一个在碧江区环北办事处，铜仁市东面；一个在沿河自治县思渠镇，铜仁市西面。一个位于城市中心，一个处于大山深处。一个见惯了霓虹华灯，歌舞香槟，车水马龙；一个苦守着山南水北，贫穷孤陋，落后荒芜。

如今，因为易地移民搬迁，响塘龙与一口刀，像两双手紧紧握在一起，成了亲戚，成了家园与家园的重叠。

靠山不能吃山。移民朱琼说："村里的许多地都荒着，靠种地养活不了一家人，大部分村民都外出务工，种地的人很少。村里八成以上青壮年都在外打工。"

他乡难容飘荡的灵魂，故乡无法容身。每年，他们像鸟儿一样南迁北徙，年底匆匆回来，看一眼老人、孩子，屁股没坐热，又匆匆往外赶。他们把家拴在行囊上，忍受着一年三百六十五个日子的孤独与辛酸，把几乎全部收入都用来供孩子上学，希望孩子有朝一日能离开这个贫困的地方。

"真的没想到，幸福来得这么快。"

去碧江区环北办事处响塘龙易地搬迁安置点，如果走捷径，需要穿过一条狭窄的巷子。巷道尽头，连接着一座土丘。泥泞道路的两边，青色菜蔬叶子被雨水浇得透湿。翻下土丘，穿过一条宽阔马路，就到了安置小区门口。

宽阔的广场，整齐划一的楼房，花台，路灯，绿化树，商铺，物业，保安。一切都在无声地说明，这里是城市的一部分。

“早就盼望有这一天啰！”五十岁的袁新芝一说一脸笑。是那种真诚的笑，发自内心的笑。袁新芝可不是一般人。她有着城里人的气质和派头，卷发，围巾，红色外套，走路时高跟鞋发出有节奏的“可可”声。

袁新芝不太标准的沿河方言暴露了她的身份。她说自己是河南开封人，是被丈夫“骗”来的，在一口刀那个“鬼地方”生活了九年，2018年易地搬迁到响塘龙安置区。新房在十三号楼，是电梯房，一百平方米的三房。一家五口人，满够住。

袁新芝与丈夫朱永喜是在广东打工经人介绍认识的，两人结婚时都是三十好几的大龄青年了。袁新芝初中毕业，性格开朗，骨子里天生有股子浪漫劲，对待婚姻大事当然就挑剔，这样一来二去，就成“剩女”了。丈夫朱永喜家住一口刀村，家里只有半间木房，小时候穷得饭都吃不饱，更别说娶媳妇。在遇到袁新芝以前，朱永喜以为自己也要像村里那些老光棍一样，恓恓惶惶过一辈子了。

两口子先是旅游结婚，然后在外打工，直到孩子到了上学年龄，丈夫才第一次领着媳妇回老家。

对她而言，回老家的生活，当初抱的期望有多大，失望就有多大。

一口刀位于典型的深山区、石山区，交通闭塞，生态非常脆弱。“一口刀”就是取“刀背上”的意思。十一个村民组散布在酷似一把菜刀的林莽山丛中。

山脚下，八百米处就是奔腾的乌江。二十世纪八十年代，峡谷中每天有一趟班船，在一块稍宽阔的地方靠岸，待客人上下完毕，船又慢慢旋开，继续向峡谷中行去。汽笛声在两岸的峭壁上碰荡，悠悠地响好一阵子。回头再看那些刚刚下船的客人，三三两两，或肩挑，或背驮，被绳子一样从山崖上拖下来的茅草小路，荡来荡去地摔击。

那时的一口刀，像一只被扎紧了口子的布袋，只有峡谷中的乌江，是唯一的出口。

山多土薄，乱石丛生，全村人均耕地面积不足一亩，有人开玩笑说“一个石旮旯里只能栽三根丝茅草”。土地分包以后，有一丘田被分给十一家人种，一家收不了几碗谷子，最后只好合在一起，轮流耕种。

缺水，成了一口刀人的致命心伤。在一口刀村，几乎每家都有一两只半人高的木桶。人们把这背水的木桶叫作晏桶。一口刀人从一出生就知道水的金贵，稍一长大就得学会背水。每逢天旱，附近的水井枯竭，一口刀人就得背着晏桶到远处去候着轮子背水。往往，一个来回得三四个小时。

袁新芝最害怕的就是背水。她的老家在平原，吃水都是从地下井打，轱辘把子一摇，水就提上来了。如今要将一只晏桶背在背上，驮着满满一桶水爬坡上坎，简直比登蜀道还难。

第一次和爱人带着孩子回家时，袁新芝穿着高跟鞋，高一脚低一脚地紧跨慢跨。起先还沉浸在看风景的兴奋里，不停地问丈夫，这里咋有那么大的山；走着走着，就累得吭哧吭哧像牛喘。

“我砸了他们一家人的碗。”袁新芝丝毫不在意，“那会儿我是真的生气了。好不容易走到家，一看，一半间木房歪歪倒倒的，简直没办法居住。我第一次背水，不知道方法，走一步，水就在背上哐当哐当响，一不小心就荡出一股，从脖颈那个地方淋下来，搞得浑身透凉。走一步，又哐当哐当荡出来。那种绝望啊，真是没法形容……我是真生气了，回家就将他们家的碗全砸碎了。”

“你生谁的气呢？”

“当然是老朱啊，他那个‘骗子’，要是当初知道他们家这么穷这么偏远，打死我也不会来。”

后来，寨上就有人教她如何背水，说要装满一桶。俗话说“半壶水响叮当”，如是只装半桶，水的体积不够，就在桶里晃荡得厉害，得装满一桶。走路时身子要平稳，不疾不缓，保持摆动的幅度，水就不会晃荡出来了。还有人教她如何烧柴火，如何避免柴烟熏眼睛。

朱永喜继续当他的候鸟，春节一过，就出门打工，年底回家，只在老家短暂地待几天。

袁新芝不想在老家待了，她想跟丈夫出门打工。她打电话给老朱。老朱说："你走了孩子怎么办？如果不读书，难道还让他们长大了跟我们一样打工？"

一个人没有改变自己故乡的权利。对于妻子的怨言，朱永喜有愧疚，但这份愧疚，却是他无法改变的事实。为了孩子能上学，他只好说服妻子留在一口刀老家。

"后来我就去思渠镇上租房子，把两个孩子转到镇上去上学，条件稍稍好了一些。"

没事的时候，她就靠在窗前想心事，想自己的一生，想当初"受骗"跟丈夫来一口刀的伤心事。她以为这辈子彻底完了，会在深山老林里过一辈子。她做梦都想到外面买套房子，哪怕很小，只要能够搬出那个"鬼地方"就行。

袁新芝平时喜欢唱唱跳跳。搬到响塘龙安置点后，丈夫依然去广州打工。他嫌当地的工资没有外地高，说先打几年工，等孩子们读完书，再回来。

晚饭后她常常去广场上和人们一起跳舞，感觉自己真正成了一个城里人，一种自豪感油然而生。

她现在在响塘龙小区的牵手面馆学习，结业后可以在那里打工挣钱。让袁新芝高兴的是，小区的基础设施逐渐在完善，她准备组织人，在社区成立一个舞蹈队，晚饭后就不用走远路去其他地方跳舞了。她动员那些搬迁来的妇女们"不要怕被笑，要像个城里人一样生活"。

她说她很忙，马上要去面馆学习。话还有半截在嘴边，人就飘到了门边，留下一串节奏感很强的"可可"声。

对于易地搬迁的移民来说，那种家园被连根拔起的阵痛感，需要时间来慢慢消解。祖祖辈辈，他们就生活在山里，大山就是他们的依靠，是他们的命运与家族历史的载体，世世代代血脉相连。山上的每一棵树，每一块石，每一寸土，村子里的鸡鸣狗吠，牛欢马叫，晨霜晓露，晚霞夕阳，深夜星空，小河流水，风吹树叶响……所有这一切，都早已成为他们生活的一部分，甚至生命的一部分。

六十六岁的杨绪花老人说她们盖上组三百多人全都搬迁到铜仁了。

“盖上”在民间词典里，是“高山”的意思。盖上组在一口刀村属于偏远中的偏远，前些年村民集资修了一条简易公路，平常青壮年都出门打工，家里只留一些老人、小孩，半年难见到一辆车。

“还是搬来好。在老家出门就爬坡，有病都找不到车。”老人是第二批搬迁上来的，搬家那天吹大风，家里的破烂房子差点就吹倒了。老人说以前的老房子，一下雨就满屋漏，如今住在崭新的高楼大厦里，条件当然好多了。上半年，她还在给儿子带小孩，后来儿媳妇回来，她就清闲下来了。

“要不住。”

“要不住”是沿河土话，有“闲得无聊”之意。当然，“要不住”是因为生活环境变化了，但生活习惯还没变。“要不住”也体现了他们从乡村人转变为城里人的不适应。对于新家园的归属感的建立，需要时间慢慢实现。

老人每天就去街上捡垃圾，主要是捡纸壳、废书废报纸，“挣不了几个钱，一天也就挣个十来块，但是要动起来人才舒服”。

“方便是方便，但这城里头不比老家，样样都要钱买，喝口水都要钱，压力也不是没有。”老伴朱启志在小区里当保安，一个月有一千八百元的收入。二个儿子都在一个小区住，但他们都在外面打工，过年过节才回来几天。

“听说城里丧葬费都要一大笔钱。老了，想归根。”

也许是年纪尚轻，田江英脑子里还没有“落叶归根”的概念。她的乡愁全在“那边”的丈夫身上。

“快过年了，想回去看看，扫墓。”她说老家还有些老亲戚，平常有什么大事小务也不得回去，都是托人带点“人情”。现在一家人搬迁到铜仁，日子比在老家强多了，只是来去一趟费用太高，她舍不得。

四十三岁的田江英是一口刀大坝组的人，八年前丈夫就去世了，她一个人拖带三个儿女，生活的苦难只有她自己知道。那种月黑风高夜、孤独无处叙的艰辛，早已被日子摩挲得风平浪静。

爱人去世时，她才三十出头，带着三个孩子，实在没办法，就狠着心将孩子留给公公婆婆照看，独自出门打工。后来孩子要上学，她便回家租别人土地，每年收入五千斤玉米，养一头猪，平常就在附近打点零工，供孩子上学。

2018年7月，田江英一家易地搬迁到响塘龙。大女儿朱红去年结婚，二女儿朱素飞在碧江区职校读书，儿子朱勇在铜仁四中读初二。

田江英家住四楼，两室一厅一厨一卫，八十平方米，步梯楼。我们去时，只有孩子朱勇在家。屋子里稍显凌乱；阳台上，行李箱、扫把、水靴混堆在一起；门楣上贴着半新的对联，给冷寂的屋子增加了几分活气。孩子有些腼腆，见了生人，头一直低着，默默地穿着一根根带子。办事处的人说，他在给宝玉斋公司穿手链带子，每穿一根有七分钱。

她家是精准扶贫户，每月有一千二百元低保金。“这点钱根本不够生活。”田江英说，每个月水电费、电话费、菜食零用，七七八八要一千多元；儿子早餐在外头吃，女儿在学校每个月要一百二十元餐费；老家人情还在，大事小务还得带“人情”回去。

刚上来时，她想开个裁缝店。她有裁缝手艺，可是需要一万多元购买设备，“到处都贷不到款，没办法”。

田江英去十五中当保洁员，一个月只有一千五百元；后来通过办事处协调，争取到公益性岗位，到碧江区环卫队当工人，每个月两千二百元工资，扣除五险一金，还剩一千八百元；加上低保金，全家一个月有三千元收入，基本解决家庭所需。

“政府的好心我们都晓得，让我们搬迁来到这里，将来的路该怎么走，关键要靠我们自己。”田江英脸上并没有落寞，她心里明镜似的。刚刚下了班的她脱下橘红色环卫服，洗了脸，在镜子前仔细梳了头，换上保暖皮靴，人顿时精神了许多。

她在屋子里走来走去，那种客人进屋的激动和局促显现在她圆融融的笑脸上，她一会儿去搬凳子，一会儿要去烧开水泡茶。

她负责的卫生区域在烟厂门口，有一公里多，两个人轮岗，一个早班，一个晚班。她说，上早班的话，秋天树叶落得多，凌晨三点多就得起床，七点钟要检查，十二点钟下班。特别是暑热天，温度高，时间长，她刚开始很不习惯，一个班上下来，手脚都很酸痛。环卫工作也是体力劳动，比起做农活，虽然劳动强度不算大，但磨缠人，特别是有时会遇到一些不讲卫生的人，你在前面刚扫过，人家在后面“啪”的一下，又丢下点垃圾。你要是劝阻，话刚出口，人家的白眼就来了。你心里那种委屈、心酸，就像打翻了五味瓶一般。

感觉这是他人的城市。尽管自己如今也真真切切地算是这个城市的一员了，但是要真正地融入这个城市，却不是一件轻而易举的事。有人会用异样的眼光看待她，总觉得她是搬迁户，沾了政府很大的光，来到这个本不该属于她的城市，一种漠视和支使心理常常伴生。

田江英还是习惯将自己表述成农村人，以示和城里人的区别。闲暇时上街，看见别人三五成群地跳舞，她有时也会看稀奇一样远远地站在旁边看，感觉那些歌啊舞啊离自己好远，觉得人家城里人就是会生活。只是偶尔从河边飘过来的那些练习龙舟的敲鼓声会吸引她好一阵子，那些熟悉的节奏与鼓点，轻轻地敲打出了老家的滋味。

夜深了，她也偶尔会想，要是自家男人还在，一家子住在这城市里，那该是一种什么样的日子啊！记得当初搬家时，她特意跑到丈夫的坟头去和他告别。她说：“你把我带到这里，却一个人走了。我们现在要搬迁了，你要好好保佑孩子们啊！”

她用镰刀割去坟头的乱草，给塌陷的地方培了土。点上纸钱和香烛，看着眼前飞扬起的轻烟纸灰，一种离别的忧伤涌上心头，她鼻子一酸，眼泪就无声地淌下来了。

转身时，故乡已被拆除。崇山莽莽，锅盖似的苍穹下，她孤寂的身影渐渐变小变模糊，最后融入那一片苍茫之中……

我最初看见“一口刀石大碗饭庄”时，闹了一个小小的误会。

人家说，取名“石大碗饭庄”，体现的正是土家文化。我恍然大悟。

在我们土家族饮食风俗中，一般是不会上十道菜的，要么八大碗九大碗，要么十二大碗。因为“十”和“石”谐音，而土家族人喂猪都用石槽，俗称“猪槽”，所以如果哪家人办事或者请客，桌面上出现十碗菜，就是对客人的大不敬，会闹得不欢而散的。

土家族传统饮食以汤菜为主，称为“水席”，就是除了扣肉等少数几道菜，其余全是汤菜，用褐黑的土大碗盛了，满满地摆一四方桌。热气腾腾，香味扑鼻。桌子上，人们大碗喝酒，大声粗气地劝酒吃肉，土家人豪爽大气、好客热情的性格，表现得淋漓尽致。

“我用‘石’而不用‘十’来给山庄取名，正是要体现我们的土家族文化。”四十六岁的肖登强谈起自己的饭庄，颇有些懂文化的意味。他说，现代人都有种回归自然的心理需求。一方面，他们要在大自然中去寻找田园牧歌；另一方面，他们吃惯了海鲜山珍，要在传统饮食中去品尝乡愁。他的饭庄就是抓住人们的消费心理应运而生的。

初中文化的肖登强在当地算个能人。他家住一口刀凉桥组，2017 年易地搬迁到响塘龙。一家五口人，三个孩子，一个已经大学毕业，两个在读大学。搬迁之前，他一直在跑乡村客运。搬迁对他而言，不是因为贫困，而是身份与机遇的改变。

“寨子就在山沟底下，看到半山的汽车在公路上跑，人要爬老半天。”凉桥在没通公路前，交通十分不便，每家只有一两亩地，一年四季吃苞谷饭，“吃顿大米饭当过年”。全组二十几户，青壮年几乎全部外出务工，留下些老人孩子在家，遇到丧事，连抬棺材的人都找不到。于是就有一条约定俗成的“规矩”：凡是寨上有白事，每家必须有人回来帮忙，男的抬棺，女的煮饭，忙完了再赶回去。要是寨上一年遇上两三回白事，加上春节，则要来来去去四五回，耽误工期影响收入不说，人也累得够呛。但是谁都免不了有那么一天，再难也得往回赶啊。

易地移民搬迁政策出台后，凉桥组村民陆陆续续已经搬出了一大半。肖登强把客车股份转让给了别人。他想的是，既然现在搬家了，就得在这个城市谋个事业。于是他和几个老乡一合计，决定开一个土家饭庄。几个人凑了 30 多万元，在碧江区上龙田村井坎组的桐兴大道边租了一处院落，正儿八经地开起了饭庄。聘请的七名工人全是移民搬迁户，每月三千元工资，提供吃住。

“都是乡里乡亲的，怎么忍心不帮一把嘛！”肖登强说经营饭庄开始两个月都是亏本，一是熟悉的人不多，客源少；二是处于摸索阶段，很多地方还在逐渐改进。从去年 10 月份开始，就有一点盈利。但是不管亏盈，工人工资都是按月足额发放的。

肖登强的“一口刀石大碗饭庄”，处处都打上了一口刀的烙印。背桶、犁铧、蓑衣、石磨、弯刀……原始古朴，原汁原味。凝固的乡愁。

肖登强说，“一口刀石大碗饭庄”除了土家饮食文化之外，核心还有原材料的纯粹性。所有食材几乎都从老家拉来，保持着原始的天然性和传统性，比如，干豇豆、黄花、红苕粉、黄豆、牛肉、猪肉。他还特地从一口刀拉来石磨，改装后安上电动机代替手工磨浆，制作的土家浑浆豆腐别具滋味。

肖登强在老家还有一栋“豪华”楼房，他说目前还舍不得拆迁。凉桥是麻阳河国家级自然保护区的一个核心景点，有朱家洞、暗溪河、天生凉桥，特别是朱家洞，内藏十八洞天。古人曾有文字描述：“四面绝壁，天生桥榭，曲径通幽，怪石嶙峋，如天造地设。内有十八洞天，一门一景，各有佳趣。曲折而入，可历十数重门，明暗各异。暗溪伏流其中，水声怒吼若万马奔腾，惊人欲绝。”

“发展旅游是个大趋势，将来麻阳河旅游肯定会火起来的，那时再回去开一个土家山庄，也算是一种远景规划吧。——再说，祖坟还在那边。”

著名作家周晓枫有一段关于迁徙的描写：“走，背井离乡，带着捆绑的条箱，带着跋山涉水的鞋，带着五味杂陈的盐罐，他们走……有人搬家的时候，带走了锅碗瓢盆，也挖走祖坟旁的一棵小树，以及它密集根系里像手指关节一样握牢的土。长辈的骨灰，早已融解在土壤里。”

一口刀人下山了。

短时间内，也许他们依旧摆脱不了候鸟的命运，但是新的城市家园给予了他们新的希望和起点。在这个新起点上，他们会成为幸福的候鸟。

温暖·梦想·骄傲

——李昭贞与李佳佳的扶贫故事

◇ 杨再桥

一

“亲爱的李姨，您好！我是您的侄女李佳佳。这一年来，您对我的关心，让我贫穷的家变得越来越温暖，让我的生活更多了一份爱，突然发现自己很幸运，有一个像亲人一样对我好的人……”这是正在遵义医科大学珠海校区读书的大学生李佳佳，在2016年11月18日就读于松桃民族中学高中一年级时，写给她的帮扶干部的第一封信的开头语。

写信人李佳佳，居住在松桃苗族自治县长兴堡镇里屋村四组。她出生不久，父亲失联，她才几个月大就随母回到老家；后来，母亲改嫁，长期在外务工，对她关爱较少；监护人外公、外婆年老多病，生活不易。2014年，佳佳被评为建档立卡贫困户。

由于家庭特殊，佳佳本想读完初中就踏入社会，随母务工。不承想，遇到了贵人。在她初三快毕业时，李姨来到她身边，对她无微不至地帮扶、资助和鼓励，使她以优异成绩毕业，进入高中，直至今年考入遵义医科大学，实现了人生梦想。几年来，她先后写给李姨三封信，袒露心声，倾吐衷肠。

这位被称为“李姨”的帮扶干部，名叫李昭贞，是松桃水务局建设管理站站长，高级工程师，中共党员。工作十多年来，因业绩突出，她被评为单位的先进个人、县“三八”红旗手、市“基层先进工作者”，还被省水利厅记二等功奖励。

与李昭贞相识，起源于一次采访活动。9月下旬，《一封感谢信，道出扶贫情》新闻稿在人民网报道后，中国网两名记者被信中的扶贫故事感动，特来松桃进行深度报道。在县脱贫攻坚总指挥部办公室，我们采访了刚从村里帮扶回城的李昭贞。她长发披肩，穿着得体，圆脸上挂着微笑。看得出，她是一个精明干练、风风火火、开朗大方的人。

谈起扶贫，李昭贞如数家珍，娓娓道来。2015 年 3 月，组织安排她担任长兴堡镇寨云村党支部第一书记。履职期间，她以群众致富为己任，把脱贫攻坚当事业，施行土地山林全流转、经济作物全覆盖，推行“公司＋基地＋合作社＋农户”“合作社＋农户”产业经营模式，建立快繁育苗基地 120 亩，发展仿野生铁皮石斛等中药材 1200 余亩，打造出了长兴中药材（扶贫）产业园区的核心区。通过园区产业带动，解决本村及周边群众在家门口就业 2000 余人，实现当年农村居民人均可支配收入首次突破万元大关。同时，新建提水泵房，使寨云群众用上了安全水，告别了千百年来用田水、沟水来洗衣洗菜的历史。

一年刚满，县里发动了脱贫攻坚定点帮扶攻势，按照“千名干部蹲点驻村，万名干部结对帮扶”要求，她又被调整到该镇里屋村“结穷亲”。

在定帮扶对象时，她在贵阳出差。初定帮扶佳佳的，是单位其他干部，因多次联系不上佳佳，那名干部换了他户帮扶。阴差阳错，佳佳成了她的帮扶对象。

接到任务后，李昭贞几次联系佳佳，佳佳依然不接电话。当时，佳佳在松桃民族寄宿制中学读初三。她去学校找到班主任，转告了扶贫帮扶的事。佳佳才接电话，才肯见面。

单位离校近，在水务局办公室，她俩第一次见了面。由同学陪着的佳佳，眼神躲闪，小心翼翼。问到不接电话的原因时，“没有熟人，不接陌生电话”，佳佳解释道。

她了解到，佳佳正读初三下学期，思想波动大，认为家庭困难，自己想上高中，绝不可能。

作为帮扶责任人，李昭贞知道，扶贫必须与扶志、扶智相结合，效果才好。根据佳佳的实际情况，教育是扶贫的根本之策。只有把她培养出来，才能斩断贫困的代际传递，才能一劳永逸。

为此，李昭贞鼓励佳佳，不但不能放弃读书，还要努力读书，才能改变自己的命运；绝不能自甘堕落，要成为大山里面飞出来的金凤凰；只有实现自己的梦想，才有能力报答母亲和外公、外婆的养育之恩，做自己想做的事……

此后，她以一个“扶贫人”身份履行职责，以一个“母亲”身份定位角色，经常打电话了解学习情况；每次见面，送点零用钱，买些学习、生活用品；陪着中考，给予关心，顺利把佳佳送进了松桃民族中学读高中。

言为心声。佳佳在当年的信中继续写道：“在松桃，您就像一把大伞，总是无微不至地照顾我。一开始，我不想您对我那么好，因为自己觉得不能什么都靠您。以前，我还是很坚强的，可自从有了您的照顾以后，我变得有些小孩气。虽然妈妈不能陪着我，但是，我能理解，都是因为我。我想自己担起一切，又怕自己挑不起。有时候，我也很迷茫，很慌张，害怕未来会发生一些自己没有办法接受的事，怀疑自己能否在这条路上走下去。选择读书是为了不让自己混日子，能有自己想要的生活，可以做自己想做的事，有自己的时间。”

佳佳意犹未尽：“您对我的关心照顾，让我身边的人都羡慕得很。我不知道您为什么那么帮我，但我很感谢您。很少有人那么体贴地关心过我。您的出现给我平凡的生活带来了冲劲，让我想走出去，看看外面的世界，看看外面的风景，努力朝着那个方向前进，让我敢试一试。谢谢您！”

二

进入高中，费用增多。李昭贞了解佳佳担心学费、无法静心学习的情况后，四处奔波忙碌，一边安抚佳佳好好学习，一边加强与学校、教育、民政等部门的联系对接，争取尽快落实相关扶贫政策，想方设法减轻佳佳的家庭负担。

同时，她还考虑到佳佳虽有外公外婆疼爱，但家庭不完整，不知什么是父爱如山、母爱如水，造成性格上有些怯懦、自卑和自闭，没有安全感，心是灰色的，有时情绪不够稳定，学习注意力难以集中。这都是缺少父母关爱，家庭温暖不够的缘故。

家，是避风港，也是少年儿童成长的场所。一个温暖、和睦、健全的家，能使人拥有一种安全感和归属感，也能保证少年儿童心理健康发展；而一个不完整的家庭，会使少年儿童过早地品尝人生的不幸，更会严重影响他们的身心健康成长。

李昭贞深知“家”的重要性。因此，她把佳佳视为亲女。只要不忙，每逢周末，她就把佳佳接到家里，洗衣、煮饭，改善其生活。帮扶四年，很少间断。她让佳佳融入家庭，感受温暖。

光阴似箭，日月如梭。2017 年即将过去，受到关爱的佳佳有许多话压在心里，直想对李姨倾诉，不吐不快。年底，她又给李昭贞写了第二封信：

“亲爱的李姨：很久没和您说心里话了，也不知道说什么。一开始，我害怕您和妈妈反对我的梦想，只是听从您的建议。但我最终连自己的目标在哪里都不知道。迷茫，徘徊，害怕，然后只顾着往前跑。我并不一定会变成金凤凰，但我要成为自己想要的样子。我愿意听取你们的建议，也想追逐自己的梦想，不仅仅是远离贫穷，还有别的。”

李昭贞知道，自己工作了十多年，靠着热情和拼劲，至今还没有什么工作落后过：在任管理站技术负责人及副站长期间，以工地为家，常驻简陋工棚，坚守施工一线，一干就是十年，扎扎实实指导水库除险加固施工，负责的小型水利工程管理体制改革获省水利厅记二等功，小型水利工程产权制度改革获全市第一；任质监站站长期间，能铁面无私，从严监管，严格验收，使全县水利工程质量持续向好，名列全市前茅；

任建设站站长时，有力有效打通农业灌溉“最后一公里”，率先完成灌区续建配套与节水改造项目，进度质量为全市第一，水利部、省水利厅领导来松调研时，还给予了充分肯定。

“佳佳要实现‘追逐梦想，远离贫穷’的愿望，必须一鼓作气，勇往直前。我就是拼了命，也一定要帮她实现。”李昭贞信念很坚定。

为确保佳佳学习上进，实现梦想，李昭贞很投入，很上心。

从初三到高三，二十多次家长会，她从不耽搁，总是准时到场。给佳佳鼓劲、加油，看到佳佳一天天进步，她很是高兴。

有次开家长会，女儿感冒发烧，正在住院。她接到电话，准备出门。妈妈说：“自己女儿不管了？”“佳佳没亲人，我不去，怕对她心里造成影响。”李昭贞回忆道，“今年高考前夕，松桃民族中学召开高考动员会，我以李佳佳家长身份代表毕业生家长发了言。”

“前年 10 月，晚上十一点左右，佳佳从学校打来电话，说是疼得受不住了。”当时，她在家里，准备休息，接到电话，立马开车到学校，将佳佳送进县医院急诊科救治，直到凌晨两点才送佳佳回校。佳佳继续坚持上课。

“今年 3 月，佳佳打来电话，说是精神压力大，头昏，无力，没胃口，拉肚子。当时，我正在单位开会，接完电话，当即请假，到学校将佳佳送到县医院做肠镜、胃镜检查，诊断为急性肠炎。”

“从医学角度看，压力过大导致的疾病较多，可能会出现肿瘤、胃病、肠病等躯体疾病，也会出现抑郁症、焦虑症等心理疾病，表现出情绪低落、思维迟缓、身体疲劳等症状。这往往需要进行放松训练，进行心理压力倾诉。那时，正值阳春二月，桃红柳绿。为让佳佳释放压力，我给佳佳请了假，带着她外出兜风，放飞心情，看桃花、穿古装、拍照片、吃美食……尽情玩了一天，佳佳病就好了，又以良好状态投入学习之中。”

四年来，每当佳佳的成绩下降一个人偷偷掉泪，或是考试不顺在电话里哭得很厉害时，李昭贞不管在哪里，总是以最快的速度找到佳佳，把她接到家里，细心陪护，宽慰开导，释放压力；又不断激励佳佳重整旗鼓，提振信心，发起冲刺，永不放弃。

佳佳在 2017 年的信中，这样评价李姨：“您是一个很有担当的人，有点女强人的样子，很坚强，很倔，有时候也很少女。太累了，就找个时间休息，别累坏了自己。妹妹长大了定会很爱你的，你那么爱她。”

三

有付出，就有收获。

今年 7 月，李佳佳以 491 分的高考成绩被遵义医科大学临床医学专业录取。当佳佳将消息告知李昭贞时，两人喜极而泣。天上不会掉馅饼，艰苦奋斗梦成真。她们都为此倾注了惊人的毅力、自律和努力。

四年来，李昭贞将帮扶的贫困户视为亲人，将贫困户子女视为亲生儿女，尤其对李佳佳生活上关心，精神上安慰，学习上鼓励，经济上援助，使打算初中毕业就停学的贫困学子改变了人生，成功圆了大学梦，实不简单。

采访李昭贞的第二天，我们来到长兴堡镇里屋村四组，看到了李佳佳成长的地方。这里青山环绕，砖房林立，设施完善，村庄整洁。佳佳外公外婆见有客来，端花生，递热茶，满面笑容，十分热情，一再表达对党和政府的感谢，对帮扶干部的感激。

几年来，为筹集李佳佳的学费，李昭贞本人先后拿出 2 万余元，还通过苏州爱心人士捐赠、“社会扶贫”网站、“习酒圆梦”助学、教育资助及民政救助等渠道筹集资金 5 万余元。这些有力举措，解决了佳佳的后顾之忧。

上大学前夕，佳佳以“姑娘”身份给她亲爱的李姨写了第三封信，现摘录几段：

“很早就想给您写这封信，迟迟不动笔，是因为我想把感恩藏在心里，用实际行动来感恩您为我的付出；迟迟不敢动笔，是因为我怕写出来以后就是分离，就会不舍离去；迟迟不愿动笔，是因为我怕您的目光会紧跟着我离去的背影不舍收回，您会担心我是否能照顾好自己，会不会按时吃饭，会不会按时睡觉……”

“我有好多话想告诉您，不仅仅是感恩这四年有您的一路照顾，更想说我也舍不得离开您。即使我没能帮助您什么忙，但在您身边还可以陪您一起，提醒您吃饭、休息。在我的人生路上，三生有幸能遇见您！”

“姨，我特别骄傲是一个中国人，能得到国家的保障，也特别骄傲有您这样优秀美好的姨。姨，请您放心，我定会努力成为国之栋梁，成为您的骄傲！您的姑娘佳佳。”

“我特别骄傲是一个中国人。”佳佳这句话，说得多好！

七十年来，中国亿万儿女风雨兼程，砥砺前行，成功地把一个一穷二白的国家建设成为世界第二大经济体，成为世界经济增长的主要动力源和稳定器；“蛟龙”潜海，“神舟”飞天，“天眼”探空，“墨子”传信，高铁奔驰，北斗组网，超算发威，大飞机首飞……中国实现了历史性跨越；特别是六年精准扶贫，三年脱贫攻坚战，减贫人口八千多万，贫困地区基础设施和公共服务大为改善，人民获得感、幸福感明显增强，中国千年绝对贫困问题即将解决，一幅全面建成小康社会、全面建设社会主义现代化国家新征程的美丽画卷正徐徐展开。我们作为中国人，应该骄傲和自豪。

七十年来，松桃发展日新月异。“铜仁·凤凰机场”架起了苗乡至发达地区的空中走廊，渝怀铁路修到了苗家古寨，杭瑞、松铜高速贯穿全境。昔日羊肠小道，如今大道通衢。城乡面貌焕然一新，人居环境极大改善，乡村旅游方兴未艾……

尤其是近几年，松桃人民以“贫困不除、愧对历史，群众不富、寝食难安，小康不达、誓不罢休”的坚定决心，誓拔千年穷根，誓摘千年穷帽。五千队员驻村攻坚，万名干部结对帮扶，父子兵、姐妹花、夫妻档，兄弟连、尖刀班、突击队，他们不忘初心、牢记使命，带着对贫困群众的深情厚谊，把乡亲当亲人，把村事当家事，用脚步丈量民生，用实干赢得民心；如阳光雨露，滋养美丽苗乡；如春风拂煦，吹散贫困阴霾。全面小康指日可待。

李昭贞是松桃扶贫大军中的一名帮扶干部，爱人担任一个深度贫困村的指挥长。夫妻俩聚少离多，携手并肩战斗在脱贫攻坚第一线。她对佳佳视如己出，用心传递温暖，用爱激励梦想，让原本打算初中毕业就停学的李佳佳，考入了遵义医科大学（珠海校区），实现了人生梦想；也让李佳佳从一个自卑自闭的农家女孩成长为阳光自信的大学生，扬起了理想之帆。

李昭贞帮扶李佳佳的故事只是一个缩影。在松桃脱贫攻坚战场上，李昭贞式的干部还有许多，他们情系困难群众，奉献诚挚爱心，用激情和汗水书写亮丽人生，用实干和担当书写新时代伟大事业的精彩华章，事迹感人至深、感天动地，值得大书特书。

情系路腊

◇欧　骁

路腊，这个距铜仁市区 15 公里的古村落，一度因着古老、丰富的汞矿资源而为世所瞩目，在二十世纪中期聚集了众多探矿、采矿大军；又因资源枯竭而于 1989 年停采，只余下处处遗迹诉说着昔日的辉煌。

二十余年后，这个古寨再度繁荣，依托旅游业迈开了雄健的步伐。当四面八方的观光者在路腊欣赏着遍山的野樱，拍摄着满池的荷花，读览着悦目的文化长廊，品尝着可口的农家美味时，他们不知道这些都倾注着一个非路腊人的心血。但路腊人会记住他——驻村精准脱贫工作队队长段堂余，路腊人都亲热地叫他“段老师”。

一

也许，段堂余注定就与路腊有着割舍不断的情结。

这得从二十世纪九十年代说起。

1991 年春，段堂余的爱人被调到路腊教书，段堂余本人也于 1994 年被调往云场坪中心小学任教。这样，段堂余就成了路腊的常客。热爱美术的段堂余一下子被路腊那古色古香的村落建筑迷住了。古屋，古巷，古井，古树，古池，甚至一块块沧桑的石头，都让他流连不已。经了解，他知道路腊是一个已有 1100 多年历史的侗族古村落，在明万历前，这里是苗族人聚居地，万历年间，贵州都督邓钟用计打败了六龙山的苗族人，路腊的苗族人也四散而逃，此后便有杨六郎的家将率杨、时、闻、何等八大姓迁徙而来。据说“路腊”即“路来”的谐音，即八大姓一路走来之意。经过数百年的沧海桑田，现在寨中居民多为时、杨两大姓氏，杨家居于大路左右，时家居于村子内部。如今，每到杨令婆生辰，八大姓都要去杨令婆庙祭祀。

知道了路腊有着悠久的历史和深厚的文化底蕴，段堂余如获至宝，一到周末，他就沉迷在路腊古寨里，找人聊天，画画，叩问那些长着青苔的墙石、砖瓦，那一栋栋错落有致的老房子就成了他的朋友。

从 1994 年到云场坪任教，到 2002 年被调离，段堂余在云场坪教了八年书，差不多就在路腊画了八年画，与路腊的山山水水和纯朴的村民做了八年朋友。

如果只是作为一个过客，在路腊写几次生，画几张画，那他就不是段堂余了。偏偏，段堂余是个“不安分”的人，正是因为他的“不安分”，他后来才成了路腊最受欢迎和尊敬的客人。

段堂余还了解到，路腊自古盛产“辰砂”；在远古时期，就发现了路腊汞矿，其开采历史与万山不相上下。路腊人因这大自然赋予的宝藏而号称富甲武陵。然而，20 世纪 80 年代末，路腊汞矿因资源枯竭而永久性关闭了，历来靠矿吃矿的路腊人迅即陷入贫困之中，路腊人因之而焦躁不安。这一切，段堂余都看在眼里，记在心里，也急在心里。

路腊不仅历史文化厚重，自然景观也十分优美，周边有双龙洞、黄柏寨天池、龙王洞、娘娘岩、万佛洞、天书岩，有野生樱花、荷花、紫薇、火棘。特别是樱花，自然生长于海拔 600 米到 1000 米的大山间，有上万亩，花开时，粉色、白色争奇斗艳，淡淡的花香随风飘来，格外怡人。

段堂余有一种直觉：路腊依然是一块宝地，它一定会重放光彩。于是，他告诉那些彷徨不安的青年人，不久的将来，路腊将会成为武陵地区的旅游胜地。

会吗？路腊人带着疑惑的眼光看着这位段老师。

会，一定会。段堂余告诉路腊人，也告诉他自己。

段堂余觉得应该是自己为路腊做点什么的时候了。

段堂余明白，要实现心中的愿望，古寨的保护是不容忽视的。于是，保护路腊古寨就成了段堂余一块卸不掉的心病，他觉得这是他责无旁贷的重任。

于是，段堂余开始为保护路腊古寨而奔波。

然而，段堂余毕竟不是路腊人，很多事是他想做而不能做的。路腊人不愿意守着宝贵的古寨和曾经带给他们无限财富的矿渣受穷，纷纷外出务工谋生，段堂余不能阻挡。为了赶时髦，有些人用辛苦打工挣来的钱将老房子改建成钢筋水泥“洋房”，段堂余也无法阻挡。

2002 年底，段堂余因工作需要被调离了云场坪，调离了他守护多年的路腊。

就从他被调离的第二年开始，古寨在无序的管理中，大批古建筑被打工回家的路腊人掀掉，用“洋房”取而代之；多条光洁可鉴的古巷道也被覆盖毁掉，原来的大美古寨格局被彻底打乱！

段堂余知道了这些情况，心如火焚，他一次又一次跑到路腊加以阻拦，却无功而返。

段堂余真正体会到了心疼的感觉。

苍天不负有心人。2013 年 3 月，段堂余辗转被调到了碧江区委宣传部，任副部长兼区新闻中心主任。这为段堂余带来了大好机遇，他义无反顾地踏上了振兴路腊的征程。

路腊人都记得，2014 年那个春暖花开的时节，段堂余带着几名记者到了路腊，穿梭在白皑皑的樱花丛中，忙碌在古巷道古房子里。随后，“路腊万亩野樱花开了”“路腊樱桃熟了”“寻找千年路腊古寨的乡愁”等重磅新闻相继在央视及省、市电视台播出！

路腊真的成了从大火里飞出的凤凰——涅槃了！

路腊沸腾了！

有影有形有声有相的路腊，有着厚重文化历史和丰富自然优势的路腊，吸引了省、市、区领导，引来了专家团队，招来了大批游客——路腊再次抓住了人们的眼球。

路腊人民的热情再次被点燃，古寨保护意识又一次被激发。

但段堂余不满足于这一点点成绩，他决定趁热打铁。于是，他自费邀请了大批的省内外媒体同行，邀请摄影、美术、音乐、诗歌等领域的文化艺术专家来到路腊，为路腊的乡村旅游发展出谋划策，着力打造荷花和樱花基地，修复路腊古寨。

段堂余决心为路腊描绘一幅“春赏樱花、夏品荷花、秋看紫薇、冬观火棘”的“四季花海”全域旅游景观蓝图。

从 2014 年到 2016 年，路腊古寨周围 200 多亩荷花绚丽绽放，600 多亩紫薇落户路腊，1000 余亩的精品樱桃试种成功，路腊高标准农田相继建成，路腊古寨修复性建设顺利推进，连续三届樱花节、两届荷花节、两届乡愁活动等成功举办，以路腊为主题的诗歌、楹联、散文、书法、绘画、摄影、文艺演出等文化活动层出不穷。

路腊，一次又一次刷爆了微信朋友圈！

大批荣誉与机遇也接踵而来：省级高标准农田示范点、省级旅游示范点、市级农业观光园、市级田园经济综合体、全国传统村落等相继落户路腊！

段堂余，终于圆了自己的梦。

二

段堂余的路腊情结并不因为上述这些成功而中断，他还有一个更好的设想：充分挖掘路腊千年辰砂的历史文化底蕴，围绕“康养长寿”主题，依托张家界、凤凰古城、铜仁中南门古城、梵净山等资源，打造大西南甚至全国历史文化名村，从而彻底改变路腊的环境、风气和贫困状态。

但是，段堂余明白，旅游是一项长效产业，要想真正拔掉穷根，发展产业才是出路。

发展产业？说起来容易做起来难啊！段堂余的力量毕竟有限，他的理想会实现吗?

机遇，总是与有准备之人相伴的。

2017 年 9 月，碧江区委安排段堂余到路腊村担任精准脱贫工作队队长。

段堂余又一次雄心勃勃地进驻路腊——带着他的梦想。

这时候段堂余才感到自己肩膀上的担子有多么沉重。

路腊村有 5 个村民组，共 341 户 1180 人。劳动力 558 人中，外出务工人员就有 397 人。2014 年人均可支配收入 6172 元，2017 年也仅达 9721 元。全村共有低保户 42 户 88 人、五保户 2 户 2 人，贫困发生率达 18.2%。过去，这个村也曾富裕过，因为那时候可以到废洞拣朱砂，后来封洞断了生路，贫困由此产生。俗话说人上一百形形色色，这些贫困人口文化素质不高，主动发展产业脱贫致富的积极性不高，还有极少数非贫困户有着争当贫困户的思想。这样一来，扶贫工作就有了很大的难度。比方说精准识别吧，就是一件极不容易的事，要以组为单位，对全村范围内整户收入不达标、缺吃少穿、住房不安全、教育和医疗没保障的农户进行筛选，并经过组、村、镇三级反复核查，才能精准识别出村内真正的贫困户。

贫困户识别出来后，怎么带动这些贫困户脱贫，是最大的难点。路腊山多地少，全村面积 13.12 平方公里，耕地面积只有 1920 亩（田 719 亩，地 1201 亩），人均耕地面积 1.68 亩，做什么产业项目都难以形成规模效应。

段堂余决定还是在旅游业方面打主意。

到村后，段堂余做了深入的调研，他发现，交通是制约产业发展的关键因素。他决定先解决这个难题。

于是，段堂余积极协助路腊村支两委科学合理规划布局，并协助开工修建大湾至苦竹坪村民组共 10 公里长的花卉产业园区道路。

于是，依托路腊万亩野樱花、千亩紫薇、千亩火棘、千年古寨、数千年朱砂开采的自然资源优势、文化资源优势和区位优势，确定“春赏樱花、夏品荷花、秋看紫薇、冬观火棘”的旅游产业发展思路。

于是，一系列围绕旅游产业的工作展开了——

樱桃产业的市场培育和莲藕产业的升级有条不紊地进行着；进一步扩大了樱桃种植面积，筹建莲系列产品加工企业；同时，紫薇苗木基地建设也不甘落后，紫薇、火棘、中药材等现有旅游主打产业逐步形成。除了樱桃观光园、中药材基地、冬樱花景观园、罗坳秋荷观光园、火棘观光园、罗坳高标准农田外，还建了“路腊粮仓”民俗文化村、万米山体观光步道、路腊旅游文化会议培训接待中心、旅游商品生产加工基地、地下辰砂博物馆等项目。

夏末至秋天，你只要走进路腊村，每天都可见慕名而来的城区及周边地区的游客在观赏荷花。

游客渐渐增多，村里的农家乐生意也日渐火爆起来。曾是村里低保户的路腊村路腊组村民杨胜勋，如今脱了贫，在家门口吃起了“旅游饭”。

“我家的农家乐已开了近三年，生意越来越好。尤其荷花旺季，每天忙得很！”老板娘刘银凤一边熟练地炒着农家菜，一边热情地向客人介绍道。当初他家开农家乐时，村支两委还帮忙向区计生办协调了消毒柜、桌子等。

如今，当初构建的“云尚花街”蓝图中“夏品荷花”这一重要环节已见成效，并催生了莲子、莲藕等经济。目前，“云尚花街”旅游专业合作社共有社员125户，覆盖30来户精准扶贫户，他们除在园区务工有一定的收入外，还有每年每户1000元的分红。

现在，你如果去路腊，3至4月，那连绵10公里的大山上，坡梁中，山沟里，峭壁上，一团团一簇簇的野生樱花会让你流连忘返；7至10月，你会沉浸在翠绿的荷叶间，为那一朵朵或含苞待放，或展颜怒放的荷花醉迷；8到11月，有紫薇花与你相伴；11月到次年1月，火棘林又为你露出了笑脸。如果你对古寨感兴趣，一年四季都可以去体验。

看到车水马龙、人流如织的景象，路腊人都会对段堂余露出笑脸：段老师，还是你有办法。

三

得到村民的肯定和赞扬，段堂余心里也是甜滋滋的。可是，有谁知道他心中的苦呢?

每当谈起基层工作时，段堂余常说，只有做好群众工作才能助推产业发展，群众的力量才是最强大的力量。

但是群众工作并不好做。

段堂余的身份不同了，路腊人看他的目光自然也不一样了。

一些人时不时地去找工作队，却都是去要钱要物的。

段堂余要让村民充分地理解扶贫工作。

为了更好地帮助村民解决问题，段堂余经常走在田埂上，坐在草堆上，吃在工地里，心在群众中。

就说那个“云尚花街”吧，为了搞好项目建设，段堂余就与许多干部、群众常住工地，有时候忙得连饭都吃不上。

当项目建设出现问题时，段堂余就及时召集人员，开会探讨解决方法。有时在路腊村委会，有时在村支两委人员家中，有时干脆就坐在地上围个圈，大会、小会开了数十次。有些会议一开就是几个小时，甚至开到凌晨。

为了“民生情怀”四个字，段堂余这个村民眼中的“大干部”甚至当起了“妇女主任”这样的角色。

三角岩有一户人家，儿子与父母几十年不来往，经常打打闹闹。以前各部门都解决过，做过双方的工作，都做不通。那一次，为硬化路面的流水问题，这家人又打了一架。段堂余得知后就前去苦口婆心地做工作，讲道理，讲法律，讲孝道。双方终于重归于好，三四十年怨气一朝化解。老婆婆过生日时儿子去送了礼，一家人再次团聚，老婆婆激动得泪花直闪。扶贫队特地给他们送了块纸匾，段堂余书写了“和谐家庭”四个字。

在驻村帮扶的一年多时间里，段堂余始终在群众的需求中丈量脱贫致富的步子，寻求精准脱贫的办法，与当地干部群众一起实干苦干，用实际行动为路腊村集体经济增收10万余元，为农户等增收30万余元，极大地刺激了群众发展产业的积极性。

一年多时间，在人生的长河中只是短暂的一瞬，但这“一瞬”对于段堂余来说却是刻骨铭心的。

杜甫云：“文章千古事，得失寸心知。”让贫困远离村民，又何尝不是流传千古的大业呢！在做路腊脱贫的这篇“文章”中，甘苦得失也只有段堂余心里明白。让段堂余感到欣慰的是，自己的心血没有白费，他高兴地看到：贫困群众变富了——通过产业发展、就业扶持、旅游带动等措施，贫困群众有了稳定的增收渠道；村容村貌变靓了——通过实施组组通、危房改造、五改一化一维，以及农村垃圾污水无害化处理等工程，农村水、电、路、房等基础设施不断完善，群众的环境卫生习惯得到了彻底改变，农村生活更便捷了，环境更美了，面貌焕然一新；社会风气变好了——扶贫队坚持将扶贫与扶志、扶智相结合，激发了群众的自信心和自豪感，广大群众的思想发生了从“要我脱贫”向“我要脱贫”的根本转变；干群关系变好了——通过帮扶，干部与群众结对子、结亲戚，时刻把群众的安危冷暖放心上，千方百计为群众增收致富想办法、出主意，与群众吃住一起，打成一片。

段堂余感到了莫大的宽慰。

美丽三坝

◇ 晏武芳

绿青山，固水土，还地球一个本来面目。

退耕还林实施近二十年来，取得了可喜成效，仅沿河自治县就实施了36.49万亩，中央累计投入5.75亿元，第一轮退耕还林已全部成林，经济效益和生态效益明显。

一座座山头绿了，一条条江水清了，更可喜的是，长期居住在大山深处的村民，摆脱了土地的束缚，走出大山，看到了缤纷的世界，才知道，人生，还有另一种活法。

有人摆脱，也有人被束缚；有人出走，就有人守候。因为感念家乡，冉景贵甘愿守在深山，为山野添绿，也为远行人点一盏乡愁的灯，照亮他们在异乡漂泊的路，让他们无论走多远，也不会迷失。

一

农历正月初八，零星的烟火还不时在空中炸响；孩子们的欢奔，大人们的喝酒猜拳，仍在延续着节日的喜庆。

三坝村，地处沿河自治县泉坝镇水田河畔，周遭沟深山险，于寂静中守候着自己独特的欢愉与热闹。在村中冉茂全家的院坝中央，一张大方桌上摆满了红牛、王老吉、雪碧、方便面、饼干等可吃可喝的东西，过往的人见了，随意拿着吃，坐下来慢慢地喝。

“又是谁请客呀？”有人大声问。

“冉谋。”

“冉谋？哈哈，算他倒霉，新年大节的，就遇着这样的事。”

“你别说，这一招真是一箭四雕，既让人受罚，又不让人恨他，还让吃的人感激他，同时，也警醒人们更好地看紧牛羊。”

天已擦黑，吃饱喝足的人们走了，冉茂全开始收拾东西。昏暗中，冉谋悄悄走近他，从皱巴巴的人造皮革钱包里掏出15张崭新的百元钞票，涩涩地递过来。

“对不起，这是冉支书定的规矩。”冉茂全歉意地笑道。

“应该的，应该的。”冉谋嗫嚅地说。

二

冉景贵何许人？个子不高，瘦而黑，眼睛细长，眼光锐利，一看就是精干之人。

无事时，他总爱在村前的小路上走。头顶两座大山，好似两张紧挨着的脸，深情对视，千万年一言不发，把山脚的水田河挤得窄窄的，蛇一样蜿蜒而行，时而狂奔，时而萎靡，给沿岸一个个村寨带来一次次灾祸与福祉。

1998年他曾去过一趟广州，见识了外面的世界，才知道自己这个藏于大山深处的家乡，贫穷、落后，好似被时代遗忘了。但1999年的春节才过，时任铜仁市中级人民法院法警大队队长的严天亮和书记员龙俊就带领扶贫队来到三坝村，开展起了扶贫工作。

扶贫队刚到村那天晚上，冉景贵就兴冲冲赶到他们驻扎的人家。无疑，这是全村条件较好的人家。然而，当他走进屋里，只见煤油灯灯光昏暗，火堂坑灰灰扑扑，一锅黑乎乎的酸菜麦圪垯，让他顿感惭愧和酸楚。主人递给他一碗，第一口他就吃出了麦面里的泥沙。其实，平日里他吃的也是这样的饭食，此刻却觉得特别难堪。他边吃边观察两位扶贫干部，见他们大口大口吃着，毫无拘束，顿生敬意，觉得这两人是真正来帮助他们的。

吃罢晚饭，他好奇地东问西问，提出了许多问题。严天亮见他虽然年轻，但对村里的事特别热心，对他也产生了兴趣。以后的几天，冉景贵天天陪着严天亮走村串户走访调查。

扶贫队打算先给三坝修一条通村公路，村民们最先都表现得很踊跃，纷纷表示赞成。只是一说到修路要占用土地和拆迁房屋时，会场就沉默了，有的人还悄悄退出了会场，不再露面。在他们心里，土地是生存的根本，房屋是一生的财富。见会场渐渐少人，严天亮意识到了困难，但这还不是最大的困难。当村民们得知扶贫队只能出物资和工具，要大家投工投劳，会场一时更是炸开了锅。大家议论纷纷，说，要么承包给村里，要么承包给外面的工程队；村里人来修，一分钱不挣，谁去挣钱养家，难道把一家人的嘴巴用针线缝上？

冉景贵也意识到了问题的严重性。但他知道这是一个千载难逢的机会，于是主动站出来，大声表示自己愿放弃外出打工，留下参与修路。说完他把目光投向在场的年轻人，激动地说："我们盼了多少年，才有这个机会呀？"受他影响，一些年轻人也纷纷表示愿意留下来。

在整个修路的过程中，冉景贵不仅是工地上的总指挥，还是后勤的总调度，也是各种矛盾纠纷的调解员，什么地方有阻力，有困难，他总是第一个迎头而上。严天亮赞叹道："能顺利修通这条路，冉景贵功不可没。"

在一年的接触中，严天亮发现，冉景贵虽是一般的群众，但有公心，有能力，有魄力，敢说敢做。在他们的建议下，当年村级换届，泉坝镇政府将冉景贵列为村主任候选人，结果他以高票当选。

三

而今，冉景贵已是三坝村的村支书。他仍没有想明白，那次当选村主任，对于他自己来说，是好事还是坏事。他常常怀念那段外出去广州打工的日子，虽只短短一年，却发现广州处处是机会，只要肯动脑筋，能干，就能发家致富。可他也知道，如果不当这个村干部，家乡可能就得继续贫穷下去。

如果说，之前他对家乡发展的忧虑是模糊的，那么，自从当上村主任，他就真实地感到这份担子的沉重，感觉那些忧虑像一群野蜂，整日追赶着他。

那个以粮换酒的人又来了。

那人差不多每隔十天半月就要来一次，用十斤玉米，换三斤烧酒。突然，一条发展思路在冉景贵的脑子里一闪而过：这一带山民喜好喝苞谷烧，两山的坡地主产玉米，这不正好吗？以此地的玉米烤酒，一部分销售给当地人喝，一部分远销外地，既方便了群众，又找到了一条脱贫致富的路子。

他去思渠请来烤酒师傅，建灶台，买铁锅，造酒甑，收玉米。然而，正当他们一家忙得热火朝天时，县林业局的人找上门来了。

县林业局一位工作人员要他们赶快把这些家伙拆了。

"为什么？"

"我们一来，你的酒厂就开不起来啰。"

"你们准备干什么？"

"退耕还林。"

"'退耕还林'是什么意思？"

"就是把你们村坡度在45度以上的坡地全部植树造林。你们村的两山所有的地都在退耕之列，没了地，哪来玉米？没有玉米，你的酒厂烤什么？"

冉景贵一听，心就凉了，但同时也意识到这更是一桩好事：把撂荒的地用来种树，每年国家还有补贴，既解决了眼前的收益，等树长大了，还能砍伐销售创收，对于他们这个深藏在大山里的村庄来说，这算是一个福音。他二话没说，就拆灶卖锅，辞退了烤酒师傅，转卖了所有玉米。县林业局的工作人员见他态度果绝，很受感动，当场决定第一批退耕还林以他们村为试点，要他好好干，力争干出一个示范，向全县推广。

入户宣传时，村民们坚决反对。冉景贵当然理解他们的心情，但也知道国家的大政方针是为群众好。如何才能把这政策向群众讲清楚？他后悔自己读书太少，讲不出一套一套的道理来。

县林业局工作人员第二次进村时，他把村民的意见反馈给了他们。县林业局的工作人员说："本来打算把你们村两山的坡地全部列入退耕还林地，但考虑到第一次开展这项工作，村民一时难以接受，所以先退地势较高的荒山，石漠化严重的土地。"然而，村民们仍不支持，担心土地退耕还林了，虽然开始时有补助，可几年过后咋办？于是他也只能带头，做个表率。

冉景贵先将自己在两山的土地全部挖坑栽树，接着动员亲戚朋友。亲戚朋友信他，认为他脑筋灵活，点子多，也将山坡上的撂荒地栽上了树。一些村民见了，开始迟疑起来，不断来他家打听。他耐着性子向他们解释，一些群众也同意在自己的坡地上栽树了。有几个特别顽固的人仍在徘徊观望，眼看县林业局的工作组要收队了，才慌忙前来找到冉景贵，说：“先把我家那块荒地退了吧。”

这次，全村就退了2300亩坡地，率先在全县完成第一轮退耕还林任务。

四

退耕还林难，护树管林更难。第一轮的2300亩山地，栽植的全是生长快、生态效益好、经济效益高的杉树苗。

这杉树满身是刺，嫩黄的树尖，是牛羊最喜欢吃的食物。自古以来，牛羊就是山里人的钱袋子。牛羊进山吃草是天经地义的事。要阻止牛羊进山吃杉树嫩苗，谈何容易！

谁来管，怎么管，就成了一个大问题。这个难题一直在冉景贵的心头盘旋。

县、乡林业部门的同志多次找到他，说，现在国家投入那么大的人力物力植下了树，一旦被毁，可不是闹着玩的。冉景贵向他们推荐了几个村民，说，每亩有五元钱看管费。却无一人愿干。大家认为这既费力，又不讨好，就是那几块钱的管护费，也要等林地验收过关了才能领到，万一验收不过关，不就白干了？

林业部门的同志最后再次找到冉景贵家，他犹豫再三，把这个烫手的山芋接下来，然后要求村里的几个干部一同参与护林工作，分片包干负责。他自己除了包干的片区外，还对2300亩新植林地负总责。

“土地不让我们种了，牛羊也不让我们养了，还让不让人活呀？”一些村民气愤不已。

“等上三五年，树长大了，成林了，不仅这杉树能提供更多的嫩叶，林地间的草地也更宽阔、更茂盛了，到时，你们想养多少都行。”冉景贵耐心解释。

大多数村民还是比较积极的，纷纷将牛羊赶到市场上卖了，只有少部分人还偷偷将牛羊放进新植林地。开始，冉景贵见了，只向主人告诫一声，自己掏钱把被毁的树苗重新植上。时间久了，仍有村民如此，冉景贵就召开村民大会，订下村规民约，规定谁家的牛羊进入林地，一旦被发现，每牛罚100元，每羊罚50元。

一次，他巡山发现，堂兄弟家的两头牛进了他看管的林地，把牛赶出后，他就叫上堂兄弟到村里一家百货店，买了200元钱的啤酒、饮料、饼干、糖果，放在院子里，让过路的人吃，他自己掏钱将毁坏的林地重新补植上。从此形成了一个惯例：哪家的牛羊进了林地，罚款全部用来买东西发给全村人吃，被毁林地补植所需费用则由冉景贵私人掏腰包。

他还鼓励村民举报，每举报一次，他奖励200元。但村民们顾及面子，很少有人举报。冉景贵只有要求护林员加强巡山，就是过年，也不能放松。家里人劝说，都过年了，谁还把牛羊放进山？殊不知偏偏有人趁着过年，把牛放进山里。

那一年的大年初二，冉景贵一大早来到山上巡查，就见冉谋家的几头牛损坏了40多亩林地。他当场通知冉谋去把牛牵回，考虑到新年大节的，不扫他面子，要他初八再去百货店买东西。冉谋听了，二话没说，连声向他道歉。

这便是本文开头那一幕的前因。

几年的坚持，这一村规民约已潜移默化地刻到村民们的意识里和行动上，即使有时不小心，让牛羊毁了哪片树林，村民也都会主动前去接受惩罚。

五

2015年2月的一天，冉景贵刚上山巡逻回来迈进家门，就见县林业局的工作人员正在家等着他。

“你怎么不早打电话给我呢？”他责怪妻子。

“知道你在巡山，不敢打扰。”一名工作人员开玩笑道。

“你们可是贵客，是我们村的福人呀。这次又有什么好消息吗？”

“还真有一个好消息。”

“什么？”

“第二轮退耕还林任务又下达了。我们来看看，你们这里能退多少。”

“全退了吧。”

“全退？群众没意见？”

“大家都巴不得呢，哪里还有意见呀！”

“那也不行，好事不能全给你们村，得各地分一点。”

村民自发到各自的地块确定了边界，丈量了面积。短短几天，全村又退了 2900 亩。

“通过多年总结的经验，这次退耕还林要由专业队栽植，公司化运作。”工作队的负责人说。

“你们请哪里的人来栽植都行,我们保证做好服务。”冉景贵拍着胸脯说。

“这专业队不是由我们请，而是由你来组建。”

“我来组建？”

“是呀。你们专业队先从你们自己的村开始，既要栽，又要管。”

“一亩多少钱？”

“300 元。”

“行。”冉景贵在心里盘算了一会儿，果断地说。他妻子在旁边听了，急得直跺脚。这个活不好接，要自己先垫资，弄不好，验收不合格，一分钱也拿不到。

“傻呀，验收不合格，谁给你钱？那你还要接？”

“那就把活弄好呀。”

工作队的人见了，满意地笑了。

几个年龄较大的护林员听说要先垫钱，就不愿干了。冉景贵又去找村里的年轻人。

“干得干不得，你说了算。”几个年轻人异口同声说。

经过几天的培训，专业队就投入到紧张的植树护林工作中去了。每天，冉景贵不停地在各个栽植地巡查植树情况，走到哪里，都要用尺子量一下树坑的长、宽、深，以及坑与坑之间的距离。不合格处，必须返工。

相邻的马家、算子、大黎等村也有 6500 亩的退耕还林任务，找不到专业队栽植和管护，县林业局向他们推荐了冉景贵。一时间，冉景贵几乎成了水田流域退耕还林的总指挥，每天骑着摩托，在各村奔忙。

六

2016年，第三轮退耕还林迎来一个新机遇：结合精准扶贫来实施。听说要把山脚地势较平缓的土地用来栽植果树、建茶园、种植中药材等经济作物，群众喜上心头，举双手赞成。这次退耕还林，三坝村将剩余的坡地全部纳入规划，一共是2200多亩。短短一个多月，专业队就把这2200多亩地全部种上了经果树，坡度达45度的坡地全部退耕还林。

“第一轮退耕还林的2300亩已结束了补贴；第二轮、第三轮共5000多亩，每年补贴可达120万余元。有的人家每年可领到七八千元，最少的也有1000多元。”冉景贵介绍说。

而今，六七十岁的村民在家领着退耕还林款养老；青壮年摆脱土地的束缚，长期外出务工。有的组建了工程队，靠技术吃饭，不仅工资高，劳动强度也不大；有的长期在一个厂里干，成为企业的老员工、熟练工，深得老板信任，工资比新手要高出许多。

山还是那两座山，河还是那条水田河，但山更绿了，水更清了，三坝村完全改变了原来的旧模样。走进村子，一条条水泥硬化的村道，一个个干净整齐的院落，几个悠闲的老人坐在屋檐下，或摇着蒲扇闲聊，或快活地打着纸牌，好一幅“晚年唯好静，万事不关心”的乡闲画卷。

冉景贵由衷感叹：“人们到处寻找世外桃源，我们村可比世外桃源还美丽幽静。”

好一个美丽三坝！

阳光照耀黑岩

◇周 静

一

精准扶贫，从茫茫雪原到江河之滨，从漠北深处到江南一隅，中国大地，尤其是西部欠发达地区，掀起了一场声势浩大的“脱贫攻坚”战役。

在武陵之源梵净山下的江口县，这块一千八百六十九平方千米的土地上，生活着二十多万各族人民。建县百余年来，江口人民群众为温饱、为发展奋斗不息，奔腾不止。

2000年，江口被列为国家级贫困县，江口人民就怀抱着一个梦想：摘掉头上这顶穷帽。穷帽不摘，江口人民誓不罢休。2017年，随着党的十九大胜利召开，武陵山区脱贫工作驶入快车道，江口县被列为2017年铜仁市“脱贫攻坚整县退出”四个县之一，脱贫攻坚成为全县人民工作的核心，十个乡镇街道掀起了一场轰轰烈烈的攻坚战役。

在这场战斗中，没有看客。江口县人大常委会结合脱贫攻坚整体规划，充分发挥自身优势，竭尽所能地为人民群众想法子、探路子、赚票子，用真心真情谱写了一首壮美的诗章，展示了一心为民的博大情怀。

二

江口县是一个山地县，森林覆盖率达到75.84%，位居贵州省第二，铜仁市第一。在这块绿洲之中，却有一个典型喀斯特地貌的小山村。村寨中间，一片高大的金丝楠茂盛地生长着。村子四周的山上，岩石裸露，植被稀疏，地下溶洞多，暗河纵横，有水就漏，因此种的是“望天田”，十年九不收。人们在岩旮旯里辛辛苦苦刨食，还远不能解决基本的生活需求。

这就是黑岩村。海拔六百五十来米，三百多户一千一百多人，耕地面积不足两千亩。江口县人大机关的帮扶点。

为了打好脱贫攻坚战，江口县委下了大决心，下派一千多名干部分驻全县一百零四个村。王煜、杜露雪、张淼鑫就是这千余帮扶干部中的几人。

该派谁上战场呢？这成为摆在县人大常委会办公室主任段绍君面前的一道难题。针对常委会工作任务及人员配备情况，王煜主动请缨说：“单位还有许多重大工作要协调、安排和落实，段主任就留守单位，我这个‘常务’有责任、有义务把此项重担扛下来。”同时调派张淼鑫到基层去接受锻炼。

王煜四十多岁，基层工作经验丰富。杜露雪工作六年，其间驻村就达三年，算得上是个“老驻村”了。和杜露雪一起来驻村的张淼鑫也不过二十六七岁，刚工作四年，戴个眼镜斯斯文文，做起事来有条不紊。考虑到他们的优点和长处，也想让这些年轻干部在脱贫攻坚这个大熔炉中去锻炼成长，江口县人大常委会经过慎重考虑，把他们派到了黑岩村。

初到黑岩村，负债新建的村委会大楼还是个钢筋水泥框架，村民们过惯了自由散漫的生活，寨子周边的卫生没有人打扫，牛粪、鸡粪堆在路上。林子里尽是烂泥，热天臭气熏天，走路得在烂泥中摆上石头，像河中的跳蹬，挑点重点的货物，脚上糊满脏泥……摆在帮扶干部面前的重任显而易见。

江口县人大常委会主任涂晓华带着王煜、杜露雪、张淼鑫在村寨里转了一圈，语重心长地说道：“我们的帮扶责任重大啊！当务之急是要转变群众思想观念，齐心协力把我们的村寨环境整治好、基础设施建设好。”

涂晓华回到县里，协调并组织县财政局、发改局、民政局、林业局、水务局、交通局、残联等单位负责人现场办公，筹集了三十三万八千余元帮扶经费，完成了村委会便民服务中心大楼装修工作，解决了黑岩村级阵地主体完工却迟迟无法投入使用的问题。

“这是江口最好的村委会大楼了！”黑岩村支书罗鹏望着大楼感叹道。

楼前，五星红旗迎风飘扬，“为人民服务”五个大字鲜艳夺目。王煜、杜露雪、张森鑫更觉驻村任务异常艰巨，夜不能寝。

三

2017 年 10 月，县里的任务下来了：农历新年前，要实现全村组组通硬化路、户户通联户路、家家有清泉水、院里院外干净整洁。

“各组各片的情况大家都清楚，说说怎么搞吧！”驻村工作队和村干部按惯例开碰头会，队长张兴屹起了个头。

“各片负责各片吧，通组路由交通局负责，我们的主要任务还是‘五改一化一维’。”杜露雪还是那直率性子。

“‘五改’的问题，我建议各片负责干部挨家挨户地宣传政策，了解贫困户的改造意愿。”王煜也说了自己的想法。

“是统一请人改还是农户自己改？”张森鑫有点疑惑。

“前期因政策把握不透，工作有些滞后。我们可以采取施工队施工和农户自己改的‘两条腿走路’的办法，加快施工进度，各片区要做好工作统筹，搞好服务，收集相关资料，做细做实施工过程。同时，我们要不受施工方任何干扰，做到干净干事。把工程发包出去，愿意交给施工队的交施工队改，愿意自己改的自己改，改造好通过验收，再上报办事处申请拨付施工款和补助金。”王煜的确经验丰富点。

一个碰头会开了近三个小时。这是常态，因为很多问题需要一一分析研究、一一处理解决，最终达成一致。

借着脱贫攻坚惠农惠民政策的春风，黑岩村掀起了基础设施建设的热潮。在那个秋冬之季，驻村工作队、人大帮扶干部、村干部们身穿迷彩服，走村串寨在黑岩村组组寨寨、家家户户，督促工程进度，监督工程质量。王煜、张森鑫等男同志自然不乏脱衣挽袖、主动上阵帮助贫困户搬砖、和水泥的。

短短几个月，黑岩坪、乍水、天堂、洞边、斋公塘村民组全部道路硬化，村民聚居地摆放了垃圾箱，修建了垃圾池。村口道路一边修起文化长廊，公路两旁还围上了竹篱笆。竖立在路边的一杆杆太阳能路灯，照亮了黑岩村的黑夜，也照亮了群众的心空。

四

乍水组又叫乍水坪组，附近的村民给这个村民组编了首打油诗："乍水坪，田大丘，三年两不收。若是哪年得收了，狗就夹起锅巴丢。"这成了黑岩村乍水组的真实写照。其实整个黑岩村都一样缺水。过去，黑岩村哪个男娃娃长大后到外村去提亲，姑娘家只要一听说男方是黑岩村的，父母就直摇头。没有谁愿意把姑娘嫁到黑岩这穷山恶水的地方来受苦受累。

黑岩脱贫的最大软肋就是缺水。解决人畜饮用水问题成了县人大帮扶单位的当务之急。协调水利部门，在斋公塘组一个叫烂泥沟的地方修建了一口山塘，还发动村民投工投劳，铺管道引水入村，缓解了村民用水之急。本来斋公塘烂泥沟水库就容量不大，水源又不好，难以满足供应人畜使用，结果有些村民还不自觉，一天到晚就把水龙头开着，没几天就把山塘放干了，烂泥沟山塘也就成了摆设。

驻村干部们看在眼里、急在心里。该怎么把水管起来?

"学城里，收水费吧！"杜露雪灵机一动。

王煜也附和道："对，而且还得制定管理制度和规则，无规矩不成方圆嘛！"

说干就干，张淼鑫主动请缨，草拟了《黑岩村村民用水制度》，并把用水管理纳入了《黑岩村村民自治方案》《黑岩村环境治理制度》。驻村干部、帮扶干部和村干部挨家挨户宣传，逐组逐片开会，并在村民代表大会上予以通过。以建立制度、缴纳水费、专人管理的方式，逐步让节约用水意识深入村民心中。但大家都明白，要真正解决黑岩村饮水问题，路还长着。

江口县人大常委会副主任、凯德街道脱贫攻坚常务副指挥长吴帮华到黑岩村调研，支持他们去水务局，寻求专业人士的帮助，继续寻找更大更优的水源地。在吴帮华的协调和支持下，王煜和杜露雪带着水利专家，漫山遍野跑了两天，终于在黑岩村革阳溪组一个叫犀牛洞的地方勘探到一股水量可观的清泉，并设计出了二级提灌的方案。工程队进场施工，半年之后，提灌工程就要迎来竣工，黑岩人从根上解决世代缺水难题的日子已不遥远了。

五

守着一坡裸露的黑石头，黑岩人谁都想把那些石疙瘩变成白花花的银子。因为穷，只要是有国家扶贫之类的款项下来，家家都要争，都想得。到王煜、杜露雪、张淼鑫这些扶贫干部来摸底时，没有哪个不说自家穷的。这些人之中，既有真正贫穷的，也有跟着喊穷的。

倒是有几户家庭真正困难的，像罗建军、罗朝金、罗朝富、罗银毛，在开会时悄不作声，冷眼看着这些"嘴上无毛"的后生娃娃，觉得兴许他们也不过是下来走走过场、作作秀、镀镀金就回县里去了。村民们压根就不信这些个年轻娃娃能蹦跶出个什么名堂。再说村民们习惯了只是倾听干部们的说教，就是听了，也不一定真能听懂。

这是摆在驻村干部面前的第二道难关。为了做细做实精准扶贫工作，摸准村情民情，因地制宜开展帮扶，王煜、杜露雪、张淼鑫和凯德街道驻村干部、村干部搭档，分成几个小组，按村民组划分，包片负责，逐户走访，以户为单位建立起家庭档案，以组为单位绘制民情地图，以村为单位建立"村情信息库"。

张淼鑫与一个村委委员分到的是洞边村民组。

农民们清早要出门上山干活，走访大多在晚间开展。有时白天张淼鑫就跟着农户到田间地头去，边帮着干活边和村民拉家常，宣传精准扶贫政策。

看到走上门来的驻村干部是个“嘴上无毛”的年轻娃娃，一连几次，洞边的罗敏之都爱搭不理的。罗如强家的媳妇杨秀萍干脆就斜着眼睛看张淼鑫，无异于早年看耍猴的。张淼鑫不管三七二十一，就跟在他们后头走，他们干啥他帮着干啥，顺便讲着党的惠民政策。上门的次数多了，一来二去，罗敏之也偶尔搭一句两句言。杨秀萍家，张淼鑫去了二十多次，任你磨破嘴皮子，喊破嗓子，她就是对村干部不满意，对扶贫工作不满意，对村里工作横挑鼻子竖挑眼。

到村里开始评贫困户的时候，个个都争着申请。但群众的眼睛是雪亮的，哪家穷，哪家富，一个个心里跟明镜似的。驻村工作队的干部们，分组分片召开群众会，让大家自己举手表决，谁该得，谁不该得，名单出来再报村级调查初审、村民代表大会评议公示、街道核查公示、县级审核公告、群众签字确认。由黑岩实践探索形成的“双评三审两公示一公告”贫困户精准识别机制真正把贫困群众评了出来。黑岩村再无个人为当贫困户争得面红耳赤的现象发生了。

六

驻村帮扶，不能光是守着这片黑石山；让这片黑石山产出经济效益，是驻村干部的根本任务。王煜、杜露雪、张淼鑫都不懂产业、不懂经济，如何发展壮大村级产业，带动村民脱贫致富，着实让他们伤了一番脑筋。

要打开出路，必须打开思路。驻村干部和村干部带着一批村民到贵州丹寨县和湖南芷江县实地考察紫秋葡萄，还到长沙一家葡萄酒厂找好了销路。这种葡萄属于高山葡萄，亩产七千斤以上，经专家验证，极适宜在黑岩种植。大家一合计，与其种植农作物收入不保险，不如试着种植一些紫秋葡萄，根据市场行情，不卖高价，就算每斤卖一元，也比种什么传统作物都强。

回来后，村里就组织杨振、陈四友、倪涛等有致富头脑的村民研究，决定试种一百五十亩高山葡萄。经验证，种植葡萄这条路可行。管护下来，成熟季节，附近的生意客赶“转转场”就销售完了，根本销不到长沙的葡萄酒厂去。次年，又以大户带动散户的模式，扩种两千亩，销路不愁。

驻村工作队还组织村里在天堂组发展了二百亩金秋梨、三百亩红心猕猴桃，成立了黑岩村种养殖专业合作社，采取土地入股或聘用务工方式让农户参与利益联结，覆盖全村五十六户精准扶贫户。

罗来祥家，就是这五十六户中的一户。他年纪不大，瘦瘦的，一直与体弱多病的老母亲相依为命。按计划，罗来祥家达到了国家“一达标两不愁三保障”的目标，2017 年脱贫，脱贫后依然享受国家扶贫政策。

“我在猕猴桃基地做活，前段时间，忙着种猕猴桃苗、挖穴除草、立杆拉网，一天一两百的工资，年底还有合作社的分红，收入有保障！”罗来祥遇到上门的干部便乐呵呵地说。

现在的黑岩，漫山的紫秋葡萄、金秋梨、猕猴桃，让原来的荒山恶石变成了摆在眼前的金山银山。

七

多久没有回家陪父母，杜露雪已经记不清了。收到父亲微信的时候，她正在做罗朝金大爷的搬迁动员工作。

年过七旬的罗朝金性格孤僻，有些倔。老伴、女儿和儿子几年前相继过世，儿媳又外嫁，给他造成了很大的打击。他与念高中的孙子和一对正上初中的双胞胎孙女一起生活，居住在比他爷爷的爷爷年龄都还老的破屋里。老的老，小的小，按照精准脱贫“五个一批”的政策，罗朝金家要脱贫，除了教育资助外，易地扶贫搬迁脱贫算是最好的办法了。但是罗朝金在这里住了大半辈子，按照老人家“叶落归根”的想法，任凭驻村干部磨破嘴皮，他说什么都不愿意搬进城里。

6 月的天气已经十分炎热，但罗朝金还是在火塘里焐了一棵木蔸火，在火塘边煨了一个茶罐。火不太旺，茶罐却咕噜咕噜冒着热气。罗朝金给杜露雪倒了一大碗茶，热气腾腾的茶香气四溢。罗朝金没陪杜露雪说话，而是佝偻着身子，到猪圈边，给猪添了瓢潲。两头大肥猪把刚添的潲吃得山响。

“大爷，你就到山下去住吧，那里什么东西都给你准备得有了。”

罗朝金说：“我不去，要喂猪。”

人大帮扶干部覃芳丽说：“你孙子孙女在山下都住得好好的，孙子连女朋友都找到了。”杜露雪跟着老人到圈边，顺势把老人手中的瓢接了过来，给猪添了瓢潲。

罗朝金美滋滋地看着猪吃潲，说：“你们的政策好是没得说的，可是你那些‘金窝’‘银窝’，还是当不得我这个‘狗窝’。”

杜露雪说：“你生病，我们用车把你接到医院去，有你孙子和我们照料，一分钱没花，还报销了一万多块钱，下面的屋里冰箱、电视、床铺一应俱全。比起你这老屋来，莫说百倍，至少强几倍嘛。”

罗朝金说：“我这一把老骨头了，下去了，恐怕再回不来了。”

杜露雪说：“周屯离黑岩又不远，不就三五里路嘛。你想回来看看，叫你孙子给我打电话，我随时接你回来看看。”

话说到这份上了，罗朝金再找不出理由不挪窝了。呆了半晌，罗朝金说：“等我这两头猪出栏了再下去吧。”

罗朝金的意思再明显不过了，能多待一天是一天，他还要到妻子和儿子的坟头上去转转。真要是下去了，哪能老麻烦杜露雪他们送上接下的。

一次、两次、三次……记不清楚到底上门多少次了，罗朝金看到这些年轻人比自己亲人都上门得多，和自己说话也客气，终于有点松口了，为了孙子孙女这一辈过得好，愿意搬到城里去住；至于自己百年归世后，就不管这么多了。

八

让王煜、杜露雪、张淼鑫最头疼的人是杨友友，他是乍水村民组的。

杨友友一年三百六十五天戴着个鸭舌帽，从背后望去，就像个气派十足的老板。他可能算得上是黑岩村最牛的钉子户了，属于村里那种“他恨死了一村人，一村人恨死了他”的人，甚至连跟亲兄弟都是井水不犯河水。他老向驻村人员伸手：“五改一化一维”要；周屯易地移民安置房也要，而且还是要两套；实在没有可维改的地方了，就以门前自建的小水库渗漏为名，又向驻村干部要三吨水泥。就这样，他还老是不满意。

杨友友早些年啃苞谷、红苕都啃不饱，帮扶责任人是江口县人大干部杨通强。杨通强精心帮扶指导他。杨友友去年收了五十多挑稻谷，两个粮仓都塞满了。

村民们觉得杨友友的要求有些过分，他的收入已远超了贫困线，就依据政策集体表决取消了他家的低保资格。

今年初，江口下了一场大雪，雪把山村封冻了，江口的帮扶干部纷纷到贫困户家走访，杨通强也不例外。

杨通强既要帮扶杨友友，又要到单位办公，他是县城、乍水两头来回跑。

从黑岩村山下到杨友友居住的乍水组有五六千米路程。雨雪天，路滑，不好走，踩在雪地上，稍不留神就得一个趔趄，一个跟斗，拎的几斤肉和水果在手中晃来晃去。杨通强有痛风，刚从医院诊疗出来，更走不稳当。他从村民的草垛上扯下一些稻草，搓成绳子，绑在鞋底，还拄着拐杖。短短五六千米路程，杨通强硬是走了三个多小时。到杨友友家后，正在屋里烤火的杨友友深为感动，鼻头酸酸的，双手握住杨通强的手，说不上话来。

今年3月间，杨友友生病了，杨通强驱车把他接到江口县人民医院检查，诊断为肝硬化腹水。住院期间，杨友友老毛病又犯了，三天两头地向杨通强诉苦。住院不花钱，但生活费得自理，几趟下来，杨通强半个月的工资就搭进去了。出院时，杨通强把杨友友送回家，并在村民大会上把杨友友患病不能再从事体力劳动的情况告诉大家。村民们再次举手表决，把因病返贫的杨友友再次纳入低保范围。

6月间，乍水青山叠翠，绿水泛漪，依山傍水处，一栋青瓦白墙的房屋在林中掩映着，那是杨友友的家。杨通强感慨地说："你这个环境可能只有美国和西欧的农场主才有哟！"

杨友友说："今后我再也不和村民闹矛盾了，也不再故意刁难驻村干部了！"言语间，满是羞愧和自责。

九

从县城到黑岩村有七千米，王煜、张淼鑫和杜露雪吃住在村里，比村民还闭塞。村民隔三差五还上回街、进趟城，他们除了开会或陪贫困户去趟医院、为贫困户进城办事外，常年都住在黑岩村里，成了一群地道的黑岩"村民"。

初到黑岩村时，杜露雪这个年轻丫头没少被贫困户们"上课"。谁谁谁家门口有垃圾桶而自己家没有啦，帮扶干部怎么还没来送米和油啦，等等，不一而足。杜露雪就一个一个地解释。贫困户们有的能够认识得到，有的依然固执己见。杜露雪没少受气，回到住处，一个人捂在被窝里哭鼻子。可哭归哭，第二天该干吗还得干吗。慢慢地，她学会了与村民打交道的方法，把自己变成了一个女汉子，真正融入了黑岩村，成了全村的"满女"。

超负荷的工作逐渐占据了杜露雪的全部时间。父亲过生日，杜露雪和姐妹约好，下午赶回家陪父亲过生日，但因为临时处理村民摔伤入院的事情，杜露雪忙前忙后，毫不停歇，完全忘记了这回事。直到夜深，在赶回村里开会的路上，杜露雪接到姐妹打来的质问电话，才突然意识到自己失约了。想起父亲的等待与失望，她趴在方向盘上痛哭。

"驻村的日子繁忙而充实，对于我们来说，最大的体会就是家事国事难以兼顾，愧对家人。但是看着村里的贫困户脱贫，心里的那份充实和高兴却也是最大的收获和安慰。”王煜谈起家里的妻女，心里满是愧疚。妻子身怀二胎，是高龄产妇，又要上班，还要照顾上初中的女儿，他是根本无暇顾及，只能在电话视频里跟妻子说对不起。看到丈夫内疚的眼神和疲惫的样子，妻子又忍不住心疼，不忍再埋怨。

张淼鑫才结婚不久，妻子从外地远嫁过来，也是怀了身孕，妊娠反应比较大，吃不好，睡不好，正是需要丈夫关爱和照顾的时候，可是只能自己一个人，也免不了又理解，又抱怨。

4月的一天，天空飞着毛雨。杨秀萍当家的外出干活去了，小儿子却突然生病，到处找不到人送。万般无奈下，她拨打了张淼鑫的电话。张淼鑫接到电话，二话没说，立马开车接了杨秀萍母子，送到了县城医院。由于送得及时，孩子没什么大碍。杨秀萍松了口气，紧紧握住张淼鑫的手，一个劲儿地说着：“谢谢，谢谢……”

可谁也不知道，在这之前张淼鑫还接到了一个电话，怀孕的妻子肚子不舒服。接谁？张淼鑫一个大男人也两难，但他还是做出了选择。

大禹三过家门而不入，以前以为那是历史，如今自己干了脱贫攻坚这份工作，王煜、杜露雪、张淼鑫才有了更真实的体会。有时候进城里开会，来不及回家看一眼，村里的事情、贫困户的电话让他们到了家门口又转身返回了村里。他们付出的不仅是时间和精力，还有帮助贫困户早日脱贫的那一份真心和渴望，在内心，他们和贫困户已经成了亲人，成了朋友。

十

罗朝金搬家那天，阳光透过黑岩村中的金丝楠林，照射在地上，斑驳闪烁，村庄显得格外美丽。

“老罗，你要搬下去了？”

“罗老头，你好福气哦，干部都来帮你搬家。”

“嗯！”罗朝金腼腆地笑着。

通过人大单位干部几年的驻村帮扶，黑岩发生了翻天覆地的变化：村民有了稳定收入，住房、教育、医疗有了保障，基础设施得到质的改善，全村贫困发生率下降到不足 2%，一幅美丽乡村建设新篇章缓缓开启。

坐在送罗朝金老人的车上，杜露雪鼻头一酸，黑岩的山山水水变得模糊起来……

精准扶贫像一轮朝阳，照耀着困难群体；像一滴雨露，滋润着贫困群众；像一笔丰硕的财富，填满了困难家庭的粮仓，也充实了帮扶干部的精神家园……

汤家坝的“魔术师”

◇ 田儒军

一

山里的女人是爱美的，山里的女人也是时尚的。2019 年 6 月 3 日下午 6 点，阳光还有点辣，思南县瓮溪镇汤家坝村的女人们就已吃过晚饭，出门来溜达了，作息时间像单位上班族一样。自从村委会办公楼前面的小溪里修建了堤坝，坝子里栽了树、植了草皮之后，这里便成了附近村民的休闲地，女人们因此将晚饭时间提前了。

是的，女人们不会放过任何一处美景，也不会放过任何一次展示的机会，何况是在深山中，是在距离镇政府 10 多公里的偏僻山沟里。阳光洒在鱼塘里、小溪中，反射着暖色的光芒，这种光照在人身上，让人脸蛋是粉红的，像约会时的面容。太阳的余温晒不出汗水，却刚好能烤出女人的体香。这种体香在柔和的河风吹拂下，好像有致幻的作用，它令人亢奋，也令人开朗大方。若此时搭讪，她们会说很多俏皮话。不聊天时，她们会拿出手机拍照，或跟朋友视频，或者录视频。此时不用调色，绝对美，发在微信朋友圈，会得很多赞。若是有音乐，她们会扭动腰身，来一段舞蹈。

这是女人们的秘密，抑或叫小心思。她们用行动告诉过往的帅哥，这里不光有美景，更有美女！

其时，美景只是微露头角，与目标还有些距离，它只是有了美人的坯子，细节上还不耐看。细看，草坪还不茂盛，草皮之间还露着黄泥，像棋盘。树或许还没有定根，它身上还拴着谷草，四周还撑着支架，顶着一蓬绿叶。河堤的石头和水泥砂浆泛着新鲜的光泽，硬而冷。鱼塘的钓鱼台还没有开工，泳池刚刚用块石垫底，院坝正在砌花坛，村委会办公楼旁边的走马转角楼还散发着油漆的气味。这一切看上去像个山村小公园，它们是新建的，生机勃勃，尚未完工。但是这并不影响它的贵气、雅气、霸气和神气！

无疑，任何一个路过的人都会问：这是哪里？修的是什么？

村民会骄傲地回答：这里是汤家坝村呀！那个白砖楼是新修的村委会办公楼，那个两层的走马转角楼是新修的老年活动中心，这周围是农业产业园，那是鱼塘，那是泳池，那是菜园，那是果园，远处山上是茶园……

能在短时间内搞出如此大动静的人绝对不简单。一问村民，他们说："是那个脱贫攻坚工作队队长许朝友，水务局下派的副局长！他在村里当支书，他是汤家坝的'魔术师'。"

二

汤家坝村位于瓮溪镇东南部 13 公里处，属于深度贫困村，辖区面积 6.7 平方公里，其中耕地 2320 亩、林地 5440 亩；辖 7 个村民组，共有 272 户 1199 人；现有建档立卡贫困户 122 户 513 人，其中未脱贫 7 户 19 人。

2017 年 9 月 26 日，县水务局副局长许朝友多了一个身份——瓮溪镇汤家坝村支书。向深度贫困村下派科级支部书记是思南县脱贫攻坚工作的重大战略举措。就这样，许朝友同汤家坝村结成了命运共同体。

瓮溪的山很挤，往三星方向总体是由低到高躺着，高矮肥瘦不一，杂乱无章。山与山之间沟壑很窄，除去一条公路，剩余的地方就只有几亩坡地或梯田，有的地段窄得只够小溪流过。公路要劈山而行，有的地方甚至无路可走，只得向山上爬。瓮溪至三星的公路就这样依着山势蛇形深入，驾车人目光所及，路前方不出百米就有弯，路两侧不出百米就是山，弯让路绕道，弯让人晕车，而沟逼住了视野，山顶撑着天。车驶过丁老寨的矮桥，公路便与小溪伴行，小溪在公路坎下无声无息，沟如公路宽，溪水刚好浸过河床的乱石。转过小弯后，会有哗哗的流水声，循声入眼的是一匹床单大小的瀑布，它算是这 30 多分钟车程的第一个小亮点。就从这个小亮点开始，后面的山形渐次开阔，似有豁然开朗之势，像一只被切开的巨大的胃，平摊在大山之中。河流像一条水蟒，白亮亮的，看不见头。小溪的两岸变得稍微宽广，以至于两岸都开成了 10 多级梯田。山形也从峡谷变成了河滩，滩边的山包突然矮了很多，以至于能看到山后有山。这里就是汤家坝！

曾林原来是任支书的，一个“深度贫困村”的帽子就让他从支书变成了副支书。虽然如此，但他仍担心城里来的支书不懂农村工作，乱指挥，瞎折腾，反而比原来更累。因此他事先打电话给水务局的熟人了解许朝友的脾气和工作能力，而他的这个熟人与许朝友是铁杆朋友。许朝友还未到任就听说村里对他不信任，他心里有些别扭，暗自下决心：一定要干出成绩，要让村里人信服，不要让村里人笑话。

那时，塘头至瓮溪的公路正在改造，瓮溪至汤家坝的公路还没有硬化。车子一路颠簸进村，许朝友有些泄气，但一想到自己立过的壮志，不能认输。车子停到村委会办公楼院坝时，灰尘涌得满院皆是，有些尘埃顺风涌进了村委会办公楼大门。村委会办公楼是“工”字形坡顶式砖房，红瓦白墙，外观洋气。听到停车声，村副支书曾林知道新任村支书到了，他们虽然在电话中有过交流，确认过声音，但双方都无法想象对方的模样。他不紧不慢出门，自我介绍：“我是曾林，欢迎许局长！”“我是许朝友，兄弟多多关照！”两人初次确认眼神，有点像江湖好汉初次见面，通过抱拳和语气试探对方的功力和性格。曾林瘦黑高挑，眼神犀利，言谈举止直接明快，许朝友觉得曾林是个耿直人。许朝友声音洪亮，身材敦厚，圆盘脸肉手掌，说话亲切，握手有力，曾林觉得许朝友可信赖。握过手，进门，屋内的摆设却与小洋房的外表大相径庭，令许朝友大吃一惊。会议室只有一张小饭桌，四周摆着高低不一的板凳，寒酸得不如普通农家。进侧门就是办公室了，板凳是橡胶椅，桌子是木工板，四条橡胶凳支撑着木工板，板上是一台电脑、一台打印机，文件、报表、档案、报纸杂乱无章。

村里迎接许朝友的只有曾林副支书一人，这让许朝友着实感受到一些冷落。他侧面打听村里其他干部的情况，曾林说：村主任家庭负担重，辞职打工去了；如果不开会，一般不通知村组干部来村委会，他们农活忙。

许朝友像旧社会的媳妇，嫁进婆家了才知道夫家的家底。汤家坝村委会办公楼内外的反差，就像晾衣竿上晒着的满是窟窿的衣服和被条，额头上爬着的跳蚤，贫穷和涣散再也无法隐瞒！许朝友下定决心，定要操持好这个家。

显然，有很多办公设施要配，很多工作要做。

三

新官上任三把火，许朝友上任三万五！这是驻村工作队队员周德形容许朝友的第一把火。

打仗得有装备，打脱贫攻坚战同样要有装备，老百姓是不会相信一支赤手空拳的队伍能够打胜仗的。许朝友核算了一下，“阵地”建设所需电脑、文件柜、会议桌、办公椅、空调、饮水机、锅碗瓢盆、雨棚等要 3.5 万元。他开始向各家帮扶单位“化缘”。“娘家”县水务局答应解决 1.5 万元，第一书记黎仕刚的“娘家”县公安局答应解决 1 万元，帮扶单位市城管局答应解决 1 万元。3.5 万元有着落了，他趁热打铁，利用国庆假期进行采购。同时他联系施工队，硬化村委会办公楼院坝，对村委会办公楼内部进行简单装修。短短 15 天时间，一座崭新的村委会办公楼便呈现在大家眼前。

村委会办公楼条件改善，好像一个人有了强健的心脏，这些改变只有村委会一班人知道，还不足以撼动百姓。乡亲们依旧按照小农经济的惯性，种点水稻吃饭，喂头猪过年，养几只鸡解决盐巴钱，脱贫任重道远。经过对汤家坝村的考察，许朝友觉得，汤家坝必须要有几个转变才行：其一，思想要从小农意识变成商品经济意识；其二，山要从荒山变成果园茶山；其三，水要从随山就势变成顺畅柔美；其四，田要从梯田变成鱼塘泳池；其五，地要从边边角角变成草地花园；其六，生活方式要从“磨骨头养肠子”转变成娱乐休闲养生。山河变宝藏，村庄换衣装，百姓变富强！他决定搞“三基一园”，走乡村休闲旅游发展道路。

10月15日，许朝友组织召开全体驻村干部、村组干部、党员会议，烧起他的第二把火：规划汤家坝发展蓝图，建设“三基一园”，即果蔬基地、茶叶基地、水产养殖基地、农家乐产业园。

许朝友说，关于果蔬基地，目前时间紧迫，来不及去争取政府立项，先由他和黎仕刚各投入2万元作为启动资金，初步计划购买60亩的果苗，一边订购果苗，一边流转土地，先行先试，同步申报扶贫项目，解决后期投入问题。

关于茶叶基地，镇政府规划建设汤家坝、三星、大寨、联盟、竹山万亩连片茶叶园区，我们村有500亩土地适合种茶，只需要配合政府做好宣传发动和土地流转工作即可，投入问题由招商引资企业福禄寿公司来解决。

关于水产养殖基地，申请水利扶贫项目，引汤家坝龙洞水，沿着溪流两岸建40亩鱼塘。

关于农家乐产业园，由以下几个部分组成：一是河堤景观带，向省水利厅申请小河流治理项目，修建河堤1.5公里；二是游泳池，满足人们的戏水需求；三是老年活动中心暨农家乐主体建筑；四是整合建设经费，重修村委会办公楼和文化广场；五是将原村委会办公楼用作村卫生室，提供医疗服务。这些目标实现后，通过发展农旅一体化，实现以园养园目标。

参会人员看着桌子上许朝友、黎仕刚拿出来的启动资金，七嘴八舌，莫非村里来了电视剧里的那个“马向阳”，抑或汤家坝要成为思南县的第二个青杠坝村？尤其是那些要被流转土地的人对此深表怀疑，担心自己的田地流转了，项目没有搞成功，反而无法复垦了。也有一些人的态度是事不关己，漠不关心。

“许局长，你说的这些蓝图都很美好，但恕我直言，说漂亮话容易得很，一个小时可以说几箩筐。我们现在不看广告，要看疗效，就看你怎么做了！”有参会群众说出了他们心里隐藏的担忧。这一切，村监督委主任王永银、村党支部副书记曾林看在眼里，喜在心里，他们隐隐地感觉到汤家坝村遇到了贵人，必须要站出来挺一把。王永银说：“从许局长到村里这10多天的情况看，他是个敢说敢做，愿意为大家做事，也想干成事的人，我们不要犹豫，要支持他。他带领大家闯成功了，大家一起享福；闯不成功，就像现在这样过日子，也是过得下去的，大家又没有什么损失，有什么好担心的呢？”曾林补充道：“许局长的规划很符合我们村的实际，他有县水务局做后盾，富家寨水厂就是他们实施的项目。相对于水厂，我们村这些项目就是小菜，是他们自留地里的小菜。有他们帮扶我们村，是我们村的福气，大家一定要抓住这个机遇，将我们村变成瓮溪镇的‘小岗村’。”

富家寨水厂在汤家坝村的下游4公里处，是县水务局实施的集中供水项目，该厂日产2万吨，以三星水库为水源，为瓮溪镇、三道水乡、塘头镇、板桥镇、文家店镇集中供水，厂区已成山村一道亮丽的风景线。

许朝友说：“目前，大家有想法很正常。我也是农村人，在农村长大的，我到这个地方来，不是来镀金的，是来接受大家考验的，是来带领大家脱贫致富的，请大家相信我。我们这里建设好之后，比富家寨水厂还要漂亮。水厂是不允许外人参观的，我们这里欢迎大家来看、来耍、来消费。你们看，桌子上的4万元钱是我和黎仕刚书记个人垫付的，明天，我们去订购香柚果苗4200株。同时，到各家各户签订土地流转合同，我们两个先垫资发展果园。”

参会干部群众看了看桌子上的钞票，短暂的沉默后，突然有人大喝一声：“好！”随后响起阵阵掌声。

四

“三基一园”动员会后的一个月里，许朝友和黎仕刚在村里“消失”了一段时间，他们带着项目申报资料到县扶贫办、县农牧局、县水务局、省水利厅等单位争取立项入库，到湖南考察和购买香柚苗。功夫不负有心人，20万元的果园项目、40万元的鱼塘养殖项目、150万元的小河流治理项目、

500 亩茶园项目获准当年马上动工。许朝友这个“管家婆”终于给村里送来了一个丰厚的见面礼。

项目来了，时间不等人。时间已到 12 月份，果苗年前必须栽下去，小河流治理项目也要趁冬季枯水期清基和下基础，鱼塘与小河流治理合并进行，减少浪费。许朝友再次召开村委扩大会，会议决定：自家人办自家事，家中有火不去外面点灯，思南县龙江建筑公司是本村人成立的公司，我们就用本村的施工技术力量来完成河堤、鱼塘建设任务；同时将土地流转动员任务分解到驻村工作队成员和村组干部身上。

12 月中旬，挖掘机终于在河沟里轰鸣时，许朝友长长舒了一口气，关掉手机，想美美地睡上一天觉。

可是，当他躺在床上时，满脑子想的都是“地”，还有几家土地没有流转成功呢！偏偏那几家地在园区正中，面积又大，还有 16 亩呢，躲不过，绕不开！地！地！地！地呀！地！他怎么睡得着呢?

许朝友规划的“三基一园”，其中果蔬基地、水产养殖基地、茶叶基地都绕不开安锡军家的土地，他家的土地在基地的中心位置，面积较大，有 8 亩多，连片的，是关系到基地建设成败的关键之地。全村人都看着许朝友，看他如何说服安锡军。

安锡军 70 多岁了，性格怪异倔强，被村民称为“老古董”。一家人从不出村看世界，属于那种“我不好过别人也别想好过”的人，他记仇，鸡啄他家菜了，牛吃他家秧了，他都要发火，当场要骂一大通出气，甚至隔了很久都还在骂，因此他恨全寨人，全寨人也恨他。这种状态究竟持续了多少年，大家都说不清，都说他肚子里装的不是心肝肚肠，而是火药，谁惹就向谁喷火。没有人惹他，他就无缘无故向儿子、儿媳妇乱骂，连自己的女儿也乱骂。偏偏他老婆也是和他一样脾气的人，“夫唱妇随”，骂遍全村无敌手。他的家庭关系不和谐，寨邻关系也很糟糕！于是乎，大家惹不起躲得起。脾气暴躁、铁石心肠的安锡军慢慢习惯了孤家寡人似的生活。

许朝友虽无农村工作经验，但也知道不能一下子冲上去拔钉子，让全村的目光聚焦到这个问题上来。他决定先将“三基一园”项目中容易动工的地方动起来，用实实在在的工程形象来转移焦点，让群众看见河沟、坡上一天一个样，几天大变样。机器天天响，天天有人去务工，天天有变化。他大规模推进工程，增强群众的信心。

想到这些，许朝友怎么睡得着呢。他一骨碌翻身起床，喊上第一书记黎仕刚：“黎书记，走，我们一起去认个亲戚。”

不用人带路，短短 2 个多月时间，他已经熟悉了各组各寨的道路，知道村组干部和一些重点户的住处。

冬日的汤家坝湿气很重，雾气终日盘旋在沟沟岭岭间，寒风缭绕，树叶飘落，远山迷蒙。这种天气里，老人小孩都不喜欢出门，即便是看稀奇也只是扫一眼而已。当然，他们看到干部在村里走访也不奇怪，他们已经习惯脱贫攻坚以来这种密集的走访了。

安锡军家的院坝是个土院坝，到处是鸡粪，无处下脚，木板的板壁到处透风，遮风的塑料布破损不堪。推门进屋，屋内坑坑洼洼，板凳上搭着换下的脏衣服，板壁上一排排钉子，钉子上挂着塑料袋，袋子有大有小，有新有旧，里面或装药品，或装草烟，或装纸巾，或装些小东西，凌乱不堪。

安锡军见有干部来，略微一怔，心想：居然会有干部来？他迟疑一下才招呼一声“坐”，将板凳上的脏衣服按在板凳上来回搓两下，提起衣服在另一条凳子上甩了几下，再次请客人坐。其爱人将桌上吃饭过后摆起的碗筷收到锅中清洗。火坑里烧着红苕。两口子啃着金黄的红苕，嘴上糊着苕灰，脸上有几路黑锅墨，身上和脸上邋遢不堪。

许朝友、黎仕刚勉强坐下。

“我这屋里难看，一般情况下没人来，所以没有收拾，你们将就坐一下哈！”安锡军勉强一笑。

黎仕刚介绍：“这位是县水务局的副局长许朝友，是下派到村里的支书。我是县公安局的教导员，是下派到村里的第一书记。我们来村里扶贫，今天来看下您，希望您给我们提意见。”

“唉，你们都是官，我这屋里很少有官来呢，坐下来脏你们衣服裤子噢。”

“不是什么官，是为大家服务的！”

“既然你们是来服务的，是来扶贫的，你看我们家这个样子，房子漏雨透风，地下坑坑洼洼，该怎样搞嘛。”

“老人家，你们家这个环境很恼火！脏乱差哟，每天要挤点时间搞下卫生，要不然亲戚朋友、儿子儿媳挨不拢来哟。”

“我家儿媳妇是个病人，做不得重活，也不懂得收拾。我们老了，就以烂为烂了。”

许朝友见他家确实可怜，拉近关系解决土地流转问题的心过于迫切，就接过话说：“老人家，我看你家这个情况确实困难，我个人去帮你儿媳解决5000元的治疗费。但你不能乱说，这是我私人帮的忙，免得其他人误解。你看行不？”

安锡军用怀疑的眼光看着许朝友：“真的能帮我解决吗？我家可是从来没有遇到过贵人哦。”

“你家享受哪些政策了？”

“国家的东西，我家样样没得享受，连点气味都闻不到……”

老人越说越激动，他爱人也时不时插话，说话中指桑骂槐。

“老人家，刚刚网上在通知开会，你家的情况我们都弄清楚了，我们回去研究一下，看能不能帮你家想点办法。我们下次来看望你们。”许朝友觉得不能提土地流转的事，找个借口撤回到村委会。

晚上，在村委的每日例会上，许朝友分析安锡军户存在的问题：一是刀子嘴导致寨邻关系不和，评低保或其他惠民政策时无人提名，无人投票，甚至也不想给他办事；二是其儿媳系精神病人，理不起事，理应给予人道主义关照；三是其房屋破烂，应当维修改造。作为基层组织，对这样的家庭理应给予关爱，不能因为他不支持工作，不会处理邻里关系就冷落他、不管他。要先将党的阳光照进屋，温暖他的心，再去要求他支持配合村里的发展。许朝友力排众议，决定将安锡军家的房子纳入危房改造，并同步实施屋内硬化，并且马上实施，同时向政府申请临时救助，并争取将他家纳入低保对象。

第二天，许朝友再次到安锡军家，收集他的户口本、身份证、惠民一卡通，一一拍照，并告诉他，已经向政府申请临时救助，还有危房改造和硬化项目，要他马上请人维修房子。安锡军似乎不相信好事来得这么快：昨天都还骂了政府、骂了干部，不但没挨批评，反而今天就有好事上门了？会不会是骗人的？

但安锡军也怕好事飞了，当场联系了木匠，约定了开工时间。他放下电话就对许朝友说："许支书，我联系了木匠，你可不能放我的鸽子哈！"

"放心，一言为定，我是国家干部，怎么会糊弄你呢？"许朝友答道。

许朝友在果园建设上垫支了 2 万元，驻村后到县城、省城跑项目，车费、过路费、油费开支也大，已经贴不出钱了，他只得求助于朋友。几个朋友听了他介绍，每人捐资 1000 元，帮他解了燃眉之急。

隔了一周，许朝友拿着 5000 元现金再次到安锡军家，他的儿媳刚刚医病回家。许朝友当着他全家人的面，将 5000 元钱交到他儿媳手中，并叮嘱他们将病人医好，同时要求他们不要对外宣传赞助之事。

安锡军原是个"仇官"之人，张口闭口就骂"贪官"，他没有想到，人人都看不起他，但驻村工作队的"官"这么亲民、有耐心，不嫌弃他，他终于第一次说了声感谢。

他转变了对"官"的印象，但是转变不了对"民"的印象。多年来他与邻居就像有深仇大恨一样，他坚决不允许硬化经过他家的入户路，宁愿自己不享受，也不愿其他家沾光。他家处于寨子中间枢纽位置，是很多人回家的必经之道。许朝友决定采取包围战术，先硬化四周，最后留他家的路段等待时机。

在给安锡军家进行危房改造的同时，同步实施改圈、改厕、改厨，短短一个月时间，安锡军家的环境发生了翻天覆地的变化。他对到家走访的干部态度明显温和、热情了，最大的变化是赶场天喝酒过后不再骂街、骂寨邻。

或许是那一个月过于劳累，安锡军的身体出现了不适，在家撑不下去，到医院一查，必须住院治疗。许朝友一方面打电话问候病情，另一方面组织施工队抢修入户路。等他出院时，路过他家地盘的入户路已全部硬化完工。他回来，走在不湿鞋的硬化路上，内心已经软化，默认了所有的改变。

许朝友再次去走访，了解他的医疗情况，给他讲解医疗扶贫方面三重报补政策。

“许书记，你在我们汤家坝的工作，我们看见一些，也听人摆谈一些。你是我有生以来见过最好的官，吃住都在村里，天天进农家。你是踏踏实实为我们着想的官，其他人我不佩服，就佩服你。果园栽下去了，河堤修起来了，鱼塘也开挖了，现在就剩我那块地方没有动了。我不是心疼土地，我是怕你们浪费了我的土地，现在看来，这个担心是多余的了。你是第一个不嫌弃我的官，就冲着你这点，看你的面子上，规划区我的土地就转让给你们了。”安锡军终于被感化，主动出让了他的土地。

“老人家，你放心，我不是来镀金的，我们一定会让大家都过上好日子，不辜负你老人家的希望！”许朝友感谢老人家的理解，对他，也是对全村百姓做出最庄严的承诺。

其实，在做安锡军思想工作期间，许朝友还同时在做几户人家的工作。

比如，安光烈家，许朝友上门做工作 12 次，还被安光烈家属骂过，踹过。其间，许朝友还请了外援，只要听说谁能跟她说上话，许朝友就千方百计找到此人去做她的思想工作，甚至还请了镇上的企业家李安辉帮忙做工作。精诚所至，金石为开。茶叶基地、水产养殖基地的土地流转，在许朝友第 12 次上门时，安光烈终于签字——最后一家签字！

比如，许朝友一直谋划中的农家乐产业园，他苦苦寻找支撑点和突破口，他研究上面相关政策，申报了 2 个项目，即 40 万元新建村委会办公楼项目、80 万元新建老年活动中心项目。这两个项目今后可以作为农家乐产业的载体，但这个载体需要用安光明家的地。安光明在外务工，只有晚上下班了有空。许朝友每晚同安光明聊天，谈村里的规划、发展蓝图，把鱼塘、果园、河堤、茶园的工程进展图片发给他看，让他感知村里的变化，请他支持村里的发展，每晚聊到 1 点钟。安光明在外见过世面，思想比较开明，但他妻子舍不得土地，安光明说需要时间劝说妻子。在接下来的 3 个月时间里，许朝友争取安光明，安光明去争取他的妻子，终于让他妻子同意转让土地，并且同意土地补偿款分两年付清。

经过不懈努力，许朝友终于解决了“三基一园”的用地问题，“三基一园”有了载体。

五

解决了土地问题，新的难题又摆在许朝友面前：新建村委会办公楼和老年活动中心，需要由施工方垫资 120 万元，谁有这个实力？许朝友将目光投向了修建河堤的公司，由他们统一代建，将村委会办公楼、老年活动中心和河堤统筹规划，统一建设，既美观实用，又快速高效。经协商，双方达成了公司代建、村委会返购的协议。

随着办公楼和老年活动中心工程的推进，许朝友同步思考绿化、亮化问题。他动员村民栽爱心树，到自家林地挖景观树移栽到河堤上；动员帮扶干部将自家的盆景抬来放到村委会办公桌上；到富家寨水厂，请他们支援移栽风景树和种植草皮；跑到市城管局，请他们将更换的路灯送给村里；又申请政府资助 20 万元，配套修建厨房、卫生间、污水处理池等。

许朝友就像一个魔术师。到 2018 年底，汤家坝 500 亩茶山栽上了黄金叶，100 亩果园种上了香柚，40 亩鱼塘鱼掀波浪，300 平方米游泳池绿波荡漾，1500 米溪流银波推秀，1500 米河堤似潜龙卧躺，120 平方米村卫生室大气堂皇，300 平方米新办公楼窗明几净、设施配套、设备齐全，500 平方米老年活动中心飞檐翘角古朴雅致，1000 平方米草皮绿草茵茵，20 盏路灯齐耀光芒。这一切使汤家坝白天似仙景，夜晚如天堂！

汤家坝一年大变样让人扬眉吐气，吸引了四面八方的目光，也让许朝友初露光芒。这一年，汤家坝茶叶、鱼塘、果园土地流转金达 14 万元，栽苗、除草等务工工资 34 万元；40 多人实现就近务工，最多的工资 1.2 万元，最少的有 2000 元。

汤家坝村民初尝甜头。

六

2018 年皆大欢喜，2019 年能否持续?

春节上班后，许朝友谋划 2019 年的发展。他觉得“三基一园”就像工厂生产了一个漂亮的机器人，只是一个硬件，好看不实用，还必须配套安装相应的操作软件，使机器人拥有“灵魂”，才能产生高效益、高利润。显然“三基一园”是缺“魂”的，这个“魂”就是经营模式。

2018 年“三基一园”采取保姆式管理方式，依靠项目资金支撑翻地、除草、种植等雇工费用，效益差。尤其是果园管理方面，每年 4 次除草施肥，用工量大，而到丰产期还有三年时间，如果都像 2018 年那样出工不出力，混工天，工资标准又不能降。今后扶贫工作队撤走了，后期是难以支撑的，果园项目必定失败。

曾正荣 60 来岁，在家带孙孙，身体硬朗。他年轻时在浙江水产养殖场打工，有着丰富的养鱼和鱼塘管理经验，现在赋闲在家，种点地，日子过得紧巴巴的。许朝友上门，请他管理 100 亩果园和 40 亩鱼塘，给他配备了电动三轮车拉运草料，月基本工资 3000 元，年底按鱼塘产量提成发放年终奖。果园要除草，鱼塘要投放草料，刚好变废为宝。曾正荣在家门口就业，劳动强度不大，工资虽然不高，但稳定可靠。根据在浙江养鱼的经验，他预估了一下鱼塘产量，预计年终有可观的奖金，于是同合作社签订了合同。

副支书曾林的爱人卢敏有经营头脑，经营的超市生意红火。驻村工作队和村合作社将她列为致富能手进行培养，派她参加县人社局的技能培训，学习农家乐经营管理知识，学习电商技能，学习使用微商平台，希望她学成归来，承包经营农家乐。经合作社和卢敏双方多次协商，驻村工作队本着“盘活资产，炒热地皮，扶君上马，送君一程”的思想，决定低价租赁 500 平方米老年活动中心、80 平方米餐饮加工间、300 平方米游泳池、1000 平方米文化广场、15 亩菜地以及相关餐饮设备给卢敏经营汤家坝休闲农家乐，第一年租金 1 万元，第二年租金 1.5 万元，暂签订 2 年的合同。

2019 年 10 月 25 日，汤家坝村农家乐隆重开业。

村里还有一些未流转的土地，许朝友又在思考如何盘活它们。杉树坡村的吴昌荣是蔬菜产业大户，种的蔬菜直销贵阳。吴昌荣看到汤家坝村热火朝天的发展场面，似乎看到了广阔的市场前景。他欣然应允，决定在汤家坝村发展 100 亩蔬菜，其中在果园里套种蔬菜 80 亩，流转河堤旁边土地种蔬菜 20 亩。

年末岁尾，又到分红季节。看着鱼塘里 2 万多斤鱼，许朝友到处找销路，终于和德江县新鸿渔业养殖有限公司签订了售鱼协议，预计鱼塘纯利 8 万元。

许朝友用 2 年的时间终于将“三基一园”变成了现实。群众笑了，同行服了，领导刮目相看了。

深度贫困村汤家坝的成功逆袭惊动了有关领导，镇党委书记张进亚、镇长袁毅经常到村排忧解难，成为该村发展的坚强后盾，并向上级推介汤家坝村。县委书记刘云成来视察了，县长席龙海来调研了，政协副主席方宁、吴华到村指导来了，文化旅游、农业农村、水务、公安、安监、畜牧、林业、国土等部门纷至沓来，出谋划策。市驻镇督导组组长、江口县人大常委会副主任代峰经常带着许朝友到兄弟村指导工作、传经送宝，兄弟村驻村工作队纷纷前来取经。县政法委书记、镇脱贫攻坚指挥部指挥长杜林同志要求汤家坝村要有更高目标，更高追求，不仅要做瓮溪镇的亮点，更要勇于做铜仁市的明珠！当然电视台也来了，记者也来了，汤家坝声名远播了……

他们毫不吝啬地赞美汤家坝，赞美许朝友，称他为“魔术师”。

许朝友说，他一个人是变不了“魔术”的，这个“魔术”是整个驻村工作队和村支监三委相互协作、相互配合完成的。

比如副支书曾林，委曲求全，全力支持他这个空降支书的工作，有些时候甚至像保镖和警卫，帮他稳控和应对了许多急难险重的复杂局面。

村委副主任王昌友，其女儿在外从事蔬菜销售，系村里的致富带头人，她曾带村里干部群众外出参观，帮群众打开了视野。

原村干部王正强利用在应急管理部门所掌握的知识和理论，为村党建工作输送新鲜血液，很好地促进了发展，村党支部在 2018 年 6 月被评为“市脱贫攻坚先进基层党组织”。

市城管局支队队长聂己友帮助解决亮化工程，带村里干部群众去碧江区学习果园管理，引进香柚产业，谋划销路，解决经费和设备总价值超 10 万元。

公安局党委委员梁祖辉在村里工作遇瓶颈时，冲锋陷阵破难题，使村建设更上一层楼，争取帮扶资金 3 万元解决文化配套设施问题，还动员亲友帮忙打通水产品销路。

周德，一个即将退休的老同志，在农村工作 30 多年，身经百战，曾经搞过果园、蔬菜、药材产业，有着非常丰富的农村工作经验。他毫不保留地将自己所有的经验和知识倾囊相授，是汤家坝村产业发展的得力干将。

资料员杨勇，默默无闻记录整理工作中的点点滴滴，按照要求完成脱贫攻坚相关资料，工作特别辛苦，有段时间甚至处于被“逼疯”的边缘。

“我们整个团队人尽其才、人尽其责，都很好地完成了工作任务。”许朝友是这样说的。

五十三场群众会

◇ 万修琴

2019 年 4 月 3 日，大雨滂沱。

田谯军一个人待在印江土家族苗族自治县洋溪镇冷水村委会办公室。因天气原因，其他攻坚队成员没到村，这是驻村以来最闲适的一天。田谯军便整理起驻村资料来。抽屉里五个驻村笔记本整齐地叠放着，田谯军取出一本随便翻翻，“2018 年 7 月 5 日　晴　鬼广组群众会”跳入视线。田谯军索性抱出所有笔记本，从头至尾地数起来，连他自己都感到意外，鬼广组群众会记录居然有五十三场之多。

一

2018 年 3 月初，田谯军被派到洋溪镇冷水村驻村，担任第一书记。接到通知，他带上简单的生活必需品，驱车赶往距印江县城八十七公里、距洋溪集镇三公里的冷水村。站在村委会办公楼的院坝里，视线被崇山峻岭遮挡。只见碧绿的洋溪河如绸缎缠绕在谷底，河两岸层层梯田错落有致。树木从田边地角一直延伸到山顶。三三两两的人家点缀在半山腰。3 月的风还有些寒气，桃花、李花、油菜花却三三两两跳跃枝头。原本萧条的山村，因为春色润染，已有了几分生气。

田谯军来不及欣赏冷水村的美景，就全身心投入脱贫攻坚中去。村里的情况不能只听村支书和村主任介绍，他把前半个月的时间都花在走访上，全村 178 户，挨家挨户走访并做好记录。一一了解村民的居住、收入、生产、生活等情况，对整个村的水、电、路、通信等基础设施及产业发展情况要心中有数，以便拟订脱贫帮扶计划。

在第一时间的走访中，鬼广组引起了田谯军的注意。光是组名就让人惊奇。中国人取名字都有来头的，这个地方肯定不简单，田谯军想。冷水村一共八个村民小组，有七个组散落在顺流而下的洋溪河右岸，只有鬼广组在洋溪河左岸。有洋溪河阻隔，组里没通公路。

去鬼广，需划船过河。要过河的人，扛着竹竿跳上木船，在船头站稳，用手里的长竹竿做桨，左一下右一下赶水，在青山绿水间，木船缓慢地向对岸靠近，这真是一幅清新而惬意的画面。冷水村的船是铁皮船，锈迹斑斑的，没有篷和船夫，随意地停靠在岸边。田谯军第一次乘船，因头晚刚下过雨，铁皮船里装了半尺来深的水，他和村主任从附近的村民家借来盆，把水一盆一盆舀出来后，才跳上船用竹竿划过河。本来纤纤弱弱的洋溪河，因下游建水电站，水被大坝堵上，到冷水村这里就变得丰盈宽阔了。四十多米宽的河面，虽风平浪静却深不见底。当船划到河中心的时候，田谯军有些害怕，盯着自己的双脚不敢看河面。船要是翻了怎么办？可不会游泳呢。额头直冒汗的田谯军明显没有感受到电视上划船的美好画面。村主任见状安慰他说："不要怕，在冷水村我划船的技术可是一流的。"两分钟后，船终于靠岸，田谯军一脚踩到岸边的鹅卵石阶上，心里才踏实下来。

岸边盲肠一样弯曲的小路缓缓而上。穿过山林，对面的大山脚下有十几户人家，呈深灰色的木房稀稀拉拉分布着。屋后的高山上树木稠密苍翠，仰头见山顶杵着一巨石。村主任告诉田谯军，那块巨石叫公公背媳妇。明明只有一块石头，却叫这么奇怪的名字，田谯军有些好奇。村主任说原先有两块巨石，形状似一人背着另一人，较高的那块巨石被雷击碎掉落，现在只剩一块。叫母子石或望夫石不是更好吗？村主任听罢不由得大笑起来，田谯军也不好问个底底穿。名儿很有意思，田谯军来不及深究取名人的用意，眼光已被低洼处一坝油菜花吸引。油菜花正开得热闹，与农户家屋檐边、院坝坎的桃花、李花遥相呼应。

鬼广四周被山围着，加上洋溪河的阻隔，给人世外桃源般的感觉。只是越靠近，越觉着这地方落后：生活垃圾随意地丢弃在小水沟里；从猪牛圈里溢出的屎尿到处横流，让人无处下脚；生活用品、生产用具横七竖八地散放在坑坑洼洼的堂屋里；院坝里鸡屎鸭屎到处都是。大人们到周围的田地里干活，把小孩留在家里。一户人家的院坝里，有好几个红着脸蛋流着鼻涕的孩子在玩泥巴，他们不时用沾满稀泥的手擦鼻子；一个六七岁大的姐姐背着一个吃着手指的小弟弟在旁边观看，欢笑声不断。一户人家的屋檐下，有个花哩咕西的小孩端着一碗冷饭坐在泥地上，用花哩咕西的小手抓饭吃。胆子大的鸡鸭围过来抢食，小孩也不恼，还发出咯咯的笑声。一见到生人，他立即收住了笑容，惊恐地望着大家。

这地方与其说是世外桃源，不如说是与世隔绝，村主任说。因为不通公路，这里的人种地全靠肩挑背驮，种出来的粮食要送到街上去卖也靠肩挑背驮，修房造屋还得靠肩挑背驮。村民居住的木房大多几十年甚至上百年了，歪歪斜斜的，多数还跑风漏雨。虽然有“四改一化”政策，可政府补助的钱还不够材料的运费，加上留在家里的都是老人和孩子，实施起来就更难。镇政府也动员这里的村民搬迁到白马坡安置点去，可大家不愿意。白马坡安置点距街道近，交通方便，可他们还得回鬼广种地。政府也动员这里的人搬迁到印江县城或铜仁市里，做了十几次工作，只有一家愿意搬迁去印江县城。

二

为了既不破坏环境又留得住乡愁，也为以后旅游开发做打算，镇政府决定在鬼广组搞一个集中安置点，统一建木房。

不过建房前得修好路，选好新建房的地址。不管是建房还是修路，都涉及钱和土地。这两样东西都是老百姓的命根，谁要动老百姓的命根，老百姓就和谁拼个死活。

2018年底印江自治县就要脱贫摘帽，贫困户必须达到“一达标两不愁三保障”标准才能脱贫。田谯军一到村里，镇政府就给他和攻坚队下了死命令，让他去啃鬼广这块硬骨头，必须在夏季动工，让村民在国家脱贫验收前住上安全住房。田谯军心想，国家出钱给他们修路造房，这样的好事他们都不乐意？谢家坡、丁木坳、银匠沟3个小组是地质灾害点，不适宜居住。动员几十户人家搬迁到白马坡，虽然困难重重，最后还不是顺利地开展搬迁工作了。对于鬼广组的群众，田谯军有信心。

2018年3月12日，第一场群众会。

会场设在组长家的堂屋里，稀稀拉拉来了十来个老人，有的还抱着孩子。会议开始，村主任给群众介绍田谯军，说田谯军是来自县文联的干部，到冷水村担任脱贫攻坚第一书记。正准备说下一句，有人问村主任文联是个啥子单位。村主任也不大了解文联这个单位。田谯军给大家简短地说了一下文联的职责职能。还没等田谯军说完，有人又开始打岔说，听不懂，不晓得文联是个哪样单位。接着，田谯军宣传脱贫攻坚相关政策。他讲的时候，群众也叽叽呱呱地讲，小孩在大人间追来打去。村主任提醒大家注意会场纪律，也无济于事。相关政策还没讲完，一小孩在追打的过程中不小心撞在板凳角上，大哭起来。其他孩子的家长都把自己孩子拖到面前啪啪打两个耳光，哇哇声顿时在会场里此起彼伏。会明显开不下去了，田谯军说休息十分钟后再开，要家长们把孩子哄好。可家长们把孩子抱出会场，回家了。过了十分钟后，会场里除了田谯军、攻坚队成员和组长一家，已没有其他人。

2018年3月16日，第二场群众会。

会上，田谯军传达了镇政府集中建房和修路的决定。他刚说完，大家就七嘴八舌吵开了。有人说修路建房可以，但就算自家田地丢荒放蛇也不准占；其他人也跟着附和，说不准占地。田谯军说，这家不准占地那家不准占地，难道进组的路从天上过？就算是在天上飞的飞机，也要占地修飞机场嘛。田谯军本来是想幽默一下，没承想有人更得意了，说："田书记你在鬼广修得起飞机场，我们的地就让你占。"会场里哄的一声笑开了。人群中有一莽声莽气的声音冒出来："修飞机场，桥都修不起一座，还修飞机场。"会场里又是一阵大笑。不管田谯军说什么，都有人把话题岔开，加些牛话说出来引人发笑。田谯军强忍着心里的怒火，好几次都想拍屁股走人。这次会最后在哄笑声中结束。

三

鬼广组的第一二次群众会就给了田谯军一个下马威，他之前的满满信心已荡然无存，还特别气愤：自己到这个山旮旯来是帮助大家的，不是来受气的，村民连起码的尊重都不会，真是个"鬼地方"。

气归气，工作还得开展。反正一时半会做不通群众的思想工作，那就先做好其他准备工作。田谯军邀请了县交通局和镇政府的领导去鬼广组规划公路线路，通过观察地形及综合考虑各方面因素，决定通组公路依然沿原路修建。交通局的领导说，这样距离最短，占地最少，该挖平的地方挖平，该填高的地方填高，该取直的地方取直，工程量也不大。

老百姓对冷水村攻坚队一点也不信任，田谯军是理解的。毕竟他们祖祖辈辈都以这样的方式生活在鬼广，攻坚队一来就要改变他们的生活环境和生活方式，总得有点时间让他们消化。

田谯军开始反思自己的工作思路。

田谯军和攻坚队其他成员隔三差五就去鬼广组，组里的老人还是不待见他们。鬼广组的组长蔡仁贵四十几岁，是留守村民中最年轻的。田谯军本来还把做通农户思想工作的希望寄托在组长这里，谁知他在组里说话做不得数，前几次群众会上他一开口就被那些老汉怼回去，后来一开会他就闭口不言。

村里其他组的"四改一化"、入组路、连户路、产业发展按计划进行着，只有鬼广组没有一点动静。田谯军心急如焚。留守在组里的多数是老人，他们的思想封闭落后，一时半会儿改变不了。特别是雷老汉，每次会上说话阴阳怪气的，动不动就拿风水说事。其他人听他说得那么吓人，更是反对声一片。

三天两头，田谯军和攻坚队员就去鬼广做群众的思想工作。有次，攻坚队员走进雷老汉的家中，他甚至还说起了风凉话："田书记、各位领导，我家房子太老旧了，怕弄脏各位贵客的脚，也没有各位贵客坐得下的板凳，下次各位贵客就不要进屋了。"田谯军苦口婆心地对雷老汉说："你的房子都歪了，屋顶的瓦片东一块西一块的，到处跑风漏雨，住在这样的房子里不安全；还听说就因你这房子太破烂，你家儿媳和儿子结婚五年了，除了结婚在家住了几天外，就再也没回过家。"还没等田谯军说完，雷老汉气呼呼地打断，扛着锄头出门了。田谯军看着雷老汉的背影，揪揪精、老古董、老顽固、迷信壳壳等词语都溜到嘴边，差一点就蹦出来了。

回到村委会，田谯军再次反思之前的工作方式。遇到这些人，心急是没用的，不如换一换思路；做不通这些"老古董"的思想工作，他们不是还有儿女嘛。田谯军收集到在外务工、读书人的电话号码后，一个一个拨打，讲政策、说计划、谈规划，有时一聊就是三四十分钟，一个月下来电话费花了七百多元。通过电话联系，田谯军了解到在外的年轻人都希望通公路，也愿意撤危房旧房，统一建新房，并同意尽快说服家里的老人。

尽管如此，田谯军和攻坚队员去鬼广的次数还是比以前更勤了。大家都有了默契，每次去鬼广，都不说去鬼广，都说去划船耍，大家原本畏难的情绪稍微得到缓解。到鬼广后，大家就分散开走到田间地头，碰着人割油菜就帮着割油菜，碰着人挖洋芋就帮着捡洋芋，碰着人栽秧就脱掉鞋袜帮着栽秧，边干活边拉家常，一点也不提修路建房的事。

时间久了，加上儿女们的耳边风，有的老百姓就跟田谯军及其他攻坚队成员说心里话。并不是大家不想通路，不想住新房，老人倒是无所谓，总不能让儿女们以后也像我们一样生活得这么窝囊。大家是有一些担心和不满：有的担心土地被占用得不到补偿；有的担心自己出不起修路建房的钱；有的担心集中住一块儿，邻里离得太近不好相处；还有的确实是舍不得老房子，住了几十年有感情；有的问集中建房这一大个摊子哪个负责，资金由谁管，谁负责采购，会不会存在猫腻？

知道大家的担忧后，入户做思想工作就能对症下药了，田谯军及攻坚队员一一对大家的困惑和担心做出解答。给大家宣传相关扶贫政策的同时，不厌其烦地算一笔账：修一栋两层的木房需要多少钱，增减挂钩撤老房子国家能补多少钱，“四改一化”能补多少钱，自掏腰包多少钱；修路一共需要多少资金，政府出资多少，村民人均出资多少，怎样补助。

鬼广组的老百姓虽然思想落后，但却不笨。有政府撑头、买单，老百姓心里踏实多了。

2018 年 7 月 13 日，第十八场群众会。

会后，大多数人家终于同意修路建房，但要求必须等秋收后动工。虽然比镇政府的要求要晚一个多月，但总算同意了。这是田谯军驻村以来最有成就感的一次群众会。

这半年来，田谯军回过三次家，每次想孩子了就与爱人开视频。视频那头的二娃已会流着口水对他笑了。二娃长出了第一颗乳牙，二娃会翻身了，二娃喊了一声妈妈，二娃开始吃辅食了……女儿作文竞赛得奖了，女儿又要参加学校的演讲比赛了……两个孩子的成长进步都是从爱人那里听说的，鬼广组的好消息多少能弥补一下对家人的愧疚。

秋收一完，几台挖掘机从其他村绕道到鬼广，不到三天，一条三米宽的公路从山外直通组里。公路虽然没有硬化，下雨后走起来还打滑，但有的老百姓兴奋地说：“终于可以像螃蟹一样张牙舞爪地走路了。”有的老百姓说：“小心翼翼走了几十年坡坡路，这下可以放开手脚了。”

看到老百姓这么高兴，田谯军心里乐滋滋的。

2018 年 8 月 21 日，第二十五场群众会。

为了充分调动鬼广组群众的积极性，让群众能参与监督整个建房过程，田谯军在群众会上让大家推荐出五个人，分别编入材料采购、纠纷调解、财务管理、材料运输、进度跟进等不同工作组。他还组织雷老汉在内的几个村民到隔壁乡镇参观木房集中安置点。看着别人居住着崭新的房子，大家特别羡慕，都说回去加劲干。采购木料更是自始至终都让代表参与筛选和谈价。随着公路修通，集中建房的木料源源不断地运到鬼广。材料准备得差不多了，第一栋新木房的框架在大家的帮助下很快就矗立在村民面前。其他人家看到第一栋木房盖好琉璃瓦后锃亮锃亮的，都去找田谯军商量，希望能尽快把自家的新房子立起来。就这样，有的人家在立新房，有的人家在盖琉璃瓦，有的人家在装板壁。机器的轰鸣声，工人的吆喝声在山谷里回荡，像一首鼓舞人心的交响乐。鬼广从来没有这么热闹过。

四

鬼广组的集中建房在如火如荼地进行着，田谯军的家里却出事了。爱人去参加女儿的家长会了，岳母给二娃洗澡的时候先放了开水，还没放冷水降低水温，就把几个月大的二娃放到盆里洗澡。不仅二娃的双脚、屁股被严重烫伤，岳母的双手也烫伤了。爱人打电话过来都急哭了。

田谯军正在鬼广组开群众会，好多重要工作待讨论安排。可鬼广的群众都劝他赶紧回家，说孩子要紧，修房子也不是一两天的事。

田谯军驱车赶到县医院。二娃趴在爱人的怀里睡着了，还不时抽泣着，脸上两行泪痕还未干。光着下半身的二娃双脚和屁股红肿脱皮，该有多痛。田谯军特别难过。这次他请了三天假在家照顾儿子。其间，常有驻村攻坚队队员和鬼广组村民打来电话，有时一接电话就是半小时。爱人埋怨他说："你这是在照顾烫伤的儿子，此刻你是个父亲，不是第一书记。"

田谯军笑着说："哪能分得那么清楚。"爱人生气了，说："你在村里的时候却分得很清楚，家里什么事都不管，就只管你第一书记那些事。"爱人一边说一边忍不住流下眼泪。田谯军只有道歉加感激加安慰，好话说了一箩筐，才把爱人惹笑了。

家里还有一个人需要安抚，那就是岳母。岳母因为二娃烫伤感到特别愧疚，还给田谯军道歉，说她老了不中用，没能照顾好外孙。田谯军诚恳地对岳母说："你都七十岁的人了，本来是该安享晚年的年纪，因为我，却还要这么受累，是我对不起你老人家。再说人非圣贤孰能无过，嫩娃娃仔好得快。妈，你得安安心心养伤。"

二娃的烫伤一天天恢复，家人的情绪也一天天好起来。三天后，田谯军又马不停蹄地回到村里。

这期间鬼广组里也是矛盾频出，为了不影响进度，白天干活晚上召开群众会商讨解决，开会开到凌晨一两点是常有的事。不过大家不再大吵大闹，能心平气和地提意见说想法。田谯军尽量把每一户的想法都考虑到，实在不合理的，也要尽量解释说服。攻坚队有的成员说，什么都要考虑周全是不可能的。可田谯军却不这样认为，他尽量听取每一户人家的意见，因为建房是为他们建，他们以后住着舒服、方便、满意才算数。

五

时间进入 12 月，好几户人家见新房子已达到入住条件，便通知亲朋好友来吃入宅酒。田谯军知道苗头后，和攻坚队成员连夜赶到鬼广组召开群众会。

2018 年 12 月 5 日，第五十三场群众会。

会上，田谯军再次宣传县委、县政府禁止滥办酒席的相关规定。话一出口，大家又嘤嘤嗡嗡起来，有的说某某村前几天就有人家办入宅酒，自己还去吃酒了来。田谯军语重心长地说："我知道你们修建一栋新房子不容易，都想热闹热闹。鬼广组一共新建了14栋新房子，每家过一堂事务花3天时间，14家都过完事务，就要42天。这42天你们啥也做不了，就只帮忙。”田谯军给大家算起时间账来。接着田谯军严厉地说：“有人肯定打起主意悄悄办入宅酒，你敢办，我就敢请派出所来查，到时候你在亲朋面前更没有面子。”

会场里没有一个人说话。在鬼广组开群众会还从来没这么安静过。突然，雷老汉站起来清了清喉咙，说：“我觉得田书记说得在理，修房子劳力不够，我们开工前到别组请人帮忙。过事务人手也不够，我们不可能拿钱去请人帮忙，大家只有把在外务工的儿女喊回来帮忙。要耽搁42天，加上路上花费的三四天时间，一个半月的时间就浪费了，一个家庭一万多的收入就打了水漂。再说政府出钱给我们建房修路，我们就应该听政府的话，不违反规定才对得起田书记他们，不违反规定才对得起党和政府。”

雷老汉第一个表态不办入宅酒，最后大家一个个都表态不办入宅酒。

每户人家搬进新房子的时候，田谯军及攻坚队成员都去帮着搬东西。田谯军细心地给搬新房的农户送去他亲笔书写的新宅对联，并将对联贴在新房子的大门上。对联上散发着墨香的字，是希望，也是祝福。

六

2019年初，14户人家陆续搬进新房，水电等基础设施已完善，旧房陆续被拆除，土地恢复成耕地。田谯军依然定期到鬼广走访。雷老汉特意邀请他到新房里喝茶聊天，高兴地告诉田谯军，他的儿子儿媳要带着孙子回家了。终于可以见到三岁多的孙子，抑制不住的喜悦跳跃在雷老汉皱皱巴巴的脸上。雷老汉还给田谯军道歉，说之前不应该张起嘴巴乱说话，不应该为难攻坚队。田谯军离开的时候，雷老汉从火炕上取下一块才炕好的腊肉，硬要塞给他，说家里没有好东西可送，要他不嫌弃收下才好。来来回回劝了好几趟，都劝生气了，田谯军只好装着收下，趁雷老汉不注意，又挂回到火炕上。

大家搬进新房子，也注重清洁卫生，房前屋后打扫得干干净净。见着田谯军，大家还开起玩笑来，问田书记怎么不帮他们打扫卫生了？之前田谯军和攻坚队员、帮扶干部每次去组里都帮着大家打扫卫生。开始大家不但没有丝毫的羞愧，还一副享受的样子。渐渐地，打扫的次数多了，大家脸上挂不住。只要田谯军他们一拿扫帚，主人家就抢过来自己打扫。攻坚队为了带动大家养成讲卫生爱干净的好习惯，每个季度开展一次“卫生之家”评选活动，组织村民代表互评。鬼广组也有几户评上“卫生之家”，田谯军给他们送去流动红旗。大家心里美滋滋的。

田谯军用相机记录下鬼广组的变化，制作成幻灯片，分享在鬼广组的微信群里。有的回复“山清水秀房屋美”，有的回复“金窝银窝不如俺这个山窝”，有的回复“终于敢带女朋友回家咯”。大家发送的“谢谢”两字都刷屏了。

通往鬼广的大桥预算要一百多万元经费，已立项招标，汛期一过就开始修建。田谯军又把这个好消息发到群里，群里顿时炸开了锅，大家竖大拇指的同时，都说出了自己的计划。有的计划明年买辆小车开回来，有的计划搞一个养鱼基地，有的计划来年在鬼广开一个农家乐……

2019 年秋天，也是田谯军在冷水村驻村的第二个年头。鬼广组那片田里的稻谷成熟了，金黄的稻田与山脚下两排整齐的新木房相互辉映，如阳光一般耀眼。

满园春

种春风

◇ 刘照进

一

我来到土家山寨，和乡亲们一起喝千年古茶，听他们讲述政府如何帮助他们脱贫致富的故事，感受他们热气腾腾的生活，寻找进入现实的钥匙。冬天的山寨被雨雾笼罩，冷风吹拂着树枝上的叶子，发出沙沙的轻响。屋子里燃着柴火，红红的火苗映照着一张又一张朴素的面孔。我在人群中来来去去，玻璃杯子里新沏的古茶雾气氤氲，香韵袅绕。场面热烈而散漫，间杂着“嘿嘿”“哈哈”的笑声，没有人成为绝对的主角。像麦克风在手中递来递去，人们的讲述不时被人插队、打断，失去应有的节奏和秩序。但是这样的讲述更显真诚，没有刻意的筹划和作势的腔调，仿佛他们自身一样随意和朴素，更具真实的力量。我的心融化在这样的环境里，意识中坚硬的外壳渐渐被敲开。

二

田茂福站在院子中间望着天空发呆。他的手上端着一个搪瓷缸子，瓷缸里是半缸热气腾腾的茶水。上午家里闹了一点不愉快：分管旅游的副镇长带人过来，说要征收他们家住房旁边的土地建停车场，田茂福的孙子坚决不同意，并和人家吵了一架。田茂福责怪孙子不懂事：“人家政府哪点对不起咱们，你就不能好好说话？”只是语气有些软弱，带着商量的腔调。

茶罐还在灶门前的火堆里“咕咕咕咕”地欢叫着，那是一只年久得有些“古董感”的老茶罐。八十多岁的父亲雕塑般地坐在旁边，火星子飞到他的帽子上他也不会发觉。他比那只老茶罐更沉默。他们家早就用上电烤炉了，吃饭烤火都在电炉子上，一整天热烘烘的。可是老人还是习惯了偎火坑，像那只老茶罐。这习惯都几十年了。

田茂福喜欢喝罐罐茶，这习惯也有几十年了。和寨上的村民一样，他们喝的都是从自家地里采摘回来手工炒的老茶，头二道茶往往舍不得自己喝，采摘的都是老芽叶子，炒茶的功夫也未必到家，茶的口感有些钝，但劲头足，过瘾，有些烈酒的感觉。这样的习惯沿袭了若干年。直到有一天，省里的专家下来考察，喝了他们的茶后说：“这是千年古茶哟，你们这样‘煮’来喝不对，这样子‘煮茶’，水都老了，香味早跑了嘛。”

村民们才知道自家园子里的那些茶树是千年古茶。让村民们吃惊的是，这些看起来平常无比的老茶树，经专家们一阵考察，竟然被确定已经有了超过千年的树龄。难怪老人们都不知道那些茶树到底是哪时候栽种的，每当有人谈起，只是说从小看见就是那么大一棵，人活到了七老八十，那些茶树还是那么大一棵。“那些茶树从我记事起就是那么老那么大，哪晓得是哪代人栽的哟。老祖宗留下来的。”田茂福八十多岁的老父亲也说不清楚。更让村民们吃惊的还在后头，原先他们的茶叶在市场上一斤只能卖十块、二十块的价，这几年经过茶叶公司加工包装后，贴上“千年古茶”的牌子，竟然卖到几百上千元一斤，据说最贵的已经卖到 2000 元一斤了。茶叶公司收茶青，每斤都是 80 元，这让他们每年的收入突然增加了好多倍。

榨子村产茶，那是远近闻名的。榨子村的茶好喝，那也是远近闻名的。全村 350 多户，几乎家家园子里都有茶树。村支书冉井权说，全村一共有古茶树 2985 棵，多的人家有几十棵，少的也有十来棵。那些古茶树树干直径大的如汤钵，小的如拳头，一棵棵，或者一垄垄地生长在田边地角。每年春天，万物复苏，古树发芽，茶园里嫩芽滴翠，白花飞雪，蜂飞蝶舞，清香萦绕。女人们就瞅了空闲，腰间挎着笆篓，搬了凳子或木梯，靠着一蓬蓬的古茶树，伸出被生活磨砺得粗糙的手指，将那些嫩嫩的叶芽一一采撷。

“采采茶女，不盈顷筐，思我妹兮，不可相见；采采花女，窈窕莺步，嗟我妹兮，不可相伴。步我北坡，观我明月，姑酌以紫砂，唯以不永怀；涉彼南塘，憩彼蒲秧，独斟以优黄，唯以不永伤。叹兮嗟兮，颠倒无常；流兮连兮，云何吁矣。”

也有那少女情怀，也有那落红暗伤，也有那缠绵怀想。思念总是在春天里发芽、开花，将那漫坡漫岭的姹紫嫣红涂满人的心腔。采茶女子，是否想起了当年那场旷古的爱情故事？繁重的日子赋予她们匆匆忙忙的快乐，枯燥的乡间生活同样也无法阻止她们对缠绵往事的追思。

炒茶则要等到夜晚。多半是晚饭后，夜色沉寂下来，孩子们都安然睡去。男人便烧了锅，将白天采摘的嫩芽倾入锅内，微火细灶地慢慢翻炒，揉搓。在箩箕簸盖中摊了晾晒，遇着集日，便将干茶捎到周边的塘坝、后坪，八块十块地售卖，兑换几分煤油、盐巴钱。顺便也给自家留一点，却多半是匀了好茶之后的尾脚碎料。秋季，茶果（也叫茶籽）成熟，一颗一颗圆溜溜地挂在枝条肥叶间，煞是好看。就有人采摘晾干后装进笆篼，往墙壁上随便挂了，寻常日子里，往土茶罐里塞进两捧，“咕咕咕咕”地整天“熬”着，地老天荒一般。

以前是有一条古道从村里穿过的，古道的起点在乌江边的洪渡古镇，沿着后山的沟壑梁岭向上蔓延，一直翻到天边尽头。在交通不发达的时代，河流成了另一条畅通的大道，成了人们生活乃至生存的生命线。一船船的川盐、布匹、洋油等日用品通过乌江逆流而上，在船夫的声声号子和汗流水滴中，艰难运抵洪渡码头，再沿着古道，靠着人背马驮，一路上行，抵达塘坝、后坪、茅天、务川……抵达人们日常生活的前沿。

榨子村的古道上就时常响起马帮声，响起那些背脚客（俗称背老二）歇脚时“喔嚯、喔嚯”的吼喊声。背脚客们从村子穿过时，村子就热闹起来了，小孩子们最先窜出屋门追着马屁股嬉闹。货担子歇下来时，就有人上前购买盐巴、针头线脑，或将待售的山货送到背脚客的眼前讨价还价。热气腾腾的茶水是免费的，成了友谊的见证，成了这些整日窝在山里的土家居民和常年漂泊的背脚客们叙谈的媒介。几大碗古茶喝过，疲惫的身体迅速得到修整，沧桑的老脸便就光鲜明亮起来。当然，擦干汗水启程前，背脚客们不会忘记购买几斤茶叶，作为给亲朋的馈赠乃至自家所需。也有人捎了十斤八斤，带到遥远的集市转卖。

在历史的变迁中，这条连接乌江黄金水道与大山深处人家的油盐古道已湮没在时间的灰尘里，只是在村头寨边的一些荆棘荒丛中，偶尔还能寻找到那么几段残存的影子，溜光的石板路面刻着岁月的面孔。

三

身材有些瘦小、穿着朴素的邹国太隐在人群中，丝毫看不出他的干部身份。不苟言笑的他就像一个老农民。几年前，其实他的身份是县茶办主任。如今，他已卸了主任职务，却依然作为县茶办的工作人员长期在榨子村驻村指导。榨子村的群众很少有人叫他“主任”，大家当面都叫他“老邹”，背地里谈起他时则称他为“专家”。老邹来榨子村已经六七个年头了，村寨里的旮旯角落几乎没有他不知道的，他甚至比有些当地的村民还要熟悉村里的情况。哪块田坎上有垄古茶，能采多少茶青，树龄多少，是哪家的，他基本都知道。

是那种老式的旧木房，由于常年烟熏火燎，房檐上黑湫湫地吊着一些阳尘。田茂福说房子是他父亲早年间修的，早就打算修砖房了，新地基就选在屋侧边的那块土地上。硬化的公路刚好擦着坝子边沿经过，新房子建在那里，进进出出，搬东搬西，方便多了。

老邹进屋的时候，讲话的人就停了下来，打手势招呼他坐到炉子边上去，说外面冷。旁边坐着的人就往里让了让。又有人往他的茶杯里续了水。

“老邹，还是你来给这位记者说说。你是专家。你比我们讲得抻抖（利索）噢。”

我再三强调自己不是记者，只是对古茶感兴趣，想来了解些情况。但是最近几年随着古茶的名气越来越大，来榨子村采访的记者增多，村民们也逐渐知道了新闻的价值，对记者就格外高看一眼，也格外尊敬。也许他们见我又拍又照的，所以把我的“辩白”当成一种谦虚。

“对头，老邹最有发言权。茶树上那些牌牌最先还是他整上去的呢。”

“要不是他，我们晓得个哪样古茶哟！”

老邹也不谦让，嘴皮子微微动了起来，语调如同那种和风细雨似的，仿佛是在讲述一件尘封多年的往事。

2006 年夏的某一天，老邹和县农业局的三位同事到榨子村调研。之前他们听说当地有种大垄茶，数量还不少，这激起了他们的兴趣。那时候去榨子村的公路还是二十世纪七十年代修大田水库时留下的机耕毛路，年久失修，根本无法通车。几个人从塘坝乡政府出发，沿着 V 字形的沟谷，下一坡，上一坡，足足走了两个小时，才到榨子村。大家都走得饥渴难忍。在村支书家，当几大碗热腾腾的茶水端上来，他们感觉到了几丝异样。那种从未闻见过的茶香气味隐隐从碗沿飘起，清韵中带着一种古沉和厚实，洇洇漫漫，浮浮沉沉，竟与他们平常喝到的茶大相迥异。一问，回答是自家园子里采摘炒制的。他们怀着异常激动的心情走到了田坎路边、房前屋后，见到了那些村民家的茶树。就这样，他们与千年古茶相遇了。看着那些青筋突兀的枝干虬须，谁也说不清这些茶树生长了多少年，只说是祖上留下来的。到底多少年？几十年。百多年。几百年。这样的猜测和估计显然无法令人满意。老邹从二十世纪九十年代初就开始与茶打交道，职业的敏感，使他预感到，这里边一定有着不同寻常的新东西。

他们在茶园里忙碌不停。一家家地走访，一棵棵地考察。反复比较、磋商讨论，他们发现，这片集中连片、等距离分布、人工栽培的茶树，属冠木型，生长缓慢，并非常见的乔木型。这在全国都很罕见。老邹他们已经预感到这是一种古茶，只是需要更加权威的鉴定。

回到单位，他们将信息发布到夜郎网。不久，省农科院茶叶研究所组织专家到榨子村调研，经过鉴定，古茶树生长年限最长的已达一千多年，最短的也有五百多年。最后，省茶科所专家又经过多次考察和查找资料，认定榨子千年古茶园是全国发现最早、有规律性的、人工培植的古茶园。古茶园的发现，证实了贵州境内茶叶大规模从野生向人工栽培过渡的进化过程，对贵州茶树栽培史和古代茶文化的研究都具有重要的史料价值。不少专家称榨子村为“贵州古茶自然博物馆”。

几乎从那时候开始，老邹就把自己像茶树一样“种”到榨子村了。

对于古茶的巨大潜在价值，老百姓的认识显然比老邹他们要落后很多。在市场没有打开之前，任你说破嘴皮，他们依然以为那只不过是专家们吃饱了没事干的“闲扯淡”。眼下最要紧的事情，他们得为子女上学、生老病痛寻找到最便捷的生钱来路，打工自然成了他们的首选。至于那些所谓的古茶，若干年来就那么在自家园子生长，值钱不值钱，他们心中有数。

老邹和他的同事就一家一家地动员，给古茶树治病虫害、培土，教群众如何利用更先进的方法炒茶；看见一些古茶树长在烂猪圈、烂牛栏旁边，被猪拱鸡刨，根须受到损坏，就自己掏钱请人拉石头砌保护坎；利用“阳光工程”搞培训，渐渐地让老百姓认识到古茶的价值；后来又搞无性系和有性系繁殖，培育古茶苗，发展到全村有新老茶园 5000 亩。2016 年，全村生产古茶 9 吨，产值达 540 万元。

四

田茂福家坝子边的那棵茶树目测有七八米高，四五株从树疙瘩上分杈长起来的枝干发杈分支，蓬蓬勃勃围成一个大树冠。茶树周围被人用石头砌了一圈保护坎，挡住了鸡鸭猪狗的侵犯。树干上挂着一个木牌子，木牌上排列着几行黑体字和二维码图标。

老邹说：“你注意看这编号啊，是 00001，第一号，这棵古茶树可是榨子村的‘古茶之王’。” 政府为更好地保护古茶树，安排人统一给这些古茶树进行了编号挂牌，设置了二维码，只要用手机一扫描，这棵树的编号、树龄、树高、所处海拔一切情况就出来了，这样就等于给每棵古茶树制作了“身份证”。00001号这棵古茶王的厉害之处在于，其他古茶树的茶青只能卖到80元一斤，古茶王的却卖到150元一斤，价钱高出将近一倍。田茂福说2016年古茶王共采摘茶青19.7斤，收入2955元。他们家共有125棵古茶树，卖茶青收入18000多元。“这得感谢老邹，他没来指导之前，这些老茶树一年卖不了几个钱。”

为了更直观地体现古茶的价值，老邹这样给我计算：一般1斤干茶，需要4斤茶青来加工。一号古茶树的19.7斤茶青，可制干茶5斤。一号古茶树在以前就是1斤干茶卖10多元，收入也就50多元。现在仅春茶卖茶青就收入近3000元，涨了50多倍。如果算上秋茶，收入更可观。

住在田茂福家下边的余万英听见坎上很欢闹，就从坝子坎脚“冒”了上来。初见时我觉得有些眼熟，却又记不起具体在哪里见过。老人包着头帕，穿得有些臃肿；脚上套一双旧棉鞋，鞋子有几处露了白花花的棉絮。老人却对我热情起来，惊异地问：“噫！哪个又碰到你呢？”见我恍惚，他又说：“老乡，你不记得了？去年我们在彭水一起坐过火车的……”

2015年冬天，我去重庆彭水县参加一个活动后坐火车回铜仁，同座的是一位老人，带一个大包袱，鼓鼓囊囊的，一路上不停地发出“嗑、嗑、嗑”的咳嗽声。老人望着漆黑的窗外，几次三番地问我：“快到秀山了吗？快到秀山了吗？不要开过路了就麻烦了哦。”我说：“还早呢，到了我告诉你，不会误事的。”渐渐地有了些对话，得知她是塘坝榨子村的人，娘家和我老家同属以前的一个小乡。老人快满七十了，老伴早些年去世，儿子外出打工遇到车祸死亡，儿媳也离开了，留下两个孙辈，大孙女已经出嫁，孙子在外打工。老人患了肝癌，在湖南吉首的肿瘤医院医治了一年多，几个月就要去一次，今年已经去了三次。每次在医院住一个月。为了节省钱，她自己煮饭吃，背包里就带了粮食菜蔬。这次因为孙女在秀山等她一道过去，她得在秀山下车，赶次日的早班车去吉首。

余万英说去年到吉首医病，除去国家报销的部分，自己花了5800多元。她家有40多棵古茶树，家里就她一个人，拖着病采茶青，一天也摘不了多少。“时间长了就站不起，头晕。”余万英说，80块钱一斤，今年她摘了40多斤，卖了3000多块钱；剩下的就喊亲戚和寨上的人来帮忙摘，一边一半；要是全部自己摘，收入一万元没有问题。

“我这个病，要是没有这些古茶，肯定早就治不起了。”她说。

五

田野没像其他村民一样把茶青直接卖给茶叶公司，他现在的身份是田野生态千年古茶有限公司的总经理。不过在他看来，他这个茶叶公司的经理依旧是榨子村土生土长的农民。从小就喜爱长跑的田野，曾经在全县中学生长跑大赛中获过奖。这样的经历不仅使他在生理上超越了更多的父老乡亲，更是在意识上“跑”在了众人的前头。

田野的古茶有限公司成立于2008年，有厂房1200平方米，注册资金1000万元，主要做古茶深加工、古茶基地发展、古茶销售，算一条龙服务。前几年，当村民们把自家的古茶青采摘卖给外地公司的时候，田野就想，自己家三兄弟的田地加起来有大几十亩，自家的古茶树也有上百棵，与其给别人打工让别人赚大头，不如自己干。

公司成立后，田野一边建厂房搞茶叶深加工，一边培育茶叶基地。他把自家的土地集中起来，并租赁村民的土地发展古茶，现在已经有200多亩，2011年开始采摘。厂里常年有10余名固定工人，加工的产品有红茶、绿茶、黑茶，2016年纯收入40多万元。

在村民口中，肖仕梅这人不错。算起来，她和榨子的村民打交道已快十年。十年中，总见她略显羸弱瘦小的身躯穿梭在茂密的古茶园里。

2009年底，创业不久的肖仕梅以“公司+农户”的形式与当地政府签订了收购古茶（茶青）498 株，发展茶苗 1 万多株的合同，带动周边 400 多户茶农生产。如今她的生意越做越大，塘坝千年古茶已远销国内外。

如今，已先后有 6 家古茶制作、销售公司在榨子村建厂。

六

站在山上，视野顿时开阔起来，天仿佛亮了许多。天和地更加清明，苍色的大地露出完美曲线。一排排梯田沿着山坡错落有序地铺展，仿佛大地悬挂的琴键。我身边的村民步伐轻盈，始终笑眯眯的。正在修建的旅游观光走廊依山顺水，曲曲拐拐，看似随意，却暗中配合古茶树的布局，这里一棵，那里一垄，在步道的拐弯处、转折间巧妙地出现。木质的清香混合着古茶树的气息扑面而来，是迎面给我们的礼物。

榨子村往东 10 公里是洪渡古镇，那里离重庆十大古镇之首的龚滩古镇不足 20 公里，位于乌江画廊核心景区；往西 5 公里，在洪渡岩村的山顶，有一处明代的“古皇城”遗址，部分城门石墙保存完好，极具开发价值；北出后坪，距离重庆著名漂流景点彭水阿依河不足 100 公里，未来旅游发展潜力巨大。镇里分管旅游的干部向我介绍，目前，他们正在实施前期的旅游步道走廊工程，未来将以塘坝榨子千年古茶园为辐射中心，在榨子、金竹、岩头、楠木四个相邻村建立集古茶树生产、茶叶加工、观光、体验于一体的古茶文化公园，修建三条农业旅游观光产业路，形成山顶看茶园、山腰看梯田、山脚看菜园的农业观光旅游产业带。

田茂福说：“如果你明年再来，到时候旅游步道就全部建好了。”我趁机劝他把房子侧边的土地“让”出来，停车场就在你房子的侧边，到时候你在现在的地基上建房，把朝向改一下，直接面朝停车场，开个农家餐馆，游客下车上车都要经过你家门口，不怕滚滚财源不来嘛。

他说，那是，那是。双眼饱含着期待和自信。

这时候，炊烟从某个角落的房脊上升起，然后，两束，三束，渐渐地喊醒山村。点水雀在茶林里喳喳地欢闹，被雨淋湿的叶子像苏醒的眼睛。有人悄悄放起了音乐，据说是刚离任的镇党委书记作词的《塘坝古茶香》：

当我走进你 / 千年的古茶之乡 / 一缕醉人的情谊 / 洒满土家山岗 / 我深深地眷恋 / 融进你的胸膛 / 心中的歌儿与你话衷肠 //

当我走进你 / 美丽的茶园之乡 / 一缕清新的茶香 / 沁入我的胸膛 / 榨子茶园唱情歌 / 脆芽儿吐芬芳 / 心中的歌儿与你话吉祥 //

塘坝古茶香山高水又长 / 千年的期盼千万里神往 / 塘坝古茶香地久又天长 / 千年的夙愿钟情一方水土 / 水土一方 //

歌声那么缠绵，那么抒情，那么挽留，就像刚刚喝下的那一碗古茶，嘴唇边依旧淌着一缕幽香。在优美的旋律中，车渐渐离开了榨子村，沿着层层梯田间的水泥公路，行驶在大山深处。回望，古色古香的村子，炊烟环绕，古茶飘香。心中突然想起三毛诗中的句子：“种桃种李种春风，开尽梨花春又来。”

真正的，这里该是“种桃种李种春风，开尽茶花春又来”了！

万家山茶园，有个王明礼

◇蒋 巍

初识王明礼

这就是乌江！激荡在红军故事里的乌江！

驱车盘旋至半山腰，再沿羊肠小道登上山顶，蜿蜒在高峡深谷中的乌江便在我的眼眸中了。伫立于长风云海之中，我仿佛看到红军飞飘的战旗上弹痕累累，仿佛听到那一阵阵冲天的呐喊声、雄壮的军号声仍在天地间回荡……

今天，在贵州铜仁的深山里，一支老军号仍在吹响。

此行我便是循声而来。我要拜访一位五十五岁的老兵，他叫王明礼。

车抵贵州省铜仁市思南县大头坡村村委会。几位镇、村干部迎上来，握手寒暄之际，有人指着后面一位汉子说，他就是王明礼。身穿黑色羽绒服、足登解放鞋的王明礼，肩上挎着一个褐色小皮包，大步走过来跟我握手。他方圆大脸、宽额朗目、声音洪亮，浑身散发着一股硬朗的豪气。

不是说他腿有残疾吗？怎么走得这样稳健？见到王明礼，我很是纳闷。

交谈中，忽听一阵昂扬的军号声响起。我诧异地四下看看，山窝窝里哪来的军号声？回头一看，只见王明礼掏出手机走到旁边接听电话——哦，原来是他的手机响铃！我心中一震，不愧是老兵情怀！

“走，我们上茶山！”王明礼挥挥手机说。

前天刚下过一场雨，车行半路上不去，我们只好徒步登山。鞋底沾着厚厚的泥巴，重如铅块，王明礼却一脸轻松，边走边介绍这座正在开垦中的千亩新茶山。其间，他的“军号”声不断响起。瞧着他大步向前的样子，我愈发疑惑。县里介绍说，他是断了腿的退役军人，可他走路爬山如此矫健有力，看不出有一丝异常。

山坡上，几台挖掘机正在平整土地，还有一些打理茶田的村民。王明礼和他们打着招呼，问这问那，像老朋友一样亲近。他告诉我，这些都是周围村里的贫困户，来茶山务工后，有了固定的收入，日子过得舒心多了。

看过新茶山，我们又驱车赶到他和战友们开发了整整十年的万家山观光茶园。一条水泥路转了十几圈方抵山顶。这里有围栏和观景台，有办公区、会议厅、品茶室，有通往各个景区的木板栈道，有造型优美的白色凉棚。登高远眺，群山起伏连绵，一条条公路蜿蜒其间，串联起一个个粉墙乌瓦的村庄。远近山坡上，遍布一排排齐整的茶树，仿佛层层碧涛连绵不绝。

山上很冷。我们入室，围坐在电热桌旁，从上午一直聊到傍晚。王明礼的半生经历带着战火硝烟呼啸而来，听得我热血沸腾，激动不已。

我说："让我看看你的伤腿，都说你伤得很重，可看你走起路来健步如飞，怎么一点也看不出来有伤？"

王明礼把两条裤腿卷到大腿上——真实，猝不及防地出现在我面前！

左小腿膝盖下有个皮带系扣，解开后，王明礼把细瘦的小半截假肢抽出来，一只高约三十厘米的假肢立在地上。我震骇不已，探头朝假肢筒里看了看：底层垫着纱布，有一点点猩红，显然是走路磨出的血迹。再看右小腿，皮肉看似正常却凹凸不平，有一条条浅黑疤痕。王明礼说，受伤时炮弹皮把右小腿的骨头削飞了，军医们做了十多次手术，最后用一条钢板做支撑，外面包上移植过来的皮肉，把膝关节和失去神经的脚连接到一起。王明礼指指左大腿上的一片伤疤说，包着钢板的右小腿皮肤，就是从这儿移植过去的。

近八个小时的时间里，王明礼回忆着、诉说着，时而凝重，时而大笑，其间他的"军号"不断响起。数十年来的血水、汗水、泪水，仿佛都已融在那昂扬的军号声中……

钢铁这样炼成

王明礼十七岁高中毕业，入伍当兵。三年后，王明礼随部队参加边境作战。在一次战斗中，为了救战友，王明礼身负重伤。

醒来的时候，王明礼发现自己躺在战地医院里，左小腿不见了。

军医对他说："你整整昏迷了五天，我们进行了多次紧急抢救，现在你已脱离危险。"

王明礼流着泪说："我伤成这样，活着还有什么用？"

军医说："小伙子，你才二十岁，活着就是幸福！"

"我救下来的三个战友怎么样了？"他问。

"都活着！"军医告诉他。

顿时，一股暖流涌入他的心中。战友们都好好的，自己受这伤就值得！何况医生说得对，活着就是幸福！

王明礼住院治疗整整十一个月。第一次手术长达二十多个小时，医生从他身上取出一百多块弹片。后来又进行了截肢、钢板植入、修整膝关节、植皮等手术……他已经记不得总共做了多少次手术。半年后，靠着假肢和拐杖，王明礼终于艰难地站了起来。至今他的头部、胸部、腋下、腿部，仍留有十多块无法取出的小弹片。

1985 年 11 月，二十一岁的王明礼怀揣四级伤残军人证，拄着双拐退伍回到家乡。他被安排到思南县总工会工作。领导看他行走艰难，特意分配他当收发员，天天坐在门房里收信、发信、分报纸。时间长了，王明礼发现，这些寄出的信件、文件，大都是发给本县各单位的，路途并不很远。他想，虽然一封信只花八分钱邮资，可成年累月加起来就是不小的数目啊！他决定自己送。从那以后，每天下午，王明礼拄起双拐，背上邮件，艰难地移动着身体上路。无论酷暑寒冬、风里雨里，他都会把邮件及时送往各个单位。接件人看到他的样子，很是震惊和感动，说八分钱的事情，寄来就得了，为什么派你来送呢？王明礼抹抹汗说："我是自愿来送的，给国家能省点就省点。"走的路多了，他的左腿残端被假肢磨得鲜血淋漓。晚上回家，母亲帮他清洗包扎，禁不住老泪纵横。王明礼却说："妈，不要哭嘛！我的好多战友都牺牲在战场上，我还能站在你的面前，多幸福啊！"他从来不会告诉家人，送件上山下山的路上，他不知摔过多少跤。就这样，"义务邮递员"王明礼一干就是十年。但这也让王明礼有了一个意外的收获：走了十年送信路，身板硬了，两条大腿强壮有力了，他把拐杖甩了！

回乡两年后，经人介绍，一位叫许大华的姑娘爱上了王明礼。最初姑娘全家坚决反对，但姑娘非他不嫁，父母只好认了。许大华嫁给王明礼后，生了一儿一女。儿子大学毕业后被王明礼送进部队，立了三等功，五年后退役回乡，现在是驻村第一书记。女儿大学毕业后也当了兵。王明礼整个家族，以及村里乡亲的孩子，先后有四十多人听从王明礼的建议参了军，现在还有二十多个在部队。春节回家团聚，一大家子军人气概、爱国情结！

1998 年，全国兴起建设新农村高潮，王明礼主动申请驻村工作。这让亲友同事们大吃一惊：你一个双腿伤残的人，天天翻山越岭吃得消吗？王明礼的态度十分坚决。

第一站是高山上的石门坎村。残屋破门，没路没水没电。王明礼到县里各部门奔走求助。有了资金，他又带领全体村民出义工，凿石开路，立杆架线，挖沟设管。奋战一年，所有困难粉碎于脚下，全村喜笑颜开。之后，王明礼转到第二站——山腰上的花坪村。还是水、电、路的问题和极度贫困，同样奋战一年。接下来是宫寨村、筑山村、过天村……整整九年，王明礼转战八个贫困村，带领乡亲修建水窖六十八个，筑路总计六十多公里，推动农副产品多种经营，请来专家指导村民改善技术。其间，县总工会领导多次劝他回来歇歇，别太拼了。但他一次次拒绝，说，乡亲们都还很贫困，趁着现在自己还能干，能帮他们多做一些是一些！2008 年，乌江思林水电站开建，要求周边村民全部搬迁。但是很多村民留恋老家，不愿搬走。刚刚到柏杨村驻村的王明礼出马了。他上村民家拜访，苦口婆心，晓之以理动之以情，最后，绝大多数村民同意搬迁，只剩下六户不愿意搬迁，而村民杨春茂是最不愿意搬的。5 月的一天，大雨瓢泼，王明礼听说杨春茂在山上放牛，觉得这种天气很危险，便匆忙赶去找他，恰在桥上遇见牵牛回家的老杨。那座桥是早年修建的老木桥。两人边走边聊，突然间那头大黑牛踩断桥板，扑通一声掉进江里。王明礼知道，牛是农民的命根子啊！他似乎全然忘记了自己是残腿之人，纵身跳进风高浪急的大江。王明礼从小练就一身好水性，但身上的假肢和钢板太沉，他很快在急流中不见了踪影。杨春茂急得一边往桥下跑，一边大喊快来救人啊！

很快，岸边集中了十多人，大家一起往下游飞奔去找人。往下游跑了几百米远，才见到王明礼抹着满脸的江水雨水，浑身湿漉漉地牵着大黑牛一步步走上岸。杨春茂上前紧紧握住王明礼的手，哽咽着说："老王，我哪样都不谈了，明天就搬家！"

带着大伙儿奔小康

驻村期间，王明礼注意到，农村青壮年大部分外出打工，家中老弱病残爬不得高坡、干不动重活，很多坡田荒废。他想，如果把这些荒山利用起来搞产业经济，让村民来做工，荒山就可变现，农民就可增收。经过长时间奔走谋划，王明礼下决心把自家房子卖了，和几位战友凑了一笔资金，开始筹建万家山茶场。

万家山海拔高、土地肥、日照充足、雨量充沛，是发展生态茶业的宝地。说干就干，王明礼和战友们上了山。没有路，拿起铁锄、柴刀边砍边刨；资金不够，向亲朋好友一笔笔借；住帐篷没有电，点煤油灯；没有水，一桶一桶背上去，然后一棵一棵浇。满山遍野的茶苗就这样种了下去。日复一日，王明礼的腿骨残端被假肢磨得长期发炎，他就靠消炎药、止痛药咬牙顶着。经过两百多个日夜的艰辛劳作，一千多亩荒山终于变为绿油油的茶园。可没想到，第二年铜仁地区发生罕见的雪凝灾害，大部分茶苗冻死在地里。还没见收成，就亏得倾家荡产。王明礼坐在山头，泪珠一颗颗砸在雪窝窝里。几位战友绝望了，想打退堂鼓。王明礼怒吼："咱们都是当兵的，冲锋号一响，就得往上冲！眼下这点困难算什么？"

一股豪气顿时重回战友们心中。当过八年兵的杨秀文笑着说："只要你不撤，我们跟定了！"

通过向银行贷款进行大面积补种茶苗后，第二年万家山又绿了！绿得碧波接天。为帮扶周边老百姓脱贫致富，王明礼和战友们先后成立了鼎盛生态农业开发公司、晨曦生态农业专业合作社。走村串户时，王明礼注意到七十二岁的特困户许奶奶，她的儿子儿媳在广东打工时遇难身亡，留下一个小孙子，家里生活困难。王明礼把许奶奶请上茶山干点喂鸡喂鹅的零活，包吃包住，每月发两千六百元工资。小孙子从小学读到初中，所有生活费用王明礼全包，每周还给一百元零花钱。还有个村子有两个孤儿，王明礼将他们从小学一直供到高中毕业。

多年来，王明礼走遍了周边十个贫困村、数十个山寨。他一次次请村干部动员闲在家里的乡亲就近上茶山务工，每天给工资八十元并包三餐。仅2019年，合作社发放工资就达二百一十九万多元。

在抗击新冠肺炎疫情斗争中，王明礼迅速组织了一支由退伍军人及家属组成的志愿防控服务队，分班分组地沿村巡逻、在路口值勤，检查过往车辆、劝阻流动人员、为行人测温，并捐出钱物支援湖北和思南抗疫。

如今，万家山茶园面积拓展到五千多亩，有精品水果基地三百多亩，发展养殖鸡、鹅、羊四千多只。2017年时，王明礼和战友们还在新茶山开荒种茶两千多亩。2019年年底，经过与当地政府驻村扶贫工作队通力合作，万家山茶园周边十个贫困村全部实现脱贫，新茶山周边四个贫困村脱贫。四千多贫困人口人均年收入近万元，八十个土地入股极贫户总分红近百万元。

访谈中，他说：“我觉得自己有太多的事情要干，根本停不下来……”

这就是王明礼——无论是回乡当“义务邮递员”、转战山区贫困村，还是开办茶园助力扶贫攻坚、组织抗疫志愿服务队……那股硬朗的豪气从未在他身上消失，那昂扬的军号声也从未在他心头远去！

因为他，我把自己的手机铃声也改为了军号声！

打铁坳笔记

◇ 陈丹玲

打铁坳村地处世界自然遗产梵净山西麓，旧时为西上梵净山必经之路，隶属贵州省印江土家族苗族自治县朗溪镇，距印江县城8公里。全村面积7.5平方公里，耕地面积4017亩，辖16个村民组，共528户2058人。打铁坳村是印江自治县两千人以上村中唯一的深度贫困村，2014年建档立卡贫困户有160户676人。2018年，该村将36名帮扶干部组建成1个攻坚队、6个尖刀班、10个整治专班，形成攻坚队面上统筹、尖刀班区域攻坚、专班块状推进的格局，在打铁坳村深入开展脱贫攻坚工作。到2018年底，全村已脱贫142户632人（其中2018年脱贫95户409人），未脱贫18户44人，贫困发生率为2.14%。在这场史无前例的扶贫战役中，干群之间发生了很多感人故事，群众的动力得到了激发，干部的能力品质得到了锤炼，人性的温暖也在脱贫攻坚中展现与升华。笔者以笔记形式记录下几则扶贫故事，以此向在脱贫攻坚中奋斗、拼搏、奉献的人们致敬。

枯木传奇

11月23日，打铁坳村的菌田里阳光透亮、洁净。

直起腰来的时候，任明香说："这人老了，手脚和木头的干枯是一样的，发不了新芽，生不出花朵，没用了，还不如这满田的菌棒呢，能长出木耳，能换钱，能发家。"

任明香这一说，把田里采木耳的人们逗笑了。有人趁机再开一个玩笑，田里的欢乐就翻滚起来。我知道，任明香这是自嘲，其实她心里乐着呢。任明香是打铁坳村香树坪组的村民，今年六十八岁，我叫她“明香婆”。

老去是一种枯萎，一种无望，一种自我放弃吗？在打铁坳村，我曾与第一书记柳文林、攻坚队队员田宏飞、尖刀班成员刘大波聊过此话题。他们都说，这是在脱贫攻坚中无法绕开的一个问题。毕竟，在贫困村留守的大多是老人。贫困村不仅是经济“贫”、力量“弱”，关键还有心思的“枯”。

之前，我随“四改一维一化”的施工队去打铁坳村，坐在一辆灰头土脸的皮卡车上。司机是施工队的老板，姓杨，三十出头，做事却老成稳当，他在开工前要多次进村摸底。小杨老板告诉我，打铁坳村人口多，又穷困，人们干事的思想也不开化，他做起工来都老火（困难），基本赚不到钱，不倒贴钱进去就算他有本事了。见小杨老板一边有怨意一边又执着地将队伍带进村去，我微笑着，叮嘱他好好开车，下面就是深谷。

坐在车里，我也将这个村子打量了一番。这里两山巍峨，谷深林茂，一条狭窄的公路贴着峭壁，从两座大山间蜿蜒出来。远看，有东晋陶渊明笔下“林尽水源，便得一山，山有小口，仿佛若有光”的景境；近看，却没有陶公笔下的安然和富庶。

阡陌人家。老人在门口晒太阳，一只狗陪着，一堵旧墙靠着，不知目光落在哪个虚焦的点上。中年人聚在小卖铺前玩纸牌，打麻将。2018 年 3 月，在 2017 年干部驻村的基础上，县里再派攻坚队、尖刀班增补力量，进村入驻。这时，老人们依旧在晒太阳，中年人依旧在玩纸牌，打麻将。这时的明香婆，每天只养着一头猪，种着一个菜园，但猪和菜是不卖的，留着吃。赚钱、致富这样的事情明香婆从不敢奢望，这是年轻人的事情，她老了。和任何贫困村一样，枯老、沉寂、懒散成为打铁坳村的补疤，尴尬又失体面。

大家商量了一段时间，决定在村里发展生态菌产业，种植黑木耳。菌子的生长就是激活枯老，打破沉寂，克制懒散。这个生长原理符合打铁坳的村情民情，可以在“枯”上创造奇迹。

发展生态菌产业在打铁坳不是那么顺利。脱贫攻坚队队长梅芝凌告诉我，在场地选择、挖沟排水期就遇到了阻力。村支两委以发展集体经济的名义，用每亩400元的价格租用群众田地，让精准贫困户入股，一般贫困户和非贫困户优先务工。我在心里暗暗想了一下，比起荒着田地、外出务工或者自己种地，村里这个“开价”已经很厚道，至少降低了群众的生产成本和生产风险。可群众不傻，赢得起输不起的现状让大家一个个都很谨慎，如何算账他们心里比谁都明白，所以，大部分人呈观望状态。当租好场地，组织人去开挖排水沟时，群众不干了。他们怕挖了田坎、平了田地，边界不存在，今后这田就不好归回自家。一个“私”字在打铁坳人的心上冒出来了，好笑，但现实。快寅组村民田勇军首先出来阻拦：“村里要发展生态菌我支持，但谁挖田坎谁背时（惹麻烦）！”一排人堵着，话也是硬硬地砸在那里，开挖的工队就不敢动锄头了。

眼看已经是7月，发展菌产业还有很多流程，挖沟排水只是第一步。关键时刻还是村里的老人拿出了决心和态度。张家寨组七十四岁的张金轩站出来，带头挖了自己的田坎。这余热，足可成燎原火星。7月16日晚上开群众会，再次定好边界。第二天，所有驻村干部挽起裤管，抡起锄头，全部下田平地。烈日炙烤，这些人可是坐办公室的城里人，满身书卷气，白皙肉嫩。村民们看在眼里，也还是记在了心上的。

村里从浙江请来的技术员叫李元宝，听他聊天，看他干活，你会再次感受到劳作的过程充满了灵性和创造性。打铁坳种植的黑木耳分布在快寅组、张家寨组和瓦窑坝组，共30万棒，李元宝对此如数家珍。枯腐的枫香、槐树、柳树、悬铃木，还有散落的木屑，在村民眼里就不是好料当（材料），一捆柴火而已；而在李元宝手里一捣碎，一装袋，这些枯木腐屑能长出菌子来，都重生了。魔术似的。

李元宝在菌田里散堆排场。从田地的两头拉起一根根粗铁丝，将菌棒交错斜靠在铁丝上，搭成“人”字形的耳棚。一群村民在他身后跟着摆放。为了村集体产业的发展，村会计田雷甘愿做李元宝的“跟屁虫”，整天师傅师傅地喊。田雷这人细致，他用皮尺测量着每个耳棚间的距离，要保持4至7厘米的间距。这是师傅传授的，他不敢大意。田里有人打趣，说，要是测量不好，他田雷的耳朵就会长到菌棒上去。这是干活时的玩笑，能不能长出木耳，田雷心里有数。场地选择、棒料处理、人工接种、上堆发菌、散堆排场、起驾管理、防治病虫、采收和加工，这些程序和技巧，师傅已传授给他。每根菌棒长约50厘米，用薄膜裹成，上面布满品字形和梅花形的小孔，一簇木耳将猛地从小孔里挤出来。我好奇，撕开薄膜看看，里面全是腐朽的木屑和枯枝。

整个夏天，打铁坳的村民在菌田里，手里捧着“品”字，抱着梅花印，一个一个地摆放“人”字。满田的“品”字，满田的梅花印，满田的“人”字，蜿蜒到山脚、路边和每个晨昏里。根根菌棒排列整齐，横竖成队，阳光下，有将军出战时排兵布阵的壮观。放眼望，这一片土地壮阔而饱实。枯木重生，奇迹出现，是那么值得静待。

大雪节气的前后，木耳进入了采摘期。菌田里，木耳一朵朵、一簇簇地贴着菌棒长，肥厚鲜嫩。午饭时分，我赶到明香婆家。她已经吃过午饭，挎了竹篮，在锁门，说要去采木耳。好吧，我跟着明香婆一路，可以帮着采摘，还可以说话。

年轻时，人人都穷。嫁到婆家后，每年一头年猪是她的劳动价值，当家挣钱是老头（丈夫）的事，自然，花费什么的也不由她做主。这样一过就是几十年，她没出过远门，没尝过自己挣钱的滋味。我猜想，明香婆是羡慕外出的年轻人的，他们打工挣钱又长见识。只是这种羡慕在“人老了”的一声长叹里逐渐冷却，变得淡然。

记得第一次来明香婆家，和她聊起脱贫，聊起收入，她就将袖子、裤腿卷起来，露出手臂和小腿，向我证明她的衰老、她的风湿和无力：手臂上附着一层皮，薄薄的，有点打皱，血管清晰鼓起，几粒老年斑伏在上面，有一种萎缩状。只是手指还有老树根一样的脾性，不屈服，不认输，非要抓住点什么才稳妥。说实话，这不像是女人的手臂和手指：比一般女人的手臂要粗三分之一，比一般女人的手指要粗三分之一，一看就不正常嘛。不正常，在于它是多年来被农活改造过的。多年来，这手臂和手被明香婆担心着，或者嫌弃着，她说它是一截干木头，甚至说她自己就是一截干木头。

枯木也有奇迹，正如眼前的菌棒。明香婆也是被激发了，只一个下午，这个六十八岁的老人共采摘了六十多斤木耳，干活麻利得很，之前的老态消失了。村里按照每天八十元的工钱给大家结算，明香婆已经有了十二个工天，算起来该有一笔钱了。阳光照着，我眼神也有些迷幻，好似看见了扎着两条粗黑辫子的明香婆，那是青春的身影。如今，年老的她在菌田里感受着另一种希望和价值。想来，忙碌的她自己都没察觉这份久违的欢欣。

《诗经》里说："采采卷耳，不盈顷筐。嗟我怀人，置彼周行。"同样是采摘，时代不同，人的心事自不相同。田乾林的妻子叫何雪慧，刚三十出头，却患了间歇性精神病，全村人都知道她不能干活。这几天，何雪慧出现在菌田，她采了好几十斤木耳。人们都说奇了怪了，木耳一出，何雪慧都下田了。会计田雷想得要多一些，他把妻子喊来帮忙摘木耳，他还要忙着记村民的做工天数，还要运载木耳，生怕因为天气变化木耳采摘不下来，影响收成。村里就木耳的销售与浙江商家和贵阳农贸市场签订了合同，必须保证木耳的产量和品质。在各村组的马路上，田雷整天把那辆三轮车开得"突、突、突"地响。

放眼看去，辽阔的菌田里该有二三十人在劳作，他们绝大部分是留守老人。无用的、枯败的、没了生机和活力的木屑枯枝，凭借着木耳亦生亦死地存在着。细想来，此种生发当算奇迹。这与打铁坳村的某种人心和情绪仿佛有着内在的、相似的联系。这种联系和相似被驻村干部们深谙。

傻女子和她的虱子

太阳照着瓦檐和路面，光柱里有细微的粉尘，我看得一清二楚。

她的发际线处、T恤领口有三个微小的黑点，在慢慢地移动。我看了看，三个小黑点是三只小虫子。我又看了看，三只小虫子是三只小虱子。我有点不敢相信自己的眼睛，但真的一清二楚。

她就坐在路边，全身沐浴在阳光里。我朝她笑笑，她也朝我笑笑。我再笑笑，她也再笑笑。一时，我被她的笑和她的三只虱子整得有点傻傻的，嘴里包着的那口矿泉水没敢往下咽。

有村民告诉我，她叫熊定霞，是打铁坳村快寅组的村民，是一个傻女子。傻女子每天只干两件事：傻笑和养虱子。三只虱子和她最亲，比一对儿女还亲。这里的村民真幽默。我转身望向第一书记柳文林，他只是苦苦地干笑。

这是9月20日，我们要去的就是熊定霞家。

熊定霞的丈夫田珠明不在，一对老人守着屋子。屋里的卫生已经不叫卫生，杂乱，晦暗，样样物件灰头土脸，真是应了“白的黑的啥啥分不清楚”。公公叫田应阜，已经91岁；婆婆叫龙绪游，已经84岁。两位老人陷在歪东倒西的物件里，显得更苍老、更瘦小。熊定霞是一级智残，嫁给田珠明后生了一对儿女。全家人的吃喝拉撒全由婆婆照顾，田珠明在邻近村子、集镇和县城做点临时工补贴家用。女儿叫田芳红，儿子叫田能洪，两个孩子乖巧，都在朗溪镇上初中，周末才回家。

婆婆眼神不好，动作迟钝，她要忙着做饭。熊定霞在院子里把地跺得“噗、噗、噗”乱响，她在路边坐饿了，回来闹着要吃饭。她一跺脚，三只虱子也跟着跺脚。虱子一跺脚，熊定霞就抓挠头发和脸脖子。这阵子，她不傻笑了。婆婆说，吃饱了她才笑才安静。我估计，熊定霞吃饱了，虱子也就吃饱了；虱子安静了，熊定霞也就安静了。

家里做饭用的是一个铝合金焊接灶台，便捷，可移动。这天，移动灶台安放在阶沿上，几乎没有遮拦。婆婆太老了，眼神昏花。我告诉她锅里落了两只飞虫。哪里呢？那里。哦，我以为是两点葱花呢。幸好有我们盯着，不然，两点“葱花”也许会喂了三只虱子。

唉，就是担心他们家的卫生环境嘛，不能长期这样下去，不然病菌滋生，人也会跟着生病，田珠明这伙计就麻烦了。第一书记柳文林叹气，接着从包包里取出消毒水，进到各个房间，开始喷洒擦洗。每次来，他都准备了消毒水，都这样喷洒擦洗一番。而此刻，傻女子和三只虱子已经靠墙昏昏欲睡。

柳文林可以动打铁坳村的任何一只小害虫，他是第一书记嘛，有责任消灭害虫，共同维护村民的健康生活，但是他不敢动傻女子的三只虱子。听说，丈夫田珠明也不敢动傻女子的三只虱子，傻女子会抓扯他，田珠明只有招架的份儿没有还架的胆儿，当然，也没有那个心。唯一能动傻女子那三只虱子的是另一个女子，她叫代礼铃，是县委机要局的年轻干部，个子娇小，在城里长大，白皙洁净，生得好看那是必须的。2018年，代礼铃成为打铁坳村的帮扶干部，负责帮扶田珠明家。

第一次到田珠明家走访，代礼铃也是在路口碰见了熊定霞，打个招呼也得不到回应。这么美好的姑娘站在面前，估计傻女子熊定霞是看得更傻眼了，盯着一路看，一路盯着看，直到代礼铃进了她的家。

同行的尖刀班成员刘大波悄悄跟代礼铃说，可能这个人脑壳有点那个。哪个？就是那个。深入走访后，才知道刘大波所猜的“那个”是怎样一种现实。

脱贫“百日攻坚”战中，代礼铃成了田珠明家的常客。每周她都来。那条黑狗不会朝她狂吠了。熊定霞会先朝她傻笑一个，算是主动打招呼。我猜，那三只虱子和代礼铃也是面熟的了。怎么不熟？三只虱子不仇恨代礼铃就是心胸大量、超然脱俗了。

反正，代礼铃和傻女子的三只虱子是结仇了。

那几天天气好，代礼铃叫上田芳红、田能洪两姐弟一起，三个人把移动灶台搬到室内，安放妥当。烧来一大壶水，代礼铃给姐弟俩洗头、换干净衣服，最后还给田芳红梳了漂亮的发辫。满院子的香气和欢笑。傻女子熊定霞靠在大石头上看着这一切，那时她显得无比安静，目光痴痴地落在女儿的漂亮发辫上。

熊定霞“笃、笃、笃”走过来，闹着要洗头、梳头。有代礼铃在，婆婆不准她胡闹，觉得一对孙儿已经够麻烦这姑娘了，熊定霞再来闹，婆婆就有些难为情了。可这正是代礼铃想要的效果。她二话没说，吩咐孩子们把水再烧热，卷起衣袖，和两个孩子给傻女子熊定霞洗头。一不做二不休，她们找来篦子，将熊定霞的头发篦了一个透。消灭了三只虱子，篦掉了吊在发丝上的虱蛋，斩草除根，那叫一个痛快。给熊定霞换上干净衣服后，她看上去爽朗多了。代礼铃和两个孩子更觉这一天干得真痛快。婆婆说：“也是你这个姑娘热情有耐心，我平时就弄不动她，太笨重了。”

整理完杂乱的物件，屋里也敞亮多了。代礼铃分别交代了田芳红、田能洪姐弟俩，每周回家写完作业，姐姐负责做什么家务，弟弟负责做什么家务，两位老人平时该怎么注意卫生等事宜。代礼铃就不信了，这家人的环境卫生弄不好。他们只是差个会安排的人。

事实上，除了经济创收、产业发展、基础设施的完善跟进，环境卫生、村容村貌的治理和公序良俗的形成也是贫困村的核心问题之一。它是一个村子的内在精神，一个村子的性格气质，具有隐形的磁场效应。打铁坳村需要这样一个磁场，将洁净、孝老、扶幼、勤劳等美好品质辐射到村民的身上和心上。很长一段时间，驻村干部、帮扶干部成为这个磁场的发力者。

10 月 8 日，代礼铃又去了另一家帮扶户屋里。女主人在阶沿上坐着。代礼铃一个人在挥舞扫帚，她要将院子收拾干净。女主人就那么木木地坐着看，不帮忙也不阻止。我有些气愤，说："自家院子不收拾，也好意思让别人来收拾。"代礼铃很有耐心，说："我带头扫了，下次他们会主动扫的。"

因为印秀高速穿过打铁坳村，一两年来村子里都在开挖搭建。用村民的话说："远看像是在打仗，近看是在搞建设。"村子一度整天尘土飞扬、凌乱不堪。对于一个村寨来说，建筑垃圾、生活垃圾、事不关己的心态，也像是身上的三只虱子，它们各自带着病菌和毒素，日子久了，一个村寨就病恹恹、懒散散的，没了精气神。对此，攻坚队做了规定：所有帮扶干部各自负责帮扶对象的环境卫生治理，大路小巷等公共场所由所有干部带头打扫清理。这一来，像代礼铃这样的帮扶干部，参加每周大扫除已经不下三次。好在多次之后，村民都自觉打扫房前屋后的卫生，还能主动参与村里的大扫除。村里制定了《打铁坳村规民约》，将河道、家庭、大路小巷的保洁，孝顺父母、照顾幼小、互助互爱等都做了约法三章，还新建了 16 个垃圾池，安装了 489 盏路灯。白天黑夜，打铁坳村变得亮堂舒展多了。

11 月 23 日，大晴，代礼铃在城里各家亲戚处征集了一些干净衣服，给送到打铁坳村去。入冬了，好给帮扶户御寒用。老远，傻女子熊定霞就"笃笃笃"跑过来，代礼铃算是她的老熟人了。熊定霞挑了一件羽绒服穿上，刚合身。我们这才看见，她头上扎了一个发揪揪，朝天冲着，有点滑稽搞笑。

嗯，没有了三只虱子，这傻女子会打扮了，会爱美了。

白毛建房

清晨七点，白毛就在河边的责任地里挖地基。

两米宽，两米深。稀泥就是不好弄，挖一下，锄头被死死吃紧，扯出来要用更大的力气。正午，太阳毒辣，他也不敢停下来；只要停下来，水就渗满了身后开挖好的沟，一切将前功尽弃。白毛还是早上吃了点东西，要一直空着肚子挖到下午四点才能收工。他说，一天下来，两只手臂不像是自己的，像刚从别处捡来接在身上的，酸痛、疲软的感觉都是真实的。还有腰，腰也像是捡来，临时接上去的。

没房子苦！建房子更苦！而白毛的苦不是单纯的体力苦。

在打铁坳村，建房子是一个男子的人生大事，它可以牵扯出一拖斗的关键事。我和白毛聊天，他说，房子一事带来的苦是从祖辈、从娘胎里就开始沾染在他身上的，哪样法子都甩不脱。

白毛不姓白，他姓田，叫田儒江，是打铁坳村柏香林组的村民，一九六五年出生，初中文化，今年五十三岁。村里人喊他白毛，不是因为看了电影《白毛女》后把他与主角喜儿相提并论，那纯粹是几十竿子都打不着的事情，而是因为他全身粉白，头发、眉毛、胡子全是白的，连眼珠子都是粉色的，从娘胎里落地就这样了。

老屋在打铁坳村快寅组对面的土台上，我去看过。三间木房，从中堂截断，剩下的这一半在原地又惊讶又尴尬。房子每个地方都像老人豁开的嘴，牙床暴露，两三颗老牙摇摇欲坠。别人家供奉祖先牌位的香龛完整庄严，白毛家的香龛上，木板上翘下陷、七零八落。外间的厨房用散木板挡着，猫狗能直接从缝隙里进出。里间的卧室用来堆放家具、衣物、粮食和杂物。白毛两口子每晚睡的阁楼上，除了楼板结实，四周都是空架子，青瓦可当被子。

2014年，危房改造的政策在全县落实，村里让白毛写申请书。通过审批后，像白毛这样的家庭可以得到 7000 元的危改补助。

“我的家庭？我的家庭问题不仅是房子，但归根结底呢，房子问题又占大头。说起来，话就长喽。”“没事，慢慢说，我愿意听。”我喜欢白毛说话的淡然意味，讲自己像在讲别人的故事。活着，他是看得开的。

因为白毛有病，他差点连老婆都没找着。2004 年，白毛已经迈入四十岁龄，尽管有病，但他没赖着这病过日子，仍去了修文县平坝镇挖煤。冬天，父亲去世，白毛回家安葬老人。事后，有人说缠溪镇下铺子村龙家坡有一女的，可以说来给白毛做老婆。想到这个老屋，想到自己这个病，白毛还是有点自卑，自己不好去看人，让姐姐、妹妹去帮忙看。那女子叫祝飞，是从小捡来养大的，智残，前几年嫁到另一个村，被婆家嫌弃。娘家嫂嫂看不下去了就接了祝飞回来，等待缘分再找个可靠的人家。听说对方智残、再嫁，白毛是不同意的，翻春后，他又回到了修文县平坝挖煤。2005 年，祝飞家人带信催白毛，这婚事到底是答应还是不答应，别活甩甩的。就是让他一锤要定个准音。白毛还是犹豫的。姐姐的一席话彻底震动了他：“你都已经四十岁了，又是这样子的条件，再不成个家，今后我们回打铁坳来落脚的地方都没有。”唉，歪歪坡斜斜上吧。这是将就，是妥协啊，向破房子妥协，向这身破白毛妥协。那年，白毛将智残的祝飞接到打铁坳村，从此照顾她，没再出远门。

“有穷，有病，有残，我都不知道这个家还将会有什么，心里最清楚的是我还有一个弟弟，他和我一样，一穷二‘白’，一直单身，完全就是一个‘白二毛’。”说完，白毛自己笑了笑。历经世事，接受现实，白毛倒是比那些正常人多出了一些幽默，有勇气自嘲。岳母英明，说：“白毛啊，你打算建新房，也要把你弟弟想到一处呢，一家人要在一起才好，不要再分家了。”这话合了白毛的意，写申请时，他把弟弟的户头也算上了。朗溪镇审批下来，兄弟俩共获 1.4 万元。在村干部的指点下，白毛又向县残联写申请，得到 0.6 万元的补助。一共 2 万元，白毛开始动工建房。

摆脱老屋基，白毛把新宅基地选在河坝上的责任地里。弟弟在东莞打工，白毛联系上他，说了建房子的事。弟弟甩过来一句话：建房可以，但没钱寄回来，人也不回来。没有多余的钱请工人，白毛自己一锄一锄挖地基。要建一座三间的平房，自己占一边，弟弟占一边，祖先牌位占中间堂屋，共一百二十平方米。白毛是这样计划的。

整个夏天，白毛都在挖地基。

夏季天亮得早，再早都早不过白毛。不等天亮，白毛起来，把祝飞喊醒，先给她梳头、洗脸、换上干净衣服，做点东西给她吃，自己也填饱肚子。白毛爱干净，再忙再累，也要收拾好碗筷，清扫灶台和地面，然后出门挖地基。有时，妻子会跟着他去地里，坐在田坎上发呆，或者抓虫子、耍泥巴。自从嫁来，白毛没嫌弃过祝飞，把她当无法自理的傻孩子，温和相待。说起孩子，白毛真想自己的一对儿女了。儿子叫田汝奇，满月后就由姨娘带到铜仁照顾，一晃就十岁了，在碧江区第三完小上学；女儿田禄禄，也是满月后就由舅妈带回岳母家照顾，已经六岁了，在缠溪镇上小学。祝飞这个当妈的会不会想孩子们呢？不知道。但孩子们回来了，祝飞会变得安静又温和，经常盯着孩子们看。“也好，所有揪心的念头让我一个人扛吧。祝飞啊，是福人。”白毛说完又笑。

我特意去医院咨询了皮肤科医生，问白毛的病是怎么回事。医生说，这叫白化病。白化病是酪氨酸酶缺乏或功能减退引起的一种皮肤及附属器官黑色素缺乏或合成障碍导致的遗传性白斑病。患者视网膜无色素，虹膜和瞳孔呈现淡粉色，怕光。皮肤、眉毛、头发及其他体毛都呈白色或黄白色。大多数白化病患者体力及智力发育较差。这种病属于家族遗传性疾病，为染色体隐性遗传，常发生于近亲结婚的人群中。好在白毛的两个孩子一切都正常。让白毛有点伤心的是，儿女一年难得回来，即便来了，吃过饭，儿子就吵着要离开。这个家穷得咬人，小孩不愿停留，白毛也能理解。

古话说：人生有三宝，丑妻薄地破棉袄；人生有三好，父严母慈人不老。一个家有了父母有了妻儿这个内核，房子就是一个外在的壳，壳是可以靠勤劳创造的，这“穷得咬人”多少也会松松口吧。白毛未必能说得清这个道理，但他相信穷日子不会不改变。从建房开始，白毛要寻求改变。打铁坳是深度贫困村，村里却保存了良好的乡风民俗，哪家有个红白喜事，在家不在家的人都会赶来帮忙。平时，长期留守在村的白毛尤其帮人帮得踏实，柏香林组、快寅组、黄金沟组，但凡哪家喊帮忙干活，白毛都准时赶到。他干活不要奸不偷懒不敷衍，村民们这样评价白毛。2014 年 12 月 28 日，白毛的平房该浇顶了。村里好多人跑来帮忙，一分工钱没要他白毛的，一顿饭没吃他白毛的。

房子的框架形成后，2016 年和 2017 年，白毛从拉细沙刮墙开始，一点一点做工，能备下的料先备下，不能备的放后面。犹如燕子垒窝，千里衔泥。

2018年，“整县摘帽”脱贫攻坚硬仗在印江自治县打响，全县上下一盘棋，派驻力量大幅度倾斜到贫困村，帮扶政策更加具体明朗。比如对农村全面实施改厨、改水、改圈、改厕，室内及房前屋后硬化，房屋维修，简称“四改一化一维”工程。白毛是打铁坳村评定的精准贫困户，这工程惠及了他。

在白毛家开展“一对一”帮扶的是朗溪镇安监站站长陈勇。看着毛坯房，整个下午他都在和白毛商量厨房、厕所、猪圈的摆置和材料问题，末了还有水电的安装等工作，门、窗、墙等的安装和修饰放到最后一步进行。真是麻雀虽小五脏俱全啊，可一切繁琐都让白毛乐颠颠的。

10 月 14 日，我再次随施工队的小杨老板进村，一同去了白毛家。屋里的家具、玉米、猪草杂乱堆放着，堂屋的撑木还没取，屋前的空地上堆放了板料。小杨老板告诉白毛，赶紧把屋内和屋外的东西整理堆放好，他会马上让施工队来开工。没收捡的样子，让白毛自觉不好意思，面对来帮着建房的人他显得有些局促。这个可以理解，帮扶干部陈勇说，在村里，白毛虽然穷困，但人却是客气和谦逊得很。陈勇联系了镇里供电所、水利站人员，给白毛的房子牵线装电、埋管引水。小杨老板的施工队干活也麻利，凿洞、砌砖、粉刷……十八般武艺样样精湛。那段时间，白毛反倒觉得自己笨手笨脚、沾不上边了。众人拾柴火焰高的古道热肠令人生发的感动，是久违了的。

12 月 25 日，在白毛整齐洁净的家里，我们围着火盆说话。他告诉我，前不久弟弟从东莞回来住了一阵，弟弟也算有落脚地了。今年过年，白毛想领着妻子祝飞去把两个孩子接来过年，这将是他们出生以来第一次在家过年。我们说话的时候，祝飞就偎坐在白毛右边的凳子上，她看上去安宁、干净、纤秀，唯有目光散漫，真是被照顾得很好。白毛曾和我说过，当年是他要祝飞，不是祝飞要他，既成了一家人，他就要好好待她。白毛是个耐心人、良心人。

打铁坳村实施“四改一化一维”共158户，白毛是重点户之一。从建房的不容易，我想，不论是驻村帮扶的干部还是白毛自己，心中都有另一番滋味吧，建房已经不是单纯意义的建房了。一个“家”关乎那么多的细枝末节，繁琐中藏着深意，千百年来让人为之奔波为之期许，少了哪一枝哪一节都会让人觉得欠缺、遗憾。在忙碌中，白毛一点一滴体会着这种完好和齐整。

看万山红遍

◇ 欧阳黔森

我在乌蒙山脉腹地的海雀村深入生活，有了这样的认识：如果说，时任中共中央书记处书记的习仲勋同志在一九八六年六月五日对海雀村的批示，拉开了国家有组织、大规模扶贫的序幕，那么，习近平新时代中国特色社会主义思想指引下的精准扶贫战略全面展开，在二〇二〇年全国人民一个都不落下得以实现同步小康，就是为这场人类历史上最伟大的扶贫攻坚战画上了圆满的惊叹号。

如果说，习仲勋书记的批示上，那三个力透纸背的惊叹号是对官僚主义的严重警告和批判，那么，习近平总书记庄严宣告在二〇二〇年全面建成小康社会，完成人类历史上最伟大的工程，这个圆满的惊叹号，就是对“把人民利益放在第一位”这一执政理念的最好诠释。这个惊叹号，举世瞩目，将赢得全世界人民的尊敬。

在乌蒙山区深入生活的那些日子里，我目睹了精准扶贫给老百姓的生活带来的巨大变化；在与老百姓促膝谈心的过程中，我感受到他们感恩共产党、热爱人民领袖习近平的感情是真挚而纯朴的。

在采访中，我与当地老百姓朝夕相处，对于他们这种感情，我感同身受。当旭日从磅礴的乌蒙山升起来的时候，我举头仰望东方，东方正红，阳光温暖，我的脑海里闪现出了“谁言寸草心，报得三春晖”这个温暖千古的名句。于是，我撰写的关于精准扶贫的报告文学便有了一个温暖的名字——《报得三春晖》。

我无数次被采访中的人物和事迹所感动，更是无数次感到心灵震撼。友人说看了我撰写的关于花茂村的报告文学《花繁叶茂，倾听花开的声音》，很感动。他说：“我给你提供一个感人的故事，发生在你的家乡，只要你回来实地采风，我相信你一定不虚此行。”我说：“为什么？你说来我听听。”他说：“你写的花茂村故事，是说一个贫困村在实施精准扶贫后，变成了一个远近闻名的小康村的故事；而我要告诉你的是，一个资源枯竭型城市，浴火重生、凤凰涅槃了！这个故事，你说分量够不够？”我说：“你说的是铜仁万山吧？”

当然要眼见为实。写完《报得三春晖》的第二天，我忍不住驱车赶往万山。贵阳距万山近四百公里，需四个小时左右。在这四个小时的旅途中，人还没有到万山，我的思绪已经萦绕在铜仁万山那些往昔的记忆中。

万山于我而言，是神秘和向往之地，虽然我的出生地铜仁市碧江区与万山区距离很近，但我却很少涉足，不过这并不影响我了解万山。父亲作为一名地质队员，参加过万山汞矿大会战。我小时候，父亲就给我带来无数关于万山的故事，最让我记忆深刻的是一个关于老虎的故事。父亲说，万山冬天的那个雪啊，太大了，脚一踩下去雪能没到膝盖头，老虎没有吃的，经常在地质队的简易房周围留下深深的足印。地质队的简易房是用竹条编织的，用黄泥敷在竹条上，也就算是一面墙了，但这样的墙并不结实，经北风一吹，时常会有泥屑掉落，久而久之，泥墙也就变成了竹墙。父亲甚至从竹条的间隙中看见过豹子、老虎的身影。房子里虽然生有一盆炭火，但父亲和同事们并不担心一氧化碳中毒，因为房子到处漏着风。室内的温度当然很低。北风呼啸着、咆哮着，从竹条的间隙中挤进房内，钻进耳朵，刮在脸上，像刀锋抚过人面，火辣辣的。有一次，父亲睡不着，起床出门夜尿，猛一抬头，看见石坎上坐着一只老虎正盯着他看，吓得转身闪进房内。幸亏那时候父亲年轻，身手敏捷，要不然也就没有我的存在了。我是一九六五年出生的，父亲遇虎，是一九五八年的事。这个故事，就是我对万山最初的印象。

长大后，我也成了一名地质队员，走遍了祖国的山山水水，但我的地质找矿工作从未涉及万山，因为那时候万山汞矿已经面临枯竭。即便我到万山的群山中从事地质找矿，也不用像我父亲一样担心受到野兽的伤害了，因为这个时候，万山不要说老虎，连狼都没有了踪迹。

万山的名气实在太大，大到几乎每一个铜仁人都会把万山挂在嘴上。那个时候，大家对万山众说纷纭，负面的多，正面的少。比如有人说，万山没有蚊子。乍一听，没蚊子好啊！万山没有蚊子，当然好啊，可是这个“没有”却令人恐惧。众人谣传万山汞蒸气泛滥，空气中弥漫着汞毒，蚊子都被毒死了。

既然蚊子都被毒死了，那么，人生活在那里，就是一个慢性中毒的过程。这个传言够令人恐惧的吧！还有个传言，更可怕，有点危言耸听，说，万山这座城市，随时可能坍塌，因为采矿，地下都被挖空了。

二〇〇八年五月十二日，我与一友人在兴义市行政学院宿舍创作，我在楼下，他在楼上。下午两点半左右，我感觉到身子有点晃。起初我以为是因为创作时间太久，有点眩晕，一定神，发觉不对啊，不是我摇晃，而是整个房屋在摇晃。

当时，我并没有往地震方面去想，因为贵州不在地震带上，贵州在历史上也没有发生过地震。房屋摇晃了一会儿，就不再摇晃，我也没把这摇晃当一回事，继续搞我的创作。

一个小时后，我听见友人急促的脚步声，他从楼上“咚咚咚”地跑进了我的房间。他说：“完了完了完了。”我看见他急匆匆的样子，有点好笑。我说：“完什么完？”他说：“万山完了，万山整个城市坍塌了！”我说：“瞎扯哦。”他说：“是真的。”我说：“我们现在在兴义，离万山有六七百公里，你眼见为实了？”他说：“铜仁有人打电话来说的。”他这样一说，确实吓了我一跳。

以我搞过地质找矿的经验，我认为汞矿的开采是顺着矿脉洞采的，而汞矿主要产于早寒武纪的石灰岩当中，岩体相当厚实，即使有地震发生，最多也是局部坍塌，何况万山不在地震带上。

我之所以被他所说吓了一跳，是因为这是铜仁人说的。万山是铜仁的一个区，铜仁人说万山坍塌了，确实让我这个铜仁人心慌。虽然有点动摇，但我还是对友人说，这不可能。我拨打手机询问。铜仁市文联的同志告诉我，有这个传言，他也问了万山的朋友，对方说没有坍塌啊。我放下电话，好笑地对友人说："你这个玩笑开大了啊。"他说："这种事，我哪里敢开玩笑！确实有人打电话告诉我的。"我说："这些话你也信？危言耸听。以后这样吓人的故事，你眼见为实再告诉我。"

一小时后，确切的消息传来，四川汶川发生了大地震。这次震惊全国的大地震，震感波及许多地方，这很正常；不正常的是，这和万山坍塌有什么联系？为什么那么多人都在相信万山坍塌了这个危言耸听的故事？在以后的十年中，只要遇上与铜仁万山相关的人，我都会不断地寻找和询问这个故事的起源。生活在万山的人们说："你说，他说，我说，都在说，哪里还知道源头？"由此我判断，关于万山的许多危言耸听的故事，其实是源于一种心态。有这样的心态，显然是不正常的，但是，这是不是能说明，万山区正处在一个不正常的时期呢？

显然，这样的结论是有一定依据的。从二〇〇一年十月十八日，万山汞矿宣布政策性破产关闭后，这样的不正常尤为严峻，一直持续到二〇〇八年。

万山曾经辉煌过。汞矿职工的福利待遇非常好，是这一带老百姓羡慕的对象。即使是万山区的国家干部，也是非常羡慕汞矿职工的。如在二十世纪七八十年代，万山区地方干部的月工资在三十元左右，而汞矿工人的月工资可达一百余元。而到了二〇〇六年，竟然流传汞矿的职工偷农民的红薯充饥的故事，让人唏嘘不已。

这个故事很感人：一名原汞矿职工，在地里偷挖了几斤红薯回家。农民追上门来一看，发现这名原汞矿职工家徒四壁，锅里清汤寡水的，比自己还穷，不由心生怜悯，说："你以后想吃红薯，尽管去我家地里挖。"这个农民回到村里，感慨万分，说给村民们听，村民们也深表同情。村主任说："哎呀，我看啊，人家都这样了，以后他们来拿点红薯拿棵白菜的，大家记住啊，睁一只眼闭一只眼。"村民们也纷纷表示赞同。村主任没有用"偷"而是用"拿"，可见他是动了恻隐之心。

这个故事就这样流传开来，而且流传得很广。

类似于这样的故事还很多，不同于这样的故事也很多。由此我们也可以想象，当时的万山区处于怎样的一种境况。我们可以从时任中共贵州省委书记石宗源的话“贵州的稳定看铜仁，铜仁的稳定看万山，万山的稳定看汞矿”中觑见端倪。

那时候，贵州汞矿的职工在省委办公楼门口搭帐篷上访，贵州省委书记石宗源、省长林树森高度重视，为此制定解决措施，首先解决当地教师“同工不同酬”的现象，再逐步解决住房、就业、医疗和教育等方面的问题。

但这样的问题，不是一两天就能解决的。贵州铜仁万山汞矿，是一个老企业，离退休和在职人员共一万多人，子弟众多，这个问题确实是一个棘手的问题。

二〇〇一年，铜仁万山汞矿宣布破产的消息得到证实后，我非常感慨，写过一篇取名《断河》的小说，发表在《当代》二〇〇三年第五期，紧接着《新华文摘》也转载了此文。这个短篇小说从英国人在万山开采丹砂说起，一直说到二〇〇一年汞矿宣布破产，时间跨度近两百年。在小说的结尾，我写道：

在世纪末充满沧桑的一天里，被誉为汞都的特区却因为汞矿石枯竭而宣布汞矿破产。汞矿没有了，城市还存在。这个城市还继续是特区政府所在地。

采过汞矿的土地是不能复垦了，汞是一种对人体有害的东西，种出来的粮食一定会含汞超标，太不符合人类食品的健康要求。

是的，当老虎岭没有了老虎，当野鸭塘没有了野鸭，当青松坡没有了青松，或者，当石油城没有了石油，当煤都没有了煤，这也是一种味道。

从这篇小说，可以看出当时我对资源枯竭型城市的绝望。

万山区地处武陵山脉主峰梵净山的东南部，以盛产朱砂而被誉为“中国汞都”“丹砂王国”，闻名天下，一九六六年，经中共中央、国务院批准，成为共和国第一个行政特区。二〇一一年，经国务院批准，撤销万山行政特区，设立万山区。在这四十五年中，万山行政特区的主体万山汞矿曾为共和国的经济建设做出过巨大贡献。特别是在二十世纪六十年代，因为偿还苏联外债有过大贡献，曾被周恩来总理赞誉为“爱国汞”。

说到汞矿，还要普及一下常识。朱砂、丹砂、辰砂都是一样的矿石，只是叫法各异。这种东西经过高温烧制后呈液态，俗称水银，也就是汞了。汞是化学物质，在元素周期表中名列第八十位，元素符号为 Hg，是常温常压下唯一以液态存在的金属，呈银白色闪亮光泽，不溶于酸，也不溶于碱，在常温下即可蒸发，形成汞蒸气和汞的化合物，有剧毒。世界卫生组织国际癌症研究机构公布的致癌物清单中，汞和无机汞化合物名列三类中。

万山丹砂的开采历史，可上溯到西周时期。据《万山志》记载，西周武王时期，从西北方来了一个梵姓女子教当地人在崖壁上沿着丹脉敲凿取丹，久敲久凿而成洞穴。梵氏将丹砂献给武王，武王服之，不仅治好了心悸不宁的毛病，而且神清气爽，脸色红润，体力倍增。武王大悦，敕封产丹之山为“大万寿山”，万山从此以丹驰名。此后，秦方士徐福曾两次由苏州到万山索取丹砂，以供帝王陵墓防腐之用，炼取丹丸，称之为“长生不老之药”。看来以丹砂提炼的“长生不老之药”并不能使人长寿，要不然徐福也不可能出海寻找“长生不老之药”。

据《本草纲目》记载：朱砂，亦名丹砂，为本经上品。李时珍谓后人以丹为朱色之名，故称朱砂，有清心、镇惊、安神、明目、解毒的功效。西周武王服食丹砂的功效便是如此。

人们对丹砂的认识过程是漫长的，丹砂被视为亦正亦邪之物，正即《本草纲目》之说，邪即方士“长生不老之药”之说。历史上，极为著名的“红丸案”，为明末三大案之一，就是丹砂惹的祸。

泰昌元年（一六二〇年），泰昌皇帝病重，炼丹方士李可灼进献红丸，称仙丹。泰昌帝服后，刚开始精神爽朗，下旨赏了进献红丸的李可灼。不想再服之却病入膏肓，继而死去。有人怀疑是郑贵妃唆使下毒，旋即展开了一系列的追查元凶的行动。其间，党争与私仇夹杂其中，连坐罪死者甚众。这件因红丸引发的宫廷案件，史称“红丸案”。

现代中医仍然信奉《本草纲目》中李时珍对丹砂入药的记载，但丹砂宜少服，忌多服、久服，否则，轻则中毒，重则致死。

贵州是全国唯一没有平原的省份，山多是这块土地最明显的特征。贵州西部有雄伟壮丽的乌蒙山脉，东部有峻峭旖旎的武陵山脉，这是贵州最大的两条山脉，美丽但极度贫困，在中国现有的十四个“集中连片特困地区”中榜上有名。

但在我的记忆中，我的家乡铜仁市并不贫困。我没有过食物匮乏的记忆，倒是食物的丰富和特色构成了我味蕾上不可磨灭的记忆。那时候，我的哥哥姐姐们已经离开了故乡到外地就业，从我母亲的口中，总能听见他们埋怨食物的匮乏，而母亲总能想方设法给他们寄去大米和一些故乡特产。我总是庆幸自己生活在铜仁，我相信和我有着一样经历的故乡人，都会有着和我一样的感受。那时候，作为一个铜仁人，我们是很骄傲的，更何况《贵州府志》佐证了我们的骄傲。府志上说：黔中各郡邑，独美于铜仁，乃“鱼米之乡”也。但这样的骄傲，并没有持续多久。由于人口倍增，而土地不可能倍增，铜仁后来被列为贫困地区，也就不足为怪了。

我常行走在云贵高原云盘山东延的地带，这里，万峰成林，云雾缭绕，神奇而美丽。这里是我的故乡，是我的出生地。人生最美好的时光莫过于青少年，那些青春时期的梦想和记忆，化成我不断回到故乡、行走在故乡的情怀。

我的故乡就在武陵山脉主峰梵净山的山脚下，商时为荆州之域，周时属楚，秦时属黔中郡，汉时属武陵郡。何谓“武陵”？据梁刘昭注《先贤传》记载，晋太守赵厥问主簿潘京：“贵郡何以名武陵？”潘京答道：“《传》曰：止戈为武。《诗》注：高平为陵。”武陵郡的设置时间，据《水经注·沅水》记载，为“汉高祖二年，割黔中故治为武陵郡”。

“武陵”这个地名便在历史上长期使用。武陵山区，东临两湖，西通巴蜀，北连关中，南达两广，是中国各民族南来北往频繁之地。武陵山区面积庞大，区内聚居着土家、汉、瑶、苗、侗等民族的群众，汉语方言的西南官话使用量最大，少数民族的语言有苗语、侗语、土家语、瑶语、佤乡话等。武陵山区以武陵山脉为中心，山系连绵不断，蜿蜒千里，延伸至湖南、湖北、贵州、重庆、四川境内，总面积十一万多平方公里，总人口为两千三百多万人，其中，土家族、苗族、侗族等三十多个少数民族有一千一百多万人，约占总人口的百分之四十八。这个区域是中国区域经济的分水岭和西部大开发的最前沿，是连接中原与西南的重要纽带。它集革命老区、民族地区和贫困地区于一体，是跨省交界面大、少数民族聚集多、贫困人口分布广的连片特困地区。

近些年忙于创作，我很少听闻铜仁万山的消息了，这是不是印证了一句俗语：没有消息反而是好消息。这不，好消息就来了。友人说，万山浴火重生、凤凰涅槃了。这样的消息，无疑会给我带来意外和惊讶，我必须眼见为实，因为那是我魂牵梦绕的故乡。

经过三番五次的走访、实地勘察，可以说，我把眼见为实进行到底了。

那天离开万山时，我站在云盘山上，一览众山之小。云雾间升腾起一股磅礴之势，这样的气势来自太阳的光辉。那时候，阳光四射，光芒在莲花般的云朵里弥漫开来，天地间豁然开朗，在这一刹那间，我的心充满光明。“看万山红遍，层林尽染”，毛主席诗词脍炙人口的名句，从我心中喷涌而出。

忆往昔，毛泽东主席曾经用《星星之火，可以燎原》这篇文章，回应了那个时代对革命产生动摇的一些人。这篇文章，可以说指引了革命的方向，坚定了共产党人的信念，从而让他们完成了人类历史上伟大的长征，并建立了新中国，让苦难深重的中国人民从此站立起来了。

而今天，习近平新时代中国特色社会主义思想深入人心，凝聚人心，明确了中国共产党新的奋斗目标，坚定了中华民族的自信，从而形成了万众一心跟着共产党，为实现中华民族伟大复兴的中国梦而努力奋斗的巨大动力。

新的时代、新的长征，人民感恩共产党，拥护核心，热爱领袖，必将创造人类历史上最伟大的奇迹，中华崛起不可阻挡。

万山区化蛹为蝶、凤凰涅槃的故事，佐证了习近平总书记治国理政系列讲话精神的本质所在。事实证明，只要我们贯彻落实、深入领会习近平系列讲话精神，时刻牢记习近平总书记教给我们的方法论，在学懂、弄通、做实上下功夫，那么在中华民族伟大复兴的号角吹响之际，在我们前行的路上，就能做到攻无不克、战无不胜！

要在学懂、弄通、做实上下功夫，办好“新时代农民、市民讲习所”就是最好的抓手。截至二〇一八年五月底，万山区共开展八百余场次讲习，宣讲十九大精神、习近平新时代中国特色社会主义思想，以及精准扶贫和农科技术；万山区共有一百一十个固定讲习所，区、乡、村固定讲习员五百零八人，受众达二十八万余人次。

对于一个只有二十七万人的区来说，累计二十八万人次的学习，可谓在学懂、弄通、做实上下足了功夫。事实证明，只要下足了这样的功夫，脱贫攻坚、同步小康的事业就能立竿见影。以下数据，就是最好的证明：关于贵州省二〇一七年脱贫攻坚成效考核情况的通报，共分为“差、一般、较好、好”四个评级，其中十五个县考核评级为“好”，万山区在“好”中排名第一位；其次是三十五个县考核评级为“较好”，十一个县考核评级为“一般”，四个县考核评级为“差”。

记得我在高楼坪乡夜郎村采访时，听说新时代农民讲习所正在宣讲，很想去体验一下，不巧的是，当我走到讲习所时，宣讲已经结束了。这时，一位满脸皱纹扬着笑容的老人走了出来。见她一脸的笑容，我忍不住就想和她聊几句。

我走上前问她：“老人家，你贵姓啊？今年多大年纪了？”

她说：“我姓佘，今年七十五了。”

我说：“宣讲内容你都听得懂吧？”

她频频点头：“听得懂，听得懂。”她一边说，一边从背包里取出一个又大又厚的笔记本，摊开在我面前。我一看，里面密密麻麻写下很多字，都是关于讲习所的宣讲内容的。

我有些惊讶地问她：“你来听过多少次了？”

她说：“我每次都来。”

我拿着她的笔记本又翻了几页，看见一长段似打油诗又似歌词的文字。我问她：“这是什么？”

老人有些腼腆地笑了起来，说：“这是我写的歌。”

我一下子来兴趣了，说：“老人家，能不能请你现在唱一段？”

老人有些犹豫，见我很真诚，便愉快地唱了起来。她的歌用的是《洪湖赤卫队》《刘三姐》《天仙配》的曲调，唱的却是她新填的词。

她唱歌的时候，见我很认真地在听，便来了精神，一首接着一首变换着曲调唱，不给我打断她的机会。我也不打断她，索性让她唱个痛快。她唱得很快，由于年纪大，口齿不是太清晰，但我还大致能明白她唱的是什么，比如：

"没有劳力也要奔小康，快快乐乐把晚年过。""精准扶贫就是好，脱贫一个都不少。""十九大精神闪光芒，照得我们心里亮堂堂。"

这位老人家确实唱得很痛快，这一唱就是半个小时，她终于停顿下来，开始翻她手中的笔记本，有些不好意思地对我说："年纪大了，有点记不住了。"然后，她又开始唱了起来。她先唱的是贫困户助学建卡生的内容：学前、小学补助六百元，初中补助一千元，高中补助三千元，中职补助三千五百元，大学补助三千七百元；然后再唱贫困户医疗保障托底救助：以前看病真是难，现在看病真方便；大病小病有保障，不用担心不害怕。

说实话，我还挺佩服她的，她能反复用《洪湖赤卫队》《天仙配》《刘三姐》的曲调把这些词唱出来，确实不容易。

从与她的交谈中我感觉得到，她文化不高，却很能说；不懂作曲，却对耳熟能详的《天仙配》和《刘三姐》《洪湖赤卫队》运用自如。她说，现在吃穿都不愁了，才能有闲心写歌唱歌。

后来从村干部那里了解到，这位老人叫余秀英，原来是夜郎村的贫困户。她家有六亩多地，仅土地流转费每年就有四千八百余元，还要逐年增长；除此之外，还有低保和养老金维持正常生活，还能在合作社里分红。前几年，她和老伴住进了一楼一底的新房。她每次都参加村里组织的讲习活动，通过参加活动，她对十八大、十九大以来各项惠农政策非常熟悉。一些吃不透政策的村民还经常找到她，她给他们讲得头头是道。村干部说："可以说，她是我们的业余讲习员。"

据了解，万山区各乡镇（街道）脱贫攻坚工作组每周安排两个晚上，在所辖社区和村庄的新时代农民讲习所放映正能量纪录片，如《情系梁家河》《中国：习近平时代》《大国崛起》《创新之路》等片，用影像把新中国取得的历史性发展、创造性改革、蒸蒸日上的生活风貌真实地呈现出来，使每一个老百姓都能够切实感受到祖国的进步与腾飞、繁荣与昌盛。

那天，我走访参观了三个村和一个社区的新时代农民、市民讲习所，感触很深，万千思绪由此萦绕心头，使我久久不能平静。这种激动，一直延续到我采访铜仁市委书记陈昌旭的交谈中。

在我们的交谈中，我当然要谈到在万山的眼见为实，这些“眼见”，有在讲习所的见闻和精准扶贫的实例。我体验到新时代农民、市民讲习所是在学懂、弄通、做实上下足功夫的抓手。

他说：“沧海横流方显砥柱，万山磅礴必有主峰。习近平新时代中国特色社会主义思想已成燎原之势，万山红遍。”

我脱口而出：“看万山红遍。”

我要写的文章立刻有了一个醒目的标题：《看万山红遍》。后来，当我结束了在万山区海量的采访，在电脑屏幕上打出“看万山红遍”时，我想，“看万山红遍”中的这个万山，一语双关，不仅仅是我脚下的这块土地，还是祖国大地的万水千山、千山万壑。

按照省委、省政府对铜仁市提出的“念好山字经、做好水文章、打好生态牌，奋力创建绿色发展先行示范区”的发展定位，铜仁市委、市政府强力推进“一区五地”建设，即奋力创建绿色发展先行示范区，打造绿色发展高地、内陆开放要地、文化旅游胜地、安居乐业福地、风清气正净地。发展绿色经济、打造绿色家园、完善绿色制度、筑牢绿色屏障、培育绿色文化，大力实施“六绿”（绿道、绿水、绿城、绿园、绿景、绿村）工程，推进绿色发展先行示范区建设。此外，还将加强生态文明制度建设，完善环境保护和生态文明建设机制，严格执行环境保护制度，严厉打击破坏环境的行为。万山区正是坚决贯彻落实了省委、市委的决策布局，才走出了一条资源枯竭型城市绿色转型的发展之路。可以说，绿色发展理念始终贯穿万山转型全过程。

在这次眼见为实的过程中，我是在震撼和惊讶中度过的。首先我们来看一看蝶变的数据：二〇〇一年万山区汞矿破产时，万山区的财政总收入仅仅为三百二十万元，而且全部来自农业税。那时候万山区的一产滞后，二产的主体工业破产了，三产几乎没有。我记得，二〇〇五年十二月二十九日，第十届全国人大常委会第十九次会议决定，自二〇〇六年一月一日起废止《中华人民共和国农业税条例》，一个在我国存在了两千多年的古老税种宣告终结。种田不纳粮了，是改革开放带来的一项巨大成果，表明中国已完全具备了取消农业税而不至于影响国家全局发展的经济能力。然而对于那时的万山区来说，取消了农业税，它还能有什么税收呢？

现在看来，这个担心是多余的，我们从下面这个数据可以看出：二〇一七年，万山区的财政总收入为八点三亿元，生产总值为四十六个亿。

从三百二十万元到八点三亿元，这样的数据对比，一目了然。这样的蝶变，完全可以用化蛹为蝶、凤凰涅槃来概括。

二〇〇八年以前，万山人缺乏自信。往日的辉煌与现在的颓废形成鲜明的对比，造成万山人的巨大失落，而这种失落，弥漫在万山人的心中，久久不能散去。就在那年冬天，一场百年不遇的雪凝灾害袭击了万山，导致万山区百分之八十以上的人口没有饮用水，通信、电视广播基站全部停止运转，秋冬农作物面临绝收，十万亩林地受灾，一万多头牲畜被活活冻死，四千多户居民的房屋受灾严重，境内所有企业因停水停电而全部停产，部分企业厂房倒塌。全区四乡一镇十七个行政村四百二十八个村民组受灾，全区受灾面积达百分之九十二点六。

采访万山区原常务副区长吴泽军时，他依然感慨万分。他说："我们这里的雪凝叫桐油凝，与北方的雪有区别。北方的雪下得再大，脚一踩上去就是一个深深的脚印，也不会太滑；桐油凝就不一样了，别说脚印了，你就是拿铁锹、锄头去铲去挖，坏的一定是铁锹和锄头，那个桐油凝啊，冻得梆硬的，一尺多厚，滑得像冰砖上抹了桐油，不要说行走，站都站不住。那时候我们急啊，村寨、村民组都散布在几百平方公里的群山里，也不知道他们怎么样了，我们只好集中所有的干部，分成十几个小组分头到各村寨查看灾情。由于路滑山陡，非常危险，每个小组都带着绳子和稻草。绳子的作用是互相有个牵扯，以免出现人员滑跌下山坡的事；稻草的作用是捆在鞋底防滑。由于路途比较遥远，走不了多久稻草就磨断了，要不断地换稻草，所以每人身上都背了一捆稻草。"

原万山镇副镇长杨尚英接着说："那个时候断电持续二十多天，因为煤油几乎拉不进来，蜡烛、煤油价格高得出奇，原本两毛钱一支的蜡烛涨到了两块，最高涨到了十块钱一支。这样肯定不行啊，我们必须得想办法。这桐油凝和雪不一样，冰雪上一撒盐就能缓解，桐油凝上撒盐毫无效果，我们只好在路面上垫石砂，在汽车的轮胎上加挂铁链条。即便是这样，汽车也常常滑落到路旁的沟里，而垫的那些石砂两个小时后又被凝冻覆盖。这么长的路段，垫石砂成本太高，我们也垫不起啊。抢运进来的蜡烛和煤油均平价销售给受灾群众，群众的焦躁情绪得到了一定的缓解。”吴泽军说：“哎呀，平常五分钱一斤的小白菜，那时候二十块钱只能买到一小捆，也就两三斤。你说，那个时候万山的干部职工收入本来就不高，这样一来，他们的生活更是雪上加霜。”

那一个冬天，是万山人永远铭记的一个冬天。当他们的心都要冻僵的时候，来自中央的问候温暖了每一个人的心。这个问候，是时任中共中央政治局常委、书记处书记的习近平同志带来的。

采访冲脚社区党支部书记田茂文时，他说起来依然十分激动。他说：“可以说，没有习近平总书记的万山之行，就不会有万山的今天。那天是二〇〇八年一月三十一日，农历腊月二十四，星期四。事前，我们只知道有中央首长来，并不知道是谁来。下午一点四十分左右，车来了。首长一下车，那个气场就把我们惊呆了，那个高大啊，和蔼啊，给人的踏实感啊！因为到我们社区来嘛，我就带路。习总书记就问，这是一个什么单位？我说，这是一个社区，是原来万山汞矿的一个主要生产单位，汞矿关闭后，变成了一个职工托管社区，叫作冲脚社区。习总书记一边走一边问，我也就一边走一边汇报情况。”

吴泽军插话给我介绍：“二〇〇八年的冲脚社区后来合并到犀牛井社区了。冲脚社区是万山汞矿关闭时成立的十个职工托管社区之一，从人口上讲是第二大职工托管社区，关闭前叫‘贵州汞矿四坑’。‘坑’，是二十世纪五十年代按苏联模式命名的矿山二级生产单位。一坑、二坑、三坑……贵州汞矿共有十八个坑。四坑这个地方，又是全矿的主要生产单位，采、选、冶全有，偿还苏联外债的时候是牵大头的，有九座高炉，别的坑也就是一两座高炉。四坑的技术力量也是比较雄厚的，职工来自全国各地。汞矿关闭的时候，尽管政府对职工实行了社会职能单位移交安置一批、按政策提前退休退养安置一批、解除劳动关系一次性安置一批、资产重组分流安置一批、劳动托管服务中心过渡性安置一批的‘五个一批’安置措施，但上千年来万山人赖以生存的矿山倒闭，周边区县又无其他支柱产业，职工就业非常困难，所以生活困难的家庭比例相当大，往往一个人一千多元的退休金要养活全家祖孙三代五六口人。当时的冲脚社区有居民一千八百多人，从二十世纪九十年代中期开始，矿山就发不出工资，到二〇〇八年，绝大多数家庭一家五六口人还住在四五十平方米的工棚里。因为这些原因，四十岁以上的未婚大龄青年就有六十七个。所以，当时我们的社区工作很难做啊！幸亏我们还有一百零四名党员，这对我们社区的稳定起了不小作用啊！这个事啊，田茂文同志起了大作用，他原来是汞矿科研所的书记，转岗到社区当书记，原汞矿的职工们对他很信任。”

田茂文接着说：“我在汞矿工作了几十年，太熟悉他们了，所以首长来的时候，领导叫我来介绍情况。我先把首长引到了杨通宝家。为什么要选杨通宝家呢？是因为在万山，他很具有代表性，七十八九岁了，参加过淮海战役，当过志愿军，转业后一直在矿上工作。从二十世纪五十年代的汞矿大会战，到偿还外债，再到二十世纪七八十年代的创造辉煌，他都做了很大贡献。跟社区绝大多数人家一样，汞矿破产后，他家里比较困难，住房也很破旧。首长一进门就对杨通宝老人说：老人家，辛苦了！党中央、国务院十分牵挂受灾群众的生活，派我来看望慰问大家！

“然后，首长就问一些情况，比如家里有没有米啊，有没有水喝啊，问老人的身体状态、退休金和家庭收入情况以及基层政府对社区居民的关心情况等。杨通宝老人是老党员，他能够真实地反映一些情况。他给首长反映了凝冻后水、电断了的问题，照明用的蜡烛不够等问题。总书记听了他反映的情况后，当即对在场的干部和我说，像蜡烛这样的生活必需品，一定要想尽一切办法保证供应；要妥善安排好受灾群众的生产生活，让受灾群众有饭吃、有衣穿、有房住，最好能有电视看；春节就要到了，还要让大家能够吃上年夜饭。

“在这个过程中，杨通宝老人讲不出话来，激动啊！我只得代表社区群众见缝插针补充汇报一些情况。凝冻的一个多月里，我们组织了一个送水队，发动年轻党员、团员，用冰车拉水来，给身体不好、行动不便的七十岁以上老人送到家里；我们还成立了应急巡逻队，为困难群众搬运救灾部门送来的柴米油盐，检查居民家中防火情况，预防一氧化碳中毒，每天定时去敲敲空巢老人的门，预防老人出意外，等等。首长听完我的汇报以后，对我和在场的干部说，一定要发挥好党组织的战斗堡垒作用，不能让群众没依靠！

“从杨通宝家里出来后，首长又在他家门前看看周边房屋的情况，跟杨通宝老人合影、寒暄。这个时候，周边群众知道中央首长来了，就从四面八方拥了过来。我当时很担心啊，汞矿破产后，由于客观条件的限制，居民的就业、收入、住房等困难问题积累了十多年，有些人心理不平衡啊，我怕他们对首长说一些有失分寸的话。

“习总书记真是伟大啊！来了那么多群众，当地领导都很紧张，但首长和蔼地径直走到群众当中，本来闹哄哄的场面一下子安静下来。首长即兴对大家讲起话来，时间长了，我也记得不太清，大概意思是：同志们好！大家辛苦了！万山的困难我知道了，万山受到的灾害，党中央、国务院很关心，委托我来看望大家。大家在灾害面前能够相互支撑、相互帮助、紧密团结，我很感动。请大家相信，党和政府一定会采取有力措施，全力以赴打好打赢抗灾救灾这一仗，一定让大家在大灾之年过一个欢乐年、祥和年！

“习总书记的话，句句说到了我们社区群众的心窝里。有人本来是想老调重弹来诉苦的，听到这些话，都忍不住鼓起掌来。那掌声太热烈了！

“接下来，我就引着首长去到李来娣家。为什么选她家呢？她身体不好，汞矿破产后她自强不息，一直带病努力打拼，累死累活、省吃少喝也要供着女儿读大学。她也是比较有代表性的。

“进到李来娣家不久，听说有中央首长来了，她家隔壁邻居有好几个下岗或退休的女工都挤了进来，向习总书记诉苦。习总书记对困难群众那个耐心啊，我真是见识了。他不但不烦，反而还问得特别细致。李来娣说，天气太冷了，躺在床上盖了三床被子，还是冷得糠糠抖。习总书记没有听明白这句方言。我给习总书记解释，这房顶是竹席子搭的，用竹篾子敷泥巴做的墙，冬天漏风，人也就感觉格外冷。习总书记临走时，给他们每人赠送了被子、棉衣和慰问金。

“从李来娣家出来，首长要去下一站了。习总书记上车后，我以为车就会开走了，但是车门又打开了，我赶紧走到车窗边。习总书记握住我的手说，记住，绝对不能饿死一个人！绝对不能冻死一个人！我说，请党中央放心，请首长放心，我们一定保证做到！”

田茂文叙述到这里时，我看见他已经热泪盈眶。常言道，男儿有泪不轻弹，何况已经过去了十年。可以想象，田茂文当时是怎样的激动心情。

我是在俄罗斯餐厅阁楼的阳台上采访田茂文的，这是一座苏联建筑风格的小楼，原来是供苏联专家办公、住宿的地方。

二〇一五年，万山区政府招商引资进来一家省外文旅企业，按照5A级标准对废弃的汞矿遗址进行整体连片开发。投资二十亿元建设中国第一个以山地工业文明为主题的矿山休闲怀旧小镇——朱砂古镇，现已建成悬崖泳池、汞矿博物馆、玻璃栈道、影视基地、万亩红枫林等景区。朱砂古镇聘请俄罗斯厨师和服务员，在汞矿原苏联专家楼建起了俄罗斯餐厅，对原汞矿废旧生活区进行改造，通过人文塑造、还原生活场景等表现方式，建成规模宏大的影视基地，让游客可以真切地感受到时代脉搏，追寻不同年代的时光记忆。景区开园仅一年多时间，接待游客近三百万人次，实现了从三年前的人迹罕至、危楼遍布、上访频发的老旧矿区向商贸不暇、车流不息、安居乐业的旅游新区的转变。

来万山之前我做了功课，在网上收集了关于二〇〇八年雪凝灾害期间时任中共中央政治局常委、书记处书记的习近平总书记慰问万山的新闻报道。习总书记的讲话铿锵有力，他指出，这次自然灾害考验着各级党组织和政府的执政能力、应急能力，考验着党员干部的素质和作风。他要求广大基层党组织在抗灾救灾中充分发挥战斗堡垒作用，在宣传群众、组织群众、带领群众、服务群众中真正成为群众的主心骨；共产党员要在抗灾救灾中充分发挥先锋模范作用，以实际行动为党旗添光彩。各级领导干部要切实负起领导责任，带头深入灾区第一线，特别要到灾情最重的地方去，把温暖送到千家万户，真正做到“雪中送炭”。他说，带着大家干，才能走出困境！等这场灾害之后，一定要把经济搞上去，调动广大居民积极行动起来，尤其是身体好的居民要让他们发挥积极性，不能再让大家过苦日子！

我充分感受到了一个中国共产党领袖的博大情怀。到了万山后，在实地采访中，我又无数次震撼、感动，真切地感受到了习总书记“任何时候都必须把人民利益放在第一位”的执政理念，是那样的深入人心，受到人民的衷心拥护。

只有亲身到这里来，亲眼所见，才能真实地感受到人民群众对人民领袖的那份爱戴之心、感恩之情。

我和田茂文坐在阳台上，喝着万山刚出的新茶。俄罗斯餐厅地处朱砂古镇的中心，左边是朱砂广场，右面是悬崖酒店和悬崖泳池，还能看见远处的空中观光索道。看着来来往往的旅游人群，田茂文深情地说：“习总书记来了万山，万山才有今天的好日子啊！”

我与他感同身受。在我采访李来娣的时候，她的感受和我们也是一样的。李来娣一说起习总书记来到她家，眼睛就亮了起来。她说：“习总书记来到了万山，我才有今天的幸福生活。”

如今，李来娣住在一套宽敞明亮的新房里。看得出，她笑得非常甜，一脸幸福的模样。她拿出习总书记送给她的棉衣给我看，她说：“感谢习总书记，我这辈子都没有想到，我还能住进这么好的楼房里！”

是的，当年她住的那种工棚，在万山早已绝迹。据介绍，习总书记离开万山三天以后，国家发改委、民政部、住建部立即来了一批工作人员，经过一段时间的细致调研后，决定在万山建廉租房和经济适用房，以解决当地居民长期不能解决的住房难题。建房成本由住建部出大部分资金，地方政府负责一部分资金。廉租房的租房费用为零点五元每平方米每个月，根据房屋面积大小，年租金在三百元至五百元；经济适用房售价为三百八十元一平方米，总售价在三点八万至四点一万。原汞矿职工根据工龄长短获补贴，并享受房改政策，工龄长的一些职工基本上就是拎包入住。

好事一桩接着一桩惠及万山区人民。二〇〇九年三月，国务院将铜仁市万山特区列为全国第二批资源枯竭型城市，从此万山的脱困和转型发展上升到国家层面。万山抢抓这一历史机遇，对区情进行再认识，开展了大量的调查研究，广泛征求民意，理清转型发展思路。

二〇一一年十一月，时任中共贵州省委书记的栗战书同志来到万山调研时强调，要大力推进新型工业化和城镇化，积极探索有效途径，加快资源枯竭型城市转型发展。

那几年，万山区在省委、省政府的关心下，在铜仁市委、市政府的领导下，逐步向好，稳步发展。近几年，万山区可谓日新月异，经济建设取得了重大突破，现代农业呈星火燎原之势，新兴工业迈出重大步伐，旅游产业全面开花，城市转型大踏步前进，社会事业全面提档升级，脱贫攻坚取得了显著成绩。转型发展中，万山获得了“全国生态文明城市与景区”“中国最佳投资环境城市”“国家农业综合开发县”“国家循环经济示范城市核心区”“二〇一七年电子商务进农村综合示范县”“中国最美特色旅游小城”“中国最佳品质旅游目的地”“全省平安建设先进县”“贵州省电子商务十佳示范基地”等荣誉称号。万山汞矿遗址被列入中国世界文化遗产名单，二〇一六年十月顺利通过贵州同步小康县达标验收，群众生活水平空前提高，万山走出了一条有别于西部其他地区、不同于全国其他资源枯竭型城市的可持续发展的新路子。

李来娣告诉我，十九大期间她去了北京，去看习总书记。

我问她：“看到了吗？”

她说：“看到了，在电视上。”

我指着她家的电视机说：“在电视上，为什么不在家里看呢？”

她说：“这不一样。”

我说：“怎么不一样呢？”

她认真地说：“在北京看的，就是不一样！看习总书记更近一些！”

说完，她扬起笑脸，一脸的灿烂。这样真诚、朴实的笑脸，非常感人。一个普通的老百姓，怀揣着对人民领袖的无比热爱，不远千里赶到北京，为的是“看习总书记更近一些”，这是怎样一种真挚、朴素的感情啊！

她在北京看十九大时是怎么样的一番景象，不难想象，一定是很感人、很温馨的画面：她端坐在电视机旁，全神贯注地聆听着她热爱的人民领袖的讲话。

从李来娣家出来，我一边走一边想，在电视上看习近平总书记在十九大上的工作报告，其实没有远近之说，但是，这代表了一种人民对领袖的特殊感情。我一再思考她那句“看习总书记更近一些”的话，脑海里不断地闪出她那张甜甜的笑脸和一脸幸福的模样，毋庸置疑，她是由衷的、发自肺腑的。

她一直在笑，我敢说，没有人不会被这样的笑容所感染。一股热浪涌上了我的心头。如果非要用一句话来概括我们此时的心情，那就是“人民的领袖人民爱，人民的领袖爱人民”。我想，还有什么话能比这句话更贴切呢？

想到这里，我已经走到了云盘山上。立足远望，群山巍峨，五彩云霞，阳光明媚，我不由得心生感慨，脱口而出：“沧海横流方显砥柱，万山磅礴必有主峰。”

走访了那么多人，看到了那么多激动人心的事，要想按捺住心中的激动是不可能的，此时此刻，我脱口而出这句话也在情理之中。事后仔细一想，前半句化自郭沫若的词，后半句出自曾国藩的文，不过，这两句合在一起，确实能真切反映我身在其境的感受。

我在想，二〇〇八年那场百年不遇的雪凝灾害，把万山人的心都要冻僵的时候，是习近平总书记在人民群众中那番感人肺腑的话，温暖了万山人民的心，点燃了万山人民的希望。从此，万山人民不再气馁，重获自尊、自信、自强，他们牢记习近平总书记的嘱托，感恩奋进。此后，万山区在工业强区、农业惠民、旅游兴业、加快推动转型可持续发展方面取得了可喜的成效。

习近平总书记心系万山，二〇一三年五月四日，对万山的发展做出了重要批示：“铜仁市万山区二〇〇八年遭受特大凝冻灾害，这些年来在中央和省的支持下，万山干部群众奋力拼搏，实现了脱困目标，我感到十分欣慰。希望再接再厉，加大工作力度，用好国家扶持政策，加快推动转型可持续发展，不断提高经济社会发展和群众收入水平，为实现与全国同步全面建成小康社会做出积极贡献。”

时任贵州省委书记的赵克志同志、时任贵州省省长的陈敏尔同志，立刻部署学习习近平总书记对铜仁市万山工作的重要批示。会议指出，习近平总书记对铜仁市万山工作的重要批示，情真意切，催人奋进，饱含着对万山和贵州各族人民的深情厚谊，体现了对万山和贵州发展的关心和关怀，是肯定更是鼓舞，是激励更是鞭策，给了我们温暖、给了我们信心、给了我们动力。会议要求，全省上下要认真学习、深刻领会，把思想和行动统一到习近平总书记的重要批示精神上来，切实增强与全国同步全面建成小康社会的信心和决心，抓住用好国家支持我省发展的一系列难得的政策机遇，大力推进经济结构战略性调整、实现转型可持续发展，千方百计保障民生、不断提高群众收入水平，坚定信心、再接再厉、凝聚力量、攻坚克难，推动全省经济社会又好又快、更好更快发展，不辜负习近平总书记的关怀和期望。

一般来说，可使用累计采出储量已达到可采储量的百分之七十以上或以当前技术及开采能力仅能维持开采五年时间的城市，就可称为“资源枯竭型城市”。资源枯竭型城市转型问题，是世界各国经济和社会发展中都经历过或正在经历的突出问题，例如德国鲁尔矿区和法国洛林矿区。

而对于万山来说，汞矿的可开采量已经枯竭，远远高于百分之七十。据万山汞矿科研所原副所长、高级工程师张亚雄介绍，万山汞矿在二十世纪末基本上无矿可开，二〇〇一年十月十八日宣布破产。破产后虽然实施了“五个一批”政策，然而，说是妥善处理，其实是很难达到的。汞矿是有几十年历史的老企业，历史遗留问题多，现实问题更多，这是一个世界性难题。资源枯竭型城市转型说起来轻松，做起来难，很多国家在处理这类问题上都举步维艰。资源枯竭型城市，具有四大共性特点：一是随着资源枯竭，产业效益下降；二是产业结构单一，资源产业萎缩，替代产业尚未形成；三是经济总量不足，地方财力薄弱；四是大量职工收入低于全国城市居民人均水平。就当时的万山汞矿而言，符合以上特征并且有过之而无不及。这也符合资源型城市发展的规律，它必然要经历繁荣——衰退——转型——振兴或消亡的过程。因此，说它是个世界性的难题，是有共识的。

从世界资源枯竭型城市的转型经历来看，不同的政治经济体制下的资源型城市的转型方式是不同的。转型方式的选择往往扎根于更深层次的社会图景之下，其主要可以分为四类。第一类是美国式的。美国式是市场式，政府很少做具体的转型控制，主要做好规划和服务工作；城市是兴盛还是衰败，更多由市场力量和企业自身发展目标决定。第二类是欧盟式的。欧盟式主要是政府引导，制订详细的目标、计划，通过政府各部门、社会各界的通力合作，调整产业结构，促进地区产业进步和经济发展，最终实现区域经济的发展。第三类是日本式的。日本式是产业指导下的产业援助，政府根据国内外市场的变化情况和矿产区的实际情况，制订目标和措施。第四类是以苏联和委内瑞拉的资源型城市产业转型为代表的自由放任型模式。政府几乎没有采取转型的措施，特别是苏联，国家的体制是计划经济，政府不参与转型，资源型城市只能停止发展。

就我们国家而言，一旦被国务院发布确定为资源枯竭型城市，中央财政将给予这些城市财政性转移支付资金支持。根据国务院的要求，资源型城市的可持续发展工作由省级人民政府负总责，省政府要加强对资源型城市可持续发展工作的领导和支持。国务院还要求资源枯竭型城市要抓紧制定、完善转型规划，提出转型和可持续发展工作的具体方案，进一步明确转型思路和发展重点。但国内资源型城市面临着复杂多样的困境，有很多专家对这种困境进行了分析、定性、归纳。万山的情况，可归纳为产业高度的单一性，或者称为非均衡性。资源型产业既是主导产业，又是支柱产业，城市对资源产业的依赖性很大，造成城市的发展受到限制，城市功能不全，第三产业以及可替代产业发展几乎没有。

万山真正有效地开始转型，始于二〇〇八年习近平总书记来过之后。总书记来之前，万山的困境已经到了顶点，再加上那场百年不遇的雪凝灾害席卷了万山，万山人的心几乎冻僵了，是总书记温暖了万山人的心，点燃了人们的希望。

如今，万山的一产二产三产全方面发展，取得了可喜的成效。回顾万山的发展，可谓筚路蓝缕，从一产的发展便见端倪。万山汞矿资源枯竭之前，周边的农民除了种水稻，还可以种点蔬菜瓜果之类的农产品卖给矿上职工，或者在矿区做一些基础设施维修工作、开间小饭店，可以说，大多数农民的日子还是能自给自足的。汞矿枯竭后，原来过着体面生活的汞矿职工和居民纷纷外出谋生，或举家迁走，原来围绕汞矿挣钱的农民收入锐减。于是农田荒芜，空巢老人、留守儿童现象凸现。如高楼坪乡是万山唯一的地势较为和缓的产粮区域，青壮年外出打工后，留守老人们象征性地在自己家水田里种上稻谷，一亩地每年也就几百元收入。农民的积极性地不高，有地不种的人还真不少。

万山地处武陵山脉的腹地，山多地少是这里的特征，贫困也是这一地区的症结所在。从二十世纪八十年代中期开始，这一地区的扶贫工作一直没有间断过，逐步降低了贫困发生率，一定程度上缓解了贫困群众的生活压力。但是，这一地区在中国现有的十四个“集中连片特困地区”中依然榜上有名。

二〇一三年十一月三日，习近平总书记在地处武陵山区的十八洞村视察时，对扶贫工作做出“实事求是、因地制宜、分类指导、精准扶贫”重要指示。之后，全国掀起了学习习近平总书记重要指示精神的热潮。精准扶贫的科学理念深入人心，解决了扶贫工作长期以来的困境和症结所在。

我常年在扶贫工作一线采访、深入生活，耳闻目睹了精准扶贫实施以来，农村发生的翻天覆地的变化。在国家十四个“集中连片特困地区”中，贵州有乌蒙山区和武陵山区，这两个地区贫困人口最多、贫困面积最大、贫困程度最深，是贵州脱贫攻坚的主战场、决战区。作为全国扶贫攻坚战主战场的贵州，未来几年要实现同步小康，不拖全国人民后腿，还任重道远。习近平总书记十分关心贵州的扶贫工作，多次对贵州的扶贫攻坚做出重要批示。二〇一五年六月十八日，总书记在贵州调研期间专门召开涉及武陵山、乌蒙山、滇桂黔集中连片特困地区扶贫攻坚座谈会，会议强调，消除贫困、改善民生、实现共同富裕，是社会主义的本质要求，是我们党的重要使命。

贵州这几年在脱贫攻坚上取得了有目共睹的成就，无疑得益于精准扶贫的实施和展开。事实告诉我们，只有不打折扣地贯彻落实精准扶贫思想，把精准扶贫思想作为我们扶贫攻坚工作中的行动指南，才能真正做到“看真贫、扶真贫、真扶贫”，从而实现习近平总书记在十八大上提出的“到二〇二〇年全面建成小康社会”的奋斗目标。这个伟大目标，是“两个一百年”奋斗目标的第一个百年奋斗目标。也是中国共产党向人民、向历史做出的庄严承诺。

二〇一四年三月七日，中共中央总书记、国家主席、中央军委主席习近平参加十二届全国人大二次会议贵州代表团审议时，强调指出，要扎实推进扶贫开发工作，真正使贫困地区群众不断得到实惠。针对贵州淘汰落后产能、治理石漠化等情况，习近平总书记强调，保护生态环境就是保护生产力，绿水青山和金山银山绝不是对立的，关键在人，关键在思路。

贵州是全国唯一没有平原的省份，以山多而闻名天下。万山更是万峰成林，这样的自然条件，万山的一产严重滞后也就不足为怪了。对贵州来讲，贫困落后是主要矛盾，加快发展是根本任务。发展是解决贵州所有问题的关键，万山更是如此。

习近平总书记说："人民对美好生活的向往，就是我们的奋斗目标。"然而万山一产的严重滞后，严重影响农民的生活质量。如何破解这个困境，关键在人，关键在思路。

采访万山区委书记田玉军时，田玉军感慨地说，万山必须要有自己的高科技农业支柱产业，才能让广大农户开眼界、换脑筋，转变传统的小农经济观念，才能起到辐射、示范、带领的作用。引进一家现代高科技的农业企业到万山，就成了当务之急。万山区瞄准了有"全国蔬菜之乡"美誉的山东寿光，先后五次派人到寿光的九丰农业考察，希望他们的高效农业园区能落户万山。

说起来容易，做起来难。九丰农业博览园的招商引进，是万山区委、区政府决定打破观念瓶颈、创新发展思路后的一次遭遇战。

万山区要引进高科技农业项目的消息一出，马上就有人怀疑。万山搞农业？高科技农业？"高大上"的农业？千百年来这里都是搞采矿、冶炼的，没听说过搞农业的。一是没有先例，二是没有技术，三是没有信心。这"三没有"一时成了人们议论的焦点。我认为，前两个"没有"不是问题的根本所在，而主要是在第三个"没有"上。这个"没有信心"由来已久，这个由来是土壤污染的问题，这个问题一直困扰着万山人，是议论的焦点、恐慌的源头。在我往昔的记忆中，关于万山被汞矿污染的议论和恐慌很多，比如万山没有蚊子这一说是令人恐慌的，恐慌的由来是万山汞蒸气泛滥，空气中弥漫着汞毒，蚊子都被毒死了。人在这样的地方生活，岂不是会慢性中毒？空气都被污染了，土壤还能好到哪里去？这些流言和传闻，让我这个曾多年专业从事地矿工作的人，都有些将信将疑了，何况非专业的广大群众？这些流言和传闻的滋生蔓延也就不足为奇了。

高科技农业对土壤土质的要求更高，这是不争的事实。土质土壤达不到高科技农业的要求，这是很多万山人“没有信心”的根源。流言和传闻毕竟不是事实，汞化工行业的老专家也出来说话：“汞是不溶于水和土壤的，我们搞了一辈子汞，没有别人想象的那么可怕。假如真有企业来投资，他们对土壤土质的要求比我们想象的要高得多，也不妨借此机会用他们那一套科学、成熟的标准来检验一下我们的土壤土质。”

九丰集团当然要检验土壤土质，这是能不能投资、产品能不能上市的关键因素。土样的采集点分布合理、点面结合，能有效地监测土壤土质。土壤样品除了九丰集团自己化验分析外，还送到济南、北京进行化验分析。三份报告出来后，指标出奇地好，不但没有汞污染，而且绝大多数指标优于其他地区。得知这一消息后，万山区委、区政府的主要领导长长舒了一口气。

为了促成山东九丰集团能尽快在万山投资，为显出诚意和决心，万山区政府提出，合同一旦签订，在签订合同后的二十四小时内打一千五百万到九丰集团的账户上，如果两个月内达不到投资方开工的条件，一千五百万就当万山的违约金，九丰可以一分不退。此话一出，立马引起轩然大波。一些干部、职工、市民议论纷纷：哪有这样的事啊？从来没听说过。别的地方招商都是合同签订后，对方打钱过来，哪有我们主动打钱过去啊？现在利用投资作为幌子骗钱的太多了，假如把我们一千五百万骗走了，谁来赔偿？

听到这样的议论，区委、区政府主要领导在会上反复强调：要解放思想，不要被我们以往教条的、陈旧的经验所禁锢。高科技农业如果能落户万山，将使万山有着不可估量的发展前景。说实话，引进这样的企业，我们很多方面的条件处于劣势，如何把劣势转化为优势，就是我们要有优质的服务来保障，必须给投资商营造良好的投资环境。一句话，不栽梧桐树，哪能引得来金凤凰？我们现在的情况，想要后发赶超，有了这样的大企业、高科技企业的落地，我们的一产就有了龙头，这个龙头就能引领、带动我区的一产跨越式发展。签订合同是用来让双方守约的，我们是穷，一千五百万的违约金，看起来是怪吓人的，但是我们要有这个信心，决不能因为我们的工作效率、服务水平跟不上而造成项目落不了地。只要项目能顺利落地，就没有了违约金这一说。对方有违约金的要求，我看也是合理的。既然我们有这个信心、能力，担心违约金，就是我们的不自信啊。

九丰集团终于被万山的诚意和干事业的决心打动，双方协商着把合同拟了出来。这是大事，必须由常委会决定才能签署。事情到了立马执行的时候，很多人又紧张了。万一出了事情怎么办？一千五百万元对于万山这个刚刚起步、经济体量还很小的区来说可是个大事啊！好心办坏事的先例并不是没有，一个班子因为一个项目操作不当而集体倒霉的也不是没有。万一出事，我们在场的这些，丢了官帽不要紧，关键是无法向全区百姓交代。原本打算开一个小时的会，不得不延至两个小时，又是放幻灯片介绍情况，又是做解释。疑虑、紧张的表情在与会常委脸上渐渐消退。会议实行无记名投票，投票由区委、区政府、区人大常委会、区政协主要班子成员十四人表决，结果是十三人赞成一人弃权。这个结果充分体现了广泛听取意见后，解放思想、统一思想、集体决策过程是实事求是的，说明只要我们遵循实事求是的工作方法和态度，就能充分体现民主集中制的优越性。从最初征求意见时三分之二的人反对到绝大多数人赞同，这个结果就是实事求是的。

九丰集团的总经理苏培军感慨地说："万山区委、区政府求真务实的工作作风，优质高效的服务意识，减贫脱贫奋力拼搏的精神，加快转型发展的决心，给我留下了深刻的印象。我们九丰农业落地万山，就是冲着'万山速度'来的。"

苏培军说的"万山速度"的确是高效而快速的，以下项目的进程数据说明了这样的速度：二〇一五年四月二十二日正式签约，五月一日破土动工，五月十六日流转土地两千亩，五月二十日完成园区一万平方米的场平工程。

正当万山九丰现代高效农业园区建设如火如荼之际，九丰集团在遵义的现代高效园区传来了振奋人心的消息。习近平总书记在贵州考察期间，六月十六日视察了花茂村，走进了九丰现代高效农业园区，参观了智能温控展示大棚，十分高兴，对来自山东寿光的企业负责人说：“我到这里来，主要就是看中你们对农民的带动作用。”

九丰现代高效农业园区的建设，在万山可谓万人瞩目。习近平总书记走进现代高效农业园区的消息，大家都十分关注，在新闻报道中，他们听到了总书记的讲话，看到了丰富多样的农业产品，以前的质疑声烟消云散，对九丰农业在万山建设的现代高效农业园区充满信心和期待。

六月二十日，万山现代高效农业园区的第一座钢架连体大棚搭建完成；七月十五日，第一座大棚进入种植阶段；九月中旬，万山九丰农业博览园开园迎宾，六十多个品种的新鲜蔬菜正式出棚，十里八乡的乡亲们前来观看，一下子惊呆了，不由得交口称赞。

像这样的高效农业园区我去过不少，在我看来，万山的现代高效农业园区投资最大、规模最大，万山九丰现代高效农业园区无疑是升级版。在短短一年的时间里，这个园区成了全省唯一的农、文、旅一体化的5A级景区。

村支书张美明说，现在园区建在村里，村民都纷纷返乡，有的在园区旁边开起了农家乐，有的进入园区就业，空巢老人和留守儿童不再是老大难问题；村民收入大幅增加，年人均达到了八千四百九十元，二〇〇八年以前，我们村人均年收入才两千元左右。

目前，园区已建成十三万八千平方米的蔬菜生产大棚，还建成了占地一点五万平方米、全国最大、科技含量最高的单体智能大棚，带动周边蔬菜种植五万亩，解决就业三千余人，年生产优质蔬菜六万六千吨，实现年产值六亿元以上。此外，九丰农业博览园一期开园以来，实现年接待游客八十万人次以上。

九丰农业的龙头带动作用，可以说是万山产业扶贫的样板。二〇一七年，万山区依托九丰农业的大棚蔬菜繁殖技术、种植模式、管理理念等优势，开始在全区推广九丰农业大棚蔬菜技术培训和产业发展模式，现已在十个乡镇发展标准大棚蔬菜，面积达一万五千多亩，带动三千多户贫困户发展蔬菜产业，户均增收三千元。

截至二〇一七年底，万山区建档立卡贫困人口从二〇一四年的七千七百七十五户两万五千二百四十二人减少至五百三十五户一千四百六十一人，其中二〇一七年减贫人口三千七百八十九户一万零三百六十四人，贫困发生率从百分之一十九点一二下降到百分之一点一五。

当我在万山九丰现代高效农业园区眼见为实时，心情久久难以平静。这儿也是我的故乡，故乡的今天有了这样的发展，真是令我欣喜万分。

去年我在花茂村九丰现代高效农业园区采访时就很感慨，写过一篇名为《花繁叶茂，倾听花开的声音》的报告文学，应该说，我对现代高效农业园区也是比较熟悉的，没想到万山的现代高效农业园区规模如此之大，园区带动的相关产业更是超出我的想象。为了我固执的“眼见为实”，我坚持要去中华山村看一看，因为来万山现代高效农业园区之前，我做了一点功课，在网上搜索，有一篇文章非常醒目，就是刊发于二〇一七年五月二十四日《人民日报》一版的“砥砺奋进的五年·驻村蹲点话脱贫”之《成了合伙人，幸福来敲门》。这篇文章说的是一个远近闻名的“穷旮旯村”脱贫致富的故事，讲到为了让贫困户真正实现自我“造血”，中华山村采取了“村两委+合作社+贫困农户”的发展模式，由村两委带头组建集体经济专业合作社，整合多渠道资金，量化折算成股份分配给全村贫困户。这样，贫困户不仅可在合作社务工赚钱，还能参与年终分红。

这篇文章的标题非常吸引人，内容也非常吸引人，更吸引我的是“中华山村”这个村名。我的第一感觉是，一个小山村咋个就叫“中华山村”了呢？我赶紧找资料查出处，后来发现在万山，不仅有“中华山村”这样响亮的村名，还有“洋世界村”“高楼坪乡”“黄道乡”等令人称奇的地名。据《万山志》记载，武则天做皇帝时，万山进贡了一块造型奇特、色彩艳丽的晶体朱砂，该砂通体透明、红光耀眼，武则天赞不绝口，特赐名为“光明砂”，并赐封产“光明砂”之山为“中华山”，且欣然挥笔写下“中华山”三个刚劲大字，从此中华山大名享誉中国大地。

这么一个古老的山村脱贫致富了，我必须去看一看。我们驱车从云盘山往下走，一路上体验到了什么叫“云盘”。这条小公路可谓险峻之极，弯道一个接一个，朝山下盘旋延伸。公路两侧悬崖绝壁，峡谷两侧高山峻峭耸立，植被郁郁葱葱，山上云雾缭绕。

曾经从事地质找矿的我，见过不少这样的胜境，但这条峡谷依然令我惊叹不已。下到山谷，我们朝另外一条山谷开去，视野逐渐开阔起来，显然这条山谷宽于云盘山山谷。只见两侧的山峰形态各异，一排排向远方延伸，远远望去一座大山高耸入云，这座山的气势一下子就震撼了我，因为山谷两侧的山峰起伏连绵不断，像心电图的波峰波谷相对平稳，陡然间心跳加速，波峰高高突起，显得是那样的耀眼。我想，这一定是中华山。果不其然，万山区区长张吉刚说，这就是中华山。

到了中华山脚，我不由得心旷神怡。万峰成林，青山如黛，山谷里芳香弥漫。站在山谷的中央，需仰视才能看见中华山雄浑的全貌。我想爬上去，在山巅一览众山之小，但当我极目中华山之巅时，立刻打消了念头。即便是我这样有着攀登经验的地质队员，也只能望而却步，因为，中华山的主峰部分实在太险峻。据我长期爬山攀登的经验，目视评估下来，中华山主峰部分比华山还险峻，我是无法攀援登顶的。

心情实在太好，以至于我们一群人的话题一直围绕着中华山，直到中华山村村委会主任毛照新邀请我去村委会办公室座谈时，我才想起此行的目的是了解中华山村是怎样脱贫致富的。

据村主任毛照新介绍，二〇〇八年以前，中华山村是一个贫困村，有三千二百三十五人，二十二个村民组。山谷里有十八个村民组，两侧山脊上各有两个村民组，村民收入主要靠种植稻谷等传统农作物，年平均收入在两千元上下。二〇一三年开始发展各项农业产业，如养蘑菇、种植大棚蔬菜、养殖小黄牛和养鱼等，到二〇一七年底，村民年人均收入为一万两千元以上。

在短短九年时间中，中华山村有这样的变化，确实令人惊讶。据了解，这得益于毛照新创造的一种利润分红新模式，叫“六二二”模式，即年底纯利润的百分之六十用于资助贫困对象，百分之二十用于村集体积累，百分之二十用于奖励管理人员。这样的模式，无疑得到了大多数村民的真心拥护。

说起办合作社，毛照新说：“前几年，我们村支两委干部和致富带头人远赴浙江调研学习，了解到食用菌生长环境与本村自然条件高度匹配后，我建议将这一‘见效快、效益高’的产业引回村里。经过大大小小五次会议，全体村民终于达成一致意见，同意发展食用菌产业。路子的问题解决了，钱的问题怎么办？以前，扶贫资金都是直接分到贫困户手中，那点钱什么大事都做不成，所以，我们成立了专业合作社，让贫困户来当合伙人，最大限度调动大家的积极性。”

毛照新还率领村干部向乡农村商业银行贷款六十余万元，政府整合精准扶贫“先行先试”示范村项目资金一百万元，村集体筹集资金三十万元，购机械、建厂房、搞基础设施。成立合作社后，采取自愿的原则，贫困农户以土地作为资本免费入社、定股。贫困农户每亩耕地每年可获得保底股金八百元，在合作社务工的村民每月还可拿到两千多元的工资。

毛照新带领村民打破以家庭分散经营为主的农业生产模式，着力培育农民专业合作社、种植大户等新型农业经营主体，实行“合作社＋基地＋贫困农户”的模式，由合作社生产菌种、菌袋发放给贫困农户进行生产和种植，产品由合作社统一回收销售。这种产业两头在合作社、产业中端在农户的生产模式，既实现村委会统一管理，又最大限度地降低贫困农户的生产风险，促进群众增收致富；同时，走“入股分红、分红致富、致富脱贫”新型农业化发展道路，而利润分红实行“六二二”分配的新模式，恰恰符合精准扶贫的本质所在——一个都不落下的脱贫致富、同步小康。

二〇一七年，毛照新被评为全国劳模，在京西宾馆受到习近平总书记的接见。《人民日报》也多次对他的先进事迹进行了报道。中华山村群众有增收、村级有积累、管理有报酬的“六二二”精准扶贫分红模式，已在万山全面推广，该村现已成为万山的扶贫“样板”。中华山村集体经济“六二二”模式案例，被写入中组部党员培训教材。

采访原贫困户李艳红时，她说：“我们现在都是合伙人了！我又在合作社打工，一年收入两万多，土地流转金一千三百多元，去年年底还有一千五百元的分红。合作社效益越来越好，分红会越来越多！”

记得采访时任铜仁市市长陈少荣时，他的一句话让我印象很深：“只有发展精准的产业来带动扶贫，脱贫才稳得住，才可持续，这样才能达到脱贫不返贫。”这种思维就是坚决贯彻落实扶贫工作的“五个坚持”和“六个精准”，这种方法就是以“五个坚持”和“六个精准”为行动指南，因地制宜地找到一条适合自身条件的扶贫发展道路。

万山区依托九丰农业博览园，按照中华山“六二二”模式，发展农业扶贫产业。在十个乡镇建成标准化蔬菜大棚一万五千亩，在十九个贫困村建成产业基地，带动三千多户贫困户实现农业产业从“一树花开”到“满园芬芳”的大好态势。

如高楼坪乡的夜郎村，地处夜郎谷，该谷地势险峻，地形切割深度有三百米至四百米，像一道深不可测的裂缝，“V”形沟谷两侧，悬崖峭壁、飞瀑众多，谷长十五公里，谷底狭窄处竟然不足三十米，可谓险峻之至。就这样一个地方，扶贫产业也得到了长足的发展。采访高楼坪乡夜郎村种植大户产业带头人冯忠情时，他说自己从不会种菜到逐渐种出优质蔬菜，再到今天有了五百余亩的蔬菜大棚基地，除了党的扶贫政策好之外，还要感谢科技副乡长，自从他来到村里，大到各种蔬菜品种，小到各种种植细节，他都仔仔细细、手把手教大家，大家才有了今天的好生活。

现在，冯忠情成立了蔬菜公司，还在村里雇请了劳动力一百八十余个，每人每天工资八十元，包一顿午餐。另外，他还鼓励部分村民入股他的公司，每人年底可以分红一千五百元。冯忠情一年收入在四十万元以上，他的公司购买了六辆农用机械车，他自己也开起了小轿车。

他自豪地对我说：“我现在不是小康，是大康了。”

我说：“你这个大康带出了多少小康啊？”

他说：“不敢吹牛，我们村百分之八十都是小康。”

我说：“那剩下的百分之二十怎么办？”

他说：“你不用担心，不用到二〇二〇年，我们村肯定脱贫摘帽、同步小康。”

谈到村里变化时，他说：“这几年发展速度太快了，简直是‘井喷式’

的发展。”

我笑了起来，开玩笑地说：“‘井喷式’的发展，好像是干部说的吧？”

他也笑了起来，说：“不是干部说的，是我自己说的。你别看我文化水平低，但讲习所的老师水平很高啊，我这学习多了，水平也就提高了。”他一拍股东张小进的肩膀，对我说：“你问他是不是？”

张小进也是高楼坪乡夜郎村种植大户产业带头人，当初在外地打工，在冯忠情的劝说下，他决定留在村里发展蔬菜种植，现在是公司的股东之一，每年收入也在二十万元左右。

谈起村里的变化，张小进也十分感慨，他说，从总书记来了万山后，万山变化太大了。以前的万山一条像样的路都没有，稍微下一点雨就是一脚稀泥。村里人前几年春节回万山时，一下车，发现街道全变了，那个公路四通八达，一下子竟然找不到回家的路，变化实在太大了。现在不仅修了通村的路，路还通到了村民组，换作以前想都不敢想。如石竹社区的刘永奇，当过兵，在外做过生意，以前还当过一届石竹社区的主任，思想观念较为开放，是田玉军书记专门从外面请回来的几十个“能人”之一。现在，刘永奇联合石竹社区九十九户贫困户，还有谢桥社区十三户贫困户共二百九十九人发展精品水果产业，产品主要有红心猕猴桃、火龙果、水果黄瓜、圣女果等。其中，水果黄瓜属于新品种，产品还未成熟，便与铜仁华联超市签订独家供货合同；产品成熟后，将供货给铜仁地区十六家华联超市。社区种植的圣女果除了销往省城外，还销往湖南、重庆等地，产品供不应求。这之后，刘永奇带领大家建起了一个占地二百亩的水果大棚，专门用于种植圣女果和水果黄瓜。大棚一个季度可收益二百万元，一年可以种三季，收入可观。除此外，刘永奇又带动社区群众成立了一家股份公司，现已投入两千余万元对社区的一处景点进行开发，打造“石竹养生谷”，发展康体养生产业。

还有大坪乡山地现代高效生猪培育基地，整洁的产业路、宽敞的培育圈舍、错落有致的绿化令人眼前一亮。该项目计划投资一千万元，建设标准生猪圈舍二十个，年出栏三万头成品生猪，种植精品水果一千亩，养殖鱼一万尾。目前已完成一期建设。全部建成后，可实现年产值一千五百万元，带动养殖户五十户、种植户十户，基本覆盖全村贫困户，解决就业一百余人，实现户均年增收三万元，集体经济每年累积达二十万元。

金盆村也是这样，村里成立的贵州金盆农业发展有限公司是繁殖饲养无公害肉鸡、蛋鸡、散养土鸡和种植有机蔬果为一体的现代化综合农业服务型企业，项目总投资三千万元，分三期建设，可实现年销售额约一千五百万元以上。一期饲料加工房、孵化车间、育雏车间、蛋鸡舍等已建成，可容纳五万三千只蛋种鸡，容纳鸡蛋十二万枚，每七天可出雏鸡三万五千只，每次可育六十天龄雏鸡二万五千只，解决贫困农户就业三十余人。同时，村公司以“公司＋合作社＋贫困户＋订单”的模式，带领周边广大农民群众脱贫致富。

九丰农业博览园引领着万山的各个乡镇、社区，各乡镇、社区又有各自的引领示范项目，如鱼塘乡的花卉药材种植产业、瓮岩村的现代高效果蔬基地、黄道乡的万亩香柚基地、下溪乡的万亩高山葡萄基地、敖寨乡的食用菌基地等；乡镇一级的引领示范项目，又引领着各个村。到二〇一七年底，万山区农业产业“一乡一精品、一村一特色”的惠民富民发展格局已基本形成。

参观了中华山村的大棚种植基地后，我实在忍不住问张吉刚，中华山是否可攀登？

张吉刚说：“关键是谁攀。”

我说：“我攀。”

张吉刚说：“怎么攀？”

我说：“当然是攀顶。”

张吉刚说：“你攀也不行，不要以为你曾经当过地质队员就行。我告诉你，没有人登顶过。不过，我可以带你到绝顶的下面，就去这个地方还是因为你当过地质队员，否则我根本不敢带你去。”

我一挥手，说：“走。”

一边走，张吉刚一边给我介绍，这东、南、北三座山峰构成了中华山全貌。山顶由三座孤立的悬崖绝壁构成“山”字形的主峰，两侧峡谷如刀削斧劈般，岩壁陡峭、奇峰挺立，常见云雾缭绕，山中连山、山中连洞、洞中连瀑，登高望远、俯瞰谷底，路如丝线、人如蝼蚁、田如棋盘，真是一览众山小。据当地老人介绍，唐朝初期，佛教信徒们开始在中华山建寺传教，先后建成正殿、副殿、玉皇阁、观音阁及文武诸殿和佛客禅堂、金顶寺等，雕塑千姿百态的菩萨三百尊。至清末民初，中华山寺庙建设达到顶峰，寺内有坐僧和尚两百余人，每天上山拜佛的信徒有数百人，特别是每年农历二月十九、六月十九、九月十九三天，湖南、广西、贵州、云南、四川等省的高僧远道而来研究经事佛学，成群结队的善男信女纷纷赶来朝山拜佛，人数过千，中华山寺庙成为当时全国有名的研佛拜佛的寺庙之一。后来山上各殿宇相继被毁，现仅存古建筑遗址和部分碑刻及三座方丈墓塔。其中有一石碑上仍载有旅游家徐霞客的游记："中华山其殿巍峨，梁栋辉煌，山峰挺拔，溪水妖娆，当亦心旷神怡而叹仙境之不与凡境同也。"

到了"山"字形主峰下的平台上，映入眼帘的是由一块块青石垒起来的山门。山门顶部一块黄色的石匾上"中华山"三个字清晰可见，黄色的石头由于岁月的洗礼而显得有些斑驳，但在周围青石的映衬下，这块黄色石匾依然耀眼。在"中华山"三个字的两侧，还有两块黄色石匾，两只金色凤凰栩栩如生。

从历史学的角度来说，有些地方志的记载缺少可考依据，而被历史学家归为传奇、传说之类的记载不少。但眼前的景象可是我眼见为实的啊！

从万山很多有趣的地名可以看出朱砂文化对这一带的影响，比如"黄道乡"肯定与几千年以来道家的炼丹有关；而"中华山"的得名更是源于朱砂；"高楼坪乡"没有高楼，现在没有高楼，不等于几百年前没有高楼，那个时候，英国人在万山开采朱砂的时候，当地的房子肯定都不高，英国人修的房屋有几层高也是正常的，这在当地人眼里，就是高楼；"洋世界村"现在没有洋人，不等于以前没有洋人，这个地名来自英国人在此开矿的推测，也就有理有据了。

站在中华山形成于五亿年前早寒武纪的岩石上，我感觉自己很渺小，深切体会到了何为沧海桑田、白驹过隙，由此，我想到人生可怕的不是渺小，可怕的是你不知道自己渺小。伟人毛泽东"一万年太久，只争朝夕"的名句，浮现于我的脑海中。是的，精准扶贫这个人类历史上最伟大的工程近在咫尺，那么，我们还有什么理由不“只争朝夕”呢？

万山的一产转型发展筚路蓝缕一路走来，从小到大，从弱到强，这个事实验证了只要深刻领会、贯彻落实好习近平总书记的精准扶贫思想，我们的奋斗目标就一定能实现。

二〇一五年六月十五日，习近平总书记在贵州调研时指出：贵州要协调推进“四个全面”战略布局，积极适应经济发展新常态，守住发展和生态两条底线，培植后发优势，奋力后发赶超，走出一条有别于东部、不同于西部其他省份的发展新路。

根据总书记的指示，贵州省委做出了明确安排：既要金山银山，又要绿水青山。如何贯彻落实好习近平总书记的讲话精神和省委的要求，如何谋划万山发展的全局，一、二、三产业这几枚重要的棋子如何落下，显得至关重要。

铜仁市万山区二产的转型发展必须一步到位，如果还需再转一次，那就是失败。所以，在招商引资中，必须选择符合绿色环保、可持续发展要求的新兴项目，同时以高端化、绿色化、智能化推动现有的传统工业升级提档，符合现代工业发展要求。

万山区的具体措施是：一、实施传统产业提升工程。大力发展以低汞触媒、无汞触媒、铜触媒等多金属新型催化剂为主的精细化工产业，利用锰、磷、铅锌矿、重晶石等资源发展深加工产业，延伸产业链条，形成矿产勘查、采冶加工一体化的产业体系。二、实施特色产业壮大工程。大力发展以酿酒、中药制剂、茶叶、农产品加工等为代表的特色产业的技术改造升级，把万山建成省内重要的绿色产品生产加工基地。三、实施承接产业转移示范工程。巩固服装鞋帽、打火机等产业承接成果，加大承接转移力度，推广“代工”和“来料加工”模式，配套上下游产业链，到二〇一七年上半年，实现承接产业转移项目产值达到二十亿元。四、实施战略性新兴产业培育工程。高起点发展铝板带箔系列产品，大力培育发展建筑、装饰、包装、印刷、电子、电力等行业用的铝材深加工产品；促进含钾页岩综合开发利用，鼓励和支持钾资源综合利用技术创新企业和项目，以技术创新带动产业发展；支持做大新能源汽车产业，打造新能源汽车城。

几年来，万山区为传统工业改造科技立项三十五项，专利申请七百一十七件、授权二百九十八件；淘汰产能落后的企业，实现了从传统工业、资源型工业向技术型工业的全面转型。

二〇一一年十一月十五日，时任贵州省委书记的栗战书同志在万山调研时强调，贵州省委、省政府提出今后五年的工作是“加速发展、加快转型、推动跨越”主基调，要从万山区实际出发，因地制宜、科学谋划，突出工业文明特色，促进城镇化与新型工业化、旅游业发展相融合。

按照省委加速发展、加快转型、推动跨越的要求，万山因地制宜设计了“两个转型”的发展模式，即“产业转型、城市转型”。

就万山区转型问题，我与铜仁市委书记陈昌旭交流。他的观点，我深以为然。他说，不管是“产业转型”还是“城市转型”，首先必须是观念的“转型”。只有以观念的转变促进产业的转型、城市的转型，万山才能实现总书记提出的“加大工作力度”“加快推动转型可持续发展”，这样才能保证转型的一次成功，实现全面建成小康社会的目标。

在贵州这个内陆省份，转变观念、解放思想是第一要务。

二〇一五年十二月六日，时任贵州省委副书记、代省长的孙志刚同志在万山考察了万山工业遗址博物馆，希望该遗址要开发好，做成有特色的精品。他强调，要按照省委常委（扩大）会议和陈敏尔书记要求，把学习贯彻中央扶贫开发工作会议精神作为一项重要政治任务，把脱贫攻坚作为“十三五”期间头等大事和第一民生工程来抓，坚持以脱贫攻坚统揽经济社会发展全局，加快推进大扶贫战略行动，精准谋划，苦干实干，坚决打赢脱贫攻坚战。

在“十三五”的开局之年，万山的工业发展再上一个新台阶，工业有了发展的龙头，即万仁新能源汽车集团落地万山，实现万山工业“五百亿”的目标。

二〇一六年四月十二日，万山区委、区政府与万仁新能源汽车集团正式签约。该项目从签约到全面开工，仅仅用了十七天。投资商感慨地说，这估计是全国从签约到动工最快的一个项目。这就是习近平总书记批示万山要

“加大工作力度”“加快推动转型可持续发展”生发出来的“万山速度”。该项目占地一千亩，投资二十个亿，年产新能源电动汽车十五万辆，每年可实现产值一百亿元，将解决四千人的就业，带动上下游产业，产值可达五百亿。二〇一七年二月，一期工程的冲压、焊装、涂装、总装四大生产车间厂房建设基本接近尾声。二〇一七年七月三十一日，随着第一辆新能源汽车的下线，万山这个曾经的工业特区再次拉开了工业创辉煌的序幕。从签约到第一辆汽车下线，十五个月过去，万山的“工业强区”有了真正的龙头。

九年前，万山的传统工业破产之后，这个昔日辉煌的工业城市，工业发展几乎处于停滞状态，如何能破茧蜕变，一直是万山人最关心的事情。在二〇〇八年以前，万山人经历了困惑、彷徨、绝望；二〇〇八年初那个百年不遇的寒冬，在滴水成冰的日子里，万山人已经到了绝望的临界点，但是万山人没有放弃，没有气馁，他们始终坚信党和国家不会忘记他们。事实证明了他们的坚信，时任中共中央政治局常委、书记处书记的习近平同志在冰天雪地里来到了万山，点燃了万山人的希望，从此，这个希望乘着梦想的翅膀开始飞翔。习近平总书记的关怀和重要批示，是万山加快转型、加快发展的精神动力。牢记嘱托、感恩奋进，便是万山人众志成城的心声。从此，万山人以梦为马，开始了追梦、成梦的征程。这个征程，无疑要有壮士断腕的气魄、凤凰涅槃的决心，才能浴火重生、破茧成蝶。

今天的万山走出了一条蜕变重生之路。九年来，万山实现了从传统工业、资源型工业向技术型工业的全面转型，传统产业也实现了“六个转变”，由资源型汞业向技术型汞化工转变。千百年来，万山粗放型生产朱砂水银，并将朱砂水银作为资源“外卖”，加速了汞资源的枯竭。汞矿关闭后，“汞都人”与科研院所加强合作，先后创立了红晶公司、红菱公司、矿产公司、银星公司等八家汞化工企业，吸收了近千名下岗失业人员和农村剩余劳动力，生产低汞触媒、氯化汞等系列产品。汞产品占据了国内同类产品百分之七十的市场份额，目前年销售收入可达二十亿元，可创造税金五千万元。同时通过科技创新，汞化工企业“三废”（废水、废渣、废气）达到“零排放”，节能环保技术达到世界先进水平。

同时，单一的矿山开采向资源综合开发利用转变。依托万山丰富的不溶性含钾岩石资源优势，引进贵州远盛钾业科技有限公司，解决了不溶性含钾岩石资源综合开发利用的技术难题。目前，黑龙江农垦北大荒商贸集团拟投资三十亿元，建设年处理二百万吨含钾岩石的生产线。

我记得时任贵州省委书记的陈敏尔同志曾指出：党的十八大以来，习近平总书记站在战略和全局的高度，提出了“走向生态文明新时代”“生态优先、绿色发展”“绿水青山就是金山银山”等新论断、新要求，这既是理论创新又是实践指南，既有时代价值又有全球影响。习近平总书记特别重视贵州生态文明建设，做出了守住发展和生态两条底线、实现百姓富和生态美两者有机统一的重要指示。陈敏尔一再强调，遵循习近平总书记的指示要求，贵州要明确把发展底线量化为经济增长、人民收入增加、贫困人口脱贫、社会安全等底线指标，把生态底线量化为山青、天蓝、水清、地洁等底线指标，强调绝不能走“先污染后治理”的老路，不能走“守着绿水青山苦熬”的穷路，更不能走“以牺牲环境生态为代价、换取一时一地经济增长”的歪路。

贵州要走一条“百姓富、生态美”的绿色发展新路，万山走的正是这样的道路，而振兴三产的发展就是强有力的举措。万山三产的发展更是彰显了“万山速度”，变废为宝，实现旅游业井喷式的发展，取得了令人惊喜的成绩。

旅游业是重要的棋子之一，朱砂古镇则是一步绝妙的好棋。二〇一五年大年初八，万山区四大班子领导集体赴江西招商旅游项目；四月，江西吉阳公司投资考察团来到万山；七月二日，吉阳公司跟万山签订了开发、营运“万山国家矿产公园”的协议；七月二十日，项目正式动工。“万山国家矿产公园”正式更名为“朱砂古镇”。二〇一六年五月四日，朱砂古镇开门迎客。昔日人工采矿坑道变身迷幻的“时空隧道”，以往矿工们贴着崖壁上下工的小道被改造成了惊险刺激的玻璃栈道，闲置的原矿办大楼成了汞矿工业遗产博物馆，蛛网满布的原苏联专家楼被改建成了别具风味的俄罗斯餐厅和悬崖宾馆……仅仅十个月，一片荒芜的废矿区，变成了二十世纪工业文化符号的工业怀旧小镇。开园三天，接待各地游客近二十万人次。

4A 级景区朱砂古镇、4A 级景区九丰高科技生态农业博览园和夜郎谷漂流风景区连成了一体，开启了万山全域旅游的新篇章。

自二〇一六年五月开园到二〇一六年底，朱砂古镇共接待游客一百五十余万人次。二〇一六年国庆黄金周，以朱砂古镇为龙头的万山旅游，七天共接待游客七十七万八千人次，实现旅游收入四亿一千万元。

景区周边摆摊卖饮料和小吃的老矿山居民，每天的毛收入达七八千元，而他们中很多人在汞矿破产后，全家四五口人一度只靠每月几百元、一千元的收入过日子。老矿工吴老满感慨万千地说："这在过去，是做梦也不敢想啊！"

高楼坪乡老山口村村民姚玉秀是唐绍维的二儿媳妇，几年前她亲眼见到了习近平总书记来到她家里看望和慰问抗美援朝老战士、八十一岁的公公唐绍维。那一天，姚玉秀把炭火烧得很旺很旺。她感慨地对我说："那年习近平总书记来到我们家，我家还是一幢旧瓦房，房子和堂屋破烂不堪，你看这墙上的照片嘛！"

这两张照片我相当熟悉，一张是习近平总书记给老矿工唐绍维送上被子的照片，一张是习近平总书记坐在唐绍维家堂屋中。总书记的笑容慈祥而温暖，唐绍维两手紧紧抓住习近平总书记的手，一脸幸福的笑容。在场的每一个人都扬起了笑脸。照片中那一盆炭火确实烧得很旺。照片在网络上、报纸上流传很广。

姚玉秀说："五年前，我家就建了两层楼房。去年买了'铁牛'耕田。柴也不砍了，煮饭烧水都用电。二〇〇八年前全家年收入只一万多元，现在一年全家收入二十多万元。"姚玉秀还说，老伴会泥工，每月收入有五千多元；两儿两儿媳也在工业园区打工。

九年来，万山以转型促发展，以发展惠民生，万山人民与唐绍维、姚玉秀等一样，生活发生了大翻地覆的变化。

二〇一七年万山区全年接待游客二百二十五万人次，实现旅游收入八亿元，均同比增长百分之七十；仅朱砂古镇旅游收入就达到了一亿六千万元，带动旅游综合收入四亿零三百万元。在二〇一七年的十一黄金周期间，省旅发委公布：朱砂古镇仅门票收入就达到三千八百二十二万元，位列贵州省各大景区第三名；万山九丰农业博览园门票收入排第九名。

贵州被誉为“公园省”，国家级五A、四A风景名胜区很多，万山朱砂古镇和九丰农业博览园能分别名列第三、第九，真是一个奇迹。

二〇一七年八月十三日，全国特色文化产业与脱贫攻坚高峰论坛在贵州省铜仁市万山区举行。贵州省委书记、省长孙志刚对论坛做出重要批示：当前我们正在深入学习贯彻习近平总书记系列重要讲话精神，在习近平总书记的思想指引下，扎实打好基础设施建设、异地扶贫搬迁、产业扶贫和教育医疗住房“三保障”四场硬仗。文化产业是产业扶贫的重要组成部分，在脱贫攻坚的主战场可以大显身手；文化主战场是脱贫攻坚的重要力量，在创造减贫奇迹的伟大时代应该英雄辈出。希望本次论坛进一步探索文化与扶贫的融合新路，在文化育民、文化励民、文化惠民、文化富民方面取得丰硕成果，为贵州乃至全国的脱贫攻坚贡献更大力量。

二〇一七年十月十二日，全省文化产业项目观摩会在万山朱砂古镇召开，贵州省委常委、宣传部部长慕德贵同志肯定了万山的发展，他指出，朱砂古镇融合了很多内容，可以说是点石成金的效果，产业都要提高文化创意，对于项目建设应该更深更高的层次来融合，文化＋扶贫＋大数据、大生态，文化＋旅游＋科技，文化＋时尚等方面都大有可为，朱砂古镇就与大数据紧密联系，文化＋扶贫的效果就产生了。

二〇一七年十一月十日，原国家旅游局副局长王晓峰一行分别调研了朱砂古镇以及九丰农业博览园，实地了解当地的历史文化及产业业态，对万山区坚持历史遗存与矿山文化相结合的旅游开发模式给予充分肯定。他强调，要充分发挥铜仁与重庆、湖南接壤的区位优势，做好外地游客引流，结合当地自然生态和风土人情，精心规划路线，不断优化服务，让游客来了不想走、走了还想来，将其打造为全国优秀旅游目的地。

二〇一七中国社会发展高峰会暨二〇一八《社会蓝皮书》发布会于二〇一七年十二月二十二日在北京召开。会上，万山区荣获《半月谈》第八届品牌生活榜“中国最美特色旅游小城”“中国最佳品质旅游目的地”荣誉称号。

对于万山旅游业的发展再上新台阶，万山区委书记田玉军充满信心，他说：“我区将按照铜仁市委要求打造文化旅游胜地，‘抓龙头、连金线、带亮点’的工作思路，全力支持朱砂古镇创建国家5A级景区，着力打造以朱砂古镇和九丰农业博览园为双龙头的旅游产业链。”

如何把旅游业和省委提出的“大数据”与“大扶贫”有机统一起来，如何以大数据促进大扶贫带动旅游相关产业，将人有我有、人无我有的好产品卖个好价钱，激发农民创业致富的积极性，实现万山农副、服务业、文旅产业的进一步升级，成了区委、区人民政府领导人的心结。

朱砂系列饰品、贡米、高山葡萄、食用菌、香柚、竹笋、原生态红薯片等历来为万山特产，也是万山近几年精准扶贫的产业。二〇一五年十月，万山在全省率先挂牌成立了电子商务产业发展促进局，百万年薪聘高人、打造万山电商生态城的方案在区委常委会上通过。“百万年薪”聘电商人才，当时还引起了热议。

万山区要花一百万年薪引进一个电商人才？很多人觉得不可思议。一百万年薪，相当于万山区一名普通公务员当下二十年的工资，难道我们一个公务员干二十年的贡献还不如别人一年的贡献？到底是何方神圣？

迫不得已，区里将这一大事拜托给了国内几家大的猎头公司，几经反复，才终于找到了合适的人才。

当武陵山腹地的人们静观万山区百万年薪引进的人才到底有几板斧的时候，从浙江一家大型电商企业首席执行官位置上“孔雀西南飞”的“八〇后”电商企业家陆晓文已经在万山走马上任了。他说：“其实年薪对我们来讲不是最重要的。贵州的山好水好产品好，贵州各级政府对人才的热情是我前所未见的，贵州的电商刚刚起步，正好符合我们想大干一番的想法，于是我就来了。我的两位搭档阳敏、卢海栋也很赞同我的想法，所以也跟着来了。一年多来，我们感触最深的是，这里干部的观念很开放，作风很扎实，效率不是一般的高。”

二〇一五年十月，电商生态城的建设方案确定了，两个月后正式开工，二〇一六年四月二十七日正式营业。

事实证明，百万年薪引进的不仅仅是人才，而且是一个蓬勃的产业和新的经济增长方式。电商生态城一开始就采用双向孵化模式，以项目孵化带动创业人才培养。

之前疑惑的人没想到的是，开业半年后，电商生态城商家入驻率达到了百分之百，实现电子商务交易额突破两亿元，其中农特产品上行销售额达到六千四百万元，带动农村创业就业两千五百多人；更没想到的是，仅仅在当年“双十一”那一天，万山电商生态城十几个小时的销售额，就达到一千三百五十三万元，十多万张订单，销售的商品绝大部分是当地农产品。二〇一七年，万山电商生态城的销售额已超过四亿元。

二〇一六年，铜仁市万山区凭电商产业被评为贵州全省十佳电商示范县、2016省级电子商务进农村综合示范县，获得《人民日报》、《经济日报》、新华社等国家级媒体的广泛关注和报道。从卖万山农产品到卖铜仁全市的农产品，再到全省的“黔货出山”，到如今的“买卖全球”，万山大数据商业一路走红。二〇一七年七月，万山电商获得了2017国家级电子商务进农村综合示范县荣誉称号。

之后，通过电商人才实战培训成功孵化项目并与沿海发达城市电商企业达成合作，形成了由生态城与周边高等院校达成合作、生态城负责人才培育及输送、沿海发达地区优质电商企业负责人才接收的“三角形”循环模式，有效保障了入驻众创空间开展实训课程的待毕业高校学生实现百分之百就业。

二〇一六年开园后的半年时间，生态城共完成电商专业培训十余场，培训三千余人次，真正从源头上解决了以往培训资源稀缺、培训业务外包的困难局面，实现了优势资源实时共享、培训业务外部输出的良性环境。

采用特色服务模式，以品牌打造带动企业升级为动力。生态城以打造电商产业生态链为核心，以服务外输、抱团协作、资源共享等方式着力构建“前端引入、全程跟踪、末端输出”的三位一体服务体系，通过“三个一批”方式，即传统产业转型一批、培育孵化新增一批、外部招商引进一批，不断增加电商企业和人才基数，促进“网商大军”蓬勃发展，有效提升电商发展环境，同时加快品牌打造带动企业升级，打造了万山特色品牌“味万山”，通过统一包装、设计、推广，助力农产品上行。

采用产业聚集模式，以企业抱团带动产业发展为目标。一是筑巢引凤，逐步完善服务配套体系。引进摄影美工、网站建设、网货供应、教育培训、物流仓储等电商配套服务企业，完善电商生态城整体服务要素供给，形成了较为完备的电商运营模式。二是加强引导，通过平台资源导入和技术支持，打造标杆企业，引导入驻生态城的配套服务类企业与当地的传统销售类企业建立沟通合作渠道，通过平台资源导入和提供技术支持方式来带动传统企业转型发展。例如对接微盟平台，在产品上架后的四个月时间内就成功吸引了一千多个全国分销商，两个半月时间实现了从以往日销量不过几十单到日销量突破千单的巨大转变。三是通过线下参展或节会推动企业的成长、聚合。如带领园区企业参加二〇一六年广州国际互联网电子商务展览会，让万山特色产品“朱砂”“万山香柚”“跑山牛”等从线上走进节会现场。如成功举办二〇一六年万山区首届农特产品网商年货节，承办二〇一七年铜仁市第二届网商年货节，等等。四是不定期组织生态城企业开展“头脑风暴”沙龙。各企业提出自身发展理念及下步打算，然后进行探讨，共同商议并提出有发展可行性的意见和建议，并进行市场调研分析；最终通过分析决定是否执行，真正实现让生态城企业抱团取暖、资源共享。

铜仁市万山区电商产业从无到有，从小到大，到供不应求，仅仅一年时间，从构想变成现实。

我与在这里从事电商工作的全国人大代表华茜很熟，我们同是第十三届全国人大代表。全国“两会”期间，我目睹侗族青年华茜成为众多媒体的采访对象，她的感恩之情溢于言表：“习近平总书记一直关心着万山的发展，牵挂着万山的人民。二〇〇八年二月，总书记亲临万山视察指导抗凝工作；二〇一三年五月，总书记对万山做出了重要批示，勉励万山加快推动转型可持续发展，不断提高经济社会发展和群众收入水平；党的十九大召开时，总书记在参加贵州代表团讨论结束时再次询问万山转型发展工作的相关情况。万山深刻牢记总书记的亲切嘱托和深切期望，感恩奋进，大力实施工业园地转型、城市异地转型战略，发展新能源汽车产业、朱砂工艺产业、观光农业和湿地公园旅游业。现在的万山，已从一个资源枯竭型城市转变为一个旅游观光型城市。人民群众生产生活条件的巨大改善，人居环境条件的显著提升，都离不开党中央和总书记的深切关怀，离不开国家对万山的扶持和帮助。来开‘两会’，想借这个机会转达万山人民对总书记的诚挚问候，欢迎总书记再到魅力新万山视察和调研。”

“两会”刚一结束，华茜来到铜仁万山高楼坪乡夜郎村新时代农民讲习所，给大家宣讲全国“两会”精神，她说：“习近平总书记说，乡村振兴就是要维护广大农民根本利益，让我们农民富裕起来。我们电商要把产品卖出去，关键得靠大伙合力把整个产业链做起来，咱们的荷包才会鼓起来。”

那天的宣讲，让夜郎村沸腾了，村民热烈讨论“两会”精神。当听懂了乡村振兴战略重大决策部署是怎么回事时，乡亲们扬起了笑脸。

习近平总书记说过“小康不小康，关键看老乡”，在视察花茂村时说“政策好不好，要看乡亲们是哭还是笑”。这些话可谓一语中的，引人深思。

二〇一五年，华茜加入阿里巴巴农村淘宝，成为一名农村淘宝合伙人，为基层群众免费提供代购和代销服务。后来，在政府的支持帮助下，她办起了电商服务中心、农特产展示中心、创业指导中心，同时义务辅导农村青年就业创业。在她的努力下，当地的红薯片、野蜂蜜、米粉、米酒等原生态绿色产品走出了万山。目前，华茜一共注册了十四个商标，其中就有“朱砂古镇”“黔乡百味”。二〇一七年，华茜的电商公司总产值八百余万元，净利润六十五万八千元，辐射带动周边两千多名群众发展。

万山区农村电商的迅速发展，不仅让白云深处的绿色产品“飞”出了大山，也吸引了在外打拼的有志青年返乡创业。今年的政府工作报告提出要坚持创新引领发展，着力激发社会创造力；提出要运用“互联网+”发展新就业形态，多渠道增加农民收入。这让华茜更加坚定了扎根基层、服务群众、带头创业的信心和决心，同时心中也有了更高的奋斗目标：力争实现农村电商生产销售一体化，实现全产业链发展。

二〇一七年十月十九日上午，习近平总书记参加了十九大贵州省代表团讨论。总书记指出，五年来，贵州认真贯彻落实党中央决策部署，各方面工作不断有新进展。综合实力显著提升，脱贫攻坚成效显著，生态环境持续改善，改革开放取得重大进展，人民群众获得感不断增强，政治生态持续向好。贵州取得的成绩，是党的十八大以来党和国家事业大踏步前进的一个缩影。这从一个角度说明了党的十八大以来党中央确定的大政方针和工作部署是完全正确的。习近平希望贵州的同志全面贯彻落实党的十九大精神，大力培育和弘扬团结奋进、拼搏创新、苦干实干、后发赶超的精神，守好发展和生态两条底线，创新发展思路，发挥后发优势，决战脱贫攻坚，决胜同步小康，续写新时代贵州发展新篇章，开创百姓富、生态美的多彩贵州新未来。

在采访铜仁市委书记陈昌旭时，这位十九大代表仍然很亢奋，他介绍说，习近平总书记亲切地与代表们一一握手、交谈。当握住总书记温暖而有力的大手时，他激动地说："总书记，我是来自铜仁市的代表陈昌旭，二〇〇八年凝冻受灾害时，您到铜仁万山看望贫困的乡亲，乡亲们一直都惦念着您。"总书记说："代问乡亲们好！那里的汞矿枯竭了，实现了转型发展，我还做过批示。"

短短数语，饱含人民领袖对人民的殷殷之情。

陈昌旭在乌蒙山区的毕节市工作过，当年习仲勋书记对乌蒙山区海雀村的批示，他耳熟能详；那里的人民对习仲勋书记有着怎样的感情，他深深知道。我与他感同身受。在乌蒙山区眼见为实的采访过程，我都写在了《报得三春晖》那篇文章里。现在陈昌旭在武陵山区的铜仁市工作，他深切感受到了习近平总书记对铜仁万山人民的殷切关怀，也感受到了这里的人民对人民领袖习近平的感恩之情。

牢记嘱托、感恩奋进。从二〇〇八年初那个寒冷的冬天到二〇一八年这个温暖的春天，铜仁万山人民十年磨一剑，让这里从一个贫困落后的资源枯竭型城市变成了一个消灭贫困大踏步走向小康的城市。这样的华丽转身说明，只要我们时刻牢记习近平总书记教给我们的方法论，在学懂、弄通、做实上下功夫，就能乘着梦想的翅膀任意飞翔，从而实现我们的梦想。凤凰涅槃、化茧成蝶，还有什么比浴火重生的过程更能令人感到党和国家恩重如山的呢！

二〇一八年一月二十六日，贵州省“两会”召开，作为全国人大代表，我列席聆听了谌贻琴代省长所作的政府工作报告。作为一个贵州人，我深深感受到了报告中的感恩、自信和自强。特别是当我听到“贵州综合经济实力大踏步前进，决战脱贫攻坚大踏步前进，基础设施建设大踏步前进，改革开放创新大踏步前进，增进民生福祉大踏步前进”这五个大踏步前进时，我心中升腾起无比的自豪。

谌贻琴代省长的报告掷地有声，言犹在耳：五年来，我们全力“赶”、加快“转”、奋力“超”，绘就了贵州砥砺奋进的崭新画卷。今天的贵州不再垫底，不再是落后的代名词，正在撕下贫困的标签、贴上靓丽的名片！五年来，我们按下“快进键”、跑出“加速度”，经济社会发生了深层次、根本性变化，被习近平总书记赞誉为党的十八大以来党和国家事业大踏步前进的一个缩影。

离开万山之前，我再次来到朱砂古镇，那一栋栋红砖黑瓦的房屋在我的眼里，显得那样安详和庄严。万山汞矿是有着优良传统的老工业基地，从建特区以来，共有八十九位获得省部级表彰的劳模，其中三位是获得全国表彰的劳模。在这里的街道和广场上，九十多位劳模的塑像栩栩如生，让我感觉到了历史的厚重和今天的辉煌。站在广场上，看着熙熙攘攘的人群，我竟然有些依依不舍。有这样的感觉，于我而言是少见的。从小到大，凡是人多的地方，我都很少去，我喜欢安静，这也许与我在地质队长大、曾是一名地质队员有关。地质队员大多数时间不在喧嚷人群里，而是在寂静的群山中。人群的喧嚷不可能持续不断，总有归于寂静的时候；寂静的大山也可能因为有矿石而不再寂寞，变成沸腾的群山，万山汞矿的昨天就是鲜活例证。当沸腾的群山不再沸腾时，那么，万山的凤凰涅槃、浴火重生，于今天而言就显得弥足珍贵。

在收笔之前，我还想讲一个故事：万山汞矿总工程师樊龙辉的女儿樊静帆还在襁褓中时，被母亲抱在怀中，一家三口从上海来到了万山汞矿。她在万山长大且生活过多年，对万山的感情极深。

樊静帆大学毕业时，正值汞矿宣布破产不久。她回到万山，看见往日工友、同学蹲在屋外，两眼空洞，不知路在何方……她说：“我一岁时是由母亲高高兴兴抱着来万山的，大学毕业时是哭着离开万山的，我发誓以后再也不回万山了。”

二〇一六年，已经居住在法国巴黎的樊静帆听说万山发生了翻天覆地的变化，忍不住辗转回到万山，站在父亲樊龙辉的塑像前，她激动不已，再次落泪。离开时，她对万山区区长张吉刚说：“以后万山要是有设计、规划方面的需要，尽管找我，我的女儿现在是法国一名大规划师的助手；如果找我，不要打电话，国际长途太贵，我给你们打过来。”

张吉刚对我说：“现在我们万山每个人都打得起国际长途，与世界的沟通毫无障碍，樊静帆这样说，也是出于善意。”出于礼貌，他没好接她话，只是说欢迎她以后多回来看看。

就在我结束采访准备离开万山时，传来了万山将迎来“贫困县退出国家级第三方评估验收”的消息，告诉我这个消息的田玉军同志一脸的从容。从他的从容中，我分明感受到了他的自信。他的自信，就是万山人民的自信；万山人民的自信，就是万山人从深度贫困到消灭贫困这个过程的缩影。

从我前后五次到万山采访的眼见为实来看，我有理由相信，万山在二〇二〇年全面建成小康社会的这个目标是能够实现的，肯定会实现的！

只有这样，才能不辜负人民领袖在二〇〇八年初，不远万里来到铜仁万山，在那场百年不遇的凝冻灾害中带来的温暖和关怀；只有这样，才算真正地践行了“牢记嘱托、感恩奋进”的誓言；只有这样，我们才能在将来毫无愧色地告诉我们的子孙：我们参与了脱贫攻坚战这场人类历史上最伟大的工程。

燕南飞

◇ 黄国奉

一

满满黄家真，是玉屏县田坪镇白果村下寨组一名低保户。今天，满满没有上山。昨夜，他兴奋地对我说，他要去新区开会办生态移民搬迁的事情。移民新居叫“田坪杨柳移民新区”，属移民搬迁试点项目，搬迁对象主要涉及田坪全镇20个行政村，规划安置429户1882人。人均住房面积20平方米，建筑面积严格按照60平方米、80平方米、100平方米、120平方米四种标准设计。这里新建的住房外观简单大方，内部功能完善，和城里楼房一样，配套建设的停车位、储藏室、水、电、路、污水处理、电视、网络、通信等基础设施也都一步到位。

半年前，第一期生态移民工程的3栋楼交付使用了，对门组几户人家喜地欢天搬入了新房。每搬入一户移民，镇政府都发一定的搬迁补助款。搬入的人脸上大都乐开了花，大家伙能看出来。

对门组离下寨组隔着条小河沟，每次遇见，对门组人大都会没话找话、大声霸气地说：“咳，家真叔，怎么还不搬呢，舍不得你家那破坛烂罐吗？我们新房子都住厌烦咯。”

满满想找几句话驳过去，可又觉得不像自己的性格，又怕对门组人说他见不得别人搬高楼过神仙日子。人家也是实话实说，怨不得别人的。

二

前个月，他收到了新区移民搬迁指挥部写的《致广大村民的一封信》，指挥部随即在下寨组公示了《下寨组移民房屋置换搬迁实施方案》，又公示了《关于对下寨组移民房屋置换安置按期执行户的奖励政策》。关于搬迁的政策、流程、时间，他了解得一清二楚。

满满家三世同堂，他和两个儿子一个孙女住在一起，三间老房狭窄得如同紧密无间的蜂巢。两儿子外出打工，孙女上学住校，一只老猫、三头猪还有梁上燕子陪着他过生活。

这下好了，下寨组的新楼房终于修建好了。按照《方案》中“房屋置换面积人均不超过 30 平方米”的规定，满满申请了一套 60 平方米的楼房。这套 60 平方米、70 年大产权的新房从此就成了他们一家的私有财产。按照《奖励政策》，如果他们家在月底完成旧房拆除，还将享受每套房给一台抽油烟机、一台电视机等奖励政策。因为家里有残疾人“花狗”，还可以享受低保待遇。满满如果不想将房子装修得再漂亮一点，就可以直接拎包入住了。

三

2017 年 2 月 2 日，下午，满满家。为这次搬迁的事情，我和他攀谈起来。满满今年满 76 岁。岁月的喇叭里盛着西北风，吹得木屋患了脑梗。喇叭吹向满满时，吹白了头发，吹瘦了身体，吹矮了精气神，身子骨也被吹得风雨飘摇。与岁月和时间剧烈交锋下，满满的蓝色中山装已羞涩得褪了原色，绛紫色西裤苦着脸，苍黄的解放鞋承载着疲惫。但满满这人不邋遢。虽然满娘很早就去世了，他却把自己收拾得清清爽爽的。满满夹着叶子烟，慢吞吞地抽着惨淡岁月，烟灰磕在旧茶杯装着的往事里。满满装着旧时光的双眼，饱含着岁月打磨后的沧桑，也蕴含着新生的春芽。此时，他凝望着窗外，神态柔和似水。那里，一对燕子划着晒衣绳，亲亲热热的呢喃声，一句一句结在绳子上，生动着晃荡着。像对待老猫一样，满满善待燕子们如同善待家人。燕子将满满家堂屋里的他乡当作了故乡，年年春天按时来归。满满不经意地笑了，鼻梁挤到了眉心，嘴角翘到了眼眉处。一道道不规则的皱褶，在黄土地般的脸庞上，增加了密度和厚度。他自语道：燕子每年两次迁徙，次次都是自力更生；自己这才搬了两次，次次国家都给了补助。比起燕子的不等不靠不要，他看到了自己外衣下藏着掖着的羞愧。

翅膀起处，燕尾剪开晃晃荡荡的天空，剪出了两股烟，也剪开了满满的回忆。满满给我讲起了他的搬家故事。第一次搬家与屋后的大枫树有关，那年满满 16 岁。下寨组枫树很多，大大小小几百棵。下寨组人敬畏古木，有拜古木做干爹的习俗。“组里老辈人都喜欢栽树，房前屋后都栽树，寨子和木屋像鸟儿打住在森林里。我家老屋后有四棵枫树肩并肩，是祖太公的祖太公亲手栽的，几十丈高。老祖宗留下来的财产呀，百年古树又被政府挂牌保护着，不能砍，不忍心砍。怕就怕大风天，大树摇摇晃晃地哭着、喊着。万一哪天倒下来，哭着喊着的就是我家了，只得搬家。”满满说，为方便出行，他把家安在了离小河沟不足两百米的地方。

满满和母亲都会说这样的话：“人搬穷，火搬熄。”这要从满满第二次搬家说起。离第一次搬家才不过十多年，因为上游的岩坳水库，他又要搬家了。

新中国成立初期修建的岩坳水库，是大队投工投劳修建的。当时缺资金缺技术，边勘测、边设计、边施工、抢工期，这样仓促修建的水库标准低、质量差、隐患多。岩坳水库建成后，把上游的水一拦，水面成了块赏心悦目的蓝玻璃，真个仙境一般；水库下游的下寨组河边的住户却遭了殃，上游悬着个水库，搞不准哪个时候就会放水给你洗洗头。下暴雨时库水涨得飞快，十几分钟就涨了几十厘米，必须做好放坝泄洪的准备。

“水库一放水，直接漫了我家屋顶，像住在河中央，小命都是别在裤腰带上的。”说起当年的命悬一线，满满至今仍旧一脸的惊恐。

水库是泥土筑的，不管夯得多么牢实，终归是泥土筑的，库基太软。渗水，漏水，透水，满满的木房子被水滋润得水色十分，木板的沃土上活着青苔。仿佛稍稍一碰就晃荡，轻轻一推就要摔倒，像醉酒的歌词。春夏之交，巨浪冲进房子，这里落下一个词语，那里失踪一个句子；上篇字迹歪斜一段，下文缺失一章，读起来跌宕起伏，可是却有心惊胆战的残酷。满满家里的衣服、被子、粮食，湿得像一群发霉长毛的病人。几年下来，老人大都与关节炎为伴。

雨水多的年份，晚上要去上厕所，脚一伸下床，水，蛇一般迷糊糊地凉缠着你。呀，一声惊叫起来，水没了床脚。有时，巡逻的人敲着铜锣高喊：“大水要来了，大坝要放水了，你们快起来跑啊，往高处跑啊……”满满三把两把穿上衣裳，家里农具用绳子捆了往树上一挂，顺手拿上点要紧东西，护着老的、背着小的，喊爹哭妈地往高处奔跑。满满说：“像住在通向死亡的十字路口，过一天是一天。吃的更成大问题。我们组在河边有200多亩地，几乎年年被水淹没。被水泡过的土地哪样庄稼也不长。不用说农作物，就连草、树，也都泡死了。后来又赶上了三年困难时期，那日子，真是好难过。我家现在尽管也贫困，但和那个时候相比，还是好多了。”

往下寨组高处搬迁的时候，满满的父亲老二公实在搬得不耐烦了，像犯了病似的，搬起缸子狠狠地往地上砸，一边砸一边歇斯底里地喊：“搬搬搬，这要搬到几时才出头啊！”

人生犹如青草般脆弱，但人的生命力又像岩石重压之下的青草，肩负着重荷也要不屈不挠地蓬勃向上。人们为了活着，为了活得更有尊严，没有向挫折和困难低头，反而用智慧和勤劳的双手，在岩石和洪水的双重夹击中寻找生命的希望和人生的出口。

六点半，满满准备往新区赶。他家在田坪镇的北边，离新区只有两里路，他想小跑过去，争取排在第一位。满满走到门口，燕子窝里，燕妈妈嘴对嘴喂四只小燕吃早餐。他对燕子说：“等搬进了新楼，我给你们造个安逸的小家，你们要跟着来住哦。”清晨的花街路像活泼泼的溪流，搭着满满这尾兴奋的鱼向新区游去。大的蓝手帕上，绣着许多游手好闲的白云，马牛羊的形状都有，岩山土烟叶烟杆形状的也有，有块居然像极了移民新区的新楼房。小麦长长的穗绣着阳光，能看得到麦芒抖动空气的样子。满满跟天空说：“掐指一算，5月8日选房，真个好日子。”他披着一身淡橙色光辉，跑马射箭般去往新区。

新区大门边，迎面遇见了对门寨组的老熟人。满满豪迈地说：“老表，晓得不？我们也要搬了。要跟你们对门组住一样的新楼房了。我这就来办手续，要排第一名！要了一套！”满满右手一挥，食指和中指向空中一扬，把自认为高大威猛的背影留给了发愣的对门组人。新区办公室门口，满满蒙了。新区下发通知说8点钟开始预结算，这才7点45分，门口已长长地排起了诸如采菊、黄国告、黄开云、哑婆这些人。满满暗暗责怪自己起了个早，赶了个晚集。

下寨组的报130平方米、90平方米的安置户先抓阄，1号最先选房，喜欢哪套选哪套，以此类推。这一轮抓阄选房预结算结束了，没有轮到满满，他选的是60平方米的房子，已经被别人选完了。满满也许要等到下一批，甚至再下一批，那就有可能要安置到县城城郊去了。不管搬到田坪杨柳移民新区还是县城郊区，满满是一百二十个愿意。但是，有的村民却不愿意搬，同组的采菊就是其中一个，她不但不愿意搬，还骂过政府干部。

四

2016年田坪镇易地扶贫搬迁项目是作为定点帮扶项目实施的，《试点实施方案》得到批复以后，镇里成立了由镇长任组长，分管副镇长任副组长的工作领导小组。领导小组精准施策，跳出就试点而试点，就移民专项扶持资金而扶持的窠臼，将田坪杨柳移民新区纳入全镇精准扶贫、美丽乡村建设的大格局中来统筹。又整合各种扶持政策、资金和资源，在节约制约用地的前提下，按照高起点、高标准、高品位的原则规划建设。为稳妥、安全起见，试点工作分两期进行，一期工程先从人口少的对门组开始。

杨桥被聘出任田坪杨柳移民新区副主任，协助主任处理田坪杨柳移民新区建设、旧房拆除和移民搬迁工作。这项工作对于杨桥来说，是“大姑娘上轿——头一回”，刚为人父的他哪有移民经验，更不知如何伸手开展移民安置工作了。但新区的姚主任是位思维灵敏、有谋有略、敢想敢干的人，在他的支持下，杨桥没有发愁，先弄懂惠民政策、文件精神、法律法规及扶贫知识，又组织熟悉工作流程，还多次学习借鉴外地的工作经验。由于没有多少外地经验可借鉴、可复制，田坪杨柳移民新区只能擎起自己独特的移民大旗。

当杨桥和新区干部向下寨组通知将移民搬迁到新区时，贫困户们无一不瞠目结舌！“人搬穷，火搬熄。”他们是一口十个“不搬”！为了让移民了解这次移民搬迁的重要意义，杨桥和新区干部联合村支两委干部一起以走村串户、开坝坝会等多种形式宣传《试点实施方案》的科学性、合理性和可操作性。一次不行，两次；两次不行，三次。在生态移民群众的思想有了松动之后，又组织他们到平溪镇康华移民新区、大龙镇大德新区、龙江新区、德龙新区等地实地参观。经过半年的不懈努力，慢慢地，工作取得突破性进展，对门组的人开始搬进了新居。

最初，田坪镇还没有全面开展违建治理工作。在《杨柳新区安置区搬迁实施方案》正式实施时，考虑到村民的投入，将残破建筑也纳入了补贴范畴。采菊骂杨桥，就与她家的违章建筑有关。采菊在 2010 年花了 7 万给儿子盖了一层新房。那新房瓷砖贴地，屋内吊顶，实木包边，三间正房带出厦，带一间偏房，窗是 1.8 米乘 1.8 米的铝合金，当时在下寨组也算得上是好房子。2011 年，采菊才欢天喜地地给儿子接了亲。就这么一幢大房子，政府要拆，还让他们搬家。采菊脑袋里盘着山路十八弯，一时转不过弯来。“人家一套烂屋赚了一套新楼房，我家这么好的房子，也是一套换一套，不是倒了血霉吗！不搬！天王老子来了也不搬！”采菊心里不服气还有一个原因：为了装杂物，她把房子南边空地用砖围了起来，但问题是顶上却没有搭棚，连半棚也没搭，所以一分钱补贴也没有。采菊不服气，就去找村支书讨公道。支书说：“按照方案，没有棚的就没有补贴。这事我说了也不算，你去找新区杨桥主任问问吧。”

问就问！采菊这人敢说敢做，泼辣得很。第二天鸡还没穿衣服，她就跑新区来了。杨桥她不认识，新区广场上有些干部模样的人围着正商量什么事。采菊大声问：“喂，你们哪个是杨桥主任？”

其中有人回答：“杨主任他在医院呢。”还有人准备打杨桥电话时，采菊已经离开了。

医院离新区就两分钟的路程，采菊揣着一团火从医院一楼走上二楼，一间接一间病房地找杨桥。找了半天没找着，她以为杨桥在躲着她，火就更大了。最后，她在三楼找到了陪伴母亲住院的杨桥。

“你就是杨桥？”

杨桥应道：“我是杨桥，婆婆你有事吗？”

“我是下寨组的采菊。别家的违章建筑都给了补贴，就我家没得，啊？凭什么？”采菊本就一肚子的不服气，说出来的话一团刀光剑影。群众说话可以言辞激烈，杨桥却不能。他走出病房耐心解释说：“婆婆，方案在村里公示了那么长时间，你有意见怎么不早提呀。”

采菊不听，杂七杂八地骂了杨桥：“你这干部是吃干白饭的吗，一点也不为老百姓办事。”气愤愤地走了。

说话间，杨桥的电话铃声此起彼伏，都是联系工作的电话。杨桥只好告别病房里的母亲，含泪去新区继续工作。这么拼的杨桥，采菊竟然骂他无所事事，他怎么不委屈呢。

五

2017 年 9 月底，采菊最终还是搬进了杨柳新区的新楼房。2017 年 11 月上旬，采菊邀请我和满满去她家做客。采菊的房子像个新人，干净敞亮地站着，撩人眼目。她家在一楼，60 平方米，漂亮的布艺沙发、木质的双人大床和衣柜、一尘不染的地面，无不显示出采菊的勤快能干。此时的采菊，满脸的春花秋水，实在无法跟当初骂杨主任的时候联系上。

满满问：“采菊，你当初怎么就和杨主任卯上了？听杨主任说，你现在不跟他卯了，你怎么转过弯的？”

采菊笑眯眯：“家真哥，那么好的房子，说拆就立马能转过弯来？我又不是陀螺。”

“杨桥主任说，政府给你退耕还林，给你搞养老保险，拆房子还有补贴，日子过不下去还有低保。”

“杨桥主任还说，政府还配套相关产业，确保移民搬得出、稳得住、能致富。做人不要忘党恩。你想想，你还有什么不满足？”

“你侄子老是劝我：‘妈，你思想落后了呢，人家政府这是要帮我们过上好日子，我们要感谢政府，要领政府的情。支持杨主任工作，就是支持我们自己，切莫再去吵闹了。’”

“杨主任的话有理，我服了。我们侗家人，最是讲究感恩的。你说，我还好意思和杨主任硬卯吗，那还是个人吗？”

采菊其实有自己的铁算盘。搬迁协议她也签了，不过搬的人家多，她家就搬；搬的人家少，她家就不搬。

满满告诉我，抓阄分房搞结算那天采菊来得最早，她要看看到底有多少人要搬家。妈呀，来了 30 多户，全组总共也就 16 家贫困户。平时，这家说不搬，那家也说不搬，今天居然全都来了。采菊当即做了决定，立即搬。

搬新居那天，采菊哭得山高水低的。拆老屋那天，她脸上又有眼泪的痕迹。房子里的一砖一瓦，刻录着家人的起早摸黑，堆积着家人的欢欢笑笑。院子里的枇杷树上，还悬挂着采菊往日金黄的甜美；每一棵青青翠竹，都是采菊家简单难忘日子的活见证。还有堂屋里的神龛、房里的桌椅板凳，每个角落无不安放着采菊家的酸甜苦辣。那是关于亲、关于情、关于爱、关于家的丝丝缕缕，怎不让人泣涕涟涟呢？不过，采菊想得开，她告别下寨组搬到移民新区，不就是为了拥抱更加美好的新生活吗？

采菊话里话外全是称心如意：“啊呀，真没想到会是这么啊。过着农村的生活，享受着城市的待遇。家里的冲水马桶不会用啊，天然气不会用啊，杨主任自己上门教；他如果没空，就安排人来帮助我。”

采菊还说：“为了让我安心住下来，杨主任还帮我把老屋头喂的猪羊都卖了，高于市场价哦，帮我大忙了，我能不送梨子给他吃吗？”

采菊抹抹眼眶：“我不该跑到病房里去吵他。要是允许，我要把杨主任他们这伙为大家舍小家的干部呀，供到神龛上去呢。”听着这话，我们都笑了。

杨桥们的成就感，体现在采菊们的笑声里。驻村干部们经受的委屈，可能成了明日黄花了吧？

六

2018 年 9 月 3 日，沿着秋天的金色走过去，满满终于实现了他的安居梦。他通过现场抓阄、现场选房的方式，被安置在玉屏县平溪街道康华移民小区，终于拥有了一套 60 平方米的新楼房。满满向来豁达、乐观，这个泰山压顶都没哭过的侗族汉子，遇上大喜事时却哭了，大男人的脸妩媚得像含泪绽放的胭脂花。不，更像一朵向日葵，金黄，喜庆，圆满。

五楼的新家里，满满走进厨房，摸着崭新的冰箱、抽油烟机、电磁炉，爱不释手。看着孙女卧室里的女生床，漂亮的七彩遮光窗帘布，他不知说什么好。客厅里，壁挂电视机、电风扇、沙发被满满擦了一遍又一遍，家里所有这些生活用品，都是政府免费配送的。满满在家里转了一圈又一圈，房子都快要被他转晕了。他立在窗前，眼神定格在窗外：一排排白墙黛瓦的新楼房，掩映在一行行绿树和一簇簇美人蕉之间；小区的假山旁、凉亭内、喷水池边，燕子上下翻飞，他在玉屏民族中学上高一的孙女在亭子里读书。

9 月 23 日，母亲在电话里叹气说，从江西桐子巷搬来下寨几百年，满满七十多岁的人了，还搬什么家哦，屋场、水井真的都不要了吗？母亲是舍不得满满搬家的，但她又没有办法。根据满满目前过得家不像家、人不像人的境况来看，母亲觉得满满还是应该搬到新家去。也许，生态移民搬迁这只搭载着满满这些贫困户们的航船，能够到达他们期盼的春天里。母亲安排我带着她去满满新家，悄悄侦查一番。

秋天的早晨，太阳像个嫩嫩的蛋黄，惊惶惶地软在舞阳河上空，像极了母亲揣着的忐忑不安。一条条宽阔整洁的沥青路纵横交错，四通八达，不时有公交车驶过。道路两旁一棵棵枝繁叶茂的广玉兰、桂花、樱花等观赏植物正舒展着身姿。满满住的小区背靠青山，面朝舞阳河畔。10 多栋白墙黛瓦、高低错落、栉比相连的新房尽显别致，春竹般俏立在蓝天下。康华移民新区大门口，宽敞的斑马线刷得雪白油亮。母亲抚摸着大门柱子上“一步住上新房子，快步过上好日子”的大红金字对联，眼里书写着神采。小区内外，一派生机勃勃的景象。大门两边的绿化带里，桂花笑脸望着白云，香樟树摇曳着碧绿的清香，万年青荡漾着绿潮向小区奔流而去。一方缓坡延伸向宽敞的步行道，其上铺彩色吸水地砖，踩上去软和和的。步行道旁，紫叶樱花立在秋的窗口梳头，女贞子们挺举深红旗语。香樟树上喜鹊安家，喳喳地呼叫秋天；桂花树下，绿风中仿佛触摸得到金桂的花香。荷花池里，残荷搭着响箭，扣准人的眼眸，射出它秋日的洗练。阳光泻下的金水中，母亲慢下了脚步，如稻穗行走在金色浪潮里。我说：“妈，你莫不是也想搬来住吧？”母亲却说：“呀，看，亭子屋檐，有一对燕子呢。”母亲揉揉眼眶，真是满满家那两只。燕子真的亲人，它们相跟着满满来到了新居，开始一段新的飞翔岁月。

亭子里，小孩推着摇篮，让它酣眠。大爷大妈们对坐着，摇头晃脑地唱：“欢迎你到新区来，欢迎你到康华来。出门就是公交车，进门满园是春色。小区工厂建起来，东艺电器红起来。这里住着真愉快……”山歌，阳光般照过来，润得绿树红花暖和和、金晃晃的，唱成一条纯净激荡的溪流，在小区内流淌。母亲走上前，在溪流之上和大妈们说唱起来。

满满家楼栋的一楼，居然是个车间，那是贵州东艺电器有限公司扶贫车间。一排排桌子上，安装打火机的人们忙个不停。在这里，我和母亲见到了“花狗”和寨上的开云。“伯妈，我在楼下打工挣钱，比在老家好过多了。”对照货号、数量等参数的“花狗”笑着对母亲说。“我们住新房，我要送女儿读大学，让爸爸享受幸福，好日子还在后头呢！”谈到当下日子，“花狗”的喜悦之情溢于言表。“我也是城里人了，日子越过越有想头。”一旁正在调试打火机的开云笑眯眯地打岔道。从他们的话里，我看到了搬迁者们心里涌出来的阳光。

满满闻讯赶来，他脸上有一层薄薄的红。满满说，小区有人头疼脑热的，当过赤脚医生的他就帮人们扎针灸、搞推拿。邻居也懂得回报，帮了他不少忙。满满还说，幸福不是张嘴喊来的，不是伸手要来的，不是在家中跷起脚等来的。他申请在工厂车间搞保洁工作，每月工资能拿 1300 元，生活够了。满满要母亲放心，他和邻里关系处得挺好，在这里住着蛮开心的。我觉得，满满像出土的蝉，换了新模样；又像老树干，抽出了一个活活的春天。

满满带着我们来到一块菜地边，那是新区分给他的。满满摘了两根黄瓜给我们吃。母亲说，好甜。吃着黄瓜，我想，精准扶贫政策这个擎天柱为侗族地区乃至全国少数民族地区撑起了一片晴空。满满和许多易地生态移民搬迁者一样，他们都将生命中的所有不能承受但又必须承受的轻与重，都寄托在这一次易地移民安置当中。看来，满满他们的选择，无疑是对的。

看过满满的新房，看到满满把新日子移植到了繁荣田地，母亲笑了，满满也笑了。这幸福的笑声，像柔软的花香装在特快专递里，寄给了秋天。顺着花香，满满们找到了一块被滞留人间的春天。

春光六池河

◇ 田茂松

镁光灯不停地闪烁，掌声雷动。

荧屏上滚动着红色颁奖词：他来自边远的乡镇，在六池河流域带领群众走出一条高原产业调整致富之路，为山区脱贫攻坚树立了典范。他就是来自思南县亭子坝镇的全省脱贫攻坚优秀共产党员何支六。

颁奖台上，皮肤黝黑的何支六身佩绶带，左手握鲜花，右手拿奖牌。军人标准式的板寸，在汗水中根根立起，像利剑直指边乡上空。双眼盯着全省脱贫攻坚表彰大会的会标，眼眶溢满了晶莹的泪水。他的心飞回到工作的边乡，耳畔响起：

“何支六，胆子大，边乡南瓜种了一坝又一坝！”

一

阳光透过隐隐约约的雾，如梦如诗，洒在坝中忙碌的草帽上、围裙上、电动三轮车上，每个人都面带微笑。何支六站在长长的木板上，接过粗糙的手递来的南瓜，俯身堆放在挂车里，脸上的笑容，比晨曦中的阳光更灿烂，劳作的人从他的脸上感受到温暖。山风拂来，南瓜叶了翩翩起舞，如少女般的情态，似田土上的荷叶，整个坝中荡漾着一片醉人的绿。

红色的电动车驶来。

“书记，我来抱，你歇会。”

“不，我来抱，我参与分享你们丰收的喜悦。”

何支六的脚仿佛钉在板上，没有摇晃，而是紧紧地将身上的能量传递到土地上，如一棵山间的松。“抱一抱来抱一抱，抱着南瓜我笑弯了腰。”

众人的笑在坝中回荡。

装南瓜的车一辆接一辆，一直连着排在村口的大枫香下。

“这么多的车。”孩子们对这庞然大物格外兴奋，晃动着手指数轮胎，“呀，有十二个滚子。”

“这个都不懂，这车叫前四后八。”“嘿嘿，这车拉起来相当于百多头牛。”戴斗笠的人在笑。

何支六在边乡的山中，站立着是一棵松，任由风吹雨打；在执行政策中，他是一座塔，纹丝不动；俯下身就成健壮的孺子牛，穿行在边乡崎岖的山路。面对《贵州日报》采访记者安慧芳，他谦逊地说：“应该露脸的是边乡苦干实干的群众，我们镇党委、镇政府只是为老百姓生产生活热忱服务的。”

安慧芳在现场写道：亭子坝镇位于铜仁、遵义两市交界的大山间，是思南县偏远乡镇之一，过去几次发展农业产业都以失败告终。在如此情况下，该镇还敢在一个南瓜上做这么大的文章，亭子坝镇政府底气何在？

2017 年，亭子坝镇首次引进平轩公司，示范种植了 1000 亩南瓜。

今年，以企业预供种苗、负责技术、保价包销的形式，亭子坝镇全面启动南瓜产业。为了切实保障销售，平轩公司缴纳50万元作为产业合作保障金，给镇内南瓜产业服下定心丸。

进入 8 月，4000 多亩南瓜陆续进入采收期，一辆辆大卡车排着队如期而至，一车车南瓜被运到贵阳、重庆、广州、深圳，甚至台湾等市场。

“边乡阳光足，云雾多，土质好，种出的南瓜格外好，比广西、湖南南瓜更优秀，市场供不应求。亭子坝的南瓜，种得出多少，我就销多少。”平轩农业发展有限公司负责人王平拍着胸脯说道。

截至 9 月初，亭子坝镇的 4350 亩南瓜，已累计采销 9000 吨，每斤均价 0.38 元，预计年内南瓜产值在 800 余万元。全镇 2000 户 8960 人因为南瓜而获土地流转金 120 余万元、劳务费 140 余万元。

边乡广场，彩旗飘飘，一个个金色南瓜横卧在桌子上。四周楼台上挂满了祝福语。这是镇里举办南瓜王评选活动。

“菜来啦！金瓜藏宝、雪山南瓜泥、脆皮南瓜球、南瓜醉……”

一声声菜名响起，撩人垂涎的香气扑鼻而来，一盘盘色泽明艳、造型精致的菜品摆了满满一桌子。院坝里笑声连连。金黄的南瓜，在盆中散着热气，还有南瓜饼、南瓜糕。中国作协会员田永红在摆放三胞胎南瓜；思南县书协的绍明主席在挥毫，白色的宣纸上落下“边贸重镇”几个柳体字；顺波在赋绝句；农艺师周助贵在吟《那些奔跑的南瓜》。

何支六静静地坐在边上，脸上写满荣耀，忽然眼圈一红，赶紧掏出纸巾，眼前浮现几个月来工作的场景。全省产业调整会召开，上级要求探索山区高效农业。亭子坝是边乡，村民祖祖辈辈生活在大山深处，家家户户只会种水稻和苞谷。种什么，怎么种？面对着坝上的群山，何支六在内心深处不停地问自己。他知道老百姓最怕折腾。“一将无能，累死三军。”自己若决策失误，群众的损失将无法弥补。

镇政府的公租房内，一张军用床放在正中；被子折叠得整整齐齐，像一块草绿色的豆腐干。何支六横躺在床上，一会儿视线停留在天花板，一会儿静静地看着墙壁，一会儿又缓缓闭上双眼。他想到了老家的茶山。近三十年来，老家栽过茶树，种过核桃，引进过美国黑李，培植过桑树，目前又回归种茶。想了一天，他陡然翻身起来，然后在网上熬到深夜。

第二天早晨，太阳刚从马鞍山露出笑脸，他匆匆洗漱完，信步来到办公室，通知召开镇领导班子会。

何支六斩钉截铁地说：“种南瓜。全镇种五千亩。”

……

解放思想，干部要先行。搞产业，领导干部要先行先试。

于是，镇领导班子成员下到田间地头，都有了南瓜责任地。自大河边的包村干部出了 17000 元肥料钱后，各村干部也纷纷动起来：红丰村张著喜办 200 亩，社区许强种 200 亩，新疆村支书陈进示范种植 200 亩，龙门椏村苏明栋签订500亩合同。看到这种情况，一位群众相信了，主动要求种300亩。于是，村村寨寨的百姓都相信种南瓜有钱赚。面积落实了，何支六的脸上一月来终于有了笑容。

我见到何支六的工作日志：

“这些天，我都被镇干部感动着，在老百姓不理解、害怕南瓜卖不出去的情况下，一个个干部站了出来，迎难而上。我的名字注定我的命运在乡村，在六池河流域这片土地上。为了脱贫攻坚的胜利，我只有置身边乡的山岩中，做一棵松，咬定青山不放松。”

二

“我们是省里表彰的全省卫生乡镇，我们的幸福村、冉司都村、青龙村也是省卫生村，为思南县争得了荣誉。这是我们的光荣，是大家共同努力的结果。”何支六在全镇干部职工大会上慷慨激昂地演说，一脸的自豪。

亭子坝是思南的偏远乡镇，俗称边乡。周围接壤两市九乡镇，素有“一脚踏三县，鸡犬两市闻”之誉。建镇前，这里是少数民族乡，土家族、苗族人口占一半以上，民风民俗各异，也存在一些陋俗。为了引导大家树新风，镇里决定从整治脏乱入手。

场镇在坝子中，外来居住人口占了一半。坝子呈八卦形，四条大道向四个方向延伸。交叉路口成迷宫格局，外来车辆经常转回原地。沿街搭建的棚子多，有塑料的，有彩钢的，有胶皮的，处处有遮阳雨伞，还有不少帆布和石棉瓦。在熙熙攘攘的赶场天，人们只好慢慢移，肩并肩，脚并脚。走出人群，每个人都会长长地舒口气。

面对如此情景，何支六告诉自己，必须狠下决心整脏治乱！

“噼里啪啦，噼里啪啦！”又在放了。近八十岁的王老汉愁眉苦脸：“我都听伤了，天天放，天天整酒。”

“轰……轰……”

惊天雷在坝子上空不断响起。

“嘘……嘘……嘘……”

烟花腾空，直上云霄。

滥办酒席的借口多如牛毛：月米酒，生日酒，订门，立碑……

社会风气差了，淳朴民风不在了，百姓苦不堪言，整个镇内人都在骂娘。高峰时，街道上一天有二十家在办酒。

“你们政府要管不管，我吃酒都忙不过来了，这个月我走了五十家。”在何支六的办公室，王老汉情绪激动。

“不治不行了！”望着烟火横飞的天空，何支六喃喃自语。

……

如今，亭子坝镇安宁了，风清了，气正了，没有一户违规办酒。此时边乡广场边的梨花开了，李花白了，樱桃红了，坝中人又充满了欢笑。

三

男儿非无泪，不洒脱贫攻坚前。

边乡的广场。

望着天上清幽的月光，不是忘记回老家，不是不想家中的桂花树，是不能回乡。三年来，年年中秋如此，坐在大理石的凳子上对月思乡。何支六托人带了两斤月饼给生活在六池河下游的母亲。

青青山外是故乡，同一条河流，今夜，自己在上游，母亲在下游。

想起老家的木屋、院坝，还有悬挂在梁上的猪脚。

电话响了，是堂弟打来的：“哥哥，伯妈要和你说。”

电话里传来母亲哽塞的声音：“你带不带月饼都不重要，反正都吃不动，你常回家来让我看看就好了。家中的腊肉猪脚还没吃完，等你来了煨。”

其实老人要求不高，儿子此时在身边才是最好的月饼。

古人说：“共看明月应垂泪，一夜乡心五处同。”广场上月光如水，冉冉升起的月亮在轿顶山。周边的竹子摇曳。紫荆花在枝头攒动。

坐在石凳子上，目光转向马鞍山。城中有妻和孩子，最小的正在被褥中睡觉。

拿着月饼，动了动又放下，一行清泪滑下脸颊。

妻子分娩前，他刚赶到县医院，手术车已经推入分娩室，“咣！”的一声，房门闭上。望着“肃静”这两个大字，他只好呆坐在外边的凳子上，不自觉地抽出一支烟，正准备点，白衣护士瞪了几眼，他赶忙重新收好，干坐在冰凉的椅子上，盯着“闲人免进”的字样。

半小时后，门开了，护士边取帽子边说：“祝贺你，母女平安。”他起身准备入内，不准进，门又合上了，只能趴在玻璃上冲里面笑了笑。两小时后才准探视。妻子冲他笑后，瞬间扬起一脸的冰霜。他只好尴尬地坐在床前。

半小时过去，手机响了，车来了。“我又要赶去亭子坝，你，你你……”他嗫嚅。大男人此时结结巴巴。妻眼圈一红，扭过头去，俯在雪白的被子上，肩膀不停地抽搐。枕头上的点在不断扩散。他抚了抚妻的背，拉了拉孩子的小手，无声地退了出来，对在外照料的岳母深深鞠躬，就匆匆跑下楼。

夜里，妻发来短信：生活在县城的人流中，倍感孤独，总不见到你的影子，江上散步，孩子总爱问，爸爸哪天回来。

何支六说：只希望，边乡脱贫时，面对六池河，心中春暖花开。

四

亭子坝党委会议室的墙正中，八个红色大字格外醒目：不忘初心，方得始终。这八个大字的周围被奖牌包围着：2017 年全市脱贫攻坚先进集体、2018 年全省卫生乡镇、2019 年全市脱贫攻坚先进党组织、2018 年全市文明乡镇……

2018 年 6 月，何支六被省委评为“全省脱贫攻坚优秀共产党员”。

2019 年 5 月，何支六被市委评为“铜仁市先进工作者”。

在何支六的带领下，人们打通了全镇交通道路建设网共计 100 余公里，解决了两个村几十年未得到解决的饮水问题；还通过结对帮扶指点发展门路，精准扶持 5 户 21 人成功脱贫摘帽，顺利让全镇 184 户 837 人挪穷窝、拔穷根，超额完成 306 人的搬迁任务，完成比例居全县第一。在亭子坝工作以来的一千多个日日夜夜，他撰写工作日记一千余篇，读书笔记三十余篇。

……

镇政府的食堂里有两只大花碗，一碗盛满米豆腐，一碗是胡海椒拌折耳根。何支六端着一碗米汤在看电视，画面上：一筐筐边乡的红菜薹映入全国人民的眼帘；一个个农妇的笑脸绽放；杭瑞高速载着边乡的蚕豆、莴笋去了远方；数百亩空心李，花如雪；两百亩樱桃，冲人嫣然一笑……

何支六喝完米汤，走出食堂，朝坝上走去。青山为屏，蓝天为幕，眼前的六池河，已然洒满一片春光。

皇菊花开的季节

◇ 杨　旭

金秋十月，玉竹山上的金丝皇菊如期盛开。

人们走进德江县桶井乡玉竹村，映入眼帘的是一片金黄。一千八百多亩菊花开得正酣，一簇簇、一片片，整个山坡好似披上了一层黄金；同时，菊花地里套种的柑橘也进入了成熟期，黄澄澄的，令人垂涎欲滴，吸引一大批游客前来赏菊花、采柑橘。

有人说："金色产业"不仅美了乡村，更鼓了乡亲们的腰包。

有人感叹："这里有山有水，有花有果，有香有色，真是太漂亮了，就像个世外桃源。"游客们边赏花，边摘橘尝橘。

有了观赏效应，村民们也找到了活儿。菊花产业是一个劳动密集型产业，光是采摘期，村民白天到地里把菊花采回来送到加工厂，园区以每天七十元的工资开给村民；晚上加工厂也是一片繁忙，男男女女把采回来的菊花一朵一朵均匀摆放在烘箱里，然后装入烘房，也获取了加班报酬。

"今年菊花开得很好，这两天天气正好，我们要把这些菊花摘去烘烤。"从毛家村来的安六春常年在园区务工，谈起这段时间的打工收入，心情高兴得不得了，他说："每天加上加班，工资可达一百余元，光是两月花期的劳务收入，我可以收入近万元。"

园区发展了两千五百亩各类精品水果，加之以短养长的方式套种一千八百多亩的菊花，这种创新的做法让新滩、场坝、玉竹、高井等村六百多户群众得以就地就业，带动了近三百户贫困户近一千人摘掉了贫困帽子。

乡党建办公室主任卓敏写了一首"情深深，意蒙蒙"的诗发在了"同心桶井”微信公众号上，《@德江人，来桶井，把秋天带回家》——

走过撩人的春色，酷暑的夏阳
天的宽阔，地的无垠
摇曳在秋的情怀
满山的菊花
在属于自己的舞台，兀自绽放
村妇的刘海，在东张西望
簇拥着，尽显芳华
让彼此的邂逅成为无言的对白
用可爱而温柔的手
采撷一朵朵金黄
是堆积在背篓里的灿烂
是此物最相思的羁绊
一席滚烫，是生的坦荡荡
舒卷着挣开臂膀
再现初见时的浪漫
清香扑鼻而来
饮一心平静，诉一世衷肠
你来，我在这里等你
你不来，我去你的杯里
亲爱的你，还在犹豫什么？
来桶井，把秋天带回家！

杨东升也写了一首诗，他说不知道是不是诗，反正自我感觉是有点文绉绉的样子，也发在“同心桶井”微信公众号上。他整了一个撩人的标题《亲，你再不来，我要谢了》——

当金色的阳光与富贵的皇菊浑然一体
美丽的玉竹山，游人如织

人们扶老携幼，携妻带崽
从四面八方，来到这脱贫攻坚的前线
感受一种精神的自强
在这里，你我纵情呼喊——
桶井，你统揽乌江的博大
承载历史的悠长
山回路转，你是我魂牵梦萦的地方
我投进你的怀抱
在心灵深处
摆一个pose，留住馥郁的芬芳
于是，我们沐浴着扶贫的阳光
种下一片嫩绿
收获满筐金黄
看到了新时代美满幸福的希望
在同步小康的路上
你我牵手同行
拨动爱的琴弦
扭动优雅的舞姿
弹奏一曲脱贫攻坚的赞歌
你说
有梦开始的地方就有了希望

杨东升和卓敏的微信诗情真意切，把开满金丝皇菊和结满精品水果的玉竹山描绘得异常美丽。其实，作者有绝对的解释权，并且可以承诺："此故事绝不虚构！"

极贫乡的产业发展取得了这么好的效果，让人们仿佛看到了极贫桶井乡绝处逢生的希望。两首微信诗在短时间内点击率上万。也许，看到那温馨美丽的菊花图片，人们也敬奉着一种自强不息的精神，都相约秋天的阳光，拥上了玉竹山。

玉竹山活了，玉竹山也火了！每天车水马龙，漫山遍野的游人，有短裤穿在长裤外面的时尚女人，也有戴着墨镜的潇洒男士，但大多是对生活充满着向往的德江人，他们喝一杯菊花茶，然后摆一个造型，拍一张风景，把精彩带回家！

婵英一边忙活着园区的事务，一边组织当地妇女同胞们在园区空闲的公路沿线做起了地摊生意——

有人把麻糖水特产摆在路边大声吆喝："麻糖水麻糖水，甜心又甜嘴，两杯下肚，幸福无数！"

有人把乌江鱼运到了山上，插上"正宗乌江鱼，假一赔十"的招牌。

有人就着路边空余地带摆起了露天烧烤，烤架上土豆、红薯、野菜一应俱全，且生态环保。城里人一看到这么原生态的食物，胃口大开，把烧烤点围了个水泄不通。

皇菊盛开的玉竹山一天接着一天，就这样热闹非凡。

安六春每天在采摘菊花的同时，时不时把眼睛对准那些来往的游人，心里美滋滋的。他心里在盘算：自从上次县委书记到我家来看过我以后，我就完全变了一个人，从以前一个死猪不怕开水烫的懒汉变成了一个勤快的劳动人民；从上了玉竹山园区长期务工以来，园区每月发放二千五百元工资，一年多以来，园区包吃包住，这山顶上也用不出去什么钱，到目前倒也有了三万多元的存款，按照近段时间基地管理的加班工资，到年底怎么着也能突破五万。

"反正我单身一人，一人吃饱全家不饿，我早就脱贫了。"安六春还在想：怎么也不能这样长期单身下去呀，怎么也要活出个样子来，脱了贫，还要娶个媳妇，一家人和睦相处，其乐融融，那才是我追求的最高目标。

一个晚上，安六春把电话打到了支书毛老三那里："支书，麻烦你明天去把我门上的那个贫困户牌牌取了，我要申请脱贫。穷了这么些年，打了这么些年的单身，够了！"

“哟，安师傅是不是有了对象了？不想单身了？”

“有你个鬼，你挂个贫困户牌牌在我家门上，有哪个看得上我？记到，这个月就帮我退了，我已经脱贫了！”

“看来，你在园区这几天还真见了世面哈，是不是看上了城里下来的那些漂亮的姑娘了？”

“你扯淡，反正，你帮我退贫了，我再也不要当贫困户！”

“好！一定按你的‘指示’贯彻落实到位！”毛老三心里很高兴。

婵英是个细心的热心肠，安六春从一穷二白到上玉竹山务工以来，他的一举一动都逃不过婵英的眼睛，她时常也在想：六春现在已经上路了，要是能帮他物色个对象促成他们的好事该多好啊。

无独有偶，很多事情总是在人们的预料之外。

那是一个霞光逐渐隐退的傍晚，喧闹了一天的玉竹山逐渐安静下来，婵英忙完了一天的接待，正在组织园区妇女员工们打扫卫生。

在一棵柑橘树下，有一个蜷缩的身影。婵英急忙走过去一看，一个三十多岁的女人蹲在树下，好像很无助的样子。

婵英拉起那女人，询问起了事情的原委。

蹲在柑橘树下的女人叫杜小萍，是对面沿河自治县夹石镇石灰村的人。

杜小萍与丈夫结婚后，生了一个胖嘟嘟的小子来富，一家人幸福满满。可是，天有不测风云，丈夫在一次矿山安全事故中不幸遇难。这几天听说对面玉竹山上热闹得很，她决定来看看。

来到玉竹山，饱览了美丽的风光，正准备返回，可是肚子疼得厉害，可能是肠炎又犯了，再也无法行走。

婵英了解了杜小萍的情况，便拉着她到接待处给她打来开水，脑海中放映着几个词语：安六春，未婚，杜小萍，丈夫去世，孩子来富。可是她怎么也没有弄清楚，这几个人怎么总是在脑海里连在一起。哦！对了！

安六春四十出头了，还是孑然一身，如今在玉竹山挣到了钱，想娶个媳妇过圆圆满满的小康生活，恰巧让好心肠的婵英碰上了杜小萍。婵英一合计，决定撮合他们的好事，并把这个想法告诉了安六春的帮扶干部何君，还让何君去做媒。

“安六春已经申请脱贫了，要是能找个媳妇就更好了。”何君把这句话在心里反反复复叨念了几天，他明白，以安六春现在的家境，根本不可能娶上媳妇，就算目前挣到了钱，可是房子还是那么烂。现在的女人可都开了眼界了，不说像城里姑娘一样非要找个有房有车的，但起码得有个栖身之地，生活要有奔头嘛！像安六春这样的家庭环境，人家姑娘不会嫁给他。

何君在园区召集婵英和几个热心肠的员工朋友，把安六春的婚姻大事提出来，他说：“三个臭皮匠赛过诸葛亮，安六春不仅要脱贫，而且还要脱单，大家一起帮他想想办法。”任务布置下去，还真有人要替他说媒，不过对方姑娘患有精神方面的疾病，不发病的时候和正常人一样……对方话还没说完，吴高鹏把头摇得跟拨浪鼓一样：“不行！不行！撮合这样的婚事等于是给他雪上加霜嘛！将来生个孩子要是有问题，他这一辈子都搭进去了……”

婵英心里很明白，安六春要是有个安身的住房，杜小萍一定会同意的，于是，她揣着明白装糊涂说了一句：“可是正常女人谁会嫁给他？除非他能把房子重新修过。”

可就是这句话让何君想到了办法，他不再专注于帮安六春找媳妇，而是想办法让他实施住房改造。想改造住房也不是简单的事儿，首先得有钱啊！虽然政府按政策会给几万块钱的补贴，可是他自己也得出一部分资金，安六春也就那靠打工挣来的三五万块钱，要是用来修房子了，不是又穷了吗？

何君去给安六春做思想工作，要他改造住房。安六春说要是把钱搭进去了，自己怕又返贫了，确实也是个很难为情的事啊。

后来何君答应帮他贷款五万，再加上危房改造补贴款，可以把房子重新修过了。

在何君的号召下，村里的干部们纷纷帮忙，出工出力，一栋八十平方米的砖混住房几天时间就盖好了，安六春搬进了新房。

接下来的日子，婵英和何君经常到乌江对面的杜小萍家去，帮杜小萍分析当前，考虑未来，说安六春现在变得如何如何勤快……

过程是艰辛的，结局却是美满的。

结婚了。这个消息瞬间在桶井乡的七村八寨传开了，姑娘媳妇、婶子大妈们早早地牵着孩子，抱着孙子守候在街道两边，等着新娘子的花车到来。人们小声议论着：

“这么大的排场！啧啧啧……”

“那可是能干的婵英和乡里的组织委员吴高鹏撮合的好事……”

“安六春和那对孤儿寡母能有今天这个样子真是不容易，要不然他这辈子只能当个老光棍了……”

吴高鹏驾驶私家车从石灰村接来杜小萍，一起来的还有杜小萍四岁的儿子。花车驶进桶井乡街口，吴高鹏打开天窗，让来富把上半身探出车外，双手挥动着鲜花和气球。安六春和杜小萍这对新人则摇下车窗，忙不迭地向守候在道路两边的乡亲们散发喜烟喜糖，一路挥手致谢。汽车缓行，车后面，穿红着绿的男女老少喜气洋洋地护送着这对新人向着毛家村前进。

善良的村民们把自己最真挚的祝福送给这个苦尽甘来的家庭。鞭炮声声，笑声阵阵。村主任当起了执礼先生，他喜悦地高声喊：“一拜天地……”话未说完，安六春一把抢过了村主任的话筒，焦急地对着人群喊道：“何书记呢？婵英孃孃呢？”

人们把藏在人群中欢笑的何君和婵英推到台前来。“何书记、婵英孃孃，没有你们两个的撮合，就没有我安六春今天的幸福生活。今天拜堂之前我们两口子要先拜拜你们两位大恩人！”说着安六春拉着杜小萍就要双膝跪地行叩拜大礼。何君吓了一大跳，赶紧一手一个把这对新人扶起来：“使不得呀！担当不起！只要你们今后和和美美过日子，就是对我最大的感恩了。”

婵英在一旁笑得很灿烂！

一段小插曲过后，热闹的婚礼继续进行。村主任开始“捉弄”新人，规定以下问题只能用“有什么了”回答，答不上来就要当众亲吻十秒钟。

村主任问：“脱贫了，致富了，生活有啥了？”

安六春答："有奔头了！"

村主任又问："房子有了，媳妇有了，银行里有啥了？"

安六春抢答："有钱了！"

毛老三嗔怪安六春："下个问题让你媳妇来答，你莫抢。喜烟有了，喜酒有了，新娘有啥了？"

村民们开始哄笑。杜小萍知道村主任想捉弄她，禁不住红了脸低了头。

"有喜了！有喜了！"好多人在喊在叫。

毛老三问新人："你们自己说有喜了没得？"

杜小萍扭过头把脸埋在安六春怀里，安六春鼓足勇气，用尽力气对着乡亲们喊了一嗓子："有喜了！有喜了！"

"有喜了！有喜了！"好多人跟着喊起来，欢笑声和着呼喊声在毛家村上空回荡。

忙完了安六春的喜事，所有的事情都恢复平静。可是，玉竹山上却平静不下来。

园区接待室里，合作社负责人刘继权反背着双手，走过来又走过去。其他合作社员工坐在沙发上也一筹莫展。最有经验的湖南小伙江泽于都嘟着嘴不知道在说什么。玉竹山上空气很沉闷。

"加工出来的菊花除了游人当作地方特产带些回家外，大部分还是难以卖出去。原因很简单，主要是没有品牌，外面无人知晓……"刘继权一边走着，一边在思考，好像是自言自语，又好像是在征求大家的意见。

"如何打开销售的渠道，这是一个当前应该摆在首要位置的议题……"婵英没有读过多少书，但是这几年靠着自己的聪明勤快，也逐渐认识了许多字，明白了市场和销售这些新鲜的说法。

"万一都卖不出去，我们只好等乡里的产业发展基金到位以后，就收手不干了……"有社员居然打起了退堂鼓。

"你说这话还要不要良心？你以为政府的钱就是枪打来的？晓得不？套用国家的扶贫资金，有人来喊你去坐牢！"还是婵英明事理。

“我看这样，虽然政府也在积极帮我们想办法，正在向相关部门申请质量安全认证，但是我们不能完全依靠政府，我们也要自己打些主意，看如何把菊花推向市场，能够销售出去。”刘继权继续说。

“可是，能打些什么主意呢？”大家都在思考。

“个人充分发挥自己的人脉资源，向外推销，能推销多少算多少。”

大家议论着，夜已经很深了。

婵英躺在床上，想着自己的丈夫两年多来没有回家，就连母亲过世都没有回来，说是在外面忙得很，不知道在干吗。从那一次保证“一定要弄出个名堂才回来”后，就从来没有来过电话，是不是在外面过得一塌糊涂无脸见人，婵英不得而知。想来想去翻来覆去睡不着，她只好摆弄着她的手机。

“嘟嘟嘟……”手机和弦铃声响起，随之就是微信有新朋友申请的提示。婵英并不理会。

过了几分钟，名为“菊缘”的陌生朋友申请添加好友的提示再一次响起，并且屏幕上显示了一行字:“你好，看到‘同心桶井’转发的微信到处是菊花，上面有你的联系方式，请问你是否在生产菊花？”

好像是条件反射，谈起菊花，婵英一下子来了兴趣，立即同意添加了好友。

婵英：“你好，我是在生产菊花，我们有近两千亩的菊花基地，有简单的加工烘房。请问，你对这个感兴趣吗？”

菊缘：“我是江西一家菊花公司的副总经理，我们主要收购金丝皇菊品种，我们的品牌叫‘玉皇菊’，你看是不是有合作意向？”

婵英睡意全无，从床上跳下来，打开灯，坐在床边继续聊天。

婵英：“我们的菊花正好是你们需要的金丝皇菊，并且我们的价格也非常合理，干花一般就两块钱一朵。由于目前没有品牌，在市场上销售很难，所以很希望与一家公司合作。”

菊缘：“哦，是这样啊，看来还真找对了。请问你们是哪个地方的呢？”

婵英：“嗯，我们是贵州的，知道不？贵州有二十个极贫乡镇，我们乡就是其中之一的桶井乡。”

菊缘：“咹，是不是哟，怎么这么巧啊？”

婵英：“什么巧啊？你也知道桶井乡啊？”

菊缘：“哎，老乡，我就是桶井人啊。看来能为家乡脱贫攻坚出点力，也不枉我这几年的打拼啊。”

婵英：“哎，家乡人办家乡事，这就好办了，你一定要帮我们找到销路啊。就算一个优秀的春晖使者，为家乡的脱贫攻坚贡献了大大的力量啊。”

菊缘：“一定一定！你们马上把生产的菊花带点样品来江西，我们检测无公害后，签订合作销售协议书。”

婵英：“好！一言为定！”

……

那一晚，婵英睁着大大的眼睛，高兴得一夜没睡。

第二天一早，婵英和合作社负责人刘继权一起，搭上了开往江西的车。

婵英与江西玉皇菊开发有限公司副总经理“菊缘”见面是在鄱阳湖边的一个小亭子里，公司就在鄱阳湖边上。婵英和刘继权到达约定地点的时候，“菊缘”还没有来，他们利用空余时间欣赏起了鄱阳湖优美的景色。

时值枯水季节，鄱阳湖水落滩出，野草丰茂，芦苇丛丛，湖畔峰岭绵延，沙山起伏，沃野千里，候鸟翩飞，牛羊徜徉。美丽富饶的鄱阳湖又一次勾起了婵英对美好生活的向往。

无巧不成书，世间总有一些事让人意想不到。当“菊缘”副总来到亭子里的时候，婵英与“菊缘”双双愣了一半天。

“嘿，啥子‘菊缘’哟，那不是两年来日夜思念的明生吗？”婵英想不明白，说是桶井人的“菊缘”怎么就成了一直在广东务工的自己的丈夫？

明生也是惊愕不已，自己这几年抛家弃崽在外打拼，留下可怜的婵英在家坚守，嘿，没想到她还在家混出了名堂，还与大家一起搞现代农业产业园。

对望良久，婵英失声痛哭，然后是长久的拥抱。当晚，他们入住鄱阳湖宾馆彻夜长谈，幸福的泪水一次又一次流淌。

明生谈起了自己近年的经历。就在两年前，明生背着家里的婵英把自己辛辛苦苦一年挣的钱全部入股了广东一家纸箱厂，想赚更多的钱给婵英一个惊喜。

谁知天有不测风云，人有旦夕祸福。纸箱厂在一次火灾中化为灰烬。

明生投入的那些辛辛苦苦挣来的钱打了水漂，好一段时间，他的心情都很失落，他常常在想，那些钱完全可以让自己家脱贫了，还能给家人买几件漂漂亮亮的新衣服。于是，明生越想越觉得愧对婵英，愧对家中的亲人，痛下决心，决定与家人断联，并且在心里暗暗许下承诺：“此生要是不混出个样，无脸见人！”

一次偶然的机会，明生遇上了江西一个名叫余莉的商人。

见到余莉的时候，余莉正提着女士包走过斑马线，突然被快速驶来的一辆摩托车撞倒在地上，然而那辆肇事摩托早已不知去向。余莉躺在地上，艰难地想站起来，可是却做不到。

明生凭着本能，二话不说，搀扶起余莉，打了出租车，急忙向医院赶去。

余莉其实伤势也不重，只是被摩托车吓得摔倒在地上造成软组织受伤而已。为了感谢明生的好心肠，也看到了明生为人善良，了解了明生的情况后，余莉决定让明生到自己的玉皇菊开发有限公司来上班。

明生凭着自己的朴实忠诚，得到了公司员工的支持，也得到了余莉的器重，短短几个月时间就当上了副总经理。

现在，明生在余莉的指导下，认真学习，掌握了菊花生产与加工系列技术，并且在一定范围内打开了“玉皇菊”的市场。目前公司正在扩大基地，寻求合作项目，明生也正打算办完了这个合作项目就特意回老家，完成曾经向婵英许下的承诺：改变孩子们的就学环境，把婵英带到外面去看看世界。

嘿，没想到，这个合作项目居然找到了婵英！

女人眼泪就是多。婵英再一次用纸巾擦干幸福的泪水，也谈起自己两年来的辛酸，婆婆的病如何严重，最后远离世间；谈起自己如何进入精准扶贫系统，如何入股合作社与大家一起建设现代农业园区……

接下来的日子，明生解决了菊花销售问题，玉竹山又热闹了起来。

虽然时近冬季，玉竹山却是一片暖意。

这天，这里正在举行玉竹村农民专业合作社第一次贫困户分红大会。贫困户社员排着队，等着领取股东分红。

“安六子，五百元。”

“安六春，三百六十元。”

“安正有，一千元。”

……

现场一片欢腾！玉竹山上，到处都能看到写满幸福的笑脸。

满园蔬果四季春

◇ 龚晓虹

当选任家寨村党支部书记那天，李文锋独自肃立在石阡川岩坝困牛山红军战士集体跳崖纪念碑前。悲伤，极度的悲伤充满了他的心。

红军千里迢迢到石阡，是为了什么？困牛山之战，红军战士宁可牺牲自己的生命，也不愿伤害穷苦百姓，又是为了什么？革命先烈不正是用自己的鲜血和生命践行着为人民谋幸福，为中华民族谋复兴的宗旨吗！自己作为一名共产党员，作为任家寨村的领头人，如何发扬红军光荣传统，为全村群众谋幸福？如何带领群众勤劳致富奔小康？

李文锋在沉思。

石阡县大沙坝乡任家寨村，地处石漠化深山区，那里的村民祖祖辈辈过着贫穷生活。日子越苦，盼富想富的心情就越是迫切。谁不想把日子过富裕啊？要想生活富裕，就必须勤劳。任家寨村的百姓从不偷懒，为实现过好日子的梦想，他们几乎是豁出命来战天斗地。向荒山要粮！任家寨村民的口号喊得最响，却陷入“越垦越荒、越荒越穷、越穷越垦”的恶性怪圈。石漠化的任家寨村最终几乎变成了不毛之地。

改革开放以来，任家寨村党支部、村委会一届又一届干部，为村民的富裕之事操碎了心，他们甚至使出了吃奶的力气，把可以尝试的发展路子都尝试了一遍。“两段育秧”干过，东西向拉绳栽干过，肥球苞谷栽培干过，烤烟栽培干过，养猪养羊养牛也干过。每干一件事，党员干部就苦口婆心去做群众的工作，结果并没有改变任家寨村民的生活状况，一夜跨过温饱线，三十年未过富裕坎。

群众怨声载道。

说起那段历史，李文锋不停地摇头。“那也叫过日子呀？”他好像是对我说，又像是自言自语，声音小得几乎听不见。据了解，那时的任家寨村，晴天一身土，雨天一身泥，整个村寨破破烂烂，没有一条像样的路，坑坑洼洼，又脏又乱。这些倒不是致命的事。最让村民揪心的是水，只要晴上五六天，村民就得跑到五六里外的硐塘河沟去挑水。任家寨村没有水，“滴水贵如油”这句话对任家寨村民来说，一点都不夸张。一瓢水洗菜、洗碗、刷锅，最后用来喂猪喂牛，反反复复要用上好几遍。

水是生命之源。山清水秀，人杰地灵，有水的地方就有灵气，没水的地方就没有生机。一个村寨没有水，便失去居住生存的条件。在没水的年代，李文锋满脑子想的都是水的事，甚至做梦都梦见一股涓涓清泉生生不息流淌在村寨。村庄父老乡亲掬着甘泉水开心的笑脸，还有一群儿童在泉池嬉戏打闹的场景，时常在梦中浮现。盼水，望水，成了地处石漠化深山区的任家寨村世世代代村民的梦想。

“没有水，什么事都干不成！”李文锋这句话看似简单，却反映出他对村情的深刻认识。

渐渐地，李文锋成了大忙人，一天到晚不归家，跑上跑下跑进跑出。从任家寨村到硐塘河沟三公里的路程，土生土长的李文锋不知走过多少回。天旱缺水的时候，他就开始在这条道上挑水，路上的每一棵树，每一道沟坎，他都再熟悉不过了。李文锋现在琢磨的是如何将硐塘河的水引到任家寨。他无数次在这条山道上用脚丈量着，寻找一条可行的引水路线。毕竟这是一个大工程，单靠一穷二白的任家寨村的力量是不能完成的。于是，李文锋请来水利专家搞测量，出主意，制定出一套可行的方案。他拿着资料开始向上级要项目，上百次地跑，最终，在水利部门的支持帮助下，得到了人畜饮水工程项目。从三公里外的硐塘河沟，修建两级提灌站，将水引进任家寨村。任家寨村男女老少不分昼夜，投工投劳，人畜饮水工程终于大功告成。这项工程凝聚了全村人的心血。

任家寨村的一切都是从水开始的。

解决了人畜饮水难题的任家寨村，并没有像李文锋想象的那样一步登天，发展问题还是没有得到根本解决。农业生产虽有改观，但仍不尽人意。问题出在哪里呢？李文锋非常郁闷。百思不得其解的李文锋成天在田间地头转，时而抬头看看周边的山，光秃秃的山坡使他产生一种悲凉的情绪。看见荒山心为什么会凉呢？他想到人与环境的关系。如果把荒山变成青山，如果满山遍野果蔬飘香，那么人将会是一种什么样的心情呢？就在那一刻，李文锋的这个想法把自己给震住了。那个时候还没有“生态文明”这个概念，但农村长大的孩子懂得自然生态对农业生产的影响。李文锋将自己的想法告诉村支两委的干部，立马引起热烈议论，有说好的，也有说难的；让李文锋高兴的是，没有人说不行。

这说明什么？任家寨村民终于明白，“靠山吃山”的日子过不好，过不安稳，过不长久。石漠化给他们带来的苦难，让他们更能体会到“绿水青山就是金山银山”的真谛所在。植树造林、封山育林、退耕还林，势在必行！

然而，祖祖辈辈生活在这里的任家寨村民，开门即见山，沟壑纵横的土地就是他们的衣食之本，石山薄土就是他们栖身的家园。日出而作、日落而息，种地、放牛、砍柴，已是当地农民千百年来赖以养家糊口的耕作传统。植树造林、封山育林、退耕还林，谈何容易？

但是，他们真的开始革自己的命了。改变自然生态，创建美好家园，造福子孙后代，成了李文锋的头等大事。从他上任那年起，党员干部带头，全村男女老少上阵，整体发力。

李文锋做事有股犟脾气，干什么都要干到更好那一步。如今，任家寨村早已是绿满青山、果蔬飘香，森林覆盖率达45%，一千八百多亩的黄桃、清脆李、八月瓜、肉蜜柚、黄金柚、矮晚柚穿植其中，给村民带来了丰厚的收入。走进任家寨村仿佛置身于茫茫的绿色海洋，让人感受到了不一样的绿色震撼。任家寨之绿，已满山遍野，莽莽苍苍。任家寨村还是那个任家寨村，但远不是当年晴天一身土、雨天一身泥、石漠荒凉的村寨了，而是一个充满生机与希望，水足粮丰人欢笑的新村寨。

任家寨的村民没有想到的是，自然生态的恢复，为农业发展提供了良好的生态环境。过去是种啥不长啥，现在却是另一番景象，种什么都获丰收。特别是全村的稻田养鱼，更是一箭双雕，不仅水稻丰产，鱼儿也肥壮。

任家寨村竟然后来居上，经济发展赶超周边村寨，在脱贫攻坚战役中，被县委、县政府列为非贫困村。说起这件事，李文锋不禁哈哈哈地笑了起来。

当然，非贫困村并非全部富裕，全村二百八十七户人家一千一百二十口人，仍然有八十六户生活在贫困线以下。

“一切问题得靠自己来解决。”李文锋说。

路在何方？

任家寨村经济发展已取得可喜的成绩，李文锋知道这都是全村群众苦干出来的。要想在过去的基础上更上一层楼，的确是一件不容易的事。虽说村民经济收入增加了，大多数人突破贫困线实现了富裕，但集体经济仍然薄弱，几乎办不成什么大事。即使你有很多好想法、好思路，手里没有钱，也只能是空想。李文锋深刻认识到集体经济的作用和意义。

发展集体经济，各级政府都在强调，说起来倒也轻松，但对李文锋他们这些奋斗在农村最基层的党支部书记、村委会主任来说，比登天还难。李文锋一直被这件事困扰着，几乎喘不过气来。

2016 年，一件不被人注意的事让李文锋抓住了。俗话说得有道理，机遇是为有准备的人提供的。那年，省地矿局在任家寨村搞地质钻探，无意间打出一股地下水。任家寨地质特别，四十厘米以上是泥土，四十厘米以下全是青石岩，穿透青石岩在二百六十九米处竟能打出清泉。省地矿局地质钻探不是找水的，他们只是随便说说而已。说者无心，听者有意。李文锋是个有心人，他取了水去省里化验，一百零九项指标全都合格，竟然达到国家一类水的标准。他想搞开发，政府表示大力支持。但他在村里做群众的工作，让富裕起来的村民集资，换来的却是一片嘲笑声。

“水也能卖钱呀？”村民茶余饭后笑谈着说。

“过去任家寨缺水，跑到三公里外挑水吃，也没见有谁买过水。”

“我家有空气你买不？”有人调侃说，“水能卖钱，空气也就能卖钱。”

李文锋没有因为村民的不理解而生气，他铁了心要开发这股清泉，在村里建一座水厂。没有钱怎么办？李文锋拿自家所有的财产作为抵押，跑到银行贷了五十万元，同时他又做通村主任的工作而贷了十万元。李文锋就是靠这六十万元起家，硬是把这件事给办成了。村里的党员和干部被李文锋带动起来了，一下子入股三十五万元。

不知召开了多少次动员大会才把村民给说服。当时村民们想，干部入股是大头，他们不怕我们也不怕。更多的村民相信李文锋，这些年来，他为村民办了这么多好事、实事，把村民领上了致富路。人家是为了什么？还不是让我们尽快富裕起来嘛。村民们的思想观念开始转变。人心齐，泰山移。全村入股竟达到二百一十四万多元。

李文锋将每股股金规定为一千元，目的是让家家户户都入得起，实现利益全覆盖。全村有一百四十八户加入了合作社，其中有贫困户四十六户。

一座村级水厂建立起来了。“大兴源泉”桶装水，让2017年集体经济创收三十多万元，2018年创收六十一万多元，2019年实现翻番。任家寨村2018年人均收入过万元，比五年前翻了一番多。

看到任家寨集体经济大发展，村民收入上万元，我禁不住好奇，问李文锋：“今年全村人均收入能到多少？”

李文锋笑而不答，说：“腊月分红大会你来看吧。”

任家寨村级水厂生产的桶装水，给村民带来了丰厚的收入，同时也带来了新的矛盾：钱如何分配？

李文锋那阵子非常苦恼。没有钱发愁，有了钱也发愁。关于分配问题，一百个人有一百条意见。梳理一下群众的意见，发现矛头几乎全部指向贫困户，相当一部分群众认为自己吃亏了，有的贫困户没有入股，他们凭什么还要再次参加分配，这不是占集体经济的便宜嘛。

李文锋为了带动全村群众尽快脱贫致富，制定了一个分配方案：村级水厂是集体经济，集体占总份额的51%，股民占总份额的49%。集体经济的51%如何分配呢？村党支部、村委会制定了“二四二二”分配方案，即百分之二十，全村按人头平均分红；百分之四十，用作集体经济扩大再生产资金；再一个百分之二十，用于水厂管理人员和职工的分配；最后一个百分之二十，分配给全村贫困户。

集体经济的百分之二十无偿分配给全村贫困户！

任家寨村炸锅了。

就为此事，村党支部和村委会前前后后召开了七十七次群众会，让群众把牢骚发够，把意见讲透。李文锋说：“做群众工作要有足够的耐心，事关群众利益，一定要把思想工作做细。”通过反反复复的学习讨论，甚至争论，道理便渐渐深入人心。过去意见最大的几户人家也开始明事理，他们找到李文锋说：“我们想通了，习总书记说得好，在全面实现小康社会的道路上，一个都不能少，一个都不能掉队。”“真的想通了？”李文锋认真地问。“真的想明白了。任家寨消灭了贫困户，全面实现富裕，这是任家寨的光荣。”一位年长的老人说：“过去我们认为吃亏的想法要不得哟。”

老人的一席话，逗得满屋子人欢笑。

李文锋是个爱动脑子的人。脱贫攻坚中各村寨将产业发展作为头等大事，因地制宜发展优势产业才是脱贫攻坚之本，没有产业支撑就不会有村级经济的长足发展。但是产业发展一定要有自家的特色。他认识到目前产业同质化严重：说发展茶叶，大家都去办茶叶基地；说发展精品水果，一哄而上种植黄桃、蜜柚等。李文锋总想发展些与众不同的产业，他选择了一种野生水果，本地人称“八月瓜”，学名叫三叶木通。

“八月瓜”并非任家寨独有，邻近村庄多有栽种。但李文锋和他们不同，他不是盲目栽种，而是对这一野果进行全面的研究，不仅仅看重此果的香甜可口，更看重此物的药用价值。

《药性论》曰：“主治五淋，利小便，开关格。治人多睡，主水肿浮大，除烦热。”

《别录》曰："疗脾疸常欲眠，心烦哕，出音声，疗耳聋，散痈肿诸结不消，及金疮、恶疮、鼠瘘、踒折、鼻息肉，堕胎，去三虫。"

"八月瓜"如此了得，上能通心清肺，治头痛，利九窍；下能泄湿热，利小便，通大肠，治遍身拘痛。李文锋不仅从书本上学习知识，还去上海、广东、福建、海南等地向专家学者请教。他看准的事说干就干。有村干部对发展这个产业有顾虑，他便将自己学来的知识传授给他们，从而提升班子成员的信心。

发展产业需要劳动力，村寨里的青壮劳动力几乎全部外出打工，在家的劳动力根本不够用。李文锋胸有成竹，他早有设想，将村里的家庭妇女组织起来。"八月瓜"种植管理项目仿佛是为她们量身定制的。平时在家看孩子的妇女，有事没事聚在一起，难免东家长西家短、无事生非闹矛盾。把她们组织起来，最初的想法是因农村劳动力不足。事后考察，这无疑是促进和谐乡村建设的创举。

任家寨村以妇女为主体，创建绿野康专业合作社，让乡村妇女从无趣的家务中解放出来，投身于脱贫攻坚伟大实践中去。

绿野康专业合作社栽种"八月瓜"四百亩，妇女到合作社上班，每人每天有工资七十元。村里有一家庭因学返贫：一个大学生，两个高中生。专业合作社成立后，她家两人在此上班，一年收入七八万元；再加上其他收入，这个家庭年收入突破十万元，摘掉了贫困户的帽子。

一个"八月瓜"在李文锋那里被做到了极致。

外村人将"八月瓜"当水果卖，一斤顶多有二十多元的收入。而李文锋却不卖果，他搞"八月瓜"深加工。在他眼中，"八月瓜"全身都是宝：瓜皮做成茶，果肉提炼做成果浆饮料，分离出来的瓜籽可提炼精油。四百亩的"八月瓜"年产值可达一百多万元。

任家寨村"八月瓜"加工厂已初建完毕，每年可加工六千亩的"八月瓜"。李文锋说，这个加工厂可带动邻近四五个村寨发展"八月瓜"产业，走上共同富裕的道路。目前上海、广东、福建、海南等地的许多机构和公司，前来洽谈合作开发事宜。李文锋很冷静，他要对这些机构和公司进行考察、调研，他说："要保护好自己的知识产权。"

2018 年，任家寨村七十四户贫困户脱贫六十六户；2019 年，剩余的八户也实现脱贫。李文锋没有满足于眼下取得的成绩，他说："这只是奔小康的第一步，脚下的路还长着呢。"

随着经济发展、生活富裕，任家寨《村规民约》应运而生。

如何能保证村民主动去执行或服从《村规民约》呢？任家寨村发挥了集体经济这个杠杆的作用。经济杠杆之所以能在这里发挥作用，依靠的是村民自治考核计分制办法。

《村规民约》加集体经济杠杆加村民自治考核计分制，这样就把《村规民约》变成了一个刚性条款。比如，每户人家底分为一百分，违规扣分，每扣一分罚十元。扣六十分定为不诚信户，就不参加集体分红。要想改过自新，必须通过村民大会表决同意。《村规民约》及村民自治考核计分制，不仅有扣分，还有加分，鼓励村民向善，为集体做贡献。

随着村民收入增加，集体经济的杠杆作用将逐渐失去作用，因为处罚一两千元影响不到家庭的日常生活，无所谓罚不罚。这一点李文锋是看见的。"但是，如果你是不诚信户，那么你家要娶媳妇、要嫁女儿，或者出门办事，都很丢脸面。"李文锋的话说到了中国的传统文化"礼"上。

任家寨村《村规民约》实施三年，当地民风淳朴，精神面貌发生了天翻地覆的变化。更为重要的是，该村在现代化进程中保持着乡土本色，为今后的社会学研究提供了一个新样本。

任家寨村，已不是当年的任家寨村；任家寨村，还是当年的任家寨村！

后　记

脱贫攻坚，是送给全世界人类的礼物。

2020 年全面建成小康社会，是中国向世界做出的庄严承诺，必定是一部感天动地的奋斗史诗。

从 2015 年 11 月，中共中央、国务院印发《关于打赢脱贫攻坚战的决定》以来，铜仁市创造性提出“七个极”工作要求，“三真三因三定”工作原则，探索践行“76554”工作法，全面打响脱贫攻坚十二战，向贫困发起全面总攻。

而今，正是这场轰轰烈烈、浩浩荡荡的脱贫攻坚战取得决定性胜利的时刻。回首那段尽锐出战的日子，党与政府的英明领导、铜仁市独创性的战法战术、各地扶贫干将“不破楼兰终不还”的决心，与铜仁市全市人民汗水与智慧的结晶一起，共同绘就了在以习近平同志为核心的党中央带领下，贵州省铜仁市各族人民精准扶贫、精准脱贫，全面建成小康社会的恢弘历史画卷。

在中共铜仁市委、市人民政府的领导下，在铜仁市委宣传部的组织统筹下，铜仁日报社、铜仁日报传媒集团高质量编辑出版了这套丛书，其目的正如习近平总书记所说：“一切向前走，都不能忘记走过的路；走得再远、走到再光辉的未来，也不能忘记走过的过去，不能忘记为什么出发。”

编辑出版这套书，得到了铜仁市乡村振兴局、铜仁市文学艺术界联合会的大力支持，他们第一时间向我们提供了大量宝贵、高质量的素材。各区县（开发区、高新区）宣传部门对本书的出版高度重视，对丰富丛书内容做出了积极贡献，提出了许多宝贵的建设性意见，在此我们一并表示感谢。

值得一提的是，编辑委员会在人手少、时间紧、质量要求高的情况下，统筹兼顾各方面工作，克服各种困难，竭尽所能，广泛收集并认真审核每篇素材，力求全面、生动记录铜仁脱贫攻坚历程中涌现出来的好经验、好做法，为下步乡村振兴提供可以复制借鉴的经验模式；展示铜仁全市各级各部门及广大干部群众决战决胜脱贫攻坚的感人场面，记住东西部协作帮扶及社会各界人士的鼎力支持，记住这场没有硝烟的战争里的全部英雄。但编辑们却十分为难，因为这些年出现的优秀脱贫事例和那些或暖人心田，或振奋人心的历史瞬间如同漫天繁星，将其尽数采撷无疑十分困难，只得忍痛割爱，扼腕叹息。有一些素材，由于无法与作者取得联系，编辑“斗胆”做了删减，尽量保持与收录内容协调一致。在编辑过程中，编辑特别注意素材来源，尊重每一位作者的署名权，但有的区县和单位转来的文字、图片等素材没有署名，我们虽经多方联系核实，但仍有部分无法找到作者，希望作者看到时主动联系我们，编委会将寄送稿酬以表感谢。

感谢你阅读本书，期待你的宝贵意见！

编　者

中共铜仁市委宣传部 策划
铜仁日报社
铜仁日报传媒集团有限公司 编

铜仁决战贫困

铜仁做法

众志成城战疫战贫

数智活市　打好大数据突围战

“9+2”协作　打好脱贫攻坚歼灭战

五色秀多彩　打好疫情防控阻击战

美丽家园　打好人居环境整治战

古吴轩出版社

图书在版编目（CIP）数据

铜仁决战贫困. 铜仁做法. 众志成城战疫战贫 / 铜仁日报社，铜仁日报传媒集团有限公司编. -- 苏州 : 古吴轩出版社，2021.12
ISBN 978-7-5546-1843-1

Ⅰ. ①铜… Ⅱ. ①铜… ②铜… Ⅲ. ①报告文学－中国－当代 Ⅳ. ①I25

中国版本图书馆CIP数据核字(2021)第243692号

策　　划：中共铜仁市委宣传部
责任编辑：俞　都　李爱华　黄菲菲
见习编辑：任佳佳
装帧设计：闵友才
责任照排：冯　阳

书　　名：铜仁决战贫困·铜仁做法·众志成城战疫战贫
编　　者：铜仁日报社　铜仁日报传媒集团有限公司
出版发行：古吴轩出版社
地址：苏州市八达街118号苏州新闻大厦30F　邮编：215123
电话：0512-65233679　传真：0512-65220750
出 版 人：尹剑峰
印　　刷：铜仁日报传媒集团有限公司印刷分公司
开　　本：787×1092　1/16
印　　张：142.25
字　　数：2172千字
版　　次：2021年12月第1版　第1次印刷
书　　号：ISBN 978-7-5546-1843-1
定　　价：468.00元（全6册）

《铜仁做法·众志成城战疫战贫》编委会

总　序

党的十八大以来，以习近平同志为核心的党中央把扶贫开发摆在治国理政的突出位置，推动中国减贫事业取得巨大成就，对世界减贫进程做出了重大贡献。

铜仁市地处黔湘渝三省市结合部，是贵州脱贫攻坚的主战场。2014 年，全市下辖 10 个区县均为贫困县，共有 1565 个贫困村，其中有 1 个深度贫困县、2 个极贫乡、319 个深度贫困村，建档立卡贫困户 92.7 万人，贫困发生率为 24.78%。

近年来，铜仁市深入贯彻落实习近平总书记关于扶贫开发的系列重要论述，充分发挥“上下同心、尽锐出战、精准务实、开拓创新、攻坚克难、不负人民”脱贫攻坚精神，坚持以脱贫攻坚统揽经济社会发展全局，严格落实精准脱贫基本方略，用好用活贵州省委“五步工作法”，探索总结“七个极”工作要求、“三真三因三定”工作原则和“76554”工作方法，聚全市之心、汇全市之智、举全市之力，打赢了一场又一场脱贫硬仗，攻克了一个又一个贫困堡垒，脱贫攻坚战取得了全面胜利。

截至 2020 年末，全市农村贫困人口全部脱贫、10 个区县全部摘帽，经济社会发展大踏步前进，区域整体面貌发生历史性巨变，脱贫群众

精神风貌焕然一新，党群干群关系明显改善，交出了减贫治理的铜仁答卷。脱贫攻坚成效考核连续4年名列全省前茅，“76554”工作方法、防贫预警机制、一线干部关怀激励机制、易地扶贫搬迁模式等多项脱贫攻坚创新举措在全省乃至全国得到推广。省委书记谌贻琴赞誉铜仁脱贫成效实。

时代造就英雄，伟大来自平凡。在这场输不起的脱贫攻坚战中，铜仁打响了一场场意义深远的战斗，涌现了一个个感人至深的先进人物，发生了一段段可歌可泣的动人故事，值得我们铭记。

为记录这段特殊的历史，我们组织编辑了《铜仁决战贫困》这套书，记录铜仁的奋斗史和扶贫史：《铜仁做法》展现“铜仁经验”，贡献“铜仁智慧”，见证“铜仁战果”；《我的扶贫故事——一线干部说扶贫》《我的脱贫故事——脱贫群众话脱贫》和《武陵战贫》，多视角描绘铜仁儿女感恩奋进的精彩画卷和昂扬向上的精神风貌。

这是一套历史性、系统性、收藏性、传承性兼具的图书，是我们感恩的宣言，是灵魂的启迪，是幸福的源泉，是让战贫精神薪火相传的种子。

征途漫漫，精神永恒。站在新的历史起点，黔东儿女豪情满怀，必将脱贫攻坚精神发扬光大，不断赋予其新的时代内涵，化为乡村振兴的不竭动力，再创新辉煌。

编　者

2021年12月

目　录

“9+2”协作 打好脱贫攻坚歼灭战

五色秀多彩　打好疫情防控阻击战

美丽家园　打好人居环境整治战

数智活市
打好大数据突围战

2017 年以来，铜仁市积极响应贵州省委、省政府号召，主动适应新时代下的脱贫攻坚工作。按照贵州省扶贫开发领导小组办公室和省大数据发展领导小组办公室关于印发《精准扶贫云大数据支撑平台推广应用方案》的通知，将大数据技术与精准扶贫相结合，让全市扶贫工作更精准。同时，通过加快“大数据＋电子商务”融合发展，构建农产品精准营销模式，让农特产品销售插上大数据翅膀，助力“黔货出山”，大数据已成为铜仁区域经济高质量增长的重要引擎。

大数据精准“制导”，破解脱贫攻坚难题

◇ 杨昌荣

“十三五”以来，在武陵山集中连片特困地区的贵州省铜仁市创新推出“学生营养餐智慧云”平台，通过大数据较好解决学校营养餐难题同时，还促进了“校农结合”，带动了农村产业扶贫。

消除贫困、改善民生、逐步实现共同富裕，是社会主义的本质要求，是我们党的重要使命，是人民的殷切期盼。当前，脱贫攻坚已进入决战决胜阶段，如期打赢脱贫攻坚战依然面临诸多困难挑战。而以大数据和互联网技术为新引领的智慧化精准扶贫，有望破解当下扶贫困境，开启脱贫攻坚新阶段。

大数据监管，破解资金管理难问题。财政专项扶贫资金具有面广、量大，涉及部门多的特点，长期存在虚报冒领、截留挪用、吃拿卡要、优亲厚友等违纪问题。单纯依靠“人盯人”的监管方式，难以时时确保扶贫项目资金的安全。利用大数据进行全方位实时监督，可确保扶贫资金及时到位，精准到位，真正用在刀刃上。同时大数据还可以通过整合个人信息、对比分析资料，筛选出真正的贫困户，保证扶贫资金能够精准入户，最大限度发挥扶贫资金的使用效益，把宝贵资源精准投放到真正的贫困户身上，做到扶真贫，真扶贫。

大数据定制，破解义务教育保障难问题。扶贫先扶智，扶智靠教育。开对了“药方子”，才能拔掉“穷根子”，要重视贫困地区的教育保障问题。给贫困县的学生提供免费营养餐就是精准扶贫的实际举措，但在实施过程中不断出现食材以次充好的问题，使“营养餐”沦为“问题餐”。铜仁市的学校利用大数据平台订购食品，从生产、配送到检测、加工全方位透明化，让学生吃得安心、健康。通过开展学生体质监测，为不同年龄阶段的学生定制食谱。切实改善学生的营养结构，促进学生身体健康，让“营养餐”更营养，

为学生接受教育筑牢身体基础，提供好基本保障。

大数据规划，破解产销对接难问题。贫困地区多处大山深处，土地分散，劳动力缺乏，交通运输不便，致使农产品大量滞销。铜仁市利用大数据平台可以将农产品信息与学校食堂需求相融合，实现“产供销”精准对接。“农校对接”的模式将低收入农户脱贫致富与学生营养餐供给结合了起来，既打通了学生营养餐需求与大宗农副产品供应对接的绿色通道，减少采购环节，确保物美价廉，又把低收入、愁销路的农户，纳入经济运行链条上来，帮助农户增收致富。

行百里者半九十。越是进入拔寨冲刺期，越需要凝聚多方力量，利用大数据智慧精准“制导”把方向，勠力同心打赢脱贫攻坚硬仗，让更多贫困群众绽开幸福笑颜。

《新华每日电讯》　2019 年 9 月 24 日

铜仁："大数据 + 扶贫"让精准扶贫更精准

◇ 赵运乾

长期以来，基层扶贫干部在实际工作中面临贫困人口多、数据维度大、收入来源复杂、扶持对象识别难等问题，加上统计项目较多、计算繁琐，且从村、乡镇、县区层层上报汇总，整个数据采集过程耗时耗力耗财，让基层扶贫干部陷于大量的填表报数工作，难以全身心地投入帮扶贫困户的工作中。

2017 年以来，铜仁市积极响应省委、省政府号召，主动适应新时代下的脱贫攻坚工作。按照省扶贫开发领导小组办公室和省大数据发展领导小组办公室关于印发《精准扶贫云大数据支撑平台推广应用方案》的通知，将大数据技术与精准扶贫相结合，让全市扶贫工作更精准。

数据精细化扶贫更便利

目前，铜仁市主要使用精准扶贫大数据支撑平台 PC 端和配套的精准扶贫 App，以精准扶贫、精准脱贫为目标，着力实现脱贫攻坚中"数据通"和"数据精准"。在功能上，PC 端和 App 基本相似，开发的功能都包含了数据总览、精准识别、易地扶贫搬迁、教育扶贫、数据统计、对象干部详情、动态异常预警、安全权限等，支持多操作平台下载、多条件快速查询、数据统计、数据报表和数据可视化展示。但相比之下，App 因为智能手机的便利性，在实际运用中更受青睐。

精准扶贫 App 软件作为一个便于扶贫工作开展的手机服务平台，让扶贫干部、帮扶责任人等用户只需要手机，就可以通过扫描贫困户身份证，或者输入身份证号、姓名、地域等查询贫困户详细信息，包括贫困户家庭基本状况、致贫原因、帮扶措施、帮扶成效、收入调查表、帮扶责任人等信息，同时还可以查看贫困户建档立卡数据与第三方数据的比对异常情况，并查看管辖区域相关数据统计情况。

在精准扶贫大数据支撑平台上，通过移民局数据及时掌握各地区易地扶贫搬迁情况，安置点、安置户数、人数、就业情况等一目了然。同时通过电力、自来水公司、人社等部门的用电用水、缴纳社保数据，精准分析研判搬迁贫困户的安置率、入住率、就业率和户均累计收入等指标。平台还会实时统计各地区建档立卡数据采集和识别精准率情况，查看人均收入情况和达标率，分析扶贫产业（种植业、养殖业、农产品加工、农产品流通等）的帮扶效益。

而一旦有贫困户购车、购房、注册公司，或者患有重病、辍学、上学未得到补助等，平台都将会自动预警并实时推送数据。扶贫干部可以及时了解到贫困户相关异常信息，同时对开展清退和核实工作进行记录和反馈。

大数据分析支撑科学决策

目前，精准扶贫大数据支撑平台以扶贫办建档立卡数据为核心进行数据清洗比对、模糊匹配、智能识别，实现业务流程自动化，多维数据统计实时动态更新。扶贫、公安、人社、工商水利、民政、教育、卫计、移民、国土住建等部门已经通过平台实现数据融通、共享交换，再通过精准扶贫大数据运营平台完成非结构化数据清洗（分类、聚类），数据比对、挖掘（数据关联、模糊匹配和异常监测预警），通过 PC、App 各类终端及报告等，为扶贫干部提供实时数据查询和决策的数据支撑服务。

两个平台通过采集比对内、外部数据，全面、真实、准确、科学、合理地评估贫困地区、贫困人口状况及扶贫项目效益，为制定科学扶贫政策提供数据支撑。通过掌握贫困人口信息、致贫原因等，将可围绕帮扶结对、帮扶计划制订、帮扶计划落实、帮扶措施等情况，针对区县、乡镇、村，分别对结对、帮扶计划、帮扶项目的落实情况进行监测，识别出已落实、未落实的贫困人口分布，关联显示帮扶的人或单位等相关信息。通过帮扶情况分析，清晰了解各地贫困人口的实际帮扶情况，协助帮扶任务的落实。从而全面、动态地掌控扶贫项目实施与资金的使用进度情况，保障扶贫项目精准到位、合理开发，保障财政专项扶贫资金安全、有效地运行，最大限度发挥扶贫资金的使用效益。

大数据支撑平台打通了数据壁垒，将扶贫相关的重点指标进行比对验证，找出扶贫数据差异，核查数据精度，消除“数据孤岛”和“数据烟囱”。真正做到精准扶贫：对象识别精准、政策措施精准、项目安排精准、干部选派精准、脱贫成效精准。

铜仁网　2018 年 5 月 26 日

碧江：依托“大数据”提高民生监督精准度

◇ 杨代华

“以前办理一个案子往往要好几个月。有了大数据帮忙，不仅缩短了办理案件时间，更提高了办理案件的质量。”近日，谈起“大数据”在民生领域监督执纪问责中的作用，碧江区纪委监委扶贫与民生监督室主任沈靖超深有感触。

聚焦民生领域突出问题，碧江区各级纪检监察机关通过“碧江区民生资金大数据监督平台”，让民生监督插上科技的“翅膀”，精准监督护民生、促脱贫。截至目前，平台共采集城乡居民低保、特困供养等民生资金类数据90.8万余条，涉及金额3.81亿余元。

按照“试点先行，逐步推进”的方式，碧江区纪委监委在全区13个乡（镇、街道）和16个涉及民生项目、资金部门，包含农林水、教育、就业、医疗卫生、住房保障等部门部署数据端口，建立数据采集信息员队伍，对民生资金、民生项目和基础数据进行采集，打破部门之间“各自为政、信息孤岛”格局。

“只要民生资金基础信息一导入就可在第一时间自动比对发现问题。”碧江区纪委副书记、区监委副主任杨建红说，针对民生资金普查成本高、效率低的突出问题，利用数据间的互斥性原理，将民生资金发放标准和条件与该领域违纪违法表现形式设为一对一、一对多的互斥监督模型，大大提高发现问题的效率，同时对问题数据实现分类管理、区别处置，直接分派纪委监委管理员到对应乡镇，由民生监督员实地核查，发现违纪问题快查快处。截至目前，利用系统发现问题71个，立案6件6人，党纪政务处分5件5人，取消预备党员资格1人，诫勉谈话2人，提醒约谈5人。

“向敢动扶贫‘奶酪’者放大招。”碧江区纪委监委负责人表示，下一步，将利用大数据分析研判、精准巡访等举措，实现扶贫领域问题精准发现、精准查处、精准施治，打通监督“最后一公里”，有效预防“末梢”腐败。

铜仁新闻网　2020 年 9 月 16 日

大数据让"数智万山"更"智慧"

◇ 宋安念　李　勇

近年来，万山区坚持抢抓大数据时代发展机遇，围绕数据集聚、融通、应用，以大数据和实体经济深度融合为核心，积极拓展互联网在产业发展和民生服务等各领域的深度融合，做大做强数字平台经济，让大数据成为助推万山经济社会发展新引擎。

近日，笔者来到旺家社区微工厂阿里巴巴人工智能产业扶贫孵化空间，看到工作人员正移动着鼠标、点击着键盘，细心地对图片进行数据标注。

据了解，作为"AI 豆计划"项目全国首个数字化产业扶贫孵化试点，旺家社区微工厂阿里巴巴人工智能产业扶贫孵化空间共解决了旺家社区 80 余名搬迁群众的就业问题，标注师陈霞就是其中一员。"我们以 1 ∶ 7 的比例分为数据质检师与标注师，像我这样的标注师每天的工作就是按照阿里给的图片将里面的人、车、障碍物进行属性的分类，给我们后续无人驾驶技术的研发做一个前期的数据采集。"

看准了大数据发展的良好态势，再获系列支持大数据企业发展的优惠政策加持，2019 年 8 月，阿里巴巴人工智能产业扶贫孵化空间项目选择落户万山并得到稳定发展。不仅拓宽了群众的就业渠道，开拓了偏远地区的就业认知，还通过互联网打破了地域发展的限制，为万山大数据产业注入了新的动能。

"我们企业目前的工作是为阿里巴巴提供下游的数据服务。"阿里巴巴"AI 豆计划"万山基地副总经理白松告诉笔者，该企业加工的数据，将来会应用于像无人驾驶汽车、智能安防、智能家居以及其他的一些智能产业产品上面，这些产品将来会在万山乃至全国投入使用。

除了阿里巴巴人工智能产业扶贫孵化空间以外，万山还有30余家大数据核心企业。其中，达到入库标准（年产值2000万元以上）的大数据企业有2家，分别是梵快和超脑；500万元口径大数据企业共3家，分别是人和物联、快手、贵谷农业。它们的入驻与发展，更是加快了大数据和实体经济深度融合的速度。

大数据的发展不仅为万山的经济社会发展增添了动力，在便民服务上也发挥着重要作用。在万山区政务服务中心窗口，前来办理业务的市民侯旭通过“万山红”App提前预约，只花几分钟的时间，就顺利办好了教师资格证相应手续。“我们在‘万山红’App上进行预约后，直接到政务服务中心的窗口办理教师资格证认定的具体手续就可以了，再也不用特意跑贵阳了，节约了我们不少时间，真的非常便民利民！”

政务服务“网上办、掌上办”，新闻资讯“随时看、自由看”。据悉，这款由万山区融媒体中心和万山区政务服务中心联合打造的便民平台——“万山红”App，不仅涵盖了新闻、资讯、旅游等多个板块，方便市民随时了解万山最新动态，还开通了政务服务、电商服务等多个板块，切实打通服务群众的“最后一公里”，让大家得以享受“一站式”生活服务。

新华网——贵州频道　2020年12月4日

松桃纪委监委借助“大数据”促进“大扶贫”

◇ 唐义长

“群众该不该享受危改低保？退耕还林项目，享受政府补贴资金是多少？”“贫困户识别是否精准？是否可以享受易地移民搬迁政策？”

2018 年以来，松桃苗族自治县纪委监委在扶贫领域项目资金落实过程中，主动靠前谋划，创新监督载体，紧紧围绕“护民生、促脱贫”主题，借助大数据平台，采用“统一平台、分权管理、信息共享、联动监督”的模式，将县、乡、村三级扶贫项目资金运行情况纳入平台监管，着力整治脱贫攻坚工作中弄虚作假、虚报套取、不作为、慢作为、乱作为等违纪行为，促进“大扶贫”政策落地生根。

松桃纪委监委通过启用“贵州省扶贫民生领域监督系统”，明确专人负责管理维护，积极依托互联网技术，突出问题导向，以扶贫项目数据为基础，植入国家公职人员、村干部、车辆房产、工商营业等信息模块，借助大数据平台，进一步拓宽扶贫领域监督渠道，精准监督扶贫项目资金，使扶贫领域监督执纪工作数字化、信息化、现代化，实现数据自动统计、自动比对、自动分析，打破数据壁垒，着力整治群众身边的不正之风和腐败问题，有效遏制了“开着小车领低保”“住着楼房领危改补助”等问题发生，切实维护群众利益，为精准高效监督执纪问责提供了有效载体，赢得群众点赞。

截至 2019 年底，共采集数据 753 万余条，涉及资金 3.74 亿元；发现问题数据 16803 条，涉及资金 2718 万余元，涉及受益对象 9906 人。转主管部门核实 14766 条，转民生监督组核实 2037 条，通过核实发现违规问题 209 个，涉及 163 人，立案 12 人，清退违规受益对象 118 人，追缴资金 241144 元。

“扶贫资金是贫困群众的‘救命钱’，扶贫领域违规违纪问题，严重损害群众利益，我们将持续加大监督执纪问责力度，坚持以零容忍的态度，严查群众身边的腐败和作风问题，为打赢脱贫攻坚战、全面建成小康社会提供坚强的纪律保障。”该县纪委监委有关人员如是说。

《贵州日报》 2019 年 2 月 25 日

玉屏：大数据引领发展新方向

◇ 谭齐源

快马加鞭，风雨兼程，回首过去，玉屏侗族自治县始终昂首阔步，奋力跟着时代发展。近年来，该县抢抓发展机遇，紧紧围绕大数据、大扶贫、大生态战略，扎实推进大数据与实体经济、服务民生、社会治理、乡村振兴的深度融合，全力推动实体经济的转型升级，提高政府治理能力和水平，大力发展大数据应用服务。

为加快政府信息系统互联互通，打通信息孤岛，实现政府数据共享开放，规范信息建设标准，该县成立网络经济局，设立大数据产业股，发挥统筹协调作用，明确专人具体负责大数据产业发展工作，推进大数据产业发展。

玉屏建成了面积3200平方米的电子商务公共服务中心，内设展示中心、培训中心、运营中心、孵化中心等功能区域，并完善了各项管理制度；完成新建及改造电子商务综合服务站69个，实现全县电商服务站点功能全覆盖；搭建了玉屏电子商务公共服务中心线上平台，实现新闻资讯发布、数据统计分析、电商站点管理、本地网络商城以及实时在线培训等功能；2019年电子商务交易额4520万元，同比增长14%。

大数据提升政府治理和民生服务水平

推动政府服务便民化。大数据在政务服务的应用，主要通过推行“一网通办”使政务服务减环节、减证明、减时间、减跑办次数，实现“群众跑腿”到“数据跑路”的根本转变，提升群众和企业获得感，最大程度利企便民，目前网上可办率为100%。

平安警务云建设。该县依托“铜仁平安警务云”建设，积极探索建立以现代云计算、大数据、人工智能、物联网技术为基础，实时将政法公安信息资源、社会信息资源及互联网信息资源整合融合和深度应用，实现政法办案流程、信访维稳、综合治理、情报互通共享和集风险预警、侦查破案、社会管理、禁毒链条式管理、应急处突、规范执法、民生服务等功能的智能化应用，形成集“云计算、云存储、云搜索、云应用、云服务”等为一体的综合性政法公安信息化实战平台。优化了业务流程，实现了数据信息的广泛应用，开始由“汗水警务”向“智慧警务”转变。平安警务云建设以来，共签收处理各类预警1.5万条，通过“平安警务云”系统平台破获案件52起，抓获人数82人，其中，运用人脸识别系统抓获人数8人，运用摩托车防盗系统抓获人数1人，运用电子围栏系统抓获人数5人，运用天网技术抓获人数40人。

推动民生服务普遍化。智慧交通建设。该县智慧交通平台指挥中心于2017年底完成建设，并于2018年3月正式投入使用，目前已完成全县公路、桥梁、渡口码头和客货运车辆、公交、出租车辆信息的采集和录入工作，实现了县内出租、公交、两客一危重点营运车辆的视频动态监控系统的无缝对接，使平台管理功能得到最大化利用，为该县交通运输行业数字化监管提供了有效的技术条件。同时，指挥交通平台积极与公安、城管、住建等部门协调，实现了部门之间的视频信息资源共享，充分发挥大数据监测作用，较大地提升了交通智能化管理能力，有效维护了良好的交通运输环境。智能平安小区建设。该县智能平安小区建设已覆盖华信时代、福鑫小区等十余个小区，未来将覆盖县内所有小区。其中，舞阳欣城智能平安小区于2018年开展智能平安小区创建工作，通过小区指挥室平台实现以车辆道闸、楼宇门禁和小区监控为基础的综合安全管理，通过人脸、身份证、手机对进出小区的人员进行管控，不仅提高了预测、预警、预防各类安全隐患的能力，而且还为推进社会治理信息化、智能化、科技化做出了借鉴的先驱，同时保证了群众的生命财产安全，使群众获得更多的幸福感。智慧医疗建设。大数据在医疗方面的应用实现了“基层首诊、双向转诊、分级诊疗”的有效转变，促进优质医疗服务“重心下移、资源下沉”，确保全天候为群众提供廉价、便捷、质优、可持续的远程医疗服务，为进一步建设“健康贵州”夯实基础，“智慧医疗”已实现乡镇及社区卫生院远程医疗全覆盖。另外，县级医院自助挂号缴费一体系统实现了只需持就诊卡、身份证、医保卡，按照屏幕上的提示操作，就可以完成挂号、取预约号、缴费等业务；在支付方式上，系统支持微信、支付宝扫码支付及银行卡支付；系统支持查询病人的费用记录、自助打印检查检验报告单、自助查询医院的门诊排班、查询医院的药品及医疗服务价格等，大大提高了医疗就诊便利性，提升了群众幸福感。

大数据推动传统实体经济转型升级

推动“大数据＋工业”融合转型，推动工业制造智能化、网络化。该县始终把企业大数据融合作为增强企业核心竞争力、加快转变发展方式的重要抓手，全力推进企业大数据融合工作。贵州科特林水泥有限公司利用监控摄像头实时监控生产运行情况，可以掌控生产设备的运行状况，监控从原材料到生产水泥成品的运输运行的实际情况，提高了企业的生产效率，同时采用信息化的 DCS 系统收集分析生产每个环节的数据报告，为企业标准化生产做好参谋；该公司通过信息化技术实现了智能化仓库系统（仓库 App），通过该系统可以清楚查看出库入库情况，实现申请领料及物料的管理等功能，使得企业的管理更加合理，同时节约生产成本，提高效率。贵州超盛精工科技有限公司则利用大数据应用技术在原有的钻铣刀生产设备（型号 CNC24）上加上“V”型块和“机械手”，并且由人工设置生产参数，利用人管机器、机器生产，使得加工出来的 PCD 钻咀和 PCD 铣刀的精度更高，实现智能化的生产。

推动“大数据＋农业”深度融合。一是智慧畜牧建设。玉屏温氏畜牧利用大数据应用技术建立了智能养殖物联网系统，主要在温氏股份高效种猪场、合作家庭农场使用，利用物联网技术实现智能环控、个体发情监测、疾病预防、育种选育、猪个体日增重监测等，实现精细化养殖管理，提高效率、增加收益，有效实现资本、人才、技术等要素的集聚融合，对养殖业发展、促进当地经济增长、增加合作养殖户的经济收益起到积极的推动作用，温氏养猪项目在该县建档立卡贫困户中实现了产业全覆盖。二是“玉屏皇桃”“触网”，促进农产品到电商产品的转变。“玉屏皇桃”是该县精品水果的主导产业。2017年玉屏被评为“中国黄桃之乡”；2018年，经国家商标局核准，“玉屏黄桃”获得地理标志证明商标。2018年，全县黄桃总产量为240万斤，黄桃销售总量为146万斤，总销售额达1227万元。其中，线上销售共计31540单，同比增长101%，黄桃销售量达15.77万斤，销售额为315.4万元；线下销售量达130.23万斤，销售额达911.6万元。

推动“大数据 + 服务业”融合发展。一是大数据助推服务业转型升级。积极推动服务业向平台型、智慧型、共享型融合升级，服务业发展开创新模式，该县传统服务业通过在美团电商平台上实现共享融合升级发展。截至目前，在美团电商平台上已登记228家商铺，包括餐饮、农产品销售、工艺品销售等。二是推行智慧旅游服务。建设智慧旅游“一站式”服务平台，实现旅游产业监管、旅游产品推广、个性化服务预订等功能，该县已推进3A级景区实现Wi–Fi全覆盖，安装Wi–Fi标识标牌、视频数据（5路以上视频）以及景区门禁系统实时数据、停车场实时数据与省智慧旅游一站式平台的对接工作。

下一步，该县将致力于大数据与实体经济深度融合，大力推动大数据融合示范项目建设。按照“抓好一项应用、落地一个项目、引进一个团队、培育一家企业、壮大一个产业”目标大力推动大数据融合示范项目建设，培育壮大数字经济，打造新的增长极。加大宣传力度，积极开展大数据企业招商引资。积极建设大数据政用、民用项目，引导企业运用大数据技术发展产业，加大大数据企业招商引资力度，大力培育大数据企业发展大数据应用项目。加强人才培训。为助推县域大数据产业发展，充实大数据人才队伍，积极加大对大数据应用的推广宣传，强化大数据知识培训。

《铜仁日报》 2019年8月1日

江口：活用“大数据”监督巩固脱贫成果

◇ 徐 倩

“你好，我们通过贵州省扶贫民生领域监督系统发现李某某有房有车却被评为低保人员，需要进行进一步核实，请予以配合……”近日，江口县纪委监委干部针对贵州省扶贫民生领域监督系统发现李某某系有房有车人员被评为低保的问题开展调查核实。

2020年以来，江口县纪委监委聚焦扶贫民生领域问题进行专项整治，灵活运用贵州省扶贫民生领域监督系统大数据平台，通过系统分析，数据录入精准、问题发现精准，通过强化监督，执纪问责精准，有效巩固脱贫攻坚成效。

同时，江口纪委监委落实“四线合一”织牢廉洁扶贫体系监督要求，深入开展“访村寨、重监督、助攻坚”专项行动和做“杨荣式”好干部大走访活动，灵活运用贵州省扶贫民生领域监督系统大数据平台，把脱贫攻坚帮扶工作和整治“蝇贪”结合起来，开展了农民专业合作社（公司）扶贫民生项目、农村饮水安全、贫困村村级发展互助资金专项监察暨贵州省扶贫民生领域监督系统疑似问题数据“清零”行动专项监察，深入调查核实是否存在已死亡人员继续享受民生资金、有房有车人员被评为低保、国家公职人员违规享受低保等违规违纪行为，为推进脱贫攻坚与乡村振兴有效衔接提供坚强纪律保障。

2020年，江口纪委监委开展“访村寨、重监督、助攻坚”专项行动和做“杨荣式”好干部大走访，共走访村寨105个，走访群众2472户，解决群众诉求114件。其中，民生监督发现问题线索98件，立案98件101人，党纪政务处分105件108人，问责8件8人。开展贵州省扶贫民生领域监督系统疑似问题数据“清零”行动专项监察，发现问题21个，立案20件查处21人。

“下一步，将深化运用贵州省扶贫民生领域监督系统，持续开展疑似问题数据‘清零’行动专项监察，加强监督执纪，为持续巩固脱贫攻坚成果提供坚强的纪律保障。”江口县纪委监委相关负责人表示。

铜仁网　2021年1月20日

石阡：“大数据”擦亮监督“慧眼”

◇ 黎诗敏

“这个大数据监督还真是厉害，只要是不规范的都能够筛选出来……”2020年7月，石阡县纪委监委到该县民政局开展监督检查，通过大数据“监察云”发现主管部门未及时更新系统信息，导致五德镇尧寨村大湾组龚某同时领取城市低保和农村低保，现场督促县民政局立即进行了整改。

这是石阡县纪委监委借力大数据擦亮监督“慧眼”，实现精准高效监督的一个生动实践。

近年来，石阡县纪委监委依托贵州省扶贫民生领域监督系统，督促行业主管部门及时将有关民生资金（项目）数据采集录入监督系统，全程记录、追溯和预警资金流转、权力运行，通过大数据“监察云”自动分析比对，精准发现问题短板，快速筛查锁定线索，使大海捞针的“人工活”变成精准高效的“智能活”。

充分发挥“互联网+监督”作用，在精准发现问题的同时，运用监督系统互斥原理，设置互斥预警监督模型，实现权力“可视化”向监督“具体化”、管理“预警化”转变，有效破除部门之间信息“壁垒”和数据“烟囱”，进一步织密数据“铁笼”，确保民生资金（项目）安全落地、运行。

截至目前，石阡县纪委监委已通过监督系统向主管部门转交疑似问题线索7391条，转派驻纪检监察组、乡镇纪委9644条；通过转核发现违规问题3196个，清退违规受益对象835人，立案56件56人，党纪政务处分56人，通报批评2人，提醒谈话1人，收缴违规违纪资金448.45万元。

“下一步，我们将结合做‘杨荣式’好干部大走访、民生监督专项监察等工作，对系统中已整改销号的问题数据进行抽查复核，力求真改实改，实现线上监督与线下监督的无缝衔接。”石阡县纪委监委有关负责人表示。

人民网——贵州频道　2020年7月31日

思南：大数据 + 电子商务助力农特产品“出山”

◇ 黎之义 吴官海

近年来，思南县加快大数据 + 电子商务融合发展，构建农产品精准营销模式，让农产品销售插上大数据翅膀，助力思货出山。

“在拍摄时，要注重光线与色调，这样拍出的物体更饱满，才能更好展示我们的农产品。”在思南县塘头坝区紫薯基地里，平台直播工作人员正在为农户作农产品生长期展示拍摄技术指导，为产品成熟后直播带货做准备。

据了解，为加大农产品线上销售力度，今年思南县引入一家大数据综合服务公司，对全县农产品电商公司、乡村电商服务站进行全方位电商线上培训，内容涵盖线上产品包装、品牌打造、平台引流、订单溯源等，帮助电商从业者更好地掌握市场信息，解决农产品销售难题。

“我们对电商从业者进行系统性、全方位的指导，让他们在抖音、快手以及今日头条等自媒体平台进行产品展示，通过拍摄视频，记录一些日常生产种植原生态的视频，宣传家乡的产品。”贵州魅力明珠科技公司负责人杨康表示。

大数据助力“黔货出山、思货出彩”，思南县加大大数据信息技术与农业深度融合，深刻地改变了传统农业管理方式、营销方式。魏治高是思南县大坝场镇桐梓园村电商服务站负责人，今年他报名参加了全县电商培训，依托电商平台公司大数据优势，魏治高的电商服务站建立起了产品溯源、线上展示、多平台直播等新型电商营销系统，极大提升服务站销售服务能力。“以前我们电商服务站平台单一，经过电商培训，现在我们学会了直播带货，增加了新平台，我们的销售收入就增加了，今年我还运行电商 + 基地模式，种植 10 亩紫薯，在抖音、快手上就可以卖出去了。”魏治高笑着说道。

不仅“拥抱”新型直播带货平台，思南县还加大与京东、淘宝等大型电商平台合作力度，依托龙头电商企业建设线上线下互动融合的社区电商体系，应用大数据手段对农产品消费市场进行全面分析，包括产品口味、目标人群、消费习惯等，帮助电商从业者把产品推向全国乃至国外，助力思货出山。

邵家桥镇边江村的李新莲经营着一家土面条网店，今年在县工业和商务局的帮助下，李新莲与多个电商平台、网络媒体、自媒体建立了品牌合作，通过线上线下结合，目前她的土面条销售情况十分稳定。“这段时间天气比较好，我基本上每天都要卖出去 200~300 斤土面条，今年五一的销售量总体上应该比去年上升 30%。”李新莲说。

加快农产品出山，大数据大有可为，依托国家级电子商务进农村综合示范项目建设，思南县充分用好大数据电商平台，拓宽省内外农产品销售渠道，有效提高该县农特产品市场占有率，2020 年 1—3 月全县完成社会消费品零售总额 20.31 亿元。“未来，思南县还将继续深化大数据 + 电子商务、大数据 + 农业生产融合发展，推动以‘平台公司 + 基地 + 农户 + 电商服务站’方式发展电商网上供货基地，同时充分利用东西部协作和社会消费扶贫的契机，加快农产品走出大山，为农业振兴和转型发展激发新活力。”思南县工业和商务局大数据与电商项目负责人陈定文表示。

人民网——贵州频道 2020 年 5 月 8 日

印江：大数据 + 电子商务助“黔货出山”

◇王　东　邹雪庆

近年来，印江土家族苗族自治县多措并举推动电商发展，通过加快“大数据 + 电子商务”融合发展，构建农产品精准营销模式，让农特产品销售插上大数据翅膀，助力“黔货出山”。今年 1—6 月，电商交易额达 1.2 亿元，成为该县经济高质量增长的重要引擎。

在朗溪镇昔蒲村精品水果种植基地，种植户们正在按照电商平台网络订单采摘新鲜桃子、李子。精品水果装箱打包后，将通过电商驿站“直通车”直接发往全国各地。

“以前没有电商平台的时候，我们的桃子是自己拉到县城去卖，价格不是很稳定。”朗溪镇昔蒲村精品水果种植大户田儒敏说，“现在有了电商平台，我们就可以看菜吃饭，订单有多少，我们就如数地摘多少，采摘好了就等快递车到基地来拉，价格稳定，省时省力。”

朗溪镇是印江远近闻名的水果之乡，水果品类丰富，品质优良。以前，种植户们全靠传统的销售方式经营。去年以来，该县结合实际，立足产品上行（产品上行是指以农村电商为媒介，打开本地特色农产品的销售渠道，让特色农产品从田间直达全国百姓餐桌的一种运营模式），量身打造“梵净云商”平台，助推农产品从“小农户”迈向“大市场”，提升电商扶贫带动效应，着力创建电商驿站“营销网”。目前，该县已有 160 余个农村电商服务站点。电商交易成为当地农村农特产品出山入市的重要途径，也是群众增收致富的重要方式。

朗溪镇电商驿站负责人田春表示：“电商平台的出现，使得朗溪的水果从开始的几角钱卖到现在的一两元。特别是疫情发生后，各地水果市场均受到冲击，但对朗溪的影响却很小，通过线上走单，10万多斤金香橘全部销售完毕，销售额达到了35万元，减少了果农的损失，大大提高了老百姓种植水果的积极性”。

为了实现农特产品卖得出、卖得快、卖得好，该县积极利用量身打造的“梵净云商”平台，对各大电商驿站的产品实行线上、线下同步销售，线上采用“一日一推”“一周一爆款”等方式打造站点“网红产品”，线下采取“精品线路”“一网格一团长”等方式进行全面推销；与此同时，该县紧扣“提速降费”，通过市场化运作方式，创新构建电商驿站物流配送体系，切实打通上行最先一公里和下行最后一公里，畅通电商驿站物流网。

“我们的农特产品，是实行了统一的设计、统一的检测、统一的包装、统一的销售、统一的配送。线上我们融合了多平台，如辣椒网、黔邮乡情、京东铜仁网、梵净云商等进行助推，线下除了定期开展各种促销活动外，还利用各个网点进行实地销售，最终的目的就是要实现一产多销的局面。”梵净云商负责人熊波介绍道。

据统计，通过“梵净云商”平台引领，有效推动印江39个“一村一品”网货基地建设，目前电商驿站月收入在3000元以上。今年以来，印江电商销售额达1.2亿元。

“疫情期间，我们以推进铜仁市电商、云商建设为契机，培育了10款农特产品，优化了100个电商驿站，利益链接1000家网货基地。”据该县工业和商务局电商发展中心主任徐国深介绍，在强大的大数据平台支撑下，印江创新推进了“电商驿站+”发展，规划建成电商驿站160个，覆盖365个行政村，开通了电商驿站直通车物流专线8条，完善了城乡物流配送体系，并成功融合阿里巴巴、京东、梵净云商等电商平台，多渠道拓宽了印江农产品的销售渠道，打造出电商一体化运营建设新模式。

《铜仁日报》 2020年8月6日

德江："互联网 + 政务"大数据应用开出"六朵金花"

◇ 邓永发

根据《贵州省人民政府关于加快大数据产业发展应用若干政策的意见》，德江县为加快全县"互联网 + 政务服务"工作的推进，自 2016 年 1 月国务院明确贵州省为全国"互联网 + 政务服务"试点以来，不断强化"互联网 + 政务服务"创新思维，紧跟形势发展，利用新常态下日益发展的"互联网 +"模式，大力推行"互联网 + 政务"业务普及。

德江多措并举，成立了以书记为组长，县长为常务副组长，分管副县长为副组长，相关单位为成员的县大数据产业工作发展领导小组，制定印发了《关于全县大数据产业发展的实施意见》。快步推进大数据应用基础助力"智慧德江"建设。

一是实现了"互联网 + 政务服务"助推政务中心大数据应用。该县在全市率先实现"互联网 + 政务服务"大数据"迁云"运行，前来办事群众不论在哪里都能通过智能终端快速办理所需要的政务服务项目，实现了"互联网 + 政务服务"一站式服务，真正实现了"让群众少跑路，让数据多跑路"的便民服务宗旨。

二是实现了"互联网 + 医疗政务" 助推智慧医疗大数据应用。截至 2016 年 12 月，该县总投资 4200 万元助推人民医院和中医院完成智慧医疗大数据机房建设，实现自助挂号、自助缴费、无纸化处方、健康档案数据储存、自动排队叫号、自助打印病历、远程医疗、无线上网和智能终端预约挂号等项目建成投运。同时，还实现了院内 Wi-Fi 全覆盖，有效提高了就诊效率并降低了医院的管理成本。该县妇幼保健和计划生育服务中心的患者就医全流程信息传递，接入了省妇幼健康信息管理系统平台，实现了孕产妇及儿童保健的信息化管理，孕产妇分娩等信息实现了省内跨机构、跨区域共享。

三是实现了“互联网 + 农业政务” 助推农业大数据应用。该县总投资 38 万元引进贵州为米科技有限公司。政府和企业同心协力，将其打造成“为米农业大数据德江运营中心”。据统计，该县已完成采集 21 个乡镇（街道）农村产业基地数据 311 条，包含农场、农场服务商、农产品加工和农旅互动四大板块，采集了产业基地基础信息（负责人、联系方式、地址、规模等）、产业基地生态信息（经纬度、海拔、日照时间等）、产业基地土壤水质信息。在为米网上，用户可根据所属乡镇、产品类型、经营类型分类按需提取所需数据。

四是实现了“互联网 + 电讯政务” 助推电讯网络大数据应用。该县行政村有线宽带覆盖率从去年的 33.4% 提高到现在的 61.62%，目前正在向行政村宽带全覆盖目标冲刺，德江县总投资 60 万元促进高家湾高效农业园区无线 Wi-Fi 实现全覆盖。同时，委托华为贵州分公司建设城市公共 Wi-Fi 项目。截至目前，德江已完成全县城市公共 Wi-Fi 建设项目可研编制初稿，完成了《德江县 800 公里农村光纤网络基础设施建设可行性研究报告》《德江县公共无线 Wi-Fi 建设项目可行性报告》等大数据项目规划编制。该县结合信息基础设施建设三年大会战、“四在农家・美丽乡村”六项行动计划，全面实施“光网德江”工程，力争到 2016 年 12 月底实现所有行政村通宽带的目标，城市和农村家庭宽带接入能力达到 50 兆以上，重点区域及企业达 100 兆。

五是实现了“互联网 + 交通政务” 助推智慧交通大数据应用。德江县交通运输局牵头实施的德江县智慧交通项目正在筛选编制单位。多次与贵州大数据研究院、云上贵州大数据有限公司、川大智胜有限公司、深圳赢利城有限公司、杭州甲骨文有限公司等对接洽谈，完成了《“智慧德江”大数据应用平台建设规划书》等大数据项目规划编制。

六是实现了“互联网 + 电商政务” 助推电商产业大数据应用。随着社会信息化进程的加快发展，“互联网 +”应用越来越广泛，发展势头迅猛，已经逐渐成为现代服务业中的主角。2015 年 9 月以来，德江县抓住政策机遇，借助政策东风，运用“互联网 +”寻求和拓展市场，加快推进电子商务产业发展，成功申报为全国电子商务进农村综合示范县，成为全国 200 个、全省 8 个电子商务进农村综合示范县之一。其中农村淘宝累计单数 25154 单，累计交易金额 285.68 万元。

今年以来，德江县以电子商务进农村综合示范县为抓手，大力实施德江“互联网 + 电商政务”工程，孵化一批电商企业，培育一批电商能人，全面助推“德货出山”。德江县顺应经济网络化发展趋势，通过电子商务倒逼传统工业企业和商贸流通企业加快“触网”步伐，特别是农特产品生产企业和农资经营企业与大型商圈。将傩城电子商务有限公司培育成为年销售 500 万元以上的本地电商龙头企业，全县新增网店数 200 个以上，培育 1 家以上重点快递物流企业。该县更加注重“互联网 + 品牌”培育，将德江天麻打造为县域网货品牌，培育网货供应基地 5 个以上，开发网货产品 50 个以上，支持 1 家以上电商企业入驻天猫平台，4 家以上企业入驻“1688”平台，在知名电商平台开设本地产品销售专区。截至 2016 年 9 月，全县建设村级电子商务服务网点 163 个、农村淘宝 54 个、武陵生活馆 10 个、邮乐购 33 个、贵农网 60 个、易田电商 9 个，合计 329 家电商平台，引领全县电商产业发展，全县新增电商网民数量 9 万人，覆盖人群达到 26 万人。

德江人民政府网　2016 年 12 月 20 日

大数据“平安警务云”为沿河平安护航

◇田　烈

近年来，沿河土家族自治县县委、县政府利用大数据发展优势，出资650万元，于2018年10月，在该县公安局建成了具有现代化信息、扁平化指挥手段的应急指挥大厅，大厅以“平安警务云”系统为平台，构建了一朵云汇聚、一平台应用、一张网防控、一体化打击、一中心调度，实现了统一指挥、统一调度的指挥功能。为经济发展、社会平安稳定和人民生命财产安全起到了护航作用。

该县应急指挥大厅民警张广琳介绍接警平台：“喂，110吗？我要报警……”“请您稍等一下，我们民警马上联系你。”

该接警平台融合了110、120、119“三合一”，从拿起电话接警，平台会自动录音上传保存，在网安系统中，民警准确地知道了报警人的位置，指挥大厅随即指派相对应的警力出警处置。

县应急指挥大厅民警黄小玉说：“我们指挥中心也根据现场出警的警察佩戴的‘四合一’装备，指定就近警力赶赴现场处置，这‘四合一’就是能够适时将现场图片、录音、录像同步传回指挥大厅，指挥大厅根据现场情况，能够准确地增派警力，快速处置警情。”

据了解，沿河应急指挥大厅融合了公安、应急、城市管理、卫生健康等部门。汇聚整合LBS（基于移动位置服务）警用地理信息、警情监测、视频图像、有线无线通信、车辆和单警定位、应急救灾、社会信息资源，并接入天网视频、雪亮工程、人脸识别、平安小区、社会视频、视频巡查等视频资源和电子围栏。实现了报警定位、警情警力动态监测、一键调度、视频研判等功能。

该县公安局党委委员、指挥中心主任龚大军介绍，大数据包含了法人、自然人的生老病死，吃、住、行、消、乐的全部信息，“平安警务云”是铜仁的一个新型警务平台，里面整合了情报、治安、刑侦、技侦等警种资源，供所有民警在一个平台统一操作、统一运用。去年，在县委、县政府的重视关心支持下，修建了应急指挥大厅，在大屏上通过一图展示报警人的位置，能第一时间处置警情、灾害救治，为处置工作提供指导性参考性意见。

“平安警务云”的成功应用，确保了指挥决策、警令传递、警力调动、现场处置的快速、及时、高效。2019 年以来，该县公安局抓获各类违法犯罪嫌疑人 752 人，捣毁赌博窝点 5 个，收缴赌资 113540 元，打掉卖淫嫖娼窝点 5 个，抓获卖淫嫖娼人员 10 人，查获被盗摩托车 21 台、手机 11 台，盘查可疑车辆 1047 台次，社会面盘查可疑人员 2226 人次。为沿河经济发展、社会稳定和人民生命财产免受侵犯起到了护航作用。

《铜仁日报》 2019 年 5 月 30 日

大数据赋能高质量发展

◇ 王安宏

当今世界，大数据已成为全球经济发展的核心驱动力。只有紧紧拥抱大数据经济浪潮，才能跨越赶超、实现引领。

凡益之道，与时偕行。这几年，铜仁坚定不移实施大数据战略行动，坚持以场景应用为抓手，着力推进大数据与各行各业深度融合，探索走出“应用驱动·融创发展”的大数据发展新路子，赢得了发展先机。

应用场景达 205 个，2020 年上半年平台经济入库税款 2.89 亿元、应税项 28.2 亿元，入库税款、应税项分别是 2018 年的 140 倍、130 倍……这是铜仁大数据自萌芽以来取得的骄人成绩，也是铜仁数字经济发展的奇迹。

结缘大数据，探索大数据，发展大数据。实践证明，铜仁已踏上了大数据带动大发展、大跨越的逐梦之旅。

魅力之问：大数据企业为何纷纷落子铜仁?

——优质的政策与营商环境培育了大数据发展的沃土

快手、科大讯飞、浪潮、太极计算机等数字经济龙头企业，为何纷纷选择在铜仁落子布局?

良好的政策机遇至关重要。为让大数据成为推动高质量发展的新引擎，铜仁于大势中把握机遇，于机遇中率先行动，抢抓建设国家大数据综合试验区机遇，大力培育数字经济，激活发展新动能。

为让大数据发展有足够的政策保障，铜仁在全省市州率先出台政府大数据项目管理办法，同时印发《铜仁市大数据创新应用专项行动实施方案》《铜仁市大数据助推实体经济三年攻坚行动（2018—2020）实施方案》《关于加快大数据产业发展的实施意见》《关于支持大数据产业发展九条政策意见》等配套政策。

在大数据的产业配套上，及时调整大数据产业发展领导小组，建成铜仁市大数据专家咨询委员会，印发了一系列推动大数据发展的配套文件，扎实推进“一云一网一平台”、城市数据中台建设，积极推进数据共享开放和数据安全工作，为数据汇聚共享及应用提供支持。

同时，与清华启迪公司合作成立 1.2 亿元大数据产业基金，与上海复星集团合作成立 2 亿元区块链基金，支持高科技和高成长性大数据企业来铜发展；与公安部第一研究所、远东诚信、数澜科技等公司合作建设数据主体自主管理云平台、城市数据中台、城市大数据中枢，推动数据资产高效管理，为大数据与各行各业融合发展提供支撑。

如果说良好的政策机遇是企业落户的“土壤”，那么，市委、市政府精心打造、细心呵护的营商环境则让入驻企业看得到最贴心的“管护”。近年来，我市着力打造良好营商环境：

——实现企业开办“一网通办、一门全办、一次办好”的“零见面”审批。

——税务服务实行“一窗受理、内部流转、并联办理、一窗出件”和“同城通办”模式。

——对重点招商项目实行“一个项目、一名领导、一个团队、一套方案、一抓到底”的“五个一”工作机制。

——灵活采取出让、划拨、租赁和集体经济组织经营性土地入股等方式保障项目用地需求。

……

多方努力下，铜仁入选“2019 年中国经济营商环境十大标杆城市”名单，获“2019 中国（区域）最具投资营商价值城市”“营商环境质量十佳城市”等称号。

正是对良好营商环境的悉心管护，让企业感受到铜仁推动发展的真情厚意，看到了企业发展的良好前景。

特别是在2018中国国际数博会铜仁分论坛上，铜仁向世界提出了“1234567”大数据发展新路，正是这条场景大数据发展的“铜仁路径”，让铜仁在全省打出了大数据率先突围的名声与人气。

从此，在多重要素综合作用下，各类大数据企业纷至沓来，呈现出快速集聚发展的良好态势。

目前，铜仁已建成大数据应用场景205个，落地大数据企业315家，汇聚1000余名大数据人才常驻铜仁，并已与华为、阿里等建立起人才培育机制，为大数据战略深入实施提供智力支撑。

云集众业界精英、聚焦大数据应用场景、催生新业态发展，铜仁正逐步成为数字经济时代创新创业者和投资者的首选地。

发展之问：大数据能给我们带来什么？

——解决痛点难点，助推产业发展，让高质量发展动能更充沛

中伟新材料股份有限公司的锂离子电池三元正极材料智能工厂项目是铜仁市“触网”较早的工业项目，该项目通过建立MES系统（制造执行系统），实现生产运营自动化、精细化，为生产及运营提供智能决策依据，同时，建立数据采集及可视化系统，实现生产、物流、系统管理的数据采集、可视化、过程跟踪及追溯，项目设计、建设目标均达到国内先进水平。

“通过建设智能工厂，去年企业生产效率提高29.6%，运营成本降低25%，产品研制周期缩短32%，产品不良品率降低22.2%，能源利用率提高24.2%。”据了解，通过实现生产工艺的自动化、信息化、智能化，建设智能工厂，该公司的锂离子电池三元正极材料智能工厂项目实现年产1.5万吨高性能动力型锂离子电池三元正极材料，是铜仁市省级大数据与工业深度融合的标杆项目。

在经济发展中，铜仁深化互联网、大数据、人工智能等新一代信息技术在实体经济中的创新融合，持续改造提升传统产业，不断培育壮大新业态，促进实体经济向数字化、网络化、智能化转型，在迭代升级中迸发出更高的综合竞争力。

中伟新材料股份有限公司“触网”转型，是铜仁以大数据应用场景推动产业发展升级的一个生动案例。

在实践中，铜仁发现，每一个应用场景持续运维、迭代升级，就能够聚集成一个大数据，即“场景大数据”。每一个行业领域都有若干应用场景，都能形成若干个场景大数据。每个场景大数据都可以衍生出若干新的场景和商业模式，形成平台企业，平台企业汇聚形成平台经济，成为数字经济的重要形态。

通过近三年的努力，铜仁场景大数据实践推动了应用创新、迭代创新、集成创新、融合创新、协同创新，城市数据生态初步构建，政府治理体系和治理能力现代化不断提升。

——数据治理有效推进。建设城市数据中台、数据中枢、数据自主管理云平台三大数据治理核心基础设施，最大限度汇聚、治理数据，建立数据合法授权通道，解决数据安全、可信、开放、融合、共享问题，让数据安全好用。

——治理能力明显提高。建设平安警务云、失信联合惩戒、智慧规划、智慧城管等一批应用场景，助推政府治理体系和治理能力现代化，使群众获得感明显增强。去年我市安全感、满意度均排名贵州省第一。

——民生服务更加精准。建立大数据精准就业服务平台，把工作岗位直接送到群众手中；建成区域远程影像等一批互联网医疗健康应用场景，让基层患者享受优质、高效、便捷的医疗服务。建成六叔九姑、易客云商服务平台，为城市社区居民提供更贴心、更智能、更便捷的服务。

——数字经济蓬勃发展。搭建产业互联网，让大数据为实体经济赋能，梵运网络、梵快科技、梵云易通、山久长青、追花族等一批平台经济企业茁壮成长。

——理论探索不断创新。今年 7 月，铜仁将自身实践总结提炼为场景大数据理论，发布了《场景大数据白皮书 1.0》，提出以应用为导向的数据与场景深度融合的新模式。“场景大数据”已经列入全国科学技术名词审定委员会首批发布的108个大数据新名词之中。

铜仁的场景大数据发展成效也屡获赞誉：平安警务云入选全国政法智能化建设优秀创新案例，信融九州获得中国政府信息化方案案例创新奖，人和物联大数据服务精准扶贫入选联合国计划开发署可持续发展五星推荐经典案例，智慧营养餐大数据监管平台得到联合国世界粮食计划署调研肯定……

在创新、协调、绿色、开放、共享的新发展理念指引下，铜仁正坚定不移走“应用驱动·融创发展”新路，加快大数据与实体经济融合、与乡村振兴融合、与服务民生融合、与社会治理融合，大数据赋能高质量发展成效显现，为“一区五地”建设注入了强劲动力。

服务之问：如何助推大数据产业更好发展？

——企业当“甲方”提要求，政府当“乙方”抓服务

自从贵州省第一张网络货运牌照在铜仁发布后，铜仁网络货运线上数字产业园接待工作就格外繁忙，全国各地物流企业为抢抓网络货运发展新机遇，纷纷到访产业园探索企业转型之路。

铜仁网络货运线上数字产业园受热捧的原因，是它能给众多中小物流企业打通绿色注册通道。企业只需提供公司的基本信息即可，最快45天获得牌照，而且全套费用远低于市场价格。

同时，也为园区内网络货运平台企业提供牌照申请、运营指导、财税服务、车辆监控、在线支付、供应链金融、ETC、油品、保险、维修等增值服务，最大程度帮助企业节省成本，拓展更多边际收益。

不仅如此，为帮助入驻园区企业减轻成本负担，铜仁还提供市县两级财政奖励、子女入学保障、同等医疗待遇等优惠政策，最大程度帮助物流企业顺利转型、做大做强，并且让政策持续5年之久，消除企业后顾之忧。

知者行之始，行者知之成。要想创新发展，知、行不可分作两事。深谙此理的铜仁，在服务大数据产业发展的路上，生动地践行着“仁义”精神。

在与企业交流洽谈、合作项目过程中，铜仁市政府不断转变思想观念，坚持换位思考，从企业和企业家角度出发，考虑问题、制定政策，以“乙方”心态为企业服务，让企业真切感受到政府支持企业发展的诚意，坚定企业发展的信心。

企业打开门做生意，除了要考虑利润，成本也是重要考量。铜仁通过减少项目审批、降低生产要素成本等方式，助推企业轻松上阵、爬坡越坎。

除了在项目审批、流程优化等服务上打出系列“组合拳”，铜仁所有大数据应用场景都按照“抓好一项应用、落地一个项目、引入一个团队、培育一家企业、壮大一个产业”的“五个一”工程来实施，有效推动大数据产业壮大，助力应用驱动落地落实。

同时，对于项目成立工作专班推动。项目推进过程中的一切问题由工作专班负责解决，一切手续由工作专班负责办理，做到“墙内事情企业干、墙外事情政府办”，及时协调解决问题，推进项目加快进展。

政府相关部门则充分发挥自身职能，抓好政策设计、基础设施建设、数据治理、场景谋划、协同创新、数据营运和营商环境优化，全力营造良好的大数据创业创新生态环境。

这两年，铜仁大数据发展的基础设施越来越完善：建成场景大数据展示馆、大数据产业园、网络货运产业园，开工建设智能终端基地，筹建北斗大数据产业园、云制造产业园。“一云一网一平台一体系”建设扎实推进，实现电子政务外网市、县、乡、村四级全覆盖。城域网上链带宽达到1860Gbps，光缆长度达到15.32万公里，建成移动基站2.36万个。

从线下到线上、从面对面到键对键……铜仁为企业服务的方式在变，服务的优良品质没有变。在优质的服务下，数据源源不断汇聚而来，百花齐放、万众创新的数字生态正在形成。“乘云”而飞的铜仁，正凭借大数据驶向一片广阔无垠的“蓝海”，在转型跨越中不断激发力量，谱写高质量发展新篇章。

《铜仁日报》 2020年12月8日

大数据有温度：务工人员精准发薪无忧愁

◇ 汤正德

早上 9 点，41 岁的李仕（化名）早早地出现在桐木坪乡的市集上，他兴致勃勃地从商家的货架上取下一袋糖果，放在手中掂了掂后对店铺老板说道：“就这个样式的，另外再多给我拿两包。”付完账后，李仕带着糖果转身走入人声鼎沸的集市街道中，3 个小时后，李仕驮着大大小小的包裹意犹未尽地走出集市。“都是些年货，工地今年在放假前就结清了所有工资。”李仕笑得合不拢嘴，“如今政府通过大数据监管，让我们务工人员拿了工资再回家过年，心里觉得很踏实。”

在李仕置办年货的时候，贵州省铜仁市劳动保障综合行政执法支队的支队长杨激文已经做足了准备工作。他接到通知，今天将有一批特殊的客人造访，作为执法支队的支队长，杨激文是此次接待工作的具体负责人。在以往的工作生涯中，杨激文长期从事劳务关系和务工人员薪酬纠纷的执法工作，他已经记不清自己接待过多少到访务工人员及其他劳动者，但是像今天这样特殊的客人，以往却并不常见。

“两年前，我们支队接待的客人，几乎全是务工人员和劳动者，他们中的多数人过来都是带着问题，来找我们帮忙解决问题的。但今天要接待的客人却是兄弟省份的政府工作人员，他们过来的目的既不是为了解决劳动关系，也不是为了讨薪，而是为了到铜仁市交流和学习大数据技术在处理劳动关系和务工人员薪资问题上的优势。”杨激文表示。

务工人员工资的发放问题一直是一项重要的社会民生问题。对于建筑施工等劳务用工密集型行业而言，一旦出现工资拖欠问题，不仅极大损害务工人员的个人利益，更容易导致一系列严重的“务工人员讨薪”事件发展，造成恶劣的社会影响。每到年底，务工人员工资支付问题就会再次成为社会焦点，这也是政府职能部门的痛点。“铜仁市曾经是贵州省务工人员欠薪问题较突出的地区之一，务工人员欠薪问题深刻困扰着铜仁市各级政府。”杨激文继续说道，“2018 年以前，很难看到像现在这么安静的办公区，那时候我们这里总是聚集着被拖欠工资的务工人员。”

2017 年，铜仁市开始通过技术的手段来探索解决讨薪难问题。经多次实践，大数据成为解决根本问题的最佳工具。随后，铜仁市联合贵州人和物联数据有限公司（简称“人和物联”）以建设工程领域监督为重点，通过搭建大数据监管平台，推行务工人员工资保障金、用工实名制管理和银行代发工资制度，实现了对辖区务工人员工资发放的自动化监管，使拖欠务工人员工资问题得到有效遏制。

铜仁市 406 家建设工程企业的项目施工现场，均安装有人脸识别考勤系统，其中记录的工人进出施工项目的考勤数据联通着铜仁市大数据监管平台。在平台里，建筑企业向银行缴纳保证金，保证工人工资正常发放，通过系统检测用工量、发放工资情况、项目建设进度的情况，及时对企业欠薪行为进行报警，监管部门通过大数据监管平台可视化大屏，就能精准了解与掌握铜仁市建设工程领域内实时工地用工总数、合同签订情况以及工资发放等相关情况。

铜仁市人力资本数据服务平台是以建筑工地实名制大数据管理和就业培训帮扶为主线，易地搬迁和贫困户数据管理以及社保卡制卡数据采集为辅的全程信息化平台，由铜仁市人力资源和社会保障局牵头实施，人和物联进行运营。

该平台汇聚了全市建筑工地的务工人员实名制和工资发放数据，用工企业数据和人社、住建及其他部门数据，对务工人员考勤登记、合同签订、工资造册、劳资专户、项目款拨付相关数据进行实时监控，及时对企业欠薪行为进行报警，结合发包数据、税务数据、注册数据等，利用大数据 AI 技术实现对企业欠薪风险的预测与分析，从源头防范欠薪行为发生，从而形成欠薪事前预警、事中监控、事后监督的全面治理格局，有效保障务工人员的合法权益。

该平台上线运营以来，实现了对碧江、万山、大龙、石阡共380多个在建和新建工地，约4.4万名务工人员的实名制信息和工资发放数据的管理。2018年已保障全市务工人员正常工资发放10亿元，2019年该平台有效保障了150亿元以上的务工人员工资的正常发放，最大程度上降低讨薪事件出现的概率。

“大数据是提升人力资本价值的核心，具有极大的联动效用，随着社会发展的进步，大数据将会有更大的应用空间，铜仁市通过大数据监管平台，构建出新的务工人员工资发放监督体系。自平台正式运行以来，铜仁市累计有73659名劳务工人通过平台及时领取到足额工资。大数据监管平台的应用不仅实现了务工人员讨薪有证据，还实现了用工企业维权有依据，同时也实现了政府监管有数据，达到了多方共赢。”正如人和物联的总经理胡杰说的那样，大数据在助推实体经济发展、产业融合创新和改善民生服务方面取得的丰硕成果，正推动着社会各领域产业实现智能化、高效化、绿色化的发展。

数据观 2020年2月3日

究竟有何优势？
铜仁网络货运数字产业园入驻企业络绎不绝

◇佚　名

自从贵州省第一张网络货运牌照在铜仁发布后，铜仁网络货运线上数字产业园接待工作就格外繁忙，全国各地物流企业为抢抓网络货运发展新机遇，纷纷到访产业园探索企业转型之路。

近日，霸王集团创始人、小小世界集团控股有限公司董事局主席万玉华一行来到铜仁网络货运数字产业园考察，经过全方位了解，被科技感十足的产业园所震撼，更被企业入驻一站式服务所感动，并表示，将考虑在全国性零售业发展中成立自有大型物流货运企业，并期望与网络货运联创新型货运模式。

铜仁网络货运数字产业园成立仅仅三个多月，就取得非常可喜的成绩，目前入驻企业近300家，预计总产值900亿元。众多企业纷纷到访并入驻，究竟是被什么所吸引，这个数字产业园又有何优势所在？解密要从一纸发文开始！

无车承运人落幕

网络货运接力成物流新风向

去年9月，交通运输部、国家税务总局在系统总结无车承运人试点工作的基础上，制定了《网络平台道路货物运输经营管理暂行办法》。2020年1月1日起，试点企业可按照《办法》规定要求，申请经营范围为“网络货运”的道路运输经营许可。至此，无车承运人完美落幕，网络货运平台成功“上位”，并成为物流企业争相追逐的新宠儿。

网络货运之所以被物流企业热捧，主要是因为它将传统货物运输与信息化技术相融合，利用系统赋能和大数据分析优势，有效为企业降本增效，提升信息化建设能力，为企业经营带来诸多优势。

首先，企业可以轻资产运作，通过系统集成自有及社会零散运力，根据自有或者承接业务体量、地点、种类等进行相应的车源匹配，大大提高了运力的使用效率，降低了企业的运营成本。同时对上下游资源进行规模化经营，实现集采优势，并通过运费差价为企业带来一定利润。

其次，网络货运注册对运营系统要求较高，此举可以大幅提升物流企业资源整合力度、提高车货匹配效率，加速企业信息化建设进度，助推企业成长为线下货运运输组织能力与线上平台化数据运营能力相结合的复合型企业。

再次，目前个体司机占据绝大多数物流运力市场，运输行为完成后很难提供真实有效的发票，因此企业财务经常面临税务“白条”风险。随着网络货运平台落地，个体司机带票运输解决方案随即出炉，网络货运企业可以为个体司机运输代开发票，保证税务合规并降本增效。

最后，通过系统可以实时查看车辆定位、运输轨迹、物品状态，并对运输过程进行评价、申诉、建议，可以提升企业抗风险能力和用户体验，助推企业从粗放型向精细化模式转变。此外，部分区域可以享受国家财政补贴，可以大幅度降低企业运营成本。

网络货运注册门槛提升
对企业信息化建设要求较高

面对如此多的优势，许多企业跃跃欲试，但是想成为网络货运经营者中的一员并非易事，须符合网络货运资质申请要求：企业必须搭建网络货运平台、取得增值电信业务许可证、取得三级等保证书、接入省网络货运平台监测系统等诸多条件。

总结网络货运注册条件，难点主要体现在信息化技术上，尤其要有一套涵盖信息发布、线上交易、全程监控、金融支付、咨询投诉、在线评价、查询统计、数据调取等功能的运营系统。

不少中小物流企业因此而碰壁，如果自建系统，需要组建一支 IT 队伍，而目前 IT 人才的年薪少则几十万元，保守估算需几百万元的投入才能将系统搭建起来。而且还需和政府税务、监管等部门系统对接，时刻保证网络货运平台安全性。

虽然一些物流企业自己拥有运营系统，但是比较老旧，无法按照网络货运功能要求进行申报，即使重新正向研发，也是一笔不小的支出，并且研发周期较长，企业注册时长大幅增加。因此注册网络货运平台，考验的是企业的技术能力，更是财力。

如此说来，中小物流企业网络货运之路就此卡死？

就没有一个平台能够低成本又高效地满足注册要求？

山重水复疑无路，柳暗花明又一村。由快货运提供技术支持、申报、运营的铜仁网络货运数字产业园给众多中小物流企业打通绿色注册通道，以极少成本和优惠政策帮助众多中小企业拿到网络货运牌照，实现网络货运转型升级，这也是众多企业接连到访并入驻铜仁网络货运数字产业园的主要原因。

快货运技术支持

打造一站式网络货运注册平台服务

网络货运注册的难点在于企业需要打造一套合规的网络运营系统。快货运凭借数千家大中型物流企业的运输管理系统研发运营经验，结合交通运输部网络货运经营管理办法相关规定，从系统合规、多用户终端、电子签约、银企直连等维度专业打造“快货运网络货运系统”，最大化贴合网络货运企业管理、运营、发展需求，为众多中小物流企业搭建网络平台。

快货运作为铜仁网络货运数字产业园技术支持、申报、运营合作伙伴，除了为企业搭建网络运营平台，还为企业提供企业注册、系统对接、银企直连、ICP 证、三级等保、牌照申请、税务规划、平台运营、申报企业等一条龙服务。企业只需提供公司的基本信息即可，最快 45 天获得牌照，而且全套费用远低于市场价格。

不仅如此，快货运为园区内网络货运平台企业提供牌照申请、运营指导、财税服务、车辆监控、在线支付、供应链金融、ETC、油品、保险、维修等增值服务，最大程度帮助企业节省成本，拓展更多边际收益。

铜仁市也举全市之力推动网络货运发展，为帮助入驻园区企业减轻成本负担，提供市县两级财政奖励、子女入学保障、同等医疗待遇等优惠政策，最大程度帮助物流企业顺利转型、做大做强，并且让政策持续 5 年之久，消除企业后顾之忧。

快货运　2021 年 6 月 4 日

把数据用起来

——铜仁市场景大数据发展观察

◇ 王安宏

大数据时代，数字赋能。

目前，已有271家大数据企业“落地生根”，75个大数据研发团队和近1000名大数据专业人才常住铜仁，180多个应用场景“开花结果”，已培育14家平台企业，大数据与实体经济融合发展水平指数为35.5。

这一个个数据，是铜仁数字经济发展的重大成果，也是铜仁场景大数据发展的缩影。如今，场景大数据产业发展已成为铜仁的一张“新名片”，它不仅为产业升级、社会治理、改善民生等工作赋能，也成为铜仁推动经济社会高质量发展的新引擎。

铜仁何以受到大数据产业青睐？思路决定出路，开放推动发展。发展大数据，铜仁以创新为动力，以应用场景为切入点，坚持“应用驱动、融创发展”，走出了一条大数据产业和数字经济发展新路。

缘起——
场景大数据是铜仁做大经济总量的强大引擎

翻开铜仁大数据产业发展的时间轴，早在2016年，铜仁就成立了以党委、政府一把手同时任组长的大数据产业发展领导小组，开始对大数据产业发展进行积极探索。

为了让大数据产业这一推动铜仁高质量发展的新引擎由愿景变为现实，铜仁于大势中把握机遇，于机遇中率先行动，于行动中敢于突破，抢抓建设国家大数据综合试验区机遇，走出“应用驱动、融创发展”的大数据发展新路。

在应用实践中，铜仁创新提出了场景大数据、行业大数据、城市大数据的新理论，通过建设一个个应用场景，把政府、社会、企业数据融合为场景大数据。

同时，通过做好城市综合云平台顶层设计，在技术、标准、管理、应用等方面进行统筹，把各行业若干场景大数据，共享融合为行业大数据。并推动各行业大数据开放共享融合，形成城市大数据。

在实践中，铜仁发现每一个持续迭代的场景大数据都可以挖掘其数据价值，衍生出若干应用、若干商业模式，从而形成一个平台企业。在这种理论和实践驱动下，铜仁的平台经济发展势头迅猛，去年共有 14 家平台企业，平台经济入库税款合计 2.44 亿元、应税项合计 26.09 亿元。

在疫情严防严控期间，铜仁线上商业逆势上扬，在线教育、在线医疗、生鲜电商、在线娱乐、远程办公等迎来爆发式增长。

今年一季度，全市平台经济逆势增长近 100 倍。场景大数据催生的平台经济把海量的消费者、商家、企业联结在一起，通过个人、企业创新，平台赋能，实现多方利益的共创共享共赢，不局限于行业、不局限于区域，促进了效益的最大化。

促进跨界融通发展，解决实体困难，提升产业链水平；促进消费升级，催生服务业供给侧结构性改革；推动创新创造，培育新业态、增加新就业……场景大数据，已经成为铜仁做大数字经济乃至经济总量的一个重要引擎。

寻路——
探索出一条“1234567”大数据发展新路

发展数字经济，建设智慧社会，选择路径、找到切入点至关重要。

2018 年以来，铜仁紧扣“一区五地”建设目标，将大数据产业作为绿色发展、创新发展、后发赶超的战略引擎，准确研判大数据发展趋势与规律，坚持“应用驱动、融创发展”，走出了一条“1234567”的大数据产业发展和数字经济发展新路——

探索“一条新路”。在大数据发展上，铜仁选择了以场景应用切入，场景应用促进产业转型升级、民生改善、治理能力提升，驱动社会智慧建设之路。

遵循“两个坚持”。坚持百花齐放、万众创新。铜仁通过应用场景招商，因此，大数据团队都可以在铜仁通过竞争做应用场景。坚持持续运维、迭代升级。铜仁的应用场景，必须是可持续运维、迭代升级的应用场景。

坚持“三个不搞”。在大数据发展中，铜仁坚持不搞一家包打天下、不搞购买阶段性成果、不搞“交钥匙”工程，推动企业落地、数据聚集和应用迭代，催生大数据“独角兽”企业。

强化“四个统筹”。铜仁强化统筹平台建设，避免重复浪费；统筹体系规范，避免孤岛烟囱；统筹数据营运，平衡投入产出；统筹安全保障，确保数据安全、开放、共享、融通和使用。

实施“五个一”工程。铜仁所有应用场景都是按照“抓好一项应用、落地一个项目、引入一个团队、培育一家企业、壮大一个产业”的“五个一工程”来实施，有效推动最大数据产业壮大，助力应用驱动落地落实。

实现“六个驱动”。铜仁致力于实现应用驱动开放共享、创业创新、数据运维、人才聚集、融合发展、各方共赢，通过场景应用，让政府治理能力得到提升、群众获得民生便利与实惠，企业获得经济效益、做大做强。

突出“七个抓好”。实施大数据战略过程中，铜仁的政府部门充分发挥自身职能，抓好政策设计、基础设施建设、数据治理、场景谋划、协同创新、数据营运和营商环境优化，全力营造良好的大数据创业创新生态环境。

如今，这条场景大数据发展的“铜仁路径”，不仅在全省打出了铜仁大数据率先突围的“名声”与“人气”，更给铜仁的发展释放了红利。以网络货运为例，截至 7 月 6 日，铜仁网络货运共签约物流企业 120 家，预计总产值达 341.7 亿元。

展望——

“应用驱动、融创发展”未来可期

“在互联网、大数据的时代，我们经营城市，就是运维好城市数据，让数据价值最大化。”目前，铜仁已明确提出要让行业和城市的数据充分用起来，让数据资源要素活跃起来，让数据价值充分彰显出来。

在未来的发展中，铜仁将持续解决好数据治理和应用场景、理论技术、人才队伍、政策支撑等问题，使场景大数据在铜仁实现持续运维。

聚焦基础设施建设，推动数据治理。铜仁正着力推进数据中台、数据中枢、数据主体自主管理云平台建设，消除数据孤岛和烟囱，解决数据的安全、可信、开放、融合、共享的问题。

同时，推动数据集中管理与统一服务，对数据进行汇集、清洗、标记、分类等处理，为各类应用提供业务模型和数据支撑，同时收集各应用场景持续运营集聚的数据，推动资源开发与价值挖掘。

此外，铜仁正在构建基于区块链和加密技术的数据主体自主管理云平台，为数据主体提供可信身份介入、可信身份验证和安全可控数据账户，推动数据安全、可信、开放、融合，实现“还数于民”。

聚焦应用场景的建设，把数据用起来。以治理好的数据，支撑百花齐放、万众创新。铜仁将通过一个个的应用场景，解决政用、商用、民用的痛点难点，推动社会治理能力提升，产生一个个大数据的平台企业，提升人民群众的幸福感与获得感。

聚焦商业模式，发展平台经济。铜仁通过持续运维、迭代升级，应用场景生成场景大数据，通过挖掘衍生出若干的应用场景和商业模式，场景更加丰富、商业模式层出不穷，培育出平台企业，壮大了新经济，推动高质量发展。

聚焦理论探索，丰富场景大数据的内涵。铜仁正深入探索场景大数据理论，完善相关政策体系，推动数据高效治理，让数据更好地用起来，释放场景大数据价值，指导应用驱动赋能数字经济高质量发展。

随着铜仁场景大数据、行业大数据、城市大数据的不断发展，数据蕴藏的巨大价值将会逐步释放，数字化智能化的应用场景将会逐步渗透到实体经济、乡村振兴等各个领域，进而推动经济社会的深刻变革，引领数字文明社会不断发展。

未来已来，将至已至。迈入“云时代”，信息高速公路让大山深处不再闭塞，互联网让铜仁融入世界发展大潮，铜仁正以迅捷的步伐在大数据“蓝海”中力创一片新天地。

《铜仁日报》 2020 年 7 月 19 日

武陵山区深处兴起大数据

◇ 向定康　肖　艳

武陵山区因为边远贫穷，是全国14个集中连片特困地区之一。与重庆、湖南交界的贵州省铜仁市，长期被阻隔其中。

记者日前在当地部分园区、企业走访时发现，除了世界自然遗产地梵净山这张名片外，近年来兴起的大数据产业也在这里“生根发芽”。

“符合自己的实际和特色最重要。”时任铜仁市委副书记、市长陈少荣说，作为落后山区的一个地级市，怎么发展大数据？到底能不能干？怎么干？一开始心里也没底，因为面临的问题显而易见：既缺钱，也缺人。

来铜仁前，陈少荣曾在贵阳市任职，参与和见证了贵阳大数据发展历程。总结经验教训，反复调研谋划，一条“应用驱动、融创发展”的新路日益清晰。

有所不为才能有所为。陈少荣表示，大数据相关的理论研究、技术研发是东部发达地区的长项，而在西部，更重要的是把这些加以应用转化，在场景中解决痛点难点。

谈起上个月的一件事，时任铜仁市大数据发展管理局局长周文捷倍感振奋。原来，在北京举办的2020政府信息化大会上，铜仁一口气领回了4个奖项，而整个贵州总共才有6个。

让他自豪的还有数字经济增速。2020年上半年铜仁软件和信息技术服务业等指标增长441.8%，预计全年大数据平台经济总量将突破100亿元。

在铜仁高新技术产业开发区内的网络货运数字产业园，记者采访发现，基本看不到厂房车间、机械设备，映入眼帘的是充满科技感、供日常运营人员使用的办公大平面，而企业的研发团队基本在杭州。

“网络货运可以解决传统物流行业司机开票合规性、税务跑冒滴漏等问题。”园区负责人张鹏说，今年他们已经帮助注册在当地的128家物流企业取得了网络货运牌照。而奥秘就在于政府成立了专班专办，缩短了单个企业与相关部门打交道的时间。

“办证只需要45天，未来可能进一步压缩。”张鹏说，以往物流企业想申请这块牌照费时费力，如今这种“保姆式”服务，再加上当地出台的优惠激励政策，吸引了众多企业落户。

网络货运只是铜仁200余个大数据应用场景之一。养蜂人快速寻找蜜源、学生营养餐智慧监管、建筑工人实名制管理……围绕这些需求，诸多解决方案正不断推出。

党的十九届五中全会提出，坚定不移建设制造强国、质量强国、网络强国、数字中国。

下一步铜仁怎么发展大数据？“东部研发、西部应用。”陈少荣表示，当地将继续抢抓机遇，积极进行大数据招商引资，探索发展新业态、新模式，催生更多应用场景，壮大数字经济，赋能经济社会高质量发展。

新华网　2020年11月10日

铜仁：大数据引领经济新启航

◇黄　洁

将大数据运营融入具体应用场景、贯彻到产业发展、聚焦到市场应用主体中，推动大数据资产化、要素化，综合资源调配，从而推动经济社会高质量全面发展，早已经成为铜仁以发展大数据引领经济起飞，实现智数兴市，打造黔东数字高地的重要举措……

仅仅在2020年，铜仁市电信业务总量增速33.6%；互联网和相关服务、软件和信息技术服务业营业收入增速270.6%；大数据企业主营业务收入50.69亿元，增速为12.3%，成为全省唯一实现正增长的市州。

数字经济发展高歌猛进

2020年，铜仁集中力量加快产业发展，不断夯实基础设施，推进了“万企融合”行动，成功使得数字产业化在铜仁开出灿烂之花。

2020年，铜仁市大数据平台经济呈“井喷式”发展。这一年铜仁收获颇丰，除了超额完成平台经济规模年度目标任务，达到100.8亿元，平台经济入库税款5.62亿元（入库税款是2018年的281倍），还大力发展物流行业，共签约物流企业321家入驻网络货运数字产业园。这些产业数据是铜仁大数据在疫情不利因素的影响下，依然“生龙活虎”的具体体现。

值得一提的是，2020年7月，贵州梵快文化传播有限公司得到省委书记谌贻琴等省领导的肯定性批示，其旗下产品快手App，坚持以技术驱动，用技术理解用户、理解视频内容，用算法实现内容和用户的个性化匹配，为用户推送符合每个人兴趣爱好并适当拓展兴趣空间的内容。据悉，该公司创立仅9个月，旗下产品快手 App 所创税收助推其他营利性服务业增速就达 169%，不仅为增比排次打下了基础，其产值增长也为全市经济发展作出了贡献。

场景大数据发展扎实推进

2020 年，铜仁大数据发展在探索中形成新理论、找到发展新路，整合资源与研究理论，努力解决政府治理、企业发展、民生服务等各行各业的难点，走出了一条符合省委、省政府要求和高度契合铜仁实际的“应用驱动·融创发展”场景大数据铜仁路径，推动铜仁大数据在全省从“跟跑者”变成了“领跑者”。

铜仁始终以大数据发展为导向，精准发展产业，助力脱贫攻坚。贵州山久长青智慧云科技有限公司是一家基于学生食餐需求和农业发展的一家大数据企业。该企业在助力铜仁市脱贫攻坚中，始终注重融合食品安全、资金安全、科学营养、校农融合、学生健康营养安全管理等。通过学生餐食数据的刚性需求，搭建地方农业营养数据库，根据学生身体成长营养综合需求值，建立年度带量食谱，运用平台覆盖学校人数，按带量食谱计算当年农产品供需量，调整当地农业产业结构，实现以产助农，百姓致富。

场景大数据铜仁实践不断深化

深化改革是一个循序渐进的过程，改革创新是摆脱增长乏力、收获不竭动力的关键，这一点，是铜仁大数据产业发展一贯坚持的。

说到铜仁大数据经验，场景大数据铜仁实践可以说已成为贵州大数据发展的一个缩影。

“说贵州大数据必说铜仁，谈贵州平台经济必谈铜仁”已成共识，“应用驱动·融创发展”场景大数据铜仁路径早已在黔东大地越走越宽。

在这其中，铜仁将大数据与农业发展相融合，又探索出一条“大数据+农业”新路，这成了 2020 年铜仁大数据助力农业发展的一大特色。

铜仁通过场景大数据理论指导和探索实践，抓住数据新生产要素，以建成城市数据中台、城市大数据中枢、梵华星云三大数据治理核心基础设施，运营城市数据，加快构建城市数据要素生态洼地，将大数据与实体经济发展相融合，共推铜仁经济发展。正是对大数据的努力探索，为铜仁市的经济注入了强大的活力，让铜仁大数据产业走在全省的前列。

在这其中，铜仁市唯一的贵州省大数据“百企引领”示范企业——贵州贵谷农业股份有限公司通过大数据和物联网发展山地智慧农业。该企业通过结合铜仁市山地特色，利用大数据和物联网技术，实现科学利用各种资源，合理灌溉、节约用水，减少农药化肥等投入，控制环境污染，降低生产成本，提高农产品品质，充分利用大数据为企业发展谋前景。

据统计，通过该公司应用的山地智慧农业系统，铜仁市成功推动了农业农村领域关键环节数据资源建设。具体来说，在这套系统的帮助下，铜仁市228个500亩以上大坝的大数据与产业融合发展比例达到100%，覆盖耕地34.76万亩，人口66.58万人；示范基地大数据融合示范效果明显，其农产品价格提升1~2倍，有效形成了政府+研究机构+企业+终端消费者数据共享共通的高回报的可持续发展的商业模式。

接下来，铜仁还将持续完善“一云一网一平台一体系”，同时，铜仁还将开展公共数据授权开发试点工作，在大数据上更进一步筑牢发展机制，助力大数据在铜仁长远发展。

“十四五”期间，铜仁市大数据部门将继续坚持把科技创新作为推动发展的战略支撑，持续深化“应用驱动·融创发展”场景大数据实践新路，大力发展数字经济，推动大数据与实体经济深度融合，促进经济社会高质量发展；以构建数字生态，推进融创发展，做强数字经济为抓手，建立数据安全体系，统一规划数字安全基础设施，建设以安全态势感知系统为基础的安全管理平台，探索“东部研发+铜仁应用”大数据模式，深入实施“万企融合”行动，加快大数据与一、二、三产深度融合，发展自主品牌的大数据平台企业，让大数据发展在铜仁腾步起飞，让铜仁人共享智慧城市。

《铜仁日报》　2021年2月3日

“9+2”协作
打好脱贫攻坚歼灭战

铜仁市严格按照“四个聚焦”要求，创新探索“1+N”模式，举全市之力，聚万众之心，向深度贫困地区发起最后总攻，夺取了深度贫困歼灭战最后胜利，全市 1 个深度贫困县、2 个极贫乡镇和 319 个深度贫困村全部实现脱贫摘帽。

铜仁冲刺脱贫"最后一公里"
挂牌督战　攻坚拔寨

◇ 张　伟

2020年以来，贵州铜仁市组织系统紧紧围绕发起最后总攻、夺取全面胜利，聚焦"督、调、改、训、战、管"六字，响鼓重槌、乘胜追击，围绕未摘帽的深度贫困县沿河县纵深推进抓党建促脱贫攻坚挂牌督战工作，为按时高质量打赢脱贫攻坚战提供坚强有力组织保障。

联合"督"，层层压实攻坚责任

以市县81支挂牌督战队伍为抓手，会同市县巡回督战队、驻县乡督导组，上下联合织密"实地督+线上督+巡回督"的多层督战体系网，统筹督战力量重点下沉沿河县22个乡镇，思南县、德江县剩余贫困人口在500人以上的3个乡镇和有剩余贫困人口的1786个村，以及全市144个易地扶贫搬迁安置点，充分发挥组织系统主责主业职能，实现挂牌督战全覆盖。同时运用好"线上监管+线下督查"的双向督战模式，根据各地各轮重点任务清单落实情况、问题整改成效情况，发挥好"蓝、黄、红"挂牌机制作用，将攻坚责任和攻坚压力层层传导至基层一线"神经末梢"，推动攻坚任务落地落实。

动态"调"，选优配强攻坚队伍

按照"尽锐出战、精准出战、能征善战"要求，常态化重点对市直行业部门、沿河县250个重点贫困村乡镇领导班子和村"两委一队三个人"作用发挥情况分析研判，对能否适应深度贫困最后攻坚需求全面评估，对不适宜人员严格按照市县两级党委书记“双签字”程序实行动态调整。目前，通过综合分析研判，对市直18家行业部门调整5人，充实3个班子力量；对沿河县直18家行业部门调整3人，充实3个班子力量；对沿河县22个乡镇44个党政班子，调整充实6人；调整村党组织书记5人、村第一书记18人、驻村干部36人，从已出列区县选派优秀乡镇党委书记到沿河县任乡镇党委第一书记12人。

精准“改”，建强筑牢攻坚堡垒

坚持以“民心党建”工程为统领，以“两学一做”学习教育常态化制度化为载体，以抓班子建设、扩散延伸“三会一课”等组织生活制度为抓手的“123”整顿工作法，对制约沿河县基层党组织战斗堡垒作用发挥的因素，“会诊把脉”精准开方、“对症下药”狠抓整顿、“巡诊除病”力促转化。以机关支部联建等方式对新排查出的67个软弱涣散村党组织全面整顿提升，参照“1+14”党支部建设标准体系全面推进农村基层党组织标准化建设。目前，沿河县新排查出的28个软弱涣散党组织已全部整顿提升。

分类“训”，锤炼增强攻坚能力

坚持按需施教原则，将培训课堂开到脱贫一线战场，重点向沿河县倾斜培训资源。对市级督战专班33人、督战队员28人、一线攻坚队员分级分类培训，提升督战队员业务能力和督战水平；采取“走进来”方式，线上组织邀请专家学者、行业部门领导、农村致富带头人集中授课，精心设置脱贫攻坚业务知识等11个精品课程为174名新选派干部赋能强功；实施“民心党建+‘三社’融合促‘三变’+春晖社”农村综合改革人才培训，利用三年时间把乡镇干部、农村致富带头人等7类农村人才普遍轮训一遍，持续巩固提升脱贫成效。

靶向“战”，指导优化攻坚打法

紧盯“全部清零”和“按时打赢”目标任务，围绕“两不愁三保障”底线、“3+1”弱项短板、产业发展、群众就业、易地扶贫搬迁后续帮扶等工作，以沿河县为重点，将组织系统挂牌督战和“1+1”结对帮扶、“9+2”协作帮扶全面铺开，组织11个区县30个先进村党组织、20余家龙头企业积极投身协作帮扶。投入产业帮扶资金5400万元，将东西部扶贫协作资金的50%共计2.46亿元投向沿河县，选派农业专家347人助力沿河县产业发展。发挥全市81支督战队“化督为导、督导结合”作用，对督战对象如何战、如何改提出切实有效的指导意见，科学调度脱贫战场，帮助理清攻坚思路，精准攻坚打法，同时通过专班全程统筹调度、开展“回头看”推动整改落实，实现督战体系与作战体系融合协同、一体推进。

优化“管”，全面激励担当作为

坚持把脱贫攻坚一线作为干部练兵主战场，鲜明选人用人导向，充分运用“1+5关怀激励机制”和容错纠错机制，为敢于担当、踏实做事的一线干部撑腰鼓劲。今年以来，市级提拔使用脱贫攻坚一线干部72人，县级提拔使用脱贫攻坚一线干部408人，其中，沿河县提拔使用脱贫攻坚一线干部55人。

《中国组织人事报》 2020年7月20日

铜仁：“五苦攻五保障”总攻深度贫困堡垒

◇ 铜仁市扶贫办

2020 年 3 月 6 日，习近平总书记在决战决胜脱贫攻坚座谈会上的重要讲话，发出了打赢脱贫攻坚战的最新号令，吹响了决战决胜脱贫攻坚的总攻号角。为高质量打赢脱贫攻坚战，深入贯彻落实习近平总书记重要讲话精神，贵州铜仁举全市之力，聚万众之心，探索方法路径，找准攻坚举措，采取“五苦攻五保障”战法，下足苦功实功，强化组织保障，向深度贫困县沿河县决战贫困发起总攻，坚决夺取深度贫困歼灭战的最后胜利。

在“督战”上苦攻，坚决做到攻坚力量有保障

铜仁采取 1 名市级领导 1 个市级驻地督导组的模式，重点督战沿河县 22 个乡镇。市级领导靠前督。市四套班子主要领导挂牌督战一个乡镇并延伸到村，22 名市级领导分别挂牌督战 22 个乡镇，其中，市委书记督战 3 个村，市长督战 2 个村。同时，由市委书记、市纪委书记联系包保沿河县，由分管副市长脱产到沿河县统筹负责脱贫攻坚工作，帮助沿河县解决实际困难和问题。精兵强将定点督。从全市抽调选派 95 人组建沿河市级督导组，全面负责沿河县面上督导工作；从市直 62 家单位选派 200 名干部到沿河县 22 个乡（镇、街道）或村，督导并参与当地脱贫攻坚工作；安排 2 名副县级干部和提拔 10 名优秀乡镇党委书记到沿河县脱贫任务最艰巨的思渠、夹石、谯家等乡镇担任第一书记，建强基层党组织战斗堡垒。督查部门巡回督。出台《铜仁市脱贫攻坚市级挂牌乡镇巡回督战督导细则》，分别由市、县两级督查督办、纪委监委、组织部等部门开展巡回挂牌督战，做到即刻督查、即刻反馈，限

期整改，实行台账式销号，并积极协调相关部门帮助解决存在问题。行业部门重点督。从市直12个“两不愁三保障”和产业就业扶贫部门、各区县产业发展部门等抽调专业人才62人，成立沿河县脱贫攻坚工作指导组，下设“‘两不愁三保障’及交通建设、易地扶贫搬迁及就业、农村产业革命”三个工作专班，全脱产到沿河县指导脱贫攻坚和产业发展业务工作。今年以来，已对沿河县开展督查650次，检查农户6.2万户25.96万人，其中建档立卡4.1万户17.33万人，实现全县所有村排查全覆盖。

在“整合”上苦攻，坚决做到资金项目有保障

积极争取中央、省财政扶贫资金，农业产业发展资金，东西部协作财政扶贫资金和“9+2”帮扶沿河产业发展资金等，特别是引导东部帮扶资金向深度贫困沿河县倾斜不低于50%，统筹整合财政涉农资金支持沿河脱贫攻坚工作，举全市之力向深度贫困发起最后总攻。截至目前，沿河县所获各类帮扶资金共计7.72亿元，是去年到位资金总量的1.37倍。其中，省级专项资金1亿元，市级专项资金1亿元，东西部扶贫协作资金2.46亿元，省扶贫办协调解决产业发展资金1亿元，第一批中央财政专项扶贫资金1.73亿元，“9+2”帮扶沿河产业发展资金0.54亿元。今年以来，已实施财政扶贫资金项目238个，涉及资金1.59亿元。其中，基础设施类25个，涉及资金0.26亿元；产业类项目183个，涉及资金1.24亿元；生活条件改善项目30个，涉及资金0.09亿元。已实施东西部扶贫协作项目5个，涉及资金1.03亿元。其中，产业发展类项目1个，涉及资金1亿元；基础设施类项目4个，涉及资金0.03亿元。

在“产业”上苦攻，坚决做到群众增收有保障

在原有四大生态产业发展基础上，重点实施辣椒、食用菌、红薯、生猪和生态鸡养殖等“短平快”扶贫产业，采取“龙头企业＋合作社＋农户”组织方式，全力推动贫困群众增收致富。辣椒产业，在22个乡（镇、街道）种植辣椒5.5万亩，引进和培育印江劲强生态农业有限公司和沿河四季果蔬农民专业合作社，按照“六个统一”（统一规划、统一品种、统一供苗、统一技术、统一品牌、统一销售）要求发展辣椒产业，实行订单生产、保护价收购。食用菌产业，规划建设年产2亿棒的黑木耳生产基地，由贵州森茂林业开发有限公司投资建设日产6万棒智能化菌棒加工厂，印江县梵天菌业公司提供技术服务并以保底价收购产品，在夹石、甘溪、黑水等5个乡镇建设年产300万棒非智能化菌棒加工厂各1个，16个乡镇32个村的农户特别是所有贫困户参与生产，并按“811”分红模式建立利益联结机制。红薯产业，在板场镇等10个乡镇发展红薯1.7万亩，引进贵州佳里佳农业发展有限公司和贵州德江铭仁食品有限公司2家龙头企业，由公司提供种薯进行相对集中育苗、技术指导，实行订单生产，按照0.5元/斤保底收购。生猪产业，投入财政专项扶贫发展资金5640万元用于生猪产业发展，在官舟等17个乡（镇、街道）新建43栋生猪代养场，项目建成后可带动贫困人口15380人增收。生态鸡产业，引进贵州众恒黔农业科技有限公司在12个乡（镇、街道）21个村实施生态鸡代养，项目建成后可带动贫困人口9518人增收。

在“帮扶”上苦攻，坚决做到集中攻坚有保障

实施“9+2”帮扶协作。印发《关于“9+2”帮扶沿河县产业发展助推打赢脱贫攻坚战的实施方案》，全市9个区（县）和铜仁市高新区、大龙开发区帮扶深度贫困县沿河县产业发展，已从资金、人力、产业、技术等核心要素给予精准帮扶，解决产业帮扶资金0.54亿元。如石阡县出资1000万元，援建沿河谯家镇蛋鸡养殖项目；提供40万元购买设备，组织两家服装企业在沿河建厂，解决就业。印江县捐赠1000万元对口帮扶资金，动员辖区内龙头企业梵天菌业公司、劲强生态农业公司在沿河建立1亿棒食用菌和2万亩辣椒生产基地。思南县免费向沿河县提供1万亩“双高”红薯种子，出产后按照每公斤1元的价格进行收购，并免费派出专家团队到沿河红薯种植基地提供育种、栽种、施肥等方面技术指导和服务。铜仁高新区、大龙开发区利用自身优势，组织园区带动能力强的企业建立企业就业扶贫联盟，建立脱贫车间，提供1000余个就业机会，助力沿河县脱贫攻坚。实施“1+1”结对帮扶。在全市选择30个“组织力强、产业发展好”的先进村结对帮扶沿河县22个乡镇30个贫困村，重点帮扶沿河县建强基层组织、推动产业发展、完善组织方式和做好产销对接。如思南县青杠坝村冷朝刚、石阡县大屯村周绍军等先进基层党组织书记已分别到沿河县中界镇天坪村、中寨镇清河村开展结对帮扶工作。

在“实干”上苦攻，坚决做到工作作风有保障

在沿河县决战决胜脱贫攻坚挂牌督战“百日攻坚”誓师大会上，市纪委监委就推动沿河县决战决胜脱贫攻坚最后冲刺阶段工作提出“六个严”纪律要求和明确“23个凡事”问责情形。进一步理顺沿河县指挥督导和帮扶体系，严格帮扶责任，严明各乡（镇、街道）指挥部指挥长、副指挥长必须驻乡（镇、街道）指导、调度工作，负责统筹本乡（镇、街道）脱贫攻坚全面工作；县直帮扶单位作为定点联系帮扶村脱贫攻坚工作主要责任单位，由班子成员挂牌联系，在项目、资金、选派干部等方面向帮扶村倾斜和聚焦；各村级指挥部承担所在村脱贫攻坚任务的主体责任，深入排查问题，并加以整改；各村指挥部指挥长、副指挥长在乡（镇、街道）脱贫攻坚指挥部领导下，负责落实本村脱贫攻坚各项任务；所有第一书记、驻村干部、村“四职”干部、帮扶责任人必须脱产吃住在村，实行“五个一”工作机制。同时，县直单位和乡（镇、街道）其他干部职工的问责情形，严格按照《沿河土家族自治县脱贫攻坚干部队伍管理办法》执行。市县选派参与督导和挂牌督战的干部，出现督导不力、不在状态、作风不实、成效不好的，也将严肃追责问责。目前，市纪委监委、市委组织部已派出督导问责组进驻沿河县各乡镇村，开展为期一年的巡回监督检查。

脱贫一诺重千金，决战黔东今尤酣！目前，铜仁市除沿河县外的9个区县中，6个县已顺利实现脱贫摘帽，3个县已经省级宣布退出贫困县序列。铜仁市在“五苦攻五保障”总攻沿河县深度贫困歼灭战的同时，严格按照“四个不摘”要求，巩固退出贫困县、贫困村、贫困人口脱贫成果，确保“扶上马送一程”，确保按时高质量打赢脱贫攻坚战。

人民网 2020年3月26日

精准发力 打赢深度贫困歼灭战

◇ 陈世海

江苏省张家港市与贵州省沿河土家族自治县自 2017 年 3 月正式建立对口帮扶关系以来，始终以习近平总书记关于东西部扶贫协作重要论述为指引，聚焦聚力精准扶贫、精准脱贫，多层次、宽领域、全方位开展东西部扶贫协作，取得了阶段性成效。截至 2019 年年底，累计减少贫困人口 17818 户 60248 人，出列贫困村 208 个（其中深度贫困村 40 个），贫困发生率从 2016 年年底的 13.13% 下降到 3.3%。

2020 年是决战决胜脱贫攻坚收官之年。沿河县作为国务院扶贫开发领导小组挂牌督战的全国 52 个未摘帽贫困县之一，到 2020 年 2 月，全县还有贫困人口 6612 户 20239 人、未出列贫困村 22 个，是脱贫攻坚最难啃的硬骨头。张家港和沿河两地紧盯决战决胜脱贫攻坚目标，全力实施“123 扶贫协作攻坚行动”（完善一个全域结对帮扶机制，坚持智志双扶，重点推进产业发展、劳务就业、消费扶贫三项扶贫协作），向深度贫困的最后堡垒发起总攻。

创新机制，探索全域结对帮扶，凝聚脱贫攻坚合力

按照构建大扶贫格局要求，张家港市动员和凝聚各方力量参与东西部扶贫协作，在全国率先探索实践东西部扶贫协作“三个全覆盖”结对帮扶，即张家港和沿河两地扶贫协作结对帮扶机制“五位一体（市县、镇级、村级、村企、园区五个层面）”全覆盖，结对帮扶领域（教育、卫生、文化、旅游、产业等）全覆盖，结对帮扶要素（人才、资金、技术、土地、市场等）全覆盖，构建起立体式的全域结对帮扶新机制，并在全国县域扶贫协作中率先实

现乡镇结对双向全覆盖和深度贫困村结对全覆盖。

县域东西部扶贫协作对口帮扶财政资金总量位居贵州省第一、全国前列。两地互动交流力度和频次在全国县域东西部扶贫协作中始终居于领先地位。今年针对沿河22个未出列贫困村的情况，进一步完善“五位一体”全面结对帮扶机制，对10个已结对深度贫困村之外的12个未出列贫困村，组织沙钢集团等12家民营骨干企业结对帮扶，在全国县域率先实现未出列贫困村结对帮扶全覆盖；对10个已结对深度贫困村中由行政村结对的4个深度贫困村，增配6家企业进行“N+1”强化帮扶。

立足根本，始终坚持智志双扶，激发脱贫内生动力

扶贫先扶志。扶志，就是要扶思想、扶观念、扶信心，帮助贫困群众树立摆脱贫困的斗志和勇气。坚持以党建引领扶贫协作，移植张家港市“红堡”阵地经验，发挥张家港首个县级全国文明城市的溢出效应，在全国县域东西部扶贫协作中率先实施“长江水·乌江情”党建引领促脱贫、文明共建助脱贫两大工程，采取干部双向挂职、定向派驻、支部共建、设立“党员干部初心历练基地”等方式，全面实施跨区域党建联建、文明共建，潜移默化带动群众脱贫奋进、崇德向善。在沿河易地扶贫搬迁安置点等累计赠建24小时新时代文明实践驿站5家、新时代文明实践志愿服务指导中心1家，推动沿河在全国县域率先建立新时代文明实践驿站体系，在贵州省内率先构建县域新时代文明实践志愿服务体系、图书馆总分馆服务体系，“志愿沿河网”成为全国西部地区首个县级志愿服务网。

扶贫必扶智。扶智，就是要扶知识、扶技术、扶思路，帮助和指导贫困群众提升脱贫致富的综合素质和能力。把发展教育特别是职业教育作为治本之策，重点帮助贫困人口子女接受教育，阻断贫困代际传递。张家港11家医疗卫生单位与沿河24家医疗卫生单位通过“一对一”“一对多”“多对一”等方式开展帮扶，在全国县域医卫系统率先实现县级医院、镇级医院、公共卫生单位“三个全覆盖”结对帮扶，并以张家港市第一人民医院为牵头单位对沿河县人民医院实施“组团式”帮扶。

着眼长远，发力产业、就业、消费协作，提升持续发展能力

产业扶贫是稳定脱贫的根本之策。把发展产业项目作为关键，将扶贫开发和乡村振兴有机结合，在实施一批“吹糠见米”的“短平快”项目的同时，谋划实施一批稳定增收长期见效的项目。

就业是短期内增收最直接见效的办法。沿河自身产业基础薄弱、吸纳就业能力不强，必须把促进转移就业作为重点，着力推动沿河贫困劳动力到东部就业。在全国首创的东西部扶贫协作劳务协作驿站——“两江家园”，入选贵州省2019年度优秀劳务协作工作站。依托两地签订的铜仁市首个县域东西部劳务协作稳就业协议，实现全县429个行政村“劳务经纪网格服务站”全覆盖，进一步提高劳务输出的组织化程度，完善劳务协作就业扶贫机制。

通过消费扶贫协作助力脱贫。着力打造“洲州茶”“幸福李”等张家港和沿河扶贫协作共创品牌，实施同城待遇、销售奖励等多项政策措施，通过签订贵州省内首个村级东西部扶贫协作消费扶贫协议等措施，进一步提高消费扶贫组织程度，继续拓宽消费扶贫渠道，全力推动“沿货出山”。

《光明日报》 2020年9月14日

沿河：挂牌督战“出十招——招招实”

◇ 铜仁市扶贫办

沿河县是铜仁唯一的深度贫困县，剩余贫困人口还有 20409 人，是铜仁市剩下的最难啃的一块硬骨头。今年以来，铜仁市委、市政府认真贯彻落实党中央、国务院和贵州省委、省政府的决策部署，强化统揽统筹，紧盯挂牌督战县沿河县，采取了攻坚“出十招—招招实”，举全市之力攻克深度贫困堡垒。

一是“挂帅出征”。由铜仁市四家班子领导挂牌督战沿河县，包括市四家班子主要领导在内的 22 名市级领导分别挂牌督战 22 个乡镇并延伸到村，每个月到督战乡镇开展一次以上督战工作，压紧压实领导责任和乡镇的工作责任。

二是“坐镇指挥”。成立了铜仁市驻沿河县脱贫攻坚工作指导组，由市政府分管扶贫开发的副市长王开禄同志任组长，脱产蹲点沿河直接领导脱贫攻坚工作，并从市直 12 个“两不愁三保障”和产业就业扶贫部门、各区县产业发展部门等抽调干部和专业技术人才 62 人，组建“两不愁三保障”及交通建设、易地扶贫搬迁及就业、农村产业革命三个工作专班，全脱产到沿河县驻点指导脱贫攻坚和产业发展工作。

三是“阵前督战”。市委派出市委常委、市纪委书记、市监委主任蒋兴勇任沿河督导组组长，选派经验丰富、政策熟悉的田素珍同志为常务副组长，并从全市已退出贫困县序列的区县和市直部门抽调选派参与过督导和熟悉脱贫攻坚工作的 95 名干部，进驻沿河县、乡开展脱贫攻坚督导工作，精准指导，少走弯路。

四是“调兵遣将”。从已出列区县提拔在脱贫攻坚工作中表现优秀的 11 名乡镇党委书记和担任过乡镇党委书记的 2 名县处级干部到沿河县 13 个乡镇担任第一书记，增强乡镇攻坚力量，全力推进脱贫攻坚工作。

五是“增兵强军”。从市直62家单位选派了200名干部，实行工资、组织关系、管理、考核“四个划转”，安排这些干部到沿河县22个乡镇、村全身心开展驻村帮扶工作，增加脱贫攻坚干部。

六是“精准打击”。在原有四大生态产业发展基础上，重点实施辣椒、食用菌、红薯、生态鸡、生猪等“短平快”扶贫产业，采取“龙头企业+合作社+农户”组织方式，全力推动贫困群众增收致富。

七是“部队增援”。出台《关于“9+2”帮扶沿河县产业发展助推打赢脱贫攻坚战的实施方案》，全市9个区（县）和铜仁高新区、大龙开发区从资金、人力、产业、技术等核心要素给予精准帮扶，并选派干部脱产蹲点指导帮扶。目前各区县拟帮扶资金1.05亿元中已到位0.5亿元，34个帮助发展产业项目均已启动建设，如印江县捐赠1000万元对口帮扶资金，动员辖区内龙头企业梵天菌业公司、劲强生态农业公司在沿河建立1亿棒食用菌和2万亩辣椒生产基地。

八是“荷枪实弹”。出台《市直相关部门支持沿河县脱贫攻坚的实施方案》，项目资金向沿河倾斜，目前沿河县获得各类帮扶资金7亿多元。其中省级专项资金1亿元、市级专项资金1亿元、东西部扶贫协作资金2.46亿元、省扶贫办协调解决产业发展资金1亿元、第一批中央财政专项扶贫资金1.73亿元。

九是“巧引援兵”。出台《关于全市沿河籍国家公职人员支持沿河县脱贫攻坚工作的通知》，明确沿河籍干部职工每人每月回家乡开展一次以上脱贫攻坚工作，带头宣传政策，帮助发展产业，开展人居环境整治，主动献力献策，助推脱贫攻坚。

十是“兄弟助阵”。实施“1+1”结对帮扶，在全市选择30个“组织力强、产业发展好”的先进村结对帮扶沿河县22个乡镇30个贫困村，重点帮扶沿河县建强基层组织、推动产业发展、完善组织方式和做好产销对接，如思南县青杠坝村冷朝刚、石阡县大屯村周绍军等先进基层党组织书记已分别到沿河县中界镇天坪村、中寨镇清河村开展结对帮扶工作；苏州市18个东西部扶贫协作企业和17个商会帮扶沿河县35个贫困村；碧江区倾力帮扶沿河县板场镇，选择了23个企业帮扶23个贫困村。

中国日报网　2020年6月22日

沿河：坚持五个“始终聚焦”决胜脱贫攻坚

◇ 任廷海

自脱贫攻坚战役打响以来，沿河自治县始终把脱贫攻坚作为最大的政治任务和第一民生工程，以脱贫攻坚统揽经济社会发展全局，深入贯彻落实中央和省、市脱贫攻坚各项决策部署，坚持五个“始终聚焦”，决战决胜脱贫攻坚，全力帮助贫困群众脱贫致富，确保全县到2020年与全国同步建成全面小康社会。

始终聚焦精准。要想提高扶贫精准度，实现精准脱贫，必须全面弄清扶贫对象、扶贫主体、扶贫路径，着力解决“扶持谁、谁来扶、怎么扶、怎么退”的问题。具体做到“六个精准”：一是扶贫对象识别精准，建立覆盖全县贫困数据台账和信息系统；二是项目安排精准，收集编制扶贫项目库和项目清单，统一申报立项、统一实施；三是资金使用精准，科学分配扶贫资金，推行扶贫到户资金实名制“一卡通”；四是措施到户精准，做到一村一业，一户一策；五是因村派人精准，科学选派驻村第一书记和帮扶干部；六是脱贫成效精准，真正实现精准扶贫、精准退出、如期脱贫。当前，该县429个行政村中有贫困村250个，其中深度贫困村50个；共识别建档立卡贫困户3.3万户10.5万人；共选派驻村干部1259名，其中第一书记252名，深度贫困村党支部书记50名。

始终聚焦“四场硬仗”。一是高质量打好产业扶贫硬仗，全力推动农业产业结构调整，全力实施乡村振兴战略，坚持强龙头、创品牌、带农户的思路，全面推行产业规划项目、春耕物资储备、利益联结机制、产销衔接机制、技术服务团队“五个到村到组到户到人”；二是高质量打好基础设施建设硬仗，紧盯贫困人口补齐脱贫短板，着眼改善农村生产生活环境，强力推进农村“组组通”公路、饮水安全等项目建设，加快完善农村基本公共服务；三是高质量打好易地扶贫搬迁硬仗，加快推动搬迁人口就业脱贫，把易地扶贫搬迁作为脱贫攻坚的“当头炮”，牢牢把握“搬迁是手段、脱贫是目的”的根本要求，加快推进易地扶贫搬迁各项工作；四是高质量打好教育医疗住房“三保障”硬仗，兜实兜牢脱贫攻坚网底，全面清理兑现落实教育、医疗、住房等保障措施，加大精准扶贫政策保障兜底力度。2018 年“春风行动”期间，全县完成玉米调减 11.16 万亩，发展蔬菜种植 18 万亩、精品水果种植 1.2 万亩，投产茶园 0.4 万亩；加快农村“组组通”公路建设，新增农村“组组通”公路 147 公里；启动开工 2018 年度 1 个搬迁项目，完成 2017 年度 3 个搬迁项目建设任务，实现 7439 名搬迁人口全部搬迁入住；全面保障农村贫困人口接受义务教育的权利，实现全县农村学前教育儿童营养改善计划全覆盖；实现深度贫困村卫生室规范化建设全覆盖、易地搬迁扶贫安置区卫生室建设全覆盖、农村中小学校医务室标准化建设全覆盖；农村“危改”“五改一化”任务开工率达 80%，竣工率达 20%，四类重点对象和深度贫困地区存量危房“危改”“五改一化”开工率 100%。

始终聚焦“一达标两不愁三保障”。坚持将“一达标”和“两不愁三保障”作为检验贫困群众稳定脱贫的标准。“一达标”是指农村建档立卡贫困户家庭年人均可支配收入稳定超过当年全国扶贫标准，即为达标，2018 年省定标准为 3335 元（沿河自定标准为 3500 元），这是贫困户脱贫的前提条件。“两不愁”是指不愁吃、不愁穿。“三保障”是指保障其义务教育、基本医疗和住房。“ 一达标两不愁三保障 ”是一个内涵更丰富、层次要求更高的扶贫工作目标，沿河始终将它作为综合衡量贫困群众是否真正实现稳定脱贫的尺子。

始终聚焦工作作风。作风建设攸关脱贫攻坚成败，沿河自治县认真组织开展扶贫领域作风问题专项治理，较真碰硬、从严从实，以上率下、标本兼治，用作风建设的成果促进各项扶贫政策举措的落实。一是加大对基层扶贫干部的培训力度，重点讲清党的十九大对脱真贫、真脱贫的要求，讲清脱贫攻坚制度政策举措，讲清改进作风的具体办法。二是完善驻村帮扶管理制度，健全工作规范，打造懂扶贫、会帮扶、作风硬的扶贫干部队伍。三是大兴调查研究之风，改进扶贫调研方式，力戒形式主义，注重发现并解决问题。四是构建作风建设长效机制，加强对重点区域和重点工作的常态化监督，对扶贫领域作风问题的典型案件要严肃查处。截至 2018 年 7 月，全县共发现扶贫领域问题 130 个，立案 118 件，党纪政务处分 81 人，问责 34 人，移送司法机关 1 件 1 人，挽回损失 307.19 万元，提醒谈话 53 人，通报批评 43 人，诫勉谈话 31 人，停职检查 3 人，监察建议免职 1 人；收缴违规违纪资金 57.29 万元，清退返还群众资金 8.28 万元。

始终聚焦群众满意度。群众满意度是脱贫攻坚工作考核评估的重要指标，也是检验脱贫成效的重要标准。为此，沿河始终坚持把提升群众满意度作为脱贫攻坚的落脚点。一是加强政策宣传，提升群众的知晓率，争取群众的理解和支持。通过宣传，使群众知晓党的大政方针和政策规划，知晓各类优惠政策和鼓励措施，知道如何结合自己实际，发挥自己优势，配合脱贫攻坚，实现脱贫致富奔小康。二是加强产业发展，增加群众的收入，让群众有获得感。通过调查研究，科学地进行规划和实施，既兼顾眼前，更兼顾长远，既使群众有短期的利益，更使群众有长远的期盼。这样，产业发展了，收入增加了，群众生活改善了，群众也就满意了。三是加强尊重理解，尊重群众的主体地位，发挥群众的主体力量。脱贫攻坚不是党委、政府的“独角戏”，也不是帮扶干部的“独角戏”。沿河自治县始终把广大人民群众作为脱贫攻坚的主角，紧紧依靠人民群众的力量，征求他们的意见和建议，把群众需要的给群众，把群众盼望的予以实现，让群众做主，尊重群众，理解群众，做到干群一条心，从而实现干部与群众的同频共振，同向发力。

人民网——贵州频道 2018 年 8 月 22 日

沿河："三点"发力
融情驻村干部　助推脱贫攻坚

◇文　学　杨颖君

近年来，沿河自治县精心选派1262名干部组成250个驻村工作组到贫困村真蹲实驻、50名科级干部到深度贫困村担任党支部书记，实现了贫困村驻村蹲点全覆盖。如何让驻村干部迅速融入工作角色，俯下身、沉下心，扎实开展工作？该县坚持以党建为引领统揽全局，通过组织关怀、联村帮扶、建强后盾，为奋战在脱贫攻坚一线的"战士"保驾护航。

组织关怀，让驻村干部有动力。打赢脱贫攻坚战，驻村干部的作用至关重要。为激励驻村干部沉下身子、甩开臂子、迈开步子加油干，该县出台一系列激励举措，为驻村干部营造了脱贫攻坚当先锋、打头阵的良好工作氛围，真正让驻村干部体会到组织的温度。

走访慰问送关怀。该县坚持领导班子带头落实谈心谈话制度，加强对驻村干部的人文关怀，定期深入脱贫攻坚一线走访慰问驻村干部，对其生活上关心、思想上沟通、工作上支持，听取他们的心声，全力解决驻村干部的后顾之忧和思想压力，确保高效驻村、专心工作。如，今年春节前后，该县39名县级领导纷纷到所联系乡镇、贫困村走访慰问46名第一书记、驻村干部、村党支部书记，118个帮扶单位主要领导或者相关分管负责人对驻村干部实现走访慰问全覆盖。

政策保障激活力。该县先后制定《党内关怀基金实施办法（试行）》《脱贫攻坚一线干部关怀激励实施细则》，对脱贫攻坚一线干部从表彰奖励、待遇保障、关怀救助等方面进行正向激励，切实提振驻村干部干事创业的激情。去年来，已为驻村干部统一购买了50万元人身意外伤害保险；为驻村干部进行了健康体检；落实了每个驻村工作组每年至少 1 万元驻村工作经费；兑现了驻村干部生活和交通补助；提拔或重用第一书记、驻村干部、深度贫困村党支部书记 19 人；20 名优秀第一书记、驻村干部、村干部被招录到乡镇公务员或事业岗位上；推荐获评全省脱贫攻坚表彰优秀党组织书记 4 人、共产党员 8 人、优秀第一书记 3 人，先进基层组织 7 个，进一步激励了驻村干部工作活力。

精准培训提能力。该县紧扣抓党建促脱贫攻坚工作需要，立足党员干部不同岗位职责，设置不同培训内容，通过“请进来”和“走出去”相结合方式，统筹抓好驻村干部分级分批的精准培训。以县委党校为主阵地，全年组织村第一书记、驻村干部、深度贫困村党组织书记进行 2 次集中轮训。同时，抢抓张家港对口帮扶良好机遇，以“百千万”人才工程为载体，组织乡镇间对口帮扶交流学习 230 人次，选派 35 名干部赴张家港挂职锻炼；组织全县贫困村党组织书记、第一书记或驻村干部分别到县内外先进村考察学习实现全覆盖，进一步增强其致富带富能力，提高其脱贫攻坚本领。

联村帮扶，让驻村干部有信心。一人拾柴火不旺 ，众人拾柴火焰高 。该县各帮扶单位紧扣“四场硬仗”“五步工作法”“八要素”等要求，强化措施，压实责任，推动派出单位与驻村干部进行项目、资金、责任落实，使驻村干部成为单位联村帮扶的纽带，最大限度地把派出单位的职能、人力、物力优势化为后援，持续为驻村工作注入十足动力。

夯实基础建设有力度。驻村干部紧紧围绕改善农村基础设施工作，积极协调帮扶单位，争取实施多项水、电、路基础设施建设项目，进一步改善村居生活环境，助推帮扶村建设美丽乡村。2018 年，完成 162 处农村饮水安全巩固提升工程建设、117 个村级阵地维修或改扩建、419 个村 850 公里“组组通”公路硬化、6410 户农村危房改造……惠及 21 万余贫困群众。目前，通过大力推进农村基础设施建设，群众生产、生活条件等得到明显改善，贫困群众脱贫致富的步伐迈得更加稳健有力。

引领产业发展有靠山。各帮扶单位紧扣帮扶村实际，以产业扶贫工作为重心，找准村发展瓶颈和潜在优势，围绕生态茶叶、中药材、畜牧业、蔬果、旅游五大主导产业，对帮扶联系村驻村干部在技术、资金、产销等方面给予全力扶持，共同力争贫困群众早日脱贫致富奔小康。近年来，该县通过突出党组织主导、驻村工作队引导、企业带动、贫困户入股参与，大力推行“民心党建 +‘三社’融合促‘三变’+ 春晖社”农村综合改革，组建 1600 家农民专业合作社，凝聚了 2 万多贫困户抱团发展，促进了 80 万余亩产业发展；成立 85 个“春晖社”，建立 7 个春晖产业扶贫基地和 11 个春晖黔归人才创业示范基地，带动 449 个村实现农村集体经济积累。

群众排忧解难有帮手。该县明确要求派出单位主要领导对驻村干部进行全程跟踪指导，并负责结对帮扶干部的组织协调、沟通联系、安排部署、开展帮扶等工作，主动带头深入村寨一线，面对面听取群众意见，充分了解村情民意，积极帮助群众排忧解难，让扶贫政策在沿河各脱贫攻坚主战场落地生根、开花结果。春节前后，118 家帮扶单位、32 家非公企业、5000 多名党员干部纷纷进村入户走访慰问困难群众，与群众交心谈心，为困难群众解决实际难题 3000 余件，助推驻村工作有序开展。

建强后盾，让驻村干部有温暖。驻村干部舍小家、顾大家，安心深入基层，真情融入群众，扎实开展一线工作，离不开其家人在背后的支持、理解和关心。为关心关爱驻村干部及其家属，使其感受党的温暖与关怀，沿河着力从“家访、家人、家书”等方面着手，在全县营造“一人驻村，全家帮扶”的合力攻坚良好氛围。

家访慰问温暖人心。为更全面了解驻村干部工作生活需要，全力帮助第一书记、驻村干部家属解决遇到的生活困难，该县建立走访慰问驻村干部家属工作制度，明确各帮扶单位以春节等传统节日为契机，定期联系驻村干部家属，每逢节假日或家属生病期间坚持走访慰问，解决驻村干部的后顾之忧。今年春节，该县通过对驻村干部家属上门走访、贴心谈话等方式，引导其积极支持脱贫攻坚工作，做到“内外兼修、里外发力”，实现了走访慰问全覆盖，切实增强了驻村干部家属的荣誉感、归属感。目前，完成走访第一书记、驻村干部和脱贫攻坚挂职干部家属 257 户，共计发放慰问金 74100 元，发放实物折合人民币 18284 元，收集意见 53 个，帮助解决困难 27 个。

家人支持增强信心。自开展驻村工作以来，各驻村干部的家人积极响应党的号召，支持和鼓励家属赴脱贫攻坚一线开展工作，纷纷主动担起照顾老人、小孩的责任，切实让驻村干部在奔赴战场前甩掉“包袱”，安心驻村开展脱贫攻坚工作。在驻村工作过程中，有了家人的支持和鼓励，他们全力以赴，干劲十足。比如，夹石镇堰田村第一书记陈洪泉在驻村初期，89 岁高龄的母亲急需人照顾，其姐姐主动担起了照顾母亲的责任，这让陈洪泉吃下了安心驻村的“定心丸”，全力以赴开展驻村工作。

驻村家书寄语亲情。一封家书，几多情怀。为大力挖掘驻村干部先进典型事迹，弘扬脚踏实地、苦干实干的奉献精神，该县利用微信平台先后开设“脱贫攻坚、因为有你”“第一书记风采”“深度贫困村党支部书记风采”“驻村家书”等专栏。其中，“驻村家书”在一线干部中引起共鸣，不少驻村干部以纸笔为媒，以书信为介，通过写家书的传统方式，表达对家人的情感，分享驻村的苦与乐，书写忠诚与担当。目前，先后收到来自全县驻村干部的家书 100 余封，推送发布驻村干部家书近 50 封。一封封家书饱含着亲情与友情，凝聚着包容与关怀，为打赢深度贫困铸造了坚强的后盾。

如今，在决战决胜深度贫困攻坚战的征程上，像这样融情驻村干部的“暖新闻”还有很多……点点滴滴的行动，真真切切的关怀，为驻村干部扎根基层、安心工作注入了不懈动力，也为驻村工作扎实持续推进提供了强有力的支持。

沿河土家自治县人民政府网　2019 年 3 月 11 日

张家港市在全国率先探索实践“五位一体”东西部扶贫协作全面结对帮扶新模式

◇ 张家港市

2017 年 12 月，为全面深化东西部扶贫协作，全力决胜精准脱贫攻坚战，张家港市和贵州沿河自治县在市县、镇级、村级、村企、园区五个层面全面结对，从市县、乡镇级、乡村级到村与企业、开发区之间开展全方位合作，在全国率先探索实践东西部扶贫协作“五位一体”的全面结对帮扶新模式。

市县层面。固化两地高层联席会议常态化机制，张家港与沿河签订《张家港市—沿河自治县东西部扶贫协作对口帮扶合作框架协议》，在组织领导、产业合作、文化交流、人才培训、劳务协作、旅游发展、教育卫生合作等方面进行了全方位明确分工。在框架协议签订的基础上，两地在具体操作层面上实现无缝对接，张家港市 12 个部门与沿河自治县的对口职能部门签订了《干部人才交流培训及就业保障百千万工程协定》《优质农特产品产销定向合作框架协议》《农业、科技对口帮扶合作协议》《加强旅游业合作协议》《医疗对口支援协议书》《教育对口帮扶协议》《劳务合作协议》《职业技能培训委托协议》等 12 个合作框架协议。精准编订新一轮《张家港对口帮扶沿河三年行动计划（2018—2020）》，分年度落实好帮扶工作具体任务，推进精准脱贫工作有序开展。目前，张家港市教师、医卫、农技专家 25 人次已赴沿河开展结对帮扶；人社局举办 3 场张家港—沿河劳务协作专场招聘会，签订就业意向 151 人，组织对口帮扶沿河县职业技能培训，并在张家港设立沿河自治县驻张家港劳务联络工作站；商务局在电商产业方面正从沙子坡村柚子着手，从包装设计、商标注册、品牌培育等方面给予帮扶指导；供销社在张家港设立沿河专铺，推进沿货出山；旅游局组织旅游企业在旅游线路上精心策划；文广新局正组织张家港和沿河县的文艺交流演出并开展文化工作者技能培训。张家港旅游公司、劳务公司、电视广告公司等企业赴沿河投资设立企业。

乡镇级层面。张家港市组织所辖的全部 10 个镇（区）与沿河自治县的全部 22 个乡镇（街道）结对帮扶［保税区（金港镇）结对沙子街道、中寨镇、晓景乡，经济技术开发区（杨舍镇）结对中界镇、泉坝镇、团结街道，冶金工业园（锦丰镇）结对淇滩镇、和平街道、黑水镇，塘桥镇结对黄土镇、思渠镇，乐余镇结对谯家镇、夹石镇，凤凰镇结对官舟镇、土地坳镇、板场镇，南丰镇结对塘坝镇、后坪乡，大新镇结对客田镇、洪渡镇，常阴沙现代农业示范园区结对新景镇，双山岛旅游度假区结对甘溪镇］，在全国东西部扶贫协作县市中率先实现乡镇结对全覆盖。

村级层面。组织张家港 8 个行政村与沿河 8 个深度贫困村（巫山村结对回洞村、善港村结对高峰村、店岸村结对铜鼓村、安庆村结对爱心村、乐余村结对后村村、何桥村结对蛟龙村、新海坝村结对皂角村、南丰村结对凤凰村）建立结对帮扶关系。

村企层面。组织张家港市属 4 个国资企业与沿河 4 个深度贫困村分别结对（城投集团结对算子村、金茂公司结对暗塘村、金城公司结对五七村、暨阳湖公司结对志强村），2 家民企与贫困村分别建立对接关系（嘉雄文化传播有限公司结对符家寨村、杰夫电商科技有限公司结对沙子坡村）。

园区层面。组织张家港保税区、张家港经济技术开发区 2 个国家级开发区和省级开发园区张家港扬子江国际冶金工业园“两区一园”共同参与贵州省级沿河开发区的共建工作，签订扶贫协作园区共建协议，设立招商联络处，推动产业转移，促进优势互补、互利共赢。张家港市农委和沿河县农牧科技局签订东西部扶贫协作农业产业园区共建框架协议，共同组建农业产业园区工作专班，共同推进农业产业园区的项目引进和人才交流。

目前，张家港已落实市、镇、村、企对口帮扶沿河自治县资金，共建园区工作有序推进；同时正在帮助设立沿河自治县驻张家港东西部扶贫协作办事处，由沿河派驻人员专职开展东西部扶贫协作事务。至此，张家港市与沿河土家族自治县“五位一体”全面结对、全面帮扶的帮扶新模式初步形成。

苏州市人民政府网　2017 年 12 月 21 日

山海携手　善登高峰

—— 东西部扶贫协作下的“善港样板”

◇ 张著昶　王瑞馨

处暑已过，秋花正开。

2018 年 8 月 28 日，铜仁市沿河自治县中界镇高峰村，来自张家港市善港村的徐航，穿过山间的羊肠小道，走到龙门组村民罗珍贤的家门口。

徐航说明来意，随主人走进矮小的平房，将攥在手中的民情日记摊放在木桌上。

“您这段时间主要在干什么呀？”

“做农活，打零工。”

一问一答间，那本略有折痕的民情日记上再次增添了新内容。徐航告诉记者，从 3 月份第一批队员到高峰村开始，便人手一本民情日志和民情日记，每次的走访情况，上面都有记录。

翻开一本本民情日志，高峰村的村情浮现于字里行间。

高峰村位于沿河东南部，是贵州省 2760 个深度贫困村之一。全村 146 户 561 人。由于石漠化严重、水资源缺乏，可利用土地少，村民只能“望天吃饭”，收益微薄。

特别是近年来，年轻人纷纷外出务工，村子日渐冷清。

去年，苏州、铜仁开展东西部扶贫协作，张家港市与沿河自治县结成帮扶对子。今年 3 月，善港村响应号召，与高峰村建立整村推进帮扶协议。随后，善港村派出精准脱贫驻村工作队进驻高峰村。

面对高峰村的困境，善港村驻村工作队围绕党的建设、文化建设、乡村治理和产业致富重点开展工作，带领高峰村村民，以坚韧不拔之志，在这块原本贫瘠落后的土地上，撰写出“善登高峰”的新时代篇章。

支部联建，结对攻坚

自然条件差、劳动力大量流失、缺乏技术支撑……这是中国扶贫志愿服务促进会全国贫困村结对帮扶行动工作组常务副组长、善港村党委书记葛剑锋初到高峰村时的印象。

“帮扶给再多的钱和物，没有人去干，一切都等于零。”葛剑锋说，若想有所效果，帮助高峰村群众富起来，必须创新扶贫模式。

善港驻村工作队一进驻到高峰村后，便意识到党员带头的重要性。工作队的临时党支部与高峰村党支部迅速实现了支部联建，并定期开展“党员承诺”活动，要求每位党员干部承诺，在工作生活中以身作则，为村民做表率。

同时，通过开展党员信息普查行动，对党员进行规范管理。并且发展预备党员与入党积极分子，逐步完善高峰村党组织建设，在全村每个组都分别设立“党员中心户”。

“农村富不富，关键看支部；支部强不强，关键看‘头羊’。”葛剑锋说，工作队将支部党建目标任务与精准扶贫、精准退贫目标任务有机融合，实现党的建设和精准扶贫“无缝对接”。

工作队实施了一系列“党建＋”项目，“善扶康”党员互助健康基金就是其中之一。驻村领队宋海忠表示，希望通过平台作用，发挥党员奉献精神，带动多方慈善力量，增加村民发生大病时的救助渠道，加快高峰村整村脱贫致富步伐。

目前，高峰村“善扶康”医疗互助基金正式发布，村民在提高居民医疗保障后，又能得到一份叠加保障。宋海忠说，“党建＋”项目的实施，将以“不走的党支部”为核心理念，从支部联建、文化共建、产业同建、乡村齐治四个方面着手推进，以党建活力带动精准惠民。

以文惠民，激发动力

“文化建设是精准脱贫的源头工程，加强文化建设可以激发精准脱贫的内在动力。”工作队员入户走访中发现，部分村民精神文化生活十分匮乏，苦等苦熬现象突出，打造高峰村精神高地成为迫切需要。

“精准扶贫，在全力推进‘富口袋’的同时，也不能忘‘富脑袋’。”宋海忠说，为了让文化水平不高的群众直观了解党的惠民政策，工作队配置了数字电影设备，不定期地放映相关影视片，这些举措广受村民喜爱。

高峰村的留守儿童由于父母常年在外打工，课后学习辅导成为大问题。为满足留守学龄儿童的学习辅导需求，驻村扶贫工作队将善学堂搬进高峰村，为留守儿童提供学习、生活辅导，这不仅赢得留守儿童们的信任，也获得了村民的一致好评。

“感谢这段时间叔叔阿姨的陪伴，给我们心里留下了美丽的句号。”村委会的留言板上，张贴着孩子们写下的心里话，稚嫩的笔迹间透露出对驻村工作队员的深深不舍与感激。

“将善港村的‘善登文化’与高峰村的脱贫目标结合起来，凝结成‘善登高峰’的精神，共同谱写出村级结对扶贫的新篇章，使‘善登高峰’成为苏南富裕村结对国家贫困村的一种工作精神，工作法宝。”葛剑锋说，他们有信心攀登“推进贫困村实现高质量发展”的高峰。

“苏州人不远千里来帮助我们脱贫，我们自己也应该积极行动起来。”高峰村81岁的罗来凤，子女各有成就，为支持村里发展产业，罗来凤主动拿出所有积蓄近60万元。

三治融合，善作善为

“到处是牛粪，鞭炮烟花纸屑满地，真是无从下脚！”这是今年春节刚过，葛剑锋和他的队员们来到高峰村时看见的场景。

“现在都讲美丽乡村，卫生都干不好，还搞什么脱贫攻坚？”队员们决心从清扫垃圾开始，用自己的行为举止影响村民，引导大家形成良好的卫生习惯。

“刚开始时，不少村民觉得我们瞎折腾，根本没必要，但不到两个月，大家都跟着我们干了，更自觉清扫自家房前院坝和公路上的垃圾。”领队宋海忠说。

乡村治，则百姓安。农村要成为安居乐业的家园，就离不开科学有效的治理。宋海忠聊到，就在几天前，一位驻村队员从县城采购归来，看见一老大娘在公路上打扫卫生，队员急忙从老人手中要过扫把打扫卫生。哪知，老大娘又从驻村队员手中抢过扫把，说道：“这本来就是我们自家的事情，哪里要你们来打扫？”

如今，村民们都自觉把生活垃圾放进垃圾箱和垃圾桶，家家户户形成了讲卫生的文明习惯，再无乱扔垃圾现象，全村面貌焕然一新。生活在干净舒适的环境里，村民们的自豪感油然而生。

实现乡村“有效治理”，是国家有效治理的基石，也是我国社会建设的基石。党的十九大报告提出，坚持农业农村优先发展，实施乡村振兴战略，同时提出了“加强农村基层基础工作，健全自治、法治、德治相结合的乡村治理体系”的要求。

“物质贫困不可怕，可怕的就是精神贫瘠。‘三治’必须融合运用，才能真正发挥出它们的最大功效。”宋海忠说，高峰村的“三治融合”正逐步引导老百姓进行自我管理、自我服务、自我教育、自我监督。

因地制宜，产业富民

“要摆脱贫困，就要打破传统种植模式，发展高效经济作物。”几年前，高峰村村支书罗文武看到其他村葡萄种植产业获得成功，于是也在本村带头种植葡萄。

他在全村最高的山顶上种植数十亩。今年本应是丰收之年，但很多葡萄却不挂果，零星挂果的还没等到成熟就开始掉落，这令罗文武全家非常揪心。

“种葡萄要有好土好水，还要懂技术，我们的管理也没跟上……”从专家口中得知失败的原因，罗文武总结道，发展产业要因地制宜，种植适合的产业。

工作队进驻高峰村后，邀来南京农业大学专家，对高峰村的气候、土壤以及种植环境进行了实地勘测，并新建了 7 亩美国金瓜和 4 亩瑰香糯玉米的扶贫示范试验地，种植获得成功。目前，正紧锣密鼓地建设高峰有机农业产业园。

从善港农村干部学院培训归来后，罗文武感慨万千：“今后，高峰村发展产业要尝试走因地制宜的道路，实行精细化管理，绝不能盲目发展，过度追求规模。”

“村民以前种植玉米都用来喂猪喂牛，卖不出价钱，肯定不划算。”宋海忠说，通过优化品种，如今试验培育的精品玉米颇受消费者喜爱，收入也自然成倍增长。

在高峰村山脚下名为“七里槽”的地方， 2 万平方米的钢管塑料大棚基本建成。目前，村民与队员在这里大胆种植美国金瓜、瑰香糯玉米、限根葡萄、日本网纹蜜瓜等一批名优品种。园区还规划了百果林、设施农业区、露地种植区和稻鸭共作区等。

“不积跬步，无以至千里。”葛剑锋说，善有善为，善始善终，善作善成，善登高峰。唯有以创造历史的坚毅才能打赢脱贫攻坚战，才能真正将高峰村打造成“东西部协作样板区”“沿河乡村振兴先导区”和“国家精准扶贫标准化建设试验区”。

新华网　2018 年 9 月 1 日

善登高峰
——张家港·沿河全力打造东西部扶贫协作“善港模式”

◇ 任廷海 朱洪伟 蔡 茜

高峰村是沿河自治县中界镇的深度贫困村，全村辖3个村民组，共有147户562人，其中建档立卡贫困户有50户199人，目前尚有未脱贫人口26户96人，贫困发生率为17.1%，计划2019年全村出列。受自然条件影响，该村资源贫乏，经济极不发达，属于典型的传统农业村寨，村民主要依靠传统种植、养殖和外出务工来获得经济收入。

按照东西扶贫协作工作要求，张家港善港村结对帮扶高峰村。自扶贫协作工作开展以来，善港村驻村工作队认真贯彻落实党的十九大和全国东西部扶贫协作会议精神，围绕任务目标，聚焦精准脱贫，加强领导，压实责任，强化对接，深化协作，全方位、多层次、宽领域推动基层党建、文化教育、乡村治理、产业发展等方面的协作，全力打造张家港·沿河东西部扶贫协作升级版——东西部扶贫协作“善港模式”。

抓党建强基础，建强脱贫攻坚先锋队。基础不牢，地动山摇。党的建设是做好一切事业的前提和基础。一是强化班子力量。高峰村组成了市移民局办公室主任任第一书记，中界镇党委副书记任党支部书记的带头人队伍，与包村镇干部、村干部、志愿者和善港村驻村工作队共同组成新的村两委班子，组建了思路新、方法新、战斗力强、干劲十足的班子队伍。二是规范组织生活。坚持从基础抓起，与铜仁市移民局党支部、善港村驻村工作队临时党支部共同开展“三会一课”、组织生活会、民主生活会等党内活动，使党组织重新焕发了生机和活力，也让党员和群众看到了村两委认真做事的作风以及带领全村脱贫致富的决心，增强了村两委的凝聚力和向心力。三是凸显党员作用。

党员带了头，事业有奔头。工作中，千方百计调动党员积极性，让党员冲锋在脱贫攻坚和乡村振兴一线，为群众做示范，为群众探路。如小池组党员罗绪辉，放弃在外做生意的丰厚收入，回乡发展竹鼠养殖，其目的就是带头发展致富产业；同时，他还主动帮助化解修路难题，主动做被征地村民思想工作，在政府没有给付任何补偿的情况下顺利解决了修路占地纠纷问题。四是打通服务渠道。为了满足群众日益增长的物质文化需要，启动新建党群服务中心，融合办公、教育培训、休闲娱乐、医疗卫生、乡特产品展卖等功能于一体，把服务送到百姓家门口，让百姓办事不出村，享受到城里人的公共服务。在全县率先探索建设村级文明实践站，为百姓提供理论宣讲、教育、文化、科技与科普、健身体育五大类服务，让百姓生活更有质量、更有滋味。把党员承诺为百姓办实事办好事变成常态，积少成多，让老百姓感受到党员就在身边，服务就在身边，真正团结了党员，引领了党员，有效激活了党组织的每一个细胞。

抓文化强教育，筑牢脱贫攻坚堡垒墙。用先进文化及群众喜闻乐见的文化活动把思想统一到脱贫攻坚和乡村振兴上来。一是挖掘土家文化。用老祖宗沉淀下来的人文文化对群众进行思想教育，找准土家人信奉祖先这个切入点，将罗氏族谱制作成家风家训广泛宣传，进一步有效引导群众讲礼仪、知廉耻、规范言行。同时，成立金钱杆土家舞蹈队，保护土家原始建筑，尊重土家风俗，提升群众民族尊严感，进而使他们感党恩、跟党走。二是弘扬“善”文化。借鉴善港经验，教育引导村民善字当头，以善为美。成立了“善扶康”医疗互助项目，组织注册贵州“善登高峰”公益基金，为高峰村老百姓提供第二医保，有效减轻群众医疗负担，降低因病致贫、因病返贫问题发生的可能性。现已筹集启动资金十万元，老百姓又可享受到一份善港村帮扶带来的实惠。三是创新文化服务。从留守儿童入手，开设辅导班、兴趣培育班，成立儿童演出队，抓住重要时间节点开展丰富多彩的活动，让孩子不孤独、不自卑，感受别样快乐。截至目前，共开展辅导班 88 期、兴趣培育班 2 届，开展各类文体活动 20 余场。同时，充分关爱老年人群体，弘扬以孝为先的优良文化传统，让老年人晚年不失落、不孤单，有幸福感。比如2019年春节组织年轻人集资宴请老年人——共吃年夜饭，为老年人献歌献舞等活动，弘扬了敬老爱老的传统美德。

抓治理展风貌，画好脱贫攻坚同心圆。善港村驻村工作队将善港村民自治经验成功嫁接到高峰村，大幅提升了高峰村的村民自治水平。一是深入推进环境整治。向老百姓宣传村民自治工作对于发展的重要性，取得了超预期效果。以前的高峰村群众存在垃圾乱倒、污水乱排等生活陋习。经过村两委和驻村工作队带头搞环境集中整治，村民开始主动配合、主动参与，并划分了责任区，大家共同保护了高峰的绿水青山。全村配备了环保设施设备，定时清运处理垃圾，现在干净整洁已经成为高峰常态。二是持续推进移风易俗。抓表更要抓里。针对农村婚丧嫁娶大操大办、结婚大要彩礼、喝酒打麻将成风的不良情况，驻村工作队用跳广场舞、观看主旋律电影等各种文体活动吸引老百姓，填充他们的业余时间，引导群众摒弃不良习惯和风俗；同时，想方设法让老百姓的冬闲变为冬忙，给无所事事、睡到日上三竿的人找活干，增加工资性收入。比如村民罗来光、黄军霞等10余名剩余劳动力常年在产业园打工，每年增加上万元工资收入。三是稳步推进乡村自治。以前的高峰群众是事不关己高高挂起，近两年能看到群众发展变化较大，他们参与各项事务、建言献策的积极性越来越高。去年星级文明户评选、党员示范户评选现场讨论非常热烈，针对不合格的人选都敢于提出反对意见，指出存在的问题。这种群众事情群众办的做法让高峰村受益颇多，去年村两委全年收到群众意见建议超100条，有机产业园建设、党群服务中心建设等村内大事大项都充分吸收采纳了群众建议。

抓发展育产业，鼓足脱贫攻坚发展劲。把产业发展作为脱贫攻坚和乡村振兴的重头戏来抓，让高峰村集体和老百姓既有快速增收办法，也有长远发展后劲。为此，驻村工作队创造性借鉴善港村经验：一是实施公司化运营。村集体注册农业公司，任用专业人员负责管理；摆正村两委与企业关系，村两委负责把握发展方向，不过多干预公司运营，保证企业有足够的自主权。

建成后的有机农业产业园、茶叶公园和生态养殖场项目均交由农业公司负责运营。在这种模式下，2019 年公司以市场需求为导向，确定发展灵芝、果树、优质蔬菜等高端产业项目。二是实施专业化管理。在善港村的大力扶持下，公司主要专业技术人员和管理人员均由善港村农业公司选派，无偿提供技术支持，最大限度降低了经营风险，提升了管理水平。现在公司负责农技的 5 名人员全部是善港村农业公司技术人员，均是本科以上农业院校毕业生，其中研究生学历的有 2 人，具有 10 年以上工作经验的有 2 人。三是实施品牌化销售。品牌就是附加值。紧抓供给侧结构性改革机遇，使高峰产品实现优质优价和全国销售。有机农业产业园正在筹备申请有机认证，现在所有品种都是按照有机标准种植养殖，争取在两年内让高峰产品叫响贵州、知名全国，成为知名度高的扶贫品牌。2018 年有机农业产业园试种的有机黄瓜每斤高于市场价 1 元销售，深受消费者欢迎。2019 年又将种植番茄、辣椒、茄子等有机蔬菜和红美人橘子、阳光玫瑰葡萄等高端水果十余种，通过错峰销售、分级销售占领高端市场，提高经济效益，为百姓推广扩面种植铺好路，搭好桥。

长江有情，张家港和沿河县手挽手，肩并肩，传递信任和友谊；乌江有爱，善港村和高峰村同呼吸，共命运，播撒成功与希望。“善港模式”，为东西部扶贫协作增添了一份绚丽的色彩，必将书写出美好的诗篇。

铜仁网　2019 年 3 月 28 日

先富帮后富 共同奔小康

——碧江区打出帮扶沿河组合拳

◇ 廖 凯

2020 年 3 月 2 日，铜仁市人大常委会副主任、碧江区委书记陈代文率队到沿河土家族自治县开展脱贫攻坚产业发展座谈会，捐赠 800 万元助力沿河打赢深度贫困县歼灭战。

长期以来，沿河受交通、地理位置和历史发展等因素制约，是我市唯一的深度贫困县、贵州省 14 个深度贫困县之一，也是国家挂牌督战名单的深度贫困县。截至目前，还有 22 个村未出列，剩余贫困人口 6612 户 20239 人。

2 月 28 日，市委召开支持沿河产业发展专题会，探索由各区县、铜仁高新区、大龙开发区共同支持该县产业发展的帮扶协作模式，重点支持发展生猪代养、生态鸡、蔬菜、食用菌、生态茶、红薯、辣椒、油茶等产业，为沿河按时高质量打赢脱贫攻坚战提供有力支撑，要求各区县为沿河 2020 年如期脱贫贡献自己的力量。

一个是 2018 年全省首批率先实现脱贫摘帽的碧江区，2019 年贫困人口全面“清零”，贫困村、贫困户的脱贫成效还需巩固；一个是列入国家挂牌督战名单的深度贫困县，剩余贫困人口主要分布在山区，脱贫攻坚任务艰巨。

沿河有所需，碧江有所应。2 月 29 日上午，碧江区委组织召开了区委常委会，传达学习全市各区县支持沿河产业发展专题会议精神，研究碧江区帮扶沿河具体措施。铜仁市人大常委会副主任、碧江区委书记陈代文，碧江区委副书记、区长黄洪州在区委常委会上掷地有声：弘扬为党分忧、先富帮后富的精神，确保兄弟县同全国人民一道同步迈入全面小康社会，为沿河打赢脱贫攻坚战贡献碧江力量。

区委、区政府研究出台了《碧江区帮扶沿河土家族自治县脱贫攻坚产业发展工作方案》，成立了碧江区帮扶沿河脱贫攻坚产业发展工作领导小组，下设帮扶工作办公室、帮扶工作队、易地扶贫搬迁就业工作组、村结对帮扶工作组、“千企帮千村”工作组等五个工作组，发展产业、稳定就业、补齐短板，一场帮助沿河打赢脱贫攻坚战的硬仗在碧江迅速展开。

产业帮扶促发展。精准聚焦沿河产业扶贫的实际需要和自然条件的实际情况，精准对接协调沿河自治县生猪养殖、果蔬产销等产业，碧江区出资800万元，帮助沿河因地制宜修建生猪代养场，并组织早在碧江落户的贵州御咖牧业（原铁骑力士）保底回收，实现稳定增收。在碧江区宏畅水果批发市场为沿河出产的蔬菜、空心李等农产品提供免费一年的500平方米的店铺，开设销售专区，为该县农特产品提供产销对接服务。利用碧江区正在建设的裕国菇业香菇小镇项目帮助沿河跨区域搬迁到碧江有就业意愿的易地扶贫搬迁群众，按照第一年免租，成本价提供菌棒措施让易地移民搬迁群众承租大棚，由碧江区免费提供技术指导服务，裕国菇业保底收购，确保每一个大棚收入不低于2.4万元，实现稳定发展，助力增收致富。

就业帮扶稳增收。研究制定沿河迁入碧江的搬迁群众就业扶持计划，重点针对沿河籍有意愿到裕国菇业和碧江开发区内其他企业就业的群众开展就业帮扶培训，由碧江区移民局、就业局提供劳动就业技能培训，帮助沿河籍群众实现一户一就业或一户多就业，稳定贫困群众收入。对沿河籍其他有就业意向的群众，该区162家工业企业优先为其安排就业。

村企结对奔小康。碧江区组织辖区内25家企业对沿河自治县板场镇贫困村开展结对帮扶工作，实现一村一企业帮扶对接全覆盖，建立帮扶机制，通过“一对一”帮扶，开展企与村共建，共同发展产业，带动村集体经济发展，实现村企共赢。

村村结对共发展。紧紧围绕打好脱贫攻坚“四场硬仗”，选取村级班子强、集体经济积累有一定实力、产业发展较好的碧江区河西街道茅溪村、滑石乡老麻塘村2个村与沿河自治县2个村建立村与村之间的结对帮扶机制，切实帮助沿河贫困村提升能力、筑牢堡垒、发展产业等，携手奔小康，共同推动脱贫出列。

资金帮扶补短板。针对沿河自治县思渠镇、板场镇“一达标两不愁三保障”存在短板的实际，碧江区再支持资金200万元，帮扶思渠镇、板场镇各100万元用于脱贫攻坚工作。

干部帮扶助脱贫。区委、区政府从沿河的实际出发，组建了4个人的工作队进驻沿河开展工作。这四个人有曾任区扶贫办副主任后到乡镇主抓脱贫攻坚的杨晓华，有具多年畜牧工作经验的区农牧科技局干部张平，有学习土木工程建筑专业的交通运输局干部金智，有碧江区脱贫攻坚指挥中心负责资料工作的田爱国，他们脱产派驻沿河自治县开展帮扶工作，在负责碧江区帮扶沿河自治县脱贫攻坚产业发展的统筹调度、沟通联系的同时，推动碧江区支持沿河产业发展项目尽快落地见效。并将碧江区在脱贫攻坚工作中提炼总结的“五人大走访”“讲清一个道理、算清一本账目、增强一份荣誉感”“三个一”宣传引导工作等好经验、好做法带到沿河，帮助沿河开展脱贫攻坚工作。

各尽其责、各展其长、各显其能。多重力量的倾情参与，构建起了共同帮扶的大扶贫格局。相信有了这股强大动力的注入，沿河一定会彻底摆脱贫困，与全国一道同步迈入小康社会！

《铜仁日报》　2020年3月4日

松桃沿河：一对一帮扶，输血变造血

◇ 李旺兴

“下苗必须要间隔长 4 米、宽 2 米，这样黄桃长成挂果后才不会压枝，你们把这些苗全部种完后，要记得在一个月内找一个阴天来施肥，肥料不能直接撒在苗的根部，要围绕苗根撒一个直径 15 厘米左右的圈……”针对选产、选址、送苗、种植、施肥每个步骤，松桃苗族自治县普觉镇东门村村支书曾宪林，都亲自到一对一帮扶村沿河县官舟镇石家山村的产业地里手把手地教学，这是近几个月以来，他带领 16 人的帮扶团体到石家山村的第 6 次。

为了让沿河县官舟镇石家山村发展壮大村集体经济，带动更多村民增收致富，结对帮扶以来，曾宪林和东门村不仅教授自身产业发展的经验，还为他们带来实施产业必需的整套物资和技术。截至目前已经帮助石家山村规划种植了 100 亩的黄桃产业，并提供种植技术和专家支持，以及价值 7 万多元的全部黄桃苗。下一步，曾宪林还想帮助他们打造一个以垂钓为主的农家乐。“规划设计我们都一起沟通好了，马上就可以进入实施。”曾宪林谈起如何通过一对一帮扶来带动石家山村脱贫致富时，信心满满。

一对一输送方案，打造产业

“堆山村地形结构和天气、土壤都与我们村的比较相似，而且经过我们几个多次实地调查，堆山村村民对于养殖蛋鸡兴趣浓厚，积极性很高，周边的几个大型餐馆和超市对鸡蛋的需求量也大，方案再细化一下应该可以拿过去一起讨论，把这个蛋鸡项目做起来。”在迓驾镇青山村脱贫攻坚指挥部里，关于一对一帮扶的沿河县土地坳镇堆山村适合发展什么产业的讨论会已经开了五六次，通过多次实地的走访考察，才最终将发展2万羽蛋鸡项目的方案确定下来，准备一起拿往堆山村讨论。“产业必须要细心选好选精，让他们少走我们以前的弯路，让产业能实实在在给堆山村村民带来收益。”当笔者深入了解这个蛋鸡项目方案的规划构思时，松桃苗族自治县迓驾镇青山村党支部书记莫长江，将堆山村的详细情况结合项目方案一一对应地为笔者讲解。

一对一输送物资，发展产业

在沿河县和平街道虎头社区生态鸡养殖基地里，饲养员田贵祥一声哨响，2000多只跑山鸡从四面八方闻讯而来，争相觅食，场面好不热闹。“这批生态鸡每天可产鸡蛋800个左右，预计5月底出栏，累计收入可超10万元，利益联结虎头社区82户建档立卡贫困户。”看到这些生机勃勃的跑山鸡，虎头社区的党支部书记田世江兴致勃勃地给大家介绍道。而这2000多只跑山鸡，就是由一对一结对帮扶的松桃苗族自治县蓼皋街道粑坳村提供的。不仅如此，结对帮扶以来，粑坳村还筹措了10万元资金用于沿河县和平街道虎头社区氛围营造和环境整治，捐赠269盏路灯实施“亮化”工程。

“有了项目，没有种鸡，没有资金，怎么能发展起来？现在鸡苗有了、环境美了、路亮了，虎头社区群众的生活一天一天变得更好了，我们的帮扶才能显示出作用。”松桃苗族自治县蓼皋街道粑坳村党支部书记李长军介绍起一对一帮扶虎头社区的成效，十分满意。

一对一输送服务，壮大产业

“养猪是个技术活，弄不好不仅不赚钱，还可能亏钱。”半年来，松桃苗族自治县盘石镇盘石村党支部书记艾宗仁带领技术人员，前往一对一结对帮扶的沿河县官舟镇爱新村，提供技术服务、技术指导56人次。

“怎么建猪圈、怎么养、怎么防疫，以及如何提升猪肉肉质和增加猪肉重量，他们带来的专家讲得清清楚楚，光给我们专门培训就是四五次，还发放了专门的资料，怕我们搞不懂，他们还经常过来，也经常通过微信和我们沟通，特别感谢他们的帮助，对于搞好这个产业我们非常有信心。”沿河县官舟镇爱新村1600头生猪代养场负责人谈起一对一结对帮扶时，十分激动，多次向笔者表示对松桃苗族自治县盘石镇盘石村帮扶团队的感谢。

2020年以来，松桃苗族自治县严格按照铜仁市委、市政府“全市一盘棋”和“9+2”结对帮扶的决策部署，坚持以“党建引领”，以“选好一批扶贫队伍、选优一批扶贫产业、培育一批实用人才”的“三个一批”为抓手，组织该县已经通过自身发展实现村民增收致富且富有经验的四个村，一对一结对帮扶沿河县四个贫困村。为他们输送产业选择、农民培训、技术服务、资金筹措等八个方面的指导培训和物资支持，帮助他们结合优势创造发展产业，累计帮助设计规划产业项目6个；输送资金和物资价值27.5万元，提供技术服务218人次，间接帮助带动沿河县四个村贫困户274户1050人。从输血到造血，切实帮扶沿河县四个贫困村群众脱贫致富。

天眼新闻　2020年4月4日

沿河油茶玉屏帮　齐心协力谋发展

◇ 方春英

“一棵茶树一斤油，子子孙孙不用愁；百亩油茶万斤油，讨了媳妇又盖楼……”

作为一种长效的经济树种，油茶是名副其实的“铁杆庄稼”。沿河油茶种植历史悠久，沿河也是油茶的适宜栽培区，但沿河油茶种植却始终无法形成规模、做大做强。

“主要还是地理环境造成的，沿河面积广阔，但县内山多、海拔高差大、地形破碎，几乎找不到连片的适宜栽培地，都是老百姓分散着自己在种。”沿河自治县林业局副局长田军介绍，在这样的条件下，企业不愿意进驻，缺乏带动，很多产业都无法发展壮大。

好在，这样的局面在今年得以打破。

沿河，是全省挂牌督战的9个深度贫困县之一，也是铜仁市唯一的深度贫困县。铜仁市委、市政府积极探索市内已脱贫的县（区）共同支持沿河产业发展的帮扶协作模式，聚全市之力支持沿河打赢脱贫攻坚歼灭战。

玉屏自治县，是贵州油茶重点产区之一，有着“中国油茶之乡”“全国经济林建设示范县”“西南山地油茶创新利用中心”等诸多美誉，油茶产业发展成效良好、产业链条相对完备。

为此，玉屏以自身优势倾力帮扶沿河油茶产业发展。由铜仁市林科院高级工程师黄河、玉屏自治县副县长杨永华、玉屏自治县自然资源局副局长杨明、贵州黔玉油茶开发有限公司技术总监杨波等组成的油茶工作组进驻沿河，全程参与和帮助沿河油茶产业发展。

适宜栽培地难找？玉屏帮着找！

油茶工作组走进沿河各乡镇村寨，查看地形地貌，分析土壤条件，最终确定在14个乡镇68个村发展油茶产业8万亩。

“重点聚焦沿河22个未出列村以及现有贫困人口较多的乡镇和村，聚焦没有产业覆盖或效益较差的村，按照适树选地、集中连片、规模发展的原则，要求油茶造林地必须是海拔1000米以下、土层厚度在60厘米以上，且面积在50亩以上的连片地块。”杨明说。

优质种苗和化肥缺乏？玉屏来提供！

抢抓春耕农时，从3月初开始到4月中旬，玉屏陆续为沿河提供了100万株油茶苗和400吨肥料，顺利完成了4000亩新造油茶林和已建油茶基地的补植任务。

在沿河自治县板场镇板场村油茶基地，从3月中旬开始征地到4月中旬，仅仅一个月时间就种下了600亩油茶，这是板场村油茶发展带头人安丽玲想不到的。“速度这么快，就是因为种苗肥料这些物资都很快到位，而且都是免费提供的，光是种苗就节约了10多万元的投入。我们就是4个人凑钱来做，由于前期投入太大，本来都只想种200亩的。”安丽玲介绍，有了玉屏的帮助，有限的资金可以更灵活地使用，也激起了当地村民的发展信心，村民们纷纷以土地入股，每天都有70多人在山上热火朝天地种油茶。

不懂种植和管护技术？玉屏来传授！

玉屏油茶工作组驻扎沿河，在基础建设、油茶种植、抚育管护等方面进行全方位辅导和全程技术跟踪服务。

“这个苗还没有长稳，等再下一场雨，应该就没有问题了。”“有些地方可以套种辣椒和大豆等，以短养长。”4月22日，玉屏油茶工作组第四次来到板场村油茶基地。“就像保姆一样，每个环节都来指导帮助，让我们少走很多弯路。我相信在这种高标准的种植管理模式下，我们的油茶一定能够实现优质高产。”安丽玲说。

“玉屏的倾力帮助，让我们的油茶产业规模化发展有了可能，总算是‘扶上马’了。但油茶产业是需要连续投入的，前5年每亩至少都是5000元的管护费，所以我们自己也必须要争气。”田军介绍，目前沿河自治县林业局正积极申报绿色产业发展资金，预计5月底前融资到位，确保沿河油茶产业能够持续健康发展，实实在在为老百姓带来收益，决不辜负玉屏的苦心投入。

《贵州日报》　2020年5月20日

石阡援建沿河 10 万羽蛋鸡养殖项目建设如火如荼

◇ 代忠国　张清华

为贯彻落实市委、市政府“铜”心协力·“沿”续攻坚“9+2”行动工作决策部署，切实助力兄弟县打好打赢脱贫攻坚战，如期实现全市所有区县脱贫摘帽精彩出列。石阡县在对口帮扶沿河县工作中，竭尽所能加大资金和科技扶持，开足马力强势推进项目建设。年产 10 万羽蛋鸡养殖产业扶贫项目建设如火如荼，有望 2020 年 5 月底建成养殖场，6 月正式投产。

石阡县对口帮扶沿河县年产 10 万羽蛋鸡养殖产业扶贫项目落户在沿河县谯家镇铅厂坝村，项目总投资 1164.6 万元，项目主要包括 2 栋钢架大棚鸡舍、饲料加工存储仓库、蛋鸡粪便发酵处理车间、办公管理用房等，项目建设工期 3 个月。自 3 月 6 日开工建设以来，石阡县派驻干部蹲点督促项目施工建设，沿河县县镇两级全力以赴参与项目建设。

在蛋鸡养殖项目建设工地，物资运送车辆络绎不绝，工人们搬运材料、安装大棚钢架、垒砌墙砖等施工紧张有序，建设场地到处呈现忙碌景象。

石阡县援建沿河县产业工作队蛋鸡项目负责人樊彪介绍：“我们为了加快这个工程进度，克服疫情影响，利用本地的工人就近务工，还制订了详细的施工计划并按天推进，现在各项工作进展都是按照计划如期推进。”

为加快项目建设，石阡县和沿河县两地加强协作，克服疫情影响，积极引导当地群众到建设工地务工，切实解决建设用工需求。

沿河县谯家镇兴隆村 31 岁村民杨飞霞，在当地村干部动员下，选择到建设工地务工，每天 120 元的收入，“赚钱顾家两不误”的美事让她感到很满足。

“我在工地10多天了，120块一天，我们在家带小孩，在这里找些零花钱，不用再到外面去了，重要的是能够照顾小孩和老人。”杨飞霞这样说。

据蛋鸡养殖产业扶贫项目负责人介绍，自项目开工建设以来，平均每天有30多个工人在工地施工建设，按照不同的工种支付工资。今年29岁的沿河县谯家镇生基坪村村民孙国民是建设技术工人，一家4口人全靠他挣钱维系生活，该项目的建设再次帮助他找到合适的岗位，就近就业挣钱让他心里更加踏实。

据了解，石阡县对口帮扶沿河县年产10万羽蛋鸡养殖产业扶贫项目建成运行后，可实现年产鲜鸡蛋3000万枚。同时，可解决贫困户15人长期就业，带动200余人参与运输、转运、供料等临时就业。2020年，蛋鸡养殖场项目净利润将全部用于谯家镇3159户12614人贫困人口分红；2021年起，每年净利润中的50%将分红给贫困户及村集体经济。

人民网 2020年4月5日

印江造血式帮扶为沿河产业注“活水”

◇陈 刚 左禹华

春风拂绿乌江岸，歼灭贫困战尤酣。2020年3月3日，铜仁市政协党组成员、印江自治县委书记田艳率队奔赴沿河自治县开展脱贫攻坚产业发展帮扶工作，签订《支持沿河土家族自治县产业发展助推脱贫攻坚》框架协议，捐赠1000万元对口帮扶资金。一场助力沿河打赢深度贫困的歼灭战火热进行。

沿河自治县是贵州省14个深度贫困县之一，铜仁市唯一的深度贫困县，也是国家挂牌督战名单的深度贫困县；辖22个乡镇（街道），449个村、社区，总人口68万人。截至目前，还有22个未出列贫困村，剩余贫困人口6612户20239人。

2月28日，铜仁市召开各区县支持沿河自治县产业发展专题会，探索由各区县、铜仁高新区、大龙开发区“9+2”共同支持沿河自治县产业发展的帮扶协作模式，牢固树立“上下一条心，全市一盘棋”的思想，以非常之举，聚全市之力，齐心协力支持沿河坚决打赢深度贫困歼灭战。

印江怎么支持？——产业扶贫扶到根上！

如何快速落实市委、市政府的“一盘棋”战略目标？印江县委、县政府结合自己的产业发展优势，分别从龙头企业带动、技术、资金等方面全力展开帮扶协作。一场场生动的同心同力战贫故事在黔东大地悄然拉开。

党政领导推动发展

3月2日，印江自治县召开专题会认真研究了对口支援沿河自治县产业发展助推脱贫攻坚的具体措施，制定了详尽的工作方案，成立了以县委书记、县长为双组长的工作领导小组，组建了对口支援工作队；结合印江县产业发展资源优势和沿河县实际，明确了全力支持食用菌产业“带动发展”、支持邻边乡镇“联动发展”、支持技术人才“推动发展”等务实具体的路径措施，列出了项目清单，明确了责任单位和时间表，全力以赴、务实高效地开展对口支援工作。

为推动帮扶工作的快速高效开展，3 月 3 日，印江县委书记田艳率队到沿河开展对口帮扶工作，捐赠资金支持沿河自治县脱贫攻坚工作，签订了协议书帮扶产业发展。当天，印江帮扶工作组还走进沿河自治县官舟镇、思渠镇、塘坝镇分别进行了对接交流，实地查看了解了食用菌基地规划建设推进情况和辣椒育苗基地建设情况，就加快推进产业项目落地见效相关具体事项与沿河县、镇两级进行了沟通对接。

“应沿河所需、尽印江所能，支持沿河产业发展是使命，也是责任担当！”印江县委书记田艳说，印江将认真按照“9+2”帮扶协作模式，投入真金白银，倾注真情实意，狠抓各项帮扶任务的落地落实，全力以赴为沿河自治县打赢深度贫困歼灭战贡献印江力量。

龙头企业带动发展

3 月 3 日，一辆载满菌棒的货车，从印江梵天菌业开进沿河自治县官舟镇马老村。宁静的山村热闹起来，装菌棒、运菌棒，大家忙得热火朝天。

而在沿河自治县思渠镇，却是另一番景象：印江帮扶工作组走进田间地头，实地研究辣椒产业选址、土地流转，与沿河自治县、镇、村干部进行了座谈，共商产业扶贫发展。

食用菌和辣椒产业是印江脱贫攻坚中选择的重要产业。该县通过引进和培育以梵天菌业公司、劲强生态农业公司为代表的龙头企业，采取“龙头企业＋合作社＋农户”模式，发展食用菌和辣椒产业，有效带动贫困群众增收脱贫。

为了帮助沿河发展食用菌和辣椒产业，印江结合现有的产业发展实际，把梵天菌业公司、劲强生态农业公司带到沿河，从基地建设、技术服务、产品回收等方面助力发展食用菌和辣椒产业，带动群众增收脱贫。

该县将全力帮助梵天菌业公司筹资建设供气站和新增一条菌棒生产线，优先保障沿河自治县400万棒的黑木耳菌棒。由公司实行“三包”措施，保障菌棒质量，提供技术服务，对产品以保底价收购，实现贫困群众增收致富。

同时，该县还将支持公司到沿河自治县成立特殊目的公司（SPV公司），带动沿河自治县发展食用菌产业，产能每年达1亿棒。印江支持劲强生态农业公司在沿河发展订单辣椒2万亩以上。

贵州梵天菌业公司总经理刘兵表示，将紧扣市委、市政府决策部署，积极响应印江县委、县政府号召，充分发挥公司在资金、研发、品牌、管理、市场等方面的优势，强化社会责任，积极主动配合，与沿河县深入开展合作，共同推动沿河县食用菌产业发展壮大。

目前，梵天菌业公司1亿棒的食用菌示范基地和劲强农业公司2万亩辣椒育苗基地正在加班加点建设中。

邻边乡镇联动发展

“我们为吴家村的公路建设、住房补短板、产业路建设等项目提供建材，市场价格下调10%。”3月3日，沿河自治县晓景乡吴家村办公室里讨论异常热烈，印江县刀坝镇党委书记田平的帮扶承诺，赢得大家热烈的掌声。

晓景乡是刀坝镇的帮扶乡镇，吴家村全村有7个村民组165户610人，贫困户73户277人，未脱贫户12户38人，贫困发生率6.23%，属深度贫困村。接到帮扶任务后，刀坝镇党政班子带队深入吴家村调研，制定帮扶方案，加快推进辣椒产业、住房补短板、联户路、破旧房拆除等工作。

这几天，对口帮扶沿河自治县谯家镇小河村的印江自治县沙子坡镇也忙个不停。沙子坡镇成立了帮扶领导小组，组建工作专班，精准调度实施内容和实施地选址，协调村级对口支援、产业技术服务等工作。

印江自治县沙子坡镇党委副书记、镇长任兵承诺：“我们帮助小河村发展食用菌50万棒，以低于市场价10%的价格提供用于基础设施改善的砂石，全力帮助小河村如期脱贫出列。”

在推进对口帮扶中，印江结合地域相邻、风土相近、人情相亲等特点，积极支持邻边乡镇联动发展，明确印江沙子坡镇结对帮扶沿河县谯家镇，印江刀坝镇结对帮扶沿河县晓景乡，印江沙子坡镇红木村、天堂镇九龙村、刀坝镇庙坪村党支部分别与沿河塘坝镇、晓景乡3个村党支部开展“1+1”帮扶，并规定3个村党支部书记每月到“1+1”帮扶村开展帮扶工作不少于2次，每次不少于3天。

与此同时，印江在资金上支持沿河自治县塘坝镇、思渠镇各100万元，其中涉及两个乡镇的3个“1+1”帮扶村各20万元。

技术人才促动发展

“这个要考虑长远，基础一定要搞好！”“这里水源有保障，能满足黑木耳基地用水。”“海拔和气候适合，交通方面比较好，可以建生产基地。”……

2月24日，有着丰富食用菌种植经验的印江食用菌产业办干部代如金、卢道德，带着行囊奔赴沿河县，蹲点该县指导食用菌产业发展。

10天来，代如金、卢道德与当地干部一道，白天奔忙于田间地头选场地，晚上聚在一起研判规划设计，从产业规划到专班组建，从基地选址到土地流转，发展食用菌基地建设工作，一环紧扣一环，一件抓一件。

印江自治县驻沿河自治县帮扶工作队技术员代如金说：“通过前几年发展食用菌，我们积累了食用菌发展经验，能够把印江的经验做法带过来，帮助把产业发展起来，很值得。”

实施产业扶贫是沿河县脱贫攻坚中的一场硬仗。为了解决食用菌和辣椒产业发展的技术难题，一方面由梵天菌业公司和劲强生态农业公司派驻专业团队，负责食用菌和辣椒种植技术服务，另一方面从印江食用菌产业主管部门选派2名经验丰富、技术过硬的技术骨干到沿河帮助支持食用菌产业发展。同时，从扶贫办选派3名懂政策、能实战、善管理的中青年干部，派驻沿河具体负责帮扶措施的抓实、抓好、抓落地，实现人员和技术力量有保障。

“授人以鱼，仅供一饭之需；授人以渔，则终身受益无穷。”在推进产业帮扶中，印江立足产业长远发展，根据沿河产业发展技术需求，组织力量开展种植技能培训，全力推动梵天菌业公司向沿河提供黑木耳技术指导服务，每年开展菇农培训200人次以上。

天眼新闻　2020年3月4日

同饮乌江水　联手战贫困

——思南县开展结对帮扶沿河助力脱贫攻坚奔小康

◇万　芬

为积极响应铜仁市“9+2”帮扶沿河县产业发展助推脱贫攻坚和全市先进村赴沿河县开展“1+1”结对帮扶工作部署，思南县主动担当、积极作为，坚持因地制宜、优势互补，对口支持沿河脱贫攻坚产业发展，指定先进村帮助强化基层组织建设，为沿河县全力攻克深度贫困堡垒做出积极贡献。

产业共建绘蓝图，真情实意谋发展

2020 年 3 月 4 日，沿河县淇滩镇竹园村非常热闹，思南县红薯种植技术专班现场对正在育苗的群众进行技术指导。

“为支持沿河县发展红薯产业 1 万亩，县里面选派我们技术专班到沿河县来培训和指导红薯育苗工作，为下一步提高红薯单产，增加种植红薯效益打下基础。通过两县的共同努力，集中育苗选定工作现已完成，甘溪镇、官舟镇、谯家镇三个育苗点已启动整地待栽。这加快推进了农村产业革命，推动了农民增收脱贫，为沿河县脱贫摘帽夯实了产业基础、增加了底气。”思南县红薯种植技术专班班长、茶桑局副局长、驻沿河工作队队长刘治江说道。

“感谢思南县为我们村送来了 62 亩红薯种，我们将立即组织驻村工作队和广大群众进行育苗。”沿河县淇滩镇竹园村第一书记肖勇介绍，红薯产业是出列的支柱产业，此次育苗可以为全县 1500 多亩红薯供苗，全村人均可增收 2000 多元，可以有效解决持续增收、稳定脱贫的问题。

据悉，思南县将向沿河县免费提供价值 240 万元的“双高”红薯种子，可以满足1万亩的种植面积需求，并对接县内龙头企业进行采购、运输和检验，协同沿河县组织企业、合作社、家庭农场、农户等经营主体，做好“双高”红薯育苗和种植等工作。同时，积极组织协调思南锌硒锶宴茶（集团）有限责任公司，计划在沿河县中界镇发展茶叶基地1500亩。

结对帮扶促提升，真抓实干补短板

“根据组织安排，我将奔赴沿河县中界镇天坪村开展先进村结对帮扶工作，希望通过自身的实践帮助村支两委理清发展思路，提升村级管理水平，到时候邀请他们到我们青杠坝村的产业基地来交流学习，希望对天坪村组织经营管理、市场营销、专业技术这方面有所帮助和启发，大家共同努力，一起向脱贫攻坚发起最后的总攻！”思南县塘头镇青杠坝村党支部书记冷朝刚在出发前表示道。

为进一步实现先进村和被结对帮扶的贫困村抱团发展、互惠互赢，思南县选派塘头镇青杠坝村、邵家桥镇渔溪沟村、张家寨镇檬子树村、凉水井镇茶山村分别结对帮扶沿河县4个深度贫困村。按照因地制宜、优势互补的要求，4个先进村将根据帮扶村需求，组织优秀管理人才、致富带头人深入被帮扶村，指导选准主导产业，帮助做好市场分析，谋划产业发展思路，完善产业发展措施，形成产业发展链条。同时，大力推行“龙头企业＋合作社＋农户”的组织方式，推广“村社合一”“村企一体”等发展模式，持续深化产业革命，壮大集体经济，推动广大群众实现持续增收、稳定脱贫。

产销对接拓富路，真金白银助脱贫

“当前，我们已经把1万亩的红薯种子运到了沿河县。无论是技术管护，还是指导培训，我们将持续跟进和强化指导，待红薯成熟之后，由我们公司按照每公斤1元的价格统一收购，通过一站式服务，帮助解决销路这个后顾之忧。”贵州佳里佳农业发展有限公司负责人介绍道。

同时，思南县为了使沿河县的茶叶销售有保障，将协调贵州詹姆斯芬利茶业有限公司以保底价每公斤9.6元收购沿河县生产的大宗茶初加工产品（夏秋茶），帮助沿河县具备条件的茶叶企业办理出口基地备案相关手续，并安排技术人员对沿河县茶叶种植及加工进行技术培训和指导。

思南县牢牢把握“八要素”，充分发挥对接市场的优势，指导重点帮扶村打通产品销售渠道，建立健全市场对接机制，确保帮扶乡镇和村产业产品有稳定的销售市场，采取直接供销、打捆促销等灵活便捷的方式，快速搭建好销售网络，点面结合、整体推进，打通产销对接“关节点”，为沿河县整县出列提供坚强有力的产业保障和组织保障。

天眼新闻 2020年3月10日

肉牛产业成帮扶热门
德江沿河协同发展“飞地畜牧”

◇ 龙启武

阳春三月，乌江岸边的沿河土家族自治县桃李芬芳，万木吐蕊，漫山遍野一片浅绿，充满希望。走进沿河，笔者感受到了一种乌江流动的别样的情怀。

乌江蜿蜒流经德江，进入沿河，亘古不变，两县唇齿相依。2020 年是脱贫攻坚决战决胜之年，沿河作为我市唯一的深度贫困县，脱贫攻坚工作任务十分艰巨。对此，市委、市政府积极探索“9+2”区县共同支持沿河产业发展的帮扶协作模式，德江县快速着手，积极启动帮扶协作。

几个支书同时看上了“飞地牛”

“我们村子不大，却是远近闻名的靠牛脱贫、靠牛致富的‘牛村’。村里已经形成了‘牛—粪（沼）—粮（菜、茶、花椒）’循环经济模式。”

“既然你们的肉牛产业发展得这么好，能不能让你们的牛‘飞’到我们村来？”

3 月 12 日，德江平原坳田村党支部书记彭洪刚来到对口帮扶的后坪乡斯茅坝村，考察了该村地理、气候等特征后认为，可以把成功的养牛经验带到后坪乡来。于是，他和斯茅坝村党支部书记谭万军交换了意见，得到斯茅坝村的一致赞同。

德江桶井乡同心社区党支部书记安俊负责协作的是客田镇冯家村，安俊在该村党支部书记熊廷发的带领下，了解到冯家村的主导产业是烤烟，辅助产业是核桃。

安俊在同心社区经营的是食用菌产业，而冯家村的地形地貌特点不太适合食用菌产业。

“德江肉牛产业做得好，2017 年以来，全县共投入 2.86 亿元发展肉牛产业，通过推广能繁母牛（肉牛）代养、建立养牛园区、‘公司 + 牧草基地 + 农户’等模式，肉牛存栏达 13.6 万头，带动 2.16 万户农户增收致富。”

“对，听说后坪乡斯茅坝村也是发展肉牛产业，我们也想干这个！”

安俊和熊廷发一拍即合，决定在稳住烤烟支柱产业的同时，以群众快速脱贫为目标，发展新的肉牛产业。

就这样，几个党支部书记同时看上了德江牛，德江肉牛“飞”沿河，成了德江帮扶协作沿河的一大举措，他们称这个产业叫“飞地牛”。

村社合一壮大村级集体经济

结对帮扶工作启动以来，德江县及时成立了县委、县政府主要领导为双组长的领导小组，组建工作专班驻点沿河土家族自治县办公，明确了专班专人抓实帮扶工作。采取“企业帮扶、项目支持、干部协作”方式，深入推进德江县支援沿河产业项目落地见效，为产业项目区的贫困农户拓宽增收渠道，帮助沿河按时高质量实现脱贫摘帽目标。

3 月 22 日，德江县委书记商友江，县委常委、桶井乡党委书记吴飞来到沿河，先后走访了客田镇冯家村和后坪乡斯茅坝村，对几个党支部书记的产业选择给予支持，并现场召开座谈会研究指导“飞地牛”发展新模式。

“帮扶协作要通过‘公司 + 合作社 + 农户 + 其他’组织模式，由村级基层组织领衔发展、村两委人员负责合作社的经营管理，建立村社共建共管共赢发展联合体，探索‘村社合一’发展新模式。”商友江说。

“蹲位的宽窄，食槽的高度，水槽的高度，地面的坡度，一定要科学合理，才能使肉牛快速催肥……”在斯茅坝村肉牛养殖基地，商友江现场就牛棚的修建、饲草的种植、肉牛的购买等做了明确的要求，并对合作社股东加入、股权明确、资金筹措、利益分红进行了指导。

扶贫协作见真情添动力

“我们一定要抓紧时间，确保快速见效，保障冯家村脱贫出列。”

3月21日，吴飞率桶井乡党委组织委员马仕波、副乡长涂文学一行到沿河客田镇冯家村开展脱贫攻坚结对帮扶工作，现场调研走访后，与该村两委和攻坚队进行了座谈，捐赠了帮扶资金，并表明了帮扶协作的决心。

“有桶井乡的真情帮扶，我们脱贫就有了信心和勇气，我们一定会抓住机遇，攻坚克难，坚决打赢脱贫攻坚战。”冯家村党支部书记熊廷发非常感动。

“冯家村有所求，桶井乡有所应；冯家村有所难，桶井乡有所帮。”这是桶井乡帮扶冯家村的信条。

目前，由德江县平原镇坳田村对口帮扶沿河自治县后坪乡斯茅坝村的肉牛养殖园区，预计养殖300至500头肉牛；德江县桶井乡同心社区对口帮扶沿河客田镇冯家村的肉牛养殖示范点预计养殖200头。两个“飞地牛”产业已经流转土地400余亩，牛棚正在建设之中，饲草正在种植。其他帮扶点也在快速推进，将通过“村社合一”试点，加大产业发展、促进合作社增收、壮大村集体经济，助推沿河脱贫摘帽。

大龙助力沿河脱贫摘帽不遗余力

2020年是脱贫攻坚决战决胜之年，也是攻坚克难的拼搏之年。沿河土家族自治县作为铜仁市唯一的深度贫困县，脱贫攻坚任务艰巨。市委、市政府以非常之举，聚全市之力，扎实开展产业帮扶，支持沿河坚决打赢深度贫困歼灭战。

为落实市委、市政府“9+2”支持沿河产业发展助推脱贫攻坚专题会议精神，大龙开发区采取“三个一”方法，为沿河县建档立卡劳动力提供创收机会，确保有就业、有收入，能稳定、能致富，为全市实现全面摘帽脱贫发挥大龙力量。

开办沿河扶贫工厂

开发区发挥劳动密集型轻工产业招商优势，引进一家引领性强、带动性大、成长性好、适合建档立卡劳动力的劳动密集型企业落户沿河易地扶贫搬迁安置点或条件较好的乡镇，开办沿河扶贫工厂。

“我们先后两次组织6家劳动密集型企业赴沿河就建立扶贫工厂和扶贫车间进行投资考察，对沿河产业发展、投资环境和优惠政策进行了全面了解。”开发区招商局局长张金峰介绍，经过前期考察，在结合沿河实际情况的基础上，认为贵州大龙天鸿汽车用品有限公司基本符合条件。

天鸿汽车用品是一家线上线下销售、以出口为主的汽车坐垫和工艺品加工企业，2019年落户开发区龙江新区，用工需求大、市场行情好，运营第一年便实现产值8000万余元。

“通过前期调查摸底，我们了解到沿河原材料丰富且成本相对较低，官舟镇移民安置点条件成熟，交通便捷，基础条件比较好，更加有利于扶贫车间发展。”天鸿汽车用品总经理金祖彪说，“在沿河建立扶贫工厂，能有效解决当地群众就业，稳定的务工收入对打赢脱贫攻坚战有重要支撑作用。”

经过开发区相关部门的积极对接和政策支持，该企业将在沿河尽快建成扶贫工厂，解决县域建档立卡劳动力300人以上就近就地就业，实现增收脱贫致富。

设置大龙扶贫车间

在园区企业生产车间开设配套生产线，由开发区企业提供原材料、进行技术指导、回收成品，引导200人以上的沿河建档立卡劳动力前来就业。

弘邦电子是一家集研发、生产、销售为一体的点火枪龙头企业，创有自主品牌，拥有产品发明专利、实用新型专利和外观设计专利60多项，产品远销欧美、澳大利亚、东南亚及中东等数十个国家和地区。作为开发区园区一家富有市场竞争力的劳动密集型企业，该公司可提供大批就业岗位。

3月10日，弘邦电子助力沿河脱贫攻坚就业扶贫车间已经开始运转，到岗的新员工在老员工的带领下学习着生产线上的每道工序，动作虽有些生疏，但却激情满满。

“针对前来务工的新手，我们精心挑选出7名资深员工手把手地开展传帮带。”该公司总经理刘建中根据之前员工入职状态分析，通常情况下，新员工前3天能做到50元每天，10天后可做到80元每天，熟练后，收入可以再上涨，一个月最少也能拿到3000多元工资。

为做好沿河建档立卡贫困户就业保障服务工作，开发区积极打造安排统一住宿的公租房小区，拿出不少于200套保障房免费提供居住，并配备相应必需品，贫困户可拎包入住。

“这里务工环境好，住宿条件不错，桌椅、棉被、脸盆、洗漱杯等生活用品全部准备到位。政府给我们联系这么好的厂上班，比在老家强多啦！”应玉成是从沿河来开发区上班的第一批建档立卡户，对今后的发展满怀信心，“工作要靠自己努力，不努力辜负了这么好的机会！”

建立企业就业扶贫联盟

开发区组织园区就业带动能力强、效益好、就业稳定的骨干企业组成就业扶贫联盟，负责为沿河建档立卡户家庭提供稳定就业岗位200个以上。

“我们整合以箱包、打火机产业为主体的10余家企业，提供稳定就业岗位。若有更多岗位需求，还可延伸到园区其他相关企业。”开发区经发局局长廖明江介绍，通过大量的前期工作推进，目前各项筹备已基本完成，可确保沿河建档立卡劳动力来一人、就业一人。

为帮助沿河群众迅速了解园区企业生产、就业情况，开发区加大与沿河的对接力度，到帮扶点开展现场招聘会，详细介绍企业信息、就业条件和薪资待遇等内容，在确保建档立卡劳动力可第一时间走上心仪岗位的同时，也确保企业用工需求得到及时回应。

“我们组织园区相关企业前往沿河开展招聘会，提供2000余个就业岗位。开发区的各项就业利好政策，对建档立卡劳动力有着很强的吸引力。”开发区就业中心主任姚志说，目前正与沿河形成就业岗位资源共享，把有意向来大龙就业的劳动力有序输送过来，实现互利共赢的良好局面。

新华网 2020年3月25日

铜仁高新区上千个岗位助沿河脱贫

◇ 朱子立　施　平

俗话说："众人拾柴火焰高。"沿河自治县作为铜仁市唯一的深度贫困县，截至目前，还有 22 个未出列贫困村，剩余贫困人口 6612 户 20239 人。

为聚合更多人力、物力、财力、精力助推沿河决战脱贫攻坚，铜仁市委、市政府探索出由各区县、铜仁高新区、大龙开发区"9+2"共同支持沿河产业发展的帮扶协作模式，深入贯彻落实中央和省委、省政府决策部署，以非常之举，聚全市之力，扎实开展产业帮扶，齐心协力支持沿河坚决打赢深度贫困歼灭战。

铜仁高新区积极响应铜仁市委、市政府支持沿河县产业发展助推脱贫攻坚的号召，举全区之力，帮扶沿河，把招聘岗位送到群众家门口。

2020 年 3 月 5 日，铜仁高新区"兵分两路"：区党工委委员、组织人事部部长李跃槟率园区 20 余家企业 1000 余个岗位到沿河自治县思渠镇开展现场招聘活动；区党工委委员、管委会副主任付慧玲率招工组、园区企业深入夹石镇开展现场招聘活动，把岗位送到群众家门口。

在沿河思渠镇和夹石镇招聘会现场，当地群众井然有序地排队，工作人员给群众量体温、登记个人信息、发口罩、介绍企业情况等。

"我刚刚看了这些招聘信息，上面有 1000 个岗位供我们选择。我年龄也大了，不想出远门打工，在铜仁本地打工，离家近，既能挣钱又能顾家。"今年 54 岁的沿河自治县思渠镇村民沈茂群高兴道。

"铜仁高新区把招聘会送到我们家门口来，放宽了招聘年龄限制，还给我们免费送口罩，真是太好了。"沿河自治县思渠镇幸元村冯旭微对记者说道。

近年来，铜仁高新区作为全市推动实体经济攻坚发展的主阵地，走出了一条产城融合发展之路，是广大群众就近就业的福地。

天眼新闻 2020 年 3 月 5 日

铜仁十二“兄弟”乌江比武战深贫

◇杨 聪

2020年6月8日，在沿河自治县官舟镇马脑村，印江自治县支援发展的一期51万棒黑木耳首次被开采，每天可采鲜木耳超1万公斤。

此时，沿河自治县淇滩镇檬子村竹荪加工厂，烘烤设备已安装完毕。万山区驻沿河脱贫攻坚队队长安绍辉说：“兄弟区县支援沿河的产业都陆续投产见效，我们也不能落后。”

沿河是省挂牌督战的9个深度贫困县之一，也是铜仁市唯一尚未出列的贫困县，目前仍有贫困人口6000多户2万余人。

决战深度贫困，牵动着铜仁全市干部群众的心。今年3月初，铜仁市印发《关于“9+2”帮扶沿河县产业发展助推打赢脱贫攻坚战的实施方案》后，该市已脱贫的9个区县及大龙开发区、铜仁高新区闻令而动，迅速向沿河发起支援。

十二“兄弟”一条心，齐聚乌江战深贫。两个多月来，他们既同心协力携手并进，又各显神通暗中较劲，比干劲、比项目、比效益，开展了一场轰轰烈烈的歼灭贫困大比武。

比干劲 学习先进鼓士气

万山区是铜仁市最先脱贫出列的4个区县之一，也是最早抵达沿河脱贫攻坚战场的“兄弟部队”。3月2日以来，派驻沿河的14名队员多数至今未回过家。他们长驻帮扶的镇、村，帮助发展竹荪、食用菌两项富民产业，还积极协助当地补短板、强弱项。

真情帮扶，不走过场。其他区县驻沿河队伍均倾注真情实意，始终坚守脱贫一线，与沿河干部群众携手战贫。碧江区帮扶沿河工作组副组长张平说：“我们山水同脉、唇齿相依，当然不能‘各人自扫门前雪’，肯定要与沿河‘兄弟’同进退。”

铜仁市启动“9+2”帮扶协作以来，各区县明确区县委书记、区县长任双组长，迅速成立驻沿河脱贫攻坚工作组，从脱贫攻坚一线选派精兵强将赴沿河战贫。

11 支驻沿河脱贫攻坚队伍暗中较量比干劲，这也激发了沿河干群的战贫激情。他们以兄弟县为榜样，取长补短，铆足干劲冲，拼尽全力干。

在客田镇，驻村干部身穿迷彩服，当起了“背篓工”，背砂石、背水泥，帮助群众改善人居环境。副镇长张红松说：“兄弟县来的干部都在真抓实干，咱们自己更不能松劲。”

比速度　真金白银兴产业

5 月 30 日，石阡县投资 1160 多万元援建的沿河蛋鸡养殖场正式投产，从开工到建成投产仅用了 84 天。10 万羽蛋鸡全部上笼，预计年产鸡蛋 3000 万枚，今年的利润将全部作为沿河 3000 多户贫困户的分红。

决战深贫比速度。与沿河“同饮一江水”的思南，不但投入 550 余万元支持沿河发展产业，还把思南“双高”红薯产业引入沿河。洪渡、黑水等乡镇的 1 万亩红薯已超额完成大田移栽。

冲刺 90 天，打赢歼灭战。11 支驻沿河脱贫攻坚队伍带着各自最好的富民产业来帮忙，在项目、资金、人员、技术等方面全方位支援。

目前，铜仁 9 个区县共计划支援沿河 8000 多万元，已实施辣椒、食用菌、生猪、生态鸡、红薯等多个“短平快”产业。

大龙开发区、铜仁高新区结合自身产业优势，把企业引入沿河易地扶贫搬迁安置点建工厂，助搬迁群众就近就业增收。还引导沿河群众到大龙和高新区企业就业。

沿河作为“主力部队”，也抢抓兄弟区县助战机遇，建立健全统筹调度、沟通联系、资源共享、考核管理等机制，推动产业合作项目快速落地见效。

比效益　山村绽放致富花

生猪代养是碧江区的一项重要产业，如今已在沿河落地开花。碧江区投资800万元在板场镇爱华、大坨坝、东红3个贫困村，各建可存栏2000头生猪的养殖场，大坨坝村生猪代养场已投放猪苗1550头。碧江区帮扶沿河工作队干部田爱国说，3个养猪场年可出栏生猪1.2万头，可带动1229户4792名贫困群众增收。

老产业稳步推进，新产业吹糠见米。官舟镇黑木耳示范基地每天吸纳近百人务工，预计今年产值可达千万元，使1300多户5000余人受益。

产业落地见效，乡亲长期受益。11支驻沿河脱贫攻坚队伍不仅支援沿河发展好产业，还对照农村产业革命“八要素”，倾力帮资金、帮技术、帮加工、帮销售，做实产业链，提升产业附加值。

兄弟倾心帮，自己奋力攀。沿河一边与兄弟区县携手发展好辣椒、食用菌、生猪、生态鸡、红薯等产业，一边借力让茶叶、空心李、白山羊、中药材等四大老牌产业提质增效。

决战深度贫困，铜仁十二“兄弟”齐聚乌江大比武，比出了斗贫志，育出了致富花。今日沿河，脱贫攻坚各项工作快速推进，富民产业遍地开花，摘帽出列指日可待。

天眼新闻　2020年6月12日

冲刺！ 2020年脱贫攻坚收官之战铜仁这样打

◇ 罗　旭

2020年是全面建成小康社会和“十三五”规划的收官之年，是脱贫攻坚决战决胜之年。

正当全市上下信心满满、紧锣密鼓决战决胜脱贫攻坚的时候，新冠肺炎疫情凶猛来袭，对铜仁来说，脱贫攻坚收官战怎么打？

面对复杂多变的形势，铜仁市应势而动，将打赢新冠肺炎防控和决胜脱贫攻坚两场战役进行“一盘棋”谋划，集中兵力，以决战决胜之势向最后的贫困堡垒发起总攻，以全新的战斗姿态在希望的春天里奋进。

挂牌督战　有方向更有底气

3月3日，省人民政府公布24个符合国家贫困县退出标准县（区）名单，铜仁市松桃苗族自治县、思南县、德江县正式摘掉了贫困的帽子。全市只剩沿河土家族自治县（深度贫困县）尚未脱贫摘帽。

2月20日，中共铜仁市委书记陈昌旭在全市召开的沿河土家族自治县决战决胜脱贫攻坚挂牌督战“百日攻坚”誓师大会上说，沿河作为深度贫困县，能否如期脱贫出列，事关全市乃至全省、全国同步小康大局。作为武陵山片区脱贫攻坚的主战场、贵州脱贫攻坚的主阵地之一，如何“啃”下这块最后的“硬骨头”，成为这场战役的重中之重。

也是在这次大会上，沿河挂牌督战的集结号吹响，全力抓紧抓实挂牌督战，统筹推进脱贫攻坚、产业结构调整各项工作，集中火力、尽锐出战，精准制定到村到户督战方案。对全县22个乡镇（街道）、432个有剩余贫困人口的村和 13 个易地扶贫搬迁安置点进行挂牌督战，确保上半年所有剩余贫困人口达到脱贫标准、22 个未出列贫困村达到退出标准、整县达到脱贫摘帽标准。

“脱贫攻坚，没有一线二线，只有火线。”在脱贫攻坚主战场上，尽锐出战，铜仁市一以贯之。市领导班子走遍脱贫攻坚重点区域，市、县、镇、村“四级书记”齐抓扶贫，横向到边、纵向到底的责任体系坚如磐石。

在制定下发沿河深度贫困县具体挂牌督战方案之后，铜仁市从市直 62 家单位选派 200 名干部充实到沿河 22 个乡镇（街道）开展驻村工作，充实驻村帮扶力量；抽派 22 人充实到沿河面上督导组，强化督导力量，分片开展督导工作。

“我们将精准制定到村到户督战方案，对全县 22 个乡镇（街道）、432 个有剩余贫困人口的村和 13 个易地扶贫搬迁安置点进行挂牌督战，确保 2020 年上半年所有剩余贫困人口达到脱贫标准。”沿河土家族自治县扶贫办党组书记、主任杨胜录说道。

当下，在沿河土家族自治县，驻村干部当起脱贫摘帽的“领头雁”，机关党员干部都有贫困户“亲戚”，农业专家、各级劳模等带着看家本领走进贫困户家中，青年团体开展“支教、支医、法援”帮扶活动……脱贫攻坚的澎湃合力浩荡而来。

区县帮扶　有盼头更有劲头

近日，在沿河县思渠镇，印江帮扶工作组走进田间地头，实地研究辣椒产业选址、土地流转，与沿河县、镇、村干部进行了座谈，共商产业扶贫发展。

沿河作为全市唯一的深度贫困县，脱贫攻坚工作任务艰巨、责任重大。我市创新探索由各区县、铜仁高新区、大龙开发区“9+2”共同支持沿河土家族自治县产业发展的帮扶协作模式。

2 月 28 日，全市各区县支持沿河产业发展专题会召开。会议强调，各区县、铜仁高新区、大龙开发区要坚持实事求是原则，按照“因地制宜、因势利导、因村施策”的要求，精准聚焦沿河产业扶贫、就业扶贫的实际需要和自然条件的实际情况，务实高效开展产业帮扶工作。

同时还明确沿河今年重点发展辣椒、食用菌（黑木耳）、红薯、生猪代养、生态鸡等产业，并组建基础设施建设工作专班和9个产业专班支持沿河，使每一个产业项目得到清单化、项目化推动落实，全力解决“两不愁三保障”等问题。一场助力沿河打赢深度贫困的歼灭战火热进行。

3月3日，市政协党组成员、时任印江土家族苗族自治县委书记田艳率队赴沿河开展脱贫攻坚产业发展帮扶工作，签订《支持沿河土家族自治县产业发展助推脱贫攻坚》框架协议，捐赠1000万元对口帮扶资金。

食用菌和辣椒产业是印江脱贫攻坚中选择的重要产业，印江结合现有的产业发展实际，把梵天菌业公司、劲强生态农业公司带到沿河，从基地建设、技术服务、产品回收等方面助力发展食用菌和辣椒产业，带动群众增收脱贫。“应沿河所需、尽印江所能，支持沿河产业发展是使命，也是责任担当！”印江将认真按照“9+2”帮扶协作模式，投入真金白银，倾注真情实意，狠抓各项帮扶任务的落地落实，全力以赴为沿河打赢深度贫困歼灭战贡献印江力量。

3月4日，时任石阡县委副书记、县长田运栋率队到沿河签订了《石阡县支持沿河土家族自治县脱贫攻坚产业发展和就业扶贫协议》，在沿河县谯家镇水田村发展蛋鸡养殖10万羽，总投资1000万元，由沿河自主经营，解决贫困户10~15人的就业问题；将2020年的净利润全部用于沿河贫困户分红，从2021年起，将每年净利润中的50%分红给项目所在乡镇，用作贫困户分红和土地流转费。还组织恒昌缘服饰、宏信服饰在沿河建设完成用工规模为400 ~ 500人的服装厂各1个，建设期限为20~30日；并分别为恒昌缘服饰、宏信服饰解决40万元用于购买设备，带动沿河当地贫困户就业……

德江县采取“企业帮扶、项目支持、干部协作”方式，深入推进德江县支援沿河的产业项目落地见效，为产业项目区的贫困农户拓宽增收渠道，帮助沿河按时高质量实现脱贫摘帽目标……思南县投入 280 万元帮扶资金助力沿河产业发展，深入推进农村产业革命，大力调整农业产业结构，壮大村级集体经济，促进农民增收致富，确保沿河按时高质量打赢脱贫攻坚战……

同时，铜仁市还采取“1+1”结对帮扶，按照市级统筹和县级组织实施的方式进行。全市先进村所在区县按照《关于成立“9+2”帮扶沿河产业发展助推脱贫攻坚工作领导小组的通知》要求开展工作，科学制订帮扶计划和帮扶措施。截至目前，已组织 30 个先进村奔赴沿河开展结对帮扶，为沿河今年整县“摘帽”献计出力。

人心齐，泰山移。我市各区县、铜仁高新区、大龙开发区按照“因地制宜、因势利导、因村施策”的要求，精准聚焦沿河产业扶贫、就业扶贫的实际需要和自然条件的实际情况，正在高效开展产业帮扶工作。

东西协作　有技术更有保障

2017 年 3 月，张家港市与沿河土家族自治县建立东西部扶贫协作对口帮扶，两地成立了以市委、县委书记和市长、县长为双组长的“沿河·张家港”东西部扶贫协作工作领导小组和专门办公室，明确了专人办公。制定出台《沿河·张家港东西部扶贫协作工作方案》，使帮扶工作逐步实现了教育、医疗、党建、产业等领域的全覆盖。

其中，值得一提的是张家港市善港村与高峰村签订了整村帮扶协议，结成全省首个“村对村”帮扶对子。两村通过实施“支部共建、治理共推、技术共享、产业共谋”的“四共”模式，成功走出一条“先进村帮扶深度贫困村”的实践路子。

“在善港村的帮扶下，公路修好了，自来水有了，产业园区建好了，种植管理技术学好了，现在是什么都好了。”高峰村党支部副书记罗文武对脱贫可谓是信心满满。

石漠化严重、资源性缺水，大量劳动力外出、村子冷清……这是 2018

年初的高峰村。经过善港村的帮扶，如今的高峰村旧貌换新颜，组组通公路，户户通自来水，产业发展好，长期在外务工的村民纷纷返乡创业，呈现出生态良好、经济繁荣、社会和谐、人民幸福的喜人景象。

同时，围绕沿河发展需求，张家港市在教育、卫生等多领域进行对口帮扶。张家港市 62 所学校全面结对帮扶沿河土家族自治县 88 所学校，张家港市 11 家医疗单位全面结对帮扶沿河土家族自治县 24 家医疗单位；张家港市第一人民医院牵头对沿河人民医院、张家港市中等专业学校牵头对沿河中等职业学校开展“组团式”结对帮扶，为沿河土家族自治县带来先进的诊疗技术和管理技能。

2019 年以来，张家港市选派 136 名干部职工赴沿河挂职、支教、支医、支农帮扶和锻炼。沿河安排了各行各业干部职工、技术人员 491 人到张家港市跟班学习、开展支部联建和文化艺术交流活动等，提升干部职工政治素养和业务素质，激发内生动力，实现智志双扶。

在这样全方位的帮扶下，对于今年决战决胜脱贫攻坚，张家港有信心，沿河更有底气。张家港市将进一步深化在教育、文化、卫生、旅游、科技等领域的扶贫协作，在组织领导、人才交流、资金使用、产业合作、劳务协作、携手奔小康等方面全面发力，推动张家港市和沿河土家族自治县东西部扶贫协作更上台阶，助力沿河土家族自治县彻底撕掉深度贫困标签。

方向已明，目标既定。撕掉千百年来的贫困标签，铜仁决不能等；向深度贫困堡垒发起最后总攻，铜仁决不退缩！铜仁市正调动各方力量、形成强大合力，精准聚焦主攻点，全力以赴打好总攻仗，决胜脱贫攻坚、决胜同步小康。

《铜仁日报》　2020 年 3 月 11 日

五色秀多彩
打好疫情防控阻击战

2020 年 1 月 23 日，铜仁确诊首例新冠肺炎患者，全市紧急拉响防疫警报，及时召开电视电话会议，按照中央部署和省委要求，统一领导、全面部署、全员行动，有力指挥疫情防控工作，确保防控责任落准落实落细，阻击疫情的“作战图”迅速铺开。1 月 23 日到 2 月 21 日，铜仁市收治的 10 名确诊新冠肺炎患者全部清零，“铜仁速度”震撼人心。

最是危难关头见真情，最是艰难时刻显担当。面对这场突如其来的新冠肺炎疫情，“天使白、卫士蓝、志愿红、环卫黄、迷彩绿”，全市党员先锋、铜城仁者、热心群众……或是奋勇往前坚守家园，或是日夜兼程守护乡亲，或是不畏险阻“逆行”而上，或是汇聚爱心温暖前线……他们自觉组建起一支无坚不摧的抗疫队伍，铸成一道疫情防控的铜墙铁壁，守护了 400 多万铜仁人的生命健康。

黎明初起，广大铜城仁者穿梭于大街小巷，不惧疫情凶险，勇敢“逆行”；霓虹初上，广大抗疫战士伫立在防控卡点，不畏寒风刺骨，坚守一线；万家灯火时，依然坚守的身影，奋战一线的战士，无私奉献的爱心人，都是整个城市最坚强的后盾。

越是困难时刻，越能见证守望相助的真情，越要凝聚同舟共济的力量，越是考验着每一个铜仁人。万人同心，借得万人之力，打通了全民战疫的“最后一公里”，也守住了万千群众平安的“最后一公里”。

铜仁"脱贫攻坚工作队"变身"疫情防控先锋队"

◇ 杨通顺

他们没有警服、救援服、隔离衣，只有一副最普通的口罩；他们没有执法证、资格证，只有一张村民都熟悉的面孔；他们没有誓师会，没有请战书，却同样在疫情防控的关键时刻挺身而出、冲锋在前。

他们，就是贵州省铜仁市广大第一书记和驻村干部。

自疫情发生以来，铜仁市充分发挥第一书记、驻村工作队和脱产帮扶干部的优势，"脱贫攻坚工作队"变身"疫情防控先锋队"，在农村筑起了疫情防控的"安全屏障"和"战斗堡垒"，坚决打赢疫情防控阻击战。

不忘初心，甘当"逆行者"

"疫情就是命令。"2020 年 1 月 27 日，市委组织部下发了《关于在新型冠状病毒感染的肺炎疫情防控中充分发挥基层党组织战斗堡垒作用和共产党员先锋模范作用的通知》，要求全体第一书记、驻村工作队队员和帮扶干部（有发热、乏力、干咳等症状及与武汉返乡人员有接触史的除外）在 1 月 28 日中午 12 时前到岗到位，协助驻点村做好疫情防控工作。

接到通知的第一时间，万山区丹都街道挞扒洞村驻村干部杨秀念就收拾好行囊，匆匆辞别家人，赶赴村里和村干部一道安排疫情防控工作。当得知村民蒋旭红家正月初五女儿要出嫁，他便上门讲解当前新型冠状病毒感染的肺炎疫情防控的重要性和上级政策要求，并成功劝说蒋旭红将女儿的婚期延迟。

和杨秀念一样，全市第一书记、驻村干部和脱产帮扶干部等 15000 余人成为疫情前线的“逆行者”。在县、乡党委统一领导下，各疫情防控先锋队成员不顾个人安危，进村入户对所辖村寨开展网格化、地毯式排查，带领村两委干部做好近期返乡务工人员排查、登记和随访工作，协助镇村干部对进村路段施行管控，并对辖区内个人举办任何形式的群体性集会、聚餐、酒席等活动进行劝阻，坚决防止疫情在农村扩散。

勇担使命，奔赴第一线

“村民们请注意，为了有效防控新型冠状病毒感染的肺炎疫情，请大家尽量减少走亲访友，尽量少去人员密集的场所，出门戴口罩，在室内注意通风，勤洗手，多运动，少熬夜……”1月29日上午，在松桃县寨英镇水源村，第一书记杨永恒与村干部们分成4个疫情防控小分队为村民宣传新型冠状病毒感染的肺炎的防控知识。

“防控就是责任。”村（社区）是农村疫情防控的基础单元，各疫情防控先锋队既当“组织员”又当“战斗员”，对村内人员往来情况进行全覆盖排查，特别是对于来自湖北或湖北返乡人员、本地与来自湖北或湖北返乡人员密切接触者，以及辖区内有发热、咳嗽等新型冠状病毒感染的肺炎的典型症状者进行全面排查，及时登记造册，重点监测，每天汇总上报排查信息和隔离人员情况，切实做到“四防”（防输入、防扩散、防感染、防输出）“五早”（早发现、早报告、早诊断、早治疗、早隔离）“六快”（报告情况快、下达任务快、执行指令快、落实任务快、综合汇总快、督查督导快）。

同时，坚持每日组织力量对各场所、村民庭院等喷洒消毒，在全村主要干道设立监测卡点，加强人员和车辆管理，为进出车辆消毒，检测过往群众体温，最大限度减少风险隐患。截至目前，各疫情防控先锋队与村干部一道，共走访排查群众429.04万人次，开展疫情防控宣传60.51万次，制止群众集聚活动3.94万次，劝阻群众无特殊理由离村19.33万人。

共克时艰，打响阻击战

“看到单位同事和其他战线上的同仁们放弃了休假，坚守岗位，奋战在疫情第一线，我也要和他们并肩作战，做好村里的防控工作。”1 月 25 日一大早，江口县县医院选派到双屯村的第一书记李芝就从城里回到了村里，在帮扶单位县妇计中心的帮扶下，她为村里带来了口罩、四季抗病毒合剂、热毒宁、双黄连口服液等常用医疗用品。

同时，她充分发挥自己的专业优势，上门为患有慢性病的村民检查身体、测量体温，向村民讲解新型冠状病毒感染的肺炎疫情的临床表现、传播形式和预防办法等，引导村民掌握外出戴口罩、减少聚会、不食野味、勤洗手、常通风、日消毒等疫情防控常识并开展好自我防护，帮助村民树立科学防治意识，消除恐慌心理，增强战胜新型冠状病毒感染的肺炎疫情的信心。

为压实工作责任，铜仁市整合脱贫攻坚责任体系力量，由市级领导包区（县、高新区、开发区），区（县、高新区、开发区）领导包乡（镇、街道），乡（镇、街道）领导包村（社区），干部包户。同时，全面推行“1+9+N”模式，即 1 个帮扶干部排查 9 户贫困户，再根据本村非贫困户数量，确定排查非贫困户的数量，确保不漏一户、不漏一人。同时，全市 528 个脱贫攻坚督导组变身疫情防控督导组，同步开展疫情防控督导工作，确保工作落实落地。

为鼓舞士气，市、县两级组织部门把在防治新型冠状病毒感染的肺炎疫情工作中的表现与评先树优、绩效工资挂钩，并作为考核考察干部的重要内容。同时，积极协调各帮扶单位为帮扶村发放酒精、喷壶、消毒液及口罩等各类防护物资，结合春节慰问为第一书记和驻村干部家属送去温暖，进一步坚定了第一书记和驻村干部抗击疫情的信心和决心。截至目前，全市共对防控一线工作人员家属送温暖 8800 人次。

人民网　2020 年 2 月 4 日

战疫显大爱，五色秀多彩
铜仁树立精神文明新丰碑

◇ 胡丽平

疫情防控阻击战打响以来，铜仁市迅速形成了“天使白、卫士蓝、志愿红、环卫黄、迷彩绿”五支特色鲜明的战疫队伍。他们听号令、能战斗、不惧险、不怕苦，迅速奔赴抗疫一线，在各自岗位上埋头苦干、默默奉献，汇聚起了战胜疫情的强大力量，在平凡岗位上书写了不平凡的故事。他们，打出了联防联控联治的铜仁战法，形成了“铜墙铁壁战疫情、仁爱满城暖人心”的铜仁经验，开启了铜仁“战疫战贫·决战决胜”的新篇章，展现了铜仁精神，树立起铜仁精神文明新丰碑，激励着440多万铜仁人民用自己的辛勤劳动为疫情防控和经济社会发展贡献更多力量！

“逆行”而上的“天使白”　危急时刻显大爱

疫情暴发初期，患者不断增加的冰冷数据触目惊心，牵动着全国人民的心，更牵扯着铜仁人民的心。与祖国同呼吸，与家乡共命运，与同胞共战斗，那一刻，爱祖国、爱家乡、爱人民的信念如此清晰而坚定。

当省委、省政府援鄂冲锋号吹响，铜仁市委、市政府第一时间响应，立即发出了号令，全市卫生健康系统闻令而动、迎难而上，紧紧拧成一股绳，齐心协力战“疫魔”。

“除人类之病痛、助健康之完美，维护医术的圣洁和荣誉，救死扶伤，在所不辞。”医者仁心，誓言铿锵！一时间，铜仁全市上下回声嘹亮。

铜仁市人民医院仅仅两天时间内主动请缨到一线抗疫的医务人员就有

500余人，涵盖了医院所有科室，立誓请战赴鄂开展救援的医务人员超过100人。

1月27日，铜仁市人民医院选派的6名医务人员抵达鄂州，分别支援湖北鄂州鄂钢医院、鄂州市第三医院、鄂州市中心医院。

2月4日，铜仁市第二人民医院、碧江区中医医院、万山区人民医院、松桃苗族自治县民族中医院、玉屏侗族自治县人民医院、江口县人民医院、印江土家族苗族自治县人民医院、石阡县中医医院、思南县人民医院、德江县人民医院、沿河土家族自治县人民医院选派的11名医务人员抵达武汉方舱医院。

2月22日，21名铜仁医护人员于贵阳集结，贵州省第九批援鄂医疗队出征驰援湖北鄂州。

战况愈烈，队伍愈壮。共有124名铜仁医务工作者夜以继日战斗在援鄂前线，贡献着不凡的“铜医力量”。

徐琛就是其中的一员，她也是两个孩子的母亲。徐琛将家中仅13个月大的女儿交给家人后，第一时间便向医院递交了请战书。

同样是两个孩子母亲的田秋丽，在报效国家和照顾小家之间，毫不犹豫选择了报效祖国。在听闻自己所在的医院有援鄂名额后，一边把两个幼儿托付给亲人照顾，一边递上了请战书。

和徐琛、田秋丽一样，马丽娟、陶静、杨桂平、何永、鲁朔焱、任洋、冯旋、龙艳、汤严、刘利飞、刘丽蓉等“天使白”，无一不是克服自身家庭种种困难，毅然请战湖北。

平时，他们是儿子、是女儿，是父亲、是母亲，但在国家大义面前，他们着一身“白衣战袍”，从普通人化身为冲锋在前的战士。无惧生死，不计代价！

面对肆虐蔓延的疫情，铜仁白衣战士没有丝毫退缩，主动请缨奔赴前线，与湖北人民手牵手、心连心，送去了共战疫情的决心与情义。他们是光明的使者、希望的使者，是最美的天使，是真正的英雄！他们是铜仁的骄傲，是铜城仁者的代言。

逆风前行的“卫士蓝”　危难时刻勇担当

面对突如其来的疫情，铜仁市公安系统认真贯彻落实中央、省、市应对新冠肺炎疫情防控各项决策部署，及时完善防控策略和应对举措，聚焦省界卡口管控、重要环节防控、社会面监控、基本单元掌控，坚持“四抓四筑”工作模式，做到“早检测、早发现，全找到、全检测”，全市公安干警危难时刻显担当，化身蓝色卫士，守护黔东大地。

为全面做好疫情防控工作，铜仁市公安机关第一时间启动疫情防控工作机制，全警动员、全力以赴，迅速投入战斗，实行24小时联勤联控工作机制，同步加强武装巡逻，依法暂停各类公众聚集活动，有序保障党政机关、医疗机构、隔离场所等重点场所的安保工作，全力做到疫情防控零死角、零盲区、零疏漏，有效防止疫情扩散蔓延和公共安全事故发生。

同时坚持教育为先、预防为主原则，在各区（县）城区广场、乡镇人口规模较大集中的地方设置疫情防控服务点2070余个，在各社区、村寨疫情检疫点为群众宣传法律法规2263160余人次、宣传疫情防控知识2643360余人次、购买生活用品1635620余人次、开展社区消毒126500余次，对不服管理人员开展批评教育3200余人次。进一步增强公众自我保护意识，引导群众理性对待疫情，为疫情防控营造良好的社会秩序。

市公安局会同森林警察支队立足岗位职责，围绕“捕、养、售、运、食”五大环节，在全市开展打击破坏野生动物资源违法犯罪专项行动，进一步加大对农贸市场、餐馆、农庄、酒店、野生动物驯养繁殖场所、活禽交易场所等重点场所的检查力度，严厉打击非法猎捕、经营、加工、运输野生动物及其制品行为，切断相关病毒传播源头、控制重大公共卫生风险，有效保障了群众“舌尖上”的安全。

“卫士蓝”是维护社会稳定的重要基石。2月9日，为快速帮助防疫物资生产企业解决生产原料的问题，市公安局飞豹突击大队5名党员民警，协同相关部门前往600余公里外的湖北省仙桃市执行押运紧急疫情防控物资任务，仅用22小时就将物资安全押运回铜，有效保障了全市防疫物资的供应。

“卫士蓝”是守护群众安全的坚实盾牌。2月4日，正在开展新冠肺炎疫情防控执勤巡逻的思南县“90后”辅警袁姗姗，当群众的生命安全受到威胁时，不畏生死，纵身跃入冰冷的河水中救起落水者。

“卫士蓝”是舍小家顾大家的生动写照。大年三十，已经9年没有与儿子一起过春节的陈帅宇父母，专程驱车1300多公里从河南老家赶到铜仁，想与当警察的儿子共度除夕。当父母到达铜仁北站时，陈帅宇正在对过往车辆和人员进行登记和体温检测，与父母见面仅仅只有5分钟。看到儿子这么忙碌，为了不影响陈帅宇工作，来铜不足10小时的陈父陈母，在大年三十夜间便又驱车离开铜仁返回河南。等陈帅宇执勤满24小时回到家中，看着冰箱里满是父母从老家带来的特产，忍不住泪水盈眶。

疫情期间，全市公安干警奋战在疫情防控一线，他们放下与小家的团聚，冒着感染的风险，奔赴各个抗疫战场，以自己的坚守换取群众的安全。他们是听党指挥、能打胜仗，热爱祖国、热爱家乡的有力践行者，他们是守护黔东大地群众生命与财产安全的忠诚卫士！

逆动而行的“志愿红” 危险时刻树高尚

在铜仁战疫一线，有一股强大的向上力量，他们穿上红背心，主动请缨，迎难而上，冲锋在前，吹响了志愿者战疫的集结号，义无反顾冲向了抗击疫情的各个战场。让铜仁在那段惊险万分、刻骨铭心的特殊时期，处处涌动着直抵人心的红色暖流。

在那段特殊时期，为充分发挥社会力量形成联防联控对抗疫情的良好态势，凝聚和激发全市人民共同抗疫的信心和勇气，铜仁市在全市范围内发起志愿服务抗疫行动。数以万计的普通群众积极响应、勇敢站出来，化身“志愿红”。

聚沙成塔、集腋成裘。这群或是机关干部或是高校学生或是企业人士的可爱的人们，以满腔热忱，积聚成强大的力量。这力量遍布全市各个角落，打通了全民战疫服务群众工作“最后一公里”。

思南暖心大姐陈维蓉带动一家人加入抗疫爱心战线，每天免费为思南东、西高速路口的执勤检疫人员送餐，一天两餐变着花样定时定点地送到执勤点。

思南县张家寨镇龙岗村，没有组织，仅凭一纸倡议书，126户村民便自发行动起来，为一线战疫人员捐赠蔬菜。村民们背着背篓、冒着雨露，一大早便到自家菜地里拔萝卜、摘白菜，无偿将2300斤蔬菜赠给疫情防控一线。

铜仁市蓝天救援队190名队员参与到疫情防控工作中，实行三班倒24小时值班制，协助相关部门和医务人员在铜仁火车站以及高速路口对过往车辆和人员进行登记、体温检测，全力配合做好疫情防控工作。

铜仁市阳光志愿者协会先后向市级媒体和省级媒体驻铜记者站、医院、敬老院等捐赠一次性口罩3万余个、手套2万余双，联合企业向医院、高速南（北）站、社区、新闻媒体捐赠苹果醋200箱、饮用水400件、爱心早餐2400份。

铜仁市正能量志愿者协会向一线部门和执勤卡点赠送口罩15000个、牛奶700等近50万元生活物资。2月20日，当市血站发出血浆库存不足的消息后，协会积极响应，仅半天时间报名参加献血的志愿者就有75人，献血量18700ml。

铜仁市妇联2月23日发起了“巾帼义剪 同心战疫”活动，12名理发师、5名歌手志愿加入义剪、义演队伍，免费为城区环卫工人、易地搬迁群众、一线执勤干部和医务人员理发，献唱正能量歌曲，坚定了大家抗击疫情的信心和决心。

在那段特殊的时期，铜仁随处可见那抹红色身影，他们在卡点执勤，在村（社区）宣传，在测量体温，在送物资，在劝退群众，在楼道消毒……

穿上红背心，他们是志愿者；脱下红背心，他们就是你我身边的普通人，是我们的亲人、同事、朋友、师长、同学……

据不完全统计，全市各条战线参与疫情防控志愿者达20.3万人，开展志愿服务23.7万余场次。

他们用爱心与热情，温暖了那段特殊的岁月。

逆流而上的“环卫黄”　危境时刻牢坚守

他们是离垃圾最近的人。面对大量垃圾可能会滋生传染病毒的危险，环卫工人们默默坚守在抗击疫情第一线，继续担当城市的美容师，把“环卫黄”变成了穿梭在铜仁大街小巷的最靓丽的颜色。

疫情发生后，铜仁市环卫处科学制定工作方案，采取“日调度、日统计、日安排、日反馈”的工作机制，结合实地督查、跟踪指导、暗访抽查等方式，压实各级工作责任，督促指导各区县环卫部门规范处置生活垃圾，确保日产日清、密闭规范运输，全部实现无害化集中处置。

全市共设置废弃口罩特殊垃圾收集桶1699个，累计处置医疗废物量82.523吨，全市城乡生活垃圾无害化处理24571.8吨。

同时，开展了一系列环卫一线保洁人员防控防治培训，为环卫工人配齐配全防疫物资，确保所有一线人员从穿的、戴的到用的工具一应俱全，保障好疫情下正常开展工作的需要。同时合理就近安排环卫工人工作岗位，尽量避免他们长时间在人员密集区域逗留，让环卫工人在清扫城市服务市民的同时，卫生防疫条件得到保障。截至今日，全市环卫行业无一起疫情病例发生。

作为全市生活垃圾处置专班，抗疫阻击战打响后，市城管局下属部门环卫处党支部带领全体党员，集体放弃春节假期，全员正常上班，每天实行领导带班制，严格执行值班守护，用最短的时间，集中精力，全力投入疫情期间环卫工作各项任务中。

不单他们如此，面对疫情，全市环卫工人没有一个退缩，全都积极作为、迎难而上，全力投入这场没有硝烟的战斗中。

2020年1月25日是正月初一，碧江区环卫车驾驶员张川接到单位指令：专车专人定点清理全区19户新型冠状病毒密切接触医学观察户，以及后续武汉来黔返黔人员定点隔离观察酒店的生活垃圾。接到任务后，张川没有推辞，认真执行，每天按时定点上门清理医学观察者的生活垃圾。事后，有人不理解地对他说："你一个合同工，何必这么卖力，对得起你的工资就行了，新冠肺炎这么恼火，你不怕吗？"对此他总是笑笑，淡淡地说："干一行就得爱一行，更得做好这一行，病毒我当然也怕，但是怕不是我不去工作的理由，那么多人都在积极辛苦地开展防疫工作，我能够尽一份力，我觉得再苦再累再危险都是值得的。"

1月下旬，春节来临，又受新冠肺炎疫情影响，石阡县城的环卫工作量陡然加大，顿时人手紧张。大年初二，已经回到白沙镇老家过年的环卫工人文成芬，闻讯放弃和家人团聚的机会，在实行交通管制后，徒步6个多小时从白沙老家赶回县城上岗。从大年初二至抗疫取得重大成果，她没有休息一天，每天都要给河东片区温泉至万寿宫所有公厕、广告灯箱、垃圾桶及公共区域卫生死角消毒。正如她自己所说："决不能放过任何一处死角，决不能留下一点隐患，疫情不止，我就会义无反顾地坚守岗位。"

思南县环卫站环卫工人王芝福一直奋战在疫情防控一线，每天都对公厕、中转站、清运车、垃圾桶等能够滋生细菌的地方进行消杀，冒着可能被感染的危险，认真清理回收的废弃口罩，并及时上报，确保降低公众交叉感染和传播风险，防止疫情的扩散。

田景富是德江县城市管理局环卫站一名普通的环卫工人，疫情防控期间，他主动请缨，参与到晚间垃圾清运工作中，每天工作时长多出了近4个小时，劳动量较平时翻了一番，但他没有任何怨言。他在平凡的岗位上，为抗击疫情奉献自己的一份力量。

在那段抗击疫情最艰难的时期，铜仁大街小巷都可看到这样的身影，他们穿着黄色的衣服，戴着口罩和手套，拿着扫帚和撮箕，打扫卫生、清理垃圾，清晨而出，日落不归，默默维护环境的清洁，筑牢黔东大地疫情防控的“环卫防线”。

闻令而动的“迷彩绿” 危殆时刻担大义

他们不是军人，可有军人一样的钢铁意志；他们不是军人，却有军人一样闻令而动的执行力；他们不是军人，却与军人一样胸怀大义。无论他们是什么身份，干着哪种职业，疫情期间，他们穿上了“迷彩绿”，当上了疫情防控监测员、宣传员，组成了先锋队，用并不伟岸的身躯筑起了守护父老乡亲的“钢铁长城”。

他们有一个响亮的名字——民兵。

疫情防控形势最严峻的时期，沿河县黑水镇龙堡社区监测点，每天有10名民兵轮流守在路口，积极配合龙堡社区脱贫攻坚队、村干部，对过往人员进行体温检测，对来往车辆进行排查和登记。

龙堡社区社群复杂，流动人口多，是重点监测和监管区域。龙堡社区监测点是进入黑水镇唯一的通道，做好了这个点的监测，就可以控制该镇凉村、桂家山、斜岩、侯家山、龙堡等五个村的情况，工作量很大。被选派到这里的民兵，每天分早晚两班24小时轮流值守，直到疫情缓解。寒冬里，数十个日夜的户外坚守，个中滋味只有身处其中才能体会。但他们没有一句怨言。

为了让村民充分认识到疫情防控的重要性，知道如何做好个人防护，黑水镇民兵经常深入超市、商铺及居民家中，宣传宣讲疫情防控知识，发放宣传单，张贴宣传告示，反复宣传讲解，直到村民疫情防控意识根植心底。

“疫情就是命令，防控就是责任。”为坚决打赢疫情防控阻击战，铜仁市严密组织民兵积极参与疫情防控工作，全市2000多个行政村，几乎每个村都有这么一支民兵队伍，他们没有报酬，不计得失，主动请缨，配合脱贫攻坚队、村四职干部、村医开展工作，对广大农村疫情进行全面封控。在各区县人武部的指挥下，民兵应急分队采取集中与分散相结合的模式，分组在各村主要道路口设置卡点，对过往人员进行体温检测，对来往车辆进行排查和登记，劝导群众不要外出，发放《防疫知识手册》，做好宣传教育及相关防治工作。据不完全统计，全市共有一万余名民兵骨干参与到疫情防控工作中，筑起人民生命财产安全防护线。

今年67岁的肖吉林是印江土家族苗族自治县新寨镇团山村肖家组村民，也是一名退伍军人。疫情暴发以来，他一直想着为抗击疫情做点贡献。正月初七，天上下着雨，路上湿滑，阴冷恶劣的天气却丝毫未影响肖吉林募捐的热情。他骑着老年代步车在村里穿梭，跑遍退伍军人之家，当面倡议他们捐款。对未在家的则电话联系。他的募捐行动，得到了其他退伍军人的积极响应。

“我是共产党员，也是一名退伍军人，国家没有忘记我们，每月都有生活补助。现在国家有难，我们也应该向国家尽一点绵薄之力。” 肖吉林朴实的话语中，道出的却是满腔大义。

民兵，平时为民，战时为兵。在国家有困难的时刻，这些身穿迷彩服的民兵战士，毫不犹豫地站了出来，有钱出钱，有力出力，竭尽所能，防控疫情，守护群众平安。在疫情笼罩下，他们身穿的那身“迷彩绿”，熠熠闪光，格外安定人心。

“天使白、卫士蓝、志愿红、环卫黄、迷彩绿”，五支特色鲜明的战疫队伍，交织成一道五色盾牌，坚不可摧、牢不可破，为440多万铜仁人民筑起了安全屏障。他们用英勇无畏、无惧艰险、大仁大义的精神品质在黔东大地树立了精神文明新丰碑，激励铜仁人民坚定信心、战胜疫情、复工复产，阔步迈向更加美好的明天！

澎湃新闻 2020年5月29日

铜仁 15000 名一线干部战疫战贫不下岗

◇ 张羽洪

“吴书记，村里王乾正月初三初四结婚，现在疫情防控形势这么严峻，你快回来吧。”

“好的，我明天一早就来。”

2020 年 1 月 23 日（腊月二十九）晚上，德江县共和镇茶坨村第一书记吴春春刚把 2 岁的孩子哄睡着，就接到了村支书文永江的电话。次日，天刚亮，屋外下着冰雹，吴春春跟妻子简单交代了一下，轻轻地在孩子脸上吻了一下，顾不上陪家人吃年夜饭就匆匆往村里赶去……

“疫”往无前，勇敢“逆行”践初心

新冠肺炎疫情发生后，铜仁市 15000 余名第一书记、驻村干部和结对帮扶干部挺身而出，舍小家、顾大家，主动请缨、奋力出击，由“脱贫攻坚工作队”变身“疫情防控先锋队”，成为疫情前线的“逆行者”，筑起了疫情防控的安全屏障和战斗堡垒。

“喂！妈妈，其他同学的爸爸妈妈都已经回家过年了，你咋不回来啊？”电话那头，4 岁的儿子似乎有些不满。万山区谢桥街道牙溪村第一书记冯建霞，为了做好村里的疫情防控工作，与村里其他几位党员干部一起放弃了回家过年。

“内心感觉挺亏欠孩子和父母的。”冯建霞挂了电话，擦掉眼角的泪水。作为一名党员干部，她必须冲在前面，不能退缩，没有大“家”，哪来的小家。

1 月 30 日，正月初六。这一天是玉屏自治县大龙开发区麻音塘街道胜利村第一书记陈峰原定结婚的大喜之日，年前很早就已经将请柬全部送出去了，家里也准备好了婚礼所需物品，一家人满心欢喜地期盼着婚期的到来。

“我是党员，不仅要带头延迟婚期，还要带头冲锋在一线。”陈峰跟未婚妻及家人商量好推迟婚期的事情后，就第一时间赶回了村里。

江口县人民医院选派到双屯村的第一书记李芝，正月初一就回到了村里。她为村里带来了口罩、四季抗病毒合剂等常用医疗用品，并上门为村民测量体温，向村民讲解防控知识，引导村民养成外出戴口罩、减少聚会、勤洗手等习惯，帮助村民树立科学防治意识、消除恐慌心理、增强战胜疫情的信心。

防疫阻击战打响后，全市第一书记、驻村干部在学习政策、落实工作、英勇战斗、冲锋在前、主动作为五个方面当先锋、做表率，为坚决打赢疫情防控阻击战做出积极贡献。

“疫”战到底，防控一线担使命

“请问你们到哪里去？请测量一下体温，做一下信息登记。”沿河县土地坳镇堆山村驻村队长杨胜利每天都坚守在村口的监测卡点。

铜仁市 2930 个村（社区）都设立了监测卡点，配备消毒、体温检查等设备，设立了党员示范岗，由第一书记带头，组织驻村干部 24 小时轮班值守，对进出人员进行体温检测和信息登记，誓做百姓生命安全和身体健康的守护者。

“我是一名共产党员，一定要守土有责、冲锋在前，绝不辜负老百姓对我们的期望。”这是德江县堰塘乡新春村第一书记喻兵同志在铜仁智慧党建中记录的个人党员风采。

从正月初一以来，喻兵就一直到村开展疫情防控工作，他用 3 天时间，把全村返乡重点人员 119 人、密切接触人员 214 人全部摸排完成，并建立台账，随时跟踪管控。

铜仁市采取“1+9+N”模式，即一个帮扶干部排查9户，负责包保对象思想教育、卫生健康知识宣传，按规定引导包保对象居家隔离，防止交叉感染，并实行台账管理，确保每名从武汉返乡的人员和其密切接触的人员都有1名包保干部负责联系和宣传引导。

“少出门，不走亲访友，少到人多的地方去，家里有返乡人员的要随时向我们报告。”这是印江土家族苗族自治县朗溪镇孟关村驻村第一书记田淦最近天天用小喇叭向村民宣传的语言，这句话现在连村里的小孩子都能背诵了。

“狭路相逢，勇者胜！疫情不退，我就不退。”江口县桃映社区第一书记龙国群正带领攻坚队队员挨家挨户访民情，不放过任何一个细节，对辖区内外出务工人员的工作地点、返乡时间、身体状况进行建档登记，全面掌握重点人员的健康状况以及接触的相关人员等详细情况，做到社区不漏户、户不漏人、人不漏项。

截至目前，铜仁市累计入户走访排查570余万次，开展疫情防控宣传130余万次，制止聚集活动7万多次，劝阻无特殊理由离开30余万次。

“疫”击必胜，同时打赢两场仗

打赢疫情防控阻击战是当前最紧迫的任务，打赢脱贫攻坚战是必须完成的历史使命！

“请大家按照昨天培训的做，先来测试体温，体温正常的才可以进入基地……”江口县德旺乡净河村第一书记李秒对参与蔬菜基地工作的9名务工人员进行岗前培训。

为统筹做好疫情防控、春耕生产两项工作，江口县105支驻村工作队既冲锋在前战疫情、又复工复产保春耕，深入推进农村产业革命，不断巩固提升脱贫攻坚成果，为决战脱贫攻坚、决胜全面小康提供坚强保障。

“目前工人不好找，我们来帮助你们。”碧江区灯塔街道寨桂村驻村第一书记黄仁雄，正带领驻村干部和村干部10余人到坝区蔬菜基地帮助村民收割蔬菜和开展春耕生产。

采摘、称重、翻犁、挖土、除草……田间地头一片忙碌的景象。当前，在碧江区的各个蔬菜坝区，驻村干部一手抓防疫工作，一手抓春耕生产，掀起了一阵春耕生产热潮。

“这个比外出打工还划算，一天也能净赚100多块钱，还能照顾家里。”这些天，沿河土家族自治县谯家镇白石溪村驻村第一书记余涛在走家串户排查疫情的同时，也动员还没有外出务工的村民就近到茶叶基地就业。

沿河县把动员群众留乡务工、创业作为一项重点工作，积极引导群众就近务工，开展花椒、茶叶、蔬菜、肉牛等种养殖，推进农村产业革命，全力打赢脱贫攻坚战。

不破楼兰终不还，防疫一线显担当；举目已是千山绿，宜趁东风扬帆起。当前，铜仁市1558名第一书记、6558名驻村干部和7020名脱产帮扶干部面对横亘在前的严峻挑战，不忘初心、勇于担当，既抓疫情防控工作，又抓春耕生产工作，切实做到两手抓、两不误，统筹兼顾打好打赢两场硬仗。

人民网　2020年10月21日

联防联控　构筑防疫长城

——铜仁12天阻击新型冠状病毒感染的肺炎疫情战纪实

◇ 王安宏

“扑通！”2020年1月31日上午8点半，因急着回办公室给在卡口排查的同事取口罩，思南县文家店镇干部李旭重重摔倒在地上，他顾不得伤痛，爬起来，继续冲。

奔跑、与时间赛跑，是当下铜仁市干部群众的新常态。铜仁市委、市政府要求：要把防止疫情扩大作为一次严峻考验，提高工作紧迫感、使命感，全力以赴做好疫情防控工作，保护人民群众生命安全。

一场自上而下、由城及村、干群并肩的新型冠状病毒感染的肺炎防疫阻击战在铜仁打响。

这是一场没有硝烟的战争，新型冠状病毒感染的肺炎疫情肆虐，防疫抗疫十万火急。

这是一支支逆向而行的队伍，关键时刻他们奋勇向前、全力以赴，毅然扛起疫情防控重任。

在这个不同寻常的春节，铜仁人和全国人民一道，众志成城，共克时艰，坚决打赢这场疫情防控阻击战。

疫情就是命令，防控疫情成为当前头等大事

1月23日，农历腊月廿九，年味已浓，但铜仁人民会堂一楼一号会议室气氛凝重。

这里正在召开全市应对新型冠状病毒感染的肺炎疫情防控工作电视电话

会议，中央、省里关于新型冠状病毒感染的肺炎疫情的重要指示精神层层传达，“疫情就是命令，防控就是责任”，一场事关人民群众生命健康安全的大战狼烟已起。

“春节人员密集流动，形势严峻复杂，必须尽早部署！” 铜仁市决策层一致认定，疫情防控是当前头等大事，提前应对势在必行。

铜仁是黔东门户，沪昆高铁及多条高速穿境而过。武汉距离铜仁 600 余公里，如果病毒入侵，那么交通是关键。铜仁市严令，对火车站、各高速路口等重点场所进行严密监测；所有节庆活动暂停举办；制定方案，排查武汉入铜人群。

疫情升级，时刻牵动着铜仁市领导干部的心。即便是大年三十，市委、市政府领导也均分别率队督查疫情防控工作，一再要求科学布防，严防死守。

1 月 24 日起，梵净山、亚木沟、云舍等景区暂停对外开放。

1 月 25 日，铜仁召开全市应对新型冠状病毒感染的肺炎疫情防控紧急电视电话会议，要求按照中央要求和省委、省政府部署，提高政治站位，坚定信心决心，扎实推进防控工作。同时发布通告，要求来往武汉人员主动登记。

1 月 26 日，市委常委会召开会议，传达学习中央和省应对新型冠状病毒感染的肺炎疫情工作领导小组会议精神，对全市疫情防控进行再研究、再部署。

此外，全市应对新型冠状病毒感染的肺炎疫情工作领导小组每日工作调度会都以视频会议形式召开，及时统筹协调全市疫情防控工作。

市委、市政府主要领导带头督查，深入市疾控中心、市人民医院、交通卡口、重点企业、农贸市场、电影院、餐饮店等重点区域，看望一线工作者，现场督查指导疫情防控工作。

各区县、各部门紧扣市委、市政府安排部署，按照联防联控的要求，立即投入疫情防控战斗状态。属地负责、细化措施、保障物资、摸排人数、开展隔离、做好就诊，相互搭台、聚指成拳，各项防控工作全面开展，有效实现了防疫工作的无缝对接、高效运转。

市公安、交通运输系统干部职工倾巢出动，力保防疫、运营两不误；市财政安排充足专项经费；市场、商务等部门确保货足价稳……

与此同时，市、区县、乡镇（街道）、村（社区）闻令而动，立即启动各种防控措施，实施网格化、地毯式排查，全力迎战。

一个上下联动、纵横有序的联防联控机制迅速建立，形成一道坚固的“防疫墙”。

干群迎难而上，凝聚起共战疫情的强大合力

这是一场关乎你我的全民战役，没有人可以置身事外。在铜仁，群防群控、联防联控的协同响应机制已经构建。

铜仁及时印发铜仁市新型冠状病毒肺炎村居（社区）排查筛查方案，对有武汉居住史、旅行史和密切接触史的群众开展排查筛查，充分调动区县、乡镇（街道）、村（社区）、脱贫攻坚驻村工作队和群众，开展网格化、地毯式排查，精准统计从湖北来铜、返乡或停留铜仁人员及与其有密切接触的人员的信息，做到底数清楚、从容应对，做到早发现、早报告、早隔离、早治疗、早处理。

自开展新型冠状病毒感染的肺炎阻击战以来，铜仁各级各部门进一步加派值班值守力量，自上而下、上下联动开展工作，落细落小落实防控责任，形成了强大合力。

全市党政主要领导取消休假，不畏风险、迎难而上。各县区委书记紧随其后，深入最前线督导，出台务实管用的举措。

市人大常委会、市政府、市政协、市委宣传部、市委统战部、市纪委监委、市总工会等，纷纷号召各条战线全力投入疫情防控的人民战争。

责任不断向下压实，各级党组织和党员干部积极主动履职，市、县、乡、村“四级书记”构筑起一座又一座战斗堡垒。

“四级书记”带头冲，党员干部迎难上。

全市的“脱贫攻坚工作组”变成“疫情防控尖刀班”，推进群防群控无死角，采取“1+9+N 模式”，即一个帮扶干部排查 9 户，同时负责若干户非贫困户，负责包保对象思想教育、卫生健康知识宣传，按规定引导包保对象居家隔离，防止交叉感染，并实行台账管理，确保每名从武汉返乡的人员和其密切接触的人员都有 1 名包保干部负责联系和宣传引导。

党员干部的率先垂范激发起全市人民众志成城的斗志，凝聚起敢打硬战、敢于胜利的强大合力。

市民纷纷响应号召，不走亲戚不串门，自觉做好防护。

“终于到了在家躺着也能为社会做贡献的时候。”“在床上躺累了，去客厅散散心。”“少出门，多居家，网络拜年乐大家！”“大门一关，被窝一钻，疫情一过，出去狂欢，利人利己，互不传染，国家有难，咱不添乱！”

铜仁群众微信朋友圈中的正确防疫措施、呼吁大家不出门的话语，充满了正能量。理性对待疫情，听从政府安排，宅在家中过年也是在履行责任。

自 1 月 1 日以来，印江土家族苗族自治县峨岭街道办事处申报酒席的黄辛慧等 83 户群众，主动向亲朋致以歉意，疫情期间停办酒席。

……

人人有责、人尽其责的生动画面在铜仁上演。

当每一个人都披甲上阵，打赢这场没有硝烟的战斗，就只是时间问题。

大爱无私无垠，涓涓爱心溪流温暖黔东大地

1 月 27 日，铜仁市人民医院，一场特别的送行仪式庄重举行。

“加油，我在家里等你凯旋！”“妈妈，您打完病毒回来，我给您买棒棒糖。”……在祝福与道别声中，铜仁市人民医院援鄂医疗队“逆行”武汉。

他们有呼吸科专家，也有感染科主管护师；他们年纪最大的 1973 年出生，年纪最小的 1990 年出生；他们有的是父亲，有的是母亲。

然而，当他们面对新型冠状病毒感染的肺炎疫情，却义无反顾“逆行”武汉，用行动诠释“医者仁心”与责任担当。

危难之时，方显大爱无疆。疫情防控工作开展以来，无数黔东儿女用实

际行动诠释着他们对这片土地深沉的爱，为“仁义之城”写下了生动的注脚。

玉屏侗族自治县平溪街道热心市民吴先生无偿向玉屏公安捐赠 300 只口罩，向玉屏公安局皂角坪派出所捐赠 200 只口罩。

万山区丹都街道楚溪社区党员汪本德向社区捐款 2000 元。

铜仁市第二人民医院医护技骨干纷纷递交请战书，庄严地按下鲜红的手印，恳请加入医院抗击疫情的一线战队，立誓随时听从院党委统一调遣，奔赴武汉支援疫情防控。

铜仁市正能量志愿者团队分别前往市公安局、大龙分局、机场分局等一线部门和执勤卡点赠送口罩 15000 只。

思南县城金丰市场一家早餐店老板娘陈维蓉，每天给执勤人员送两餐，每餐六菜一汤，三荤三素进行搭配，这一送，就送了近 20 顿。

德江县一位红衣小伙子提着一个装着 300 只口罩的黑色塑料口袋走进玉水派出所步行街值班岗亭，将袋子放在办公桌上，对民警说：“你们辛苦了！”说完便匆匆离开。

……

一声声请战，一个个手印，令人动容，感人至深。

一个个口罩，一颗颗爱心，令人感动，沁人心脾。

一个个背影，一座座丰碑，令人钦佩，振奋人心。

上下同欲者胜，风雨同舟者兴。全市广大干部群众心往一处想，劲往一处使，就没有战胜不了的困难，就没有过不去的坎。

全市干部群众与时间赛跑，同死神较量，终于取得了提振信心的成效。1 月 31 日，好消息传来，铜仁市 1 名确诊新型冠状病毒感染的肺炎患者从铜仁市人民医院出院。该患者系铜仁首例出院的新型冠状病毒感染的肺炎病例，也是贵州省第二例治愈出院的患者。

在党中央、国务院和省委、省政府的领导下，在铜仁市委、市政府指挥调度下，在全市人民的共同努力下，铜仁必将打赢这场没有硝烟的疫情防控阻击战！

《铜仁日报》 2020 年 2 月 1 日

阻击疫情“十个三”，铜仁模式很硬核

◇ 李桃红

2020年2月21日，好消息再次传来，我市收治的贵州省年龄最大的新冠肺炎患者治愈出院，这标志着全市收治的10名确诊患者已全部“清零”。一桩桩好消息，承载着铜仁人民抗击疫情的英勇壮举与对胜利的期待。

黔东门户铜仁，地处贵州省东北部，与湖南怀化、重庆接壤，是连接中南地区的纽带，常住人口440余万。正值春运，疫情突袭，大量返乡人员归巢，人流、车流、物流集聚，疫情形势严峻，防控战情紧急。

齐心协力，迎难而上。在这场没有硝烟的战“疫”中，全市各级党委和政府迅速行动、精心部署、强化统筹、狠抓落实，牢牢把握“外防输入、内防扩散”防控原则，全面贯彻中央、省级部署要求，把疫情防控作为当前工作重点，打出了一套“十个三”抗疫“战法”，创下了抗击疫情的铜仁模式。

铜仁抗疫战法之“十个三”

危急关头践初心。疫情面前，全市坚持党员干部示范引领、干部职工全员行动、广大群众积极参与，群策群力抓好疫情防控工作。积极发挥市、县、乡、村四级干部的作用，广泛动员群众、组织群众、凝聚群众，构筑群防群治严密防线。广大党员干部群众坚持心往一处想，劲往一处使，齐心协力汇聚起打赢这场阻击战的强大合力。

艰难时刻显担当。铜仁从十个方面，全力打好疫情防控阻击战。提升“三个认识”，扛起疫情防范责任；开展“三地排查”，严守防控底线；推进“三医联动”，科学救治病患；围绕“三个场所”，切断疫情传播渠道；加强“三返安排”，引导复工复业复学；推动“三保筹措”，强化生活物资保障；围绕“三查督导”，压实各级责任；组建“三支队伍”，增强抗疫合力；围绕“三个关爱”，尽显战疫温情；助推“三个统筹”，战疫情促发展……

疫情面前，越是考验风险防范意识

疫情发生以来，全市把做好疫情防控工作作为当前最紧急、最重要的工作，全面落实中央、省委决策部署。成立由市委书记和市长任双组长的疫情防控领导小组，下设“一办九组”；出台《铜仁市防控新型冠状病毒感染的肺炎工作方案》等系列防控举措，市、县领导坚持带头深入乡村（社区）等疫情一线督导调研、暗访督查，牢牢掌握防控主动权。

1 月 22 日，铜仁市首例新型冠状病毒感染的肺炎患者确诊。市委常委会紧急召开会议，传达学习习近平总书记对新型冠状病毒感染的肺炎疫情的重要指示及李克强总理批示精神，省委常委会部署新型冠状病毒感染的肺炎疫情防控工作会议精神，研究部署我市疫情防控工作。一场疫情防控战“疫”在全市全面打响。

1 月 24 日，大年三十，市委书记陈昌旭带头深入铜仁火车站、杭瑞高速铜仁北收费站、定点救治医院铜仁市人民医院、环北街道办事处等地，督导检查疫情防控工作，强调把新型冠状病毒感染的肺炎疫情防治工作作为当前第一政治要务，要求采取更加细致、更加深入、更加扎实的举措，全力以赴做好疫情防控工作，切实保护人民群众生命安全。

1 月 25 日，大年初一，市委主持召开全市防控工作电视电话会议，将防控工作延伸到城镇乡村，强调要提升应对疫情的敏锐度、预判力，开展大排查、大筛查，找出隐患、潜在风险点，找准防控目标，摸清底数、掌握情况，加强重点人群监控、重点区域管控，强化源头治理，切实降低疫情感染发展风险，坚决防止疫情扩大。

与此同时，市纪委监委印发《关于在应对新型冠状病毒感染的肺炎疫情防控工作中严明纪律的紧急通知》，市场监管局发放《市场价格告诫书》，市人民医院下发了《关于春节期间照常上班的通知》，市疾控中心及时制定中心防控工作方案和应急预案，市委组织部及时下发《关于在新型冠状病毒感染的肺炎疫情防控中充分发挥基层党组织战斗堡垒作用和共产党员先锋模范作用的通知》……各部门相继出台多项举措，全力以赴做好疫情防控工作。

疫情面前，越是考验风险防范能力

面对疫情，全市深入贯彻落实习近平总书记重要指示精神，全面落实中央和省委、省政府的决策部署，迅速行动、科学防治、精准施策，切实做到早发现、早报告、早隔离、早治疗，打出一场精准防、严格控、全力救治的组合防卫战，以高标准严要求坚决控制疫情的传播蔓延。

在充分意识到疫情防控工作紧迫性的情况下，我市及时印发铜仁市新型冠状病毒肺炎村居（社区）排查筛查方案，对在武汉有居住史、旅行史和密切接触史的群众开展排查筛查，充分调动区县、乡镇（街道）、村（社区）、脱贫攻坚驻村工作队和群众，开展网格化、地毯式排查，精准统计从湖北来铜、返乡或停留铜仁人员及与其密切接触人员的信息，做到底数清楚、从容应对。

结合“五城联创”包保，组织市区（县）直单位干部、社区干部、小区老党员、老干部、志愿者等，通过打电话、进村入户等形式开展网格化、拉网式、地毯式排查。对全市所有交通口岸、出省通道设立检测点，切实做好体温检测、登记信息和跟踪监测等工作。全面开展农村、城镇、交通卡口排查管控，压紧压实村支两委、帮扶单位、第一书记、驻村干部责任，确保不漏一户、不漏一人。

按照“外防输入、内防扩散”防控原则，围绕人员聚集场所、特殊群体生活场所、公共场所，做好疏导、关爱和管控工作。从 1 月 23 日起，全市辖区范围内所有娱乐场所和景区景点全部关停。密切关注敬老院、孤儿院、福利院、精神病医院等特殊群体生活场所和农村空巢老人、独居老人、残疾人等特殊困难群体，全力保障生活场所卫生防疫工作。对机场、车站、宾馆、超市、商场、药房等公共场所开展日常检查，坚决切断疫情传播渠道。

按照“四个集中”要求，全力抓好定点医院建设、医务人员保障和医疗救治水平提升等工作，加快市级和各区县隔离病房和负压病房建设，确保全部确诊患者得到及时有效救治。积极整合市人民医院、中医院、民营医疗机构等骨干医疗力量，精准选派医疗专家团队，加强技能培训和远程会诊，全力保障确诊患者救治需要，最大限度发挥医疗团队救治能力，全力保护医务人员健康安全。

疫情面前，越是考验风险化解能力

随着复工复产工作的有序推进，铜仁战疫进入关键时刻。越是紧要阶段，越要科学应对，坚定战法，越是考验化险为夷的能力。

面对疫情防控与脱贫攻坚两个重大工程，全市在充分做好返岗安排、返工引导、返校准备工作的同时，针对已经返回单位、身体无异常干部职工，实行错峰上班，合理分流安排居家网上办公、留岗办公和参与社区疫情排查工作。及时召集辖区园区企业、服务行业、景区企业等，制定返工复工方案。合理利用网上课堂进行线上教学，保证学生停课不停学，全力做好开学前各项准备工作，保障师生健康。

围绕“三保筹措”，严格要求市、县两级财政保障疫情防控资金，坚持分级负责、以县为主的原则，加大物资筹集力度，督促市内医疗企业 24 小时生产供应。充分利用疫情期间医疗企业准入的“绿色通道”，积极引进医疗生产企业落户投产，确保各种药品、器械、装备和防控物资充沛充足、有序供应。统筹市内各大商场、超市、批发市场、农贸市场，畅通生活物资采购、运输、检测、销售等各环节，有力维护全市正常生产生活秩序。

围绕“三查督导”，对重点环节、干部作风、市场秩序加强监督检查，实行严查严管。全面开展对社区网格化管理、农村插花地排查、环境卫生治理、公共场所管控、医院防控、物资供应等重点环节的督促检查，查找问题、督促整改。强化市场监管和巡逻巡查，依法严厉打击利用疫情哄抬物价、囤积居奇等扰乱社会秩序的违法犯罪行为。从严落实监督纪律，坚决查处在疫情防控工作中敷衍应付、不作为、慢作为等典型问题。

在抓好疫情防控工作的前提下，围绕脱贫攻坚、经济社会发展、风险防范统筹抓好各方面工作。聚焦攻克脱贫攻坚战最后堡垒，加强乡村人居环境整治和公共卫生体系建设，统筹推进农村产业革命。密切监测经济运行情况，紧扣“六稳”做好各项工作，超前谋划“十四五”规划，切实做到未雨绸缪、化危为机。严格落实“七严禁”要求，坚决守住不发生区域性、系统性风险底线。

对于本地一线医务人员、隔离点工作人员和基层一线干部职工，建立疫情防控一线慰问台账，不定期开展送温暖活动，并对援鄂医疗队队员及家属进行慰问，制定印发《关于在疫情防控阻击战一线考察识别评价使用干部的通知》，激励广大一线干部职工爱岗敬业、担当奉献。对所有隔离人员，始终坚持同标准、同质量、无差别提供生活保障，并进行心理疏导，增强其战胜病魔的信心。

干群齐心，其利断金。在这场没有硝烟的战斗中，全市各级各部门和广大党员干部冲锋在前，践初心担使命，广大群众与社会各界积极行动，献爱心增信心，为坚决打赢疫情防控阻击战做出了应有贡献。

疫情仍未结束，防控仍将继续。全市将进一步强化组织领导、夯实基层基础、开展联防联控、有力有效应对，在抓好疫情防控工作的同时，同步推进脱贫攻坚工作，坚决打赢疫情防控阻击战与脱贫攻坚歼灭战。

《铜仁日报》　2020 年 2 月 23 日

“9654321”：抗疫下的铜仁医疗战法的密码

◇ 李桃红

收治 10 例，治愈 10 例，治愈率 100%！

2 月 21 日，贵州第一例新冠肺炎危重症患者治愈，贵州最高龄新冠肺炎患者治愈出院。

1 月 31 日，贵州首例“二代人传人”新冠肺炎患者治愈出院。

患者零死亡，100% 治愈，医务人员零感染，连续 11 日无新增病例，从 1 月 22 日到 2 月 21 日，历经一个月，我市收治的 10 名确诊新冠肺炎患者全部“清零”，再次见证了疫情下的铜仁医疗抗疫战法。

“黔东门户”铜仁，地处贵州东北部，与湖南怀化、重庆接壤，是连接中南地区的纽带。庚子新春，疫情突袭。我市深入贯彻落实党中央、国务院和省委、省政府决策部署，迅速行动、精心部署、强化统筹、狠抓落实，牢牢把握“外防输入、内防扩散”防控原则，把疫情防控作为当前工作重点，开创了一个又一个的战疫奇迹。

在市委、市政府的坚强领导下，作为全市卫生系统的牵头单位，市卫健局立足疫情发展形势特点，全面实施五类人员核酸检测筛查，最大限度排查摸清潜在病毒传播源；迅速实施负压病房改造升级，切实加大确诊患者的救治力度；在做好信息公开的同时，积极引导群众做好科学防护，打出抗击疫情“组合拳”，形成了铜仁医疗抗疫战法，守护了人民群众生命安全和身体健康。

六个专班　九支队伍

“疫情就是命令，防控就是责任。”党中央发出号令后，我市按照省委、省政府安排部署，第一时间统筹综合协调、疫情监测、医疗救治、宣传教育、流行病学、卫生监督六个工作专班无休连轴转。及时制定下发了《关于开展新型冠状病毒感染的肺炎疫情防控专项监督执法的紧急通知》《关于进一步加强新型冠状病毒感染的肺炎疫情防控卫生健康综合执法工作的通知》《铜仁市新型冠状病毒肺炎村居（社区）排查方案》等文件。同时，通过远程医疗系统、以会代训等方式，组织全系统医务人员开展防控和诊疗培训，不断提升其防控诊疗工作能力。

市卫健系统组织疫情防控、医疗救治、环境消杀、资料报送、志愿者招募、舆情处置、督查督办、后勤保障、综合协调九个分队精准出战，由班子成员分别担任分队长，副县级干部和党员中层干部担任副队长和成员。同时，市县两级卫生健康部门、疾控中心、综合执法机构、计生协和医疗机构协同联动作战，推动全市卫健系统抗疫战斗全面打响。

市人民医院及时成立诊疗专家组、护理组、防控组、救治转运组、后勤保障组，制定出台新冠肺炎救治应急预案，组织医务人员第一时间学习国家卫健委下发的各个版本的诊疗和防控方案，为救治工作奠定了坚实基础。市疾控中心紧急组建消杀组、检验组、流行病学调查组、应急处置组等迅速投入疫情战斗，市计生协、爱卫办等生力军积极号召全市计生协组织积极参与抗疫战斗，倡导全社会共同做好防护。市县定点医院全面落实关于医院疫情防控工作的各项部署，为全市打赢疫情阻击战提供了有力的医疗保障……

一个目标，六个专班，九支队伍，全民抗疫，各级联合，协同抗疫，为坚决打赢疫情防控阻击战创下了医疗抗疫的铜仁模式。

四个集中　五个统一

生命重于泰山，须臾不能懈怠。1 月 20 日，市卫健局迅速成立新型冠状病毒感染的肺炎疫情防控工作领导小组，按照“集中患者、集中专家、集中救治、集中资源”的四个集中原则，着力优化防控体系、建立防治专班、规范防治流程、做好物资储备、加强应急值守，迅速明确了市人民医院等

11 家市县级医院为定点救治医院并对外进行数据公布，同时确定市人民医院、市二医、市妇幼保健院等 20 个发热门诊 24 小时开诊，确保及时救治。

作为市级新冠肺炎确诊患者定点救治医院，市人民医院每天召开救治专家组会议为每个病人分析病情和制定治疗方案，利用远程会诊平台突破时间、空间的限制邀请国家、省级专家会诊，邀请医联体单位省人民医院派驻 2 名经验丰富的专家在市人民医院现场参与救治，制定最佳治疗方案，确保最佳治疗效果，全力做好医疗救治保障。

市卫健局通过对核酸检测技术人员、检测设备、核酸检测试剂及耗材、防护物资实行全面统筹，实现五个统一。统筹全市医疗机构、疾控机构的微生物检验人员，集中到市疾控中心统一培训办公。统筹市人民医院的核酸检测设备集中到市疾控中心实验室统一使用。统筹全市的核酸检测试剂及耗材集中统一调配。统筹全市防护物资统一优先保障核酸检测实验室医务人员的防护。通过远程会诊平台对各区县的疑似患者和确诊患者进行统一指导，全面落实“早发现、早报告、早隔离、早治疗”的措施。

由市卫健局牵头，每日分上午 11 点、下午 5 点、晚上 11 点三个时间节点调度采样检测设备、物资耗材、人员统筹、任务完成进度等。通过上下联动，确保核酸检测任务扎实推进。每一次实验过程中，对稍有可疑的标本均进行复核，严格把控检测质量。全市检测的前三例阳性标本均通过省级复核，并得到省级认可。后将复核权限下放至市本级实验室确认，为全市阳性病例的救治赢得了宝贵时间。

集中力量、团结协作，所有部门、所有人员各司其职，在各级参与下，严格落实防控措施，众志成城为全力打好疫情防控阻击战做足保障。

三医联动　三防三控

面对这场突如其来的新冠肺炎疫情，市卫健系统把预检分诊、发热门诊、集中会诊结合起来，围绕三医联动，积极整合市人民医院、中医院、民营医疗机构等骨干医疗力量，精准选派医疗专家团队，全力保障确诊患者救治需要。组织全市各级医疗救治力量分关分口把守，坚决做到“早发现、早报告、早隔离、早治疗”，形成了市级定点医院收治确诊病例，县级定点收治疑似病例、确诊病例密切接触者，留观点集中隔离观察重点风险人员的防控格局。

把好预检分诊“关”。通过在县级人民医院、中医院等设立预检分诊点，建立预检分诊病人基本情况登记台账，将经预检查出的发热病人，立即转送发热门诊。把好发热门诊“关”。在全市社区乡镇卫生院及二级以上民营医疗机构规范设置发热门诊，发现可疑病例，立即规范转至市县定点医疗机构开展诊治。把好集中会诊“关”。按照“四集中”措施，集中配备负压病房等设备设施，分级分类组建医疗专家组，将其合理调配到定点医院开展救治。

闻令而动，尽锐出战。全市各级各部门以最高规格组织领导、最快速度摸清底数、最严措施防控疫情、最大努力救治患者、最严要求保障物资的“五最”工作要求投入战斗，各级各地组织部门主动作为，调动发挥各级党组织战斗堡垒和党员先锋模范作用。市广大党员干部在市委、市政府领导下，主动掌握疫情防控阻击战的主动权，联防联控、群防群治，开展地毯式排查、网格式防控、多重式防护，为战“疫”必胜奠定了坚实基础。

排查不留死角，全员防控疫情。由市委常委和市人大常委会、市政协主要领导包区县，区县领导包乡镇，乡镇领导包村社，干部包户，把村社作为抓好疫情防控的关键一环，实行网格化管理、开展地毯式排查。在疫情防控工作中建立县、乡、村、组、户“五级”联防联控工作机制，有效阻断疫情传播途径，全力做到群防群控、联防联控、群防群治。

两个保障　一面党旗

保障医疗和生活物资。全市建立完善重要物资和能源的政府储备和工作经费制度，统筹上级和市级匹配资金，整合社会捐助资金，设立疫情防控应急资金，用于疫情防控尤其是药品、医疗器械等重点物资保障工作。成立由常务副市长任组长的物资保障工作组，设立医药物资、生活物资、资金等保障专班，重点统筹药品、医疗器械、卫生防护用品、消毒药品及必要生活物资等的采购、调度、分配和发放。

市疫情防控领导小组对物资保障工作实行每天一调度，及时增加储备、疏通供给、强化管理。组织全市较大蔬菜、肉类、蛋类等生产基地和各大超市建立直供合作关系，利用互联网平台购物和配送优势，创新蔬菜购销方式，边防边供，解决相对封闭式管理期间销售及市民采购难题。2月3日起，全市供水供电、医药物品、粮油加工等民生类工业企业优先复工复产。2月10日起，其余各类企业陆续复工复产，全力保障疫情防控期间市民生活物资无忧。

疫情初期，市卫健局于1月21日安排全市医疗机构抓紧采购必备物资，联系采购口罩、防护服、红外线体温检测仪、护目镜等紧缺物资。全市各医院认真落实，有力保障急需物资，为打好疫情阻击战做好充分准备。

负压病房作为呼吸道传播疾病患者救治的必要设施，主要是在特殊装置作用下，实现病房内空气“单向”流通，最后将病房内空气经过排风通道专业过滤后排出，这样可减少病原微生物在病房内传播，避免医务人员被感染。疫情发生前，市人民医院没有负压病房，建设负压病房迫在眉睫。市委、市政府当即拨款500万元在市人民医院实施6间负压病房改造工程。该项目于1月27日施工，由施工人员争分夺秒24小时作业，于2月7日正式交付使用。

危急时刻，共产党员总是挺身而出。连日来，市卫健局党组行动迅速、统筹有方、措施得当、抗击精准，局党组第一时间成立疫情防控作战室，其下辖九个分队，局机关及市直卫健部门党员领导干部领衔担纲，战队广大党员干部以“抗击先锋，舍我其谁”的勇气，无畏风险、顽强拼搏、夜以继日，自1月21日开始，已连续奋战30余天。

市人民医院深入贯彻落实市公立医院党建工作指导委员会“三带六提升”工作部署，以党委带领、支部带动、党员带头，激励广大医务人员以昂扬斗志投入疫情防控阻击战，全力以赴承担新冠肺炎患者救治任务。全院82个科室的1900余名职工，43个党支部的385名党员放弃春节休假，全员坚守岗位或待命，4名医务人员火线入党。

打起“硬核”担当，守护人民群众安康！抗疫正在关键时期，我市成千上万的干部职工与人民群众心连心、手挽手，依然奋战在新冠肺炎疫情防控第一线，全力以赴筑牢疫情防控防线，直到夺取这场没有硝烟的战争最后的全面胜利。

《铜仁日报》 2020年2月23日

在一起！守望春暖花开

——谢谢你，每一个平凡的铜仁人

◇ 罗 旭

2020年，相信是让所有人刻骨铭心的一年！春节本应是一个合家团圆、欢聚一堂的日子。作为中国受欢迎的旅游城市之一，铜仁近年来人气指数爆棚。但是，铜仁2020年的春节很不一样。

新冠肺炎，让原本人声鼎沸的商店卖场纷纷关门，让原本摩肩接踵的景区景点闭门谢客，让原本热闹非凡的街区坊间变得冷冷清清，也让原本川流不息的大小道路变得十分宽敞。

疫情可怕的氛围下，铜仁这座正在崛起的武陵之都，表现出了令人意外的沉着冷静，静悄悄，却让人惊叹。

“逆行”的铜仁人，谢谢你

城市虽然“空”了，有些岗位却是“实”的。疫情在前，他们的肩上担负着千家万户的安全，在这个春节，他们全力以赴奔波于这个城市的旮旮角角，一直为防控疫情默默付出着。

一个帐篷、一张桌子、一桶泡面就形成一个阵地。“请测量体温，你住几栋？少出门、勤洗手、多通风。”这是万山区水务局干部陈庆这几天说得最多的话。万山区仁山街道黄家院子小区是他们单位“五城联创”的包保小区，与碧江区交界，来往人员流动大、人员复杂。为防控好疫情，陈庆从2月2日以来，已连续4个晚上通宵值班。

车站、高速路口，乡村、社区、家门口，随处可见志愿者忙碌的身影，在这座城市里显得格外夺目。

“您好，请出示一下身份证！请问从哪里来，要去往哪里？稍后再复查一遍体温。”在湘黔两省边界沪昆高速公路大龙防疫检查站，李滢正对过往的车辆进行登记检查。她是疫情防控的志愿者，这名土生土长的玉屏姑娘去年从大医院实习回来，听说疫情需要，就第一时间加入志愿者队伍。

不论大街小巷，还是住宅附近，随处可见环卫工人黄色的身影。虽然街道上人少了，但他们依然坚守城市的清洁工作。

凌晨五点半，街道空旷安静。环卫工人王芝福戴上配发的口罩、手套，拿起扫帚，推着垃圾车，开始新一天的工作。她说，疫情期间，打扫好卫生就是铲除病毒的滋生土壤。

与此同时，疫情的发生并没有阻止铜仁经济发展的步伐，该市目前正有序推进企业复工复产。

2 月 9 日凌晨，铜仁高新区一次性无纺布口罩及医用外科口罩厂正式投产，日产量 10 万个。面对当前疫情防控复杂、各地医用物资严重缺乏态势，我市通过线上线下有效对接，成功引进湖北籍客商投资一次性无纺布口罩以及医用外科口罩生产企业。2 月 10 日，玉屏温氏畜牧有限公司生产一线的工人们已经复工，在全自动化生产线上，机器轰鸣作响，工人们忙着装货、打包饲料、检查设备运行情况等，生产车间一派繁忙景象。

除了以上这些人群，还有公交车司机、出租车司机……都留守在各自的岗位上。虽然他们从事的职业不同，但是他们汇聚成一股磅礴的力量，抗战在一线。他们的“逆行”，是我们安全的保障，“空”城，不空！我们见证了危急时刻这些铜仁人的尽职、坚守。这是一座“仁义之城”，我们相信，严冬必将过去，春天快要到来。

有序的铜仁人，谢谢你

春节期间，在疫情笼罩下的铜仁人烟稀少，道路通畅。为了配合疫情防控，自律的铜仁人自愿选择宅在家里，度过这不一样的新春“家”节。

对于喜欢逛街的市民张芳来说，这些天，她选择在家研究自己喜欢吃的各种食物。“我今年就出门两次，都是去超市买必需品，没事我就在抖音上学习怎么炒菜。”张芳说，疫情面前，保护好自己、宅在家，就是在为社会做贡献。

以前过年时，文化步行街全是人，如今却空空荡荡……平日拥堵的大十字、北门，现在几乎看不见人和车；平时大爷大妈们最爱去跳舞的三江公园，现在也几乎没有唱歌哼曲跳舞的热闹动静。

面对疫情给生活带来的不便，市民没有怨言。近期的铜仁街头，市民大多都已经戴上口罩。

超市空间相对密闭，人流量较大，属人群聚集区。市民在超市都来去匆匆，既为了保护自己，也为了不影响其他人。

近日，碧江区华联玛客超市创新举措，以“叫号”的方式让市民们安全、放心地进入超市购物。将购物人员进行人为分流，每间隔一个时段，超市工作人员便开始报号，市民出示手中的号码方可进入。尽管排队等待进入超市的时间较长，但是市民们对于超市这种保障每一名顾客安全的做法给予了充分的理解。

“现在我们进超市虽然要排队，感觉有些麻烦，但是我觉得这样做也比较安全，也是为了我们每个人考虑，可以理解。”市民代慧芝说。

在超市内，购物的人相比较以往有所减少，但卖场内各类商品种类齐全。虽然处于疫情特殊时期，但在超市购物的市民也有序地挑选商品。

2020 年的春节，铜仁人自我调侃说：“谁能想到今年宅家里就是为社会做贡献。”调侃的背后，其实是所有铜仁人为阻击疫情做出的努力，因为少出门便能减少感染的可能性。这“空”城，反映出的是铜仁人对自己、对他人、对这座城市的责任感。

暖心的铜仁人，谢谢你

新冠肺炎疫情牵动人心。在这个春节里，虽然少了一片祥和、一片热闹，却多了一份责任、一份担当。连日来，我市不少爱心人士、企业、社团组织等纷纷驰援，众志成城抗击疫情。

大年初三，家住思南城区的陈维蓉通过微信、微博看到思南公安民警、辅警及政府工作人员奋战一线、风雨兼程、24 小时坚守在岗位上阻击防控疫情的事后，深受感动。经与家人商量，决定免费为思南高速东、西两站阻击疫情的执勤人员送餐。“没想那么多，看到执勤人员都能在一线坚守，就送了。我们能做的也就这点小事，疫情不退我们不退，如果需要，我们会坚持送下去。”陈大姐说。

2 月 9 日，石阡县龙井乡一位 62 岁的老人，把 5 个月大的牛以 6000 元的价格卖掉。除留了 2000 元给孙子读书用，剩余的 4000 元一半捐给贵州、一半捐给武汉。他不会用手机，写了一封信给乡政府，他在信中写道：“国家好！全国人民好！战疫当中不流泪，中国人一定要站起来！中国加油！全国人民加油！”信尾却没有老人的署名。

一方有难，八方支援。贵州天都房地产开发有限公司为铜仁市捐赠口罩 10 万只，美团外卖与碧江区布维记奶茶店为防控一线工作人员送去 500 杯奶茶、70 箱泡面、40 箱矿泉水和 30 箱取暖煤炭，贵阳市铜仁商会向思南县瓮溪镇捐赠价值 4 万元的 5 吨 84 消毒液（次氯酸钠消毒液）……

一杯奶茶、一只口罩、一桶泡面……都彰显着一份份爱心，肩负着一份份嘱托，被传递到每一名防控一线工作人员的手中。小小的物资不仅彰显着爱心人士的拳拳爱心，更是全民众志成城、携手防控新型冠状病毒感染肺炎疫情的坚实屏障。爱心还在继续，力量还在汇聚，这个春节，爱心注定不会缺席。

当下的铜仁，陌生也熟悉；当下的铜仁，脆弱也坚强。440 万铜仁人正众志成城，一边努力迎战，一边驻足思考。他们关切的目光和温暖的支持，托起了抗疫的铜仁力量。相信这一战必将胜利！

《铜仁日报》　2020 年 2 月 17 日

我们一起用责任和爱——填满这座“空”城

◇ 罗 旭

为自己、为亲人、为朋友……为所有的人负责！

2020年春节的铜仁，没有人群，没有热闹。对于铜仁人来说，这前所未见。

本该是熙熙攘攘、热热闹闹的街头，却没有了人潮攒动的景象。因为新型冠状肺炎的暴发，一夜之间，铜仁变成了一座“空”城，道路两旁的路灯上红灯笼摇曳，提醒着人们正月未过，年味还浓。

这座“空”城的背后，正是每个铜仁人对这座城市的责任感和深深的爱。

在疫情防控的关键时刻，每个人都是战士，足不出户，就是为抗击疫情做贡献。但是，却有一些人冲锋在前，也有很多人在默默奉献自己的一份力量，出力的出力、出钱的出钱，整座城市都在携手一起努力打好这场疫情阻击战。

我们要用责任和大爱，填满这座“空”城！

看铜仁——党员干部的责任担当

疫情的发生与春运碰撞，给防控带来严峻挑战。人员流动数量大、范围广，防控人员就必须争分夺秒，“与病毒进行一场赛跑”。

不忘来路的辛苦鏖战，不忘初心的党政担当。人不率则不从，身不先则不信。为了让全市440万人民安心过一个安稳的春节，市委、市政府连续召开市新冠肺炎防控相关工作会议，把人民群众生命安全和身体健康摆在第一位。市委书记陈昌旭、市长陈少荣连续深入一线靠前指挥，督导全市新冠肺炎疫情防控工作。

——阻断疫情。按照省政府启动重大突发公共卫生事件一级响应要求，成立由市委书记、市长为双组长的领导小组指挥体系，在领导小组下设 1 个专职办公室和疫情排查、疫情防控、医疗救治、市场整治、交通管理、舆论宣传、社会稳定、资金物资保障、督办督查、追责问责等工作组。

市委各区县委书记深入最前线督导。市人大常委会、市政府、市政协及市委宣传部、市委统战部、市纪委监委、市总工会等，纷纷号召各条战线全力投入疫情防控的人民战争；市、县、乡、村“四级书记”构筑起一座又一座战斗堡垒。

全市公安机关 300 余个党支部近 4000 名党员民警和辅警佩戴党徽冲锋在前，在辖区高速公路道口、火车站、汽车站等处设立防控卡点严防死守。各乡镇（街道），有关部门对从湖北返乡人员、与其密切接触人员严摸细排，关闭网吧、KTV 等娱乐场所和景区景点，全面关停农贸市场的活禽宰杀销售场所；暂停县城、乡镇（街道）以及有赶场日的居民集中活动，切实筑牢疫情防控保护墙。

——直面疫情。“病毒不放假，我们也不能放假！”市卫健系统全体干部职工全员上岗，综合协调、疫情监测、医疗救治、宣传教育、流行病学、卫生监督六个工作专班没有休息连轴转。疫情防控作战室瞬间成立，下辖的疫情防控、医疗救治、环境消杀、资料报送、志愿者招募、舆情处置、督查督办、后勤保障、综合协调九个分队聚焦目标，精准抗击。

“坚决完成任务！”市卫健局党组成员、市计生协执行副会长、市卫健局疫情防控作战室医务志愿者招募分队队长王慧英坚定表态。而此时，她 90 岁的老母亲正病危在床，白天得坚持工作，她只能晚上在病榻旁陪伴。2 月 3 日老人撒手人寰，按照疫情防控要求，没有追悼仪式、没有遗体告别，次日简单送别母亲后，王慧英 2 月 5 日即重返抗疫一线。

兵贵神速。当市内第一例患者核酸检测呈阳性后，迅速明确市人民医院等 11 家市、县级医院为定点救治医院并对外公布，确定市人民医院、市二医、市妇幼保健院等 20 个发热门诊 24 小时开诊。及时制定下发《关于开展新型冠状病毒感染的肺炎疫情防控专项监督执法的紧急通知》《关于进一步加强新型冠状病毒感染的肺炎疫情防控卫生健康综合执法工作的通知》等文件。同时，通过远程医疗系统、以会代训等方式组织全系统医务人员开展防控和诊疗培训，提升其防控、诊疗工作能力。

排查疫情。1月25日下午，市委主持召开全市疫情防控工作电视电话会议，将防控工作延伸到乡村，要求驻村工作人员和村干部全面展开“走村入户”大排查。

一声号令，各市辖部门、区县取消春节休假，全员投入防疫一线，部分已经返乡过节的干部职工立即返回工作岗位。全市1558名第一书记、7152名驻村干部、7020名脱产帮扶干部、41750名未脱产帮扶干部就地变身“疫情防控先锋队”战斗在农村一线；528个“脱贫攻坚督导组”变身“疫情防控督导组”，同步开展疫情防控督导工作，挨家挨户上门摸排登记信息，做到不漏一户、不掉一人。

印江土家族苗族自治县365个村级攻坚队转化成防控“突击队”，2950个“尖刀班”转化为“小分队”，1万余名结对帮扶干部、医护人员、村支监“三委”成员、村民小组长、群众代表和党员转化为“先锋队”，开展疫情防控工作。玉屏侗族自治县所有行政村共设置疫情防控卡点194个，实行人员、车辆实名制登记通行制度，严格人员体温监测、车辆消毒，全力保障群众安全……

为大家而舍小家，不顾危险，冲锋在前，在这场疫情“大考”面前，党员干部用自己的初心清晰地记录着困难有多大、合力就有多强的抗疫战斗，为人民群众构筑起了最坚实防线。

看铜仁——全民齐心战疫情

全民战疫，每一个人都不能置身事外；灾祸发生，每一个个体都无法成为看客、路人。全民总动员、全社会齐行动，共同筑牢群防群治的严密防线。

——志愿在驰援。这一段时间，尽管对大多数中国人来说是不幸的，而对马闻迪来说，却让她有机会检验一下学来的知识。在铜仁职业技术学院就读的她，1 月 28 日一看到《铜仁市新型冠状病毒感染的肺炎疫情防控医务志愿者招募公告》就踊跃报名，成了一名抗疫志愿者，被分配到铜仁市大兴高速省际检查站。“我本来就是学护理专业的，听说招募志愿者就报名了，我希望能为防疫工作贡献一点力量。”

从 1 月 24 日大年三十研究拟订《志愿者招募方案》和《志愿者招募公告》开始，到 1 月 30 日的短短几日，志愿者报名即达 1416 人。此后报名数量每日呈两位数增长。如今，黔东大地上到处都是成千上万名志愿者忙碌的身影。

——物资在汇聚。石阡县龙井乡一位 62 岁的老人，把 5 个月大的牛以 6000 元价格卖掉，除留下 2000 元给孙子读书用，所余 2000 元捐给贵州、2000 元捐给武汉。

贵州天都房地产开发有限公司捐赠给铜仁市口罩 10 万只，美团外卖与碧江区布维记奶茶店为防控一线工作人员送去 500 杯奶茶、70 箱泡面、40 箱矿泉水和 30 箱取暖煤炭。

大龙开发区园区重点企业重力科技、格瑞特、百思特、东亿电气等总计捐出战疫资金 62 万元，用于支援铜仁防控疫情斗争……

——爱心不停歇。思南县城金丰市场一家麻辣屋餐馆店，老板娘陈维蓉通过微信、电视了解到思南县民警、医务人员等为抗击疫情奋战在一线，便和爱人商量决定为一线抗疫工作人员免费送餐。

德江县荆角乡杉树村热心村民罗海为该乡 G326 国道疫情防控卡点的执勤干部、民警、医生送来泡面、矿泉水等生活物资……

这样无私奉献爱心的人，在铜仁防疫战线不胜枚举。城虽“空”，人心却暖了。

铜仁的每个人，每个集体，都在力所能及的范围内行动起来。一杯奶茶、一只口罩、一桶泡面……无不彰显着一份诚挚爱心，共同构筑着一道防控新型冠状病毒感染的肺炎疫情的坚实屏障！

看铜仁——疫情生产两手抓

在齐心协力共同抗击疫情的同时，铜仁也在全力做好工业企业的疫情防控和复工工作，力争疫情防控和复工生产两不误。

——帮助企业有序复工。为了保障全市疫情防控期间生活物资正常供应，铜仁市优先抓民生保障、医用物品、食品加工类企业复工复产，按照有序推进原则，坚持做到防控机制、员工排查、物资储备、厂区管理“四个到位”，及时掌握企业生产、人员、防疫措施等情况，做好企业生产保障工作。组建工作专班、成立工作督导帮扶工作组，由3个督促指导组深入区县开展帮扶和督促复工复产工作；同时要求各区县工业主管部门加强本地区工业企业复工复产督导帮扶，由工作组深入企业，落实督导帮扶工作责任，确保上下联动、统一步调，及时协调和帮助解决企业运行中出现的新困难新问题，确保企业稳定生产。

——启动“留雁行动”。为解决疫情期间外出务工人员就业困难，多举措鼓励外出务工人员就近就地就业创业。

对通过有组织输出到县外市内就业的建档立卡贫困劳动力和易地扶贫搬迁劳动力，给予一次性500元求职创业补贴；对在县内自主创业的符合条件的返乡务工人员，按规定落实“3个15万元”、税费减免、创业担保贷款、自主创业补贴和创业场租补贴等政策。

此外，对疫情影响下出现就业困难、收入困难、生活困难的返乡务工人员，有针对性地采取帮扶措施。在本地有影响力的媒体界面开设“求职招聘服务窗口”，通过微信、短信等方式大力宣传“线上”求职招聘服务渠道，组织基层干部和村支两委、帮扶干部通过电话、微信、QQ等方式开展“点对点”“一对一”岗位推荐服务。

——抢抓春耕不耽搁。全力抓好农业产业结构调整等各项农事，按照“局长包区县、局班子成员牵头、相关科室参与”的制度，分赴各区县开展疫情防控、春耕生产、重要农产品生产保障等的督办检查，因地制宜，对疫情防控压力小的乡镇、村寨，要求抓紧抓好春季农业生产，制订复产计划，迅速投入生产，夺取“开门红”。

截至目前，全市农作物面积共有225.75万亩，其中，粮食作物面积28.89万亩、蔬菜面积75.03万亩、其他作物面积45.51万亩；已备量春耕重要物资化肥7.71万吨、农药354.42吨、农膜902.7吨、杂交水稻种子546.62吨。

在与疫情竞速中，铜仁有爱，铜仁在奔跑！全市人民有坚定信心共克时艰，打赢疫情防控和脱贫攻坚这两场阻击战、攻坚战！

铜仁人民正用自己的责任和爱，填满这座“空”城！

《铜仁日报》　2020年2月21日

卫健尖兵勇担当

—— 铜仁市卫生健康系统抗疫工作纪实一

◇ 任龙廷 杨钦茜 宋相江 谭齐源 张晨曦

这个无比寒冷的冬天，新冠病毒疾风漫卷；这个无比独特的春节，全民皆兵共克时艰……

面对汹涌而来的疫情，铜仁市卫健系统迅速行动、精心部署、强化统筹、狠抓落实，扎实有效开展新型冠状病毒感染的肺炎疫情防控工作，在铜仁疫情防控阻击战中体现了铜仁卫健系统必需的责任担当，展示了铜仁卫健干部应有的良好形象。

守土有责，奋起抗疫勇冲锋

“守土有责，守土要尽责。”在这场没有硝烟的战争中，铜仁市卫健局团结带领全系统干部职工，众志成城、英勇奋战……

2020 年 1 月 20 日，市卫健局迅速成立了新型冠状病毒感染的肺炎疫情防控工作领导小组，随后多次召开会议，迅速做出部署安排，着力优化防控体系、建立防治专班、规范防治流程、做好物资储备、加强应急值守。并对市县两级卫生健康部门、疾控中心、综合执法机构、计生协和医疗机构协同联动等做了具体明确的指导。

“病毒不放假，我们也不能放假！”春节期间，铜仁卫健系统干部职工全员上岗，忠诚履职；综合协调、疫情监测、医疗救治、宣传教育、流行病学、卫生监督六个工作专班没有休息连轴转。疫情防控作战室瞬间成立，下辖的疫情防控、医疗救治、环境消杀、资料报送、志愿者招募、舆情处置、督查督办、后勤保障、综合协调九个分队聚焦目标、精准抗击，由班子成员分别担任分队长，副县级干部和党员中层干部担任副队长和成员。“抗击战不胜，作战室不撤！”市卫健局党组书记、局长杨维权铿锵誓言、掷地有声！

兵贵神速。当市内第一例患者核酸检测呈阳性后，杨维权通宵工作安排将其转到定点医院救治，并同步对患者儿子采取隔离医学观察、核酸检测，随后患者儿子确诊。因落实了“早诊断、早隔离、早治疗”措施，母子二人均已治愈出院；其余还在市人民医院集中治疗的 4 例患者病情平稳。这也创造了抗疫的铜仁模式。

措施要有方，抗击才有力。市卫健局坚持按照“集中患者、集中专家、集中救治、集中资源”原则，迅速明确了市人民医院等 11 家市、县级医院为定点救治医院并对外进行公布；确定市人民医院、市二医、市妇幼保健院等 20 个发热门诊 24 小时开诊。及时制定下发《关于开展新型冠状病毒感染的肺炎疫情防控专项监督执法的紧急通知》《关于进一步加强新型冠状病毒感染的肺炎疫情防控卫生健康综合执法工作的通知》《铜仁市新型冠状病毒肺炎村居（社区）排查方案》等文件。同时，通过远程医疗系统、以会代训等方式，组织对全系统医务人员开展防控和诊疗培训，提升了其防控、诊疗工作能力。“健康铜仁”微信公众号及时公布疫情防控知识和更新抗疫信息，公开发布《新型冠状病毒感染的肺炎疫情防控指南》；电视台开设专栏，播放防控宣传视频、开办专题讲座，回应群众关切，正确引导舆论。

“兵马未动，粮草先行”。疫情初起，市卫健局党组书记、局长杨维权就认识到备足急需医疗物资是做好防控工作的关键，于 1 月 21 日安排全市医疗机构抓紧采购必备物资，并联系采购口罩、防护服、红外线体温检测仪、护目镜等紧缺物资。对他提出的各医院要做工作让平时的供货商尽义务的建议，市委书记陈昌旭予以采纳，并在全市大会上做了强调。全市各医院认真落实，有力保障了急需物资，效果明显。目前已到位口罩 261 万只、护目镜 5600 副、红外线体温检测仪 1833 套、防护服 10500 套，基本能够满足当前防控需求。

“人心齐，泰山移。”系统就是一个集体、一个战队，市级层面切实加强对区县和一线单位、卡点的督促检查和工作指导，推动全市卫健系统抗疫战斗全面打响。市直卫生健康单位总动员、齐上岗，疾控、医疗、卫监等主力军冲锋陷阵、奋勇抗疫，计生协、爱卫办等生力军也摇旗呐喊、鼓劲助威。市计生协下发《关于转发〈贵州省计划生育协会关于做好新型冠状病毒感染的肺炎疫情防治工作的紧急通知〉的通知》，号召全市计生协组织积极参与抗疫战斗。市爱卫办印制98万份《关于同心抗击新型冠状病毒感染的肺炎疫情的倡议书》并发放到全市每个家庭，市计生协印发《致全市计生协、计生协会员、计生家庭的倡议书》，倡导全社会共同做好防护。

“病毒就是敌人、防控就是战争，群众都是战士、卫健须为尖兵。”全市卫健系统正在市卫健局党组的坚强领导下，强化斗争意识、发扬尖兵精神，以坚定的信心和务实的作风，全力防控疫情扩散。

勇挑重担，争分夺秒查“元凶”

抗疫进行时，疾控部门首当其冲。在抗击新型冠状病毒肺炎的战斗中，检测、流行病学调查、密切接触者隔离和被污染环境消毒等重要任务均由疾控部门承担，工作人员将直接面对确诊病人、疑似病人、病毒含量极高的标本和最有可能残留病毒的场所。每一项工作、每一次出发都极具危险性。

“打头阵，我们责无旁贷。”市疾控中心负责人语气坚定无比。1月22日，从接到发现首例疑似病例报告开始，铜仁市疾控中心就立即进入了一级战斗状态，消杀组、检验组、流行病学调查组、应急处置组等迅速开展培训和演练，尽最大努力提升实战能力。

看不见的危险最危险。确诊一名病人是否感染新型冠状病毒肺炎，需要疾病预防控制人员穿着厚重、不透气的防护服，对着近在咫尺的患者，从患者身上病毒最为集中的部位采集到标本，并由实验室工作人员在实验室里连续工作4个小时检测病原。实验室工作人员经常要连续工作12小时以上才能走出实验室，为了少走出、节省十分有限的防护服等，他们经常是尽量少喝水，12 小时工作完了才吃饭。面对狡猾凶残的病毒，市疾控工作人员没有丝毫退缩，规范、安全、快捷完成每一例检测任务。

与此同时，流行病学调查、密切接触者追踪隔离、样本检测等工作紧锣密鼓开展。疾控人员根据患者提供的线索在第一时间内，一个接一个地找到跟病人有过近距离接触的所有人员，全力开展排查。各区县疾控中心对密切接触者进行隔离医学观察，每日填报动态信息，确保及时准确掌握相关情况。10 个采样小组奔赴 10 个区县开展采样工作，实验室每天 24 小时不间断开展样品检测，确保及时完成五类人员的核酸检测工作，最大限度排查切断传染源。

生命重于泰山，须臾不能懈怠。这一场战“疫”，所有部门、所有人员各司其职，从小处着手，严格落实防控措施。市疾控中心消杀组对市区重点区域、重点场所以及人口聚集较多的公共场所进行全面、彻底、不留死角的消毒工作，为市民筑起坚实的疫情防疫保障。同时对车站、机场等重点场所加强巡查、督查，指导基层工作人员开展群众性体温监测，指导当地运管、工商等部门对客运站、超市、餐饮行业等进行排查。

截至 2 月 5 日，疾控部门累计筛查密切接触者 245 人，集中隔离观察 177 人；提取样本检测 1327 人份；市级消杀场所 67 个、面积 191267.8 平方米，县级消杀场所 9527 个、面积 10085758.6 平方米。

病毒隐身，难于发现，最好的办法是教育群众做好科学预防。市疾控中心积极协同各部门开展防控知识宣传。督导宣传组在火车站、客车站等人员集中地段发放宣传资料；公卫科为全市各警种和从业人员开展知识培训，帮助一线人员正确掌握疫情防护要点，提升一线排查、检测工作安全度；流行病学专家任达飞在铜仁广播电视台做客 FM90.7 直播间，与听众交流新型冠状病毒感染的肺炎疫情的起源、临床表现，分享了预防知识。

疾控人员虽然直接面对病人或者具有高度传染性的标本和疫区，但是他们无惧风险，坚守“以我所学，尽我全力”的信念，24 小时奋战一线，保证以最快的响应速度让送检的标本出结果、以最快的速度进行疫点消杀。因为他们知道，早一点检出确诊病人，多消杀一个平方米的疫点单位，能让更多的人减少一份感染的风险，能让患者得到及时确诊救治。他们为打赢疫情防控阻击战、守护人民健康殚精竭虑，无怨无悔。

救人至上，医者仁心战“疫魔”

医疗救治是疫情防控最后的屏障。自新型冠状病毒感染的肺炎疫情发生以来，市县定点医院高度重视疫情防控工作，全面落实关于医院疫情防控工作的各项部署，为全市打赢疫情阻击战提供了有力的医疗保障。

早发现才能早处置。1 月 22 日凌晨 4 时许，市第二人民医院收治的患者陈某核酸检测呈阳性，市卫健局立即将其转至市级定点救治医院，并同步对其密切接触的儿子黄某进行隔离诊断，随后黄某被确诊为患者。

战争可不能打无准备之仗。为加强基础设施和物资保障，市人民医院对成人发热门诊、儿童发热门诊进行改造，设置新型冠状病毒感染的肺炎病房 55 间（110 张床位）作为确诊和疑似病人诊治隔离区；投入 500 余万元及时建设了 6 间负压病房，并采购了负压车、负压担架和定时荧光定量 PCR 仪等设备。为加强人力储备力量，市人民医院对 31 家医疗单位 560 余名医务人员进行新型冠状病毒感染的肺炎诊疗技术培训，组织开展医务人员防护知识过关考试，随时准备支援抗疫。1 月 22 日，由 12 名医护人员组成的第一梯队志愿者，第一时间进入隔离病区。1 月 27 日，市人民医院组建由普通患者救治医疗组和危重症患者救治医疗组构成的援鄂医疗队。

成功的救治最能鼓舞斗志、增强信心。截至 2 月 5 日，市人民医院共收治确诊患者 6 人，其中治愈出院 2 人，留观患者 18 人，发热门诊平均每天接诊接近 200 人次。医院每天召开救治专家组会议为每个病人分析病情和制定治疗方案，邀请省人民医院的专家予以指导，利用远程会诊平台突破时间、空间的限制，制定最佳治疗方案，确保最佳治疗效果，成功换来贵州省首例“二代人传人”患者的治愈出院和贵州省首例“危重型”患者的治愈出院。

特别是在后者救治过程中，患者呼吸衰竭、循环衰竭、频繁腹泻，数次与死神擦肩而过，医疗攻关组沉着应对，抢先在患者炎症风暴来临之前进行了强化的血浆置换，这也是全省首例确诊危重患者进行血浆置换治疗。医疗救治取得的积极成效，鼓舞了抗疫一线的斗志，给全市人民带来了极大的信心。

疫情防控必须群策群力。市人民医院将仅有的一台定时荧光定量 PCR 仪划拨铜仁市疾控中心使用，并派出 5 名专业技术人员支援铜仁市疾控中心核酸检测工作，加快对疑似病例的筛查工作。同时，通过远程会诊平台对各区县的疑似患者和确诊患者进行指导，全面落实“早发现、早报告、早隔离、早治疗”措施。

健康所系，性命相托。这场疫情防控阻击战开战以来，全市各级医院始终冲锋在前，用担当和奉献诠释着对党的绝对忠诚、对事业的高度负责、对百姓健康的深切关爱。

执法为民，誓用忠诚护健康

在这个特别的冬天，在阻击疫情的最前沿，一群平凡的卫生健康执法人员，用他们的健康守护人民群众的健康，用他们的生命捍卫人民群众的生命。

疫情就是命令，防控就是责任。2020 年 1 月 23 日，农历除夕前夜，市卫生健康综合行政执法支队接到通知后，全员归队，整装上阵，如磐石、像泰山，用行动践行护卫健康的神圣誓言。

面对命令，他们毫不迟疑，在疫情来临时集结，取消春节假期：有放下行李、退掉机票，放弃回家探望父母，和亲人团聚的；有年前才下脱贫攻坚一线，还未喘口气又上疫情防控前沿的；有还没下车又急购回铜车票的；有刚长途跋涉赶到外省老家，还来不及与家人吃上年夜饭又日夜兼程自驾返铜的；有刚刚出院，才下病床又披上制服的……

铜仁市卫生计生监督局党组书记、局长娄玲坚定地说：“关键时刻，就看我们的党员和干部是否敢于站得出来、豁得出去，防疫阻击战已经打响，我们卫监人必须守好阵地！”班子成员都是卫监战线的老兵，他们异口同声地说：“养兵千日，用兵一时，考验卫生监督员的时候到了，我们义不容辞。”

防疫防控阻击战以来，市卫生健康综合行政执法支队组建防控作战室，科学制订了疫情防控卫生健康专项执法计划，设立医疗、公卫、宣传、后勤 4 个作战分队，由班子成员分别带队，由中层干部和党员骨干主攻，穿插于全市各个卫生领域的抗疫前线，与区（县）卫生健康执法队伍共同合力抗击疫情。他们身着最基本的防护品，忙碌在医疗机构发热门诊、隔离区、留观点、乡（村）卫生院（室）、病原微生物实验室、机场、车站、码头、卡点、商场（超市）、宾馆，每天坚持工作 10 个小时以上，帮助医院规范设置预检分诊和发热门诊防控交叉感染、指导公共场所实施预防消毒、培训宾馆开展疫情排查、辅助政府设置留观点和湖北籍或疫区来铜人员入住酒店……

他们把自己的潜力发挥到最大，与时间赛跑，竭力通过现场专业指导督查发挥最有效的卫生防控成效，履行卫生防疫“消防员”的责任。

截至 2 月 4 日，全市卫生健康综合行政执法队伍共督查医疗机构（含留观点）637 家，其中定点医疗机构和发热门诊实现全覆盖；共督查机场、车站、宾馆、商场（超市）等公共场所 2624 家，消毒产品经营单位 14 家，学校 4 家；下发监督意见书 791 份，发现问题 1609 个，已督促整改落实问题 1073 个，立案 3 起。

疫情不解除，监督不停止。铜仁市卫生健康综合行政执法支队坚守在疫情防控监督执法第一线，冲锋在前，用忠诚捍卫誓言，践行“执法为民、护卫健康”初心使命，竭尽全力，做守护人民健康的忠诚卫士。

志愿服务，甘为抗疫齐上阵

习近平总书记强调：“紧紧依靠人民群众坚决打赢疫情防控阻击战。”2020 年 1 月 23 日，铜仁市应对新型冠状病毒感染的肺炎疫情防控工作专题会议明确提出，由市卫生健康局牵头，团市委、市总工会等部门参与，积极招募具备医护知识的志愿者开展相关的防控工作。

“我们要与病毒赛跑。”1月24日，大年三十，牵头负责志愿者招募工作的市卫健局党组成员、市计生协执行副会长王慧英同志召开分队紧急会议，研究拟订《志愿者招募方案》和《志愿者招募公告》。

“国家有难，我们不能只当旁观者。”从1月24日到1月30日，短短几日，1416名志愿者踊跃报名。此后报名数量每日呈两位数增长，截至发稿，全市已有1952人报名。公立医院在家医护人员纷纷请战，民营医院医务工作者集体报名，铜仁学院、贵州健康职业学院、铜仁职院等涉医专业学生踊跃参加，激情高涨。

“招来志愿者，还得用好志愿者、管好志愿者、护好志愿者。”1月31日，市卫健局、市计生协、团市委、市总工会召开联席会议，进一步研究加强和完善志愿者招募、管理、服务工作，对部门职责、需求调查、岗位对接、上岗培训、后勤保障等相关事宜一一进行了明确。

1月31日，第一批志愿者40人在培训后上岗，奔赴一线卡点和农村社区，主要承担体温检测、路查登记、摸底排查、医护协助等工作任务，极大缓解了基层一线工作人员压力。

2月1日，市精神文明办公室、市志愿者联合会加入志愿者招募工作团队，使组织力量进一步加强；同日，市卫健系统下发《关于铜仁市新型冠状病毒感染的肺炎疫情防控医务志愿者服务工作的通知》，指导各地有序落实好医务志愿者相关工作。

2月6日，全市有745名医务志愿者奋战在各自岗位，他们将在这场特殊的战斗中锤炼自我，丰富人生。

“抗疫”正在进行时，“抗疫”终有完成时。“抗疫”是一场典型的人民战争，我们要将病毒消灭于人民战争的汪洋大海！

挺过这个冬季，就是明媚的春天！为了铜仁人民的生命健康，铜仁卫健系统竭尽全力、最大限度遏制疫情蔓延扩散，全力筑牢疫情防控防线，争取最后的胜利！

《铜仁日报》 2020年2月8日

奋勇争先抗“疫魔”

—— 铜仁市卫生健康系统抗疫工作纪实二

◇ 任龙廷 杨钦茜 彭元君 景登伟 张晨曦

2020年1月23日，铜仁市确诊首例新冠肺炎患者，贵州省确诊3例，全国确诊830例！

1月31日，铜仁市确诊3例新冠肺炎患者，贵州省确诊29例，全国确诊11791例！

2月10日24时，铜仁市确诊9例新冠肺炎患者，治愈出院5例；贵州省确诊118例，治愈出院10例；全国确诊42638例，治愈出院3996例！

1月23日，铜仁市委、市政府决定对全市旅游景区景点一律关闭，所有娱乐场所一律关停，所有群众性文化活动一律取消，婚事一律缓办、丧事一律简办……

患者不断增加的冰冷数据触目惊心，牵动着全国群众的心，更撕扯着铜仁卫健员工的心！抗击“疫魔”，务必下好先手棋，落实严防控。铜仁市委、市政府第一时间发出了号令，铜仁卫健系统闻令而动、迎难而上，全体员工无惧艰险、奋勇冲锋！

冲锋在前的排头兵

抗击“疫魔”，需要鼓起勇气前行。全市卫健系统干部面对“疫魔”敢于亮剑，一个个排头兵冲锋在前，打响了全市疫情防控阻击战。

打赢疫情阻击战，关键在抓早。1月22日，农历腊月二十八，凌晨5时许，寒意仍浓。此时，或许很多人对于新冠肺炎疫情的认识，还停留于新闻里武汉的疫情报道，不知“疫魔”已悄悄降临黔东。铜仁市卫生健康局机关大楼，一排排办公室灯火通明。在市卫健局会议室，领导班子成员正研究安排铜仁市首例新冠肺炎核酸检测呈阳性患者转诊事宜。

1月21日，市卫健局把医疗防护物资供应保障作为市、县两级卫生健康局及各级医疗机构“一把手”工程指令迅速传达到全市卫健系统。全系统全面响应、积极筹备，极大地保障了抗疫一线物资需求。物资采购工作和市人民医院负压ICU病房建设迅速启动。省分配检测试剂仅可检900人次量，至1月28日已采购到货10000人次量检测试剂，1月28日采购到位260万只口罩和1699支红外线体温仪；2月4日采购到位一台进口PCR核酸检测仪，建成两层6间负压ICU病房，采购到位6000套防护服、5600副护目镜和护面罩……全市卫健系统争分夺秒做好大战“疫魔”的充分准备。

“坚决完成任务。”市卫健局党组成员、市计生协执行副会长、市卫健局防控作战室医务志愿者招募分队队长王慧英坚定表态。而此时，她90岁的老母亲正病危在床，王慧英白天坚持工作，晚上陪伴病榻上的母亲。2月3日老人撒手人寰，按照疫情防控要求，没有追悼仪式、没有遗体告别。2月4日简单送别母亲后，王慧英于2月5日便重返抗疫一线。短短几天时间，全市共招募志愿者2000余名。其中，1883名志愿者及时被分配至防疫一线，大大缓解了一线人员紧张的局面。

打赢疫情阻击战，关键须尽责。“保障全市广大群众的健康安全，是我们卫生健康系统干部职工职责所在。”市卫健局疾控卫生应急科科长刘永庆这样说。他已半个多月没睡过完整的觉，他的公文包里一直揣着降糖药。累了，就在办公室椅子上靠一会儿，醒来又迅速投入繁琐细致的疫情数据分析中，逐个核对确诊病例密切接触者的隔离情况、标本采样情况、检测结果等等。2月5日，他战战兢兢向局里负责同志诉说：“我因太困，在上报件中出错了，接受追责……”局里负责同志立即肯定他的工作，并当即表示，若要负责任由局长承担，让他安心工作。他随即又投入紧张的工作之中。医教科负责人杨刚天天加班，多数时间仅在办公室眯一会儿。他爱人怀孕了，前些天感觉不舒服，想让他陪同去医院检查，他没能陪同。由于身体的原因，2月3日他爱人流产。他也未能陪在爱人身边。

鏖战半月有余，疫情形势依然严峻。全市卫健系统干部职工未显一丝疲态。因为他们深知千里之堤，溃于蚁穴，丝毫的麻痹大意，都可能让前期努力付之东流。他们伴着渐渐绽出的春枝，仍然在冲锋着、战斗着……

勇战“疫魔”的急先锋

随着新型冠状肺炎疫情越演越烈，昔日喧嚣的街道变得冷清。宅在家里，成了最安全的措施……

此时，却有一群人取消假期、走出家门，回归岗位、冲锋在前，用自己的平凡之躯，为全市人民的健康筑起坚固的防护堡垒。

他们是勇战“疫魔”的急先锋，他们就是承担诊断、隔离任务的疾控人和承担医治任务的医护人。

“从2003年的非典到现在，不变的只有疾控人的积蓄沉淀和不改的初心。”为掌握新型冠状病毒感染的肺炎病例相关信息，做好排查，防范新冠肺炎疫情的传播和蔓延，作为疾控人的精锐——流行病学调查队，他们总是最先赶赴疫情现场，开展病例调查，对病例密切接触者进行追踪和管理，尽最大努力控制传染病，消除疫情威胁。

市疾控中心流调队员共有7人。其中，2名是在读研究生，3名是“90后”。这样一群可爱的人，大年三十收到紧急归队命令，大年初一接到疫情报告，便分赴抗击疫情前线！他们这样说：“当国家号召国人少出门的时候，我们却每天在路上奔波，往病人里扎，只为做好疫情防控。”

“可能很多人不明白‘流调’这个词到底是什么意思，其实它就是流行病学调查，我们相当于是对切断传染病传播起重要作用的‘特种部队’。”流调队高前荣、肖明自豪地告诉笔者……

为大家而舍小家，不顾危险，冲锋在前，深入新冠肺炎病人家庭，对病人传染源和密切接触者进行追踪和调查，他们才是这个寒冬中“最可爱的人”！

“标本采集组”是一群更为特殊的疾控人，他们是距离新型冠状病毒最近的一群人！张琳岚、张俊丽，两位女性用精湛的专业水准和最快的速度完成首例病毒核酸确诊，为早隔离、早治疗争取了宝贵的时间。

疫情就是命令。24小时待命已是常态！连续3天时间共采样2246人份，其中，五类人群之外人群297人份。同时，为确保每一条数据的真实、准确和严谨，信息组分成10个小组。队员们经连续三晚奋战到第二天凌晨三四点，共完成统计并反馈全市10个区县采样信息3000多条。通过努力，有力推动了我市五类人群核酸检测提前完成进存量检测任务。

掌握科学的治疗手段，我们就一定能战胜“疫魔”。疫情发生以来，各定点医院认真贯彻落实市委、市政府关于疫情防控部署要求，按照“集中患者、集中专家、集中资源、集中救治”原则，不断提高诊疗救治的针对性、有效性，科学有效抓好医疗救治工作，切实守护好全市人民群众的生命健康。

“妈妈，我来接你回家了。”2月5日下午5点，病情痊愈的陈某走出铜仁市人民医院大楼，儿子黄某扑了过去，母子相拥，喜极而泣。铜仁新冠肺炎母子治愈出院……这是他们相隔14天的第一次正式见面！

2月10日，又有3名新冠肺炎患者在市人民医院经过科学治疗，达到临床治愈标准，于当日17点集中出院！

狭路相逢勇者胜。市人民医院救治团队打败新冠病毒，成功治愈5例患者，这样的铜仁模式为我市在新冠肺炎的治疗中，积累了宝贵的临床经验。

驰援火线的“逆行者”

“疫魔”肆虐，勇士“逆行”。“逆行者”不走寻常路，他们在危急关头，不顾安危、迎难而上、逆流而行。正是他们的“逆行”，才让我们拥有了平安与健康，更加坚定了全民战胜疫情的信心和决心。

这是一次怎样的请战？

“我爱人是驻村第一书记，我是共产党员，不能掉队，我们必须冲在前面，家人挺支持。最放心不下的是两个孩子，我会跟我的孩子说，妈妈是去做有意义的事情，希望他们给我加油！”德江县人民医院第一批援助湖北医疗队队员、德江县人民医院重症医学科（ICU）汪江蓉如是回答。

“不计报酬，不论生死，请领导批准！”当贵州省关于向全省三级综合医院组派第二批医疗队援助湖北应对新型冠状病毒感染的肺炎疫情的通知刚刚下发时，德江县人民医院 100 余名医护人员不约而同按下清晰的手印，以生命高贵的鲜红，在阻挡病毒的五指峰间“逆行”。

这是一次怎样的出征?

“看到那么多的病人就在你面前等着被救治，突然感受到肩上的责任比想象的更重，面临的压力也比想象的更大。”剪去了长发，奔赴疫情漩涡中心的湖北石阡县中医院的冯旋说。

“说不怕是假的，但这是我们的职业担当和使命。”铜仁市人民医院第一批医疗队队长、呼吸内科副主任、副主任医师任江如是解答。

“既然决定了，就不会动摇。”从报名支援武汉到接到增援武汉的通知，铜仁市第二人民医院护士蔡松敏意志坚如磐石。2 月 6 日，带上医院设备科紧急给她准备的 3 件隔离衣、2 副防护眼镜等在内的 215 件防护品，接受为期两天的培训后，蔡松敏就正式在方舱医院上班了。

这是一次怎样的“逆行”？

明知山有虎，偏向虎山行。2 月 4 日，贵州省第二批驰援湖北武汉的 102 名医务人员飞抵武汉，为支援新冠肺炎“重灾区”打赢防控阻击战，持续增添“黔行”力量。汤严就是此次 102 名驰援火线的“逆行者”之一。

汤严是印江县人民医院呼吸科护士长、主管护师，也是一名党员。2月4日，她主动请战，“逆行”武汉。她所在的武汉江汉方舱医院距离海鲜市场1.6公里，是这次疫情的中心地段。她每天工作6小时，每天晚上7点钟开始准备接班，从准备接班到值班结束要持续8个小时不吃不喝。

作战地点不分区域，虽不在一线，但还有很多人奋战在“疫”线。贵州省职工医院是我省新型冠状病毒感染病例的临时安置医院，那里集中收治了全省部分市州送去的确诊患者和疑似患者，该院医护人员和床位出现了严重的缺口。

为响应省卫健委紧急号召，2月6日，铜仁市第二人民医院派出了饶依、李莉两名有丰富内科工作经验的护理人员前往贵州省职工医院支援。“此行虽然没有去武汉那么惊险，但也是咱们贵州的一线啊。”“其实哪有什么折耳根‘护体’，只不过是这些孩子穿上大人的衣服，学着老师的模样在负重前行。”

1月22日，铜仁市首例新型冠状病毒感染的肺炎患者确诊。当天由铜仁市人民医院12名医护人员组成的第一梯队志愿者迅速集结完毕，第一时间进入了隔离病区。不为美丽留影，只为救人方便，剪掉一头秀发的张芳，露出青春最真的笑容。厚重的防护装备遮住了他的面容，从“见屏如面”到“见字珍重”，还要在隔离病区待多久，邓封会也不知道。“辛苦吗？值得吗？”“辛苦，但值得！”田旭珊坚定地说。

疫情的数字让人揪心，而“逆行”的面孔却让人深受感动。这些“逆行者”明知前路漫漫、危机重重，甚至可能有去无回，却毫不犹豫地选择先人后己！

春暖花开的时候，我们等你们回家！

严谨细致的“排雷兵”

新型冠状病毒感染的肺炎疫情防控正处于关键时期。落实早发现，排除风险隐患，有效切断病毒传播途径，已经成为疫情防控工作的重中之重。全市卫生健康系统干部迅速行动、主动出击，严谨细致当好疫情防控“排雷兵”。

疫情排查防控，离不开医疗卫生监督环节。“医院是否规范设立发热门诊，是否规范设立隔离病区病房？宾馆杯子、毛巾是否严格消毒？电梯按钮要定时消毒，服务人员要佩戴口罩。超市购物车是否严格消毒？这些都必须严防严控！”市卫生健康执法支队工作一丝不苟。

“有没有咳嗽？有没有去过武汉？有没有接触去过武汉后不舒服的人？”万山区人民医院发热门诊的医护人员按流程进行登记、测体温、查体、采血等工作，24 小时值班，井然有序、忙而不乱。疫情发生后，万山区人民医院刘玉华、杨再平、徐榜洪等 15 名医务人员主动请缨，及时组建发热门诊疫情防控工作小组，对前来就医的疑似患者逐个开展筛查，坚守在疫情防控最前沿，当好一线“排雷兵”。

“守好罗场是我的责任！”基层卫健干部同样勇挑重担。除夕之夜，在印江自治县卫生健康局会议室里，罗场乡卫生院院长彭亮手中拿着笔不停地记录着做好疫情排查的重点工作。为全力打好新型冠状病毒感染的肺炎疫情防控阻击战，该院成立摸排随访组、卡点检查组、防疫知识宣传组、灭菌消毒组，扎实开展疫情防控工作。彭亮和全体医务人员一道，走村入户开展疫情排查工作，宣传疫情防控相关知识。“做好个人防护，做到不串门、不聚餐、不聚会，早发现、早报告、早隔离、早治疗”已经成为彭亮进村串寨和群众打招呼的口头禅。

“疫情不退，我不退。”彭亮带领罗场乡卫生院严格按照“外防输入、内防扩散”的要求，全力以赴开展疫情排查。截至目前，全乡已摸排 793 人，涉及省外返乡人员 711 人、重点管控人员 41 人、密切接触人员 98 人；所有排查对象、观察对象无异常情况及临床症状。

村医守护着村民健康的“最后一公里”。石阡县白沙镇铁矿山村村医罗伦先顶着大雪进村摸排疫情的照片，刷爆了石阡县白沙镇干部职工的朋友圈。石阡县卫生健康局副局长冯茂昌介绍，全县 311 个村（社区）卫生室 423 名村医每天早出晚归。他们入户宣传疫情防控知识、测量体温和开展环境消毒，同时，坚持每天做好辖区疫情的排查、统计、上报工作。从大年三十至今，没有一个人请假，没有一个人打退堂鼓，全天 24 小时在岗，坚守在疫情防疫一线，护卫着村民健康的“最后一公里”。

“在这个特殊的时期，你看见了什么，记住了什么，你为什么感动，又为什么彻夜难眠？”

抗疫进行时，人们在深深思索……

《铜仁日报》 2020 年 2 月 12 日

仁者驰援英雄城

—— 铜仁市卫生健康系统抗疫工作纪实三

◇ 任龙廷 杨钦茜 景登伟

梵天净土、桃源铜仁，铜仁因“容人之量、助人之德、成人之美”而被称为“仁义之城”。达成“三之”，行胜于言。

荆楚大地，光耀湖北，武汉、鄂州因辛亥革命之首义与抗击日寇之壮烈而被誉为英雄之城，其英雄的基因代代传承。

而今，一场抗击新冠病毒的阻击战将“仁义之城”与英雄之城亲密联结起来，它们像紧紧抱在一起的石榴籽，携手并肩抗“疫魔”……

组织有号召 卫健闻令行

新冠病毒肆虐，举国同仇敌忾!

“只要坚定信心、同舟共济、科学防治、精准施策，我们就一定能打赢疫情防控阻击战。”2020 年 1 月 25 日，习近平总书记主持召开中共中央政治局常务委员会会议，发出了齐心协力打赢疫情防控阻击战的号召。

2 月 3 日，中央政治局常务委员会会议强调“要着力做好重点地区疫情防控工作”“根据需要从全国调派医务人员驰援武汉”。

2 月 10 日，党中央、国务院统筹安排 19 个省份对口支援湖北省除武汉市外的 16 个市（州）及县级市，明确贵州省对口支援鄂州市新冠肺炎防治工作。

1 月 27 日，贵州省首批援鄂医疗队 137 人星夜赴鄂；2 月 11 日，贵州省第四批援鄂医疗队 337 人赶赴鄂州。前后 4 批 618 名“贵州白衣战士”赴湖北。

疫情防控形势严峻。众志成城、同舟共济，齐心协力、联手抗敌，是我们唯一的选择！

铜仁市委、市政府倡导全市人民发扬“同舟共济、守望相助、共克时艰”的精神，支援湖北抗击疫情，与武汉人民共克时艰。全市上下群起响应，一辆辆铜仁援鄂物资车风驰电掣、一声声请战口号响彻云霄、一名名“铜仁白衣战士”勇敢“逆行”……

铜仁市卫健系统闻令而行，克服自身医疗资源相对缺乏的实际困难，全面负责市内确诊患者救治的实际情况，第一时间响应号召、第一时间制定援助方案、第一时间组建精锐之师，疾驰武汉、奔赴鄂州。

1月26日，市卫健局领导班子研究落实上级部署举措，在自身防控任务很重的情况下，科学制定援鄂方案，向各医疗机构、医务人员下达了动员令。全市各级医疗机构、广大医务人员热情高涨，斗志昂扬，积极请战。

1月27日，由铜仁市人民医院选派的6名医务人员抵达鄂州，分别支援湖北鄂州鄂钢医院、鄂州市第三医院、鄂州市中心医院。

2月4日，由铜仁市第二人民医院、碧江区中医医院、万山区人民医院、松桃县民族中医院、玉屏县人民医院、江口县人民医院、印江县人民医院、石阡县中医医院、思南县人民医院、德江县人民医院、沿河县人民医院选派的11名医务人员抵达武汉方舱医院。

2月11日，由铜仁市人民医院、松桃县人民医院、思南县人民医院、石阡县人民医院、德江县人民医院选派的19名医务人员抵达湖北鄂州。

2月15日，由思南县民族中医院、铜仁市第二人民医院、铜仁职业技术学院附属医院、玉屏县中医医院、江口县中医医院、印江县中医医院、石阡县中医医院抽调支援省职工医院的8名铜仁医护人员转战武汉。

截至目前，铜仁先后4次累计派出45名医护人员前往湖北抗疫最前线。白衣天使手挽手，黔鄂人民心连心，你身边有我，我身边有你，勇敢挺进没有硝烟的战场！

医者怀仁心　纷纷齐请战

“除人类之病痛、助健康之完美，维护医术的圣洁和荣誉，救死扶伤，不辞艰辛……”医者仁心，誓言铿锵！

当援鄂冲锋号吹响，全市上下回声嘹亮。疫情初起，在铜仁市人民医院，仅仅两天内，主动请缨到一线抗疫的医务人员就超过500人，涵盖了医院所有科室，立誓请战赴鄂开展救援的医务人员超过100人。1月28日，铜仁市第二人民医院四个党支部群情激昂，党员带领入党积极分子、医护技骨干纷纷递交请战书，庄严地按下鲜红的手印，恳请加入医院抗击疫情的一线战队，立誓随时听从调遣，奔赴武汉支援疫情防控。

大疫如大考，大战见真情。对口支援制度的建立，为受援地区解了燃眉之急、点燃了希望之灯，但对于援助医疗单位来说，意味着要花更大的精力把单位的疫情防控工作做好、做扎实。原本医疗资源较为匮乏的松桃县人民医院，在接到援助任务后，积极动员医院业务骨干赴鄂开展救援工作。“算我一个”“我能上”“我来”……动员的话音刚落，参加动员会议的医务人员纷纷举起了手。

“徐主任，我是党员，请让我先上！”“我是一名共产党员，我请战武汉疫情一线！我将尽我所能支援武汉，我相信，疫情一定能被战胜。”42岁的印江县人民医院呼吸科护士长、主管护师汤严主动请战，“逆行”武汉，用行动诠释着一名医务人员和党员的使命与担当。

“我是一名医生，当抗疫有需要时，理应冲在前面。”这是德江县人民医院呼吸与危重症医学科主治医师、贵州省第四批援助湖北医疗队队员安永东发出的抗疫宣言。1月29日上午，正在科室值班的安永东，看到单位微信群里关于组派医疗队援助湖北应对新型冠状病毒感染的肺炎疫情的报名通知，毫不犹豫就报名并递交了请战书。

“国家有难，匹夫有责。既然选择了不惧艰难、不畏生死，就不后退。愿为武汉、为国家尽绵薄之力。”已经作为第一梯队志愿者进入隔离病房的松桃县人民医院的“90后”小护士戴洋洋大年三十晚上在看到省卫健委组建援鄂医疗队的通知时，毫不犹豫写下了请战书。

当思南县人民医院护士方永珍被批准成为铜仁市第二批援鄂医疗队队员时，她火线递交了入党申请：“参加此次抗疫不仅是锤炼意志的契机，更能让自己在历练中成长——在一线践行白衣天使的初心和使命，以实际行动在防控疫情斗争中接受考验，用行动写下我入党的决心，在特殊的战场上锤炼灵魂！”

疫情面前，没有旁观者，更没有局外人。石阡县人民医院呼吸科副主任医师赵辉，ICU护士王福金、何永，急诊科护士满益亮，120急救中心驾驶员李廷勇5名同志先后向医院提交请战书：“不论生死、不计报酬，主动申请赴鄂参加抗疫。”简单几句话却那么铿锵有力，代表着医务人员践行甘于奉献、大爱无疆的神圣使命的精神。

遭遇狡猾凶残的病毒，我们没有多余时间害怕！踏上没有硝烟的战场，我们没有任何理由退缩！坚定的心，将超越任何未知的恐惧；紧握的手，将胜过任何可怕的“疫魔”！

岁暮天寒时　壮士勇出征

一方有难，八方支援。荆楚大地朔风怒号、彤云密布，全国各地的援鄂医疗队迅速组建，相继奔赴湖北，驰援武汉。

岁暮天寒，春意渐起。梵山净水间一批又一批壮士从“仁义之城”、锦江之滨逆流而上，进入那片被阴霾笼罩的土地，与武汉人民、鄂州人民、湖北人民共同战斗，守候着春暖花开。

1月27日下午，由6名市人民医院医护人员组成的铜仁市第一批援鄂医疗队乘车前往贵阳，与贵州省首批支援湖北的医疗队汇合。他们中有呼吸内科副主任医师任江、重症医学科主治医师罗传权，有感染科主管护师陈璐、呼吸科主管护师张菊花、重症医学科主管护师李红仙和马秀花。“请铜仁人民放心，请鄂州人民放心，铜仁援助湖北鄂州医疗队一定不负众望、平安归来。”出征前，队员们怀着必胜的信念，立誓打赢疫情防控阻击战。1 月 28 日凌晨 1 点，铜仁援鄂医疗队 6 人组随省医疗队抵达武汉天河国际机场，正式开启援鄂征程，与当地医护人员一起抗击疫情。

谈及出征，第一批医疗队队长、呼吸内科副主任、副主任医师任江坦言："说不怕是假的，但这是我们的职业担当和使命。我们经过严格的专业培训。我们希望奔赴一线冲锋陷阵，与全国卫健战线的全体同仁众志成城，为抗击病毒做出自己的贡献。”

2 月 4 日下午，铜仁市第二批援鄂医疗队 11 名白衣战士与亲人同事一一作别后，集结在贵阳参加出征仪式，后奔赴湖北，踏上了“武汉抗疫征程”。

松桃县中医医院龙艳是此次支援武汉的白衣战士中的一员。关于此次“逆行”，龙艳得到了丈夫的大力支持。龙艳的丈夫也是抗疫一线的医护人员，是县中医医院血透室负责人。作为抗疫“夫妻档”，他们平日里总是互相支持、互相鼓励。得知妻子将要驰援武汉的消息，他强忍着不舍帮忙整理行李物品，并为妻子打气道：“你去吧！一定要全身心抗疫，家里有我呢，记得到了报平安。”一句“你去吧”成了他们之间最美的情话。

“疫情面前，我选择逆风前行；医者天职，我自愿出征！”这是碧江区中医医院护士刘利飞出征前的肺腑之言。2 月 4 日，作为贵州省第二批援鄂医疗队中的一员，刘利飞踏上援鄂征途。

为了出征，医务人员所在医院全力做好后勤保障。所有医院“倾囊而出”支持援鄂工作：专业的防护服装进前线战士提箱，最好的口罩塞进前线战士背包，刚购买的护目镜让前线战士带走，成人纸尿裤、方便面、榨菜、老干妈、巧克力等一应俱全。女医务人员纷纷剪断秀发，只为在前线更好地工作；援鄂医务人员家属主动包干家里事，只为另一半能参与救治更多的患者；许多党员纷纷主动请缨，只为把危难挡在身前……

“我志愿参加这场没有硝烟的战斗，听从指挥，服从安排……”2 月 11

日下午，第三批赴鄂医疗队出征仪式上，19名队员郑重宣誓。他们即将挥别家人、朋友、同事，奔赴湖北鄂州抗疫第一线。从上交“战书”到留下“家书”，从坚守岗位到战前培训，带着党委、政府的重托，带着同事、亲人的叮咛，驰援湖北、为爱“逆行”，投身一场没有硝烟却关生死的战“疫”。

寒冷的天气挡不住滚烫的心，因为选择，所以无悔。

这一刻，我们擂响战鼓，唱起离歌，为“逆行天使”加油助威！

这一刻，我们嘱咐在心，使命在肩，定当不负铜仁人民重托！

这一刻，我们“逆行”出征，勇往直前，誓与湖北人民同呼吸、共命运！

疾风知劲草　抗疫战犹酣

疾风知劲草，烈火见真金！

从武汉方舱医院到鄂州市中心医院……抗疫最前线，总有铜仁“逆行天使”忙碌的身影。他们是女儿、是妻子、是儿子、是父母，当真正投入这场不见硝烟的战斗中，他们只拥有一个共同的名字——白衣战士！

唯其艰难，方显勇毅。2月3日，这一天是陈璐跟随医疗队到达湖北省的第七天，也是通过系统化培训后，正式进入指派医院鄂州市中心医院，参与临床救治工作的第四天。“虽然每天的工作繁重，但只要看到患者的病情有所好转，我心里就非常欣慰。”通过事前沟通，记者连线到刚上完早班的陈璐，谈起一线支援工作。“我是党员，在关键时候，理应冲在最前线，为疫情防控做贡献。”她表示不打赢这场疫情防控阻击战，绝不返还，言词间满是坚毅。

你见证我成长，我陪伴你渡过难关。1月30日，石阡县中医医院“90后”护士冯旋在递交援鄂请战书的同时递交了入党申请书，2月4日与全省10名医疗队成员一起，奔赴湖北武汉援助救治。经过短暂的培训后，进入湖北武汉江汉方舱医院，正式投入抗疫战斗。2月14日，记者电话采访了抗疫前线的冯旋，她坦言，如果没有发生新冠病毒这个事件，她都没想过自己会是如此勇敢的人——在这个特殊时期，前往特殊地点，进行特殊服务。“请战几乎是一种下意识的行动，也许我的勇敢来源于自身乐观豁达的生活态度、积极向上的工作态度，来源于幸福美满的家庭——生活的每一天都充满正能量。”冯旋在电话中对记者说道。

2月11日，“逆行天使”刘云云发回她在江汉方舱医院的消息。“我很快地习惯了在江汉方舱医院的日子，穿脱防护服、佩戴护目镜都变得顺畅了不少，从第一天的磕磕绊绊到现在的驾轻就熟，我在心里给自己竖起了大拇指。接班的时候，有个确诊的阿姨一直在哭，职业的使命感让我不假思索快步地走到她的床前，握住了她的手安慰她：‘好好治疗，病会好起来的。’阿姨坚定地点了点头：‘谢谢你，我相信你。’清晨，部分患者一起练起了太极拳，带队的是一个患者大爷，我们交班的几个护士也加入了其中，并带动轻症的患者一起加入，眨眼的工夫，我们这个病区热闹了起来。我告诉患者书上写的‘战胜病魔就必须保持良好心态’。我想此时此刻，我和患者心中都见到了久违的太阳。”

“姮姮：我最牵挂的孩子，你今天吃饱了吗？晚上睡觉还哭吗？有没有想妈妈呀？但是妈妈真的好想你，你才那么小，六个多月的宝宝，妈妈应该每天拥你入怀的。一直吃母乳的孩子，不肯用奶瓶喝牛奶，如今被强制断奶，你心里一定讨厌极了我这个妈妈吧！一定觉得我是一个坏妈妈。我心里也好难受，真的！当病毒肆虐时我作为一名护士，理所应当站出来与它做斗争，没有为什么，只是国家需要我们，武汉需要我们，武汉人民更需要我们。别人都问我怎么会如此忍心丢下你，我没想那么多，我只是觉得学医不就是为了救死扶伤吗？没有大家哪有小家。”这是万山区人民医院护士冯双双在武汉方舱医院工作的第六天，休息间隙她写了一封信给自己年仅6个月的女儿。这封信里有对女儿满满的爱。2月12日，记者利用冯双双轮休时间对其这几日在方舱医院的工作感受进行了电话采访。

岂曰无衣，与子同袍！抗击疫情，众多“逆行者”舍弃了与家人团聚的美好时光。大敌当前，白大褂就像一面鲜艳的旗帜飘扬在前线的最前端！他们说，无论有多大艰难，多少险阻，他们在，希望就在！这是这个春节最美的“逆行”，愿所有医护人员早日战胜疫情，胜利归来！

“仁义之城”，以容人之量为基，助人之德为桥，成人之美为果。无论什么样的敌人，无论什么样的战场，我们坚信：仁者无忧，战无不胜！

《铜仁日报》 2020年2月18日

党旗飘扬立高岗

——铜仁市卫生健康系统抗疫工作纪实四

◇ 任龙廷 杨钦茜 景登伟 宋相江 李 强 张晨曦

“我曾经是一名军人，现在还是一名有 8 年党龄的共产党员，我没有忘记我是一名战士，如若工作需要，我愿在一线为这次抗疫做后勤服务。无论何时，我时刻准备着。”这是石阡县人民医院收费室苏超发给该院领导的一条请战短信。

“此次疫情虽来势汹汹，但我们只要做好科学防护，也没什么好怕的，况且我是党员，我不上谁上……”松桃县人民医院内科二支部党员吴崎嵩在走上发热门诊岗位时语气无比坚定。

危急时刻，共产党员总是冲在最前面。连日来，在抗击新冠疫情的各条战线上，铜仁市卫健系统切实加强党的领导，将党旗插在高岗上，充分发挥各级党组织战斗堡垒作用。在市卫健系统的引领下，各级党员干部挺身而出，冲锋在前，守护着梵天净土、桃源铜仁的宁静与安康。

党建引领战沙场

一场战役不能没有主力军，一次阻击不能没有先锋队。抗击新冠“疫魔”，卫健系统是义不容辞的主力军，卫健系统党员是当仁不让的先锋队。

疫情发生以来，铜仁市卫健局党组行动迅速、统筹有方、措施得当、抗击精准。局党组书记靠前指挥，有力有效应对疫情。局党组第一时间成立疫情防控作战室，其下辖九个分队，局机关及市直卫健部门党员领导干部领衔担纲，战队广大党员干部以“抗击先锋，舍我其谁”的勇气，无畏风险、顽强拼搏、夜以继日，自 1 月 21 日开始，已连续奋战 30 余天，为全市卫健系统做出了榜样示范。

抗疫就是战争，抗疫“燃”起了医者勇敢的心。面对疫情，铜仁市人民医院深入贯彻落实市公立医院党建工作指导委员会“三带六提升”工作部署。党委带领、支部带动、党员带头，激励广大医务人员以昂扬斗志投入疫情防控阻击战中，全力以赴承担新冠肺炎患者救治任务。全市确诊病例 10 例中，已治愈 9 例。全院 82 个科室的 1900 余名职工，43 个党支部的 385 名党员放弃春节休假，全员坚守岗位或待命。涌现出了隔离病区和援鄂医疗队临时党支部等先进基层组织，以及驰援武汉的陈璐、罗传权、马秀花和火线入党的张应芳、杨瑞等优秀干部。

“义无反顾，迎难而上。”病毒来势汹汹，面对可能被感染的风险，市疾控中心的党员们无所畏惧、挺身而出，向“疫魔”宣战。质控科李建华完全顾不上还在坐月子的妻子和未满月的女儿，在实验室日夜连轴转，常常一连工作十几个小时，连续上班 10 多天不休息。“我身体比你们棒，我去！”消杀组郭建光经常抢同事的“饭碗”，前期因为物资紧缺，有时没有防护服穿上雨衣也要上。

携手“逆行”，爱与坚守同在 。聂海是石阡县人民医院一名神经内科的医生，同时也是一名共产党员；他爱人董天月是泌尿外科一名普通护士。面对汹涌的疫情，他们不约而同选择进入隔离区，勇敢面对困难和危险。虽然同在一家医院工作，但夫妻俩的交流几乎全部依靠电话和微信。他们是抗疫阻击战“夫妻档”的普通一员。

大年三十，思南县疾控中心流病科黄湖刚刚回到印江老家，一个要求返岗备战的电话紧随而至，黄湖连忙收拾行李返程。“吃完年夜饭再走行吗？”年迈的父亲心疼不已。他跟父亲说：“爸爸，现在这种关键时期，作为一名党员，正是需要我站出来的时候。您平常也教导我，做人做事一定要对得起自己的良心嘛。与一直坚守在岗位的同志相比，我是幸运的，至少我还回过家。”随后，他便毅然奔赴疫情防控一线。

初心如磐，使命在肩。“我志愿加入中国共产党，拥护党的纲领，遵守党的章程，履行党员义务……”党员活动日上，江口县人民医院新冠肺炎病区临时党支部的7名共产党员与1名预备党员共同温习了入党誓词，许下“疫情不退我不退”的誓言。

火线请战慨而慷

有这么一群人，疫情来袭，他们纷纷主动请战到一线投身各项疫情防控工作，舍小家为大家；也有这么一群人，他们自愿请缨加入援鄂医疗队，驰援湖北，积小爱为大爱；还有这么一群人，他们火线递交入党申请书，誓用这场特殊的战斗检验初心！

“作为一名医务工作者，当初既然选择穿上这身白衣，那我就是守护患者生命和健康的战士。”铜仁市人民医院康复科主治医师邓封会坚定地说。2020年1月22日，抗疫战在铜仁市人民医院打响，邓封会当即放弃回家团圆主动请战，与另外11名医护人员组成第一梯队志愿者进入隔离病区，并担任临时党支部书记。全力救治病患的同时，还承担着队员们的心理疏导工作。1月31日，铜仁首例治愈的新冠肺炎患者出院，邓封会本可撤离隔离病区，然而他再次请缨，要求继续留在病区。身后是盼他归家的妻子和本就聚少离多的孩子，但是，他说：“既为战士，则不胜不归！”

“我深知这是一场灾难，更是一场考验，是对医务工作者的试金石。我宁愿为人民群众的健康不惜一切，勇往直前！”当思南县人民医院医护人员得知有支援武汉的名额时，医院的微信群里热闹非凡，一封封请战书在医院各微信群不胫而走，引起了全院干部职工的强烈共鸣。思南县人民医院内科第一党支部书记、重症医学科副主任杨晓琴的这一封请战书更是让人肃然起敬！

“我们准备好了面对所有的困难，决不会给家乡丢脸！”这是松桃县援鄂医疗队队长鲁朔焱征战鄂州时留下的临别誓言。鲁朔焱与妻子莫庆梅是县人民医院的“夫妻档”，一个在消化肿瘤科，一个是消化儿科副主任。今年春节，两口子坚守病房、以院为家，只能把七岁的孩子送去让姥姥照顾，至今未能团聚。

“璟雯，对不起，自从穿上这身白大褂，我的使命就是守护大家的健康，没有更多的时间陪你，所以经常对你失信……”在鲁朔焱写给七岁的女儿鲁璟雯的家书中，愧意铺满了两页信纸。他们愧对了家人，但从没有愧对人民！

“我们要在抗疫战场上接受党的考验。”市人民医院医务人员用奋进的步伐向党组织靠拢，将初心写于抗疫行动，把使命落在关键岗位。重症医学科护士李红仙泪别幼儿第一个报名赴援鄂州市第三人民医院，临危不惧、甘冒风险负责重症患者的护理工作；为少让其他人员进入病区担风险，体检科护士龚芳芳从第一梯队战到第二梯队，连续在隔离区奋战 20 多天；消化内科护士杨瑞将两个年幼的孩子交给年迈的父母，告别战斗在一线的警察丈夫，忍着身体的不适进入医院隔离病区；还有表示“我是一名入党积极分子，更加要提高自己的思想政治觉悟，用实际行动来诠释党性要求”，在隔离病房承担苦活累活的张应芳……四名战士火线入党，勇战“疫魔”，为践行初心的考验交上了满意答卷。

哪里需要，党员就奔赴哪里。当战“疫”降临，印江县卫健局机关 45 名党员迅速入位，不畏艰辛，在一线防控中锻炼成了一支敢于担当、善于作为的“钢铁连”；石阡县妇幼保健院 13 名医护党员不惧疫情，主动请缨到武汉返乡人员集中的白沙镇铁矿山村开展疫情监测防控；德江县 100 余名医护人员主动请缨援助湖北……一封封请战书、一枚枚“红手印”，彰显的是铜仁市卫健系统党员的仁心、大爱、勇气和担当。

卸下红装换武装

新冠突袭，未及惆怅；卸下红装，挺进沙场。在这场疫情防控阻击战中，众多青春、美丽的身影毅然迈向前方。春节她们本该巧施粉黛、身披霓裳，手牵娇儿、身倚斜廊；此时，却要割舍心中的依恋，在消毒水浓浓弥漫、呼救声此起彼伏的环境里穿梭奔忙。

“爸、妈、姐、姐夫，我再告诉你们一个好消息，我已向党组织递交了入党申请书，我要追求进步。我虽然还不是共产党员，但我会时刻用共产党员的标准来严格要求自己。” 2月11日，松桃县人民医院“90后”小护士戴洋洋在出征湖北时留下的家书中这样写道。这个活泼开朗的小女孩，在出色完成本院感染科隔离病房工作任务后，再次勇敢踏上更加危险的战场。

2月4日，立春。德江县人民医院肿瘤科护师田秋丽告别为她送行的领导、同事、兄弟姐妹，离开德江，前往湖北。然而，她没有时间跟4岁的孩子告别，也没有时间抱抱还不会叫妈妈的小儿子。临行前与科室姐妹拥抱告别，相互鼓励。看着快步离开的田秋丽，科室姐妹又抱在一起，再也压抑不住情感，哭了……“秋丽，加油！平安归来！”

“我会守护在自己的岗位上等待春天的到来！感谢这辈子能做您的女儿！”肖芬，江口县人民医院隔离病区的一名护士，她的丈夫被单位抽调疫情防控值守组，负责对管辖小区进行封闭式管理。整个春节夫妻俩都在一线度过，家里病危的父亲及年幼的女儿只能交给年迈的母亲照料。2月8日上午11点，刚下夜班的她接到母亲的电话：“你爸走了，什么话也没留下，眼里满是泪水。”那一瞬间肖芬泪崩了……

“妈妈，我舍不得你去。你一定要好好地保护自己，我等你回来。”当印江县人民医院行政后勤二支部党支部书记孙彩主动请战到印江县经开区隔离点病区担任护士长时，女儿嘟嘟带着哭声，紧紧抱着妈妈，久久不愿松手。“没有想过那么多，就觉得作为一名共产党员，作为一名医务工作者，这是我的本职工作，该来！”对于主动申请来抗疫一线，孙彩没有太多的豪言壮语，朴实的回答里却饱含一个共产党员不变的初心。

等我剿灭“疫魔”，做你最美丽的新娘。松桃县人民医院“90后”护士麻金菊在参加援鄂医疗队时，留下了一封独特的家书。在家书的结尾，麻金菊这样落笔：“亲爱的，对不起！本来预订好的去拍婚纱照，筹备婚礼。

但是我把头发剪掉，婚纱照暂时不能拍，婚期也得延迟。谢谢你的理解和包容！等我剿灭‘疫魔’，做你最美丽的新娘！”这一段写给未婚夫刘伟的临别情话，字字打动人心。

在铜仁,像戴洋洋、肖芬、麻金菊这样卸下红装换武装,勇上战场抗“疫魔”的铿锵玫瑰还有很多，如泪别幼儿和战友一起奔赴鄂州前线的杨娇、往返于重点场所督查的市卫健执法支队贺天凤、组织蓝天救援队队友献血的铜仁市中心血站芦岭嵩、病倒在体温监测点的市妇幼保健院何青、奔波在泥泞路上的印江县朗溪镇卫生院副院长陈训，以及战斗在发热门诊隔离区的市第二人民医院“‘90后’女子先锋队”……她们都在用自己的方式为抗疫默默奉献。

奥古斯特·罗丹曾说过：“这个世界并不缺少美，而是缺少一双发现美的眼睛。”在这场疫情防控阻击战中,我们都只是普通的参与者,或者是妻子,或者是女儿，或者是父母，或者是爱人。但我们都会在平凡的岗位上，用自己无畏的坚持和坚定的信念去铸就一道道安全屏障，只因我们都有爱的人。

热血儿郎勇担当

他，不见得有很宽厚的肩膀；他，纵是铁汉也有柔肠；他，可能是处于抗疫中心的疾控卫士；他，或许是卫健系统派出的一名驻村工作队长……疫情面前，他们都有一腔热血，在平凡的岗位上，用自己无畏的坚持和坚定的信念，用汗水泪水，为人民的健康筑起一道道安全屏障。

热血儿郎勇担当，铸成钢铁“防疫墙”。万山区疾控中心副主任杨培元就是这堵墙中的一块砖。疫情发生后，杨培元一直战斗在一线，每天的休息时间不足5个小时，他的嗓音早已沙哑，眼里充满血丝，但与病毒赛跑，他早已忘记了疲倦。他的家距离单位不足2公里，但从抗疫那天开始，他与家的距离变得遥不可及。每次拨通电话或是打开微信视频，便是一家人“团聚”的时刻。“老公，孩子们说好几天没见你了，问你什么时候回家……”“你和你的战友们要注意身体，早日打赢这场战役，我们等你回家。”挂断视频，杨培元忍不住流下眼泪，带着家人的牵挂和期待，抹干泪水又继续投入战斗中。

冲在前、做在先，“老司机”主动请缨上战场。玉屏县卫健局驾驶员洪瑜是一名退役军人、共产党员。面对运送湖北返乡人员开展健康体检的繁重任务，曾经参与过非典防疫工作的洪瑜主动请缨：“运送人员的工作，我来吧，比起年轻人，我更有经验。”他连续20余天在岗，积极与乡镇协调联动，确保不漏一人，耐心与群众沟通，做好心理疏导，有序运送人员到达。整个运送过程洪瑜既扮演医生，又扮演司机的角色。大家劝他歇一歇，洪瑜笑呵呵说道：“没关系，我还能坚持，更何况我还是退役军人呢！”

“你要辛苦点，搞好卫生，注意防护，照顾好家里。”这是从万山区卫健局抽调到市爱卫办的干部龙文捷奔赴一线时对妻子的匆匆叮咛。1月30日，因医务人员紧缺，龙文捷被紧急派驻到万山区茶店办事处医学留观点工作。30余名留观人员的体温监测、医学观察、用餐配送、生活垃圾消毒及分类处理，全由留观点医生负责，潜在风险时刻存在。龙文捷的儿子面临高考，女儿刚满周岁，患有重度糖尿病的岳母在农村独居，压力可想而知。面对现实困难，面对无情的疫情，龙文捷没有半点迟疑和退缩，他选择了坚守与外界隔离的这个前沿阵地。

大事难事看担当，危难时刻显本色。大年三十，已经连续加班数日且有半月板重度撕裂伤的松桃县疾控中心副主任刘洪接到疫情排查报告，紧急赶赴乡镇核实情况，午饭来不及吃又立马赶回单位汇总分析。回程正好途经刘洪老家，同事劝他顺路回家陪父母、孩子过节，但刘洪毅然决然地说道：“这个时候我怎么能够离开工作岗位，回单位。”晚上9点，处理完工作的刘洪，端起了自己的除夕晚餐——方便面。每天工作12个小时以上，连续工作超过15天，他说：“我是党员，抗击过非典，参加过汶川救援，面对疫情我经验丰富，我必须在抗疫一线。”

“不能让刚脱贫过上好日子的村民，因为我们工作不到位而被疫情击倒，我们要在这特殊时期当好群众的保护伞。”市计生协群工部部长温晓刚是印江县朗溪镇甘龙村第一书记、脱贫攻坚队队长。面对疫情，大年三十早上，他从沿河老家迅速赶回甘龙村，带领村干部、党员志愿者一起挨家挨户排查疫情，从“脱贫攻坚队队长”变身为“疫情防控队队长”。几天下来，走访甘龙村 211 户人家，对全村 700 余人进行了详细的摸底排查，排查外省返乡人员 143 人、湖北返乡人员 2 人，使宣传工作家家到位，防护引导人人过关。

手挽手，没有蹚不过的急流；手拉手，没有翻不过的陡坎。在这个寒冷的冬天，在市卫健局党组的团结带领下，全市卫健系统广大共产党员亮身份、作示范，奋战在抗疫一线，用坚定信念，用坚强党性，用战斗精神，用血肉之躯，筑起了疫情防控的“中流砥柱”！

《铜仁日报》　2020 年 2 月 20 日

勠力同心战沙场

——铜仁市卫生健康系统抗疫工作纪实五

◇ 任龙廷　黄明皓　杨钦茜　景登伟　张晨曦

乌云密布有多让人厌倦，阳光普照就有多让人向往！

一盘散沙有多让人失望，勠力同心就有多让人期待！

在市委、市政府的坚强领导下，新冠肺炎疫情发生以来，铜仁市卫健系统认真落实“十个三”部署，坚持上下一盘棋、部门总动员、干部齐上阵。市卫健局疫情防控作战室指挥若定，疾控和医卫主力军冲锋在前、奋勇抗敌，医务志愿者、系统直属部门和社会相关主体等生力军也找准定位、履职尽责，积极为主力军摇旗呐喊、鼓劲助威。这充分展现了铜仁市卫健系统勠力同心、风雨同舟的精神风貌，增添了铜仁战“疫”胜利的希望。

战地黄花映青春

“您好，请问您从哪里来，要去哪里，您的电话号码是多少，车上几个人？请出示您的证件，谢谢！”稍显稚嫩的声音在高速站口、火车站、街道乡镇社区卡口卡点不断响起……

千人同心，则得千人之力。2020年大年三十以来，全市2132名医务志愿者报名参战，其中绝大多数是在校大学生。根据工作需要和双向选择，他们中的1883名以就近就便的方式迅速集结，投身这场没有硝烟的战争，成为铜仁战疫中一支重要的战略支援部队，极大缓解了一线卡点医务人员严重不足的局面。

勇气就是坚持，勇气就是坚守。“我第一次值守夜班，从凌晨1点到早上 9 点，车流量比白天少了些，但漫漫长夜却是难熬，那夜下着滂沱大雨，车却异常多了起来，负责扫码登记的警察哥哥淋了一夜的雨，那凄风冷雨中挺直的背影让人动容！再后来我在值夜班时又遇到过大雨、下雪和狂冷的风，每每手脚冷得刺骨、身体疲惫不堪的时候，我就会想起那晚的场景，内心又重新燃起了无边的斗志。”志愿者黄梦琴目光坚定地望向远方。

特别的爱给特别的你。“叶老师，生日快乐！祝您越来越帅！”2 月 10 日午饭时间，正在杭瑞高速公路大兴检查站服务的铜仁职院学生志愿者们欢笑着，以方便面代替生日蛋糕，给他们的“战友”兼领队叶庆红老师送上真挚的生日祝福，一时间欢乐的气氛带走了工作的疲倦。叶庆红是铜仁职院医学院的一名青年教师，他两次申请终获批准，带领医学院 7 名志愿者走上抗疫一线，每天奋战 13 个小时。那天是他 26 岁生日，因为过于专注，他都没有想起这件事来，但是细心的学生却没有忘记。特别的爱给特别的人，战场上的生日注定会让他们都难以忘怀。

“我的手早已冻伤，每天抬手 2000 多次。橡胶手套被汗水和雨水浸润，久久不干。这其中的艰辛是别人无法体会的。但是看到一天比一天好转的疫情数字，我知道胜利指日可待！”“每天不停地抬手，手上的橡胶手套不透汗，工作一天之后，双手被汗水泡得发白。太忙了，根本没时间喝水，看着 4 条车队长龙，就想争分夺秒地工作，让那些归心似箭的人们早点回家。”志愿者符菲燕和廖婷有着相同的战疫体会。

时刻准备着，哪里需要我们就去哪里。“我不想让身边关心我的、爱我的家人、老师、同学、朋友担心，但我始终相信国家一定能控制疫情打败疾病。我一定要从自身做起，积极响应国家的号召。是的，我就是这样想的，到现在依然如此。”志愿者谢美深情地说道。

为国尽力我有心，战地黄花映青春。思南的秦玉竹、李红玉由父母亲自开车送到卡点，松桃的麻开贵支付 400 元包车费到大龙前线……这群朝气蓬勃的大学生，这群卫健事业的后备军，这群坚强可爱的年轻人——他们在家里可能都是父母的掌上明珠，在学校也许都是老师的得意门生。今天，为了同一个目标，他们化身为群众的安全守护员。他们的工作或许看似平凡，测量体温、健康宣教、关卡值守……但因为天气寒冷、工作时间长、工作强度大，大多数志愿者的手掌开裂了、耳朵被冻伤、脚上长了冻疮。他们休息也只能蜷缩在帐篷里，等到起床换班的时候，发现手脚都很酸痛，弯腿抬手都很困难。他们平凡的坚守，闪耀出了不平凡的光芒！

他们，不过是一群孩子，在努力模仿大人的样子。然而，这场战争，让他们的步伐越来越踏实，目光越来越坚定！

基层守护暖人心

单丝不成线，独木不成林。抗击“疫魔”、众志成城，笔者目睹了很多令人动容的身影，他们有将婚纱换“战袍”的一线医护人员，有不怕苦累坚守岗位熬夜加班的卫健人，有英勇顽强离病毒最近的核酸检测者，有纷纷请战火速援鄂的医疗队员……而与他们守望相助的还有一支默默无闻的力量，他们，就是战斗在乡村基层的特殊志愿者。

执子之手，共同抗疫。“体温 36.5℃。没有咳嗽也没有拉肚子等症状的话，就好好在家待着，搞好个人和家庭卫生。明天我再来给你量体温。”德江县桶井乡望牌村女村医先丹丹嘱咐居家观察的罗君胜道。2003 年，先丹丹和丈夫罗忠江从德江县卫校毕业后回村当了村医，因良好的医风医德得到邻近几个村老百姓的广泛赞誉。疫情来袭，恰逢望牌村返乡人员增多，夫妻俩携手共赴抗疫前线，承担起疫情防控的繁杂任务。他们早出晚归，全力守护着村民的健康。为了安心抗疫，他们把自己的两个小孩送到母亲家中请母亲照看，整个春节没见上孩子一面。

疫情在前，他们不退；疫情不退，他们不休！松桃苗族自治县平头镇金龙村，弯弯曲曲的乡间小路上，71 岁高龄的村医刘克顺步履匆匆。1 月 20 日以来，他每天坚持 7 点起床，冒着严寒甚至大雪，步行入户，排查疫情。由于金龙村村民居住分散，他经常要到中午一两点才能赶回家吃午饭，有时候临时接到紧急通知，都顾不上吃饭。高强度、长时间的体力消耗没有让刘克顺停下脚步。一起参加排查的驻村干部惊讶地称赞他“像是个刚参加战斗的年轻战士”。他是全市3000多名村医抗击疫情的一个缩影，他是奔忙在抗疫路上的“不老战士”。

“疫情紧急，人手肯定不够。我作为一名麻醉医生，希望与大家一起并肩作战。这点小伤不要紧，我可以坚持。”1月28日晚上，准备前往沪昆高速公路玉屏出站口值班的玉屏自治县妇计中心医生杨荣新强忍着胸口剧烈疼痛对单位领导说。大年三十，杨荣新主动请战一线，彼时，他隐瞒了自己肋骨骨折的实情。单位领导知晓后，再三要求他撤离岗位，但他坚决不同意。无奈之下，领导只好将他从沪昆高速公路玉屏出站口调整至沪昆高铁铜仁南站出站口，工作稍微轻松一点。至今他仍然坚守岗位，不下火线。

“奶奶，等一下，请测一下体温。”“阿姨，您家小孩体温正常，请注意日常防护。”“叔叔，您的体温有点偏高，请到发热门诊详细登记。”“这是关于新冠肺炎个人防护注意事项，请认真阅读。”这是石阡籍贵州医科大学第二附属医院实习生朱字红春节期间说得最多的话。春节归家，恰逢疫情暴发，她想到自己作为一名专业医护人员，必须要为疫情防控尽点力，于是申请当上了志愿者，站到了石阡县坪地场乡卫生院预检分诊台的岗位上。一个工作证、一把体温枪、一双手套、一张桌子、一瓶消毒液、一叠宣传单，就这样，她开始了战疫。

疫情防控，谁都有阵地，谁都有防线。我们这些可敬的乡村健康卫士们，每天早出晚归，无畏艰险、细致耐心，守护着一方百姓平安健康的“最后一公里”，依靠的“武器”不过是普通测温计、普通口罩和医用手套。其实，他们是同我们一样的普通人，会忧心、会疲惫、会胆怯，然而，这是他们的阵地，这是他们的防线，大敌当前，使命在肩，踏上战场，他们已无所畏惧！

鼓劲助威好战友

一个篱笆三个桩，一个好汉三个帮；卫健尖兵不孤单，部门联动同作战。

抗击“疫魔”，疾控、医院、卫监是主力军，他们奋勇向前冲锋陷阵、攻城拔寨；计生协会、血站、妇计中心等相关部门是生力军，他们紧跟在旁鼓劲助威、摇旗呐喊。

二人同心，其利断金。市委、市政府做出部署，市卫健局、市计生协立即行动，近2000名医务志愿者迅速集结，经培训上岗，为前线提供了有力支援；《致全市计生协、协会会员和计生家庭的倡议书》及时发出，各级计生协组织、协会会员和计生家庭群起响应，积极参与疫情防控，努力贡献协会力量；《抗疫进行时——铜仁市卫健系统抗疫工作纪实》专题宣传工作迅速启动，一期期主题宣传渐次推出，如实记录了卫健干部浴血奋战的真实场景，广泛传播了抗疫战士赤胆忠心的为民情怀，极大激发了抗疫工作者的奋斗热情。

“如果有您的一份热情和勇气，患者便又会多了一份希望，有一个生命可能因为你而幸运地留下来。我们急需各位热血英雄应召而来！”市中心血站向广大爱心市民发出倡议。疫情期间，市血站体采科的所有工作人员坚持奋斗在战疫一线，天天早出晚归，熟练地重复着体检、初筛、采血等单调而平凡的操作。在他们的辛勤努力下，招募采集机采血小板71个治疗量，采集全血293人次90800ml，有力地满足了新冠肺炎疫情期间的临床用血需求。

战疫不分你我，战疫只有我们。从1月28日起，市妇计中心在派出医务志愿者的同时，精心熬制“铜仁市妇幼防疫扶正汤”，每天两次将其免费提供给广大群众服用。该方剂有益气固表、调和营卫、清热解毒、提高免疫力、增强抵抗力及抗病毒作用，用药市民反映效果良好，送药量从开始的每天600余人份增加到了现在的1000人份。他们承诺：疫情不退，活动不停。

众人拾柴火焰高。在这场特殊战斗中，铜仁学院、铜仁职院等设立医学专业的院校出人出力出物资，招募志愿者组团作战。院校领导到卡点检查指导，看望慰问志愿者，为他们当好坚强后盾。

沪昆高速大龙公安检查站，是铜仁高速的“东大门”，也是繁忙的客货运通道。从1月29日至2月20日，铜仁职院30名志愿者与公安交警、医卫人员风雨无阻、坚守阵地。凛凛的寒风中，志愿者一站就是七八个小时，忙的时候连饭都吃不上，家更是回不了，但为了疫情防控阻击战的胜利，他们毫无怨言。领队刘时花老师不光自己勇敢站上阵地前沿，她的女儿也主动报名参加她的队伍，这让她感到自豪。每天母女俩一起坚守，一起加油，一起等待着花开“疫”散，一起等待着胜利归来！

奉献爱心、伸出援手，民营医院在行动。铜仁妇女儿童医院 8 名流动人口计生协会志愿者分别加入灯塔酒店和大兴烟厂检测点，承担起体温监测任务；同时，该院还向公交车、出租车驾驶员捐赠口罩 4743 只，向河西街道办事处、环北街道办事处干部捐赠口罩 1000 只和牛奶 200 箱及方便面，向前线媒体工作者捐赠口罩 200 只。铜仁华夏医院积极配合周边社区设立疫情防控点，组建专业的医护团队入驻社区，协助社区人员做好群众体温监测和疫情防控宣传，并向社区捐赠口罩 3600 只、方便面 120 箱、84 消毒液 720 瓶。

心有正气无难事，一群人一条路，坚持一起走下去。我们知道，在梵山净水的各个角落，有许多平凡的人们默默地坚守在自己的平凡岗位上，用自己的方式为这场战“疫”加油打气。

凡人小事亦动人

在这个漫长的“冬日”，城市被病毒涂抹了黑漆，一群人在拼命为它洗刷。他们，是普普通通的平凡人，也是不计回报的守护者，在不同的岗位上坚守，散发着不凡的光芒。如繁星，汇聚成美丽的星河。疫情当前，平凡如你我的人，或许都在思考——我能做些什么？

全家齐上阵，遮风又挡雨。1 月 22 日晚，刚赶到铜仁打算与家人欢度春节的沿河县土地坳镇五一村村医杨昌平就接到了镇卫生院要求返岗的电话。56 岁的他第一时间回到自己的工作岗位，白天拿着疫情排查登记表、体温枪行走于村组之间，晚上坚持在村里卡点值班值守。杨昌平的长子杨令是碧江区中医医院急诊科医生，疫情发生后，他被抽调到有确诊病例的环北街道熊家屯社区卡点值班值守，担起卡口体检医生的角色。杨令的未婚妻李虹，是万山区人民医院中医科医生。本定于 2020 年 2 月 27 日结婚的他们，毅然决定推迟婚期，第一时间奔赴防疫一线。杨昌平的次子杨业是碧江区川硐镇卫生院医生，在疫情紧急关头，他顾不上还在月子中的妻子，一头扎进川硐镇卫生院隔离留观点，坚守至今。白头不改扶伤志，衣钵定循思邈心。一场疫情，让我们更深刻地体会到了“家”的真正含义。

知困难而疾上，遇急流而同行。松桃县卫健局党组成员、县计生协会常务副会长杨正贵负责乡镇交通站点疫情防控排查工作，长时间处于 24 小时在线的工作状态；他的爱人是松桃苗族自治县的一名人民教师，当听到学校延迟开学的通知后，主动放弃休假，站到了社区监测的阵地上；在北京大学医学部攻读硕士研究生的女儿杨君婷选择报名成为县疾控中心疫情数据分析和疫情防控研究志愿者，与父母一起站到了抗击疫情的阵地上，实现了别样的团聚。

逆风担使命，拂晓迎晨曦。当战“疫”突然来临，铜仁市中心血站办公室副主任、铜仁蓝天救援队秘书长芦岭嵩，又增加了新的职务——铜仁站疫情防控志愿者临时团支部书记。统计、采购、排查、调度、后勤、撰稿……繁重的任务没有令她有丝毫退缩。她选择在三个角色中转换自如，“小芦”成了名副其实的“小碌”。

不能冲到防控第一线，他们选择无私奉献。铜仁市文化步行街刘敏中医诊所的刘敏夫妇坚守从医者的拳拳之心，不但为群众提供低价口罩，还针对性地熬制提高人体免疫力的中药方剂免费赠送给有需要的群众。2 月 25 日，刘敏又捐赠 10000 元现金用于抗疫一线。石阡县的一名爱心店家余龙，在该县口罩供不应求、极度短缺的情况下，无私将店里提前囤购的 2000 只口罩免费发放给最需要的人。铜仁市雅诺口腔诊所也倾囊相助，将 7000 只口罩免费送给群众和一线工作人员。为了防止人群聚集，诊所还贴心地“送罩上门”。

2000 只、7000 只、10000 元……在他们看来，自己的捐赠实在微不足道。

但当疾风骤雨来临，他们传递的却不仅仅是一片爱心，还是一种特殊的力量，一份高度的社会责任感和强烈的家国情怀。我们知道，还有许多无名的心意和善举，始终围绕在我们看到或看不到的地方，汇集成一股温馨暖流，激励着战士勇敢前行。

凛冬已过，暖春将至，勠力同心，共克时艰。在这场特殊的战役中，有着无数的平凡人，都在抗击疫情的战斗中刻下了自己的坐标，书写着平凡人的不平凡。我们翘首企盼着一个元气满满的春天。

《铜仁日报》 2020 年 2 月 29 日

为谁守护为谁防

——铜仁市卫生健康系统抗疫工作纪实六

◇ 任龙廷　黄明皓　杨钦茜　景登伟　张晨曦

日历一页一页翻过，病患一个一个治愈，数据一天一天好转，人们紧皱的眉开始舒展、悬着的心逐渐安稳，梵山净水间春之声正缓缓响起……

然而，这场艰苦的战“疫”凝聚了多少人的心血，背负了多么大的代价？没有人能说得清，我们只知道“抗击新冠，全民皆兵”，既有抗疫先锋挺身在前，也有幕后英雄躬耕于后。在铜仁市卫健系统里，就有那么一群人，他们也许没有激情澎湃的请战，也没有壮怀激烈的出征，也没有短兵相接的鏖战，他们只是每天重复着简单而又繁琐的工作，在自己平凡而又不可或缺的岗位上辛勤奔波、默默坚守、任劳任怨、无私奉献。

奔波　敢将微躯挡风雨

“宅在家里，就是贡献。”当我们还在用这句话来相互鼓励的时候，另一群人却没有“循规蹈矩”，而是夜以继日用“双脚”丈量着村里每一寸土地，随时随刻用他们的“火眼金睛”洞察着每一处异常。他们，是村医，是护卫人民群众健康“最后一公里”的守门员。疫情来袭，他们明知户外更加凶险，却挺身走出家门。

沐甚雨，栉疾风，防疫路上不停歇。“每个人都会生病，咬咬牙总会过去。我虽然不是党员，但在疫情面前，只要乡亲还需要，我就继续干下去！”德江县堰塘乡关口社区51岁的村医高凤翟患乳腺癌，经过两次化疗后刚刚有所好转。疫情袭来，作为村里唯一的医生，她毅然推迟了本拟在2月份进行的第三次化疗，马上赶回自己的阵地。防控宣传、摸排信息、测量体温、收集数据，每天她都带着病躯奔波在自己熟悉的乡间小道上……

“不能在一线战斗，我憋得慌，总得做点什么事才行。”2 月 5 日，江口县双江街道磨湾社区村医陈国明在留观点委托街道卫生院院长到县红十字会代替他向武汉市捐款 2000 元。原来，1 月 29 日，铜仁市第 6 例确诊病例磨湾社区居民杨某某一家突然从湖北返家，已经连续工作一周的陈国明带着一丝紧张第一时间上门为其服务，严格按照操作规程落实了防控措施。两天后，杨某某症状异常，陈国明果断将其转移到县级定点医院，有效防止了疫情扩散。同时，陈国明自己一家也被送到留观点进行医学观察。暂时离开战斗岗位的陈国明每天关注着疫情的变化，看着触目惊心的数据，他很揪心，决定通过捐款的方式为抗击疫情出一份力，尽一份心。

“拐杖村医辛苦了，他带着我们抵抗疫情，我们从心里感谢他！”在思南县关中坝街道映山村，村医赵再学每天坚守在体温监测点，向乡亲们宣传普及疫情防控知识。2019 年，有木匠手艺的赵再学在义务维修村卫生室时，不幸摔倒，造成踝关节粉碎性骨折和股骨颈骨折，至今仍未完全恢复。因旧疾未愈、行动不便，赵再学只能拄拐走路，但他每天起得最早、回得最晚，坚持轻伤不下火线，被村民亲切称呼为“拐杖村医”。

“宝贝，你要好好地听外公外婆的话，等着妈妈回来。”万山区鱼塘乡江屯村“90 后”村医郁小燕在空闲时通过微信视频和孩子说道，尽管 4 个月的小宝贝不明其意。郁小燕的丈夫是一名交警，战疫初期，夫妻俩同时接到返岗通知。郁小燕便含泪把“心头肉”托付给孩子的外公外婆照顾，放弃了一直坚持的母乳喂养。返岗后，郁小燕徒步对江屯村 200 多户 1000 多名群众挨家挨户上门排查，耐心细致宣传防控知识，每天对 100 多名外省返乡人员开展两次体温监测。20 来天，她连续作战身心俱疲；20 来天，她饮食不均越发瘦弱；20 来天，她时刻牵挂孩子却未曾见面……

白衣为甲，信念为矛。深夜，刚刚结束重点对象体温监测工作的石阡县中坝镇群家山村的年轻女村医赵启壁，一如前几日一样带着医药箱和消毒箱骑行在崎岖的山路上。乡村深夜的风有些许凛冽，赵启壁的脸和手已经被冻僵。而此时，沿河自治县黑水镇麻竹溪村，村医张永富正坚守在麻竹溪疫情监测点。尽管自己的家就在离监测点 100 余米处，可谓近在咫尺，但他坚持日夜坚守不离岗。

还有尽心尽责、耐心细致做好确诊病例家庭服务和社区群众疏导的碧江区环北社区卫生服务中心主任杨绍荣，拄着双拐也要上一线的江口县坝盘镇张屯村村医滕云，就着白开水把方便面当年夜饭的松桃苗族自治县盘信镇大湾村村医滕召辉，抗过非典再上战场的玉屏自治县田坪镇彰寨村村医谢子松，坚持“疫情不退我不退，疫情退了我还是不能退”的印江自治县刀坝镇来安村村医杨胜恩……

这些可亲可敬的村医们，辛勤奔波在乡间小道上，绘制出别样的战疫画卷。山路弯弯，水路长长，他们用单薄的身躯，为村民遮风挡雨。

坚守　唯思为国戍轮台

灾难猝不及防，集结雷霆万钧。“请各位职工及村医于今晚 10 点在卫生院远程会议室召开紧急会议。”2020 年 1 月 21 日晚上 9 点，思南县大坝场镇卫生院微信工作群里发出紧急通知。战斗部署随即展开，发热门诊、预检分诊、后勤保障、卡点值班、入户摸排各小组迅速成立；白大褂、自制简易防护面罩、医药箱、宣传资料，白衣战士迅速携带装备走村下寨。他们角色多变，是认真细致的“检查员”，是耐心宣讲的“倡议者”，更是坚守一线的“实干者”。白雪皑皑，山路上留下一串串坚实的脚印……

貌似娇娇小女子，抗疫释放大能量。“我个子虽小，但在咱们医院临床医生中是最年轻的，理应到任务重一点的地方去。如果您实在担心，就给我搭配几个强壮一点的队友就行了。”印江自治县杉树镇卫生院医生张丽坚定地向院长请战。而此时，她身为县中医院临床医生的丈夫已经站上了一线。张丽的父亲身体残疾，母亲精神异常，公公又是盲人，万般无奈之下，张丽将 3 岁的儿子托付给残疾的父亲，忍痛投入危险的战场。她希望将来某天，在对孩子讲述这段注定终生难忘的往事时，自己能够骄傲地和孩子说：“那时候，爸爸妈妈就冲锋在抗击疫情的一线上！”

“在留观隔离区，最大的困难不是治疗，也不是对可能感染新冠肺炎的恐惧，而是留观病患的思想工作。”碧江区医学专家组组长、留观点隔离区负责人方黔如是说。1 月 24 日，碧江区川硐医学留观点隔离区正式成立，身为铜仁市碧江区中医医院医务科科长、副主任医师的方黔与其他 18 名医务人员临危受命，进入这片危险程度仅次于确诊病房的战场，连续奋战一月有余。承接疑似病患诊治、组织专家会诊、安抚乡镇医护及病患情绪……24 小时电话不停，隔离区工作始终紧张而有序。由贵阳返回铜仁的留观人员段某，因其子女今年高三，急切地想回去陪伴子女读书，对相关政策十分抵触。方黔耐心地与之沟通，并运用中西医结合治疗法，使患者症状快速缓解，达到出院标准，获得患者的认同。

昔日同窗共进步，今日伉俪同战疫。德江县稳坪镇卫生院姜琴和沙溪乡卫生院申跃进是铜仁市第一批医学免费定向生，分别来自毕节市黔西县和遵义市务川县。原为同窗的两人在异乡组建了幸福的家庭。1 月 22 日深夜，德江县疫情阻击战警报拉响，夫妻俩将远在遵义务川年过花甲的父亲接到德江照顾仅 5 个月大的女儿和 3 岁的儿子。随后夫妻俩便全身心投入了战斗，一个被抽调到县卫健局，一个坚守在卡点，一个多月没能回去看望家人。大年初二早上，姜琴抽空与家人打手机视频电话。三岁的儿子乖巧地说：“妈妈，你什么时候来看我和妹妹，我和妹妹都听话。”电话这边的人已是泪如雨下……恰好卡口有车经过，姜琴抹去眼泪，迅速回到岗位。

“这个关键时刻，我不能离开，只有请你多多原谅！”1 月 27 日，坚守抗疫一线的松桃县永安乡卫生院副院长解广一边聆听电话里妻子的悲伤哭诉，一边温柔地安慰着妻子，内心深处却犹如刀割。他的妻子因为劳累过度，卧病在床，但身为丈夫的解广却不能回家照顾妻子。同样身为白衣天使，在松桃县人民医院工作的妻子在倾诉完后，却在电话里哽咽着跟他说：“我理解你，卫生院那里更需要你。”

“谁没有儿女情长，谁没有亲爹亲娘，为了大地的安康，你依然逆行而上。”没有豪言壮语，只有责任担当，全市基层医务人员无怨无悔，在默默坚守中前行，共同筑起乡村健康的防疫网……

呵护　甘为雨露润心田

新冠病毒来路不明、变幻莫测，患者从隔离到确诊，被“困”住的不仅是身体，有的连心也会被“困”，即便已经治愈出院，仍然心怀焦虑恐惧。因此，帮助他们修复创伤刻不容缓。市卫健局《关于做好新冠肺炎治愈出院患者跟踪服务工作的通知》及时印发，8 条“硬核”措施精准有效，各级有关部门迅速落实。

2 月 13 日，铜仁市最小确诊新冠肺炎患者——8 岁小女孩钱某某出院，石阡县副县长石凌燕带着崭新的书包和衣物把她接回石阡，送到古泉疗养院开始 14 天的医学观察。钱某某年纪尚小，无法快速适应离开父母的环境。为了消除她的陌生感和不安情绪，暖心的医护人员用手机为她下载喜爱的动画片，利用休息时间陪她看动画片，照料她的生活起居。在他们的不断鼓励下，钱某某对他们产生了信任与依赖。“我们疗养院这些单身的年轻孩子，在实践中也体会到了父母的不易。”古泉疗养院的李院长打趣道。

“今天身体有没有不适？一定要戴口罩、勤洗手、测体温。”这是来自江口县双江街道卫生院医护人员的亲切叮嘱。当江口的 2 名新冠肺炎患者出院后，双江街道立即接过监管服务接力棒，每日对其及其家属实行“一日两餐”送餐制，对其住宅内外及时开展消杀工作，赠送热水壶、牙膏、方便面等生活必需品，提供消毒液、酒精、口罩等防护品，精心地呵护，使治愈人员十分感激。

“吴院长，我现在还有点咳嗽，晓得是咋个回事？”“吴院长，我今天大便出了点血，可能是痔疮犯了，家里没有药，能不能给我开点药啊？”这是万山区新冠肺炎出院患者姚某英打给万山区谢桥街道卫生院院长吴成友的电话内容。姚某英于 2 月 10 日出院，谢桥卫生院接过了随后的环境消杀、医学随访、生活关怀等服务工作。这个任务，吴成友没有安排别人，配备防护物资、培训防护方法、赠送常规药品、代购生活物资……他都亲自上阵。“真的太感谢党和政府了，太感谢吴院长了。我们生病了，他们不顾自己一家老小来看望我们、照顾我们，对我们嘘寒问暖的。我们真的无以回报，祝福好人一生康健！”姚某英的话给吴成友带来了莫大的安慰。

为了帮助出院人员适应新的生活，碧江区迅速明确跟踪服务方案、联动协作机制、专人医学观察等措施。当了解到治愈患者陈某某有一些思想顾虑时，专职人员多次致电沟通，不厌其烦地为其做好心理疏导，终于解除了她的顾虑；滑石乡卫生院考虑到治愈患者黄某某是铜仁一中高二学生的特殊情况，主动与黄某某及其家人沟通，针对其对日后生活、学习的担忧及时做好思想引导，得到对方的认同。“从排查到隔离、住院治疗，再到出院安排，我们感受到铜仁抗疫工作的高效、有序，感受到医护人员是充满人性关怀的。”这是碧江区出院患者的深刻感受。

病毒无情人有爱，小小手表显真情。2 月 20 日，铜仁市聚鑫网络科技有限公司向铜仁市卫健局捐赠“健康智能手表”仪式举行，该手表可用于治愈出院人员居家隔离期间身体监测数据的适时自动上传、疗效的观察跟踪分析，并兼有计时、通话、定位、一键呼叫等功能。2 月 24 日早上，玉屏自治县集中救治点隔离观察病人彭某某、杨某某戴上这款新式手表后十分高兴，一再向医务人员表示感谢。

2 月 26 日，根据防控工作需要，铜仁市出院未满一月的新冠治愈人员全部被转送贵州省职工医院统一集中留观。铜仁市政府驻贵阳办事处接过关爱接力棒，迅速组建工作专班，分别由县级领导带队，每隔两天轮流到省职工医院看望来自铜仁的新冠确诊治愈后出院的集中继续隔离观察患者，给他们送去新鲜水果、方便面（粉）、牛奶、面包、矿泉水和口罩等生活必需品，以及无微不至的关心和温暖。

老百姓是天，老百姓是地。病患救治，我们要竭尽全力；治愈人员，我们要精心呵护！

奉献　愿化春泥更护花

抗疫，是一场特殊的战斗。个人与家庭、个人与集体、个人与社会，息息相关、休戚与共，每个人都在以自己的方式散发着光和热，这一束束光和热，汇聚成了奔涌向前的河流。

花有花的坚守，草有草的精神。“家人重要，但是疫情报表更重要！”刚刚核对完多个卡点报表数据的玉屏自治县卫健局疾控股股长杨丽群声音嘶哑地说道。疫情监测报告、防控知识培训、返乡人员核查、疫情动态编辑、防控方案优化……一项项繁杂的任务，填满了她每天工作到凌晨的日子。从1月24日起，杨丽群再也没有睡过一个完整的觉。声音已经嘶哑，面容已经疲倦，尽管心里牵挂着两个年幼的孩子，但她仍坚守着岗位。

上下同欲者胜，同舟共济者赢。“我虽然不是党员，但时时刻刻都以更高的标准严格要求自己。”刚从脱贫攻坚战线回来的思南县疾控中心田帅没能回家过年，也无暇顾及年迈的父母和年幼的孩子，就和在医院工作的妻子一起投入疫情防控之中。他主动要求走上抗疫一线，加入流行病学调查队伍，经常穿梭在定点隔离观察点和重点人群家中开展工作。当得知省疾控组建援鄂后备队的消息时，他第一个递交了请战书。

“妈妈你怎么还不回来？我想你了。”“宝贝，你要听爷爷奶奶的话，乖乖吃药，妈妈把工作做完就回来陪你。”“妈妈，你回来我就乖乖吃药药。”这是万山区卫生健康局疾控科负责人肖赟与2岁女儿的对话。连续一个多月，为了完成高强度的工作，肖赟时常夜宿办公室，即便偶尔回家也都已接近甚至过了凌晨，使得她无法满足女儿的小小要求。

应对非常之“疫”，必有非常之举。“隔离留观工作可能不是最耀眼的，但却是最值得纪念的，它是我最宝贵的人生经历，最难忘的回忆。愿一觉醒来，打开门窗，我们可以摘下口罩，迎接春暖花开。”谈起刚刚经历的一切，陈春慧深情地说。1 月 29 日，当印江自治县经开区卫生服务中心负责人陈春慧接到将中心改造为留观点的任务后，她迅速做出部署。水电安装、消防配套、物资供应、床位设置、卫生消毒……经过忙而不乱的 40 个小时，改造任务顺利完成。尽管她双腿跑肿了，双手出现了众多“冰口”，但她没有半分停歇，因为她知道战斗才刚刚开始。餐饮安排、后勤保障，甚至开窗通风、环境消毒、消防检查、打扫卫生……即使再繁琐，她一样也不落下。她通常要忙活到凌晨 2 点才能休息，每天只能休息 4 个小时，这一干又是 14 天。

你在前线战斗，我在后方坚守。“虽然我没能成为援鄂医疗队队员，但我很荣幸成为支援武汉医务人员的家属。”铜仁市妇幼保健院产科主任简珊讲起已奔赴武汉支援的丈夫充满自豪。其实，她也第一时间递交了请战书。

军情十万火急，处置刻不容缓。2 月 9 日，碧江区疾病预防控制中心主任万兆明收到湖南某县协查函，得知对方在排查中漏掉了 1 名确诊病例密切接触者。他在向上级紧急报告的同时立即协调辖区办事处进行人员管控，迅速组织开展核酸检测和流行病学调查。为彻底排除安全隐患，他带队与公安民警一道奋战 2 天 2 夜，溯源了重点管控人员活动轨迹，排除了一个个安全隐患，高效率处置了由碧江区第 3 例确诊病例引发的一连串问题，有效防止了可能出现的疫情扩散。

“不怕巨浪高，只怕桨不齐。”面对突如其来的疫情，那些选择逆险而行的人们，用爱与担当筑起了一道道抗疫防线！而在这里，在每个平凡的岗位上，不一样的奉献，一样的令人动容！

《铜仁日报》 2020 年 3 月 6 日

为何“逆行”为何战

——铜仁市卫生健康系统抗疫工作纪实七

◇ 任龙廷 杨钦茜 李旺兴 张晨曦

抗击疫情，胜利的力量正在汇聚。当新冠肺炎疫情持续升级，当湖北的数据情况日益恶化，当武汉人民深陷病毒樊笼，举国上下将关注的目光投向荆楚大地，那里让我们揪心！

越是艰难险阻，愈加众志成城。党中央一发出支援武汉、支援湖北的号令，南方、北方，四面八方的白衣天使迅速集结、星夜驰援。他们只有一个共同的目标：打败新冠病毒，迎接春暖花开！

号角声声战江城

“击鼓其镗，踊跃用兵。”征战号角响起，黔东大地，一个个白衣战士闻令而动、向险而行，奔向武汉、奔向鄂州，以最快的速度挺进江城。

2020年1月27日，由市人民医院6名医护人员组成的铜仁市第一批援鄂医疗队星夜赴鄂。

……

2月22日，21名铜仁医护人员集结贵阳，参加贵州省第九批援鄂医疗队出征仪式，驰援湖北鄂州。

战况愈烈，队伍愈壮。截至目前，124名铜仁医务工作者夜以继日战斗在援鄂前线，贡献着不凡的“铜医力量”。

无惧生死，不计代价。“我们面对的都是病情相对危重的新冠肺炎患者。有天刚好我和另外两个医生值班，有位63岁的病人肺部感染很重，氧饱和度不稳定，一直需要上呼吸机治疗。我们坚守岗位近 9 个小时，竭尽所能紧急救治，最终让病人挺了过来并赢得了接受体外膜肺支持治疗的时间。”回忆起这天惊心动魄的战斗，铜仁市人民医院重症医学科医生麻长林心里感到十分欣慰。

“终于，到了期待又关键的时刻——脱防护服。每一个步骤都很慢、很严谨，还好领导专门安排了院感老师，实行人盯人的穿脱模式，减少我们暴露的可能。脱下防护口罩的那一刻，感觉能自由地呼吸真的很幸福。”援鄂第九天，玉屏中医院肛肠科的护师杨桂平上了第一个晚班。为患者测量体温、脉搏、血氧饱和度，发放口服药、早餐、口罩，写完护理记录后杨桂平的护目镜起了雾。仅靠着一个小洞的视线，写完交班记录，并与下一班进行交接。

曾志白衣救扶伤，曾誓愈险愈担当。为患者做 CRRT（连续性肾脏替代治疗）、高流量吸氧、无创通气……在鄂州市中心医院的一间临时组建的 ICU 病房里，石阡县人民医院的护士何永神经紧绷。尽管一个病房只有 8 张床位，但病床上躺着的都是些病情危重的新冠肺炎确诊患者，一刻也不能离人。同时抢救多个病人的场景时常出现，加之这里很多操作都是有创操作，气溶胶产生概率大，医护人员被感染的风险远大于其他科室。而作为 ICU 护理组里唯一的男护士，何永除了日常护理工作，还主动承担起了搬呼吸机、钢瓶等重活累活。

“我们可能收不到病人的肯定和感谢信，我们可能面对更多的死亡，我们可能会留下很多的唏嘘和遗憾。但是，守好这最后一道关口是我们的责任，这里是真正的战场！”在鄂州市中心医院的 RICU（呼吸重症监护病房）里，护士长的战前动员让铜仁市人民医院的杨萌萌感觉到了从未遇到过的战斗气息……输液、抽血、吸痰、鼻饲、处理大小便、协助医生进行气管插管或气管切开以及抚慰清醒的患者，以前简单的操作，此时却风险重重，再加上防护服和护目镜的干扰，操作难度大大增加。

战斗到哪里，党的组织就建到哪里。为充分发挥基层党组织的战斗堡垒作用，2 月 22 日，铜仁市人民医院支援武汉医疗队临时党支部迅速成立。

临时党支部书记任洋带领大家重温了入党誓词，院党委委员、院长石华以普通党员身份参加会议并向全体党员提出了要求：“作为党员，我们要召之即来、来之能战、战之能胜，圆满完成援鄂任务。”

纵有疾风起，人生不言弃。他们不向病毒示弱，不向困难服输，将初心融进灵魂，把使命扛在肩上，着一身“白衣战袍”，从普通人化身为冲锋在前的战士。虽然看不清他们的脸庞，但那一双双温柔而坚定的眼睛，铭刻在历史的长河画卷中，烙下了世世代代难以忘怀的深刻印记。

后顾无忧护我行

勇士“逆行”不孤单，父老乡亲守后方。当仁城勇士长驱千里、饮马长江，铜仁人民将惦念与牵挂汇成万千祝福，祝福勇士们平安归来！大后方将关心与支持化成实际行动，全力解除前方将士后顾之忧。

让勇士们安心在前线工作，最实际的表达就是做好后勤保障。“前线物资紧缺，队员们需要准备什么？如何做好防护？务必要提前做好充分准备！”市委书记陈昌旭反复强调。2 月 4 日，他亲自部署为赴鄂医务人员送去生活必需品，当天深夜，第一、第二批援鄂医务人员 17 人份的 17 大包生活物资迅速被购买并紧急送到队员手中；之后，他又多次指示要为援鄂医务人员准备充足的生活用品和防护物资；2 月 28 日，陈昌旭书记亲自打电话给支援武汉和支援鄂州的铜仁医疗队领队石华和李陈，关心和慰问援鄂医疗队驻鄂州队员，叮嘱他们要保护好自己和所有队员。

春风化雨润物无声，关怀关爱落地有声。2 月 27 日，市委办、市政府办下发《关于做好关爱一线医务人员工作生活的通知》，经济待遇、联络服务、职称评聘、健康关爱、人文关怀等 12 条激励保障措施重磅出台。2 月 28 日，铜仁市卫生健康局下发《关于印发支持援鄂援省医务人员工作生活实施方案的通知》，建立分类帮扶台账，落实“一对一”志愿服务，开展关怀慰问活动，努力为援鄂援省医务人员家庭化解后顾之忧。市卫健局局长杨维权时常打电话和发微信了解前线情况，调度医用外科口罩6000只、医用外科手套7500双，通过快递寄送到武汉、鄂州供铜仁队员使用。

“不解决援鄂医务人员的后勤物资我睡不着，他们在前方拼命，我们的后勤保障必须跟上。”防护用的、吃的、穿的……一样不能落下；旅行箱里有防护用品、电热毯，旅行包里有剃须刀、洗漱用品，纸箱里有煮鸡蛋、方便面、老干妈、火腿肠、榨菜……石阡县人民医院副院长王波一声一声叮咛，他深知后勤服务对前方战士安全的重要性。

寒风凛冽送君去，春暖花开盼安归。每个派出人员所在医院都把后勤保障当成头等大事，援鄂医务人员出征前夕，医院负责物资保障的同志马不停蹄准备物资。重症科、院感科、呼吸科，最棒的战士送往前线；防护服、护目镜、口罩、手套，最好的装备塞进行囊；抗病毒药物、免疫球蛋白、中药香包、胸腺素，最细致的防范为他们护航；折耳根、防风外套、成人纸尿裤，最贴心的安排温暖心房……

他们守护生命，我们守护他们。各级各部门全力帮助援鄂队队员及其家人解决实际困难。玉屏自治县实行县委常委“一对一”关心关爱援鄂医务人员及其家属联络服务机制；万山区由组织部牵头，通过电话沟通、短信联络、微信聊天、专访家属等方式与援鄂医务人员及其家属保持密切联系；石阡县电信、联通、移动公司免去疫情期间援鄂人员及其家属所有通信费用；各区县卫生健康局全面建立“一对一”联络服务关怀机制，明确由一名科级干部和一名工作人员联系一名援鄂援省医护人员及其家庭。

“你们要照顾好自己、安心生活，当好前线医务人员的坚实后盾，等待战士们平安归来，家里有什么困难，随时给我们讲，我们会全力解决。”2月20日，市卫生健康局党组成员、市计生协会执行副会长王慧英走访慰问援鄂援省一线医护人员家属；各有关区县党政主要领导、分管领导，纷纷看望慰问援鄂医务人员家属，送去党委、政府的关怀，鼓励家属们继续克服暂时的困难，为奋战在抗疫一线的亲人加油鼓劲；各级卫健部门和派出医院广泛开展慰问援鄂援省医务人员家庭活动，向他们表达深切的关怀和真诚的感谢。

“响必应之与同声，道固从至于同类。”面对肆虐的“疫魔”，铜仁白衣战士没有丝毫退缩，主动请缨奔赴前线，与疫情更加严峻的湖北人民心连心、手牵手，送去了共战疫情的决心与情义。他们是铜仁人的骄傲，是铜城仁者的代言，他们也是铜仁人的牵挂，是铜仁的宝贵资源。

战地家书别样情

“仔细想想，认识快4年，结婚3年，我还没有正式地给你写过一封信，我觉得你一直懂我，不说你也懂的那种。老公，谢谢你！这4年来，无论在生活还是在工作中，你都给了我莫大的支持和鼓励，我早已习惯了与你分享生命中的点点滴滴。以后的日子里，我们会一如既往地相亲相爱、相知相依。”3月4日，在一张素纸上，石阡县人民医院援鄂队队员冯旋笔尖流转，平时没有说过的话倾泻而出，她写下了给爱人的一封战地家书，满怀对家的思念和浓浓的爱意。

舍身扑向风暴的中心，不是他们不明白危险，不是他们不懂得挂念，这一刻，在他们心头只有家国情怀和医者仁心的使命担当。远在千里之外，匆匆战斗月余，这样的战“疫”，让更多人明白家的价值，让更多人明白国的含义！一封家书、一页日记，是心路历程，是爱的心声，也是“不破楼兰终不还”的无畏无惧……

“亲爱的妈妈，您在武汉还好吗？我和弟弟都非常非常想你，想念您做的菜，想念您长长的马尾辫……请您放心！我会照顾好弟弟，我现在已经学会给弟弟冲牛奶，帮奶奶分担家务了，我每天都认真完成寒假作业，提醒爸爸按时回家，您说过等我寒假作业做完了，就是您回来的时候。”这是10岁的儿子杨皓然写给松桃苗族自治县首位支援武汉的护士龙艳的一封信，稚嫩的笔迹中满满的对母亲的思念和对团圆的期待。

肩上有责，心中有爱。“妈妈，一定要注意安全，我们全家都等你平安归来。你也要保护好自己，不要随意外出。”女儿刘雨纯发给汤严的短信中满满的想念和深爱。汤严是印江县人民医院呼吸科护士长、主管护师，战斗在武汉江汉方舱医院西区。在这里，每一个护士要分管一个小病区，一个小病区有十几个患者，护士每天需要穿戴着严密的防护服持续工作 8 个小时以上。面对如此高强度、高危险的工作，她心里泛起的总是家人的爱，她跟女儿说：“春暖花开的时候，我一定会回家。”

“无畏江城‘疫魔’狂，勇士‘逆行’显本真。主动请战出征，你们简单打点行装，匆匆披上战袍，从‘仁义之城’逆风疾行，挺进抗疫正酣的湖北战场一线。你们勇敢‘逆行’的背影，是寒风中挺直的标杆，是高地上飘扬的旗帜！你们，不愧为桃源铜仁的英雄儿女！在此，我们谨代表中共铜仁市委、铜仁市人民政府及 440 万铜仁人民，向你们表示诚挚的问候、致以崇高的敬意！并向默默支持你们的家人及亲友表示最衷心的感谢！”

看到铜仁市委书记陈昌旭，市委副书记、市长陈少荣写给援鄂医疗队队员的这封家书，前线战士不禁心潮澎湃，一种想与市委书记、市长拉家常、谈感慨的情怀油然而生。他们说：“请家乡父老、领导、同事们放心，勿挂念，我们很好，一定牢记家乡父老的嘱托，坚决打好这场疫情防控阻击战，不辜负书记、市长的厚望与重托，不给铜仁440万人民丢脸，请相信我们……”三月的春风徐徐吹来，化为雨露，滋润苍生。

有家有爱守太平

我不是天使，因为我没有翅膀！我不算英雄，因为我也心存畏惧！没有大道理，也没有豪言壮语，这是职责所在，我必须救死扶伤！爱在，家在，太平在。

松桃鄂州都是家，我愿为家舍小家。“吴广言同志，请你立即停止工作，返家照顾家人……”2 月 22 日，松桃县卫健局发出首张“强制休息通知”。这背后隐藏着一个特别的故事。

吴广言是松桃县乌罗镇卫生院的一名医生，疫情来袭，他将家中两位年迈的老人送回乌罗老家托付给亲人照顾，自己每天坚守一线，穿梭在乡村之间……他的妻子马丽娟来自湖北鄂州，现在是松桃县人民医院重症医学科的一名护士，看着家乡遭难，她心急如焚，急切地盼望能回鄂州效力。2月22日，她的请战书被批准，即将启程赴鄂。这时，她却左右为难：丈夫工作在一线，重病的公公和年老体衰的婆婆被送到了乌罗老家，家里剩下一个12岁和一个2岁的孩子，怎么办？

“你赶紧去吧，注意安全。孩子与老人有我，没事的。”吴广言深知马丽娟不会对鄂州袖手旁观，深情地叮嘱妻子，马丽娟“逆行”的背影渐渐消失在茫茫夜色中。而他，又准备打点行装回到乌罗的战场。于是，组织向他发出了那份特别的通知单。

援鄂姐妹花，绽放映红霞。3月4日，“今天是我在武汉支援的第30天，出门在外，挺想念家人们”，碧江区中医医院的刘利飞在她的家人群发了这条信息。同在援鄂的姐姐、铜仁市第二人民医院的刘丽蓉马上回复道：“你就放心吧，胜利的曙光快到了。”这一对援鄂姐妹花，先后来到援鄂一线。姐妹的微信聊天内容从以往的晒娃、购物变成了战友之间的加油打气、相互叮嘱。

刘利飞的丈夫尽管每天工作十分忙碌，回家后还要照顾两个孩子，既当爹又当妈，但他每天都会关注刘利飞的信息，他回复道：“孩儿她娘，战疫已进入决胜阶段，你辛苦了，在那里一定要保护好自己，万事珍重。家里一切都好，你不用担心，组织上对我们照顾有加。我知道你会牵挂孩子们，但那里有你更需要牵挂的灾区人民，你要全心全意地把心思放到工作中，不辱使命，不负重托。等孩子们长大了再告诉他们，我想他们一定会理解，一定会以你为傲。等你平安回来！”

黎明号角吹，沙场战鼓紧。沿河县人民医院援鄂第一人陶静出征的那天，她的丈夫亲自送她到贵阳龙洞堡机场。她忐忑地对丈夫说：“这次到武汉支援，没有事先与你商量，你不怨我怪我吗？”她丈夫回答说：“我舍不得你去，因为你从来没有受过什么苦；但是我同样非常理解和支持你，如果组织批准，我也会去。国家有难，我们必须挺身而出，这是责任和使命！”

斩疫除魔无所惧，壮志能酬解国忧。“在国家需要你的时候，能挺身而出，这才是一个优秀的医务人员该做的事情。四十一年前，面对枪林弹雨，我都不害怕，你是我女儿，也应该和我一样无所畏惧。”“去吧，我也支持你，我帮你带孩子，你就没有后顾之忧了。”“放心吧，只要你报名，我替你照顾好爸妈。”“妈妈，我希望妈妈像外公一样勇敢。”江口县人民医院李振华出征前从家人那里获得的巨大支持成为她后来在武汉奋战的强大精神力量。

“提灯仁者，情暖人间；春风如拂，千里爱传。愿疫情早日根除平复，愿各位医护人员早日重返家园，祝好人一生平安、事事圆满！”这是鄂州雷山医院院感八区六床患者曾金枝写给援鄂医务人员的感谢信，其情也真、其意也切，读之令人感慨，思之令人落泪！为爱而往、为家而战、为祖国守太平，铜仁援鄂战士定当不辱使命！

《铜仁日报》 2020 年 3 月 17 日

黔渝湘边区干部群众同舟共济抗疫见闻

◇ 申逸恺

自抗击新型冠状病毒感染的肺炎疫情战役打响以来，地处武陵山深处的铜仁市面临黔渝湘交界地战线长、流动人口多的实际情况。而铜仁市委、市政府始终坚持守土有责、守土担责、守土尽责，依靠人民群众全面打响疫情防控阻击战，特别是在黔渝湘边区采取联防联控机制，全力以赴力保一方群众平安和幸福，获得了人民群众点赞和组织的充分肯定。

铜仁日报社记者深入黔渝湘边区采访，现将所见所闻辑录于后，期待在党中央的统一领导下早日战胜疫情，还一方净土与群众的平安幸福。

党旗飘扬联防联控保平安　地理坐标：黔湘交界处虎渡口大桥

“老乡，你是要进入我们贵州吗？如确需进入的话请出示身份证，登记后，体温监测合格才可前往我省……”

这是 2020 年 2 月 2 日，松桃苗族自治县木树派出所所长贺雁杰带领 2 名值班民警，于该镇设立在湘黔两省交界的虎渡口大桥疫情防控监测点，正在对前往我省的外省籍人员进行防控排查的一幕。

木树镇地理位置特殊，位于湘黔两省交界处，该镇东部与湖南省花垣县民乐镇隔河相望。自抗击新型冠状病毒感染的肺炎疫情战役打响以来，两地党委、政府通过联防联控工作机制，在两省交界处的虎渡口大桥设立了疫情防控监测点对前往两地的人员进行有效管控。

在现场，记者看到两省工作人员密切配合、通力协作，共同对前往两地人员进行监测。在监测点的旁边，记者采访了两地党委书记。

木树镇党委书记李艳说："1 月 22 日，随着疫情形势日益严峻，为做好两地人员流动的管控工作，我们便萌发了通过联防联控携手抗击疫情的念头。1 月 25 日，我们两镇党委、政府联合召开了联防联控工作会议，会上做出了成立共同抗击疫情边区临时联合党支部的决定，约定双方互帮互助，做好抗击疫情相关工作。"

"我们这个监测点是为了最大限度保障人民群众的生命安全而设立的，只要是对两地群众有帮助的事情，我们就勇于尝试。从大年初一到现在，我们共同设立的这个监测点在临时联合党支部领导下，严守两地关口，确保了除物资运送等确需通行的人员和车辆以外，其他人员、车辆尽量不通过。"民乐镇党委书记石峰接过话茬。

民乐派出所所长石子金指着前方的虎渡口大桥说："我们各自负责劝返本辖区内的群众和车辆，要求直接劝返无特殊情况的群众，如遇特殊情况确需通行的，则需为其测量体温和登记信息后，方可放行。"

"我本是木树镇冲头六组的村民，但长住民乐镇，这次回来是因我婶娘过世了。"刚测量过体温并登记完信息的村民罗代英说。

据了解，临时联合党支部由两镇党员组成。两地政府组织党员干部、派出所民警、镇卫生院医护人员等 10 人，在交界处虎渡口大桥疫情防控监测点进行防控排查。由临时党支部书记和 2 名副书记带头值班，实行 24 小时轮班值守，对过往车辆的司乘人员进行体温测量、信息登记、防控知识宣传，并劝返走亲访友人员。确保不漏一车、不漏一人。

"这几天我们感到压力很大也很累，但是一想到在这个特殊时期能为社会做出自己的贡献，还是感到很自豪。再说这是职责所在，我们必须冲在第一线。"木树派出所所长贺雁杰直言。

自 1 月 25 日以来，湘黔两地干部群众持续发扬边区守望相助的优良传统，通过设立抗击疫情联防联控临时联合党支部、检测点等方式，实行双控，对来往本辖区的车辆及行人进行有效管控，实现跨省边区联防联控的工作格局，合力打好疫情防控阻击战。

截至2月2日17时，该监测点累计测量体温281人，排查车辆194辆，劝返人数250余人。

黔渝携手共同密织“防护网” 地理坐标：乌江王坨大桥

自新型冠状病毒感染的肺炎疫情防控工作全面部署以来，沿河土家族自治县洪渡镇全镇党员干部和医务工作者积极行动，迅速投身于疫情防控工作中，冲锋在疫情防控最前线。

在重庆市彭水苗族土家族自治县善感乡和洪渡镇之间的王坨大桥处设立疫情防控监测点，按照“逢人、逢车”必查、凡查必严的要求，排查登记外来车辆，认真做好外来人员体温监测，切实加强源头防范排查。

“洪渡镇位于沿河东北部，与重庆市的善感乡、酉阳自治县龚滩镇隔河相望，是一个边区乡镇，也是县内后坪乡、塘坝镇、新景镇、客田镇等乡镇出入县城的必经之地。大量的车流和人流给洪渡镇新型冠状病毒感染的肺炎疫情防控工作带来了挑战。”洪渡镇副镇长温雪民介绍说，“我们从1月23日起就在王坨大桥设了疫情防控卡点，按照‘逢车、逢人’必查、凡查必严的要求，排查登记进出车辆，认真做好外来人员体温监测。做好车辆、人员管控，死守严防沿河北大门；同时，在群众经过的时候进行疫情防控宣传，对走亲访友群众进行劝返。”

“我主动取消春节假期，第一时间参与到疫情防控工作中。在王坨大桥监测点，我和其他同志24小时轮流值班值守，对进入我省的所有人员开展体温监测和登记工作。每一项工作，我们都不敢有丝毫马虎。没能去武汉抗击疫情，但要在自己的工作岗位上尽一份力，这是我作为一名党员的初心和使命，我无怨无悔，只希望疫情早日得到控制，国泰民安。”洪渡镇中心卫生院院长陈跃说。

得益于联防联控的工作机制，两地在抗击疫情工作中，筑牢了防线，保障了一方平安。

截至2月3日，王坨大桥监测点共登记排查辆1500辆车次，检测体温1700人次，未发现发热异常情况。

24小时坚守守护父老乡亲安全 地理坐标：玉屏长冲垅村与湖南洞坡村

1月28日，为全面做好新型冠状病毒感染的肺炎疫情防控工作，坚决打赢疫情防控阻击战，防止疫情蔓延，玉屏侗族自治县田坪镇长冲垅村与湖南省怀化市新晃自治县晃州镇洞坡村就疫情防控工作积极沟通对接，联合成立新型冠状病毒感染的肺炎疫情联防联控工作领导小组，在省交界处设立起了共同抗击疫情的防控监测点，携手打赢疫情防控战。

“在联防联控工作中，我们长冲垅村与洞坡村将村两委班子成员、村医、驻村第一书记进行有效整合，并明确职责、人员分工，建立了联合党支部联防联控微信群，实行信息共享机制，实现了宣传的同步开展，实现了对两地人员流动的管控，最大限度地降低了疫情在两地扩散的风险。”长冲垅村第一书记、长冲垅村与洞坡村跨省联防联控工作领导小组贵州方组长谢振举如是说。

“我们通过共同设置监测点，实现两地紧密合作——对来往村民进行体温监测和登记，阻止潜在疑似人员、车辆相互流动，从而共同防范疫情传播，提高两地疫情防控综合效能，实现两地资源共享，做到早发现、早报告、早隔离、早诊断、早治疗，将疫情传播感染人群的风险化解到最低。”洞坡村第一书记、湖南方组长彭铮说道。

长冲垅村村主任钟传木表示：“这样的工作机制，让我觉得很给力。对于两地联防联控抗击疫情，我充满了信心。”

据了解，在两地交界处的监测点，共抽调双方党委、政府以及派出所、卫生院、县交通运输局等部门的13名同志实行三班轮换，全天候对过往车辆、人员进行登记和体温监测。

截至2月3日，共登记排查车辆30辆，检测体温200余人次，没有发现发热、咳嗽等异常人员。

长冲垅村与洞坡村位于湘黔两省交界处，人员流动频繁、管理难度大。为加强管理和推动工作开展，两个村党支部成立了联合党支部，共同开展疫情防控工作。

《铜仁日报》 2020 年 2 月 6 日

非凡战“疫”

——碧江区抗击新冠肺炎疫情综述

◇廖　凯

“最尤为不易的是——碧江战‘疫’取得重大战略成果。面对突如其来的新冠肺炎疫情，碧江区疫情防控坚持人民至上、生命至上，实现了确诊病例零死亡、医护人员零感染、聚集性感染零发生，取得重大战略成果。”这是碧江区委二届十次全会上，铜仁市人大常委会副主任、碧江区委书记陈代文受碧江区委常委会委托，向大会作工作报告的第一部分，也是对碧江区抗击新冠肺炎疫情做出的最完美诠释。

面对疫情，碧江区委、区政府坚持人民至上、生命至上，坚决贯彻党中央、省委、市委决策部署，坚决扛起疫情防控的政治责任，全面贯彻落实“外防输入、内防扩散”防控策略，构建区、乡、村三级联防联控、群防群控体系，打响了疫情防控的人民战争、总体战、阻击战。经过全区上下和广大人民群众艰苦卓绝的努力，自 2 月 11 日后，全区无新增病例。碧江战“疫”取得重大成果，碧江用实际行动为铜仁市乃至全省、全国抗击新冠肺炎疫情做出了碧江应有的贡献。

这场疫情，对于碧江，尤为特殊。碧江不仅是铜仁市的政治、文化、信息中心，更是贵州连接中部省份的咽喉要道。时值春节，人员大范围流动。如果不采取坚决有力的防疫举措，碧江很有可能会成为疫情的“重灾区”。碧江成败，事关铜仁大局，事关贵州安危。

1 月 23 日，当很多人都在筹划着春节假期、迎接庚子鼠年的到来时，贵州省卫健委宣布，铜仁市首例新冠肺炎病例确诊，该病例在碧江。

正常的工作生活秩序一下被打乱了，新年的钟声变成了全城对抗疫情的集合哨声。

疫情就是命令，防控就是责任。1 月 23 日，全区关闭了所有娱乐场所和景区景点。1 月 24 日，除夕夜，铜仁市人大常委会副主任、碧江区委书记陈代文奔赴车站、高速路口检查防控措施，下午主持召开应对新型冠状病毒感染的肺炎疫情防控工作调度会。当天、区级成立了应对疫情工作领导小组，统筹全区疫情防控各项工作。一场科学防控的硬核之战，在碧江全面打响。关键时刻的重要部署，是责任担当，是力量彰显，是战斗号角。

1 月 25 日，大年初一，区委副书记、区长黄洪洲到火车站、高速路口、乡镇督导疫情防控工作。1 月 26 日、27 日……，疫情防控期间，区委、区政府主要领导坚守岗位、靠前指挥，始终战斗在疫情防控第一线，统筹协调，增强了人民群众安全感，提振了防疫抗疫信心。车站、高速路口、交通卡点、医院、社区、乡村，处处留下了他们马不停蹄、战不旋踵的匆匆身影。

全区上下闻令而动、众志成城，以战时状态、战时机制、战时方法，快速建立了科学高效的指挥运行体系。区委第一时间向全体党员发出了《关于在新型冠状病毒感染的肺炎疫情防控中充分发挥基层党组织战斗堡垒作用和共产党员先锋模范作用的通知》，第一时间筑牢疫情防控的严密防线，要求广大党员坚决响应党中央的号召，广泛动员群众，全面开展联防联控、群防群治，打响了疫情防控阻击的人民战争。

乡（镇、街道）、医疗卫生、公安等的相关人员，放弃节日团聚和休息，迅速行动，坚守岗位，奋战在防疫一线，展现出崇高的使命感和敬业奉献精神，也展现出碧江打赢疫情阻击战的勇气和信心。

全区暂停举办所有节庆活动，引导群众春节期间不办酒席、减少串门，最大限度避免交叉感染。

社区是疫情联防联控、群防群控的关键防线，碧江区紧扣疫情防控大局，按照甲级流行疫病防治措施启动应急预案，充分发挥全区各级各部门党政领导干部统筹安排、机关干部具体落实、村（社区）干部熟悉村情民情、民警执纪执法、医务人员健康监测的作用，快速组建“五人制”疫情排查防控工作组，采取严格、全面、彻底的防控举措，全覆盖走访排查辖区人口，对湖北、武汉等地进出人员及密切接触者进行管理服务，及时切断疫情传播源，构筑疫情防控阻击屏障。累计开展地毯式大走访、大排查、大宣传 50 万余人次，设置 6 个隔离观察点，选派 156 名医护人员到集中隔离观察点工作，累计隔离观察 3066 人，完成 1 亿平方米公共场所消杀。

党员干部甘当“守夜人”，昼夜奋战在岗位上，守护着人民群众的健康和生命安全，通宵达旦防疫情。从救治病人的医院病房到联防联控的车站路口，“我是党员我先上”等铿锵话语闪耀着党性的夺目光辉，彰显着强大的感召力量。他们用实际行动点亮初心的光和热。

公安民警迎难而上。舍小家、顾大家，放弃休息休假或与家人团聚。他们警容严整、斗志昂扬，用辛勤付出守护辖区社会秩序和道路交通安全，始终坚守在岗位上为全区人民保驾护航。

现年 25 岁的陈帅宇是河南省驻马店市上蔡县人， 2018 年 5 月成为铜仁市公安局碧江分局特（巡）警大队的一名特战队员。一家三代军人，都将军人的使命诠释得非常清楚。有过 5 年军旅生涯的他特别能吃苦。大年三十这天，已经九年没有与他团聚过的陈爸、陈妈特意从河南老家开车 1100 多公里来到碧江与他共度团圆夜，同时这天还是他父亲 51 岁的生日。但是自接到疫情命令那刻起，陈帅宇放弃了与家人团圆，毅然奔赴一线。为了能让儿子安心工作，陈爸、陈妈在大年初一这天凌晨便悄悄地返回了河南老家。当接到母亲的电话得知父母已经返回河南老家和知晓家里桌子上放了满满一堆家乡特产的时候，陈帅宇不禁潸然泪下。但母亲在微信里嘱托的那一句“突发事件谁都不可能预料，咱是三代军人家庭，别丢军人的脸，回到自己的工作岗位，为千家万户的光明保驾护航”让陈帅宇更加坚定了打赢疫情防控阻击战的信心。

医务工作者挺身而出，主动请缨，勇敢“逆行”。全区 600 多名医务人员热血沸腾、慷慨激昂，纷纷写下请战书，希望在国家和人民危难之际到抗疫一线去，贡献自己的力量。区妇幼保健院 61 岁的退休老职工廖惠群主动请缨回医院上班。碧江区中医院护士刘利飞、常静、安夏蓉，踏上支援武汉的征途。他们用实际行动践行“疫情不灭，我们不退”的庄严承诺。口罩的勒痕、开裂的双手、坐着的睡姿……成为这场阻击战中最令人感动的画面。

为了打赢这场疫情阻击战，区卫健局组建的6个专班每天都召开一次短暂的会议，会议基本都被安排在晚上。朦胧的夜色中，各路负责人匆匆赶到卫健局会议室，通报当天的情况，布置明天的工作。所有议题都被浓缩成6个字：问题、办法、落实。会议室里有疲倦的面容，有嘶哑的声音，更有“没问题”“现在就落实”这样坚决的回答。一项项果断的决策，一道道及时的命令，从这里传出……

疫情面前，“逆行”而上的不仅有专业志愿者，还有许许多多火线加盟的临时志愿者。他们各尽所能，无私奉献，共同构筑抗击疫情的人民防线。

这是一场一呼百应的人民阻击战。碧江超过2万名的党员干部投身疫情防控一线，外防输入、内防扩散；50万碧江群众，响应号召不外出、不聚会，以实际行动为战疫加油鼓劲。

隔离的是疫情，不变的是真情。在这场与时间赛跑的战“疫”中，碧江用“仁义”助力疫情防控。为妥善解决湖北籍同胞住宿问题，碧江区为湖北来碧人员安排指定接待酒店。社会各界爱心人士积极行动、伸出援手，为防控疫情助一臂之力。

碧江区第六小学二年级四班的小朋友捐出自己平时攒下的零用钱、压岁钱、奖学金；碧江区统计局老党员裴大胜个人捐款10万元；凉水井派出所等的一线干部纷纷收到一些陌生人捐来的口罩；滑石乡老麻塘村、城区的部分爱心人士向一线医务工作者和执勤人员伸出援手；因商店关门，一些社会爱心企业向工作在前线的抗疫人员赠送方便面，一些早餐店向抗疫人员赠送爱心早餐。

为满足居民日常生活需求，碧江在城区设置疫情防控期间蔬菜直销点，把坝区新鲜蔬菜直接输送到各小区，以合理价格向居民销售，减少居民出行和流动，为防疫工作筑起了屏障。

……

碧江面对疫情影响，不循规蹈矩、不等待观望，按下了加快恢复经济社会秩序的快进键。通过管住点、放开面，尽快恢复经济社会秩序；在全面落实疫情防控常态化措施、不断巩固防控成果前提下，全力恢复正常生产生活秩序，着力抓好春耕备耕。组建10个“留雁行动”暨复工复产专版，实行县级领导包保、每日一调度机制。坚持为企业降成本、减负担、强服务。3月底全区规模以上工业企业、省级重大项目、建筑工地全面复工复产。采取超常规措施推进农村产业革命。其中，戴着口罩春耕生产，成为碧江打赢疫情防控和脱贫攻坚两场战役的“新姿势”。及时制定开学方案和疫情防控应急预案，使10万师生通过“空中黔课”顺利完成课程学习。

新冠肺炎发生以后，一时间，人们谈“疫”色变。信心是最好的疫苗。为消除人们的恐慌心理，区属主流媒体及时发声。碧江融媒体中心在运营的11个平台上开设了“抗击新冠肺炎疫情”专栏，及时报道各乡（镇、街道）、各部门的防控工作举措、一线先进典型，树立了抗击疫情的信心，传播了正能量，引导回应了社会关切。《碧江：拉网式排查武汉返乡人员》除在中央电视台新闻联播播放外，还在新闻频道、经济频道等8个频道播出；《碧江：春节不放假，一线防疫情》《抓好基层疫情防控　做到老乡一个不漏》《碧江：省界管控标准不降、力度不减》《贵州铜仁：多措施助农业合作社对接市场》等有关43条碧江抗击新冠肺炎疫情的重大举措的报道在贵州电视台播出，为疫情防控工作顺利进行、确保社会稳定和经济发展营造了良好的思想和舆论环境，在关键时候发挥了党的舆论喉舌无可替代的重要作用。除利用电视、报纸、微信公众号等报道之余，还创作出《正确测量体温》《按电梯的正确方式》《请理解卡点执勤人员的工作》《谣言止于智者》等多条短视频，通过“碧江视界”抖音号等新媒体传播，引发数万人的点击，为碧江众志成城抗击疫情赢得了新媒体端口的“主流话语权”，为安定民心、增强信心注入强大正能量。截至2020年3月30日，有15条短视频的点赞量超过10万人次，其中4条超过100万人次、阅览量突破2.7亿人次。贵州电视台为此专门开设了《疫情小剧场》专栏。

这次大考，中国共产党再一次带领中国人民，迎难而上，全力迎战这场人民战争、总体战、阻击战。这次大考，碧江，也以绝对忠诚扛起政治责任，敢于双战双胜，向党和人民交出了一份无愧历史、无愧人民的答卷。

碧江区融媒体　2020 年 9 月 8 日

万山：这个组织“杠杠滴”

◇ 周 丽

“返乡人员不乱跑，传染肺炎不得了。”“今年春节不聚餐，聚餐就是惹祸端。”“勤洗手、多通风、不串门……”高楼坪乡青年湖村的大喇叭、小音响在不停地播放着。

多难兴邦，这场没有硝烟的战争突然来袭，打乱了所有的节奏。在疫情加快蔓延的严峻形势下，青年湖村党总支始终遵循“坚定信心、同舟共济、科学防治、精准施策”的原则，果断采取“强硬”措施，带领党员干部站在防疫最前沿，把投身一线作为践行初心使命、体现责任担当的试金石和磨刀石。

上下“一条心” 凝聚力量共克时艰

一根柴火烧不旺，众人拾柴火焰高。“我是书记我带头，从今天起，全部吃住在村。”村党总支书记、村委会主任杨再林掷地有声地说。自从大年初一接到疫情防控通知以来，青年湖村两委成员和驻村干部就从未停歇过。

青年湖村党总支把党的政治优势、组织优势、密切联系群众优势转化成疫情防控的强大合力，迅速召开疫情防控安排部署会议，立即组织党员干部到岗到位，发挥“哪里任务险重，哪里就有党组织坚强有力的工作，哪里就有党员干部冲锋陷阵的身影”的战斗堡垒作用和党员先锋模范作用。经党总支号召，党支部发力，党员干部和群众参与，成立“党员先锋队”1 支、“党员示范岗”3 个。全村实行相对封闭式的管理，设立疫情防控点 5 个，实行24小时轮班值守，对过往车辆和人员进行登记报备、体温检测，实行疫情“日报告、零报告”制度。

全村“一张网” 战斗堡垒坚不可摧

“文家屋场组无异常。”“核桃树组无异常。”“已劝返向家安置点外来车辆……”青年湖村疫情防控微信群信息不断，排查人员适时更新排查情况。

该村加强组织动员，实行“面、块、片”推进，形成了“党总支+党支部+党员干部+群众”的疫情防控合力。以村民组为单位，将全村划分成3个片区，21个条块，按照脱贫攻坚时期村两委成员和驻村干部包保到组到户模式，每个村民组发动2~3名党员或群众，组成3个工作组负责各自片区疫情的排查、监控和服务工作。对武汉等疫情严重地区返乡的重点人员核实身份信息，建立台账，进行跟踪随访管理。建立村级疫情防控微信群，实时发布与疫情防控相关的政策、措施等信息。充分利用宣传单、微信群、大喇叭等，广泛宣传有关防控新型冠状病毒的政策措施，强化群众的自我防范意识。

截至目前，35名党员、28名自发群众参与疫情防控工作，累计排查351户5212人次、689辆过往车辆；劝返1020人次，向其说明无特殊情况不得随意离村。

党员“一面旗” 先锋模范锐不可当

疾风知劲草，畏难见坚贞。青年湖村党员干部冲锋在前，迎难而上，十个手指弹钢琴，一边抓疫情防控，一边抓复工复产，一边抓精准脱贫，用实际行动诠释了基层党员干部“多面手、万金油”的形象。

65岁的杨再林从事农村工作多年。“疫情凶猛，我也没有这方面的经验，作为党总支书记，就要往前冲。”他说，“疫情当前，党员不冲在前面谁冲在前面？”青年湖村 12 名干部，其中有 11 名是党员。杨再林要求，党员不仅在脱贫攻坚上要做排头兵，在疫情防控上也要争当尖刀队，凡是涉及与疫区回来人员接触的活儿，党员先上。

“刘叔，我把米、酱油和降压药放堂屋桌子上了，一哈你拿进屋去，最近疫情有点老火，你不要出门哈，缺什么就给我打电话，我给你送来。”青年湖村驻村干部谢飞翔正在给村里老人送东西，为了避免见面接触，放好东西后扯着嗓子喊两声就离开了。

在此特殊时段，复工复产变成了一道难题。青年湖村在确保做好全村疫情防控的前提下，合理有序推进复工复产工作。

“娘娘，你们体温正常，你和叔要戴好口罩，吃饭之前记得洗手，不要串门，种完土豆就直接回家了哈。”青年湖村下派干部罗维琦帮村民量完体温，叮嘱几句后才放心让他们下地干活。

青年湖村的党员干部正在用爱心、真心和诚心浇灌这一方热土。疫情必将过去，春天必将到来！

万山网　2020 年 2 月 13 日

印江：疫情防控战场 党旗处处飘扬

◇佚 名

面对新型冠状病毒感染的肺炎疫情，印江自治县各级党组织、广大党员干部发挥先锋模范作用，主动担当作为、挺身而出，积极投身疫情防控一线，用实际行动全面打响疫情防控阻击战。

2020年1月31日，在印江县木黄镇坪洞口村，党员先锋队正在走村入户宣传新型冠状病毒感染的肺炎预防知识。看见青脆李基地里群众正在忙着修剪枝条，驻村第一书记杨黔江和队员上前宣传起了疫情防控知识和注意事项。

印江县木黄镇坪洞口村第一书记杨黔江："你是郭永林吗？这个疫情发生后，要求我们所有的群众都要知晓防疫事项，比如要积极参与防疫，不要随意地走村串户，外村人不得进村，本村人也不得擅自外出，确保我们群众身体健康安全。"

疫情发生后，坪洞口村党支部及时召集全村在家党员召开支部会议，成立党员先锋队深入群众家中进行疫情排查宣传。同时，对村内干道过往的车辆进行排查检查，利用"村村通"应急广播和小喇叭开展疫情防控宣传。

杨黔江介绍："疫情发生后，我们村党支部及时成立党员先锋队，深入群众家中排查宣传，对进出（村）车辆进行宣传巡查，我们用小喇叭、应急派喇叭和派巡逻队进行宣传，做到家喻户晓，人人皆知。"

同样，在印江县合水镇，宣传车走村串寨。由党员和医务工作者组成的党员先锋队，挨家挨户对返乡人员进行摸排，宣传示范疫情防控常识。

印江县合水镇疫情防控流动宣传车："不要走亲访友，不要与外人接触……"

今年44岁的党员徐刚一直在福建厦门务工，春节前夕选择回家过年。由于疫情的不断蔓延，现在，党员先锋队把疫情防控摸排范围扩大到了全体外出务工返乡人员。

印江县合水镇兴旺村党支部书记饶景科向返乡人员了解近况："徐刚你是哪天回来的？""元月十号。""从哪个地方回来的？""从厦门。""回来后没串门啊？""没有。"

印江县合水镇卫生院医生（党员）黄莺向返乡人员讲解防疫知识："给你量体温哈，体温36.7℃，正常的，你没有戴口罩啊？""没有，在家里没有戴。""我带了口罩来，教你如何戴口罩啊，口罩分正反面，浅色戴里面，深色戴外面；分上下，有铁丝的是上面，没有铁丝的是下面，这两个带子挂在耳朵后头，把口罩上下拉开，包住嘴巴和鼻子，然后把铁丝捏贴鼻梁就可以了。然后平时饭前便后要勤洗手。"

询问检查登记，讲解示范提示，党员先锋队冲锋一线，成为疫情中的"逆行者"。党员先锋队的贴心服务也赢得了像徐刚一样的返乡群众的高度点赞。

徐刚赞叹道："在疫情面前，我们的党员干部冒着被感染的风险上门教我们如何自我防护，体现了担当和奉献精神，真正发挥了先锋模范作用。"

疫情防控战场，党旗处处飘扬。印江县各级党组织和党员干部不忘初心使命，处处冲锋陷阵，带头讲奉献担当，依靠并带领全县广大人民群众，以坚定的信心和勇气，打赢新型冠状病毒感染的肺炎疫情防控阻击战。

印江自治县委组织部副部长张泉池介绍："疫情发生以来，全县各级党组织和共产党员立即响应号召，纷纷奔赴疫情防控一线，开展防控知识宣传、疫情线索摸排、阻击疫情传播等工作，充分发挥了基层党组织的战斗堡垒和共产党员的先锋模范作用，为我县抗击疫情提供了坚强的组织保障。"

铜仁网　2020年2月2日

德江：脱贫攻坚队“变身” 全员投入疫情防控

◇ 安海军 张旭波

2020年1月，国家第三方评估刚刚结束，又恰逢新春佳节，攻坚队员们本可以轮流在家休息几天，陪陪家人。但是，疫情就是命令，防控就是责任。面对来势汹汹的新型冠状病毒感染的肺炎疫情，攻坚队员们迅速转变角色，变身为疫情防控中坚力量，继续奋战在疫情防控第一线。

“各位父老乡亲请注意，请大家不拜年，不走亲访友，不信谣、不传谣。”1月31日，在德江县桶井乡金潮村，笔者看到，村脱贫攻坚队队员们正在利用流动广播，向村民们宣传疫情防控政策和防控知识。

“年三十，我们村全面启动疫情防控工作后，首先成立了疫情防控工作领导小组。对全村150户进行全面的摸排、统计、登记，同时在村要道口设立疫情监测点，对流动人员进行摸排、登记。利用流动音响、广播等，广泛宣传，倡导全体村民不走亲访友，不拜年、不聚会，丧事从简，喜事延期。”金潮村脱贫攻坚队队长全太军详细介绍了村脱贫攻坚队疫情防控工作开展情况。

“我们村攻坚队干部下村，给村民宣传防控疫情工作。我们也知道这个危害性，不串门、不拜年，出门戴口罩。”通过村攻坚队对疫情防控政策的广泛宣传，金潮村群众的疫情防控意识得到了明显的增强。

随后，笔者来到稳坪镇木叶村。

在木叶村，笔者看到，村攻坚队正联合医务人员，对排查出来的武汉返乡人员及其密切接触人员进行体温测量，并对他们的居所进行消毒。

“自防疫工作开展以来，我们木叶村攻坚队，对全村137户484人进行了逐户逐人的排查登记，其中排查出武汉返乡人员及其密切接触人员共13

人。村攻坚队为他们明确包保责任人，为他们安排居家隔离，并联合乡、村两级医务人员，每天入户给他们测量体温，宣讲疫情防控知识。”木叶村驻村第一书记李前江如是说。

《铜仁日报》 2020年2月3日

沿河：脱贫攻坚队转战疫情防控阻击战场

◇ 陈述义　毛沙沙

突如其来的疫情，打乱了这个春节的宁静。沿河自治县 1 万多名党员干部放弃春节休假，立即从脱贫攻坚战场转战疫情防控阻击战场，449 支脱贫攻坚队充分发挥“招之即来，来之能战”的先锋作用，迅速转移战场，奔赴疫情阻击战一线。

黄土镇勇敢村攻坚队立即进入“战时”状态，大年初一就开赴疫情防控战场，组织攻坚队员、广大党员、志愿者立即行动起来，采取带头分片包干、全覆盖登记排查、全方位服务引领的方式，逐户逐人统计摸排，建立工作台账，特别是对四类人员进行重点排查和居家隔离观察。村卫生人员每天对四类人员进行体温测量，并组织附近的党员群众做好监督工作，实行跟踪管理，确保重点人员隔离到位。

“从大年初三开始，村民朋友们在家火烤起、酒喝起，莫要走亲访友，莫要去赶场，莫要去团堆，等疫情过路了，你们热火去哪就去哪儿。”土地坳五四村大喇叭如约响起，每天早上 8 点开始，每天循环播放三次、每次三遍，土家土话，村民听得懂，听起来也很温馨。新型冠状病毒感染的肺炎疫情防控工作开始后，该村脱贫攻坚队迅速转换角色，从脱贫攻坚队就地转为疫情防控宣传队，从张贴公告、发放传单及倡议书、更新摸排台账、微信转发疫情防控注意事项等方面开展防控宣传，切实让村民做到了多居家、少聚集、不办酒、不串门。

夹石镇 38 支脱贫攻坚队今年春节没放假。疫情阻击战打响后，38 支攻坚队 300 多人成为疫情防控尖刀班队员，奔走在疫情防控一线，通过“村村响”广播、宣传车、微信群、微信公众号、宣传标语等形式广泛宣传普及疫情防控相关预防常识，做到村不漏组、组不漏户、户不漏人，为坚决打赢疫情防控战役提供坚强的组织保障。

安应是中寨镇大宅村的脱贫攻坚队队员，原定大年初三结婚，计划被突如其来的疫情打乱。他不但取消了婚礼，还不顾家人的劝阻，毅然在大年初三选择返回攻坚队，和大家一起投入疫情防控战场，每天走村入户用移动大喇叭宣传疫情防控和居家隔离知识。新景镇安监站站长徐松从大年三十起一直在疫情卡点上值班值守，连续 7 天没有换衣服、没有洗头发，也没有刮胡子。他说，全镇和他一样坚守在疫情防控阻击岗位上的干部还有许许多多，这个时候，他们没有理由退缩，也不能退缩。

土地坳镇沙湾村与德江县桶井乡望牌村毗邻，其间有一条两县互通的交通要道。该村脱贫攻坚队与德江县望牌村脱贫攻坚队按照“协同推进、联防联控”原则，在交界处设置了“疫情检测点”，实现疫情排查、人员信息、重点监控等的共享共管。“我们的战场就在疫情防控阻击上。我们把过年当作‘过关’，坚决打赢疫情防控阻击战，就像脱贫攻坚战一样。没有任何困难能阻挡我们取得胜利。”该镇副镇长、沙湾村攻坚队队长晏旭坤对打赢打胜疫情防控阻击战充满信心。

天眼新闻　2020 年 2 月 2 日

铜仁市紧急调配抗疫物资驰援武汉

◇ 申逸恺

2020 年 2 月 8 日，恰逢元宵佳节，载着铜仁对武汉人民满满的爱心，六辆装满抗击疫情物资的车辆集中驶往湖北省武汉市江汉区。

据了解，为了切实帮助武汉一线工作人员和受灾群众，市委、市政府决定，于 2 月 7 日晚紧急调配 84 消毒液 3 吨、消毒酒精 2 吨、冻猪肉 10 吨、食用菌 1 吨、鸡蛋 400 件 10 吨、蔬菜类 10 吨、红薯粉 1 万袋、红薯酸辣粉 6168 盒、农夫山泉天然水 672 件（每件 28 瓶）、梵净山茶 500 斤等物资驰援武汉。

据悉，本次随行人员有来自市委宣传部、市委统战部、市公安局、铜仁日报社、铜仁广播电视台等单位的共计 22 名志愿服务者，其中 8 人是共产党员。

当日上午 9 时 33 分，装满抗击疫情物资的车辆缓缓驶出铜仁高速南站，驶向湖北省武汉市。

《铜仁日报》 2020 年 2 月 29 日

特别“战士”的家国情怀

——党旗在抗击疫情斗争第一线高高飘扬

◇ 申逸恺

在抗击新冠肺炎疫情的战场上，有很多冲锋在前的身影。面对疫情，他们舍小家为大家，负责任、敢担当，充分发挥先锋模范作用。正是因为他们的坚守和执着，全社会逐渐凝聚起了众志成城的强大力量，也涌现了许多感人至深的平凡故事。他们也许就是你我身边最为普通的奋斗者，但他们还有一个共同的名字——共产党员。

践行使命千里赴前线

风险挑战不可怕，可怕的是没有斗争意识、斗争精神、斗争魄力，没有共产党员不怕牺牲的勇气。

疫情蔓延，正是共产党员接受考验的时候；正是共产党员拿出气魄和斗志，直面风险挑战的时候；正是共产党员啃硬骨头、挑重担，践行为人民服务誓言的时候。

汤严是印江县人民医院呼吸科护士长、主管护师，也是一名中共党员。1月30日，她主动向所在医院递交了请战书，表达了自己希望“逆行”湖北、支援武汉的强烈愿望。2月4日，她的请战书得到了医院党委的批准，汤严成了负责救治武汉市江汉区方舱医院病人的贵州省第二批驰援湖北武汉的102名医务人员之一。

“我是一名共产党员，我请战武汉疫情一线。我将尽我所能支援武汉，我相信，一定能战胜疫情。也请大家放心，我会努力保护好我自己，平安归来。”2 月 4 日，汤严在出征武汉出发前往贵阳龙洞堡机场时说道。

“今天是来到这里的第五天，我们基本已经适应了这里的工作节奏。希望家乡的人民不要担心我们，我们在这里过得很好，请你们一定放心。在这里的工作就代表了铜仁，我和同事不会让家乡人民失望的。”2 月 10 日，汤严在我市支援湖北护理专业队伍入住武汉的酒店时对记者说道。

疾风知劲草，烈火炼真金。在疫情最为严峻的时候，像汤严一样的医护工作者主动请战，“逆行”武汉，他们在人民群众最需要帮助的时候挺身而出、英勇奋斗、扎实工作，把人民群众生命安全和身体健康放在第一位，用真心和真情诠释着作为一名医护工作者和共产党员的使命与担当。

庄严志向锚定新航程

疫情在哪里，党员干部就要战斗在哪里。前线在哪里，党员干部就要坚守在哪里。

在这场抗击新冠肺炎疫情战役中，全市基层共产党员坚定地站在了疫情防控第一线，自愿放弃休假，义无反顾奔赴抗疫第一线，构筑起了群防群治的牢固堡垒。

随着疫情的延续，全市各地的“临时党支部”“党员突击队”和“党员志愿服务队”在铜仁大地上也迅速行动了起来，他们让鲜艳的党旗始终飘扬在防控疫情斗争阵地上。

松桃苗族自治县木树镇与湖南省花垣县民乐镇隔河相望。自抗击新冠肺炎疫情战打响以来，两地党委、政府，建立通过成立临时党支部、建立联防联控工作联席会机制，在两省交界处的虎渡口大桥设立疫情防控检测点，对前往两地的人员进行有效的管控。

“我们这个检测点在临时联合党支部领导下，严守两地关口，对来往本辖区的车辆及行人进行有效管控，实现跨省的边区联防联控工作格局，合力打响了疫情防控阻击战。”木树镇党委书记李艳说道。

在印江土家族苗族自治县缠溪镇两路口村新冠肺炎疫情防控点，缠溪镇党政班子带头，正在检查过往的车辆，对车上人员进行逐一登记、量体温，劝返外来车辆。

“我们缠溪镇是按照镇、村、组三级组织，围绕省、县、乡、村、组五级道路设防，着重把控省道和县乡之间不传染，村不串村，组不串组，户不串户，最终的目的就是让我们镇的人全部框在户内，把病毒拒绝在镇外。”该镇镇长任廷富说。如今在印江，像这样的防控点覆盖全县 365 个村居，铸就了一道道防疫隔离墙。

在全市每个社区，党员志愿者们始终走在前列、冲在前线，将共产党员的承诺兑现到了抗击疫情战役的一线。他们默默地作为疫情防控小组中的一员，跟随街道社区干部一起走进各家各户宣传疫情防护措施，挨家挨户走访排查，走街串巷进行宣传倡导，始终活跃在疫情防控第一线。

在碧江区环北街道、河西街道 10 余个防控疫情点，市阳光志愿者协会的 10 名党员连续奋战在防控第一线，他们没有丝毫怨言，用实际行动践行初心使命。他们坚守一线、扎实工作、无私奉献的精神，激励着更多青年党员志愿者和一线防控人员冲锋前线，用坚强的臂膀扛起了飘扬在疫情防控一线的鲜艳党旗。

在疫情防控工作中，还有不少一线工作者申请入党，以庄严的志向锚定人生新航程。

支援前线武汉江汉区方舱医院的万山区人民医院护士冯双双做了一个非常重要的决定。在那种特殊的环境下，2 月 5 日，她郑重地写下了入党申请书，决定向党组织靠拢，并希望能被党组织吸纳，成为一名中共党员。

“这几天在方舱医院，危急关头总能听到一句话‘党员跟我上’，这让人肃然起敬，我希望能成为同他们一样的人。”冯双双在接受记者电话采访时说道。

爱如细流，汇成江河。全市的共产党员们为了同一个目标，无论风雪阴晴，携手并肩奉献着、战斗着、行动着，抒写了一曲曲众志成城、团结奋战的时代赞歌。我们有理由相信，那个阳光明媚的春天，即将到来。

勇挑责任一线担职责

共产党人的初心和使命是必须用实实在在的行动证明的责任。这场疫情防控阻击战，正是践行初心使命、体现责任担当的试金石和磨刀石。

在这个战场上，有这样一名战士，他主动放弃和远在上海的家人过年团聚的机会，第一时间赶回到了他所挂职的地方，坚守岗位、靠前指挥，冲锋在第一线、战斗在最前沿，用自己的担当守护着该县人民的生命健康安全，带领着自己所负责的工作组党员干部抗击疫情、共克时艰。

1 月 21 日，刚回到上海准备在家过年的刘运喜，一直关注着新冠肺炎疫情的紧张形势。随着全国疫情持续严峻，刘运喜再也按捺不住，于 1 月 27 日在爱人的陪同下从上海赶回了江口县。回到江口后，刘运喜立即投身到疫情防控一线，担任江口县疫情防控领导小组办公室副主任、市场监管组长和疫情排查组副组长，投入协调全县疫情排查工作中。

正是对共产党员和挂职干部两个身份的高度认真负责，刘运喜毅然肩负起这个远离家乡赴千里之外工作的责任。

“关键时候，我们党员要站出来。我是挂职干部，更代表了江口县党员干部的形象，防控疫情是我们党员的职责所在，人民利益高于一切，我必须冲锋在前。”在接受记者电话采访时刘运喜坚定地说道。

疫情就是命令。当全市处在抗击新冠肺炎疫情的紧要关头，这场看不见硝烟的战“疫”，既考验着如刘运喜一样的党员干部的初心使命，也检验着他们的战斗力。

《铜仁日报》 2020 年 3 月 18 日

两千元钱的温度

◇ 申逸恺

2020 年 2 月 6 日上午 12 时 33 分，江口县双江街道槐枫社区服务大厅，倪天凤揣着女儿李佳黎的 2000 元钱找到了村主任胡政保，想请她帮一个忙。原来今年 11 岁的李佳黎决定将自己参加比赛所得的 2000 元钱捐赠给武汉抗击新冠肺炎最前线那些需要的人们。

随即胡政保拨通了江口县红十字会负责募捐联络人吴建红的电话，说明了情况。之后，李佳黎的善款通过江口红十字会成功转往了武汉红十字会的募捐账号。得知捐款成功，倪天凤面露笑容，随即赶回家中，迫不及待地告诉了女儿这一好消息。李佳黎欣慰地看着自己捐款的截图，眼中满是雀跃之情。

得知 11 岁小女孩将自己比赛所得的奖金捐赠给武汉抗疫最前线，记者于 2 月 7 日驱车前往江口县登门采访了李佳黎。

着纯白色的翻领毛衣、特制的宽大而紧扎的牛仔裤，有着稚嫩而青涩的脸庞、乌黑亮丽的马尾，戴着口罩，两颗眼睛显得炯炯有神——记者在床上见到了这位“跪坐”在哥哥李荣义身边的故事主角——李佳黎。

之所以说李佳黎是“跪坐”，一切还得从她 2 岁所遭遇的一场车祸说起。“那是 2011 年的 10 月，一辆途经家门口公路上的工程车害了她。如果当时看住了她，佳黎也许现在会完全不一样……”母亲倪天凤说到这里几度哽咽。

医生告诉倪天凤，要保住孩子的命，只能截肢，希望他们夫妻俩尽快做决定。倪天凤夫妇在医院走廊徘徊了两个多小时，最终倪天凤哽咽着签下了同意书。在铜仁市人民医院截取双腿之后，李佳黎第三日又因伤口感染被送至重庆市儿童医院，经过三个月紧张的治疗，病情才逐渐得到稳定。最终李佳黎被鉴定为二级残疾，她永远失去了双腿，那时她还不到 3 岁。

2013年，李佳黎的父亲突遇车祸而离世，一直在家带着两个孩子的倪天凤从此挑起了家里的重担。然而懵懂的李佳黎似乎并不知道在她身上发生了什么，那时她也才5岁。

2014年，江口县第二小学得知倪天凤的特殊情况之后，聘请她到学校做起了清洁工，工资每月2000元。“那时候工资虽然不高，却是我们家全部的收入。”倪天凤看着两个孩子，眼中泛着泪花说。

之后，倪天凤被列为精准扶贫户，同时她得到了5万元的产业帮扶资金。为了更好地照顾女儿，倪天凤辞去了在江口县第二小学的工作，用这笔资金再加上无息贷款置办起了家庭小型养猪场，直到现在。

2013年，在给女儿办理残疾证的时候，江口县残联的工作人员龙兵祥在了解了李佳黎的情况后，向倪天凤有针对性地介绍了省残联游泳培训项目，并希望5岁的李佳黎能尝试一下。

回家之后倪天凤将这个消息告诉了李佳黎的伯伯，伯伯随即在屋外给李佳黎修建了一个露天游泳池。自此，倪天凤当起了李佳黎的“游泳教练”，李佳黎从此在她家屋外的露天泳池开始了她的“游泳运动员”生涯。

没想到这一尝试，给李佳黎带来了3块奖牌和些许奖金，更重要的是给这个年幼的小女孩带来了生活的希望和梦想。

从此，一个大大的理想，在这个小小的身躯里慢慢生根发芽并茁壮成长。

回想起第一次学游泳时的经历，李佳黎依稀记得：“在水里，有好几次没注意都被呛到了，只有妈妈守在身边，我才感觉到安全，最开始只感觉玩水挺好玩，游着游着也就慢慢习惯了，也就能坚持了。”

“第一次参加比赛，我感到很紧张，很冷，游的时候感觉看不到尽头，什么都忘了，只想往前冲。第一次就争了第一，感觉挺开心、自豪、骄傲。”李佳黎开心地说道。

2016年，全省残疾人（18周岁以下）游泳锦标赛上，她夺得了50米和100米自由泳冠军。在全省第六届残疾人运动会上，与她一同角逐的还有成年人，她最终获得了100米自由泳亚军。赛场不断地给李佳黎带来了荣誉与前进的动力，也给这个原本看不见希望的家庭带来了一线希望。

在游泳上取得的成绩，给李佳黎带来了重新认识这个世界的钥匙。

除了每天由妈妈背着按时到江口县第二小学读书之外，2017 年、2019 年李佳黎分别主动报名了古筝与歌唱兴趣学校，与其他小孩子开始了一起学习的时光。

班主任陆涛表示，因为她每隔一段时间会长出来骨头，所以做了很多次骨膜手术，每次手术都需要全身麻醉，这可能对她的记忆力有一定程度的影响。她虽然学习成绩不是很好，但表现得很阳光。身边同学都喜欢她，乐于帮助她，她也很喜欢和同学交流，她的课余兴趣爱好也非常丰富。

“我特别渴望学习中国传统文化，所以选择了学古筝，学音乐。我的梦想就是上‘中国梦想秀’，想展示自己的才艺，我还想当古筝老师，将来也能教学生。”谈及为何选择这两个兴趣班时，李佳黎如是告诉记者。

江口县柒音音乐培训中心的周静和黑金艺术教育的杨科林告诉记者：“考虑到她的实际情况，她的学费我们都是全免的。她的音乐天赋虽然不高，但却热爱、执着，比所有同学都能吃苦，所以一直在慢慢成长。作为老师，我们很喜欢这样的学生。我们当初选择接纳她，是为了让她树立自信，敢站上舞台，也是希望社会不要用可怜的眼光看她，让她能通过自己的能力获得社会的认可。”

正是这一点一滴陌生人的爱心，这一朝一夕充满温情的社会浸润着李佳黎年少的心。

所以这段时间“困于家中”的李佳黎，通过电视看到武汉近日发生的人和事，在感动之余，告诉妈妈：“社会上的好心人帮助了我们那么多次，现在我有了点积蓄，我想帮助那些和我一样需要帮助的人。”于是李佳黎产生了从游泳所得的奖金里拿出来 2000 元捐赠给武汉抗击疫情最前线的想法，“希望医生和警察叔叔们能消灭病毒，希望大家都健健康康的。如果武汉好了，我想坐飞机去武汉看看，因为我还没有坐过飞机呢！”李佳黎眼中闪烁着期待。

离武汉千里之外的贵州山区里，一个 11 岁小女孩就这样“点亮”了武汉的夜空，“点燃”了全国人民那颗柔软的心。

《铜仁日报》 2020 年 2 月 20 日

在鄂州 RICU，我不想留遗憾

◇ 申逸恺

“苟利国家生死以，岂因祸福避趋之。”自疫情暴发以来，市人民医院的护士杨萌萌脑海里便时刻浮现这句话。

“这是一场没有硝烟的战争，我们医护人员作为战士，必定要踏上战场。特别是在得知武汉需要医护人员支援时，我在第一时间便递上了请战湖北的申请书，希望能加入一线抗疫队伍中去。2 月 11 日，我终于成为省第四批支援湖北医疗队的一员，同其他医护人员一起出发。”杨萌萌在自己的工作日记中写道。

目前杨萌萌已踏入湖北鄂州，距离她正式加入抗疫前线队伍已经快一个月。3 月 3 日，记者就她在鄂州工作的情况电话采访了她。“我们每天吃的是自助餐，每次到餐时，大家用自己的碗错峰去餐厅打饭，然后回自己房间吃，这可以避免餐厅人员聚集。同时，因为是轮班，所以大家每天上班时间不一样。在上班前一个小时，我们都会准时在酒店门口乘专车上班，下班也是集合统一返回……在鄂州，我们医护人员和患者一起努力和病毒做斗争，虽然艰辛，但我坚信我们一定会全胜而归。”杨萌萌说道。

“2 月 15 日，经过几天紧张的培训，我开始了岗前考核，所幸的是我通过了考核。随后我便接到省人民医院姚欢护士长的电话，她通知我和严立立等几位同事将被分调到鄂州市中心医院工作。”杨萌萌回忆道。

“2 月 16 日，在鄂州市中心医院的 RICU，也就是呼吸重症监护病房（这个科室专门收治新冠病毒感染的肺炎重症患者），我开始了在鄂州的难忘的日子……我还记得那天来到这里时，病区护士长姚欢、主任傅小云对我说的话：‘危重型患者跟在方舱的轻型和普通型患者不一样，患者们大部分都是昏迷或者身体虚弱的。在这里我们可能面对更多的死亡，这里会留下很多的遗憾和对生命的敬畏，而守好这最后一道关口是我们注定的责任。只要我们尽了自己最大的能力进行救治，我们就不会留下遗憾。你要做好自我防护、思想工作等各项准备。’由此我才真切地感受到，自己已经身处抗击疫情的真正最前线战场。”杨萌萌说道。

谈到此时，杨萌萌语速放缓，话音有了些许哽咽：“进入病房，我看到每位患者都使用着呼吸机，他们的身上插着大大小小的医用‘管道’，其中两位患者正在做着床旁血透，一旁护士和医生正在病房里忙碌着。那时我的内心只感到，原来生命是这么渺小，这么脆弱……”

“穿脱防护服是很费时间的，特别是脱防护服时更要认真检查，小心和轻柔，要避免脱下来的过程中产生气溶胶，从而导致感染。所以每一次在穿脱防护服时，我依然能想起院感专家对我们的培训和严厉的考核。他们一遍一遍地演示和检查，时刻提醒着我，一定严格做好自我防护，只有保护好自己才能为患者提供更好的护理和治疗……穿好防护服后我们都会一遍遍地互相检查，在确定穿戴整齐后，进入病区。之后，我会巡视一下我所负责的病床，然后开始一天的工作——输液、抽血、吸痰、鼻饲、处理大小便，协助医生进行气管插管或气管切开等抢救……偶尔遇到清醒的患者，我也会上前安慰他们。有时候尽管防护服厚重和护目镜的汗水干扰问题，导致我对患者的救治操作难度增加，我也只能凭着自己平常的护理技能和对这份工作的责任感咬牙坚持完成操作。另外一个点是，因为这是特殊时期，没有保洁人员做后续的卫生处理工作，所以一切都要靠我们自己完成。每一次下班前，我们还需要做好病房全面消毒、地面卫生及垃圾的处理。往往把这些做完，大家的防护服里早已汗流浃背，就像洗了一个澡。”杨萌萌用略带轻松的口吻说道。

之后，经过一段时间的紧张工作，杨萌萌从最初穿着防护服不敢有大幅度的动作，担心防护服破损而小心地操作，因戴着双层手套影响手感感到焦急，到现在熟练地操作，勇敢地照顾自己所负责的患者……“我想这是我自己内心的一种突破。即便我是在呼吸重症监护病房工作，我感觉新冠肺炎也没那么可怕了。”杨萌萌说道。

“2 月 27 日，我所负责的一个意识清楚的患者，因为使用着无创呼吸机，再加上肢体乏力动作不便，我主动为他喂食，以确保他的身体有能量去对抗病毒。在帮助他慢慢进食时，我发现他的眼睛一直看着我，然后用右手缓慢地对我竖起了大拇指……顿时，我本来就模糊的护目镜变得更加模糊，那一刻我感觉自己所有的工作和努力都是值得的……”杨萌萌坚定地说道。

“连续 21 天的作战，每当休息时躺在休整酒店的床上，我总会想无论当初我选择这份职业的初衷是什么，但有了这样一次特殊的工作经历后，我更加热爱我的工作了，因为我是一名救死扶伤的护士，我不想在自己的人生里留下遗憾。”

《铜仁日报》 2020 年 3 月 7 日

不负使命不负卿

◇ 申逸恺

一场疫情，一次隔离，一场变故，或许能让两个原本形影不离的人分开，但他们之间的感情却不会因此而冷却。

疫情时期的爱情，是最长情的告白，也是相爱的人之间最期许的等待。

在这场疫情中，我们看到很多让人感动的故事，也见证了很多动人的爱情。在他们之中，有即将踏进婚姻殿堂的情侣，也有新婚之后即将共度蜜月的新人，更有结婚多年相互扶持的夫妻，面对这场抗击疫情的战役，他们毫不犹豫推迟婚期、推迟蜜月，冲在一线，为守护人民的生命安全和身体健康构筑起抗击疫情的防线。

婚礼延期爱不延迟

春节伊始，一场来势汹汹的新冠肺炎疫情，让所有人措手不及。

疫情无情，人间有情。全市众多新人，推迟婚礼，转身踏上了抗击疫情战役的一线，始终坚守着各自的岗位，他们互相支持，互相鼓励，携手共渡难关，将自己的个人幸福，悄悄地藏了起来，只待那一刻相聚时光的到来……

冉子秋是沿河县人民医院泌尿外科的临床医师，今年 29 岁的他，已与女友相恋 3 年，原本计划在春节期间完婚，但疫情防控工作让他不得不回到岗位。1 月 24 日，在接到医院的通知，全体职工取消春节休假后，冉子秋即刻投入疫情防控工作中。当天冉子秋还做了一个决定——取消了原定于 1 月 27 日的婚礼。

“各位亲朋好友，原定于 2 月 2 日的婚礼取消，给大家带来不便，很是抱歉。”这是贵州华电大龙发电有限公司的杨汐楠发出去的一条短信。

婚期是杨汐楠半年前就已确定的，酒店酒席均早已备好。但疫情形势紧迫，杨汐楠与未婚妻决定取消婚礼，回到工作岗位上，与同事们一起抗击疫情。

和杨汐楠面临同样难题的，还有大龙公安分局的罗益威。

因为疫情，罗益威毅然取消了原定于1月28日的订婚宴。他和就职于市人民医院的黄艺红是一对“90后”恋人，疫情当前，他们选择了双双靠前、奋战一线。

在100多公里以外的德江县，正月初五、初六，原本是德江县煎茶镇村民罗宪福大女儿罗莉出嫁的日子。那时的家中，早已到处贴上了“囍”字和喜庆的对联。眼看日子到了，家里却没了动静。

为了这场婚礼，罗莉一家人从去年11月份就开始筹备，忙前忙后半个多月，在街坊邻居的帮助下，已将家里办喜事用的肉、蔬菜、饮料等全部准备完毕，就等着举行婚礼。但是，一家人所有的辛苦都泡汤了。罗莉表示，做下婚礼延期的决定时，心里多少还是有些“梗”。

但是，换个角度想想，如果疫情期间举办了婚宴，客人来了都得担惊受怕，不如延期举办，安全开心地结婚。现在全国疫情严重，医护人员在一线奋战，就不要再给他们添乱了，罗莉表示。

婚礼延期，爱不延迟，每对情侣延期举办婚礼的决定，不仅是为了等待那个更美好的期遇，也是为了等待那个更完美的瞬间，更是为了等待那个与你许下携手共度此生诺言的人……

不一般的蜜月

“你去哪我就去哪，我都陪着你，蜜月旅行我们就去下庄村。”1月7日，陈程和新婚丈夫刘海，在沿河土家族自治县思渠镇下庄村开始了在防疫排查一线的一段特殊的蜜月。

刘海自2018年毕业后，毅然回到了家乡成为南方电网沿河供电局的一名员工。去年，刘海主动向党组织申请到最基层工作，担任思渠镇下庄村的扶贫攻坚队队员，全力投入脱贫攻坚战场。

2020 年 1 月 4 日，刘海和在沿河二中任教的女友陈程迈入婚姻殿堂。由于新冠肺炎疫情暴发，夫妻二人取消了原本前往杭州的蜜月旅行。刘海随即奔赴下庄村，开始了防疫排查工作。

刚回村里，刘海把妻子留在宿舍，便匆忙跟着驻村工作队走村入户去了，开始对全村 212 户 736 名村民开展拉网式排查……

在下庄村的这段时间，遇到困难，刘海会通过电话与陈程商量。不知不觉，讨论如何做好村里的防控排查工作，成了这对新婚夫妻日常聊得最多的话题。

“虽然还没有开学，但是考虑到妻子也要做好开学的准备，2 月 14 日，我便将她送回家里。之后，我向她许下了一个承诺，那就是等到疫情结束、脱贫攻坚胜利了，我将还给她一个真正的蜜月，一个属于我们两人的蜜月。”刘海说道。

爱小家，更爱大家，新婚夫妻刘海与陈程主动放弃在家团聚，放弃本该只属于两人的蜜月时光。在抗击疫情的战役面前，他们回归基层，用辛勤的汗水和踏实的态度，坚守心中的使命，守护着乡亲的平安。

夫妻同心一路同行

一场突如其来的疫情，让爱情也变得“奢侈”起来。夫妻或分隔两地，或在同一“屋檐”下却难得相见。为了更多人的安全和幸福，他们舍弃了儿女情长，毅然选择坚守工作岗位，奋战在最危险最艰辛的防疫前线。

德江县便有这样一对夫妻。丈夫谭旭松是一位驻村干部，妻子安亚琴是一名交通警察。

面对突如其来的新冠肺炎疫情，夫妻俩春节期间各自奔赴防控一线，共同参与了这场阻击战。

经前期排查，德江县煎茶镇大路村共有湖北返乡人员 15 人。谭旭松每天要去这 15 户人家两趟，给他们测量体温并记录，叮嘱他们做好疫情防控。

每天直到晚上谭旭松才能有空通过电话和妻子聊上几句。

妻子安亚琴是一名共产党员，抗击疫情期间她与其他同志始终奋战在一线，为德江交通保畅默默奉献着。

而思南县公安局塘头派出所副所长安超越和思南县人民医院急诊科护士梁艳，则是众多一线夫妻搭档中的另外一对。

大年三十，刚准备好年夜饭的安超越父母听到了儿子正同儿媳妇梁艳商量着回单位上班的事情，而这时，距离儿子、儿媳妇回到家才不到两个小时。仔细询问才得知，新冠肺炎疫情突然袭来，全省医务人员和全体警务人员马上取消春节休假，立即回到岗位开展疫情防控工作。

安超越回到工作岗位后，每天忙碌于辖区内的接处警、返乡人员排查管控和娱乐场所监管……

梁艳，挺着怀孕九个多月的大肚子，每天在医院，给病人测体温，给大家科普疫情防控知识，做好科室后勤保障。忙碌的工作，让她几乎忘记自己是一个孕妈……

在市人民医院工作的杨斌这样说道："当我正准备报名前去武汉的时候，冯双双抢先我一步向她们医院提交了请战书。"冯双双是他的妻子，是万山区人民医院的一名护士。2 月 4 日，她主动请战支援武汉一线，与其他同志从贵阳登上了前往武汉的飞机……

因为爱情他们一路同行，因为爱情他们并肩战斗，还是因为爱情他们互相支持。

短暂的分离，是为了更好的相聚。战"疫"面前，他们是亲人，是夫妻，更是战友。正是有了他们放弃团圆与陪伴，舍小家为大家的无私坚守，才有了我们大家凝聚成抗击疫情的强大力量的可能，才有了我们一起共克时艰的信心。

愿早日春暖花开，相爱的人都能够尽情相拥。

《铜仁日报》 2020 年 2 月 26 日

别怕，艰难时刻我们在一起

◇ 申逸恺

2020 年 3 月 7 日，记者电话采访了参加我省第二批支援湖北武汉医疗队的德江县人民医院护士田秋丽，现在将她支援武汉的故事分享给大家。

“自 2 月 6 日，经过培训，正式进入武汉江汉区方舱医院之后，我便开始了在武汉工作的日子。我负责方舱医院的西病区，当时我所管的病区有 21 个患者，现在大家都治愈出院了。但在当时才来的时候，因为江汉方舱医院是疫情发生后，武汉市设立的第一个方舱医院，所以不管是医护还是患者，对于一切都很陌生。刚开始患者之间不说话，和我们医护沟通也较少，但由于我们每天负责患者一日三餐和药剂的发放，逐渐地大家的交流开始多了起来……”田秋丽说道。

“刚来方舱医院的时候很艰苦，患者的东西（生活用品）也不全，我就兼职帮这 21 个患者领生活用品，每次从病房去方舱总台给他们领东西，一去一来都不知道来回多少趟。同时我还负责他们一天四次的生命体征测量，发现有异常的，及时报告医生。如果当班那天患者的血压、血糖、体温有异常都要报告……毕竟穿上防护服，活动还是受限，也很吃力，说累也还是有点。”田秋丽说道。

对于治疗问题，田秋丽告诉记者：“除了最主要的治疗外，我的工作还有采血样和采集咽拭子。特别是采集咽拭子，在方舱医院，一个患者能够达到采集咽拭子的标准，说明该患者在临床症状上满足进行核酸检测的条件，对他们来说，这是距离治愈出院最近的步骤，是令人感到非常高兴的好消息。但对于医护人员来说，采集咽拭子却是一项高风险的工作。因为在采集咽拭子时，患者要张嘴、伸舌、咳嗽，这期间难免会有带着病毒的唾液飞溅而出，所以采集的每一个步骤对我们来说都充满了感染的风险。”

最近随着越来越多患者的病情好转，需要采集的标本也逐渐增多。但对于田秋丽来说，由于之前在方舱医院的锻炼，现在她采集咽拭子早已驾轻就熟。

“在方舱，我的另外一项重要工作还有心理疏导。我记得有一个 40 多岁的患者，因为血压增高且迟迟降不下来，很焦急，甚至有点坐立不安。当时降压药短缺，正在调配中。看见他焦急的样子，我很是心疼，便过去安慰他，我告知他，他得先平复自己的心情，这样血压才有可能下降。经过多方面的沟通后，他的情绪稍微好点；后面复测血压还是高，他更急了，医生安抚他的话也听不进去。因为没有他平时吃的降压药，当时我就和医生沟通能用其他降压药代替吗？医生说可以，我便耐心地和他说：‘没事的，你血压的问题我们一定给你解决好，不要着急。’当时我就在想要是医院没有，我就去找其他人借，挨个儿地问，一定得想办法把他血压降下来。最后还是找到了替代药，患者服用后直到血压降下来了才安然入睡，这时我的心才平静下来。这也算是我进入方舱之后化解的一次危机。”田秋丽接着说道。

“后面慢慢跟患者熟悉了之后，他们之中有的也成了志愿者，主动开始分担一些发放物资的活。经过这些日子，大家一步步地走来，我们病区的 21 人，除了有 4 个转院，其余均治愈出院。为此我们还建了一个群，在群里大家均以家人称呼。其中有一个叫张林云的患者，还特地给我画了一张漫画，画中我们站在一起，并肩战斗在这方舱医院……知道我是贵州人，有一天他还特地给我点了一份小龙虾……”田秋丽在电话另一端笑呵呵地说道。

3 月 5 日，田秋丽突然接到一个德江老家打来的电话，电话的那头是一个陌生人，她自述因为看见田秋丽去武汉支援的视频哭了，并表示觉得田秋丽太勇敢了，所以就向县医院打听到了田秋丽的电话，想寄水果作为三八妇女节的礼物。

“她问我喜欢吃什么水果，她说她知道一种很好吃的苹果，要给我寄一箱。我当时很感动，说不用了，在我反复的拒绝下，她仍然坚持要给我寄苹果，我当时的心很暖，也很感动。3 月 5 日，她向医院要了我在武汉的地址，并给我寄了过来……我来到武汉体会很深的一点是，除了历练和经验的积累，对我来说更重要的是，在这个特殊时期能贡献自己的一点力量，真好！”田秋丽说道。

田秋丽所在的病区的患者们出院之前还集体送了一封感谢信给她。

《铜仁日报》 2020 年 3 月 12 日

战“疫”一线最可爱的人

◇ 申逸恺

防控疫情，广大一线党员干部在行动。

他们积极发挥先锋模范作用，在城市社区、在乡村基层、在道路检查卡点、在企业厂房一线战斗。从天刚蒙蒙亮到寂静无声的深夜，党员干部们始终坚守在自己的岗位上，抓防控、解难题、担职责，用自己的奉献筑起了抗击疫情的坚固防线。

我们聚焦几位来自不同岗位的一线党员干部，记录下他们在抗疫一线忙碌的身影，也向这些战斗在一线的最可爱的人致敬！

市委统战部干部黄山：“打了止疼针之后，可以更安心地工作了。”

时间：2 月 11 日 23：42　地点：市新冠肺炎指定隔离点

“现在好了，打了止疼针之后，也不疼了，可以更安心地工作了。”2 月 11 日，市委统战部干部黄山舒了一口气。

今年 33 岁的黄山，是本次铜仁驰援武汉捐赠物资工作队的工作人员之一，自 2 月 7 日进入工作队之后，他积极承担起了驰援武汉期间的相应工作。

2 月 11 日，在撰写本次工作的总结报告时，黄山隐约感到腰部胀痛。是不是老毛病肾结石又发作了？黄山心里隐隐感到担忧。但是为了不影响工作，他仍然强忍着疼痛坚持撰写工作报告。当被通行队员发现病况时，黄山已是剧痛难忍了。大家立即通知隔离点值班工作人员，叫来了救护车，将黄山送至了最近的医院进行检查。

万山区纪委监委干部田丹丹：“无论如何我也会坚持下去！”

时间：2 月 6 日 17：42　地点：丹都街道旺家花园小区

“有人在家吗？我们是区里的干部，现在需要对你家入住情况进行登记核查，请予以支持，谢谢！”2 月 6 日，万山区纪委监委抽调到丹都街道办事处配合做好防控排查的干部田丹丹说。

为进一步做好新冠肺炎疫情防控工作，1 月 29 日，万山区纪委监委全体工作人员取消休假，全员上阵，全面投入防控工作。田丹丹、胡景亮、杨琴、汪桂如 4 人被抽调到丹都街道办事处旺家安置点，配合当地工作人员做好疫情防控入户排查工作。

自 2 月 3 日以来，万山区纪委监委牵头，再次抽调区直等部门 27 人对前期因不在家、电话联系不上的剩余住户进行再排查，核查搬迁人员目前所在位置、是否为武汉返乡人员及身体情况等信息，确保不漏一户。

“我们这几天主要是做好摸底工作，要求返乡人员进行登记，并建立个人档案，做到早发现、早诊断，早隔离、早治疗。”2 月 6 日，田丹丹对记者说。

“我们一层一层地走访，最晚的时候一直排查到了深夜 2 点多，排查结束后，还要做好信息登记和数据汇总工作，一干就是一通宵。虽然很累，不过作为一名纪检监察干部，这正是践行自己诺言的时候，无论如何我们也会坚持下去，无愧于肩负的责任和使命。”田丹丹接着说道。

“同时我还想说的是，我们所排查的住户绝大部分都很支持我们的工作。我们晚上 12 点多都还在上门排查，他们也没有因为被打扰而生气，反而还在一直对我们表示感谢，说谢谢我们对他们的关心，辛苦了。这一点我真的很感动。”田丹丹说。

江口疾控中心苏州交流干部陆沄鹏：“能参与抗击疫情，我非常自豪。”

时间：2 月 7 日 19：00　地点：江口县疾控中心

今年 35 岁的陆沄鹏是 2019 年 10 月苏州市交流至江口县的一名医务工

作者。自抗击疫情的战役打响后，他放弃了难得的在家休息机会，第一时间定好了苏州至铜仁的航班，回到江口县参与新冠肺炎防控工作。

自从到江口县疾控中心支援当地传染病防治工作以来，陆沄鹏与当地传防人员一起开展禽流感外环境检测，开展寄生虫监测项目制片、镜检等。这次刚回苏州不久，新冠肺炎疫情蔓延开来。“作为一名医务人员，作为一名共产党员，我必须赶回来。”陆沄鹏说道。

“1 月 29 日，我刚回到江口，马上便投入疫情防控前线防控疫点消毒杀菌和流行病学调查及武汉回江人员排查采样等工作。现在，我主要负责单位流调组和采样组的统筹安排，管理分配两组的应急物资。此外，我还参与江口县人民医院、江口县中医院发热病人、疑似病例的会诊，尽可能详细了解病例的流行病学史，为病例的诊断或排除提供依据。虽然有时候感觉很累，但是能为防疫做贡献，我感到非常自豪。”陆沄鹏说。

沿河土家族自治县洪渡镇干部罗素花：“这个时候，我们必须冲锋在前。”

时间：2 月 12 日 16：03　地点：沿河土家族自治县洪渡镇苏家村

“我们一大早就进村来开展脱贫攻坚村级交叉检查，因为我到的这个组比较远。为了节约时间，我们都是自己带着干粮来，中午饿了就吃点。”坐在路边石头上的罗素花一边啃着面包一边说，“我负责排查的是思水组，共有 29 户，昨天排查了 17 户，现在已经全部排查完了。”

为了尽快将影响漏评错退等的核心问题排查出来，洪渡镇全面开展了村级交叉检查，重点排查农户“一达标两不愁三保障”和政策落实情况等方面存在的问题。

“叔叔，你们虽然从武汉回来有一段时间了，但不能放松警惕，一定不能去走家串户。也不要有心理压力，一旦有什么症状要第一时间联系我们。”罗素花利用入户排查的机会反复叮嘱从武汉务工返乡的田某某。

“罗姑娘，我们村从武汉回来的人很多，你来入户走访怕不怕？”田某某半开着玩笑问道。据了解，思水组从武汉务工返乡人员有 10 多人，目前居家观察都已超过 14 天。

“刚开始的确是有些担心，但是不能因为害怕就不进村入户开展工作了。我们是干部，有责任冲锋在前，做群众的‘定心丸’。我们不仅要做好疫情防控工作，还要争分夺秒打赢脱贫攻坚这场硬仗。”虽然危险，但罗素花认为这才是作为一名党员干部的担当。

市公安交通管理局民警李思渝：“希望大家平平安安，感谢家人的支持。”

时间：2 月 11 日 19：31　地点：市新冠肺炎指定隔离点

“自 2 月 8 日我们护送救援物资前往武汉一线返回之后，由于是从武汉返回铜仁的重点人群，我主动前往万山区新冠肺炎指定隔离点接受了隔离，今天是我接受隔离的第二天。”市公安交通管理局特勤大队民警李思渝发朋友圈道。

“今天对我有特殊意义，2 月 11 日是我的生日。以往的生日都是家人陪我一起过，但这次我过了一个特殊的生日。”李思渝说道。

原来同样被隔离的市公安交通管理局特勤大队大队长朱进得知李思渝的生日后，特地给李思渝通过线上平台定做了一个生日蛋糕。

“我一个人在房间点蜡烛，感觉还有些许特别。我许了一个心愿，希望我们这次前往武汉一线送救援物资的同事都能平安度过规定隔离期健康地回到家中。特别感谢我即将临盆的妻子，没有她的支持，这份工作我很难坚持得下去。”李思渝说。

《铜仁日报》 2020 年 2 月 25 日

一名护士支援武汉背后的故事

◇ 申逸恺

2020 年 2 月 15 日，记者电话采访了我市身在武汉抗击新冠肺炎疫情一线的支援湖北护理医护专业队伍的石阡县中医院护士冯旋，就她主动请战前往湖北支援武汉江汉方舱医院的背后故事进行了深入交流。

冯旋是石阡县中医院的一名普通护士，如果没有发生新冠肺炎疫情，可能冯旋从来没想过她会是如此勇敢的人——在这个特殊时期，前往特殊地点，进行特殊服务。“也许我的勇敢来源于自身乐观豁达的生活态度、积极向上的工作态度，来源于家庭幸福美满——生活的每一天都充满正能量。”冯旋对记者说道。

2 月 4 日那天，冯旋正在上夜班，护士长黄暑叶通知冯旋，医院有一个去湖北一线支援武汉的名额，第二天一早就要出发……当医院正在考虑选派谁前往武汉时，冯旋也在考虑。最终，冯旋做出了选择。冯旋并不是共产党员，但她知道自己是一名医务工作者，她当时想：现在，是做选择的时候了。冯旋报了名，但是还有点拿不定主意，随即便打了两次电话试探性问了问丈夫，电话另一端的丈夫说道：“如果你铁了心要去，你就去吧，家里你放心，等你回来。你明天 8 点走是吧，我去送你。”当她的丈夫说完这些话，冯旋一下就哭了出来……

有了丈夫的支持，冯旋回复黄暑叶，自己申请前往武汉支援。护士长惊讶地问她真的决定了吗。“是的，我决定了。”冯旋说。

黄暑叶鼓励冯旋：“你是科室里专业能力较强的人之一，去年医院还派你去江苏并专门到呼吸科进行学习，我相信你一定可以圆满完成任务。”当晚黄暑叶陪了冯旋一夜。

凌晨4点左右医院领导同意了冯旋驰援武汉的申请。对此，冯旋非常激动，把手上的工作完成后，将每个病人的病例都移交给同事并将医生的嘱咐和自己记录病情的笔记本交给了同事，让同事详细了解病人的现状，以便能更快速、有效地投入工作。

工作上的事移交完成，2月4日凌晨5时许，冯旋回到家中。她的丈夫说道：“是8点出发吧？你赶快睡会儿。你要记得这是医院给予你的历练的机会，也是医院赋予你的责任，更是全县人民交给你的任务。一定要服从医疗队的安排，听从指挥，要穿好防护服，注意安全，平安回来。看着一线的医护人员都剪头发了，为了方便穿脱防护服，你也剪了吧。”于是她的丈夫拿着剪刀没有一丝顾虑就剪短了她的长发。丈夫打算替冯旋收拾行李，让她去休息一会儿。可是冯旋哪里还睡得着啊，看着儿子熟睡的小脸，冯旋竟然也开始不舍起来。不一会儿，儿子睡眼蒙眬地叫了声妈妈，冯旋告诉儿子：“妈妈即将要去武汉了，那是一个很远的地方，妈妈要去那里工作，去打死病毒。”说到这里，冯旋终于忍不住哭了。

看着窗外天色渐亮，丈夫随冯旋一起拿着行李出发去往医院。她的儿子一个人睡在楼上，冯旋并没有告诉公公婆婆自己要去武汉，他们以为冯旋还在上夜班。看着丈夫忙碌的身影和儿子熟睡的样子，冯旋心里非常不舍，但支援武汉的心没有一丝动摇。

清晨7点，冯旋返回到医院。同事们已为冯旋收拾好防护用品，嘱咐她一定要保护好自己，大家等她凯旋。冯旋知道这是她的使命，必须圆满完成任务。出发时，医院领导和同事们目送冯旋离开，冯旋告诉自己必须要完成使命平安归来。路上冯旋打电话给爸妈，并问候当天生日的爸爸，冯旋的爸妈没有为冯旋的决定感到一丝惊讶，因为他们向来都十分支持她工作的事，只嘱咐冯旋倍加小心，保护好自己，尽心尽力工作。婆婆知道冯旋要去武汉后立马打电话给她，担心地哭出了声，嘱咐她必须保护好自己，早点回家。

13点30分左右，冯旋一行到贵阳龙洞堡机场和大部队会合，18点30分乘专机离开贵阳，19点40分左右到达武汉天河机场。

2月5日，我省支援湖北护理医护专业队伍召开了动员大会，对大家的工作生活做了安排部署，也大致地讲解了武汉的情况和大家居住的环境，冯旋得知自己即将工作的江汉方舱医院及居住地紧挨着汉口铁路站，离华南海鲜市场只有1.2公里。

2月6日上午，来自北京的专家李六亿给大家培训了院感知识，防护用品的选择及穿脱等；下午大家自行练习穿脱防护服，并准备防护用品。

2月6日晚8点，冯旋第一次正式穿上防护服，首次进入位于武汉国际会展中心的江汉方舱医院。当冯旋看到那么多的病人时，心里十分难过，她知道自己身上的责任比想象的更重，压力也更大了。工作环境十分艰难，被护目镜压得头痛，全身被包裹得透不过气，第一天的6个小时，她坚持了下来。脱下防护服的时候，冯旋满脸都是压痕，因为没有经验，以致她额头上的压痕直到第二天才消掉，冯旋终于体会到了一线医护工作的辛苦。

但冯旋并不泄气，她明白了抗疫一线医护人员的不容易，就算如此不容易，她仍不后悔来到武汉。所幸冯旋和同事们的工作非常有成效，他们逐渐获得了病人的夸奖和赞美。有一位43岁的病人，是顺丰快递分公司的一名经理，这几日冯旋的照顾让他很感动，他特意为冯旋做了一个视频，以示感谢。

往后的日子里，冯旋每天重复着以往的工作，却收获到不少病人的夸奖和赞美。渐渐地，她克服了环境的艰苦，习惯了穿防护服时的笨重感，也习惯了8个小时不吃不喝不拉，她不想因为自己吃太多而频繁地上卫生间，浪费掉宝贵的防护服。

2月11日，收到省委书记孙志刚，省委副书记、省长谌贻琴致贵州援鄂医疗队全体成员的慰问信后，冯旋在接受贵州广播电视台视频采访时这样说：“请你们别为冯旋担心，别为武汉担心，我们一定不负所望，圆满完成任务，把胜利带回家。也请你们保护好自己，我们一起打赢这场没有硝烟的战争，胜利一定是属于我们的。”

《铜仁日报》 2020年2月26日

凯旋！18名铜仁援鄂护理专业人员返黔

◇ 申逸恺

2020年3月18日早上9点30分，载着213名贵州省第二批、第五批援鄂医疗队的飞机，从湖北武汉起飞，于上午11时左右抵达贵阳龙洞堡机场。记者获悉，在他们当中有18名铜仁护理专业人员。

“我们坐着胜利号的功勋舱，从凯旋门返回美丽故乡……”第二批援鄂医疗队成员、石阡县中医医院护士冯旋在接受记者采访时说道。

随后冯旋在微信上向记者展示了这张“特殊登机牌”。记者看到，登机牌上姓名处留了一个位置叫“英雄签名”，座位是“VVIP”，仓位是“功勋舱”，航班名叫“胜利号”，登机口是“凯旋门”，日期是“抗疫胜利日”，目的地是“美丽故乡”……

“回家心情无比的激动，我们回家的同时也意味着武汉的胜利！湖北的胜利！看到了家乡人民的热烈欢迎，我感到很自豪！今后我将继续做一个热爱生活、传播正能量的人，做一个有温度的护士。”冯旋说道。

第二批援鄂医疗队成员，松桃县民族中医院护士长龙艳告诉记者：“接到回家的消息，我兴奋得一晚没睡。天没亮我所治愈的一名患者张哥就发了一条微信语音，声音有些哽咽，我知道他哭了。他说：‘生死之交，终生难忘；分别之情，难以言表；感恩有你，取得胜利；一路平安，一生幸福；贵州武汉，来日相见！记住约定，我在雪松路小吃一条街等你！’雪松路是我和他在方舱时的约定，我们约定疫情结束后他带我去雪松路吃遍武汉的小吃。”

“伴随着一首《感恩的心》，我们踏上了回贵州的路途。我的心情很复杂，我开始怀念这一个多月来的点点滴滴，感恩相识的每一个人。武汉最美的不是樱花，而是武汉人民感恩的心……11：05，我们终于抵达了贵阳龙洞堡机场。前往酒店的路上，省委、省政府领导，市民，警察，环卫工人，行人……都朝着我们挥手并竖起了大拇指，停在路边的汽车也鸣笛向我们致敬，非常感动。作为援鄂队员我很自豪，回家的感觉真好！”龙艳接着说道。

“大家不要担心我，我已安全到达贵阳龙洞堡国际机场，接下来去酒店接受集中医学隔离观察。铜仁，我马上就要回来咯！”第五批援鄂医疗队成员、市第二人民医院护士李莉说道。

据了解，由我市护理专业人员组成的贵州省第二批援鄂医疗队和第五批援鄂医疗队分别于 2 月 6 日和 2 月 25 日进驻武汉市江汉方舱医院开展救治工作。她们所在的方舱医院是武汉市开放床位最多（1564 张床位）、累计收治病人最多、累计出院人数最多的。不仅如此，由于她们的精湛医术，江汉方舱医院自始至终实现了患者零回头、零病亡、医务人员零感染。下一步，她们将集中在贵阳市观山湖区贵阳新世界酒店接受医学隔离观察 14 天。

同时，此前还有另外几名队员已于先期抵达贵阳并正接受集中医学隔离。

《铜仁日报》 2020 年 3 月 20 日

生命定格在战疫一线

——追记江口县纪委监委派驻第三纪检监察组专职纪检监察员杨荣

◇ 王安宏 杨铜琴

2020年2月23日，晴，江口县双江街道国土小区。

阳光穿过玻璃窗，洒在一楼的过道上。过道旁边停着一辆有六年“工龄”的摩托车，正等着他的男主人带它领略明媚春光。遗憾的是，它等来的是男主人杨荣的遗照。

照片中，杨荣目光坚毅，面容沉稳。

从2月21日因在疫情防控一线连续奋战突发疾病住院后，杨荣就再也没有回来。

携梦想而来，带初心归去。

一个好党员走了，他在人生的最后时刻，用担当诠释了生命的美丽，用生命为党旗增添了鲜艳的光彩。

一个好战士走了，带着他未了的心愿和未尽的情怀，永远长眠在疫情防控一线的硝烟里……

冲在前的汉子

一场新冠肺炎疫情打乱了无数人的春节假期，有些人的假期甚至还没开始。

1月23日，腊月二十九，江口县召开应对新型冠状病毒感染的肺炎疫情防控工作会议，号召全县各条战线严阵以待，全力投入疫情防控阻击战中。

“我要到疫情防控一线去战斗！”在江口县纪委监委派驻第三纪检监察组任专职纪检监察员的杨荣积极响应号召，主动请缨到疫情防控一线。

对已经 54 岁的他来说，这个申请不是一时冲动，更不是做做样子。

疫情防控工作开展以来，杨荣没有休息过一天，每天都是草草吃上几口盒饭或者泡面就开始工作。20 多天数起来短，干起来却长，这是与病毒的赛跑，这是跟疫情的较量，每分每秒都耽搁不得。

到监测点开展轮班值守后，杨荣每天第一个到岗，最后一个离开，把网格监测点守得严严实实，对疫情传播风险进行有力有效的阻击。

杨荣负责的防疫监测点共有上百户居民，他每天要一个不漏地对进出小区人员进行登记，任务艰巨。同事看到杨荣经常累得腰酸背痛，额头上直冒虚汗，劝他休息一下，可杨荣却总是笑着说没事。

而在做好疫情防控工作的同时，他所在的县纪委监委派驻第三纪检监察组还负责对县政府办、县发改局等 8 家单位，开展疫情防控督查和督促全面整改，同事经常开玩笑说他是“双线作战”。

单位领导考虑到他的年纪偏大和疫情防控繁忙的工作状态，想让他撤出防控一线。可一找他谈话，杨荣急了：“我现在已经掌握了防控工作规律与程序，再换一个人来，还得重新适应，就由我继续干下去吧。”

熟悉杨荣的人，对他这么“玩命”一点也不感到奇怪。他干工作从来不讨价还价，在工作中说得最多的就是“我来”“我去”“我上”。

连日的劳累，让他身体渐感不适。但他没有吭声，只是趁休息的时候吃上几片药。2 月 20 日下午，看到他面色苍白，同事劝他回家歇歇，可他却笑着说没事，又继续投入工作中直到下班。

2 月 21 日凌晨 4 点 2 分，在抗击疫情一线连续奋战 20 多天值班 100 多个小时后，因心源性猝死经医院抢救无效，杨荣的生命永远定格在这一刻。

同事们没想到，10 个小时前的那一轮值班，是杨荣站的最后一班岗。

信得过的战友

杨荣在同事和朋友间有个“端盘大哥”的外号。

原来，在当地农村群众家办酒席，端菜盘子给客人上菜的活计是很重要的“岗位”，所以必须交给跑得快、办事稳妥的人来做。

问及外号缘由，大家都说，一方面谁家有事杨荣都跑得勤，另一方面他办事公道，工作能力强，大家都服他。日子一长，“端盘大哥”这个称号不胫而走（套）。

开展执法，他始终敢于亮剑、坚持严格执法——

在江口县国土资源部门工作期间，为保护珍贵矿产资源紫袍玉带石，杨荣组织开展打击非法开采运输销售紫袍玉带石行为专项行动，配合有关部门扣押紫袍玉带石矿产品 32 吨，封堵非法开采坑口 33 个，摧毁各类机械设备 21 台（套）。

在打击非法采砂行动中，杨荣坚决打击无证勘查开采、越界开采矿产资源等违法行为。当非法采砂人员暴力抗法、将十字镐挥向他时，他临危不惧，坚决制止非法行为。

执纪监督，他始终坚守初心、敢于动真碰硬——

2014 年，杨荣踏上了纪检监察工作岗位，他坚信纪检监察干部是“打铁的人”，先要成为“铁打的人”。多年来，他和家人曾多次于办公室前、家门口“无情”拒绝商人、老板的钱物“感恩”。

因纪检监察工作的特殊性，没有节假日，甚至不分昼夜，难以顾及家庭成为一种常态。核查某线索时，他的母亲正因生病长时间住院，他不但不能经常在母亲身边照顾，甚至连去医院看母亲一眼都是奢望。

三十年的工作生涯中，杨荣尽忠职守的事不胜枚举，但他每一个坚实的背影，都被大家深刻铭记——

李继光不会忘记，在面对盗采、盗运矿石的不法之徒时，是杨荣将自己拉到身后，用血肉之躯去抵挡坚硬的铁棍。

杨婧不会忘记，每次办案都是杨荣勇挑大梁，第三纪检监察组的立案数在江口县派驻的9个纪检监察组中排名第一，他们承办的案子实现了零差错、零申诉。

何政富不会忘记，是杨荣经常送水果、粮食去骆象村关心他，帮他卖掉从山上捡来的柴火，让自己不用再过流浪行乞的日子。

……

“兄弟，等支援武汉的弟妹回来后，我跟你们一起喝庆功酒！”想起杨荣去世前两天还发信息给自己，杨巍对这位曾经与自己共同奋战在国土资源保护一线的战友充满缅怀。

杨巍也没想到，杨荣给他发的那次微信，是战友二人这辈子最后一次交流。

舍不下的悲伤

“如果不舒服，就马上去医院检查。”

“没事，最近医院那么忙，我这点小问题能扛过去。”

这是杨荣2月20日下午在电话里对妻子莫社花的承诺。他答应妻子的事，从来说到做到，但这次对妻子的诺言，他终究没能信守……

54岁的铮铮铁汉，最终倒在疫情防控一线，杨荣将未酬志、未竟事、未了情，同时写在了梵山净水间。

时间很短，脚印很深。

虽然参与疫情防控只有20几天，但杨荣的足迹却烙印在了疫情防控一线，其身影深深铭刻在干部群众心中。

得知杨荣不幸去世，其曾参与监测防控的双月社区的70户业主自发为他捐款9450元。“他是为了我们的生命安全才倒下的，大家都很难过。”水岸江南小区的业主杨扬谈起杨荣，忍不住哽咽。

疫情期间，丧事从简，通往山上殡仪馆的路被封，杨荣的朋友们从满是荆棘的羊肠小道上山为他送行。

“他是母亲眼里的好乖仔，同事心中的好大哥，孩子心中的好爸爸，他毕生都在温暖着周围的人。”提起杨荣，杨婧总是忍不住泪水。在她的印象里，杨荣从来没有叫过一句累，请过一次假，全身心扑在了工作上。

而江口县自然资源局与他共事过的人对此更是印象深刻。2010 年、2011 年、2012 年，有的干部连续三年在大年三十被杨荣拉去开展执法行动，这件事曾让大家耿耿于怀。

“违法行为如果不被及时制止，将会严重损害法纪的威严和造成资源的流失，所以只能牺牲大家的时间。”面对大家的不理解，杨荣如此解释。

“这么好的干部啊，可惜了哦！”噩耗传到骆象村，认识杨荣的群众双眼通红，嘴里嘟囔着不甘心、不相信。

“总感觉他还没走！”说起杨荣的好，杨荣的帮扶对象肖世军数度哽咽，院子里、田埂间，仿佛还有他忙碌的身影。

对杨荣的儿子来说，最大的遗憾莫过于子欲养而亲不待。今年 28 岁的他已经在部队服役十年，平时很少能回家陪父母。杨荣去世前几个小时，父子俩还在接视频，感觉到父亲身体不舒服，儿子叮嘱几句后就匆匆挂断了，通话时间只有 27 秒。

“我以为他只是累了，所以叮嘱他早点休息、好好保重身体后，就挂断了视频，结果没多久就传来噩耗……”说起与父亲去世前短暂的交流，杨荣的儿子话语里满是懊悔。

他没有想到，那一通 27 秒的视频电话竟成为父子二人的永别。

初春的夜晚，乍暖还寒。杨荣走了，他留给我们的是从悲痛中迸发出来的力量，是坚决打赢疫情防控阻击战的必胜信念。

站在江口地势高处举目望去，数不清的防控点依旧灯火闪耀，从这里出发，能看到温暖，看到力量，看到希望。

《铜仁日报》　2020 年 2 月 25 日

应对疫情大考交出满意答卷

—— 铜仁战疫回眸

◇ 罗 旭

与病毒比时间！把责任担在肩上，把人民群众的身体健康和生命安全放在心上，统一领导、统一部署、统一指挥，阵脚不乱、紧张有序，外防输入、内防扩散，精准防治，有效施策，坚决阻击疫情传播蔓延，以行动和成效增强人民群众的安全感。

力度——构建铜墙铁壁

上下同欲者胜，风雨同舟者兴。

阻断疫情，我市按照省政府启动重大突发公共卫生事件一级响应要求，成立由市委书记、市长为双组长的领导小组指挥体系，在领导小组下设 1 个专职办公室和疫情排查、疫情防控、医疗救治、市场整治、交通管理、舆论宣传、社会稳定、资金物资保障、督办督查、追责问责等工作组。

各区县委书记深入最前线督导。市人大常委会、市政府、市政协及市委宣传部、市委统战部、市纪委监委、市总工会等，纷纷号召各条战线全力投入疫情防控的人民战争。市、县、乡、村“四级书记”构筑起一座又一座战斗堡垒。

全市公安机关 300 余个党支部、近 4000 名党员民警、辅警佩戴党徽冲锋在前；全市 1558 名第一书记、7152 名驻村干部、7020 名脱产帮扶干部、41750 名未脱产帮扶干部就地变身“疫情防控先锋队”驻扎在农村一线；528 个“脱贫攻坚督导组”变身“疫情防控督导组”，同步开展疫情防控督导工作。

全民战疫，抗击病毒，决胜在合力。打好疫情攻坚战绝非只是政府的事，“天使白、卫士蓝、志愿红、环卫黄、迷彩绿”……五色斑斓的“助推剂”迅速融合进来，他们形成了一支坚不可摧的磅礴力量，成为最可敬的“逆行者”，形成了齐心协力、众志成城抗击疫情的强大合力。

结合“五城联创”包保，组织市、区县直单位干部、社区干部、小区老党员、老干部、志愿者等，通过打电话、进村入户等形式开展网格化、拉网式、地毯式排查。对全市所有交通口岸、出省通道设立检测点，切实做好体温测量、信息登记和跟踪监测等工作。

在辖区高速公路下道口、火车站、汽车站等处设立防控卡点；由各乡镇（街道）、有关部门对人员进行摸排；关闭网吧、KTV 等娱乐场所及景区景点，全面关停农贸市场的活禽宰杀销售场所；暂停县城、乡镇（街道）集中赶场，筑牢疫情防控保护墙。

从 1 月 22 日接到发现首例疑似病例的报告开始，我市就迅速成立消杀组、检验组、流行病学调查组、应急处置组等迅速深入新冠肺炎病人家庭，对传染源和密切接触者进行追踪和调查，在医疗机构发热门诊、隔离区、留观点、乡（村）卫生院（室）等帮助医院规范设置预检分诊和发热门诊防控交叉感染，同时指导公共场所实施预防消毒、培训宾馆开展疫情排查、辅助政府设置留观点、安排湖北籍或其他地区来铜人员入住酒店……

与此同时，各区县疾控中心对密切接触者进行隔离医学观察，每日填报动态信息，确保及时准确掌握相关情况。为确保每一条数据的真实、准确和严谨，信息组分成 10 个小组奔赴 10 个区县开展采样工作，确保及时完成五类人员的核酸检测工作，共完成统计并反馈全市 10 个区县采样信息 3000 多条。

关键时刻英雄挺立，形势危急检验担当。除了隔离病房里被口罩勒出了印痕的疲惫而坚强的面孔，奔走在村落街巷匆匆忙忙的基层干部的身影，还有公交车司机、出租车司机……他们都留守在各自的岗位上，一个个你我他汇聚成众志成城、不可战胜的力量!

正因为有了这样牢不可破的防线，自此之后的铜仁疫情防控才有了底数清、动态清、行踪清的态势，为“清零”奠定了基础。

温度——尽显仁义大爱

面对疫情，铜仁人守望相助，体现大山胸怀。2 月 7 日晚，为了帮助武汉一线工作人员和人民群众战疫，铜仁市决定紧急从全市范围内调配筹集物资，发动力量积极支援湖北、支援武汉。

2 月 8 日，恰逢元宵，在全市上下各部门的共同努力下，紧急调配的 84 消毒液 3 吨、消毒酒精 2 吨、冻猪肉 10 吨、食用菌 1 吨、鸡蛋 400 件 10 吨、蔬菜类 10 吨、红薯粉 1 万袋、红薯酸辣粉 6168 盒、农夫山泉天然水 672 件（28 瓶 / 件）、梵净山茶 500 斤等物资驰援武汉。

“疫情就是命令，防控就是责任。我们铜医人团结一心，保证完成任务。”1 月 27 日，在铿锵有力的宣誓声中，铜仁市人民医院第一批援鄂医疗队整装出发，紧急驰援武汉。

2 月 11 日，从市人民医院、松桃县人民医院等 5 家医院选派了 19 名医务人员，驰援湖北鄂州。

2 月 15 日，从江口县中医院、石阡县中医医院等 7 家医院抽调 8 名医护人员，转战武汉。

2 月 20 日，铜仁市再次选派 37 名医务人员，紧急驰援湖北鄂州。

湖北疫情严重之际，我市先后派遣了 117 名医务工作者，出征武汉、鄂州抗击疫情。

尽显“仁城”担当。滞留在外回不了家的湖北人怎么办？我市深入贯彻落实省委、省政府部署要求，做好外地旅客尤其是湖北籍旅客住宿服务保障工作，在全市各区县纷纷设立定点酒店，让漂泊在铜仁的湖北人在寒冷中拥有一个“家”。

“酒店的工作人员很暖心，服务也很周到。”湖北籍赵先生在碧江区的定点酒店里享受到了周到的服务。他说，感恩所有提供帮助的铜仁人。

越是疫情凶险，越要让远离家乡的湖北籍同胞在铜仁感受到一方有难、八方支援的温暖。作为黔东门户，让他们切实感受到桃源铜仁的温暖。

面对疫情给生活带来的不便，市民没有怨言，相反，都尽了自己一份责任，一份担当，不少爱心人士、企业、社团组织等纷纷驰援，众志成城抗击疫情。

石阡县龙井乡一位62岁的老人，把5个月大的牛以6000元的价格卖掉。除了留了2000元给孙子读书，剩余的4000元一半捐给贵州、一半捐给武汉，用于抗疫。贵州天都房地产开发有限公司为铜仁捐赠口罩10万只，美团外卖与碧江区布维记奶茶店为防控一线工作人员送去500杯奶茶、70箱泡面、40箱矿泉水和30箱取暖煤炭。大龙开发区园区重点企业重力科技、格瑞特、百思特、东亿电气等总计捐出战疫资金62万元，用于支援铜仁防控疫情斗争……

这样无私奉献爱心的人，在黔东大地上不胜枚举。铜仁的每个人每个集体，都在力所能及的范围内行动起来，彰显着拳拳爱心。他们众志成城、携手共筑防控新型冠状病毒感染的肺炎疫情的坚实屏障。

众志成城，共克时艰。在全市上下的共同努力下，我市防控形势取得了阶段性成效。当前已进入了一手抓疫情防控、一手抓复工复产的新阶段。全市上下正以习近平总书记重要讲话精神为指引，奋力拼搏、连续作战，努力把新冠肺炎疫情影响降到最低，全力保持经济社会发展大局和谐、安全、稳定。

《铜仁日报》 2020年4月9日

铜仁：战疫战贫　决战决胜

◇陈　林

寒冬过去，春天到来，万物复苏，一切都充满新的希望。

当前，一边是没有硝烟的新冠肺炎疫情全民阻击战，一边是撕掉千百年来绝对贫困标签的攻坚战，我们面临着双重考验。

万众一心加油干，越是艰险越向前。

关键时刻考验着智慧、担当、实干。全市上下按照中央和省委、省政府安排部署，紧扣“两不愁三保障”核心指标，严格落实挂牌督战要求，用好用活“76554”工作方法，正确处理疫情防控与脱贫攻坚的关系，坚持一手抓疫情防控、一手抓脱贫攻坚，坚决打赢疫情防控阻击战和脱贫攻坚战，坚决确保人民群众生命安全和全面建成小康社会。

弹钢琴：打好两场硬仗

己亥庚子之交，一场突如其来的新冠肺炎疫情无情肆虐。

疫情就是命令，防控就是责任，现场就是战场。我市统筹调配各方力量，临危不乱，从容应对，众志成城。

脱贫攻坚工作队“变身”疫情防控先锋队，第一时间深入各村开展疫情排查、体温测量、设卡设防等；战疫显大爱、五色秀多彩，“天使白、卫士蓝、志愿红、环卫黄、迷彩绿”，他们不畏生死、不计报酬、不留姓名，默默奉献在疫情防控一线；不用吹哨、主动报到，结合“五城联创”，全市机关党员干部主动到社区（村）参与疫情防控……

疫情当下，全市农村、社区实行相对封闭式管理。群众居家生活如何保障，各区县把战疫情与脱贫困同推进，排疫情与送温情同推进，聚民心与强信心同推进，为群众雪中送炭。

万山区在辖区各村居成立民生保障党员先锋队。当地扶贫干部变身“快递小哥”，每天对群众的日常生活用品需求进行统计，然后带着“刚需表”，前往各大超市逐一对照采购，并免费为村民们配货上门。

2 月 3 日以来，碧江区全面启动区、乡、村三级联动相对封闭式管理，针对群众所需的生活物资供应，碧江区实行群众点单、干部代购送到家的方式予以保障。牛场村党支部书记杨秀勇说：“截至目前，我们已经为 300 多户老百姓‘代购’。”

大年初二晚上，石阡县信用联社驻龙井乡老君山村第一书记王权政，紧急返回村里，参与疫情防控工作。这段时间，他一次也没有离开过村里。

王权政说道：“疫情防控基本摸清，接下来工作就更加有底气，我们将有序组织村民开展春耕生产。”

大地回春，农事渐起，企业也复产。我市因地制宜，对疫情防控压力小的乡镇、村寨，要求抓紧抓好春季农业生产，切莫误了农时。制订企业复工复产计划，要求企业落实员工上班体温监测、分开就餐、公共场所消毒等措施，克服困难，迅速投入生产，夺取“开门红”。

战疫又战贫，两场硬仗都要拿下。我市在前期疫情防控排查基础上，有的放矢调配干部力量，向脱贫攻坚发起最后总攻。

我市制定下发沿河深度贫困县具体挂牌督战方案。从市直 62 家单位选派 200 名干部充实到沿河 22 个乡镇（街道）开展驻村工作，充实驻村帮扶力量；抽派 22 人充实到沿河面上督导组，强化督导力量，分片开展督导工作。

为做好已出列区县的巩固提升工作，我市再从市直部门抽派干部到 6 个区县共 76 个乡镇开展督导工作，目前已全部下沉区县，开展疫情防控和脱贫攻坚督导工作。

抢时节：种下新的希望

布谷飞飞劝早耕，春锄扑扑趁春晴。

采摘、称重、翻犁、挖土、除草……在碧江区寨桂蔬菜坝区周边的几个坝区，区乡村驻村干部和寨桂村村支两委10及村务监督委员会多人，分成几个组正在地里忙碌。

为了不因疫情误农时，灯塔街道专门成立了工作专班，采取“工作专班＋村两委＋合作社＋农技专家＋农户”的模式，深入田间地头。在加强宣传，动员群众做好春耕配种安排的同时，将成熟的农产品及时采收、及时上市，保证市场供应。

碧江蔬菜坝区主要涉及灯塔、坝黄、和平、滑石、桐木坪等10多个基地，当前已全面启动春耕生产，主要以种植四季菜为主，涉及种植面积万余亩。

沿河土家族自治县始终抓牢产业扶贫，做强生态茶、空心李、白山羊等特色产业，狠抓12个坝区建设，力争所有重点坝区建成达标坝区，坝区平均亩产值在8500元以上。

玉屏以500亩以上坝区农业产业调整为抓手，采取“公司＋专业合作＋坝区＋贫困户”模式，统一种苗培育、统一技术指导、统一管理模式、统一产品销售，大力发展西兰花、生菜、黄桃等产业。

疫情面前，党员带头。2月9日，在印江缠溪镇缠溪村综合开发专业合作社的黑木耳生产基地，10多名党员干部、返乡大学生志愿者等组成党员突击队，戴着印有“党员突击队”的红袖套，面戴口罩，忙着采收丰产的黑木耳。

松桃苗族自治县在做好疫情防控工作的同时，科学指导广大蔬菜种植企业加强蔬菜基地生产管理，做好育苗管理、品种布局、市场对接等关键环节调控，确保疫情防控期间春耕备耕工作有序推进。

疫情不等人，农时也不等人。我市部分农民群众戴着口罩忙碌于田间地头，实现防控不留死角，生产不误农时。

一年之计在于春。我市坚持一手抓防控，一手抓春耕。按照“局长包区县、局班子成员牵头、相关科室参与”的制度，分赴各区县开展疫情防控、春耕生产、重要农产品生产保障等督办检查，督促各地抓好落实。

据统计，目前全市农作物面积共有225.75万亩。其中，粮食作物面积28.89万亩，蔬菜面积75.03万亩，其他作物45.51万亩。目前，春耕重要物资化肥已备量7.71万吨、农药已备量354.42吨、农膜已备量902.7吨、杂交水稻种子已备量546.62吨。

谋决胜：牵手同步小康

要打赢脱贫攻坚战，全面建成小康社会，经济社会持续高质量发展是重要支撑。

既要狠抓疫情防控不松懈，也要为企业顺利复工复产创造有利条件。我市按照工作部署，出台企业复工复产优惠政策，督促企业制定“一企一策”企业复产方案，明确了复产时间、生产计划，做好设备检修，有序推进企业复工复产。

2月10日，玉屏温氏畜牧有限公司生产一线的工人们已然复工。在全自动化生产线上，工人们忙着装货、打包饲料、检查设备运行情况等，生产车间一派繁忙。

该企业要求，员工进入厂区必须量体温、戴口罩，其鞋靴也要全面消毒杀菌。

碧江区一边抓防疫，一边抓生产，在做好疫情防控措施的前提下，支持和引导食品生产等相关企业复工复产，全力保障民生物资市场供应。碧江经开区铜仁市聚兴米粉食品有限公司、农夫山泉（贵州）武陵山饮料有限公司等企业都相继投工投产。

为了让受疫情影响而推迟生产的企业尽快复工，经开区做好企业人员统计、逐个排查等准备工作，力争15日前复产率75%。目前，复工企业预计总数达到20家。

铜仁高新区对辖区企业复工复产进行统筹安排，严格采取报批制度，并指导企业制定复工复产防疫措施，组织企业开展生产。目前中宇集团、洲翔光电、迪亚仕等企业已复工复产。

截至2月6日，全市生产企业共有52户。其中，春节期间坚持生产的企业有28户，节后复产企业有24户，主要涉及供水、供电、医用物资及粮油加工等民生保障企业。

同步小康，一个不少。沿河作为我市唯一未脱贫出列的县，又是深度贫困县，脱贫攻坚任务艰巨。

目前，该县共有4.35万户建档立卡贫困户。按照每位干部帮扶10户左右的原则，重新调整优化帮扶力量，抽调县乡机关事业单位干部、教育和医疗系统中的行政人员组成4500人的帮扶队伍，实行全脱产帮扶。

2月9日，沿河土家族自治县召开脱贫攻坚交叉大排查工作安排部署电视电话会，发起脱贫攻坚的最后总攻。

当前，该县正按照“六步曲”要求，迅速开展问题大排查，精准摸清各乡镇、村存在的问题，结合省、市各类检查反馈的问题，举一反三，梳理问题清单，迅速整改、全面整改、销号整改，坚决打好打赢最后歼灭战。

针对已出列区县，我市扎实用好动态筛查、督查考核“两个抓手”，加快健全扶贫协作、防贫监测预警、脱贫攻坚与乡村振兴有机衔接“三个机制”，全力补齐义务教育、基本医疗卫生事业、基础设施、公共服务“四个短板”，坚决夺取脱贫攻坚全面胜利。

2020年是实现全面小康的决胜之年。全市上下只要坚定信心、共克时艰、苦干实干，就一定能打赢疫情防控和脱贫攻坚这两场输不起的阻击战、攻坚战，与全国全省同步建成全面小康社会。

《铜仁日报》 2020年2月12日

出发，从春天开始奔跑！

—— 铜仁市统筹做好疫情防控和经济社会发展

◇ 王安宏

春天，万物萌动，生机勃发。春天，满怀期冀，播种希望。

具有里程碑意义的2020年，是全面建成小康社会和“十三五”规划的收官之年，也是“十四五”规划谋篇布局之年。虽然今年的春天因为一场新冠肺炎疫情而变得不同，但疫情终将过去，生活还将继续，发展仍需前行。

2月3日，中央发出了“在做好防控工作的前提下，全力支持和组织各类生产企业复工复产”，做好“六稳”工作的号召。

2月8日，省政府办公厅下发了在严格做好疫情防控工作基础上，有序推进企业复工复产相关工作的通知。

铜仁第一时间闻令而动，一方面全力以赴打好疫情防控阻击战，另一方面千方百计打好经济发展主动仗，推动全市经济社会尽快驶入高质量发展快车道，为全面建成小康社会奠定坚实基础。

出发！从春天开始奔跑！

全力抓好疫情防控各项工作，为各行业恢复运转创造有利条件——

疫情牵动人心，安危事在人为。

自疫情发生以来，我市把疫情防控工作作为当前最紧迫的政治任务，有效落实早发现、早报告、早隔离、早治疗的防控要求，为患者抢占治疗时间，有效提升了救治成功率、降低了感染率，保障了人民群众的生命安全。

连日来，患者救治工作捷报频传。继铜仁年龄最小确诊的新冠肺炎患者治愈出院之后，2 月 15 日下午，在铜仁市人民医院接受治疗的又 1 例患者经过积极治疗，达到临床治愈标准，可以出院。

一个接一个好消息为打赢铜仁这场疫情防控阻击战鼓舞了人心、振奋了士气、增强了信心。截至目前，铜仁确诊的 10 名新冠肺炎患者中已有 7 名治愈出院，另 3 名患者病情平稳。

确诊人数从最初的增长态势到如今渐趋稳定，从广大医务工作者纷纷请战赴一线到一名名患者治愈出院，从疫情信息的逐渐公开透明到村边、路口一道道筑牢的防线，力争本地疫情不扩散，外地疫情不输入。处在封闭或半封闭管理状态下的铜仁民众，心态渐变，不再谈“疫”色变。

这样一个积极变化来之不易、令人欣慰，也为全市各行各业复工复产创造了有利条件。

抓疫情防控不可有半点马虎大意，经济发展同样要擂紧鼓点、快步跟上。

“全市各级各部门要按照党中央、国务院和省委、省政府决策部署，坚持一手抓疫情防控、一手抓经济发展，努力实现既定的经济社会发展目标任务。”在疫情得到稳控的前提下，我市发出了抓好经济发展的动员令。

全市各工业企业、农业基地等坚持一手抓防控、一手抓生产，按照两手抓、两手都要硬的工作要求，精心组织、科学施策，坚定信心、众志成城，扎实做好疫情防控和复工复产工作，为全市经济发展开好局、起好步贡献着自己的力量。

据了解，截至 2 月 14 日，全市开工生产企业累计 110 户，企业复产率为 26.6%。其中，供电供水供气 19 户，食品加工及农产企业 30 户，建材企业 19 户，锂电池企业 10 户，天然饮用水企业 7 户，智能终端企业 6 户，现代化工 8 户，涉锰 3 户，其他行业 8 户。

越来越多企业复工的背后，是对战胜疫情和经济增长的信心的增强。随着企业陆续复工、农业春耕备耕开始等，疫情对全市经济发展的影响正在逐步降低。

各部门施援手“开绿灯”，千方百计克服复工复产存在的困难——

道路上穿梭着稀疏的车流，沉闷的机械声从厂房林立的园区中传来。这两天，大龙开发区的各大企业迎来了企业职工务工返岗、返工的高峰，园区内不少企业已陆续恢复平稳生产。

上午8时，正是企业员工上班的高峰期，这让红星锰业的门卫有些忙碌，一边对进出车间的工人进行体温检测，一边还要将身份信息、体温状况等数据详细登记在册。

“这两天进出的人比较多，需要仔细监测体温，严格门禁管控。”红星锰业党委副书记刘咸夏说。公司在立足有效防控抓生产经营方面，取得了很好的成效。

据了解，大龙开发区设置了摸底排查清楚、物资储备充足、防控管理到位等复工复产条件，制定联合审查审批、规范申请报备、安全环保前置介入的“三步”复工复产程序，提供复工指导、防控督导和要素保障等复工复产服务，精准推进企业复工复产。

有声音说，大“疫”当前，“守”是否比“攻”更合适?

铜仁铿锵有力的回答是，唯其艰难，方显勇毅。我市各级党委、政府深深明白要让经济平稳健康发展，坐在办公室等是等不来的，必须打一场有准备之仗。

为有序推进企业复工复产，全市各级各部门主动靠前服务，用心用情着力帮扶，积极向企业施援手“开绿灯”，千方百计帮助企业克服复工复产中遇到的问题和困难。

企业和施工单位认真开展摸排，严防输入，严禁“带病上岗”，对职工生产生活环境采取消毒措施，落实戴口罩和测量体温要求，严防扩散。

应急管理部门对复工复产企业进行全面的安全检查，确保企业复工复产前安全培训到位、安全检查到位、隐患消除到位。

生态环境部门督促企业严格落实环保措施要求。企业必须做到达标排放，符合环保要求，决不允许复工之后造成环境污染等问题。

工信部门协调有关企业做好口罩、体温检测器、消毒液等紧缺物资调剂，采取市场化的方式，保障复工复产企业疫情防控需要。

交通运输部门抓好交通运输保障，金融部门做好资金协调，人社部门帮助企业调剂或招聘员工、满足企业正常生产需要……

共克时艰，向阳而生。在各地各部门协助下，全市各大重点项目、企业生产现场摁下“重启键”，复工复产加油干。

各部门和企业纷纷表示，将坚定信心、同舟共济，科学防治、精准施策，及时解决在疫情防控、复工复产中遇到的困难和问题，全力以赴保安全、保健康、保生产，打好这场经济战“疫”。

坚持创新举措和惠民便民理念，多措并举推动经济焕发新活力——

2月13日上午，市市场监管局“零见面”注册系统弹出一条信息，一家名为“贵州驰坤医疗器械有限公司”的企业申请设立登记。

经工作人员在网上审查完企业材料，并电话通知企业申请人完成电子签名后，不到两个小时，该企业的营业执照便被打印成功，由邮政工作人员送到经营者手中。

自疫情防控阻击战打响以来，铜仁暂停政务服务窗口线下业务受理，全面推行市场主体登记全程网上办的“不见面”办事服务，推行市场主体登记工作全程网上办、远程办、邮寄办、自助打印办等服务，让企业不出门便能办理注册。

工地寂静，街道清冷，店铺关闭，肯定不是大家想要的生活。铜仁在做好疫情防控工作的前提下，密切监测经济运行状况，主动作为、多措并举降低疫情对经济的冲击影响，让经济焕发新活力。

受疫情影响，春节前返乡人员外出务工面临较大困难。为解决疫情期间外出务工人员就业困难，铜仁市启动“留雁行动”，多举措鼓励外出务工人员就近就地就业创业，帮助市内企业有序复工生产。

“留雁行动”对在疫情期间复工复产的重点企业将在税费减免、用水用电、金融扶持等方面提供优惠政策；对通过有组织输出到县外市内就业的建档立卡贫困劳动力和易地扶贫搬迁劳动力，给予一次性500元的求职创业补贴；对在县内自主创业的符合条件的返乡务工人员，按规定落实“3个15万元”、税费减免、创业担保贷款、自主创业补贴和创业场租补贴等政策。

在保障市民“菜篮子”方面，市商务局启动了《铜仁市生活必需品保供方案》和《铜仁市成品油市场保供方案》，确保市场供应平稳。

同时，为引导居民就近采购、减少外出，降低人员聚集交叉感染的风险，2月14日起，碧江区在人口密集的社区卡点内或广场临时增设8个平价蔬菜直销点，让周边居民吃上便宜、新鲜、放心的蔬菜。

经济发展，当然包括农业生产。

眼下正值春耕备耕关键时节，我市正全力抓好农业产业结构调整等各项农事，全力保障种子、化肥、农药、饲料等的生产供应和运输畅通，落实好春管春种措施，夯实农业生产基础。

抢时令、赶农忙，一个关于丰收的美好梦想，正在这片丰沃的土地上播撒下希望的种子。

……

越是在大风大浪面前，越要提高政治站位、看清发展大势。疫情防控容不得丝毫侥幸、半点延宕；推动经济发展，必须持续用力，加满油、鼓足劲。

有春的播种，才有秋的收获。踌躇满志的铜仁已经开始奔跑，从这个春天出发，开启了推动经济社会高质量发展的新征程。

《铜仁日报》　2020年2月16日

美丽家园
打好人居环境整治战

近年来，“绿水青山就是金山银山”的理念深入铜仁人心，尤其随着脱贫攻坚的不断推进、全市农村环境整治热潮的掀起，铜仁乡野大地正悄然发生着可喜变化，一幅生态宜居的乡村画卷正徐徐展开。

铜仁市全力打好乡村环境整治战

◇ 申逸恺

2020年以来，铜仁市聚焦重点领域，注重特色结合、机制建立等，通过多维度发力，将农村人居环境整治工作向纵深推进，坚决打好乡村环境整治战。

铜仁市制定出台了《铜仁市2020年农业农村污染治理攻坚战有关重点工作任务专项治理方案》，明确了2020年全市43个农村环境综合整治行政村名单。截至7月初，已完成其中22个行政村的农村环境整治工作，为推动乡村振兴战略在基层落地生根，进一步提升农村人居环境水平，打造生态宜居美丽乡村，提供了重要保障。

铜仁市初步完成《全市农村生活污水治理专项规划》编制工作。目前，市生态环境局正有序开展各区县农村污水治理规划专项编制和农村黑臭水体排查工作，以求切实推进农村人居环境整治特别是污水治理见成效，最终使广大人民群众真正获益，为助推乡村振兴打下良好基础。

《铜仁日报》 2020年8月5日

铜仁：扮靓乡村颜值　打造宜居家园

◇ 安慧芳

“村里有了产业，收入增加了，生活环境也该变一变了。”德江县复兴镇喻家桥村村民陈富说，以前，一家人的精力都放在如何谋生计上，家里家外的卫生是得过且过。

而昔日的喻家桥村，像陈富家一样，人居环境“脏乱差”，是普遍现象。

“干部们说得没错，我们得爱护环境，只有青山绿水常在，金山银山才在。”陈富告诉记者，村里的经果、花卉、荷塘、农家乐等产业都是依靠得天独厚的好生态发展的，没有绿水青山，就没有金山银山。“再不能像以前一样，要为游客营造好的乡村环境，美好生活才能世代相传。”陈富说。

生活垃圾堆放有序，污水规范排放，杂物堆放整齐，家家户户房前屋后干净整洁、窗明几净，村庄环境整洁、有序，是铜仁市“乡村环境整治战”的目标，也已经成为农村群众对美好生活的新期待。

坚持生态优先、绿色发展。铜仁以改善生态环境质量为核心，在全市城乡经济快速发展的同时，确保全市生态环境质量保持良好稳定。生态环境安全网进一步织牢，“乡村环境整治战”在全市打响。

整治行动全面铺开，全市各乡镇、村寨各施其能，从引导群众思想观念改变，到完善乡村环卫基础设施、制度等，不断创新举措，打造了一大批乡村环境整治样板，给全市广大农村带去了巨大的可喜变化。

仅 2018 年，铜仁就完成了印江、石阡城乡生活污水治理 PPP 项目合同签约，完成 43 个建制村的农村环境综合整治。同时，扎实推进全市农村“厕所革命”，投资 45068.5 万元，建成投用 136961 户，建设村级公厕 944 座。

而 2019 年，该市“农业农村污染治理攻坚行动”全面实施，积极推进千人以上集中式饮用水源地环境状况排查和整治，着力推动农村生活垃圾、污水处理设施建设。今年内将完成 43 个建制村的农村环境综合整治任务，创建市级生态乡镇 10 个、市级生态村 20 个。

该市还印发《铜仁市农村人居环境整治村庄清洁行动实施方案》，不时在广大乡村集中开展村庄清洁整治行动。

2019 年五一期间，铜仁全面开展了村庄清洁整治行瀰动，并在梵净山世界自然遗产地实验区、乌江干流沿岸、锦江干流沿岸、瀰阳河干流沿岸等区域进行了重点清理。据统计，此次村庄清洁行动覆盖全市 2485 个村，动员群众 360421 人次，累计清理积存或散落村庄的生活垃圾 9017.31 余吨，清淤村寨周边阳（沟）明渠 11815 条，清理河道两旁、小山塘周边垃圾污泥 1198 余立方米等。全市普遍形成了干部下乡带动、群众自觉行动的良好氛围。

“乡村生态建设，从环境整治做起，过了今年，铜仁的广大农村还将迎来新的改变。”铜仁市农业农村局负责人表示，铜仁市确保到今年底，全市农村村容村貌进一步改善、卫生厕所普及率在 80% 以上，畜禽粪污资源化利用率有明显提高。

万山：垃圾变农肥　污水变清水

“黄家寨给我最大的感受就是整洁、清新。”2019 年 6 月 8 日，带着一家人特地从铜仁市区驱车到万山区高楼坪乡青年湖村黄家寨一日游的王家说。

村落依山傍水，道路宽阔洁净，庭院整洁有序。走进万山区高楼坪乡青年湖村黄家寨村民组，不时可见三两外来游人驻足拍照。

“垃圾能变成有机农肥，而污水也是经统一处理后才排放。我们黄家寨的好环境，背后可是下了不少功夫的。”寨子里的特聘保洁员刘红琼告诉记者，自己除了负责清扫外，还会帮助村民进行垃圾分类。

近年来，万山区以黄家寨为试点，全面开展农村环境整治，积极探索农村生活垃圾治理。

2017年，黄家寨引进垃圾处理技术——占地60平方米的垃圾处理池，每日可处理有机垃圾近1.5吨，辐射村民180户，使村民生产生活的有机垃圾变成了有机肥。去年4月，又建设完成了农村污水处理系统，使村民的生产生活污水通过地下管道汇入主管道，再通过人工湿地、生态湿地等8道环节进行处理，这样可有效解决全组31户178人的生产生活污水。

“农村生产生活垃圾、污水的有效处理，是村容村貌整治、提升的重点，破了这两道难题，就解决了农村环境整治的大部分问题。”万山区高楼坪乡乡长康宁说。

江口：村规民约护航美丽乡村

“安逸，太安逸了！这一趟算是来对地方了。”走进梵净山山麓的江口县太平镇快场村，来自江苏省江阴市的游客翟晋由衷感慨，对这里的绿水青山、诗意田园赞叹不已。

然而，以前的快场村可不是这般模样。

尽管好生态得天独厚，但垃圾靠风刮，污水靠蒸发，村民生产生活垃圾处理问题曾是快场村的老大难。

随着梵净山旅游市场的火热，发展乡村旅游，成为快场村人的共识。村里有见识的群众和老党员意识到，好环境是建设美丽乡村、发展乡村旅游的必要条件。

村党支部结合村情实际，广泛集合群众意见，将村环境卫生治理写入了村规民约，制定了《快场村村规民约》“十二条”。尤其在环境卫生方面，倡导创建宜居宜游美丽家园。

“村规民约规定，村民在操办酒席等活动时，必须先向村里缴纳500元环保保证金，坚持谁污染谁治理，这就起到了约束作用；我们还建立了环境卫生‘红黑榜’奖惩办法，定期评比公示。”快场村村支书郑云清介绍，将人居环境整治写入村规民约后，严格落实“门前三包、门内达标”责任制，从思想和行为上加以制约，督促村民养成人人注重生活环境卫生、及时清理垃圾的好习惯。

此外，村里还配套成立了“垃圾兑换超市”，与“十二条”共同架构起一“疏”一“堵”的环境治理机制。

在江口县，将乡村环境整治写进村规民约，改变乡村环境、民风的，不止快场村。近年来，江口县把村规民约作为推进乡村环境整治工作的有力抓手，激发群众参与度，倡导文明新风尚。行走于江口县的村村寨寨，看得见的，是环境的悄然变化；看不见的，是文明乡风已润入心田。

思南：外包环卫服务　垃圾清运有序

“大家快点，村寨里还有垃圾等着收嘞！”思南县许家坝镇黎家坝村干沟组垃圾收集点，环卫公司的垃圾转运车每天都会到这里进行垃圾清运，管理员简蓉忙着现场指挥。

这样的收运点，黎家坝村有 10 多个，主要集中在村主干路沿线及人口集中区域。

“农村生产生活垃圾处理是农村环境整治的关键，以前村民乱堆乱放，干部就去制止，但根本问题没有解决。”黎家坝村驻村工作队副队长龙燕介绍，自从村里将环卫服务外包后，这一问题得到彻底解决。

近年来，黎家坝村积极探索农村生活垃圾处理方法，不仅以村规民约等规章制度引导群众积极主动参与环境治理工作，还从去年开始，在全镇试点外包环卫服务。村民将垃圾集中放置到收集点，环卫公司定时将垃圾进行清运、处埋，井然有序，一改两年前垃圾乱丢乱放、蚊子到处飞的脏乱状况。

“村里垃圾桶随处可见，我们的垃圾再不用乱堆乱倒。”村民安云婵边打扫院子边说。如今的黎家坝村，村容干净整洁，正朝着“产业兴旺、生态宜居、乡风文明、治理有效、生活富裕”的目标迈进。

“我们正在对这种乡村环境整治模式进行完善和提升，促其形成常态，在全镇推广。”许家坝镇党委书记廖永生信心满满地说。

德江：卫生家庭评选激发内生动力

“喏，这是村里发的奖励，只有文明卫生家庭才有！”在德江县潮砥镇阡门村村民李朝梅家，李大姐开心地向记者“炫耀”一袋洗衣粉。

这一袋洗衣粉是近日阡门村表彰村级文明卫生家庭的奖励品，村里评选出来的50户文明卫生家庭一户一袋。获得了荣誉的李大姐收拾起屋里屋外来，更积极了。院前院后干干净净，锅碗瓢盆叠放有序，桌子板凳整齐摆放。

“收拾得干干净净的，人都清爽些。”李大姐说，以前习惯了柴草乱堆、鸡鸭乱放，家中卫不卫生也不重视。

自今年来，村里把环境卫生整治写进了村规民约，还制定了文明卫生家庭行为八准则：房前屋后要扫一扫、木柴方板要堆一堆、户外杂草要锄一锄、锅碗瓢盆要洗一洗、衣物被褥要叠一叠。

村委会也开展起了“一周一查、一月一奖”的文明卫生检查评比活动。村干部不仅反复做动员，还带头清理环境卫生。

村里第一批文明卫生家庭一公布，村民们的思想开始有了改变，收拾好家庭卫生的同时，还格外爱护公共环境卫生，大伙都以每月能评上文明卫生家庭为荣。

村民的积极性被调动起来了，阡门村的人居环境卫生在全镇出了名。镇里还组织全镇16个村（社区）的脱贫攻坚队对阡门村人居环境卫生进行观摩，促进全镇环境颜值提升。

在阡门村经验的基础上，潮砥镇还充分发挥各村春晖使者力量，发动他们带头开展人居环境整治和文明卫生家庭创建活动，还捐助一定资金为每月的文明卫生家庭购买小奖品。

如今，行走于潮砥镇的村村寨寨，明显感受到的，不仅是乡村面貌发生的巨大变化，还有人居环境卫生的不断改善，以及群众在参与环境卫生整治中不断增强的自觉性、积极性、主动性。

沿河：便民公厕方便群众

厕所有多重要？在沿河土家族自治县思渠镇做生意的湖南籍商人石亮良深有体会："作为外地人，我到思渠已经几年了，在租住的房子里不是很方便。以前这里上厕所就像打游击战，逼得人满街跑。"

"还真是，以前每逢赶集日，我家的厕所门口就会排长龙，打扫得干干净净的厕所，没到下午就脏乱不堪，让人哭笑不得！"家住思渠镇的田应香也应和道。

"但这都是过去了，现在镇里的旅游公厕建好了，方便了！"石亮良笑着补充道。

近年来，思渠镇以打造旅游大镇、创建文明乡镇和国家卫生乡镇为契机，按照全省旅游公厕标准，投入 100 余万元，新建集镇旅游公厕 5 座，覆盖思渠镇、麻阳河自然保护区和乌江山峡黎芝峡国家 4A 级景区等重点区域，破解了长期以来集镇居民、外来流动人口和游客的如厕难问题。

建好更要管好，才能真正方便群众。自旅游公厕建成以来，该镇积极探索"民心党建"+ 公厕"所长制"管理包保责任制，镇党委副书记、镇长任厕所"总所长"，镇党委委员、组织委员、宣传委员、统战委员以及协助抓创建工作的副科级领导任部门级"所长"，村（社区）党支部书记任公厕管理监督员。群众"方便"的同时，还可以通过扫公厕内的二维码对公厕管理人员进行直接监督和评价。

解决了集镇群众的"方便问题"，该镇还加大协调对接和资金筹措力度，补齐村级公共基础设施短板，解决群众"方便问题"。

目前，该镇已全面启动农村居民卫生厕所建设工作，建立台账，争取资金，将在村民集中居住的自然寨和村级活动中心修建便民公厕，使全镇 29 个村（社区）实现便民公厕的全覆盖。

《贵州日报》 2019 年 6 月 11 日

碧江整合资源建设美丽乡村

◇肖　东

近年来，碧江区紧紧围绕大扶贫战略行动，遵循党建引领、市场主导、社会推动的原则，纵深推进农村资源变资产、资金变股金、农民变股东的“三变”改革，大力实施乡村环境“美化”工程，深化农村自治、法治、德治这“三治”的融合，建设富裕、宜居、秀美、和谐、活力的美丽新农村。美丽乡村连线成片，青山绿水处处脉动乡愁。

“三变”改革激活乡村沉睡资源

碧江区探索“民心党建+‘三社’融合促‘三变’+春晖社”农村综合改革模式，融合“组织、市场、社会”三大力量，把特色农业、生态农业、观光农业、休闲农业、乡村旅游等新形势下新型农业产业融入试点改革，凝聚农村发展要素，激发农村发展活力，巩固脱贫攻坚成效。

近年来，灯塔街道柑子冲村以“三变”改革为契机，依托城郊村的区位优势，通过“四权”确权明晰农村土地承包经营权、林权、宅基地使用权及房屋产权权属，积极动员贫困户以资金、土地、固定资产、劳动力等形式入股村级集体经济，流转荒山、荒地等资源1000余亩，整合资金300万余元，大力发展村级集体经济。为了集中打造桃源生态旅游山庄，村民按照每年每亩800元租金的标准，将土地流转到山庄，年终收取土地租金，推进农村资源变资产，将扶贫资金等入股山庄，年终收取股金分红，推动资金变股金、农民变股东。同时，村民可以就近在山庄务工，解决就业问题，达到脱贫致富的目的。目前，山庄已流转土地1500亩，带动当地就业54人，贫困群众每年共领薪金100万余元。

紧扣“三变 + 乡村旅游”“三变 + 特色农业”“三变 + 农耕文化”的发展理念，建设集农家院落区、农事体验区、休闲垂钓区、苗木观赏区等于一体的乡村旅游集散点，种植桃子、梨等经济果木 200 余亩，着力为游客提供餐饮、休闲、垂钓、农事体验等服务。引入铜仁博大旅行社，由其联合铜仁博才拓展教育培训公司建立拓展培训基地，规划建设足球场、游泳池等体育设施，将其打造成铜仁市一流的体育拓展培训基地。该基地年吸引游客 20 万人次以上，预计可间接拉动社会消费 2000 万余元，入股农民和村集体每年至少可分享利金 200 万余元。

据了解，碧江区 2018 年确立“三变”改革试点村 37 个，比 2017 年增加 25 个，获批产业扶贫子基金项目 13 个，获批资金 8.56 亿元，特惠贷用于产业发展资金 1012 万元，建立农民专业合作社 575 个，有效整合农村资源，推动农村产业兴旺，助力乡村振兴。

“美化”工程扮靓乡村人居环境

近年来，碧江区以脱贫攻坚统揽经济社会发展全局，着力改善乡村基础设施，投入 5.7 亿元，实施“组组通”公路建设 814 公里，覆盖 12 个乡镇（街道），61 个村，125 个村民组；投入 1500 万元，实施 683 个村民组寨内的道路硬化建设 556 公里。同时，按照“一乡一品”的乡村规划，整合 5.36 亿元专项资金，推动农村改厨、改厕、改水、改圈、改电、房前屋后硬化及房屋维修“五改一化一维”项目和危房改造工程，提升人居环境。创新开展“环保银行”试点，建立垃圾兑换商品的激励机制，实现垃圾收运集中处理和循环利用，有效提升美丽乡村建设水平。

川硐街道板栗园村按照“政府引导、春晖助力、逐步推广”的思路，大力实施农村清洁工程，在村民组设置环保置换机构，以积分的形式收购村民的可回收废旧物品——村民用积分兑换所需生活用品，定期将废旧物品返销给回收站，利用返销获得的资金再购买兑换商品，实现资金流良性循环。这有助于形成农村垃圾分类回收的长效机制，达到变不可焚烧垃圾为宝、降低村级环卫开支、提升村民环保意识的目的。

“我们通过召开院坝会、群众会和张贴宣传海报的形式，为村民现场讲解置换机制、工作性质及兑换流程，提高群众知晓率和参与率，引导广大村民增强生活垃圾分类处理意识，推动村民养成低碳、环保、文明的生产生活习惯。”川硐街道办事处板栗园村驻村工作队副队长黄伟介绍道。截至目前，全区“环保银行”增至43个，共收购废旧物品近3000千克，其中酒瓶4000余个，兑换3万余积分。

坝黄镇采取“户分类、村收集、镇转运”的模式，将1.2万余个塑料垃圾桶分发到户，设置智能垃圾收集清理点261个，覆盖全镇237个自然村寨。投入2630万元建成覆盖集镇的污水处理厂1座、村组污水处理站19个，日处理污水能力达1245立方米，有效提升乡村人居环境。同时，按照“户与户比，组与组比”的原则，定期开展组内环境卫生评比、村内环境卫生评比，对环境卫生干净整洁的模范户，奖励香皂、牙膏、洗衣粉等日常生活用品，有效激发村民对环境卫生整治的热情。

据了解，按照生态、生产、生活“三生共融”的环保理念，碧江区扎实开展绿道、绿水、绿城、绿园、绿景、绿村“六绿”攻坚行动，重点打造杭瑞高速绿化与景观提升示范带、仁信大道、和平武陵山茶产业公园、教育园区等“六绿”示范点，完成绿化面积4.4万亩，实现林业总产值29.35亿元，被评为2018年度全国绿色发展百强县。

“三治”融合提升乡村文明风尚

乡村治，则百姓安。碧江区紧扣乡村振兴战略，推动乡村治理自治、法治、德治“三治”融合，营造人人共建、共治、共享的局面，最大限度地激发农村发展活力，更好更快推进农业农村现代化。

用自治激发治理活力，严格执行“四议两公开”等务实管用的村务管理机制，把涉及群众切身利益的事情摆出来让群众议，让老百姓充分参与村务管理。按照“一村一品”“一村一特”的思路，广泛征集村民意见，紧密结合法律法规、社会主义核心价值观，融入社会治安、新农村建设、公益事业等乡村振兴要素，为各村制定专属的村规民约。滑石乡依托新时代农民讲习所阵地，邀请春晖使者宣传村规民约现实意义，充分利用宣传栏、院坝会、家庭会等形式向村民普及。乡村党员带头遵守村规民约，围绕当前乡村振兴重点工作，承诺并完成 1 至 2 项实事，引导村民支持、维护公约。

用法治维护公平正义，建立健全乡村矛盾纠纷多元化解决机制，充分发挥各级人民调解组织在维护社会稳定、构建和谐社会中的“第一道防线”作用。深入推进“法律进农村”法治宣传，在各乡镇（街道）打造法治文化长廊，举办法律明白人培训班，推进民主法治示范村创建工作。开展“百名律师进驻贫困村参与脱贫攻坚”活动。全区执业律师进驻深度贫困村，开启法治扶贫模式，归纳研判所驻村脱贫攻坚、产业发展、矛盾纠纷、社情民意，制订法律服务计划，为进驻贫困村提供法律服务，让群众感受到法律的存在、认知法律的尊严、增强法律的信仰，增强村民法治意识。

用道德约束纠正失德行为，充分发挥春晖使者在和谐建村、以德育村、智力助村、产业富村、帮扶在村等方面的作用，组织开展最美家庭、最美婆婆、最美媳妇等“最美”系列评选活动，树立先进典型，弘扬百姓身边的真善美。依托特色民族村寨、古建筑，建好一批“春晖书院”“春晖长廊”等春晖文化宣传阵地，展示村寨良好的家风家规、农耕文明等特色风物，促进乡愁文化、传统文化和旅游产业融合发展。瓦屋乡以“最美”系列评选活动为载体，适时组织评选模范践行村规民约代表，通过红榜上墙，进行表彰奖励；对违反村规民约的村民，在群众大会上进行教育，教育村民自觉遵守。2018 年以来，该乡共评出最美家庭 200 余户，先进个人 180 余人。

如今，碧江区美丽乡村建设正走进百姓日常生活，每个村庄都展示着自己的独特风情，或山花烂漫，或产业兴旺，或生态宜居，或乡风文明，有硬化的路面、整洁的街道、崭新的墙体、和谐的邻里关系——村中老人坐在文化广场上悠闲地聊天，孩子们正追逐着嬉戏打闹……

《铜仁日报》 2018 年 10 月 24 日

碧江美丽乡村带来美好生活

◇ 任琴超

美好的生态环境是大自然赐予碧江最珍贵的礼物，也是碧江最宝贵的财富。

近年来，碧江区立足生态优势，大力推进农旅融合，着力改善农村环境，打造了一个个美丽的乡村，既为当地村民发展产业提供了基础，也保护了生态环境，真正实现了百姓富生态美的有机统一。

打造美丽乡村　带动村民发展

五月的清晨，碧江坝黄红董农林科技产业园里雾气缭绕，一栋栋黛瓦彩墙民居镶嵌在一片绿色的海洋中，仿佛仙境一般。

走进村庄，是宽阔整洁的沥青路，道路两旁的小树苍翠欲滴，各种各样的3D立体彩绘画在民房的墙上，生动逼真。放眼望去，处处成景，令人赏心悦目。

如今的木弄村，成了吸引游人驻足的景区，再也不是以前人们只路过的村庄了。

“我们现在走的这条路是我们当时出村的唯一道路，而这一片之前也全是荒地、山林，环境卫生也没有人管理，村容村貌不成样子。”木弄村村支书唐文权每走到一处就向记者介绍该处以前的样子。

木弄村红董的这一系列变化，始于2016年。

2016年3月，碧江区城投公司投资3.61亿元，在坝黄红董建设农林科技产业园。该园总建筑面积16.36万平方米，辐射面较广。木弄村红董、谱子、上寨三个组处于产业园中心，公司对园内的民房、建筑、道路等进行统一规划和建设。产业园目前已建成休闲广场、游客接待中心、天街树屋主体、阳光草坪、梦想花园道路沿线3D彩绘树舍、民居平改坡33栋8600平方米、旅游公厕等项目。经过改造，如今三个村民组的村容村貌焕然一新。

"哪个想得到我这辈子也能享这个福，住在景区里，不但环境好、交通四通八达，而且踏出家门槛就能赚钱。"正在花台上栽种花草的黄代娣乐呵呵地说。

黄代娣是坝黄镇木弄村红董组人，之前和丈夫在外面打工，家里没人照顾，地上长满了青苔，房子到处是霉，家不像个家。看到景区建设后，夫妻俩觉得机会来了，果断选择回家发展。目前她和丈夫都在景区务工，夫妻俩做一天可赚 220 元，按每月平均做 15 天算，一个月也有 3000 余元收入。除了务工外，黄代娣还在景区卖一些水枪、风筝等小玩具，收入也比较可观。

"现在我家也成了景区一角，等景区所有项目建好后，我们打算将住的这栋房子拿来搞民宿。"黄代娣说。

同样受益于景区的还有谱子组村民吴召云。

一栋占地 270 多平方米的两层楼房里，刷了油漆的板壁格外耀眼，院子里宽敞干净，院子上空挂着的彩旗随风飘摇。这就是吴召云的农家乐。

"生意怎么样？"记者问。

"周末和节假日忙得不可开交，农家乐基本爆满，晚上还要搞烧烤生意。光这个五一就接待了 100 多桌，累死了。"吴召云说。

吴召云一家 6 口人，除了大儿子外，其余的劳动力全部都扑在了经营农家乐上面，他还请了一名专业厨师。

"我家刚开业不到 2 个月，收入有七八万了。听说目前的景区只建成规划的五分之一，那么建成后来游玩的人肯定会更多。我还准备再开一家农家乐，一年挣个一两百万元应该不费力。"吴召云自信地说。

据唐文权介绍，目前，景区覆盖的三个村民组的青壮年几乎全部回家，整个木弄村 90% 的青壮年也被吸引回村，围绕景区做文章。目前，该村已有 38 家农家乐。其余村民有的开小卖部，有的卖烧烤，有的发展水果采摘体验项目，整个村忙得热火朝天。

"景区建成后，将为我们坝黄沿线带来超高的人气，这为我们老百姓的产业发展提供了绝佳的机会。"唐文权说，届时，我们木弄的草莓，宋家坝村的葡萄、西瓜等，都不用拉出去卖了，在大棚里就能卖完。村民的人均年收入上万元也根本不是问题。

“今年我们种的草莓的销路明显比以前好，几乎没人挑到街上去卖。每个周末来我们村游玩的人好多，最多的一个周末可以卖100多斤草莓。”木弄村卖草莓的宋大姐满意地说。

据了解，仅五一期间，该景区接待游客七八千人次。自2016年10月开园以来，该景区共接待自驾游客和团队游客约13万人次。该项目预计2019年3月全部完工，届时会有更多的人流汇聚在此，也将带动更多周边群众共同发展致富。

保护原生态美丽乡村 引导村民发展

从铜仁城区出发，驱车行驶20多分钟就到达了碧江区川硐镇板栗园村。一下车，只见白云环绕，青山绿水交相辉映，河水清澈见底，一座座民居星星点点地散落在河流两边、山坡上，构成了一幅美丽的乡村图景。

板栗园村位于铜仁城区北部，其森林覆盖率在70%以上，由于生态美、环境优，正在成为最受市民喜爱的周末休闲旅游胜地。这为当地村民发展第三产业带来了契机。

“我们村山清水秀，处于锦江河上游，属于湿地公园景区，没有任何一家工业企业，还有保存完整的古村落杨家坡，很适合发展乡村旅游业。”板栗园村村支书万兆飞说。但是这里的老百姓思想相对保守，不敢冒风险，因此，必须先由政府引导鼓励一批发展起来，为我们村未来发展聚集人气。

板栗园村村民杨丽萍就是政府引导的第一批人。2013年之前，杨丽萍不同意家人修房搞农家乐，觉得要亏本。“有哪个肯来我们这些地方玩，村里的人都想方设法地往外跑。”

拗不过固执的丈夫，杨丽萍硬起头皮和丈夫利用自家的住房，开办板栗园农家山庄。没想到农家乐营业后，周末生意火爆。“我根本没敢想能有这么多人来玩。现在，我们家基本天天都有客人，周末加上烧烤的有 20 多桌。一年大概可以挣个 20 万元吧。”杨丽华笑着说。

目前，该村有 13 家农家乐，其中大型的有 3 家。

自从乡村旅游发展起来后，养蜂的万光明心里也乐了。之所以乐，是因为万光明养的 20 多箱蜜蜂，不用愁销路了。

“我一次可以取 100 多斤蜂糖，一年可以取 700 来斤，全部在村子里就能卖完，也不耽搁活路。按 120 元一斤算，一年就是 84000 元，划得来。”万光明笑嘻嘻地说。除了养蜂外，他还自己在外面做事，一个月下来还有几千元工资收入。

发展是好事，但是由于板栗园村地理位置特殊，环境保护显得尤其重要。

“我们这里属于生态保护区，在发展旅游时必须要政府加以引导，一手要提高村民环保意识，一手要抓基础设施建设。”说起板栗园村的环境保护，万兆飞显得格外严肃。

近年来，政府对板栗园村进行农村环境整治，陆续修建垃圾池、污水处理站等基础设施。2016 年，政府整合农村环境整治资金 50 万元，专门用于保护板栗园村的生态环境。今年 9 月份，板栗园村还将修建地埋式垃圾池，更好地保护环境。

此外，该村也制定了严格的村规民约，专门安排一名巡查员监督村庄日常环境。一旦发现任何村民把垃圾扔向河流，第一次警告处理，第二次罚款 200 到 500 元，并取消开办农家乐的资格。

经过政府一系列的措施整治及村干部的努力督促，村民的环保意识得到不断提高。

“俗话说靠山吃山，靠水吃水。游客来我们这里就是看中我们这里山山水水好，环境干净，我们必须要自觉保护好这里的生态环境。只有这样，才能一直发展有钱赚。”杨丽华说。

眼下，板栗园村正在建设集中建房农旅一体化项目，到时将吸引更多游人来此游玩，老百姓的生活也将会越来越好。

铜仁网　2017 年 5 月 10 日

碧江：美丽乡村建设与脱贫攻坚“同频共振”

◇ 肖 东

近年来，碧江区把美丽乡村建设作为脱贫攻坚的重要载体，不断夯实农村基础设施、强化环境整治、筑牢产业基础、突出文化引领，扎实推进农业农村发展，提升公共服务能力，实现美丽乡村建设与脱贫攻坚“同频共振”。2018年，碧江新增1个省级现代高效山地农业示范园区，贫困发生率降至1.73%，顺利接受了国家第三方脱贫攻坚验收。

夯实基础设施 扮靓人居环境

秋日微凉，笔者来到坝黄镇泥哨村，一条条水泥硬化通组路、产业路、联户路映入眼前，一栋栋维修后的青瓦木房坐落在青山之间，一排排太阳能路灯间隔有序地耸立在道路两侧，构成了一幅和谐美丽的乡村画卷。

泥哨村是碧江区最偏远的村寨，共有10个村民组。藏在深山的贵龙、白竹、枫桶、寨云4个村民组因地理环境的阻碍，一直没有通公路，村里的绿色生态农产品难以“走”出大山。修路致富成了当地人日夜的期盼。

近年来，碧江区以脱贫攻坚统揽经济社会发展全局，着力改善乡村基础设施，投入5.7亿元，实施“组组通”公路建设814公里，覆盖12个乡（镇、街道），61个村，125个村民组；投入1500万元，实施683个村民组寨内的道路硬化建设556公里。按照“一乡一品”的乡村规划，该区大力实施人居环境改善工程，成立由分管区长任组长的“危改”及“五改一化一维”项目领导小组，整合5.36亿元专项资金，推动农村改厨、改厕、改水、改圈、改电、房前屋后硬化及房屋维修“五改一化一维”项目和危房改造工程，采用PPP模式建设农村垃圾、污水无害化处理项目，打造高水平的“四在农家·美丽乡村”示范村。碧江区成为全省第一个实现“智慧环卫”的区县。

今年年初，碧江区在坝黄镇泥哨村建成并硬化近 8 米宽的通组路，把 10 个村民组串联起来，结束了贵龙等 4 个村民组不通车的历史；驻村干部通过对接超市，进村收购农户绿色蔬菜，推动“农货出山”，让村民把生态优势产品转化为经济产品；共完成“五改一化一维”项目改造 402 户，实现智能垃圾池组建全覆盖，安装太阳能路灯 274 盏。

据了解，该区以村庄规划编制为抓手，统筹抓好城乡重要基础设施和公共服务设施建设，完成规划区外 43 个行政村村庄规划编制工作；顺利推进付家山、文笔峰 2 个山体公园和清水大桥至南岳大桥、花果山至清水大桥沿江步道等 15 个市民休闲空间项目，城乡人居环境明显改善。

强化环境整治　实现生态宜居

坚持把农村环境综合整治作为美丽乡村建设的突破口，按照生态、生产、生活“三生共融”的环保理念，结合环境整治与脱贫攻坚，深入实施绿道、绿水、绿城、绿园、绿景、绿村“六绿”攻坚行动，成立以政府主要负责人为组长的全域绿化“六绿”三年攻坚行动指挥部，重点打造杭瑞高速绿化与景观提升示范带、仁信大道、和平武陵山茶产业公园、教育园区等“六绿”示范点。

积极推进集体林权制度改革，以户为单位颁发林权证，积极倡导村民植树造林。瓦屋乡充分发挥农村党员模范带头作用。中共党员刘洪喜用 10 年时间在荒山植绿、护绿，带领乡亲植树造林，发展林下生态养殖，先后绿化荒山 1200 余亩，种下 30 万株林木，带动村民荒山植绿 2 万余亩，建成铜仁市首批“家庭林场”。长成的“万亩林海”吸引了区内外游客前来游览、观光、“洗肺”，创造绿色生态价值上千万元。

同时，扎实推进乡村人居环境整治，桐木坪乡以打造生态绿色侗乡为抓手，制定《桐木坪乡环境综合整治及长效管理工作任务分解表》，建立健全环境卫生管理体制，完善村规民约、规范卫生制度，层层签订责任书，把工作任务细化到路段、河流、重点部位，落实到班组、人头。以户为单位共发放垃圾桶2000余个，以村为单位共发放垃圾分类箱260个，配备3辆智能垃圾清运车，招聘94名村寨保洁员，做到垃圾日产日清。

据了解，该区在板栗园村创新开展“环保银行”试点，建立垃圾兑换商品的激励机制，实现垃圾收运集中处理和循环利用；投入2.7亿元在全区设置9.2万个分类式塑料垃圾桶，建成1056个智能垃圾收集清理点、17座大型垃圾转运站，将垃圾作为发电原料统一清运至海创垃圾焚烧发电厂发电；投入3.6亿元，实施5个集镇污水处理厂项目和413个村寨污水项目的建设，着力提升美丽乡村建设水平。

筑牢产业基础　推动村强民富

加速推动农业现代化发展，按照“市场主导、自愿合作、一村一策、资源整合”的原则，整合4500万元扶贫专项资金，按贫困村100万元、非贫困村30万元的标准，大力发展产出高效、产品安全、资源节约、环境友好的村级经济产业，全区所有贫困村集体经济积累在5万元以上。

漾头镇依托自然优势，不断完善农村基本经营制度，引导农户依法自愿有序流转土地经营权，规模化、技术化种植精品水果，构筑集葡萄采摘、休闲、旅游于一体的产业发展格局，通过“农超对接”的模式，带动贫困户在家门口就业增收。2018年，该镇建成高山葡萄园3500余亩，产量达1800万斤，预计实现产值400余万元，带动全镇179户贫困户714人脱贫。漾头高山葡萄先后荣获葡萄王和绿色食品称号，成为2014年度中央电视台推广品牌。

为拓宽葡萄销售渠道，该镇突出生态绿色、健康养生、营养甘甜的产品特点，主动联系省、市、区多家主流媒体，为产品宣传造势；强化与周边景区协作，举办葡萄采摘节，邀约区直各单位前往采摘品尝，变被动营销为主动营销；组建九重岩果蔬销售专业合作社，建立“销售合作社+市场+农户”的产销链条，对全镇的果蔬销售进行统一规划、统一经营、统一收储、统一购销，打破农户自产自销的销售瓶颈，实现扶贫产业产销一体化经营，提高农户产业发展积极性。

产业的带动，催生了新的消费需求。村民秦海燕迅速办起了“花田范”生态农庄，为前来采摘生态葡萄，体验山水田园生活的市民提供民宿、餐饮、烧烤、咖啡等休闲旅游服务。该农庄今年 7 月试营业以来，短短两个月时间实现收入 5 万余元。

今年来，碧江区以农业产业结构性改革为主线，聚焦农业产业发展“八要素”，落实好 25 度以上坡耕地的退耕还林和 25 度以下坡耕地的产业结构调整用地工作。截至目前，已建成油茶产业 1 万亩、水果产业 1.3 万亩、木竹及花卉等其他产业 1.43 万亩，调减玉米等低效农作物面积 5.2 万亩。

突出文化引领　提升乡风文明

坚持把乡风文明作为美丽乡村建设的内在要求，挖掘传承本土特色文化，成立文化艺术研究中心，特邀铜仁本土艺术家、专家学者、文艺爱好者等社会各界人士共同参与，加大对民俗文化、非遗文化、特色饮食文化以及老字号、传统商标的挖掘保护力度，让更多文化元素植入乡村建设之中，以优秀乡土文化规范村民言行，努力形成“一村一特色、一路一景观、一户一美景”格局。

云场坪镇路腊村按照“文化 + 旅游 + 产业”的模式，充分发挥自身厚重历史文化资源优势，有效融合历史文化、民俗文化、汞文化等人文景观与喀斯特地貌自然景观，配套栽种万亩荷花、樱花、紫薇、火棘等花木，打造紫薇长廊和文化墙，着力建设“春赏樱花、夏品荷花、秋看紫薇、冬观火棘”的“四季花海”景观。通过每一年举行隆重的“寻找失去的年味”、樱花节、荷花节和捉鱼节，打造科教体验、徒步观光、休闲旅游的圣地，吸引省内外游客前来观赏。

瓦屋乡以村（社区）为单位，结合村居文化历史和当前工作重点，以墙体画为载体，用图文并茂的形式，大力宣传社会主义核心价值观、脱贫攻坚政策和传统文化，让墙绘在美化村庄的同时，润物无声、潜移默化地提高村民文明素质。同时，完善村规民约，以“最美”系列评选活动为载体，评选践行村规民约最美家庭、先进个人，通过红榜上墙，进行表彰奖励，鼓励村民自觉遵守。2018 年来，该乡共评出最美家庭 200 余户，先进个人 180 余人。

同时，在全区 90 个村（社区）因地制宜建立“春晖社”，依托特色民族村寨、古建筑，建好一批“春晖书院”“春晖长廊”等春晖文化宣传阵地，礼聘各领域 670 名先进人物为春晖使者，充分发挥他们在和谐建村、以德育村、智力助村、产业富村、帮扶在村等方面的作用，组织开展文明创建、志愿服务、立家训家规、书香之家评选等活动，营造好向上、向好、向善、向美的乡村文化氛围。

铜仁网 2018 年 9 月 14 日

万山鱼塘乡
评选“最美农户”　赛出乡村文明新风

◇ 张著昶

2018 年 5 月以来，铜仁市万山区鱼塘乡 14 个村民委员会纷纷举办“最美农户”表彰会，645 户分获卫生清洁户、勤劳致富户、尊老爱幼户等特殊奖牌，还各获一张鲜红奖状和一包洗衣粉。

“虽然奖品不多，但这很光荣！”登峰村卫生清洁户陈云科特别看重这块奖牌，他说，一定会珍惜荣誉，努力保住这块奖牌。没获奖的村民也纷纷表示，要奋发赶超，争取下次上光荣榜。

父母双双 80 岁高龄，在有的人看来是负担，可高峰村村民张厚余却认为这是福气。他说，孝敬老人是中华民族的传统美德，是儿女应尽的责任，父母辛劳一辈子，更应该共享新时代新生活。

“他家获得尊老爱幼户奖牌，乡亲们都服气。”邻居王连弟点赞说，张厚余不但孝敬自家老人，而且遇到村里谁家老人、小孩有什么困难，他都会力所能及地帮一把。

为支持万山区城市异地转型发展，几年前，碧江区基础条件较好的原黑岩、老羊坪、牛场坡三个乡被整体划给万山区组成鱼塘乡。对此，部分新鱼塘人有些想不通，认为“被抛弃”。

在万山区党委、区政府的支持下，近年来鱼塘乡引进培育企业、专业合作社、家庭农场 96 家，总投资 28 亿元。鱼塘乡经济社会快速发展，赢得“西南大十字”、铜仁市第二大粮仓等美誉。新鱼塘人的归属感不断提升，全乡干部群众斗志昂扬，发展积极性越来越高。

村与村、户与户之间暗中较劲，比产业发展，比勤劳致富；新兴产业如雨后春笋般破土而出。2017 年，鱼塘乡“四场硬仗”捷报频传，整乡脱贫出列。

“物质生活脱了贫，精神生活可不能掉队。”该乡党委书记张曲说，今年初，鱼塘乡决定开展“最美农户”评选活动，营造“村民比勤劳、家庭比卫生、农户比孝道”的文明乡风，弘扬社会主义核心价值观。全乡共有 1260 户报名参评“最美农户”，经群众代表推荐，村支两委评议公示，乡党委、乡政府审核，最终有 645 户获奖。

评选活动大大提振了群众的精气神。如今，村民们争先恐后，比勤劳、比卫生、比孝道，赛出了乡村文明新气象。

据介绍，鱼塘乡将对“最美农户”评选进行动态管理，形成你追我赶的竞争机制，助力乡村振兴再上新台阶。

《贵州日报》 2018 年 6 月 4 日

万山：村规民约为美丽乡村添“颜值”

◇ 杨发娣

近日，记者走进万山区茶店街道垢溪村时，只见该村几位村民正在打扫大道卫生，有说有笑；有的村民则在自家门前清扫，不放过任何一个角落。

通过一番打理，入村路、入户路变得干干净净，门庭院落整洁清新，还有鲜花绿草相衬，一个崭新的新农村初露娇容。

该村干部告诉记者，这是群众会制定的村规民约起到了效果，因为村规民约将保护环境卫生作为重要内容，以此约束和提醒百姓要爱环境、爱卫生。

“以前，有些人乱扔垃圾，导致河道、公路上随处可见白色垃圾，脏得很哟，一到夏天，就散发出阵阵恶臭。而现在，通过制定村规民约，大家一起努力，村庄已经大变样了。”村庄“脏乱差”摇身变成“齐净美”，村民徐兴学一脸笑容地说。

松桃农村人居环境整治：引导群众主动参与“家务事”

2019 年 8 月 19 日清晨，松桃苗族自治县木树镇木池村，贫困群众杨再梅早早地起床，挽起帘笼，把被子叠整齐。这是她每天早上的“功课”。

宝帘闲挂小银钩。淡粉色的蚊帐为这间装修简单的房屋添了几分喜色。“驻村干部让我们把家里收拾干净，改变平常不好的生活习惯。”杨再梅说。

细微之处见真章。清洗晾干不久的蚊帐、一尘不染的帘顶、有序悬挂在小小木钩之上的帘子……一顶小小的蚊帐讲述着杨再梅家生活习惯的改变。

轻易简便的蚊帐既能避蚊，又能吸附空气中飘落的尘埃，效果俱佳。“村里宣传说要勤洗，我才开始注意这些健康问题。”谈到这些生活细节，杨再梅很感谢驻村干部的宣传，因为这些宣传，自己不仅把蚊帐、床被等打理干净，还学到了健康知识。

在木池村，几乎家家户户都有蚊帐，清洗蚊帐、用好蚊帐，是村民改变生活方式的表现。蚊帐的背后，是群众摒弃陋习、思想观念转变、人居环境差中向好的直接体现。

改善农村人居环境，是决战脱贫攻坚、决胜同步小康的迫切需要。今年来，松桃大力开展“党的政策好、社会风气好、人居环境好、干群关系好”宣传活动，按照“鸡鸭牛羊入圈，柴草农具靠角，钉子绳子下墙，鞋袜衣帽进柜，废品弃物出家，干净衣被上身”的标准，全力整治农村人居环境。

实现人居环境好，关键是要引导群众养成好习惯、形成好风气，内外兼修。

“以前鸡都是敞开养，到处都是鸡屎，臭烘烘的。自从驻村干部宣传了鸡鸭牛羊入圈后，才把鸡关着。”在村民黄银桃家，杂物间干净整洁，不见了往日遍地是鸡粪的场景。

走进黄银桃家的厨房，几十年的橱柜虽然有些陈旧，但是非常干净。柜子中间放着的洗漱用品格外显眼，只见四个杯子整齐地一字排开，三把牙刷和一支牙膏朝着右边看齐，令人赏心悦目。

“感谢驻村干部，他们教会我懂得环境卫生的重要，我也为一开始的不理解和不支持感到不好意思。”看着门前挂着的“卫生光荣户”红旗，黄银桃满脸笑容。

现在的黄银桃，每天清晨起来，都要叫女儿把床被叠好，自己也把里里外外收拾干净，再去地里掰玉米。洗一下、拖一下、整一下、扫一下，成了她每日的必做事。

掩映在青山绿水间的木池村，在人居环境整治前，村子里鸡鸭到处走、粪便满地是，群众家里下不去脚，屋内摆放杂乱无章。

内化于心、固化于制、外化于形、实化于行。

“为了做好村里的人居环境整治工作，我们制定了群众认可的村规民约，在攻坚突围中引领，让群众主动参与环境整治，革新观念，革除陋习。”木池村脱贫攻坚指挥部指挥长田仁强说，村里通过村民理事会，评选出卫生光荣户和思想先进户，形成了你追我赶、后发赶超的健康氛围。

念念不忘，必有回响。木池村脱贫攻坚指挥部不忘初心，担当尽责，把改善农村人居环境放在心上、扛在肩上、抓在手上，通过白天黑夜走家串户及举办夜话会、院坝会、家庭会，在宣传教育、示范带动、建章立制中逐渐改变群众的思想意识，树立讲卫生、爱环境的新风尚。

“你看看你，一天天在家什么也不干，连个卫生都整不干净，叫你硬化房前屋后，也拖拖拉拉的。今晚开群众会说评选卫生户的事，我都不好意思去参加。”在人居环境卫生整治中，贫困群众黄祖权的懒散，遭到了妻子龙元珍的数落。

龙元珍是村里的卫生保洁员，白天都在忙着卫生的打扫和农活。由于她丈夫没有重视环境卫生，没有按驻村干部的要求把鸡鸭入圈、打扫家里的卫生，她家落选了“卫生光荣户”，她很生气。

炎炎夏日，村民罗启贵正在院坝里晒玉米，见有外来干部到来，他马上进屋，穿上一件干净的短袖。

“农村干活中，衣服弄脏是常事。每当看见有外来人时，我就会换件干净衣服。”罗启贵说，自己是村里的一分子，代表着村里的形象，不能因为自己，给村里抹黑。

少成若天性，习惯成自然。每当有客人进入二楼房间时，罗启贵的大孙子总会在背后提醒：“叔叔阿姨，麻烦换鞋。”

杨再梅、龙元珍等村民一个个细微的举止，体现了农村人居环境整治的思想已经在群众的头脑中“生根发芽”，这推动全村的环境卫生日益向好。

“历史活动是群众的事业。决定历史发展的是‘行动着的群众’。”现如今，木池村的群众已经把人居环境整治当作“家务事”对待，成了这场攻坚战的主人。

走进木池村的家家户户，村民们都把家里有用的东西摆好、备用的东西装好、无用的东西丢好，养成了健康的生活习惯。

在农村人居环境整治工作中，木池村村民之间相互学一学、看一看、说一说、帮一帮、改一改、比一比，人居环境改头换面。进进出出的参观人员，让村民们由衷地感到高兴。家家户户敞开大门欢迎“客人”参观，村民朴实的笑容中洋溢着荣誉感、自豪感和喜悦感。

木池村环境卫生的整治，改变着村民的行为习惯、生活方式和思想意识，改变着木池村千百年来的陋习。

多彩贵州网 2018 年 6 月 20 日

松桃：贫困苗寨变“美丽乡村”

◇ 李黔渝

“干部驻村几个月，村容村貌变了样。”松桃苗族自治县盘石镇响水洞村村民石长英感叹，过去在外打工总感觉城市发展快，农村老家却一点变化都没有；现在水泥路硬化到家门口，村子整洁又漂亮，村民致富有了方向，而这些变化与上面派下来的驻村干部分不开。

驻村的张刚是贵州省人口计生委的干部，今年 2 月来到响水洞村。响水洞村是一个苗族聚居的贫困村，坐落在深山里。张刚说，这里的苗族受外来文化影响小，50 岁以上的村民和 10 岁以下的小孩几乎都不会说汉语，能说汉语的村民都是外出打工回来的，讲的都是南腔北调的普通话。

“刚开始语言不通，交流起来非常困难，村民也担心我是不是真的来搞帮扶，工作很难展开。”为了尽快融入，张刚在村里住了下来，跟着村民们唱苗歌、学苗话。张刚还说：“村里大事小事我都去看看，逢到谁家结婚、办满月酒，我也跟着随个礼……慢慢村民就信任了我。”

通过拉家常、谈问题，张刚摸清了制约响水洞村发展的主要问题。张刚说，他来之前，村里村支书空缺，村主任也因故停职，百姓急需一个村委领导班子增强凝聚力。“通过村民选举、乡镇调配，村两委组织得到健全，大家就开始齐心协力定规划、发展生产。”

在协调争取到交通运输部门给村里规划的 17 公里公路建设项目后，目前已有 3.2 公里进村公路即将硬化完工。村民田永明说，很多外出打工的村民都主动留下来，投工投劳，直到把路修好再出去。

村民龙正清在厦门打工，白天下苦力，晚上一个人躺在床上画画。记者看到，画稿上规划着村里哪里修宾馆、哪里修游泳池、哪里修学校，画稿一共有 20 多幅。“那时候，城市越来越漂亮，可我们村还是那么穷。我们天天盼着响水洞村发展变化，现在终于变成了现实。”

在贵州省人口计生委提供的资金支持下，响水洞村又新修建了学生食堂、教师工作室和民族文化广场。在几个月的时间里，村里完成了改厕、清理加固河道、修建垃圾池和计生卫生室等基础设施项目。响水洞村已连续 4 个月在全县卫生评比中名列第一。

现在，走进响水洞村，仿佛来到一个世外桃源，溪河环村而绕，山间瀑布垂流直下，风景美不胜收。

村民石长英上个月加入了村里的苗绣合作社。合作社与县里的苗绣公司签订协议，产销都有保证。石长英说：“村里的妇女都会刺绣、织布，现在不用外出打工就能赚钱，也不耽搁农活，还能照顾家里，这是过去想都想不到的。”

“响水洞村还拥有傩戏、‘上刀山下火海’等民间绝技，村里以后会朝着民族生态旅游方向发展。现在在政府的支持下，已有村民搞起了农家乐，发展会越来越好。”张刚说。

新华社 2013 年 8 月 12 日

松桃寨英古镇：“美丽乡村”晒出农村发展新画卷

◇ 刘振斌

“一个真正的‘美丽乡村’，不应仅仅停留于上级来检查时村寨院落干净整洁，更在于村民思想在变好，村民真正富起来！”提到“美丽乡村”创建，松桃苗族自治县寨英镇的干部们如是说。

寨英被称为古镇，自有其悠久的历史渊源。据资料介绍，寨英曾是明朝开国皇帝朱元璋第六子朱桢进入梵净山区的屯兵所在，是中国历史上川楚之民最早进入贵州朝拜梵净山的必经之地，这里有迄今为止贵州省保存较完整、梵净山区域规模最大的古建筑群。目前，镇内尚有古城墙、古城门、万寿宫、福寿宫、水门码头、古石板街道、八大商号及桶子屋民居、会馆等遗址。寨英古镇享有“中国滚龙艺术之乡”“中国民间艺术之乡”美誉，是全国重点文物保护单位。该镇大水、蕉溪、邓堡、半沟、凯牌、落满等历史文化村落建筑风貌独特，民族民间文化底蕴深厚，滚龙艺术、挑花刺绣、造纸制药、酿酒熬糖、木雕石刻等手工艺至今保存完好，这些为寨英古镇“挤”入环梵净山“金三角”文化旅游创新区奠定了坚实的基础。

“美丽中国”提出后，寨英镇党委政府等不起、闲不住，以四大举措拉开了“美丽乡村”创建攻坚战序幕。

政府主导，资源整合。该镇因地制宜，认真规划，建立健全以政府为主导，以农民为主体，社会力量广泛参与的多渠道、多层次、多元化投入机制。加大人、财、物、项目资金的整合力度，有效增加“美丽乡村”建设投入。

以点带面，辐射带动。该镇着力构建以中心村、精品村辐射边沿村，特色村、历史文化村带动落后村的创建体系，初步形成了点线面结合、横到底纵到边，不留死角死面的“美丽乡村”创建新格局。

突出重点，打造精品。在实现村庄整治全覆盖的基础上，该镇全面启动12个中心村建设，对6个历史文化传统村落进行保护，建成省级生态村1个、精品示范村3个。全镇“一村一特、村在林中、林在村中”的“美丽乡村”格局初步形成。

明确责任，强化考核。为确保“美丽乡村”建设工作落到实处，该镇制定了切实可行的实施方案，镇、村、组分别成立了领导小组，做到专人管专人抓，层层担责任，层层抓落实。同时聘请了25名义务督查员，通过周记录、月公布、季调研、年汇总实行量化考核，着力提升广大农民群众的幸福感和满意度，努力交出一份水碧、天蓝、山青、村美、民富的答卷。

如今，走进寨英镇，犹如走进一幅动人的水墨丹青画卷，满眼是连绵起伏的林海，漫山遍野的果树，清澈见底的溪流，古朴幽雅的民居。绿树村边合，青山廓外斜，整个寨英的农村是美了村头、绿了村尾，全镇“美丽乡村”建设成效明显，有力地晒出了农村发展的新画卷。

蕉溪村：山乡风情惹人醉

走进寨英镇蕉溪村，只见一幢幢造型别致的小洋楼掩映于绿林深处，颇具民族特色、古色古香的小木屋坐落其间，纵横交错的水泥路连接每家每户。焕然一新的村容村貌和农民们脸上洋溢的笑容,无不展现着蕉溪迷人的山乡风情。

这是该镇紧紧围绕新农村建设16字方针，以生活富美、环境优美、邻里和美、言行尚美的“四美”活动为抓手，大力推进“美丽乡村”建设而取得的成效。

大水村：吃香喝辣住城里

在绿树环抱的大水村邵家山组，村民们在党员干部的带领下，正忙着联户路的硬化。老党员刘永祥指着不远处一栋漂亮的3层小洋楼告诉笔者，那里就是他的家。“我们走的是水泥路，喝的是自来水，住的是小洋楼，顿顿有肉吃，和城里人相比，生活水平一点也不差！”在刘永祥心目中，大水村就是实打实的“美丽乡村”。

吴家寨村：水清树绿村庄美

吴家寨村村民吴绍华今年可谓是喜事盈门。年初刚给老房子进行完房屋立面改造，他在外打工多年的儿子就汇来一笔钱，并特别嘱咐要按照镇、村统一规划，将结婚用的新房按照仿古特色建造。他告诉笔者，村里这几年发生了翻天覆地的变化，水变清了，树变绿了，村庄变美了，人也和气了。

寨英村：看书阅报精神爽

在寨英村养殖大户黄烈英家，圈中羊肥猪叫，火红的石榴、玫瑰、海棠花将整个院落烘染得格外喜庆和热闹。黄烈英高兴地说，以前村里是垃圾成堆、臭气熏天，村人都往外跑；现在不同了，村里建起了图书室、娱乐室、休闲广场，人人都争着去看书阅报，家家比的是赚钱多，户户讲的是邻里和睦，“美丽乡村”建设让老百姓真正过上了好日子。

同样，在敖寨乡中华山村也有这样一位老人，每天早晨起床后做的第一件事就是打扫院落。“每天将院子收拾得干净整齐，自己看着舒服，别人看着也舒服。”杨再喜老人常常对别人说。

“杨再喜老人这么大年龄了都在干，我们也不能拖村里的后腿啊，我们在村里的村规民约上承诺，要保持好村里的环境卫生，要把家里家外收拾得干干净净，现在村里连五六岁的小孩也知道拿起扫帚扫地。”村民姜菊兰一边打扫一边说。

为了让村规民约深入人心，并化为村民行动，中华山村还确定了宣传员，定期向群众讲解，制定了“最美卫生户”评定标准，选出了“最美卫生户”，通过评比传递了正能量。

“制定村规民约以来，我们乡村环境得到很大改善。同时，还可根据实际情况将村民的个人行为、利益诉求、矛盾纠纷等纳入既定的规约当中，这样，也能进一步提升群众的文明素质。”万山区文明办相关负责人说。

村民按照约定，约束自己，规范自己，有力促进了良好村风、民风的形成。目前，万山区所有自然村落实现村规民约全覆盖。

贵州文明网 2013年8月21日

玉屏全力打好城乡人居环境整治战

◇ 杨 佳

玉屏侗族自治县聚焦基础设施建设、乱象管治、思想认识提高等，将城乡人居环境整治工作向纵深推进，坚决打好人居环境整治战。

按照全覆盖、标准化原则，加强城乡环境配套设施建设，建成覆盖城乡的污水处理厂 23 个，实现城乡污水处理的全覆盖；完成农村改水改厕 4860 余座；新建垃圾中转站 1 个，完善垃圾收运系统设备配置，配备环卫停车场 2 座、环卫车辆 45 辆，共设垃圾箱（桶）4680 个，实现垃圾收运系统在乡镇、村组的全覆盖。

出台《渣土扬尘污染治理办法》《超限超载治理考核追究办法》等规章制度，扎实开展渣土扬尘、砂石超限超载运输等违、破、乱、滥综合整治行动。安装除尘雾炮机，在施工场地车辆进出口处安装洗车设备，随时对进出携带泥土的车辆进行清洗，保障路面干净。创新推行“户分类 + 村收集 + 乡转运 + 县处理”垃圾收运四级联动处理模式，各司其职做好垃圾无害化处理。全力实施清水、护蓝、洁土、治渣“四大攻坚行动”，深入推进森林保护“六个严禁”执法专项行动，加强山、水、地等生态资源保护。

积极构建县、乡、村三级环境卫生和健康知识宣教网络，通过发放宣传资料、开展“爱国卫生运动月”活动、“责任路段文明劝导”、义务清扫等形式，教育、引导广大群众养成文明健康的生活方式。

《铜仁日报》 2020 年 8 月 28 日

玉屏走出美丽乡村“文明路”

◇ 龙英子

深秋时节，天气微寒，凉风习习，沿着一条条干净宽敞的道路走进玉屏的乡村，只见观道路两旁处处是美景——自然环境生态美、村容村貌特色美、产业发展生活美、乡风文明和谐美，文明新风尚不断涌现，一幅生态宜居、文明和谐的美丽新农村画卷正徐徐铺开。

近年来，玉屏积极围绕乡村振兴“产业兴旺、生态宜居、乡风文明、治理有效、生活富裕”总要求，大力深化农村精神文明建设，以“四在农家·美丽乡村”建设为契机，扎实推进乡风文明“四项行动”，强化内生动力，实施产业振兴，拓展农村精神文明内涵，深入开展基层群众理想信念教育，深化基层文明创建，夯实基层宣传思想文化阵地建设，大力实施文化惠民工程，广泛开展树立先进典型、狠抓移风易俗等活动，乡村环境明显改善了，乡村文明程度、村民素质明显提升。产业发展了，基础设施完善了，人居环境美了，乡风民风也美了起来，玉屏的农村“文明路”越扮越靓、越走越宽。

玉屏县整合各类资金1000余万元，建成70个村综合文化服务中心覆盖工程和6个村综合文化服务中心示范点基础设施及30个农村“欢乐院坝”，建立覆盖全县84个村的农家书屋93个，在各乡（镇、街道）建立综合文化站6个、公共电子阅览室6个、新时代文明实践中心182个。同时，在全县各乡村布置民族元素永久性文化墙、社会主义核心价值观主题广场100余个、主题文化长廊80余处，实现了村村有综合文化服务中心、组组建有文化广场，初步建立了城乡均等化文化阵地，营造了良好的基层文化生活氛围，为群众精神生活提供了广阔的天地、打下了坚实的文明根基。

为引导广大群众见贤思齐、崇德向善，筑牢基层群众文明堡垒，玉屏开展道德评议、“积德榜”、典型事迹宣讲等主题活动，大力推进新时代文明实践中心建设，并充分发挥文明实践中心平台作用，开展技术能人、道德模范、身边榜样走进新时代文明实践中心活动，及时将党的方针政策、各项惠民政策、先进模范事迹传达到基层群众中。

玉屏还发挥村民智慧，不断修订完善村规民约，把反对滥办酒席、圈地厚葬、不讲文明和摒弃陋习等列入村规民约，在村级活动室、交通要道、人口聚集地等进行张贴展示，并通过红白理事会监督村民是否自觉践行，推动乡风文明新风尚建设。实施“清洁家园”净化农村环境整洁工程，改善农村环境卫生。截至目前，全县新建了垃圾中转站 8 座，各村配备了环卫保洁人员和垃圾收运设备，实现了垃圾“户收集、村集中、镇转运、县处理”的清运处理模式，农村垃圾处理率超过了 90%。

多彩贵州网　2019 年 10 月 29 日

玉屏助推“四在农家·美丽乡村”建设

◇ 杨亚飞

笔者从玉屏县小康办获悉，该县按照“四在农家·美丽乡村”建设标准，精心组织，积极谋划，多措并举不断推进“美丽乡村”建设，真正实现“自然环境生态美、村容寨貌特色美、产业发展生活美、乡风文明和谐美”的村寨。

玉屏县通村公路

抓基础设施，突出美丽之形。实施“四在农家·美丽乡村”六项行动计划，制定小康寨行动计划联席会议制度，编制小康寨建设体系规划和行动方案，围绕道路硬化、卫生净化、村庄亮化、环境美化和生活乐化打造小康寨示范点。整合涉农资金和项目集中投入，今年将完成小康寨项目 107 个，投入资金 7600 万元，完成小康路 42 公里、小康水 39 处、小康房 136 套，在小康电上完成 10 千伏及以下线路升级改造，在小康讯上完成所有重点村“通宽带”“通电话”80%，在小康寨上完成 16 个村 1296 户立面改造。

抓产业发展，突出美丽之基。着力建设以朱家场茅坡、谢桥、混寨为核心的高效现代农业产业园，以亚鱼沙子坳、田坪金竹为核心的精品水果产业园，以新店洞坪、雷公井、老寨为核心的蔬菜产业园。在已有野猪养殖、竹鼠养殖、火鸡养殖的基础上，创建以生猪养殖为主的朱家场现代畜牧产业园、以特种养殖为核心的田坪现代畜牧水产养殖园。着力打造特色品牌，双孢菇、木耳、生猪等 5 种农产品获贵州省无公害农产品产地认证，培育形成茶油、贡米、黄桃、茶叶、野山鸡等 10 种特色农产品。

抓生态环境，突出美丽之质。编制亚鱼乡沙子坳村等30个村庄整治规划，大力实施村庄整治。出台《石漠化综合治理暨巩固退耕还林项目管理实施细则》，重点在混寨等地实施退耕还林草、荒漠化治理和水利水保等生态工程。组织实施红花、郭家湾、柴冲等村的环境综合整治项目。开展“保护母亲河·集中清河行动”、集中式饮用水水源环境状况评估、汛期环境安全专项检查、“六个一律”环保“利剑”执法专项行动，建立城乡河道保洁长效管理机制。

抓家园幸福，突出美丽之本。除少部分偏远村寨外，基本实现村组硬化公路“组组通”；基本实现农村广播电视全覆盖；各行政村相继开通了农村客运；各乡镇公立幼儿园和敬老院已全面建成并投入使用；整合各类资金修建教师公租房700余套，解决农村教师住房难问题。引进广东温氏食品集团投资4亿元在玉屏建立种猪等一体化养殖基地，采用“公司+家庭农场”模式，引导农村青壮劳力返乡置业，化解农村空巢老人和留守儿童难题。

抓民族文化，突出美丽之魂。制定《玉屏侗族自治县非物质文化遗产保护条例》，累计列入县级、市级、省级、国家级保护名录的分别为100项、7项、2项、1项。深入村寨开展“九·九”赶坳活动、“美丽乡村·快乐农家”巡回演出等民族文化活动，建设“农家书屋”93个。中央电视台国际频道和农业频道《乡约》《乡土》栏目对玉屏民族民间文化进行专题报道，新店乡朝阳村被评为全省首批“魅力侗寨”之一。

铜仁网　2014年10月22日

江口县：村村迎振兴　处处好风景

◇ 王勇平

2018年以来，江口县深入实施民心党建工程，坚持以基层党建引领脱贫攻坚，以组织振兴推动乡村振兴，按照“组织强村、产业旺村、文化兴村、生态美村”的思路，全面推动实现农业强、农村美、农民富，走出一条乡村振兴新路子。

组织强村，筑牢基层堡垒

长岗岭村原是个深度贫困村，也是典型的“空壳村”“后进村”，村党组织一度威信扫地，在群众面前抬不起头来。

按照深度贫困村政策和软弱涣散后进村党组织整顿工作要求，江口县先后选派第一书记陈炳刚和党支部书记胡世华到长岗岭村开展工作，为该村蜕变注入新生力量。

通过选强“领头雁”，配优村两委班子，由干部当先锋、做表率，百姓服了、人心齐了，村庄大变样，产业大发展，该村一举摘掉“后进村”“贫困村”两顶帽子。

“只有让党组织活起来，让广大党员动起来，才能发挥基层组织的强大力量，在学习中提高，在活动中进步，在实践中解决实际问题，为村级发展出谋划策。”胡世华说。

长岗岭村的变化不只是产业发展带来了“真金白金”，还有比物质影响更加深远的干部的优良作风、群众的发展信心。

闻鼙鼓而思良将。江口县紧紧围绕脱贫攻坚、乡村振兴等目标任务，始终把基层组织建设作为乡村振兴的关键，深入实施强基固本三年攻坚行动，筑牢筑强一线“桥头堡”。

此外，该县还不断深化拓展基层党建“六亮”工程和杨再练党员“十个一”工作法，推行党组织“末位管理”和党员“亮牌服务”机制，通过开展党组织创先争优和党员设岗定责活动，有效发挥了基层党组织的战斗堡垒作用。

截至目前，该县整顿转化后进村党组织 9 个，调整充实村干部 25 人，选派驻村干部和第一书记 498 人，培养农村党员致富带头人 569 人，培养储备村级后备人才 253 人。

产业旺村，致富一方百姓

走进骆象村茶园基地，只见连片的茶园依山就势绵延不断，石板小路蜿蜒穿行在茶园中，茶农们正忙着采摘春茶。

骆象村党支部书记杨茂华介绍，10 年间，该村坚持因地制宜，先后发展生态茶园面积 1.6 万亩，成立种茶专业合作社 14 家，实现 4 家茶生产企业和 4 家制茶加工厂在村里落户。

产业落地，群众受益。随着茶产业的崛起，外出务工的村民逐渐返乡到茶园务工或发展茶产业。“现在茶产业覆盖了全村贫困人口，全村半数家庭从事茶产业，这些村民，或生产，或加工，或销售，都吃上了‘茶叶饭’。”杨茂华说。

“我们每年有公司分红 3000 元，加上自己到茶园务工的工资收入，在 2017 年底，我就主动脱贫了。现在，这日子是越过越好了。”该村村民曾启发算出了自己的脱贫账。

村里的贵州江口梵净山茶叶有限公司负责人表示，公司的茶叶基地每年用工在 6000 个以上，这带动了全村群众就近就业，每年仅该公司的劳务支出一项就有 70 万余元。

绿水青山就是金山银山。近年来，江口县牢牢坚守发展和生态两条底线，用美丽战胜贫困，以山水为媒，做足生态文章，做活特色产业，把植绿、护绿、兴绿和脱贫攻坚有机结合起来，走出了一条富有江口特色的绿色发展新路子。

重点围绕生态茶、猕猴桃、冷水鱼 3 大主导产业和中药材、蔬菜 2 个增收项目，该县累计建成茶园 15.92 万亩、精品水果 4.51 万亩、中药材 3.2 万亩、油茶 5.5 万亩，发展特色水产养殖面积 6150 亩，直接带动 8 万余人增收致富。

文化兴村，劲吹文明新风

“脱贫攻坚以来，村里一天一个样，不仅路修通了，产业也发展起来了。大家在劳作之余还能唱唱歌、跳跳舞，生活一天比一天好。”眼下，乡风民风的变化更让村民们期待。

近年来，该县着力把文明创建、社会治理、文化活动与基层组织建设有机结合起来，大力推进文化兴村、文化强村建设，活跃和丰富村民的精神文化生活，为老百姓送去了一道道精神文化大餐，也为乡村画出了一道亮丽的风景线。

围绕农村群众文化生活匮乏、精神空虚等问题，该县在全县 105 个村（社区）兴建了活动广场、农家书屋和文化墙等，组建文艺队伍，开展文艺活动，丰富群众文化生活。

同时，该县还积极开展农村移风易俗行动，倡导通过建立完善村规民约，积极引导群众移风易俗。为强化村规民约的执行力和约束力，成立村级监督小组，逐步形成有效的奖惩机制，促使群众相互约束、相互督促，按规定办事。

在江口县德旺乡净河村，通过制定村规民约，着力整治群众滥办酒席之风，提倡喜事新办，丧事从俭，破除陈规陋俗，反对铺张浪费。还规定操办酒席须事先缴纳 500 元环保保证金，坚持谁污染谁治理，成为远近闻名的“环保村”。

“在以往，仅是人情送礼支出这一项就是一笔不小的开支。村规民约实施后，情况逐渐好转，在人情送礼方面一年就能为群众节省2000元以上。”净河村第一书记向丽说。

此外，该县还深入开展“四个好”宣传创建活动，教育引导群众转变思想观念，培育健康文明的生活方式，激发群众的内生动力，增强群众的感恩意识，有效推动美丽乡村建设。

生态美村，打造宜居环境

爬完梵净山下来，来自黔南州的游客穆廷廷又驱车来到了不远处的快场村，寄情于山水之间。随着乡村旅游的兴起，与青山绿水做伴的快场，日渐成为人们竞相游玩的新宠。

垃圾靠风刮，污水靠蒸发。和许多农村地区一样，群众生产生活垃圾处理在快场村也曾是个老大难问题。“因为没有形成自觉维护公共环境卫生的习惯，村民们乱丢垃圾，严重影响了快场村的形象。”快场村党支部书记郑云清说。

随着梵净山知名度的不断提升，地处梵净山核心区的快场村逐渐成为乡村旅游的香饽饽。因此，乡村环境卫生整治工作成了快场村走乡村旅游发展道路的必然要求。

在村党支部的领导下，该村通过广泛征求群众意见，结合村情实际，制定出台《快场村村规民约》“十二条”。内容涉及村风民俗、红白喜事、村容村貌、社会治安等多个方面，尤其在环境卫生方面，倡导创建宜居宜游美丽家园。

此外，该村配套成立了快场村“垃圾兑换超市”，与“十二条”共同架构起一“疏”一“堵”的环境治理机制，在实践过程中取得了良好的效果，并孕育出强大的文明力量。

“村里整洁漂亮了，村民们谋正事的多了，想集体利益的多了，讲文明讲礼貌的多了。”快场村不少群众感叹，实施村规民约“十二条”以来，爱护环境卫生蔚然成风。

“村庄变美了，来游玩的人也越来越多了，游客们都说这里山清水秀，空气清新，可羡慕我们了。”郑云清说道。

近年来，江口县聚焦乡村治理难题，创新实施“民心党建+垃圾兑换超市+河长制”“民心党建+村规民约”“民心党建+组委会”的乡村治理模式，有效提升了乡村治理科学化和精细化水平，营造了宜居宜业宜游的美丽生态环境。

人民网 2019年4月11日

江口县快场村“垃圾兑换超市”兑出乡村新貌

◇ 朱泗蓉

“拿来的废纸共12斤，按1斤8个积分算，可以换得96积分，你看是拿积分换东西，还是积起来？”贵州省铜仁市江口县太平镇快场村的“垃圾兑换超市”里，快场村村支书郑云清正忙着登记、称秤。每天都会有不少村民用垃圾来积分，积分又可以用来兑换各种生活用品。

快场村坐落于梵净山西麓，村内有大小河流10余条，依山傍水，被村民称作“凤栖快场”。如今的快场村，河水清澈见底，溪岸青草如茵，宛如一幅水墨画。

过去的快场村，却是一幅“垃圾围村”的景象。虽有得天独厚的生态环境，但由于村民环境卫生观念、环保意识薄弱，牲畜放养、垃圾乱倒、污水乱排导致村庄臭气熏天，生态环境破坏严重。

2017年，为了解决乱象，快场村从实际出发，创建了首家“垃圾兑换超市”。破解了村民环保意识薄弱、乡村卫生机制难制定、乡村卫生陋习严重等难题，有效提高了村民参与的积极性，推动实现了水清河畅、岸绿景美。

“垃圾兑换超市”制定了“垃圾兑换积分，积分换取商品”实施细则。村民们将废弃的生活垃圾带到超市，工作人员对垃圾进行分类；可回收垃圾经称重或计量的方式，根据相应的标准可兑换积分；每一分积分抵市值一毛钱，累积到一定积分的村民可在垃圾兑换超市兑换相应的生活用品。

用垃圾还能兑换生活用品，这激起了当地群众的兴趣，“垃圾兑换超市”逐渐热闹起来。

“我捡了5斤矿泉水瓶、4个塑料瓶瓶，把它换成积分，有30分，换了一包盐。通过把这些矿泉水瓶捡来兑换，不仅道路卫生整洁了，我们村里的环境也改善了。”

“我捡垃圾，捡了十几斤，兑了80多分，换取了洗衣粉、盐巴。”

……

随着“垃圾兑换超市”的“生意”红火起来，快场村也悄然发生了改观。

“以前还没设立‘垃圾兑换超市’的时候，大家都是走到哪里将垃圾丢到哪里。现在没有人乱扔垃圾了，到处都是干干净净的，大家的卫生意识都提高了不少，好的环境里过起日子都要舒服些。”村民赵忠伦说道。

村里的卫生环境变好了，群众的绿色环保意识增强了，村里还形成了党员带家、家带组、组带村的“三带”模式，村民们互相带动、相互监督，保护村容村貌和生态环境。

不仅是“垃圾兑换超市”，快场村还带头组织群众实施生产生活垃圾分类，有毒有害垃圾单独存放，不可回收垃圾、厨余垃圾及难以回收的废弃物由江口县太平镇环卫车进行转运处理，实现农村垃圾有序回收。

如今，从站着“看热闹”到弯腰捡垃圾，快场村村民绿色环保意识逐渐增强，村民们自愿加入环保行动。

“村里人习惯了干净整洁，不乱扔垃圾变成大家的自觉行为。能捡的垃圾越来越少，‘垃圾兑换超市’都没‘生意’了。”快场村村支书郑云清笑着说。

快场村的“垃圾兑换超市”里，村民用垃圾兑换的不仅是商品，更“兑”出了乡村新面貌，“兑”出了一条乡村振兴之路。

多彩贵州网　2021年2月2日

美丽乡村入画来

—— 贵州省铜仁市江口县打造乡村旅游升级版掠影

◇ 符凤仪　李　鹤

徜徉在一条条曲折蜿蜒的田埂上，放眼望去，一座座绵延起伏的山峰无限延伸，一条条清澈见底的溪流缓缓流淌，一群群青瓦黄木吊脚楼错落有致，一曲曲土家山歌韵味悠长……

这个可以让人尽情沐浴在大自然中的地方，正是江口县美丽乡村的真实写照。近年来，该县在美丽乡村建设的道路上，以“生态美”与“百姓富”为发展目标，走出了一条美丽乡村发展之路。

改变“老样子”，实现美美与共

“从家门口的河沟里随便舀一碗水就可以喝了；路面也硬化了，不再像以前那样，要到村口挑一挑水在坑坑洼洼的路上颠簸，回来时水都只有半挑咯。现在安逸了哇，路面平了、房子修好了、村儿也美了、游客也来了、腰包儿也鼓了……”说起乡村旅游带来的变化，该县云舍村村民杨老伯滔滔不绝。

来到云舍村，穿过几条蜿蜒的胡同小道，一片特殊的建筑群便出现在眼前，筒子楼——土家建筑文化中的重要部分。该县将这些原本歪歪斜斜、破破旧旧的筒子楼划归为古建筑进行保护，邀请专业团队进行修缮设计。

云舍共有 400 户人家。其中，将 36 户的房屋划归为古建筑、56 户的划归为历史建筑，将剩下的普通民宅进行翻修或者整修。如今，在乡村旅游带动下，翻修后的普通民宅租出去开办农家乐，一年能收入 8 万元左右的租金。

近年来，该县围绕“一业带三化、三化促一业”发展战略，立足自身资源优势，大力发展乡村旅游。“十二五”期间，共投入7亿多元，按照国家5A级景区标准打造云舍土家民俗村寨。完成交通投资67亿元，新建高速公路77公里、国省干道28公里，改扩建省道、县乡道、通村公路，实现了100%的乡镇通柏油路、94.5%的行政村通水泥路和客运班车。投资7亿元，实施各类综合水利工程473个，让12万人口喝上放心水。农村基础设施建设不断完善，农村面貌焕然一新，切实打破美丽乡村建设硬件不硬的“瓶颈”。

谋划“新路子”，实现乡乡兴荣

该县始终坚持规划引领优先，把规划引领作为美丽乡村建设的前提，秉承“精而特、生态与文化并重”理念，做到依山就势、天人合一、记得住乡愁。围绕梵净山规划建设乡村旅游示范点，围绕公路沿线规划建设民族特色村寨，围绕园区和城镇规划建设生态移民安置点，建成了寨沙侗寨、云舍、提溪土司城等一批宜居、宜业、宜游美丽新村。

始终坚持生态保护优先，把生态美作为美丽乡村建设的重点，立足天然美、自然美、原始美，加强对自然山水、田园风貌、文化脉络的保护，坚守村寨规划“红线”、耕地保护“黄线”、林地保护“绿线”、水体保护“蓝线”，让乡村山水环绕，山清水秀。

始终坚持文化传承优先，把文化传承作为美丽乡村建设的灵魂，结合民族特色、文化特色，着力寻找历史脚印、寻找历史脉络、寻找民族民俗文化，促进人与自然、物质与精神、生产与生活、传统与现代相互融合。近年来，该县深入挖掘文化产业，融合土司文化、乌木文化和农耕文化，倾力打造了充满历史韵味的提溪土司城。

打破“小盘子”，实现村村发展

该县紧扣大旅游、大生态、大健康、大产业布局，重点规划建设了一批县乡示范点，通过抓点带面、抓两头带中间，实现乡乡都有示范点、村村都有大变化，力争5年实现全覆盖。

本着实事求是原则，对于基础条件好、带动能力强、群众积极性高、投入少见效快的村寨优先建设，对于事关全县发展的重要节点优先突破。该县云舍村位于梵净山与江口县城之间，距县城3公里，距梵净山景区10公里。云舍美丽乡村示范点的率先打造，提升了梵净山旅游服务功能。通过重点打造，2015年该县云舍被评为中国历史文化名村、4A级景区、贵州十佳美丽乡村。

该县因地制宜发展乡村旅游、山地特色农业等绿色产业，基本实现了村村有产业带动。采取项目整合配套、部门帮户支持、金融贷款扶持、群众自主筹措的多元投入方式，有效解决美丽乡村建设资金难题。2014年以来，该县整合各类项目资金2.6亿元，撬动社会投资近10亿元，打造美丽乡村示范点25个，发展产业示范基地近60个，新发展农家乐256家。

拔掉“穷根子”，实现人人小康

结合脱贫攻坚，该县坚持把美丽乡村建设与脱贫攻坚有机结合、互动发展，以美丽乡村发展促进脱贫攻坚，以脱贫攻坚成果检验美丽乡村成效。群众房屋由资源变资产、资产变资本，直接增值10倍以上，大幅提升了群众财产性收入。这既成了该县“四在农家·美丽乡村”的新样板，又成为该县旅游扶贫与金融扶贫互动发展的新典范。

“以前守着梵净山过穷日子，现在好了，村民都开起农家乐，家家户户都吃上旅游饭，这是我们做梦都没有想到的。”寨沙侗寨农家乐老板夏德发如是说。夏德发一家就是通过乡村旅游带动致富起来的典型，而在当地像他这样致富的农户还有很多。

2015年，该县接待游客540万人次，旅游综合收入达45.2亿元。该县农民人均纯收入从2011年的3865元增加到6893元，全面小康综合实现程度达到89.3%，群众的脸上乐开了花。

多彩贵州网　2016年3月30日

石阡县：整治环境卫生 扮靓美丽乡村

◇ 杨茂贵

石阡县脱贫攻坚“整县摘帽”已进入攻城拔寨最关键阶段。石阡县龙井民族小学时刻竭力助力，双休日，全体教师带着劳动工具，第四次奔赴自己的“第二课堂”，整治环境卫生，扮靓美好家园。

这次重点整治的地点是克麻场村、方家沟村、二塘村、沙坪村。

师生齐动手，垃圾飞快走

克麻场村整治重点是通组公路。在严记副校长的带领下，方勇、刘远飞、王小林、宋德坤等几位老师组织本组学生男男女女、大大小小齐上阵。扫把挥舞，铁铲铿锵，扫走了垃圾，搬走了砂石。半天时间，郭家湾、钟家、大土坪、泡桐佬几个组的通寨公路旧貌换新颜。

方家沟村整治重点是不在家的精准扶贫户。唐贤勇校长率领方家沟村教育脱贫攻坚队教师一家一家查看、清扫、结账。几个寨子不在家的建卡户家庭的卫生环境不到三个小时就干干净净了。

二塘村整治重点是通村公路。何忠金与周黄彩、韩华芳三位老师，凭着年轻气盛的勇气、风华正茂的冲劲，不带一兵一卒，将 3 公里的通村公路硬是扫得洁净如洗。

沙坪村整治重点是各组的垃圾死角。覃晓艳主任与杨老师、罗老师、甘老师、梁老师一道，发扬“不怕苦、不怕累、不怕脏”的钉子精神，扫的扫、捡的捡、撮的撮、焚烧的焚烧。两个组的隐形垃圾四个半小时便烟消云散了。

石阡县龙井民族小学把辖区村寨环境卫生整治工作作为重要内容纳入了

教师脱贫攻坚年度考核，已实现规范化、常态化、制度化管理。全体教师一定会发扬“咬定青山不放松，不达目的不罢休”的贵州教师精神，决战脱贫攻坚，决胜全面小康。

多彩贵州网　2018 年 11 月 12 日

石阡：借力“美丽乡村”打造“慢生活体验区”

◇杨　勇

2014年以来，石阡县立足生态与发展这“两条底线”，借助旅游资源优势，将农村集中建房与“四在农家·美丽乡村”建设相结合，着力打造“望得见青山、看得见绿水、记得住乡愁”的新时代美丽乡村，为打造“慢生活体验区”助力，让从深山老林或生存环境恶劣的环境中搬出来的群众既能过上舒适的生活，又能寻求生财之道，获得经济收入，确保村民“搬得出、留得住、能致富”。

随着知识观念的更新，越来越多的人向往乡村旅游，憧憬慢生活体验。如何抓乡村旅游？该县借助旅游资源优势，立足“生态大县、旅游大县、文化大县”打造目标，将“四在农家·美丽乡村”建设景区化，让外地的群众来阡旅游。

“标准是吸引力，更是竞争力。我们始终坚持以景区标准统领项目建设，以景区绿化突出亲水性特征。建筑风格和色彩上，突出少数民族文化，使每个点都各具特色，各具风格。所有居民安置房为两层木结构建筑，所有设施按照统一标准、统一规划、统一风格建设。”该县负责“四在农家·美丽乡村”建设的领导介绍说。

解决“四在农家·美丽乡村”景区化的融资问题，以资金整合为项目建设抓手，坚持“政府统筹资源、市场配置要素”的原则，借助旅游景区建设、精品农业观光园、自然保护区、“四在农家·美丽乡村”六项行动计划和扶贫生态移民“四大平台一条红线”等政策，整合烟草扶贫新村、财政“一事一议”小康寨、农村危房改造、“干群连心·同步小康”示范寨、社会主义新农村建设、扶贫生态移民等各部门各类政策性资金。通过招商引资，出让商业用地，吸引资金注入；出台购房优惠政策，吸引社会闲置资金，让村民拿出手中较少的资金就能获得土地和房屋的经营权、收益物权，使房屋的自由转包、转让和出租等有序流转，从而利用政策资金的杠杆作用，引导社会资金的投入，实现资金的“乘数效应”。

高起点、高标准、高规划。依托旅游景区总体规划及城镇建设规划，邀请全国知名的旅游规划设计单位制作详细规划，同时汇聚民间干栏式木结构建筑能工巧匠参与规划的实施修建。顶尖、专业、具创意的规划设计团队与技艺精湛的民间木匠联手打造，使创意与落地相结合，创行合一，智融共效。当前，该县正举全县之力，聚全县之智，将“四在农家·美丽乡村”建设景区化，立足“生态大县、旅游大县、文化大县”目标，为打造“慢生活体验区”助力，让外地的群众来阡旅游。

铜仁网　2018 年 11 月 12 日

“四在农家·美丽乡村”建设惠及石阡广大群众

◇ 代忠国

2014年来，石阡县以“富在农家”推动经济发展，“学在农家”培育新型农民，“乐在农家”实现文化惠民，“美在农家”建设美丽乡村为载体，加快推动乡村基础设施建设，切实解决群众最关心、最迫切的“水、电、路、讯、房”等民生问题，逐渐改善山村群众生产生活条件，稳步推进农村全面小康建设进程。

时下正是春夏早熟蔬菜蒜薹、蚕豆采摘，辣椒、茄子种植的重要时节，石阡县城东南郊的鸳鸯湖村——国家级鸳鸯湖湿地公园保护区的山村，几十个工人正在无公害绿色蔬菜基地上忙活。当地群众金成英告诉我们，从蔬菜基地建成后，她就一直在基地上打工。打工的都是本地人，他们把土地租给蔬菜基地老板，老板付给他们租金，他们还给老板打工赚工资。

60多岁的蔡庆学是土生土长的鸳鸯湖村人，“青瓦房、白屋脊、硬化路、娱乐场”是他们同时代人不敢想的。谈到今天鸳鸯湖村的“四在农家·美丽乡村”建设，他说得更多的是感谢国家好政策。他说：“现在社会真的变化很快，出门道路都是硬化路，脚上也不粘泥巴了，进出干净又卫生，现在确实是很好的。”随着“四在农家·美丽乡村”建设稳步推进，以“水、电、路、讯”为主的基础设施建设逐渐完善。村里有了宽阔的进村公路，干净整洁的院落，美丽山村也成了宜居宜游的好去处。70多岁的退休教师汪再荣，告别了喧嚣的城市，回到山村安度晚年，还组建了中老年业余健身队，动员乡邻积极参与多姿多彩的文化活动。汪再荣说：“新农村建设以来，人民群众的生活水平提高了，生活宽裕了，大家有了多余的时间。我们就把群众组织起来，积极参加跳舞、唱歌等文艺活动，这既锻炼了身体，又增进了家与家之间、寨邻之间团结、和谐的情谊”。

自“四在农家·美丽乡村”建设实施以来，石阡县按照省委、省政府提出的力争5到8年的时间，建成生活宜居、环境优美、设施完善的美丽乡村的总体要求，主动出击，在“小康路、小康水、小康房、小康电、小康讯、小康寨”等基础设施方面有所作为，有所突破。本庄镇乐桥村、石固乡泥塘村在改善基础设施的同时，大力发展蛋鸡、商品牛的养殖，增加农民的收入；坪山乡佛顶山村、国荣乡楼上村充分利用旅游资源，加大景区景点基础设施建设投入，积极引导群众发展以餐饮为主的服务业，让群众生活更加富裕。通过重点打造，示范带动，一个个蔬菜大棚、一片片果园、一栋栋养殖场、一家家商店农庄犹如雨后春笋兴起，不拘一格的村寨庭院更加耀眼，舒适的居住环境增加了群众幸福指数，“四在农家·美丽乡村”建设村寨逐渐成为一道亮丽的风景线。

铜仁网　2014年11月6日

思南：改善软硬环境 推进“美丽乡村”建设

◇ 晏叶飞 王 青

近年来，思南县长坝镇以生态环境整治为契机，紧紧围绕“生态宜居村庄美、文明和谐乡风美、兴业富民生活美”建设标准，将发展目光、力量和资源向农村聚焦、倾斜，致力于改善基建“硬件”设施，提升思想“软件”素养，通过双管齐下，互相砥砺，让“美丽乡村”建设更加稳健，让农村百姓生活更有底气。

以硬夯基，让乡村环境美起来

走进该县长坝镇龙门村，仿佛置身于世外桃源，干净的道路两旁花草点缀，古朴的土家村寨与成片的桃花林园错落有致，整个村落青山环绕，石林遍布，雾霭袅袅升起，如诗如画，美不胜收。

“现在生活好了，我们村不但路灯安装好了，而且绿化也搞好了，公路两边不再是光秃秃的了，每天来石林游玩的客人也多了好多。”龙门村农家乐老板田维兴笑呵呵地向笔者说道。

在“四在农家·美丽乡村”建设中，该县长坝镇坚持“以人为本”理念，从群众最迫切、最希望、最突出的需求入手，强势推进农村基础设施建设，全力打造“宜居、宜业、宜游”美丽乡村。

“十二五”以来，该县长坝镇依托农村小康寨建设、“一事一议”项目、精准扶贫政策和农网升级改造工程，新增村级公路里程 46 公里，荒山改造 3200 多亩，植树造林 1300 多亩，安装太阳能路灯 300 盏，改造低压线路 4200 米，立面改造民房 824 户，使旅游景点移动信号和广播电视“村村通”

基本实现全覆盖。

“我们镇还将新建垃圾中转站 2 座，购置垃圾车 2 辆、垃圾桶 300 个、洒水车 1 辆，安装 100W 太阳能路灯 200 盏，进一步提升乡村硬件设施建设，达到绿化、亮化、美化的效果。”该镇镇长张子华介绍道。

“美丽乡村”建设工程的全面实施，不仅让群众感觉到了发展的温度，更让群众分享到了发展的成果。幸福生活使群众打心底里充满了幸福感和自豪感。

以软固本，让乡风文明强起来

村民是乡村环境提升的直接受益人，也是村庄长效保洁的主体责任人。全面推进“四在农家·美丽乡村”建设，单靠完善配套硬件设施是远远不够的，关键还在于根治村民的传统陋习，整体提升农民的文明素养，培养村民维护环境卫生的主动性和自觉性。

近日，笔者来到该县长坝镇太平村，沿途见到不仅农家院落收拾得井井有条，乡村公路也打扫得干干净净。尽管这个行政村离集镇较远，但该村并没有放松对环境卫生的管控力度。

“为将环境综合整治这项工作做到入脑入心，不仅将环境整治纳入村规民约，还通过大会小会月月讲、天天讲、时时讲。生活在这样的环境中，村民潜移默化地养成了爱清洁、讲卫生的生活习惯。”太平村驻村干部王进介绍道。

如今，绝大部分村民卫生意识都很强，不仅积极维护好自家房前屋后的卫生，还自觉当起了村里的卫生监督员。太平村村支书宋怀廷高兴地说：“大部分村民都会主动伸手去捡道路上的零星垃圾，看到乱堆乱放垃圾等情况，也会第一时间向村委反映。”

为满足当地百姓日益剧增的阅读需求，该县长坝镇大力实施文化惠民工程，倡导群众参与到“全民阅读”热潮中来。该镇先后建起综合文化免费开放室 1 个，农家书屋 11 处，现有文学类、科技类、法律类、生活类文化图书共计 24000 余册。农家书屋凭借其实用性和开放性，吸引了大批群众前来借阅，迅速成了群众精神文化生活的“新家园”。

“村里现在不仅环境美了,文化生活也丰富多彩了,日子是越过越好了。”谢窝沟村村民秦国海看着村里的变化，喜笑颜开地说道。

软硬砥砺，让乡民生活富起来

“美丽乡村”建设是一项建设在百姓心坎上的民生工程，涵盖着新农村建设的方方面面，不仅要让农村环境美起来，乡风文明强起来，更要让村民生活富起来。

“我们始终坚持走以路通村、以章治村、以产带村的路子。2011 年，我们村被评为‘贵州省 30 个最具魅力的民族村寨’；2013 年，被评为‘最美中国·美丽村寨’；今年又是思南县长坝镇‘三变’促‘三金’改革试点村。我们不仅让村容村貌变美了，更让老百姓的口袋鼓起来了。老百姓得了实惠，整个精神头和干劲儿也完全不一样了。”该县长坝镇龙门村村支书林登国对带领全村群众实现如期脱贫信心满满。

龙门村随着生态环境整治的不断推进，村容村貌逐渐整洁漂亮，群众参与的热情也从有点抗拒，到逐渐配合，再到目前的主动参与。“美丽乡村”硬件设施和乡风文明的改善和优化，吸引了大量外来游客的目光，促进了思南石林旅游产业的稳定发展，大幅提升了当地农民的经济收入。

对镇党委、镇政府而言，“四在农家·美丽乡村”的出发点和落脚点都是为了百姓增收创收。该县长坝镇党委书记杜仕福对笔者说道：“长坝镇正在积极开展环境整治提升月活动，力争将整个生态环境打造得更绿、更美、更洁净，努力把生态优势和旅游优势转化为经济发展优势，坚持走出一条坚守底线、后发赶超的新路子。”

从实施精准扶贫以来，该县长坝镇发挥交通先行的优势，通过大力实施

“村村通”工程，彻底打通了从农村资源优势向经济优势转化的通道，给长期闭塞的农村产业发展带来了无限的商机，也使思南石林景区得到了更多外来游客的青睐，这有效推动了当地农民创业就业、增收创收。据悉，思南石林景区 2015 年全年接待游客 55.2 万人次，实现旅游收入 5969.8 万元。

央广网　2016 年 9 月 9 日

思南：打出农村人居环境整治“组合拳”催生乡村蝶变

◇佚 名

2019年6月19日，孙家坝镇3个镇级农村环境卫生考核组深入全镇17个村，对村庄环境卫生、农户人居环境进行考核评比。通过村户评比的方式，让农户参与环境卫生整治,树立主人翁意识,增强集体荣誉感,共建美好家园。

今年以来，孙家坝镇始终坚持补短板、强弱项，在农村人居环境整治上下功夫，打出“组合拳”，使村庄环境得到有效治理，基础设施不断完善，村容村貌得到明显改观，农村“颜值”不断提升。

驰而不息抓改革

探索建立村级生活垃圾“收运一体化”运行机制，采取政府购买社会服务项目的方式，向公司购买集镇环境卫生管理服务，把集镇环境卫生管理、垃圾清运等工作全权交由公司进行社会化管理，从源头上对环境卫生治理进行管控。目前，每天清运生活垃圾10余吨，极大地改善了农村环境卫生。

建章立制亮标准

制定完善村规民约，充分发挥村民自治作用，通过村规民约明确农户室内环境卫生及“门前三包”卫生责任，明确由农户每年交一定的卫生清运费用，解决清运资金不足问题，确保农村环境卫生整治有序推进。对不遵守规定的群众进行“黑名单”管理，确保乡村振兴事业的顺利推进。

评先评优树标杆

要求各村每月组织开展不少于两次的环境卫生评比活动，通过评比带动宣传，营造浓厚氛围，激发广大群众参与环境卫生评比的热情。评比活动坚持户户过堂，不走形式，不走过场，严格标准，对评比结果实施动态管理，建立长效管理机制，使评比活动常评常新，充分发挥先进模范的带头作用，促进农村环境卫生长效管理再上新台阶。

整合资金强硬件

整合财政专项扶贫资金，安装580余个垃圾桶，安装300盏路灯，启动建设无处处理厂、垃圾中转站，有序推进2019年各村两改一化一道，完成全镇“组组通”公路硬化，使人居生活环境不断改善。有效利用东西部协作项目资金，在迎春村投入200万元实施村庄整治项目，着力打造迎春村美丽乡村样板村。

多方合力共整治

充分利用周六“帮扶日”，组织帮扶干部开展农村环境卫生整治宣传，帮助群众净化、美化村居环境面貌。通过开展“大手拉小手”活动，发挥学生在家庭中宣传员、示范员的作用，引导群众积极支持农村环境卫生整治工作，努力营造人人参与、自觉维护村容村貌、共建美好家园的良好氛围，为打赢脱贫攻坚战和营造文明乡风奠定坚实基础。

贵州省人民政府网 2019年6月21日

思南：以德治和法治两手推进美丽乡村建设

◇ 陈时安 张 峰

盛夏时节，笔者走进思南县文家店镇红旗村，看见那一条条宽阔整洁的公路蜿蜒盘旋，相互交织成小康致富路，一栋栋风格别致的乡村小洋房雨后春笋般矗立在山村绿树林里，一派生机盎然的景象。

近年来，红旗村以德治和法治为抓手，做好乡村治理，凝聚人心发展产业，强化乡村环境整治，美化农民居住环境，实现二类贫困村的华丽转身。2017年， 95 户贫困户 384 名贫困人口脱贫，该村从全县贫困村中出列；2018 年2 月被铜仁市表彰为文明村。

在该村花椒基地，村党支部书记陈朝强告诉笔者，近年来，村党支部、村委会以决战脱贫攻坚、决胜同步小康、建设美丽乡村为主线，以德治和法治为抓手，落实“六抓”举措，努力实现社会秩序好、文明风气高、村民生活好、环境美丽的目标。

抓党员干部管理，以党员干部的形象和人格魅力去凝聚人心，发挥党员干部在乡村治理中的表率作用。镇党委书记董道萍告诉笔者，村党支部以争当“先进党组织”为目标，班子成员以身作则，率先垂范，勤政廉洁，克己奉公，乐于奉献。在村干部中常态化开展党风廉政教育，坚持学习党章、党规、党纪，重温入党誓词，筑牢拒腐防变的“防火墙”。

抓民主治理，坚持村里大事由村民做主。在花椒产业发展中，村党支部、村委会反复征求村民意见，最后召开村民代表大会采取无记名投票方式通过决议。与此同时，坚持党务村务及时公开，有问题及时整改，让群众满意。

抓道德建设，以新时代农民讲习所为阵地，开展以弘扬社会主义核心价值观为主题的道德宣传教育，建立村道德与法治文化墙，组建村文艺宣传队，把道德与法律法规以群众喜闻乐见的艺术形式向群众宣传，引导村民树立正确的世界观、人生观、价值观，培育良好的社会公德、职业道德、家庭美德、个人品德。尤其是重点加强和改进未成年人思想道德建设，通过青少年爱国主义读书教育活动，培育他们的爱国主义情操，在全社会大力营造体现先进文化要求的传统美德和时代精神，反对封建迷信，反对赌博，反对婚丧嫁娶大操大办等不文明现象。建立了农家书屋，坚持每天免费对外开放，让群众参与学习、看书看报。建立了标准化科普宣传栏，定期为农户进行科普知识宣传，提高生产生活水平。

抓依法治村，建设和谐村庄。一方面，加强法治宣传，结合“七五”普法宣传教育，在全村深入开展了“遵纪守法光荣户”“五好文明家庭”等评选活动，评选面在95%以上。另一方面，发动群众制定《村民自治章程》《村规民约》《村环境卫生公约》，真正实现村民自治。近年来，全村无重大恶性群体性事件发生，实现了社会治安状况的持续稳定好转。

抓生态产业发展，发展青花椒种植1200亩和100亩青花椒苗圃，发展林下野猪、土鸡、山羊等特色养殖产业，依托国家脱贫攻坚优惠政策，做大做强村集体经济产业，实现贫困户脱贫致富。

抓整治乡村环境。红旗村艾家沟组田光和家的小院里特别整洁，各类花卉争奇斗艳，院坝前新建的农业园区周围种满了花椒树，树下绿荫给人带来一片清新的感觉。现在好了，政府在艾家沟组免费安装的100盏路灯亮起来了，晚上在乡间道路上的群众谈笑风生；政府配送垃圾桶后，垃圾实现集中清理，环境更干净了。“如今我们可以像城里人一样休闲健身，小朋友们可以在院坝跳舞，日子真是越来越滋润！”谈到整治后的变化，村民田光和乐开了花。

以前在向家寨和高家寨2个组，大家都把车子停放在涨水萍山塘路边，开不进自家门口，离家步行至少3至4公里，一遇下雨天，车和人都难通行。如今向家寨通过脱贫攻坚“村村通”和“组组通”及一事一议项目的实施，道路通畅了，家家户户走路不用换鞋。该村向家寨组村民吴廷礼喜悦之情溢于言表，他说，村里还通了Wi-Fi和自来水，他很感谢共产党的好政策。以前，村民将鸡、鸭、鹅散养，造成动物粪便乱排，严重影响了居住环境。整治后，这里污水归池，鸡鸭归圈，面貌焕然一新。

在文明村创建中，党员带头与村委签订了“门前三包”和“大白话”承诺书；先后开展了“环境卫生靠大家”“名嘴进院坝”“我爱我家”等活动，在六井小学开展“从娃娃抓起 小手牵大手活动”的环境卫生宣传，利用组组有广播的优势进行环境整治宣传。村、组干部定期组织村民对房前屋后进行大扫除，让村民形成良好的习惯。红旗村主干道路两旁还安装了太阳能路灯，公路修到了村民家门口。为丰富村民的生活，今年实现Wi-Fi进家庭的覆盖工作。红旗村村民杨彪说：“如今，百姓房屋变美了，环境变干净了，红旗村成为‘田园美、村庄美、生活美’的生态宜居的乐园。这些离不开村干部一手抓法治和德治，一手抓产业发展的实干。”

新华网 2018年7月25日

印江："党建 +"示范全力提升乡村人居环境整治

◇ 袁胜波

2020 年以来，印江土家族苗族自治县在人居环境整治工作中坚持党建引领，积极发挥基层党组织战斗堡垒作用和党员先锋模范作用，以"党建 +"示范全力提升乡村人居环境整治，努力化"无形"的示范引领为"有形"的环境整治，全力扮靓乡村新风貌。

创建示范村，以点带面全面整治。坚持把人居环境整治作为检验党员干部作风的战场，实施定点、定人、定责的工作机制，实现人员、区域、任务"三落实"。积极探索"党建 +"示范的思路，谋求党建引领、示范带动、激发动力、稳步推进的人居环境整治路子。

以党建引领为抓手，以短板弱项为重点，以稳步推进为目标，以全县 17 个乡镇（街道）48 个党建示范点为引领，深入开展人居环境整治"互评互比"活动，抓实抓细抓常环境整治各项工作，评出乡村人居环境标兵，凝聚脱贫致富合力，全面激发人居环境整治动力。

建设幸福家园，通过评比交流激发活力。引导党员亮身份、领责任、展风采、争先锋，提高"门前三包"的责任意识，建立责任到人的管护机制，提高村民自我管理、自我约束的能力，营造人人都是美丽乡村建设参与者、维护者、管理者的良好氛围；建立农村环境整治"评比 + 交流 + 奖惩"机制，明确每月 8 日支部活动日为人居环境督导日，对人居环境整治情况进行检查考核，实行每月一检查、一考核、一通报制度，全面引导广大群众积极参与环境卫生大整治。在人居环境整治"互评互比"活动中，全县 6 个村获得人居环境标兵奖，18 个村获得人居环境优秀奖，56 个村获得人居环境提升整治进步奖。

打造“美丽庭院”，通过示范带动整体提升。党员干部带头引导群众打造“美丽庭院”，及时清理房前屋后的杂物，引导群众自发种植树木、花草，实现美化、绿化水平再提升。同时，将“美丽庭院”作为“文明家庭”评比的重要内容，定期不定期对各家各户的环境进行评比。今年上半年，全县共评出“文明家庭”532个。抓实卫生清扫维护制度，积极发挥乡村公岗、保洁员队伍作用，持续形成卫生保洁和垃圾清运长效机制。

微印江 2020年8月17日

印江：强化环境整治 维护生态梵净

◇ 罗 奥

溪水潺潺，绿树成荫……日前，记者走进印江土家族苗族自治县木黄镇新业乡，所到之处道路平整，沿线景色怡然，处处生机盎然，仿佛置身世外桃源。

印江作为申遗成员县之一，在2013年10月31日梵净山正式启动申报世界遗产工作伊始，就以申遗为核心，以环境保护建设为基础，聚全县之力，采取严格的环境保护制度。

夯实基础设施 治理农村生活垃圾

既要绿水青山，也要金山银山。治理好农村生活垃圾，是印江在梵净山环线实施生态保护的关键环节。近年来，该县充分认识到加强农村生活垃圾治理工作的重要性和迫切性，根据实际情况和发展需求，编制了《印江城乡生活垃圾收运处理实施方案》并报县人民政府进行审核。县人民政府在广泛征集了各方面的意见和建议后对该方案进行了修改完善，并于2017年3月9日印发施行。

自2010年以来，印江加强垃圾治理设施建设。位于梵净山环线的新业乡芙蓉村2010年获得中央农村环境保护专项资金75万元，2011年开始，先后建设了饮用水源地保护项目1个、界碑5个、标志牌4块、界桩100个。在生活污水治理上，建设了污水收集主管2600米，支管2000米，400平方米人工湿地1座。在垃圾处理上，购买了垃圾桶30个，修建垃圾收集池3座。2012年，该县在永义乡团龙村农村环境综合治理上投入资金60万元。

建设污水收集主管1000米，支管网1250米，入户收集池130个，检查井10个，日处理规模为65平方米的人工湿地污水处理系统1套，5平方米的垃圾收集间1座；购买了垃圾收集箱20个，垃圾清运手推车3辆。2012年，该县在杉树乡对马村的农村环境综合治理上投入资金30万元。建设了垃圾收集房7间，购买了垃圾清运卡车1辆、手推车7辆、垃圾收集箱314个，在村寨周围杉帽山新修建50平方米水池1座，购建安装供水管网400米，购置水泵1台，安装饮用水源标志牌1块、饮用水源保护碑2块，修建200米饮用水源保护防渗沟。缠溪镇冷水溪村农村环境综合整治项目，建设了饮用水源保护工程、农村生活垃圾收集设施。

削减污染排放 构筑清洁空气屏障

为进一步改善全县环境空气质量，为申遗助力，印江加大区域内大气环境污染防治工作力度，制定和颁布了一系列专项实施方案，开展了相关专项整治工作。

方案明确了以能源和产业结构调整、机动车尾气排放污染防治、工业废气污染整治、城乡废气治理等为突破口，通过实施大气污染防治重点项目，强化管理，有效削减大气污染物排放，实现空气质量不断改善和优良天数逐年提高的工作目标。

对此，印江首先淘汰落后产能，关闭了年产6万吨焦炭的相生焦化有限公司。同时积极抢抓能源和产业结构调整，实施清洁能源替代，印江城镇天然气供气工程开工建设，贵州金顶水泥有限公司熟料生产线低温余热发电项目投产运行。此外，该县还制定了《印江自治县高污染燃料禁燃区划分实施方案》，对划定的区域范围内，禁止使用煤炭、重油、直接燃烧的生物质等高污染燃料，改用天然气、液化石油气、电等清洁能源；制定了《印江自治县城市建成区燃煤锅炉淘汰工作实施方案》。另外强化机动车污染防治。印江鑫源机动车尾气检测中心建成投运后，该县正式施行黄、绿标管理，实现机动车环保定期检测，倒逼黄标车加快淘汰工作。规范化管理加油站，开展油气回收治理工作，加油站全面提供符合国家第五阶段标准的车用汽、柴油。同时，加强城乡废气治理。做好城市建筑施工及道路扬尘污染治理。实施城区建筑施工场地扬尘监管工作，对建设工地、拆迁施工现场严格按照环保要求落实各项污染防治设施。强化对运输车辆的密闭装载的检查，规范建筑弃土渣、垃圾等易撒漏物质的密闭运输的管理，加强城区主、次干道道路保洁，确保城市建筑施工及道路扬尘污染得到有效治理。开展全县各乡镇砂石场污染防治工作，对砂石开采过程中产生的扬尘进行重点治理。

再而，加强业务能力，完善大气污染监控。该县安装了环境空气质量自动监测设备，对县城区环境空气质量进行实时自动在线监控，同时对空气质量等级、空气质量指数（AQI）进行定期发布。将县城区环境空气质量监测数据直联省环境监测中心站。同时，优化产业布局，严格产业环境准入。按照该县总体规划要求，有序推进县城建成区污染企业搬迁进入印江自治县经开区。经开区设有小云、朗溪片区，其中小云片区以特色农产品加工业为主，塘池片区以环保节能后续循环经济产业为主。严控高污染、高耗能行业新增产能，按照相关规定遏制产能过剩行业盲目扩张。强化节能环保指标约束，把二氧化硫、氮氧化物、烟粉尘和挥发性有机物排放总量指标作为项目审批的前置条件，要求新建高耗能项目单位能耗必须达到国内先进水平，有效削减了大气污染物排放。

《铜仁日报》 2017年8月31日

印江：提升农村面貌 建设美丽乡村

◇ 袁胜波

宽阔通畅的马路，纵横交错的村路渠网，初具规模的特色产业，干净漂亮的农家院落，处处荡漾着美丽乡村的和谐文明之风，这是印江美丽乡村建设带来的新变化。

印江紧紧围绕“四在农家·美丽乡村”六项行动计划和农村集中建房，实施好财政奖补“一事一议”项目，启动农村生活垃圾处理工程，坚持分类指导、典型示范、有序推进。加大政策倾斜力度，充分发挥村民主体作用，以财政资金为向导，带动村民群众积极筹资筹劳，加快美丽乡村建设步伐，使美丽乡村建设呈现良好发展态势。

主导产业快速发展，农民收入快速增长。按照突出优势、扩大规模、延长链条、提升品牌的要求，大力实施“一村一品”“一村一特”战略，绝大多数乡镇和村形成了1至2个持续增收的主导产业。沙子坡镇以烤烟种植为支撑，大力发展核桃、高山冷凉蔬菜、黄牛等种养殖产业，永义乡依托独特的自然景观资源大力发展文化旅游业……主导产业的快速发展,极大地促进了群众增收。

基础条件全面改善，村容村貌显著变化。印江把通自然村道路和村间道路硬化作为切入点，及时采取措施，多方筹集建设资金，加快建设步伐。全面加强农村综合环境整治工作，有效改变农村“脏乱差”现象，提升了美丽乡村建设的档次和品位。

社会事业稳步推进，乡村风气明显提升。村（社区）基本实现了村村有卫生室、文化室、农家书屋、通信网络及休闲文化广场，公共服务能力得到较大提升，村民生活质量明显提高。

铜仁网 2015年6月25日

户干净　村整洁
德江农村人居环境整治有妙招

◇ 田旭飞

2019年以来，德江县围绕“一达标两不愁三保障”，运用“五步工作法”，落实“七个极”工作总要求，坚持“三真三因三定”工作原则，用好“76554”工作方法，核准基础信息，补齐短板，持续推进农村人居环境整治，做到户要干净、村要整洁，稳步推进脱贫攻坚各项工作。

“作战队”因户施策

该县各村级脱贫攻坚队全员出击，凝聚各方力量，聚焦突出问题，按照重点优先、先易后难的原则，采取“分类施策、逐个歼灭”战术，向农村老旧危房整治、环境卫生治理发起总攻，誓要啃下农村人居环境整治这块“硬骨头”。

“你们走上面那20户，我们走下半片，户户都要走到位，一定要把家庭信息核实清楚，了解透彻；然后我们再逐一汇总信息，分析研判难点问题……”在堰塘乡苏庄村，由脱贫攻坚战区指挥部指挥长挂帅，带领该村脱贫攻坚队现场逐一分析研判问题。

苏庄村是堰塘乡的最后一个贫困村，计划2019年出列。安家沟组位于该村最偏远位置。不通路、不通车、群众建房成本大曾导致居住42户人家的寨子至今只有2户建了砖房，其他均为木房。木房因年久失修或本身建造缺陷等存在不少安全隐患，这大大影响着村庄的整体形象。

“这家室内外需要硬化，房顶用树脂瓦盖，板壁统一刷漆……”“问问这家是不是愿意改建房子，或者重新修建……如果要改，通知明天就开始动工……”经现场调研、集中研判后，脱贫攻坚队一户户地宣布了整治意见。

该县各村级脱贫攻坚队通过开院坝会、逐户走访、电话询问等形式展开调查，仔细检查每户室内外环境，拍好房屋、圈舍照片，向农户讲解农村危房改造、土地增减挂钩、人居环境整治及“五改一化一维”等政策，耐心地解答他们提出的问题。今年以来，该县拆除旧房危房2100余栋，计划开展透风漏雨、老旧危房改造6900余户，已动工3400余户。

“尖刀班”冲锋陷阵

“经过我们村脱贫攻坚‘尖刀班’的努力，全村的环境卫生有了很大的改善。今后，我们将持续加大整治力度，打造干净舒适的人居环境，进一步巩固新光村的出列成果。”长丰乡新光村下派村支书陈吴在整治现场说道。

据悉，脱贫攻坚“尖刀班”主要以包组干部、村民组长、帮扶干部、共产党员、春晖使者等为成员组成。各“尖刀班”按照“坚决不能当逃兵，一切围绕打得赢，打赢才是硬道理”的要求，分兵作战、全员参战，以身作则带头开展环境卫生整治，并积极宣传动员群众参与其中，杜绝“党员干部带头干，群众站在一边看”的现象。同时，该县脱贫攻坚总指挥部发出号令，号召该县本籍所有国家公职人员（含退休、临聘人员）回老家修缮房屋、整治庭院，示范带动群众改善人居环境，建设美丽家园，形成“一户动则户户动”的良好带动效果。

“我脚不方便，就没有参加卫生清扫，但作为鱼泉村的一员，我有责任有义务为村里的环境卫生净化美化尽一份自己的力量，所以就把自己的三轮车开出来了，帮助大伙转运垃圾。”虽不是酷暑时节，正在帮忙转运垃圾的鱼泉村“尖刀班”成员侯再轩却是满头大汗。

“我们村现在真是大变样，你看村里到处都干干净净的，谁也不好意思再像以前那样随处乱倒垃圾了。”说起村里环境卫生的变化，先进村村民朱益光深有感触。

“两走进”干群一心

5 月 5 日，德江县司法局所有帮扶干部深入复兴镇蒲村村、棋坝山村开展帮扶活动。上午，所有帮扶干部集中处理村庄内白色垃圾、生活垃圾，疏通清理排水沟渠并沿路清扫垃圾。经近 3 个小时的清扫，村组卫生换上了新貌。下午，各帮扶干部两个一组走进所帮扶群众家中开展室内、室外卫生小清扫，引导帮扶户分类摆放生活用品和衣物、打扫卫生等，帮助帮扶户养成良好的生活习惯，与帮扶户一起营造舒适的生活环境。

“我屋头的卫生还要你来帮我整，怪不好意思的，麻烦你了，往后我注意点，你放心。”帮扶户张某飞向帮扶干部说道。

连日来，夹杂“老中青学”的清扫小组在该县各村庄随处可见，他们在“攻坚队”和“尖刀班”的宣传引导、立言立行下，纷纷利用空闲时间打扫自家房前屋后卫生、整理屋内外物品、有序堆放柴草，并主动参与村寨公共区域环境整治、卫生死角清理。经过干群集中治理，形成了攻坚队队长主抓，驻村队员包组，各帮扶责任人包户的人居环境整治责任体系，彻底改变了以往“垃圾靠风刮，污水靠蒸发，屋里现代化，院外‘脏乱差’”的状况，使群众的获得感和幸福感得到了进一步提升。

“我们提出了‘0098’的目标，对村就是‘00100’，怎么实现？前面‘00’好做到，因为看得见，即‘0 漏评’‘0 错退’，你们现在做的就是实现‘0 漏评’，补短板就是要实现‘0 错退’。但后面的‘100’怎么来做？这就需要我们走进群众家里、走进群众心里，深入实施民心工程，这样才能赢得民心。”县委主要负责人在共和镇胜利村调研时说。

《铜仁日报》 2019 年 5 月 11 日

德江县“四强化”深入推进农村人居环境整治

◇ 田旭飞

强化组织保障，建立长效机制。按照五级书记抓乡村振兴的要求，将农村人居环境整治与脱贫攻坚、乡村振兴、“四在农家·美丽乡村”小康行动计划有机结合，形成持续有序推进农村人居环境整治的强大合力。

强化宣传发动，营造良好氛围。充分发挥电视、广播、网络等媒体作用，采取群众喜闻乐见的方式，开展形式多样、生动活泼的宣传教育活动。今年以来，开展人居环境整治 2236 场次，参与干部职工 3.2 万余人次。

强化分类推进，改善农村环境。大力推行“村收乡转县处理”机制，配置垃圾收运车 76 辆、垃圾箱 1260 个、垃圾桶 11.65 万个，修建垃圾池 426 个，整治垃圾点 5.21 万立方米，基本消除了“垃圾山”“垃圾岛”“垃圾沟”等现象。

强化重点整治，提升村容村貌。投入资金 1.23 亿元实施“五改一化一维”30739 户，改造排污沟 744 公里。拆除易地扶贫搬迁贫困户的老旧房屋 5158 户，面积 12 万平方米；拆除其他跑风漏雨老旧房屋 6786 户，面积 40.72 万平方米；完成村庄绿化 104.36 万平方米。

德江县政府网　2017 年 9 月 3 日

沿河：村容整洁精神爽　美丽乡村入画来

◇ 梁瀚泽　周 济　施 平

绿树环绕，碧水悠悠。近日，记者走进贵州省铜仁市沿河土家族自治县洪渡镇苏家村，一下子与高颜值的小山村撞了个满怀。

环顾四周，群山环抱。走在宽敞、平整、干净的硬化路上，可见两旁的稻田里，谷桩吐出新芽，小鸟与鸡群在田间嬉戏着寻觅秕谷。

走在路上，鞋上沾不到一点泥。漫步村中，所有溪沟清水淙淙，大道小巷干干净净。留心细处，竟没有发现一片纸屑、一个烟头。

几年前的苏家村，并不是这样子。“臭味随风飘，垃圾凭风刮，粪水靠蒸发，人畜共生活”是当时村里的写照。

前些年，村民们在党的政策指引和干部的帮助下实现了“一达标两不愁三保障”，但是环境“脏乱差”一直没有改观，家家的生活污水裸露、直排。

2020 年 9 月，沿河进入脱贫攻坚“大查漏大补缺”收官阶段。为切实改善乡村人居环境，打造环境优美、村貌整洁的新农村，该县大力实施“三边三内三化”工作法，对人居环境进一步优化，为村容村貌再做了一次“打磨抛光”。

如今，污水有了家，垃圾分类有人拉，室内现代化，室外开鲜花，游子思“新家”。“过去，随地扔垃圾、人畜大小便司空见惯。现在，谁吃了瓜子都会拿着走到垃圾箱前。”驻村干部黎恒志脸上透着自豪。

泉坝镇黄池村村容村貌不仅发生了翻天覆地的变化，还修建了脱贫攻坚主题公园。

“没想到，我们这山旮旯里也会有公园。”10 月 20 日，晚饭过后，村民三三两两地走进公园，一边散步，一边聊着新生活，享受着一天最放松的时刻。

“经过 4 个月的努力，我们的银杏公园终于开门迎客了。”黄池村脱贫攻坚指挥部指挥长李克相介绍，继以“农耕乡愁”为主题打造的环境卫生示范寨曲子坝之后，以“海誓山盟”为主题建设的银杏生态公园，已呈现在人们眼前。

为实现脱贫攻坚与乡村振兴有效衔接，让广大人民群众真正获益，提升农村人居环境和群众幸福指数，该县要求每个乡镇（街道）打造两个示范村。泉坝镇黄池村便是其中之一。

“让黄池人过上‘环境美、村庄美、生活美’的日子，是攻坚队的奋斗目标。”李克相说，道路硬化、边沟整治、美化绿化……经过无数个日夜苦战实干，黄池村完成了从“脏乱差”村寨向生态宜居家园的华丽转身。

漫步黄池，一条条干净整洁的硬化路将村子穿点成线，街边墙上极具土家风情的文化图案将村子装点得如诗如画。

“家乡美了，腰包也逐渐变鼓了。”提及黄池村的变化，该村贫困户周天立高兴地说，从垃圾满地到花开满园，从羊肠小道到宽广大路，从土墙茅屋到小楼林立，从村穷家贫到村美民富，黄池村的点滴变化，让大家的日子越过越开心。

苏家村、黄池村，人改变环境，环境也提升人的素质，这是沿河脱贫攻坚与乡村振兴战略衔接的一个缩影。

2014 年以来，沿河共投入资金 24.77 亿元，实施通村水泥（沥青）路 2078.60 公里、农村基础设施交通扶贫工程 1151 公里。特别是 2017 年以来，按照“通不了就搬、搬不了就通”的原则实施农村“组组通”公路三年大决战，全县共投资 5.56 亿元，建成通组公路 850.37 公里。截至目前，县城已通高速，乡镇公路更加顺畅，30 户以上村民组（自然寨）公路通畅率达 100%，彻底改变了交通不畅的状况。

2020 年以来，沿河县奋力冲刺，将农村人居环境整治工作向纵深推进，坚决打好乡村环境整治战，旧房拆除及复垦复绿成效显著提升。

投资 2.3 亿元，采取整村推进的方式，按照“缺什么补什么”的原则实施农村人居环境整治，累计完成房前屋后院子、场硬化 513 万平方米，连户路硬化 1498 公里，改厕 12704 户、改圈 5078 户、改厨 11911 户。

如今的沿河，村容整洁精神爽，美丽乡村入画来。

习近平总书记多次强调，中国要强，农业必须强；中国要美，农村必须美；中国要富，农民必须富。

沿河积极实施“三边三内三化”工作措施，把居民生活环境从内到外、从大到小，彻底、仔细“清洗”一遍，并形成长期的“环境自治”制度，让美丽乡村真正变美、变绿，为全面小康添砖加瓦，为乡村振兴奏响前奏。

沿河苏家村、黄池村将脱贫攻坚与乡村振兴有机衔接，就是贯彻落实这一指示的生动实践。

近年来，沿河将决战决胜脱贫攻坚与美丽乡村和农村精神文明建设及乡村振兴战略有机衔接，发挥了示范和引领作用，提供了宝贵的实践经验，为其他各县（市）提供了发展思路和参考经验。

微沿河　2020 年 11 月 3 日

沿河：彩绘“高峰”绘就美丽乡村新画卷

◇ 刘桢珂

一场淅沥的冬雨过后，位于贵州省沿河土家族自治县中界镇东南方向的高峰村依然生机盎然、色彩斑斓。村民们崭新的小洋楼外墙上，一幅幅手绘 3D 文化墙绚丽多姿；村里一条条整洁的水泥路串点成网，连接着各家各户……而在几年前，这里还是一个到处是泥巴路和老房子的“脏乱差”深度贫困村。

在东西部扶贫协作部署下，2018 年，张家港市善港村与沿河高峰村签订了整村推进帮扶协议，善港村还派出扶贫工作队进驻高峰村。扶贫工作队与当地干部、群众勠力同心“拔穷根”，依据当地生态优势着力发展绿色产业，建造大棚 80 亩，发展果蔬、灵芝等有机生态农业。2019 年末，贫困发生率由 2014 年建档立卡之初的 34.56% 下降到 0，人均可支配收入增加至 9000 余元。至此，曾经“望天吃饭”的高峰村整村退出贫困行列。

随着村民收入的不断增加，村里卫生治理、环境美化也随之推进。为改善高峰村村民的居住环境，工作队队员们和村支两委班子成员通过挨家挨户讲解宣传，亲自帮忙收拾屋子，发布关于环境保护方面的村规民约，划分责任区，规范畜禽管理，配备环保设施设备，定时清运处理垃圾等多重举措，带动村民共同保护高峰的绿水青山。

今年 4 月，高峰村依托沿河县全域旅游的战略定位，邀请对口帮扶省江苏省的专业壁画团队设计创作，根据特色产业，将现代元素与土家传统文化风貌相结合，建成了如今拥有彩绘墙面 21 个，房屋墙面涂色 5000 多平方米的 3D 壁画村。

如今的高峰村展现出“村在山中坐、人在画中游”的立体生态格局。居住环境的改善，切实提升了村民的“幸福感”“获得感”，整洁美丽的新村貌暖了民心、也稳了民心。

在东西部扶贫协作部署下，江苏省张家港市杨舍镇善港村结对帮扶高峰村，依据当地生态优势着力发展绿色产业，建立高峰有机生态农业产业园。

高峰有机生态农业产业园已建大棚 80 亩，发展生产种植果蔬、灵芝的有机生态农业。在 2020 年 1 月的第一期分红中，该村 50 户 199 名贫困人员分红 11.2 万元人民币。

随着村民收入的不断增加，村民的卫生意识也随之提高，除了“各人各扫门前雪”外，还经常相约一起清扫村里的公共区域。

现在的高峰村踏上了产业兴、百姓富、生态美的健康大道。

中国网　2020 年 11 月 29 日

铜仁市：乡风文明幸福来

◇ 张著昶

石阡县大沙坝乡任家寨村结合村级集体经济发展，修订村规民约，落实了村民自治计分制，明确了具体标准和操作方式，将村民文明行为纳入奖罚计分（村民平时的表现直接影响年终村级集体经济分红），杜绝了婚丧嫁娶中铺张浪费的现象，使该村每户年平均减少份子钱2000余元。

江口县以太平镇快场村为试点，在全县推行垃圾兑换机制和农村环保银行，鼓励政府与各村组寻找交通便利、物品齐全的小卖部、小超市并与之合作，设立环保银行，引导村民将日常生产生活垃圾分类收集，定期到村民组环保银行网点兑换，初步形成垃圾回收利用的绿色生活方式。

碧江区以川硐镇板栗园村为试点，在全区各乡镇对不可回收的乡村生活垃圾，推行运输至焚烧发电厂进行无害化处理的措施。其乡村生活垃圾智能无害化处理率已达到96%，共处理垃圾6000余吨，向国家电网输送“绿色电力”8000万千瓦时，产生经济效益3000余万元，在全省率先实现乡村“智慧环卫”全覆盖。

文明之风吹遍黔东大地，在精神文明发力脱贫攻坚和乡村振兴上，铜仁硕果累累。

“三美”绘就新蓝图，文明乡风美乡村

近年来，铜仁市以社会主义核心价值观为引领，各地不断丰富和创新活动形式，提升乡村文明软实力，让乡风民风美起来、人居环境美起来、文化生活美起来。

勾画美的蓝图。出台《关于进一步加强新时代农村精神文明建设工作的实施意见》，明确“乡风民风美起来、人居环境美起来、文化生活美起来”三大目标。配套出台《铜仁市“乡风文明四项行动”助推脱贫攻坚乡村振兴实施方案》，坚持“美丽乡村·文明家园”建设与脱贫攻坚、产业发展和乡风文明等工作紧密结合，制定农村精神文明建设“路线图”“时间表”，确保有序推进。

汇聚美的推力。突出党对农村精神文明建设工作的领导，为农村精神文明建设提供坚强政治保障，明确市、区县、乡镇党委和村委主要负责人是农村精神文明建设的第一责任人。成立市农村精神文明建设领导小组，负责统筹调度各项工作；领导小组办公室设在市文明委，负责抓工作部署、指导协调和督查考核；市成员单位负责抓有关专项行动，区（县）负责抓任务细化、工作推进，乡（镇、街道）负责对照任务抓落实，推动各村整体提升，形成齐抓共管工作格局。

丰富美的内涵。坚持把培育和践行社会主义核心价值观作为根本任务，充分利用村院围栏、农村文化墙、文化广场等，将中华民族传统美德、社会主义核心价值观和《贵州省文明行为促进条例》通过公益广告和墙体画，巧妙地融入环境治理和建设中，赋予“美丽乡村·文明家园”建设新的内涵。截至目前，全市共建成核心价值观主题公园100余个、农村文化墙近万个。广泛开展各类先进典型评选，通过坚持评选“铜城仁者”，多人跻身“中国好人榜”“贵州好人榜”。

“四项行动”齐推进，文明乡风遍黔东

铜仁市坚持把加强农村精神文明建设作为实施乡村振兴战略的重要内容，在全市乡村大力实施“乡风文明四项行动”，大大激发了广大群众内生动力，有力助推脱贫攻坚和乡村振兴。

“扶智扶志”教育行动树正气。实施以新时代农民讲习所、农村院落、农村家庭为主的“百所千院万家”宣传教育工程和乡愁馆、农民文化家园、文化长廊为主的“百馆千园万廊”文化惠民工程，利用乡愁馆、村综合文化服务中心、文化长廊、家庭院落，宣传党的政策好、人居环境好、社会风气好、干群关系好。市、县、乡、村四级联动，将扶贫与扶志、扶智结合，组织开展 1.2 万余场次乡风文明助推脱贫攻坚先进典型巡讲、文艺巡演活动，覆盖 1000 余个贫困村，各地新风正气蔚然成风。

“移风易俗”行动正风气。评选“明礼知耻 · 崇德向善”身边好人、星级文明户、好婆婆、好媳妇，通过光荣榜、积德榜树立文明标杆。针对乱办酒席敛财、打牌赌博等现象，联合开展“两反对一抵制”移风易俗专项整治行动，推动各村修订完善执行村规民约，狠刹农村歪风邪气，遏制陈规陋习，推进移风易俗，在改善乡风民风上取得了较好的效果。

“清洁家园”行动提士气。以“文明在行动 · 满意在贵州”活动为抓手，分级实施“百镇千村万户”文明创建工程，将清洁家园行动作为常态工作推进，持续开展农村环境卫生“三边”“三清理”“六整治”“一美化”工作，开展乡村环境卫生、美丽庭院大比武活动，使农村群众环境卫生意识进一步增强，人居环境进一步改善。

春晖行动聚人气。实施“百社千企万人”志愿服务工程，在全市 1000 个村组织开展千场送党的精神进村公益活动、千名农技骨干送技术进村等“三千三进志愿服务”，推动农村形成向上向善的社会风尚。同时，积极探索“春晖扶贫”新路，开展“春晖 + 公益、乡土文化行动”。截至目前，共募集春晖公益资金 2000 余万元，建设春晖文化阵地近 200 个，帮扶贫困群众上万户。

“三大机制”强保障，文明乡风助脱贫

铜仁精神文明建设成果丰硕，与该市探索总结的“三大机制”密不可分。

文明创建机制。改文明村镇、文明家庭创建“三年一评”周期为“一年

一评”，力争到2020年实现县级以上文明乡（镇、街道）、文明村创建占比在60%以上，1万户农村家庭创建为县级文明家庭。

绩效考核机制。将农村精神文明建设列入市对区（县）、乡（镇、街道）党委及对驻村第一书记年度绩效考核，层层压实责任，对农村精神文明建设严重滞后的责任人进行严肃问责。

督察调度机制。市、区（县）层层实行月调度、季督察、半年推进机制，组织召开农村精神文明建设现场观摩推进会，进行现场交流、培训、调度和推动工作。通过加强农村精神文明建设，碧江、万山、玉屏、江口出列，江口县群众满意度达到全省最高水平。

《贵州日报》 2019年9月6日

铜仁市脱贫攻坚取得八大成效

◇ 铜仁市委办公室

铜仁市地处黔、湘、渝三省市结合部，是贵州省脱贫攻坚的主战场。全市下辖 10 个区县均为贫困县，有 1 个深度贫困县（沿河土家族县）、2 个极贫乡（石阡县国荣乡、德江县桶井乡）；行政区划调整后全市总的贫困村由 1565 个变为 1553 个，其中深度贫困村由 319 个变为 318 个。党的十八大以来，我们坚持以习近平新时代中国特色社会主义思想为指导，深入学习贯彻习近平总书记关于扶贫开发的系列重要论述，坚持以脱贫攻坚为统揽，全面落实精准扶贫精准脱贫基本方略，充分运用省委提出的“五步工作法”，按照我市在实践中总结的“七个极”工作要求、“三真三因三定”工作原则和“76554”工作方法，聚焦“两不愁三保障”“三率一度”目标任务，全力打好“四场硬仗”，着力“四个聚焦”，深入开展“五个专项治理”，用好东西部扶贫协作政策，全市脱贫攻坚取得了决定性成果。9 个区县实现脱贫摘帽，沿河深度贫困县脱贫摘帽工作顺利推进，全市建档立卡贫困人口从 2013 年底的 92.7 万人减少至 2019 年底的 4.38 万人，贫困发生率从 24.74% 下降至 1.16%。我市脱贫攻坚成效考核连续 9 年名列全省前茅，连续 4 年与新华社合作发布“中国·铜仁精准扶贫指数”。具体成果体现在以下 8 个方面:

通过大力实施基础项目，农村基础设施不断完善

坚持把基础设施建设作为提升农村发展能力、扩大政策受惠面的重要手段。在实现县县通高速、所有行政村通公路基础上，实施农村“组组通”公路三年大决战，累计完成农村“组组通”硬化路 1.2 万多公里，惠及人口 122.7 万人，其中建档立卡贫困户 25.9 万人，实现 30 户以上自然村寨 100%

通硬化路，实现已退出县连户路硬化全覆盖，彻底解决我市农村交通不便问题。全面完成农村饮水安全工程，累计解决155.2万人的饮水安全问题，其中建档立卡贫困人口53.95万人。确保群众喝上放心水。目前我市农村集中供水率达96%、自来水普及率达95%、供水保证率达95%，各项指标均超过“十三五”农村饮水安全规划目标。实现农村电网综合电压合格率99.3%、农村供电可靠率99.75%，所有行政村基本实现光纤宽带、4G网络、广电网络全覆盖，93.85%的30户以上自然村实现4G网络覆盖。

通过推进农村产业革命，产业扶贫成效不断显现

坚持把产业扶贫作为脱贫和巩固脱贫成果的重要手段，聚焦产业革命产业选择、培训农民、技术服务、资金筹措、组织方式、产销对接、利益联结、基层党建“八要素”，深入推进农村产业革命，以坝区建设为重点示范带动，大力推广“龙头企业＋合作社＋农户”和“村社合一”模式，最大限度落实好利益联结机制，因地制宜发展“生态茶、中药材、生态畜牧、蔬果、油茶、食用菌”等六大主导产业，推动农业产业实现“六个转变”（农村发展方式正在从自给自足向参与现代市场经济转变、从主要种植玉米等低效农作物向种植高效经济作物转变、从粗放量小向集约规模转变、从“提篮小卖”向现代商贸物流转变、从村民“户自为战”向形成紧密相连的产业发展共同体转变、从单一种养殖向一二三产融合发展转变）。全力拓展“产业链”。建立市领导领衔推进农村产业革命工作制度，全力推动蔬菜、牛羊等11个特色优势产业壮大发展。目前，全市管护茶园总面积151.02万亩，产值90.48亿元；新植中药材17.2万亩，产值6.01亿元；出栏生猪132.85万头、肉牛12.19万头、肉羊31.82万只、家禽762.46万羽，禽蛋产量1.46万吨；播种蔬菜112.3万亩，产值54亿元；发展果园总面积108.4万亩，产值8.3亿元；发展食用菌3.91亿棒/万亩、产值12.2亿元。全力延长“价值链”。坚持以204个重点坝区为重点，积极申报实施坝区基础设施建设奖补项目，涉及资金5176.45万元。全力锁紧“利益链”。不断健全完善群众利益联结机制，促进群众在产业链上增收致富。目前，全市累计发展市级以上农业龙头企业446家、农民专业合作社10716家、市级家庭农场1667家，强化利益联结和产销对接，累计带动22.5万户91.5万贫困群众增收。万山区中华山村“622”模式入选国家博物馆庆祝改革开放40周年大型展览。全力抓好“销售链”。目前全市各区县在消费扶贫工作系统注册供应商237家，申报扶贫产品534个，产品价值总量达73.65亿元，通过各种渠道销售扶贫农特产品5.66亿元；第一至五批累计通过国务院扶贫办审核认定公示供应商203家、扶贫产品580个。积极推进“七进”工作，全市教育系统配送企业已与生产基地签约172个，市内采购率达到88%。

通过实施易地扶贫搬迁，群众居住条件不断改善

坚持把易地搬迁作为解决“一方水土养不起一方人”的根本途径，我们紧扣省委、省政府“六个坚持”（坚持省级统贷统还，坚持以自然村寨整体搬迁为主，坚持城镇化集中安置，坚持以县为单位集中建设，坚持不让贫困户因搬迁而负债，坚持以产定搬、以岗定搬）要求，以全市125个贫困乡镇1565个贫困村为主战场，做到以岗定搬、以产定搬，共规划建设安置点144个，搬迁6.6万户29.36万人，其中跨区域搬迁至铜仁主城区的12.55万人，占全省跨区域搬迁人口的54%，涉及整体搬迁自然村寨1853个，已全面完成“十三五”时期易地扶贫搬迁任务。目前，以实施“新市民·追梦桥”工程为契机，全力抓好基本公共服务体系、培训和就业服务体系、文化服务体系、社区治理体系、基层党建体系“五个体系”建设，持续写好易地扶贫搬迁“后半篇文章”，真正让搬迁群众“一步住上新房子，快步过上好日子”，真正做到搬得出、稳得住、逐步能致富。基本公共服务体系方面：全市规划新建和改扩建的配套学校（幼儿园）61所已全部建成，100%实现就地就近入学入园；全市安置区建设的51个医疗机构已全部投入使用，82个安置点由原乡镇卫生院或村卫生室提供服务；新建社区综合服务中心（站）48个，已全面完成迁户办证任务27.47万人，全面完成低保转接任务4.79万人，完成一次性临时救助金发放15万人。培训和就业服务体系方面：全市有搬迁劳动力6.35万户13.78万人，已就业6.35万户11.8万人，实现搬迁劳动力家庭“一户一人以上”稳定就业。文化服务体系方面：全市开展家庭教育讲座 100 多场次、安置点文艺活动 60 余场次，开展感恩教育 358 场次、讲座 95 场次。社会治理体系方面：全市易地扶贫搬迁安置点共设置 129 个管理单元，计划单独设立街道 8 个，正式挂牌 6 个；规划设置社区 38 个，成立社区居委会 51 个，设立社区警务室 27 个，配备警务人员 96 名，建立治保组织 68 个。基层党建体系方面：组建易地扶贫搬迁安置地基层治理领导小组（联合党委），在新设立的 6 个街道成立党工委，成立 8 个党总支、112 个党支部、79 个党小组，从群众党员中选举成员 484 人。我市推行跨区县易地扶贫搬迁工作做法得到省委书记孙志刚的肯定。万山区探索兴建“扶贫微工厂”经验做法得到省长谌贻琴肯定性批示，去年 12 月 23 日被央视《新闻联播》报道。大龙开发区德龙新区安置点被作为全国易地扶贫搬迁后续扶持工作现场会观摩点。

通过全面落实保障政策，群众幸福指数不断提升

坚持把解决“两不愁三保障”突出问题作为工作着力点，切实提升贫困群众的获得感、幸福感。在义务教育上，新改扩建学校 2062 所，采购设施设备 90 万台（件、套、册），极大地改善了中小学幼儿园办学条件。全市学前三年毛入学率从 91.7% 提高到 96%，普惠性幼儿园覆盖率达 85.4%；义务教育巩固率从 2015 年的 86.48% 提高到 95.42%；顺利完成基本普及十五年教育工作；高中阶段毛入学率从 2015 年的 90% 提高到 95.3%。全面落实国家各类学生资助，共惠及学生约 483.28 万人次，资助金约 58.25 亿元。持续压缩党政机关 6% 的行政经费用于支持教育扶贫，精准落实教育扶贫资助政策，确保应助尽助，全市小学、初中辍学率均控制在省定标准以内，无因贫辍学情况。在基本医疗上，认真落实“五个全覆盖”和“五个全面建成”要求，全市 175 个乡镇（街道）卫生服务机构均完成标准化建设，2616 个行政村实现卫生室全覆盖，群众看病难、看病贵问题和因病致贫、因病返贫问题得到基本解决。全面落实建档立卡农村贫困人口基本医保、大病保险、医疗救助全覆盖，全市建档立卡贫困人口实现动态应保尽保。在住房安全上，大力实施农村危房改造和住房保障三年行动计划，推进建档立卡贫困户住房安全评定全覆盖，全面完成 14.26 万户农村危房改造任务。针对农村木结构住房较多的实际状况，实现透风漏雨老旧住房专项整治全覆盖，同步实施农村人居环境大整治和“三改一化”工程，切实提高农村人居环境质量和群众生活质量。在兜底保障上，精准推出提高低保标准、完善医疗救助、健全临时救助制度等兜底脱贫攻坚“十招”，对无法依靠产业就业帮扶脱贫的特殊贫困人口，实现应保尽保，保障基本生活，累计已发放农村低保金、临时救助金、特困供养金、医疗救助金 80 亿余元。在就业保障上，创新开展“留雁行动”，扎实做好“寻雁、送雁、育雁、助雁、繁雁、护雁”六项工作，在组织外出务工返乡人员有序返岗的同时，大力开发市内岗位，引导群众就地就近就业创业，实现化危为机、转危为安。目前，全市建档立卡贫困劳动力、易地扶贫搬迁劳动力和边缘户劳动力全部实现“一户一人”以上稳定就业。铜仁“留雁行动”助力返乡人员本地就业被央视《新闻直播间》报道。

通过扎实推进“四个聚焦”，深度贫困堡垒不断被攻克

严格按照习近平总书记提出的“三个新增”指示要求，持续推动帮扶力量、扶贫资金、基础设施建设、东西部扶贫协作向深度贫困地区倾斜，集中优势兵力攻坚拔寨。领导带头“督”。市委、市政府主要负责同志带头挂帮攻坚任务最重的深度贫困县和极贫乡镇：贫困发生率 30% 以上的村由市委书记、市长负责，贫困发生率 20% 以上的村由市级其他领导负责，贫困发生率 10% 以上的村由县级相关领导负责，逐村逐户制定“按时打赢”方案。同时，明确市委主要负责同志、市纪委书记监委主任、市政府分管脱贫攻坚的副市长包保联系沿河县，市四套班子主要负责同志挂牌督战沿河县及一个乡镇并延伸到村，18 个市级领导分别督战剩余 18 个乡镇，精准制定督战方案，一项一项抓落实。干部真实“战”。从市县两级选派 108 名科级干部到深度贫困村所在乡镇挂任党委副书记，选派 319 名副科级及以上实职干部到深度贫困村担任党支部书记。从市派驻松桃、思南、德江面上督导组抽派 20 人到沿河面上督导组，强化督导力量，确保各项工作落地落实。从已出列区县提拔交流13名优秀干部到沿河任乡镇党委第一书记，从市直62家单位选派200名干部到沿河县22个乡（镇、街道）开展驻村工作。明确沿河县四套班子领导全部担任指挥长，吃住在乡镇、工作在乡镇，聚焦“两不愁三保障”补短板、强弱项，做到一鼓作气、尽锐出战，不获全胜，决不收兵。保障举措“实”。出台市直相关部门支持沿河县脱贫攻坚实施方案，举全市之力攻坚沿河深度贫困县，争取各类财政扶贫资金、苏州对口帮扶资金以及市级投入资金15亿余元，重点用于“两不愁三保障”补短板和产业扶贫。创新探索市内区县之间帮扶机制，动员已退出的9个区县和1个高新区、1个开发区共同支持沿河深度贫困县产业发展（“9+2”帮扶协作模式），要求各区县结合深度贫困县产业发展实际，签订帮扶协议，明确项目清单，逐项督促落实到位，已投入沿河帮扶资金0.8亿元建设产业项目38个。目前，全市剩余贫困人口均达到脱贫标准，沿河县达到退出条件。

通过凝聚各级各方力量，合力攻坚局面不断形成

积极抢抓东西部扶贫协作和中央、省定点帮扶等重大机遇，坚持发挥政府和社会两方面力量作用，着力构建专项扶贫、行业扶贫、社会扶贫“三位一体”大扶贫格局。抓好对口帮扶。自2013年苏州帮扶我市以来，苏铜两地间累计互访考察1706人次，召开东西部扶贫协作联席会议10次，召开相关工作部署情况会议47次。江苏省和苏州市各级落实财政帮扶资金17.054亿元，实施帮扶项目1121个，覆盖铜仁69.189万贫困人口。引导210家东部企业到铜投资，实际完成投资额197.89亿元，带动8662名贫困人口增收。实现“铜货入苏”销售额15.09亿元，惠及贫困人口6万余人。举办劳务协作培训班331期12497人次，帮助37499人实现就业。苏州市102个镇（街道、开发区）、394个村（社区、协会、商会、企业）、450所学校、118所医院与铜仁市119个乡镇、421个贫困村、558所学校、204所医院及医疗机构结对帮扶，实现了对铜仁深度贫困村以及乡镇以上学校、医院结对帮扶全覆盖。我们探索形成的苏州·铜仁结对帮扶“五探索”模式被《人民日报》头条刊登，碧江·昆山“七结对”模式被评为东西协作与定点帮扶第二届中国优秀扶贫案例，张家港善港与沿河高峰“整村帮扶”模式在2019年扶贫日乡村发展与脱贫攻坚论坛上做经验交流发言。抓好定点帮扶。新华社、中国浦东干部学院、中国电子信息产业集团有限公司、中国中煤能源集团公司、中国冶金科工集团有限公司、北京有色金属研究总院6家中央单位与我市石阡、江口、松桃、印江、沿河、德江、思南7个县结成定点帮扶关系。“十三五”以来，各单位到我市各区县挂职干部合计86人，赴定点县考察436人次。举办党政干部、技术人员和贫困人口174期次2.44万人。各单位直接投入（含有偿和无偿）2.22亿元，其中资金1.77亿元、物资折款4491.58万元；实施帮扶项目246个，帮助建档立卡贫困人口脱贫1.99万人，购买贫困地区农产品3059.15万元，帮助销售贫困地区农产品2193.30万元。抓好社会帮扶。积极开展“扶贫日”活动，搭建社会力量参与扶贫开发的平台，广泛调动社会各界力量参与扶贫开发，“十三五”期间共收到爱心企业、干部职工、社会爱心人士捐款569.38万元，区县募捐3304.12万元。积极开展“百家社会组织帮百村”助力脱贫攻坚行动，组织社会组织参与脱贫攻坚工作，开展产业、智力、商贸、捐赠、志愿等多种帮扶，累计投入项目建设帮扶物资、资金4.3亿元，服务贫困群众10万余人。积极推进“同心战贫困·聚力大帮扶”“同心战贫困·千企帮千村”行动，协助工商联统筹社会力量参与精准扶贫。截至目前，全市共有365家本地、异地民营企业和商（协）会结对帮扶608个村，总投资12.68亿元，帮扶贫困人口9.64万人。

通过严格落实“四个不摘”，脱贫攻坚成果不断巩固

始终坚持目标不变、靶心不散、频道不换，确保责任不松、政策不变、力度不减、监管不脱。一是坚持摘帽不摘责任。始终坚持市委书记和市长、县委书记和县长担任市、县扶贫开发领导小组“双组长”与县委书记、县长担任县级脱贫攻坚总指挥部“双指挥长”。继续保持“四级作战指挥体系”不变，保持驻村攻坚队、“尖刀班”建制不散，层层压紧压实责任。下发《铜仁市保持县、乡党政正职稳定管理办法（试行）》，保持已退出区县党政正职和乡镇党政正职相对稳定。二是坚持摘帽不摘政策。始终确保扶贫资金投入逐年增加，涉农资金整合率达100%；2019年上半年全市投入各类资金46亿元，持续加大基础设施和民生投入，全面补齐“3+1”等短板弱项。三是坚持摘帽不摘帮扶。持续压紧压实部门和乡村两级责任，保持扶贫工作稳定性和连续性，确保村第一书记、驻村干部、各级下派的督导指导人员、帮扶干部不撤回，帮扶力度不减，持续至党中央宣布全面打赢脱贫攻坚战。四是坚持摘帽不摘监管。持续实行“一月一调度、一月一通报、一季一分析”工作机制，实时监测资金“拨付率”“备案率”“报账率”及项目“竣工率”核心指标，提高资金使用效益和成效。继续向已退出区县驻派县乡督导组开展脱贫攻坚巩固提升督导工作。持续开展脱贫攻坚工作交叉检查和“回头看”，进一步抓好查缺补漏、巩固脱贫质量。将“四个不摘”落实情况纳入区县党委、政府成效考核重要内容。我市防贫预警监测机制在全省推广，《探索建立防贫预警监测机制巩固脱贫攻坚成果》案例入选《精准脱贫为什么能：案例解读精准扶贫》并在《中国村庄》杂志第五期刊载；得到了中央政治局常委、全国政协主席汪洋和中央政治局委员、国务院副总理胡春华的肯定；7月6日中央政治局常委、国务院总理李克强到江口调研脱贫攻坚工作时，国务院扶贫办刘永富主任向李克强总理汇报了江口县运用防贫预警监测机制的情况，李克强总理给予了高度评价。

通过不断探索创新总结，脱贫攻坚机制不断健全

坚持从实践中来、到实践中去，做到眼睛下看、干部下沉、重心下移。通过深入基层、深入一线、深入群众调研指导、掌握实情，不断探索创新，强化关键举措，突出脱贫特色和创新，确保取得实效。在脱贫要求上，我们紧扣中央、省委部署要求，创新探索形成坚持极高的政治站位、极深的民生情怀、极强的全局统筹、极佳的脱贫成效、极准的路径举措、极硬的工作作风、极优的组织保障“七个极”工作要求和“真情实意、真金白银、真抓实干，全心聚焦脱贫攻坚战；因地制宜、因势利导、因户施策，全力推进脱贫攻坚战；定点包干、定责问效、定期脱贫，全面打赢脱贫攻坚战”的“三真三因三定”

工作原则，统筹推进脱贫攻坚各项工作。在脱贫机制上，我们坚持强化督查督办，建立了市委常委联系区县、市级领导包乡（镇）、县级领导包村的脱贫攻坚包保责任机制和暗访督查机制，组织市四套班子和市直部门不定期对拟退出县开展全面交叉检查，按照县级汇总、乡镇培训、村级研究、交叉检查、反馈问题、整改落实“六步曲”，狠抓突出问题整改，迅速补齐差距短板。“六步曲”工作法被“学习强国”平台、《人民日报》头条、《中国扶贫》杂志刊载宣传。在脱贫保障上，我们将市县两级选派的1474名第一书记、1024名驻村干部和5216名脱产结对帮扶干部的党组织、工资、考核和管理四个关系全部划转到所驻乡镇和村，由所在乡镇党委统一管理，从根本上解决市县驻村帮扶干部乡镇不好管、管不好的问题，确保尽锐出战。“四个划转”驻村管理模式在全国驻村帮扶工作座谈会上做经验交流发言。在全国率先出台《脱贫攻坚一线干部关怀激励实施意见》，得到了省委书记孙志刚肯定性批示；同时进一步健全完善一线干部关怀激励“1+5”制度体系、干事创业容错纠错等工作机制，最大限度激发干部在脱贫攻坚中建功立业。一线干部关怀激励机制被《中国扶贫》杂志、《人民日报》和中组部《组工通讯》刊载，被国务院扶贫办收录为国家脱贫攻坚成效考核唯一市级典型案例并转发。在脱贫攻坚过程中，我市涌现出冷朝刚、张曙光、文伟红等一大批脱贫攻坚先进典型。我市运用“五步工作法”加强脱贫攻坚纪律保障的经验先后被《贵州改革情况交流》《中央改革情况交流》刊载。在脱贫举措上，我们经过在实践中不断探索创新，总结提炼了“76554”工作方法。具体来说，坚持以“查缺补漏、亡羊补牢、取长补短、合力补位、勤能补拙、将功补过、激励补赏”的“七个补”为主要抓手，集中精力火力，强化问题整改，提升脱贫攻坚成效；坚持以“自强不自卑、期待不等待、依靠不依赖、包干不包办、苦干不苦熬、借力不省力”的“六个不”为重要路径，增强贫困群众内生动力，激发主动脱贫意识，提升脱贫致富能力，变“要我脱贫”为“我要脱贫”；坚持以“看屋里摆的、身上穿的、柜里放的、床上铺的、锅里煮的”的“五个看”为客观标准，重点围绕“两不愁三保障”，精准识别脱贫质量，防止出现漏评、错评、错退现象；坚持以“墙上挂的、袋里装的、嘴上说的、系统录的、客观有的”的“五个一致”为真实标尺，通过实地结合“五个看”、实地查阅

“四卡合一”公示牌和“一户一袋”、实地开展访谈、实地比对检验，切实做到扶真贫、真扶贫，脱真贫、真脱贫；坚持以“党的政策好、人居环境好、社会风气好、干群关系好”的“四个好”为最后成果，提高群众认可度和满意度。全市上下通过用好用活“76554”工作法，实现了脱贫攻坚连战连捷、再战告捷。该工作方法先后被《中国扶贫》《贵州改革交流》等刊物刊载，纳入国务院扶贫办《脱贫攻坚典型案例选编》。

近年来，通过不懈努力和不断探索，总结出做好脱贫攻坚工作主要有以下三点启示。一是脱贫攻坚必须坚持严格的工作要求。打好脱贫攻坚战，采取正确的战略战术是关键，铜仁市在脱贫攻坚工作中，坚持“七个极”的工作要求。坚持极高的政治站位，坚持以习近平总书记关于扶贫开发的系列重要论述武装头脑、指导实践，坚持以脱贫攻坚统揽经济社会发展全局，全面落实精准扶贫精准脱贫基本方略，认真贯彻落实党中央、国务院和省委、省政府的系列决策部署，团结带领全市各族干部群众牢记嘱托、感恩奋进，汇集向脱贫攻坚发起总攻、夺取全胜的磅礴力量。坚持极深的民生情怀，坚持以人民为中心的发展思想，深入基层、深入群众，以群众生活改善为立足点，以群众满意度为标尺，带领群众战胜困难，摆脱贫困。坚持极强的全局统筹，明确攻坚方向，把握攻坚重点，运用战略思维、创新思维、系统思维、辩证思维，做到脱贫焦点不散、靶心不变、力度不减、节奏不乱。坚持极佳的脱贫成效，对贫困人口进行精细化管理、对贫困群众进行精准化扶持，既不吊高胃口，也不降低标准，确保贫困人口真实脱贫。坚持极准的路径举措，针对不同的贫困人群采取不同的脱贫策略，集中人、财、物等资源为贫困人口顺利脱贫提供支持。坚持极硬的工作作风，开展实地调查、认真研究、真抓实干，带领群众苦干实干，激发贫困群众脱贫热情。坚持极优的组织保障，整顿软弱涣散基层党组织，全面夯实基层基础，为夺取脱贫攻坚全面胜利提供坚强的组织保障。二是脱贫攻坚必须坚持“脱真贫、真脱贫”的原则。铜仁市在脱贫攻坚过程中采用“三真三因三定”的脱贫原则，切实为贫困群众真脱贫做实事。坚持真情实意、真金白银、真抓实干，把贫困问题作为最重要的民生问题，投入真金白银，深入基层、深入群众，切实地做到真心实意为民解忧、为民解困、助民致富。坚持因地制宜、因势利导、因户施策，全面掌握扶贫对象致贫原因，逐村逐户制定帮扶措施，确保“六个精准”。坚持定点包干、定责问效、定期脱贫，充分发挥区县党委“指挥部”、乡镇党委“主阵地”、村两委“战斗员”、第一书记和驻村干部“主力军”作用，落实脱贫攻坚考核机制和一线干部关怀激励机制，确保如期高质量打赢脱贫攻坚战。三是脱贫攻坚必须处理好“四个关系”。在脱贫攻坚过程中，应努力处理好脱贫攻坚与经济社会发展的关系、脱贫攻坚与乡村振兴的关系、脱贫攻坚与基层组织建设的关系、脱贫攻坚与深入实施大生态战略行动的关系。这四个关系的判断标准：既有利于改善贫困人口的生活困境，又有利于地区经济发展；既有利于实现贫困人口长期脱贫，又为乡村振兴奠定基础；既有利于贫困人口实现真脱贫，又有利于夯实党的基层组织；既有利于贫困人口长远脱贫，又有利于绿水青山变金山银山的生动局面。

不让贫困卷土重来

——脱贫之后如何防止返贫？贵州省铜仁市创新防贫预警机制

◇ 汪文正

越来越多的贫困地区摘掉了“穷”帽子，让人高兴！然而，新问题随之出现：脱贫之后，如何防止返贫？

贵州省铜仁市进行了探索。铜仁地处全国14个集中连片特困地区之一的武陵山片区，全市下辖的10个区县一度全是贫困县。经过努力，到今年上半年，共有9个区县脱贫，贫困发生率降至2%以下。防止返贫与脱贫攻坚同步，铜仁市建立起预警监测机制，自2018年由江口县开始探索，2019年在全市推开，得到了国务院扶贫办的肯定。

防贫预警怎么“防”，“预”在何处？近日，记者前往铜仁实地探访。

谁家有返贫风险，第一时间掌握

“现在的收入不比出去打工少，还不耽误照看孩子。”谈到如今的生活，铜仁市江口县凯德街道黑岩村村民杨再平有许多话想说。

杨再平今年53岁，此前和妻子常年在外务工，家里有4个孩子上学，日子过得紧巴巴。2018年，他的大女儿突发疾病，全家顿时陷入困境。

杨家原是当地小康之家，但因突发变故收入骤减、支出骤增。这样的家庭，在贫困山区并不少见。如何精准监测预警，及时做出反应，防止非贫家庭和已脱贫家庭返贫？

第一步就是确定监测对象。铜仁防贫预警监测机制聚焦三类人群：已脱贫不稳定户、收入低于国家扶贫标准1.5倍的边缘易致贫户、因疫情或其他原因收入骤减或支出骤增户。采取“群众申请、入户调查、部门比对、村民小组评议、村民代表审议、村级公示、乡镇复核、县级备案”的程序进行识别，通过驻村工作队和网格员实现监测对象全覆盖。

“变故发生时，多耽搁一天就多一分返贫风险。试想，这边已经病重住院、等着缴费，那边还要申请、评议、投票、公示……哪还等得起呢？”江口县委书记杨华祥的话道出了防贫预警监测“反应快、能救急”的必要性。

如何让群众尽快拿到救急钱、救命钱？江口县对监测程序进行了简化。“在村里，谁家过得‘老火’（当地方言，指家庭困难、收不抵支），大家一目了然，心里有数。”黑岩村扶贫干部介绍，简易程序省去了评议、审议等耗时较多的环节——现场核实后，只要符合条件，立即启动动态帮扶，“一户一策”制定防贫方案。“部门或村组干部发出预警，驻村工作队直接入户调查，经过乡镇审定、县级备案，三五天内就能完成认定。”江口县扶贫办主任王天华说。

上学要交费，有教育局监测；看病贵不贵，医疗保障局有本账；低保金是否发到位，民政局来兜底；护林员岗位工资入账，自然资源局即时更新……对于监测对象情况，当地实行监测台账动态管理、全部数据联网，让扶贫干部从手机就能登录系统，掌握监测户收支状况。系统监测，部门预警，备案及时，信息共享，一旦大额支出等因素产生的返贫致贫风险出现时，预警会第一时间发出。

“成为监测户后，民政部门第一时间就给我安排了低保，教育部门免除了孩子们在校期间的所有费用，女儿看病自费部分也由政府负担。”如今的杨再平，经村里介绍在县城开上了出租车，每月能挣四五千元。他的妻子在红心猕猴桃产业园护理果树，每月也有千把块的收入。

三重防线，避免监测户滑向贫困

预警本身不是目的，而是为后续帮扶铺路，实现精准发力。为此，铜仁市建立起“三重防线”，让监测户在得到“救急钱”后，还能获得稳定收入来源。

第一重防线，整合、用足现有脱贫政策，通过产业扶贫、就业培训、创业支持、医疗救助、教育资助、住房保障、民政救助等资源，防止监测户致贫返贫。

江口县德旺乡净河村的杨爱军与妻子及岳母共同生活，育有两个孩子。原本日子过得还不错，但2019年3月，妻子刘前会确诊为癌症，需长期化疗，他为照顾妻子停止外出打工，一家五口有返贫之虞。发现刘前会医疗费用自付部分过大，卫生部门发出预警，杨家被纳为监测对象。

经过低保评议后，杨家被民政部门纳入民政重点保障对象。杨爱军还被安排在护林员岗位工作，每年有万余元收入，加上入股领取扶贫产业收益分红，一家人的基本生活有了保证。

公益资源构成了防致贫返贫的第二重防线。公益资源能够补足政策空白点，破解财政资金难以投向非贫对象的诸多障碍。刘前会患病后，驻村工作队帮助她从社会公益力量筹集善款2万余元，解决了治疗自付费用。

政策资源、公益资源都力有未逮怎么办？县、乡、村三级防贫救助资金池构筑起防致贫返贫的第三重防线。

黑岩村建档立卡贫困户李月明一家本已脱贫，但妻子周树英罹患髋关节结核病，治疗过程中产生了大笔自付费用。为防止李月明一家因病返贫，防贫救助资金池为其拨出1万余元补助医疗费，加上低保金、公益捐款、村集体经济分红、民政临时救助等项收入，解了燃眉之急。

筑牢防线，离不开稳定的现金流。在铜仁，从农业基地、各种产业园到旅游景点，在“龙头企业 + 合作社 + 农户”“村集体经济 + 基地 + 农户”等组织模式下，土地、劳动、资金等要素充分涌流，为有致贫返贫风险的群众提供了稳定收入。“土地入市有租金，就业入企拿薪金，资金入股分股金。”万山区扶贫开发办公室主任王尧说，这三“金”是全方位保障监测户不返贫、能增收的关键。

“政策、公益、防贫救助三道防线，实现了政府主导与社会参与的结合。特别是对因病、因残、因灾等意外变故返贫致贫的家庭，及时落实相关救助政策、提供就业机会、保障其基本生活，非常重要。”国务院扶贫办有关负责人说。

有产业有就业，稳定脱贫有底气

建立起防致贫返贫的长效机制，根本上还是要靠自我造血功能的提升。

“增收也好，防返贫也好，归根结底要靠产业。”铜仁市万山区委副书记王春介绍，万山区作为资源枯竭型城市，走出了一条产业原地转型、城市异地转型的路子。

在昔日汞矿区原址上，一座主打工业怀旧风的主题小镇“朱砂古镇”涅槃重生，从前破败的职工宿舍区成了步行街，锈迹斑斑的厂房焕然一新，曾堆满矿渣的巨大矿坑里绿意盎然，被彩灯装点起来的废弃矿洞里游人如织……2019 年，万山区朱砂古镇接待游客 220 万人次，实现景区收入 1.4 亿元，数百位矿区居民和贫困户在景区就业、开店、经营观光车、入股领取分红，把废矿区变成了聚宝盆。

铜仁市还实施“留雁行动”，推进就业扶持，引导重点人群就近就业，实现了贫困户、易地扶贫搬迁户、易致贫边缘户“三类人群”每个有劳动力家庭至少 1 人就业创业。

有了产业就有了就业，飞出去的“大雁”还会飞回来。在万山区旺家花园易地扶贫搬迁安置点，数据标注公司、服装厂、苏绣工坊等一座座扶贫微工厂建立起来，幼儿园、中小学一应俱全，熙熙攘攘的文化娱乐金街为搬迁群众提供了 5000 余个就业岗位，让搬迁群众“楼上安居、楼下乐业”。

在外务工两年后返乡的安永军就是一只“归雁”。25 岁的他来自思南县一个易地扶贫搬迁户家庭，曾面临因学致贫的风险，如今已和姐姐一起搬进旺家花园，成了全国最早一批拿到数据标注师上岗证的人。每天，姐弟俩离家步行 2 分钟，就可以到达扶贫微工厂内的大数据标注公司上班，一天收入 300 余元。

万山区黄道乡的杨元桃，是当地产业扶贫的“领头雁”。铜仁山多地少，光照条件差，发展蔬菜种植缺技术、缺设施。2015年，她回乡从事蔬菜种植，建立起大棚蔬菜基地，引进来自山东寿光的种植技术，带动了200多户贫困群众就业增收，被当地群众亲切地称为“菜姐”。

筑好巢，有雁栖。“铜仁市把产业帮扶、就业帮扶、综合保障、扶志扶智等帮扶措施结合起来，这样的经验、做法值得总结推广。”国务院扶贫办有关负责人表示。

《人民日报》（海外版） 2020年9月2日

贵州省抗击新冠肺炎疫情表彰名单

2021 年 1 月 8 日，贵州省抗击新冠肺炎疫情表彰大会召开，铜仁市 24 个先进集体和 35 名先进个人获表彰。

自疫情防控阻击战打响以来，铜仁市上下闻令而动、迎难而上，紧紧拧成一股绳，齐心协力战“疫魔”。迅速形成了“天使白、卫士蓝、志愿红、环卫黄、迷彩绿”五支特色鲜明的战疫队伍。他们听号令、能战斗、不惧险、不怕苦，迅速奔赴到抗疫一线，在各自岗位上埋头苦干、默默奉献，汇聚起了战胜疫情的强大力量，在平凡岗位上书写了不平凡的故事。

先进集体名单（铜仁市）

铜仁市人民医院
铜仁市疾病预防控制中心
铜仁消防救援支队
铜仁市第二人民医院
碧江区卫生健康局
万山区卫生健康局
石阡县人民医院
江口县人民医院
玉屏自治县妇幼保健计划生育服务中心
铜仁市公安局碧江分局特（巡）警大队
德江县青龙街道办事处
松桃自治县公安局特（巡）警大队
江口县双江街道办事处
铜仁市公安局交警支队指挥中心
铜仁市疫情社防组快速反应专班
玉屏县社防组信息核查专班
铜仁市工业和信息化局
铜仁市委宣传部
铜仁市妇女联合会
铜仁市市场监督管理局
铜仁市卫生健康局
铜仁市委组织部
铜仁市督查督办局
铜仁职业技术学院医学院

先进个人名单（铜仁市）

曾凡勇　德江县民族中医院副院长
鲁朔焱　松桃自治县人民医院消化肿瘤科主任
黄　洋　印江自治县人民医院副院长
李代文　铜仁市妇幼保健院住院医师
冯茂昌　石阡县卫生健康局副局长
李建华　铜仁市疾病预防控制中心质控科科长
周萌萌　铜仁市疾病预防控制中心慢性病防治科科长
苏　卫　碧江区中医医院党委书记
陈　燕　玉屏自治县人民医院感染性疾病科主任
刘利蓉　铜仁市第二人民医院外一科护士长
陈国明　江口县双江街道磨湾社区卫生室医生
田　涛　思南县人民医院感染科主任
杨培元　万山区疾病预防控制中心副主任
陶　静　沿河土家族自治县人民医院呼吸内科护士长
任　江　铜仁市人民医院呼吸内科副主任，副主任医师
徐　杰　铜仁市人民医院住院医师
唐飒英　铜仁市人民医院副主任医师
张羽芳　铜仁市人民医院主管护师
贺天凤　铜仁市卫生健康综合行政执法支队医疗卫生监督科科长
龙午信　铜仁市公安局指挥中心（办公室）四级警长
冉程程　沿河自治县公安局指挥中心（办公室）副主任，四级警长
周其文　石阡县公安局指挥中心（办公室）副主任，二级警长
张洪铭　思南县公安局特（巡）警大队大队长，二级警长
刘锡君　松桃自治县公安局指挥中心（办公室）主任，警务技术二级主管
龙　涛　玉屏自治县公安局指挥中心（办公室）工作人员
王晖权　德江县煎茶镇人民政府党委副书记、镇长
郑益军　印江自治县道路运输局局长
吴　鹏　碧江区人民政府办公室副主任
彭　刚　铜仁市委政法委执法监督室副主任
陈方超　铜仁学院医务中心主任
任廷波　铜仁市阳光志愿者协会党支部书记、会长
吴　军　铜仁市公安交通管理局大队长
陈　曦　铜仁日报社融媒体编发中心主任
乐伏生　铜仁市市场监督管理局药品安全监督管理科科长
杨　慧　铜仁市纪委市监委副县长级纪检监察员

后　记

脱贫攻坚，是送给全世界人类的礼物。

2020 年全面建成小康社会，是中国向世界做出的庄严承诺，必定是一部感天动地的奋斗史诗。

从 2015 年 11 月，中共中央、国务院印发《关于打赢脱贫攻坚战的决定》以来，铜仁市创造性提出“七个极”工作要求，“三真三因三定”工作原则，探索践行“76554”工作法，全面打响脱贫攻坚十二战，向贫困发起全面总攻。

而今，正是这场轰轰烈烈、浩浩荡荡的脱贫攻坚战取得决定性胜利的时刻。回首那段尽锐出战的日子，党与政府的英明领导、铜仁市独创性的战法战术、各地扶贫干将“不破楼兰终不还”的决心，与铜仁市全市人民汗水与智慧的结晶一起，共同绘就了在以习近平同志为核心的党中央带领下，贵州省铜仁市各族人民精准扶贫、精准脱贫，全面建成小康社会的恢弘历史画卷。

在中共铜仁市委、市人民政府的领导下，在铜仁市委宣传部的组织统筹下，铜仁日报社、铜仁日报传媒集团高质量编辑出版了这套丛书，其目的正如习近平总书记所说：“一切向前走，都不能忘记走过的路；走得再远、走到再光辉的未来，也不能忘记走过的过去，不能忘记为什么出发。”

编辑出版这套书，得到了铜仁市乡村振兴局、铜仁市文学艺术界联合会的大力支持，他们第一时间向我们提供了大量宝贵、高质量的素材。各区县（开发区、高新区）宣传部门对本书的出版高度重视，对丰富丛书内容做出了积极贡献，提出了许多宝贵的建设性意见，在此我们一并表示感谢。

值得一提的是，编辑委员会在人手少、时间紧、质量要求高的情况下，统筹兼顾各方面工作，克服各种困难，竭尽所能，广泛收集并认真审核每篇素材，力求全面、生动记录铜仁脱贫攻坚历程中涌现出来的好经验、好做法，为下步乡村振兴提供可以复制借鉴的经验模式；展示铜仁全市各级各部门及广大干部群众决战决胜脱贫攻坚的感人场面，记住东西部协作帮扶及社会各界人士的鼎力支持，记住这场没有硝烟的战争里的全部英雄。但编辑们却十分为难，因为这些年出现的优秀脱贫事例和那些或暖人心田，或振奋人心的历史瞬间如同漫天繁星，将其尽数采撷无疑十分困难，只得忍痛割爱，扼腕叹息。有一些素材，由于无法与作者取得联系，编辑“斗胆”做了删减，尽量保持与收录内容协调一致。在编辑过程中，编辑特别注意素材来源，尊重每一位作者的署名权，但有的区县和单位转来的文字、图片等素材没有署名，我们虽经多方联系核实，但仍有部分无法找到作者，希望作者看到时主动联系我们，编委会将寄送稿酬以表感谢。

感谢你阅读本书，期待你的宝贵意见！

编　者

中共铜仁市委宣传部 策划
铜仁日报社
铜仁日报传媒集团有限公司 编

铜仁决战贫困

我的扶贫故事

一线干部说扶贫

让扶过贫的人像战争年代
打过仗的人那样自豪！

古吴轩出版社

图书在版编目（CIP）数据

铜仁决战贫困. 我的扶贫故事. 一线干部说扶贫 / 铜仁日报社，铜仁日报传媒集团有限公司编. -- 苏州 : 古吴轩出版社，2021.12
ISBN 978-7-5546-1843-1

Ⅰ. ①铜… Ⅱ. ①铜… ②铜… Ⅲ. ①报告文学一中国一当代 Ⅳ. ①I25

中国版本图书馆CIP数据核字(2021)第243689号

策　　划：中共铜仁市委宣传部
责任编辑：俞　都　李爱华　黄菲菲
见习编辑：羊丹萍　闫毓燕
装帧设计：闵友才
责任照排：万　霞

书　　名：铜仁决战贫困·我的扶贫故事·一线干部说扶贫
编　　者：铜仁日报社　铜仁日报传媒集团有限公司
出版发行：古吴轩出版社
地址：苏州市八达街 118 号苏州新闻大厦 30F　邮编：215123
电话：0512-65233679　传真：0512-65220750
出 版 人：尹剑峰
印　　刷：铜仁日报传媒集团有限公司印刷分公司
开　　本：787×1092　1/16
印　　张：142.25
字　　数：2172 千字
版　　次：2021 年 12 月第 1 版　第 1 次印刷
书　　号：ISBN 978-7-5546-1843-1
定　　价：468.00 元（全 6 册）

《我的扶贫故事·一线干部说扶贫》编委会

总　序

党的十八大以来，以习近平同志为核心的党中央把扶贫开发摆在治国理政的突出位置，推动中国减贫事业取得巨大成就，对世界减贫进程做出了重大贡献。

铜仁市地处黔湘渝三省市结合部，是贵州脱贫攻坚的主战场。2014 年，全市下辖 10 个区县均为贫困县，共有 1565 个贫困村，其中有 1 个深度贫困县、2 个极贫乡、319 个深度贫困村，建档立卡贫困户 92.7 万人，贫困发生率为 24.78%。

近年来，铜仁市深入贯彻落实习近平总书记关于扶贫开发的系列重要论述，充分发挥“上下同心、尽锐出战、精准务实、开拓创新、攻坚克难、不负人民”脱贫攻坚精神，坚持以脱贫攻坚统揽经济社会发展全局，严格落实精准脱贫基本方略，用好用活贵州省委“五步工作法”，探索总结“七个极”工作要求、“三真三因三定”工作原则和“76554”工作方法，聚全市之心、汇全市之智、举全市之力，打赢了一场又一场脱贫硬仗，攻克了一个又一个贫困堡垒，脱贫攻坚战取得了全面胜利。

截至 2020 年末，全市农村贫困人口全部脱贫、10 个区县全部摘帽，经济社会发展大踏步前进，区域整体面貌发生历史性巨变，脱贫群众

精神风貌焕然一新，党群干群关系明显改善，交出了减贫治理的铜仁答卷。脱贫攻坚成效考核连续4年名列全省前茅，“76554”工作方法、防贫预警机制、一线干部关怀激励机制、易地扶贫搬迁模式等多项脱贫攻坚创新举措在全省乃至全国得到推广。省委书记谌贻琴赞誉铜仁脱贫成效实。

时代造就英雄，伟大来自平凡。在这场输不起的脱贫攻坚战中，铜仁打响了一场场意义深远的战斗，涌现了一个个感人至深的先进人物，发生了一段段可歌可泣的动人故事，值得我们铭记。

为记录这段特殊的历史，我们组织编辑了《铜仁决战贫困》这套书，记录铜仁的奋斗史和扶贫史：《铜仁做法》展现“铜仁经验”，贡献“铜仁智慧”，见证“铜仁战果”；《我的扶贫故事——一线干部说扶贫》《我的脱贫故事——脱贫群众话脱贫》和《武陵战贫》，多视角描绘铜仁儿女感恩奋进的精彩画卷和昂扬向上的精神风貌。

这是一套历史性、系统性、收藏性、传承性兼具的图书，是我们感恩的宣言，是灵魂的启迪，是幸福的源泉，是让战贫精神薪火相传的种子。

征途漫漫，精神永恒。站在新的历史起点，黔东儿女豪情满怀，必将脱贫攻坚精神发扬光大，不断赋予其新的时代内涵，化为乡村振兴的不竭动力，再创新辉煌。

编　者

2021年12月

分 序

党的十八大以来，脱贫攻坚力度之大、规模之广、影响之深，前所未有。打好脱贫攻坚战，关键在人。近年来，一批批扶贫干部肩负重任，同当地基层干部并肩战斗，带领群众脱贫致富，用自己的辛苦换来贫困群众的幸福，诠释了扶贫干部的担当和情怀。

在决战贫困的“战场”上，扶贫干部们践行习近平总书记的要求，真抓实干、坚持不懈，真正把让人民群众过上好日子作为自己的奋斗目标。因为他们的到来，千难无碍。

试看现在的“黔东门户”铜仁，谁能想到在几年前它是一个偏远闭塞的贫困地区？从 2014 年的 10 个贫困县，92.7 万建档立卡贫困人口，到 2020 年全部脱贫摘帽，这是铜仁奋斗者交出的答卷。

如今，在这个激动人心的时刻，我们记录下了一部分扶贫佳话，编辑了《我的扶贫故事——一线干部说扶贫》一书。而这本书上所记录的故事也只不过是茫茫扶贫佳话沧海中的一粟。这些故事虽然看起来有些微不足道，但这却是无数扶贫干部汗水、心血、智慧的结晶，也正是这些故事汇聚成了铜仁全面脱贫的减贫奇迹。

回看这些扶贫故事，我们可以看到这些年来铜仁的脱贫之路充满着荆棘与风雨，也充盈着铜仁人百转千回而不屈不挠的精神。

所谓“造次必于是，颠沛必于是”，这便是了。

编　者

目 录

牢记初心担使命

苦干实干助脱贫

战贫路上绽芳华

乡村振兴再出发

榜样力量

牢记初心担使命

文伟红：甘洒热血润山乡

◇讲述：沿河自治县干部群众　　整理：陈述义

文伟红，男，中共党员，1974 年 9 月生，生前系贵州沿河经开区管委会企业服务中心工作员，中寨镇大坪村第一书记。

2019 年 7 月 22 日下午 6 时许，贵州沿河经济开发区派驻中寨镇大坪村的第一书记文伟红同志在村办公室处理完事务后，去大坪村民组查看烤烟产业时，意外触电身亡，牺牲在脱贫攻坚一线岗位上，年仅 45 岁。

噩耗传来，群山呜咽，碧水含悲。人们始终无法相信，这样好的书记，怎么说走就走了。

文伟红同志 2013 年开始驻村，先后到淇滩镇和平村、彭华村，团结街道麝香村驻村，所驻村都先后顺利脱贫。2018 年 3 月，文伟红主动请缨到深度贫困村驻村，组织看重他驻村的工作经验和工作业绩，委派其到中寨镇大坪村担任第一书记。

文伟红同志驻村以来，服从安排、作风务实、敢于担当、乐于奉献，以实际行动赢得了群众的称赞和组织的肯定。2019 年 7 月 1 日，被中共铜仁市委授予“全市脱贫攻坚优秀共产党员”。

一声“乖哟”：村民肝肠欲哭断

“乖哟，你郎凯（土家语“怎么”的意思）这样就走了？老天爷，这样要不得，这个乖哟对我们硬是太好了，不能这样呀……”2019 年 7 月 24 日，在大坪村村委会，76 岁的村民崔素英见人就哭，向大家讲述文伟红的好，一口一个“乖哟”的哭诉让大家悲从中来、泪湿眼眶。文伟红同志牺牲已经两天了，崔素英一直守在村委会文伟红的办公室里，两天两夜几乎没有吃饭，仅仅喝了一碗南瓜汤。一想到文书记的离去，她心里就觉得空落落的，非常难受，吃不下饭。

“乖”是土家族人对自己的儿子或最亲的人的昵称。这一个“乖”字饱含情义，透露出文伟红与群众血浓于水的深情。作为土家族的后裔，沿河人自然知道这其中的深义。

崔素英老伴去世早，唯一的儿子英年早逝，儿媳改嫁，孙子也外出打工，家里就她孤苦伶仃一个人。说起文书记的好，崔素英如数家珍：“文书记知道我老了，除了关心我的生活外，他每天一到晚上就要到我家来看我，说是怕我走丢了，不晓得回家，看一眼踏实一些。每天都这样，就是自己的儿子也做不到……”说完，老人又忍不住抽泣。临别时，崔素英向我们提了一个要求，她说她想搭乘我们的车到县城殡仪馆去看文书记最后一眼。考虑到开车到县城要近 3 个小时，怕老人家身体受不了，我们劝她不要去了，注意身体。老人坚持要去，并一再向我们保证，不会晕车。推脱不过我们就委托大坪村村主任覃彪亲自送老人去。

见到83岁的老人田维芝时，老人正坐在门前用衣服擦拭眼角的泪水。“乖哟，你走了我都不晓得，最后一眼都没有看到，就是怪我老了不中用，你走了都不晓得……”田维芝是文伟红遇难后的第二天早上才知道消息的，老人家当时就哭晕了。老人告诉大家，文书记这样的好人太难找了，比自己的儿子都要好，只要去赶场，都会给她买油糍、米粉、水果这些好吃的东西。

“乖”字在大坪村的山路上、田野间、村民家中回荡，久久不散。

一次“争吵”：支书事后心诚服

“刚到村里，文书记就天天叫我陪他去村里走访，两周不到，每家每户都走完了。但是文书记在看完我们的‘一户一档’等相关资料后，对我们说了重话，说我们的资料不规范，需要重新核实，再做一遍。我当时就有点窝火，觉得我们的资料没有问题，不想重新做，还和他小吵了几句。后来事实证明我错了。为了确保做到精准识别，他亲自带领我们到我村群众集中务工的湖北当阳，遵义湄潭、湄江等地，核实外出群众的真实信息。我们重新做的资料在全镇是最好的，我对他是心服口服。”大坪村党支部书记高腾科回想起和文书记的这次小吵，至今都还一脸的悔意。

高腾科说：“和文书记这样的人一起工作是一种福分。因当时的争吵我感到很不好意思，后来我向文书记道了歉。文书记当时还批评我，说工作上就应该有不同意见，这样才能推动工作。”

文伟红刚来的时候，村里只有一条连接村委会的主路，通过一年的努力和积极向上争取，文伟红带着村民修建了通组硬化路 17 公里，使该村进村公路从 1 条变成了 4 条，镇村之间公路里程缩短了 7 公里。此外，还修建了 7 个饮水池共 230 立方米，铺设水管 24.5 公里，实现了人畜保障性安全饮水全覆盖。80 户贫困户 368 人易地搬迁到了铜仁市碧江区。

大坪村一直以来都没有集体经济，为了增加村里的集体收入，2018 年文伟红多次到县相关部门对接争取，通过县检察院解决了 30 万元帮助资金。他还自己学习养殖技术，在村里做起蜂蜜养殖，所挣收入部分与村民建立好利益联结机制，剩余部分纳入村集体经济收入。

大坪村的变化群众看在眼里、记在心里。

一封家书：父亲捧读泪湿襟

文伟红的父亲文池国至今都还珍藏着2018年夏天儿子写给他的一封信，这封洋溢着“舍小家顾大家”的家国情怀，表明了一个儿子忠孝不能两全、矢志脱贫攻坚的毅然决心的家书，在父亲手里竟然成为诀别信。儿子走了，这封书信成为父亲最后的念想。文池国老人说，这封信要好好保存，作为我们文家的家风家训一直传下去，教育儿孙后代要记住这份家国情怀。

看到这封信的内容，记者的心情更加沉重！文伟红在信中说——

敬爱的爸妈：你们好！时光荏苒，转眼驻村工作已进入第六个年头，提笔之时，心中有千言万语想对二老诉说。妈妈，4 月 21 日是您 75 岁生日，儿子又错过了。5 月 14 日，是爸爸 77 岁生日，儿子也不一定能赶到。这 6 年来，儿子总是错过这美好的日子，请二老原谅……

单位领导跟我谈过，鉴于我驻村已有 6 个年头，如果想撤回，就安排人接替。但我向领导表明了驻村的决心，要坚持到脱贫攻坚胜利那一天……

爸妈，上级已经下达了战斗任务，这一场战斗必定胜利，在两年之内全面结束。当前，各项工作已步入正轨，我已经看到了胜利的曙光！我作为一线战斗员，深知驻村工作的艰苦，但你们也要对儿子有信心，我一定不会辜负上级领导期望，坚决完成战斗任务。我知道你们想念儿子，但这场战斗也需要我，你们就忍痛让儿子任性一次吧！

爸妈，我向你们保证，等这场战斗结束，我会经常在你们身边，陪伴二老，尽一份儿子应尽的孝道，并向你们讲述我的战斗故事！

这封信读完，泪已湿透衣襟。

一盘“算计”：携妻同赴扶贫路

2018 年镇里发展烤烟产业，下达给大坪村 60 亩生产任务。文伟红从遵义市余庆县引进一烤烟种植大户到该村发展，引领群众致富。在完成 60 亩的种植协议签订、土地流转、土地整理后，该种植大户觉得这里产出成本太高，扔下一烂摊子就走了。

群众的土地流转了，钱还没有付给群众；土地翻铧了，没有人耕种，又要撂荒一季，群众将面临损失。怎么办？文伟红心急如焚，他半夜就找村支书高腾科商量，叫高腾科来领办烤烟产业，带动群众发展，他自己做技术辅导。高支书担心自己财力和物力不够，领不起这个头，迟迟不敢答应。最后，文伟红给高支书吃了一颗定心丸：“你来领办，我叫我家属来帮助你。”高支书才勉强答应。

文伟红的妻子在沿河县城一家电器店打工，每月工资虽说不算很高，但是收入稳定。去年，儿子考上贵州大学后，家中只有妻子一个人。从沿河县城到大坪村有 100 多公里，由于路面不好，平常一个单程需要 3 个多小时。文伟红一个月也回不去一趟，他打起了把妻子叫到村里来的小主意。

文伟红回来和妻子商量，最初妻子不答应，说店里工作轻松，虽挣钱不多，但是收入稳定。文伟红通过和妻子算账，说中寨回县城很远，村里工作忙，不能两地来回跑，油费又贵。再说来中寨的话两口子又能长期在一起。而且他还信誓旦旦地保证，让妻子收入更高。连诓带哄，妻子信以为真，心甘情愿来村里和他一起驻村，就这样，两口子就把村委会当作自己的新家，和村里的干部群众一起，做规划、搞建设、抓发展，齐心协力开展脱贫攻坚。

打虎亲兄弟，上阵父子兵，脱贫夫妻心连心。

一本奖证：大家忆起心难平

在沿河自治县委组织部办公室，文伟红获得的“全市脱贫攻坚优秀共产党员”证书至今还摆放在这里。这本没有发出去的奖证，让部里的领导、同志们心潮起伏、心绪难平。

表彰当天，因驻村工作需要，文伟红和其他许多获奖者一样，没有到现场领奖。当获奖证书送达沿河县委组织部后，工作人员两次通知他去领取，而正在驻村的文伟红却因抽不出时间一直没去。谁也没有想到，就在文伟红获得表彰的第 22 天，他竟与我们永别。

谈起文伟红，中寨镇党委书记谭鹏飞用了三个“很”字来评价：很听话、很务实、很真诚。“很听话”三个字表达了文伟红讲政治、顾大局，6 年驻村不间断；“很真诚”三个字从群众对他的称呼，他对群众的回应里可以找到答案——群众称呼他“我们的乖、我们的文书记”，他对群众的回应是“伯伯、伯娘（土家语，称呼自己父母亲）”；“很实干”三字体现在他通过一年来的努力和积极向上争取，带着村民修建了通组硬化路 17 公里，使该村进村公路从 1 条变成了 4 条，镇村之间公路里程缩短了 7 公里。修建了 7 个饮水池共 230 立方米，铺设水管 24.5 公里，实现了人畜保障性安全饮水全覆盖。80 户贫困户 368 人易地搬迁到了铜仁市碧江区，过上了好日子。

乐民之乐者，民亦乐其乐；忧民之忧者，民亦忧其忧。巍巍锯齿山下，文伟红一直都还在那里，一直活在群众的心中。

人生一粒种，满是民生情。文伟红做到了。

安永恩：一颗红心永向党

◇讲述：德江县干部群众　　整理：杨 旭　张著昶

青山不语，大地肃穆，苍天俨然泪下。

2019 年 9 月 8 日凌晨 2 点，德江县桶井乡沿江村党支部书记安永恩与病魔，同时也与贫魔抗争了 600 多个日日夜夜后，因实在太累，离开了我们，给我们留下了永恒的牵挂。

2017 年 10 月，安永恩患上直肠癌。从那时起到 2019 年 600 多个日日夜夜，他没有叫过一声苦，没有向组织提过一丁点要求。他靠着当初的誓言，靠着镌刻在信念深处的初心，与贫困斗、与病魔斗，生命不息，战斗不止，一直坚持到了最后。

关键时刻受命　坚守绝症秘密

2016 年，沿江村全村建档立卡贫困户 109 户 429 人，被定为深度贫困村。

两年前，沿江村党支部书记空缺，村支两委班子不健全，出现了群龙无首的瘫痪状态。支部缺乏战斗力和凝聚力，村民之间猜忌不断，被桶井乡党委定为软弱涣散党支部。全村 400 多名贫困群众亟待脱贫，村里的产业需要发展，基础设施需要改变。然而，村里年轻人大多外出务工，在家的看到脱贫攻坚激烈的“战火”，都不敢轻易尝试。就是在这个时候，时任沿江村党支部副书记的安永恩，主动向乡党委请缨，挑起了这副沉甸甸的担子。

安永恩当上村支书后，在乡党委的领导下，切实抓好基层组织建设，撤掉了不作为的“两委”成员，重新建全村“两委”班子，优化基层组织建设，让基层组织阵地发挥堡垒作用。全村在家的 8 个党员正常参加支部活动。按照基层党组织标准化建设要求，安永恩争取上级资金，新建了村委办公大楼，新建了村级活动场所，布置了党员活动室。

然而，天有不测风云。安永恩当上村支书才五个月，村里的工作刚刚理顺，脱贫攻坚各项工作刚走上正轨，他却患上了直肠癌。这成了安永恩坚守了一年多的秘密。

“知道父亲患绝症的消息后，一家人非常悲痛，我们都劝他不要干了，安安心心保养一下身体。他却说，自己的病自己清楚，在这脱贫攻坚的关键时刻，哪能甩下这个摊子不管呢？”安永恩的二儿子安卓敏谈起父亲的病，眼泪夺眶而出。他说，父亲知道自己患了绝症，却告诫他们要帮助自己守住这个秘密，不要让别人知道。父亲认为在这脱贫攻坚关键时刻，自己绝对不能当逃兵。

就这样，安永恩一直把这个秘密藏在心里。他一边按照医院的要求按期到重庆的医院化疗，一边带领村“两委”成员与脱贫攻坚队一起对全村实行分片包干党员责任岗，与村里的干部们一起，到群众家走访，帮助群众解决生产、生活中遇到的实际困难。

脱贫攻坚队员们发现安永恩的秘密时，已经是 2019 年的 3 月份。

“一次内急，我突然推开厕所的门，发现安支书排便很异常，粪便是从小腹旁边的管子里排出来。”德江县农业农村局下派到沿江村的脱贫攻坚队员冉启军谈起安永恩的秘密，心情很沉痛。他说：“发现秘密以后，我再三追问，安支书终于向我说了实情，并且请求我保密，当时我嘴上答应着，心里却很不是滋味，眼泪在眼眶里打转。”

冉启军和安永恩是初中同学，由于脱贫攻坚，大家分别二十多年后又并肩战斗在脱贫攻坚的前线，两人关系很不错。安永恩的秘密被冉启军知道后，他俩就更加无话不说了。

“其实，安支书坚守秘密的原因很简单，因为沿江村是深度贫困村，特别是 2019 年，市委还派来了叶栋糠副市长联系这个村，县里和乡里的主要领导经常来关心这个村。在这种关键时刻，他想要坚持战斗到最后！”冉启军说。

自认愧对组织期盼 为脱贫攻坚做深刻检讨

2019 年 3 月，安永恩的病情加重，每月需要到重庆化疗 2 次，由于省外治疗，合作医疗报销比例不高，来回一次，化疗费加上家人陪护车费和生活费，要用去 2 万余元。安永恩不但多年的积蓄被用光，而且还欠了 10 多万元的外债。

可是，安永恩每次化疗回来，不是到家里静养，而是直接到村委会旁下车，继续和脱贫攻坚队员们一起，处理村里的事务。脱贫攻坚队员们多次劝他休息，他却说：“只要还不得死，我就要把力所能及的事干好！”

6 月 9 日，沿江村脱贫攻坚队员在村里拆除老旧危房。安永恩想到刚刚下过雨，老旧危房的残垣断壁腐烂不堪，便在微信群里嘱咐大家注意安全：“你是谁，为了谁，风雨中见真情。队友们好样的，请注意安全！”

6 月 12 日，桶井乡下了一场暴雨，发生了洪水灾害。安永恩继续关心着沿江村：“队友们你们辛苦了，大雨中沿江平安吗？”还特别提醒大家，五组杨贵成和六组杨先成家的房屋后面有安全隐患，要大家注意。

8 月 17 日，安永恩再次去化疗，躺在病床上，翻看着村里脱贫攻坚队的微信群里队友们辛苦工作的照片，想到自己可能再也不能为脱贫攻坚贡献力量，便在群里向大家道歉：“各位队友们，我只能向你们道声辛苦了！这几天连续下雨，道路湿滑，行人车辆要注意安全，特别是夜间更加注意，再次拜托了！”

此后，安永恩再没有到重庆化疗，而是转到了德江县人民医院。脱贫攻坚队的队员都清楚，安永恩这是在和病魔做最后的抗争。

德江县委书记商友江，县委常委、桶井乡党委书记吴飞到医院看望安永恩，为他送来慰问金，希望他要坚强，好好养病；要放心，相信沿江村一定会脱贫出列。商友江还亲自为他寻觅药方。脱贫攻坚队的队员们上山采药然后送到医院，可安永恩心里却很不安。因为他认为：沿江村还没有脱贫出列，自己不能跟大家一起战斗到最后，组织上安排他当党支部书记带领大家摆脱贫困的任务还没有完成，自己是一个不合格的脱贫攻坚队队员。

“我是一个逃兵，脱贫攻坚还没有结束，我却倒下了，我是一个不合格的攻坚队员。书记，你们的心意我领了，请组织同意我，把你们给我的慰问金，加上我这个月的工资作为特殊党费全额上交，就算我愧对组织、愧对群众的深刻检讨……”在病床上，安永恩说道。

9 月 8 日凌晨 2 点，安永恩病情严重到不能好好说话。二儿子安卓敏守在床前，问他还有什么放心不下的事。安永恩看着墙上的毛主席像，喃喃地说：“党教育我们，红心向党，习近平总书记教导我们要不忘初心、牢记使命，我死后，你们一定要按照我的遗愿去完成。这个遗愿，我已经向组织反映过了……”就这样，安永恩静静地走了，留下了无尽的牵挂。

牵挂邻里乡亲 心怀群众冷暖

2019 年 9 月 8 日下午，笔者怀着悲痛的心情赶到沿江村。村头巷尾，老老幼幼三五成群，除了叹息，还是叹息。

“安支书得的这个绝症，如果是几百斤的担子该多好，这样我们每人都帮他担一点。能减少他的痛苦的话，我们都愿意帮他担着”。沿江村二组 68 岁的村民杨先翠谈起安永恩，老泪纵横。

据村民介绍，安永恩是从同心社区大坨组入赘到沿江村曹家的，教过书，在学校当过保卫，做过村里的监督委员会主任。二十多年来与妻子相敬如宾，与寨上的堂公、伯叔、兄弟和睦相处，从没有与人红过脸，时常把村里群众的事当成自己的事。

“安支书知道我得了臂膀习惯性脱臼的毛病，我家打谷子的福斗经常都是他帮我扛。他就这样走了，老天不睁眼啊！”杨先翠的丈夫同样对安永恩念念不忘。

“每次在路上看到我们上了点年纪的人背着苞谷啊什么的，安支书总是主动帮我们背。”沿江村一组村民杨宗婵说。安永恩到沿江村二十多年来，尊老爱幼，从不与邻里乡亲闹不和谐。即使遇到有些无理取闹的同辈兄嫂，他总是开着玩笑就过去了。

一组村民杨海艳回忆起安永恩当年教书的事。2012 年到 2013 年，沿江村缺老师，安永恩看到孩子们每天起早摸黑到桶井土家族乡文化完小去读书，来回 20 多里路，大部分时间浪费在了路上，于是他便决定到学校当老师，把年纪小的孩子都弄到学校来读书。

那年，学校开始提供营养餐，可是村里不通路，县里配送的营养餐只能送到桶井土家族乡文化完小。安永恩每天除了上好课，还要翻过对面的大山，到文化完小把孩子们的营养餐背到学校。那几年，作为“孩子王”的安永恩，用脚步不断丈量着寨子对面那条弯弯曲曲的山路。

桶井土家族乡文化完小的杨先地说：“安支书在桶井土家族乡文化完小当保卫的时候，常常遇到学校有一些杂务活，比如新书来了要卸货，比如食堂要劈柴，都要请人来做，他总是说，‘校长，就不浪费国家的钱了，这些事我能干！’”

夜幕渐渐拉了下来，太阳能灯次第亮起来，满寨灯火通明。寨里的老老少少陆续来为安永恩守灵，为他上香。可是他家的院子里，却没有一盏太阳能灯。

三组的村民杨先思说：“安支书就是这样，什么事都先考虑别人。去年安太阳能灯的时候，分到我们寨上就只有 60 盏，寨上公路安装好，不能做到每家都有一盏，安支书就先满足别人，自己和自己的亲人都没安装。”

张曙光：脱贫路上彰显忠诚本色

◇讲述：印江自治县干部群众　　整理：侯长青　罗　奥

为给乡亲铺一条宽敞的脱贫致富路，印江自治县峨岭街道川岩村原支书张曙光继承父亲未竟事业，历时20年修筑环村公路。

2016年9月4日，张曙光在帮助因拆房让路的贫困户建房时，不慎发生意外，因公殉职，永远倒在了脱贫攻坚的路上。

“曙光大哥虽然走了，但他那种敢想敢干、坚韧不拔的愚公精神，决战贫困的担当和智慧，对组织忠诚、对家人和蔼的做人本色，永远激励着我们。”川岩村支书王正红说。

张曙光不再有遗憾——近5公里的环村硬化路竣工了，花卉、果蔬等绿色产业也发展起来了，大山里的川岩村正迎来新的脱贫致富曙光。

愚公立志　父子同心辟富路

7月3日，站在山顶俯瞰川岩村，只见环村公路恰似一条洁白玉带系在翠绿的半山腰，把整个村子围在中央；新式民居青瓦白墙、错落有致。

“地无三尺平，生活不得行；一条泥巴路，婆娘不进门。”这句顺口溜曾是川岩村的写照。

川岩村石漠化十分严重，辖5个村民组、266户935人，到2014年，贫困发生率33.6%。

人穷志不短。30年前，张曙光的父亲、村小学民办教师张羽松就带头集资，组织乡亲用锄头、钢钎、铁锤，在石山间辟出了一条长700米的通村路，打通了川岩村连接外界的大通道。

“要是能修条环村路把 5 个寨子都连起来就好了。”张羽松时常在独自修补通村路时，感慨自己心有余而力不足。

父亲的心愿被张曙光牢牢地记在了心中。

1996年初，在广东收入可观的张曙光返乡任村会计，提出了修建环村公路。

时任村支书和主任都摇头叹息：“难啊，上级资金难要，村里人心不齐！”

“改变家乡面貌首先要靠自己！”那年冬天，28 岁的张曙光跑去县、镇里争取爆破物资，反复动员全村乡亲集资投劳，用两年多的时间挖通了近 5 公里通往村里的路。

跨越了修路难这一门槛，乡亲看到了张曙光的心胸和气魄。1998 年，张曙光当选村主任。

“晴天一身灰，一下雨车就进不来，这个路咋行啊。”村民张冲等时常向张曙光抱怨。

张曙光把大伙的抱怨记在心里。2004 年 3 月，得知县里有以工代赈项目，张曙光骑着摩托直奔县交通局，申请项目支持川岩村公路铺碎石。

“川岩还未列入规划，连一张图纸都没得，哪能把项目给你们？”当时由于农村基建项目多而资金少，交通局干部未能同意张曙光的申请。

张曙光不气馁，他连夜自画图纸，写村情分析和申请，次日一早又跑到交通局。经过半个月的软磨硬泡，当年的以工代赈项目终于落到了川岩村。

政府予以物资支持，村支“两委”组织投工投劳，用了 3 年多的时间延伸村组路，并铺了碎石，彻底改变了川岩村水果上市要背磨、生猪出栏要肩抬的困境，而张曙光却为修路跑坏了 4 辆摩托车。

2004 年，老支书主动让贤，经选举张曙光成了村支书。他想要修环村硬化路把 5 个寨子连起来，开发 6 个溶洞发展乡村旅游。

机遇总是给有准备的人。随着贵州脱贫攻坚全力推进，2015 年冬，投资 442.8 万元的川岩环村硬化路正式启动。

工程要拆掉1栋住房、7间圈舍，迁坟45座……涉及107户300多人。

“谁拆我的房子，就必须帮我建一栋房子。”村民大会上，60多岁的低保危房户田儒芬首先发难。

“好，我来想办法。”张曙光一口应承下来。

“迁祖坟，哪怕你说成一朵花，我也不干。”当时的“钉子户”、现任村主任杨军第一个拍桌反对。

“为了全村人的利益，必须迁！”很少发火的张曙光也拍桌而起。

争执中，年轻气盛的杨军等失手打了张曙光。而今，杨军满含悔泪：“我居然打过一心为了乡亲的曙光哥。”

杨军等担心的“暴风雨”并未来临。

次日，张曙光第一个带头迁祖坟。晚上又去动员田儒芬迁房，承诺争取国家危房改造项目帮她家重建新房。

不到一个月，全村拆房、迁坟等前期工作在平静、自觉中全部完成。

张曙光带领村民帮田儒芬家拆旧房、挖地基、建新房，起早贪黑，忙进忙出。直到2016年9月4日，因建房过程中不慎发生意外，张曙光永远倒在了脱贫攻坚路上。

“放鞭炮那天，就是路通的日子。”76岁的田茂珍抹着擦不干的眼泪，她还记得出事前张曙光对她说的这句话。

如今，表示着通路的鞭炮响了，张曙光却永远地走了。

勇于试错 智战贫困谋富业

行走在环村公路上，只见花红、柑橘等果树满山，密实的青果好像要把枝丫压断。

“老乡，你家的花红结得这么好，今年可要赚钱喽！”

“那不是花红，是苹果，根本卖不出去。这是张支书产业结构调整最大的‘败着’。”村民张其林笑答。

刚当上村会计，张曙光就带领乡亲规模种植苹果树5万株。但因土壤、气候等原因，果子长不大、口感酸涩，卖不掉。

一些村民为此埋怨张曙光，还说要砍光苹果树。

“树决不能砍。”张曙光说，一是为了保护生态，二是为了留作产业发展反面教材。

“一次次失败后总会成功。”发黄的日记本上记录着张曙光当时的心情。此后，他多次邀请县农业局技术员进村调研，实地勘查村里的土壤、气候、水源等，寻找合适的果树。

由于长期开荒种粮，川岩村耕地退化严重，大小山坡成了“和尚坡”，土地越种越薄，石头越“长”越高。

治山先种树。张曙光一边争取项目带领乡亲搞坡改梯，保持水土，一边引导大伙植树护林，治山养山。

2003年，经农林技术员指点，他打算带领乡亲种柑橘、柚子，却遭到大多数村民反对，只有4名党员与他带头示范。

5年后，柚子、柑橘大丰收，每亩收入几千元，全村老少都围拢来看稀奇。

张曙光趁势发动大家种植柑橘、柚子，又争取农林项目规模种植核桃、柿子。如今，全村经济果树林达800亩，年产水果30万公斤、产值140万元。到2012年，全村人均收入达4350元。

“川岩要在2016年率先在全县脱贫！”2013年底，张曙光向镇党委和村民承诺。

“人家争‘穷帽’，你却‘行冲’摘帽。”村支“两委”干部、党员多不理解张曙光拱手相让贫困村的“好处”。当时，全村尚有94户315人处于贫困。

“能不能脱贫，关键看志气。我们不能总给国家添负担。”张曙光胸有成竹，早有打算。

昔日荒山已林茂草丰，张曙光又把眼光盯在了山上。他开始引导村里成立集体经济合作社，带领村民走“畜——沼——果蔬”循环种养路，专心念好“山字经”，打好“生态牌”。

花卉、大棚蔬菜等往日电视上才能看到的特色产业相继在川岩兴起，这里已初步形成了“山有林、林有果、地有菜、圈有畜”的产业发展格局。

脱贫攻坚，张曙光既能苦干，更善于巧干。

在张曙光的笔记本上，有一幅10多年前用钢笔绘成的溶洞旅游开发草图，6个溶洞都在刚硬化完工的环村公路边。如今，川岩村旅游发展所需的交通、水利、电力、通讯、生态、产业等均已具备，可惜的是一心想带领乡亲端上旅游“饭碗”的曙光却走了。

“我们一定继承张曙光遗志，打造好川岩乡村旅游品牌。”王正红说。

人有志，穷相避。

2014年脱贫12户；2015年脱贫21户，全村人均收入达6431元；2016年脱贫42户，全村人均收入达6815元，川岩已跨过穷坎，迈向小康。

忠孝两全 脱贫战场真英雄

忠诚，正是张曙光的本色！

2003年，妻子田发群发生车祸，有严重后遗症。2013年，田发群又患脑瘤，生活难以自理，严重时会把洗衣粉当盐放进菜里。

为了照顾好妻子，张曙光再忙也要为她做饭、洗衣。

2015年，县里举办为期4天的村干部脱贫业务培训。张曙光不理闲言碎语，坚持把妻子带在身边照顾，一起进课堂、一起外出，不让她受委屈。

“妈妈不能没有我爸爸。”张曙光大儿子说。张曙光走后，田发群就很少说话了，一家人都替她担心。

自古忠孝难两全，但张曙光回村担任村干部，就是为了完成父亲未竟的心愿，不让老父成为孤独的留守老人。

张曙光生前时时把乡亲的冷暖挂心头。

“曙光，我几个孙孙还在朗溪上课，啷个办哟？”2015年7月19日，天降暴雨，留守奶奶田仙梅打电话向张曙光求援。

张曙光骑上摩托车冒雨奔向朗溪，将3个孩子安全护送回家，自己却淋得像落汤鸡，感冒了好几天。

五保户田爱林家房屋倒塌，张曙光第一时间赶到救援，并组织50余名村民义务为其维修房屋。

76岁的任明俊，小孙子半夜三更高烧不退，老人找到张曙光，张曙光骑摩托车连夜送祖孙到县城医院，经及时救治，小孙子转危为安。

“有曙光在，我们什么都不怕！”田仙梅抽泣着回忆张曙光诉不尽的桩桩好事。

对党忠诚，张曙光公私分明处处做表率。

峨岭街道原党工委书记文明海得知张曙光的家庭困境后，安排办事处民政股为其妻发放了1000元解困慰问金，但张曙光坚拒不收。他说：“收了这笔钱，以后村里民生资金分配，我就说不起硬气话。”

2001年，改建村小学，张曙光带头捐出自己一年的村干部工资。村小学改建好后，全村适龄儿童入学率多年保持100%。

随着脱贫攻坚步伐的加快，张曙光真的顾不上这个家了。

长期高负荷的工作使张曙光身体吃不消。2015年8月，他患了一场重病，当时全村正处于危房改造关键时期，他想让在天堂小学教书的弟弟张亮到离家较近的朗溪镇教书，以便帮助照顾家人。

张曙光动了“私心”，求助朗溪镇党委书记冉飞鸿，按照政策规定，将弟弟调到朗溪镇教书。

斯人已逝，足音犹存。

张曙光保存得最好的是各种荣誉证牌和10多本工作笔记。他先后获“优秀共产党员”等表彰18次，所在党支部受表彰7次。这些荣誉证牌镌刻着一个基层干部在脱贫攻坚战场上的深深足迹，见证着一名共产党员的忠诚本色。

金杯、银杯，不如老百姓的口碑。记者在川岩村采访时，村民的评价很朴实：“曙光是我们的好支书！”

家乡脱贫是我最大的心愿

◇讲述：冷绪中　　整理：中国二十冶集团有限公司

沿河，一个以土家族为主的有着68万人口的深度贫困县，地处渝、黔、湘、鄂四省市边区结合部，属于武陵山连片特困地区。为让当地群众早日脱贫致富，中国二十冶集团有限公司坚决执行党中央、五矿集团、中冶集团党委相关扶贫决策部署，自觉扛起历史重任，选派挂职干部深入沿河县脱贫攻坚一线开展定点帮扶，在脱贫攻坚历史性伟大战役中践行央企的责任与担当。冷绪中作为中国二十冶集团有限公司派驻沿河县扶贫挂职干部，自 2019 年 4 月挂任沿河县副县长以来，一心扑在扶贫工作上，通过深入调研，他量身定制了一系列帮扶举措，争取和撬动各类资源，为沿河县打赢脱贫攻坚战、脱贫摘帽贡献了智慧和力量。

勤走访：厘清扶贫工作思路

群众的生活怎么样？收入怎么样？扶贫工作怎么干？刚到沿河县的冷绪中脑海里一直萦绕着这些问题。打赢脱贫攻坚战是一副千斤重的担子，冷绪中深知其分量，所以不敢有任何懈怠，向沿河县委、县政府报到后，便第一时间深入村镇调研。

“老乡，你家里几口人？一年到头收入怎么样？子女现在上学怎么样？工作如何？家里有什么困难吗？”冷绪中来到新景镇长依村，与村民们聚起来唠起了家常。

老杨是长依村建卡贫困户，身体也不是很好，一年到头几乎没有收入来源，生活十分拮据。60多岁的田婆婆，丈夫去世，儿女在外打工，家里只有她一人，平时省吃俭用，生活艰难。了解到村里群众平时的吃穿住行，冷绪中的心里不是滋味——这里贫困程度难以想象。他一边听一边记，一边又在思考怎么做能让群众的日子过得好一些，尽快摘掉贫穷的帽子。

短短一个月的时间，冷绪中跑遍了新景镇、黑水镇、沙子街道、夹石镇及长依村、梨园村、新景村、石界村等20多个镇村，深入走访慰问了21户贫困户，同镇村的群众话家常、聊致富、谈规划，了解群众的所需、所想和所急。

冷绪中在他的调研日记中写道："我是一个贵州人，看到自己的老乡们还没有脱贫，心里很难受、很着急，睡不着觉。党中央高度重视扶贫工作，脱贫攻坚是重大的政治任务，也是第一民生工程，脱贫攻坚战是一场输不起的硬仗，我会竭尽全力帮助老乡们脱贫致富，决不辜负组织的信任和托付。"

白天冷绪中奔波在走访调研的路途上，晚上回到宿舍就开始整理调研的资料，深入思考帮扶举措。通过调研，他进一步坚定了打赢脱贫攻坚战的决心，重新梳理了自己的工作思路和确立了自己的工作目标——以教育扶贫为先导、以产业扶贫为重点、以社会扶贫为推手，扎实推进各项工作落地生根，积极助力沿河打赢脱贫攻坚决战，如期同步实现小康梦！

谋长远：全力推进教育扶贫

"再穷不能穷教育，哪怕砸锅卖铁，都要送孩子读书。"当地人民群众十分重视孩子的教育，希望孩子能够上好学，走出大山。

百年大计，教育为本。冷绪中到沿河县主抓的第一项工作就是全力推进教育扶贫，督促完成了中国二十冶集团有限公司援助的新景镇石界完小教学楼建设项目和新景镇长依村教师周转房修建项目。

2019年9月，新景镇石界完小教学楼正式交付使用。学生们质朴的言语流露着真情："这个教学楼真的好，又大又宽敞，教室特别干净，我们好喜欢，原来的教学楼破破烂烂，脏兮兮的，不喜欢。”看到孩子们充满笑意的稚嫩脸庞，冷绪中感到特别欣慰——孩子们终于有了宽敞明亮的学习环境。

满怀欢喜的不只有学生们，还有辛勤育人的教师。在冷绪中的全力督导下，新景镇长依村教师周转房修建项目全部竣工并已完成入住，给新景镇的老师们提供了一个温暖的家，解决了他们住宿、生活等方面的难题，让他们可以安心地工作，教书育人。

让冷绪中放心不下的还有新景镇长依村一名建档立卡贫困户学生潘仁杰。他是这个村为数不多考上大学的孩子，但家庭的贫困有可能让他失去改变命运的机会。冷绪中了解到这个情况后，辗转难眠，心想一定要让这个孩子上大学，如期到学校报到。于是，他通过联系爱心机构和人士募集资金，向潘仁杰每年资助 5000 元，助其安心完成学业。

“能够上大学，我特别感谢、感恩那些曾经帮助和资助过我的人，是你们给了我继续前行的力量，我一定努力学习专业知识，尽快成长成才，大学毕业后回到家乡，为建设自己的家乡贡献一份智慧和力量。”潘仁杰在感谢信中写道。

为了更好地推动教育扶贫，冷绪中通过自筹并与中国扶贫基金会合作募集善款 319.6 万元，为沿河乡村小学生捐赠 2.5 万个爱心包裹；协助四川省攀枝花市中国十九冶技师学院实施“矿心工程”，两年输送了 25 名建档立卡贫困学生免费就学。

抓重点：竭力落实产业扶贫

冷绪中在走访调研中了解到，当地群众收入来源窄，因缺乏产业带动，在家门口就业的机会不多。为有效解决当地群众稳定增收问题，他带领扶贫团队采取“长短结合”的产业发展模式，精选扶贫产业，援建产业项目，针对性开展产业扶贫。

新景镇种植了 4000 多亩花椒，但如何进行加工一直是个难题。2018 年，中国二十冶集团有限公司实施了新景镇长依村扶贫车间——花椒厂房项目。2020 年 5 月，在冷绪中的大力督促下，花椒厂房、合作社办公用房修建任务顺利完成，随后加工设备进场作业，加工形成花椒产品，有效带动了新景镇花椒基地发展。

在充分调研的基础上，冷绪中带领扶贫团队从帮扶资金中拿出 30 万元用于在花椒基地套种 80 亩香瓜，作为产业扶贫新的增收来源。2020 年 8 月上旬，长依村村主任杨兴胜激动地说："香瓜项目和村里 94 户建档立卡贫困户建立了利益联结机制，当期就辐射带动了村里 401 人增收，兑现了贫困户分红。"

新景镇边山农场柑橘是沿河长期发展的特色产业，也是新景镇着力打造的品牌之一。因品种老旧，当地柑橘产业遇到发展瓶颈，需要对柑橘品种进行改良。为突破发展瓶颈，冷绪中带领扶贫团队赴四川、重庆等地邀请专家为柑橘品种把脉问诊，如今，在新景柑橘园改良品种 1300 亩，新建柑橘园 1000 亩。

果园投产后产生的经济收入，直接让建档立卡贫困人口 1099 户 4458 人受益，间接带动 5000 余人就业增收。"通过品种改良，现在柑橘的品质越来越好，甘甜可口、产量丰硕，我心里特别高兴，今年村里的老百姓又能多一笔收入了。"合作社的负责人说。

除此之外，冷绪中还带领扶贫团队计划在 2020 年实施新景镇长依村精品梨基地建设项目、黑水镇桃梨产业示范基地建设项目。通过开展产业扶贫，农村剩余劳动力实现了就地转移，村民的腰包开始鼓了起来，扶贫效益明显。

动真情：整合资源社会扶贫

扶贫攻坚需要举全社会之力共同参与。在扶贫攻坚进程中，冷绪中紧紧围绕相关政策，结合沿河农特产品实际，整合、撬动各类资源，切实推进社会扶贫工作。

茶叶是沿河县的特色优势产业之一，种植面积广阔、品质优良。为了打开茶叶销路，2020 年 5 月，冷绪中带领沿河县扶贫办、工业商务局、沿河县政府消费扶贫指定企业“洲州茶”公司相关负责人，先后到上海中冶各子企业开展消费扶贫上门推介活动，2019 年至今，帮助沿河销售茶叶 5000 多斤。

为了帮助沿河农特产品拓宽市场，冷绪中曾先后 5 次带队到南京、深圳、郑州、广州开展农特产品展示展销活动，累计销售珍珠花生、金丝皇菊、红薯粉、腊肉、生态鸡肉、大米等农特产品 200 余吨。2020 年上半年受疫情影响，“沿”货出山受到重创，冷绪中急得像热锅上的蚂蚁——2020 年是打赢脱贫攻坚战的决胜决战之年，脱贫摘帽耽误不得。就在疫情复工、复产前期，他走进了直播间当起代言人，向广大网友推销沿河优质农特产品，积极搭建代销平台，帮助销售农特产品 139.68 万元，为贫困地区群众增加了一笔收入。

同时，他还积极发动中国二十冶集团有限公司各分子公司优势力量，充分调动各种社会资源，争取到捐助的旧办公电脑 90 台，为基层驻村干部改善办公条件；筹集社会爱心捐款，帮助改善村民生活。社会大爱让他感受到了温情，充满了干劲。

对于冷绪中来说，家是他最大的牵挂，也是最大的亏欠：“我外出工作 12 年了，一直没有陪过孩子，今年孩子高考，我也没在身边，感觉最对不起的就是孩子了。”说到这时，冷绪中的眼圈红了，深深地吸了一口气，看向了远方……

路虽远，行则将至；事虽难，做则必成。一年多来，冷绪中以精耕细作的作风、精雕细琢的标准、精益求精的态度，积极落实中国二十冶集团有限公司安排的定点帮扶任务，在助力沿河打赢脱贫攻坚决战、如期同步实现小康梦中贡献了自己的智慧和力量，充分彰显了一名共产党员的责任与担当。2019 年 11 月，中国五矿沿河县扶贫团队受贵州省扶贫开发领导小组表彰，荣获“贵州省脱贫攻坚先进集体”称号。冷绪中也在贵州省委 2020 年脱贫攻坚“七一”表彰大会上获“全省脱贫攻坚优秀共产党员”荣誉称号。

用心用情记录群众生活变化

◇黄选勇

我叫黄选勇，今年46岁，是大龙开发区自然资源分局报账员。2014年年底，我接受工作安排，到一心村担任驻村工作队队长，至今快6年了。

一心村共491户1503人。初到村里，我做的第一件事情就是挨家挨户走访，入户宣传，做好贫困户精准识别工作。通过开群众会、院坝会做好思想动员，严格按照贫困户识别标准“清退”“入列”，原本的82户建档立卡贫困户，最终被核定为41户。

经过脱贫攻坚系列工作的陆续实施并收到成效，2019年，全村按“一达标两不愁三保障”的要求高质量脱贫摘帽，进入了巩固提升阶段。

为防止贫困户返贫，我要求对脱贫户做到每周一次上门走访，两周一次更新家庭信息，还要保障每家每户有就业。

沪昆高铁铜仁南站在一心村，该村区域全在红线范围内。我积极引导村里劳动力转移，或推荐进厂，或鼓励就近灵活务工。在此基础上，我还协助成立了村劳务输出公司，为村民提供就业保障，并以收入和分红来巩固、提升脱贫攻坚成果。

回望来时路，那些四通八达的通组连户水泥路、那些危房修缮改造后的新家、那些贫困群众脱贫后的幸福微笑都印在我的心里，勉励我继续前行。

在基础设施建设上，我与村干部齐心协力，为村里规划修建了6条总计6.3公里的“组组通”公路，安装了路灯342盏，实施了房前屋后硬化45户7800平方米。为按时完成建设任务，我亲自带头，白天顶着日晒雨淋搞工程建设，晚上加班加点督促施工进度，保质保量完成了村级任务。

种种成绩，包含了村干部、扶贫干部和每一个群众的辛勤付出。

“工作即便是苦，也是掺着快乐的苦，苦也有醉人的香。”因为有群众的信任，我觉得自己所有的付出都值得。

群众都比较重情重义，特别是贫困户。真正做了实事好事，他们那种发自内心的感谢很触动人心。

我在村里共负责5户帮扶对象，姚本祥就是其中一户。他们家住房歪歪倒倒的，雨来了被雨淋，太阳来了被太阳晒，风来了连瓦片都被吹走了，一家人怎能住得安心？

我跑来跑去沟通、对接、申请，通过危房改造把他家的住房里里外外翻了新、做了装修，又配资购买了电视、沙发等家电、家具，让这个家焕然一新。

就在上个月中旬，我到姚本祥家里走访。姚本祥说平时都有些资助，但从没有收到过。我马上陪他到银行去查询，确认了他的账户里有9000多元。回来后，他感动地说：“现在政策这么好，干部也这么好！我家破破烂烂的老房子被改造装修得亮堂堂的。这份关心和恩情，我们永远也不会忘记。”

务工创收是巩固脱贫攻坚成效的活水源泉。村里组建运输车队，群众投身基建运输挣到了钱；在正冲湾投资打造产业基地，村里贫困户每户每年能分红800多元……精准扶贫、教育医疗、产业发展……我的工作很繁琐，但我始终尽心尽力做好、做出成效。

脱贫摘帽不是终点，一心村的变化还在继续。2020年7月，我获评“全省脱贫攻坚优秀共产党员”荣誉称号。荣誉如斯，我的初心、我的使命将继续催促着我，扎根一心、为一心谋求更好的发展。

自走进一心村驻村起，我坚持每天写驻村工作日志。如今，日志本已有4大本，每本246页，每一页都记录着我与一心村的点点滴滴。

有辛苦、有疲倦，有无力、有无奈，也有欢乐、有幸福。20多次季节更换轮替，我守在这里，见证幸福一心从期许中走来。

奋战姿态决定决胜状态

◇讲述：薛 琳　　整理：秦光春

初冬的夜渐渐显冷，晚上 11 点，薛琳的电话不间断地响起。从到沿河土家族自治县开展脱贫攻坚督导工作以来，这样的场景，在薛琳看来很正常。他总有接不完的电话，交代不完的问题。

2018 年 4 月 10 日，在铜仁市人大常委会立法研究中心任职的薛琳，接到铜仁市委派驻玉屏侗族自治县第三批督导干部的通知，便立即赶赴玉屏开展脱贫攻坚督导工作。

“从来没有做过这项工作，基层经验也不足，那个时候在督导地工作，只能是摸着石头过河。”面对全新的工作，薛琳说，只有边做边学边总结，才能不断熟悉工作环境和提高工作能力。

作为一名共产党员，薛琳暗自发誓：面对组织的信任，不干出点成绩来决不罢休。

全面摸清实情是做好脱贫攻坚督导的前提和关键。薛琳从最基本的入户调查着手，白天深入群众家中交流谈心，晚上与驻村干部商讨脱贫路径，并积极向省市下派来的业务主管学政策、知识，向老队员学方法、经验，向乡村两级干部学实际操作，努力在学中做、做中学。

由于政策业务熟悉、工作作风扎实、敢干较真碰硬，仅一个月，作为督导组最年轻的督导成员，薛琳就被派驻玉屏县最大的镇——田坪镇担任督导检查组联络员，负责全镇脱贫攻坚督导和迎检工作。

进驻田坪镇后，薛琳一方面迅速制定《铜仁市驻玉屏县田坪镇督导工作方案》《督导工作调度方案》，另一方面对田坪镇 20 个村 244 个村民组开展全覆盖调研，并督促对所有问题进行整改，每天都要工作至凌晨才休息。

一分耕耘，一分收获。通过努力，在2018年7月国家第三方评估验收中，田坪镇获得零漏评、零错退、零问题的好成绩，玉屏县也顺利摘掉贫困帽。

2018年，薛琳被评为“铜仁市级优秀督导员”，这份沉甸甸的荣誉是对他在一线艰辛付出的最高褒奖。

2018年以来，在参加玉屏、松桃、沿河三个县脱贫攻坚督导工作期间，薛琳牢记组织重托，全心全意开展督导，用实际行动践行共产党员的初心使命，得到了干部群众的一致认可，为铜仁市打好打赢脱贫攻坚战役做出了积极贡献。

因在玉屏县工作期间表现突出，2018年8月1日，薛琳再次被派驻松桃苗族自治县开展督导工作。

转战之初，他感受到前所未有的压力。那时松桃县贫困人口共有15.79万人，工作困难程度可想而知。

刚到松桃县，薛琳就迅速投入紧张的工作，参与对松桃县28个乡镇街道413个村开展的逐村、逐组、逐户、逐人地毯式督导工作，共走访群众16432户70657人，并积极参与县乡两级问题研判，撰写工作笔记5万余字。

工作中，经过多年的实践总结，薛琳撰写了《脱贫攻坚“三步督导工作法”松桃之鉴》，得到了多位市领导的肯定，被作为经验交流材料在全市进行推广，由他所撰写的《脱贫攻坚入户“十查”工作方法》在松桃全县进行推广。

结束松桃县的督导工作，2020年1月28日，薛琳再次受命，赴沿河土家族自治县开展疫情防控及脱贫攻坚督导。春节假期尚未结束，他就在大年初四匆匆告别父母妻儿，直奔战贫一线。

2020年2月7日，接到抽调命令的薛琳匆匆忙忙赶赴沿河。那时正值新冠疫情最严峻的时刻，到达沿河后，他一刻也没休息，便开始工作。那段时间，薛琳除了抓督导工作之外，还要参与防控疫情。

2月7日，在沿河县夹石镇池塘村腾家组开展疫情防控排查时，因农户堂屋与厨房相连处的苕坑未盖板，薛琳不慎落入导致腰部骨折受伤。

“刚开始以为就是扭伤一下，并没有注意，可是回来后一直都疼。”痛得受不了，薛琳才去医院做了核磁共振检查，发现第四腰椎已经骨折，医生告诫需住院卧床治疗。

然而，想到沿河疫情防控和脱贫攻坚任务之重，同事们都在忙碌，自己休息1个小时就可能耽误很多工作。薛琳不想因为自己而拖督导工作的后腿，他放弃了住院治疗，回到驻地寝室，一边卧床休息，一边坚持网上办公。

那段时间，薛琳草拟了沿河县2020年脱贫攻坚督导工作方案，并帮助市驻县乡督导组研判交叉检查中发现的疑难问题，同时协调做好督导组办公室内勤和调度工作。

“没有薛主任他们的督导，很多时候我们工作就不好入手，毕竟他们是从其他区县转战过来的，经验丰富，现在我们整个工作的变化非常大。”沿河甘溪镇老宅村驻村干部杨阳说。刚开始的时候，他们最怕督导组，每每听到督导组要下来，就担心被找出问题挨处分，现在是巴不得督导组多去，帮助找出问题，他们好立即整改。

入户找问题，分析存在问题的原因，给出解决问题的方法，如何教会驻村干部解决问题，让问题整改落实到位，一系列明确的督导方法，让和薛琳一起工作的杨舒涵很是惊讶。“和薛主任一起工作，经常听到他很多清晰的思路，我就想，他应该是从基层工作一路走过来的，谁知道他从来没有在基层工作过，所有的思路都是参加督导工作后不断探索出来的。”

哪一天做什么，怎么做，薛琳在自己的工作本上记得一清二楚。薛琳所在的督导二组是只有3个人，为了能更好地开展工作，薛琳在自己所督导乡镇的每一个村都开展业务员培训，手把手带，手把手教，对每个村、每个家庭的情况都要求了解清楚，做到精准研判。

“决战脱贫攻坚，决胜全面小康，奋战姿态决定决胜状态，既要响鼓重槌、攻坚克难，更要下好绣花功夫，巩固脱贫成果，只有步子迈得更踏实，脱贫质量才能更高。”薛琳说，精准脱贫，督导人员自己首先要深入农户家，真实了解情况，通过将驻村干部掌握的信息和自己了解的信息进行对比研判，才能确保不漏一户、不掉一人。

工作上，薛琳被督导组成员称为“拼命郎”，但对家庭，薛琳的内心有很多愧疚。

2019 年 9 月，在松桃县脱贫攻坚的关键时期，薛琳 79 岁的父亲突发中风入院治疗。得知情况后，督导组领导主动要求他请假回家照顾。

在父亲生病期间，薛琳白天坚守岗位，入村入户排查问题，晚上工作结束，就马上驱车赶回铜仁去医院照顾父亲，凌晨六点再从医院返回松桃开展工作。

2020 年国庆节期间，薛琳本打算利用假日时间留在沿河整理资料，但还没等放假，就接到了家里母亲打来的电话。

“孩子，国庆节放假你还是回来两天吧。你爸爸好久都没见你了，他现在已经 80 多岁了，身体也不太好，趁放假抽个时间带他出去走走。”薛琳接到母亲的电话，心里五味杂陈。

“放假当然很高兴，国庆节我们的假期是两天，那时手上汇聚的工作很多，如果回去，后面的工作任务就不能按时完成。”做了一番思想斗争后，薛琳想，父亲已经 80 岁了，平时自己也很少回家，正好趁国庆假日回家去陪陪老人、看看孩子。薛琳决定把笔记本带上，在家边陪家人，边挤时间完成手上的工作。

从 2020 年年初到沿河开展督导工作以来，薛琳辗转乡镇乡村，有时一天要调查走访两三百户。他所督导的乡镇，脱贫攻坚成效在一天天变化，从当初驻村干部怕被检查，到现在主动要求检查，改变的不仅仅是干部的心态，更多的是村民生活水平、精神面貌以及村容村貌。

初心如磐 久久如一

◇邹祖进

我叫邹祖进，今年36岁，现任贵州省铜仁市江口县公安局桃映派出所教导员，2017年被组织选派到桃映镇溪口村驻村，2019年6月担任该村的第一书记。

溪口村地处三县交界处，是一个少数民族聚居地。由于地理位置特殊，社会治安相对复杂，曾是打架斗殴常有、小偷小摸盛行的治安“老大难”。

驻村之后，我充分结合自己人民警察的身份，积极寻求上级部门帮助，组织村干部、村民组长成立治安巡逻队，配齐装备，在重点时段、重点路段对辖区进行巡查。

我们走街串巷，察民情、听民意、解民忧，开展治安巡逻300余次，开展法治教育宣讲50余次，覆盖全村384户1287人，切实增强了群众的法治意识，有效扭转了溪口村治安差的状况，为群众营造了一片祥和、稳定的社会氛围。

小康不小康，关键看老乡；老乡钱袋鼓不鼓，要用产业数一数。溪口村外出务工人员居多，在家多为老弱病残，没技术、没劳力，产业发展裹足不前。我看在眼里，急在心里。借助自身工作优势，我积极向上级拉项目、拉资金，邀请农业专家到村开展技术指导。

2017年，在驻村工作队、村干部的共同努力及群众的大力支持下，溪口村集体经济产业实现了零的突破，栽种油茶200多亩，带动周边群众100多人就业，提供油茶管护、采摘等岗位20多个，真正让群众实现了在家门口务工。

时至今日，除了发展油茶产业外，我们还积极签订协议代种茶树菇 12 万棒、投资 68 万元入股肉牛代养，所得利益联结全村所有建档立卡户，切实带动群众稳定增收，实现 65 户建档立卡户稳定脱贫。

“青年当有志，立志在四方。人民需要处，皆是我故乡。”这是我的驻村感想。作为一名共产党员，全心全意为人民服务是我的宗旨。

脱贫路上，用青春谱写华章，用实干书写富民答卷，用汗水履行铮铮誓言，以“功成不必在我，功成必定有我”的担当，在最平凡的岗位上不忘初心、牢记使命，用苦干实干砥砺前行，带领群众走上小康路、过上好日子。

尽情释放汗水味 真心收获人情味

◇张洪安

我叫张洪安，是沿河自治县生态移民局派驻淇滩镇钟岭山村的第一书记，也是钟岭山村脱贫攻坚指挥部指挥长。

2019 年 7 月，根据沿河自治县生态移民局党组的工作安排，我从钟岭山村原第一书记冉茂远同志手中接过交接棒，满怀工作热情开启驻村工作。驻村以来，回家的日子屈指可数，村民们则成了我的熟人。

钟岭山村有 334 户 1279 人，村情复杂。担任第一书记初期，我对每户贫困户都进行了认真走访，了解他们的家庭状况和致贫原因，有针对性地进行帮扶。

贫困户中不是每个人都具有劳动能力，比如有些贫困户的家庭成员是患疾病或年迈无劳动能力的，像这样的贫闲户我们应该在生活上多关心，经常入户了解他们的身体健康状况和生活状况，有困难就多替他们想办法解决。为减轻贫困户家庭负担，我为 3 户因学致贫的家庭争取了“中国茅台·国之栋梁——2020 希望工程圆梦行动大型公益助学活动”的资助，每户每名贫困学子享受一次性资助 5000 元。

扶贫工作中，面临的最大困难在于去除一些贫困户的“等靠要”思想。村里贫困户杨桂英家里的后墙垮塌，让我帮忙想办法进行改造。在联系了镇规划办和县住建局之后，了解到并没有相关的改造补助政策，于是我与镇领导联系争取，为她家申请了民政救灾资金 4000 元，鼓励她自己进行修补。但她仍不愿意花钱，就想依赖政府，而且每逢市镇两级检查都会反映这个问题，给我的工作造成了一定的困扰。

后来，我告诉她帮扶干部的主要职责是“帮”，而不是“承包”，不能把所有问题都推给帮扶干部，我们帮助她家里三个人解决了就业问题，就是为了让他们补贴家用。最后她决定自己进行修补。

在鼓励（易地扶贫搬迁贫困户）搬迁的时候，也遇到过很多情况：有的贫困户不愿搬，有的则搬了不愿意拆除旧房。为此我组织帮扶干部入户和这些贫困户交流，开导他们不能让帮扶干部真心帮扶流了汗水，还伤了心；不能让政府帮了忙，却反过来不支持政府的工作。就这样经过一次又一次的交流，目前钟岭山村 12 户易地搬迁户均已经真搬实住。

有的人问我是怎么培训贫困户的，为什么对他们提出的要求不是有求必应，甚至时不时还会毫不客气地“教育”他们一番，但贫困户满意度却挺高，入户走访没有哪户不说帮扶干部的好。

我认为，帮扶不只是解决贫困户们眼前的问题，而是帮他们把骨子里的惰性去掉，坚决杜绝贫困户等着上门送钱送东西的心态。让他们渐渐明白，伸手要、不动弹，村里人会看不起他们，只有自己劳动才能赢得别人的尊重。这样就达到了标本同治的效果。

作为一名驻村干部，我认为一定要让自己身上带着泥土味、汗水味，充满人情味，扎根农村、服务农村，踏踏实实干好工作，一心一意为民服务。

我要把贵州干部的苦干精神传回吴中

◇顾利青

2019 年 10 月 10 日，我突然接到苏州市吴中区组织部的电话，问我是否愿意到贵州德江县挂职，担任德江县扶贫开发办公室副主任。并要求我半小时之后就答复。思考片刻后，去体验别人很难拥有的一段经历的吸引力战胜了我内心对未知的不安。不到半小时，我就给了答复：我愿意过去。

来之前，我在网上搜索了关于贵州的资料，除了了解到贵州的山清水秀之美，我也知道了这里的饮食习惯和我们那里有很多不同。工作方面，之前我在吴中区人社局就职，从没有接触过扶贫相关的工作，所以心里一直在打鼓。

怀着忐忑的心情，10 月 17 日，也是国家第 6 个扶贫日，我出发来到了铜仁市德江县。当天晚上，我就被拉进了吴中德江对口协作微信工作群，负责对接吴中区来德江进行帮扶工作的互访团队。2019 年 10 月 17 日至 2020 年 1 月 15 日这段时间，我接待了 20 多批从吴中区来德江进行帮扶的互访团队。

除了接待互访团队，我的主要工作还有查看东部的项目资金在德江的各个乡镇立项之后的项目进度和完成率，于是我便开始频繁往返于德江的各个乡镇。

狭窄弯曲的道路、落后的医疗条件、留守儿童和老人……这里艰苦的物质条件让我感到惊讶，但是这里扶贫干部的精神却让我动容。

2020 年 3 月一个阳光明媚的午后，我在桶井乡芭蕉村看到一群村干部在清理已经拆除的搬迁户的建筑垃圾。在我印象里，这些工作不是他们一定要干的事情。他们这种亲力亲为、苦干实干的精神让我感触颇深，回到吴中区后，我一定把这边干部的精神传递回去，向他们学习。

经过一年多的磨合，我在工作上越来越熟悉和顺利，生活上也越来越适应，在这里也交到了很多朋友。在接待吴中区来德江考察的企业人员时，他们发现我对德江的情况和人都很熟悉，所以都笑称我是“德江小灵通”。现在我回吴中区时，自我介绍也变成了：我是德江的挂职干部顾利青。

等挂职工作结束后，我每年都想回德江一次，看看这里的变化，见见这里的朋友。退休之后，回想起自己在德江这段非常宝贵的经历，何尝不是一件幸福的事呢?

用心书写易地扶贫搬迁“后半篇文章”

◇讲述：罗焕楠　　整理：麻　洲

罗焕楠是一名“95 后”，也是丹都街道旺家社区的党总支部书记。自 2016 年参加工作以来，他始终将搬迁群众的利益放在首要位置，时刻发挥共产党员的先锋模范作用，践行初心与使命，用心用情做搬迁群众的贴心人。

一大早，在丹都街道旺家社区党员活动室，社区“两委”正在召开例会，对搬迁群众近期遇到的疑难杂事进行商讨，其中正在提出解决方案的就是罗焕楠。别看他是“95 后”，但做事、思考的方式却很成熟，自担任社区党总支部书记以来，他的言行举止让大家称赞。

作为罗焕楠的老搭档，丹都街道旺家社区的党总支副书记何英就不止一次表示，要向他看齐：“和罗书记共事两年来，我发现他是一个对待工作非常积极认真的人，对待搬迁群众也十分热心，只要是群众反映给他的事，他都会给群众一个满意的答复。这种严谨负责的态度真的非常值得我们学习。”

丹都街道旺家社区党总支部委员权欣媛对此深表赞同：“罗书记是一个非常认真负责任的人，一直都把群众的事情放在心上。他让我们按照各自的网格对自己的群众负责，特别是社区网格里面的困难群众等要定期进行走访，让他们能够在旺家真正扎根。”

旺家社区是万山区最大的跨区域易地扶贫搬迁安置点，搬迁群众后续保障服务工作量大，包括了医保、养老保险、子女就学等问题。从“党员之家”的档案登记资料里可以看到，仅从 4 月以来，就有 193 条群众来访的信息记录。这些数据虽只是浅浅一笔的记录，但更多的是罗焕楠用心实地走访了解民情的成果。

已经成功入职“AI 豆计划”的社区居民冉飞，正是在罗焕楠的积极对接下，顺利端稳了新“饭碗”。

2019 年，冉飞一家从石阡县搬迁到了旺家社区。冉飞由于过去常年和父母、弟弟在外打工，搬来后苦于没有技术，因工作问题发了愁。

据冉飞回忆，“2019 年刚搬到旺家社区的时候，我们一家人担心工作没有保障，留不下来，后来经社区罗书记介绍，我和我弟弟成功进入了‘AI 豆计划’上班，现在两个人工资最少都有六七千，生活得到了很大的改善。”

像冉飞这样在社区扶贫微工厂产业园就业的群众还有很多。为了进一步让搬迁群众稳定就业，罗焕楠还积极鼓励大家多渠道就业，帮助大家自主创业。

“我们搬到这里开店的时候，是罗书记帮我们代办了营业证件，等我们生意做起来了以后，罗书记也经常来关心我们，让我们特别感动，也特别有安全感。”丹都街道旺家社区居民安景绪笑着夸赞道。

扶贫路上，风雨兼程。作为一名基层共产党员，罗焕楠始终不忘初心、牢记使命，用坚守诠释一名新时代党员干部的扶贫责任与担当。正是这样的坚守和付出，2020 年，罗焕楠被授予“全省脱贫攻坚优秀基层党组织书记”的荣誉称号。

“这份荣誉让我备受鼓舞，接下来，我将认真贯彻落实好省、市、区的决策部署，团结带领好社区干部服务好我们的搬迁群众，优先保障，落实好就医、就学、就业，不忘初心、牢记使命，牢记嘱托、感恩奋进，确保搬迁群众搬得出、稳得住、能致富，高标准发挥好党员的先锋模范作用和党组织的战斗堡垒作用。”罗焕楠如是说。

始终与群众站在一起

◇甘 霖

我叫甘霖，现任共青团石阡县委副书记、甘溪乡坪望村驻村工作队队长。2017 年 9 月 26 日，我被派到甘溪乡坪望村任党支部书记，负责坪望村脱贫攻坚工作，帮扶 9 户贫困户。

我是农村人，童年时期一直在贵州大山深处生活，周一到周五上学，周末随大人上山放牛、干农活。多年以来始终不变的是对农村深厚的记忆和情感。

回到农村驻村扶贫，我既担忧又激动：担忧的是我所驻的村是深度贫困村，难以脱贫。全村有 497 户 1864 人，建档立卡贫困户就有 171 户 677 人，贫困发生率 35.99%，是全县 29 个深度贫困村之一；激动的是又回到了记忆深处熟悉的地方，远离闹市喧嚣，可以静下心来做点力所能及的事，帮助群众改善生活状况。

“仰天锅，不烧煤；不下雨，没水吃。”这是我刚到坪望村时，老百姓最爱说的一首打油诗。两山夹一沟的地势，加上没有合适的水源点，拉通“安全水”“幸福水”成为要做的第一件事。

我与驻村工作队员多次步行 10 多公里去找水源。对水质采样并送专业机构检测合格后，我和第一书记一同到县里跑项目、要资金，带着群众一起修水池、建水窖。如今，全村修建蓄水池 5 个，拉通饮水管道 5.5 公里，饮水问题得到了有效保障。

坪望村两山夹一沟的地形是制约道路交通、生产生活的根本性因素。2017 年，有一次我骑摩托车到卧水组开展工作，摩托车在青石板上打滑，差点掉到悬崖下面。

那次经历后，我痛定思痛：一定要把两山的道路都修通。我们制订项目规划，争取资金、资源，全力发动群众投工投劳。2017 年，村里修通了“组组通”公路 4 条 8.975 公里，硬化村寨 1.5 米宽串户路 9.68 公里，1.5 米宽联户路 2.48 公里，铺设产业路 4.9 公里。

在坡陡路急的道路建设现场，在雨天拌泥的施工现场，我们始终与群众站在一起，最终实现了坪望村基础设施建设大提升。走路不沾泥、雨天不湿鞋的交通条件持续提高了群众的生活质量。

此外，我们还发动群众自发管护道路，按照路段选用管护农户，负责日常道路保洁管护，既修好了路，又管好了路，让群众走上了好路。

2019 年春节期间，长期外出务工村民李贤专门找到我说：“路修好了，又安装了太阳能路灯，寨子越来越安逸了，太感谢政府了！”

用心与群众打交道，收获的必然是人生宝贵财富。

在我所帮扶的贫困户中，有一位孤寡老人 3 岁时就双眼失明，他的父母、兄长相继离开人世。我原想动员老人住到敬老院，但因老人身体情况特殊，最后我帮助老人落实了全失能散养护理协议，每月补贴 1680 元的生活护理费，在寨邻中找到了 1 名护理员照顾老人的日常生活。

现在，老人生活有人照料。每当与他聊天时，他总说自己很幸运，感谢党和国家的好政策，让自己的晚年生活有了保障。

打赢脱贫攻坚战就是要稳定实现“一达标两不愁三保障”。驻村期间，我曾与队员一起给群众修电灯、修电视、插秧、打谷，也下地种茶叶、上山找水源，捅过下水道、扛过水泥袋……在落实党的政策帮助群众的同时，也让自己的人生经历得到了极大丰富。多少年后回想起来，这一段经历必定让自己收获满满且难以忘怀。

在扶贫路上践行初心

◇高泽生

我叫高泽生，今年 36 岁，是江口县太平镇岑忙村的第一书记。

2018 年 7 月，我带着中国浦东干部学院赋予的光荣使命，来到了江口县太平镇岑忙村担任第一书记。我满怀着“大山深处认穷亲，誓将贫困连根拔”的豪情壮志，克服了语言关、饮食关、生活关、劳动关、思想关，从开始的“独在异乡为异客”到后来的“片时欢笑且相亲”。

海拔高、位置偏、基础设施和产业发展滞后，曾经是岑忙村落后的主要原因。到村里走访时，我却发现村民种植的水果、烤烟、辣椒、茶叶，品质好，产量高。但因规模不大，市销不畅。

随后，我带领村“两委”干部和产业大户、致富能手，先后到周边市县以及上海、苏州等发达地区，实地考察和学习他们的产业发展、市场销售模式，积极探索出了“党建 + 产业”的发展模式。

说干就干！我帮助村民协调了 200 多万资金，用来修建产业路、架设产业电，又带领村民修建了 100 亩的鱼塘，发展起了生态养鱼产业。

同时，为了更好地宣传村里的产业，我自己设计了“云上岑忙”品牌和 LOGO，对精品水果进行了包装。

2019 年，县委、县政府引进江口廖大侠梵净生态农业科技发展有限公司，在岑忙大坝投资 1350 余万元发展 2000 余亩直供粤港澳蔬菜基地。

基地建设和运行期间，我组织召开党员大会、组长会、群众会等，帮助公司解决土地流转、矛盾纠纷、产销对接等问题。

年初，在疫情尚未进入常态化防控时，我便返回村里，投入蔬菜基地建设的复工复产大潮中。

回首两年多来，村里的每项产业，我都倾注了精力和心血，以产业支撑推动农旅融合发展，以产业振兴夯实脱贫攻坚根基。村集体固定资产由2018年不到10万元增加至650余万元，集体经济收入由2018年的5万元增加至65万元，直接带动建档立卡户173户395人持续增收致富。

驻村期间，我和千千万万驻村干部一样，也有父母牵挂和孩子惦念，也曾向往自在逍遥的生活。然国很大，家太小，在大义和情怀面前，我选择并坚持“为人民服务”的初心。

2019年初，母亲因癌细胞转移住院治疗，年迈的父亲为了不影响我工作，在医院坚守20多天，直至收到病危通知书，才告诉我母亲的病情。母亲病情恶化去世时，远在村里的我，没有见到她最后一面，每当想起，心里满是愧疚和悔恨。

宝剑锋从磨砺出！如今，每当看到村民生活越发幸福、产业越发兴旺、村庄越发美丽的时候，我由衷地感到自豪和幸福。

有舍就有得，曾经流过的汗，是日后饮下的甘泉。在组织的关爱下，我有幸先后荣获“中央和国家机关脱贫攻坚优秀个人”“全省脱贫攻坚优秀村第一书记”“全省脱贫攻坚先进个人”“全市脱贫攻坚优秀共产党员”等称号。

不论过去、现在，还是未来，我永远是岑忙山顶的一棵迎客松，用孜孜不倦的精神和时不我待的行动，诠释第一书记的初心，用实际行动践行新时代赋予第一书记的光荣使命。

百姓的认可就是我前进的动力

◇干正洋

我叫干正洋，是贵州师范学院的一名教师，也是铜仁市印江自治县黔溪村第一书记。

2018 年 3 月，我被组织选派到铜仁市印江自治县黔溪村任第一书记，我的扶贫故事也就从这里开始了。

黔溪村属于二类贫困村，有 500 户人家，其中建档立卡户 136 户 538 人，贫困面广。

基层党建，托起黔溪村的精神脊梁

通过入户走访和接访群众，我发现老百姓“等靠要”的思想非常严重。他们对很多政策一知半解，对村干部也不信任。经过研判，我一面加强了基层党建，让党员干部把党的好政策、好声音带到群众中去，倾听群众声音；一面动员老百姓积极参与村中的大事小事，拿起规章制度的尺子，纠正偏差。

不到一年时间，村里反映问题的人渐渐少了，老百姓“等靠要”的思想也发生了转变。

产业带动，激发群众内在动力

在我来到黔溪村之前，村集体经济几乎是零，没有什么产业，除了务工几乎没有种养殖收入来源。为了让百姓脱贫，我通过村集体产业带动，让农户在家门口搞起了养殖业和种植业——不仅房前屋后种上了蜂糖李、三红柚、软籽石榴等，而且还在果树下发展养殖业，农户们的小日子过得红红火火。

经过大家不懈的努力，现在村集体有了规模5000羽的育雏场、规模5000羽的中鹅养殖场、规模10000羽的种鹅场、规模5000羽的商品鹅场、200亩蜂糖李果园、200亩软籽石榴果园、60亩三红柚果园。老百姓的自身发展动力被充分激发了出来，大家都在脱贫致富的道路上奋勇向前。

销售帮扶，让老百姓的腰包鼓起来

我充分利用“校农结合”平台，把田间地头的新鲜农产品直接送至贵阳多家高校，让教职工和学生吃上生态放心的食品，也帮助贫困户增收。两年多来，累计为老百姓销售了20多万元的农产品。

自加入了扶贫大军，群众送了我三个绰号——“秋葵哥、卖蛋哥、鹅司令”。我也非常乐意别人这样称呼自己，能把老百姓的农产品卖出去，我很自豪！

大兴基建，建美丽新农村

以前，村里道路情况不好，废弃老木房，猪、牛圈集中成片，村容村貌差。针对这些问题，我们把老旧房屋和废弃猪、牛圈拆除，复垦复绿。同时，我带领干部群众，修建了连户路，清理了村里垃圾，安装了垃圾桶。不仅如此，村里还修建了很多广场，为老百姓的生活提供了便利。

如今，黔溪村旧貌换新颜，村里环境卫生有了很大的改变，基础设施也变好了，家家户户门前有了太阳能路灯……

2020年，是脱贫攻坚收官之年。俗话说得好：“行百里者半九十。”愈是接近成功就愈困难，我们越要坚持到最后。未来我将继续发扬吃苦耐劳的精神，把百姓的依托作为前进的动力，以铿锵的步伐行走在黔溪脱贫攻坚的道路上，为实现两个一百年的奋斗目标和实现中华民族伟大复兴的中国梦做出自己的努力。

真帮实扶赢民心

◇罗小青

我叫罗小青，是铜仁市碧江区税务局机关党委副主任。作为碧江区税务局脱贫攻坚工作的牵头人和帮扶干部，我始终以饱满的热情和踏实的工作作风投入到脱贫攻坚中，默默坚守在深度贫困村“一对一”帮扶工作中，认真履职。

真诚务实，获得了群众的高度认可

自2016年结对帮扶以来，我担负起川硐街道深度贫困小江口村帮扶责任人和脱贫攻坚牵头人的双重工作。我认真学习各类精准扶贫知识，精准掌握了扶贫政策，与办事处包组干部一道入户走访500余人次，严格做到组不漏户、户不漏人，及时准确摸清贫困户的收入和致贫原因等情况，并逐一做好基本信息采集登记；积极建言献策，参与制订帮扶计划和措施；参与组织群众召开院坝会、家庭会议20余次；积极宣传党的惠民政策、扶贫政策等80余次；牵头为贫困户李胜华募集住院医疗费用21000余元；牵头组织帮助联系村销售产业项目西瓜12万余斤，为贫困村产业增收12万余元；牵头组织该局9个支部党员开展打赢脱贫攻坚战主题党日各项志愿服务活动12场次，参加志愿服务者360余人次；手把手帮助贫困户手机操作交纳医疗保险30余人次；用保护环境、重视生命财产安全、孝老爱亲等与群众息息相关的好做法、好传统、好家风、好故事来引导、教育群众，耐心细致地为群众释疑解惑，获得了群众的欢迎和认可。

真情实意，获得了群众的鼎力支持

我一直认为，群众利益无小事。在脱贫攻坚工作中，我俯下身子，帮助群众解决问题纠纷、协调邻里关系、打扫环境卫生等，与贫困户同吃同劳动，和群众打成一片。我把贫困户的基本情况都记得清清楚楚，还把每个家庭的困难和反映的诉求及请求帮助的事项都记录在自己的帮扶日记上，积极帮助群众协调和解决问题，做到事事有回应、件件有答复。同时我积极为群众办实事，除了调解好贫困户向继六家改厕、改厨问题，向继六与杨三妹生态补偿纠纷问题，万小清家房屋维修问题等 5 件（次）外，还力所能及地帮助贫困户办理慢病卡、更新残疾证、解决就业问题等。每逢上级检查，群众满意度总是达到 100%。

真爱无私，获得了贫困户的一致赞赏

脱贫攻坚打响后，我严格要求自己，不断学习充电，一心扑在脱贫攻坚工作上，“五加二，白加黑”投入工作累计 400 余天。除了完成本职工作，我还要帮扶贫困户 2 户 6 人。我认真制订每户的帮扶计划和措施，帮助贫困户解决各类困难问题，帮助 2 户贫困户添置衣柜、鞋柜、衣物鞋类，买米、买油、买肉，送日常药物等生活必需品；疫情期间，为贫困户提供疫情防控物资 1000 元。

脱贫成效的巩固提升和乡村振兴工作正如火如荼，我将继续发挥党员先锋模范作用，继续扎根基层，履职尽责，继续奉献自己的热血和力量。

柔肩担重任不负使命

◇田 旭

我叫田旭，今年 33 岁，贵州省松桃苗族自治县人，在瓦溪乡担任党委书记已近两年。在瓦溪乡，年长的一辈会叫年轻一辈的女孩为“妹”，这个“妹”不仅是一种称呼，更是一种认可。在那些走村串寨的日子里，乡亲们“妹书记”的称呼让我倍受鼓舞、倍加珍惜、倍感责任重大。

600 多天的时间很长，一次次在崎岖不平的深山峡谷中行走，不仅让我见证了群众的脱贫变化，也让我深切感受到了自己肩上的责任重大、任务艰巨，也更加燃起了我的斗志；600 多天的时间很短，每一秒、每一刻、每一天我和我的扶贫战友们未曾停歇，一直奋斗在践行初心、不负荣光的道路上。

回眸奋战的时光，一个个充实而忙碌的昼夜里，群众的精气神一天天在提高、笑颜一天天在展露，村里一栋栋房屋变得更加安全舒适，一汪汪清水流进千家万户，一条条硬化路直奔农家门口，一处处田野山丘绿色葱茏、蔬果飘香……看着在全乡干群齐心奋斗下结出的一个个果实，我愈加感受到能够承担组织和人民赋予的脱贫攻坚这个时代重任是无上荣光！

与时间赛跑，同贫困决战

2019 年，松桃脱贫攻坚工作进入决战决胜的关键时期。2 月 22 日 22：00，我接到县委组织部电话，让我第二天一早赶往瓦溪就职，刻不容缓。作为一名受党培养多年的党员，组织的号角声就是我的行动令，我义无反顾前往。电话一挂，我就暗自给自己立下军令状，这场脱贫攻坚战，只许高质量完胜。

瓦溪位于松桃西北方向，距离县城 122 公里，是极为偏远的乡镇之一，往返需横穿重庆市的秀山县，来回时间长、耗费精力大。全县 42 个深度贫困村瓦溪就占了 2 个，这里自然条件恶劣、贫困面广、贫困程度深，脱贫攻坚任务十分艰巨。

到任后，为了全面深入地了解全乡上下的具体情况，我决定每村每户实地考察。我至今还清楚地记得，我去的第一个村是海拔 1470 米的岩桑坝，当天山上依然白雪堆积。由于冬天凝冻，沿路一连串的电线杆倒在地上。蜿蜒在悬崖峭壁边的通村路，有些路段的护栏已破损，时不时还掉落一些碎石，进村入户的路程惊心动魄。

走进岩桑坝村委会，地面的寒冷通过脚渗到了心里，看着烤炉边挂着驻村干部们未干的衣物、床上湿漉漉的棉被，我内心五味杂陈。岩桑坝最冷的时候，下山的路凝冻无法通行，扶贫干部们时常在村里一待就是一个多月，几年的时间里没有一个人叫苦，没有一个人退缩。这样极硬的工作作风，更加坚定了我们打好、打赢这场脱贫攻坚战的信心和决心。

扛在肩上的责任，容不得半点松懈，全乡与时间赛跑、同贫困决战。短短的 3 个月，我们排查解决了 1824 个问题，修缮住房 335 户，房前屋后硬化 1650 户，动员搬迁 271 户 1210 人。人民群众的参与度、满意度、幸福感空前提升。

困难里寻良机，夹缝中谋发展

要想富，先修路。通过实地走访，我们深知要打赢打好脱贫攻坚战，首先要攻克基础设施建设这个难关。经过无数次与同事们一起争政策、找资金、跑项目，在丛山峻岭中搞建设、谋发展。通过全乡不懈努力，前后完成通组路硬化 85 公里，连户路 20 公里，产业路 36 公里。同时，积极争取 1000 万元人饮工程项目落户，使全乡季节性缺水成为历史，一去不复还。

扶贫先扶智，扶贫脱贫工作想要取得长远成效，教育是重要保障。在上级领导和同志们的支持下，瓦溪乡大力推行教育保障措施，为 847 名寒门学子提供上学保障，实现了全乡义务教育阶段学生零辍学的目标。看着孩子们高高兴兴地走进教室，我觉得一切付出都是值得的。

为了改善人居环境，助力乡村振兴发展，我和驻村干部们还齐心协力从改变村容村貌入手，通过立机制、树榜样、治环境，线上线下宣传，拆除闲置破烂旧房 120 余栋，废弃牛棚、猪圈 151 余个，建设农家小花坛 600 余个。群众自行创造的“堆柴”成为一大亮点，群众的精气神得到了充分体现。

产业旺，百姓富。为了解决贫困户们的就业难题，改变产业单一的局面，我们大力发展了烤烟 3400 亩、蜂糖李 2800 亩，养殖野生蜜蜂 1300 余桶，种植油茶 2000 余亩，套种辣椒 1000 余亩。对新发现的 5000 亩野生猕猴桃，我们主动邀请省农科院技术专家进行现场谋划和指导，进行高效保护性开发，就地解决劳动力就业 1000 余人，实现人均增收 2000 余元，为群众就近务工、增加收入提供了平台。

手机中的家庭，无声的愧疚

瓦溪到松桃县城，需要 2 个多小时的路程，近两年的时间，我无数次在瓦溪和松桃之间穿梭，“三过家门而不入”成了常态。作为一名脱贫攻坚干部，我无愧于组织的重任，但作为一位妈妈，我是失职的。对家人，通常只有在闲暇之余，通过电话、视频来表达自己牵挂与关怀。

突如其来的疫情，让人猝不及防。地处黔渝边区的瓦溪，疫情防控工作责任重大。大年初一清晨，家人顶着风雪驱车送我到瓦溪，并再三叮嘱：“在做好工作时，一定要注意自身安全！”从大年初一到 4 月底，我中途只回过一次家。因长期在外，孩子看到我时格外生疏。当我伸手想要抱抱他时，他却一把挣脱了，用陌生的眼光远远地盯着我。鼻腔的酸楚让我意识到，对孩子、对家庭，我亏欠得太多。但我相信，孩子长大后会理解我，因为他的妈妈是一名党员干部，是脱贫攻坚的战士。

600 多天来，我虽极尽艰辛，但也收获满满。2019 年，瓦溪与全县一道脱贫摘帽。2020 年 7 月，我被铜仁市委授予“脱贫攻坚优秀共产党员”称号。这对我来说是极大的鼓励和鞭策。在为人民服务的路上，我也将继续坚守初心、奋力前行，用实际行动诠释一名党员干部的担当，努力让百姓们的日子过得一天比一天红火，不负组织和人民赋予我的使命。

我是党员，脱贫攻坚我争前

◇讲述：麻建松　整理：陈孟珍　文　耿

“我是党员，我主动，每每面对需要克难攻坚的工作，始终一如既往地、主动积极地冲在工作最前面，这是共产党员应该也是必须履行的义务，更是共产党员的初衷，决胜脱贫攻坚我不但不能退缩，而且更应该奋勇争先。”麻建松说。

麻建松，苗族，中共党员，平头镇党委副书记、政法委书记，先后任平头镇西溪村、久安村脱贫攻坚指挥部指挥长，2020 年被铜仁市委授予“全市脱贫攻坚优秀共产党员”的称号。

思想行动争在前　从民生监督战线转战脱贫攻坚一线

“记得 2017 年 10 月下旬的一天，我正在乌罗镇开展巡察走访，途中接到县委组织部的电话，通知我第二天到县委组织部接受谈话，我才猛然想起，在这之前，因脱贫攻坚工作需要，要从县直部门选派一批副科级干部到乡镇挂职，主要任务是辅助乡镇开展脱贫攻坚工作。作为一名共产党员，我深知脱贫攻坚的艰难，但我毫不犹豫地向组织申请到平头镇挂任。”说起脱贫攻坚，麻建松回忆道。

从纪检监察干部跃身变成一名脱贫攻坚战士，从民生监督战线转战脱贫攻坚一线，积极主动投身于脱贫攻坚。

主动请缨争在前　从基层工作一线请战脱贫攻坚前线

2018 年春季，麻建松主动向镇党委政府请缨与镇党委委员、副镇长杨昌权共同分管脱贫攻坚工作。

接收任务后，麻建松精心策划，超前成立了脱贫攻坚信息动态管理“大走访、大排查”工作专班，严格按照“比对—研判—走访—研判—评议—公示”程序，分别在19个村召集第一书记、支书、主任、监委主任、党员、组长、乡贤、群众召开“两错一漏”研判会，比对派出所户籍人口、实际人口和建档立卡贫困人口信息，逐户逐人分析研判，然后逐户走访、逐人核实情况，全镇1535户建档立卡贫困户，麻建松走访过的有近700余户，经过“三公示一公告”之后，进一步精准建档立卡贫困户人口信息。

通过“大走访、大排查”，平头镇在省级交叉检查时，检查组零问题反馈。2018年，在全市脱贫攻坚成效考核中，平头镇获得了全市第三、全县第一的好成绩。

赤膊上阵争在前　从脱贫攻坚前线直扑脱贫攻坚战场

“敢担当、吃得苦，有法子”，这是平头镇西溪村脱贫攻坚指挥部全体成员对麻建松的一致评价。

2019年年初，麻建松担任该镇西溪村脱贫攻坚指挥部指挥长，该村作为平头镇最后出列的两个一类贫困村之一，属于典型的“边、角、吊”村。最远的西溪堡自然寨，通组路仍未硬化，整个寨子只有两栋砖房，其余全是木房，基础设施落后，可以说是一个十分难啃的硬骨头。

“思路清晰，带头工作，和蔼亲民”，走进西溪村，这是从指挥部成员到百姓的口中，听到的对麻建松评价最多的话。

据西溪村第一书记伍文高介绍，麻建松到西溪来第一项工作就是摸底，按照在村能见面的家庭、全家外出家庭、四有人员家庭进行分类，并根据“一达标两不愁三保障”标准建好1个总台账8个子台账，理清全村所有人的就业情况、入学情况、身体状况、住房情况、短板情况、人居环境情况，找准工作着力点。

担任西溪村脱贫攻坚指挥部指挥长期间，麻建松为西溪村争取了多批资金，通过向县部分地产开发商企业争取，通过召集西溪村乡贤会，倡导乡贤募捐，通过向县级单位汇报争取项目资金和项目倾向，2019 年，西溪村募集脱贫攻坚资金近 40 万元。完善了多个基层设施，修缮了 60 年代修建的被遗弃 10 多年且破旧的西溪完小，给西溪脱贫攻坚指挥部提供了一个良好的作战阵地，硬化了平头镇最后 3 条共 5 公里通村路。

发展多个产业。在西溪堡修建一汪山塘，用作村集体经济野生冷水鱼养殖基地，发展油茶种植 1297 亩，成为平头镇万亩油茶基地的核心区。

组织多种干群连心活动。给全村 60 岁以上的老人送温暖——每人送 1 件棉衣，组织了 2 轮 8 场干群连心饭，召开群众会 21 场，25 个帮扶责任人对 220 户农户全面完成协助整改一遍，两次发动群众割通组路两旁草 8 公里。

其他工作争在前　从村到镇营造和谐稳定社会环境

“共产党员是块砖，哪里需要哪里搬。作为一名共产党员，我必须讲政治、顾大局，不仅要耕好自己‘地’，还要种好别的‘田’，法制扶贫、社会稳定、脱贫攻坚、专题活动、行业管理、疫情防控等项项工作抓在手中，项项不放松”。麻建松十分坚决地说。

工作期间，麻建松组建平头镇法制扶贫专班，在各村召开法制宣传群众大会 120 余场，重点宣传《关于依法惩治阻碍脱贫攻坚工作行为的通告》，给群众划出脱贫攻坚政策落实的底线和红线，针对思想进步迟缓和对政策理解有误解的重点人群重点调解和思想疏通 40 余次，组织派出所对辱骂脱贫攻坚指挥部成员、阻碍脱贫攻坚基础建设施工、扰乱指挥部正常开会或办公等干扰脱贫攻坚的行为进行打击。

“麻书记自主动申请从纪检队伍转战到基层脱贫攻坚一线，再主动申请分管脱贫攻坚工作，最后主动申请到最边远、条件最差的一类贫困村任指挥长，这是工作主动的表现，另外他除分管政法口的综治、司法、派出所外，还分管安全生产、文教卫、工青妇及农村生活垃圾收集管理等方面工作，几乎分管党委政府大部分的工作，为党委政府分忧解难，是讲政治、顾大局、主动工作和能克难攻坚的表现。”平头镇党委书记陈睿十分肯定地说。

创优评先争在前　硕果来自铺满汗水血水泪水的付出

在西溪村的环境卫生大幅度提升后，西溪村辖区内通村路边的草倒覆到路中间，严重影响了西溪的形象以及村民的行驶安全，通村通组公路的环境提升问题凸显出来。为此，麻建松带头上阵，率领指挥部成员、帮扶干部、党员干部、群众对西溪村辖区所有的通村通组路全面进行割草。某天下午，由于割得战线太长，疲劳过度，导致操作割草机失误，他的右小腿被刀片分别划了一条 10 厘米、一条 15 厘米的伤口。但自受伤到伤愈的两个月他从未请过半天假，仍在致力提升人居环境，每天坚持在村指挥部开展工作。

2019 年 10 月 15 日，麻建松送女儿去医院看病，顾不上也等不及女儿病好，便匆匆忙忙赶回西溪村西溪堡召开群众会。晚上 8 点钟，用召开群众大会前的一小点时间，他发表了一条微信动态写道：“忠孝自古难两全，为了习总书记最牵挂的人，我成了父母妻女最期待的人。父亲摔倒，髋骨摔裂快半个月了，我才第一次回家去看望；女儿感冒咳嗽一个多月，我才带她去看医生。为了群众的满意度，我们却成了家人最不满意的对象。”发完动态，西溪村计生专干杨光平看到，麻建松双眼满是泪水。群众会上，麻建松给群众说：“这段时间以来，我进你们中任何一家门的次数，比我这几年来进我留守在老家的亲人们门的总次数还要多，我见你们中任何一个人的面，比我这几年来见过我父母的面和妻子儿女的面都要多得多，我和你们中任何一个说的话比我和我父母妻子儿女说的话都要多得多……”说着说着，或许是在诉苦，或许是道出所有坚守在脱贫攻坚一线的人的心声，他眼眶里的泪水再次夺眶而出。

全部披红挂彩，精彩出列。2019 年，西溪脱贫攻坚指挥部被评为“松桃县级优秀指挥部”，西溪村西溪堡理事会被评为“松桃县级优秀脱贫攻坚理事会”，经平头镇党委研究决定，麻建松、伍文高、唐江民、姚茂勇、杨通见在 2019 年年度考核中被评为“优秀”。在迎接省级考核验收到来之际，西溪村第一个向镇脱贫攻坚指挥部申报开门迎检。

一市级三县级优秀，满载而归。2020 年，麻建松被铜仁市委授予“全市脱贫攻坚优秀共产党员”称号，西溪村第一书记伍文高、村主任杨光勇以及久安村第一书记杨通乾皆被松桃苗族自治县委授予“全县脱贫攻坚优秀共产党员”称号，西溪村党支部被松桃苗族自治县委授予“全县脱贫攻坚先进党组织”称号。

用心温暖群众的心

◇讲述：侯彦双　整理：李紫英

在松桃苗族自治县正大镇包家村，提起“茶教授”“茶镇长”侯彦双，村民们都纷纷竖起了大拇指。作为一个来自河南长垣的异乡人，侯彦双已经在松桃这块土地上度过了15载的风雨岁月。2005年刚大学毕业的他，积极响应西部大开发战略号召，怀揣着梦想与希望，来到未知的远方——松桃。

随后一直留在贵州发展的侯彦双，在2016年1月，又积极响应党中央“科技扶贫”的号召，被贵州省委组织部选派到松桃苗族自治县正大镇任科技副镇长，这一干就是5年。又先后兼任正大镇包家村脱贫攻坚指挥部指挥长及正大镇脱贫攻坚督查督办组组长。侯彦双说：“乡亲们的认可是我工作最大的动力和精神支柱，既然挑起脱贫攻坚的重任，就应该竭尽所能为百姓谋幸福，引导他们走向小康。”

“包家村是正大镇第二大村，全村共9个村民组386户1923人。”说起包家村的情况，侯彦双了如指掌。谈到如何开展脱贫攻坚工作，他更是如数家珍。2018年，为了帮助包家村实现脱贫摘帽，打通贫困的“最后一公里”，以侯彦双为首的包家村脱贫攻坚指挥部经过不断摸索，总结出了一套属于自己的方法论，即强抓党建引领，夯实战斗堡垒基础；走访理清思路，摸底定措促发展；强化基础设施，筑牢乡村振兴之基。

初到包家村，侯彦双带领的脱贫攻坚队面临的第一大难题就是组建村委和得到群众的认可。“由于当时村里村委换届没有成功，脱贫攻坚工作很难开展，于是便与村三员进行谈话，有时一聊就聊到深夜凌晨，通过了解村级班子成员的情况与看法，以及群众代表的意见，决定从包家村党员队伍里选拔一名党员任科技副主任，后经镇党委政府组织考察组对优秀的党员考察合格后，直接任命了一名政治觉悟较高的党员作为该村的科技副主任来主持村级工作，肩负起了组建村委的重任。”侯彦双说道。为了保证包家村脱贫工作有序推进，村委组建成功后，村支“两委”、驻村干部及帮扶干部经过了一周的磨合，最终在思想与行动上拧成一股绳，形成了以党建促扶贫的战斗堡垒，并先后开展了 12 次党课，全面激发了大家的干事创业的热情。

为了尽快理清包家村发展思路，争取早日脱贫，侯彦双与指挥部成员上下一心，合力攻坚，以不脱贫不放松的务实工作精神开展了为期一个月的入户走访工作，详细了解贫困群众家庭收入、致贫原因、思想动态等基本情况，为扶贫工作的有效展开奠定了良好的基础。“摸清每家每户的底数，了解每家的具体情况，才能理清思路，因户施策。”侯彦双说。期间，为了倾听民意，把政策落实到每一位村民心中，侯彦双组织开展了无数次村干部会、组长会、群众代表大会、集体大会、通过归纳整理，总结共性问题，将群众所面临的难题逐个攻破。

每天的走访工作对侯彦双来说都是一次历练，满是泥泞的道路留下了他一个又一个坚实的脚印。当时包家村“晴天一身灰，雨天一脚泥”的现状深深地触动了侯彦双，同时也在他内心埋下一颗让村里改头换面的种子。在侯彦双多方争取和努力下，先后累计协调了项目资金 400 余万元来提升包家村的水、电、路、网讯等基础设施与村内人居环境，完成了自来水村村通工程 2 项，硬化“组组通”道路近 5 公里，硬化房前屋后面积约 20000 平方米，解决困难户房屋补短板 22 户，解决村里垃圾桶 50 个，极大改善了村民的生产生活条件，赢得了当地群众的一致好评。村民龙再成开心地告诉记者：“我家院坝和门前的路现在铺上了一层水泥混凝土哩。” 没有窝就没有组织，为了更好地服务当地群众，让他们遇事有地可找，侯彦双还竭力协调争取了 200 多万元资金，建成了 600 多平方米村委会办公楼，让脱贫攻坚工作不再是打游击。如今的包家村道路宽敞干净，房屋鳞次栉比，交通四通八达，产业兴旺发展，村民日子越过越红火。

具有多重身份的侯彦双，除了是一名脱贫攻坚干部，还是铜仁职业技术学院教授、国家级茶叶技能大师、贵州省科技特派员。作为一名高校老师，侯彦双深知扶贫先扶智、治贫先治愚的重要性，在挂职期间，他所帮扶的4户建档立卡贫困户，实现了全部脱贫。龙再成户作为侯彦双的对口帮扶对象，对他心怀感激。因学致贫是龙再成家最大的困难，独自在外务工的他由于要供养一个初中生、两个大学生而负债累累。侯彦双在了解情况后，第一时间帮助其待业在家的两个女儿联络见习单位以缓解其家庭重担。在侯彦双的帮助及其自身的努力之下，龙再成家困难的日子一天天好转。现在的龙再成，每天开着买来的二手小车走乡串寨，做零售补贴家用。“如今，孩子们都毕业上班了，也会经常给我们寄钱补贴家用，日子越过越有盼头了，这一切都要感谢侯镇长对我全家人的帮助与关心。”龙再成如是说。

产业兴旺，百姓幸福。作为一名国家级茶叶技能大师、贵州省科技特派员，侯彦双通过自身的一技之长为正大镇把技术脉，为这一方百姓脱贫致富贡献自己的力量。侯彦双告诉记者，为了让当地群众更好地就业增收创收，长期以来，他带着自己工作室的技术团队扎根松桃、扎根正大。近年来，他们为此地定期与不定期开展技术技能培训，通过理论与实践相结合的方式，教会当地村民如何采茶、炒茶、管理茶，前后共培养新型职业农民技术员约500余人，他们让当地村民实现了在家门口就能就业的愿望。

今年，是侯彦双挂职的第五个年头。作为一名外地干部，其做事公平公正，遇事决不退缩，真心为民，勤劳务实，兢兢业业的工作作风，获得了当地干部群众的高度赞许。侯彦双说，脱贫攻坚战越接近尾声就越要坚持到底。而他也将继续努力，砥砺前行，用心、用力、用情做好脱贫攻坚、乡村振兴各项工作，让贫困户稳定脱贫，过上幸福美好生活。

不负组织厚望

◇刘 磊

我叫刘磊，是中国建设银行的一名员工。2019 年 7 月，接组织安排，抽调我到松桃县甘龙镇大树村任第一书记。

接到通知，我喜忧参半：喜的是终于有机会亲身参与脱贫攻坚这场新时代的伟大战役；忧的是家中母亲患病十余年，孩子也才 2 岁半，还需要父母的陪伴，妻子和我同属一单位，我深知她业务的繁重。

带着复杂的心情和家人商量，本以为他们会有各种担心，但父亲说道："去，必须去，我们全家都是党员，你爹我保卫国家上过战场，现在该你上了，你母亲有我，咱不怕……"妻子也特别支持和理解我。我更加坚定了驻村的想法。出发！

驻村不是镀金，脱贫攻坚更不是走过场。从来没有过基层工作经验的我要求自己多听多看多做，不了解群众情况就一户户地走访，不知道方法就跟着老同志学习。

按照县脱贫攻坚指挥部"五看法"的统一要求，我通过走访了解到有的村民还缺生活必需品这一情况，便立即向省建行汇报，并迅速得到回应："小刘，你代表的是建行，放开手脚干，建行就是你坚实的后盾。"我立即组织攻坚队和村支"两委"统计明细、下单采购……短短 2 天时间物资就抵达村委会，我们连夜将物资送到群众家中。

回到村委会时已是深夜，大家才意识到晚饭都还没吃。想起群众的话"我以为你们是说着玩的，没想到立刻就解决了……"，我心里美滋滋的。

干部有的放矢，说到做到，群众就愿意跟着干。早些年，村里交通不发达，垃圾堆积了 10 余年。这样不仅有损村里的形象，而且对群众的健康造成直接影响。村内研判会上我提出“我们必须带头处理掉”。观望了一个星期的村民被我们的干劲感染了，整整一个月，干群一起除掉了这块“旧伤疤”，不仅如此，我们还通过村规民约来守住干净的家园。

干群齐心，干事创业的热情愈加高涨。面对制约大树村发展的瓶颈，我再次向省建行汇报，又得到了省建行的重视和支持，先后划拨资金 140 余万元，给大树村完善村级阵地建设，新建综合文化服务中心、排污沟、硬化道路。我还申请了多批次教育提升经费，极大提升了小学办学条件。事情一件件落实，得到了群众越来越多的认可，他们没有华丽的语言，只有真诚的感谢。

“你若光明，中国便不再黑暗”，基层工作需要心中有热，眼里有光的干部。感谢自己出生在这样的国度，也感谢自己成长在这样的新时代，更感谢组织给我成长历练的机会。

“金杯银杯比不上老百姓的口碑”。第一书记的一言一行代表着党和政府的形象，我的一举一动都体现着建行人务实、进取的工作作风。在今后的工作中，我将继续努力，为地方稳定脱贫致富、实现乡村振兴做出建行人应有的贡献。

扶贫路上显初心

◇讲述：吴 望　整理：杨飞文

自 2016 年年初以来，松桃苗族自治县招商局中共党员吴望响应组织号召，到松桃最偏远、最落后的甘龙镇友杠村担任第一书记兼驻村工作组组长，积极投身脱贫攻坚战场，用实际行动践行了一名党员的初心和使命。

“通过 3 年多的努力，看到贫困户脱了贫，脸上有了笑容，我发自内心地高兴，工作再累也觉得值得！”吴望说。

3 年多来，吴望凭借着年轻人的一腔热情，坚守扶贫一线，俯下身子抓扶贫、带着感情搞帮扶，将最美的青春奉献给扶贫工作，展现了一名中共党员、年轻基层工作者的风采。

带着思考走进友杠

初到友杠，与村民们的交流成了吴望的第一个难题。在走村串户了解村情民意的过程中，他发现浓重的苗音使他与村民的每一句交流都需要重复上好几遍，甚至需要村干部在一旁解释。白天他走访村里的每家每户，在田间屋檐下与村民拉家常、宣传政策，晚上他自我练习当地方言……就这样，一个星期后，他的讲话农户可以轻松地听懂了；一个月后，他在拉近与村民距离的同时，也将精准扶贫政策宣传到了每家每户；两个月后，他很快有了本明白账：全村辖 6 个自然寨，10 个村民组，321 户 1187 人，贫困户 54 户 215 人。对党员群众的思想状况、留守儿童的生活情况，哪家有残疾人、哪家有孤儿、哪家生活贫困，他一清二楚。他和村干部多轮次核查和甄别建档立卡贫困户。在摸清底细后，他多次组织召开院坝会、村民代表大会，组织村支“两委”、致富能人多次外出寻找致富路，理出了“生态立村、产业兴村、文明富村”的发展思路，制定了短期和中长期发展规划，明晰了友杠村脱贫和发展的方向。他撰写的关于村情、村集体经济等调研报告得到了相关单位的高度认可。

带着责任发展友杠

吴望深知脱贫攻坚不是耍嘴皮子功夫，他和村干部反复商讨，实施四招联动的脱贫之策。

第一招，治本。农村要发展支部是关键。初到友杠，摆在他面前的是基层组织薄弱、党员老龄化、发展缺乏带头人、办公条件差等问题。他积极回单位争取帮扶资金 4 万余元，筑牢阵地。充分用好“三会一课”“两学一做”“党员活动日”“新时代讲习所”进行宣讲学习，邀请各级领导到村宣讲传达中央各次会议精神 8 次，利用微信群、展板、标语、讲习所传递党的好声音。2017 年以来，在村支“两委”配合下该村新培养 1 名预备党员，2 名积极分子。同年友杠村党支部被授予“全镇优秀基层党组织”荣誉称号。

第二招，治穷。群众致富，发展村级集体经济是关键。村里一缺资金，二缺门路，怎么办呢？这无时不在困扰着吴望。油茶、香樟、花椒等产业讨论一年多了，一直没有落实，友杠也不适合发展这些产业。穷则变，变则通，通则久。立足原生态资源优势，因地制宜发展特色产业。吴望多方筹资，建成年产 1 万斤楠竹笋干的烘干厂房，目前产品已实际创收。为使其成为长效产业，他在拓宽销售渠道又出新招，将产品注册商标后，通过外包装与真空包装进行销售。2018 年，友杠村积极响应省、市、县产业结构调整政策，通过“民心党建 + 村级合作社 + 贫困户”，新栽白术 140 亩、辣椒 50 亩。友杠村统计员说：“今年光白术、辣椒、竹笋加工劳务费发放接近 3 万元，激活了农村部分剩余劳动力，拓宽了他们的增收渠道”。2019 年，为多渠道使农户增收，他和村支两委通过招商引资成功引进种植绞股蓝项目，采用“民心党建＋公司＋农户＋贫困户”模式进行，公司免费提供种苗、技术培训，保底价、包回收。

第三招，治差。友杠村水、电、路、讯落后太多，2016年，全村只硬化了一条通村路，其他全部空白。为了改善基础设施、整治村容村貌，到村后，吴望迅速走遍村里的每个角落，和驻村工作队员高标准规划全村路网、弱电网、人畜饮水、人居环境、绿化亮化项目，然后积极与相关部门协调对接，逐个争取实施。共同协助完成了1条通村路硬化、全村6个自然寨组路硬化及人蓄饮水工程、1条出省路毛路挖方；新争取到两个产业，现已经完成施工设计，近期将开工；协调1.2万元资金解决田家寨饮水困难；全村通过“一事一议”“五改一化一维一连”实施整村人居环境改造，现已经完成总工程量的80%，剩下的由脱贫攻坚工作队加紧督促引导农户并切身参与；联通、电信、广电等互联网和有线电视连通到村，实现了“村美、路洁、业兴”的美丽乡村格局。

第四招，治智。扶贫先扶智，教育需从娃娃抓起，改善村小的教学环境，势在必行。吴望到村的第二天，就深入村小调研，走进村小，一切比想象中还要差，除了一栋教学楼和几十张课桌外，其他都是空白。通过与学校负责人详细交流了解情况后，他同派出单位向苏州市吴中区青商会争取到3万元教育帮扶资金，添置了村里一直缺少的小篮球架、乒乓球台、图书、书包、篮球、学生校服、山村幼儿园学生午睡床和被子……2017年，通过他的努力，友杠村与天津科技大学“一人一笔描绘蓝天”支教队达成了3年暑假志愿支教活动共识，每年前来支教15天，目的是让友杠的孩子更多地了解外面的世界，让他们有梦想、有感恩和团结的精神、有读书就能摆脱贫困的决心。

带着情感融入友杠

感人心者，莫夫先情。“住进了友杠村，我就是友杠人。”吴望这么说，也这么做了。

把群众的事当成自己的事来办。友杠村留守老人和贫困户较多，吴望多次和帮扶单位对接，截至目前，帮扶困难党员和贫困户资金和物资共 2.5 万元；他在走访过程中了解到何光远、田永和、赵素平家中有人患有大病，生活困难后，第一时间帮助他们申请了 0.7 万元民政临时救助。每个月的工资他都没有往家里送，因为他看望与帮助像糖尿病人吴应珍一样的村民太多，因为他需要用自己的车送重保和未超过 62 岁五保户办理“精扶贷”的用车情况太多。

顾了大家，舍小家

2018 年 3 月驻村年限满后，吴望本可以离开友杠村，回到县城陪在家人身边，但面对友杠 2018 年脱贫的艰巨任务、镇政府与村民们的真挚挽留，他毅然地选择了留下，继续轮战脱贫攻坚，带领友杠贫困群众全部脱贫致富。驻村这三年多来，他没有好好陪伴家人，甚至连两岁半的儿子都还认不出自己这位父亲。

三年多的驻村生活，使吴望历经了磨炼、学会了感恩、明白了责任、懂得了担当。“天下大事、必作于细”，他表示将继续忠于自己的选择，带领群众脱贫致富，努力创造友杠村更加美好的明天，在实践中丰富自己的人生，让平凡的人生在驻村工作中闪光。

扶贫路上尽责也是尽孝

◇彭盈斌

我叫彭盈斌，是石阡县汤山街道党工委副书记、办事处主任。

2018 年 10 月 23 日晚，是我难以忘记的一晚。瘫痪两年的父亲躺在病床上，语重心长地对我说："作为领导，肩上的担子重，回到属于你的地方去吧。"这一次，我格外地听话，不曾想这一走竟是永别。

第二天一早，父亲是叫着我的名字离开的。为人子未能尽孝，我常常自责。

2016 年，汤山镇"撤镇建办"，组织选派我任办事处主任，父亲就时常告诫我，作为农民的儿子，说话做事要接地气。

那一年，脱贫攻坚事业进行得如火如荼，按照全县脱贫攻坚工作部署，我开始帮扶金庄村（非贫困村），我觉得自己应该到更困难的地方去，遂于次年初申请到北塔村，一个离县城仅 2.5 公里，却被称为"灯下黑"的二类贫困村。

北塔村位于石阡县城东北部，全村辖 9 个村民组，实际居住人口 283 户 1113 人，有耕地 1526 亩，人均耕地面积仅 1 亩多，缺资金、交通闭塞、无技术、无经济来源……2014 年全村识别建档立卡贫困群众 99 户 413 人，贫困发生率达 33.17%，是脱贫攻坚需啃下的硬骨头。

要想富，先修路。那时的北塔，只有一条 3 米多宽的主干道，多处还被损坏，然而城郊土地金贵，又无征地费，大多数群众唱起了反调，有的甚至睡在路上不让开挖，给当时的我敲响了警钟：脱贫攻坚是一项长期艰巨的任务，要在思想上做通群众工作。

一个多月时间里，我先后组织党员干部到群众家中调和，利用村里酒宴召开群众会、院坝会5次，同时让村里德高望重的老支书带头让地，得以全面完成了通村路10公里、通组路5.7公里、串户路4.7公里、产业路3.6公里建设；我还组织成立专业合作社1个，种植软籽石榴826亩、青脆李150亩、红心李150亩；同时让村集体经济入股50万元到房地产公司，每年纯分红3万元，利益联结58户贫困户，户均分红660余元，全村于2017年脱贫出列。

刚到村的时候，我决定亲自帮扶村中3家“最难啃”的贫困户，其中吴某付家庭，常年“等靠要”消极思想特别严重，一次我带着大米、食用油等生活用品去看望他们，大人小孩居然说“就带这点来”，一句话深深刺痛了我，如果不改变他们的思想，这一家估计很难脱贫。

“输血扶贫”永远改变不了本质。我积极帮助吴某付找工作，让他在工程队做零工。几个月后，他当起了班组，每月拿着7000多元的工资，学到经验后的他，还外出包起了装修工程。一年时间，他就靠自己脱了贫。

汤山街道地处县城政治、经济、文化中心，一二三产业蓬勃兴起，前景十分可观，几年间，我先后把多数群众“拉出来”，用就业带动他们富起来，基本实现每户至少一人就业。在国家第三方验收时，汤山街道以零问题交上了完美的答案。

2019年4月，当省委、省政府宣布石阡县出列时，我特地回了趟老家，把这一消息告诉了长眠于地下的父亲。我想，勤勤恳恳了一辈子的农民父亲，儿子在扶贫路上的尽责，就是对他最大的尽孝吧！

把理论宣讲工作做到老百姓心坎上

◇黄继生

我叫黄继生，现年 49 岁，作为一个土生土长的印江人，家乡的发展就是我最大的牵挂。大学毕业后，我选择回到家乡，在印江土家族苗族自治县委宣传部任职近十年，现任中共印江土家族苗族自治县委党校副校长，如今我已在基层理论宣传和干部教育战线上奋战了二十多个春秋。

1995 年，我被派到印江土家族苗族自治县委宣传部工作任理论干事，面对从未涉足过的宣讲工作，我完全一头雾水，不知从何下手。但这是我的第一份工作，我铆足了劲想要干出一番成绩。11 月底，我按照县委宣传部领导的安排到合水镇兴旺村去宣讲党的十四届五中全会精神，虽然时间过去已久，但那次宣讲会的场景一直深深刻在我的脑海里，令我记忆犹新。当时村里来听的群众并不多，只有二十多人，但群众想了解中央精神的心情却深深触动了我。“黄同志，中央开的这次会对我们农村来说究竟有哪些好政策？”“同志，你说中央要加大农业综合开发力度，加快中低产田改造，有资金补助没得？”原计划一个小时的宣讲，由于群众的不断提问，最终延长到足足两个小时。我从中深深体会到了一种神圣的使命感和责任感，我为之激动和振奋，为之骄傲和自豪。

有人说，一些老百姓文化素质不高，不喜欢开会，不爱听枯燥的理论。但我知道，其实他们十分渴望了解党的方针政策，只不过他们不喜欢宣讲人照本宣科地讲大道理、喊大口号。结合实际生活，说百姓关心的话、讲群众明白的话，这样他们就很容易接受。理论只有贴近群众、走进群众，才有生命力。为了讲好课，我经常深入村镇开展调查研究，了解现状、摸透实情，形成有参考价值的调研报告。群众是最好的教师，社会是最好的课堂，下基层调研，可以学到许多书本上没有的东西，可以让理论宣讲课更加贴近群众。

“打铁还需自身硬”，为了更好地胜任理论宣讲这份工作，我反复研读马列主义、毛泽东思想、邓小平理论、“三个代表”重要思想、科学发展观等相关著作，对习近平新时代中国特色社会主义思想更是精读深研；同时广泛涉猎各种知识，以满足群众不同的宣讲需求。作为一名理论工作者，只有勤奋学习，才能跟得上理论创新的步伐；只有学得快，才能跟得紧；只有学得深，才能讲得透；只有学得多，才能悟得深、讲得好。

我给社区居民讲医保，给返乡群众讲创业，给农民讲“三农”政策。把惠民政策、精准扶贫、脱贫攻坚相关知识用大白话、土话讲解给群众，让全县广大贫困群众能够深刻领会、掌握、运用脱贫攻坚有关政策，坚定了他们打赢脱贫攻坚战的信心和决心。龙津街道大石村的村民田瑞富说：“黄校长的宣讲没有说教味，而是与我们平等交流，我们喜欢这样的宣讲！”

二十多年来，我始终把党的理论宣讲事业作为自己的首要任务和刻不容缓的使命职责，宣讲对象涵盖了全县机关、乡镇、街道、社区、企业、学校和军营，宣讲内容从党的十四届五中全会到党的十九大精神，从毛泽东思想、邓小平理论到习近平新时代中国特色社会主义思想，宣讲场数达 1000 多场次，听众累计达 8 万多人次。

我知道，理论宣讲是党的理论武装工作的一种重要途径和基础性工程。扶贫要先扶智，打好脱贫攻坚战，必须有坚实的思想保证和精神动力，要把党的理论、路线、方针和政策，宣讲到广大人民群众中去，让群众充分理解、掌握，并真信、真懂，摒弃“等靠要”思想，充满脱贫信心，燃起脱贫斗志。为全县经济社会发展贡献一份力量，这不仅是我们作为理论宣讲工作者的一种幸运和骄傲，更是我们义不容辞的责任和义务。接下来，我也将继续奋斗在理论宣讲工作的第一线，让更多村民知晓国家惠民政策；主动参与脱贫攻坚，在脱贫攻坚工作中积极传递正能量。

党建引领脱贫践初心

◇蒋文放

我叫蒋文放，24 岁，在思南县委党校工作，如毛主席所说，农村是一个广阔的天地，在那里是可以大有作为的。于是，我积极服从组织安排，来到基层，在这里服务人民群众，书写自己的扶贫故事。

在关中坝街道苏家沟村担任第一书记期间，我坚持吃住在村，把信息作为开展工作的关键基础，坚持每天走访入户，在两个月内摸清了全村各户的基本情况，包括家庭人员构成，务工地点，教育、住房、医疗保障情况，做好走访问题记录清单。

建强基层支部，用党建引领脱贫攻坚。自担任第一书记以来，我积极开展基层支部建设工作，指导村党支部召开支委会，拟定了新版苏家沟村村规民约、用水管理办法、环境卫生综合整治和评比办法等村级规章制度。我充分利用铜仁市智慧党建云平台开展“互联网＋党建”工作，2019 年，苏家沟村智慧党建云平台综合评分长期稳居街道第一名，也使苏家沟村党支部从 2018 年县委组织部挂牌整治软弱涣散党支部一跃成为挂牌结对帮扶其他贫困村的优秀党支部。

现在的苏家沟村，易地搬迁 19 户 81 人，全部入住并复垦复绿，通过县级验收。同时，村里开展了村级亮化工程，一期工程中安装了 70 盏太阳能路灯，改变了苏家沟村没有路灯的状况；实现了两改一化一道、组组通公路全覆盖；开展了饮水工程，新建 4 座水池和一座 100 万立方米的中小型水库，农业灌溉用水得到保障，实现了全村集中式供水。

我还牵头制定了苏家沟村第一部《用水管理办法》，积极组织村支“两委”、党员、组长代表召开村级会议，会上组织选举并成立了苏家沟村用水协会，同时广泛采纳群众意见，结合实际情况确定了苏家沟村用水水价。现在的苏家沟村，不仅实现了饮水安全有保障，还成为关中坝街道狮子片区6个村中唯一实现大村集中式供水的行政村，也是唯一实现智慧管水的行政村。

“宝剑锋从磨砺出，梅花香自苦寒来。”我将继续坚持脱贫攻坚工作总要求，不忘初心、牢记使命，为我县与全省、全国同步迈入小康社会站好每一班岗。

是你们，让我勇往直前

◇袁发圆

“从三尺讲台走到脱贫攻坚战场，我用真情和真心投入脱贫攻坚战，不求做到十全十美，但求问心无愧，对得起群众，对得起党和国家的信任。这几年来，我对我妻子、孩子、父母亏欠了很多，以后有机会我一定会好好补偿他们。”这是我前行的信念。

我叫袁发圆，今年32岁，现任德江县钱家乡副乡长，主要分管脱贫攻坚工作。这一路走来，我感触良多。2011年，我进入了德江县平原镇中学，开启了我的教师生涯。2015年我国有了打赢脱贫攻坚战的决定，那时候一个念头在我脑海里浮现：我要走到最前线去帮助贫困的人们，我要为国家做点自己力所能及的贡献。我在机缘巧合下，得以到枫香溪镇挂职镇长助理锻炼，这也正式开启了我的脱贫攻坚生涯。2016年，组织派我到合兴镇扶贫工作站担任负责人，这下我真正站在了脱贫攻坚的最前线。这段日子很累很苦，但也很充实。2017年7月份，感谢组织的信任，让我到钱家乡担任副乡长并分管脱贫攻坚工作，这样一来，我肩上的担子也越来越重了……

这些年来，我的扶贫故事很多，多到不知从何说起。但是这些扶贫故事的主角不只有我一人，而是有许多值得我感谢的人们。因为他们，我才能勇往前行。

首先我要感谢组织。感谢组织让我有幸参与了这场脱贫攻坚战，让我能够在脱贫攻坚的主战场发挥自己的能力。2020年是决胜全面建成小康社会、决战脱贫攻坚的收官之年，也是实现“两个一百年”奋斗目标的历史交汇之年。我很荣幸能为国家实现“两个一百年”奋斗目标献出自己的一份力量。

其次我要感谢我的家人。这些年，我觉得最亏欠的就是我的家人，我在前线战斗的同时，没有家人的支持与理解，我可能撑不到今天。2015 年至 2016 年这一年间，我刚出生的孩子患有一种隔代遗传性的疾病，俗名叫作“蚕豆病”，每个月都必须要去大医院住院，在这一年间，几乎每次住院都是我的妻子独自带着孩子去。在重庆、在遵义医学院附属医院，几乎都是我妻子一个人照顾孩子，什么事情都是她一个人操心，想起来非常地心酸。2017 年至 2018 年的时候，我的父母又因病陆续住院，我只有在他们动手术的时候赶去陪了他们一天，其余时间基本都是我妻子一个人在操持。我妻子无怨无悔地照顾我父母，同时，我父母也很理解我，让我放心地去工作。后来我第二个小孩出生，我也只是去陪护了两天。不是我不想陪着她，我妻子知道有更多的人需要我去帮助，每次去陪她，都被妻子吼着“赶走”。她最常说的一句话就是“你放心地去忙你的工作，这里我一个人能行。”说实话，这几年来，要不是我妻子一个人坚强地撑起整个家并一直在背后默默支持着我，我真的不知道结果会怎样，所以我真的特别感谢我的家人们。

我还要感谢我的战友们，要是没有他们的默契配合、劲往一处使，我们的脱贫攻坚工作不可能进行得这么顺利。我目前是钱家岩村的联系领导和攻坚队长，我和战友们在一起战斗的同时也深知他们每个人背后都有着许许多多的不容易：我们的第一书记安晓宁，因为脱贫攻坚工作很久没有回家，有一次他回家的时候，两岁多的女儿竟认不出他，还当场被他吓哭了，而安晓宁也情不自禁地流下了眼泪；还有我们的攻坚队员田江，他妻子在沿河上班，他独自带着 7 岁的女儿，女儿上了一年级，学习任务重，不可能时常带在身边，他就把自己的女儿托付给了他们的班主任，自己一个人在前线战斗，每次看到他和女儿接视频的时候我就觉得很心酸……每一个站在脱贫攻坚战场的战友都不容易，在这里我要向所有参与了这场战斗的战友们致敬。

最后，我要感谢群众，从脱贫攻坚开始以来，他们的转变真的很大。我印象最深的是我们钱家岩村的搬迁户唐朝义，之前在村里他是天天喝得烂醉如泥，在村里是出了名的懒。我三番五次给他做思想工作，后来他同意了搬到大龙开发区。如今的他，变化特别大，他自己开始包一些小工程来做，还带上老乡一起做，不仅自己挣钱，还带上别人一起脱贫。现在我们帮扶干部去大龙开发区看望他的时候，他对我们特别热情，态度也很积极……可想而知，只有群众真正的脱贫致富了，才是对我们脱贫攻坚工作最大的肯定。

还是那句话，扶贫的故事很多，不知从何说起，这是我们的任务和本职工作，我们必须把它做好。在今后的日子里，我将在党和国家的下一步规划中，继续燃烧自己的力量，努力为老百姓做实事，为实现“两个一百年”的远大目标而奋斗。

发扬党员本色 书写无悔青春

◇刘鹏飞

我叫刘鹏飞，是铜仁市住房公积金管理中心沿河管理部副主任，2018年3月我被市委组织部选派到沿河自治县客田镇黄家村任第一书记，帮助村支“两委”开展精准扶贫工作。在接受扶贫任务的时候，我对扶贫工作具体干些什么还不是很清楚，然而当我真正俯下身子、融入老百姓中间去的时候，我才体会到扶贫就像探亲一样，有说不完的话、道不尽的情、做不完的事。

黄家村共有9个村民组，387户1734人，其中建档立卡贫困户137户622人，贫困发生率高达36%，属于一类贫困村。过去的黄家村，由于基础设施薄弱、劳动成本较高、群众思想观念落后和自身发展动力不足等因素的制约，经济发展较为滞后，这也成为黄家村致贫的主要原因。当地村民形容这里是“村里一面坡，家中一口锅，4G未覆盖，唯独光棍多”。说者无心，听者有意，作为党委政府派驻的第一书记，我感觉脸上无光，压力很大。

然而压力再大，我也要把这份扶贫责任扛在肩上，坚决完成组织交给我的特殊使命，那就是要通过扎实攻坚，坚决啃下这块硬骨头，立誓摘下黄家村贫困的帽子，让黄家村所有贫困群众与全国人民一道同步迈入小康社会。从此我便开启了一段特殊人生经历，踏上了不寻常的扶贫之路。

进村后，通过调研走访和思考，我明白了帮助村民脱贫致富不是一个人就能干成的事情，需要党员干部通力合作、齐心协力，因此我始终把如何抓好基层党建工作作为当务之急。首先是严格落实“三会一课”制度，按时组织召开支部党员大会。但由于黄家村地广人稀，各组较为分散，大部分党员同志因电话信号较差而无法连通，我始终坚持在开会之前头一天晚上入户通知会议时间和会议事项；对因年事已高和身体不好而行动不便的老党员，我均会在开会之前两小时接送到村委会会议室，通过与党员面对面的交谈和上党课、培训、座谈讨论等多种形式，提升了党员的党性观念和服务意识，把党的有关精神和政策传达落实到基层党员和群众中去；通过加强党组织建设，达到了规范党的组织生活制度的目的，充分发挥了党支部在脱贫攻坚中的战斗堡垒作用，充分调动了黄家村党员的先进性，发挥了党员的先锋作用。针对党员老年化和党员素质参差不齐等问题，我十分重视年轻后备党员培养，力争为党的基层队伍吸收新鲜血液，切实改变党员结构失衡与素质不高等问题。两年多来，共为支部培养和发展 4 名新的年轻党员和 2 名入党积极分子，全面增强了支部的战斗力，提升了村党组织带领群众脱贫奔小康的影响力、号召力和凝聚力。

我知道要实现脱贫致富，产业发展是支撑。为了谋划好全村产业发展，我与村干部和攻坚队员早出晚归，深入到群众中去开展调研。同时我通过协调对接，争取和利用好本单位提供的资源，于 2019 年带领扶贫队员和部分群众到重庆武隆考察学习产业发展技术；同时结合镇党委发展“清香烤烟保量提质”的思路和“巅川烤烟”的空间布局，通过组织群众召开群众会、院坝会进行讨论，黄家村攻坚队立足村情，充分运用黄家村地势、海拔高度、土质质量、气候等适宜条件，以及群众有长期种植烤烟的经验的自身长处，最终确定在村里大力发展烤烟产业，为村民开辟出一条成熟的增收致富路子。

产业选定后，为了节约生产成本，提高生产效率，我积极向市公积金中心请示汇报，共争得资金 15 万元，帮助解决本村 8 公里的产业路建设，增强了群众发展的信心。同时，及时组建一支抓烤烟产业的专门队伍，在全村进行广泛宣传动员，并邀请 2 名烤烟辅导员负责技术指导，并安排干部配合辅导员抓好土地流转、田间管理等工作，确保了烤烟产业在村里落地生根、开花结果，真正为贫困群众铺就了一条致富路。尤其是 2020 年，全村共发展种植烤烟 3163 亩，种植农户 87 户，其中贫困户 33 户，种植面积 954 亩，全村烤烟产值达到 1000 多万元，实现种植户户均增收 11.49 万元以上，产业解决劳动力就近务工 15000 人（次），带动全村 100 户以上家庭稳定就业，实现人均增收 1.7 万元以上。

为了搞好干群关系，我充分利用村民办理婚丧嫁娶的机会，入乡随俗，融入乡土文化中去，和村民拉拉家常聊聊天，了解他们的困难和想法，并向群众宣传当前党在农村的各项惠民政策，用点点滴滴真情拉近与群众之间的感情，帮助群众解决好烦心事、操心事、揪心事，最终赢得了群众的尊重和认可，提升了群众对我工作的满意度。

新房子组的杨真香，属贫困户，因丈夫去世，住房破旧不堪，她自己双手残疾，生活极为不便，当我得知这个情况后，及时按政策为她家争取危房改造资金 3.5 万元，帮助其修建三居室的安全住房，并组织攻坚队员多次上门进行房前屋后和连户路硬化，为她购买了床、橱柜、衣柜等生活要件，及时改善了她的生活，获得了她对扶贫工作的认可。

熊家庭组的杨二秀，是我结对包保的贫困户，今年 72 岁，常年卧病在床，无法下床行走，家中有个儿子常年在外务工。有一天，当我正在其他村学习研究农业产业项目时，突然接到村民打来的电话，说杨二秀因病情加重急需住院治疗，得知情况后，我立马赶到杨二秀家中，立即与村支书一起将她送到洪渡医院就医，直到老人病情相对稳定，安排好所有事宜后才离开。为了让杨二秀从医院回来有人照顾，我多次与其家人沟通，劝其回家发展产业。但杨二秀之子覃江凭着有一门手艺，在外生活习惯了，不愿回乡发展。根据这个实际情况，我因地制宜、因户施策，通过易地移民搬迁，帮助这个家庭实现了真脱贫、脱真贫。现在我们只要有空余时间，都会像亲人一样在电话里拉拉家常，交谈里满是对党的感恩之情。

像这样的故事还有很多，总之帮扶的过程就是与群众交心谈心的过程，持续不断宣传政策的过程就是用心用情交朋友的过程。你对群众真心付出一分，群众就会真诚感谢你十分。

工作之余我最牵挂的就是远在故乡的亲人。月是故乡明，最是乡音甜。

夜深人静的时候我常会想起我的父母妻儿。今年伊始，我的第二个孩子降生了，但是因为脱贫攻坚正进行到决战、决胜的关键阶段，我难以回家去看望妻子和新生的女儿。那天我怀着忐忑的心拨通了妻子的电话，电话那头的妻子不但没有怪我没在她的身边陪伴她，反而高兴地和我诉说着孩子的点点滴滴。当我询问爸妈的身体情况时，妻子沉默了一会儿，只是让我好好工作便挂断了电话，我本能地察觉到了异常……直到妹妹告诉我父亲需要到省人民医院做手术，我才知道爸爸得了癌症。子欲养而亲不待，人生最大的痛苦莫过于此。作为一名基层的第一书记，对党忠诚是共产党员的政治灵魂，我时刻牢记着组织的重托和群众殷切的希望，脱贫攻坚的全面胜利，已经近在咫尺；千年追寻，圆梦就在今朝。自古忠孝难两全，父亲的叮嘱依稀在耳边萦绕，家人的鼓励和组织的关怀令我倍感温暖，无论何时我都会以“甘为孺子牛”的工作作风，造福千万家。

2020 年 2 月 10 日，黄家村成立脱贫攻坚队、村指挥部，我被镇指挥部任命为黄家村脱贫攻坚队副队长，角色转变，我挑起了黄家村“决战决胜脱贫攻坚，同步建成小康社会”的重任。虽然经过前几年的努力，黄家村在基础设施建设、产业发展等方面都有所改变，但我知道离群众的期望、离脱贫致富奔小康还有一定距离。在全镇组织第一次村级交叉检查中，黄家村就排查出住房短板、连户路未硬化、房前屋后未硬化、易地移民搬迁旧房未拆除等影响脱贫攻坚的问题共 251 条。如此多的问题，使我不敢有半点懈怠，心里回忆当初的誓言，暗自下决心，不把问题清零决不退缩，不把硬骨头啃下决不死心，不带领群众脱贫决不收兵。

我带领全体队员通过“百日攻坚战”“冲刺 90 天，打赢歼灭战”“再战 100 天打赢收官战”，紧紧围绕“一达标两不愁三保障”标准，在全村开展拉网式排查、地毯式搜索，认真分析整改，确保所有群众不漏一户、不落一人。大家齐心协力、争分夺秒，把所有交叉检查、各级督导督查反馈的问题，逐一整改落实到位，有效解决了影响脱贫攻坚的短板问题。同时，严格按照“一日五事”“一周五事”工作法，共同完成了连户硬化 2800 米，房前屋后硬化

15400平方米，断头公路硬化1400米，住房补短板152户，旧房拆除17栋，攻坚队亲手编织围栏460米，在公共区域绘画乡村文化42幅。我们一边做好复垦复绿工作，一边入户补短板；一边培养政策明白人，一边做好就业、就学、就医等工作。全体队员以“不获全胜决不收兵”的坚定决心，集中力量、尽锐出战，啃下了黄家村脱贫攻坚最后一块硬骨头，向党和人民交出了一份满意的答卷。

扶贫路上的这段特殊经历，令我终生难忘。我的汗水没有白流，辛勤付出得到了组织认可和群众好评，2020年7月我有幸被评为全市优秀共产党员。同时，我也感谢领导、同事对我的关心、支持和帮助。作为共产党员的我，只要生命尚在，必将与大家一起讴歌、感恩这个伟大时代，共同见证伟大祖国的辉煌未来，只要党和国家需要，我随时准备再出发。

余热未尽献 老骥不偷闲

◇杨继平

我叫杨继平，是铜仁市商务局二级主任科员。2016 年 4 月，54 岁的我先到石阡青阳乡大坝村任第一书记兼工作组组长；2017 年 3 月，又根据组织安排调整到松桃苗族自治县盘信镇茶园村担任第一书记。驻村四年多，一直激励着我战斗在基层第一线的是我想要带领群众脱贫致富的初心。

志不求易，事不避难。来到茶园村，我想着，建设好基础设施是第一步。要致富，先修路，这是长久的经验之谈。我通过多方协作，争取资金，将盘信镇茶园村全村 5000 多米连户路全部硬化，实现了全村连户路全覆盖。按照应改尽改、应搬尽搬、应补尽补的原则，我共动员易地搬迁 54 户 252 人，实施危房改造 66 户 206 人，落实住房补短板 34 户，改圈、改厕、改厨 42 户。通过环境治理，共硬化房前屋后、室内室外、院坝 11100 多平方米。全村自来水安装率 100%，村民们的生活条件得到了改善。因为历史遗留的土地纠纷，2 组和 3 组一直没有连通，我不断上门做工作……当看见路通了，看见全村 240 盏路灯安装上了，晚上的村落里再也不是一片漆黑，我感到由衷的开心。那路灯就像脱贫攻坚工作队的我们，大家一同发光发热，照亮这条脱贫路。

欲拔穷根，先拔穷心。基础设施改善了，环境整治也要跟上，我开始狠抓卫生整治，改善人居环境：指导村里成立村民理事会、修订村规民约、召开群众会、参与整治行动等，严格“门前三包”政策，明确责任区域，实行一周一检查、一月一评比、一月一通报。茶园村的环境慢慢变好了，群众脱贫的信心和热情一天比一天高涨。

在基层的脱贫攻坚工作中，实现群众脱贫增收最重要的工作就是发展产业，壮大集体经济。我和工作队队员们认真分析研判村情实际，明确产业选择，找到了当前阶段最适合村情实际的发展方向。目前，全村建设生态养鱼水塘 3 个，共养殖鲤鱼、草鱼等 20000 尾，建设鲟鱼养殖水池 6 个，共投放鲟鱼 13000 尾；完成油茶项目种植 350 亩；养殖绿壳蛋鸡 3000 羽，肉鸽、种鸽 1200 对。所有产业都以集体经济发展模式，按照 7 ： 2 ： 1 比例进行分红。

在民族区域，需要不断巩固民族团结。组织安排我从石阡县来到松桃苗族自治县，是对我以往工作成绩和能力的肯定。作为驻村第一书记，我知道，好的干群关系将大大提高群众对党的认可。这四年来，茶园村未发生一起因处理不当、不及时而将事态扩大转化为治安案件的事件。这是让我感到快慰的事情。

脱贫攻坚工作中每一个数据都是一个脱贫故事，每一个人都是一本行走的故事汇。鸡鸭鹅掠过草丛，飞入房前屋后，我们白天破石筑路、垒坎开荒，农村因脱贫攻坚变得生机勃勃。几年前，我从市级机关办公室走到田间地头，很多人都说基层工作苦，但看着村民们的日子越来越好，笑容越来越多，我的心里却是非一般的甜。我现在已经 59 岁了，但只要我还有一份力量，我就会在为人民谋福祉的路上一直走下去。

初心不忘 芳华不悔

◇杨开达

“土地平旷，屋舍俨然，有良田、美池、桑竹之属。阡陌交通，鸡犬相闻……”这是昔日陶渊明笔下令人心神向往的世外桃源。而如今，这闲适恬淡、生机盎然的田园美景，将在我们的乡村逐渐演变为现实。

4 年来的驻村工作与生活，有喜怒哀乐，也有苦辣酸甜，回想起来，我不禁思绪万千。

这次驻村，我“蓄谋已久”。

作为一名有着 10 年党龄的共产党员，我无时无刻不想用实际行动响应习近平总书记的号召，到最贫困的地方去贡献自己的一份力量。2016 年 3 月 29 日，我主动请缨奔赴脱贫攻坚主战场，成为一名驻村第一书记，开启了一段新的人生旅程。从警官到村干部，身份变了。但服务人民的心一直没变。我把这次驻村看作是一次难得的学习锻炼机会。

我脱贫攻坚的第一个主战场是石阡县河坝场乡普兴村。这个村距离县城近 90 公里路，依稀记得第一天入村已是夜晚，我的内心充满了兴奋、好奇，同时也有一丝不安。面对新的工作内容、新的工作环境，我不免感到迷茫和慌乱，对我来说这算是一个全新的挑战。第二天，村支书发现了我的生疏，及时向我介绍这里的基本情况和村组干部，并带我熟悉这里的风土人情和环境。在村支书的帮助下，我慢慢地融入了这个大家庭。通过村民大会、院坝会讲解脱贫攻坚政策，我与村民从不熟悉到熟悉、从不信任到信任，成为朋友。

普兴村大坡组因地处大山之中，该组有 14 户 56 人，没有通硬化路。该组海拔气候适合种植烟草，烟草产量每年为全镇的经济发展做出了重大的贡献，但由于出行不便，该组的烤烟无法及时外送，造成了不小的损失。看到这种情况后，我及时向单位汇报这件事，与扶贫办、交通局、发展委等单位对接解决之法，带领村支“两委”协商让大坡村民组村民自己投工投劳，驻村干部也共同参与，1 个月后，当一条平坦的硬化路建成出现在大家眼前的时候，大坡组的群众喜极而泣，有的村民更是激动地握住我的手说：“你真是我们的大恩人！”

2017 年 3 月，我背着行囊、带着希望从石阡一路赶到位于松桃县正大镇最偏远的地容村，从此开启了苗乡驻村生涯。脱贫攻坚的战场虽然换了，但我深知组织赋予我的期望，肩上的责任更加重大了……走过弯弯曲曲的乡村小道，来到贫困户沈子恩的家中，这个因病、因学致贫的家庭仅靠种一点庄稼作为经济来源，全家常常入不敷出，住在危险的土木结构的老房子里。我走访了解清楚情况后，判断出沈子恩的房子在看房改造的政策范围之内，便及时向上级部门汇报，协调了 11000 元的水泥、砂石等物质，沈子恩家的房屋在干群合作的辛苦劳作下，终于修缮好了，他家的燃眉之急获得了解决。

驻村期间，我立足于本职工作，大力开展“平安出行、安全回家”的交通法制宣讲活动，从而改变了村里机动车乱停乱放、无证驾驶、酒后驾驶等交通恶习，本村交通违法行为明显减少，交通安全意识明显提升。为了丰富老百姓的精神文化生活，我主动对接县文广局，协调到 2 万余元的文化广场设施。在村委会广场上开展起了首届迎春篮球赛。

根据组织工作需要与安排，我再次换了战场，2018 年 1 月起担任松桃县盘信镇科技副镇长，先后担任新场村、六塘村的指挥所长，不一样的战场，一样的亲情。2019 年贯彻上级要求，六塘村成立了临时党支部，我担任临时党支部书记。如何用好用活这个身份，成了难题。做基层工作，天天要和老百姓打交道。扶贫工作与村民利益息息相关，并不是把政策文件学好了，凭着一腔热情就能把工作干得圆满，而且一些村民对工作队也不甚信任和了解，话语间充满质疑，甚至“横眉冷对”和各种抱怨。面对这些困难，我感觉到前所未有的挑战，但必须迎难而上，于是我经常利用晚上闲暇时间，把村里党员、群众代表召集在一起，和他们谈心聊天，为他们疏解困难，用细心、耐心、爱心、真心、信心和决心先后召开了35次院坝会，发动群众整治卫生100余次，住房补短板52户，实施人居环境整治硬化94户，拆除老旧危房22栋，调节矛盾纠纷13起，破解疑难问题8次，达到了政治教育、思想引导、知识培训的效果。直至今日，我仍感触颇深，即使政策掌握再扎实，业务能力再强，要是心中没有真挚的感情，一定做不好扶贫工作。

百姓是最质朴的，也是最懂得感恩的。村民老张送来了新炕的腊肉；村寨大叔时不时招呼我到家里吃饭；入户时遇到的村民都热情地打招呼；村里的贫困户得知我挂职结束要离开村子，再见面不易，眼泪就在眼眶里打转……回想起这些场景，我感到几年来吃过的苦、受过的累都值了，所收获的这一份份感情，千金难换。

“雄关漫道真如铁，而今迈步从头越。”四年的驻村生涯，虽然很艰辛但更多的是收获。我定会保持和发扬攻坚精神，把任务升华为责任，将本职工作做得更出色。

从桃李“园艺师”到督导铁骑

◇张　莉

我叫张莉，是铜仁幼儿师范高等专科学校马克思主义学院思政教师，同时也是市级派驻思南县脱贫攻坚督导组干部。2019 年 3 月起，我作为市级派驻思南县脱贫攻坚督导人员专职开展脱贫攻坚督导工作。从教育战场跨足脱贫攻坚战场，开展督导工作，来到了基层，我所做出的一切改变，我工作的点点滴滴，都是我用行动书写的对党忠诚的篇章。

推进脱贫攻坚是一项重要任务，来到了基层，面对基层群众，就一定要好好干，不能辜负大家的期望。面对一无所知的脱贫攻坚工作，我将压力转化为学习的动力。我立马制订学习计划和目标，认真学习领会《习近平扶贫论述摘编》和习近平总书记历年来在延安、贵阳、银川、太原、重庆等地召开的座谈会上的讲话材料，反复学习国家、省、市关于脱贫攻坚、精准扶贫的相关政策。我下定决心，要在脱贫攻坚战中做到苦干实干、勇往直前。

督导工作期间，无论春夏秋冬、严寒酷暑，无论山路崎岖、长途颠簸，我每天白天进村入户查找问题，晚上加班梳理问题清单，周末按照工作安排值班，很规律也很充实。环境真能造就一个人，在热火朝天的脱贫攻坚战场，从一无所知到能督善导，我迅速地适应了新的工作岗位，实现了从教师到督导人员角色的转变。

督导工作需要极高的政治站位和强烈的责任感，通过不断坚持对标对表查找问题，不轻易放弃一个偏僻的村组、一户偏远的农户。开展工作以来，我先后走访了大坝场镇、兴隆乡、关中坝街道、鹦鹉溪镇、香坝镇等 28 个乡镇（街道）228 个村，1340 户 5537 人，发现了存在的问题 820 条。始终做到不漏报、瞒报问题，对反馈的问题定期督促整改到位，实地查看达到销号条件后才销号。

2020 年 1 月，思南县顺利通过了省级第三方专项评估检查，顺利脱贫摘帽，看到我所负责的大河坝镇、香坝镇、宽坪镇、亭子坝镇从初期的“两不愁三保障”普遍存在较多问题到在检查中均取得了“零问题”的好成绩，我开心了好多天。

2020 年年初，新冠肺炎疫情来袭，脱贫攻坚督导工作职责迅速转换为疫情防控工作督导。记得前期疫情防控工作形势严峻、时间紧迫、任务繁重，我和其他督导组小组成员一起，每天早出晚归，去负责的 7 个乡镇（街道）和 139 个村（社区）的 300 余个疫情防控检测点，督查干部责任压实和到岗到位，检测点设置、值守，疫情防控宣传，执勤点物资保障等情况，及时将发现的问题向当地党委、政府反馈，督促限期整改到位。毕竟，作为督导组成员，要始终做到把人民群众的生命健康放在首位。

我的本职工作是做学术的，这份工作需要扎实的实践基础，来到脱贫攻坚工作战场，我逐渐开发了这块学术的乐土。无论白天的工作多忙多累，我都坚持找时间将入户走访中发现的典型事例做好记录，以文字形式整理成为教学案例，到现在，我已完成《鹦鹉溪镇青龙村回水田组田维友户·解放思想方能创造新生活》《关中坝街道映山村王永宣户·解铃还须系铃人》等相关案例、访谈录 46 个，共 7 万余字；撰写的论文《脱贫攻坚工作中对年轻干部的动态教育监管对策研究》已被《山西青年》期刊收录。

躬逢这一时代，我与有荣焉。进入脱贫攻坚战场，我找到了自己的工作思路，将自己的所学所知进行了转化。从培育桃李的“园艺师”到动真碰硬的“铁娘子”，我始终坚持为人民谋幸福的初心和使命，将自己的能力服务于民，奉献于国家基层。

从新闻人到扶贫人

◇龙　豪

从新闻人到扶贫人，从新闻阵地到扶贫战场，身份变了，但初心不改。在这最后的脱贫攻坚战场上，我用脚步丈量着扶贫路，用行动做好脱贫攻坚事业的见证者、记录者、传播者。

我叫龙豪，今年 24 岁，是铜仁日报传媒集团的一名记者，2020 年 2 月被组织抽调赴沿河土家族自治县土地坳镇开展脱贫攻坚挂牌督战工作。作为一名参加工作不到一年的毛头小子，近一年的扶贫工作褪去了我的青涩，让我成为一名沉稳务实的扶贫干部。

还记得刚接到前往沿河开展脱贫攻坚驻村挂牌督战工作的通知时，我是激动而又稍显不安。激动的是单位领导对我的充分信任以及能在新的领域实现自身的价值，不安的是对未知工作的担忧。可是与不安相比，心中的激动终是占据了上峰，我也更加期待书写我的扶贫故事。

初到沿河，脱贫攻坚的形势远比我想象的要严峻得多，作为 2020 年贵州省 9 个挂牌督战的深度贫困县之一、铜仁市最后一个未脱贫县，沿河脱贫攻坚时间紧、任务重。抵达土地坳镇的第二天，还来不及适应，经过简短的培训，我便拿上调查问卷入户开展脱贫攻坚交叉检查工作，因初次接触脱贫攻坚，我对扶贫政策的理解不深，业务也不怎么熟练，因此每入一户调查便要耗费大量的时间，其他帮扶干部一天便能完成的调查工作我用了两天才完成。此时我便在心中暗下决心，一定要加强学习，提高自身的业务能力，面对群众能够做到政策“一口清”。

在接下来的驻村工作中，我谨记用脚步丈量扶贫路，用真心换取群众真情。由于初到村里底数不清楚，我决定遍访包保负责村民组的所有农户以了解情况，就这样我白天入户走访，晚上学习扶贫政策，最终用了半个月的时间遍访了包保村民组的 138 户农户，真正做到了底数清、情况明。

然而，在刚刚对驻村帮扶工作熟悉起来时，我便被调离岗位——因工作需要，我被抽调至镇脱贫攻坚指挥部开展工作。在新的岗位又将面临新的挑战，然而这次的挑战来得不是那么的猛烈了。镇领导综合我之前的工作，将因脱贫攻坚工作而闲置的微信公众号交予我运营，负责全镇的外宣工作，这次我似乎是回归了老本行，可老本行的工作也并不是我想象中的那么轻松……

因 2020 年是脱贫攻坚收官之年，镇里为加强村级力量把许多干部都派驻到了村里工作，镇里的宣传工作基本处于停滞状态。我不仅要运营公众号，还要自己去收集素材写稿子，全镇的外宣工作由我一人承担了起来。

为了写出沾泥土、带露珠、冒热气的稿件，我走遍了全镇 15 个村（社区）的 112 个村民组收集素材。为了不影响第二天的工作，我时常写稿到深夜，最长的一次连续 48 个小时未合过眼。在收集素材的过程中，我常被战友们的动人故事而感动、被贫困户自强不息的故事而激励，也曾因痛失战友而黯然落泪。只有作为一名亲历者才能知道脱贫攻坚事业的伟大，才能明白驻村干部们的辛苦。

从新闻人到扶贫人，对于我是挑战亦是淬炼，300 多天的扶贫工作，让我的语言和行动更接地气、更加生动，脚力、眼力、脑力、笔力也得到了进一步的锤炼。这份经历将是我人生中最为宝贵的财富。

他们是我深深的牵挂

◇田　鹏

白雪皑皑的窗外映射出一丝微微的光，投在熟睡的驻村工作队队员的脸上。这大房间里住着 7 名队员，我就是其中一名。

我叫田鹏，2018 年考入印江土家族苗族自治县罗场乡林业环保站，同年 10 月，我成为罗场乡佐坪村驻村干部。在这场战贫战役中，初出茅庐的我虽然遇到不少困苦，但更多的是满满的收获。在攻克绝对贫困这场战役里，我作为见证者、参与者、亲历者，收获了我人生中弥足珍贵的财富。

今年 73 岁的邓国芬是我帮扶贫困户之一，膝下无子，老伴过世得早，女儿们也已外嫁他乡。

记得一次，天灰蒙蒙亮时，睡意酣畅的我被一个急促的电话铃吵醒。“喂！小田吗？我是邓婆婆，我今天感觉身体不好……”挂断电话，我立即穿好衣服，和包村干部驱车前往路途偏远、弯道多的大屋基组。来到邓婆婆家中，我迅速地将她从床上扶起，为她收拾好随身用品，然后驱车将她送到乡卫生院，陪她做完系列检查，并将她在卫生院安顿好。年轻的我对于照顾病人没有丝毫经验，但想着用心用情去做，就算没经验，照顾不好，但做了总比不做强。端茶、倒水、送饭，陪邓婆婆做检查，帮她拿检查结果……在我的悉心照顾下，邓婆婆有了好转，经过几天的治疗，她顺利出院。在回家的途中，婆婆拉着我的手说：“你就像我的亲孙子一样，这一次多亏有你们在……”那一刻，我第一次强烈感受到做好事、被需要的精神愉悦，我强忍住自己激动的泪水，也握住她的手，再三地叮嘱她一定要按时吃药，有什么事一定要及时跟我联系，我也会经常去看望她的。

“田鹏，明天有时间没？我们准备去铜仁看看我爸。”

“有时间，有时间……”

杨泽卫是我的另一户帮扶贫困户，因患精神病在铜仁西南精神病医院住院治疗。自接到帮扶任务以来，我一直都是与其女杨敏联系。

在铜仁西南精神病医院，我终于见到了我的帮扶贫困户杨泽卫。在他女儿的介绍下，我们正式认识了，我一边削苹果一边与他交谈，问及他的身体状况。向主治医生了解杨泽卫病情后，知道他还需继续住院治疗，不过回家过年应该没问题。当我把这消息告诉他时，他嘴角露出一丝笑容。

“探望时间到了，病人请回寝。”父女俩难分难舍的画面、杨泽卫离去的背影、杨敏眼角的泪水……一幕幕涌上心头，这对父女也让我想到了我久未见面的父亲，也更坚定了我要做好帮扶工作的决心。

回到印江已是晚上八点，夜里我拨通父亲的电话。

“爸，我从铜仁回来了。”

“安全到家就好，你的帮扶户情况如何？”

“杨泽卫的精神状况比想象中的好多了。”

“那就好，经常在外面一定要注意安全，山路崎岖开慢点。”

“知道……”

我哽咽了，眼角滑出了泪水。挂断电话，我擦掉眼角未干的泪水，收拾好心情，又奔赴我的脱贫攻坚战场——佐坪，继续战斗！

两年多的帮扶，让帮扶对象变成了我的亲人，也成为我心中一份难舍的牵挂。

舍小家顾大家

◇讲述：牟长高　整理：龙启武

2016年，在德江县委安排下，牟长高踏上了远离家乡到大龙开展跨区域易地扶贫搬迁工作的征程。

作为一名教师，他从未参加过农村基层工作，没有农村工作经验，但他勤奋好学，弯下腰、低下头、传好话、办好事、办实事，近两年来，赢得了当地领导和搬迁群众的认可和支持。

用心接待，细心讲解，把客场变主场

“这是哪里，领导？”“铜仁大龙。”

就这样，牟长高来到了这个陌生的地方开始了人生的新征程。他深知来这里开展工作，远离亲人和家乡，是一条艰难的道路，但他却没有动摇决心：为群众办好事，做群众的公仆 。我来了，我就行！

刚到大龙，就接到接待德江群众组团考察大龙的任务。牟长高必须在此之前了解大龙搬迁相关的基本情况，以做好宣传。

白天，牟长高给考察团安排生活事宜，带领乡亲参观企业、安置地等；晚上，哪怕筋疲力尽，他也坚持学习跨区域易地扶贫搬迁相关政策，了解当地基本情况。

在他的努力下，大龙这个客场迅速变成了主场。他耐心、细心地跟老百姓做讲解和宣传，有效地帮助犹豫的那部分群众下定了搬迁的决心。

弯下腰、低下头，群众有气必有因

2017 年 1 月 15、16 日，从德江县 19 个乡镇搬出的 210 户 989 人入住大龙开发区大德新区。

牟长高深知从家乡突然来到陌生的地方，有很多东西不太适应。在德江工作组人员陈江的带领和指导下，他很快地与这些老百姓打成了一片。他每天入户了解搬迁群众的家庭情况和需求，解决生活困难及就业、就学、就医难题，帮助他们在这里安定下来，真正达到搬得出、稳得住、有就业、能致富、可融入的目标。

自 2018 年 1 月 20 日起，德江县开始了第二批搬迁，组织安排牟长高到德龙新区全面负责这次搬迁任务。该批搬迁承接德江 1200 户 5837 人入住德龙新区。

牟长高带领工作组不分白天、夜晚，不分工作日与假期，持续战斗几个月，解决了德龙新区 2841 人的就业难题，729 名学生的就学问题，建立了一户一档，锁定了搬迁户的需求。

在此期间，搬迁群众到新环境不适应，对政策了解不到位，因此对工作组的工作不理解。面对群众的责怪甚至辱骂，牟长高带工作队保持着耐心给群众做解释，上门服务好他们，为他们办好事实事，最终把所有不理解化为了支持。

勇于担当，做心系群众的“贴心者”

“我家厨房下水道漏水”“热水器漏水”“电视机不能看”“电烤炉不知道怎么使用”……牟长高问清楚楼栋和门号，带上工具就过去了。

“我和老婆吵架了”“老婆生病了”“小孩没有钱读书”……有群众反映问题，牟长高能帮助解决的，就立马去解决；解决不了的，立马跟上级部门反映，请求帮助。

搬迁群众对牟长高评价很高，说他是那种能够让群众“有困难说困难，有问题说问题”的好干部。

牟长高常说：“我们干部要站在搬迁户的角度去考虑他们的问题，站在干部的角度去思考群众的困难，要做到急群众之急，想群众之想。他们不光是群众，更是我们的家人”。

我也有家， 但我不能走

“爸爸，我想你！”七岁的女儿打电话来。

“妈妈和奶奶在家陪你，爸爸也想你，现在爸爸有事，忙完再跟你说，好不好？”

“爸爸，妈妈住院了，她不让你知道，怕你担心。妈妈要在医院住半个月，你快回来吧！”

“我知道了，我打电话给她。”

“儿子，最近工作忙吗？你要多注意身体！我身体不好，又去医院住院了，有时间回来看看吧！”

……

牟长高知道为了这个工作，他没有陪伴妻女，没有尽孝父母，但这里的每一个干部又何尝不是如此？这里的群众何尝不是一样？全家搬过来了，孩子去打工了，家里留下的大多是老人和小孩，他们也需要人照顾啊！

“我怎能只顾自己的家庭，不顾这个大家呢？”牟长高如是说。

谦虚勤奋，不懂就问，做思想政策的宣讲者

“同志们有着长期的农村工作经验，对农村有着深厚的感情，深知农民的疾苦，而我是一名教师，在很多方面你们是我的老师，你们要多教教我，

我不懂。”牟长高经常跟干部们说，“我们是搬迁群众当前阶段的精神支柱，他们需要什么，他们想做什么，我们要知道，要给予帮助，才不负群众的信赖;我们要加强学习，学习十九大精神，关注相关政策，吃透我们的工作情况，才能够做好宣传、办好事情。”

牟长高在工作中踏实肯干、任劳任怨、爱岗敬业、求实创新，在脱贫攻坚战中做出了积极的贡献，是舍小家而顾大家的优秀干部。

作为新时代奋斗在脱贫攻坚战场上的一线青年干部，牟长高一定会不畏艰难、锐意进取，保质保量完成好各项任务，向铜仁市委、市政府，德江县委、县政府，大龙开发区和广大搬迁群众交上一份满意答卷，为与全国同步建成小康社会贡献自己的力量。

真心付出必有回报

◇王安翠

我是德江县政务服务中心干部王安翠，2015 年开始下村帮扶工作。2018 年 7 月，我从原来的帮扶干部变成了一名驻村干部。

回首这六年多的驻村帮扶往事，真不知从何说起。但看到了村里的变化，我和乡亲们就感觉幸福和自豪，特别庆幸生活在这个伟大的时代。

我是长堡镇人，对长堡自然有深厚的感情，能和父老乡亲们一起决战脱贫攻坚、决胜同步小康是一件非常有意义的大事、好事，也能锤炼自己综合业务能力。

2018 年 7 月，得知单位还要派一名同志到长堡镇徐家岩村驻村，正在休产假的我，将一纸驻村申请交到了单位领导手中。正为人手紧缺不知派谁去驻村而苦恼的领导十分高兴，直夸我觉悟高，但短短几秒钟他又变了脸色：“你小孩咋办？”

“我会安排好的，工作你绝对放心！”我向领导保证。

经过会议研究，单位领导一致同意安排我驻村，圆了我的驻村梦。

没过几日，我独自带着小孩乘车一路颠簸 50 多公里，开启了驻村征程。记得那天，常年在乡下工作的老公得知我带着小孩驻村了，打来电话却半天不说话，最后只得安慰我一句：“好好为乡亲们干点事情……”

来到村委会办公室，攻坚队为我分配了 7 户帮扶对象，其中一户是 60 多岁的徐某辉，与二儿子一起生活，自己体弱，妻子患病，二儿子听力不好，儿媳多病，孙子和孙女都还小。

“乡亲们真是太辛苦了，一定要帮助他们脱贫！”我心里暗暗发誓，“一定要想法帮助他们渡过难关，过上幸福生活。”

为了稳定增加收入，我动员徐某辉的二儿子与儿媳妇其中一个人外出务工，另一个人在家照看老人和小孩。

通过对接联系，我顺利帮助他家联系到了广东一家企业。由于人勤劳肯吃苦，徐某辉每月都有四五千元的稳定收入，全家日子越过越好，逐步摆脱了贫困。

为了改变他家的生活情况和人居环境，我与攻坚队沟通协调，帮他们家修建了卫生厕所、灶台，对室内外进行了硬化，安装了木门等，我还私人出钱帮助添置了窗帘和灯具等。

这一切，乡亲们都看在眼里，知道我是在真心帮助大家，都很感激。一来二往，我和大家都成了亲密的好朋友。

徐家岩村是长堡镇最偏远、最贫困的村，辖 7 个居民组 234 户 979 人，贫困户 119 户 528 人，贫困发生率曾高达 53.93%。但在地方党委、政府的关心支持下，该村通村公路、电力等基础设施逐步完善，产业发展日渐成型，并于 2018 年成功摘掉了贫困帽。

这两年，在我和队员们的努力劝说下，全村 93 户 452 人进行了易地扶贫搬迁，纷纷走出了大山，过上了城里人的生活。他们中有 100 多个小孩享受到了城里的优质教育，阻断了贫困代际传递。

徐家岩村发展有油茶、天麻、养殖等多个产业，但规模都不大，发展时间短，少有成效。我和队员们每天都带着大家除杂草，艰辛管护茶园等，如今茶园的茶树茁壮成长。因我学的是畜牧专业，时不时还给村民们的猪、牛看看病，深得大家喜爱。

为了夯实村里的基础设施建设，我带领村民们大力整治人居环境，争取落实民生保障工程。几年下来，曾经交通落后、出行不便的徐家岩村，如今变成水泥路，通组路、连户路四通八达。以前人居环境脏、乱、差，现在家家户户房前屋后整洁干净，村容村貌焕然一新。

当下，全村种养业蓬勃发展，大多群众有了土地流转租金、务工收入、产业分红等多项收入，腰包鼓了起来，摆脱了贫困的折磨。

只要真心付出，就一定会有回报。一路走来，我流过汗、掉过泪；工作中，遇到过不理解、不支持，受到过挫折、委屈，但一想到乡亲们2020年就要与全国同步小康，我就激情高涨、能量倍增，觉得再苦再累都值得！

如今，走在徐家岩村的道路上，到处都是村民们的欢声笑语，大家非常感谢党的政策，感谢我的帮助，把我当成他们的亲人一样对待。“金杯银杯不如百姓口碑，金奖银奖不如百姓夸奖。”想起这句话，我已完全知足了。

驻村四年 初心不变

◇张月军

我是德江县枫香溪镇先联社区脱贫攻坚队队长张月军，2016 年我与先联社区结缘。2019 年 3 月，我从一名普通的帮扶干部成为脱贫攻坚队队长。回想这四年多的驻村帮扶往事，我经历了思想的变迁，看到了社区的变化，收获了成功的喜悦。

2016 年 4 月 8 日，得知单位帮扶枫香溪镇先联社区，我与单位的同事立即前往先联社区，习惯了办公室的工作，突然乘车到 50 多公里外的农村帮扶，一路颠簸，一路呕吐，心里有些落差。

来到居委会办公室，联系领导为我分配了 2 户帮扶户。一户是 70 多岁的王某荣，丧偶，患有疾病，膝下一养子在外打工，儿媳改嫁，有一个孙子和一个孙女；另一户肖某生近 80 高龄，夫妻二人年老，体弱多病，长子 49 岁未婚。

“这样的帮扶对象怎么脱得了贫啊？”我感到有心无力，心想要是能更换帮扶对象该有多好。晚上，几个同事一交流，大家情况都差不多，只有硬着头皮干下去。

从那以后，我每个星期到帮扶户家去一次，了解他们的想法和需求，这样大家关系渐渐好了起来。为了增强肖某生家的扶贫造血机能，我帮其买了一只母羊，希望能够产崽增加其家庭经济收入。后来，他的思想观念发生深刻变化，安心发展养殖，摆脱了贫困。

翻开驻村日志，我除了分配的帮扶户，还给其他农户安过电灯、修过电器，打扫过卫生、收割过庄稼。就这样，很多群众认识了我，和我成为朋友。

三年下来，不知不觉我已经喜欢上了帮扶工作，习惯了到村入户走访，习惯了晚上开群众会，习惯了力所能及为群众办事。

2019 年 2 月 28 日，德江召开整县脱贫摘帽攻坚决战暨春季攻势行动誓师大会，全县近万名驻村帮扶干部尽锐出战，奔赴脱贫攻坚第一线。我如愿以偿地以脱贫帮扶干部身份正式入驻先联社区，并担任脱贫攻坚队队长。

“张主任，今年你还在我们这里帮扶，真是太好了！”看见我，村民们都很兴奋。旧地重游，轻车熟路，面对那一张张熟悉的面孔、一声声亲切的问候，我的心情格外愉悦。

先联社区是枫香镇最大的社区，辖 17 个居民组 3800 多人，虽于 2016 年整村出列，但截至 2018 年年底，还有 30 户 65 人未脱贫。

农户住房功能普遍不全，虽有核桃、烤烟、花椒等多个产业，但规模不大，且见效的少。面对这些村情，面对自己角色的转变，那时的我真正体会到了“贫困不除、愧对历史；群众不富、寝食难安”的责任和压力。

在社区攻坚队动员会上，大家畅所欲言，客观系统地分析了村情民情，最后形成一致意见：干！只有干，才能干出成效！

接下来，我和队员们走村串寨宣传党的政策，进村入户听取群众意见；走进群众家里，共商发展大计，决定狠抓基础设施建设，大力改善人居环境，落实民生保障工程，纵深推进产业改革等。

一年下来，曾经交通落后、出行不便的先联社区，如今已有了沥青路、水泥路、通组路、连户路，四通八达。以前人居环境脏、乱、差，现在家家户户房前屋后整洁干净，村容村貌焕然一新。全社区种养业蓬勃发展，贫困群众有了土地租金、务工薪金、产业分红等多项收入，腰包鼓了起来。

在去年全县第二次脱贫攻坚考核评比中，我负责的先联社区作为枫香溪镇的两个受检村（社区）之一，该镇勇夺全县前三名，获得了“红旗”，扔掉了“黄旗”（末三位）。在今年的省级脱贫攻坚成效考核中，先联社区作为全县 10 个受检村（社区）之一，又以问题最少得到各级领导和专家的肯定和好评。

只要真心付出，就一定会有回报。一路走来，我出过汗、掉过泪、流过血；工作中，遇到过不理解、不支持，受到过挫折、委屈。但想起干群同心奔向小康，看到群众那一张张灿烂的笑脸时，就深感能够投身到脱贫攻坚的伟大实践中，是我的使命，更是我的荣幸。

苦干实干助脱贫

与贫困群众共冷暖

◇杨昌贵

我叫杨昌贵，是万山区下溪乡党委书记。作为万山区下溪乡脱贫攻坚的指挥长，面对自然条件差、生存条件恶劣、土地石漠化严重、水土资源匮乏、交通十分闭塞、贫困群众脱贫难度大的现实困境，我在统筹全乡脱贫攻坚工作的同时，主动申请包靠最偏远、最落后、最瘫痪、最混乱、最封闭的“五最贫困村”瓦田村，发展出山地生态刺葡萄、标准化大棚蔬菜等主导产业，帮助贫困群众拔穷根、断穷业。

下溪乡地处湘黔交界处，山高谷深，山峦重叠，千百年来山区老百姓深受贫困的折磨。为更准确掌握全乡情况和群众的真实想法，我带头示范，经常深入村组一线，采取入户走访、面对面谈心等灵活多样的方式，深入详细了解民情，认真听取群众的呼声，广泛征求发展经济和农村产业革命的良策、改善群众生产生活条件的办法，确保脱贫攻坚心中有数、手中有招。

几年来，我的足迹遍布全乡 7 个行政村 65 个村民组的田间地头，遍访了全乡 1500 余户群众，进行了 300 余次专题调研，宣讲过 1000 余次脱贫政策，组织召开了 100 余次贫困群众交流座谈会，收集梳理的各类问题，记满了 20 个笔记本。

通过调研，我对全乡的贫困状况、致贫原因、群众脱贫愿望及贫困户需求等有了更加深刻的认识，找准了全乡脱贫攻坚产业发展新路径。

在发展产业上，全力推进“一乡一业”“一村一品”建设，创新建立起书记、乡长示范棚，带着老百姓干，做给老百姓看，全乡发展标准化大棚蔬菜 1300 亩，山地生态刺葡萄 10000 余亩，实现“一户一亩”葡萄，新建特色养殖基地10家，带动贫困户707户2359人年户均分红2997元，形成了“乡有大棚蔬菜园区、村有特色致富产业、贫困户户户建立利益联结”的新格局，推动了乡村产业蓬勃发展。

坚持以民生需求为导向，我紧紧盯住最困难的地方，瞄准最困难的群体，抓住最亟须解决的问题，突出基础设施提质，全面落实各项政策举措，精准补短板、攻难关。

经过不懈努力，三年多来，下溪乡发生了翻天覆地的变化：全面实施人居环境改善工程，对建档立卡贫困户、困难户等人群实施“五改一化一维”1835户；完成组组通公路修建及硬化25条，建设群众文化小广场22个；安装网络电视共计2192户；修建改造45个村民组安全饮水点；完成易地扶贫搬迁369户1488人；全面夯实教育医疗就业保障，教育资助384户525人，完成医疗报销31538人次，实现了贫困户的医疗、教育、住房“三保障”全覆盖。

持之以恒，久久为功。2019年，下溪乡707户2359人建档立卡贫困户全部脱贫，贫困村全部出列，报溪村入选贵州省“十县百乡千村”乡村振兴示范村，瓦田村荣获市级文明村称号，铁门村支部获得市级脱贫攻坚“先进基层党组织”表彰；2020年报溪村支部和兴隆村支部获市级脱贫攻坚“先进基层党组织”表彰。

很荣幸我的付出得到了党和人民的认可。2020年6月，我荣获贵州省委“全省脱贫攻坚优秀共产党员”称号。2020年12月，我获评“贵州省2020年度最美脱贫攻坚家庭”荣誉称号。

如今的下溪乡，昔日贫困偏远的村寨建起了新村庄，培育了新产业，激活了新市场，贫困群众树立起新思想，建起了新房子，全乡人民群众有了满满的幸福感和获得感，正以崭新的姿态昂首奔向新生活。

不脱贫 誓不回

◇宋选文

1200个日日夜夜，25万公里行车里程，你要问我都去了哪里，我会告诉你，我在乌江山峡等你。

我是贵州省挂牌督战的9个深度贫困县之一的沿河土家族自治县县委副书记宋选文，从2017年9月开始，我前往沿河挂职，有幸成为一名决战深度贫困的战士。

沿河位于贵州省东北角、铜仁市西北部，地处黔、渝、湘、鄂四省市边区结合部的乌江中下游，素有“黔东北门户，乌江要津”之称，县域面积2468.8平方公里，辖22个乡镇（街道），451个村（社区），总人口69万，是贵州省14个深度贫困县之一，铜仁市唯一的深度贫困县，2020年被列入全国52个、全省“9+3”挂牌督战贫困县。

由于历史、自然地理等原因，沿河致贫情况复杂，涉及面广。扶贫路上，一组镜头记录了我的初心和使命——

管了不少“闲事”

“建议你们把花园里刻有社会主义核心价值观的石头往人行道边移一下，植被遮挡着行人看不到，达不到宣传的效果……”11月16日，在沿德高速沙子（沿河东）收费站的办公楼前看到宣传物上社会主义核心价值观的标识不醒目显眼，我觉得十分不妥。

“部分基层党组织软弱涣散，思想观念陈旧，要努力变成脱贫攻坚的战斗堡垒……”上任伊始，在一次座谈会上，我把我所看到的、思考的全部说出，督促改进。“很多我们原来认为不可能的事，甚至想都不敢想的事情，现在敢去尝试了，而且实现了；一些驻村干部原来不知道怎么干，现在成了思路清晰的能人。”同事如是评价。

“你们垫上木板嘛！刚修的路被你的挖机履带‘啃’得皮皮翻翻（贵州方言），不爱护很快就坏了，还需要更多的钱来维修；国家投入这么多资金给大家修的水泥路，需要相互监督，一起爱护。赶快修补！”7月，在板场镇徐家村的施工现场，我要求施工方对碾坏的路段进行修补，直到傍晚完工，大家才松了口气，都“抱怨”我太认真。

“你们文化服务站设施管理不善，环境卫生脏乱差，管理制度缺失……”某乡镇主要负责人遭到当面质问后，再遭暗访，在多次“软抵抗”后，我与县委领导一起约谈他……

宁可得罪人，也要把党的工作落细落实。“我什么都管！白天管事管人，晚上干工作。”下班就开启夜班模式，整理资料、开展信息核查……这是我们全县干部的工作常态。

干活爱“出风头”

“穷根在思想，脱贫攻坚要在物质和精神文明都达到小康才行。”看到环境脏乱差，我总是以身示范，和驻村干部带头清扫，带动群众一起干。在沙子街道办岩门村民家，我和身边工作人员一道给贫困户堆垛柴草，打扫房前屋后卫生，贫困户自己都觉得面子挂不住，改变了过去的生活习惯，从此家里变得干净整洁。在中界镇高峰村，我带领扶贫办、妇联的工作人员，人手一把扫帚，清扫整治高峰的卫生环境，以特殊的方式过党员活动日。后来在驻村工作队的坚持下，村民变得更加爱护环境卫生、关心集体，更加富有凝聚力。

抓住东西部协作机遇，互通资源优势，我把张家港的先进理念、技术、市场、购买力等优势与沿河的劳动力、“沿货出山”有机衔接起来，把“张家港精神”和“新时代贵州精神”内核有机统一，让它们在沿河大地激荡交融，化为我们脱贫攻坚以及将来可持续发展的内动力。

我不遗余力带队到苏州、上海等地拜访党政部门领导和大型企业负责人，每当介绍沿河扶贫产品，我总是滔滔不绝，对沿河地理、气候、产品营养物质含量等如数家珍。

爸爸说话“不算数”

“爸爸，什么时候来我家玩嘛！你家住哪？”视频的那头，三岁的儿子噘着嘴，无数次提出这样让人哭笑不得的问题，撞击着我的心，让我无数次辗转反侧，难以入眠。大女儿已经读初三了，每次都答应女儿参加家长会，却又一次次食言……

“选文，大宝离家出走了……”11 月 15 日凌晨，妻子从贵阳打来电话告知，因被批评长时间玩手机，大女儿负气摔门而出。后在警察的帮助下，孩子终于回家。

舍小家，顾大家。辛勤耕耘终换来丰硕收获。沿河 2014 年全县有贫困村 250 个，建档立卡贫困人口 41382 户 176126 人。目前，经省级评估，全县贫困人口全部稳定脱贫，贫困村全部出列，达到整县脱贫、退出贫困县的条件。

驻出情怀 帮出幸福

◇彭劲松

我叫彭劲松，是铜仁职业技术学院实验实训中心副主任，2019 年 5 月，被组织选派到江口县德旺乡堰溪村驻村，成为驻村第一书记。

一年多来，我认真履行第一书记“一宣六帮”职责，积极帮助堰溪村谋发展，为村协调帮扶资金，带头成立协商民主议事会，并创新村级治理，激发了村民自治的内生动力，实现了从“要我参与”到“我要参与”，共同维护环境卫生、公路养护、水资源保护等事务，现在村里环境好了，村庄美了，群众乐了，生活水平提高了。

我深知群众基础的重要性，一开始驻村，就请村“两委”干部带我到每户串门，像走自家亲戚一样，不知不觉完成了脱贫攻坚信息排查大走访活动。

“他有一双铁脚板，所有村民小组他都走过，哪里有个坡，哪里有个坎，他都很熟悉。”这是群众对我的评价。一年多来，我共走访了全村 120 户建档立卡贫困户和 221 户非贫困户，坚决做到不落下一户，不掉队一人。对于堰溪村贫困群众，我一直把他们都当作自己的家人，常去家中嘘寒问暖，帮助他们解决困难。

驻村以来，我积极为该村集体和群众争取资金帮助他们解决困难，发现村里活动广场无路灯，我及时到乡政府对接，帮助协调解决广场路灯。

2020 年 6 月，家住石板湾组建档立卡户滕双犬，房屋被洪水冲毁，我及时到该户去了解毁损情况，并到乡政府汇报工作，争取救助资金 2000 元帮助他及时修缮了房屋。同时，我多次给困难群众送米、送油、送棉被，时刻关心着村里的防贫预警监测户。

2020 年 7 月，脱贫攻坚进入全面普查时，我突然患丹毒病，自己开不了车去医院看病，驻村工作队员李双权及时开车把我送往市人民医院治疗。但是我始终放不下村里的各项工作任务，病情有点好转后，我及时往村里赶，帮助村支“两委”准备脱贫攻坚有关普查工作。

通过我的行动，渐渐地很多群众都开始信任我，主动与我谈心，听我讲政策，同我共谋发展，村民与我之间的距离更近了，大家从陌生走向熟悉，从原来的被动发展走向今天的“我要主动发展”。

用“辛苦指数”换来群众的“幸福指数”，再辛苦、再累也值得。

在驻村的这段时间里，我手里有一本服务群众的台账，我每次都在上面勾画标注：这家的事简单一点，就自己处理好；那家事情有难度，就第一时间形成材料，尽快往上一级申报。

为了解决好群众生产生活中的事情，提升办事能力，我认真学习、研究相关政策并抓好落实，为贫困户准确提供落实生态护林员、饮水管护、村庄整治保洁、公路管护等公益性岗位，并积极组织劳务输出，截至 2020 年 12 月，累计组织劳务输出 360 余人次。

白天，我带领村支“两委”投身到图斑采集；晚上步入农户家中进行脱贫攻坚信息摸底，做好学生资助、大病和慢性病人员医疗保障等工作，做好“一达标两不愁三保障”影响脱贫短板指标清账算账工作。群众在村里田间地头时常看到我的身影。

此外，2019 年，我带领村支“两委”赴湖北武汉考察南美对虾产业，到德旺乡坝梅村考察旅游项目等，帮助村集体注册产业发展商标（梵西山），主要发挥代买食品销售作用。

要想群众实现自我教育、自我管理、自我监督、自我服务，就必须以“民心党建”为统领，创新村级治理模式。在村推行基层协商民主议事和撤小组划片区管理，进一步加强村干部队伍建设，补齐村级治理体系弱项短板，提升了农村治理管理水平。

我把该村原有的 14 个自然村寨按照村民居住相对集中的原则，分为 4

个片区管理，每片区设 1 名片长，实行片长责任制，半脱产工作，村“一社四中心”人员实行包片，指导并协助片长完成各项工作任务。同时，将村级治理、脱贫攻坚、产业发展、森林防火、扫黑除恶、安全生产等各项目标任务量化到各片，实行考核奖惩与报酬挂钩，每年依据村支“两委”和村民评议的结果，结合服务群众、工作任务以及工作完成情况，兑现片长绩效工资报酬，增强了片区的战斗力、凝聚力和向心力。

同时，成立了以村党组织为核心，驻村工作队、党小组、组委会等共同参与的基层协商民主管理模式，形成了事事有人管、人人有事做的可复制管理格局，打造了一支“人员合理、素质优良、分工明确、管理有效”的农村自治工作队伍。

作为驻村第一书记的我，没有做出惊天动地的事情，也还有许多亟待解决之事尚未解决。不过，我始终在践行着“勿以善小而不为，勿以恶小而为之”的人生信条。

如今，堰溪村“一社四中心”的工作人员和群众见到我时，脸上总是洋溢着幸福的笑容。驻村一年多，我已然驻出了情怀、帮出了幸福。

奋战脱贫　合力攻坚

◇吴小波

我叫吴小波，现任省农科院农业科技信息研究所党委书记。2018年2月，接到组织的通知，我和我院宣教处的张磊被选派到石阡县国荣乡脱贫攻坚指挥部前线工作队开展帮扶工作。前线工作队队长由我院副院长何庆才担任，我为联络员，来自省工信厅的罗应刚、杨国富，铜仁林科所的杜文勇，石阡县委办的毛友彪和我院宣教处的张磊为队员。

因为没有在基层工作的经历，工作队具体做什么、怎么做，我和张磊没有概念。一番自我安慰和心理建设后，我们整装出发。刚到国荣乡时所接触到的现状，让我们有点措手不及，而接下来的两年多里，还有各种考验在等着我们一一克服。

出行难。国荣乡土地比较破碎，缺少水源，村与村之间距离较远，进村入户不开车是不行的，加上国荣乡特有的气候条件——早晚多雾潮湿，有时候能见度不足五米。张磊曾说过，我们就像取经四人组，这车就是白龙马，什么时候国荣乡的路建好了，不颠簸了，我们也就取到真经了。

这样的出行条件还给我们带来过惊险刺激。那是2018年4月的一天，晚上八点，我们工作队结束入户工作，开车从新寨村回寝室。在离乡政府还有一公里的位置，路边山上突然滚落一块巨大的石头，石头擦着车头滚过，虽然没有发生实质性的危险，但此后每次夜间行车我们都心有余悸。

工作杂。我们一开始以为工作队就是每个月来几天，调研汇总下工作进度然后上报就可以了，但是真正来到国荣乡开展工作后，我们才明白完全没有这么简单。工作队的主要职责是整合指挥部各级帮扶单位技术、成果、专家团队和帮扶物资，助力国荣乡产业扶贫落地见成效。

我们既要配合做好入户帮扶工作，确保每户贫困户四卡合一和一户一袋资料的完整性和准确性，又要发挥信息枢纽的作用，及时向各单位反馈各项工作进度，尤其是产业现状、成效、问题和需求。

为了加速推进国荣乡产业结构调整进程，指挥部与石阡县委、县政府和国荣乡党委政府一道，采用“因地制宜、宜茶则茶、宜果则果”的策略，充分结合国荣乡海拔、气候、湿度、植被、土壤等自然条件，明确以茶叶作为国荣乡脱贫攻坚的主导产业，制定“一至百万”发展目标，我们长期吃在一线、住在一线、把极贫乡产业的问题解决在一线，为全乡农业生产保驾护航。

2018 年 6 月，乡里种植的辣椒发生大面积的“地老虎”虫害，何院长连夜赶回贵阳把相关专家接来，又是下地采样本，又是现场研判，提供防治方案，及时地将这次虫害造成的损失降到最小。

2019 年以前，全乡茶园基本是不修剪的，茶苗栽种后处于一种天生天养、野蛮生长的状态，绝大多数茶园的产量和质量都上不去，茶农也得不到预期的收益。工作队在调研大量茶园并了解这一情况后，立即向省农科院汇报，我院茶叶所专家团队赶赴国荣乡，与工作队一道制定并实施提升改善方案，全方位指导国荣乡茶园标准化建设，院里还多次协调专项经费用于国荣乡周家寨、罗家寨核心茶区冬季茶园修剪，茶叶所选派专家全程手把手现场指导。

有专家团队的保驾护航加上乡政府的积极配合，除核心区外周边的 1500 亩茶园也很快完成了修剪，并不断向各大茶园辐射推广标准化管理配套技术。经过两年多的努力，全乡各投产茶园大有改观，产量和质量也得到较大的提高，据乡政府统计，通过销售茶青，惠及全乡茶农 1300 人，人均增收超过 3000 元。

长期在一线工作，每个月我们回家也待不了几天，这是我们对家人的一种亏欠。但是经过两年多的不断奋战，国荣乡发生了翻天覆地的变化，2019 年年底也顺利通过省级考核和第三方评估机构实地评估检查，完成双清零任务。如今，茶叶、蛋鸡养殖、食用菌和珍稀苗木四大产业蓬勃发展，乡村基础设施日益完善，群众收入稳定增长，教育扶贫、健康扶贫、就业扶贫、生态扶贫、社会保障等一件件民生实事落地开花。

脱贫路上显担当

◇李 艳

自担任党委书记以来，我作为“班长”，坚持“书记抓、抓书记”，列出脱贫时间表，挂出脱贫作战图，压实镇村责任；建立定期分析研判机制，研究、分析、解决在工作中遇到的重大问题和事项；同时，注重调动脱贫攻坚的积极性和主动性，凝聚全镇力量。

针对木树镇农业产业产量低、龙头企业缺乏、内生动力不足等问题，我多方考察学习，立足自身实际，紧扣农村产业发展“八要素”，落实“五步工作法”，聚焦生态茶叶、中药材、畜牧业、油茶等产业，深入推进农村产业三场革命，在“种什么”“养什么”上下功夫，全力抓好农业产业结构调整。

在我的带领下，总投入财政扶贫资金 492 万元，全镇完成油茶种植面积 6320 亩、以短养长套种辣椒种植面积 1500 亩、花生套种 1000 亩、大豆套种 1600 亩，共联结 22 个村建档立卡户 1413 户 5948 人。

积极争取财政扶贫资金 240 万元，以石花坝区为点发展花菜、节瓜等时令蔬菜种植 500 亩，共覆盖石花、阳六、克麻建档立卡户 254 户 1127 人；同时争取财政扶贫资金 205.38 万元，种植精品水果 455 亩、百香果 500 亩，覆盖冲头村、木树、治坞、潮水建档立卡户 144 户 585 人。

易地扶贫搬迁项目虽然实施多年，但有的群众宁愿守着祖辈生活的穷窝子也不愿搬；有的群众吃不透政策不想搬；还有的群众持观望态度不盲搬，党和国家这么好的政策难道让其错过？我看在眼里，急在心里，亲自带领扶贫工作站的同志挨家挨户做工作、讲政策。在我的悉心鼓励、支持、开导下，群众吃透了政策，改变了观念，鼓足了干劲，易地扶贫搬迁项目得以顺利实施。

多少个日日夜夜，我以常人难以想象的工作效率，踏遍了木树的山山水水。

我始终把各项惠民政策落实到位：全镇义务阶段共有学生 609 人，享受寄宿生生活补助 135 人，教育资助做到应享尽享；建档立卡参合率达 100%，农户参合和医疗兜底报销比例均已达标，建档立卡户家庭医生签约率为 100%；实施农村危房改造 1174 户，重点公益林兑现 660 户，资金 157029.33 元，地方公益林兑现 488 户，资金 73507.7 元，退耕还林资金补助兑现 738 户，资金 239263.2 元，同时，雇佣生态护林员 21 名建档立卡户，每人每月工资 800 元。

作为一名女性，只身到百里之外的贫穷落后乡镇工作，我深知其间所要经历的困难、艰辛。然而，我没有退缩，而是怀着对木树群众的殷殷深情、拳拳爱心，怀着帮助贫困群众脱贫致富的初心、打赢脱贫攻坚战的决心，坚持吃、住在乡镇，与家人聚少离多。

在迎接国家、省第三方脱贫攻坚检测评估期间，我从开会安排部署任务，到检查指导各村工作，再到通报整改提高，最后带队协助检查组入户调查，持续 40 多天辗转镇村、加班加点，全然忘却了一位女儿应尽的孝心、一位妻子应尽的职责、一位妈妈应尽的义务。朋友说我疯、同事嫌我傻，我知道精准扶贫工作大于天，心里的委屈只有自己往肚子里咽。然而正是我的“傻”和“疯”换来的是全镇扶贫工作的高效率和高质量。

奋力担当有为

◇讲述：宋国平　整理：韦继升

宋国平是碧江区统计局副科级干部。2019 年 4 月 16 日，组织选派他到碧江区和平乡孟溪村担任驻村第一书记。驻村期间，他勇于担当作为，坚持民生导向，突出产业带动，推动乡风治理，为孟溪村脱贫攻坚做出了积极贡献。

孟溪村属于全省一类深度贫困村，全村辖 16 个村民组 584 户 2028 人，拥有建档立卡贫困户 179 户 667 人。2019 年，孟溪村剩余 19 户建档立卡贫困户全部实现脱贫，全村实现村集体经济累计达 50 余万元。

把群众当亲人 为民办实事

宋国平采取“五人大走访”的形式，深入开展脱贫人口“大筛查”“回头看”工作，对已脱贫户、非贫困户、十二类重点人群，尤其是因病、因灾、因学户以及返贫风险户、边缘户等进行访贫问苦、跟踪问效，采取逐户核查、查摆问题、现场研判，及时解决他们的问题。

2019 年国庆，宋国平在走访中得知，村民杨国庆正在为 200 余只家禽销售问题犯愁。宋国平看在眼里，急在心里，他立即用手机给满地奔跑的鸡、鸭、鹅拍起图片，并附上文字，简单制作成助农脱贫的销售信息发到朋友圈，同时要求驻村干部一起发布，并承诺送货上门服务。随后的一段时间，宋国平白天驻村开展工作，晚上开着私家车把家禽送到买主家门口。“太谢谢宋书记了，帮我卖出去 200 多只鸡、鸭、鹅，让我收入了 15000 多元。他真是难得的好书记啊！”采访时，杨国庆对宋国平满怀感激。

2020年9月的一个下午，宋国平在孟溪村万家坡组走访中发现，70岁的村民杨记群家用水有困难，其儿子在外务工，老人需要到周边挑水饮用，生活极为不便。经了解得知，村民组统一架设自来水管时，该农户由于在深山里单独接水管而未参加组里供水。为解决老人饮水问题，宋国平立即组织人员，沿着崎岖的山路到草木丛生的山林中去排查原因，寻找水源点。同时，他又买来水管，布管接线，一直忙到深夜十二点把水接到杨记群家后，才悄然离去。

在杨记群家里，身体有些虚弱的老人指着接到家里的自来水管感动地说："宋书记带人帮我家接水管，一直忙到深夜十二点，留他们吃饭也不吃一口。"

自驻村以来，宋国平共走访群众6000余人次，把群众当亲人，用心用情给群众做好事、办实事，解决群众教育、住房、饮水、医疗以及生产生活等问题100余个，落实补短板扶贫资金4万余元。在他的带领下，村"三支"队伍主动为群众代办养老金、残疾证、慢病卡、低保等事务50余件，为群众协调解决自来水管3000米，解决院坝修葺经费4.7万元。另外，他还扎实开展"干群连心·同步小康"走访慰问活动，积极争取部门物资近10万元，受到当地群众高度赞誉。

狠抓产业发展 促进群众增收

产业带动是拓宽群众增收致富的有效途径。如何把农村产业发展起来，是宋国平驻村以来一直思考的问题。

宋国平和村支"两委"班子成员认真研究全村产业发展现状，认为藤制品厂是一个现存的好产业，普遍受到群众认可，有市场前景，大有挖掘潜力，于是决定以此为突破口，进一步做大做强藤制品产业。他积极向相关部门争取藤编厂产业发展资金355万元，以孟溪村藤制品为总部，新建和平八村、灯塔白岩溪、打角冲扶贫车间3家，预计全面投产后，将带动易地搬迁户实现稳定就业400余人，实现产值达3000万元以上。目前，该村扶贫车间辐射带动当地和周边街道群众实现家门口就业130余人。

为抓好产销对接，在宋国平的带领下，孟溪村建立了“供销社 + 合作社 + 电商平台 + 大数据网络”销售机制，有效推动孟溪村藤制品销售与“黔货出山”、农村电商、农村淘宝等平台有机衔接，全面打通“线上 + 线下”销售路线。

宋国平还积极鼓励和支持养殖大户联户入股，大力发展生猪代养产业，2020 年上半年孟溪村发展铁骑力士生猪代养 1500 头，出栏后实现盈利 24 万余元，惠及贫困群众 31 户享受利润分红，9 名贫困户参加代养务工。此外，在他的带动下，孟溪村发展油茶种植 2200 亩、冷水养鱼 8 亩、精品水果 100 余亩，200 亩罗汉果产业正在紧张有序推进中，小养殖、小买卖、小庭院、小作坊“四小经济”发展得风生水起，有效拓宽了群众增收致富渠道。

聚焦乡村治理 推动乡风文明

如今的孟溪村，房前屋后东西摆放有序，村容村貌干净整洁，到处呈现着一派乡村美丽、村民幸福的景象。

驻村以来，宋国平将乡村治理纳入重要议事日程，研究制定了《孟溪村规民约》，持续推进乡风文明向制度化、常态化发展。教育引导村组落实卫生管理保洁机制，明确周二、四、六为全村环境卫生整治日，实行各户门前卫生“三包”制度。此外，他还十分注重村寨综合治理，大力弘扬村级正气，积极组织群众开展移风易俗工作，对红白喜事超规，在村寨乱堆乱放、乱搭乱建，不注重环境卫生等行为严格按照《孟溪村规民约》进行惩戒；扎实开展扫黑除恶、矛盾纠纷调解等工作，坚决反对封建迷信活动，依法打击邪教；积极组织开展丰富多彩的群众文化活动，2019 年以来，孟溪村先后开展了“好媳妇”“好婆婆”“文明家庭”评选活动以及文军扶贫、“中华民族一家亲·同心共筑中国梦”等活动，良好的社会风气正在逐渐形成。

宋国平担任孟溪村驻村第一书记以来，勇于担当、敢于负责，该村脱贫攻坚成效突出。这一切，群众看在眼里，记在心上。2020 年 6 月，宋国平被评为“全省脱贫攻坚优秀村第一书记”。

真情实意 真抓实干

◇讲述：麻宇炜　整理：中共铜仁市直属机关工作委员会

麻宇炜，男，苗族，中共党员，贵州松桃县人，出生于1976年7月，2000年4月参加工作，2009年7月入党，现为铜仁市自然资源局土地开发整理中心综合科科长。2018年3月，根据铜仁市国土资源局原党组的安排，麻宇炜到松桃县普觉镇园埂脚村担任第一书记，开展驻村帮扶工作至今。

麻宇炜自投入脱贫攻坚这场无硝烟的战争中以来，亲临一线战场拼搏，经历了大大小小无数次的练兵检阅，有所感、有所思，有失也有得。两年来，他体会到了工作协调的艰辛、工作推动的艰难、干群连心的不易、与家人分离的辛酸。两年来，他没有退却，更没有当逃兵，以一名共产党员的初心和使命，坚守信仰，带领园埂脚村脱贫攻坚团队，冲锋在这场战役的最前沿，切实发挥了一线指战员和战斗员的作用。他紧紧围绕县委、县政府的整体工作部署和镇党委政府的工作主基调，认真履行驻村工作职责，吃住在村，真情实意，真抓实干，确保驻村工作开展有的放矢，全村脱贫成效向好。

深入走访融关系

近两年来，麻宇炜始终坚持把走访调查作为一项重点工作来抓，一是“请进来”。分别将村干部和村民小组长请到村委会，召开村支“两委”班子扩大会议，详细听取党员干部、群众对村领导班子评价，了解当地民情风俗、经济发展情况、村发展计划、村里急需解决的问题等，进一步掌握该村的基本情况。 二是“走出去”。为进一步了解村民所关心的热点、难点问题，听取群众对发展本村经济的意见和建议，他有选择性地访问了本村的个体户、种养能手、老党员、困难户等不同层次的村民代表，了解群众真正想什么、盼什么，需要为他们解决哪些问题，真实地了解到农民的现状和实情。通过请进来了解、出去走访，开院坝会、干群连心会等方式了解了情况，拉近了与村民的关系，掌握了村情民意，他进一步明晰了工作思路，找准了工作的着力点和突破口，带领村脱贫攻坚指挥部全体攻坚队全力以赴做好系列工作。

全心全意为民办实事

发挥驻村之优势，积极上跑，争取项目和资金实施民生工程。两年来，麻宇炜积极向派出单位及县直相关部门为村争取帮扶资金及办公经费 36 万元，并整合资金，实实在在用于民生工程，用于为群众办实事、办好事，得到了政府的支持和群众的认可。一是帮助喻家、谢家、大兴田 3 个组修建了森林防火隔离带，便于村民上坡务农、清明踏青、森林防火等，同时上门与县农业农村局协调，以绿色生态廊道项目帮助实施硬化，目前已完成规划设计方案。二是帮助杨家坪、水井坎等组解决了 5000 元，用于 4 座蓄水池的维修与加固。三是为打造大洞坝，解决了休闲凉亭修建费用 5000 元。四是为全村亮化提升，解决全村木房油漆 62 户 14000 元。五是在当地政府资金困难与部门无项目支撑的前提下，村级指挥部为切实解决问题、补齐短板，指挥部成员想办法、出主意，精心研判与谋划，上跑下讨，为前山背至杨家坪的通组路修建先行修建桥 1 座及挖机平场近 2.5 万元，确保了通组路的顺利拉通，圆了几个组村民 20 多年的梦。六是谢家组通组路 300 米，由于项目调整，几年来一直未实施，但村民已投工投劳实施平场，村民意见大，对政府失去了可信度，导致脱贫攻坚工作难度大、群众满意度低。通过局党委的关心与帮助，及时与市交通局对接，帮助解决此连户路的接通，同时主动作为，协调县交通局，以此项目为契机，另外接通谢家至姜家洞村、大洞坝至岭塘村黄家组的通组路，切实解决了村民出门绕道的难题。七是在政府资金困难的前提下，为确保本村房前屋后硬化工作有序推进，组织村级指挥部全体攻坚队捐款 9000 元，帮助村民完成房前屋后硬化，同时，村级出资 6000 元用于村民实施住房补短板。八是 2018 年春节，上跑下要，积极向县直部门争取资金 5000 元，爱心人士赞助 5000 元，在本村组织开展了党的政策宣传及丰富多彩的春节晚会，得到了群众的认可和赞许。九是 2018 年 6 月，园埂脚村牵头，成立了大同片春晖社，向相关部门、爱心人士、本村在外创业成功人士募捐共 7 万多元，全部用于资助大同片区当年考入二本以上的学生共 46 人，得到村民赞许、家长感激、社会认可。十是 2019 年 10 月，组织攻坚队及帮扶责任人捐款 9400 元，社会爱心人士捐助 5000 元，开展别开生面的干群连心大团聚——吃连心饭，全村共 700 多人参加。通过这一系列的实事、好事、举措，拉近了干群的距离，提高了群众认可度。

解决基础设施建设及完善干群连心室、村级文化广场的建设。一是争取 100 万的土地整治项目 1 个，完成园埂脚村猕猴桃园区 3.5 公里的产业路建设，解决群众生产出行问题。二是规范村级活动场所建设，利用闲置校舍完成了村委会的升级改造，修建党建文化广场、群众大舞台、文化长廊，既方便了群众办事，又进一步丰富了群众的文化生活。三是协调县直部门及镇政府对本村的政策倾斜，完成了全村 13 个组硬化及亮化工程。四是完善干群连心室及村级文化广场的建设，积极协调县直相关部门的大力支持，为干群连心室配齐办公设备，包括电脑 4 台、打印机 2 台、办公桌 4 张，为文化广场争取篮球架、健身器材等一系列体育设施共 10 多万元（2015 年已匹配，由于修建办公楼已损坏）。五是积极向本单位争取 5 万元，在圆埂脚村谢家组设置一个篮球场，并积极向县文广局协调，争取政策倾斜，帮助解决体育设施，目前正在实施当中。这一系列举措畅通了干群之间的交流，丰富了村民文娱生活。同时，积极与县市场管理局、县自然资源局、中国银行松桃分行、县关工委、县民政等部门协调对接，争取各方位的支持，帮助解决办公用品、村级亮化提升宣传费用等近 2 万元。六是村级出资 5 万多元用于广场后面空地堡坎的修建，进一步完善了村级基础设施建设，目的就是筑巢引凤，目前已修建村级卫生室 90 平方米，村级小学及办公楼的修建待上级审批。

“一宣六帮”汇主业

大力宣传党的方针政策。采取个别访、集体访，院坝会、干群连心会等方式和群众交流谈心，宣传党的方针、政策，大力宣传党的十九大精神，宣讲党和国家的各项惠农、富农政策，教育支助、医疗报销及转症、合医等政策，宣传社会公德、公民道德、文明新风，激活广大群众内生动力，促使其早日脱贫致富。

帮助选好产业。园埂脚村地处省级农业循环园区核心区，依托区位，按照镇党委布局，麻宇炜将“短、平、快”的指导思想与村支“两委”齐心协力选好产业，将低产传统产业进行改造，精心谋划发展新型产业，科学编制《园埂脚村猕猴桃、茶叶产业示范园区建设规划》及《园埂脚村 2018—2020 产业发展规划》，发展村集体经济，培植并壮大产业，积极调整产业结构，全村原种植猕猴桃 300 亩、茶叶 500 亩，2018 年引进企业，新种植了 1200 亩猕猴桃，与公司签订劳务合同，为贫困户和留守妇女增加了务工收入。产业园建成后，针对利益链接，采取全村非贫困户务工增收，每天可以增加 70 到 100 元劳务费，就近务工和照看家庭两不误。针对贫困户采取务工与入股分红同步，2018 年为 110 户建档贫困户分红 77000 元（每户 700 元），确保利益链接落到实处。盘活用活村级事务中心，增加集体经济积累。全村红白喜事集中办，控制菜品数量，杜绝铺张浪费和盲目攀比，还可以为园区游客提供餐饮服务，既提供了就业岗位，也增加了集体经济收入 3 万元。

帮助推动精准培训。2018 年 6 月，在园埂脚村开展一期厨师技能及挖掘机培训，全村 100 多人参加了培训，同时依托园埂脚村科普教育培训基地和全县青年科技培训基地，主动作为，上门请猕猴桃老板聘请专家及技术人员现场为群众解惑，为村民在猕猴桃产业园务工提供技术保障，确保村民掌握一至两门种养技能，提高了他们就业和务工能力。目前，在村里开展大大小小培训共 50 多次，培训农户 2800 多人次，解决就业 8000 多人次，实现培训一人、脱贫一户、输出一批的目标。

推动精准扶贫。围绕“一达标两不愁三保障”，积极开展“两个遍访”、“查缺补漏”、精准扶贫攻坚工作，落实精准扶贫政策任务。通过遍访调查，搜集精准扶贫第一手资料，了解贫困户的家庭人口基本信息、收入支出情况、生活生产状况和产业发展意愿、技能，完成精准识别、精准扶贫民主评议、低保评议危房改造等，开展好“两错一漏”“五个专项治理”，围绕任务认真对照每一项工作的时间节点和任务要求，实现时间倒排、任务倒排、责任倒查，进一步施加压力，进一步开展问题自查，推动整改落实。组织攻坚队坚持问题导向，认真开展问题排查，制定整改措施，推动问题整改清零。一方面推进人居环境补齐短板，组织督促好连户木房整治的实施，另一方面推进环境卫生整治和落实帮扶责任人对帮扶户环境卫生整治进行引导和督促，确保环境大改变、卫生大提升；安排督促低保户做好自家室内外卫生的同时，做好连户路环境卫生的养护；组织脱贫攻坚指挥部成员两周一次公共区域内的环境卫生大清扫；已落实一月一次的环境卫生大评比，确保各项工作稳中向好。

化解矛盾促和谐。协助村“两委”进村入户排查矛盾纠纷，工作中主动与他们拉家常、摆道理、讲政策，化解他们心中久拖不决、突出、复杂的矛盾，采取召开座谈会、群众评议的方式，耐心做好群众教育和思想疏导，促使当事双方得到和解，实现小事不出村、大事不出乡、矛盾不上交，调解和化解矛盾纠纷 43 件。

加强组织固根基。一是作为驻村第一书记兼村脱贫攻坚临时党支部书记，按照驻村工作“一宣六帮”主业，主动和村“两委”交流沟通，共同研究解决村级组织建设及农村环境卫生整治等事项。结合村情，帮助制定翔实方案，做到规定动作不走样 ；二是严格落实“三会一课”和党日活动，定期召开支部党员大会、支委会、脱贫攻坚临时党支部会议，对涉及群众切身利益的重大问题，邀请老党员代表、村民代表参加讨论，听取意见建议； 三是帮助完善和健全村党组织各项制度，村委班子凝聚力和干事劲头显著增强，攻坚队成员工作执行力进一步提升； 四是围绕抓班子、促发展、保稳定、快脱贫这一任务目标，固本强基，着力加强组织建设，帮助做好入党积极分子的考察培养，使支部队伍不断壮大，两年来完成 2 名入党积极分子的村级考察工作，主动递交入党申请 1 人。

两年来，作为园埂脚村驻村第一书记、村脱贫攻坚指挥部指挥长、村脱贫攻坚指挥党支部书记、身处脱贫攻坚一线的带头人，麻宇炜虚心向群众学习，向战友学习：学政策，不断加强自身素质的提高，在园埂脚村做落实中央三农政策的“宣讲人”，推动园埂脚村稳定和发展的“践行人”，为农民群众解疑难、办实事的“服务人”，同时团结指挥部一帮人，凝聚合力，推动本村精准扶贫。所做的事历历在目、事事在心，磨嘴皮子的有之，打口水仗的有之，蛮横无理的有之，让人啼笑皆非的有之，令人骑虎难下的有之。然而这一切都得一一做工作、做解释，以理服人，以政策打消他们的无理念头，这一切均在工作磨合中一一化解。“麻书记，你辛苦了！感谢你为我村、为我组办实事，进屋喝口水、吃个便饭。”一句令人感动的话语。

通过麻宇炜与村级脱贫攻坚指挥部共同努力，园埂脚村被评为 2018 年“全省法治建设示范村”；被评为 2018 年“全省千村百镇十县示范村”；被松桃县关工委评为“2018 年五好关工委”；被普觉镇党委、政府评为“2018 年全面工作一等奖”，被普觉镇党委评为“先进基层党组织”；获评“爱校护校先进集体”等称号。麻宇炜个人也在 2018、2019 年的驻村考核中被市县组织评为“优秀”；2019 年 7 月，被铜仁市委授予“全市脱贫攻坚优秀共产党员”称号。面对成绩，麻宇炜认为，自己虽然竭尽所能为村做了一些事，真情实意为群众解了一些难题，取得一小点成绩，但零零星星不值一提。作为一名共产党员和脱贫攻坚一线指挥长，他的眼光放在松桃县指挥部提出的“00098”目标，特别是 2020 年是国家验收之年，他倍感任重道远，并认为只要沉下心，真情实意、真抓实干，没有翻不过的坎，没有办不成的事。他将带领脱贫攻坚队队员竭尽全力补齐园埂脚村存在的短板，为园埂脚村脱贫攻坚工作尽职尽责。

真抓实干，全心全意为民办实事

◇杨秀军

我叫杨秀军，土家族，中共党员，铜仁学院教师，2017 年 3 月由组织选派到石阡县龙井乡炕家岩村任驻村第一书记，至今近 4 年了。

2018 年 1 月 6 日，石阡县誓师大会吹响决战决胜脱贫攻坚冲锋号，3000 多名党员干部冒着严寒，奔赴在脱贫攻坚一线的路上，我也是其中之一。现驻村快 4 年了，我始终牢记第一书记的职责任务，不忘初心、牢记使命，努力用实际行动来诠释一名共产党员的使命和担当。

炕家岩村有 10 个村民小组，共 1795 人。驻村期间，我不仅是驻村第一书记，天堂寨组 228 人村民小组的包组组长，还是 9 户 31 人贫困户的帮扶责任人。

脱贫攻坚战场，纵然满是艰辛，我亦无怨无悔。近 4 年来扶贫工作中的点点滴滴、种种经历、所见所闻，给我的人生增添了许多不可多得的经验与财富，也为我的人生留下了美丽的故事和靓丽的风景。其间，我荣获“全省脱贫攻坚优秀村第一书记”称号、“全省脱贫攻坚优秀共产党员”称号。

今天，与大家一起分享我驻村帮扶工作中那些鏖战贫困、刻骨铭心、历历在目的事情。

用真心、倾真情，全心全意为民服务

坚持一心为民办实事，多开党员会议、群众会议，听取意见，认真落实；帮助群众写各种申请、证明以及各类书信，并帮助困难群众申请民政求助和医疗救助，帮助群众申请危房改造资金，宣传易扶贫搬迁，帮助本村在外务工群众申请廉租房，还帮他们代缴各种费用，和群众一起搞好环境卫生整治，尽量为群众解决后顾之忧，做好他们的“服务员”。

改善基础设施，为脱贫攻坚提供保障

这几年来，我帮助全村 386 户完成了“三改一维一化”人居环境的改造工程，25 户 123 人进行易地搬迁，32 户进行危房改造实施整治，对贫困户“两错一漏”进行 12 次大排查；硬化完成了全村 10 个村民小组 3.5 米宽、8200 米长的进寨路，1.5 米宽、8968 米长的串户路；召开村民小组大小会议 50 余场次，现场培训 15 次，参会群众 1300 余人次；开挖硬化产业路 13.9 公里；协助向铜仁学院争取了 6 万元的党建帮扶资金；兴建高位水池 7 个、低位水池 8 个、水源水池 2 个，全村人饮安全工程全覆盖；加强村委会阵地建设，宣传栏建设，新建村委会厨房 1 个，厨房设备基本齐全；修建 600 多平方米的村级文化建设广场 1 个。

因地制宜发展产业，带领群众脱贫致富

基础设施改善了，产业发展也要跟上。我深知，一个村要长远发展，就必须要有产业带动。我按照各级、各部门的统一要求和部署，立足所驻村资源优势，一直在帮助村民寻找致富的好产业。

近 4 年来，我帮助该村集体经济专业合作社在省科技厅申报了《石阡苔茶高效集成技术栽培示范及产业化发展》项目并立项，立项经费 50 万；新植茶园近 600 亩，发展辣椒基地 200 亩，联系铜仁学院销售了近 7000 斤辣椒（单价为 1.20 元 / 斤）；指导村支监“三委”和村集体经济专业合作社用好用活产业扶持周转金 30 万元。

2019 年，建立 200 亩的辣椒基地及其他蔬菜基地，775 亩红薯种植，

220 亩小麦种植，已向铜仁学院销售了青辣椒 800 多斤、莲花白 800 多斤、红辣椒 9200 多斤，销售到石阡吴记辣椒蔬菜公司青辣椒 1800 多斤，遵义虾子辣椒批发市场青辣椒 2000 多斤，红辣椒销售达 26000 多斤、红薯 50 多吨，帮助村集体经济共收入 18 万元左右。协助铜仁学院机关党委和经济管理学院帮助 10 户贫困户发展了小鸡养殖产业，2020 年预计每一户分红 200 元。现正在争取一个稻田养鱼项目资金 20 万，我在为村里发展稻田养鱼项目尽自己最大的努力。

我通过自己的辛苦付出来换取群众的幸福指数，所驻村实现了户户有增收项目、人人有脱贫门路。

我深刻感受到，只有不忘初心、牢记使命，领悟为民服务的宗旨，切实为群众办实事、办好事，方能不辱使命，干出成效，赢得群众的肯定。

真抓实干，全心为民办实事

我深知，要改变贫穷落后面貌，就要真抓实干，要从根本上帮助群众，从思想上指导群众，从实际行动上带领群众。

炕家岩村属二类贫困，其中贫困户有 133 户 543 人，“三改一维一化”工程中，针对群众反映的情况，我们组织村民召开群众会，听取村民意见和建议。正是那一次次群众会的召开，让很多群众认识了我，有什么事情都会来找我。我一边四处协调老板加快工程进度，一边带着党员干部和村民代表帮助群众。

一是完成了全村 386 户“三改一维一化”人居环境的改造工程；二是村组户道路硬化进展顺利；三是对因缺技术、因残、因学、因交通不便、因病、因灾等致贫的贫困户，实行定人、定责、定标准帮扶，每月必须走访帮扶 5 次；四是通过全体人员的共同努力，2018 年完成该村 27 户贫困户 109 人通过石阡县脱贫验收，完成了整村退出贫困，并顺利通过石阡县的退出验收。

心系群众，排忧解难促发展

炕家岩村的群众变成了我除了家人以外的另一份牵挂。我多次为身患残疾、妻子有智力障碍的村民兰永忠户，以及王臣德等10多户贫困户寻找救助，自己还花钱为他们购买衣物和鞋袜，帮他们打扫卫生。

2018年底，“三改一维一化”中，把兰永忠户院坝全部硬化，将房屋维修为安全住房；2019年，帮助兰永忠、王臣德等10户养殖800多只鸡；2020年再次帮助兰永忠等7户贫困户养殖600多只鸡。看到如此朴实、善良的村民，且听到他们谈起自己想发展养殖产业的信心时，我替他们感到高兴。我将一如既往地关心、关注兰永忠、王臣德等农户的生产生活情况。

坚守岗位，做好疫情防控

2020年春节，新冠肺炎疫情发生后，我大年初一便返回到村里，连续工作50余天。我始终坚持以为群众为根本，坚持冲锋在前，坚持做好疫情防控，认真组织开展联防联控工作。我通过多方联系，获得医用口罩数百个发给有急需的群众，获得医用测温枪、酒精、手套、手部消毒液等物资供村防控疫情使用，并带领驻村队员做好宣传和排查等工作，守住了疫情防控“最后一公里”。

脱贫攻坚工作是一场输不起的硬仗，我一定不忘初心、不负使命，始终坚持思考在前、谋划在先，力求在工作上严格要求自己，看远一点、想深一点，凝神聚力、扎实工作，奋力开创工作新局面；进一步坚定信心、振奋精神、克难攻坚、扎实苦干，确保实现炕家岩村整村脱贫退出后的成效更加蒸蒸日上；低调务实、不张扬，确保顺利完成各项目标任务。春光不容辜负，岁月不容虚度，下足绣花功夫，拓宽创新方式，为实现炕家岩村经济发展“增量提质、跨越赶超”做出新的更大贡献，谱写炕家岩村建设美丽乡村新篇章。

用实干践行初心使命

◇刘 伟

我叫刘伟，是碧江区铜兴街道党工委书记，2018年2月，我来到川硐街道板栗园村担任脱贫攻坚指挥部副指挥长、驻村工作队队长、村“三支”队伍总负责人，负责板栗园村脱贫攻坚的全面工作。

板栗园村有建档立卡贫困户169户619人，如何实现贫困群众如期脱贫、稳定脱贫，是我来到板栗园驻村以后首要思考的问题。我决定先从原因入手，找到村子的脱贫短板，这样才能够对症下药、精准施策。

在扶贫的路上，不能落下一个贫困家庭、丢下一个贫困群众。为了确保扶贫对象精准，切实做到扶真贫、真扶贫，我严格按照“五人大走访”工作法，遍访了板栗园村的组组寨寨，深入每个村组和群众家中调查研究，深入贫困户家中了解致贫原因和脱贫意愿，联系长期外出的农户对他们进行电话咨询。通过一段时间的深入调研，我对全村基本情况、基础设施建设、经济发展现状、群众脱贫愿望等有了深刻的认识，也对接下来的工作方向有了思路。

要想富，先修路。我深知基础设施建设对于农村的重要性，于是带领驻村干部和帮扶干部向帮扶单位、项目主管单位协调资金、协调项目，致力改善板栗园村的人居环境和大力实施基础设施建设。近年来，板栗园村修建了通村公路、通组公路、产业路和联户路，安装了太阳能路灯，实施了安全饮水工程，修建了环保公厕、污水垃圾无害化处理系统、文化健身休闲广场等，群众的生产生活条件得到了极大改善，村容村貌焕然一新。村里通了平整的公路，家家户户盖起了漂亮的新房，村子变得干净整洁，村民们对美好生活的追求也提升了。

我知道，群众比谁都关心扶贫政策，也更渴望了解扶贫政策。我在村里发放小册子、张贴宣传画，在走访中给大家面对面讲清、讲透住房、医疗、教育等各项扶贫政策。让群众了解到党的好政策，更要让群众享受到党的好政策。我认真落实各项惠民政策，确保各类民生保障制度落地，确保群众受益、稳定脱贫，让群众不因灾、因学、因病而返贫。“现在党的政策好啊，给群众的实惠太大了，太了不起了啊！”这是我在村里走访和开展工作时经常能听到的话。

授人以鱼不如授人以渔。在结对帮扶工作中，我了解到，村里的贫困户陈银良由于身患残疾，劳动能力有限，在外无法找到适合的工作而长期赋闲在家。得知这一情况，我想办法对接区内外用工企业，终于在麒龙国际天悦水上游乐园为他找到一个合适的岗位。陈银良多次对我表示感谢，但我觉得，作为一名扶贫干部，急民之所急、应民之所需，这就是我应该做的。看着他找到工作，有了稳定的经济来源，我心中的使命感和成就感油然而生。陈银良只是其中的一个例子，要想实现长效脱贫，必须保证其稳定的收入来源。为了解决更多无劳动能力贫困户的问题，我开始谋划产业项目，发展村级集体产业、协调组建农民专业合作社，将所有贫困户纳入合作社社员入股分红，因地制宜发展种植、养殖、旅游等产业，让贫困户实现稳定增收。

为天下劳苦人民谋幸福，是共产党人的初心，更是我作为一名党员干部的理想信念。在工作中，我一直告诉自己，无论是在乡镇工作还是在脱贫攻坚一线，都要不忘初心、求真务实，时刻牵挂群众，做到情为民所系、权为民所用、利为民所谋，用真诚态度获得群众的信任，用实际行动为群众谋福利，打赢这场输不起的脱贫攻坚战。

两度赴村战贫困

◇孟海珑

2019年6月，因工作需要，我调到凯德街道担任人大工委主任，并兼任街道唯一的深度贫困村大冲村的党支部书记和驻村工作队长。这是我第二次赴村工作，虽然已经轻车熟路，但仍感肩上责任重大。早在2017年10月的时候，我就被选派到江口县怒溪镇骆象村担任驻村工作队队长。当时村里基础设施薄弱、产业发展滞后、群众“等靠要”思想严重。

我们理清思路：要想解决群众的思想问题，必先紧扣“智志双扶”工作，把好思想扶贫关。通过宣传党的政策，引导群众感党恩、听党话、跟党走，持续激发广大群众内生动力；并且积极开展基础设施建设、产业发展、易地移民搬迁、医疗教育保障等一系列政策，实现组组通、连户路全覆盖，村容村貌焕然一新，有效保障了群众的切身利益。以“农旅结合、茶旅一体化”发展模式，打造骆象乡村振兴茶产业示范村，大力发展茶产业、生猪养殖产业和精品水果种植产业。有规模以上茶园15处，茶园总面积已达1.5万亩，可采茶园面积7500亩，全村发展茶叶加工厂4家，茶叶专业合作社8家，年产量可达500吨，年带动当地村民务工收入800万元以上。

2018年7月6日，骆象村24个村民组自发组织近1500余人集中感恩党中央，敲锣打鼓送锦旗，掀起了主动脱贫、抱团脱贫、组团申请摘掉贫困帽子，请求国务院第三方前来评估验收的热潮。干群关系鱼水情深的感人画面让我终生难忘。当年7月11日，怒溪镇骆象村成功接受国务院第三方评估，2018年、2019年国务院扶贫办宣教中心先后两次到骆象村调研脱贫攻坚工作。

这次担任凯德街道大冲村的党支部书记，我借鉴上次驻村工作的成功经验，继续从村情实际出发，从群众所需、所盼、所想出发。

以“扶贫周”大排查、大走访，召开群众会、院坝会、火坑会等形式，重点宣传惠民政策、感恩教育，不断激发群众内生动力，全面提升群众认可度。2020 年以来，开展群众会 18 场 700 余人次，走访联络 312 户 1247 人。同时，聚焦农业产业革命，采取“集体经济 + 飞地扶贫 + 农户”的模式，发展烤烟 400 亩、蔬菜辣椒 200 亩、茶叶 400 亩、新建养鱼基地 30 亩，集体经济年实现收入 14.2 万元以上，2020 年预计带动土地流转、务工收入达 48 万元以上。通过帮助群众稳定就业，截至目前，全村 486 人实现了就近稳定务工，开发公益性岗位 24 个，实现有劳动力的建档立卡户、易地扶贫搬迁户、边缘户 3 类家庭至少 1 人以上就业，带动群众增收。

近 3 年来，我深蹲决战脱贫攻坚一线，经历了江口县战胜贫困的点点滴滴，见证了党员干部战贫斗困、攻坚克难的感人事迹，收获了人生难得的宝贵财富，但是对家庭的付出照顾太少，让我常愧于心。父亲瘫痪在床，在往返贵阳治疗期间，是年迈无文化的母亲照顾着，我是一个不称职的儿子；2019 年 2 月 19 日，不仅是元宵节，也是我家二宝出生的日子，当时凌晨两点多，下着雪，爱人没有我的陪伴，独自一人坚强地步行到医院，我是一个不称职的父亲……可是家人对我却没有任何怨言。

也正是因为家人的支持理解，让我脚下的步伐更坚定，在脱贫攻坚一线工作更加安心、有底气，为全力夺取脱贫攻坚的最后胜利做出了自己应有的贡献。

群众夸我“好书记”

◇唐振深

我叫唐振深，今年33岁，是江口县民和镇凯里村的第一书记。驻村期间，我用脚步丈量民情，走遍了凯里村的每一个角落，用实干赢得了民心，每次走访，群众都夸我“好书记”。

到村以后，我迅速融到群众之中，当了解到新四组群众饮水困难时，我一方面积极向县水务局协调项目资金，修建蓄水池，疏通饮水管道；另一方面协调镇水务站对原有老水井进行修缮，做到双保险。1个月后，该组群众喝上自来水时，脸上露出了幸福的笑容。

了解到群众想在村委会附近新建1个文化娱乐场所，但因土地纠纷一直未能如愿，我迅速组织村干部，组成4个调解组。通过半个月的调解，问题最终得以解决。

凯里村属于一类贫困村，建档立卡户186户692人。为了更好地开展精准扶贫工作，我与其他帮扶干部一样，大多数时间都是吃、住在村里，只有周末回家，换洗衣服后又赶回村里。

目前，该村主要发展了茶叶510亩、猕猴桃160亩，实现186户贫困户利益联结全覆盖。同时，向相关部门争取了2个农田灌溉沟渠新建项目84万元；争取了农村文化娱乐场所新建项目18万元；争取了大山坪产业路新建项目12万元；争取路灯165盏，空调3台；争取了村级运转经费共计21万元。指导村支“两委”组织人员，认真抓好通村通组路、安全饮水等基础设施的建管工作。

从机关人迅速转变角色成为村里人，每天的扶贫日志虽是记录扶贫日常点滴，却写不尽对扶贫事业的热爱。我深知，只有真蹲实驻、真帮实干，才能真正让“驻村第一书记”变为“助村第一书记”。

爱“串”的罗乡长

◇罗 琳

我叫罗琳，是石阡县石固乡人民政府乡长。到石固工作之前我是县财政局的一名副局长，因为一直在县直部门工作，对农村工作了解不深入，经验不丰富，加上正值脱贫攻坚重要时期，我深感责任重大。

多年的财政工作让我养成了对工作要求实而又实、细而又细的职业习惯。到石固乡工作后我依然秉承着这种习惯，凡是涉及项目和资金的我都会亲自过问，亲自审核把关，生怕在哪个管理环节出差错。

我对工作的细心被石固乡的干部职工们看在了眼里，也得到了他们的一致认可，称赞我是项目管理的行家，也是争取项目的高手。

犹记得我来石固乡上任的第一天，分管脱贫攻坚的同志特意向我汇报了石固乡脱贫攻坚现状，那一晚我辗转反侧，脑海中总是浮现着那一串串揪心的数字——石固乡辖 14 个行政村，91 个村民组，总人口 13923 人，有 7 个贫困村，其中深度贫困村 2 个，建档立卡贫困户 1017 户 3743 人，贫困发生率 26.88%；水、电、路、讯等基础设施极度落后，全乡只有一条通村公路实现了硬化；产业发展单一，人居环境脏、乱、差，群众“等靠要”思想严重，受各方面因素的制约，全乡群众“增收无保障，致富无希望”的思想根深蒂固……

如何改变这些现状？如何让石固的百姓实现脱贫致富增收？一连串的问号，让我彻夜未眠。我知道，要想彻底改变这一切就必须走进群众家中、走进群众心里，了解村情实际方能正确把握好方向。

有想法就要付诸行动。第二天一早，我与几名同志决定先一同前往贫困发生率较高的一类贫困村——公鹅坳村。

8公里坑坑洼洼的山路，颠簸了近1个小时才到达。驾驶员把车停在了一栋2层的木楼前，我踩着咯吱作响的木楼梯上了2楼，只见到几人正忙着填写“四看法”评估表，不难看出这栋木楼就是公鹅坳村的办公场所，填表的那几个人就是该村的村干部和帮扶干部。

见到我们到来，村支书向我们介绍起了公鹅坳的村情实际：群山环抱的公鹅坳村，距离县城52公里，距离乡政府8公里，共有11个村民小组，辖309户1133人，其中建档立卡户104户355人。村民收入以种植、养殖和务工为主。

从村委会出来支书带我们前往板桥山组走访贫困群众，在一处坡陡弯急的地方，汽车陷入了泥泞之中，车辆几度打滑，无法前行，最终从附近村民家搬来一捆谷草，垫在泥泞路面陡坡上，才费力地冲出泥坑。

此时远处走来几名放学的学生，边走边唱着：“公鹅坳公鹅坳，汽车一动紧到跳。贫穷落后吃不饱，出门在外惹人笑。”从童谣中我再次感受到了改善基础设施、发展产业促进群众致富增收的迫切性。

从公鹅坳村回来之后，我越发感觉到需要全面了解全乡各村村情的紧迫性和压力感。于是，在刚来的那两个月内我挨家挨户“串”：串遍了全乡14个村91个村民组，走访了80%以上的贫困户。五年来，我也几乎走遍了全乡每一个角落，串遍了全乡所有群众家。

除了挨家挨户了解村情民情外，我还喜欢到各级各部门去“串”。

全乡发展产业、改善基础设施建设这些工作虽然有专门分管的同志在负责对接联系，但是为了能够帮乡里争取到更多的项目和资金，我还是经常往县里、市里乃至省里面跑。其中，县扶贫办、财政局、农业农村局、水务局、交通局、住建局等多家单位把我当作了他们的常客。

有一次，为了争取资金完善龙塘坳村的一条产业路建设，我找到了负责项目的县领导，还没有来得及汇报，领导就半开玩笑半当真地说道：“罗琳啊，今年的项目资金已经匹配完了的哈，这回你在我这里打不到主意了哦。”

尽管吃了闭门羹，但我还是硬着头皮，向领导汇报了相关情况，最终呈送了相关的报告。欣喜的是，没过多久该项目便通过了评审，得以实施。

几年来，类似于上面这种情形的事，不知发生了多少回。虽然不是每一次争取都能得到落实，但是我始终相信“一切皆有可能”。只要有一线希望，我都不会放弃，更不能放弃——群众的所期所盼是让我一定要努力争取的力量。

争取到了项目资金后，重点是要使其落地生根，这样才能开花结果。因此，我又定期定点“串”：凡是有项目实施的地方我至少要串 3 次以上，在串的过程中跟进项目实施进度，了解存在的困难，解决发展过程中的矛盾纠纷，监督资金的规范使用，发挥项目落实的辐射效应。

自 2018 年石阡县发起了脱贫攻坚的总攻以来，全县兴起了基础设施大会战。石固乡奋勇争先，落实基础设施建设，补齐串户路进寨路、产业路等基础设施短板，完成硬化产业路 100 余公里，硬化组组通公路 82.33 公里，全面完成了串户串寨路 16.33 万平方米的道路建设；修建安全人饮水池 58 座，修建电提站 5 座，农村自来水普及率达到 100%，贫困村安全饮水达到 100%，彻底补齐了人饮民生短板；完成高低压电力改造 17 个台区，支持产业用电安装变压器 8 个站点，全乡稳定电力保障率达到 100%。实现农村 4G 网络、光纤网络到村到户全覆盖。

截至目前，石固乡已同全省一道实现了贫困发生率清零的目标，撕掉了绝对贫困的标签，迈入了同步小康的康庄大道。

随着时间的推移，我深刻地体会到了群众对我的称呼是如此的亲切，也更加领悟到了“串”的含义。几年来，我用脚步“串”出了石固乡基础设施翻天覆地的变化，“串”出了产业发展欣欣向荣的美好蓝图，“串”出了百姓群众的幸福指数，“串”出了石固乡百姓群众决战决胜脱贫攻坚的激昂战歌。

我在岩顶拌砂浆

◇向俊乾

正入万山圈子里，一山放过一山拦。

2018 年 3 月，带着组织的嘱托，我来到石阡县坪地场仡佬族侗族乡岩顶寨村任脱贫攻坚队长、第一书记。看着重重大山，我知道肩上的担子并不轻。

岩顶寨村地势陡峭，全村 8 个村民组，有 7 个在山顶，全村 298 户 1131 人，其中仡佬族、侗族等少数民族群众占 90% 以上。受交通、水资源等因素制约，2014 年该村贫困发生率仍有 34.9%，属一类贫困村。

2018 年年底，岩顶寨村整村脱贫出列进入关键期，正当大家铆足劲向贫困发起总攻时，却不料负责腊岩沟组“三改一维一化”项目、通组路建设的施工队因工程难度大，撂挑子不干了。

由于腊岩沟组山势险峻、地基松软、路面湿滑，连找了 3 批工人都不愿意接活儿，加之腊岩沟组的 23 户群众多为留守老人和儿童，攻坚队和村两委便号召村内的党员一起修路：“咱们自己干吧！”

但与交通部门对接多次，技术员均建议延期施工。

眼看上级要求的竣工时间一天天逼近，大伙儿都坐不住了。我提议：“要不我们先落实‘三改一维一化’项目，把农家房前屋后先硬化。”

“好！我负责背材料。”

“我负责搅拌砂浆。”

……

驻村攻坚队员纷纷响应。

通组路尚未打通，材料无法直接运输到山下的农家，导致施工难度大、进度慢、成本太高。我便请求铜仁市民族和宗教事务委员会支援，争取到10万元帮扶资金，从通往腊岩沟组的坡顶铺设管道转运砂石、水泥等建筑材料。

没有专业施工工具，我们就用农家的钉耙掏水泥、用农耕机搅拌砂浆。一个多月里，攻坚队和村干部带领乡亲，把能用的工具全拿到施工现场，全员动手，自力更生。

高强度的体力劳动让大家的手都磨出了血泡，队员被钉子扎到脚、被工具割破手均没叫苦，带领乡亲坚持战斗。无数个机器轰鸣的冬夜，大家靠合唱一首首红歌坚持，顺利完成腊岩沟组“三改一维一化”，没有耽误工期。

改善基础设施最能提升群众幸福感。当下，全村13.6公里的通组路、8.4公里的串户路、8.3公里的产业路把岩顶连成一片，“三改一维一化”项目全覆盖，298户全部实现从“居者有其屋”到“居者优其屋”。

路通则百通。在铜仁市民族和宗教事务委员会的帮扶下，岩顶寨村还用大连民族大学捐赠的60万元帮扶资金来扶持村里的产业，已初步形成了860亩生态茶产业＋小叶桢楠为主导，300余头肉牛养殖及1000亩油茶为两翼的产业发展新格局。

全面小康，一个民族都不能少。岩顶寨村用足、用活、用好党的民族政策，紧盯目标全力冲刺，1000余名仡佬族、侗族群众已于2019年3月全面脱贫，整村脱贫出列。

医者也要上战场

◇王忠强

2017 年，我是医务科主任，帮扶一个村；2019 年，我是副院长，帮扶一个乡；2020 年，我是一名普通医生，去往武汉抗疫……在这两个没有硝烟的战场上，医者同样也是战士。

在我 10 岁时，爷爷生病治疗，只能用农村的“土方法”——吃辣椒水，时常辣到发汗，导致身体虚脱，50 来岁就倒在了病床上。当时的长辈们觉得村里要是能有一个懂医术的人，寨子上的娃娃坟、壮年坟是否就会少了？

看不起病、看不好病、没地方看病，是那时农村普遍存在的问题，就在那年，我暗暗立誓，长大立志成为一名医者。时间一晃而过，21 岁那年，职中医士班毕业的我，如愿成了一名村医，串巷入户，在田埂地头一走就是 10 年。

行路难，多岐路。行医 23 年，我一直觉得自己起步低，那就要脚踏实地，走稳、走好每一步，把病人当成亲人，才能在温情中成长。

2017 年，脱贫攻坚实现 “一达标两不愁三保障”，健康扶贫“战线”开始前移，医者终于也要上战场了。

按照全县家庭医生签约服务工作部署，以“1+1+1+1”（一个团队、一名县级医生、一名卫生院医生、一名村医生）的服务模式，我签约坪地场乡老鸹林村。初到村里，远的地方还有少许黄泥巴路，车子进不去，我和两位同事背着急救箱，拿着签约册，走了一个多小时的山路才到群众家中。

老弱病残皆有所需，在大半月时间里，我们签约了全村贫困群众 836 人，之后定期对他们进行体检、健康宣讲和健康指导，争取把病害扼杀在萌芽阶段。

记得2018年的深秋，我和往常一样，在坪地场乡老鸹林村陈家组进行回访，发现一名68岁男性患者腹部肿大，3个月来饮食退缩，行走时腹部疼痛，已丧失了基本劳动能力。重庆、贵阳、遵义……患者近三年的漫漫求医路，病情仍不见好转，让这个贫困家庭雪上加霜。我当即联系院科室，把他送入肿瘤科治疗。后在苏州援阡专家和我院科室同事共同努力下，对患者进行了腹腔巨大肿瘤切除术，4小时成功切除9公斤重的肿瘤，术后患者已能正常饮食和轻松行走。

得益于组织信任，2019年4月，我被任命为石阡县中医院党委委员、副院长，开始分管健康扶贫工作。那一刻起，我将责任扛在了肩上、抓在手上、记在心上，加快落实“先诊疗后付费”“大病专项救治”“即时即报”等工作，要求全院干部职工必须做细、做实签约服务工作，确保每年至少4次入户服务，随时访视特殊人群和重点人群，为辖区内建档立卡贫困人口签约10284户39310人、非建档立卡人口（7类13种大病、36种慢病、25种重病、残疾人、五保户等）签约5791户20080人，真正为贫困户解决看病难、看病远、不想看病、看不好病问题。

战时有兵往，疫时有医赴。庚子年初，疫情肆虐，身为医者，理应到祖国和人民最需要的地方去。2020年2月21日，我作为贵州省第八批援鄂医疗队1443中的一员出征武汉，在一个多月时间里，我习惯了“雾上护目镜”，也习惯了“汗蒸防护服”。终于，在那个满是桃花的季节，我们踏上了回家的胜利路。

铜仁市委市政府授予的“铜城仁者·战役先锋”和“脱贫攻坚优秀共产党员”称号、湖北省委、省政府颁发的“新时代最美逆行者”奖章……这些荣誉不仅是我个人的，更是对广大医务人员的肯定和鼓励！

我是“扶贫群主”

◇林　雪

我叫林雪，是石阡县五德镇党委副书记、镇长、镇脱贫攻坚前线指挥部副指挥长。2018 年是石阡整县脱贫摘帽的关键之年，我深感使命光荣、责任重大、任务艰巨。

五德镇是劳务输出大镇，全镇有外出务工人口 5000 余人，其中常年在江苏无锡务工群众有 1000 余人。在外务工的群众几乎全是家里的顶梁柱，如果他们不参与脱贫攻坚，那么脱贫成效一定会大打折扣。面对当家人集中在外的现状，我一直在思考“如何有效建立同广大当家人的沟通渠道”这个问题。

有心人，天不负。我终于在一次赴江苏培训的机会中找到了解决问题的突破口。11 月 28 日下午，一场千里之外的跨省“五德镇脱贫攻坚干群连心会”在江阴市拉开了帷幕。

为了对群众们表示慰问，我自费 1.54 万元特地准备了苔茶、绿豆粉、茶香糯米鸡、黄水粑等家乡特产，参会群众每家一份，有效拉近了和群众的距离。在连心会上，我从水、电、路、讯、房等基础设施的完善，教育、医疗、卫生等保障水平的提高，从乡村环境卫生整治、产业发展、群众增收再到乡风文明建设，用一组组详实的数据、一个个生动的事例，向现场群众介绍了脱贫攻坚以来家乡的巨大变化。用通俗易懂的语言向他们宣讲了脱贫攻坚以来党的政策好、人居环境好、社会风气好、干群关系好的明显变化，同时也认真听取了他们在外务工的所见、所闻、所感以及对家乡发展的一些建议。会议从下午五点半一直持续到晚上九点多，看着大多数群众拿着手机录视频，我便顺势提议建立一个微信群。

我的提议得到了大家的一致同意，随后我便在微信上建立了“五德江苏连心群”，也就开启了我的“扶贫群主”之路。

为了便于大家咨询、了解政策，我把班子成员、各村攻坚队长、股所站室负责同志和村支“两委”负责人都拉入群中，随时为他们答疑解难。群刚建好，便有村干部在群里晒出反映家乡变化的照片，群里一下便炸开了锅。有的说路硬化了，以后要开车回家；有的说变化太大了，都认不出来了。通过群众间相互带动，除在江苏务工的群众外，五德镇许多年轻群众也纷纷加入群中。

该群建立后，群众极其活跃，参与脱贫攻坚的积极性也很高。因白天忙于走村入户核查政策兑现情况和实地督促项目进度，每天晚上一一回应群众政策咨询、了解诉求就成了我的常态工作，有时候常常为了做好解释引导忙到深夜。现如今，我们在工作推进中遇到什么困难，群友们也经常通过电话帮助我们做在家亲属、朋友的工作，取得了很好的效果。

有的家庭因孩子读书存在经济困难或是因病支出较大，抑或是受灾，大家便自发在群里组织捐赠资助活动，我也时常参与其中、乐在其中。有时想共商什么事，我都会在群里征求大家意见，每次都能得到诸多中肯、管用的回复。

近两年来，我们通过这个扶贫群成功动员易地搬迁户 20 余户，推荐就业创业 120 余人，化解邻里矛盾纠纷 6 起，协调解决乡村公共基础设施建设占地 7 次。

如今，该扶贫群已成为五德镇外出务工群体关注家乡发展变化、咨询了解政策的平台，也逐渐成为五德镇干群连心、共谋发展的线上纽带，为五德的脱贫攻坚事业和经济社会发展发挥了不可磨灭的积极作用。

日行 2 万步 督出好成绩

◇刘晓强

我叫刘晓强，是印江土家族苗族自治县纪委监委派驻第六纪检监察组组长。2018 年、2019 年负责督导木黄镇、朗溪镇、紫薇镇的脱贫攻坚工作，2020 年调整为督导洋溪镇、杨柳镇的脱贫攻坚工作。

刚负责督导时的两件事，让我确定了把饮水和住房作为“一达标两不愁三保障”落实情况督导的重点工作思路。一件事是到朗溪镇白沙大坡走访群众时，群众倒了一杯茶给我喝，我喝了一口后，问：“你们吃水困难吗？”“困难哦！”“那喝的水是从哪里来的？”“水井早干了，用的是之前下雨集在房顶的水。”听到这里，我怀着对水的珍惜，把剩余的茶喝掉，暗自对自己说，今后每到一个地方都要注意饮水问题。另一件事是督导木黄镇文昌村时，查看一户农户“四卡合一”，房屋已经进行危房改造，住房平均面积是达标的。但一个 80 岁的老婆婆，两个 50 岁的单身儿子，老婆婆的卧室是改善了，但两个儿子住的另一头，地板破损、没有天花板、板壁四处透风，而且该户农户根本无法自己解决住房问题。我当即提出整改要求。在后来的住房问题核查中，我必楼上楼下、房前屋后都看个遍，将安全隐患、跑风漏雨等一点不漏地都反馈给村攻坚队，并及时开展回头督查。

2018 年 6 月，我们组到木黄镇坪洞口村督导，发现制约该村产业发展的两个难题：一个是经果林发展面临生产缺水问题，一个是村委会连接坨里组中间有一段属于松桃苗族自治县的路面未修整硬化，处于晴天勉强通、下雨走不了的状况，许多农户新建房屋因建设材料无法运输，住房保障问题尤为突出。面对这两个难题，村攻坚队束手无策，对迎检完全没有信心。于是我们把坪洞口村作为督导重点，每督导一次就把这两个问题报告一次，并多次对接县督导组，提出从邻近村引水、与松桃共建共享公路等整改建议，请县督导组将问题汇总上报，引起了县委、县政府的重视，县委领导亲自到该村开现场办公会，积极与松桃苗族自治县的协调，最终解决了这两个问题。

2019 年 2 月，紫薇镇袁家林村一农户对帮扶不满意，我们组前往督查整改情况。凭数月来的督导经验，我觉得农户对帮扶干部表示不满意，一定有原因，不能只单纯责令帮扶干部整改，我们要帮助解决问题。于是我便问原因，该农户说小孩在外务工没带钱回来，帮扶干部仍然给他填了小孩的务工收入，他不认可。我说："你看你小孩在外务工每月最少 2000 元收入吧！为什么呢？每月少于这个数他在外面根本无法生活，再说他们老板也不敢开低于当地的最低工资标准的工资给他。虽然没寄给你，但这一年你也没有贴钱给他不是？换句话说，你没有养他的支出，他属于家庭成员，他的收入也是家庭收入。"这样一算、一说，农户想通了，不仅认可了收入，承认了小孩有寄钱回来的事实，还走进堂屋拿出两条凳子喊我们坐，喊家里人泡茶给我们喝。就这样，我们赢得了群众的认可，完成了这个问题的销号督导。

2019 年腊月二十六日，我带领两名同志前往洋溪镇、杨柳镇督查脱贫攻坚问题整改情况。车刚进印江东收费站不远，车辆无缘无故地在匝道上打横，差点撞上了路坎，停车检查未发现问题。几个人一商量，继续往洋溪赶，去完成当天工作。不巧，车子又在路途熄火，只得一边联系修车师傅，一边联系洋溪镇调车支援。中午，我们谢绝了临近村邀请吃饭的好意，各自在寒风中吃了一碗方便面后，便前往村里开展工作。就这样，一个村一个村地核实，一个问题一个问题地销号，一直工作到当晚 24 时才完成工作任务。

两年的蹲点督导日子里，日均 2 万步，这是我的华为"运动健康"为我记录的脱贫攻坚足迹，2018 年开始的 3 个月我瘦了 14 斤。我督导的木黄镇、朗溪镇、紫薇镇 3 个乡镇行政村的总数占全县的 1/5、版图面积约占 1/4，我带领成员真蹲实督，确保了所督导乡镇脱贫攻坚质量高、成色足，顺利脱贫出列。

履职为民勇担当

◇皮朝鑫

我叫皮朝鑫，是印江土家族苗族自治县人民法院派驻该县天堂镇白岩村的第一书记。

2018 年 3 月，我正式踏上脱贫攻坚征途，从一名司法工作者转变为一名脱贫攻坚战士。

白岩村位于天堂镇东北部，海拔高度 828 米，距乡政府驻地 7 公里，距印江县城 37 公里。全村辖 9 个村民组，属二类贫困村。

我驻村帮扶的第一件事，便是开展全村的基础设施建设工作，帮助群众完成危房改造、连户路修缮、路灯安装等，实现白岩村旧貌换新颜，进一步提升群众生活幸福感。

作为一名司法工作者，在开展脱贫攻坚工作过程中，我充分发挥专业所长，帮助村干部提升政策法律学习、矛盾纠纷化解、依法依规办事和带领群众致富的能力，切实提高村级治理水平，为群众营造和谐稳定的生产生活环境。

与此同时，我充分运用堂屋会、院坝会等阵地，大力开展政策宣传和法制教育，及时准确地为群众普及疫情防控、防洪防汛、规范养犬、安全生产、教育医疗等知识，以通俗易懂的方式让党的政策深入人心，让法律常识家喻户晓。

为增加群众自身脱贫内生动力，我在全村试点推行 20 万元“振兴行”互助基金惠民经济，帮助群众创业发展，重点抓好茶叶、辣椒种植和畜牧养殖三大主要产业，着力拓宽群众的增收致富途径。

此外，我积极动员有劳动能力的群众外出务工，对无劳动能力且家庭生活困难的群众实行“救助兜底”，并为边缘困难群众争取公益性岗位，全力帮助群众实现增收致富梦。

通过村集体入股发展农业产业，2020年全村集体经济协议分红达到3.548万元，群众的腰包越来越鼓了。

2020年疫情期间，我带领全村党员干部坚守在疫情防控第一线，充分发挥基层党组织战斗堡垒作用，探索推行“驻村干部＋村支监‘三委’＋党员＋林管员＋组长”的“五位一体”防控模式，分片落实包干责任，全面排查管控外来人员，切实防范疫情输入风险，有效确保了全村人民群众生命安全和身体健康。

干部为公，履职为民。下一步，我将继续聚焦“两不愁、三保障”标准，加强动态监测预警，着力抓实帮扶工作，确保已脱贫户无一返贫，持续巩固脱贫成果。

扎根基层 用心用情用力扶贫

◇李世军

我叫李世军，是印江自治县洋溪镇党委委员、副镇长、武装部长。2018年、2019年，我分别担任新黔村、洋溪村脱贫攻坚队长，现任蒋家坝村脱贫攻坚队长。

2004年11月，我到洋溪镇工作。十六年光阴匆匆而过，现在我已完全融入洋溪这片热土，早已把这里当成我人生的第二故乡。

记得16年前初到洋溪报到时，我与同事一早从县城骑摩托车，沿蜿蜒盘旋的泥巴路一路向南，翻过千重山，跨过数条小河，绕过不知多少个弯，跋涉6个多小时，终于到达洋溪镇——“印江的西藏”。

抵达目的地，我从头到脚满身是尘土，看见集镇两边全是破破烂烂的砖木结构矮瓦房，街道是集镇唯一的水泥路面，而且到处坑洼不平，我十分惊讶，同时也很好奇，这便是我一直扎根洋溪的缘故吧！

自全县脱贫攻坚战冲锋号吹响后，按照洋溪镇党政班子成员分工，我主要负责分管脱贫攻坚和农业农村工作，担任洋溪村攻坚队队长，另外还承担新黔村6户贫困户的结对帮扶任务。

最让我揪心的是马家土组吴绍喜户。他家有4口人，其中有3人是残疾人，小女儿吴先路在铜仁读高职，于2015年脱贫。

然而天有不测风云，一场意外交通事故，让这个靠种养殖业维持生计的家庭再次陷入返贫困境。于是，我将该户的详细情况向镇脱贫攻坚指挥部汇报后，指挥部同意将该户纳入返贫户进行管理。结合实际，我还有针对性制定脱贫计划和具体帮扶措施，并为其申请评定为低保户，确保按期达到脱贫条件。

此后，我只要有空就去他家走访，深入了解其家庭生产生活情况，帮助其理清发展思路，积极向其推荐就业培训和就业岗位，鼓励发展种养殖业，积极动员其家中劳动力外出务工增收，向其宣传党的最新扶贫政策，千方百计帮助该户解决实际困难。

2018 年的一个暴雨天，天还未亮，我突然接到电话，是吴绍喜的妻子杨秀芬打来的。电话那头，杨秀芬声音非常急促，只听她说："我家房子后面滑坡了，请你快来看看……"

情况紧急，我连忙赶赴现场。看到洪水从她家房间直冒出来，整个室内的水比水田还深，滑坡的泥土和石头将屋后板壁推倒……我心急如焚，一边安慰吴绍喜家人，一边帮助其排洪，排除险情，直到确认住房和人员安全后我才回单位。

当年，我帮助他家争取到 5000 元资金，对房屋进行再次维修加固。如今，吴绍喜家的木房子格外显眼、非常漂亮，室内外环境卫生也变得干净了，夫妻俩脸上的笑容也多了起来。

帮群众办实事、办好事，扎根基层，用心、用力、用情帮扶，这是我多年来的座右铭。我相信，脚踏实地终能赢得群众的认可和点赞。

情系乡村发展

◇讲述：龙明江　　整理：思南县公安局

在脱贫攻坚战斗全面打响之后，思南县公安局党委按照县委、县政府的统一部署，派出了一大批党员干部开展帮扶工作，其中思南县公安局二级警长龙明江被分配到瓮溪镇黄坪村负责脱贫攻坚工作。

瓮溪镇距离思南县城有七十多公里，而黄坪村又是瓮溪镇偏远的村寨。黄坪村 257 户 1129 人当中有 94 户是建档立卡贫困户，贫困发生率达到 36.6%。龙明江接到任务后，将家中事宜交代给妻子，做好单位工作交接之后，义无反顾地来到了偏远的黄坪村。俯下身去、扎下根来，以一名共产党员的身份，挑起了“让群众脱贫致富”的重担，为思南县实现全面脱贫贡献了积极的力量。

自 2018 年 3 月担任黄坪村第一书记以来，龙明江始终怀着强烈的使命感、责任感和荣誉感，与群众朝夕相处动真情，扎根黄坪村战贫困、钻业务、办实事、解民忧、帮民富，紧紧围绕脱贫攻坚工作的要求和部署，主动作为抓落实、一心为民促增收，把对党忠诚和对事业的执着全面落实到实际工作中去，以主动的作为和担当彰显了一名共产党员的本色和风采。

抓制度建设

在新的工作岗位上，身处脱贫攻坚第一线，龙明江迅速转变角色，主动作为。他日行田间地头，夜访农家院落，熟悉村情、了解民意，问计于民，找老支书、在家党员聊天谈心。面对以前长期都没解决好的问题，敢说“我是一名共产党员，党委派我来，就是来解决问题的，办法总比困难多，只要我们有信心，只要我们不偷懒，只要我们心往一处想、劲往一处使，实现全面脱贫就不是问题”。于是，他多次召集村支两委开会，根据村里的实际情况，给两委成员明确分工，制定工作制度，充分调动工作积极性，使村支两委拧成一股绳，劲往一处使，对内一条心、对外无杂音，实实在在地为村民办实事。作为第一书记，他还率先垂范、以身作则，狠抓班子自身建设和党员队伍教育管理，利用好支部主题党日活动和村民代表会议，梳理分析工作中发现的问题和难点，办好村里的每一件事，并利用微信等多媒体方式与该村在外党员沟通，使村支“两委”更加彰显活力，战斗力明显增强。

抓宣传教育

在入户走访中，龙明江发现，很多群众对党的政策一知半解，有的甚至断章取义，完全曲解政策本意，导致群众对村里的工作不理解不支持。为此，他先后主持召开支部会、村组干部会、村民小组会、院坝会、田坎会 80 余场次，向群众宣讲党的政策，在群众中深入开展了党的十九大和“四个好”宣讲活动，持续加强群众的思想教育，用社会主义核心价值观教育引导群众“比过去看现在、感党恩跟党走”，切实做到思想上共振、感情上共鸣、行动上共进。

抓产业发展

在工作中，龙明江坚持将脱贫攻坚与基层组织建设有机结合起来，把党建优势转化为脱贫优势，使党建工作与扶贫工作同频共振。在抓产业发展中，他引导全村 94 户贫困户全部加入村集体经济组织专业合作社，并精心指导村专业合作社发展生态黄牛养殖 50 余头，指导养殖大户搞好商品牛、商品猪、鸡鸭等养殖。在发展长效产业中，他找准突破口动员党员率先丈量自家土地，签订土地流转合同，种植茶叶 213 亩、烤烟 70 余亩，在家贫困户优先安排在茶叶基地和烤烟田地务工；全村农户散种脐橙 240 亩、油茶 150 亩。2019 年，该村集体经济积累达 5.38 万元，贫困户户均分红 438 元。

抓服务管理

抓好基层组织建设是决战决胜脱贫攻坚的关键所在。作为最基础的一级党组织，在工作中龙明江注重服务质量，注重调动贫困群众的积极性、主动性、创造性，注重激发贫困群众脱贫致富的内生动力和自我发展能力，教育和引导贫困群众用自己的辛勤劳动实现脱贫致富。在走访中得知该村一户贫困户因其子女长期外出，家中两老人无精力进行危房改造这一情况后，龙明江立即组织施工队对该户房屋进行了改造。当有人问起这两位贫困老人住上安全住房的感受时，两位老人和周围群众都激动地说党的政策好，嘴里不停地感谢同志们的辛苦付出。群众的幸福感和满意度有了明显提升。在 2020 年年初突然爆发的新冠肺炎疫情面前，根据镇党委政府疫情防控工作安排，他与村两委成员一道建立了 24 小时防控制度，入组入户开展防控工作，当村民问道："龙书记，你不怕传染吗？怎么天天来我们这里搞工作？"听到这，他就笑笑说："我是第一书记，是一名警察，更是一名党员，我一定要挡在疫情前边。我的职责不允许我临阵退缩，党组织需要我，人民群众更需要我，我必须义无反顾！"

抓民生事业

"党的政策好，我们有信心带领村民脱贫致富。"当群众关心的问题得不到解决，口号喊得再响也没用，事实跟结果才是最有力的证明。龙明江带领全村党员以"不忘初心、牢记使命"主题教育为契机，教育引导全体党员同志要在脱贫攻坚这场战役中充分发挥作用，以良好的姿态展示一名共产党员的风采。按照全省农村“组组通”硬化路三年决战目标，组织党员、群众成立劳务队参与建设，全村组组通硬化公路，“四改一化一道”覆盖所有需要的农户。2018年以来硬化入户便道11.4公里，入户水管安装全覆盖，户户饮水安全。新建村委会办公楼290平方米，村卫生室120平方米，新建村集体活动广场1200平方米。完成农村电网升级改造，电力保障。通信网络全覆盖。

脱贫攻坚还在路上，心中有党、心中有民、心中有责，龙明江十分清楚自己肩上的责任就是要全力以赴地解决群众的脱贫问题，全心全意为夺取脱贫攻坚全面胜利而努力。任重而道远，他将坚持以习近平总书记“我将无我，不负人民”的思想境界为追求目标，坚持把“摘掉贵州贫穷落后的标签”当成自己的职责、任务，不懈追求、不懈努力。

勇往直前

◇梁正庄

我叫梁正庄，是思南县的一名驻村干部。2015 年大学毕业后，我抱着回馈家乡的梦想，扎根到了基层。我之前一直是枫芸乡高原村的包村干部，2017 年，从包村干部转为驻村干部，前前后后在高原村待了四年多。2020 年 4 月，我受派遣转战到枫芸乡环岩村担任脱贫攻坚工作队队长。

都说“要致富，先修路”。为给村民提供更好的交通条件，也为给村子谋求更好的发展，我与乡干部商量后，与思南县交通局的工作人员对接，邀请他们到高原村实地考察。高原村黎家湾组交通状况十分落后，通行道路还是好几年前开挖的烂泥路，雨天根本无法通行。经过双方的共同努力，2019 年 6 月，高原村黎家湾组修建了水泥路，从此，村民们出行再也不用担心下雨天出门踩得满脚都是泥了。

产业带动经济发展，也带动当地人民就业，村民们有了收入，日子才会过得越来越红火。我刚到高原村时，村里产业发展稀少，如今，不仅有茶叶、七星鱼，还有“黑老虎”等。

“黑老虎”是一种精品水果，市面上少有售卖。2019 年 9 月，我带着工作队到湖南省通道县考察“黑老虎”。考察回来后我和工作队一致认为它可以作为高原村的特色产业，于是我们便准备投资种植。由于村民们没有“黑老虎”的种植经验，加上“黑老虎”是他们没有见过的水果，所以他们认为它没有销售市场，都不愿出钱投资种植。最后，经过协商，我和工作队每人集资 2000 元用于种植“黑老虎”，带领村民们共同种植，克服困难。全村现种有“黑老虎”26 亩。

2018 年 10 月，高原村开始发展绿茶产业。起初，村民们都不舍得把自家土地拿来种植茶叶，尤其是那种土壤比较肥沃、面积较大的田地，后来经过不断召开群众会，讲述各种政策帮扶，分析产业收益，最后大家都同意将土地拿来种茶叶。利用村集体专业合作社贷款种植茶叶 200 亩，茶叶管护情况良好。2019 年 12 月，通过扶贫项目发展稻田养殖七星鱼 14 亩，2020 年 2 月正在发展苗圃种植共计 80 亩，预计 2021 年就能拿到市场上销售。

2019 年，正值脱贫攻坚的关键时期，为了让高原村的村容村貌焕然一新，我打遍了高原村在外成功人士的电话，想尽办法终于实现了我刚来高原村时的想法和规划——把高原村的村委会大楼加高一层。这不仅使得村委会大楼看上去更整洁大方了，而且还解决了每位驻村干部的住宿问题，同时把村里的篮球场重新翻修，还修建了乡村大舞台。

2020 年 4 月，我被组织调派到环岩村继续做扶贫工作。环岩村的硬件设施相对高原村来说要完善一些，但软件设施还有待加强，这让我肩上的担子又重了一些。

2020 年是我参加扶贫工作的第五个年头，在这五年当中，我大部分时间都是在村里面，陪伴在家人身边的时间少之又少。尤其是妻子生产之时，正值思南县脱贫攻坚工作考核之际，我没能抽出时间陪伴妻子左右，对此我深感遗憾。孩子出生的第十天是大年初一，村里召开紧急会议，对疫情防控工作做相关部署，那天从家出来后，我就再没时间回去过。

如今在环岩村工作，我也依然会尽我所能，用我的实际行动来帮助村民们增加收入，让村民们的日子越来越好。环岩村的产业基础非常扎实，茶叶长势良好，下一步计划是建立一个茶叶加工厂，向高端茶叶领域进军，获取的利润将会更多，这样村民们分到的钱也就越多。除此之外，将大力发展柑橘、柚子、花椒等产业，扩大生产量，拓宽销售渠道，加大力度解决当地村民就地务工，让环岩村的产业越来越壮大。

在基层扶贫虽然很辛苦，但是收获颇多。我能从扶贫工作中学到很多书本上没有的东西。与老百姓接触得越多，学到的为人处世的方式越多，这也是人生中重要的一课。看到老百姓脱贫后的生活越来越好，我心中充满了幸福感，觉得所有的辛劳都是值得的！

倾心为民办实事

◇吴万江

我叫吴万江，是思南县白鹭湖国家湿地公园管理局副局长。

思南县思林乡杨家坳村辖 8 个村民组，现有 331 户 1122 人，建档立卡贫困户 43 户 166 人，已全部脱贫。村支“两委”班子健全，中共党员 18 人，驻村工作队 5 人。

“组织派我去，就是相信我，去了就一定要干出个名堂，不然对不起党组织，也有愧于群众。”2018 年 3 月，我到杨家坳村任第一书记、驻村工作队队长。

到村里才发现，村委办公室十分简陋，无法满足当前工作的办公需求，驻村工作队队员们饿一顿饱一顿的，没有指挥所，怎么能打好这一仗呢?

再三思考，我通过寻求单位、企业、朋友等的帮助，努力筹措资金为村委会会议室安装了空调、LED 显示屏、电脑、打印机、电暖炉等设施设备；为村委会小食堂购买冰箱、消毒柜、热水器等设备，并完成卫生间装修，确保驻村全村驻村工作队能够真蹲实住、真帮实促。现在村民参加群众会也不会因为怕冷或怕热而“逃会”了，驻村工作队也不会因为没有饭吃而“走读”了。

除此之外，为充分发挥基层党组织战斗堡垒作用和党员的先锋模范作用，我带领杨家坳村支委会成员，立足实际，带头组织召开群众会、院坝会、党员大会、新时代学习大讲堂等，宣讲党的各项方针政策，让党的各项政策家喻户晓，让各项惠民政策落地生根、开花结果。同时，通过挨家挨户走访，我详细了解全村人员基本情况，对表现积极、思想端正、能力较强的青年积极引导其向党组织靠拢，共同商讨村级发展，向他们征求村级发展意见建议等，目前已培养

1 名预备党员，按时转正 1 名正式党员，正在培养 2 名入党积极分子。

在走访中我发现，一到晚上，全村一片漆黑，群众出行和队员们工作很不方便，便萌生了安装路灯的念头。于是我又开始四处奔波，挖掘渠道，最终为杨家坳村争取到路灯亮化项目建设 280 盏，总投资 79.44 万元，现已全部投入使用。同时积极争取完成了总投资 20 万元的村庄绿化项目建设。

为实现杨家坳村稳定脱贫，我和驻村队员们围绕“一达标两不愁三保障”硬指标，全方位排查，多渠道解决，真正实现脱贫目标任务，让全村群众能够过上幸福美满的生活。

加强基础设施建设。通过全体驻村工作队队员及全村干部群众的共同努力，完成尖安子组排洪渠建设建设，总投资 13 万元；完成寨上组至水坨大山公路硬化，总投资 45 万元，现已实现全村组组通水泥路；完成改厨 66 户，改厕 79 户，改圈 39 户，改水 18 户，房前屋后硬化 87 户，入户便道 6376.7 米。

加强住房保障。完成透风漏雨排查并整治 25 户，完成危房改造 3 户，实施易地扶贫搬迁 9 户，截至目前，全村没有因贫无房居住或者房屋不安全的情况。

加强产业发展。积极协助本村 700 余亩花椒和温氏养殖产业管护，引导贫困户到花椒基地和温氏养殖场务工，增加其经济收入。现已有村集体经济专业合作社 1 个，目前集体经济累计 5 万余元，确保稳定脱贫。

加强拉近干群关系。在全乡范围内率先开展干群连心活动，通过一起参与活动、一起吃连心饭、一起交心谈心，进一步拉近干群关系，有效提高了群众的满意度。这些举动不仅让全村群众体验了前所未有的待遇，也让群众对于共产党和共产党员有了更深的认识，同时也为其他村提供了参考，之后，在思林乡范围内掀起了开展干群联系活动的热潮。

我虽然不能满足村民的一些物质需求，但我可以和大家一起想办法、出点子，解决生活中的实际问题，为群众做一些力所能及的事。只要大家心往一处想、劲往一处使，没有克服不了的困难，没有解决不了的问题。我能为村民们多做一些好事和实事，当好真正为民办实事的书记就足够了。

在金山大地上坚守驰骋

◇范 理

“范书记，我们在外面打工的时候，看到别个地方的产业发展得安逸得很，你说我们这里是不是也可以发展点什么产业？”

“范书记，进村的那条路有点烂哦，能不能想法帮我们修一下啊？”

“范书记，我家娃娃在读大学，经济压力有点大，有没有符合政策的资助啊？”

……

群众的声声询问，句句烙印在我的心上。把群众的期盼作为目标，并奋力让它们实现，就是我最大的梦想。我愿意做那个浇灌梦想种子的人。

我叫范理，今年 33 岁，是沿河自治县住房和城乡建设局党组成员、县房屋征收补偿中心主任，现任中寨镇金山村党支部书记、脱贫攻坚指挥部常务副指挥长。

同时，我也是一名经历过 5 年军营生活的退役军人，我认为好男儿就应该驰骋疆场、报效国家。我很庆幸，在脱贫攻坚这场伟大的战役中，我再一次回到了属于我的“战场”。

2019 年 3 月，我积极响应组织号召，主动请缨到最困难、贫困率最高的金山村担任党支部书记。

到村后，我走访了村里所有的贫困户，对全村基本情况进行了全方位了解。如何推动金山村整体发展，辐射带动村民提高收入，顺利达到脱贫致富的目标，成为我当时心中最大的困惑。

经过认真调研后，我们结合金山村的实际情况，确定了工作定位，即“建强堡垒、发展产业、完善基础设施、争取项目、办理实事”。

随后，我们按照工作定位，为村支“两委”理清思路、制定规划，给群众出点子、想办法。

在做好加强基层组织建设、改善村民基础条件、增加农民实际收入、提升村级治理水平的同时，我们重点突出产业发展，切实地将“输血”帮扶转变为了“造血”帮扶，在产业振兴上取得了实质性的成效。

为了解群众的期盼和诉求，我和驻村工作队员以及村干部们多次召开群众会，通过面对面的政策宣讲、前景展望，成功激发了群众的发展动力，坚定了大家的底气和信心。

说干就干！我们带领金山村村民开垦荒山、挖地种茶苗，金山村自上而下焕发出前所未有的干劲和活力。

2020年，我们完成“中黄三号”1600亩茶叶的茶苗定植工作；对金山村原有黄牛养殖进行有效管护，新采购黄牛50头，完成烤烟栽种150亩；新修产业路2条7.5公里；与贵州御锦农业公司对接，加入该公司财政扶贫资金100万元创收村集体经济；完成了全村引水工程全覆盖，修建村民用水水池3个，茶产业用水水池9个，争取文体广电旅游局文化体育器材一套……

在走访途中，我了解到，2019年金山村有三名学生考上了大学，可昂贵的学费却给家里新增了负担。于是，我积极与张家港市电商会对接，为三名大学生的学费进行了资助。同时，我还协助贫困户田江松申请了“中国茅台·国之栋梁——2019年希望工程圆梦行动大型公益助学”项目。

“宁愿红薯拌苞谷粑，也不愿到金山村去找婆家。”这一句顺口溜生动地体现了从前金山村的贫困状况。而如今，金山村的人均年收入，从2014年以前的不到2300元达到了8000元；村集体经济更是从2014年前的0元到现在的11万元。群众的腰包越来越鼓，生活越来越有盼头，笑容也越来越甜！

付出总有回报。现在，每当走在金山村的大道上，群众的声声招呼和张张笑脸都是给我们的最好回馈。而我依然会在金山的大地上坚守、驰骋……

把劲使到老百姓心坎上

◇讲述：杨绪超　整理：冉江权

脱贫攻坚决胜时期，有这样一个地方，这样一个人，稳扎稳打，用良心做人、做事，让一贫如洗的山区农民走上脱贫致富道路。他就是杨绪超，生于1979年，现任德江县长丰乡人大主席。

长丰乡辖15个村（社区），贫困村占11个，总人口5441户20470人，建档立卡贫困户占1698户6155人。截至2017年，脱贫637户2647人，1061户3508人未脱贫，贫困发生率18.84%。

2015年冬天，杨绪超任长丰乡人大主席，分管扶贫等工作，尽管脱贫攻坚任务很艰巨，但他按照“五个一批”要求，始终围绕“三真三因三定”，采取具体措施，精准发力、强势推进，把打赢脱贫攻坚的劲使到老百姓心坎上。

治穷病要找到穷根

当被问及当初为什么毅然接受乡党委安排分管扶贫时，杨绪超总是笑着说：“我是从穷地方走出来的，知道贫困地区的老百姓是多么盼望着过上好日子，我总想为老百姓做点什么，想要把劲全部使到老百姓心坎上。”

等到真正走马上任，他才感觉肩上的担子沉了起来。

长丰乡15个村（社区），贫困村占11个。祖祖辈辈以种田为生，一年下来一个农户收入也就几千块钱。“治病首先找病根，治穷病首先要找穷根。”杨绪超喜欢用这句话来说自己的工作方法。

经过一番考察之后，他依托村集体经济，建立专业合作社。在该乡发起动员：堕坪村发展2000亩茶叶，石板村发展5000亩红心柚和2000亩稻花鱼，中庄村发展3000亩梨子，鱼泉村发展100亩葡萄，先进村种植7000亩蔬菜……一村一策，因户施策，在全乡迅速展开。

产业有了，还要技术。他从外地请来了专家，化验分析当地的土质，确定种植品种，在合作社的引领下，统一技术指导和销售，使村里的产业实现规模化、标准化。

很快，全乡除了发展主要产业，还间作套种大蒜、黄豆、生姜、辣椒等经济作物，实行“以短养长”，每亩地收入是前些年的四五倍。

产业有了，但产业路没通，成了发展产业的拦路虎。

杨绪超在乡党委、政府的积极支持下，在全乡先后建成集镇至长丰水库项目部公路、中庄至高山中和出境公路，堕坪场上、鱼泉伍家坡、石板六井坝、河透“一事一议”通组路（连户路），实施新光至务川小坝出境公路、鱼泉至出水、鱼泉至石朝、堕坪场上至风水丫、场上至张家、石板六井坝至尧家、申丫子至大坪等7条通村公路，通车里程61.82公里，硬化49.62公里。建成项目部至新光大桥、出水至向家寨、洞庭至川阡洞等10条36.8公里的交通扶贫项目；修建产业路7条19.58公里。

新光村村民李觉松说：“这两年来，村里最大的变化，就是修路通车。”

路通了，产业有了，群众实现脱贫指日可待。

把劲使到老百姓心坎上

“咯噔一下，我就醒了。”杨绪超描述第一次到堕坪村的经历，他引用司机的话说，“途经高山镇、泉口镇去长丰乡的堕坪村，车只要一颠簸，就知道‘到站’了。”

当时，堕坪村都是土路，下雨时泥水、污水横流。

不仅泥泞不堪，而且恶臭难闻。杨绪超决定，利用道路整修专项资金，为村里改善道路。

如今，这个村的村容村貌已是焕然一新， 堕坪村的进村路宽阔平坦，村民们喝上了盼望已久的自来水，新装的路灯让村民夜晚走路不再担心。通组道路全部硬化，路边培植了花花草草，每隔 50 米摆放一个垃圾桶。

“做事前，多想想老百姓是不是支持，村民支持的事我们才做。”杨绪超说， 堕坪村不种粮食改种烤烟、茶叶的决定可不是一两天内做出的。看到成方连片、一望无际的烤烟、茶叶，村民有点动心了。等过了几个月，烤烟、茶叶长势喜人，村民们彻底放心了。

当地有句方言，说什么事情办得好，就说“巴适得很咯”。“其实就是说把劲使到老百姓心坎上，杨主席就是这样的人。”先进村村主任李昌卓说。

“杨主席平时住在村里，吃喝和农民一起，干活也亲自上阵。夏天在地里干农活，我看他汗水不停地往下滴，整个人都快虚脱了。”先进村村民邓成芬说。

先进村没有副产，村集体零收入。杨绪超瞄准种植蔬菜，成立蔬菜专业合作社，向学校配送蔬菜。如今，蔬菜合作社社民每月可分配 4000 元左右。

人大工作有声有色

到任后，杨绪超接下了上一届人大的接力棒，迅速厘清思路，加强人大规范化建设，及时更新夯实“代表活动中心”“代表之家”和“代表中心户”活动内容；完善了各项制度，保证人大工作落到实处，确保了人大工作依法有序开展。

2016 年，顺利完成新一届县、乡代表换届选举，并依法顺利召开全乡第七届人民代表大会第一次会议和第二次会议。

组织代表集中学习，对如何贯彻落实人民代表大会制度，如何提高代表参政议政水平及如何提高议案、建议的写作质量等方面进行专门培训，并组织人大代表积极学习《中华人民共和国宪法》《中华人民共和国全国人民代表大会和地方各级人民代表大会代表法》等相关内容，帮助代表们不断提高履职尽责水平。

定期、不定期组织主席团成员走访、看望代表，倾听代表心声，了解群众愿望。将收集到的建议、批评和意见，认真及时办理，及时化解了一些矛盾。

2017 年春节刚过，杨绪超组织部分代表到凤冈县参观考察了茶叶种植基地、茶叶种植合作社、茶叶加工厂的全产业链，进一步开拓了代表们的视野，有效地提升了代表们的履职能力。

“参观考察相关产业，不仅开阔了我们的视野和提升了我们的履职能力，也增加了人大代表打赢脱贫攻坚战的信心和决心。”人大代表冉启富感慨道。

最对不住家人

几年来， 杨绪超和家人聚少离多，有时隔几个周，甚至几个月才能回到县城与家人小聚一次，其中的苦涩，常人难以体会。他觉得，最对不住的就是家人。

他刚到长丰时，妻子开玩笑说：“我始终在一个人当家。”平时妻子除了照顾孩子，自己也要上班。

杨绪超说：“如果不去长丰分管扶贫工作，我一周回家探望的次数可以多一些，可以多陪陪家人。但在脱贫攻坚最前线，我顾不上了，就只好辛苦家里的妻子了。”

说到这里， 杨绪超转而粲然一笑：“尽管遇到了工作、家庭方面的种种困难，但几年来我对事业不忘初心，始终牢记使命，尽心尽力为老百姓办事。付出再多，我也觉得值得！”

让幸福写在每个移民的笑脸上

◇杨 伟

易地扶贫搬迁作为脱贫攻坚“四场硬仗”之一，是脱贫攻坚的“头号工程”和标志性工程，是实现“五个一批”工程的重要举措。

因工作需要，2019 年 2 月，我成为一名移民干部，在移民安置点这个新的战场上，我努力学习政策、熟悉业务，全身心投入到易地扶贫搬迁工作中。在上级的指导、关心下，在全局移民干部的共同努力下，如期完成了 5.5 万余人的跨区域搬迁任务，让 3.3 万余名跨区域搬迁建档立卡贫困群众顺利脱贫，为全区决战脱贫攻坚、决胜同步小康打下了坚实的基础。

2019 年，碧江区作为跨区域搬迁迁入地，要完成正光、新矮屯安置点建设，建房 101 栋 5292 套，安置 23742 人，占安置总人数 42.3%。房源按时交付与否直接影响到印江、松桃、沿河等迁出县顺利脱贫出列。

时间紧迫，任务艰巨。为了顺利完成任务，我吃住在工地上，实地督促安置点业主方、项目施工方以三班倒的方式不间断施工建设，协调解决建材供应缓慢、工人不足的问题，不敢懈怠和马虎。

在各方支持下，安置点房屋建设如期完成并及时交付房源，于 2019 年 6 月 30 日举办集中入住仪式，宣告碧江区“十三五”期间跨区域搬迁 5.5 万人任务圆满完成，实现跨区域搬迁人口全市第一、全省第二。

“碧江区易地扶贫搬迁安置点在全省易地扶贫搬迁安置点中容积率最低，群众居住舒适度最高。”2019 年 11 月 8 日，时任省委副秘书长、省生态移民局党组书记王应政来碧江调研易地扶贫搬迁工作，对碧江区易地搬迁工作给予了高度评价。

工作不仅要做好，而且要做细。我时刻提醒自己：服务好搬迁群众就是我的职责所在和奋斗目标。现在我的手机上依然保存着罗清文给我发来的信息："杨局长，衷心感谢您对我们家的关心！如果没有您的帮助，父亲的事不会这么顺利就办结。"

当时是2019年10月，罗清文的父亲在正光安置点附近公路上发生车祸身亡。得知消息后，我及时赶赴现场，了解事故情况，做好家属思想工作，对接交警部门、肇事车司机和保险公司，通过一周的沟通协调，为受害方家属争取到最大赔偿。虽然只是做好自己的本职工作，却让搬迁过来举目无亲的群众感到了温暖。这短短的信息也深深激励着我更好地为群众服务。

进入易地扶贫搬迁后续阶段，工作重心由"搬得出"向"稳得住、快融入、逐步能致富"转变。面对搬迁群众"三就"（就学、就医、就业）问题，我们通过移民干部，组织跨区域工作组，协调相关部门和街道深入安置点逐户走访开展摸排、宣传、引导工作。近年来，先后办理搬迁子女转学3450人；承接跨区域搬迁群众户籍转移1326户6170人，办理居住证或市民证4598人；农村合作医疗保险100%全覆盖，异地就医直报7157人次245万元，发放一次性临时性救助4689人703万元；推荐就业4987户9196人，实现"一户一人以上就业"。

走近群众 拉近“心”的距离

◇张 杰

我叫张杰，是贵州省能源局的一名干部，2020年2月我被选派到沿河土家族自治县谯家镇印山村担任驻村第一书记。

2月底，正是新冠肺炎疫情防控关键时刻。接到组织安排后，我匆匆告别家人，远赴350公里外的印山村，开展脱贫攻坚工作。

我来自河北农村，对贵州农村的贫困情况了解并不多。初到印山村，要学习的东西太多，说话、饮食、沟通等都是问题。

印山村打时沟组贫困户吕文平，是一名58岁的农村妇女，从来没有出过远门，听不懂也不会说普通话，儿子、媳妇都是智力障碍患者，还有一个1岁的孙女。无法用语言交流，怎样开展工作、如何帮扶？我的确有些难。

通过多次走访、了解，在深入接触、沟通、交流中，帮扶工作逐渐有了起色。一天，我在路上偶遇吕文平，她突然主动喊了我一声“张书记”，让我感觉很惊奇。在组织攻坚队队员为吕文平家安装室内电路时，吕文平的儿子李礼不断表达感激之情。更让大家惊叹的是，李礼的妻子苏莲莲往我手里塞了一个水果。那一刻，我知道，我和这家人走近了。

印山村康家坨组70岁的贫困户龚洪强一家4口人，3个10多岁的学生娃，基本无经济收入，是典型靠低保兜底家庭。看着3个和自己孩子一样大的娃娃，我心里真的很难受。帮扶这家人，我和攻坚队队员一方面最大程度落实各项帮扶政策，使该户转移性收入平均达到3500元/月，另一方面多方筹集各类资金、物资给予倾斜帮扶，发动同事捐赠衣服、鞋子，为他家筹资购买了电视机、窗帘、肉蛋奶、洗漱用品，还通过环境改造项目，将龚洪强家的土院坝改造成水泥坝。龚洪强一家旧貌换新颜。

梁家堡组是印山村户数、人数最多的组，但组内道路崎岖，污水横流，卫生脏乱差、群众满意度不高。我向省能源局领导反映后，局里支持了13700元资金，按照示范组标准进行道路硬化改造。路修好后，群众自发组织连心饭，表示要感谢我帮助改变了全组面貌。

自驻村以来，我和攻坚队队员们聚焦脱贫攻坚“一达标两不愁三保障”、产业发展、人居环境改造等各项工作，在此期间，我为村里解决了40多万元资金，用于环境改造。我为能够投入到脱贫攻坚这场伟大的事业中感到无上光荣。

群众的事都是大事

◇张学进

“张同志，您现在有没有空啊？我身体不太舒服，能送我去一下县医院吗？”2019年11月2日，接到包保户文纯念的电话时，我正在挨家挨户走访，听到她的请求后，我立即放下手头工作，开车将她送到医院。

挂号、问诊、缴费……这样的事情我已经做过很多次，在医院跑进跑出几番折腾后，终于带文纯念做完了一系列检查。经过漫长的等待，我们被告知文纯念患有高血压，需要住院三天。我一边安慰她，一边帮忙办理住院手续。刚办理好一切，就接到通知需要马上到村里开会，我只能又马不停蹄地往回赶。

“只要群众有需要，再小的事也是大事，再困难也得及时赶到。”这是我刚进村的时候就告诫自己的话，这一年来从未有一刻忘记。我叫张学进，是铜仁日报传媒集团的一名员工，2020年2月10日，被派驻到沿河土家族自治县土地坳镇群英村开展脱贫攻坚驻村督战工作。

群英村位于沿河土家族自治县土地坳镇南部，全村共有6个村民组，属二类贫困村，2016年出列。有户籍人口342户1378人，其中易地搬迁19户90人，建档立卡贫困户117户555人，2020年已全部脱贫，贫困发生率从2014年的39.33%，下降为零。

根据指挥部的工作安排，我负责帮扶贫困户7户，非贫困户8户，同时兼办公室信息员。在村里的日子十分忙碌，我和战友们白天要入户强攻硬件，开展大走访、大排查，制定一户一策；晚上要齐攻内力，将镇指挥部下发的各类资料核实上报，并将交叉检查出来的各类问题台账汇总、分类、销号……

走访中，了解到文纯祥户因为治病住院支出过大，一家人生活陷入困境后，我连忙向领导反馈，在政策允许的范围内，帮助他们解决了一家 4 口的低保。得知他家卧室尚未安装门，我又通过“透风漏雨”政策，为他家争取资金安装了 5 个卧室门；同时动员他的儿子、儿媳外出务工，增加家庭收入。

得知文纯周、文斌户没有厕所，我立刻将他们的实际情况上报指挥部，为他们实施了“三改”政策；发现文纯念户房后堡坎垮塌，影响住房安全和人身安全，我又四处奔走，为文纯念户解决了 10 包水泥修堡坎……我们指挥部成员每人还自筹了 2000 元资金，统一采购床、衣柜、鞋柜，为有需要的农户进行入户安装。

“5+2”“白 + 黑”是村指挥部的工作常态，方便面成了我和战友们最常吃的食品。我们常常是晚上累得直接倒床大睡，早上只来得及抹个脸就要出门，每天忙得脚不沾地，连给家人打个电话、接个视频都成为奢侈。

“你有没有想过，当你忙前忙后送包保户去医院的时候，我可能也正一个人在医院为孩子担惊受怕。”作为家属，妻子大多数时候都能理解并支持我的工作，可是当她一个人送孩子去医院，伤心地对我喊出这句话的时候，我愧疚到无法言语。

2020 年 2 月底，我进村不久后，3 岁的女儿不小心被跑步机压到手指，左手手背擦伤严重，食指被压变形。妻子立即找来工具拆除跑步机，然而没有成功。手指拿不出来，女儿哭得喘不过气来，3 个月大的儿子也被惊醒。一边要担心受伤哭泣的女儿，一边要照顾哭闹不止的儿子，妻子急得手足无措，只能求助消防。但因居住在郊区，消防回复说最快也要半小时才能赶到。看着两个孩子哭得撕心裂肺，心力交瘁的妻子只能求助同楼层的邻居帮忙，在好心邻居一家的帮助下才及时到达医院……

在医院检查期间，妻子哭着打电话告诉我女儿受伤了，希望我能赶回家看看女儿。但当时各项工作正进行到关键时刻……最终我还是没能回家。

“爸爸，你什么时候回来啊？我想带你去我的新学校，让同学们看看爸爸。”将近一年的时间，我只回家过三次，每一次都来去匆匆，女儿换了新的学校，希望我能去学校接送她一次，因为别的小朋友都有爸爸接送。然而就连女儿这个小小的愿望，我暂时也无法实现。

错过女儿上学，错过儿子牙牙学语……这一年来，为了“大家”，我错过了“小家”的点点滴滴。看着妻子一个人又要工作，又要辛苦照顾两个孩子，女儿小小的愿望一次次落空，一次次失望，儿子已经不认识我这个“陌生人”，我心里无比难受和愧疚。

虽然有遗憾，但是这一年来还是收获更多。作为一个土生土长的沿河人，我要感谢组织和领导对我的信任，让我有机会投身到家乡的脱贫攻坚战中，为家乡脱贫做贡献。

用真心换民心

◇黄 烨

脱贫攻坚不仅是一项政治任务，还是驻村第一书记的一项事业。自任职以来，我严格按照“一宣六帮”工作要求，履职尽责，帮助群众出谋划策解难题。

在村里不时会遇上一些不理解政策的人，认为村脱贫攻坚队执行政策不公平，这时我都会主动走进他们家里，耐心细致地讲解，让他们理解政策。

“有了黄书记这样的回答，我们得不到任何的补助心里也舒服。”德江县钱家乡树坝村班庄岭村民梅再文说。以前见到周围的人都得到了惠农补助，而他却没有，便一直抱怨村干部偏心。

得知这一情况后，我与攻坚队队员多次主动上门，详细了解情况，向他宣传政策。他虽是本村村民，但户籍却在别村，且属于非贫困户，因此无法享受一些建档立卡贫困户的优惠政策。通过政策讲解和沟通，他终于明白了脱贫攻坚工作是在帮助最广大的贫困群众，而不是优亲厚友，更不是看人做事。而后，他再也没有反映过政策执行偏颇的问题。

“要不是黄书记，我的卫生间一直都修不起！”非贫困户村民曹明说。他一直想进行厕所改造，但按照相关政策却无法动工。他本是水泥厂职工，却因个人原因被劝返回乡，一直在老家居住。以往的旧屋没有设计卫生间，生活十分不便，多次申请均因不符合政策而搁置。得知这一消息后，我多次走进曹明家了解情况，后与村两委商量，决定向单位为其争取资金新修一个卫生间。后得到了铜仁日报社领导支持，解决了资金，为其修建了清洁卫生间。

到村任第一书记，不仅是深入群众家里，更是要深入群众心里，切实为他们解决生产、生活实际问题。

“黄书记急群众之所急，解群众之所忧。”树坝脱贫攻坚队队员廖齐平说。在“透风漏雨”整治和危旧房拆除过程中，按政策规定，群众出资进行一些小修小补，但有的群众却因事小而不愿做。往往这个时候，我便会私人掏腰包为其购买物资劝其主动作为。柒树坝组周修发便是得到这种实惠的村民之一：2020 年 7 月进行“透风漏雨”整治时，他家的平房在修建之时便有 22 个挑洞未补。攻坚队多次上门劝其修补，他都因事小而放弃。我知悉后主动上门询问需要多少水泥，为其购买送到后，他就再也没推辞了。他积极主动投工投劳，修补好了 10 多年前留下的挑洞。

修补挑洞、修水管等，这些群众平时都不愿刻意花精力和财力去处理的事情，我却主动细致入微地深入群众家里，与其交心谈心，能出钱出钱，能出力便出力，直到群众做好为止，其间，共帮助群众解决难题 20 余个。

“泪”是一种幸福

◇游 龙

累并“泪”着，也是一种别样的温暖。眼泪的存在，只为证明幸福不是一场幻觉。

2016年3月，因脱贫攻坚需要，我从石阡县发改局到五德镇桃子园村担任第一书记。桃子园村山高坡陡、人多地少，青壮劳动力只能外出务工维持家庭生计，留家的就只有老弱病残，生活条件极其艰苦，属一类贫困村。

一家五口人住在小土坯房里，这是大多数人不曾想到的事……在村里，我结识了我的帮扶户王合昌一家。他家的一幕，我至今依然记忆犹新。

第一次去到王合昌家，映入眼帘的是一个7平方米左右的小土坯房。房屋四面漏风，当时正下着雨，雨水透过屋顶的窟窿滴落到屋子里，地上全是一个个小水坑。他们一家五口人挤在一处稍微干一点的地方，王合昌正用一口大盆顶在他妻子和三个孩子头上，希望能用自己微弱的力量为家人遮风挡雨。看着这种境况，我心里一阵心酸，差一点流出泪水。

我收了收情绪，正准备走近一点，跟我一道的村干部立马拉住我，在我耳边小声地说：“他老婆是个盲人，脾气暴躁得很，不要靠得太近！”话还没有说完，那个脸色苍白、骨瘦如柴的女人果然不停地挥舞着手臂，生怕我们靠近，显得焦躁不安。我放慢脚步，轻轻地退了出来，眼眶却再也蓄不住泪水。这一家人的日子咋个过呀！

作为农村家庭长大的孩子，我也体会过贫苦的滋味，但是这一幕仍然深深刺痛了我。当时我心里就一个想法：一定要让这一家子有个像样的家！

来不及跟同行的干部多说什么，我马上到镇上争取危房改造资金，不够的用自己的积蓄添补。资金下来了，我立马联系施工方进场，每天往返村委会和王合昌家，与施工人员同吃同干，只想着尽快让一家人有一处舒适的落脚点。这期间，王合昌一家人对我越来越熟悉，也越来越信任我，遇到什么事拿不定主意，首先想到的就是我，就连他双目失明的老婆也对我不再抵触，每次听到我的声音就会安静下来。

终于，经过一个月的昼夜赶工，一栋漂亮的二层楼新房呈现在这一家人面前。

“我们有房子住了，再也不怕下雨了。”房子完工那天，几个孩子欢喜地抓着我的手跑着、跳着、叫嚷着。王合昌夫妻俩也非常激动，眼里噙着泪水，一遍又一遍地对我说着“谢谢！谢谢……”。看着他们开心的笑容，我瞬间觉得累点又算得了什么。

欲问秋果何所累，只有春风雨潇潇。一个适合居住的家，对一家人来说是多么的意义重大，而脱贫攻坚不正是党和国家为群众建设家园吗?

为帮助像王合昌一样的住房困难群众，自脱贫攻坚农村危房改造项目启动以来，我几个月未曾回家，坚持与大家同吃同住，先后完成全村危房改造59户，其中建档立卡贫困户28户。这期间，群众一口一个“游书记”，让我明白了自己的价值所在，虽累但快乐着。

同时，为解决在家群众就业难题，我又多方协调资金、争取项目，帮助谋划和推动村集体经济发展，修建了23.8公里的5条产业路，新建的三座拦河坝解决了300亩稻田缺水难题，新建年出栏5000余只兔子养兔场一个，种植茶叶、魔芋、花椒、精品水果等近2000亩，吸纳在家剩余劳动力到合作社务工，利益联结全村贫困群众60户259人，人均纯收入从2015年的2468元增加到2020年的8000元。

现在，我每次经过王合昌家，他老婆就摸索着跑出来，亲切地喊着：“游书记，你来了！”说着便拉我坐下，给我倒水。王合昌笑着说：“游书记，我老婆眼睛虽然看不见，但她心里明白着呢。也晓得哪个对她好，现在光是听脚步声就晓得是你来了。”听到这些话语，我心里不由得感到一阵幸福。

现在的桃子园村，家家翻了新房，户户连上了青石板路，房前屋后瓜果飘香……

战贫路上绽芳华

我在泉口这三年

◇陈　彪

“初冬，首次踏上泉口，只见草枯树黄，群山耸立比高高，沟壑纵横藏猫猫……”2017 年 11 月，初到泉口，我在笔记中写道。

我叫陈彪，是铜仁市德江县泉口镇党委书记。泉口镇地处德江县北部，距县城 53 公里，辖 2 个社区 19 个村（社区）192 个村民小组 3.1 万人，全镇 16 个贫困村，其中有 12 个是深度贫困村，基础设施落后，贫困面广，程度深，脱贫攻坚任务艰巨。

通过我们三年的努力，如今，泉口镇的基础设施得到改善，产业发展势头强劲，群众满意度、获得感全面提高。2019 年底，贫困发生率从 2014 年的 39.4% 降至零，所有贫困户全部稳定脱贫。脱贫攻坚工作通过了国家和省年度成效考核、省级预评估、国家第三方评估、市县各级检查，撕掉了贫穷的标签，脱掉了落后的帽子。

谋发展，探路子

思路决定出路。刚来泉口，我便马不停蹄地进入实战状态。白天进村串寨，入户走访调研；晚上召开会议，讨论、研究、听意见。两周时间，我走遍了泉口的村村寨寨，结合镇情提出了“四围绕”思路和产业发展“一圈三轴五带”布局。

围绕旅游谋产业。在产业布局上，我们提出了“一圈三轴五带”的产业规划，坚持生态、环保、富民的理念，重点发展茶叶、天麻、精品水果、烤烟、肉牛。

围绕产业思发展。我们把“抓产业，促脱贫，保稳定”作为重中之重，按照“地不荒、圈不空、人不闲”的理念，制定了“强肉牛、壮茶叶、稳烤烟、扩天麻”的发展思路，以“八结合” 落实产业“八要素”，实现了镇、村、户三级产业全覆盖。

围绕发展助脱贫。在产业发展助推脱贫攻坚中，我们把茶叶、天麻、精品水果作为长效产业，把肉牛作为特色产业，把烤烟作为支柱产业，把生猪、肉羊、家禽作为短平快产业。

围绕脱贫做文章。为确保 16 个贫困村按期出列，2265 户 11273 名贫困人口如期高质量脱贫，我带领党委班子和广大群众扎实做好“就业收入”“两不愁”“三保障”“基础设施”“产业革命”“人居环境”六篇文章，为决战决胜脱贫攻坚打下了坚实基础。

访群众，寻根子

做群众工作，我们采取一次性走访到位、一次性了解到位、一次性部署到位。进村必入户，凡入户必围绕 “一达标两不愁三保障”看是否存在“指标性贫困”，围绕“一房看三室”看是否存在“视觉贫困”，路边、田间、地头，席地而坐和群众拉家常，了解是否存在“听觉贫困”。

走访之初，从距离镇政府 34 公里的全镇最偏远的大元村调研回来，我深切感受到，打破交通瓶颈制约迫在眉睫。路不通，样样不通，这不只是大元村，更是全镇需要破解的困局。于是我们积极争取交通扶贫项目、组组通、产业路、连户路等项目覆盖，多方争取，对接资金。

2019 年，我们改扩建通村、通组、产业硬化路 96 条，总里程达 215 公里，实现了 30 户以上自然村寨硬化路全覆盖，打通了全镇“主动脉”和“毛细血管”，改善了群众“晴天一身灰，雨天满脚泥”的出行环境，改变了群众“肩挑背驮”的生产生活条件。

我们坚持群众诉求至上。三年来，泉口镇新建和改造实施农村饮水安全工程 29 处，铺设供水管网 280 公里，新增新塘 35 千伏变电站 1 座，迁改线路 82 公里，更换变压器 33 台，现有移动基站 21 座，铺设光纤 100 余公里，4G 网络覆盖率达 90% 以上，“广电云”数字电视覆盖率达 81%，人民群众生产生活水平得到了很大的提高。

直到现在，只要有空，我每天依然提上我的药罐子就往村里跑，风雨无阻。“晴可戴帽、下雨有伞，但脱贫攻坚群众等不得，所以我们慢不得。”这是我经常和干部们讲的一句话。三年来，我们的足迹遍布全镇 21 个村（社区）192 个村民组，累计为群众研判解决实际问题 2300 余个，结合实际调整村出列方案 21 个，优化户脱贫 / 巩固方案（模板）5 次。

抓工作，想法子

“村看村，户看户，群众脱贫看干部。”我深知，脱贫攻坚关键在人，按照“县级主令、乡镇主攻、村级主战”要求，我探索提出基层党建“五个工程”（即主体责任、强基固本、源头活水、素质提升、引领发展五个工程），不断优化驻村干部、帮扶干部配置，切实增强基层党建引领脱贫攻坚能力。

近三年来，我们组织召开党委会 72 次，脱贫攻坚推进大会 79 次，签订责任状 84 份，脱贫攻坚承诺书 2340 份，以主体责任压实推动脱贫攻坚驻村工作、帮扶工作落实。

严格落实“四个划转”，及时调配驻村干部 172 人、帮扶干部 421 人，健全 21 个村级脱贫攻坚队和 102 个 1292 人党员先锋队。累计从脱贫攻坚一线人员中吸收入党积极分子 93 名，发展预备党员 55 名，转正 36 名，以“两学一做”“两走进”为载体，依托“新时代大讲堂”和“营养星期三”强化脱贫攻坚培训，进一步夯实和优化了基层组织战斗力量。

不断强化党对脱贫攻坚工作的引领，通过汇聚“组织、市场、社会”三种力量，实现脱贫攻坚村出列、户脱贫年度任务完成，易地搬迁任务超额完成，产业发展任务率先完成，各级检查督查顺利通过。推获市级优秀党组织1个、优秀党员5人，推获县级优秀党组织1个、先进集体4个、优秀党员3人、先进个人13人，获“全县脱贫攻坚流动红旗”1次。

化难题，开方子

“基础设施建设是筋骨，产业发展是血肉，是持续稳固脱贫攻坚成果的不二法门……”我心里很清楚，产业发展一直是泉口脱贫攻坚的难点，如何选准产业并实现多元化长期发展，促进群众稳定增收是当务之急。

2017年底，借着“一县一业”政策扶持的东风，在实地考察土地气候等自然条件和充分尊重群众意愿的基础上，全镇按照“强肉牛、壮茶叶、稳烤烟、扩天麻”长短结合的思路布局产业并迅速铺开。

通过“内外结合”筹措资金，镇级整合各类资金7799.25万元，发放特惠贷3597笔1.4761亿元（政府累计贴息590万元），通过“种养结合”培训群众，“土洋结合”开展技术服务，累计深入村组指导134次，开展实用技术培训28期，培训群众4000多人次。全镇现存栏肉牛5127头，生猪现存栏4885头；种植茶叶8150亩、花椒3084亩、精品水果3000亩、高产牧草3000亩、烤烟3000亩、天麻3.54万平方米、天麻后续林3000亩。

通过这种方式，我们促进了产业从单一向多元化、规模化稳健转变。全镇实体运作合作社87家，通过“社农结合”“劳股结合”，累计带动3582户13580人增收，涉及农户土地流转费共计203万元、财政资金量化和土地入股分红140.20万元，有效提高了群众收入，2019年底人均居民收入达8988元。

通过“社企结合”实现产销对接，我们利用东西扶贫协作、电商平台等助力黄金芽、野生猕猴桃、土蜂蜜、土鸡（蛋）等远销江苏、浙江等地。

通过“上下结合”强化基层党建能力，我们累计调整26名村支“两委”成员，配齐配全镇村（社区）党组织，整顿软弱涣散基层党组织5个，基层党组织战斗堡垒力量日益提升，有效破解了产业发展难题。

“2018 年到今年，茶叶基地整地、栽茶、管护我都在，在家门口就挣了万把块钱，还能顾家，所以我今年也不出去了，就在家门口上班……”先洋村寨头坡组的田兰香笑得合不拢嘴。她心里盘算着，栽茶、管护、采茶都能有活做，日子不愁了。

战贫困，摘帽子

旧时的泉口群众，“穿的是旧衣裳，补巴贴满膛，住在茅草房，大风穿过堂，行是泥巴路，泥汤满衣裳”……今天的泉口，水、电、路直通农家，产业发展欣欣向荣，住房通透亮堂，人居环境干净整洁，民风民俗淳朴……再无昔日穷困潦倒、土房土瓦的景象。

群众过够了苦日子，对美好生活的向往更加强烈，这更印证了脱贫攻坚是时代和人民赋予我们的使命，是难中之难。我们始终坚持为人民办实事、解难事，在充分走访调研的基础上提出“八盯 36 计”，全力推动泉口鏖战脱贫攻坚的大文章徐徐展开。

“一达标两不愁三保障”稳定实现，聘请公益性岗位 201 人，我们充分利用临时救助政策，累计发放低保金 6933.2887 万元，有效保障了特殊困难群体吃穿不愁。

我们实施危房改造 1336 户、住房透风漏雨治理 2545 户，实施易地搬迁 880 户 4452 人，旧房拆除率达 98%；发放教育资助资金 2284.3681 万元，惠及学生 57819 人次，无辍学学生；连续三年实现贫困人口参合率达 100%，建档立卡家庭医生签约 100%，全民实现了教育、医疗、住房“三保障”。

群众说以前不敢走夜路，现在硬化路直通到家，路灯亮亮堂堂，每天还可以到村级文化场所活动。如今泉口的 21 个村（社区）阵地建设全覆盖，已建成村级文化场所 17 个、图书室 21 个、村卫生室 21 个。

同时，为改善群众生活环境，我们大力实施“五改一化”，改厨 2224 户、改水 641 户、改厕 2202 户、改圈 657 户、改电 1757 户、室内外硬化 2365 户共10.5万平方米，安装太阳能路灯3350盏，拆除旧房1892栋，新建排水（污）沟 41 公里，连户路 105.45 公里。公共基础设施和人居环境的改善，使得群众满意度、认可度大幅度提高。

我在《追梦泉口》中写道："出列脱贫有标准，群众认可是根本；村级产业重培育，稳定脱贫可持续。漏评错退要两无，集体经济有收入；降低贫困发生率，满意认可要给力。收入达标有盼头，吃饭穿衣两不愁；水电路讯要通畅，医学住要三保障"。

通过近三年的努力，2019 年底，泉口镇实现了全镇 16 个贫困村全部出列，贫困户 2115 户 10832 人全部稳定脱贫，贫困发生率从 2014 年的 39.4% 降至零，基础设施得到改善，产业发展势头强劲，群众满意度、认可度很高，脱贫攻坚工作通过了国家和省年度成效考核、省级预评估、国家第三方评估、市县各级检查，撕掉了贫穷的标签，摘掉了落后的帽子。

这三年里，我那 35 本厚厚的笔记本上写满了我在泉口的点点滴滴，言之所及，情真意浓；步履所至，真切为民；初心不改，夙夜在公；为民爱民，实干践行……

用青春践行使命

◇罗亨超

我叫罗亨超，是沿河自治县泉坝镇马家村驻村第一书记。2019 年 5 月，在铜仁市委统一安排部署下，我和同事伍顺杰成为派驻的驻村干部。

既然选择，便无畏“逆向而行”。2020 年春节第三天，我们接到通知，于是放弃与家人团聚的时间，立即投身到疫情防控第一线，从脱贫攻坚队转变为疫情防控先锋队，组织群众积极开展疫情防控工作。

从执守在卡点最前沿的工作人员，到走街串巷拿着喇叭的宣传员；从挨家挨户帮助群众运送生活物资的送货员，到田间地头发动群众复工复产的服务员……处处都是我们驻村攻坚队队员的身影。

“疫情一线我不能退缩，我不仅是一名驻村干部，还是一名共产党员。我要上！”我接到马家村返岗通知时，找出温度计，拿了口罩，提着换洗衣服就匆匆赶回村里。

我与村支“两委”、攻坚队其他成员每天 24 小时轮班值守，共排查全村 1024 人，其中 301 名返乡人员，张贴宣传册 280 余份，发放宣传资料 600 余份，为全村村民筑起疫情防控“防火墙”。

“青年时代，选择吃苦也就选择了收获，选择奉献也就选择了高尚。”这是我最喜爱的一句话。这句话在扶贫路上一直鼓舞着我。刚刚参加完全市脱贫攻坚“冲刺 90 天打赢歼灭战”视频会，我们匆匆赶往贫困户家，整治人居环境卫生。

能否被当地百姓认可，是对驻村干部的直接考验。在机关科室、高楼深宅的工作方法与在农村扶贫完全不一样，按照事先设计好的逐户走访也不是都行得通。只有走向稻田、走进圈舍，帮助群众干农活，和村民们同吃同住同劳动，以心交心，摸清了底数，才能知晓群众的所需所求，这样才能干好工作。这是我们在马家村当清洁工、泥水工、搬运工……苦干实干所干出来的道理。

“现在真是一刻不能停、一步不能错、一天不能耽搁。虽然我们村已出列，但是还有一些短板问题，离标准还有距离，现在时间十分紧迫、任务十分艰巨，没有任何退路和弹性，必须同时间赛跑，必须与贫困较量，全力以赴、背水一战。”这是马家村脱贫指挥部每天晚上研判会都要强调的话。我们坚定信心，带动当地干部群众面对艰难险阻毫不畏惧；我们攻坚克难，用青春和汗水向群众和组织交上满意的答卷。

群众的小事就是我的大事

◇杨佐军

我叫杨佐军，是铜仁市沿河自治县中界镇庄严村脱贫攻坚指挥部常务副指挥长、驻村第一书记。

2017 年 9 月 25 日，我带着组织的重托，踏上了脱贫攻坚之路。初到村里时，为了工作能顺利开展，我积极向前辈请教，学政策、学方法。

摸清村情是对驻村干部的基本要求，我用了 2 个月的时间走访了所有贫困户。在走访过程中，我也吃了不少闭门羹。为了打消大家心里的疑虑，真正走进群众心中，我厚着脸皮、磨破嘴皮、走破脚皮，每天与群众拉家常、谈生产生活、宣传政策，一起商讨脱贫对策，增强了群众拔穷根、脱贫致富的信心。

2019 年 8 月 20 日，我在老林坨走访时得知贫困户张素梅的儿媳龙红艳在收玉米回家的途中把手摔断了，我立即开车将龙红艳送到县人民医院。

8 月 22 日早上，我接到张素梅大儿子沈芝进的电话："杨书记，我母亲肚子疼得厉害，你能不能开车送她去医院啊？"我又立即开车送张素梅到县人民医院住院治疗。

婆媳俩在住院期间，一直惦记着家中的玉米，担心玉米会烂在地里。得知这一情况后，我立马组织村攻坚队员和村民帮助她家收割玉米。

"你们做的好事我永远记在心上。"张素梅回家后高兴地说。

帮助村民干农户、修缮房屋、办理低保、宣传扶贫政策……正是这些微不足道的小事让村民信任我们。能得到他们的支持、理解、认可，我再苦再累，心里也是乐滋滋的。

回想过去，三年多的驻村工作有苦也有甜，有辛酸也有快乐，我付出了青春的同时也收获满满。三年来，我既当宣传员、排头兵，又当勤务兵。庄严村也在阵地建设、基础设施、产业发展、集体经济方面发生了翻天覆地的变化，群众幸福指数节节攀升。

能够加入这场伟大的脱贫攻坚事业当中，我由衷地感到自豪和骄傲。这是我一生的财富。

周茂：扶贫路上的拓荒者

◇讲述：周 茂　整理：张 孝

北纬28° 的乌江下游，那里是周茂的故乡沿河土家族自治县。乌江流水，稻花翻滚，瓜果飘香，秋色像大地无法抑制的情感一般恣意流露。

笔者第一次见到周茂时，便被他头上的白发吸引了。我在心里暗自揣测，如此年轻的小伙为何就白了那么多头发，背后肯定蕴藏着太多不为人知的故事。

2018 年 3 月 15 日，这天是周茂最难忘的日子，他踏上了新的征途——到家乡沿河县扶贫。他在朋友圈这样勉励自己：“此行跋山涉水，心地为之叩首。抵达的不是远方，无心话风景，只为诺言，就算饱经风霜、历经磨难，任周遭再多变迁，芳华流逝，初心不容亵渎，愿归来仍是少年。”这是周茂铁铮铮的誓言。能有幸参与到家乡的脱贫攻坚这项事业中，他感到无比的光荣和自豪。

家乡漫山遍野的油桐花是周茂最喜欢的，也是他多年未见的色彩。从小周茂就喜欢那流溢在山涧田野的花香，因为它代表着故乡春天里的耕种、劳作和希望。他的驻村耕耘也将在这个油桐花开的季节正式开启。

看到踩经村一坡坡荒芜的土地，周茂思绪万千。心中盘算着如何才能让这些荒芜的土坡坡变成群众增收致富的“金坡坡”。村里大部分青壮年劳动力都外出务工，家里只剩老人、小孩，此时的他感到万分吃力。

踩经村四家田，一坡 80 余亩的肥沃土地。这里阳光充足，只是因为交通不便，青年劳动力外出务工，而变成了一坡无人问津的荒地。

周茂必须要面对这样一个困境：全村 2000 多人口，耕地总面积却只有

1200多亩，而且超过将近200亩荒地。他首先想到的是要将多年未耕种的土地资源重新盘活，这是推动产业结构调整、发展村集体经济的最好门路。

为了动员群众盘活沉睡的土地资源，发动群众种植辣椒，周茂和村里的干部利用夜间、雨天进行走访，不断组织小范围群众召开院坝会、火铺会。在村头路尾、田间地头向老百姓宣传党的方针政策，为他们讲清楚“公司+合作社+贫困户”的农业产业扶贫新模式是怎么一回事，根据群众的土地和劳动力情况，帮助他们算清辣椒种植带来的收入账。

功夫不负有心人，在周茂和村干部的共同努力下，产业发展逐步推进。2018年5月7日，四家田80亩荒地破土开垦；2018年5月17日，第一批辣椒苗开始移栽；2018年6月3日，80亩辣椒全部移栽完成；2018年6月22日，白色的辣椒花缀满绿色枝丫。当看见一条条青椒挂满枝头的那一刻，周茂感受到了大自然对拓荒者的偏爱和馈赠是最无私的。

路，是产业发展的基本条件。土地因无路而被农民抛弃，同样，也会因路的畅通而价值倍增。2018年6月27日，在周茂的多方努力下，驻村扶贫产业路上的又一个难题被攻克，通往四家田的产业路终于迎来开挖建设。那时候，周茂在群众中经常听到一种声音：“脱贫攻坚，周书记是用了深情、动了真格的。”

这是周茂第一次听到群众内心最真实的声音。他回想起这700多个日日夜夜，一路走来经历的那些事，发现这些经历已经在不知不觉中成为自己生命的刻痕，甚至已成为自己生命中不可缺少的一部分。

当踩经村第一批经初加工的120桶剁椒启运销往贵州苗姑娘控股集团时，运输车辆穿过蜿蜒盘旋的山村公路时的场景，在周茂的脑海里，像电影的画面一样不断重现，引出他多情的泪水。他是因为成功而兴奋到落泪，还是为自己所经历的点滴而感动？一时间，他也说不清楚。

今天的踩经村有了新变化，全村铺就硬化路11公里、通村路7公里、组组通4公里，实施饮水工程5处，成立了3个专业合作社，新建剁椒初加工厂1个，茶叶加工厂1个，产业涉及辣椒种植及粗加工、茶园及茶叶加工、肉牛养殖。2019 年实现利润共计 53 余万元，分红覆盖全村建档立卡贫困户 132 户，户均增收 1000 元以上。

周茂看着远山一簇簇盛开的油桐花，不远处有人正在犁田，水波随着破土的犁铧向两边荡漾开去，他嗅到了春天里泥土的芬芳。犁铧破土的那一刻他突然明白：美丽乡村的建设，同样是一个撕开大地、播种、生长、成熟、丰收的过程。最终乡村发展面貌如何，需要每一个参与者全力以赴。

周茂告诉自己，一定要加油。相信明天，这一切终将因为努力而改变。

舒小灵："驻"出乡情 "巡"望发展

◇讲述：舒小灵　整理：任恩多 姚双容

前龙村曾是大龙开发区最偏远的行政村，现因铜大高速公路七里冲（大龙北）收费站栖身村口，而坐拥便利通行条件。

2012年秋的交通提质，带来了全村第一轮的嬗变。

2017年底以驻村第一书记舒小灵为代表的扶贫干部们来到村里，则带来了更具体的第二轮嬗变。

找准工作关键

接到前往前龙村驻村的工作部署时，已从湖南省新晃县来到大龙工作了整整22年的舒小灵告诉自己：你曾在大龙中学任过2年政治教师，更有长达9年的农村工作经验，是个合适人选，组织委以重任，必须倾力完成！

尽管对脱贫攻坚工作困难有过预想，但全面了解前龙村情况后，舒小灵还是被实际困难打了一"闷锤"——

村基层党组织建设不力，软弱涣散，历史遗留问题较多，村民意见大；村支"两委"刚换届，村支书、村主任都是年轻党员，主持村务的他们和组织村脱贫攻坚工作的她，都需要探索成长。

刚到村里，召集村民开院坝会、田坎会和村民大会，有的村民直接"土骂进场"，翻出低保厚亲顾友、贫困户识别不精准和其他一些遗留问题抵制工作开展。

没怎么受过委屈的舒小灵，私下里也曾被气哭过。但转念一想，村民意见所在，不正是工作推进的核心环节吗？

建立深厚联系

舒小灵调整思路，带领驻村干部、驻村工作队队员等扶贫干部会同村干部一起，进组入户宣传政策、核查基本信息，并听取意见和建议。

在详细掌握准确信息的基础上，通过村民大会审议，梳理了低保户和精准识别贫困户名单，重新树立公平公正村务形象，为工作推进夯实了群众基础。

“组组通”、连户路，进一步将村组紧密联系到高速公路、国道、快速干道的大交通格局里；“四改一化一维”从点到面提升基础条件，网络基站建成让信号满满；自来水入户全覆盖，水到村民家里，为项目款跑来跑去的舒小灵，也真正被广大村民所认同、接纳。

前龙村顺利脱贫摘帽，上级领导再来前龙村开院坝会，发现村民参会积极，遵守会场秩序，该发言的时候诚实发言，该听讲的时候认真听讲。

“村里工作是怎么开展的？院坝会氛围怎么会这么好？”

“村民是朴实诚恳的，我们把工作做在前面，他们看在眼里，心里也就把我们当作了自家人。再经由我们引导，‘前龙是我家，发展靠大家’的主人翁意识觉醒。”听到领导表扬，舒小灵感慨良多，“儿子读医学专业，他深深意识到我工作的意义，不只在语言上鼓励支持，还会跟我一起到村里，做点能帮忙的事。”

融入乡村生活

前两天，村里组织在家妇女到上寨组活动广场义务除草。通知了 20 多户人家，每一家都有人高高兴兴地过来劳动。久雨初晴的大中午，太阳正毒，各年龄段的妇女们啪嗒啪嗒滴着汗，却没一个人有半句怨言。73 岁的张金枝说："干部们喊到我，就是认定我会来，是种信任。为村里做事，也是我们的责任。"

时间再往前拨。2020 年开春，新冠肺炎疫情深深揪着全国人民的心。正月初四，前龙村设置疫情监测卡点，扶贫干部和村干部共同守住全村 356 户 1240 多人的生命安全防线。村民自发协同值守，送水果、送方便面、送炭火之外，还有个事例，同样感动着舒小灵。

村民罗建平去邻镇乡村走亲戚，正巧遇到疫情防控全面展开。那边他出不了村，这边也不让他回来。"舒姐，我必须回家啊，家中的老母亲和两个女儿需要我照顾！"舒小灵回复他，在那边安心待着，保持电话联系，家里的事有干部负责。

送米送油、代购面条蔬菜，舒小灵把这一家子的生活放在心上，没让任何物资欠缺的情况出现。一个多月后，接受完核酸检测的罗建平才回到家中。"有舒姐照看，我很放心。"

继续新的征程

前龙村在大龙开发区 19 个行政村里，率先组建巡逻队。舒小灵计划以党员、复员军人和民兵为主，结果具体组队时，在家大学生和村民积极分子也纷纷加入。12 个人巡逻全村各组，宣传、查验防控措施，统计各家各户的物资需求，再进行统一购买和配送。

疫情监测封闭防控长达 3 个多月时间里，前龙村民足不出户，也得以正常维持饮食生活，不少村民还胖了一圈。

防控告一段落后，巡逻队已经解散。但全村最重要的"巡逻者"舒小灵，一直在岗。

久卧病床、失去意识的老父亲每天都需要护理。特殊情况特殊应对，舒小灵晚上回家照顾父亲，一大清早去菜市场买菜回村里。

前龙村道路、房屋、公共服务功能场所等硬件均改头换面；党群、干群联系和民风、乡情等软件也今非昔比。脱贫攻坚成果巩固路、乡村振兴路，仍需舒小灵继续领行。

从大龙开发区大屯街的家里到前龙村村委会，有 13 公里路程。两年半时间里，她来来回回跑了近 1000 趟，总里程超过 2.5 万公里。

这段路的一端，是担负着的光荣的历史使命；另一端，是割舍不了的孝老、爱亲之情。舒小灵没有顾此失彼，而是相得益彰地让两者都得到了升华。

脚下有泥土　心中有百姓

◇讲述：胡祖亮　整理：罗 骐

他是松桃苗族自治县卫生健康局派驻乌罗镇中利村驻村第一书记。自担任驻村第一书记以来，他认真履行工作职责，聚焦“一达标两不愁三保障”突出问题，紧紧围绕五个一批脱贫路径，找准贫困原因、制定脱贫措施，积极争取政府相关脱贫政策及项目支持，发动群众，攻坚克难，用实际行动诠释了驻村第一书记的扶贫情怀，得到了群众的一致好评。他就是胡祖亮。

2018 年 3 月，胡祖亮来到了中利村。当时，中利村群众饮水、出行、产业发展和人居环境改造等诸多问题，仍困扰着群众生产生活。该如何解决这些问题成了他日夜思索的大事。经过一番深思熟虑，想办法解决群众生活中的突出问题成为他打开工作局面的主攻方向。从此，中利村的大山深处出现了一个忙碌的身影。

经过近一个月的走访调研和多次大小会议征求意见，胡祖亮找准了贫困原因。驻村以来，胡祖亮遍访全村农户 5 次以上，多次与贫困户、低保户、老党员、离任村干部、致富带头人、空巢老人等不同群体的群众促膝谈心，记下了群众的心声，在民情日记上写满了工作中的所思所想。当他在走访老院子组罗时刚时，了解到该村有 20 多名村民因修人饮工程拿不到工钱，被拖欠时间长达两年之久。经过近两个月的努力，他为村民讨回工钱 8.7 万元。“当时我向胡书记反映这一问题只不过是随便说说而已，根本没抱多大希望，谁知胡书记不仅放在心上，而且亲自督办，帮我们追回了被拖欠的工钱！”在兑现工钱这天，罗时刚既兴奋又激动。

近年来，产业发展滞后是困扰着中利村发展的主要瓶颈。针对这种情况，胡祖亮通过市场考察和调研，因地制宜发展了208亩生态茶园、700余亩油茶基地，而今100亩的辣椒种植正在如火如荼地进行中。通过发展产业，带动了老百姓就近务工，有效促进了百姓增收致富。2019年以来，通过产业发展，全村产生的劳务收入就有80余万元。

为了尽快增加村民收入，胡祖亮还结合该村实际，探索出财政投入扶贫资金，通过村集体入股县利丰股金社、星旺牧业发展有限公司实施蛋鸡孵化场项目；入股乌罗镇高山名优茶园项目等项目实现分红，使89户贫困户受益，2019年户均实现分红2002元。

驻村期间，胡祖亮紧紧围绕“一达标两不愁三保障”核心问题，脱贫攻坚取得显著成效。扎实开展教育保障工作，实现全村6至16周岁适龄儿童义务教育阶段零辍学，共申报兑现了24名高中、中职、高职高专、本科学段建档立卡贫困学生省级教育资助。为100名慢性病患者全部办证，全村住院就诊247人次，产生总费用87.79万元，共补偿金额57.65万元；6名重残人员享受一二类残疾护理补贴，全年累计兑现护理补贴3240元。坚持问题导向，着力解决好住房保障问题，目前共计实施危改项目33户，实施住房透风漏雨整治47户，2017—2018年动员易地搬迁77户300余人。狠抓基础设施建设、公共服务完善和人居环境整治，争取资金8万余元进行了村级文化广场建设，彻底改变了村民文化活动落后的局面，让村民从此看戏不出村、娱乐有舞台；争取20万元修建了标准卫生室。大力整治人居环境，全村共计实施人居环境房前屋后及室内外硬化92户，硬化面积达8964平方米，完成1580米连户路硬化。村容村貌综合治理成效明显，为村民营造出了先进文明、美丽舒适的生活环境。

胡祖亮驻村之时，他的小孩才出生20天。后来，他的妻子王静也踏上了扶贫帮扶的征途，被下派到长坪乡深度贫困村盘报村驻村，当时小孩刚一岁多一点。

因小孩无人照顾，胡祖亮只能把住在乡下的68岁的母亲接到县城帮自己带孩子。2019年7月，小孩患上了手足口病，高烧不退，到市医院住院治疗了一个星期，回松桃后，又在县医院住院治疗 4 天。当时他的妻子也在进村入户完善相关帮扶材料，她请假将孩子送到市医院，两天后又回到岗位上，胡祖亮作为驻村第一书记更是走不开。

通过近两年的驻村，中利村里的一草一木早已烙印在胡祖亮的心里，村里人早已把他视为自家人。驻村干部与村民真挚的感情，不仅得益于山里人的淳朴，更得益于这位驻村第一书记踏踏实实为百姓做实事的责任心。胡祖亮的脸上浮现了脱贫成功和生活幸福的笑容。2020 年是决战决胜脱贫攻坚的关键之年，尽管驻村工作辛苦，但胡祖亮始终坚守为人民服务的初心，在他心中有一个信念：“把百姓当亲人，要用心去做，当好群众的代言人，时时刻刻为群众着想，踏踏实实为群众办事，甘当群众的孺子牛。以村为家，无怨无悔。”

我们成了群众信赖的家人

◇冉 波

“堕坪村在帮扶岁月里发生了巨变，我在帮扶过程中得到了成长和历练。”我是贵州铜仁德江县发展和改革局大健康办公室副主任冉波，2019年3月到德江县长丰土家族乡堕坪村驻村，任攻坚队副队长。后来因工作需要改任堕坪村驻村第一书记。

一年多来，我和驻村干部们吃住在村，出谋划策为民分忧，奋力攻克贫困堡垒。如今堕坪村的基础设施、产业发展、人居环境、民风民情都得到了重大的转变。

走进群众家里，驻进群众心里，才能收获乡亲们的认可

刚驻村时，要做什么工作、怎么做工作，我一头雾水。通过向前辈请教和不断摸索，我明白了，要做好驻村工作，首要的就是摸清村情和民情。

我与村支“两委”和驻村干部们一起走访农户，宣传扶贫政策，查看每家每户的住房条件、劳动能力、教育医疗、收入状况等。经过一个多月的了解，堕坪村18个村民组798户每家是什么情况，我基本上心中就有数了。为做好帮扶工作，我和干部们经常深入田间地头和群众家里，与他们拉家常、问需求，耐心听取群众的建议和诉求。把他们的想法和反馈意见建议都记在笔记本上，晚上回到办公室琢磨，和村支“两委”一起谋划解决办法。在村民小组会、院坝会上让群众为村里面的工作提出意见，帮忙出主意，共同谋发展。和群众走得近了，慢慢地就和他们变成了家人。这一年多来，我厚厚

的几本民情日记上记录了一桩桩与群众利益相关的事情。

大坝组贫困户杨某是彭家的上门女婿，20 多年来因一些小纠纷与这边亲人有积怨。我们了解情况后及时组织驻村干部和村干部多次上门走访，双方单独交谈，最终矛盾化解后，双方得以和好。通过这件事情，杨某经常把脱贫攻坚中的“四个好”挂在嘴边。

赵家组村民刘云江，过去对政策不理解，没少给村支“两委”出难题。后来通过我们的耐心宣传和讲解，最后，他转变了观念，还多次主动号召全体村民修路、修水、积极参加群众会，在群众身边传递正能量。驻村以来我们解答了群众问题 200 余个，化解矛盾纠纷 50 余起。

改善基础设施，乡亲们的满意度才会提高

村民富不富，关键看支部；村子强不强，要看领头羊。驻村以来，我们把建强村级班子队伍作为首选任务，着力培养那些想干事、能干事、干成事、有创新的优秀青年，把群众认可、乐于奉献的农村能人及党员作为后备村两委班子来培养。

我们带着大家通过媒体、书籍、集中学习等各种形式，深入学习了党章、党规和习近平新时代中国特色社会主义思想。如今堕坪村的班子战斗能力已强了起来。

为做好基础设施建设这篇文章，我们重点围绕贫困人口“两不愁、三保障”，完善基础设施建设、人居环境整治、产业发展、公共服务，以钉钉子的精神，夯实基础，补短板、建立台账。

在驻村工作中，我和干部群众住在一起、干在一起、苦在一起。通过积极争取项目扶持资金，村里新修了 21.25 公里连户路，426 户农户家房前屋后得以硬化，229 户用上了水冲式厕所，还有 343 户用上了新式厨房。今年又积极争取 60 万元财政扶贫资金用于路灯安装，现已实现全覆盖。

正因为这些看得到的变化和实惠，堕坪村的群众的满意度和感恩意识也逐渐增强。不少群众给我们写感谢信，送来感恩锦旗。一年多来，我和驻村干部们，积极协调相关部门落实帮扶资金，实施基础设施建设。如今堕坪村水电路讯已全部畅通，人人喜笑颜开。

产业兴旺起来，乡亲们才有致富门路

基础设施和人居环境改善了，就要想办法让群众致富。村里的茶产业是群众增收的主要产业之一。2020 年，为帮助企业尽快复工复产，我们积极组织参与茶叶基地除草、施肥、运输肥料务工人员进行岗前培训，为务工人员争取口罩。

为深入推进农村产业革命，我们鼓励村民们把撂荒土地利用起来，帮助村民选择产业，因地制宜谋发展。按照“党支部 + 合作社 + 农户”“村社合一”的模式，全村共组建专业合作社有 9 个。如今，全村已发展 3500 亩茶叶，种植红豆杉 2100 亩、太子参 500 亩、花椒 1500 亩、药椿 320 亩，另外种植烤烟 550 亩。每年的劳务支出达 80 余万元，带动农户户均分红达 900 元以上，为堕坪村脱贫致富奔小康打下了良好基础，脱贫巩固取得了明显成效。

现在的堕坪村基础设施日趋完善、产业发展势头强劲、群众生活逐渐殷实。贫困村的变化靠的是我们党的好政策，靠的是我们广大党员干部的真抓实干，靠的是群众自身的努力奋斗。今后，我们将继续苦干实干加油干，让群众的生活过得越来越美好。

如有不测，请把我葬在茶园山上

◇冯秀春

2019 年 9 月 14 日，恰逢中秋小长假，我本计划返回老家沿河思渠镇与家人共度中秋，可在出发前一天接到茶园山村大坪组组长韩俊的电话，告知我院坝前一条 100 余米长的路定在 14 日实施硬化。

我叫冯秀春，2014 年到碧江区漾头镇政府工作，并担任漾头镇林业环保站站长，2019 年初调整到茶园山村任支部书记。要硬化的这条路是东西部协作大坪文旅项目，是我与村支“两委”好不容易才落实好的，这期间还多方协调才争取到水泥和沙子。我答应过村民，一定要与大家一起把这段路硬化好。如今项目接近尾声，我必须到现场完成承诺。

9 月 14 日 7 点，我到达了施工现场，和大家一起搬水泥、搅拌泥浆。中午 11 点时，我突感不适晕倒在地，因为当天天气比较炎热，我以为是中暑，醒来后又坚持到下午 2 点。那时我意识逐渐模糊，身体也开始抽搐，大家赶紧把我送到医院。

后来听茶园山村大坪小组组长韩景龙说，最先把我送到碧江区中医院，检查后诊断为脑出血，由于病情严重紧急，又将我转到铜仁市第一人民医院。据铜仁市第一人民医院神经外科副主任胡晓说，我是年轻患者，到达医院时主要是脑出血，意识较清楚，经诊断为右侧额叶脑出血，出血量不是很多，之后做了 CT 和血管方面的检查。

住院期间，我再次脑出血，出血量比刚入院时有增加，还出现了肢体的偏瘫，情况相当危急。在紧急关头，浮现在我眼前的是还未完工的道路硬化和茶园山村各项产业发展，这里凝聚了我太多心血。我对妻子说：“如果我遇到不测，要把我葬在茶园山上，一定要把我的党徽摆在坟前。”好在上天有好生之德，我复查了CT，又做了急诊手术，身体一天天好起来，半个月后康复出院，我终于又回到了茶园山村这片土地。

碧江区漾头镇茶园山村，地处六龙山脉腹地，距镇政府所在地39公里，距离铜仁主城区17公里，全村辖7个村民组，有303户1283人。多年来，受地形、交通等因素制约，茶园山村发展相对滞后，是省级一类贫困村，也是名副其实的“白板村”。

2019年到茶园山村后，我带着村支“两委”跑项目、找资金，短短几个月时间，茶园山村发展起了青蛙养殖、冷水养鱼、中药材种植、生态鱼塘、大坪东西部协作文旅项目等。

在产业发展初期，为了节约资金，我和村支“两委”成员、驻村工作队队员们一起挖池子、搭棚架子、牵线、排水。经过大家的共同努力，全村2019年利益联结扶贫项目共13个，覆盖建档立卡贫困户100户344人，实现剩余5个村民组建档立卡贫困人口14户23人全部脱贫。

工作以来，我始终兢兢业业，茶园山村里各项工作都在稳步推进，村集体经济得到了壮大，而我也得到了村民、同事和领导的一致肯定。在以后的工作当中，我定当发挥自己的才能，集各方的力量，把茶园山村发展好，让群众多增收。

驻村帮扶的点滴事

◇杨　杰

我叫杨杰，今年 53 岁，是万山区供电局的一名干部，2019 年被选派到丹都街道楚溪社区驻村。驻村以来，我沉下心、弯下腰，走村串户，挨家挨户问长问短，了解每个家庭的实际生活情况，足迹遍布楚溪社区的大街小巷，与楚溪的居民打成一片，成了名副其实的楚溪人。

办好群众“关键小事”

“您老人家就安心地在医院养病，其他事情您就别担心啦……”在病房里，我这样叮嘱廖如国。

60 多岁的廖如国是楚溪社区的独居老人，智力障碍，表达能力有缺陷。在走访期间，我发现廖如国的脚和往常有些不一样，走起路来一瘸一拐的。为了老人的健康，我和他的帮扶干部张国平商量，决定带他到医院去治疗，后查出廖如国患有严重风湿病。廖如国因身边无亲人，我与张国平便主动来医院照顾他，我们为他垫付了剩余的医疗费。

我自费 7000 余元帮助李腊香等家庭，为他们修复门前道路、安装室内门窗、修复室内墙面，购买餐桌、橱柜、棉被及其他生活用品；定期帮廖保祯等残疾户打扫卫生；帮助 5 户 6 名困难儿童申请江苏省妇女儿童基金会困难救助 3.6 万元；协调处理大小纠纷 100 余件，协助部分居民组理顺了历史欠账、欠款 10 万余元；帮助唐国谭一家追讨债务、解决就业；成立“电亮公益队”，开展“电亮 · 自立梦”青年志愿服务主题活动 26 余次，协调供电局解决资金 2.7 万余元；走访慰问困难党员、残疾“五保户”42 人次。我尽自己最大努力去做这些最重要的“小事”，慢慢地，楚溪社区的居民把我当成了亲人，有什么困难和问题都会找我聊一聊，有什么心事都向我倾诉一下。一声“杨叔”，一句感谢，声声入耳，句句暖心，对我来说是最真挚的评价。

干好电力“服务小事”

“以前 20 分钟才能抽上来的河水，现在 10 分钟不到就能从山下的河里抽到养殖场，真的太感谢杨书记啦……”汪焕前感激地说道。

因桐木寨组地势高造成水源不足，养殖户汪焕前需要安装三相电源启动水泵才能解决用水问题。了解这个情况后，我充分发挥单位优势，请求城区供电所立即派出“电力快车先锋队”对汪焕前的养殖场进行实地勘察，以最快的速度给他的养殖场新装了一条电缆，并改装了老旧的电力线路，安装了新电表，大大节省了蓄水时间，全力保障了该养殖场的 11 头牛、37 只羊、12 头猪以及 600 多条鱼苗的供水需求，有效保障了养殖场的正常运作。如今，汪焕前的年平均收入可达 4 万元，较之前翻了一倍多。

为切实做好电力服务，我联合城区供电所的“电力快车先锋队”多次帮助社区困难群众检查室内用电线路、老旧家用电器，无偿对存在安全隐患的残旧低压线路进行更换改造，累计检修 35 户，解决问题 52 个。联系帮扶单位开展电力义诊活动，协助和平安置小区恢复摄像头等用电设备，保障小区可视安全。积极与帮扶单位沟通启动电力投资项目 7 万多元，解决了董上组电压过低问题，有效保障了群众用电安全。

我提出社区网格基础数据系统管理理念，将社区低保户、在读大学生、退役军人、高龄老年人等人群，分门别类进行台账式、系统式管理，为大家提供更精准的服务。此外，我还积极向贵州电网公司争取专项资金 7 万元用于楚溪社区办公设施及基础设施建设；与省、市帮扶单位对接并上报了楚溪社区党员活动场所 100 万元项目；向上申请专项扶贫资金 30 万元，作为建档立卡户入股资金参与挞扒洞集体经济产业发展，每户每年可享受入股分红 2000 元。

做好创卫“重要小事”

“以前社区垃圾到处都是，广告乱贴，经过这一次大整治，干净多了，住着也舒心多了……”社区居民廖银萍说道。

为全面提升城市品位，楚溪社区作为万山区中心城区的社区之一，社区把创卫工作作为今年的重点工作之一来抓。我也把创卫工作作为驻村工作的重要工作来抓，积极出谋划策、建言献策。利用宣传海报、小喇叭、微信群、小区巡逻等方式营造创卫氛围，我带领社区干部把整个社区的卫生情况全面排查一遍，查找卫生死角、制定整改清单、实行逐项销号制度。充分发挥网格员、党小组长、党员及志愿者作用，组建先锋队积极开展“十乱”治理、“六小行业”监督、清理“野广告”等行动，推动“旱厕革命”，积极宣传“门前五包”责任制。截至 2019 年底，社区安装了 60 个捕鼠诱饵器，开展病媒防治宣传 50 次、“四害消杀”行动 20 次、集中大扫除 40 余次。在我的带动下，大家齐心协力抓好社区环境治理，为社区居民营造了健康整洁的良好生活环境。

一段脚踏实地的人生，又岂是几件“小事”可以说完的？回顾驻村工作，我一步一个脚印走来，得到了百姓认可，得到了组织关怀。2020 年我荣获“全市脱贫攻坚优秀共产党员”。这一荣誉既是对我的认可，也是对我的鞭策。我是一名共产党员，走前沿、做表率是一种担当和责任，我愿意把这些责任扛在肩上，放在心里，继续脚踏实地为群众办实事、好事。

毕尖坚：90后女支书的扶贫故事

◇讲述：毕尖坚　整理：王艳铃

毕尖坚，女，汉族，1990年2月出生于贵州省六盘水市盘县大州镇，2014年7月加入中国共产党。2017年1月担任寨阳村党支部书记、村妇联主席，先后被松桃苗族自治县委授予“三八红旗手”、孟溪镇“先进个人”“优秀党务工作者”“优秀共产党员”等荣誉称号。自担任寨阳村党支部书记以来，毕尖坚始终把听党话、感党恩、跟党走作为最重要的人生信条，对党忠诚，敢于担当，体现了一名共产党员的政治本色。恪尽职守、辛勤工作，带动群众艰苦创业、增收致富。在脱贫攻坚的战场上，她扮演着勇士的角色，模范带头、骁勇善战、敢作为敢担当，用辛勤和汗水书写着属于这场战役的传奇人生。

当好“排头兵”，毅然决然扛起重担

2006年初中毕业后，毕尖坚虽是女儿身，却有着一股敢做敢拼的倔劲儿：开饭馆、进厂务工、自己做市场推广，靠勤劳智慧率先致富。她把这一切归根于党的好政策，主动向党组织靠拢。2014年，她加入了中国共产党。2017年，经镇党员群众推荐和党委研究，作为一个外地嫁来的媳妇儿，毕尖坚凭借良好的群众口碑，当选寨阳村支部书记。

人口仅有1299人的寨阳村，地方不大，但要在此地做扶贫工作，这工作难度极大，公婆丈夫知道村里的“水深”，都持反对意见。毕尖坚扛住家人的反对，不顾朋友的劝阻，毅然挑起党支部书记重担。她说道：“组织和群众这么信任我，这担子再难挑，我也得挑起来。”

任职之初，面对并村前群众思想观念落后，矛盾纠纷不断，村民心不齐、气不顺的“烂摊子”，毕尖坚相信事在人为。百姓不肯跟着干部走，肯定是干部做事不带头。“村看村、户看户，群众看的是党支部”，她带头先立规矩，和村支“两委”干部反复商量，以村干部轮流坐班、定期例会、包片负责的方式，带领村支“两委”进组入户了解情况，倾听群众呼声和诉求，让群众有话可说、有地方说话。慢慢地，干部和群众说上了话。

毕尖坚知道“一个好汉三个帮”，要干好村上的事，村干部和全体党员首先要拧成一股绳，形成一条心。她坚持与党员干部大事小事多商量、有事无事常来往，定期召开村支“两委”班子成员碰头会，每月召开党员大会，经常开展谈心谈话、党员活动日等活动，多次组织村干部到先进村就地学习取经、开阔眼界。

劲往一处使，也让脱贫工作如鱼得水。群众会宣传政策，吆喝一声大家就到场了；开展卫生整治，党员、群众不怕脏、不怕臭，专攻死角、死面，环境卫生焕然一新；村里的生猪代养点征地没有人为难，村集体经济今年又多了 600 亩油茶，以短养长种植了 200 多亩辣椒，群众可以在产业基地里务工。山上、地里，清晨、夜晚，随时随地可见毕尖坚的身影。

“干部多做一点，寨阳能发展得更好点，乡亲们就多点收入，累就累点，没得事”，毕尖坚的笑容里总是带点羞涩。模范带头做表率，带好队伍促发展，她忠实履行了一名村党支部书记的职责。

当好“人民仆”，用心用情服务群众

毕尖坚常对村民说：“我虽然文化程度不高，但是我知道扶弱救困，把群众困苦挂在心上。救助残疾孤老、帮扶困难、扶贫济困，是我们每一位党员干部义不容辞的责任和义务。”在脱贫攻坚战场上，毕尖坚始终把情系乡亲、谋事干事作为履职标准，坚持一心为公、迎难而上，体现了村干部真切的为民情怀。

寨阳村地势高低起伏，320 户 1283 名群众分散居住在山坡上，水电路是群众最迫切的期盼，也是困扰村支“两委”班子多年的难题。在任职后的第一次全体村民大会上，毕尖坚庄严承诺，不管多难多苦，都要把吃水、用电、修路的难题解决了。

面对山区基础设施建设造价高、施工难度大、群众利益协调难，毕尖坚积极向党委政府提出申请、争取项目，上山查看线路，带领村两委班子成员逐户做好群众思想工作。当群众对修建顺序有争议时，她以身作则，引导村民识大局、明事理、讲和谐，难题一个一个地攻破。

有付出，就有收获。通过不断努力协调，搭乘脱贫攻坚的“快车”，寨阳村实现了三个“百分百”工程：集中供水工程落地，维修自来水管道 10 公里，100% 的村民喝上了干净卫生的自来水；全村完成农村电网改造 18 公里，100% 的农户通上了电，还完成 210 盏全村太阳能路灯安装；硬化通村、到组、入户道路 3 条 8.53 公里，房前屋后全部硬化，100% 的农户家门口通了水泥路。

经过三年的辛勤付出和不懈坚持，毕尖坚带领村支“两委”兑现了承诺，赢得了群众的拥戴。

当好“律己人”，尽职尽责守护家园

毕尖坚始终把处事公道、尽职尽责作为立身做人之本，用实际行动彰显共产党员的人格力量。坚持民主决策、民主管理和民主监督，把一切权力交给村民，先后主持兑现了数百万元政策补助，没有发生一起群众不满意的事件。

作为一名村支部书记，她严于律己，以身作则，坚持把党的政策原原本本兑现给百姓，把党的温暖实实在在送给乡亲，从未优亲厚友、搞特权、谋私利。其大哥、大嫂身体不好，一个儿子上大学，女儿在贵阳读职校，负担

很重，在一次精准扶贫新识别评议会上，群众提出毕尖坚大哥家符合享受精准扶贫补助的条件，当村里再次讨论补助对象时，毕尖坚坚决从名单上划掉了大哥的名字，把名额让给了其他更需要的群众。

她的爱人于 2018 年 5 月查出肾病综合征，西药、中药从没有断过，不能提重物，经常发病，无法外出打工。她家里的老人年纪大了，身体较弱，两个孩子，最小的只有两岁多，家里、村里的事情她都一个人扛。问题再多、再艰难，她从未向组织提出任何要求，也从来不抱怨。她常说荣誉是大家一起干出来的，有困难慢慢克服，并始终把村里的大事、小事放在第一位。

她是毕尖坚，一名 90 后的女支书。三十而立，果敢坚韧，生而刚强。她围绕灶台撑起了家，也走遍全村点亮了乡；她是脱贫攻坚战场上的战士，也是当之无愧的勇士。

走心的教育最能打动人

◇讲述：方志文　整理：付加娣

“古树环绕，典雅幽静，是一个静心教书、潜心育人的好地方……”这是方志文对玉屏第一中学的第一印象。

2018 年 8 月 7 日，太仓市实验中学原德育办主任方志文走进玉屏第一中学，眼前建立在山顶的学校给了他不一般的感觉，让他诧异：“原来学校也是可以建在山上的。”

一家两地，很有意义

太仓、玉屏两地相距 1600 公里。2018 年，作为太仓市实验中学德育办主任的方志文成为太仓玉屏两地在教育医疗人才培训领域深层次合作的一员，被选派到玉屏第一中学进行对口帮扶，担任玉屏第一中学校长助理兼政教主任。

刚来时，饮食、水土……都让方志文十分不适应，好在这些都可以克服。然而，作为丈夫和父亲，方志文无论如何也克服不了的，是对家人的思念。“女儿正读幼儿园，想她时就视频电话。”方志文说，好在家人都非常支持理解他的工作。他告诉自己要把对家人的愧疚化为动力，竭尽所能帮助这群淳朴的孩子，为玉屏教育献出一份绵薄之力。

致力于让每一个学生都得到最优的发展

刚到玉屏时，通过调研和家访，方志文发现一个揪心的问题：留守学生较多，这是在太仓不常遇到的情况。这个发现带给方志文深深的震撼和触动：“这部分学生，大多封闭自我，不愿意与家长、老师进行沟通，存在一定的自卑心理。”

自此以后，方志文及其团队便留意关注学校的留守学生，在情感关怀上向留守学生倾斜，致力于让每一个学生都得到最优的发展。

走心的教育最能打动人。方志文坚持以行动感化学生。面对不理解工作的学生，方志文投其所好，坚持用自己的专业指导，拉近与学生的关系。

坚持把德育放在首位

必须把德育放在学校教育第一位。自进驻玉屏第一中学以来，方志文及其团队便把德育工作摆在素质教育的首位，充分借鉴太仓市学校的先进管理理念和教育教学方法，结合实际，完善玉屏第一中学的各项管理制度，提高学校教育水平。

教师、家长、学生，德育中一个不能少。方志文及其团队针对不同主体分别制定了相应的德育体系。

针对提高教师教学水平这一难题，在方志文及其团队的调查研究下，德育发展共同体项目应运而生。德育发展共同体项目主要是通过教师自练内功，提高教学水平；依靠不定期召开紫气论坛及定期的班主任培训，让教师们就自身遇到的教育难题进行经验分享，以提高师资水平。

家校合作，是德育工作的重中之重。为了让家长在学生的教育成长中发挥更好、更有效的作用，方志文及其团队率先在全县教育系统筹建了家庭教育指导项目。通过开设家长开放日，组建家长委员会，开展家庭教育培训讲座，畅通家庭和学校的双向沟通渠道，提高家长对学生教育的重视程度，让他们积极参与到学校的管理中来，形成家校教育合力。

引导学生正确自我认知，是学校德育工作中的重要一环。为引导学生正确进行自我认知，方志文及其团队在学校内开展学生生涯规划指导。通过与太仓市招生办合作，采取教师间接教导及面对面接触学生两种方式，培养学生兴趣，促进学生正确地认识自我。

授人以鱼不如授人以渔

所有的帮扶都是暂时的，重要的是能够增强可持续发展的造血功能。对于如何“授之以渔”，方志文有自己的想法：“来这边，主要是想把我们在太仓那边的教学理念及经验带过来，并在玉屏第一中学的基础上完善教育教学方法，通过我们的努力，能够把学校整个团队带动起来，促进玉屏教育优质发展。”

日子就像是从指尖滑落的轻纱，很快划过。帮扶时间已近一年，但第一次见到玉屏学生时的样子，方志文至今记忆深刻：“眼神很干净，特别淳朴，透露着强烈的求知欲望。”

扶贫“老兵”

◇姚　勇

我叫姚勇，现在是玉屏县委组织部的工作人员。在脱贫攻坚“战场”上，我算得上是一位扶贫“老兵”，先后三次“参战”，经历和见证了玉屏两个乡镇三个村的变化。

2015 年 2 月，还在玉屏财政局工作的我，被派驻朱家场镇茅坡村，开始了第一次驻村帮扶工作。

为了确保精准识别工作的标准和质量，我走遍了全村 11 个村民组 586 户，摸清了实情、找准了“病因”，并按照动员宣传、入户调查、初选对象、民主评议、公示上报等步骤，严把农户申请关、入户调查关、民主评议关、公告公示关，确保该走的步骤一步不少、应有的环节一项不落，完成了 86 户 283 人的识别和建档立卡工作。

2017 年 11 月，作为第三批结对帮扶包组干部，我来到朱家场镇龙眼村开展帮扶工作。

其间，我经常入户走访群众，协助村支“两委”全力抓好“因户施策”、“人居环境改善”、“组组通”道路建设等工作，完成了农电网全面改造；全村实现“组组通”硬化水泥路，连户路硬化率 100%；全村实现移动、电信信号和 4G 网络无盲区全覆盖；户户实现安全住房；按户配备灶和卫生厕所，实现所有住户室内外全硬化。

2020 年 4 月，我被选派到田坪镇长岭村任第一书记。驻村期间，我遍访了全村 371 户，在田间地头传递党的好声音、宣传扶贫好政策、讲好脱贫故事，确保了建档立卡户“档、卡、袋”信息精准、劳务就业信息精准、核心指标方面无盲区，群众认可度和扶贫政策知晓率节节提升。

闲暇之余，我总会去原来“战斗”过的地方走一走、看一看，与村民们坐下来聊一聊村里面近几年的变化。每当看见村民们的笑脸，我心里也很开心。

从外来人到村里人

◇姚翰宇

我叫姚翰宇，是江口县桃映镇龙虎村的第一书记。

时光如梭，转眼间，来到龙虎村已经两年多了。其间，有熬夜的苦，也有群众不理解之痛，但更多的是看到村里变得越来越好、群众越来越富裕，内心里那一抹无法言喻的乐。

2018 年初冬，我被组织选派到这里，从一名机关干部变成了一名驻村干部，从此，我与龙虎村结下了不解之缘。

还记得，未来之前，就听身边朋友和同事说，这里基础条件较差，群众工作难做。

到村后，我发现这里民风淳朴，环境优美，是一个山清水秀的世外桃源，只是村民们长期居住于此，对外来陌生人比较警惕，对外面的一切新鲜事物都比较好奇。

刚开始，我和村委会同志走访串户，与群众拉家常，详细了解他们的情况并记录下来，不到一个月，我就记录了满满两本笔记。

一天晚上，我与村支书在走访大院子组刘志成家时，了解到其妻子李玉香身患疾病，正在市人民医院做化疗，每月药费近 1 万元，有较大的返贫风险。考虑到这一情况后，我第一时间组织驻村工作队、村两委及监委开会研究把他家纳入防贫预警重点监测对象，主动帮助其申请公益性岗位、动态调整为农村低保对象、申报医疗救助、向县妇联争取两癌救助资金，帮助他家顺利渡过难关。

龙虎村是桃映镇较边远的村之一，群众习惯将垃圾往河道里扔，每到干旱季节，河道垃圾堆积如山。看到这一情况后，我利用每月的党员活动日，组织村干部及党员同志带头开展卫生大扫除，持续了半年时间，使村里面貌焕然一新。为保持良好势头，我们挨家挨户宣传，敦促他们爱护环境卫生，有力地改善了“脏乱差”的状况。

帮扶不是简单的给钱、给物，而是要帮助他们理清发展思路、破解发展难题，增加群众内生动力，才能实现“造血扶贫”。

2019 年初，我与村支“两委”商量，派人到苏铜鹿业有限公司考察所需牧草，回来后，我们在村里的荒地种植起了牧草，在为小屯村梅花鹿养殖基地提供牧草的同时，也帮助我村 100 多人增收。

2020 年年初，我与村支“两委”同志到碧江区和平乡考察油茶发展项目，迅速引进了铜仁市山茶公司来村发展油茶，把村里闲置土地流转起来，群众以土地入股的方式参与分红，目前已完成 2000 多亩的种植，让在家村民有工可务、有钱可挣，钱包涨了起来。

两年来，我走遍了龙虎村的每家每户和田间地头。同时，群众议论我的声音渐渐没有了，我知道，他们已接纳我并把我当成实实在在的村里人了。

扎根基层 不负韶华

◇周敏华

我叫周敏华，是江口县坝盘镇挂扣村第一书记兼驻村工作队副队长，2017 年 2 月 16 日开始开展驻村帮扶工作。在这一千多个日夜里，我用脚丈量挂扣村的每一寸土地，用心帮扶挂扣村的每一户百姓。

初到挂扣村，我不了解民风村情，只能一步一个脚印，实地走访每家每户，记录村民的基本情况，为后续的工作做准备。磨刀不误砍柴工，为深入了解村情，我还特别拜望了村里的老支书、老主任，向他们请教，理清下一步工作思路。经过长时间的实地走访和村里老同志的帮助，我终于摸清了老百姓的基本情况和急需解决的难题。

扶贫要想做得好，政策保障不能少。经过走访调查，了解到全村有许多低保户及精准扶贫户。为进一步了解他们的家庭情况，我逐一走访贫困户，深入了解人员结构、致贫原因、务工等家庭情况。在走访过程中我发现，不少贫困户并不符合评定条件。经过长时间的考虑以及商量，我们决定重新评定贫困户。

2017 年是贫困户评定工作中最难的一年。不少群众以前享受着贫困户政策的福利，按评定标准重新评定后没了名额，心里不是滋味，就经常来找我理论，有时甚至会发生冲突。为了解决这一问题，我请出了村里的老干部以及党员和我一起走访宣传。经过我和村里老干部、党员们长时间的协调，群众终于理解了政策，贫困户评定工作得以顺利开展。最后，我们把不符合贫困条件的清退，符合的纳入，为助力脱贫奠定了扎实的基础。

要让“输血扶贫”转为“造血扶贫”，发展产业是核心。为提高老百姓的收入，我们村修建了一个 500 亩的大坝，用于种植蔬菜。目前已投入扶贫资金621万元。该大坝投入使用后，每天务工人数可达100余人，为村民们的就业增收提供了一定保障，也大大增强了我发展坝区产业的信心。经过这两年的发展，坝区产业已成为村里的支柱产业。在发展坝区产业的同时，我们村还在下寨大堰塘筑坝，进行冷水鱼养殖，也带动了大量贫困户就业增收。

扶贫工作对于我来说，既是经验，也是经历。村里贫困户姚峰的父亲于2018年因脚伤住院，总共花费8万左右。因姚峰的父亲是退役军人，所以去退役军人事务局报销的医疗费用。但因报销程序出错，以致报销比例没能达到90%，而用于报销的凭证也无法拿出。了解这个情况后，我立即联系了相关部门并走访、沟通，经过三天的协调，最后其报销医疗费用的比例达到了90%，减轻了姚峰一家的经济压力。

还有一件让我印象特别深刻的事。在扶贫工作中，我遇到一对老夫妻。他们住在深山老林里。第一次走进他们家：床上堆着泛黄且十分破旧的被子，还散发着一股霉味，屋内也是空空荡荡的。此情此景，让我心里特别难受。我心中的良知告诉我，一定要做点什么。

记得，那是一个寒风刺骨的冬天，凛冽的寒风在身边肆意掠过，刮在脸上格外地疼。为了给两个老人送物资，我和同事顶着寒风，踏着积雪，一步步艰难地前进着。雪融化后的山路格外地滑，我们扛着物资爬上去又摔下来，一遍又一遍，身上满是泥水。但是，当我亲手把物资送到老人手里的时候，心里很是欣慰，觉得之前经历的所有苦难都值了。

在了解情况后得知，老人膝下共三个儿子，两个儿子在铜仁有房子，所以两位老人不符合“五改”及救助条件。儿子一直未将老人接到铜仁居住。之后，我多次与其儿子沟通交流，其儿子的态度终于有所好转。

在扶贫道路上，我累过、苦过，流过汗甚至流过血，但只要看到老百姓的笑脸，我就心满意足了。在这一千多个日夜的扶贫工作中，我见过挂扣村深夜的月亮，也感受过组织和同事的关爱；我遇到过冲突与矛盾，也感受到了老百姓的淳朴与善良。我这一辈子，有扶贫工作这一段特别又刻骨铭心的经历，实乃毕生之所幸。

“攀亲戚”变成了“一家人”

◇刘 杰

2018 年 5 月 28 日，一个值得我永远铭记的日子：从乡镇到县城，再到农村，这一次缘分的交织，让我成了群众心中的亲人。

2018 年 3 月，我从乡镇办公室调入石阡县委组织部，“去了县城、升职”等羡慕的话语在同事、朋友口中频现。当时正值石阡脱贫攻坚进入全面攻坚时期，组织考虑到我有多年的干群经验，决定派我到单位帮扶村任攻坚队队长。

5 月 28 日，我背起行囊，离开刚坐热的办公室座椅，离开了刚熟悉的同事，离开了温馨的家庭，“走马上任”甘溪乡扶堰村，开始了我人生的第一次驻村生活。

山高坡陡，沟深林密，扶堰村 18 个村民组中的 11 个村民组，均坐落在步行 1 个小时到 2 个小时之外的大山深处，山路不通，手机也没有信号。为让大多数群众“重见天日”，石阡县已于 2016 年 4 月在扶堰村大良田开工建设易地扶贫搬迁安置点，计划对高峰、麻湾、半坡等 6 个组实施整组搬迁，寥家湾、岩寨等 4 个组按实际受灾情况进行零星搬迁。

在出发之前我就得知，因许多老人不愿搬离老屋，实施了近一年的搬迁工作陷入僵局。

作为攻坚队队长，我深知肩负的重任，在一个礼拜的时间里，我走遍了每一个村民组，在佛顶山上的高峰组，我有幸结识了一位年过 80 岁的老人，在交谈中得知，老人从出生至今没有去过乡集，这让我更加明白了搬迁的迫在眉睫。

报领导批示后，我以优化分班攻坚工作方法，将扶堰村 18 个村民小组分成四个片区，分别由攻坚队队长、帮扶单位科级领导任片长，把涉及各组的帮扶干部划入该片区，形成兵团作战体系，而我则具体负责小溪组。

小溪组是扶堰村边缘的组之一，属于整组搬迁目标，由于条件困难，大部分青壮力都外出务工，只留下老人在家。说来也巧，我母亲和奶奶都姓李，妻子姓刘，而该组居住的群众都是李姓，帮扶的9户贫困户中配偶姓刘的就好几家，为了工作的开展，我便攀上了亲戚，认了姑婆、姑姑。我一次次走访慰问、入户调查，和群众建立了深厚的关系。就连过年、过节杀猪，我也成了他们组里拉猪的一把好手。

2018年10月，国家脱贫攻坚第三方评估在即，为了杜绝该组的搬迁户“两头住”的问题，我入户动员，原本以为攀上了亲戚，工作做起来一帆顺风，谁知道竟然碰了一鼻子的灰。我忽然惊醒，不能因为认了亲戚，而失掉工作原则，盲目自大。为此，我三番五次讲政策，认真细致地分析搬迁的好处，对留守的三位老人无微不至地照顾，终于感动了老人在外务工的家人，在他们的劝说下，老人决定搬往新家中居住。

借助易地扶贫搬迁政策，我们先后实现就近安置147户594人，跨区域搬迁31户138人。为了搬迁群众搬得出、稳得住、能致富，村集体经济合作社流转土地1100余亩，开展种植花椒、红香蜜柚、八月瓜、黄桃、中药材等产业，按照70元每天的工钱，将贫困户吸纳到合作社务工，增加收入。我还积极协调单位帮扶资金8万元，实施“菜园子”工程，解决了搬迁群众就近吃菜难的问题。

2019年春节刚过，回村后没两天，就接到家里传来的噩耗，我连奶奶最后一面都没能见上。“刘杰，我们都来了。”在奶奶的葬礼上，我帮扶的10多名群众大雪天骑着摩托车来到我家，说来送老人最后一程。

“60多公里的路程，你们连位置都不清楚，是怎么找来的？你们都这么大年纪了，雪大路滑，多不安全啊……”我激动得不知说什么好。年过70岁的李其元老人拉着我说：“我们早就是一家人了，老人家过世，我们理应来送一程。”

望着他们冻得红彤彤的手，沉浸在悲痛中的我，流下了感动的泪水。是啊，我们早就是一家人了！

努力交出脱贫攻坚满意答卷

◇毛承军

我叫毛承军，是铜仁市石阡县法院的一名法警。2018 年，我被选派到石阡县枫香乡地古屯村任驻村帮扶干部，先后被任命为攻坚队队长、第一书记。

收到选派文件的第二天，我驱车赶往地古屯村。地古屯村就像坐落在一个深坑里一样，沿途四周都是山，一条公路从山顶直下连接全村。抵达村委会，眼前是年久失修的小平房，前面一块烂田，下雨天都不知道怎么进村委会。

地古屯村距县乡较远，交通条件落后，环境恶劣，是石阡县 29 个深度贫困村之一。群众主要以种、养植为主，全村的青壮年基本都外出务工，在家的都是体弱多病的独居老人，先不说发展产业、脱贫致富了，吃、穿、住、行就已经是最大的难题。了解了村里的基本情况后，我便开始和队友门逐户走访、排查，了解民意、听民情。

地古屯村大树背组建档立卡户谭仁圣家中有 3 口人，户主谭仁圣已 83 岁高龄，爱人是聋哑残疾人，家里唯一的劳动力就是儿子谭文松，在浙江杭州打工。

“毛同志，我腰杆疼得着不住，怕是要死了哦。”2018 年 11 月 13 日晚 11 时许，我在村委会整理当天的工作情况时，接到谭仁圣打来的电话。原来谭仁圣当天在走路过程中不小心摔倒，导致腰部软组织损伤，晚上疼得无法睡觉，于是打电话向我寻求帮助。接到电话后，我连夜赶往就近医院购买止痛药，并喂其服下；第二天，天刚蒙蒙亮我就将其送到医院医治，并主动承担了 500 余元医药费。

"毛同志，还好有你们这些驻村干部，要不然，我只有等死了，真心地感谢你们！感谢共产党！"谭仁圣在康复出院后对我说。

谭仁圣一家居住条件较差，经征求其全家意见后，我帮他们申请了易地搬迁项目，由地古屯村搬到了枫香集镇进行居住。在搬迁的时候，我还联系工人帮其安装新房水电，掏钱购置新房生活必需品。经过近半个月的努力，总算是让谭仁圣一家人住上了好房子，让他们的生活条件得到了大大改善。

"毛队长，我们做儿女的没有做到的事情，你为我们做到了，真的不晓得怎么感谢你们了！我只有努力挣钱，早点脱贫，才能对得起你对我们的关心和照顾！"当搬进新房，谭仁圣的儿子谭文松拉着我的手激动地说。

像这样的驻村故事还有很多很多……

转眼间，我驻村三年了，如今，地古屯村组组通了广播，家家户户时刻都能听到党的声音；村委会已新修了食堂、文体广场、公厕，完全满足了办公和群众文化生活需要；24 公里通组路、连寨路、入户路得到了全部硬化；58 户老旧危房得到了改造，62 户搬迁户住进了新房子；油茶等 6 个产业项目初具规模；97 户贫困户如期脱贫，为决胜脱贫攻坚交上了一份满意的答卷。

扶贫就是解心结

◇龙施翼

我叫龙施翼，是印江自治县沙子坡镇扶贫工作站的一名干部。2016 年 10 月，根据镇里脱贫攻坚工作安排，我成为沙子坡镇邱家村结对帮扶干部。

邱家村，一个从地图上看将“边旮吊”体现得淋漓尽致的深度贫困村，距沙子坡集镇 22.5 公里，距印江县城 43 公里，地理位置偏远，交通不便，多年来，当地老百姓吃够了贫困的苦。

初到帮扶户袁华家，一位年过六旬头发花白的女主人热情地拉着我的手，开始诉说她藏了多年的心里话。

她叫张金香，是袁华的妻子，也是村里为数不多上过高中的女党员同志。我从她的言谈中得知，她家中共育有三个女儿，均已成家。现在只剩下年迈的老母亲和夫妻俩三人守在一间半的平房里。

平房是 20 年前一把大火烧毁后，亲戚东拼西凑重新修建的。袁华老实憨厚，话不多，早年在河南煤矿工地当矿工，因长期在矿井里高强度工作，落下了尘肺病，不能再从事重体力劳动。唯一劳动力垮了，让这位昔日在村里抬不起头的女强人精神支柱也崩塌了。

了解到袁华家的情况后，我展开了思考，我认为，要开展好帮扶工作，就要融入这个家庭中去。

拉家常、谈心事、讲政策、说故事成为我起初入户帮扶的重要工作，渐渐地，两位老人开始依赖我，期盼我每周都能去家里看望他们，能有个人说说话、聊聊天，待我就像自己的儿子一样。

为了精准落实脱贫政策，根据对象户的实际情况，我详细制定了帮扶措施，考虑到其家中主要收入来源为务农，便积极争取产业发展扶贫资金，为他家争取扶贫蛋鸡鸡苗、黑猪苗以及种养殖补助等，让他家靠自生动力解决温饱问题，保障家庭收入的稳定性、持续性。2017年年底，该户顺利完成脱贫。

邱家村近邻德江县、沿河县，因离镇较远，村民很少到沙子坡集镇赶集，村民的生活条件相对较为落后。

考虑到袁华家中已无年轻劳动力，随着年龄的增长，三位老人的生活能力会逐年下降，为了方便三个外嫁女儿探望、照顾，解决养老问题，结合易地扶贫搬迁政策，帮助袁华积极争取县城的易地扶贫安置房。2018年年底，袁华一家三位老人顺利搬进位于印江县城峨岭街道兴民安置点的新家。

住上了新房，可如何稳定家庭收入呢？这个问题再次难倒了我。

家庭成员年龄、劳动能力各方面都有局限，需要找一个合适稳定的就业岗位。通过多次与镇、安置点管委会沟通，我为袁华争取了一个兴民安置点公益性岗位——在安置点当一名卫生保洁员。同时，为他们落实了低保保障政策，袁华一家的生活也就有了保障。

远嫁湖南的女儿回来看见奶奶、父母住进了新房子，激动地对我说："龙同志，感谢你这四年多来对我父母的照顾，也为我们解决了照料父母的后顾之忧。因为远嫁，回家探望父母一次非常不容易，现在进城居住条件好，他们生活方便了，我们就放心了。"

奶奶张金香笑着握住我的手说："现在，我在城里也有了一个'好儿子'。"

在平凡的岗位上做群众的"当家人"，办好人民满意事。未来，我将继续努力！

基层一线书写人生芳华

◇孙 砚

我叫孙砚，土家族，1982年生，中共党员，现任铜仁市公共资源交易中心思南分中心产权交易股股长、思南县瓮溪镇安塘村第一书记。

自驻村工作以来，我紧紧围绕精准扶贫中心工作，牢记第一书记“抓党建、促脱贫”的责任和使命，在全面摸排掌握村情的基础上，从加强党的基层组织建设、指导全村经济发展，帮助贫困户脱贫致富入手，积极投身到驻村帮扶工作中，为整村脱贫兢兢业业工作，为帮助村民们脱贫致富而努力奔走，赢得了安塘村群众的一致好评。

勤走访，深调研，理清发展思路

安塘村是瓮溪镇的一个大村，下辖7个村民组323户1340人，全村共有贫困人口82户360人，已脱贫户74户349人，未脱贫户8户11人，贫困发生率0.9%。

一直以来，安塘村群众观念较为落后，受教育程度低，小农经济意识强，市场意识淡薄，安于现状，“等靠要”的思想严重。到任后，我并没有着急“跟风”，盲目上项目，而是把“家”搬到了安塘村，与村民们同吃同住同劳动，增进感情，消除隔阂，真情沟通，了解和掌握群众关于脱贫致富的真实想法。

为做到精准帮扶，尽快摸清村情民意，我跑遍了7个村民组，到老党员、退休支部书记、群众代表、致富能手、贫困户家中走访座谈，征询他们对村里发展的意见和建议。经过近一个月的深入走访调研，我掌握了全村的基本情况和第一手资料，为安塘村下一步发展什么、怎么发展打下了良好的基础。

抓班子，带队伍，建强战斗堡垒

俗话说得好，火车跑得快，全靠车头带。建立一个好的村支“两委”班子，对全村的发展是至关重要的。

针对安塘村村支“两委”班子能力参差不齐、战斗力不强的实际，我坚持以人为本，强抓队伍建设。制定发展经济规划，责任到人，提高以发展为第一要务的意识，增强村级经济实力。

于是，安塘村村支“两委”班子成员转变作风，团结一致，积极带领全村群众脱贫致富，现在村支“两委”成员在党员、群众中的威信得到了很大的提高，同时安塘村党支部的战斗力也得到了上级党委的认可。

严格执行“三会一课”制度，着力提高党员素质，充分发挥党员的先锋模范作用。深化规范党务、村务公开。坚持“四议两公开”，努力实现党员民主管理。通过着力规范村级干部队伍管理，发挥党员先锋模范作用，引进一批龙头企业，发展一批劳动致富能人，通过党员致富带头人的传帮带，逐步引导全村群众转变过去“等靠要”和安于现状的落后的思想和小农意识，为下一步谋划全村脱贫奔小康打下坚实基础。

调结构，畅销路，壮大扶贫产业

“必须逐一击破，打破陈规，创新发展。”经过反复走访调研，我发现，群众观念陈旧、基础设施建设滞后和产业发展推进缓慢，是制约安塘村经济发展的三大瓶颈。

2018 年 4 月，安塘村召开产业发展村民大会，商议实行连片流转土地集中发展精品水果种植的举措。这一提议在群众中炸开了锅，有的担心土地流转费用的问题，有的顾虑后期销售的问题。

面对这种情况，我先详细听取和记录下群众的意见，随后耐心和大家算起了时间账、收入账和亲情账，还列举了其他乡镇发展产业带动务工的典型案例。原本思想僵化的村民态度缓和了，心里也在盘算着，认为发展产业带动致富确实有道理。

解放思想赋予了群众更宽的视野，也给了他们更足的信心。通过村干部率先带头，村民们紧跟其后，500 亩土地流转任务顺利落了地。2018 年以来，安塘村累计新建通村公路 34 公里，入户便道 13.002 公里，高标准农田机耕道产业路 2.5 公里，为产业发展奠定了坚实基础。发展短效产业的同时，安塘村还注重以短养长、长短结合，采取“公司 + 合作社 + 农户”的模式，将精品水果基地纳入思南县农村产权交易中心进行土地公开流转，集中发展百香果 229.5 亩、脐橙 563.08 亩，累计支付管护劳务费用 20 万元，辐射带动 30 名贫困群众增收创收。

张怀稳：侠气荡漾乌江畔

◇讲述：张怀稳　整理：杨 聪

2020年8月29日，德江县高山镇高桥村，张怀稳刚停车开门，已等在路边的刘俐和弟弟刘利强就欢快地跑过来，热情地拉着他向刘家走去。

刘俐和刘利强姐弟是张怀稳10年来资助的第34、35名贫困学子。他们父亲因腰伤卧床不起，母亲身有残疾，家庭十分贫困。

2015年，张怀稳在高山镇收集捐资助学信息时，得知刘家的特殊情况，当即决定对其进行资助。“当时都准备放弃读书，去打工了，但张叔叔和我谈心，重新坚定了我读书改变命运的信心。”刘俐说。

如今，刘俐和刘利强从初中顺利升入高中，学习成绩十分优异。新学期开学，张怀稳特意请假来到高桥村，了解刘家现在的生活及两名孩子的学习情况。

张怀稳出生在德江县一个小山村，生长在乌江畔，现在是德江县委宣传部的办公室主任。今年35岁的他，人生颇有几分传奇色彩，身上隐隐散发出一股“侠气”。

2008年，正上大三的他毅然投笔从戎；2011年，刚退役返乡参加工作，家境本不富裕的他又毅然投身公益，开始长达10年的捐资助学事业。

扶危济困是他的“侠客”本色。2011年，张怀稳在高山镇方家村走访时，得知学生张青青的母亲去世、父亲患病，年逾八旬的奶奶艰难地抚养着正在上学的他们姐妹4人。张怀稳立即将身上所带的1000元现金塞进奶奶的衣兜，并承诺每月资助200元作为他们的生活费。

为了更好地开展助学工作，张怀稳还在朋友介绍下，加入一个由几个热血青年自发组织的“苗苗阳光”公益援助团队。他每月3000多元的工资，有80%用来资助贫困学子。

同年，为了帮助更多的寒门学子圆梦，张怀稳还在高山镇街上的摩托车专卖店赊了一台摩托车。用3年时间跑遍德江、沿河及遵义市务川县等地的10余个乡镇30多个村、10多所中小学，累计采集贫困生信息400余人。

随着资助人数越来越多，张怀稳微薄的工资已无法满足需求。最多时他同时资助17名学生，每季度发放6000多元资助金。10年来，他前后资助的42名学生完成学业。

张怀稳不仅对贫困学生慷慨解囊，对一些偏远的山村学校也是倾力援助。10年来，他通过向外界的爱心人士和公益组织寻求援助，发放到德江、沿河等地学校的物资折合资金近50万元，惠及贫困学生近1000人。

侠之大者，为国为民。张怀稳始怀有一腔报国为民的热情。2019年德江吹响“整县摘帽”冲锋号，张怀稳将办公室搬进了结对帮扶的楠杆乡长远村，白天进村帮扶，晚上加班做材料。疫情期间，他连续20多天坚守在“战疫”一线。

2019年的建军节，张怀稳却在病床上度过。在帮助贫困户钉窗子时，他从梯子上摔下来，腿部伤口深可见骨。尽管伤势严重，但缝合伤口后第四天他又返回了岗位。

心怀报国之志，一腔侠骨柔情。“侠客”张怀稳退役不退志，退伍不褪色，他坚定地说：“脱贫攻坚是国家大事，轻伤绝不下火线。”

驻村两年 胖队长瘦身30斤

◇讲述：曹 兵 整理：张 杰 秦光春

“宁肯自己掉上几斤肉，也要群众走上致富路，我们将继续探索新路子、新办法、制定更加翔实的脱贫计划和帮扶措施，以民富我荣的使命感让全村所有贫困户家庭早日过上幸福快乐的好日子。”德江县人民医院帮扶干部曹兵在2020年复兴镇稳子溪村脱贫攻坚总结大会上的话语铿锵有力。

曹兵，德江县人民医院总会计师，2019年3月受组织安排，任复兴镇稳子溪村担任脱贫攻坚队队长，同时为该村3户贫困户的帮扶责任人。

从农村来，到农村去的他，有着丰富的农村工作经验，自驻村以来，他按照“三真三因三定”原则和“76554”工作方法开展全村脱贫攻坚工作，在稳子溪村与百姓同吃同住同劳动，在致富的道路上真正做到了不忘驻村时的初心。

稳子溪村位于复兴镇东部，辖区面积5.2平方千米，全村辖13个村民组，农村人口455户1833人，其中建档立卡贫困户72户298人。虽不属于深度贫困村，但基础设施落后、阵地建设薄弱、凝聚力不强，以及硬软实力等问题都不同程度地存在。然而这些困难并没能吓到曹兵，反而激发了他的斗志。为了掌握全村基本情况，他用恒心、热心、决心和耐心走遍了所有农户，每到一户都与群众亲切交谈，宣传党的好政策、传递党的好声音，找准贫困户致贫原因，并将各户的情况都记录在他的驻村工作笔记本上。

驻村以来，曹兵始终把群众“两不愁三保障”、基础设施建设等问题放在重要位置。来到村里的第一天，曹兵组织村支两委成员召开会议，强调一定要全村村民都缴纳合作医疗、义务教育阶段孩子必须入学、保障所有农户都要住上安全住房。

“蜀道难，难于上青天。”稳子溪这虽然不是蜀道，但是该村由于种种原因，各项基础设施建设滞后，攻坚队入驻的时候，几个村民小组的通组路和连户路还没建设好，百姓晴天出行一身灰，雨天出行一身泥，几乎没有车辆能够通行，买难进、卖难出。群众出行难的问题同时制约着发展。为了解决这问题，曹兵四处筹措资金和材料，起早贪黑，与施工队奋战在施工一线。

“为了这几条路，我都成了大债主了：利用社会资源讨要水泥、沙子，借用人家挖掘机，等等。现在朋友们都害怕接到我的电话了。原来我 200 斤的体重，现在已是 170 斤了，成功减肥。”曹兵打趣道。

“我们这个地方原来经常停水，洗衣做饭都不便，现在随时都有自来水了，安逸得很，这得感谢县人民医院的帮扶干部和曹队长。”上坝组 77 岁的陈铭仪说。

在驻村期间，曹兵发现，村里有的村民小组虽然自来水管道已通，但是经常不能正常供水，村民用水困难，饮水不安全，解决吃水难题成为攻坚队的一项重要任务。曹兵带着攻坚队的同志实地查看蓄水池，多次到群众家中座谈了解，得出原因是蓄水池保水、蓄水设施不够完善，管道破损严重，造成水资源极大浪费，加之管理人员缺乏经验，效益不高，导致村民经常不能正常使用自来水。曹兵积极协调管道疏通，利用水泥、沙子等材料对蓄水池和全村管网进行维护，并召集村民群众会拟定新的“以水管水”机制，如今全村用水得到保障。

“脱贫不能‘等靠要’，自己创业才是硬道理。”四坪组的张念由于几个孩子都在读书，家庭经济压力很大，好在夫妻二人勤俭持家，具备一定的自身发展的动力和条件。曹兵多次到张念家组织家庭会议，根据地域条件、土质及市场情况，动员该户大量种植小黄姜，在自己增加收益的同时还能带动其他村民共同致富。在曹兵的帮助和指导下，张念和他的合伙人通过到外地参观学习后，顺利成立德江姜源农业开发有限责任公司，2020 年种植生姜 80 亩，实现收益 24 万元，带动 30 名农户务工，人均增收 3000 元，建立了复兴镇稳子溪村首个贫困户带头创业示范基地。

说起曹兵，稳子溪的村民都会竖起大拇指点赞，在这个有着魁梧身材的队长身上，百姓看到了他十足的干劲和为民服务的决心。2020 年 7 月 1 日，铜仁市召开 2020 年脱贫攻坚“七一”表彰大会，曹兵被授予“全市脱贫攻坚优秀共产党员”荣誉称号。

不问西东 自成芳华

◇方旭东

我叫方旭东，是沿河土家族自治县黄土镇综治办负责人、雪花村驻村干部、花桥社区党支部副书记。

在没有到黄土工作之前，我创办了贵州鑫旭东物业服务有限公司，担任过贵州乌江旅游投资管理有限公司总经理、贵州侨泰房地产开发有限公司销售经理。但是，这些只是我人生道路上的历练和经历，也只能算得上我工作履历的上半场，真正让我倍加珍惜、备受鼓舞、深感荣光的是我回到家乡参与脱贫攻坚这段时光。虽然满是汗水、泪水，但这是我青春最美好的回忆，是我人生最美丽的芳华。

2017年5月，我扭转了自己的人生方向。毅然辞掉公司的职务，积极备考，同年10月参加铜仁深度贫困乡镇事业单位招考，有幸被录用。2018年3月，我成为一名驻村干部，我主动申请到信息闭塞、群众思想陈旧、劳动力不足、发展滞后、生我养我的老家——雪花村驻村。

扶贫工作伊始，我遇到了许多问题：基础设施薄弱，群众思想观念陈旧、没有产业支撑等贫困核心问题。

主动做产业发展的“向导”。雪花村有655户2362人，建档立卡贫困户113户538人，建档立卡之初贫困发生率22.4%。面对如此大的贫困面，我们驻村干部一班人深感压力大，大家忧心忡忡。

“一个村的发展一定要选好方向，定好位，这样才不会盲目。”我和村两委反复交流、商量。为了解决“发展什么，谁来发展，怎么发展”这一系列问题，我翻阅了很多书籍，实地走访，询问专家，进一步深入了解雪花村的现状。最后，我们决定到江苏省张家港市、四川省和贵州省的思南、万山等地考察学习。

经过多方“取经”，雪花村的发展蓝图在我们脑子里逐渐清晰。在村支“两委”的帮助下，我编写了《雪花村三年产业发展纲要》，决定采用“村社合一”模式，发展两棵树（脆红李、高山云雾茶）、两片叶子（烤烟、大棚蔬菜），并详细规划了雪花村近三年的产业发展方向、发展模式等。找准症结就能逐一攻克了吗？答案是否定的。摆在我面前的问题又增加了。雪花村“三个最”（人口最多、村民居住最分散、贫困程度最深）给我当头一棒。在开始推进产业发展的时候，群众不理解，很抵触。组织开会，根本喊不动人。他们自认为：“干了一辈子农业，还需要你们几个毛头小伙来指手画脚？”

大会开不了，我就从自然寨开小会开始攻克，号召寨子里的党员带头示范，讲解发展思路，改变群众的思想观念。效果不佳，又发动企业帮扶，在逢年过节的时候，拎着粽子、月饼挨家挨户地送。取得各个自然寨村民的信任后，我开始组织召开集体大会，给大家“派现金”。“务工工资、产业帮扶的保底分红……只要涉及发钱的项目，就集中来开会。”

老百姓看到了实实在在的红利，渐渐打消了顾虑。此时我趁热打铁，再经过一个月的考察走访，力排众议，先后成立了沿河土家族自治县旭东农民专业合作社。雪花村共有土地 2217 亩，“村社合一”共流转土地 1723 亩，采取“资源变资产、资金变股金、农民变股东”的“三变”和 721 模式，重点发展“两棵树”和“两片叶子”，长短结合。

2020 年，我市积极探索“9+2”区县共同支持沿河产业发展帮扶协作模式，其中蔬菜基地就是由万山区帮扶建设的项目，由万山九丰农业提供技术支撑，铜仁学院和县教育局订单收购。基地总面积 340 亩，示范种植 50 亩，已建设 64 个蔬菜大棚，主要发展黄瓜、西红柿、花菜、丝瓜、食用菌等产业，目前 2 万棒食用菌已经投产。

同时，我们争取到基础建设项目 27.2 公里的通组路、产业路、联户路，并实施农村人居环境改造。2019 年，为了进一步巩固脱贫成效，我们还带领村民发展了500亩高山云雾茶。如今，雪花村的产业发展已经全覆盖，真正做到了户户有增收项目，人人有就业渠道。

通过发展产业并利益联结贫困户，贫困发生率由2014年建档立卡之初的22.4%下降到1.94%。2019年，雪花村实现脱贫出列，全村集体经济收入10.72万元，村民人均可支配收入达5800元。

主动拿住房保障的"鲁班尺"。住房保障是脱贫攻坚核心指标三保障之一，镇指挥中心成立住房保障专班，由我任专班常务副班长，具体负责全镇住房问题整治推动工作，我用做企业时学习到的施工技术和经验以及管理方法，根据住房保障相关文件精神，结合全镇住房存在的问题，以动员农户自己整治为主，与政府补贴相结合，承包给第三方施工并督促保质保量推动此项工作，共计整治透风漏雨房屋585户，实施不安全住房补短板12户，有效达成"住人不危房，危房不住人"的目标任务。雪花村被县住房整治专班列为整治示范乡镇。

真心做搬迁群众的贴心人。根据工作安排，我被下派担任花桥社区（打老丫安置点）党支部副书记。为了解决居民搬出后稳得住、可就业、能致富的问题，我主要从"查、帮、宣、融、治"五字上下功夫。由社区网格管理人员每天早、中、晚敲门排查，检查搬迁户的入住情况、检查每户每套房间的水电是否畅通、室内是否浸水、门窗是否完好等问题；排查社区内存在的安全隐患、防火防盗和居民之间的矛盾纠纷；排查社区内的特殊家庭、特困户情况。对排查出来的问题，真心实意帮助其解决，对那些特殊家庭、困难家庭，社区会想尽一切办法上门慰问，帮助其解决困难。

自觉做创卫工作的"保洁员"。黄土镇是沿河北部片区的商贸集镇中心，但集镇老化，功能设施不全，严重制约了镇里的发展。由于我是本地人，和他们大多数人都很熟悉，所以镇脱贫攻坚指挥中心把创卫工作的重担交给了我。我组织社区全体党员利用赶场天发放宣传单，集中整治街道环境卫生，极大地提高了居民的环保和卫生意识。为了让易地扶贫搬迁户就业，任命12名贫困人员为街道卫生保洁员，长期管理集镇卫生。同时，及时联系县交警队，在街道上划定停车位和摊位，街道面貌焕然一新，在县里开展的集镇环境卫生“大比武”活动中获得了较好的成绩。

脱贫不是终点，而是起点。在各级各部门的坚强领导和我们的不懈努力下，我们的脱贫攻坚工作取得了阶段性成效，但是，离上级的要求和群众对美好生活的向往还有一定的差距，脱贫攻坚大成效、大提升的担子仍然繁重。

在脱贫路上，我步履铿锵，奋勇前行，在最后的关键阶段，我将继续走在脱贫攻坚战场的第一线。只有不畏苦寒，才能自得其芳；不惧艰辛，才能收获梦想。我只是千千万万奋战在脱贫攻坚一线中的一员，我们有信心、有能力让绝对贫困标签彻底在我们这一代人手上撕掉。

俯下身子真扶贫 挺起腰杆当先锋

◇符云峰

假如有人问我，驻村最大的收获是什么？

我一定毫不犹豫地告诉他，是看到村里一条条泥巴路变成水泥路，是见证村里从“人人羡慕别人”变成被别人羡慕，是带领大泉村从“软弱涣散基层党组织”华丽转身变成了2019年全市“优秀基层党组织”，是亲历脱贫攻坚工作从“独角戏”变成“大联欢”，更是每次走到张桂英屋外，那一声亲切的呼唤，那种从脚步声被认出的幸福感……

一条指令，一段“奇缘”

2018年10月，接到县委组织部指令，我被委派到泉坝镇大泉村担任驻村第一书记、科级党支部书记、脱贫攻坚指挥长，从此开启了一段与大泉村的奇妙缘分。

穷山凹，满山石旮旯，山高坡陡，山缘与天边紧相连。作为全镇最偏远的村，交通不便曾给村民带来了不少的麻烦：村民走亲戚只能靠走路，小孩读书也靠走路，农民收庄稼全靠背。

第一次到大泉村就让有着12年基层工作经验的我傻了眼，进村时车开到半山腰，山路陡峭，让司机不敢继续行驶，浑身冒冷汗。进村里，只见到处都是泥巴路，走着走着就陷进泥里了。虽“有备而来”，我却还是觉得村里穷得超出所料。

基础条件差不要紧，村民对脱贫攻坚工作的不理解和不支持才是亟待解决的问题。在修建大泉村侯家寨组通组路时，所占土地基本上是另外一个村民组的土地，涉及 17 户村民，由于没有征地费，村民们坚决不同意，之前村里召开了无数次会议，工作都没有得到落实，成了群众心里的结。

一次次挨家挨户动员乡亲，一次次碰壁而回，无数次一次次……我带领攻坚队员们屡战屡败、屡败屡战。终于，精诚所至，金石为开，这条路在 2019 年 5 月开工建设并全面硬化后通车，结束了村民出行“晴天鼻进灰，雨天脚带泥”的过往，村民们再也不用看着隔壁村的硬化路“暗自神伤”，我们也有了让人羡慕的“资本”。

“水电路都通了，环境卫生变好了；发展山地产业，收入增加了；‘懒汉’也变少了，村里一天一个样……”提及现在的变化，村民们喜形于色，也让我坚信为民着想，为民解忧，才能获得百姓认可，才能搞好脱贫攻坚工作。

一场暴雨，一份深情

2019 年 6 月 22 日，大暴雨袭击大泉村，山洪暴发，多处道路坍塌、桥梁受损……

危难时刻，灾情就是命令。我迅速作出反应，多方协调资金安置受灾群众、清理公路上的坍塌土石方、抢修桥梁。带领攻坚队员冒着大暴雨像“落汤鸡”一样穿梭在全村的每一个角落，转移群众、统计灾情，乡亲们见状纷纷自发加入到抗洪抢险的队伍中。

45 岁的杨通海，是村里的单身汉之一，从小双目失明、父母离世，发生洪水灾害当天，他家满是淤泥，无法下脚。我带着驻村工作队员们扛着铲子和扫把，到杨通海家帮着清理。杨通海说：“现在的干部真不一样了，比亲人还亲。”村里的几个年轻人见状，纷纷脱下干净的衣服，也跟着一起清理起来。

暴雨过后，由于担心各家各户的受灾情况，我带着驻村干部们挨家挨户走访。在坪上组，我走访了一户“特别”的贫困户——喻文汉一家。喻文汉家里 5 口人，本人已年过 80 岁，妻子张桂英 76 岁，双目失明，由于家庭贫寒，儿媳妇几年前离家出走，家里还有两个孙子在上小学，为了照顾老人和小孩，儿子喻学飞只能在当地务零工。据村干部介绍，喻文汉是参战老兵，非常支持脱贫攻坚工作。因为其家庭情况特殊，后来每次到坪上组，我都要到他家看看，有时候还从县里给他们带一些水果或者糯米包子。

久而久之，76 岁的张桂英，虽然眼睛看不见，但是只要我走到她家阶沿上，她准能认出我来。有时，为了逗老人家开心，我故意半天不进门。她总能自信地喊住我：“符书记，别藏了，听脚步声我就知道你来嘞。”

一份期待，一路向前

2020 年 10 月 28 日晚 23 点，我刚走访完贫困户回到办公室，发现手机上有几个未接来电，是父亲打来的。我的心里咯噔了一下：父亲知道我驻村工作忙，任务重，一般很少主动打电话，更别说这个时候打过来。

我忐忑地拿起手机拨过去，电话那头传来一个陌生的声音：“请问是不是符治强的儿子，你父亲现在在医院需要手术，请你们赶紧来签字。”我来不及细想，立马开车就往医院赶，一边开车，泪水一边顺着眼角流了下来。上一次和父亲见面还是几个月前，平时工作忙也很少打电话关心他的身体，今天如果不是因为医院给他打麻药需要亲人签字，作为儿子的我连父亲上了手术台都不知道。

赶到医院已是深夜。“没事，小问题，你工作忙，这么晚了，不该让你回来。”父亲温和地说道，“你明天还要上班，快回去吧，别耽误了工作，我知道我们沿河今年要脱贫咧。”我哽咽了，擦掉眼角未干的泪水，安顿好父亲，收拾好心情，又奔赴我的脱贫攻坚战场，继续战斗！

初冬的泉坝，烟雾笼罩，能见度较低，我却比以往任何时候都要清醒，我顺势提了提速，朝大泉村的方向坚定地开去。因为我知道，我不是一个人在战斗，在攻克绝对贫困这场战役里，还有千千万万跟我一样奋战在一线的同志，我们作为参与者、亲历者、见证者，这将是我们人生中弥足珍贵的财富。

脱贫一线彰显军人风采

◇梅 波

我叫梅波，是一名退役军人。2017 年 12 月转业到铜仁市司法局，2018 年 3 月，到松桃自治县太平营街道芭蕉社区开展驻村扶贫工作。

芭蕉社区地处松桃西南部，是一个偏僻小村，辖区内山多谷深，经济落后，是全街道唯一的一个深度贫困村。全社区共 423 户 1761 人，辖 12 个村民小组，苗族占 95.6%，建档立卡贫困户 159 户 741 人。

在政策宣传中，我灵活利用苗汉双语进行宣传讲解，让不懂汉语的苗族群众也能学习政策；充分利用“二月二”“四月八”“六月六”等苗族传统节日，将政策宣传融入到苗族歌舞当中。

2018 年 5 月，我在走访社区 8 组张燕珍时，了解到该户已于 2016 年脱贫。但户主张燕珍于 2017 年底在医院查出宫颈癌，在沉重的医疗费用面前，她家入不敷出的生活再次陷入了极度困难之中。经多次走访核实和召开评议会，我决定把该户再次纳入贫困户，杜绝漏评现象发生。

两年多来，完成危房改造 45 户、“五改一化一维”82 户、易地扶贫搬迁入住 34 户；村委会协助县妇联完成两期 110 人的技能培训；投入 80 万元资金完成社区 1500 米河堤修缮；协调安装 10 盏太阳能路灯……

如今，芭蕉社区的面貌焕然一新，老支书龙再送动情地说：“脱贫攻坚以来，我们芭蕉村得到了党和政府的关心帮助，现在，路修好了，房子盖好了，我们苗族群众的日子更好了！”

在驻村帮扶工作中，我充分发挥自身作为一名司法机关干部的优势，充分利用社区公共法律服务平台和“一村一法律（社区）顾问”，对社区苗族群众实行法律援助。

两年多来，组织法律顾问接受法律咨询 140 人次，开展法治宣传 4 场、法律讲座 6 次，参与重大疑难纠纷调解和信访问题处置 6 起，调处成功 5 起，提供法律援助 16 人，为群众争取了合法利益。

该社区 5、6 两个村民组的农田都在太平社区，土地长期被太平社区的农户强占，村支“两委”长期调解无果，纠纷时常发生。为此，我积极组织社区的法律顾问，经过深入调查和多次调解，终于成功为社区村民收回了被强占的土地，赢得了群众的信任。

作为一名党员干部、转业军人，我会继续发扬真抓实干的优良作风，干好脱贫攻坚工作，树立新时代司法干部形象，彰显军人风采。

送教上门 点亮希望

◇王雯晴

我叫王雯晴，2018 年 9 月参加脱贫攻坚战役时，是印江自治县沙子坡镇凉水小学的一名普通教师。

在这场战役中，我为帮扶户陈启芬继子任前锋送教上门，这使我的帮扶工作变得格外有意义。任前锋属于言语一级残疾，视力因后期创伤，无法看清事物，对事物的认识只能依靠嗅觉和听觉。父亲离世后，任前锋与继母一起生活，随着继母外出务工，任前锋就搬进了沙子坡镇敬老院生活。陈启芬外出多年，于是我帮扶陈启芬的任务变成帮助任前锋。起初，刚接到为残疾学生送教上门这特殊的任务时，我有些手足无措，因为我不清楚该如何与他交流，更何况还要教他学习。不久之后，县特殊教育学校传来一个令人欣喜的消息，那就是为全县“三残儿童”送教上门的教师进行专业培训，面对当时的窘状，这消息无疑是雪中送炭。培训虽然只有短短的一天，但却让我学习了很多的专业理论知识，并在县特校实地观摩了程茂仙老师与田姣老师为我们带来的两堂精彩观摩课。那一刻，我深深地明白，任何人都有他自身存在的价值，即使他的身体有残疾、缺陷。也就在那一天，我下定决心，一定要干好送教上门这份工作。

双目失明的任前锋性格内向，在平时的交流中，只能说一些单一的词句。根据任前锋的实际情况，我结合在特校培训的知识，为他制定了目标学习计划，决定先从简单的生活自理能力入手。

刚开始时，小家伙连常见的肥皂都不“认识”，更不知道肥皂是用来干什么的，甚至牙膏、牙刷也没“见”过。在几天的时间里，我为他送去肥皂、牙刷、牙膏等生活用品，慢慢地教他学习刷牙、洗手，带他“认识”生活中常见的农作物，教他学习计数等。

所有的学习，任前锋只能通过听觉、触觉等方式来感受，在学习的过程中，每一组简单的动作都要重复上几十遍。从一数到十这样对常人而言异常简单的事，让任前锋理解却异常艰难，于是我用一把小木棍让他有数数的意识，并教会他从 1 数到 10，从 11 数到 20……几个月过去了，当我在一个帮扶日去看望任前锋时，在他的寝室门口，我听到了他慢吞吞地数数的声音。那一刻，我心里有说不出的激动，也明白了所有的努力都值得。当我看到他愁苦的面容展露出笑脸时，我坚信我尽力在做的事可以重新点亮他心中生活的光。

通过两年的不懈努力，加上小家伙的勤奋好学，我在任前锋的身上看到了一点一滴的进步。曾经胆怯怕生的他，如今脸上时常挂着笑容，从简单的单字到如今能说上一整句话，看着他一点点地改变，我知道这份付出终究没有白费。未来，也愿这位折翼天使能和普通孩子一般，在五彩缤纷的人生路上，幸福快乐成长。

三推婚期我无憾

◇安　亚

2017年7月，我有幸成为一名脱贫攻坚战士，被组织下派到德江县桶井乡沿江村任攻坚队长。到村的第一天，陈旧的村委会大院里，几个小孩正在跳皮筋，一边跳一边唱着童谣："沿江不沿江，出门看山冈。山有十八岭，岭岭草木荒……"

多年前，沿江村群众每天对着家门口高耸的和尚岩，眼睛里却含着走出大山的期待。当时，全村建档立卡贫困户109户429人，贫困发生率56.59%，排名全市倒数末位，是全市深度贫困村。

入村后，我严格按照选派工作要求，在乡党委的领导下，切实抓好基层组织建设，按程序撤掉了不作为的村支"两委"成员，重新健全村支"两委"班子，优化基层组织建设，让基层组织阵地发挥堡垒作用。同时，启动"领头雁"工程，探索"村社合一"机制，让党员致富带头人、发展能手与村支"两委"联合帮扶贫困户，解决贫困户就近就业和提供产业发展的基础设施问题。

在攻坚队的协调帮助下，全村完成5条总里程11.8公里的水泥道路硬化，各村民组主要道路全部实现硬化，家家户户修建了连户路，彻底解决了村民出行难问题。为改善农业基础设施条件，又投资60万元，安装了自来水输水管道1.2万米，家家喝上了乡里实施的"长丰水库引水工程"的自来水。

为营造良好的人居环境，我们以开展垃圾、污水、厕所专项整治"三大革命"集中行动为抓手，启动实施清垃圾、清杂物，拆危房、拆违建，改风貌、改环境，搬德江、搬大龙的"清拆改搬"工程，群众住房得到了保障，村居环境显著改善。

如何让贫瘠的土地产生经济效益，如何让村民的腰包鼓起来，这些问题从我进入沿江的那一天起，就一直萦绕在我心头。

玉米、荞麦、红苕，这些传统的经济作物收效甚微，要让群众脱贫致富有长效保障，必须找准一个适宜沿江土质、气候的产业。

我与攻坚队商量，开群众会征求大家意见，组建专业合作社，探索“村社合一”发展机制，按照“5311”利益联结模式，由支部书记带头，实施“领头雁”工程，流转土地 1239 亩，种植花椒 835 亩、红心柚 235 亩、蜂糖李 169 亩，覆盖全村农户 205 户 758 人，其中贫困户 120 户 542 人，并带动在家劳动力就近务工，每年发放流转资金 12.39 万元，加上务工收入，村民人均年增收达 2400 元。

以前务工东奔西跑，现在有了产业，在家门口就能挣钱，既照顾了孩子，又赡养了老人，看着日渐丰裕的钱袋子，村民们的心踏实了。

扶贫，需要战斗，也需要付出和牺牲。

“各位亲朋好友：因新冠肺炎疫情防控工作需要，原定于正月初三、初四举办的婚礼将延期举行……”这是我 2020 年 1 月 24 日在微信朋友圈发的一条动态。

那天，正准备吃年夜饭的我，收到了乡党委到村开展工作的通知，要求干部带头取消婚礼，其实，这是我第三次推迟结婚。

前两次推迟是因为脱贫攻坚工作。2019 年女朋友大学毕业，我们双方便商量国庆节结婚。当时恰逢桶井乡脱贫攻坚收官之战，沿江村又是重攻之地，作为攻坚队长，我第一次推迟婚期。

攻坚数月，村庄巨变，进入脱贫成效巩固期。在家人的催促下，本来决定 2020 年元旦结婚，恰好又逢扶贫工作迎接国检，各项工作不容松懈，婚期再次取消。

2020 年 5 月，德江疫情防控得到有效控制，村里的大爷大妈都劝我把婚结了，他们说：“我们村已经脱贫了，你也老大不小了，该结婚了。”那语气，那般温馨，那般怜爱，就像我的父母，令我感动，让我久久难忘。

三次推迟婚期，虽对家人、爱人有亏欠，但无悔！

我为帮扶户“解结”

◇任廷海

在这场规模空前、声势浩大的脱贫攻坚战役中，我作为县扶贫办职工，有幸成为其中的一名战士。2019 年 1 月，在县委、县政府的统一安排下，我作为帮扶责任人，被选派到中寨镇大宅村开展帮扶工作。

在帮扶工作中，有几多付出和委屈，但更多的是成就和快乐。对帮扶工作，我最大的体悟是：作为扎根基层一线的工作人员，只要我们真心诚意为群众办实事，就一定能赢获群众的“芳心”。“解结”这个扶贫小故事就是最好的例证。

我的帮扶户田茂明是大宅村前锋组村民，该户因缺技术和自身发展动力不足，2017 年被纳入建档立卡贫困户。通过走访我得知，田茂明心中一直有一个“结”：结婚十四余年，因妻子是“黑户口”而没有办到结婚证，妻子和三个孩子自然也成了“黑户口”。因此，田茂明家享受不到本可享受的很多惠民政策。

说起这个“结”，还得从田茂明结婚之前说起。十多年前，田茂明与妻子杨彩华在外省打工相识，随着感情的与日俱增而相知相爱，进而走入婚姻殿堂结为了夫妻。

作为地地道道的农民，曾任村民组长的父亲田维堂老人高标准严要求自己的儿子，教育其做一个遵纪守法之人。然而，几次前往民政部门办理结婚证，终因妻子为“黑户口”而搁浅……尔后，孩子的户口问题自然也成了田茂明心中的“结”。

想群众之所想，急群众之所急。群众有“结”，党员干部就得帮忙“解结”。

“哥子，您好！我是县扶贫办任廷海，现在是你们的帮扶干部，有什么困难我一定会全力帮助你们的！”我拨通了远在江苏打工的田茂明的电话。

“哦！好的，感谢您对我们的关心！事儿是有点儿，就是……”电话那头，明显感觉有些犹豫不决。

“不要紧！你放心说，只要我能办到，一定全力以赴帮你！”第一次通话，田茂明便感悟到了我真帮实扶的诚心。

“我老婆和孩子至今还是‘黑户口’，老婆孩子生病不能享受贫困户应有的医疗政策，孩子读书也不能享受教育资助，所以想请您帮个忙，帮他们的户口上了好吗？”通话中透着几分无奈。

“好的！我一定想办法帮助你们解决！”

接下来，我再次来到田茂明家中，向田维堂老人详细了解此事的来龙去脉。随后，我又来到村委会，与村干部共同商议如何办理此事。经商议，最终达成了“先上杨彩华户口，再办理结婚证，最后转杨彩华户口和上孩子户口”的一致共识。

杨彩华的娘家在沿河思渠镇杨楠村，其户口因其他原因在公安系统已被删除。为了先上她的户口，我来到了杨楠村。

“请问哪位是杨楠村杨主任？”在杨楠村村委会，我成了正在忙碌的驻村工作队员眼里的不速之客。

“我就是，请问有什么事吗？”一位中年男子迎了上来。

“我是县扶贫办任廷海，有件事情想请您帮帮忙。”

“您作为一个外乡人都愿意帮这个忙，我还有什么不能帮忙的？”听我说明来意后，杨主任也欣然答应帮忙办理这件事情。

在随后的日子里，我辗转奔波于思渠镇派出所、县民政局、中寨镇派出所……终于上了杨彩华和三个孩子的户口，办理了田茂明夫妇的结婚证，解了田茂明心中的这个“结”。

“结”解了，田茂明心中的那块石头终于落下去了。他逢人便讲，还是党的政策好，还是党的干部好！特别是我每次到他家中，他家人更加客气了！

“兄弟，在村委会吗？快点儿来我家吃饭。”农历腊月的一天下午，我接到田茂明打过来的电话。

“在，哥子，请问有什么事吗？”

“非常感谢您一直以来对我们家的关心和帮助！今天我们杀年猪，特意请您来吃饭，一定要来哦！”

大宅村民风淳朴，凡杀年猪都要叫上弟兄叔子和亲戚朋友来聚餐。

作为一名党员干部，我自然懂得“不拿群众一针一线”的道理。但为了不辜负田茂明家的好意，我放下电话便出发了。来到他家，只见堂屋里已摆好三桌，最中间的一桌，离神龛最近的那个位置空着。

“请坐这里！特意为您留着的……”几番推辞，我还是没能推辞掉，只好“恭敬不如从命”了。

“这是帮扶我们的任书记，大家可能都对他很熟悉了！要不是他，我结婚证和老婆孩子的户口问题不知要等到何时才能得到解决。现在，我十多年来的一个心结已经解开了。今天，我要当着大家的面感谢他！”刚坐下，田茂明便向在场的亲朋好友谈及心中的“结”，并竖起了大拇指，脸上露出了灿烂的笑容，感激之情溢于言表。

话音刚落，堂屋里顿时响起了热烈的掌声。那掌声，响彻大宅村，响彻云霄！

志智双扶是关键

◇雷贵莲

我叫雷贵莲，是碧江区第十小学的一名教师。根据组织安排，从 2019 年 4 月开始，我结对帮扶松桃苗族自治县大兴镇岩拉村龙亮华、吴发祥两户贫困户。

听村干部说，吴发祥以前是个懒汉，稀里糊涂过日子，养个儿子都成问题，无奈之下，村里给他填了个缺技术致贫。我清楚地意识到，帮扶该户，关键是要扶志扶智，激发其脱贫内生动力，为其树立勤劳致富、脱贫光荣的价值取向。于是，我三番五次上门做思想工作，进行感恩教育，引导其参加农村种植养殖培训、企业就业培训等实用技能培训班，从根本上扭转他“等靠要”的思想。如今，吴发祥与妻子长期在浙江省义乌市五金厂务工，每人每月至少 3000 元工资，儿子在封闭式学校读书，我经常通过微信、电话了解他的学习情况，偶尔去学校看望他，鼓励他勤奋学习，立志成为国家和社会的栋梁之材。

龙亮华老两口常年生活在几间黑黢黢的木房里，房屋和厨房用一面木板夹着，跑风漏雨，需要维修加固。搞维修需要钱，对于这样一个劳动能力较弱的家庭来说是个大难题，村干部来劝说他几次都没成，我作为帮扶责任人自然责无旁贷。老人说苗语，我只得请翻译，走访交心谈心次数多了，日久生情，老人便对我说出了心里话：“能搞房屋修缮我当然开心，但合计下来要 8000 元，国家危改只补助 5000 元，缺的 3000 元要自己掏腰包，我们年纪大了，挣个钱不容易。再说，这样住了几十年，早已习惯了。”老人的话不无道理，通过我三番五次语重心长地跟他交流，最终他还是同意了。其实，两老有个儿子，常年在外务工，从未尽赡养义务。

周一至周五我在学校上课，走“穷亲”的任务只能安排在周末和夜晚。家里上有七十多岁的老人，下有两三岁的幼儿，还有一个女儿即将参加高考。既要打理家里的大小杂事琐事，又得兼顾学校的课程，夜以继日，想起无数个寒风凛冽的夜晚驾车走访贫困户时，小儿在等我回家睡觉，我不禁潸然泪下。所幸，我的贫困户在2020年1月迎接国家第三方评估验收时顺利通过检查，成功脱贫，帮扶户对我的帮扶非常满意。

村民健康的“守护神”

◇讲述：余启勇　整理：张馨月

在石阡县龙井乡炕家岩村道上，炕家岩村卫生室的牌子并不引人注目，就像长年奔走在炕家岩村道上的家庭医生余启勇一样不显眼。但只要提起龙井乡卫生院余启勇，村里几乎无人不知，无人不晓，提起他，许多人都会竖起大拇指，很多老年人甚至觉得他比亲儿子还亲。

有病了就得去医院，这似乎是件无需争议的事儿，可对于那些身患重病、行动不便的患者来说，去医院的过程本身就是一次痛苦的体验。这时，从不嫌患者家里脏乱，从不嫌患者问题多的家庭医生余启勇的出现，彻底改变了炕家岩村部分村民“小病靠扛，大病靠拖”的落后局面。

2019 年年末，村民肖某频繁出现晕厥，由于家中经济困难，无论家人怎样劝说，肖某都不肯去检查。得知此情况的余启勇一连几天都会到肖某家里，劝说她参加一年一度的癫痫病免费筛查检查项目，并详细讲解癫痫病筛查的重要性。

连日来的坚持，让迟迟不愿接受癫痫病筛查的肖某倍受感动，决定到龙井乡卫生院参与筛查。后来她回忆：余医生亲自将癫痫病筛查预约单送到她家中，并耐心嘱咐她一定不要忘记预约好的时间，准时去做检查。在等待脑电图检查结果的几天，肖某心情非常忐忑，精神状态非常不好，余启勇每天主动和她聊天，带领她正确认识癫痫病，以排解她的担忧。在确诊癫痫大发作后，肖某开始接受治疗。恢复的几个月中，余启勇多次到家中为她进行体格检查，还特意制定了关于癫痫大发作的饮食方案。事后，肖某曾眼含热泪地说：“多亏了余医生。”

下班时间已经到了，龙井乡卫生院同事已经换好衣服准备下班。但是余启勇还在继续忙碌着，并没有放下手头的工作。对家庭医生签约服务对象分类，保持联系，进行动态监管，能有效掌握签约对象的健康情况，以及时提供有效的诊疗服务。所以白天出诊看病，晚上加班到深夜已是余启勇的生活常态。

“叮……叮……”余启勇的电话响了，是他爱人打来的，原来儿子突然发热到39.8度，正去往医院的路上。爱人有些慌乱，希望余启勇能来陪着儿子。但事情总是赶巧着发生，签约对象王大爷打来电话焦急地说老伴杨祥碧突然头昏头疼，家中也没有药了。余启勇放下电话后，立即联系村医生孙自杰带上家庭医生全科诊疗包赶去王大爷的家里。孙自杰说：“我去就行了，你儿子不是发高烧吗？你去看看你儿子吧。”余启勇说：“儿子妈妈陪着，问题不大，王大爷家比较急，我是他们家的家庭医生，比较了解情况，他们也信任。”王大爷的老伴杨祥碧患高血压 10 多年了，在没有办理慢性病证前，因家庭经济困难，经常间断治疗，治疗效果差。当天老伴杨祥碧血压高低波动大，血压不稳定，测血压 189/125mg 后，余启勇马上给杨祥碧调整治疗方案，开处方。离开前，王大爷从兜里颤巍巍地拿出褶皱的 100 元钱给余启勇，余启勇说：“您忘了，您不是和我签订了家庭医生协议吗？上门服务是免费的。”回到单位后，距离余启勇爱人给他打电话整整过去了 2 个多小时，余启勇才想起来自己的孩子正在医院里……

余启勇爱人经常打趣道：“你和你的村民，还有那些老头老太太们过吧，儿子 12 岁了，陪他玩过几次？那么多医生还缺你一个？”余启勇总笑一笑说：“等儿子长大学医了，就知道治病救人就是医生至高无上的使命感了，他会理解的。”

余启勇经常说：“家庭医生关注的不应该只是生病的躯体、器官，而应该关心的是一个人、一个家庭。”作为一支乡村居民信赖的家庭医生式服务团队，余启勇所在的家庭医生签约服务团队被评为优秀团队，他们让炕家岩村的基本医疗卫生服务、家庭医生签约服务、慢性病管理服务等各项工作都走在了前列——2018 炕家岩村被评为全乡群众最满意乡村，余启勇本人也连续被评为 2017 和 2018 年度龙井乡炕家岩村优秀家庭医生。

如今，余启勇正以饱满的热情投入到家庭医生签约服务工作中，做守护居民健康的“贴心人”。

既以与人己愈多

◇唐新发

古人说“穷则独善其身，达则兼济天下”，虽然我没有兼济天下的能力，但作为一名农村贫困家庭走出来的孩子，我能感受到贫困人员和弱势群体的内心世界，他们渴望得到关心，渴望得到帮助。

生活上，我时常对自己和身边的人说：少喝一瓶茅台酒、少去 KTV 唱一次歌，买衣服尽量买打折的衣服，省下的钱用来帮助那些需要帮助的人，我们的内心会变得更加富足。工作上，我时常对公司的采购人员说：在自己力所能及的工作范围内，尽量采购本地的农产品销售，我们卖出去的不只是农产品，还有农户对未来美好生活的希望。近几年，我和我的同事们除了工作，把大部分时间和精力都花在助力脱贫上，累计帮助销售本地农产品，销售额达 5 千万元以上，组织和参与公益活动 100 余次，捐款捐物折合金钱逾 300 万元。

每当周边的农户因为农产品滞销找到我时，我说你们不用担心，我帮你们把农产品全部给销售了。看到他们突然长长松了一口气，一下子轻松起来，我的心情比他们还开心。

还记得前三年首次与漾头镇的农户对接高山葡萄时，他们因每年滞销而全无信心，而现在农户们因为我们的包销，每年葡萄的收入在百万元左右，他们一年比一年积极性高，我的内心比他们还兴奋。每次在配送中心遇到易地扶贫搬迁过来的工人开心地给我打招呼，看到他们有一份稳定的工作收入，顿时觉得自己又做了一件有意义的事情。

还记得，到贫困学校捐赠书包文具时，听到小孩子们发自内心的呼喊声，看到孩子们如花般的笑脸，那一刻我的心情好开心；到贫困地区看望孤寡贫困老人，给他们送去生活物资时，看到老人家饱含着泪水紧紧握住我的手说谢谢时，我的心情又好沉重；一个大学生毕业时写了一封信给我，她在信中说："叔叔，我马上就要毕业参加工作了，谢谢你这几年对我的帮助，在我以后的人生路上，我一定会把你传给我的这份正能量传递下去，用自己的能力去帮助他人。"那一刻发现这是自己花的最有意义的钱；当给环卫工人捐赠春晖爱心小屋时，听到环卫工人讲"这房子真漂亮，以后再也不用担心日晒雨淋了"，那一刻发现这 20 万花得好值。赠人玫瑰，手留余香，点点滴滴都是甜蜜。

我想，我们之所以努力，不仅因为民族、家庭、信仰，更是因生计的需要，因我们对美好生活有向往。贫困人员像我们一样渴望着美好的生活。帮助那些需要帮助的人，把消灭贫困当作我们的责任，我相信，通过我们的共同努力，我们的社会会变得更加美好，我们的明天会没有贫困。

用心做事 用爱帮扶

◇张伦懿

我是一名普普通通的人民教师，因工作的变动2017年秋我来到刀坝镇初级中学任教，因此我的帮扶对象也发生改变，变成刀坝镇下寨坝村下岩组的张议户，该户现已搬迁至铜仁市万山区旺家安置点。

从接手张议户的帮扶工作开始，我迅速了解该户家庭基本情况：他家6口人，两位老人，其中一位是精神病患者，两个小孩在外读书——这就是他们家致贫的原因，家庭主要收入靠张议夫妇在外打工，家中长期是两位老人在家。根据他家的情况，我思索着，我应该多与两位老人谈心，多关注两位老人，照顾好老人，这样一来，才能让孩子们在外安心读书，让张议两口子在外安心打工。就这样，我不仅帮扶日到张家看望老人，为了使两位老人不孤独，还经常一周内多次到张家与老人谈心，帮助他们做一些小事，一来二去，我和他们建立的已经不是帮扶关系，而是亲人关系。

在收集帮扶资料时我发现并记住了老人张羽儒的生日是9月25日，2018年刚好又是70岁大寿，因家中其他人都在外，肯定没有人给他过生日，为了给他一个惊喜，之前没有透露任何消息，9月25日下午放学以后，我到街上给老人买了些基本的生活用品、老年补品。同时，根据老人的爱好，我给他买了一些小酒，准备给张羽儒老人过生日。

来到他家屋外时，家中电灯是开着的，但是家里一片安静，我想：难道他们外出了？当我推开门时，张羽儒老人自己一人正在慢吞吞地吃饭，看见我的一瞬间，他说：“快来吃饭。”我说：“爷爷，我就是来和你一起吃饭的，今天是你的生日吧！生日快乐！”此时老人说不出话来，只是用手擦着眼泪，轻轻地点头，看见我的到来，他的脸上露出了笑容，我陪着他吃着饭聊着天，本来不喝酒的我，也喝了一小点，表示自己的心意。就这样，我为老人过了一个人少但很快乐的生日。离开前，老人拉着我的手，十分不舍。

后来，他们离开了自己的故乡，搬迁至安置点，我与他们相隔较远，加上工作的原因，我只能隔三岔五打电话问候他们。每年的 9 月 25 日，我都要问候张羽儒老人。就这样，我和他们一家结下不解之缘。

黑土麦田里的守望者

◇张书铭

2019年对每一个中国人而言，是特别的一年，我们迎来了中华人民共和国70周年华诞，70年的风雨征程，站在新时代的伟大起点，我们欣喜万分；2019年对每一个中国青年而言，是特别的一年，百年前的那群年轻人，他们为了拯救民族危亡、捍卫民族尊严走出校园，以磅礴之力鼓动了中国人民和中华民族实现民族复兴的志向和信心；2019年对我而言，也是特别的一年，是我来到思南县板桥镇毛坝村驻村帮扶的两周年。

2017年，我得到组织的认可，成为一名驻村干部，被派驻铜仁市思南县板桥镇毛坝村开展帮扶工作。两年的驻村经历让我成长，我成了一名黑土麦田地里的守望者，我有责任去守卫我和基层群众的梦想，我要让所学的知识回归到它出生的田间地头里。

让我感受最深的是群众对我的“称呼三变”：

“市里派来的张干部。”这是群众对刚到村子的我的称呼。群众觉得这个从市里来的、说着普通话的年轻人和他们有距离，百姓畏惧和我沟通交流，这让我意识到必须迅速融入群众中，消除这种距离。

“张老师，您好啊，能帮我个忙吗？”随着院坝会议开起来、入户走访多起来，百姓开始主动和我沟通。汗福山的四改项目、熊兴国的易地搬迁、周胜仙的合医报补等惠民政策的实施，群众都能主动和我交流他们的所需所想，我的自驾车也成了不方便出行的群众往返镇村的“交通车”。

作为一名党校派驻的帮扶干部，我还能做些什么呢？我发起了“党课夜学”活动，利用夜晚闲暇时光为农户上党课、讲脱贫帮扶政策，用一个个生动的红色故事给老百姓讲述共产党的光辉历史、共和国70年伟大历程，村委会议室、农户的院坝、田间地头都是我们学习的课堂，“党课夜学”和“红色故事会”也得到了毛坝村群众的喜爱，两年来开展了100余次。

人民山组的熊德金老人曾紧紧握着我的手说：“小张老师讲课讲得好，让我们和屋头的娃儿都学到些知识，一定要来我屋头吃饭，我给你切了腊肉，做了你最喜欢吃的菜豆腐。”那一刻我感受到了百姓对我们工作的热切回应，把我当成了他们自己的家人，会关心我这个从城市里来的年轻人能不能照顾好自己的生活。我知道那一刻我真正融入了这里。

村集体合作社在中毛坝组发展35亩红肉蜜柚精品水果项目，2018年挂果的柚子甜度和水分都不理想。我和村组干部是看在眼里、急在心里，迅速联系县里的农技专家，邀请黔阳合作社的专业技术人员到现场勘察指导，与群众一起重新打坑施肥。在大家的共同努力下，2019年的挂果达到订单签收的标准，我满心喜悦，对村支书激动地说：“李支书，我们的努力没有白费，我们兑现了向群众的承诺，发展红肉蜜柚产业是可增收、能致富的！”

那一刻我不再是个外乡人，我成了这里黑土麦田的守望者，我和这里的百姓一起守卫着我们共同的梦想。我们不再是贫穷落后的面壁者。我们是脱贫致富的破壁人，我们让这里的绿水青山变成金山银山，让子孙后代不再想逃离乡村，因为这里的青山绿水、这里的生态蜜柚、这里的田园牧歌所产生的生态价值将惠及更多的百姓！

此心安处是吾乡

◇杨 玲

冬至过后，彰寨村夜晚的天气越发冷了，村委会四下无声，我揉了揉眼睛，继续修改今早刚统计的就业务工信息表，只听见笔尖划过纸张“沙沙沙”的声音。

做人之本，不忘初心

我叫杨玲，2014 年 8 月到玉屏卫生健康局参加工作，2015 年 2 月被选派到田坪镇彰寨村驻村。彰寨村位于田坪镇西北部，距镇政府驻地 14 公里，距玉屏县城 43 公里，基础设施落后，不仅是玉屏贫困程度最深的村，也是贵州省深度贫困村之一。村民贫富差距大，开展工作十分困难。

也许是机缘巧合，又或许是命运使然，彰寨村是我的家乡，从小在这里长大的我，对这片土地有着别样的深情。一想到能回乡回馈群众，我深感荣幸。

可能是近乡情怯，我总是担心自己能力有限，履行不好驻村干部的职责。驻村期间，我走家串巷，到田间地头，一心服务群众。有过不被理解，但是坚持也逐渐迎来了胜利，彰寨村的脱贫攻坚工作一步一步走得更加扎实了。

“多亏杨妹，帮我家儿子申请助学金，不然可能这个大学都读不成咯！”每次来到姚大姐家，她都拉着我激动地说。姚大姐的大儿子学习成绩优异，考上了贵州大学，本该是高兴的事，姚大姐却犯难了，因为突然筹齐数千元的学费和住宿费对她来说十分困难。得知此事后，我心里很着急，立即去教育局了解相关情况，几次奔波后，终于顺利帮姚大姐家申请了助学金，解决了她家的燃眉之急。后来通过不断的努力，乡亲们对我的称呼已经悄然改变，从曾经的“杨干部”“杨领导”“小杨”，变成了现在的“玲妹妹”，我的工作也得到田坪镇党委政府的认可，2015 年我被评为全县“十佳驻村干部”。

扶贫路上，一人三影

我的丈夫也是一位脱贫攻坚一线干部，手握责任，肩负使命。都在一线坚守岗位的我们，两地分居，总是聚少离多，结婚 4 年，真正相聚的日子算起来少得可怜。尽管这样，回想驻村工作，我还是觉得幸福。

2017 年是玉屏脱贫攻坚整县出列之年，也是我人生中最美好的日子，当时女儿只有 5 个月大，母亲带着她陪我一起驻村。扶贫路上，“两大一小”，3 个身影时刻相随。现在宝宝已经 3 岁半了，孩子的成长也见证了我们驻村工作的开展。

如今，在玉屏县委、县政府的坚强领导下，彰寨村已经全部脱贫，实现贫困户清零。其间实施安全饮水工程 7 处，让群众不再担心饮水季节性短缺问题；村级公共基础设施焕然一新，其中，新建了 1 栋面积为 824 平方米的村级活动室，装修了面积为 168 平方米的村级卫生室，新建了 20 个村民组文化活动广场，完善了村级服务群众功能，提升了群众服务质量，丰富了群众精神生活；实施建设了通县（玉屏至岑巩）公路 3.8 公里，通组（寨）公路 17.5 公里，全村路网顺畅，并且全部进行了铺油，方便了群众出行；安装了太阳能路灯 405 盏，村庄面貌焕然一新；发展了圆龙野山鸡、温氏猪场、鱼塘和油茶等产业，为巩固脱贫攻坚成果提供了可持续的发展动力。

“以前，说起彰寨，是人人都‘怕’的地方，祖祖辈辈依靠传统种植业过着穷苦的生活，现在好政策越来越多了，2018 年政府还给了我家 3.5 万元的危房改造款，把我家以前的 3 间旧小的木瓦房改建成了 3 间平房，干净又宽敞，现在住起来安逸得很。”村里的黄老伯说道。

防疫一线，勇担使命

“妈，你照看好孩子，我们要下去排查了。”2020 年春节期间，武汉暴发新冠肺炎疫情。疫情就是命令，防控就是责任，大年三十当晚，我急急忙忙吃了两口饭，匆匆和老公打过电话后，就立即回到工作岗位上，第一时间投入到抗击新冠肺炎疫情的战斗中，和同事们一起抗击新冠肺炎疫情。

疫情防控期间，我每日跟随驻村工作队和村支“两委”到全村 19 个村民组，对所有人员及外来人员，开展网格化地毯式全覆盖大排查。同时，在村里采取设置卡点、悬挂横幅、发放宣传册、贴宣传标语及入户走访宣传等多种方式，进行疫情防控宣传，确保疫情防控全面覆盖、不漏死角、深入人心，和广大群众一起努力打赢这场没有硝烟的战争。

驻村，我不怕苦！能够帮助困难群众，我感觉既充实又欣慰。回想驻村的这 5 年时光，我时常深感幸福，也将永远回味。

绽放别样青春

◇杨鹏程

我叫杨鹏程，毕业于贵州警察学院，是铜仁市沿河自治县西部计划志愿者团支部书记，同时也是一名脱贫攻坚夜校宣讲员。

2017 年，沿河自治县思渠镇一口刀村被列为全省首批 16 所建设的“青年志愿者脱贫攻坚夜校”示范点，我具体负责一口刀村夜校的脱贫攻坚政策宣讲工作。

刚到村里，我和同事就设立了“青年志愿者服务站”，组织本村大学生志愿者对一口刀村村情进行摸底，设计了相应的课程，将新时代农民讲习所与脱贫攻坚夜校相结合。

在一次宣讲活动中，我组织一口刀村群众在夜校集中观看党的十九大开幕视频，为避免老百姓听不懂，我用方言进行同步讲解。“党和政府的政策好得没话说。”有的乡亲还高兴地抹泪。看到这一幕，我很欣喜，深刻理解了基层脱贫攻坚宣讲员存在的重要意义。

2020 年 6 月 14 日晚，宣讲现场，一名搬迁群众突然举手示意，在自己座位上唱起《唱支山歌给党听》，随后，现场的搬迁群众、青少年、社区干部、青年志愿者一同将这首歌唱响了整个夜校。有人问她，怎么想起唱这首歌？她说：“在党和政府的关心和帮助下，我们一家战胜贫困，住进新家，过上幸福生活。”

那晚，她眼里激动的泪水感染了我。同时，他们的淳朴感染了我们，他们坚定摆脱贫困的决心和信心感动了我们。2020 年 7 月我服务西部计划期满，但家乡正是用人之际，我不能临阵脱逃，便主动向组织申请再续签一年服务，我想用青春和汗水见证脱贫攻坚战的全胜。

今后，我将继续拿出青年人的朝气与干劲，为巩固脱贫攻坚成果、助推乡村振兴贡献青春力量。

陈大坤成了我的牵挂

◇覃智焕

2018 年对我来说是工作 32 年后的特殊之年。我来自农村，却一直在县直机关工作，脱贫攻坚驻村帮扶对我来说是一次补课，也是一个全新工作领域的开始。

我和全县脱贫攻坚“一帮九”干部一样，于 2018 年 9 月 27 日驻村开展脱产帮扶工作。我的“1+9+N”任务是坪地场乡覃家营村丁家坝组、9 户建档立卡户、24 户非建档立卡户。

2018 年 8 月，丁家坝组所有串户路都通了，但“三改”正值全乡各村大干且接近尾声之时，我的帮扶户陈大坤户因距离串户路有 10 余米高的堡坎，不通路，所以实施“三改”需自己倒运砂石、水泥等材料。陈大坤家两口人，陈大坤 69 岁，老实忠厚，患有腰椎、高血压等长期慢性病，妻子毛金容 54 岁，系二级聋哑人，属典型的缺劳动力户。陈大坤谈起倒运砂石有畏难思想，一直自言自语念道：“我家的院坝平不起了，我家的院坝平不起了。”我对陈大坤说，“三改”工作是脱贫攻坚必须完成的硬任务，再说有我帮扶你家，我们一起想办法倒运砂石，一定会把院坝平整好的。

我主动与施工队片区负责人联系，由于施工队在其他村组赶进度，经五六次对接后他们终于运来约 8 方 10 余吨砂石。运来砂石这天是星期四，我带领陈大坤倒运砂石。开始我们用小型两轮车搬运，虽然只有 10 米远的距离，但坡度陡，用两轮车不省力，一车运不了多少，于是我们就商量各自用竹篼挑。我虽然是农村娃出生，但好久没有肩挑背驮了，挑了几担就要休息一下。就这样，断断续续劳作了一个下午，搬运了约 1 方砂石。“下班”

之前我买了一条香烟给陈大坤，并交代他尽可能请人来帮忙。回到家，我感到腰酸背痛，倒在沙发上就睡着了。

第三天是周六，我走访完其他 8 户“亲戚”，又去陈大坤家挑砂石。我去时发现他没请人帮忙，我又帮忙挑了一个下午。当天我再次交代陈大坤，尽可能请人帮助快点把砂石倒运完，以便通知施工队进场施工。几日后，我再次进村，首先去陈大坤家查看砂石倒运情况，走到家门口的公路上一看，砂石已经搬运完了，一问，陈大坤并没有请人帮忙，是他老两口一点一点完成的！我为他们两口子的辛劳默默致敬。

我将我搬运砂石的照片发在全家微信群中，一下“炸锅”了。近 80 岁的老母亲说：儿呀，你几十年未挑抬了，我心痛啊。兄弟姊妹、小字辈们个个为我点赞。

自从院坝平整好后，陈大坤、毛金容对我很热情。毛金容虽是聋哑人，但聪明，模仿能力强，也爱看电视。他们家是用卫星接收机收看电视，有一天我去走访，她嘴里一边发出“啊……啊……”声，一边熟练地将电视机几根线联接起来，打开电视机用手比画着。我一看电视机无信号，不能正常收看电视了。这正好是我之前从事广播电视传输业务的特长，我下乡时是把相伴我 30 年来的工具箱带上的。我找来梯子，陈大坤帮我稳梯子、递工具，毛金容在一边观看。从接收“天锅”、高频头、电缆线、接收机、电视机一一排查，不查不知道，查了“吓一跳”：电缆线“抽筋”是一个问题，“天锅”固定不稳是一个问题，“天锅”对应的电视卫星东南方向被一根长高的核桃树遮挡是一个问题。我将几个问题一一排除，同时将他们家中不合理的电源线路进行了规范，问题解决了，电视能收看了。毛金容嘴里不停地“啊……啊……”，双手比着大拇指，笑容堆在了脸上。

陈大坤户的正房是新中国成立前修建的木房子，2017 年通过危改项目改造，加之“三改”的实施，房屋安全稳固，形成了一个非常干净整洁的独立院落。由于房子老旧，屋里黑漆漆的。我与陈大坤商量，如果室内木墙壁翻新要花钱，我们就用报纸糊墙壁。我将报纸带回村里，又去乡集镇上买来面粉调成糨糊，说干就干，我带领陈大坤从看电视的房间开始，不到一天就整治完毕。通过翻新，室内亮堂干净了，毛金容的笑容更多了。

一来二往，陈大坤家与我非常熟悉了，时不时挽留我吃饭。说实话，第一次在他家吃饭是有点不“自在”的：厨房有灶头和两口大铁锅，有“三改”后的二米灶台，灶台上有电饭锅，有电磁炉，二层台上有锅瓢碗筷等，但小铁锅没有手柄，碗有缺口，筷子老旧参差不齐。虽然厨房整体干净整齐，但细微处“有情况”。第一次在他家吃饭还有陈大坤三弟和一个堂侄，饭后他三弟说，我还以为你不会在他家吃饭呢。饭是吃了，但心里也记住了，有天回县城，我迅速到超市买了一套锅瓢碗筷，并买了洗洁精，回村后交给毛金容，比画着让她用新的锅瓢碗筷。不多久去走访，依然看见毛金容在用原来的锅瓢碗筷，新的她收藏起来了。我叫上陈大坤，他又吼又比画了一通，毛金容终于将老旧的锅瓢碗筷收起来，把新的拿出来用了。

类似的故事还很多。陈大坤户只是我帮扶户中的牵挂之一。

这是我人生中最宝贵的财富

◇谢 凤

“你是不是要撤回单位了？在我的心里，你已经是我的女儿了，我舍不得你走……”前不久，老人陈世德紧紧拉着我的手，许久不松开。我不禁红了眼眶：乡亲们记得住我，说明我的努力没有白费，工作得到了大家的认可。

转眼间，我参与长堡镇上堡村脱贫攻坚已近两年时间。回忆这段岁月，有流血流汗的艰辛付出，也有牺牲小家庭幸福的苦恼和无奈，但收获的喜悦却让我激情澎湃，心情难以平静。

2019 年 4 月 6 日，我刚到德江县档案馆工作半个月，便被安排到长堡镇上堡村驻村开展脱贫攻坚工作。此时，大女儿正读初三，小儿子不足两岁，我心里很是焦虑。但一想到，打赢脱贫攻坚战，确保 2020 年全国人民同步全面建成小康社会，这是党中央、国务院向全国人民作出的庄严承诺，作为一名党员领导干部的我，必须无条件服从。一咬牙，我狠心将小孩托付给邻居，背着背包就出门了。

我负责包保上堡村柏杨溪组，共 61 户 279 人，贫困户 29 户 128 人。为尽快熟悉村情，我挨家挨户了解情况，对每户的人员构成、家庭状况、电话号码、背景情况等都详细记录，深深记入脑海。

记得第一次到柏杨溪组的时候，印象特别深刻。一路上，到处都是浓浓的牛屎味，有两户人家的牛圈牛粪四溢，臭气熏天，根本无从下脚。走进几户贫困户家，到处都是鸡狗跑来跑去，室内外随处可见家禽粪便等。

我自幼生长在农村，却从没见过这么的糟糕的环境，说明这里村民普遍缺乏卫生意识，我必须想办法解决，引导村民形成讲卫生的好习惯。之后，我不分白日夜晚，带着尖刀班人员走进每家每户，与群众交心谈心，宣传党的惠民政策，苦口婆心地宣传讲卫生的好处。通过我和队员们的示范带动，群众思想逐渐改变，积极参与到村庄环境整治中来。

六七月的上堡村，酷暑难熬。每天，我和队员们冒着炎炎烈日，配合施工队拆旧建新，改善农户房屋和圈舍。因人手紧缺，从没干过重活的我，主动干起了铲沙子、提水泥砖、搬运东西、清理公共区域柴草砂石等粗活累活，半个月下来，整个身子累得像散了架似的，双手磨脱了几层皮。村民见我在真心帮他们，时常向我投来微笑。

为更好服务群众，在走访农户前，我都会将线卡、钉子、钳子、胶布等工具装进背包，以便帮助村民安装玻璃、安电线等。在我的带动下，广大群众主动参与打扫公共区域卫生，收拾家庭卫生等，村庄环境焕然一新。

在全体队友努力下，全村有 38 户 182 人通过易地扶贫搬迁，一步住进了新房子，快步过上了好日子。

由于前面帮扶工作队帮扶工作扎实，村里已初步发展了花椒产业，但由于管护没跟上，还存在许多不足。我及时引导村民清理杂草、修剪多余枝丫等，花椒开始挂果。同时，积极动员村民发展养殖业和蔬菜产业，走发展产业脱贫致富之路。

为了帮助村民解决销售难题，我利用在县城熟人、亲戚多的优势，积极牵线搭桥，帮助村民把农产品卖到了德江县城，增加了群众收入。

贫困户袁宗杨，家里 3 口人，他和弟弟袁富均患有慢性病，母亲是七十多岁的老人，家庭十分困难。为了尽快帮助其脱贫，我隔三岔五上门帮助想法子，成功动员他家种植油菜、养殖猪牛等，增加了收入。为他争取到了公益性岗位，负责打扫寨上的连户路卫生，每月有 800 元的工资收入。通过自己勤劳的双手，他家成功脱了贫。

回忆这两年，我深感惭愧。因为许多工作都是前面工作队的人干的，他们付出了许多辛勤的汗水，打好了坚实的基础，要是我能早些年参与脱贫攻坚工作该有多好，还能学到更多的本领。

这两年，我放弃了照顾高龄瘫痪在床的公公、长期生病吃药的父亲、拄着拐杖走路的母亲。我对不住你们，希望得到你们的谅解！作为一名母亲，我深深知道家庭的意义，深感对不住现已上高中的女儿和幼小的儿子，但我相信总有一天，你们会支持我的选择！

让我感动的是，前不久，贫困户袁进军在微信朋友圈上发出“感谢党中央，感谢人民政府……感谢德江档案馆谢凤同志”的消息。此时此刻，所有的汗水都化成幸福的泪水。我特别感谢组织给了我参与脱贫攻坚战的机会，这是我人生中最宝贵的财富，也是最有意义的一段时光，我永远不会忘记！

乡村振兴再出发

每次“出征”都是成长和历练

◇何建文

我叫何建文，来自贵州省农科院蚕业（辣椒）研究所，现挂职石阡县花桥镇周家湾村第一书记。说起帮扶工作，“四帮四促活动”“党建扶贫工作队”“同步小康驻村工作队”“服务三农行动计划”，我都是参与者。

2012年，我到德江县煎茶镇大路村开展“帮联驻”工作，担任驻村干部；2015年，参加全省第一批第一书记到石阡县聚凤乡高原村担任驻村书记；2018年，到石阡县任科技特派员，并担任技术团长；2019年，再次踏上了石阡的征程，担任周家湾村驻村第一书记。每一次“出征”，对我来说都是一次历练和成长，意义非凡。

记得2019年3月，院组织人事处找我谈话，准备派我去石阡县花桥镇周家湾村担任驻村第一书记，我既高兴，又有些顾虑。高兴的是能再次踏上曾经奋斗的土地，继续服务百姓，顾虑的是由于工作性质，难以有更多的时间照顾小孩和年迈的父母。思虑后，我深知使命光荣，责任重大，我是一名共产党员，讲政治、讲大局、讲奉献是共产党员的本质，每个共产党员都有义务和责任挺身而出，于是我再次登上了脱贫攻坚的这艘“冲锋舟”。

驻村后，我围绕省农科院“一宣六帮”工作职责，努力工作，奋力作为。我驻村工作的第一件事就是抓基层组织建设，强化基层党组织的堡垒作用。坚持把基层支部建设摆在首位，认真组织开展好“三会一课”，把党员发展和思想教育纳入重要工作，始终坚持扶贫扶智结合，引导基层党员群众发挥先锋模范作用，在群众中宣传党的路线、方针及国家惠民利民政策，引导群众从“要我发展”到“我要发展”再到“我来发展”的三个转变，不断消除“等靠要”思想障碍。

驻村第二件事，抓基础设施建设和人居环境改造，美化乡村面貌。我围绕“两不愁三保障”问题，组织工作队全体队员实施人饮提升工程、人居环境改造、危房改造和医疗保障等一系列关乎民生的重要工程。其中，实施“三改一维一化”175户，通村公路硬化贯通3.14公里，通组公路硬化2.5公里，开挖产业路4公里，修建人饮蓄水池4个。全面实现不愁吃，不愁穿，住房、医疗和饮水安全保障，截至2020年11月，全村192户710人已全部脱贫。

驻村第三件事，抓特色产业发展。推行“龙头企业＋农业科技＋集体经济合作社＋农户”的产业发展带动模式，通过引进省级龙头辣椒加工企业贵州省石阡和记绿色食品开发有限公司，实现辣椒订单式发展，标准化种植，保底价收购，不断壮大和发展村级集体经济，巩固脱贫成效。对村集体经济发展的中华蜂、荷花鱼、蜂糖李、辣椒等产业实行分类承包制管理，制定奖励措施，探索利益联结机制，最大限度调动村干部积极性，推动村级产业的可持续发展。

目前，周家湾村集体经济发展中华蜂200箱、荷花鱼30亩、蜂糖李150亩，生态辣椒基地70亩等特色产业，特色产业发展势头持续向好。

脱贫攻坚时间紧、任务重、工作压力大，群众工作中难免受到多种阻碍，但通过思想引导，带头苦干实干，做给群众看，带着群众干，让群众看到了发展的希望，转变了思想观念。近年来，大路村先后获得省级“脱贫攻坚优秀基层党组织”，铜仁市“先进基层党组织”和周家湾村党支部石阡县“先进基层党组织”等荣誉称号，得到了地方政府和群众的认可。

做折射太阳光辉的一滴水

◇韩　飞

我叫韩飞，是一名“70后”军转干部。2015年，转业到贵州省煤矿工会工作，2016年4月，响应省委组织部号召，主动申请到铜仁市沿河县谯家镇周家村开展驻村帮扶工作，并担任驻村第一书记和省能源局驻沿河县前线工作队长至今。蓦然回首，我已在沿河县扶贫5个年头。

建强基层组织是中心工作，村党支部是带领群众打赢脱贫攻坚战的堡垒，阵地都没有，谈何组织带领群众脱贫呀！2016年4月份，刚到周家村时，2010年修建的村委办公区域因没钱装修未投入使用，村委会设在村主任家里，一共不到20平方米，2张办公桌，办公室、会议室、接待室等多室合一，8名驻村干部、村干部到齐，连坐的地方都没有。局里帮扶的枫香垭村也是在村干部家里办公。

我第一时间向局党组汇报，改造和修缮帮扶村的村级活动场所，添置办公设备，让村级活动场所基本达到现代化办公条件；并不断完善村级组织建设各项规章制度，提升村级组织为群众服务的水平。村党支部的战斗堡垒作用日益增强，逐渐成为带领群众脱贫致富的坚强领导。2020年，省能源局帮扶的耳当溪村、周家村党支部分别被表彰为市、县脱贫攻坚先进党组织。

抓产业是推动精准扶贫是第一要务。我知道，发展产业才是实现脱贫的根本之策。2019年省能源局与沿河自治县共同提出2020年发展辣椒产业助推脱贫攻坚之后，我多次深入田间地头调研，与辣椒种植户和合作社领办人交流，掌握第一手资料，及时向省能源局和县委县政府汇报，同时带领相关人员到辣椒产业发展成熟的遵义播州区等地参观考察，到省农业农村厅、省商务厅等单位争取政策、资金和技术支持，2019年底，日处理100吨辣椒的辣椒加工厂顺利在局定点帮扶乡镇谯家镇建成。

2020年，沿河自治县发展辣椒产业5.95万亩，为全县产业化、规模化发展农业积累了宝贵经验，以贫困户种植辣椒为例，带动3978户贫困户实现户均增收8929元。10月到周家村走访贫困户赵素娥（69岁，弱劳动力），问她收入如何，她笑着给我算了一笔账，2020年村里发展辣椒产业，她流转土地4.4亩，收入1100元；参与辣椒产业务工22.5天，收入1800元；采摘辣椒收入700元，加起来收入达到了3600元，加上有低保，达标一点没问题。

为民办事服务是职责所系，2016年9月23日晚，在周家村86岁的抗美援朝老兵杨胜安家中交流时，老人家说："韩书记，山岔场上安装了太阳能路灯，我们寨子里能不能请你协调一下装几盏路灯呀？晚上黑乎乎的，老人和小孩不敢出门，早早地就睡了。"我答复他，我一定尽力想办法争取。群众所思所盼，就是一线扶贫干部工作的着力点。10月，我多方打听，了解到省发改委有节能减排专项资金用于农村绿色照明节能改造工程项目。10月和11月，我利用轮休时间，多次跑到省发改委环资处汇报，2017年下达了50万元投资计划。下半年，周家村寨子上下安装了125盏太阳能路灯。同样的办法，后面又给另外4个帮扶村也安装上了太阳能路灯，让乡村的夜晚亮起来。路灯安装好以后，走在村子里，主动与我打招呼和喊到家里吃饭的人越来越多，我感觉与群众的心贴得更近了。

驻村期间，我发现村里经常停电，有的时候时间还很长，自己做饭时，买的肉放在冰箱都有味了，饭有时也煮成了夹生饭。原来是村变压器功率不高、电源电压过低造成的。我及时向局里汇报，第一时间协调贵州电网公司，提前2年完成局帮扶的谯家镇周家村、印山村、枫香村、耳当村4个村农网升级改造任务，彻底改变原来电饭锅煮饭"米饭夹生煮不熟"的历史。

关爱弱势群体是坚守初心。2019年底，我给帮扶村老人和困难群众购买了500套被子，让困难群众渡过一个温暖的寒冬；给100多户困难群众送去木床、衣柜和粮油，帮助他们解决生活之需。

5年来，我协调沿河天沿风电有限公司捐资110万元公益基金，支持谯家镇脱贫攻坚；开展金秋助学，助力贫困学子入学深造，阻断贫困代际传递；协调贫困家庭子女当兵入伍，报效祖国；新冠肺炎疫情期间，坚持参加村里卡点的昼夜值班，购买1000个口罩分发给帮扶村的干部群众，传递对群众的爱心。

作为一名在脱贫攻坚一线的普通党员，作为第一书记，我愿做折射太阳光辉的那滴水，把党对人民的大爱源源不断地传递给贫困的村民、朴实的群众。

金融滴灌幸福来

◇讲述：杨政武　整理：胡 伟

2018 年 1 月，杨政武被派到农发行松桃县支行任行长，与松桃干部职工一道，参与脱贫攻坚工作。其间，他经常与各部门对接，提供资金保障，用金融扶贫为苗乡脱贫攻坚提供资金保障。经过三年艰辛努力，苗乡旧貌换新颜，如期脱贫。

“回首往昔，激情澎湃，虽苦犹甜，自豪感油然而生。”

杨政武说，他不是土生土长的松桃人，对松桃虽有一定了解，但不深入。到任初期，他认真分析研究县情、行情，空闲时钻研政策、补充知识，一有机会就往书记、县长办公室钻，宣传信贷政策，汇报支农措施，协助政府厘清思路，整合优化资源配置，争取更多政策性资金服务脱贫攻坚。还经常穿梭于政府部门和企业之间，全程参与项目规划设计，共同研究寻找政策性金融支持松桃脱贫攻坚的着力点。

他经常与上级行、地方党政汇报沟通，成功推动牛郎至贵阳溪、两河口至石花公路改扩建项目及松江河流域综合治理项目转型落地，投放贷款 2.97 亿元，支持新增改扩建公路 11.47 公里，有效改善公路沿线群众出行条件，完成对松江河中心城区段流域综合治理和对平举电站升级改造，有效解决县城内涝和群众饮水安全问题。

松桃农村人居环境建设亟待改善。2019 年初，杨政武与团队深入松桃牛郎、盘信、黄板等乡镇，了解群众意愿诉求。回去后，与地方政府及相关部门密切沟通，在充分总结前期实施贫困村提升工程经验基础上，探索出政府出“物资”、银行出“资金”、村民出“人力”，发动群众广泛参与、整体推进信贷支持模式，申报并获批松桃农村人居环境改善项目贷款 2.45 亿元，并于当年全部发放完毕，推动群众生产生活环境改善，群众获得感和满意度全面提升。

为盘活农村土地资源，增强脱贫内生动力，杨政武和同事在深研行内政策基础上，成功转型 1.75 亿元高标准农田项目贷款和发放 2.75 亿元土地整治项目贷款，惠及贫困人口 1.96 万人。

“巩固脱贫，产业先行。”针对松桃山多、林多、石头多的特点，围绕林木做文章，按照“政府主导、市场机制”原则，通过发展产业增强贫困户自身造血能力，实现家门口就业，投入信贷资金 4.1 亿元支持经济林产业基地建设项目，通过“公司 + 基地 + 农合”生产经营模式，发展 10 余万亩经济林，在项目建设劳务和经营中增加农民收入。申报并获批 3 亿元贷款，支持国家储备林建设项目，使当地群众通过签订土地和林权流转协议获得出让收益；同时，在项目运作中，吸纳贫困群众参与种植、管护，为农村富余劳动力提供稳定就业机会。

获悉松桃苗旅公司“苗绣”产业带贫效果好、发展潜力大，杨政武多次上门对接融资需求，支持企业扩大生产经营规模，拓展扶贫成效。由于公司负责人经常出差，便电话沟通，并向上级行争取特殊利率优惠政策，在一年期 LPR 利率基础上下浮 100BP，节约企业融资成本，让利实体、让利群众。此外，为支持促进生猪产业链恢复，贷款 5000 万元支持内江德康农牧有限公司进行生猪规模化养殖，带动农户 1200 余人就业。

“在脱贫攻坚这一历史性时刻的背后，凝结着松桃农发行人顶风冒雨奋战一线的辛勤耕耘，汇聚着松桃农发行人熬更守夜推进项目无悔付出，饱含着松桃农发行人立足岗位倾情奉献默默坚守。”作为三年脱贫攻坚参与者，杨政武见证了松桃翻天覆地的巨变与松桃人民战天斗地的热血豪情。据杨政武介绍，不到三年时间，松桃支行贷款从 16.94 亿元增长到 32.53 亿元，实现全县贫困人口全覆盖。

“这是一个故事的结束，也是另一个故事的开始，在巩固脱贫成果、服务乡村振兴战场上，我将继续为松桃服好务。”谈到下一步的打算，杨政武如是说。

志强村的脱贫“密码”

◇讲述：李巡溢　　整理：陈杉杉

李巡溢，沿河县农业农村局生态茶发展和技术指导中心农艺师，也是沿河县中寨镇志强村的一名驻村农技专家。在他的带动下，茶叶成了开启志强村村民脱贫致富大门的金钥匙。

2018 年，有着“中国白茶第一村”之称的浙江省安吉县黄杜村把 1500 万株茶苗捐赠给贫困地区，希望群众能够以种茶摆脱贫困。其中，沿河县中寨镇志强村就受捐了 500 亩 150 万株“白叶一号”茶苗。

项目落地后，当地群众都欢欣鼓舞。然而由于平均海拔高，加上恶劣的天气和匮乏的技术管理，刚移栽下去的茶苗很可能挨不过第一个冬天。“2018 年以前也有在志强村发展茶叶的，但是效果不是很好。那个时候是农户自己种、自己栽、自己管。种茶对技术的需求比较大。播种、施肥、后期管理，群众的技术不足，以前都是传统的农业生产，没有把科学性的东西揉进去。”作为农技服务专家到志强村指导茶叶发展的李巡溢，当时内心无比着急。

李巡溢深知自己的责任就是要保障全村 500 亩茶苗存活。只有茶苗安全逾冬，志强村的脱贫致富梦才有希望。就这样，白天李巡溢扎进田间地头带着群众干，手把手教大家种植、管护技术，晚上他就上网查阅各种资料。同时，他还邀请到中国茶叶研究所，省、市、县茶叶专班、浙江黄杜村的专家们对志强村的茶农进行指导、开展培训，帮助大家提升种植技术。

“我们做资料的时候，真的是熬了三天三夜，要排查数据、收集数据这些。那个时候没有什么别的感觉，就是想睡，每天吃的都是方便面。这件事让我印象最为深刻。”

在大家的共同努力下，志强村完成了250亩“白叶一号”茶园扩建、220亩“黔茶一号”茶园新建，加上2018年栽种的“白叶一号”茶园500亩以及老茶园200亩，全村茶园面积达到1170亩。村民们对这位驻村农技专家竖起了大拇指。

驻村工作顺利起，家里的情况却让李巡溢遭受沉重一击。长期以来，李巡溢的妻子就因直肠癌一直在医院接受化疗。2019年3月，母亲又患上肝内胆管细胞癌，住进了医院。考虑到其家庭实际情况，组织多次找李巡溢谈话，要给他的驻村工作做调整，李巡溢都委婉拒绝了。

“当时我接到组织通知的时候，我的母亲和我老婆都还在住院，我母亲她就说了一句话，以工作为重。

如今，已经40出头的李巡溢，依旧每天行走在志强村的田间地头，精心守护着村民们的致富茶苗，村民们都亲切地喊他一声“李哥”。在2020年全省脱贫攻坚“七一”表彰大会上，李巡溢被授予“优秀共产党员”的称号，他的内心十分激动。

“能够拿到这个荣誉，说实话很意外也很感动。既然组织这么信任，给我这么高的荣誉，那肯定要把工作做得更好。”李巡溢说，作为一名有着12年党龄的党员，他深知组织赋予的责任和使命，“我在技术上的知识还不够，还要加强学习，更好地去为群众服务，更好地为群众去办实事。”

一心脱贫谋致富

◇周　文

“穷则思变，变则通，通则达。”自 2012 年离开就职企业，回乡担任村干部以来，我把这句话挂在嘴上做思想引导、也记在心里指导实际工作，带动贫困群众摘掉贫困帽、走上致富路。

我叫周文，大龙开发区祥查村人。在村监委主任、综治主任岗位上得到锻炼、成长后，于 2016 年当选村支书。在所有攻坚战士的共同努力下，村里 73 户贫困家庭顺利脱贫出列。

我们村位于开发区西部，距城区 12 公里，面积 4.16 平方公里，共辖 9 个村民组 363 户 1297 人。

早些年，由于地处偏远，再加上群众居住分散，村组发展深受交通制约。

回乡之初，常听到群众念叨：“路太烂，人难走，全天下公路就数咱玉九（玉屏安平村至大龙九龙村公路，经行祥查村）；群众骂，干部喊，就是没人管。”

每每听到这句顺口溜一样的“乡调”，我就觉得揪心。

“要致富，先修路。”是经无数实践检验的真理。打通交通桎梏，成为村里头等大事。我白天处理村务工作，东奔西跑找项目资金；晚上开“坝坝会”，做群众思想工作，协调土地，就连躺下了脑子都停不下来。

修路，是所有人的共盼；但拿出自家地来修路，有的人就觉得是亏本买卖。修建子冲组至马头田组的断头路时，组里一位老人的话，让我印象深刻：“我们农民一辈子就靠做庄稼来维持生计，少了点地方就少了点收成，干不得！我不乐意！”

站在老人的角度，最好是既要路通，又要不亏。可定版的线路规划已经是经过计算占地最少的方案，老人的坚持，让工程顿时停摆。

我和战友们愁得像热锅上的蚂蚁，隔三岔五跑到老人家里疏通思想。好说歹说，总算说通了“功在当代、利在千秋”的道理，工程重新启动。

2017 年，村里三条共计 6 公里的组组通硬化路建成通行，实现连户路硬化率 100%，安装太阳能路灯 245 盏。也是这一年，全村安全用水供应覆盖、电信信号和 4G 网络全覆盖，极大地方便了群众生产生活。

我心里，有了久违的踏实和安稳感。

得益于危房改造、“四改一化一维”、人居环境改善等项目的迅速落实，村容村貌焕然一新。脱贫攻坚显成效，美丽乡村展新颜。群众关系维系好、村组道路建设好，为群众谋增收促发展也不能落到后面。

我知道，乡村发展美好愿景必须要产业作为支撑。

同年，我们前往安顺、武汉等地考察学习村级管理和产业发展的好经验、好办法。在安顺乐平镇塘约村，山顶立着的“穷则思变”四个大字，给了我们当头棒喝！

身处困境，必须寻求改变。村里有什么资源能吸引产业呢？

回到村里，我立即召集全体村民代表，结合村情实际讨论产业发展。经过商议，在高效生态循环产业上达成了共识。

产业发展之初，遇到很多困难。在现实困难面前，甚至连原本很赞同的人也打起了退堂鼓。不理解、不支持、不敢尝试的氛围，为产业发展蒙上了阴影。

关键时刻，老党员发挥了“家有一老，如有一宝”的作用。“年轻人，做事不能着急，得一步一步地来。道理讲到了，大家慢慢地都会理解。”

这剂“强心针”激发了我们的信心和斗志。我们一方面到处跑产业招商，另一方面把有利政策宣传到位。

2020 年 3 月，正值脱贫攻坚成果巩固期，我们成功引进了 3 万羽蛋鸡养殖项目，成立祥龙农民专业合作社，按照“合作社 + 农户”模式运转，见效益后，抽出 12% 的利润为村里 103 户贫困群众分红，进一步保障脱贫家庭发展。

胡景明看到家乡变化，想要自主创业，我们得知后也给予了最大的帮助和支持。他们成立大龙胡氏青蛙养殖专业合作社，现在的黑斑蛙养殖已有 900 万尾的规模。

农村青壮劳动力外流是普遍现象，祥查村土地闲置情况也比较严重。我们在上级部门的领导下，因地制宜推动农村产业革命，以每亩 700 元的租金实施 500 亩以上坝区产业项目。现已完成建设打造 150 亩，其中辣椒种植 60 亩、蜂糖李种植 40 亩、荷塘小龙虾养殖 50 亩、荷塘垂钓 6 亩。农旅一体化发展初具雏形，群众家门口就业机会多，大家的荷包越来越鼓。

近几年工作压力大，不到 40 岁的我，已熬得头发几乎全白。但我眼里，只看到了家家户户改头换面、田里地头作物郁郁葱葱。

我知道乡村建设不是一朝一夕的事，需要注入源源不断的力量。在新征程的新起点上，我将继续拓展思路，为家乡更美好的明天奋力前行。

我这个勤务员没白干

◇李长军

“看到村民脱贫、群众致富，我这个扶贫战线上的勤务员就没有白干！”回想这些年，我终于敢拍着胸脯说出这句话。

早在 2011 年我担任村主任时，为了保障老年人病有所医，就提出用村集体经济为全村 600 余名 60 岁以上老人代缴合医，并得村委会和村民们的支持。

当选村党支部书记后，我将发展的目光放在了市场广阔的混凝土行业。2017 年，在蓼皋街道党工委的支持和帮助下，带领村支“两委”成立了松桃富民商砼有限公司，正式投产后，解决长期就业岗位 32 个。截至 2019 年末，公司产值达 7000 万元，帮助全村 31 户 100 多名贫困人口实现稳定增收。

为群众做事，我一向雷厉风行。三个月的时间内，我带领群众流转土地、开垦荒地，移栽茶苗、除草施肥……硬是在粑坳村上大坪组捣鼓出了 500 亩的油茶基地，修建了一条产业路。

集体的事情一多，家里头就有些顾不上。妻子埋怨我“公私不分”，我就耐心地开导她：“哪怕我当一天的村支书，也要为乡亲们做好一天的服务。”这句话我不光是说给她听，也是对父老乡亲们最真挚的承诺。

2019 年 10 月，我接任了贵州众归投资开发（集团）有限公司董事长这一职务，肩上的责任变得更加沉重。有的人见面称我为“李董”，老实说，我不喜欢这个称谓，因为我说过：“我是人民群众的‘勤务员’。”

勤务员应该怎么干？公司“村村有集体经济、户户有增收项目、人人有脱贫门路”的目标讲得有板有眼，但要干得好却不简单。

我结合公司实际和蓼皋街道的区位优势，大力开发就业岗位，为贫困户、失地农民、下岗工人共提供城市保洁员岗位538个、物业管理岗位50余个，探索开发农村公益性岗位，为农村贫困户提供就业机会459个。2019年，为辖区1042户贫困户累计发放分红资金111.86万元。

落塘村荷花池建设项目需要荷花种子，我货比三家、多方议价，才敲定荷花种子的购买渠道。

2020年3月份，为响应铜仁市“1+1”结对帮扶沿河县脱贫攻坚工作部署，我作为先进村村党组织书记，被派驻结对帮扶沿河县和平街道虎头社区。

在接到任务通知的当天晚上，我跟家人打了个招呼，就直奔沿河。第二天一早，直接下村开始逐户走访，挨家询问。我把每一家每一户的情况详细记录在笔记本上，几天时间下来，足迹遍布了虎头社区的每一个角落。

摸清底数后，我开始重点查看虎头社区的土壤、海拔、气候等地理环境，因地制宜帮助规划虎头社区产业发展。就这样，第一批2000只生态鸡远“嫁”到沿河，50亩百香果落地生根。

“办事效率高，能力大，点子多，我们解决不了的问题，他都能有办法解决！”虎头社区的攻坚队员这样评价我。在新的战场上，我凭借敢想敢做敢担当的一股劲儿，续写着自己的扶贫故事。

驷马村里换新颜

◇杨启雄

我叫杨启雄，是铜仁市印江自治县缠溪镇驷马村党支部书记。担任村党支部书记20年来，我全心全意为人民服务，带领全村百姓谋发展，走出了自己的致富路。

“杨支书，我们现在的生活是真的好哇！过去根本不敢提钱，一天三顿能填饱肚皮就不错咯……”

这天，我正准备去村里的生猪养殖场看看，村民吴明见到我便和我拉起了家常。是啊，与19年前的驷马村相比，村里确实是变了很多。

驷马村山高坡陡、沟壑纵横，19年前，没有通组路，没有产业，穷得叮当响。

2001年，我被选为村主任，“初出茅庐”的我，凭借着几年外出谋生的经验，想着要给驷马整出个翻天覆地的变化。

要致富，先修路。我想要把村里的路修起来。但修路要靠“硬件”，村里没有炸药，工程寸步难行。为了解决这个难题，我每个月都往县城跑，想方设法找县领导争取支持。后来，县里批准发放4吨炸药。我回到村里，激动得大哭一场，连忙把这个喜讯告诉了村里人。修路要置办机械设备，我又带头拿出2万元积蓄，再动员每家每户拿出60元。

在大家的齐心协力下，路修通了，而后的4年里，驷马人陆陆续续修建了8.5公里长的通组路。

路通了，可群众的居住环境却没有太大的改善，建房计划刻不容缓。我与村干部商量，决定抢抓契机启动天堂坝集中建房工作。

于是，我到各家各户动员大家从两面山上搬下来。在我和村支“两委”共同努力下，天堂坝集中安置点成功建成，并实现了“水电路邮视讯”的六通和集中建房基础设施建设的“八有”标准，同时还建成了全县农村唯一的三星级公厕，成为社会主义新农村建设的样板。

2015 年 5 月 19 日，驷马村在全市农村集中建房现场观摩会上作经验交流发言，以此为基础的美丽乡村建设还获得了全县的改革创新奖。

这么多年来我也曾陷入“窘迫”，为了做好村里的工作，家里积蓄搬空了，当村干部的工资收入难以支撑家庭，我不得不抽空出门，跑摩托车拉客补贴家用，现在回想起来仍感慨万千。

2016 年，驷马村实现了整村出列，2017 年被评为省级文明村，2018 年全村贫困发生率由 2014 年的 48.1% 下降到 2.48%，2019 年实现全部贫困人口“清零”。

二十年来，我兢兢业业，带着村民修路、建房、搞养殖……如今的驷马村，村美、景绿。看着村民们搬进新家，开上了小轿车，生活越过越滋润，我心里说不出的高兴。

舍小家为大家

◇讲述：周代红　整理：郑 杰

“群众的眼睛是雪亮的，扶贫工作只有干出实实在在的成绩，才会赢得群众的支持和信任。”松桃自治县响水洞村担任驻村第一书记的周代红坦言。

2018 年 3 月，周代红由省药品监督管理局派驻松桃自治县响水洞村担任驻村第一书记。响水洞村是传统的苗族村落，属省级一类贫困村，村里基础设施差，村民思想观念守旧。为了解致贫原因，周代红走村串寨，挨家挨户摸排情况，认真倾听群众心声，有针对性地制定帮扶措施。

“火车跑得快，全靠车头带。”针对该村“两委”班子力量薄弱问题，周代红从青年党员、外出务工人员、致富能手中选拔了 4 名有经济头脑、敢闯敢干的年轻人充实到村“两委”队伍，并新培养了 5 名中共党员、1 名预备党员。

基础设施建设是村里的短板。周代红到村后积极协调，在爱心企业捐助下修建了 3.5 公里进村柏油路，并统筹实施通组路 1300 米、连户路硬化 1120 米、房屋室内外硬化 7549 平方米、整治透风漏雨 51 户、危房改造 32 户、易地扶贫搬迁 93 户 454 人，又协调 30 万元资金实施村民组路灯安装亮化工程，老百姓“水、电、路、房、讯”得到全面保障。

当村民反映灌溉水渠易被暴雨冲垮的问题后，周代红立即协调 40 万元专项资金对沟渠进行整修。又从相关部门协调相关项目资金共计 116 万元，用于村内通信设备的换代升级，村小学教学楼、食堂、操场维修，村级文明建设、苗绣馆修建、村委会购置办公设备，等等。同时，他所在的单位省药品监督管理局出资 5 万元在村里打造“省药监局儿童之家”。

为充分发挥响水洞村自然资源优势，周代红积极协调18万元专项经费实施稻花鱼养殖产业和农家乐升级改造，并获得10万元的微企补助；打通“响水贡米”销售渠道，仅苏州商会川渝分会订购就达23250斤，带来经济效益19.8万元；优质大米、生猪代养等5个产业项目覆盖贫困户118户569人，人均纯收入以由原来的3250元提高到5780元。

同时，周代红积极联系新东方培训学校对贫困户进行电工、厨师及家政等多种岗位技能的免费培训，又先后组织红苗刺绣、绝艺绝技的致富带头人赴南京、广州等地培训，通过推动就业助农增收。

不仅如此，周代红在创新村庄管理、旅游发展和环境保护等软环境上也琢磨了不少新点子。他向单位求助，为响水洞村搭建了村级综合管理平台，并开发了党建之家、村务管理、文明创建、宣传推广、电子商务等功能板块，既可查询数据，又可进行宣传。定期开展“响水洞民族风情汇演”，并将其打造成响水洞村一张靓丽的文化名片。

如今，松桃自治县响水洞村成了远近闻名的脱贫攻坚示范村，村党支部被评为铜仁市“2019年脱贫攻坚先进基层党支部”，周代红被评为全市“优秀共产党员”。

成绩的背后，是周代红舍小家为大家的忘我付出，周代红女儿患有免疫系统疾病，每月需到上海治疗，考虑到他的实际困难，党组织多次动员他回来，他都婉言谢绝了。

“在脱贫攻坚一线与贫困群众并肩战斗，我才真正体会到脱贫攻坚工作的不容易，扶贫路上一幕幕场景真是感触良多，永生难忘。”周代红感慨道。

唐铸：扎根脱贫一线的好书记

◇讲述：唐 铸　整理：刘芳媛

唐铸，这个35岁的年轻人，从2017年9月被派驻坝黄镇长坪村任第一书记以来，坚决服从组织安排，主动作为，以村为家、待民如亲，从一名脱贫攻坚工作门外汉，迅速蜕变成为一名脱贫攻坚的行家里手。

为民服务显真情

在驻村工作中，唐铸时刻把群众的冷暖记在心上，切实解决群众的困难。白天农户大多不在家，他就利用晚上群众在家的时间段或到田间地头，与群众促膝长谈，了解群众所需，帮助群众想办法、出点子。一年多来，村民都知道村里来了一位接地气的好书记。

长坪村雄湾组80岁高龄的村民李友友，儿子在外务工，两个女儿外嫁，只有自己一人留守。自从走访了解到李友友老人的情况后，唐铸便成了他家的常客，经常上门了解老人的生活情况和身体健康状况。李友友老人每次提及唐铸，脸上总是洋溢着幸福的笑容。

在2018年3月31日到长坪村柳家组开展脱贫攻坚"春风行动"大排查、大走访工作时，唐铸因道路湿滑不慎摔倒，造成右足第5跖骨基底部骨折，在医院住院20余天后，他便不顾医生和家人劝阻，要求出院奔赴脱贫攻坚一线。他说："虽然我行动不便，不能下队入户，但可以做接待群众、整理资料等一些力所能及的事，为战友分担一点任务，在这脱贫攻坚关键时间，能出一份力就出一份力。”2018年7月，长坪村顺利通过国家第三方评估验收。

疫情防控争先锋

在疫情防控期间，唐铸始终牢记习近平总书记“疫情就是命令，防控就是责任”的嘱托，带领全村“三支队伍”始终战斗在新冠肺炎疫情防控工作的一线，展现了作为一名驻村第一书记、共产党员该有的使命担当。大年初三，接到疫情防控的任务后，他第一时间回到工作岗位，迅速调整工作状态，按照碧江区委和坝黄镇党委的安排部署，组织“三支队伍”进村入户开展外出务工返碧人员摸排和宣传新冠肺炎疫情防控知识。在短短两天时间里张贴、发放倡议书、宣传单1500余份。

此外，唐铸还自愿担任长坪村疫情信息联络员，每天汇总数据上报信息，以便上级随时掌握全村情况。同时，将车辆改装成流动宣传车，每天通过流动广播为群众宣传党的政策和疫情防控知识，引导大家不信谣、不传谣、不造谣。组织村“三支队伍”在长坪村主要道路入口设立疫情防控卡口，实行24小时轮流值班，对进出的每一位群众进行详细的登记和体温检测，做到不漏一车、不漏一人，筑牢长坪村疫情防控安全线。

产业发展献计策

从驻村以来，唐铸始终把产业发展作为脱贫攻坚的重要途径，紧扣农村产业发展“八要素”，因地制宜帮助群众发展产业。帮助村集体经济发展生猪代养场、泡沫夹芯板厂、坝区葡萄园等产业，实现贫困户产业项目利益联结全覆盖。以坝区建设为契机，发展壮大村集体经济专业合作社，完善与贫困户的利益联结机制，通过产业分红持续助推脱贫群众稳定增收。

2020 年年初受疫情影响，农户种植的一些蔬菜出现了滞销的情况，唐铸担心群众因疫情导致收入降低，影响种植的积极性，他便积极主动跑单位加强推销，顺利帮助群众解决了农产品滞销的问题。有部分农户习惯性地种植一些低效的玉米农作物，他便上门做工作，还免费为群众提供花生、蔬菜等种子，引导群众进行产业结构调整，帮助群众发展产业。如今，300 余亩的精品水果种植基地和蔬菜大棚种植基地成为该村最亮丽的风景线。

扶贫路上不停歇

◇吴四国

自担任大路镇田坝村驻村第一书记以来，我积极争取资金，完善村委会办公室设施，巩固党组织活动阵地，为凝聚党员、服务群众提供有力保障；从基础设施到产业帮扶多措并举，真心实意为群众谋实惠，把帮扶工作做实、做细、做到位。

为更好地发展产业，我向松桃县农牧科技局协调 350 斤鱼苗投放天池；协调市场技术监督局微型企业扶贫资金 4 万元，协调生猪办投资 200 万元发展 2000 头生猪养殖，用于发展集体产业，满足贫困户就业需求，助推全村产业发展和脱贫致富。

驻村工作过程中，了解到高速工程施工影响群众饮水安全，我积极协助村支两委争取高速项目部投入资金，修建水池 2 处，解决了群众吃水难等问题；2018 年来，争取危房改造 13 户 62 人，争取易地扶贫搬迁集中安置贫困户 24 户 100 人，让田坝村 129 户建档立卡贫困户都住上安全住房。

同时，我向县林业局争取退耕还林项目，完成退耕还林项目 373.7 亩，补助资金 18 余万元，受益群众 103 户。通过协调争取财政投入 60 多万元，新建通组水泥路 1.2 公里，打通田坝村最后一公里，为村民出行、经济作物运输等解决了实际困难。

此外，针对贫困户情况，我因户施策，将 5 户贫困户聘为生态护林员，每人月工资为 800 元；帮助 2 户贫困户家庭考上大学的贫困生申请办理雨露计划扶贫资金各 4000 元；为 129 户贫困户进行免费家庭体检和签约服务，对住院贫困户落实报销补助政策；维护和谐稳定，积极化解矛盾纠纷，积极协助村支两委调处矛盾纠纷 8 起，维护村里的社会稳定……

为了落实精准扶贫的具体要求，我走村入户了解贫困户生产生活情况；通过讲政策、拉家常，了解群众需求，拉近干群关系，提高群众满意度；踏实开展“为民办事”服务，建立台账，帮助群众解决实际困难，精准开展减贫工作；及时补充、完善了明白卡、帮扶手册、帮扶台账等相关资料，按照“一户一档”的要求为全村 129 户贫困户建立脱贫档案。

田坝村在县、乡交叉检查工作中得到肯定。2019 年，贵州省第三方评估田坝村零问题通过验收。驻村近三年，我任劳任怨，为大家舍小家，一心一意为群众谋福利。我一直行走在脱贫攻坚这条路上，从未停歇！

下基层 办实事 暖民心

◇杨鲁景

2019 年 4 月，因工作需要，我成为碧江区路腊村的第一书记，而路腊村的乡亲成了我的亲人，路腊村也成为我的第二故乡。

路腊村位于碧江区云场坪镇东南部，与湖南省凤凰县茶田镇禾会村接壤，距云场坪镇 4 公里，全村总面积 13.12 平方公里，农村人口 334 户 1186 人，截至 2019 年底，已经全部脱贫。

刚来村时，从未有过基层工作经验的我，内心是忐忑与惶恐的。通过走访贫困户、残疾户、党员及普通群众的方式与群众促膝长谈，认真倾听群众诉求，倾听村中老党员、老群众讲村里的故事，摸清村情民情和他们对村子发展的建议。在广泛收集群众的意见和建议基础上，厘清工作思路，积极谋划路腊的发展方向。

产业扶贫是脱贫攻坚的根本之策，我们对村里的樱桃、中药材、小龙虾、农家乐、农家蔬菜等产业进行了调研，并针对相关产业的市场前景等问题，咨询了铜仁科学院、市农委、市林业局等部门相关专家。经综合分析，制定出科学的路腊村产业发展方案，还邀请了铜仁科学院专家进行技术指导，争取与铜仁科研院合作，提高路腊村产业的科技投入，为村产业发展打下了坚实的基础。

乡村旅游扶贫工作是推动绿色发展、增加农民收入、改善乡村环境、助推脱贫攻坚的有力抓手。路腊村结合自身山清水秀特色，大力开展乡村旅游工作。为拓宽村旅游宣传渠道，提高旅游知名度，我们设计并开发了路腊村旅游宣传网站“最美路腊”，对接了碧江区文体广电旅游局，碧江区电商公共服务中心和广告设计公司等单位企业，完善网站信息，优化网站建设，强化后续对路腊旅游网站的宣传推广。不仅如此，我们还以路腊村旅游宣传网站为依托，建立“线上发布、线下交易”的路腊村“C2C”电商平台“路腊商城”，帮助拓宽路腊村产品的销售渠道，并继续跟进观察路腊产品的市场需求和销售情况，探索路腊农产品供销模式，谋划建立线上交易的路腊电商平台。

为民解忧，及时帮助村民解决实际困难是我们的工作宗旨。村中很多农户养殖有鸡、鸭，成熟后便存在滞销的问题。为帮助群众打通销路，我们及时联系广告公司，帮助设计并制作路腊村特色农产品广告，通过广告张贴和网上转发宣传，提高群众农产品的知名度。我们还积极在城区联系餐饮企业、单位食堂，帮助村民拓宽销售渠道，拿下了多个订单，并免费帮村民送货运输。截至目前，已帮助销售小龙虾 100 余斤，鸡 400 余只，鸭 200 余只，实现村民增收，更重要的是激发了村民干事的热情。

随着工作的推进，事务也越来越多。每次加班晚的时候，附近的周桂花、冉桂仙等老人们都会叫我去家里吃饭，若我婉言拒绝，他们就会把饭送到村委会来。这让我深受感动，感受到群众工作其实很简单，只要用心用情，尽力解决村民的问题，乡亲们都是很积极支持工作的。驻村一年多以来，我们根据群众反映的问题，通过建立问题台账、制定措施、解决问题的方式，先后已解决实际问题 10 余个，对接、上报问题 30 余个。

接下来，我们将按照乡村振兴要求，继续打造路腊村田园综合体，进一步改善人居环境。在产业发展上，紧扣路腊村集体经济，统筹各专业合作社，吸引龙头企业入驻带动发展。在壮大樱桃、莲子加工，苗圃基地等产业发展的同时，引导村民发展鸡、鸭、鱼、小龙虾养殖和蔬菜、水果、中药材种植，实现群众快速增收，努力打造路腊村“春赏樱花、夏看荷花、秋观紫薇、冬品火棘”这一旅游品牌，让游客进得来、吃得好、留得住，让村产业经济长效发展。

杨昌喜：归来只为报桑梓

◇讲述：杨昌喜　整理：杨　云　罗　兴

“‘建设’是过程，‘建成’是目标。”贵州省铜仁市万山区敖寨乡瓮背村“游子支书”杨昌喜渴望改变村民过得紧巴巴的日子。

瓮背村地处武陵山集中连片特困地区，是一个以粮食农业为主的传统侗族村，全村419户1698人。2016年，瓮背村建档立卡贫困户180户584人，非建档立卡贫困户239户1114人，由于贫困发生率高于20%被列入贵州省深度贫困村。

境内自然条件恶劣，基础设施薄弱，交通不便，人均不足一亩地，田薄地少、山高坡陡，村民主要以传统耕种和养殖为经济来源，生活基本处于自给自足状态，社会经济发展缓慢。

2016年，穷则思变的瓮背村村民把在外面事业做得风生水起的杨昌喜召唤了回来。

杨昌喜，在外打拼20余年，搞过装修，卖过建材，已经是事业有成的老板。

“让贫困户、村集体、龙头企业凝结成‘利益共同体’，让群众成为农村产业革命的推动者、受益者。”杨昌喜走进贫困村民家入户调查时这么想着。

杨昌喜将全村所有贫困户纳为合作社的股东，利用“三变”改革，让贫困户真正成为合作社的参与者、建设者、管理者、受益者。同时按照利益联结分配模式，为瓮背村更多的建档立卡贫困户建立了利益联结机制。

脱贫攻坚驻村工作组和村支“两委”采取“党组织＋合作社＋贫困户”模式，在瓮背村推行“藕鳅立体种养殖”产业模式，流转土地发展莲藕种植120余亩，栽种莲藕3.6万株，并投放了泥鳅苗50万尾，鱼苗3万尾。

村民刘秀菊满脸笑容地说："杨支书是能带着大伙苦干实干的'领头雁'。"

思路决定出路，作风决定成败。杨昌喜认为发挥好"基层党建"的绣花针作用很重要："做给群众看，带着群众干，就一定能绣出脱贫致富的美好画卷。"

基层组织强，则发展好，百姓富，反之则困难重重。敖寨乡党委书记杨勤认为，用好返乡回村的"能干人"、下乡创业的"实干家"，以知识化、能力化充实党支部，才能提高党支部服务农村发展的能力。

瓮背村2016年脱贫33户141人，2017年脱贫117户355人；2016年易地扶贫搬迁13户47人，2017年易地扶贫搬迁69户298人；计划2018年实现全村脱贫摘帽。

作为接触人民最紧密的村级书记，杨昌喜反复思考着瓮背村的"破困之路"。扎实推进以农村公路"组组通"为重点的基础设施建设，彻底改变瓮背村的交通状况；大力推动村级产业扶贫，选准主导产业，培训农民，强化技术，用好脱贫攻坚产业基金，创新生产经营方式、产销对接机制和利益联结机制，建强农村基层党组织，让农民持续增收，脱贫致富。一个接一个的扶贫计划出炉，让村民看到了脱贫的曙光。

"路通产兴财聚，村民思想发生了转变。"杨昌喜告诉记者，"挖掉穷根，只争朝夕。"

提升群众的幸福感

◇龙昌华

我叫龙昌华，是松桃苗族自治县木树镇底易村党支部书记。在各级党委政府的领导下，我与村支“两委”及脱贫攻坚指挥部为底易村脱贫攻坚各项工作紧密团结，努力工作，取得了一定的成绩。

底易村有着得天独厚的水资源、土地资源、乡村旅游资源等，这么好的资源如果不充分利用起来，简直就是浪费。我看在眼里，急在心里，立志要改变底易村的贫困面貌，为群众办实事、办好事。为此，我充分发挥党员的先锋模范作用，动员组织村里党员利用晚上时间采取多形式与群众进行沟通、交流，通过不懈努力，村民们的思想不断进步，观念不断转变。

2020年，底易村采取“公司+合作社+农户”模式，已种植油茶2000余亩，涉及农户130多户，仅劳务费户均增收4000余元。建档立卡贫困户龙胜和只是靠割草、整地两项劳务，就挣了1万多块钱。同时，我到湖南引资到底易村开荒种植瓜蒌200亩，不仅解决了土地撂荒问题，一年给群众创造的务工费及土地流转费达15万元。

围绕“两不愁”狠抓自来水工程。该工程的水池、泵站、主管铺设于2018年底已完工，但进户管施工迟迟未开工，我与指挥部成员加强与施工方联系，督催开工铺设进户管，我带领党员干部，在驻村干部的帮助下，在全村群众的努力下，经过一个月左右的时间，村民就用上了放心的自来水。

围绕“三保障”狠抓住房补短板。我意识到，要补齐住房短板，保障群众住上安心房、放心房，就要充分抓住“大走访大排查”工作机会。为此，我多方走访，全面掌握实情，广泛征求意见，充分酝酿，制定了一套完整的整治方案，建立工作台账，做到不漏一房、不漏一项，在政策范围内，应补尽补。60多岁的建档立卡贫困户石帮元满怀感激地说：“感谢党，感谢政府，让我家的旧房变成了新房！”

底易村的变化，增强了群众的成就感和荣耀感，提升了群众的满意度和幸福度。环境卫生整治成了县里典范，卫生“五看法”成了全市楷模，得到了市、县领导的高度认可和人民日报社、贵州日报社、铜仁日报社等媒体的追踪报道，前后迎来了思南县、沿河自治县及本县兄弟乡镇1万多人的学习交流。

宋景飞：苗乡小康一刻也不能再耽搁

◇讲述：宋景飞　整理：郭 进

“新种 700 亩油茶，要管理好。”

“30 亩葡萄也不要掉以轻心……”

5 月 16 日，铜仁城区，寂静的夜晚，寂静的病房。宋景飞倚靠床头，在微信群与村民互动，安排村务。

跳动的字符，引来热烈回应：“宋哥注意休息，您的伤可不能再折腾了，我们一定会管好产业。”

“宋书记您要安心养伤，我们等您回来！”

微信群里，村民与村干“七嘴八舌”，有牵挂、有期盼，也有人哽咽，满满真情！

宋景飞是谁？他是松桃供电局普觉供电所副所长、驻松桃自治县冷水溪镇黑水村第一书记。

他有何魅力？缘何让村民牵挂？

答案——

大事显担当。脱贫攻坚战打响，他主动申请驻村战贫，勇当脱贫攻坚排头兵。4 年间，带领两个村 324 名群众脱贫。他却在战贫一线摔伤，右脚粉碎性骨折。

大考见赤诚。新冠肺炎大疫来袭，宋景飞拄着拐杖奔赴黑水村，带领群众筑牢防疫线。

当大疫的硝烟散去，当乡村复工复产，当村民生活回到正轨，宋景飞未愈的脚伤却因发炎而溃烂，再次住院开刀手术……

初驻村 善争善用项目款

夏日晨曦照射下，冷水溪镇道坨村蛋鸡养殖场鸡鸣阵阵。村支书杨再国说：“在宋景飞带领下，村里才有了蛋鸡产业。”

“唉！”一声叹息，杨再国话锋一转，时光回溯到2016年，宋景飞带领道坨村村民鏖战贫困的铿锵岁月。

道坨村山高林密，地理偏远，群众生活贫困。时至2014年，全村248户1152人共有贫困户53户148人，贫困发生率高达12.7%。

久困于穷，冀以小康。

民之所盼，政之所向。2016年，松桃全面打响脱贫攻坚战，下派驻村书记，誓与全国人民一道进入全面小康。

松桃供电局响应号召，向道坨村派驻第一书记。时年42岁的宋景飞主动请缨，从普觉供电所奔赴道坨村担任第一书记，当起脱贫攻坚排头兵。

那年初春，乍暖还寒，宋景飞初到偏远山村。有人期待，有人观望。

驻村没多久，观望者改变了看法。

驻村20天，宋景飞走遍村子每个角落，走访每户群众、每位党员，为村子开出治贫良方：发展产业促增收，激活村子“造血功能”。

山清水秀的道坨村，生态资源得天独厚，发展养殖最为合适。但养什么？

宋景飞带着村干外出考察学习，找准了蛋鸡养殖。

发展产业要资金。他“盯”上了冷水溪镇政府的20万集体经济发展项目资金。

为了争到这笔项目资金，他先后两次问妻子要存折，从7万元存款里，取出5万元，加上村民筹集的12万元，先行启动鸡场建设。

为发展蛋鸡产业，他找到“娘家”——向松桃供电局争取6.5万元用于电力设施建设，又“厚着脸皮”跑县里筹集 73 万元……

汗水浇灌必有收获。宋景飞善争、善用项目款，在山村播下脱贫致富种子。不久，首批 3500 羽蛋鸡苗入栏，数月后每天产蛋量达 2800 枚。

集体产业让村民尝到发展红利。2016 年，蛋鸡养殖场两次分红：首次贫困户每户分到 1000 枚鸡蛋、非贫困户每户分到 500 枚；第二次，每户贫困户获分红 3000 元。

脱贫攻坚，宋景飞还带领干群打好组合拳：

动员能干事、想干事的村民及党员进入村支“两委”，夯实基层堡垒，凝聚脱贫攻坚战斗力；

白天用脚步丈量民生，推动光纤宽带进村入户、修建文化广场、完成 200 万元的电力建设申报；

晚上开好群众会，宣传党的扶贫政策，激发群众内生动力，干群一心鏖战贫困。

四季交替，沧海桑田。2016 年底，基础强、有产业、发展动力足的道坨村摘掉贫困帽，成为松桃第一批出列的村。

再进村 踏平一山再翻山

脱贫攻坚如翻山，才踏平一山的宋景飞再度请缨翻山。

2017 年初，宋景飞又奔赴冷水溪镇黑水村担任驻村第一书记。

群山间的黑水村山清水秀，10 个自然寨 433 户 1762 人，却有 82 户贫困户 303 名贫困村民。有能力的村民，都往外奔。

村民穷，村子也是“烂摊子”。村子道路坑洼不平，两条断头路多年没打通，干群关系紧张……

宋景飞带着满腔热情来到黑水村时，却遇到了“钉子”，第一次召开党员干部、群众代表会，群众与干部以吵架开场，甚至差点动手。

想起当时场景，宋景飞苦笑说：“我一句话没有说，没有机会说，会在争吵中散了。”

宋景飞遇到了困局。

经过半个月走访，他找到村子问题结症，决定亮出“三板斧”——村里事由村民议、村民定。

不患寡而患不均。宋景飞走访发现，此前黑水村的低保未做到信息透明，群众颇有怨言，是导致干群关系紧张的主因。

宋景飞召集党员干部及群众代表大会，公开、公平、公正评议低保对象，选准扶贫对象，让党和国家的扶贫红利落在实处。此举解开了群众心结，密切了干群关系，凝聚磅礴攻坚力量。

协调通组路建设。打通断头路，完善基础设施。

“要想富先修路。”当宋景飞提出修路的承诺时，有几个村民当场表示：“如果您带头把村里的路修好了，以后您指哪咱们就打哪。”

干群践诺见行动。在宋景飞的带领下，打通了断头路，硬化了30多公里通组路、14公里连户路，安装了80盏路灯，完善了村级阵地建设……

脱贫攻坚，发展产业是群众脱贫致富的根本。

在宋景飞的争取下，铜仁供电局投入15万元，在黑水村发展瘦身鱼养殖集体经济项目；

黑水村注册了劳务运输公司，仅2018年就发放劳务费34万元，21户贫困群众受益；

不久前，村里又发展起700多亩油茶、30亩葡萄……

干部实干笃定前行，群众实诚紧跟苦干。黑水村在点滴中转换，已实现脱贫摘帽。

仓廪实而知礼节，衣食足而知荣辱。昔日纷争不断的黑水村出台了村规民约，开展起形式多样的文体活动，劲吹文明乡风；通过文明户、卫生户评比，群众爱村保洁的心被激发了。

往日“烂摊子”，今朝村洁景美更宜居！

抗疫情 拉上儿子作拐杖

驻村战贫多艰辛。

2019年9月30日，夕阳下的黑水村，宁静而祥和。突然，有人大喊：“宋书记摔伤了。”

村民争相赶到现场时，只见宋景飞躺在地上，额头直冒汗。

当天傍晚，宋景飞看到村民吴洪亮老人与老伴推着板车拉砖，宋景飞便开来卡车帮忙。车子爬坡时，刹车突然失灵往山脚倒退，危急时刻，他选择跳车致右脚粉碎性骨折。在吴洪亮老人的泪眼中，宋景飞被送到松桃自治县人民医院诊治。

到医院看望宋景飞的村民来了一拨又一拨，直到他转至重庆医治。

伤筋动骨一百天。2019年10月5日，牵挂乡村发展的宋景飞才出院，就带着轮椅和拐杖赶回了黑水。

“宋书记还是回家去好好休息吧！”面对乡亲的关爱，宋景飞却说脱贫出列验收在即，不敢有丝毫耽搁。

十月的黑水村，寒气逼人。宋景飞肿胀的右脚，裹着纱布，穿不了鞋，脚趾头裸露，冻得通红。

寒冬腊月，黑水天寒地冻。宋景飞未愈的脚伤因疏于护理而发炎。他打算春节过后就住院治疗。

然而春节前夕，新冠肺炎疫情跟着南来北往的人们的匆匆步履，悄袭武陵山脉腹地。

一场史无前例的疫情防控战打响。

疫情就是命令，防控就是责任。打算去医院治疗的宋景飞听说黑水村缺口罩，他拄着拐杖，拉着儿子宋捷：“我右脚用不上力，你来帮开车，咱爷儿俩给黑水的乡亲买口罩去。”

妻子追出门口阻拦：“你的脚再不治，就要烂了。”

“我不能在疫情战场当逃兵。”宋景飞快速关上车门，生怕多听一句妻子的“唠叨”。

路上，宋景飞不停打电话，争取到700只口罩、10余桶消毒液及部分医用酒精、药水，一并送往黑水村。

打虎亲兄弟，上阵父子兵。心疼父亲的宋捷留了下来，与父亲并肩作战：“爸爸常常因伤痛额头直冒汗珠，不能没有人照顾。”

时逢春节，外出务工的村民返乡。面对疫情，有人恐惧，也有人无所畏惧。

为了筑牢疫情防线，宋景飞带着驻村脱贫攻坚队员、村干，设卡切断传播源，走组入户、调查摸排、宣传防疫知识，筑牢群众心灵防线，做到“不漏一户，不漏一人”。

管控有力度，服务有温度。宋景飞父子还驾车为群众采购生活物资，帮助居家群众解决生活困难。

居家防疫显成效，黑水村1673人无一例确诊或疑似病例。

当疫情硝烟渐散，群众开始复工复产时，宋景飞的伤口再度感染，伤口溃烂，钢板外露。躺在病床上的他说：“我的伤可以慢慢医治，但苗乡的小康大业却一刻也不能再耽搁。”

做值得信赖的村寨“当家人”

◇吴兴隆

任职以来，我坚持做到大事讲原则，小事讲风格，始终与上级党委政府保持高度一致，工作勤恳扎实。

在村民心中，我属于豪爽、热心肠类，村民们都信任我、支持我。当地群众常说：“他干什么，我们就干什么，他叫我们怎么干，我们就怎么干。”

以前，白果村在长兴堡镇年终考核中项项排名靠后，上级抱怨、群众埋怨常有发生。上任后，我率先示范，团结带领全村群众建基础、搞发展。

如今，白果村的贫困发生率由2014年的29.81%下降到2019年末的1.37%，改变了贫穷落后的面貌，人居环境和社会环境焕然一新。

我憋足了一股劲儿，一心想着多为群众办点实事，带领群众奔小康。在我的努力下，村里完成了党群服务中心建设，文化广场、路灯、公共厕所、饮水、灌溉渠道、农村电网建设等，实现组组通硬化水泥路、连户路。现在的白果村，道路宽敞干净，人民生活富足。

我坚持为民办实事，解民忧。自脱贫攻坚以来，我不分白天黑夜地工作，没有缺过一次会，处处为民着想，把群众的事当作自己的事来办。通过努力，白果村落实易地扶贫搬迁31户157人，落实危改户40户，且均已入住。落实跑风漏雨整治58户，并已通过验收。全村的扶贫政策已全部落实到位。

特困供养户陈先华家一直没有通电，我跑了三次供电所，终于帮助其把电接通；低保户杨通权户收入不达标，我多次跑至林业站，为其落实一个护林员的名额，解决了他家的收入问题；患有精神疾病的石帮奎生活不能自理，我将他送去精神病院，还自己掏钱给他买衣服……

为了让村寨美起来，我以硬化连户路、美化房前屋后和拆除旧房为抓手，实行卫生门前三包，改变了村寨多年脏乱差的面貌。我还带头在村广播宣传，鼓励村民养成良好的生活习惯，制定了《白果村村规民约》，将环境卫生和风俗习惯都进行了规范和约束。

如今，白果村户户干净，人人整洁，环境卫生发生了翻天覆地的变化。村里一位 70 多岁的老人说："我原来从来没有扫过地，现在只要一看见支书到广播里宣传，我都会主动扫地，改变了几十年来的习惯。看到他们这样辛苦，我们不好意思。"

为了让群众富起来，我组织党员干部外出学习考察，带头成立白果村芡实种植专业合作社，带领党员带头发展了芡实、辣椒、黄金蜜李等产业，让群众实现在家门口就业。

2019 年，全村集体经济收入 11 万元，村民人均可支配收入达到 8643 元。同时，我还积极招商引资，引进三家企业入驻，为白果村闲置剩余劳动力创收 60 余万元务工收入。

为了让村寨和谐，我通过逐户走访、与群众谈心，化解矛盾纠纷 21 起，且没有一户不满意。我坚持小事不出组，大事不出村，没有一起矛盾上交镇级。由于办事公平，群众非常认可我的工作，全村的满意度高达 100%。

我坚持党性原则，始终把群众利益放在第一位，不优亲厚友，不吃拿卡要，办事公平公正，将初心使命铭于心，把责任担当践于行，做村级值得信赖的"当家人"。

发挥党建引领 助力乡村振兴

◇讲述：杨星星　整理：杨铜琴

大湾村位于玉屏侗族自治县新店镇东北面，与湖南省新晃县凉伞镇相邻。全村面积5.4平方公里，耕地面积仅680亩，人均耕地面积约0.7亩，森林覆盖率达90%以上，是全国少数民族传统保护村落。下辖8个村民组，262户987人，低保户37户84人，特困供养人员7户8人，残疾人55人。2014年有建档立卡贫困户78户262人，贫困发生率达到28.08%。

2019年7月，根据工作需要，贵州省气象局观测与网络处主任科员杨星星开始担任大湾村第一书记。大湾村自2018年整体出列后仍有8户23人未脱贫，村里绝大多数青壮劳力常年在外务工，只剩老人小孩留守家中。秉着“脱贫只是起步，出列之后才是发展之路”的工作思路，为打破自然条件和劳动力格局的限制，杨星星与村支“两委”积极为村里的集体经济和乡村产业发展找出路，谋思路，确定了“以基层组织建设为抓手，充分发挥党员先锋模范作用，大力发展村集体经济，用产业发展推动乡村振兴”的方向。

加强基层党建，打造标准化规范化党支部。针对党支部建设中薄弱环节，杨星星积极完善各项规章制度，有的放矢推动支部建设不断优化。注重提高发展党员质量，加强党员教育管理，妥善处置不合格党员，做到党员队伍信念坚定、素质优良、纪律严明、作用突出。在开展基本活动上，结合主题党日活动，认真落实“三会一课”、组织生活会、谈心谈话、民主评议党员等基本制度，使党内各项组织生活正常规范、严肃认真，党员参与率高、教育效果好，党员政治意识、大局意识、核心意识、看齐意识得到显著增强。2019年党支部标准化规范化建设达标。

广泛征求意见，科学研判，补齐短板。按照“强化基础建设，改善生活环境，增加群众收入，提高生活水平”的思路，杨星星积极开展走访调研，从去年省委的脱贫攻坚“春风行动令”和“夏秋决战令”到今年的“冲刺90天打赢歼灭战”，组织驻村工作队、村干部和帮扶责任人，开展大遍访，切实把“访民情、惠民生、聚民心”驻村工作落到实处，熟悉村情、民情，民风，广泛征求意见，与村支“两委”不断研判，结合大湾村实际，取长补短不断探寻发展道路。

选好扶贫产业，支部引领、党员带路、产业铺路。杨星星从党建扶贫抓手，建立起“党支部 + 工作队 + 合作社 + 贫困户”的扶贫工作机制，抓联建、促党建，在支部引领下，探索发展集体经济，带动劳动力就业。受限于大湾村多山少地的地理条件，难以开展大规模种养殖，他与村支“两委”积极探索，依靠优美的自然环境、侗族特色建筑和民俗文化，依托东西部协作项目，大力发展乡村旅游及周边服务产业，特别是围绕大湾村民宿项目，打造垂钓、餐饮、酿酒等系列服务产业，由支部牵头，合作社进行基础建设，以固定资产入股，党员带头承包各项产业，既提供了部分就业岗位，又能带动村民参与其中达成共同富裕。

心系人民生命财产安全，发挥党员先锋模范作用。2020年伊始新冠病毒疫情暴发，杨星星作为第一书记，第一时间赶回大湾村参加疫情防控工作。成立防控工作小组，摸排外来人员，宣传新冠肺炎防控知识；带头参加疫情值守，连续参加防控工作60多天。2020年6月新店镇普降暴雨，杨星星带领村支“两委”、驻村工作队冒雨排查和疏导丙溪河大湾村段和村内地势陡峭存在安全隐患的地方。因为连续暴雨导致部分河岸及道路垮塌、沿河农田被冲毁、少数民居受损严重，进出村道路及电力设施损毁严重，在电力、交通中断的情况下，他组织驻村工作队带领党员干部群众积极开展自救，劝导地质灾害风险点群众撤离、疏通道路、转移群众物资等，为群众筑牢安全线，保障人民群众生命财产安全。

做实事、解难题，提高群众满意度。在驻村工作期间，杨星星坚持群众之事无小事。通过召开干部会、党员会、群众会、农民讲习所、座谈会、发放宣传资料、悬挂宣传横幅、张贴宣传标语等形式及时宣传扶贫政策，加强群众对精准扶贫相关政策的了解。大力弘扬侗乡文明新风，利用当地村民喜欢斗画眉、唱山歌和赶坳等形式，积极引导群众开展健康有利的文化娱乐活动；组织党员在春节、重阳等传统节日走访慰问留守儿童、老人及特殊群体；积极为民办理社保、医保缴费等小事实事，为群众解决难题、纠纷等等，极大地增进了干部与群众、党员与群众之间的关系，提高了群众满意度。

功夫不负有心人，经过大湾村党支部一年多的努力，大湾村最后的8户未脱贫户于2019年底全部清零。大湾村还申请到东西部协作项目资金350万元，建成大湾村精品民宿，发展民俗体验产业；争取到结对帮扶村雅鹿村资金10万元，生产侗乡民族特色米酒；筹措资金9万元建成便民超市、大湾人家农家乐、侗乡米粉加工坊等；投入资金50万元与养殖大户共同发展七彩跑山鸡项目，规模达到1万羽以上。各项工作得到广大村民和地方党委政府、领导的充分认可。2020年7月，大湾村党支部被铜仁市委、市政府授予“优秀基层党组织”称号。

杨星星说：“产业强不强，关键看党建。要充分发挥农村基层党组织在农村产业革命中的战斗堡垒作用，依靠农村综合改革和基层组织建设，把农民发动起来、组织起来、带领起来，唤醒产业革命的内生动力。”

用心为民谋福利

◇龙 超

我叫龙超，今年29岁，是玉屏侗族自治县朱家场镇甘龙村第一书记，2019年2月接组织命令，来到甘龙村，驻村至今已有一年多。

记得刚来的时候，村子属于一类贫困村，2019年初有建档立卡贫困户96户367人，其中未脱贫9户11人，目前已经全部脱贫。

扶贫工作第一步就是了解村情，知根知底，才能将帮扶工作落到实处。入户走访，成了我的主要工作。我深入了解贫困户基本家庭情况，听取贫困户的诉求，根据贫困户的实际情况，结合帮扶政策，对他们进行精准帮扶。

其次就是加强自身知识储备，加大力度宣传扶贫方针及政策。已经脱贫的部分贫困村民担心脱贫后不再享受扶贫政策，经常向我咨询教育、医疗、住房等方面的政策，老百姓不知道政策，不懂政策，我要讲给他们听，直至他们听懂为止。

甘龙村缺乏产业，要想村民们富起来，就要进行产业结构调整，发展产业。为了给村子找到适宜发展的产业，我与村支“两委”、党员召开座谈会、院坝会，不断沟通，听取专家意见，结合实地情况，反复比较利弊。一是利用土地发展种植；二是利用现有资源发展养殖。玉屏作为油茶之乡，有大片油茶基地，甘龙村也同样如此。守着金山银山，却不见真金白银，提高油茶的经济效益成为我们的头等问题。要想改良低产油茶，只有将油茶规模化种植才能更见效益。但是任务开头就遇到了难题，村民不愿意将土地流转，我们只能挨家挨户给他们分析利弊。经过不懈努力，从2019年至今，我们又开挖种植了几百亩油茶。村民不仅可以得到土地流转费，利益分红，还可以自己在油茶基地务工增加收入。尤其是今年引进的百合种植，大约有 200 亩的规模，村民们在家门口就业就能增收致富，这得到了大批村民的肯定与支持。值得一提的是，有两个毕业的中学生，他们平时放假在家都是打打游戏，睡睡懒觉，后来也积极地加入到百合种植的行列，工资每日一结，80 元一天，工作时间自由。看到村民们高兴，我们村干部也乐开了花！

2019 年底，在充分摸清村级资源的基础上，我积极申报养牛项目，在单位领导的大力支持下，争取到扶贫资金 100 万元。在项目实施的过程中，要修建规模化牛场，因为涉及施工建设，我们要将以前的破旧非企业牛场推倒重建。非企业牛场涉及每户村民的个体利益，有的村民不愿意推倒旧牛场，并且认为是村干部在“搞鬼”。我们只能克服困难，一步一步地做思想疏导工作。今年九月，我们村的牛圈已经竣工，正在筹集资金发展肉牛养殖，所获利益作为村集体收益惠及所有村民，每家每户都会得到资金分红！

现在，村里面依托扶贫政策，盘活土地资源，不断壮大村集体经济，大力发展牛养殖、生猪养殖、百合种植、太子参种植等产业，让村民在家门口就能就业，带动村民增收致富！

扶贫的路上虽然要经历诸多艰辛，但是只要看到村民们为新生活充实而绽开的笑容，我觉得自己再苦再累都是值得的。扶贫没有什么“诀窍”，就是自己扎扎实实地住到老百姓当中，真真切切地去为他们谋福利。一切酸甜苦辣，都是值得的！

从“脏乱村”到“特色村”

◇邹 键

一幢幢整齐的新房、一条条清洁的道路、一盏盏明亮的路灯，一张张幸福的笑脸……明地村，我和战友们日夜战斗的地方，如今已发生巨大的变化。

我叫邹健，今年40岁，2017年9月，组织安排我到江口县民和镇明地村担任驻村工作队队长。

曾经的明地村，基础条件差、村民文化较低、居住环境又脏又乱，属于民和镇的落后村。面对困难，我和战友们并没有畏惧和退缩。到村后，我和驻村工作队紧紧围绕“特色强村、生态立村、和谐发展”的模式，带领村民夯基础、强产业。

白天，我们工作队和村支“两委”下田地；晚上，我们就入农户，与村民拉家常、交朋友，听群众说真话、实话、心里话；深夜，我们召开工作队研判会，量化工作，通宵达旦是工作常态。

穷则思变谋发展，我们结合本村实际，充分发挥民族特色，深度挖掘民俗文化，利用特色优势，发展乡村旅游。同时，通过举办“欢乐明地·美丽乡村”“感党恩·助脱贫”“创民族团结进步·固脱贫攻坚成效”和“新春茶灯”等特色民族文化活动，让“明地麻糖”“明地苕酒”等特色产品正式走向市场。

为了增加销路，我与联建帮扶单位多次协商，筹资16万元新建苗汉溪土特产供销平台，发展特色苕酒文化产业。2019年，明地村土特产品收入达数十万元。

如今，明地村完成了农家书屋、篮球场等村级活动场所建设，打造宣传文化墙3000余平方米，完成通村公路建设3.6公里，通组公路新建5.24公里，联户路11750平方米，安装亮化路灯76盏，基础设施和环境卫生得到极大改善。争取保洁员、河道清理员等公益性岗位12个，壮大村级集体经济苕酒，举办各类特色民族文化活动，人均年收入也由2012年的2680元增至2019年的8360元，全村820人稳定脱贫，实现从“脏乱村”“贫困村”向“美丽村”“富裕村”的华丽转变。

2017年，明地村获得“贵州省少数民族特色村寨”称号。

热"薛"青年，情撒水口

◇薛风超

"小薛，祝你生日快乐且驻村顺利，我们都舍不得你。""下去后多学习、多请教，踏踏实实做事情。"……我叫薛风超，山东武城人，在贵州师范大学国有资产管理处工作，2018年，生日的那天接到校党委组织部通知，派我去水口村担任驻村第一书记，希望我全脱产投入脱贫攻坚的"歼灭战"，义无反顾地为脱贫攻坚贡献贵师大力量。

水口村位于石阡县本庄镇西南部，距离集镇15公里，乌江河畔、山水秀美、风景宜人。但地处偏远，群众生活不是很富裕，村里347户1128人，建档立卡贫困户98户439人，贫困发生率高达38.9%，属于为数不多的深度贫困村。

2018年以前，在贵师大原驻村第一书记潘祖志的帮扶下，水口村明晰了发展思路，有了很大改观，但离脱贫路上"一个也不能少"目标任务还有一定的差距。我来到水口村，与大家一起探讨研究，紧紧围绕"一二三"脱贫标准，在转变群众思想、基础设施建设和产业发展上重点下功夫，为顺利实现脱贫、建设美丽水口继续努力。脱贫攻坚战的主体是群众，全面胜利离不开群众的全程参与。我意识到只有群众思想转变了、干群关系和谐了，一切事情就好办了。于是，我便时常号召大家与民同劳，帮助群众插秧、打谷子、晒豆子和施肥除草、打扫卫生等，在劳动中听民声、察民意、解民忧。三年来，为群众办了近百件实事好事，群众对我产生了信任，常常听到群众讲："薛书记为人踏实，说话温和，经常帮助我们，我们信任他，要永远支持村里的工作。"

2018年—2019年，是石阡县脱贫攻坚出列期，时间紧、任务重，我与脱贫攻坚战友一道“战脱贫”。住房是群众脱贫的硬指标，我走遍每家每户，了解家庭情况，详细登记住房状况、改善住房条件类型、所需资金数额等。回到村里，与大家一起研判，提出住房改善精准措施，一方面鼓励部分群众易地扶贫搬迁，一方面，对部分住宅实施“危改”“三改”。为提升群众内生动力，我们动员群众自改自建，村级不邀请任何施工队参与，出于信任，群众自改自建热情高涨。最终，实现全村66户273人搬出大山，“危改”140户、“三改”162户。在脱贫攻坚大政策下，水口村的通村路、通组路基本完成，但串户路还未全面实现，由于国家规定宽度在1米—1.5米之间，但政策宣传会上，群众张金华提出“我家车是1.6米，啷个走咯？能不能加宽些”，话刚落地，其他群众纷纷要求加宽。我们当即决定加宽部分材料费由村里协调解决，施工需自家投工投劳，张金华第一个说“好”，群众也纷纷同意。第二天便开展全面摸排。驻村干部和村“两委”按丈量结果估算要额外多出4万余元，远超现有资金，这是让人头疼的事情，但答应乡亲们的事情，再难我们都要兑现。我们迅速打报告，签红头，跑了三个部门，终于把资金解决了。短短两个月时间，串户路硬化率达到100%，极大地优化了群众居住环境。

安全饮水是脱贫标准“3+1”中的“1”，我深知这项工作的重要性，用了一周的时间，我与战友共同走访了全村未搬迁的241户855人，全面摸排群众饮水状况，实地查看饮水点，详细登记饮水来源、是否缺水、缺水天数等，依托国家饮水工程项目建设村级饮水池6个；同时，为群众修通道路开辟应急饮水点1个，所有水源均采样送检出具水质报告，全面保障了家家通有自来水，家家吃上安全水。经过近两年的努力，终于在2019年11月，水口村所有贫困人口全部脱贫，实现真正意义上的“一个也不能少”。为巩固脱贫成果，产业发展是关键，水口村发展蜜蜂养殖、高粱种植、精品水果和黄精种植等，为解决产业管护技术问题，我主动对接省农科院畜牧兽医研究所张锦华、果树所张兴无等专家咨询产业管护，培训农户。目前，各项产业健康稳步发展，个体经济也如雨后春笋般涌现，新增养羊场 1 个、养牛场 5 个、养猪场 2 个……大大带动了村级经济发展。据统计，水口村集体经济合作社累计发放农户务工工资 60.1 余万元，分红 21.6 余万元，两年来，年人均纯收入增长近 2000 余元，实现了水口村 2020 年的完美收官。

2020 年，我很荣幸被评为铜仁市“脱贫攻坚优秀共产党员”，但我深感惭愧，深知还有很多事情没做好。今后，我将怀着一颗感恩之心继续前进，为水口村更加美好的明天不懈努力。

一生大坝情

◇吴　迅

2017 年，那年冬天，正是玉米南繁的关键时期，当时我才从四川省南充市农业科学院调动到贵州省农业科学院旱粮研究所工作 1 年，正憧憬着将在省外所学到的先进技术、经验融入到新平台的科研发展中，用心为贵州省三农事业贡献一份力量。

当年 12 月，得知单位将选派人员到基层做第一书记、参加 2018 年的脱贫攻坚时，面对如此难得的深入农村、为民服务、锻炼自己的好机会，不想留下一辈子的遗憾的我，来不及经家人商量，就第一时间报了名。之后，我被安排到贵州铜仁石阡县青阳乡大坝村担任第一书记。

那年，大坝村主要以籽粒玉米种植为主，合作社没有稳定的产业，部分老百姓的厨房、住房、厕所等存在跑风漏雨、安全隐患等现象；进寨路、大部分串户路也还属于烂泥路，老百姓生产生活极不方便。

作为博士的我，怀着满腔热血与雄心壮志，想在大坝这片土地上干出一番大事业，带领乡亲们脱贫致富。可没想到工作中屡屡碰壁，老百姓对我这个博士第一书记投来了各种怀疑的目光，质疑声不绝于耳。

好不容易争取到的高粱订单种植项目，因老百姓的不信任导致无法实施：千辛万苦把高粱种子拉到村里，村民们担心种植效益低、售卖无保障等而不愿意到村里领取。最后还是我和支部书记逐户上门宣传解释，并承诺来年如果售卖不出去而导致的损失由村委会给予补偿，才勉强动员发展了 50 亩高粱……精品水果发展同样也遇到了老百姓不配合的问题。

但这些困难并没有让我退缩，相反更激发了我进一步走村串户的想法。

我拿出了干科研工作的劲头，不分昼夜地深入老百姓家里和田间地头，通过召开院坝会、乡贤会和党员会等方式，给他们讲当前国家的发展政策，并且在走访中积极了解群众的需求、实际困难并第一时间妥善处理。

终于，功夫不负有心人，经过两个月的走访，老百姓打内心里接纳了我这个第一书记。我所倡导的很多关于基础设施建设、产业发展规划等思路和想法，也得到了广大群众的一致支持。在充分调研大坝村自然资源、劳动力情况以及市场需求的基础上，充分发挥党建引领、以产业发展促脱贫等方式，为大坝村的发展注入了新的活力。

2018 至 2020 年，大坝村共进行危房改造 63 户，路灯安装 255 盏，硬化串户路 20000 余平方米，家家户户用上了自来水，4G 网络全覆盖，产业路修到了田间地头，有效解决了老百姓的“两不愁三保障”的问题。村民的生产生活得到了极大改善。

2018 年以来，大坝村先后发展苗木苗圃 300 亩、精品水果 300 亩、高粱 600 亩、烤烟 1600 亩、青贮玉米 160 亩、辣椒 400 余亩、高科技采摘草莓大棚 4 个，村级集体经济进一步壮大，实现了贫困户户均集体经济分红 1500 余元，真正实现了以产业发展助推脱贫攻坚的目标。2019 年，大坝村顺利实现了整村和全部贫困户脱贫的“双清零”目标任务。

2020 年，我被评为铜仁市“脱贫攻坚优秀共产党员”。我深知作为一名党员的初心和使命担当，是脱贫攻坚给了我们实现自我的舞台，让我们真正做到哪里有需要、哪里就有共产党员身影的模范带头作用。

大坝村如今的变化，让我感到自豪。虽然 3 年的过程中有委屈、心酸和泪水，但我还是坚持下来了。在贵州 66 个贫困县全部脱贫摘帽之际，再回过头看看自己走过的路、经历的事，我感到无比欣慰、光荣和自豪，与其说是我帮扶大坝村，还不如说是大坝村成就了我。

看我七十二变 小康山村更俊

◇张 军

2019 年过完春节，我怀着满腔热情向党组织递交了申请，到农村大舞台去锻炼自己，到脱贫攻坚一线贡献自己的力量。我叫张军，来自思南县司法局，在思南县邵家桥镇沙坪村担任第一书记。回首过往，感受良多。刚刚进村，对这里的一切都很陌生。憧憬和彷徨充斥着我的整个头脑，憧憬在于这场伟大战役是青年人实现自我价值的平台，彷徨在于这个第一书记该如何做好。“以身作则，勤能补拙”成了我笔记本中长留的话。驻村帮扶，真心实意。角色转换，看我七十二变——

脱贫攻坚政策宣传员

脱贫攻坚路上，一个都不能少。在驻村帮扶过程中，我充分发挥司法行政人员“公正、公心、公义”的优良品质，将法治思想贯穿始终，一边加强学习政策理论知识，一边对群众耐心细致地做宣讲，点对点、面对面地帮扶讲解，使群众更加自觉地听党话、感党恩、跟党走，激发贫困群众脱贫的内生动力。

“以往，低保评议，堪称大戏，开低保会总会出现吵架、拍桌子的情况，大家都哭穷，哪一家没得心里都不安逸，难搞得很。”村干部面对即将到来的低保评议长叹一口气。

乍听起来，刚开始驻村帮扶的我还真有点发怵。但我静下心来，告诫自己，只要事情逃不出“理”字，这事儿就可以解决。

“以事实为依据，咱们干。”说罢，我白天对照“一达标两不愁三保障”

挨家挨户走访，了解基本情况，晚上在办公室组织驻村工作队员与村支“两委”一起商讨，不到一月，我将全村 178 户农户全部走完，对每一户的基本情况都烂熟于心。

2019 年沙坪村低保评议工作从 3 月底开始启动，从最初的低保宣传，然后是低保提名，接着是入户核查，还有村民代表民主评议以及后面的一榜、二榜公示，我都亲自上马，哪儿不明白，哪儿有疑虑，我都第一时间解决。

一遍遍地解释政策，一次次地介绍农户户情，大部分时间，我的嗓子都是沙哑的，但我内心是愉悦的。因为这次没有吵架，也没有拍桌子。“村里面来了个讲理的第一书记，我们都挺看好他。”过路的群众不时传来赞美声。

我想，我是成功的。

疫情防控前线守战员

哪里有危险，哪里就有党旗在飘扬。哪里有需要，哪里就有党员在冲锋。

2020 年农历正月初二，接到邵家桥镇党委、政府号召，来不及和家人好好道别，我就奔赴疫情防控一线，主动带头，拖着大音响，进村入组，家家宣传，户户摸排，当天，就有 8 户人家取消了酒席办理。

“面对疫情防控工作，我们驻村工作队要主动带头，亲自参与，动员更多的力量投入群防群治这场战斗中去，才能够早点打赢这场疫情防控阻击战。”每当家里打来电话，我都这样说，我知道，他们担心，但是，作为一名党员，作为一名驻村第一书记，我义无反顾。

我想，我是值得的。

矛盾纠纷排查化解员

哪里有矛盾，哪里就有我的身影。“管家婆”是大家给我起的外号。

印象最深刻的是，2020 年 11 月 12 日，村干部向我报告何家土组村民陈二将通组的自来水主管道挖破了，导致何家土组大部分农户用不上自来水，与维修人员联系，维修人员要求将通水管道挖深一些才能重新接上，否则还是有损坏的隐患，但陈二挖了一部分后不挖了，为此又产生了争执。

得知群众用不了水，我来不及细想，当即赶到现场，望着破掉的水管，水哗哗地流，周边的群众无水可用，这不行，必须立马解决。

但陈二不挖了，怎么办？干部带头挖。我立即联系驻村队员和村支“两委”，到农户家借来锄头和铁锹动手开挖坑道。整整一个下午，队员们满头大汗，脸上却挂满了笑容。

看见干部们卖力地干着，周边的老百姓自发送上瓜子和茶水，陈二和丈夫也加入了我们的行列。

水管接通了，连心桥也架好了。驻村帮扶工作本就微不足道，却暖了人心，收获了老百姓的认可和信任。

我想，我是开心的。

“敖”战锯齿山

◇敖勇政

2017年9月，秋高气爽，枫红似火，脱贫攻坚战战鼓雷鸣，全县50个深度贫困村下派科级支部书记动员会后，我告别父母，叮嘱妻儿，怀着初心，背上行囊，奔赴战场。

到村时，村里办公阵地狭小，第一次会议是在村干部家召开的。干部群众随意讲话，随手抽烟，可谓是“东倒西歪话不听，拿出烟斗抽草烟”。

遍访时，发现村里房屋较为破旧，环境卫生极差，家禽粪便一地，柴草杂物乱堆，组不通路，产业单一，群众依旧过着日出而作、日落而息的生活。

“敖书记，你帮忙把石内坝到槐树坝这条公路修通了，方便两个寨群众生产生活，我们到村里办事，再也不用走山路。”78岁的老人田应奇激动地说。

走访中，了解到村里沙子坡组未通路，我积极协调有关部门，实施建设公路3.2公里，修通了连接石内坝和槐树坝两个自然寨的300多米的公路、槐树坝生产路、四十八堡产业路。

在完善基础设施后，我根据气候和地理情况，谋划定位“一园一区”产业。

依托“白叶一号”感恩茶效应、沿河白山羊地理标志名片，按照镇党委政府万亩茶乡和畜牧业发展规划，把村党支部与产业发展结合起来，把海拔相对较低的梨树湾规划为生态养殖区，建成年出栏200只白山羊和年出栏1300头生猪项目；在四十八堡规划实施了529亩“林中有茶，茶中有林”的生态茶园，昔日杂草丛生的荒山变成了绿油油的茶山。

“敖书记，感谢你。你把我们村里路修通了，路灯也亮了，把这荒坡坡用来栽茶，万万没想到这荒坡坡‘管’钱了，我们几十岁了，在家还能务工挣钱。” 80 多岁的村民何天香，身体硬朗，在茶山栽茶时遇到我，激动地说。

“感恩共产党。”这是苟仁安要求在自己危房改造的新房上写的。他58岁，是个单身汉，以前长期酗酒，经常喝得烂醉如泥。我驻村后，经常去看他，陪他说说话，宣传党的政策，要他注意身体，通过对他不断进行思想引导、行动感化，他彻底把酒戒了，身体也逐渐好起来了。

我每一次去看他，他都要拿东西给我吃。记得有一次只有一个苹果，他非要切了一人一半。他含着眼泪说：“敖书记，你辛苦了，把我们村的工作做得这么好，头发都白了……哪天调走了，我舍不得你……”

转眼间，我驻村鏖战脱贫攻坚已 3 年之久。“一达标两不愁三保障”问题得到全面解决，誓言承诺一一兑现，村容村貌一天天变美，生活条件一年年变好，群众满意度整体大幅提升，村头走到村尾，干净整洁，邻里和谐，民风淳朴，一片生机勃勃、欣欣向荣的景象。

真帮实扶在点滴

◇张仕兵

我是铜仁市公安局派驻松桃苗族自治县牛郎镇黄腊溪村的驻村干部张仕兵。

按照铜仁市委组织部《关于选派干部到“1 + 2”定点包干联系村开展驻村帮扶的通知》要求，2019 年 8 月 8 日，我被市委组织部和市公安局选派到松桃县牛郎镇黄腊溪村驻村帮扶，开展脱贫攻坚工作。

牛郎镇地处偏远，交通闭塞，至今还没有一条过境的二级公路。驻村之初，群众对驻村工作不是很理解，难免会出现一些不配合难题，群众认为我是“市里”来的，扶贫不过是做做样子而已，于是我在心里默默告诫自己，一定要踏踏实实为老百姓办实事。

驻村一年多，我吃住在村，和群众话家长里短，钻进菜园、琢磨菜篮、下地施肥、上山锄草、跑市场找销路……300 多个日夜里，我用一言一行拉近了和群众之间的距离，用一镰一锄把撂荒多年的荒草坡变成肥沃的菜园和花生地，用热情团结起班子和群众，坚定不移地走以原生态为特色的乡村振兴发展之路。

“灯光”——驱散群众心里的阴暗

我刚到村时正逢汛期，首先映入眼帘的是古朴的木质老屋上清晰繁复的雕花纹路、背光处的台阶上显现的浅绿的青苔。大山深处的黄腊溪村褪去鲜艳，显得古色古香。

“村里900多人，常住的只有105人，贫困发生率为23.59%。”从黄腊溪村脱贫攻坚指挥部村级指挥长、驻村第一书记吴长辉给出的这个数据来看，这个深度贫困村的窘迫清晰可见。

夜幕降临，整个村庄漆黑一片。驻村队员给我介绍说：“每天下午五六点钟人们下地干活回来，趁着天色未暗把饭吃了，天黑后拿着手电筒聚到村委会旁边的橙子树下唠嗑，一坐就是一两个小时。偶尔看到手电筒的亮光、听到说笑声，但看不到身影，整个寨子望去，只有几点零星的灯光。”我的心里很不是滋味。

事实上，比我更早到黄腊溪村驻村的吴长辉更早关注到了这个问题，他说：“我们这个村一盏路灯都没有，一般村民晚上集中，到哪个地方都是摸黑的，路灯的问题一直是我们村最急需解决的一个问题。”

为了这个事，吴长辉和当地驻村干部没少想办法，写报告、跑项目、拉赞助……好几年了，镇里面也有安排计划，就是资金问题一直无法解决。

我注意到这个问题的同时，自然也了解到了吴长辉所说的情况，于是夜色中我和攻坚队员挨家挨户了解民情民意。“实在不忍心大家希望又落空，但一时半会儿确实没办法解决项目资金的问题，近期务必做点力所能及的事，在急需照明的几个路口先自费装上几盏太阳能路灯再说。”在回指挥部的路上我心里这样想着。

有了初步的想法后，我开始到网上浏览比对各种型号的太阳能路灯，几经筛选，自费3余万元，定了22盏路灯。22盏太阳能路灯运到了黄腊溪村时正逢秋收，也正是急需路灯点亮的季节，于是我组织驻村干部和群众亲自动手安装，将路灯安装在黄腊溪村主干道和村民必经之路上。

每当夜幕降临时，路灯一盏接一盏地亮了起来，乡亲们早就等候在路灯下面，灯一亮，欢呼声一声高过一声，我心里划过的是一丝丝暖意。

困扰村民多年的路灯问题解决了，乡亲们打开了心扉，争相称赞我是人民群众的好警官。有的群众送蔬菜，有的送大米，村里还有几户张姓人家和我认了本家，按照辈分叫我张叔，把我当成了自家人。其实我只是拿着国家发给我的工资做一些我力所能及的事情，为脱贫攻坚尽一点绵薄之力而已。

主干道的路灯问题解决了，铜仁市公安局领导到村调研时了解到我和驻村干部带着群众不等不靠，解决了主干道路灯问题，但仍有相当一部分亟待解决，随即协调引进了一家企业，出资购买了 300 多盏路灯。现在的黄腊溪可以说是灯火通明了，是全镇 2 个率先实现路灯全覆盖的村，彻底解决了村民夜间出行的问题。

“代销”——拉近干群之间的距离

2019 年 9 月份到 10 月份，我和驻村帮扶干部走村串户，看见村民们菜园子里的蔬菜基本都已成熟，但有部分蔬菜烂在土里面，都没有进行销售。我问村民，村民说这些菜在牛郎卖不出去，要想卖只能到松桃和碧江去，但是把菜运到松桃和碧江区之后，卖菜的钱还不够往返车费，这样的话，他们宁愿让菜烂在土里面。

了解这一情况后，我积极与菜商、超市和单位食堂对接，为村民的农产品寻找销路。

龙爱仙老人是村里最早一批找我帮助卖蔬菜的人之一。我到她家里了解情况的时候对她说，吃不完的蔬菜可以找我卖，你只要把菜收回来背到村委会就行，我自己开车拉出去卖，卖得的钱我一回来就交到你手上，一分油钱都不要你付。2019 年，她家靠卖豇豆、茄子、辣椒至少也有 300 多元的收入，买油盐的钱就不用愁了。

2020 年，龙爱仙老人家的菜园子里的蔬菜品种更丰富了，丝瓜藤蔓已经长到了地上，老人的腿脚 2 个多月前不慎摔伤了，仍在康复阶段，眼看雨水较多，老人早就想到菜地里去收拾一番，被我劝住了。我说：“你的园子暂时由我们去给你打理，你先把腿伤养好再说。”龙爱仙老人心里自是由衷地感激。

在外打工 10 多年的殷桥树去年回到了老家，与妻子在家里带孙女，闲暇之余，殷桥树翻田犁地种水稻，获得了丰收，但一家人却高兴不起来。“大米最高价的时候是新米刚刚收割的时候，一家人吃不完，但拖出去卖，找车钱、油钱就是一大笔支出，卖的钱再除掉人工、肥料这些就没剩多少了。”殷桥树这样对我说。

正当一家人一筹莫展之际，我给他带去了好消息。我说：“我和铜仁一家超市谈好了价格，他们直接派车到村里来拉，2 块 6 一斤。”当地平时最高也就是 2 块 4 一斤，当时他家一口气卖了 1000 多斤，收入了 2600 多块钱。

除了龙爱仙、殷桥树，村里不少人家都请我代为销售农特产品：鸡鸭、蔬菜、大米……应有尽有，于是我争取到了“娘家”——铜仁市公安局的支持，与公安局食堂签订了购销协议。与此同时，我积极对接各大超市、市场等，真正将藏在深山的农家特产送到了城市的餐桌上。

2020 年，我用自己的私车帮助村民运送大米、蔬菜等农产品及养殖的鸡鸭到松桃县城和碧江区进行销售，销售金额达 8 万多元，村民收入明显增加。不过，要想脱贫致富，光靠一点农产品是远远不够的。在实地走访中，我发现村里 70% 的田土都没人种植，荒废多年，长满了野草。我决定改变村民思想上“等靠要”，行动上“懒散慢”的沉疴痼疾，带领村民走产业振兴之路。

销售渠道解决了，群众发展田园经济的信心更足了，有的村民一下子养殖了上百只土鸡土鸭，如今走进黄腊溪村，你会听到雄鸡鸣唱，闻到瓜果飘香，看到青菜满园。

“产业”——带领群众走致富之路

入驻黄腊溪村后我得知，牛郎镇是我们铜仁珍珠花生的原产地，如今黄腊溪村青壮年大多外出务工，田土有百分之七十已经撂荒，为了重新利用好这些土地，我想带领群众种植花生，把这个品牌重拾起来。有了发展思路后，我首先积极和贵阳的一家企业签订了协议，等花生成熟后，将会以每斤 8 块的价格出售。为取得村民的支持，我深入村民家中，对他们进行思想动员，我愿意带领他们将荒废多年的田土开垦出来。在取得村民的支持后我自费购买了割草机、锄头、镰刀等工具用于开垦荒地，以村合作社运作的方式，再度开荒种植 200 多亩花生。

“这些地是你带着我们在火辣辣的太阳下一点点垦荒出来的，我们手上的皮都不知道脱了几层，但是我们心里踏实。你是真心实意想带大家致富，我们肯定是义无反顾地支持嘛。”村支书看着绿油油的 200 多亩花生地大感不易地对我说。

在我的带头下，除了合作社种植的 200 多亩花生地外，群众还以户为单位，种植了 170 余亩花生，全村花生产业面积达到了 370 余亩。

“带领群众以户为单位种植花生，一方面是想要发展产业带动村民增收，另一方面也是希望能够发展产业就近解决村民的务工问题，实现家门口就业。”种植花生之初我就是这么想的。

刘花仙和丈夫殷桥树今年在花生基地帮忙做了十来天的工，一天的工钱就有 100 元，全家额外增收了 2000 多元。2020 年，全村光在花生种植上务工收入就达一万多元。如今的松桃黄腊溪村，花生产业日渐壮大、菜园经济发展良好，走田园经济的乡村振兴之路的设想正一步步成为现实。

这就是我的扶贫故事，虽只是万千脱贫攻坚战线之一瞥，但却是我一生中最浓墨重彩之一笔。

百姓们都叫我“泥鳅教授”

◇梁正其

我叫梁正其，今年35岁，是铜仁学院农林工程学院水产专业的一名教师，2015年开始了我的脱贫攻坚产业帮扶工作。

2015年，我服从组织安排，到石阡县青阳乡龙金村任驻村第一书记。刚到龙金村时，虽然自己来自农村，但刚参加工作的我并没有开展农村工作的经验。如何才能做好驻村工作？如何才能帮助百姓？什么产业适合该村百姓发展？那时的我不知所措。

为了做好驻村工作，我用一个月的时间，遍访了全村9个村民组200多户900余名百姓，绘制了民情地图，真正了解了全村基本情况，为后期开展工作奠定了基础。

驻村期间，我常与村中留守老人谈心，抽出很多时间去关心和陪伴他们。对那些未列入帮扶名单但家庭确实困难的，我积极帮助他们渡过难关，主动要求“结亲”帮扶，为贫困百姓送去温暖和帮助。

我利用所学专业知识，努力为当地百姓出谋划策，为脱贫致富寻找良方。经过一年的驻村工作，我为龙金村百姓建设了一个健身场所，为村里主干道安装了路灯，方便了百姓夜间出行等。因驻村期间表现突出，2015年我获得铜仁市“百佳驻村干部”荣誉称号。这是一份荣誉，更是一份责任。

一年的驻村工作很快就结束了，我回到了铜仁学院，但我认为我的扶贫路才刚刚开始，服务地方、产业帮扶是不能停的。“哪里需要我，我就到哪里去”，这是我对自己的要求。因此，五年来，我充分利用自己周末、暑期的休息时间，利用自己所学专业，到沿河、石阡、德江、万山、松桃、印江、思南等县开展稻田养鳅、稻田养鱼、稻田养虾、稻田养鳖等稻渔综合种养技术培训、实地指导，为百姓发展稻鱼、稻虾等送去技术，让百姓脱贫找到实际门道。很多时候，我的一次培训并不会得到百姓的认可，他们觉得我讲的行不通，常常给我吃闭门羹，但我始终没有放弃。我入户发放技术手册，多次登门细心讲解，提供实际案例给他们参考，分析其中道理。对那些稻田开挖不规范、不会遮阳棚搭建、防逃设施不会安装等的老百姓，我直接到田里进行安装示范，经过自己的努力，百姓们最后都主动与我对接实施稻渔综合种养。

5 年来，我共开展大小培训 50 多场，培训达 3000 多人次，推广稻渔综合种养技术 2000 余亩。每一次培训，为了让老百姓真正弄懂弄通，田块选择、田间工程建设、鱼苗下田、养殖过程疾病防控等，我都会进行现场指导和示范。

通过我几年穿梭于田间地头，与百姓近距离的沟通交流，大部分百姓的种养取得了较好的效果。其中，南坪村的村民俞海琴说：“自从梁教授给我带来稻田养鱼以后，我就没再出去打工了，不仅在家门口就可以挣钱，还可以照顾老小，现在的田里，不仅有鱼吃，还有鱼卖，田里不用再用化肥，水稻也不用再打农药，种出来的水稻不仅好吃，还健康，租了点地，一年还可以挣几万块。”

大多数百姓的亩产值都从原来的 2000 元左右，平均提升到了 3500 元左右，高的超过 6000 元，达到了用产业带动脱贫的目标，也得到了百姓的认可，百姓称我为“泥鳅教授”“鱼教授”“ 虾教授”。除了推广稻渔综合种养，对百姓在池塘养殖中遇到的问题，我都是随叫随到。我认为，百姓叫你解决问题，是信任你，我们就应该义不容辞地去提供帮助。

有付出就有收获，2018 年我被评为铜仁市“优秀教师”，2020 年被评为铜仁“脱贫攻坚优秀共产党员”。我知道，这是荣誉更是责任，以后还得继续努力。

脱贫攻坚，永远在路上，产业帮扶责任重大。作为一名地方高校的水产教师，必须深入基层，主动担起地方产业发展帮扶责任，真正把论文写在大地上，科研成果出于田间地头，一心为地方经济发展服务。

扶贫的战旗渲染夕阳红

◇谭 卫

我叫谭卫，是印江土家族苗族自治县投资促进局改任非领导职务 6 年的正科级干部，今年 57 岁了。2018 年 6 月，我被下派到缠溪镇楠木坪村驻村，任攻坚队队长，从此，与另外两名驻村干部和三名村干部，一同踏上了这条漫长的脱贫攻坚之路。

“为中国人民谋幸福，为中华民族谋复兴”的历史使命，始终驱动我 2 年多来一直坚守我的扶贫村——楠木坪。虽然年龄有点大了，但我感觉是：扶贫的战旗渲染了我的夕阳红。

回眸 850 多个日日夜夜，这段难忘的岁月让人思绪万千。

我的帮扶对象有 7 户，其中 2 户特困供养有 2 人重病、2 人为聋哑人，3 户曾遭受地质灾害、2 人因病死亡，1 户今年遭受火灾，1 户易地搬迁。我深知肩上的扶贫责任重大，始终坚持每周 1 次走访，始终用“一二三”标准去落实帮扶政策，不折不扣地将党的惠民政策落实到户。

2019 年 8 月，我本来可以不再驻村，由于本单位工作需要，我得继续坚持驻村，一句话：好嘛！从此又继续留下来驻村，继续担任队长。

年龄越大，身体就越来越不好，经常犯胃病，加之通往村里的道路一直在改造，本人没有交通工具，虽是农村出生，但以我的身体状况要适应这样的驻村条件，仍然困难重重。当全县脱贫攻坚战号角吹响，36 年党龄的我没有理由含糊，义无反顾留守脱贫攻坚主战场。

身为攻坚队长，队员中唯一的科级干部，我处处以身作则，走访群众，不断地解决存在的问题，有条不紊地落实各项工作任务，千方百计提升群众满意度。与此同时，还注重攻坚队团结，讲求协同作战，增强村支监“三委”团结。我从不干涉村一级的自治权，并努力去争取一些帮扶资金和社会捐赠物资，除落实帮扶单位中医院帮扶经费，还在本单位争取了共 1 万元的工作经费和部分办公设备，在其他有关部门争取了 6000 元工作经费。在非贫困村没有产业项目扶贫资金安排的情况下，想方设法向县水务局申请解决了 10 余万元的输水管，建起了 3 亩鱼塘，向镇争取稻田鱼养殖项目资金 40 万元，完善了村集体经济养鱼产业。

驻村期间，本人流下了许多汗水和泪水。记得 2018 年 10 月 15 日，正值脱贫攻坚“整县摘帽”关键时期，我与同志们进村入户时，看见危房改造户严易华用三轮车运输材料爬坡爬不动快要后退时，赶忙上前推一把，结果车上去了，我趴下了，小腿肌肉拉伤了，休整片刻又继续，当晚小腿剧烈疼痛，早上起床一看腿肿了，同志们都劝我休息，此时的我何尝不想，但工作还没有搞完，没办法，绝不躺下，就这样一忙再忙，一次又一次，复发了四五次，持续了两个多月才慢慢消肿。又一次在去陆塘组处理公路纠纷时，脚底被模板铁钉扎进去一厘米，疼痛难忍，只好晚上去镇医院打上一支破伤风，又回村继续工作。

脱贫攻坚输不起、等不起。

通过努力，在脱贫攻坚中，全村实施“四改一化一维”158 户；建设安全饮水点 15 个；“组组通”公路水泥硬化 6.7 公里；完成全村农电网改造；联户路硬化 5493 米；农村危房改造 19 户，易地搬迁 10 户，村民 100% 住上安全住房；实现全村 4G 网络全覆盖；安装太阳能路灯 208 盏，2018 年农民人均可支配收入达到 8899 元。通过努力，全村建档立卡贫困人口 73 户 313 人，已全部稳定脱贫，贫困发生率从 2014 年的 34.38% 下降到现在的 0%，于 2019 年底全部脱贫，实现了贫困人口清零。

辛勤的劳动终于结出硕果，2019 年 10 月，在全县脱贫攻坚表彰大会上，楠木村党支部获“全县脱贫攻坚先进集体”称号；2019 年 12 月，在镇脱贫攻坚年度工作总结会上，楠木村党支部获“优秀村党支部”称号；2020 年 6 月，在全县脱贫攻坚表彰大会上，楠木村党支部获“全县脱贫攻坚先进党组织”称号；同时，在镇脱贫攻坚年度工作总结会上，本人获“优秀脱贫攻坚队长”，在 2018 年和 2019 年个人年度考核中被评定为“优秀”等次。

这边风景独好

◇龙树刚

我叫龙树刚，今年 34 岁，铜仁市人社局派驻沿河土家族自治县客田镇客田社区驻村干部，是脱贫攻坚一线战场上的一名战士。

沿河，顾名思义沿着河的两边生产生活，地广人稀、山高坡陡、环境恶劣，这是驻村前沿河给我的第一感想。当妻子知道我要去沿河驻村时，她很不乐意，总叫我能不能看在孩子才 2 岁的份上找领导谈谈。尽管妻子再三劝说，但对于组织的安排，我坚决无条件服从和执行。

记得报到那天是 2020 年 2 月 9 日，这一天正值春节疫情防控期间，一路设卡、测温、扫码，从铜仁到客田社区的路途整整走了 8 小时。全程是弯弯曲曲、沟沟坎坎的山区景象，这是我 30 多年来第一次到这么偏远落后的地方。

客田社区为集镇所在地，属于非贫困村，距离沿河县城 116 公里，辖 24 个村民组 1133 户 5242 人，贫困人口 176 户 745 人。镇卫生院、中学、中心完小等均位于辖区内，是周边出了名的点多面广、村情复杂大村庄。

刚到社区，我的任务是包保场上、瓦厂坝 2 个村民组和结对帮扶 9 户贫困户。因为底数不清、情况不明、语言差异，加上没有扶贫经历，我深感脱贫攻坚任务艰巨，压力巨大。但开弓没有回头箭，政治任务决不允许打退堂鼓，唯有咬紧牙关挺过去。

这边的方言比较丰富，印象最深的是“甲”“一合”等贯穿于老百姓的日常生活。才开始那段时间，感觉很不习惯，因为听不懂方言我吃了许多闭门羹。后来向指挥长请教后才明白村民们说的是“厉害”“麻烦”“不好做”“难得很”的意思，才渐渐融入了老百姓中。

俗话说，好记性不如烂笔头。为记住农户家庭情况，与群众打成一片，我每天坚持深入包保组和贫困户家中摸底，零距离拉家常、访民情，了解困扰群众最迫切的民生难题，详细记录了农户家庭成员名字、家庭人数、就业就学就医等情况，大到产业发展规划，小到柴米油盐酱醋茶。

白天摸底，晚上梳理。仅仅23天，我走遍了场上、瓦厂坝组155户692人和位于其他村民组的9户贫困户41人，用完了镇级分发的2个记录本，脱口能叫出70余人名字，尤其是将5类重点人群家庭情况深深烙在了大脑中。

贫困户杨通权76岁，配偶黎秀香75岁，家庭5口人，致贫原因因学，脱贫年度2020年，2个孙子在读高中二年级，1个孙子在省外务工，需要帮助解决卫生厕所的修建。杨国英户需帮助解决就业、陈兴国户少衣柜……只要是包保的农户家庭基本信息和期盼诉求，我总能在记录本里找到，为快速有效推进工作奠定了坚实基础。

其他攻坚队员问我，怎么能短时间熟悉村情，记住这么多人的名字，是不是有简便方法呢？其实，哪有捷径，不过是在空闲时反复翻阅和强化记忆走访的记录而已，时间久自然就记住了！

7月的一天夜晚，外面狂风暴雨、雷鸣闪电，我随意翻阅记录本：贫困户廖富强户住房砖木结构、胶瓦易落，之子廖宣华在浙江务工，只有两个老人在家。那一刻，我再也睡不着，大脑中想的都是廖富强。

凌晨3点，我索性起了床，冒雨赶到了廖富强家，果然他家房顶的胶瓦被风吹落了七八片，家里到处漏雨……那一晚，我忙了一夜，第二天立即联系施工方到场完成了整治。

村民陈文义，左脚小腿患有风湿性关节炎21年，局部性肌肉腐烂，常年红肿、灼热、剧痛。在结对帮扶后，我深入了解情况，多次对接镇民政、镇合医、县残联等部门，于7月9日帮助陈文义完成了截肢手术，解决了他多年来饱受的病痛折磨。

如何帮？帮什么？我们只有真正了解群众的内心诉求，才能做到帮扶精准滴灌，这是拉近干群关系的有效方式。2020 年，我们攻坚队员不仅落细落实了党的各项惠民政策，还积极筹集资金保障了弱势群体的衣食住行，真情实意践行为民情怀，解决了一批困扰群众的实际性问题。

“赠送贫困户陈文国床 1 张、衣柜 1 个、胶板凳 4 张、床单 1 张、枕头 1 个、洗脸架 1 个；赠送贫困户陈兴国床 2 张、衣柜 1 个……”2020 年 3 月份摸底后，我叫妻子帮忙从网上购买了一批居家生活用品赠送贫困户。

离家的人没有不思念家的心，但紧张有序的工作，不曾让我有多余的想法。每次和妻子分享驻村故事，她都面带笑容说现在的我眼里只有贫困户！

一件件实事的办成，让群众把我当成了自家人，我也走进了群众心里。

在帮助群众解决民生实事的同时，我还把“一达标两不愁三保障”作为工作重点，结合摸底情况，针对性制定帮扶措施，积极向村级指挥部汇报和纳入研判，协调施工方为陈兴国户实施了住房补短板、黎秀香和陈明香户实施了透风漏雨整治、杨通权户修建了卫生厕所，为杨国英、徐永娣等 6 户贫困户申请获得了公益性岗位，落实了教育资助、合医救助等政策，先后引导和推荐 40 余人就业，确保了核心问题全面清零。

一转眼，走过殷红窦绿，战贫硝烟滚滚，减贫东风劲吹，富美亮丽的小康景象正在大山深处徐徐展开，脱贫丰收风景这边独好！

确保小康路上永不“断电”

◇陈启权

我叫陈启权，是德江供电局复兴供电所营业一班班长。2017 年 12 月至 2020 年任铜仁市德江县复兴镇中山村第一书记、脱贫攻坚队长。

中山村山高坡陡，最大的瓶颈就是村组道路。为打破交通瓶颈，2016 年，我和局驻村帮扶干部多次与县扶贫办、县交通部门对接，争取到 130 万元修通并硬化连户路 2.596 公里、产业路 5.2 公里；争取到 50 万元安装 120 盏路灯。

担任第一书记后，我遍访农家，帮助贫困户解除眼前困难。村民谭正患严重支气管炎，还要照顾孙子孙女读书、生活，家庭拮据。为了帮谭家走出困境，我多次私人接济他们，并寻医问药帮他医治，他的病情已极大好转。

贫困户王敏家居住在危房里，又不愿搬出大山。我多次与他交心、帮他算账，他们一家终于同意享受易地扶贫搬迁政策，搬出大山住进新居。

乡亲最盼望改善基础设施。驻村这几年，工作队为中山村争取到近 600 余万元帮扶资金，完善了水电路讯等基础设施，铺平小康大道。

群众要致富，发展产业增收是关键。前些年，村里实施退耕还林工程，农家多栽种板栗等经果林，但缺少经管，既不施肥，也不疏果。村民谭嗣齐说：“只见树长不见果实，辛苦一年不够本钱……有的直接砍掉果树当烧火柴。”

我请来县里的果蔬专家，分期分批进村培训村民，让村民和专家交朋友，随时咨询经果林管理技术。如今，村民基本掌握果园管理技巧，板栗树已全部挂果，成了农家增收致富的摇钱树。10 月 13 日，谭嗣齐特意与我分享今年丰收的喜悦：“今年我家板栗卖了两万块钱嘞！”

接下来，我将继续发挥行业优势，确保中山村小康路上不“断电”。

还回德江山里做牛郎

◇苏 涛

"大家选我当村支部书记后，我就觉得养牛不是我个人的事，我要把大家都带动起来，都来养牛，把肉牛养殖做成全村人巩固脱贫奔小康的产业。"

我叫苏涛，今年 47 岁，是德江县煎茶镇小溪村支部书记兼主任，正带着大伙利用山沟里的水草资源发展肉牛产业。

17 岁我就离开小溪村到广西当兵，退伍后在深圳、贵阳等地发展过，当过工程项目部经理，也在小区做过管委会主任，最后在贵阳买了房、安了家，家属在广州还有个美容院。父母已经 70 多岁了，孩子在读大学。去年 10 月份，我回到这山沟里，尽孝父母，再发展山羊养殖。

经咨询了解，才知道我们县大力扶持发展的是肉牛产业，据村驻攻坚队的干部们介绍，肉牛行情更为稳定，养殖过程中病症更少一些。

通过向周边乡镇的肉牛大户实地考察学习后，我最终决定发展肉牛产业。现在已投 40 多万元建起了占地 3000 平方米的养殖场，还投入近 30 万元买了 23 头牛，成为全村最大的肉牛养殖户。

2020 年 4 月份，肉牛刚开始入栏时，驻村的攻坚队长多次找我谈话，希望我能来担任村支部书记和主任，我当时很犹豫，家属也不支持，觉得拿钱不多管事不少。

后来，镇党委书记也到家给我做思想工作，跟我说："是党员就不能只想到自己一个人、一家人。"

小溪村虽然从贫困村出列了，靠的是国家政策和基础设施的建设投入，要想长期稳定增收还必须靠产业，产业发展必须得有个带头人。

我当选村支书后，一如既往地把发展肉牛养殖当作重点，村里的事务更多由驻村的干部们担着。通过我的示范带动，2020 年全村有 26 户加入到肉牛养殖行业中来，增加存栏 110 多头，村委会副主任和好几户年前脱贫的建档立卡户也加入了进来，这是我最高兴的事。

现在，7 个村民组 1100 多人的小溪村，水电路基础设施完善了，生态植被更加完好，种草养牛是最为适合的绿色路径。

党的十九届五中全会明确提出，优先发展农业农村。肉牛作为德江的“一县一业”主导产业，肯定会有更多优惠扶持政策。小溪会立足丰富的水草资源实际，坚持做好溪边的稻花鱼，坚持生态绿色标准，加大肉牛产业发展力度，通过肉牛养殖走出一条切合村情的发展新路。

“牛棚传经”杨专家

◇讲述：杨正文　整理：曾 辉　李旺兴

杨正文，现年 62 岁，中共党员，系贵州省松桃苗族自治县山地生态畜牧业发展中心高级兽医师。早在 2018 年 4 月 6 日，他就已满国家法定退休年龄，但为了该县的脱贫攻坚工作，为了帮助想通过发展畜牧产业增收致富、改变命运的贫困群众，他毅然决然地主动申请延迟退休 3 年，继续战斗在该县脱贫攻坚兽医技术服务岗位上，树起了农业专家扶贫的典范。

主动请缨 奔赴一线

“小曾同志，哪里有需要，就把我派去那里，我坚决服从组织安排。”电话那头杨正文斩钉截铁地对该县联络协调办工作人员曾辉说道。

2018 年，贵州省委组织部号召全省农业专家精准服务脱贫攻坚，制定印发了《关于建立农业专家精准服务脱贫攻坚工作机制的实施方案》，围绕蔬菜、茶叶、食用菌、中药材、精品水果、生态养殖六大主导产业类别建库建组，将专家精准匹配到贫困村（深度贫困村）产业链上，确保哪里有需要，农业专家能够随时找得到，及时派得出。已到退休之年的杨正文看到文件通知后，积极响应号召，主动报名参加，通过初选、复选，成为县级产业扶贫专家库中的一员。通过该县统筹部署，选派杨正文负责联系该县盘石镇，而盘石镇地势陡峭，坝区零落，面积小、产值少，一直属于全省 100 个极贫乡镇之一。近年来，盘石镇通过优化产业布局，因地制宜发展起畜牧养殖产业。专业对口，任务巨大，为了想通过自己的努力改变村民们千百年来落后贫瘠原貌，杨正文经常顶风冒雨走进村民家中，蹲在牛棚马圈做调查研究。“盘石镇适宜养殖什么，养殖什么最能给村民们带来丰厚利润，风险还要小”成了他整天思考的问题。最终在杨正文和同事们的共同努力下，该县盘石镇养殖产业园区步入稳定发展，农民畜牧收入大幅提升。

苗乡传技 深受好评

“耕牛急性瘤胃臌气病怎样急救？防治耕牛疾病怎样打针？防治耕牛疾病怎样灌服中草药？”杨正文从熟识的养殖户家中牵过来两头水牛进行实操教学。这些看似常见的问题，却是养殖户们最关注最迫切最想要解决的问题，学员们个个看得目不转睛，听得津津有味。

让苗乡农村贫困群众搭上技能脱贫的快车，才能更加稳定脱贫致富。杨正文主动与该县县委党校和该县农广校等培训机构联系，深入该县 42 个深度贫困村开办起农村贫困劳动力技能培训班。为了让学员听得懂，学得会，用得上，他一边在课堂里讲理论知识，一边带领学员们来到养殖场地手把手地实践教学，这种理论教学与实践操作相结合的方式，深入浅出、注重实效，使学员们快速地掌握了基本养殖技能，为增智增收搭起了成功的桥梁。

“我养了 2000 多只绿壳蛋土鸡，早想学点科学养殖技术，没想到，真的如愿以偿了，最重要的是还在家门口学，一分钱也没花，通过杨老师的教学，掌握了一些科学养殖技术，以后养殖脱贫增收有信心了。”只有小学文化程度的学员龙永丽，在上理论课时，一直坐在第一排，把每项养殖技术都一字不漏地记录在本子上，对于她来说，杨老师就是自己的恩人，经过杨老师的帮助她的养鸡场存活率、产蛋率大增，一举补上了前几年来的亏空。

帮扶期间，杨正文参加农村贫困劳动力全员培训授课 25 期，培训建档立卡贫困学员 1500 余人，通过手把手理论与实操相结合的技能培训，使每位学员初步掌握了 2 至 3 门养殖技能和动物常见疾病防治技术，增强了学员们的自身造血功能，让贫困户搭上了“脱贫快车”。

出诊服务 为民解忧

“他这个专家看起来像个农民，一年四季服务养殖户，拱猪圈进牛栏，整天糊得像个泥水匠，不过这个专家真靠谱，讲的哪个都听得懂而且确实效果好。”这是熟悉杨正文的农民朋友对他最朴实的评价。

有一天深夜，人们睡得正香，杨正文突然听见有人呼叫：“杨兽医，我家一头大耕牛突然发病了……”想到耕牛就是村民们最宝贵的财产，失去了耕牛地就没法翻种，杨正文顾不上现在是深夜几时，迅速起床，背着药箱，打着手电筒，火速赶往求诊村民彭世绿家，经询问畜主喂料情况和临床诊断，杨正文判断牛是误食烂红苕中毒，但此病在兽医界，诊断容易治疗难，光靠西医治好的可能性极小，为挽救这头大耕牛，他先是用西医药物急救，后又马上拿着手电筒和锄头，与畜主彭世绿一同上山挖草药，煎药，采取中西结合法施救，经一系列综合救治，病牛终于第二天凌晨 6 点恢复活力，几天后病牛完全康复了。

在治疗过程中，杨正文得知彭世绿的老婆多病，他家是当地有名特困户，还特地送来许多生活物资和治疗常见牛病的药物，当时，彭世绿全家人感动得热泪盈眶。

苦钻科技 服务“三农”

37 载风雨历程，见证着苗乡巨变，杨正文为该县畜牧业发展付出了常人难以想象的辛勤和汗水，37 年来，他累计培训科技人员及新型农民 2.5 余万人次，为群众解答技术疑难 1.3 余万人次，累计为百姓诊治耕牛、牛猪、山羊等动物疑难病症和常见病例 5400 余例，为养殖户挽回经济损失 850 余万元。一分耕耘，一分收获。2015 年 10 月杨正文被贵州省人民政府聘请为“贵州省评标专家”。他撰写的《贵州松桃县：畜牧渔业呈现十大突出亮点》《贵州松桃县：退牧还草改革试点示范取得显著成效》等，被农业农村部作为经验交流推荐给全国学习借鉴，对推动贵州现代畜牧业的发展和决战脱贫攻坚具有积极作用；2016 年 1 月杨正文被中央宣传部、中央文明办评为全国敬业奉献类“中国好人榜”候选人；2017 年 12 月杨正文入选“贵州省脱贫攻坚群英谱”；2018 年 10 月杨正文被中国兽医协会评为“全国兽医扶贫先锋”等。

如今，这位已过花甲之年的兽医专家仍然活跃在产业扶贫的道路上，为该县全面打赢脱贫攻坚，同步全面小康贡献着自己的力量。

牢记使命暖民心

◇讲述：潘 乾　整理：杨正文

“潘哥，不换行不行？”“这蚊帐很旧很脏了，给你换个新的，住起舒服点！”潘乾说。“换就换吧！”话音刚落，龙老成挂了50多年的黑蚊帐第一次被换下了，这是他结婚时留下的所剩不多的纪念品之一。龙老成家是松桃自治县盘石镇桃谷坪村竹子山组最后一户“人畜混居”改造“困难户”。10年前，老伴去世后，年过花甲的龙老成和小儿子守着漏风漏雨的老房子生活。5年前，儿子外出务工，龙老成买了一头黄牛，一个人一头牛，挤在破旧的老房子，同进同出。

松桃自治县畜牧中心“95后”工作人员潘乾是75岁老人龙老成的结对帮扶责任人，为了帮助龙老成改造居住环境，潘乾没少往这个“顽固的小老头”家里跑。2020年3月，潘乾选派到盘石镇桃谷坪村竹子山组，是龙老成的结对帮扶责任人，第一次到龙老成家了解情况时，龙老成“爱答不理”，态度冷漠，一句“我要去放牛”，让潘乾吃了闭门羹。一路上，潘乾20分钟的软磨硬泡，并没有改变龙老成对村干部的“排斥心理”。“我自己住得好好的，不要你们操心。”面对村干的人居环境整改建议，龙老成抛来一句话。连新贴在墙上的“四卡合一”公示牌也被他撕掉了。接下来的2个月，为啃下这块“硬骨头”，潘乾和同事隔三岔五便前来看望刘老成。“屋子那么脏，将来儿子讨媳妇也难。”潘乾说。他一有空就会到刘老成家探望，每周不间断。带上两斤肉、一袋水果，和老人一起吃饭、聊天。一方面动之以情，一方面从他儿子和邻居处打听情况。一回生二回熟，龙老成感受到了村干部的一番诚意，终于答应改造住房环境。

炎炎夏日，蚊虫纷飞。龙老成家堂屋的一头关着牛，另一头住着人。泥水、牛粪，臭气熏天。2020 年 6 月初，潘乾和另外 7 名脱贫攻坚队员加入这场村庄“卫生大作战”。

“花了 2 天半，倒出 13 推车的垃圾。牛粪、柴、废品、土渣、瓶瓶罐罐……木板墙、衣柜，屋子里里外外，全部清洗。还专门找了师傅把屋顶重新修整了一遍，屋里没硬化的地方，全部硬化。‘工程’真的很大！”潘乾感慨道。

看着村干部为了自己尽心尽力清洁环境，龙老成最终受感动，在村口的自家田地里修了一个牛棚，从此结束了“人畜混居”的日子。

屋子干净了，卧室那张床成了改造的“难点”。刘老成一直舍不得换掉结婚起就沿用的老蚊帐，更忌讳“白色蚊帐”。长久以来形成的习性和观念，总是不易改变的。像龙老成家一样挂着黑色蚊帐是这方偏远山区苗族同胞的传统习惯，有些人家蚊帐一挂就是几十年，很少拆下清洗，更没钱更换新的，常是缝缝补补又三年。

龙老成的蚊帐积满落灰，破洞无数，有些局部甚至风化了。为了换下这床旧蚊帐，潘乾自掏腰包买了一床崭新的白色蚊帐。日复一日的相处，老人早把口中的“潘哥”视作亲人。几番劝说之下，答应更换蚊帐。

在潘乾的帮助下，龙老成家换了移动灶台，买了餐桌，配置了冰箱。房子不漏了，窗户安装上了玻璃，连灯泡也换上了瓦数高的。房间宽敞明亮了，日子越过越舒心。2020 年中秋节，在村里的卫生评比活动中，龙老成家获选卫生模范户，村里奖励了他一袋洗衣液和一个垃圾桶。“我几十年没这样修整房子了，如今倒要县畜牧中心驻村干部来帮我打扫卫生。真的太感谢党和国家的政策，感谢潘乾这帮小伙子，他们对我很关心。”龙老成爽朗的话音里满怀深情。

榜样力量

王社英：田间地头的农技专家

◇讲述：王社英　整理：杨钰苇

1991 年，毕业于贵州农学院园艺系果树专业的王社英，被分配到石阡县农业局工作，27 年来，她扎根农村，在该县 19 个乡镇（街道）302 个行政村的田间地头，都留下了调研、培训和推广农技的足迹。

她始终牢记使命，把帮助农民脱贫致富放在心上，积极参与“送科技下乡”和“新型农民科技培训”等活动，先后举办各种培训 400 余期，参与培训农民近万人次，培养科技示范户 280 户、园艺工 360 人。她编写的《沙田柚高产栽培技术》《无公害蔬菜生产技术手册》《无公害桃生产技术》等课件和资料，受到广大农户普遍认可和欢迎。她先后在省级以上刊物发表学术论文 7 篇。

王社英长期深入农业生产第一线，为石阡县东、西两大水果基地建设做出突出贡献。河坝场乡是石阡县最大的沙田柚基地，有沙田柚 4000 余亩，但多年来挂果率低、见效慢。2003 年，王社英深入该乡蹲点调研，查明原因是栽培管理不科学后，在该乡选择了几户从未挂果的沙田柚种植户作示范，制定科学的管理方案。白天，她到田间地头手把手指导农户进行人工授粉、保花保果、整形修剪、科学施肥、病虫害综合防治，夜晚又奔赴村组、农户家中召开“坝坝会”，开展“沙田柚高产栽培管理技术”培训，当年该乡沙田柚挂果率便达 55%、产量达 3000 多吨，至 2008 年挂果率提升至 92%、产量达 6000 余吨，从而使沙田柚成为该乡水果主打产品和该乡农民创收的主要经济来源。

自 2010 年以来，她和同事在五德镇实施“省级精品水果”项目，着力推进精品桃“五化”(规模化、标准化、品牌化、商品化、产业化)建设,推广生态化栽培技术。培育了专业合作社1个,在基地采取“合作社+基地+农户”的经营模式,建立了投入品管理、生产管理、质量管理、检测等制度,帮助专业合作社开展无公害农产品一体化认证,获贵州省农业委员会无公害产地认证面积5000亩,注册了“源优态”商标。

为帮助果农提高桃生产管理水平,她数九寒冬在山上指导农户进行扩穴施肥、大枝修剪、树干涂白;盛夏酷暑在桃园帮助安装太阳能杀虫灯、张挂黄板等绿色防控设施。通过努力,五德镇成功建设了精品桃标准园1200亩,辐射带动1万亩,基地果农实现了平均亩产量1994.05公斤,平均亩产值6380.95元,商品果率达98.2%以上,优质果率85.7%以上,获得了较好的增产增收效果,产品远销湖南、广西等地。

每年,桃园吸引数万游客到此赏桃花、品鲜果,五德镇形成了村村办产业、户户建果园的势头,加快了全县产业结构调整步伐,推进了农业产业化的建设。2016年,贵州省农业委员会在石阡县召开了全省精品水果(核果类)现场培训会。2017年,石阡县被列入国家桃体系贵阳试验站示范县。

巾帼不让须眉。王社英在山区农技服务这个平凡的岗位上,脚踏实地,爱岗敬业,甘于奉献,把科技成果落实在田间地头,把财富装进农民口袋里,用行动诠释着自己的事业和梦想。

张金权：坚守三尺讲台，致力农村教育 20 载

◇讲述：张金权　整理：秦光春

在农村教育战线上，他奋斗了 20 个春秋。20 年来，不管严寒酷暑、刮风下雨，他始终都走在关心学生、关心留守儿童、关心贫困户、关心脱贫攻坚的路上；20 年来，他为农村教育事业和脱贫攻坚工作呕心沥血，多次病倒在工作岗位上，连自己的妻子身患癌症，他也没有能够抽出多余的时间陪护……

不论工作多么繁重，他都没离开过三尺讲台，始终坚持做好教学工作。他就是张金权。张金权，贵州思南县人，中学数学高级教师，省级骨干教师、省级乡村名师、省级乡村教育家培养对象、市级乌江园丁、县级名师、中国“TCL 希望工程烛光奖”获得者，现任思南县泥溪育才学校校长，负责大河坝镇马鞍村大院子等组的脱贫攻坚工作。

身扎基层，精准谋划扶贫路

20 年来，他一直在农村工作，有着长期的农村工作经验，对农村有着深厚的感情，深知农民的疾苦，始终坚持为农村服务。

担任校长以来，他认真贯彻省、市、县关于精准扶贫、脱贫攻坚工作的一系列安排部署，不断强化帮扶意识、健全工作机制、拓宽帮扶思路、落实帮扶项目、解决农村实际困难，坚持以解决贫困户孩子读书难问题为重点，不断争取教育扶贫开发工作力度，积极做好教育扶贫一批工作，为帮扶的村组脱贫攻坚工作做出积极贡献。

在脱贫攻坚工作中，他负责包十三户贫困户，帮扶过程中，他常去贫困户家深入了解家庭情况、了解致贫原因，并逐个记录下来，进行深入分析和研究，因户施策，拟定脱贫致富措施计划，同时积极向当地镇政府等部门争取政策、技术、项目、资金等方面支持。

在他的努力下，他负责的贫困户在产业发展、教育扶贫、危房改造等方面得到了实实在在的帮助和解决。

坚守基层教育，燃烧自己照亮他人

20年前，他踏上了农村中学的三尺讲台，至今已任过四所学校的校长。在校长岗位的他，怀着“让农村孩子享受到优质教育”的强烈责任感，立志要办好一所农村好学校。他找出制约学校发展的瓶颈、制订学校发展规划，同时做好学校的教育教学、校园文化、特色教育、教学质量等工作。

针对学校环境差的现状，他提出了“寄宿制、小班化、精品课堂”的办学模式，引导师生做好“四环一体、全人课堂”的课改模式。同时，将学校标准化建设与闲置的校产有机整合起来，既完善了学校硬件设施，又有利于学生素质教育的开展。

在短短的几年里，生存边缘的农村初级学校重新焕发了生机。

创设机制，争做先进办学理念实践者

在教育教学实践中，张金权同志秉承“尊重人、解放人、发展人”的教育理念，主动思考和推动学校科学发展、率先发展。

在文家店任校长期间，他先后在学校教导处、校本系列教材、课程改革、课题研究、校际交流等方面做了大量工作，使学校校本课程开发与实施走在全县前列。

调任泥溪育才学校校长后，结合泥溪育才学校悠久的办学历史和地域特

点，张金权把开展书画的特色教育、弘扬书画精神作为学校文化建设的主要内容，增设书画七大“文化之源”，培养师生涵养、谦恭礼让、艰苦奋斗、开拓进取、创造辉煌的精神品格，使静态的环境成为“不说话的老师”，充分发挥环境的育人功能，充分体现教育“善己”“善人”的崇高理念。

爱岗乐教，带头做创新课堂教学探索者

虽然已有近十年的校长经历，但张金权常讲：“我首先是一名教师，为学生上好每一堂课是我应尽的责任。”

不论行政管理工作多么繁重，他都不离开三尺讲台，始终一丝不苟地做好分内的教学工作。

他教有所长，充分发挥教育专家的示范作用，以自身“细、实、变、活、精”的教学风格，为中青年教师树立标杆。坚持从学情出发，有机串联“学生的思维⟷教师的思维⟷数学家的思维”，精心备课，创造性地处理教材，设计和组织教学；根据不同课型，创设“阅读导学”“设问教学”“自主—合作—创新”等数学教学模式；既鼓励“冒尖”，又允许“落后”，倡导“高起点、小坡度”；努力掌握、积极整合现代化教育技术，积极尝试“过程教学”“问题解决”“创造学习”“建模教学”等形式，教会学生真正“学会学习”。

多年来，他所任班级数学在各类考试、中考和竞赛等方面的成绩均名列前茅。作为省级名师的他，积极参与省市县培训工作和教数学调研工作，在县数学教学和研究中发挥了带头作用。

勤奋钻研、争做教科研水平的引领者

在积极进行“学习型教师”队伍建设的同时，他始终把成为一个“学者型教师”作为自己的奋斗目标。一方面勤奋学习，努力提高理论水平，跟踪学科最新发展成果和趋势，理解把握中小学课程改革的方向；一方面注重学

科教学、素质教育与课程改革的有机整合。

在近三年的教育教学中，学校中考成绩获得县二等奖；学校在艺术展演中获得县二等奖、三等奖；安全知识网络答题获省厅“先进单位”。并有师生代表县到市、省参赛，获得三等奖、二等奖等奖项，学校组织教师在公开课、优质课、论文参赛和指导学生竞赛等方面也获得了许多的奖项。张金权个人发表的20余篇文章，100余篇论文、课件等分别获奖，被评为省级骨干教师、乌江园丁，获得省级乡村名师、省级乡村教育家培养对象、中国“TCL希望工程烛光奖”等荣誉。

陆晓文的万山“网事”

◇讲述：陆晓文　整理：蒲 智　王安宏

“进入到货状态，正式进入备战阶段。”

“黔货出山，我们是认真的！”

……

点开万山区电子商务园区管委会主任、铜仁市万山区亿创电子商务经营管理有限责任公司董事长陆晓文的微信朋友圈，条条都是关于电商，内容涵盖了电商交易的各个环节。

“马上了解一下产品在苏州的销售价格、包装标准、市场销路，然后与农产品基地对接，尽快发货。”与记者交流时，突然接到园区驻苏州工作人员电话，陆晓文向记者表示歉意后，临时中断采访，迅速将工作安排了下去。两个小时的采访，其间中断数次，因为电商，陆晓文确实忙得团团转。

陆晓文毕业后一直从事电商行业。2015 年，陆晓文正任浙江中凰集团电商生态城 CEO，事业正处巅峰。一个偶然的机会，有人向他推荐铜仁万山招聘电商领域的高端人才信息，对贵州一无所知的他并没兴趣。在介绍人再三的劝说下，2015 年 7 月，陆晓文第一次踏足万山考察，这里的电商产业基础之薄弱令他始料未及，也让他心里一直打鼓。

但一件小事改变了他的看法，到铜仁城区一家餐馆用餐时，陆晓文发现桌子上的蔬菜清甜爽口，怀疑厨师将糖当成了盐，厨师说没有放错，较真的他请求自己下厨试试，新鲜的蔬菜在他的翻炒下，呈现出之前的味道，陆晓文被这原生态的蔬菜打动了。

农产品品质好，就有市场，加上万山还出台了电子商务发展相关扶持政策，发展电商前路可期。陆晓文坐不住了，回到酒店，查阅相关资料，认真地做了一份关于万山电子商务产业发展可行性方案。

志合者，不以山海为远。最终，凭着对电商行业积累的丰富经验，陆晓文对万山电商发展的思考打动了万山，双方从此结下了不解之缘。

2015 年 11 月 1 日，陆晓文到万山上任，并成立铜仁市万山区亿创电子商务经营管理有限责任公司。在他的推动下，确定了围绕打造万山区电商生态城、坚持以生态循环理念引领产业转型发展的思路，为电商底子薄弱的万山找到了发展定位。

“刚来这里时，是一片‘乱石岗’。”到任的陆晓文马不停蹄地忙着组建团队、计划装修设计、招商引资等。2016 年 4 月，万山区电商城开始试运营，以搭建生态城配套服务体系打造电商产业生态链为核心，引进销售型电商企业、影视文化传播、品牌策划等多家服务配套企业。

在发展电商时，陆晓文还不断尝试农业产业与电商发展相融合的途径。2016 年，在尝试电商扶贫项目时，陆晓文发现很多农特产品供应不足。为了保障电商平台有充足的货源，陆晓文积极主动对接相关农民专业合作社，结合市场规律，扩大生产规模，通过电商平台助力“万山货出山”。

翁背村的莲子、龙门坳的竹荪、敖寨乡的黄桃、黄道乡的柚子……这些曾经销路无门的农产品，如今都成了万山的热门电商产品。

目前，万山区电商生态城已整合农特产品 200 余种，截至 2019 年 2 月，农特产品销售额已达 540 余万元，并已在苏州南环桥农副产品批发市场建立“黔货出山”苏州集散点，进一步拓宽苏州及其周边市场的农特产品销售渠道。

精诚所至，金石为开。在陆晓文的坚持和努力下，让万山电商生态城从无到有，快速发展为行业成功的标杆。“2016 年度贵州省电子商务十佳示范基地”“2017 国家级电子商务进农村综合示范县”“省级众创空间”等荣誉称号接踵而至。

在陆晓文心中，万山的电商发展之路绝不止于此，还有很大的空间等着自己去开拓。“未来会更好！”谈及今后发展，他的眼里满是信心。

张贺军：走出温氏“玉屏速度”

◇讲述：张贺军　整理：杨志刚

在玉屏流传着这样一句话：“温氏养猪三百头，娶媳盖房不用愁。”

该县大龙镇祥查村的黄贵勇受到了影响，成为玉屏温氏的一名养猪合作户。两年时间里，他养了四批猪。黄贵勇的生活改变，与玉屏温氏畜牧有限公司经理张贺军有很大关系。

因地制宜，探索造血式扶贫模式

2014年，玉屏县委、县政府与温氏股份签订了规模化养殖生猪的合作协议，正在300公里外的清镇温氏养鸡公司的张贺军受命担任该公司的负责人。规模化养猪，对于张贺军来说是个极大的挑战。

“没有调研就没有发言权，只有掌握第一手材料才能更好地谋发展。”公司建立后，张贺军深入一线，走村串巷，考察市场，他结合企业发展规律，寻找到一条产业扶贫模式，依托温氏股份，把“公司+农户（家庭农场）”模式与玉屏发展实际相结合，探索出养猪产业“温氏+村集体+贫困户劳力分成+贫困户投资分红”等多种造血式扶贫模式，激活贫困户内生动力，培养新型职业化农民，培育新型农业经营主体。

从2015年6月至2019年11月，玉屏温氏已经累计为合作家庭农场增收1.98亿元，其中惠及贫困户利润达3900多万元，每年为集体经济养殖小区增收1600万元以上，带动玉屏及周边4个区县通过合作养猪增收致富。在业内创造了温氏“玉屏速度”！

“我的猪苗、饲料、饲养技术都是温氏提供，这些都不收钱，等猪养大了，温氏统一回收，再扣除各项成本，每头猪能净赚 200 多元。”洪加元是玉屏侗族自治县杨柳村的贫困户，2014 年当地政府把他列入精准扶贫对象，帮助他贷到两年担保贴息贷款并补贴部分现金。他在自家荒坡地上建起了 400 头规模的猪舍和猪粪发酵床，每年收入在 20 万元左右。

“免费为贫困户提供猪苗、饲料、药物、饲养技术，最后统一回收，这一模式吸引了许多在外务工的农民工回乡创业，缓解了当地留守儿童、空巢老人、土地撂荒等问题，也为创业者带来了可观的收益。”张贺军表示，群众对美好生活的向往如此强烈，扶贫一定要扶到点子上，多找路子多跑腿。

千企帮千村，助力村集体经济增收

2016 年，为了响应“千企帮千村”精准扶贫行动，张贺军带领公司与玉屏县朱家场镇桐木寨村结成对口帮扶，公司按照该村养殖小区年上市肉猪数量 6000 头进行补贴，每头猪 15 元标准，三年补贴该村集体 27 万元，种植了 50 亩精品水果产业，集体经济收入用于贫困户分红。同时，为了实现就业一人，脱贫一家，公司还面向精准扶贫户招聘 20 余人，多渠道帮助他们脱贫致富。

近年来，公司先后建立了年产 15 万吨的饲料厂、年上市猪苗 44 万头的种猪场，覆盖了两省三市六县（贵州省铜仁地区玉屏县、万山区；黔东南州镇远县、三穗县、岑巩县；湖南省新晃县），发展合作家庭农场 300 多户，有效带动了当地养殖产业的发展，提高了当地经济收入水平。

“他是一个很有人格魅力的人，积极调动员工积极性，让每一位员工都充分发挥主人翁意识，把工作当成事业做。”该公司党支部书记、办公室主任杨志刚表示，张贺军在工作上很严格，督促员工不断学习，在生活中又扮演了好大哥，把每位员工的困难都当作自己的困难。

玉屏温氏产业扶贫模式取得了良好的经济和社会效益，赢得了广泛的认可和关注。2019 年，张贺军被贵州省总工会评为第六届行业道德标兵，公司先后被授予全国巾帼建功先进集体、贵州省五一劳动奖状、贵州省农业产业化重点龙头企业等荣誉。

刘鸿进：高速公路上的“变脸”队长

◇讲述：刘鸿进　整理：梁瀚泽 文桂芳

“路政工作很平凡，周而复始。”贵州省高速公路管理局铜仁路政执法大队党支部书记、副大队长刘鸿进快人快语。铜仁路政执法大队的管辖范围，有杭瑞高速（G56）大思段和松从高速（S15）铜大段，共计76公里，跨越铜仁市三个区，交通情况较为复杂。

“春运期间他很多次24小时都在现场值守，他这样带头在一线，还有谁不努力去做好保畅工作呢？”副队长冯兴说。

2017年春运期间，猛增的车流量导致辖区高速公路压力倍增，杭瑞高速大兴收费站前车辆缓行路段一度达到14公里。为保障道路安全，原本该轮休的刘鸿进和他的同事们始终坚守在现场，指挥、协调、监督，全队职工团结合作、各守其责，连续在现场工作20余小时。抗凝冻、春运、节假日、汛期和日常巡查……刘鸿进是大哥，是班长，是教练，更是同事眼中的“变脸”队长。

一变医勤人员。在保畅的来回巡查中，刘鸿进发现拥堵的中段有一辆广州籍轿车开着应急灯，车斜着出列。刘鸿进查看后，了解到原来是驾驶员突发疾病，疼痛得脸色发白，趴在驾驶座上，而车上的其他4人都不会开车。情况紧急，刘鸿进当即决定先将病人由应急通道送至铜仁市人民医院，让另一个路政员驾车送其他4人到市区。经诊断，驾驶员系突发性胆结石疼痛，打止痛针后慢慢好转。确认病人没有生命危险之后，刘鸿进才返回，继续坚守自己的岗位。

二变城管人员。“他是原则性很强的一个人。”冯兴说。2016年9月，铜仁路政执法大队依法对杭瑞高速照壁岩大桥下违法摆摊设点、违章建筑等进行拆除。此前，刘鸿进多次与涉事村民沟通，讲解相关法律规定，但依旧有涉事村民私下找到他，主动提出给予“好处费”，希望他能够保留其摊点。刘鸿进不但婉拒了村民的“好意”，还耐心地给他们讲解“四违建筑”对高速公路的影响和危害。在大队的努力下，经与川硐办事处、村民多方沟通，最终拆除了高速公路桥下的违章建筑，清除了摆摊设点的违法行为。

“我有我的原则和做人做事的底线！”刘鸿进说。在路政执法过程中，刘鸿进时常遇到各种“好意”的诱惑，然而始终没有动摇他对法律法规与职业道德的坚守之心。

三变菜农。在铜仁路政执法大队的站房后院，鸽子咕咕叫，鸡鸭在啄草，菜园里生菜冒出了嫩芽……这个“菜园子”，使执法大队更像一个温馨的家。这是刘鸿进和队员们策划打造的“菜园文化”，不仅丰富了队员们的餐桌，让队员们品尝到新鲜食物，还给大家的生活增添了农家乐趣。正如冯兴所说：“像在家里一样，他带着大家打扫站房坝子，收拾这里收拾那里，让我们所有人都觉得这里不仅是工作的地方，更有家的感觉。”省高管局副局长吴德平看到菜园里的玉米、辣椒、西红柿、西瓜等时令瓜果蔬菜，深表欣慰，认为大队职工利用休息时间开展菜园建设，既能加强职工爱队护家的责任意识，美化站队环境，还能让队员活动筋骨起到锻炼作用，同时又丰富了大队的餐桌文化。

“菜园文化”只是刘鸿进提出的团队建设的举措之一。高速路政工作单调而平凡，刘鸿进知道，社会环境在不断变化，如果不能与时俱进，路政管理不可能做好。于是他带头开展各项管理工作创新，带头探索路政管理新模式、新思路，大胆放权，让干部职工敢想敢干，成功打造出一个思维活跃、积极进取的铜仁路政执法大队。

四变教练。在刘鸿进的带领下，大队全体职工积极参与学习培训、技能比赛、文化活动和岗位练兵活动，培养了各类优秀人才，有效提升了全队职工的身心素质。同时，执法大队还经常开展执法人员队列、敬礼、文明执法规范、着装规范、文明用语等“文明有礼培育”。

4月21日早7点半，交接班仪式后，刘鸿进和当值班组开始了“拉练”。跑步、齐步、正步走等业务动作训练之后，是内务整理，此后是早餐时间，随后是日常巡查。这种准军事化的管理，让团队彰显出良好的精神风貌。

“个人强还要队伍强。”刘鸿进说，路政执法工作虽然很简单，但需要团队协作才能提高执法效率和服务水平。

另外，刘鸿进还和队员们建设了职工学习书屋、健身室，业余时间开展绿化树木、修建花卉等活动，增加了管理亮点，扮靓了站房环境。铜仁路政执法大队获得了“2014—2015年度全国交通运输行业文明示范窗口”等荣誉，成为全省交通运输系统的一个标杆。

奉献因路而精彩

◇讲述：朱永红　整理：杨筱堃

贵州铜仁市公路处处长朱永红用女人特有的坚毅和执着，坚持把农村公路建设作为扶贫工程、民生工程来抓，积极探索公路建设监管新模式。

针对铜仁基础设施历史欠账较多的问题，朱永红将未列入全省“十三五”规划的 5000 公里县乡公路纳入 PSL 融资贷款项目，向农业发展银行融资贷款 220 亿元进行项目实施，项目完成后，全市县乡公路双车道四级及以上公路比例可由当前的 7% 提高到 61%。“十三五”以来，全市实施通村沥青（水泥）路建设项目 4008 公里，2017 年 10 月底全面竣工，全市 2825 个建制村通畅率达 100%，比全国目标要求提前 3 年完成。为进一步夯实农村交通基础，在铜仁市委、市政府的正确领导下，她带领全市农村公路系统在全省率先将公路向自然村寨延伸，拟筹措 120 亿元实施通自然村寨公路硬化工程 2.6 万公里，联通自然村寨 8180 个。

为全面贯彻落实农村公路管理养护体制改革，有效破解管养难题，朱永红多次深入基层调研，努力探索出适合铜仁的管养新模式，撰写了《铜仁市农村公路管理养护发展方向与对策研究》。同时，她带队进一步理顺了市、县、乡三级农村公路管养体制，明确了农村公路管养的主体责任和养护职责，健全了乡镇交通管理站，拓宽了管养资金筹集渠道，落实了管养人员，完善了“六抓六重六破解”农村公路管养机制，实现了“县、乡道县养，村道乡村养”的管养模式和“县、乡、村三级联动的管养格局”。

2017 年汛期，她带头坚持 24 小时值班，放弃双休日多次到区县指导防汛抢修工作。“6・24”水毁期间，她不顾自身患病输液，立即与公路所及交管站的同志涉着没膝的洪水察看公路灾情，疏导受灾群众。她不顾个人安危，哪里的路最难走，哪里的灾情最严重，她就一定出现在哪里。她没有一次叫苦喊累，没有一次犹豫退缩。

作为女同志，朱永红的心思既细腻又柔软。她在工作中经常深入基层，走村入户，拉着群众的手详细了解群众诉求，帮助群众谋划出路，每每遇到特别贫困的家庭，总是自己掏腰包进行救济，彰显了一名共产党员的爱民情怀。

张邵阳：倾力助推沙子空心李走向全国

◇讲述：张邵阳　整理：杨 红

2013 年 11 月，任教于铜仁学院的果树学博士张绍阳积极响应学校工作安排，作为铜仁学院“硕博下基层”活动首批人员，前往沿河自治县沙子街道挂职。

从事科技服务以来，张绍阳怀揣经世致用梦想，始终不忘学校重托和沿河父老乡亲期盼，尽职尽责，积极主动，克服种种困难，勤恳务实，在沙子空心李产业技术研究与服务活动方面做出了较大贡献。

沿河自治县为国家级贫困县和贵州省 12 个深度贫困县之一，其扶贫攻坚工作异常艰巨。沙子空心李，果实品质独特，被誉为“贵州第二茅台”，为沿河自治县农业三大特色产业之一，是该县发展产业扶贫的重点特色产业。

由于地理位置比较偏远，交通和经济等基础发展比较滞后，沿河的果树专业技术人员十分稀缺，大部分空心李种植户基本上都没有接受过李树栽培管理技术培训，空心李栽培较专业种植户也没有接受过系统性的技术培训，特别是当前推崇的绿色无公害高产优质高效栽培技术，这使得 60% 以上投产李园平均亩产难以超过 800 斤，品质上也良莠混杂，平均每亩收入远远低于预期，严重影响多数空心李种植户的积极性。

为解决种植技术短缺问题，张邵阳结合当地实际情况，带领研究团队整理和完善了《沙子空心李秋冬季栽培管理技术简本》《沙子空心李春季栽培管理技术简本》《两三年生空心李幼树全年管理技术简表》《投产空心李树春季管理技术简表》等专业化指导方案，初步制订了《不同树龄空心李病虫害防治参考方案》。并根据季节需要，推广了空心李栽培管理相关技术 21 项，解决技术难题12个，积极开展栽培管理技术培训约30次1000多人次，同时建立微信群适时向街道村干部和200余名果农发布技术信息，直接为23户（含10个建档立卡贫困户）、1个公司、1个合作社提供技术支撑和累积约3万元的农用物资。

沙子空心李果实不耐贮藏，成熟果实在常温下难以存放，而且空心李多集中在7月中下旬成熟，上市时间仅有短短半月，使得空心李鲜果销售压力空前巨大，很有可能形成鲜果暴增、价格陡降、果农损失惨重的发展隐患。

针对这一问题，张绍阳将自己的主要时间和精力都投注到沙子空心李果实贮藏保鲜问题上。他前后花费三四个月的时间准备好实验场所、仪器设备、试剂等实验基础条件，利用冰柜控温控湿，从10余种沙子空心李果实贮藏保鲜技术方案中筛选出适宜方案，使空心李果实保鲜期由先前两到三天延长到7周左右，超过先前的保鲜期2周的目标，获得了该贮藏保鲜技术的研究突破。

要实现对沙子空心李特色农产品资源的高效利用，发展沙子空心李果脯，是缓解鲜果销售市场压力、延长空心李产业链条、增加果实产品附加值以及壮大沙子空心李产业品牌的重要一步。

张绍阳同新建民营合资企业贵州康大食品有限公司合作，带领研究团队将李果脯加工传统工艺包含的挑果、刻伤、清洗、室温静置盐渍、盐坯曝晒等10个加工环节，调整成仅有7个加工环节的过渡型加工工艺，同时也对李果脯的口感进行调整和改进；又将原有的过渡型加工工艺改进成简易型加工工艺。该工艺实际可操作性强，所制成的果脯制品口感也优于先前果脯制品，已得到大部分品尝者认可。

2019年6月，过渡型和简易型两种工艺中糖渍、盐渍两种溶液重复利用研究也已基本完结。张邵阳还帮助康大食品有限公司申请到贵州省科技厅项目基金支持约115万元，公司现正着力筹划厂房建设，以完成果脯加工技术研究最后优化和进行该技术产业化应用。同时，研究团队又研发出乌绿色低糖药食两用空心李果脯加工工艺，已筛选出果酒品质澄清工艺并正在进行方案优化。

2019 年年底，张绍阳将结束在沙子的挂职工作，他表示，将会以科技特派员身份继续从事此项工作，打算再用三到四年时间，继续推进冷藏保鲜技术产业规模化应用，协助贵州康大食品有限公司建立约 3000 平方米的果脯果酒加工厂房，实现每年生产 30 吨果脯果酒目标，推进早熟和晚熟空心李种质苗木适度规模发展和高海拔空心李种植推广，进而延长鲜果上市时间，推动沙子空心李优质高产简易高效栽培管理技术在全县各乡镇广泛性有力执行，提高空心李产量和品质，强化沙子空心李产业品牌，实现沙子空心李闻名畅销全国。

中国华：不忘初心方懂电机之“心”

◇讲述：中国华　整理：范才夫

2019年3月28日上午8时，500千伏铜仁变电站设备间，电弧声“滋滋”不停，申国华已独自伫立倾听良久。那是他多年养成的习惯。

在电压较高、设备较多的变电站，“滋滋”的电弧声从未间断。申国华开口不离本行：如果空气比较湿润，则电弧声比较浑厚；如果空气比较干燥，电弧声的频率则会略微急促；如果设备出了故障，电弧声就会尖锐；如果设备运转正常，电弧声频率会十分均匀。

申国华，南方电网铜仁供电公司一级技能专家、全国劳动模范、全国技术能手，贵州省唯一入围2016年全国50名“大国工匠”候选人，2018年荣获第二届“贵州工匠”称号。33年来，他不忘初心，勤勤恳恳坚守供电一线，把自己当作电流“穿梭”于电机、主板线路，用心读懂了电机之心。

不忘初心——迷茫学徒成变电行家

1986年，高中学历的申国华考进220千伏凯里变电站。第一次望着满院的钢铁机器设备，他很迷茫——不要说懂电机设备的基本原理，就连变压器等设备名称都常常记错。

站里的前辈、师傅多是些“大老粗”，遇到稍微复杂的故障就束手无策，只能从外请专家帮忙或是更换新设备，既耽误供电，更增加了变电成本。

“我一定要搞懂变电原理、熟悉变电设备，保障家乡的供电。”申国华不甘心一直跑龙套、打下手，主动向站里所有的老职工请教操作技能。为了讨前辈欢喜倾囊相授，不抽烟的他每天要向师傅们散发两包烟。

站里师傅解答不了的问题，申国华就趁周末坐 3 个小时班车，跑去市供电局找专家请教，当时每月 43 元的工资，仅路费就要花掉 10 多元。

掌握的变电知识越多，发现的问题就越多。当再难找到讨教之处后，申国华决定自己边摸索边学习。观察设备和检修需要在工位上长久保持下蹲姿势，一般人往往下蹲几分钟就感到腿酸，但申国华至今仍能保持蹲姿 1 小时以上。

“变电设备看着就是一个铁壳子，其实里面错综复杂。”一有空，申国华就一头钻进机房，拆开废旧设备，按顺序一个个地拆开变电机内部上千个连接部件，查看线路、回路，又一个个装上；回到家又一遍遍描摹内部结构图，细到设备有几个部分，多少回路，每根线的接入端口，不同颜色线的接入顺序，每一个零件的安装位置……

宝剑锋从磨砺出。申国华 12 年的变电一线生涯中，画得满满的 11 本变电设备结构图，成了他不忘初心的见证，也成了他工匠之路的起点。很快，申国华成为全站最懂变电设备运行原理的工程师。

炼出匠心——不断“找茬”掌握电机秘密

“师父爱和‘过得去’‘差不多’较劲儿。”徒弟李清林说，申国华从来不相信十全十美的设备，常在别人看起来可靠的设备上“找茬”。

5 年前，已被挑出过一次毛病的东芝变压器冷却系统又被申国华盯上了。他发现冷却器供电路径单一，一旦出问题无法降温，将导致全站停电，造成上千万元损失。

为解决冷却器供电路径单一问题，申国华只花几百元加了几个开关，几条回路就被分割开来，一条回路出故障，再也不会“牵一发动全身”。

冷却系统的结构容易被忽视，冷却器供电路径单一是非常隐蔽的问题。能发现这种隐患，归功于他几十年坚持每天观摩设备结构的习惯。

做设备功课，申国华从不死记硬背，往往把自己想象成电流，从线的这头游到那头，哪里有分路、哪里可以节省路径、哪里是死路，均不时在申国华脑海里演练。

“只要用心读懂机器语言，就会掌握电机的秘密，为供电、变电提供技术保障。”话不多的申国华只要谈起变电设备就滔滔不绝，仿佛有说不完的情话。

33 年来，怀揣匠心的申国华扎根变电一线，不忘初心，精益求精，从普通职工到国家级技术能手，从不居功自傲，从不言苦言累。

当过站长的申国华，曾多次被动员调进局机关，然而他却只钟情变电站的每一台机器，主动辞去站长一职的他说：“我是一名工匠，就安心做好工匠该做的事。”

修出信心——小芯片救活“无法修复”断路器

掌握变电设备运行原理后，申国华成了全省供电系统有名的工匠，擅长花小钱办大事，复杂的维修大多落到了他身上。

9 年前，500 千伏铜仁变电站主变压器低压侧断路器频繁发生误跳闸。法国施耐德电气有限公司驻中国办事处专家诊断后，该断路器被判了“死刑”，无法修复，只能更换，但要花 20 万元以上。

“20 万元！为啥不能自己修复？”昂贵的更换费用让站长申国华陷入了沉思。

然而，断路器是初代产品，其零部件已停止生产，新型部件又难以兼容……

没有资料可参考，没有任何经验可借鉴，凭借当年在凯里变电站积累下的扎实功底，申国华决心自己动手修复断路器，脑子里开始没日没夜地模拟断路器的内部构造与回路连接——

“加！再加一个端口。”晚饭时，同事问他加不加米饭，申国华答非所问。“这条线要插在这个接口，参数不能这么调。”熟睡的妻子被申国华的梦话吵醒，又好气又好笑。

“爸！你是想老师来家访吗？”检查女儿作业时，申国华不自觉地在试卷空白处画起断路器的结构简图、计算起数据。

……

经过半个月“魂不守舍”的琢磨，申国华终于弄明白是断路器 CPU 板电压采集模块芯片损坏。确认模块参数后，只花 60 元换了一块电路板，成功改造电压采集接口，断路器就修好了，为国家节约 20 余万元。

申国华的老搭档田昌年感慨：“外人看来他是胆子大，每次成功是因为灵光一闪。其实胆量和灵感都是他日日夜夜苦熬出来的。”

脱贫攻坚路上的文化战将

◇讲述：刘莉芳　整理：代旭东

刘莉芳，女，土家族，中共党员，1963 年 8 月出生，大专文化。1981 年 12 月参加工作，在思南县文化馆任工作员，1983 年 8 月至 1984 年 7 月在贵州省歌舞团学习音乐；1990 年 9 月至 1992 年 7 月在贵州省文化厅与贵州省艺术专科学校举办的文干班进修。2005 年 5 月任思南县文化馆副馆长，2006 年 9 月任思南县文化馆馆长至今，群文副研究馆员。

她是中国曲艺家协会会员，贵州省戏剧家协会会员、贵州省花灯学会会员、贵州省土家学会会员，铜仁市音协、曲协理事，思南县音乐舞蹈家协会主席，思南县首批“县管专家”。政协思南县第十一、十二、十三届委员会委员，中共思南县第十三次党代会党代表，中共铜仁市第二次党代会党代表，中共贵州省第十二次党代会党代表。

她在文化战线上整整工作了三十六个年头，在这不算短的过程中，对待工作兢兢业业、任劳任怨，以一丝不苟的工作态度和认真负责的工作作风圆满完成上级部门交给的各项工作任务，取得过无数的成绩。尤其是 2006 年担任县文化馆馆长以来，带领全馆职工在面向基层、服务农村和繁荣群众文化活动方面取得了一定的成绩，为思南文化的繁荣发展做出了积极贡献。

在做好本职工作的同时，该同志在脱贫攻坚工作中，业绩成果突出。刘莉芳自担任帮扶干部以来，走村串寨，帮助解决贫困户的实际困难，对贫困户进行定期帮扶。此外，还针对村级文化生活贫乏、文化设施落后，帮助解决一定的活动经费和办公设备，真正让文化惠民落到实处。

她长期深入基层，与老百姓打成一片，与民间艺人和业余文艺爱好者交朋友。自 2014 年以来，围绕脱贫攻坚，同步全面小康等内容，创作了一系列文艺作品，如：以幸福小康路为题材的花灯说唱《幸福小康路》，获铜仁市交通文艺调演二等奖；反映新农村建设的花灯说唱《小康路上》，获铜仁市宣传思想“六进村”文艺调演二等奖，并获铜仁市“铜医杯”首届电视春晚二等奖；以易地扶贫搬迁为题材的花灯说唱《我们赶上了好时光》等。创作了以精准扶贫为主题的歌曲，如：与张培、吴明洋创作了歌曲《哥哥今年不杀广》，并参加“我歌我快乐”贵州省同步小康优秀歌谣文艺调演节目录制；与祝修明合作创作了《茶山情悠悠》和《牵挂》等。以禁毒为题材创作小品《规劝》；以幸福小康路为题材创作了《公路人》，以弘扬社会主义核心价值观为题材，创作了《你妈我妈都是妈》等；以及创作了群口快板《四个姐妹话惠民》《竞选禁毒宣传员》《反腐倡廉心中挂》等深受群众喜爱的文艺作品。根据国家卫生健康委员会邀请，创作花灯歌舞《幸福花儿朵朵开》参加国家卫生健康委员会在北京人民大会堂举办的“美丽乡村好声音”文艺演出等。挖掘整理并复排了优秀传统花灯小戏《拜年》《看灯》传统节目，创作了现代花灯小戏《石林人家》，并于 2017 年 7 月参加由中宣部、文化部主办的全国基层院团戏曲文艺汇演，并获戏曲专家好评。可以说，她的作品形式多样，内容丰富。

2016 年，刘莉芳参与编写了思南县新时期文学作品选系列丛书《花灯戏剧本卷》，担任副主编。撰写了论文《浅议民间音乐“土家薅草锣鼓”的艺术特点及其研究价值》，获“中国民间文化艺术之乡——专集”二等奖。

近年来，先后组织策划省、地、县群众文化活动 100 多场。最具代表性的有——2014 年元月策划、组织的“中国·思南乌江风情”原创歌曲大赛及颁奖晚会；2014 年 10 月参与策划了贵州省文联文艺志愿者“走基层·送欢乐”走进思南大型文艺晚会，任执行导演；2015 年，组织策划中央民族歌舞团“走基层·送欢乐”活动暨“中国·思南”第三届花灯艺术节系列活动；2016 年 5 月组织策划了中央人民广播电台“我的美丽乡村”栏目开展的“走基层·送欢乐”走进思南文艺演出；每年组织开展“送文化下乡”活动达 30 余场。

2012 年 6 月荣获铜仁市“三八红旗手”称号，授奖单位：铜仁市妇女联合会；2014 年获铜仁市“优秀文艺工作者”称号，授奖单位：中共铜仁市委、铜仁市人民政府；2015 年获铜仁市“基层先进工作者”称号；2015 年荣获铜仁市“群文之星”一等奖；2012 至 2016 年在全县年终考核中连续五年被评为优秀等次。

刘莉芳所带团队在 2013 年 11 月被中共中央宣传部、文化部、国家新闻出版广电总局授予“第五届全国服务农民、服务基层文化建设先进集体”称号。

李文科：脱贫致富领路人

◇讲述：李文科　整理：陈　刚

群众说：帮乡亲们办事，他比办自己的事还上心。

妻子说：为村里和群众的事，他常常早出晚归，风里来雨里去。

镇干部说：一心扑在村里发展上，他是群众致富奔小康领头人！

——他就是铜仁市印江自治县缠溪镇湄坨村村主任李文科。

出生于1975年的李文科，1994年中学毕业后，怀着一个军人梦，参军入伍，当了三年通信兵，因为表现突出，在部队就入了党，退役回乡后，进入本村银辉茶厂，成了一名工人。

2002年，时任国务院副总理的温家宝来湄坨村考察，在参观银辉茶厂时，温总理曾与李文科有过亲切交谈，对他退伍回乡加入茶产业发展给予了肯定，寄予了厚望。

因当过兵，他为人正直果敢，又是党员，热心集体事业，于2008年被村支“两委”推荐为支部委员。

牢记嘱托，不忘初心。为了更好地服务群众和带领乡亲们脱贫致富，李文科于2009年离开待遇丰厚的银辉茶厂，一门心思把精力放在村支“两委”工作上，当年并带头发展20亩茶叶和20亩高山冷凉蔬菜。

在2010年村支“两委”换届中，李文科全票当选为村主任。

一上任，李文科就把水、电、路等村基础设施建设纳入工作日程，积极向上争取，修通了全村茶叶产业路，建设了文化广场、穿村排水沟，引进了自来水等，这些群众盼了多年的事得以一一兑现。

往昔，因湄坨村地处山巅，群众一直饮用山塘水，直接影响了群众身体健康。为此，李文科向当时联系帮扶该村的县法院等单位争取项目资金，带领群众投工投劳，从村外 8 公里外的水源地引来自来水，一举改变了村民吃山塘水的历史。

因湄坨村是 303 省道要津之地，也是印江东出西进的窗口，湄坨形象代表印江形象。为此，家住公路边的李文科，每天一大清早，就拿起扫帚清扫公路沿线及其村主道。最开始，群众不以为然，慢慢地在李文科的影响下，群众一起加入到村环境整治中来，不再乱扔、乱放、乱倒生活垃圾了，一个干净、清洁的湄坨新村被过往人们称赞。

一件件实事落地，赢得了群众的信赖。为了让群众早日脱贫致富，李文科示范带头，把老茶山管护起来，带领全村群众大力发展茶叶。

2012 年 5 月，是李文科及湄坨村人一个值得铭记的日子。受村民委托，李文科写信向时任国务院总理温家宝汇报湄坨村 10 年来通过发展茶叶产业实现脱贫增收的情况。得到了温家宝总理亲笔回信：湄坨村的实践告诉我们，从实际出发，依靠科技发展茶产业，并实行生产、加工、销售相结合，就能带动群众就业和增收致富，希望乡亲们继续努力，把茶产业做大、做精、做强。

温总理的一次到村视察和亲笔回信，激发了李文科及全村人发展茶叶的激情和信心。

牢记嘱托，李文科带领群众大力发展茶叶，引领群众走上茶叶脱贫致富之路。5 年时间，湄坨村茶叶从最初几百亩到如今 2500 亩，实现了人均两亩茶的目标，每年全村茶叶产值实现千余万元，人均纯收入达 8800 元，成为远近闻名的小康村。

2016 年，李文科及湄坨村支“两委”利用湄坨村环境优势，引进高山冷凉蔬菜种植大户，带领群众走上种植高端蔬菜之路，现全村种植西红柿、辣椒等高山冷凉蔬菜 300 余亩。

与此同时，随着梵净天池基础设施的日趋完善，与国茶园一道，湄坨村正成为一处观光、休闲、度假的好去处。群众也正坐着茶旅一体的发展快车，奔向致富小康。

随着产业富民兴村的快速发展，李文科心头最为关心的是 12 户 33 人的贫困群众。

2017 年 75 岁的李广行夫妇，年迈体弱，与一个读小学的孙子相依为命。李文科经常到他家嘘寒问暖，力所能及地帮老人。在 2008 年的凝冻灾害中，李文科为两老人挑水砍柴，整整照顾俩老人一个月。

村民李世利的房屋因火灾被毁，李文科第一时间组织抢救，并协调村里土地，为他家新建房屋，争取危房改造项目资金 3.5 万元，自己带头义务帮忙，让李世利一家最短时间内有了新家。

像李广行、李世利这样的困难群众，家家户户都有李文科的身影，他总是在群众最需要的关键时刻到场，帮忙解决实际问题。也正是因为李文科心里有群众，爱办实事，为人正直，在 2016 年的村支“两委”换届中，李文科再一次满票连任村主任。

李文科告诉记者，一个离群众最近的党员和村干部，就是要为群众办实事、办小事、办好事，不求所得，但求群众有获得感。

冯帮才：十年如一日坚守护林一线

◇讲述：冯帮才　整理：王婷婷 黄 璇

他，多年与森林为伴，作为一名护林员，保护着树木的安全，甘于寂寞，勇于奉献，在护林岗位上一干就是十年。他说，只要在岗一天就会坚守一天，当好护林人。

这位护林员名叫冯帮才，是印江自治县林业局营林工作指导站站长、高级工程师。冯帮才自 2001 年参加工作以来，一直坚守在林业系统一线，始终心系群众，积极指导群众开展工作，服务于“三农”。

多年来，冯帮才用自己的青春为林业工作做出了不少努力，其中，退耕还林工程最具代表性。这项工程关系到林业结构调整，关系着农民脱贫致富。他一直抓好退耕还林工程的实施，被贵州省人社厅、林业厅评为全省退耕还林工程建设十周年个人“三等功”。

冯帮才从未懈怠，在 2014 年新一轮退耕还林工作中，他主持开展了新一轮退耕还林摸底工作，参与编制总体规划实施方案和作业设计。随后，冯帮才又主持编制了《印江自治县巩固退耕还林成果专项规划（2008—2015）》进行实施工作。同时，冯帮才还潜心研究石漠化治理，为石漠化区域的农民生产生活寻找新路。从 2008 年印江实施石漠化治理开始，截至 2017 年 8 月，他带领完成治理石漠化面积 110.7 平方公里，总投资 4200 万元。

截至 2018 年，由冯帮才主持，累计实施各类林业工程项目 84 个，完成项目投资 5.98 亿元，完成人工造林 35.5 万亩、封山育林 27.9 万亩、森林经营 19 万亩。完成退耕还林 20.92 万亩，惠及退耕农户 76525 户，以实施退耕还林为载体，发展林业特色产业 8.3 万亩，实现林业产值持续增长，为助推脱贫攻坚做出巨大贡献。

其间，冯帮才多次组织开展业务技能培训和科技推广，帮助林业站同志学习业务知识，累计培训 1000 余人次，撰写业务技术培训教材 15 万余字。十年如一日，在平凡的岗位上，冯帮才做出不平凡的事迹。

心系群众苦为乐 甘洒青春解民忧

◇讲述：张 磊 整理：罗 杰

在铜仁市万山区白屋场村香柚苗圃基地里，经常会看到一位年轻人，他每天早早来到这里，时而俯下身子查看幼苗长势情况，时而给当地群众讲解管护知识。

这位年轻人叫张磊，1990 年出生的他，从重庆工程职业技术学院计算机专业毕业后，就到了万山区卫监局工作。

2016 年 1 月份，张磊向万山区卫生监督局领导主动请缨，来到黄道乡白屋场村扶贫。“我想趁年轻挑战自己，去农村锻炼锻炼，体现出‘90 后’年轻人的价值。”他说。

接地气，聚人心

白屋场村总面积 11.1 平方公里，辖 12 个村民组，仅有耕地 848.3 亩，属一类贫困村，全村共 379 户 1691 人，其中贫困户 100 户 344 人。

如何才能尽快接上“地气”？深入了解村里每家每户的真实情况。张磊坚持用自己的“辛苦指数”提升群众的“幸福指数”。他开始吃农家饭，和村民聊家常，挽起袖子干农活。为孤寡老人换上安全电线；更换爆裂水管；动员群众交医保，为五保户送药品；在农忙季节与老百姓下地同劳动，做群众贴心人。在近 900 个日夜里，他进家入户，摸清贫困户底子，积极参与村级事务，为精准扶贫打下了坚实基础。

“全村 379 户，贫困户有 100 户，其中 56 户缺资金，14 户因病致贫，

11 户缺劳动力，9 户因残致贫，6 户因学致贫，2 户缺技术，还有 2 户自身发展动力不足。”说起村里贫困户的情况，张磊了如指掌。

自驻村以来，他真蹲实住，入户走访座谈，访贫问苦，积极争取项目，带领发展村集体经济，为贫困群众工作做了许多实事好事，得到群众的一致好评。

因地制宜，谋发展

为了调整产业结构，发展壮大村集体经济，带动贫困户脱贫致富，张磊和黄道乡扶贫办、包村领导、村“两委”干部一起，召开群众大会，听取群众意见，集思广益，确定在村里发展香柚种植产业，成立了“丹香柚育苗基地专业合作社”，探索出了“党支部+村集体经济+合作社+贫困农户+基地”的模式，贫困户以流转土地、基地打工、股权定期分红等多种方式获得工资性、经营性、投资性等多种收入，在家门口实现就业，走上脱贫致富之路。

自白屋场村开展香柚种植以来，张磊邀请农技人员在基地组织现场培训 20 次，累计培训人数达 300 余人次，免费发放实用技术资料 100 余册，不仅提高了农民的香柚种植技术，而且还增加了种植效益，推动了“扶贫柚”变“致富果”产业的快速发展，让“荒土地”成了“花果园”。

目前，该村香柚苗圃处于管护阶段，14 万株苗木已被订购，除自村留用外，年可实现纯利润 100 万元以上，人均增收 1200 余元。

如今，白屋场村新修的道路通到各家各户，明亮的路灯照亮了夜，村子越来越美。

在审判中践行脱贫攻坚

◇讲述：戴胜洲　整理：周雅萌

2016 年 7 月，一场天灾打破了吴某一家的宁静。

暴雨肆虐，树木倒伏。突如其来的山体滑波带走了他的双亲、两个儿子，吴某和妻子罗某，因在外务工，躲过一劫。

还来不及反应，处于极度崩溃边缘的吴某接到了公安机关的死亡认定程序及意外伤害赔偿要求，作为受理该案件的负责人，铜仁市万山区人民法院黄道人民法庭庭长戴胜洲立即为他开通了“绿色通道”，不仅帮助吴某起草了宣告死亡和申请公告费救助的申请书，还对其特别救助公告费 360 元，尽自己所能帮助贫困群众争取合法权益，让吴某在最短时间内得到精神和物质的慰藉和补偿。

时隔一年，戴胜洲再次造访吴某新家。“吃得好不好，穿得暖不暖？生活上还有什么困难吗？”亲切的话语让寂寥的屋子变得温暖起来。吴某回忆起当年丧子、失去双亲的经历时，已经淡然许多。“真的很感谢戴庭长在我最困难的时候施以援手，不然真不知道该怎么办。”他挠了挠头，有些不好意思地对戴胜洲笑了笑。

作为法庭庭长，戴胜洲无偿帮助类似吴某这样的贫困户的例子不止一个，“公正审判，尽力助贫”一直在路上。用他自己的话说：“群众的利益无小事，再难也要竭尽全力去办。”

巡回审判进农村 贴心服务暖人心

为了“让群众少跑腿”，戴胜洲每个月都会进农村开庭，不仅解决边远乡村困难百姓的司法审判难题，更用贴心的司法服务温暖群众，提升群众满意度。

2018 年 11 月 14 日，戴胜洲带领法庭人员和陪审员，驱车几十公里来到大坪乡瓮岩大院子，巡回开庭审理廖某与妻子刘某离婚纠纷一案。原告廖某于 8 月 4 日向法庭递交起诉书，称：被告外出打工两年之久，其间不与原告联系，也从未归家，且未履行抚养两女一子义务，为此，原告要求离婚。

在了解到原告作为贫困户的艰难处境后，庭长戴胜洲主动为其书写申请书，并向组织汇报后，让廖某免交诉讼费 200 元，以及司法救助公告费 300 元。

因被告刘某外出下落不明，戴胜洲将开庭地点移至原告家中，将全部诉讼文书及法律文书送至其家中。这就意味着，原告除递交起诉书到法庭一次后，不必再次到市区法庭就能将诉讼完成。下乡开庭、减免诉讼费等一系列司法服务活动，让贫困当事人少跑路、甚至不跑路。

2018 年以来，戴胜洲把巡回审判作为司法工作“深入群众、贴近群众、关注民生”的重要手段，把巡回审判与多元纠纷化解、普法教育结合起来，主动深入到乡村、社区、企业、学校，到离老百姓最近的地方巡回办案，让老百姓打官司省钱、省时、省力、省心。

发挥审判职能 树立司法扶贫典型

戴胜洲作为与基层群众紧密联系的司法“窗口”，始终坚持在司法审判中践行脱贫攻坚。

2017 年 10 月，万山区人民法院派了 25 名干警去大坪乡的各村组扶贫，患胃病和胆囊炎的他，多次向领导请求要到最边远的及条件最差的干溪组帮扶 6 户。他来往于农村的田边地角，用心去打开当事人的心结，让一件件矛盾纠纷得以圆满解决，为当地的发展提供了最有力的安全保障。

“在全院，戴庭长每年办案的平均天数最短，案件的调撤率、结案率、服判息诉率、自动履行率最高。”万山区人民法院敖寨人民法庭庭长刘龙林毫不吝啬对他的夸赞。好成绩是干出来的！戴胜洲多次被评为先进个人，2016年在市中级人民法院荣记个人“三等功”。去年，他在法庭创新实行的“审判＋大扶贫”模式，成为铜仁市法院工作的亮点。

“作为一名司法工作者，我们要充分发挥审判职能，切实抓好涉及精准扶贫案件审判工作，为建档立卡贫困户开辟‘绿色通道’，切实维护建档立卡贫困户合法权益，为全力助推脱贫攻坚提供优质高效的司法保障。”戴胜洲说。

刘雁：寸草赤心报春晖

◇讲述：刘 雁　整理：王安宏

“我们那个年代没有条件读书，走出大山很不容易，这些年在社会上打拼吃了不少没文化的苦，现在我们有能力了就绝不能让孩子们上不了学。”这是万山区茶店街道尤鱼铺村春晖社社长刘雁常说的一句话。

刘雁早年长期在外打工、经商，经过多年的打拼，积累了一定的财富。事业成功的他，把反哺家乡作为自己的又一事业，被尤鱼铺村礼聘为春晖使者。

返乡之初，刘雁整天苦思冥想，到底怎么帮助家乡的贫困群众脱贫致富过上好日子，怎么才能将家乡建设得更加美丽、更加富裕。他用实际行动参与家乡的经济社会发展，带领着家乡父老一起走在致富的道路上。

2014 年，就在刘雁回乡后不久，尤鱼铺村成立“计生关怀基金会”，以资助农村“两女户”“独生子女户”和符合计划生育政策的贫困家庭。他捐赠 2 万元。

2015 年 5 月，尤鱼铺村成立“乡贤参事会”，以协助推动群众参与基层社会治理，服务农村经济社会发展。刘雁被推选为副会长，并出资 2 万元用于乡贤会日常运转。

2016 年 8 月，刘雁捐赠 3 万元帮助家境贫困、自强不息的大学新生顺利入学，实现理想、改变命运。自刘雁返乡创业以来，他通过春晖平台资助家乡 15 名大学生实现升学梦。

………

而刘雁对家乡发展的助力，远不止资助困难群众一件事。

2016 年 11 月，刘雁成立铜仁市万山区森海旅游开发有限公司，拟在尤鱼铺村建设万山国际汽车公园，项目总投资约 4000 万元。主要发展以卡丁车山地越野、乡村观景、农家休闲娱乐为核心的体验式乡村旅游，推动“吃、住、购、娱”等旅游要素全面发展，带动周边经济实现快速发展，开业后新增就业人员 200 余人，项目带动了精准贫困户 20 余户脱贫。

在修建汽车公园时，刘雁将不易耕种的荒山和贫瘠的耕地，流转到公司名下，聘用周边困难群众到工地打工，为他们创造收入，同时带领周边群众发展农家乐、销售土特产，带领大家共同致富。

吃水不忘挖井人。刘雁用他无私的爱心，以产业为基，以扶贫为根，以反哺为叶，帮助了一个又一个家乡的困难群众，用自己的行动诠释着拳拳赤子的春晖深情。

毛金波：一枝一叶总关情

◇讲述：毛金波　整理：冉景红

“我希望尽自己的绵薄之力去帮助每个需要帮助的人。”沿河自治县黄土镇竹元村村支书毛金波是这样说的，也是这样做的。多年来，毛金波和他的志愿者团队为贫困山区学生募捐到资金 80 余万元，受资助学生 354 名。

毛金波出生于沿河自治县黄土镇竹元村，1997 年初中毕业后辍学在家，正赶上县里出台允许初中以上学历的人在当地就近创办小型学校，招收一至三年级学生的政策，于是他将堂屋用作教室开办“家庭学校”，教材由政府提供，不向学生收取费用，政府还按每年每名学生 150 元的标准补助给教学点教师。当年招收第一批学生 17 人，辐射周边 4 个村寨。在教学过程中，毛金波看到学生因家庭贫困连鞋袜都没有，甚至只穿一件破单衣在寒风中瑟瑟发抖的样子，他与妻子便从微薄的收入中挤出钱来资助学生，为他们买衣服、文具等。

个人的力量十分有限。教书之余，毛金波还成立首个乡级民间公益组织。2011 年 12 月初，“麻阳河助学志愿者协会”获当地主管部门批复，在麻阳河助学志愿者协会成立时，北海民间志愿者协会募集了现金 2 万元用于黄土镇部分学校购买桌椅，并捐赠棉衣、棉被、毛衣共 500 余件。

随着协会在当地的影响力增大，吸引了越来越多的爱心人士加入进来。自开展助学以来，该协会累计资助了贫困学生 354 人，资金达 80 余万元，为山区儿童募捐衣物 1000 余件、课桌椅 100 套，解决了八一希望小学师生饮水安全问题，维修危房教室 3 间、新建师生厕所 1 间，新建图书室 1 间、募捐图书 1000 余册等。

毛金波坚信知识必能改变命运。为使困难家庭学生和留守儿童方便看书学习，他建立了流动图书室，以一种相互传递的方式让每个学生都看到书，并要求学生写好读书笔记和心得体会，然后每月进行选评，以这种方式让学生们养成想看书、会看书的好习惯。同时，他也注重孩子的心智成长及困难家庭学生和留守儿童心理健康教育，通过组织举办形式多样的快乐夏令营及家访活动，去关爱每一个孩子的身心健康。

2013 年，作为麻阳河助学志愿者协会会长的毛金波出任竹园村村党支部书记。他承诺将充分利用协会优势，坚持“接地气”原则，真情关心群众疾苦，切实为群众办好事、办实事。在毛金波的带动下，感恩社会关爱的黎朋、黄土乡中学教师肖荣等也加入了志愿服务行列。协会成员现已发展到 34 名，涵盖农民、教师、企业家等。

脱贫攻坚是一场接力

◇讲述：余启良　整理：方立新　田朝晖　李坤晟

8月的雷首山，骄阳烤炙。一群背着背篓的农妇冒着烈日，到山顶上羊场拾掇羊粪，送到附近的烤烟田积肥。

她们都是村里的贫困户，现在为村集体做工，每天有75元工资。

“余支书，上（山）来了？”她们和余启良打过招呼，说说笑笑往羊场走去。

烟田里的烤烟已有半人高，密密麻麻，很有气势。余启良顺手掐掉了其中几株的杂叶，指着与烤烟长在一起的一株树苗对记者说：“这就是今春村集体种的软籽石榴，最快明年能挂果。”

顺着他指的方向瞧去，金黄的烟田里果真“混种”着不少开紫色小花的植物。

种植软籽石榴是雷首山村脱贫攻坚的主打项目之一，与村集体种植的李子、筹建中的山羊养殖合作社一样，是村支书余启良现在最操心的事。

余启良每天骑着摩托上山看进度，大大小小，事无巨细。乡亲们巴望他这位支书领着他们脱贫致富。

“只能战战兢兢，不能有一丝马虎。”

但是，在贵州石阡县群山深处的这个贫瘠山村，村民都知道：支书能挺到现在，已是十万个了不起！

“答应村民的事，不能半路撂挑子”

余启良觉得，自己当选村支书，就是“抢到”了为村民服务的机会。离水电路“三通”还差最后一把劲，自己必须挺住，兑现诺言。

2016年春节前，当时还是村主任的余启良被确诊患有肺癌。医生把他的女儿余娜拉到一边悄声说：“你父亲最多还有2年时间。”

但2016年11月村“两委”换届时，余启良却仍然被全村党员全票推选为村党支部书记。

当初余启良当选村党支部书记，爱人李光群第一个不依。

但投余启良票的人中，就有余启良自己。

余启良不是不在乎自己的身体。

县医院出具的诊断书上是代表病情的字母缩写。女儿余娜回忆，在去重庆做二次检查的路上，猜到几分自己病情的余启良不停用手机搜索其指代的含义。

一年多来，余启良定期去重庆接受放化疗。在石阡县坪地场乡的家里，余启良指着手机上一张病历的照片对记者说：“6月份复查，(肿瘤)缩小了。”

短短几秒，记者没看清手机照片中，诊断结果密密麻麻的文字和数据，却清楚感受到眼前这位面容消瘦的中年人，渴望从旁人那里获得对自己身体正在好转的信心。

明知时日不多，这么玩命为了啥？

“雷首山村的担子，只有你能挑起来！”老支书余力对余启良这么说，余启良自己也这么想。

“我不是贪恋当村干部不想让贤。”余启良说，一来，村民把他当“主心骨”，自己作为“领头羊”，很难放弃责任，很难抛下盼望脱贫的乡亲；二来，2013年当选村主任时，他向村民保证：在自己任上，雷首山村一定要实现水电路“三通”。如今，离“三通”还差最后一把劲，自己必须挺住，兑现诺言。

4年前的雷首山村，从乡里到村部的主路、9个村民组之间的通组路，全是没有硬化的泥巴路。一到下雨天，坑坑洼洼，满地泥泞，村民下山赶集都是奢望。

村子离石阡县坪地场乡乡政府并不远，却是全乡最闭塞的地方。即便在石阡，也有很多人不知道山上的这座村落，以及村中的222户人家。

喝水也要看天。村民靠山上盛雨水的水窖过活。每个村民组只有一个公用水窖，水里还总有股虫子和树叶的味道。

村民用电也是难题。尤其春节前后，外出务工者回家，用电的人一多，除夕、初一连电饭锅也用不了，家家户户只得临时上山砍柴。

余启良被确诊癌症时，“三通”工程正进行到节骨眼上，脱贫攻坚发展集体经济正值关键时刻……

余启良的逻辑很简单：自己当选“村官”，就是“抢到”了为村民服务的机会，因此，“答应村民的事，不能半路撂挑子。”

父亲筑渠我修路，父子接力斗贫魔

“我们这地方太穷了。你长大后，有了能力，要像你父亲一样为乡亲们办事。”小时候，母亲常对余启良这样说。身患癌症的他仍然选择当支书，余启良认定这是父子接力斗贫魔。

余启良的父亲余道洲在20世纪60年代曾任坪地场乡党委书记，在当地“官声”颇佳。如今，还不时有认识他父亲的老人拍着他的肩说：“要好好做，像你父亲当年一样。”

父亲多么了不起！但他去世时，余启良只有4岁。

在女儿余娜的记忆里，父亲跟自己提到爷爷的次数不多。但每次说起，父亲都要流泪。

从2016年11月起，余启良担任村支书至今，雷首山村共建起了3个提灌站用于引水，全村70%的居民告别了从水窖担水的生活。村里的公路也终于完成了硬化。

这几年，余启良带领村民做了很多事，但他认为自己和父亲还是比不了。

尽管对父亲生平的了解，更多来自母亲和乡邻的讲述，但说起父亲，余启良总是很自豪："他带领村民修了两条水渠。一条将后山的山泉水引到街上，解决了乡里的吃水问题；还有一条经过白家、上坝和黄泥塘几个村民组，直到2005年左右，这几个村民组喝水还靠它。"

"你觉得自己赶上他了吗？"记者问。

"比不了。我在村里做事，我父亲是为一个乡里的老百姓做事。"余启良说，"但我只要尽到了责任，父亲会含笑九泉之下的。"

没有余支书，就没有这条正在硬化的路

在雷首山，水电路"三通"是关乎脱贫的大事，尤其是修路。

2010年，离开雷首山村20多年的余启良，从供销社回村发展山羊养殖。

有村民找到当时还没当村干部的他说："过去你在供销社工作，认识的人多，能不能帮我们找上面要一点钱，把路修一下。"

村民的期盼，余启良记在心间。当选村主任后，他全身心扑在修路上。即便在重庆接受检查治疗的时候，他的电话也没有断过，大多都是关于修路的事。

"别让他们给你打电话了。"爱人李光群抱怨说。

"不问我，他们找谁？"余启良回应。一旦说到修路，余启良就忘了自己的身体。

在雷首山村修路，真离不了余启良——

位于山顶的甘家山村民组要修800多米的通组路，每人需要出500元投劳费。因为地理条件，这个费用比别的村民组都要高出一大截。但组里留守老人多，经济困难。余启良就以自己的山羊养殖合作社的名义赞助了10000元。

下寨组的通组路要经过双寨组村民余启龙家的责任地。余启龙家又和下寨组其中一家村邻的父辈闹过矛盾。在凯里市打工的余启龙指示在家的爱人，无论如何也不能答应路从自家过。为说服余启龙，余启良一次又一次地

做工作。最后，余启龙的爱人感动地哭着打电话劝丈夫回来签字。

如果仅仅是当老黄牛，对余启良这样早把自己后半生许给家乡的人来说，真算不得什么。在村里工作，真正的困难是必须板起面孔，不怕得罪人。

村里的通组路只能过 5 吨重的车。一户村民为修自家宅基地，开来 10 吨重的挖掘机压裂了路。村邻不敢说，别的村干部明哲保身，只有余启良上门讨说法，要赔偿。对方骂得很难听，但余启良不为所动。

还有村民为了修房子把 4.5 米宽的通组路占去三分之一。村里人怕得罪人，对此视而不见。余启良直接用锤子把对方立的桩敲掉。对方气急败坏地让余启良别得意："当官当不了一辈子。"余启良说："我就是只当一天，也不行。"

年轻的驻村干部徐宾 2016 年来到雷首山村工作。短短半年多，他得出结论："老余真不怕得罪人！"

"我公私分明，不怕得罪人。"余启良说。

从坪地场乡到雷首山村是一条陡峭的盘山路，余启良每天都会骑摩托从这上山。承建此路硬化工程的施工队，一开始干得很潦草。用余启良的话说，"蹲下身掰一下路沿就裂了"。

一年多来，余启良常同对方据理力争、斗智斗勇。去重庆接受治疗的时候，他让村民们一定盯紧了，随时电话沟通。施工队嫌他多事。但余启良更恼火："你们为何总是出了问题才修修补补？"

2019 年 8 月，记者来到雷首山村时，这段 2.7 公里的公路，路况平整。几位妇女正拿着壶往路中间的缝里一点一点倒沥青。

村民们都说，如果没有余支书，就没有这条马上就要验收的公路。

直到快到山顶，在余启良的山羊养殖合作社附近，路突然变得颠簸不平。记者一行人只能下车步行。

"最后这段路怎么没有修？"记者问。

"我是村支书，村里的路还没修完，哪能先修自己合作社前面的路？"余启良说。

爱人李光群说他爱面子。余启良不知道自己是不是爱面子。他说，既然当了干部就要像父亲那样为老百姓做实事。

培养后生接过脱贫接力棒

雷首山村快实现“三通”了，余启良开始谋划着怎么发展村集体经济，怎么带动老百姓脱贫致富。

2017 年春天，贵州省掀起“脱贫攻坚春季攻势”。余启良和村干部带领村民们开垦荒地，按乡里的建议，发展石榴、李子和烤烟种植业。

初春的石阡县阴雨绵绵。这种天气对正在治疗中的肺癌患者非常不利，稍有不慎引发感冒就会有生命危险。

但余启良坚持每天到一线，只要不是去重庆治疗，就从不缺席。爱人李光群拗不过他，只得准备好帽子、耳罩、护腿和棉大衣，把他裹得严严实实的。

每天早上，余启良都要带上六种西药中药，从街上的老屋上山。到了中午，如果夫妻俩都在山上，李光群就会在山顶羊场的灶台上，将中药热一热，给余启良服下。

雷首山村村主任杨凡说：“换位思考，我做不到。平心而论，在雷首山村，只有他能做到。”

但余启良却对杨凡这个“80 后”寄予厚望。他希望杨凡以后能接过自己手中的接力棒，带领村民们脱贫致富。

“过去他做村主任的时候，就常劝我回来创业。说真的，以前我们不认识。直到 2010 年，他回雷首山搞山羊养殖的时候，我们才见了几次面。”杨凡回忆当初两人相识的情景。

当初，余启良希望杨凡回乡跟他一起带动贫困户发展山羊养殖。在外面承包水电安装工程的杨凡以没有经验婉拒。

“村里有点创业心的年轻人他都找过。”杨凡说。

两年前，杨凡回到村里。2016 年底，村支“两委”换届时，余启良推荐他参加村主任“海选”。

在余启良眼中，杨凡有上进心，能吃亏。

“吃不了亏，群众工作无法做；吃不了亏，莫来当干部。群众骂你，你要忍。”这是余启良的信条。

杨凡上任后，余启良又劝他平时多看新闻，还嘱咐他说：“你们年轻人爱玩。但你要记住，自己的身份不一样。”

现在像调解纠纷、流转土地这些麻烦事，余启良都把杨凡带在身边，手把手地教。“年轻人都比我聪明。跟着就学会了。”他说。

现在杨凡每天至少花五六个小时在村里的事务上，有时晚上十一二点还和村干部们在商量下一步的脱贫攻坚工作怎么做。

爱人抱怨自家的生意大受影响。杨凡对妻子说，村里都是一家人，为村里做事，也是为自己，不必计较太多。

当年，余启良也没有计较。

2013 年，老支书劝余启良参选村主任。原本在山顶发展山羊养殖，一年至少有 10 多万元收入的他没有犹豫。即使这份新工作只有一个月 900 元工资，而且半年才发一次。

如今，余启良为集体经济发展焦虑，年轻的杨凡也在思考——

“我们村海拔高，发展种植业没有优势。我们要因地制宜。余支书当年发展山羊养殖，在山顶培育了 1000 多亩草地，我们的重心应该转到养殖业上。”

2010 年，离开雷首山村 20 多年的余启良回到家乡，带着 6 户村民，将山顶 1000 多亩的荒地重新种上青草，养殖山羊。

自从脱贫攻坚战打响，号召发展集体经济，余启良一直期望把自己经营的合作社并入村集体经济，带动更多的村民一起发展。

2017 年 8 月 30 日，雷首山村村干部召集了全村的村组干部和村民代表去余启良的养殖合作社考察。村民代表达成“未来要扩大合作社养殖规模”的共识。

“我现在成天都在思考怎么壮大村集体经济,带领老百姓脱贫。”杨凡说。

看着年轻人还算努力，余启良也很欣慰。总算有人能接过自己手中的接力棒，在未来把带领雷首山村老百姓脱贫致富的工作继续下去。

女儿余娜告诉记者，自己当初同意父亲带病工作，只是希望他能开心，对病情有帮助。

但她没想到，病中的父亲却在某天对她坦承心迹——

“雷首山村是我从小长大的地方，现在我最大的梦想就是希望这里以后都好。我想看看凭自己的能力能不能改变它。”

54 岁的他自信 5 年之内不会走，也没时间考虑太多生生死死的问题。

石阡扶贫干部为啥他特知名

◇讲述：刘建刚　　整理：欧甸丘

曾获“援黔医疗卫生对口帮扶工作特殊贡献奖”的苏州大学附属第一医院医生刘建刚，是贵州石阡县知名度极高的挂职扶贫干部。

两年多前，受东西部扶贫协作对口帮扶城市苏州的派遣，刘建刚来到石阡援助三个月。援助结束后，他被留下来，挂职石阡县人民医院副院长。

从 2017 年 4 月我被新华社广东分社派驻石阡挂职扶贫开始，就多次听说刘建刚的故事。最近，同为扶贫干部的我对这位有“大侠”气质的汉子进行了采访。

刀下救人

刘建刚是神经外科专家，擅长颅内手术。在他的手术刀下，许多患者“起死回生”。

2018 年 10 月 15 日，正在村里开展帮扶工作的石阡县甘溪乡驻村干部兰军出现头痛、意识恍惚症状，当地政府立即将其送到石阡县人民医院。“当时诊断，兰军的病为静脉血栓导致的脑出血，如果不立即手术，会有生命危险，今后即便能保住生命，偏瘫几乎是难免的。”石阡县人民医院院长史超说。

苏州大学附属第一医院对口帮扶石阡之前，石阡县人民医院也能做简单的开颅手术，但对稍复杂的颅内手术无能为力。

开颅手术恰好是刘建刚的专长。19：57 将兰军送入手术室，凌晨 1：28

就成功完成“开颅血肿清除 + 去骨瓣减压术”。

兰军的妻子为丈夫的意外紧张了很长一段时间，她说：“最后，手术后的兰军像普通人一样走出了医院，四肢活动正常，说话口齿清晰，已基本完全康复。”

石阡县花桥镇扶贫干部符宁伟颅内动脉瘤破裂，危在旦夕。“颅内动脉瘤破裂后，病人只能保持绝对卧床，且不能颠簸转运。如果当天转运到贵阳，很可能会死在路途上。”县人民医院院长史超说。

刘建刚立即给符宁伟做手术，从晚上 11 点开始，一直到凌晨 5 点半才结束手术，终于成功从死神手中抢回了一个生命。“病情不等人，手术台上常常需要连续加班作战，这是我们工作的常态。”刘建刚说。

……

在不到两年的时间内，刘建刚在石阡县人民医院这个名不见经传的小医院做了 40 多例高难度手术，挽救了一个又一个濒临死亡的生命，维护了一个又一个家庭的幸福。

走进石阡县人民医院住院大楼，可看到刘建刚办公的十二楼里，群众送来的锦旗、感谢信从电梯口一直排到了走廊尽头。

老百姓这种朴素的表达感激的方式，折射出基层群众对优质医疗服务的渴求。石阡县人民医院是县内各方面条件最好的医院，但远远无法满足当地的医疗需求。刘建刚才来的时候，全院没有一个市级重点专科，医疗设施全面落后：由于没有做手术用的显微镜，做颅内手术全凭裸眼；医院的止血工具——双极电凝的箭头氧化严重，几乎止不住血；医院开颅用的还是手摇式开颅设备……手术设备相比苏州至少落后 20 年！

这样的条件下，“小病不出乡、大病不出县”又如何能够做到呢？

好在国家大力推进东西部扶贫协作、中央单位定点扶贫，在刘建刚的大力推动和各结对帮扶单位的援助下，如今的石阡县人民医院配备了手术用显微镜、电动开颅机、核磁共振机等一批先进技术设备，大大提高了医院的诊疗技术。

侠骨柔情

如果没有一点理想主义精神，在举目无亲、远离家乡的石阡挂职扶贫的日子真的会很漫长，对自己的身体、家庭都是一个严峻的考验。

对刘建刚而言，对贫困病人“不可遏制的同情心”大概就是他的理想主义内涵之一。“来扶贫，媳妇很支持，但刚上小学的儿子很反对，我离开家时他都不理我。我只好不断跟儿子解释说，那里的病人需要我。”他说。

刘建刚曾跟我讲，他最怕看到贫困户的那种渴求医疗的眼神，最怕看到衣衫破旧的老百姓来了医院却看不起病。有次刘建刚正在坐门诊，一个老奶奶带着小孙子来看病，小孩因摔伤呕吐不止。他初步检查后，便开单子给老奶奶，建议给小孩做个头部CT。

但等刘建刚看完十几个病人之后，那个老奶奶还一直在门口徘徊，并没有去做CT。一问才知道，原来老奶奶没钱。刘建刚立即从自己口袋里掏了500元钱交给老奶奶去交费。这一幕刚好被来看病的另一个病人拍照记录了下来。

除了在医院坐诊和做手术之外，率队下乡义诊也是刘建刚的一项重要扶贫工作。

19岁的女生小廖罹患癫痫多年，三四天便发作一次，四处求医看病，但多年来一直没有取得很好的疗效。

刘建刚义诊时给她开了两种药，但这两种药本地医院都没有，他立即请苏州大学附属第一医院的同事寄来两个疗程的药给小廖。“服了两个疗程后，小廖癫痫发作的频率降低到了一个月一次，后来又给她寄了两个疗程的药。”刘建刚说：“有一天，小廖的父亲找到医院要把四个疗程的药费给我，说孩子康复得很好，出去打工赚到钱了。”

除了义诊，刘建刚还做了一项开创性的工作——成立了贵州省县级医院首个卒中中心。脑卒中存在高发病率、高死亡率、高致残率、高复发率的“四高”现象。下乡开展脑卒中高危人群免费筛查是卒中中心很重要的一块工作。

截至2018年底，刘建刚的团队在石阡筛查了1154名群众，发现脑卒中高危人群占比29%，这一比例远远高于沿海地区。“如果把关口前移，针对脑卒中高危因素早期进行目标干预，预防卒中发生，那么就能够有效遏制脑卒中导致的后遗症，大大减少对家庭和社会的危害。”刘建刚说。

为了提高农村群众对脑卒中的认知度，刘建刚自掏腰包1万多元，做了几千份诸如围裙、水杯、扇子、手提袋之类的小礼品，并在上面印上预防脑卒中的知识。每逢乡镇赶集的时候，刘建刚便带领医生们上街，一面进行脑卒中筛查，一面把小礼品免费赠送给群众。

刘建刚还做了一个时长120秒的脑卒中知识公益宣传视频，并在全县的电梯广告、公交车广告屏上滚动播放。“有个县领导来看病，我跟他建议把这个视频放到全县的公交车上播放，他欣然同意，马上帮忙联系，几个电话就把事情办妥了。”刘建刚说。

“侠之大者，为国为民”。从刘建刚这位河北大汉所做的点点滴滴里，我看出了侠气，看出了情怀。这位出生于农村，成长于穷困家庭，奋斗在江南城市的汉子，并没有丢掉农民的淳朴本色，懂得农村老百姓就是需要他这份单纯与平淡。

师道流布

在石阡挂职扶贫，更在石阡治病救人、培养人才，刘建刚早已将这些融为一体。

石阡县人民医院神经外科医生刘忠杰是刘建刚重点培养的弟子。谈起自己最大的收获，刘忠杰说：“刘（建刚）老师站在手术台上一边给病人做手术，一边讲解每一个手术细节如何处理，细致到手术工具如何摆放，如何保护好神经和血管。”

在一年多的时间里，刘忠杰渐渐学会并掌握了高难度的动脉瘤夹闭术、显微镜下经侧裂入路治疗高血压脑出血等多项复杂手术，并可以独自主刀。

与很多基层医院相似，石阡县人民医院的科研实力十分薄弱。神经外科主任王克仁说，全院绝大部分医生都不太懂如何做科研，也没有这方面的考核，几乎没人在正式期刊上发表过科研论文。

于是刘建刚向医院党委提出在石阡县人民医院创建市级重点专科的建议。“创建市级重点专科，科研项目和论文是硬指标，通过这个抓手可以调动各个科室搞科研的积极性。”刘建刚说。

对于一个欠发达地区的基层医院，被“逼”着搞科研谈何容易。有积极响应者，也有既不支持也不反对者，甚至还有反对者。在刘建刚的鼓励引导下，一批积极响应者率先与刘忠杰一起搞成了首个科研成果——发表了一篇国外权威医学 SCI 期刊论文。这在整个贵州医学界都罕见的医学成果像一颗炸弹，炸“醒”了医务工作者的科研热情。

2018 年，石阡县人民医院申请 7 个市级重点专科，最终 3 个顺利获批市级重点专科，4 个顺利成为市级重点建设专科，实现了石阡县人民医院市级重点专科数量“零”的突破。

院长史超感慨地说：“目前，整个医院已经写成的科研论文有十几篇，分别处在投稿、审稿或修改过程中，有的科室已经独立发表了核心期刊的科研论文，全院的科研热情持续高涨，科研风气已经开始形成。”

苗绣之花遍地开 千家万户幸福来

◇讲述：石丽平　整理：余 伶 龙 勇

在贵州省松桃苗族自治县，只要说起“松桃苗绣”，都知道这不仅是一种产品，更是一种生生不息的文化。只要说起石丽平这个名字，大家也都知道她是贵州省松桃梵净山苗族文化旅游产品开发有限公司董事长、贵州省非物质文化遗产苗绣项目传承人、“鸽子花”松桃苗绣文化品牌创始人，第十三届全国人大代表。

经过石丽平10余年的艰苦奋斗，“松桃苗绣”已从边远的苗寨走向了全国，走向了世界。2011年5月，松桃苗绣中的“苗族花鼓舞”刺绣系列作品被中国外交部作为外交礼品使用。2013年9月，松桃苗绣“鸽子花旋极图”被联合国作为外交礼品使用。2015年7月，“松桃苗绣”成功注册国家地理标志证明商标；2015年12月，石丽世创建的“鸽子花”品牌被认定为“贵州省著名商标”，并成为贵州文化旅游的商品名牌。

因为石丽平的坚持，以“鸽子花”品牌为代表的“松桃苗绣”已成为当地一张金灿灿的文化旅游名片；在石丽平的带动下，当地已累计培训绣娘、绣爷1万余名，4000余名群众实现家门口稳定就业增收。可以说，石丽平带领家乡的群众闯出了一条脱贫致富的好路子。

以技养业惠万人

“与其送黄金万两，不如送一技之长。”这句话，是石丽平在一次培训的开班仪式上说的。过后，她时常对人说起，要以“松桃苗绣”技艺为载体，开创一个全新的民族文化传承面貌，并付出行动，以培训的方式，结合国家减贫、脱贫政策，带动松桃县域内成千上万的妇女就业，让她们不用再抛家弃子地外出务工，实现在家就能就业增收的梦想。

2010 年，石丽平走村串寨，在全县范围内，引导一批批留守妇女，报名参加“松桃苗绣”技艺培训。一年下来，通过石丽平不辞劳苦的劝说和动员，成功举办了 32 期培训，共培训绣娘 2000 余人次。为了提高学员的积极性，公司还不定期举办加强培训班，效果甚佳，有 1000 多人被公司择优录用，因此拥有了千人刺绣队伍。

为了扩大公司规模，自 2012 年起，在传承刺绣文化的同时，石丽平也想方设法让更多的苗族绣娘利用手中的技艺脱贫致富。于是，石丽平启动“锦绣计划”和“百万绣娘”计划，将留守妇女等人口压力转化成人力资源。在接受媒体采访的时候，她很自信地介绍说：“我公司采取‘公司 + 基地 + 农户’的灵活就业模式，实行‘计件为主 + 效益 + 产品提成’薪酬模式。妇女在家能就业，不仅有了经济来源，也促进了家庭和谐与社会和谐。”

通过五年时间的努力，公司的“鼓舞刺绣”“凤舞花开”等系列产品被外交部定为外交礼品，广大留守妇女的劳动成果得到了社会各界的肯定，工资也从刚开始的每月七八百元，涨到了每月元一千五六百元。石丽平一直站在减贫、脱贫的道路上，是松桃实践扶贫的先驱者。她以自己的创业成果捐助贫困学生的举动，曾感动一方。

随着“锦绣计划”“绣娘计划”“雨露计划”“非遗传承人群培训”“贫困劳动力培训”“手工技能培训”等一系列惠民利民工程的实施，石丽平利用“公司 + 基地 + 农户”的就业模式，实行“计件为主 + 效益 + 产品提成”的薪酬制度。截至 2018 年，累计培训 1 万余名绣娘。因此，她曾在对媒体面前说：“脱贫攻坚的主战场，巾帼也不让须眉，妇女也能顶半边天，把指尖文化变成指尖经济，小小针尖也能撬动脱贫事业。”

扶贫工坊稳就业

2018 年，石丽平通过走访、调研、座谈等方式，进入社区、学校、企业，并了解到，现在有很多贫困群众虽然通过易地扶贫搬迁政策从大山深处搬到了城镇，解决了交通、就医、教育等问题，但就业仍是难题，于是她想到通过发展手工产业解决易地扶贫搬迁群众的就业问题。

2018 年至 2020 年，为了贯彻落实党和国家的脱贫攻坚政策，石丽平带领公司全体员工，策划并实施“公司 + 易地搬迁扶贫工坊 + 搬迁户”联结培训模式，以及“一人一工坊”居家就业方式，推进企业产业化生产经营。组织易地扶贫搬迁户参与生产加工，不仅有益企业的自身发展，也创造了就业岗位，为脱贫攻坚这一伟大的惠民政策出了一份力。这个模式在松桃县内先试先行，于松桃团山易地扶贫搬迁安置点、松桃南站易地扶贫搬迁安置点 A、B 地块，及松桃育才社区易地扶贫搬迁安置点，先行开展多形式的交流研习与实践。继而整合由公司内部从业人员，以及由特聘工艺美术、文创产品设计等相关专业的大学教授组成的两支师资团队，作为松桃苗绣“易地搬迁扶贫工坊”技艺培训案例的师资力量。给所有涉及本培训项目的易地扶贫搬迁人员，提供“扶贫工坊”建设场地、开展培训所需的技术和原材料等财力物力。从而，以“松桃苗绣”传统手工技艺助力脱贫攻坚，更好地发挥文化传承创新功能，服务地方经济社会发展。

该项目采取“公司 + 易地搬迁扶贫工坊 + 搬迁户”的联结方式，与搬迁户之间形成稳定的利益联结机制。按照一体化、专业化、标准化的要求组织农户培训、就业、创业，可以有效地提高搬迁户家庭经营的组织化程度，从而提高每一户的经济收入，让其生活条件和生产条件得到有效改善。

在取得良好的成效之后，公司又跨区域在铜仁市碧江区、大龙经济开发区、万山区、思南县、石阡县、德江县、印江县、江口县等区县，以及省内的黔东南、黔西南、遵义，省外的湖南、重庆、云南等地，围绕就业和脱贫问题，以“松桃苗绣”技艺培训为基础，针对性地制定培训课程，积极与各县相关部门合作，开展“扶贫工坊”复制性培训，为省内外脱贫攻坚工作贡献力量，使各类贫困人口掌握一技之长。培训过程中，绣娘们通过计件加工、来料定做等方式，有的有了固定收入，有的实现了成功创业，一些易地扶贫搬迁的贫困妇女成了当地的脱贫致富“明星”。截至 2018 年，石丽萍的公司平均年产值达6000万元，辐射县内外26个县（市、州），先后培训易地扶贫搬迁群众2000余人次，直接带动300余名贫困户脱贫。

实施“公司+易地搬迁扶贫工坊”的培训模式，体现了“松桃苗绣”在参与脱贫攻坚工作上的积极性，更是在一定程度上创新了社会经济发展与解决贫困的新模式。突出了传统技能专业化和群众性相结合，针对性和广泛性相结合，民族性和市场需求相结合的三大无缝结合的脱贫攻坚新办法。

业绩突出受肯定

由于工作业绩突出、带贫成效明显，石丽平先后被评为贵州省“巾帼建功”先进个人，被中国女企业家协会评为“杰出创业女性”，被中华全国总工会授予“全国五一巾帼标兵”，被中华全国妇女联合会授予“巾帼建功标兵”，被中华全国工商业联合会和中华全国总工会授予“全国关爱员工优秀民营企业家”，被中华人民共和国人力资源和社会保障部和中国商业联合会授予“全国商贸流通服务业劳动模范”，被中共贵州省委和贵州省人民政府授予“贵州省民族团结进步模范个人”，被天下贵州人活动组委会授予“企业家助力脱贫攻坚年度人物”，被第十届品牌女性高峰论坛组委会授予“2017中国新领军品牌女性”等荣誉称号。

2018年，石丽平成功当选为第十三届全国人大代表。同年，她又获得“全国非物质文化遗产保护工作先进个人”，2018贵州省文化产业“十佳人物”及“贵州十大杰出女企业家”等称号。

2019年3月，石丽平被全国妇女联合会授予“全国三八红旗手”荣誉称号。2019年12月，石丽平被中国民主建国会中央委员会授予“民建脱贫攻坚奖先进个人”荣誉称号。2019年12月，石丽平获2019“中国非遗年度人物”荣誉称号。

10余年来，石丽平初心不改，以技艺培训为载体，以带动就业为目的，让“松桃苗绣”遍地开花，成功把“指尖技艺”转化为“指尖经济”，变“输血式”扶贫为“造血式”扶贫。

“首富村”里的“穷当家”

◇讲述：冷朝刚　整理：杨 聪

2020年7月3日，思南县塘头镇青杠坝村的“森林山庄”门外，车辆往来，人流如织。村主任赵晓虎说：“村集体投资上千万元建的这个山庄，开业以来平均每天接待上百名游客，日均收入5000多元。”

一个偏远山村能拿出上千万元建山庄，记者感到吃惊。据介绍，青杠坝2019年村集体经济收入就突破600万元，村民人均收入达到15000元，成为思南县名副其实的“首富村”。

这个“首富村”，昔日却是思南最穷的村之一。赵晓虎说，青杠坝翻天覆地的变化，是因为有冷朝刚这样一位好支书。但是，这位村支书如今却是村里的“困难户”。

穷村“首富”懂感恩 要富大家一起富

56岁的冷朝刚，满头华发，衣着朴素，站在人群中一点也不“显眼”。但这个不怎么显眼的人，曾经却是青杠坝村的“首富”。

1993年，精明能干的冷朝刚开办杂货铺，收购农产品，销售农用物资等，一年能收入10万余元，是青杠坝村最富有的家庭。

而当时的青杠坝，正流传着一句顺口溜：“青杠坝、田大丘，三年两不收；有女不嫁青杠坝，红苕拌饭酸菜下。”

实际上，在经商之前，冷朝刚家的日子也好不到哪里去。1978年，初中毕业后，因家庭贫困，缺劳动力，在家中排行老大的冷朝刚被迫放弃学业，回家帮忙“挣公分”。

第二年，青杠坝村实行家庭联产承包制，冷朝刚家分到了10多亩地。此后10余年，冷朝刚的生活与这10多亩耕地紧紧地绑在一起，日子过得紧巴巴的。

20世纪90年代，改革开放大潮在黔东大地上澎湃。冷朝刚抓住机遇，开始把农用品、油盐酱醋等物资买进村来销售，同时收购群众的农产品销到村外去。

白手起家，生意越做越大，短短几年，他便把生意扩展到周边村寨，成了青杠坝村的“首富”。

冷朝刚虽然富起来了，但青杠坝依旧还是穷面貌。1999年，冷朝刚被村民推选为村主任。他毅然放弃生意，全身心带领村民致富。

当时，村干部一年的工资不过800元，还抵不上冷朝刚做生意时一个月的收入。他说：“我能富起来，要感恩党的好政策，我要带领村民一起富。”

2004年4月30日，冷朝刚站在党旗下宣誓，志愿加入中国共产党。不久后，他挑起村支书的重担。他暗下决心：“作为一名党员，不能只顾小家，只计个人利益，必须全身心带领村民一起致富。”

不忘初心齐奋进 昔日穷村今“首富”

要富就要一起富，言之容易，为之艰难。

青杠坝地势偏远，不沿路、不沿河、不靠城，缺水、缺地，更缺钱，要想富，靠什么？

冷朝刚日夜不停地搞调研，多次召开群众会征求意见，最终村支“两委”达成共识：大力发展经济作物。

冷朝刚把自家的三亩地当作试验田，试种西瓜、辣椒、大蒜。成功后，他号召全村人种植，然而却被一些村民泼了冷水：“西瓜、大蒜又不能当饭吃，种来卖给谁？能赚钱吗？”

于是，冷朝刚自己出资10多万元，购买种子和肥料等发放给村民，同时与村民签订收购协议，打消了村民的顾虑。当年测算，一亩西瓜的产值能达到4000多元。看到实实在在的收益，村民也动了心。

种植业发展起来，但新问题又出现了。因为从事种植业的农户小而散，对市场行情把握不准。农产品量大，客商就会压价；市场需求大时，往往产量又不高。

“抱团发展才能壮大。”对此，冷朝刚引导村民以土地和现金入股，组建种植养殖专业合作社，集中流转土地，统一规划种植，整体效益因此大幅提升。

为抓住省委、省政府发展集体经济好政策，青杠坝村又建起养殖场，还组建劳务公司，承揽村里和市场上的小工程、小项目。

为了进一步壮大种养业，全村投资200多万元，建成农产品加工厂，生产的甜大蒜、糟辣椒等产品行销重庆、四川等地。

牢记使命勇担当 清白做人表忠诚

几间简陋的砖房，几件陈旧的家具，冷朝刚家中唯有墙上挂着的电视机是新的。

“电视机是去年女儿买来送给我们的，之前那台用了10多年了，画面不清晰。”冷朝刚的妻子田儒翠告诉记者。

冷朝刚的两个女儿已出嫁，儿子还未娶亲。采访中，田儒翠数度哽咽。她说：“有人当支书越当越富，冷朝刚却越当越穷。现在儿子要结婚了，却连套像样的新房都没有。”

10多年来，冷朝刚让青杠坝变成了思南的“首富村”，而这个曾经村里的“首富”却反而变成了村里的“困难户”。

“全村280多户，有小车的家庭就有150多户，而且家家都有摩托车，但冷朝刚家却连一辆摩托车都没有。”村民王朝宣说。

自从担起带领全村人致富的重担，冷朝刚便放弃生意，一心一意投入到村里的发展中。他家的收入来源，主要靠冷朝刚一人的工资，以及几亩经果林。

近年来，思南县落实脱贫攻坚一线干部激励关怀政策，冷朝刚成为该县享受副科级待遇的村干部之一，月工资涨到了 3800 多元。

“不能当个支书把自己给当穷了。”有人劝冷朝刚，村里每年实施那么多项目，可以承接一些以改善自家的生活条件。还有人以给“回扣”的方式上门请求承包村里的工程。对此，冷朝刚态度坚决，一律回绝，并特意给自己和家人定下“不准插手村级项目建设”的规矩。

“冷支书不仅给自己立规矩，还给村支‘两委’和党员干部立规矩，尽管我们村集体每年有 600 多万元的收入，但村干部不从中拿一分钱。”赵晓虎说。

“忠诚、干净、担当，是我们共产党员的本色，不能总想着回报，时时处处要以群众利益为先。”冷朝刚多次在村里的党员会上强调。

青杠坝专门聘请有资质的会计和出纳员，规范村级账务管理。所有项目建设均需开会集中讨论，资金投向、管理以及收支情况等接受村监督委员会监督，并实行一月一通报，确保账目明明白白。

冷朝刚还很少伸手向上面申请资助。近年来，青杠坝除水、电、路等基础设施外，文化广场、村委会办公楼以及村庄美化绿化等，均由村集体经济筹资实施。

“从 2015 年开始，我们便向组织申请，放弃了农村三类低保的名额和一些小项目，我们主动让给了其他村。”冷朝刚说，村里自己能办的事情，决不给组织添麻烦。

牢记使命勇担当，清白做人表忠诚。“首富村”的“穷当家”冷朝刚，始终在严于律己中践行初心。他说：“作为一名共产党员，要不忘初心、牢记使命，要苦干实干，让群众过上更加幸福的生活。”

用实干和坚守铸就丰碑

◇讲述：朱永学　整理：安慧芳

2017年，老党员朱永学54岁，32年党龄，20年的村干部生涯，15年连任村支书。可以说，朱永学的半生，都奉献给了一口刀村。

一口刀村位于沿河土家族自治县思渠镇西部，有1300多人，耕地面积798亩，地势偏远，基础薄弱，曾因落后、环境脏乱、群众发展产业积极性不高而得名。而如今，村里成立起了农民专业合作社，发展起了中药材和经果林种植产业，变成了远近闻名的上进村、文明村。

“今年2亩土地入股种植基地，5年内可收入2400元，加上中药材收入分红650元，还有在基地务工的收入……”村里的贫困户朱永怀，算着这一年下来的收入，喜笑颜开。

“以前什么也不懂，就凭一股子热劲干，效果不太好，自从朱支书带我们出去开了几次眼界，技能提升了，致富也有思路了。”村里的党员田茂碧竖着大拇指说道。作为村里的党支部书记，朱永学带头领着党员干部在会上集中学习，又外出实践学习取经，村党员干部在学习实践中受了教育、提高素质，再带动村民、贫困户，一起谋发展谋致富。近3年来，该村党支部组织开展了学习会100余场次，8名致富能人发展成了党员。

要想富，先修路。一口刀村11个村民组，公路不通是群众长期挣扎在贫困线上的一大重要因素。当年，朱永学这个村支书一上任就把修路作为为群众办的第一件实事。然而，当时的村集体经济账面资金为零，要修路，谈何容易？修路就得占地，而土地是涉及村民的利益的，做村民思想工作之难可想而知。朱永学和村支“两委”干部挨家挨户讲政策，白天找不着人，就晚上再上门，个别村民不理解，朱永学就苦口婆心、反复登门，终于让占地修路得到了涉地村民的理解和支持。

2004 年底，在当时的市委宣传部党建与扶贫工作队的帮扶下，朱永学自筹资金，和村民投工投劳，通村公路终于完工，结束了一口刀人肩挑背驮运物资的历史。

修路期间，他从家里搬到了工地，上下协调，监督质量，日夜奔波在工地。一次，正是修路的关键当口，一场大雨骤至，眼看着雨随时可能冲垮新筑起的路基，朱永学二话没说，戴着头盔手拿钢钎，跳进了齐腰深的水沟里……看到党员干部带头，村民也纷纷拿来工具，加入到抢险工作中。

雨停了，路基安然无恙，“那种情况下，再怎么累，也是值得的”。至今，朱永学说起那次抢险来仍是话语干脆。

同年，该村还启动了水、电等设施建设，解决了 3 个村民组 146 户 700 余人行路难的问题，和 3 个村民组 140 多户 600 多名群众及 1000 多头牲畜的饮水困难。

2011 年、2013 年，一口刀村遭遇大旱，人畜饮水问题严峻，朱永学嘴上鼓励着大伙自救，心里却急得不行。

他不知翻了多少座山，走遍了附近几个村，却都没有找到合适水源，最后，他不得不把希望押在了朱家洞的暗河上。

然而，朱家洞是远近皆知的险洞，洞内岔道丛生，暗河密布，人要进入不容易，出来更难，极易跌入暗河。但解决村里饮水是大事，朱永学顾不上那么多了，带领村里数十个青壮年，系上绳子，扛上他从镇、县里协调来的 5 台抽水机，拉上水管进了洞。洞口围满了一口刀村的男女老少，他们都盼着朱永学能安全地把洞内的水抽出来。半小时，1 小时……3 个小时过去了，水没出来，人也没出来。乡亲们正担忧着，突然，一股清水从管口喷涌而出，洞口响起了村民们的欢呼声。

党员的先锋模范作用，在朱永学的心里，更在他的脚下。一口刀村党支部 2007 年被沿河县委评为先进村党支部；2008 年被思渠镇党委评为先进基层党组织；2009 年，被镇党委评为社会治安综合治理工作先进村；2010 年，被县委评为“五个好”基层党组织；2011 年，被镇党委评为抗旱先进集体。而朱永学个人，则在 2012 年获市委授予的创先争优优秀共产党员称号，2013 年获沿河县“五星党员”称号，2015 年获全省“文朝荣式好支书”称号。这一个个光鲜的荣誉，便是朱永学入党三十余载，时时刻刻谨记党旗下的誓言、不忘初心的最好的见证。

奔赴征程忽如归

◇讲述：沿河干部群众　整理：文 波

青山肃穆，乌江悲鸣。2020年8月10日，在贵州省深度贫困县沿河土家族自治县脱贫曙光初现之时，该县司法局党组成员、副局长，驻沙子街道井坝村脱贫攻坚指挥长崔林权，因患心脏病在驻村驻地去世，倒在了决战深度贫困的第一线，将生命定格在48岁，用坚守阻击了贫困，用生命诠释了忠诚。

10日一大早，得知崔林权去世后，当地上百名干部群众带着惊讶、悲痛和惋惜，纷纷赶到井坝村村委会，来看这位日夜坚守在村里帮助群众脱贫致富的驻村干部最后一眼。

11日上午，井坝村脱贫攻坚指挥部像往常一样，按时开展“五个一”和“一日一学”活动，然而和往常不一样的是，所有男同志都低垂着头，女同志都在低声哭泣……

壮志未酬身先去

崔林权，1972年出生在沿河和平街道迎将桥社区一个贫困农民家庭，1991年从专业学校毕业，回到家乡从事乡镇兽医工作，1992年转到司法行政部门工作，1995年调至县司法局工作，2017年任局党组成员、副局长，2020年3月被组织安排到沙子街道井坝村任脱贫攻坚指挥长。

沿河土家族自治县，地处武陵山连片特困地区，是贵州省深度贫困县之一，也是铜仁市10个区县中最后一个未脱贫的县。按照贵州省脱贫攻坚部署，2020年底沿河将要脱贫出列。

2020年初，沿河发起“决战深度贫困100日攻坚”行动，崔林权被下派到井坝村任脱贫攻坚指挥长。

“他是3月2日来村里的。当时正是新冠疫情和脱贫攻坚‘两战’最紧张的时候，从上岗那天起他就没有停下过，奋战156天后，倒在了决战脱贫攻坚最后冲刺的路上。”采访中，同是来自沿河县司法局的党组成员、井坝村脱贫攻坚常务副指挥长田维仲悲痛地告诉记者。

田维仲说，根据全县脱贫攻坚的安排，县司法局下派9名干部到井坝村驻村扶贫，其中有3名班子成员，崔林权任指挥长，加上街道驻村干部和村四职干部，攻坚队共有15名队员。

作为指挥长，崔林权的工作压力比谁都大，付出的辛劳也最多。“从进驻村里开始，他就投入到紧张的战疫战贫中，疫情缓解后，又全力冲刺脱贫攻坚，他带领全体队员核信息、补短板、抓产业、拆旧房、整环境，除端午节全县统一放两天假外，攻坚队没有放过一天假，时刻都处在紧张的奋战之中。”朝夕奋战的战友突然离去，沙子街道财政分局局长、井坝村脱贫攻坚副指挥长张学文内心十分沉痛，张学文在崔林权之前曾任过井坝村的指挥长，深知他肩上的责任和压力有多大。

村主任杨胜武说，8月9日是井坝村脱贫攻坚队和村民吃连心饭的日子，为了和村民吃好连心饭，县里给井坝村配送了144只肉鸡。“一早，他就带着我去县城处理我们村一名贫困户的家事，处理好后我们匆匆吃了碗米粉就赶回了村里，帮助准备连心饭的食材，到村已是中午时分，他就和村支书顶着35度的高温处理肉鸡，一做就是3个多小时，下午因为劳累疲倦，他没吃多少晚饭。晚上，他又带着我们开‘一日一研判’会，安排部署第二天的工作。”

同是沿河县司法局派驻井坝村的攻坚队员廖显军告诉记者，8月9日全村有400多名在家村民到村委会吃连心饭，现场气氛十分热烈，攻坚队员和村民一边吃着大锅饭，一边交流沟通感情，共同分享上半年的脱贫攻坚成果，共商怎么做好下半年“最后 100 天”的冲刺工作。

吃过连心饭后，沙子街道党工委书记谯乔和街道办事处主任黄凤仪到村里看望干部群众。“这一天，从早到晚他都在忙碌，送走街道办领导，开完当天的工作研判会已是深夜，他又一直忙到凌晨才去休息。”廖显军说。

据田维仲介绍，第二天一早，他七点钟到村委会办公室，却不见崔林权，可平时整个攻坚队中崔林权起得最早，经常是六点钟就来打扫卫生了。“我以为他是昨天太累了，要多休息一会，然而到了七点半他还没来上班。我打他电话没接，我们三个队员就去他寝室，看见他还睡在床上，喊他却一直得不到回应，才发现他不行了，就急忙打 120 把他送去县人民医院抢救，同时向上级报告，最后还是没有抢救过来。”

就这样，这位驻村脱贫攻坚指挥长，奋战 150 多个日日夜夜后，在战友和村民们的悲痛和惋惜中，永远离开了他付出许多艰辛的战贫岗位。

脱贫路上急先锋

井坝村位于沿河县城东部海拔 1000 多米的龙头岩下，距沙子街道办事处 12 公里，距沿河县城 16 公里。

全村土地面积 3831 亩，耕地面积 2960 亩 (田 1923 亩，土 1037 亩)，森林覆盖率 54%，辖 7 个村民组，属二类贫困村，2018 年已出列。2020 年，全村有农业人口 355 户 1323 人，其中低保户 65 户 107 人，五保户 2 户 2 人，重病户 7 户 7 人，残疾人 47 户 49 人，建档立卡贫困户 92 户 336 人，未脱贫户 13 户 29 人，全村扶贫搬迁 31 户 127 人，2019 年全村集体经济收入 4.7 万元，农民人均可支配收入 7200 元。贫困发生率由 2014 年建档立卡之初的 25.5% 下降到 2019 年末的 2.2%。

由于 2020 年是脱贫攻坚最后冲刺年，扶贫任务重，攻坚难度坚，工作压力大。“对工作要求很严格，他刚来的时候，工作节奏让我们村里的干部很不适应，按照他的要求和安排，我们家中的生产和家务就兼顾不了，毕竟一家老小要吃饭啊，为此我还和他闹了几次矛盾，决定辞职不干了，多次向村委会和街道办递交申请。”谈起崔林权的工作作风，村主任杨胜武佩服地说，“后来我看他是真心实意干事的，什么工作都亲力亲为，被他的务实所感动，我终于想通了，决心好好跟着他干，再也没有提过辞职了。”

杨胜武说：“我在想，他们作为外乡人，这么辛苦来帮扶我们是为了什么？我们有什么理由不配合、不支持呢？”

在井坝村采访时，记者了解到，攻坚队员和村民们对崔林权的工作作风，没有一个不充满敬佩的。

付星斗是沿河县司法局原副局长，他也和崔林权一起被派驻井坝村扶贫。“他这个人对组织很忠诚，工作责任心极强，几乎每天都只休息四五个小时，其余时间都处于工作状态，什么脏活重活累活都亲自带头干，随时都处在紧张工作中。”付星斗说，“我还多次和他沟通过，建议他要注意休息，不要太过劳累，身体比什么都重要，他总是说，好多工作还没做好，与脱贫出列标准差距还很大，心里放不下。”

34岁的攻坚队员陈川，是个女队员，也来自县司法局，得知崔林权突然去世，她好久都没反应过来，8月10日早上，送崔林权上救护车后，她痛哭了一个上午。

说起崔林权平时的工作，陈川就止不住地流泪：“平时崔局长对我们很关心，他对工作要求非常高，有时我太累了还在他面前耍小情绪，现在想起来很后悔，觉得好对不起他。他在我心中就是一位好领导、好大哥。”

陈川告诉记者，有一次工作沟通中崔林权说，等脱贫攻坚胜利了，回单位就向组织申请退休，好好休息一下。“没有想到，现在他连申请退休的机会都没有了啊……”

在沿河殡仪馆，沿河县司法局局长谢鸿告诉记者，崔林权在单位班子中分管办公室和机关事务，还兼任局机关支部书记。单位中除局长外，所有班子成员都派进村了，谢鸿当时想留他在单位保持工作正常运转，在找他谈话时，他却说：“在决战脱贫攻坚的最后关健时刻，大家都下去了，我不去心里不安，也不踏实啊。”

谢鸿说，崔林权在司法部门工作时间长，经常从事信访调解，不仅专业业务精，做群众工作也很有经验，在基层开展脱贫攻坚工作思路清、效果好。“为了支持他的工作，我先后多次通知在沙子街道其他村任指挥长的另外两个班子成员，到井坝村现场召开局班子会，统筹安排局里的业务工作和驻村脱贫攻坚工作。

“这个同志很实，实在‘干’上，干部面前率先干，群众面前踏实干，困难面前抢着干。”沿河县人大常委会副主任、沙子街道脱贫攻坚指挥长李仕学说。工作中，崔林权讲大局，讲担当，讲奉献，在任指挥长以前，崔林权只是一名帮扶干部，因脱贫攻坚工作需要，街道指挥部找他征求意见，请他担任村脱贫攻坚指挥长，他明知这个任务困难多、压力大，却没有推辞。

崔林权对组织很忠诚，平时对别人要求严，对自己要求更严。采访中，记者从沿河县有关部门了解到，崔林权自参加工作以来，从来没有受到过任何投诉举报和纪律处分。

群众身边热心人

2020 年 8 月 11 日，听说有记者来采访，井坝村很多村民都自觉聚集到村委会坝子里，争先恐后向记者介绍他们心目中的崔指挥长。

寨上组 48 岁的吴桂霞，是崔林权的结对帮扶户，吴桂霞家就住在村委会旁边。“崔同志是个好人啊，每天起床就看到他在打扫卫生，晚上一两点钟了他们屋里灯都还是亮着的，平时他经常来我们家走访，问寒问暖的，还帮助我们解决很多困难。今年我家庄稼受洪灾，他就主动帮忙联系办保险，我女儿初中毕业没有考上好的高中，他又帮忙联系了中职学校，我们对他的去世感到好可惜啊。”

2020 年，根据县脱贫攻坚指挥中心的安排，井坝村发展生态鸡代养项目，鸡场承包给村民张和玉建设。“他给我印象最深的就是‘下得烂’，由于工期紧、时间急，他三天两头就往工地跑，村里外出务工多，不好请劳力，他每次到工地都要帮助干活，见什么做什么，不管是安装电线水管还是提砖扛水泥，他都拿得住。”

“青石组的石仲强今年种了6亩辣椒，由于天灾，将近40%的苗病死了，当时县里已停止供苗，石仲强心里非常着急。”田维仲说，崔林权得知情况后，立即四处联系，打听到70公里外的谯家镇一家辣椒企业还余下一些苗，他就亲自带着我跑去谯家镇拉苗，辣椒企业被他的责任心打动了，免费给我们提供了1万多株种苗。

据副指挥长张学文说，崔林权除了统筹攻坚队的工作外，自己还包保了6户贫困户，只要队里没其他工作，他多数就在贫困户家，帮助他们做一些家务活。

“记得有好多个周末，帮扶贫困户问崔林权要去县城不，想请他顺便把小孩带到县城上学，崔林权本来没有打算进城，也答应说要去，为送孩子们上学，他就专门跑一趟县城。碰到困难的家庭，他总要两百三百支持点钱，从他进村扶贫以来，共支出有两三千元了。”张学文说。崔林权在县人民医院抢救时，医生从他的钱包里找身份证登记，发现包里只有身份证和驾驶证，没有一分钱。

在易地扶贫搬迁拆旧复绿工程中，很多贫困户家中没有劳力，他就主动带着攻坚队员帮助拆除。“他体力好，在拆水泥板房时，还亲自打大锤，别人只打得几锤就感到手软，他要打半天。除了亲自参与拆房，他还要帮助村民把家具和粮食搬运出来，他的衣服经常被汗水浸成‘花衣服’，脸上黑得像煤炭工人一样。”村主任杨胜武说。

崔林权去世后，很多村民都想到沿河殡仪馆去看他，白天不得空，大家就晚上约好一起到殡仪馆守夜。

在殡仪馆，村民李祥书、杨权、吴秀英、唐红英、周碧霞、黄碧仙等，一见到记者话就多了起来，一个一个讲述崔林权在村里扶贫的点滴故事。

村民周碧霞说：“崔同志平时看我们喜欢用手机播放音乐唱歌跳舞，他就承诺要在村委会建个舞台，配好音响，方便群众娱乐，没有想到这个承诺还没来得及兑现他就走了啊。”

吴秀英是村脱贫攻坚队请的炊事员，对崔林权的工作特别熟悉。“他每天起得最早，睡得最晚，我只负责他们的中餐和晚餐，早餐是他们自己煮的，平时多数时间是崔局长起来给大家烧水煮面条。”吴秀英说，“崔局长经常要求我每餐多煮点饭，因为经常有村民到村委会办事，晚了就让他们在食堂一起吃饭。吃连心饭那天，他还要我们第二天早上去村委会吃饭，然后再去归还农户的炊事用具。”

亲人心中顶梁柱

崔林权家有五兄妹，他排行第二，大姐没有工作，成家后就在外面生活了。崔林权参加工作后，就帮家里送三个妹妹读书，妹妹们现已全部参加了工作。

“他是这个家的支柱啊，一家老小都要依靠他，现在他走了这个家就更困难了。”崔林权的妹夫杨立告诉记者。崔林权去世后，他的妻子田茂霞悲痛欲绝，他父亲也晕过去几次，母亲一直处于昏迷中。

杨立说，崔林权很善良，特别体贴人，从小就很勤奋，送三个妹妹读书参加工作后，又要送女儿上大学，还要养三个老人，压力很大。

“我们一家都是靠爸爸，他工作上的事家里从来不过问，他做什么都全力支持他，以前没有驻村时，他还经常回来干些家活，照顾多病的爷爷奶奶和外婆。自从他去驻村了，就很少回家了。”女儿崔丽红告诉记者，“驻村5个多月就回家两三次，最近一次是给爷爷奶奶送空心李，在家坐了半个小时就走了。”

“崔林权的妻子患有心脏病，前几天正在广州看病，得知崔林权去世后，才和在广州打工的大妹一起赶回来。”杨立说，崔林权的父亲70多岁了，患有一种很难根治的皮肤病，每个季度都要住院治疗一次，去年老人还不小心把脚摔断了，至今都还没有康复好，走路很不方便。母亲患有胃病和心脏病，已做了心脏搭桥手术，每个月都要去重庆西南医院复查。岳母也年老多病，经常要吃药，家里随时都离不开人照顾。

据崔丽红回忆，父亲从来不爱多说话，除了关心她学习以外，平时她们很少有时间交流。“父亲虽然不能经常在家照顾家人，但他心里却随时在想着我们，还经常给家里带东西，有他在我们心里都踏实。”

说到崔林权因脱贫攻坚照顾不了家人，副指挥长张学文讲了一件事：“有一次他父亲到县人民医院住院治皮肤病，我和他进城找贫困户签字核实信息，办好事后他说去医院看个病人，我坚持着和他一块去，才知道是他父亲在住院，当时病房里没有人陪护，他父亲说病很难治好，想出院，不治了，他就安慰父亲不要多想，要安心治疗，陪了父亲一会，付了3000元药费就又回村里了。”

“从今年3月接到组织任命，他就舍小家顾大家，面对未知的困难、面对脱贫的重担、面对百姓的期盼，他义无反顾，冲锋在前，坚持干最苦最难的活，做最急最实的事，将全部的精力、满腔的热血，甚至宝贵的生命都奉献在了脱贫攻坚战场上，他的工作作风和奉献精神，值得我们每一个脱贫攻坚干部学习，更像一面旗帜，为我们决战‘最后100天’指明奋斗方向。”沙子镇党工委书记谯乔说。

英雄已逝，精神永扬。明日沿河，脱贫必胜。

侯元军：扎根基层勇奉献 倾囊所有促脱贫

◇讲述：侯元军　整理：蔡 茜

一身朴素的军绿色短袖和长裤，一双穿得满是泥土、快要破掉的运动鞋，一脸憨厚、腼腆的笑容，是沿河自治县红星村驻村第一书记侯元军给我留下的最初印象。

这位“80后”驻村书记，已在红星村驻村三年。因工作认真、勤勉务实，2016、2017、2018连续3年被镇党委年终工作考核评为“优秀”，2017年荣获“全县优秀驻村第一书记”、2018年荣获“全县脱贫攻坚十佳人物”称号，2019年，他被中共铜仁市委、铜仁市人民政府评为“铜仁市先进工作者”。

1982年出生于农村的侯元军，2001年加入中国共产党，2004年7月参加工作，是沿河自治县畜牧兽医局的一名水产工程师。2016年6月，组织选派侯元军到官舟镇木梓玲村担任第一书记。

经过两年的“摸爬滚打”，他逐渐总结出了一些经验，找到了服务百姓的“密码”：亮身份，亮承诺，细微之处见精神；办实事，谋发展，身到心到找诀窍；火融冰，热暖冷，真情赢来鱼水情。

驻村以来，他牢牢把职责使命扛在肩上，带领村支“两委”全力助推脱贫攻坚。在他的带领下，木梓岭村集体经济收入从0增加到19.7万元，贫困发生率从19.37%下降到2.72%，全村水、电、路、房、讯等基础设施得到有效改善，群众生活水平日益提升。2016年底，木梓岭村顺利摘除“贫困村”的帽子。

收获的背后，往往隐藏着鲜为人知的辛酸付出。天旱时，他到政府申请发电机、抽水机，到田间帮群众抗旱；天晴时，他用自己掏钱购买的旋耕机到田地里帮助农户一起耕地。白天，他用自己的皮卡车免费帮群众运粮食、运水泥、石头；夜晚，他利用自己的专业知识为群众的牲畜医病，免费提供畜牧养殖疾病预防技术……驻村期间，车胎跑坏3对，货箱拉坏1个，修补资金达1万多元，但他始终无怨无悔。

在顺利完成2年驻村工作任务后，侯元军可以申请回原单位工作，脱离这艰苦的脱贫攻坚战场。但想到还有许多贫困群众尚未脱贫，他觉得自己的使命还未完成。在2018年驻村轮战时，他主动向组织申请继续驻守在脱贫攻坚一线，担起了红星村第一书记的重担，开启了又一个帮助贫困村脱贫攻坚的新征程。

“喜欢待在农村，喜欢农村的一切。”当记者问到为什么选择继续驻村时，不善表达的侯元军总结出了两个字：喜欢。

要知道，红星村土地贫瘠、环境恶劣、各种条件欠缺，是国家一类贫困村。

2018年，红星村争取到3个产业扶贫项目，但都需要先建后补。由于村里没有集体经济，项目无法启动。遇到问题怎么办？侯元军心里只有一个念头：必须要想办法解决眼前困难，脱贫攻坚一天都等不起。他下定决心要先把产业发展起来。思前想后，他脑袋里蹦出了两个字：贷款。随后，他前后共向银行贷了20万元借给合作社，解决了眼前的资金难题。

经过一年多的努力，红星村按照“村社合一”发展模式，先后发展了猪、牛、鸡等产业，全村贫困户加入了农民专业合作社参与分红。如今，红星村的养殖产业正在一步步扩大规模。不久前，通过县内招商引资，该村成功与铁骑力士牧业科技有限公司建立合作关系，计划为该公司代养生猪1000余头，再次拓宽了困难群众的增收门路。

谁能想到，侯元军可以为村里解决资金周转问题，却没有钱购买一套新房。他一家三口，挤在五十几平方米的廉租房，妻子没有工作，小孩还在读小学，全家的收入就仅靠他每个月5000多元的工资。在这样艰难的条件下，他却在一年内，为了发展自己所驻的村而连续多次帮助贷款。

“侯书记很务实，对工作特别有激情，任何事情他都亲力亲为，带村民们发展产业，带我们村脱贫致富。”谈起侯元军，红星村村主任田江竖起了大拇指，连连夸赞。

作为驻村第一书记，侯元军急群众之所急，想群众之所想，全心全意帮扶困难群众，以真情暖心，与群众结下了深厚的感情，用实干赢得群众信任和点赞。

杨钦尧：只要肯付出就会有收获

◇讲述：杨钦尧　整理：艾昌春

自担任鱼塘乡旗屯村驻村第一书记以来，杨钦尧尽职尽责，用心用情帮群众解难事、办好事，用苦干实干为村里出思路、谋发展，赢得了干部群众的一致信任和好评。

2016 年 8 月，杨钦尧被选派到万山区鱼塘乡旗屯村担任驻村第一书记。

初到旗屯村，杨钦尧充满期待，也倍感压力。为了尽快摸清村情实际，他每天都走村串户，与群众交心谈心拉家常，询问群众生产生活状况，了解村里各方面的发展情况，逐渐适应并融入了新环境，对驻村工作也有了自己的思路和计划。

“要搞好我们的农村工作应该从几个方面入手。一个是把我们的政策——党的好政策宣传到位，要让群众晓得这些优惠政策，他们晓得了之后，就能够享受国家的政策红利。第二就是要配合乡镇府和村支部，我们要把村里面的基础设施搞好。第三个重要工作是要找到有技术、有钱、有能力的人，要鼓励他们来创业，带动群众发展致富。”杨钦尧介绍道。

有了规划，就要落实。为了把每项工作做细做好，杨钦尧与干部群众共同讨论、商议，制定了旗屯村发展计划，将村级产业、交通设施、水利设施、改善农村、社会公共服务五大类 32 个项目全部涵盖其中。并在 2016 年底带领旗屯村深入实施雁归工程，号召青年返乡创业，为他们提供脱贫政策咨询、项目规划选址、矛盾纠纷调解、协调办理各项手续等服务，积极培养青年创业致富带头人，通过培育和发展创业项目及扶贫产业，解决群众就业问题，实现稳定增收。

“杨书记这个人非常好，我们办手续都能得到他的帮助，单位啊，还有项目，都给我们争取，我们都感谢他。”万山区鱼塘乡旗屯村养殖大户曾友发告诉记者。

杨钦尧一心一意地办实事，让群众真真正正享受到了实惠，也让村庄有了实实在在的发展。村民们把他当亲人，干部们也对他称赞有加。

“到旗屯村为群众办实事，群众找他办的事他尽量办，他和群众打成一片，打扫卫生等什么事都做，他是好同志，做事认真负责，我们都非常喜欢他。”村民杨桥顺对杨书记做的每一件事都记在心里。

在干部群众的共同努力下，如今的旗屯村产业兴旺，交通便利，环境怡人，百姓安居乐业。看着村里日益向好的变化，杨钦尧的心里满是欣慰。

“看到我们村变化很大，心里也感觉很欣慰，虽然平时工作苦点累点，但是群众的思想转变过来了，也晓得讲卫生了，项目落地了，群众的生活比原来好了，我感觉非常开心，感觉这两年的驻村工作还是有很多收获的。”杨钦尧高兴地说。

张敏：扶贫路上矢志不移

◇讲述：张 敏　整理：罗 思

在印江自治县新寨镇乐洋村，有这么一位第一书记，他在2015年、2017年获得铜仁市“优秀第一书记”称号，他年过半百，身患脑梗塞后遗症，却义无反顾地坚持驻村，每天带着“药罐”走村入户为群众办事，在脱贫攻坚中贡献自己的力量，展现党员本色。

张敏是印江自治县纪委干部，2003年，他因患脑梗瘫痪在床。但病魔的到来并没有压垮这位坚强的第一书记，凭着坚强的意志，张敏站了起来。虽说通过调养、药物治疗，他终于恢复得和常人一样，但脑梗塞后遗症让他每天还得坚持吃药。2016年4月，他被选派到乐洋村任第一书记，家人担心他身体，竭力反对，同事以为他会告病拒绝。可作为党员干部的张敏，毅然接下任务，奔赴脱贫攻坚一线。

来到乐洋村，张敏发现该村基层党组织凝聚力不强，村支“两委”涣散，什么事情都得亲自干。为增强村支“两委”的凝聚力，张敏发展党员积极分子7人，开展好支部活动日，加强阵地建设，协调资金5万元重修了村委会办公地，改善了办公环境，解决了因环境老旧而长期形同虚设的村委会困境。

基础设施薄弱、产业发展滞后是乐洋村脱贫攻坚的瓶颈。张敏来到村里以后，大力争取项目，先后跑到县交通局、水务局等部门：协调资金80多万元，硬化产业路6.3公里；协调460多万元，建设了生态防洪堤，安装路灯150盏。

一直在外打工的乐洋村精准贫困户张景祥，几年前患了甲亢病，生活困难，张敏得知后，帮助他协调了“精扶贷”资金5万元，鼓励他在家开办酒厂。如今张景祥的酒厂有了起色，他还养起了猪。

村民王治发有 10 多年的烤烟种植经验。前些年，他在烤烟种植上一直是增产增收，可最近几年，烤烟产量不但没有增加，反而在逐年递减，他很是纳闷。张敏来到他家，多次与他交流，深入烤烟基地实地查看，通过咨询专家、查阅资料，最后得出结论——烤烟是茄科植物，不能长期轮种，土地需改良。

找到原因后，张敏立即组织烤烟种植户，调整结构，在原来种烤烟的基地改种红香柚 300 多亩，并新开挖烤烟基地，栽种烤烟 120 多亩。

“我种了 10 多年的烤烟，前几年一直亏，多亏了第一书记，让我们调整结构，产量一下子就上去了。”王治龙说。

“2018 年，是印江自治县脱贫之年，接下来，我们村将大力发展产业，采取长短结合的方式，套种辣椒 200 多亩。目前，100 头规模养殖场初具雏形。走村集体经济发展和农旅一体化发展之路，真正让乐洋村富起来、美起来。”谈起接下来的驻村工作，张敏信心满满地说。

脱贫攻坚一线的“铁娘子”

◇讲述：覃丽娟　整理：杨旭琴

“进得厅堂，下得厨房。遇到重活不喊黄，所有的困难都自己扛。”她被共和镇广大干部和群众誉为脱贫攻坚一线战地上的“铁娘子”。

2016年6月，时任铜仁市德江县湿地公园管理局副科级纪检员的覃丽娟接受组织安排，响应全省到脱贫一线显身手，她一夜之间由一名机关干部变成了全县少有的女驻村干部，担任共和镇转角村第一书记。面对组织的决定，她克服丈夫公务繁忙、儿子年幼无人照顾的家庭实际困难，打点行装毅然投身到脱贫攻坚战一线，开启了艰辛的驻村工作新征程。

初到转角村，该村办公楼虽已建成两年有余，但水电不通，四周杂草丛生，镇里下派的驻村干部以及村委会干部等一干人马“居无定所”。覃丽娟为此多方奔走，四处求助，协调资金近20万元，不但解决了村委会通水通电，办公桌椅等基础办公设备问题，还完善了村委会厨房、厕所等及外部场地硬化、绿化、文化墙等基础设施建设，把曾经荒芜的村委会办公场所改造成了全镇少有的“村干部之家”，成了镇里下派的驻村干部以及村委会干部的流连之所，从而彻底解决了村里“留得住人、有人干事”的问题。

为加强村级班子建设，较好解决村级班子能干事的问题，她在对现有班子进行积极引导的同时，通过多方走访，广泛征求群众意见，在2016年底换届时，成功对该村的班子进行了合理的调整，把在外创业初有成就、不到40岁的年轻人推上村支书岗位，使该村战斗堡垒作用大大增强。2017年，该村支部被镇里评为“先进基层党组织”，2018年，该村又经镇里推荐进入县级先进基层党组织候选名单。

在工作中，她抓住基础设施建设这个关键，着力解决群众发展的基础性问题。转角村因林深坡陡，截至2016年，全村5个村民组中，除拖船丫组地处国道线旁，交通略方便外，其余4个组均为土路，全村700余人口有600余人长期饱受“晴天一身灰，雨天一身泥”的煎熬，路面稍有湿泥车就开不上去，不但出行极为不便，运送物资也十分困难。进驻该村后，覃丽娟把解决该村交通瓶颈问题作为头等大事来抓。在其任第一书记的两年多时间里，经过不懈努力协调多个部门，她终于解决了转角、杉木岩、毛坪、小堰塘4个组的通组路硬化问题，困扰该村世代人的出行难问题得到彻底解决。与此同时，全村安全饮水、“五改一化一维”等项目有序推进，全村人居环境大为改善。

覃丽娟深知，自己作为驻村第一书记，其根本的任务还在于带领群众脱贫致富奔小康。从进驻转角村第一天起，她就利用一切可以利用的时间，遍访村里每户人，踏遍转角山山水水，掌握村里第一手资料。两年时间里，该村以“村委会＋合作社＋大户＋贫困户”的发展模式，因地制宜，在土地比较集中的地方发展黄桃、胭脂脆桃、花椒、罗汉果等特色产业，带动贫困户41户147人脱贫。在人居环境比较恶劣的地方，则以动员群众实行移民搬迁为主。2016年、2017年共动员群众9户近50人实现易地移民搬迁，2018年在全镇20个村当中首次实现了整组易地移民搬迁。

在覃丽娟驻村的两年多时间里，通过她的艰辛努力、忘我工作，原先处于后进之列的转角村，现已脱胎换骨、华丽转身，被改造成了班子强、基础好，充满生机与活力的先进村，覃丽娟本人也在这过程中成长为一名成熟干练优秀的年轻女干部。2018年7月，她被中共贵州省委评为“脱贫攻坚优秀驻村第一书记”，被铜仁市委宣传部列入“铜仁脱贫攻坚群英谱”。

带病冲锋脱贫攻坚

◇讲述：陈炳元　整理：肖 锐

“我是党员，脱贫攻坚，舍我其谁；脱贫攻坚，首战用我，用我必胜！”在江口县民和镇韭菜村支部会上，驻村第一书记陈炳元所立下的誓言，赢得了一阵雷鸣般的掌声。

情系乡村 主动请缨铸忠诚

陈炳元，江口县教育局原“新两基”办负责人。2016 年 3 月，主动申请到江口县民和镇韭菜村任驻村第一书记。

韭菜村系江口县扶贫开发一类重点贫困村之一，全村辖 12 个村民组，有村民 475 户 1625 人，现有建档立卡贫困户 118 户 447 人。该村地理位置偏远，交通不便，生存条件差，抗风险力低，“等靠要”思想严重。该村一系列的落后触动了陈炳元为民办实事的真挚情怀，从驻村第一天起，他便白天走组串寨，深入田间地头，了解村级产业发展现状，访问百姓疾苦，化解矛盾纠纷；晚上深入各组开院坝会、火坑会，做发展规划或精准扶贫资料，忙得不可开交。

视村为家 实干带动谋发展

陈炳元是个工作狂。2017 年 9 月中旬，陈炳元去韭菜村韭菜塘组贫困户杨秀龙家核实建档立卡数据。一进门，户主杨秀龙母亲见陈书记脸色苍白、神情疲惫，连声问道：“陈书记，你身体还能坚持住吗？你是不是饿了，我帮你煮碗粉来。”“没事的，不用麻烦您老……”他嘴里应着，人却歪歪斜斜昏倒在屋里的沙发凳上。这可吓坏了杨秀龙一家人，掐虎口，捏人中，好半天才把他弄苏醒过来，然后好说歹说，终于劝他去了医院。这一次，陈炳元连续住了十天院，出院时医生再三叮嘱他要坚持吃药，并要注意休息，每天要保证足够睡眠时间，每天坚持锻炼。他嘴里答应着，心里却像被猫爪挠一样，急着赶回村里与队员们开展工作，把医生的嘱咐又晾在了一边……

“争取到各类帮扶资金近76万余元，其中，县教育局帮扶资金60余万元，安装太阳能路灯120盏，建设篮球场2个，购买篮球场用地1.2亩，挖掘整平停车场1个，新建人饮水池3个，维修铺平通组路5条……”这是摘抄在县教育局帮扶韭菜村物资清单统计一栏中的信息。为推动村快速发展，他总是第一个起床，最后一个睡觉，队员们提醒他注意休息，他总是说：“没关系，我能坚持……”村驻期间，为切实有效促进该村产业发展，他多次带领村支“两委”主要成员到联建帮扶单位、县级帮扶单位联系领导及相关部门对接汇报，请求帮助。在他的努力下，该村产业从无到有，规模也在不断壮大。截至2017年8月，引进外商发展油牡丹育苗基地1家（目前规模为300亩），引进外商发展肉牛养殖大户1家（现存栏50头），发动村民发展养殖5家（其中4家养猪800余头，1家养本地牛40头）。

为有效推进全村基础设施项目建设和群众思想道德建设，他与驻村队一起，带领队员积极宣传扶贫惠民政策，想方设法做好群众思想教育工作，与老百姓融为一起，打成一片，齐心协力，实干苦干。通过近两个月的努力，打造出了百姓最感恩、民风最淳朴、干群最密切、扶贫最认可、环境最整洁的全县典型示范村民组——杨家岭组。在小黑庆组建成独具特色、村民满意、群众得实惠的共享牛圈。

与民为亲　真情待民民更亲

“为老百姓办事，总有干不完的活，做不完的事，虽然辛苦，但我总是幸福并快乐着……”

翻开陈炳元的驻村工作日志，厚厚的6本笔记本已记满了老百姓的柴、米、油、盐……

一次，得知小黑庆组村民曾祥德因身体不好，在外找不到活干，家庭生活窘迫，听说他回家连路费都是借的，陈炳元立即赶往其家中，帮助他写好申请书，并带其前往镇民政办请求救助。

2017年9月19日，在杨家岭组开展“五改一化一维”项目建设统计工作中，陈炳元看到一个十二三岁女孩在家中抱着一个两岁左右小孩玩耍，觉得奇怪，便走上前去询问究竟。得知女孩名叫田红，因为其母在弟弟出生后便离家出走，至今未归，杳无音信。为了生活，爸爸外出打工，让其在家中带小孩。此时，女孩已辍学两年。得知这一情况后，陈炳元立即查询到其父亲田平的电话号码，要求他必须送孩子上学，通过近一小时的劝说，田平最终同意让孩子上学，学校领导也表示会为其减免相关学费。

杨胜高是村里出了名的贫困户，妻子有智力智障，但夫妻俩非常勤劳。2017年初，在他俩的勤劳苦干下，家里养了23头猪和2头牛。得知这一情况后，陈炳元立即深入该户了解真实情况，并及时向单位领导汇报，希望将该户作为“奋力脱贫模范户”进行推广和宣传。这一想法得到了领导们一致认可，筹集帮扶资金2.7万元为其建成了所需数量的猪栏牛圈，并改善了他们的人居环境。同时，陈炳元了解到，该户一女儿因家庭困难，已到上学年龄却未办理户口，老婆嫁入时也未上户，杨胜高本人身患残疾也未办残疾证。陈炳元与帮扶责任人蒋道伟一道，主动带上杨胜高一家前往公安、残联等部门办理户口、残疾等证件（办理这些证件共花费了3天）。办理好这些证件后，小孩顺利入学，全家所有人都进入精准扶贫系统。现在，杨胜高夫妻俩遇人就说：“要不是陈书记帮忙，我女儿就上不成学喽，猪牛也不会有关处。今年我家是遇贵人了，我们一辈子都不会忘记他……”

每逢集镇赶集的日子，陈炳元驾车回村，总会在路上将一些年老或多病的村民带回村子。有一次，因一位邻村的老人腿脚不方便，他硬是将其送至家中（该老人家离韭菜村委会有3公里路程）。小黑庆组曾某是一位“等靠要”思想非常严重的村民，平日里胡搅蛮缠，不讲道理，在全镇是出了名的上访户，镇工作组和村支“两委”多次轮番上门做思想工作做不通，就是要救济、要精准扶贫，不解决就要越级上访。面对这个情况，陈书记上门与其打起了“亲情牌”，为其耐心地讲国家政策。通过多次耐心交谈，曾某终被陈书记的真情所感动，表态说：“你说的话有道理，以后我听你的。”自那次后，该村民从未到镇里胡闹，也不再越级上访，劳动生产也勤快了许多。

“绣爷”的春天

◇讲述：石阡干部群众　整理：欧甸丘

2017 年 4 月开始，受组织派遣，我离开新华社广东分社的记者岗位，奔赴武陵山区的国家级贫困县——石阡县，参加中央单位定点扶贫工作。两年多来，我走遍了石阡的 200 多个村庄，收获了一批批精彩的故事。

石阡最励志的故事要数五德镇团结村的“绣爷”——44 岁的吴琰的故事。吴琰身上有很多特殊的标签：残疾人、贫困户、单身汉、重症患者。但就是这样一个人，却不等不靠，通过顽强奋斗追求美好生活。

“绣爷”的顽强意志，深深打动着我。

“清明上河图”

2018 年 4 月，我陪同县委书记皮贵怀到五德镇调研，每到一个村都选择走访几户贫困户。当来到团结村时，镇党委书记周胜带领我们走进了吴琰的家。来到吴琰家时，他不仅没有像一些贫困户那样诉苦，还立即拿出自己刺绣的得意之作——七米多长的《清明上河图》，展示在书记面前。

七米多长的刺绣，要三个人一起拿着才能全部展示，上面的人物栩栩如生。吴琰花了三年时间，用了 72 种不同颜色的线，绣成了这幅有 400 多个人物形象的十字绣。“桥这个地方最难绣，人太密集，光这一小段就花了我三个多月时间。”他指着刺绣上那座人流如织的大桥说。

当时，面对这块刺绣，我们都震惊了！

吴琰患的是一种罕见病——进行性肌营养不良，四肢上的肌肉全部萎缩，没有力气。他绝大多数时候只能蹲在地上，因为站起来要费很大力气，右手抬不起来。他的大腿还不够我的手臂粗，手臂则像十三四岁孩子的那么细。

“没有肌肉了，只剩下皮包骨，如果再恶化下去，可能左手也抬不起来了。但是我的手指很灵活。”吴琰说。他的病开始于1990年，那时他刚刚初中毕业，只是感觉手脚发酸、没有力气，后来逐渐严重到站不起来了，才决心去治疗。尽管随后的十多年，他四处求医问药，但仍没有取得任何疗效，他最后放弃了治疗。

2018年12月，我和新华社贵州分社的几名记者再次来到吴琰家里，坐在那间烧着柴火的厨房里，一边烤火，一边聊天。我问吴琰：“你为什么要绣这样一幅《清明上河图》？”

吴琰说，2013年，在一个电视综艺节目上，他看到一位患有白血病孩子的母亲为了给孩子治病，刺绣了一幅《清明上河图》，在节目上卖出了18万元的价格。当时他就决定刺绣一幅同样的十字绣出来：“能卖出18万元那就太好了。”

他从县城花了1000元买来全套布、线、针、剪刀、架子，凭借小时候纳鞋底的“刺绣”基础，从第二天便开始绣起来。从2013年10月28日开工，到2016年10月28日结束，他天天坐在草凳子上，趴在刺绣架子前针走如飞。“每天除了睡觉和吃饭，一天至少绣12小时，草凳子坐坏了3个。”吴琰说。

刚开始刺绣时，村里有人说吴琰疯了：“不去好好养点猪和羊，天天做这些没用的刺绣！”

“那是我的梦想，成与不成，做了才知道。”吴琰绣到一半时，也想过放弃，但“都绣了几亿针了，放弃太可惜”，他又坚持了下来。

吴琰的房间里，仍旧摆着当年刺绣的工具，几根竹竿架起的织布被固定在桌子和几块砖头上，旁边放着一个一尺高的草凳，附近摆着一堆丝线。谁能想象一个简单得不能再简单的小屋里，竟然出现了这么一个奇迹！

《清明上河图》完工后，吴琰立即把照片挂到淘宝网上，以标价15

万元出售。先是有人还价 7 万元，后来有人出价 10 万元，但吴琰都没有同意。“如果卖不出去，我就自己收藏着，反正现在不缺吃饭的钱。”吴琰说。

快乐把歌唱

歌声最能震撼人心，也最能传递乐观的生活态度。吴琰的爱好是唱歌，他的歌声尽管粗糙，但他的乐观和快乐却感染了身边所有人。

在吴琰的卧室里，摆着三脚架、麦克风、耳机，还有一个草凳子。平时，吴琰就坐在这个小凳子上，用手机连接麦克风和无线网络，戴上耳机，便开始纵情歌唱，通过唱歌软件跟他的粉丝们互动。我在他的手机上看到，在唱歌软件上，吴琰的粉丝数量已经有 4000 多个。每次吴琰开唱，总有人“打赏”。

吴琰还有两个哥哥、一个姐姐、一个妹妹。尽管哥哥的经济条件比他好，但是 79 岁的老父亲还是乐意跟这个小儿子一起住。用吴琰父亲的话说：“经常有记者来采访，我这个儿子肯定不一般。”

这是一个怎样的家庭呢？至少在我看来，这里有太多会令人感到悲戚的因素：儿子残疾且罹患疾病、家庭贫困、房屋简陋、父亲年老体衰……但从这对父子身上，人们却看不出半点沮丧和颓废。

“有梦就去追，没钱就想办法去赚，没房子就想办法去盖，有病就去治，想着自己有多痛苦，除了给自己增加痛苦之外，不会有任何用处。”吴琰这朴素的语言里，蕴含着他的生活智慧。

2007 年，吴琰的老房子已经烂得不能再住，于是他决定用仅存的 1 万元建房子。“当时政府补助我 5000 元，然后我再去信用社借了 3.6 万元，就把现在这个两层小楼修起来了。”

吴琰说，现在他需要去买一个新的手机，因为他的手机里装满了各种各样的软件，内存不够用，唱歌时老是卡壳。“跟不上时代形势了。”

一个生活极其平凡的乡村中年单身汉，居然并不缺乏生活情趣。

顽强的生命

“为了生活，要像寻宝解谜一样，身体动不了的时候，脑筋还可以动，体力不行的时候就用脑力。”人生的路各有坎坷，吴琰追逐梦想、追求幸福的人生态度总是时时带给我诸多启示。

石阡农村大部分家庭都养两头猪，快过年的时候，卖掉一头便有钱过年，宰掉一头做成腊肉，未来一年便有肉和油吃。尽管行动不便，但吴琰也养着两头大肥猪，平时就在房子旁边的地上种些红薯，用厨房的大铁锅把大米、红薯藤、红薯熬成一锅当饲料。吴琰指着厨房火炉上挂着的黑色腊肉说：“这是去年的腊肉，还没吃完。”

喂猪能解决吃肉的问题，但没法解决经济上的贫困。2001 年和兄弟们分家之后，吴琰便开始独立生活。当年，他就承包了 10 亩烤烟，自己没法干活就雇人。别人一亩烤烟能赚 3000 多元，他种一亩烤烟的收入除去雇人的成本只剩下 2000 多元。后来几年，又开始养羊和鸭子，最多时他养过 49 只羊。“2014 年因为天气不好，到处发洪水，当年烤烟就亏了 4000 多元，从此便不敢再搞了。”吴琰说。

不搞烤烟，吴琰又寻到了另一个致富门路——搞网络代购。侄女教他用智能手机后，他发现淘宝上的很多货物要比镇上的同类货物便宜很多。他悄悄跑到镇上的那些商店，把商品的价格都暗暗记下来，拿回来一一与淘宝上的最低价对比，再从网上把价格更低的商品买回来再拿去卖。

“镇上的机油 50 元一瓶，我 20 元从网上买回来，28 元一个卖出去；搞焊接的气瓶镇上卖 150 元一个，我 98 元从网上买下来，120 元一个卖掉……”吴琰还趁“双十一”搞活动时抢购了些货回来，慢慢地卖。吴琰说，在搞代购这条路上，他从来没有亏过本，只是赚多赚少的问题。但随着智能手机的普及，如今农村十个人里有九个都会网购了，吴琰的代购财路慢慢变窄，最终他只好彻底放弃。

代购搞不成，吴琰又开发了新的生意。

云贵高原是中国的天然药材宝库。吴琰一边跟着村里的老中医学习中药，一边自己拿着书认真攻读，掌握了几百种草药的性状、药性及使用方法。他的宿舍里，堆着六个大筐，里面装的全是他从山上采回来的野生草药。“这个是刺梨果，清热解毒；这个是肺心草，清肺用的；这个是鸡冠花，治疗妇科病；这个是车前草，治疗咳嗽的……”吴琰一边整理药材，一边详细地跟我介绍道。

打纸钱是他现在的主要收入来源，一年能赚3000多元。他从网上买来黄纸和打纸钱的工具，每天坐在房间里一锤子一锤子地把黄纸做成纸钱。“每叠纸钱要钉七个眼，并且要用力打，要不然钉不穿就废了。做好的纸钱每把成本3元，能卖到5元。”吴琰说。

每逢村里赶集的时候，吴琰就开着小三轮带着自采的中药材和自制的纸钱去集市卖。

2014年，吴琰被村委会定为贫困户，一直享受着国家低保政策和残疾人补助政策。通过自身努力，干部帮扶，加上政策补贴，吴琰和他父亲的生活质量在一天一天提升。

吴琰一直有个心愿，就是能找个女伴成家。“只为那次你深情的眼神，从此我就为你丢了魂，人只为你相思，心只为你封存，好想好想做你今生最爱的人。”采访那天，吴琰坐在草凳子上唱起了这首《多想做你最爱的人》。他的歌声调门基本不准，但充满感情的演唱却令我感到来自灵魂的震撼。

王明礼：领办退伍军人创业基地促农民增收

◇讲述：思南干部群众　整理：陈时安　雷朝忠

在思南县鹦鹉溪、张家寨交界处的茶山基地，一位穿着迷彩服的退伍军人正在为退伍军人们讲解乡村振兴战略，他就是思南县森林种养家庭农场的董事长王明礼。

2018 年 54 岁的王明礼，与大山为伴，以退伍军人创业就业基地为家，奋战在脱贫攻坚第一线，践行着富国强军的使命担当。

听党指挥，是退伍军人的军魂

王明礼，这位思南的农家子弟，1981 年 10 月应征入伍，任原昆明军区某连某班尖刀班班长。1984 年 4 月 30 日参加对越自卫还击战，在老山、者阴山收复战中，被敌人的炮弹炸断双腿，而且全身负伤，成为四级伤残军人，荣立三等功一次。1985 年 11 月，为了部队建设的需要，他脱下了心爱的军装，回到了家乡思南，被党组织安排在县总工会工作。

"作为一名退伍军人，就应该永远听党指挥，自觉服从党组织安排，到最艰苦、最困难的地方去锤炼自己；作为一名共产党员，就应该冲锋在前，吃苦在前，铁肩担道义。"王明礼是这样说的，也是这样做的。

无论是驻村还是做移民搬迁工作，王明礼总是竭尽全力把工作办好，让党组织放心。

"王明礼是我的好兄弟，是他让我理解了党和政府的移民政策，搬到新居过上了幸福生活。"思南县三道水乡白杨组农民杨春茂如是说。

2008 年 3 月，乌江思林水电站即将蓄水发电，但库区内仍有部分移民没有搬迁，情况紧急。王明礼主动请缨，走进三道水乡柏杨组移民户杨春茂家，开始时，杨春茂见王明礼就躲，王明礼没泄劲，见他上山就也扛着锄头跟着上山，一面帮他干农活，一面继续做他的思想工作。义肢磨坏了，就悄悄用夹钳夹紧；伤口发炎了，就悄悄抹上药水。然而 20 多天过去了，杨春茂就是不搬。

5 月的一天，大雨如注，洪水猛涨。王明礼揣了一瓶烧酒冒雨去找杨春茂，恰遇杨春茂赶着耕牛回家，俩人结伴而行。路过一座简易木桥时，耕牛受到惊吓，从桥断裂处掉进河里。为救耕牛，王明礼纵身跳到湍急的河中，一个大浪扑来，瞬间淹没了他的身影。杨春茂急了，也跟着跳了下去，可最终却在浑浊的河水里抓到一只假肢，他吓得连声呼救："不好了，老王被水冲走了……"待他回过神来，看到王明礼正牵着耕牛，从下游两三百米处往岸上爬。杨春茂抓住王明礼的手说："老王，啥也不说，我明天就带着大家搬家！"直到这时，杨春茂才知道王明礼是一名残疾人。从此杨春茂与王明礼成为好兄弟、好朋友。

王明礼先后被选派到思南县孙家坝镇石门坎村、大坝场镇花坪村等村开展帮扶工作，他每到一个村，就与村干部一道，组织村民修路、修小水池，着力为村民办实事。带领群众调整产业结构，大力发展经果林、生态畜牧产业，得到党组织和农民群众的高度认可。2013 年和 2014 年，王明礼连续两次被评为铜仁市"百佳驻村干部"。可王明礼总觉受之有愧，他说："这是作为一名党员、一名退伍军人应该做的事情。"

牢记使命，引导退伍军人创业就业

"如今我能带领战友们创业就业，这要感谢我的战友王明礼。"在思南县塘头镇肉鸽养殖基地，王明礼的战友吴家孝动情地对笔者说。

当王明礼得知曾经在部队一起上战场的战友吴家孝在广州肇庆肉鸽场

帮老板打工十多年，一直从事肉鸽养殖技术管理时，他立即赶到战友吴家孝那里，面对面地交流，进行心与心的沟通，说服战友将肉鸽养殖技术带回家乡搞创业。在王明礼的劝说下，战友吴家孝想通了，终于回到了家乡走上创业之路，与王明礼一道创建了思南县“东升农牧渔林养殖场”肉鸽养殖示范基地。

如今，基地饲养肉鸽3000多对，纯收入30多万元，解决了10多名邻村残疾人、20多名退伍军人就业，实现了退伍军人的自身价值。

感恩奋进，带领退伍军人再立新功

“感谢王明礼为我们退伍军人搭建了创业就业平台，让我们返回家乡有了用武之地。”退伍军人王芝前动情地说。

退伍30多年的王明礼深知，只有为贫困战友搭建良好的创业就业平台，才能让战友摆脱贫困面貌。他以“党支部+退伍军人+企业+基地+农民”的模式，创建思南县退伍军人创业就业示范基地。

说干就干，2009年，王明礼与袁崇汉等退伍军人一道，抢抓思南县委、政府发展生态茶产业的机遇，注册资金2500万元，成立了贵州省思南县鼎盛生态农业开发有限公司，下辖思南县晨曦生态农业专业合作社、思南县森林种养家庭农场等。

王明礼还带领退伍军人修建及硬化园区公路和茶园便道20多公里，建造抗旱水池43个，建设茶园4000多亩，建立茶青市场1个，茶叶加工厂1个，如今茶园已投产。为弥补茶园投产前的收入短板，王明礼采取以短养长、多种经营的方式，建立了生态养殖场，养鸡1.5多万只、山羊100多只、鹅2000多只。

基地积极为退伍军人接好农业企业“订单”，实施产品营销战略，分别在广东东莞等地建立销售点，拓宽农业企业产品销售渠道，解决退伍军人创办企业产品销售的后顾之忧。

2018 年 4 月，基地帮扶退伍军人创建了思南战友荒山绿化农机专业合作社思南柄嘉种养农业专业合作社、马河贡茶茶厂等 10 个农业企业，成为农村退伍军人决战脱贫攻坚、决胜同步小康的大舞台。

实施“党建 + 基地 + 民兵组织建设”模式，以党建带民兵组织建设，推动企业做大做强，带动企业周边农民脱贫致富，走向小康。

2010 年 5 月，经中共思南县鹦鹉溪镇委员会批准，成立了中共鹦鹉溪镇晨曦生态农业支部委员会，把退伍军人创业就业示范基地办成思南县农村党员的实训基地。

与此同时，王明礼还组织民兵及退伍军人定期进行军事训练和政治业务学习，发挥民兵和退伍军人在企业发展中的骨干示范作用。2017 年底，招聘退伍军人 20 名到企业就业。

为促进企业健康发展，王明礼着手建立现代企业管理制度，建立健全了企业章程、财务管理、绩效考核、入股分红等 10 多个企业管理制度，实行依法办事、依章办事。

一个企业的发展离不开科技创新。基地与贵州省茶科所建立战略合作伙伴关系，请省茶科所委派专家进驻企业指导。同时，高薪聘请湄潭县茶技师到企业指导品牌茶叶加工，降低了企业成本，提升了茶产品科技含量。

为提升全县复员退伍军人创业就业能力，鼓励他们积极创办农业企业，王明礼除了引进高端技术人才外，还着力在提升全县复员退伍军人素质上下功夫，建立了全县退伍军人培训基地，实施退伍军人创业就业培训计划。一方面，加强教育阵地建设，在县民政局、双拥办帮助下，邀请县委远教办为企业开通了农村党员干部现代远程教育，建立了远程教育室；开通了互联网，让退伍军人利用电脑在网上学习，了解时事政治和山外市场信息，学习新技术。另一方面，公司还与省茶科所、县民政局、县农牧科技局、县茶桑局等单位建立培训联络机制，派遣科技人员对退伍军人、员工进行茶园施肥、摘茶、剪枝，茶叶加工、储存、包装等内容培训；邀请县委宣传部、县司法局、县市场监督局等部门的理论与法律专家、德师为企业员工上政策理论与法律、社会主义核心价值观和市场经济管理课，不断提升退伍军人的政治与法律素养、道德品质和创业本领。

“过去，我们在部队里为了保卫国家和人民安宁，不惜流血流汗；如今，我们离开部队回到经济社会发展主战场，我们要弘扬部队的光荣传统，带领乡亲们与贫困决战，始终保持人民子弟兵的英雄本色，再现人民子弟兵为人民的军人价值。这就是我们办企业的目的。”王明礼如是说。

在培育企业文化上，王明礼注重树立拥军文化魂。每年建军节期间，他组织退伍军人们到驻军部队慰问士兵，与士兵交流；在企业总部举办庆祝“八一”建军节系列活动：升国旗，唱国歌，向国旗行军礼；举办退伍军人座谈会，退伍军人与县直机关工作人员、周边村群众代表联欢。体现了浓厚的拥军情谊。

在安置退伍军人就业上，王明礼注重凝聚拥军情，根据退伍军人的意愿，尽力把企业所在村的退伍军人安排到基地就业。向基地周边 6 个村党支部、村委会承诺：“今后退伍军人愿意在思南县鼎盛生态农业开发有限公司就业的，基地保证百分之百安排就业。”仅 2014 年，基地就安排 45 名退伍军人（含退伍军人家属）到基地就业。基地每年根据退伍军人在部队所学的专业知识和特长安排就业，让其所学到的专业知识得到运用，特长得到发挥，轻松愉快地工作。

退伍军人杨军，是一名广播兵，基地安排他负责园区广播宣传，除了通知茶园工人到茶园上班外，还给工人们播放《在希望的田野上》《我的祖国》《歌唱祖国》等爱国主义歌曲，向茶园工人传播安全生产和茶园管理科技知识，把科技知识带入茶园。

工程兵田海波退伍后，来到思南县鼎盛生态农业开发有限公司就业，企业安排他负责茶区电子监控；退伍军人杨军的家属王银珍，在企业中负责煮饭。企业让退伍军人及其家属在企业中各施其长，充分发挥自己的才能。

在带领农民群众致富奔小康的路上，基地践行着爱民情谊，实施“土地租金 + 农民就地务工 + 土地股权分红”模式。近年来，公司通过租赁土地、农民以土地入股方式，成规模地集中流转土地用于茶园建设4000多亩。园区周边的燕子阡、大城坨等6个村农民在茶园集中摘茶、除草施肥3000人次，每人每天收入100多元。76岁高龄的燕子阡村农民杨宗娥高兴地说：“我的土地拿给合作社种茶叶，今年除了年终分红外，我还在茶园采摘茶叶，务工纯收入9988元，差12元钱就达到1万元。加上我的分红收入，我一年的总收入就有1.38余万元。全靠基地为我们带来的福气啊。”

农民要致富，还得先修路。基地帮助燕子阡、大城坨、马河、冉家坝4个村修通了20多公里的通村公路，得到了农民群众的真诚拥护。

如今，基地带动了鹦鹉溪、张家寨镇872户3288人致富，其中336户贫困户脱了贫，走上了致富路。

面向未来，王明礼表示，将做大做强退伍军人创业就业基地，走茶旅一体化融合发展之路。建立茶叶精制品加工厂，对茶树修枝的遗弃物进行精加工，实现茶树利用的最大化，增加企业收入，同时解决茶农后顾之忧。开发茶菇产业，在大城坨一带发展茶菇产业基地1000亩，企业提供种子，省茶科所委派技术人员实地进行技术指导，退伍军人和农民生产的茶菇由企业收购销售。到2020年，茶园规模发展到2万亩，解决5000人就业，争创国家扶贫龙头企业、贵州知名的大型农业企业集团，成为贵州省退伍军人带领农民脱贫致富奔小康的示范样板，谱写在实现百姓富、生态美，开创新时代多彩贵州新未来篇章思南退伍军人创业的优秀答卷。

陈建强：脱贫路上的“领头羊”

◇讲述：陈建强　整理：张宏扬

陈建强是思南县赫赫有名的“脱贫攻坚五虎将”之一。在他的带领下，邵家桥镇渔溪沟村创新农村经营分配的“334”发展模式，落实资源变资产、土地变股权、农民变股民，大力发展山地生态休闲农业产业和建筑建材产业，着力建设美丽新农村，使得该村的集体经济从无到有，不断壮大。

短短几年，渔溪沟村人均纯收入从原来的2580元增加到9000元，村集体经济资产达600余万元，从原来的“空壳村”发展到现在，成为远近闻名的文明和谐小康村。

梦想的起航

渔溪沟村是思南县一个偏远的三类贫困村，没有产业，村里的劳动力只能外出务工。

当时的陈建强卖过五金、家电，还办过酒厂，是当地小有名气的老板。先富起来的他，心中始终装着一个梦想：把渔溪沟村带富起来。为了实现梦想，帮助家乡的群众脱贫致富，陈建强放弃了自家的生意，通过竞选当上了渔溪沟村支书。

陈建强上任的第一件事，就是把村里的闲人、闲地、闲散资金充分利用起来。他集资40万元兴建了水泥砖厂，第一年就净赚22万元，渔溪沟村从此告别“空壳村”的历史。

为了进一步盘活土地资源，他又在村里建大型砖厂，成立建材公司，将

300 多亩沙柚林收归村集体统一经营管理，建成果蔬种养场等。几年来，陈建强将企业经营管理模式运用到村里的管理和发展村集体经济上，跑市场、跑项目，在他的努力下，渔溪沟村级集体经济不断壮大，资产已达600余万元。

目前，渔溪沟全村八成以上土地都流转给了集体，各家各户都成了村集体企业的股东或股民，家里劳动力也成了村企的职业工人、职业农民，农户的生产、生活都和村集体紧紧地绑在一起，解决了不少村民的就业问题。

一个都不能少

村里的经济发展起来了，陈建强首先想到的是如何改善弱势群体的生活状况，帮助解决他们的就业问题。

在该县民政局的帮助指导下，陈建强带领渔溪沟村党员干部们，成立了全县首个“弱势群体服务保障中心”。投入 240 万元修建弱势群体服务保障中心，包括住宿区、生活区、办公区、休闲娱乐区，全村 12 名弱势对象（其中残疾人 10 名）统一入住弱势群体服务保障中心，实行集中化管理和服务保障。

由于弱势群体需要产业脱贫，村集体投入资金，注册成立了贵州集群农业发展有限公司，公司下设经果林、商品猪养殖场等子企业。

贫困户陈华强 10 年前因车祸留下残疾，一直没活干，村里建立养殖场后聘请他为负责人，他和妻子两人每月工资 5500 元，一家人的生计终于无忧了。

四年来，陈建强始终坚定信心，竭尽全力，使每一个群众都能享受到发展带来的福利。

全面小康新征程

提起村里的变化，没有一个人不为陈建强竖起大拇指。“陈支书来到我们村后，我们村发生了很大的变化，他有思路、有能力。对于我们村的发展，我很有信心。”

可对于陈建强来说，他的任务还远远没有结束。陈建强说：“下一步，我们将围绕三池，也就是荷花池、休闲钓鱼池、露天游泳池等项目打造农旅一体化，把我们村打造成远近闻名的小康村。”

全面小康，是所有人的梦想。他将怀揣着梦想，带领更多的人踏上全面小康的新征程。

大山绿苔茶香

◇讲述：石阡县干部群众　整理：张 勇

春雨淅淅沥沥，润物细无声。此时，从石阡县城驱车抵达龙塘镇大屯村，满山满岭的茶树悄无声息地疯长着，挂着露珠的茶叶绿油油的……“这雨是及时雨，这地是风水宝地！”当地的村民喜悦之情溢于言表。

这个春天，大屯村穷旮旯“华丽转身”成为金山银山的故事全国传播。“大屯过去是穷山恶水，现在是特别适宜种茶的好山好水。”全国人大代表、大屯村党支部书记周绍军利用在北京出席全国两会的时机竭力推介家乡，“欢迎大家来长寿石阡，品养生苔茶。”

2000 年以前，大屯村是个穷旮旯，村民们“吃饭靠种田，养猪为过年，养鸡挣点零花钱”。全村青壮年纷纷远赴异地他乡，打工挣钱养家糊口。其中，周绍军也是成百上千不得不外出打工的村民之一。他们不是逐梦前行，而是“磨骨头羊肠子”，日子过得紧巴巴的。

浙江的老百姓通过种植茶叶过上了好日子，我们可以通过种石阡苔茶改变一穷二白的困境吗？如何使茶叶成为致富产业？大屯村海拔高、云雾深，村里有 400 多亩老茶园，还有不少古茶树，是一片有发展潜力和优势的热土。

周绍军不再心甘情愿长期在外奔波，他决心返回家乡带领乡亲们种茶致富。2001 年，他当选为村委会主任，从此他意气风发带着村干部和村民大力发展茶产业。而今，大屯村成了省级石阡苔茶示范园核心区，生产加工的茶叶通过国家认证。现已走俏北京、上海、重庆、广东、浙江等省市，两次斩获在广州举办的全国名优茶推介会金奖。

6 年前，旨在创立品牌和进一步开拓市场，周绍军以家产作抵押向信用社贷款260万元，村里的贫困户和其他茶农以茶园入股，成立了大屯兆豊专业合作社。目前，全村15个村民组890户3256人通过发展茶叶，人均收入超过了9000元。

石阡苔茶"钾"天下！经国家农业部检验认定，石阡苔茶气味芳香、物质含量丰富，所含钾、锌、硒等都是对人体有益的微量矿物质，是中国屈指可数的茶树良种，备受各地消费者青睐。

大屯村只是石阡凝心聚力发展生态茶叶的一个缩影。据了解，该县的茶叶产业主要分布为"两带四区"，即沿安江高速公路和思剑高速公路打造的两个生态茶叶带，与龙塘苔茶示范园区、白沙羊角山优质茶示范园区、国荣精准扶贫园区和五德坪山名优茶园区。最为可喜的是，石阡苔茶产业发展过程中，获得了中国茶叶研究所技术的长期支撑。春晖使者、中国工程院院士、贵州大学副校长宋宝安一直鼎力支持家乡发展生态茶产业，他坚持为石阡苔茶的崛起默默献计献策。

石阡不仅仅有温泉，还有香飘万里的苔茶，这两个石阡风物的理化指标大多超越国家标准，因此，当地人自豪地说用石阡温泉水泡苔茶是"国水泡国茶"，别具一格，别有风味。

春天行走在石阡，处处可见青山绿水，人在画中、画中有人的意境仿佛触手可及。据石阡县茶叶协会秘书长饶登学介绍，全县现有40万亩生态茶园，其中，可采茶园有15万亩，进入盛产期茶园5万亩，百年以上的古茶树1万亩。

特别春晖使者的别样情怀

◇讲述：舒爱国　整理：李桃红

走入社会，告别军人序列。离开军营，舒爱国奔向了人生下半场，在实现自身价值和反哺家乡的路上，越走越宽。

退役军人舒爱国的人生似乎顺风顺水，但背后付出的艰辛和努力却是常人看不见的。

舒爱国，玉屏侗族自治县朱家场镇茅坡村人，县政协委员，县农村青年致富带头人协会副会长，2019 年全国模范退役军人、贵州省最美退役军人，2019 年入选贵州脱贫攻坚群英谱及贵州好人榜。

吃苦耐劳、坚强不屈、勇敢果断……虽已脱下戎装，军人的优秀品质在他身上依旧留存。只不过相比从前，情系故里、心系乡亲的他，一心为带动更多的人同步奔小康的步伐更加坚实。

告别军营由军到民

1994 年 12 月，16 岁的舒爱国刚刚初中毕业，怀着对军营的向往和到部队大熔炉锤炼自己的初衷，成为北京卫戍警卫部队的一名军人。

农村出身的舒爱国在部队更加勤学苦练，服役期间多次参加军事演习，四年如一日，默默奉献着青春。

在部队的日子，舒爱国感觉充实却很想家，每当看着天上皎洁的月光，思乡之情便涌上心头，临别时母亲的声声嘱咐如在耳边。

那一夜，舒爱国做了一个梦，梦见童年时在外玩耍完回家，母亲站在门口笑盈盈迎接他的场景。梦醒时舒爱国终于忍不住蒙头大哭，这个懵懂少年忽然对亲情有了深刻理解，懂得了母亲对儿女的爱。

正当他沉浸在挥之不去的思乡情结中时，喜欢看书的班长刘志杰给了舒爱国一本《平凡的世界》。书中孙少平的形象深深地感染了舒爱国，孙少平那种在困境中成长的精神让他立志要做一个有理想、有追求的人。

随后的日子里，舒爱国将全部精力投入到部队的大熔炉中，不断磨练意志，锻炼体魄。四年的军旅生涯，让他蜕变成了一名有灵魂、有本事、有品德的新时代军人。

每个人的人生都有一个觉醒期，舒爱国的觉醒期正是从进入部队开始的，这也一直指引着他今后的人生道路。

在部队期间，舒爱国还多次得到上级领导的认可和好评，荣获优秀士兵一次，立个人三等功一次。

1998 年 12 月，四年服役期满，舒爱国告别了部队生活。

退役后，舒爱国进入位于北京的香港东方鸿铭房地产公司，从保安做起，历任员工、主管、项目经理、吉林分公司总经理，凭着自己的不懈努力，开拓了一片崭新的天地。

在北京安定下来的舒爱国始终没有停止对故土的思念，想着自己贫困的家乡和亲人，回乡创业的念头在他的心中越发浓烈。

返回家乡艰苦创业

进入地产公司后，初中学历的舒爱国最先从保安做起，因为勤学好问，一次紧急情况下，舒爱国代替公司文员撰写了一个公告，得到公司领导重视，于是从保安转为办公室人员。

每天上班时间，舒爱国在做好本职工作的同时主动学习电脑应用技术、制图等。下了班后，舒爱国每天准时出现在中关村的人大图书馆复习，利用业余时间考取文凭。

从保安到总经理，在舒爱国事业达到巅峰时，他毅然决定返乡创业，在发展企业的同时坚持履行社会责任，为社会贡献自己的力量。

2015 年，舒爱国回到家乡朱家场镇茅坡村，着手投资建设乡舍农工旅一体化项目。

那一年，地处武陵山集中连片贫困地区的玉屏侗族自治县，正在进行艰苦卓绝的脱贫攻坚大决战，基础设施建设如火如荼地进行着，全县上下一片热火朝天，尽锐出战，誓要把贫困这顶帽子摘掉。

“全靠种植养殖，短时间效益低、风险大，单纯的农业发展行不通。”舒爱国琢磨，“村子美了，游客越来越多，依托油茶资源，能让游客留下来，肯定是个好的发展方向。”

也就在那一年，全域旅游呈井喷式发展，“生态旅游 +”的概念十分新潮，农旅、文旅一体化发展的路子，被一些富有远见的有识之人“盯上”了，舒爱国就是其中一员。

“从申报到手续的办理，再到项目落地和施工建设，不到三个月的时间……国土、林业和发改等部门，为我创业提供了很多便捷服务，同时，镇政府还专门组建工作组，全程为我协调用地等事宜。”回忆起当初回乡创业，舒爱国脸上写满了笑意。

在脱贫攻坚期间，为了支持家乡的产业发展和带动群众增收，舒爱国利用乡舍旅游综合体项目，与玉屏自治县朱家场镇政府扶投公司进行战略合作，吸纳镇扶投公司 100 万元入股资金，每年按照 7.6% 的固定分红返还给贫困群众。

与此同时，他还主动请缨，对口帮扶朱家场镇茅坡村，通过创业项目带动贫困户就近就业致富，项目覆盖贫困户 138 户 364 人，每人每月按时领取工资 2000 元左右，实现贫困户不出远门就能就业创收，提高贫困群众家庭收入。

情系乡亲同奔富路

金秋八月，在玉屏侗族自治县朱家场镇茅坡村，一座占地360亩的“乡舍”更显恬静清幽，一个集农业、工业、旅游为一体的循环经济产业园和田园综合体藏匿其间。

“这是游客接待中心，下面是游泳池，后方是工业区，养殖场背靠的那个山头是水果种植基地，国防教育基地项目正在进一步筹划中，建成后可带动更多的村民就业致富。”乡舍逐渐完善，舒爱国比平常更忙了。

这几年，以乡舍园区为产业融合发展的核心基地，辐射周边村庄，带动贫困户及当地农户就业，巩固脱贫攻坚成果。

2019年5月，舒爱国创立贵州军创管理咨询有限责任公司，带领15名退役军人创业。公司采取股份制管理结构，以现代企业制度进行管理，创业者既是员工也是股东。

军创公司的创立，旨在创建全方位服务于退役军人的系统服务平台，专精于退役军人创业中各环节资源的深度整合与开发，以“退役不褪色，转业不转志”的思想，用实际行动践行“大众创新，万众创业”的国家战略。

这几年，脱贫攻坚让茅坡村旧貌换了新颜，村里连片的油茶林郁郁葱葱，宽阔平整的柏油路直通农家小院。油茶育苗基地、蔬菜育苗基地、国家3A级景区茶花泉等项目先后在村里落地，引得远近游客纷纷前来观光。

授人以鱼，不如授人以渔。看着老人们发自内心的喜悦，舒爱国心中泛起了阵阵涟漪。经济资助只能解燃眉之急，唯有稳定就业，才能巩固脱贫成效，助力乡村振兴。

2020年8月，舒爱国的乡舍园区已完成餐饮功能区、油茶林下磁疗亲水区、户外拓展基地、水果种植基地及相关配套设施建设。其中餐饮及户外拓展基地已投入运营，可同时接待450人。

“乡舍项目落地，不仅能够丰富旅游业态，更能带动周围的群众就业，让其增收致富。”舒爱国说，现在有固定工人22人，每年临时性用工100多人，项目涉及分红贫困户 210 户 562 人。同时还带动了 6 名 70 岁以上老人就近就业，每人每年增收 6000 元至 1.8 万元不等。

“胡马依北风，越鸟巢南枝。”一个人不管走得多远、飞得多高，也改不了乡音，忘不了乡情，舍不下乡愁。回乡创业，扎根乡土，这不仅是舒爱国个人的梦想，同时也是大多数退役军人共同的梦想。

乡舍——故乡的老屋，那块小时候放牛的草地，如今变成了舒爱国留住乡愁的景观园林。看着园区内葱葱郁郁的草木，舒爱国陷入对儿时的深深怀念之中。

吴先树：致富点子多 脱贫路子广

◇讲述：吴先树　整理：张宏扬

吴先树是大坪乡有名的果林种植大户，近些年来，他带领群众发展种植葡萄、金秋梨等产业。在万山区大坪乡苏湾村的农业产业结构调整中，吴先树扮演了重要角色，成为大坪乡典型的农村致富带头人。

敢为人先干事业

土地贫瘠、山多地少曾经一度是制约苏湾村经济发展、群众致富无门的重要因素。“人无三分地，处处是荒山。要想群众富，唯有产业路”是苏湾村的真实写照。面对致富路子窄、百姓收入低的现状，吴先树围绕“生态、高效、旅游、观光”的工作思路，结合村情实际，依靠发展山地生态刺葡萄拓宽群众增收致富路子，群众生活质量得到了极大的提高，为村级全面小康建设树立了标杆。

1988 年高考落榜的吴先树，不想再重复父辈们面朝黄土、背朝天的日子。于是跟随村里的人外出到广东打工。但因为总是放心不下家中年迈的父母，他还是决定回到家中搞养殖。他先后养过鸡、猪，但因不懂科学喂养，均以失败告终。正在他为寻找不到合适的项目而一筹莫展之时，1994 年春天，村里召开党员大会，发动大家种植金秋梨，由区林业局提供苗木，并且提供技术指导。但习惯耕种田土的村民都不愿种植金秋梨，只有他报了 10 亩。散会后，他回到家中将种植金秋梨的计划告诉了妻子。因为种植比养殖的投入要少得多，又有林业局提供果苗，风险也很小，妻子也非常赞成，从此他便走上了种植果林的致富路。

兑现承诺帮带致富

吴先树在大坪乡苏湾村支“两委”的协助下，在乡政府的支持下，通过逐户上门与群众签订协议，流转农户土地，并承诺吸收精准扶贫户进入基地就业，带动村民脱贫。目前，已签订协议 80 余户，吸收 50 余名精准扶贫对象到基地就业。

吴先树是一个非常爱学习的人，一有空就往村里的远程教育播放站跑。一次，远程教育播放站正在播放山地生态刺葡萄种植的画面，他一下就被吸引住了，认真听讲，还将重要的技术要领做了笔记。按照远程教育上所说的，苏湾村正适合种植山地生态刺葡萄。从那以后，他到处打听哪里有人种植山地生态刺葡萄。最终打听到湖南省麻阳县的果林基地做得非常好，其中就有山地生态刺葡萄。他得知后，马上前往麻阳县考察学习。他只身前来考察学习的举动，深深打动了果林基地的老板，老板答应以最低的价格为他提供葡萄苗，并为他免费提供技术指导。

他从麻阳县一回来，就与妻子商量好，准备大干一场。在麻阳县果林基地技术人员的指导下，他完全掌握了葡萄栽培管理的整套技术，于是他在试验种植 350 亩的基础上，不断扩大种植规模，到现在已发展到了 800 亩，预计年收入达 20 多万元。

成为致富模范带头人

2013 年以来，在吴先树的带动下，苏湾村共有 30 户种上了山地生态刺葡萄，每年每户纯收入都在 3 万元以上。有人对他的这一做法不理解，说：“你千辛万苦学来的技术，却毫不保留地免费传授给别人，你究竟图个啥？”吴先树笑笑说：“我是一名共产党员，我愿意为改变家乡的落后面貌做一点微不足道的贡献。帮助村民调整结构，带领大家共同致富，这是我该做的。”他的回答，赢得乡亲们直竖大拇指。吴先树富起来之后，眼光更开阔了，他利用土地流转，更大规模地种植山地生态刺葡萄，带动更多的村民加入进来。

一分耕耘，一分收获。吴先树成功了。十几年来，他执着地追求和不懈努力，成为大坪乡产业发展致富模范带头人，他的葡萄种植基地，成为大坪乡种植示范基地。

杨丽：创新苗绣绝技　创造“贵州名片”

◇讲述：杨　丽　　整理：杨亚飞

在铜仁市，杨丽是个有名的人物，出名的原因在于她从苗族刺绣工艺出发，在木叶上做文章，将民族手工艺作为产业的发展之路，自创了“梵净苗绣”和“梵净叶绣”这两种新的刺绣品牌，组建成立了贵州铜仁祯通衢民族文化产业发展有限公司，并把“叶脉苗绣”这个苗族刺绣绝技作为贵州的一张名片推向了世界。

朝着想要的目标努力

对于成功的背后，杨丽轻描淡写，可眼睛里抑制不住的泪花却让人感受到了那份辛酸。

杨丽出生在一个非常平凡的家庭里，姐妹三人，她排行老大。贫苦的生活给予了她更多的勇气。2000 年，学习设计专业的她只身来到重庆大学攻读人力资源管理专业，她要凭自己的双手创造一片崭新的天空。通过进修，杨丽很快就被重庆信息学院录用，担任大学生心理辅导和拓展训练工作。“训练基地设在学院附近的大山上，我跟那些男教员们一样，整天泡在基地上，跟学员们一起摸爬滚打。深夜了也一个人开着车上上下下。当时他们都叫我‘小个子男人婆’。”由于她出色的表现，院领导非常赏识她，把她树为全院学习的榜样。还送她到清华等高等学府深造。2005 年，杨丽获得了高级职业经理人资格，并进入国家人才库。同年，她还创办了自己的公司。

2009 年，思念家乡的杨丽带着满腔的希望和热情邀朋友一同回到铜仁创业。由于定位等多方面因素，她们的项目失败，所有积蓄成了泡影。“当时我好像从人间落到了地狱，从头到脚都透着寒气。”

不单是经济亏损，感情上也屡屡受挫。兄弟姐妹甚至是父母都不能理解她那异于常人的举止与行为。杨丽常常在梵净山大山中痴痴地游荡着。梵净山的绿色像有魔力一般吸引着杨丽，她把自己对美的每一丝追求和向往都融进了梵净山那一片片树叶中，叶片中细密的叶脉在杨丽眼中是那么的美丽多情。于是，杨丽的心中幻化出了一种人工与自然交融的产物——叶脉绣。

那年秋天，她在梵净山中收了上千片树叶。经过蒸、煮、晒之后，叶肉部分被去除干净。于是，树叶的筋脉在那层薄薄的叶皮包裹下显得越加精致。东拼西凑，杨丽借贷了一笔钱，组织工人开始在叶片上刺绣。但不幸的是，杨丽用来刺绣的700余片树叶，最后能称为成品的却不足23片，不要说利润，比投资进去的成本也相差了一大截。

但挫折无法阻挡杨丽勇于探索的心，杨丽属于那种想干就要干到底的人。经过一次次努力，杨丽的这种执着终于打动了周边的人。于是，在大家的帮助和出谋划策下，杨丽终于找到了防止树叶发脆的方式，叶脉绣也终于成熟，成为地方的特色产品之一。2010年，杨丽代表铜仁地区参加多彩贵州旅游商品“两赛一会”，什么奖项也没获得。痛哭之后，她给自己定下了目标——三年内一定要拿到“两赛一会”的奖项。

正如杨丽常说的一句话：“想要什么样的生活，你就朝着这个目标不断努力，你会发现实现的时间总比预期的要短！”原本三年的计划，仅一年时间她就做到了，而且拿到还是“两赛一会”的最高奖项。当多彩贵州能工巧匠选拔赛现代工艺组特等奖颁发到杨丽手中时，杨丽幸福地笑了。她说：“没想到愿望实现得这么快，真像是在做梦一般！”

帮助更多的妇女同胞就业

“近年来杨丽的民族工艺‘叶脉绣’事业蒸蒸日上，在国内外享有很大的声誉，不仅获得了很多荣誉，还为促进妇女就业创造了条件。”铜仁市碧江区民宗局局长田茂英说。据杨丽介绍，2010 年公司创作的“铜仁印象”系列旅游产品，被选送参加 2010 多彩贵州旅游商品“两赛一会”旅游商品设计大赛，作为全省地方特色重点旅游产品推荐，同时荣获 2010 年多彩贵州旅游商品两赛一会“铜仁名创”创新奖；2011 年荣获“宏立城杯”多彩贵州旅游商品“两赛一会”铜仁市能工巧匠选拔大赛“二等奖”“创新奖”“时尚魅力”等奖项；2011 年 4 月经贵州省商务厅选拔，组团赴意大利佛罗伦萨参加 2011 年国际手工业及礼品展；2012 年 5 月代表贵州省十佳民族手工艺企业赴美国参加“2012 年美国拉斯维加斯春季礼品展”；公司展出的具有浓郁地方民族特色的“梵净苗绣”系列产品及地方特色民族手工艺产品得到了各国客商们的关注和喜爱，杨丽还作为贵州团代表接受了意大利国家电视台的现场采访，并获主持人 Unbertoxe 的亲笔签名和祝贺；同时还得到了中国驻意大利佛罗伦萨总领事馆胡长远领事的亲切接见和亲笔题词；公司展出的玉屏箫笛、德江土家手工烟斗被意大利音乐家 Flrenze 收藏并获其亲笔签名和称赞；与此同时，与来自意大利、日本、法国、印度等地的 30 多家对该公司产品感兴趣的国际客商建立了良好的友谊。

据了解，根据公司发展需求，杨丽扩大了生产加工厂房 1200 余平方米；销售展示大厅 600 平方米；民间手工艺非遗传承展示馆 1000 余平方米；计划建设 9 个生产加工基地，两年内新增就业岗位 300 个以上，带动不低于 500 人的下岗失业妇女、农村妇女、残疾妇女掌握一技之长，实现家门口就业和创业，实现销售总额 1200 万元以上，上缴税金 50 万元以上，实现利润 300 万元以上。“帮助下岗失业妇女、农村妇女、残疾妇女掌握一技之长，实现就业与创业；帮助戒毒康复人员回归社会，实现就业，感受到社会的温暖，实现自我人生价值，助推社会安定和谐。”谈起自己创业的目标时，杨丽如是说。

以更加积极的姿态　帮扶民族企业发展

“在省、市、区各级领导及民族部门和妇联等的关怀和帮助下，梵净山叶脉绣取得了长足的发展。”杨丽还说，目前产品正处于有国内外订单没生产能力的窘境，其原因主要是：一是公司有培训能力但没有培训资质，不能享受到就业培训资金的扶持，培训只能依赖培训学校和自筹资金完成，生产基地的建设压力很大；二是由于做的是民族传统手工艺产品，成熟员工一般需要至少 4—6 个月的时间培养，员工培养期间的基本开支成了最大障碍，按目前市场需求，公司至少需要增加 300 人以上的用工量，成熟的绣工每人培养按最短 4 个月测算，最低按每人每月 1100 元的耗材、生活、师资等费用开支，需培训资金约 130 余万元。由于资金困难，不能满足工人培养需求，生产工人紧缺，达不到与国内外客户生产合作地要求，只能痛苦地放弃订单，因此严重制约了企业的发展。

由于是传统的民族手工刺绣及手工艺产品，全是妇女们在家中一针一线绣出来、做出来的，成本很高，利润很薄。公司只为其提供线和布的原材料，材料费支出很低，95% 以上的成本来源于妇女们的手工费开支，付给绣工们的成本又没有任何税费票据，销售超出基本额 80 万元，需上缴 17% 的增值税及其他相关税费。介于这个特殊性，公司没有可以抵充的进项税，因此将面临无法生存发展的境地，杨丽希望民族工作部门能酌情考虑公司的实际困难，得到对口帮助及政策支持；作为地方特色的民族手工艺企业，争取税费优惠政策的帮扶。

产品发展稳定后，杨丽将自己的技能带给民间姐妹同胞们，使更多的人可在家里发展致富。经过两年多的努力，产品从弱到强，现在逐步发展壮大，并取得了良好的社会效益，在带动和帮助下岗失业妇女、农村妇女、残疾妇女掌握一技之长，实现就业与创业方面取得了较好的成效；同时还帮助阳光工程人员回归社会，实现就业，感受到社会的温暖，实现自我人生价值，助推社会安定和谐。

碧江区民族宗教事务委员会田茂英指出：“我们将以更加积极的姿态来帮扶和壮大本地区民族企业的发展，争取资金和销售渠道对其进行引导，促进更多人的就业，促进本地区经济社会的发展。”

刘洪喜：10 年绿化千亩荒山　植树 30 余万株

◇讲述：刘洪喜　整理：杨 云

“植绿荒山，既保家园，也为创富。”50 岁的刘洪喜凝望着家对面的山林深情地说，“这片山水养育了我，我回山种树，既是护根、也为儿孙。”

刘洪喜所说的“根”是指他的家乡贵州省铜仁市碧江区瓦屋乡丁家溪村店边组。

昔日荒芜的山头如今一派生机。山风吹过林声响如歌，翻飞的林浪如海波。在武陵山中种树 10 年，刘洪喜先后绿化荒山 1200 余亩，种植成活的树木 30 余万株，建成了铜仁市首批“家庭林场”。在刘洪喜引领下，20 多户村民自发造林 4000 多亩，并发展林下养殖产业，实现厚植青山获得金山的生态扶贫效益。

10 年党龄，10 年植树，刘洪喜从打工仔到村支部副书记，最后把心安在丁家溪村店边组，守护千亩林场。

十多年前的一次山洪毁了刘洪喜的家园。痛定思痛，打工多年的刘洪喜决定回家种树，重建家园。

“山上无树木，山洪会在山上剖出一条条大深沟，山下良田沃土经常遭遇水打沙壅。”刘洪喜指着之前被毁的良田旧址告诉记者。

造林就是保家，保家才能发展！靠山不护山，不是大山的娃！种树 10 年间，刘洪喜足迹遍及丁家溪村各个荒山头。

“以前苦干多干就是为了吃饱饭，重建房屋！”刘洪喜当年回到家乡，看到家乡恶化的生态，荒芜的山头，心痛不已，上山造林成了他强烈的愿望，并已经坚持 10 年。

种树也不是一帆风顺的。2008 年的凝冻天气差一点毁掉刘洪喜的努力。“不少树苗被冻死，但也有不少存活，这坚定了我种树的信心。”刘洪喜说，“试种成功后，在瓦屋乡及林业部门的支持下，我每年都种下几万株苗木，现在，我在林中养鸡、养羊，致富指日可待。”

2012 年，刘洪喜在当地官方的帮助下成立了“洪喜林木管理中心”，聘用村里的贫困户管理林木，并教授其种护林技术，带动当地村民依靠种树养林脱贫致富。

瓦屋乡人以大地为纸、绿树为笔、汗水为墨，一棵接一棵地把林木牢牢地钉在荒芜石漠化的山地之中。2018 年瓦屋乡已经有多 300 余户村民上山植绿，在家门口就植绿 11 万亩。

汽车沿着蜿蜒崎岖的盘山公路，在绵延不断的濯濯群山之间行进。峰回路转，荒芜不见，绿意浓浓。冬日，一座座山梁焕发出勃勃生机，悦人心目。

“山定权、树定根、人定心。”集体林权制度改革，让刘洪喜和乡亲们真正成了山林的主人，让大家有了底气，坚定了信心。

刘洪喜种下的 30 万株林木，已经形成经济价值千万元。10 年来，刘洪喜带动植树造林，增强了周边各个村寨村民的造林护林意识，提高了森林覆盖率。林区生态恢复也改善了周边各个村寨的生活环境，减少了自然灾害，维护了山脚下 1000 余亩耕地良田。

“一棵接着一棵栽，一代接着一代干。为了绿色梦想，苦干实干，一定能种出小康生活。”刘洪喜说。

后　记

脱贫攻坚，是送给全世界人类的礼物。

2020年全面建成小康社会，是中国向世界做出的庄严承诺，必定是一部感天动地的奋斗史诗。

从2015年11月，中共中央、国务院印发《关于打赢脱贫攻坚战的决定》以来，铜仁市创造性提出“七个极”工作要求，“三真三因三定”工作原则，探索践行“76554”工作法，全面打响脱贫攻坚十二战，向贫困发起全面总攻。

而今，正是这场轰轰烈烈、浩浩荡荡的脱贫攻坚战取得决定性胜利的时刻。回首那段尽锐出战的日子，党与政府的英明领导、铜仁市独创性的战法战术、各地扶贫干将“不破楼兰终不还”的决心，与铜仁市全市人民汗水与智慧的结晶一起，共同绘就了在以习近平同志为核心的党中央带领下，贵州省铜仁市各族人民精准扶贫、精准脱贫，全面建成小康社会的恢弘历史画卷。

在中共铜仁市委、市人民政府的领导下，在铜仁市委宣传部的组织统筹下，铜仁日报社、铜仁日报传媒集团高质量编辑出版了这套丛书，其目的正如习近平总书记所说:“一切向前走，都不能忘记走过的路；走得再远、走到再光辉的未来，也不能忘记走过的过去，不能忘记为什么出发。”

编辑出版这套书，得到了铜仁市乡村振兴局、铜仁市文学艺术界联合会的大力支持，他们第一时间向我们提供了大量宝贵、高质量的素材。各区县（开发区、高新区）宣传部门对本书的出版高度重视，对丰富丛书内容做出了积极贡献，提出了许多宝贵的建设性意见，在此我们一并表示感谢。

值得一提的是，编辑委员会在人手少、时间紧、质量要求高的情况下，统筹兼顾各方面工作，克服各种困难，竭尽所能，广泛收集并认真审核每篇素材，力求全面、生动记录铜仁脱贫攻坚历程中涌现出来的好经验、好做法，为下步乡村振兴提供可以复制借鉴的经验模式；展示铜仁全市各级各部门及广大干部群众决战决胜脱贫攻坚的感人场面，记住东西部协作帮扶及社会各界人士的鼎力支持，记住这场没有硝烟的战争里的全部英雄。但编辑们却十分为难，因为这些年出现的优秀脱贫事例和那些或暖人心田，或振奋人心的历史瞬间如同漫天繁星，将其尽数采撷无疑十分困难，只得忍痛割爱，扼腕叹息。有一些素材，由于无法与作者取得联系，编辑“斗胆”做了删减，尽量保持与收录内容协调一致。在编辑过程中，编辑特别注意素材来源，尊重每一位作者的署名权，但有的区县和单位转来的文字、图片等素材没有署名，我们虽经多方联系核实，但仍有部分无法找到作者，希望作者看到时主动联系我们，编委会将寄送稿酬以表感谢。

感谢你阅读本书，期待你的宝贵意见！

编　者